JN225823

「漱石全俳句の解釈」辞典　2647句

笹﨑　枕流

永遠の文豪
夏目漱石先生に捧ぐ

東京帝大・講師時代の漱石
（『吾輩は猫である』『坊ちゃん』『草枕』を書いていた頃）

念願の小説家時代の漱石
（『それから』『門』『こころ』を書いていた頃）

目次

まえがき

漱石は独自の俳句世界を切り開いた。漱石俳句の特徴は、数多い叙景・叙事の俳句の他に日本を中心に中国、英国の古典文学・歴史を題材にした俳句が多いことだ。句作の際に韻を踏んだり洒落を込めたり、また落語のスパイスを効かせたりして、面白く仕上げている俳句が多いことである。中でも辛い生活や精神状態をユーモアで包んでサラリと仕上げている句には驚かされる。この辛いことの中には、家族のことの他に学生時代の兄嫁との恋愛、そして結婚まで考えた大塚楠緒子との恋と別れがある。そして英国留学後の楠緒子との再会を経て、漱石は妻と楠緒子との間で長い葛藤を経験したが、これもサラリと俳句の中に密かに隠していた。自分と俳句の師匠の子規だけがわかるように記録していた。この辺のテクニックは芸術的なものになっている。

特に親友の子規が存命であった時期の俳句は、日常の体験を正直に、日記に書くように、そしてひねりを効かせて味わい深い俳句に仕上げている。漱石の体験を病床にいる子規に報告するように俳句を作っては送っている姿が浮かび上がる。これらの特徴を持つ漱石の全俳句を通読すれば漱石の置かれていた状況、漱石の気持ちと考え方が理解でき、自然に漱石像が浮かび上がることになる。これらの俳句を日記文と合わせ、詳細な年譜を参照しながら解釈することによって、脚色された虚構の小説から切り出された漱石像とは異なる、素の漱石像が自然に浮かび上がってくる。

またこの解釈に当たっては、対象句の前後に配置された関連する俳句を広い範囲で追いつつ、個々の俳句を作った当時の漱石の精神状態および生活実態を思い描きながら俳句を解釈した。さらには明治維新が終焉し、表面的には安定に向かう過程にあった社会環境との関係を勘案して、弟子が師匠の漱石に成り切って解釈してみた。

漱石の生涯にわたる俳句群は文学として光り輝くと確信している。小説「草枕」は漱石らしき人物が登場する俳句小説と言われているが、この『全俳句』は生の漱石が登場する俳句小説だと言うことができる。漱石を理解する上でこれは重要な一次資料である。これら全体を読み解いたことで「漱石の深いユーモア精神」は無論のことであるが、「苦悩の恋愛軌跡」と熊本第五高等学校時代の男色に気づくことになった。

「漱石俳句の理解のための基本情報」

●暗号俳句の存在

重複するが『生涯全句』の前半の俳句は、存命だった親友の子規宛に送られた句稿や手紙に書かれていたものである。漱石の心情や悩みを率直に込めた面白い俳句を句稿にまとめて送っていた。これらの句は、私生活を含めて互いに深く理解し合っていた二人だけがわかる言葉を用いて、暗号文のように作られていた。漱石はこの暗号俳句を作って面白がり、そして子規はこの俳句の解読を楽しんでいたと思われる。

子規の死後に作られた『生涯全句』の後半部分は、自分の行動と考えの記録として日記調で作られたが、この中にも前半部分に登場した「恋愛」を回顧する暗号俳句は多数存在する。

「漱石全俳句」の範疇に組み入れた俳句は、基本的には漱石全集の俳句集に準じているが、全集に未採用のものでも広く採用して組み入れている。また子規によって修正される前の原句についても採用している。

●忖度なしの解釈

著者の笹﨑枕流は、漱石の子孫の誰にも忖度することなく、『全俳句』を解釈した。このことを天空に昇って行った文学者の漱石には喜んでいただけると信じている。

この全俳句解釈は明治時代の文豪が残した俳句文学を余すところなく解釈し、漱石の眼で観察された当時の文化・風俗を後世の日本人が認識しなおす一助になると考える。

漱石は結婚後における大塚楠緒子との「恋愛軌跡」の解明が可能なように小さな情報を多くの俳句に暗号的に織り込んでいた。この知的な句作は後世における「恋愛軌跡」の解明作業が進むことを期待していたと考えられる。これは偉大な文学者の性であった気がする。

●「苦悩の恋愛軌跡」を示す文書の不在

漱石の「苦悩の恋愛軌跡」が見えにくいのは、これを示す手紙類の文書が存在しないことに起因している。

親友の菅虎雄に預けられた漱石宛の楠緒子からの４０通の手紙類は焼却された。（漱石の死後に虎雄はこれらを妹に読後に処分することを条件に手渡した。その妹は昭和２８年まで保管したが、水害で汚損されたのを機に妹が焼却した。）また大塚保治が作成していた手記や漱石からの手紙類も風呂敷に包まれていたが、漱石の死後に完全に保治の実家の庭で焼却された。（大正１２年に関東大震災で東京の大塚家が被災して前橋に戻っていた時、保治は自分の手では焼却できず、甥に焼却させた。包みの中身を見たこの甥は、焼却をためらったが指示に従った。）また楠緒子は漱石からの手紙、その他を全く残さなかったと見られる。残されたものは楠緒子の文学的作品と短歌師匠の佐佐木信綱に宛てた手紙だけであった。

これらのことに加えて楠緒子と漱石が没した後、漱石の恋愛の有無に関する重要な参考人として一人残された保治は脳細胞の中の記憶も消し去ったようだ。漱石が逝去した日の2、3日後に漱石全集の発刊を準備する漱石の弟子が、記憶が新しいうちにと漱石と親交のあった保治に面談を申し入れたが、保治の答えは「特に印象に残っていることはない」というようなことを口にして編集委員を追い返した。保治は帝大の寄宿舎では同室になったこともあるし、漱石が英国から帰国した際には、国との契約に反して出身の熊本第五高等学校に戻ることなく東京で教職につけるように骨を折ったし、金を貸していたこともある。また帝大英文科の教授就任の内定が出るように根回しをしたのも保治であった。若い編集委員に語ることは山ほどあったはずであったが、話が楠緒子と漱石のことに及ぶのを警戒してか、何も話さなかった。

また漱石の生涯の親友だった中村是公や菅虎雄、虚子、その他の関係者も漱石の楠緒子との恋愛は公にはなかったことにするという決意に協力した。漱石の死後もこれは継続した。決して楠緒子・保治・漱石の交際の実態を外に出すことはしなかった。

ちなみに全ての関係者の厳格な行動の背景には、明治時代に姦通罪なるものがあったことが関係している。旧刑法１８３条には「有夫ノ婦姦通シタルトキハ二年以下ノ懲役ニ処ス」とあった（昭和２２年に廃止）。その女性と相手が処罰されるというもの。同時に別の刑法では、唯一告訴権のある夫が、姦通を容認していた場合には処罰されないと規定した。またこの罪は、夫の告訴がなければ成立しない。

この姦通罪が漱石と楠緒子に適用されないように、また保治を含む三者の社会的地位を保全できるように行動するように、文書として作成することになったと思われる。これを三者協定と表現する。

「三者協定の内容（状況から存在を推理）」

大塚楠緒子の父親は、高名な裁判官であり、一人娘の結婚相手には文学志望の漱石より帝大の教授の椅子が約束されていた小屋保治が好ましいとして結婚話を推し進めた。話の合う漱石との結婚を願っていた楠緒子は板挟みになり一年近く膠着状態が続いていた。このため保治の実家近くの伊香保温泉の宿で漱石と保治の話し合いの場が持たれた。（ここに楠緒子も同席したと著者は推察する）その結果、漱石が身を引き、楠緒子は保治と結婚することになった。

その後については、主に次のように決められたと推測する。（その後の三人の行動から推測したものである。）

・帝大教授になる保治の立場を考えて、見合い結婚前に楠緒子と漱石の間には深い恋愛が存在しなかったことにする。
・今後は、世間には気づかれないようにするという条件で、楠緒子と漱石の通常の交際を保治は認める。
・三者の関係を探索できるような文書や手がかりは残さない。すでに存在している文書、手紙等は各自焼却する。
・この三者協定は、三者が死亡するまで継続する。

この三者協定は三人の関係を永続的に維持できるものとして、２０代の優秀な若者たちが話し合って実行したものであったが、人間の感情は理屈通りには管理統御できなかった。この三者協定は子どもを含む二組の家庭を悲痛な結末に導いた。

だが漱石はこの三者協定がもたらす過大なストレスが、漱石の後半期に創作した小説に共通するテーマの維持につながっていると認識していた。彼ら三人は、三者協定に則って行動した結果、壮絶な人間ドラマを演じる格好になった。そして漱石の妻もこのドラマに巻き込まれた。この四人のドラマは明治という激動の時代を象徴するものの一つになってしまった。

その一方で漱石は前述のように文学者の性として、楠緒子との「恋愛軌跡」をフィクションの小説の中ではなく、俳句群の中に意図的に書き残した。全俳句中に散在する楠緒子関連の俳句群は、一編の推理小説のような体を成している。このことは全俳句を解明し終わってみると、漱石と楠緒子の間には恋愛関係があったとする仮説で開始した解釈が、途中から確信を基にした解釈に変わっていた。

世の漱石文学ファンは、漱石が41歳から47歳までの間に書き上げた後半期の小説である「三四郎」「それから」「門」「彼岸過迄」「行人」「こゝろ」のテーマは男女の三角関係になっているが、なぜこのように徹底して描かれたかを知りたがっているように思われる。そして一方の楠緒子の小説群では女性の後悔し続ける結婚生活が共通するテーマになっている。両テーマは裏表の関係にあるとわかる。

本書では漱石夫婦と楠緒子夫婦に焦点を当てて漱石全俳句の解釈を行なったが、この作業の際に漱石先生の男色生活が俳句に描かれていたことに気づいた。その幾つかの俳句は熊本第五高等学校の教授と勉学に熱心な二十歳前後の男子学生との関係を描いたものになっている。漱石の思いは非公開の暗号俳句として手帳に書き留められていた（子規宛の句稿には書かれなかった）。大学予科を卒業する学生に対して「ひとり咲いて朝日に匂ふ葵哉」の句を手帳に書き残した。次の年には別の学生が現れて漱石先生は「部屋住の棒使い居る月夜かな」の句を作っていた。そしてその部屋住の学生は翌年卒業した際に漱石宅を訪問した。漱石先生はこの時、以前に作っていた「登第の君に涼しき別れかな」の句を短冊に書いて渡した。これらの俳句は漱石自身が英国留学のために熊本第五高等学校を去る際の記念として手帳の中に閉じ込めておいたものであった。

「解釈辞書の作成について」

●俳句の種類と類似俳句の取り扱い

1．俳句の種類

漱石俳句集に収められている既知の俳句、それに新たに発見された書簡に記載されていた俳句。また俳体詩の中にある5･7･5の部分。さらには小説、随筆等の文中にある5･7･5の部分や画賛を俳句と認定した。

参考：書簡の中に俳句として記載され、その後に短歌の形に、または俳体詩の一部に組み込んでいる例が見られる。このことは漱石の判断としては、5･7･5の俳句の体裁（季語は必要要件ではない）をとっているものは、文型に関係なく俳句であるという認識だったと思われる。よって本書では俳句的なものは俳句として取り扱った。

2．類似俳句の取り扱い

・書簡・句稿などで他者に開示された俳句とこれに類似する俳句（記載手帳・日記・短冊に記載）がある場合には、前者を正式とする。

・句稿の句を師匠の子規が修正した場合には、修正句の方を採用する。原句は原句と表示して解釈する。

3．出所

・「漱石全集」第17巻（岩波書店刊、2019年刊）を基軸として、これより古い「漱石全集」の俳句本も参考にした。

・子規の選定句集「承露盤」、その他

●解釈文の構成

句意、難解用語の解説、俳句の面白さ・ユニークさ、関連俳句の情報を中心に記述した。季語については、漱石先生自身がそれほど重きを置いていなかったと判断して、特に解説はしていない。

解釈者の立場は、「子規と漱石と保治の共通の友人で、彼らより4、5歳年上であり、三者に気楽に話しかけられ、冗談交じりに独善的に物を言える人」である。時に無遠慮な態度をとり、敬語を十分に用いない変人に扮している。その理由は自由に俳句の解釈をするためである。

参考として、「漱石俳句研究」（著者：寺田寅彦、松根東洋城、小宮豊隆）における解説の要約文を添付している。3氏による113句に関する鼎談解説文は、発言者を明記することなく、その内容を混合させて掲載している。この文の表示マークは次のもの。［三者談］

●年別俳句一覧と漱石年譜

全俳句を年別に区分けして一覧表を作成している。この一覧表は対象の俳句を解釈する際に、関連する俳句の検索にも活用した。また本書を辞書としてではなく、漱石先生の人生を追跡するために用いる場合には、この一覧表で該当する年次の俳句を取り出すことができる。

また詳細な漱石の年譜も作成している。この年譜も俳句解釈に活用することができる。この年譜の前半部は漱石と子規、その他に分けて作成し、子規が死亡してからの後半部は漱石とその他（保治と楠緒子が主）に分けてまとめている。

●漱石の精神状態

ほぼ生涯にわたって俳句を作り続けた漱石の神経衰弱は、重症になった英国留学中だけでなく、帰国してからも度々その症状が確認されている。しかしこの神経衰弱症はうつ病だった、いや躁鬱病だったなどと今日に至るまで諸説存在し、いずれも確たるものではないようだ。その一方ではほぼ10年間で漱石は明治を代表する大文豪であったことなどを鑑みると、巷で喧伝されるような医学的な観点からの神経症ではなく、常人には計り知れない個性的な作家や芸術家、あるいは天才に散見される特異な気質の範疇に入る可能性を除外できない、という見解もある。

漱石は家の書斎にこもって書籍に囲まれた中で、意識を極度に集中させて緊張状態で執筆していたが、生活を共にする家族との間でトラブルが生じるのは避けがたいことだったとする評論家もいる。

ちなみに漱石の長い間の友人で、俳句雑誌「ホトトギス」で漱石を世に出した高浜虚子の漱石評は「教養ある、品格のいい麗しいユーモアに富んだ、機知縦横の天馬空を駆ける趣があった」と述懐している。漱石と親交のあった哲学者の和辻哲郎は、付き合いにおいて特に変なところはなかったと述懐していた。このことは神経衰弱だったとの世の言説は、対立した妻によって作られたものではないかと表明していることになる。ただ漱石先生は時に極度のイライラの感情や妄想が露見しやすい性格だったと弟子の枕流は理解する。

●著者の俳号

俳号の「枕流（ちんりゅう）」は、漱石の俳句の作風を受け継ぐことを意識するために誕生させたものである。「漱石枕流」という中国故事がらみの四字熟語から「漱石」部が分離され、用いられてきたが、切り残された「枕流」を漱石の弟子を自認する著者が用いることにした。2002年に自費出版した「漱石と枕流のフェスタ俳歌絵本」から使い始めている。

漱石に弟子入りした枕流（想像図）

超詳細な年譜
（前半：漱石と子規の関係を主にした年譜）

（新暦表示）（年齢は満表示）

	漱石	子規	文学界・社会の出来事、楠緒子・保治の出来事
慶応3年	新暦2月9日（旧暦1月5日）　夏目金之助が誕生（江戸の牛込馬場下横丁、現新宿区喜久井町） *夏目小兵衛直克（50歳）と後妻千枝（41歳）の5男として。実家は数代前から町方名主で、今の神楽坂から高田馬場辺りまで管轄 *長男：大一（大助）、次男：栄之助（直則）、三男：和三郎（直矩）、四男：久吉（3歳で没）、五男：金之助（のちに漱石） 佐和、房（異母姉）	新暦10月14日（旧暦9月17日）処之助（幼名、のち升）が伊予国温泉郡藤原新町（現松山市花園町）で誕生。本名は常規 *松山藩士正岡常尚と八重（藩の儒学者、大原観山有恒の長女）の長男として。	1月9日　明治天皇践祚
1867年	*母の実家：女郎屋 *生後４ヶ月で四谷の古道具屋（八百屋との説あり、元夏目家の下女の家）に里子へ出される（道端の売り物の側にあった笊に金之助が入れられているのを姉が見つけて、家に連れ帰る）		4月20日　水田登世が誕生（東京の愛宕で愛宕権現・祠官の次女として） *のちに漱石が虜になった三男の兄嫁 11月15日　坂本龍馬（33歳）と中岡慎太郎（30歳）が暗殺される
慶応４年 明治元年	塩原昌之助（29歳）の養子となる。（昌之助は内藤新宿の名主で、1月8日に名主仲間の夏目の父に、次に生まれる子供は養子にくれと依頼していた		1月3日　鳥羽伏見の戦
1868年 *満１歳			5月15日　上野戦争 元年～2年　戊辰戦争 7月17日　江戸を東京（トウケイ）と改称（のちに東京に） 10月23日　慶応を明治と改元 12月20日　小屋保治が誕生（群馬県木瀬村、現前橋市） *小屋宇平治（村名主、寺子屋の師匠を兼務）とみちの次男として
明治２年	昌之助が添年寄りになり、養父とともに浅草へ転居	正岡家、失火により全焼	6月17日　版籍奉還・名主制度の廃止
1869年			
明治３年	種痘をしたことで疱瘡（天然痘）に罹る *身体中をかきむしる。鼻辺りがアバタになる	10月25日　妹律が誕生	
1870年			
明治４年	昌之助が添年寄を罷免、内藤新宿に引き上げる		東郷平八郎の英国留学（25歳、約８年間）
1871年	昌之助は休業中の妓楼「伊豆橋」に住む（留守番代わり）*金之助も同居		
明治５年	昌之助が赤坂の副戸長になる。漱石を塩原家の長男として届出	父の病没（40歳）、家督を相続	12月３日　太陽暦の採用
1872年		習字を伯父に習う	２月「学問のすゝめ」初編出版（福沢諭吉・共著）
明治６年	昌之助が浅草諏訪町の戸長になる。浅草の長屋に入る	外祖父大原観山の私塾に通い、素読 *寺子屋式の末広学校に入学	11月「学問のすゝめ」２編出版（福沢諭吉単独）*明治９年までに17編が出版
1873年			第一国立銀行（民間）の設立 *金兌換紙幣の発行
明治７年	塩原夫婦間に不和が生じ、別居。養母と共に一時夏目の生家に戻る 金之助だけ塩原昌之助の元へ帰される	開校した勝山学校に転校	
1874年	11月　浅草寿町の戸田学校下等小学校第八級に入学	4月11日　観山病没（58歳） この頃から漢学を土屋久明に学ぶ	

	漱石	子規	文学界・社会の出来事、楠緒子・保治の出来事
明治８年	1年遅れで第七級を卒業 その後、2年飛び級で第五級を卒業	松山藩士族の家禄奉還 正岡家には一時金（後見人の叔父大原恒徳が管理）	8月9日　大塚楠緒子（通称：なおこ）が東京市麹町区一番町49番地（現東京都千代田区三番町）で誕生 本名：久寿雄（漱石は楠緒と呼んだ） ＊裁判官の大塚正男と伸の長女として
1875年			
明治９年	４月　塩原夫婦の離婚成立		3月28日　廃刀令
1876年	５月　浅草の小学校の第４級を卒業 市谷小学校に転校 ５月　塩原家の養母と共に在籍のまま夏目家に移る（漱石は邪魔者扱い） 10月　市谷小学校の第三級卒業		10月24日　神風連の乱
明治10年	市谷小学校下等小学科の第二級・第一級を優等で卒業		2月15日　西南戦争起こる 9月21日　西郷隆盛自刃
1877年			4月 東京大学が開校、予備門が付属 7月21日　漱石の妻になる中根鏡子（本名：キヨ）が広島県深津郡福山町西町（現・広島県福山市）で誕生。中根重一と豁子の長女として（弟２人、妹３人）。 父（医者）は上京して貴族院書記官長に就任、鏡子は官舎に住む（書生が３人、家政婦が３人、車夫）
明治11年	2月 市谷小学校の回覧雑誌に「正成論」を書く	初めて漢詩を作り、師の添削を受ける	5月14日　紀尾井坂の変（大久保利通の暗殺）
1878年	4月市谷小学校上等小学第八級を卒業。錦華学校小学尋常科へ入学 10月　優等で卒業	葛飾北斎の『画道独稽古』を模写	
明治12年	府立第一中学校（日比谷高校の前身、神田一ツ橋）の正則科（日本語で授業）乙（学力試験を経る）に入学	５月ごろ　校内回覧誌「桜亭雑誌」「松山雑誌」を出す	
1879年	＊府立第一中学校の変則科（英語で授業）の同級には後の文部大臣の岡田良平、上級には狩野亨吉が在籍	夏、疑似コレラにかかる 12月　勝山学校を卒業	
明治13年	1月　東京の実家（牛込区馬場下）は類焼で焼失し、しばらく転居（牛込区肴町に）	3月　松山中学に入学 漢詩のグループ「同親会」を結成　＊漢学者河東静渓（碧梧桐の父）が指導	
1880年	府立第一中学校に在学		
明治14年	1月9日　母・ちゑ（千枝）死去（55歳）		3月　ロシアのアレクサンドル皇帝暗殺
1881年	4月に府立第一中学校を中退、漢学塾の二松学舎に転校		４月　大塚楠緒子が麹町の富士見小学校に入学（６歳） ＊漢学の授業あり 10月　国会開設の詔勅
明治15年	春　二松学舎を中退（長兄大助から漢学志向を反対される）		４月　小屋保治が群馬県立中学校に入る（１年から３年に飛び級）
1882年			３月　上野動物園が開園
明治16年	英学塾の成立学舎（お茶の水の屋敷）に入る（数学、歴史、地理などの教科書は原書、英語で試験。同級に橋本左五郎、新渡戸稲造、太田達人、小城） ＊大学予備門の受験のため ＊小石川の新福寺に下宿し、自炊生活	5月　松山中学を退学 6月　上京し、旧松山藩主久松邸内の寮に寄寓	7月20日　岩倉具視が逝去
1883年	この頃　中村是公は広島から上京して神田猿楽町にあった明治英学校に通う	10月　共立学校（現開成）に学ぶ	

	漱石	子規	文学界・社会の出来事、楠緒子・保治の出来事
明治17年	夏　橋本、柴野是公（ことよし）（後に中村に。通称、ぜこう）ら十人と神田猿楽町の末富屋に投宿し、ボート遊び（下宿屋で漱石は是公と知り合う）	2月　「筆まかせ」を書き始める	8月24日　森林太郎が独へ留学
1884年	9月 東京大学予備門（明治19年に第一高等中学校と改称）予科に入学（同級に是公、子規、志賀矢一、南方熊楠、山田美妙）	3月　久松家の常盤会給費生に選ばれる＊定員：10人 9月　東京大学予備門に入学	10月31日　秩父事件
明治18年	6月1日　十人会（成立学舎出身の学生9人と是公）は神田の友人宅を江ノ島に向けて早朝出発（3食分の握り飯）	春　哲学を志望	1月　第一回ハワイ移民出発
1885年	＊東海道を草鞋での徒歩旅行、深夜に片瀬海岸に到着（降雨、毛布、雑魚寝）。翌朝、漱石だけが人夫に背負われ海を渡り、他は後をついて歩く。江ノ島に上陸（岩屋を見る）。帰路は鎌倉・鶴岡八幡宮を経由。漱石は川崎駅から汽車（足痛が発生） ＊是公と猿楽町（末富屋）に下宿。ほとんど勉強をせず、成績は落ちる一方。	6月　学年試験に落第 7月　松山で歌人井出真棹に私淑 9月　坪内逍遥の『当世書生気質』を読んで感嘆	2月　硯友社結成 坪内逍遥「小説神髄」（小説論）を9月から9分冊で発表 12月　内閣制度発足（初代首相：伊藤博文）
明治19年	7月　遊びすぎと肋膜炎で、第一高等中学校（大学予備門が改称）の二級から1級への試験受けられず留年（是公も落第）。（以後心機一転、勉学に励み、以後首席を通す）		4月　東京大学予備門が一高中等学校に改称
1886年	9月　中村是公と江東義塾で英語で、幾何・地理などを教える（留年の1年間。午後2時間で5円。漱石は塾の寄宿舎に転居（二畳の部屋、同じ釜の飯を食べ「ぜこう、金ちゃん」の仲に） この頃、正岡子規、米山保三郎と交流。自宅に戻る		
明治20年	3月21日　長兄・大助死去（享年31歳、肺病）	7月に松山に帰省	4月　首相官邸で大舞踏会を開催
1887年 ＊20歳	6月21日　次兄・直則死去（享年28歳、肺病） 夏　中村ら7人で富士山に登る ＊江ノ島にも再度の日帰り旅行 9月　三兄の和三郎直矩が結婚（夏目家の家督を相続）＊同年12月に離婚 9月下旬　急性トラホームを患う ＊江東義塾の寄宿舎を出て自宅から第一高等中学校に通学 ＊希望する専攻を建築から英文学に変更（級友の米山保三郎の助言による。「建築より文学の方に生命あり」と説得される。米山は禅の先導者で「天然」の号を持つ）	柳原極堂と三津浜の俳人大原を訪問　＊俳句をみてもらう。 大原の主宰する俳誌に、子規の句が初めて載る。「虫の音を踏わけ行や野の小道」	 6月から　二葉亭四迷が「浮雲」発表
明治21年	1月28日　夏目姓に復籍する （夏目家は塩原家に多額の養育費を支払う）	7月　第一高等中学校予科を卒業	1月　和製自転車の製造開始
1888年 ＊21歳	4月30日　三兄直矩は離婚後すぐに水田登世（初婚で21歳、漱石と同年）と再婚（入籍）。＊この時から、漱石と登世は同じ家で生活。三兄は遊び人で、留守がち 7月　第一高等中学校予科を卒業 ＊この頃、子規と知り合う 夏　是公からボート競技大会での賞金で買ったシェークスピアの「ハムレット」本をプレゼントされる 9月　第一高等中学校本科第一部（文科）に進学（同級生に山田美妙）	夏期休暇中に「七草集」を執筆（向島長命寺境内の桜餅屋に仮寓） 8月　鎌倉・江ノ島方面に遊ぶ ＊このとき初めて喀血 9月　第一高等中学校本科に進学。常盤会寄宿舎に入る この年、ベースボールに熱中する	4月　市制・町村制公布 4月　楠緒子は共立女子職業学校に入学（13歳） ＊刺繍と日本画を学ぶ 秋　鴎外が留学したドイツから帰国（4年間、軍医として勉学） 四国最初の鉄道敷設 ＊三津浜―松山間に伊予鉄道が開通
明治22年	1月頃　正岡子規と深く親しむ　（寄席の話が共通の話題）	5月　和漢詩文の『七艸（くさ）集』作成	1月　改正徴兵令（国民皆兵化）
1889年	2月　英語会で「The Death of my Brother」を発表	5月9日　夜に突然喀血。一週間ばかり続く	2月11日　大日本帝国憲法の発布

	漱石	子規	文学界・社会の出来事、楠緒子・保治の出来事
*22歳	5月13日　吐血した子規を常盤会寄宿舎に見舞う *子規を診察した医者を訪ねた後に、子規宛に初めての手紙を出した。この手紙に漱石は初めて作った俳句２句をつけた。「帰ろふと泣かずに笑へ時鳥」「聞かふとて誰も待たぬに時鳥」 5月25日　子規が完成させたばかりの『七艸集』（漢文・漢詩・俳句等の７部門からなる）の批評文を漢文で書く （*初めて漱石の号を署名。子規の貯めていた号の中から貰う） 7月23日　初めての汽車旅行（静岡県興津へ） *漱石は療養する兄直矩の付添い。興津に10日ほど滞在 8月7日～30日　一高と慶応の塾生ら四人で千葉房総旅行（汽船を使用） *隅田川河口の霊岸島から鋸南町の保田へ渡る（10日間、海水浴。鋸山に登って崖の寺を見る。徒歩で館山、小湊、銚子へ。帰路は船で利根川、江戸川を渡る） 9月9日　房総旅行の紀行文『木屑録』を完成（漢文表記） *巻後に子規が批評を書く	常盤会会誌に「詩歌の起源及び変遷」発表 5月10日　医者に結核を宣告され、時鳥の句を四、五十句制作 *吐血したことで子規と号す 夏　松山に帰省 *俳句の分類を始める 8、9月　「啼血始末」を書く 12月　「ボール会」を設立 *上野公園空地で２回ベースボールの試合	2月11日　文相森有礼が刺殺される 2月11日　日刊新聞「日本」が創刊 ４月　大塚楠緒子が共立女子職業学校から東京高等女学校（のちに女子高等師範学校・付属女学校に改名）へ転校 7月　東海道線の新橋・神戸間開通
明治23年	1月　子規と手紙で文章論を交わす 6月頃　英文レポート提出（J.マードックに、「16世紀の日本と英国」）	4月　河東碧梧桐の俳句を添削・指導し、上京を勧める	1月　自由党結成
1890年	7月　第一高等中学校本科を卒業 8月22日～25日　尾崎紅葉、川上眉山ら五人で藤沢片瀬にて海水浴 8月下旬～9月上旬　眼病療養のため箱根に逗留 9月　帝国文科大学英文学科に入学 （この年の入学者は漱石のみ。科としては二人目） *前々年の入学者は立花正樹でのちに満州で邂逅 *文部省の貸費生となる	7月　第一高等中学校本科を卒業 9月　文科大学哲学科入学	1月　森鴎外「舞姫」発表 7月　第一回衆議院選挙 10月30日　教育勅語の発布 この年　大塚楠緒子（16歳）は竹柏園に入門し、佐佐木弘綱に師事 *弘綱は明治24年に死亡
明治24年	6月30日　團十郎の歌舞伎を見る 7月頃　中村是公、山川信次郎と富士山登山	２月　哲学科から国文科へ転科	4月　大塚楠緒子の名で「婦人雑誌」に「尋花」を発表
1891年 *24歳	7月28日　兄・直矩の妻・登世死去（24歳時、悪阻が悪化） *追悼の13句作る（約３年間同居、嫂さんと呼んだ） 9月　埼玉県大宮公園内旅館で追試勉強中の子規を訪う 11月　子規と手紙で気節論（正義の論）を交わす 12月　ディクソン教授の依頼により『方丈記』を英訳 子規から駒込追分町の下宿部屋で俳句の講義（度々）を受ける	3月25日―4月2日　房総地方で遊ぶ 5月　碧梧桐を介して高浜虚子と文通 6月　木曽路を経由して松山に帰省 12月　寄宿舎から駒込追分町の奥井家の離れに転居	5月11日　大津事件（ロシア皇太子を巡査が襲撃） 7月　小屋保治は帝大哲学科を順調に卒業（漱石より１歳年下だが２年早く卒業） 12月　大塚楠緒子が「婦人雑誌」に短歌「秋風」を発表
明治25年	4月5日　分家して北海道に本籍を移籍 *徴兵回避のため、北海道平民となる	1月　小説「月の都」の執筆を開始 2月　小説「月の都」の原稿を持って露伴を訪問（不評で小説家志望を断念）	5月　関東で天然痘が大流行
1892年 *25歳	5月5日　翻訳文「催眠術」を「哲学会雑誌」に発表（無署名） 5月　東京専門学校（現、早稲田大学）の英語講師となる ７月　帝大文科大学の特待生になる	2月29日　下谷区上根岸町（現、台東区）に転居 5月　木曽紀行文「かけはしの記」を新聞「日本」に連載 6月　「獺祭書屋俳話」を新聞「日本」で連載開始	

	漱石	子規	文学界・社会の出来事、楠緒子・保治の出来事
	＊「哲学雑誌」の編集員となる（藤代禎輔、立花銑三郎らと） 7月7日　初めての京都旅行（8日15時に京都着） ＊9時に子規と新橋駅を出発 7月9日　洛北の料亭平八茶屋に立ち寄る ＊川魚料理を食す。この後比叡山に登る（漱石は胃痛で登りきらず。峠の茶屋で湯を飲んで直す） （宿は麩屋町の旅館柊家、市内観光は8日～10日） 7月10日　京都を発って堺、岡山へ ＊岡山では故次兄直則の亡妻の実家と嫁ぎ先を訪問、岡山で旭川の大洪水を経験（光藤宅に避難） 8月10日　松山で子規と合流 ＊子規の実家で当時15歳の高浜虚子と出会う 8月29日　漱石だけが帰京す 10月　米山保三郎の勧めにより「哲学雑誌」に「ホイットマンの詩について」を投稿 ＊漱石は藤代、立花らと編集員に就任 12月　この頃小屋（のちに大塚）保治と知り合う	＊俳句改革始める 7月7日　京都旅行に出発、その後漱石と別れて松山に帰省 7月　学年末試験に落第し退学を決意 9月　給費生辞退 11月17日　東京で家族3人の生活開始 12月1日　日本新聞社に入社（月給15円）	
明治26年	1月29日　帝大文学談話会で講演「英国詩人の天地山川に対する観念」（外神田「青柳亭」）	3月1日　「日本」新聞に俳句欄を設ける	1月　ハワイが米国保護領に編入
1893年	3月～6月　上記講演内容を「哲学雑誌」に連載 春頃　円覚寺で釈宗演と初面会（坐禅と公案を体験） ＊世話係の宗活と知り合う（後に廃寺で再会） 「碧厳集をいくら読んでも、修行が勝る。色気づくことは無駄」 7月13日～15日　菊池謙二郎、米山保三郎と日光周辺に遊ぶ 7月　帝国文科大学英文科を卒業（英文科としては二人目）、帝国大学大学院に入る 夏休み中（7月中旬ごろか）　実家から大学寄宿舎に移る ＊大学寄宿舎で保治と同室に。部屋に籠る ＊この頃、舎監清水が大塚正男（楠緒子の父）に保治（清水と同郷）を紹介。楠緒子は気が進まないため、清水は次に漱石を紹介 ＊楠緒子は帝大生たちの中で知られていた 7月26日　斉藤阿具宛に書簡 ＊「小屋君は静岡県駿州興津清見寺にいる」と 10月　東京高等師範学校の英語教師（嘱託）となる（年俸450円、父に毎月10円送金） 10月22日　寄宿舎仲間の小屋保治、斎藤阿具と三人が品川で十三夜の月見 12月10日　夜斎藤阿具、米山と共に菊池謙二郎の赴任を見送る 12月17日　初めてクラシック音楽を聴く ＊東京音楽学校（現東京芸大）の奏楽堂で楠緒子の友人の橘糸重がピアノ演奏。（楠緒子がチケットを配る。斎藤阿具が夏目漱石と小屋保治を誘う） ＊友人の保治と恋のライバル関係になり、苦悩す	3月　帝国大学文科大学を退学 5月　初めての単行本『獺祭書屋俳話』を日本新聞社から刊行 7月19日～8月20日　東北旅行 11月「芭蕉雑談」「はて知らずの記」を新聞へ連載開始	3月　大塚楠緒子が東京女子師範付属 東京高等女学校を首席で卒業（17歳） 7月19日～　保治は興津の寺に居住 ＊楠緒子が保治と見合い（興津の清美寺） ＊楠緒子と保治は興津の三保の松原に小旅行 ＊大塚母（父正男は仙台勤務で不在）は婿に保治を選択。（楠緒子はその後1年間保治との結婚を躊躇し迷う）
明治27年	1月30日　祭り（孝明天皇の先帝祭）の午後小屋、阿具と散歩 2月　血痰が出て胸がおかしいと思い、結核が疑われた ＊菅は新婚家庭に転がり込んだ漱石を北里病院で検査を受けさせた（胸は別状なし。胃潰瘍の疑い） ＊滋養をとり、弓術に励んだことで完治	2月1日　上根岸町の現子規庵に転居	5月16日　北村透谷自殺（27歳）

	漱石	子規	文学界・社会の出来事、楠緒子・保治の出来事
1894年	3月18日　午後、小屋・阿具と千住、向島あたりを散歩 7月25日　早朝、伊香保温泉に出立 （夕方6時に伊香保に到着：鉄道と馬車で） ＊同日前橋近くの実家に帰省中の保治に手紙を出し、部屋に呼び出す 7月末　伊香保の木暮宅（全て旅館は独り宿泊を拒否）で保治・漱石・楠緒子の三者が協議 （木暮宅に残された証拠：短歌「めをとづれ　榛名がへりの山籠に　ゆはへつけたる　萩美しき・・・漱石」） ＊伊香保の歌碑に、楠緒子が木暮宅に残した短歌が刻まれていた（同席した３人の中で、のちに新聞記事で判明した漱石名を記入して歌碑を設置。明治40年ごろ） ８月　大塚楠緒子との離別に苦悩す ８月　松島に赴き瑞厳寺に詣でる（座禅は回避） ＊その後神奈川県湘南の荒天の海で遊ぶ（やけ気味） 9月6日　寄宿舎を出る（失踪状態） 10月５日　菅宅に同居中の漱石（不在中）を阿具と長谷川が訪う 10月16日　小石川の法蔵院（伝通院の別院、かつて菅が下宿）に下宿 ＊「有髪の僧」と自称。神経衰弱の状態になる ＊子規、保治、狩野亨吉に葉書「遊子、流浪の末に蟄居」と書く ＊この後一時新婚の菅家に身を寄せる（尼寺化していたので漱石は法蔵院を嫌う。菅も狩野もこの頃の漱石のことを語らず：漱石の秘密として箝口令） 12月23日～1月7日　鎌倉・円覚寺で本格参禅（菅虎雄の紹介、失恋による神経衰弱） ＊塔頭の帰源院で、釈宗演のもと「色気を去れよ」と指導される。「父母未生以前本来の面目」という公案に答えられず	2月11日　新聞「小日本」創刊、責任者に抜擢 2月23日　「竹の里人」の名で短歌を「心の華」に発表 4月15日　子規庵で４名による句会開催 7月　不採算で「小日本」廃刊	6月20日　東京に大地震発生 ７月末　大塚楠緒子は伊香保へ行く ＊宿にお礼の短歌を残した 8月1日　日清戦争勃発（日本が清国に宣戦布告） 9月17日　日清戦争で黄海海戦
明治28年	1月７日　鎌倉から帰京 ＊子規庵の句会に参加		1月　小屋保治は大塚楠緒子の婿になり大塚家に入籍（２月結納）
1895年 ＊28歳	3月上旬　愛媛県尋常中学校（現、松山東高校）嘱託教員（英語教師、米人教師の後釜）に採用される ＊菅の斡旋による 3月16日　楠緒子（満19歳）・保治（満27歳）の結婚披露宴（日枝神社の境内、星ヶ岡茶寮にて）に列席 ＊40人が出席、漱石は兄の羽織・袴を借りる 4月初　帝国大学院を退学し、東京高等師範学校と東京専門学校（現早稲田大学）の英語教師の職を辞す 4月7日　愛媛県尋常中学校へ移動 ＊山口高等学校への就職話は断った。誘った菊池謙二郎から借金 ＊生徒には真鍋嘉一郎（のちに漱石の主治医）、松根豊次郎（東洋城）ら ＊２ヶ月間小料理屋「愛松亭」（城山中腹）に下宿（月給は80円、中学校長の60円より高給） 4月12日　子規のいとこ藤野潔（古白）のピストル自殺を知る（7日に発生）	4月9日　従弟の藤野古白のピストル自殺を知る 4月10日　子規は近衛連隊の従軍記者として大陸へわたる ＊宇品を出て遼東半島（金州・旅順）に上陸 4月15日　金州に到着（金州で5月4日から5月10日まで従軍中の軍医森鷗外と俳談） 4月24日　碧梧桐が古白の死の詳細を知らせる	1月　翌年1月にかけて樋口一葉は「たけくらべ」を雑誌「文学界」に断続連載 2月　日清戦争で日本が勝利す 3月16日　楠緒子・保治の結婚披露宴 4月　下関講和条約の締結

	漱石	子規	文学界・社会の出来事、楠緒子・保治の出来事
	6月　松山城近くの愛松亭から上野氏（松山の豪商米丸の番頭）の離れに転居、「愚陀仏庵」と命名 7月　山口高等学校から再度の勧誘あり：拒絶 8月27日～10月19日（52日間子規と同宿） *子規主催の毎夜の句会（松風会）が五月蝿いので、仕方なく俳句会に参加 *家主が結核の感染を気にして、子規との同居を止すように忠告したが、無視 *子規は勝手に蒲焼を注文し続け、帰京する際に付けを漱石に払わせた 9月23日　子規と松山市内の寺巡りと散策 10月8日　「矢張東京より貰う事に致候」と結婚することを菊池謙二郎に伝える （松山の女は合わないとして） *この頃か　松山を去ることを考える 漱石のあだ名:「7つ嚢の鬼瓦」（鼻のあたりの痘痕をからかう） 「生徒の勉学上の態度が真摯ではない」：始末に負えない 10月下旬　楠緒子からと思われる手紙（親展の状）が届く *「妹が文候二十続きけり」の句を子規は「「行春や候二十続きけり」と修正（不注意としてか） 11月2日　松山市の南の隣町にある近藤林門宅で宿泊 11月3日　雨の中、四国山地の白猪の滝と唐岬の滝へ行く。3日夜に松山着　（その後、体調を崩して寝込む） 11月　松山中学交友会誌に「愚見教則」を掲載（真の教育とは何かを説く） 12月中旬　閨秀小説本「文藝倶楽部第12篇臨時増刊号（明治28年12月10日発売）の巻頭に楠緒子の短歌の短冊（写真として）を発見（推測） 「君まさずなりにし頃となかむれば 若葉がくれに桜ちるなり」）*3人1点ずつの短冊のうちの楠緒子の作 12月17日　楠緒子からのものと思われる親展の手紙（10月末に受領）を火鉢で焼却（灰も砕く） *この時見合いを決断 12月18日　東京での見合いを実家に知らせる、依頼の手紙を子規宛に出す *「小生家族と折合い悪しきため、外に欲しき女があるのにそれが貰えぬゆえ、それで拗ねているなどと勘違いをされては甚だ困る。」 12月27日　帰京（同日東京着） 12月28日　貴族院書記官長　中根重一の長女、鏡（戸籍：キヨ、18歳）と見合い（高級官舎内で） *漱石は年末から正月7日まで東京に滞在 *婚約が成立。略式で結納品を交換（中根側は袴代25円、干し魚5種、酒樽5荷。夏目側は帯代35円） 12月31日　子規を見舞う	5月17日　遼東半島柳樹屯から帰国する船中で喀血が続く 5月23日　県立神戸病院に入院 *須磨の保養院に入る 8月20日　一時重体に陥った 8月25日　退院して松山に帰省 8月27日に漱石宅に移動（毎晩運座を開催、松風会句会） *愚陀仏庵の1階に子規が住む *松山近郊に5回の散歩吟行（10月6日に道後湯之町へ漱石と吟行） 10月7日　村上霽月邸と森円月邸を訪れる 10月12日　漱石ら松風会17名が子規の送別会 10月19日　東京に向けて出立。帰京途上で腰痛発生（奈良で途中下車） *奈良で「柿食へば鐘が鳴るなり法隆寺」の句を作る *旅費不足で漱石が送金 10月31日　新橋駅に帰着 12月　虚子を俳誌編集の後継者に指名（一旦は拒否される：道灌山事件） *明治31年に受諾	8月　下関条約に対して三国干渉が発生 8月　大阪で活動写真興業が開業 10月　京城事変が発生 12月　楠緒子（20歳）は文藝倶楽部増刊号に短編小説「暮れゆく秋」を掲載
明治29年	1月3日　子規庵での句会（鴎外、子規、漱石、虚子、碧梧桐が同席） *鴎外とは初顔合わせ。その後はあまり交わらず *正月休暇中に実母の墓参り（本法寺）	1月31日　鴎外が「めさまし草」創刊し、子規中心の「日本派」の俳句を掲載	
1896年	1月7日　新橋駅で鏡子とその母の見送りを受けて、松山に戻る 1月10日頃　親友の米山から陶淵明全集をもらう		

	漱石	子規	文学界・社会の出来事、楠緒子・保治の出来事
	3月1日　松山での虚子、霽月、漱石による三人句会（神仙体俳句の句会） *虚子は長兄の病気見舞いで松山に帰省 3月28日　熊本第五高等学校の中川校長から愛媛県知事に漱石の転勤許可の照会 4月7日　文部省から漱石の転勤の許可が出る 4月8日　熊本第五高等学校講師の辞令が出る（五校から電文） *熊本第五高等学校の教授、菅が校長の中川を急遽動かす 4月9日　愛媛県尋常中学校・講堂で漱石の離任式	2月　腰部が腫れ、歩行困難に 3月27日　脊椎カリエスの手術を受ける	3月　大塚楠緒子の夫（保治）は欧州（独仏伊）留学に出発 （明治33年7月まで約４年間）
*29歳	4月10日　松山の三津の浜から熊本へ出立（宮島で一泊。宇品・門司まで船旅。門司から鉄道） *宇品で虚子と別れた	4月「松蘿玉液」を『日本』に連載開始	この年、単身の楠緒子は明治女学校に入学（聴講生、校長との噂が立つ） 松野フリイダ嬢に英語を専習
	4月12日　宇品からの船中で大阪の俳人露石らに出くわす（露石の文「宇品より門司に航する船中はからず漱石夏目氏に会す」*露石・瓦全と門司から鉄道で移動、久留米で下車。水天宮本宮に参詣	5月「俳句問答」を『日本』に連載開始	この年、橘糸重（いとえ）は東京音楽学校の助教授に就任
	4月13日　熊本市（池田駅：現北熊本駅で下車）に到着 *菅虎雄と妹順の下宿に厄介になる（二ヶ月） *この熊本第五高等学校への転職は菅の紹介 *漱石と妹順は懇意の間柄に。（のちに妹順の婚家は漱石の熊本時代の外泊先になる。また妹は漱石の死後、兄が保管していた漱石宛の手紙を受け取り、昭和28年まで保持） 4月14日　第五高等学校から月俸100円で英語教師を委嘱される *英語の授業では『ハムレット』『オセロ』を講義する 6月　熊本市下通町（光淋寺近く）に家を借りる（家賃８円）女中：老女の松島とく（筆子が生まれるまで） 6月4日　鏡子、中根の父、中根家の女中が東京を出発（夏目の実家訪問し、父、兄夫婦、高田の姉夫婦に挨拶。8日に熊本着）	６月９日　漱石へ結婚祝いとして短冊を送る 「蓁（しん）々たる桃の若葉や君娶る」	絵画を跡見玉枝女史と橋本雅邦翁に学ぶ
	６月９日　自宅で結婚式を挙げる （漱石、鏡、義父、夏目家の女中だけの結婚式） *蒸し暑く、漱石・義父はすぐに礼服を脱ぎ浴衣姿に。漱石（29歳）鏡子（18歳） ６月28日　欧州のドイツの保治宛に手紙を出す *明治三陸大津波の惨状、4月から熊本の高等学校、6月に結婚したことを知らせる 7月9日　講師から教授に昇格（月給百円から借金を返済。手取り70円：生活費50円、本代20円） 7月28日　ドイツの保治に手紙出す（三陸大津波、4月から熊本の高等学校勤務、6月に結婚した）		6月15日　明治三陸大津波が発生（*地震は微弱だったが、津波の最大高さは38m死者２万２千人、流失家屋１万軒以上） *子規「若葉して海神怒る何事ぞ」 *不折は取材して絵を描く 7月頃　楠緒子（21歳時）の長女雪江が生まれる
	9月20日頃　熊本市合羽町237（現熊本市坪井２丁目）に転居（家賃13円に） *一時同僚の長谷川貞一郎と山川信次郎が下宿 （食事つき部屋代は５円と破格の安さ） *毎晩のように散歩し、帰ると何か書いていた（長谷川には見せず） ９月中旬　一週間の新婚旅行に出る：北九州の鏡子の叔父（在福岡）に挨拶 （旅行先：博多公園、筥崎八幡宮、太宰府、二日市温泉、天拝山） *旅の最後に久留米市の梅林寺で禅宗の「碧巌録」の説法を聴く	9月5日　与謝野鉄幹らの会に出席	

	漱石	子規	文学界・社会の出来事、楠緒子・保治の出来事
	10月頃　義父の中根に「教師を辞めたい。東京で仕事を得たい」と手紙で相談。*この思いは中断、霧消 11月14日　天草島原方面へ修学旅行に出発（6日間） 11月下旬か12月初旬　悩みを抱えて阿蘇山麓を歩く　「野を行けば寒がる吾を風が吹く」 12月下旬か　宿泊出張で荒尾市の紡績工場見学か（近くの宿で楠緒子と密会した模様：一度目の逢瀬）	日本で初めてクリスマスの句を作る：「八人の子どもむつましクリスマス」	11月23日　樋口一葉が死去
明治30年	1月頃　鏡子が文芸誌（下記参照）の巻頭の楠緒子の短歌（短冊）を漱石に見せる 「君まさずなりにし頃となかむれば 若葉がくれに桜ちるなり」に気づいて問う *この短歌を漱石は「お安くない歌だ。大塚は幸せな男だ、理想の女だ」などと感想をいう。鏡子の漱石に対する疑念が深まる *文藝倶楽部第12編臨時増刊号（明治28年12月10日発行） 1月　義弟になる鈴木禎次が結婚前に鏡子と漱石に挨拶に来る *禎次は鏡子の妹の時子と結婚の予定（明治31年）	1月　松山で「ほととぎす」誌を創刊 *発行人は柳原極堂（子規が募集俳句の選者）	1月1日　尾崎紅葉「金色夜叉」を読売新聞に連載開始（明治35年まで） 1月　楠緒子は短編小説「しのび音」を「文藝倶楽部」臨時増刊新年号に掲載
1897年	4月初旬 同僚の菅の病気見舞いに久留米市へ行く *一人での宿泊旅行。久留米市の善導寺にある一富留次宅を訪問し、一泊（一富家は菅虎雄の妹順の嫁ぎ先） *この病気見舞いは妻に嘘と見破られた（菅は3月に学校に復帰していたのを知られた） *旅先で気持ちが高揚し、俳句を11句作る	3月7日　新聞「日本」に「明治29年の俳諧」を連載 *漱石の29句を紹介	1月11日　英照皇太后（孝明天皇の皇后）が死去
*30歳	4月　東京高等商業學校から招かれる：拒絶 4月下旬　鏡子は筮竹占い師を自宅に呼ぶ *鏡子自身も占いを開始	3月27日　腰部を再手術	この年、楠緒子は明治女学校を卒業
	6月29日　父・直克死去（享年81歳） *東京の兄から電報が届いたが、職場の高校が試験中で葬儀には出ず *上京の機会に住んでいた借家契約を解約	4月13日　新聞「日本」に「俳人蕪村」を連載開始 4月20日　病状悪化	この頃　楠緒子は夫の留学中に橘糸重（竹柏会員、東京音楽学校の教師）からピアノを習う。互いに家を訪問
	7月8日　夫婦で上京（9日に到着） *在京中に亡父の墓参りを果たす 妻は滞在中に義父の官舎で流産。その後鎌倉の知人の別荘で長期療養生活（10月末まで） *漱石は鎌倉の旅館に宿泊（別居） 7月　江ノ島に遊ぶ（小舟で洞窟の岩屋に入る） 7月18日　子規庵での句会に出席（8・7、8・22、9・4も出席） 8月23日　漱石だけ鎌倉長谷の円覚寺を早朝に訪問 *誰かと会う約束をしていたのか「来て見れば長谷は秋風ばかり也」*ほぼ連日の円覚寺訪問 9月10日　漱石だけが熊本に帰着	5月　子規が「古白遺稿」を刊行	5月29日　漱石の親友の米山保三郎（号は天然と大愚山人）が死去（腸チフス） 9月　島崎藤村が東京音楽学校選科に社会人枠で入学 *1年間在籍し、退学
	9月中旬　飽託郡大江村（現熊本市新屋敷、白川小学校の裏手）に転居（下宿生に俣野義郎：同僚の菅の休職により菅から引き受ける） *漱石：帝大時代の授業料の返済完了、父への仕送りが不要になり、家計は楽に 10月　一人旅に出る（小天温泉へ下見）、家には書生の俣野義郎と土屋忠治、猫、女中のテル 10月25日頃　妻が鎌倉から熊本へ戻る 11月7日～11日　佐賀県と福岡県の4中学校の英語授業を視察（7日の夜は佐賀に宿泊） *同僚の武藤虎太（歴史・国語）が同行	12月24日　子規庵で第一回蕪村忌開催 *20名が参加	（助教授の橘糸重に関心があったため社会人入学。ピアノ、ヴァイオリン等を学ぶ）

	漱石	子規	文学界・社会の出来事、楠緒子・保治の出来事
	11月10日　久留米に行く（福岡県尋常中学校明善校の見学） 大晦日から　山川と玉名市の小天温泉に遊ぶ（地元の元代議士前田氏の別荘）		
明治31年	正月　山川と小天温泉で越年（留守居：妻と書生二人）＊この時の経験は小説「草枕」の素材に。 ＊1月4日頃に熊本市に帰宅	1月15日　子規庵で「蕪村句集」輪講会を開催（毎月）	2月　歌誌「心の花」が佐佐木信綱を中心にして創刊される ＊楠緒子が歌誌「心の花」に詩「秀と春」を掲載
1898年	3月　熊本市井川淵８に転居（書生の土屋・俣野は卒業する7月まで同居） ＊寺田寅彦が学年試験を落とした学生のために、「点もらい活動」で初めて漱石家を訪問：拒否されたが俳句談義 4月頃～　妻のヒステリーが激化 ５月末　鏡子は自殺（近くの白川に入水）を図る ＊鮎漁の漁師に助けられた。熊本第五高等学校の同僚の浅井が九州日日新聞社・社長（山田珠一、地元済々黌(せいせいこう)高校の教え子）に働きかけ、揉み消し。熊本市内で箝口令 ＊合計７日間の欠勤あり この頃、鏡子は再度の自殺未遂 ＊漱石は夜間妻の手首を自分と紐で繋いで睡眠 ＊近くの本妙寺に仮住まい（川から離れた転居先を探す間） 7月　熊本市内坪井町78に転居 (帰省する狩野亨吉が借家を出て明け渡す。最長の１年８ヶ月間。鏡子はこの家が気に入る） 7月～8月頃　楠緒子との交際を止めることを決意（推測：妻の自殺未遂事件を受けて）、妻との関係修復（妻の妊娠） 10月頃　九州の新派俳句会が発足 （学生の紫川が中心、漱石宅で学生十人が集まる。漱石が宗匠） ＊後に市民も参加する紫溟吟社に発展 ＊寺田寅彦が漱石宅での句会で、下宿させて欲しいと頼むと、裏の物置ならいいと言われ、退散 10月12日　妻の悪阻（嘔き気甚し）のために欠勤届けを出す（複数日数で） ＊妻は９月から11月まで食べ物・水は喉を通らず、浣腸滋養で命を繋ぐ。女中（松島とく）が世話 11月　学生の修学旅行に同行して、山鹿地方を旅行	2月　「歌よみに与ふる書」を新聞「日本」で連載開始（短歌の革新） 7月　自分の墓誌銘を碧梧桐の兄に託す 10月10日　「ホトトギス（第2巻）」（東京で創刊）	この年（2月ごろか）に楠緒子の次女、綾子が誕生（佐々木信綱が誕生祝いを届ける） ＊綾子は1910年（楠緒子死亡）時に満12歳に （朝日新聞記事より） ＊保治は明治29年３月から33年７月まで留学中。妻は夫不在時に妊娠・出産したことになる） ＊綾子と命名後、家から出す 11月　徳富蘆花「不如帰」を国民新聞で連載開始
明治32年	1月2日　元旦に同僚（奥太一郎）と熊本を出て、鉄道北回りで宇佐神宮（大分県）に参拝 ＊１日は下関で一泊し、２日朝に宇佐駅到着、徒歩で神宮へ	1月　『俳諧大要』の刊行 （ほとゝぎす発行所から部数3000部）	
1899年	1月２日　帰路は雪の耶馬渓を徒歩で縦断し、日田に入るルートをとる ＊２日は宇佐市四日市で宿泊、３日は耶馬渓山中の宿、４日は中津市山国町守美で宿泊、５日目は耶馬渓を抜け出て日田に宿泊。６日は日田から筑後川を船で下って吉井で下船し、徒歩で久留米駅に向う。 ＊途中の追分で車夫に声かけられ、力車に乗る ＊追分までの途中にあった順の一富家に立ち寄る（小城左昌著「夏目漱石と祖母一富順」に記載） 1月6日夜　久留米の一富家に泊まる様に勧められるが、断って熊本へ戻る	3月14日　根岸庵歌会の開催 ＊香取秀真ら歌人も参加	７月頃　楠緒子の住居：東京麹町一番地49

	漱石	子規	文学界・社会の出来事、楠緒子・保治の出来事
	2月　妻はふさぎ込む（妊娠鬱の期間） 俳句「灯もつけず雨戸も引かず梅の花」 ＊この頃から、学生の湯浅廉孫が下宿（漱石が留学のために上京するまで、一年半。卒業まで）	9月　漱石の紹介で寅彦が子規庵を来訪 秋〜　中村不折に貰った絵具で水彩画を描き始める（寝そべって描いた）	夏頃　楠緒子は大磯町に避暑に滞在中の佐佐木信綱に手紙を送付 「過日祝いの品をいただいた。家にいない綾子は忘れがちになり気がかり」。この中で綾子と名付けた子を「はかなき女の児」と表現。 ＊次女綾子は明治31年に誕生
	4月　「英国の文人と新聞雑誌」を「ホトトギス」誌に掲載 ＊春頃　寄宿舎の学生との男色関係が始まる 5月31日　長女・筆（筆子）誕生 6月21日　英語科主任に昇格 7月17日　「ホトトギス」用に「小説エイルヰンの批評」を脱稿	11月　文章会を開き写生文を指導	
	８月29日〜９月２日　転勤する山川信次郎と阿蘇高原を踏破（送別旅行） ＊内牧温泉にいた８月30日と31日は晴れ。 ９月１日に中岳布巾を歩いた時、雨が降り出し、阿蘇山が噴火し、泥雨の中を彷徨う。遭難の一歩手前	12月　自宅病室の障子をガラス戸に変更	この年、竹柏園選集「やまとにしき」に楠緒子の短歌16首収録
＊32歳	10月31日　松山の句友、霽月と熊本市内で再会（11月1日 句合わせ会） 12月　熊本第五高等学校の校長から英国留学の内示（漱石は断る。自分は不適当だと）	12月24日　子規庵で最後の「蕪村忌」開催（46名参加）	
明治33年	4月1日　熊本市北千反畑町に転居（33年7月〜熊本を去る同年9月） （通称：北千反畑の家、旧文学精舎跡、六番目。書生は行徳二郎）	1月　新聞『日本』で「叙事文」の連載開始 1月2日　伊藤左千夫がはじめて来訪	
1900年	4月24日　教頭心得を命じられる	1月16日　子規庵で浅井忠の渡欧送別会	
	5月12日　文部省から英語研究に英国留学（満２年間）を命じられる（留学費年額1800円、留守宅に年額300円） ＊中川校長が文部省に推挙していた ＊留学目的について学務局長と交渉：英語研究に英文学研究を追加（承認）	3月　長塚節が来訪 (4月から歌会に参加) 3月　筆子の初雛に三人官女を送る(のちに筆子の宝物になる)	5月10日　皇太子（のちの大正天皇）のご成婚 ＊翌年、皇子（のちの昭和天皇）がご誕生
	＊文部省第一回給費留学生として派遣された ７月上旬　親しんだ学生（卒業生の落合君）との別れの句を作る。同時に前年予科を卒業した手塚君を回想する句も作る	4月15日　万葉集輪講会を開始	7月3日　楠緒子は佐佐木信綱への手紙で、新居（本郷森川町）に移って雪江（４歳）と夫の帰国を待つと連絡（＊生まれていた次女綾子の姿はなし）
	7月15日　留学準備のため帰京（下宿・卒業生の湯浅が同行）	４月16日 粘土で子規自身の像を作る 4月29日　茅場町の左千夫宅を訪問	
	8月26日　子規庵を訪問し、英国留学の挨拶 ＊子規との最後の会見	6月　会津八一が来訪 8月　秋山真之が来訪 8月26日　漱石と寺田寅彦が来訪 ＊子規の臀部からは膿が流出	7月末　保治が帰国（帝大教授となり美学講座を担当）
	9月6日　寅彦宛の葉書に「御見送御無用に候、秋風の一人をふくや海の上」と書く ＊早朝の出発に変更になり、見送りは無理だと連絡 9月7日　一緒に留学する芳賀矢一、藤代禎輔、稲垣乙丙の連名で8日に留学に出ることを新聞各紙で広告		8月15日　保治の帰国祝賀会を開く（佐佐木信綱、山川信次郎、菅虎雄、狩野亨吉らが出席、漱石は欠席）
	9月8日　新橋経由で横浜港からドイツ汽船（プロイセン号）で出国（1902年まで２年間） ＊鞄の中には高井几董の「几董集」と黒柳召波の「召波集」 ＊見送り人たちに感謝の広告を翌日の新聞各紙に掲載。＊寅彦と鏡子が漱石を見送る	9月6日　漱石への葉書に別れの二句「秋の雨荷物濡らすな風引くな」「萩芒来年逢んさりながら」を記載	

	漱石	子規	文学界・社会の出来事、楠緒子・保治の出来事
	＊上海から鏡子の弟、倫（東京帝大の学生）に手紙「当代の才子ではなく、昔の武士道的な男になれ」 9月19日　香港に到着 ＊虚子宛に書簡：「無事にここまで参り候へども下痢と船酔にて大閉口」と ＊乗り合わせたノット夫人（宣教師）にケンブリッジ大学関係者への紹介状作成を依頼 10月17日　ナポリ到着、10月17日　ジェノバ（イタリア北部）に上陸、10月21日　パリ着 ＊パリに８日間滞在（23日 岡本氏と晩餐後、女のいる店へ）　＊万博会場、エッフェル塔、美術館、凱旋門を見学 ＊子規の紹介でパリ留学中の画家浅井氏を訪問。気が合う	9月24日　左千夫らが子規の興津への転居療養を協議	10月12日　保治は友人多数を森川町（東大に隣接）の邸に呼んで転居前の最後の談話会を開催
	10月下旬　パリから買った指輪を保治宛に発送（外交官の安達峰一郎に依頼） 10月28日　ロンドン着 ＊保治が紹介した下宿に入る	10月4日　内藤鳴雪が子規の転居療養に反対 10月16日　子規は興津への転居を断念 ＊病床句「月の秋興津の借家尋ねけり」	10月15日　保治・楠緒子は森川町から曙町（帝国大学から離れた場所）に転居。 （理由は保治に愛人ができ、愛人が同居するため。田舎めいた所と楠緒子は不満。明治35年6月まで居住）
	10月29日　南アフリカでのボーア戦争に参加していた義勇兵の帰国を歓迎するパレードに遭遇 （大英博物館、ウェストミンスター、ナショナル・ギャラリーを見学） 11月2日　ケンブリッジ大学の入学を断念 11月12日　下宿を替える 11月23日から　シェークスピア研究家のクレイグから個人授業（毎週）を受け始める	11月　体調不良で子規庵の句会、歌会を中止	12月15日　楠緒子は帝大元良教授夫人と「すみれ会」を結成 ＊教授夫人の会で文化サロン、会員13名 ＊毎月一回、講師を招いて開催
明治34年	1月24日　鏡子に誕生する子の名前の案を手紙に書く ＊男児なら直一、女児なら姉が筆だから墨、または雪江・浪江・花野。（楠緒子の長女が雪江だと知らず）	1月16日　新聞「日本」で「墨汁一滴」の連載開始（7月3日まで。1月25日からは赤木格堂が口述筆記）	2月　楠緒子の12首が竹柏園集第一号に掲載される
1901年	1月26日　次女恒子が誕生（東京の義父宅の離れで） 2月2日　ヴィクトリア女王の葬儀（1月23日に崩御）を宿主人と見学（ハイドパーク脇、宿主の肩車に乗る） 2月9日　狩野、大塚、菅、山川の連名の宛名で書簡を英国から出す：一高校長の狩野に、帰国時に五高から一高への転校が成るように依頼（各氏の協力を仰ぐ） ＊狩野は帝大と一高の両方で採用が決まりそうだと電報を打った 2月20日　ホームシックになり妻へ手紙 「半年ばかりになる、お前の手紙は二本来たばかりだ、甚だ淋しい、しきりにお前が恋しい」	1月28日 弟子の寒川鼠骨が地球儀を贈与	この年に大塚保治は文学博士の学位を受く （＊漱石は明治44年に文学博士の学位授与の連絡あり。拒否）
	＊楠緒子は漱石に、長女雪江の誕生を知らせず（明治34年２月の鏡子への手紙で、誕生した次女の名前に、雪江、浪江、花野の名前を推薦したため） 3月23日　日本領事館の館員が下宿を訪れる ＊グラスゴー大学の日本人留学生受け入れの試験問題作成の打ち合わせ 3月25日　問題作成の正式依頼あり ＊一夜で作成し、領事館に電送（アルバイト収入に）	5月　漱石の３通の倫敦からの手紙を「倫敦消息」と題して「ホトトギス」誌（5月号）に掲載 （＊作家漱石の読者への紹介となる）	5月　橘糸重は東京音楽学校の教授に就任
＊34歳	4月に子規宛に３回、手紙を出す 4月25日　ロンドン市内で転居（主人も一緒）	6月　植木屋に糸瓜棚を作らせる	

	漱石	子規	文学界・社会の出来事、楠緒子・保治の出来事
	5月5日　留学生池田菊苗（化学者）がドイツから英国に転籍。漱石の下宿に入る（２ヶ月間、王立研究所に通う、６月26日まで） *ドイツで大幸勇吉が池田に漱石を紹介していた この頃　菊苗と親密な交際を行う 「池田は理学者にして哲学者。頗る多読の人」（漱石の言）。深夜まで話し込むこと多し（英文学、世界観、禅学、哲学が話題） *漱石は刺激を受けて急に科学、心理学、進化論に興味を持つ。この頃に文学論に取り組み開始 ６月５日　エプソム競馬場でダービーを見る ６月26日　池田は漱石宅から転出（その後も交流） 7月　広告に応募のあった下宿先（ロンドン市内のクラパム・コモン）に転居 *新聞に「文学趣味のある静かなイギリス人家庭を求める」を出した。最後まで、出歩かず勉学 7月12日　大塚保治から葉書と竹柏会（楠緒子が所属） の歌誌「心の花」が届く 7月　「文学論」の執筆、軽い神経衰弱（学費不安、孤独感、文学論に熱中） *この頃からうつ病が始まった 8月15日　手紙に「英文学者になることの馬鹿馬鹿しさを感ずる」と書く 8月3日　池田菊苗とカーライルの住んでいた家を訪問 8月15日　土井晩翠をヴィクトリア駅まで迎える *漱石の宿にしばらく泊まる 8月30日　池田菊苗と呉秀三（精神科医、のちに帰国した漱石を診察）を埠頭で見送る 10月末～11月2日　エジンバラを旅す（同宿の長尾半平と） 11月3日　日本人句会の第一回「太良坊運座」 *漱石下宿で開催、宗匠の漱石は６句作成 11月17日　2回目の「太良坊運座」で漱石は５句（漱石の下宿で） 12月1日　虚子にやっと返信 *神経衰弱のため長期に書けずと言い訳 12月18日　子規に返事を出す *9月から手紙を出してなかった	６月下旬　洋画家中村不折の渡欧送別会を子規庵で開催 9月2日　「仰臥漫録」を書き始める 10月13日　自殺願望が起き、時々絶叫・号泣す *「仰臥漫録」に「古白日来（こはくいわくきたれ）」と書く（古白の死霊が呼ぶの意） 10月下旬　母と妹に今までの介護に対する感謝として、会席膳２人前取り、３人で食す （虚子に借金し、大盤振る舞い） 11月6日　ロンドンの漱石に手紙を出す *「僕はハモーダメニナツテシマツタ　毎日訳モナク　号泣シテイルヨウナ次第ダ」、「僕ハ迚（とて）モ君ニ再会スルコトハ出来ヌト思フ」、「實ハ僕ハ生キテヰルノガ苦シイノダ」、「書キタイコトハ多イガ苦シイカラ許シテクレ玉ヘ」と書く	７月28日　楠緒子（満26歳）は佐佐木信綱に葉書。27日朝に、「いよいよ事の済みはて候　天の配剤　あまりにあり難からず」 *保治の愛人が出産 （*明治33年７月末に保治は帰国） ８月15日　与謝野晶子が処女歌集「みだれ髪」を発表 ８月　佐佐木信綱が大磯で避暑 *楠緒子からの手紙を受け取る *すぎし日の子供に「綾子とつけ、はかなき児」「未だ親らしき気に染み候わず」と表す *明治32年に出産していた娘の名前を信綱に知らせていなかった 10月　楠緒子が歌誌「心の花」に詩「流転」を掲載 10月14日　楠緒子は本郷曙町から橘糸重に手紙を出し、糸重を「ピアノの君」と称す *楠緒子は乳母（保治の愛人）に暇を出す
明治35年	1月1日　最後になる3回目の「太良坊運座」に８人参加 *渡辺和太郎の下宿で開催、漱石は１句	1月　病状悪化。連日麻痺剤投与	1月　日英同盟締結
1902年	冬の頃　句友たちが閉じこもる漱石を観劇にしばしば連れ出す（ある日は「ベニスの商人」と詩劇「ユーリセス」を背広姿で観劇し、目立つ） 3月15日　義父に英国事情を書いた手紙を出す *駐英の林公使に日英同盟締結の慰労金、一人５円ずつを日本人会が集金したことに立腹 *ロンドンに立ち寄った帝大学友の立花銑三郎が「戦争で日本負けよと夏目云い」の俳句を作り、手紙で送っていた（漱石の悪評判が立つ） 4月中旬　中村是好とロンドンで会う	3月10日　中断していた「仰臥漫録」の執筆を再開 3月末から左千夫、虚子らが交代で看護 5月　「病牀六尺」を「日本」に連載開始	2月　英国公使館前で日本人が万歳行進 5月　英国は南ア戦争で和睦（植民地の獲得）

	漱石	子規	文学界・社会の出来事、楠緒子・保治の出来事
	6月　浅井忠が帰国の途上に漱石の下宿を訪問（4日間滞在） *句友４人と浅井を国立絵画館とテート画廊に案内、午後はキュー植物園（浅井が写真撮影） 7月初め　芳賀矢一が来訪 *浅井、芳賀とも漱石は普通だと観察していた 夏頃〜　神経衰弱の状態か（本に集中できず） *7月2日から9月12日まで手紙書かず。暗い部屋に閉じこもる	（死の2日前の9月17日まで） 6月「禅の悟りとは、如何なる場合にも平気で生きて居る事」という	5月３日　信綱への手紙で「女二人いかに育てなばと悶え申し候」 *雪江と綾子のことか
	9月8日「漱石狂せり」の電文がロンドンから文部省に届く 9月9日　漱石の部屋に来た土井晩翠は漱石を見守る 9月12日　妻への手紙で自分を神経衰弱と表現（気分晴れず、と）	6月〜9月　描画に集中「果物帖」「草花帖」「玩具帖」に描く 歌誌「心の華」の7月号に「病床歌話」を寄稿	6月　楠緒子は歌誌「心の花」に掲載された自作短歌に「ピアノの君」と署名 6月24日　楠緒子は曙町から西片町10番ハ３号に転居
	この頃　文部省に「漱石狂せり」の電報を打った人を探索：岡倉由三郎（帝大英文科卒、漱石の後輩。岡倉天心の弟）だと判明（文部省に電文の記録が残っていた） 秋頃　宿主が神経症の医者を漱石の部屋に呼ぶ *漱石に自転車乗りを勧める。同宿の犬塚武夫が指導 10月上旬　岡倉由三郎の家を自転車で訪問 10月上旬　帰国の直前にスコットランドを旅行（岡倉が招待されたが、漱石を代わりに紹介） *漱石は招待した旧知のディクソン氏と氏の邸に行ったように謀った、と思われる	9月10日　子規の枕元で最後の蕪村句集輪講会開催 ９月14日　虚子が子規の「九月十四日の朝」を口述筆記	7月　楠緒子は歌誌「心の花」（第5巻7月号）で、「7月末に転地の藤沢鵠沼から帰京の予定、連れは母と雪枝とにて、家のこと心懸かりに候」と書く。 *綾子は不在
	この頃　文部省には内緒でパリに行き、不審死の文豪ゾラの葬儀（10月5日）に出席した可能性が大。パリには浅井忠と中村不折がいて案内 「秋風遠きより吹いて一片の訃音端なく我が卓上に落つ」の漱石メモあり 10月10日　駐英公使館から岡倉に緊急電文「夏目精神二異状アリ。藤代へ保護帰朝スベキ旨伝達スベシ」（電文は岡倉から藤代へ） 11月初め　帰国の船を11月7日便で予約 *その後キャンセルした *一月遅れの帰国準備を開始（洋書400冊と高さ20センチに達する帳面） 11月上旬　藤代を国立美術館、ケンジントン博物館、大英博物館に案内 *藤代は予約していた11月7日発の船で帰国 11月下旬　子規病没の知らせを虚子と碧梧桐から受け取る 12月1日　虚子に「ロンドンにて子規の訃を聞きて」と返信、「往生は本人の幸福か」と書く *手紙に追悼の５句を添付（子規追悼句を作ってから半年間俳句を作らず。明治36年５月に再開） 12月5日　漱石は帰国のため乗船（日本郵船の博多丸、インド洋経由で） *予定の2年間余の留学を終えて帰国	9月頃　鏡子が子規を見舞う「お顔や唇は半紙のように白く、息遣いが荒く――」 ９月18日　絶筆の糸瓜三句を記す　*最後の２、３ヶ月は下痢続く 9月19日　子規死去（35歳） *生涯に俳句二万四千句、短歌二千五百首 *骨盤はすり減って消え、脊髄は壊れ、片肺は腐りかけていた 9月21日　子規居士の葬儀（９時、東京の田端の大龍寺に埋葬、土葬） 「心の花」９月号に「歌論」を掲載（生前寄稿） *この号に「竹の里人正岡先生逝く」の追悼文が掲載される	*この時期から「心の花」に短編小説を盛んに書き始める 9月　大塚楠緒子「心の華」９月号で妖艶な恋の詩「夜」を発表 鬼ありそこにのろふべく　罪ありそこにさかゆべく 悔ありそこにもだゆべく　戀ありそこにくるふべく 日の影恥づる人の子の　地にひれ伏すその悩み 思ひの儘にうちなやむ　秘密をかたくとざす為め 窺ふが如 忍ぶ如　音なく落す黒衣は 問はば答へむ夜のめぐみ　問はゝ夜の情にあらざるや

超詳細な年譜
（後半：漱石と楠緒子との関係を主にした年譜）

	漱石の年譜 （新暦表示）	社会の出来事/楠緒子・保治の出来事
明治36年	1月20日　朝、長崎に到着（帰国） *蕎麦を何杯か食べてから鰻飯を食べ、下痢 1月21日　熊本着（第五高等学校に挨拶）	大塚楠緒子「心の花」1月号でホーソーン作「モンテ・ベニの物語」の翻訳文を掲載
1903年	1月23日　神戸着 *神戸から乗る汽車を電報で中根宅に連絡（妻と義父が国府津まで出迎え）	2月初旬　楠緒子の３女として清子が誕生（保治の愛人の子）
*36歳	1月24日　急行列車で新橋に到着（9時半） *狩野も出迎え *牛込区矢来町の中根宅に仮住い	2月11日付け・葉書（西片町から佐佐木信綱に発送） 「大きい子（雪江）と小さき子（清子）、いろいろーやかましき事」 *雪江は一時、母の伸が預かっていたが、戻ってきた。
	1月26日　「英国留学始末書」を文部大臣宛に提出 1月27日　子規の墓（大龍寺）に線香を手向ける 「われこの棒杭を周る事三度」（詩文の一節） *墓碑はまだなく、卒塔婆のみ	*楠緒子は手紙で「乳母（愛人）が授乳」と記す。夫の住む曙町の家から出て、離れた西片町の家で別居中に、愛人を受け入れ、出産を支援 4月　ロシア軍は満州に居座る 4月　無鄰菴会談（伊東、山県、桂、小村による「日露開戦やむなし」） *京都の山縣有朋の別荘での外交会議
	3月3日　東京市本郷区千駄木57（文京区向丘）の借家（通称猫の家）に転居 *明治39年12月まで居住（第二高等学校教授の斎藤阿具の持ち家、鴎外が前に居住）	5月初め　楠緒子の三女清子（保治の愛人の子）が発病
	*義妹婿の鈴木禎次と大塚保治博士（楠緒子と別居中）から借金して、引越・所帯道具代を賄う	5月20日頃　楠緒子の三女清子が死亡（生後３ヶ月で）
	*この頃神経衰弱を悪化させ、癇癪を起こす	*大塚家の墓所でない青山墓地に埋葬「小さき身に付けし種々のもの、乳母に取らせ候も涙」「気の毒に候は乳母に候。(中略）涙を貯めて、張る乳をしぼりをり候」
	3月から4月の間に　楠緒子と近所の路上で再会 3月31日　第五高等学校教授を依願免官 4月10日　第一高等学校講師を委嘱される *狩野亨吉と大塚保治の尽力による 4月15日　東京帝国大学文科大学英文科講師を委嘱（小泉八雲の後任として。一高年俸700円、帝大年俸800円：かなりの高給取り） 4月20日　帝大で初講義「サイラス・マーナー」	*楠緒子の短歌：「父に母に乳母にはなれて神の手に抱きとられし我が子悲しも」*乳母とは保治の愛人
	5月　大塚楠緒子の三女清子の死を聞いて、見舞いに鯛を送る *保治が漱石に立腹し、帰国の際に貸した金の返済を迫る（*中途半端な怒り）。漱石は失業中の山川から借金して返済 *死んだ三女は保治の愛人の子と知っていた	5月22日　漱石の弟子の藤村操が自殺（日光華厳の滝に投身） *漱石の授業に2回続けて予習なしで出席したために叱責され、2日後に自殺
	6月4日　大学図書館の教職員閲覧室がうるさいと学長宛に苦情の手紙を出す（大学側は無反応）	「こころの華」6月号　楠緒子は「清子」と題する随筆を掲載
	6月頃～翌年5月頃　精神不安定（鏡子の観察） *特に8月まで癇癪を起こす（家族や女中に対してのみ）	6月　親友の菅虎雄が清国南京大学に転出 6月　7博士建白事件 東京帝大法科大学の7人の教授がロシアとの開戦すべしの意見書を桂首相に提出
	7月2日　菅虎雄への手紙で「胃病、脳病、神経衰弱症併発だ、医者はお手上げ」 7月10日　女中は出され、妻子は一時実家へ（2ヶ月間） *鏡子は漱石の兄の仲介なども受けながら、9月に家に戻る	(帝大総長、文部大臣の辞任)
	*虚子は鏡子に頼まれて漱石を芝居、歌舞伎に誘う（能だけに興味を持つ）	6月29日　滝廉太郎没(25歳)
	7月　「自転車日記」をホトトギス誌に掲載 (*この頃ホトトギス調の俳句界と溝。句作する気にならず)	8月　対露同志会の結成
	7月または8月　精神科医呉博士の診断を受ける	この年　幸徳秋水、堺利彦が平民社を結成：平民新聞を発行、官憲の弾圧で２年後の明治38年に解散

	漱石の年譜　(新暦表示)	社会の出来事/楠緒子・保治の出来事
	*病名は追跡狂（追跡妄想が生じる） 9月～翌年2月　一般学生向けに「マクベス論」を講義、大好評 *英文科に草平、伝四、中川芳太郎などが入学 9月、10月　うつ病はやや回復 10月から　水彩絵葉書を描く (橋口貢と絵葉書の交換開始、うつ病対策が趣味化) 10月28日　義父中根重一が来て、金策の保証人を依頼（拒否） 11月　三女・栄子誕生（産婆間に合わず、漱石手伝う） 11月27日~37年4月　英語詩数篇（幻想的な恋愛詩）を日記に書く（恋する楠緒子に対する恨みを表す）	この頃、東京朝日新聞は対露強硬論を主張 10月30日　尾崎紅葉没(37歳)
明治37年	1月　「マクベスの幽霊に就いて」を「帝国文学」に掲載	1月　橘糸重は軽井沢を旅した時に、友人と小諸の藤村を訪ねる (藤村は明治30年に東京音楽学校に1年在籍し、糸重と交流)
1904年	2月　マクファーソンの翻訳「セルマの歌」他を「英文学会叢誌」に掲載 4月　明治大学講師も兼任に（月俸30円） *　漱石の授業が学生に不評。漱石は忙しく休講・代講が増え、明治大学講師の辞表を出すが学長に留意される 4月頃～夏　神経衰弱はやや落ち着く 5月　戦争詩「従軍行」（新体詩）を公表（「帝國文学」誌） 6月末　妻に何度も追い出された黒猫を漱石が飼い出す 7月頃　義父の中根は高利貸から借金（投資失敗） *漱石は菅から250円用立てて義父に渡す 7月下旬～年末　水彩絵葉書を制作（橋口貢、寅彦に合計21枚発送） *１年前から水彩画を描き始めた（精神安定のため） 9月～　シェークスピアを講義（新学期） *帝大の法科・理科の学生も聴講し、大人気となる *三重吉が英文科に入学 9月　虚子に誘われて連句を始める *漱石宅で虚子、四方太と連句を創作（この連句は俳体詩に展開） 11月　三女栄子が生まれる 11月　虚子の勧めで『猫伝』を執筆し、虚子に提示 *後に虚子のアイデアで題名は「吾輩は猫である」に決まる。推敲は虚子 12月　虚子の文章会「山会」で虚子が『猫伝』を朗読 12月頃　「道もゆるせ逢はんと思ふ人の名は」（俳体詩）を作る *虚子らと俳体詩を盛んに制作 12月21日ごろ　新年の「帝国文学」のために「倫敦塔」を脱稿 12月年末～38年初め　円覚寺の帰源院で参禅（釈宗演の下）	2月4日　御前会議で露国に対する開戦を決議 2月10日　ロシアに宣戦布告 (翌年9月まで日露戦争) 2月21日　仁川沖海戦でロシア海軍を撃破 3月2日　鴎外が満州遠征軍の第二軍軍医部長に就任 3月　市街鉄道が浅草まで開通 4月　日本陸軍は遼東半島に上陸 *この頃から、日露戦争でバルチック艦隊との海戦が近いとして、佐佐木信綱も国威発揚の短歌を大量に作る 5月26日　日本陸軍は南山・金州の戦いで勝利 *陸軍は遼陽でも大勝（*日本側の戦死傷者４万人） 8月頃　東慶寺管長の宗釈演が満州で講演・布教（四ヶ月間） 9月　歌誌「明星」に与謝野晶子が「君死にたまふことなかれ（旅順口包圍軍の中に在る弟を歎きて)」の詩を発表 9月　「心の花」に楠緒子が「伊香保だより」（一人旅、日記風）を掲載 9月26日　小泉八雲（ラフカディオハーン）が死去（54歳）
明治38年	1月初めまで　円覚寺の帰源院に宿泊	1月1日　旅順要塞の開城 *号外出る 1月　第一次ロシア革命が勃発
1905年 *38歳	1月　「吾輩は猫である」１章（『ホトトギス』誌）と　「倫敦塔」（帝国文学）「カーライル博物館」（学燈）を発表 1月10日ごろ　「吾輩は猫である」２章を脱稿 2月に「吾輩は猫である」２章を『ホトトギス』誌に発表 *明治39年8月号まで掲載（最終は11章） 3月～　虚子の文章会に毎月出席（虚子、四方太、寅彦、真綱、伝四らと）	1月　楠緒子は「お百度詣(もうで)」（反戦長詩）を雑誌「太陽」に発表 1月　「吾輩は猫である」発表の『ホトトギス』誌に子規の「仰臥漫録」が付録として発行 2月　奉天会戦で日本が勝利 5月27日　日本海海戦で日本が勝利

	漱石の年譜 （新暦表示）	社会の出来事/楠緒子・保治の出来事
	*この頃から、橋口五葉や大塚楠緒子らと水彩絵葉書を交換（発送先を拡大） 4月12日　明治大学で講演 4月上旬　泥棒に入られる（1週間後に逮捕） 明治38年（明治39年も）　散歩が増える *一人住む楠緒子の家（西片町）の近くを通るルートで漱石の散歩が増える（3、4時間かかった散歩もあった：書生が確認） 4月29日　自宅で文章会を開催 （自作の「琴のそら音」を朗読、6月3日にも） 7月中頃　野村伝四らと「金色夜叉」劇を観る（本郷座）	*ロシア艦隊は38隻中、21隻が撃沈（俘虜6万）、日本艦隊は水雷艇3隻が撃沈された 6月～12月　大塚楠緒子は歌誌「心の花」に喜劇「あねいもうと」を連載 8月　「心の花」9月号（1日発売）に「伊香保だより」を掲載 *大塚夫妻が伊香保に長期逗留（楠緒子は小説書き、保治は読書） 8月　「婦人画報」8月号に大塚楠緒子は「吾輩は猫である」のパロディの短編小説「犬である」を掲載
	*義太夫にも興味を持ち、観劇（本郷若竹座：8・29、9・1、9・2） 9月　帝大で「18世紀英文学」の講義開始 9月15日　またも泥棒に入られる	8月10日　米国ポーツマスで日露講和会議開始（小村寿太郎・ウイッテ会議） 9月5日　日露講和条約の調印 9月5日　群衆による日比谷焼き打ち事件（新聞社・交番・市電を焼く）
	10月6日　「吾輩ハ猫デアル」上巻の刊行（大倉書店・服部書店） *初版本は20日間で売り切れ	
	初冬　文章会に新顔参加（寅彦、森田草平、小宮豊隆、三重吉ら）	9月～　大正デモクラシー運動の開始
	12月　四女・愛子誕生	11月3日　大塚楠緒子の小説「湯の香」全編が公表（伊香保温泉が舞台）。*後発の小説「七色」「露」も伊香保を舞台にしたもの）
明治39年	1月　「趣味の遺伝」『帝国文学』に掲載	1月　桂ハリマン協定の破棄を米国実業家ハリマンに通告（米国から帰国した外相小村寿太郎が元老たちを説得。満鉄利権の単独保持の判断が米国を激怒さす）
1906年	この頃　漱石の体調は良好（この年が過去一番快調、病名は慢性胃カタール（軽度な胃潰瘍） 3月17日～23日　「坊ちやん」の構想を得てから執筆までを完了 *3月　藤村の「破戒」本を購入（「金色夜叉」より上と絶賛）（弟子の野間眞綱に「僕もこれ位のものが書けるといいがなあ」と）	1月　伊藤左千夫の『野菊の墓』が「ホトトギス」誌に掲載 1月　日本社会党結成 1月～4月　大塚楠緒子、歌誌「心の花」に小説「嫁入車」を連載 3月　堺利彦「社会主義研究」創刊（5月号で廃刊）
	4月1日　小説「坊ちやん」を『ホトトギス』誌に掲載	3月　島崎藤村「破戒」を自費出版 3月　旅順に関東都督府を設置
	7月17日　「吾輩は猫である」の執筆完了 （原稿料：15円×11章）	5月号「文章世界」に楠緒子の短歌（暮春）が掲載 「とほくとほく流れて去にし春の水 水のゆくへや恋のゆくへか」 6月　糸重の悶えの歌が話題になる
	7月26日　小説「草枕」の執筆開始、2週間で脱稿	7月から　大塚楠緒子・保治の住所：本郷区駒込西片町10番地ハの3。（大塚楠緒子の実家の近所）
	8月31日　三女栄子が赤痢に罹患 （家中を消毒、警察医が6日まで外出禁止にしたが、漱石は外出）	明治39年7月号　大塚楠緒子、歌誌「心の花」に短編小説「虞美人草」掲載 *この題名は漱石の小説「虞美人草」（明治40年6月から連載）より先
	9月1日　小説「草枕」を『新小説』誌に掲載 *正式発売日の前の8月27日に売り出され、3日間で売り切れ *有力な説：宿の若女将那美は楠緒子の面影が投影	明治39年8月号　大塚楠緒子、歌誌「心の花」に詩「花もひと時」を掲載 8月14日　楠緒子（31歳時）の４女寿美子が誕生（保治の愛人の子）
	9月16日　義父（中根重一）の死（享年56歳、腸チフス） *50歳で貴族院書記長を辞職。その後相場に手を出して破産。借金の取立てと差し押さえに遭い、生活は困窮。漱石が支援 *20日の葬儀は漱石欠席	9月16日～　「吾輩は猫である」の劇（２幕もの）が神田三崎座で女劇団が上演
	10月1日　「二百十日」を『中央公論』に掲載 10月11日　弟子たちが多数訪問	11月　「吾輩は猫である」の劇を真砂座で伊井蓉峰一座が上演

	漱石の年譜 （新暦表示）	社会の出来事/楠緒子・保治の出来事
	*この時に漱石との面談日を毎週木曜日15時からに限定（この日が第一回木曜会：参加者は10弟子と津田） *例外：小説「銀の匙」の中勘助は、木曜以外に訪問 *大抵、夜の1、2時まで話した。東洋城と小宮が残り、書斎で漱石を真ん中にして三つ床を並べた 10月11日頃　正宗白鳥が漱石の読売新聞社への入社の交渉に来る 10月23日　京都帝大文科大学学長、狩野亨吉による英文科教授としての招聘を断る *「愉快の少ない所に居ってあく迄喧嘩をして見たい。――どの位自分が社会的分子となって未来の青年の肉や血となって生存し得るか試して見たい」 10月26日　三重吉に手紙を出す 「維新の志士の精神で文学をやる」と。「猫から草枕までの文学とは決別」を宣言。「美を目指す閑文学より苦痛文学をやる、気狂いと言われてもいい」 10月28日　寅彦と上野奏楽堂での明治音楽会に参加 11月4日「吾輩ハ猫デアル」中巻（大倉書店と服部書店から刊行） 11月15日　立憲政友会の代議士である竹越与三郎が読売新聞「文壇」欄の担当を漱石に依頼。漱石は拒否 12月5日　家主（斎藤阿具）が戻ると連絡してきたため、家さがしを開始 (12月13日に鏡子が空き家を見つけたと阿具に伝える。楠緒子宅とは約140mの距離) 12月9日　小説「野分」の筆起こし（予定より50日遅れ：「現代の青年に告ぐ」を巡って狩野亨吉と議論したため） 12月27日　千駄木から本郷区駒込西片町10番地ろノ7号（現、文京区西片1丁目）に転居（家賃27円） 年末から　糖尿病が発症（真鍋医師による尿検査）	11月　鎌倉の円覚寺で、釈宗演が碧巌録を講義（徳富蘇峰らが碧巌会を結成、10年継続） 11月　南満州鉄道会社の設立 *長春－旅順間の鉄道と鉱山・製鉄業の経営、港湾の使用権取得
明治40年	1月　「野分」を『ホトトギス』に掲載	
1907年 *40歳	2月　大阪朝日新聞社の主筆鳥居素川が「草枕」を読んで、社主村山に漱石引き抜きの同意を得る（東京に伝える） 2月20日　朝日新聞社員の坂元（当時白仁、号は雷鳥。熊本五高時代の教え子）が入社打診の手紙発送 2月24日　東京朝日新聞社と入社に向けた打ち合わせ開始（坂元が漱石宅を訪問） 3月4日　帝大の大塚博士が学内を調整し、漱石の英文科教授就任が内定 (この3月に留学による漱石の就業義務期間が終了) *濱尾総長から小説執筆と講義の二本立ての了承を得たが、間に合わず *教授の月給は150円に昇給。しかし朝日新聞社入社の決断は変わらず、漱石は拒否 3月7日　漱石が提示した条件に対する返事を持って、坂元が再訪 3月11日　坂元宛に入社の詳細条件を書いた手紙を発送 3月15日　朝日新聞の主筆池辺三山の漱石宅訪問で入社を決意（感想：三山は西郷隆盛を連想。進退をかけて交渉に来た：「人生意気に感ず」） *契約：月給200円（賞与・昇給あり）、年に小説を2本（1本は長編）、執筆は朝日新聞にのみ、他社で刊行可能、主筆と社主が地位を保証 3月25日　東京帝大文科大学に講師の解職願を提出 *3月中に明治大学にも解職願を提出 3月28日　社命で大阪へ出張 (大阪朝日新聞社へ挨拶し会食。正式入社は4月) *28日夜に京都に到着（学友の狩野、菅が出迎え）（狩野は京都帝国大学文科大学学長、菅は三高教授） 3月28日～4月11日　2回目の京都探索	2月　足尾銅山で暴動 1、2月頃　楠緒子は佐佐木信綱に手紙で家庭の内情、悩み(保治の愛人問題等）を打ち明ける *この頃　楠緒子は糸重との激しい交流が続く 4月　南満州鉄道株式会社が開業 この頃、国内で社会主義運動が活発化

	漱石の年譜 （新暦表示）	社会の出来事/楠緒子・保治の出来事
	*初日は狩野宅（糺の森の中）に宿泊、その後東山に宿をとった。大学図書館、祇園、知恩院を見て回る *京都滞在中に「虞美人草」の腹案ができる 4月4日　夕刻中之島散歩後、朝日新聞社で村山社主と会う。十数名によるホテル晩餐会（星野方に宿す） 4月5日　京都の伏見・桃山・宇治を歩く 4月7日　山陽外史の室を見学し、嵐山、渡月橋、天龍寺を回る 4月8日　保津川下り 4月9日　漱石、菅、狩野は比叡山に登る （坂本、大津経由で戻る） *「京に着ける夕」の文を大阪朝日新聞に4月9日から11日まで連載 4月10日　高浜虚子が京都に来て漱石に連絡 *二人で昼は平八茶屋で川魚料理。虚子の宿で夕食をとった後、虚子の案内で「都踊り」と「万屋」を見物。その後一力茶屋へ（「芸者が無闇に来る、舞妓が舞う」：日記） 4月11日　午後8時に京都七条を発つ （12日朝9時に新橋駅に到着） 4月　東京美術学校（現、東京芸大）での文学会で「文芸の哲学的基礎」を講演（後に朝日新聞に掲載）	
	5月初旬　『文学論』を刊行（大倉書店） 5月3日　「入社の辞」を『東京朝日新聞』に掲載（大阪は同文の「嬉しき義務」を4、5日に掲載）	5月　楠緒子が歌誌「心の花」に短編小説「女の櫛」を掲載 5月18日　大塚保治・楠緒子宅で独仏留学の深田康算（美学専攻）の送別会を開催 （*十人参加し、漱石も橘糸重も出席。漱石の小説成功を祝う。楠緒子は漱石を「猫の君」と呼ぶ）
	5月28日　小説「虞美人草」の予告が朝日新聞に掲載 *この頃から胃病に苦しむ（入社の頃から重圧あり、便秘） 5月19日「吾輩ハ猫デアル」下巻（大倉書店・服部書店から刊行）	7月　日露協約を締結 （日本・ロシアは清国から得た満州の権益を相互に尊重し、北満洲をロシアが、南満州を日本が勢力範囲とする。ロシアは、日本の朝鮮における権益を認める）
	6月4日　小説「虞美人草」の執筆開始 （京都で構想を練った） 6月5日　長男・純一誕生	
	6月15日　西園寺首相からの文士招聘会（雨声会）への出席を断る *葉書で断りの返事「時鳥厠半ばに出かねたり」 6月23日～10月　「虞美人草」を新聞連載	7月頃　「虞美人草」の新聞連載に合わせて、三越呉服店から虞美人草の浴衣地や帯留、玉宝堂から虞美人草指輪が売り出され、「虞美人草ブーム」
	7月12日　漱石が楠緒子宛に手紙を発送 *楠緒子の小説を次々回の新聞小説に採用することを伝えた *楠緒子の新住所：「本郷区駒込西方町10ろ7」へ送る 7月16日　朝日新聞社内で、次の連載小説を大塚楠緒子に依頼する件を上司に報告。「17日位から鎌倉に行く筈の楠緒子に手紙で問い合わせる」と言った *漱石は楠緒子の転居先の住所を知っていた	7月15日　大塚保治は漱石と別荘地見聞に出かける（千葉県一の宮へ） *大塚家の最終の別荘地は大磯 7月18日　大塚楠緒子は鎌倉の長谷（北鎌倉の浄智寺の真裏）に一時転居 *元の住所：「本郷区駒込西方町10ろ7」 *この予定を「心の花」7月号（1日発行）で「鎌倉だより」として公表
	7月19日　漱石は鎌倉の楠緒子宅に手紙を発送 （楠緒子はこの頃鎌倉長谷に一時的に転居） 7月下旬　鎌倉長谷の廃寺になっていた禅興寺で楠緒子と落ち合う（直接、楠緒子に小説執筆を打診） *ここで漱石は30句超の俳句を制作 *長谷寺のすぐ後ろの光則寺脇に中村是公の別荘あり 8月頃　東洋城の恋愛問題で相談され、諦めるように説得（5通の葉書を出す）	
	8月頃　家主が度々家賃の値上げを通告したため、友人たちに家探しを依頼。自分も10軒以上を見に行く	9月　楠緒子が歌誌「心の花」に短編小説「夜の磯」を掲載
	9月29日　牛込区（現新宿区）早稲田南町7番地へ転居（漱石山房の誕生。死去するまで9年間住む。「暗い、きたない家」と形容、家賃35円、7間あり）	9月　田山花袋が恋愛私小説「蒲団」を発表（「新小説」の明治40年9月号と明治41年3月号に掲載）

	漱石の年譜　（新暦表示）	社会の出来事/楠緒子・保治の出来事
	*明治39年12月から西片町に住んでいたが、同じ西片町に住んでいた楠緒子が同年7月に別居して鎌倉に転居したための引っ越す。「漱石断片」に「西方町を出る理由」と書く（引っ越す口実を考えた） 9月～11月か　楠緒子に新聞小説執筆の正式依頼 *「虞美人草」連載のしばしの休息を会社に連絡 11月9日　宝生新に付いて謡の稽古を始める 11月　小説の材料の売り込みあり（荒井伴男の話をメモ。その後漱石宅に住まわせて詳しく取材。小説「坑夫」として結実）	
明治41年	1月1日～4月6日　「坑夫」を新聞連載（東京朝日新聞と大阪朝日新聞） 1月1日　「虞美人草」の刊行（春陽堂）	1月　楠緒子が歌誌「心の花」に短編小説「鎌倉井戸」を掲載 1月　楠緒子が雑誌「趣味」に小説「蛇の目傘」を発表
1908年	1月21日　「糖尿の気あり」の診断 *菅虎雄の義弟に再検査を依頼	3月23日　森田草平と平塚らいてふの自殺未遂事件（塩原心中事件） 4月　楠緒子は肺炎を患う
	2月15日　朝日新聞社で「創作家の態度」講演	4月27日～　楠緒子の小説『空薫』が東京朝日新聞に連載開始（病気で中断）
	3月22日　寅彦と上野の音楽会に行く 4月　「創作家の態度」を「ホトトギス」誌に掲載	4月28日　初のブラジル移民が笠戸丸で旅立つ（日本経済が不振のため） 4月　竹柏園信綱選の「玉琴」に楠緒子の新体詩５篇が収録される
	５月中旬～６月下旬　神経衰弱	5月上旬　二葉亭四迷の朝日新聞特派員としてのロシア行きが決まる
	6月　「文鳥」を大阪朝日新聞に連載	（鳥居素川と漱石が送別食事会を企画、出立は6月初め。任地はサンクトペテルベルグ）
*41歳	7月中旬　鏡子の従妹（房）と東洋城の結婚を図るも破談 7月～8月5日　「夢十夜」を東京朝日新聞に連載 9月初め　東大浜尾総長から東大復帰の打診あり 9月～12月　「三四郎」を連載	6月13日　ドイツ医師コッホの来日 6月16日　川上眉山（作家）自刃
	9月14日昼　「吾輩は猫である」の猫死亡の通知を発送（４通：東洋城、三重吉、豊一郎、豊隆） 「辱知猫義久々病氣の處療養不相叶昨夜いつの間にかうらの物置のヘツツイの上にて逝去致候 埋葬の義は車屋をたのみ箱詰にて裏の庭先にて執行仕候。但主人「三四郎」執筆中につき御會葬には及び不申候　以上」	7月前後期　小宮豊隆は漱石宅を訪問した折に、しばしば楠緒子と遭遇
	10月　「文鳥」を『ホトトギス』に一括して転載 10月10日　寅彦、三重吉、豊一郎、豊彦と八王子に遠足 12月中旬　泥棒に入られる（帯だけ10本） 12月26日　次男伸六（申の年に、6番目）が誕生	12月　是好が2代目満鉄総裁に就任（任期は5年）
明治42年	1月～3月　「永日小品」を大阪朝日に連載	1月～5月　森田草平：「煤煙」の新聞連載
1909年	1月　中村是公（駘蕩の友）と再会。満鉄視察旅行を勧められ、承諾 1月19日　小松原文部大臣が官邸で開いた文士の懇談会に出席（鴎外・露伴・逍遥らも出席） *明治40年6月に開かれた西園寺首相主催の文士招聘会（雨声会）への出席は断っていた	1月　楠緒子が歌誌「心の花」に小説「そなたこなた」を掲載（最後の作） 2月　楠緒子は保治と別居し転居 西片町10番「はノ3号」から「ろノ11号」に
	3月　「文学評論」を刊行（春陽堂）	3月頃　楠緒子が漱石宅を訪問（漱石不在で鏡子が応対。漱石の「文学評論」本が一冊欲しいと伝言）
	この頃、元養父・塩原昌之助が代理人を通して金を無心。11月まで続いたため関係断絶 3月24日　寅彦のドイツ留学の送別会出席（永田町の料亭、星が岡茶寮） *このとき漱石は体調不良で妻が代理出席。（この頃から食欲がなくなる。しかし、３～５月謡を弟子たちと盛んにやっていた）	5月15日　ロシア特派員の二葉亭四迷は帰国途上の洋上で死去
	4月11日　元養父の塩原が漱石を訴えると騒ぐ	6月　大塚保治・楠緒子に長男弘が誕生（保治の愛人の子） *楠緒子（別居し、大磯の大内館で療養中）は保治の愛人とその息子（長男の弘：母の姓は伊藤）が大塚家に入るのを拒否

	漱石の年譜　（新暦表示）	社会の出来事/楠緒子・保治の出来事
		*この頃の漱石のメモに「楠緒子妾を撃退す」
	5月13日　「三四郎」を刊行（春陽堂）	6月　両国国技館の落成
	5月14日　「余は癇癪持ちだからピストルと刀はなるべく買わぬようにしている」（日記）	
	5月21日　跡取り兄が金をせびりにくる（度々のこと）	
	5月30日　二葉亭の遺骨が到着。午後に遺族を訪う	
	6月3日　新海竹太郎（彫刻家、のちに漱石のデスマスク制作）と保治が訪問	6月26日　楠緒子の小説「空炷（だき）」（空薫の続編、東京朝日新聞）の連載が完了（約１年間の休載後）
	6月11日　中村不折、虚子とともに歌舞伎座で観劇「与話情浮名横櫛」「月雪花三組杯觴」	6月末ごろ　保治は漱石の小説「それから」を読んでショックを受け、神経衰弱に陥る
	6月15日発売の　雑誌「太陽」（博文館臨時増刊）の「新進二十五名家」という読者による人気投票で文芸界の部においてランキング一位になる。（２位は中村不折）	
*42歳	6月27日～10月14日　「それから」を新聞連載（東京と大阪の朝日新聞で）	
	7月8日　保治に手紙「君の所にお産があった様に聞く」*連絡がないのを不審がる（愛人との子で、長男の弘）。漱石著の「文学評論」本に対する批評文に感謝	
	7月23日　鏡子の妊娠を確認す（*「無闇に子供ができるものなり」：日記）	7月　大塚楠緒子（33）は鎌倉経由で大磯に転地（療養のため）
	8月6日　麻布の東京の飯倉の満鉄支社に中村是好を訪問。公園内の是公宅の湯に入り、その後理事の清野らを交えて待合に遊ぶ	7月8日
	8月28日　是公が単独で満州に出立（27日に漱石は胃カタールを発症し、医者が旅行を止めた。延期） *20日頃から激烈な痛み（日記）	
	9月2日　是公の招きを受け、大阪経由で満州に向けて出発。翌朝、大阪商船の鉄嶺丸に乗って旅立つ（満州朝鮮視察旅行に）	
	9月6日　早朝、大連に到着。ヤマトホテルで是公と会う	
	9月6日頃　大連で成立学舎時代の学友、立花正樹（大連税関長）と再会 *立花「おい夏目、だいぶ金を貯めたそうだな」。漱石「いやいや神経衰弱で弱ってる」。立花「なら、直したらよかろうとう」。漱石「いや、そうすると小説が書けなくなる」	
	9月8日　成立学舎時代の学友、橋本左五郎（酪農学者、北大教授）と大連で合流（以後ソウルまで同行）	10月23日　伊藤博文の暗殺（満州ハルビン駅） *漱石は同駅ホームを伊藤より数日前に歩いた。伊藤は勅許を得て、ロシアの蔵相ココツェフと極東の統治についてハルピンで会談するために赴いた。
	9月10日　旧友の佐藤友熊と会い、旅順の戦跡203高地と港を視察。その後、奥地に入る	
	10月1日～13日　京城の親戚の鈴木宅に滞在	
	10月14日　下関着	
	10月15、16日　視察旅行を終えて京都で遊ぶ（満鉄社員の大塚と）	11月　楠緒子（大磯）が信綱に手紙
	*釜山から帰国した足で嵐山と大悲閣を見物	*小説「北風」を執筆中と書く。
	*この後、朝日新聞の長谷川如是閑と会い、鳥居素人の留守宅と堺の浜寺に行く（食事の後、タカジヂアスターゼ錠を飲む）	*大磯坐（寄席）で宿の娘と「浪花節」を聞く。大磯では医者の芸者買いと謡が盛ん、と
	10月21日～12月31日　「満韓ところどころ」を朝日新聞に掲載（中断）	12月20日　楠緒子は西片町に一時帰宅
	*私的な記述が多く「漱石ところどころ」と悪評。伊藤公の暗殺によって外地の政治情勢が緊張し、これに合わないと。	*小説「雲影」の一部原稿を信綱に送付
	11月20日　保治に東京朝日新聞の文芸欄の「特別投稿者」就任を要請	
	11月25日　朝日新聞に文芸欄を創設。自作の「煤煙」の序を最初に掲載	
	11月28日　元養父の塩原昌之助に100円贈与。今後一切の関係を断つ旨の誓約書を得る	
	12月　漱石が永井荷風に依頼していた小説「冷笑」が東京朝日新聞に連載	

	漱石の年譜（新暦表示）	社会の出来事/楠緒子・保治の出来事
明治43年	2月　胃痛の中で「門」執筆を始める 3月1日～6月12日　「門」を朝日新聞に連載	1月　歌誌「心の花」に小説「北風」が掲載 3月　楠緒子はインフルエンザと結核に罹患
1910年	3月2日　5女・ひな子誕生	3月16日　保治は左記内容の手紙を受け取る（楠緒子と別居中） 「先日は令夫人御光来の処愚妻機嫌悪く失礼致候。竹柏園の演説は御勘弁願度候。余裕無之、また気持無之。大兄神経衰弱未だ御回復なき由、同じ只今の流行病でも、金病より心配なき病と御返事致候。喝、喝。」
	3月16日　楠緒子宛に手紙を出す ＊「先日は御光来の処何の風情も無失礼致候。 その節御話の竹柏園の演説のこと一応考え候へども何分余裕なく、甚だお気の毒なが御申し上げ候。佐佐木氏へ左様御伝え下されたく候。 大塚氏神経衰弱未だ御回復なき由、神経衰弱は現代人の一般に罹る普通のもの故、御心配なきよう乞い願い候。逢って話をする男は悉く神経衰弱に候。これは金病とともに只今の流行病に候。右ご返事まで」	
	5月1日　行徳二郎（第五高等学校時代の教え子）が来訪　（以後頻繁に出入りし、書生になる）	4月　武者小路実篤ら「白樺」創刊（大正12年まで）
＊43歳	5月10日　上野精養軒での二葉亭四迷の追悼会出席 この頃、次の新聞連載を長塚節に依頼	5月　楠緒子は大阪朝日新聞に「雲影」を連載開始（病で中断）
	5月26日　行徳二郎とハーリー彗星を見る	5月　楠緒子は高輪病院に再入院 6月　病院環境が合わず退院。近くに転居し療養（7月下旬まで）
	「尾も核も見えるよ」と漱石 6月6日　胃痛が顕著になる（長与胃腸病院で受診） ＊血便反応あり。胃潰瘍の疑い	5月~6月　大逆事件発生（幸徳ら数百名を逮捕） 6月　柳田國男「遠野物語」発表
	＊「門」を脱稿してすぐに長与胃腸病院（内幸町）を初受診 6月11日　自宅で血便に気づく。検便 6月13日　長与胃腸病院で再度検便：診断名胃潰瘍 ＊16日に入院が決まる 6月18日　胃潰瘍のため長与胃腸病院に入院 6月19日　朝日新聞社の二人が病室を見舞う （行徳が漱石宅の留守番） 6月21日　中村是好が見舞う（その後度々）	
	7月1日　石川啄木が社用で見舞う 7月2日　虚子が見舞う 7月24日　橋本左五郎（学友）が見舞う（31日も） 7月31日　胃腸病院を退院（入院時より体重は1kg増えて、49.4kg） 8月5日　胃腸病院から自宅まで徒歩帰宅中、胸が苦しくなる 8月6日　転地療養のため伊豆の修善寺温泉（菊屋旅館）へ行く ＊台風の影響で漱石の修善寺にゆく交通が乱れ、その上漱石は長時間雨に濡れた。 ＊途中で待ち合わせた東洋城は間に合わず。漱石は一人で雨中の移動。途中で声が出なくなる（到着後寝込む）	7月下旬　楠緒子は大磯大内館に転居・療養 ＊肋膜炎を併発し、悪化する一方
	8月8日　入浴を繰り返し、胃痙攣起きる ＊土地の医者が来て診察、長与病院に戻るように説得。朝日新聞社の坂元と胃腸病院の森成医師が宿に来る	8月8日～10日　関東で大水害。（東海道線不通）東京下町の森田の家が圧壊。＊関東の死者・不明者：900人を超えた
	8月12日　胆汁と胃液を1.8Ｌ吐く、 8月14日　約100gの吐血（15、16日何も書けず）	8月14日に沼津付近に台風上陸
	8月17日　吐血あり 8月19日　鏡子が宿に到着、夜にまた吐血 8月24日　杉本副院長（長与胃腸病院）が16時に旅館に到着	8月22日　日韓併合（日韓合併条約調印）

	漱石の年譜　（新暦表示）	社会の出来事/楠緒子・保治の出来事
	8月24日　夜中20時に大吐血（約500g。漱石は800gと記述）危篤に陥る *森成医師の回顧文「脈拍がバッタリ止まってしまった」 *30分間仮死状態（心停止）となったが、懸命の治療により奇跡的に蘇生。（カンフル注射15本、食塩水注射、浣腸）*輸血なしが奏功 8月25日　杉本氏帰る（長与胃腸病院の院長が重体）*安倍、後から保治、野村、池辺、虚子、兄、子供３人ら見舞う 8月26日　東京からの看護婦二人が到着 *満鉄の山崎・三重・吉、菅虎雄らが見舞う 8月26日、29日、30日、9月7日　朝日新聞に「夏目漱石氏の病状」の記事が掲載 *30日に麦角エキス（主成分は麻薬LSD）１筒を医者が注射 9月6日　敷布団が厚布から藁入り布団に。関節痛の体が喜ぶ 10月11日　修善寺温泉を出る （傾斜寝台を使用して搬出、馬車で駅に搬送） *汽車の中では個室座席に。横臥のまま東京へ搬送（夕刻5時5分着、40人が出迎え：鏡子、坂元、東、森成、娘３人が降り、荷物、最後に漱石） 10月12日　東京の長与胃腸病院に再入院 10月13日　是好が見舞う（２回目に300円持参） 10月20日　「思ひ出す事など」の原稿を書き始める 10月29日　「思ひ出す事など」を朝日新聞に連載開始（～翌年2月20日） この頃　フランス語会話の勉強をスタート 11月12日　体重46.7kg（前週より1.4kg増） 11月13日　新聞記事で楠緒子の死を知る （死後の4日後に。楠緒子の葬式を19日に東京で行うことを知る） *同日に電話で保治が楠緒子の死を知らせ、葬儀の広告を出す際に漱石の名を出すことの許可を求めた 11月14日　森成麟三医師に往診料500円支払う 11月15日　楠緒子に手向ける３句を病床で日記に書く *「ある程の菊投げ入れよ棺の中」他 11月19日　妻は電話で前日風邪をひいたらしく医師から薬をもらったと連絡 *「大塚の葬儀には行かれぬらし」（日記） 11月24日　体重52.1kg（体重はかなり増加） 11月26日　東京朝日新聞社から見舞金（池辺三山が持参） 12月26日　鏡子、保治、坂本・竹中が漱石を見舞う	8月25日　保治は大磯の楠緒子を見舞 *保治は大磯から漱石の実家に見舞の電話を入れる。この後、修善寺へ 8月28日　國民新聞が「夏目漱石氏の病状」を報ず 8月29日　保治、菅ら修善寺から帰る 10月3日、4日　朝日新聞の文芸欄に萩原井泉水の論文「俳壇の楽観と悲観」掲載 10月10日　楠緒子は大磯から佐佐木信綱に手紙を出す 「衰弱にて起きられず、母も参りおり、（医者から）マッサージを勧められた――糸重様はどうしておはし候や、御序によろしく」 *音信不通の糸重を気遣う 11月3日　佐佐木信綱が大磯の楠緒子を見舞う（箱根からの帰りに立寄る） 「こもり居は松の風さへうれしきを心尽くしの友のおとづれ」 *信綱は「大塚楠緒子ぬしを憶ふ」の追悼文を歌誌「心の花」（12月号）に掲載 「ぬし」とは心の中に住み着いている人のこと *大塚楠緒子の辞世の短歌 「けさ死ぬか暮に死ぬかといふ妻に小鳥を見する枕辺の夫（つま）」 11月9日　大塚楠緒子が大磯（大内館）で死去（35歳）（流感に腹膜炎を併発と発表） *大塚家の遺児：長男（満１歳）と娘三人（保治の愛人が彼ら全員を引き取る。全員が大塚姓に） 11月10日　楠緒子の遺体を大磯で荼毘に付す 11月11日　楠緒子の遺骨を西片町に移す この夜、糸重は遺骨に会いに行く *糸重の短歌　「胸に注ぐ涙のひぎき堪へがたし、暗（やみ）にうもれて君しのぶ」 11月13日　東京朝日新聞、大阪朝日新聞、読売新聞、東京日日新聞、都新聞が大塚楠緒子の死亡を報道 11月19日　楠緒子の葬儀（雑司が谷斎場） *子供達が参列。雪江（満14歳）綾子（満12歳）寿美子（満４歳）弘（満１歳）と朝日新聞に記載あり 12月4日　11日、18日、25日 楠緒子の小説「雲影」（遺稿・未完）が大阪朝日新聞に掲載
明治44年	元日　長与胃腸病院で餅一切れの雑煮で祝う	1月18日　大逆事件判決 *大逆罪で幸徳秋水・管野スガら12名が刑死（判決の1週間後に11名、その翌日菅野が絞首刑。他に獄中死あり）
1911年	1月21日　体重54.8kg（参考:23歳時は53kg、159cm） 2月4日　自宅で伏せっていた鏡子を坂元雷鳥が見舞う 2月6日　鏡子の指示で森田草平が病気の啄木に見舞金を出す	1月20日　千里眼・透視能力で１年以上に亘って新聞を賑わした中心人物の御船千鶴子が服毒自殺 *これを契機に物理学会（東大、京大の教授が実験。透視力を否定できず）を巻き込んだ霊力ブームが徐々にしぼむ 2月21日　日米通商航海条約改正（関税自主権の確立、米国の差別法が撤廃）

	漱石の年譜　(新暦表示)	社会の出来事/楠緒子・保治の出来事
*44歳	2月10日　手紙で妻に謡の本を病室に届けるように連絡 2月20日　入院中に文部省から文学博士号授与の通知届く *文部省の係員が「学位記」を置いて去る。21日の授与式に出るように書面に記述あり *同日夜文部省（学友の福原鐐二郎）に学位辞退の申し入れ(了承されず)。(結末:4月13日に「学位記」を福原宛に再返送。4月19日に文部省より手紙「学位記は当局で保管する。発令されているので貴下を文学博士とする。) 2月21日　福原宛に書簡出す「小生は（中略）これから先も矢張りただの夏目何がしで暮らしたい希望を持って居ります。従って私は博士の学位を頂きたくないのであります」。同書簡の文を新聞各紙に公表 2月22日　内田百間が見舞う(以後木曜会のメンバーになる) 2月24日、3月7日、4月15日　朝日新聞で「学位辞退問題」を寄稿し、経緯を説明 2月26日　長与胃腸病院を退院 （胃痛は解消したが、糖尿病の気配あり） *帰宅すると家に電灯がついていた（今までは石油ランプ） *この頃から毎日弟子たちが漱石宅を訪問 *この頃か　鏡子は小宮豊隆と林原耕三（一高２年生）を連れ、吉原を闊歩、昼食（漱石は小宮を叱責） 4月12日　主治医の森成麟造の送別会（森成は帰郷し開業） 4月27日～7月31日　森田の自殺未遂「自叙伝」を新聞連載 （この連載を巡って社内対立が激化：漱石が推挙し、連載を主張。漱石を支持した池辺が主筆を辞任） 5月11日　上野公園で開催の東京勧業博覧会を見学 5月18日～20日　『東京朝日新聞』に『文芸委員は何をするか』の記事を掲載 5月22日　晩に帝国劇場でハムレット劇を観る *偶然保治と　芥舟（当時一高の校長）顔をあわせる 5月28日　鏡子が流産 6月15日　内田百間が漱石に大量の墨書作成を頼む 6月17日　信濃教育会から講演依頼があり、漱石夫妻は朝、上野駅を出発 *軽井沢駅で出迎え。長野駅に17時20分に到着 6月18日　善光寺参拝、10時半から県会議事堂で講演「教育と文芸」*長野で森成医師が出迎えし、高田に向かう 6月19日　新潟の高田中学校（医師の森成の母校）で講演 *その後直江津へ移動 6月20、21日　松本城の見学後、諏訪で一泊 *諏訪大社の見学。諏訪の高島尋常高等小学校で講演し、帰京 7月16、17日「ケーベル先生」(上・下）を東京朝日新聞に掲載 (大阪朝日新聞は18、19日に掲載) 7月21日　満鉄本社に寄ってから汽車で中村是公と鎌倉へ行く（*鎌倉長谷の光則寺入口の右手高台にある中村是公の別荘に入る） *杉山茂丸（実業家、政界の黒幕）の別荘に是公と宿泊 7月22日　8時ごろから逗子近くの小坪で釣りと蛸突き（生簀の魚を買う。いさき、スズキ、黒鯛） *午後3時に鎌倉発の汽車で帰京 8月11日　大阪着（18日まで大阪朝日主催の講演旅行が開始） 8月12日　大阪箕面の朝日倶楽部で休息（五高の教え子の高原操が案内） *13日に明石で講演「道楽と趣味」、14日は和歌山で講演「現代日本の開化」、17日は堺で講演「中身と形式」、18日は大阪で最後の講演「文芸と道徳」 8月19日　2回目の胃潰瘍が発生	6月1日　青鞜社結成 この年　西田幾多郎が「善の研究」発表 5月17日　文部省に文芸委員会制度を立ち上がる (鴎外、蘇峰、露伴、上田敏ら16人。漱石は含まれず) 7月25日　相模湾の台風による暴風で東京湾に津波到達、横風死者多数

	漱石の年譜（新暦表示）	社会の出来事/楠緒子・保治の出来事
	*新聞社から紹介された大阪湯川胃腸病院に入院 9月14日　帰京（車中で痔の痛みが発生） 9月16日　東京の佐藤病院で痔の手術（在宅で） *予後悪く入院して再手術となる 9月19日　朝日新聞の文芸欄の廃止・存続を巡って弓削田と池辺が対立し、論議 *その後双方が評議委員を辞職（原因：森田草平の自叙伝が不評で、弓削田が文芸欄の廃止を主張し、池辺が存続を支持）。その後池辺は退社し、客員に。 10月24日「文芸欄」の廃止と「文芸欄」の編集者代理（森田草平）の解任 11月1日　池辺三山へ辞表（弓削田と池辺に慰留され、撤回） 11月29日　五女ひな子が食事中に突然死（享年２歳） 11月30日　経帷子を家族が少しずつ縫う。半紙に阿弥陀仏の字を皆で書き、棺に詰める。編笠、人形、毛糸の足袋も。） 11月2日　お骨を新墓所の雑司ヶ谷に埋葬。漱石が墓標を書く *棺を本家の菩提寺、本法寺に運び、経を挙げてもらい、火葬。お骨を本法寺で保管。漱石は墓地を購入した雑司ヶ谷墓苑に埋葬しようとするが、寺は手放さず。弁護士を介して告訴 12月15日頃　小説「彼岸過迄」を書き始める（新年から連載）	10月　清国で辛亥革命始まる
明治45年 ・大正元年	1月1日～4月29日「彼岸過迄」を連載 年始に来た草平が酔って荒れる	2月12日　清朝が滅亡
1912年	2月4日ごろ　鏡子寝込む 2月28日　朝日新聞主筆の池辺三山没（享年48歳） *母堂の葬儀の１ヶ月後	
*45歳	3月　主筆への追悼文「三山居士」を東京・大阪朝日新聞に掲載 5月10日　北白川親王主催の能会（天皇皇后・重臣が臨席）に出席 *天皇に対する重臣たちの不敬の態度を目撃し、嘆く 5月24日　漢詩で時勢の悪化を嘆く（漢詩「春日偶成」で憂時涕涙多と）	4月13日　石川啄木没（27歳） *4月15日の葬儀には漱石と草平らが参列 4月14日　タイタニック号沈没
	6月23日　中村是公の車で向島、堀切菖蒲園、築地にて遊ぶ 6月29日～7月1日　中村是公と鎌倉と江ノ島（岩屋にも）に遊ぶ *鎌倉の待合に入り、この待合で鏡子のメンバー登録をファイルで確認し、妻の写真を見る （帝大英文科の後輩、畔柳芥舟（くろやなぎかいしゅう）からの情報提供）	5月　ストックホルム五輪大会に日本選手が初参加 6月26日　富山県で米騒動が発生 *その後、全国に波及
	7月23日　是公が突如家に来て、築地の待合に晩餐に出かける 8月2日～4日　家族と鎌倉の別荘へ行く 8月3日　小宮豊隆が漱石を訪ねて宿泊（４日に二人は帰京） *家族は８月末まで滞在、女中と門下生の林原が同行 8月17日～23日　中村是公と塩原温泉に滞在 *急行列車を西那須野で下車、軽便鉄道で関谷へ。人力車に乗り換えて塩原温泉へ入る。是公と塩原温泉の米屋旅館で待ち合わせ。妙運寺に参詣	7月30日　明治天皇崩御（享年61歳）、大正に改元
	8月23、24日　日光に行く（輪王寺の塔頭、華蔵院に参詣） *馬で中禅寺湖畔に遊ぶ。金谷ホテルに宿泊。 *25日は軽井沢の油屋に宿泊。8月26日に長野を経由して中野、北信濃上林温泉に到着。27日湯田中渋温泉郷の奥の地獄谷見学	9月13～15日　明治天皇の大喪儀
	9月11日　東慶寺の釈宗演を訪問（満州での講話を了承される） *鎌倉の是公の別荘に行き、満鉄の大塚信太郎と合流して依頼 *山門近くの石碑に「すぐ彼の傍へ行って顰（ひん）に倣った」に刻まれている（大塚と立ち小便） 9月26日～10月2日　佐藤病院で痔の切開手術	9月13日　乃木大将と静子夫人の殉死

	漱石の年譜 （新暦表示）	社会の出来事/楠緒子・保治の出来事
	*そのまま入院して再手術。その後も通院 10月15日～10月28日 「文展と芸術」を新聞連載 11月30日 「行人」の原稿を書き始める 12月6日～大正2年4月 「行人」を新聞連載 *その後絶筆 12月上旬 漱石宅に電話が設置される	
大正2年	1月～6月 強度の神経衰弱と胃痛に苦しむ	2月 中華民国孫文の来日
1913年 *46歳	2月 講演集『社会と自分』を刊行（実業之日本社） 2、3月頃から 鏡子は岡田式正坐法（心身鍛錬法）の道場に通う 3月11日頃から 鏡子に胃薬としてヴェロナール（鎮静・睡眠薬、芥川龍之介が自殺に用いたもの）を1週間、大量に服用させられる *鏡子の依頼で弟子の林原が薬局で入手した自分用の不眠症薬を鏡子に手渡した（林原は小宮に相談）。漱石に普通の倍量の処方薬をオブラートに包んで連日服用させたと知り、その後の鏡子からのヴェロナール入手依頼を拒否（妻は激怒） *漱石は机にもたれて林原に「この頃は眠くて眠くてどうにもならない。2、3行書いてはパタリと筆を落としてしまう」 *林原は手紙で鏡子に漱石への睡眠薬の投薬を制止 3月末～5月中旬 3回目の胃潰瘍痛のため病臥 4月7日 「行人」の連載を病気で中断 *連載では初めて発生。病床で絵を描くことでうつ病から回復 5月23日 朝日新聞・池辺三山の追悼会に出席 7月中旬 「行人」の執筆再開 *この頃から、小宮とともに書生をしていた林原耕三（鏡子に意見した）は、漱石家から遠ざけられた。代わりは行徳二郎 秋 鏡子の妹豊子の結婚式に出席（東京・日比谷） 9月16日～11月15日 「行人」の続編「塵労」を連載 11月22日 「虞美人草」のドイツでの翻訳出版の話を断る（仲介者に返事を書く。「門」とか「彼岸過ぎ迄」「行人」なら出版が可能と） 12月12日 第一高等学校で講演「模倣と独立」	5月 米国加州で排日移民法の制定 7月 宝塚唱歌隊（後の歌劇団）の誕生 8月 東北帝大に初の女子学生（3名）入学 8月 岩波書店の創業（漱石が資金を貸す） 9月12日 中山介山「大菩薩峠」を連載 11月22日 徳川慶喜没（享年77歳） 12月30日 中村是公は満鉄総裁を満期辞任
大正3年	1月7日～1月12日 「素人と黒人（くろうと）」を東京朝日新聞に連載 *大阪では10日から13日まで連載	3月 東京大正博覧会（上野公園）
1914年 *47歳	3月 「私の個人主義」を学習院交友誌『輔仁会雑誌』に掲載 4月9日 上野公園で開催された東京大正博覧会の美術館を見学 4月20日～8月31日 「こゝろ」（「先生の遺書」を改名）を連載 6月2日 北海道岩内町から東京へ移籍 7月15日 帰国（8月中旬の予定）間近のケーベル博士（ロシア人）から晩餐に招待される （安倍能成（よしなり）、深田康算（やすかず）も同席） *第一時大戦が勃発し、ケーベルは帰国できず。結局大正12年まで日本に滞在し、横浜で逝去。雑司ヶ谷墓地に埋葬 8月1日 小説「こゝろ」の原稿終了 9月 4度目の胃潰瘍痛で一ヶ月間病臥 9月20日 新聞小説「こゝろ」の序（初版）を自費出版（岩波書店から。8月23日に打ち合わせ） *木曜会の弟子（岩波茂雄）が興したばかりの古本店に出版を任せて支援。装丁は漱石が実施（*後に岩波は漱石全集を素早く発刊してこの恩に報いた） 10月4日 寅彦が見舞う 「快方に向へる由なれど衰弱甚し」（寅彦） 10月31日 愛犬ヘクトーが隣家で水死	3月17日 漱石・保治・信綱が保治の愛人の件での大塚正男訪問を計画（中止） 7月28日 第一次世界大戦勃発 *日本も参戦（ドイツに宣戦布告、ドイツ領青島を占領）

	漱石の年譜　（新暦表示）	社会の出来事/楠緒子・保治の出来事
	11月9日　佐々木信綱と一緒に大塚保治の家を訪問（信綱は楠緒子が日記を書いていたのを知っていた。これを探して処分するためか） 11月　学習院大学で講演「私の個人主義」 11月26日　木曜会：漱石「死はただ意識の滅亡で、魂がいよいよ絶体境に入る目出度い状態である」	
大正4年	1月13日～2月23日　「硝子戸の中」を東西の朝日新聞に連載	1月18日　中国に「対華21ヶ条要求（第一次世界大戦中に）
1915年 *48歳	3月19日～3月末（予定）　津田青楓の招きで京都旅行（妻の依頼） *木屋町御池の「北大嘉」に宿泊。津田が宿と祇園の茶屋（大友（だいとも））を手配 3月21日　京都の西川一草亭（津田の兄）の招きで茶会に出席（津田も同席） 3月22日　宇治の黄檗寺を訪ねる。門前で普茶料理を食べる。 *平等院、興聖寺を巡る。温泉に浸かる *電車で木屋町の宿に帰る。女将の磯田多佳（36歳）を電話で呼ぶ。西川一草亭が合流 3月26日　前日から胃が痛み、飲まず食わず。医者が来る *茶屋で胃痛（5度目）が激しく起こり、同行の青楓が鏡子に連絡 4月3日　鏡子が京都着。妻は漱石の状態を確認したあと、青楓の案内で観光三昧 この頃　漱石夫婦は鴨川土手を散策 4月15日　実業家加賀正太郎の建築中の別荘（のちの「アサヒビール大山崎山荘美術館」）を見学 *鏡子、青楓、一草亭、磯田多佳らが同行 4月16日　夜行列車に乗り、帰京 *17日に東京に帰着（合計29日間京都滞在） 4月　「硝子戸の中」を刊行（岩波書店） 4月末～5月　自伝的小説「道草」を執筆か 5月8日　親しんだ祇園の芸妓君菊と金之助に描き上げた画帳を送る（漱石を落胆させた多佳には送らず） 6月3日～9月14日　「道草」を東京・大阪朝日新聞に連載 10月　「道草」を刊行（岩波書店） 11月9日～16日　湯河原温泉（天野屋）で湯治 *リューマチを治療（筆が持てなくなっていたが、幾分回復）（*11日頃　中村是公が合流） 11月12日　是公と馬車・軽便で熱海に出る *千人風呂に入る *11月17日朝に富士屋を出て東京帰着 11月18日　芥川龍之介、久米正雄が漱石山房を訪問 *この頃、新弟子（百間、栄一郎、杦平、龍之介、正雄ら）が入門 *古い弟子（草平、三重吉、豊隆ら）の漱石山房の訪問は減少 12月25日　元日から連載する「点眼録」の原稿を書き始める *「リヨマチで腕が痛みます」と文芸欄の担当へ連絡	2月頃　大塚保治は「漸く忘れようとすることが出来かけたのに、あれ（「硝子戸の中」）を見てからまた一層思い出す。」とコメント 2月20日　楠緒子の次女、綾子が他界（急性腹膜炎による） *綾子は漱石と楠緒子の子である可能性が大 2月　大塚保治は漱石に再婚を勧められる 2月27日　保治は大塚の姓を維持することを決定（佐佐木信綱が漱石に伝える） 11月10日　大正天皇の即位式　（明治天皇の喪明け） 12月　保治は故養父宅に転居
大正5年	1月1日　漱石山房に門下生たちが集合	2月　第4次「新思潮」創刊 （芥川龍之介、久米正雄、菊池寛、松岡譲、成瀬正一ら）
1916年 *49歳	1月1日～1月21日　「点頭録」を新聞連載（東京朝日と大阪朝日） 1月16日　留守の時、保治が訪問 *学友藤代の上京を伝言 14日～19日　相撲観戦 1月18日　国技館で藤代と会う（藤代が待ち伏せ） 1月28日～2月16日　リューマチ治療に湯河原温泉（天野屋旅館）に宿泊	

	漱石の年譜　（新暦表示）	社会の出来事/楠緒子・保治の出来事
	1月29日～　中村是公と満鉄の田中が隣室に宿泊し慰問 *5、6人の芸妓が同伴、３晩に渡って麻雀会を開催 2月1日　是公らが漱石の部屋に滞在中のところを妻に見つかる　*すぐに芸者と田中は退散 2月　療養中の漱石を内田百閒が訪ね、借金を申し入れる *１泊させ、後日東京で金を渡す この頃、東大授業で別の「文学論」を話す構想を弟子達に披露 2月14日、15日　是公の鎌倉別荘に宿泊 2月19日　芥川に手紙を出し、「鼻」を「上品な趣」と激賞 この頃　真鍋医師（帝大教授、松山中学での教え子）が食事療法を指導 4月上旬　森成麟造が入手を頼まれていた良寛の七言絶句の書幅（掛け軸）を届ける *和歌の書幅も持参（後に持ち主から手放してもいいと連絡あり、先方に15円を送付） 4月23日　尿検査で糖尿病と診断、7月になっても検査実施（真鍋医師） 5月7日～15日　胃痛で寝込む *上腕部に神経痛・不全麻痺が発生（マッサージの効果なし） 5月26日～12月14日　「明暗」を新聞連載（未完、188回まで） 10月23日　読者の禅僧の富沢と鬼村が訪問 *二人を木曜会で弟子たちに紹介 *二人は松の絵を入れた書を渡される（子供部屋を空けさせ、31日まで滞在） *鏡子が二人を歌舞伎座と帝国劇場に案内 *鬼村元成と意欲的な会話（*右の欄） ・11 月7 日の昼食：かます二尾、葱の味噌汁、パン・バター ・7日の晩食：牛肉（*決まって150グラム）・玉ねぎ料理、はんぺん汁、栗８個、パン・バター ・11月8日の朝食：鶏卵フライ一個、パン・バター *眞鍋に提出した食事表（糖尿病食）の例：主食としてはパン食（英国留学以来、継続）で、バターと砂糖入り紅茶が付いた 11月15日　辞世の俳句を作成 『瓢箪(ひょうたん)は鳴るか鳴らぬか秋の風』 11月16日　最後の木曜会（芥川、久米、松岡、安倍、森田が出席） *皆に「則天去私」について語る 11月19日　辞世の漢詩を作成 大愚難到志難成 五十春秋瞬息程 観道無言只入静 拈詩有句独求清 迢迢天外去雲影 籟籟風中落葉声 忽見閑窓虚白上 東山月出半江明 『大愚(たいぐ)至り難く　志(こころざし)成り難し 五十の春秋　瞬息(しゅんそく)の程(てい) 道を観るに　言(げん)無くして　只だ静に入り 詩を拈(ねん)じて　句有り　独り静を求む 迢迢(ちょうちょう)たる天外　去雲の影 籟籟(らいらい)たる風中　落葉の声 忽(たちま)ち見る　閑窓虚白(きょはく)の上(うえ) 東山(とうざん)月出でて　半江明らかなり』	7月　牧田らく・黒田チカの２人が東北帝国大学理科大学を卒業。日本女性初の学士号を得る 《辞世の漢詩の意訳》 『偉大な良寛の大愚の境地に達することは難しく　その志さえも成り難い 自分の五十年の歳月は一瞬のことであった 歩んだ道を振り返っても言葉は無く　ただ静けさがあるだけだ 詩を作り出す中で、紡いだ言葉が残っている 今はひとり静かさを求めるだけだ 遠くの空の果てに向かって去っていく雲の影がある 吹き付ける風の中に落葉の舞う音がする だが静かな家の上には輝く天空が広がって見えている 東方の山の端に月が昇って、暗くて見えなかった大河の流れを明るく照らし始めた』

	漱石の年譜 （新暦表示）	社会の出来事/楠緒子・保治の出来事
	11月22日　6度目の胃潰瘍悪化（嘔吐と胃痛、面会謝絶） *机に向かうが一字も書けず 11月23日　午後1時と4時に嘔吐に血が混入 *絶食し、その後流動食 11月28日　夜11時半に一声叫んで人事不省に *顔面冷水で意識回復 12月5日　中村是好が枕元に座る 　目を瞑ったまま「中村誰？」と聞き直し、「ああ、よしよし」とだけ言う。 12月9日夜　臨終（午後6時に永眠、遺書はなし） *最後の言葉は「何か食いたい」。医者は「ぶどう酒を1匙」を与えた。すると「うまい」と。 *臨終の同席者：狩野、保治、是公、菅、朝日新聞社の人、門下生、子供達 *その夜中、森田草平の発案でデスマスクを2個作成 （制作は彫刻家の新海竹太郎：保治の親友）	
	12月10日　画家の津田が棺の蓋を開けて漱石の死顔をスケッチ	12月10日　大山巌元帥（初代陸軍大臣）が死亡（国葬決定）
	12月10日　東京帝国大学医科大学の長与又郎が執刀して解剖（胃と脳は大学に寄付）。解剖は妻の発議（生前に漱石が希望）中根倫、小宮豊隆、真鍋医師らが立ち合う *その夜　執刀医による記者会見：「胃に指が入る位の破れあり」、「脳の質量は1425グラムで平均よりやや重い程度」	*新聞には大山巌元帥の重態・危篤・死亡を連日大きく報道（漱石の訃報は小さく）
		12月10日　朝日新聞に是公の「漱石追悼談話」が掲載される
	12月11日　漱石の書斎で通夜 東洋城が仕切る（中村是好、大塚保治、菊池寛も焼香）浅草松葉町海禅寺の住職代理が読経。9時半に終了。	12月11日夜　豊隆が寅彦を訪ね、門人代表としての「漱石の弔辞」を認(したた)めるように依頼 （寅彦は拒絶、葬儀も欠席）
	12月12日　午前8時に出棺（霊柩車で棺が運ばれる） *10時から青山斎場で葬儀（落合火葬場にて荼毘に付された）。戒名は「文献院古道漱石居士」、霊牌は小石川茗荷谷の徳雲寺に納める。 *棺は「南無阿弥陀仏」の細片で埋め尽くす（頬の半ばまで、体の上にも撒く） *釈宗演（円覚寺の僧:臨済宗）が導師として葬儀を執行（友人として焼香の後）。導師の両側に僧の楽団が並ぶ *葬儀での「喝！」（泉鏡花はこの声を「咄(とつ)」と記述）の大声は参列者の度肝を抜いた *小宮と伸六が弔辞を読む。棺の所に「夏目金之助棺」の幟が立つ *葬儀の段取り：鏡子の義弟の鈴木禎次が担当 12月13日　落合火葬場で骨拾い （是公、保治、森田、小宮、松岡、妻、兄） 12月14日　「明暗」の連載が中絶（原稿切れ）	*漱石の葬儀の場で、漱石の恋人は楠緒子であったという噂が関係者に広まる *保治が否定：漱石は明治26年夏に失恋して寄宿舎に閉じ籠り、中国古典詩の「哭亡妓」を愛唱していたと。 （漱石の恋人は楠緒子ではない別の人であったとするためか）
	12月28日　雑司が谷墓地で埋骨式 *同墓地には楠緒子の墓がある。夏目家累代の菩提寺は浄土真宗の本法寺。五女ひな子が埋葬された雑司が谷墓地に埋骨された） *回復した寅彦も列席	12月16日　芥川龍之介と菅虎雄が鎌倉円覚寺の釈宗演を訪ねる（葬儀執行のお礼）
大正6年	1月2日 「文豪夏目漱石」（新小説・臨時号）刊行	2月 「主婦之友」の創刊
1917年 （没後1年目）	1月9日　九日会を開催（保治、菅、真鍋、芥川、久米、津田ら） *九日会（月命日に）開催の決定（漱石の書斎で） 1月26日　「明暗」刊行（岩波書店） 1月29日　ラバウルにいた元書生の行徳二郎に漱石の死の知らせが届く 11月　「漱石俳句集」刊行（岩波書店）	9月　金輸出禁止 11月　ロシアにソビエト政権誕生（10月革命）

	漱石の年譜　（新暦表示）	社会の出来事/楠緒子・保治の出来事
	*大正6年から大正8年にかけて漱石全集（全14巻）が刊行（岩波書店） 「昭和３年（1928年）」 随筆「漱石の思い出」の刊行 *昭和2年（1927年）から雑誌「改造」に連載された。長女筆子の夫である娘婿の松岡譲が鏡子の談話を筆録 「昭和38年（1963年）」 4月18日　夏目鏡子は東京都大田区上池上町の自宅で死去。 *死因は心嚢症候群（享年86歳）、墓所は雑司ケ谷霊園 *鏡子の死後に石塔（大正6年に設置、鏡子の義理の弟鈴木禎次が設計）の正面には「文獻院古道漱石居士」と「圓明院清操淨鏡大姉」の戒名が刻印 (菅虎雄が揮毫) 「昭和３年」　随筆「漱石の思い出」の刊行 *昭和2年から雑誌「改造」に連載された。長女筆子の夫である娘婿の松岡譲が鏡子の談話を筆録 「昭和38年4月18日」　夏目鏡子は東京都大田区上池上町の自宅で死去。 *死因は心嚢症候群（享年86歳）、墓所は雑司ケ谷霊園 *鏡子の死後に石塔（大正6年に設置、鏡子の義理の弟鈴木禎次が設計）の正面には「文獻院古道漱石居士」と「圓明院清操淨鏡大姉」の戒名が刻印 (菅虎雄が揮毫) 「平成29年9月24日」　新宿区立漱石山房記念館の開館	「大正8年または大正9年」　大塚保治（50歳、または51歳）は坂井タキ（30歳、または31歳。新潟の坂井寅三郎の三女）と再婚。(媒酌人は学友の芳賀矢一) *結婚時には長女秋子が誕生していた（大正7年4月生まれ） *再婚時に大塚の子と認知した長男弘（戸籍上は楠緒子の母の子。昭和20年6月にパラオ島で戦死。36歳時）がいた。なお再婚時には生まれていた4人の娘は他界していた。 *楠緒子の死後、9年または10年が経過 *正式に再婚した二人の間に一男三女が誕生。 「大正10年」　保治は大塚の家督を相続（新居は牛込区） 「大正12年」　保治は関東大震災を受けて疎開していた前橋の実家で、甥で書生の磯部草丘（後に日本画家）に命じて漱石関係の大量の手紙類を焼却させた。 「昭和4年」　保治は東京帝国大学を定年退職（60歳、名誉教授に） 「昭和6年3月2日」　保治は逝去（享年63歳） *墓地：豊島区の雑司が谷霊園。保治の墓は楠緒子の墓と並んでいる。 「昭和8年」「大塚博士講義録（第１巻、大西克礼編）」の刊行（岩波書店） 「昭和11年」「大塚博士講義録（第２巻、大西克礼編）」の刊行（岩波書店） (*保治に著書はない) ＜三者協定の資料の消去＞ 　伊香保温泉の宿で行われた協議の結果を書き記した「三者協定」はこの世から姿を消した。 　*後世の漱石研究者の資料となる楠緒子・保治・漱石が書いた書類・手紙は償却され消えた。唯一漱石俳句のみが残された。 ●「大正3年11月9日」　大塚楠緒子が所持していた三者協定関係の資料（日記に記入）は、佐佐木信綱と漱石が一緒に大塚保治の家を訪問した際に、探し出して処分した（推測）。明治34年7月28日付の信綱宛の楠緒子の葉書に「男のすなる日記というものをと、ーーー加え置き候次第」と書いていた。この葉書で信綱は楠緒子が身の回りのことを日記に書いていたのを知っていた。このことを漱石に告げた。 *大正４年1月13日から2月23日までの間、漱石は自叙伝の「硝子戸の中」を東西の朝日新聞に連載。大正3年11月から原稿を書き始めたが、楠緒子の日記を処分した時期と一致。漱石の記述と違う資料が出てくるとまずいと気がつき、日頃楠緒子から相談を受けていた佐佐木信綱に問い合わせたところ、楠緒子の日記の存在が明らかになった。 ●「大正12年」　大塚保治は関東大震災を受けて疎開していた前橋の実家で、甥で書生の磯部草丘（後の日本画家）に命じて運び込んだ漱石関係の大量の書類・手紙類を焼却させた。磯部はそれが漱石の関係のものと知って焼却を躊躇したが、保治は指示に従わせた。 ●「昭和28年」　菅虎雄の妹は漱石関係の手紙類を焼却 *漱石の没後に兄の虎雄から「読後火中」として渡されていた漱石宛の40通にも上る手紙、その他をふろしき包みにして長く保管していたが、筑後川が氾濫して久留米の家に置いていた手紙類が汚水に浸かったのを機に焼却。 *虎雄は漱石全集を制作する岩波書店に提出できるものは選り分けて、送付していた。

全俳句の解釈

・相逢ふて語らで過ぎぬ梅の下

（あいおうて　かたらですぎぬ　うめのした）

（明治32年2月）句稿33

「梅花百五句」とある。まだ寒い時期の梅林を照れ臭そうに話をせずに歩いている若い男と女。二人は花を愛でるのが目的でこの公園にきているのではない。梅の枝を見上げることもなくただひたすらゆったりと歩く。満開の梅の木の下に来ても二人は歩みを止めない。二人が待ち合わせてこの梅林に来たとわからないように、適度な間隔をあけて歩いているようにも見える。互いによく相手の顔を見ないで心で語らっているふうである。

この句は、熊本に住んでいた頃に作った梅の句である。漱石はたまたま熊本市内の梅林で見かけた若い二人の行動を長時間観察した句のように作っているが、この句はやはり自分のことを描いていると理解するのが自然である。

かつて漱石先生と楠緒子が太宰府の梅咲く庭園で密会した場面を描いているのであろう。再会した元恋人の楠緒子は漱石の斜め後ろを歩いている。漱石先生はこの句を作って当時を懐かしく思い出しているようだ。この時期、大塚楠緒子の夫は欧州留学中（明治29年から33年まで不在）であった。そして妻の鏡子は7月に上京したまま10月末まで熊本に帰っていない。

この句の面白さは、この句を読む子規に想像の句と思わせようとしているが、この内容が経験した者でなければ書けないものとわかってしまうことだ。つまりまだまだ寒い季節に喋らずに歩いている男女二人は、漱石と楠緒子だけであろう。目立たないように歩いているが、目立ってしまっていると自覚しながら二人は歩いている。この梅林はやはり太宰府の梅林であろう。

漱石が熊本第五高等学校の教授であった時に、英語教育の関係で北九州に学校視察のために出張した際の光景のように思われる。明治30年11月7日に佐賀市に入り、8日は佐賀県立尋常中学校（現佐賀西高）で視察と講話をこなし、翌9日から11日までは福岡県の3校（現在の修猷館高、明善高、伝習館高）で同様に仕事をした。しかしいつまで福岡県に滞在したかは不明である。また同僚と二人の出張であったが、漱石が単独で動けた時もあったと想像する。

この11月時は梅の花は咲いていなかった。そうであったから、二人が梅の下に行ってもただ歩いて過ぎて行ったということは頷ける。漱石はこの時の経験を梅の咲いている2月の句に作り変えている。

視察が終わったあと、学校関係者から「先生、いいところがありますから案内します」と誘われても、家で菊の世話をしなければならないのでと断ったという話が残っている。

・挨拶や髷の中より出る霰

（あいさつや　まげのなかより　でるあられ）

（明治29年12月）句稿21

掲句の直前句として書かれていた「がさがさと紙衣振へば霰かな」の解釈では、外出から帰った漱石先生が玄関口で紙衣を脱いだシーンを描いたとした。しかし、同じ時期の掲句の霰の句は、髷を結った女性の誰かが漱石のいる家を訪ねた時の句であるとわかる。この髷を結った女性は紙衣を着て霰の降る中を訪ねてきた。ドラマのワンシーンのようだ。

句意は「玄関口で防寒着を脱いで挨拶した髷の女性は、頭を下げた髷の中から大粒の霰をばらばらと落とした」というもの。すると前述の「がさがさ」の句も同一の女性の俳句ということになる。寒い中をわざわざ訪ねてきた女性を漱石は申し訳なさそうに歓迎し、観察していた。

玄関口で硬い素材の紙衣を脱いだ時、「がさがさ」と音をたてて氷の粒の霰が衣の表面から落ちたのだ。これで身体についていた霰はもうないと思った訪問客は、漱石に向き直って挨拶をしたのだ。このとき頭の複雑な形の髷の中に霰が見え、次に霰はぱらぱらと落ちた。氷の粒は髷の中で保冷されて凍ったままであった。

この句の面白さは、この女性は頭を下げながら挨拶の言葉を発したが、霰が髷の中から落ちるさまが女性の香りが飛び出したように感じたことだ。そして玄関口で挨拶を交わした場所は、どうも熊本の漱石宅ではないようだ。なぜなら漱石は漱石家の訪問客をこのように玄関口まで出て観察することはないと思われる。明治の世では妻が先に出て客に応対するからである。

ここまで書いてきて、疑問が湧いてきた。挨拶したのはどんな女性であったのかということだ。そしてこの場所は他家と思われることだ。漱石が気安く滞在できた家はどこなのか。この家が漱石とこの女性との密会の場所であった。

大胆に想像すると、この女性は漱石の憧れの女性、楠緒子であり、他家とは漱石の親友である菅虎雄（すがとらお）の妹が嫁いだ久留米の旧家（一冨家）の離れであろう。この妹は使っていない屋敷内の離れを漱石に使わせていたと考えられる。

漱石はこの家に妻には内緒で一泊していた。漱石は久留米に実家のあった菅虎雄が病気で帰省しているので、病気見舞いにゆくと言って熊本を出てきたが、このとき妻は虎雄が学校に復帰しているのを知っていた。これがのちに波乱を呼ぶことになった。

漱石は虎雄の妹に頼み事ができる間柄であった。熊本に赴任した際に、借家が見つかるまでの2カ月間、すでに第五高等学校の教授になっていた菅虎雄の家に厄介になったが、この家には管の妹も同居していて漱石とこの妹、順は親しくなっていたからだ。この妹は漱石の死後（漱石は大正5年に逝去）に嫁ぎ先に訪ねてきた兄から、彼が保管していた漱石宛の大量の手紙を手渡された。興味があるなら読んでもいいという「読後火中（読んだ後焼却すること）」の条件でこれらの手紙の焼却を頼まれた。しかし、この妹は焼却できずに昭和28年まで風呂敷に包んだまま漱石宛の手紙を保管していたが、洪水の泥水で濡らしてしまったのを機に処分した。漱石の思い出で包まれた大量の手紙を順は泣く泣く処分したと思われる。

・明た口に団子賜る梅見かな

（あいたくちに　だんごたまわる　うめみかな）

（明治32年2月）句稿33

「梅花百五句」を目標に梅の俳句を作りだした。この時漱石は梅見の会の場面を想定して俳句作りをしている。仲間うちだけで梅の木の下に宴を張って、子供みたいに遊んでいる場面の俳句を作った。「花より団子」とばかりに団子を題材に取り出してふざけている。座って梅の枝を見上げていると、少し開いている口に団子の串が横から差し込まれた。大きな串差しの団子が口の中に押し込まれて慌てている男の姿が見える。

さて「団子賜る」とはどういうことか。「団子を入れてもらう」ということで、「団子が差し込まれた」のだ。仲間で遊んでいる風景が見える。

この句の面白さは、口に丸い大きな団子を入れられた人が、突然のことで文字通り「明いた口が塞がった」状態になったということだ。周りの人たちはこの光景を見て、笑いが止まらず「開いた口が塞がらない」。さて漱石先生は団子を口に入れた方か、入れられた方か。もちろん賜ったのであるから、入れられた方であった。

● 生憎や嫁瓶を破る秋の暮

（あいにくや　よめかめをやぶる　あきのくれ）

（明治29年11月）句稿20

秋の暮れに侘しい「瓶破り」の光景が展開している。漱石先生は嫁が瓶を破る光景で秋が進行してゆくとみて句に描いている。この年の6月に結婚したばかりの家庭内のかなりシリアスな出来事を描いている。

「生憎」は「残念なことだが」ということで、漱石はかなり落胆している感情を露わにしていることになる。ところでこの嫁とは漱石の嫁なのか、どこかの家のことなのか不明であるが、鏡子で間違いない。そして嫁が瓶を破るとは夫婦喧嘩で嫁が瓶を投げつけて割ったのか、瓶の中の玄米を棒で搗く作業につい力が入ったのか、いずれかであろう。だが、嫁の鏡子が使用人の米搗き仕事をするわけはなく、夫婦喧嘩ということになる。

漱石の家庭で普通の家と何ら変わりない夫婦喧嘩があったことになる、いや、もっと厳しい感情面の対立、葛藤があったように思われる。それが掲句となって表れているとみる。この種の厳しい俳句は数多くある。しかし、漱石は余裕を持って妻の感情を「生憎である」と受け止め、楽しい俳句に仕上げている。

この句の面白さは、上五が「あいにくや」と柔らかい発音の言葉になっているが、意味するところは残念だということの他に、字面では「なま憎し」になっていることだ。憎悪の感情が感じ取れるものになっている。

もう一つの面白さは、芭蕉俳句のパロディになっていることである。それは、「瓶割るる夜の氷の寝覚めかな」の句で、寒い夜の明け方、水が凍って膨張したことで旅の宿の瓶が割れた。芭蕉はそのバシッという音で目が覚めたという句である。静かな中での破壊音が夜のしじまに響き渡ったが、漱石の家では、嫁の声が響くのと同時に瓶が破れたのだ。その声にはかなりの力があった。

ちなみに鏡子の感情を推察してみると、この「瓶破り」の後に、気持ちの整理ができないとして、翌12月にも感情が爆発した。東京の歌誌の新年号を入手して調査済みであった『文藝倶楽部 1月号』を突き出して大塚楠緒子の短歌が載った巻頭ページを漱石に見せた。二人の会話を再現してみる。「あなた、この短歌知っているでしょう、これは何なのよ」と漱石を問い詰めた。これに対して漱石は「お安くない歌だ、亭主が留学していて寂しいのだろう」というように答えた。妻は漱石と別れたことになっていた楠緒子が漱石を誘っているように理解できたからだ。

● 合の宿御白い臭き衾哉

（あいのしゅく　おしろいくさき　ふすまかな）

（明治28年11月22日）句稿7

掲句は「両肩を襦袢につゝむ衾哉」に続く俳句である。そしてこの「両肩を」の句は「すべりよさに頭出るなり紙衾」に続いて作られたものである。これら3句をまとめて解釈すると理解が早く、かつ正確になる。

表裏が紙製のあんこ入り布団である掛け布団がこれらの俳句の主役である。当時のこの掛け布団は軽くカサカサ、つるつるしていたことがポイントになっている。このことは表面の紙地の「すべりよさ」を俳句に組み込んだ「すべりよさに頭出るなり紙衾」の句に表れている。布団の下で動くと布団はズレやすいのだ。そしてその掛け布団の下での男女の夜の営みがあり、それを描いたのが「両肩を襦袢につゝむ衾哉」の句である。漱石先生はそばで寝ている女性が寒くないようにと、被っていた襦袢を女性の裸の肩に掛け直した。この際に感じた匂いのことを描いたのが「合の宿御白い臭き衾哉」の句ということになる。このすこし落ち着いた気分になった時に「御白い臭き」と感じたのだ。備え付けの夜着の衾に沈着していた白粉の匂いだけでなく、側の女体も白粉の匂いがしたのだ。

当時の日本人は寒い時期には裸で袷の着物や襦袢を脱いで被り、その上に薄いワタ入れかい巻き、または四角のワタ入れ布団を被って寝ていた。いわば西欧人に近い寝方をしていた。防寒夜具が十分でなかった時代の生活の知恵だったのかもしれない。

これらの俳句は、松山の独身の男女を対象に経営されていた若者宿「合いの宿」の中でのことを描いている。ちなみにこの「合いの宿」は漱石の造語であり、男女の出会いの場であり結婚の相手を決める場であった。体が合う意味の他に「愛の宿」の意味も掛けてある。この施設は教育の場でもあった。ここで若い男は夜なべ仕事を覚え、大人としての常識や技術を学び、松山では生け花や茶も学んだ。また娘宿の女子ともここで交流した。

全国各地にあったこの種の施設は江戸時代から大正時代まで村・地域に存在した建物で、若者組によって運営されていた。村内の有力者の家や専用の建物が使われた。この共同宿に置いてある布団は多くの若者が使った。漱石先生は当時、独身であり俳句仲間を通して若者宿の一員に加えてもらっていた。この制度と並行して夜這いという風習も公に認められていた。漱石先生はこの制度・風習が残っていた明治時代に独身の期間を東京と松山で過ごした。

ちなみに衾は先述したように紙衾のことである。これは夜着であり、掛け布団である。関西では明治の初期まで今の四角形のワタやダウンを入れた掛け布団とは異なる厚手の夜着が使われていた。表裏の素材はシワ入れ加工の和紙で、あんことして叩いた藁もしくは麻のクズを詰めて縫い閉じた。そして敷き布団は掛け布団と同様のものであった。

これに対して関東では袖付きの大形の綿入れ着物が掛け布団として用いられた。あんこを入れた「かい巻き」状の変形掛け着布団である。いわば袖付き布団である。敷き布団はあんこを入れた薄い布団になっていた。関西の方は、作りやすさを優先させた紙衾である。

ちなみに松尾芭蕉が東北を旅したときには、上記のワタ入れ袷の紙衾を着物のように折りたたんで持ち歩いた。また四角の敷き布団も折りたたんで持ち歩いた。

● 合宿の僧も詩人や鹿の宿

（あいやどの　そうもしじんや　しかのやど）

（明治28年1月か）子規庵での句会

禅寺での合宿で漱石は鹿に出会った。合宿とは同じ宿屋や部屋に他の客と泊まり合わせること。また、その人である。漱石は学生の時分に12月23日から1月7日まで鎌倉の寺で参禅した。この寺は裏山に鹿の出る鎌倉の外れにある円覚寺で、参禅はそこにある塔頭の一つである帰源院においてであった。この寺の管主は釈宗演であった。宿坊担当の同輩の僧、雲水が世話をしてくれた。釈宗演は漱石の悩みを聞いてくれた。そしてこの高僧は秋の夜に遅くまで漱石に付き合ってくれた。その僧の口からは漢詩が飛び出した。漢詩に造詣が深かった二人は長く語り合った。

掲句の句意は「夜になるとメスを呼ぶ鹿の鳴き声が届く寺の宿坊で、漢詩人のような高僧と夜遅くまで語り合った」というもの。雄鹿の切ない声を聴きながらの中国詩人の詩には恋愛の詩もあったであろう。僧の顔からは坐禅の時の厳しい表情は消えていた。

この句を作った時期は、楠緒子との恋が結果としては失恋に終わった直後であったであろう。自暴自棄に陥っていた漱石の気持ちを和らげたのは、この寺の座禅会であり、この高僧との会話であった。

ちなみに漱石はこの句に制作年を書いておかなかった。これを書いた短冊をどこかに仕舞い込んでいたのは、惨めな自暴自棄の自分を思い出したくなかったからだろう。掲句と対になる句があり、「夜三更僧去つて梅の月夜かな」である。ともに明治28年1月に子規庵で行われた句会で漱石が披露したと思われる。

● 逢ふ恋の打たでやみけり小夜砧

（あうこいの　うたでやみけり　さよぎぬた）

（明治31年10月16日）句稿31

近くの家で夜の仕事として娘や後家が砧打ちをしている。洗濯は野良仕事が終わった後に、つまり夜にやる女の仕事になっていた。秋の夜は窓を開けていて、途切れることなく軽快な砧打ちの音が夜のしじまに響いている。その音がふと途切れると気になる。何が起きたのかと耳を澄ます。もしかしたら知り合いの男が夜になってその女に逢いに訪ねてきたのだと想像する。もう少しで仕事は終わるから、外で待っていてほしいとささやく声が聞こえてきそうな気がする。秋の涼しくなってきた夜に、男女のささやきが溶けて響きあう気がする。叩く砧の音も今宵は艶っぽく聞こえる。

漱石先生は夜の読書の時間に、近所の生活音に関心を持っていろいろ想像している。若い時の記憶を呼び戻しているようだ。夜、心を寄せる女性に逢いに行ったことがあったのだろう。

漱石先生は親友の子規が作っていた洒落た砧の句を思い出していた。「砧打てばほろほろと星のこぼれける」と「落ちて灯のあるかたや小夜砧」である。

子規にも恋する女性を詠んだ句があったのだ。
ちなみに当時の洗濯のやり方である砧、または砧叩きは、洗濯石鹸と洗濯板の時代になる前のもので、台の上に濡らした衣類を畳んでおき、これを棒で叩いて汚れを浮き出させるものであった。

・青石を取り巻く庭の菫かな

（あおいしを　とりまくにわの　すみれかな）

（明治29年3月5日）句稿12

徳島・神山町で採れる名石に青石と呼ばれる青緑色の石がある。この石は庭石として重宝されるもので、かつて世界的な彫刻家になったイサム・ノグチがここで地元の造園師と組んで幾多の彫刻像を作り上げ、世界に羽ばたいていった。漱石が住んだ伊予国でも伊予青石が採れた。松山ではこの青石を使った庭が多かったはずだ。

この青石を配置した庭に、この石を取り巻くように赤紫色の菫を植えていた家が松山にあった。青緑色の石と葉の緑色、それに花の赤紫色が組み合わされ、庭に落ち着いた雰囲気を醸し出していた。この洒落た庭のある家は漱石が1年間住んだ松山の借家、愚陀仏庵（ぐだぶつあん）であった。絵のセンスも良かった漱石はこの庭が気に入っていたようだ。

この句には漱石のユーモアが隠れている。小さくか弱そうに見える菫は厚みのある大きな石に隠れるように低く生えている。「寄らば大樹の陰」とばかりに菫は洒落た石に隠れるように咲いている。菫は他の場所では人の足で容易に踏みつけられるからだ。漱石は弱い菫が生き延びられる場所としてこの場所を選んでいると見たのだ。ここに漱石の物の見方のセンスの良さが感じられる。菫を擬人的に扱うとユーモアが生じる。やはり漱石の好きな菫は只者ではないと言いたいようだ。

漱石先生は、かつて恋人であった歌人の大塚楠緒子が、本の**しおり**としてスミレの押し花を用いていることを知っていた。

・青梅や空しき籠に雨の糸

（あおうめや　むなしきかごに　あめのいと）

（明治41年6月30日）松根東洋城宛ての書簡

「悼亡」（ぼうをいたむ）とある。漱石が弟子の松根東洋城（まつねとうようじょう）のために作った句である。梅雨の時期に青梅採りの籠を外に出しておいたら、雨が急に降ってきて外に置いていた空っぽの籠は虚しく雨に濡れてしまった、と解釈してみた。しかし、これでは不自然なのである。雨の糸は流れる涙のことで、東洋城の嘆きの涙である。梅雨の雨のようにとめどなく流れ落ちる涙を漱石は想像している。東洋城に、今は泣くがよいと漱石は声をかけたのだ。

句意は「雨のよく降る梅雨の季節に、可愛がっていた文鳥が死んでその鳥籠が虚しく下がっている。君の涙は梅雨の雨のように止まらない」というもの。中七の「空しき籠」とは文鳥を飼っていた鳥籠だけが残され、虚しくなっているさまを表している。窓下に置かれた鳥籠に降りかかる白い雨は東洋城の涙に見えると慰めた。

『漱石書簡集』を調べると、東洋城は飼っていた文鳥が死んだと漱石に知らせてきたのだ。その知らせに対して、いわゆるペットロスのつらい経験のある漱石は、慰めの句を作って贈ったのであった。しかし本人が語っているところによると、文鳥は逃げてしまったのであった。これが真相なのだ。

ちなみに亡を悼むとは古代中国では死んだ妻に対する嘆き、悔やみであり、その言葉である。当時嘆きの言葉を人前で口にすることが憚られていたが、悼（とう）亡（ぼう）詩だけは認められてきた。漱石は弟子の東洋城の嘆きを、彼の妻の死に対する嘆きと等しいと理解したことを示している。

三者談

漱石に、自分の飼っていた文鳥に逃げられたことを知らせた時のお悔やみの句だ。漱石の家にも空の文鳥籠があったから、実感を込められた。日本画の趣がある。主観を込めず、綺麗な句だと。3人とも好評価。

あ

青葉勝に見ゆる小村の幟かな

（あおばがちに　みゆるこむらの　のぼりかな）

（明治30年4月）句稿24

日差しのある春の日に熊本市内の川沿いの道を散歩した。柳の並木が続き、その先に農家の家々が見える。それらの木々の艶やかな葉っぱの中に小さな集落が見え、その入り口には幟がちらちら見える。その幟は葉の緑に同化してしまうほどの地味で小さな幟であった。

この句があった句稿を見ると、漱石先生は住まいの近くにある水前寺公園の池から発した小川を下って湖の方へ歩いていたことがわかる。歩いた道々でその場の風景を俳句に詠んでいたからだ。菜の花が岸辺に咲いている小川は次第に太くなり、小さな上江津湖になる。その湖畔に小村が見えだした。

この句の解釈でポイントになるのは「勝（かち）」である。この「勝」は「しがち」や「なりがち」や「遅れがち」の言葉の中に残っている。「青葉勝に」は青葉のように、青葉と間違えてしまいそうだ、という解釈になる。つまり川沿いに植えられている柳や桜に紛れてほとんど目立たないのぼり旗なのである。風にそよぐ目立つ色彩の大型の鯉のぼりではなかったということである。このことを漱石は「小村の幟」で質素なものであることを暗に示している。小さな色あせた青い鯉のぼりなのであろう。4月中旬の作であり、時期的にはこの幟は男児の誕生を祝うものであったのだろう。

＊雑誌『めさまし草』（明治30年5月）に掲載

仰向て深編笠の花見哉

（あおむいて　ふかあみがさの　はなみかな）

（明治29年3月24日）句稿14

松山では3月下旬には桜が咲きだしていた。城山の傾斜地を桜の木が埋めているが、それらが一斉に咲き出したのだから壮観である。下から城の方を見上げている花見の客の中に、虚無僧姿の人たちも交じっている。松山で時々見かける普化（ふけ）寺の信徒たちである。江戸時代に隠密の役目を果たした人が、明治中期の松山にまだいたことは驚きである。かつて彼ら虚無僧たちは藩主の命を受けて活動していた。

このような人の、目立つ格好は桜の風景の中では浮き立つのだ。だが、桜の森には集まる人々を一体化する力がある。虚無僧も一般市民と一緒になって桜の花を楽しんでいる。

漱石先生は眩しく光る桜の森の方に顔を向けて目を細めて見ている。これに対し、深編笠の人は、編笠の小さな編み窓を通して見ると桜が見にくいので深編笠の前方下端を持ち上げて、桜の森を見上げている。この格好は深編笠を仰向けにしている状態である。手で深編笠の端を斜めに持ち上げている姿に思える。虚無僧たちは桜をじっくり楽しもうとしている。

ちなみに漱石が見ていた城山の桜を子規は青年時代に見ていて、面白い俳句を作っていた。「山の花下より見れば花の山」である。この城山の桜の森を下から見れば、城山全体が「花の山」になるという。そして城の方から桜の森を見下ろすと「山の花」でしかないと。子規は松山生まれで城山の桜の楽しみ方を知っていた。首は痛くなるが桜の山は下から見るものであると説いていた。虚無僧たちも同じであった。

青柳の日に緑なり句を撰む

（あおやぎの　ひにみどりなり　くをえらむ）

（明治41年始め）松根東洋城の句誌の序文

弟子の東洋城から自作の俳句選集『新春夏秋冬』の「春之部」に序文を書いてほしいと頼まれた。句意は「序文の中に書き入れる句としては、柳が青葉を出す光景を詠んだ春の句がいいと、書きためていた自作句の中から選んだ」というもの。なにやら劇中劇のようなものになっている。さてどんな俳句であったのか。「青柳擬宝珠の上に垂るゝなり」で間違いない。青柳が登場する俳句はこれ1句のみである。

ところで青柳とは、バカ貝のむき身である「アオヤギ」をも意味する。つまり「青柳の日」は漱石宅で青柳の料理が出された日とも考えられる。これが俵万智の『サラダ記念日』的な「青柳の日」なのである。街路の柳が新緑になっている日に青柳の料理が作られたということになる。そしてこの日に序文に入れる句として選んだ、となる。こちらが漱石先生の考える掲句の本当の句意であろう。

この句の面白さは、俳句選集を出す東洋城はさぞや力んでいるのだろうと想像して、気楽に力を抜いていけ、という意味をこの句に込めていることだ。なにしろ青柳の貝は死にやすく、別称はバカ貝であるからだ。

• 青柳擬宝珠の上に垂るゝなり

（あおやなぎ　ぎぼしのうえに　たるるなり）

（明治41年）手帳

漱石は明治40年3月から4月にかけて京都をゆっくり旅した。東京朝日新聞社に入社したので兄弟会社の大阪朝日新聞社へ挨拶をする出張であった。この折に、友人の京都帝大教授の家を訪ねた。この家で一泊した後は、東山に宿をとって鴨川沿いを散策したりした。東山は花街の祇園が近い。

鴨川にかかる橋の袂には土手の青柳がかかっている。その橋の欄干の頭には擬宝珠がつけられている。その擬宝珠に無理な剪定をしていない、のびのびした緑の柳の枝が垂れて触れている。この光景を見ていると京都らしさを感じてしまうのだろう。川土手の柔らかい青柳も京都の宝なのだ。欄干の光る珠をしっとりとした柳の手が撫でる。こそばゆい光景である

春の柔らかい風に揺れる柳は、この橋から遠くない祇園茶屋の芸妓の身体の動きを思い起こさせる。揺れ動く柳は漱石を祇園に誘っているようだ。

もう大学では嫌になっていた英語の授業をしなくて済むようになった。この解放感が、職業作家となった漱石の将来への不安を上回っていた。揺れる柳は漱石の将来を祝福しているように感じられたはずだ。

• 青山に移りていつか菊の主

（あおやまに　うつりていつか　きくのぬし）

（明治43年11月1日または2日）新聞への投稿

ある日知人が漱石の病気見舞いに、胃腸病院にやってきた。面会謝絶の張り紙はすでに効果がなくなっていた。この人は最近隠居した人で、東京の山手の青山に転居して菊づくりを楽しんでいるのだという。菊好きの漱石としては羨ましいかぎりであった。しばらく菊の話で盛り上がったことだろう。

句意は「ある古い友人がやってきて、今は東京の青山に居を移して、菊づくりをしている。先が楽しみで羨ましい」というもの。「いつか菊の主」の意味は、菊鉢の菊の花が咲きだすと菊城の主人になる、ということだ。周りにある鉢を家来に見立てて揶揄(からか)っている。この句の別の面白さは、漱石も友人のようにまだ空き地の多い青山に引っ越して菊づくりをしてみたいという願望が感じられることだ。

ところで掲句は「生垣の隙より菊の渋谷かな」の句を作った日に作られていた。この句にある渋谷は青山のことだろう。両者の地名はほぼ同一地域を指している。渋谷の中心街のすぐ隣の地域が青山である。漱石先生はかつてこの知人の菊畑を生垣の隙間から見ていたのかもしれない。

＊『国民新聞』（明治43年11月3日）と雑誌『俳味』（明治44年5月15日）に掲載

• 赤い哉仁右衛門が脊戸の蕃椒

（あかいかな　にえもんがせとの　とうがらし）

（明治28年11月3日）句稿4

蕃椒(ばんしょう)は唐辛子の漢名であるという。この言い方をすると変わり者野菜の風貌が出るような気がする。唐辛子は悪魔祓いの効果があるとされる。一茶の『八番日記』に「蕃椒もあくまを払ふ山家哉」がある。脊戸は家の裏口、裏門のことで、ここに農家は通常唐辛子をかけて干したという。厄払いの意味も込めてかけたと理解する。掲句を解釈してみる。「仁右衛門の家の裏口には収穫した赤い唐辛子がかけてある。この唐辛子は厄払い

の意味だ」というもの。

藩の悪政に対する抗議の印なのである。赤い色は立腹していることを表している。

では仁右衛門とは誰なのか。江戸時代中期の一揆(いっき)指導者、川村仁右衛門のことで、義民四人衆の一人。備中（岡山県）岡田藩の新本村（現在の総社市）の農民だ。領内にあった村の入会地を没収したうえ、入会地の材搬出の苦役を課した藩の処置をめぐって、抗議のために江戸屋敷の殿様に直訴したのが、仁右衛門を含む村人4人。村人は結束して血判状を作り、どの家にも抗議の唐辛子をかけた。1人も抜け駆けしなかったという。

入会地は村に返されたが、直訴した4人は刑死した。この村のあった地域では、現在も毎年義民祭が行われているという。この事件が起こった場所は伊予松山藩の飛び地で瀬戸内海を挟んだ支藩の備中松山藩が絡んでいた。伊予の松山に職を得た漱石はこの歴史を知って掲句を作ったとみられる。

漱石は明治政府の極端な欧化政策を快く思っていなかったので、この句を作ったと思われる。権力の横暴に対する抗議のために江戸に赴いて刑死した四人衆に同情したのだ。「きざまれて果てまで赤し唐がらし」（許六）の句には義民四人衆に対する思いを込められているのかもしれない。考えすぎか。

・閼伽桶や水仙折れて薄氷

（あかおけや　すいせんおれて　うすごおり）

（明治28年10月）句稿2

仏前や神前に置く器に浄水（閼伽水）を入れるが、この水を専用の井戸から汲んでくる際に用いる小型の手桶を閼伽桶という。この手桶は銅製の桶が一般的で、真ん中に取っ手が付いている。閼伽とはサンスクリット語のargha（アルガ）の音を取ったもので、功徳水(くどくすい)と訳されるという。元の意味は水で、のちに価値あるものになったようだ。仏壇に至る前にこの水で煩悩を清めるのが今の目的だという。

新婚の大塚夫妻のいる東京から松山に逃げ出た漱石は、気分を新にするために、松山にある寺に参拝した。寺の本堂横にある井戸には汲み上げた閼伽水を運ぶための桶（閼伽桶）が置いてあった。この寺では、訪れた人が自分で清めの閼伽水を桶で井戸から運び、手を清めるのが作法になっていた。

句意は「寺の手桶に水を汲もうとした時に桶内の薄氷に気がついた。この時井戸の近くにあった水仙は夜に吹き抜けた寒風によって茎が折れてしまっていた」というもの。漱石は冬が少しずつ近づいていることを思った。そして東京から松山に転居してきたが、早半年が経ったことを思った。漱石は季節の変化が早いことに幾分驚いたことをこの俳句に詠みこんでいる。

この句の面白さは、主役が2人いることだ。この「折れた水仙」は漱石の挫折の気持ちを表していて、半年経ってもそれが癒えていないことを表現している。そして「薄氷」の語によって漱石の心は冷えたままであることを表している。失恋した漱石のことを心配している東京の子規に対して、漱石は思いを巡らし、最近の心境を俳句で伝えているのだ。完全に忘れ去るには相当に時間がかかりそうだと。

・銅の牛の口より野分哉

（あかがねの　うしのくちより　のわきかな）

（明治42年10月）樋口銅牛著『俳諧新研究』の序

『俳諧新研究』の序の末尾に置かれた句である。この序に、漱石は著者の無口さや容貌が「甚だ銅牛然としてゐる。」と書いた。この本は明治24年12月に発刊された。漱石が篤学者の樋口銅牛から『俳諧新研究』の序文を依頼されたということは、彼が著名な俳人で、子規俳句の継承者の一人とみなされていたことを示している。

句意は「不言不語の銅牛が声を上げた。赤銅色した牛の雰囲気のある著者が珍しく口を開いて書いた著作であるからには、俳句界を騒然とさせる風が吹き起こる」というもの。最大級の挨拶句になっている。口を開けて声を上げた大きな牛の勢いは誰も止められないとして、今後も思う存分に俳句界に意見してほしいと願っているように思える。

この句の面白さは、口から火を吐くというのは鬼の世界ではよくあることだが、漱石は牛の口からは野分が吹き出すとふざけていることだ。ちなみに漱石の序文の前に中村不折（なかむらふせつ）が学者・銅牛の姿を戯画的に描いたイラストがあるが、この銅牛図は小さな牛を手のひらに載せていた。禿頭で小さな衣をつけている銅牛さまは、まるで俳句界を導く釈迦のように描かれていた。

もう一つの面白さは、樋口銅牛の名前の「銅」と「牛」と「口」が詠み込まれていることだ。だがこれは漱石にしてみれば、どうということのない技法なのだ。

● 赤き日の海に落込む暑かな

（あかきひの　うみにおちこむ　あつさかな）

（明治33年10月10日）船上日記

英国に留学する際に、漱石は海水温の高いインド洋の港で停泊中の船から外出せずに、船から真っ赤な太陽が海に沈むところを見ていた。紅海の熱気は凄まじく、その海にあの赤い太陽が入り込んだなら、海は煮沸しそうだ。ますます船上は暑くなりそうだと眺めている。大きな太陽が沈むさまは、まさに「海の中に落ち込む」と大げさに表すのが適当だと考えた。こんな表現でもしないとやりきれないということか。

漱石は船酔いし、腹を壊しながら中近東のアデン港にたどり着いた。ちょうど全航海の半分の工程だ。この日は体温が上がって船のダンス会にも参加できず、船室に潜り込んでいたのだ。狭い部屋の温度は高くなっていた。

それにしても暑い暑い。ここは年中太陽の光で焼けて赤くなっているから「紅海」なので、暑いはずだと笑った。その上、この海中に赤く燃えている太陽が沈んでゆく最中であるから、船内の気温はさらに高くなっているような気がした。どんよりとした空気の中で俳句を考えている漱石がいる。

「落込む」は日が沈むことだが、「気が落ち込む」にも掛けてある。この時他に作っていた句には「日は落ちて海の底より暑かな」がある。作っていた句はもう一つあった。未完成のままの「海やけて日は紅に……」の句だ。海からの熱と体の発熱で言葉が浮かばない「頭脳溶け」状態になっていて、下五は出ることはなかった。そこで弟子が勝手に未完成の句を完成させることにした。「海やけて日は紅に俳句溶け」とした。

● 赤き物少しは参れ蕃椒

（あかきもの　すこしはまいれ　とうがらし）

（明治32年10月17日）句稿35

「熊本高等学校秋季雑詠　倫理講話」の前置きがある。寒い教室で生徒が足の裏に唐辛子を仕込んで温まろうという意味かと考えたが、そうではなかった。芭蕉の「青くしてもあるべきものを唐辛子」のパロディ句なのだという。多くの俳人がそう言うのでそうなのだろうと考え直した。

かつて芭蕉が、自作の青唐辛子句で青唐辛子を有名にしてしまっていた。成熟していない青い唐辛子でも、ある程度の辛さを備えている、大したものだという句である。これに対する掲句の意味は、「青い唐辛子よ、一応唐辛子なのであるから、赤い唐辛子の辛さを少しは身につけるがよい」といい、その反面では「若い諸君よ、成熟によって大人びて赤くなるのはわずかで宜し」という。五高の学生に対して、君たちは青唐辛子だから、赤くない青さを大事にしなければならないと檄を飛ばしている。

五高の青唐辛子諸君は、大いに勉強して、大人としての自覚を持って生きているのはいいが、青唐辛子の性格を少しは持つのがよい、という。青年であれば辛いばかりではダメだ、甘いところのバランスが大事なのだ。

五高の習学寮の入り口には漱石俳句の「頓首して新酒門内に許されず」の文句を掲げていた。「頭を下げて君たちにお願いする。新酒を学生寮内に持ち込まないでほしい」と書いていた。漱石はこの句によって、融通性のない人はよくないと諭していた。「寮内で飲むのは認められないが、飲んでから門限時間内に寮に戻るのであれば問題ない」と理解すればよいと考えよ、となる。

掲句はこれを補強するもので、倫理講話として学生に話した。この句の面白さは、漱石は芭蕉が使った唐辛子ではなく、より重みのある漢語の「蕃椒」の文字を使って主張の違いを柔らかく明確にするユーモアにある。

垢つきし赤き手絡や春惜しむ

（あかつきし　あかきてがらや　はるおしむ）

（明治41年）手帳

和服を着て下駄を履き、ふらふらと街中（まちなか）を歩きながら女性のふっくらと髷を結った髪に目をやる。この街歩きは漱石先生の楽しみの一つになっていた。歩きながら髪飾りである手絡の種類と留め方を見定める。この時丸髷にかんざしを刺した女性には出会わないが、丸い髷の根元に付ける手絡の多いことに気づいた。流行の手絡は、厚みを持たせた縮緬布や色模様の和紙で作られていた。柔らかい印象を与える飾りが好まれていたのだ。漱石は銭湯への行き帰りに女性のファッションを観察していた。

句意は「本格的な春になって街を歩く若い女性が増え、丸い髷の下に飾る赤い手絡は人気があるようだ。おしゃれな感じがして可愛く思える。しかしいつも使っているようで手垢が目立つものもある。残念なことよ」というもの。

この句の面白さは、「春惜しむ」の「惜しむ」は待ち焦がれた春も終わろうとしているとして、幾分残念に思っていることを表し、同時に赤い手絡を用いておしゃれをしているのはいいが、手垢の付着にも気を使わないのは残念という意味を持たせているところだ。手絡女性に本当のおしゃれをしてほしいとエールを送っている。漱石の気持ちは若々しい。

ちなみに漱石邸に内風呂が造られたのは、明治の終わり頃と思われる。それまでは他の文学者と同様に毎日のように昼の銭湯に通っていた。つまり毎日のように街歩きができた。漱石は自宅で銭湯のことを「草津湯」と言っていたという。銭湯の暖簾にそう書いてあったのかも。

暁の埋火消ゆる寒さ哉

（あかつきの　うずみびきゆる　さむさかな）

（明治28年12月18日）句稿9

明け方まで漱石は本を読んでいたのであろう。朝が来ていることに気がつかなかった。火鉢の埋火が消えかかっていたので、明け方特有の冷え込みを感じたのだ。部屋の気温が一気に下がってきていた。

12月に暁を感じる時刻は6時ぐらいになっていたであろう。松山の愚陀仏庵で徹夜して何かの本を読んでいた。掲句の書いてあった句稿に『土佐日記』が出ていたので、『土佐日記』か、関連の古典の本を読んでいたのであろう。

この句には言葉遊びがある。「埋火消ゆる寒さ」とあるが、「埋火が消える」の後ろには「寒さが立ち現れる」という反対の言葉が並んでいる構図になっている。ここに面白さを感じる。そして、「暁の」には「赤」の音があり、「埋火」からは炭火の赤色を連想できることも面白い。そして時間の経過とともに両方とも消えてゆくことになる。

このように漱石先生の俳句には、単調な叙景俳句のように見せて、面白さの要素がちりばめられている。漱石先生の背中は寒さで丸くなっていたが、顔もにっこり丸くなっていたに違いない。

暁の梅に下りて嗽ぐ

（あかつきの　うめにくだりて　くちすすぐ）

（明治32年2月）句稿33

「梅花百五句」とある。熊本の借家での出来事だ。梅が咲きだしたようで漱石はまだ寒い時刻に早起きして庭に降りた。そのとき体は寒さでぶるっと震えた。寒さを我慢して庭の中にある井戸から水を汲んで顔を洗い、口を漱いだ。気分がすっきりした。しかし、今日は体を水拭きする行水はやめることにしようと決めた。暁の水は冷たすぎたからだ。

当時の帝大と全国の高等学校では文部省が指導して、校庭での乾布摩擦ならぬ上半身の「水拭き行水」（冷水摩擦）を推奨していた。これを続ければ風邪をひかない、結核に罹りにくくなるという考えに基づいていた。欧米人に比べて劣るとされた体力を向上させるには有効として、全国で行われていた。もちろん教師もこの全国運動に参加していた。だが、暁の時間帯における漱石先生の行動を誰も見ていなかった。そこで漱石先生は「嗽ぐ」だけにした。このことをこっそりこの俳句で子規に打ち明けていた。

この句の面白さは、「暁の梅に」が「暁の海に」と見違い、聞き違いすることだ。「暁の梅の海」とイメージできるように仕組んでいる。漱石先生は縁側から花の海に降りていったとイメージしたのだ。庭がぼんやりと見え、雲海の中にいるように思えたのかも。もう一つの面白さは、俳句の中に漱石の「漱」と同じ意味の「嗽」を用いていることだ。くすぐったい思いを感じながら熱心に漱いだことであろう。

・暁の水仙に対し川手水

（あかつきの　すいせんにたいし　かわちょうず）
（明治30年12月12日）句稿27

まだ薄暗い朝に漱石先生は家の近くの川岸を散策した。爽やかな空気に包まれて歩くうちに、尿意を催した。人が歩いていないことを確認して川に向かって立ち、川土手に繁茂している水仙の中に放尿を始めた。そして再度、周囲に人の影が全くないことを確認した。ただ水仙が呆れたように口を開けてこの男をじっと見ていた。

この句の面白さは、水仙の茂みの中への放尿にあり、川でのこの立小便を「川手水」と優雅な言葉で表していることだ。そして掲句は、子規に蕪村の句である「短夜や同心衆の川手水」を下敷きにしていることを感じ取らせて、短い夜が明けた暁に放尿しているのは単にこの句に登場する同心たちを真似ただけだとふざけていることだ。

この時期の漱石は、7月から熊本の家を長らく空けていた妻がやっと11月末になって戻って来たことで、一安心という気分になっていた。漱石は夫婦で上京しても住まいは別々であり、単身生活をしていた。そして9月に一人で熊本に戻っていた。12月に入ってから安定した夫婦の生活がまた始まった。このゆとりが愉快な掲句を作る動機になっていた

・暁の夢かとぞ思う朧かな

（あかつきの　ゆめかとぞおもう　おぼろかな）
（明治29年1月3日）子規の根岸庵での句会

東京の子規宅で行われた新年の俳句会。子規の知り合いが大勢集まっての賑やかな句会となった。病身の子規は幾分体調が良くなっていたとはいえ、皆は子規を見舞うような気持ちで参加していたはずだ。

この会合で、漱石は見合いで鏡子と結婚することになったことを子規にも告げた。大塚楠緒子との失恋で落ち込んで混乱していた漱石は、この暗い気分から解放されることを予想した。子規も同様に思っていた。

掲句の解釈は「元日の明け方に目が覚めると昨年の末にあった見合いのこと、そして新任地の熊本で鏡子を迎え入れる式を挙げることも決まったことが、夢であったのかと一瞬思ってしまった」というもの。少々不安な気持ちに陥ったことを「かとぞ思う」で表している。庭に出て見ると月が朧になっていたためだ。

この句を子規の家で作った理由は、嬉しい気持ちを抑えているのだと子規たちに示したかったからなのだろう。そして、これからの新婚生活は始めてみないとわからないという一抹の不安もあると漱石が考えていたことも、同時に示している。

この句の面白さは、夢と朧を一つの俳句に入れていることだ。共に儚さの象徴としてあるものだ。これからの新婚生活を喜んでばかりいられないと考えていて、気を引き締めていることをこの句に記録した。漱石先生には予知能力があるようだ。

・暁に消ぬ可き月に鹿あはれ

（あかつきに　けぬべきつきに　しかあわれ）

（明治40年）手帳

漱石先生は、明治40年頃に使っていた手帳に記していた「鹿十五句」を丸ごと新聞に掲載した。この掲載の際に、手帳に記していた「暁や消ぬべき月に鹿あはれ」を掲句のように微修正してから掲載した。この掲載の際には珍しいことにこの俳句に総ルビを振っていた。気合を込めた俳句になっていたのであろうか。

掲句では、作者が鹿同様に、暁を気にして空を見上げているさまがありありと浮かぶ。上五を「暁に」に変えたことによって、単に鹿がそろそろ西の空に消えそうな月を見ているだけではない、緊張感のある構成にした。作者が鹿と月のいる光景に加わっていて、作者のそわそわした気分が漂ってくる。

「夜が白み始める頃には空にある月は消えてしまうので、月と対峙していた鹿は憐れだ」というのが句意である。岩の崖の頂に立って、夜空を見ている鹿は月とともにありたいと望んでいると、漱石先生は思っている。その鹿は自分が月とともにいることを自覚していると漱石は想像した。漱石は、暁の空にある月と鹿を交互に見ている。漱石には、月と牡鹿が互いに自分の存在に自信を持っているように感じられたのかもしれない。

山の主のような牡鹿は、ミュージカル『ライオン・キング』のように崖の上で月を見上げて立っている。夜の到来とともにその崖から駆け下りていた鹿は、元の位置に戻っていた。しかし、この鹿はその月が消え、夜が明ける前に姿を消しているはずだ。

この俳句は、朝日新聞社に入ることが決まって大阪朝日新聞社にも挨拶に行った際に、京都の大学にいる親友の狩野に会いに行った時のもの。このとき漱石は東山の旅館に泊まった。鹿が夜に庭に出没するというので、旅館は警戒していた。漱石は眠れずに月が照らす山の方を眺めていた。この地域には鹿の名のつく地名が多い。

＊「鹿十五句」として東京朝日新聞（明治40年9月19日）の「朝日俳壇」に掲載

・暁や白蓮を剪る数奇心

（あかつきや　びゃくれんをきる　すきごころ）

（明治32年8月10日）村上霽月宛の葉書

句意は「薄明かりの暁に剪定鋏を持ち出し、池の白いハスを切る人がいる。咲きだす直前のハスを切り取って生けるのが本当の生け花だと考える人なのだ」というもの。部屋の中に、「開花の音まで～生けたい」と考える数奇心を持っているのだ。

漱石が住んだいくつかの借家には、池のある家はなかった。この句の蓮池は愛媛県の素封家に生まれた俳人・村上霽月（せいげつ）の邸宅にあった。霽月はこの邸を「光風居」と名づけていた。掲句は挨拶句である。

霽月の本名は半太郎で、明治2年から昭和21年まで生きた。彼は漱石の松山時代の俳句仲間であった。虚子、漱石とともに幻想的な神仙体俳句に取り組んだ面白がりの男であった。この人は愛媛の実業界で名を挙げていた。俳号の「霽月」は、夜に雨の上がった空に出るさっぱりとした月を意味し、「光風霽月」の言葉から来ている。風流人でかつ江戸っ子のような人であったようだ。漱石とは気が合った。

松山にいた漱石は、久しぶりに松山時代の友人から連絡を受けて、昔のことを思い出していたのだろう。白い梅が好きな漱石と同じように霽月は白い蓮が好きだったことを思い出した。ちょうど8月であり、霽月邸の庭には白い蓮が咲いているだろうと想像した。彼には仕事ばかりではなく、いつまでも風流に生きてくれと願っていた。

ちなみにこの葉書には、立秋となったが炎熱の日々であり、「ひとえに道体の保安を祈る」と書いた。数奇心を持ち続ける人の身体は「道体」なのだ。道体とは修道者の身体ということだという。

暁や夢のこなたに淡き月

（あかつきや　ゆめのこなたに　あわきつき）

（明治43年10月22日）日記

この日の日記には「是は寐ながらの句也。今朝の実況にはあらず」と後書きしていた。つまり真夜中の月を詠んでいた。

掲句は「暁の夢かとぞ思う朧かな」（明治29年1月3日、根岸庵）の句と内容が極めて似ている。病室のベッドの上での漱石のぼんやりした脳裏には、明治29年当時に見た未明の朧月が浮かんでいた。この時漱石は結婚前であり、松山にいた。

句意は「夜中に眠れずに窓の外を見ていた時の月はくっきりと見えているが、このあと少し眠ることができ、暁ごろにはぼんやりと目覚めると、空の月は淡い月になって変わって見えることであろう」というもの。夜中に明け方のことを予想しているのだ。このようにゆったりと夢想していればそのうち眠れるだろうと計算していた。

朧（月）と淡き月は、月がくっきりと見えないという点では両者は似ているが、違う点は淡き月の方は明け方になって生じる月で、時間帯が限定される。そして「夢のこなたに」は目を覚ましたときという意味になる。眠りから覚めて眺めた窓の月に焦点が合うまでに時間を要しているさまが感じられる。

明け方に窓の外に見えた月は、睡眠不足で霞がかかったように淡く見えるだろうと想像している面白さがある。そしてもう一つの面白さは、実際に窓の外にある月は、睡眠不足の目にはぼんやりとしか見えない月なのであるが、外が幾分明るくなっているのであるから、淡き月にならざるを得ないということである。夜中に眠れないでいる漱石のクリアな脳は遊びだしている。

掲句を作った漱石は、修善寺での大吐血の直後に臨死を経験し、小康を得たのち東京に戻って入院していた。10月12日に入院してまだ10日しか経っていない。まだ夜にしっかり寝ることができていない。あの仮死状態に陥ったあと蘇ったが、その時の状況を思い起こすと、夢の中のことのように感じられるのだ。なんとか眠ったのち明け方には眼が覚めるであろうが、同じ月を見ることができるのか、不安になるのだ。夜中にはくっきりと見えていた月は、明け方には淡く見えるぐらいの変化であってほしいという願いが込められている。漱石は臨死状態の時はそのまま死んでもよかったと思ったが、生き返ってみるとその気持ちは変化している。

秋浅き楼に一人や小雨がち

（あきあさき　ろうにひとりや　こさめがち）

（明治43年9月24日）日記

修善寺の宿で大吐血してから1カ月が過ぎた。まだ宿にいる漱石はまさに骨皮筋右衛門の姿に成り果てていた。この日の日記に「夜中に右足が痛くて目が覚めたら、左足がその上に乗っていたためとわかった。尻も手も痛む」旨を書き記していた。笑えない痛みが身体を襲ってくる。

掲句は「晩に小雨が降りだし、いよいよ秋と感じるようになってきた。修善寺のこの立派な温泉旅館は、客は自分一人だけと思われるほど静かである」というもの。この旅館の二間続きの大部屋に入ったが、この部屋は今では病室然となっている。昼間の時間は部屋に看護人や見舞客らがきているが、夜は静まり返っている。外の小雨が寂しさを助長する。この宿で長期に療養しようと泊まった時には、この部屋は豪華に見えたが、いまでは治療や介護の用品が積み上がって雑然としている。

この句の面白さは、雨のそぼ降る中、漱石先生が旅館の唯一の客のように錯覚したことである。旅館側が気を利かせて周りを空き部屋にして静かな環境にしたためであった。その静けさの中で弱った体に孤独が染み込んでくるように感じた。漱石は心細さと痛さを忘れようと必死に俳句を作り、日記をつけていたようだ。この夜中の孤独感は一人で耐えている長期の痛みがもたらしているとみることができる。

ちなみにこの日記では身体中の皮膚と関節が痛みを訴えていた。このような全身の痛みは何が原因していたのかと考えると、胃潰瘍による胃壁からの出血だけが原因ではなかったであろうと推察する。これは魂が肉体を離れ仮死状態になった後、その魂が肉体に戻って息を吹き返した時に、ものすごい衝撃があり、全身痛を感じたと漱石は記録していた。この痛みは関節痛として長期間残り続けた。この痛みは臨死が関係していると証明はできないが、関連性がある。

・秋暑し癒なんとして胃の病

（あきあつし　いえなんとして　いのやまい）

（明治32年9月5日）句稿34

熊本にいる漱石先生は残暑の厳しい折に、なんとか涼しい思いをしたいと思うが、そうは問屋がおろさない。残暑に慣れてきたのか、幾分過ごしやすくなってきたと思ったら、胃が痛くなってきて、初秋はまだ暑いと感じるようになってきた。

杜荀鶴の「心頭滅却、火また熱からず」の例えがあるが、心の中から雑念を取り去ればどんなに暑くてもしのげるという考えがある。漱石先生は「暑くて仕方ない」という雑念を取り払う代わりに、別のことが頭を占めるようになれば、暑さのことは忘れられると考えたのだ。しかし思惑通りには行かなかった。胃袋の状態の方に気を向けるようにしたが、なんと本格的な胃痛が出はじめたと笑う。胃酸過多によって胃壁がとうとう溶けだしたのだ。結局残暑の暑さと胃の痛みの両方で苦しめられることになった。

句意は「立秋を過ぎた初秋の暑さはなんとか慣れて収まりつつあったが、思いがけなく胃痛が襲いかかってきた」というものだ。この胃痛によって身体はまた暑さを感じるようになったと笑う。

この句の面白さは、季語に残暑ではなく「秋暑し」を選択していることだ。語感からは「秋暑し」の方が少し穏やかに感じられるからだ。そして対照的に厳しい「胃の病」を配置したことだ。また、漱石先生はつらい胃痛を残暑の句に登場させてダブルダメージを演出していることだ。こうなってはもう笑うしかないということだ。ここにユーモアを感じる。漱石は熊本の暑さは東京の暑さどころではないと感じている。漱石が身体を痛める熊本の暑さを病と捉えているのが可笑しい。

・空家やつくばひ氷る石蕗の花

（あきいえや　つくばいこおる　つわのはな）

（明治29年12月）句稿21

この句稿の掲句の7句前には「貧にして住持去るなり石蕗の花」が書いてあった。これらは対句である。漱石先生は住職がいなくなった寺に行ってみた。すると主人のいない境内に健気にも石蕗の花が咲いていた。その寺は荒れ果てて単なる廃屋のようになっていたのかもしれない。明治時代にいくつもの寺を廃寺に追い込んだ廃仏毀釈運動の影響なのだろう。

門を通って空き家になっていた寺の境内に足を踏み入れると、お堂の手前には石造りの蹲（つくばい）があり、そこに溜まっていた水は凍っていた。その足元には平らな踏み石があり、その周囲には黄色の花をつけた石蕗が咲いていた。潰れた寺の蹲を囲んでいた黄色の花が中の氷を解かそうとしているように見えた。

空き家になっていた寺は住職がいた時と何ら変わらないが、住持のいない寺は寺ではなくなっていた。

この時代、明治政府は欧米の一神教の先進国の、日本を見る目を気にして、廃仏毀釈の政策を進めていた。仏教と神道の二本立ての宗教に見える日本の状態を気にして、市井から起こったとされる、仏教を抑圧する政策をとり、天皇の系統である神道の神社を厚遇した。日本中の小さな寺は潰れ、本堂の仏像は燃やされたり、海外に持ち出されたりした。漱石は明治政府のやることを苦々しく、そして冷たい目で眺めていた。

・秋風と共に生へしか初白髪

（あきかぜと　ともにはえしか　はつしらが）

（明治24年8月3日）子規宛の手紙

この句は明治24年7月23日に作っていたもの。7月28日につわりが原因で死んだ兄嫁の登世（とせ）の追悼句を作る直前に掲句を作っていた。学生であった漱石が、実質上の恋人であった兄嫁につきっきりで、容態が深刻化して行くさまを見ていた頃の句である。

句意は「暑い夏が過ぎて秋風が吹きだすと、今までの精神的なストレスが体に現れてきて、まだ若いのに季節の変化に合わせるかのように白髪が生えてきてしまった」というもの。夏の盛りに「秋風」の語を入れた句を読むのは、登世の死を予想していたからである。明治24年の旧暦の立秋は8月8日であり、秋風を読み込むには早すぎる。漱石自身は、登世の命が尽きることで悩み悲しみ続け、兄嫁との関係を続けていたことで苦しんでいたために、自分の頭に初白髪を見つけることになった。

登世はつわりが悪化して体調を崩し、死の淵まで行ってしまっていた。このような状況下でも、登世の夫である漱石の兄は、登世をほったらかしにして外で遊んでいた。この兄は親が決めた結婚相手の登世と相性が悪かった。登世は美貌の知的な女性であり、この兄とは正反対であった。このような夫婦関係の中での登世の妊娠は、妊娠している子が誰の子なのかと夫に疑われることを登世は極度に恐れたはずだ。登世の夫が、一つ屋根の下で暮らしている漱石と登世の関係を疑っているのは登世自身がよくわかっていた。そこでこの悩みが深くなり、自分を死に追いやったと推察される。

漱石が、帝大教授になる直前で帝大を辞めて、新聞小説家になってから書きだした小説のテーマは、夫婦の感情のすれ違いと夫婦に起こる不倫とこれに絡む疑念と葛藤に絞られた感がある。その実例の一つとして漱石の兄夫婦と漱石の関係がある。

● 秋風の聞えぬ土に埋めてやりぬ

（あきかぜの　きこえぬつちに　うめてやりぬ）

（大正3年10月31日）日記

「わが犬のために」の前置きがある。漱石家の犬のヘクトーは10月31日に近くの池にはまって死んでいるところをよその人によって発見された。冷たい水に浸かった犬は、筵（むしろ）に包まれて漱石宅に運ばれた。漱石先生は日記に「箱と四角な墓標を買つて来させる。裏で鍬の音がきこえる。墓標を持つて来る」（随筆『硝子戸の中』「五」）と書いた。漱石先生は掲句の追悼句を作り、白木の墓標にこれを書き込んだ。

幼女・雛子の突然死の翌年に、謡の師匠の家からもらわれてきたこの犬は、3年間しか漱石と一緒にいなかった。漱石先生の心は、継続している雛子の死による悲しみと愛犬の死の悲しみによって塞がれてしまった。この句には「わが犬のために」と前置きがあるが、今はヘクトーのことだけを考えていることを記した。

句意は「あまり吠えなかった寂しがり屋の犬のために、秋風が聞こえぬくらいに庭土をふかく掘って墓を作り、犬を埋めてやった」というもの。吹き抜ける秋風は死んだ後も、愛犬にとっては寂しく嫌なものであろうと思い、深い土の中であれば、安らかに眠れるであろうと思いやった。ヘクトーの名は、ホメロスの叙事詩『イーリアス』の中の、アキレスに討たれたトロイの王子の名であり、漱石の思いを込めたものであった。この愛犬の死は漱石先生を寂しさの淵に落とし込んだ。「土に埋めてやりぬ」の表現には、漱石自身のつらい気持ちも一緒に埋めてしまいたいという気持ちが表れている。

この句は穏やかな音で構成されている。一音ずつ区切られる音の効果と「聞こえぬ」「やりぬ」の「ぬ」の下がる音によって句全体が落ち着いている。漱石のヘクトーへの思いがこの静かな句を作らせたようだ。

ところで「吾輩」の黒猫の墓はどういうものだったのか。物置のかまどの上で死んでいた猫の遺骸は、木箱に入れられて北側の裏庭に埋められた。漱石は墓に立てる白木の角札の表には「猫の墓」と書き、その裏面に「此の下に稲妻起る宵あらん」と書いた。小説『吾輩は猫である』に登場する猫のように、土中の猫は漱石たちにシビアな言葉を投げかける性格だから、死後も一波乱起こすことを期待している節がある。これも漱石の愛情の表現の一つになっている。

漱石はヘクトーの句が詠まれた同じ年（大正3年）に「園中」と題して、陽炎シリーズの俳句として猫の墓を詠んでいる。この「ちらちらと陽炎立ちぬ猫の塚」の句は、ヘクトーの句を作った際に、「ちらちら」と名無しの猫のことを思い出したのだ。忘れていたわけではないとして猫の塚の俳句を作った。

・秋風の頻りに吹くや古榎

（あきかぜの　しきりにふくや　ふるえのき）

（明治37年9月29日）野間真綱宛の葉書。

（明治37年10月）俳体詩「富寺」

弟子の野間に、君の俳句は面白いと返事を書いて激励した。漱石先生はこの葉書の末尾に2首の短歌からなる俳体詩（漱石が命名）という連句を書いていた。掲句はその冒頭の句である。掲句は「御朱印つきの寺の境内」の句に繋がっている。

掲句の意味は、「秋風が強く吹きだして、古くなった榎の枝を揺らしている」というもの。ちなみに下句の「御朱印つきの寺の境内」の意味は、「その古榎は、大名から御朱印を受けている古寺の境内にある」というもの。

この短歌形式の歌は、「老僧が即非の額を仰ぎ見て　餌を食ふ鹿の影の長さよ」の歌を受けている。その寺のある薩摩屋敷に住んで餌をのんびりと食んでいる鹿は君なのだと、ぐさりと漱石先生に言われてしまった。4句からなる俳体詩全体の解釈は「老僧が即非の額を仰ぎ見て」の解釈における記述を参照願いたい。

・秋風の一人を吹くや海の上

（あきかぜの　ひとりをふくや　うみのうえ）

（明治33年9月6日）寺田寅彦宛の葉書

これから長い船旅になることを予想し、船上で孤独の風に吹かれている姿を、漱石は家の中で俳句に描いている。病身でありながら、洋行する漱石の見送りに駅に行くと連絡してきた寅彦に対して、漱石は、横浜港で乗り込む汽船の出発時刻が早朝に変更になり、この船に乗るための汽車は5時45分発に変更になったと知らせられた。よって見送りに来るには及ばないと書いた。この想像の句をつけた葉書を発送した。漱石は送別の句を書いた短冊を寅彦に新橋駅頭で手渡すことを考えていたが、それができなくなったと思ったからだ。

句意は「外航船のデッキに立つ一人の洋服姿の男に、幾分寒さを感じさせる秋風が吹き付けている」というもの。駅で別れを告げたいと思っていた寅彦に会えなかった漱石に向かって、秋風が吹く場面である。寅彦と会えずに一人での旅立ちになり、残念だという気持ちを俳句で伝えている。

その後の顛末はこうであった。予定の変更を知らせる葉書を早めに9月6日の消印で出したために、寅彦は予定を調整して9月8日の早朝に漱石の見送りに駅に行くことができた。会いたいという先生の気持ちを早めに受け取った寅彦はふらふらの足で駅に駆けつけた。

この句の面白さは、船のデッキで、希望に胸膨らませて風に向かって立っている姿にも、孤独の風に吹かれている姿にも解釈できることだ。寅彦の姿を見た漱石の「俳句を見たのか。何で無理して来たのだ」という言葉に対して、病気の寅彦はこう云うことにしていた。「こんな葉書を早めにもらったら、さみしい気持ちの先生を一人で旅立たせるわけにはいかないでしょう。見送りに来るように書いてあったからです」。

漱石は策略家であった。葉書に変更後の汽車の出発時間まで書いてあるのは、来いということでしょうが、と反論されるのを承知の上のことだ。これは漱石独特のユーモアである。

この句には別の面白いエピソードがある。漱石はこの句を書いた短冊を妻の鏡子の部屋に置いて出国した。帰国した漱石は、その短冊を見ていきなり破り捨てたという。これがいわゆる短冊事件である。この短冊を見れば、いくら忙しい妻でも手紙を書くだろうと考えた作戦であったが、見事失敗した。妻はこの句を、英国に一人でいるのは寂しいという句ではなく、青雲の句と理解したのかもしれない。漱石は英国から何度も妻に手紙に書いていて、その手紙に返信するように書き込んでいたが、全て裏切られた。寂しく思い、返事を催促していた漱石は帰国後にこの短冊を見たときに、滞英中のこの気持ちが増幅して出てしまったのだ。この事件は帰国後の夫婦関係に影を落としたと推測する。

この句は妻のために書き置きとして作ったというより、寅彦への別れの句として作ったと見るべきだ。漱石はそれを妻への句にも流用した。漱石らしい話である。妻はこのことを知っていたのかもしれない。

寅彦はこの掲句が漱石の乗船前にすでに作られていたことを知っていた。寅彦はこの俳句について文章を残している。同じ船で洋行する芳賀氏と藤代氏はデッキで見送りの人たちに帽子を振っていたが、漱石の姿は「一人少し離れた舷側にもたれて身動きもしないで、ぢっと波止場を見下ろして居た。」というものであった。その姿は、すでに漱石によって俳句に書かれていたことになる。漱石は一人だけ静かに風に吹かれているポーズを船上で取り続けていたことになる。俳句に書かれた光景のように。この策謀はさみしくなる気持ちを抑えるための漱石の考案した対策なのだ。

三者談

この句は寅彦だけに渡したのではなく奥さんにも書いている。「一人を吹くや」が効いている。船に乗る前にこれからの心細い生活を予想している。見送る方は大勢で、旅立つ方は一人という構図になっている。自分の周りには秋風だけと素直に寂しがる。他の留学する人たちはハンカチや帽子を振っていたが、漱石は柱にもたれて動かなかった。この時の心境が掲句に表れている。寂しさを思い切るために作ったのだろう。

• 秋風や唐紅の咽喉仏

（あきかぜや　からくれないの　のどぼとけ）

（明治43年9月8日）日記

明治43年の8月23日に漱石は危篤に陥った。漱石は、この直前に自分の喉から出た大量の喀血を冷静に客観的に観察している。寝床の中で自分の口から喉元に血が流れ出て赤く染まっている事態を、驚きながらも明瞭に自覚していた。真っ赤な血液を、沈んだ赤色である唐紅色と捉えた。唐紅とは韓から来た紅のことで、ベンガラ色より鮮やかな赤のことである。

俳句の世界では8月下旬の頃には秋風が吹き出すとされるが、漱石は明治43年8月24日に、伊豆修善寺の旅館に胃病の療養で逗留していた時に大喀血した。このいわゆる「修善寺大患」と呼ばれた事件を詠んだのが掲句である。この句が頭に浮かんだ時、漱石は病人から作家に瞬時に舞い戻っている。この事件の約2週間後の日記にこの句を書き付けていた。

普通は5分間の心肺停止でも命は危険に晒されるという。8分間も停止すると蘇生は絶望的になるといわれている。このような医学常識がある中で、漱石の枕元に詰めていた医師たちは、カンフル剤を打ちながら懸命に蘇生行為を行った。その結果、脈が消えてから30分後に奇跡的に漱石は息を吹き返すことができた。幸いなことに脳に後遺症は生じなかった。ただし身体中の関節が長期間痛みを訴え続けた。

漱石はこの時の自分を『思い出す事など』の文章の中で解説している。漱石自身は風流という趣を重視していた精神状態にあって、この句を作った時、「実況であるが、何だか殺気があって含蓄が足りなくて、口に浮かんだ時からすでに変な心持ちがした」と振り返っている。つまり、体はサイレンが鳴って緊急事態に陥っているが、頭の方は冷静に観察している状態にあった。無意識に辞世の句を作っていたと思われる。

この句のユニークなところは、「カラクレナイ」の音は喉が少し腫れて息がしにくく、「カラカラ」という音が生じているように感じられることだ。喉の症状を表す擬態語のようにも感じられる。そして何より辞世の句と認識しそうになる「仏」の語を「咽喉仏」の中に入れ込んでいることだ。また無意識下において、喉仏が大きく反復して胃袋から湧き出ている血液をポンプのように口外に送り出しているさまを鋭くリポートしていることに驚かされる。肉体の目は白い金盥の中の血溜まりだけを見ていたが、作家としての目は自分の肉体を観察していた。

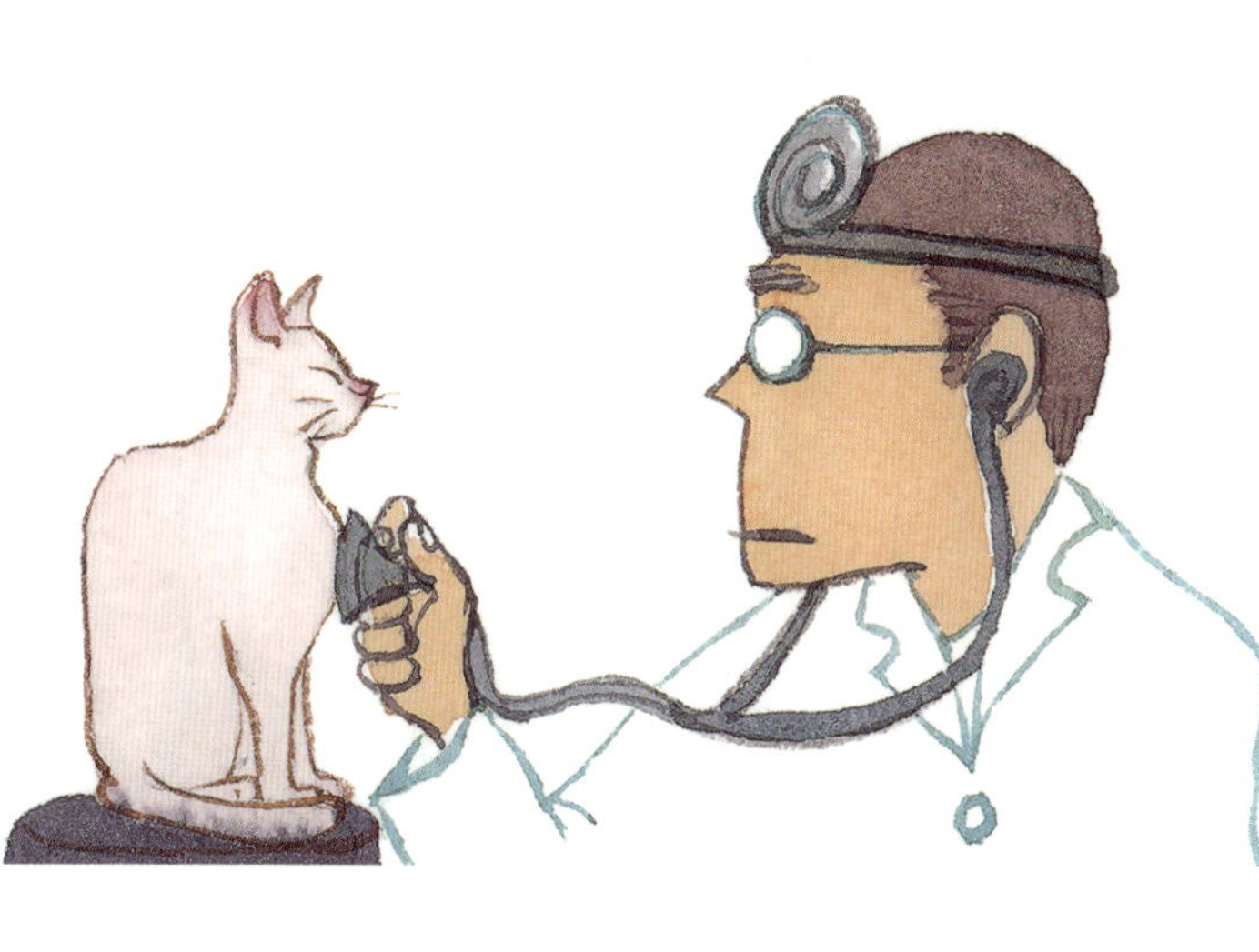

ちなみにこの時他に2句作っていた。「別るるや夢一筋の天の川」と「秋の江に打ち込む杭の響かな」であった。そして書き添えていた呟きは「自然淘汰に逆う療治。小児の撫育より手がかかる。半白の人果たしてこの介護を受くる価値ありや」であった。仮死からそのまま死んでも良かったという気持ちになったこともあったらしい。

・秋風や京の寺々鐘を撞く

（あきかぜや　きょうのてらでら　かねをつく）

（明治29年9月25日）句稿17

ふっと気を抜きたい時があるのであろう。情景を描写するだけの俳句を作りたくなる時があるのだ。それも京都の気に入った景色を懐かしい写真を見るように思い出して、シンプルな俳句を作りたくなるのだ。気分を変えるために。掲句を作った明治29年の9月に熊本に転居してから2番目の借家に入った。

掲句の直前に置かれている俳句は、寝込んだ妻を前にした「枕辺や星別れんとする晨」と「稲妻に行手の見えぬ広野かな」という重い句で、これらを続けざまに作ったために漱石の頭は重くなっていたとわかる。これでは自分が潰れそうだと考えて九州の地で夕暮れの京都の空を見上げたのだ。

秋風に鐘の音を響かせようと念じると、京都の寺々が連動するように鐘を鳴らしている。京の街は鐘の音によって色づいた空気に覆われる。この音が流れると街に安心の気分が漂うのだ。京都の寺々は、これが寺の役目と悟っているかのように街中に安寧の鐘を鳴らす。この鐘の音は漱石の気持ちを安寧にしてくれる。

ゴスペルシンガーの和田アキ子の代表的な歌に次のようなフレーズがある。「町は今　眠りの中　あの鐘を鳴らすのは　あなた　人はみな　悩みの中　あの鐘を鳴らすのはあなた」というものだ。まさに漱石は苦しみながら京都の寺々の鐘を鳴らしている。

・秋風や坂を上れば山見ゆる

（あきかぜや　さかをのぼれば　やまみゆる）

（明治28年11月3日）句稿4

同じ句稿でこの句の前に置かれていた俳句には松山市内の小松山が登場していたので、漱石が坂の上で見た山はこの小松山であろうと思われる。それとも抽象的な架空の山か。

秋風に誘われて散歩のつもりで坂を登ってゆくと、坂のてっぺんで四国山脈の裾にあるいつもは見えない低い山が見えた。こう解釈するとどうということのない散歩句であるように思えてしまう。

坂を登ってゆくと視界が開けてきて、秋の風も強く吹き抜けてくる。自分はその風を受けて立ってることを強く意識させられる。これまで人間界に吹き付ける風に振り回されて、その風にイライラしていた。だが松山に来て以来、落ち着きを取り戻して自分を見つめ、これからのことを考えられるようになってきたとみる。

漱石は再度青雲の志を持つことができるようになってきた。その自覚をこの俳句に入れ込んだのだ。単純に見える俳句であるが、漱石にとっては気合を込めた重要な俳句なのであろう。見えた山とは漱石の目標なのだ。だが翌月の12月18日になることが脳裏から消えてきている状態になっている。大塚楠緒子の手紙を受け取り、動揺したと思われる。漱石がと楠緒子からと思われる親展の手紙を受け取り、動揺したと思われる。漱石がそれを読んだのか読まなかったのかは不明だが、漱石は火鉢でその手紙を焼却し、その灰も崩した。

高浜虚子が作った有名な俳句の一つに、「春風や闘志いだきて丘に立つ」（大正2年）があるが、この句は漱石の掲句を参考にしたと考えられる。漱石は闘志というものは隠しておくものと考えるから、穏やかな表現にしてあるのだろう。掲句で漱石は、かつて学友の米山が勧めた文学への道に入ることを、子規に伝えたのだろう。そして子規はそれを理解したのだろう。

この句に対して子規は、春風が吹く桜の山が似合うと論評したが、それでは当たり前すぎて面白みがなくなる。漱石の松山時代は花見気分にはなれない時期だった。

・秋風や走狗を屠る市の中

（あきかぜや　そうくをほふる　いちのなか）

（明治40年8月21日）松根東洋城宛の葉書

「道（い）へ道（い）へすみやかに道（い）へ」の前置きがある。晩秋に向かって街中（まちなか）の食料街では猟犬を潰して肉塊にして売っている。猟犬を連れて狩りに出るシーズンが終わっていることを知らせる出来事である。恋に悩んでいる君もそろそろ期限を設けて大胆に行動をする時期になっていると、俳句で東洋城に行動を促している。

恋愛に悩む愛弟子の松根東洋城に葉書を出した。これより1日前にも葉書を出していて、その時の差出人として「夏目道易禅者」と書いていた。よってこの葉書も禅者のつもりで句を作っていることになる。悩んだ末に元の道に速やかに戻ればいいと諭している。まさに生きる道を説いている。

「走狗」は人に適当に扱われて手下になっている、という負のイメージがつきまとう言葉だ。東洋城も女に振り回されているのを自覚すべきだ。そしてそのような存在の自分を卒業すべきだと遠回しに諭している。この句にはこの思いを込めた「道へ道へすみやかに道へ」の前置きがついている。

ちなみに漱石先生が持ち出した「走狗を屠る」とは、中国の春秋時代の諺である「狡兎死して走狗烹らる（獲物のウサギが捕まって死ねば、不要となった猟犬は煮て食われる）」をベースにしている。目的を達したらその協力者、貢献者はその後に適当に扱われる、お邪魔虫扱いになるということだ。

漱石は同じ葉書の中に3句を書いている。「朝貌や惚れた女も二三日」「垣間見る芙蓉に露の傾きぬ」と掲句である。漱石が三段論法的に徐々に諭しのレベルを上げてきているのがわかる。

初めの句では、女の美しさはすぐに衰えるからよく見ておくようにという。別の意味でいうと、男の方の気持ちもすぐに変わるものだ、盛り上がる恋愛の気分も続かないものなのだと。次の句は、芙蓉の花自体をよく見ておくようにと諭す。何が美しいと感じるのか、相手をよく観察すると見えにくいものが見えてくるという。そして最後の句では、「道へ道へすみやかに道へ」と前置きして、決断の時が来ていると強く行動を促す。君には進むべき道があるではないかと諭している。君の惨めな成れの果ての姿など見たくないといっている。

漱石は弟子の東洋城に順序立てて恋愛の本質を説いている。そして文学を目指しているのなら自分の恋愛も少しは客観的になって観察すべきだといっている。漱石の弟子への親身さが溢れている葉書であり、親身な俳句である。とはいうものの漱石自身、東洋城とほぼ同じ年頃の時に、三角関係の恋愛に破れた形になり、自殺まで考えたことがあった。漱石はこのことを忘却しているかのように弟子を諭す。弟子たちの間ではこの恋愛事件のことは知れ渡っていたはずだ。掲句は漱石先生独特のユーモアである。

・秋風や棚に上げたる古かばん

（あきかぜや　たなにあげたる　ふるかばん）

（明治30年10月）句稿26

漱石は東京の大学時代から使っている革製の鞄を汽車の網棚に載せた。熊本第五高等学校での仕事でもこの古鞄を使っていた。

秋風が吹きだした頃、漱石先生は熊本から北の温泉場に行くために夜汽車に乗った。漱石は遅くに学校を出るとこの汽車に乗ったようだ。夜汽車の中で「うそ寒み大めしを食ふ、旅客あり」と「吏と農と夜寒の汽車に語るらく」の俳句を作っていたが、掲句はこれらに先立つものであった。汽車に乗ってまず鞄を網棚に置いて、それから座席に座った。

その夜汽車の中の座席で、漱石先生は農家の人と向かい合って座った。官吏の一員としての漱石先生は、乗り合わせた客の前で大飯を食っていた農家の人を驚きの目でしばらく見ていた。その男が食べ終わるのを待って、漱石先生はこの男に語りかけた。

高校の同僚教師と年末に行くことにしている小天（おあま）温泉の評判やどこの旅館がいいのか、今年の麦や粟の収穫はどうだったのか、などを話したのだろう。それとも日本の将来のことなどを話したのか。小説『三四郎』の汽車の中の一場面のように。

ちなみに漱石の妻はまだ熊本には帰ってきていない。妻は東京の実家（鎌倉の別荘）に漱石と一緒に行っていたが、2カ月経った9月上旬に、漱石だけが学校の都合があって一人で熊本に戻ってきた。だが、妻は11月にならないと帰ってこない。漱石は約1カ月間一人暮らしを続けていたのだ。手伝い女はいたが、夜は一人だった。そこで年末年始は北の温泉場で友とゆっくり過ごそうと決めていた。掲句は友と長逗留する温泉地の下見に出かけた時の俳句なのだ。幾分ウキウキとした漱石先生の気分が伝わる。

・秋風や茶壺を直す袋棚

（あきかぜや　ちゃつぼをなおす　ふくろだな）

（明治32年11月1日）「霽月・九州めぐり」句稿

漱石と霽月（せいげつ）との句合わせ会での句題は「茶（秋）」で、漱石は11月中に行われる「口切の茶事」を取り上げた。新茶の碾茶を入れておいた茶壺は和紙で厳重に封をして保管していたもので、この行事に合わせて予め茶室の袋棚に運ばれている。茶室の主人はこの茶壺の封を切り、中から新茶を取り出す。この碾茶を石臼で挽いて抹茶にし、この抹茶を使って茶を点てるのだ。封を切った茶壺はまた和紙で封をして口に布をかけ、さらに紐がけして袋棚の上に置き直す。掲句はこの封をし直して袋棚に戻す光景を描いている。かつて漱石は「口切や南天の実の赤き頃」（明治28年）の句を作っていた。

霽月が社長をしている愛媛の会社は絣（かすり）織りの会社であり、茶摘みの作業着用に絣の生地見本を持って茶の産地の八女に売り込みに行っていたのだと思われる。霽月は八女の茶畑を見て、茶の俳句を作っていたと思われる。そこで、漱石はさっと茶の句合わせの掲句を作った。

霽月に対し、営業に回るよりもゆったりと茶道を嗜んでいた方が商売上はいいのではないか、と漱石先生はアドバイスしたと思われる。ガリガリに痩せていた霽月を見て、これほどまでに根を詰めて仕事をするのは褒められたものではない、リーダーの姿ではないと俳句で示した。趣味をもち、優秀な部下を養成し、実務は部下に任せよ、と諭したものと思われる。社長の君は、自ら動き回るのではなく、「口切の茶事」のように段取り良く、社員に仕事をしてもらうようにするのが仕事のはずだと、俳句で示した。

漱石はこの二人だけの句会で、霽月にこの仕事が終わったら京都へ息抜きに行くのがよかろうと勧めていた。その時には長崎でしゃれたシャツを仕入れて帰るのが良いとアドバイスした。京都で遊んで帰れと暗に勧めていた。

・秋風や地の底より謡声

（あきかぜや　つちのそこより　うたいごえ）

（制作年不明）松根東洋城に渡した短冊

この俳句には、「父を追えば」という前置きがついている。漱石先生は実父との関係が険悪であったので、自分の父のことを思い出して題材にするはずがない。この俳句は東洋城の父親が亡くなったのを知らされて、うち沈む弟子のために作った俳句なのだ。

句意は「秋風が吹きだして、埋葬された君の父の遺体が発する謡の声が地中から響いてくるようだ」というもの。風の音の中に地中からの謡の声が混じっているように思えた。

漱石先生は、東洋城の父親が謡をうなっていたことを知っていた。その分、謡を趣味にしている漱石としては、亡くなった東洋城の父親に対して近しい思いを持っていたのかもしれない。漱石先生は東洋城の父親の謡を褒めていた。掲句においても声の質を褒めている。

掲句のユニークなところは、謡の声を評するのに「地声」という語を用いる場合があるが、東洋城の父の謡の声は地中から響くような声であるとも表していることだ。謡では技巧的でない自然に発する声という意味で「地声」の語を用いるようだが、東洋城の父の謡の声は地中からも響いて聞こえるからその声は素晴らしく、鍛練していないただの地声ではないと漱石先生は洒落ている。

君は父親の墓に行けば、謡を唸る父の声が地中から響いてその声を聞くことができると伝えた。墓参りには行くようにと諭したのだ。

・秋風やひゞの入りたる胃の袋

（あきかぜや　ひびのいりたる　いのふくろ）

（明治43年9月14日）日記

漱石は8月6日に修善寺の温泉宿に胃潰瘍の転地療養のために来ていたが、8月24日に大量の血を吐いた。連絡を受けた妻と医者が東京からかけつけ、看護師や門弟も来て漱石の世話をした。追いかけるように子供たちも来た。『朝日新聞』にも漱石の病の状況を報告する記事が掲載された。漱石自身はこのような状態に陥るのはある程度予測できていた。胃の調子がどんどん悪化していたのを自覚していたからだ。

句意は「温泉場の部屋にも秋風が吹き込んできて、胃壁にひびが入っている我が胃袋の不調が身にしみる」というもの。胃潰瘍の症状を的確に把握して面白く表している。わずかな季節の変化が胃袋の状態に影響するというのだ。あたかも水の抜かれた田んぼの土が秋風によって乾燥し、亀の甲状にひびが入るさまに似ているといっているようだ。漱石先生は胃痛を深刻に考えすぎないようにしているようにみえる。

その悪化していた胃潰瘍には3つの要因が関係していた。主要因は英国で身につけた、体質に合わない洋食主体の食生活と、生来の食べすぎるほどに食べる性格と、極端な甘い物好きであったことだ。次いで楠緒子と保治との三角関係を継続させていることによる悩みと家庭内のゴタゴタ、さらにはハードな作家活動が起因していると考えられる。だが漱石先生にはその自覚が薄かった。いや今となってはどうしようもないものだと諦めていた。全ては秋風のせいにするしかないと笑って寝ていた。

この句の面白さは、「ひび」と表して、「日々」を脳裏に浮かべていることだ。秋風と胃痛を感じる「日々」であると表している気がする。胃痛を日常化させていた。

漱石先生は臨死を経験することになった直接の原因はわかっていた。しかし、深く考えることはしないことにした。皆が自分のためにしてくれたことがたまたまうまく行かなかっただけなのだと理解していた。明治42年9月、10月にかけて体調が優れないのに満漢旅行に出かけて食べ慣れない食事をしてきたこと、鉄道と馬車での遠距離移動の際の長期振動が原因して、旅の途中から体調は悪化した。そして、帰国後治療に当たった医者の勧めもあって温泉地に療養に出かけることにしたが、これからがさらに良くなかった。

退院して1週間後の8月6日、11時に新橋を列車で出発したが、雨降る修善寺に到着した時刻は夜の9時ごろだった。御殿場で合流するはずあった東洋城が2時間も遅れていたこともあって、多くのことにズレが生じていた。翌日の漱石は夕方の5時まで起き上がることができなかったと、日記に書かれていた。

漱石先生には予定通りならば夕方4時ごろには宿についていたはずだとわかっていた。（牧村氏の調査結果：『漱石と鉄道』）しかし、愛弟子の東洋城が気にすることがないように、漱石先生は、季節外れの冷たい雨が降りだしたのが原因だったと思い込むことにしたに違いない。そして今は吹きだしている秋風が胃袋を痛めているのだと理解した。漱石先生の優しい性格が表れている。

・秋風や屠られに行く牛の尻

（あきかぜや　ほふられにゆく　うしのしり）

（大正元年10月5日）日記

この句には「車上に〝痔を切って入院の時〟の句を作る」の前置きがついている。この日、神田の佐藤医院の医者から「ようやく人間並の御尻になりました」と言われた。掲句はその病院からの帰路の車上での作だという。痔疾が悪化して尻が腫れて牛の尻のように膨れていたのであろう。人力車に乗るのも大変だった。そして膨れ上がった尻のあたりに秋風が当たって痛みが増すという。しかし、本当は秋風などを尻に感じる余裕はなかったはずだ。単なる季語の付け足しである。実感としては冬風だったのだろうが。

大阪で再発した胃潰瘍が癒えて退院したのは9月中旬で、この時期から始まった痔の痛みがひどくなり、切開手術となった。しかし、予後が悪く再手術となった。この手術が成功して退院となり、喜びの俳句を作ることになった。この時、機嫌が良くなって「看護師たちには2円ずつあげた」と日記に記録した。その日の日記には、「朝後架にてひよ鳥の鳴声を聞く。医者に行く。『今日は尻が当り前になりました。ようやく人間並のお尻になりました』と云われる。今日は便後肛門がはれていなかったからである。」朝、便所で聞いたヒヨドリが幸運の印であった。

漱石が下五を「牛の尻」としたのは、いやいや屠殺場に連れていかれる牛の心境がわかったからだ。漱石は腰をひねりながら歩いていたのだ。そして自分の尻は、腫れて牛の尻のようになっていると勝手に思っていたからであった。この思いから痔ろうの尻から膿を出す手術を「尻を屠る」と表現した。

ちなみに痔ろう（あな痔）の手術は、細菌の感染によって肛門の内と外がつながったトンネルを切開して腸と一緒に癒着させるもの。この辺りのことは小説『明暗』に描かれている。この手術をする医者の名前は津田であり、大正4年に京都の茶屋に一緒に行った弟子の津田と同じ名前であるのが可笑しい。この手術のつらさは弟子の枕流も経験しているからよくわかる。そして人に話す時には漱石と同じように笑いながら話すしかなかった。手術中の漱石の目には涙が流れたことだろう。しかし術後には笑顔になれた。まさに「雨降って痔固まる」となった。

● 秋風や梵字を刻す五輪塔

（あきかぜや　ぼんじをこくす　ごりんとう）

（明治32年9月5日）句稿34

「阿蘇神社」の前置きがあり、阿蘇の北側にある阿蘇神社に行ったとわかる。漱石一行は阿蘇の北側にある内牧温泉の宿を出て、東の方に足を進めた。7、8㎞歩くと阿蘇神社があった。ここをお参りして「朝寒み白木の宮に詣でけり」の句を作った。境内の中へ入ってゆくと五輪塔があり、額には梵字が彫られていた。

不思議である。たしかに社殿は神道になっているが、入り口には仏閣様式の楼門があり、奥には五輪塔があったからだ。これは明治初年まで神仏混交の時代があったことの名残であった。廃仏毀釈の嵐の中でもしぶとく生き残っていた。阿蘇神社は天台宗の青龍寺にもなっていた。この阿蘇神社は古代からある神社で阿蘇氏が代々宮司を務め、今も代表は宮司の阿蘇氏。阿蘇神社は全国523社の阿蘇系の神社の総本社なのだ。

掲句の意味は、「立秋を過ぎたばかりの日に、宿を朝の涼しいうちに出て阿蘇神社にたどり着いた。境内を進むと梵字を彫った5段の石塔である五輪塔がひっそりと立っていた」というもの。各段の石材の四方向に刻まれたサンスクリットの文字を見て、仏教は中国の宗教ではなく、インド伝来のものだと改めて思ったことであろう。そして日本にたどり着いた仏教文化は中国を経由したことで多国籍のものになっていると感じた。日本人は仏教の本質をよくわかっていない可能性があることを思った。

この句の面白さは、霧の出ていた朝早くに境内の奥深くに足を踏み入れていることだ。勝手にずんずんと。そして五重塔ではないインド風の形状をしている五輪塔を見つけた。まさに串おでんの形状であった。この時、甘党の漱石先生はまず串団子を思い浮かべたに違いない。

● 秋風や真北へ瀑を吹き落す

（あきかぜや　まきたへたきを　ふきおとす）

（明治28年11月3日）句稿4

漱石は「大滝を北へ落すや秋の山」の句をこの滝の句の前を置いていた。紅葉している石鎚山系の山の北側に大滝である白猪の滝が落ちているさまを見て、自然の巧みさに、また、その美しさに感動している。そして、この大滝の落ちる方向が山の真北になっているのは、山の天辺から北側に秋の風が吹き下ろしているからだと強引に見立てた。風が滝の落ち方をコントロールしていると考えて遊んでいると。

漱石が当時住んでいた松山は四国山地の北側にあり、自分の住居の側にこの滝が流れ落ちることを喜んで、親近感を感じているように思える。親友の子規は松山の漱石宅で療養していたが、病がある程度癒えて東京に帰る際に、地元で有名な白猪の滝をぜひ見ておくように、と漱石に勧めていた。このことがあり、松山を離れることを決めていた漱石は、離れる前に見ておこうと寒い風が吹きだした季節に滝を見に山に分け入った。この時、山々の麓にある子規の親類の家・近藤家に泊まったが、これは子規の手配によるものであった。

松山市の南隣にある今の東温市では、白猪の滝を崇める滝祭りを今でも行っている。それは白猪の滝が市街地側に向けて落ちていることで、あたかも、この滝が身内のような感覚が生まれるからであろう。漱石はこれと似たような気分を味わったのかもしれない。

この句の面白さは、夕方になって山風が強くなり、滝の冷たいしぶきが漱石にも降り掛かるほどになっていたことを「瀑」で表していることだ。そしてこの「瀑」は漱石に山から降りるように促しているかのように思えた。

・秋草を仕立てつ墓を守る身かな

（あきくさを　したてつはかを　もるみかな）

（明治43年9月27日）日記

句意は「あの墓守は、菊を野草の秋草のように世話しながら範頼(のりより)の墓を守っている人なのだよ。菊の栽培はただ楽しみとしてやって、金は取らないよ」というもの。

修善寺の山中にある源範頼の墓には墓守がいると聞いていた。日記には前置きとして「（妻は漱石に）範頼の墓守も花を作るから今度はあすこで貰つてくるといふ」の文を書いていた。今度あの寺に行ったら、菊を野菊のように栽培している墓守に頼んで菊を貰ってくる、と言って妻は出かけた。宿の部屋に生ける菊はタダで貰える菊にすると漱石に言っていた。それよりも、漱石自身が源氏の末裔だと思っているので、この墓守から菊をもらった方が漱石は喜ぶと鏡子は考えたのだ。

漱石も範頼の墓守ならば、栽培している菊の花を人に渡して金を取るようなことはしないとわかっていた。漱石先生の菊に対する思いは特別に強く、菊は万人のものであるという意識があるようだ。また菊は天皇家の紋章であり、漱石にとっては菊の花は天皇ともつながっていた。そして、天皇は民を見守り励ます存在だと思っていたからだろう。

漱石はこの句の4句後に「堂守に菊乞ひ得たる小銭かな」の句を作っていた。菊をもらいに出かけた妻は菊を受け取る時に小銭を渡したので、漱石は落胆した。この「堂守に」の句を書いていた日記には、「三人観音様より帰る。堂守から菊を乞ふて来る。」と書いていた。しかし「乞ふて来る」はタダでもらってきたということだが、小銭を渡したのであるから、「金をやって買った」ことになると笑いながら句を作った。

ところで「堂守」は墓守のことで、範頼の墓には屋根がついていて、お堂になっていた。漱石を落胆させた3人とは妻、医者の森成麟造(もりなりりんぞう)、付き添いの東(ひがし)新(あらた)である。

・秋淋しつづらにかくすヴァイオリン

（あきさびし　つづらにかくす　ヴァイオリン）

（明治38年か39年か）小説『吾輩は猫である』

小説の中で俳句名人になっている迷亭(めいてい)が詠んだ句である。寒月君が内緒で買ったヴァイオリンをどこかに隠しておくことにしたが、いい場所がない。そこで祖母がくれた葛籠(つづら)（簡易な蓋つきの編み上げ衣装箱）の中に隠したという話を迷亭が聞いて、即興で作った俳句である。

句意は「あの素晴らしい音のするヴァイオリンを葛籠に入れて隠しておくとは、秋のように寂しい話だ」というもの。ヴァイオリンは皆の目に留まる目立つ場所に置くものだと迷亭は言いたいのだ。高価なヴァイオリンにふさわしい場所があると迷亭が怒っている。こんな話を聞くと秋が余計に寂しいものに感じるというのだ。

漱石宅にヴァイオリン好きの寅彦がくると、いつもヴァイオリンの話をするので、漱石はヴァイオリンがどこかに隠されてしまえばいいと思っていたのかもしれない。

この句の面白さは、漱石は自分が楽器演奏が全くできないということの鬱憤ばらしになっていることだ。太鼓も鼓も打てない。このことに劣等感を感じていたと思われる。師匠について鍛錬している謡の方でも、弟子たちの間で評判は良くなかった。水彩画を除いて芸事は全く身についていないのだ。そこでヴァイオリンを目の敵にしたようだ。

・秋さびて霜に落けり柿一つ

（あきさびて　しもにおちけり　かきひとつ）

（明治24年8月3日）子規宛の書簡

秋が深くなって柿の木についていた柿の実も少なくなっている。カラスも尾長も食べ飽きて関心が薄い様子だ。柿の葉は早めにすっかり落ちて枝が丸見えになっていた。鈍色(にびいろ)が空の大部分を覆っている。その錆色(さびいろ)は柿の枝にも入りこんで生気がない。そんな中、ある霜の朝に枝に唯一残っていた熟柿が落ちた。

その実は白い霜の世界を破壊するように地面で見事につぶれていた。落ち着いた秋の光景は無残な光景に変わっていた。

秋も終わりに近づいていることを周囲に知らせる出来事であった。この句は真夏の7月中に作っていた漱石の想像の句である。涼しい気分に浸ろうと企てて作ったものだ。


この句の面白さは、「秋さびて」の斬新な言葉にある。この「さびて」は「淋しい」が隠されている。秋が深まると風が吹きだし、気温が低下し始めるが、漱石はこれを「秋が錆びた」結果で、寂しさが漂っているためだとみたのだ。錆びると表面にざらつきが生じるが、これは霜の表面状態に類似している。鳥たちも秋の錆色と霜を見て、活動は不活発になる。北からの風は、柿の落ちる音で強く吹きだす準備に入るようだ。

秋の季節の進行を「錆つく」と捉えた漱石の感性には驚かされる。この句は「さびて」の「錆」によって全体が錆びるどころか輝きだしている。

• 秋寒し此頃あるゝ海の色

（あきさむし　このころあるる　うみのいろ）

（明治31年9月28日）句稿30

秋の中でも朝夕には少し寒さを感じるようになった季節に、海には強い風も吹くようになったようで、海面に小さな波が立つようになった。海が荒れてきている。浅瀬の堆積物が波で巻き上げられるためなのか、海の色も少し暗い色に変わってきている。

熊本市内の漱石の家からは有明の海は遠い。学校の行事の関係で有明の海を見る機会があったのか。

この句には、表面的には特に面白いところは見当たらない。洒落ているところもない。まさに「秋寒し」の俳句になっている気がする。漱石先生はこの効果を狙っていたのか。

しかし、よく考えてみると、面白さが隠れていることに気づく。「この頃あるる」の「この頃荒れる」に、「この頃よくある」という意味を掛けていることだ。秋が寒くなる頃にはよくあることなのだ、という意味を持たせている。自然はこの9月末になると風も海も変化すると観察している。自然は記憶していて嬉しそうに「毎年こうなのだ」と呟く。また9月であるから寂しいという気分ではない。

• 秋雨に明日思はるゝ旅寝哉

（あきさめに　あすおもわるる　たびねかな）

（明治28年11月3日）句稿4

「11月2日河の内に至り近藤氏に宿す。翌三日雨を冒して白猪唐岬に瀑を観る。」と句稿の冒頭に書いていた。宿泊した場所は、松山市の南東方向に隣接した東温市の山あいの地にあった。

予定では宿泊した翌日、一晩を過ごした子規の親類の近藤家を出て、雨の止まない中でも滝を見に行くはずだった。漱石は2日の夜、雨音を聴きながら翌日の山歩きを心配していた。石鎚山系の山腹の滝を見にゆくのであるから、雨で足を滑らせて滝壺に落ちては大変だと考えていたのかも。大変な山歩きになると覚悟した。当時の山歩きはわらじ履きであり、歩きにくい林道を傘をさしての山道は難儀だと思ったのだ。

心配が募ったのは、近藤氏の家にたどり着いた時にはすでに雨が降っていて、だんだん雨脚が強くなっているのがわかっていたからだ。この句と文章は夕方無事山を降り、汽車で松山に戻った3日の夜に書いたもので、安堵して記している。

句意は「山裾の宿で夜中に秋雨が降っている音を聴いていると、明日の山歩きは難儀すると心配になってくる」というもの。夜食の後、夜具を用意した書斎に案内されたが、雨の音が気になってすぐには眠れなかった。木枕と旧家の匂いに慣れるのに時間がかかったのかもしれない。

この句が全体にさらりと平凡な句に描かれているのは、旅が終わってからの回想の俳句であることと、近藤家の人が昔風の蓑と大きな茅笠を漱石に貸してくれたので、山歩きが想像したほどには大変ではなかったことによるものだ。

・秋雨に行燈暗き山家かな

（あきさめに　あんどんくらき　さんかかな）

（明治28年11月3日）句稿4

この句があった句稿4の冒頭には「明治28年11月2日河の内（松山市の南東方向に隣接した東温市の山あいの地）に至り近藤氏に宿す。翌三日雨を冒して白猪唐岬に瀑を観る。駄句数十。三日夜しるす。」とある。この句は3日の夜に愚陀仏庵に戻ってから書かれたということになる。滝のこと、旧家での出来事やもてなしを思い出しながら50句を一気に作った。すごい記憶力と集中力を感じる。

菊の咲く広い庭を持つ旧家。その古い家は梁も柱も黒ずんでいて、老婆とその家族が静かに住んでいる家だ。落ち着いた雰囲気の静かな家であった。その日の夜は早めの食事となり、その後は書斎に案内された。綺麗に片付いていたその部屋の明かりは、電灯ではなく丸行燈であった。当時はこれが一般的で、漱石の小説にもこれが登場した。この丸行燈は角形に木枠を組んだ台の上に紙製の円筒の火袋を差し込み、その中に灯芯を取り付け、菜種油を燃やす簡素な作りの行燈。円筒形の火袋は回せるし、取り外して明るくすることもでき、油の補給ができるように作られていた。

漱石はこの旧家の人たちに歓迎され、この家によく遊びにきていた子供時分の子規に関する思い出話を聞かされた。夜は寝床で旅日記を記した。秋雨の降る音が枕元に届き、多分、高知の和紙を胴に貼った枕元の行灯は、ぼーと暗く部屋を照らしていたのだ。降る雨は山の匂いも運んできた。

句意は「秋雨の音が伝わる山あいの家の部屋で、暗い行灯の光に包まれている。その暗い光はこの家の過去の記憶を浮かび上がらせている」というもの。この家はとびきりの旧家であり、行灯の周りの和紙は相当に変色していたと思われる。暗い明かりと冷たい雨の音が、これから暗い冬が訪れるのを暗示している。この山あいの山家には跡継ぎの男がいないこともわかった。これが漱石に掲句を作らせたのかもしれない。

このとき、漱石は親友の子規のことを考えたに違いない。子規は治ることが期待できない病に侵され、暗い行灯どころではない重苦しい闘病生活の中、俳句に関する研究・執筆を行っていた。このことに思いを馳せたに違いない。なかなか失恋の後遺症から脱却できないでいる漱石に、子規がこの山里に行くことを勧めたことの意味を漱石は考えていた。

・秋雨や杉の枯葉をくべる音

（あきさめや　すぎのかれはを　くべるおと）

（明治32年9月5日）句稿34

「内牧（うちのまき）温泉」とある。漱石と高等学校の同僚である山川は、内牧温泉の宿を出て阿蘇の原っぱを目指して歩きだした。途中で秋雨がぱらぱらと降りだしたが、大したことはないと歩き続けた。この内牧温泉は温泉街ができてまだ1年しか経っていないので、農家と旅館街が隣接し、混在している。旅館の玄関を出て歩きだすとすぐに農家に出くわした。牛舎もあった。朝の仕事を終えて、これから朝ごはんの準備に入るところであった。

当時のカマドは台所の外に造られてい、何をカマドにくべているか道からよく見えた。この造りは煮炊きの煙が家の中に入らないようにするための工夫だ。農家の妻は薪ではないものをカマドの口に入れていた。杉の枯葉の匂いが道に流れてきた。そしてパチパチという杉の葉っぱが弾ける音が漱石の耳に届いた。

句意は「秋雨の降る中、道に面した農家のカマドに枯れた杉の葉をくべる音が聞こえてきた」というもの。硬く尖った葉の杉枝をカマドの口に押し込む音と、油分の多い杉の葉の弾ける音が、秋雨の降りだした道に快く響いた。

杉の針状の葉っぱは手で触ると痛いが、農婦はその葉っぱを素手で摑んでカマドに押し込むようにくべていたのだ。農婦の手は頑丈なのだと漱石は驚きの目で見ていたのかもしれない。

この句の面白さは、降りだしたやや冷たい雨の筋が、鋭い杉の葉の形状と類似していることだ。杉の尖った葉を気にしない農婦を見習うように眺めて、漱石たちは阿蘇への道を歩きだした。

三者談

漱石たちの部屋が旅館の台所から近かった。その台所で杉の葉をくべて焚く音がバチバチとする。貧しい宿屋の離れたところの土間にあるカマドに杉の葉をくべている音だ。枯葉をくべる音は燃える音とは違う。漱石は前に杉の枯葉をカマドにくべているところを見ていて、次にその時の音を聞いてすぐに状況がわかったのだと思う。この句の次に置かれた「秋雨や蕎麦をゆでたる湯の臭ひ」も同じ宿屋で詠んだものだ。

●秋雨や蕎麦をゆでたる湯の臭ひ

（あきさめや　そばをゆでたる　ゆのにおい）

（明治32年9月5日）句稿34

「内牧温泉」とある。新暦の上では立秋になってもまだ夏の気分である。山が近いので雨が降りやすいのだろう、小雨が降り出した。漱石は高校の教師の同僚の山川と、彼の送別旅行として阿蘇山踏破を企画した。この日、2人は阿蘇に入るために内牧温泉に来ていた。この温泉郷は1年前に湯が湧いたということで次々に旅館が建った新興の温泉場。農家が温泉宿の近くにあった。漱石は道を歩きながら農家を覗き込んでいた。蕎麦を茹でている家がある。釜の湯の匂いが道まで流れて出ていた。

もしかしたら、この句の直前に置かれていた俳句「秋雨や杉の枯葉をくべる音」が関連しているのかも。漱石は農家の妻が杉の枯葉を鷲掴みにしてカマドにくべていたのを見ていた。カマドで杉の葉っぱの弾ける音とその匂いが道に流れてくる。そのときこの家では朝から蕎麦を食べるのだとすぐにわかった。

朝の一仕事を終えてこれから朝ごはんなのだ。まだ暑い季節であり、気温が上がる前に一仕事終えていた。農家の夫は汗をかいた体はまだ熱く、冷たい蕎麦がいいと妻に言ったのだろう。

この句の面白さは、「秋雨」と「蕎麦」が組み合わされていることだ。「秋雨」は「春雨」につながり、この句は蕎麦つながりの句であり、食べ物が2種類も盛られていることになる。胃弱でも食欲が旺盛な漱石先生らしい俳句になっている。

●秋高し吾白雲に乗らんと思ふ

（あきたかし　われしらくもに　のらんとおもう）

（明治29年11月）句稿20

漱石は秋空をゆく一片の雲を眺めている。見ているうちに、漱石先生はその白い雲に乗れそうな気がして、乗ってみたくなった。今心に抱えている難題はいつまでもスッキリしないし、容易には解決できそうもないから、気分転換したくなったのだ。悩める漱石先生が雲の下にいる。掲句の直前句は「空に一片秋の雲行く見る一人」である。

ちなみにこの発想は、『荘子』天地編の「かの白雲に乗り（のぼ）て帝郷に遊ばん」からきていると人はいう。帝郷とは天帝の居処、理想郷ということだ。または王維の『送別』の詩にある「隠者の進むべき場所」ということなのかもしれない。たぶん後者なのであろう。漱石は天帝とは無縁であり、また理想郷は漱石の肌に合わない。かつて『遠くへ行きたい』というジェリー藤尾の歌（永六輔：作詞）が昭和の時代に流行ったことがあった。今なら、愛する人のことを思いながら、ふらっとバスに乗ってどこかへ行きたいという気分だったのだ。

●秋立つ日猫の蚤取眼かな

（あきたつひ　ねこののみとる　まなこかな）

（大正5年9月）画賛

漱石のこの家猫は3代目だという。縁側の日向に寝転ぶ猫をじっと見ている漱石がいる。日差しが当たって暖かいと猫毛の中にいる蚤どもが動き回る。すると猫は蚤の住処を察知して、蚤とりに集中する。体の近くに焦点を当てた目の瞳孔が蚤の大きさにまで小さくなっている。

一方、漱石の和服にも虱がいたかもしれない。明治期にはまだまだ蚤、虱が人を悩ましていたはずだ。この猫は漱石の膝の上でよく昼寝していたから、蚤の漱石への移動はあったであろう。戦後に生まれた著者、枕流でも子ども時代は朝起きると最初の作業は眠りを妨げた蚤を見つけるべく、下着を脱いで蚤探し、蚤潰しをした。蚤を捕まえると両親指の爪先で挟んで潰したものだ。

漱石は縁側で猫と並んで虱を見つけては潰していたのかもしれない。一方の猫は見つけた蚤を口に入れたのだ。集中する漱石の目は猫と同じように小さくなっていたに違いない。「秋立つ日漱石虱とる眼は点に」状態であった。この時の漱石先生は背中を丸くして小さく見えたはずで、背中は猫背。

ところで漱石の尊敬した良寛は、蚤を衣服に住まわせていたという。たまに衣服から何匹かをつまみ出して、白い紙の上で徒競争させた。そしてその遊びに飽きるとまた衣服に戻したという。蚤は栄養の乏しい血を吸わなかったから、良寛の方も蚤に寛容でいられたのか。それとも良寛は血を吸わないオスだけを選別して住まわせたのか。

秋立つや一巻の書の読み残し

（あきたつや　いっかんのしょの　よみのこし）

（大正5年9月2日）芥川龍之介宛の書簡

暑さの盛んな夏のなかでも立秋になると、変化が現れる気がする。そして漱石は病弱な自分の人生の残りが気になり出す。やり残したこと、読み残した書物のことが気になる。そこで書斎で気になる本を1冊取り出して読みだした。が、途中で終わってしまうことになりそうだと悟った。大正5年の立秋は8月8日であった。

漱石は大正5年12月9日に他界した。掲句は死期が迫っていることを自覚して作った辞世の句のひとつとみることができよう。漱石はこの句を作った秋が過ぎて間もなく死んでいったことになる。この句は同年に作られた句の「耳の穴掘つて貰ひぬ春の風」と対をなす句である。この耳穴の句は、最晩年において人生の伴侶に対する感謝を表したものだが、この読み残し句は、やはり好きだった漢詩の世界に対する感謝を表したのだろう。晩年は俳句より漢詩の創作の方がはるかに多かった。

しかし、この句には別の意味もある。死の1年前の大正4年に弟子入りした芥川龍之介に出した手紙にあった句だというから、彼に対する期待を示す句なのである。もっと小説を書いてくれ、出版された本を読みたいものだという気持ちも込めているとみる。天才は天才を見抜けるということが明らかになった。このような断言を込めた句には清々しさを感じる。

8月21日、漱石はいつものように午前中は、早稲田の自宅で小説『明暗』の原稿を執筆していた。午後に龍之介と久米に手紙を出し「牛のように図々しく進んで行くのが大事」と諭した。自分は「一巻の書」を書き終えないが、君らは焦らないで小説に取り組んでくれ、と伝えたのだ。漱石はこの「書き残し」を「読み残し」に替えて洒落てみたのだ。漱石は人生の最後に至っても落語的な発想は忘れていない。

漱石は部屋で妻にお香を焚いてもらい、香りの中で死んでいった。その3日後の青山斎場の受付には、掲句で後を託された龍之介が立っていた。古株の門下生たちは漱石の気持ちを汲んで一歩下がったのだろう。漱石からこの句を送られた芥川は、自殺するときに漱石のことを思い浮かべたのであろうか。

戒名には「文献院古道漱石居士」の名が付けられた。「文献院」は小説家であり、「古道」は倫理、禅の道を生きた人を表していた。漱石を紹介する本には「近代日本の最初の文豪、そして最大の文豪」という文字が書かれる。漱石は、自身を百年後にも残る作家であると公言していた。弟子の枕流は、漱石先生は三百年後でも生き残る作家であることを疑わない。

ちなみに漱石の最後の言葉を虚子が書き残していた。「私は医師の許を受けて、『夏目さん、高浜ですが、御難儀ですか。』と声を掛けた。『ああ、有難う、苦しい。』というような響きが私の耳に聞きとれた。それは苦し気の呼吸の中に私の耳にそう聞えた響きに過ぎなかったかも知れない。その後また、『水、水。』と二、三遍繰返して言った言葉を私は確かに聞きとった。看護師もその声に応じて水を与えたのであった。」その看護師は、文字通りこの時漱石に「死に水」を与えたのだ。

・秋立や断りもなくかやの内

（あきたつや　ことわりもなく　かやのうち）

（明治37年8月15日）橋口貢宛の絵葉書

まだ暑い立秋の候のこと。蚊帳の中に蚊の侵入があると大騒ぎになる。許可もなく蚊が入る苛立ちを句にしている。手間をかけて蚊帳を吊ったのに、簡単に蚊に入られてはやるせない。言っても無駄であるが蚊に「許可なく入るな」と言わずにはいられないのだ。漫画的な俳句になっている。

普通であればこの解釈になるが、漱石のことであるから、断るのは蚊でなく人であるとすると俄然面白くなる。人は蚊帳の中に低い姿勢で素早く入ることに集中して、声をかけることを忘れがちになるということを取り上げている。さてその人は誰だろう。

この句の面白さは、「秋立や」は秋が膝を立てて蚊帳を持ち上げるさまを想起させ、うまく「蚊帳のうち」に繋げていることだ。そして、その人には漱石はさほど苛立っていないことを、このユーモアによって表している。その人は、帝大の学生で教え子の橋口貢である。

漱石は前年後半から目立ってきた神経衰弱の対策として水彩画を描いていたが、興に乗って絵葉書作りが面白くなっていた。この教え子にも水彩画を描いた葉書を出した。この絵について「素人くさい処が好い所です。褒めなくてはいけません」と添え書きし、本当はこういう絵がいい絵というものだと絵のセンスを自慢した。次に描いた絵葉書では、画学生の弟に負けず、橋口貢の絵もいいと虚子の言葉を添えて褒めている。漱石には何事もうまい素人の技が最高だという価値観がある。橋口貢は芸大の画学生であった弟の五葉を句誌『ホトトギス』の挿絵担当に推薦していた。ちなみに橋口五葉の本名は清で、のちに「大正の歌麿」と称された画家である。

・秋立つや千早古る世の杉ありて

（あきたつや　ちはやぶるよの　すぎありて）

（明治29年9月25日）句稿17

「香椎宮（かしいぐう）」の前置きがある。「千早振る」は勢いよく、速くぶつかるさまを意味し、「神」に掛かる枕詞だという。神は全能であるということを形容する言葉なのだ。漱石はこの「千早振る」を「千早古る」と言い換えて、「古くなるのも早い、太古からの」の意味に変えている。「千早古る杉」と表して、神功皇后が植えてあっという間に樹齢千年を超える大木になった杉のご神木のことを指した。

句意は「香椎宮にきてみると、すでに立秋の秋になっているのを感じた。千年を超える大木になった杉の木、綾杉があり、秋の色を身に纏っている」というもの。杉の葉が色づいてきたのを見て秋の到来を感じた。この老大木の高い位置の葉っぱがそう教えてくれているのを見た。

ちなみに香椎宮は福岡県にある旧官幣大社である。この香椎宮は椎の木が香ることなく、杉の大木で有名になっている。香椎宮の名称は兵を集めた拠点の橿日宮（かしひのみや）の名が転じたものと考えられる。この神社には神功皇后によって仲哀天皇の御霊が祀られている。仲哀天皇はこの地まで兵を率いて熊襲（くまそ）と戦い、その最中に崩御した。先の杉の苗は神功皇后によって植えられたものとされる。

そして、この地は神功皇后の家臣・武内宿禰（すくね）ゆかりの地でもある。この人は杉と同じように長寿で、三百年も生きたといわれている。しかし、漱石先生はこの長寿神社で特に自身の長寿を祈願してはいなかったと思われる。49歳で没することがわかっても、短い人生とは思わなかった。

この句の面白さは、第一に「千早古る」という造語にある。第二の面白さは、この句を作った時の漱石の頭には、秋という言葉から「秋津島」という日本・大和に掛かる枕詞が浮かんでいたはずだということだ。「秋立つ」の語は日本の建国につながると思える。漱石は大和より古い伝統のある九州の土地に赴任して、改めて日本国の建国時のことを意識していたと思われる。

・秋立つや萩のうねりのやゝ長く

（あきたつや　はぎのうねりの　ややながく）

（明治32年9月5日）句稿34

旧暦の立秋のころ、阿蘇の草原に行くために、その北側の内牧温泉を朝早く出て、阿蘇の大地に足を踏み入れた。高校の同僚教師、山川の一高転勤を祝っての送別旅行であった。ちょうど立春から二百十日目は天気が荒れる頃といわれているが、この日もなにやら雲行きが怪しくなってきた。

萩が山道に入ると増えだしてきたが、時折強風が吹くと萩の群れは大きく揺れる。これによって風の動きと強さが強調される。この揺れ、うねりはサッカースタンドの観客の「ウェーヴ」のように伝播してゆく。

2人とも風にあおられながら歩く。強風は同僚の山川を熊本から送り出すように吹き付ける。漱石はこの風を楽しむように歩く。

この句の面白さは、秋と萩の字が似ていることだ。秋の代表の草が萩ということらしい。また、秋は立つが、萩は頭に草が乗っかり、長く横にうねる、という関係が落語的で愉快だ。

・秋立つや眼鏡して見る三世相

（あきたつや　めがねしてみる　さんぜそう）

（明治32年9月5日）句稿34

漢詩の冒頭にあった「眼識東西」という漱石先生の言葉がある。眼で世界の書物を読むということだ。これより上位の言葉としてあるのが掲句の「眼鏡して見る」ということだ。この「鏡」は占いの方法・道具を含めた先人たちの智慧の意味であり、生まれ年の干支・人相なども含むものだ。つまり「眼鏡」は書物にある書物の知識に占いの智慧を加えたものになる。そしてその対象は「三世相」で、人と世の過去・現在・未来の因果であり、その吉凶ということになるという。

上記のことを考慮せずに、掲句を表面的に解釈すれば、「何やら季節が変化して読書の秋になり、メガネを取り出して『三世相』の本をみている」となる。別の裏の意味は、今までに仕入れた「眼鏡」である「書物の知識に占いの智慧」をもって三世相について考えてみた、となる。

漱石はこのことを幾分面白くアレンジしてみせた。「知識と智慧」を意味する「眼鏡」を両目にかける光学道具のメガネの意味に掛けている。だが漱石はこの頃、眼鏡を用いてはいなかった。また占いに嵌（は）まってもいなかった。したがって、漱石は別のことをこの句で表していたと考えるべきだ。

トータルの句意は、「旧暦でも秋になり、少し涼しくなり精神的に落ち着いてきたので、人のこと、自分のこと、この世のことを、そして過去、現在、未来のつながりをじっくり考えてみたくなり、メガネを取り出して古今の本を見ることにした。そして、書物からの知識だけに偏重するのではなく、予見・予知の結果を含めて見直すことにした」というもの。

掲句の発想に至った背景には、この年の8月末から9月初めにかけて阿蘇高原に出かけた数日間の友人との送別旅行で、危うく死ぬところだったという経験が関係している。火山灰と雨が降る灰色の死の世界を目にしたからだ。この過酷な経験は何を意味しているのかと考えたのだろう。そして、このようなことが今後も起こり得るのか、この意味をじっくり考えてみることにしたのだ。

何かが漱石に、この阿蘇での体験をまとめて小説にして公表することを求めている気がしたのかもしれない。漱石はかなり衝撃を受け、これを引きずっていたと思われる。

•秋となれば菊も画くなり俳諧師

（あきとなれば　きくもかくなり　はいかいし）

（大正5年9月）自画賛

句意は「俳諧師としては、寂しい秋になってくると気持ちを明るくしてくれる、好きな菊を描きたくなるものだ」というもの。この句は「秋となれば竹もかくなり俳諧師」と兄弟句になっている。この句の解説文も参照願いたい。

さて、弟子の一人が漱石先生に菊の絵を描いてほしいとお願いした。掲句からは当初は絵に賛を入れるつもりはなかったことを感じさせる。そこで漱石は絵を描くことだけに集中して、水彩画をささっと仕上げた。描き終えて手渡す段になったら、俳句も書き入れてほしいという。急にそんなことを言われてもと思ったが、すぐさま少し前に作っていた「秋となれば竹もかくなり俳諧師」の句を思い出した。よし、このパターンで行こうと掲句を色紙に書き入れた。

この俳句を受け取った弟子は、これから賛を入れてほしいとは言わなくなると予想して、漱石はニンマリしたはずだ。それともこれでこれからも画賛を頼みやすくなると、依頼した弟子の方がにんまりしたのかも。

•秋となれば竹もかくなり俳諧師

（あきとなれば　たけもかくなり　はいかいし）

（大正5年9月）自画賛

句意は「俳諧師としては、秋になってくると風情のある竹も描きたくなるものだ」というもの。中国でも古来文人は絵も書も達者な人が多いので、漱石もこれを目指しているというのだ。一茶や蕪村に対抗できていることを示そうとした。

この句が作られた頃、漱石の命がそろそろ尽きようとしていることを弟子が予期し、先生に賛入りの絵を頼むことが多くなっていたようだ。弟子の頼みでもあり、漱石は快く受けて筆を執った。竹の絵は墨絵の初心者が必ず手がけるものであり、簡単に仕上げられた。だが俳句を書き入れるのは、そう簡単ではない。そこで容易に作れるものとして考え出したのが、掲句である。竹の絵を描く漱石の姿を俳句にしただけの句であった。

ちなみに漱石は「秋となれば菊も画くなり俳諧師」の句も作って遊んでいる。そしてこの手の俳句ならばいくらでも作れると言って笑っている。「秋となれば雲もかくなり俳諧師」「秋となれば萩もかくなり俳諧師」などの句も頭に浮かべたのかもしれない。

あと数カ月で漱石の命が尽きることを、漱石自身も周りの人たちもわかっていて、大勢の人たちが押しかけて、絵を描いてくださいと頼みにきた。すると「いいよ、いいよ」と漱石先生はどんどん筆を走らせた。力の抜けた洒脱ないい絵を描いていた。これまでに長く絵の指導を受け、相当数の絵を描いていたこともあり、アマの画家のレベルを超えていた。

•秋茄子髭ある人に嫁ぎけり

（あきなすび　ひげあるひとに　とつぎけり）

（明治32年9月5日）句稿34

明治29年6月に東京生まれの、つるっとしたふっくら顔の中根鏡子（なかねきょうこ）が結婚式を挙げるために、熊本市内にある漱石の借家にやってきた。相手は鼻の下に大きな髭を蓄えた人である。東京からやってきた〝秋茄子〟は関西の水ナスと違って色艶のいい締まった茄子であった。

句意は「元気の良いやや硬めの秋茄子は、大きな髭をつけた人に嫁いだ」というもの。この句にはユーモアが込められている。それは、漱石の髭と茄子のヘタの尖り方とは色が似ていて、どちらもその髭とヘタがないと締まらないのだ。漱石は「割れ鍋に綴じ蓋」に代わる「秋茄子と髭」という名文句を作れたと思った。時代に合わせて少しおしゃれなものを作ってみせたと思われる。

ところで、漱石の顔に立派なカイゼル髭がついたのは、漱石が英国に出発する直前あたりである。帝大大学院時代に髭を伸ばし始めたが、両端がピンと跳ね上がったのは、掲句を作ったあたりであった。つまり、髭が望む形に完成したことを、俳句で記録しておきたかったとも思える。これが結婚から3年目の時に、このようなのろけ俳句と誤解される句を作った理由なのであろう。

他に考えられる理由として思い浮かぶのは、明治31年に起こった妻の入水自殺未遂事件である。漱石はこれにショックを受け、妻との関わり方を見直し、夫婦生活の立て直しを図ることを決意した。この決意を俳句に表しておくためとも考えられる。「初心忘るべからず」の句、ということか。

・秋に入って志あり天下の書

（あきにいって　こころざしあり　てんかのしょ）

（明治32年1月か2月）手帳

掲句に似ている句として「秋はふみ吾に天下の志」がある。後者の句は子規へ送った最後の句稿35（明治32年10月17日）に書かれていたものである。句稿にあった句は熊本第五高等学校の図書館を詠んだ句である。

掲句の句意は「新学期の秋になって、図書館にこもって本を読んでいる学生は志があるように感じる」というもの。彼らの本を読んでいる姿を見て、皆頑張っているな、とエールを送っている。秋は読書に適した季節であるのと、秋は新学期が始まる季節でもあったので、学生たちは意気込んでいるように見えた。明治時代の旧制高校や帝国大学は9月に入学式を行う制度があり、春に入学式を行う他の学校とは違っていた。

図書館で本に囲まれて本を読んでいる学生の姿を、漱石先生は嬉しそうに見ていたに違いない。学ぶことはまず本を読むことから始まると確信していたからだ。

漱石は学生たちの学問への取り組み方を見て、自分は英語教育にそれほど熱意を持っていないと感じていた。ちなみに、漱石は明治32年の12月に校長から英語教育の勉強が目的の英国留学を内示された。しかし、自分は適任ではないと、留学を一旦は断っていたのだ。

・秋にやせて薄の原になく鶉

（あきにやせて　すすきのはらに　なくうずら）

（明治27年）子規の選句稿「なじみ集」

この句は子規が直筆で作った句集「なじみ集」に収められたもので、この句は『漱石全集』には採録されていない。この時の漱石の雅号は「凸凹」であった。掲句には秋、薄、および鶉の秋の季語が3つも重なっている。これを気にする人であれば、当然この句の評価は低くなる。だが、この季語重なりを認めると、掲句は面白い句として評価されることになる。子規は面白い俳句として認めている。この句の作者名は「凸凹」と記されていた。漱石は一時「平凸凹（たいらのでこぼこ）」と名乗っていた時期があった。あばた鼻を自嘲していたのか。

次の面白ポイントは漱石の鶉に対する際立つ厳しさである。鶉は、冬に向かって脂肪を身につけるはずの秋なのに痩せているとなると不安にかられるはずである。それも餌のない侘しい景色の薄原にいては、このままでは冬を越せないと不安になる。鶉が子規（ホトトギス）より体が小さく秋に痩せているとなると、冬に耐えられないと予想してしまう。不運の鶉の悲しげに泣く声が聞こえる。漱石は句の中で痩せた鶉を餌のない薄の原へ追いこんでいる。

もう一つの面白ポイントは、子規に対する激励の意味を込めていることだ。子規は喀血したのち、体力も気力も低下していたが、そのような友に漱石はあえてこの強烈な句をぶつけていることである。鶉と似たような鳥の子規を前にして、厳しくても進めと鼓舞していることである。自然界にはこんなにつらい鶉がいる。こんなことでへこたれるお前じゃないよな、と言いたかったのだ。

ちなみに掲句は、藤原俊成の代表作といわれている「夕されば野辺の秋風身にしみて　鶉鳴くなり深草の里」（千載和歌集）のパロディ句であると考える。深草の里は薄の原であり、秋風が身にしみるのは、痩せているからだ。俊成の歌は『伊勢物語』の本歌取りであり、漱石句は俊成の歌をコンパクトにしたさらなる本歌取りの句ということになる。

・秋の江に打ち込む杭の響かな

（あきのえに　うちこむくいの　ひびきかな）

（明治43年9月8日）日記

この句は修善寺の旅館で喀血した大患の後に書きつけた3句の中の一つである。8月24日の喀血した日から2週間後に、あの臨死のことを振り返ってこの句を作り、日記に書いていた。漱石自身の解釈・感想の言葉は「澄み渡る秋の空、広き江、遠くよりする杭の響、この3つの事相に相応したような情調が徂来した」ということであった。掲句は漱石の思いのこもった記念の句になった。

漱石が修善寺に着いてから胃は不調のままであった。強く冷たい雨が降る中での移動になり、列車の遅れが発生し、乗りかえの待ち時間が長くなった。このために、体が冷えた上に列車と人力車による長時間の揺れが、漱石の体にダメージを与えた。この後に関東一円は大水害に見舞われたことを12日に知ったが、19日に修善寺にやってきた妻からはその時の被害の大きさを聞かされた。利根川、荒川、隅田川が氾濫し、死者と行方不明者は800人を超えた。東海道線はしばらく不通になっていた。この大雨による災害は「明治43年関東大水害」と名付けられた。

秋口に入り冷気を感じさせる空気の中で、東京湾に流れ込む大河である隅田川の岸辺では江戸時代から守られてきた護岸が壊され、改修の杭打ちが行われていた。伊豆の方でも沼津地方を襲った別の台風の影響で河川の堤が壊され、漱石が掲句を作った時期には、修善寺温泉の近くでも、護岸改修の杭打ちの槌音が響いていた。その杭打ちの音は、漱石の病室まで聞こえてきた。そして漱石の体も振動させていた。

句意は「この世に蘇って床に着いている漱石の心臓の拍動が近隣の河川の杭打ち工事の音に重なって、脳に届いている」というもの。「秋の江」は漱石の心臓であり、「杭の響」は拍動である。台風によって壊されたものを復旧させている音は、漱石を励ます音でもあった。崩れた川岸に松材の杭を打ち込み、土を固める護岸工事が行われていた。漱石先生は自分の心臓がしっかり動いていることを確認し、気持ちを強く持てるようになったことを自覚した。雨上がりの晴れた空に響き渡る大きな木槌の杭打ち音は、漱石の体の回復の音でもあった。

ちなみにこの日の日記にあった他の2句は「別るるや夢一筋の天の川」と「秋風や唐紅の咽喉佛」である。漱石が30分間の仮死を経験したことについては前者の「別るるや」の句に詳しい解釈をつけている。

三者談

生死の境を通り越した後の名状できない透明で静寂な心地が「秋の江」に表れている。夢のような天の川のような渾然たる心持ちの中に、一歩一歩確実に蘇ってくる「生命」の響きがある。危機を通過した人の不思議な実感を教えている。この句は批評しなくてもいいものだ。

・秋の思ひ池を繞れば魚躍る

（あきのおもい　いけをめぐれば　うおおどる）

（明治43年8月20日ごろ）手帳

満韓旅行で胃病が悪化してしまった漱石は、医者の勧めで伊豆の修善寺温泉で転地療養することにした。修善寺に着いたのは8月6日のこと。ここには親友かつ悪友の別荘があったからだ。だがこの療養の宿で喀血してしまった。妻や弟子の東洋城たちが駆けつけた。その後小康を得て漱石は部屋を出歩けるまでに回復した。掲句はそのときのもの。

「しばらくぶりに宿の部屋を出て庭を歩いてみた。秋の進んでいるのがわかった。血を吐いた時には少し気弱になったが、今はこのように歩けている。池の鯉は飛び跳ねて回復を一緒に喜んでくれているらしい」というのが句意である。魚も人も動き回れるのは嬉しいもの、と実感した。

小さな池でも歩いて回ることができるのは嬉しい。鯉も小さな池であっても泳げるのが嬉しいらしい。漱石は鯉と思いを共有している。鯉は人が来れば餌をもらえるかと思い、飛び跳ねて催促しているだけだが、漱石は強引に鯉に自分の喜びを共有させて楽しんでいる。漱石は鯉が何度も飛び跳ねるのに刺激を受けて、ゆっくり池をめぐりながら句作を楽しんだ。

＊『国民新聞』（明治43年8月24日）に掲載

• 秋の蚊と夢油断ばしし給ふな

（あきのかと　ゆめゆだんばし　したもうな）

（明治30年10月）句稿26

　漱石宅の下宿人である同僚の教師に漱石は力説していた。秋の蚊はしつこく人間を追い回して刺すまで諦めない性質を持っているから、お気を付けなされと。動きの鈍い秋の蚊だと思って油断なさるな、秋のメスの蚊には子孫を残すという夢があるのだから刺されることになると解説した。

　掲句の直前句として「刺さずんば已まずと誓ふ秋の蚊や」がある。掲句では秋の蚊が人間を刺すのには子孫を残すという夢があるからだといい、直前句では、蚊は刺すのが仕事、本能だと誓っているからだといっている。秋の蚊には夢と誓いがあるから、刺すのを諦めないのだとしている。

　この句の面白さは、蚊にも夢と誓いがあるとして、立派なものだと感心しているところだ。英語の教師の自分と蚊を比較している漱石がいる。また話題が蚊だけに熊本弁を組み入れていることで気楽さが漂うように仕組んでいるのも面白いことだ。「油断ばし」の「ばし」は熊本の方言であり、「油断なんか」となる。そして「し給ふな」と幾分いかめしい口調にしていることで掲句を二重に面白く感じさせている。さらには「ばし」は蚊が針を皮膚に差し込む時の音にも思える。

　熊本の学生、九州の学生は芯が強くて努力家であると認めている漱石先生は、この辺りの蚊も東京の蚊に比べると根性があると思っていたのかもしれない。

• 秋の蚊の螫さんとすなり夜明方

（あきのかの　ささんとすなり　よあけがた）

（明治43年9月28日）日記

　この句は「秋の蚊や我を螫さんと夜明方」の原句である。掲句は、蚊に刺されるまで蚊に気がつかなかったということである。これに対する修正句の「秋の蚊や我を螫さんと夜明方」は詠嘆調であり、漱石に対して向かってくる蚊の刺す動作をじっと見ていたということになる。掲句に描かれている漱石は、刺された後、蚊に向かって、秋になってもメスの蚊は大変なのだなあと呟いたように思えてならない。漱石を刺した蚊は、秋になって動きが鈍くなっていたにもかかわらず、渦巻く蚊取り線香の煙をかいくぐったのであるから。

　ちなみに「さす」の「螫す」は蚊や蜂が針で刺すことである。漱石がこの文字を用いたのは、蚊は本能の赴くまま、子孫繁栄のために人の血を吸うのだと理解し、刺したことを許していることを表すためである。「螫す」の螫の漢字は、虫の頭に乗っている部首は「許す」という意味を持つ「赦」になっている。この漢字を考案した人は素晴らしいユーモアの持ち主だと漱石先生は褒めている気がする。

• 秋の蚊の鳴かずなりたる書斎かな

（あきのかの　なかずなりたる　しょさいかな）

（明治40年10月28日）連載の『虞美人草』の切抜帳

「書斎の中に入り込んでる蚊は、秋になって元気がなくなってきたようだ。蚊の羽音が聞こえなくなってきたわい」というのが句意である。だが、弱ってもしっかり仕事をする蚊もいるから注意が必要だと、気を引き締めている漱石がいる。

　秋になると蚊は弱って体色も薄くなり、他の羽虫との区別がつきにくくなる。いいのか悪いのか、よくわからないと漱石は思案する。冬眠しようとする変わり者のメスの蚊は、きっちりと人の血を吸うようだ。特に産卵を控えた蚊は気が高ぶっているらしいから要注意だ。この蚊に刺されると、とりわけ痛い。

　漱石先生は熊本よりは幾分過ごしやすい東京で夏を乗り切って、安堵している。大学を辞め、新聞社に入社してしばらく経ったある日、春以降の転職の慌ただしさと騒々しさが消えてきたと振り返った。蚊の羽音が弱くなったのに合わせて消えつつあると感じていた。年明けから漱石の書斎に押しかけて、漱石の転職についてあれこれ言う人がいたが、それもなくなっていた。

　この句の面白さは、小説家になることは大変なことなのだと漱石に転職のことで意見する人がいなくなって、静かな秋になってホッとしているということを、「秋の蚊の鳴かずなり」と湾曲的に表していることだ。第一作目の「虞美人草」が人気を呼んで、銀座の三越百貨店ではこの花をデザインした浴衣地が売られたりしたので、漱石の転職を不安視する人がいなくなった。

•秋の蚊や我を螫さんと夜明方

（あきのかや　われをささんと　よあけがた）

（明治43年9月28日）日記

夏の蚊は活発に羽を動かして人よりも動きが素早い。これに対し、秋の蚊は動きが鈍くなっているが、気づかれないように羽音を低くして近づき、さっと刺す。秋のメスの蚊は作戦を変えて漱石に近づいてきた。

句意は「わしが熟睡を始める夜明け方に、蚊は自分を刺しにくる」というもの。修善寺で喀血し、臨死体験をした漱石は急速に回復し、この世でまた生きられることになった。温泉宿の大部屋を病室がわりにして寝ている漱石は、夜中なかなか寝つかれないでいた。明け方になってやっと寝られる毎日であった。そんな漱石に蚊取り線香の煙に耐えながら蚊は接近してきた。

蚊はこれから迎える冬になると確実に死んでいく。そこで漱石は、明け方の蚊どもの執拗な行動を「赦す」ことにした。やっと眠れる明け方に蚊に刺されるのは嫌なことであるが、子孫のために危険を犯すメスの蚊の真剣さには負けるのであった。

この句の面白さは、毒虫が刺す意味の「螫す」と「赦す」の漢字が似ていることである。秋の蚊は理解ある人なら刺すのを許すと予期して堂々と螫すということになる。

ところで「赦す」と「許す」の違いは何か。前者はすでに起こったことに対して怒りや恨みの感情を持たないこと。恩赦の中にも使われる。そして後者は「やっていいよ」と許可を与えるということである。事後の予想をすることになる。

つまり「赦す」は、明け方に漱石を刺した蚊に対して、お前は子孫を残すためにわしの腕や足を刺したのであるから、仕様がないと諦めることになる。そして「刺されてやるよ」と腕や足を夜着から出しておくのは許していることになる。

実際には、漱石の動体視力は低下し、腕の筋肉は弱くなっているので最初から蚊の刺す動きを見ないことにしている。そうであるから、初めから蚊を「許す」つもりがあり、刺された後はきちんと「螫す」のだ。

それにしても自分を刺した蚊は、よほど腹が空いていたようだ。よって「螫さんと」思うのだ。漱石はろくな食べ物を食べていないのであるから、美味しくない血であったろうと蚊に同情する。

ちなみに日記（9月28日）には、掲句には原句があって「秋の蚊の螫さんとすなり夜明方」であったことが記されていた。

•秋の川真白な石を拾ひけり

（あきのかわ　まっしろないしを　ひろいけり）

（明治32年9月5日）句稿34

「内牧(うちのまき)温泉」と前置きがある。漱石と高校教師の同僚の山川は、阿蘇山を踏破する前にその北側にある内牧温泉で一泊した。阿蘇高原の南下側を西に流れるのが白川、北側から発して西に向かって流れ、立野で白川に合流する川は黒川。漱石は内牧温泉の近くを流れる黒川の河原を歩いていた。

句意は「秋の風が吹きだした季節に、阿蘇の北の内牧温泉を流れる黒川で真っ白な石を拾った」というもの。漱石は秋の河原で白い石を探して歩いた。川の名前が黒川であったので河原は溶岩の黒い色をした火山石ばかりであった。この河原で「白い石、白い石」と口に出しながら歩いていると、やっと真っ白な石を拾うことができた。

この白い石を妻への土産にするつもりだ。この時期、夫婦関係が微妙になり、漱石の立場は悪くなっていた。明治31年5月に妻は住まいから近いところの急流の白川に入って入水自殺未遂を起こした。その後も自殺未遂を起こしていた。その前年には妻は一度流産を経験していた。二人ともつらい時期を過ごしたが、明治32年5月に長女・筆子が生まれて妻は精神的に安定してきていた。漱石はこのことを喜んで、白い石を妻への土産にしようとした。ほのぼのとした話である。

漱石は結婚以来、夫婦不和の要因を抱えていた。新婚時代から続く元恋人の楠緒子への思いである。だが妻の度重なる自殺未遂を受けて、漱石は楠緒子と会うことと手紙のやり取りをよすことにした。家庭崩壊の危機にあったからだ。この決断をしたことで、漱石は秋の阿蘇の周りを流れる秋の川で、「真っ白な石を拾う」気になった。

だがこの白い石を拾った時の決断は、英国留学を終えて帰国した漱石と楠緒子の通りでの偶然の再会によって崩れてしまった。

この句の面白さは、白い石を黒川で探し続けるというゲーム感覚でいた漱石の面白さである。そして、「やっと見つけた」と、冗談が本当になったという喜びを俳句に描いたことだ。前置きの「内牧温泉」を「内牧温泉の黒川」と書いてくれれば句意がわかりやすいが、それでは漱石としては面白みがないのだろう。

三者談

この句はシンプルな句で、石が手の中にあるというのがいい。いやこの調和を意識しているのが嫌味だ。センチメンタリズムを感じる。漱石は秋に白さの表れを自覚していた。

・秋の川故ある人を脊負ひけり

（あきのかわ　ゆえあるひとを　せおいけり）

（明治28年10月）句稿2

この句は、愛媛の松山で作ったもので、「春の川故ある人を脊負ひけり」の原句である。漱石は初め、上五を「秋の川」としたが、子規先生の添削を受けて「春の川」に入れ替わった。

さて句意は「学生時代からの付き合いのある子規が松山の愚陀仏庵に転がり込んできた。吐血した病人としてやってきた子規を背負って秋の川を渡り、部屋に運び込んだ」というもの。子規は従軍記者として満州に行っていたが、船で帰国して神戸に降り立った時に吐血した。子規は明治28年8月から10月まで漱石と同じ屋根の下で生活した。

この句の面白さは、帝大時代からの親友を高貴な「故ある人」として扱っていることである。俗な言い方をすれば「腐れ縁の人」であるから可笑しくなる。そして「秋の川を背負って歩いた後」には冬が控えているため、病人の状態が悪化することを予想させることになるところだ。子規はこれを嫌っている気がする。

もう一つの面白さは、『伊勢物語』のモデル・在原業平を登場させて、色男のモテモテ男が思いを寄せる宮中の女・藤原高子を背負って川べりを逃げる場面を彷彿させることだ。病人の子規を藤原高子に重ねてからかっている。裏の解釈としては、「秋風が吹き抜ける河岸を、縁あってやってきた地において、宮中で知りあった女性を背負って走っている。私は業平」というもの。

・秋の雲只むらむらと別れ哉

（あきのくも　ただむらむらと　わかれかな）

（明治28年10月12日）子規送別の句会

空には積み雲がポカリと浮いて、秋の季節を特徴づけている。上空の空気の流れが速いのが積み雲の分かれる動きでわかる。

この句は松山での子規送別会で作られた句である。漱石の送別句としては「あくびうつして」の句が有名になっているが、掲句も劣らずユニークである。退屈してあくびが出ることはないが、ぼんやり感がうまく表現されている。

この句の面白さは、「ただむらむら」に尽きる。夏の間は積乱雲として山の上に集積して固まっていた雲であるが、風が吹きだしてからは切れて個別になってきた。綿状に「むらむら」と湧き上がってはいるが、横のつながりはなくなっている積み雲である。秋の雲になるために「もくもく」状態になっていた雲は徐々に「むらむら」状態に変化してきている。「むらむら」は「ばらばら」とも聞こえる。子規はこの句を気に入ったようだ。（子規の推奨によって『海南新聞』に掲載された。）

　子規送別会の閉会の辞があると、さっと解散するのではなく、適当に徐々に人がいなくなっていく様子を描いているようにもみえる。後ろ髪を引かれる思いで別れてゆく男たちの姿である。漱石は、松山句会の中心の子規がいなくなった後の俳句界の今後を予想し、この句を作ったとみることもできる。徐々に松山俳句界は崩れていくと。松山の若い俳人たちの、強烈な寂しさと、盛り上がった熱気のやり場に困っている欲求不満の状態が「むらむら」なのだ。これも雲が変化するように自然のことだとして受け入れるしかないのだ。

　ちなみに、この送別会で子規が漱石を前にして作った俳句は「行く我にとどまる汝に秋二つ」

＊『海南新聞』（明治28年11月15日）に掲載

・秋の暮関所へかゝる虚無僧あり

（あきのくれ　せきしょへかかる　こむそうあり）

（明治28年11月6日）句稿5

　秋の暮れには、秋の一日の夕暮れという意味と秋の終わりの晩秋という意味があるが、この句では後者の意味で用いている。漱石は晩秋の頃に関所を通りかかった虚無僧がいる、と設定した。虚無僧は江戸時代に治安維持に活躍した幕府公認の隠密で、普化宗の禅僧である。尺八を吹いて小刀の帯刀を許されていたが、明治の新政府はこの役職を廃止した。これによって街中であまりその姿を見かけなくなると予想されたが、松山ではそうではなかった。

　そんな虚無僧が松山の関所寺と呼ばれた西林寺（48番札所）に差し掛かる。その関所寺の謂れは地獄の入り口に例えられる仁王門があるからだ。この場面で一気に虚しさが立ち込める。想像上の閻魔大王と江戸時代の遺物的な虚無僧の対決であるからだ。

　この句を作った漱石の動機は不明であるが、裏寂しい秋の終わりの季節と敗れた幕府側の隠密として働いた虚無僧を組み合わせたくなったのかもしれない。虚無僧は文字通り虚しい存在になっていたからだ。落語的な洒落のある俳句になっている。

　そのような奇抜な俳句であっても、漱石はさらなる面白さを仕込んでいた。江戸時代の関所は街道の難所に設けられていて、身分や通行の理由がその場で質されるからだ。二重の意味で通り抜けるのが難しい場所であった。だが虚無僧はこの関所を難なくフリーに通ることができた。

　漱石は新たな時代に、虚無僧を廃止された関所の代わりに関所寺（西林寺）の前を通らせることにした。有名な札所であるから、その僧はかつての関所のように素通りできずに、立ち寄るのである。ここに面白さがある。普段は関所で足を止めない虚無僧が関所寺では足を止めることになるからである。うまくいったと漱石の顔には笑みが浮かんだ。

　ちなみに句稿5において、西林寺を取り上げているのは掲句だけであった。子規がかつてこの寺を訪れて下記の俳句を詠んでいたのを思い出したからだ。現在この寺の境内には子規の『秋風や高井のていれぎ三津の鯛』という句碑が建っている。食いしん坊の子規は西林寺近くの高井地区を流れる重信川に自生する水草である『ていれぎ』（刺し身のツマに使う）と『三津の鯛』の組み合わせを好んでいたようだ。

　漱石が突如掲句を作ったのは、親友の子規がいなくなった寂しさを癒やすためであった。子規は10月になって病がある程度癒えてきたのをうけて、上京してしまった。漱石は寂しい気持ちで子規を思い出していたのである。

・秋の暮一人旅とて嫌はるゝ

（あきのくれ　ひとりたびとて　きらわるる）

（明治30年10月）句稿26

　秋の暮れの侘しさを詠っている。熊本市内の家に一人でいても仕方ないと南の方に旅に出かけた時のことだ。宿の玄関で1人だと告げると、1人の客は泊められないという。「拒否はできないはずだ」と食い下がっても無理だと言われてしまった。寂しい場所にある旅館であったのだ。この宿での記念すべきやりとりを漱石先生は俳句にして残した。宿屋の拒否の態度によって、旅の道中で感じていた秋の侘しさが一挙に増した感じがした。

ちなみにこの時期の漱石先生の一人旅は、東京から一人で帰ってきてからのことであった。漱石は明治30年の7月4日から9月8日までの2カ月間学校の夏休みを利用して上京し、鎌倉に宿を取っていた。この間、流産後のストレスを抱えた妻とは同じ鎌倉の地で別居していた。妻は東京の実家に帰った後、親戚の別荘に滞在し、漱石は旅館に宿泊していた。漱石先生は上京していた間、落ち着けなかった。そこで熊本に戻って10月の声を聞いたら、ゆっくりと月を見る旅に出ようと考えていた。

10月10日には第五高等学校創立記念式典において、教員代表で祝辞を読むことが予定されていた。これが終わったら気楽に旅に出ようと考えた。妻は10月末になってやっと帰ってきた。

ところで、漱石先生はどのように宿の女将を説得して宿に1人で泊まったのか。漱石先生は相当に暗い顔をしていたに違いないからだ。妻は東京から戻って合流することになっていると言ったのだろう。現代でも1人での宿泊は嫌われる。自殺されると困るからだ。弟子の枕流にも同じ経験がある。私、枕流は説得できなかった。

・秋の暮野狐精来り見えて曰く

（あきのくれ　やこせいきたり　みえていわく）

（明治31年10月16日）句稿31

句意は「秋の暮れになると、原っぱに禅者の顔をして人を欺きだます禅者狐が出現する。禅者ぶった格好つけの偽易者が家に来て、お告げを宣(のたま)う」というもの。漱石宅にも立派な易者の格好をして金儲けをしようとする偽易者が訪ねてくる。漱石の妻が熱心に易占いをしていると知って偉ぶった易者がやってくる。漱石先生は2人のやりとりを苦々しく見ている。漱石の口からは語気の強い「やこぜいめ！」という言葉が出る。

その易者は、長い時間をかけて詳しく占った結果を妻に宣うのだ。簡単な占いしかできない妻は、頭を低くして易者の口から出る言葉を聞いている。

野狐精とは、人間を化かしたりする狐で、神格を持たないその辺にいる狐だ。元々は人を欺きだます「とんでも禅者」のことである。禅を少し学んだだけで自分では悟り切ったようなつもりの禅者を、野狐にたとえていう言葉だ。漱石は易者にこの言葉を使った。

さて、妻が聞いた易者のお告げは何であったのか。漱石先生は易、占いに興味がないからそのお告げを聞いていない。この頃妻の占い好きは漱石の悩みの一つになっていた。夜になってもなかなか寝つけない理由の一つになっていた。熊本市の名士である、高等学校の教授の妻が易占いに嵌まっているのは、みっともないことだからだ。学校の生徒たちにこのことは知れ渡っているに違いないから、「やこぜいめ！」と口に出してしまう。

・秋の蝉死に度くもなき声音かな

（あきのせみ　しにたくもなき　こわねかな）

（明治28年）

油蝉なのであろうか。秋とはいえ、まだ暑い時期に朝から夕方まで声高に鳴いている。いつもより声は大きいようだ。季節の変化を微妙に感じて、自分の死ぬ日の近いことを感じ、無念さを込めて声高に鳴いているのだ。

この句を作る1年前に、漱石は軽い喀血をして以来、体力作りのために弓を引いたりしていた。子規の病気のことも頭から離れないのだ。このような状況では、蝉の鳴き声にも敏感になるのかもしれない。

全集の注に芭蕉の「やがて死ぬけしきは見えず蝉の声」が挙げられている。掲句はこの芭蕉句を下敷きにしたのだという指摘だ。蝉のような生物は死ぬ時期を知らずに生きる定めがあり、自然の摂理に従って死ぬだけだという意味になる。だが漱石は同じ鳴き声を聞いても別の解釈をする。蝉は死ぬ時期が迫っていることを察知できる。しかし、死の到来が近いことを知らないように見せて平然と鳴いている。だが流石に漱石は蝉の鳴き声の違いに気がついている。

漱石は蝉と同じように、近々死ぬということになれば、その運命を受け入れて、意識していないように見せて生きるのだと決めた。死の訪れを知らないという顔をして最期まで生きたいと思うのだ。これは達成できたと思われる。

漱石は掲句の2年後にも蝉の句を作っている。「鳴き立ててつくつく法師死ぬる日ぞ」の句である。この句も同じように、この蝉も死ぬ日をわかっていて運命に従いつつ、気取られぬように精いっぱい力を込めて鳴いているとした。

芭蕉が「やがて死ぬ…」の句を作ったのは何歳の時であったろう。51歳で没する6年前の45歳であった。この年齢であれば漱石もそうであったが体力の衰えを感じていたはずで、死ぬ蝉の句を作る気持ちは理解できる。だが、漱石は「秋の蝉」の句と「鳴き立てて」の句を作った時の年齢は28歳と30歳で、芭蕉に比べればはるかに若かった。だが、芭蕉より深く蝉の死について考えていたように思える。漱石は若くして老成していたのであろう。それとも、当時死の病とされた肺結核に学生時代にかかった経験があり、死に対して色々考えたことがあった影響なのか。

＊『海南新聞』（明治28年9月15日）に掲載

• 秋の空浅黄に澄めり杉に斧

（あきのそら　あさぎにすめり　すぎにおの）

（明治43年9月12日）日記、『思い出す事など』

この句の前に「秋晴　寐ながら空を見る。ひげをそる。」と前置きしている。髭を剃ったあと、満足げに空の方に顔を向けた時の句である。

漱石の大吐血を「修善寺の大患」と呼ぶ人が多いが、本当は「修善寺の大体験」なのである。何しろ心停止になり仮死状態になったからだ。運良くこの世に舞い戻れた。誰かが漱石の魂を強くこの世に引き戻したからだ。この句については、珍しく漱石全集の編者も長い解説文を書いている。

「寝ながらひげを剃ったのは、意識のない時間が長くあったということだ。その間髭は伸び続けたのだ。看病していた人から10日振りに言葉を話したと告げられた。天は自分にまだ生きろと命じた、まだやることがあると告げたのかと感じたのかもしれない。悪い気はしなかったはずだ。」

句意は「朝方ではなく、日が高い時刻に意識が戻って目が覚めた。宿の窓から秋の空が見え、澄み切った浅葱色の空に山で杉の木の根元に斧を打ち込む音が響く」というもの。

この句について『思い出す事など』では「生き返ってから約十日ばかりしてふとできた句である」と漱石が解説した。「秋の江に打ち込む杭の響きかな」と同じ耽り（ふけ）を他の言葉で言い表したものであると編者も書いている。

魂が肉体に戻って生き返り、体内の血潮が体の隅々に心拍と共に送り出されるさまを、斧が杉の幹に打ち込まれる音が林全体にこだまするさまで形容した。杉に斧を打ち込む時のドン、ドンという音が体に響き、木の血液である樹液が切り口からほとばしるかすかな音まで聞こえたのかもしれない。斧が幹に斜めに打ち下ろされるごとに、梢は大きく震える。衰弱した骨と皮ばかりの漱石の体は、自分の心拍で震えたのだ。

• 秋の空幾日迎いで京に着きぬ

（あきのそら　いくかあおいで　きょうにつきぬ）

（明治40年頃）手帳

この句は明治27年当時のことを詠んだ句であろう。

漱石先生は秋のある日に群馬県の榛名山（はるなさん）付近に滞在して、芒（すすき）の原と空の青を何日も見て、十分に楽しんだ。そこで東京に帰ることにした。句意は「十分に群馬の山や野を歩いた。秋の空を何日も見上げていた。満足した気分で東京に帰り着いた」というもの。

掲句の前に「雲少し榛名を出でぬ秋の空」と「押分る芒の上や秋の空」の句を作っていた。榛名山の麓を歩いていたことがわかる。歩き続けた日は晴天が続いていた。青い空の秋らしい日が何日も続いていた。

この榛名山の麓には伊香保（いかほ）温泉がある。この温泉は学生時代に漱石の恋人であった大塚楠緒子が好きでよく行っていた温泉場である。伊香保温泉は彼女の小説によく登場した。漱石先生は彼女と関わった昔を懐かしんでいたようだ。明治40年の秋は、漱石は帝大講師を辞めて小説家になっていた。一大転身を計っていた。

大胆に推理すると、明治27年7月に若い漱石と楠緒子、それに共通の友であった小屋保治はここの温泉宿で一堂に会したことがあったと思われる。だが、誰も見事にこのことに関する文を残していない。しかし少なくとも漱石と保治がここで会ったことだけは保治を呼び出した手紙が残されていたことで確かであり、伊香保で何かの取り決めをしたはずだ。この後一年近く保留になっていた保治と楠緒子の結婚が決まったからだ。

ちなみに明治40年夏に、漱石と楠緒子は連絡を取り合って10年振りに鎌倉の長谷で落ち合っていたと思われる。このタイミングで過去を回顧する掲句が作られていたことがわかる。

＊『東京朝日新聞』（明治40年9月21日）の「朝日俳壇」に掲載

・秋の空鳥海山を仰ぎけり

（あきのそら　ちょうかいざんを　あおぎけり）

（明治40年頃）手帳

明治26年（1893年）に子規は秋田を訪れている。そして次の句を作っていた。「麻刈りて鳥海山に雲もなし」と「鳥海にかたまる雲や秋日和」。漱石は、親友の子規が亡くなる年の7年前に鳥海山を見ていたことを思い出して、掲句を作ったと思われる。漱石は鳥海山のある東北の日本海側を旅したことはなかったからだ。

句意は「秋の空の下にある鳥海山を見ながら鳥は飛んでいった。私はその鳥海山を下から仰ぎ見ながら歩いた」というもの。死んだ子規は、鳥の仲間のホトトギスだけに山の上を飛びながら鳥海山を眺めたのだろうとふざけた。そして子規を懐かしがった。

しかし、漱石の俳句はそれだけではなかった。この句に面白みを加えていた。

この句の面白さは、高くそびえる鳥海山の周りを青い秋の空が取り囲み、青い空もこの山を仰いだとみることができることだ。つまり青い秋の空を突き抜けて鳥海山がそびえていると描いたと解釈できる。ここまで書いて、子規が見た山が何故「鳥海山」と呼ばれているのか、漱石はわかった。

また、秋田の澄んだ空を仰ぎ見た子規を思い、空の色を見て海の青色を想い、海の上を鳥の飛ぶさまを思い描いたとみることもできることである。このことをまとめた言葉として「鳥海山」が導かれた。これはまさに落語のような作りである。

＊『東京朝日新聞』（明治40年9月21日）の「朝日俳壇」に掲載

・秋の空名もなき山の愈高し

（あきのそら　なもなきやまの　いよたかし）

（明治28年9月23日）句稿1

「愈」は一般には愈々（いよいよ）と用いるが、意味は「より一層」、「ますます」、である。一片の雲もない澄んだ青い秋空の下、目の前の山はいつもより高く感じるようになる。普段はどうということのない山でも山の頂を隠す雲がないため、頂が空に吸い込まれるように感じ、山が胸を張って背が伸びているように見える。目の錯覚であるが、水蒸気の少ない秋の空では天辺までよく見えるからなのかもしれない。だがこれは楽しい錯覚である。これを楽しんでいる漱石も背筋が伸びているのに気づくのだ。

漱石の俳句は単に空が抜けるように青い、と詠（うた）うのではない。気持ちが込められているように感じる。漱石はこの俳句を作ったことで、東京から遠く離れた松山で生きる力が少し湧いたのかもしれない。なんとかやっていけそうだと。もしかしたら恋人であった楠緒子のことを忘れられるかもしれないと。

この句の面白さは、「愈高し」の「愈」には「伊予の国」の意味が掛けられている。つまり愛媛県の山ということになる。そして「いよ〜」は掛け声でもあり、手締めのように声を張りあげることで漱石先生は自分に喝を入れている気分になれるのだ。

ところで「名もなき山」は何の山なのか。漱石のことであるから、生徒か誰かに気になる山の名を聞くはずだ。これは漱石特有の「とんち俳句」なのだ。初めてこの山に近づいたが、人に聞く気にならない山として存在する山は、松山城なのである。この城の石垣は山のように反り返って隆起しているように見える。この城のことを秋の空の下で「城の愈高し」と詠んでもつまらないとして、ひねりを加えたのだ。東京で療養していた子規をクイズ俳句で喜ばせようとしたのだ。もちろん子規は正解したであろう。

・秋の蠅握って而して放したり

（あきのはえ　にぎってそして　はなしたり）

（明治29年11月）句稿20

漱石のユーモア俳句である。日本の昔話には「藁しべ長者」の話がある。この話は手にした藁にアブを縛り付けることから展開する。藁を手にした貧乏な子供は最後には大きな屋敷を手に入れて長者になる。漱石はこの昆虫いじめの要素のある遊びではなく、また、超高度な指先の器用さを求める遊びでもなく、単に部屋の中でうるさく飛び回る蠅を掌に握って閉じ込めた後、縁側で掌を開いて蠅を放すという手品的遊びをする。秋になって動きが幾分緩慢になっても煩わしさは変わらない蠅を気分転換の遊びの対象にしている。

この時期の蠅は動きが緩慢になっているから、間違いなくこの遊びは成功する。漱石はこの動作を描くことで秋の深まりを表している。そしてその動きが鈍くなった蠅に凍る冬が到来すると確実に死ぬことになることを暗示している。したがってこの句は単なる蠅を使った遊びの句ではなく、季節の巡りと小さな生命の営みを観察した句である。

ちなみに現代では暖房設備が家庭にも普及し、秋の蠅は容易に越冬できるようになったという。蠅は冬になると動かなくなり、体力を消耗しないようにして来春を待つのだ。

・秋の日中山を越す山に松ばかり

（あきのひなか　やまをこすやまに　まつばかり）

（明治29年11月）句稿20

日がさしている秋の日中、山が連なる山を見渡すと松の山ばかりであった。戦後の杉ばかりの山という状況と違っていて、明治時代には山に松が結構植えられていたようだ。明治時代の漱石先生はやはり、山に同じ種類の木ばかりが植えられているのは興ざめだったのだ。次々に見えてくる山が松ばかりでは、山深く分け入った意味が薄れるような気がするからだ。新たな風景や展開を期待できなくなる。

ちなみに漱石先生が満漢を旅した時に、朝鮮半島の京城で見た光景は、街中から見えた山は岩山で、その天辺に松が一本見えていたと俳句に詠んでいた。その時、一本だけの松をじっと眺めたことだろう。日本の景色と違う松の山の風景であった。明治42年の9月、10月のことであった。満州から朝鮮半島に入った漱石は、厳しい土地を歩いた後の朝鮮の感想として「なつかしき土の臭いや松の秋」と句に記した。北の新義州駅から平壌へ向かう汽車の窓から朝鮮の風景を眺めていた。この句の前に「水青くして平なり。赤土と青松の小きを見る。」とあった。そしてさらに南のドブ川が流れていたソウルでは空を見上げて、「秋晴や山の上なる一つ松」の句を詠んだのだ。漱石は日本とは大きく異なる大地を見てきた。まだ日本が国家予算を割いて、朝鮮の国土を整備し、インフラ投資をする前の状況であった。日韓併合の前であった。

掲句の面白さは、「山を越す山」という表現にある。山の後ろに山が見え、そのまた後ろに山が見える景色を連山と表すことができるが、面白みのない言葉は使わない。山を主役のように表しているところが面白い。漱石先生は新任地熊本を知ろうと海側の山を歩いたのであろう。

・秋の日のつれなく見えし別かな

（あきのひの　つれなくみえし　わかれかな）

（明治31年10月16日）句稿31

秋が急激に深まって行く時期に、俳友か高校の同僚との別れがあったのだろう。表面上の句意は「これから寒い季節になるときに別れるというのは、余計につれなく思えてくる」というもの。景色に枯れた色が加わって侘しさが漂うからなのだ。「つれない」は冷淡にみえる、よそよそしいということだ。沈着で盛り上らない気分なのだ。

誰と漱石先生は逢ってきたのか。そして誰と別れてきたのか。『古今集』の「恋」の中にある壬生忠岑の歌を真似てさりげなく俳句を作っている。本歌取りの遊びの句と見せかけているが、何かの事実を記録しているのかもしれない。

元の壬生忠岑の恋の歌は、「有明のつれなく見えし別れより 暁ばかり憂きものはなし」である。この歌の現代語訳はネット情報の中にあった。「有明の月は冷ややかでそっけなく見えた。その時から私には、夜明け前の暁ほど憂鬱で辛く感じる時はないのだ。相手の女にも冷たく帰りをせかされた。」

この歌に出てくる「有明の月」は十六夜以降、おおむね二十夜以降の、明け方まで空に残っている月であるが、漱石は妻に隠れて有明海の近くで女性に逢ったのだろう。このことを見えないように俳句の背後に記録しておいた。

掲句の意味は、「秋の日に逢った女性はつれなく別れていった。冷たさを増してきた季節のようにあっさりと去っていった。」となる。この女性は誰なのか。想像はつく。かつての恋人、大塚楠緒子である。漱石の妻は、漱石と楠緒子の交際が続いていることを知っていた。

ちなみに楠緒子の夫、大塚保治が4年間の欧州留学から帰ってくるのは1900年（明治33年）である。まだ保治は欧州にいた。漱石と楠緒子の結婚を楠緒子の親が認めない状況を抜け出すために、漱石は、親友の保治に彼女を譲って身を引いた。漱石は失恋したことになっていた。

・秋の山いでや動けと瀑の音

（あきのやま　いでやうごけと　たきのおと）

（明治28年11月3日）句稿4

ここは四国山地の石鎚山系の山々の北側にある白猪（しらい）の滝。松山の南にある山の中腹にある滝である。子規が自慢げにこの滝のことを漱石に話していた。漱石は翌春には松山の地を離れて熊本にゆくことになっていた。子規の勧めもあって小雨の降る中名瀑を見に山道を登った。

漱石は滝壺に近づいて水しぶきを浴びながら滝を観察している。滝のあたりでは滝のエネルギーによって周囲とは異なる縦方向の風が巻き起こっているとまで見ている。次に漱石の意識は滝を抱えている山全体に向いている。滝の轟音と振動は漱石を刺激している。何かが起こるのではないか、地震が起こるのではないかと考えてみる。山は色づいて変化しているが、滝の膨大なエネルギーによって別の何かが起こるのではないかと考えたくなる。そして山は動くのではないか、さあ動けと念じる。漱石は目の前で動いてほしいと願うようになっている。漱石は滝を従える目の前の山は生きていると感じ、深く感動している。

句意は、「急激に色を変化させている秋の山よ、さあ動いてみよ。エンジン音のような瀑音を響かせているのであるから、山が動きそうだ」というもの。「瀑」の字で滝の勢いとすさまじい衝撃を表している。

・秋の山後ろは大海ならんかし

（あきのやま　うしろはたいかい　ならんかし）

（明治28年9月3日）句稿1

松山の南の方向には四国山地があり、石鎚山も聳えて見える。漱石は松山市内を歩きながら周囲の風景を楽しんでいる。四国は文字通り四カ国からなる島であり、松山のすぐ南の後ろには少し色づいてきた山々があり、これを越えると土佐の国がある。狭い平野を越えると太平洋で、なんという狭さなんだ。松山の北は瀬戸の海が近くにあり、南に行くとすぐに海が迫ってくるなんて。

「ならんかし」は「そうなんだろうね、あーあ。」というところか。四国は小さいがその南の海はでかい、と幾分嘆きが入る表現なのだ。

漱石は東京から逃れるようにして松山にやってきたが、勤めていた松山尋常中学校の先生たちの自分勝手さや生徒たちの小狡さに嫌気がさしている。これはこの土地の狭さ、四国の狭さにその原因があるとみているかのようだ。「小さい所に住むのは嫌だね」との呟き、ぼやきがこの俳句の後に続きそうだ。

この俳句は、土地の地理をスパッと表現して小気味よいが、落語のぼやき話のようでもある。この松山は色づく秋になってきたが、半年住んだだけでもう飽き飽きだと言いたい気分が出ていて面白い。

・秋の山静かに雲の通りけり

（あきのやま　しずかにくもの　とおりけり）

（明治28年11月3日）句稿4

11月初旬の秋は、秋と冬との橋渡しの季節で、穏やかな小康を示す。その先には厳冬が待ち受けているのを忘れられる貴重な時間である。そんな秋を漱石は、四国山地の裾野を歩きながら感じている。松山に赴任してから11カ月経過したところでのふらり旅。この間に8月から10月まで子規と愚陀仏庵で同居した。その子規の遠縁の旧家を山裾の村を歩きながら探していた。この家に泊まって山中の白猪の滝を見ることを勧められていた。収穫を終えて閑散とした田んぼを歩き、山裾に点在している人家とその庭を愛でながら山に向かって歩く。山にかかる雲はすでに積乱雲はなく、薄く綿状に伸びる雲に切り替わっている。

松山に転居してから精神的な落ち着きを取り戻した漱石は、雲を眺めながらこれまでの人生を振り返っていたのかもしれない。これまでの若い自分は動き回る猛暑の中にあった。今は新たな目標に向かって切り替える時期にあると思ったのかもしれない。

この句は、「静かに雲の」に特徴がある。静かに雲が通る、とは、地上はほぼ風の音がしない無風状態、しかし雲はわずかに動いている状態を示しているのだろう。上空が静かに感じるのは雲の形に変化が乏しいからだ。もともとこの時期の鰯雲や鱗雲は大きな塊ではないから、雲の移動が認識しにくい。

漱石が今まで活発であることに意義があると考えてきたことに修正を求めるような雲の動きなのである。「静かに雲の通りけり」は漱石の心のありようを表している気がする。漱石は科学者的な目で空を眺め、地球の自転による周速を計算して、静止しているようにしか見えない雲の速さを観察していたのかもしれない。

子規はこの句に対して、「通りけり」はないだろうという。生煮えだという感想をもったようだ。だが漱石はこの感想を目にして、静かに動きの少ない雲にも味があると呟いたのかもしれない。

・秋の山に逢ふや白衣の人にのみ

（あきのやまに　あうやびゃくえの　ひとにのみ）

（明治42年10月7日）日記

「韓人は白し」の前置きがある。満韓旅行中の句で、京城の景福宮の近くの旅館に滞在していた時の俳句。この日は予定がなく街中をフラフラと散策した。この辺りは支配階級の両班（やんばん）が住んでいる地区で、彼ら男たちは、白い上下に分かれた簡単服を年中着ている。頭には全体に黒い縁付き帽子を被るのが正装になっている。きちんと正装をして街を歩いている人たちに漱石は幾分驚いている。日常的に季節を考慮せずに白の服を着ることの生活の不合理を漱石は感じたのだろう。この人たちは儒教に染まって支配階級のプライドを誇示して生きている人たちだとわかった。

句意は「京城市内の名所になっている小高い岩山に登ると、両班の男たちに出くわした。皆白衣の人であった」というもの。この服装の人たちを見て、漱石は「韓人は白し」というイメージを強く持ったに違いない。いや彼らの顔を見て日本人とは人種が全く異なると認識したのだ。北方民族なのだと確信したのだ。漱石は9月28日に満州から朝鮮に船で渡ったときに、朝鮮人は満州人に比べて色が白いと感じていた。

日本人にとっては全身白の装束は普段は身につけないもので、死人のものであるが、朝鮮では反対に正装になる。漱石は京城を展望できる山で多くの白の装束の男たちに出会って異様に思ってしまった。労働しない特権階級の人が多く存在すると感じたに違いない。

この句の面白さは、「秋の山」にある。この上五は「晴れ渡る秋の景色」を表すが、「呆れ果ててしまう」という意味を込めているように思われる。山で会う人は皆白い服を身につけていて、毎日の生活が儀式の延長のようなものになっていると理解した。街中は道路も玄関先も埃が立ち上る悪環境であり、白い服を着ての生活、通行は不適当と考えるのが普通なのだ。これを直さねばいつまでも社会は進展しないはずだと。

ちなみにこの韓人の国は国際関係の中で混乱を極め苦悩した末に、明治43年8月22日に日本との日韓合併条約を調印した。

秋の山松明かに入日かな

（あきのやま　まつあからかに　いりひかな）

（明治29年11月）句稿20

漱石先生は、夕日を木が遮っている状態で、夕日を眺めるのが好きなようだ。他にもこのような俳句があるからそう思う。夕日が山の頂付近の松とわかる木々を照らしている。木々の形がはっきりと浮かんで見える。影として浮かぶ松の木の幹のうねりや枝の茂り方が気に入っているようだ。

松の林が夕日の中に浮かぶこのさまは、水彩画的であり美的である。上空に抜ける夕日の光の筋も見える。漱石は画家の視線でこの景色を見ている気がする。この景色は熊本市の西側にあるなだらかな山々を市内から見上げた時のものであろう。

句意は「山の端を照らして日が落ちようとしている。その光の中で木々は松の木とわかる形が浮かび上がっている」というもの。

この句の面白さは、入り日が松の林を強く照らしているのを「松明らかに」と表していることだ。まぶしくて影として曲がって見える木々を眺めて松と見定めるとして「松明らかに」で表している。

ちなみに子規は掲句を「冬の日の入りて明るし城の松」にすることを推奨した。子規は故郷の城山の夕景を回想している俳句にしたくて仕方がないようだ。城山には幹が赤い赤松が生えていたのだ。

秋の山南を向いて寺二つ

（あきのやま　みなみをむいて　てらふたつ）

（明治28年9月23日）句稿1

子規が松山から東京に居を移して数年が経っていた。子規は新聞社の一員になっていた関係で従軍記者として大陸に渡った。子規は帰国途上の船中で吐血し、神戸の病院に入っていた。病をいやすために8月になって松山に帰っていた子規に漱石が声をかけて、2人は漱石の愚陀仏庵で共同生活を始めた。子規は家族のいない松山では大原家という叔父宅に1、2日滞在しただけで、愚陀仏庵の明け渡した一階部に移り住んだ。漱石は気ままな子規に気を使っていた。次のような話が虚子に語られていた。「僕の所にいる間毎日何を食うかというと鰻を食おうという。それでほとんど毎日鰻を食ったのであるが、帰る時になって、万事頼むよ、とか何とか言ったきりで発ってしまった。その鰻代を僕に払わせて知らん顔をしていた」「子規というやつは乱暴なやつだ」というが、憎めない男だった。毎日鰻を食べたおかげで子規は2カ月で帰京するまでに、体力を回復させた。漱石はこの回復ぶりを喜んだに違いない。

ところで、子規は秋季皇霊祭と呼ばれた9月23日の祭日（秋の彼岸の中日）に故郷の変化を知りたくて、漱石と一緒に街中散策に出かけた。掲句の「秋の山」はそれほど高くない城の背後に見えている城山である。この時、漱石が街中（まちなか）を子規と歩きながら何気なく目を向けている視線の先には松山城があった。この時詠んだ句は「見上ぐれば城屹として秋の空」。その城山の近くに南を向いた寺が二つあった。ここで詠んだ句は「鶏頭の黄色は淋し常楽寺」と「黄檗の僧今やなし千秋寺」であった。これらの句から掲句の二つの寺は「常楽寺」と「千秋寺」とわかる。これらの寺は城山を囲むように街中にあった。

この句は、素っ気ない句であるだけに何か企みが潜んでいそうである。「秋の山南を」の山と南を逆転させると「秋の南山」になるように仕込んでいることだ。漱石の句には「南山」が結構出てくるが、この句にも漱石の嗜好の南画に描きたくなる光景だと示されている。山頂付近が色づき始めた四国山地を背景にして白壁の松山城がそびえている光景、そして二つの寺が城山の奥に見えている光景は、まさに絵になる光景であった。俳句にユーモアを入れないでは気が済まない漱石は、この素朴で明快すぎる風景を詠んだ句にも遊び心、ひねりを入れていた。

この「秋の山」は、この時の散歩で作っていた俳句にも描かれている。「土佐で見ば猶近からん秋の山」の句だは、松山城の背後にそびえている山々は遠くに見える四国山地であり、その中でも目立つ四国一の山は石鎚山である。確かにこの石鎚山は松山よりも高知の方が近い。漱石は四国一の名山の石鎚山山系の裾野を見て、その後松山市内の城山周辺に目をやったのだ。漱石は秋の山として別々の山を詠み込んでいた。

秋はふみ吾に天下の志

（あきはふみ　われにてんかの　こころざし）

（明治32年10月17日）句稿35

「熊本高等学校秋季雑詠　図書館」の前置きがある。「ふみ」には、書籍と文庫の両方の意味がある。この句には両方の意味が込められている。世のために働こうという学生は、秋になると図書館にこもって書籍に向かい合っている、というのが句意である。熊本の、九州の学生の本を読む姿を見て漱石先生は感心している。文武両道の五高の学生は殆んどが東大か京大に進学していた。東京の学生とは目の輝きが違うと感じている。図書館にこもる学生を見て刺激を受け、漱石もこの句で高校の英語教師のまま終わるつもりはないことを宣言しているとみることができる。

この句の面白さは、「吾」の漢字が五高の「ご」の音に重なることである。そして五と口に分解され、音読みすると「ごこう」になることである。つまり、吾は五高の生徒ということを示している。この句の元の句は、「秋に入って志あり天下の書」（明治32年1月か2月、手帳）である。学生たちは、新学期が始まる秋口から気合が入っているのである。漱石自身もこの年の冬に入ると英国留学の内示を受けた。

秋晴に病間あるや髭を剃る

（あきばれに　びょうかんあるや　ひげをそる）

（明治43年9月12日）日記

この句の前に「秋晴　寐ながら空を見る。ひげをそる。」と書いていた。漱石は８００㎖もの大量の血を吐いたことで仮死状態になり、助からないと思われたが、医師団の必死の処置を受けて蘇生した。漱石は臨死の記憶を持って息を吹き返した。意識が戻ったのは大吐血の８月24日から10日ほどしてからのことであった。

それからしばらくして自分の手が動くようになり、ふと頬を撫でた時に長い時間が経過していたことを実感した。意識がなくなっていてもヒゲは勝手に伸

びていたからだ。ヒゲの長さで時間の経過をはかることができた。

句意は「秋晴れに合わせるように、自分の体にも体調の戻る病間があり、ヒゲを剃る気になった」というもの。依然として心拍の振動が体の末端までズシンズシンと響いていた。意識が回復してからは、身体中の関節が痛みを訴え続けていた。しかし関節の痛みにも和らぐ時があった。そしてこの時に波はありながらも回復に向かっていることを実感できたのだ。

この句の面白さは、窓から見える秋晴れの景色に合わせるために顔のヒゲを剃ることにしたということだ。もっそりと生えたヒゲを剃れば周りにいる人たちの表情も晴れやかになると考えた。

• 秋晴や山の上なる一つ松

（あきばれや　やまのうえなる　ひとつまつ）

（明治42年10月9日）日記と野上豊一郎宛の書簡

満州鉄道総裁で親友でもある中村是公（ぜこう）の誘いを受けて満州を旅して、朝鮮に入った。そしてソウルから弟子の野上らに絵葉書を出した。雑誌屋に『雑誌新着』というのぼりが出ていて、『ホトトギス』と『中央公論』があったと書いていた。『ホトトギス』の社会的地位がわかるというものだ。漱石はこの冊子によって日本が懐かしくなった。

この句では、一つ松という言葉が効いている。通常使う山の「一本松」では味気ないだけだが、一つ松となると侘しさが漂う。秋晴れの空に取り残されて赤松が風に震えているさまが目に浮かぶ。吹き抜ける風にもいたぶられて葉の色は悪くなり、枝はまばらになるばかりだ。この句によって、漢江の河口から入り込んだところにある京城周辺は荒れ地であったことがわかる。岩山が街に迫っていて、秋晴れのもと見通しがいい。山に湿気があまりなかったからだ。漱石は朝鮮の貧しさをこの句で表したかったのだと思う。川が近くにある大集落でも緑は乏しかった。

ソウルに何日か逗留した時の句であり、その間の印象は葉書に書いたように「朝鮮は好い天気の国だ」である。京城には漱石は結局3週間留まったのだから、よほどこの晴天続きが気に入ったようだ。大陸的気候なので日本とは風土が違う。天気だけは気に入った。

この句の面白さは、ひねりもユーモアも洒落もないところである。当時のソウルの貧しい光景を子供の描く絵のようにくっきりと描いていることである。掲句は岩の丘には一本松と太陽だけがあったという歴史句である。英国婦人のイザベラ・バードの書いた驚愕の朝鮮紀行文が蘇る。彼女は汚水が集落の中を流れる光景を見て衝撃を受けていた。日本では若い車夫との旅であったが、日本が併合する前の朝鮮では旅程が不安であり、ピストルを携行した大使館の護衛を伴っての旅であった。

弟子の枕流は昭和52、53年頃、朝鮮半島の釜山の奥の山道を車で通り抜けたことがあったが、車道から見渡せる斜面のそこら中に大きな岩がごろごろあって緑の山という雰囲気ではなく、道を除けば岩だらけであった。日本では見られない光景が広がっていた。日本では、石灰岩の山として有名な秋芳洞周辺でも緑の広がりはある。そういえば大学の級友にビジネスの一つとして韓国から墓石に加工する大石を輸入していた男がいた。

漱石が朝鮮半島に渡った直後の明治43年から始まった朝鮮（韓国）併合時代には、朝鮮総督府が本土の林学者を動員して山に植樹をしたというが、その結果として後のソウルは緑に囲まれるようになった。民も国も貧しく、当時アジアで最貧国であった朝鮮をなんとかしようと日本政府は考えて、国家予算の多くを割いて朝鮮に振り向けた。山に植林し灌漑をして農地を増やした。これによって、食糧が増産され、人口も増えた。鉄道・学校等の社会インフラも整備した。そして最大の事業として行なったのは学校教育の改革であった。朝鮮の支配層が用いる漢語ではなく、庶民の話すハングル語を学校教育を通じて朝鮮全体に普及させた。また東京、京都に次いで3番目の帝国大学を京城に設置した。当時の欧米列強が行った収奪するだけの植民地政策とは異なる同化政策を採った。これは朝鮮併合が日本本土の防衛を第一義的に考えていたことへの贖罪行為であったと思える。

これらの改革によって、現在の韓国の繁栄の基礎が造られたといえる。

・秋行くと山僮窓を排しいふ

（あきゆくと　さんどうまどを　はいしいう）

（明治29年11月）句稿20

「僮」は使用人、奉公人の意で、「山僮」は山中の宿屋の下働きの少年なのだろう。この句は漱石先生が熊本に転居した年に近くの山裾の地を旅した時の俳句である。

山中の宿に泊まっていると、朝方、下働きの少年が 床上げに来て、そのとき窓を開けながら「お客さん、もう秋はおわりですよ」と話しかけた。開けた窓の向こうにはすっかり色づいた紅葉が見渡せた。山の秋の冷気が部屋に入り込んでくる。確かにそうだと秋の終わりを感じた。旅館の子供がせっかく開けてくれたのであるからと、周囲の山々の紅葉をじっくり眺めた。

この句の面白さは、小さな使用人を「山僮」といっていることだ。なんでこんなに小さな子供が山で働いているのだろうと不思議に思ったのだ。この時代、九州をはじめとする西日本の山には山童（やまわろ、やまわらわ）といわれる山の妖怪、河童がいるとされていた。つまり、漱石先生は部屋に来た小さな子供は山童なのだと見立てたようだ。漱石先生はこの子供に小銭を渡したはずだ。爽やかな秋の風を部屋に入れてくれたお礼として。

ところでこの山宿に漱石先生は1人で宿泊したのであろうか。この年の6月に中根鏡子と結婚していたから、2人で泊まった可能性があるが、やはり一人旅であろう。朝方、新婚夫婦がいる部屋に下働きの少年が来て、窓を開けることはないと思うからだ。漱石と妻との間にも秋の風が吹きだしていたようだ。

掲句の前に置かれていた俳句は「秋の日中山を越す山に松ばかり」「一人出て粟刈る里や夕焼す」。やはり漱石は一人寂しく宿を出て山を歩いたのだ。

・明くる夜や蓮を放れて二三尺

（あくるよや　はすをはなれて　にさんじゃく）

（明治40年頃）手帳

漱石先生は、まだ夜が明け切らない時刻に禅寺の行き、蓮池の端を歩いた。夜が明けようとしている時間で、池の周囲の闇には濃淡があった。この寺は鎌倉の寺で、ここには漱石の旧知の僧がいた。

句意は「蓮池の上の空は夜が明けるにつれて徐々に明るくなってきているが、蓮の花の上、70、80㎝のゾーンは蓮の花びらの白さの影響を受けて幾分暗めになっている」というもの。漱石はこの池の上の微妙な色の違いを楽しんでいた。

漱石先生は、蓮池の花には物理学では説明できない力が作用しているように感じた。やはり蓮の花はブッダの花なのだ。清廉な強烈な白さが人の感覚に何かを及ぼすのだ。

ところで漱石は明治40年2月に、東京帝大から東京朝日新聞社に転職して、初めての連載小説『虞美人草』を書き始めて忙しい中、なぜ鎌倉の寺に行ったのか。旧知の僧がその寺にいたからなのか。いや、大塚楠緒子がこの寺から歩いて行けるところに住んでいたからだ。彼女はこの年の7月18日から鎌倉の長谷に転居していた。この寺から約600mの距離にある浄智寺の裏に住んでいた。つまり楠緒子の家はこの寺に歩いて来られる距離にあった。漱石は鎌倉の長谷にある親友の別荘に宿泊していたので、早朝からこの寺に行けた。楠緒子と漱石はこの寺で会ったと思われる。この寺は明治初年に廃寺になっていた禅興寺である。この寺の一部は、今はあじさい寺として有名な明月院として残っている。

・扛げ兼て妹が手細し鮓の石

（あげかねて　いもがてほそし　すしのいし）

（明治30年5月28日）句稿25

いつもは手伝いの通い女が台所仕事をするのだが、この日は何かの都合が生じて休みになった。そこで妻が代わりに力仕事の鮓石上げをすることになった。この日は客人が漱石家にくる予定になっていた。

句意は「妻はよいしょと力を込めて魚の熟鮓（なれずし）樽の重石を持ち上げようとしたが、重すぎて持ち上げられなかった。漱石が代わりに持ち上げたが、妻の手は本当に細い腕であった」というもの。「扛げる」は両手で持ち上げることである。

この句の面白さは、現代の食べ物が豊富な時代と違って、当時の西日本ではどこの家でも大きな樽で熟鮓を作っていたというが、漱石の家でも熟鮓作りをしていたとわかることだ。この熟鮓は保存食としての意味もあったが、当時の家庭では米飯主体の食事における貴重な蛋白源になっていた。日本の発酵食の文化は裾野が広く、味噌、醤油だけではなかったのだ。

この熟鮓の石事件で漱石先生は、乳母日傘（おんばひがさ）で育てられた妻の非力さがよくわかった。お嬢さん育ちの妻を呆れて見ていた。この光景を見て、漱石先生は普段は強情な妻が愛おしくなったに違いない。これからも手伝い女を雇い続けなければならないと気を引き締めたことだろう。

当時の熟鮓は押し寿司の原型であり、生魚を米飯・麹と一緒にしてしっかり重石をかけて発酵させるものだった。当時は発酵に用いた飯は外して魚だけを食べた。関西以西の地域では鯖や鮭の海水魚を使う熟鮓が作られていた。淡水魚を使う地域もあった。四斗樽の鮓桶を用いて、魚の層と飯・麹の層を交互に積み重ね、最後に蓋を載せ、重石をかけた。そして1カ月から1年寝かせた。その大小の重しはまとめると60kgになったという。鏡子には、樽の蓋の上に重石を置いた下女の力はなかった。

ちなみにこの鮓の石が登場する俳句として蕪村の句がある。「鮒ずしや彦根の城に雲かかる」からは、蕪村は熟鮓の一種である鮒ずしが好きだったことがわかる。淡水魚としては鮒以外にも、うなぎ等が用いられたという。蕪村の他の句に「鮓をおす石上に詩を題すべく」「鮓の石に五更の鐘のひびきかな」の句もある。

明けたかと思ふ夜長の月あかり

（あけたかと　おもうよながの　つきあかり）

（明治43年10月か）自画賛「杉本子国手へ」

窓ガラスから満月の明かりが部屋に差し込む。不安と夜の闇によって寝つけない。静かに過ぎる夜の長さをじっと感じながら時を過ごすことになる。うっすらと闇に明るさが加わると、つらかった長い夜が明けかかっているのがわかる。

この句は修善寺の旅館で療養していたときのものである。夕刻、大量に吐血して人事不省に陥り、漱石は「30分間死んで」いたと妻が教えてくれた。この緊急事態の直前に東京のかかりつけの長与胃腸病院から派遣された杉山副院長が到着していて、この事態に対処してくれた。カンフル注射を十数本打ち、モルヒネも打って蘇生させようとした。その後の経過を妻たちと見守っていた。助かる見込みがないと誰もが思っていたというが、その夜を越せれば助かるという予測はあった。心肺停止の漱石のそばにいた人たちには、時は止まって感じられたはずだ。

畳の部屋に満月の明かりが障子から差し込んでくるまでの時間は、息を吹き返した漱石も他の人たちも長く感じた。漱石はこの時のことを「安らかな夜はしだいに明けた」というフレーズを用いて後日『思い出す事など』の作品を書いた。そして、秋の夜に眠れずにいた時のことを短く表したのがこの句なのであろう。月明かりは漱石の目には命の色と感じたのか。

漱石は夜が明けてきたことを障子紙を通して差す薄い光で感じていた。この時はモルヒネが少し効いていたのかもしれず、夜が明けたことのみをぼんやりと感じたのだろう。前夜に見た、雨上がりの晴れた夜空に打ち上がった花火のさまを思い起こそうとしたが、そうはならなかった。

この句は漱石の遺墨集にあったもので、『漱石全集』には取り上げられていない。この句の後書きには「為杉本子国手」とあり、漱石の治療に専念し漱石をこの世にひきもどしてくれた医者を命の恩人、国手（医者の尊称、現代でも使用）と感謝を表した。この多忙な医者は漱石の命が回復した日に、別の後輩の医者に指示を与えた上、長与胃腸病院の院長が癌で命が危ないとして東京に戻って行った。この院長は漱石の治療を優先するように命じていたという。

明けの菊色未だしき枕元

（あけのきく　いろいまだしき　まくらもと）

（明治43年10月31日）日記

句意は「明け方枕元に置いてもらった菊を見たが、まだいつものいい菊色になっていなかった」というもの。東京の胃腸病院に入院していたときのことで、病室はまだ薄暗かったが気が急いて、部屋に置いていた菊の鉢を眺めたのだ。部屋の菊は闇の色が加わって昼間見た色ではなかった。漱石の気持ちはお正月を待つ子どものようである。前日、菊好きの漱石先生に病院の庭師が手作りの菊2鉢を贈ってくれた。この時から本読みの日課に菊を眺めることが加わった。

見慣れない言葉の「未だしき」は「いまだ・し」から来ていて、「まだその時に達していないさま。まだ早い。未熟だ」の意味になる。「未だしき学者」のように用いるという。

この日の日記の記述にあったが、よく使う車屋が気を使って病院にゆく妻に種々の色のダリヤをくれたが、一見菊のようでありながらも「なんとなく下品で菊とは較べられない」と書いていた。漱石の知人も病室にダリヤを持ってきてくれたが、これについては流石に「ダリヤは今年に入って非常に発達した様である。大輪の菊のごときもの続々出る。」とだけ書いていた。世間ではダリヤの花が流行していたようだ。だが菊好きの漱石はこの花が気に入らなかった。ところでこの句には、本当の菊好きとはどういう人かということが書かれているとみることができる。暗いうちから菊の色が徐々に現れるさまを味わうものだということが示されている。これはいわゆる「菊オタク」の世界なのだ。

ちなみにこの日の日記に書かれた俳句は5句で、これらすべてに菊が登場した。ダリヤに対する軽い反発が感じられる。日記の冒頭には「風流の友に逢ひたし。人生だの芸術だの(中略)には逢ひたくもなし。(中略)客よりも花を好む。(中略)」とある。風流の友の一つが白菊なのだ。

漱石がダリヤではなく菊が似合うと思っていた楠緒子が他界したのは、掲句が作られた日の9日後であった。

• 明けやすき七日の夜を朝寝かな

(あけやすき　なのかのよるを　あさねかな)

(明治28年) 子規の資料

七夕の夜が明けたなら早々に、織姫と牽牛は別れ別れになる運命にある。7月7日ともなると夜が短くなる時期であり、二人にとっては明けやすい朝は名残惜しいことになる。これに対し、地上の松山の地に住んで引かれ合う男女は、七夕の夜に続く朝を、別れの時を気にせずに過ごしている。漱石と女性は朝になっても朝に気づかないふりをしている。

句意は「久しぶりに会った二人は夜を徹して語り合ったその疲れから、夏の7月7日の明けやすくなった朝に、まだ寝ていた。朝寝を楽しんでいた」というもの。天上の別れを急ぐ二人と地上のゆったりした二人の対照的な朝の出来事を、俳句で手短にユーモラスに描いている。語り尽くされた織姫と牽牛の物語に、新たな息吹を与えることができている。

この句が作られた明治28年は漱石にとっては、独身最後の年である。その時にこの句が作られたということを考えると、先の地上の二人とは、漱石と松山でたまたま知り合った女性とのことを句にしているとみる。

かつて漱石は、俳句で自らのことを記録して明らかにしているが、当時夜這いは全国各地で慣習として認められていた。漱石も松山の若い句友たちに倣って行っていたようである。そして夜這いは朝までにその家をこっそりと出る決まりになっていた。漱石はこれを意図的に破ろうとしたのか、忘れてか、朝まで布団の中に寝ていた。かつて漱石は、翌朝になってその相手の娘の父親に追い立てられたことがあった。この出来事も漱石の次の俳句に記されていた。「さめやらで追手のかゝる蒲団哉」「毛蒲団に君は目出度寝顔かな」である。

掲句はその時の顚末の一部を描いたものであろうか。漱石はその事件を振り返って、七夕に引っ掛けて朝が明けるのが早すぎたのがよくなかったと総括した。掲句は「明け易き夜ぢやもの御前時鳥」の句とセットになっている。

＊『海南新聞』(明治28年9月14日) に掲載

• 明け易き夜ぢやもの御前時鳥

(あけやすき　よじゃものおまえ　ほととぎす)

(明治28年12月18日) 句稿9

この解釈は「明けやすき七日の夜を朝寝かな」に付けた朝寝の解釈と重複す

る。漱石は、松山で単身生活をしていた明治28年の7月に作っていた朝寝の句を記憶していて、これに続く句を12月になって作った。これらは対になる句である。7月7日の翌朝、二人で寝ていた布団の中で漱石が掲句の言葉を呟いたのだ。

掲句の句意は「この時期、早く朝が明けるのは仕方ない。少し残念だが、布団の中でお前のホトトギスのような声を聞けたのは幸運なことだ」というもの。薄い着物が布団代わりであり、その中でくぐもった声がしたのだろう。漱石は7月の出来事を懐かしく思い出した。

漱石の漢詩の世界、俳句の世界では鳥は女性を意味することが多い。鳥は手の中で可愛い声で鳴くからなのであろう。そしてこの句で同衾した女性に対して「お前は時鳥」だという。時鳥は春になると、どの鳥よりも早くいい声で鳴くからなのだ。漱石は満足して目の前の鳥を褒めちぎっている。

ところでこの句の「御前時鳥」の読みを「ごぜん　ほととぎす」と読むように指定してものがある。しかし会話調の掲句は、「おまえ　ほととぎす」が適すると考える。

天竺牡丹の名を持つダリヤはメキシコ産で、オランダを経由して日本に到達した。明治末期に大流行して、美貌の歌人、与謝野晶子に「クレオパトラの宝石」という賛辞が送られた。だが、漱石にとっては、ダリヤよりも菊の楠緒子に目が向いていたように思われる。

この暗号を込めた俳句を作って子規に送っているが、手紙につけてこの句を送られた方は、この句の意味を考えながら、こっちは床についている病人なのだからいい加減にしてくれということになる。だが、漱石は床についたままの子規が暗くなりがちな気分を転換し、少しでも明るくなれば良いという気持ちを持っているだけなのだ。掲句は親友思いの俳句なのだ。漱石はこの若い時の経験を詠んだ句がきちんと解釈されているのがわかっていた。

三者談

この句は子規の「承露盤」の中にあるもので、松山の愚陀仏庵で作られたものだ。8月末の句ということになり、掲句は想像の句である。夫婦か情人同士かの閨中のことで、朝に目を覚ました時に時鳥が鳴いて通ったという意味だ。卑俗な俗語を取り入れた句であるが成功している。遊蕩的な気分が湧いている。

• 朝貌に好かれそうなる竹垣根

（あさがおに　すかれそうなる　たけかきね）

（明治24年8月3日）子規宛の書簡

通りの向こうに朝顔が固まって咲いているのが見えている。黒く焼いた木杭の間に細めの真竹を渡して竹と杭を縛りつけ、これに竹を縦横に20㎝から30㎝くらいの間隔に麻紐で竹同士を固定する。この細竹が麻紐でしっかり固定された竹垣を見かけると、通りにオーガニック感と安心感が漂うのを感じるが、漱石の感覚もこれと同じようなものなのだろう。現代のようにホームセンターでプラスチック製の細棒を買ってきて支柱として立て、朝顔に絡まるように指示するのは、少し可愛そうな気がする。

句意は「細い竹を縦横に組み上げた竹の垣根は、弱々しい蔓を伸ばす朝顔から頼りにされている。朝顔は竹の垣根にしっかり絡みついている」というもの。地面にしっかりと立って朝顔を支え続ける竹垣根は、朝顔の喜んでいるさまが感じとれているようである。男と女の好ましい関係を言い当てている俳句である。

この句にある「朝貌」は、漱石の兄嫁であった登世のことであり、竹垣は漱石なのであろう。登世は明治24年の7月28日に死亡したが、初婚の彼女は初めての妊娠で悪阻（つわり）を悪化させて命を落とした。明治期には出産時に妊婦が命を落とすことは結構あったようであるが、登世の死は妊娠中の出来事であった。ちなみにこの時代の出産時の母子の死因の多くは、助産婦の手からのウイルス感染であったという。

当時学生であった漱石は、同い年の美貌の兄嫁と一つ屋根の下に住んでいた。この二人は家族として一緒に住んでいた。しかし漱石の兄は知的な登世を煙たがって家を空けがちであった。いわゆる遊び人であったから、若い漱石と登世の間に何かが起こるのは避けられなかったと考える。漱石は子規に手紙で登世に対する苦しい思いを打ち明けていた。

掲句は不倫の思いに支配されながら、ついには体を壊し、死んでいった登世の支えになろうとした思いが、他家の朝顔の絡む竹垣を見て思い起こされたものなのであろう。漱石が掲句で描く絡みつく「朝貌」は別の意味を持つ。布団の中で見せる女の朝の顔として用いられているというのが、通説である。

・朝貌にまつはられてよ芒の穂

（あさがおに　まつわられてよ　すすきのほ）

（大正５年）自画賛

朝顔は風通し良く生えている。しかし、風に揺れている朝顔の蔓の先は、不安げに見えた。晩年に描いた自作の絵につけていた俳句。自宅の庭にある垣根から外れたところに発芽した朝顔の蔓のさまを詠んでいる。句意は「庭に生えている芒の穂よ、風になびいて生きている芒よ、迷惑だろうが、朝顔に手を貸してくれ。絡む支柱がなく宙を泳いでいる朝顔を助けてやってくれ。朝顔の蔓を絡ませてやってくれ」というもの。朝顔は妊娠の後に病を得ていた登世である。登世を朝顔に例えた句が幾つかある。「朝貌や咲たばかりの命哉」芒の穂は学生で自立していない漱石を意味した。

裏の解釈は、若い時のことを思い起こしているというものだ。当時の漱石と同い年の24歳で死んだ、知的な恋人で兄嫁であった登世のことが、自身の死を前にして脳裏に浮かび上がってきた。漱石は登世が苦しんでいたのに助けの手を差し伸べなかったことを悔やんでいるのだ。今も自責の念を抱いていた。登世は蔓を伸ばして縋るものを求めていた。登世の夫は、漱石と登世の関係を疑っていたと思われる。その夫は、手探りで宙を彷徨い支柱を求めて手を伸ばしていた妻の手を摑もうとはしなかった。漱石はしっかりとは摑めなかった。

漱石は若い時の苦い思い出を2種類の植物になぞらえて比喩的に、楽な気持ちで回想して描いている。そして、漱石の定義する朝顔は慣れ親しんだ優しい女性ということだ。朝床の中で漱石に晴れ晴れとした顔を見せる朝顔なのだ。

こうして君のことを思い出していることで許してほしいと漱石は願っている。人生では仕方ないこともあるのだと漱石は納得している。こうして君のことを思い出して絵に描き、句を書き込んでいると天にいる登世に報告している。

・朝顔の今や咲くらん空の色

（あさがおの　いまやさくらん　そらのいろ）

（明治40年頃）手帳

湿気の多い梅雨が終わり、空の色が透明な青色になってきた。この青い初秋の色を見ていると、朝顔がきっと今頃咲いているのだろう、と思う。漱石先生の頭に記憶されている朝顔の花の色は、薄い青色である。

漱石先生は亡き人のいる空の上に顔を向けると青い空のもとに朝顔の花が咲いている思いがしている。つまり空の薄い青色を見て、記憶にある朝顔を思い出しているのだ。朝顔のイメージを持つ人のことを思い出している。それは大塚楠緒子の前に知った女性なのだ。学生であった漱石が実家で共に暮らした兄嫁の登世である。

漱石が大学生の時に作った、登世に向けた13句もの追悼句の中に「朝貌や咲いた許り(ばか)の命哉」の句がある。若くして死んだ兄嫁を朝顔になぞらえている。漱石と恋人の関係になって間もない登世のことを「咲いた許り」の人と表現していた。

登世が亡くなってすぐに漱石の前に現れたのは、7つも年下の大塚楠緒子であった。したがって漱石先生の後半の人生において、心の中の大部分を占めていたのは楠緒子であったが、兄嫁の登世の記憶も鮮明に残っていた。咲きそうな朝顔を見て、「そろそろ満開に咲くだろう」と思うと「咲いた許りで死んだ登世」のことが思い浮かぶのだ。若い時の恋愛の記憶は鮮明に残るのだ。漱石がそれを証明している。

＊『東京朝日新聞』（明治40年9月21日）の「朝日俳壇」に掲載

・朝貌の黄なるが咲くと申し来ぬ

（あさがおの　きなるがさくと　もうしきぬ）

（明治29年8月）句稿16

珍しい黄色の朝顔が咲いたと、誰かが漱石先生に手紙で知らせてきた。この手紙にはこれだけのことが書いてあったという。明治時代の熊本では朝顔の栽培が盛んであった。この地で朝顔の品種改良が進んでいたのだろう。

漱石先生が菫だけでなく朝顔にも興味を持っていたことは、作っていた朝顔の俳句の数でわかる。そんな漱石に対する黄色の朝顔誕生の知らせは嬉しかったらしく、わざわざ句に書きとめておいたのだ。漱石は熊本の地でいろんなグループと関係し始めていたので、朝顔関係の新しい友人が黄色の朝顔のことを知らせてきたのだろう。しかし、朝顔の知らせをわざわざ俳句にするだろうか。

5年前の明治24年8月に漱石は「朝貌や咲たばかりの命哉」の句を作っていた。同い年の親愛の兄嫁が急逝したことに衝撃を受け、弔いの意味で作っていたものである。この時、追悼句を13句も作っていた。弟子の枕流は、この句を以って漱石と登世との間に禁忌の肉体関係があったことを確信した。この朝顔の見方は一般に是認されている。初婚で嫁に来たときの登世は「つぼみ」状態であって、この頃から漱石の目の前で咲き出すまでを観ていたと、漱石は述べたことになる。

黄色の朝顔の話を手紙で知らされた時に、漱石の脳裏には5年前の朝顔句と咲いた登世の顔が蘇ったのかもしれない。

・朝貌の葉影に猫の眼玉かな

（あさがおの　はかげにねこの　めだまかな）

（明治38年7月24日）鹿間千代治（松濤楼）宛の絵葉書

暑い夏の朝、顔を洗った後、庭に出てみると端の方に朝顔が咲きだしているのに気がついた。もっそりと葉が茂った中に浅葱色だろうか、花が咲いているのが見えたので近づいていった。風に揺れるその葉陰に何やら動物が隠れているようだと探ると、我が家の猫がいた。猫は朝顔を見ながら冷涼な空気の中で糞をしようとそこに来ていたようだ。贅沢なやつだ。

漱石は、「ふん」と鼻を鳴らした後、朝顔の花と猫の顔をつい見比べてしまった。猫はいやな姿を見られてしまったと思ったのか、目玉をぐりっと動かして顔を背けた。

この句の面白さは、朝顔の葉陰に猫の影が見えたということがあり、これらには「影」が掛けてあることだ。そして朝顔の葉陰の中で目立っているのは猫の眼玉であり、それはまさに朝顔の中では〝目玉的〟な存在になっていたという洒落がある。この句は落語俳句である。

ちなみに「顔」の語には、顔のさま、額を中心にした顔のほかに容貌の意味もある。これに対する「貌」は、おぼろげな形での顔、外に現れた様子である。目覚めた男が朝に見る女性の顔として用いるのであれば、朝貌の方が適当だ。漱石にとってのアサガオは、ぼんやりとした女性の面影を意味するのかもしれない。

・朝顔や売れ残りたるホトトギス

（あさがおや　うれのこりたる　ホトトギス）

（明治37年7月）虚子宛の書簡、俳体詩「無題」

この句は漱石と虚子との俳体詩という連作句の発句の部分で、「尻をからげて自転車に乗る」と続く。漱石は掲句で、虚子が編集していた俳誌『ホトトギス』の売り上げが不振であることをからかっている。この俳誌は発売日にきちんと発行できない事態に陥っていた。漱石は虚子にこのことについて手紙で厳しく意見していた。

句意は、「朝顔は今が盛りと咲いているが、ホトトギスはからきし元気がない。売れ残ってどうしようもない」というもの。虚子に対して俳誌の売り上げ不振の責任を追求しているのだ。君は夏疲れか、なんとかせい、と責任者の虚子を叱咤している。

掲句の面白さは、尾崎紅葉の句の「朝顔の売れ残りたる日向かな」をもじったパロディであることだ。虚子はこのパロディに俳誌『ホトトギス』が使われたことでやる気を起こした。その結果、虚子は発想が豊かな漱石に小説を書いてもらい、この俳誌に連載して売り上げ増を図ろうというアイデアを産んだ。漱石はこの依頼を受けて、早速小説『吾輩は猫である』を2、3週間で書き上げた。『ホトトギス』誌はまた元気になって飛び出した。

掲句に続く部分は、虚子が責任を感じて自転車で俳誌『ホトトギス』を売り歩いているさまを描いている。荷台には『ホトトギス』の冊子が高く積まれていた。虚子は着物の裾を帯に挟んで自転車に乗っていた。その腰には手ぬぐいがぶら下がっていたのかも。

ちなみに掲句が組み込まれたイライラ俳体詩の全体を掲載する。「四方太」は坂本四方太で、検索してみると「東京帝大附属図書館司書として勤めながら正岡子規門下の俳人として新俳句と写生文の開拓普及に大きく貢献した。代表作『夢の如し』は写生文として夏目漱石に絶賛された。」とあった。

朝顔や売れ残りたるホトトギス　　尻をからげて自転車に乗る

四方太は月給足らず夏に籠り　　新発明の蚊いぶしを焚く

来年の講義を一人苦しがり　　パナマの帽を鳥渡（ちょっと）うらやむ

・朝貌や垣根に捨てし黍のから

（あさがおや　かきねにすてし　きびのから）

（明治28年9月23日）句稿1

朝顔を絡ませた垣根が道歩く人の目を楽しませている。垣根の前を歩きながらふと目線を下げると、垣根の杭の足元に黍の殻が散らばって捨ててあるのに気がついた。文鳥でも飼っている家なのであろうか。住人は朝顔を綺麗に育てながら、小鳥の世話もきちんとしているようだ。この家の住人はやさしい性格の持ち主のように思われた。

句意は「朝貌の絡まっている垣根の足元に小鳥の餌の黍の殻が捨ててあった」というもの。住人は朝のいつもの作業として鳥かごの餌箱の清掃と管理を垣根の後ろ側で行っていたとわかる。

黍の殻はトウキビの髄の部分という解釈もあるが、朝顔の根元にさりげなく、花の邪魔にならないように捨ててある小粒の穀物とする。粟よりやや大きめで鳥の餌になるものと考えるのが妥当だ。漱石がわざわざ垣根の根元に捨ててある大きな一般ごみに着目するはずがない。見たくもないものだ。したがって捨ててあった殻とは、小鳥が黍の実を食べた残りの殻であると考える。

かつて漱石の弟子の枕流は、カナリアを部屋で飼っていたことある。仕事が忙しいのにかまけて餌箱に黍が盛り上がっているのを見て、餌の黍がまだあると勝手に解釈してしまった。餌箱にたくさんあったのは殻だけであった。そして次の日に、その餌箱の近くでカナリアが死んでいた。いつものように餌箱に息を吹きかけて黍の残りをチェックするのを怠った報いであった。今でも済まないことをしたと思っている。漱石が文鳥を死なせた時と同じように。

この句の面白さは、垣根の根元の土に目をやり、そこに散らされた砂粒のようにも見える黍の殻に気づいた嬉しさを素直に描いていることだ。小さな自慢話のようになっていることだ。

ところで掲句は、漱石自身が垣根のところに寄って行き、前述の行為をしているようにも考えられるが、明治28年9月の頃は、慣れない旧制中学校の教師の仕事と居候している子規との生活と世話、それに漱石宅で開かれた俳句会への参加で、てんやわんやであった。したがって小鳥を飼う余裕はなかった。

朝貌や咲た許りの命哉

（あさがおや　さいたばかりの　いのちかな）

（明治24年8月3日）子規宛の手紙

子規へ手紙を書き、同い年の兄嫁・登世の突然の死を伝えた。つわりが原因であった。享年24歳であったが見識のある大人の雰囲気のあった人であったといわれている。漱石は掲句から始まる追悼の句を13句もこの手紙に付けていた。この追悼句の数の多さと中身に驚かされる。江藤淳は漱石が登世に恋をしていたと主張したが、13句の中には「君逝きて浮世に花はなかりけり」や「今日よりは誰に見立ん秋の月」という嘆きの句もあるのだから、深い関係になっていたのだと思う。そして、弟子の枕流が先生の漱石と登世の間に禁忌の肉体関係があったと確信するのは、掲句がそうであったと語っているからだ。

この説を最初に主張（『登世といふ名の嫂』１９６６年）したのは江藤淳であったが、のちに漱石の弟子である林原耕三もこれに同調する文を書いている。『漱石山房・その他』という林原耕三著の随筆集には「adoration はやがて secret love になり、それが現世の禁忌を意味するがゆえに、作者漱石の重要な一連の作品群のテーマとなるのである」（１９７０年）と書かれていた。

句意は「親しんだ朝貌が目の前でやっと咲いたばかりなのに、儚く散ってしまった」というもの。この句に対して陳腐、月並みという評がつけられることが多い。たしかに古来朝顔と短命の繋がりは明らかであるからだ。だがこの句を読むと漱石は「咲たばかり」と言っているので、初婚で嫁に来たときの「つぼみ」状態から、ずっと目の前で咲きだすまで観ていたと述べていることになる。そしてやっと咲きだしたが時を置かずにその朝顔はすっと萎んで散ってしまった。漱石はこの経緯を観ていたことになる。決して月並みではない。漱石は自分が知的なこの朝貌を咲かせたと思っていた。

この句で漱石は登世を朝顔に例えているが、登世は子供をもうけずに死んだので、漱石の感覚では儚い朝顔のイメージが固定されたのであろう。一日で散る花には他にマツバボタン、サボテンの月下美人等があり、これに近い短命の花にはボタンもある。だが漱石は好意と敬意を払う女性に対して朝顔を選んだ。この朝顔は豪華さがなく、花の香りも殆どなく、儚さと高貴さが漂うからだろう。

ここで少し脱線してみる。漱石は「朝貌」を鑑賞用の花とは別の意味で用いる癖がある、とある識者が指摘している。夜から朝まで女と過ごした男が床の中にいる女を覗き込んで見た顔、「女の朝の顔」を「朝貌」と表現しているのだという。そうであれば、掲句の「咲いた許りの朝貌」は「男と関係ができたばかりの女」ということになる。そんな女性が儚く死んでいったということになる。「朝顔」でない「朝貌」の「貌」には、輪郭がぼんやりとした顔と言う意味もある。つまり寝ぼけ眼で見た横の枕の上にある顔が思い浮かぶ。

登世は漱石にとって「床の中で朝、顔を見ることができる女」ということになる。同い年の知的で肉感的な女性が嫂として身近にいる環境は、昔の木と紙で造られた建屋に同居する漱石にとっては厳しい。余りにも健康な学生の漱石には刺激的過ぎた。この環境下での二人の結末は容易に想像できる。この状況は後に漱石が書いた小説『行人』における兄夫婦と若い主人公との葛藤とも部分的に重なるものである。（大正期の読書家である小泉信三がこの夏目家の弟と嫂のことを初めて指摘した。漱石の弟子の林原耕三は江藤淳のこの種の主張に同調した。）

ちなみに漱石の息子の伸六が『父、夏目漱石』という本の中で、急死した父の兄嫁のことを記している。漱石と登世の恋人関係、肉体関係のことについては江藤氏の言説ばかりが取り上げられているが、この伸六の見方も重要になる。「父は、死んだこの嫂に対して、不思議なほどに深い敬愛の情を抱いていたので、父のような性格の人間が、単なる一女性に、これほどの親愛を示したということ自体が、（中略）一生を通じて、これほど純粋な好意と親しみを寄せ得た女性は、他には一人もいなかったのではないか、という気がする。」と父親の心情を理解していた。母親と父の険悪な関係を強く記憶していた子供としては不思議なことだが、たぶん漱石の若い時のことを知っている周りの大人たちが口にすることを理解していた。

朝顔や手拭懸に這ひ上る

（あさがおや　てぬぐいかけに　はいあがる）

（明治31年9月28日）

手拭懸とは、手拭を干すために掛けておくもので、竹や木材などで作った家具のこと。本来室内で用いるものであろうが、天気がいいので外に持ち出して長期に使っていたと推察する。漱石はこの時期、熊本市内でも少々田舎びた地域に引っ越していた。広い庭があり、その近くに小川が流れていた。

句意は「垣根の朝顔は、近くに置かれた手拭懸に蔓を伸ばして絡みついてきた」というもの。暑い時期のことであり、朝顔の成長は速いのだ。漱石宅では庭に朝顔の苗を植える際に、隣との境の垣根に絡ませようと計画した。しかし、手伝い女はこの手拭懸を垣根の近くに置いていたので、あっという間に蔓が伸びて垣根側から手拭懸の方に渡って絡みついてきた。

ところが寺田寅彦は、この様を見ていて「夏目先生の追憶」の中でこの手拭いは応接間の縁側にあったと証言している。

江戸時代の俳句に、井戸の釣瓶に朝顔が絡みつくという句があるが、漱石は手拭懸を登場させてパロディ句を作っている。朝顔の成長の速さを称えているのだ。まさに文字通り手拭懸に朝顔を懸けたのだ。ここに漱石のユーモアがある。

朝起きて顔を洗って近くにあった手拭いを使おうとしたら、朝顔が漱石よりも先にこの手拭いを使っていたと笑っているのだ。もう一つの面白さは、手拭懸の「懸」は「駆ける」を連想させることだ。朝顔はものすごい速さで手拭懸に這い上がって、駆け上がったのだ。

ちなみに漱石の句に登場するアサガオには、登世の思い出が絡む「朝貌」を用いている句が多いが、掲句では顔を洗うことが重要であるから「朝顔」の語を用いている。

＊『ほとゝぎす』（明治31年10月）に掲載、『春夏秋冬』に掲載、承露盤

• 朝貌や鳴海絞を朝のうち

（あさがおや　なるみしぼりを　あさのうち）

（明治44年12月3日）行徳二郎に渡した本の包紙

鳴海絞は愛知県の鳴海地方で産する木綿の絞り染めで、有松（ありまつ）絞ともいう。江戸時代から続く手絞りによる伝統染色法で、絞ることで布地に凹凸が生じ、柔らかさが演出される。

この俳句は、教え子の行徳二郎に自著の『切抜帖より』をプレゼントすることになり、白い紙で包むだけでは能がないとして、包んだ各面に即興の俳句を1句ずつ、合計6句を書き込んだ際の一句。漱石先生は本のパッケージにデザインしたことになる。漱石は明治の時代に革新的なことを行っていた。漱石は自著の装丁に気を配って当時としては革新的なことを成し遂げたが、パッケージにまで手を延ばした形になった。

漱石が朝起きて家の垣根に咲いている朝顔をよく見てみると、朝顔の花はみごとに絞りが入った鳴海絞になっているのを発見した。漱石先生は大変なことに気づいた。絞りの最大の特徴は圧がかかったところは白地のままで、それ以外が紺色に染まる。そしてその境目は紺色のグラデーションになっていることだ。つまり、開いた朝顔の花は、かつて蕾の時に折り線になっていたところは白く筋ができ、それ以外のところが色に染まっている。そしてグラデーションになっているところもある。蕾でいる間に花びらの絞り染めが成されていたことに気づいたのだ。

このように朝顔をじっと見ている漱石の顔、そして鳴海絞の出現に気づいた時の漱石の顔は、朝顔に負けない輝きを放っていた。その鳴海絞の朝顔は竹の垣根一面に広がっていたので、鳴海絞の布がパッと広がっているように感じたはずだ。

この句は、若い教え子の行徳二郎に手渡した自著の本『切抜帖より』を包んでいた紙に書き込んで、紙をデザインした6句のうちの一つ。漱石の本は厚紙を使った貼り箱式の硬い筒カバーに入っていた。漱石はこの丈夫な筒カバーをさらに包装紙で包んだ。紙を広げて6句を放射状に並べて書いたのか、包んでから各面に書き入れたのかわからないが、多分前者であったろう。色は墨と朱色の2色か。

教え子の行徳は漱石先生から貰い受けた本を読む時に、包み紙を丁寧に開いたであろう。すると朝顔の形に書き並べられた俳句が花開いたのだ。その一つの俳句が、掲句であった。漱石は画家であったと同時に、日本初のパッケージデザイナーだった。この貴重なデザイン包み紙をプレゼントされた行徳はこの紙をどうしたのであろう。急いで本を読んで包み直したはずだ。漱石のユーモアは高度なユーモアアートになっていた。

ちなみに各面に配置していた句は、「稲妻に近き住居や病める宵」「石段の一筋長き茂りかな」「空に雲秋立つ台に上りけり」「広袖にそゞろ秋立つ旅籠哉」「鬢の影鏡にそよと今朝の秋」「朝貌や鳴海絞を朝のうち」。

・朝貌や惚れた女も二三日

（あさがおや　ほれたおんなも　にさんにち）

（明治40年8月21日）東洋城宛の葉書

「心中するも三十棒」の前置きがある。咲きだした朝顔の花を綺麗だ、か弱く可憐だと飽きもせずに眺めても、二、三日すればその気持ちは消え失せる。心中しようとする思い詰めた気持ちも二、三日すれば嘘のように消え失せるものなのだ。男女の恋愛感情は一時的なものですぐに消えてしまうものだと、弟子の東洋城を俳句で諭す。それもわからずに心中する、など戯言を言うのは、何もわかっていないと同じことだ、と活を入れている。

この句の「朝貌」を次のように解釈することが流行っている。一緒に夜を過ごした女性が朝の布団の中で男に見せる顔のことだとするものだ。この解釈が当てはまる漱石句もあるが、掲句には該当しないと考える。バツイチであるが美貌の歌人・白蓮に夢中になっている東洋城に、そのように説得することはありえない。逆効果になるからだ。冒頭の解釈を別の角度から解釈してみる。「チャーミングに咲き、朝に新鮮さを振りまく朝顔に惹きつけられるが、いくら綺麗に咲いていてもその日のうちに萎んでしまう。女性の色香も朝顔のように長続きしない。2、3日というところだ」というもの。萎んだ花のそばにある蕾が次の花として咲きだすから、毎日見ていても朝顔は見飽きないのだと漱石は説得する。君もそれがわかるはずだと説得する。美貌に惹かれるとろくなことはないということを掲句で表したのだ。

この句の面白いところは、わかりやすい「朝貌や惚れた女も二三日」の句でそれまでの手紙で意見してきたことの十分な念押しになると思われるが、この句を読み違えることのないようにと、前置きの「心中するも三十棒」をつけていることである。手紙文に漱石の考えを書いて諭しているが、二重の念押しをしているのだ。よく理解するようにと強い気持ちを伝えようとしている。禅宗の道場で導師が修行の者を警策の棒でその肩をたたく。この叩いて導くことが三十棒である。冷静になれと体に衝撃を与えて目を覚まさせるための儀式なのだ。漱石のこの俳句は、君には厳しい警策なのだ、よく聞くのだと前置きの文句で愛弟子の松根東洋城を諭している。

ところで漱石は、この葉書には掲句の他に「心中せざるも三十棒」の前置きで「垣間見る芙蓉に露の傾きぬ」の句を、そして「道へ道へすみやかに道へ」の前置きで「秋風や走狗を屠る市の中」の句を記入した。これら以外に文章は全くない。漱石は東洋城宛の書簡は緊急の連絡であり、普通でないとわかるような構成の葉書を出したのだ。漱石は東洋城と白蓮が心中するのではないかと心配していたことを、この葉書を目にした東洋城の家族が理解するように配慮したといわれている。実はこの葉書の他に同日に書いた緊急の葉書がもう一つあった。念入りであった。

ちなみにこの葉書の1日前に、東洋城宛に似たような構成の葉書を出していた。この葉書の末尾の署名として「夏目道易禅者」と書き込んでいたが、掲句を入れた葉書にはこの署名は不要であった。「心中するも三十棒」が署名の役割を果たしていた。

・朝懸や霧の中より越後勢

（あさがけや　きりのなかより　えちごぜい）

（明治30年5月）句稿25

朝攻めをやると決めて、越後上杉軍に戦いを挑む計画をして信濃の川中島の信濃側で陣を張っていた武田軍は、朝のうちに川を渡り終えて川霧が晴れたら敵陣を攻撃しようと計画していた。すると早朝、川を渡る前に突然に川霧が晴れた。そして川の向こう岸にいる相手軍を発見して驚いた。敵陣まで行くこともなく、敵が目の前にいたからだ。対する上杉軍も同様の行動をしていた。双方とも敵軍が目の前にいるのを見て息を飲んだ。

漱石先生はこの時のさまを武田軍の立場で表した。夏目家は武田源氏の流れをくむ武士であったからだ。武田信玄と上杉謙信の対決は5度あったというが、4度目の永禄4年（1561年）の激戦が歴史家や小説家の間でよく話題になった。この激戦は、目の前の敵陣を見て自軍の陣形をどうするか、どう立て直すかが焦点になったという。漱石はこれとは別にこの歴史俳句を作って、川中島の合戦を楽しんだ。

『甲陽軍鑑』や上杉側の戦史によると武田軍は鶴の羽を広げた陣形で、上杉軍は車輪のような円陣であったという。漱石先生は、武田軍の霧の中に浮かび上がる鶴の形の陣形に美的なものを感じたのかもしれない。

同じ川中島の戦いをうたった漱石句として「枚(ばい)をふくむ三百人や秋の霜」（明治31年）と「短夜や夜討をかくるひまもなく」（明治36年）がある。

そもそも何故漱石先生はこの句を作ったのか。同じ日の子規庵での句会稿に霧が登場するものが連続して4句あった。掲句の2つ前に置かれていた句に「船出ると罵る声す深き霧」があった。「おーい、舟が出るぞ」の代わりに「おーい、敵が目の前にいるぞー」を入れた形だ。句会では驚きの声が上がったのかもしれない。いわばこれらは霧つながりということになる。この歴史句創作の動機は、鎌倉の近く、江の島での霧中の出航を体験したことにある。

ちなみに現代での朝懸は新聞記者が強引な押しかけ取材をする意の「夜打朝懸」として稀に使うくらいの珍しい言葉になっている。

＊新聞『日本』（明治30年10月18日）に掲載

• 朝桜誰ぞや絽鞘の落しざし

（あさざくら　だれぞやろざやの　おとしざし）

（明治28年11月13日）句稿6

朝、露を受けて咲いている桜を見ようと外に出たところ、桜咲く道を歩く人の後ろ姿が見えた。侍らしいその男は着流しの格好で絽鞘の先が落ちている。その後ろ姿から誰かを推察しなければならない。あの絽鞘の落としざしから、えーと、あの人かと目星をつけてみる。

絽鞘は刀の鞘で漆塗りの面に絽の布を付けたものである。一般には、塗りに黒漆が使われることから黒絽鞘になる。そして落としざし（差）は、刀を普通よりこじり（鞘の先）をさげて差している差し方を意味する。この鞘の位置は、刀をやや立てて腰に差すことであり、刀の柄は胸の近くに上がることになる。崩れただらしない刀の差し方になる。いわゆる遊び人気分の刀の差し方になっている。掲句の男は浪人なのであろう。この浪人は二本差しではなく、本差し一本だけを差しているのだろう。

掲句は歌舞伎の一場面のような気がする。役者の台詞のようである。だが漱石は大の歌舞伎嫌いである。この句の情景としては、朝露の残る時刻に隅田川の桜咲く土手道を侍のような男が歩いている場面のように思える。緊張感がなく、ゆったり漱石の前を歩いている江戸の侍姿の男は、もしかしたら名主を代々務めた漱石の先祖か。

掲句の1つ前に置かれている句は「女郎(めろう)共推参なるぞ梅の花」であった。梅の花が高圧的姿勢で女郎花(おみなえし)の咲いている場所に訪ねていく場面を描いている。これらの句は威厳を持った、幾分かっこつけの男を描いている。

• 朝寒に樒売り来る男かな

（あささむに　しきみうりくる　おとこかな）

（明治28年9月23日）句稿1

常緑の仏花として使われる樒(しきみ)は今も愛媛の名産であるらしい。樒は光沢のある葉っぱが特徴の木で、薄黄色の小さな蕾をつける。関東で仏壇に用いられる榊(さかき)に似た葉を持つ。漱石が住んでいた松山は元城下町であり、寺も多くあり民家に仏壇も多くあったのだろう。暗い街の通りを樒売りが声を掛けながら樒を売り歩いていた。

10月が近づく季節の朝はいつの間にか冷えるようになってきた。売り子の声にも幾分寒さが感じられる。仏前に樒を供えるのは早朝であり、売り歩く男は夜が明けた頃に売り歩いていたのであろう。だが街の若い男たちにとってはこの通りの男の声は、夜這いした家から暗いうちに退去するという地域の約束を守らせる広報スピーカーの役割を果たした。時計代わりだったのだろう。

ここでふと、この平凡な俳句に何か面白い秘密が隠されていると直感した。漱石がこのような月並みな句を作るはずがないと。よく見ると「樒」には秘密の密が組み込まれているではないか。これは何かのサインであると感じた。子規もこの暗号を解いたはずだ。

漱石先生はこの樒売りの声には何度となく助けられたのだろう。そうでなければ未明の樒売りの俳句を作る動機が思い浮かばない。愚陀仏庵には仏壇はなかったから、暗いうちから仕事する「樒売り」に関心が向かないはずだ。

句稿への添え書きに「散策途上口号32首」と書いていたことからの憶測だが、この句は漱石自身の未明の散歩の光景を描いていることになる。なぜ漱石はそんな時間に道を歩いていたのか。「口号」とは口ずさむ即興の歌や詩であるから、なぜ口笛を吹くように掲句ができ上がったのか。この年の9月には、愚陀仏庵で親友の子規が療養していた時期である。子規が帰郷したのち、少し古い俳句をまとめて句稿として送った際に、「君にわからないように実は夜外出していたのだ」と告白していたのだ。

• 朝寒の顔を揃えし机かな

（あさざむの　かおをそろえし　つくえかな）
（明治32年10月17日）句稿35

この俳句は漱石の早朝授業の一コマであるとわかる。熊本の第五高等学校の早朝の授業は、文字通り正規の授業ではない。英語授業の前に行うもので、漱石が独自に行う予習授業である。つまり高度な授業を理解するための予習なのだ。初冬の早朝は鼻水が出るくらいの寒い時間帯での授業なのだ。これがあるので正規の英語授業は、テキストを読み進めて理解するという素早い展開ができる。多くの学生たちは懸命に漱石についていった。

漱石も早朝は寒い、生徒も寒い。朝の7時からこの特別授業が始まる。だがこの授業を望む皆の熱意が部屋に、そして机の上に充満している光景なのだ。全員の顔が揃っていることに、漱石も生徒たちも満足しているのが俳句から読み取れる。

生徒たちは漱石のボランティア授業を行う熱意に応えて、途中でリタイアする人は出なかったようだ。当時の熊校生は東京の帝大生よりレベルの高いテキストを使っていた。帝大より早いペースで授業を行い、帝大より多くの資料を読み込んでいった。生徒たちは必死についていったと、後に生徒たちは授業風景を文章にして振り返った。この明治時代の地方の学生たちの心意気がこの単純そうにみえる俳句から伝わってくる。

英語の早朝特別授業は漱石を含む2人の先生が、そして数学も2人の教師が行った。この強化授業のおかげもあったのか、この熊本第五高等学校の学生のほとんどは、東京帝大に進学したという。

• 朝寒の膳に向へば焦げし飯

（あさざむの　ぜんにむかえば　こげしめし）
（明治30年10月）句稿26

朝寒の時の炊事は慌ただしく進行するので、通いの手伝い女は火加減を間違えて焦げのあるご飯を炊いてしまった。

句意は「晩秋の朝は寒さが厳しく、部屋が暖まるのを待つこともなく食事が始まる。そんな朝御膳の上の椀の飯を見ると、飯炊きに失敗したことがわかる、黒く焦げた飯が出されていた。独り身の侘しさが増した気がした」というもの。この時、妻はまだ東京にいた。熊本に帰ってきたのは11月末になってからだった。

前年の4月に熊本の第五高等学校の講師として赴任し、妻との新婚生活が始まった。そしてその年の7月には教授に昇進した。しかし、全てが順調にいくというわけではなかった。翌年の明治30年6月に妻は流産し、その痛手を癒すために東京の実家（親戚の別荘）に7月から11月まで長期滞在していた。漱石は9月から11月までのほぼ3カ月の間、一人で熊本の広い借家で生活していた。松山の独身時代を思い出す侘しい生活をしていた。

この句の面白さは、漱石のユーモア好きの性格によって、当時の食事の侘しさが過剰に演出されていることだ。漱石はこの時期、やる気のある学生のレベルアップを図るために、正規の英語の授業の前に早朝の特別授業をしていた。この日の朝も、気合を入れて出かけようとしていたが、朝食の黒く硬い飯によって出鼻をくじかれた格好になった。だが漱石先生は「坊ちゃん先生」であるから、うまそうに顎に力を込めてご飯を食べた。

もう一つの面白さは、「焦げし飯」には「こげな飯」という落胆の意味が込められていたことだ。

・朝寒の鳥居をくゞる一人哉

（あさざむの　とりいをくぐる　ひとりかな）

（明治28年10月末）句稿3

漱石はこの時期、松山にいて実際に経験した鎌倉の円覚寺でのことを思い出していた。朝早くのこの寺の塔頭・帰源院にある宿坊から参禅するお堂に向かうさまを俳句にした。明治27年12月から明治28年1月にかけてのことであり、まだ寒かった。悩みに押しつぶされていた漱石を大きな鳥居が迎えてくれた。

楠緒子との恋愛は結局失敗し、このことを忘れようとしたが、これもうまくいかなかった。精神的に荒れてしまった漱石は、知人の紹介で鎌倉へ行き、座禅することにした。この時の経験は後に書いた小説『草枕』や『門』に生かされた。

この句の「鳥居をくゞる一人哉」には、寒さとは別の思いから手足が凍えて体が震えるような感覚を味わったことが描かれている。朝寒い中、一人で巨大な鳥居をくぐる時の気持ちは、まさに緊張と不安である。座禅によって自分に変化が生じるのか、全くわからない。鳥居は俗界との境をなすもので、ここをくぐることは別の世界を覗くことになる。漱石はこのことを意識したに違いない。そして「一人哉」には自分に向き合うことになるという思いがあり、これも不安にさせる。

だが漱石は楽観主義者なのだ。自分の荒れた精神状態を何とかできる、悟りとまではいかないまでも次の段階に進めるようになると考えていたと思う。それが「くゞる」に表れているように感じられる。暗い闇をきっとくぐり抜けてみせるという意気込みが感じられる。

・朝寒の楊子使ふや流し元

（あささむの　ようじつかうや　ながしもと）

（明治31年10月16日）

明治31年当時の流し元（台所の流し台）は竈（かまど）のそばにあり、その流し台は座り式であり、流し台の底から流れ出た排水は土間を通って外に流れ出た。流し台は調理をする場所であった。食材や食器などの洗いには井戸端の流し台または小川で行うのが普通であった。漱石の当時の借家は、洗うための流し台が台所の外につけられていた。そして室内の流し台のそばには大きな水瓶（陶器製）があり、漱石家では手伝い女が外の井戸からその水瓶に水を運んだ。つまり室内の水は調理に使う水なのであった。

早朝授業のために朝早く起きた漱石先生は、台所の流し元で「楊子」を使って歯磨きを始めた。当時の歯ブラシにはこの「柳の小枝」を加工したものが使われた。この歯磨きに使う大きめの楊枝は片側が尖っていて歯の隙間を掃除するのに使う。そして反対側は煮て柔らかくしてから叩いたことによって、潰れた繊維がばらけて縦に並んでいる。堅めの繊維が密に植毛された形になっている。この形状からこの歯ブラシ用の楊枝は「房楊枝」といわれた。今の歯ブラシの原型である。ちなみに歯磨き粉には粘土に香りをつけたものが使われた。

掲句の意味は、漱石先生は「寒くなりだした晩秋の朝早くに、台所の流し元で房楊枝を使って歯磨きを始めた。顔を洗って歯を磨くとシャキッとした。」というものだ。夜いろんなことが頭に浮かんで熟睡できないでいたが、この歯磨きをすると頭がすっきりしたのだ。気分を新たに学校に出かけることができた。

ちなみに当時は「房楊枝」を専門に売る店があった。この房楊枝は高価なものだったのだろう。

この句の面白さは、漱石が井戸の桶で顔を洗い、風に吹かれながら上半身裸で乾布摩擦を行い、これに加えて歯の掃除または摩擦を行っていたことがわかることだ。健康には気を使っていたことになる。精神にストレスを長く抱えていることを自覚し、せめて肉体だけはマメに手入れをしておこうという気になっていたものと思われる。

＊『反省雑誌』（明治31年11月1日）に「秋冬雑詠」として掲載

・朝寒の冷水浴を難んずる

（あささむの　れいすいよくを　かたんずる）

（明治30年10月）句稿26

「難んずる」は難しい言葉である。現代ではほとんど使われない。意味は「困難だ、難しいと考える」と辞書にあり、それ程難しくはない。「難ずる」はたまに見かけるが、「難んずる」は見かけない。この「難んずる」の音には厳しく、冷たい響きがある。これがために使われなくなったのだろう。

妻がこの年の後半、長期にわたって不在であった漱石宅では、夫婦間の険しい言葉のやりとりがなくなり、賑やかさが消えひっそりとしていた。つまり漱石先生の気分は少々だらけ気味になっていた。そこで早朝の冷水浴をしようと考えたが、試しに1回だけやっただけですぐに結論が出た。続けるのは「困難だ、難しいと考えた」となった。そう、難んじたのだ。

本来ならば、もう少し寒くなってからやるのが冷水浴なのだが、いつもより早い時期にこれを試そうとした。この冷水浴は当時国民の間で、特に学校の職員で流行っていたが、このときは気合が入っていなかったので、このトライアルはその冷たさに簡単に負けてしまった。妻が見ていると頑張れるのだが、と呟いたに違いない。妻の前では、やっているふりをしていたのかも。

鏡子は『漱石の思ひ出』に記述していた。《夏目はずっと冷水浴をしておりましたが、寒くなると水をかぶる騒ぎといったらありません。フウフウ言ひながら、冷たいのでおどり上がり飛び上がって、あたりかまわず水をはねとばします。テルが側で見て笑いながら、「旦那さん、はねまわって、小鯛のごとある」と評したものです。》

ところで冷水浴とは具体的にはどのようなものか。この冷水浴は手伝い女の前でやっていたのであるから、上半身だけ裸になって、冷水で濡らした手拭いで首あたりをこすって終わりにしていたと想像する。

当時この冷水浴を日本中に広めていたのは、日本の医学の父ともいうべき佐々木博士だった。佐々木はドイツ留学経験を経て日本人初の帝国大学医科大学内科学教授となった人で、帝大で冷水浴を取り入れた健康法の講義をしていた。のちに『冷水養生法』の本を出版した。漱石はこの講義を聞いて、早速実践していた。

佐々木が留学したドイツでは、冷水浴がさかんに行われていたようだ。そこで佐々木は、あのドイツ人の頑丈な体と強い意志には冷水浴が関係していると考えた。

その頃の日本人の体格は、西洋人に比べてはるかに劣っていた。体格だけでなく、気力も劣り、顔色は青白く、忍耐力も少ないと嘆じた。そこで栄養だけでなく冷水浴でも体を鍛錬すべきだと主張した。その効能には5つが挙げられていた。そしてヒステリーにも効くとあった。（ブログ・小山内博の健康づくり講座：「新発見！漱石も行なっていた冷水浴！」参照）

・朝寒み白木の宮に詣でけり

（あささむみ　しらきのみやに　もうでけり）

（明治32年9月5日）句稿34

「阿蘇神社」とある。漱石は初秋の朝、阿蘇山踏破の前に阿蘇神社を参拝した。平地では二百十日の時期はまだ暑い夏であるが、阿蘇山が近い温泉場、内牧（うちのまき）温泉には冷気が漂っている。こんなに朝早く参拝に来る泊り客はいないので、静かな森の中に柏手を打つ音が響き渡った。漱石一行は神聖な気分に浸れた。（平成28年4月16日の熊本地震によって阿蘇神社の社殿は倒壊。この文を書いた令和3年時には復旧中）

句意は「同僚と2人で阿蘇山に登る前に、朝の寒いうちに阿蘇の外輪山の北のはずれにある阿蘇神社に詣でることにした。その神社の社は白木造りであり、朝の寒さと相まって身が引き締まる思いがした」というもの。

内牧温泉は広大な阿蘇の山から北にはずれた黒川沿いにある温泉。今の阿蘇市の北部にある。朝早い時刻には、山は相当に冷えていることが予想された。そこで山に入る前にまずは安全を祈願しようとしたはずだ。だが、阿蘇の山中で死の恐怖に怯えることになってしまった。

この句の面白さは、阿蘇神社の呼称を組み入れずに「白木の宮」を用いていることだ。「阿蘇の宮」としたのでは、句全体を口にしても「あ、そ」で終わりそうだ。祈る際の漱石の厳しい表情が思い浮かばない。拝殿に向かって立ったときに息が白くなっていたので、白木を思いついたのだろう。当時の黒光りしている社殿を見て白木とは認識しづらかったはずだからだ。この「白木の宮」の採用によって、漱石の体と同じように俳句はシャキッとした。またこの句には「寒み白木の宮に」の部分に「い」の母音が集中しているという特徴がある。やはり「白木の宮」の造語が効いている。清涼なイメージが生まれるように配慮している。

阿蘇神社の拝殿を含む主だった社殿は、総檜造り（漆喰は用いない）ではあるが、これに漆を塗ってやや黒っぽく仕上げて耐久性を付与していた。これによって江戸時代に造られた建物が現在まで残ることができた。つまり「白木の宮」は、社殿の材料に白っぽいヒノキを使っていることのみを示しているだけなのだ。ちなみに何も塗らない木造建物は素木（しらき）と表すという。20年で造り変える伊勢神宮こそがヒノキ材の色が白く表に出ている素木造りとなっている。

この句が心に響くのは、上五の「朝寒み」が効いているからだ。例えば「朝寒の」では俳句にシャープさが出ない。「寒み」の「み」は「ミ語法」と呼ばれる古い語法だという。「～なので」の意味になる。崇徳院の作である「瀬をはやみ岩にせかかる滝川のわれても末に逢はむとぞ思ふ」の歌にも「ミ語法」がある。この語法を用いたことで、参拝の朝に漱石が感じた肌寒さが読者に伝わる気がする。

• 朝寒み夜寒みひとり行く旅ぞ

（あささむみ　よさむみひとり　ゆくたびぞ）

（明治30年10月）句稿26

「留別（りゅうべつ）一句」とある。この時期妻は、上京後長期に滞在していて、漱石は一人で熊本に戻っていた。漱石先生は前から出かけることにしていたこの日、朝も夜も寒い時期になったと感じつつ、予定通り旅に出かけていった。こんな季節の旅であるが、漱石先生にとっては心浮き立つ旅なのだ。妻のいない時期に一人で気楽な旅行に出かけられるから、心はウキウキなのだ。

ところで前書きの「留別」は、旅立つ人があとに残る人に別れを告げることだという。「留別の宴」などと表すと別れて旅立つ方が主体になっている。すると漱石先生は東京に残っている妻に向かって、「バイバイ、元気で行ってくるよ。こっちも少し楽しむからね」と呟いたに違いない。わしもお前に負けずに熊本で楽しむよということだ。

この句の面白さは、何といっても「朝寒み夜寒み」の対句表現であろう。「寒み」が2つ重なるが、寒さが増幅して感じられるということはない。俳句のリズムが良くなり、楽しさが浮き上がってくるようだ。旅の楽しさが滲み出てくる。独り身の旅は寂しいものと考えがちだが、全くそうではないのだ。

ちなみに朝寒と夜寒を2つ入れ込んだ俳句として、森澄雄の句が唯一つ見つかった。「おのれしたしき朝寒も夜寒さも」である。この句の作者も寒さを楽しんでいる。

ところで漱石は一人でどこに出かけたのだろう。半年前の、明治30年の4月に一人旅で久留米に出かけていたが、この時は高校教師の同僚の菅の病気見舞いに、帰省先の久留米に行ってくると出かけた。久留米には親友の菅の妹が嫁いだ旧家があり、ここには大きな離れの建屋が付いていた。ちなみに漱石が熊本に転勤してきて最初に住んだ家は、勤め先の近くにあった親友の菅の家であり、ここに妹が兄と同居していた。この期間に漱石と菅の妹は親しくなっていた。しかし久留米にいるはずの菅はすでに職場復帰していて、妻はこのことを知っていた。つまりこの漱石の旅は、薄氷を履む思いで出かけた旅であった。

掲句にある「ひとり旅」は、年末年始に友人を伴って出かける小天（おあま）温泉旅行の下見の旅であった。半年前と違って、胸を張って勇んで気楽に出かける旅であったのだ。漱石は気持ちの落差を味わっていた。

＊新聞『日本』（明治30年11月10日）に掲載。「承露盤」

• 朝寒も夜寒も人の情けかな

（あささむも　よさむもひとの　なさけかな）

（明治43年10月17日）日記

「修善寺にて篤き看護を受けたる森成国手に謝す」の前置きがある。この日の日記には、贈り物にする銀の煙草入れに「修善寺にて森成国手へ」の文句とこの句を彫る旨のことが記されている。森成国手（国手は医師の尊称）は長与胃腸病院の医師森成麟造である。森成医師を修善寺に長期派遣した長与院長は、漱石が大吐血した日に亡くなっていた。森成医師は使命感を持って漱石の治療に当たった。手塚治虫が描いた名医・ブラック・ジャックのような国手、ゴッド・ハンドが幸運にも漱石の前に出現した。30分の間、仮死状態になっていた漱石を生き返らせた。実際には駆けつけていた長与胃腸病院の副院長の杉本氏が指示を出して対処した。

掲句は修善寺の大患後、東京の上記医院に戻ってから作られた句である。病み上がりの身には冬の朝の寒さも夜の寒さも身に沁みる。肉が落ちている身に季節の寒さが押し寄せてきた。この時全身の関節に生じていた蘇生時の痛みは癒えていなかったと思われる。

句意は「朝と夕には寒さが体に沁みるようになった。しかし最も身に沁みるのは人の情けである。修善寺の宿で世話になった担当医は、不眠不休で手当し、看護をしてくれた。この人には頭が下がる」というもの。「情けも寒さも人の情け」の後には「身に沁みる」が続く。漱石は中でも最後の「人の情け」が最も身に沁みたと言いたいのだ。

この句の面白いところは、「朝寒も夜寒も」は、これらが体に沁みる嫌なものとしてではなく、「朝寒も夜寒も」の文言が体の感覚が戻ってきた嬉しさを表していることである。この表現は生きていることの証しとして表した。ここにはシリアスな内容の俳句であっても漱石流のウィットが感じられる。今度こそは命がないかもしれないと周囲の人に思われるくらいの喀血の量であったから、まさに命拾いなのであった。東京から駆けつけてくれた森成医師らの献身的な治療と支えによって臨死状態から蘇ったのであった。

もう一つの面白さは、秋が深まって「朝寒も夜寒も」としているが、では昼間はどうなのか。昼は口うるさい心配性の鏡子がいて賑やかであり、寒さを感じないという洒落なのだ。体の節々が感じる痛みや寒さを実感するのは静かであることが条件になるという。

ちなみに「朝寒み夜寒みひとり行く旅ぞ」という類似句がある。ここでの「朝寒み夜寒み」は寒くなってきた未明に妻のいない熊本の家を出て、夜遅くなって誰もいない家に戻ってきた時の句だ。漱石は明治43年10月に生き返ったことを実感して掲句を作ったが、その時、明治30年10月に作っていたこの類似句を思い出したのであろうか。

・朝寒や生きたる骨を動かさず

（あささむや　いきたるほねを　うごかさず）

（明治43年12月）『思い出す事など』「十八」

寒すぎて骨が動かなくなっているのだろうとか、体を動かすと寒気が布団の中に侵入するのでじっとしている、などと考えてみる。だが『思い出す事など』にこの句が用いられていると知ると、この俳句が明治43年の修善寺で起きた大吐血の後に作られたものとわかる。

漱石は修善寺の宿で大喀血したが、奇跡的に現世に舞い戻ることができた。喀血後心臓が30分も止まったままでいた。この間に漱石は臨死体験をした。夜中の出来事であった。朝になってまだ死人のような顔をしていたというが、生き返って朝寒を感じることができたのだ。漱石自身は、臨死経験をしたとは表明していないが、心停止していたという医師の発言からは、この間脳細胞は酸欠死の状態にあったとしか理解できない。

この俳句の意味するところは、漱石は、当時を思い出してみると、皮膚で朝寒を感じられたことで命が助かったと悟った、その一方では体の自由のきかない状態が持続していて、命が助かったという実感が十分ではなかったということだ。背骨から始まって体の末端までの骨が痛みを訴えていたからだ。漱石はこの不思議な体験を俳句にして残していた。

この骨の激痛に関して弟子の枕流は以下の考察をしてみた。漱石がこの俳句を書き残しておきたいと思った理由を考えてみたかったからだ。

漱石は心停止が30分に及んだ後、魂が肉体に舞い戻った時に全身の骨に激痛が走ったと、『思い出す事など』の「十八」節で詳述していた。この臨死のことを『証言・臨死体験』（立花隆著、１９９６年刊）で取り上げた23人の証言でチェックした。かれら体験者が立花氏に語った話の中には、漱石が体験した骨の痛みを感じた人は皆無であった。そしてネット検索で臨死と骨の痛みの関連を調べたが、その記述はなかった。

この骨の激痛は、漱石だけができた特異な体験ということになる。そうであればこれを無視するのか。いや、弟子の枕流は漱石の体験と記述内容を信じる。なぜ漱石だけが可能になったのか。漱石が、臨死の前に英国留学中に欧州で出版されていた臨死に関する幾冊かの書籍から関連知識を身につけていたことに起因していると弟子の枕流は考えた。これが漱石の魂が肉体に戻ってから早めに意識が戻ることに役立ったと考えるしかない。この臨死に伴う骨に残留する痛みを、早めに回復した意識が感じ、記憶したのであろう。

また漱石は文学者であり、かつ科学者でもあったことから事実、体験を克明に観察し、分析した後記録しておくと心に決めていたことが、他の臨死経験者の記憶と異なる結果をもたらしたとみる。つまりこの準備と、記憶するのだという決意が、漱石の臨死時と回復時の肉体現象を記憶しておくことにつながったと考えられる。

句意は「臨死後に肌は朝寒さを感じることができたが、全身の骨が痛み、関節が痛んだ。意識が戻っているのに自分の意思で腕の骨を動かすことができなかった」というもの。漱石は大吐血後、医者たちに死んだと思われたが、半時間後に息を吹き返した際の体の感覚、骨の感覚を述べていた。多分医者は命の危機を脱したと判断し、カンフル剤としてのモルヒネの使用を控えたのだ。それがために激痛が身体に走ったと理解すべきであろう。

この句の面白さは、「生きたる骨」にある。臨死を体験するまで、まで骨折時以外は骨が生きていることを自覚することはなかった。臨死後は骨がじんじん痛んで、体が生きた骨で構成されていることを実感したということだ。もちろん皮膚も喉も修善寺の朝寒を体感しているが、骨も寒さを感じ、痛さも感じていた。長く続いた激痛だったが、貴重な経験をしたと思っていた。

＊『思い出す事など』「十八」は『東京朝日新聞』（12月28日）に掲載

• 朝寒や雲消て行く少しづゝ

（あささむや　くもきえてゆく　すこしずつ）

（明治28年11月3日）句稿4

11月2日の夜は、子規に勧められた松山の南隣町にある旧家の書斎で眠り、翌日は四国山地の山腹にある滝を見てから夕方に山を降り、その日の夜遅くに松山市内に戻った。早朝から雨の中を山歩きして、松山に戻った漱石の体には疲れが残っていた。

この山登りの日は朝、目が覚めると、少し寝足りない自分がいることを自覚した。漱石はこの句の前に「木枕の堅きに我は夜寒哉」の俳句を書き付けていた。書斎に作られた寝床では木枕が用意されていた。そんな中夜寒を感じてなかなか寝つけなかった。夜がぼんやりと明けてくると、旧家の宿の人は台所ですでに動き始めているのがわかった。

句意は「秋が進んだ朝は寒くなり、昨日の雨を降らせた雲は少しずつ流れ去っていくところであった」というもの。漱石は目の前に迫る四国山地の山裾を見上げていた。掲句の2句後に「山紅葉雨の中行く瀑見かな」の句が置かれている。この句は雨の朝に出かけた漱石の気分を表している。少し雨の勢いが弱くなっているとみていた。少しでも気分よく出かけようとしていた。

• 朝寒や太鼓に痛き五十棒

（あささむや　たいこにいたき　ごじゅうぼう）

（明治43年10月7日）日記

二日後に、修善寺から東京に戻るとわかっていたので日記文は1行になり、俳句はこの句のみになった。漱石は気がそぞろになっていた。この俳句は東京に移動する4日前に作られていた。

掲句では、禅語になっている三十棒は水増しされて五十棒になっている。禅語の「三十」は数多いという意味であるから、五十棒でもなんら問題ないと漱石は笑っている。

ところで三十棒とは「座禅の時に、師が修行者を警策（痛棒）で肩を激しく打って、教え導くこと。または、そのような厳しい教導」と辞書にある。漱石の弟子・枕流の考えでは、三十棒があるのは、静かに瞑想する座禅の行には眠気との戦いがベースにあるからだろうと理解している。

句意は「三十棒で肩を叩かれるのは理解できるが、今朝の寒さで腹を冷やして痛めてしまい、警策で腹を痛打されてしまったような痛みであったよ」というもの。近々東京に帰るというのに、何ということだと笑っている。昨夜は良い眠りであったのにどうしたことかという思いがあった。

この句の面白さは、次のようなところにある。漱石は修善寺で臨死経験をし、その後も宿に留まっていた。胃からの出血は止まったが胃潰瘍は悪化したままで、しばらく満足な食事ができないでいた。体は文字通り骨皮筋右衛門の状態であった。漱石の腹は凹んで背中とくっつきそうだった。この状態での腹痛は普通より大きめの坐禅棒で太鼓腹を叩かれる痛さに匹敵すると笑う。自分の凹んだ腹から太鼓腹を連想する発想力には、度肝を抜かれる。当時の漱石の体ほど太鼓腹から程遠いものはないが、自分の腹は太鼓腹だとして自虐の想いを楽しんでいる。そして坐禅棒の痛棒で腹を叩かれる痛さを連想できる技には脱帽である。これも修行の一部だと悟っているかのようだ。

もう一つの面白さは、漱石の腹は骨皮筋右衛門の状態であったが、太鼓腹を痛棒で叩かれて、空気が抜けてしぼんだ腹と表して遊んでいることだ。漱石の精神はいくら精神的ストレスと肉体の痛みで叩かれても崩れない強靭なものである。

● 朝寒や自ら炊ぐ飯二合

（あささむや　みずからかしぐ　めしにごう）

（明治41年10月12日）野上豊一郎宛の書簡

明治男は自分で飯を炊くことがないから飯炊きで大騒ぎする。朝起きて冷たい水に手を浸して米を研ぐことで冬の到来が近いことを感じる。これに自分の暗い境遇が重なって余計に朝の寒さと冷たさが強く感じられる。薪で朝に飯を炊くことをやったことのない男には、飯炊きは大変なことだったのだ。令和の時代には、男が飯を炊くのは当たり前だとして、この句はスルーされてしまうものだろう。いや何か特別な理由があったのかと心配されそうだ。

句意は「朝寒い時刻に起きて、自分で竈（かまど）に火を入れて飯を二合炊く」というもの。朝の寒さに加えて、自分で女手の代わりに飯炊きをすることが侘しく感じられ、これによって朝の寒さが増すように感じられるのだ。

この句は漱石自身のことかと思ってしまうが、友人であり弟子であった野上氏宛の手紙につけてあった句であった。彼の自炊の生活に思いを馳せていた。手紙には「当分自炊の由随分厄介な事とお察し申し候」と書いていた。朝寒の自炊での食事のさまを想像しての句である。漱石は野上氏に同情している。家庭がぎくしゃくしている漱石は、自分が自炊をするおｔになった場合を想像しているような気がする。寒気がしたことだろう。

ところで江戸時代に続く明治時代は「一日二食」の慣習がまだ生きていたから、句にある「飯二合」とは朝の一食分の飯の量であった。ちなみに宮沢賢治の『雨ニモマケズ』の詩では、一日四合の玄米飯を食べるとあるが、やはり朝と夕にある1回ごとの食事で飯を二合食べていたのだ。「一日二食」であっても飯を二合食べれば十分であったとわかる。しかし、江戸時代と明治時代の食事は、タンパク質が欠乏気味であったことは十分に想像がつく。飯二合と一汁一菜の食事が当たり前であったからだ。文字通り主食の飯中心の食事だった。おかずは汁物の次に控えていた。大方の日本人が当時は小柄であった理由はここにあったと思われる。身長160㎝の漱石は当時やや大柄といわれていた。

● 朝日さす気色や広き露の原

（あさひさす　けしきやひろき　つゆのはら）

（明治32年10月7日）手帳、句稿35

「熊本高等学校秋季雑詠　運動場」の前置きがある。「松を出てまばゆくぞある露の原」の原句として作られたのが掲句である。敷地が広大であることで有名であった熊本第五高等学校の運動場が校舎の裏に広がっていた。漱石のいる教室の窓のそばに植えてあった松並木の向こうに広がる草地のグラウンド。漱石先生はやる気のある学生を対象に早朝英語教室を開いていた。

句意は「早めに登校して教室から草地の校庭を眺めると、一面に露が降りていて朝日に輝いて見えた」というもの。緑の草地の校庭が白露を帯びてきらめいていた。教室に集まっている学生たちの目も外の校庭と同じように輝いていた。

この句の面白さは、朝日のさす「気色」にある。この「気色」は斜めからさす朝日に照らされた草地の景色と、これを見ている漱石の気持ちの両方を表している。ちなみに前者の場合は風景としての「景色」であり、後者として用いる場合には精神的なものであり、区別するために時に「きしょく」と読むことになるものである。つまり校庭の輝きが顔の輝きとしても現れるということを示している。夏目教授も学生も互いにやる気に輝いていた。いや夏目教授と学生の気合と輝きが草地を輝かせていたのだ。気持ちがこもって見渡す景色の場合には、「きしょく」の方が適切であろう。

ところで、五高の英語授業のレベルは、後に東京帝大に進んだ学生や漱石の話から、当時の一高や帝大の英語レベルを超えていたことが推測され、こなしたテキストの量もはるかに多かったという。英国から帰って東京で英語教師となった漱石先生は東京の学生のやる気のなさ、レベルの低さに呆れてしまった。すでに日本にも富裕層が形成されていて、その子供たちが多く東大に入学していた。

・朝日のつと千里の黍に上りけり

（あさひのつと　せんりのきびに　のぼりけり）

（明治40年10月18日）森次太郎宛の書簡

「祝満洲日々新聞創刊」の前置きがある。句意は「早朝に起きてみたら、朝日が不意に満州の果てしないキビ畑の上に上がってきた」というもの。暗から明への転換が目の前で起こったのだ。このさまは、日本の力が混乱の満州の地に及んでいることを示唆する内容になっている。「つと」は「突然に、不意に」の意味である。漱石は、朝日が地平線から一気に昇ってきたので驚いたのだ。日本では水平線の上に太陽がすっと顔を見せることはあるが、水蒸気が邪魔して朝日はぼんやりと顔を出す。これに対して乾燥している大陸では、太陽は地平線から上がると強い光を放って周囲の暗い景色を明るく一変させる。そして黍が輝く。

前置きの「祝満洲日々新聞創刊」にある「新聞創刊」に、宛名にある森次太郎が関係していたとみられる。つまり掲句は挨拶句ということになる。『満洲日々新聞』は明治40（1907）年10月、星野錫によって大連にて創刊された新聞で、日本語による日刊紙。この新聞は満鉄の機関紙的存在で、1927年まで発行された。

ちなみに10月18日に出されたこの書簡は『漱石全集』には収蔵されていない。10月10日付けの書簡には、東洋協会（会長：桂太郎）に所属する森に、漱石は教え子の一人の就職を履歴書同封ですでに頼んでいたことが記されていた。この組織に新たに調査部が作られようとしていたからだ。掲句は推薦した人が採用されたことに対するお礼の意味で作られたか、もしくは採用を催促する意味で作られたと推察される。

この句の面白さは、太陽の「朝日」に日本と朝日新聞社をかけていることだ。『満洲日々新聞』の発刊に朝日新聞社が関わっていたのだろう。

ちなみに当時の満州は、中国領でもなく、中国の中央に移動した清族のかつての領土であった。この地の主人が去ったことで周辺の民族が入り組んで勝手に住んでいた土地であった。ロシア人も多かった。日本軍がこの地の治安を維持したことで万里の長城を越えて中国漢族の入植が始まった。当時は、日本の満州経営は国際社会から非難されるものではなかった。米国が日本との「南満州鉄道」の共同経営を持ちかけてきた際に、日本が同意しなかったことが原因して国際社会から吹く風向きが変わった。

・足腰の立たぬ案山子を車かな

（あしこしの　たたぬかかしを　くるまかな）

（明治43年10月10日）日記

修善寺の温泉宿の部屋から外の田んぼの景色を見ていた。稲の刈り取られた田んぼの畔に、片付けられるのを待つ案山子が置かれていた。案山子は立っている時も横になっているときも自分の足で動くことはできなかった。いつしか漱石は窓から見ていた案山子に感情移入していた。

漱石の布団の横では、医者と妻が漱石を東京に連れ帰る算段をしていた。寝ていた療養期間に足が相当弱っていたから、担架を使うことも想定しようと話しているのが聞こえてきた。

句意は「足の弱ったわしに肩を貸して車（実際には馬車）に乗せる算段をしている。場合によっては担架だという。これでは田んぼに放置された足の立たない案山子と同じではないか」というもの。

この句の面白さは、田んぼに立っていた案山子が一旦横に置かれると、足腰が立たない状態になるという現実を夢想していることだ。漱石は一旦横にされて寝ついてしまった自分を案山子と同じだと思っている。

東京に帰れるという嬉しさが、担架で駅の中を移動する場面を想像すると半減してしまうのだ。これでは用済みの案山子と同じ扱いではないか、と笑う。運ぶ方の苦労は脇に置いているのが、可笑しい。いや漱石先生はわかっている。

ちなみに修善寺の人たちは、漱石を馬車から降ろした後、板戸担架に移して列車の座席まで運んだという。一等個室を貸し切って新橋に無事到着。そこから病院に直行し、面会謝絶となった。

• 蘆の花夫より川は曲りけり

（あしのはな　それよりかわは　まがりけり）

（明治28年10月）句稿2

川辺の葦(あし)原は「よしず」や「簾(すだれ)」の材料になるアシがとれるので大事にされた。淀川べりの葦原を石田三成(いしだみつなり)が占有して富を得たことは有名である。広大なヒノキ林を所有したのと同じくらいの価値があった。葦(あし)の花は大きくてその穂先が垂れて芒のように大きく曲がる。句意は「大きな葦(あし)の花は重く、その穂先の曲がり方は大きいが、それよりも川筋の曲がり方の方が大きい」というもの。

ちなみに葦をヨシと読むのが当たり前になっている。アシは「悪し」につながるイメージがあるからだ。イカの「スルメ」を「アタリメ」と言い換えるのに似ている。

漱石は高さが4〜6mにもなる蘆の大きな穂に、その花のたれ具合に先に着目しているように見せているが、実は川の曲がり方、蛇行の極端さに目を見張ったのが先だったと思われる。そのあとで河原のアシに目が移ったのだ。両側の緑の河原の中を雄大に流れる光り輝く川が先に目につくと考えるからだ。

漱石の愚陀仏庵では、子規を先生にして毎夜句会が開いていたが、その子規が病が癒えて帰京してしまうと、漱石の家は急に寂しくなった。いつの間にか漱石はふらりと川べりを歩いていた。この句は、うねる大河を眺め、蘆の花にも目をやり、のんびりと流れる川の風景で寂しさを紛らせている漱石を感じさせる。

ところで、この川は松山の南端を流れている重信川か。明治時代のこの河原には広大な葦原があった。毎年野焼きをしていた。

ちなみに和紙の原料はコウゾ・ミツマタが有名であるが、かつてこの葦からも和紙を漉いていた。現代でも細々と川や湖の近くではアシ和紙が生産されているようだ。ちなみにこの句の直前句は、街中(まちなか)の様子を詠んだ句で「柿売るや隣の家は紙を漉く」であった。この俳句は松山市内でアシ和紙が作られていたことを想像させる。ザラ紙に類する低級の紙であったのだろう。

• 足弱を馬に乗せたり山桜

（あしよわを　うまにのせたり　やまざくら）

（明治29年3月24日）句稿14

漱石は明治29年春にユニークな馬の句を同じ句稿に並べていた。「限りなき春の風なり馬の上」（明治29年3月24日）の句がある。これらは几董(きとう)風であり、春の気分を可笑しみが出るように意識して表していた。掲句における足弱とは、馬に乗って移動する人たちのことで、老人のような歩く力の弱い人である。この足弱には子供と女も含まれる。当時の陸上の移動手段は、馬が主流であったから、漱石にも馬の句は多い。

句意は「馬子が足弱の人を乗せた馬を引いて、山桜の咲く峠道を登ってくる。よくみると綿帽子を被った花嫁であった」というもの。山桜の咲いている森の中を抜ける峠道を、着飾った花嫁を乗せた馬が登ってくる。馬子が誇らしげに

馬を引いて来るという景色だ。この峠には一休みする人のために一軒の茶店があり、漱石がこの茶店で休んでいると、馬に揺られながら花嫁が漱石に近づいてきたのだ。

この句は謎解きの句になっている。桜の咲く山道を馬に乗って目立つように来る足弱の人は誰かと問うている。普通の人ならば、大八車に乗せられて山道を移動する。やはり綺麗な重厚な衣装を着た花嫁ということになろう。

この句の面白さは、若い花嫁が足弱と描かれていることだ。重い豪華な衣装を着て綿帽子を被って白足袋と草履を履いた人が足弱なのである。確かにこの格好をすればうまく歩けない足弱の人になる。この光景は、小説『草枕』のシーンに登場する。

漱石は、峠道を明るくしている山桜の並木とこれを背景にして馬に乗った花嫁を競わせて楽しんでいる。つまり花嫁の華と山桜の花を競わせている。現代であれば、花嫁に花束を抱えさせてレンタカーのオープンカーに乗って街中を走るということか。

＊新聞『日本』（明治30年3月31日）に掲載

・梓彫る春雨多し湖泊堂

（あずさほる　はるさめおおし　こはくどう）

（明治30年3月23日）書簡（正岡子規宛）

正岡子規の母方の従弟（子規より4歳下）で演劇と俳句にのめり込んでいた藤野潔は、1895年（明治28年、24歳時）に湯島の下宿でピストル自殺した。潔の俳号は「古白」であり、別の号には「湖泊堂」があった。この古白と漱石先生は松山で子規の句会を介して知り合った。古白は東京で精神を病んで松山に帰郷していたが、回復してのちに東京専門学校（現早稲田大学）に入学した。その後ときどき松山に帰っていた。継母のいる東京よりも小さい時の思い出のある松山の方が居心地は良かった。

古白の父は松山藩の上級武士であり、東京に出た藩主の世話係として古白の家族は居を松山から東京に移した。古白は7歳の時に母を亡くし、すぐに新たな母が出現して、わがままな子として育てられた。だが心の中は寂しく複雑であったのであろう。東京で古白は多感な子供時代を過ごしたが、継母と東京に馴染めなかった。16歳頃に精神を病んで入院した。才能はあったが脆い性格であり、これが自殺につながった。

この古白が梓の版木材に彫った蔵書印は「湖泊堂」であった。漱石は学生の時にすでに小説も書いていた古白の才能を惜しんだ。時々、子規につながる才能の人であった古白を思い出していた。ちなみに梓の木は漱石が嗜んだ弓道の弓の材料にする強い木である。

句意は「春雨の降る日が多くなっていた頃、自殺した古白のことを思い出しながら梓の版木で蔵書印を作ることにした」というもの。漱石は古白が梓の版木に彫った「湖泊堂」という蔵書印を真似ることにしたのだ。「漱石」という自分の号を印にしようとした。子規に手紙を出したこの日も古白の才能を思い出していた。春雨が降り続いていて外に出られない日に彫ることにした。子規に手紙を出したこの日も古白の才能を思い出していた。自分の生い立ちを、自殺した古白の境遇と重ねながら手を動かしていたに違いない。

もしかしたら子規は、盛んに褒め称えていた古白の才能を漱石が引き継ぐことになると考えたのかもしれない。そんなことを感じていた漱石であったが、自分は古白同様のつらい生い立ちを持っていたが、古白のように死にはしないと決意していた。

この句にある「春雨多し」の雨の中には、漱石の涙も混じっているのかもしれない。子規はこの年下の古白のことを親身になって心配し、世話した。彼の自殺を知った時に慟哭した子規は、漱石から届いた掲句をみて、漱石の思いを理解したに違いない。漱石は手紙で、子規に英語教師を長くやるつもりはないことを知らせていた。

● 梓弓岩を砕けば春の水

（あずさゆみ　いわをくだけば　はるのみず）

（明治29年3月5日）句稿12

強靭な張力を生む梓の丸木で作った梓弓は、古代から平安時代まで戦いに必須の武器であった。信長の無敵鉄砲隊が編制される前であれば、梓弓の弓隊を前にした敵は逃げ出したに違いない。

句意は「梓弓で山の沢の岩を射ったならば岩は砕け、山の沢は小さな石ころばかりになるに違いない。そうなれば水量を増した春の水は穏やかにさらさらと流れるだろう」というもの。溢れる恋愛の思いの障害になる岩は梓弓で砕いてしまえばいいというもの。

掲句は子規が明治27年に作っていた「春の水石をめぐりて流れけり」を意識して作った掛け合いのパロディだ。勢いを増した春の水がさらさらと流れるのは、大きな岩を梓弓で砕いて小さな石にしておいたからだとした。ここに掲句の面白さがある。

また、「梓弓」は弦を張れるところから「張る」は「春」に通じるとして、春の枕詞になっている。そこに「梓弓」と「春の水」のつながりが出てくる。同様に「梓弓」は「射る」の枕詞でもある。掲句は「岩を射る」の行為を省略している句になっている。ここにも面白さがある。

ちなみに漱石の別の句に、子規の先の句によく似た「春の水 岩ヲ抱イテ 流レケリ」という句があるが、これは明治40年の作である。明治27年作の子規の「春の水石をめぐりて流れけり」のパロディである。岩をするりと回って流れるのではなく、ぶつかってしっかり包むのもいいと言いだした。明治40年のこの句は、「当時恋愛問題で悩み窮地におちいっていた松根豊次郎（東洋城）に宛てた励ましと慰めの句」と『漱石全集』には解説文が付いている。岩に春の水がぶつかって飛沫をあげるから、春の水らしいのだ、などと教訓を垂れていたが、掲句の激しい句を、悩みから抜けられないでいた東洋城にぶつけたなら、恋心はますます燃え上がったはずだ。

● 汗を吹く風は歯朶より清水かな

（あせをふく　かぜはしだより　しみずかな）

（明治40年頃）手帳

この俳句を単独で読み解くことは困難である。掲句が書かれていた手帳には「したゝりは歯朶に飛び散る清水かな」の句があり、ここに掲句にある歯朶と清水の関係が描かれている。

掲句の表面的な句意は「夏の汗を引っ込ませる爽やかな風は、流れる清水の羊歯のところから吹く風である」というもの。羊歯は涼しいところの、通常日陰に生えている植物であり、水滴が飛び散る清水の岸に生える植物でもある。この清水の岸にある水滴で濡れた羊歯を通り抜けた風は汗を冷やす効果がある、と解釈される。漱石先生は暑い夏に涼しさを厳密に追求している。漱石先生の頭の中は夏でも極めてクールなのである。

この句の面白さは、「汗を吹く」という造語にある。「汗を吹く風」とは「汗に向かって吹く風」と「汗を拭いてさっぱりした気分にする風」の2つの意味を持たせている。落語的な言葉遊びが隠されている。

羊歯には清水の飛び散りによって水滴が付着し、その水滴が流れ落ちながら周辺の風で蒸発する際に気化熱を奪い、羊歯の表面は冷やされることになる。そこに風が吹くと風は冷たい風となる。その水滴で濡れた羊歯は「汗を吹く風」を生むこととなる。つまり濡れた羊歯は天然のクーラーなのである。

この手帳にあった「したゝり」の句は俳句としては美的で涼しげである。そして掲句も涼しげである。漱石はここにきて良かった、「してやったり」と喜んだに違いない。「歯朶より吹く風」は、朝から暑い鎌倉の夏を爽やかにしていた。

ここで一つの疑問が生じた。この句は、鎌倉の廃寺で作られたものと考えられるからである。なぜ執筆で忙しいはずの漱石が東京の自宅から遠い鎌倉のお堂にいるのか。そしてその腐った屋根に咲いていた一八の花が気になって裏側に回ったり、清水から飛び散る飛沫とシダの表面から滴り落ちる水に注目したりと、女性的な観察が見られるのは何故か。やはりこの日の漱石のそばには楠緒子がいたように思われる。

掲句に描かれた場所は、掲句が記されていた手帳の中で近隣に置かれた清水の17句から荒れ果てた寺であるとわかる。漱石はこの寺で集中して清水の俳句を作っている。寂れた景色の中に身を置いていたが気分は高揚していた。ちなみに案内してくれた旧知の僧のいたこの寺は、鎌倉の長谷にあった禅興寺であろう。この寺が荒れ寺であったのは、明治初年に廃寺になっていたからだ。この寺の一部は現在も明月院として残っている。この年の夏に漱石はこの長谷の地にあった親友の別荘を訪ねていた。この時期は楠緒子が鎌倉長谷の地に転居していた時期と重なる。楠緒子は7月18日に長谷に転居していて、漱石は7月19日に長谷に住む楠緒子に手紙を出していた。

・あたら元日を餅も食はずに紙衣哉

（あたらがんじつを　もちもくはずに　かみこかな）

（明治29年1月29日）句稿11

明治29年の元日は、久しぶりの帰京で実家にいた。漱石はこの年の4月には熊本に転居し、6月には新居で結婚式を挙げることになっていて、その準備のための帰京であった。

句意は「自分は元日の朝、雑煮を美味そうに食べているが、元日の神官たちは餅のように白い装束を着て餅も食べずに仕事をしている」というもの。漱石は彼らのことを思い、かわいそうだと同情している。漱石先生は、餅を喉に詰まらせないように気をつけながら、仕事とはいえ、彼らはかわいそうだと呟いている。漱石は口に運んでいる白い餅を見て、ごわごわした神官の白装束に思いを馳せたのだ。漱石のユーモアが溢れている。

宮司・禰宜たちは、大晦日から新年の行事の準備に入り、元日は未明から社務所に籠って祝詞をあげている。その姿を漱石は餅を食べながら想像している。神官が身に着ける紙衣（かみこ）は古代から伝統的に用いてきた麻繊維を漉き上げた和紙製の白装束である。

この句の面白さは、新年に「あたら元日」という造語を用いて、「あたら」を元日の掛詞のように用いていることだ。そして神主たちに「かわいそうだ」と言いながら、漱石はかなり字余りの俳句を作って彼らをからかっている。そして紙衣（かみこ）には「神の子」の意味をかけている。神の子であれば、腹が空かないのではないかと想像を楽しんでいる。

・新らしき命に秋の古きかな

（あたらしき　いのちにあきの　ふるきかな）

（明治43年10月12日）日記

「昨日途中にて」（＊修善寺の菊屋旅館を出発、東京に着く途中でのこと）の前置きがある。病身の漱石は担架のような板戸に載せられて列車の座席に運ばれ、新橋駅からは釣台というストレッチャーに移され、病院に運び込まれた。漱石はこの途中、車窓の景色を見ながら何を考えていたのか。

句意は「臨死を経験し、この世に舞い戻った自分は新しい命を得たことになる。新たな命がまた始まったのだ。それに対して窓の外には古からの秋の風景が広がっている」というもの。臨死後の身体中の痛みは、赤ん坊がこの世に生まれ出て、痛みを覚えつつ泣き続けるのに似ている。身の回りの新たな世界に対し、身体全体の感覚器官を動員して、感動している赤子に似ていると思っていた。漱石は車中の窓から見た里芋の大きな葉っぱにも感激している。些細なことにも目が向き観察したくなっていた。

日記には「目に入るもの皆新なり」と書いている。そして日記にこのようなフレーズを書くことに感動しているのだろう。小説作家として得難い経験をしているという感覚を味わっているようだ。掲句のような俳句を作った俳人は漱石だけであろう。

この句の面白さは、「新」と「古」の組み合わせである。この対照的な言葉を俳句に組み入れているところが面白い。古い身体に新たな鋭敏な感覚を伴う新たな命が存在していることの不思議を感じている。作家としては大変な財産を得たことになる。

・新らしき蕎麦打て食はん坊の雨

（あたらしき　そばうってくわん　ぼうのあめ）

（明治29年10月）句稿18

漱石先生の蕎麦の句は、蕎麦の性格と同様にあっさりしている。噛まなくても喉の奥に送ることができそうな句である。

ある僧堂で昼食に蕎麦が出された。その蕎麦は新たに打たれたものであり、茹であげたばかりのものとわかる。外で降る雨のように蕎麦の表面は濡れていたからだ。蕎麦好きの漱石は、粗食で簡素な食事をする僧侶たちがいつも作りたての蕎麦を食べられる環境に羨ましさを感じていた。漱石は僧たちが蕎麦だけでなく、豆腐料理でも日々贅沢な食事をしているのだと羨ましく思っていた。

句意は「雨が降っている僧坊では坐禅の後、採りたてのそば粉を使って蕎麦を打ってほしい。秋の雨の日にはそんな蕎麦を食べたいものだ」というもの。その蕎麦がうまかったことはいうまでもない。寺で使う蕎麦粉は寺の畑で収穫したばかりの蕎麦の実を使って打つ直前に粉に挽いたものだ。その蕎麦粉を使って、手慣れた料理僧が蕎麦を打つからうまいわけだと納得した。

ちなみに漱石は生涯に下記のように、蕎麦の句を合計5句作っている。

長（ちょうまつ）松は蕎麦が好きなり煤払　（明治28）
新らしき蕎麦打て食はん坊の雨　（明治29）
秋雨や蕎麦をゆでたる湯の臭ひ　（明治32）
蕎麦太きもてなし振りや鹿の声　（明治40）
漏るゝ松の間に蕎麦を見付たる　（明治43）

掲句のすぐ後には「古白とは秋につけたる名なるべし」の句が置かれている。明治29年4月に古白の一周忌を迎えたが、掲句を見るとこの年の秋の坐禅の際に、ピストル自殺した、句友だった年下の藤野古白のことを思い出していたことがわかる。古白は子規が可愛がっていた従弟だった。

・新しき畳に寐たり宵の春

（あたらしき　たたみにねたり　よいのはる）

（明治33年4月）

「北千反畑に転居して4句」とある。漱石は明治33年の3月から4月頭にかけて熊本市北千反畑で引っ越し作業をした。前置きに「北千反畑に転居して四句　四月」とある。漱石はこの地ののんびりした風景が気に入っていた。転居に際して家の持ち主は畳替えをしてくれたのだろう。気温が上がってきた春のことであり、新しい畳表から青臭いイグサの香りが立ち上って、部屋に充満していた。

畳替えした部屋に足を踏み入れると、まだ緑色の残っている畳表の手触りを確かめながら漱石先生はごろりと畳の上に寝転んだ。畳と女房は新しいほど良いという諺は本当だと思ったのであろう。夫婦仲は緊張したものであったが、初めての子の筆子が生まれて平穏を保っていた。漱石はしばらく寝転んで動かなかったに違いない。

句意は「夜になって転居した家の張り替えた畳の部屋で寝ると、青い畳の匂いによって春の宵が強調されて心地よかった」というもの。しかし、前年末に打診のあった英国留学の話が急展開で決まりそうで落ち着かなかった。正式に留学が決まると7月から学校を休学し、留学の準備に入った。

漱石の頭の中にはいつも悩みが詰まっていたが、転居を繰り返す中でこれを少しでも解消できれば良いと考えていたのかもしれない。この借家は熊本に来てから、6軒目の家であった。漱石は英国でも転居を繰り返した。

・新しき願もありて今朝の春

（あたらしき　ねがいもありて　けさのはる）

（明治33年1月1日）村上半太郎（霽月）宛の年賀状

松山時代の俳友、霽月（せいげつ）には前年の11月1日に熊本で3年ぶりに再会した。熊本で句合わせした想い出を楽しみながら賀状を書いた。「恭賀新年」の言葉の前にこの句があった。「新年を謹んで祝う」だけでは足りないとして、この句をつけた感がある。

「新しき願」とは留学のことである。前年12月に第五高等学校の校長から英国への留学の話があり、これは断れないと聞かされていた。漱石としてはいやいや行くのであるが、賀状ということもあるので体裁を整えたのだ。

この句の面白さは、ありふれた言葉である「今朝の春」が一応ここでは元日の朝を意味する季語ということになっているが、「新しき願」には気が乗っていないことを「今朝の春」で霽月に伝えている形にしていることだ。「願」には新たな境遇や新たな目標等への変化が伴うのが普通である。したがって「新しき願」の「新しき」にはあまり意味はない。また「新しき」に新年の意味を持たせても「今朝の春」と重なってしまうからだ。つまり投げやりな気分なのだ。

この句にはもう一つの意味づけがあった。漱石は熊本で、愛媛の有力な経済人になっていた霽月に再会した際に、仕事で京都に行ったら少し羽根を伸ばしてから松山に帰れと言い、そのために英国製のワイシャツを長崎で買って花街に行けよとアドバイスをしていた。あの時の君への願い、アドバイスは有効だったかと結果を確認するかのような文面にした。

だが、漱石は霽月の奥さんに漱石の年賀状を見られても支障のない文面となるよう工夫していた。掲句であれば何のことかわからない。この年賀状と入れ違いに漱石宅には、結果は上々だったという暗号を書き込んだ年賀状が届いていたはずだ。

＊新聞『日本』（明治33年4月26日）に掲載（北千反畑に転居して四句）

・あつきものむかし大坂夏御陣

（あつきもの　むかしおおさか　なつごじん）

（明治29年8月）句稿16

句稿16では暑さをテーマにした俳句を作り続けていた。その中でとうとう歴史物にも手を染めだした感がある。

関ヶ原の合戦の後、豊臣軍と徳川軍の戦いは、第一次の大坂冬の陣で徳川方の勝利で終わった。そしてその後の1615年（慶長20年）の4、5月に最終決戦が行われた。豊臣方は前の戦いで城の外堀を埋めることを受け入れて和議を結んだため、次の大坂夏の陣では、徳川方は簡単に大坂城を攻め落とした。豊臣秀頼と淀の方は天守に火をかけて自害した。歴史検証において、豊臣軍が徳川の陣地を攻めた時に豊臣秀頼が城から出て戦う姿勢を部下たちに示せば、徳川家康は逃げ切れずにこの夏の陣で討たれたというのだ。だが母の淀の方は可愛い秀頼に武将としての決断をさせなかった。

漱石先生は熊本で暑い季節に向き合っていたが、大坂城に籠って戦い、その挙げ句に火に包まれて死んでいった豊臣の母子とその部下たちのことに思った。自分は毎日暑い暑いと呟くが、その昔、大坂城内ではそれどころではなかったと想像を膨らませたのであろう。

この句の面白さは、「あつきものむかし」とひらがなを8個繋げていること

である。暑さで漱石の言葉が切れてしまい、ため息が出るさまを師匠の子規に想像させていることである。そして漢字が溶けて平仮名になってしまったとふざけた。加えて漱石は「暑きもの」に「熱きもの」の意味を持たせたのだ。

● あつ苦し昼寐の夢に蟬の声

（あつくるし　ひるねのゆめに　せみのこえ）

（明治24年8月3日）子規宛の書簡

漱石は昼寝の時に蝉の声がわき上がって、ゆっくり昼寝することができないとふざける。枕に染み入るように蝉の声が響く。そして夢を見ようものなら夢の中にまでうるさく入り込んできそうだと嘆く。

芭蕉の有名な句「閑さや岩にしみ入る蝉の声」が漱石の頭にあったのだろう。奥州の山奥にある立石寺の佇まいと強烈な日差しの中にいる浮遊感、そして限られた空間で共鳴して響く蝉の圧倒的な音量が作り出す幻覚に似た心理を詠んだ芭蕉句。この禅的な世界を描き出した俳句に対するパロディとして作られたのが、漱石の俳句である。ただただ市街でサイレンのように鳴き続ける蝉は、鑑賞の対象ではなく、うるさいものでしかないと笑う。

上記の句に見られる芭蕉の蝉の声に対する反応は、他の人とは異なる独特なものだ。芭蕉は若い時に故郷三重の藤堂藩の若殿様の側用人として可愛がられ、仕えていたことがあった。その若殿は俳号として「蝉丸」という名を持っていた。芭蕉の俳号は「桃青」。側用人の立場は主人の俳諧作りの相手と身の回りの世話であった。後者の世話の中には主従の関係での男色関係があった。これは当時の城勤め侍では普通のことであった。この二人の男色関係は若殿が若くして死ぬまで続いた。芭蕉はこの殿の死を境に京都へ俳諧の修行に出ることにした。つまり芭蕉は、蝉の声を聞くと若殿の蝉丸の名を思い出すのだ。そして当時の自分が思い起こされるのであった。ちなみに、芭蕉の男色の癖は死ぬまで続き、芭蕉の最後の男は名古屋の弟子・杜国（とこく）であった。

芭蕉にしてみれば立石寺の蝉はうるさく感じるはずがなく、親しみをもって思い出に浸れる手段として機能した。陸奥の立石寺に来てみて、芭蕉を圧倒する蝉の鳴き声はかつて慣れ親しんだ主君を思い起こさせたのだ。

漱石の句には、芭蕉句の「岩にしみ入る蝉の声」の代わりに、「夢にしみ入る蝉の声」と現実的な状況を組み入れてある。このことで芭蕉の句をからかっているとみることができる。逆に考えると、芭蕉は若い時の主君に対する純な気持ちを根底に置いて蝉の句を作ったのだろうと、漱石が推測しているように思えてならない。

ところで、芭蕉の句の対極にある漱石句を吟味してみる。この句を作った時、学生の漱石はやっと夏目に籍を戻していて、実家で生活するようになっていた。夏目家の家督を相続した三男の兄は明治21年9月に再婚し、漱石と同い年の初婚の登世と同じ木と紙の家で生活することになった。だが漱石と気持ちが通じた登世は悪阻（つわり）を悪化させ、漱石が掲句を作った7月の28日にこの世を去った。漱石は心を通じた登世が病の床で苦しんでいる暑い夏を、登世と同じ屋根の下で過ごしていた。漱石は掲句にあるように息苦しさを覚えていた。

● 天晴始めて春の心地なり

（あっぱれ　はじめてはるの　ここちなり）

（明治40年4月2日）日記

この文字列句は、『漱石全集』においては俳句と認定されていない。4月2日の日記の「○堀川」の項に、1行文があり、それが掲句である。句点がつけられていないこと、そしてその隣の1行前の「○夷川通り古道具屋」の項には、「永き日や動き已みたる整時板」の俳句が同じように句点なしで記されている。したがってここに編集者の勘違いが存在すると考える。やはり堀川の一文は俳句と見るべきだ。

句意は「四月になっても京都の春はやはり厳しいと思っていたが、2日にはやっと春の暖かい空気が流れてきて春の心地がした。『天晴』と心で叫んだ」というもの。4月1日は時雨れて肌寒かったからだ。風の吹き出す方を見ると比叡山はまだ雪を被っていた。

この句の面白さは、京都の空が明るくなって晴れてきたことを歓迎して、「天晴れて」と表さずに「あっぱれ」と褒め称えていることだ。むろん「あっぱれ」

の漢字は「天が晴れる」と書くが、漱石の気持ちは天気のことは関係なかった。この洒落のある表現も「あっぱれ」である。

漱石先生が万歳的な掲句を作ったことには、明治40年の2月の出来事が関係している。内定していた東京帝大の英文科教授の席を捨てて、朝日新聞社の専属小説家に転職したことが関係している。会社員になるということの決断を京都の冷える空の下で思い返して、心の中で小さく「あっぱれ」の声を上げたと思われる。

・後に鳴き又先に鳴き鶉かな

（あとになき　またさきになき　うずらかな）

（明治29年9月25日）句稿17

茶褐色の羽で体を覆っているのは、本来渡り鳥である。繁殖地は北海道や東北で、秋になると南の方に渡ってくる。このグループとは別の、九州で越冬する鶉は朝鮮半島で繁殖した鶉だという。渡りを行う身近なキジ科のこの鳥を日本人は世界で初めて家畜化に成功した。江戸時代には鶉の飼育が行われ、この鳥を戦わせる「鶉合わせ」という遊びが生まれた。これは外見が小さく地味な色の鶉の声を競わせるもので、掲句はこの時の鳴き合わせのさまを詠んだものであろう。

鶉はさえない鳥であるが、目立つ鳴き方をする。どこからそんな声が出るのかと思うくらい、その鳴き声は勢いよく「チッカッケー」と鳴くという。「鶉合わせ」はこの姿と声のギャップが面白く、人気があったようだ。発声の後先は関係なく、声の大きさ、見事さが重要になる。

別の解釈としては、鶉はよく鳴くという認識が世の中にあることから、漱石先生は、男はよく女を泣かすという意味をこの句に持たせたとみる。古来男は交際している女に興味が薄れたときに別れ話を出す。この時、女は後に泣くことになる。そして男の浮気を独自に知った女は男の前で泣きだす。男の言い訳の前に泣くのだ。つまり鳥の「鳴き」と女の「泣き」を掛けていることになる。

掲句は「夕されば野辺の秋風身にしみてうづらなくなりふか草の里」（藤原俊成：『千載和歌集』）を念頭に置いているとみる。『伊勢物語』の中で、男が深草に住んでいる女に飽きて出て行こうとする時に、女に渡した歌である。愛した女は今や野にいる鶉のようで、地味な鶉に思えてしまったということである。そろそろ別れましょう、と持ちかけていることになる。この歌を渡された女はさめざめと泣くことになる。しかし鶉のように激しく鳴くことはない。

・後の月跛の馬にうち乗りて

（あとのつき　ちんばのうまに　またがって）

（明治37年10月10日）『ホトトギス』誌、連句

虚子、四方太、漱石の3人が勝手に「五七五」または「七七」の句を作って繋げる連句を楽しんでいる。「三吟の屋をゆるがす野分かな」（虚子）、「萩しどろなる水の隅々」（四方太）の後を受けて、漱石が源義経らしい落ち武者一行

の姿を思い描いて、掲句をつないだ。この頃の彼らは、幻想的な神仙体俳句でよく遊んでいた。

「打ち乗る」とは、馬に乗ったまま貴人や神社の前を通り過ぎることを意味する。漱石は焼かれた平泉の寺社の前を義経の一行が馬に乗って落ち延びるさまを描いたのであろう。

句意は「馬を連ねて戦さ場から落ち延びてゆく武者がいる。馬上から後ろに続いているかを確認するために振り向くと、矢を受けて歩きの悪い馬が続いているが、鞍の上には月だけが煌々と照っている」というもの。怪我を負った武士の姿は馬上にはなかった。野分が吹き抜ける草原をとぼとぼと落ち延びる武者の姿は憐れである。煌々と光る月が憐れさを強調している。

この句の面白さは、上五を「のちの月」と読むと陰暦八月十五日の「中秋の名月」を指すことである。そして漱石は、頼朝軍に攻められた時に自害せずに平泉を脱出したという説をとっていることだ。

ちなみに平泉を抜け出た義経の一行は生き延びて北海道に渡った。そして、そこから通訳を連れてモンゴル草原に移動した。この物語は全くの創作ではないらしい。江戸期のオランダ医者のシーボルトは、チンギス・ハンは義経であったという説の真相を究明しようと活動した。日本の国史学会もこれを真実だと認めつつある。義経の統率力と合戦の戦術は、バラバラに動くモンゴル民族に歓迎された。当時のモンゴル高原は干ばつに襲われて食料危機に陥っていた。この危機を救うのは異人の優れた日本人が適任とされたのかもしれない。

● 穴のある銭が袂に暮の春

（あなのある　ぜにがたもとに　くれのはる）

（明治41年）手帳

暖かくなってきた晩春のある日、近所の店に買い物に出かけた時の句である。小銭は手の中にあって、和服の袂に収まっている。手の中の銭を指で撫で、銭の穴を触ってみる。この指の感覚が嬉しい。

近所での買い物であるが、気分転換の外出であった。ちょっとした買い物は妻か手伝い女がやってくれるから、漱石が自分で買い物にゆくことはほとんどない。原稿執筆で少し気が滅入っていたが、この外出で気分はだいぶ良くなった。

漱石先生は銭の穴を指先で触りながらずっと歩いている。銭同士が当たって音を立てている。子供時代の買い物を思い出しているようだ。

この句の面白さは、袂の中に何があるのかは自分しか知らないということを楽しいと感じていることだ。隠れて銭を握りしめていることが楽しいのだ。この句を口に出して読んでみると、落語の主人公が歩いているリズムが感じられる。身体を少し左右に動かしながら読むと、漱石先生が楽しげに歩いているさまがよく理解できる。さて、先生はどこに行くのだろう。答えは落語的に考えると出てくる。駄菓子屋ではなく銭湯である。漱石が借りた漱石山房には風呂がなかった。暖かくなってきた頃の銭湯の行き帰りは気持ちがいいのだろう。

● 穴蛇の穴を出でたる小春哉

（あなへびの　あなをいでたる　こはるかな）

（明治28年12月18日）句稿9

漱石の独特の観察眼が蛇の目のように光る。小さな蛇の穴を土手や石組みの斜面に見つけたのだろう。その蛇穴をじっと見つめる。中に蛇がいるのかじっと見ている。冬の初めの暖かい日に、小春が蛇の穴から頭を出すと考えて穴の中を覗く。なんと面白い発想であることか。

句意は「春を敏感に感じて行動するのが蛇であるが、冬の春めいた気候程度では、蛇穴から蛇は出てはこない。だが小春は蛇穴から出てくる」というもの。この句の面白さは、小春であるから小さな蛇の穴から出てくるという発想があることである。そして普通の表現であれば「蛇穴の穴」となるところを「穴蛇の穴」としていて意表をついていることである。「穴蛇」は好んで穴に潜り込んでいる蛇ということになり、面白い。これによって穴から出る小春も「好んで穴に隠れたがる」という性格を帯びていることになる。

掲句から太陽の神である天照大神が岩戸の中に隠れてしまったという神話が思い起こされる。その天照大神を岩戸から出すのに多くの神々が知恵をしぼる。これに対して、漱石は冬の季節に小春を小さな穴から出すために、「穴蛇の穴」をただじっと見るのである。

● 姉様に参らす桃の押絵かな

（あねさまに　まいらすももの　おしえかな）

（明治30年2月）句稿23

句意は「尊敬する姉様に差し上げる桃の花枝を形作った押絵であることよ」というもの。果物の桃では少々幼すぎると思われるから、桃の花を押絵で表現したものなのであろう。漱石先生は手芸の一種である、額付きの押絵を購入してプレゼントしたということだろう。綿を入れた半立体の装飾絵である。ではその「姉様」とは誰であるのか。当時30歳の漱石先生の姉たちは、年のかなり離れた人たちで思い出も薄いはずだ。2人の姉がいたことになっているが、音信不通で漱石俳句に登場することはない。では身近にいる姉的な女性は誰かとなると、妻の鏡子しかいない。つまりこの表現は妻をからかって奉っているということである。いわゆるご機嫌取り俳句なのだ。

この句の書かれていた句稿にあった関連俳句は、「薫ずるは大内といふ香や春」である。漱石が熊本に赴任して1年目の俳句であり、まだ新婚の雰囲気が漂っていたはずだ。漱石は休みの日に京都の香を焚いて謡をうなっていたのであろう。ここにも雅の雰囲気が感じられる。もしかしたら、「大内といふ香」を買った店で出来栄えの良い押絵をついでに買ったのだろう。家にばかりいる妻のために、趣味にしてほしいという思惑もあったのか、押絵を買うことにしたのだ。

子規に届けるこの俳句で、漱石は照れ隠しに妻を姉様と表したのだ。同時に姉様は誰のことかと子規に推理させる企みとも考えられる。子規がこの句に丸2つをつけたことから、子規はすぐにこのプレゼントは鏡子のご機嫌取りだと解したことがわかる。

● 阿呆鳥熱き国にぞ参りける

（あほうどり　あつきくににぞ　まいりける）

（明治33年9月19日）日記、高浜虚子宛の書簡

「香港より」の前置きがある。香港に到着した汽船プロイセン号の中で書いた9月19日の日記には「国へぞ」とあり、手紙には「国にぞ」と書いていた。遠方へ来たという感じは前者の方が合っている。ため息が感じられる。「稲妻の砕けて青し海の上」の句と掲句が書かれていた。手紙に同じ俳句を書いていたのは、暑くて新たに作る気にならなかったからだろう。日記で書いていた前置き文の「微雨尚己マズ　天漸ク晴レントス」は、天気が小雨模様からやっと晴れてきたことを示しているが、下痢気味の体調がよくなってきたことも表している。

ちなみに虚子は漱石から来た手紙について、「漱石氏は香港から手紙を寄越した。それは明治三十三年九月のホトトギスに載って居る。」と書き、『ホトトギス』の文面に次のように書かれていた。「航海は無事に此処まで参り候えども下痢と船酔にて大閉口に候。（中略）熱くて閉口。二百十日には上海辺にて出逢い申候」。句意は「自分はまるでアホウ鳥みたいだ。とうとう南の暑い国まで船に乗ってきてしまった。本物のアホウ鳥ならこの暑さはなんともないだろうが、日本から来た鳥の私にはひどく身にこたえる」というもの。「熱き国」は暑い国を通り越した異界にいるという意識がありそうだ。この暑い国は文面からすれば上陸した香港である。

「アホウドリ」と呼ばれる大型鳥はかつて19世紀末まで南の鳥島に大群で生息していたが、羽毛を取る日本人に乱獲され、さらには火山爆発（1902年）もあって絶滅寸前になったという。孤島に生息していたことで人の怖さを知らない鳥になっていたこと、また体が大きいことでダッシュできないことが災いした。つまり人間に簡単に捕まってしまったことから、「阿呆鳥」と日本人は勝手に呼んでいた。

別の説もある。半藤本では、アホウドリは「信天翁」と書き、鷹が落とした魚を天からの贈り物と思って食ったことから、それ以来、口を開けて待っている鳥になったという。かかる愚かなことをするところから、この鳥をバカな鳥、「阿房鳥」と呼んだという。これら二つの話はどちらもありなのだ。しかし、どちらもアホウドリにとっては耐えられない話である。

ところで、掲句の解釈には種々ある。半藤本によると漱石の弟子たちは、句中の阿呆鳥は漱石のことではないと主張しているという。小宮豊隆は、この句には阿呆鳥に呼びかけるような心持ちがあるといい、船の後を追いかけて日本からついてきた鳥に親しみを感じる句だという。だが当時、阿呆鳥については伊豆諸島の鳥島と沖縄の南にある尖閣諸島のみがこの鳥の生息地であることはよく知られていて、横浜からの船についてくることはありえないし、寄港地の香港に現れないことは知られていたはずだ。東洋城は、阿呆鳥が暑いところに急に現れたような心持ちで、熱き国の枕詞のようなものだという。

漱石は9月6日に汽船に乗船し、約2週間後に香港で虚子宛に葉書を出していた。この葉書を現代語に訳すると「下痢と船酔いでふらふら。少し前に急激に回復したが西洋人との付き合いと同席での洋食で大変だ。洋式風呂と便所は狭くて窮屈。船内は暑いこと暑いこと。面白いこともなく、頭は全く動かない。」よくもこんな暑い国に来てしまったものだと軽く嘆いていたのだ。

暑い環境に翻弄される漱石は、まるで口を開けっ放しの阿呆鳥状態だと自分を観察している。ほぼ絶滅してしまって日本列島では見かけることがなくなった阿呆鳥が、ここ香港に出現している。まだ耐えて生きているとふざけているのだ。

この句と対になっているのが「稲妻の砕けて青し海の上」だ。天から落ちた稲妻は砕けて青い海の上に落ちる。まるで稲妻が青いみたいだ。ふらふらの阿呆鳥でも観察眼は鋭い。

＊雑誌『ほとゝぎす』に掲載

三者談

文法上は「国にぞ」がいいのだろうが、句としては「国へぞ」がいい。「俺もお前もこんなに遠くへ」とアホウドリに呼びかけている自嘲の心持ちが出るからである。船についてくるのはカモメだろう。誰かが漱石にアホウドリだと教えたのだろうか。

• 甘からぬ屠蘇や旅なる酔心地

（あまからぬ　とそやたびなる　よいごこち）

（明治31年1月5日）虚子への手紙、句稿28

熊本市の北西にある小天（おあま）温泉に、熊本第五高等学校の教員仲間の山川と一緒に年越しの旅に出ていた時の句である。漱石は前年6月に流産した妻を連れて明治30年の7月上旬に上京していたが、その里帰り妻は11月末になって実に4ヶ月ぶりに東京の実家から戻ってきた。漱石は9月上旬に仕事の関係で熊本に戻っていて、独り住まいの期間が長かった。この年の師走は久しぶりに夫婦で過ごしていた。妻は依然として流産後遺症ともいえる軽いヒステリーに陥っていた。夫の漱石は、その妻を熊本の家に置いて、年末から仕事仲間と温泉に来ているという状況が、やはり後ろめたかったに違いない。

この温泉地に作られていた知人の別荘に泊まることになった2人は、沈みがちな気分を盛り上げるために大晦日に酒を飲み、続く新年の朝にも屠蘇を飲んだ。だがこの屠蘇は甘くなかったという。熊本県の温泉地で飲む酒は日本酒ではなく焼酎であったからなのか、それとも漱石は下戸だからそう感じたのか。いや家に置いてきた妻のことが気になっていたからなのかもしれない。

しかし、旅で飲む酒はそれなりにいい酔い心地がしたのだ。同行した山川は酒好きの飲兵衛であり、正月であるから酒量は増えた。漱石も付き合いで少しは飲まないわけにいかない。話がはずんで新春らしい酒盛りになったのかもしれない。

大晦日の夜に友と酒を飲んだ翌朝、早くに目が覚めてしまった。まだ気は重く、起き上がって朝風呂に入った。風呂から上がってみると部屋に新春の膳が用意されていた。「甘からぬ屠蘇」が膳につけてあった。

ところでこの旅の宿では、「かんてらや師走の宿に寐つかれず」「うき除夜を壁に向へば影法師」「酒を呼んで酔はず明けたり今朝の春」の句も作っていた。

• 天草の後ろに寒き入日かな

（あまくさの　うしろにさむき　いりひかな）

（明治31年1月6日）句稿28

漱石と同僚の教師・山川は熊本市内から玉名市の小天（おあま）温泉に向かって北西の方向に山道を進み、金峰山を見ながら野出（のいで）峠と鳥越峠を越えて小天温泉に行った。現在、この野出峠には漱石のこの有名になった旅の関連で、観光目的の茶屋公園が整備されている。

さて漱石と山川は明治30年の年末にこの峠を越え、年が明けてまたこの峠を越えて帰ってきたが、どちらの旅程で漱石はこの句を詠んだのであろう。

「家を出て師走の雨に合羽哉」と「何をつゝき鴉あつまる冬の畠」をこの旅で詠んでいるが、これらは朝早くに出発した昼間の俳句で往路での句である。したがって夕日を詠んだ掲句は、復路での俳句であり峠から見た天草の景色ということになる。昼過ぎに宿を出て金峰山を目指した歩いた。

1月は寒さの厳しい季節であり、赤い夕日が沈んでしまうと急に寒気が増したのであろう。景色が暮色に染まってきた。赤い光線を顔に受けながら日が沈むのを見ていたが、島原半島、天草あたりが赤く染まったのを見たのだろう。この夕日の赤色は、島原・天草の乱において籠城した農民たちが皆殺しにあったことを漱石に想像させたのかもしれない。赤い海を見て漱石は多くの血が海に流れ出したさまを想像したのであろう。

この時漱石はこれから帰り着く自分の家での緊張した雰囲気を目の前の赤い色として見たのかもしれない。これは考えすぎか。

• あまた度馬の嘶く吹雪哉

（あまたたび　うまのいななく　ふぶきかな）

（明治28年11月22日）句稿7

あまた度は「数多度」であり、「何度も何度も」ということである。掲句に描かれている馬は何度も嘶くのであるから相当興奮していたようだ。前足を空中に浮かせて暴れているのかもしれない。吹雪の雪の降り方、雪を吹き飛ばす風の強さが相当なのであろう。馬も不安に襲われているのだろうと、街中（まちなか）の愚陀仏庵にいる漱石は想像していた。

元来日本生まれの普通の馬は、寒さに弱い動物なのだろう。北海道には寒さに強い道産子種がいることからしてもそうとわかる。

この俳句は松山地方を強烈な寒波が襲った時の光景なのであろう。子規に送った同じ句稿に寒波がもたらす寒さの句が続けて書かれていた。まだ松山の街中に馬がたくさんいた時代の俳句なのだ。当時馬車は物流や交通手段の要であった。この雪の日も街中を何頭もの馬が荷車を引いて歩いていたのだ。

句意は「雪が深く積もった街中の通りでは吹雪が馬車を襲い、立ち往生した馬がなんども嘶いていた」というもの。馬の嘶（いなな）きも吹雪の音にかき消されがちであった。漱石は乗馬の心得があり、微かな馬の声にも反応するのだ。

この句の面白さは、馬の嘶く声が強く吹く吹雪の音のように聞こえたと思われることである。

• 尼寺に有髪の僧を尋ね来よ

（あまでらに　うはつのそうを　たずねこよ）

（明治27年10月31日）子規宛の葉書

東京の小石川にあった伝通院の別院であった法蔵院は宿坊であったが、漱石はここに長期で宿泊していた。このときの宝蔵院は、漱石の俳句にあるように尼僧が何人も住んでいて尼寺状態であった。漱石はここから友人たちに葉書を出して新住所を連絡し、遊びに来るように誘っていた。その宿坊には頭の毛を伸ばしたおかしな男の僧がいるはずだから、法蔵院の玄関で尋ねてくれと書いた。寺で神妙にしていることを漱石はユニークな俳句に表していた。

この頃の漱石は、恋心を抱いた楠緒子との結婚話が頓挫して、気持ちは荒んでいた。実家を出て大学寮や友人宅を転々としていた。この間、仙台の松島や湘南に出かけたりして落ち着かない日々を過ごしていた。その後しばらく経ってからじっくり勉強しようと決めて、友人が世話した法蔵院に住み込むことになった。（1894年10月16日から1895年3月まで）

だが世の中はそうはうまくいかない。隣の宿坊に住んでいる数人の尼が、連日夜遅くまで話し込んでうるさいと嘆く。外歩きが自由にできない尼の楽しみは、おしゃべりしかなかったのだが、漱石はいらいらするばかりだ。ある資料によると当時の尼寺には剃刀係がいて、常時剃刀で尼の頭を剃り、脇毛も恥毛までも剃っていたという。この処置は尼を外の世から切り離す目的で行われていた。したがって、人によっては剃り跡が痛くて廊下を歩くこともままならなかったくらいだったという。講演活動にどんどん出かけられる令和の寂聴さんのような尼僧は、明治時代には存在しえなかったのだ。

この「尼寺」について河内一郎氏が『漱石のマドンナ』の中で解説していた。宝蔵院は過去に尼寺だったことはないとの記述があるが、「漱石が下宿した年の二年前、同じ伝通院関連の淑徳学園が開校し、そこに尼僧が数人いたので、その人たちが何かの関係で宝蔵院に来て、おしゃべりをしていたのを漱石が見たのではないか」と書いていた。この文章からの推察として、淑徳学園の教員であった数人の尼僧がこの寺の別院に長期に滞在したと考えるのが普通であろう。

子規へここから葉書を2回出しているが、最初は隣室に尼僧がいて話し声がすると記している。2週間を経て出した葉書では「何時までもうるさき動物なり」とかなり怒っている。こうなると尼僧たちは長期で宿泊していたことになる。つまり、漱石にとって法蔵院は実質上の尼寺であったのだ。

ところでこの俳句にある漱石の呼びかけで、どんな人が法蔵院を訪れたのか。ある研究では、かつての恋人であった大塚楠緒子の名が挙がっている。明治38年に作られた漱石の小説『一夜』からの推測である。この短編小説は、法蔵院とわかる寺の8畳間で、美女（楠緒子か）と髭のない男（保治の顔写真には確かに髭はない）と髭のある男（漱石）が会話する小説である。彼ら3人が一夜、夢のように話し込んだ後、そこで寝込んだという短い話である。この小説は、漱石の交友関係をぼんやりと記録しておくためのものと考えられなくもない。

その大塚楠緒子と保治は見合い結婚をした。家が決めた結婚であった。この俳句が作られた1年後の明治28年3月に二人は結婚式を挙げた。漱石と保治は楠緒子のことで話し合いの場を持ったりした親しい関係であり、彼らは俗にいう三角関係にあったとみる。漱石はこの二人の結婚式に参列した。そして決めていた予定に従って同年4月に漱石は松山に赴任した。漱石28歳の時であった。

2014年6月に夏目漱石の手紙と俳句が新たに発見された。明治29年4月、松山から熊本に転任する際に、松山中学の同僚宛に出した手紙に次の俳句が添えてあった。「死にもせで西へ行くなり花曇り」で、この俳句からは大失恋の結果、松山に来たのであり、これからさらに、西になんとか生きて旅立つというのだ。掲句を作った時の漱石の気持ちは死んでいて出家の状態であり、寺にこもった気分になっていたことがわかる。そうであるから大学院生の自分に対して「有髪の僧」という言葉が出てきたのであろう。確かにこの気持ちは「死にもせで西へ行くなり花曇り」の中には出家僧で都落ちした「西行法師の」西と行の文字が埋め込まれていることでわかる。

・尼寺や芥子ほろほろと普門品

（あまでらや　けしほろほろと　ふもんぼん）

（明治28年）子規の承露盤

「普門品」は法華経第25品、観世音菩薩普門品の略称で、観音経のことだという。また、「観世音菩薩は、私たちが人生で遭遇するあらゆる苦難に際し、観世音菩薩の偉大なる慈悲の力を信じ、その名前を唱えれば、必ずや観音がその音を聞いて救ってくれる」と説いている。臨済宗のお経などに用いられていて、いわゆる救いのお経である。

漱石先生は学生の頃に尼寺の宿坊に寄宿していたことがあった。そこにしばらく住んでいる間に尼僧の生態を観察することになった。尼僧は女としての赤い性、芥子の花びらを散らしていると感じたのか。この句は中国の虞美人の逸話を思い起こさせた。楚の項羽の愛姫・虞美人は自刃して果てたが、その時に流した赤い血が芥子の花になったという話のことを。

漱石先生が尼寺に住んだ時には、楠緒子との恋は終わり、失恋の深い苦悩を抱えていた。大学寮を抜け出してこの寺の尼僧用の宿坊に転がり込んだのも、この苦悩から抜け出そうとしたことが動機であった。このために俳句に「普門品」の言葉が組み入れられた。尼寺、散る芥子、虞美人草、普門品、漱石の関係は引き合う関係にあった。

ちなみにほろほろと散る芥子、別名が虞美人草であるこの花が登場する漢詩の概略を記しておきたい。中国最初の統一王朝である秦が滅んだ後、楚の項羽と漢の劉邦が覇権を競い、遂に垓下の地で決戦の時を迎える。項羽は劉邦軍の勢力に屈し、愛姫・虞美人を側らに引き寄せ、せめてお前だけでも助けたいと悲痛な声をあげる。

虞美人の耳に彼女の故郷・楚の歌が、敵陣から届く。虞美人は項羽の剣で舞い、やがてその剣を自らの柔肌に突き刺し、命は果てる。その虞美人の血を吸い込んだ地から生えた花、それが虞美人草だという。

漱石は英国から帰国して後、熊本から東京に出ることに成功し、40歳になった漱石は東京帝大で英文科の教授職の内定を得ていた。だが、漱石はこれを捨てて小説家になった。東京朝日新聞社の社員として入社し、職業作家になった。そして最初に手がけた小説のタイトルは自分のつらい思い出に繋がる『虞美人草』であった。たぶんこの小説は漱石との恋を終わらせた楠緒子に捧げるものであった。

• 尼寺や彼岸桜は散りやすき

（あまでらや　ひがんざくらは　ちりやすき）

（明治28年12月）句稿9　子規の承露盤

彼岸桜は春の彼岸の日の頃に咲く桜で、種類として花が散りやすいということはない。ただ立春から彼岸の日の頃には南から強風が吹きやすく、春一番の強い風がやっと咲いた彼岸桜に吹き付けることになる。

したがって「彼岸桜のようにここにいる若い尼たちは散りやすい。いや散ってしまっている」という感傷を生むことになる。漱石は尼寺に下宿していたときに、春一番に吹かれて散っていく彼岸桜を哀れに思って見ていた。ソメイヨシノより早く咲こうと準備してきた目の前の桜が、春の訪れの象徴としての、皆が待ち望む春一番で花びらを散らすことの不条理を感じるのだ。

この句の面白さは、日頃おしゃべりばかりで煩い女たちだと毛嫌いしていた漱石であったが、彼岸桜を眺めていた時には尼僧たちのことを心優しく見ていたとわかることだ。すでに女性でいることを諦めた早咲き女性たちが、この尼僧院にひっそりと生きているとみていた。今と違って漱石の周りにいた尼僧たちは外出もままならず、俗世間から切り離されて生活していた。ここにいる女性たちはすでに咲き終えたようにみえていたが、まだ諦めきれず咲こうとしていると思える若い尼僧もいた。だが咲き終えたことにされている。

一説によるとこの時代の尼僧は、男との関係を断つことの象徴として、頭だけでなく下半身の恥毛を剃り落とすことになっていたという。

あ

・天の河消ゆるか夢の覚束な

（あまのがわ　きゆるかゆめの　おぼつかな）

（明治43年10月2日）日記

「明け方戸を明ける時の心持」の前置きがある。漱石先生はこの句を残すに当たって、十分にカモフラージュを施している。日記の冒頭に次のように書いていた。「夜寝られず。看護婦に小便をさして貰う。3時半。寝れば夢を見る。夢を見ればすぐに覚める。」このように書いておけば、掲句の内容はこの夜に見た夢のことになるからだ。類似の前置きまで書いて念には念を入れていた。

大量に吐血して意識を失った漱石は心臓も停止した。そして、その漱石の枕元にいた人たちも漱石の命の火は消えるものと覚悟した。その後、魂は漱石の体から離れ、天の川にたどり着いたものの、妻のいる地上に戻ることになった。覚悟して近づいた天の川は遠のいて見えなくなり、命は助かった。しかし妙なもので今は幾分心残りであり、少し不安になっているのだ。

掲句の意味はこのようなものだ。地上から見上げていた夢の天の川に漱石は近づいたが、すぐさまその天の川が遠のいて明け方に消えるのを見ていた。そしてその浮遊が夢のようであると感じた。「消ゆるか、覚束な」には少し無念さがあり、それになぜなのか、という自問の心持ちも感じられる。頭のなかではまだ整理がついていない様子が描かれている。

この句を作った10月、漱石は東京のかかりつけの胃腸科病院に入院中であり、8月24日に肉体から離脱して浮遊する魂が見続けていた天の川（三途の川）が幾分懐かしく思えてきたのだ。「明け方戸を明ける時の心持」とは雨戸を開ける時に、外が明るくなっていてほしいと思うが、その反対にまだ空には星がうっすらと残っていてほしいという思いもあるものだ。この幾分入り組んだ気持ちをよく表している。

ちなみに魂については、大正3年11月13日付の岡田耕三宛の漱石の手紙の中でも「意識が生のすべてであると考えるが、同じ意識が私の全部とは思わない。死んでも自分はある。」と書いていることから、この句を作った当時も魂の存在を明快に認めている。

明治43年8月24日に大量吐血によって危篤に陥ったが、この時から1ヶ月余が経過した10月2日の日記に書かれた句が掲句である。そしてこの句より3週間も早くにもう一つの「天の川」句が作られている。「別るゝや夢一筋の天の川」は事件の直後の俳句であり、起きた事実を淡々と句にしているだけで、感情は盛られていなかった。しかし掲句は、さらに時間が経過したことで少し余裕を持って自分をカモフラージュしている。だが精神は覚束なく、不安が増していると書いた。これからのことを考え始めたためであろう。

ところで漱石がこの句を書き残した意図は何であろう。漱石は明治時代に洋行して帝国大学の教授の内定を得た後、朝日新聞社所属の作家となり、人気抜群の小説家になった。社会的に影響力のある漱石が、肉体から遊離した魂の上昇、そして下降という自身の経験を俳句の形にして残し、後世の読者に示すことにしたのだ。見破るのが難しい、漱石の得意なレトリックを用いて。やはり漱石は意志の人であり、ユーモアのある人であった。

漱石は『思い出す事など』というエッセイの中で、病床で意識を失ってから仮死状態（臨死）になっていたことを魂、霊という言葉を用いてこの体験を記している。医者は心停止が30分続いたことで死を認定した。16本以上のカンフル注射を打ち続けた森成医師の回顧文には「仮死状態に陥り、脈搏がバッタリ止ってしまった。」とあった。

だがこのエッセイで魂が浮遊し始めた状態を正確に記述しているが、その後のことは「よく覚えていない、よくわからない」と臨死体験をぼやかしている。つまり鋭い記憶力を示して初期の臨死体験をある程度記述した部分とぼやかした部分とでバランスを取っているともいえる。世間対策、新聞社対策なのであろう。

この一貫していない曖昧な態度には、当時の社会状況が関係していた。この臨死体験の話題は、ある女性の透視能力が学術的にも検証され続けていた時期であった明治43年、44年当時は、触れないのが好ましいという漱石の判断があったものと思われる。当時人気作家であった漱石の態度はある程度理解することができる。

尼二人梶の七葉に何を書く

（あまふたり　かじのななはに　なにをかく）

（明治28年9月23日）句稿1

この俳句には、王朝文学と貴族たちの七夕行事が関係している。七夕では願い事を梶の葉、7枚に書く習わしがあったという。梶の葉を用いるのは、彦星が船の舵を操って織姫星にたどり着くということから、「舵」が木の種類の「梶」に繋がり、梶の葉に墨で書く習慣が生まれたという。この葉っぱの表裏には細かく毛が生えていて書きやすいのが採用の理由にもなっている。そして梶の葉の形が5裂のものは舵の形に類似しているのも理由だという。江戸時代には6日に梶の七葉を売り歩く姿が見られた。江戸時代には、書いた葉は盥（たらい）の水に浮かべたようだ。

「かきつくるかぢのななはの思ふことなほあまりある秋の夕暮〈藤原実兼〉」など古くからある多くの歌に七夕、願い事、梶の葉の関連が歌いこまれている。

ところで漱石の句は、七夕になって七葉に若い娘が願い事を書くのはわかるが、俗世間とは縁を切った尼までが願い事を書くのをみて漱石はこの尼たちをからかっている。出家した尼なら7枚も書かずに2、3枚でいいのではないか、いや尼であれば蓮の葉に書くのがいいのではないかと。そして書いてもいいが、恋愛ごとではなく修行のことを書くべきだと。

この句の面白さは、僧籍にある尼が2人登場することで、悪ふざけをする意識がなく遊びとして一般化していることを示している。そして「七葉に何」とナ音の韻を踏んでいることだ。この遊びが楽しいものだということを音で表している。

ちなみに梶の木は見たことがないが、どんな木なのであろうか。一説によると製紙原料のコウゾだという。この木は出世魚のように年代とともに葉の形が変わるという。また一つの木に種々の形の葉が混在するともいわれる。七夕を絡めていろんな話で人は楽しんでいる。

ネット情報を転記する。「梶の木は桑科で、わが国の山野などに生えるありふれた植物で和紙の原料としても栽培された。古代には神を祭る幣帛として梶の皮が用いられ、葉は柏などと同様に御食を献じる器に代用された。また、平安時代の七夕祭には、現代のような竹や笹に飾りを付けるのではなく、梶の葉に詩歌を書いて星を祭った。このように古代より、梶は神聖な木とされて神社の境内に植えられることが多かった。」

編笠を猪首にきるや節季候

（あみがさを　いくびにきるや　せっきこう）

（明治32年）日記

編笠は「稲藁、マコモなどの茎を材料にして手で編んでつくった円錐形の笠」のこと。そして「節季候」は、「年の瀬の話題の人」という意味で、20日ごろから年末にかけて田舎から大都会にやってくる「門付け芸人」のことである。「笠の上に羊歯の葉をさし、赤い布で顔を覆って『せきぞろ、めでたい』などと叫びながら年越しの銭を乞うた。割竹で胸をたたいたので胸叩きとも呼ばれた。乞食のようなもので、凶作の時代に多く出たという。」と辞書にある。民家の門のところで一応芸を披露してから年越しの銭を求めるのである。

句意は「大きめの編笠を深く被って顔を見えなくしているので、猪首の男だと思ってしまう節季候が年の瀬に歌いながらやって来たよ」というもの。年越しの銭を乞う人は、顔を見せたくないし、銭を与える方も顔をじっと見ることは避けたいと思うのだ。そのために節季候は編笠を深く被っているのだ。漱石はそう判断しているようだ。

いわば田舎の貧困者である節季候たちへの施しは、当たり前のものとして世の中にあった。芭蕉もこの節季候を登場させた俳句を作っている。「節季候の來ては風雅も師走哉」と詠んでいて、侘しい格好をした物乞いの声が街中に響くさまをみて、これも年の瀬の恒例の光景だとしている。この光景が地方都市の熊本でも見られたと漱石は記録した。

＊『九州日日新聞』（明治32年12月20日）に掲載（作者名：無名氏）

雨多き今年と案山子聞くからに

（あめおおき　ことしとかかし　きくからに）

（明治43年10月25日）日記

東京の長与胃腸病院に再入院してすぐに面会謝絶の張り紙が出されたが、1週間もするとこれを無視して部屋に入り込んで、話し込んで帰る見舞人が増えてきた。彼らは東京を長い期間空けていた漱石に向かって、東京の「雨多き今年」のことを話して帰る。洪水が起きたこと、悪天気のことが話題としては無難なのだ。やせ細った体のままの漱石案山子としては、米の収穫に関係する天気の話を聞かないわけにはいかない。

普通なら10月も下旬になれば、田んぼの稲刈りも終了していて、案山子は天気のことを気にする必要はなくなっている。そして大抵は9月中にどこの田んぼも米の収穫は終わって、案山子は納屋の中に戻っている頃だが、この病院ではまだ解放されない。

この句の面白さは、面会に来る人たちが漱石に今年の天気の話ばかり聞かせるので、漱石はうんざり顔の案山子になっていることだ。だが痩せた自分をまだ案山子だと思っているので、どうしようもないと笑う。おまけに彼らは漱石の入院費が大変だろうと気を利かせて、多額の見舞金を運んできてくれるのだからなおさらだ。

全集の脚注では、案山子が今年は雨が多いと聞いて困っている、というものだが、面白がりの漱石はこれでは満足しないはずだ。案山子の思い、案山子のぼやきに耳を傾けると、落語好きな漱石の意外な独り言が聞こえてくるはずだ。「見舞いに来た人はわしの体の様子を聞きにくいようだ。長雨だからゆっくり養生してほしいと言い残して帰る。大勢の相手をしていると雨の中に佇んでいるようなもので、大変だ。病室内には言葉の雨が降り続いている」と横になっている案山子はぼやく。

雨がふる浄瑠璃坂の傀儡師

（あめがふる　じょうるりざかの　かいらいし）

（明治29年3月5日）句稿12

由緒のある地名が登場することで、いささか難解難問の俳句のように感じてしまう。「傀儡師」の言葉も重たい。さてどんな世界が描かれているのだろう。傀儡師という言葉は現代において、良い意味で使われることはない。傀儡子とは、事件のバックにいる「黒幕」と呼ばれる人のことで、傀儡はその「黒幕」の代わりに泥を被る人である。だが元々は傀儡師は純然たる人形遣いのことである。それも胸の前に上開きの箱を首から吊り下げ、両手を胸の箱の穴に入れて、マジックハンドのように箱の上に出た2体の人形を動かす高度の技能者なのである。この意味が変化して策士の意味になったという。

さて掲句はある事件に関係している。JR市ヶ谷駅の北側の少し飯田橋寄りのところで神田川に出くわす長い坂が浄瑠璃坂である。ここで事件が起こった。漱石の実家があった場所はここから遠くない。立派な玄関を持つある家の前で、旧正月の門（かど）付けとして傀儡師が賑やかに声を上げながら、一人芝居的なミニミュージカルを演じていたのだ。登場人物の2人の声を使い分けながら、2つの人形を操っている。

そんな中で急に雨が降りだしたので、この傀儡師は大慌てになった。傘を持ち出そうとしても手がふさがっている。人形も濡れてしまうので大慌てだ。近くに大きな軒下を探して急いで移動する。この傀儡師はいくら上手に人形を操れても、傘は操れないというオチがある。

この浄瑠璃坂の起源は諸説あり、よくわからない。浄瑠璃のかかる芝居小屋があったのかもしれない。洒落た家々があり、華やかさで神楽坂に対抗できる坂であったのは間違いない。

雨ともならず唯凩の吹き募る

（あめともならず　ただこがらしの　ふきつのる）

（明治37年6月）

「小羊物語に題す十句」の前置きがある。リア王の劇の場面をモチーフにして、漱石は句を作っているのだという。半藤本によると、娘たちにそむかれたリア王が「えい、俺は泣かぬぞ、泣かねばならぬわけは重々あるが、ここで泣くぐらいなら、この心臓を何千万にも引きちぎって、ズタズタにしてくれる。ああ阿呆、俺は気が狂う」とブリテンの荒野に叫ぶ場面だという。確かに、この句にはドラマの場面設定をする演出家・漱石の姿を見る思いがする。悲しみに負けまいとする王の強い気持ちをリアルに表現できている。

さて掲句の意味であるが、「寒い、身震いするくらいに寒い。凩が吹き止まない。天からの雨も涙も堪えている。低い叫び声が口から漏れるだけ」というもの。俳句の言葉が舞台のセリフのように響く。

ところで『リア王』の粗筋をしっかり読んでみたが、なんともすっきりしない。解説もそうであった。この筋のよくわからない物語が人気のもとなのだという。言葉遣いが面白いからいいのだという人も多いようだ。

老いたリア王は引退の際に領土を3人の娘に分け与えるべきところを、長女と次女にブリテンを分割して与えた。末娘に対しては老王を賛美しなかったとして冷遇した。しかし女王となった娘たちから、父親は裏切られて国を追い出された。リアは半ば狂気の中で、末娘を頼った。そのような中でかつての王は死亡する。

リア王の娘たちの教育が良くなかったのか、国土の分割が問題だったのか。裏切りの国政を娘たちに見せつけたのが良くなかったのか。とにかく考えることの多い劇であるのは確かだ。この物語の背景には当時老齢であったエリザベス一世の治世があり、この国の行く末に貴族や労働者の興味が集まっていたということがあったようだ。

漱石は明治37年の小松武治訳『沙翁物語集』に付した序の部分に10句をつけた。ちなみに前置きにある「小羊物語」は何のことか。『沙翁物語集』は、Charles・Lamb が書いた「Tales from Shakespeare」の翻訳語である。漱石は著者の名前を用いて洒落た書名を創作した。Lamb（子羊）さんが書いた本だから「子羊物語」になった。これは「シェイクスピア物語」と同義である。悲劇に笑いの前置きをつけている。

ちなみに漱石が掲句のそばに置いた物語文は、次のもの。

I have full cause of weeping, but this heart Shall break into a hundred thousand flaws. Or ere I'll weep, O fool! I shall go mad.

この物語は、悲しみのフルコースがあると、「full cause of weeping」の英語で洒落ている。

• 雨に雲に桜濡れたり山の陰

（あめにくもに　さくらぬれたり　やまのかげ）

（明治30年4月18日）句稿24

漱石先生は筑後平野にある久留米の実家に戻っていた友人の菅を訪ねたついでに、この地の歴史を語る史跡の一つである発心岳に赴いた。この山頂に築かれた発心城の城跡を歩くつもりだった。古代の山城跡がある谷にはかつて松が植えられていたが、江戸時代に桜に植え替えられ、明治時代には桜の名所になっていた。

ちなみに掲句の直前句は「松をもて囲ひし谷の桜かな」である。かつては松が城を囲んでいたように、明治時代には桜の林を松林が囲んでいるようになった。

地元の郷土史家の調べでは、漱石が訪れた時には城跡の谷付近に通じる道は未整備であり、漱石は時間的にも登れなかったという。つまり、掲句は山裾の桜のある公園から発心岳の桜を見上げた俳句なのであった。よって掲句は「山の陰」になっている谷間の桜公園を下から見た時の景色を俳句にしたものだ。

この日の天気は、曇ったり雨が降ったりのはっきりしない天気だった。山の桜のエリアは山裾と同じで桜はまだ雨に濡れていた。咲いた桜が春の雨に降られてまだ濡れていたのを、漱石先生は「雨に雲に濡れたり」と面白く表現した。曇り空の下で乾かないでいる桜を「雲に濡れたり」と表したのだ。

ところで漱石先生がこの不思議な表現をしたのには訳がありそうだ。いわゆるフェイクの匂いがする。漱石が訪ねた、親友で五高の教授であった菅は、すでに病気が回復して熊本市に戻り、仕事に復帰していたのだ。妻の鏡子はこの事実をつかんでいた。熊本の菅宅は鏡子が歩いてすぐの距離にあった。漱石は何のために久留米に一人で泊まりがけで出かけたのか。これは濡れ衣なのか。

・雨に濡れて鶯鳴かぬ処なし

（あめにぬれて　うぐいすなかぬ　ところなし）

（明治29年3月24日）句稿14

春になると一雨ごとに暖かくなることは鶯も知っているようで、湿度も上がってゆく春を喜んでいる。鳴いて春の訪れを告げるのが仕事である鶯には徐々にいい環境になってきた。鶯が止まっている木の枝もしっとりと濡れている。そんな枝に止まると鶯は声を張り上げて鳴きたくなる。山の中はまだ寒く、発声はうまくいかなかったが、野に降りてきてみるとしっとりとした空気が流れていたからだ。このような中では鶯は声が出やすいのだ。

句意は「春になって雨が降るようになり、街中は少し暖かくなって来た。すると街のあちこちで鶯が鳴きだしている」というもの。鶯の鳴き声は、春の到来を喜んでいる声である。鶯の自信に満ちた鳴き声を聞いて、漱石先生の気持ちも春めいてくるのであった。恋人であった大塚楠緒子と別れて、彼女の住む東京から離れるために、少し土地勘のある子規の故郷の松山に教師の職を得て逃げるように引っ越してきた。1年が経過して、荒れすさんだ漱石のこころも雨が降って濡れたように落ち着きを取り戻した。この心持ちを、光が満ちている平凡な掲句で東京にいる子規に伝えたのだ。もう大丈夫であるからと。

この句は松山を去る少し前に作られている。漱石はいざこの地を去るとなると、松山に愛着が湧いているのを感じた。まだ足を踏み入れていない場所に行ってみようという気になった。松山の南にある四国山地の山裾や、大河の重信川や松山の北側の海辺を歩いた。この句にあるように鶯が至る所で鳴いていた場所は、四国山地の山裾であり、そのそばを流れる重信川の岸辺付近なのであろう。

・雨に雪霰となつて寒念仏

（あめにゆき　あられとなって　さむねんぶつ）

（明治29年1月3日）子規庵での初句会

正月に東京の子規亭において鷗外、漱石、虚子、碧梧桐、瓢亭、鳴雪、可全が集まり、賑やかに句会が開かれた。漱石が掲句を作った時の季題は霰であった。この句は2票であった。年が明けた1月初めの句会で氷雨が降り、次第に雪や霰となったことが縁側のガラス窓から確認できた。漱石はこの句会が賑やかに行われ、大勢が口々に念仏を唱えているような騒々しい雰囲気になっていて、このさまを寒い中で行われる寒念仏と捉えた。念仏は皆が声を出すため部屋の中の音はかなりのボリュームになる。窓ガラスが震えるくらいだ。この正月句会は皆が勝手に活発に喋り批評するので賑やかであった。

この句会は正月句会であり、酒も出てお祭りのような句会になった。ある種いい加減な楽しい句会になったに違いない。寒さの表現としての「雨に雪霰」は、何が何だかわからない、めちゃくちゃな句会の意味で用いられたのだ。収拾のつかないことになっていたのかもしれない。そして寒念仏は正月の寒い時期の念仏会を意味するが、大勢が喋っているさまを表している。この句会の雰囲気がまとまりのつかないバラバラの状態になっていたことを暗示している。これには今回の句会に森鷗外が初めて参加していることが関係しているのかもしれない。漱石は鷗外と気が合わなかった。

この句の面白さは、やはり「雨に雪霰」にある。雨が降っていたと思ったら雪に変わり、それが霰になっていたというのであるから、句会の雰囲気の変化が激しいといいたいのだ。そしてそれが騒がしいだけでなく、雨が霰になるというのであるから、会の雰囲気は刺々しいものになっていたと想像できる。少なくとも漱石には和やかなものとは感じられなかった。

・雨晴れて南山春の雲を吐く

（あめはれて　なんざんはるの　くもをはく）

（明治29年3月5日）句稿12

春の湿った山肌から水蒸気が大量に発生し、それが上昇して白い薄雲となり、じわりじわりと山の上を移動していく。

句意は「春の雨が止んで日が照りだすと南側の連山に雲が湧き出した」というもの。この観察句には漢籍に造詣の深い漱石の息吹が感じられる。格調高い詩吟のように感じられる。「南山」の語を使ったことによって、この句全体に漢詩の雰囲気が生まれている。これによって漢文調の言い方である「春の雲を吐く」が自然に受け入れられ、魅力として感じられるようになっている。

この句は松山の南にある石鎚山系の山々を眺めての句であろう。熊本に翌月の４月に移動する漱石は、改めて松山の南に見える山に目をやった。漱石もこの南山に向かって大きく息を吐いたことであろう。ここ松山ではいろいろなことがあったが、これまで生活した地を去るのは寂しいものであった。

この句の面白さは、「山が春の雲を吐く」という擬人的な表現にある。山肌から出た水蒸気が上空の冷えた空気によって冷やされたものが、人間が冬に吐く白い息のように感じられたのだ。漱石はこの南山が雲を吐き出す光景を見て、自然の山々は季節の移り変わりに敏感に反応していると感じた。これを見て自分も気持ちの切り替えを図ろうという気になった。

この時、漱石は英語学ではなく文学を志すことを決めたのだろう。漱石の脳裏には言い古された言葉の「青雲」が思い浮かんだに違いない。

漱石は句稿12に、珍しく大量の１０１句を書き込んでいる。解き放たれた気持ちがこれらを作らせている。掲句の前に置かれている俳句は菜の花を詠んだものが４句、そして揚げ雲雀の句が３句ある。次第に視線が遠くへ移動している。その先には転勤先の熊本があるのか。

・鮎渋ぬ降り込められし山里に

（あゆさびぬ　ふりこめられし　やまざとに）

（明治29年9月25日）句稿17

鮎は秋になると清流を河口に向かって下り、河川の中流域から下流域にかけての川底に産卵する。この下流に下ることを落ちるとしてその鮎を「落鮎」と表す。通常は肌模様が綺麗な鮎は秋の産卵期が近づくと柿渋色に変化し、落鮎とわかるようになる。この体色は鉄錆色とも表現される。産卵した鮎は、さらに河口、そして海へ出て他の大型の魚の餌になる。

俳句の世界での落鮎の俳句は、産卵後、海に下って死ぬことに注目した、寂しく虚しい秋とする内容の句が多い。そのなかで与謝蕪村の句である「鮎落ちていよいよ高き尾上かな」と「鮎落て焚火ゆかしき宇治の里」は全く違う。漱石先生の俳句も同様にユニークなものになっている。侘しさだけの秋ではない。山里歩きをした漱石先生は突然降りだした雨に、どこかで雨宿りしようと周りを見回し、人家まで雨に追われるように走りだしたのかもしれない。しばらく足止めされてしまった。

この句には、秋の落鮎やその錆色のこととは無関係に、慌ただしさ、苛立たしさのみが描かれている。侘しい秋という風情は全くない。ただし「寂しさ」を連想させる「渋、さび」という言葉が込められている。これは漱石のユーモアである。さらにはこの「渋」がを用いていることで、降りだした雨に動きを止められた時の気持ちを、「しぶしぶ」と表したかったに違いないとわかるユーモアが感じられる。

・鮎の丈日に延びつらん病んでより

（あゆのたけ　ひにのびつらん　やんでより）

（明治43年9月28日）日記

夜眠れない日が続いている。前夜も明け方まで蚊のせいで目を覚ましていた。しかし俳句の方は楽しく作れている。吐血後の身体は回復途上にあり、今後の小説家復帰への道が見えて、希望が湧いてきたのだ。

句意は「この温泉宿に来てから鮎の塩焼きを食べるのは二度目だが、寝込んでいる期間に鮎は成長していて長さが延びている」というもの。吐血する前に一度鮎の塩焼きを食べていたことになる。お膳の鮎が成長したのを見て、治療が長引いているのがわかると納得している。この句を脳裏に浮かべた時、漱石は苦笑いした。

ここは修善寺温泉の菊屋旅館の二間続きの大きな部屋。東京の胃腸病院の医者が漱石に付きっ切りで治療していた。妻も吐血の知らせを受けて東京から来ていた。食事は徐々に固形物が出されるようになっていた。まだお粥かビスケットなのだが、たまに刺身が数切れ出され、漱石を喜ばせた。この日の昼食に珍しく鮎の塩焼きが出た。鮎は秋になってかなり大ぶりになってきていた。この前食べた時に比べるとかなり大きい。自分の病がこの鮎の成長を見ていると長引いているのがわかると、ニヤリとした。この宿で大きい鮎が食べられるのはいいことだが、これ以上大きな鮎は食べたくないと笑う。

この句の面白さは、もっといろいろ食べたいという思いが込められているのがわかることである。「鮎の丈」は「まだ鮎丈（だけ）なのか」と読み解くことができる。それ丈食欲が戻ってきていることを記している。もともと漱石は食欲の鬼なのである。それで胃を壊した。ストレス過多と食欲過多が胃潰瘍を引き起こしたとみている。

・荒壁に軸落ちつかず秋の風

（あらかべに　じくおちつかず　あきのかぜ）

（明治32年9月5日）句稿34

借家の漱石宅の書斎には床の間があり、気に入っている掛け軸がこの壁面に掛けられている。句意は「秋になって書斎部屋に秋風が入り込むと、荒壁に掛けられている掛け軸が途端に落ち着かなくなる」というもの。このように解釈したが、なぜか落ち着かない。漱石は明治29年の春から熊本の借家を転々として生活していたが、書斎のある部屋の壁には気を使っていたはずで、荒壁ということは考えられない。つまりこれは旅先の句であるということになる。

この時期何処に行っていたのかと年譜を調べると、明治32年の9月に漱石は高校の同僚と阿蘇高原に出かけていた。そしてその手前の内牧（うちのまき）温泉に一泊していた。掲句のあった同じ句稿に送別の「時くれば燕もやがて帰るなり」の句を書いていた。つまり掲句は、田んぼの中に湯が湧いて造られた、まだ新しい内牧温泉で作られた句であるとわかった。

荒く仕上げた壁に山水画を掛けている床の間に秋風がさっと吹き込むと、急にその軸の絵はバタバタと動きだす。風が絵の背後に入り込んで浮かせるからである。つまり絵が壁に密着していないからである。漱石は浮き上がった掛け軸の壁に当たる音が気になっている。掛け軸が風に揺れて落ち着かないのを見て、本を読んでいる漱石の気持ちも落ち着かなくなっているのだ。ここに面白さがある。

この句のもう一つの面白さは、「落ちつかず」とあるが、その先にはこの部屋のありさまを面白く感じている漱石先生の姿が見えることである。秋の風が書斎に吹き込むと、掛け軸の絵は風に煽られて動きだす。つまり映像としては面白いことが起きていると面白がっている。絵に描かれた山間の木々は、強風に吹かれて揺れている景色としてリアルに感じられるのだ。静止画が動画のように動いているように見えている。「おお、絵が生きている」となる。山に風が吹いているようだ、と感嘆するのだ。漱石先生はこの落ち着かないシーンに遭遇して感激しているのだ。

・嵐して鷹のそれたる枯野哉

（あらしして　たかのそれたる　かれのかな）

（明治28年11月22日）句稿7

伊予の松山に寒波が到来している。吹雪の地上ではその猛威に慄いて馬が嘶いている。葉を落とした枯れ野にはその馬の声が風の音にかき消されて微かに響く。そして吹雪く空では鷹が吹雪の嵐に巻き込まれて思うように飛べないでいる。逸れてしまって飛びたい方向に行けないようだ。その鷹は雪の地上に何か獲物を見つけて、それをめがけて直線的に急降下したいのだが、強風に流されて困惑している。

この句を挟んで次の2句が置かれていた。「あまた度馬の嘶く吹雪哉」と「あら鷹の鶴蹴落すや雪の原」である。漱石が見ていた嵐の枯野は吹雪いていた。

厳しい吹雪の中で、鷹は白い景色の中に獲物を見つけ、監視する。この雪嵐は鷹にとっては好都合なのかもしれない。狙われている相手は吹雪で上空の鷹の姿が見えないからだ。おまけに地上の小動物は雪の中で足を取られて素早く動けない。危険を感じても動きは緩慢になっている。だが鷹も思うような飛行ができないで、もがいている。

漱石先生はこの活劇の結末を見守っていた。結局鷹は獲物を仕留めることになるのか。漱石先生にとって、この双方の戦いは自然界に生きる生き物たちの厳しい戦いであるとみていた。

ところで漱石先生は松山の中学校で1年間英語教師として仕事をしたが、思うようにはできなかった。学校の内外で結構な嵐に遭遇したと回想していた。翌年の4月には熊本第五高等学校に赴任することになっていた。次の赴任地ではうまくやろうと思ったことだろう。

・あら鷹の鶴蹴落すや雪の原

（あらたかの　つるけおとすや　ゆきのはら）

（明治28年11月22日）句稿7

気性の荒鷹は、雪原の木に止まっていた鶴を蹴り落とした。雪原での鶴はオス・メス番いになって行動するのが常である。同じ木の枝に止まっている2羽の鶴のさらに上空で、枯野の獲物を捉えようと見張っていた鷹は、下にいる2羽の鶴の姿を横目で見ていた。その荒鷹は獲物を見張るには、鶴が止まっている木を占領するのが好都合と判断した。そこで鷹は鶴を木から蹴り落としたということだ。

雪原で展開する鳥たちの争いのストーリーはこんなところであろう。漱石にとっての鶴は雪原の上にいるのが似合うということなのか。鶴の脚は長いので、それほど雪の積もらない愛媛では、雪原での鶴の歩行は困難ではないとして、地上に下ろしたのだ。この句は漱石先生が目撃した場面ではなく、想像なのであろう。木の枝に止まっていた鶴は猛禽の鷹の姿を目撃して、さっさと藪の中に避難したのだ。

この句は、伊予松山の尋常中学校に勤務していた時のものだ。ここ松山では小説『坊っちゃん』に描かれたように嫌なことがたびたび起こった。これは多分に松山という風土が影響していると漱石はみていた。これを漱石は掲句で表したのだろう。人情の薄い土地柄だと。

ちなみに掲句のすぐ後に置かれている俳句は、「竹藪に雉子鳴き立つる鷹野哉」である。この句に登場した雉も鷹の姿を見て、竹藪に身を隠したのだ。そして仲間の雉に鷹が近くに来ていることをいつもより甲高い鳴き声で知らせたのだ。

・荒滝や野分を斫て捲き落す

（あらたきや　のわきをきって　まきおとす）

（明治28年11月3日）句稿4

石鎚山系の山々の山腹にある名瀑を見に行った。雨の降る中、細い林道を歩き続け、やっとの思いで森がひらけた所にある滝にたどり着いた。広い空間には雨を含む強い風が吹き荒れていた。

漱石は松山市内から丸1日かけて、隣町の街道の奥にある子規の親戚の家に到着し、その旧家に泊まった。その翌日、朝から雨の降る中を山に向かって歩いたのだ。大変な山歩きであったことを、次の日の夜に俳句にまとめていた。掲句の滝の句を含む、滝または瀑の字を入れた俳句は実に20句に及ぶ。その一部を以下にまとめる。「山紅葉雨の中行く瀑見かな」「うそ寒し瀑は間近と覚えたり」「山鳴るや瀑とうとうと秋の風」「満山の雨を落すや秋の滝」「大岩や二つとなつて秋の滝」と滝壺の「水烟る瀑の底より嵐かな」の句であった。滝に近づき、滝を見つけて、滝を横から眺める。そして真下に滝壺を見下ろしている。この滝の飛沫を体に浴びながら漱石は細かな飛沫の動きまで観察した。ここにおいて漱石は理系の人であることを確認した。

句意は「荒々しく流れ落ちる幅広の滝は、横から吹き付ける嵐を切り裂き、周囲の空気を巻き込みながら落ちている」というもの。遠くから見た滝は岩の上を滑るように流れ落ちていて、那智の滝や華厳の滝のような滝ではなかったが、近づくと迫力があり全く違って見えた。

大岩に邪魔されながらも勢いよく落ちる滝は轟音を響かせ、山を振動させている。その滝の周辺では縦に嵐が巻き起こっている。漱石が立っているところには横からの強い風が吹き付けているが、轟音を立てる荒い滝のあたりではこの横風を切り裂く縦方向の空気の流れが生じている。漱石の観察眼は鋭く、水の飛沫の流れを的確に捉えている。滝の周辺では滝壺から湧き上がる飛沫を上に巻き上げる気流が生じている。そしてその飛沫を、下にまた、巻き落とす空気の流れが生じている。つまり滝の周囲には不完全ながらも筒状の霧の対流が生じている。

漱石は切り裂く縦方向の空気の流れを表すために、「切る」の代わりに「斫る」を当てている。「斫る」の意味は金属・材木などの表面を荒々しく砕きながら削りとるのことで、土木で用いる「はつる」と同義である。まさに荒々しい滝にふさわしい言葉である。そして掲句の「斫る」の読みでは「きりて」ではなく「きって」をここでは採用した。「ぶった切る」の意味にするためである。

・あら滝や満山の若葉皆震ふ

（あらたきや　まんざんのわかば　みなふるう）

（明治28年12月）

明治28年11月3日に子規に発送した句稿4に滝を詠んだ句が多数あった。四国山地の滝、白猪の滝を見に行った時に作ったものである。雨の中で見た滝をその日の夜に思い出しながら一気にまとめあげた。次の6句を含む19句が書かれていた。「山紅葉雨の中行く瀑見かな」「うそ寒し瀑は間近と覚えたり」「山鳴るや瀑とうとうと秋の風」「満山の雨を落すや秋の滝」「荒滝や野分を斫て捲き落す」「大岩や二つとなつて秋の滝」。

これら6句は秋の句であるが、同じ滝を12月に詠んだ掲句の中には意外にも「若葉」が出てくる。したがって掲句は初夏の頃の山が早緑色（さみどりいろ）に染められている光景を描いている。漱石先生は初夏にこの滝を見たならばこんなであろうと想像している。山を振動させる荒滝の爆音、巻き起こる風が柔らかく光る若葉を揺らすところを見たいと願った。だがそれは叶わない。翌年の4月には松山を去ることになっていたからだ。

この句は、滝を見せてくれた山に対する惜別の俳句なのであろう。東京にいる子規に、君が勧めた白猪の滝を見て来たと感激を込めて伝えたが、これだけでは収まらなかった。漱石はこの滝を見て心を震わせているが、慣れてきた松山の自然もこれに応えてくれたと思っているようだ。しっかりと握手しているような気分になっている。

この句の「あら滝」の「あら」をひらがなで表しているが、これには間投詞的な効果がある。意外にも、という感情を表出させる効果である。これは漱石が自分の思いがけない発想に照れているようでもある。

・ある画師の扇子捨てたる流かな

（あるえしの　せんすすてたる　ながれかな）

（明治29年7月8日）句稿15

この句の直前の俳句は「仏壇に尻を向けたる団扇かな」であった。掲句は団扇の次は扇子という道具繋がりであったのだ。そして暑さ繋がりである。掲句は熊本の猛烈な夏の暑さを描いたユーモア句なのだ。

句意は、「暑い日なかに川岸に陣取って絵を描いていたが、川に何か面白いものが流れてくれれば、それを書き込んで完成としようと待ち望んでいた。しかし、何も流れてこない。そこで私（漱石）は、さっきまで使っていた扇子を川の上流の方に投げ込んだ」というもの。漱石はなんとか涼しい気分になれる風流な絵を描こうとしていた。

だが上記の解釈では全く面白みのない句となってしまう。そんな俳句を漱石先生が作るわけがないと考える。扇子を捨てたのは、扇子で扇ぎながらの描画では、描く気持ちが自然の風景の中に溶け込んでいないと思い、扇いでいた扇子を思い切って川の中に投げ捨てたのだ。漱石は暑い外気の中に身を置いて、汗だくになりながら絵を描くことを選択したのだ。すると川に投げ込んだ扇子は浮いて流れだした。この画師はこの光景をさっと描き留めた。つまり漱石画師は、これを描くことで熊本の猛烈な暑さを流し去る川の光景を描けた。

ちなみに掲句の1つ後に「貧しさは紙帳ほどなる庵かな」の句が置かれている。紙帳とは、紙製の一人用の2畳ほどの蚊帳のことである。小さな庵に住んでいる貧しい生活を俳句に描くことで、初めて経験する、東京や松山よりも暑い熊本の夏をやり過ごそうと工夫したのだ。漱石はなんとか涼しい気分になろうとしている。この狭い部屋は借家の漱石宅にいた書生の部屋なのだろう。

・ある時は新酒に酔て悔多き

（あるときは　しんしゅによいて　くいおおき）

（明治30年12月12日）句稿27

「有感（かんあり）」と前置きにある。この日地震の揺れがあったという。この句の解釈を、漱石先生は下戸だということで取り組んでみる。句意は「ある時のこと、下戸の自分は新酒を勧められた時にこれを受けてしまい、酔って失敗したことがあった。それをずっと後悔している」というもの。酒の席での失敗談を語るこの俳句を熊本第五高等学校の校友誌に載せた。前置きにある「有感」は酒に酔ってふらふらになったということを「地震で体がゆれた」とふざけたことになる。漱石先生にも憂さ晴らしのやけ酒を飲むことがあったのだ。学校中の教員と学生は、漱石が下戸であることを知っていたから、この俳句で笑わせようとした。

妻は明治30年の7月4日から初めての里帰りをしていたが、その最中に流産してしまい、この痛手を癒やすために長く東京の親元に留まっていた。このとき漱石も一緒に上京したが、ほとんど鎌倉の別の宿に一人でいた。９月上旬になって漱石先生一人だけで熊本に帰って行った。この早めの帰熊は学校行事の関係（第10回創立記念日に中川校長に次いで、職員総代として祝辞を述べた）によるものであった。それからの漱石は家事手伝いの女性の助けを受けながら一人で生活していた。

10月末になってやっと妻は熊本の家に戻ってきた。夫婦関係がギクシャクした原因を、漱石先生はよくわかっていた。妻は、夫と別れたはずの楠緒子との関係が復活していると疑っていたからだ。家庭がこのような状態であったので、下戸であった漱石は宴席で勧められた酒を飲んでしまった。漱石先生のこのやけ酒事件の５カ月後に妻の鏡子は近くの大河、白川に入水する事件を起こした。

＊龍南会雑誌第60号（明治30年11月5日発行、漱石の俳号で）に掲載

・ある時は鉢叩かうと思ひけり

（あるときは　はちたたこうと　おもいけり）

（明治32年の冬）手帳

この句は漱石先生の落ち着きがなくなったときの句なのだろう。漱石はこの気分に気づいて記録しておいた。

句意は「ある冬の夜、少しイライラしていたので、この気分を収めるために机の脇に置いていた火鉢の胴をペタペタと叩こうと思った」というもの。たぶん軽い八つ当たりで、火鉢の胴をペタペタと叩こうとしたのだ。

だがここでよく考えてみた。部屋を暖める火鉢であるから手で抱えられるほどの大きさである。この火鉢の胴を叩くというのであるから、少々滑稽な行為に見えることもあり、これは嬉しい気持ちの現れなのだと思い返した。

この句の書いてある手帳に掲句と対になる句が掲句のすぐ後にあった。「寄り添へば冷たき瀬戸の火鉢かな」の句である。火鉢を気持ちよく撫で撫でしたのだから、掲句の「鉢叩き」はやはり八つ当たりではなかった。反対に親愛の情を火鉢に示していたことになる。共に寒さに耐えている仲間だとして。

この句の面白さは、空也念仏として登場する有名な「鉢叩き」を掛けていることだ。明治32年当時、京都の通りで「鉢叩き」が行われていたのだ。空也堂

の僧が11月中旬の空也の誕生日から大晦日までの冬の期間、鉢やひょうたんを叩きながら、そして念仏を唱えながら街中を練り歩く音が響いた。漱石はこの賑やかな行事に合わせて部屋の鉢を叩いたのだ。よほど嬉しいことがあったのだ。

調べてみると、この年の12月に五高の校長から漱石に英国留学の内示があったのだ。漱石の口から「よし、よし、よし」の声が漏れたことだろう。書斎の鉢を叩く音に合わせて。

ちなみに掲句の1つ前に置かれた句は「べんべらを一枚着たる寒さかな」であり、冬の寒さを詠んだ句である。つまり掲句は熊本の借家は夏の酷暑対策を考えた造りになっていて、冬になると部屋に侵入する寒さに身を震わせることも表している句なのだ。

ある程の梅に名なきはなかりけり

（あるほどの　うめになきは　なかりけり）

（明治32年2月）句稿33

「梅花百五句」とある。漱石先生は、絵になるような険しい山の裾にある梅の林であるから、誰かがきっとこの梅林に名前をつけているはずだと確信していた。是非その名を知りたいものだと思った。句意は「このような稀に見る厳しい場所に、これほどの見事な花を咲かせる梅林ならば、この梅林に名がないということはないであろう」というもの。

この俳句は、同じ句稿の直前句として置かれていた「馬の尻に尾して下るや岨の梅」に続くもので、やっとの思いで峠を下りてきた場所で見つけた梅の木々を見て、この時の感想を詠っている。明治32年の1月に宇佐八幡を参拝した帰りに、中津の耶馬渓を超えて熊本に戻った、冬の冒険の旅行でのことであった。最大の難所であった中津と日田の境にある峠を馬で越えるときに、さすがに峠の下り道は馬を降りて馬の尻を追うようにして後から足元を見ながらついていくと、切り立つ崖の下に梅の林があった。このような場所に梅の木があるとは、と感嘆したのだ。掲句はこの崖下に梅の木を眺めた時のつぶやき句なのだ。自分と同じように梅の好きな人がここにもいたと驚いたのだ。誰かに梅林の名を聞いてみたいと思った。

ちなみに、同じ「ある程の」を上五に置いた漱石の句として「有る程の菊抛げ入れよ棺の中」という有名な句がある。この「あるほどの」は「あるだけの」という意味になる。掲句ではこれとは異なる意味で使っている。

この句の面白さは、単調な俳句になりがちな梅林との出会いの感想を「ある」と「なき」の対照的な言葉を組み入れて、変化をつけていることだ。面白くアレンジしている。弟子の枕流は「なある程、うまい」と感心する。

三者談

「ある程の」は軽すぎる。2人は嫌いだと言う。「ある程の」で梅の多いことを表し、「名なきは」によって木の姿の千変万化なことを表現して技巧的だ。

漱石の梅の句は161句もあり、季題ごとの句数では際立って多い。その割には佳句が少なく、惰性を感じる。支那趣味、禅趣味の句が多い。

• 有る程の菊抛げ入れよ棺の中

（あるほどの　きくなげいれよ　かんのなか）

（明治43年11月15日）日記、『思い出す事など』

日記では、「床の中で楠緒子さんの為に手向けの句を作る」の文を句の前に置いている。今では当たり前になっている葬儀場での花入の儀は、参列者が出棺の前に弔花の菊などを棺の中に入れることであるが、明治43年時には一般的ではなかった。病院に入院していた漱石は参列できないため、誰彼にということはなく、白菊を棺に入れてくれと病床で願った。この菊は漱石が入院していた病室に、見舞客が持参して溢れんばかりにあった鉢植えの白菊である。漱石はこの菊の花で楠緒子の棺を満たしたい、と床の中で嘆きつつ思ったのだ。

楠緒子の夫、保治は漱石の学友であると同時に楠緒子を取り合ったライバルであった。棺の中の楠緒子は18歳で漱石と出会い、結婚前に漱石と恋仲になったが親の反対にあって結婚には至らなかった。当時としては結婚相手を親が決めるのは当たり前のことであり、娘である楠緒子の結婚についても、裁判官の父親が東大教授の職が約束されていた保治との結婚を決めたのであった。

この句は、漱石と特別な間柄にあった楠緒子が35歳で死んだことを新聞記事で知らされた日の二日後に作った嘆きの句である。朝日新聞社は新聞に帝大の大塚教授の妻で、朝日新聞紙上に小説を連載した小説家の死を報じる訃報記事を載せることになり、朝日新聞社の社員である漱石は、文芸欄の責任者でもあったので自身の判断で自作の俳句を入れ込んだ記事原稿を作成した。新聞紙上では公的な俳句だとして「悼亡」と前置きしていた。

掲句は漱石が独身の時に彼女に抱いた熱情をその後も持ち続けたことを示す句である。この過激ともいえる句を作って新聞に公表することで、彼女を追悼しようとした。楠緒子は漱石が2番目に恋した女性であったが、漱石の心を長く占めていた。このことから、友人の妻となっていた女性に対しての悔みの句は慟哭の句になった。しかし、表面的には挨拶句の形をとった。

楠緒子の死を保治はすぐには漱石に知らせたくなかったようで、漱石は新聞記事で知った。記事の出た11月13日の4日前に楠緒子は死んでいたとわかった。新聞発表後に保治から漱石の入院していた病院に電話が入り、19日の葬儀の場で漱石の名前を出すことを了承してくれというものだった。この冷酷な事実から、保治は、漱石の身に起きた、この世への蘇りの事実を病床の楠緒子に知らせていなかった可能性があると、漱石は思ったに違いない。この混沌とした状況の中に放り込まれた漱石は、胃腸病院の中でいたたまれない気持ちを持ち続けた。しかし漱石の魂は少しでもストレスを軽くすることを漱石に要求した。これが慟哭の俳句となって現れたと思われる。

漱石は自身の重大な思いを新聞で公表するのは普通のことではないとわかっていた。しかし、臨死を経験した自分の余命は短く、わずかの遅れをもって彼女の後を追いかけそうだという予感があったのかもしれない。漱石は作った俳句についてその時の思いを記述することはあまりしていないが、掲句については例外的に自身の思いを『思い出す事など』の文中で述べていた。「人間の生死も人間を本位とする吾らから云えば大事件に相違ないが、しばらく立場をかえて、自己が自然になりすました気分で観察したら、ただ至当の成行で、そこに喜びそこに悲しむ理屈は毫も存在しないだろう。こう考えた時、（中略）この間大磯で亡くなった大塚夫人の事を思い出しながら夫人のために手向けの句を作った。」と書いた。楠緒子は短命であったが自然に生きたのであり、静かに菊の花で飾って送りたいということになり、これを俳句で表すと「ただその場に有る程の菊を投げ入れる」ということで特別な意味はないと自分を偽装した。

漱石の脳裏では、棺の中に花に囲まれて収まっている楠緒子の姿は、川岸に咲く自然の草花に見送られて川面を流れてゆく『オフィーリア』の姿と重なっていたと想像させる。漱石は留学した英国で人気のあった画家、ミレーの『オフィーリア』を見ていて感動したという事実があるからである。このことを隠して世の人々に掲句は単なる詩的に装っただけの句だと思わせようとした。

ちなみに漱石と楠緒子の関係に言及した人は多いが、楠本憲吉は、掲句の解説で次のように記していた。「床の中で作られた手向けの句である。楠緒子は大塚保治の妻だが、和歌・小説・長詩をよくし、漱石の意中の人であったといわれている。」と遠回しの表現をしている。これに対して漱石の門人となった芥川龍之介が、新聞に発表されたこの追悼の俳句を読んで、「何故もっと積極的な態度をとって、姦通でも心中でもしなかったか、と歯がゆがった」と国文学者・吉田精一は自著の『大塚楠緒』に龍之介の呟きを記録していた。その龍之介は、漱石の一周忌に「人去つてむなしき菊や白き咲く」という句を詠んだ。改めて漱石と楠緒子の死を悲しんでいた。

この句とは別に、掲句と対になる句が作られていた。「棺には菊抛げ入れよ有らん程」であるが、これは少し説明調で気持ちが控えめであるように見えてしまう。掲句と同じように「抛げ入れよ」と書き入れているが、句を読み終わった時に感情が強く出てこない。ヒツギはカンの音より緊張感が薄く、冒頭から落ち着きの気分が生じるからだ。また「有らん程」は強い体言止めになっていないことも関係している。漱石が選んで新聞に載せた句は、意志が強く出る体言止めの方であった。

ここまでに登場した2つの俳句は漱石の日記に記されていたが、この他にもう1句存在した。「ひたすらに石を除くれば春の水」である。この句は個人的な内容の句であり、掲句よりも激しい内容を持つ。この句は最初から記事に添付するつもりがなかった。そして、この句は漱石の死まで世に知られることはなかった。この句こそは、楠緒子に対する漱石だけが作れる秘密の追悼の句である。この句は漱石が楠緒子と深く情を交わしたことを回想する句になっていると思う。

楠緒子は明治40年1月から2月にかけて短歌の会「竹柏会」を主催していた佐々木信綱に手紙を書き、家庭の内情を打ち明けていた。保治に愛人がいたことが楠緒子に知られてしまっていた。この時、保治は神経衰弱に陥っていた。この問題の背景には、楠緒子と帰国した漱石との精神的接近があった。明治39年から明治43年11月までの期間は、楠緒子、漱石、保治の3人は極度の緊張状態の中にあったのは間違いない。この中で漱石の掲句が公表された。3人の関係を薄々知っていた人たちは衝撃を受けたに違いない。

＊『思い出す事など』「七の下」は『東京朝日新聞』（11月28日）に掲載

三者談

漱石の真の感情が菊を選んだ。死者に対する無限の情味がある。「有る程の菊」は、世の中に有る全ての菊の意味で用いている。故人に対する尊敬と好感、憐れさが土台をなしている。捨て鉢、投げやりの気持ちが出ているが、痛切味を感じさせている。熱烈さもある。自分が病床にあって聞いた死であるが、死に対する恐れは出ていない。どこまでも故人を憐れと思う心持ちが土台にある。

● 或夜夢に雛娶りけり白い酒
（あるよゆめに　ひなめとりけり　しろいさけ）
（明治30年2月）句稿23

見るからに幻想的な俳句になっている。「ある夜」から俳句が始まると夢物語が始まるとわかる。ひな祭りの女雛を、弟子の野村伝四がなんと妻として娶ることになり、ひな壇に備えてある白酒を二人で酌み交わす。互いに緊張が解けたその後、二人はどうなるのか。

帝大英文科卒の弟子で、気の合う弟のような存在であった。野村伝四の結婚祝いに何を贈ったらいいか悩んでいた漱石に、妻は自作の祝いの句を袱紗に染め抜いて贈ればいいのでは、と提案してきた。掲句はその時に作った句であろう。漱石にとって野村伝四の結婚は、夢物語のようなものと受け止めていたことを示している。

その夢は続いていて、実際に袱紗の上に出現した俳句は、「二人して雛にかしづく楽しさよ」であった。染め上がって浮き出たこの俳句によって、手渡された袱紗は、先々、子が生まれることを期待するものであり、漱石夫婦が考え抜いて作り上げた祝いの品だとわかるようになっていた。弟子たちの結婚に対する贈り物を考え出す過程は楽しいものであり、まさに漱石夫婦が「野村・女雛男雛にかしづく楽しさよ」であり、ひな祭りに新婚夫婦が互いに「かしづく」行為に匹敵する楽しいものだとした。

漱石の最も新しい弟子である枕流は、「二人して雛にかしづく楽しさよ」よりも「或夜夢に雛娶りけり白い酒」の方を袱紗に染め抜いた方が、もらう方の立場では嬉しいのではないかと考えた。しかしこれはいらぬ心配であった。漱石先生は野村伝四への新婚祝いとして強烈な3番目の俳句も作っていた。「日毎踏む草芳しや二人連れ」である。伝四よ、毎晩二人して草原に散歩に行きなさい。そして互いに柔らかい草の匂いを嗅ぐのだぞ、と弟子にアドバイスのような命令を出した。この俳句は素晴らしい贈り物となったのは間違いない。

• 粟折つて穂ながら呉るゝ籠の鳥

（あわおつて　ほながらくるる　かごのとり）

（明治30年10月）句稿26

野辺を散歩していた時、粟の刈り取りを終えた畑で、落穂拾いを鳥に混じってしてきたので、粟の穂茎を何本か手に入れていた。いつもは粟の実だけを餌箱に入れるのであるが、この日は粟の穂先を折って穂ごとたっぷり籠の鳥にくれてやれると考えた。これは鳥にとっては迷惑なのだろうか、それとも感謝されるのか。畑の中の粟の穂に飛びかかる鳥を見て帰宅したので、後者であると確信していた。

句意は「畑で落穂の粟を手折ってきて、そのまま穂ごと籠の鳥にくれてやった」というもの。籠の鳥はいつもの買ってきた実を啄むのではなく、野生の鳥のように嘴で穂から実を外して食うのもいいものだろうと考えたのだ。結果は良好であった。

漱石先生はこの句を作る前に粟の俳句をまとめて４つ作っていた。「群雀粟の穂による乱れ哉」「刈り残す粟にさしたり三日の月」「山里や一斗の粟に貧ならず」「粟刈らうなれど案山子の淋しかろ」。これらの句を作った後、畑で粟を折って持ち帰ったのだ。

ところで漱石宅にいた鳥は何であったのか。インコのような気がするが、うるさく喋るオウムのような鳥は仕事の邪魔だとして飼わないはずだ。そうであれば文鳥か。

• 粟刈らうなれど案山子の淋しかろ

（あわかろう　なれどかかしの　さみしかろ）

（明治30年9月4日）子規庵での句会稿

「群雀粟の穂による乱れ哉」と詠んだ阿蘇の山裾にある粟の畑。粟の実が雀の餌になるのを防ぐために収穫を急いで行う農家。水田を作れないこの土地では粟が栽培されていた。小麦がこの地に登場するのはまだ先のことだ。粟の刈り取りが進むと畑の隅にぽつんと案山子が取り残されるようになる。

句意は「やっと収穫の粟刈りができるようになって、これから鎌で刈り取るが、案山子は取り残されて寂しそうだ」というもの。この句は農家の人が刈り取り作業を始める際に、また刈り取りが進んでいる間に案山子に目をやっている場面だ。漱石はその光景を少し遠くから見ている。

この句は漱石が、畑に取り残された案山子の身になってになって句を作ったものだ。そして農家の人の気持ちでもある。それまで案山子には役目がきちんとあって生きがいがあったのに、粟が刈り取られればお役御免になる。農家の人はこれまでの案山子の貢献に感謝しているだろうが、これから案山子は「寂しかろ」と同情する。

ボロ切れと竹で作った案山子だが、漱石も農家の人も道で何度も畑で顔を合わせていると情が移る。そして次第に話しかけるようになるのだ。

わしは粟を刈らねばならないが、そうなると畑にいた案山子は粟の友達もなくなり、雀も来なくなって寂しくなるばかりだろう、と腰を伸ばして刈り取り作業をやめた時に案山子に目をやる。この畑のそばを通る漱石先生は、この農家の人と案山子の無言の会話を聞き取った気がした。

漱石先生は案山子の俳句をいくつか作っていた。案山子の顔はニコニコしていてもどこか寂しげであり、そんな案山子が気になって仕方がないようだ。いつの間にか漱石の気持ちも案山子に入り込んでしまうのが常である。

• 逢はで散る花に涙を濺げかし

（あわでちる　はなになみだを　そそげかし）

（明治29年４月10日）霽月への贈答句

掲句は「松山より熊本に行く時　虚子に託して霽月に贈る」と前置きがついているので、漱石が松山から新任地の熊本に移動する旅で、途中まで同行した虚子に惜別の句を託したとわかる。

明治29年1月に東京の子規の家で漱石は、松山の俳人、村上霽月（せいげつ）と初めて顔を合わせた。霽月は漱石の2つ年下であった。松山には子規の他にも以前から俳句を始めていた人たちがいたが、子規、漱石と霽月の句作の波長が合致していた。同年4月までの短い3カ月間であったが、漱石と霽月は松山で濃い時間を過ごした。そして漱石の船出の時が来た。このとき霽月は松山の湊に漱石の見送りに来ていたが会えなかった。漱石はこの霽月への句を即興で書いて厳島まで同行する虚子に託したのだ。

句意は「会わないで散っていった花に涙のしぶきをふりかけてほしい」というもの。散る花は漱石先生で、涙を注ぐのは村上霽月である。漱石のこの句には、共に神仙体の俳句作りで遊んだ思い出が濃厚に出ている。花びらをすでに落としている花に、涙の水を丁寧に注ぎ込むとまた咲きだす、という幻想の句である。思いを込めた水を注いでいれば、再会できるようになるとの幻想の希望を込めている気がする。

漱石は霽月との間で、他の松山の俳人とは違う濃密な特別な関係を築いていた。男と男の関係の句において、「散る花」と「涙」が使われるのは異例であろう。子規のいなくなった松山で、子規に代わってその役目を果たしてくれたことに対する感謝の思いが感じられる。漢学の素養のレベルと生き方の波長が合ったのだろう。

漱石は最後の別れとして霽月に会いたかったということが「散る」によってよくわかる。そしてこの句ではまた会いたいものだという希望とは別に、もうこれからは会うことはないであろうという意味を「散る」に込めていた。進む道が全く違っていたからだ。霽月はこの後、金融界と実業において地元経済界の有力者として快進撃を始める。

ちなみに3年後の明治32年（1899年）、霽月は家業の仕事で3週間の九州出張をした際に偶然漱石と再会した。霽月は旅の中で俳句を作り続けていた。漱石は熊本に来た霽月の宿を訪ね、二人はすぐさま句合わせを行った。

● 粟の後に刈り残されて菊孤也

（あわのあとに　かりのこされて　きくこなり）

（明治30年12月12日）句稿27

阿蘇の西側の山裾に位置している熊本の大江村あたりは、当時粟の畑が広がっていた。そして畑の畔には虫除けとして菊が植えられていたとみる。ここには蚊取り線香の除虫菊の発想がみられる。農夫が畑に入って粟をどんどん刈り取ってゆくとその畑には畔の菊の花が取り残されたように見える。筋状になって花を咲かせている菊は寂しそうに見える。菊はこれから見向きもされずに放置されるだけと感じているのかもしれないと漱石は菊を思い遣るのだ。粟の茂りがなくなると菊の列の両側がスカスカになり、寒風が吹き抜けるだけであるから余計に寂しさが募ることになる。

漱石先生は農村を散策するのが好きであったようだ。俳句を作るためという動機はあるのであろうが、漱石先生は畑や川や野原を観察するのが好きであったのだ。ストレス解消には効果があるとみていたのか。

この句の面白さは、「菊孤」の造語にある。粟が刈り取られた後、菊は案山子と同じように用済みになると自覚していることを表している。菊は孤独を感じられる存在だと擬人化している。そして下五が「菊孤也」となって、発音も外観も突き放したような語感がある。そして「後」と「残す」と「孤」の寂寥感のある言葉によって全体として晩秋の侘しさ、寂しさを演出している。

（原句）　粟の後に刈り後されて菊孤也

● 粟の如き肌を切に守る身かな

（あわのごとき　はだえをせつに　もるみかな）

（明治43年10月4日）日記

この日記ではこの句の前に「気管支にて体を拭く事を禁ぜられたれば触るとざらざらして人間の肌とは覚えず。羽を引きたる如し」と書いていた。丁度1年前ごろに満州の入り口でご馳走になった、鶉の羽をむしり取った皮付き鶉の串焼きを思い出したのかもしれない。この句の前に粟と鶉の句である「寝てゐれば粟に鶉の興もなく」の句を置いていた。「ずっと寝たままでいたのでは絵筆を持って好きな絵を描くこともできず、粟鶉図も描けない」というもの。これからの発想として掲句が生まれたとみる。粟は鶉の餌であるが、ある時自分の腕をまくってみると肌にぶつぶつができていて鳥肌になっていた。あの満州で見た鶉の皮そのものだと、びっくりしたということだ。

句意は「粟の粒ができているように肌が荒れてしまっているが、これ以上悪化しないように何とか身を守らねばならない」というもの。鳥肌は寒気がしているときに生じるが、この場合長期に風呂に入っていないので皮膚に炎症が生じているのだろう。漱石先生は体の調子が狂っているのを自覚して、体に震えが生じている状態なのであろう。

この句の面白さは、ふと寝たまま腕をまくってみたら鳥肌になっていたのを見て、すぐさま満州で食べた鶉の皮を思い出したことだ。漱石先生は体の不調を自覚して不安になった一方で、食べてうまかった皮付き鶉の串焼きを思い出し、人間の性に苦笑いしたことだろう。

掲句のさらなる面白さは、連想が鶉からその餌の粟に及んだことだ。漱石の皮膚は鶉の皮のブツブツを通り越して、より粗い粟粒状になっていたことだ。漱石先生の脳裏には、「粟立つ肌」を見て、「慌てた」という洒落が浮かんだのではないかと思う。

漱石先生は修善寺温泉の旅館の部屋で、東京の医者の指導と監視を受けていていた。その医者はたまに刺身を出すように許可していたが、満州の鶉の串焼きに繋がる鶏肉が出ることはなかった。

• 粟みのる畠を借して敷地なり

（あわみのる　はたけをかして　しきちなり）

（明治32年10月17日）句稿35

「熊本高等学校秋季雑詠　学校」の前置きがある。春に熊本に赴任した時の回想句である。熊本市の北側の郊外にある第五高等学校の正門に馬車でたどり着き、ほっとして茶色と白色の横縞模様の門柱の周りに目をやった。すると門の外には粟畑が広がっていて、門の内側の畑には白い蕎麦の花が咲いていた。門の内側にはかつて運動場があったが、漱石が赴任した時には農家に貸していて、蕎麦畑になっていた。門の内側が花壇のように思われる蕎麦畑になっているのは兎も角、外側が広大な粟畑になっているのを見て漱石は驚いた。粟畑が校舎を取り囲んでいるように見えたのだ。

句意は「粟が実る広い畑が見えたが、あれは第五高等学校の敷地を農家に貸していたものだ」というもの。漱石は学校の事務室でいろいろ聞いて、このあたり一帯はかつて細川藩の所領であり、細川家の菩提寺のあった岡の麓に建設されたと教えられたはずだ。その時広すぎる、学校の塀の外の敷地は、農家に貸していたとわかった。学校が周辺地域の地主になっていた。

ちなみに他の旧制高等学校の敷地は2万坪を標準としたのに対し、第五高等学校は5万坪の敷地を誇り、陸上競技用グラウンドと野球用グラウンドを敷地内に別々に設けていたが、それでも敷地は余っていた。

ちなみに中七の「借して」は漢和辞典によると同じ読みの「貸して」の意味もあるという。「借」の意味は元々「許す」から発しているからだ。不思議な気がするが、確かに住むのが許された家は借りた家でもあり、貸された貸家でもある。

• あんかうは釣るす魚なり縄簾

（あんこうは　つるすうおなり　なわのれん）

（明治28年11月22日）句稿7

鮟鱇は関東の太平洋岸の魚と思っていたが、西国でも鮟鱇は食べられていた。よく考えれば鮟鱇は深海魚であるからどこの海にもいたはずで、不思議ではない。松山の縄のれんの店でも鮟鱇料理を出していたのだ。漱石はこの鮟鱇鍋を松山市の俳句の仲間と食べていた。明治28年11月のこの日は伊予全域に強烈な寒波が押し寄せて雪を降らせていた。そこで句会仲間による漱石の送別会では、身体の温まる「あんこう料理」になった。

その店での鮟鱇のさばき方は、関東でもそうであるが、ヌルヌルする魚を調理場の柱に千枚通しで刺して吊るしておき、この状態で魚を出刃包丁でさばいていた。この様子を漱石は面白く眺めていた。そこで「鮟鱇という魚は釣るす魚だ」と納得した。

同時期に鮟鱇を詠んだ俳句に「あんかうや孕み女の釣るし斬り」の句がある。吊るした状態の鮟鱇をみて「孕み女」を連想するのには「凄さ」を感じる。漱石先生は街を歩いている妊娠女性を眺めては、鮟鱇を思い出していたのか。

ところで鮟鱇を柱に吊るす際に、頭を下にしたのか上にしたのか。滑る魚を柱に固定するのは難儀なことであり、ラフに作業しようとしたはずであるから、頭を掴んで柱に押し付け、千枚通しで頭を刺したはずだ。そうであるから「孕み女の釣るし斬り」の句が生まれた。明治の女性の髪型は丸まげが一般的で大きく鮟鱇のように膨らんでいた。

● 鮟鱇や小光が鍋にちんちろり

（あんこうや　こみつがなべに　ちんちろり）

（明治41年7月4日）高浜虚子宛の書簡

漱石が虚子へ出した手紙に付いていた句である。虚子が書いていた新聞連載小説『俳諧師』の女主人公である小光（こみつ）の入浴シーンが物足りなく感じられ、また相手の三蔵との関係も書けていないと手紙の中で注文をつけていた。漱石はこれをわからせるために掲句で虚子を強烈にからかっているのだ。もっと大胆に濃密に描いた方がいいと分からせるために。

小説という鍋に入れた主人公は鮟鱇のように美味しくなければならない。鮟鱇鍋の鮟鱇のようにこってりしていなくてはダメなのだと。鮟鱇鍋がうまいのは肝がうまいからなのだ。小説にも肝がないとまずいのだと言いたかったに違いない。

虚子をからかっているのは、最後の「ちんちろり」によく現れている。「ちんちろり」はサイコロ博打を想像する言葉であるが、小説の表現も博打のように思い切って行けけと、アドバイスしているのだ。

7月4日に出した手紙では、1日の手紙で指摘したことを補うように、「どうか小光と三蔵と双方に関係のあることで段々発展するように書いて頂きたい。そうでないと相撲にならない。」と書いた。つまりサイコロが博打のツボの中でぶつかる音が「ちんちろり」なのだ。二人の関わり、接点をもっと書けという表現なのだ。7月10日付の手紙では、虚子からの反応が悪かったからなのか、「拝啓。小光はもっとさかんに御書きになって可然候（しかるべく）。決して御遠慮被成間敷候（なさるまじく）。」とどんと書き送った。

この句によって虚子の慎重な、やや臆病な性格が思い起こされるのも面白い。漱石との性格の違いも浮かび上がる。また、この料理鍋は七輪の上に乗っているように思わせているのも愉快だ。七輪の音は「ちんちろりん」の音に少し似ているからである。

もう一つの面白さは、鮟鱇の「こ」の音をうけて「こみつ」とつないでいることである。このリズムは最後の「ちんちろりん」にまでつながっている。声に出して読んでも面白い句に仕上がっている。

ところで、ひょんなところから小光嬢の素性が判明した。2018年4月2日の未明のNHKラジオの深夜便で明治の演芸をテーマに、東大新聞編纂所教授が講談師の神田蘭さんをゲストに女義太夫（むすめ）のことを話していた。東京で人気を博した義太夫の女演者は「あやのすけ」。書生や学生を中心に寄席は男客で大にぎわいだったという。漱石は兄に連れられて寄席通いしたが、2人は落語を聴くだけでなく、美形の女の色っぽい演技を目当てにしていたようだ。追っかけはこの2人だけではなかった。子規も虚子も志賀直哉も通っていた。虚子と直哉は、恋愛をテーマにした話に刺激をうけたことが小説を書き始めるきっかけになったという。漱石はそれほどでもなかったようだ。

虚子が小説の中で主役の登場人物に選んだ女は、女義太夫の演者・小光であった。当時の東京にいた女義太夫の演者は700人を超えていたという。色っぽい演者たちはまさに当時のアイドルだった。未婚の女性、小光は虚子の心を奪った。虚子は『ホトトギス』誌上で恋愛を演じていたのかもしれない。だが気が弱く、小説の中でも大胆な行動はできなかった。

● あんこうや孕み女の釣るし斬り

（あんこうや　はらみおんなの　つるしぎり）

（明治28年11月22日）句稿7

漱石先生は口が悪い。思っていることをそのまま俳句にしてしまっている。女房に対しても同様であるから、甘い物で意地悪されるのである。松山の市場に水揚げされた鮟鱇は、深海の水圧がかからないことで自分の体重を持て余すようにぐったりしている。そのような形の定まらない鮟鱇を出刃包丁で切り分けするのは浜の漁師でも大仕事である。そこで、柱に鮟鱇を釘か千枚通しで打ち付けて吊るし、それから出刃包丁で肉を切り出す。つかみ所のない鮟鱇を包丁で捌く時には、頭を上にして吊るした状態で、コラーゲン層の厚い皮を下方にして一気に切り剝がすことから始めるという。この俳句は、松山の居酒屋で行われた漱石送別会で見た調理場の光景からの発想なのだろう。

鮟鱇と妊娠した女子は似ているのだと先生は言う。体つきが丸くて動きがスムーズでないところは確かに似ている。こういう俳句が世に出て歩きだすと大変なことが起こりそうだ。「あんこうや孕み女の吊るし分け」くらいに留めておいた方がよかったのではないか。あとで世の女たちから吊し上げられると心配しなかったのか。

それにしても先生は言葉に対しては非常に厳格である。通常であれば下五句は吊るし「切り」になるところであるが、「斬り」を採用している。大きな刃物で大胆に切りつけるさまを連想させるようにしている。この「斬り」は強い思いがないとできないことであるからだ。

もう一つの面白さは調理人が出刃包丁で黒い皮を引き剝がした時に、その下からコラーゲンの真っ白な層が出てきたのを見て、女性のふくよかな白い体を連想したことだ。このユーモア句は鮟鱇の体色に似てブラックである。

安産と涼しき風の音信哉

（あんざんと　すずしきかぜの　たよりかな）

（明治41年頃）手帳

「森次太郎氏夫人郷里にて男児を挙ぐ　一句を祝へと云ふ」の前置きがある。森次太郎は松山出身のジャーナリストで俳人。俳号は「円月」である。子供が初めて生まれたので祝いの句を送ってほしいと手紙にあった。この友人は漱石より2歳若い人で、当時としてはかなりの晩婚だった。そこで作った句が掲句である。

句意は「友人の森くんが初めての男子の誕生を知らせてきた。安産だったとあった。爽やかないい季節にいい知らせであったことよ」というもの。男の君は手紙で知らせて来るだけで、男児を挙げたことで奥さんが大変な思いをしたと「森次太郎氏夫人」をねぎらった。漱石らしい温かい手紙を出した。

この句の面白さは、涼しい風が吹いているが、この風に乗って知らせが届いたということにしたことである。まさに「風のたより」ということにした。そしてこの句を音読すると母音のリズムが心地よい。上五と下五は口の開閉が激しく、中七がフラットで口は閉じたままで楽しくなる。「目出度い」という気分になる。

ちなみに漱石は出した書簡には次の句もつけていた。「二人寐の蚊帳も程なく狭からん」である。子供はすぐに大きくなって蚊帳もすぐに手狭になると先輩面をして伝えた。つまり熱々の新婚時代はすぐに終わるよと意地悪く伝えていた。

暗室や心得たりときりぎりす

（あんしつや　こころえたりと　きりぎりす）

（明治32年10月17日）句稿35

「熊本高等学校秋季雑詠　物理室」との前置きがある。明治32年、漱石は第五高等学校の各施設に関する句を次々に作っていった。物理室には写真現像の実験設備があった。そして暗室が設けられていた。この暗室は光学の実験に使う部屋であったのだろう。

句意は「この部屋に入ると学生はなかなか出てこないのをよく見ていたキリギリスは、ドアが開くとこの部屋に入り込んだ。この虫は、ここは暗くて涼しい場所だとわかっていた」というもの。このキリギリスは学生たちでもあった。

この句の面白さは、キリギリスを擬人化しているところである。そして「心得たり」とは愉快である。「心得たり」の意味するところは、暗室が本来の暗室の使用目的とは違う、何かよからぬことに使われていることを意味する。漱石は男子校の学生が1人、2人と夏休み中にこの涼しい暗室に入っていくところを見たことがあるのかもしれない。なにしろ暗室は酸っぱい匂いが立ち込める部屋であり、赤いライトも適度に刺激的である。学生たちはこの部屋の活用法を見つけていた。これが「心得たり」の中身であろう。

・行燈にいろはかきけり秋の旅

（あんどんに　いろはかきけり　あきのたび）

（明治24年8月3日）子規宛ての書簡

「いろはにほへと　ちりぬるを　わかよたれそ　つねならむ　うゐのおくやま　けふこえて　あさきゆめみし　ゑひもせすん」という『涅槃経』の一節を宿の行灯に筆で書いた。言葉遊びの好きな漱石らしい行為である。持ち歩いていた細筆でさらさらと四角い行灯の白い和紙の部分に書き込んだ。漱石一人旅の宿泊客が時間を持て余す夜長に、書き込むようにしてあると勝手に解釈して悪戯に及んだようだ。

子規に渡した添削前の句は「行燈にいろはかきけり独旅」であった。一人の宿泊は断られることが多かった当時のことであるから、漱石は一人旅を強調したかった。書き込みの悪戯をしたとわかるようにしたと推察できる。また添削前の句の方がしみじみして良いようだ。漱石にしてみれば、季語は入れなくても良いと考えていた。「色はにほへど　散りぬるを　我が世たれぞ　常ならむ　有為の奥山　今日越えて　浅き夢見じ　酔ひもせず」の意味がわかれば、それで十分だと考えていた。

しかし、子規の考えは異なっていた。季語にこだわっていた。「秋の旅」にすると漱石句は秋空のように句の意味はクリアになるが、面白みは消えてしまい、味気ない旅の句になってしまう。

この句の面白さは、部屋の隅の四十八文字を書き込んだ小さな行灯は墨色の部分が多くなり、部屋を侘しく照らしたことが推測されることだ。そして少し照度が落ちた行灯に描かれた文字を眺めると、さらに秋の旅情が深くなることである。一人旅の佗しい環境が形成されるのだ。

ここまで書いてきて、ふと漱石はどこに出かけたのか気になり、調べてみた。すると明治24年には学友2人と富士山に出かけていた。この年はこの旅だけであった。つまりこの旅は3人旅であり、原句は脚色されていたことがわかった。漱石らしいことである。子規はこの旅の仲間のことを知っていて、子規らしく判断して「独旅」を「秋の旅」に修正したのかもしれない。

・行燈に奈良の心地や鹿の声

（あんどんに　ならのここちや　しかのこえ）

（明治40年8月頃）手帳

明治40年4月時の漱石は、東京に家族を置いて一人大阪と京都を旅していた。京都の東山の宿で鹿の鳴く声を夜通し聞いていた。その時庭に出現した鹿の姿を見かけたりした。漱石先生は京都でのこの鹿体験をもとに15句を作り上げた。

句意は「部屋には行灯が灯っていて、鹿の声が聞こえてもの寂しい気配が部屋に満ちている。かつて奈良の宿で聞いた悲しげな鹿の声を思い出した。京都にいても奈良にいるような錯覚を覚える」というもの。漱石はかつて明治30年4月18日付けの句稿に「角落ちて首傾けて奈良の鹿」の句を記していた。淡々と鹿の句を詠んでいた。この時は鹿の声についての句は作っていなかった。鹿の鳴き声は牡鹿が雌鹿を呼ぶ声であり、京都の夜に聞いた牡鹿の鳴き声は、漱石に何かを思い出させたに違いない。自分も誰かを想って忍び泣きをしていたことを。

＊「鹿一五句」の前書きで『東京朝日新聞』（明治40年9月19日）の「朝日俳壇」に掲載

・行燈や短かゝりし夜の影ならず

（あんどんや　みじかかりしよの　かげならず）

（明治30年8月23日）子規宛の手紙

「初秋鎌倉に宿す」の前置きがある。この手紙は初秋の8月22日に行われた子規庵句会の翌日に書かれていた。人が多く集まった句会では、漱石は、子規に自分の気持ちを伝えるような話ができなかったからだ。賑やかな句会の後の夜に、行灯が照らす部屋の中で一人、考え込んでいた。そして手紙を翌日発送した。

ところで、この上京は熊本第五高等学校の夏休みを利用していた。妻と久しぶりに上京した。漱石は7月4日から9月7日に東京を発つまで東京にいたが、最初の頃は妻の実家に滞在した。その後は神奈川県鎌倉の街中の宿に滞在していた。妻は、東京にいる間に流産し、その痛手を癒やすために、そしてヒステリー気味のイライラを解消するために、10月末まで鎌倉の親類の別荘に住んだ。漱石は別荘での同居生活は気詰まりで別居となった。この時期の夫婦仲はそれほど良くはなかった。

句意は「初秋であるが、夏の夜はまだまだ短く感じられ、部屋の中はなかなか暗くならない。一人でいる部屋に行灯の影ができれば気分が落ち着くのであるが」というもの。漱石の気持ちがはっきりしないのだ。くっきりと影ができればいいのだが、そうはなっていないのだ。気持ちの整理ができないのだ。

掲句の理解としては、行灯の明かりが影を作るほどに十分でないということではなく、自分の気持ちが中途半端になっていることを暗に示しているのだ。いつになく落ち込んでいるのだ。妻の気持ちの回復具合を心配していたのだろうか。それともなにか別のことで考え、悩んでいたのか。子規はこの短い俳句だけで、漱石のことがわかるのであろう。たぶん漱石は楠緒子のことで思い悩んでいたのだ。楠緒子は明治28年春に、漱石の親友の保治と結婚していたが、夫はすぐに欧州に3年間留学してしまい、東京の楠緒子の家には楠緒子一人が残されていた。

ちなみに漱石夫婦の不仲は、翌年5月に妻が熊本市内の大河の白川に身投げをするという事件に繋がった。この時妻は鮎漁をしていた漁師に助けられた。しかし妻はその後も自殺を試みていた。

• 案の如くこちら向いたる踊りかな

（あんのごとく　こちらむいたる　おどりかな）

（明治30年5月）句稿25

漱石先生は学校の夏季休暇の期間、7月4日から9月7日まで上京していた。妻は一緒に上京したが、熊本に戻ったのは10月末になってからだった。この長期間妻は鎌倉の材木座にある父の親戚の別荘に泊まっていた。一方の漱石はその近くの旅館に泊まっていた。この間漱石は東京の下谷にあった子規宅に行ったり、一人で鎌倉の寺をぶらついたりしていた。

掲句は鎌倉あたりで見た盆踊りのように思えるが、「こちら向いたる」が解せない。そこで句会稿で掲句の次に置かれていた漱石の俳句を調べて見た。「半月や松の間より光妙寺」の句があった。光妙寺は光明寺の間違いだとわかったが、この光明寺は、鎌倉・材木座にある浄土宗大本山であった。この光明寺では、今でも毎年7月中旬に献灯会が行われる。広々とした境内に、人の上半身ぐらいの大きな長提灯が本堂前に二列にずらっと綱にぶら下げられる。このさまは踊る人の列のようだと宿の人は漱石に伝えた。漱石先生がある夜にこの寺の境内に入っていくと、並んだ提灯は「こちら向いたる踊り」と見えたのだろう。

ちなみに「案の如く」は「案の定」と同じで、「思ったとおり、予測したとおり」ということだ。そうであれば、噂に聞いていたが来てみると、やはり提灯の列は「踊る人の列のようだ」と合点したということになる。この仕掛け、面白さがあるから光明寺の献灯会は盛り上がって、毎年行われるようになるはずだと漱石は理解した。これを考えた僧は大したプロデューサーということになる。

• 居合抜けば燕ひらりと身をかはす

（いあいぬけば　つばめひらりと　みをかわす）

（明治29年3月5日）句稿12

漱石俳句の「春風や永井兵助の人だかり」の後に続く俳句である。掲句はこの永井兵助の関連する俳句であるとわかれば、解釈は容易になる。永井兵助は江戸後期の人で、ガマの油売りの口上で人気を集めた大道芸人。人集めに刀を用いた居合抜きを行っていた。この日は、これが小次郎の居合抜きだと披露していた。

句意は「永井兵助は蔵前に陣取って人だかりの前で、兵助の方へ飛んできた燕めがけて、腰の刀で佐々木小次郎の居合抜きを見せようとしたが、その燕に簡単にかわされてしまった」というもの。掲句に描かれた瞬間の芸とその結末をゆっくり解説すると、次のようになる。

永井兵助が立って居合抜きの講釈をしていたその場に、燕がさっと飛び込んできたので、すかさず永井兵助は長刀を鞘から抜いた勢いのままその燕めがけて振り抜いた。するとその燕はそれを予期していたように「ひらりと身をかわした」のだ。これが、かの有名な小次郎の居合抜きだと胸を張る予定であったが、うまく行かなかった。だが永井兵助はこの結果に戸惑いを見せずに、その燕を褒め称えた。「わしの刀をかわすとは大した奴だ、褒めて遣わす。小次郎の居合抜きは、大したことはないな」と言ったという。

この句の面白さは、江戸で人気のあった永井兵助の逸話を思い起こさせることである。そして力を込めた居合抜きの重い刀を燕が軽やかにかわすさまである。漱石は松山の地で、この種の歴史漫談俳句をたくさん作って、病床にいる子規を喜ばせていた。

ちなみに小次郎の燕返しの技を調べてみると、岩国の錦帯橋の近くで体得したその技は、餌を求めて水面近くを飛ぶ燕が河原の土手近くで反転して斜めに飛び上がるところを、上段からその浮き上がってくる燕に向かって刀を振り下ろしたと見られる。この時も刀が太陽の光を受けてキラリと光れば燕にかわされることになる。

・飯蛸と侮りそ足は八つあると

（いいだこと　あなどりそあしは　やっつあると）

（明治41年）手帳

この句は静岡の三保の松原の浜で食べた飯蛸を詠んだものだ。漱石が地方で講演した時に、その関係者が漱石を地元の蛸のうまい料理屋に案内したときの句である。このつぶやき句の句意は「小さい飯蛸だと侮らない方がいい。足はちゃんと8本ある立派なタコなのだから」というもの。これには二つの解釈が可能である。一つは飯蛸を食べに店に案内した人が漱石に対して言ったものとするもの。もう一つは、茹で上がって皿の上に置かれた飯蛸が、目の前に座っている漱石たちに向かって言ったとするもの。漱石らしいユーモア俳句としては、後者の方が楽しくていい。

皿の上に載せられて漱石の目の前に出された1匹の飯蛸を見て、漱石が「これが蛸なの」と驚きの声を挙げた時の誰かの反応なのだ。出された飯蛸は皿の凹みにすっぽりと収まってしまうくらいの小さな蛸だった。墨袋を取られ、体の滑りを取られて茹で上がった飯蛸が、皿の真ん中で頭を持ち上げて、漱石と対峙している。その蛸は体を赤くそめて「小さい体だと思って舐めてるな。これでも立派なタコだ、足は8本ある」と漱石に向かって口を尖らせてまくし立てるように感じる。その調子は清水の次郎長風だ。

ちなみに飯蛸の名は、タコを煮ると身にたくさん入っている卵が大きな米粒大になって飛び出すところから、この名がついたといわれる。この蛸をおかずにして飯を食べるとうまいらしい。

台詞調の掲句は歌舞伎のある一場面を思い起こさせる。『義経千本桜　渡海屋の場』での「魚づくし」である。「鰯て（言わせて）おけば飯蛸（いいだろうと）思い、鮫々（様々）の鮟鱇（悪口）雑言――」のセリフを漱石は念頭に置いていたとみられる。この文句の中身は「飯蛸と侮るな」ということに通じるからだ。

・飯蛸の頭に兵と吹矢かな

（いいだこの　かしらにへいと　ふきやかな）

（明治29年3月5日）句稿12

飯蛸の形はとにかくユニークである。漱石先生の丸ごと一杯の飯蛸を目にした漱石は驚きの声をあげた。東京人である漱石の口から飛び出した声は「へー」であり、「立派なものだ」と続くのだ。ため息のような声であったと思われる。

皿の上の飯蛸は、頭を持ち上げてデンと八方に足を広げ、姿勢よく座っていた。8本の足の先はくるっと上を向いて丸まっていて、安定感抜群なのである。その頭の大きさは足の大きさとほぼ同じくらいで、頭がとにかくでかかったのである。

ちなみに皿の上に置かれた飯蛸の丸い部分は頭としか見えないが、正確にはそこは胴体である。頭は胴体と腕の間の部分で、ここに口や目や脳がある。だが俳句においては、胴体が上にきているのだから頭という他はない。

ところで中七は「かしらにひょうと」と読むのが良いと種々の資料で示されているが、果たしてそうなのであろうか。漱石は洒落を好み、面白い俳句にすることを重視した。そうであれば驚きの間投詞を入れた中七は「かしらにへいと」と読むのが正解なのだ。

先の「へー」と口から漏れた音を俳句らしく漢字で表すと「兵」となるのだ。この「兵」から「吹き矢」を発想した。こうして漱石の口から発せられた鋭いため息は、吹き矢になったのだ。その吹き矢は飯蛸の頭に突き刺さった。

したがって句意は「目の前に茹で上がった飯蛸を出された時、吹き矢の飛ぶ音を飯蛸の頭に吹き矢のように吹きかけてしまった」というもの。飯蛸はさぞ驚いたことだろう。漱石は飯蛸の頭めがけて兵隊が吹き矢の攻撃を仕掛けたかのように面白く表した。

掲句は落語のような作りになっている。驚いた漱石の口の形は吹き矢の筒の形になっていた。漱石は若い頃に東京の下町で吹き矢の射的に興じた時があったので、飯蛸の姿を見て俳句を作ろうとした時、この遊びを思い出したのだ。頭が大きくて姿勢よく座っている飯蛸は、この射的の的に最適だと判断したのだ。これを台の上に並べたらお客は興奮するだろうと想像した。この自身のアイデアも漱石にとっては「へー」であった。

漱石は、生涯に下記の5つの飯蛸句を作っていた。これほど作っている俳人はいないと思う。漱石は子規が生きていたなら明治41年に作った3句も自慢したに違いない。その時の自慢する言葉はこれ以外に思いつかない。「飯蛸句、いいだろー」だ。

飯蛸の頭に兵と吹矢かな（明治29年）
蟹に負けて飯蛸の足五本なり（明治29年）
飯蛸の一かたまりや皿の藍（明治41年）
飯蛸と侮りそ足は八つあると（明治41年）
飯蛸や膳の前なる三保の松（明治41年）

• 飯蛸の一かたまりや皿の藍

（いいだこの　ひとかたまりや　さらのあい）

（明治41年）手帳

漱石先生は、一かたまりの飯蛸を平らげた。一かたまりと書いてあるのでまるまる一杯の飯蛸を食べたのだ。飯蛸は小さな蛸なので、小さな一かたまりにしか見えなかったのだ。いや食べすぎと笑われないように一かたまりの小さな蛸だと表したのかも。ちなみに飯蛸は手の平に載るサイズであるが、頭から足の先までの長さは25㎝ほどになる。

句意は「白い皿の上に茹で上げた飯蛸が塊になって載っているが、飯蛸の色は藍色であり皿全体に海が感じられて、飯蛸が海の底で生きているように見えた」というもの。

漱石先生は胃がそれほど強くないにもかかわらず、たびたび消化しにくい飯蛸に挑戦していた。そしてその度に胃を傷めていた。漱石先生は元来大飯食いである。まだ寒い春先に採った雌の飯蛸の胴には卵のツブツブがたくさん詰まっている。この胴は外観的には頭に見える部分だ。これが飯粒に見えて漱石先生は嬉しくなってしまう。食欲が刺激されるのだ。

ところで掲句が作られた年は、『漱石全集』では明治40年頃となっているが、いくつかの資料では明治41年と記されている。明治41年であれば、明治40年3月末から4月頭の頃に京都見物に行った時の体験を思い出して句にしたのであろう。明治39年に、京都帝大文科大学初代学長に就任していた親友の狩野亨吉（かのうこうきち）に飯蛸料理を出す京都の店に連れていかれた時のものとも思われる。

ちなみにスーパーで売られている茹でた飯蛸や普通の蛸は、赤茶色をしているが、これは茶の葉っぱを入れて茶の香りをつけたことによって飯蛸の色が変わっているのである。

飯蛸や膳の前なる三保の松

（いいだこや　ぜんのまえなる　みほのまつ）

（明治41年）手帳

この句は「飯蛸の一かたまりや皿の藍」と「飯蛸と侮りそ足は八つあると」とひと塊りになっている。これら飯蛸3句は手帳にひと塊りに書かれていたからである。つまり明治41年に作られたこれらの句は同一の飯蛸を見ての感想であるとみることができる。掲句が静岡の三保の松原での出来事を描いた句であれば、他の飯蛸2句も三保の松原でのことになる。

飯蛸に目がない漱石であるが、目の前にある膳の上には飯蛸の皿があり、さらにその向こうには、広がる静岡市の三保の松原が見え、さらに向こうにはちらちら光る海が見えている。そんな遠景を見ていると、飯蛸が生きていた海の中が想像されてくるのだ。

景勝の地、三保の松原の食堂で、漱石の胃袋に収まる飯蛸に対して、生物同士の自然の掟を確認するかのように、食べ物として皿の上にある飯蛸を見つめて目礼したのであろう。

この句の面白さは、言葉遊びが隠されていることである。飯蛸の「イイ」は「良い」につながり、膳の「ゼン」は「善」につながることである。ともに「よし」ということなのである。つまり風光明媚で徳川家康が好んだといわれる「一富士二鷹三茄子」の言葉を生んだ三保の松原からの光景を、漱石は飯蛸が出された食堂で思い出したのかもしれない。

また皿の上の飯蛸を見ていた意識が松林、そして海の中へと移動してゆく過程が掲句に描かれ、小さな飯蛸と広大な松原の対比、さらには海との対比が面白い。

ところで漱石は飯蛸と三保の松原を組み入れた掲句を現地で作っていないのかもしれない。状況証拠として明治40年、41年に漱石は、静岡市にも三保の松原にも旅していないからだ。このこともあって掲句は三保の松原での句ではないように思える。

この俳句は謡曲の『羽衣』を下敷きにしているともいわれている。謡の好きな漱石にはあり得ることである。この話に登場するのは羽衣を松の枝にかけていた天女と漁師の白龍である。白龍とは大層な名前であるが、飯蛸の足を高く持ち上げた姿は小さいけれども龍に見えるのだ。少しは関係している。好きな飯蛸を三保の松原に絡ませて架空の句を創作したのかもしれない。

家あり一つ春風春水の真中に

（いえありひとつ　しゅんぷうしゅんすいの　まんなかに）

（明治29年3月24日）句稿14

この句は、「唐の白居易、字は楽天の詩句である『春風春水一時に来たる』（「府西池」『白氏文集』二十八）を踏まえているという」との指摘をネット情報で知った。確かに掲句の「春風春水」の文言は、「春風春水一時来」の中にあると認めることができる。漱石の目の前にある光景は、中国的な長閑なものであったのだ。関連する白居易の詩を下記に示す。

柳無気力条先動　柳に気力無くして　条先づ動く
池有波文氷尽開　池に波文有りて　氷尽く開く
今日不知誰計会　今日知らず　誰か計会せしを
春風春水一時来　春風、春水　一時に来たる

掲句の意味は、「清らかな春の水の流れる川の中州に一軒の家が見える。川面を渡った春風はその家に吹き付けている」というもの。漱石は春の松山市郊外を歩いてきたのだ。広い川の上を渡って吹いてきた少し暖かい風が中州の中にある家に、そして漱石にも当たっていた。翌月の4月には熊本に行って新たな生活を始める漱石は、やや冷たい春風を受けてこれからのことを頭に描いて川岸に立っていた。

掲句と似たような情景を描いている漱石先生の俳句に、後に作った「夥し窓春の風門春の水」の句がある。この句は熊本に転居したあと、初めての春を経験した時の観察句で、春の川は、近くを流れる澄んだ白川である。この句を作った時にも先の白居易の詩が頭に浮かんでいた。

・家富んで窓に小春の日陰かな

（いえとんで　まどにこはるの　ひかげかな）

（明治29年12月）句稿21

冬の日に少し遠くまで足を延ばして散歩した。大きな屋敷があり、中を覗いてくれとばかりに大きな門があった。その門の中を覗いてみると、立派な構えの建屋が見えた。軒が張り出して窓には廂の影ができていた。小春のやや強い日差しが庇の影を大きくくっきりと形成していた。熊本市内には大きな家があり、大したもんだと感心して帰ってきた。

この句の面白さは、小春日和の冬の日に、大きな屋根の家は窓の先まで立派に張り出していて、窓にできる庇の影もくっきりと大きくできることを発見したことである。つまり豊かな家であるかは、冬の庇の作る窓の影の大きさでわかると判断したことである。

理系の頭脳を持つ漱石先生らしい俳句ができている。帝大に入ったばかりの頃の漱石は建築学科に進もうとしていたくらいであるから、このユニークな観察が容易にできた。庭の大きさで家の富を測るのではないのだ。

この句稿には小春の句が連続して4句書かれている。掲句の前にある3句は次のもの。「生垣の上より語る小春かな」「小春半時野川を隔て語りけり」「居眠るや黄雀堂に入る小春」である。この中で掲句に関係していそうな句は最後の句である。この句の句意は「小春の日に居間に暖かい風が吹きこむと、妻は堂々と居眠りを始めた」というもの。寝ている妻の体は、黄雀のようにふっくらと丸みを帯びていると観察したのだ。

掲句は窓に庇の影ができているこの家の居間に、黄雀のような丸みを帯びた奥方が寝ているさまを想像させる。この奥方は小春の日差しを楽しんでいる。このふっくらした黄雀は漱石の鋭い視線が日光に混じって差し込んでいるのに気づかない。

・家も捨て世も捨てけるに吹雪哉

（いえもすて　よもすてけるに　ふぶきかな）

（明治28年12月4日）句稿8

この心境は漱石先生のものなのであろうか、それとも西行のものなのか。当時漱石先生は松山にいて未だ悩みの中にあって、これからの生き方を考えていたから、掲句の主人公は西行なのだ。西行は出家して身分も職も親族も何もかも捨てて京都から旅に出た。

表面的な句意は「西行は、家も捨て朝廷での身分も何もかも捨てて裸一貫の僧となって旅に出たら、ただでさえ生きるのがつらいのに天気は荒れて吹雪になった」というもの。西行は御所勤めをやめて気楽な放浪の僧になって都落ちしたが、生きていくのは容易ではなかったということである。

だが実態はかなり違っていた。放浪の旅に出た西行を周りの人は放っておかなかったということである。特に地方の高貴な女性は西行に憧れて歓迎した。京からきたイケメン僧は歌も得意な人であったから、地方では人気スター扱いであった。

別の句意は「身分も家も捨てて旅に出たが、歓待の罠が仕掛けられていて、女性たちとの付き合いは賑やかであった。それは花吹雪状態であった」というもの。つまり西行にしてみれば官の世界も放浪の世界もどちらも思うようにならなかったということだ。

漱石先生は東京から離れて西行のように都落ちしたつもりであったが、地方都市の松山に来て生活してみると、句友たちや女たちに囲まれて賑やかに生活できていた。憂鬱な気分で過ごしていた職場のことを別にすると、西行の身の上と似たことになっていると感じた。なかなか思ったようにはならないものよと実感した。

ちなみに掲句の一つ前に作られていた句は「東西南北より吹雪哉」である。掲句が作られた明治28年の冬は、瀬戸内地方に猛烈な寒波が押し寄せ、松山付近にも大雪が降り、連日吹雪いていた。漱石は雪景色の中に放浪の西行の姿を想像した。

＊原句：「家も捨て人世を捨てたる吹雪哉」

• 家を出て師走の雨に合羽哉

（いえをでて　しわすのあめに　かっぱかな）

（明治31年1月6日）句稿28

明治30年の年末に、漱石は友人の山川と熊本県天水町の小天温泉に初めて男だけの旅行に出かけた。そこは有明の海が程近い山あいにある温泉場で熊本市の北西の方向にあった。金峰山の近くの細い山道を歩いていった。この山道は冬には気候の急変する場所であり、雨が降りだすことが予想されたので、合羽を用意して出かけた。

漱石は明治29年9月から1年間熊本市内の合羽町というところに住んでいた。漱石は合羽町という地名を面白く感じていて、いつかこの地名を入れた俳句を作ろうと目論んでいたに違いない。

旅の途中で雨に祟られることを予想して合羽を旅の包に入れておいたが、合羽町を出たらすぐに雨が降りだし、合羽を取り出したのだ。ここに面白みがある。この句にはもう一つの洒落があるのかもしれない。出かけた先が小天温泉なら、天は雨に通じるから雨が降りだしたと漱石は考えた。このように一見つまらない句と思われる句でも、洒落があると考えると面白く解釈できることになる。漱石は徹底して俳句作りを楽しむ人なのである。

ところで漱石が住んだ地域になぜ合羽という名がついていたのか。この辺りに大きな洋館があり、熊本市に招かれた西欧人が住んでいた。（この洋館は移築され保存されている。）つまり街中を出歩いた南蛮人の男は赤ら顔の禿頭で、重厚な外套（マントのようなもので、インパネスと称された。）を着ていた。人々はこの人たちをいつしか「合羽」と呼ぶようになった。そして洋館のあった土地に合羽町の名がついた。後に河童図に描かれた河童はこの外套と頭に着目して作られたイメージである。

ちなみに漱石が着ていた合羽は、芭蕉が東北の旅に持参したものと同じで、和紙を繋ぎ合わせた着物に柿渋を塗って防水性を付与した雨具である。漱石が小天温泉に行った時の雨中の服装は、和服を着込み、袴を穿いてその上にこの合羽を着ていた。

漱石と山川は年末年始を喧騒から離れて過ごすために小天温泉に出かけたが、宿泊した宿は、この地の名士で代議士になったことのある前田案山子（かがし）の別荘であった。案山子の次女卓子は二度目の結婚に失敗して実家に帰っており、この別荘での2人の接待に当たった。漱石のこの時の体験が小説『草枕』を産むことに繋がった。

• いかめしき門を這入れば蕎麦の花

（いかめしき　もんをはいれば　そばのはな）

（明治32年10月17日）句稿35

「熊本高等学校秋季雑詠　学校」の前置きがある。明治32年の熊本市郊外は木造の平屋が殆どであったが、その中に赤黒い煉瓦造りの中層洋館が並ぶエリアがあった。同じ煉瓦造りの門があり、その中に幾つもの洋館が見えた。熊本第五高等学校である。門の中を見渡すと蕎麦の白い花が咲いていて、安心した思いを漱石先生は3年経っても記憶していた。

漱石は松山中学からの転勤であり、松山の木造の校舎をイメージしていたが第五高等学校は全く違っていた。これらの建物は畑の中に造成されていたが、当時の周囲の自然環境を残す方針があった。この光景は漱石を喜ばせたに違いない。明治政府は近代化、西欧化を急ぎ、体裁ばかりを気にしていたからだ。

この句の面白さは、「厳めしき門」という言葉で緊張を生み、「蕎麦の花」ですっと落とす巧さである。だが実際の門は横縞模様の煉瓦の門柱が2本あるだけで鉄の門扉はなく入退は自由になっていた。しかも右の柱にある表札は比較的小さな文字で書いてあった。つまり第五高等学校の正門は、まったく厳めしくなかった。ここにも漱石のユーモアが隠されている。だが敷地だけは5万坪であり、確かに規模だけは厳めしいものであった。ここにも笑いがある。

もう一つの面白さは、この門を馬車で入った漱石先生自身が燕尾服を着て立派なヒゲを蓄えていて、自分が厳めしい雰囲気を作っていたことをもって「いかめしき門」としたのかもしれない。「いかめしき姿で門を」の意味である。格式張っていたのは漱石であったのだ。これは漱石のユーモアである。

この句にはさらなる面白さが組み込まれている。門のすぐ内側にあった蕎麦の花のエリアは、門の側であったということだ。蕎麦は「側、傍」に掛けている。

ちなみに五高の敷地が広大なのは、次の理由による。熊本城の北東の郊外にある立田山南麓に細川家廟があり、ここに到達するための長い参道が街道に繋がっていて、この参道の両側の空き地を細川藩が所有していた。この左側の土地が版籍奉還でそっくり五高の管理地になったためであった。

ところで句稿になって子規に送られた「熊本高等学校秋季雑詠　29句」を漱石は学内で公表しなかった。掲句は五高を去ることを考えていた中で、私的に作られたものだった。これら雑詠句が五高の学内誌に掲載されたのは『五高70年史』（大正8年3月31日）が初めてで、「龍南への郷愁」と題した他者の文章の中で紹介された。

勢ひやひしめく江戸の年の市

（いきおいや　ひしめくえどの　としのいち）

（明治28年12月4日）句稿8

江戸の歳の市の伝統を引き継ぐ東京の歳の市には大勢が繰り出して、ひしめいて賑やかである。これに比べると、松山の年の瀬は、穏やかなものに見えた。歳の市は新年の飾り物や正月用品を売る、年末に立つ市のことで、通称は暮れ市である。市の売り子は青い法被を着て、鉢巻を締めるいなせな格好をして、市を盛り上げる。江戸時代から続く歳の市の中で、漱石が足を運んだと思われる市には、12月20日、21日の神田明神境内の市、22、23日の芝神明境内の市、24日の芝愛宕神社下で行われたものがあった。

句意は「江戸の伝統を引き継ぐ東京の年の市は、勢いがあり人がひしめいていた」というもの。漱石先生は松山の師走に、江戸・東京の年の瀬の賑やかさを懐かしがっている。本郷の落語小屋や浅草の芝居小屋で楽しんだことも思い出したに違いない。よく兄たちに連れていってもらったところである。

この句の面白さは、「ひしめく」にある。「犇めく」と書くこの言葉から、走り回る牛の勢いが感じられるからである。これによって市の賑わいが見事に表される。漱石は江戸っ子であり、言葉に勢いがあることを好んでいる。東京の歳の市には売り子と客のやりとりに勢いがあった。漱石は江戸・東京言葉と関西の言葉の違いを実感している。漱石はやはり「坊ちゃん」気質の持ち主なのだ。

生き返り御覧ぜよ梅の咲く忌日

（いきかえり　ごらんぜよ　うめのさくきじつ）

（明治30年2月）句稿23

「黒木翁三週（周）忌」の前置きがある。黒木翁は熊本五高時代の漱石の同僚であった黒木千尋の父、黒木来平のこと。黒木翁の3周忌は2月13日と思われる。

漱石はこの句で、亡くなった同僚の黒木千尋の父に呼びかけている。黒木宅での3周忌の場で、「見たかったでしょう。梅の花がこんなに見事に咲いていますぞ、生き返ってよく見てくだされ」と漱石先生は優しく故人に語りかけている。夏の新盆の際に遺影を見ていた漱石先生は、故人に会うのはこの日で二度目であり、親しみを感じていたようだ。

ところで掲句の忌日は法要のある命日のことで、この句では3周目の区切りの命日であるが、これから毎年の忌日には、梅が間違いなく咲くでしょうから、毎年この日にこの世に戻ってくれば観ることができますよ、と遺影に語りかけている。

この句では黒木の黒と老父のイメージのある梅花の白の対比が感じられる。そして梅の木の幹の色は黒であり、よって黒木は梅の木そのものということにもなる。故人はこのことを意識して梅の木を沢山庭に植えていたのかもしれないと漱石先生は推察していたのだろう。

生き返るわれ嬉しさよ菊の秋

（いきかえる　われうれしさよ　きくのあき）

（明治43年9月21日）日記

「嬉しい。生を九仞（くじん）に一簣（いっき）につなぎ得たるは嬉しい」という前置きがついている。漱石は菊の花が真っ盛りの時期に、九死に一生を得た。この幸運に対する素直な喜びが感じられる。菊は花の寿命が長い花として知られているから、命が助かったという気持ちを強く表している。臨死の世界からこの世に漱石を戻した担当の医者は、まさに神の手を持つブラック・ジャックの働きをしたことになる。

この句は修善寺大患の折のもので、吐血した8月24日の約1カ月の後の9月21日の日記に書かれた句である。少し落ち着いてきた時分の句である。

俳句では使うことのあまりない、大胆で直截的な「生き返る」という表現がこの句では輝いている。そして「菊の秋」はこの句にすっきり感を与えている。漱石はまた、明治天皇が存命である秋としても「菊の秋」を用いている。菊は日本の国花であり、天皇家の紋章でもある。漱石は天皇も高齢になって健康がすぐれないと聞いている。天皇と共に生きていることがうれしいと思っているのだろう。

全集によれば、前書きの「九仞に一簣につなぎ得たる」には「大きな築山（九仞）も最後のモッコ一杯（一簣）の土がなければ完成しない」という漢文がベースにあるいう。漱石はこれをひねって、大きな築山は崩れ出しているが、未だ少しの土は残っているとした。こんなボロボロ状態でも生きていることが嬉しい、ということになる。ここに落語好きの漱石らしさがでている。

漱石の臨死体験を描いた俳句には、他に「生きて仰ぐ空の高さよ赤蜻蛉」「別るゝや夢一筋の天の川」「天の河消ゆるか夢の覚束な」「病んで夢む天の川より出水かな」がある。ここにも臨死の情報が書かれている。

●心停止と生還時についての記述

「眼を開けて見ると、右向になったまま、瀬戸引きの金盥の中に、べっとりと血を吐いていた。（中略）多量の食塩水を注射された。（中略）床の上のつるした電気灯がグラグラと動いた。（中略）時に突然電気灯が消えて気が遠くなった。（中略）

当時の模様を委しく聞く事ができた。徹頭徹尾明瞭な意識を有して注射を受けたとのみ考えていた余は、実に30分の長い間死んでいたのであった。」（漱石『思い出す事など』13）

●臨死・幽体離脱（体外離脱）の記述

「余は一度死んだ。そうして死んだ事実を平生からの想像通りに経験した。果たして時間と空間を超越した。」（漱石『思い出す事など』17）（漱石は関連する外国本の『夢と幽霊』と『死後の生』を読んでいた。）

●生還後の体調についての記述。

「騒動のあった明くる朝、何かの必要に促されて、肋の左右に横たえた手を、顔のところまで持ってこようとすると、急に持ち主でも変わったように、自分の腕ながらまるで動かなかった。（中略）その朝目が覚めた時の第一の記憶は、実にわが全身に満ち渡る骨の痛みの声であった。」（漱石『思い出す事など』18）

＊弟子の枕流の考察：漱石はこの世に舞い戻ったときに喜びをじわじわと感じただけでなかった。魂が身体に戻った時には肉体の骨に強烈な痛みがあったのだ。蘇生させるために用いたカンフル注射等の痛みが骨に残っていたとは考えられない。この記録は重要な指摘であると考える。文学者の漱石は生き返る際の痛みを明快に記録してくれていた。（鏡子が書いた当日の日記には「カンフル注射15　食エン注射ニテヤ、生気ツク皆朝迄モタヌ者ト思フ」とあった。）

ここでもう少し踏み込んで考えてみる。意識が戻った漱石は全身の筋肉が痛かったというのではなく、全身の骨が痛かったというのだ。この現象が起きた理由を考えると魂が戻って入り込んだ場所は、延髄に近い頭の後頭部であると考えられると枕流は想定する。この場所は全身に走る神経の元締めであり、背骨の中の脊髄を通じて魂が漱石の体に入り込んだ際の衝撃が瞬時に全身の骨に伝わったと考えるとつじつまが合う。

また、この激痛を伴う蘇りは心停止後30分に起きたことも関係していそうだ。通常は5分以内である。つまり漱石に蘇りはまさに奇跡であり、このことがその後の創作活動に影響を与えなかったはずはない。

あ

• 生きて仰ぐ空の高さよ赤蜻蛉

（いきてあおぐ　そらのたかさよ　あかとんぼ）

（明治43年9月24日）日記

修善寺での大喀血によって臨死体験をするに至った漱石は、生きながらえた喜びをいくつかの俳句に表している。「生き返るわれ嬉しさよ菊の秋」もそうであるが、この句が寝床周辺に視線があるのに対して掲句は目線が高いところに移っている。気分が良くなって食欲も出てきて窓の外の空に目を向けている。草原や田んぼの上を赤とんぼが悠々と飛んでいるのを見た。幾分病気から回復して動けている自分の体と命をしみじみ有り難く感じた。

漱石は、掲句を作っている時に、病床にいて意識が飛んでしまった30分の間に自分の魂が夜の空に舞い上がり、天の川が間近に見える宇宙の高みに到達した時の記憶を思い起こしていたのであろう。漱石は寝床から赤とんぼが舞う空のさらに上の方に視線を向けていたに違いないと思う。そしてあの高さからよくぞ地上に生還できたものだと不思議に思ったことであろう。

この句を作った日の日記には、後書きとして「今日は新鮮なさしみ（もしあれば）を少し食わせてくれる筈。（期待したようにいかなかったようで）刺身はそれ程でもなし。」とあった。「天高く馬肥ゆる秋」の青い空と赤いとんぼを見て食欲が湧いてきたようだ。そこで赤身のまぐろの刺身を期待したのだ。医者が何か期待させるようなことを言ったのかもしれない。空には「いわし雲」ならぬ「まぐろ雲」が浮いていたのかもしれない。

漱石は空の高みに視線を移せたことに満足したようだ。そして粥の毎日から解放されたことを喜んでいる。期待した通りに形のある刺身が出たからだ。

• 生きて世に梅一輪の春寒く

（いきてよに　うめいちりんの　はるさむく）

（明治37年11月頃）俳体詩「尼」7節

この句は俳体詩を構成する漱石の短歌から切り取ったもの。下句は「雪斑なる山を見るかな」である。この一体の句を詩吟のように高らかに歌うといいようだ。漱石先生は「生きて　世に　梅　一輪の　春　寒く」と格調高く、そして力強く抑揚をはっきりつけて吟じたに違いない。

句意は「寒い冬を何とかしぶとく生きているうちに、梅一輪が咲きだす初春になってきた」と白い息を吐いた。小さな希望を持って生きてきたことで冬を乗り越えられたと喜んだ。そして世の中を生きるということは厳しいもので、花が咲いたと思っても本格的な春になるにはまだまだであると気を引き締めた。人の世には勢いを止める強風が吹くこともある、というもの。少し咲いたといっても気を抜くことはできない、と襟を合わせるのだ。

「梅一輪」が入る俳句といえば、芭蕉の弟子の服部嵐雪がよんだ「梅一輪一輪ほどの暖かさ」が浮かび上がる。時折寒風が吹く新春に、寒梅を一輪見つけてにホッとしたときの嬉しさを歌っている。対する漱石句における梅一輪には、山から試練の寒風が吹き降りてきて、身を震わせるのだ。漱石句ではまだ残っている厳しさに注目しているのだ。つまり掲句は嵐雪句のパロディ句である。同じ梅一輪を見ても感想が逆になっている。

ちなみに漱石先生は、寒風の中の梅が好きであったが、とりわけ雪の中で咲いている梅が好きであった。「一輪を雪中梅と名付けけり」（明治32年）という句もある。

掲句の下の句の意味は「山を真っ白に染めていた雪は溶け始め、斑模様になっている山が見えている」というもの。その山は前よりも近づいて見えていた。漱石の人生において厳しい冬の時代があった。だが耐えているうちに変化が見えてきたと喜んだ。

英語教師の仕事を辞めたいと思って生きてきたが、どうにもならない期間が長く続いていた。小説家になる計画は全く進展しなかった。それが明治37年12月の『ホトトギス』の俳人による文章会で漱石が書いた『猫伝』（後に『吾輩は猫である』に改題）を虚子が朗読し、好評であったことで『ホトトギス』誌への掲載が決定した。

この文芸誌への小説の初原稿が掲載されることは、漱石にとっては梅一輪の開花であった。この11月に編集者の虚子からの小説執筆の提案を受けると、漱石はこのチャンスは逃すまいとしてすぐに書き始め、1カ月強の短時間で『猫伝』を書き上げた。虚子が『ホトトギス』誌の売り上げ激減の責任を感じて、売り上げ増になる手を打つ必要に迫られていたことによる依頼だった。

ちなみにこの俳体詩の後半に置かれた歌は「身まかりてあらましものを普門品　おこたりそめてなかなかに憂き」である。句意は「子規が逝去してから激しい経典である観音経を手にした。しかし読むことがなく時が過ぎたことを憂いている」というもの。掲句の梅一輪が開花するまでに苦しい冬の期間があったことを告白した。明治35年9月19日に子規が死去してから、漱石は腑抜け同然になっていた。このことも漱石にとっての冬をより厳しいものにしていた。この状態を脱しようと漱石は、観音経を手にしていたのだ。この状態を脱したのは、掲句の前に置かれている俳体詩によれば、「梅一輪」の花が咲いた時であった。初めて書いた小説が文芸誌『ホトトギス』誌に掲載された明治38年1月のことと思われる。2年4ヶ月にわたる冬の季節が続いていたことになる。

● 生残る吾恥かしや鬢の霜

（いきのこる　われはずかしや　びんのしも）

（明治43年9月14日）日記

この句には「二兄皆早く死す。死する時一本の白髪なし。余の両鬢漸く白からんとして又一縷の命をつなぐ」とある。二兄とは長兄大助、次兄栄之助で、ともに明治20年に死去した。三男の兄はだらだら生きていた。実質四男の漱石は死んだ2人に比べると2倍以上長く生きていることになる、と髭面をなで回しながら感慨にふけっていた。

句意は「わしは、あの兄2人より相当長く生きてしまっている。周囲の人に多大な迷惑をかけ、かつ励ましを受けて生きている。8月にいったん死んだのに生き返ってしまった。なぜあのまま死ななかったのか、恥ずかしい思いだ」というもの。臨死を体験した当時を振り返っていた。

漱石先生はあの危篤に陥った時に、死にたかったということになる。いや死んでもいいと思っていたに違いない。生き返って2週間が経って妻に手鏡を渡してもらい、今どんな顔をしているのか仰向けで見てみた。すると鬢に白髪がかなり交じっているではないか。臨死の体験が効いていると思った。

ところで何故漱石は死にたかったのか。精神的につらかったこと以外には考えられない。普通なら胃病は東京での入院によってとっくに治っているという医者の言葉が理解できた。長期に続いている胃潰瘍の胃痛から解放されない理由がわかっていた。相談を持ちかける弟子たちには無理な成就しない恋愛は考え直せと言いながら、師匠の自分は楠緒子との恋愛を継続させていることの矛盾を感じ、それから発するつらさが体を痛め続けていた。妻子との生活を持続させながらの恋愛継続は胃痛を悪化させていた。

ちなみに6日前の9月8日には「秋の江に打ち込む杭の響かな」「秋晴に病間あるや髭を剃る」の俳句を作っていた。これらはこの世に戻れて幸運だったというものだ。今生きているという実感を句にしている。やはり漱石は生きていることの価値と意味をわかっていた。しかし、体が正常に動きだすと別の考えが頭をもたげてくるのだ。精神的つらさが蘇ってくるのだ。

● いくさやんで菊さく里に帰りけり

（いくさやんで　きくさくさとに　かえりけり）

（明治38年か）

明治37年から38年にかけて1年半に及んだ大陸を戦場とした日露戦争が終結した。明治38年9月5日に日露講和条約（ポーツマス講和条約）が締結された。徴兵された兵隊はこのあと大陸の戦場から日本に戻ることになった。この戦争で多くの兵が死亡し、怪我をした。

句意は「日露戦争が終結して兵隊は菊の咲く日本に帰ることになった。兵隊は天皇のために戦った」というもの。菊は天皇を象徴している。日本ではこの時期ちょうど菊が咲いていた。

この句のユニークさは、中七において「菊」と「さく」の間で「く」の音が重なり、「さく」と「里」の間で「さ」の音も繰り返されて心地良いリズムがあることだ。戦争が終結したことによって兵隊が帰れることになり、安堵感と嬉しさをこの句に表わしている。日本国中に安堵感が広がっていたさまが感じられる。また「きくさくさとに」の音は隊列を組んで帰還する兵の足音のように聞こえる。

そして作者のこの句に対する思いは、「いくさやんで」のひらがな表記に表れている。世の中が落ち着き、平和になってきている落ち着きが生まれていることを柔らかい文字で感じさせている。この句はゆっくり読むと漱石の気持ちが伝わる気がする。

ところで、漱石先生は日露戦争に対する立ち位置はどうであったのか。漱石先生は個人の考えをしっかり持つように個人主義を主張したが、こと日露戦争に当たっては日本人として行動することを主張したように思える。戦争に関する『従軍行』という新体詩を発表したことで、漱石の評価が揺らいでいるように感じられるが、日本魂を持つ漱石先生は日本国が国難に立ち向かうとして戦争を始めたならば、これに積極的に参加・支援するのが当然という考えだった。大東亜戦争の際に、日本軍に協力した文化人を戦後体制の中で非難する風潮が日本国内に蔓延したが、漱石先生が昭和の時代に生きていたなら、左翼言論人から大攻撃を受けたことだろう。戦前において従軍した代表的な洋画家の藤田嗣治（つぐはる）が美術界で一人非難されてフランスに帰化した例があるように、嫌いであった英国に逃げ出していたかもしれない。漱石先生の戦争に対する考え方は次の日露戦争後の講演文（「私の個人主義」、学習院大学）の一節に表れている。

「いったい国家というものが危くなれば誰だって国家の安否を考えないものは一人もない。国が強く戦争の憂が少なく、そうして他から犯される憂がなければないほど、国家的観念は少なくなってしかるべき訳で、その空虚を充たすために個人主義が這入ってくるのは理の当然と申すよりほかに仕方がないのです。今の日本はそれほど安泰でもないでしょう。貧乏である上に、国が小さい。したがっていつどんな事が起ってくるかも知れない。（中略）いよいよ戦争が起った時とか、危急存亡の場合とかになれば、考えられる頭の人、——考えなくてはいられない人格の修養の積んだ人は、自然そちらへ向いて行く訳で、個人の自由を束縛し、個人の活動を切りつめても、国家のために尽すようになるのは天然自然と云っていいくらいなものです。だからこの二つの主義はいつでも矛盾して、いつでも撲殺し合うなどというような厄介なものでは万々ないと私は信じているのです。（中略）国には徳義心はそんなにありゃしません。詐欺をやる、ごまかしをやる、ペテンにかける、めちゃくちゃなものであります。（中略）だから国家の平穏な時には、徳義心の高い個人主義にやはり重きをおく方が、私にはどうしても当然のように思われます。」

• 生垣の上より語る小春かな

（いけがきの　うえよりかたる　こはるかな）

（明治29年12月）句稿21

久しぶりの温かい冬の日曜日。熊本の漱石宅の庭で起こった近所の人との交流の一コマである。裏庭には低い生垣があり、裏道を歩く人がよく見える。漱石が庭に出ていると近所の人が声をかけてくる。

家の裏庭の境界になっている生垣を挟んで、近所同士が話し込むという温かい時間がすぎる。まさに小春日和の時間である。こんな時に、漱石先生はどんな話をしたのであろうか。近くにある寺の住職が辞めてしまったことなのか、そしてその後、どうなっているのかについてなのか。

この句の面白さは、生垣を挟んで話すのではなく、「生垣の上より」しゃべるという表現である。生垣がしっかりした造りであったのだろうが、お互いの顔が近いことがわかる表現になっている。これによって親しい関係になっているとわかる。

この時のおしゃべりは記念すべきものであったと思われる。漱石はこの会話のほぼ1年後に高校の同僚の山川と熊本市の北西に位置する小天温泉に出かけたが、この時宿泊した宿は、この温泉のある玉井の有力者であった前田案山子（かがし）の温泉付き別荘であった。この家は隣人の親戚の持ち物であった。この隣家の裏庭で主人の老人は畑仕事をしていたようだが、漱石はこの老人と話し始めた。漱石は気分転換に温泉にでも行きたいと話したのだろう。するとこの隣人は小天温泉に親類の別荘があると言いだした。この隣人が仲介して1年後の年末に漱石は出かけることになったと想像する。小天温泉にある知人の別荘は、小説『草枕』の舞台になった。

＊新聞『日本』（明治30年3月7日）に掲載

生垣の隙より菊の渋谷かな

（いけがきの　すきよりきくの　しぶやかな）

（明治43年11月1日または2日）新聞への投稿

漱石の入院していた、東京の麹町にあった病院の生垣から見えた景色を描いている。長与胃腸病院の庭の端をゆっくりと歩いていた時のことである。「ふと竹の生垣の向こうに目をやると渋谷の土地が見通せて、そこに菊の花が栽培されている畑が見えた」というのが句意である。ふと見た景色を詠んだ句であり、深い意味はない。ただ、病院の庭から渋谷の谷が望めたというのは漱石の驚きであったのだ。漱石先生は入院生活が長く、外の世界に興味があったことがわかる。漱石先生は菊が大量に栽培されている地域が見えたということの方が驚きであった。

当時の渋谷は渋谷川が流れ、文字どおり谷のある土地であった。江戸時代には桜の名所があり、明治には菊の栽培が盛んであったようだ。山手の外れの田園地帯であった。今の渋谷の街の前身としての大きな集落は形成されていなかった。

この句の面白さは、10月31日からずっと菊の句を作ろうという執念が垣間見られることである。日記には3日連続して7句が作られたが、すべてが菊の句であった。また11月3日から8日まで新聞に投稿し掲載された俳句は、その10句すべてが菊の句であった。この菊に対する執着が切れたのは愛する大塚楠緒子の死の知らせによってであった。楠緒子追悼の句に菊を詠み込んで最後にした。菊に対する思いを俳句に込めようとすると、すべてが楠緒子との思い出につながってしまうからだ。

＊『国民新聞』（明治４３年１１月３日）と雑誌『俳味』（明治４４年５月１５日）に掲載

生垣の丈かり揃へ晴るゝ秋

（いけがきの　たけかりそろえ　はるるあき）

（明治31年9月28日）句稿30

借家である漱石宅の庭の方には、長い生垣があり、枝垂れるように咲く萩、紫苑などが繁茂していた。秋の晴れた日に、漱石は伸びすぎた萩や紫苑を刈り揃えようと剪定鋏を取り出して刈り込みを始めた。高さが揃った生垣は秋の日差しを受けてすっきりと輝いていた。

漱石は明治31年の7月に熊本市内の坪井町78に転居していた。この坪井の家は熊本で5番目であったが、漱石は気に入って、住んだ期間は最も長い1年8ヶ月に及んだ。この家の生垣には漱石の好きな菊の仲間である紫苑が咲いていた。

漱石先生はこの句の直前に「早稲晩稲花なら見せう萩紫苑」という萩、紫苑が登場する句を置いていた。このことから漱石宅の生垣には萩や紫苑が咲いていたとわかる。この艶やかな花を刈り込むのはつらいと思ったが、隣家との境でこんもりしすぎてはまずいと思い、刈り込むことにした。漱石先生は昔から生垣に気を配っていた。

ところで古来萩と紫苑は花の形状から女性器とみなされていて、和歌にもこの意味でいくつもの紫苑歌が詠まれていた。このことを知っている人が漱石の庭の繁茂した紫苑花を見たらなんと思うかと考えてしまったのかもしれない。その一方で漱石先生が生垣の刈り込みするのは、妻のつわりがひどくなる中で気分転換をしたくなったものと思われる。刈り終えた漱石の気分は、掲句にあるように秋晴れの気分になっていた。

活けて見る光琳の画の椿哉

（いけてみる　こうりんのえの　つばきかな）

（大正3年か4年）手帳

漱石は自宅で、床の間の台に置いてある大きな花器に生けた椿を眺めている。その見事な椿を見て漱石は久しぶりに椿の俳句をニヤニヤしながら作ってみた。

句意は「妻が瓶に生けた椿は、光琳の椿図に匹敵する出来栄えであった」というもの。だがこの世に光琳の椿図は存在していない。あるのは素朴な椿図団扇のみである。漱石は漱石山房に集まった門弟たちに光琳の椿図に匹敵すると、書斎にある椿の生け花を自慢げに見せていたのであろう。これは漱石のユーモアが込められているトリック俳句なのである。

ところで漱石は生涯椿の花の絵を描くことはなかった。椿の花の持つ妖気と色気を描けないことがわかっていたからだ。

ちなみに漱石は光琳の杜若（かきつばた）の金屏風（燕子花図（かきつばたず））を明治40年に京都帝室博物館で見ていた。その後この屏風は京都・西本願寺が所蔵するようになり、大正2年（1913）に売りに出され、翌年には東武鉄道の鉄道王・根津嘉一郎のコレクションとなった。その後は東京の根津美術館において期間限定で展示されるようになった。平成29年には京都国立博物館で里帰り展示された。

・いざ梅見合点と端折る衣の裾

（いざうめみ　がてんとはしよる　きぬのすそ）

（明治32年2月）句稿33

「梅花百五句」の前置きがある。梅見の行事は奈良時代に日本へもたらされたとされる。早春に百花に先立って咲く梅は、これだけのことで尊ばれる。香り高い梅の花は肌寒い季節に咲くことで、自らの気品を高めている。花の見頃には熊本の各所の梅林が賑わう。漱石は梅が2月に咲きだしたという知らせを受けて、腰が浮き上がった。

さあ、掲句は同僚の若い友人からこれから梅見に行こうと声をかけられた時の句であろう。句意は「梅見に誘われると、合点だと声を上げて応じた。綿入れ着物の裾を端折って腰を低くして走りだす格好をした」というもの。楽しい友人がいると花見も盛り上がるというものだ。当時の観梅時の格好は羽織と袴姿であった。

この句の面白さは、梅は肌寒い季節に咲く花であり、少し気合を込めて花見に出かけねばならないとしていることだ。寒さを撥ねとばす気合が必要だ、と表しているのだろう。梅見は嬉しいことであるが、未だ寒いことを気にしているとわかるようにしている。

・居酒酌むや寒き能登もの越後もの

（いざけくむや　さむきのともの　えちごもの）

（明治32年12月頃）

居酒とは酒屋か居酒屋で飲む酒のこと。酒屋で買った酒を家に持ち帰らないで、店で飲むスタイルだ。店では簡単なツマミを出したようだ。熊本第五高等学校の教授が、街中（まちなか）の酒屋で飲んでいる光景は想像できない。もともと下戸である漱石先生であるから有り得ない話だ。師走の熊本市内で見かけた独り者の生態を描いた俳句である。それとも学生寮に酒を持ち込めない学生たちが、外で安酒を飲んでいる光景か。学生の生活指導の担当でもある漱石先生は、街中を歩いて学生の年末の過ごし方を調べていたのかもしれない。

句意は「風が吹きつける酒屋の寒い店先で若者たちが、能登の酒がいいとか越後の酒がいいとか言いながら、酒を酌み交わしている」というもの。料理や絵はない酒屋では客を板間に腰掛けさせて酒を飲ませている。酒好きな男たちは豪快に安い酒を飲んでいる。熊本県では芋焼酎や麦焼酎が大量につくられているが、日本海側の酒蔵の清酒も意外にも人気のようだ。酒屋の店主は樽から枡に注いで量を測って、酒を安く提供している。

当時の熊本市内には学生や軍人が多くいて、街は活気があった。漱石先生は酒を飲めなかったが、この酒飲みたちの雰囲気は好きであった。昔の中国文人の酒を酌み交わしての文学談義に憧れを持っていた。

＊『九州日日新聞』（明治32年12月20日）に掲載（作者名：無名氏）

・いざや我虎穴に入らん雪の朝

（いざやわれ　こけつにいらん　ゆきのあさ）

（明治29年1月28日）句稿10

松山の愚陀仏庵の庭に雪が積もっている。伊予地方には明治28年の年末から寒波が押し寄せてそのまま居座っている。雪は吹雪となってまだ降り続いている。さあ、どうするか。出かけねばならない予定があるのだ。それでも足は玄関から出ていかない。そこで思いだしたのが「虎穴に入らずんば虎子を得ず」

の諺。思い切って雪道に踏み出すことを決意した。

句意は「さあ、いざー、いざー、虎穴に入らん、と声を上げながら雪の朝に一歩を踏み出した」というもの。漱石はこの声をそのまま俳句にした。敵を蹴散らすように草鞋（わらじ）の足で玄関の外の雪を蹴散らしながら外に出たということなのだろう。漱石先生はユーモアの塊なのだ。それともよほどの寒がりだったのか。

この句の面白さは、雪の朝に玄関先で見た光景は、深く雪が積もっていて、雪の庭に出る時の思いは「虎穴に入る」思いがしたということだ。それほどに雪が深かったとユーモアを込めて表している。

ちなみにこの虎穴の話は、後漢の班超が匈奴との戦いで危機に陥ったときの話で、敵の大軍に少数の隊列で切り込む際に、部下たちに向かって「虎穴虎子（こけつこし）」の言葉を叫んだというものだという。漱石先生は自分を鼓舞するために同じ意味の言葉を口にしたのだ。「虎穴に入らずんば、虎子を得ず」の諺を「いざや我虎穴に入らん」と少々アレンジして口にした。

・石打てばかららんと鳴る氷哉

（いしうてば　かららんとなる　こおりかな）

（明治32年）手帳

厚く張った池の氷を見るとついどのくらい硬いのか、厚いのか調べたくなるものだ。この石投げは、明治32年の元日に出立して2日に宇佐神宮詣でをした帰り道の、耶馬渓縦断の折に雪道を歩いた時のものだろう。若い同僚との冒険旅であったので石投げをする気になったのだろう。

句意は「寒さで固まりそうな体で手頃な石を選んで、凍った足元の池に投げ込んでみた。すると、みごとに『かららん』と音を立てて滑っていった」というもの。投げた石は音を残して跳ねて、遠くまで気持ちよく滑っていった。これを見てこの辺りの空気の冷え具合を確認できた。

この句の面白さは、上五の「石打てば」が遊びとしての投石で池の氷を割ることを考えたのではなく、ほとんど人が通らない厳冬の雪道に入り込んでしまったことを後悔しての照れ笑いのようで、ごまかす行為と感じられることである。石が滑ってゆく時の「かららん」の音は、氷に笑われているように響いたのである。心のどこかで、これから深い山中に入り込む雪道で遭難するかもしれないと予感したに違いない。

上記のように解釈してみたが、少しスッキリしない。つまり句稿の中で記された耶馬渓縦断の厳しい句のグループからは大きく離れているからだ。つまりこの句を作った状況が見えてこない。そしてその動機もはっきりしない。この句の一つ前に置かれていた俳句は「沈まざる南瓜浮名を流しけり」であり、これも不可解な句になっている。何か学内で漱石に関する変な噂が流れていたのかもしれない。掲句と「沈まざる南瓜浮名を流しけり」を連句と考えると、掲句には別の意味があり、漱石のとった行動によって周囲に波紋が起こったということなのかもしれない。

・礎に砂吹きあつる野分かな

（いしずえに　すなふきあつる　のわきかな）

（明治34年11月3日）於倫敦太良坊運座

留学していた漱石先生は、ロンドン市内で開かれた「太良坊運座」にたまに参加していた。この珍しい名の句会は横浜の貿易商・渡辺和太郎（号は太良坊）を中心にした日本人会の句会だ。ここでは漱石が宗匠であり「天長節」「野分」などのお題を出していた。

太良坊のオフィスがある金融街シティにはビルが並んでいる。その一角で開かれる太良坊運座。石造りの建物の土台石には礎石があり、そこに建物の建築された年月が彫り込まれていた。チラとその数字を見るとそれほど古い時期のものでなかった。英国は先のヴィクトリア朝時代に急成長した成金国家であった。

その礎石あたりに11月になると冷たさを増した秋風が運んだ砂埃が吹き溜まっていた。漱石先生はこれを見るとロンドンにも野分の季節があるのだと思った。漱石先生はロンドンの冬も今年で2回目なので季節の進み方がわかるようになっていた。

この句のお題は何であったのか。日本を懐かしんで「野分」だったのであろう。日本であれば吹き集まるのは枯葉なのであろうが、ロンドンのシティでは砂なのだ。黄色い空気の中で煤塵を含む砂が吹き集まるさまは、まさに異国の異様な光景だと実感したことだろう。このような俳句を作った後、漱石は無性に日本が懐かしくなったことだろう。

●石段の一筋長き茂りかな

（いしだんの　ひとすじながき　しげりかな）

（明治44年12月3日）行徳二郎に渡した贈り物の包み紙

行徳二郎に自著本を渡す際に、面白い工夫をしていた。漱石の評論本『切抜帖より』を包んだ包み紙に、色紙に書くように俳句を多数書き込んでいたということであった。包装してできた6面のそれぞれに1句ずつ書き入れた。洒落たパッケージが出来上がった。行徳二郎は漱石の弟子であるから、気楽な遊び心で白い包み紙に模様のように書き入れたのだ。漱石にとっては中身の本だけでなくパッケージまでのトータルデザインを施した感覚であった。

句意は「目の前の高台に長い石段が一本、その天辺まで続いている。そしてその白い道は緑の中に消えるように長く続いている」というもの。これは挨拶句で、この神社は行徳の生まれた土地にある神社なのであろう。深い緑色と白い石段の道との色のコントラストが綺麗である。まさに絵になる光景である。

かなりの高台にある神社なのだ。これから登ろうと前方の森を見上げると、石段が長く天辺まで続いている。そしてその石段は緑の中に吸い込まれているように見える。一本の石段の線と緑の三角形が遠くの一点で交わっているように錯覚する。荘厳な雰囲気に飲み込まれそうな気がする。

ちなみに包みの各面に配置していた句は、「稲妻に近き住居や病める宵」「石段の一筋長き茂りかな」「空に雲秋立つ台に上りけり」「広袖にそゞろ秋立つ旅籠哉」「鬢の影鏡にそよと今朝の秋」「朝貌や鳴海絞を朝のうち」である。

●石の山凩に吹かれ裸なり

（いしのやま　こがらしにふかれ　はだかなり）

（明治32年1月）句稿32

「耶馬渓にて」の前置きがある。明治32年の正月2日は宇佐八幡に鉄道と馬車で行き、友人と初詣を済ませた。元旦に熊本の家を出て小倉で一泊してから宇佐に入り、その帰りは徒歩による山深い中津越えを実行した。漱石の学生時代は、かなり無謀なことをするのが流行っていた。結婚してからも学生時代からの友人である、第五高等学校の同僚教師を誘ってはいろんなところへ出かけていた。そんな時代であった。袴とわらじで出かけていた。

正月三日から切り立つ岩山で有名な耶馬渓の山道に入り、岩山の谷を回る道を西へ西へと歩いた。四日になると雪が降りだした。道々、「谷深み杉を流すや冬の川」「冬木流す人は猿の如くなり」「帽頭や思ひがけなき岩の雪」などの句を作りながら、渓谷沿いの雪道踏破の旅を続けた。掲句は急峻な岩山がそそり立つ谷を回りながら、目に涙を滲ませながら、川沿いの岩山の景色を詠んだものである。

句意は「岩ばかりの山に木枯らしが吹き付け、岩肌に積もっている雪を吹き飛ばし、山全体を白い岩ばかりの山のように見せている。まさに肌だけが露出した裸の山だ」というもの。低木や草がわずかに岩山に張り付いているが、吹雪がそうした低い木々の凸凹に吹き付けて隠し、あたりを白一色に染めていた。山全体は白い肌で覆われているように錯覚する。

「つまらぬ句ばかりだが、紀行文の代わりとして読んでくだされ。病気療養の慰めになるぞ」と漱石は句稿の冒頭で断っている。この句を見た子規はニンマリとしたことだろう。子規は、女性的な滑らかな白い肌の巨大な岩山を前にして震えている漱石を想像していたはずだ。さしずめ白い肌の巨大な岩山は、裸族のアマゾネスといったところか。

●石橋の穴や蓮ある向側

（いしばしの　あなやはすある　むこうがわ）

（明治40年頃）手帳

漱石は夏に鎌倉の禅寺を訪ねていた。荒れ寺の僧堂の縁に腰掛けて、旧知の居士と話し込んでいる。目の前の池には真ん中あたりに丸い石橋がかけられている。漱石はこの寺で30句もの俳句を詠んでいる。掲句は、手帳に14句の蓮の句をまとめて書き入れていた俳句群の中の一つ。しかし、ここで作っていた俳句はどれも、手紙にも俳誌にも公表されていない。全て手帳に書き込まれたままであった。つまりこれらの句には秘密の匂いがするのだ。そして明治40年夏は職業小説家になってから初めて取り組む小説『虞美人草』の執筆で忙しかった。そんな中での鎌倉訪問であった。

句意は「寺の池の中に見える丸い石橋には石の欄干があり、その欄干には格子状の穴が開いていて、蓮の咲いている池の向こう側がよく見えている」というもの。漱石は蓮の咲いている奥の池の方が気になるのだ。欄干の隙間から覗き込むように蓮の花を眺めていた。

この句の面白さは、「穴や蓮」の表現にある。蓮根に穴があることを誰もが承知しているので、穴と蓮を隣り合わせにしている。ここで漱石は言葉遊びをしている。そして蓮根に穴があることを石橋の欄干に穴があることに結びつけている。

漱石が「石橋の穴」を見つけた場面を想像してみる。草庵の僧が、客である漱石のために池の蓮を切り取ってくるからと立ち上がった。竿を用いて舟をゆっくりと池の中に押し出した。そのとき鋏を忘れたという声がしたので、池の縁にいた漱石は、池にかかっている石の丸橋の向こう側を眺めた。舟は欄干の穴を通して見えた。

ちなみにこの寺は鎌倉の長谷にあった禅興寺であろう。この寺が荒れ寺であったのは、明治初年に廃寺になっていたからだ。この寺の一部は明月院として残っている。この年の夏に漱石はこの地にあった親友の別荘を訪ねたことが知られている。漱石年譜には載っていないが、研究者によって明らかになっている。そして大塚楠緒子がこの年の7月18日から長谷に転居していたことが短歌歌誌『心の花』(鎌倉だより)に記載されている。漱石は楠緒子に『朝日新聞』に小説の連載を持ちかけていて、打ち合わせをする必要があった。漱石は7月19日に長谷に住む楠緒子に手紙を出していた。漱石は人があまり行かない荒れ寺で楠緒子と会っていたと思われる。

＊雑誌『俳味』（明治４４年５月１５日）に掲載

• 意地悪き肥後武士の酒臭く

（いじわるき　ひござむらいの　さけくさく）

（明治37年9月）漱石宅での連句会

高浜虚子は『漱石氏と私』において、四方太、虚子と漱石で種々のタイプの連句を作って楽しんでいたことを明かした。その際に、漱石が提出した句は「独立した一つの句としては皆ふるったものであった」と評した。のちに虚子はこの中の3俳句を取り上げて紹介していた。掲句はその中の一つである。

熊本人のことを、相手の言動をはぐらかしたり、嘲弄的態度をとるひねくれ者、そして一度口にしたら何が何でも曲げない人たち、という人がいる。漱石はまだ武士社会の雰囲気が残っていた時代に熊本に赴任したが、元武士の肥後人たちを先の見方とは少し違う「意地悪き」と評した。

句意は「元武士の肥後人は意地悪い上に、いつも酒臭い」というもの。彼らは酒が好きで酒に強く、地元米酒の赤酒を好んで飲むのを見ていた。漱石は新年や祝い事の時に、赤酒で顔を赤くした肥後人たちから酒臭い息を吹きかけられて閉口した思い出が強かったのだ。この赤酒は「灰持酒（あくもちざけ）」と呼ばれ、酵母を入れて造ったもろみを搾る前の工程で、木灰を入れて酸を中和して保存性を高めた酒である。これによって独特の芳香を持つようになり、またその性質は微アルカリ性か、それに近いものとなる。このために時間の経過とともに、糖分やアミノ酸が反応し、自然に赤色を帯びてくるという。ワインのロゼに近いものに仕上がっているのだろう。

これに対する清酒は酵母を火入れで殺して保存できるようにした無色の米酒。この種の酒は基本的には弱酸性になっている。酒好きの肥後人たちは、いくらでも飲める微アルカリ性に仕上げる処方を編み出した。酒大好き人間の考えそうなことだ。だが飲み過ぎれば同じことで息が臭くなるのは防ぎようがない。肝臓のアルコール分解能力には限界があるからだ。

ちなみに掲句の含まれている三吟連句は次のもの。

反吐を吐きたる乗合の僧　（四方太）
意地惡き肥後侍の酒臭く　（漱　石）

切つて落せし燭臺の足（虚　子）

・異人住む赤い煉瓦や棕櫚の花

（いじんすむ　あかいれんがや　しゅろのはな）

（明治29年7月8日）句稿15

句意は「西欧人、異人が住んでいる赤い煉瓦造りの建物の前に棕櫚の花が咲いている」というもの。あの建物は何であろうかと漱石が眺めている。熊本市の周辺で明治29年当時にあった赤煉瓦の洋館とは何であろう。それは公的機関の建物であって、裁判所、陸軍司令部それに第五高等学校ぐらいであったろう。それとこれらの機関に雇われている西欧人のために建てられた住居。

漱石が見ていた異人館は、赤い煉瓦を積み上げてヨーロッパ風に造った中層の建物である。漱石の家から近い、そして第五高等学校の近くに建てられたこの赤い洋館は、第五高等学校に招聘された外国人教師たちの住居であった。

この句が書いてあった句稿における直後句は「敷石や一丁つゞく棕櫚の花」である。異人たちが住んでいる赤い煉瓦造りの建物の前には１００ｍも続く敷石の道があった。立派で優雅な道が造られていた。この特別宿舎は漱石の勤め先である高等学校の校舎と似た造りになっていた。

日本が原産の棕櫚の木の幹には、ゴワゴワの長い毛がびっしりと生えている。そして日本の木造平屋の家屋より高い洋館には背の高い棕櫚の木が似合う。また赤い煉瓦の家には幹の黒い色と薄黄色の花がマッチする。この洋館はよくデザインされた建物であった。

この句の面白さは、赤い煉瓦は西欧人の赤みがかった顔の色を思い起こさせ、棕櫚の幹に密集して生えているゴワゴワの長い毛は外国人の毛深さを連想させ、棕櫚の花の高さは漱石よりはるかに高い西欧人の頭の位置を連想させることだ。漱石は異人館を眺めて、このようなことを思っていたのかもしれない。

・いそがしや霰ふる夜の鉢叩

（いそがしや　あられふるよの　はちたたき）

（明治28年12月18日）句稿9

鉢叩きは当時の松山や京都、他の代表的な年末行事の一つであった。「11月13日の空也忌から大晦日までの48日間、空也堂の僧が街中を巡り歩いた空也念仏のこと。瓢、鉢、鉦を叩き鳴らし、和讃や念仏を唱えた」と季語解説にあった。実際には通りの家の前で鉢や瓢簞をバチで叩きながら念仏を唱え、喜捨を求めた。

いろんな俳人がこの行事を取り上げている。面白い句の両雄は次のもの。「納豆きる音しばしまて鉢叩」（芭蕉）「千鳥たつ加茂川こえて鉢叩」（其角）漱石の掲句はこれらに勝ると弟子の枕流は考えている。ユーモアの度合いが桁違いに優れているからである。

掲句の意味は、「年末になると毎年のことであるが、空也堂の僧たちが列をなして家々の路地で鉢叩きをする。霰の激しく降る夜は鉢叩きが忙しく聞こえる。僧たちはいつもより速く叩いているように感じる。霰の粒も鉢叩きに加わっているからだと思えるくらいに速い。寒さで体が震えているからだ」というもの。僧たちは手を速く動かして少しでも体を温めようとしているからだと漱石は笑う。

この句の面白さは、「いそがしや」の表現にある。この語は「霰降る」と「鉢叩」の両方に掛かっている。「忙しく霰が降る夜」ということになって、寒さがいつもより増していることになる。このことによって、手が寒さで震えるからいつものテンポが崩れていると漱石は観察している。鉢叩きの手の動きも自然に速くなっていると笑うのである。毎年末の忙しい時期に毎日うるさく音を出されることに対するからかいの気分が感じられる。

・いたつきも怠る宵や秋の雨

（いたつきも　おこたるよいや　あきのあめ）

（明治43年10月下旬）渋川玄耳へのお礼の信書

朝日新聞社の社会部長になったばかりの渋川氏は漱石が入院した病院に後から入院してきた。２人は会社の同僚の関係であったが、「同病相憐む」の言葉があるように、同じ「いたつき」の胃病の患者同士となって、それまでとは違う親しい関係になっていた。漱石はその彼から珍しい菊の小鉢をもらった。そのお礼にと、「医師の許可を得てたつた一つ献上」と書いたお返しの品物に掲句をつけた手紙を添えて、近くの病室にいる渋川氏に手渡した。

句意は「病気によくない、気の重くなる秋雨の降る宵であることよ」というもの。いたつきは労き、病と書いて病気のこと。「いたつきも怠る」とは、病身を労る（いたわ）のを怠る、身体に毒になる、の意である。気の滅入る秋雨の時期に、渋川氏から菊の小鉢を貰って気晴らしができて喜んでいると伝えた。漱石の好きな菊の花を病室で眺めることができ、気が滅入らないで済んでいた。

漱石がもらった菊鉢は小菊をツリー状に仕立てた珍しいものであったので、それを喜んだ漱石は日記に俳句の形で書き記しておいた。「蔓で提げる目黒の菊を小鉢哉」（10月31日）の句である。

この31日の昼に、漱石は渋川氏から借りてまだ返していない本があったのを思い出して、この日の昼に妻へ出した手紙の末尾に、前に話しておいたあの本を次に病院に来る時に忘れないようにと書いた。渋川氏との雑談の中でこの本のことが出そうな気がしたからだ。近くに同僚がいると話し相手になって都合はいいが、それだけではないと思ったに違いない。

ところで漱石が手紙に「医師の許可を得てたつた一つ献上」と書いていた品は何であったのか。漱石に誰かが届けた食べ物のお裾分けなのであろう。多分担当医の森成医師が持ってきた越後高田の飴なのだ。森成医師の生まれは越後高田なのだ。この飴とは、漱石は回復に向かっていたので、日に3個までならと決められていた飴である。だが新入りの渋川氏は「たつた一つ」だけ許されていた。

漱石が贈った「たつた一つ」のものとは薬のようなものであり、身体に「効く」と言いたいのだ。これでお返しは十分だと言いたいのだ。つまりもらった「菊」に「効く」を掛けているのだ。漱石はこんなところでも遊んでいる。

ちなみに渋川玄耳は熊本の第六師団法務官を経て、明治40年に東京朝日新聞社社会部長にむかえられた人。本名は柳次郎。たぶん漱石は熊本時代に渋川氏と顔を合わせていた。彼は入社後新聞に随筆を連載し、「朝日歌壇」を再設して石川啄木を選者に登用した。

・いたつきも久しくなりぬ柚は黄に

（いたつきも　ひさしくなりぬ　ゆずはきに）

（明治43年10月9日）日記

「いたつき」は労き、病と書いて病気のこと。「病」の語より回復が早くなる気がする言葉だ。この句の前置きとして「昨日看護婦が裏の縁側に出てもうあの柚が黄になりましたと云ふ。明後日は東京へ帰る日取りなり」と書いていたが、漱石は予定どおり10月11日にこの宿から運び出された。東京から派遣されていた看護婦が庭の木々の変化について漱石に報告してくれていたので、掲句を作ったようだ。修善寺の温泉旅館での療養は早1ヶ月。漱石先生も看護婦も繰り返す日常の中で庭の木々の変化に目を楽しませてきた。漱石の観察では、柚の実よりもサルスベリの葉の方が黄色になるのは早かったと見ていたが、せっかくの報告なので俳句に取り上げることにしたようだ。

句意は「病気は長引いていて、いつの間にか窓から見えていた緑の柚の実は黄色になっていた」というもの。柚の丸みは目出度いものとして、また黄色は幸運の印として漱石は柚を取り上げた気がする。

この句の面白さは、胃潰瘍の病気との付き合いは長くなったものだと病気に対して、友たちに対することのように回顧していることだ。明後日東京に帰ることになり、病室にしていたこの大部屋ともお別れだと思ったことで、感傷的になっていた。そしてホッとしているのだ。東京に戻ったなら柚の実を絞った料理を食べたいものだと思ったのかもしれない。

・いたづらに書きたるものを梅とこそ

（いたずらに　かきたるものを　うめとこそ）

（大正5年11月）自画賛

「春風未到意先到」（しゅんぷう　いまだいたらず　いさきにいたる）」と前書

きにある。風はまだ暖かくないが、漱石の気持ちはすでに春になっていると前置きして、春を待ち焦がれている賛を梅の自画に書き入れた。

句意は「気の向くままに絵を描こうとしたら、自ずと梅の花になっていた。梅の花は描きやすくていい」というもの。梅の香りはまだ漱石宅の縁側に流れ込んできてはいないが、筆はいつの間にか梅を描いていたと色紙に書き入れた。気持ちに余裕が見られる。

漱石先生の身体は相当に弱っていたが、それを本人が一番わかっていた。しかし死ぬ時が来たらそれを受け入れるだけだと考えていた。そうであるから、いつでも気持ちは前向きで落ち着いていた。

ちなみに、「俳聖」といわれた芭蕉は、死期が近づくと故郷の伊賀に旅し、門弟の多い大坂へ出かけた。そこで門人たちの宴に招かれたが食あたりを起こし、死の床についた。その芭蕉は死を前にして、あの世の枯野を先に死んでいた恋人（の男）と歩くことだけを夢見る俳句を披露した。枕元の門人たちがそんな師匠を心の底から温かく見送ったかは疑問だ。漱石は芭蕉とは違って、まだ小さい娘に泣かなくてもいいと声をかけていた。

これから1カ月先の12月9日に亡くなる人の俳句とは思えない。「いたづらに」という言葉が口をついてくる心境がユニーク極まりない。この梅の絵は、辞世の絵なのであろう。なお弟子の枕流も漱石先生に倣って、絵を描きながら俳句を作りながら死んでいきたいものだ。

・いたづらに菊咲きつらん故郷は

（いたづらに　きくさきつらん　ふるさとは）

（明治28年11月6日）句稿5

漱石はこの句を作る3日前に、子規の第二の故郷ともいえる松山の南にある四国山地の山裾の村に一泊した。泊まった家は旧家で、子規の親類の近藤氏の家だ。子規が小さい頃遊びに行っていた田舎の家だ。大きな母屋の前には、菊が庭から玄関にかけて邪魔なくらいに繁茂して咲いていた。

句意は「子規くんよ、君の故郷の家には、優雅にのんびりとただ繁茂するのに任せた菊が咲いていた」というもの。上五は「徒らに」の語が当てはまる。また「つらん」は推量の助詞で「このようになっているように思える」ということになる。

母屋は茅葺きの古い家であった。屋根にも小さな花が咲いていた。小雨が降る中到着した家は、菊で埋め尽くされている感じがした。庭から玄関近くまで白菊が咲いていた。その旧家にたどり着く前に遠くから菊の花が繁茂している景色を眺めて、俳句を作っていた。その俳句は「誰が家ぞ白菊ばかり乱るゝは」である。何だあれは、という驚きを句にしている。白菊だけというのも驚きであったのかもしれない。それからの推測として近藤氏宅の庭に白菊が咲いていたと思われる。漱石が目指したあたりには家は1軒しかなかった。

緑の葉っぱに白い菊の花。白と緑色の庭は幾分寂しい光景になる。古びた母屋、そして縁側の前庭いっぱいに咲く白菊。菊の花がまいっぱいに広く咲き誇るさまは、通常人の気持ちを明るくホッとさせるものであるが、子規の故郷の花はそうではなかった。寂しげであった。当主が老婆であり、男の働き手が不足している家は活気がなかったからだ。これからは古くなって益々さびれていくだけの家。手入れもなされないまま、広がるにまかせた白菊の群れ。漱石は虚しさを感じたのであろう。

子規に出した手紙につけたこの俳句で、松山の奥深い田舎家の近況を伝えていた。漱石はこの光景を見て「乱菊の宿わびしくも小雨ふる」の句も作っていた。

・一群や北能州へ帰る雁

（いちぐんや　きたのうしゅうへ　かえるかり）

（明治29年3月5日）句稿12

北の国から南下してきた雁の一群が春先に北の能登半島の方に帰る姿が見られた。漱石は伊予の松山にいて、翌月の4月にはこの地を去ることになっている松山の空を幾分寂しい思いで見上げていた。あの雁の一群はたぶんもとの北能登に戻るのだろう。私は雁とは違って西へ行くが、と呟いた。

この俳句で漱石先生は英語で洒落を言っている。能州の「のうしゅう」はNorthであり、北を意味する言葉である。そして「雁」は運ぶという意味の

Carryに掛けられている。リーダーが一群を引き連れるということだ。まさに英語落語の世界を掲句で展開している。さらには「北」は「来た」の意味も含み、「来て、そして帰る」と意味をつなげている。つまり雁は「来ては帰る鳥」であるということをこの句は示している。

空を一群の雁が「くの字」になって飛んでゆくさまは、「雁行」と称されるが、その形は矢印を形作っていて、目的地を目指していることを空見る人に示している。一群の士気が上がっているのは間違いない。グループでの行動は長旅でも疲れを感じさせないのだろう。

雁が北へ帰る風景は寂しいものであるが、漱石先生は楽しい俳句に切り替えている。一茶のユーモアの世界をさらに進展させている。漱石がこのような陽気な俳句を作るのは、相当に寂しがっていることの裏返しなのだ。

● 一山や秋色々の竹の色

（いちさんや　あきいろいろの　たけのいろ）

（明治43年9月24日）日記

喀血した修善寺の宿に留まって、東京に戻れるように体力の回復を待っていた時の句である。空の高みに目をやり、赤とんぼの飛翔を眺めるまでには回復した漱石は、窓から山をぼんやり眺めるだけでなく、山をじっくり観察しようという気になった。

目の前の山は所々色づいてきていた。赤とんぼの色が山肌に移ったように見えたのかもしれない。修善寺の山には竹林が多くあり、その茂みを見ていると、やはり竹にも秋の訪れがあるように見えた。竹は真緑ではなくなっていた。微妙に緑の中にも変化が現れている。だが漱石は山が秋の色に変わろうとしている中にあって、竹だけはまさに大きく色を変えずに緑のまま存在している、とみていた気もする。

句意は「窓から見える目の前の山全体が、秋になって色々の色を身にまとっている。だが竹の色は緑で変わらない」というもの。竹は幹をすっと天に伸ばしている植物で水墨画にもよく登場する。漱石も筆で竹を度々描いていた。そんな竹を見ていると気持ちが安らいだのであろう。周りの人に合わせない生き方の漱石の気持ちに寄り添う仲間を得た気分なのだろう。

またこの句では画家漱石の顔が見えている。山全体が秋真っ盛りで見事に色づいている。木々の葉色が山を飾っている。その色々の中で真っすぐに伸びた竹の真っ青な色が際立っている。竹の幹と葉の色が輝く緑色なのだ。そして一山の紅葉が見事であると感じるのは、赤の補色の竹の緑があるからだと言っている気がする。これによって紅葉の色のコントラストが効くことになるからだとみている。この観察には、画家漱石がの顔が垣間見える。そして、こんなつぶやきをしているのかもしれない。「小説同様に色の道は奥が深い」と。そして人を含む自然は奥が深いと。

この句には言葉遊びがあり、楽しい句になっている。日常的に使う「様々な」という意味になる「色々」という言葉が、ここではこれだけでなく文字どおりまさに「沢山の色」の意味にもなっている。ここに言葉遊びがある。この言葉を使って賑やかに浮きたつ山全体を表現している面白さがある。

そしてこの句には、一山が色々だと言っておいて、これでも足りないかのように句の中にさらに竹の「色」の緑色を美しさの要素として追加している。この句には「色」という漢字が何と3つも使われているのだ。非常に珍しい構成にしている。漱石はこんな面白いことを企んで楽しんでいる。

● 無花果や竿に草紙を縁の先

（いちじくや　さおにそうしを　えんのさき）

（明治43年12月）

漱石先生が部屋に続く縁の先を見ていたのは、入院していた東京の長与胃腸病院である。明治12年に造られたこの病院は当時の写真を見ると建物自体は和式の造りであった。横に並んでいた各病室には畳が敷かれていたという。患者が自分の家のようにゆったりした気分で過ごせるようにという配慮なのだろう。しかし流石に診察室には椅子・机が置かれていた。

漱石のいた和室の病室にも庭に出られる縁側があり、庭側の戸を開けるとその縁側に出られた。体調が良くなってからは貰い物の白菊の鉢を見るために毎日のように縁に出ていた。

この病院の庭には生垣があった。その内側に無花果の木があった。快方に向かっている病人が散歩するように庭が作られていた。ある日漱石が縁に出て白菊を眺めようとすると、他の部屋の前の縁側に取り付けられている物干し竿に和綴じの本である草紙が下げられていたのが目に入った。漱石はこの物干しの光景を面白く眺めていた。

この句の意味は「無花果の木のある庭の縁先に物干し竿があり、そこに和綴じの本、草紙が括り付けられていた」というもの。物干し竿には洗濯物が掛けられると相場が決まっているが、本が干されているとは、と面白がった。無花果も変わった果実であるが、ここの洗濯干し場も変わっているとニンマリしたのだ。誰かの部屋に持ち込んだ本が濡れてしまい、乾かしていたのだろう。

だが普通は病室の前には洗濯物を干す場所はないと思われる。そうなると漱石先生か誰かが、濡れた本を乾かすのに無花果の枝を使ったと想像できる。漱石は無花果の木の枝を物干し竿と表したのだ。漱石のユーモアである。そして縁の先というからには無花果の木は、縁の近くまで枝が伸びていたのであろう。

そうなると句意は「病室の前の庭にはイチジクの木があり、この枝に濡らした草紙本が干されていた」というもの。本を開いて振り分けにして枝に掛けていた。掛けられた本は洗濯物のように見えたのだ。漱石先生はこの光景を面白く思った。

• 一大事も糸瓜も糞もあればこそ

（いちだいじも　へちまもくそも　あればこそ）

（明治36年）漱石の蔵書『几董全集』に記入

半藤本において、漱石は高井几董（たかいきとう）の俳句を好んでいたことが紹介されていた。そして漱石宅の書棚にあった『几董全集』には幾つも書き込みがあり、熱心にこの本に取り組んだ跡があったと記されていた。確かに漱石が渡欧する際に船内に持ち込んだ唯一の句集は、几董の俳句集であった。このように、漱石の興味の対象の俳人の几董ではあったが、中には苛立つ句があるとして、「朝毎の法りや旅寝の一大事」を挙げて怒っていたと半藤氏はいう。多分ここには赤のアンダーラインが引いてあったのだ。この苛立つ句の意味は「旅での一大事は朝の経を唱えることだ」というもの。

掲句の解釈は難解であり、半藤氏の指摘する苛立つ句に対する感想を、漱石は掲句にまとめていると推理した。そうなると句意は「几董よ、お前さんの言う、旅での一大事は朝の経を唱えることだ、などというのは間違ってる。一大事というなら、体調を維持するために毎日ヘチマ水を飲み、毎日の糞を出すことだろうよ」というもの。日常で世話になるのは、薬としてのヘチマ水であり、毎日の排便なんだろうが、と声を荒げて主張している。このように漱石は好きな几董を叱っている。

この句の面白さは、漱石が、親友で病床にいる子規の身になって、俳句を作っていることだ。子規にとってヘチマ水と排便は大事なのだと。つまり掲句は「朝毎の法りや旅寝の一大事」の句のパロディなのだ。

もう一つの面白さは、漱石は面白俳句を作る几董を気に入っていたが、旅で毎朝経を読むとはどういうことだ、日常から目をそらしていてはダメなのだと主張している気がする。地味な日常に対する好奇心を失ってはならぬと主張したいようだ。確かに漱石は糞が登場する俳句をいくつか作っている。

• 市中は人様々の師走哉

（いちなかは　ひとさまざまの　しわすかな）

（明治28年11月13日）句稿6

掲句の読みは「まちなかは　ひとさまざまの　しわすかな」とした。この項の参照を願う。

• 市に入る花売憩う清水かな

（いちにいる　はなうりいこう　しみずかな）

（明治40年夏）手帳

掲句の読みは「まちにいる　はなうりいこう　しみずかな」とした。この項の参照を願う。

市の灯に美なる苺を見付たり

（いちのひに　びなるいちごを　みつけたり）

（明治36年6月17日）井上微笑（名は藤太郎）宛の書簡

熊本に住んでいたときに、俳句で交流のあった井上から東京の漱石に句稿の依頼があり、これに応えて13句を送った。掲句はそのうちの一つ。この熊本時代の友人からは、熊本市内の自宅と東京に住んでからの自宅に、藤太郎の所属する会の俳誌が何度も送られてきたが、今回の送付については投稿用の用紙も入れられていた。自分たちの句誌に載せる俳句を是非にと依頼してきた。

句意は「夜の露店で、色鮮やかで美しいイチゴを見つけた。その苺は灯に照らされて赤く光っていた」というもの。掲句は明治34年の作といわれている（ネット情報：「土井中照の日々これ好物」）。この年の漱石は留学していた英国にいた。つまり夜の市は英国のナイト・マーケットであった。そして夜の明かりはガス灯であろう。同時にできたもう一つの苺の俳句は「玻璃盤に露のしたゝる苺かな」であった。夜店で輝いていた苺はガラス皿の上にそっと並べてあった。宝石のように輝く苺の新鮮さがこの皿の上で際立っていた。このような展示をする商売は当時の日本にはなく、このことだけでも漱石は英国の経済力のすごさを感じていた。

ところで漱石は市と書いて「まち」と読ませる句もあるが、掲句の上五の読みは「いちのひに」とした。漱石は夜の散歩の途上でナイト・マーケットに出くわした時の経験を描いているとしたからだ。

この句は昭和時代のフォークソングの一節のようであり、古さは感じられない。夜店で苺の美しさを知らされたというのだ。漱石は明治34年作の俳句を2年後に熊本の俳誌に登場させた。日本のこの時代の苺はまさに鑑賞用に栽培されていた。まだ品種改良の途上であった。食べられる苺として売られたのは1960年代のことである。掲句は英国土産の俳句なのだ。

ちなみに井上微笑は中央大学を卒業後、佐賀県庁に入庁したあと、明治25年に父親の仕事の関係で、熊本県南部の湯前町役場に就職した。仕事の傍ら俳句作りに励み、夏目漱石を主宰にした俳句結社「紫溟吟社」に投句し、漱石に称賛された。その後、俳句結社、「白扇会」を主宰し『白扇会報』を発刊した。

漱石は微笑からの依頼を受けて、懐かしく熊本での句会を思い起こしていた。

弟子の枕流は、1990年頃赴任地であったマレーシアのクアラ・ルンプールのナイトマーケットで地元の珍しい野菜を探して夜道を歩いたことを思い出した。英国領であったマレーシアにはナイト・マーケットが根付いていたようだ。漱石はロンドンのナイト・マーケットで安い骨董品を眺めながら歩いていたのか。そしたら観賞用のイチゴに出会ったということだ。

一八の家根をまはれば清水かな

（いちはつの　やねをまわれば　しみずかな）

（明治40年頃）手帳

一八は初夏にアヤメに似た花をつける多年生植物。昔、この植物は強い根を張ることから、大風を防ぐと信じられて、わら屋根に植えられたという。いわば一八の根は藁や茅で葺いた屋根の天然の補強材であった。

句意は、「わら屋根の上に一八を植えているお堂の周りをぐるっと回ったら、裏の山裾に清水が湧き出ていた」というもの。屋根の表側に一八の花が咲いていたので、屋根の裏側はどうなっているのか、漱石はお堂の裏側に回ったのだ。すると清水の小川が流れていた。見上げるとわら屋根の裏側にも一八が咲いていた。

わら屋根に一八草がしっかり根付いている禅寺のお堂は、かつては立派な建物であったが、今は荒れ果てて見る影もなかった。この侘しい光景を見ていた漱石は、屋根の表側に一八の花が咲いているのを見つけて、ホッとした。そして裏に行って一八の花を見たくなった。明治40年頃はすっかり廃仏毀釈の世の中になって、寺の多くは荒れたまま放置されていた。

この句の面白さは、花の一八が屋根の裏にも咲いている気がするので、裏を見に行こうと思った、という解釈が、「一か八か、行ってみよう」ということになる。つまりこの行為には「賭けのような感覚」が込められていることになる。ここには落語的洒落が込められている。

もう一つの面白さは、屋根を「家根」と造語して表していることだ。漱石は家に根が生えていることを漢字で表したかった。ここで屋根の語に「根」の漢字が入っていることの意味を考えた。かつて藁や茅を刈り取って家を意味する「屋」の天部のカバー材に用いていたのであるから、ここに植物が生えるのは当たり前であった。よって屋根の語が出来上がったと考えた。

別の語源が見つかった。縄文時代の竪穴式住居は壁がなく、ほぼ円錐形の囲いを丸い窪地の淵に差し込んで固定した建物の名残なのだ。囲いに根が生えているという認識であった。

ちなみにこの寺は鎌倉の長谷にあった禅興寺であろう。この寺が荒れ寺であったのは、明治初年に廃寺になっていたからだ。この寺の一部は明月院として残っている。明治40年の夏に、漱石はこの長谷の地にあった親友の別荘を訪ねていた。これは漱石年譜にも出てこない。この時期は楠緒子が鎌倉長谷の地に転居していた時期と重なる。

いち早き梅を見付けぬ竹の間

（いちはやき　うめをみつけぬ　たけのあい）

（大正5年春頃）手帳

事と事との隙間が「ま」であって、物と物との隙間が「あい」で、両方に使える隙間を意味するものが「あいだ」だという。みな同じ漢字一文字の「間」である。日本語は良くできていて、かつ面白い。

句意は「竹林の間の道を歩いていて、竹の緑の中に咲きだしたばかりの梅の

花を見つけた」というもの。たぶんまだ誰も気づいていないだろうと考えて漱石はにんまりしている。梅好きの人は他の人より早く梅の開花に気づくのだと、悦に入っている気がする。

つまり漱石はまだ誰も歩きださない朝早い時間に竹林を歩いているのだ。自然界でいち早く咲く白梅は偉いが、それをいち早く見つける人も大したものよ、と湯河原温泉の竹林の寒い道で漱石は満足した。薄明かりの中に咲く白梅の美しさは格別であった。

この句の面白さは、まさに薄明かりの中に咲く白梅のように俳句を構成していることだ。漢語を用いずに和語だけで俳句を作っている。爽やかさが立ち上る。

漱石は大正5年の1月28日から2月の16日まで湯河原温泉の「天野屋」に滞在した。漱石の「天野屋」での滞在を聞きつけて、悪友の中村是好（ぜこう）や是好が総裁を務めた満州鉄道の社員らが芸者を連れて押しかけてきたことがあった。1月29日から、彼らは漱石の大部屋に芸者と数日間泊まり込んだ。体調の悪い漱石の気晴らしをしてやろうというのだった。掲句は悪友たちが湯河原温泉にある是好の別荘に引き上げた後、急に静かになった宿を早朝に出て、竹林の中の道に踏み込んだときのものである。

自然がつくり出した竹林の美に感動した漱石であったが、帝大時代からの親友である中村是好の好意も嬉しかったに違いない。漱石はこの年の12月9日に死去した。

• いち早く紅梅咲きぬ下屋敷

（いちはやく　こうばいさきぬ　しもやしき）

（明治32年2月）句稿33

「梅花百五句」とある。紅梅の多くの種類は白梅よりも早く咲きだす。寒い冬にいち早く艶やかな紅梅が咲くのを見ると人々は喜び、元気づけられる。ここに登場した紅梅は、下屋敷に作られていた庭園の日当たりのいいところに植えられていた。ところで掲句にある「下屋敷」はふつう江戸にあった屋敷を指すはずだが、漱石は掲句で細川家の熊本市内の屋敷を「下屋敷」と称している。

漱石がこの当時住んでいた熊本市には、熊本城内に元細川藩の政庁があり、この城の南側にほぼ隣接する形に設けられた細川家の屋敷があった。この屋敷は花木を植えた大規模な庭園を設けていたことから花畑屋敷と呼ばれた。この屋敷は2本の川に挟まれたエリアにあり、船着場を有する約5ヘクタールにも及ぶ広大なものであった。この花畑屋敷は川べりにあって、日当たりは良かった。そこで江戸期から殿様は気楽に過ごせる邸宅に観梅用にと紅梅を植えていた。明治時代になってこの広い屋敷だけに住んでいた殿様は版籍奉還によって伯爵となって、家族と側近たちだけで住んでいた。

漱石はこの屋敷で開かれた梅見の宴に招待されたのだ。ちなみにこの花畑屋敷の一部は花畑公園となって観梅のできる公園として市民に開放されている。

句意は「細川家の屋敷にある紅梅は、熊本市内のどこよりもいち早く咲いた」というもの。明治時代になって伯爵となっていた殿様は、この紅梅を招待客に自慢したかったに違いない。そして招かれた客たちは庭園に咲いているその紅梅を褒め称えた。漱石は掲句を作って挨拶句とした。

この句の面白さは、早春に初めて見た紅梅に漱石は一応喜びを感じたはずだが、どこかそっけないことだ。市内の大屋敷をわざと「下屋敷」と記している。寂しそうな屋敷の主人の顔を見たからなのかもしれない。伯爵殿様は相当な財を蓄えていたが、没落する一方であることを感じていたはずだからだ。漱石はこれを下降の意味を込めて象徴的に下屋敷」の言葉を採用したと思われる。

ちなみに掲句の2句前に置かれていた俳句は「紅梅や物の化の住む古館」であった。いくら熊本の大勢の有名人を下屋敷に招待して賑やかな宴を催しても、寂しさは隠せないのだ。熊本の伯爵も客の漱石も明治政府の政策によって大名家は落ちぶれるしかないことを理解していた。

ちなみに明治32年時における細川家当主は細川護成（もりなり）であった。最後の殿様の長男が明治時代になって家督を継いでいた。しかし漱石と顔を合わせたと思われる男は早死にしてしまった。気力が衰えていたからかもしれない。

• 一木二木はや紅葉るやこの鳥居

（いちもくにもく　はやもみずるや　このとりい）

（明治28年11月6日）句稿5

漱石は、晴れて気温の下がった日に近くの神社に出かけてみた。青空のもとで鳥居の赤が映えている。イチョウやケヤキに交じってモミジの木が境内に植えられているが、これらの1本、2本がかなり色づいてきている。「もう紅葉の色づく時期なのだ」と周囲の景色を見て感じ入っている。

句意は「松山市内の神社の鳥居の下をくぐって境内を歩くと、早くも木々の1、2本は紅葉になっている。平地でも紅葉が始まっている」というもの。

葉っぱが色づくのを漱石は「もみずる」と表している。ユニークな音となっている。そして「はや」の音は「葉は」のように耳に聞こえて、紅葉に意識が繋がって面白い。またこの句を読んでみると、数え歌のように感じられるリズムがある。

この句の面白さは、「もみずる」のは1、2本の木だと見ているが、目を鳥居にて転ずると鳥居も、はや色づいているということだ。「もみずる」は「この鳥居」にも掛かっているとみることができる。寺の敷地のなかでは、鳥居がいち早く色づくと洒落ているのかもしれない。

漱石は3日前に石鎚山系の山麓を歩いて愚陀仏庵に帰ってきたが、そのとき山の谷間、谷川では紅葉が進んでいるのを見てきた。寒さが山から降りてきて平地にも及んできているのを神社の紅葉で実感したのだ。

・一里行けば一里吹くなり稲の風

（いちりゆけば　いちりふくなり　いねのかぜ）

（明治28年9月23日）句稿1

自分が農道をぐんぐん進んでいっても広大な田んぼの中では、景色はほとんど変化しない。一里歩いても風景は歩きだす前の風景と変わらない。漱石は自身の句にある「山四方中を十里の稲筵」の伊予国の田園地帯を歩いているようだ。

田んぼの水は日中の差し込む太陽光を受けて温度が上がり、水面からの蒸発が激しくなる。これによって水面で上層気流が生じるが、歩く漱石にとっては無風状態が続くだけだ。ただ歩くことで頬を撫でるかすかな空気の流れが生じることになる。これが理屈の上での「一里吹くなり」の風ということになる。

つまり歩く速度で空気が移動するだけのほぼ無風のこの状態を、漱石は独特の表現で表し、「一里行けば一里吹くなり」と表した。時々立ち止まる漱石をジリジリする暑さが包む。辻貨物船の句「満月や大人になってもついてくる」が思い浮かぶ。「無風の風がついてっくる」の世界である。

この句には不思議な雰囲気がある。「稲の風」にも不思議な語感があり童話的な雰囲気が生じている。「稲の風」は田園の密集した稲の上のほとんど動かない空気であり、この風の中には稲の葉っぱと稲穂から出る、稲のエネルギーを生む酵素が豊富に含まれている。生命の香りがする無風の風である。ムッとする無風状態の中を歩くと疲労しそうだが、この香りを嗅ぐと歩く際の疲労は酵素で分解されそうだ。

「一里行く」と「一里吹く」という繰り返しのある対句部分も面白い。これも風景同様に読む人に安心感を与え、面白みをもたらす構成だといえる。この言葉のリズムはゆったりと吹く風のリズムのようにも思える。漱石はこの種の不思議な感覚に陥らせる句を作るのが好きなのだ。この句を読む子規に、言葉の爽やかな風を感じさせたに違いない。

・一輪は命短かし帰花

（いちりんは　いのちみじかし　かえりばな）

（明治28年11月22日）句稿7

「帰り花」は二度咲きする花のことで、初冬の小春日和に咲く桜、梅などの花がその代表である。帰り花を人に当てはめると、再び遊郭に勤めに出た遊女、風俗の女性という意味になるのだという。そうであると「凩に匂ひやつけし帰花」の芭蕉句にある帰り花は、生花なのか寒空の下の年増の夜鷹なのかよくわからなくなる。たぶん凩の中で咲くのであるから、後者である。

漱石は「一輪だけ咲く帰り花の桜は、命が短い」という。帰り花に出会った嬉しさは、この花のこれからの命を考えると侘しさも感じるのだ。初冬に桜の花が返り咲きしているのに出くわすことがある。よく見るとその数は春に比べると極めて少ない。これも侘しいことである。

この一輪を女性と見立てるとどうなるのであろうか。千代女の「春の夜の夢見て咲や帰花」に登場するもう若くはない女性は、この後わずかの命ということになる。そしてその姿は侘しいということか。再び花柳界に戻った女性の先の寿命は短いということなのだ。わずかな命でも咲く花は美しいが。

この句を作った時の漱石先生は、まだ若い独身の28歳であった。そうであればこの一輪の帰り花は、街で出会った年上の魅力的な女性ということになりそうだ。そして千代女と同じような思いを抱きながら、精いっぱいその花を愛でたことだろう。

ちなみに「命短し」の言葉は、1915年（大正4年）に発表された歌謡曲『ゴンドラの唄』の吉井勇の歌詞の中に改めて出てくる。「いのち短し　恋せよ乙女　あかき唇　あせぬ間に　熱き血潮の　冷えぬ間に　明日の月日は　ないもの」の中にある。この歌詞は千代女の俳句と同じである。そして林芙美子の『放浪記』にある「花の命は短くて苦しきことのみ多かりき」も有名である。だが「命短かし」のフレーズの元祖が、漱石先生であると思うと楽しい。

• 一輪を雪中梅と名けけり

（いちりんを　せっちゅうばいと　なづけけり）

（明治32年2月）句稿33　名づける

「梅花百五句」とある。漱石は寒い冬に早起きして庭の梅の木を見ている。咲きだした梅の庭に雪がうっすらと積もっている。この光景はまさに「雪中梅」状態である。漱石は雪がうっすらと積もった黒い枝のひと枝を切って、部屋に持ち帰った。その際に漱石はその梅の枝を「雪中梅」と名づけた、という解釈が容易に成り立つ。

熊本に住んでいた漱石宅の梅の花は、2月であっても満開に咲いていた。漱石は満開の梅の木を見て喜んだが、その白梅の木の中にある一輪一輪を近づいてみるとみな気高く咲いていた。その白い一輪一輪の梅の花は、その他の梅の花の中で埋もれることなく、自信を持って咲いているように見えた。そこで漱石はその梅の木から花のあるひと枝を切り取って書斎の瓶に生けることにした。

句意は「部屋に持ってきたその一輪の梅の花を雪中梅と名づけた」というもの。漱石は満開に咲いている白い梅の花全体を雪の園と捉えた。庭一面に白く雪が積もったように見えていた。それほどに白梅が満開であったということを推察できるように表した。

この句の面白さは、梅一輪を一人の女性と見立てて、庭から部屋に連れ帰ったように描いていると思われることだ。凛々しく健気に咲く女性を中国名の「雪中梅」と名づけたように思える。ちなみに掲句の1つ前に置かれていた句は「梅の精は美人にて松の精は翁也」である。やはり梅を女性と見立てている。

この句を読んですぐに思い浮かべたのは、新潟の銘酒「雪中梅」という日本酒であった。この酒造会社の社長は掲句を知っていたのか。新潟県の数多の酒蔵には「越乃寒梅」を代表格として、梅の名をもつ銘酒が多くあるが、その中でも「雪中梅」は目立つ。中村草田男は「雪中梅」を読み込んだ句を5句も作った俳人として知られているが、この「雪中梅」の愛飲者であったのか。

• いつか溜る文殻結ふや暮の春

（いつかたまる　ふみがらゆうや　くれのはる）

（明治41年）手帳

殻とは不要になったもののことであり、籾殻の例がある。文殻は不要になった書類である。漱石先生は普段からもらった手紙類は燃やすようにしていた。したがって『漱石全集』には漱石が受けとった手紙は含まれていない。また「暮れの春」とは晩春を意味すると考える。掲句を作った年を明治40年とすると、この年の2月に大学を去って小説家に転身したが、大学を退職することに関して1月から賛成、反対の意見が多数寄せられた。これらを春の遅い時期に手紙類をまとめて処分したとなる。明治41年の春のことだとすると、職業作家になってから初めて書きだした新聞連載小説『虞美人草』に関する手紙が読者から大量に届くようになり、前年の10月に連載は終了したが春までに相当な手紙量に達していたはずだ。

句意は「どんどん溜まっていつかは限界が来ると思っていたが、春の終わりの頃、大量の手紙類を紐で縛った」というもの。縛った後は行儀見習いの親類の娘に片付けを頼んだ。これらは庭で燃されたのだろう。後世の漱石研究者としては、紐で縛るのはいいとして物置に入れておいてほしかった。少なくとも漱石先生の友人たちからのものは残しておいてほしかった。

ちなみに明治40年だけでも漱石が発送し、のちに全集編集人が友人知人から提供を受けて回収された葉書・手紙の総数は220点であった。また明治39年に発送した葉書・手紙は228点であった。毎年の未回収分を含めると300点ぐらいは漱石から発送されていたものと思われる。漱石先生はまさに手紙魔であった。これに比して漱石が受け取ったファンレターを含む葉書・手紙の総数はもっと膨大で、毎年400点ないし500点であったであろうと想像する。「文殻結ふ」作業は大仕事であった。

● 一斎の小鼻動くよ梅花飯

（いっさいの　こばなうごくよ　ばいかめし）

（明治32年2月）句稿33

「梅花百五句」の前書きがある。明治10年代後半から東京の文人たち、皇族の間で神奈川の横浜南郊にあった杉田梅林を訪ねる旅が流行した。この梅林は奈良の月ヶ瀬梅林とともに当時の二大梅林として知られるようになり、梅の産地というだけでなく、観光地にもなっていた。しかし、今は住宅地になって消え去ったまま。漱石は『朝日新聞』に掲載された著名人たちの杉田梅林探訪記を熊本の地で読んでいたようだ。

杉田梅林を有名にした人は江戸時代の儒学者、佐藤一斎であった。彼が著した『杉田村観梅記』（1807年）によって、人々の間に杉田梅林のことが知れ渡った。これを読んだ人たちが杉田梅林のことを文章に書く場合には「一斎の記に園曰く」と書き始め、一斎の紀行文を引用するのが当たり前になっていたという。そして数々の紀行文には、杉田村の老人が大勢の客のために考案した花見の梅花飯のことが書かれていた。それ以来、杉田梅林を訪れた人は食べた梅花飯のことも紹介するようになっていった。漱石はこの梅花飯にも興味を持っていたとわかる。

この句は熊本での茶会のことを詠っている。句意は「あの杉田梅林を有名にした佐藤一斎が熊本の茶会に来たなら、茶会の後に出される梅花飯を前に、匂いを嗅いで旨そうだなあと小鼻を動かしたことだろう」というものだ。

この句の面白さは、野点茶会に参加した人は皆、梅花飯を前にすると鼻が「一斉に動いた」と、茶よりも梅花飯に興味があることを皮肉を込めて表していることだ。そして漱石は掲句で関東の文人のゴマスリ根性を笑っている。この句は社会批評の俳句なのだ。杉田の梅花飯がどのようなものであったかは、どの紀行文の中にも具体的に記されていなかったという。つまり皆自分の味覚に自信がなかったのだろう。うまかった、と言うと自分の味覚がその後の杉田梅林の訪問者に疑われることを恐れたのだ。

この句に対しては、水川隆夫氏が著書『漱石の京都』の中で、「梅花飯」は道真の忌日にあたる2月20日に京都の北野天神で献じる飯を盛った梅花の御供（ごくう）をいう、と書いていた。

● 一尺の梅を座右に置く机

（いっしゃくの　うめをざゆうに　おくつくえ）

（明治31年1月6日）句稿28

「帰庵」の前置きがある。「新年になって床の間には掛け軸を掛け、文机の右上には一尺の梅を生けた花瓶を置いた」というのが句意である。元旦は同僚と北隣の町の小天温泉にいたので、掲句は帰宅してから作ったものであった。「帰庵」してからバタバタと作ったものであった。不出来なのは仕方ないと言い訳している感がある。

熊本に赴任して2度目の正月であった。気合を入れた分、面白みのない俳句になってしまった。前年のように新婚家庭を見に行こうという高等学校の同僚たちが元旦に大勢押しかけて来るのを避けるために、家を空けていた。このためこの年の正月は、漱石に偽りの気分があり、落ち着いた気分になれなかったということであろう。気分はすっきりしなかったのだ。

また漱石の妻は4ヶ月ぶりの11月末に東京から熊本の家に帰ってきていたが、漱石は友人と年末年始を温泉場で過ごして家を空けていた。漱石も久しぶりに我が家の玄関に入ったことになる。前書きに「帰庵」とあるのは、不機嫌な妻のいる家に緊張して帰ってきた証しなのだ。後ろめたい気持ちが表れている。

この句の面白さは、「座右の銘」という言葉があるが、漱石先生の場合は「座右の梅」になったということである。この洒落を組み込むのが精いっぱいであった。この句は落語俳句と言える。

ちなみに漱石はこの句の前に「僧帰る竹の裡こそ寒からめ」の句を作っていた。ここから前置きの「帰庵」が導かれた。漱石僧が帰っていった「竹の裡」は僧庵ということであり、この僧庵は竹の茂みに覆われた家で、中はしんとしている。光が十分届かないため幾分湿っている。そんな家に漱石僧は帰ったのだ。

・一張の琴鳴らし見る落花哉

（いっちょうの　ことならしみる　らっかかな）

（大正3年）手帳

妻が静かな家の中で琴を鳴らすと、侘しい音が漱石の部屋に届いた。漱石は掲句を作った年の手帳に、この句の少し前に「つれづれを琴にわびしや春の雨」を書いていた。この音で長い時間の経過を感じたのだ。

妻は新婚時代には弾かなかった琴を納戸から引き出していた。結婚から18年もの時が経った大正3年になると、鏡子は「つれづれに」琴を弾くようになっていた。漱石は大正3年になると毎日のように執筆することがなくなり、「つれづれに」に鳴る琴の音に付き合っていた。漱石先生の音楽の趣味は謡だけであり、謡に伴奏楽器として琴が登場するため耳を傾けていた。妻の方は長いこと漱石の仕事の邪魔になる琴の演奏を控えていた。妻の演奏する音が漱石の思考する精密脳に入り込むと漱石に大混乱が起こることを妻は知っていた。

句意は「部屋においてある一張の琴を妻は退屈しのぎに鳴らした。するとこの音に反応したかのように椿の花がポロリと落ちた」というもの。常々漱石先生は花の命が尽きようとしている椿は、何かの振動を受けて自らの花の重さでパラリと落ちるものと観察していた。妻が琴を鳴らした時にも、椿の花が落ちるやもしれぬと待ち構えていた節がある。すると偶然にも椿の花は落ちた。漱石の退屈は少し紛れた。

ちなみに漱石は琴の句を生涯14句作っていた。このうち、妻の琴の音に関するものはこれら2句だけである。これら以外は妻以外の女性の弾く琴についての句であった。

・五つ紋それはいかめし桐火桶

（いつつもん　それはいかめし　きりひおけ）

（明治28年12月18日）句稿9

明治28年の冬は、漱石先生にとっては松山で過ごす初めての冬であった。愚陀仏庵の書斎の隅には桐火桶が据え置かれている。座卓に座る漱石先生の腰のそばにはもう一つの瀬戸火鉢が置いてある。この句と隣合わせになっていた「冷たくてやがて恐ろし瀬戸火鉢」という句で、このことがわかる。冬夜遅くまで読書をする漱石先生には2つの火鉢が必需品である。何気なく前方にある桐火鉢を眺めているとその胴に家紋が5つも入っていることに気がついた。5つの紋は最も格式が高いとされているのであった。桐の幹をくり抜いて銅板張りした小さめの桐火鉢は、漆塗りの高価なものであった。

当時一般の家では絵柄入りの磁器の火鉢を使用していた。この火鉢は湯沸かしにも使われ、やや大きめのものであった。漱石の住んだ借家は旧松山藩の上級武士であった上野家の離れで、かつて隠居した当主が使っていた家屋であったのだろう。藩で役職を経験した武士であることを示す五つ紋の火鉢は年老いた身としては大事なものであったに違いない。

句意は「おや、何とまあ、高価そうでいかめしい桐火桶なのだ。胴に紋を5個も入れるとはたいそうな」というもの。単に部屋を暖めるための道具に五つ紋を入れていることに驚くと同時に呆れてしまった。漱石はニコッと微笑んだに違いない。ここに住んだ老人の気持ちが少しはわかったからだ。この時漱石先生は心持ちが温かくなったような気がした。

・一燈の青幾更ぞ瓶の梅

（いっとうの　あおいくこうぞ　びんのうめ）

（大正5年春）手帳

大正5の春、梅の咲いている頃に漱石は書斎に座って小説を書き始めている。1月から2月にかけて湯河原に出かけて湯治に専念し、腕の痛みを癒やして戻ってきた。いよいよ最後になるであろうと思われる小説『明暗』の原稿を書き始めた。この書いていた原稿は未完のままで終わったが、5月26日から12月14日まで新聞に連載されたものの一部であった。

ふと気がつくと部屋の白熱灯が青白く灯っている。部屋にはこの1個の白熱電灯だけが天井から下がっていた。漱石先生は漢詩調の俳句を作り、気分を引き締めていた。

句意は「夜遅く、部屋には1個の電灯が青白く光って、文机の上に置いた梅の花瓶の影が長く伸びている。はて今は何時頃か」というもの。疲れを感じてふと瓶の梅に目をやった時の呟きを俳句にした。最後の小説執筆だと思って書いているとついつい時の過ぎるのを忘れてしまうのだった。

ところで掲句が漢詩調の俳句になっていたのは、この頃は俳句はわずかしか作っておらず、漢詩ばかりを作っていたからだ。それで珍しく作ってみた俳句は、漢文調になっていた。加えて漱石がこの日に梅を生けた花瓶が中国の骨董品なであったことも影響していた。これがために時刻については古めかしい夜の時刻表示を用いることになった。

呟きのことばである「幾更ぞ」の「更」は日没から日の出までを夜の時間を5等分して示す時刻である。呟いた時の時刻は四更であったと思われ、夜中の1時を軽く超えていたのであろう。ちなみに『水滸伝』にも出てくる「更」は次のように区分されている。

一更＝戌時（19時～21時）　二更＝亥時（21時～23時）　三更＝子時（23時～1時）　四更＝丑時（1時～3時）　五更＝寅時（3時～5時）

・一東の韻に時雨るゝ愚庵かな

（いっとうの　いんにしぐるる　ぐあんかな）

（明治30年12月12日）句稿27

漱石先生は熊本に来てから1年半が経った9月に、熊本で3番目の家に引っ越した。漱石はここで新たな生活を一人で再スタートさせた。妻は7月に一緒に上京してから11月末まで長く鎌倉に滞在した。やっと妻が熊本に戻ってきて、4カ月ぶりに夫婦の同居生活が始まった。そこで漱石は少し気持ちに落ち着きが出たのか、漢詩を読みだした。それは山岡鉄舟（やまおかてっしゅう）に師事したことのある天田（あまだ）愚庵（ぐあん）の漢詩であった。

格調高い掲句は、天田愚庵が独学で作った漢詩を褒めるものである。愚庵の漢詩は清の時代の毛奇齢（もうきれい）が分類した漢字の押韻を駆使するものであり、漱石は愚庵の詩が気に入っていた。その天田は万葉の歌人でもあった。

句意は「一東の韻を用いた漢詩は、京都に降る時雨のごとくに、詩人である愚庵の脳裏にさっと舞い降りた」というもの。

この句の面白さは、「時雨るゝ愚庵」で詩の韻が愚庵に降るだけでなく、天田の家、愚庵の住居にも降るという意味にも掛けていることだ。草庵であった愚庵に染み渡るように降る京都の時雨のように、漱石の心にも愚庵の詩が染み渡った。

福島県の平藩を飛び出した天田一東は、幕末の有名人であった清水次郎長の養子となり、詩歌等の文才を伸ばした。一東は次郎長との縁で山岡鉄舟に師事した。そこで天田一東は天田鉄眼と名乗ることになった。その後京都で有栖川宮家に奉職し、次いで出家して禅僧になった。清水寺の近くに作った庵を「愚庵」と称し、これを自分の号にも用いた。この禅僧の愚庵は漱石よりも20歳以上年上であったが、まだ若かった正岡子規と高浜虚子が愚庵を訪ねていたという。愚庵は、養父の次郎長から東海道における幕末の出来事を聞きとって『東海遊侠伝』という一代記を書物に著した。この本の見開きには、山岡鉄舟の墨絵と勝海舟の賛がある。

ちなみに漱石のもう一つの号である「愚陀仏」、そして松山時代の住まいの名にした「愚陀仏庵」は江戸時代の末期に生き、敬愛した天田愚庵から来ている。漱石の文学上の師とした禅僧はこの愚庵であり、人生上の師となった禅僧は円覚寺の釈宗演（しゃくそうえん）、生活上の友となった禅僧は富沢珪堂。漱石先生は禅とのつながりが深い。

＊雑誌『俳味』（明治４４年５月１５日）に掲載

三者談

愚庵の庵は、京都の清水の上り口あたりにあった。門塀のない家で竹が植えられていた。この風雅な家に東山名物の時雨がさっとかかる。それを詩歌に諷詠する。漱石がこの場所に行ったのではなく、想像で作っている。韻は重なるものであるから時雨に掛けている。京都に行った時にこの草庵を見て時雨が来そうだと思った。寅彦と東洋城は漱石や子規から愚陀仏庵のことを聞かされていたから愚庵というだけでイメージが湧くという。

・いつの間にふくれけるかなこのかぼちゃ

（いつのまに　ふくれけるかな　このかぼちゃ）

（明治36年1月か）『漱石の長襦袢』（半藤末利子・著）

漱石の孫娘の半藤末利子（はんどうまりこ）が書いた本にあった俳句である。母の筆子（ふでこ）が巻末の章の筆をとった文中にあった。掲句は無論『漱石全集』には収録されていない。この俳句はネット情報で得たものだ。

漱石は、しばらく見ない間に我が子はすくすくと、いやぶくぶくと太ったなと心の中で呟いた、ということになっている。漱石は娘に「かぼちゃになったな」または「君はカボチャ娘だ」などと声をかけてからかったのかもしれない。

この頃の育った筆子は、母親の鏡子と一緒に父の不機嫌な時の行動を見て恐れていたが、成人してからは、父漱石にはこのようなおかしな句を作るときもあったのかと懐かしがったに違いない。たしかに新聞連載の小説執筆に没頭していた時期の漱石の頭は、絶えず小説執筆のことで占められていた。したがって子供の成長には無頓着で気づかなかった。食事の時に娘と顔を合わせてはいたが、気づかなかったのだ。ずっと極度の緊張状態にあったからだ。だがある時大きくなった娘にふと気がついて驚いた。

ここまで書いて、この解釈は少し違うのではないかと思い、半藤末利子著の『漱石の長襦袢』を古本で入手して掲句を探してみた。すると漱石が掲句を作った時期は、筆子が「年頃になって、ぶくぶくと際限なく太ってしまった不格好極まりない私を見て、父は大いに嘆いて〝いつの間にふくれけるかなこのかぼちゃ〟という句を詠みました。こんな句を詠んでくれるのは、父の機嫌の良い時なのでした。父の句集の中には私に関するいくつかの句があるのですが、そうした句を見る時、（後略）」と書いてあった。つまりこの俳句の出典がわからないし、掲句がいつの作であるのか明確でないのだ。筆子の記憶だけである。この筆子の記憶では、掲句を作った時は「父の機嫌の良い時」なのだという。機嫌の良い漱石が年頃の娘にこのような句をぶつけるはずがない。

掲句について推測すると、この句を作った時期は英国留学を終えて帰朝した直後だと判断する。筆子がまだ赤ん坊であった1歳余の時に日本を離れ、英国で2年半余を過ごした漱石が日本に戻って筆子を見た時、あの赤ん坊は悪戯盛りの幼児になっていた。妻が日本から家族のことを知らせる手紙をほとんど出さなかったこともあって、漱石には長女の情報が全くなかった。そうした状況の中での筆子と漱石の再会があり、漱石の呟き句が生まれたのだ。

漱石は娘の姿をじっくり眺めて口には出さなかったが、「お前は母親似だな」と思ったに違いない。体つきがそっくりだと思った。筆子は漱石が没した後、母の鏡子からこの俳句のことを聞かされたのだろう。漱石は掲句をどこにも記載しなかったが、筆子の頭にぼんやりと刻み込まれた。

この句の面白さは、漱石にカボチャ娘といわれて機嫌を悪くしてむくれた娘のことを「ふくれけるかな」の言葉に表したと思われることだ。つまり「ふくれる」を「ふくれっ面になる」の意味に掛けている。そして漱石先生は言葉の天才でもあるから幼い長女に「ブクブクと太ってきたな」とは言わない。顔を合わせた時「カボチャ君」としか言わないのだ。漱石はカボチャの語を口にして、日本に帰ってきたことを実感したのかもしれない。欧州には食用になるカボチャはなく、ハロウィーン用のオレンジ色のパンプキンしかないからだ。

そしてもう一つの面白い点は、下五の「このかぼちゃ」の「この」である。ここにふっくらしていた筆子に対する愛情が込められている。この「このかぼちゃ」の語で筆子の頭を撫でている姿が目に浮かぶ。

・温泉湧く谷の底より初嵐

（いでゆわく　たにのそこより　はつあらし）

（明治32年9月5日）句稿34

「戸下温泉」とある。漱石先生は同僚の山川と明治32年8月29日から5日かけて、阿蘇を旅した。まず漱石たちは阿蘇山の南端の戸下温泉に出かけた。熊本市内から白川に沿って馬車で東に向かって馬車の終点駅のある立野に移動した。この立野は阿蘇外輪に沿う北路と南路の分岐点にある。立野からは徒歩で南路の山道を歩いてすぐのところにある戸下温泉にたどり着いた。戸下温泉は阿蘇カルデラの岩壁が崩れた場所に湧いた温泉である。漱石一行はこの賑やかな古い温泉場に泊まって、まずは阿蘇旅行の初日の祝杯をあげたのだろう。

この戸下温泉は、阿蘇山の周りを流れる黒川と白川が合流する地点のやや東側の白川渓谷沿いの温泉場である。宿は渓谷の北側の岡の上にできていた。ここは細川藩の時代からの避暑地であったが、明治15年ごろに地元の有志が上流の栃木温泉から泉湯を引いてきたことで、避暑のできる温泉場になった。その後渓谷で源泉を掘り当てたものとみられる。明治26年には、細川家当主の護久や北白川宮妃らも入湯した。そして日清戦争の傷病兵の保養地にも当てられたという。熊本は陸軍の拠点であった。しかしこの繁栄した温泉場も昭和の末に立野ダム建設に伴って閉鎖された。

ところで掲句の意味は、「渓谷にある掛け流しの風呂に入ったが、夜、岡の宿にいるとこの渓谷の谷底から初嵐が湧き上がって宿を震わせた」というもの。この日は天気の荒れる「二百十日」に当たっていた。西から吹く初嵐が渓谷に沿って走り、そこから枝分けするように岡に駆け上がったのだ。

ちなみにこの二人旅の経験は、主人公が2人登場する旅小説『二百十日』となって結実した。この初嵐の振動は阿蘇高原に踏み込んだ時に起こった火山の噴火の予兆だったと、後々思ったのかもしれない。

・糸印の読み難きを愛す梅の翁

（いといんの　よみがたきをあいす　うめのおう）

（明治32年2月）句稿33

「梅花百五句」とある。中国大陸の商人は室町時代と江戸時代に日本に生糸を輸出する際に、通行手形のように印を生糸の筒ごとに縛りつけていた。これは品質保証のための印である。この印は銅製の簡単な彫りの入った札状の印で

「糸印」といった。丸、角等の枠の中に動物の図柄が描かれていた。この図柄が面白いと、根付を収集するように糸印を収集する人が古くからいたのだ。糸印はそれほど重要な印ではなかったことから、いい加減に手彫りされていて、印の図柄は崩れていて面白い線や形が描かれていた。

掲句の意味は、「集めていた糸印は判別しにくいが、それゆえに面白くて愛すようになった梅の翁がいる。それは変わり者のわたしだ」というもの。自分を梅の花が好きな「梅の翁」と称しているのは、糸印収集は年寄りの趣味とされていたからだ。

この句の面白さは、印の枠の中に描かれていた犬や猫等は手抜きしてデザインされたものだったが、漱石はそのような糸印を難解な文書のように装ってふざけていることだ。だが見方を変えれば、このいい加減な作りにしたことで糸印の偽造を防止する効果を生んでいたのかもしれない。糸印には抽象画のような雰囲気があったのであろう。

漱石にとってはこの糸印の世界は興味深く面白かったのである。江戸の名主であった漱石の実家には、江戸時代の初期までに実務で使われた糸印が幾つか残されていたのであろう。それを子供の頃から漱石先生は目にしていた。漱石はこれがきっかけになって中国に興味を持ち、中国の古典を読むようになったのかもしれない。

• 井戸縄の氷りて切れし朝哉

（いどなわの　こおりてきれし　あしたかな）

（明治28年12月18日）句稿9

明治28年の松山の冬は11月から猛烈な寒波に襲われ、12月中旬になっても寒さは依然と厳しかった。句意は「朝、釣瓶で井戸の水を汲もうとしたら桶の縄は凍って切れてしまった」というもの。水を含んでいた麻縄は凍って膨張したために切れてしまったのか、それとも気温低下でこの縄が凍って縄の剛性が低下し、滑車を通過する時の衝撃で切れたのだろうか。この句の直前句として「筆の毛の水一滴を氷りけり」が作られている。室内でも毛筆が氷ったのである。

庭に造られていた井戸の中もこの寒気にさらされていたことになる。もちろん井戸の中の水は凍っていた。たぶん桶が水の中に沈んだままになっていて、表面の井戸水と一緒に凍っていた。漱石がその状態になっていた桶を引き上げて井戸水を汲み上げようとした時に、桶が動かず縄が切れたのだ。

漱石先生は朝、冷たい井戸の水で顔と身体を洗おうと思っていたが、できなかった。まさに朝のいつもの習慣が寒さで途切れた。漱石先生は残念に思ったのか、それともホッとしたのか、どちらであろうか。寒い井戸水を使って顔を洗おうとする漱石先生の強い意志には脱帽である。

ちなみに釣瓶・釣る瓶とは、「井戸において、水を汲み上げる際に利用される桶などの容器をいい、次に縄付の桶をも意味し、後に、それを引き上げる天秤状の釣瓶竿や滑車など機構の一切」を示すことになった。NHKの『家族に乾杯』の人気者の鶴瓶（つるべ）さんは全国の庶民に親しまれたいという思いを込めて落語家の名前に鶴瓶を採用したのかもしれない。庶民の井戸から人気を汲み上げたいとしてのことか。NHKの番組スタッフも鶴瓶さんも寒波の中での収録はしないから、鶴瓶の縄は切れることはない。

• 糸柳ひねもすぶらりぶらり哉

（いとやなぎ　ひねもすぶらり　ぶらりかな）

（明治27年）子規の選句稿「なじみ集」

何と長閑な田園風景なのだろう。学生であった漱石は大学の近くにある隅田川沿いの岸辺を歩いているのだろう。蕪村の句にある春の海の「ひねもすのたりのたりかな」ではないが、細い糸柳はそよぐ川風に波打っている。糸柳は極端にしだれる柳だという。

『漱石全集』の注記にある「句頭に『病後』とある」をみると、明治27年春に微かな血痰に気づいた漱石は、意識的に気楽に生活することを心がけたことがうかがえる。休息と栄養に注意を払い、弓術などの運動をして過ごしていた。兄たちや親友の子規が結核を患っていたから用心したのだ。

句意は「糸柳はなんと日がなぶらりぶらりと揺れてばかりいる」というもの。漱石は糸柳の生き方を見習ってしばらく気楽に過ごそうと決意したのだ。いい加減に対処していると結核病になると思い、この決意を俳句に表したのだ。同時に掲句を見た子規にも、同じように自分の体の管理をしっかりするように伝えた。

井戸の水汲む白菊の晨哉

（いどのみず　くむしらぎくの　あしたかな）

（明治43年10月31日）日記

この句は、東京の長与胃腸病院に再入院中のものである。同じ新聞社の同僚で後から同じ胃病で入院してきた患者から菊の鉢をもらったことがあった。この時「蔓で提げる目黒の菊を小鉢哉」の句を作っていた。この白菊の小鉢は、小菊の枝を芯棒に吊り下げたタイプの小さな鉢であった。

句意は「早く目が覚めた、まだ暗い朝に、病院の庭にある井戸まで降りてゆき、白菊の鉢に水を与えようと井戸の水を汲んだ」というもの。好きな白菊の鉢は病室から出られる縁側の前に置いていた。自分の家で花に水をやる感覚であった。退屈な病院生活の中では、この水やりは楽しみな作業であった。

ちなみに入院していた長与胃腸病院は、明治12年に建てられた和風の病院で、病室には畳が入れられ、病室には縁側がついていた。庭には江戸時代に掘られた井戸がそのまま残っていた。その和風の病室の前で、和風の庭を背景にして白菊を見ていた漱石は、西洋文化がそれほど浸透していない光景をにんまりして眺めたことだろう。

漱石はこの白菊は薄暗い中で見たらどのように見えるのか、そして日の出とともに変化する菊の色を見ようとしたと思われる。画家の発想であった。庭にあった白菊は薄暗い中にあっても、気品のある白さを十分に感じさせてくれた。そして日が昇るにつれて花びらの白さが微妙に変化していくのを見ていた。

稲妻に近き住居や病める宵

（いなづまに　ちかきすまいや　やめるよい）

（明治44年12月3日）行徳二郎に渡した本『切抜帖より』の包紙

この句は、漱石の弟子で、漱石の家族とも親密な関係にあった行徳二郎に渡した自著の『切抜帖より』の本の包み紙に書いていた6句のうちの一つ。白い紙で包んだ直方体の各面に即興の俳句を1句ずつ、合計6句を書き込んだ。この句はこの年の少し前の記憶を元に作ったものであった。

句意は「まだ暑い夜中に、部屋から近いところへ稲妻が走ったのを見た」というもの。近くで落雷があったのだ。この夜は、胃痛と稲妻の光と音で眠れなかった。

明治44年8月19日に漱石は大阪の北浜にあった湯川胃腸病院に入院した。関西での講演旅行を終えた段階で突然夜中に吐血して、この病院に運び込まれた。漱石の胃潰瘍は少し良くなっていたので、新聞社との小説執筆の契約を守れていないことを気にして、代わりに関西に講演旅行に出ていたのだ。

この句の面白さは、旅先で緊急入院することになった病める身体と、稲妻で撹乱されている宵のさまを重ねていることだ。病んでいるのは自分だけではないと戯れていた。漱石先生のユーモア精神は衰えていない。

ちなみに各面に配置していた句は、「稲妻に近き住居や病める宵」「石段の一筋長き茂りかな」「空に雲秋立つ台に上りけり」「広袖にそゞろ秋立つ旅籠哉」「鬢の影鏡にそよと今朝の秋」「朝貌や鳴海絞を朝のうち」。

・ **稲妻に近くて眠り安からず**

（いなづまに　ちかくてねむり　やすからず）

（明治44年9月）服部嘉香に贈った短冊

「三階の隅の病室に臥して」の前置きがある。漱石は関西での一連の講演活動の終了の後、大阪で胃潰瘍を再発し、大阪の湯川病院に入院していた。おおよそ1カ月間この病院で療養していた。掲句はこの時のもの。病室の窓からは大阪城周辺の景色がよく見えていいが、夜の雷は困るとぼやいていた。

句意は「3階の隅の病室に入院していたので部屋の角がガラ空きであり、夜に目の前で稲妻が鋭く走ると稲妻が近く感じられて寝られたものではない」というもの。間近に感じる落雷の光と轟く音は胃痛には良くないといいたいのだ。この角部屋からは　大阪の繁華街もよく見えていいが、夜の稲妻だけでなく、コウモリもよく見えると別の俳句で書いていた。寺田寅彦宛に出した葉書に「蝙蝠の宵々毎や薄き粥」の句を書いて、これは困ったものだと大阪漫才のように笑っている。だが稲妻もコウモリも出ない夜は「灯を消せば涼しき星や窓に入る」と満足していた。

ちなみに短冊を贈られた服部嘉香は、東京の旧松山藩主・久松家邸内で藩士の子として生まれた。松山中学校を卒業後、早稲田大学英文学科を卒業。同級生に北原白秋・三木露風・若山牧水・土岐善麿などがいた。口語自由詩運動に力を注いだ。漱石先生とは気が合っていたようだ。

・ **稲妻に行く手の見えぬ広野かな**

（いなづまに　ゆくてのみえぬ　ひろのかな）

（明治29年9月25日）句稿17

この句稿でこの句の前に置かれていた句は、寝ずに妻を看病していた時に作った句である。「内君の病を看護して」と前置きした、「枕辺や星別れんとする晨」という句である。枕辺での看病中に家庭の今後を考えると、不安を覚えたのであろう。これからの夫婦のことを考えると悪い方へと考えが行ってしまうのだ。

句意は「広い野原には稲妻がいく筋も落ち続けていて、目を開けていられない。野原に何があるのか、その先はどうなっているのか、よく見えない」というもの。下五の「広野かな」には、これまでは視界が開けていた安心感があったことが示されている。明治29年の6月に結婚式を挙げた当時は、広野に希望と未来というものが確かにあったとわかる。

明るく開けていた広野に、まさに天から不安の種が降ってきた。それまで希望を持って見ていた広野は素晴らしいものであったが、見えなくなると手探りもできず、不安が募るばかりの存在に変わる。

この句のポイントは「行く手」であり、「稲妻」である。この2つで妻の手を意味している。これは枕辺で握っている妻の手なのであろう。目の前で横になっている妻の姿も稲妻によって見えなくなっているのであろう。新婚夫婦の前では消えていたはずの楠緒子の姿がくっきりと見えてきていた。これが表象としての「稲妻」なのである。

ちなみに「枕辺や星別れんとする晨」と「稲妻に行く手の見えぬ広野かな」の両句に対して、師匠の子規は二重丸をつけている。

・ **稲妻の砕けて青し海の上**

（いなづまの　くだけてあおし　うみのうえ）

（明治33年9月19日）高浜虚子宛の葉書

「微雨尚已マズ　天漸ク晴レントス」の前置きがある。横浜港を出てから12日経ったプロイセン号の船上で、虚子宛にこの句を入れた葉書を書いた。漱石は香港あたりでこの句を作っていた。この句と対になっていたのが「阿呆鳥熱き国にぞ参りける」（日記では、「熱き国へぞ」になっている）。暑い環境と狭い船内に翻弄されている漱石は、まるで口を開けっ放しのアホウドリ状態になっていて、ぼんやりと青い海を眺めていた。掲句を日記に書いた同じ日付でこの「阿呆鳥」句も書いてあったが、ここでは両句に「微雨尚已マズ　天漸ク晴レントス」が前置きされていた。天気がずっと小雨模様だったが、ようやく晴れてきたことを示している。これには下痢気味の体調もよくなってきたことも含めているのだろう。

ホッとしていたら晴れた空から雷鳴が轟いて稲妻が海にドーンと落ちた。稲妻は海面に白い飛沫を上げて砕けるように落ちたが、海はすぐに何事もなかったように青い色に戻った。ふらふらのアホウドリの眼には、落ちた稲妻が細かく砕けて青い海に散らばって消えたようにみえた。

この句の面白さは、海に落ちる稲妻が少しは刺激になっていると書き、熊本では不満に思うことの多かった妻の鏡子のことを思い出していることである。鏡子への不満は、稲妻で砕け散ってしまっていた。いい思い出だけが海の上に浮かんだのだろう。

ちなみに葉書には体調の方は急激に回復したが、西洋人との付き合い、洋食、洋式風呂、洋式便所では窮屈で大変だ。船内は暑いこと暑いことと、早くも根を上げていた。早くも茶漬けとそばが食いたいと嘆いていた。

稲妻の目にも留まらぬ勝負哉

（いなづまの　めにもとまらぬ　しょうぶかな）

（明治32年10月17日）句稿35

この句には「熊本高等学校秋季雑詠　撃剣会（げきけん）」の前置きがついている。明治時代の高等学校で行われていた武道は剣道ではなく、実践的な撃剣であった。防具をつけずに竹刀や木刀で戦うもので、足技も繰り出して良いという、まさに実践的な勝負であった。漱石が熊本に赴任した時は、明治10年に起こった西南戦争から19年しか経過していない時期であり、漱石の周囲にこの戦いに加わったものもいたかもしれない。また、真剣を振ったことのある者もいたのかもしれない。このような時代と環境の中での学内の撃剣会は、鋭い稲妻の動きのような剣捌きが見られたのだ。防具をつけない戦いはそれだけで緊張を生む。

怪我も伴う剣術の試合は、現代の剣道のそれとは緊張感がまるで違うものであった。その雰囲気をこの句は伝えている。勝負ありのときには、負けた方はまさに稲妻に打たれたように床に崩れ堕ちたのであろう。句意は「学生の戦う撃剣会では、稲妻が走る速さで剣を振る動きが見られる勝負になっている」というもの。木刀同士が鋭く当たると火花が飛んだような音がした。

この句の面白さは、「稲妻の目」の「稲妻」は勝負の素早い動きを比喩して表すが、「稲妻の目」は実践的な武器を持つ剣士の目つきをも示していることだ。鋭く細い目なのである。まさに斬りこむ殺気を表している。そして掛ける鋭い言葉にも殺気があるのだ。この声は空気を切り裂くようだ。

稲妻の宵々毎や薄き粥

（いなずまの　よいよいごとや　うすきかゆ）

（明治44年9月8日）寺田寅彦宛の葉書

前置きに「後に」とある。掲句の類似句として「蝙蝠の宵々毎や薄き粥」が存在している。掲句は大阪の湯川胃腸病院の3階の病室から見た稲妻の走る光景を寅彦に伝えている。関西に講演旅行に来たが、胃痛を我慢して講演を続けて、全スケジュールを終えた段階でとうとう胃潰瘍を悪化させてしまい、大阪で入院になってしまった（8月19日）。このことを葉書で寺田寅彦に知らせた。心配しているであろうと退院の5日前に葉書を出した。

句意は「胃痛はだいぶ良くなってきたが、毎晩のように稲妻がよく光って、眠れずにいることが多い。おまけに出る食事は粥でそれも薄い」というもの。しかし葉書には、おかずに豆腐と麩の料理がつくと書いているので、食事はそれほど嘆くものではなかったはずだ。漱石としては、もうご飯を少し食べたいというところなのだ。

病室は3階の角部屋で昼の景色はいいが、夜ごとに光る稲妻がすぐ近くのように見えて良くないとぼやいている。寅彦に何か書かねばと思っているようだ。漱石はぼやきながらも、光る稲妻が巨大な大阪城を美的に浮かび上がらせるので、満足していたと思われる。この城は大東亜戦争における米軍の焼夷弾で焼ける前のものであり、改築後の城の規模よりはるかに大きいものであった。

この句の「宵々毎」が面白い。煩わしいものとして描いているが、なぜか楽しそうである。秋の盆踊りの雰囲気が感じられる。薄い粥と夜ごとの稲妻でお手上げだという気分で、可愛い弟子に笑いながら喋りかけているように思える。退院が間近で東京に戻れることが嬉しいのだ。

ちなみに、漱石先生は明治43年8月中旬に修善寺で大吐血して生死の境を彷徨った。その後しばらく温泉宿で派遣された医者、看護婦の治療看護を得て幾分回復したところで東京にある掛かりつけ病院に再入院し、10月中頃になってその病院を退院した。その後療養していたが、新聞社との、年に1本の連載小説を書くという契約を果たせないことが気がかりであった。新聞社の方からはしっかり療養してくれればいいと言われたが、これでは漱石の気持ちが収まらなかった。小説を書かない代わりに翌年の8月になると関西への長期の講演旅行に出ることにした。この長旅が胃潰瘍の悪化を招いた。だが漱石はこれをそれほど気にしていないようであった。なるようになれという心境なのだ。

『漱石の思い出』によれば、漱石の葬儀の香典返しに、漱石の俳句を染め抜いた袱紗が配られた。この染め抜かれた俳句が掲句の「稲妻の宵々毎や薄き粥」であった。漱石の人生は、稲妻のような天才的才能による小説執筆と生来の胃弱（胃酸過多）による胃潰瘍病との闘いであったと総括されそうである。だが最後には胃壁に大きな穴が開いて血液が腹腔に溜まったのは、楠緒子との恋愛の継続による精神的二重生活がもたらす巨大なストレスが胃弱を増進させたと考える。これは漱石の残した俳句の中に巧妙に見えないように記録されていた。

ところで寅彦宛の葉書にある俳句には、前書きの「後に」が書かれていない。全集の編集者の判断で書き加えられたのだ。この理由として、掲句が漱石家と門人たちの判断として袱紗の染めのデザインとして再登場したことを暗示する目的があったのかもしれない。

・稲妻やをりをり見ゆる滝の底

（いなづまや　おりおりみゆる　たきのそこ）

（明治28年9月）

稲妻がをりをり見えるのは森の薄暗闇の中であり、滝壺に落ちる稲妻自身の光によって稲妻が深く突き刺さるさまが見える。雷鳴の中、滝壺の近くにも稲妻が落ちるが、目の前の滝壺めがけて落ちたがっているように見える。上空の稲妻が滝の底を見ると読めるからである。滝の周辺では神秘な光景が展開している。この句は、句会で滝をイメージして作った句であろう。

漱石は滝壺が稲妻を引き込むようだと目を丸くして見続ける。木々が作る薄闇の中で滝の底まで見えるということは、まさにCGによる映像世界である。漱石は現代アーティストということになる。

この句の意味する世界を突き詰めて考えると、面白いことになる。稲妻は天の雨雲から地表に落ちてくるものと思われているが、実は電流は天地の双方から流れて飛び出すことがわかっている。天地双方から稲妻の手が伸びて途中で繋がるのである。つまり滝の底が明るく見える場合は、底からの稲妻が天に向かっている伸びている現象でもある。ここから句の意味するところは、滝壺の面が瞬間的に光っているということなのだ。地表側から出る稲妻光であれば、光の根元には太さが十分にあり、光っている時間もわずかだがその光を認識できる。

実際に夏場は天から雷が落ちるが、冬場は逆に地から天に向かう稲妻の割合が半々にまで増えるといわれている。そうであれば漱石は地球の放電現象をある程度正確に認識していたことになる。

漱石が滝壺付近から天に向かう稲妻をきちんと想定したかは別にして、地表側の高い建物の場合には、冬季においてこの建物側から稲妻が発進して明るく光ることがわかっていたのかもしれない。漱石は欧州の物理の出版物を原語で読んでいたから、稲妻の最新情報を仕入れていたのかもしれない。このように考えると漱石に対する夢は膨らむ。

この句の面白さは、句の中に漱石が滝壺を見ていた位置が記されていることだ。つまり森を歩いて滝のところにたどり着いた後、ここから下に降りる道を探してゆっくり滝壺のところまで降りていったのだ。このことが「をりをり(降り降り)見ゆる」と記されている。

＊『海南新聞』(明治28年9月21日)に掲載

・古の星きらめくと思ひしが

(いにしえの　ほしきらめくと　おもいしが)

(明治37年11月頃) 俳体詩「尼」20節

句意は「夜空の星を眺めていると、あの星は昔に光を放って、その光が今届いているから輝いていると思うのだが」というもの。漱石は宇宙の広がりを意識している。

掲句は「暁方の眉に落ち来る」に続いている。この部分は「その光は未明に外に出て見ると自分の眉に落ちてきているのを感じる」というもの。つまり明け方の光が少ないときには、星が放つ素粒子が自分の眉のあたりに当たってくるのがわかるというのだ。漱石はそれを瞳で感じる。漱石は特別な才能を有している。光は粒だと言いだした人は18世紀初頭のニュートンであった。漱石はこのことを知っていた。ニュートンがこれをいう前には、光は波動だといわれていた。そして今では光は粒子であり、波動でもあることが証明され、皆が納得している。

先の歌は「悟とは釈迦の作れる迷にて　山を下れば煩悩の里」に続いている。「悟りとは釈迦が設定した煩悩のとりあえずの解であって、釈迦の住む山を下りれば煩悩ばかりの里になる」というもの。現世は未解決の煩悩ばかりが渦巻いているというのが、漱石先生の解である。悟りを得ようとするのは無駄なことだという。星の光は何万年も昔の素粒子が届いてきたものだが、現世の煩悩も昔から続いているもの。この煩悩は人間界で輝いている気がする。煩悩が人間の証明だというのか。

広大な宇宙から届く光を受けて、地球は明るくなっている。これに対して暗い人の心の中は悟りが明るくするが、悟りはいい加減なものですぐに煩悩で満たされ、暗くなる。悟りは役に立っていないという。

・去にしてふ人去なであらば恋すてふ

(いにしちょう　ひといなであらば　こいすちょう)

(明治37年11月頃) 俳体詩「尼」13節

掲句は「去っている人が実は去っていないならば、これは恋をしているということだ」というもの。目の前から姿が消えていたが、また姿を現したということは、恋心が残っていることになる。つまり未練が深く、相手の近くに住んでいたことになる。いつかは会えるかもしれないとして、なのだ。

このフレーズは百人一首にある藤原忠見の「恋すてふ　わが名はまだき　立ちにけり　人知れずこそ　思ひそめしか」を下敷きにしているようだ。現代訳は「恋をしているという私の評判は、早くも世間に広まってしまった。人に知られずひそかに思い始めたのに」となる。漱石の句は、忠見の歌の場合と男と女の立場が逆転している。男の前に女性が姿を現したことで、その女性は相手の男に恋心をまだ抱いていることを示してしまったということだ。漱石は目の前に人力車に乗って出現した大塚楠緒子を目撃して、「ピンときた」ということだ。「ああ、そうだったのか。やはり近くにいたのだ」と納得できた。

漱石は明治39年12月27日に本郷区駒込西片町10ろノ七(現文京区西片)に転居した。前の家は家主が戻ってきたので漱石はすぐに家探しを始めた。この新しい家は妻が見つけたもの。楠緒子宅とは140mしか離れていなかった。一方の楠緒子は漱石の引っ越しよりも早い明治39年7月から本郷区駒込西片町10に住んでいた。つまり漱石は大いなる勘違いをしたことになる。

もしかしたら、妻の鏡子が楠緒子宅に近い家を探し出したのは偶然ではなく、二人の行動を制約し監視するためだったと推察できないこともない。

掲句は「女なりせばなど恋ひめやも」に続いている。この部分の解釈は「女というものは、どうして恋するのだろうか。いや恋などしない」というもの。先の楠緒子の行動は恋というものではなく、女の本能というものなのだと結論づける。

犬去つてむつくと起る蒲公英が

（いぬさって　むっくとおきる　たんぽぽが）

（明治29年3月5日）句稿12

犬は蒲公英の柔らかさと湿り気と弾力が好きらしい。蒲公英の上に座っていた犬が主人の動きに合わせて立ち上がると、犬に押さえつけられていた蒲公英は、頭が軽くなって清々したとばかりにゆっくり、背伸びしながら起き上がる。

これは漱石先生の松山時代の出来事なのだ。知人が連れてきた飼犬が愚陀仏庵の玄関付近で主人の用事が終えるのを待っていた。この間玄関近くに生えていた蒲公英の上に座り放しになっていた。犬がさっと去ったのに対し、蒲公英が少し時間をかけて「むっく」と起きる対象的な動きが面白いと感じた。また、蒲公英のそのさまは反動をつけながらの迷惑そうな動きに感じられて可笑しかったのだ。

このタンポポのゆっくりと立ち上がるさまを、膝を折って観察していた漱石は、観察を終えると「よいしょ」と反動をつけて一気に立ち上がった。そうであれば三つの動作の比較がさらなる面白さを生む。

もう一つの面白さは掛け言葉である。「犬」の音からは「往ぬ、去ぬ」という古い言葉を連想させる。つまり「犬去って」の中には、「去ぬ」が二つあることになる。別の見方をすると、犬は移動できないタンポポと違って動いて去れる存在だと強調している気がする。そして「さって」は素早い動きを表す擬態語でもあり、「むっくと」と対照的な言葉になっている面白さが感じられる。

漱石は造語の才人であるが、この句にある「むっくと」がユニークである。これは単なるゆっくりした動きを表すだけでなく、立ち上がった後の「やれやれ」というタンポポの感情が感じられる。そして「むっくと」はタンポポのふっくらした花びらの状態も表していると思われる。ここで漱石の弟子・枕流の愛犬の名前が「ムク」であったのを思い出した。小学生の私がむくむくの毛から「ムク」の名を子犬につけたことを。漱石が見た犬も毛がふさふさしていたのだろう。

稲刈りてあないたはしの案山子かも

（いねかりて　あないたわしの　かかしかも）

（明治28年10月）句稿3

「いたはし」は「労しい」の古語である。「あな」は強調の副詞で「本当に、これはまあ」といった現代語に相当する。漱石が田んぼ道を歩いていた時、稲刈りが済んだ田んぼの中でぽつねんと立ち尽くしている案山子を見て、収穫までの実った稲の警護の役目が済んだら放ったらかしにされていると思った。案山子の顔に悲哀の感情を見たのだ。いたわりの言葉をかけたくなった。人間の世界に似ているようだとしばし考え込む。

夏から秋にかけて風雨と日射にさらされた体はボロボロになっていたのに、田んぼの持ち主は声もかけてこない。雀も来なくなった田んぼに一人佇んでいる。案山子は夏になって田んぼに初めて立った時には、「案山子よ、しっかり頼むぞ」などと声を掛けてもらったことを思い出していた。

漱石は松山の郊外の地でこのような光景を見たのかもしれない。この案山子の境遇は、複雑な家庭環境の中である程度大事にされたが寂しく育った漱石の境遇と重なるのであろう。漱石は、寂しく立つ案山子を見ただけで同情してしまうのだ。そして漱石は成人した後、そんな家族とのしがらみが切れないで悩んでいた。

このように重い句でも面白さは含まれている。「労しい」は「大事にする、大切にする」というプラスの意味と「その境遇がかわいそう、不憫だと憐れむ」というマイナスの意味が同居している言葉であるからだ。これによって漱石は中七の句で、稲刈り後に田んぼの中に放置されていた案山子に対する憐憫といたわりの二つの気持ちを表すことができている。

・稲熟し人癒えて去るや温泉の村

（いねじゅくし　ひといえてさるや　でゆのむら）

（明治43年10月12日）日記

「昨日途中にて」と前書きがある。「温泉」は「でゆ」または「おゆ」、または「いでゆ」と読むが、ここでは「でゆ」。農閑期に稲刈りを待つだけの人たちがひとときの安らぎを求めて温泉に来ては去っていく。漱石はこの日、修善寺から東京に移送された。

稲穂が実ってきて水が抜かれた田んぼは、あとしばらく稲刈りを待つだけである。夏の水田での草取り作業もなくなって、稲の世話で疲れた体を温泉に浸かって癒やそうと農家の人が近場の温泉場に繰り出す。自炊をしながら何日か逗留したあと、気持ちも体もすっきりさせて田んぼの近くにある家に戻っていく。客が少なくなって温泉場の賑わいが消えると、田んぼ周辺は賑やかになる。


明治43年の秋の頃、漱石は修善寺温泉で療養のはずであったが宿で大量吐血し、仮死状態に陥ってしまった。その後、奇跡的に生還した。命の危機を脱した後同じ宿で治療を受け、静養に努めていた頃である。やっと精神的に落ち着いて周囲のことに気が回るようになってきた。窓から入る稲田の匂いが漱石にいろんなことを想像させた。稲の匂いの変化で稲刈りの時期が近いことがわかったのだ。旅館に出入りする人の声や歩く音でわかるのである。床に寝ている病人は耳と鼻が敏感になるのであろう。

漱石はこの俳句にあるように、農家の人の生き方に思いを巡らせている。奇跡的にカムバックした漱石は、年中神経をはりつめる小説書きを続けるのではなく、たまには友人のいる京都に行ったりして身体と神経を休めなければならないと反省したのだ。農家の人の生き方に刺激を受けたのだ。

漱石は生来胃弱であり、長生きはできないと考えて、スピードを上げて小説を書き続けてきたが、天から与えられた第二の人生をどう生きるかを稲の匂いの中で考えたのだ。漱石はその後（没するまでの5年間）、講演活動を増やし、名作『こころ』を書き上げた。

前置きの「昨日途中にて」は修善寺の「菊屋」を出発して、東京に着くまでの車と汽車の旅で考えたこと、という意味である。

この句の面白さは、冒頭に書いたが稲刈りを控えて農家の人が湯に浸かって「癒えて去る」ことと、漱石自身が臨死経験の後、宿で立ち直って「癒えて去る」ことを重ねているところだ。

• 稲の香や月改まる病心地

（いねのかや　つきあらたまる　やみごこち）

（明治43年10月1日）日記

この日の日記の冒頭にこの句が書かれてあった。この日から10月になるということで気分は幾分シャキッとしてきたようだ。そしてもう10月か、と8月6日に修善寺に来たことを床の中で思い出していた。窓から部屋に流れ込む稲の香りは強くなり、療養する中で胃潰瘍の病状はかなり良くなって回復してきている。この世に生還した際の全身の骨の痛みはかなり治まってきていたのだろう。胃痛の程度も軽くなって喜んでいる。気持ちはポジティヴになってきている。それは「夢見心地」ならぬ「病心地」なる造語をしていることでわかる。気分はルンルンに近くなっているようだ。

句意は「稲の香が強くなってきている。月が改まって10月になったことで病気に向かう気持ちは今までとは違って前向きになってきている」というもの。東京から派遣されている医者から10月12日頃に漱石の身体を東京に移送する予定が出たように思われる。田んぼもわしの病気もそろそろ刈り入れ時になると考えている。

この句の面白さは、「改まる」を「稲の香」と「月」と「病心地」の３つに掛けていることだ。その意味では大胆な作りの俳句といえる。まさに漱石の精神状態を表す意欲的な俳句になっている。そして造語の「病心地」の中の「病む」には胃痛が「止む」の意味を持たせて「止む心地」の言葉を想起させる。

• 居眠るや黄雀堂に入る小春

（いねむるや　こうじゃくどうに　いるこはる）

（明治29年12月）句稿21

黄雀の居眠りの光景を描いているが、解釈はなかなか難しい。冬のある時期、春のような気候になる時がある。この小春ちゃんは暖かい空気を運んで人をのんびりとさせ、眠気を誘うように仕向ける技に長けている。毎年活躍する小春ちゃんは「堂に入っている」のだ。

山から降りてきて街中にいる黄雀どもはうるさくピーピー鳴いているうちに、小春ちゃんの技に負けてだんだん眠くなってスースーと寝入ってしまった。小春日和になると人はうとうとし始めるが、黄雀たちも遊び疲れて眠ってしまうと、漱石先生はふざける。漱石は冬の小春の日に眠らずに楽しい俳句を作って遊んでいる。

ここまで書き進んで、ハタと思った。掲句は面白みに欠けているからである。この黄雀は結婚6カ月後の新妻の鏡子なのであろうと。「堂に入る黄雀」とは居間で昼寝をしている妻のことなのである。そうとわかれば句意は「小春の日に居間に暖かい風が吹きこむと、妻は堂々と居眠りを始めた」というものになる。寝ている妻の体は、黄雀のようにふっくらと丸みを帯びていた。掲句は妻をからかっている句であった。

アジア全域に広がっている雀の仲間の黄雀は黄すずめ、またはニュウナイ雀とも呼ばれる。ほとんど雀と変わらないが、雄は頬に黒点がなく、頭部と背面はスズメよりもあざやかな栗色をしている。雌はスズメより幾分薄い茶色で、太い黄土色の眉斑が目立つ。これらの特徴によって英名ではCinnamon Sparrow、つまりシナモン雀と命名された。この黄雀の生態は面白く、群れの数が少ないときには、スズメの群れに合流するという。漱石の新妻は漱石の前で珍しい生態を見せていた。

＊新聞『日本』（明治３０年３月７日）に掲載

・いの字よりはの字むつかし梅の花

（いのじより　はのじむつかし　うめのはな）

（明治30年4月18日）句稿24

梅の咲き終わった春に、漱石は書斎にこもって墨書をしている。このとき漱石先生は文字に関係する俳句を5句作ろうと掲句から作りだした。

この句の意味は次の通り。春になって咲きだした梅の花を座右の瓶に飾っていた漱石先生は、書の手習いをやろうとした。いざ白紙に平がなで「いろはにほへと」と書き始めたが、「い」の字を書くよりも「は」の字の方が難しいことに気づいた。つまり漱石先生は、「い」から書き始めて「と」まで書いて止めてしまった。7文字を書いてみると「は」の字がうまく書けていないと気づいた。

もしかしたら、漱石が白紙に書いていたのは「いろはにほへと」ではなく、掲句を書いたのかもしれない。確かに掲句には「い」の字と「は」の字が入っている。すると掲句は「とんち俳句」ということになる。

だがこの俳句にはさらなる洒落が組み込まれていた。漱石先生は書にも造詣が深く、のちに小説家として有名になってからは弟子たちから書を欲しがられ、色紙に自信の溢れた文字を書いていた。そうであるから30歳の時の書もうまくかけていたはずである。つまり掲句はへりくだった内容のようであるが、実は自信満々の俳句なのだ。その証拠に俳句の下五には「梅の花」の文言を置いているからだ。これには「うめーや」という江戸弁が込められているのだ。本当は「書は難しいが、うまく書けた」という意味になる。漱石は好きな梅の花の句を作って楽しい気分で手紙を書けたに違いない。

もう一つの面白さは、「いの字よりは」で切って読むと、「い」の字と「の」の字の出来具合を比べていることになることだ。「の」が3個も入っているので、これらを均一に書けなかったのだ、ということになる。

・医はやらず歌など撰し冬籠

（いはやらず　うたなどせんし　ふゆごもり）

（明治30年1月）句稿22、

（明治30年2月17日）村上霽月宛の手紙

この俳句を書いた年初めの句稿に「冬籠」を入れ込んだものは4句あった。「聾(つんぼ)なる僕藁を打つ冬籠」「親子してことりともせず冬籠」「力なや油なくなる冬籠」そして掲句である。どの句も描かれている光景は仕事もない年の初めは、静かにしていようというのんびりしたものだ。

掲句は「新年の冬は家に籠っている。珍しく胃が痛くないので医者に行くこともないし、静かに謡の譜面整理でもしていよう」というもの。下戸である漱石は年の初めに酒を飲むことはないし、とにかく普段できないことをする日々なのであった。今年はどの曲をやるかと考えると楽しくなるのだ。まず年の初めの行いには、謡の譜面整理がちょうどいいと思った。心が落ち着くのだろう。文机の周りに横に積み重ねてある本の整理をすると動作が大掛かりになり、部屋の中が雑然となりすぎると思ったに違いない。正月らしい作業には薄くて軽い謡の譜面整理がよろしいとなった。

この句の面白さは、年の初めにひたすら何かを集中的にやろうという時には、普通は「酒もやらず」となりそうであるが、それでは当たり前すぎて全く面白くないと思った。そこで「医はやらず」となった。漱石先生の場合は「医者にかからない」の意で「医はやらず」と趣味のように面白く表している。医者通いは漱石の意思でやっているように描いているのが可笑しい。子規と霽月を笑わせてやろうという魂胆が見える。今年はあまり深刻にならずに軽快に行こうというところか。

・韋編断えて夜寒の倉に束ねたる

（いへんたえて　よさむのくらに　たばねたる）

（明治32年10月17日）句稿35

「熊本高等学校秋季雑詠　図書館」の前置きがある。熊本五高の多くの学生が図書館で夜遅くまで本を読んでいるのを漱石先生は見ていた。外国にも近い九州にある学校であることから、九州を始めとして関西から優秀な学生が集まり、彼らは血気盛んであり、文武両道の教育方針のもと熱心に勉学に励んでいた。漱石先生はここに集う全寮制の学生たちを頼もしく思っていた。漱石は生活指導の係でもあり、学生たちをよく観察していた。漱石はこの生徒たちの勉学の態度を見ていて、『史記』の「孔子世家」の故事である「韋編三絶」の故事を思い浮かべた。これを掲句に作り変えて表した。

句意は「孔子の時代に、学生は木簡や竹簡に書かれた文章を何度も読み返して勉強しているうちに、これらを束ねていた通し紐を切ってしまった。紐を切った学生は、そのばらけた札に紐を通し直す作業を夜寒の書庫でしていた」というもの。掲句は五高の学生たちは古代中国の学生たちに負けず立派だと褒める句である。

ちなみに「韋編三絶」の韋編とは古代中国の書物で、「韋」とは、なめし皮の意で、竹簡をなめし皮の紐でとじた書物を指す。「三絶」は「三たび断つ」で読書に熱中して繰り返し読むことで、この紐切りを三度も繰り返していたということである。孔子は晩年『易経』を好んで読んでいたという。孔子は何度も木簡の紐を切ったことだろう。

漱石先生は五高の学生たちから刺激を受けていた。そんな学生たちに漱石は熱心に英語を教えていたが、自分は英語教師で終わるつもりはないと改めて思った。ちなみに同じ日に図書館の句をもう1句作っていて、「秋はふみ吾に天下の志」というもの。

• 芋洗ふ女の白き山家かな

（いもあらう　おんなのしろき　さんかかな）

（明治28年11月3日）句稿4

この句が書いてあった句稿の冒頭には、「明治28年11月2日河の内に至り近藤氏に宿す。翌3日雨を冒して白猪唐岬に瀑を観る。」とある。河の内の地は松山市の東南方向にある石鎚山の麓にある。そして「善悪を問わず、出来ただけ送るなり。左様心得給え。わるいのは遠慮なく評し給え。その代わりいいのは少しほめ給え」と漱石俳句に対する子規の反応が弱いのを嘆いた。

この句に対する子規の反応、返事は「女の白きトハ雪女ノ事ニヤ」であった。「白き」とは肌の白い女のことだろう、と言うのだ。農婦の日に焼けていない白いところを覗いたのだな、というところだ。「白き山家」ではなく、「白き肌を山家の前で見た」と子規は理解したのだ。さすがは子規であった。

ところで村の農婦が洗っている芋とはサツマイモなのか、それとも里芋なのか。調べてみると伊予の国全体を治めた松山藩は、里芋の栽培を奨励していたとわかった。そして秋の収穫祭には里芋炊きが行われていたこともわかった。今も里芋料理は郷土料理になっているという。つまり掲句の芋は里芋であった。

ではいよいよこの句の解釈であるが、山裾の沢で農婦が腰を低くして里芋を洗っているのを漱石は歩きながら目撃した。着ていた絣の野良着の裾をまくっていたのか。裾が大きく割れて白い腿が見え、手の動きに合わせて微妙に揺れていたのだ。若い28歳の独身男の漱石の目は、この女性の白い肌に釘付けになった。この女性は丁寧に里芋を洗っていた。洗いは時間がかかると観察していた。

もしかしたら、この芋を洗う女性は、漱石が11月2日に泊めてもらった近藤家の主人である老女の孫娘なのであろう。客として訪れる漱石に芋料理を振舞おうと準備していたのかもしれない。

芭蕉は「芋洗ふ女西行ならば歌よまむ」の句を作っている。この光景を見たなら西行だけでなく誰もが歌を詠むであろうというのだ。西行は伊勢国で似たような光景に出くわして歌を詠んだという有名な話があるから、漱石は西行や芭蕉同様に女が芋を洗う場面に出くわして俳句を作れたと喜んだのだ。いや漱石は積極的に芋洗い女を探して歩いていたのかもしれない。

• 妹が文候二十続きけり

（いもがふみ　そうろうにじゅう　つづきけり）

（明治28年10月末）句稿3

この句は「行春や候二十続きけり」の原句である。妹とは男の親愛なる友、恋人という意味にも使う。掲句においては楠緒子のことであろう。

句意は「恋人だった人から手紙が来た。別れの言葉を連ねていて、硬い文章でやたら候が多く書かれ、文末にくると『二十続きけり』の状態になっていた」というもの。「親展」と封筒に書かれた悲しい手紙であったが、あきれ返る手紙になっていた。この人は小説を書く人であったので、この手紙の書きぶりに驚いてしまった。

この句につながる俳句は、明治28年12月18日に子規に送付された句稿9にある「親展の状燃え上る火鉢哉」であると考える。漱石先生はこの頃にも友人からもらった手紙は残していなかったし、恋人からの手紙である「妹が文」も同様にするつもりであったが、しばらくの期間は残していた。この手紙は特別なものであったからだ。しかし、思い切って燃やすことにした。だがその処分法を「親展の状」の火鉢俳句で書き残した。燃やす決心をするまでに長い時間を要したことがわかる。

ちなみに掲句の上五「妹が文」を「行春や」に切り替えたのは子規であったが、掲句に季語がないのがその理由であった。だがこの修正によって味わいが全くなくなった。

ここで「妹が文」であった「親展の状」を燃やした理由を考えてみる。これには漱石と大塚保治と楠緒子との約束があったからだ。燃やしたのは3人の関係について後世の探索者に証拠を残さないという約束に基づくものであったと確信している。そして子規はこの約束のことを知っていたに違いない。そこで漱石に代わって俳句からも「妹が文」を削除した。

・芋の葉をごそつかせ去る鹿ならん

（いものはを　ごそつかせさる　しかならん）

（明治40年4月）手帳

京都の東山にある宿に泊まっていた明治40年4月のある夜のこと。掲句の次に書かれていた「厠より鹿と覚しや鼻の息」の句から判断すると、宿の厠の近くにある裏山の畑に鹿が出没した。鹿は山裾のさつま芋畑で腹を満たして興奮気味なのであった。鼻息が荒くなっている。漱石は、厠の中にしゃがんで畑の中のゴソゴソという音と近づいてきた鹿の鼻息を聞いていた。

宿の厠は建物の端に造られていて、その畑に隣接していた。鹿が近くの畑に入り込んでいて、体と芋の葉が擦れてごそごそと音を発しているのがわかった。間違いない、鹿が畑に来ていると漱石先生は思った。動かないで音で聞き分けて鹿の動きを想像していた。

句意は「さつま芋畑で葉っぱをゴソゴソさせて動き回り、芋を腹いっぱい食べた鹿は、その畑を去って山に帰って行ったようだ。ごそごその音がしなくなった」というもの。鹿は芋のツルを咥えて顎の力で引っ張り、土の中から芋を引き出して食べた。この時の葉の音が闇に響いていた。もしかしたら芋をかじる音も聞こえていたのかもしれない。

この句の面白さは、漱石先生は畑のゴソゴソの音しか聞いていないが鹿と判断していることだ。宿の主人から夜になると鹿が出没すると聞かされていたからそうとわかった。鹿が芋畑で葉を踏みつけて葉の音をさせながら去る音を聞いて、漱石先生はホッとした。

＊「鹿十五句」として『東京朝日新聞』（明治４０年９月１９日）の「朝日俳壇」に掲載

・苟くも此蓬莱を食ふ勿れ

（いやしくも　このほうらいを　くうなかれ）

（明治29年1月3日）子規の根岸庵での「発句初会」

『竹取物語』に「東の海に蓬莱という山あるなり」と出てくるので、この関連を調べていたら、どうも富士山とも関わりがあるようだとわかった。そして子規の俳句に「蓬莱や上野の山と相対す」があり、蓬莱は「蓬莱飾り」の略として用いられることも判明した。つまり、蓬莱は有名な中国の幻の山、蓬莱山の形に似せて縁起のいいように食材を大盛りにした飾り盆のことであった。子規は、上野の山の下にあった子規宅の正月の食卓の飾り付けのさまを大げさな句に詠んでいる。

「蓬莱飾り」は「関西での、新年の祝儀の飾り物の一で、三方の盤の上に白米を盛り、熨斗鮑（のしあわび）・搗（か）ち栗・昆布・野老（ところ）・馬尾藻（ほんだわら）・橙（だいだい）・海老などを飾ったもの。江戸では食い積みと呼んだ。蓬莱山。」と辞書にあった。

句意は「いくらうまそうに見えても、間違っても子規宅の古式床しい『蓬萊飾り』の飾り盆の食材に挑むことはやめた方がいい、硬くて歯が立たないから」というもの。漱石先生は子規宅の格式張った飾り付けは似合わないと掲句でからかった。子規の正岡家は由緒ある漢学者の家であり、このような立派な飾りものを新年に用意していたことに驚いたが、これを少々揶揄している。そんな経済状態ではないだろうと。そして冒頭の子規の「蓬萊や上野の山と相対す」の句を念頭に置いて、からかいの句を作ったのだ。

この句のもう一つの面白さは、上五の「苟くも」にある。苟もは、「かりそめにも、身分に合わないようなことは仮にも」という意味になるが、「卑しい」の語にかけている。つまり乾燥物を食べるような慎みのない、さもしいことはするな、という意味を持たせていることだ。食欲旺盛な子規は、料理もしないでこれらの乾燥物やなま物に挑みそうだとからかった。

句会に集まった大勢の客の前で、このような俳句を披露して皆の笑いを誘うことができるのは、漱石と子規との間には特別な関係があるからである。

• 色々の雲の中より初日出

（いろいろの　くものなかより　はつひので）

（明治31年1月6日）句稿28

漱石は明治30年の末、熊本市の北西にある近場の温泉地に出かけていた。明治30年は漱石夫婦間に気持ちの齟齬が生じていた。漱石は元朝の未明の温泉で体を清め、日の出を待っていた。今年はなんとか夫婦関係をすっきりさせたいものだと考えていたに違いない。

日の出を待ち望んでいた時の俳句、「稍遅し山を背にして初日影」で少し待たされた気持ちが詠（うた）われていた。宿のすぐ裏の山間から日が昇るので遅めの日の出になっていた。ちらっと光が見えたら、「駆け上る松の小山や初日の出」に描いたように、山の斜面の木の間に隠れていて中々太陽は顔全体を見せない。ようやく山から離れた太陽を見られたと思ったら、すぐに小さな雲の群れに捕まってしまった。

句意は「初日の出を待っていたら、チラッと見えてはまた別の雲にさっと隠れてしまう。次から次へと新たな雲が移動してきて、太陽を隠す」というもの。日の出を待つのはここまでにしようという諦めの気持ちが表れている。もう雲が切れるのを待つのはやめにしようと決断した。漱石は窓から外を見ているのをやめて、部屋に用意された新春のお膳に向かうことにした。

ここで「色々の雲」を考えてみる。これはカラフルな雲という意味にも取れる。太陽と雲の位置関係で雲に虹がかかったように見えることがある。したがって「七色に着色された雲が切れて初日の出になった」と解釈することもできる。まさに目出度い初日の出になったということだ。それとも太陽が雲のわずかな隙間から顔を覗かせると雲は明るい色に染まって見えるから、いろんな形の雲がいろんな色に染まっていることを漱石は描いているのかもしれない。

• 色鳥や天高くして山小なり

（いろどりや　てんたかくして　やましょうなり）

（明治28年9月23日）句稿1

秋空の高いところを鳥が鳴きながら飛び舞っている。じっと空の高いところに焦点を合わせて、その鳴いている鳥の姿を見ようとするが、かすかに羽ばたいているのがわかるだけ。空の青さに溶け込まずに確認できるその鳥は、体に色がしっかりついている鳥なのだろう、だから色鳥なのだろう。

顎を出して高所の鳥を見ていると、そのはるか下にある山はどんなに高い山でも視界の外れで小さく見えるだけだ。小さい山にしか感じられない。四国一の山である石鎚山でも視界の端になるようにして見ると小さな山にしか感じられない。この錯覚を利用して漱石は楽しい俳句を考案した。

俳句に出てくる色鳥は通常は渡り鳥のことで、中でも色の綺麗な鳥を指すのだという。だが漱石が色鳥としているのは雲雀なのだろう。この雲雀は頭に冠羽がついていて、おしゃれな鳥なのだ。この意味で、漱石は雲の近くでいい声で囀る雲雀を色鳥と表現している気がする。女の気をひくおしゃれな男に対して用いる色男と同じ用い方だ。

この句の面白さは、「天高くして」という面白くない常套句を用いながら、あまり用いない「色鳥」と「山小なり」によって新鮮味を出していることだ。

また壮大な「天高く」と卑小な「山小なり」の組み合わせが落語的で面白い。そして「天高くして山小なり」は、色鳥が地上の阿蘇山を上空から見ている図と理解することができることだ。漱石は翌年の春には松山を去って熊本に転勤するが、その後のことを思っている。雲雀の身になって熊本の方に目を向けているように感じられる。

巖影に本堂くらき寒さかな

（いわかげに　ほんどうくらき　さむさかな）

（明治32年1月）句稿32

句稿32では「巖頭に本堂くらき寒かな」と記されていたが、推敲前に書かれていた漱石の手帳には、元の句である比較的穏やかな言葉を用いた掲句があった。ここは大分県の西にある岩山で有名な耶馬渓である。

句意は「立ちはだかる岩山を見上げるとその中腹に建物がいくつか見えて、暗い本堂らしきものが見えていた」というもの。寒風の吹きつける山道から岩山に造られた寺を見上げ、寒風が吹き付ける中、本堂を目指して登っていった。漱石たちは寒さに震えながら本堂にたどり着いたが、暗く冷え冷えとしていた。ここは古くからある修行の寺であった。極めて寒くなるように造られていた。

漱石は元旦に若い同僚と熊本市から列車に乗り、小倉経由で2日に宇佐に入り、宇佐神宮に参拝した。このあとの帰路は徒歩で耶馬渓を縦断し、日田に抜け、筑後川を船で下って鉄道の駅に出るコースを選択した。吹雪の山越えとなった。

この時の漱石は体力にはまだ自信のある32歳であった。学生時代に鍛えた体力が残っていた。しかし当時の冬山越えの服装は防寒性能が貧弱であり、宇佐神宮からの吹雪の帰路は大冒険の旅となった。

岩清水十戸の村の筧かな

（いわしみず　じっこのむらの　かけいかな）

（明治40年頃）手帳

寂れた寺の裏山の岩肌を流れ落ちる清水が、細い小川となって流れている。暑い夏には近所の人たちがこの冷たい水の流れる小川に涼を求めてやってきた。この場所は、手帳の中でこの句の前後に配された清水の17句から荒れ果てた寺であるとわかる。漱石はこの寺で集中して清水の俳句を作っている。寂れた景色の中に身を置いていたが漱石の気分は高揚していた。

句意は「岩の間から染み出している清水は、細い川となって流れ出している。その川下の10戸ばかりの村はこの水を引き込んで堀や筧に流している」というもの。この岩清水を池の水として各戸が敷地に引き込んでいるのだ。小さな村であるが、豊かに流れる水を使って豊かに生活しているように見えた。

村の家々は綺麗な寺の水を大事にしているのがわかる。有難い水として生活に利用していた。村人と寺の信頼関係が見て取れる。村人は大事な清水の川の管理を寺に頼んでいたことになる。だが今はその寺はほとんど廃寺、廃屋になってしまっている。訪れる人がいないお堂前の池には蓮が綺麗に咲き誇っている。明治政府の廃仏毀釈の政策の影響がこの村にも及んできていた。寺の宝物であった法螺貝が裏の小川に捨てられているのを漱石は目撃した。

ちなみに案内してくれた旧知の僧のいるこの寺は、鎌倉の長谷にあった禅興寺であろう。この寺が荒れ寺であったのは、明治初年に廃寺になっていたからだ。この寺の一部は現在明月院として残っている。この年の夏に漱石はこの長谷の地にあった親友の別荘を訪ねていた。これは漱石年譜にも出てこない。この時期は楠緒子が鎌倉長谷の地に転居していた時期と重なる。

岩高く見たり牡鹿の角二尺

（いわたかく　みたりおじかの　つのにしゃく）

（明治40年4月）手帳

4月に京都の東山にある宿に漱石はいた。部屋から裏山を見上げている。宿の広い庭の向こうに芋の畑が見えている。岩山のてっぺん付近に大きな牡鹿が月の光を背中に受けて立っているのが見えた。だがその牡鹿はなかなか駆け下りようとはしない。鹿に畑と庭を荒らされては困ると山の下で人たちが対策を施していた。鹿が山を降りないように畑のそばの旅館の庭を夜通し明るく灯していた。これを見て牡鹿は警戒していたのだ。漱石は眠れないでこのさまを見ていた。

句意は「岩山の天辺に牡鹿の姿が見え、その頭には長さ二尺の角が生えていた。岩山の主なのだろう」というもの。この句の近くに「見下して尾上に鹿のひとり哉」が置かれていた。この牡鹿は岩山の天辺で胸を張って「ディアキング」のように振る舞っていたが、足元の様子をちらりちらりと窺っていると漱石先生は観察していた。牡鹿は下界を警戒はしても、芋畑に駆け下りることはやめはしないと思った。

この句の面白さは、岩山の上に立つ牡鹿の頭にも、岩山のような巨大な角が生えているという表現にある。つまり岩山と角の形の類似性が見られることだ。上五の「岩高く」は岩の高みに鹿が見えることだけではなく、尖った岩のように見えると「二尺の角」を形容している言葉になっている。

＊「鹿十五句」として『東京朝日新聞』（明治40年9月19日）の「朝日俳壇」に掲載

• 岩に大水に浅きを恨む春

（いわにおおみずに　あさきを　うらむはる）

（明治30年9月19日）村上霽月宛の手紙

漱石が村上霽月宛てに出した手紙にあった掲句は、霽月が主宰していた句会の俳誌のために作られていた。この句は「岩を廻る水に浅きを恨む春」（句稿23、明治30年2月に送付）を修正したものと思われる。

掲句の意味は「まだ早い春の冷たい水が大量に浅い川に流れ込んで岩に当たり、しぶきを上げている。この川に足を入れると冷たく、浅き春を恨む」というもの。漱石はこの冷たい川に足を入れて川藻刈りの作業しているのだ。

ここは熊本の水前寺の近くにある江津湖である。二つの湖が繋がった江津湖は漱石の家から程近いところにある。ひょうたん型湖のくびれ部の浅い水底には岩がいくつも並んでいる。春先にこの湖のくびれ部の湖底や岸の草を刈り取る作業を地元の人が総出で行う行事があり、漱石も参加しているのだ。岩が多く川の浅いところに川草が繁茂すると、流れがせき止められるために、春の初めに川藻の草刈りを大勢で行うのである。漱石はこの湖の南側で端艇部が練習するために部長の漱石は地元に協力して参加したのだ。

この句の面白さは、「浅き」が二つの意味に用いられていることである。川の深さが浅いことと春がまだ早いことに用いられている。恨む対象も「川が浅いこと」と「早春」である。川が深ければ川藻刈りが不要になるからだ。遅い春であれば川の水は温かくなるからである。

• 岩にたゞ果敢なき蠣の思ひ哉

（いわにただ　はかなきかきの　おもひかな）

（明治28年12月4日）句稿8

松山の荒い磯に出た時の俳句なのだろう。波が磯に打ち寄せる光景を目にして、そこの岩に近寄ってみた。波が岩にぶち当たって細かい泡を立てている。だが岩に砕ける波の合間に大きな牡蠣が岩にがっちりくっついているのを目撃したのだ。よくもこの凸凹の激しい岩に牡蠣が付着したものだと感嘆したのだ。牡蠣の稚貝が岩に取り付こうと果敢に何度も何度も挑戦した結果が目の前にあると感じ入ったのだ。

句意は「砕ける波の中で、ただ磯の岩に取り付こうという牡蠣の稚貝の行為は儚い、むなしいものと感じる」というもの。だがこれには反語がついている。いや違う、牡蠣の稚貝が波の中で諦めずに何度も付着を試みている間に、取り付きに成功したのだ。

小さな貝の生きることへの執着が感じられたのかもしれない。これを見て青年の漱石先生は何かを強烈に感じたのだろう。大きな夢を思い起こしたに違いない。

この句の面白さは、「果敢なき」にある。「あっけなくて空しい」や「みじめ」の意味で使うことが多いが、漢字で表すと思い切ってやるという意味の「果敢」がないと書く。決断力が弱いことを表す。果敢な行動がないという意味である。

だが牡蠣の稚貝は波が砕ける中で無理と思われる付着行動を継続させてい

た。諦めずに果敢に行動していたのだ。「果敢なき」行為を続けることが、果敢な行動になっていたのだ。望む結果を引き寄せたのである。漱石は言葉の意味、漢字の意味に分け入って俳句を作っていた。果敢に面白い俳句を作ろうとしている。

＊『海南新聞』（明治29年1月22日）に掲載

岩を廻る水に浅きを恨む春

（いわをまわるみずに　あさきを　うらむはる）

（明治30年2月）句稿23

ここに登場する水場は熊本の水前寺の近くにある江津湖である。二つの小さな湖が繋がった江津湖は漱石の家から程近いところにある。ひょうたん型湖のくびれ部の水底には岩がいくつも並んでいる。

この句は春先にこの湖のくびれ部の湖底や岸の草を刈り取る作業を地元の人が総出で行う行事と人々の声を描写している。なぜこれがわかるのか。この句の一つ前に書かれていた句が「ひたひたと藻草刈るなり春の水」であったからだ。

句意は「岩の多い浅い川に足を入れると、早春の水はまだ冷たくここでの草刈り作業で根をあげた」というもの。何もこんな時期にしなくてもという気持ちが込められている。そして浅い川で藻草が邪魔して水の流れを悪くしていることを恨んでいる。

この句の面白さは、「浅き」が二つの意味に用いられていることである。川の深さが浅いことと春がまだ早いことに用いられている。

上流にある水前寺公園から豊かな水がひたひたと湖と川に流れてくる。その水草刈り場に岸から少しずつゆっくり足を入れていく。この湖のくびれ部には岩が多くあり、まだ寒いこの時期に水の流れを良くするために水草を刈り取るのだ。この岩を巡って肌を切るような冷たい湧水が流れ込んでくる。水前寺から江津湖まで流れる間に、水は冷たくなっている。大勢の人が浅い川に足をそろりと入れていくが、まだ春が浅く、皆が「冷たい」と口にする。そこで参加者は「浅き春」を恨むのだ。

漱石先生もこの草刈りに参加したのである。当時、第五高等学校に赴任した漱石は端艇部の部長に就任して審判もしていたという。江津湖のうちの大きい方の下江津湖では水泳とボート遊びができ、高等学校端艇部の練習場になっていた。よって漱石先生がこの草刈りに参加しないわけにはいかなかったのだ。部員たちがこの川藻刈りに参加しているのだから。

上と下なつかしさうなつばめかな

（うえとした　なつかしそうな　つばめかな）

（制作年不明）自画賛

この賛を入れた絵は漱石先生の晩年のものなのであろう。軒下に取り付けてあるツバメの巣用の板には、南方に帰らなかった越冬ツバメが今も住み着いている。漱石は新たに南の国から日本に飛来するツバメのために、もう1枚の板を取り付けた。そしてツバメの巣は上下2段になった。

句意は「軒下の上下にあるツバメの巣から、時々顔を合わせるようにしてツバメが飛び出すさまと帰着するさまを見ていると、顔見知りのツバメ同士のようである」というもの。「なつかしそうな」の意は、互いに故郷を思い出しているということか。

この句の面白さは、俳句の文字は三画の漢字が2つで残りはひらがなで構成されていることだ。これによってのんびりした懐かしさが醸し出される。そして巣の板は形も大きさもほとんど同じとわかることだ。上と下の漢字は似ていて、上の字を反転させると下の字になるからだ。この頓知的なユーモアがツバメの飛行に似合っている。掲句は童話・童画的な俳句になっている。

＊『鈴蘭の香』（橘糸里（いとえ）の歌集、大正6年7月）に収録（彼女は歌人で音楽家、教育者）

魚河岸や乾鮭洗ふ水の音

（うおがしや　からざけあらふ　みずのおと）

（明治28年11月22日）句稿7

松山漁港にある魚河岸の光景なのであろう。乾鮭とは、雄サケの腹を裂いてはらわたを取り除き、塩を用いずに寒風で陰干しして乾燥させた鮭のこと。この句は、木材のように硬くなった乾鮭に市場の人が水をかけて洗っている場面を目撃した句なのだ。水洗いの後どうするのかはよくわからない。少し塩を振っておくのか。この水洗いは塩の浸透をよくするための処置なのだろう。

句意は「松山の魚市場を見にいった時、乾鮭を流水で洗っている音が市場に響いていた」というもの。硬くなった魚を洗う音は、じゃぶじゃぶの音に混じって、乾鮭同士が当たって発するカンコンの音もしていたであろう。漱石先生はこの音のヒントを俳句の中に入れ込んでいた。乾鮭を洗う音は、乾鮭に似た「カン、ジャブ」であろう。

一茶の句に「乾鮭も敲(たた)けば鳴るぞなむあみだ」がある。乾鮭を叩いてみたら、法事の読経の時に木魚の代わりになる音が出たとふざけた。実際には、越後の方から信濃に売られてきた乾鮭がどのくらい硬く乾燥しているかを試すために、乾鮭同士で叩いてみたのだ。するといい音がしたので、「般若心経」の一部を口にしてみたという俳句なのだろう。

● 魚の影底にしばしば春の水

（うおのかげ　そこにしばしば　はるのみず）

（大正3年）手帳

春の日差しが川底に入って石の色に変化を与えている。水の流れが変わることで光も活発に動いて石の模様を変化させる。そこに動く魚影が加わって川底は賑やかになる。水温が上がってきて魚は繁殖期を迎え、動きが活発になってきたようだ。川の中にも春がやってきたのだ。魚のヒレの動きがさらに石の上の光の模様を複雑にする。

この句の面白さは、副詞の「しばしば」にある。目の前の川底に魚がたまに姿を現す。光るうろこでそれがわかる。その度に漱石の目は川底の魚影を凝視しようと瞬(しばた)くのだ。すぐにいなくなる魚をみつめようと、その瞬間に目が瞬く。何の魚か、大きさはどうかと目を見張るのだ。まぶたの動きに合わせて、音が発せられる気がする。カメラのシャッター音がする。バシバシ、そしてシバシバと聞こえる。漱石の目は比較的大きいからだ。つまり漱石の目の瞬く音が「しばしば」である。

もう一つの面白さは、「魚の影」にある。この場合の「影」には、魚の姿そのものと強い光のつくる影の混合になっていることだ。普通魚は川底の砂利に似た保護色を身にまとう。これによって川面の上を飛ぶ鳥はその魚を識別しにくくなっている。だが、斜めから水中を見ることになる漱石は、川底から少し離れた水中を泳ぐ魚が作る影をしっかり見ることができる。つまり、この影によって漱石先生は魚の存在を認識し、その姿かたちを凝視して把握できる。このことによって魚を生き生きと描くことに成功している。

大正3年の漱石は体調が良くないのを自覚している。そんな漱石がこの俳句を詠んだところにすごさを感じる。生きるも死ぬもありのまま、そのまま受け入れる姿勢がありありと感じられる。生きることに固執しないから、水が温んできて魚が動き回る様子を楽しんでいられる。

ちなみに掲句の類似句として、「藻ある底に魚の影さす秋の水」（明治29年11月）の句がある。秋の川藻が生えている川底に魚の影が見えているさまを詠っている。掲句にある春の水の中の魚は、産卵のために動きが活発なのであり、このことに注目している句なのだ。これに対し、「藻ある底に」の句は冬を迎えるので動きはゆったりして、川底の水草と戯れている様子にも見える。

ここで、掲句に限りなく類似している句として、子規の「水底に魚の影さす春日かな」の句がある。このように漱石と子規は類似句で張り合うことが多い。

● 魚は皆上らんとして春の川

（うおはみな　のぼらんとして　はるのかわ）

（明治30年4月18日）句稿24

漱石先生の目の前に見える熊本市内の清流を、若鮎は遡ってゆく。この若鮎は集団で動く。綺麗に鱗が形成されたばかりの若鮎は、群れになって漱石の足元を流れる透明度の高い川を光りながら遡ってゆく。春の息吹を感じるひと時である。

前年の秋に鮎は川の中流で産卵し、孵化した鮎の稚魚は川を下って有明の海に入り、河口付近で仔魚になっていた。翌春の遡上に備えて十分な大きさになっていた。春の4月、5月頃になると5～10㎝程に育った若鮎は、親の育った川を目指して上流へと泳いでいく。

句意は「若鮎をはじめとして魚は皆、春になると遡上し、川は賑やかな春の川になる」というもの。この遡上が一斉に始まると魚の鱗が川に光を与え、川は光る春の川になる。

同じ句稿24に掲句の兄弟句である「若鮎の焦つてこそは上るらめ」という句がある。人間も鮎も集団の中にいると、競争が始まると漱石は思うのであろう。熊本第五高等学校の生徒たちが猛烈に勉強するのを見て驚いていたようだが、これも鮎のような「皆上らんとして」の気概なのかと思ったのか。

掲句の「春の川」は、熊本市の地元民にとってはどこの川であるかが重要なようだ。いろんな主張があるようだ。「この川は自分が子供の時分に泳いだ一級河川の白川である」とか、「漱石がボート部の面倒を見ていた関係で練習コースのあった江津湖につながっている川だ」と言う人もいる。漱石は後者の川の流れを見ていたように思われる。川底に藻がびっしりと生えている江津湖の川の方が鮎の姿、鱗はより光るからである。川底の白い急流の白川では魚影は目立たないと思う。

• 魚も祭らず獺老いて秋の風

（うおもまつらず　かわうそおいて　あきのかぜ）

（明治32年10月17日）句稿35

この句には「熊本高等学校秋季雑詠　動物室」の前置きがついている。動物室で獺(かわうそ)の剝製を見たときに、すぐに子規のことを思い浮かべた。子規の俳号の一つは「獺祭書屋主人(だっさいしょおくしゅじん)」であり、彼の住まいは「獺祭書屋」。今の子規は魚も取れなくなってしまって床の中にいると悲しんだ。獺のように枕元に本を並べることもできなくなっているのだと。

獺は魚を捕獲するとすぐには食べず、巣の上や川岸に並べて楽しんでいたといわれる。これを獺の祭、「獺祭」と称した。転じてものを調べるときに参考文献を沢山並べることを獺祭というようになった。

句意は「剝製の標本が置かれている部屋の獺は、生気がなく年老いて見える。魚をとったら巣の周りに並べておくという習性のある獺も剝製になってしまって、今はそれができない。わびしい秋の風が吹いている」というもの。今の子規のようだと思った。

子規の「獺祭書屋主人」という俳号は、中国の李商隠(りしょういん)の号にちなんでいるという。李は文章を書く際に参考にする書物を机の周りにぐるりと置いておき、部屋は雑然としていたという。この李は自分の執筆スタイルを取り上げて獺祭魚という号にした。子規も同じ執筆スタイルをとっていたので類似の「獺祭書屋主人」を名乗った。子規も漱石と同様に中国文人に憧れていたのだ。

だがこの執筆スタイルと「獺祭書屋主人」の号が命を縮めたと私はみている。旧松山藩の子弟たちが集う学寮が東京にあり、ここの一室を子規は一人で占領して使ったのはいいが、丸めた反故紙を畳の部屋に投げ捨てて散らかし放題にしていた。子規は本を机の周りに置いただけでなく、紙くずも同様にしていた。食べる時間を惜しんで食事はいい加減だった。この不衛生な生活環境と栄養不良、それに運動不足が祟って結核を患ったと考える。

漱石先生は子規が格好をつけて「獺祭書屋主人」などと名乗らずに、子規だけの号にしておけば、子規の未来は変わっていたのかもしれないと考えたに違いない。

ちなみに獺の本場は、瀬田川とその北奥の琵琶湖。琵琶湖を望む大津市内の膳所(ぜぜ)には「獺の祭見て来よ瀬田の奥」の芭蕉の句碑が立っている。膳所という地名には台所の意があるが、獺の調理場があったのかもしれない。

• 魚を網し蛭吸ふ足を忘れけり

（うをあみし　ひるすうあしを　わすれけり）

（明治30年7月18日）子規庵での句会稿

7月4日に、父親の墓参のために熊本から夫婦で上京する少し前のことだろう。漱石先生には少し余裕ができたのか、それとも気分転換を図るためか、近くの河岸を時々散歩した。熊本市内の井川淵にあった借家の漱石宅のすぐ南には大きな白川が流れていた。その家は川の岸近くの崖の上にあり、白川にかかる明午橋の袂にあった。この川は鮎などの魚が豊富で、夏には漁業組合の漁師による投網漁が盛んに行われていた。

旧士族だといわれている漁師が白川の中に足を踏み入れて、鮎漁の投網をしていた。先日は岸で網の繕いをしていたのを漱石先生は目撃していた。網繕いが終了したので、いよいよ投網になったと見ていた。重りを網の先端に散らばらせてつけた重い網を遠くに投げる投網には、大変な力と技が要る。だがもう何十年も続けていればその動作は板についていると見えた。

漁師の脚に目をやると、川蛭が川底から這い上がり、その漁師の脚に吸い付いて、血を吸っているのが見えた。漱石先生はそのさまをじっと見ていた。初めは黄色っぽい色した複数の蛭の体は、血を吸うとみるみる赤みが増した。この漁師は鮎のいそうな川底をめがけて投網することに集中して、蛭に脚の血を吸われているのには気がつかない。いや気にしていないのだ。そうか漁師にとっての蛭は川の友達と心得ているのかもしれない。一方の蛭は食いついている時に気づかれないように気を使っているのかもしれない。傷口はわからないくらいである。

この句の面白さはこの蛭と漁師の対照にある。蛭と漁師を見ている漱石の顔は蛭同様に次第に赤みを帯びてくる。ちなみに掲句には、前書き的な俳句として「蛭ありて黄なり水経註に曰く」の句が置かれている。

● 鵜飼名を勘作と申し哀れ也

（うかいなを　かんさくともうし　あわれなり）

（明治28年10月末）句稿3

歴史に題材をとった歴史俳句である。この句には「既ニ及第」と添え書きがある。まずこの添え書きの意味を考えてみる。及第とは一定のレベルに達していることだが、自分で満足というのではなく、師匠の子規にすでに見せていてまずまずの評価を得ていたことを示すものだろう。掲句は子規が愚陀仏庵で漱石と同居し、毎日のように松山の句友と句会を開いていた時に、子規の目に触れていたことを意味する。子規が帰京した後に書き始めた句稿に、一度見てもらっていた句を参考ために書いておいたということだ。平たくいうならば「師匠のチェック済み」ということになる。

句中の勘作は、甲斐を流れる笛吹川の鵜飼いの祖、鵜飼勘作のことだと調べがついた。その鵜飼勘作と名前がついた男は大納言だった平時忠である。平家が壇ノ浦で滅びた後、甲斐の石和へ逃れて住み着き、公卿時代に遊びで覚えた「鵜飼」を生業としていたといわれている。織田信長の子の一人が、武士として死ぬことなく、天下人となった秀吉の夜伽衆の一人になったことに似ている。

ところで漱石がこの鵜飼の勘作に哀れを感じたのはなぜか。漱石の家系を遡ると甲斐の源氏に行き着くということが関係している。その「勘作と申す者」は漱石の先祖の源氏に滅ぼされた平家の一員ということになる。鵜飼の勘作のことを知った時に、歴史の悲劇、そして敗者の哀れを感じたのだ。しかし、その本人は、晩年平家の一族として生きる息苦しさから解放されて喜んでいたのかもしれない。公卿だった頃に覚えた趣味の笛を川のほとりで吹いて、手足となって働く鵜たちをねぎらっていたのかもしれない。

その川は都人だった勘作を偲んで笛吹川と名づけられたのかもしれない。

● うかうかと我門過ぎる月夜かな

（うかうかと　わがもんすぎる　つきよかな）

（明治29年1月3日）子規・根岸庵での発句初会

月夜は人の気を削ぐ魔術を使うようだ。和服を着た漱石先生は自分の家の前をいつの間にか通過してしまい、人の家の前に立っている自分を発見して、「あれあれと」慌てている。漱石先生はこの状態を「うかうかと」と表現している。うっかりうっかりを「うかうか」と短縮しているらしい。そして自分の家に戻る時には、「ささささと我門もどる月夜かな」となる。

この句の面白さは、月が我が家までの道を照らしてくれて道案内するはずのところが、月は突如隠れてしまったと笑いながら嘆いていることだ。

この句を作った動機は、夜の句会に出ようと漱石先生は歩いていたが、うっかり子規宅の前を通り過ぎてしまったのを俳句仲間に見られてしまっていたことだ。このうっかりの理由を月夜のせいにしていた。

漱石はこのような新年の俳句会で面白い俳句を作って楽しんでいた。参加者は初句会ということで力が入ってガチガチの俳句を作ることを予想し、漱石はその逆のものを作ったのだ。それだけで可笑しみが生じることを漱石は知っていた。

ちなみに漱石は明治28年の年の瀬には東京に来ていた。12月30日には東京に来ていたことが子規の句に記されていた。「漱石が来て虚子が来て大三十日(おおみそか)」「梅活けて君待つ庵の大三十日」大晦日でない30日を「おおみそか」と読ませる。漱石を大歓迎した「子規宅」を通り過ごしたと漱石はふざけたのである。

• 憂き事を紙衣にかこつ一人哉

（うきことを　かみこにかこつ　ひとりかな）

（明治28年10月下旬）句稿2

前置きに「放蕩を仕尽して風流に入れる人に遣はす」の文がついている。漱石は一人でスッキリした気分になったつもりで松山に赴任していったが、新たな土地で悩み事やイライラが生じている。これらの憂き事はごわごわしている紙製の着物のせいにした。そんな自分を少々残念だと感じているようだ。

句意は「寂しさもあって気が滅入ることが多いが、これらは毎日着ているゴワゴワの和紙で作った紙衣のせいにしていた」というもの。動くたびに紙衣が音を立てるので、これでイライラが募るのだと自分に言い訳している。楠緒子のことを忘れようとしたができないでいた。忘れるために多くの女たちと付き合った。

この句の面白さは、この句には口を大きく動かす力行の発音が多いことだ。これによって幾分緊張感、イライラ感が生じるように工夫されている。声を出してこの句を読むと顎がギクシャクして、紙衣のごわごわ感が感じられるように演出されている。

ところで前置きの言葉は何を意味するのか。「放蕩を仕尽して風流に入れる人」とは誰のことか。漱石の頭が憂き事で占められているというのは、松山では漱石をよく知る人がいない環境の中で、超気楽に過ごしていたが、それでも気分は晴れなかったということだ。つまり漱石は明治28年4月7日に松山に移動し、この俳句を作った10月までの半年間、「放蕩を仕尽していた」ということになる。そしてそれが風流だと思い込もうとしていた。恋した楠緒子のことを忘れようとしてのことだと容易に想像できる。

漱石は楠緒子と親友の保治の結婚式に出席した後、間をおかずに松山へ飛び出した。楠緒子の新居のある東京から離れれば、自分の気持ちを落ち着けられると考えてのことだった。だがそうはうまくいかなかった。

掲句は子規に送った句稿2の最後に告白するように書かれていた。この句稿は子規が10月19日に松山を去ってから制作された。この句稿を見ると掲句の前には自分の行動についての句は皆無である。そして句稿の最後に至って、思い切って前置き文をつけて子規に自分の行動を告白するつもりで掲句を書き込んだ。しかし、この句だけでは正直に告白したことにならないとして、10月末に仕上げた句稿3の冒頭に置いた3句で自分の放蕩ぶりを改めて描いていた。これを子規に告白して憂き事を頭から吐き出そうとした感がある。「煩悩は百八減つて今朝の春」「ちとやすめ張子の虎も春の雨」「恋猫や主人は心地例ならず」で、やや洒落を込めて謎かけ風にアレンジして「放蕩ぶり」を描いた。最後の句には、子規が漱石の行動を理解できないのではないかと案じて「意味ガ通ズルカ」と書き加えていた。独身の漱石には放蕩のための資金が十分にあった。帝大の大学院卒の初任教師の給料は勤めていた中学校の校長の給料より高かった。そして知的でハンサムな漱石を松山の女性たちが放っておかなかったからだ。

ちなみに冬の季語の紙衣は、和紙を継ぎ合わせた紙布を縫製した和服である。その紙布はコウゾ、ミツマタなどの樹皮から取り出した木材繊維をコンニャク糊で繊維間の接着強度を高めて漉いたもの。そうして造られた布紙の仕上げに柿渋を塗ることで防水性を付与した。この着物に仕立てる厚手の和紙はごわごわしているため、揉みほぐしてから用いたが、それでも普通の織り上げた綿布に比べるとまだごわごわしていた。しかし軽くて保温性が高く、安価であることから江戸時代から用いられ、漱石が生きた明治時代でもまだ紙衣は使用されていた。漱石は紙衣の簡便さ、保温性を気に入っていた。ちなみに漱石は「紙衣」の語を用いた俳句を他に6句作っている。「我死なば紙衣を誰に譲るべき」の句にあるように漱石はお気に入りの紙衣を何着か持っていた。繊維産業が盛んな英国へも持っていった。

＊『海南新聞』（明治28年11月22日）に掲載

・うき除夜に壁に向へば影法師

（うきじょやに　かべにむかえば　かげぼうし）

（明治31年1月5日）句稿28、虚子宛の手紙

前年末から泊まっていた宿は隣町の名士の別荘で、海と川に面した良い場所にあった小天温泉。雪が降り、ミカン畑が白い大地の中で綺麗に見えていた。大晦日の除夜の鐘は、誰もが幾分しんみりするものだが、漱石先生の気持ちはかなり沈んでいた。気持ちに重りがついているような状態であった。

句意は「大晦日の夜、僅かばかりだが憂さ晴らしの酒を飲んでみた。だが酔えないでいた。ふと後ろの壁を見やると大きな影法師が見えた。カンテラの明かりが作った影であったが、自分の重い気持ちがこれを生み出したような気になった」というもの。

除夜の鐘は今年の憂さをまとめてかき消し、煩悩を消してくれるはずだが、そんなことはなかった。そして温泉地の宿主の好意で、部屋の明かりは行灯ではなく強い光を出すカンテラに替えてあったことで、部屋の壁にくっきり大きな影ができていた。漱石は自分の心の影が映ったと思った。家に残してきた妻のことが気になりだした。

熊本の家にいたら元朝はまた同僚の大勢が押しかけて、妻がてんてこ舞いして家の中が大混乱に陥るのが目に見えていたので、漱石は友達を誘って近くの温泉場に避難したのだ。家に漱石が不在とわかっていれば誰も正月祝いには来ないからだ。

しかし、心がしっくりしない。憂鬱になっていた。妻の精神的不安定は完治していないし、夫婦関係は完全には新婚時代に戻っていない。漱石に起因するトラブルの原因は残ったままであったからだ。

掲句は虚子への葉書にも書いていた。虚子はこれを見て「面白くない」と思ったという。子規は漱石の悩みをわかっていたが、虚子は全く知らなかった。

ちなみに掲句は以下の連句の一部である。「かんてらや師走の宿に寐つかれず」「うき除夜を壁に向へば影法師」「酒を呼んで酔はず明けたり今朝の春」「甘からぬ屠蘇や旅なる酔心地」。ここに大晦日と元日の漱石の姿が見える。

・うき人の顔そむけたる蚊遣かな

（うきびとの　かおそむけたる　かやりかな）

（明治29年7月8日）句稿15

この句にある「蚊遣」は渦巻き蚊取り線香を水平に保つ線香立てではなく、

垂直に保つ陶器製の蚊遣り豚なのだと思われる。いずれにしても煙を出す蚊取り線香なのだ。そして「うき人、憂き人」とは、「相手に見られているのがわかっているのに知らん顔をする冷たい態度の人、つれない人」である。この「憂き人」は擬人化された蚊取り線香から見た「つれない人」ということだ。

句意は「蚊遣り豚から憂き人と見られている人が、煙を出している蚊遣り豚から顔を背けている」というもの。蚊を追い払う蚊遣り豚は、漱石の方をじっと見ているが、漱石はこの蚊遣り豚に時々冷たい視線を投げかけている。この献身的な蚊遣り豚にしてみれば、この「うき人」の態度はあんまりなのだ。漱石先生は、蚊は嫌いだが、蚊遣り豚の煙もあまり好きではないようだ。

この句には別の解釈も可能である。九州の寺で参禅した時の俳句に「禅定の僧を囲んで鳴く蚊かな」がある。掲句の1つ前に置かれている句である。「うき人」はこの「禅定の僧」ということになる。板場のお堂で座禅の修行をしている寺の修行僧を、同じ場所で参禅を許された漱石が薄眼を開けて観察していた。監督僧は蚊遣りをお堂の隅に置いた。その煙が修行僧の方に流れていたのだ。無心になっているはずの座禅僧の顔に変化が現れている。この座禅僧は座禅を開始した時には「禅定の僧」であったが、蚊にまとわりつかれ、そして蚊遣り豚の煙が気になりだしてからは、単なる「うき人」になってしまっていた。蚊遣り豚がその僧の方を見ているのに、必死に知らん顔をしているのだ。漱石がじっとその僧を見ているのに、その座禅僧は気がつかず知らん顔であった。

• うき世いかに坊主となりて昼寝する

（うきよいかに　ぼうずとなりて　ひるねする）

（明治29年7月8日）句稿15

漱石先生はこの句を作る3カ月前に松山から熊本に移動していた。英語講師としての職場は中学（旧制）から高等学校（旧制）に代わった。そして熊本第五高等学校ではすぐに教授となり、仕事は忙しくなった。東京の学生たちと違って、九州全域から集まった学生の、必死に英語を身につけようとする熱気のこもった姿をみて、その熱意に応える授業をする毎日となり、身体は疲労を感じるようになった。そこでいかに休息を取るかを考えるようになった。

編み出したのは食後に昼寝をすることであった。この憂き世を気楽に生き抜く坊主のように、割り切って大胆に昼寝をしてしまおうと考えた。誰も坊主の昼寝を咎めたりしない。漱石は松山で幾つもの遍路の寺を見てきた経験から、坊主の実態がわかっていた。要は大胆に行動すればいいのだと悟ったのだ。

この句の面白さは、坊主のように大胆に昼寝するぞと決意しても、すぐに無理なことだとわかったことである。立派な髭を生やした坊主はいないからだ。また髭男の昼寝はさまにならないのはわかりきったことだった。そして、「うき世」には、現世の「浮世」とつらい「憂き世」を掛けていることだ。

この句は東京の病床にある子規に、自分は忙しく教授職を務めていると報告するための俳句であった。

• 鶯に餌をやる寮の妾かな

（うぐいすに　えをやるりょうの　めかけかな）

（大正5年春）手帳

春のころ、湯河原の温泉宿を出て散歩していると中心地の街中（まちなか）まで歩いてしまっているのに気がついた。山道の鶯の声を聞きながら山際の裏道を通って歩いているうちに、街中に来ていたのだ。その家並みの中に洒落た構えの寮があった。寮とは別宅の意味である。

句意は「あれは一見して妾が住んでいる家とわかった。庭に出ている派手めの着物を着ている妾は、庭に鶯が来るように餌を皿の上に置いている」というもの。その妾の亭主は毎日来るわけではないので、代わりに鶯が来るように餌付けしている。あの人は寂しい人なのだと観察する。

この句の面白さは、別宅の妾は主人に金で囲われて飼われている立場であり、庭に来る餌付けされている鶯はこの別宅の妾に飼われていることになるところだ。この妾は自由に飛ぶ鶯を餌付けして、自分の置かれている状況を鶯にも強いて精神的バランスを得ているのかもしれない。この句には囲われている妾のやるせない心情が描かれている。自由のないことのつらさが描かれている。

ここまで書いて、掲句の鶯は籠の中に飼われているように思えてきた。当時は鶯が庭の木に飛んできて鳴いていて、鶯の声は身近にあったが、この妾はいつも鶯の姿を見ていたかったはずだと先の考えを変えた。掲句の10句後の「鶯を飼ひて床屋の主人哉」の句を見つけたからでもあった。「鶯に餌をやる」は籠の中の鶯に餌をやるとみた方が、語句の理解はスムーズである。

・鶯に聞き入る茶屋の床几哉

（うぐいすに　きいるちゃやの　しょうぎかな）

（大正5年春）手帳

漱石は伊豆の湯河原に来ている。最後の小説『明暗』を書くことを決め、このためには腕が傷むリウマチを治すことが必要であるとして、寒い期間中、湯治に来ていた。温泉に入ったり、散歩をしたりして過ごしていた。宿の裏にある竹林には白い花を咲かせている梅の木を見つけたりした。鶯は山を降りて川沿いの地に姿を見せるようになっていた。ここは温暖な地であったからだ。

句意は「山際を散歩していると鶯の鳴き声が聞こえてきた。茶屋の椅子に座ってしばらく聞き惚れていた」というもの。早春に鶯に聞き入るのはいいものだとしみじみ思っている。この街の茶屋では鶯色の抹茶を飲んだのだろう。春はだいぶ進んで来ていると感じた。この茶屋に座って、熊本の山道で出くわした茶屋のことを思い出していたのかもしれない。

下五に椅子ではなく「床几」の語を用いたのは、古い茶屋には昔ながらの床几が似合うからだろう。伊豆は源頼朝が平家追討の旗揚げをした土地ということも脳裏にあった。武士が陣地の幕の中で座ったのは床几なのであった。漱石の遠い先祖は甲州の源氏であった。漱石も床几に座る武将のようにこれからの小説執筆について作戦を練っていたのか。

ここまで書いて、この句の次に配置されていた「鶯や草鞋を易ふる峠茶屋」が気になった。この句は漱石の熊本時代の思い出をもとに作っている。小説『草枕』に繋がる経験をした例の小天温泉旅行の時のものだ。明治30年の年の瀬のことだ。文明開化の流れがまだ届いていない熊本の山中であれば、茶屋にまだ昔風の床几があったと思われる。茶屋の老婆は江戸時代の床几を大事に使っていたのだ。

漱石が湯河原の街中で聞いた鶯の声は、やはり熊本の鶯で、茶屋は例の熊本の「峠の茶屋」であったと思われる。漱石は明治30年にタイムスリップしていたのだ。句中の床几は本物の床几なのであった。

再度の解釈をしてみると句意は「いつの間にか明治30年の熊本の峠道にあった茶屋で一休みしていた。床几に座って遠くの景色を見ていると鶯のいい声が届いた」というもの。松山時代と違って熊本ではいい思い出がたくさんあったことがわかる。

・鶯の去れども貧にやつれけれ

（うぐいすの　されどもひんに　やつれけれ）

（明治29年3月5日）句稿12

まだ早い春に飛んできた鶯が、うまく鳴けずに貧弱な声で一声鳴いて飛び去った場面を、「鶯のほうと許りで失せにけり」の句に描いていた。この鶯の飛び去った後のさまを描いたのが掲句である。両者は句稿でほぼ隣同士であった。山から降りてきたばかりの鶯は漱石の前で懸命に一声鳴いて去った。その辛そうな声を聞いた漱石は少々がっかりし、気抜けした。

句意は「ホウとだけ鳴いた鶯の声は、寂しげで貧乏くさい声でもあった。その声を聞かされた漱石先生は、貧にやつれた気分に陥った」というもの。その「ほう」とだけ鳴いた鶯は恥ずかしくなったのか、すぐに飛び去った。その貧乏くさい声の持ち主は飛び去って「ほう」の声はすぐに消えたが、その場に残された漱石はその貧乏くさい気分のまま、しばらく残された。

この俳句は、貧しい声で鳴いていた鶯をからかっている。その声を聞かされた人は大変ないやな思いをするのだと。だからしっかり鳴いてくれ、とエールを送っている。貧しい声を聞かされる身にもなってくれ、身がやつれる思いをするのだ、と飛び去った鶯に訴えている。

この句の面白さは、「鶯のされども」の「されども」の意味を、鶯が「その場を去ったけれど」の意と、「飛び去る」の意味に掛けていることだ。

鶯の大木に来て初音かな

（うぐいすの　たいぼくにきて　はつねかな）

（明治28年12月18日）句稿9

初めて耳にする鶯の声に聴き惚れている漱石の姿が想像される。漱石先生は大きな木の近くにきて鳴いている鶯の姿を確かめようとするが、木が大きすぎてどこにいるのかわからない。雄の鶯の「ホーホケキョ」の声を聞くと、人はその鶯の姿を見たくなるものだ。見えないとわかっていても見つけようとさせる初音なのだ。

句意は「初めて声を聞く鶯は大木に止まって鳴いている」というもの。鳴き渡る声の主は、自分の姿が見つかりにくい大木に止まって鳴いていて、なにやらもったいぶっているように漱石には感じられた。もしかしたら目の前の鶯は鳴き始めたばかりで、堂々と姿を見せる自信がまだないのかもしれない。

春になると蕪村は「鶯のそそうがましき初音哉」と鶯の数が半端じゃなかったと記録し、正岡子規は「雀より鶯多き根岸哉」の句で、うるさいくらいに上野の森の下あたりに鶯が集まっていたと証言している。後者の「雀より鶯多き」という実態は、子規が住んだ東京の下谷、根岸あたりに作られた鉄道駅の駅名が「鶯谷」となっていることでもこれが裏付けられる。

歴史的には東叡山寛永寺（東京国立博物館あたりにあった）の門跡を楽しませようと京都から鶯をたくさん運んできて森に放ったということがあったらしい。このような「やらせ」ならば許せる気がする。

鶯の鳴かんともせず枝移り

（うぐいすの　なかんともせず　えだうつり）

（明治29年3月24日）句稿14

近くの木に鶯の姿を見た人は、いつ鳴くのかと期待して気を長く持って待つことになる。だがこの鶯は人の期待を平気で裏切るのである。枝移りばかりしている。

句意は「早春の鶯は、全く声を出さずに、鳴くそぶりも見せずに枝から枝へと移っているだけだ」というもの。気を持たせている鶯は最終的には遠くの木へと飛び去ってゆく。鳴きだすのを待ち望んでいる漱石を弄んで楽しんでいるふうである。漱石の落胆している姿が見えるようだ。

この句の面白さは、鳴く鳴かないは鶯の気分次第なのだと諦めていることだ。このことを「枝移り」で表している。このさまは「移り木」にもなり、「移り気」ということに通じる。これは仕方ないことだ、まだ寒すぎると漱石は理解している。初春の鶯が鳴かないで飛び回るのは、鳴くのを待つ人に鳴かないことの償いのように枝移りの芸を見せているのだと理解している。

漱石には「鶯のほうと許りで失せにけり」という句もあるが、これはまだいい方の鶯である。「ほう」だけでも鳴いてくれたからだ。ちなみに掲句にある鶯の枝移りを見ていたのは、東京の上野の森あたりで、正月の子規宅への行き帰りであろう。1月はこの森に住み着いていた鶯にとってはまだまだ寒い時期であった。漱石はこの時の体験を3月末に、4月に松山に転居する前に書き記した。

鶯の啼く時心新たなり

（うぐいすの　なくときこころ　あらたなり）

（明治37年11月頃）俳体詩「尼」8節

この句は「春の初めに鶯の声を聞くと、心が新たになる思いがする」というもの。気持ちがすっきりしたのだ。掲句は「経読みさして閼伽(あか)酌みに行く」に続いている。「経読みを中断して、仏壇に供える水を木桶で汲みに行く」というもの。僧による読経が行われている最中に仏壇の水がないのに気づいて、漱石は腰を上げた。

これらの句を統合すると、「春の初めに鶯の声を聞くとハッとして仏壇に供える水がないのに気がついた。そこで仏壇の水を汲みに立ち上がった」となる。漱石は春の初めに、墓地の近くの寺に行って、誰かの供養を頼んだ。このとき鶯の啼くのを聞いた。漱石は「心が新たになった」と思った。

漱石は松山に住んでいた明治28年の冬に近くの浄土真宗の寺へゆき、亡き母の供養をしてもらった。翌年は熊本で結婚することになっていた。東京から松山に持ってきていた母の思い出のある湯たんぽは処分していた。そしてこれからは、母のことを思い出すことはないと心に決めた。その区切りとして、寺の僧に供養を頼んだのだ。僧堂で僧の読経を聞いていると、鶯の啼くのが聞こえた。漱石は「心が新たになった」思いがした。この爽やかな鳴き声によって漱石のこころが少し軽くなった。

漱石が俳体詩に取り組んでいたのは明治37年ごろであった。したがって掲句は回想の句ということになる。

・鶯の日毎巧みに日は延びぬ

（うぐいすの　ひごとたくみに　ひはのびぬ）

（明治41年）手帳

漱石が明治41年の新春から朝日新聞社の社員になって、初めての新聞小説『坑夫』の連載が始まった。そしてこの連載は無事に4月で終了した。連載が始まるまでは不安があったが、一旦書き始めると徐々に調子が出てきた。この調子が上がって来た時期に、掲句が作られたと思われる。

句意は「昼の時間は日毎伸びているが、庭の鶯の囀りも日毎上達してきている。巧みな声出しをしている」というもの。漱石は鶯の声を聞き分けて楽しんでいるようにみえる。日ごとに小説執筆に自信が出てきて、不安が強かった分だけ鶯のようにいい声で歌えている気分になっている。漱石は自分の気持ちを鶯に託している。

この句の面白さは、春の日の昼の長さが次第に長くなってくるのに合わせて、鶯の鳴き声も艶やかに息の長いものになってきたという洒落にある。単純明快な洒落であることが、春らしさの演出になっている。この変化に合わせて漱石は職業作家としての仕事にも慣れ、次第に小説以外の原稿量も増えてきたことを漱石山房に集まる木曜会の面々に自慢したいところであったろう。

同じ手帳に直前句として「吾に媚ぶる鶯の今日も高音かな」の句を作っていた。この頃は鶯の声の変化を楽しむ余裕が生まれていた。新聞社からの給料の他に単行本の印税も入って生活は安定し、妻も転職の不安を払拭できていた。

・鶯のほうと許りで失せにけり

（うぐいすの　ほうとばかりで　うせにけり）

（明治29年3月5日）句稿12

漱石は春に鶯の鳴き声を聞くのを楽しみにしていたが、その鶯の声は「ほう」と鳴くばかりでがっかりしていた。さらにその鶯は一声出しただけで飛んでいってしまった。「ホーホケキョ、ケキョ」「ホーホケキョ」でもなく「ホーホケ」でもなく、「ホー」とだけしか鳴かないのだ。春の陽気の中で気合のこもっていない声が響いた。漱石は期待した鶯がそんな弱い「ホー」とだけで鳴くのは納得できないが、笑うしかない。その鶯の声を人間が勝手に聞いているだけなのだからと。

笑い話のような俳句になっている。まだ早い春の時期には、鶯は発声の訓練が十分でないから「ほう」としか声が出ない。漱石先生はあまりきつくこの時期の鶯を叱らない。しかし、もう少し山で練習してから街に下りてきてくれと言いたいのかも。

この句の面白さは、「許りで」にある。鶯のこの「ホー」としか鳴かない状態を漱石は許していることを、「許す」にも用いる「許」の語で表していることだ。そして「ほう」の語には漱石の「そうか、仕方ないか」という諦めの気持ちが込められていることだ。楽しい俳句に仕上がっている。読む方としては、まさに「ほう」と「なるほど、漱石らしい表現だ」と納得できる。

ちなみに掲句はまだ早い春に飛んできたトレーニング不足の鶯がうまく鳴けずに飛び去ったというものであったが、鶯が飛び去った後の漱石を描いた句がある。掲句の2句後に置かれた「鶯の去れども貧にやつれけり」の句である。寂しげで貧乏くさい声を聞かされた漱石先生は、しばらくの間貧にやつれた気分に陥った。しっかり鳴いてくれ、と春の主役にエールを送っている。

鶯は隣へ逃げて藪つゞき

（うぐいすは　となりへにげて　やぶつづき）

（大正3年春）手帳

句意は「漱石宅の庭に鶯が来たかなと思って、漱石は耳をすましている。すると気まぐれな鶯はさっと隣に逃げていってしまった。だがその鶯にしてみれば続いている藪を移動しただけであり、仕方のないこと」というもの。漱石は落胆しているが、飛んでいってしまった鶯に理解を示している。落語的な面白い俳句であり、オチが入っている。多分漱石の庭には普通の蔓が絡まった藪があり、隣の藪は整備されていたのだ。鶯にも選択の権利はある。

この句の面白さは、漱石宅の敷地と隣の敷地には柵の境界が設けられていたであろうが、鶯にとってはなんら意味がないということだ。そして立場によって見方が異なることを俳句にしている。「隣へ逃げて」は漱石の側に、期待を裏切られたという思いが込められている。鶯は漱石の真剣な眼差しに危険を感じたのかもしれない。漱石はじっと見つめすぎたと反省したのかも。一方、鶯の側では単なる「続いている隣の藪への移動」であった。これは漱石先生が東京から松山への転勤、そしてそこから熊本への転勤は、見方を変えれば逃避というのと同じことであった。漱石は自分の行動を、掲句で回顧しているのかもしれない。

このころの漱石先生の体調は良くなく、気分は落ち込んでいたはずだ。しかし、自然にこのような陽気な句を作ってしまう。鶯は何かの都合でさっと隣の藪に移動してゆく。特に理由はないのかもしれない。漱石の生き方もこれに似ている。人との繋がり、何かの流れに沿って生きているだけということなのだ。

漱石は手帳に書いていたこの句を気に入っていたようで、大学の後輩、畔柳（くろやなぎ）芥舟（かいしゅう）にこの句を書いた短冊を贈っていた。ちなみに畔柳芥舟という人は、漱石が出た帝国大学の後輩の英語学者であり、第一高等学校教授だった。君は名前でわかるように恵まれた環境の田園に住んでいるらしいが、我が家もいいところだと見栄を張っていたようだ。

鶯も柳も青き住居かな

（うぐいすも　やなぎもあおき　すまいかな）

（明治33年4月5日）村上半太郎（霽月）宛のはがき

「北千反畑に転居して4句」と前置きにある。この句は松山時代の友人、村上霽月からの手紙の返事として出した葉書に付けていた。「近頃は発句廃業駄句もなにも皆無」と書いていた。熊本に住んでいた漱石は4月初めに引っ越したが、すぐに新住所を霽月に連絡した。転居先は熊本市北千反畑町78であった。引っ越したところは地域名が表すようにのどかな田園地帯で、見晴らすと畑だらけであった。

句意は「引っ越した家の庭には柳の木があり、鶯が飛んできていいところだというもの。ここなら少しは俳句が作れるかもと思うと、ふざけている。この句のユーモアは、鶯が緑の柳の木にきて鳴いているように書いているが、風に揺れる枝垂れ柳の枝には鶯は止まれそうもないということだ。漱石の庭に鶯が飛んできても隣の家の庭に飛んでいって鳴くことになるに違いないのだ。

また「青き」の語は「鶯も柳も」だけでなく、「住居」にも掛かっていることだ。つまり、漱石は引っ越したばかりだということを「青き」で面白く表していた。転居した「北千反畑効果」が早速表れた。

隣には広い畑があり、そこには菜の花が一面咲き誇っている。この半太郎宛ての葉書には、菜の花のある光景を描いた「菜の花の隣もありて竹の垣」の句も書いていた。借家の漱石宅の庭には隣との境として無愛想な竹の垣根が造られていたことを表している。菜の花が一面に見えても垣根で仕切られていたのでは興ざめだと言いたいようだ。田舎なのに何とも堅苦しい風変わりな菜の花畑なのだという漱石のぼやきが出ている。

＊新聞『日本』（明治33年4月26日）に掲載（北千反畑に転居して四句）

鶯や雨少し降りて衣紋坂

（うぐいすや　あめすこしふりて　えもんざか）

（明治29年3月5日）句稿12

衣紋坂は、新吉原の日本堤から大門までの間にあった坂で、遊客がここで衣服を整えることから名づけられたという。遊郭の中でも吉原は格上であるから身だしなみを整えるのが吉原に入るためのルールなのだ。この衣紋坂に類する坂は全国各地の遊郭にもあったと思われる。無論伊予松山の遊郭にも。

衣紋とは、和装の服のことであり、装束を形良く着ることである。装束を着るときには、襟の合わせ目をきちんとするのが礼儀であった。なぜ漱石先生はこんなことまで知っていたのか。まるで何でも知っている〝5歳児のチコちゃん〟みたいだ。

漱石先生は何しろ博識で生き字引であった。伊集院静氏から「ミチクサ先生」とあだ名されるくらいだから、好奇心の導くところに従って動いている間に俗世間のことまで知ってしまった物知りなのだ。かの正岡子規も漱石の好奇心の強さには脱帽であったと、小説『ミチクサ先生』に描いていた。

ところで掲句は鶯を擬人化して、鶯が浅草の吉原詣でをしたように描いている。鶯が浅草付近の空を飛んでいたら、急に雨が降りだした。そこで濡れたままの姿で吉原の上を飛ぶわけにはいかないと、下界の人たちがするように露を払い落とそうと衣紋坂で激しく羽ばたいて羽の露を払ってからゆっくり飛んだという。粋な鶯がいたもんだと、漱石先生はニヤリとした。掲句での鶯は漱石のような気がする。もちろん小雨降る中で空飛ぶ鶯を見上げていた漱石は、鶯に倣って大門の前に立って肩に付着した雨粒を払い落としたのかもしれない。

この句を作った月の翌月には、松山を去って熊本に赴任することになっていた。松山も見納めだという気持ちになって街中を散策していたのかもしれない。

• 鶯や髪剃あてて貰ひ居る

（うぐいすや　かみそりあてて　もらいいる）

（大正3年）手帳

木の桶に沸かした湯を入れて、漱石の頭の近くに置く。桶の中で湯の動く音が耳元でする。漱石先生は春の日に縁側の日向に横になって、女房に髭を剃ってもらっている。近くの木に鶯が止まってからかうように鳴いている。鶯の声を聞きながら春の陽を浴びて漱石は満足げである。そして漱石は結婚しておよそ20年連れ添ってくれた妻に感謝しているのであろう。

こんな光景は今の時代では信じられないものになっている。髭ぐらい自分で剃りなさい、と妻に一括されておしまいである。鶯はこの大声に驚いて逃げ出すに違いない。

漱石夫婦のことを今もとやかく言う人が多いが、こんなほんわかした光景があったとしたらどう思うだろう。漱石はこの光景を記念に残しておこうとしたのだろう。こんな時もあったのだと。

この句の面白さは、漱石先生は「髪剃あてて貰ひ居る」時の気持ちを「鶯」の一文字で表せていることだ。鶯は声を伸ばして気持ち良く鳴くからである。漱石先生も鼻の下と顎の下を伸ばしていたに違いない。

この句につながる句として「行く春や知らざるひまに頬の髭」（大正3年）がある。この時の剃刀も本格的な折りたたみ式の剃刀である。漱石が目を瞑ってウトウトした間に髭がささっと剃られてゆく。石鹸の泡を髭につけ、その髭を手で撫でつけてから髭剃りを始める。漱石も妻も満足の表情をしていたに違いない。

• 鶯や障子あくれば東山

（うぐいすや　しょうじあくれば　ひがしやま）

（明治40年春）京都東山

『漱石全集』では制作年不明とあるが、この句は、東京朝日新聞社に入社が決まって、大阪朝日新聞社に挨拶に出張したついでに京都に行った際の句であろう。京都大学にいる友人の狩野教授と会って、その日は友人宅に泊まり、その後は東山の宿に泊まっていた時に作った。つまり明治40年3月末から4月にかけてほぼ半月間京都に滞在した時のものだ。

この句の意味は明快である。わかりやすくて面白くないかといえばそうではない。漱石は前の晩遅くまで京都の盛り場で過ごしたので、陽が高くなってから鶯の声で目が覚めた。光の差しこむ方から鳴き声が聞こえたので、東側の障子を開けた。窓の外に鶯の姿を見られるかもしれないと期待を込めて旅館の部屋の障子を開けた、というのが句意である。勢いよく開いた音に驚いて、鶯は飛び立ってしまっていたが、目の前には鬱蒼とした東山の森が広がっていた。この時の山の景色の美しさと日の眩しさを掲句に描いている。この景色を見て眠そうな漱石の目は大きく開いた。鶯の姿も声も眼前から消えていたが、光る東山は余りあるものであった。

この句の面白さは、障子を開けたのは漱石であるが、鶯が開けたようにも読み取れるように仕組んでいることだ。確かに鶯の声が漱石の行動を促したのであるから、鶯が障子を開けたのだ。

・鶯や竹の根方に鍬の尻

（うぐいすや　たけのねかたに　くわのしり）

（大正5年春）手帳

漱石先生は胃潰瘍に加えてリウマチの痛みが出て、神奈川県伊豆の湯河原温泉に湯治に出かけた。朝の山道の散歩を欠かさない毎日。ある日の早朝、筍掘りの現場に遭遇した。

句意は「鶯の鳴く竹林の中で筍掘りの鍬が振り下ろされた。ぐさっと筍の根元に刺さって動かない鍬の背中が道から見えた。鍬の柄の差し込まれた鉄の丸い枠が尻の穴に見えた」というもの。痔持ちの漱石先生はどうしても意識の中から尻の穴のことを消し去ることができない。長年痔疾で苦しんできたから、尻の穴に見えるものに目が行ってしまう。いや縁のある丸いものは尻の穴に見えてしまう。

この句の面白さは、「鍬の尻」が近くに見えている場所は「竹の根方」であって「筍の根方、根元」ではないということだ。漱石の目は鋭い。つまり土に突き刺さっていた鍬の根元には筍は見えていない。鍬を起こすと筍が土の中から姿を現すのだ。つまり筍掘りの農夫は、竹の葉の下に隠れている筍を探り当てて鍬を打ち込んでいるのだ。漱石先生はこの職人芸を見ていた。

ちなみに、この農夫が力いっぱい鍬を竹の根元に深く打ち込んだ後に、しばしの休息があった。この後地中の筍をぐいと梃子の原理で持ち上げるために力を蓄えているのだ。このわずかな間に漱石は「鍬の尻穴」に気づいた。この時漱石は農夫の顔ではなく、「鍬の尻穴」に目を惹きつけられていた。

この作業を見ている間、漱石先生は自分の尻に棒が差し込まれた気分になったのかもしれない。その日も尻の具合はあまり良くなかったので、掲句ができ上がったと思われる。だが痔疾の方は一時より良くなっているようだ。日記と俳句に痔のことをテーマにした記述はなかったからである。尻の状態は尻上がりに改善しているようだ。久しぶりに痔に関連する句を作る気になった。

・鶯や田圃の中の赤鳥居

（うぐいすや　たんぼのなかの　あかとりい）

（明治29年3月5日）句稿12

漱石は翌月には松山の地を離れて熊本に行くことになっていた。春の暖かい日に松山の重信川沿いの田んぼ道を歩いてみる気になった。漱石は田んぼの中に赤い鳥居がぽつねんと立っているのを見つけて、面白く思い、しばらく見ていた。するとその上を鶯が飛んで行った。その鶯は鳥居に止まりそうに見えたが、また飛び上がって離れて行ったのを見ていた。体の小さな鶯には鳥居の横木は太すぎたのだ。

この句の面白さは、漱石先生は歩きながら鶯と赤鳥居を見て、面白い話を創作していることだ。鶯にとってこの赤い鳥居は、鳥という名前がついているから、何か馴染み深いものを感じたのであろう。鶯は鳥居の文字から判断して、鶯も止まれるようになっていると勘違いしたようだ。この話を創作して漱石先生はにたりと微笑んだ。

ちなみに鳥居の漢字のいわれには諸説あるが、漱石は「鶏居」を語源とする説を取り入れて、その形は鳥かごの中の鳥の止まり木の形を模したものとして漱石先生は遊んでいるようだ。問題は鳥居が体の小さな鶯にとっては大きすぎることである。いや鶯の体が小さすぎたことだと笑う。八咫烏ならば止まれたのかもしれない。

鶯や隣あり主人垣を覗く

（うぐいすや　となりありしゅじん　かきをのぞく）

（明治29年3月6日以降）句稿13

山から降りてきた鶯は鳴き声に自信をつけてきたようで、大きな声で鳴き続けている。隣家との境の垣根付近で鳴いている。漱石はどこあたりでその鶯が鳴いているのか気になったが、隣の主人も同じようで外に出て垣根のあたりを見ている。

句意は「鶯が隣家との境の垣根付近で鳴いている。鳴き声に釣られて出てきた隣の主人がこちら側を覗き込んでいる」というもの。鶯を探すような素振りで愚陀仏庵の方を何気なく覗き込んでいるのがわかる。このあたりが漱石のユーモアなのであろう。

鶯は人の注意を引く鳥のようで、それを鶯はわかっていると漱石先生は考えているようだ。鶯は人騒がせなことをするものだと漱石は嬉しそうに笑う。

常々垣根越しでもよその家の庭を覗き込むのは無粋なことだとされているが、鶯の声に釣られてなら大丈夫だと人は考えるようだ、と漱石はニンマリする。隣のこの主人は、もしかしたら漱石が引っ越すのを知っていたのかもしれない。それで様子を見ようと、鶯の声をだしにして覗き込んでいたのだ。漱石が松山から熊本への引越し準備をしていた頃だ。

この俳句は、約1年前に作っていた自作句である「鶯や隣の娘何故のぞく」にきわめて似ている。ともに垣根を越えて覗き込んでいる。鶯が人間関係を仲介しているのが面白い。

鶯や隣の娘何故のぞく

（うぐいすや　となりのむすめ　なぜのぞく）

（明治28年10月末）句稿3

この句は漱石がまだ松山にいる時のもの。鶯は隣家の木の枝にとまって鳴いているのだろう。さっと飛び去るものと思って聞いていたが、なかなか移動しない。なぜ漱石宅の庭に来ないで、隣でばかり鳴いているのかと不満に感じている。この鶯はオスであるから娘のいる庭で鳴いているのだろうと、ふざけてみる。この解釈は鶯が隣の娘を覗いているという掲句の文脈に沿ったものだ。

しきりに鳴いている鶯の声に惹かれて窓を開けて隣の庭の方に目をやると、隣の娘が庭に出ていて娘と目が合った。この解釈は、掲句の主語が隣の娘であり、漱石の方を覗いているという文脈に沿ったものだ。

漱石は面白い俳句を良しとするものであるから、後者の解釈が妥当である。この頃漱石は夜遅く帰宅するという噂が広まっているのを感じていたからだ。同居していた子規が東京に戻ってからは、夜を一人で過ごすことが苦痛に感じるようになっていた。

句意は「鶯が隣の庭で鳴いている時に、隣の娘は漱石宅の庭を覗いている。なぜ覗くのか、その訳を知りたいと鶯に問うている」というもの。好奇心が旺盛な年頃の娘は、隣の家にいる独身の中学校の先生が気になって仕方ないのだろう。松山の街では東京からやって来たこの先生のことが話題になっていたのだ。漱石は娘の覗きの理由を知っているが、あえて鶯に問うている。お前が庭でしきりに鳴くから、娘が庭に出てくると幾分鶯を責めている。

鶯や藪くぐり行く蓑一つ

（うぐいすや　やぶくぐりゆく　みのひとつ）

（大正5年春）手帳

漱石は神奈川県の湯河原温泉に湯治に出かけていた。腕の痛みが激しくなってペンを持てなくなっていたからだ。朝の散歩に山裾を歩いていると男が筍掘りをしているところに出くわした。鶯の鳴く声が竹林に鳴り響いている。

足を止めてその男が重い鍬を竹の根元に振り下ろしている様子を見ていた。筍の姿は見えないが、鍬の柄をぐいと起こすと筍が土の中から姿を表す。掘り出した筍を側の竹かごの中に入れるのを見ていた。

句意は「蓑を身につけて竹かごを背負った男が、一人で歩きにくい竹藪の中へ入り込んで行く。朝もやの中に鶯の声が鳴り響いている」というもの。鶯に道案内されるように蓑を着た男は竹やぶに溶け込むように姿を消した。忍者の姿隠しの術のようであった。

ちなみにこの句の前に置かれた筍の句は「鶯や竹の根方に鍬の尻」であった。じっと竹の根方に食い込んでしばらく動かない重い鍬の尻に目をやっている。力いっぱい深く鍬を竹の根元に打ち込んだ後に、しばしの休息があった。この後地中の筍をぐいと梃子の原理で持ち上げるために力を蓄えていた。

竹の枯葉の中に埋もれている小さな筍を求めて、竹藪の持ち主は重い鍬を携えて藪の中に入って行くシーンなのだ。

この句の面白さは、「藪くゞり行く」にある。この部分の主語は竹かごを背負った男であり、かつ鶯であるということだ。両者が竹藪の中を奥の方へと移動するさまを漱石は見ていた。あたかも鶯が筍のありかを知っているかのように農夫を先導して行く。そしてそれを見て漱石もまた道を歩きだしたということだ。ショート・ショートのドラマが漱石の目の前で展開した。

• 鶯や草鞋を易ふる峠茶屋

（うぐいすや　ぞうりをかうる　とうげちゃや）

（大正5年春）手帳

この句は漱石が熊本にいた時の思い出を描いたものである。第五高等学校の同僚の山川と有明海の方へ続く山道を通って小天温泉に行ったときのことだ。海に浮かぶ天草の島を見下ろしながら歩いていた。金峰山付近の峠の茶屋にたどり着いてここで一休みし、また歩きだした。掲句の小天温泉への旅では、袴をはいて紙のカッパを着て熊本市内を朝暗いうちに出かけた。足には草鞋を履いていた。腰には替え用の草鞋を括り付けていた。江戸時代の旅姿のまま山道を歩いた。漱石の相手をしてくれた茶店の老婆も江戸時代の格好のままであった。

句意は「春に山道を歩いて峠の茶屋までたどり着き、ここで一休みして草鞋を新しいものに替えた。海風を受けながら周囲の景色を見ていると、鶯の声が聞こえてきた」というもの。掲句は漱石の人生を振り返ったものである。漱石は熊本第五高等学校の教授をしている時に、英国留学の辞令が下り、これが人生の転機になった。峠茶屋で草鞋を履き替えたということは、漱石の人生の目標が代わったということを意味している。

東京を離れてじっくりと暮らしたのは熊本が初めてであった。この大正5年に亡くなる漱石が、昔を振り返って思い出すのは、東京での学生時代における楠緒子との恋愛と熊本での新婚生活であった。楠緒子とのことは熊本に行っても続いていた。そして熊本では学生の引率旅行を含めていろんなところへ歩いて出かけた。懐かしい旅の思い出ばかりであった。

• 鶯を飼ひて床屋の主人哉

（うぐいすを　かいてとこやの　あるじかな）

（大正5年春）手帳

当時の伊豆・湯河原では鶯を飼うのが流行っていたのかもしれない。漱石は野生の鶯を餌付けする場面を町中で見ていた。鶯が売買されていたと思われる。漱石は湯河原の床屋で、鳥かごに鶯を入れて、整髪に来る客に鶯の声を聞かせる場面を目撃していたのだ。漱石はこの床屋で髪を切ってもらったのか。客がこの声に聞き惚れてうっとりとして寝てしまうのは間違いない。髪を撫でられるだけでも寝る人が多いというのだから。

句意は「鶯を鳥かごで飼っている床屋の主人が客に鶯を自慢している」というもの。店の前を歩く人が、床屋の店内に置かれた鶯の鳥かごを見ながら通り過ぎる。この句を作った大正5年ごろは、鳥獣保護という観念がなかったのだろう。それほどに野鳥が町中にあふれていたのだ。町自体が自然の森の中にあったというのが実態であったのだ。昭和30年代、40年代は目白や四十雀、山雀を捕まえては自作の竹かごで飼っていたものだ。令和時代の子供の遊びはパソコンゲームであろうが、昭和の子供は野鳥や昆虫を捕まえては遊んでいた。昭和の子供は物事を観察する目を育てることができた。

床屋のオヤジはいつも客が来ているわけではないので、暇な時には鳥の世話をしたりして時間つぶしをしたのだ。客の肌のケアに「鶯の糞」を使ったのだろうか。「鶯の糞」が使われる訳は、その糞に人の肌の垢や脂肪を溶かす漂白酵素などを多量に含んでいるからだという。ところでその糞の粉末は鶯色なのだろうか。最近のネット情報によると、日本の「鶯の糞」が英国ヒルトンホテルで使われているという。

この句を書いた手帳に別の鶯句が書かれていた。「鶯を聴いてゐるなり縫箔屋」があった。この縫箔屋のおばさんも、もしかしたら、かごの中の鶯の声を聴いていたのかもしれない。

● 鶯を聴いてゐるなり縫箔屋

（うぐいすを　きいているなり　ぬいはくや）

（大正5年春）手帳

漱石は湯河原温泉へ湯治に行っていた。リウマチの治療が目的であった。滞在している期間中、早朝の散歩を日課にしていた。竹林の前を通って鶯の鳴き声を聞きながら山裾の道を歩いていくと、いつの間にか街中（まちなか）に入り込んでいた。着物に縫つけと箔圧しで模様をつける縫箔屋の所に来た。その店は朝早くから開いていて、店の戸を開け放っていた。通りから、店の人が時々顔を上げて鳥かごを見る様子が見られた。

句意は「街中の縫箔屋の人は、鶯の鳴き声を聞きながら作業をしているように思えた。鳥かごから鶯の鳴き声が聞こえていた」というもの。漱石は店の前で立ち止まって鶯の声を聞いていた。「鶯を聴いてゐる」のは縫箔屋の人であり、散歩をする漱石であった。

宿の裏山から街中に歩いていくと鶯の声が聞こえてくる。鶯の声を聞きながら仕事をしている人が街中に大勢いた。床屋、縫箔屋の他にもいろんな店があった。そんな街の環境はいいものである。漱石は、リウマチも胃潰瘍も尻の痛みも治りそうな気がしたであろう。だがそうはいかなかった。この年の11月に漱石は寝込んでしまったからだ。そして立ち上がることなく12月5日に没した。

ちなみに縫箔屋とは、刺繍と摺箔（すりはく）を用いて着物地に豪華な模様をつける職人、商売のこと。小袖などの染織加工の後に行われたものだ。昔から湯の町、湯河原温泉には芸者衆が大勢いたことから縫箔屋も多くあったことがわかる。

● 鶯をまた聞きまする昼餉哉

（うぐいすを　またききまする　ひるげかな）

（明治29年3月5日）句稿12

同じ日に鶯の鳴き声を朝と昼に二度聞くことになった。漱石先生はまだ肌寒い早春に鶯の声を聞けることをありがたいと感じていた。その鶯の声は練習不足でまだ「ホウ」としか鳴けていないが、そんな鶯の声を再度昼飯の時に聞くことができた。同じ句稿でこの時期の鶯の鳴き方を描いている俳句に「鶯のほうと許りで失せにけり」がある。

漱石はそんなトレーニング中の鶯に一応敬意を払っている。未完成の声を嫌がっていないことは、敬語を交えた俳句にしていることでそうとわかる。貴重な声をまた聞くことができたと感謝しているようだ。しかし、若干飽きの気分が感じられる。

この頃漱石は松山にいた。漱石はある日の昼飯を街中の食堂で食べた。朝夕の食事は借家で家主側から提供されていたと思われる。早朝に耳にした鶯の声の主は野生の鶯で、昼飯時に聞いた鶯の囀りは、鳥籠で飼われていた鶯なのだ。漱石は両者の鶯の声を比較して楽しんでいる。

ちなみに掲句が書かれていた句稿12には101句もの大量の句が記載されていた。掲句はこの句稿の末部に置かれた鶯を描いた5句の一つで、その最後の句になっていた。「鶯のほうと許りで失せにけり」「鶯や雨少し降りて衣紋坂」「鶯の去れども貧にやつれけり」「鶯や田圃の中の赤鳥居」に続くもの。漱石は春になって山を降りてきた鶯に誘われるようにして、街中を歩きだした感がある。どこへ行っても鶯の声が聞こえるので、だんだん飽きてきたことが感じられる。句稿13になると街中から四国山地近くの郊外に足を延ばしていくが、掲句は、街中はほぼ歩き尽くした、と出歩く先を変化させようとしていることを感じさせるものになっている。

漱石は翌月になると松山を去って熊本にゆくことになっていた。松山もそろそろ見納めだという気持ちでいた。

・動かざる一篁や秋の村

（うごかざる　ひとたかむらや　あきのむら）

（明治42年10月17日）日記

満州視察の旅を終えて朝鮮半島で数日過ごし、京城から船で下関に向かった。10月14日朝に船中で検疫を受けてから下関に到着した。そのあと満鉄社員と広島で一旦下車し、翌15日夜に広島で寝台車に乗り、京都に向かった。京都から16日夜に急行列車に乗って東京に向かった。17日に沼津で夜が明けたが、京都からずっと座席で一睡もできなかった。途中から乗車してきた知人の出迎えを車中で受けた。東京のホームには東洋城、小宮、義弟、その子供の筆、恒らがいて出迎えてくれた。駅にはゴムタイヤの車が手配されて待っていた。漱石は腹に痛みを感じ、元気はなかったと日記に書いていた。

この日作った俳句は掲句のほか、未完成の一句と「帰り見れば蕎麦まだ白き稲みのる」であった。漱石の好奇心は沈んだままであった。漱石は日本に帰ったことを、汽車の窓から白い蕎麦の花と稲が実っているのを見て、そして長く続く竹やぶの緑を見て実感した。そしてここは日本だ、いい国だと思ったに違いない。満州と朝鮮をつぶさに見てきたからだ。

掲句の句意は「日本を長いこと離れていたが、鉄道沿線の村々には緑の竹やぶがあり、少しも変わっていなかった。ただ季節が秋になってしまっていた」というもの。漱石は下関に上陸してから、鉄道で東京に戻るべく旅を続けてきた。移動し続ける中で、日本は変わりなく存在していたことに安堵したのだ。漱石は動きながら動きのない日本を見ていた。満州も朝鮮も不安定であったから、少しも変わらないことに価値があると感じた。

漱石先生は満州と朝鮮について深く理解したことで、帰朝後、素早く紀行原稿を書き始めた。この年の10月21日から12月30日まで『満韓ところどころ』を東京と大阪の『朝日新聞』に連載した。しかし連載は予定の期間より短縮された。

ちなみに途中で終わってしまった句は「地鳴りして汽車（以下なし）」であった。弟子の枕流が試しにこの俳句の空白を埋めてみた。「地鳴りして汽車止まるは東京駅」それとも「地鳴りして汽車食い込む胃壁かな」か。帰国した時に漱石先生の胃の状態は出発前よりかなり悪化していた。病身の漱石先生には、満州で乗った列車の方が日本の列車より乗り心地が良く豪華であった。列車もホテルも満州の方が本土よりも快適であった。日本はそれだけ満州に投資をしていたということだ。

ちなみに東京に戻ってから韓国釜山在住の井本氏宛てに出した短冊には、「動かざる一篁の月夜かな」の句が書かれていた。自宅で腰を据えて、緑の竹の上に出ている落ち着きのある月を愛でていると報告した。海外の土地を見てきた漱石先生は「動かざる日本」を喜んでいた。

・宇佐に行くや佳き日を選む初暦

（うさにゆくや　よきひをえらむ　はつごよみ）

（明治32年1月）句稿32

漱石は前から明治32年の正月は、大分の宇佐神宮へ初詣に行こうと考えていた。熊本にいる間に格式の高い宇佐神宮へ行くと決めていたのだ。太宰府天満宮には明治29年の秋に行っていたので、次は宇佐神宮へ行こうと考えていた。漱石は来年の暦を手元に置いて、いつにするか思案した。初暦とは年が明けて初めて使う暦のことである。つまり掲句を作ったのは明治31年の年の瀬である。

句意は「来年の新暦の暦を引き寄せて宇佐神宮へ初詣に行く良き日を選んだぞ」というもの。つまり旧暦での正月ではなく新暦での正月の方を選んだというのだ。それほどまでに宇佐に行く日の決定に力を込めるのは、当時熊本から宇佐に行くのには、小倉経由での北回りの鉄道を使うしかなかったからだ。片道に2日をかけて行くことになるから、なかなか決断できないでいた。加えて当時の神事はまだ旧暦で行われていたことも関係していた。学校行事は新暦で行っていて、旧暦での初詣になると漱石の学校勤務に支障が出そうであった。

この句の面白さは、初詣に行く日を「佳き日」と大げさに表していることだ。宇佐神宮の旧暦での正月行事に対抗して新暦での初詣を決行するという意思を示した形だ。

1月1日早朝に独身の同僚である奥太一郎（帝大の後輩）と熊本の池田駅（JR北熊本駅）から汽車に乗り、小倉で一泊した。翌2日に中津経由で宇佐駅（J

R柳ヶ浦駅）まで行き、ここから徒歩で宇佐神宮に入った。漱石が新暦の正月に宇佐神宮に行ったところ、予想したように門前町には正月飾りはなく、応対した不愛想な神官からは嫌味を言われてしまった。「何故新暦で初詣したのか、それも何故元日ではなく2日に来たのか」と。

● 薄き事十年あはれ三布蒲団

（うすきこと　じゅうねんあわれ　みのぶとん）

（明治28年12月18日）句稿9

ここで聞きなれない三布蒲団が問題になる。「みのぶとん」は三幅蒲団とも書き、三幅の幅がある敷き蒲団のこと。一幅という単位は、布幅の単位で約36㎝であるから、三幅は108㎝。並幅ともいう。ちなみに我が枕流家の綿入れ敷き布団は96㎝幅であるから、三幅の幅のある敷き蒲団は幅だけは大きいということになる。だが、現代の感覚では幅の狭いシーツ布団ということになる。三布蒲団に寝ていると体は痛くなるし、少しも暖かくなかったはずだ。漱石は嘆きを込めて、この極薄蒲団のことを青春の記念として俳句で記述しておいた。

つまり、この俳句における漱石は、裕福な家庭の寝床にいるのではないことがわかる。漱石は若者宿の部屋に宿泊していて、粗末な蒲団にくるまっていたことを表している。

句意は「10年も使っている薄い布蒲団の中にいる哀れさよ」というもの。漱石は地元の若者たちが10年も継続して使っている極薄蒲団についての感慨を俳句にしている。独身の漱石は地元松山の青年組織に入れてもらえたことがわかる。漱石も使ったこの蒲団は、この宿で多くの若者によって10年以上は使われている蒲団なのだと漱石は詳述している。蒲団には白粉の匂いが濃く染み付いていたことだろう。しかし誰もこの使い古しの蒲団のことは気にしないのだ。いや気にならないのだ。却ってこの粗末さが、この蒲団に寝る若い男と女を燃え上がらせることになるからだ。（同年11月22日付けの句稿に「合の宿御白い臭き衾哉」と「水仙に緞子は晴れの衾哉」の俳句がある。若者宿に関する句である。）

漱石は若者宿での俳句に「あはれ」と書き入れた。この「あはれ」は悲しいということよりも悲しいほどに美しいという意味に近いとみる。この「あはれ」を古語辞典で調べると、最初に「対象への感嘆や賞美の情を表す」とあり、2番目が現在も一般的に用いている「同情や哀憐を表す」となっている。3番目には「愛着や恋慕などの詠嘆を表す」とある。つまり古典の世界では、好意的な表現なのである。蒲団の薄さなど全く気にならない世界のことに関する表現なのである。

漱石先生は翌年の4月には松山を離れて熊本にゆき、東京生まれの10歳年下の鏡子（鏡）と結婚式を挙げる手はずになっている。掲句はこの予定が決まっている中での「あわれ、うれし」の行動を描いたものということになる。だがこれは当時としては、そして今も当たり前のことなのであろう。

● 堆き茶殻わびしや春の宵

（うずたかき　ちゃがらわびしや　はるのよい）

（明治29年1月29日）句稿11

句意は「春の陽が落ちてしばらく経った宵に、俳句会は終了した。そして台所に行ってみるとお茶を出した後の茶殻がうず高く捨てられているのを見た。それを見るとわびしく思えてきた」というもの。

祭りの後は物憂げな、気だるいような侘しさを感じるが、茶殻の山を見たときの漱石先生の感情はこれと似ていたのであろう。大勢の若い俳人たちが集って賑やかに俳句を論じた時間は、まさに祭りのようであった。しかし2カ月ほど経てば、ここ愚陀仏庵に集まった俳人たちとも別れなければならないという事情も、侘しさを増幅させたように思われる。漱石は感傷的な気分になっていた。

毎日のように子規を中心にして漱石の愚陀仏庵で句会が開かれていたが、その子規は10月19日に東京へと帰っていった。気が抜けたように残された松山の句友たちは、久しぶりに愚陀仏庵に集まって句会を開いたのだ。

この句の面白さは、茶殻を眺めた時に侘しさを感じただけでなく、親友の子規がいなくなっていることを茶殻で強調していることである。子規の不在が侘しさの原因なのだ。

掲句の原句は「堆き茶殻わびしや春の夜」であったが、子規は「春の夜」を「春の宵」と替えた。濃密な集会が終わったところという場面を表すのであれば、確かに余韻のある「春の宵」の方が適しているし、深夜まで続いていたことを想像させる言葉になる。だが漱石としては子規のいない虚しさがより強く感じられ、脱力感があって軽さのある「夜」を選んだ。「春の夜」にすれば漱石の気持ちが強く表れる気がするが、当の子規には伝わらなかった。

・薄蒲団なえし毛脛を擦りけり

（うすぶとん　なえしけずねを　こすりけり）

（明治32年1月）句稿32

「守実（もりみ）に泊まりて」と前置きしている。そして「つまらぬ句ばかりだが、紀行文の代わりとして読んでくだされ。病気療養の慰めになるぞ」という旨の文を句稿の冒頭につけている。厳しい冒険旅行の体験談ばかりである。

句意は「雪の降る山中の宿に泊まることができたが、蒲団は小さくて足が出てしまい、また薄すぎて体が一向に暖かくならない。細い毛脛同士をすり合わせてばかりいた」というもの。薄い布団にくるまって、朝まで両の細い毛脛を擦り合わせ続けていた。

宇佐神宮で参拝してから何箇所かで宿泊しながら、大分県の中津を経由して耶馬渓の真ん中あたりから日田に向かって歩いていた。花月川という谷川の上流から南に歩き続けて、雪の積もった守実温泉にやっと辿り着いた。漱石一行は救われたという思いがした。この宿で据え風呂に入ることができ、温かい思いをすることができた。しかし寝る段になると部屋の冷気と冷えた薄い布団の中で寝入ることができなかった。このように理解できるのは、この句の直前に置かれている句が「せぐくまる蒲団の中や夜もすがら」であったからだ。背中を丸めて寒さに耐えながら、丸い団子虫状態で寝ていたことが描かれていた。

明治時代に山中の流行らない温泉宿に泊まると、文字通りの薄蒲団があたりまえであった。漱石は体を小さく丸めて両足の毛脛同士をこすり合わせて摩擦熱を起こさせ、寒さに耐えていた。その足も山中の徒歩の旅で疲れ、萎えていたし、脛は骨ばってもいてうまく擦れなかった。骨と骨をぶつけているような状態だったと思われる。

この句の面白さは、翌朝、漱石の寝た蒲団の様子が容易に想像されることだ。蒲団にはよれて千切れた毛がたくさん落ちていたと想像するとおかしくなる。

・埋火に鼠の糞の落ちにけり

（うずみびに　ねずみのふんの　おちにけり）

（明治28年12月18日）句稿9

火鉢に埋めていた炭火を火箸でつまみ出して、冷えた手を温めていた。そのうち何かが焼ける匂いがしてきた。餅も焼いていないし、何も火鉢にはない。しかし、何か焦げ臭い匂いがする。天井から鼠の糞が何粒か落ちていたのがわかった。穀類を焼いた時のような香ばしい匂いがしたのであろう。

夜を徹して本を読んでいたが、炭を追加するのを忘れていて埋火の勢いは衰え消えそうになっていた。これを気づかせたのは糞の焦げる匂いと部屋の寒さだった可能性がある。米粒大の小さな鼠の糞が落ちた時の音はほとんどしなかった。漱石先生は本を読むことに集中していたからだ。この句の直後句は、「暁の埋火消ゆる寒さ哉」であった。

この俳句の面白さの一つは、言葉遊びにある。「埋火に」の「うずみ」と「ネズミ」の音が重なる。ネズミが火鉢の灰の中に隠れていたような錯覚にとらわれる。次は俳句に糞を登場させる大胆さである。天井から赤白い炭の上に糞が落ち、焦げた匂いが漂うことが面白いのだ。多分天然の植物性のいい香りだ。意外にいい匂いであり、漱石の先入観が壊される思いがしたと思われる。

さらには俳句の構成に面白さが隠されている。上五は格調高く「埋火に」で始まり、中七の「鼠の糞の」でテンションを上げ、下五の「落ちにけり」で「匂いが立ち上る」とオチを設けている。

漱石は、糞の焦げた匂いに驚いたが、なぜ天井から鼠の糞が落ちてくるのかを考えたに違いない。天井板の隙間が大きすぎるのだとわかったが、それは明治時代の生活では、部屋の火鉢の炭の上でいろんなものを焼いたりしたので、その匂いや燃焼ガスを逃がすために自然換気の機能を持たせていたのだろう。

漱石は即座に鼠の糞の落下事件の背景が「腑に落ちた」のであった。

• 埋火や南京茶碗塩煎餅

（うずみびや　なんきんちゃわん　しおせんべい）

（明治28年12月18日）句稿9

なんとリズムのいい句なのであろう。漱石先生のおやつどきの嬉しそうな顔が目に浮かぶ。火鉢に埋めていた炭火をかき出して、炭を追加しながら湯を沸かした。そして目の前に漱石の好きな3点セットが並べられる。南京はかぼちゃの煮付けのことだろう。茶碗は緑茶を入れた湯飲み茶碗。そして塩煎餅。湯のみ茶碗にお茶が入って、喉を潤してから南京と塩煎餅を食べたのか。

だがいくら大食いの漱石でも塩煎餅とかぼちゃの煮っころがしの両方は食べないであろう。そうであれば南京は南京豆（落花生）のことであろう。お茶を飲みながら食べるのであれば、南京豆と塩煎餅の組み合わせの方が適当であろう。

だが胃の弱い漱石には、おやつに南京豆と塩煎餅は食べすぎるのでよくない。そうであれば南京茶碗は中国渡来の茶碗ということになる。中国の骨董趣味のある漱石は中国茶碗を愛用していたはずだからだ。

種々推理した後の結論としての句意は「火鉢で手を温めながら、唐もの茶碗でお茶を飲みながら塩煎餅を食べている」というもの。漱石にとっての冬季の至福の時を詠ったものであった。ちなみに弟子の枕流であれば、エアコン暖房の部屋で高麗茶碗に入れた緑茶をすすりながら餡こ入り和菓子を食べている時である。

いろいろ調べてみると、漱石と子規は同じ時期に東京と松山で塩煎餅を食べていたようだ。この句が作られた松山では、子規を愚陀仏庵から東京へ送り出した後の寂しさを紛らわすように食べていた。東京に着いた子規は今どうしているか、病気は悪化していないか、と塩煎餅をかじりながら案じていたのかもしれない。そしてその煎餅は火鉢で熾こっている炭で軽く焼いてから食べたので、いい音が響いたことだろう。

この句の面白いところは、弾む音の流れるリズムである。この音の流れは大道芸の「南京玉すだれ」の口上に似ている。「さてさて、さては南京玉すだれ」の威勢の良い口上が思い浮かぶ。そしてこの句の最後に煎餅を割る音が加わることである。

• 埋もれて若葉の中や水の音

（うずもれて　わかばのなかや　みずのおと）

（明治30年5月28日）句稿25

こんもりとした林の中の庭園は若葉が萌えて華やいでいる。その中を歩いていくと茶室が見えてくる。茶室の前には手水鉢があって筧から落ちる水の音がかすかに聞こえてくる。水の音は庭園の樹木の若葉に遮られてくぐもって聞こえる。ここは熊本の漱石宅の近くにある寺なのであろう。漱石は埋もれる美を追求している。

句意は「茶室の近くにある筧周辺の空間が若葉で埋もれている。伸びた枝の若葉で筧周辺が狭くなり、水の音が若葉の中に閉じ込められてこもって聞こえる」というもの。冬の間にはすっきりした筧の音が聞こえていたが、若葉の季節になると水の音も若葉に埋もれていた。水の音が若葉の中にも吸収されていることを感じて、漱石はその音を楽しんでいた。漱石も水の音も若葉に埋もれていた。

新緑が輝きだす季節には、伸びた枝を刈り込まずにおくことが、春の息吹を感じさせて好ましいと漱石は言う。藪になるのは困るが、適当に木々が繁茂する姿は自然の美になるのだ。今の日本は、枯葉の始末を考えて枝を切りすぎる傾向が強い。道路管理、庭園管理の効率ばかり考える風潮は漱石が生きていれば批判されるであろうと感じる。

ちなみに掲句の直後句は「影多き梧桐に据（すえ）る床几かな」である。この句も鬱蒼と木が茂った庭に出て、床几に座っているひと時を描いている。

あ

三者談

谷川の音が聞こえ、若葉が両側から迫って覆いかぶさっている。その音を灌木の茂みが小さくしているさまが、埋もれているの意である。気持ちは悪くないが、完全な句ではない。ぼんやりしている。

● 獺此頃魚も祭らず秋の風

（うそこのごろ　うおもまつらず　あきのかぜ）

（明治32年10月17日）句稿35

この句は、「熊本高等学校秋季雑詠」の動物室を詠んだ「魚も祭らず獺老いて秋の風」の原句なのであろう。したがって両句は同じ日に作られていた。両句の意味も重なっている。主役の獺は魚を捕獲するとすぐには食べず、巣の上や川岸に並べて楽しんでいたといわれる。これを獺の祭、「獺祭」と昔の人は称した。転じてものを調べるときに参考文献を沢山並べることを獺祭というようになったという。この「魚も祭らず」の句は子規のことを思って作っている。「獺祭書屋主人」を名乗っていた子規は「獺祭書屋」の住まいの中で、魚を取れなくなってしまった獺のようになってしまっている、と漱石は子規の境遇を悲しんでいる。

動物室を詠んだ句は「部屋にあった獺の剥製を見て、生きていた獺は狩りが上手で魚を並べるお祭りをしていたが、歳をとってその果てに剥製にされてしまっては、それができない。わびしい秋の風が吹いている」というもの。漱石はこれを転じて、子規のことに想いを寄せている。まだまだ執筆をしたいところだが、病が悪化して痛みに耐えて床に臥せっている姿を思い描いている。

掲句の句意は「獺はかつて祭りと称して獲った魚を周りに並べていたが、この頃はそれをしなくなっている。秋の風が侘しく感じられる」というもの。この句の裏の解釈は、子規は病床にあっても元気であった頃は、枕元に本をぐるりと並べて執筆をしていたが、今は並べることさえできなくなっていると嘆いている、というものだ。子規は掲句を見て、これでは獺祭をしなくなった理由がわからないとして、「老いたせいだ」とした方がいいと判断し、修正した。生気がなく剥製になっている自分をユーモラスに表したのだ。

子規は結核カリエスになる前、精力的に執筆活動をしていた時には、文机の周りに本を並べ、書き損じた原稿用紙を丸めて体の周りに投げ散らしていた。子規はまさに大量の魚を文机の周りに並べている気分であったのだ。今はそれができないでいた。子規自身の「獺の祭」句としては、「茶器どもを獺の祭の並べ方」がある。この句は、大枚をはたいて集めた高価な茶器を陳列棚にずらり並べて悦に入っている成金がいるとからかっている。このような人は本物の大人ではない、嘘の大人だと言っている。こういう人は「ダサい」と言いたいのだ。

● うそ寒き鼠の尻尾はほの見えて

（うそさむき　ねずみのしっぽは　ほのみえて）

（明治37年11月頃）俳体詩「尼」5節

句意は「部屋の隅に大きな鼠の尻尾がちらと見えたような気がして、ちょっぴり寒気がした」というもの。身をすくめたときに、寒さを感じたようだ。鼠がいると思ったが、嘘だと思いたい気持ちが仄見えている。

掲句は「朱き漆の剝げし磬台」と続く。磬台とは、読経の際に打つ金属製の鉢を載せる台のこと。先の部屋は僧堂だとわかる。赤漆を塗った磬台の脇に鼠の尻尾が見えたのだ。この鼠の出没によって、僧の読経は一瞬止まったように感じた。近くに座っていた漱石先生は、何事かと僧の座っている辺りに目をやった。掲句は漱石の斜め前で読経をする僧の表情からの想像句である。

この僧は読経の合間にときにゴンと鳴る磬を叩くが、その準備をしていたときに尻尾が見えたと思った。この僧は獣の尻尾のようなふさふさした房を付けた棒を、ときに胸の前で振り回すこともある。この房は尻尾のようだと思って見ていたが、本物の鼠の尻尾が見えていたと思うと頭がクラクラしてきた。

この句の面白さは、上五の「うそ寒き」は、鼠の尻尾が見えた結果と思えるが、見えた尻尾は毛のない細い尻尾であったことで、「寒げな尻尾」の意味が生じる。漱石先生はこの鼠騒動を喜んでいる節がある。僧の読経が長すぎると感じていたからだ。鼠の出現によって僧の葬儀に対する熱意は急落したと思えたからだ。

・うそ寒し瀑は間近と覚えたり

（うそさむし　ばくはまじかと　おぼえたり）

（明治28年11月3日）句稿4

この句稿の冒頭文は「明治二十八年十一月二日河の内に至り近藤氏に宿す。翌三日雨を冒して白猪唐岬に瀑を観る。」であった。この句稿の数十句のほぼ全部が紀行俳句になっている。

子規が、松山にいる間に見ておいたほうがいいと勧めていた、石鎚山山系の山腹にある滝を見る旅に出た。見事な紅葉の中で滝を見られると期待して出かけた。出がけは秋日和であったが、天気は夕方から一転して小雨になった。次の日は豪雨。ああ、世の中はこんなものだと思ったに違いない。

丸一日かけた長旅の末に近藤氏の旧家にやっと辿り着いた。ここから時系列に沿って、漱石の目に映ったものが並べられていく。まさに滝見の旅日記は次のように続いていた。

「乱菊の宿わびしくも小雨ふる」「秋雨に行燈暗き山家かな」「孀の家独り宿かる夜寒かな」「客人を書院に寐かす夜寒哉」「秋雨に明日思はるゝ旅寐哉」「木枕の堅きに我は夜寒哉」ここから翌朝。「世は秋となりしにやこの蓑と笠」「山紅葉雨の中行く瀑見かな」「山の雨案内の恨む紅葉かな」「絶壁や紅葉するべき蔦もなし」。ここから次の日の朝、「朝寒や雲消て行く少しづゝ」となっている。

「山の雨案内の恨む紅葉かな」に描かれるように鬱蒼と茂る山道を冷たい雨に濡れながら漱石は歩き続けた。そうこうするうちに、次第に山の高いところに到達して滝が近いとわかって安心したが、肌寒さを覚えた。

掲句の句意は「体は雨に濡れて体温は下がってきていた。滝はもう直ぐだと音と明るさで感じられる」というもの。滝見の旅がこんなに寒いとは思わなかった、という思いが掲句に込められている。今時の若者ならば、「うっそー、ほんとー、何この寒さ」となるのであろう。漱石の口から漏れた言葉は穏やかな「うそ寒し」であった。

・うそ寒み油ぎつたる枕紙

（うそさむみ　あぶらぎったる　まくらがみ）

（明治31年10月16日）句稿31

少し寒気がする夜になってきた。この年の5月に入水自殺を図った妻は寝静まっている。その妻はその後も再度自殺を試みていた。妻の精神状態はかなり不安定になっていた。夫婦は不安を抱えながらも努力して生活をしていた。そのような中、妻は妊娠して悪阻の症状を示していた。漱石は毎日夜遅くまで妻の枕元にいて、妻の様子を心配そうに見守っていた。

漱石は本を読みながら時々妻の様子を観察していたのであろう。そのとき何気なく妻の頭の下にある木枕に視線が行き、その木枕の上に付けている枕紙の脂染みが目に入ったのだ。妻は長く床に臥せっていることを漱石は思った。

枕紙とは懐紙と違って厚い紙であり、ふっくらと髪を整えていた明治女性の髪型を崩さないように用いる木枕に巻きつける紙である。この木枕にはクッション的な布筒が取り付けられているが、この布が首の脂で汚れないようにするための紙製のカバーが枕紙である。当時の木枕は横長の四角錐台状の木台上部にクッション的な藁入れの布の筒を置き、紐でこの筒を台に固定し、その筒の上に枕紙を括り付けて、交換できるようにしていた。

句意は「深夜になって妻が眠る部屋に冷気が入り込んできた気がした。少し肌寒さを感じながら側の妻の顔を見ていた時、首下の木枕につけている枕紙に首の脂がしみて広がっているのが見えた」というもの。漱石はこの脂染みを観て、妻の悩みと心労の深さに想いを馳せたのだ。

上五の「うそ寒み」は、冬に向かって部屋に入り込んだ冷気で漱石がふと肌寒さを感じたのではなく、妻の首下に見えた紙の脂染みの程度から妻の心労の深さ、つらさを感じての肌寒さなのだ。この広がっていた脂染みで妻の心労を推し量ったのだ。妻は悪阻以外のことでも相当に苦しんでいたのだと改めてわかった。そして夫婦の間にも冷気が入り込んでいるのを感じた。

漱石は今晩も何も起こらないと思い、安心して読書を終えて寝ることにした。漱石は翌日、手伝いの女性に枕紙を交換させることにした。

ちなみに掲句の1つ後に置かれていた句は「病むからに行燈の華の夜を長み」

である。そして5句前に作られていた句は「病妻の閨に灯ともし暮るゝ秋」である。

うそ寒み大めしを食ふ旅客あり

（うそさむみ　おおめしをくらう　りょかくあり）

（明治30年10月）句稿26

句意は「季節は次第に冬に近づいている。汽車の中で目の前にいる体の大きな男が、大きな握り飯を食っている。その食べ方は人の目を気にしない大胆な食べ方である」というもの。この男は寒い季節の始まりである秋の旅では、体を温めるために大飯が必要なのだと言わんばかりに堂々とである。漱石先生も食欲旺盛な「大飯喰い」であると自認しているが、目の前にいる「大飯喰い」の喰い方には流石の漱石先生も口をあんぐりしていた。あっけにとられていた。寒気がした程だ。食べた量が半端ではなかった。つまり驚き、幾分小馬鹿にしているのだ。そうであれば中七は「大飯をくう」ではなく「大飯をくらふ」とするのが適当である。「食う」はどちらの読みも可能である。

この句の直前句は「月に行く漱石妻を忘れたり」である。ここにある「月に行く」の意味は、熊本市の北側にある小天温泉に行くということである。年末に高校の同僚である山川と旅に出ようと考えている漱石は、汽車で小天温泉の下見に出かけたのだ。

この句の面白さは、「うそ寒み」にある。季節の肌寒さを表すと同時に、「こんなことはありえない、こんな握り飯の食べ方は考えられない」と言いたいようだ。現代の若者がよく口にする「うっそー、ほんとー」と同格の表現である。「寒気がするくらいの」という形容が当てはまる。

掲句の関連句として、掲句が書かれていた句稿にあった次の2句がある。「朝寒の膳に向へば焦げし飯」と「長き夜を平気な人と合宿す」である。これらは、東京にいる妻がまだ熊本には帰ってきていない時期の俳句である。侘しい独身生活が描かれている。妻は流産の痛手を癒やすためとして東京の親元におよそ4カ月間も静養していた。漱石は学校の夏休みが終わる前の、9月9日に早めに熊本に一人で戻っていた。

一人住まいの漱石としては、新婚期間中の妻の長期帰省に対する反発として、また気分転換を兼ねて、友人と年末年始の温泉旅行に行くしかないと決めたということだ。

うそ寒み故人の像を拝しけり

（うそさむみ　こじんのぞうを　はいしけり）

（明治38年11月）

前置きに「俳書堂主人に子規の像を贈らる」とある。俳書堂主人の籾山氏から亡き子規の石膏製の平面半身像（胸像）を贈られたので、11月27日に礼状を出した。ここには「初時雨故人の像を拝しけり」という挨拶句をつけた。

だが漱石は、この句のすぐ後に掲句を作っていた。無論この句の方は相手に送っていない。本音を語っているからだ。あの初時雨は思い返して考えると、「うすら寒い感じがあった」として、籾山氏には内緒で前の句を作り直していたのだ。「初時雨」を「うそ寒み」に替えていた。先の挨拶句を作った時は自分自身の態度が正直でなく「うそ寒い」気がしたからだ。漱石のユーモアが感じられる。

季節の感じ方だけでなく、子規像を漱石に送った相手の好意にはすこし、薄ら寒いものを感じたということも書き表されている。籾山氏自身の子規に対する気持ちだけを優先させて、真っ白な胸像を贈られる側の気持ちに全く配慮していないということを書きおいた。これをずっと保管し続けねばならない漱石の立場と気持ちを無視していると俳句で書き付けた。これは愚痴よりも怒りに近いものを表した俳句である。前置き文にある「贈らる」は敬語ではなく、被害的な受動を意味している。むしろ「送り付けられた」の意味に近い。

漱石には、柿好きの子規、漱石句稿を読んで評価をしてくれた子規、松山で一緒に暮らした子規の思い出などがたくさんあるから、押し付けの石膏の胸像は必要ないのだ。籾山さん、あなたは本当に子規門下の俳人なのかと疑問を呈している。俳句で儲けた商売人でしかないと断言している気がする。

ちなみに俳書堂は『俳諧雑誌』を創刊した出版社であった。漱石とはあまり付き合いはなかった。

うそ寒や灯火ゆるぐ滝の音

（うそさむや　ともしびゆるぐ　たきのおと）

（明治28年10月）句稿2

同じ滝の音を聞いてこの句の1つ前に作っていた滝の俳句は「麓にも秋立ちにけり滝の音」である。そして同じ句稿で1つ後に書いていた句が「宿かりて宮司が庭の紅葉かな」である。さらに1つ後には「むら紅葉是より滝へ十五丁」の句がある。松山市内の南に位置する四国山地が近い神社の宿坊に泊まっていた時の句であろう。明治28年当時の距離の計測での1丁は約110ｍ。よって15丁は2㎞弱というところだ。山裾にある滝の音が夜になると宿坊に届いていた。

「うそ寒」の意味は、秋半ばから晩秋にかけての、うすら寒い感じのことで、なんとなく寒いといった感じだ。ここでの「うそ」は「薄い」を意味する。

対句のような句にある「秋立ちにけり」によって市内から離れたところではかなり秋が進行しているとわかる。それが肌感覚としてはうそ寒いということなのだ。漱石は松山に来て初めての山歩きだったので、感覚が研ぎ澄まされていた。この時の印象は強かったようだ。冗談好きな漱石は、松山市内ではまだ暑さを感じていたが、ちょっと山に入っただけで肌寒さを感じるとは、うそみたいだという感覚なのだろう。

この句の面白さは、「灯火ゆるぐ」の揺らぐ原因が空気の揺らぎではなく、滝の音の空気振動だというところである。理系の漱石の感覚がここに表れている。そして、うそ寒く感じるのは気温の変化ではなく、これも滝の音による心理的なものなのだろう。

うそ寒や綿入きたる小大名

（うそさむや　わたいれきたる　こだいみょう）

（制作年不明）

ちょっぴり肌寒いと感じる「うそ寒さ」は気分次第なのであろう。秋になって気持ちが凹んでいるときには「うそ寒さ」を感じるようだ。体調が悪く、死期が近いと感じていた時の句であろう。大正4年か5年の句と思われる。漱石先生は晩秋になって「うそ寒さ」を感じ、綿入半纏か綿入れ着物を着込んだのだ。当時は冬が近づくとどこの家でも綿入れ着物に衣替えしていた。

句意は「夏目家で威張っている小大名の主人は、うそ寒さを感じるとすぐさま綿入着物に切り替えた」というもの。晩年になって新聞連載の小説を書いているときに風邪を引くと大変なことになるので、体調には人一倍気を使っていたということを表している。このようなユーモア溢れる句を作るのであるから、まだ元気な頃の大正4年の句だと推測する。

漱石の実家の夏目家は江戸時代と明治時代初期には新宿の近くの大名主を務めていて、いわば旗本に準じる地位にあったので、ふざけて小大名といってもおかしくはなかった。家格も甲斐源氏の血筋であるので、これからいっても漱石には小大名という自覚が少しはあったのであろう。

小大名の語で思い出すことがある。漱石の弟子の枕流の故郷は栃木県のさくら市で、合併前の旧町名は喜連川町である。旧藩主は喜連川氏である。明治の最後の殿様は喜連川　聡。江戸時代の石高は5千石で幕府規定では大名ではなかったが、足利公方の唯一の末裔であるので大名扱いになっていた。参勤交代は免除されていた。幕末には水戸藩の七郎丸（7男、のちの慶喜公）の弟である11男が養子として喜連川藩に入った。ここにもまさに小大名が存在した。しかし、明治の世になる前に隠居した。

ちなみに新聞で見た東大の名誉教授である喜連川優氏は慶喜公の顔にそっくりである。コンピュータ学界の大名として活躍している。

● 謡師の子は鼓うつ時雨かな

（うたいしの　こはつづみうつ　しぐれかな）

（明治30年4月18日）句稿24

「謡五句」と題して一日で作り上げた一連の俳句の一つ。一年間のことを振り返って時系列的に俳句にしている。一番目は春の句で「春の夜を小謡はやる家中哉」。これに続いたのは夏の句の「隣より謡ふて来たり夏の月」である。謡の声、音は一人で出しているものではないとわかった。春の日に漱石は隣の家では賑やかに家族で謡をやっているのだと知って、漱石は幾分羨ましくなった。この句では夏の月が輝いているので、隣の縁側の戸は開け放しているのであろう。謡の声がよく漱石の家に届いた。かなり上達している二人だと想像される。月も聞き惚れるくらいの腕前ということなのだ。このあと初秋の謡の句が来て、晩秋の句である掲句が来る。そして最終の初春の句になる。

初秋を通り越した晩秋の掲句の句意は「よく聞いてみると二人で調子を合わせて謡をやっているが、大人の声に混じって子供の声がする。鼓を担当していることがわかった」というもの。この謡の親子は去年の春から謡の音を響かせていた。そして半年でかなり上達していると感じていた。漱石先生は幾分焦り気味だった。漱石も明治30年の春から家に宝生流の師匠に来てもらい、本格的な謡の勉強を始めていた。

● 謡ふべき程は時雨つ羅生門

（うとおべき　ほどはしぐれつ　らしょうもん）

（明治29年12月）句稿21

漱石は熊本に居を移してから、高等学校の同僚教授の間で流行っていた謡をする羽目に陥った。半年ほど付き合い稽古に参加していた時の句である。初心者がまず謡うべき物としてあてがわれた曲は『羅生門』だった。

句意は「謡を始めるのにちょうどいいといわれた演目は、時雨が特徴の羅生門だった」というもの。この曲で始まった謡の練習は、仲間に入れてもらうには仕方ないと始めた謡ではあったが、次第に夢中になり、英国に留学することで辞めるまでにはかなりの曲数を唸った。漱石はこの句を作るまでのわずか半年間で謡に嵌まってしまったのだ。この時の高等学校教授時代の謡の経験は『吾輩は猫である』の中の話に謡を謡うシーンが出てくるほどのものであった。

高等学校での英語教授の仕事はハードであり、このストレスを和らげるものとして、また夫婦生活での悩みを解消するものとして謡は十分に機能したのであろう。この句には謡に対する感謝の気持ちも込められている気がする。この謡がなかったならばどうなっていたかと、謡を始めた頃を回想したのだ。

謡曲『羅生門』の盛り上がる聞かせどころは、秋の強い雨が降る中を主人公が馬に乗って鬼の出る羅生門を目指して突っ走る場面であるという。時雨の音を口伴奏したくなるような曲だったのだ。漱石がこの曲に嵌まったことは、題名を『羅生門』から「時雨つ羅生門」に変えていることでそうとわかる。つまり漱石はこの曲は初心者が謡に嵌まるようにできていたと言いたいようだ。つまり笑いながら、罠に嵌められたと明かしているのだ。

● 謡ふものは誰ぞ桜に灯ともして

（うたうものは　たぞさくらに　ひともして）

（明治30年4月）句稿24

漱石は「謡五句」として同一の句稿に謡の俳句を5つ作って並べていた。この5句は春から始まって翌年の春で終わっている。最初の春は単に隣の家からなにやら賑やかな謡が聞こえてくるというもの。掲句は最後を飾る俳句で、謡うその人は一年が経過して腕が相当に上がった。1年を通して謡をやると、このようになるであろうという成功予測物語になっていた。

句意は「隣の家では夜になって庭の桜の下で宴を開いている。その中で謡を朗々と謡う人は誰か。姿の見えない謡い手は師匠クラスのかなり腕のたつ男である」というもの。庭の桜の木に提灯を下げて花を照らし、気分を盛り上げて謡をやっている。ここまで場を整えて謡をやるとは大したものよと感心している。

この句の面白さは、漱石はこの年から宝生流の師匠を家に招いて本格的に謡を開始していて、まる1年謡を続ければこうなるであろうと夢の世界を描いていることだ。そして漱石の好きな薪能の場面と勘違いするように仕組んでいることだ。それほどに夜桜の謡の会は漱石にとっては憧れの舞台なのだ。当時九州には熊本市の能楽殿のみが存在していた。その能楽殿は漱石宅の近くにあり、水前寺公園内の出水神社に隣接する施設であった。漱石はこの舞台を夢想して、隣の謡い手に謡をやらせている。いや漱石自身が堂々と声を上げているのだ。

ちなみに同日に作った「謡五句」とは、順に「春の夜を小謡はやる家中哉」「隣より謡ふて来たり夏の月」「肌寒み禄を離れし謡ひ声」「謡師の子は鼓うつ時雨かな」「謡ふものは誰ぞ桜に灯ともして」である。

・うた折々月下の春ををちこちす

（うたおりおり　げっかのはるを　おちこちす）

（明治39年）小説『草枕』

「うた折々」が上五にくると、日本の古都の風景が眼前に蘇るような気になる。そして「月下」と続くと、中国の唐の時代にもタイムスリップする。古の気高く位の高い人々も近現代の人たちも春になると、野に出て命の春の到来を自然の草や鳥とともに喜ぶのだろう。そして皆が外を出歩くたびに歌を詠んだ。同様に人の異性に対する心が春になるとそわそわするのは、同じ心持ちがするからなのだ。

句意は「満月に照らされた春の景色を前にすると、誰しも心が浮き立ち、二人の間で折々に俳句が詠まれ、心はあちこちへ歩きだす」というものである。漱石はこの句の「をちこち」は「あちこち」の意味で用いている。この「をちこち」は「あちらこちら」の古語である。古語の方が「戸惑いながら」の感じが出ていて面白い。

掲句は春の夜のことであるので、日中のそわそわ感がなく少し様子が異なっている。陽気さを通り越して妖気が漂っている。小説の中の絵描きは掲句の前に「海棠の精が出てくる月夜かな」と「正一位、女に化けて朧月」の句をこの夜に作っている。やはり何かが違うようだ。掲句では、春の夜に、温泉場の古い宿の妖艶な女将と二人だけしかいない状態で宿泊している画工に女将が働きかけるさまを面白く描いている。二人が折々に作り出す歌、俳句が暗い庭に出現する花の影、女の影を躍動させる。

この句の面白さは、〝おちこち〟するさまを「春ををちこちす」と「を」を重ねて調子が崩れるように言葉遊びをしている。この部分で絵描きの戸惑いをうまく演出している。漱石のユーモアが表れている。

・空木の根あらはなり冬の川

（うつろぎの　ねあらわなり　ふゆのかわ）

（明治28年12月18日）句稿9

12月の中旬に漱石先生は松山近郊の自然を探索して歩いていた。1年で去ることになる松山を、立ち去る前にできるだけ歩こうと決めていた。「橋朽ちて冬川枯るゝ月夜哉」の俳句もこの時に作っていた。冬になって川の水が少なくなっていたので、川岸の光景に目が向いたのだろう。橋のたもとの川岸に生えているウツギの根っこに目が向いた。夏には葦に覆われていたところだ。空木(ウツギ)はアジサイ科の落葉低木で細かい白い花をたくさん咲かせる。この植物の名称は茎や根の中心にある髄が空洞になっていることから空ろ木(うつぎ)と名がつき、それが変化して「空木(ウツギ)」になったといわれている。

漱石先生が冬に見たウツギは葉を落としていて、細かい枝だけが四方に伸びていた。川の水が減っていて岸の下部が広く見えてウツギの特徴の一つである節くれ立ってゴツゴツした根っこが露わになっていた。その根の膨れた節をよく見ると、大きな空洞ができていた。枝の髄のところに空洞ができるのはよく知られているが、一見して根も空洞になっていると気づいた。

この句の面白さは、根っこにもある髄が空洞になると、流れる川の水がこの空洞を大きくする働きをするのだろうと、川岸に佇んで考えている漱石の姿が見えることだ。泥水の中のバクテリアも空洞を大きくする作用に加わるのだろう。春になると大きく成長した穴に魚が住み、産卵するのかといろいろ想像する。漱石は冬の川を見にきて良かったと思った。人にも虚ろな時間が必要なのだとぼんやりと思った。

古来、この木が空木と呼ばれた謂れがよくわかった瞬間だった。枝を折ったときに髄が空洞になっていることよりも、根っこにぽっかりと空洞ができている荒々しい印象を人は重視したのだ。枝の中心の髄が成長に伴って消滅し、空になっていく樹種は他にもたくさんあるからだ。幹にできる大きな空洞をウロというが、これも「虚ろ、空ろ」からの派生であろう。

・うつくしき蜑の頭や春の鯛

（うつくしき　あまのかしらや　はるのたい）

（明治32年1月）句稿32

「小倉」と前置きしている。宇佐神宮での初詣の旅に出た漱石一行は、小倉で汽車を下車して駅周辺を歩いた。当時の小倉は漁港であった。頭に綺麗な手ぬぐいをかぶった海の女が大勢いた。漁師が獲った鯛が湊に水揚げされ、浜は賑わっていた。新春の目出度い気分が溢れていた。「うつくしき浜の女」たちが竹籠に入れた初荷の鯛を荷車で市場に運搬している。やはり年初めには河豚でなく鯛であったのだ。その鯛はここから博多に運ばれていくのだろう。漱石が見た浜の女たちは、活発に動いていて美しく感じた。

句意は「新春の小倉の浜には、はつらつとした美しい女たちがいて、水揚げされた鯛を取り扱っていた。浜を華やかで賑やかなものにしていた。」というもの。美しい色の鯛を、しゃれた手ぬぐいをかぶった艶やかな女たちが市場に運んだり、浜で塩焼きしたりしていた。この句には浜の「うつくしき海の女」と「うつくしき春の鯛」が描かれている。

この句の面白さは、「うつくしき」は美しきと書かずにひらがなにしていることだ。これによって素朴な溌剌とした美しさをイメージできることだ。「うつくしき」女たちは春の鯛のようにピチピチしていたのだ。浜の女たちの動きには素早いものがあった。

ちなみに当時の小倉の街は漁業の街であるから、藻塩や魚の干物や昆布を保管する納屋のような小さな倉がいくつも建っていた。それでこの地は「小倉」と命名されたに違いない。商業地の博多の街には各種商品を収める大きな蔵が建っていた。

・打つ畠に小鳥の影の屡す

（うつはたに　ことりのかげの　しばしばす）

（明治40年2月）

かつて住んだ熊本の阿蘇の山裾の光景を思い出して句にしていると思われる。収穫を終えた黍畑に農家の夫婦が出て鍬を使って土を起こしている。そのそばで、雀が群がって落ち穂や虫をついばんでいたのを漱石先生は道から見ていた。

句意は「夫婦が鍬で畑起こしをしている畑に、飛び回る小鳥の影がひっきりなしにできていた」というもの。春の農作業の時間帯は日差しが強く、鳥の影も畑にくっきりとできていた。山道を歩いていた漱石もその影を見るとはなしに見ていた。鳥たちの作る影が畑を賑やかにしていた。

漱石は熊本では平野の水田より阿蘇側の畑の方によく出かけていた。それは平坦な土地よりも雄大で変化に富む阿蘇の山裾が気に入っていたからである。画家の目で景色を見ていた。

ここまで書いて、掲句は「物いはぬ人と生まれて打つ畠か」の句と対になっていると考えた。つまり栃木の渡良瀬川流域で発生した鉱毒事件に関連しているとみた。掲句の直後に「物いはぬ」句が置かれていることと「打つ畠」の語が共通しているからである。長年の鉱毒で自身も作物の米も影響を受けていて、無口になって打ちひしがれたまま田起こしをしている農民を描いた。時の明治政府と世間から無視され続ける虚しさを漱石が俳句で代弁している。

ちなみに掲句にある畠は、水を入れていない畑であるが、汚染された川の水を使う水稲栽培ができずに、米ではなく麦の栽培に切り替えていたのかもしれない。冬の畠打ちは麦の畝起こしなのだろう。

掲句の意味は「農夫が無口になって打ちひしがれたまま畝起こしをしている麦畠の上を、時々囀りながら農夫のことを気にせずに小鳥が飛ぶ」というもの。

＊雑誌『ホトトギス』（明治４０年２月）に掲載泡

・梁に画龍のにらむ日永かな

（うつばりに　がりゅうのにらむ　ひながかな）

（明治29年3月5日）句稿12

掲句は漱石の原句「梁を画龍のにらむ日永かな」を子規が修正した句である。「梁を」を「梁に」に替えている。

この俳句は、漱石先生が子規と、京都の東山にある泉涌寺を訪れた際に、その別院の梁の間の天井に描かれてあった龍を見たことを思い出している句である。かの有名な北斎の天井画は小布施の寺の広い天井に大きく描かれたものであるが、狩野元信の描いた龍図は狭い天井板に描かれていた。高いところに昇ってる龍が見下ろす迫力を感じさせる仕掛けなのだろう。

二人が訪れたこの寺は、真言宗泉涌寺派の総本山の寺で、女性に人気の楊貴妃観音像があることでも有名な寺である。二人はこの楊貴妃観音像目当てに出かけたのだろう。

句意は「天井板に描かれている龍がすぐ斜め下に位置している梁を睨んでいる春の日であることよ」というもの。左右の龍の目はどこを見ているのかはっきりしていないが、通常は龍の真下にいる寺の参拝客を睨んでいるとされる。だが掲句では、龍は斜め下の梁を睨みつけているとして、龍としては狭いところは嫌いなのだと言わせている。

この句の面白さは、原句からよくわかるが、お堂の天井は柱と柱の上部に連結用に渡してある横梁で区切られていて、天井画は大きな絵にはなっていないことをクイズのように示していることだ。狭い区画に龍が閉じ込められていることを表している。冗談が好きなユーモアのある絵師は、龍の顔をそれが気になってしかたない表情に描いていた。横梁は邪魔だ、と龍が睨んでいるように描いていると、漱石には思えた。下から天井を見ている漱石も、あの横梁はない方がいいと思って見ていることになる。

ところで子規は龍の画が梁の端部にかかっていると見て、掲句のように修正したが、この方がこの方が狭いスペースに描かれていることがよく伝わると考えたに違いない。

・うつむいてひざにだきつく寒哉

（うつむいて　ひざにだきつく　さむさかな）

（明治29年1月3日）子規庵での発句初会

加藤登紀子の『独り寝の子守唄』が脳裏に蘇る。この歌は弟子の枕流が学生時代に下宿で眠られぬ夜にギターを弾き鳴らして歌っていた歌だ。この歌はひざを抱えて寂しさに耐えている女のことを歌ったもの。だがこの句の中には、心寒さにうつむいてひざに抱き、震えている男がいる。東京にいる楠緒子のことが忘れられずに、松山でひざを抱いて固まっている漱石自身を描いている。

漱石は火鉢の炭を多くすれば、それだけ暖かくなるのはわかっている。だがこの寒さは別物なのだ。世の中から忍び寄る寒さなのであろう。明治時代になると多くの人がますます金と欲に捉えられるようになっていた。現代の令和時代においてはこれが極端になっている。

欧米では個人主義が当たり前になっている歴史が長くあるのに対し、日本社会では個人に対するキリスト教のような支え、神との契約の歴史がないため、明治以来個人の心がつらくなってきているのかもしれない。金と欲に縛られやすくなっている。

精神的なところではなく、平成の世になると官民の家計経済における格差が米国に次いで顕著になり、さらには経営者層の高額年俸も同様の傾向になり、貧富の格差が目立つようになってきた。従来の感覚でいえば法外ともいえる役員の年俸を取締役規定で堂々と定めるようになった。社会安定の基盤が揺らいできている。弟子の枕流もこの世を眺めて平静ではいられなくなっている。

この句の面白さは、「寒哉」を除くとこの句はひらがなばかりだ。漱石のひざが丸裸で寒そうに工夫しているように見える。このように漱石の心は柔らかい。（句集によっては、「うつむいて膝に抱きつく寒さかな」と表しているものがある。漢字を多くするときつく抱きついている感じがする。）

ところでこの句で、ひざにだきついているのは、漱石の社会に対して寒く感じる心なのか、それとも冷気による寒さなのか。漱石のこれからに対する不安な心がひざにだきついて離れない。

三者談

身体が寒いというより心が寒いのだ。意気消沈しているさまだ。田舎の駅の待合室で膝を抱え込む人を見かける。この句は自分のことを詠んでいる。

・うつらうつら聞き初めしより秋の風

（うつらうつら　ききぞめしより　あきのかぜ）

（明治30年10月）句稿26

漱石先生は秋の風がゆるく吹いている秋の日の午後、うつらうつらしてしまった。さっきから何かを聞いていたが、それは何であったのかはっきりしない。春うららの日には、ついうつらうつらしてしまうが、秋の日にも同じことが起こると漱石先生はいう。

漱石先生はいう。さて句会の面々よ、子規君よ、当ててくれ。秋の風が吹いていたのは覚えているが、わしは何を聞いていたのであろうか。句意は「秋の風が吹きだしていた。何かが鳴きだしたのは聞いていたが、うつらうつらしてしまった」というもの。

ところで眠気や発熱などのため、意識がはっきりしないさまも「うつらうつら状態」というが、その時何をしていたかがわからないことがある。しかしこのことはあまりに気持ちが良かったため、わからなくても気にならないものである。

ところで漱石の出した問題の答えであるが、それはコオロギの声であった。答えは同じ句稿に直前句として置かれていた「蛼（こおろぎ）のふと鳴き出しぬ鳴きやみぬ」の句で示されていた。鳴きだしたのは覚えていたが、気がついたら鳴きやんでいた、というもの。漱石先生のこの状態は、「うつらうつら」状態であったと明かしていた。言い方を変えれば、これらの句は対句であったのだ。

漱石は句会で掲句を作り、皆の前でうつらうつらしてしまったのを告白していたのだ。それは秋の風とコオロギの声のせいだと言いたかったようだ。不活発な句会のせいとは言わなかった。

ちなみにこの「うつらうつら」を読み込んだ秀句がある。鎌倉大仏を詠んだ子規の句である。「大佛のうつらうつらと春日哉」（明治26年）は、暖かい春の日に大仏を見ていたら眠気が襲ってきてうつらうつらしてしまった、というもの。大仏の顔も「うつらうつら」顔であるからだとふざけた。

・打てばひゞく百戸余りの砧哉

（うてばひびく　ひゃっこあまりの　きぬたかな）

（明治29年9月25日）句稿17

織り上げたばかりの麻布や綿布を柔らかく、そしてツヤを出す作業が砧打ち（単に砧ともいう）である。また、着物のシワを取るのにも、平らな石台の上に折りたたんで厚くした着物を置いて丸棒で叩いたという。明治時代になって炭アイロンが普及すると、この作業はなくなったといわれている。それまでは各家庭で日常的にこの布・服の叩きが行われたという。

この作業は夜なべ仕事として行われたと思われる。この砧打ちを近所の家が同時にやりだすと、もの静かな夜に叩く音が徐々に重なってかなりの音量として響いたことだろう。漱石先生は、仕事を終えて帰宅し、夜になってから本を読んでいて、この砧の音を聞かされて閉口したことだろう。この気持ちがこの俳句に中国的に少し大げさに表現されていると推察される。

句意は「近隣の家々が一斉に砧を始めれば、打つ音が夜に響き渡る」というもの。周りの家全部が砧を打ち始めていると呆れている。共同して同じ作業をするのは楽しいということかと理解しているようでもある。

この句の面白さは、「打てばひゞく」が皮肉的に用いられていることだ。通常「打てばひゞく」は、以心伝心的な褒め言葉として用いられるフレーズであるが、掲句では本を読む漱石の頭に響くと皮肉っているのだ。漱石先生のユーモア精神が発揮されている。

さて漱石先生の家ではどうであったのか。家事をしていた通いの手伝い女が昼間に洗濯の砧をしていたから、この夜に行われていた一斉の砧に参加していなかった。漱石のイライラは少し抑えられていた。

＊『海南新聞』（明治２８年９月１３日）に掲載、新聞『日本』（明治２８年９月１９日）に掲載、『新俳句』誌、「承露盤」

・うてや砧これは都の詩人なり

（うてやきぬた　これはみやこの　しじんなり）

（明治28年9月13日）松山の句会

この句は能楽・謡曲の『砧』が関係しているという。九州の地から都に出た夫の帰りを3年も待つ妻は、待ちわびて嘆きながら砧を打つ。都にいた3年の間に心変わりをしたと夫を責める。昭和の歌謡曲であれば、さしずめ『木綿のハンカチーフ』の内容が当てはまる。ともに時間と距離がいつの間にか二人の愛情も壊していくことを、この「砧」はテーマにしている。

砧とは、布地を打ちやわらげ、艶を出すのに用いる木槌のこと。また、その木や石の台、その木槌で打つことや、打つ音にも用いる。

妻は歌いながら舞う。「西より来る秋の風の吹き送れと間遠の衣打たうよ」の西風の歌は、菅原道真の東風の歌とは対照的なものになっている。そして「わが心かよひて人に見ゆるならば、その夢を破るな破れてのちはこの衣、たれかきても問ふべき」と舞う。この意味は、「夫のための麻衣を着やすくするために砧打ちをし続けている。私の夢を破らないでくれ。打ち続けて破れたらこの衣はどうなるのだ」。待ち続ける妻は病の床にふせって、やがて息絶える。優しかった妻の顔はいつしか鬼になっていた気がする。

故郷に戻った夫がそれを知って弔うと、妻の亡霊がやつれ果てた姿で現れる。妻は恋慕の執心にかられたまま死んだために、地獄に落ちていた。その後も妻は夫を忘れられず、恋と怨みの同居するやるせなさを夫に訴えて責めたが、夫の読経の功徳で成仏した。

ちなみに謡曲の『砧』は『漢書』にある物語の、妻が情を込めて打った砧の音が遠方の夫に届くという有名な蘇武の故事が、この日本の物語の下地になっているという。このことは漱石先生の蘇武好みと合致して嬉しいことなのだ。謡を唸る漱石先生としては、この話を能楽に高めた世阿弥を讃えたいとして、この句を作ったのであろう。

・うねうねと心安さよ春の水

（うねうねと　こころやすさよ　はるのみず）

（明治28年10月末）句稿3

この句を読むと、蕪村の「春の海ひねもすのたりのたりかな」がすぐに思い浮かぶ。蕪村は海のうねりを「のたりのたり」と表したが、漱石は広い河原の中を流れる春の川を見て「うねうね」と感じた。川がうねって流れるさまを「うねうね」という造語で表した。光りながらゆったりと蛇行している広い川面が川岸を歩く漱石先生の目に入ったのだ。漱石はそれをみて気に入り、「心安さ」を感じた。大きな連続するカーブがアート的であり、心地よかったからだ。

川の流れ方は人間界の、教えていた松山尋常中学校でのこせこせした世界とは大違いだと満足していたに違いない。松山の学校社会は「うじうじ」「うだうだ」であると。しかし、さすが自然はこれに関係なく心地よさが備わっているとほっとしたのだろう。川の流れは「うねうね」とカーブして流れ、漱石のこころは「うきうき」していた。

漱石の愚陀仏庵に2カ月ほど居た子規が10月19日に東京に帰ってしまい、漱石のこころにぽっかりと穴が開いてしまっていた。そんな時春の想像句を21句も作って気分転換を図った。掲句はその中の一つで、秋に水かさが減って寂しくなっている川のさまを見ていたが、春になった時の川のさまを想像してみたのだ。この川は松山の南を流れる大河、重信川であり、漱石は子規が帰京して句会がなくなって暇になった時期にこの川のほとりを歩いたのだ。そんな漱石の虚ろな心を埋めるようにこの川はうねりながら慰めてくれた。

卯の花に深編笠の隠れけり

（うのはなに　ふかあみがさの　かくれけり）

（明治28年11月13日）句稿6

深編笠は円錐台形のすり鉢を伏せた形のスゲ笠である。四国でよく見かける遍路笠の形状とは異なっている。この深編笠は顔を隠せるように深く作ったもので、武士や虚無僧（こむそう）が人目を避けるために用いたものである。この笠の目の位置に当たる部分は、前が見えるように粗い網目になっていた。漱石が伊予松山で暮らしていたときには虚無僧姿を街中で見かけたという。明治28年ごろはまだ江戸時代の風俗、制度が街中に残っていた。街中にある垣根には卯の花が咲き、その垣根越しに虚無僧姿が見えた。

句意は「漱石の住んでいる家の前にある卯の花の垣根の前を虚無僧が歩いて行くのが見える。しかし春に卯の花が咲きだすと頭に被っている深編笠は花に隠れてしまう」というもの。

この句の面白さは、目の前の景色は秋であるが、春になると垣根の卯の花の枝葉が伸びて花が咲きだして深編笠自体が隠れてしまうと想像していることだ。そうなると深編笠を被っている意味がなくなると漱石はニヤリと笑う。愚陀仏庵の住人は、花が咲き終わると垣根が刈り込まれてしまうのを見ていた。目の前にある垣根は刈り込んだ分低くなっていた。

この句は深編笠の男たちが通り過ぎていくのを見ている、単なる叙景句なのであろうか。漱石は時代が着実に推移していることを描いているのである。翌春になると虚無僧が街から姿を消すと予想している気がする。「深編笠の隠れけり」は翌春の予想なのだ。江戸時代の華美な風俗や不穏な動きを監視する役目を果たしてきた隠密たちの深編笠姿は、明治時代になってその役目はなくなり、街で見かけることが少なくなっているのを知っていた。したがって翌年には卯の花に隠れるように、深編笠が時代に飲み込まれてしまうと想像している。地方都市の松山にも時代の変化が起こっていた。

卯の花や盆に奉捨をのせて出る

（うのはなや　ぼんにほうしゃを　のせてでる）

（明治28年11月13日）句稿6

白い卯の花が咲く暖かい季節になると、重ね着した白装束で身を固めたお遍路たちが目立って歩きだす。この時期、道沿いの住人たちはお接待と称してお盆に金を載せてお遍路に差し出すことが行われる。お遍路に負担感を与えないように子供が渡す役目を負うようだ。古くから続く、住人とお遍路との日常的な交流の光景の一つである。全国各地からこの四国まで旅してくるのは金銭的にも大変であったろうという思いがあるからだ。

ちなみに「奉捨」とは普通は「報謝」と書き、四国巡礼をする人や寺社詣での人に渡すお布施のことである。漱石はお寺に出入りしていた関係で、知っていた別の仏語を用いている。

この句は卯の花が香る中で、暖かくやさしい善行が行われるさまを淡々と描いている。漱石は松山にいた時に、お遍路が住人から喜捨を受けている場面を見ていたのであろう。

この句にはかなりの工夫が凝らされている。句末に「のせて出る」という動詞があり、これによって報謝を用意しておいてお遍路が通りかかるのを待っていることが読み取れる。つまりこの言葉選びによって住人の心優しさが伝わるようになっている。

そしてやや弱く始まる「卯の」の後に、強く発音される「盆に」を配置することで俳句全体に強弱の動きが生じ、この音に釣られるように動きのある「のせて出る」が引きだされるように工夫されている。このリズムによって句全体が明るく感じられる効果が生まれる。慣れない動きの子供が通り道に足早に進み出る動作が眼に浮かぶ。

馬市の秣飛び散る春の風

（うまいちの　まぐさとびちる　はるのかぜ）

（明治43年春）

春に開かれた馬市の光景である。春先に寒さが残る山裾で開かれた馬市。杭につながれた馬が大きい桶の秣を食べているところに一陣の風が吹くと、秣である藁を切り刻んだ飼葉は風に舞って飛び散る。

馬喰たちが集まる、馬の売買の場は賑やかではある。だが、まさに生き馬の目を抜くような緊迫感が漂う中にあって、馬の表情は寂しげである。そこに馬市の熱気を払うように強い風が吹きぬける。秣が吹き飛んで馬の表情も虚しげなものに変わる。

漱石はつながれていた馬の顔を見たのであろう。そして馬の売られた後のことも想像したのであろう。漱石の中にも冷たい春風が吹き抜けた。こんなシリアスな場面でありながら、漱石は馬の餌である秣の言葉に、これと似た発音の馬糞を連想していた気がしてならない。たしかに馬体の中で秣が消化され馬糞に変わるのであるから、言葉も関連しているはずだ。一陣の春風に飛び散ったのは、秣だけでなく乾燥した馬糞も飛び散ったのだ。

ちなみに弟子の枕流はモンゴル高原で乾燥した馬糞が風で巻き上がるさまを見たことがあった。馬糞を吸い込まないようにしながら、空が黄色くなったのを見ていた。

・馬に蹴られ吹雪の中に倒れけり

（うまにけられ　ふぶきのなかに　たおれけり）

（明治32年ごろ）手帳

句意は「吹雪の耶馬渓の山道を悪天候の中、歩き続けているうちに前を歩く馬に近づき過ぎて、馬の後ろ足で蹴られてしまった。しばらく雪まみれになって横たわっていた」というもの。馬に蹴られた後、深い雪の中にしばらく動けずにいた。しばらくこの現実を受け入れられず、なかなか起き上がれなかった。

漱石は元日に形ばかりの屠蘇を飲んですぐに旅に出た。第五高等学校の若手の同僚の奥 太一郎と落ち合わせて太宰府回りで宇佐八幡宮詣でに出かけた。旧正月を祝う神社は、新暦の正月2日に到着した漱石たちを冷たく迎えた。その後、大分県西部の山岳地帯の耶馬渓に入り、雪の中を南へ縦走して日田に抜ける山道を草鞋履きで歩き続けた。山道の最後のところで馬の助けを借りた。

5日を要してやっと日田の街が眼下に望める大石峠に到達したが、吹雪は激しくなってきた。歩くのも難儀であり、峠越えの手段として使われていた馬に乗ることにした。下り坂に差し掛かったところで馬は滑りやすいというので、馬を降りて馬の後ろを歩いた。しばらく馬の尻について歩いていたら、吹雪で距離を見誤って接近し過ぎていたのだろう、その馬は接触を嫌って後ろ足で漱石を蹴り倒した。

後年、漱石は雪の山道を歩いた当時を思い起こして、その時の一番の思い出は馬に蹴られたことだと述べていた。ちなみにこの時、作っていた句に「漸くに又起きあがる吹雪かな」がある。この馬蹴り事件のビフォーが掲句で、アフターがこの「起きあがる」句である。このアフター句の前置きは「峠を下るとき馬に蹴られて雪の中に倒れければ」というものであった。

掲句の面白さは、事件の実況中継のように正確に事実を描いていることだ。俳句の言葉の中に面白みはないが、蹴られた現実を受け入れられずに吹雪の中にしばらくいたことを想像させる。白く雪を背にかぶった馬と山道に積もった雪の中に倒れ込んでいる漱石の姿があり、時間が止まっている光景が浮かぶ。俳句に洒落や細工を加える精神的余裕はなかったとわかる。

・馬に乗つて元朝の人勲二等

（うまにのって　がんちょうのひと　くんにとう）

（明治30年1月）句稿22

この句の主人公は陸軍軍医の森鷗外で、鷗外は軍人としてうまく出世した人と見られている。また文化人としても活躍し、明治時代の代表的作家として漱石と並び称される。このような人であるが、かなり権威主義的な人でもあり、漱石とは大きく異なる性格の持ち主であった。ここまでは日本人の一般的な認識であろう。

この句は鷗外が元日の朝、静かな官舎から馬に乗って出かける場面の想像句である。上司や陸軍上層部の家々を回って新年の挨拶をするための外出である。

胸に勲章をたくさんつけている姿が目に浮かぶ。この頃、鷗外は陸軍大尉となっていたと思われるが、元日の朝、正装して馬に乗って背筋を伸ばして官舎を出るところを漱石は想像して描いている。下五が「勲二等」の体言止めになっていて、読む際には自然に力が込められてしまう。

漱石と鷗外は、明治29年の正月に子規宅での俳句会で同席したことがあった。だが、ここから交際が深まるということはなかった。やはり二人の気質が異なるからなのであろう。

掲句を作っていたのと同じ頃、漱石は下記の木瓜の句も作っていた。この句でもやはり名指しはしていないが鷗外について批判しているのは間違いない。漱石は鷗外の生き方を見て、「他山の石」として俳句に認めたのだ。

木瓜(ぼけ)咲くや漱石拙(せつ)を守るべく（夏目漱石、明治30年）

鷗外が出世街道を駆け上り始めた頃は日清戦争の頃であり、この頃から鷗外を巻き込んだ脚気論争が陸軍内で起こり、鷗外は軍医としてこの病気の疫学的判断ができず、これがもとで兵を何千人も失わせる結果になった。この話は九州にいた漱石のところにも伝わっていた。海軍の方は対処療法として兵の食事を変えてこの脚気病をうまく押さえ込んだ。しかし、陸軍の軍医総監の鷗外は日清戦争の後の日露戦争の時にも自分の病原菌説を曲げなかった。その結果、大陸で脚気がもとで万単位の兵が戦病死した。

• 馬に二人霧をいでたり鈴のおと

（うまにふたり　きりをいでたり　すずのおと）

（明治28年9月）

句意は「霧の漂う山間の幻想的な風景の中を2人の乗った馬2頭が鈴の音を鳴らしながらゆっくりと進んでいく」というもの。馬上の2人は時々声をかけながら馬の背で揺られている。この句は漱石が子規と松山にいた時の句である。愚陀仏庵で開かれた句会で漱石が出した句であろう。

霧の中の場面ということもあってなのか、全体がぼんやりしている。この2人は漱石と子規の想像上の姿か。大の大人2人が1頭の馬に2人で乗るとは考えにくいので、2頭の馬に1人ずつが乗り、走ってゆくシーンである。この句に取り組んだ時には、ここまでの不満足な理解しかできなかった。

その後、東北大学中国文学研究室作成の「蘇東坡詩作品表」に偶然出会えた。この中に「蔣穎叔(そうえいしゅく)に次韻す」と題する長詩の解説文を見つけた。ここに漱石が作った掲句の元の詩文が含まれていた。つまり、中国宋代の詩人蘇軾の詩に、掲句の内容が書かれていた。蘇軾は漱石の好きな詩人の一人である。漱石の句の背景にある故事は次のものである。

西域から唐の領土に攻め入るタングート軍を迎え撃つために、兵を出す状況が生じた。天子からその任を任された蔣之奇が側近と共に早朝に都を発つ。霧が立ち込める冷気の中を2頭の馬が走っていく。その後ろには多くの兵が続いた。鈴は馬の「くつわ」に付けた鈴で1頭に1個付けていた。この鈴の音が霧の中で出立の音として響いたのであった。

漱石がこの俳句を作ったのは、やはり松山の俳句句会を盛り上げるのは子規と自分だという自負であり、このことを蘇軾の詩に結びつけた。俳句に中国の詩を持ち出したのは、一種の遊びであった。これが漱石の考えを見えにくくしている。漱石の頭の中では、俳句改革運動の軍の将は子規で副官は漱石なのである。

＊『海南新聞』（明治28年9月11日）に掲載

掲句が作られた句会の席題は「馬」であった。この時、この句のすぐ前に置かれている「乗りながら馬の糞する野菊哉」の句も作られていた。一句しか作れないで句会を終えるのは情けないとして、漱石は蘇軾の詩の中で馬が登場する詩を思い出して掲句をひねり出したのだ。すごい力技であった。

• 馬の息山吹散つて馬士も無し

（うまのいき　やまぶきちつて　まごもなし）

（明治28年12月18日）句稿9

山間の地でののどかな雰囲気を詠っている。漱石の小説『草枕』に出てくる峠の茶屋から眺めた場面と重なるが、想像の句であろう。重い荷を背負って坂道を登ってくる駄馬は息を荒くしている。だが馬について歩くのが仕事の馬子の姿はない。山道から外れてどこかで用足しをしているのだろう。綱を引く馬子がいなくなると、馬は山吹の藪の前まで歩いてそこで勝手に立ち止まって動かない。見ると馬は山吹色の花びらと遊んでいる。鼻の穴から息を吐き出すと近くの花びらが吹き飛んで宙を舞うのが面白いようだ。蝶が舞うように見える。舞い上がった山吹の花びらは馬の鼻に吸い込まれそうになる。すると馬はそれを阻止しようと、また鼻から強く息を吐き出す。この繰り返しが行われている。

句意は「馬の荒い息が山吹の花にかかって、花びらは飛ばされ宙を舞う。その近くに馬子の姿はない」というもの。山吹色の花びらと栗毛の色がマッチしている。両者は山道の土の色とも合っている。これらの関係は、俗にいう「馬が合っている」ということなのか。

この句の面白さは、「馬の息山吹」における「息」と「山吹」の関係にある。馬の息が山吹の花に吹きかかるということで、馬の息の「吹きかかる」が「山吹」に掛かっている。息がかかるように接近して関係しているところが可笑しい。

馬子が用を足して小走りで馬に追いつくと、馬子は綱を摑んで馬の尻を「止まるな、歩け」とばかりに叩きだした。漱石は馬子のやっていることを茶屋の椅子に座って眺めていた。

＊『海南新聞』(明治２９年４月１２日)に掲載

● 馬の子と牛の子と居る野菊かな

(うまのこと　うしのことい る　のぎくかな)

(明治32年9月5日) 句稿34

漱石が熊本にいた時の秋の句である。阿蘇の山に同僚の山川慎次郎と遊んだ時の句で、山川の栄転祝いとして漱石が企画した5日間の旅でもの。今では観光名所にもなっている草千里(正式には草千里ヶ浜)で見た光景である。馬の子と牛の子が野菊の咲く野原にいたということは、親牛と親馬もその近くにいたはずで、のどかでありながら、全体としては賑やかな光景であったのだろう。漱石は気の合う山川とのんびりと口を大きく開いて漢詩でも詠じながら歩いたのだろう。

句意は「子馬と子牛が野菊の咲いている草原でのんびりと草を食んでいる」というもの。漱石は牛と馬が多いところには糞もたくさん落ちているとわかっているから遠くから見ていた。かれらを驚かさないように遠くから足元を気にして見ていた。

ここに描かれている光景には、牛馬は野菊を食べないということが背景としてあった。つまり動物と野菊は共生していたということだ。野菊にはアルカロイドが豊富に含まれていて、野菊は食べ残され、これによって広く分布して咲き誇れたのだ。この関係があって、可憐な花のある長閑な花の野原が形成されている。生き残る野菊は天然の肥料を得て大いに繁殖するという関係が持続する。野菊は賢いのである。これによって牧草は食べ尽くされても根の強い野菊が草千里の保水を行い、土の流失を食い止めるのだ。まさに持続する共生関係がここにはあるのだ。理系の頭脳を持つ漱石はこれらのことを瞬時に理解して、俳句に表した。つまり意思を持った野菊を「居る野菊」と表したのだ。「ある野菊」ではない。漱石は野菊が草千里に居て知恵と意思を持って存在し続けていると感じた。

この句の面白さは、対句の面白さにある。「馬の子」と「牛の子」が並んでいることで句に楽しいリズムが生じている。そして俳句自体は、漢字とひらがながバラバラに配置され、あたかもの牛と馬が広大な草原に放牧されているさまとして活写できている。

さらには親馬や親牛ではない「馬の子」と「牛の子」が主役であるので、俳句も幾分幼さが感じられるように巧みに作っている面白さがある。うまくできたと満足している漱石の顔が目に浮かぶ。

● 馬の尻に尾して下るや岨の梅

(うまのしりに　びしてくだるや　そわのうめ)

(明治32年2月) 句稿33

「梅花百五句」とある。険しい峠の下り道を馬の尻を追うようにして後から足元を見ながらついて行くと、切り立つ崖の下に梅の林があった。このような場所に梅の木があるとは、と漱石は感嘆した。梅の木の群れはこのような切り立つ場所に本当に似合うと。「岨」とは、人を寄せ付けないような険しい石山のこと。そそり立つ石山。音読みは「ソ」で、岨谷はソバタニ、スワタニと読むようだ。よって「岨の梅」は音が変化して「ソワのうめ」と読むようだ。

梅の木のひび割れた肌、細かく折れ曲がる枝先、赤みが少し入っているのか、いないのかわからない花びら。そして密にならない清楚な咲き方。梅は厳しい環境の下で咲くのが似合う不思議な木だと漱石先生は思って見ていた。中国の山水画の世界が目の前に展開していた。

この句は、この年の1月に同僚と宇佐八幡を参拝した後、山歩きをして熊本に帰る時の句である。宇佐の西にある中津の耶馬渓の山道に入って、そこから南の日田に抜ける山道を歩くコースを選択した。日田からは筑後川を船で下って有明に出て汽車で熊本に戻る冒険の旅をした時の句である。耶馬渓で最大の難所であった中津と日田の境にある大石峠にくると、漱石たちは馬に乗せてもらって峠道を越える方法をとった。しかし、漱石たちが旅した時期には、吹雪が吹き荒れていて、雪の下り坂は乗馬したままでは馬も危険であるとして、下馬させられた。馬から下りて馬の後ろを歩いて峠を下った。この時、馬に蹴られるという事件が発生した。運良く怪我はなかった。

この後吹雪の中で岩の崖下に梅の木が咲いているのを発見したのだ。漱石先生にとってはまさに夢の世界であった。

● 馬の背で船漕ぎ出すや春の旅

（うまのせで　ふねこぎだすや　はるのたび）

（明治24年8月3日）子規宛の手紙

草が生え出したなだらかな山裾を、馬に乗ってのんびりと旅する句である。春山に出かけた時の気分がうまく表現されている。馬に乗る旅になれてきて、少し眠くなってうとうとし、頭が揺れだしたさまを「舟漕ぎ出す」と表現した。陸の上で船という組み合わせが面白い。そして日常生活でも人前で眠ることを「舟をこぐ」という表現をするが、これをそのまま採用しているところが可笑しい。そしてまさに眠くなって俳句の作り方が杜撰になってきていると思わせるところが愉快だ。

当時の帝大には学校の方針として、エリートにはスポーツ全般を体験させる方針があった。漱石はほぼスポーツ万能であり、乗馬もこなした。だが馬の背で居眠りするほどの腕前ではなかったであろう。したがってこの句は全くのフィクションであると思う。まさに春の夢なのだ。

この句を「幼稚で駄句」と断じる人は今も少なくはない。半藤一利氏もこの句は駄句と言う。だが手垢で汚れた洒落があるから楽しさ、可笑しさが生まれるのも確かである。楽しめる俳句は俳句らしくないという批判は当たらない。そもそも漱石はうとうとしていてこれらの雑音は耳に入らない。

この句は、「白河夜船」的な熟睡をしていて何もわからないという話をもじっているといわれる（半藤一利氏による紹介）。「京都を見てきたふりをする者が、京の白河のことを聞かれて、川の名だと思い、夜、船で通ったから知らないと答えたという話」をベースに、船を馬に換えて、熟睡していたから周りの景色は見ていないという話にしているとした。だがこんな話を知らなくても十分に楽しい雰囲気に浸かれるのが漱石の俳句である。

そしてこの句がパロディ句だとするなら、半藤一利氏が取り上げていた蘇軾の詩にある「馬上残夢をつづけ　朝日の昇るを知らず」がもと歌であると思われる。だが漱石の方が面白さの点では一枚上手であるのは明らかである。したがって弟子の枕流としては漱石の句はオリジナルの句であるといってもいいと考える。

● 馬の脊の炭まだらなり積もる雪

（うまのせの　すみまだらなり　つもるゆき）

（明治32年ごろ）手帳

熊本の山中での出来事を描いている。熊本市の北西の峠道の茶屋で休んでいる時の経験を基にした句である。句意は「炭の束を背中と胴脇に積んだ馬が馬子に引かれて通りかかった。長い炭を縄で縛った黒い束が馬の背に振り分けて積まれていて、その上に白く雪が積もって炭がまだらに見えている」というものの。黒い炭と白い雪が作るまだら模様が美しく、そのコントラストが際立っていた。牡丹雪が降り出したばかりであったのだろう。降る雪は見る間に黒い炭の束を一面白く染めだしたが、炭の束の側面は黒く残っているので黒と白のコントラストは残っていた。

この句の面白さは、茶屋で休んでいる漱石の前に現れた炭の束が雪でまだらになっているとしているが、実際の炭の運搬には炭俵が使われていたはずで、馬体の上に炭の黒い姿はほとんど見えなかったと思われることだ。炭窯で焼いた棒状の炭は、長さと太さがまちまちであり、運搬中に炭が落下しない状態に炭を縄、紐で括ることができないのだ。そこで包み込む方式の俵が用いられていた。茅や藁を編んで作った俵である。つまり掲句は無理やりの空想の俳句であるのだ。だが俳句は空想の創作でも良いのだ。漱石は美的な楽しい俳句を創造した。

ちなみにこの手帳の句は句稿に書く際には修正され、「炭を積む馬の脊に降る雪まだら」となって子規に送られている。掲句では「脊の炭はまだらなり」となっていたが、修正句では「馬の脊に降る雪がまだら」となり、馬の背の色と雪の色とのまだら模様に変更されている。つまり炭の色は俵に隠れて見えなくなっていた。

• 馬の蠅牛の蠅来る宿屋かな

（うまのはえ　うしのはえくる　やどやかな）

（明治30年5月28日）句稿25

阿蘇山の裾野を歩いた時の句なのであろう。裾野には放牧されている牛と馬の糞が沢山あり、蝿がその周りをブンブン飛び回っていた。漱石はそれらの蝿に捕まらないように振り切るように歩いてきたが、宿の前にそれらの蝿は先回りしているかのように待ち受けていた。宿の玄関に沢山の蝿がいて漱石は宿に近づけないでいた。玄関前で飛び回るその蝿は草原で牛糞や馬糞にまとわりついていた蝿だろうと思った。漱石は憂鬱な気分になったに違いない。

この句の面白さは、2種類の蝿を大胆に句に詠み込んでいることだ。加えて夏の季語である蝿を2度も用いて季語に無頓着であることを示しているのも可笑しい。決定的な面白さは、たくさん飛び回っている蝿の中から馬の蝿と牛の蝿とを見分けられるようにも解釈できることだ。そもそも都会育ちの漱石は、牛の糞と馬の糞の区別ができたのであろうか。

田舎育ちの弟子である枕流は、無論のことそれらの形状や性状を頭に描くことができる。しかし、馬の蝿と牛の蝿の区別はできない。

さらなる句の面白さは、宿屋の客として、馬の蝿と牛の蝿とが来ていると表されていることだ。蝿どもは宿屋に到着したものの宿泊を断られて玄関先にたむろしていると考えると、掲句の面白さが増す。

ちなみに掲句は人に関する幾分暗い句を読んできた句作から、面白い、滑稽なものに転換する際の最初の句である。この後から蚤、蟇、蚊が主役の句になっている。漱石はこの句を作ったおよそ1年前の明治29年6月に熊本で鏡子と結婚した。その漱石は新婚の熱も冷めて翌明治30年の4月に久留米へ宿泊する一人旅をしている。掲句に込められたユーモアには漱石の複雑な気持ちが表れている気がする。

• 生れ得てわれ御目出度顔の春

（うまれえて　われおめでたき　かおのはる）

（明治30年1月）句稿22

漱石は幼少時に感染した天然痘の影響で、顔にはアバタが僅かだができていた。漱石は自分の顔をこの句において「目出度い顔」だと言っていた。現代であればこの言葉は「抜けている、どうしようもない顔」ということになる。漱石の顔は現代の感覚では「渋い顔、知的な顔、イケメン顔」と思えるが、漱石は顔のアバタを気にしていたのかと思った。

その漱石は英国留学中（3年後の明治33年9月に出国）に、このアバタのある顔は英国では珍しい顔と認識されると知った。アバタ顔の人は後進国の出の人であることを証明していると知ったからだ。英国ではとうの昔に天然痘の種痘が普及していたのだ。漱石は肩身の狭い思いをしたことだろう。

だが掲句は漱石のユーモア句であるとわかった。「お目出度顔」の語は、漱石の誕生日が当時まだ使われていた旧暦の正月（1月）5日であったことからこの句を作っただけなのだ。正月生まれの人は、俗にお目出度い人といわれていたからである。ちなみに漱石の誕生日は新暦では2月9日であった。

句意は「生まれて今年で30歳になった。正月生まれのめでたい男の顔をしている」というもの。

掲句は句稿22の冒頭の句であり、次の句は新春の「五斗米を餅にして喰ふ春来たり」である。満30歳になった正月に記念の句を作ったのだ。人生の折り返し点に差し掛かったという認識であったのかもしれない。

全集において、この句には次の「無題」というタイトルの長文が前書きとして置かれている。この文は熊本第五高等学校の新聞か何かに寄稿した文章であろう。「われ一転せば猿たらん、われ一転せば神たらん　わが既往三十年刻して眉宇の間にあり　明鏡の裡われ焉んぞ（以下略）」は、西欧文明の中にある日本の中で、自分の置かれている立場を真剣に考えていたことを示す。「われ一転せば猿たらん」は、自分の行いによっては、自分が〝イエローモンキー〟と見られることをわかっていた。そして「われ一転せば神たらん」の真意は、若い時に占い師から「もしかしたら何かをなしうる顔をしている」と告げられたことを思い出し、成し遂げる仕事によっては「お目出度」だけではない「凄い」存在になれるかもしれない、と自信を示したのだ。漱石の目は海外に向いていた。

・生れ代るも物憂からましわすれ草

（うまれかわるも　ものうからまし　わすれぐさ）

（明治29年10月）句稿19

掲句は「死恋2句」として作られたものの一つで、「化石して強面（つれ）なくなら う朧月」の句とセットになる俳句である。ちなみにこの「化石」の句は、「朧月を見ていていると楠緒子のことを思い出してしまうが、化石の心を持って、つれなく平然としていたい。これには人の心を捨てて楠緒子への思いを押さえつけるしかない」というもの。この意味を裏返せば、これほどまでにかつて恋人であった楠緒子のことは忘れられないのだ。

掲句の意味は「大失恋して苦しんだ後、時間の助けを借りて生まれ変わったつもりだったが、ずっとつらく気が重たかった。憂いを忘れさせる草があっても」というもの。失恋の痛みはそう簡単に癒やせはしないのだ。東京にいる、前の恋人の楠緒子のことを忘れられない、と改めて思った。時間の経過だけでは無理なのだと考えた。

「からまし」の用法は、「（実際には違ってしまっていて）、何々だったでしょうに」の意味になる。したがって、「物憂からましわすれ草」は「やはり実際にはつらく気が重たかったでしょうに。憂いを忘れさせる草があっても」となる。つまり漱石においては、憂いを消したくはなかったのだ。楠緒子に対するかつての恋心は維持し、成るに任せることにしたのだ。結果として漱石先生と大塚楠緒子との大恋愛、大失恋の傷、思い出は互いに死ぬまで消えはしなかった。

ちなみに、わすれ草はユリに似た黄色の6弁花、カンゾウのこと。英語では「1日ゆり」の意のデイリリーと呼ばれる。その多くは朝咲いて夕方にしぼむ。この特徴から「憂いを忘れさせる草」、「忘れ草」の名ができたという。

生まれ変わったつもりでも、心を入れ替えたつもりでも、実際にはそうはなっていなかった、とわかった。人の心を捨てることにし、感性、感情を捨てる大決心をしたが、そうはならなかった。苦しくつらいだけだった。これは漱石先生の実体験なのであろう。

掲句は楠緒子のことを忘れるために松山に行き、熊本に来たが、結局はどうしようもない状態が続いていることを、東京の子規に吐露している句になっている。

・馬渡す舟を呼びけり黍の間

（うまわたす　ふねをよびけり　きびのあい）

（明治32年9月5日）句稿34

阿蘇の西の山裾を回って有明海へ向かって流れる川には渡し舟が用意されて

いる。この舟は人も放牧して肥えた馬も渡す。阿蘇高原の草地に生えた草を食べて肥えた馬を川の渡し場に連れて行き、渡し舟に乗せるのだ。向かい合う両岸には黍の畑が広がっている。その黍畑の下から対岸に向かって大声を出して舟を戻すように指示している人がいる。

この川は黍畑の間を縫うように流れる。馬は立ったまま船に乗っている。舟の重心が高くなって舟は大きく揺れる。岸でこの光景を見ている漱石先生は、馬が渡り終えるまで見ていたのだろう。漱石は次の舟で渡るつもりなのだ。

この句の面白さは、黍は実って黄色をしていたということだ。馬も秋を迎えて丸々と肥えていた。馬市に出すために移動させられるのだろう。それとも刈り取った畑を耕す農耕馬として対岸の畑に移動させるために、舟による渡しをしているのかもしれない。

漱石先生は同僚の山川信次郎と明治32年8月29日から9月にかけて5日間をかけて、阿蘇高原を旅した。掲句はこの旅での光景を詠んだものだ。漱石一行は川に沿って移動していた。明治13年時の記録によれば、菊池郡大津町を流れる白川には3箇所に渡し場があった。舟の長さは約5m強で、馬2頭と人4、5人が一緒に乗れる舟であった。舟の舳先に綱をつけて両岸で引きあった。この綱引きは子供の遊びになっていたという。増水すると船頭が櫓漕ぎをしたという。昭和になってこれらの渡し場には橋が架けられた。

• 馬を船に乗せて柳の渡哉

（うまをふねに　のせてやなぎの　わたしかな）

（大正3年）手帳

川岸には昔から柳が似合う。そして流れる水辺の環境が柳に適している。そこに渡し船を寄せている。当時の渡し舟は細長い小さな手漕ぎ舟か、両岸に綱を渡してその綱を伝って行き来させる綱引き舟であった。後者の舟の舳先には、綱を通して岸から綱を引いて舟を岸に引き寄せた。この渡しの舟には人も馬も一列に乗せた。まさに絵になる長閑な風景だ。漱石が見た舟にも馬が乗っていた。

句意は「柳が植えられている川の渡し場に来てみると、なんと舟には馬が乗せられていた」というもの。漱石は馬と一緒にこの小舟で運ばれるのかと一瞬不安がよぎった。

この渡し舟は農民舟とも呼ばれたことから、飼い主が農耕馬を対岸に移動させることもあった。そして「柳の渡」は江戸川の歌に歌われた「矢切（やぎり）の渡し」に語音が似ているという面白さもある。多分に漱石は「矢切の渡し」を意識して「柳の渡」と表したと推察する。

ある本によると室町時代にこの矢切辺りで大規模な合戦があったという。万という死者が出た合戦で、この時の戦いには弓が用いられて、戦場には折れた弓矢が大量に放置されたという。この地の人は再びこのような戦いが起こらないようにとの願いを込めて、矢が飛ぶことがないようにと、「矢を切る」「矢を断つ」との意味の地名にしたという。それが現代では男女の「縁きりの渡」と切り替えられてきている。

晩年の漱石は、かつて学生時代に子規と遊んだころのことを思い出していた。江戸川沿いの下町で遊んだ思い出が甦っていたのだ。漱石は大正3年のある日、浅草に行っていた。この年に使っていた手帳に「海見ゆる高どのにして春浅し」の句があった。この高殿は浅草名所の八角形12階建ての凌雲閣である。かなり体力が落ちていた時期だが、浅草にゆき、その近くの矢切の渡し場に足を運んでいた。

• 海近し寐鴨をうちし筒の音

（うみちかし　ねがもをうちし　つつのおと）

（明治31年1月6日）句稿28

年が明け、新年の祝いの行事が終わると、退屈しのぎなのか、近くの河口にある葦原で鴨撃ちをする人が出てきた。漱石と高校の同僚の山川が宿泊していた宿の離れから音を発した葦原までは百mもない距離であった。（今はその遠浅の海は干拓され、海岸線は遠くなっている。）

鴨が寝ている薄暗いうちに鉄砲撃ちは巣に近づいてから声を発し、鴨が驚いて飛び上がったところを撃ち落とすのだ。その鉄砲の音が漱石たちの寝ていた部屋まで届いた。鴨ではない漱石たちも目が覚めてしまった。

ちなみに寝鴨は、寝たまま海の上に浮いている鴨のこと。実際には海岸の浮き草の上に乗って寝ていた。鉄砲撃ちたちは、静かに浮草のところまで近づいてから、大声を出した。「カモン、鴨」と叫んだのだろう。

鉄砲は海の方に向いていたとは思うが、漱石は弾丸が部屋に届きそうで落ち着かなかったであろう。その筒の長い鉄砲は、西南戦争で使われたアメリカ製のライフル銃であったのだろうか。これに散弾を込めたのだろう。

ちなみに関東では明治24年ごろから銃による鳥猟が流行りだしていた。富裕層が英国紳士の遊びを真似てやりだしたからだ。服装は英国スタイルで革製品を身にまとい、歩兵のようなスタイルだったらしい。その帽子はまさに鳥打帽。このスポーツが九州にも上陸していた。

• 海見えて行けども行けども菜畑哉

（うみみえて　いけどもいけども　なばたかな）

（明治29年3月5日）句稿12

漱石は随筆『思ひ出す事など』で、俳句を盛んに詠んでいた頃が生涯の中で一番幸福な時期だったと書いている。その中で「目指していた海に苦労してたどり着き、振り返ってみたら、通り過ぎた菜の花畑は、キラキラと輝いて見えた。でも、そこへは戻りたくても戻れない。それは誰もが同じ。いや、だからこそ、青春の日々は、誰にとっても、甘酸っぱい思い出になるのだ。」とある。

掲句は松山から子規に送った手紙の句稿にあったが、子規はこの句に対して「菜畑ニテ八季ニナラズ菜種ナラバ菜花ノコト也」と朱を入れていた。ただ広い畑が菜畑であるというのであるから、栽培されているのは菜の花と決まっていると思うが、さすがに子規は、季語については正確に使うべきだと指摘する。だが短く表現するのが俳句ということを子規もわかっていたと思う。そして菜畑の語感もいいこともわかっていたと思う。漱石は以前と同じように季語にあまりこだわっていないのだ。

句意は「見えている海に早くたどり着きたいのだが、目の前には菜の花畑が延々と続いている」というもの。目的地になかなか辿り着けないことに幾分焦りが感じられる。菜の花畑は終わって切れてほしい、それほどは見たくないのだ、という思いが隠れている。実際には、翌月に松山の三津の浜から船で熊本に赴任することになっているので、それに備えて下見のつもりで港に行こうとしていたのだ。

ところで、「この句は漱石の楽しい青春の思い出を描いている」という有名俳人がいるが、漱石の率直で赤裸々な俳句や手紙類を読むと、青春期はつらい事柄が続いていて、明治29年頃の漱石はできれば若い時のことは忘れたいと思っていると考える。

徹底して物事を追求する漱石の性格を考えれば、この句でこれからの困難な未来を予測しているようにも思える。漱石は翌月の明治29年4月には熊本の第五高等学校に転勤し、すぐに教授になることが予測される。松山時代に引き続き、熊本でも学生に英語学を教えている姿が見えている。だがこの時期、できれば小説家の道に進みたいと考え始めていたはずだ。小説家の道にはこの句に描かれるようになかなか見えないし、届かない。

漱石はこの句を作って自分を鼓舞している。そして自分の気持ちを確認しているのだ。この時、季語の正確さへの配慮はどこかへ飛び去っている。若い気持ちを押し出した句である。

この句は、同じ句稿に記されていた菜の花の5連句の一つ。城山から歩きだして目的地の湊までのショートストーリーが構成されていた。ついでながら、掲句から山頭火の名句とされる「分け入っても分け入っても青い山」が思い浮かぶ。山頭火は掲句にある「行けども行けども菜畑哉」のリズムの良さに気づいていたと考える。

• 海見ゆる高どのにして春浅し

（うみみゆる　たかどのにして　はるあさし）

（大正3年）手帳

「海見ゆる高殿」は浅草にあった八角形12階建ての凌雲閣である。商業ビルでもあり、展望タワーでもあった。漱石もこの建物に上ったということだ。当時の浅草の賑わいは銀座、新宿の比ではなかった。浅草は東京の一大観光地であり、歓楽街であった。夜には電飾で飾られた高層の塔を人々は眺めた。

句意は「浅草にある高殿の凌雲閣に上って、まだ春浅い東京湾を見下ろして眺めた」というもの。当時はこの凌雲閣の展望階から関八州の山々が展望できたという。筑波山も見えていたはずだ。

東京の浅草凌雲閣は、浅草公園に建てられた建物で、大阪の凌雲閣の1年後に建てられた。1890年（明治23年）に竣工し、当時の日本で最も高い建築物ということで観光の名所になった。このタワーは、いわば東京のシンボルになっていた。名称の「凌雲閣」とは「雲を凌ぐほど高い建物」を意味した。

日本初の電動式エレベーターを備えていたが、故障勝ちであり観光客は階段を上ったという。1923年（大正12年）の関東大震災で8階以上が壊れ、その後爆破によって解体された。

ちなみにこの凌雲閣に対する思い出が後世に引き継がれて、浅草に日本一高い634mのスカイツリーが建てられることになったと思われる。埼玉県さいたま市も中心地に広い土地を用意してスカイツリーの誘致を熱心に行ったが、歴史的経緯には勝てなかった。漱石の掲句の存在もスカイツリーの浅草誘致に一役買ったに違いない。漱石がスカイツリーの展望台に上ったならば「外洋見ゆる空殿にして春浅し」と詠むかもしれない。

• 海見ゆれど中々長き菜畑哉

（うみみゆれど　なかなかながき　なばたかな）

（明治29年3月5日）句稿12

この句は、同じ句稿に記されていた菜の花の5連句の一つ。松山の城山から下界を見ていると、菜の花畑の向こうに海が見えて意外に近くに感じられた。そこで山を下りて海に向かって歩きだした。翌月には、見えている海の近くにある三津の浜から船で熊本に赴任することになっているので、海まで歩こうと思ったのは下見のつもりだった。

句意は「高いところから瀬戸内海の方を見ると海が見えていて、意外に近いのではないかと歩きだしたが、菜の花畑が長々と続いて海岸に中々たどり着かない」というもの。この句は漱石先生が城山を下りて歩きだし、城下町を抜け、寺町を抜け、海の近くの菜の花畑の地区には来たが、その畑が意外に広い。山のてっぺんから海が近くに見えたのは錯覚であった。

平らな地形での距離感は錯覚することをわかっているつもりだったが、歩きだすと全く違っていて後の祭りであった。しかし、まだそれほどは疲れていないので、楽観的な気分でいられた。「中々長い」と余裕の言葉を吐いていた。それが一転して連句の一つの「海見えて行けども行けども菜畑哉」の心境に変わった。足に疲労が溜まってきて、後悔の念が湧いてきたのだ。

この下見の試し歩きの結末は、次の俳句で示されている。「莚帆の真上に鳴くや揚雲雀」の句には、やっと湊にたどり着けたという思いが溢れている。天を仰いでしまった。砂浜にぶっ倒れたのだ。

掲句の面白さは、長いを強調する「な」の重なりにある。そして「中々長き菜畑哉」の中には「な」が5つもあって、少々くどく感じる。これによってまだまだ海が遠いという感覚が読者によく伝わるようにしてある。このユーモアのある工夫に対して師匠の子規は、「ななんと云う句だ、中々やるではないか」と思ったことだろう。

• 海やけて日は紅に……

（うみやけて　ひはくれないに――――――）

（明治33年）船上日記

漱石がイギリス留学の途中、客船で中近東のアデン港に立ち寄った時の俳句である。胃弱である上に初めての航海でもあり、船酔いと下痢に苦しめられていた。横浜から1カ月以上かけてインド洋の西端まで来た。ほっとする間もなく体に発熱があり、船のダンス会にも参加できなかった。そこで気合いを入れ、この船旅で2回目の俳句創作に取り掛かった。このとき3句を作ったが、そのうちの一つが掲句である。体調不良のため、この句は未完で終わっていた。

体から熱が出ているのに、海はこれを煽るように真っ赤に燃えている。さらには今いるところが紅海で名前まで赤く、熱そうだ。これではたまらないという心境であったろう。それで掲句は途中で終わってしまっていた。

この未完の俳句を受けて、漱石先生の弟子である枕流がこれからあとは引き受けようと合作に挑んでみた。太陽の熱と海から立ち上る熱を受けて頭の中まで溶けてしまい、そのあと倒れこんでしまったという設定にした。完成した句は、「海やけて日は紅に俳句溶け」であった。

この時作られていた他の2句は次のものである。「赤き日の海に落ち込む暑さかな」と「日は落ちて海の底より暑かな」。本当にうんざりしていた様子がうかがえる。漱石は赤い海には冷たい青い日が落ちてほしいと願っていた気がする。

● 海を見て十歩に足らぬ畑を打つ

（うみをみて　じっぽにたらぬ　はたをうつ）

（明治31年5月頃）句稿29

「畑を打つ」は春耕のことである。漱石は前置きにある熊本市の「花岡山」に立っている。岡と山の中間ぐらいの高さの「花岡山」からは西の方向に有明海が望める。そしてその反対側のやや北側には熊本城と白川も見える所だ。漱石先生はその山から腰を伸ばした農夫と同じように海の方の景色を見ていた。その傾斜地の畑は土の流失を止めるために細かく石垣の畔を設けていた。山から見下ろすと細かく仕切られた段々畑が見えていた。農夫が狭い畑を丁寧に耕している。細かく足を運んで角地を耕している。

この句の面白さは、「十歩に足らぬ」の言葉にある。ちなみに「十歩に足らぬ畑」とは幅6mぐらいの細長い畑で、その狭い畑の中にも傾斜がついている。体勢を崩すと転げ落ちそうな気がしてしまう狭さを感じる。この農夫は落ちないように気を使いながら、農作業の合間に腰を伸ばす。この時海を見るのだ。瞬時に疲れを解消するには街の景色は不敵当なのだ。漱石は20文字に足らぬ文で農夫と畑の状況を描いて、東京の子規に伝えている。子規の寝ている布団も狭い。

ちなみに前書きの「花岡山」は現在の熊本では最も有名な夜景スポットであり、定番のデートスポットになっているという。したがって夜間にこの低い山に登る人は皆熊本市の中心部の方を向く。漱石が見ていた当時の「花岡山」には作物の花が咲いていたが、現代はしゃれた建物ばかりになっている。

私ごとであるが、前日新潟県の段々田んぼで田植えをしている人の写真を見て、水彩画を描いたが、その翌日に、漱石先生の掲句の解釈文を書くという偶然に驚いている。人の働く姿とその動作に人は惹きつけられるものがあるようだ。

● 梅活けて聊かなれど手習す

（うめいけて　いささかなれど　てならいす）

（大正5年春）手帳

大正5年の12月9日に逝去する漱石は、この年に三十数句の俳句を作っていた。体が弱ってきていたこの頃は漢詩を作ることが多くなっていたが、気合を入れて好きな梅の句を作った。手習いとは、手本を見ながら毛筆で和紙に詩文を書くことである。

句意は「庭の梅の枝を切ってきて花瓶に生け、書斎で白梅を眺めていたが、筆を持ちたくなって手本を出して文字を書き始めた」というもの。白梅が描かれている漢詩を書いたのであろう。漱石先生は体調の良い時に小説を書き始めようとしていたが、この手習いはまさに手の動きを慣らすものであった。温泉療法の効果もあって手のリウマチの具合が良くなってきたので、いよいよ書きだすための準備に入ったのだ。筆を持って文机に座ってみたのだ。

漱石先生はこの年の3月頃から、最後の小説と考えていた『明暗』の原稿を書き始めていた。実際に新聞に連載されたのは、5月26日から12月14日までであった。この小説は未完のまま終わった。

この句の面白さは、「活けて聊か」の中で「い」の韻を踏んでいることだ。生き生きとしたリズムが感じられる。また「聊かなれど」には、もっと書きたかったのだがそうはならなかったという悔いの念が感じられることだ。だが手習いの喜びが俳句ににじみ出ている。

この句の直後に置かれていた句は「一燈の青幾更（こう）ぞ瓶の梅」と「病める人枕に倚れば瓶の梅」であった。前者の句意は「夜遅く、部屋にある一個の電灯が青白く光って、文机の上に置いた梅の花瓶の影が長く伸びている。何時頃か、と花に語りかけるようにつぶやく」というもの。最後の小説執筆だと思うとついつい時の過ぎるのを忘れてしまうのだ。後者は「とうとう執筆を止めて床に伏せる時間が長くなってきた。文机の上に置かれている花瓶の梅は一人残されて寂しそうだ」というもの。ともに梅の花と自分が向かい合っている句の内容になっていた。執筆している漱石は自分が生けた梅の枝と心を通わせている。

梅活けて古道顔色を照らす哉

（うめいけて　こどうがんしょくを　てらすかな）

（明治32年2月）句稿33

「梅花百五句」とある。1899年に漱石先生は宋の文天祥（ぶんてんしょう）の『正気歌』にある言葉を入れた俳句を作っていた。この俳句の前にこの言葉「古道照顔色」を公言していた人は、かの思想的テロリスト吉田松蔭。少し後には早大総長と第2次大隈内閣文相を務めた高田早苗がいた。

床の間の中国骨董の花瓶に梅の花枝を生けると、一挙に中国のかつての文人たちの顔が思い浮かぶ。その中に文天祥がいて、「古道（昔の聖人の道、勉学・人生の道）顔色（顔の色艶、自分の考え）を照らす（導く、元気にする）」の言葉が浮かんできた。あの文天祥もその昔に同じ言葉「古道顔色を照らす」を噛み締めていたはずだと考える。そして今、日本の漱石がこの言葉を噛み締めている。つまりこの言葉は、真理なのだと漱石は俳句で言っている。

「古道顔色を照らす」の解釈は、「昔の人の書物を読んでいると、昔の聖人・偉人の言葉によって自分の脳が活性化され、顔色が良くなるのがわかる。自分の進む道がわかり、自信が湧いてくる」というもの。

掲句の解釈は、中国骨董の花瓶に梅の花枝を生けると、中国古代・中世にあった梅と今の梅は同じ外観であり、その昔に同じ外観の梅の枝を見ていた古代・中世の偉人・文人たちの顔が思い浮かんでくる。そして彼らもそれ以前の偉人・文人たちの言葉、詩、思想を書いた書物を読んで刺激を受け、興奮していたはずだ。その後の世代の人たちのことにも思いを馳せる。

そして漱石は自分の若い頃を思い出す。今を生きている漱石もまた、改めて中国の偉人・文人たちの言葉、詩、思想の影響を受けていると感じる。

つまり、歴史を感じさせる、黒くひび割れて、苔をまとって細かく枝分かれしている長寿の梅は、日本に梅が伝わる以前のことも背負って日本に来ていると感じさせる。梅の花を見るたびに中国の昔のことを思い出させる植物、存在になっていると、漱石は梅の花に感激するのだ。そして感謝するのだ。この梅の花を見るたびにかつての偉人たちの言葉、生き方が脳裏に浮かんでくる。彼らの多くはこの梅の花が好きだったからだ。そして彼らによって漱石は顔に血が巡り、元気が出てくると感じることができた。

ちなみにこの頃家庭内で、夫婦間でうまく行っていない漱石は、英語教育にも興味を失ってきていた。その意義に疑問を持ち始めていたからだ。自分の進むべき道は他にあると思い始めていた。

漱石先生はその悩みの対処法として、山歩きや友人との旅行に出かけて気分転換を図る一方で、古い中国の古い書物の中に入り込んでいたのだ。いつの世も誰もが悩み、逡巡している時は何かの助けが必要になる。

この句の面白さは、「古道が顔色を照らす」のと平行に、花瓶に生けた梅の枝の白い輝きが、かつての古道たちの顔を照らし、かつ漱石の顔も照らすと読めることである。中国古代・中世の偉人たち、文人たちを慰め、元気づけてきた梅、梅の花の方がもっとも偉大だと漱石先生は言いたいようだ。

梅一株竹三竿の住居かな

（うめいちかぶ　たけさんかんの　すまいかな）

（明治32年2月）句稿33

「梅花百五句」とある。句意は「梅1株と竹3本を植えている質素な我が家であることよ」というもの。竹の緑の中に黒い梅の幹があり、この梅の枝に白い花が咲けば、これで十分に美しい庭になるという。漱石は竹と梅の組み合わせを以前から好んでいた。漱石先生の家の中は中国の骨董と蔵書で埋め尽くされていたが、庭は禅寺風の質素な造りにすることを目指していた。英語の教師の家としてはなんとも不似合いの不思議な家になっていた。この気に入りの家は熊本市に住んでいた時の家で、熊本に来てから五番目の家で通称「内坪井（うちつぼい）の家」。転居を繰り返した借家の中では最長の、1年8カ月間住んだ家であった。庭はうまく設計できたと喜んでいる姿が思い浮かぶ。借家の庭にあった梅の木のそばに竹を植えたのだろう。

この句は蕪村の「寒月や枯木の中の竹三竿」の句が下敷きになっていると指摘されるが、京都の深草瑞光寺にある元政上人の「竹三竿」の遺言に基づいて、墓標として植えられていた「竹三竿」を指しているともいわれる。漱石にとっての墓は最後の住まいとも考えられるからだ。後者の解釈の方が、漱石の流儀の洒落心、アート感に合致する。つまり墓標として植えられた竹は毎年本数が増えるから、管理する寺側としては大変な手間がかかることを元政上人は計算に入れていた。つまり、3本以上にならないように毎年寺男が上人の墓を訪れることになると考えた。漱石はこの元政上人の企みが素晴らしいと感じたのだ。墓地の中にすっと年中緑のまま立っている竹三竿は上人の姿に見える。寺男はこの時じろっと監視されていると感じるのだ。そして「竹三竿」の言葉と言いつけを思い出すことになる。

この句の面白さは、一と三の漢数字があり、設計された庭のようにバランスが取れていることだ。さらには「梅一株」の梅と株の漢字はともに木が組み込まれていて、「竹三竿」の竹と竿の漢字には竹が組み込まれている。俳句も木と竹を用いてうまく設計されていることがわかる。究極の言葉遊びがある。

● 梅遠近そぞろあるきす昨日今日

（うめおちこち　そぞろあるきす　きのうきょう）

（明治32年2月）句稿33

「梅花百五句」とある。熊本市内のあちこちで梅が咲きだした。職場の高等学校では梅の開花の噂が飛び交っている。梅の花が好きな漱石先生は落ち着かない。まず前日は近くの梅の咲いている公園に出かけ、今日はやや遠くの梅の名所に足を延ばしている今日この頃である。

漱石先生は日記風に、梅が咲きだした昨今の自分の行動を嬉しそうに俳句にしている。多分前日は近くの神社に出かけて満開を確認し、今日は少し山の上の方の遠くの梅公園にとウキウキ、そわそわして出かけていたと想像させる。

このウキウキ感は「遠近」と「昨日今日」を上五と下五に配置して面白がっていることでそうとわかる。そして「そぞろあるきす」は漫然とあてもなく、という意味ではなく、そわそわして落ち着かなく、という意味で解釈することになる。この部分を漫然と解釈すべきではないと考える。漱石はこの落ち着かない、浮ついている気分を「そぞろあるきす」と表し、待ちに待った観梅であることがわかる楽しい俳句になっている。別の面白さは、足の動きを感じさせる「そぞろ」が「そろ」と「ぞろ」の合成語の雰囲気を持ち、「遠近」と「昨日今日」と親和性を持っている言葉であることだ。つまり掲句は、これらの言葉でできていることもあって、全体がそわそわして動きのある俳句に仕上がっている。

この句は、与謝蕪村の句「梅遠近（うめおちこち）南（みんなみ）すべく北すべく」を下敷きにしてパロディ句にしている。蕪村が場所に注目しているのに対し、漱石先生は場所に時間を加味したことで可笑しさが増している。つまり「昨日今日」を入れたことで、ある期間に広い範囲の複数箇所に観梅に出かけていることがわかる。また蕪村の句は「さてと南へいこうか北へいこうか」となっていて、うれしい迷いの心を俳句にしている。これに対して漱石句の方は梅の開花の話で腰が浮いてしまい、自然に動きだしているのだ。行動的な漱石俳句の方が読んでいて面白い。

● 梅紅ひめかけの歌に咏まれけり

（うめくれない　めかけのうたに　よまれけり）

（明治32年2月）句稿33

「梅花百五句」とある。紅梅は白梅に対して次なる存在である。したがって婦人において例えると妻に次する妾ということになる。白梅はキリリとして理知的で清楚な感じを持つ正妻。だが艶やかさでは妾的な立場の色鮮やかな紅梅には叶わない、と漱石は笑いながら掲句を作っている。夫にとって重要である正妻は若く妖艶なもう一人の妻には叶わないはずだと考える。いや両者があってこそ庭園は賑わうと考えているようだ。片方だけの梅林は味気ないと思っている。ちなみに結婚しなかった子規の句に「紅梅や秘蔵の娘猫の恋」という微妙な句がある。

掲句の句意は「紅梅の花は、妾の歌に詠まれている」というもの。紅梅は人の世の妾に相当すると述べている。これは明治の世の空気を詠んだものであったのか。ここまで漱石先生が断言しているのであるから、このような歌は存在するのだろうと考えて、色々探してみた。そこで思い出したのが、「東風吹かば匂い起こせよ梅の花　あるじなしとて春な忘れそ」という菅原道真公の和歌である。この歌の裏の意味は、平安京の都に残してきた「梅の花」、つまり第二夫人、妾のことが気になって仕方ない、艶やかに咲く紅梅の君よ、私がいなくても咲き誇ることを忘れないでほしい、と願っているのだ。この歌はまさしく「梅紅ひめかけの歌」ということだ。

現代において一夫一婦制が確立するまでは、古くから第二の妻として妾は存在し、歌に詠まれてきたという。漱石先生は紅梅が先に咲き出し、次に白梅が咲きだす自然を観察していた。両方が咲きそろう時期は、見事な景観を呈するのを見ていた。漱石先生は同じ「梅花百五句」の句稿にある掲句の2つ前の句に「京音の紅梅ありやと尋ねけり」があり、同様に3つ前の句に「紅梅に艶なる女主人かな」の句を置いていた。漱石先生はこれらの句で、散策した梅林で見た艶やかな女性は、誰かの妾であると推定していた。

この句の面白さは、掲句で「めかけの歌」としている歌は、漱石自身が作っていた上記の2句であるとも解釈できることだ。掲句はゲーム感覚の遊び俳句になっているということになる。

いずれにせよ掲句は、東京で病の床に臥せっている子規に対する俳句クイズになっているといえる。「梅紅ひめかけの歌」とは何を指すのかと子規に考えさせるものになっている。

ところで漱石先生は掲句に何か深い意味を込めている気がしている。漱石には妻として鏡子がいて、そして今も、心の妻として恋人として楠緒子がいる。漱石はこのことを梅の句に込めているようだ。梅の世界にも似たものがあると理解している。弟子の枕流はさいたま市の住宅街を歩っていた時に、紅色でもなくオレンジ色に近い朱色の梅の花を見て、立ち止まってしまった。時代は複雑になっていることを思った。

・梅咲きて奈良の朝こそ恋しけれ

（うめさきて　ならのあさこそ　こいしけれ）

（明治29年1月29日）句稿11

「東風吹かば匂い起こせよ梅の花　あるじなしとて春な忘れそ」と詠まれた平安京の梅が道真公の和歌によって有名になった。しかし、かつての奈良の都にも梅の花が咲いていて、新たに建てられた平安の都に移動した時にも誰かに偲ばれていたはずだ、と漱石先生は考えた。漱石のユーモアを尊ぶ性格が見える。奈良から長岡京、さらには平安の都へ居を移した貴族が「梅咲きて奈良の朝こそ恋しけれ　あるじなしとて春な忘れそ」という内容の歌を詠んでいたかもしれない、と漱石は想像してみた。

さて掲句であるが、平城京の建物は解体され、その建築資材は長岡京を経て平安京の地に運ばれて建築に使われたというが、梅の木は奈良に残された。掲句の意味は、「新たな平安の都に植えた梅の木が咲きだして、かつて愛でていた平城京の跡地で咲いている梅の花が偲ばれる、梅の花が咲く朝が恋しい」というもの。奈良の寺社に結びつく保守勢力に新興勢力が勝った余裕の歌を漱石が成り代わって作ったということになる。

本来ならば道真公は宮廷内の政治闘争で敗れたのであるから、「東風吹かば匂い起こせよ梅の花　あるじは太宰で京を忘れず」と京都に残してきた道真の屋敷の梅の木に呼びかけねばならないのだ。道真公はもっと主体的な歌を詠まなければならないはずだった。そうならなかった気の弱さが謀略的な左遷人事の土壌を作ったのだろう。

・梅咲くや日の旗立つる草の戸に

（うめさくや　ひのはたたつる　くさのとに）

（大正5年春）手帳

この句はリウマチの治療・療養のために湯河原温泉に行っていた時のもの。1月28日から2月16日までの20日間、天野屋旅館に滞在した。街中（まちなか）の侘しい住居に日の丸の旗が立っていた。そしてその家の玄関付近には白梅が輝くように咲いていた。

句意は「侘しい佇まいの住居に日の丸の旗が立ち、破れた塀からは梅が咲いているのが見える」というもの。この家の主人の生き方が感じられるというものだ。この頃の日本国民は貧しくても国旗に誇りを持っていたことを窺わせる。

庭に咲いている梅は白梅なのか、紅梅か。いや両方が咲いていたのだ。古びた門の扉に国旗が掲げられ、庭には赤と白の梅が咲いているという構図が感じられる。漱石は日の丸の国旗は、紅梅と白梅の花がザインされていると思っているようだ。確かに国旗が制定された奈良時代には桜はメジャーではなかった。梅の花が国花のようなものであった。

ところで大正時代のはじめは、日本は大陸国家との戦争には勝っていたが、依然として貧しい国であった。特に庶民の生活は貧しいままであると漱石は思っていた。この思いが「草の戸」に表れている。国家予算のほとんどが軍事費に使われていたからだ。これも、当時の日本が国際関係における植民地獲得競争に巻き込まれ、生き残りをかけて厳しい国家運営に明け暮れていたからだ。

ちなみに掲句のすぐ前に「梅早く咲いて温泉の出る小村哉」「いち早き梅を見付けぬ竹の間（あい）」が置かれている。街中を歩いて梅の花を見つけてにんまりしている漱石の姿が目に浮かぶ。

●梅さくらめでたき雛の内裏哉

（うめさくら　めでたきひなの　だいりかな）

（大正5年春）短冊

「滝田君に」と前置きがある。交流のあった雑誌編集者の滝田樗陰（たきたちょいん）に贈った短冊である。娘の誕生を祝う挨拶句である。愛でたいもの、綺麗なものを2つ並べて、大げさに祝っている。漱石先生らしい俳句になっている。もらった方はさぞ嬉しがったと思われる。

句意は「梅とさくらが同時に咲いたようなものだ。桃の節句には美しい内裏雛が増えて、賑やかな愛でたい雛壇が出来上がる」というもの。生まれた娘はひな壇に飾っておきたいくらいなものだ、といっている。

このような嬉しい短冊をもらった樗陰は、娘の名前を「さくら」にしたと想像する。それとも「うめさくら」か。

●梅散ってそゞろなつかしむ新俳句

（うめちって　そぞろなつかしむ　しんはいく）

（明治31年3月21日）虚子宛の書簡

漱石は、虚子が明治の俳句をまとめた『新俳句』（明治31年3月）の本を職場に送ってくれたことへの礼状を出した。掲句はこれに書き記していた俳句である。

句意は、「2月も終わって好きな梅の花も散ってしまった。私の俳句に対する熱意も後退している。そんな時『新俳句』を見ていると、君らと句作に熱中した昔が懐かしくなる」というもの。これからも俳句に対する思いは変わらないと告げていた。

年末年始に高校の同僚の教師と隣町の温泉場に出かけ、たくさんの俳句を作っていたが、それ以来、俳句を作っていなかった。すでに3月下旬になっているのに句作から遠ざかっていたことに気がついた、というのだ。

ちなみに掲句を作った背景には、年が明けて温泉地から漱石が帰宅すると、妻は座卓に梅の花を生けてくれたが、その時の句が「一尺の梅を座右に置く机」であった。その梅はとうの昔に散ってしまったが、その時のことが漱石の頭に残っていたのだ。その時以来、俳句は作っていなかった。

ちなみにこの俳句誌には子規も虚子も編集で参加していた。漱石の俳句は70句採用されていたという。その関係でこの本が送られてきた。彼らが作った最初の俳句本であった。

この手紙で、漱石は子規の先輩格の俳人、鳴雪が完全に俳句界から引退したように、自分もそうなりそうだと伝えていた。これの婉曲的表現になっている。これからも熊本で細々と俳句を作り続けるが、東京の子規・虚子グループとは距離をおくということであるが、東京のグループが推し進める俳句は面白くないということだ。梅の花が散った後の虚しさを味わっていた。

・梅散るや源太の箙はなやかに

（うめちるや　げんたのえびら　はなやかに）

（明治32年2月）句稿33

「梅花百五句」とある。通称「源太」と呼ばれ、武勇に長けた源義平（よしひら）は平安時代末期の武将であった。数え年20歳にして戦死した。この若者はある種の「かぶき者」であり鎌倉では目立つ存在であった。戦いに出るときの矢筒の箙は華やかなものであった。漱石は本格的な春の訪れの前に梅が散るのを見ていると、この源太のことが偲ばれるのだ。彼の死は桜のように派手な散り方ではなく、目立たぬように隠れるように散る梅の花びらと重なるものであった。漱石はこの小粒ながら派手な振る舞いとその姿が好きなのであった。

彼が死んだ時には、一つの時代の花が散ったと思われた。それを上五の「梅散るや」で表した。漱石は謡の『箙』を唸りながら馬上の源太の姿を思い描いていたのかもしれない。

この若い男、源太は平安時代の源氏の総大将、源義朝（よしとも）の子でありながら、つらい立場の庶子であったことから猛々しい性格の男に育ったと漱石は見ていたのかもしれない。たびたび大きな事件を起こしていた。このことがあって「鎌倉悪源太」とも呼ばれていた。この呼び名は「鎌倉の荒くれ源太」というものであり、市井の人から毛嫌いされていたわけではなかった。

漱石自身も生まれてすぐに養子に出され、その後実家に戻って生活しながらも外の子のような扱いを受けて育っていたから、この源太の気持ちがよくわかるのだ。漱石は9歳の時、養子に出た塩原家から夏目の家に戻されたが、夏目の姓に戻ったのは21歳になってからであった。実際のことであるが、若い時の漱石の振る舞いは、はちゃめちゃのものがあり、人を驚かすものがあったという。

この句の面白さは、若い荒くれ者の源太が死んだ時には、市井の人はもうあの馬上の派手な「えびら」が見られなくなったと悲しんだと思われることだ。漱石は、彼の死亡を自分の好きな梅を使って「梅散る」と表し、親愛の情を示している。漱石は49歳で亡くなったが、長生きしようとは思っていなかった。源太もそうであったであろう。

・梅ちるや月夜に廻る水車

（うめちるや　つきよにまわる　みずぐるま）

（明治29年3月5日）句稿12

山裾にある田んぼの周辺を満月が照らし出している。山際にある水車は木材の擦れる音を立てて夜中も回っている。そこに流れ込む水には近くの梅の木が落とした花びらが浮いて、歯車に飲み込まれてゆく。この田んぼの主人は自分だというように自信を持ってゆっくり回っているのが水車である。水に濡れて月の光を反射して光る水車、光の中を散る花びら、夜空の無数の星は暗闇で弱く輝いて幻想的である。この鈍く光る水車は働き者で、かつて精米機、製粉機の役割や菜種油の絞り機の役割も果たしてくれた。水車は日本が産業国家になるまでのつなぎ役であったが、今でもこの水車小屋は田舎の工場であるのだ。そして梅の木の引き立て役でもある。

この俳句の特徴は、「廻る」というキーワードを中芯にして静かな夜の世界が展開していることを知らせている。水車は同じ位置でゆっくり廻り、月は星のある天空を大きな円弧を描いてさらにゆっくり回っている。そして「廻る」という語は丸いという言葉を引き出す。満月も水車も丸い。満月の円形と水車の回転輪が同調して夜を楽しく演出している。そこに垂直の水の動きが加わる。水車から落ちる水の流れと枝から落ちる梅の花びらは、円と交差する縦の線である。全体として絵画的な構図になっている。

ちなみに漱石はこの後、下記の水車の句を2つ作っている。梅については集中して１０５句も作ったのに比べると、寂しい限りである。水車より梅の方がはるかに情緒的であるから仕方がない。水車は梅の力を借りないと取り上げてもらえないようだ。ガラガラと不満の声をあげそうだ。

「落梅花水車の門を流れけり」（明治32年2月）

「白梅にしぶきかゝるや水車」（大正5年）

ところで、漱石の掲句と子規の「その上を蛍飛ぶ也水車」の句は、コラボしているかのように感じられ、可笑しい。子規の蛍を梅の散る花びらと見れば、掲句は子規の句と重なる。

梅に対す和靖の髭の白きかな

（うめにたいす　わせいのひげの　しろきかな）

（明治32年2月）句稿33

「梅花百五句」とある。漱石の好きな中国文人に関する俳句とわかる。この「和靖」とは林逋（りんぽ）のことで死後に「和靖」の諡（おくりな）で呼ばれた。梅好きで有名な北宋の詩人であり、山奥の庭に梅の木を植え、鶴を飼っていたという。杭州の西湖の孤山に庵を結び、20年の間、一歩もそこから出ずに詩作に興じた、といわれている。江戸時代中期の画人、曾我蕭白（そがしょうはく）の代表作の一つに『林和靖図屏風』があり、日本画家にも人気があった人のようだ。

漱石先生は庭にある白梅を眺めているうちに、自分と同じように梅好きであった和靖のことが頭をかすめた。曾我蕭白は絵に描いたが、漱石は俳句に仕立てた。

掲句の意味は、「山奥の家で、和靖は庭にある梅の花を愛でながら過ごし、詩作の間にいつしか20年もの歳月が経った。伸びた髭はすっかり白くなってしまった」というもの。この詩人は自分の髭の白さが梅の白さと競うようになっていることを喜んだ。

この句の面白さは、漱石の白梅に対する好みの度合いは、中国の詩人、和靖にひけを取らないと自負している姿が見えることである。和靖は伸びた自分の白い髭を白梅の花に近づけて満足しているが、漱石は白い髭ではないが、ピンと伸びた黒い髭を梅の花に向けて持ち上げている。

梅の奥に誰やら住んで幽かな灯

（うめのおくに　だれやらすんで　かすかなひ）

（明治32年2月）句稿33

「梅花百五句」とある。夕暮れ時、梅屋敷のはるか奥に建屋が見える。表札がなく誰の家かわからぬようになっている。しんと静かで人がいるのかいないのかわからないが、幽かな灯が家の中に見える。梅の花が奥をぼんやりと明るくしているのかもしれない。漱石は、梅を季題にして大量の句を一気に作っているが、それらの中でこの句が最も強烈な梅の香りを感じさせている。

一般的には「林の奥のほうにかすかに灯火が洩れて、だれか知らん、ゆかしい人がひっそりと住んでいるらしい。愁いを帯びたあこがれの気配がたゆたう」（大岡信氏、『拝啓 漱石先生』）という解釈になる。

漱石はこの隠れ屋に誰が住んでいるのかわからないと言っているが、全集においてこの句の三つ隣の句において「清げなる宮司の面や梅の花」と詠んでいるので太宰府天満宮の宮司のような著名な宮司が想定される。広大な梅屋敷を造りそうな人は、やはり大社の神職の人が適当だろう。

だが漱石は人を担ぐ性格を有している。別な言葉にすれば、句作においてつらくてもユーモアを失わない人なのだ。つまり、掲句においては誰の屋敷かわからないと思わせておいて、よく考えればわかるように仕組んでいるのだ。

「梅の奥に誰やら住んで」の家は、漱石の家なのである。このころ漱石夫婦の仲に隙間が生じ、まだ若い妻は家の近くの白川に身を投げるという自殺未遂事件を起こしてしまった。このことによって家の中に温かさは失われ「幽かな灯」が灯るだけの家になってしまったと、漱石は梅の木越しに遠くから自分の家を眺めているのである。

ちなみに掲句の書かれていた句稿に「灯もつけず雨戸も引かず梅の花」の句がある。これも漱石の家の寂しげに見える景色を詠んだものである。梅の季節なのに沈んだ漱石の気持ちは晴れないのである。

梅の神に如何なる恋や祈るらん

（うめのかみに　いかなるこいや　いのるらん）

（明治32年1月）句稿32

掲句には「宰府より博多へ帰る人にて汽車には座すべき場所もなし」の前置きがついている。明治32年元日早朝に熊本市の家を発って小倉を経由して宇佐へ向かう旅の途中で詠んでいる。小倉から宇佐へ行くのに太宰府を通る鉄路の旅は遠回りであり、太宰府参詣をしたようだ。掲句は天満宮で漱石と友人は初詣の人の波に飲まれた。境内は大混乱であった。太宰府天満宮は梅の名所であり、勉学の神を祀っていることで有名であるが、若い着物姿の女性が社殿の前で一心に祈っている。梅の香りに包まれていると恋の成就を願いたくなるのだろう。しかし、ここは勉学と芸能の神様を祀っている神社であるから、神様もこの願いには困り果て、嘆いているであろう。漱石はこれをみてニンマリしている。

だが菅原道真公は若い女性にとって恋は勉学よりも重要であるらしいので仕方ないと手助けしようと決めたようだ。この神様はこの分野の勉強は特にしていなかったので、猛勉強を開始したのかもしれない。よく考えてみるとかつて道真公自身も御所に参内していた時分に、大臣としての仕事と勉学の合間に御所の姫たちと〝ラヴアフェア〟があったことを思い起こし、本気でこの分野でも手助けを決意したのであろう。掲句は漱石の呆れ顔のつぶやきであると同時に道真公の嘆きでもある。

かつて弟子の枕流が平成の時代に東京神田の湯島天神に詣でた時に、境内に謎めいた絵馬がかかっているのを目にしたことがあった。「○○さんが大学院に合格しますように！　愛人より」とあった。道真公はこの神田の絵馬を読んでも、勉学祈願と恋愛祈願を分けることが困難だと悟ったことだろう。ちなみにこの天神では、絵馬には必ず住所と名前を書くように求めていた。神様が勘違いを起こさぬようにとの配慮からであろう。しかし、先の愛人さんはこれを書き入れていなかった。少し心配をしてしまった。

ところで漱石が掲句を作った旅は、熊本第五高等学校の若い同僚の奥太一郎（おくたいちろう）と小倉経由で宇佐神宮に詣でる旅であった。正月2日朝に宇佐神宮に到着した。漱石にとって太宰府は2度目であった。明治29年の新婚旅行で太宰府を訪ねていたが、若い同僚は初めてであり、北九州の名所に立ち寄ったのだ。帰路は寒風が吹き荒れる耶馬渓を徒歩で縦断し、日田に入り、そこから筑後川を舟で下って吉井で下船するコースをとった。鉄道を使ったのは徒歩でたどり着いた久留米駅からであった。まだ体力に自信のあった漱石の冒険旅行であった。

● 梅の香や茶畠つゞき爪上り

（うめのかや　ちゃばたけつづき　つまあがり）

（明治32年2月）句稿33

「梅花百五句」とある。熊本市の西部を占める山の麓に広がる梅林を目指して漱石は自宅から歩きだした。城のある台地をぐるっと回って先の麓を白く染めている梅林のエリアを歩いた。その上に目をやると茶畠が続いていた。ずっと爪上りの歩きが続いている。だいぶ足に疲労が溜まってきていた。だが梅の香がするので、これを楽しみながら歩いていた。

漱石先生は梅林が近くに見えるので、甘く見て歩きだしたことを後悔し始めている。だがその一方で広い茶畠を見ながら歩いているので、まあいいかと少し納得している。梅の白と茶葉の緑のコントラストを楽しんでいた。慣れぬ爪上りの坂は、ゴルフ用語になっている「つま先上り」を思い起こさせる。つまり梅林の周囲の道は整備されてなくて上り傾斜のあるラフなのだ。

漱石が歩いた辺りは、今では市の中心部に近く、住宅地になっているが、明治の当時は眼下に熊本城が見え、遠くには阿蘇の山、そしてそこから流れ出している白川が望めた場所であった。梅見の会には絶好の場所であった。

この句の面白さは、「つゞき」と「爪上り」で「つ」の韻を踏んでいることだ。これによって歩いている動作に思いが至る。梅林までの徒歩が楽しいものになっているとわかる。そして「爪上り」は足先に力を込めて上り坂を歩いていることを端的に示していることだ。

この辺りはかつて細川藩が所有した土地であり、必需品の梅の実や茶葉を収穫していたのであろう。この梅林は明治の世になって市民に開放され、観梅の会が開かれるようになったと思われる。

● 梅の小路練香ひさぐ翁かな

（うめのこうじ　ねりこうひさぐ　おきなかな）

（明治32年2月）句稿33

京都下京区には梅小路京都西駅という優雅な名の駅があり、整備された梅小路公園もある。京都の価値をますます上げることに貢献している。京都はいわれのある名前、地域を大事にしているという都市、社会であるという印象を与える。この梅小路は梅の咲く細道という意味でしかないが、音の効果は抜群である。

練香とは、平安時代から伝わる伝統的な材料（沈香、蜂蜜、炭粉等）を配合した玉状（1㎝大）のお香である。火をつけないで香りを楽しむお香だという。手軽な方法では、空薫（そらだき）がある。香炉の中に灰を詰め、火をつけた香炭の傍にお香を2〜3㎝ほど離して置き、これでお香を軽く熱して香りを楽しむ。商品名は今でも「梅が香」や「梅が枝」など梅にちなんだものがある。

次に「ひさぐ」の漢字を探ってみると、関係しそうなもので2つの漢字があるとわかった。一つは「鬻ぐ／販ぐ」と書いて「売る、商売する」の意味で使う。もう一つは「拉ぐ」と書いて「押しつぶす。ひしゃげる」の意味で使う。

句意は「ひさぐ」を「売る」とすると、「梅の咲くいい場所の梅小路で、練香を売る翁がいる」というもの。次に「ひさぐ」を「押しつぶす」とすると「梅の咲くいい場所の梅小路で、練香の材料を押しつぶして練香を作っている翁がいる」というものになる。解釈としては材料を押しつぶしながら練り、型で成形している。その工程を見せながら販売しているとするのが面白い。翁は露店で実演販売をしていたのだ。この方が客は集まりやすい。

ところで東の東京でも面白い駅名の話題がある。２０２０年にＪＲの山手線の新駅に変わった名前がつけられた。命名の人気投票では１３５位であった名称が採用され、その新駅名は「高輪ゲートウェイ」と発表された。この駅名は高輪地区の「出入口」の意味であるが、これはＩＴ用語で「コンピュータネットワークをプロトコルの異なるネットワークと接続するためのソフトウェアや機器」を指す言葉ということだ。梅小路駅とは対極的な駅名が誕生した。パソコンが苦手な人は隣の駅を利用することになりそうだ。いや宇宙人が名づけた駅名かと思って、人が集まるかもしれない。

・梅の下に槙割る翁の面黄也

（うめのしたに　まきわるおうの　つらきなり）

（明治32年2月）句稿33

「梅花百五句」とある。昔から材木を切り出すのには冬、まだ冷たい風が吹く2月までがいいとされる。薪は通常間伐材を短く切っていくつかに割ったものであるが、この翁は槙の丸太を割って薪にしている。つまり句にある槙を最終形状の薪にかけている。材種の槙は木目が通っていて斧で割りやすい。この槙であれば老人でも割りやすい。

梅の木の下で、寺の境内から切り出した槙の丸太を斧で割っている老人がいる。顔は冬でも幾分日焼けしている。茶色い樹皮の槙の丸太が割れると丸太の外周の白太（しらた）の部分と芯部の赤身の部分が出現する。色彩の乏しい初春における鮮やかな色の出現である。これに周りの梅の花の白が加わる。そして翁の顔の黄色が加わって色彩豊かになっている。

句意は「寺の翁は梅の花に囲まれて、斧で槙の材をたち割っている。その老人は日差しのもとで薪割りを続けているので、顔は幾分日焼けして黄色っぽくなっている」というもの。梅の花の白によって翁の顔の黄色が目立って見える。

ところで槙は高級な材木であり、「真木」と記されることもある。優れた建築材として多用される檜や高野槙などの総称である。これらの高級な木材は腐りにくく防蟻性に優れるが、これは芳香性の油分を多く含むためだ。つまり槙の無垢材はいい匂いがする。漱石先生はこの種の材の香りが好きなのであろう。参禅したお堂の床材からいい香りがしていたのかもしれない。

掲句は色に着目した俳句になっているが、梅のかすかな甘い香り、槙の割れた部分から発する爽やかな香り、翁の汗の匂いがミックスされて春の匂い、春の香りとなっている。この句で漱石は香りを歌っているのかもしれない。ちなみに現代では奈良県吉野産の高野槙で作った卵形の玉が匂い玉として売られている。風呂に浮かせて香りを楽しむのだという。勉強部屋に置くといいのかもしれない。頭がしゃきっとする気がする。

この句の面白さは、「槙割る翁の面黄」の中に「き」の音が3個込められていることである。音のリズムが感じられ、翁の動作にマッチしていて、春の句を盛り上げている。

・梅の詩を得たりと叩く月の門

（うめのしを　えたりとたたく　つきのもん）

（明治32年2月）句稿33

「梅花百五句」とある。中唐の詩人である賈島（かとう）の詩文に「僧は敲く　月下の門」

という文があるが、掲句に関連するといわれている。詩文は、はじめは「門を推す」としたが、後で通りかかった友人の意見を取り入れて「門を敲く」に変えたという故事から、推敲という語句ができるもとになった詩文である。

この句の面白さは、賈島が何に感激して月夜の門を叩いたのかを、漱石が掲句で解説していることである。そこで図書館の辞書類で関連を調べてみると先の詩文は「鳥は宿る池中の樹、僧は敲く月下の門」の短文のみであり、なぜ僧が寺の門を叩いたのか理由が明快ではなかった。そこで漱石は、「鳥は宿る池中の樹、梅の花を見て詩を得たり、僧は敲く月下の門」とアレンジしたのだ。

賈島は、月夜に光る池中の梅の花を見て感激し、詩を得たという話を作ったのである。そして漱石先生はこのアイデアの定着を狙って、この句を作り後世に残した。もしかしたら賈島は、漱石の好きな梅の木を見ていたのだというストーリーを創作したのだ。漱石先生は故事を改変して遊んでいた。

漱石先生は何事もアイデアが重要と考えていたから、この故事に関する創作句を思いついた時には、「漱石は敲く　月下の門」状態であったであろう。きらめくアイデアを得た先生の喜ぶ姿が月夜に浮かんできそうだ。

• 梅の精は美人にて松の精は翁也

（うめのせいは　びじんにて　まつのせいは　おきななり）

（明治32年2月）句稿33

「梅花百五句」とある。演歌の歌詞のような俳句である。精とは化身か、それとも魂のようなものなのか。漱石にとっての梅の精は肌の白い妖しい美人であり、対する松の精は脂ぎった老いた男だという。松の精は幹の肌の割れ目から脂をにじみ出させている。じっくり見ると梅の肌も松の肌や樹形は独特であり面白く見飽きることがない。漱石はここに精を感じるのだろう。

では「松竹梅」とまとめて表記される竹の精は何であろうか。弟子の枕流が漱石先生の代わりに答えると、竹の精は「子供也」である。成長が極めて速く、深く考えないで直感的に行動する、傷つきやすい子供である。だが途中で折れてもそのまま伸び続ける。

表面的な上記の句意の裏には、漱石の妻は梅の精で美人のか弱い存在であり、自分は老練な松の精である、この組み合わせは絶妙だという意味にとれる。つまり漱石は、これからは腰を据えて夫婦関係を保つことを決意したのだ。

ところで漱石先生はどのような状況で掲句を作ったのか。3カ月後の晩春5月には子供が生まれてくる予定になっているが、妻は再び流産するのではないかと心配なのだ。漱石は不安に押しつぶされそうだった。そこでこのような俳句を作って妻を支えようと決意したのだ。この気持ちを東京にいる親友の子規に伝えようとした。

この句の面白さは、梅の木のそばに松の老木があると風景として落ち着くのは、それぞれの精が合致するからだといっていることだ。これ以外の理由は特にないとして掲句を作り上げた。これが梅と松という組み合わせが古来当たり前だとされてきたことの意味なのだ。

• 梅の寺麓の人語聞こゆなり

（うめのてら　ふもとのじんご　きこゆなり）

（明治32年2月）句稿33

「梅花百五句」とある。熊本市内にある岡の上の梅林を漱石は歩いている。その梅林には寺があった。階段を上ってきて岡の上にある寺にたどり着き、一息ついていると、周りに人けがないのに人の声がする。まだ寒い時期であり、梅林の遠くを見渡しても人の影はない。しばらくしてどうも岡の麓から風に乗って人の声が届いているとわかった。話をしながら下から登ってくる人がいるのだ。

はじめは春の珍事が起きたのかと思った。あの世から人の声が届いたと漱石は勘違いした。死人の魂も見事に咲いている梅の花を見たいのかもしれないと思ったりしたのかもしれない。

この句の面白さは、「麓の人語」の語にある。「麓の人声」ではないことだ。つまり、その声を発する人は意外にも近くにいると錯覚してしまうことだ。届いた「人語」は話の内容までわかるのだ。山を登ってくる人たちは離れているところで話しているのだが、その声は梅林の下から寺にいる漱石のところまで風が届けてくれているのだ。漱石はこのさまをあたかも糸電話のようだと思ったのかもしれない。

　さて下から上がってくる人たちは何を話していたのか。「誰も見かけないね」などと話しているのだ。まだ寒い時期で空気は乾燥していて、人の声は風に乗ると遠くまで響くのだ。

• 梅の中に且たのもしや梭の音

（うめのなかに　かつたのもしや　ひいのおと）

（明治32年2月）句稿33

「梅花百五句」とある。梅林の中の坂道を上がっていくと寺があり、その寺にたどり着くとそこは梅林の端になっていた。そこからは人家が見えている。その辺りの家の中から機織りをする機械の音がしている。パタン、パタンという木の当たる音の他に、シュー、シュー、ヒュー、ヒューという擦過音もこれらの音の間に入る。後者は梭の音だ。密に張った上下の縦糸の間を見えないくらいのスピードで梭が通過する際の摩擦音である。古人はその物体を俊敏に動く木片として梭の漢字を当てた。すでにここに言葉の美が見える。読みの「ひい」の音も的確である。

　まだ寒い季節なので梅の木の前にある作業部屋の戸は閉まっているが、人の動く影が見える。素早く走る梭の音を聞いていると、梅の美しさに頼もしく思える梭の音が加わって、目の前の梅の花にシャープなたくましさが加わっているように感じられたのだ。漱石は周囲から受ける感覚の変化を面白く捉えている。梅の繊細な景色の中に、異質な力強い機織りの情景があることを面白がっている。

　「且」は通常ひらがなで「かつ」と書き、並列の意味を出す接続詞である。梅の中にある「たのもしさ」と並ぶものは何か。「梅のうつくしさ」であろう。この句は省略を楽しむ俳句になっている。大げさにいえば「ゲーム感覚の新しい俳句」であるといえる。

　さて漱石先生は正確にはどこにいるのか。機織りの女性の姿がちらっとでも見られないかと藪の向こう側にある家の近くまで行って立ち止まっている。梅を愛でながら、梭の音を楽しみながら、ついでに美しい人を愛でたいのだ。

• 梅の花琴を抱いてあちこちす

（うめのはな　ことをいだいて　あちこちす）

（明治32年2月）句稿33

「梅花百五句」とある。大きめの琴を胸に抱いて梅の庭園を歩いている女性がいる。掲句の2句前に置かれていた俳句は「妓を拉す二重廻しや梅屋敷」で、この句からは芸妓が自分の商売道具の琴を持ったままパトロンの「二重廻し」男に引き回されていることがわかる。この男は退屈な野点茶会の場を離れていたいと思っている。梅が穏やかに咲いている庭園の中に険悪な空気が流れている。

　ところで梅屋敷の庭園を女性がこの大型の琴を持ち歩くのは大変なことである。だが大事な商売道具であるのでこの芸妓は重くても体から離したくなかったようだ。

　句意は「梅の花のような可愛い芸妓が、梅屋敷の庭を歩き回っている」というもの。梅の花のように小柄な芸妓が大きな楽器を持って歩いているさまを見て、漱石先生は少し同情している。その分少し先を歩いているパトロンの男には険しい眼差しを送っていた。

　この茶会に招待されていた漱石先生はどのような思いで、このパトロン男の行動を見ていたのか。派手な外套を着て金持ちそうに見えるが、みっともない男だと思ったようだ。パトロンであることを他の招待客に見せびらかしたいように見えた。この男は大きな楽器を芸妓の代わりに持って歩くことはなかった。

　この句の面白さは、漱石先生は琴を持ってきた芸妓をずっと見続けていた可能性があることだ。何しろこの「琴を抱いてあちこちす」とあるのでこの女性を長い時間ひそかに観察していたように解釈できるからだ。「あちこちす」は漱石の目の動きをも説明していることになる。漱石は梅の庭園での芸妓の「追っかけ」をしていたことになる。

● 梅の花青磁の瓶を乞ひ得たり

（うめのはな　せいじのびんを　こいえたり）

（明治32年）手帳

古代中国の文人たちに愛された白梅を生ける花瓶は、その当時から「青磁の瓶」であったと漱石先生は言う。これ以外にはあり得ないと梅の花自身が主張しているからだという。そして漱石の家でも「そうしてくれ」と、花が漱石に懇願しているという。

句意は「庭の梅の花は、部屋に梅の枝を持ち込むのであれば青磁の瓶に生けてほしいと言っている」というもの。漱石先生は骨董の青磁の瓶を部屋の隅から持ち出して、梅の花を生け、じっくり眺めた。梅には古めかしい感じのする青磁の瓶が似合うと自分のセンスの良さに満足した。

奈良時代に中国から日本に伝わった梅の花は日本全国に広まったが、この花を生けるには、やはり中国の古い青磁の花瓶が合うという思いが漱石にはある。これは漱石先生の好みなのではなく、白梅がこの花瓶を引き寄せるのであるからだという。

漱石が梅のひと枝を生けるために出してきた花瓶は、細長い花瓶で南宋時代に作られた「青磁花生（せいじはないけ）」であった。薄青緑色の釉薬が全体を豊かに包んでいる花器である。この花瓶に合う梅は花芯がわずかに赤みを帯びている白梅である。黒い枝先は白梅の花を浮かび上がらせ、花瓶の薄青緑色を引き立てる。そして紅梅を「青磁の瓶」に生けると楽天的になりすぎると思ったに違いない。

この句の面白さは、梅の花を擬人化して梅の花に自分の好みを代弁させていることである。しかしこの梅の花は代わりに漱石先生に俳句を作らせている。

● 梅の花千家の会に参りけり

（うめのはな　せんけのかいに　まいりけり）

（明治32年2月）句稿33

「梅花百五句」とある。明治30年ごろの熊本に、ある茶道の師匠がいて、大々的な茶会を開いたとわかる。ちなみに「千家」とは千利休の家系であり、裏千家、表千家、武者小路千家のいずれかの茶の宗家を指し、これらを総称して「三千家」と呼ぶという。つまり千家の会とは何れかの茶道会の系統に属する茶の会である。

句意は「梅の花も新春の千家の茶会に参加していた」というもの。梅が漱石の庭に咲きだしたのを見て、漱石先生は熊本市内での茶会に誘われて出かけていった。その茶室の周りには梅の花が咲いているのを予想していた。

漱石は梅の花が咲く道を通って茶席に着いた。梅の花が好きな漱石先生はもしかしたら梅見の会のつもりで出かけたのかもしれない。新春の千家の茶会を飾る花は、予想したように梅の花であった。この時期に咲く花は梅の花であり、新春の茶会にふさわしい花でもあると漱石は思った。

この句の面白さは、梅の花を擬人化して、梅の花が茶会に参加していると表していることだ。梅の花を千家の茶会に招待されてきているように表している。梅の花は自信たっぷりである。漱石は茶席にいる複数の招待客を見回して、梅の花が客として最もふさわしいと思っている節がある。そして梅の花はその茶会の雰囲気を支配していると漱石は感じていた。

ちなみに掲句に続いて置かれていた茶会の俳句は「碧玉の茶碗に梅の落花かな」と「粗略ならぬ服紗さばきや梅の主」であった。

いつの間にか茶会の亭主は「梅の主」に切り替わっていた。

● 梅の花貧乏神の祟りけり

（うめのはな　びんぼうがみの　たたりけり）

（明治32年2月）句稿33

「梅花百五句」とある。梅の花が咲きだした頃、漱石宅に泥棒が入った。初めてではなかった。よっぽど貧乏神に祟られていると漱石はがっかりした。漱石はこの句で東京の子規に、「また空き巣狙いにやられた」と報告した。子規庵の貧乏神は大丈夫か、と連絡した。妻は家にいても筮竹占いに凝っていて、家の中の物音に気づかないようになっているとぼやいたのだ。

九州での祟りといえば菅原道真が大宰府で憤死した道真の怨霊による祟りの話がある。この怨霊を鎮めるために道真は天神としてまつられた。これによって太宰府天神は学芸、学問の神となり、天神信仰が行われるようになった。この太宰府天満宮は梅の神社としても有名になっている。掲句の下敷きにはこの太宰府天満宮がある。漱石はこの梅の花で有名な神社と祟りの関係をベースにして漱石家の祟りの句を作った。ところで漱石家では本当は何が祟っているのか。貧乏神なのか、漱石の蔵書癖なのか。

ちなみに漱石のように深刻でない貧乏神が登場する俳句に、小林一茶の「正夢や春早々の貧乏神」がある。一茶の家に度々訪れる貧乏神が夢の中にも出てきたというもの。貧乏神でも来てくれれば嬉しいと一茶は笑っている。漱石はこの句を念頭に置いて、漱石家の貧乏神は正月でなく、梅見を兼ねて遅れて出てくると笑っているのだ。

妻は日々占いをしているのだから、貧乏神や泥棒のことを占ってほしいと思っている。

• 梅の花不肖なれども梅の花

（うめのはな　ふしょうなれども　うめのはな）

（明治29年1月28日）句稿10

「展先妣墓」と前書きにある。ここにある「先妣」は亡き母のことで、「墓に展ず」は墓参りをするの意味である。漱石は夏目家の墓のある文京区小日向の本法寺で母のために経を読んでもらった。この年の1月のことであった。この俳句は、その寺で作られた。この母は漱石が14歳の時に53歳で亡くなっていた。漱石はこの時、母と同居していなかったため、母の死に目には会えなかった。

ちなみにこの寺には夏目家の墓があり、漱石の両親、3人の兄たちの墓がある。しかし、漱石は死んだらこの寺に墓を作るようには遺言していないかった。小説『坊っちゃん』に登場した清は、坊ちゃんの墓に入りたいと願っていたが、清だけがこの寺に葬られた。

漱石は母から望まれていなかった不肖の子であったから、認められなかったと考えた。自分にとってはなかなか手の届かない人、遠い母親であったということをこの句を作りながら漱石は改めて自覚したのだ。この母は生きている間に漱石に自分が母だと名乗ることはなかった。このことが漱石には寂しいのだ。その母の思いに漱石はたどり着けないでいる。そんな子供でもあなたを見ていると、立派な憧れの梅の花でした、と叫んだのだ。それも二度も「梅の花」を俳句に入れることで亡き母を敬った。

子規は送られてきたこの句に対して「梅の花は一つにした方がいい」というようなことを書き送った。しかし、子規は師匠としてこの句を修正しなかった。漱石は子規からこのような評価が来ることは予想していたはずだからだ。「梅の花」を2つ入れることに漱石はこだわっていると思った。「梅の花」が1つでは漱石の母に対する慟哭の思いは出しきれないということなのだ。

漱石は生涯に、掲句以外に母の語を入れて母を偲んだ句を4句詠んでいた。この句の2カ月後に「薺(なずな)摘んで母なき子なり一つ家」の句を詠んでからは、母を想う句は作らなくなった。ちなみに父の句は皆無である。

漱石は明治28年12月に上京していた。そして翌年になって1月7日に東京を離れるまでの間に本法寺で墓参をしていた。明治29年のこの時に詠んだ句が掲句である。漱石は墓前で母に6月9日に熊本で結婚式を挙げることを報告したに違いない。

• 梅の宿残月硯を蔵しけり

（うめのやど　ざんげつすずりを　かくしけり）

（明治32年2月）句稿33

「梅花百五句」とある。梅の季節に漱石は行ったことのない奈良の宿に泊まっていた。梅の香りが部屋まで漂っている。句意は「早起きして窓からまだ暗い空を見上げると、明けかかっている空には丸い月が残っていて、その月の色は薄くなっていた」というもの。その月を凝視すると丸い硯に見え、水墨画に描かれるような薄い月が空にあった。梅の花の丸さと月の丸さ、そして硯の丸さの類似がある。

別の解釈として「奈良の梅の咲く公園近くの宿で未明の丸い月を見ていると、その月は硯の薄墨でにじんでいるようにぼんやりと見えた」というものだ。巨大なクレーター部は太陽光を反射しないので暗くなっている。その薄墨の部分が広くあるように見えたのだ。したがって句の中の硯は長方形であってもいいことになる。

書道の世界で「蔵硯（ぞうけん）」は、硯を保存すること、硯を所蔵することを意味する。残月が「硯を蔵しけり」とは、明け方の月が硯のように見えているということになる。漱石には光が消えかかっている薄墨色の月は丸い硯に見えたのだ。確かに和硯（わけん）の中にはほぼ円形の硯がある。この硯の上端には三日月とその一部がかかる雲が彫り込まれていたりする。この三日月部分に墨液が溜まるようになっている。

この句の面白さは、奈良の墨の香りのする宿にいる漱石は、窓から見える未明の満月を薄く墨色に光っていると描いたことだ。漱石は、満月の色が単に墨色に薄く光っているというのでは満足していないと感じる。やはり月自体が丸い満月であるが、光は薄くなって色の悪い安い和硯のようだと表したかったと思われる。

ところで掲句の前に置かれていた俳句は「墨の香や奈良の都の古梅園」であった。この句と掲句は墨つながりの俳句なのである。つまり昔から奈良市は固形の墨の産地であり、街中の空気には墨の微粉が浮遊し、墨の香りが漂っている。漱石は夜の空気の中に墨の香りを感じながら明け方の月を眺めていたら、月が硯に見えたのだ。漱石先生の得意な幻想俳句である。

・梅早く咲いて温泉の出る小村哉

（うめはやく　さいてゆのでる　こむらかな）

（大正5年春ごろ）手帳

同じ手帳に書かれていた俳句に「いち早き梅を見付けぬ竹の間（あい）」の句がある。この句は「いつもの温泉地の散歩道である竹林の道を歩いていると、この日の朝初めて梅の白い花が咲いているのに気がついた」というもの。

掲句の句意は「早朝の薄暗い竹林の道を歩いていた時に白く輝く場所があるのに気がついた。温泉は出るし、梅は早めに咲くし、この小村はいいところだ」というもの。漱石にとって、梅が早く見られる湯河原温泉はいいところだと改めて思ったに違いない。好きな竹林の散歩でかぐや姫に出会った気分であった。

緑色の竹林の中であったから梅の小さな花びらでも目立ったのだ。白梅でなく紅梅であればさらに緑と赤は補色関係であるから、とりわけ梅の花は目立ったことであろう。白梅より紅梅の方が早く咲くので、紅梅であった可能性が高い。

漱石は伊豆の湯河原温泉にリウマチの湯治治療に来ていた。湯河原は東京より南にあって、しかも温泉の湧く地であるから冬でも温暖であり、早めに梅が咲くのだと瞬時に理解した。梅の花が好きな漱石は、湯河原でいち早く梅を見られて嬉しくなった。ここに来た甲斐があったと喜んだ。喜びが湯のように湧き出ていた。

ちなみに漱石は1月28日から2月16日まで湯河原温泉の天野屋旅館に滞在した。ゆっくり指のリウマチを治療しようとした。しかし、悪友の中村是好(ぜこう)がこの湯治旅行のことを聞きつけて、1月29日に仲間と5、6人の芸妓を連れて漱石の部屋に押しかけて数日同宿した。大変なことになったが、指の治療には影響しなかった。そして悪友の配慮を受け、最後の執筆に向けて漱石の気分は高まったようだ。

・有耶無耶の柳近頃緑也

（うやむやの　やなぎちかごろ　みどりなり）

（明治31年5月ごろ）句稿29

「有感」と「感じるまま書く」と前置きしている。句意は「はっきりしないが、近頃庭の柳が緑になってきたようだ。少し芽吹いてきたようだ」というもの。毎日庭の柳を眺めていた様子がうかがえる。

この句の面白さは、井戸端会議で使うような「近頃」を用いていることだ。「うやむや」の雰囲気に合わせた言葉を用いて遊んでいる。

漢字で書く「有耶無耶」は、気軽な「うやむや」の雰囲気ではない言葉だと感じさせて面白い。有耶無耶の第一の意味は、「物事がどうなのかはっきりしないさま、曖昧なさま」である。この状態を真剣に考えているさまがある。この柳の木は春になって緑の小さな葉を全身につけると柳腰のいい感じの植物になる。極細の長くまっすぐな枝に葉が茂って風の中で絡み合うと、お化けの木、妖怪のイメージが生じる。漱石にとっては、このことから柳というものは有耶無耶の存在だといいたいようだ。

もう一つの意味は、「思いわずらって胸がすっきりしないこと。またそのさま」であり、人の気持ち、態度に関わる曖昧さである。なし崩しにいい加減にすることだ。

掲句では両方の意味を持たせている。この「有耶無耶」は、漱石の家庭がすっきりしていないことも表している。この俳句を作った頃、妻・鏡子のヒステリーが激化して、漱石は仕事どころではなくなっていた。元はと言えば漱石の行動が原因しているのだから、夫婦間のごたごたは「うやむや」にするしかないのだ。しかしこの状況に少し変化が出てきた。漱石は妻とのことで頭を悩ましていたが、近頃気持ちにゆとりが出てきたと、東京の子規に話しかけている。このかなり深刻な話を有耶無耶にするしかないと決めたということだ。

柳は風が強く吹いても、枝を少し動かすだけで風のエネルギーを吸収してしまう。そんな柳にあやかって漱石は「柳近頃緑也」と無難に明るく過ごすしかない、と達観している。

三者談

漱石先生は白川の土手を見ながら学校へ通っていた。今まで黒ずんでいただけのうやむやな柳の枝がいつの間に目の覚めるような緑色になっているのに気づく。この時、自分はまだうやむやでいることに気づいた。この句には何かの事実が隠されている。だがそれが何かはわからない。この句の解釈は人それぞれであろう。「近頃」の使い方が面白い。

・裏表濡れた衣干す榾火哉

（うらおもて　ぬれたきぬほす　ほたびかな）

（明治28年12月18日）句稿9

この句を作った時の漱石は、楠緒子のいる東京を離れて松山にいた。恋人であった楠緒子のことを忘れようとしていた時である。掲句は榾火が詠み込まれた連作の3番目の句である。「榾の火や昨日碓氷を越え申した」と「梁山泊毛脛の多き榾火哉」に続く俳句である。夫が欧州に留学していて、独り身になっていた楠緒子から親展の手紙を受け取った漱石先生は、その文面に衝撃を受け、しばらく動揺していた。そのさまは川に落とされて全身が水でびっしょり濡れた状態であると、この句で表した。全身を濡らしたのは、漱石の涙であろう。子規はこの俳句があった句稿を見渡して、漱石の動揺の中身を理解した。

掲句の句意は「すっかり濡れてしまったので焚き火をこして、濡れた衣を乾かした」というもの。焚き火の炎を見ながら熱を浴びていると気持ちが落ち着いて来た。上五で表裏ではなく裏表と表しているので、干す際には衣（身に着けていたのは和服だった）の裏を炎の方に反転させて干した。着物の表の染料が熱分解しないように、色が褪めないようにするための配慮であろう。乾かした影響を残さないようにしたのだ。楠緒子の手紙に落ち着いて対処しようという気持ちが見える。

そしてこの句に「裏表」の言葉を入れた背景には、自分の気持ちの裏と表を意識してのことだと思われる。心の内奥も意識していた。親展の手紙を受け取って濡れた心を慎重に干し上げた。このように動揺した気持ちの整理が終わったことを子規に伝えた。

漱石は楠緒子からの相談と誘いを拒んだと思われる。この俳句を作り終えて、楠緒子・保治・漱石の三者協定が崩れないでよかったと胸をなでおろしたに違いない。この時は親友の保治（楠緒子の夫）を失わないで済んだと安堵したはずだ。しかし、漱石が熊本へ行ってからも手紙のやり取りは続いていた。

ちなみに漱石を「全身が水でびっしょり濡れた状態」にした親展の状は、同じ句稿に書かれていた「親展の状燃え上がる火鉢哉」の句の中に描かれているものである。漱石に関する資料の中で「親展」と封筒に書かれた手紙が登場したのは、この時だけであった。

・裏返す縞のずぼんや春暮るゝ

（うらがえす　しまのずぼんや　はるくるる）

（明治28年11月13日）句稿6

「春暮るる」は晩春の頃になるが、漱石は冬の小春日和を春と表現していた。ある暖かい春のような夕暮れに時間に余裕が出てきたので、縞のズボンを裏返している。漱石は何かこの縞柄のズボンに思い出があるみたいである。この11月は4月に松山尋常中学校に赴任して7カ月経った時期であるが、この頃すでにこの中学校を辞めることを考えていた。

漱石は大正3年に学習院で行われた講演内容を記した『私の個人主義』に、初めて誂えたモーニングのことを書いていた。問題の「縞のずぼん」はこのモーニングの縞柄ズボンなのだ。帝大を卒業したあと学習院の英語教師になるつもりで応募し、授業で着るモーニングを早々と誂えてしまった。だがこの職は別の男に取られてしまった。その結果、大げさな衣服のモーニングを着る機会がなくなってしまったと書いた。もしかしたら下の縞のズボンだけは松山中学の授業に出るときに穿いていたのかもしれない。この中学を辞めるとなって授業の時に穿いていたズボンを片付けていたのだ。

その思い出深いズボンを裏返すのは、加熱したコテを当てて筋目が立つようにプレスするためであろうか。そうではなく、中学の教師をやめるという決意を変えないために、穿くことをやめるとしてズボンを裏返したのだ。漱石はこの穿くことのなくなったモーニングのズボンをしみじみと眺めていた。帝大の卒業時に誂えたモーニングの行く末を案じた。

だが、このモーニングを着る機会がすぐにやってきた。次の年に熊本の第五高等学校に赴任することが決まったからだ。第五高等学校の教授として仕事をする際にはモーニングは不可欠なものになるからだ。漱石の転職を斡旋した熊本の第五高等学校にいる帝大時代の学友に感謝した。

余談だがこのあと見合いの話が飛び込んできて、赴任した熊本で結婚式を挙げることになった。漱石はこの時、このモーニングを着て胸を張り、汗をかきながら結婚式に臨んだ。蒸し暑い6月のことだった。

・裏河岸の杉の香ひや時鳥

（うらがしの　すぎのにおいや　ほととぎす）

（明治28年10月末）句稿3

日本橋に裏河岸と呼ばれた地区があった。明治28年当時の東京府は、明治10年にすでにこの地名を指定していた。日本橋に魚河岸があったのは日本橋川北岸の東寄りのエリア。この魚市場は後に築地に移転させられた。これに対する日本橋川北岸の西寄りの石橋までが裏河岸。現在の日本橋三越百貨店はこの裏河岸のすぐ裏の北側エリアだ。江戸時代には、釘や金物を商う店が多く、釘店（くぎだな）とも呼ばれたという。

この街に杉の香りが漂っているというのだから不思議だ。明治の世になると日本銀行、三井銀行等の銀行や大型百貨店が立ち並ぶ近代的な街に変貌させる工事が進んでいたと想像する。この工事現場の足場には安価な杉丸太が使われていたのかもしれない。建物のはめ板にも杉材が使われていたのかもしれない。すると街中に山の香りが漂うことになる。そこへ時鳥が山の匂いに誘われるようにして飛んでくる。

漱石がこの句を作った時は、松山にいたわけであるから、東京の裏河岸の光景を取り上げるのは不自然だと感じる。だが漱石は親友の子規の意味になる「時鳥」の俳句を作りたかった。子規は帝大を中退した後、従軍記者となって大陸に渡り、仕事を終えて帰国した際に船中で血を吐いて神戸で入院してしまった。その後松山に来て漱石の愚陀仏庵で同居し、2カ月間療養していた。そして子規は体力に不安を抱えながら帰京した。漱石は再び一人で生活することになった。

漱石は、子規と同居していた間、毎晩開かれた句会に参加した。その子規がいなくなり、元気づけることもできなくなった。漱石は子規の名の「時鳥」を俳句に詠み込むことにした。掲句の前後には時鳥の想像句が7つも並んだ。これらの句を書き込んだ句稿が子規庵に送られた。子規に漱石の思いが伝わったのは間違いない。

ところで、漱石は当て字をするのが得意であるが、掲句でもこれをやっていた。本来なら「杉の香ひや」は「杉の匂ひや」となるべきなのだろう。漱石は酸味の強い杉の匂いが好きだったので香の文字を使ったと思われる。

・裏座敷林に近き百舌の声

（うらざしき　はやしにちかき　もずのこえ）

（明治43年10月2日）日記

この句の前に「初めて百舌をきく」と書いていた。そしてこの句の前に臨死体験の「天の河消ゆるか夢の覚束な」の句を作っていた。修善寺温泉の宿で仮死状態に陥って臨死を体験したことを「天の河」の句で、何とかオブラートで包んで俳句に表せたと、スッキリした気分になっていた。いわば肩の荷が下りたので百舌の声が耳に届いたのだ。文学者として、そして貴重な体験をした者として事実を書かねばならぬと決意していたからだ。

掲句の句意は「吐血した漱石は温泉宿の奥の裏座敷を病室にして寝ていた。その部屋の窓を開ければ眼下に林が見え、その窓から百舌の声が流れてきた」というもの。もともと修善寺には転地療養の目的で行ったのであるが、そこですぐに吐血してしまった。鳥の声を楽しむどころではなかった。漱石が入った部屋は二間続きであり、廊下から離れた奥の座敷に床をとっていた。

廊下に近いところの接客に使える表座敷には、漱石の看護用品を置いていた。多分裏座敷と窓の間には板場があった。昔の温泉宿は殆どこの造りになっていた。この場所も雑然としていたに違いない。

この句の面白さは、ギャーギャーと鳴く百舌は林の中にいただけではなく、隣の板の間にもいたと想像できることだ。そこには心配して東京から駆けつけた漱石の妻が詰めていたのだ。看護する人たちに指示をしたり、イライラの声をあげたりと百舌のようだ、騒がしいと漱石は思っていた。漱石はその妻をからかっているのだろう。このように解釈すれば、「林に近き百舌」の別の意味がすんなりとわかる。百舌の声は林に近い場所から裏座敷にいる漱石に届くということになる。つまり掲句には表の意味と裏の意味があることになる。

漱石は騒がしい声でも病室を賑やかにしてくれているのを嬉しく思っていた。そしてやや太り気味の妻の体型を百舌のようだと眺めていた。

・浦の男に浅瀬問ひ居る朧哉

（うらのおに　あさせといいる　おぼろかな）

（明治43年頃）

「謡曲藤戸」とある。謡曲の『藤戸』は『平家物語』の源平の戦いの一つ、藤戸合戦を取り上げたもの。西国に逃げ続ける平氏を源氏の追討軍の佐々木盛綱(もりつな)が今の倉敷辺りまで追い詰めている戦いの中での出来事を詠っている。水軍を持たない佐々木盛綱の軍は離れ島の城に立てこもっている平行盛を攻められないでいた。

先陣を切りたいと焦る佐々木盛綱は土地の漁師の男を捕まえて、馬で島に渡れる浅瀬があるはずだ、と問う。その漁師はその浅瀬の場所を盛綱に教えた。盛綱はその場所を確認した後、教えた男を口封じのために殺してしまった。盛綱は部下をひき連れて浅瀬の海を渡り、その勢いで城を攻め、平氏を敗走させた。盛綱はこの戦いの功績で児島に所領を与えられたが、殺された漁師の親の老婆は領地に赴いた盛綱に恨みを訴えた。

盛綱は殺した漁師の男のために藤戸に行って弔う法要を行っていたが、明け方近くになって盛綱に祟りを及ぼそうとする若者の亡霊が現れる。しかし若者はこの供養に満足し、やがて成仏する。だが老婆の怨念はこの地の山から佐々木の姓の笹を全て引き抜き、この地を笹の生えない山ばかりにしてしまった。

句意は「源氏の平氏追討軍の武将盛綱が土地の漁師の男に、目の前にある島に馬で渡れる浅瀬があるかと問う。朝靄の中にその島が霞んで見える」というもの。朧に見える島影は、盛綱の目にはくっきりと見えた。軍馬で渡れる浅瀬を教えた漁師の命は朧となっている。

漱石が謡曲『藤戸』を下敷きにした俳句を作った動機は何か。自分に湧き上がった強烈な気持ちを間接的に謡曲の形でしか表すことができなかった。同時に漱石の気持ちが、どうしようもなく老婆の怨念に同調していたことだ。漱石は愛する大塚楠緒子の突然の死を新聞記事で知って、病院の布団の中で涙を流したのであるが、楠緒子死亡の知らせは彼女の夫、大塚保治からの連絡ではなかったことが、漱石には無念で仕方なかった。老婆の怨念に近いものが漱石の心にじわじわと湧き上がった。大塚楠緒子は明治43年11月9日に死去していたが、数日経ってから、漱石はそれを新聞記事で知ることになった。二人の男に愛された大塚楠緒子の死は、形だけでも親友の間柄になっていた保治と漱石の関係を瞬時にただの知り合いの関係に変えた。我が息子を殺された藤戸の老婆の気持ちと似たものが漱石の心に残ったようだ。と同時に漱石は保治の心にも漱石に対して恨みに近いものが継続してあったことを思った。

漱石は明治43年11月30日の日記に「新聞で楠緒子さんの死を知る。（中略）驚く」と記した。この文において漱石は故人に対して距離を置いていた。

・裏門や酢蔵に近き梅赤し

（うらもんや　すぐらにちかき　うめあかし）

（明治32年2月）句稿33

「梅花百五句」とある。裏門から入ると酸っぱい匂いが漂っていて、酢蔵が見えだした。広い梅林がその酢蔵の前に広がっている。梅の花は梅酢色。ここは昔からの方法で酢を造る酢づくり屋である。

句意は「裏門から入るとすぐのところに酢蔵が見え、塀との間に植えられている梅は紅梅であった」というもの。この句の面白さは、もとは白梅であったが酢の香りで赤く変色して紅梅になってしまったと思えるところだ。そして酸っぱい匂いが梅の花の香りになっていたことだ。

天然酢は、うるち米、麹、水から酒をつくり、ここからさらに醗酵を進めて酢にする。絞った酒に種酢を加え、桶の中で自然に対流させておくと、種酢に含まれる酢酸菌が酒を醗酵させる。この醗酵の後、1カ月以上の熟成期間を経て酢が完成する。複雑な全行程を終了するには数カ月かかる。つまり、大店(おおだな)でなければ酢を製造販売できなかった。これには広い敷地が必要であり、相当な人員も要した。そして蔵全体の湿気を適度に保つために蔵の周囲に梅の木を植えていたのだ。

この店には表門近くには酒裏があり、酒蔵の裏に酢蔵が併設され、その酢蔵は裏門に近いところにあった。そしてその裏門は開け放たれていて、そこから梅林が覗けた。近所の人は裏門から気楽に観梅に出入りしていたのかもしれない。強い匂いを周囲に放出していることの償いとして梅林を近所の住人に開放していた。

この句が書かれていた句稿の直前句は「寄合や少し後れて梅の掾」であった。漱石は寄合に遅れてはならないと大店の母屋へ急いだ。この時は掲句に描かれた裏門から入ってその母屋の縁側に座ったのだろう。

昔の自給自足の時代の町には、味噌蔵、漬物蔵、米蔵等があり、米の産地には酢蔵もあった。その周辺には年中、酢の匂いが漂い、近くの住人はこの匂いを年中嗅いで暮らす羽目に陥っていた。だがこの酢の匂いのおかげで、夏の蚊の発生は抑えられていたのかもしれない。

・裏山に蜜柑みのるや長者振

（うらやまに　みかんみのるや　ちょうじゃぶり）

（大正5年春）手帳

リウマチの湯治に行っていた頃に、湯河原温泉の宿周辺の光景を詠んだものだろう。温泉宿の裏山の傾斜地に金色の蜜柑が実っている景色を眺める持ち主の気分は、間違いなく長者のそれであろうと漱石は詠う。中国で小粒のみかんであるキンカンが重宝されるのは、それを金の粒と見立てるからである。確かにキンカンは金柑とも書き表す。その金柑より大粒の蜜柑であれば、まさに長者気分に浸れると漱石は笑う。

句意は「宿の裏山にある蜜柑畑に蜜柑が実っている。この山持ちの人は長者なんだろう。山全体に金貨がぶら下がっているように見える」というもの。蜜柑の裏山を持つ蜜柑農家は、昔であれば蜜柑自体が高価な果物であり、蜜柑栽培で財を成すことができたのであろう。確かに明治の世であれば、都会の金持ちより田舎のお大尽の方が金持ちであったであろう。山林長者もいた。地主制度が残っていたからである。

漱石は最後の小説『明暗』をこの年の5月から新聞で連載し始めた。体力を考えると到底完結できそうもないことを悟っていたが、書き始めたのだ。そしてこの小説は未完に終わった。漱石はこのことを記録するために、蜜柑（未完）を読み込んだ句を作ったのかもしれない。漱石ならやりそうだ。

ちなみに漱石先生はいくら小説を書いても長者にはなれない、ならなくていいと考えていた。生涯借家住まいで通した。そして「木曜会」の弟子たちが一本立ちするまで資金を援助した。しかし、漱石が逝去してしばらくすると、『漱石全集』が出た上に、それまでに出版していた漱石本の印税がどっと妻の手に渡って、鏡子はミニ成金になった。その結果生活ぶりは一変した。手始めに大きな新築住宅を保有した。

・瓜西瓜富婁那ならぬはなかりけり

（うりすいか　ふるなならぬは　なかりけり）

（明治32年10月17日）句稿35

掲句には「熊本高等学校秋季雑詠　演説会」と前書きがある。富楼那などとも書かれる得体の知れないこの人は誰なのか。その人はインド人で釈尊の十大弟子の一人であり、説教上手の雄弁家なのだという。掲句は漱石先生が学内演説会のバトルを観戦したレポート俳句である。次々と壇上に上がる学生は、皆演説がうまく、その演説は甲乙つけがたい立派なものであった。

句意は「演説者はみな口が滑らかでうまい。うまいウリやスイカみたいで、インドのフルナという稀代の雄弁家に匹敵する人ばかりであった」というもの。だが皆演説のフォーマットに沿ったものばかりだと言いたかった。味が画一的であり、甘くていいのだが味わいが足りないということか。そしてウリとスイカばかり食べていると、いくら甘党のわたしでも飽きてしまうというオチがついていた。漱石先生の言葉はウリとスイカのように丸くはなく、棘があった。

多分真面目な学生の演説には、ユーモアが足りないという指摘なのだ。落語好きの漱石先生としては、仏教の教えを説いている僧の話のように聞こえて面白くないものばかりであったと言いたかったのだ。

・憂ひあらば此酒に酔へ菊の主

（うれいあらば　このさけによえ　きくのぬし）

（明治28年10月）句稿2

この句には「霽月（せいげつ）に酒の賛を乞はれたるとき　一句ぬき玉へとて遣わす　5

句」の前書きがある。霽月の親類が酒造会社を経営していて、漱石に、新酒販売に当たって謳い文句を考えてくれと頼み込んだ。漱石は宴席でさっと5句を作り上げた。掲句はそのうちの一つ。

松山の句会メンバーによる酒宴が開かれた。下戸の漱石は好きな中国の東晋時代の代表的詩人、酒好きの陶淵明（とうえんめい）の詩をイメージして、詩吟風の句を作った。酒宴の句に菊が登場するのは、陶淵明が菊の花びらを盃に浮かべて飲んだという故事にあやかったと考えられる。

句意は「憂いがあるならば、この酒で思い切り酔うがよい。菊の主よ」というもの。当時の酒の銘柄には菊の名をつけた酒が多かった。そこで酒宴での主賓のことを「菊の主」と称したと思われる。下五の「菊の主」は中国の古代の詩人、陶淵明だとしたが、淵明は詩作の時に酒を飲んでいたが、酔うほどには飲まなかったと思われる。では誰か。菊の漢字が入る菊慈童（きくじどう）である。

この句には能・謡曲の『菊慈童』という演目が関係しているとされる。世の男どもが大酒を飲み、舞って乱れることに大義名分があるとする故事である。漱石はこのことを思い起こしながら掲句を作ったと思われる。掲句の本当の意味は「菊慈童のように憂さを晴らしたい者は、この新酒を思い切り飲むが良い。長寿の酒を」というもの。

菊慈童の故事は、菊の葉から滴った霊水を飲むと若さを保て、青年のままいられるというのだ。この菊の葉に着いた霊水はやがて酒になり、不老長寿の妙薬になるという。これが「菊水酒」のもとになった話である。世の酒飲みは勝手な理屈をつけて大酒を飲むものだ。憂さが晴らせて長寿になる酒に、漱石は生涯挑み続けた。日本の陶淵明になるために。そしてほぼ陶淵明になることができた。

• 憂あり新酒の酔に託すべく

（うれいあり　しんしゅのよいに　たくすべく）

（明治31年10月16日）句稿31

現代のサラリーマンがちょくちょくやる、憂さ晴らしの酒飲みに似ている。やってられないよ、と一升瓶を脇に置いて飲みだす姿が目に浮かぶ。だがこの句の主人の実態は全く異なる。

熊本に来て結婚したばかりの女房は、明治31年5月に近くの白川で入水自殺未遂事件を起こし、その後妻が妊娠した時には、ひどい悪阻の日々が続いて家の中は暗く大変であった。漱石はいささか気が滅入っていた。その折に、近隣の酒蔵から新酒ができたので先生も是非にと、新酒の会への招待状が届けられた。熊本の名士たちがこの会に呼ばれていた。漱石はこんな時に、憂いを晴らすには酒がいいと、全くの下戸であることを忘れて参加したのかもしれない。

漱石は若い時から唐代、宋代の酒飲み詩人に憧れていた。掲句は自分が日常、酒を飲んだという架空の実績を作るための句なのだろう。漱石のユーモアが小さな猪口からこぼれ落ちる。この酒詩人になる努力を記録していた句として次の句がある。「ある時は新酒に酔て悔多き」(明治30年)。漱石先生は、こんな事実とは異なる飲兵衛の俳句を作って、悔いはなかったのか。

話はそれるが、中国の中世の詩人たちは酒を好んだが、これには古代王の男色寵愛の話が絡んでいるといわれる。これは「菊慈童」の話で、詩人たちは王宮から追放された少年の慈童を時に哀れんで思い起こし、酒を飲むという慣習があったように思われる。漱石は酒の句を作るときには中国の文人のように、この菊慈童の故事を意識していたと人は言う。つまり掲句にも能・謡曲の『菊慈童』という演目が関係しているといわれる。

そうであれば掲句のもう一つの解釈は、「憂があるときには新酒の酔いに任せるのがよい。菊慈童のことを思いながら」となる。

この菊慈童の話から、菊の葉から滴った霊水を飲むと若さを数百年も保てるということになり、これが菊水酒のもとになった話なのである。この菊は尻の菊座につながって、これでは男色推奨の酒の句になってしまいそうだ。こんなことを言う酒飲みはすでに悪酔いしているのだ。

・嬉しく思ふ蹴鞠の如き菊の影

(うれしくおもう　けまりのごとき　きくのかげ)

(明治43年10月23日) 日記

漱石の病室に菊の花が届けられた。特別に丸く枝切りした菊の鉢を植木屋が持ってきた。病気見舞いの品であった。

句意は「華やかな蹴鞠の鞠のような菊の小鉢が届けられ、部屋が明るくなっている。この鉢を贈ってくれた人の気持ちを嬉しく思う」というもの。「蹴鞠」の言葉からは、好きな丸く剪定された菊の花を毎日見られることは、病人冥利だという気分が伝わる。踊るような気分であったろう。漱石の部屋に届けられた菊の花には、漱石の回復を強く願っている人の希望が感じられた。

しかし、下五の「菊の影」の言葉の裏には、次のような状況があった。特別な一等室の四人部屋にいる3人のうちの1人は胃癌で前の晩亡くなり、他の二人は漱石と同じ胃潰瘍である。そのうちの1人には死期が迫っていたという。これらのことが漱石に「菊の花」ではなく「菊の影」の言葉を選ばせたと思われる。一人喜んではいられないという気分だったのだ。

この句の面白さは、贈り物をしてくれた人は、漱石が人の肩を借りずに一人で歩けるようになっている状態を知っている人で、もう少し回復すれば走ることもできそうに思っている人だとわかることだ。つまり度々見舞いに訪れている人からの贈り物なのだ。洒落た贈り物をする人は、帝大時代からの友人である中村是好である。この悪友でもある友人は、花だけでなく現金も度々運んできた。漱石はこの四角い贈り物も喜んだはずだ。一等室に入っているため長期の入院費は、漱石の給料ではかなりの負担になっていた。

・ゑいやつと蝿叩きけり書生部屋

(えいやっと　はえたたきけり　しょせいべや)

(明治29年7月8日) 句稿15

漱石は熊本第五高等学校で教えていた時に、学生の何人かを生活援助の意味で自宅の空き部屋に住まわせていた。彼ら書生は、書生部屋に毎日のように侵入してくる蝿を狙い定めて蝿叩きで叩きつぶしていた。漱石は緊張して力いっぱい蝿を叩く学生の動作を想像して面白く表している。

句意は「書生は書生部屋に入って来た蝿を、ゑいやっ、と声を出して蝿たたきで叩きつぶしている」というもの。さて書生の蝿叩きはうまくいったのか、失敗したのか。「ゑいやっ」と声を出しているので蝿叩きの動作が大きくなりすぎて、蝿に逃げられているさまが想像される。そして初動で失敗した書生はさらに力んで蝿を追い回している。

昔書生といえば、皆が撃剣か柔術を心得ていそうなイメージがあり、漱石宅にいた書生も蝿を前にして蝿叩きを持つと構えてしまうのだ。漱石宅で響いた掛け声は、第五高等学校の道場での声に似ていた。

この句の面白さは、漱石の書生は蝿叩きを楽しんでいるように思えることだ。一撃で蝿を叩き潰すのではなく、蝿と遊んでいるのだ。書生が掛け声を出すと、蝿は書生の近く気配を感じて蝿叩きをかわすからだ。一撃で仕留めようとすれば息を止めて接近し、小さな動きで蝿を叩くことを書生は無論のこと知っていた。

熊本の阿蘇山近辺では牛馬の放牧をしていたので、蝿は時折風に乗って山を降り、漱石宅にも大量に来たのであろう。また物流の要である荷車を馬が引いていたので、街中の通りには馬糞が相当量落ちていたはずだ。その馬糞に大量の蝿が群がっていたはずだ。そうであるから書生部屋を訪れる蝿は多くいた。

• 永楽の錫の茶壺や寒椿

（えいらくの　すずのちゃつぼや　かんつばき）

（明治32年）

中国明国の永楽時代である15世紀初頭に作られた錫製の茶壺が漱石の家にあった。漱石先生が集めていた骨董の一つだ。錫の塊から打ち上げる継ぎ目のない身蓋式の容器の特徴として高い密閉性が得られる。この製法で茶壺や茶筒を作ると、茶葉の長期間の保存が可能になる。条件によっては味や香りは百年も保てるといわれる。

句意は「寒椿の咲く真冬に、冷たい錫の茶壺から茶葉を取り出して飲む煎茶の味は格別だ」というもの。お茶の香りは花の香りさえ感じると言いたげである。白い金属色は保全力が高そうに感じさせるからである。

この句の面白さは、新茶葉の味が長く楽しめるようにするには、錫の茶壺に入れるのがいいと漱石先生は推奨しているが、これを明(みん)代のブランドである『永楽』で表していることだ。文字通り「長く楽しめる」と性能をアピールしている。掲句は売り出す錫茶壺のキャッチコピーとして優れている。

もう一つの面白さは、製茶で有名な八女が熊本市から近いが、錫の茶壺に入れるのがいいと関係者に教示する形をとっているが、自分の骨董を密かに自慢していることだ。

＊『九州日日新聞』（明治３２年１２月２０日）に掲載（作者名：無名氏）

• 穢多寺へ嫁ぐ憐れや年の暮

（えたでらへ　とつぐあわれや　としのくれ）

（明治28年12月4日）句稿8

穢多寺と呼ばれた寺は全国各地にあった。「江戸時代に被差別部落の住民が檀家としていた寺院の呼称である」とネット情報に記述されている。明治４年に太政官布告として賎民廃止令が出され、「穢多非人」の呼称はなくなったはずだが、実際にはそうはならなかった。伊予松山の穢多寺についての資料は見当たらなかった。しかし、明治28年当時に漱石はこの俳句を書き残していたのであるから、そういう寺は間違いなくあった。掲句は社会的にも貴重な俳句である。

句意は「町外れの穢多寺に嫁ぐ娘は哀れである。しかも慌ただしい暮れに嫁ぐとはますます哀れである」というもの。輿入れの儀式は簡素なものになるだろうと思われた。明治中期は、全国的にまだ廃仏毀釈の動きが続いていて、漱石が住んでいた松山でも小さな寺は存続が危ぶまれていた。穢多寺も例外ではなく、穢多村にあった寺の経営は厳しかったと思われる。しかしこの村の寺は存続させる必要があるとして、市内のどこかの寺の娘に白羽の矢が立ったのだろうと漱石は想像した。関係の深い浄土真宗の寺の娘だと思われる。

漱石が気にしていた穢多村は、松山市内から外れた四国山地の麓近くにあったようだ。その村は市の境界線になっている重信川沿いの傾斜地にあり、人が通らなくなった旧道沿いにあった。漱石はこの地の近くの野焼きを見に出かけたことがあった。

ちなみに漱石は「木曜会」の弟子たちに、長野の穢多村に生まれた青年教師が主人公である、島崎藤村の小説『破戒』を読むように推奨していた。苦悩の末に差別する社会に立ち向かうようになる教師の姿を描いていた小説は、当時絶大な人気を誇った尾崎紅葉の『金色夜叉』より優れていると評価していた。

• 絵所を栗焼く人に尋ねけり

（えどころを　くりやくひとに　たずねけり）

（明治34年2月1日）ロンドン日記

朝の散歩の足を延ばして美術館のある辺りまで行ってみた。1月のスモッグと雪の季節を抜けると晴れるようになり、勉強は進んでいて、気持ちよく下宿を出られた。ごみごみした地区を脱してロンドン南郊まで幾つかの公園を通過して４㎞も歩くと景色が変わってきた。「流石の英国も風流閑雅の趣なきにあらず」と日記に書いていた。漱石は美術専門誌を購読していて、水彩画に特に興味を示した。目指した美術館はテムズ川の南にあるダリッジ美術大学付属の美術館。ここは油絵の有名な展示館であった。

広い公園に着いたが目当ての美術館が見当たらない。場所を教えてくれる人を探したが、まだ朝は早く誰も歩いていない。見渡してみると先の方の道端で何かを売っている人を見えた。

句意は「道端で栗を焼いて売っている人に、この辺りに美術館はありますか、と尋ねた」というもの。他の俳句を参照してこの露天商はイタリア人だとわかった。栗を袋から出して焼く準備をしていた。

漱石は自分と同じ異邦人だと思って、この露天商に気安く道を尋ねたに違いない。広い公園はロンドンの郊外に近いところであり、空気は下宿のある地区に比べると綺麗になっていたに違いない。薄黄に着色されていない空気と栗の懐かしい匂いを深呼吸して肺に入れたはずだ。

ところで漱石は〝ピクチャーギャラリー〟を「絵所」と訳したが、この訳語は日本では定着しなかった。〝ミュージアム〟が「美術館」となり、〝ギャラリー〟は「画廊」になった。「えしょ」の発音は美的な語感がなかったからだろう。「へそ」と混同されることを嫌がる画家や画商がいたのだろう。

漱石先生は英国絵画に興味を持っていた。探し当てた絵所にはどんな絵があったのか。漱石はミレーの描いた『オフィーリア』の絵に興味を持っていたことが知られているが、この絵はテート・ブリテン美術館に収蔵されていた。この美術館は漱石の散歩コースにあったのか不明である。

三者談

「栗を焼く伊太利人や道の傍（はた）」の句がある。多くのイタリア人が商売で栗焼きをしていたと思われる。漱石は「ギャラリー」に行ったはずなのに「ギャレリー」の中に触れた句がない。掲句からは日本を思い出しているさまがみえる。日記での前置き文を見るとグリッジの「ギャラリー」だと思われる。

絵にかくや昔男の節季候

（えにかくや　むかしおとこの　せっきぞろ）

（明治28年12月4日）句稿8

絵にも描かれた昔男の話だ。その昔男といえば在原業平のこと。『伊勢物語』は「昔、男ありけり」とはじまる業平の物語であるところから、「昔男」という言葉が生まれた。節季とは、陰暦12月の呼称で、歳暮、年の暮れのこと。そして候は、いるの丁寧語である「そうろう」の略で「そろ」となったものが濁って発音されたもの。ございます、ということだ。脱線するが、仙台地方の喋りに入る語尾の「ずら」はこの「ぞろ」と似ている気がする。

句意は「物語絵に描かれた、絵になる男、在原業平が活躍した年の暮れになってきましたな。忙しい、忙しい」というところか。業平は年末になると日頃通っていたすべての女のもとへ、年末の挨拶をして回ったのか。マメな男がいたものだ。「来年の付き合いもよろしく」と。マメな男であることがモテ男の条件であったとわかる。今も昔もこの法則は生きている。

漱石先生が掲句を詠んだわけは、何であったか。自分の年末の立て込んだ行動が、かの在原業平のそれに似ていると自嘲したのか。いや在原業平の行いに習って、松山を離れることになったと知り合った女性たちに知らせて回っていたのかも。

この句を書き込んだ句稿を東京の子規に送った日から数日経った日に、今は人妻の、かつて恋人であった楠緒子から「親展」と表書きされた手紙が届いた。ここには漱石のことを諦められない彼女の心情が綴られていたと推察する。漱石はこの手紙を読んで、「親展の状燃え上がる火鉢哉」（12月18日付けの句稿9に記載）の句を作った。漱石はこの激烈な句を作って、涙に濡れながらこの手紙を燃やしたに違いない。「全ては遅すぎる」と呟きながら。

恵比寿屋に娘連れたる泊まり客

（えびすやに　むすめつれたる　とまりきゃく）

（明治37年10月頃）連句

漱石は英国からの帰国後、初めての家族旅行として鎌倉に出かけた。このとき江の島まで足を伸ばした。明治37年の夏は気持ちが安定していた。漱石は若い時に何度も江の島を訪れていた。この島の参道にあった老舗旅館が「恵比寿屋」。娘を連れてこの宿に着くと漱石は嬉しそうな顔をしていたに違いない。この俳句からは締まりのない漱石の顔が浮かび上がる。

漱石は「恵比寿」という屋号から楽しい会話が思い出されたに違いない。かつて熊本時代に同僚の山川と阿蘇の山に入る前に、阿蘇神社の近くの旅館で次のような会話を交わしていたからだ。ビールでない「恵比寿」という名物の半熟卵が部屋に運ばれてきた時だ。小説『二百十日』に記録されていた。

『筒袖の下女が、盆の上へ、麦酒を一本、洋盃（コップ）を二つ、玉子を四個、並べつくして持ってくる。「そら恵比寿が来た。この恵比寿がビールでないんだから面白い。さあ一杯飲むかい」と碌さんが相手に洋盃を渡す。「うん、ついでにその玉子を二つ貰おうか」と圭さんが云う。（中略）「姉さん、この恵比寿はどこでできるんだね」「おおかた熊本でござりまっしょ」「ふん、熊本製の恵比寿か、なかなか旨いや。君どうだ、熊本製の恵比寿は」（中略）「おい、姉さん、恵比寿はいいが、この玉子は生だぜ」と玉子を割った圭さんはちょっと眉をひそめた。』

連句の前の句は「裏の漁師に蟹貰いけり」（四方太）である。漱石は江の島に漁師村があったことを思い出していた。

烏帽子着て渡る禰宜あり春の川

（えぼしきて　わたるねぎあり　はるのかわ）

（明治27年）

伊勢の五十鈴川の橋を神職の禰宜がやや足早に渡っていく。まだ薄暗い春の朝に白麻布の正装を身につけて、川面から水蒸気の上がる川を見ることもなく胸を張って進む一行がいる。この幽玄な雰囲気が漂う風景は伊勢らしい。漱石はこの風景に幾分滑稽味を感じたのかもしれない。蕪村の句に掲句によく似た「烏帽子着て誰やらわたる春の水」がある。漱石は朝もやの中を進んでいく人たちをじっくりとみて、禰宜たちだと見極めたとふざけた。

神社の禰宜を「ネギさん」と愛称で呼ぶことがある。自然環境の中にいるショウリョウバッタをネギさんと日頃呼んでいたことを思い出す。このバッタは日当たりのいい草原でよく跳ねていた。頭と尻尾が尖って細長い体のバッタは保護色の草の色をしていて、野菜のネギのようでもある。そして胴が長く体のバランスが悪いせいか、草原で捕まえやすかった。このバッタの後ろ脚を摑むと体を何度も振って「放してくれ」と頼んでいるような動きをする。この動きをさせるためだけに捕まえた。

本物の禰宜は祝詞をあげるときに何度も体を折るお辞儀をすることから、このバッタ虫をネギさんと呼ぶという面白い説がある。禰宜は立ち姿がショウリョウバッタに似ている。烏帽子をかぶり胸の前に笏を持って反り返って立つ禰宜の姿は、長い触角と長い脚と胴を持ち、理知的に見える小さな目を持つショウリョウバッタそっくりである。

漱石は神職の禰宜の一行が姿勢よく歩く姿を想像している。そしてショウリョウバッタの集団を思い浮かべたに違いない。漱石が子供時代を過ごした明治の東京の外れの地には、ショウリョウバッタがいたはずだ。漱石の生家が近い飯田橋あたりでは、なんと乳牛が飼われていた。掲句を作った27歳の漱石は、まだ陽気さが残る帝大の大学院生であった。

＊家庭新聞『小日本』（明治27年4月20日）に掲載、正岡子規の最初の選句集『俳句二葉集』

• 縁に上す君が遺愛の白き菊

（えんにじょうす　きみがいあいの　しろききく）

（明治43年10月31日）日記

この句の理解には、漱石が修善寺の宿から戻って再入院した長与胃腸病院（千代田区内幸町）の建物を知る必要がある。明治の早い時期に建てられたこの病院は木造2階建ての和式の建物で、病室は畳敷きであった。明治31年発行の風俗画報・『東京名所図会』に紹介された病院の診察室は椅子・机を入れた絨毯部屋であり、洋服を着た医者が診察していたが、ここ以外は和式であった。

掲句にある「縁」とは、その和風建物の南向きの畳部屋の外に設けられていた板敷きの縁のことだ。病室の戸を開けるとここから外に出られた。そして掲句での「君」は、漱石が世話になったこの胃腸病院の院長のことである。

句意は「亡くなった院長の遺愛の白菊を漱石が面倒を見ていて、朝になると部屋から縁の上に出して日を当てた」というもの。漱石が修善寺で吐血して苦しんでいた時、東京の長与胃腸病院では院長が瀕死の状態にあった。そして修善寺の宿に院長から派遣されていた医師は献身的に治療し、漱石の命を助けた。療養ののち胃腸病院に再入院となったが、その時院長は既に他界していた。生前その院長は白菊2鉢を世話していたが、亡くなったあとは園丁が代わりに育てていた。漱石はその2鉢を受け継いだ。

漱石先生はこの菊の花を精いっぱい管理し育てた。それは日記に書かれた「白菊は院長の品のよし」の文にあるように、白菊は院長の形見のようなものであると考えていたからだ。そして白菊は院長の人柄を表していた。

この句で漱石は、長与院長と患者の漱石との縁と縁側の縁を掛けている。そして漱石が好きであった白菊を院長も好きであったというつながりも縁であると感じていた。漱石はこの院長とは長い付き合いがあり、英国から帰国した際にもこの病院に来ていた。

ちなみにこの院長の名は長与称吉（しょうきち）であり、漱石が死亡した後に漱石の遺体は妻の意向もあって東大に運ばれて解剖されたが、この時に執刀した医師はこの胃腸病院院長の弟であった東大教授の長与又郎（またお）であった。これもまた縁であった。

• 縁日の梅窮屈に咲きにけり

（えんにちの　うめきゅうくつに　さきにけり）

（明治32年2月）句稿33

「梅花百五句」とある。寺の春の縁日には、露店がたくさん出る。梅見の客を当て込んで近郷から商売人が集まる。露店が増えると道の近くの梅の木の下にも多くの店が接近して出ている。漱石先生の目には、梅の花は気持ち良く枝を広げて咲きたいところであろうが、店に押されて窮屈そうに見えた。漱石は縁日の賑やかで楽しい雰囲気を俳句に写している。梅の木に対する漱石のやさしい眼差しが温かい。この句によって漱石の梅好きの度合いは相当なものだとわかる。

ここは熊本市西区の岡にある「谷尾崎梅林公園」であろう。毎年2月末の梅の見ごろの時期に「谷尾崎町梅まつり」が行われる。13種類、約300本の梅の木に囲まれながらの祭りである。江戸時代にはここに寺があったのかもしれない。そして明治の初めに政府方針の廃仏毀釈の運動によって廃寺になっていたのかも。地元の人々は寺で行われた昔の縁日の賑わいが忘れられないのであろう。

この句の面白さは、「窮屈に」は梅の花が密に満開に咲いて隣同士の花びらが押し合っているさまを表しているようにも感じられることだ。

• 円遊の鼻ばかりなり梅屋敷

（えんゆうの　はなばかりなり　うめやしき）

（明治32年2月）句稿33

「梅花百五句」とある。漱石は若い頃遊び人の兄たちに連れられてよく寄席に行っていた。長じてからは一人で日本橋にあった寄席の伊勢本に通っていたことが知られている。帝大生であった時に落語好きの正岡子規と知り合ってからは、寄席で仕入れた面白い話を子規に手紙で何度か伝えていた。漱石の贔屓の落語家は鼻が大きいことを自慢し、落語のネタにしていた「鼻の円遊」と呼ばれた三遊亭円遊であった。円遊は、落語の改作に意を注ぎ、滑稽話を得意にしていた。「ステテコの円遊」とも呼ばれた。漱石がシャレ好きなのは、円遊の真似をしているうちにそうなったのかもしれない。いろんな批評家が小説『吾輩は猫である』の文中に落語調の箇所が多いことを指摘している。

掲句は落語どころではなくなっていた熊本での結婚生活の中で作った俳句だ。教員の漱石は、責任ある地位の教授になっていて多忙であった時期だ。家庭では妻との関係がギクシャクしていたが、時々懐かしく落語の寄席を思い出していた。ストレス解消のために思い出していたようだ。

句意は「借家の庭の梅の木の下で、学生時代によく寄席で聞いた落語家の『鼻の円遊』の口真似をしていた」というものだ。円遊の話の中にはよく自分の鼻のことが出てきた。漱石はこの部分を、梅の花の下で真似て演じていたのだ。漱石は度々、自分の庭で円遊の語り口を真似て笑っていたのではないだろうか。

この句の面白さは、梅の花と顔の鼻を掛けていることだ。白梅が咲いている庭があれば梅屋敷であり、花屋敷ということになる。そうであれば「この小さな家も花屋敷であり、鼻屋敷なのだ」と笑い出したのだ。つまり、掲句は円遊ばりの洒落俳句であり、鼻の洒落をやったことになる。

ちなみに名作の『吾輩は猫である』は落語の語り調子で書かれていて、多くの面白い会話で構成されている。この小説の面白さは、江戸弁の面白さがベースになっているところだ。この小説で漱石は落語通だということを少々鼻にかけている節が見られる。だが落語滑稽小説はこの1作だけで終わったことで、落語調が鼻に付くと言われないで済んだ。

• 遠雷や香の煙のゆらぐ程

（えんらいや　こうのけむりの　ゆらぐほど）

（明治43年6月）『明治俳諧五万句』「夏之巻」

掲句は『明治俳諧五万句』に採用されたもの。この俳句集は伊達秋航の編集で集文館から出版されたものである。明治43年6月に刊行されたものであるから、掲句はこの6月の少なくとも半年前に作られていたことになる。漱石は明治42年の9月から10月にかけて満鉄総裁の招きで満州朝鮮の視察旅行に出かけた関係で、10月15、16日に満鉄社員の大塚氏と京都見物をしていた。掲句は京都を旅したこの時のものと推察される。

句意は「京都観光をしていた寺で、遠くの山の方に落ちた雷の音が轟いた。このとき香炉から立ち上る煙がゆらりと揺らぐほどに空気が振動した」というもの。遠くから届いた雷鳴の空気振動によって香炉の煙が乱れたというのであるから、漱石は建物の外にいたと思われる。

この句の面白さは、遠雷には「遠来」を掛けていることだ。京都の旅に同行していた大塚氏のことが頭にあり、満州から日本に帰国していた同氏のことを思って「遠雷」の語を組み入れた俳句を作ったのだ。掲句は「遠来の客」に対する挨拶句ということになる。雷が鳴った時に、たまたま秋風が吹いて香炉の煙が揺れたのを見た漱石は、洒落て大げさに雷鳴の空気振動によって煙が乱れたという俳句を創作したに違いない。

この時の漱石先生は、久しぶりの京都の旅であり、気持ちは幾分高揚していたと思われる。京都の街中に香炉の煙がたなびいていたのを見て、満州朝鮮を視察してきた後だけに、日本の良さを噛み締めたに違いない。

• 追付て吾まづ掬ぶ清水かな

（おいついて　われまづむすぶ　しみずかな）

（明治40年頃）手帳

辞書によると、水を両手で掬って飲む動作は「水を掬(むす)ぶ」と表すのだという。霊水を体の中に入れるという儀式のような意味合いがあるという。つまり掲句は寺を訪れた時の俳句である。かつては有名な寺であったが、今は荒れ果ててしまっている寺を訪れた時の出来事を描いている。

ところでこの句の「追付て」は何に追いつくのかを考えたが皆目わからない。そこでこの句の直前句である「法印の法螺に蟹入る清水かな」にヒントを求めた。これらの俳句は対句と思われた。

対句の句意は「清水に沈んでいる大きな法螺貝に蟹が入り込もうと直進している。これを止めようと急いで法螺貝を水の中から両手で掬い上げた」というもの。漱石はこの寺の裏を流れていた清水の中を見て驚いたのだ。そしてとっさに動きの速い蟹の先回りをして法螺貝を小川から引き上げたのだ。蟹が入り込む前に法螺貝を引き上げることができたので、漱石の手が蟹に追いついたと表した。蟹は目の前で起こった突然の水の乱れに驚いて動きを止めた。あっという間に法螺貝は消えていた。

かつてはこの寺に飾り付けられた法螺貝は神聖なものであり、かつ権威の象徴であったが、いまや清水の中で薄く泥をかぶっていた。漱石はこのありさまを見て、なんということだと心を痛めた。法螺貝を蟹の棲家にしてはならぬという思いが生じた。明治政府のとった廃仏毀釈の政策による、寺の荒廃の極みを目撃した思いがした。

この寺を調査したところ、明治初年に廃寺になった禅興寺が浮かび上がった。この寺の一部は紫陽花寺として有名な明月院として残っている。漱石はこの荒れ寺で11句の蓮の句と18句もの僧堂裏の清水の俳句を作っている。知り合いの僧がこの寺にいたからだ。だが句数が多すぎる。これほど多くの俳句を作ったのは、単にこの寺に旧知の僧がいたからだけではないと想像する。

漱石は明治40年の夏に鎌倉・長谷にある友人の別荘を訪問していた。（鎌倉文学館長の富岡浩一郎氏の「文豪の心は鎌倉にあり：第六回」の中に「明治40年に友人の長谷の別荘を訪れています。」という重要な記述がある。）そしてこの時期漱石が心を寄せる大塚楠緒子が鎌倉の長谷に住んでいたので、漱石と楠緒子は二人して先の荒れ寺を訪ねていた可能性が高いのだ。この寺で漱石は楠緒子に持ちかけた『朝日新聞』での連載小説の打ち合わせをしていたと思われる。

ちなみに明治40年の漱石の鎌倉訪問の旅は意外に知られていない。各種年譜には出ていない。漱石はお忍びで行ったようだ。そして一方の楠緒子はこの夏を含む短期間だけ鎌倉に住んでいたのだ。楠緒子は歌集『心の花』の中に書いた「鎌倉だより」に、明治40年7月18日に鎌倉の長谷に転居したことを記していた。明治40年の夏に漱石と楠緒子は鎌倉で会っていたと思われる。楠緒子の住まいは明月院の向かいの寺の後ろにあった。

• 老ぬるを蝶に背いて繰る糸や

（おいぬるを　ちょうにそむいて　くるいとや）

（明治30年2月17日）村上霽月宛の手紙、句稿13

この俳句は、同じ句稿に隣り合わせで置かれていた「蝶に思ふいつ振袖で嫁ぐべき」の句と対になっているものである。つまり後の振袖句は娘について詠んだものであり、掲句は老人について語ったものになっている。若者と老人を対比したこの種の書き方をしたものに『徒然草』（第172段）がある。

『徒然草』のこの段では、「若き時は血気内に余り、葉物に動きて、精欲多し。（中略）色に耽り、情に愛で、行をいさぎよくして、百年の身を誤り」とあり、これに対する老人は、「精神衰へ、淡く疎かにして、感じ動く所なし」と描かれている。


掲句の意味は、「艶やかさがなくなった老婆になって、若い時に美しさを振りまきながら相手を見つける蝶を見習うことなく、自分の意思で行動しなかったことで、毎日後悔の念を抱きつつ繰言を口にしながら糸繰りをしている」というもの。下五の「繰る糸」には、「繰り言」が掛けられている。毎日同じ糸繰りの動作をしているように、老婆の口から毎日同じ恨み言葉が糸のように出てくるというのだ。

老婆の日常は棉の塊の中から糸を引き出し、糸車に巻きつける単調な作業の毎日である。かつての若い娘時代の恋を求める積極的な生き方とは違ってしまっている。中七の「蝶に背いて」の文言からは、蝶のように短い命のうちに自分で結婚する相手を見つけることをしなかった生き方を悔いている思いがにじみ出ている。なぜ蝶のように決断できなかったのか、と後悔しているのだ。


掲句は老いた楠緒子の姿を描いている。楠緒子は夫が留学でヨーロッパにいる時に、漱石の友人である菅虎雄宅に漱石宛ての手紙を出していて、その手紙には楠緒子の後悔の思いが綴られていたからだ。漱石は、楠緒子に後悔する老婆になってほしくないと思って掲句を作ったのだ。

漱石先生は以上の2句を作って、漱石自身が若い時に思ったことを忘れまい、盛りの時を過ぎた老人になってから決して後悔はしまいと決意したのであろう。若い時の決意を持ち続けることを決意したのだ。大塚楠緒子との恋を継続させることを心に決めたのだ。


漱石は前年の明治29年6月に熊本に転居してすぐに、東京生まれの官僚の娘、中根鏡（鏡子）と結婚式を挙げた。掲句はこの結婚から8カ月後に作られていた。漱石の親友と結婚していた楠緒子は親の反対で結婚できなかった漱石のことを諦めきれないと、伝えてきた。漱石の方でも同様の思いが胸に残っていた。

これら両句を送られた松山の句友、村上霽月と師匠の子規は何を思っただろう。後悔ばかりする老人にはなりたくないということを知らせた漱石のことをどう思ったのか。綱渡りの生活をする漱石を「仕方ないやつだ」と思ったのか。二人から反応はなかった。

• 追羽子や君稚児髷の黒眼勝

（おいばねや　きみちごまげの　くろめがち）

（明治32年ごろ）手帳

羽子板（はごいた）で羽子（はご）を打ち合う正月の遊びは一般には羽根突きという。掲句の追羽（おいはね）子（ご）は「おいばね」と短縮形で呼ぶようになって、童謡に出てくる「追羽根ついてあそびましょ」の歌詞に用いられた。

追羽根はお正月の女の子の遊びの一つ。2人以上で1つの羽子をそれぞれの羽子板でつき合い、落とした方が負けとなる。負けると墨や白粉を顔につけたりした。

句意は「羽子板をついている君は、着物を着て稚児髷を結って髪飾りをつけた、黒眼勝ちの可愛い子」というもの。稚児髷は長い黒髪を頭の上で束ね、その先を二つに分けて輪に丸めてから帯で先の束部に合流させて一体化したもの。この髪型は「稚児輪」とも呼ばれ、かんざしを挿して飾った髪は正月の子供の晴れ姿である。漱石の見ていた着飾った女の子は、満足して目を嬉しそうに輝やかせていた。

この句の面白さは、羽子板突きでミスした方は目の周りに墨で丸く円を描かれたのだろう、と想像できることだ。この黒く丸い線を入れた目をふざけて「黒眼勝ち」と表したと思われる。

ちなみに黒眼勝とは、平均的な目における白目と黒目の割合に対して黒目の部分が広いことを指す。この黒眼勝ちの目はクリクリとして感じられ、好奇心に満ちている印象を人に与える。それでこの目を見た人は可愛く感じる。熟年女性は幼女の肌の柔らかい頃の目の輝きに憧れて、どういうわけか化粧と称して目の縁を黒くすることを始める。黒目勝ちに見えるようにする工夫のようだ。作戦は成功しているのか。

漱石先生はこの年の正月の2日、職場の友人と大分の宇佐神宮に初詣に行った。古い神社の代表格の宇佐神宮を参拝したあと、宿泊する街まで歩いていた。漱石はこの宇佐神宮の門前町で目撃した女の子たちの姿を俳句にした。この街で見た稚児髷は飛鳥時代の娘の髪型のように思えたのかも。さすが歴史のある街の子供は違うと目を丸くしたのだろう。

漱石家ではこの句を作った年の5月に妻のお産が予定されていて、漱石は女の子であれば先々このような稚児姿にしたいと想像していたのかもしれない。生まれた子は筆子と名がついた。筆で墨を入れたような黒眼勝ちの目をしていたのだろう。

ちなみに掲句は短冊にも書かれた。漱石の書の収集家で物欲しがりの内田百閒が手に入れ、その後漱石の書生になった林原耕三の手に渡った。この短冊は地の柄と反対に文字が書かれていて嫌々書いたことがわかる。

• 追分で引き剥がれたる寒かな

（おいわけで　ひきはがれたる　さむさかな）

（明治32年12月11日）虚子宛の書簡

虚子から九州の俳句界の状況を知らせてほしいという手紙が来た。このことを漱石は、関西に続いて九州でも子規系の俳誌を出せるかを虚子は検討しているのだと推察した。この依頼の裏には、九州俳句界をまとめて子規系の俳句結社を作りたいという計画が見え隠れしているとわかった。そして漱石にその音頭をとってほしいとの依頼が含まれていると勘づいた。

これに対して漱石は、九州の俳人たちは子規俳句に対する理解は不十分であり、浸透していない、関西地区のようには行かない旨を掲句で返答した。それを補足するように他の3句も書き添えていた。

掲句の意味は「自分は新たな俳句界作りにつながる道の追分に立っている。ここには身を切るような寒風が吹いている。着ているものを引き剥されている」というもの。漱石はその厳しい道に入り込むことはしないと暗に言っている。

この句の面白さは、「追分」と「引き剝ぐ」の言葉によって、「追い剝ぎ」を連想させることだ。九州での子規系の俳誌出版は、この追い剝ぎみたいにとんでもないことだと虚子に伝えている。

掲句の手紙における直前句は、「御家人の安火を抱くや後風土記」であり、時代の風に吹かれると大層な身分の御家人でも安火を抱く生活になっている、というもの。御家人でもない漱石は、この追分で寒さによって引き剝がされたならば、身体を小さな安火で温めることもできない、と言いたかったようだ。他の2句は次のもの。「横顔の歌舞伎に似たる火鉢哉」と「炭団いけて雪隠詰の工夫哉」で、寒さ、厳しさを強調する俳句を並べた。漱石は毅然と虚子の計画を拒否する意思を俳句で示した。両者の関係が親密であったことが、これらの厳しい俳句を作らせた。

• 応永の昔しなりけり塚の霜

（おうえいの　むかしなりけり　つかのしも）

（明治28年12月4日）句稿8

この句には「日浦山二公の墓に謁す」と前置きがある。二公とは南北朝時代の武将で、新田義貞（にったよしさだ）（源義貞）の三男の義宗（よしむね）と従兄弟の脇屋義治（わきやよしはる）である。日浦山という小高い岡に古の武人2人の墓が残っていた。掲句は「塚一つ大根畠の広さ哉」の俳句と対になっている。林の中館跡に五輪塔の墓が一つあり、開墾された広い大根畑の中にもう一つの塚があった。義宗の墓が林の中に、義治の塚が大根畑の中にあった。漱石先生が2人の墓参りをしたときには大根畠に朝の霜がまだ残っていた。

句意は「霜の降りた畑の中にあった墓は応永の昔の武将のものであった」というもの。霜が降りる場所は広い畑ということになるから、漱石は脇屋義治の塚を見て掲句を作ったということになる。

新田義貞一族の故郷は群馬であり、新田の家系は足利尊氏と親類の関係にある。新田義貞らは関東の武士たちを糾合して鎌倉へなだれ込んだ。その後南北朝時代になり、部下を引き連れて南朝方に味方したが、後醍醐天皇による切り捨てに遭い、新田義貞は敵の矢に当たって討ち取られた。

南北朝統一の後に、新田一族はしばらくして再度兵を挙げ、足利尊氏軍に立ち向かったが、敗走した。その後かつて南朝方として共に戦った伊予の武将のもとに少人数の一族郎党を引き連れて身を寄せた。2人の武将はこの地で屋敷を建ててもらい余生を過ごした。そして応永年間に没した。

漱石先生はどこかでこの情報を入手して、誰かに武人2人の墓へ連れていってもらった。俳句仲間の誰かであろう。

ところで漱石先生が遠方にあった2人の墓に詣でた動機はなんであったのか。漱石の先祖は武田源氏であったことが関係していそうだ。甲府にいた武田源氏の末裔の夏目金之助は、西国の松山まで同じように落ち延びてきたと思えば、新田一族に親近感を感じたに違いない。その思いは俳句の前書きにある「謁す」に表れている。お詣りするではなく、会いに行くとしているからだ。

この地の人たちは南朝方に味方して戦った関東の武士団の思いを汲み、彼らの行動を忘れないために墓をつくった。そして漱石は当時のことに思いを馳せ、掲句を残した。掲句には大昔の出来事が霜の中の墓にしっかり残されていることに感嘆しているさまが描かれている。これに対して、武田源氏の末裔の漱石の身に起こった楠緒子との恋愛事は、何の記録にも残らずに、また残さずに消えていくのだと思った。事の大きさには違いがあるが、虚しさを感じたことだろう。いや、ここで漱石先生は何とか人に容易にはわからない方法で残せないかと思案したのかもしれない。

この俳句に関連する同時俳句は以下の3句である。「山寺に太刀を頂く時雨哉」と「塚一つ大根畠の広さ哉」と「つめたくも南蛮鉄の具足哉」。

＊新聞『日本』（明治30年11月21日）に掲載

• 応々と取次に出ぬ火燵哉

（おうおうと　とりつぎにでぬ　こたつかな）

（明治28年12月18日）句稿9

向井去来の有名な俳句、「応々と言へどたたくや雪の門（かど）」を意識した俳句である。去来の句は、雪の日となっているが、漱石先生のこの句は、寒い日としかわからない。2つの句の登場人物の内と外のやり取りは、落語的である。

句意は「はいはい、いるよ、と火燵のそばで返事をするだけで玄関に出ていかない」というもの。家の中で火燵にあたっている漱石先生は、玄関に人が来ていることがわかった。戸を叩く音が書斎まで聞こえたからだ。だが漱石は火鉢のところから動かずに「はいはい、いるよ」とだけ返事をした。その声は外の風の音に紛れて訪問者には届かない。外の訪問者は、漱石は不在だと考えて立ち去るかもしれない。漱石はそうなることを期待していた節がある。

この句の面白さは、「はいはい、いるよ」という応答の間投詞を用いた「応々と」が「おう、おう」と返事している声にも聞こえることだ。うまい漢字表現である。例えば、氷を叩く音を表す時に「寒々と」にすると面白い気がする。

だが返事だけして動かないのは、横柄というものだ。ではなぜ漱石は横柄な態度をとるのか。その原因は読んでいた『土佐日記』にあった。この句が書かれた句稿での直前句が「雪の日や火燵をすべる土佐日記」であるから、そうとわかる。面白い『土佐日記』を集中して読んでいて、途中でやめたくなかったからだ。「はいはい、いるよ」とだけしか言わなければ、叩く音に紛れてしまうとわかっていた。

一方の去来の句の方は、炬燵か火鉢にあたっているかは不明であるが、玄関で戸を叩く音がしたので、中から「おう、おう」とだけ返事したが、外にはこれではよく聞こえないのか、叩く音がますます大きくなるのだ。中の去来と家の外の人とのやりとりがリアルに感じられる。また「応々と言へど」とあるので、確かに声に漢字を当てて「おう、おう」と発声しているとわかる面白さがある。

ちなみに去来は、江戸前期の俳人で蕉門十哲の一人。漱石の好みの江戸俳人は几董（きとう）であったが、去来は落語俳句のライバルと考えていたのかもしれない。

・負ふ草に夕立早く逼るなり

（おうくさに　ゆうだちはやく　せまるなり）

（明治42年9月30日）日記

「春潮といふ人の画に句を題す」との前置きがある。満鉄総裁になっていた友人の中村是公（ぜこう）の誘いで満韓視察旅行に出かけた。明治42年の9月から10月にかけての長旅であった。掲句は9月30日の日記にあった俳句で、朝鮮に入ってから平壌で一泊した時、現地案内人の頼みで「春潮」という絵描きの絵に俳句を書き込むことになったときのもの。この絵は平壌周辺の木の少ない高原を描いた山水画であったと思われる。漱石は賛を書き入れ、これを案内人に渡してから汽車で京城に向かった。

さてこの句は漱石が平壌付近で見た光景を描いていると思われる。農婦が農道を夕立に急かされるように大量の草の束を背負って早足に歩いていたのを見たのだ。貧しさが滲み出ている光景だった。日本のように山に入った農夫が枯れ枝を束ねて持ち帰るということではなかった。この光景は背負っていた草に、草のように細く長い雨が染みるように降っていた侘しいものであった。農婦は雨に濡れながらトボトボ歩いていた。夕立はこの農婦に襲いかかるように激しく降りだした。漱石は案内人の差し出す傘の下にいた。

日本政府はこの朝鮮北部の自然環境を見て、日本国内から農林の専門家を送り込み、灌漑治水と植林に励んだ。その結果今の北朝鮮で米作ができるようになった。明治時代の早い時期に英国女性のイザベラ・バードがピストルを持つ大使館員の護衛をつけて朝鮮半島を旅したが、その時の驚くべき光景を紀行本にまとめていた。漱石が目にした光景はイザベラ・バードが見た景色と同じものであった。当時の北朝鮮の農業生産物は米でなく、そのため養える人口も極端に少なかった。

・黄檗の僧今やなし千秋寺

（おうばくの　そういまやなし　せんしゅうじ）

（明治28年9月）句稿1

江戸時代に栄華を誇った黄檗宗は廃れ、今は僧侶もいない無人の寺となった千秋寺。そのさまを見て漱石は時代の変化を強く感じた。この禅宗の一派の栄華は、千年は続くと考えて命名した千秋寺であったが、百年で衰えてしまった。漱石の目の前の寺の境内にはわずかな建物が残っているだけである。その名前を考えると哀れである。

ネット情報をまとめると、黄檗宗は江戸時代には禅宗の一派として勢力を誇り、松山の千秋寺は中国風の七堂伽藍をはじめ、20を超える建物が境内にはあり、「松山に過ぎたるもの」といわれたほどの寺であった。代々の松山藩主の厚い加護を受け、ひときわ異彩を放っていたという。明治維新後、この寺の広大な領地は没収され、保護を失ったため、次第に伽藍自体も荒廃していった。漱石の時代に唯一残っていた本堂の大雄宝殿も昭和20年の松山空襲で焼失した。今では山門だけが昔の面影を留めている。

漱石と子規は千秋寺の本堂と山門だけを見ることができた。その山門に開山の祖である即非の書が掛けられていた。書に興味がある2人は「海南法窟」の額をしばらく見上げていたことだろう。この時漱石が掲句を作り、子規は「山門に即非の額や山眠る」の句を詠んだ。

漱石の句は、黄檗の黄は秋を感じるとして「千秋寺」の秋に掛けている。そしてその秋も終わってしまったと描いた。一方の子規の句は、中国からやってきた即非という僧が寺を建てたが、今は眠ってしまっている、というもの。生気にあふれた書は今も生き生きとしているのに、寺は寝てしまっていると嘆いた。そして広大な領地の山がなくなっていることを、「山眠る」と表した。世の無常を感じたのだろう。松山生まれの子規は心底悲しんでいるようだ。そしてかつての業績を労っている。

大岩や二つとなつて秋の滝

（おおいわや　ふたつとなって　あきのたき）

（明治28年11月3日）句稿4

同じ句稿において掲句の直前句とその前の句に「満山の雨を落すや秋の滝」と「山鳴るや瀑とうとうと秋の風」の句がある。石鎚山系の山腹の奥深いところにある名瀑、白猪の滝が漱石の目の前にあった。雨の中を早朝から歩き続けてやっとの思いでこの滝にたどり着いた。これで子規に滝を見たぞと報告ができると安堵したに違いない。雨がひどくて途中で引き返した、道に迷った、などと言わないで済むからだ。

掲句は雨の中を「滝だ、滝の音がする」と叫びながら滝に近づいていった後、滝をじっくりと見ているさまが描かれている。漱石は少し冷静になって滝を眺めだした。

句意は「秋色の木々で縁取られている滝の中に、大きな岩が見え、滝の流れが上下に二つに分かれている」というもの。大きな岩自体も二つに分かれて隣り合っていると観察した。巨岩、絶壁と感じた大岩は二つになって、滝の流れを分けていた。滝の流れが岩で妨げられていることで、流れ落ちる水は白く見えるのだ。

この句の面白さは、「大岩や二つとなつて」にある。確かに大岩の文字は、漱石が指摘するようには漢字二文字からできている。「二つからなつている」のだ。「秋の滝」もそうである。この冗談を掲句は含んでいる気がする。

ちなみにこの滝見物は、子規が漱石に松山を去る前にぜひ見ておくように勧めていたものである。この旅では子規の親類の近藤宅に泊まれるように手配してくれていた。子規の親切心に感謝する意味で、病気の沈んだ気持ちをほぐそうとユーモア句を作っている。しかし、掲句に対して子規は「秋の滝というもの面白からず」という。

大方はおなじ顔なる蛙かな

（おおかたは　おなじかおなる　かえるかな）

（明治30年）水落露石編の句集『続圭虫句集』

確かに大方の蛙は同じ顔をしているように見える。ただ青蛙とヒキガエルの顔は違っている。形は同じでも色が違っている。しかし「大方」が概ねという意味ならば、肯首するしかない。表面の色模様と質感は違っていても全体の顔形、格好は似ているからだ。

この句を読んで犬の散歩を思い出した。「大方はおなじ顔なる犬と主」ということだ。そして、わが子たちのことを考えると「大方はおなじ顔なる親子かな」ということになる。

掲句は漱石の句友からのリクエストで作られたもの。その友が計画中の句集は蛙だけの俳句を集めて編集するのだという。大方の俳人が作る句は真面目な蛙の観察句ばかりなのだろう。それでは面白くないので、滑稽な句を作れる漱石に句集への参加を呼びかけたのだ。

ちなみに露石は正岡子規に師事して俳句を始めた大阪商人で、大阪俳壇のリーダー格になった人。本名は義一で、別の号に「聴蛙亭」がある。苗字の方も蛙に合わせて創作したのかもしれない。この俳人に言わせると、句集の名前にあるように蛙は、ケイ、ケイと鳴くからであり、圭の虫が蛙ということになる。

大食を上座に栗の飯黄なり

（おおぐいを　かみざにくりの　めしきなり）

（明治32年10月17日）句稿35

「熊本高等学校秋季雑詠　食堂」の前置きがある。「栗の飯」だと思い込んで解釈しようとしたら、全集の記述では季語は「粟の飯」となっているので、泡を吹いてしまった。学生が夢中になるのであるから、この食堂の大サービスの一大イベントは「粟の飯」であった。熊本大学の五高創立75周年記念会発行の冊子には「栗の飯」とあった。

五高では食堂は畳の広間になっていたようだ。下駄を脱いで広間に上がって席に着くが、長い食卓の奥の方が上座であり、学生たちは誰が大食いであるのかよく知っているので、大食いをおだてながら強引に上座に座らせるのだ。上座はお櫃のある下座から遠くなる。これが大食いでない学生たちの作戦なのだ。大飯喰いは食べる速度が他の人より速いから敬遠される。

このやりとりが食堂での楽しみの一つなのだ。学生たちは遊びが好きなのだ。漱石先生もこれらの学生たちに交じって食堂に入るが、「栗の飯」の時にはこの作戦は漱石にも実施される。漱石は胃が弱いにもかかわらず、大食漢であったのだ。

それにしても掲句の「大食」の人が漱石自身であることはうまく隠されている。学生たちに、先生は偉い人なので上座にどうぞと、奥の方に追いやられても漱石はニコニコしていたに違いない。学生たちの謀とわかっても本心を隠してすっと奥の席に着いたのだ。漱石先生は大人であるから。

大空や霞の中の鯨波の声

（おおぞらや　かすみのなかの　ときのこえ）

（明治29年）三人句会

鯨波は鯨並みの大波であり、「とき」と読むと鬨のことになって、合戦で士気を鼓舞するために多人数の者が同時に発する叫び声の意味になる。戦闘のはじめ、大将が「えいえい」と叫ぶと部下一同が「おう」と応えるあの声である。

関ヶ原や川中島の河原のように広大な戦場で、見えている敵軍の圧力、威力に気合で負けないようにする時に、または相手軍を敗退させた場面で勝利を喜ぶ時に「ときの声」を上げる。

この句は、軍を繰り出した広大な戦場の上空には青空が広がっているが、草原の向こうには霞がかかっている。その中に敵軍が潜んでいるのが斥候の調べでわかっている。進軍している気配がある。これは自軍にとっては恐怖に感じる。

そこでこの恐怖に押しつぶされないように、「ときの声」を上げる。この大ボリュームの声は霞の中の敵軍にとっては恐怖になるはずだ。まさに鯨波クラスの効果がある。

句意は「青空のもとの草原の向うには霞がかかっている。その中に敵軍が潜んでいて、蹄の音を響かせて進軍してくる。兵は戦いの恐怖に打ち勝つために声を上げながら進んでくる。その声は大波となって押し寄せる」というもの。この句の面白さは、上記のように鯨波の二つの意味が句の中に込められていることだ。また、草原の上に厚く発生している霞を、大海原の白波とみなしていることである。この白波の中を鯨が進んでくるとしていることである。

この俳句は幻想的で神秘的な雰囲気を楽しむ神仙体の句として漱石が作ったもの。確かに大空のもとに厚く広がっている霞、その中を迫ってくる武装した大軍、これだけでもものすごい状況であり、恐怖が生まれる。漱石は中国の中世の戦場にタイムスリップしている。

大滝を北へ落すや秋の山

（おおたきを　きたへおとすや　あきのやま）

（明治28年11月3日）句稿4

漱石が見た大滝は白猪の滝である。松山の南にある東温市に滝は5つあるが、大滝といえるものは白猪の滝だけである。唯一の滝祭りが開かれる滝だ。落差は96mである。那智の滝のようにストレートに落ちる滝ではなく、九十九折（つづらおり）のように段々に落ちるタイプで、威圧感はなく親しみが持てる。

漱石はこの俳句で特別の感動を表してはいないが、この滝を作り上げている山、四国一の石鎚山に連なる山地に感謝の思いを表明している。松山市内から郊外に出て大河の重信川を渡って、田んぼの中を歩いて四国山地の麓にたどり着く。丸一日かけてやっと宿泊の地にたどり着いた。次の日は早朝の宿を出て細い林道を歩いて山中の滝を見ることができた。

句意は「四国山地にある大滝の白猪の滝は、秋の色に包まれていて、四国山地の北側に落ちていた」というもの。漱石はその滝が四国山地の北側にできていることに感謝した。もしその滝が四国山地の南側にあったならば、四国山地を越えてゆかねばならず、山歩きに慣れていない漱石には無理ということになる。子規に勧められた滝見物ができなかったと思った。漱石は大げさに大地の創造の主に感謝したのだ。ここに漱石のユーモアがある。

この句の面白さは、四国山地が大滝を落としている、という見方にある。滝が勝手に流れ落ちているというのではない。山が意思を持って滝を作っている、四国山地が滝を作り落としていると見ているのだ。この発想が面白い。つまり大滝は偶然にできたものではないということだ。誰かが、何かがデザインしたと漱石は考えるのだ。

この俳句には、計画した山歩きと滝見物を終了した安堵が感じられる。その分少し気が抜けて面白みに欠けているともいえる。友人の子規が見た山、子規に見るように勧められていた山を見たという満足感が漂っていると感じる。これで病身の子規にこの俳句で報告できるとニンマリしたに違いない。

・大鼓芙蓉の雨にくれ易し

（おおつづみ　ふようのあめに　くれやすし）

（明治40年頃）手帳

この句は能の演目の「蝉丸」が関係していると、その筋の人がブログで教えてくれていた。ではこの句意は、どういうものか。この能では涙の場面で大鼓が活躍するという。

句意は「夏に花を咲かせていた芙蓉は、秋になると降る雨に萎れている。京都から遠い山中に、一人で生きよと放置された盲目の蝉丸は、雨の中でたやすく崩れる芙蓉の花のように地に崩れ落ちる。謡に合わせる大鼓の音は流れる涙を表す」というもの。「雨にくれる」の意は、降る雨のように涙がこぼれ落ちる、涙に暮れるということ。

「蝉丸」の粗筋は、次の通り。平安時代の延喜帝の第四皇子・蝉丸の宮は生まれつき盲目で、父帝の命によって出家させられたのち御所を出され、近江との国境にある逢坂山に捨てられる。このとき付き添ったのが清貫。清貫は雨の中、蓑・笠を身にまとった蝉丸に杖を渡し、泣きながら置き去りにする。残された蝉丸は地に伏して泣き叫ぶ。

漱石先生はときどきこの場面を謡でやっていたのだ。場面を盛り上げる大鼓の音につられて謡の声も強めるところであろうが、声は大鼓の音について行けない。漱石は蝉丸の嘆きを表せていないと思って落胆する。そして漱石先生も涙にくれるのだ。

ちなみに手帳で掲句のすぐ後に置かれている句は掲句と同じく能の曲目が関係している。「道成寺」の場面を描いた「後仕手の撞木や秋の橋掛り」である。明治40年ごろは虚子が漱石宅にやってきては、漱石と謡を唸っていたのであろう。漱石は大学の職を辞して職業作家となってからはストレスが増していた。そこで時々は気分転換に声を上げることをしていた。

・大粒な霰にあひぬうつの山

（おおつぶな　あられにあいぬ　うつのやま）

（明治28年12月18日）句稿9

霰が降ると驚き、大粒の霰となると大あわてになる。静岡市宇津ノ谷と藤枝市岡部町岡部にまたがる宇津の山にはかつて修験者も通ったという険しい峠、宇津ノ谷峠がある。この峠あたりは気候が急変しやすいところであり、昔から旅人には急に霰が降りだす場所として知られていた。かつて都の人はこの東海道の難所を通るときには、しばらくは戻れないという思いに捉われ、肉親と別れるという思いを胸に歩いたという。

句意は「東海道の難所、宇津の山に通りかかると大粒の霰が急に降りだした」というもの。漱石は東京で楠緒子とのことで精神的に混乱し、そして松山に来ても楠緒子とのことで悩み続けた。これは長い旅の中で遭遇する宇津の山での霰みたいなものだと達観したのだ。この俳句には、「霰が打つ」の「打つ」が「宇津の山」の「宇津」に掛けられている。そして「あられ」と「会いぬ」はアの音の韻を踏んでいる。シンプルな内容の俳句であるが、面白く作られている。

漱石先生がこの句を作った背景はよくわからないが、明治28年は東京から松山に転居した年だ。たぶん掲句の背景にあるものは、松山の尋常中学校に赴任した後、小説『坊っちゃん』に書かれているようなつらく悩ましい事を何度も経験したことである。大粒な霰が降りかかってきた状況に似ていた。漱石にとって、この中学校の教師の職は人生の長い道における一つの難所と捉えていた。ここを通過するのは大変なことであると考えていた。ここでの仕事を東海道の難所である宇津の山にたとえたのだ。

漱石は霰に打たれてばかりいたのではなく、この難所を越えるための手段を考えた。東京や京都にいる帝大時代の学友たちの姿が思い浮かんだ。帝大や旧制高校の教授になっている面々である。転職の協力を求める手紙を何通も出した。

・大手より源氏寄せたり青嵐

（おおてより　げんじよせたり　あおあらし）

（明治30年5月28日）子規宛の手紙（封筒の裏に）

漱石の掲句は、大岡信氏によると蕪村の軍記物の名作句である「鳥羽殿へ五六騎いそぐ野分かな」が下敷きになっているといい、掲句はこの蕪村句の鮮やかさにはとても及ばないと評した。もう一つ掲句に関連する俳句がある。子規の俳句に「岡の上に馬ひかえたり青嵐」（明治28年）がある。漱石はこの子規の句を下敷きにして掲句を作ったものと推察する。

子規の句は、夏の強い日差しと強く吹く風を受けながら、城を見下ろす岡に騎馬武者たちが結集し、今から岡を駆け下りようと準備しているさまを描いている。対する漱石の句は、岡の上にいる源氏の騎馬武者たちが、夏の日差しと吹きだしている風を受けながら平家の本陣を目指して一気に駆け下り、城の大手門から堂々と城を攻めるさまを描いているとみる。つまり漱石句は子規句の続きで、2人は気が合うところを見せているのだ。

子規への手紙には漱石のいつもの定期的な句稿の他に、ある熊本人の詩稿が同封されていた。文面では、この詩人は元新聞社勤めの男で生活に困窮していて、この危機を脱するために手を貸してもらいたいと、子規に訴えていた。掲句はこの男の支援を訴える句なのであった。子規が関係している日本新聞社で雇ってもらえないか、懇意な社長に口を利いてもらいたいと、社内で力を持っている子規に頼み込んでいた。つまり掲句は子規へのごますり的俳句なのであった。俺たちはこんなに仲が良いのだからと俳句で言いつつ、知り合いの熊本人の就職の世話を頼んでいた。

掲句は、上記の手紙の封筒の裏に、緊急的に念押しの俳句を書き込んだものである。この他に子規に支援を頼む2句も書いていた。漱石はアピールの演出がうまい人である。その支援を訴える2句は「水攻の城落ちんとす五月雨」と「水涸れて城将降る雲の峰」であった。これら2句は秀吉軍の高松城攻めの句になっている。子規に、社長を是非とも攻めてくれと懇願している。そうすれば必ず社長は折れるであろうと。

・大藪や数を尽して蜻蛉とぶ

（おおやぶや　かずをつくして　とんぼとぶ）

（明治28年9月23日）句稿1

明治時代の愛媛の田園風景であり、田んぼの中か川端のさまを描いている。句意は「大きな藪の上を覆い尽くさんばかりにトンボが集まって飛んでいる」というもの。トンボの数の多さを漱石はユーモアを持って描いている。

戦後にDDTをはじめとする農薬を田んぼに散布することが始まったが、これを契機に田んぼ周辺のトンボの数は激減していった。掲句が描かれた明治28年ごろは、農薬の空中散布がなかったから、トンボが大量に発生する年もあったのだろう。アフリカのバッタの大量発生ではないが、愛媛でも記録的なトンボの大量発生があったのだろう。

この句の面白さは、「数を尽くして」の意味が、ある限りのもの全部、ということで、その辺にいるトンボが集まって、集団になっての意になっていることである。掲句の一つの解釈として、「トンボは眼下の大藪の大きさに対抗して、周辺のトンボが集合し、大きな塊になって飛んでいる」というもの。大藪の上に別の塊ができている。自然の豊かさが感じられる。

また別の解釈もできる。「無数のトンボが一箇所に集まって固まって飛ぶ姿は、大きな藪のように見えた」というものだ。前者の解釈の方が漱石のユーモアに合致しているように思う。

•大雪や壮夫羆を獲て帰る

（おおゆきや　そうふひぐまを　えてかえる）

（明治28年11月13日）句稿6

雪山に分け入って熊を仕留めて帰ってくる狩人として、東北、北海道のマタギが有名である。四国においてもチームを組んで山小屋に泊まりながら熊猟をする人がいる。

この句を普通に解釈すると、「大雪が降りだすと山の木々の葉が落ち、見通しが利くようになる。そしてヒグマの動きは鈍くなる。この時期に鉄砲撃ちの男たちは雪山に入ってヒグマを仕留めて帰ってくる」というもの。熊の前後の足を棒に括り付けて前後2人で担いで山を下りてくる光景が目に浮かぶ。

「壮夫」は体力のある勇猛な男ということで、ここではマタギである。羆は普通の熊よりも漢字の画数の多さから体が大きく力がありそうに思える。掲句では壮夫と羆の組み合わせが巧みであり、雪山での大掛かりな猟のさまを想像させる。

漱石がこの俳句を作った動機、または思いはなんであるのか。『愛媛新聞』に熊狩りのことが掲載されていたのを見たのであろう。明治28年の冬は厳しい寒波が伊予地方にも押し寄せていたので、松山から熊狩りに行く人が話題になっていたのか。松山の南方にある四国山地の石鎚山付近は通常でも雪が降るエリアである。確かにそこでは東北と同じように熊狩りが行われていた。明治時代には本州同様にツキノワグマが多数生息し、ヒグマも少数混在していたという。しかし、次第に人間の活動域が広がってクマは減少し、平成の時代には四国の剣山周辺でのみ、少数のツキノワグマが確認されるだけになった。

この句を作ったおおよそ10日前に、漱石は子規の勧めに従って雨の降る中、四国山地に足を踏み入れて有名な白猪の滝を見てきたが、その後その近くに雪が降り、熊狩りが行われているのを新聞で知って驚いたのだろう。もしかしたらあの山中で熊に遭遇していたかもしれないと考えたのだろう。

•大弓やひらりひらりと梅の花

（おおゆみや　ひらりひらりと　うめのはな）

（明治27年3月9日）菊池謙二郎宛の書簡

手紙に「大弓大流行にて小生も過日より加盟致候」と書いていた。漱石自身は、弓には自信があり名人だと伝えている。6尺3寸（約191㎝）の半弓より長い、七尺三寸（約221㎝）の弓は大弓と呼ばれるが、強く矢を放ちたい人は大弓を使いたがる。

句意は「3月に入ると暖かくなり梅の花が散りだしたが、花びらがひらりひらりと舞う中で弓を射るのは気持ちがいい」というもの。このとき漱石は帝大の本郷にある弓道部に入ることを考えていた。漱石はたまに血痰を吐くことがあり、弓を引いて体を鍛錬する気になった。漱石は前年の7月に帝大を卒業し、大学院に進んで、やる気に満ちていた。まだ楠緒子との恋愛問題が出現する前の頃であった。

この句の面白さは、漱石の大弓の鋭い弦音で梅の花びらがひらりと落ちるように描かれていることだ。そして大弓から放たれた矢は的に向かってゆらりゆらりと飛ぶように見せてふざけていることだ。弓には自信のあることを示す余裕の表現でもあるのだ。

この手紙にはもう一つの弓の句が書かれていた。「矢響の只聞ゆなり梅の中」の句には、白い梅の花に囲まれて弓をひくことの楽しさ、快感が描かれていた。

漱石は白い梅の花に似合う白い胴着を身につけていたに違いない。

ちなみにこの手紙を書いた3日後に子規に手紙を出しているが、ここには「弦音の只聞ゆなり梅の中」と「弦音にほたりと落る椿かな」の句を書いていた。弓道場には梅の花と椿の花が咲いていたことになる。そしてどちらの花も漱石の発する弦音で花びらが落ちたのだ。これでは漱石は弓に集中していなかったことになる。いや、梅と椿の花びらが落ちる中で弓を射る楽しさを味わっていただけだ。

● 御かくれになつたあとから鶏頭かな

（おかくれに　なつたあとから　けいとうかな）

（大正元年9月9日）　松根東洋城宛の書簡

松根東洋城宛の書簡には「奉悼や奉送の句はどうも出来ないね、天子様の悼亡の句なんか作った事がないから仕方がない」と書いて、この文の後に掲句を書いていた。のちに明治天皇となった今上天皇は7月30日に逝去。大喪の儀は9月13日であった。

当時宮内庁に勤めていた松根東洋城から天皇が亡くなったことに関して、何か句を作ってほしいと頼まれていたが、自信がない旨を返答していた。しかし結局2句作り上げた。掲句は天皇が崩御されてからすでに1カ月余が過ぎてからつくったもの。この間漱石は大阪で入院していた。もう一つの句は「厳かに松明振り行くや星月夜」。

句意は「天皇の崩御のあと国民は喪に服したが、植物の鶏頭もこの時期になってやっと真っ赤な色の穂先を空に突き出したのを見た。天皇の死を知って赤く咲くのを控えてくれていた」というもの。鶏頭の花までもが明治天皇を慕っていると詠んだ。

この句にある「鶏頭」には漱石の天皇に対する「傾倒」の意味も込められているとみる。漱石らしい軽いユーモアを漂わせている。さらには、偉大な天皇に対して、臣民の自分は鶏頭であると卑下しているのだ。

掲句は明治帝よりも先に死んだ親友の子規が、庭の鶏頭を病床から眺め見て「鶏頭の十四五本もありぬべし」の句を作っていたことに思い出し、これから発想したのであろう。

ちなみに同じ年の明治45年5月10日の漱石の日記に、天皇と陪席の臣との間に齟齬が生じているとみる記述があった。靖国神社の能楽堂で北白川親王夫妻が主催した能会でのことだ。漱石はその場にいた。「陛下殿下の態度謹慎にして最も敬愛に値す。これに反して陪覧の臣民らはまことに無識無礼なり」そして「山県、松方の元老、乃木さんなどあり」と書いていた。「着席後恰も見世物の如く陛下殿下の顔をじろじろ見る。演能中もしくは演能後みだりに席を離れて雑踏を醸す。」とあった。皇族方や音楽界の人たちは上品に坐っていたが、勝手に移動した重臣たちが天皇の顔を近くから遠慮なしにまじまじと見ていた、天皇親子と重臣たちとの間に信頼感、敬愛の情がないことが記されていた。

これは孝明天皇が死去した直後、当時の皇太子は殺害され、長州にいた南朝方の子孫の武士が新たな天皇となった、すり替わっていたことを家臣たちは知っていたと漱石の目には映ったに違いない。

そして天皇妃の皇后は禁煙を強いられている公の場で喫烟していた。「皇后陛下皇太子殿下喫烟せらる。」と書いた漱石はこのさまをみて「我等臣民に対して遠慮ありて然るべし。もし自身喫烟を差し支えなしと思わば臣民にも同等の自由をゆるさるべし。」と書いた。天皇は煙草を吸っていなかったのである。この皇后の態度は、すり替わった天皇に対する当てつけ以外には考えられない、と漱石の弟子は推察する。漱石は重臣達が天皇に対していろんな想いは持っていても、それを乗り越えて国を盛り上げるべきだという考えであったと思われる。

大正元年の9月3日に挙行された明治天皇の大喪儀の日に乃木大将と静子夫人が殉死した。二人の死については種々の論評があるが、乃木大将の目には能楽堂での乱れた光景が焼きついていたに違いない。世の異常な風潮を是正すべきと考え、行動を起こしたのだ。

● 岡持の傘にあまりて春の雨

（おかもちの　かさにあまりて　はるのあめ）

（大正5年春）　手帳

縦蓋のついた手提げ箱である岡持を持ち、傘をさして料理の出前に歩く人がいる。令和の世には「ウーバーイーツ便」として見慣れた光景になっている料理の宅配の古い時代の姿である。縦長型の岡持であれば蓋は前開き式、横広型であれば天蓋式になる。この句の岡持は料理皿を平置きで並べる横広型であった。

句意は「春雨の降る中、岡持を持って料理を届ける人が傘をさしていくが、岡持が傘からはみ出ている」というもの。漱石宅で料理の出前を頼んだところ、届いた時には雨が降っていて、岡持の傘からはみ出た部分が雨でびしょ濡れ状態だったのだ。合理主義者の漱石は、こういう雨の日もあるから岡持は縦長タイプがいいのにと思ったに違いない。

せっかくの料理が届いた時に濡れた岡持から料理を取り出されても、受け取る側はげんなりしてしまうと嘆いたのだ。さてその出前は蕎麦か、うどんか。いや春雨料理であったのかも。

この句の面白さは、春の雨は弱く降る雨であり、通常はこの雨に濡れても気にならないが、岡持を濡らすと春の雨は悪ものになるということだ。もう一つの面白さは、「あまりて春の雨」の「あま」と「あめ」で韻を踏んでいることだ。漱石はこの押韻によって、岡持が雨に濡れてもそんなに気にしていないことを表している。

● 起きぬ間に露石去にけり今朝の秋

（おきぬまに　ろせきいにけり　けさのあき）

（明治44年9月）

「病中露石子（びょうちゅう　ろせきし）の訪問を受けて逢はず　後より此句を贈る」の前置きがある。漱石先生は関西での一連の講演の後、胃潰瘍が悪化して大阪の湯川胃腸病院に入院した。大阪にいる子規門の俳人、水落露石（みずおちろせき）がそれを聞いて見舞いに来てくれたが、漱石は会わなかった。そのお詫びとして掲句を贈った。挨拶句ということであるが、露石はこの出来事を描いただけの句では余り有り難く思わなかったのかもしれない。しかし、漱石は珍しく扇面に墨書したということでバランスを取っている。

句意は「秋の朝のことだが、急遽入院した病院に露石が見舞いに来た。起きるのにグズグズして手間取っている間に露石は帰ってしまった」というもの。わざわざ来てくれた露石には、会おうとしたが起きるのが大変で会えなかったと言い訳した。

この句の面白さは、掲句の前置き文には「訪問を受けて逢はず」とあり、会う意志はなかったとも解釈できることだ。「訪問を受けたが逢えず」ではない。入院直後であったので、漱石は気が重くなっていた。また見舞い客の「露石」は虚子を介して知っているだけで、それほど親密な間柄ではなかったのも関係している。会っても話がはずむということはないからだ。これが会わなかった理由であろう。

この俳句を書いた扇を贈られた露石はどう思ったのであろう。漱石の友人思いの率直な気持ちが現れているとして、この扇を家宝にしたのであろう。

● 起きもならぬわが枕辺や菊を待つ

（おきもならぬ　わがまくらべや　きくをまつ）

（明治43年9月21日）日記

修善寺の温泉宿に長期滞在している漱石の枕元に花が生けられている。漱石は大量に吐血してからは、看護を受けて寝たきり状態になっていた。枕の上の首をひねると頭の少し上に花瓶が置かれているのが見える。野の花もススキも取ってきて花瓶に入れてくれている。

漱石は臨死体験後、体の節々がまだ痛んだままで布団から起き上がることができないでいる。いつになったら窓下の菊や田んぼの畦の菊を眺められるのかと不安になるが、それはこれからの楽しみでもあると考え直した。

句意は「菊の花が咲く季節になっているが、起き上がって菊の花を見に行けないのが残念である。誰か枕元に置かれた花瓶に菊の花を生けてくれないかと思いつつ待っている」というもの。看護の人たちが漱石にいろいろ気を使ってくれているが、枕元の花にまでは気が回っていない。気がつかないのを少し残念がっている。

この句の面白さは、漱石は自分を枕みたいだと自嘲していたと思われることだ。「起きもならぬわが枕」とあり、我が身は枕だと笑っている。いつも横になっているとして。

この日の日記には初めて普通に眠れたと書いてあった。これだけでも幸せなことだが、活きのいい菊の花も見たいものだと思った。新たな望み、願望が生まれていた。元気になった記念として掲句を書いていた。掲句の一つ前に「月を亘るわがいたつきや旅に菊」の句を書いていた。8月6日に伊豆の宿に入って病気療養を始めたが、その療養中の24日に大量に吐血してしまい、危篤に陥った。30分間仮死状態になっていた。あれからすでに9月になり、ほぼひと月が過ぎた。もう菊も咲きだしている、時間の経過は速いと詠った。

• 奥山の椿小さく咲きにけり

（おくやまの　つばきちいさく　さきにけり）

（明治29年）

句意は「山奥の地に出かけてみると、平地では椿が咲いていたのに、椿は咲き始めたばかりであった」というもの。掲句では、平地の東京の街中（まちなか）と山奥とでは気温がかなり違うことを椿の花の咲き具合で実感した。

さて漱石先生が足を運んだ「奥山」はどこであるのか。雑誌『太陽』で掲句の直後に置かれている俳句は「本堂の屋根葺き替へる日永哉」である。漱石は明治27年12月23日から明治28年1月7日にかけて鎌倉・円覚寺で参禅していた。平地であれば冬の到来とともに咲きだす椿であるが「奥山」では開花が遅れていた。明治時代の円覚寺では4月になると椿が満開になったようだ。令和の時代の「奥山」では3月に入ると咲きだす。

この句の面白さは、寒々しい禅寺で参禅していた時の気持ちが収縮していたと見ることができることだ。この時の漱石は悩みの中にあったからだ。明治29年の雑誌に投稿した漱石先生は、精神的につらかった時期があり、その時参禅して対処したことを思い出していた。

雑誌に投稿した3句目の最後の句は「温泉の宿の二階抜けたる燕哉」であった。全体を寒い句と暖かい句の組み合わせにしていた。雑誌の誌名に合わせた形だ。

＊雑誌『太陽』（明治29年5月号）に掲載（3句）

• 御車を返させ玉ふ桜かな

（おくるまを　かえさせたもう　さくらかな）

（明治29年1月28日）句稿10

平安絵巻の一場面なのであろう。『伊勢物語』の主人公の、在原業平らしき貴人が牛車に乗って、京の町のある筋に向かった。途中、屋敷の塀越しに見事な桜がのぞけて見えた。主人はここで牛車を止めるように従僕に言い、牛車の中からしばらく桜を見ると、ここで桜を楽しんでから一人で行くと告げた。桜を愛でるというのは口実であり、牛車を止めたところの先にある家が目当てだったということだ。従僕に行き先を知られたくなかったということだ。馴染みの女性が少し先の屋敷に住んでいた。

もう一つの解釈は、「雅な男は女性を京の桜の咲く屋敷から連れ出したが、結局手車に乗せて返すことになった」というもの。物語では貴人の女性連れ出しが発覚して、女性側の男たちによって屋敷に連れ戻されたことを、漱石は脚色して男の気が変わって元の屋敷に戻したとした。

この推測による解釈は、ネット検索でヒットした『伊勢物語』（六段の芥川）にある「白玉か何ぞと人の問ひしとき露と答へて消えなましものを」の歌にある「玉」からの発想である。ここで面白いことが発生している。最初の解釈で述べた男と女の関係がまず始まり、次に恋した男による女性連れ出し事件が発生し、漱石のアレンジしたようにもう一つの解釈に関係する連れ戻しで終わるということである。

ちなみに『新古今和歌集』にある在原業平の歌「白玉か何ぞと人の問ひしとき露と答へて消（け）なましものを」の意味は、「（あれは）真珠ですか、何ですか」と（あの人が）尋ねたときに、「自分は（あれは）露だよ」と答えて、（その露が消えるように私も）死んでしまえばよかったのに」という意味の後悔の歌だと教えてくれた。連れ戻されることになるなら、女にきちんとかっこよく答えればよかったという話だ。

この在原業平の歌についても、別の解釈が可能であろう。「男に連れ出されている最中に、野辺の草の露を見て、あれは白玉、真珠だと不思議に思って動かなくなった女の感性の鋭さに理解を示さなかった自分が情けない存在に思えた」というもの。男は野の草の中に消え入りたく思ったというものだ。

漱石先生はこの俳句で「給ふ」の代わりに「玉ふ」を用いているが、これは桜に対する敬意を表すためである。そして女性の美しさを称賛するためである。女性の美しさを玉ということから、もしかして業平は目当ての女性のことを「玉」と呼んでいたのかもしれない。ここに漱石先生独特の洒落がある。

ちなみに掲句の1つ前に置かれていたのが「呉竹の垣の破目や梅の花」であり、やはり垣根の向こうの庭にちらと見えた梅の花を楽しんでいる。業平には梅の花が美形の女性の姿に見えたのだろう。掲句の後に置かれていた句は「掃溜や錯落として梅の影」である。新年になって桜や梅の花を句に詠んで、気分を盛り上げている。

• おくれたる一本櫻憐也

（おくれたる　いっぽんざくら　あわれなり）

（明治41年4月26日）松根豊次郎宛の葉書

「春色到吾家」（しゅんしょく　わがやに　いたる）の前置きがあった。掲句は、歌人の白蓮との恋愛に悩んでいた弟子・松根豊次郎（東洋城）への葉書に書いた句である。

句意は「我が家の庭に待ち望んでいた本格的な春がとうとう到来した。暖かくなって庭に一本だけある桜木が咲きだしたが、他の花より遅れて少し憐れであった」というもの。

難しいことではあるが恋愛に冷静に対処できれば、失恋した場合でも軽度の後遺症で済むと漱石は考えていた。漱石は自分の若い時の経験を振り返って、自信を持って自説を伝えている。わきまえて自制してほしいと伝えていた。相手の白蓮は恋多き人として歌人たちの間では知られた存在で、子持ちの結婚経験者であった。

しばらくぶりに俳句を作って遠回しに弟子を諭すところは流石である。前置きにある「春色」は一般には「春の景色」であるが、この句では愛弟子が色気づいてきたことを茶化している言葉なのだ。

この句の味わい深いところは、愛弟子を強く諭しながらも、お前は大事な弟子だというメッセージを「一本櫻」という言葉で表していることだ。君は松山からの弟子であり、我が家の庭の貴重な桜なのだと表している。

ちなみにこの葉書には別の句も書かれていた。「南風故國情」と前置きした「逝く春やそゞろに捨てし草の庵」の句である。芭蕉は今まで住んでいた庵を捨てて旅に出たのだ、お前もスッキリさせたらどうだ、と伝えた。白蓮との恋を諦めただけでなく、次の行動に移るように促している。

• 槽底に魚あり沈む心太

（おけぞこに　うおありしずむ　ところてん）

（明治30年5月）句稿25

漱石は7月4日に妻を伴って上京し、9月7日まで東京と鎌倉に滞在した。妻は10月末まで鎌倉の親戚の別荘に滞在した。漱石は鎌倉の旅館に宿泊していた。漱石は熊本の第五高等学校の夏休みを利用して上京し、この機会に先の学期中に亡くなっていた父親の墓参りを果たした。そして子規が7月18日に漱石のために開いた句会に参加した。この句会には子規系の12人の俳人が集まって、盛会であった。

句意は「木桶の中にところてんが沈んでいて、その底には魚が泳いでいる。その魚にはところてんが見えていない」というもの。木桶の中が涼しそうに演出されている。ところで槽の魚はどんな種類の魚であったのか。鮎なのか。

この句の面白さは、魚は桶の中で透明なトコロテンの存在に気づかずに泳いでいると思われることだ。だが時折魚が何かにぶつかったことに気づいた。そこで驚いた鮎は沈んでいる透明なものに向かって声をかけた。「何だ君は？」と問いかけた。今風にいうと「あーゆー、ところてん？」ということになる。生活の中でストレスが溜まるばかりの漱石先生は面白い場面を創造して、ストレス発散をしていた。

さて掲句に対する師匠の子規の評価はどうであったのか。冷めきった家庭を心配していたが、どうにもならないと諦めた。熊本で結婚した漱石は、ほぼ1

年が経過した漱石家の様子を掲句で表した。屋根の下に夫婦が住んでいるが、相手がよく見えない状態であると新婚家庭を描いている。妻が魚であって、漱石がところてんなのだ。

＊雑誌『めさまし草』（明治30年7月）に掲載

・桶の尻干したる垣に春日哉

（おけのしり　ほしたるかきに　はるびかな）

（大正3年ごろ）手帳

少し暖かい風が吹き出し、水仕事も楽になってきたようだ。漱石は下働きの手伝い女が風呂場か台所で使っている桶を洗って竹の垣に引っ掛けて干しているのをみつけた。

句意は「いつもは濡れたままでいる桶が、春の日に垣根の杭に掛けられて風を受けている。その桶の尻は白く乾いている。桶は尻を天に向けて気持ちよさそうに風に吹かれている」というもの。桶はひっくり返されて垣根の杭の先に引っ掛けてあった。いい光景だと漱石は満足げであった。漱石先生は自分の尻にもこの爽やかな風を当ててやりたいと思った。そうすれば痛みが去らない尻の具合は少し和らぐと思ったことだろう。漱石は晩年痔疾で悩んでいたから、このような俳句を作ったのだ。

この句の面白さは、何度も手術を受けた傷だらけの尻を労ってやりたい気持ちになっていたとわかることだ。漱石先生の尻はいつもジメジメしていたと想像してしまう可笑しさがある。

もう一つの面白さは俳句の中に、桶と樽が組み込まれていることだ。「干したる」の中に樽が隠されている。漱石先生の身についた落語のセンスが桶の尻のように光っている。

・厳かに松明振り行くや星月夜

（おごそかに　まつふりゆくや　ほしつきよ）

（大正元年9月8日）松根東洋城宛の書簡

「奉送一句」と前置きしている。明治天皇崩御（明治45年7月30日）を詠った「御かくれになつたあとから鶏頭かな」の句と対になっている句だ。両句が同じ手紙に書かれていた。掲句はこれから行われる大喪の儀の光景を予想しての句である。大喪の儀は9月13日から15日にかけて行われた。この時期、俳句を作らなくなっていた漱石が渾身の力を振り絞って作句しているさまが想像される。

明治天皇の葬列は、松明をかざす行列の人々に囲まれて天皇陵に向かって歩いている。天皇の魂は地上の飛び散る光に送られて天に届き、そのあとは天の星に囲まれて天上に昇って行くさまを想像している。漱石の句は孝明天皇の奉送が従者らによる松明によって道が照らされる中で行われたことを踏まえている。実際の大喪の儀の日に漱石が夜空を見上げて、偉大な天皇の死を悼んでいる姿が浮かぶ。明治天皇の奉送の時の従者には、奈良県の十津川衆が加わっていたのであろう。

この句の味わい深いところは、松明を振ることで火花が無数に闇に飛んで光る地上の光景から、ダイナミックに視点が星月夜に移動することだ。松明の火花が空に舞い上がって無数の星になるかのように描かれている。松明の語源は「たき松」で送り火の意味を込めていたと思われる。

この俳句は漱石の臨死体験が加味されて作り上げられていると思われる。修善寺で大量に吐血した後、漱石は天の川の側近くまで自分の魂が上昇したことを経験していた。そして漱石はそれを控えめに文章に書き残していた。漱石は掲句を作ることで、明治43年の臨死体験を追体験していた。明治天皇の魂が火花とともに上昇して行くさまを想像した。ちなみに掲句は宮内庁に勤めていた東洋城が漱石に頼み込んで作られたものだという。返事の手紙には「奉挿や奉送の句はどうも出来ないね。天子様の挿句なんか作ったとがないから仕方ない」とぼやいた。

・御降に閑なる床や古法眼
（おさがりに　かんなるとこや　こほうげん）
（明治39年師走）

御降りは正月三が日に降る雨や雪のことである。年末に翌年の正月の天気予報が出され、正月三が日は天気が崩れると予想されていた。

句意は「元旦に雨が降りそうだとなると、正月に床の間に飾ることにしていた室町画壇の大御所の古法眼の絵画は、結局出されない」というもの。雨の日に床の間に飾っておくと吸湿して大事な絵が傷むことを懸念していたからだ。

古法眼は室町後期に活躍した狩野正信（かのうまさのぶ）のことであり、狩野派の祖である。当時法眼と称された。その子である元信は江戸期に活躍した二代目絵師である。その元信に江戸幕府から法眼の称号を与えられたため、先代の正信は古法眼と改称された。

明治の当時、古法眼の絵を所蔵している家はどこでもそれを家宝にしていた。しかし正月に雨が降ると家宝の絵でも床の間に飾ることをやめていた。この習慣を漱石は笑っている。これでは何のための家宝なのかと思うからだ。もちろん古法眼の絵は漱石の好みではないし、漱石家にはないものである。そうであるから漱石は笑えたのだ。

この句の面白さは、正月の句であるが皮肉たっぷりであり、おめでたい俳句ではないことだ。特に新聞を飾る俳句としてはこの句は不適当であるが、『国民新聞』の編集者は読者に不評と思われるのを承知して掲載している。

つまり古法眼の絵画は中国的な水墨画と大和絵を融合させたもので、掛け軸の絵として大人気を博したため、狩野派の無数の無名の絵師たちがアルバイトとして古法眼の偽物絵を作りだした。同派の絵師は同じパターンの伝統的な絵柄を描けることが狩野派の絵師であることの条件であったため、本物と偽物の区別がつかない精巧な偽絵が量産された。このような世の中にあっても、自分の家に伝わっている古法眼の絵は家宝として大事にされていた。漱石はこの絵のことを「お下がり」品として表した。

ちなみに弟子の枕流の女房の実家は茨城県の旧家であったが、蔵に残されていた多数の掛け軸は、遺産相続の際に全て偽物と判明した。それを知った時のスッキリした思いが蘇った。

＊『国民新聞』（明治40年1月1日）に掲載

・御降になるらん旗の垂れ具合
（おさがりに　なるらんはたの　たれぐあい）
（明治39年12月大晦日）

「おさがり」は大事な正月の三が日に降る雪や雨のことである。特に元日の降雪のことを有難がって表す新年の季語になっている。この年の大晦日に、漱石先生は日章旗を元日のために早めに玄関口に掲げておいたが、夕刻になってその旗をしみじみ見たのであろう。そのとき旗がじっとりと湿っているように感じたのだ。旗の垂れ具合がいつもと違っていて重そうであった。これを見て翌日の元日には雨か雪が降ると感じたのだ。漱石は肌で感じる湿気を旗でも確認したのだ。普段から祝日には国旗を掲げていたからこの予想ができたのだ。「なるらん」は「なるのであろう」と推量の文になる。掲句は元日の天気を予想している句なのだ。

漱石は星占いではないが、旗占いをしたように表した。旗の下がり具合を見て日本の行く末を考えていたのかもしれない。旗が幾分重そうに感じられて、明治天皇の体調が不安に思えたということか。これからの日本には困難が待ち受けていると推測したのだろう。

明治38年に、一応日本は日露戦争でロシアに勝ち、ポーツマス講和会議が開かれた。しかし、日本はこの戦争で大勢の兵が亡くなり、国民経済は極端に疲弊した。これからどうやって英国ロスチャイルドに借りた戦争資金を返済するのか。この課題が国家財政に重くのしかかってくる。漱石はこのことを心配して、来年からは苦しい年になりそうだと予想した。このことを国旗がはためかないと表した。

この句の面白さは「御降」を正月の雪模様のことを表す言葉ではなく、国旗が翻らない状態を示す語としたことだ。もう言葉を弄ぶような時代ではないと表現している気がする。

和田利男氏は『漱石全集』の編集をした3弟子が、この垂れ具合という語について嫌味の有無を論じていたことに対して、呆れていた。その和田氏は旗の垂れ具合から翌日の雨か雪を予測した漱石の能力を褒めていた。だが、これでは漱石の国や明治天皇に対する気持ちが出てこない。

ちなみに子規は「御降りの雪にならぬも面白き」の句を作っている。新年の元日には皆雪が降ることを期待しているようだが、期待はずれの晴れになると面白い、という。子規の俳句には天皇の権威に対するからかいの気持ちが表れているように思われる。

＊雑誌『ほとゝぎす』（明治４０年１１月）と雑誌『俳味』（明治４４年５月）に掲載

三者談

３人とも「垂れ具合」の表現が好きではないらしい。下品だという人もいる。句自体が嫌いだという人もいた。正月の無風の雰囲気が出ているという人もいるし、そうでないという人もいる。全員が正月句から受ける季節の印象だけを問題にしている。

• おさがりやはつはつ白き庭の面

（おさがりや　はつはつしろき　にわのつら）

（制作年不明）松根東洋城に渡した短冊

「おさがり」は「御降り」と書く「正月の三が日に降る雪や雨」のことである。正月三が日は挨拶回りや種々の行事で晴れてほしいと願うのが普通の感覚であるが、この日に静かに雪が降ると新年らしくなって有難いと思うのが常識になっている。

句意は「珍しく正月の元旦に雪が降って、庭は真っ白くなった」というもの。新年の特別な日に雪が降り積もって庭一面が真っ白になったのを見ると、人の気持ちは落ち着いて引きしまるのだ。玄関には年の瀬から国旗が立てられている。その玄関も白く染まっている。その白い風景の中にある国旗とその中の赤い太陽を見て、目出度さは増すのだ。

中七の「はつはつ」には、降り積もった雪を歓迎する気持ちが込められている。この「はつはつ」の語感は、「初初」であり「発発」であろう。この語は新鮮な雪の柔らかさを感じさせるものである。庭に雪が降り続いて厚い雪で覆われていくさまを見て、この雪は世の中を一旦落ち着かせる作用をするように感じたのかもしれない。そして大晦日に行った予想として元日には雪が降りそうだと思ったが、その通りになったと安堵する思いも込められている。漱石先生にとって元日の雪は歓迎されるものであった。

掲句は「御降りになるらん旗の垂れ具合」の句と対になっていると思われる。「御降りになるらん旗の垂れ具合」の句は明治39年12月大晦日に作られていた。漱石先生は元日の天気が年の瀬の旗の様子である程度予測できた。元日は雨か雪になりそうだと。そして朝起きるとその予想通りになって、庭には雪が降り積もっていた。

明治39年は日露戦争後2年目であって社会の混乱が続いていた。日本が開発を続けている満州を巡って世界の視線が満州に注がれていた。この年は日本社会が動揺していて、漱石が目にしていた正月の降雪はありがたいものに思えたのだ。日本を白い雪で一旦冷やす効果が期待できそうだと思ったのかもしれない。

加えて明治39年末ごろから漱石自身も帝大退職を考えていて、漱石の周囲は大混乱をきたしていた。この騒ぎも正月の雪で鎮静してほしいと願ったのあろう。目出度い正月に降りだした初雪は、漱石先生にとっても歓迎したいものであった。

ここまで書いて、掲句は松根東洋城に向けて書いた短冊だと思った。明治40年8月ごろは東洋城に対して盛んに諭す葉書や手紙を出していた。子供のいる歌人の柳原白蓮への恋心を捨てるように説得を続けていた。その後東洋城は家族の反対もあって白蓮との結婚を諦めた。漱石先生は、この結末を受けて明治41年の新年をすっきりした気分で迎えたのだ。白い庭の雪は「白蓮の雪」であった。「白蓮問題の鎮静」を表していた。この句の短冊を東洋城に渡した漱石は嫌味の先生であった。そしてユーモアの先生であった。

• 御死にたか今少ししたら蓮の花

（おしにたか　いますこししたら　はすのはな）

（明治28年10月末）句稿3

前置きに「弔古白」（こはくをとむらう）とある。「古白」は藤野潔の俳号で、子規の従弟である。子規は4歳年下の古白に兄のように接していた。漱石は古白とは松山の俳句会で一緒の時があり、彼はこの句会の中心メンバーの一人であった。早稲田大学の学生であり作家として活躍していたが、明治28年4月12日にピストル自殺を遂げた。

「御死にたか」の理解ができなかったが、松山方言で「死んでしまわれたか」という意味の言葉だとわかった。子規から古白には小さい頃から悩みがあったと知らされていた。彼は小さい頃に故郷を離れて継母に育てられていたのだ。

掲句は死んだ友人に対して、「とうとう死んでしまったか。もう少しで才能が花開くのに、あの世に行くのか。成仏して釈迦のいる蓮の花が咲くところに行ってくれ」と俳句で声をかけたのだ。古白は東京に親と住んでいたが、生まれ故郷の松山に度々帰っていた。そんな古白を思い出して、漱石は古白に松山弁で優しく語りかけたのだ。

漱石は古白が幼少の頃から悩んでいたことを知っていたが、子規のようには親身になって接してはいなかった。漱石自身が楠緒子のことで頭がいっぱいであったからだ。古白の自殺を知ってからこのことを漱石はずっと気にしていた。「今少ししたら」の言葉の裏には、漱石の「もう少し古白に自分の生い立ちのことを、自身の家族との葛藤も話しておけば、少しは違ったかも」という思いが込められている。

三者談

古白が死んだ時には蓮はまだ咲いていなかったが、もうじき蓮が咲くよと古白に呼びかける。もう少し蓮の花を見てゆけと言いたいのか。漱石は子規に、本当に惜しいことをしたという意味のことを書いて手紙（明治28年5月26日付け）を出した。掲句には特別な思いは込められていないこともあり、幼稚な句に見える。いや意余って言葉足らずなのかも。この半年後に「思ひ出すは古白と申す春の人」とやり直しの句を作った。

• 押分る芒の上や秋の空

（おしわくる　すすきのうえや　あきのそら）

（明治40年頃）手帳

澄んだ秋の青空の下に、芒の原が広がっている。漱石はその芒を手と足を使って押し分け、進んで行く。どこまで行っても芒の原が続いている。漱石は芒の群れを押し分け歩きながら、時々顔を上げて空を見ている。芒の白い穂と青い空の色のコントラストを楽しんでいる。自分の手と足の動きが目の前にある芒の株の動きを作っていることを確認しながら、押し進む造形の面白さが描かれている。

この句の面白さは、秋の青い空の下に芒の原が広がっているのではなく、動く芒の上に秋の空があるのだという表現になっていることだ。空は雲がなく単調な青色一色になっているだけで変化がなく、面白い存在ではない。これに対して、同じく果てしない芒の原の方は緑色を残した鋭い葉っぱと柔らかい白穂を備えていて、複雑な存在だ。そして漱石が分け入ると芒は驚いたように大きく揺れる。両者を比較すると漱石にとっては芒の方が圧倒的に魅力的な存在に思える。したがって漱石にとっては下界の芒の原の方が主役なのだ。

秋の空は綺麗な存在であるが、動きがなく単調である。浮かんでいる白い雲があっても面白くない。地上で早い動きをする芒や葉を揺らす木々があってこその空なのである。このことを確認するように漱石は芒の原を押し分けて進んでいる。

漱石は明治36年初頭に英国から帰国し、その春から帝大の英語教師になった。英国留学中に文学を研究して小説を書くことを決め、教師を務める傍ら明治38年に『吾輩は猫である』、明治39年に『坊ちゃん』と『草枕』と続けざまに小説を発表してヒットさせた。そして明治40年2月になると漱石の作家としての才能に注目していた東京朝日新聞社から入社の話が起こった。

英語教師の仕事は、英国に留学する前から辞めたいと思っていた漱石先生は、周りの反対を押し切って、新聞社の社員に転身した。漱石先生は、このことを掲句に詠んだのだ。芒の藪を押し分ける際に、手の皮膚は芒の鋭い葉で切れて出血したであろう。しかし、漱石先生は目の前に広がる芒の原ではなくその上に広がる青い秋の空を見上げていた。

＊『東京朝日新聞』（明治40年9月21日）の「朝日俳壇」に掲載

● 恐らくば東風に風ひくべき薄着

（おそらくば　こちにかぜひくべき　うすぎ）

（明治30年2月）句稿23

句意は「暖かい東風が吹き始めたのをみて、早々ともう春になったと勘違いして薄着になってしまった。風邪を引いたのは恐らくは薄着のせいだ」というもの。期待先行で春になったと勘違いして薄着をしてしまったのだ。長い冬から早く脱したいとの思いからの誤った判断であった。鼻水が流れて喉の調子も少しおかしかった。こんな状態では謡は休止するほかはないと諦めた。

漱石先生は「三寒四温」という言葉を忘れてしまっている。早とちりの性格なのか。いや「坊ちゃん先生」はこの時期早朝に庭に出て、上半身裸で乾布摩擦をしていたので、風は引かないという自信があったのだ。しかし実際には続けられていなかった。漱石は高等学校の生徒や同僚に風邪を引いたのは、薄着のせいだと話していたに違いない。

この句の面白さは、東京にいる師匠の子規は、東風と俳句に詠めば暖かい東から吹く風と思い込んでいるとして、掲句に詠み込んだが、明治30年に漱石の住んでいた熊本市で東の風は、阿蘇高原を吹き下ろす冷たい風になっていた。この風が吹いている季節に薄着になれば風邪を引くのは当たり前というトリック的なオチが隠れているところだ。掲句はユーモア俳句になっている。

● 恐る恐る芭蕉に乗って雨蛙

（おそるおそる　ばしょうにのって　あまがえる）

（明治30年10月）句稿26

池の端の芭蕉（バナナに似た中国原産の大型多年草）に乗ったまま怖がっている雨蛙がいる。下界の蛙たちは池の淵からいつものように水面に飛び込んで遊んでいる。その一方で少し挑戦的な蛙は、芭蕉の葉に上って仲間の蛙を見下ろしている。いつの間にか目覚めた蛙たちは偉大な「俳聖」芭蕉の上に乗ってしまい、そのことに気づいて震えている。そんな蛙を漱石はコミカルに描いている。

こんな句を作ると芭蕉派、虚子派の俳人たちの怒りを買って、漱石蛙は葉っぱから叩き落される羽目に陥りそうだ。この漱石蛙はこれを予期すると恐ろしさに震えて、葉っぱの上でほとんど動けなくなっている。

漱石にとって芭蕉は好みの俳人ではなかった。尊敬する俳人ではあったが、馴染めなかった。掲句における隠れた主張は「俳人の皆さん、芭蕉俳句をそろそろ卒業して遊びなさい」ということである。蕉門系の俳人は芭蕉を敬ってばかりしていないで、その世界から脱皮してはどうかと提案しているのだ。これは子規の弟子たちに向かっての言葉でもある。

その芭蕉自身は実はどんどん脱皮して変身していったのだ。芭蕉の晩年はユーモア俳句に惹かれていたというのが実態があった。芭蕉は大坂で死の床にあった時、弟子たちを前に、こうなる少し前からユーモアを込めた句を作っていて、本当はこの方の俳句を作りたかったのだ、と言って弟子たちを驚かした。弟子たちに蕉風俳句を見限って新たな方向に転換してほしいと言ったが、一人を除いて全員納得しなかった。弟子たちはそれぞれの地元で一人前の蕉門宗匠になっていて、今さら自分の弟子に向かってそれはできないと考えていたからだ。

ちなみに漱石の尊敬する俳人の宝井其角（たからいきかく）の句に、掲句の下敷きになったと思われる句がある。「雨蛙芭蕉にのりてそよぎけり」の句である。ここに描かれている雨蛙は、「恐る恐る移動する」漱石蛙よりも大胆な行動をしている。自分が乗った芭蕉の葉を揺り動かして遊んでいるのだ。「戦ぐ」とは挑戦していることになるのだ。漱石も其角に倣って芭蕉の葉を揺り動かそうとしている。そこでまず葉っぱの上に乗ってみたのだ。

・恐ろしき岩の色なり玉霰

（おそろしき　いわのいろなり　たまあられ）

（明治32年1月）句稿32

「山は洗ひし如くにて」と岩の耶馬渓のさまを前置きで描いている。深い谷川の青を見ながら細道をゆくと、目の前に恐ろしい色をした大きな岩場が出現した。そこに急に降りだした大粒の霰が滑るように当たりながら飛んでくる。岩の斜面に当たって白い火花が飛ぶように見える。風に乗って吹き付ける玉のように美しく光る霰は周囲の岩肌の色とコントラストをなしていた。

「恐ろしき岩の色」の岩はそびえる岩山で、その恐ろしい色は吹き付ける雪交じりの強風や霰交じりの強風が千年、万年単位で衝突し、摩擦を起こしてツルツルになった岩の光沢を指している。これが危険な「恐ろしき色」なのであろう。この岩の谷間は厳しい自然が遠慮なく顔を出す危険なところであることを示していた。そして薄く積もっている白い霰の細道は凍っている。漱石たちは恐る恐る足を進めていた。

若い同僚の奥と熊本市から北回りの鉄道を使って大分の宇佐神宮に初詣し、帰りは西の岩山へ入り、そして南へ徒歩で抜け、船で筑後川を下り、最後は久留米から鉄道を利用するという旅程は、青年期の冒険旅行のつもりであった。

ところが入り込んだ岩山は耶馬渓の中央部で、深耶馬渓と呼ばれているところであった。この辺りでは日が届かず気温が急激に下がるのだろう。そこに霰交じりの強風が周囲のツルツル岩に当たりながらほとんど減速することなく漱石たちに吹き付けていた。

漱石たちはどんな装備で山道を歩いていたのか。袷の着物に袴を穿き、紙合羽に草鞋履きであった。人通りはほとんどなかった。言葉には出さぬが遭難死を覚悟したのだろう。

「つまらぬ句ばかりだが、紀行文の代わりとして読んでくだされ。病気療養の慰めになるぞ」と句稿の冒頭で、漱石は断っている。掲句は恐ろしい俳句になっている。決してつまらない俳句ではない。これは漱石のユーモアである。

・恐ろしや経を血でかく朧月

（おそろしや　きょうをちでかく　おぼろづき）

（明治29年3月5日）句稿12

血判状というものがあるが、これは手指を切って血を出し、認めた書状にその血で指印を押したものである。この俳句にある「経を血でかく」行為は、この血判状よりも強い決意を感じさせる。流れ出た血で経典を書き写すのであるから使う血の量がはるかに多くなる。実際にこれを実行した人は、平安時代末期の崇徳上皇である。

句意は「春のおぼろ月の下で、恐ろしいことに筆に自らの血をつけて経を写している」というもの。漱石はこの血で書いた経を見たのである。掲句を作った時に、漱石は松山にいた。そして崇徳上皇の墓は松山にあった。

薄明かりの中で血の写経をしている崇徳上皇は恐ろしい形相をしていたはずだ。朝廷で天皇継承問題をめぐって権力争いが起こり、朝廷は摂関家、源氏・平氏の武士団を巻き込んで当の上皇側（兄）と天皇側（弟）に分かれて争った。これは保元の乱と呼ばれ、敗れた崇徳上皇は四国の讃岐の地に流された。この地で崇徳院は仏教に深く帰依し、五部大乗教の写本を自分の血で書き上げた。これを京都の寺に収めてほしいと朝廷に頼んだが拒否された。この時崇徳院は舌を噛み切ってその血でもってその書き上げていた写本に、自分は日本国を呪う怨霊になると書き込んだ。

漱石が崇徳上皇の絡んだこの血書事件を取り上げた理由は、何であったのか。漱石の歴史俳句の場合、その殆どに趣味の一つになっていた謡が関係している。調べてみると謡曲に関係のある「松山天狗」というものがあるとわかった。

西行法師が、保元の乱で敗れて讃岐の国へ流され、そこで崩御した崇徳上皇を弔うため、讃岐松山にある廟所を訪ねるところから始まる。その廟所に西行が行くと翁が現れたので崇徳上皇の墓への案内を頼み、墓の前で歌を詠んだ。そして流された上皇のもとに誰か訪ねてきたかと訊くと、白峰の天狗だけだったという。夜になると上皇の霊が西行の前に現れ、訪ねてくれた喜びを伝えるべく舞楽を舞い、消えていった。

ところで崇徳上皇の墓は松山のどこにあったのか。上皇は松山津に上陸し、近くの国府の館で監視されながら約3年間住んだ。この後、京から刺客として送られた武将に暗殺されたという。この館はのちに雲井の御所と名付けられ、入り口には菊の紋がつけられた。墓所は松山の近くの坂出市にある。

漱石は翌月には、かつて崇徳上皇が上陸した港から次の赴任地へ旅立つことを思いながら、掲句を詠んだに違いない。1年弱住んだ松山では色々あったが、自分は生きながらえて次のステップに進むことができると、崇徳上皇との違いを考えたのかもしれない。

・男滝女滝上よ下よと木の葉かな

（おだきめだき　うえよしたよと　このはかな）

（明治28年10月）句稿2

「滝壺に寄りもつかれぬ落葉かな」「半途より滝吹き返す落葉かな」の次に書かれていたのが掲句である。これら三つの句からは男滝女滝の名称を持つ滝の形状は、推定できない。単に男滝と女滝が目の前にあるとしかわからない。

漱石がこの句を作った時は松山にいたが、松山にいても四国でこの滝を特定することはできなかった。つまりこの句は想像の滝を詠んだものということになる。日本に存在する男滝女滝の滝は、距離的には近くても別々の流れから落下する滝である。この種の男滝女滝の名がつく滝は全国に62箇所あるという。つまり掲句にある男滝女滝は、ほぼ接するように流れる2列の滝が、途中でぶつかるように交差し、合流して流れ落ちる滝としてシメージされていると考える。

句意は「山枯れの季節になって、隣り合う男滝と女滝の流れは、途中交わりながら流れ落ちている。そして滝に近い木から枯れ葉が落ちだすと滝の周りの乱気流に巻き込まれて、上になったり下になったり乱舞しながら滝壺に向かう」というもの。男滝と女滝の流れが混じり合っていると艶かしさが生じ、落ち葉の乱舞するさまも艶かしいというもの。

この句の面白さは、「上よ下よと」にある。枯葉の上になったり下になったりの乱舞するさまは想像できるが、男滝と女滝の流れの乱舞するさまは合流を表すのだろう。しかし、どちらが上か下かはもうわからない。ここに漱石のユーモアがある。

・お立ちやるかお立ちやれ新酒菊の花

（おたちやるか　おたちやれしんしゅ　きくのはな）

（明治28年10月12日）松山の花乃舎（はなのや）での送別句会

「送子規」の前置きがある。秋の日に子規は松山から東京に帰ることになり、漱石ら句友17人は別れの宴を開いた。出発の一週間前の10月12日の送別会である。松山市の北の海岸近くにある蓮福寺で行われた。新酒ができる菊の季節に子規と別れることになった。大陸の中国では菊の花びらを浮かべた酒で祝うと長生きするという言い伝えがあるという。漱石はこの酒の句に子規の病気回復を願う意味も込めた。

子規は『日本新聞』の従軍記者として大陸に渡り、記事を書いて帰国したが、上陸した神戸で吐血し入院した。その後故郷の松山に移動したが、一人で住んでいた漱石は同居するように誘った。2カ月間漱石の愚陀仏庵で子規は療養し、その間、毎晩句会が漱石の家で開かれた。漱石もこの会に参加していた。子規は帰京できるほどに体力を回復させたので、この送別会が開かれ、漱石は送別の句を作った。

この句の面白さは、掲句は別れの句であるが、ユーモアはしっかり込められていることだ。「お立ちやるか」は「いよいよ旅立つのか」という松山言葉だという。そして、続いている「お立ちやれ」は「行きなされ」の意で、この言葉で漱石は子規を送り出した。漱石は菊の杯を持って子規にこのように声をかけたのだろう。「お立ちやるか」は子規には懐かしい地元言葉である。漱石は使い慣れない言葉を俳句に入れて、松山の英雄、子規を盛り立てる配慮を松山の俳句仲間に示した。

もう一つの面白さは、宴会であるので気楽に「新酒」と「菊の花」とで季重なりにしていることだ。そして新酒「菊の花」は漱石の家紋が菊菱であるので、この宴会費用は松山では最も高給取りと噂された漱石が払うということを宣言した句になっている。

ちなみに漱石は子規のために掲句の他に4句を作っている。「秋の雲只むらむらと別れ哉」「見つけつゝ行け旅に病むとも秋の不二」「この夕野分に向て分れけり」「疾く帰れ母一人ます菊の庵」で、最後の句では東京で心配している母のもとへ早く帰ったほうがいい、途中遊ばないで帰れよ、と諭している。だが子規はまっすぐ東京に帰りはしなかったのだから面白い。

• 落ち合ひて新酒に名乗る医者易者

（おちあいて　しんしゅになのる　いしゃえきしゃ）

（明治31年10月16日）句稿31

熊本の酒蔵で新酒の出来上がりを祝う販促の新酒会が催された。地元の名士が多数招待されて会場に来ていた。下戸の漱石もこの中にいた。初めて顔を合わせる人も多かった。互いに何処の誰であると自己紹介している。この中には漱石の家に来たことのある医者もいれば易者の顔もあった。

句意は「新酒会の場で招待客は互いに自己紹介をしたが、その中に顔を見知った医者と易者がいた」というもの。当時の易者は中国古典をマスターした儒者ということになっていて一応知識人の一員であった。筮竹による易占い師も人々の尊敬を集めていたが、似非儒者も多かった。漱石は疑うような目で目の前の易者を見ていた。

掲句と同じ句稿に次の句があった。「秋の暮　野狐精（やこせい）来り見えて曰く」である。漱石の家にも妻の易狂いを知って来ていた「禅者狐の偽儒者」を隣の部屋で漱石は苦々しく思っていた。漱石はこの易者の顔を見たくなかったに違いない。しかし、新酒会で顔を合わせてしまった。漱石はその場の雰囲気に合わせて自己紹介することにした。相手は「奥様によく呼ばれてお宅に伺っています」などと付け加えたに違いない。

この句の面白さは、「新酒に名乗る」にある。参加者が利き酒の杯を持ちながら、参加者同士が適当に自己紹介している風景が見えるが、目の前の易者の顔を見たくない漱石は、この中七で相手の手に持たれた杯を見て喋っている場面を活写していることだ。

もう一つの面白さは、顔を合わせたくなかった別の医者がいることだ。この医者は、この年の5月に妻が入水自殺未遂事件を起こした時に、漱石宅に運び込まれた妻を診察した医者であった。漱石はこの医者に妻のことを他言しないように頼んでいたはずだ。その医者に漱石は「その節はお世話になりました」と言ったに違いない。あの事件を漱石は思い出したくなかったのだ。漱石は目の前の医者の顔を見ずに相手の手の中にある升を見ていた。

• 落人の身を置きかねて花薄

（おちうどの　みをおきかねて　はなすすき）

（明治37年10月頃）連句

源平の戦いに敗れた平氏の一部は人家のあまりない山奥に入って、追っ手を気にしながらの生活を始めた。周囲は畑もない荒地。芒は穂を開いて冬が近いことを知らせている。それとも掲句は漱石が生活した熊本で戦いが行われた西南戦争のことを描いているのかもしれない。敗れた西郷隆盛の私学軍に対する残兵狩りが行われたのかもしれない。

句意は「落人は追っ手が気になって、芒が生い茂る山間の地を移動しながら身を隠していた」というもの。地元民に残兵だと気づかれないように気を遣いながらの生活を描いている。黒ずんだ落人と白く輝く芒の穂を対比させている。そして芒は風が吹けば靡くだけの頼りにならない存在であることを表し、落人の身と同じであると表している。

連句の前の句は「村の出口に立つる高札」（四方太）。漱石は村の出口に立つ高札には、残兵を匿うなと御触れが出ていたと想像した。

• 遠近の砧に雁の落るなり

（おちこちの　きぬたにかりの　おつるなり）

（明治40年頃）手帳

京に出た夫を何年も待ちわびる妻は、一人でいる心細さを、そして一人寝の侘しさを夜遅くまで続ける砧打ちで紛らわせている。灰汁を洗剤として染みこませた粗い布や衣を木や石の台上で木槌を打つと、その音はトントーンと夜空に響く。この音が京に届けと妻は打ち続ける。しかし、夫はこれを聞いていないのか帰ってこない。とうとうその妻は心労で死んでしまった。夫を恨んで地獄に落ちた妻はその地獄で不実な夫を恨みつつ恋い焦がれている。この妻の死の知らせを受けた夫は、舞い戻って読経をして妻を弔った。

この話は能、謡曲の演目『砧』にあるもの。ここに登場する夫と妻は今も有り触れた存在であり、すれ違いのまま終わる夫婦は多かった。この物語の現代版は少し古いが若い男女の『木綿のハンカチーフ』であろう。
この砧打ちは漱石の生きた明治時代から昭和の初期まで続いていた主婦の仕事の一つであった。その後はこの砧打ちは形を変えて現代でも続いている気がする。

句意は「群れをなして夜空を飛ぶ雁は下界のあちこちから届くトントーンという砧の音を、鉄砲撃ちが雁を狙って発砲した音と勘違いして、急降下して暗い蘆の原に体を隠すようにみえる」というもの。澄み切った夕空では雁が遠くまで飛んで山の端に吸い込まれて姿を消す光景が見えるが、漱石はこれを面白く脚色している。

地方のあちこちで多くの妻が夜になると砧を打っているのは、洗濯好きだからなのではなく、夫の身勝手な根性を打ち直そうとしていたのだ。「トントーン」と空を飛ぶ雁をも撃ち落とす威力のある音は、心の離れた夫を呼び戻す妻の悲痛な心の訴えなのだと、漱石先生は解釈する。当時の熊本の漱石宅にもこの外からの音は響いていた。漱石先生の心にも響いていた。しかし、漱石は演目『砧』に登場する夫の役をほぼ同じように演じ続けていた。謡の夫と少し違う点は妻のもとへ時々帰宅していたことだ。

• 落ちさまに虻を伏せたる椿哉

（おちさまに　あぶをふせたる　つばきかな）

（明治30年2月）句稿23

虻は椿の花にしがみついて蜜を吸ったり花粉を食べたりするが、この間に椿の色香によって動けなくなる。そして花の寿命が尽きて椿がぽろっと落ちるときには、ちょうど花は虻を道づれに下向きに落ちて、虻を路面に閉じ込めて虻の命を奪うと漱石はいう。ただしこのように道連れになるのは色香に弱い雄の方で、雌は人や小動物を刺して体液を吸い取るのを優先するので命を落とすリスクは小さくて済む。

ところでアブの漢字には虻とは異なる別字として蝱がある。掲句の虻の代わりに蝱を採用している俳句本がある。この蝱の方は椿の花がアブを2匹まとめて絡め取って土の上に押さえつけ、死に至らせる姿を描いていることになる。こちらが本字なのだという説がある。

妖気の漂う真紅の色気で虻を道連れにする椿。バサッと音を立てて虻を閉じ込めるさまには迫力を感じる。花の中にいた虻どもはこの着地の際の大きな音で気が動転し、重い椿の花びらに押さえつけられれば観念してしまうであろう。

だがこれとは異なる見立てもある。弟子の枕流の経験であるが、樹上の椿の花の雄しべに虻がくっついたまま死んでいたのを目撃したのだ。花をゆすっても雄虻は落ちなかった。虻は花と落ちて圧死するのではなく、落ちる前に腹上死していたのである。もしかしたら漱石は腹上死した虻が椿の花と共に落ちることまで知っていて、妖艶な椿を悪女に仕立てたかったのかもしれない。

ここまで書いた後、小説『草枕』を改めて読んで、落ち椿と虻に関する次の箇所を発見した。画工の漱石が古宿に泊まっていた際、宿にすっと誰もいなくなった時のさまを「永き日を、かつ長くする虻のつとめを果たしたる後、蕋に凝る甘き汁を吸い損ねて、落椿の下に、伏せられながら、世をかんばしく眠っているかもしれぬ。とにかく静かなものだ」と描いていた。虻は蜜壺にばかり気を取られて道連れになってしまったが、落ち椿と過ごす虻の静けさを宿の静けさとして描いていた。この部分の文からは、虻と落椿の新たな関係が見えてくる。虻が前から死に場所を椿の花と決めていたのであれば、落椿はただの優しい花になるのだ。

その一方で漱石は、椿に対する別の思いも吐露している。「あれ程人を欺す花はない。余は深山椿を見る度にいつでも幼女の姿を連想する」と書いた。世間知らずでわがままな美人には近づかない方がいいと警告を発しているようにも見える。このように漱石は椿には特別な思いを持っていたが、椿の句は意外にも少ない11句で、菜の花の句よりも少ない。

漱石はこの種の妖艶な女性、しかも知的である大塚楠緒子との関係で大変な思いをしていた。これが頭に残っていて、掲句を作ったのかもしれない。

ところで世の専門家が言うことには、掲句には参考にしたと思われる蕪村の句に「椿落ちて昨夜の雨をこぼしけり」があり、また芭蕉句には「落ちざまに水こぼしけり花椿」があると指摘している。確かに両者の句の着想は似ているが、句の面白みと椿の情緒の点では芭蕉句は漱石句に比べて格段に落ちる。

そして漱石句には観察句か想像句かの議論がある。これに決着をつけようと弟子の寅彦は本物の椿の花（理化学研究所に6本の椿を植えた）とダミーのアブを使って実験に及んだ。この結果を論文（昭和8年）にまとめた。樹が高いほど仰向きに落ちた花の数の比率が大きく、低い樹では虻を伏せやすくなる。

しかし、これは漱石の俳句に忖度したもの。椿は一般に樹高が高い樹が多く、虻が付着した花の落ちる時の俯き姿勢は、着地の時には花の形状と重心の位置が支配して、仰向きに変化する確率が大きくなる。つまり漱石句の観察結果はめったに起こらないと結論した。

三者談

際どい句であり、現代的な句だ。虻はそんなに花の奥まで入るものか。田舎で小さい時分に椿の甘い汁をずいぶん吸っていたものだ。

• 落ちし雷を盥に伏せて鮓の石

（おちしらいを　たらいにふせて　すしのいし）

（明治36年5月）一高俳句会

漱石は英国留学を終えて帰国すると、帝大と一高の教壇に立った。掲句は一高俳句会で詠んだ俳句。鮓と来れば関西の熟鮓（なれずし）で、盥や桶で、飯と魚の切り身を重ねて発酵させるやり方で長く作られてきた。関東の鮨は酢飯を使う握り寿司（現代は「寿司」が一般的な表現になっている）が代表的なものである。関西では大きめの盥に蒸した米を敷き、その上に鮒や鮎などの開いた魚を載せ、これを何層にも重ねて数カ月以上保持すると発酵が進み、熟鮓が出来上がる。大昔は下層の飯は捨てていたが、現代は発酵を途中でやめて魚と飯も重ねたまま食べるように変わっている。

この俳句はただの奇想天外な俳句、剛毅な俳句という雰囲気を醸しているが、実はれっきとした科学的事実をベースにおいた空想俳句なのだ。

古来、稲の成長期にある田んぼに落雷があると稲の株が太くなり、米の味が良くなるといわれてきた。これは空中放電の電流による空気中の窒素の固定化による効果であり、この窒素が田の水に溶け込むことで肥料化し、稲の成長が促されるというものだ。この現象をもとにした技術は、椎茸の栽培の際に電気放電法として今も用いられている。漱石先生はこの現象を知っていて、掲句を作った。

句意は「仕込んだばかりの熟鮓の盥に雷が落ちたら、すぐさま雷が逃げないように塞いで重しを載せて閉じ込めておく」というもの。この落雷によって仕込んだすし飯と魚の切り身は殺菌され、これら材料の発酵は進み、旨味が増すことを想像した。その状態で石を載せておけば最高の熟鮓ができると考えた。漱石は英国に2年間いてうまい鮨から遠ざかっていたので妄想が膨らんだのか。

別の見方をすれば、雲の上にいる雷神様も下界の鮨が食べたいと身を乗り出しているうちに熟鮓の盥の中に落ちてしまい、閉じ込められたと笑い話を創作したようにも取れる。それほどに関西の熟鮓は香りが良くうまいということを学生たちに言いたかったようだ。

＊雑誌『ほとゝぎす』（明治36年6月）に掲載

三者談

閉じ込めた雷が鮓の石になるという理解が有力ということで、延々と続いていた「石は何か」という議論は収まった。雷と鮓の組み合わせは理解が艱難。漱石は恐ろしく突飛なことをつなぎ合わせて句を作る人だった。

• 落付や疝気も一夜薬喰

（おちつくや　せんきもひとよ　くすりぐい）

（明治28年11月22日）句稿7

漱石先生の落語のセンスが良く表れている。ストレスが多い松山での教員生活の中で、掲句のような落語的な俳句を作ってみたくなる時があったのであろう。

人は突然下っ腹が痛くなるときがある。この「疝気」という言葉は、時代劇で耳にする「疝（あたはら）」である。うずくまって介抱されている旅の女子が、下腹をさすりながら「疝でござります る」と口にするあの言葉である。こんな時は深呼吸すれば気が落ち着いて痛みも少し治まると考えるのが普通の対処法であるが、漱石の場合は夜中に疝気が起こると薬食いするという。だが、この薬食いは隠語で肉鍋を食べるということだ。これが一番効く薬なのだといいながら夜に出かける。

漱石に言わせれば急な腹痛はあまりの空腹からくるものだということなのだ。イライラしていると空腹感もひどくなるのだ。そこで一番効くのは精のつく肉鍋ということになる。

上記の解釈は表の解釈である。だが、東京にいる子規は裏の解釈にたどり着こうとする。つまり漱石は同居していた子規が10月19日に東京に戻るべく旅立ってからは、賑やかな会話も夜の句会もなくなって、寂しい思いをしていた。漱石はそれを「疝気」と称した。そして「一夜の肉鍋」は、夜女性に会いにゆくことを意味するのだ。この肉料理によって漱石は落ち着きを取り戻すことができた。この落語的な表現は、同じく落語好きな子規を喜ばせようという漱石の心遣いから生じている。子規は大陸で従軍記者として仕事した後、吐血して神戸で入院していた。その後2カ月も漱石宅で療養生活を続けていた。新聞社勤務のサラリーマンであった子規は長期欠勤状態であったから、体調がそこそこ恢復すると帰京した。しかし子規は依然健康不安な状態であった。漱石は子規に栄養のあるものを食べるように、という思いも、掲句に込めていたと思われる。

ちなみに江戸時代に行われた疝気療法は、「またたびの粉と橙の焦がした皮の粉を合わせて服用する」というもの。これが明治時代になると漱石の情報によれば「薬喰」になる。江戸時代にはこの疝気は下腹部にいる虫が暴れ、腹の筋を引っ張るからだといい、これをなだめるのが治療だということになっていた。松山時代の漱石先生は健康な独身の男であったから、時々下腹部にいる疝気の虫が暴れたのであろう。

この句のおかしさは、寂しくて落ち着きがなくなる疝気には、夜に一回肉喰いをすれば治るということだが、治った時の心持ちを正直に「落付や」と表していることだ。

落椿重なり合ひて涅槃哉

（おちつばき　かさなりあいて　ねはんかな）

（大正3年）手帳

重い椿の花はドサッ、ドサッと柔らかい土の上に続いて落ち、椿の木の根元は紅い椿の絨毯になっている。そんな落ち椿の重なっているさまが、人の寝そべる姿にも見えたのかもしれない。

漱石はこの椿の花の重なり合っているさまを見て、男女の和合のように感じたのかもしれない。体が重なり合ったままの男女。落ち椿がこの状態で動かないのは、涅槃の境地になっているのだろう。

待てよ、落語好きな漱石であれば、この句には何かが隠されていそうだ。釈迦であれば大蓮の花の上で横になるのが似合うが、俗人は落ち椿の柔らかい布団の上に身を横たえることで涅槃の境地になれるというのか。漱石先生は椿の木の下にできた落ち椿のマットを見てそこに寝たくなる誘惑に駆られたということだ。

胃潰瘍が長年にわたって進行していた漱石は、この句を作ってから2年後の大正5年に没するが、この句を作っていた時に何を考えていたのか。先に死んでいた永遠の恋人、楠緒子との死後の再会を夢見ていたのか。掲句にある涅槃の境地とは、死後のことなのかもしれない。

大正3年は、漱石の代表的な小説である『こころ』（「先生の遺書」を改名）を4月から8月31日にかけて新聞連載した年だ。この連載時期は4度目の重篤な胃潰瘍の時期と重なっていて、漱石先生は痛みを我慢して執筆を続けていた。書き上げると一カ月間床に伏した。掲句は庭の椿の花を眺めて気分転換を図っていた時のものであろう。庭で落椿の重なっているさまをみて、自分もそのうち遺書的小説を書き終えたなら、自然に倒れて涅槃の気分に浸ることになるのかと思ったのだ。間欠的に起こる肉体的な痛みと継続する精神的な痛みからの解放を夢見ていたのかもしれない。

　ところで掲句は蕪村の「牡丹散ってうち重なりぬ二三弁」との類似が指摘されている。しかし、以下の点で大きく異なっている。牡丹の花は、散り始めから崩れ出し、枝を離れて着地すると一気にバラバラになって無残な状態になる。これに対し、落ち椿は、着地の際でも崩れずに柔らかく花同士が重なる。そして、椿の花は落下後に喜びを感じる心持ちになる。つまり両極端な状態が出現するので、両句は異なっている。

　そして見ている人は、悲惨な光景ではない、あこがれの光景を目にして満足感を味わうのだ。

・落椿矢にや刺さまし夫の矢に

（おちつばき　やにやささまし　それのやに）

（明治37年11月頃）俳体詩「尼」16節

句意は「椿の花芯を鋭利な矢で突き通して、その矢に」というもの。その矢に何かが関わってくる。この句には「翳（かざ）して行けば白き衣照る」の句が続く。落ち椿は愛した女性の身体であろう。全体では「白い着物を着た男は、椿の花芯を鋭利な矢で突き通して、それを高く掲げて歩いている。その白い着物に赤が映えている」というもの。「白き衣照る」の語は、白い衣の上に赤い落ち椿が重なっているように感じさせる。つまりその男の胸には椿を射通した矢が自分の胸に突き刺さっているようにも見える。漱石先生は壮絶な場面を描いている。

　上記の俳体詩は「苔踏むで苔の下なる岩の音に　君居ますかと心空なり」とつながっている。白い着物を着た男と連れの女が苔の生えた岩のある滝の近くにいる。この部分の句意は「水しぶきが散っている滝の側には苔むした大きな岩があり、その岩の下に女がいると思い、その場所に降りようとする男は、心が虚ろになって、そこにいるのかと声をかける」というもの。相愛の男女が滝に身を沈めようとしている場面のように思える。

　ちなみに16節の前の15節にある直前短歌を記すと「道もゆるせ逢はんと思ふ人の名は　孤高院殿寂阿大居士」である。許せと声を上げるのは、徳の高い孤高の人と大げさに自称する漱石先生であろう。

　掲句が極めて刺激的であるのは、内容もさることながら漱石先生が英国の留学から戻った翌年に作られたことである。熊本の英語教師を辞めて留学する時には、妻の繰り返す自殺未遂をやめさせる意味で、漱石の脳裏から大塚楠緒子のことは切り落とされ、相手にもそれを伝えていたはずだ。そして英国ではふらふらになるまで英文学を調査し、文学論を構成すべく勉学していた。そして丸2年の留学を終えて日本の地を踏んでからの2、3カ月は神経衰弱を悪化させていたと観察されていた。妻に癇癪も起こしていたようだ。落ち着きを取り戻したその翌年に、漱石は掲句を含む激しい内容の俳体詩を作っていたことになる。この辺りのことを関係づけることは非常に困難になっている。

・落ちて来て露になるげな天の川

（おちてきて　つゆになるげな　あまのかわ）

（明治30年8月22日）子規庵での句会

朝、草にびっしりとついている露は、夜の間に空の天の川から落ちてきた水が露となったものなのだろう、と漱石は面白く考えた。見渡す限りの草の原にびっしりと露がついているのであるから、これには相当な水が必要であると考えた。さてその水はどこから来たのか、あの天の川の水が溢れて地上に落ちたのだと考えるのが自然であると。

　空の星を棒で叩き落とそうとする話が漱石俳句にあった。これに匹敵するひょうきんで大胆な発想の俳句である。こんな句を作れるのは、やはり漱石先生ぐらいであろう。物理学に興味があって外国の専門雑誌を読んでいた漱石先生らしい発想だ。

　この句の面白さは、さらっとした民話のような仕立てにしたことだ。濁音の助詞「げな」が入っていることと、秋の季語である露と「天の川」の2つが入っていることによって日本昔話の雰囲気が漂う。この「げな」は熊本の方言で、伝聞・推量を表す終助詞で「そうだ、らしい」となるという。

　ちなみに清貧の天の川俳句の代表は「うつくしや障子の穴の天の川」（小林

一茶）であろう。そして滑稽の天の川俳句の代表は掲句であろう。

＊雑誌『めさまし草』（明治３０年８月）に掲載

・落ち延びて只一騎なり萩の原

（おちのびて　ただいっきなり　はぎのはら）

（明治29年9月25日）句稿17

句意は「女武将、巴はただの一騎になって萩の原っぱを落ち延びてゆく」というもの。この句は『平家物語』に題をとった謡曲『巴』の一場面である。木曽義仲軍の一員として京に乗り込んだ女武将・巴の果てるときの情景である。気弱に落ち延びると見せかけて、追討軍に立ち向かう姿がある。

平家を京より追い払うことに功績のあった信州の木曽義仲は朝日将軍（朝日村の出）ともてはやされたが、源氏一統の混成部隊のリーダーであった。その義仲は朝廷の皇位継承問題に介入し、後白河法皇のプランに反対したことで貴族社会の中で浮き上がり、立場は悪くなった。折しも食糧事情が悪化する中で治安も悪くなり、源氏勢力分断を図る策謀によって源頼朝・義経に義仲追討の命が下る。貴族たちによって、低い教養の義仲は田舎武士だと嘲られ、後白河法皇が仕組んだ義仲包囲網によって京から追い立てられた。義仲側も策を講じてこれに対抗したが、次第に追い詰められた。這々の体で京から逃れた義仲たちは、江州粟津（現：滋賀県大津市辺り）まで落ち延びたが、ここにも数千騎の追手が迫った。

義仲方はもう十騎もいない状態であった。義仲は、もはやこれまでと覚悟を決めて、そばに仕えていた女武将の巴に言う。「最期まで女を連れていたとあっては東国武者の恥なれば、汝は独り落ち延びよ」と。巴は最期までお供したいと言い張ったが、結局は義仲の願いを聞き入れて離れていった。

そこで鎧姿の巴は「最後のいくさしてみせ奉らん」と一人頼朝軍に立ち向かう。義仲の命を受けて別れた巴は萩の原を駆け抜けて落ち延びるふりをして駆け出したが、途中で追っ手の方に馬を向けた。この時の場面を、謡好きの漱石先生は、萩の原で薙刀を持って立ち回る巴の姿を想像して俳句にした。

漱石は、巴の愛人であった義仲との涙の別れのシーンを描こうと思ったに違いない。ここが『平家物語』のハイライトの一つであるとして。掲句には涙の後に、顔を上げて敵軍に一人で突っ込む武将の姿が見える。少しでも追討軍の兵を減らして愛人の義仲が無事に落ち延びられるようにする決意が描かれている。「只一騎なり」には、戦う装束を捨てていないことを表しているからだ。自分だけ助かろうとするなら、女らしく鎧を捨てて歩くことを選ぶであろう。この戦いの場面が漱石の考える本当の涙の別れのシーンなのだ。

・落つるなり天に向つて揚雲雀

（おつるなり　てんにむかって　あげひばり）

（明治29年3月5日）句稿12

雲雀の声を聞きながら草原をぼんやり眺めていた漱石の目に、2羽の雲雀があたかも連携して、1羽が降りてから時を置かずに別の雲雀が草原から飛び立ったのがうつった。そのさまはあたかも1羽の雲雀が着地するとすぐさま飛び立つように見えた。

句意は「雲雀は鳴き疲れて草はらに垂直に落ちてくると、すぐさま天に向かって飛び立つ揚雲雀がいる」というもの。雲雀とは面白い鳥だと表している。

ところで半藤本によると、掲句が小説『草枕』の中に出ているという。「落つる雲雀と、上る雲雀が十文字にすれ違うのかと思った」のシーンである。この小説には確かに垂直に下降する雲雀と斜めに上昇する2羽の雲雀が空中でクロスするさまが描かれている。掲句はこのさまを描いているのだろう。そうなると掲句の先の解釈は違ってくる。確かに飛び立つ揚雲雀は斜めに飛び出すことしかできないからだ。オスプレイのような垂直上昇は無理である。よって句意は「雲雀が鳴き疲れて草はらに垂直に落ちてくると、近いところから別の雲雀が斜めに天に向かって飛び出して揚雲雀になる」というものになる。

漱石は松山の郊外の河原に出かけ、草の上に寝転んで草を枕にして仰向けになって空を見ていたのだろう。この姿はまさに『草枕』状態であった。

この俳句の面白さは、漱石の観察力の凄さに驚かされることだ。普通は野原で雲雀に出くわす状況は、空の高いところでさえずる声によって空に雲雀がいることに気づくのであり、そしてその声が聞こえなくなって落ちるところを目撃できる。しかし雲雀が飛び上がるところを見ることはまずない。しかし漱石先生にはのんびりと何時間でも秋の空を見ていられる根気があった。そして漱石は翌月になると熊本の第五高等学校に赴任することになっていて、雲雀の観察をじっくり行う時間があった。

漱石は同じ句稿に「物草の太郎の上や揚雲雀」の句を書いていた。物草の漱石先生はのんびりと雲雀のいる空を長時間眺めていた。この間に掲句に描いた雲雀の決定的瞬間を目撃することができた。

● 御天守の鯱いかめしき霰かな

（おてんしゅの　しゃちいかめしき　あられかな）

（明治29年1月28日）句稿10

松山城の天守にある鯱鉾のことか、いかめしく天を睨んで目を輝かしている。その天守閣を目がけるように天から霰が降りだして、鯱鉾は大弱りのように見える。霰の猛攻撃を受けている鯱の姿は、かわいそうになるくらいである。いつもの豪胆な姿、態度とは違って見えている。ちなみに松山城が明治になっても残っていたのは、松山藩が官軍側についたからである。

天守に固定されている2頭の鯱は想像上の怪獣である。厳しい顔をしていてもどこかユーモラスな顔に見える。漱石先生には鯱鉾は霰と遊んでいるように見えているのかもしれない。

ここまで書いて、この句はこの句の直前に置かれてる「絶頂に敵の城あり玉霰」の句と対をなすと気がついた。そうであれば掲句の鯱鉾は松山城のそれではないことになる。この絶頂の句は、二本松城が官軍側の猛烈な銃撃を受けて崩れ落ちる場面を描いている。玉霰は城に打ち込まれる銃弾である。この二本松城は会津城とともに江戸幕府側の東北の守りの城として存在し、天守の鯱は厳しく城下を見下ろしていた。この鯱もろとも城は官軍側の猛攻撃に晒された。城に攻めくる官軍には鯱の睨みは効果がなかった。

子規はこの戦いの後に城が取り壊され、城跡だけが残されている光景を俳句にしていた。「二本松城の跡かや蕎麦の花」の句である。漱石は子規の句の関連句として2つの句を作った。子規はすぐに、句稿にあった2句を理解したであろう。

● 御堂まで一里あまりの霞かな

（おどうまで　いちりあまりの　かすみかな）

（明治43年ごろ）「画賛　三月」

中村不折が描いた馬と馬子の水彩絵に漱石がこの句の賛をつけている。この絵は馬の手綱を持っている頬被りした馬子が後ろを振り返って尋ねられた場所を指差している縦長の図である。旅人に道を尋ねられた馬子の農夫が親切に指差して方向を示して答えている。

句意は「御堂までの距離を尋ねられた馬子は、霞の中の道を指して一里あまりと言葉を発した」というもの。

漱石はこの絵を見てさっとこの句を書き加えたに違いない。すぐにこの句が頭に浮かんだのは、その農夫の手を見ると、一本の指を出していたからである。つまり、漱石先生は方向を指差した手を見て、ここからは一里だと教えているのだと面白く解した。そして絵には背景が何も描かれていないから、その場は霞がかかっているとした。漱石は落語のような発想をする。

ちなみに中七を「一里ばかりの」とする句が他にあるようだ。一里は4㎞で、一里と言われた旅人は「結構な距離だなあ」と認識したような表情をしていたので、漱石は「一里あまりの」の方を選択した。

ところで漱石は、なぜ旅人が御堂までの道を訊いていると設定したのか。その旅人は雲水の格好をしていたからだ。

ちなみに冒頭の絵の作家である不折は洋画家、水彩画家であったが、子規が属した日本新聞社の記者になり、新聞の挿絵を描いた。そして明治28年に子規が日清戦争の従軍記者として中国に渡った時には、不折は画家として子規と行動を共にした。不折は半年をかけて朝鮮と中国で著名な拓本を収集し、日本に持ち帰った。これをもとに書の研究をし、不折は書家としても大成した。

彼は、明治32年秋から床に臥せった子規に絵の具を与えて水彩画の指導を始めた。漱石と不折の関係は子規を介したものであった。漱石は不折に『吾輩は猫である』の挿絵を依頼した。のちに漱石は不折から絵の指導を受けた。

音もせで水流れけり木下闇

（おともせで　みずながれけり　こしたやみ）

（明治30年7月18日）子規庵での句会

木下闇とは、濃い緑陰のことで、樹木の葉が厚く茂って鬱蒼と茂る木立の暗がりのことである。夏の強い日差しのもとでは木陰は闇のように感じるものだ。つまり日中の木の日陰を木下闇というが、平安時代には「木の下闇」は夜の木の陰を指し、現代人より闇の生活をデリケートに楽しんだことがわかる。

漱石は7月4日に妻を伴って上京し、漱石は9月7日まで東京に滞在した。この間、漱石は上野の森の水の流れをみて掲句を作り、子規庵での句会に臨んだ。

句意は「夏の太陽がぎらぎら照っているときに、木下闇に入ると体は冷気を感じて快適さに包まれる。近くに小さな水の流れがあるとより涼しく感じられ、その音は木下闇に吸収されるように感じる」というもの。漱石先生はこの無音で水の流れる世界は涼しさが格別になる感覚を楽しんでいた。

この漱石とは反対の錯覚を楽しんでいたのが松尾芭蕉であった。「須磨寺や吹かぬ笛聞く木下闇」の句を『笈の小文』に書いていた。時折濃い木陰に風が吹くと須磨寺からの笛の音を含んでいると感じられると錯覚を楽しんだ。まさに木下闇は偉大なりである。冷風機のなかった江戸時代と明治時代には俳人は感覚を鍛えて、涼しくなる術を体得していたようだ。

漱石は子規庵での句会へは鎌倉の旅館から出かけていた。妻は鎌倉の親類の別荘にいて、夏の期間限定の別居生活をしていた。妻の不機嫌な声がしない空間での生活は新鮮であったのかもしれない。上野の森に入り込んで無音の木下闇に身を置くと安楽の国にいる気がしたのかもしれない。しかし、漱石は妻と一緒にいられない心の闇を抱えていた。

踊りけり拍子をとりて月ながら

（おどりけり　ひょうしをとりて　つきながら）

（明治31年9月28日）句稿30

「月ながら」は、月を見ながらまさに月に成り切って、の意味であり、秋の夜に酔っていたということ。漱石先生は真夜中に月を見ながら静かに踊り、厳しい夏のことを思い返し、やっとこれを越えられたと安心の秋を楽しんでいた。

漱石が掲句を作った時期は、熊本市内に住んでいて、妻が家の近くの白川に入水自殺未遂を起こした直後である。5月にこの事件が起こり、漱石先生はすぐに川の近くの家から離れるべく家探しを始めた。そして7月に新たな借家に入った。妻はその後も再度自殺を試みたりしていたので、真夏の頃の漱石の心労はピークに達していた。この頃漱石はどのようにストレス発散をしたのか、気分転換をしたのか。漱石は家の中で静かに耐えていた。それから2カ月が経過した時点で掲句を作った。溜まったストレスをやっと発散することができるようになった。我が家の危機は乗り越えられたという思いがあった。それがわかるのが掲句である。

まさに、月夜に庭に出て月に向かって小躍りする気分になっていた。酒を飲めない漱石先生は踊るしかなかった。目に涙が滲まないように笑いながら踊ったに違いない。

この句を書いた句稿を受け取った師匠の子規は、どう思ったであろう。子規は床の中で動けない体を震わせて漱石の悲しみを共有しようと、布団の中でなんとか踊ったのかもしれない。

衰に夜寒逼るや雨の音

（おとろえに　よさむせまるや　あめのおと）

（明治43年9月14日）日記

伊豆・修善寺の宿で8月24日に大喀血したが、医者と看護師によるつきっきりの治療・看護を得て、次第に小康状態になった。漱石はやせ細った体に血が通っているのを感じながら葛湯をすする毎日であった。前日のことが日記に書いてあり、その日に土産にもらったソーダビスケットが部屋に置いてあったが、医者が4時ごろになってその中の1枚を取り出して食べさせてくれた。漱石はよほど嬉しかったようで日記に「嬉しいこと限りなし」と書き込んでいた。医者に感謝しているのか、ビスケットに感謝しているかよくわからない。

翌14日の日記には6句を書き込んでいた。食欲同様に創作意欲は健在であった。掲句はそのうちの1つで、句意は「秋の雨が降ると衰えた体に夜寒が迫ってきてつらくなる」というもの。雨の降る音が部屋の中に忍び寄ってくる。寒さも一緒についてくるように感じるのだ。布団の中にまで忍びこんでくる。2日前に「そんなに寒いなら羽毛布団を買います」と妻が言ったが、いらないと断っていた。漱石は少し寒いぐらいが病人にはちょうどいいと思っている気がする。

この句の面白さは、「衰」の漢字は痩せ衰えた体の象形文字に見えることだ。まさに漱石のガリガリの「衰えた体」が目に浮かぶ。痩せ衰えても漱石の俳句魂は衰えていない。

ちなみに14日の日記にあった他の5句は、次のもの。「旅にやむ夜寒心や世は情」。「一夜眼さめて枕頭に二三子を見ると前書きして、「蕭々の雨と聞くらん宵の伽(とぎ)」。「秋風やひゞの入りたる胃の袋」。「芸術の議論や人生上の理窟が一時は厭になったと前書きして、「風流の昔恋しき紙衣かな」。「二兄皆早く死す。死する時一本の白髪なし。余の両鬢漸く白からんとして又一縷の命をつなぐ」と前書きして、「生残る吾恥かしや鬢の霜」である。静かな夜に漱石は色々考えてしまう。そしてこれに雨の音が加わると寒さを感じて堪らなくなるようだ。

・御名残の新酒とならば戴かん

（おなごりの　しんしゅとならば　いただかん）

（明治29年11月）句稿20

熊本の第五高等学校の同僚が転任することになり、送別の宴を実施することになった。漱石はこの宴で好きではない酒を飲むことになるのかと気が滅入っていた。漱石はもともと下戸であるから送別の宴の俳句など作る気はなかったが、漢詩も作る創作詩人でもあるので、中国の酒好きな杜甫や陶淵明の気持ちになって酒の俳句を作ることは簡単なのである。

句意は「普段は酒を飲まないが、同僚の送別会での酒ならば、それも新酒が出るということならば、乾杯の杯を頂こう」というもの。

御名残とは、人と別れるときの思い切れない、やるせない気持ちであるが、ここでは「しんみりする送別会」を指す。新酒は地元酒蔵の今年の初物の酒である。したがって、熊本の人間になっている漱石は、このめでたい酒を頂かないわけにはいかないということになる。漱石は教員仲間が酒で盛り上がっている中で、一人浮き上がるわけにはいかない。漱石は自分を納得させていた。

この句の面白さは、先の解釈の他に、新酒の季節といわれる時期がもうすぐ終わるので、名残惜しいということにも解釈できることだ。つまり、新酒との別れが名残惜しいという意味が掛けてあることだ。こちらの方が中国の酒好きな詩人に作らせた俳句ということになる。つまり漱石の考えでは、送別会に集まった人たちは新酒が目当てということを暗に示している。

・同じ橋三たび渡りぬ春の宵

（おなじはし　みたびわたりぬ　はるのよい）

（大正3年）手帳

大正3年の漱石は痔疾と胃潰瘍で大変な思いをしていた。この年の4月から8月31日にかけて小説『こころ』(『先生の遺書』を改名)が新聞に連載され、ホッとした矢先、9月には4度目の胃潰瘍で1カ月間病臥してしまった。したがって、この年に外出して同じ橋を3度も渡る元気は全くなかった。そうであれば、掲句は経験的でもなく観察的な俳句でもない、想像して漢詩調に作った俳句ということになる。

同じ手帳の中で掲句の後に置かれていた句は、漱石の手によって消された跡があったが「わが驢馬の蹄は沙に春の水」そして次に置かれていた句は「蘭の香や亜字欄渡る春の風」であった。2つとも漢詩的な匂いのする俳句になっている。

かつて漱石が作っていた漢詩の中に「三たび」の語句を含む「三たび過ぐ翠柳の橋」の文があるという（和田利男氏の指摘）。この指摘を参考にして漱石の想像の世界に踏み込んでみる。

掲句の句意は「春になって西域に通じる橋の袂にある柳は緑になっている。中原から西域の領土に戦いに行く武将はこの橋を渡るのは今回で三度目だ」というもの。それまでは戦いの度に生還してきたが、今度の3回目の西域への出征はどうなるのか、と不安がよぎったのだ。橋の柳の木は砂漠の西域には生えていない。この木の緑を目に焼きつけて遠征に出る武将の姿が見える。

病に臥せっていた漱石は、今度という今度は回復できないのではないか、と弱気になっていたに違いない。明治43年に修善寺で大吐血してからは、その後毎年連載小説を2本書き上げるという朝日新聞社との契約は守れていないことが気になっていた。漱石は朝日新聞社を退社することを考えていた。

• 尾上より風かすみけり燧灘

（おのえより　かぜかすみけり　ひうちなだ）

（明治29年4月10日か）

燧灘とは、四国の瀬戸内沿岸の香川と愛媛の中間の場所である。鯛のよい漁場があることで有名なエリアで、古代に火打ち石がこのあたりで発見されたことからこの名前がついたという。そして尾上もまた地名で、香川の対岸の兵庫県加古川にある土地の名である。

「尾上より風」の風はほぼ北の中国地方から吹き出して瀬戸内の海を越えて四国に渡ってきた風ということになる。尾上ではなく広い地域を指す加古川でも良さそうであるが、尾上には山の頂上という意味もあるため、尾上を採ったと思われる。つまり「尾上より風」は、中国地方の高い山のある尾上あたりから吹き下ろす瀬戸内越えの風、ということになる。

句意は「中国山地からの風は瀬戸内の海を越えるときに水蒸気をたっぷり含んで渡ってくるので、四国の燧灘あたりでは霞が生じやすく、曇りがちになる」というもの。燧灘側では霞がかかった状態の空が名物になっているのだろう。この湿った空気によって火打ち石が使えなくなるというユーモアが込められている。したがって、この地域は曇りがちであることに加えて、火が焚けないので意外に寒いのだとニヤリとする。

加えてこの燧灘の地域は霞が生じることで、海難事故が起こりやすい地域となっている。そのために海難の意を込めた灘を地名に用いている。

この句は漱石先生が松山から熊本市に転勤するときの船旅の句であろう。松山の美津の浜から船に乗って東側の陸地の燧灘あたりに目をやると霞んでいた。地名からそのあたりは昔から霞が立つので有名であったことを思い出した。漱石の乗った船が事故にあうことはないと思われたが、少し頭をめぐらした。

＊雑誌『めさまし草』に掲載

• 夥し窓春の風門春の水

（おびただし　まどはるのかぜ　かどはるのみず）

（明治30年4月16日）句稿24

家の窓を開け放すと、勢いのある春の風がさっと吹き込む。門の外に目を遣れば川には温んできている春の水が豊かに流れている。川の水面には光が満ちている。まさに春の盛りになっている光景が目の前で展開している。漢詩調であるため中国の大地に春爛漫の景色が展開しているような句にみえるが、この門のある家は、熊本市合羽町にある漱石の借家である。

句意は「川が近い家の窓には、春風が吹き込んでいる。門から外に出ると大きな川があって、水嵩を増した勢いのある春の水が流れ、光っている」というもの。中国の風景にならないように熊本の漱石宅の近くの風景として解釈してみた。「夥し」は「春の風」と「春の水」に掛かる。

この俳句の下敷きとして、下記の白居易の詩があるという人がいる。最後の行の「春風春水一時に来たる」の光景と同じものが掲句にあるという。この漢詩の文言には、白居易が59歳の時に地方の河南府で経験した光景の感動が描かれているという。漱石先生も熊本の地に来て似たような体験をしたのだ。東京と松山で見ていた自然の光景とは違っていて、スケールが大きかった。そして春になっての光景の変化が著しかった。ここ九州には壮大な規模の阿蘇があり、そこには冬には雪が降り、そこから強い風が吹き下ろし、阿蘇から流れ出る白川は大河であった。目の前に雄大な風景が展開しているのを見て、中国的な俳句を作りたくなったのだ。この地でくよくよしないで過ごせればいいと思えるようになったのだ。

柳無気力条先動　　柳に気力無くして　条先（えだま）づ動く

池有波文氷尽開　池に波文有りて　氷尽く開く
今日不知誰計会　今日　知らず　誰か計会せしを
春風春水一時来　春風春水　一時に来たる

この詩の大意は「寒さに凍えていた柳の枝や凍っていた池に、誰も予想しなかったが、大きな変化が現れた。池の氷が割れて波が立ち始めた。春風と春水の季節がどっとやってきた」というもの。漱石の掲句は、先の白居易が詠んだ中国の光景が日本でも漱石の目の前に展開しているとみて、感激しているのだ。異国の先人と自分の意識が繋がった思いがしたのであろう。

• 朧の夜五右衛門風呂にうなる客

（おぼろのよ　ごえもんぶろに　うなるきゃく）
（明治29年3月5日）句稿12

明治時代の五右衛門風呂は露天の風呂であった。竈で薪を燃やして鉄釜の底を温めるもの。空の下で朧月を眺め、薪の匂いを嗅ぎなら入る風呂は格別なものであったであろう。

五右衛門風呂とは、まず竈を築いて鉄製の浅い大釜をのせ、その外側に桶材を多数巻きつけて箍締めして風呂桶を形成したもの。その中に底板を浮かせ、入浴時にはこれを踏み沈める。その釜の下で薪を燃やして湯を沸かす。お湯が柔らかいとして今も人気があるという。弟子の枕流も10代の頃、田舎の親類の家で鉄釜の五右衛門風呂に入ったことがある。鉄の釜に触れてもそれほど熱くなっていないのが不思議だった。それと浮いている底板を足で沈めながら体を入れていくのは結構難しかったが、楽しかった。十返舎一九の『東海道中膝栗毛』では、喜多八が浮いていた底板を取り除いて下駄履きのまま入ってしまい、釜を踏み抜いた話が書かれていた。

掲句は松山にいた時の句であり、ぼんやりとした春の夜に五右衛門風呂に入って、いいお湯だと唸ったというもの。唸った客とは漱石先生である。道後温泉は銭湯式の掛け流しの大風呂であるから、入った風呂は若者塾の風呂か、もしくは漱石が借りていた上野家の風呂ということになる。たまに五右衛門風呂を使わせてくれたのかもしれない。

漱石先生は月が朧に霞んだ夜の情緒に感激した。もし月がくっきりと見えていた夜なら、「絶景じゃ、絶景じゃ」と言葉を発したに違いない。

漱石は「この松山の夜空も来月には見られなくなる」と思うと、寂しくなってきた。風呂の中で朧月を見られる五右衛門風呂は気に入って、よく通った岩風呂の道後温泉とは違う味わいがあると思った。

• 朧故に行衛も知らぬ恋をする

（おぼろゆえに　ゆくえもしらぬ　こいをする）
（明治29年3月24日）句稿14

保治、楠緒子、漱石との間で結んだ秘密保持の約束（三者協定）に縛られて行動することになったと思われる漱石は、松山で教職につくことを選んでからはめちゃくちゃな行動を鎮んだ。楠緒子との恋は失恋ということで終わったが、恋したことは肯定している。そして愛することは続けることにしていた。掲句は少し冷静になって自分の恋を振り返ってみたときの追憶の句なのであろう。

句意は「恋の先は朧にしか見えない。それゆえにその先の障碍はよく見えない。それゆえに乗り越えられそうに思って進むのが恋だ」というもの。漱石と楠緒子との恋の先には困難がぼんやりと見えていたが、二人は突き進んだ。しかし明治時代の結婚は親が決めた相手とするものと決まっていた。楠緒子の結婚相手は親が決めるものであった。そういう時代に漱石と楠緒子は生きていた。

『漱石全集』に参考にすべき歌として記されていたのは「由良の門を渡る舟人楫をたへ　行衛も知らぬ恋の道かな」（新古今和歌集）である。曽禰好忠の歌をもとに、漱石はこれから櫓をなくした舟のようにこの先どうなるかわからない恋に走ったのは、朧でよく見えなかったからだ、と自分に弁明したということのようだ。

ちなみに「見ぬ月の千々に悲しき雨夜かな」という几董の恋句があるが、意味は次のもの。「雨雲が広がっていれば月が見えないのはわかっているから、空を見上げることはしない。月は雲上で粉々に崩れてしまったに等しい。失恋して身は崩れ、悲しみに泣き濡れる目からは雨が入り込んだように涙が流れる」。漱石は失恋して泣きぬれただろうが、その気持ちは俳句にしてはいない。失恋後に自暴自棄になった時期はあったが、自己を冷静に見つめていたようにみえる。ちなみに24歳の時に、愛する兄嫁の登世との道ならぬ恋をして、彼女が妊娠中に死亡した際には、なんと13句もの嘆きの追悼句を作った。これに対して楠緒子との失恋では、親友の子規に伝える俳句でさえも一切作っていない。何故なのか。この態度も冒頭の三者協定に基づいてのものなのだ。

ところで、鏡子との結婚までの楠緒子に対する漱石の思いはどうであったか。3月16日に漱石は楠緒子・保治の結婚披露宴（1月入籍済み）に参列すると、4月には松山に移動した。東京から遠く離れた松山の地ではあったが、保治が欧州に留学したことは漱石の友人から知らされていたと思う。だが、夫が不在の楠緒子の家に手紙を出すことはなかったようだ。多分、三者協定で保治が不在の間の親密な接触は禁じられていたからだろう。楠緒子から突然、親展の手紙が届いたのは、漱石が松山にいた明治28年12月下旬のことだった。漱石はその手紙を火鉢で焼いた。

漱石は人の妻となった楠緒子の動静に注意を払うだけだった。楠緒子が英語学校で語学の勉強をし、ピアノ教師についてピアノを習い、佐々木信綱の短歌の会に入って短歌を発表する日常だったことは風の便りで知っていたはずだ。明治29年3月頃の漱石は楠緒子の心の寂しさを知っていた。

• 朧夜や顔に似合ぬ恋もあらん

（おぼろよや　かおににあわぬ　こいもあらん）

（明治30年2月）句稿23

漱石先生が熊本に転居してからの句である。かなり陽気な俳句になっているから、熊本にも慣れて気分はルンルンであった。漱石先生はこのような恋を目撃したのであろう。さて、誰のことだろう。漱石は野良猫の恋を観察している。

満月の月に朧がかかっているので、地上は水蒸気が多くうっすら霞んでいる状態である。つまり人の顔はよく見えないのかもしれない。そうであれば、人の顔をよく見ようと、人は自然に目の瞳孔を広げる。すると見られた相手は、瞳孔が開いたままの目が目の前に接近し、その瞳孔が開いている人は自分に関心が高く好意に満ちていると勘違いしてしまう。これが朧夜の効果ということになる。そうすると、見られている方も嬉しくなって、自然に瞳孔が開いてしまう。すると接近した方は、このアプローチが成功したと思い込む。こうなると夜の効果も加わって相手の顔はしっとりして見え、目も潤んでいるように見えるから、大変なことになる。関係はどんどん深まる方向に陥る。そもそも2人が朧夜に一緒にいるのであるから、ある程度の親しい関係にあることによって、朧夜の瞳孔拡大効果がすぐに現れる。

これは現代科学で証明されていることだ。ここまでくると両者の脳内にはセロトニン、アドレナリンがどんどん分泌されてくる。こうなると2人は幸せ状態に陥ることになっている。2匹の猫が朧夜に顔を付き合わせている場面を漱石先生は想像している。

漱石先生はこの辺りのことをよく理解していたということが、この俳句からよくわかる。もう実際の顔のことなどは問題外なのである。この状況を現代において考えてみると、朧夜以上に効果の高いシチュエーションはイルミネーションの下での会話なのだということになる。

三者談

醜くても美しくてもいい、その人なりの恋なのだ。これを含めて恋は朧なのだ。そして滑稽にみえる恋は真面目である。ここに人間のやるせなさがある。これは「則天去私」に通じる。この句にはユーモアがある。

• 女郎花土橋を二つ渡りけり

（おみなえし　どばしをふたつ　わたりけり）

（明治32年9月5日）句稿34

「戸下（とした）温泉」とある。初めて目にする広大な阿蘇の草原が広がって見えた。漱石は五高の同僚教授の山川とその視界に吸い込まれるように足を進めていった。漱石先生は嬉しくなってずんずん進んでいった。遠くで放たれた馬がのんびりと草を食んでいた。

句意は「阿蘇の草原の入り口に立つと女郎花の群生しているのが見え、その先には二つの土橋があり、その上にも女郎花が茂っていた」というもの。漱石は女郎花が土橋を渡って先にどんどん移動していったかのように思えた。漱石はこの女郎花の道案内を受けて進んでいるように錯覚した。漱石は男の山川とだけでなく、もう一人の女性の連れがいるかのようにウキウキしているようだ。

この句の面白さは、ファンタジーの俳句になっていることだ。この草原の主役は女郎花であり、擬人化の技法が効いている。

漱石は落語の愛好家であり、すぐにオチを入れたがるが、この句にはそれが見当たらない。すると同じ句稿のこの俳句の近くにオチとして、「女郎花馬糞について上りけり」の句を配置していた。漱石一行を道案内してくれた女郎花にも相棒がいたのだ。この相棒が女郎花の道案内をしていた。馬糞が土橋の上にも並んで落ちているのを発見した。牧童が馬を連れ歩く道が女郎花の群の道と重なっているのに気づいた。つまり馬糞の落ちている道は栄養リッチな場所になっていて、女郎花はその道を歩いたのだ。その後漱石は馬糞を探しながら、馬糞を踏まないように気をつけながら歩くことになった。

この句は、謡曲の『女郎花（この世界では、おみなめし、と読む）』が下敷きになっているという説がある。しかし女郎花の語が共通しているだけで、他は関連していない。ちなみに女郎花の語源は「おみな（女）」の衣装(めし)が土に埋められ、そこから花を咲かせたという謂れである。この花の艶やかさは女の服のイメージと重なる。ところで、土に埋められたものは馬糞なのではないか。馬糞は土饅頭というではないか。

この句の後書きとして、短歌が2つ記されていた。「赤き烟黒き烟二柱真直に立つ秋の大空」と「山をさいて奈落に落ちしはたた神の奈落出でんとたける音かも」である。この観察からは、漱石は阿蘇の山が噴火しそうだと気づいていたようだとわかる。漱石は、これから漱石一行に起こる死の恐怖の予兆をこれらの短歌に描いていた。

• 女郎花馬糞について上りけり

（おみなえし　ばふんについて　のぼりけり）

（明治32年9月5日）句稿34「祝車百合発刊」

「戸下温泉(とした)」とある。「女郎花土橋を二つ渡りけり」の句が掲句の対句になっている。漱石は女郎花と土橋の関係に気づいていたが、女郎花の咲く道は馬糞に関係していることにも気づいた。

句意は「女郎花の群れは馬糞の列に従って、案内されるように土橋を渡り草原中央にまで進出しているのが見えた」というもの。女郎花が馬糞と一緒に旅をするという設定が面白い。馬の蹄に馬糞が付着し、そこに女郎花のタネがついて馬糞と一緒に別の場所に運ばれたのだ。漱石先生はこの事態を面白く捉える。

漱石と同僚の山川は、阿蘇岳の南側の草原を踏破しようと近くの温泉宿から歩きだしたが、途中で油断して馬糞を踏んづけてしまった。女郎花が密生しているところを掻き分けながら歩いていたが、馬糞が女郎花に隠れているのに気づかなかった。広大な景色に見とれていて、ここは馬が放牧されている草原だということを失念していた。

この句の面白さは、漱石一行が進む道は、女郎花が進んだ道でもあったことだ。あたかも女郎花が漱石たちを道案内しているように感じられた。そして漱石たちの進む道は馬の道でもあり、馬糞の道でもあったことだ。掲句は美的な響きのある「女郎花」の語と重く暗い響きの「馬糞」の組み合わせが秀逸である。女郎花が馬に乗って草原を移動しているイメージが浮かぶ。ディズニーの映画『美女と野獣』の原型がここにある。

漱石は阿蘇の外輪沿いを流れる黒川の河岸の温泉町から離れて、草原の入り口にある小川に架けられた土橋を通りながら、阿蘇の中央部に向かって歩いた。漱石は広大な草原に見とれていたが、この女郎花の群れが遠くまで続いている光景も楽しんで眺めていた。自然と人工のコンビネーションが新たな自然を生み出していた。

• 女郎花を男郎花とや思ひけん

（おみなえしを　おとこえしとや　おもいけん）

（明治37年6月）小松武治訳著の『沙翁物語集』の序

「小羊物語に題す十句」とある。文科大学の学生であった小松武治は漱石のシェークスピアの授業に触発されて、チャールズ・ラム著の『沙翁物語集』を邦訳してその本を出すことにした。そして、その序文の創作を漱石に依頼した。掲句は『ヴェニスの商人』の一場面に対応した俳句であろう。

女郎花の花が淡黄色であるのに対して男郎花は白。夏が過ぎ穏やかな秋になって色気が抜けてきた女郎花は、白っぽく見えたのだろう。漱石は一瞬男郎花と思ってしまったとふざける。漱石は野道を散歩していて、生気のない女郎花に出会ったのだろう。

家の近くまで歩いてくると、人家から腰を低くして軽快に出てきた黒っぽい羽織の着物姿の人がいた。遠目では男であろうと思っていたが、すれ違う時には女だと気がついた、という句なのかもしれない。まじまじと見てしまった自分が恨めしい。

この句は季節をさらっと詠んだふうにできているが、句の中身は秋の季節に全く関係ないのだ。それでも2つの季語から秋の句であるということになるのか。そして現代であれば男もどき、女もどき等の見かけと違うことを表す言葉がいくつかあるが、漱石のセンスに遠くおよばない。

俳句全集ではこの句から1つ離れた位置に「世を忍ぶ男姿や花吹雪」の句が並べてあった。宝塚の男役ダンサーのような華やかさを感じたのだろう。その時の漱石の見開いた目の輝きが見えるようである。そして頭の中はまさに、花吹雪状態であったのだ。

ここまで書いてきて、掲句について新たな見解がネット情報に出されているのに気がついた。この句は『ヴェニスの商人』5幕1場（法廷の場）で、新妻ポーシャが男装して判事に扮する場面を俳句で描いたものだという。（天野翔のうた日記：「漱石の俳句作法」による。）掲句の前書きから類推すべきだったが気づくのが遅かった。劇の一場面を想像して漱石がつぶやいたのだ。「あらら、ポーシャ判事。男だと思っていたら奥さん判事だったんだ」と。

『ヴェニスの商人』対応の俳句に「世を忍ぶ男姿や花吹雪」を作ったが、これでは歌舞伎調になりすぎているとして、もう少し柔らかい掲句を追加したのだとわかる。つまるところ、可愛い弟子のために『ヴェニスの商人』の劇について、面白い解釈をしてみせたということだ。

・思ひ切つて五分に刈りたる袷かな

（おもいきって　ごぶにかりたる　あわせかな）

（明治31年5月頃）句稿29

通常五分刈りは、バリカンで1．5㎝ぐらいの長さに頭髪を刈り上げることを指すが、この俳句では着物のことであり、袖の長さを肘までよりもさらに短くすることである。衣替えの時期になり、妻に頼んで袷の袖丈を思い切って半分まで短くしてもらった。つまり半袖着物より袖を短くしてもらった。袖の長さが格好悪くても、室内で着るのであるから構わないとして。明治31年当時は、世の中はまだまだ着物が主流であった。漱石はどちらかというと柄を含めて大胆に着物を着る人であった。時に女物の襦袢を着たりした。

ちなみに明治時代の和服の場合、半袖は反物の半幅という意味なので19㎝で、五分袖は半幅より短く、袖は肩から肘までの長さの中間あたりになる。

春が過ぎる頃になると気温が上がり、裏地をつけた袷の着物は次第に暑苦しく感じるようになってくる。通常5月の声を聞くと、袷から単衣に着物に切り替える時期になるが、漱石としては急に単衣には転換できない。そこで妻に頼んで袷の着物袖の長さを折り返して詰めてもらったのだ。これで袷をもう少し先まで快適に着続けられると考えた。

この句によって明治時代の着物の着方が少しわかってくる。そして夏の過ごし方もわかる。つまり着物を着る生活において、裁縫の技は季節に応じて着物の長さ、丈を調整することが生じるので、家庭人には必要不可欠の技なのであった。エアコンのない時代の知恵である。

・思ひ切つて更け行く春の独りかな

（おもいきって　ふけゆくはるの　ひとりかな）

（明治39年）小説『草枕』

この小説に出てくる体験の原型を漱石は明治31年に熊本の小天（おあま）温泉の宿で経験していた。漱石は当時31歳で、すでに結婚していたが、宿の出戻り美人の女将的別荘管理人と交流があった。

なにやら女の影が春の夜に感じられる。宿の女主と一人客の画工の間で交わす幻想的な会話や俳句のやりとりが面白い。画工こと漱石は感覚を鋭くして女主の動きに何かを感じている。このさまを掲句の直前句、「うた折々月下の春ををちこちす」が表している。春は男と女をそわそわさせる季節なのだ。

夜の庭に怪しい花の精が隠れているようだ。夕暮れがすっと深くなって女人の気配が濃厚になっている。熊本の山中の宿屋には、この宿の一人娘で後家の那美さんと客の画工一人しかいない。宿の部屋の前で何かがうごめいているようだ。山間の温泉場は日暮れが早い。暮れている景色の中で、一面に草が生えている庭の端にある低木の海棠が花をつけている。そんな眠れぬ春の夜のできごとを掲句は描いている。

薄闇の中に佇んでいると、冬の空と少し違う不思議な空気が満ちている春の夜。空気は湿っているのでもなく、花粉が飛び交っているのでもない。男と女の性が、そしてそれらを刺激する花の精が空気を重く濁らせる。漱石は風景描写のように描いて心理描写をしている。

そしてその結末を掲句が表している。「春の独り」とは、まさに絵描きこと漱石が山間の庭に誘いを振り切って佇んでいるさまを表している。そして「思ひ切つて」は春の日差しの角度が小さいことから、夕方になると日が山の端にすぐに隠れてしまうことを指す。ストンと暗くなると何やら不思議なことが起こりそうな気配がする。だが期待してばかりではよろしくないと、画工は進展させることをストンと諦める。このことを「思ひ切つて」で表している。そうして妖気が漂う月下の庭から部屋へ戻るのである。

● 思ひきや花にやせたる御姿

（おもいきや　はなにやせたる　おんすがた）

（明治29年10月）句稿19

前置きに「逢恋」とある。この句は恋をテーマにして書き連ねた一連の恋の句の一つである。「思ひきや」は「思いもしなかったことよ」の意味。そして花とは女性を意味する。前置きの「逢う恋」とは初めて顔を合わせてから文のやりとりがあり、男が女のもとへ行くことができたあと、家人がこの逢瀬を知るところとなり、もう逢えなくなった恋のこと。平安時代の朝廷で盛んだった恋の一つである〝一度だけの恋〟である。掲句は朝廷の人たちが絡むいわゆる王朝俳句といわれるジャンルのもの。

句意は「男と女はやっと会えたものの、一度限りでもう逢うことができないでいる。花のあなたは男を思い続け、逢いたいという思いが募って痩せてしまった」というもの。

漱石は明治29年10月に句稿18と句稿19を作っているが、句稿19には各種恋の俳句だけを15句も連ねている。この行為の背景には何があったのか。漱石は翌明治30年4月に一人で久留米に旅立った。宿泊を伴う旅であった。この旅で下記の句を含む11句を作っていた。この旅は何かを記念する旅であったと思われる。この旅で、漱石は大塚楠緒子と会っていたと推察する。二人は筑紫川の近くの久留米で逢うことができたとみられる。

実家が久留米にある親友の菅虎雄が年初めから長期に高校勤務を病欠していたので、漱石は病気見舞いと称して、久留米に向かって家を出た。だがその親友が久留米にいたのは2月までであった。虎雄が学校に復帰していたのを、漱石の妻は知ってしまった。漱石はこの件で一気に妻の信用を失った。

掲句は漱石と楠緒子の一度だけの逢瀬を句に詠んでいると思われる。漱石が楠緒子と会ったのは、楠緒子の結婚式があった明治28年3月であった。その後、楠緒子の夫の保治はすぐに欧州留学となり、楠緒子は一人で東京に住んでいた。寂しく生活していた楠緒子から松山にいた漱石に手紙が来たが、漱石はすぐには返事を出さなかったようだ。

楠緒子は一人でいる間、親の指示に従って漱石と結婚しなかったことを悔いていた。この思いが楠緒子を痩せさせた。漱石は楠緒子がこうなっていることを予想して、掲句を作っていた気がする。

熊本に転居していた漱石のもとに楠緒子から手紙が来た。親友の虎雄の家が漱石宅と学校の間にあって、漱石は学校の帰りに虎雄の家に寄ることができ、楠緒子からの手紙を受け取れた。

漱石が久留米に旅したときに作った句は以下のとおり。

「泥海の猶しづかなり春の暮」「山高し動ともすれば春曇る」「濃かに弥生の雲の流れけり」「拝殿に花吹き込むや鈴の音」「石磴や曇る肥前の春の山」「松

をもて囲ひし谷の桜かな」「雨に雲に桜濡れたり山の陰」「菜の花の遥かに黄なり筑後川」「花に濡るゝ傘なき人の雨を寒み」「人に逢はず雨ふる山の花盛」「筑後路や丸い山吹く春の風」

・思ひけり既に幾夜の蟋蟀

（おもいけり　すでにいくよの　きりぎりす）

（明治43年10月15日）日記

漱石が入院していた長与胃腸病院では、漱石のために10月11日の夜から壁を塗り替え、病室の畳表を替えていた。漱石はその病室にもう何日もいるような気分になっていた。入院生活にもう飽きが来たのかもしれない。８月24日から伊豆修善寺の宿で看病を受けていたからだ。

句意は「夜になって静かになるといろんなことを考えてしまう。何日もコオロギ（きりぎりす〈蟋蟀〉はコオロギの古称）の鳴き声を聞いているように思える」というもの。「思ひけり」は漱石自身のことを思うことと、コオロギの夜鳴きに掛かっている。自分の入院は10月12日からの入院であったが、だいぶ長くなっていると思っていた。

漱石は日記のこの句の後に、次の文をつけている。「恍惚として詩の推敲や俳句の改竄を夢中にやる。」とあった。俳句の推敲を謙遜して改竄と称した。急いでまとめることになった新聞掲載の『思ひ出す事など』に組み込む俳句の推敲なのである。漱石先生の頭の中では、俳句を作った当時のことを正直に俳句に出すことで新聞社や関係者に迷惑のかかることを避けたい、という思いがある。この不正直なところがあるので改竄の語を選択したものと思われる。

この句の面白さは、夜ごと鳴いているコオロギはいつまで生きているのか、いつまで鳴けるのかと心配しているとも思われることだ。長く世話になっていた院長が少し前に亡くなってしまっていたからだ。

ちなみに10月18日の日記に続きの文章が書かれている。昨夜はコオロギが鳴かなかったので俳句を作ろうとしたのだ。「今朝眼醒めて発句を思ふ 遂にならず。」と書いていた。そして「鳴かぬ夜はコオロギも亦死んだと思ふ、と云う様な意味のものなり」とある。その思いを俳句にしようとしたが、形にならなかった。

・思ひ出すは古白と申す春の人

（おもいだすは　こはくともうす　はるのひと）

（明治29年3月24日）句稿14

子規の４歳下の母方の従弟に藤野潔がいて、若くして演劇や小説、俳句をやって目立っていた。「古白と申す」と漱石に俳号を名乗った。潔は幼少時に母をなくし、再婚した旧松山藩士の父と東京に出ていた。子規は東京で進学する際にこの家を頼って松山を出ていった。潔は神経質な性格であったうえに継母の問題が絡んで、性格も行動も荒れていき24歳の時に拳銃自殺をした。

子規はこの才能溢れる男の面倒をみたが、これに失敗したことを悔やんでいた。子規は自分の病気が進行して弱音を吐いた時に、「実ハ僕ハ生キテイルノガ苦シイノダ。僕ノ日記ニハ『古白曰来』（古白いわく来たれ）」と、死んだ古白からあの世への誘いを受けている文言を日記に書いていた。

漱石先生は、松山に時々帰る古白が作っていた、松山の俳句グループに加わっていた関係で、そのリーダーの彼とも親しく交わった。漱石は明治29年４月12日に自殺した古白の一周忌で古白を偲ぶ掲句を作った。他に「君帰らず何処の花を見にいたか」の句も作った。のちに「古白とは秋につけたる名なるべし」（憶古白）の句も詠んでいる。

掲句の解釈は次のようになる。「若くして死んだ藤野潔という男は、若いのに老成していて晩秋のイメージのある『古白』などという俳号を名乗った人であった。本名の潔が意味するスッキリした春の性格になりたがっていた人だ」というもの。精神的に苦しんだ末に、明治28年の春の日に額に２発の弾丸を撃ち込んで自殺した。頭の苦しみを解消させるかのように弾丸を額に打ち込んだ。

ところで古白を思い出した時の気持ちはどのようなものだったのか。翌月10日に松山を出ることが決まっていて、自分は東京から西へ西へと移動していく。一方の一緒に俳句を作った古白は、東京の地で天空に浮上して行ったので、似たような身の上だと思う時があったのだ。

• 思ふ事只一筋に乙鳥かな

（おもうこと　ただひとすじに　つばめかな）

（明治28年10月末）句稿3

漱石はツバメの飛び方、生き方に憧れていたのであろうか。だがツバメは遮るものがないところを見つけてから、直線的に飛び出すところがある。そしてその後急旋回することも多い。この変幻自在な飛び方ができるから、ツバメは気楽に一気に飛び出せるのだ。

句意は「燕は餌の虫を目指してまっすぐに飛び出してゆく」というもの。漱石はただ思うことを一筋にやり遂げると決断したのだ。漱石はもう青春ではなく、障害があれば知恵を出して急旋回し、遠回りしてもいいからまずは飛び出すことだと決意したのだ。漱石は老成している。

大高氏はこの句を漱石が28歳時に作ったと知って、「青春だなあ。なんて真っ直ぐな、清々しい俳句なのだろう。勢いよく直線を引くような、燕の若々しい機敏な飛び方が、不器用なくらいに真っ直ぐな気性を表しているみたいだ、（以下省略）」と評した。

この決意の句は、従軍記者となって大陸に渡り、病を得て松山の愚陀仏庵に転がり込んできた子規が、ある程度体力が回復して帰京した後に作られた（8月末から10月中頃まで同居）。長生きできないことがわかっていた子規の仕事ぶりを見て、漱石は考えた。楠緒子のいる東京から離れるために、急遽好きでもない中学の英語教師になったが、この職を先々やめることを考えた。子規の思い切った生き方を見て、そしてツバメのまっすぐ前を見た飛び方を見ているうちに、考えが固まってきた。愛した楠緒子と結婚できず苦悶の時を過ごした後の決断であった。まずは松山を出て結婚をすることにした。

ちなみに掲句には「既経検定」の添え書きがあった。これは子規が愚陀仏庵で句会をしていた時に、子規の目に触れていたことを示す。改めて句稿に書いたことを示した。漱石の決意を子規に改めて伝えるために書き入れた。

＊『海南新聞』（明治29年3月3日）に掲載／『新俳句』／承露盤

三者談

「思ふ事只一筋に」は「一途な、直線的な、飛翔の強さ」を感じさせる。そして漱石の羨望の気持ちが表れている。強い運動を表す言葉がないにもかかわらず、ツバメの運動をよく表せている。尚白の「思う事紺に染めたる踊かな」の句を思い出す。

• 面白し雪の中より出る蘇鉄

（おもしろし　ゆきのなかより　でるそてつ）

（明治29年12月）句稿21

朝には庭一面が雪景色になっていた。昼になると庭の蘇鉄の上に積もった雪はバラバラと落ちて、その中から鉄のように黒っぽい深緑色の蘇鉄の葉っぱがもくもくと姿を現した。葉の上に積もった雪が重たいと感じて、蘇鉄の葉っぱが身を震わせて雪を振るい落としているように感じられた。あたかも竹の葉の上に積もった雪が落ちるように。蘇鉄を擬人化して、蘇鉄の意思で雪が落とされているとした。漱石先生は、蘇鉄は九州人に似合う植物と見て親近感を持っていたいたに違いない。

蘇鉄は固く弾力のある長い葉っぱで、その葉っぱは光沢のある色葉っぱをしている。日が昇ってくると、この黒っぽい葉っぱは太陽光のエネルギーを逸早く吸収して葉の上に積もった葉と接する雪を素早く効率的に解かす。するとその上の雪の層は光沢のある葉から自動的にすべり落ちるのだ。

漱石先生はこの雪の滑落現象を面白く眺めていた。子供のように目をキラキラさせて見ていた。そして声を上げたに違いない。「面白い、面白い。蘇鉄滑り台の出現だ」と。そして山水画のような白と黒の世界を、掲句を作りながら楽しんで眺めていた。

• 親方と呼びかけられし毛布哉

（おやかたと　よびかけられし　もうふかな）

（明治32年1月）句稿32

「追分とかいふ処にて　車夫共の親方　乗って行かん喃といふが　あまり可

笑しかりければ」という前置きがある。

高校の若い同僚と2人で正月2日に宇佐神宮に詣でてから帰途についた。帰りは鉄道利用の北回りではなく西の耶馬渓を越えて日田に至る徒歩縦断。そこから筑後川を船で西へ下るルートに入った。霰交じりの荒れる天候の下での船旅を終えて吉井の船着場に上陸した。ここから吉井の宿まで雪の中を十数キロ歩いた。

暗くなる前に宿に着くことができた。寝床の中で街道をゆく懐かしい馬の鈴の音が聞くことができて、熊本は近いと安心した。「なつかしむ衾に聞くや馬の鈴」の俳句を書きつけてから眠りに落ちた。

次の日はいつものようにまだ暗いうちから歩きだした。久留米駅にゆく道の山川追分とかいう処に着くと、人力車の車夫共の溜まり場があり、そこの親分が声をかけてきた。髭をたくわえた漱石は金持ちの上客に見えたのだ。漱石は「親方！ 乗って行かん喃(のう)」と呼びかけられて車に案内され、ささっと膝の上に毛布をかけられてしまったという。

句意は「親方、親方と呼びかけられていい気になってしまい、気がついたら、人力車に乗っていて、膝に毛布をかけられていた」というもの。漱石は地元の人の言い方がおかしかったので、と言い訳しているが、人に持ち上げられ、世辞を言われれば誰しもいい気分になるものだ。この時漱石の疲れたヒゲがピクリと動いたのだろう。本当のところは、歩けないくらいに疲れていたのでつい人力車に乗ってしまったのだが、これを描いてもつまらない俳句になってしまう。そこで掲句のように脚色した結果、落語俳句にすることができた。

「つまらぬ句ばかりだが、紀行文の代わりとして読んでくだされ。病気療養の慰めになるぞ」と句稿の冒頭で漱石は断っているが、十分に面白い、おかしいものに仕上がっている。

● 御館のつらつら椿咲にけり

（おやかたの　つらつらつばき　さきにけり）

（明治29年3月5日）句稿12

「つらつら椿」という品種があると勘違いしそうである。調子のいい俳句だとつらつら思う。「つらつら椿」の語は、漱石の創作かと思っていたら、『万葉集』の和歌から取り込んだものだという（『漱石全集』の注記）。万葉仮名で表されたその歌は「巨勢山(こせやま)のつらつら椿つらつらに見つつ思(しの)はな巨勢の春野を」という歌で、「巨勢山（奈良県御所市の古瀬の山）にあるたくさんの椿たちよ見事だ、とおおげさに褒め称えながら春野を見渡すと、」いう意味になる。とにかく褒め称える句は楽しいものであり、こせこせしていないのが良い。

漱石先生の掲句は、この和歌から椿のつやつやと光るさまを表した「つらつら（滑滑）」の部分を切り出して採用したものであった。万葉人にも漱石先生のようなユーモア心に溢れた歌人がいたとは驚きであった。

句意は「貴人の御館にあるたくさんの椿が葉っぱも花びらもつやつやに咲いた」というもの。椿の花は本当に光沢のある花だと感激しているさまが見える。漱石はつらつらそう思ったのだ。椿の存在意義は、この光沢にあり、である。まだまだ寒い、桜も咲かない時期に見事に赤く咲く椿を褒め称えている。

御館は松山の愚陀仏庵のことであるが、元武士だった上野家の離れ屋敷を御館と表した。この「つらつら椿」はこの屋敷の庭にあった椿の大木なのだ。翌月にはこの家を出てゆくことになっているので、1年間借りられてありがたかったという感謝の思いも込められている。挨拶句の一種であろう。

この句の面白さは、「つらつら椿」の「つら」のくり返しにある。そして「つ」の三度の繰り返しにある。まさに唾が飛びそうである。この部分は民謡の囃し言葉のような勢いを感じさせる。愚陀仏庵で椿見の宴が開かれているような雰囲気がある。

● 親子してことりともせず冬籠

（おやこして　ことりともせず　ふゆごもり）

（明治30年1月）句稿22

この俳句は熊本市内の漱石宅周辺の新年の様子を描いている。近所の家からは普段夫婦喧嘩の声が絶え間なく聞こえ、子供の騒がしい声が聞こえてきていた。しかし正月になると静かな「冬籠」の状態になったのだ。

句意は「冬の日、日がな一日親子して家に籠って音を立てないでいる」というもの。静かなさまを通俗的に「ことりともせず」と誇張して表している。

この句の面白さは、自宅内のことをよその家のことのように描写していることだ。漱石は家庭内のことをあからさまに具体的に描くことはしない。面白くないからだ。東京の子規には、「親子」と書いても誰のことかわかるのであるから問題はない。漱石はユーモアを込めて描く方がいいと考えている。しかも実際のところ漱石と鏡子の年齢差は10歳もあるので、大げさにいえば親子ほどの年の差があると言いたいのかもしれない。漱石は面白くない家庭のことを面白く表現している。

ちなみに掲句の次に置かれていた句は、「医はやらず歌など撰し冬籠」「力なや油なくなる冬籠」であった。ただただ静かな正月になっていた。漱石の妻は正月料理の準備に忙しく動いていたので、疲れが出ていた。

前年の6月に結婚式を自宅で挙げていたので、明治30年の元日は、高等学校の同僚教師や学生たちがお祝いに駆けつけてきた。年末に用意した正月料理はあっという間になくなった。漱石から準備不足を指摘された妻は、急遽追加の料理を作って対応した。妻は正月のバタバタ作業で疲れ果てていた。食べ物がなくなった漱石宅から客が帰ると家の中は閑散となった。まさに「ことりともせず」の状態になった。

• 親の名に納豆売る児の憐れさよ

（おやのなに　なっとううるこの　あわれさよ）

（明治28年12月18日）句稿9

子供が「ナット、ナットー」と声を出しながら朝の薄暗い路地を足早に歩いていく。顔を知っているその子は、自分の家の前に来ると毎日自分の親に手に持っている売り物の納豆を渡して去っていく。毎回のようにその家では息子から納豆を買うようだ。

漱石の住んでいる借家は松山の武家屋敷地区にある。漱石の住まいの大家は松山藩の家老だった家柄であり、広い敷地に隠居用の建屋を持っていた。それを漱石が借りていた。しかし当時の松山市の、かつて下級武士だった人たちは、明治維新の版籍奉還で職を失い、秩禄奉還によってしばらくすると収入が途絶え、生活苦に陥っていた。

朝のおかずとして納豆を買う家は、貧しい家であると漱石はわかっていた。納豆1つを買って、千切りした野菜を入れて増量し、家族で分けて食べているに違いない、と漱石は想像した。

句意は「下級武士だった父の名が表札にある自分の家の前に来て、親に腰に提げた納豆を売っている子供の姿を目にする。なんとも憐れさが感じられる」というもの。その子供は自分の家の前で「ナット、ナットー」と声を上げることが恥ずかしいようであった。その声はその家の近くに来ると弱くなっていたからだ。漱石はこの子の思いを「母親に売る」ではなく、「親の名に売る」と表している。親の顔をよく見ないで納豆を渡している姿が見える。その子は表札の方を向いている。

この売り子の力のない声が、漱石先生に、養子に出されていた頃の心細さを思い起こさせた。このことを思い出して、漱石先生はこの近所に住む「納豆売る児」により憐れさを感じたのだ。

ちなみに漱石の松山時代の納豆は藁苞（わらづと）に入れて売られていた。嵩張る容器を使っていたはずだ。藁を30㎝程度の長さに切って、その束の両端を糸または藁で縛って、その中央を両手で開いて、その中に煮大豆をまとめて入れて発酵させるものだ。この「納豆売る児」の提げ歩く荷物は結構なボリュームになったと思われる。この嵩高い藁納豆をたくさん持って小さな体で売り歩くさまは、これだけで憐れさを感じさせるものだった。

ちなみに掲句の前に置かれていた句は「納豆を檀家へ配る師走哉」であり、後の置かれていた句は「からつくや風に吹かれし納豆売」である。納豆の句を3つ作っていた。さて漱石は納豆を食べたのであろうか。その子の後ろ姿を見送っていたときに、掲句を作ったのであるから、その子供から納豆を買っていたことになる。

• 親一人子一人盆のあはれなり

（おやひとり　こひとり　ぼんのあわれなり）

（明治28年夏）子規の承露盤

先祖が子孫の家に里帰りするお盆の行事は、田舎では大事な行事として行われる。親戚も知り合いもそれぞれの先祖のことを敬い、もてなす。このような田舎にあって親一人で子一人の家は、肩身の狭い思いをすることになる。その家族が増えて将来繁栄する基盤が強くないからである。

句意は「夏の重要な行事であるお盆は、親一人子一人の家では憐れなものになる」というもの。この句は子規が漱石の愚陀仏庵で療養していたときのもので、漱石の家で行われていた句会で作ったものだ。松山の地におけるお盆が話題になったときのもの。子規が招集した「松風会」の面々の話を聞いているうちに、掲句が浮かんだのだ。

ところで親一人の親は父親なのか、それとも母親なのか。お盆の行事には飾り付けを含めて準備が大変であることを考えると、男親の場合大したことができないので、他家に比べてわびしいものになってしまう。その話題の家は父と子なのだ。

明治時代においては大家族が当たり前であり、家族が多いということは、商家であれば商売が順調に継続し、農家であれば広い田畑の維持ができることを意味した。そして何より家族が多ければ、にぎやかに盆の行事を執り行えた。

親一人子一人の家は、母子家庭か父子家庭ということでひっそりしていたことだろう。昔も今も親一人子一人には同じ問題があることを漱石は感じた。漱石は松山に住んでいた時に、子供の数は多い方がいいと思ったのかもしれない。ちなみに漱石が没したときには、男の子は2人、女の子は4人いた。五女は小さいときに亡くなっていたから、漱石は思った通りに家族を作った。

＊『海南新聞』（明治28年9月22日）に掲載

● 親を持つ子のしたくなき秋の旅

（おやをもつ　このしたくなき　あきのたび）

（明治24年8月3日）子規宛の書簡

7月30日ごろ、子規からの一丈余の長文書簡に対する返事を書いた。投函したのは8月3日。子規からの手紙には、俳句の指導と漱石が森鷗外に心酔していることへの批評が書いてあった。掲句自体は明治24年7月23日に制作していたことがわかっている。

句意は「親が生きている息子は、大学が夏休みに入ると不仲の父親が家にいるのがいやで、行きたくもない旅に出る秋である」というもの。

ここで夏目家のことを振り返ると、明治24年にはすでに次兄は初婚の登世と再婚して、家督を継いで夏目家に漱石と父と同居していた。次兄の兄嫁は漱石と同じ年齢ということもあって慣れ親しむことになった。初婚の登世は健康で知的な女性であった。しかし遊び人の夫の次兄はその登世を煙たがっていた。当初漱石は寂しそうな兄嫁に同情していたが、いつしか深い仲になった。明治24年7月24日にこの登世が死ぬと漱石の孤独感はさらに深まった。

つまり時系列を追うと、掲句は登世の死亡日の前日に作られていた。「したくなき旅」の本当の理由は何かと考えた。つまり上五の「親を持つ子」に捉われないで思考すると、「したくなき旅」とは、悪阻が原因で重体になっていた兄嫁のことを心配し、身近で見守っていたかったのに、次兄の手前、それができないで旅立った、席外しの旅だったのだ。兄はおおよそ漱石と登世の関係を知っていたと考えられたからだ。仕方なく旅に出たのだ。登世が死んだとわかったらすぐに帰れるところに出かけることにしたのだ。

つまり「親を持つ子の」を上五に置いたのはカモフラージュであった。真意は「兄嫁を看取りたい義弟のしたくなき秋の旅」ということであった。そして「兄嫁を愛人に持つ義弟のしたくなき秋の旅」となる。もっといえば、「子の乱行を知っているかもしれない親を持つ子のしたくなき秋の旅」ということになる。この句を作ったとき、漱石は父親と同居していた。

● 泳ぎ上がり河童驚く暑かな

（およぎあがり　かっぱおどろく　あつさかな）

（明治30年4月18日）句稿24

熊本第五高等学校の寮の学生たちは、夏休みになると近くにある水場、江津湖に行って水泳を楽しんだ。この湖は水前寺公園の湧き水が流れ込む湖で、水質が綺麗であった。漱石先生は生徒指導の立場でその水場の木陰で生徒の泳ぎを見ていた。生徒たちは夕刻になって遊び疲れて水から上がってくるが、水場の岸の空気はまだまだ暑い。河童たちはまた水の中に戻りたいと声をあげるのだ。

だが遊びすぎて体はくたくたに疲れている。仕方なく生徒たちは、木陰に胡座をかいて涼んでいる漱石先生のそばに座って、先生と話し込むのであろう。

この句の直前句は「裸体なる先生胡坐す水泳所」であり、直後句は「亀なるが泳いできては背を曝す」である。木陰に座っている際にも漱石先生は裸であったというのであるからこの時期、相当に暑かったのだろう。漱石はふんどし一丁だったのだろう。

この句の面白さは、生徒たちは河童として描かれていることだ。河童は水から上がるとからっきし元気がなくなると相場が決まっているが、五高の生徒たちも疲れ切って漱石の傍に腰をどさっと下ろしたのだ。そして河童の頭からは光る水滴が四方に流れ落ちていたであろう。漱石先生はそのさまを「河童の頭」と見たのだ。漱石のユーモアも光っている。

ちなみに熊本市内では外国から来た南蛮人のことを「合羽、河童」と呼んでいた。独特のマントである合羽を身につけていたこと、そして頭のてっぺんが禿げていてその周辺に髪の毛が伸びている姿から付いた呼び名だ。五高の先生として招聘されていた外人教師の家族は、学校の近くに建てられていた中層の洋館に住んでいたが、そのエリアは合羽町と呼ばれていた。いつしか禿頭の外人教師に「河童」と渾名をつけるようになっていた。漱石は泳いでいた学生たちを「河童」と呼んだ。

● 折り添て文にも書かず杜若

（おりそえて　ふみにもかかず　かきつばた）

（明治30年5月28日）句稿25

掲句には原典があり、能楽の『杜若』を下敷きにしていると、この分野の専門家が教えてくれた。ネットにあった『杜若』の粗筋を要約する。「折り添て」の「折り」は、折句を意味する。折句とは、ある語を構成する各音を各句の頭に置いて歌を詠むことである。

「諸国を巡る僧が、三河国に着き沢辺に咲く今を盛りの杜若を愛でていると、ひとりの女が現れ、ここは杜若の名所で八橋（やつはし）というところだ、と教えた。僧が八橋は、古歌に詠まれたと聞くが、と水を向けると、女は在原業平が『**から**ころも（唐衣）**き**（着）つつ馴れにし　**つ**ま（妻）しあれば　**は**るばる（遥々）きぬる　**たび**（旅）をしぞ思ふ』と旅の心を詠んだという故事を語った。やがて日も暮れ、女は侘び住まいながら一夜の宿を貸そう、と僧を自分の庵に案内した。女はそこで装いを替え、美しく輝く唐衣を着て、透額（すきびたい）（額際に透かし模様の入ったもの）の冠を戴いた雅な姿で僧の前に現れた。唐衣は先ほどの和歌に詠まれた后の高子（たかこ）のもの、冠は歌を詠んだ業平のものと告げた。そしてこの自分は杜若の精であると明かした。」というもの。

この業平の「杜若」の歌の意味は「唐衣を着ていると身に慣れるように、私には慣れ親しんだ妻があるのだが、その妻を京に置いてはるばると東の国に来たとこの旅を思う」となる。この歌は杜若を分散させた「か・き・つ・ば・た」を各文節の頭に置いた折句という手法の歌になっていた。究極の言葉遊びのある歌になっている。

掲句の句意であるが、「謡の『杜若』にあるような洒落た折句の手法を用いない手紙で、咲きだした杜若のことを知らせることをしなかった」というもの。結局、掲句でカキツバタが咲いたことを子規に知らせているのだ。手の込んだしゃれた極上の俳句になっている。漱石は掲句で、子規と在原業平以上の言葉のゲームをしているように思える。2人は常々漢籍に精通して遊んでいたが、今度は日本古典で遊ぶのだから呆れてしまう。

だが漱石の句はこれだけの解釈では済まない。業平の和歌を脚色しているのだ。「唐衣を着ていると身に慣れるように、私には慣れ親しんだ恋人がいたが、その人を東京に置いてはるばると西の国に来た、とこの旅を思う」と言いたかったのだ。業平は京にいる妻を偲んだが、漱石は同じ京でも東京にいる妻になるはずであった楠緒子を偲んでいた。子規はこれを理解したはずだ。

ちなみに同じ句稿において掲句の後に「八重にして芥子の赤きぞ恨みなる」の句と「傘さして後向（うしろむき）なり杜若」の句が続いていた。艶のある俳句で遊んでいる。

● 折り焚きて時雨に弾かん琵琶もなし

（おりたきて　しぐれにひかん　びわもなし）

（明治29年12月）句稿21

能の演目である『経政』は、源氏の軍に一ノ谷で討ち取られた平家の武将・平経正（たいらのつねまさ）の話だ。この武将は幼少の頃、京の仁和寺に預けられたことから和歌、琵琶の演奏に長けていた。経正は仁和寺の門跡から中国伝来の琵琶の銘器『青山』を下賜されるなど寵愛を受けた。だが決死の戦いに出る際にこの琵琶を門跡に返上した。このあと僧侶たちのとの別れの際に詠んだ歌は、「旅衣夜な夜な袖を片敷きて思へば我は遠く行きなん」であった。後日、経正が討ち死にしたとの報を受けた門跡が、戻された琵琶で経正を弔う夜の管弦の宴を催したところ、死んだ経正が幽霊となって現れて琵琶を弾いたという。

漱石先生は、第五高等学校の同僚との謡の会で、この演目を唸ったのであろう。漱石はこの高校に転任すると教員たちの間で流行していた謡の会に入ることを勧められた。仕方なく始めた謡であったが、そのうち熱心にやるようになった。初心者の漱石は、取り組んだ演目の『経政』から発想を得て、掲句を作った。

句意は「経正が時雨の中、野宿した時に枯れ木を折って焚き火をし、その焚き火のそばで琵琶を弾こうとしたが、琵琶が手元にない。経正は決戦を前にして琵琶を弾けないことを残念がった」というもの。仁和寺の門跡に銘器『青山』を戻さなければよかったと悔いたという話をアレンジした。まだ十代の若武者であった男にとって、琵琶は伴侶のようなものであったからだ。

この句の面白さは、時雨て体が冷えてきて、焚き火にする枯れ枝を探したが、ないので、戦いに臨む際には役に立たない琵琶を取り出して折り、火をつけて燃やしたというふうにも解釈できることだ。

• 折釘に掛けし春著や五つ紋

（おれくぎに　かけしはるぎや　いつつもん）

（明治33年4月2、3日頃）

この年の3月から4月にかけて漱石は熊本市内のはずれに転居した。熊本市内で最も長い1年8カ月間住んだ坪井町の家から北千反田の家に引っ越した。家財道具を大八車に乗せて少しずつ運び出した。書籍も多かったこともあり、また不順な天気も加わって引っ越しに何日もかかってしまった。大物の鍋と釜の搬送の日には、漱石が学生の部活動を担当していた端艇部の学生たちが手伝ってくれた。「春の雨鍋と釜とを運びけり」の句では、雨の日には濡れてもいい金属製の鍋と釜を学生たちが運んだことを表していた。ボート漕ぎは水の上でのスポーツだから生徒たちは雨の中の作業を苦にしないのだ。

漱石は引っ越しが終わると、新しい畳の上に疲れた体を横たえて畳の香りを長いこと嗅いだりした。これを「新しき畳に寐たり宵の春」の句に記した。庭に出て周囲を眺めると原っぱが広がっていて、「鶯も柳も青き住居かな」の句を作った。これらの句を松山の句友たちに転居の挨拶葉書に書き添えて送った。

掲句は転居先での大物の片付けが終わると、続いて着物類の片付けになった。句意は「まずは運び出した荷物からこの春に着る誂えの着物を取り出し、入居した家の鴨居に見つけた」形の釘に春物の着物を引っ掛け始めた。この中に黒の式服があり、この着物は5カ所に家紋が入れられていた」というもの。漱石先生は結婚式で着なかった黒の和服の式服を改めて眺めた。父親は、新宿の名主の家柄であることを意識して誂えた和服を、息子に贈ったのだ。漱石はこの引っ越しの時、夏目家の出であることを背負って生きてゆくことになると改めて考えさせられた。

熊本での結婚式では、自前で誂えた縞のモーニングの方を着た。父親は式に参列しなかったからこのことを知らなかった。これは漱石先生の意地であった。いやその父が参列しなかったから、モーニングにしたのだ。その父は結婚式のちょうど1年後に亡くなった。ちなみにこの結婚式は明治29年の蒸し暑い梅雨の最中の6月9日に行われ、三三九度の儀が終わるとすぐに参列者は皆浴衣姿になってしまった。

• 愚かければ独りすゞしくおはします

（おろかければ　ひとりすずしく　おはします）

（明治36年6月17日）井上微笑宛の書簡

この句は、熊本の俳句会で知り合った井上藤太郎に宛てた書簡に記されていた13句の一つである。留学から帰ったばかりで忙しかった漱石に、同封した投稿用紙に俳句を書いて送ってくれという。機嫌よく送った句稿には掲句と似た内容の句が他にもあった。「能もなき教師とならんあら涼し」と「無人島の天子とならば涼しかろ」の句である。教えている大学でトラブル続きであった漱石先生は、職務に熱心な教師でいる必要がないと悟れば、涼しい気分でいられるとわかったというところか。人をあざける愚かな人には、こちらも一段下がって愚かになって対応するということだと決めた。

句意は「大学の同僚との軋轢や、それほど勉強熱心でない学生を相手にする授業で、難しすぎるとして学生から攻撃されたりするのは、自分の判断力と知的レベルが彼らよりはるかに高すぎるからであり、相手のレベルに合わせれば涼しく過ごせると達観した」というもの。特に学生たちによる非難の嵐は、彼らの物事に対する理解力を高く見誤っていることから起きているとわかったと、俳句に表した。相手と同じレベルになって愚かでいれば、気楽に教師生活を送れるようになるというもの。

この句の面白さは、上記のことを隠して表面的には、頭の中を風通し良くしていれば、蒸し暑さは感じないで済むと笑っていることだ。そしてこの句の本意は、心理的な葛藤の方が夏の暑さよりも大敵であったということだ。

もう一つの面白さは、「おはします」である。宮仕えの身だからと、意図的に丁寧な言葉遣いにしていることだ。これは恥ずかしげに自嘲しているとわかる。

漱石は英国留学から帰ったばかりで落ち着かなかったが、熊本の五高に戻るべきところを、帝大時代の友人たちに活躍してもらって一高と帝大に職場を変えてもらった手前、熱心に授業をしなければと力んでいた。帰国後4年間は義務としての教員勤めが頭を占めていたが、実際にはこれから書き始めようとする小説のことで頭はいっぱいであった。このことが夏の暑さの根本原因であった。

漱石は悩んだ末に、自分が愚かであることに徹すれば涼しい気分になるという真理に気がついた。「何事も涼しい顔でいれば涼しくなれる」という格言が生まれそうだ。

ちなみに6月4日に、漱石先生は図書館の教職員閲覧室の隣室がうるさいと苦情をいい、文科大学学長に書面で訴えていた。精神的に不安定な状態が続いていたが、ここで仕事の中身と態度を改めた。そして2週間後に熊本の句友への手紙で「愚か者の精神」を句に表した。

• 恩給に事足る老の黄菊かな

（おんきゅうに　ことたるおいの　きぎくかな）

（明治40年頃）手帳

この黄菊爺さんは、かつて教員をしていた漱石自身である。東京大学をやめた後の小説作家の仕事がうまくいかなくても、少額でも国から恩給が入れば家族はなんとか暮らしていけると暗示にかけている。自信を持って前に進めと自分に暗示をかけている。このような落語俳句を作って不安になりがちな自分を鼓舞している。

句意は「恩給が入れば家族はなんとか暮らしていける。庭で黄菊を栽培して呑気に楽しく生活できる」というもの。年をとると大抵のことには驚かなくなる。じいさん、ばあさんは生活費の蓄えがあまりなくても、なんとかなると楽観する。南瓜みたいに腰が据わっている。庭に黄色い小判が咲き誇っているのを見ていると、気持ちもゆったりしてくる。

落語のようなオチを用意している俳句である。「事足る」は「事足りる」と同意であり、なんとかなるということ。短く「事足る」と用いても「事足りる」のだ。漱石の洒落心が感じられる。

この句の面白さは、漱石自身を老人と規定していることだ。世の中は恩給を受け取る人を老人というからだ。そして恩給が出るということは、社会に貢献したとみなされていることになる。新聞社の社員になって小説家になることは、身分としては悪いことではないと思った。

• 恩給に事を欠かでや種瓢

（おんきゅうに　ことをかかでや　たねふくべ）

（明治31年9月28日）句稿30

漱石の、熊本で住んだ4番目の家は、熊本市内の内坪井町の家であった。明治31年の6月に教え子の寺田寅彦が訪ねてきた家だ。この家の前の借り主は帝大の学友であり、熊本第五高等学校の教頭であった狩野亮吉であった。漱石の妻がこの年の5月に、家の近くを流れている白川に身を投げたことから、漱石は急遽、川から離れることにして家探しを始めた。この時、狩野が夏休みに入ったら帰京するので今住んでいる家を解約することを漱石に伝えた。そしてその解約後に、漱石がその後住めるように大家と交渉してくれた。漱石は親友に恵まれていた。

句意は「今の高等学校の仕事を辞めても、公務員は恩給があるので生活費にはことを欠かない、やっていける」というもの。庭には種を取るために残しておいた種瓢が1、2個ぶら下がっている。漱石宅の台所事情は苦しいが、種瓢のようにブラブラと下がっていれば生活はなんとかなると思った。

漱石先生は明治26年10月に東京高等師範学校の英語教師（嘱託）となって初めて俸給をもらっていた。それから5年間教員公務員を続けていたので、退職すれば少額であるが恩給をもらえることがわかっていた。

5月に起きた妻の自殺未遂事件については、熊本市内で報道管制が敷かれたが、漱石はこのまま教師の仕事を続けられないのではないかと、毎夜考えていた。英語教師の仕事を辞めて東京にゆくことを真剣に考えていたのだ。

• 温泉に信濃の客や春を待つ

（おんせんに　しなののきゃくや　はるをまつ）

（大正5年1月28日）手帳

温泉とは伊豆半島の温泉場、湯河原温泉である。この温泉に信濃生まれの客人がわざわざ来てくれるという。春の訪れを待ち望む漱石は、懐かしい友人が顔をみせることは春の到来と同じようにありがたく感じた。漱石は一人で1月28日に湯河原温泉に到着した。次の日にその信濃生まれの友人が、同じ天野屋旅館に来ることになっていた。満韓旅行に誘ってくれて、一緒に時を過ごした仲であった。中村是好は満鉄総裁を辞めて帰国していた。

漱石が湯河原を訪れたのは二度目であった。一度目の湯河原行きは前年の11月9日からの7日間で、この時は最初からは中村是公と一緒であった。そして二度目は漱石が1月28日に先に湯河原に入っていた。中村是公が湯河原に入ったのは翌日の1月29日であった。漱石は中村是公の到着を心待ちにしていた。

やって来た中村是好は、満鉄のかつての部下、田中の他に5、6人の芸妓たちを連れて漱石の宿に来たのだ。そしてしばらく同宿した。賑やかにして激励のつもりであった。

漱石の、この静養するどころではない状況を妻の鏡子に見つけられてしまった。妻は男一人が温泉に長期に居ることに不安をおぼえ、2月1日に様子を見に来たのだ。悪友の中村是公が来ているのではないかと思ったのだ。

この大騒ぎは漱石の最後のやんちゃ遊びであった。漱石は「信濃の客」だけを待っていたのではなかったのかもしれない。是公と芸者衆を待っていたのだ。前年に京都の祇園で楽しんだあの時を、もう一度湯河原でも再現しようと考えたのかもしれない。その気分が掲句を作らせたのだ。

これを最後の遊びとして、最後の小説となる重いテーマの『明暗』の執筆に取り掛かるのであった。

• 温泉の門に師走の熟柿かな

（おんせんの　かどにしわすの　じゅくしかな）

（明治31年1月6日）句稿28

漱石は、明治30年の年末から年始を、熊本市の北西に位置する小天温泉で過ごした。友人と一緒にこの地の名士の別荘で過ごした。句意は「温泉宿の入り口に熟柿が下がっていた。鳥が食べ残した甘柿の熟柿のように見えたが、竿に吊るされていた干し柿であった」というもの。この時期であれば柿の実はとうに落ちていたはずだと、じっくり柿を観察した。玄関口の柿の木の近くに干し柿がたくさん吊るされている場面を見て、勘違いしたとユーモラスに描いた。なぜ別荘の入り口に柿が干してあるのかと熟考したに違いない。これは歓迎の飾り付けなのだと理解した。

一般の温泉旅館であれば、入り口に柿を吊るすことはしないであろう。だが漱石たちが泊まった家は、旅館ではなく知り合いの地元名士の別荘なのであった。そうであるから、この別荘を管理していた次女が風通しのいい門のところに干し柿を下げていたのだ。

ところで温泉の「門」はカドと読むべきか、モンと読むべきか。「モン」の場合は背の高い外壁が囲っている構造物に連続する一部としての出入り口ということになる。ガッチリした門扉がつけられていそうだ。その一方の「カド」は、家の入り口にある単独の構造物であり、生垣の端に造られている比較的簡素な柱のようなものということになる。田舎の日本家屋の場合は「カド」が適当であろう。漱石の俳句には他に、「松立てゝ空ほのぼのと明る門」(まつたててそらほのぼのとあけるかど)などがある。掲句の場合、湯の町の別荘であり、「カド」が適当であろう。

・温泉や水滑かに去年の垢

(おんせんや　みずなめらかに　こぞのあか)

(明治31年1月6日)句稿28

「小天(おあま)に春を迎えて」の前置きがある。熊本市に近い北西にある小天温泉で新年を迎えた漱石先生は、ゆったりと温泉に浸かった。元旦のまだ暗いうちに、湯槽に体を沈ませていた。そして大晦日の垢を、そして昨年までの悩み事を温泉の湯でさっと洗い落とした。湯の滑らかさを感じつつ体の疲れを癒やした。肌も滑らかに柔らかくなって新年を気持ち良く迎えられていると実感した。目を瞑っていると、宿の若女将らしき女の影が動いているのに気づいた。

『漱石全集』では、小説『草枕』の一節を紹介して、漱石は宿の湯に入るたびに唐の詩人・白楽天の『長恨歌』にある「温泉水滑洗凝脂」という一節を思い出したと書いてあった。これは漱石の俳句が、その発想を白楽天に得ていることを示していた。この一節は玄宗皇帝に見出されて後宮に入った楊貴妃が、華清宮の温泉に浴している場面だと思われている情景を描いている。

ここで楊貴妃らしき女性の洗ったものは「凝脂」であり、豊満な肉体の白く輝く肌なのだ。一方の漱石が洗ったのは骨ばった肌であり、楊貴妃の肌とは大違いである。漱石はおかしみを感じながらこの俳句を作ったのであろう。そして、楊貴妃の方は滑らかに洗ったのは、白く輝く肌であるが、漱石句では、滑らかな水が洗い落としたのは、ボロボロと落ちた「去年の垢」であったと両者の違いを笑っていた。落語のオチをつけていた。

つまりこの句の面白さは、楊貴妃が洗ったのは「凝脂」の肌であるが、漱石が洗ったのは「去年の垢」であったということだ。漱石はわざと洗う対象を違えて表し、笑っているのだ。漱石も楊貴妃も同じ体を洗ったのであり、どちらの体からも「垢」が落ちたはずだが、楊貴妃の体の方は、湯が流れ落ちただけに着目して、垢に着目していない。洗った時の体の皮膚細胞の剥落の程度はほぼ同じはずだと、漱石は白楽天の文言につっこみを入れていることになる。楊貴妃の体からも垢が落ちたはずだと。

もう一つの面白さは、楊貴妃の方は側に仕える宮廷の湯女が楊貴妃の体を洗ったのに対して、漱石は「温泉水滑洗凝脂」と口にしながら幻想に浸って自分で洗っていたという違いである。漱石は楊貴妃の〝コラーゲンリッチ〟の玉の肌を想像しながら自分の肌を擦っていたのかもしれない。

ところでこの小天温泉での体験が小説『草枕』執筆のきっかけになったといわれている。温泉風呂に浸かって楊貴妃のことを思っていると、なんと、薄暗いこの宿の湯槽に熊本の楊貴妃こと、宿の若女将の影が進んでくるではないか。女将はまさかこんな早朝に客が起きて湯に浸かっているとは思わなかったからだ。漱石にとっては、夢の混浴の世界が展開しだした。漱石の頭の中で小説『草枕』の物語がどんどん進んでゆく。

・御曹司女に化けて朧月

(おんぞうし　おんなにばけて　おぼろづき)

(明治39年9月)小説『草枕』

京都の街で人気者であった義経は、身を隠すように女の格好をして街を行き来していた。掲句はこの話に題を得ての創作であろう。漱石は末っ子であったから御曹司ではないが、顔のアバタとヒゲがなければ意外に女の姿が似合ったかもしれない。

漱石は晩年、友人の紹介で京都の先斗町あたりをふらついていようであるから、目立たぬように女形の格好で歩き楽しんでいたかもしれない。この句は漱石も義経のように歌舞いてみたいという願望が湧き上がってできた句であろう。

この俳句が載った草枕の文章を調べた。この句は、画工の作って書いていた俳句が宿の出戻り娘である女将によって夜中に書き換えられていた。画工は夜の庭にある海棠の花影を女の影の朧月とした。最初は部屋の庭を見てそこに物狂いがいるとしたが、それを女の影、稲荷の狐が化けた正一位の気位の高い女、そして女にも見える京の遊び人の義経へと発想を転換した。それと同じ発想で宿の女将によって、画工の俳句にあった「朧月」が「御曹司」と書き換えられたのだ。こちらの方が面白いと修正されてしまった。

掲句のユニークさは、御曹司、女、朧月のそれぞれの頭に「お」の音があり、春の朧月を柔らかく楽しく演出できていることだ。それによって人物が纏っている華やかさがベールのように感じられる。また、その言葉のリズムが影の体を揺らせながら歩くさまを浮かび上がらせるという効果を発揮する。

そしてもう一つの強烈な面白さが仕込まれている。小説文中の出来事だが、画工によって紙に書かれた俳句の中の「朧月」が「御曹司」に書き換えられたことは、漱石の句では冒頭に記したように義経である「御曹司」が変身して女になったのと正反対になっていることだ。小説内の出来事としてではあるが、これはまさに漱石先生の朧月夜の「夜遊び」であった。そして言葉遊びであった。

ところで掲句は蕪村の「公達に狐ばけたり宵の春」に類似しているという指摘がある。この蕪村の句は、春の宵にキツネが公達に化けるので月並みである。これに対して漱石の句は御曹司が女の朧月に化ける、それほどの美貌であるというのだから、驚きの度合いは蕪村句とは大きく異なる。春の宵でもよく見れば両句の違いがよくわかるはずだ。

・女うつ鼓なるらし春の宵

（おんなうつ　つづみなるらし　はるのよい）

（明治40年ごろ）手帳

漱石先生が住んだ東京の山手には、趣味で鼓を打つ人たちの住む地区があった。時に三味線の音が鼓の音に混じって聞こえてきた。漱石先生は小説を書く傍、趣味として書や謡をやった。謡は熊本時代から師匠について習っていた。東京に出てからは宝生流の宝生新という男の師匠についていた。

春の宵に木造の家々が並ぶ街中で、鼓のポン、トンという音が響き、漱石の書斎に届く。漱石は女が鼓を打っているとわかった。漱石先生は謡の他に鼓打ちも少しはやったのだろう。男の鼓を打つ音と女の打つ音の違いがわかるのだ。女の打つ音は指の柔らかさが音に出るのだろう。

この句の面白さは、春の宵は女の鼓の音が響くと春らしさが増すように感じられることだ。春には女の節句があることでもあるし、春の鼓は女に限ると思った。漱石先生のうっとりと女の鼓の音を聞いている姿が目に浮かぶ。漱石はこの鼓の伴奏で謡を唸ってみたいと思ったに違いない。

漱石は明治40年の2月に大学に退職届を出し、東京朝日新聞社の正式社員となった。年の初めから漱石周辺では慌ただしくなっていたが、決断するとそれは鎮静した。関西にいる友人たちに転職を知らせる挨拶文を書いていたのであろう。近々大阪と京都に行くことになっている日程を知らせた。そんなとき、女の打つ鼓の音が聞こえてきて、じっくり聴くことができた。

・女倶して舟を上るや梅屋敷

（おんなぐして　ふねをのぼるや　うめやしき）

（明治32年2月）句稿33

「梅花百五句」とある。「舟を下りる」に対して舟に乗り込むことは「舟を上る」となる。通常、乗船という言葉が頭をよぎるが、上船という言葉もある。この句に登場する梅屋敷は広大であり、大きな池に接岸している細長い舟に男女が乗り込んだきまを詠んでいる。

さて掲句の意味であるが、「女を連れて梅屋敷の池に浮かべてある飾り舟に乗り込んだ男がいる」というもの。梅見の客の前で男は目立つ行動をしている。漱石先生もこの大勢の梅見の客の中の一人だ。この句の前に置かれている句は「道服と吾妻コートの梅見哉」であり、当時としては流行の服を身につけて目立つ二人が、大勢の人前で目立っているのだ。同伴の女は、小舟に乗り込むのはやめたいが、手を引く男の言うままになるしかないと観念している。これは「倶して」によってそうとわかる。この意味は「連れ立つ」ということだが、道具的な扱いを想像させ、女は受け身になって言われるままになっていることが想像される。ご贔屓には逆らえないというところだ。

漱石先生は梅林の雰囲気と香りを楽しみたいのであるが、ここを遊園地と勘違いしている男がこれを邪魔していると感じている。この句は熊本市内の梅林で目撃したシーンであろう。この目立つ二人のことが短編小説のようにいくつもの句に登場している。漱石はこの二人の後をつけて歩いていたとしか思えない。

・女の子十になりけり梅の花

（おんなのこ　とおになりけり　うめのはな）

（大正4年12月26日）『夏目漱石遺墨集』第二巻

「静江さんに」の前置きがある。雑誌『中央公論』の編集者である滝田樗陰（たきたちょいん）に、彼の娘の静江が10歳になったというので、お祝いに色紙をプレゼントした。色紙には「静江さんに」と頭に書いて、「女の子十になりけり」と筆で書き、下五は絵で表し、文字の下に可愛い「梅の花」を描き入れた。この梅の花は少女の笑い顔のようになっていたと思われる。

この色紙絵は洒落たとんち絵のようになっていた。これは新種の俳画である。新しい芸術の誕生である。

樗陰はかなり前から、毎週のように漱石宅に顔を出していた。二人は急に親しくなっていた。この句には10歳の子供を喜ばせようという配慮がみられ、親の樗陰はにんまりしてしまう。

滝田樗陰と漱石の関係を『サライ』の文章に見ることができる。滝田は漱石の最晩年の1年余りの間、毎週のように「木曜会」の日に、人より早めに漱石山房に入っていた。そして漱石にうまいこと頼み込んで大量の書画を書かせていた。紙や筆、硯、毛氈、筆洗の一式を持ち込んで頼み込んでいた。2、3時間、漱石の相手をしながら漱石の手を独占していた。他の弟子たちから白い目で見られても気にせず、沢山の書画を毎週持ち帰った。だが、これによって漱石の多くの書画作品が後世に残ったのである。漱石はこのハードなサービスを喜んでしていたから、弟子たちは皆、不思議がったという。漱石先生は樗陰の人柄と姿勢が気に入っていたのだ。樗陰は漱石が実践しているのと同じで、若い小説家を発掘して支援していたからだ。

・女の子発句を習ふ小春哉

（おんなのこ　ほっくをならう　こはるかな）

（明治28年11月22日）句稿7

「旅宿の女十二、三歳　時々発句を云ひ出づ　一句」の前置きがある。漱石は熊本への転職が決まって気分が楽になり、松山から近いところで足を延ばしだした。遍路たちが宿泊する宿に行ってみたのだろう。宿の娘は、客が中学校の教師だと知ると、自作の俳句を漱石にみてほしいと出してきた。

句意は「小春日和の暖かい日に松山の宿に泊まると、宿の娘が俳句を習っているとして俳句を見せにきた」というもの。宿の娘たちは町の俳句塾で俳句を習っていた。このことを知ると小春の日がより暖かく感じられた。大勢の女の子が芭蕉の句を参考にして、俳句を作っていたのか。

この俳句は明治28年に作られているから、この時期の女の子たちは和服を着ていたであろう。漱石はこの着物姿と小春の組み合わせが気に入ったとみえる。そしてこの子たちが俳句を口にすることの雅さが気に入った。明治時代になると短歌も人気であったが、俳句も徐々に人気の文芸になっていたようだ。漱石は時代の変化を十分に感じさせるものだとこの光景を見ていたに違いない。

漱石が作ったこの俳句によって、松山では子規たちの影響もあって明治の中頃から俳句熱が高まっていたことがわかる。それが大正期の今井つる女を生んだといえる。彼女は子規の弟子の高浜虚子らから俳句を学んでいたという。『愛媛新聞』の「婦人俳壇」の選者を娘の今井千鶴子が引き継いだ。

松山における男女が盛り上げる俳句熱は、現代では松山で開かれる「俳句甲子園」として結実している。俳句の都、俳都・松山という呼称も定着している。

ちなみに私、砂崎枕流の俳句本、『子規、滋酔郎、枕流の遊病俳歌絵本』（ブイツーソリューション社）は愛媛県立図書館に蔵書されている。そして俳句絵本の『漱石と万太郎と枕流　フェスタ俳歌絵本』（東京図書出版会）は国立国会図書館に収蔵されている。これらの本も俳都・松山を盛り上げる一助になっているのかもしれない。

• 女らしき虚無僧見たり山桜

（おんならしき　こむそうみたり　やまざくら）

（明治29年3月24日）句稿14

「仰向て深編笠の花見哉」の句と掲句は対になっている。漱石は傾斜している道を歩く花見客の中で目立ってしょうがない深編笠の人をじっと見ていた。その人は城山の上の方を見ようと深編笠の縁に手をかけ、少し持ち上げて頭を上に傾けた。するとなんと女であった。だが信じられない、女が虚無僧に加わっていたとは。なぜならかつて虚無僧たちのグループは幕府側のスパイとして活動していたからだ。いや女スパイもいたはずだと思い返した。

漱石先生は花見に出かけてきてよかったと思い始めた。珍しいものを見られたからだ。女虚無僧と山桜の組み合わせはなんともいいものだと思った。修行僧は山に入るから彼らが山桜を見たがるのは、当たり前なのだ。それと花の色気と女虚無僧はマッチするからだ。

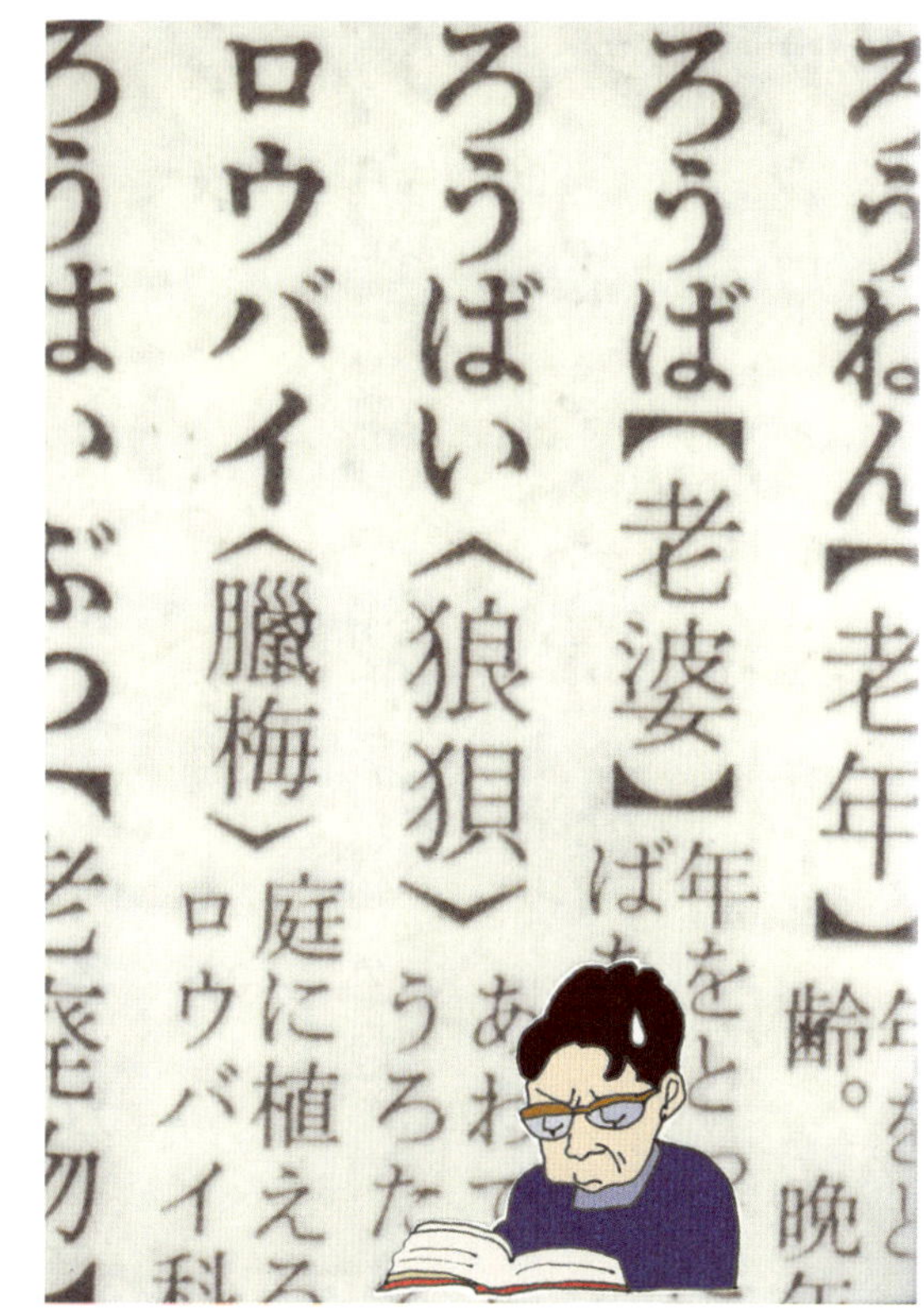

この句の面白さは「山桜」にある。この「山桜」は奈良の吉野山に咲くあの山桜ではなく、松山城の城山に咲く桜のことなのである。漱石先生は残り少ない松山滞在の日々を大切にしているなかで、城山の新種の桜を見られたことに満足していた。この後しばらくは子規と過ごした思い出の地をたどる日々にするつもりなのだ。

【か行】

・骸骨や是も美人のなれの果

（がいこつや　これもびじんの　なれのはて）

（明治24年8月3日）子規宛の手紙

「骨揚のとき」という前置きがある。強烈な恋心を抱いていた女性が急死した。つわりが悪化し拗れて死んでしまった。漱石の嫂は日をおかずに火葬となった。その葬儀に参列し、骨揚げした際に抱いた落胆と感慨がこの句を作らせた。毎夜、思い描いていた女性が骨だけの身になっているさまをじっと見続けていた。この句にはあっけなくこの世を去った人への追悼の思いが溢れている。

漱石の嫂であった登世の死を悼んだ句として有名なこの句は、高井几董の「野を焼や小町が髑髏不言」から生まれたと半藤一利氏はいう。漱石の最も崇拝する俳人は几董であったと言われていることから、この推理は頷ける。両句は内容的にはほぼ同じであるといえる。髑髏を見るのも骸骨を見るのも同じことであり、両者とも美人は焼かれて髑髏になると捉えている。美人の髑髏には句に読みたくなる何かがあるのだ。ともに哀れであるが、漱石句の方がよりリアルであり、儚さが出て美人を際立たせている気がする。

蛇足ながら几董の江戸時代と同様に明治時代の火葬は、現代式の重油バーナーで棺桶ごと燃やす方式でなく、薪を積み上げ、その上に棺を置いて燃やすため、火力は弱かった。このため頭骨が残った。これによって骨揚げの際に漱石の脳裏には嫂の面影が濃厚に浮かぶことになった。登世の残されていた一枚の写真を見て、その美人ぶりと漱石の落胆ぶりを理解できた。

・骸骨を叩いて見たる菫かな

（がいこつを　たたいてみたる　すみれかな）

（明治37年6月）小松武治訳著の『沙翁物語集』の序

この句では「小羊物語に題す十句」と前置きしている。掲句はハムレット劇の一場面になっている俳句として有名である。墓場の墓掘人夫たちが陽気に歌いながら穴を掘り、穴の底から現れた髑髏を地上に放り出す。それを手に「この髑髏にも舌はあった。昔は歌も歌えたものを、俺たちのようにな」とつぶやく。人夫が歌っているその歌は卑猥な歌だった。

葬式の別の場面。牧師が自殺したオフィーリアを前に、兄のハムレットに対して、「これ以上関わることは罷りならぬ」と言い出した時、ハムレットは激怒して「墓穴の中にオフィーリアを埋めろ。あの美しい無垢の体から、スミレの花が咲くように！」と叫んだ。つまり死んだオフィーリアは土中で菫になるということなのだ。漱石の俳句はこの場面を描いている。

掲句の句意は、「掘っている墓の土の中から髑髏を掘り出し、これを他の骨で叩いて土を落としている人夫たちの足元に、埋められたオフィーリアの菫が咲くであろう」ということである。つまり「見たる」は「叩いて骸骨をみる」と「後で出現する菫」の意味であり、前後の語にかかっている。

英国のミレーの絵画にオフィーリアが川を流れてゆく場面が描かれていて、漱石はそれを留学中の英国で見ていたはずだとする文章が何かの本にあった。オフィーリアと一緒に流れてゆく花の群の中に菫もあった気がする。漱石は、オフィーリアの化身である菫が好きなのである。

蕪村の句『骨拾う人にしたしき菫かな』が掲句の下敷きであろうという指摘がある。確かに似ているが、悲しみと安らぎの度合いは漱石句の方が大きい。蕪村句には優しい風が吹いているが、漱石句は連続するシーンを描いていて、怒りの風が吹いている。そして骸骨と菫の対比が効いている。

漱石は明治37年出版の小松武治訳『沙翁物語集』に付した序の部分に10句をつけた。ちなみに前置きにある「小羊物語」とは何のことか。『沙翁物語集』は「Tales from Shakespeare」の翻訳語であるが、これは Charles・Lamb が書いたもの。漱石は著者の名前を用いて洒落た書名を創作した。Lamb（子羊のこと）さんが書いた本の硬いタイトルの『沙翁物語集』は軟らかいタイトルの「子羊物語」となった。ここにも漱石の笑いがある。難しくないから気楽に読んでよと勧めている気がする。

ちなみに漱石が掲句のそばに置いていた文は「That skull had a tongue in it, and could sing once.」であった。冒頭の墓掘人夫たちのつぶやきが聞こえたのだ。

・海棠の精が出てくる月夜かな

（かいどうの　せいがでてくる　つきよかな）

（明治39年）小説「草枕」

蛍光ピンク色をしている海棠の精が漱石に取り付く。九州の山奥の宿に来た画工をなかなか眠らせない。日本の伝統色にはないこのうす紅色は、夾竹桃（きょうちくとう）と同様にチャイナドレスが似合う色だ。月が出ている日本の鄙びた山間の宿には不似合いである。何か不気味な女の幻影が出そうな気がする。驚きの何かが出てきそうな演出がある。

この精は美の妖怪の姿か。泊まった宿の未亡人女将の悪戯なのか。画工こと漱石先生が過去に関わった女の面影が夜の闇に浮かんでいる気がする。それとも気になっていた宿の女将の姿なのか。その女たちが夜になっても漱石を寝付かせてくれない。

この句はまさに小説の一場面のようだ。この句は小説の「草枕」に登場する。画工が山里の宿で眠れぬ夜を過ごしている。庭先に女の歌う声を聞いた気がして障子を開けたが、庭一面に草原が広がる足もとから先には闇夜が浮かんでいるだけ。その闇の奥まったところにある海棠が部屋からの弱い光を受けて人型に浮かんでいた。その影の前を女がすっと通り過ぎた。幻想なのか。中国的なうす紅色の花の茂りが黒ずんで見えると、エロチックな雰囲気が漂う。うす紅色は興奮しているときの肌の色であるとも言える。

漱石の身代わりである画工は、興味を持ってしまった女将である後家の那美さんと挨拶を交わした後も気になって仕方がないのだ。その画工は田舎の山宿でなかなか寝付かれずにいると、夜の庭で展開する女の幻影と海棠の姿と肉色の色彩に次第に疲れ、画工の意識は濁り、眠りにつくのであった。

・海棠の露をふるるや朝烏

（かいどうの　つゆをふるるや　あさがらす）

（明治39年）小説「草枕」

幻想的、かつ空想的な句だ。鮮やかな桃赤色の花を咲かせる海棠の木に、大柄の黒い烏が揺れ動きながら掴まっている。朝露がたっぷり付いた枝を震わせている。その露が烏に降りかかる。烏はこれを予想できなかったのか慌てている。女性の化身であるバラ科のこの花を無粋な黒光りする烏に揺さぶらせている。この朝露を身につけた花はこの揺さぶりを楽しんでいるように見える。

「草枕」の主人公の画工は、古ぼけた宿に泊まったが、眠れない夜中に障子を開け、闇の中の草ぼうぼうの庭をながめ見ていた。庭のはずれの闇の中に海棠の花が咲いていた。その低木の影の前をすっと女の影が横切ったのを見ていた。この時の驚きを画工が俳句に記しておいた。

その翌朝「海棠の露をふるるや物狂」と書いたはずの句の下に「海棠の露をふるるや朝烏」が女文字で書き加えてあった。「わたしは物狂などではない、朝烏の君よ」というのだ。そして烏の語によって、画工を女の情の放射がわからない無粋な男だと表しているとすぐに理解した。

この宿に来る前にある人から宿の娘は気印だと言われていたから、画工は句の中に「もの狂い」と書き入れておいたのだ。それを当人に見られた上、「もの狂い」を「烏」に書き換えられていたから驚いたのだ。その上、宿に泊まっている、烏より大柄のあなたは海棠に興味があるなら、近づいて枝に停まりなさいと誘われている気もする。

海棠の花の色は、ケバケバしく気印を感じさせるから画工の句の方が春の夜の出来事を表す句としては面白い。しかし宿の娘が作り変えた句はより刺激的であり、娘の文才を感じさせる。この二つの俳句に漱石のストーリーを創作する楽しさが溢れていて面白い。

ところで中国ではこの花は楊貴妃に例えられ、歓迎される花になっているが、日本人の感覚とは少し違っているように感じる。海棠に似てはいるが低木のボケの花の方に親近感を感じる漱石は、この海棠の花を振って散らしたいくらいなのだろう。しかし漱石は、宿の画工のような男の気持ちを揺さぶって不安にさせる海棠にも強く魅かれるのだ。

この海棠句の「露をふるるや」の「ふるる」は「振るる」の他に「狂るる」の意味が掛けられているように思われる。もの狂いを引き出す言葉として用いられている。

• 海棠の露をふるるや物狂

（かいどうの　つゆをふるるや　ものぐるい）

（明治39年）小説「草枕」

小説「草枕」の中で、美人の女将のいる宿に泊まった主人公の画工が作った俳句。句意は「部屋の前の暗い庭に海棠の木があり、花を咲かせているのが月下でわかる。その花についた夜露をふるい落とすように、女の姿が海棠の前をすっと通り過ぎたように見えた。庭に何かがいる」というもの。掲句の「物狂」の語は、一人宿泊している画工に強い関心を持っている、気が触れていると噂されている宿の女将のことである。そして「物狂」はこの夜に起きている不思議なさまを解説している語である。

この夜の闇の景色の中で歌う女の声が画工の部屋にかすかに届く。画工は体がかすかに震えるのを感じた。海棠の木が震え、その振動は画工に届いた。

この句の面白さは、「露をふるる」である。この言葉は多分に男の性を暗示させる。海棠の花の色は肉色で艶やかであり、男に対して挑戦的な色と言える。

ちなみに掲句は画工が作った句であるが、宿の女将によってその晩に「海棠の露をふるるや朝烏」と書き換えられてしまったので、漱石はこの句の意味をしばらく考えた。画工自身が女将によって人情がわからない朝カラスだと言われた気がした。そして翌日になったらカラス鳥は気が変わって海棠の花に接触するはず、と書き込まれたと思った。海棠の精の挑発は続いていた。

かい巻きに長き夜守るヴァイオリン

（かいまきに　ながきよまもる　ゔぁいおりん）

（明治３９年７月・推定）「吾輩は猫である」十一節

漱石先生による作中句である。鼠は何でもかじるという話の中でヴァイオリンを齧られないようするにはと、面白い会話が展開する中で掲句が登場する。

「なんだって、ヴァイオリンを抱いて寝たって？　それは風流だ。行く春や重たき琵琶のだき心、という句もあるが、（中略）明治の秀才はヴァイオリンを抱いて寝なくちゃ古人を凌ぐ訳には行かないよ。かい巻きに長き夜守るヴァイオリン、はどうだい。東風君。」

先の句は蕪村の俳句で、過ぎ行く春にセンチメンタルになり琵琶を抱いて弾き出したら、何だか思い出して切なくなって来たというもの。これに対して漱石は、楽器を弾いた後に、かい巻きの中に入れて、抱きかかえて寝てしまった。鼠から守るために」というもの。鼠を出汁に使って、胴にくびれのあるヴァイオリンをしっかり抱いて寝たという句は面白いだろう、と自慢したのだ。

漱石は蕪村の句をみごとに齧ってしまった。ヴァイオリンを抱くだけでなく、添い寝までするのが洒落ているのだ。小柄なヴァイオリンの方がいい、と言いたいようだ。

• 垣間見る芙蓉に露の傾きぬ

（かいまみる　ふようにつゆの　かたむきぬ）

（明治40年8月21日）松根東洋城宛の葉書

「心中せざるも三十棒」の前置きがある。ちらと目に入った白い芙蓉の花は花弁の薄さでその可憐さを訴える。男どもはこの垣間見た際の印象に支配されてしまうのが常だ。薄い芙蓉の花びらには露が載って花びらをたわませている。この露は傾いた花びらの端に向かって動き出し、花びらの上を移動しながら滑り落ちる。花びらの薄さを強調していた露の玉が失せると、元の大ぶりな可憐でか弱い花に戻る。この微細な動きが見る人の気持ちを捉えるのだ。計算されたような花びらの挙動である。

か

掲句は29歳になっていた弟子の松根東洋城へ出した葉書にあった句である。この葉書には他に2句が書かれていた。「朝貌や惚れた女も二三日」（前置きは「心中するも三十棒」で掲句の「心中せざるも三十棒」とは対照的）と「秋風や走狗を屠る市の中」である。東洋城に呆れている気配がある。

恋多き詩人の白蓮との恋愛のただ中にあって、師匠の漱石から度々忠告され、結局心中をやめることになった弟子に、掲句にあるこの言葉を投げかけていた。禅道場では座禅の中で三十棒のたたきで肩に衝撃を与え、心が乱れている人の目を覚まさせる。だが漱石はこの俳句で弟子に三十棒を与えるように鋭く諭すのだ。再び迷うことのないように。

漱石は恋愛に悩んでいた弟子の東洋城に、お前は惑う思春期にあるのではなく、宮内省の官僚の職にあって文学を目指す男なのだから、わしのいうことがわかるだろうと。

だが掲句の本意が弟子の枕流にはよく分からない。冒頭に書いた一応の解約を読み返してみる。この例え話のような俳句を前にして考えた。惑わすことが得意な芙蓉の花には不用意に近づくなということか。お前は花びらの上を移動する露のような存在なのだということなのだろう。

ちなみに漱石はこの葉書の1日前に別の俳句を書いた葉書を東洋城に出していた。この時は差出人として「夏目道易禅者」の名を書き入れていた。したがって掲句はこの時の禅者になりきっていた時の余韻が漱石の脳裏に残っていたと見られる。

●廻廊に吹きこむ海の吹雪かな

（かいろうに　ふきこむうみの　ふぶきかな）

（明治29年3月5日）句稿12

句意は「海に面した廻廊に初春の季節外れの強い風に持ち上げられた波のしぶきが吹きかかって、吹雪のようになって回廊は白く覆われている」というもの。漱石先生がこの句を作った日は3月5日直前であり、時期的には海に吹雪が厳しく吹き付けるはずはないので、これは想像の句である。回廊は大きな寺院の周りに造られている廊下のことで、安芸の宮島が想定される。

翌月の4月10日にはここ松山の浜にある港、三津の浜から船に乗って松山を去ることになっているので、センチメンタルな気分になって想像の句を作ったのだ。この船は三津の浜を出ると安芸の宇品の港に入ることになっていた。漱石はそこで船を乗り換えて宮島を経由して徳山に行くことにしていた。

明治29年3月1日に漱石、霽月（せいげつ）、虚子の三人句会で競って作っていた神仙体俳句の残像が漱石の頭脳に残っていたのだろう。幻想・空想の句作の面白さが蘇って、またこの種の俳句を作りたくなったのだろう。

掲句を新たに解釈すれば、「宮島の赤い回廊に海側から白い吹雪が吹き込んで、荘厳な光景になっている」というものである。人工の壮大な建物と自然の吹雪が絡み合って、力勝負をしているように見えるというもの。

（原句）　廻廊に吹き入る海の吹雪かな

●廻廊の柱の影や海の月

（かいろうの　はしらのかげや　うみのつき）

（明治29年9月25日）句稿17

安芸の宮島にある長い回廊と柱のある光景を思い起こしている。この場所は漱石全集にある注釈が示す宮島なのであろう。この廻廊は文字通り廊下のようになっている。海の上の月の光によって闇に文字通り浮かび上がっている水平の回廊と、これにクロスしている長く太い柱列の影を漱石先生は記憶していた。モダンな抽象画のように見えたのであろう。

砂漠のような静けさの中に、光の作る模様が浮かんでいる。陸の上ならばギリシャのパルテノン神殿かイスラム寺院の夜の景色と間違えそうである。

この俳句を作る少し前に、漱石は「枕辺や星別れんとする晨」と「稲妻に行手の見えぬ広野かな」という句を作っていた。これらの句は妻の病気の看病をしながら沈んだ重い気持ちでいた時のもので、新婚早々にこうなるとは思いもしなかったと述懐していた。結婚前のことに思いを巡らした際に、熊本に来る船旅を思い出したのだろう。船からみた宮島が印象深かったのだ。

明治29年4月10日に松山の三津浜を虚子とともに船で出て、宇品に寄ってから宮島に行った。漱石はここで虚子と別れ、一人徳山に行き、そこからまた船に乗り門司に向かった。現在の困難な状況に到るまでの道筋を確認するかのように記憶を戻していた。

＊新聞「日本」（明治30年3月7日）に掲載

• 帰らんとして帰らぬ様や濡れ燕

（かえらんとして　かえらぬようや　ぬれつばめ）

（明治32年9月5日）句稿34

「内牧温泉」とある。阿蘇神社のある内牧温泉を目指して阿蘇南端の戸下温泉から馬車で移動した。8月末のことである。着いた内牧温泉では早速汗を流したと思われる。その後街中に出て人家を見ながら歩いた。この秋の季節にツバメが飛び交っているのを見た。夏が過ぎても飛び回っているツバメは帰らないで棲み着いたツバメなのだ。このようなツバメもいるのだと自分のことと重ねて大いに納得していた。「濡れ燕」は雨の中、飛び回っているツバメのことである。漱石が見たツバメは小雨に濡れて黒々と光っていた。

句意は「春に南の土地から飛来したツバメは、雛を育て終えたら南の土地に帰るものと思っていたが、帰らないツバメもいる。餌を求めて元気よく雨の中を飛び回っている」というもの。ツバメは濡れて黒々とした羽を翻して人家の軒下で飛び回っていた。

阿蘇の山近くには、田んぼも畑も結構あり、ツバメたちにとっては過ごしやすい土地なのだ。漱石はこのツバメの臨機応変な生き方を見て、自分もそれに近い思いを抱いていることを重ねた。漱石自身は東京から西へ西へと移動して熊本に来ているが、仕事の中身はともかく、生きる場所としてはいいところだと思っている。文化程度も高く、学生の質も高い。それに広々としていた。

この旅は高校の同僚教師、山川が一高に転任することになり、送別の意味で企画した旅であった。親友を送り出すのであるが、自分はここに根を生やすことになると思った。熊本に来てから3年と4ヶ月が経過していた。しみじみ自分のことを振り返ったのだろう。

ちなみに掲句のすぐ後に作っていた対句の俳句は「時くれば燕もやがて帰るなり」であった。この旅から熊本に戻ると時をおかずに山川は元いた東京へと熊本を去った。この句意は「君が東京に行くのは、熊本に来ているツバメに帰る時期が来れば元の土地に帰ってゆくのに似ている」というもの。漱石は淡々と友との別れを俳句にして見送った。そのとき漱石は取り残されたように感じていた。黒光りする独身のツバメは颯爽と東京へ戻って行った。さて自分はどうなるのだろうと思った。自分はどこに戻るのか。どこへゆくのか。

漱石の運命は漱石をここからさらに西の欧州、英国へと旅立たせるのだ。3ヶ月後の年の瀬に五高校長から英国留学の内示を受けた。

• 帰り路は鞭も鳴らさぬ日永かな

（かえりじは　むちもならさぬ　ひながかな）

（制作年不明）画賛

春になって山の斜面に草が生え出すと里山の農家は家畜を畜舎から出して山に連れ出し、夕刻になると日がな草を食んだ家畜を畜舎に戻す。掲句は家畜の帰り道の光景を描いたと考えた。しかし、これは謡曲の「小督（こごう）」の一場面だと金春流の人に知らされた。平安時代の貴人が馬を軽やかに走らせている絵に漱石が賛の俳句を書き入れた。

平家が権力を掌握していた頃、御所の小督局は、高倉院の寵愛を受けていた。だが小督は、高倉院の妻、中宮徳子の父である平清盛の権勢を恐れて身を隠した。高倉院は失踪した小督の行方を気にかけていた。小督が嵯峨野に隠棲しているとわかると高倉院は、ある臣下に小督を探し出すように命じた。

ちょうど、その日は8月の十五夜（旧暦）の日で、その臣下は宮廷で小督の箏の音に合わせて、しばしば笛を吹いたことがあり、小督の箏の音色を聴き分けることができることを思い出した。この日には小督が箏を弾くに違いないと考え、急ぎ馬に鞭打って嵯峨野へ出かけ、箏の音を訪ね歩いた。

あるところで小督の箏らしき音を耳にした。それは「想夫恋」の曲とわかった。見つけ出した小督へ高倉院の親書を渡すと、小督は返事の手紙をその男に渡した。その男が帰ろうとするのを止めて酒宴を催すと臣下はこれに応えて男舞を舞った。やがて酒宴は終わり、小督が見送る中、男は馬に乗ってゆっくりと都へ帰って行った。帝の命令を果たした臣下は小督からの手紙を手に、馬を鞭打つことなくその日のうちに御所に帰り着いた。

句意は「ことが決着した後の帰り道は、馬に鞭打つこともなく悠々と馬を走らせている。のどかな日であることよ」というもの。

・顧みる我面影すでに秋

（かえりみる　わがおもかげ　すでにあき）

（明治43年10月21日）日記

この俳句には「森成君に病気前の写真を望まれて一句を題す」という前置きがある。修善寺で吐血してから温泉旅館の床で治療を漱石を治療してくれていた長与胃腸病院の森成医師から、治療の初期段階の写真を撮らせて欲しいと頼まれた。この時の写真が東京にいる漱石の手の中にあった。漱石は掲句の一句を作り、出来上がってきた写真の裏に書き込んで森成医師にプレゼントした。

この時の写真を東京の長与胃腸病院に再入院して10日ほど経ったとき、森成医師から見せられた。しみじみ見てみると、当時の自分は本当に元気がなかったと感じた。そして写っている背景の8月末の景色は、すでに秋の色に変わっていたが、この写真の中の自分もすでに秋色一色に染まっていた。この写真と今の元気な自分を比較してもらい、漱石を元気づけようとした森成医師の目論見は、みごとに外れ跳ね返えされた。命の危機を脱した直後の漱石の顔には、生命の陰りがはっきりと見えていたのだ。漱石は仮死状態になった直後の自分を思い出してしまった。

それにしても自分の写真を見て「顧みる」という言葉を使ったのは何故か。それほどに遠い死の世界から立ち戻ったという実感が強く漱石の意識の中に蘇ったからである。この感覚は臨死を経験した人にしかわからないものなのだろう。それに「面影」も他人に対する言葉であり、ここにも現在の自分とは異なる人が写真の中にいると今の自分と区分けする意識が出ている。

ちなみに漱石の退院は2月26日であった。4ヶ月半かけて胃袋を補修した。この退院を弟子たちは大いに喜んで、漱石宅に毎日通うようになった。この大勢の訪問を整理しようと始めたのが木曜会であった。

・帰り見れば蕎麦まだ白き稲みのる

（かえりみれば　そばまだしろき　いねみのる）

（明治42年10月17日）日記

漱石は10月14日に釜山から下関に帰着した。東京には17日に戻った。風土も政情も過酷な満韓の地域を見て回った後に横断した日本には、見慣れた景色がありホッとした。

句意は「汽車の窓から日本の村や町の景色を見ながら東京に戻ったが、畑一面に蕎麦の白い花があり、田んぼには黄色に色づいた稲が実っていて日本の土地の豊かさを確認した。日本はいい国だ」というもの。山間を抜ける鉄道沿いには蕎麦の白い花が一面に咲いていた。そして平地の海岸沿いを通ると、稲が広大な田んぼに黄金の穂をつけているのを見ることができた。漱石はこの景色を見て感激を覚えた。そして日本に戻ったと実感したというもの。そして日本の国土は恵まれていると感じたのだ。

この句の面白さは、「顧みれば」ではない「帰り見れば」の語によって大陸からよくぞ戻れたという思いが強かったとわかることだ。旅行中体調がやはりあまり良くなかったからだ。そして「顧みれば」の思いが込められていて、満韓で見聞したことが重く記憶されていることを示していることだ。

ちなみに漱石は日本に「帰ってみれば」大事件が起こっていたことを知らされた。日本の代表的な政治家の伊藤博文が少し前に漱石も旅していた満州のハルピンで10月26日に暗殺されていた。漱石はこの伊藤のことはほとんど文章にしていない。第五高等学校の教え子で東大教授になっていた、ベルリンに留学中の寺田寅彦に宛てた手紙（明治42年11月28日付け）で、例外的に伊藤のことに触れただけだった。

『帰るとすぐに伊藤が死ぬ。伊藤は僕と同じ船で大連へ行って、僕と同じ所をあるいてハルピンで殺された。僕が降りて踏んだプラトホームだから意外の偶然である。僕も狙撃でもせ（ら）れれば胃病でうんうんいふよりも花が咲いたかも知れない』と書いていた。幕末に英国の指示で英国に渡った伊藤のこと、その後の伊藤の行動、そして伊藤が下した明治政府の政策について漱石先生はよく知っていたはずだ。ただ「伊藤は狙撃されて花が咲いた」と解釈される言葉は、伊藤本人はこれで納得しているのではないか、帳尻が合ったと思っているのでは、ということだ。世界の列強の国々との戦いに身を乗り出して挑んだ明治の元勲たちが、次々に早々と命を絶たれて行ったことに思いを馳せた。

漱石は、明治37年、38年にわたって行われた日露戦争に言及した「従軍行」という長い詩を開戦直後に作っていた。最後の文言は「瑞穂の国に、瑞穂の国を、守る神あり、八百万神。」であり、全体としては天皇を支持し、日露戦争は日本防衛の戦争であるとした。掲句に描かれた美しい日本、実りのある国土を守るということを強く意識していた。漱石は英国留学中に世界を席巻していた帝国主義世界の生々しさを理解した。

• 帰るは嬉し梧桐の末だ青きうち

（かえるはうれし　ごどうのいまだ　あおきうち）

（明治43年10月2日）日記

病室となっている修善寺温泉の旅館の一室で、漱石先生がつぶやいている。二ヶ月近くも同じ旅館に療養で長逗留しているが、やっと体調が良くなってきたことを嬉しく思っていた。梧桐はアオギリのことである。

病室でアオギリの大きな葉がバサバサと落ちるのを見るのは辛いと思っている。冬に向かってアオギリの葉が落ちる音は、人を驚かす大きな音であると同時に命を削る音に聞こえるからでもある。

句意は「東京の胃腸病院に戻ることになりそうで嬉しい。アオギリの葉っぱが青いうちに帰れそうだ」というもの。この句でオー・ヘンリーの短編小説「最後の一葉」（The Last Leaf）の蔦の葉が落ちる話とアオギリの落葉をダブらせている。この小説は1905年に米国で出版されたもので、漱石は1910年（明治43年）の入院前に米国で大人気になっていたこの本を読んでいた可能性がある。これは一種の洒落であるが、このことで漱石の体調が良くなっていることがわかる。

この句の面白さは、梧桐は夏の季語だが、漱石には関係がないということである。漱石の俳句には季語は必須なものではなかった。漱石の部屋から梧桐が見えていることが重要なのだ。そして「帰るは嬉し」と子供のように表現しているのが面白い。修善寺温泉での転地療養のはずが、大量に喀血し、生死の境を彷徨ってしまったことが頭に重く残っていたから、このような率直すぎる表現となった。

• 帰るべくて帰らぬ吾に月今宵

（かえるべくて　かえらぬわれに　つきこよい）

（明治43年10月2日）日記

修善寺の旅館で東京に戻れる日を待ち望んでいる。この日は細かい雨が降ったり、日が差したり、百舌が鳴いたり、セミも鳴いたりと目まぐるしい日であった。体調は回復途上にあったので色んなものが目に入るようになっていた。しかし話をしたくとも近くには誰もいないし、漱石は少々落ち着かなかった。介護の人たちは安心して漱石の部屋を離れていた。そんな状況で、夜になると窓から見える月に漱石は語りかけていた。

句意は「もう東京に帰れる状態になっているように思えるのに、帰らないのはどうしてか、と月に私は語りかけている」というもの。体調は大分良くなって来て東京に戻るべく気持ちの整理はできているのに、まだ医者たちにはその動きはない。窓から見える月の輝きは今一つで、少し不安げに見える。漱石の疑問心が月に映ってしまっているようだ。

この句の面白さは、夜空の月に幾度となく東京の病院に戻ることで話しかけていたとわかることである。そうであるから月としては、漱石の体調がいいのはわかっていた。そうであるのにどうして帰京の動きがないのかと不思議に思っているということになる。実際に漱石の東京への移送が行われたのは10月

11日であった。担当医は慎重に判断していた。また修善寺の漱石の周りの人たちは、移送方法や関係部署との連絡で慌ただしかったのだ。それを漱石は知らされていなかった。

ちなみに掲句の直前句は「帰るは嬉し梧桐の未だ青きうち」である。真夏に修善寺の旅館に来たのであるから、秋が深まる前には東京に戻りたいものだと思った。掲句の「帰らぬ吾」の「吾」は、梧桐の「梧」をかけている。

・帰ろふと泣かずに笑へ時鳥

（かえろうと　なかずにわらえ　ほととぎす）

（明治22年5月13日）子規宛の手紙

学友で親友の正岡子規が喀血したので本郷にある寄宿舎へ見舞いに行った。その後、漱石は励ましの手紙を出した。漱石と同じように漢文漢籍に通じている子規に対して、中国の故事を組みこんだ掲句をつけて笑わせている。吐血ぐらいで深刻になるな、バタバタするな、「笑え」と意見しているが、言わなくても子規が笑い出しそうな句になっている。その一方、手紙文では喀血を軽く見ないで医者を選んで養生に努めてくれ、君の体は自分だけのものではなく、母親のためにも国家のためにも自愛するように伝えた。

句意は「子規君よ、血を吐く病気になったから故郷の松山に帰って療養しようなんて泣き言を言うなよ。泣き言を言わずに笑ってしまえ」というもの。近くの上野の森にいる時鳥に対して、故郷の南方に帰りたいが帰れないと鳴き続けるようなことはするな、と時鳥を諭す形をとっている。掲句に隠れている時鳥の異名としてある不如帰の読みは「帰るにしかず」であり、これは「帰ることが叶わない」の意であり、この語には「帰りたい」という気持ちが隠れている。そのような意味もある号を持つ君であるから、帰りたいと鳴く時鳥になるな、笑っていてくれと子規に言う。

また子規という俳号はもともと時鳥のことであり、時鳥は口の中が赤く、血を吐く鳥として知られていて、子規自身が俳号を「ほととぎす」としたのであるから、子規はこれを自覚して少しぐらい血を吐いても飛び続けてほしいと漱石は願ったのだ。当時、時鳥とは肺病の代名詞であった。ここに漱石のユーモアがある。

この句は気落ちしている友人を励ますための俳句であり、技巧は省いている。そして可笑し味のある句にうまく仕立てられているように思う。この最初に記録された句には後年における漱石の句作の特徴が幾つかあり、この意味において漱石の記念碑的な俳句になっている。

この手紙には「聞かふとて誰も待たぬに時鳥」の句も書かれていた。

三者談

この13日に本郷真砂町の常盤会寄宿舎へ見舞いに行った。喀血した翌朝の子規はケロリとして夜中に時鳥の句を作っていたという。子規の号はこの時から使い出した。それを教えられた漱石は即興の掲句で応じた。そんなに帰るに如かずなんて云って泣くよりも、笑っている方がいいじゃないか、と子規に向かって言っている。月並みな俳句だ。泣かずに笑えというのは臭みがある。作り始めた最初の句であるからそんなものだ。これからの上達がすごい。

・顔洗う盥に立つや秋の影

（かおあらう　たらいにたつや　あきのかげ）

（明治32年9月5日）句稿34

庭の井戸で水を汲み、それを盥に満たして顔を洗おうとする。木製の盥に顔を近づけて両手を入れようとするが、ふと水面に空の積み雲が映っているのに気づいた。同時に盥の水に触れると水の冷たさが増して秋の訪れを感じさせた。

現代のプラスチックのボールやステンレスの洗面器ではこの感慨は生まれない。空の下での顔洗いには木の盥が合うのだ。漱石には周囲の光に対する感覚を働かせながら生きる姿が見える。「秋の影」には日本の自然に対する感傷がみえる。漱石は影に対する感覚が鋭い。

この句の面白さは、影は「秋の影」であるとともに漱石の立つ影でもあることだ。そして立つのは秋でもあり、顔を洗う漱石でもある。このようなシンプルで楽しい俳句を漱石に作らせたのは、顔を洗った時の爽やかな気分である。

この句を作った時の漱石先生は、高校の同僚教師の山川が一高に転勤になるのに際して送別旅行を企画し、二人で阿蘇の山と温泉宿に出かけて帰宅した後であった。漱石一行は8月29日から9月2日まで阿蘇周辺にいて、最終日は阿蘇高原を踏破していた時に雨と火山灰が降りだし、身体中がドロドロになりながら死ぬ思いで白い世界から脱出した。過酷な阿蘇高原からよく戻れたという気持ちが9月5日の朝に蘇ったのだ。9月2日の荒れた天気から一転して9月5日になると爽やかな天気になっていたことを俳句で表した。何気ない光景を俳句に表すには理由があったのだ。

・顔黒く鉢巻赤し泳ぐ人

（かおくろく　はちまきあかし　およぐひと）

（明治30年4月18日）句稿24

漱石先生はまだ寒い時期の春に「泳ぐ」をテーマに6句を一挙に作った。掲句の他に「深うして渡れず余は泳がれず」「裸体なる先生胡坐す水泳所」「泳ぎ上がり河童驚く暑かな」「泥川に小児つどいて泳ぎけり」「亀なるが泳いできては背を曝す」があった。

昨年の猛烈な熊本の夏を初めて経験したが、その時は住まいの近くの歩いていける距離にある江津湖で漱石先生は涼んでいた。春になると五高の学生たちはそこで泳いでいた。その浅黒い頭に絞めていた赤い鉢巻が目立っていた。その鉢巻によって肌は赤黒く光って見えたことだろう。水が少々冷たくても泳いでやるという決意を込めて締めた鉢巻であったが、あまりその効果は出ていない。

漱石が顔と鉢巻だけを取り上げて描いているのは、まだ気温と水温が低すぎて泳いでいる時間が少なく、寮の学生たちは岸や浅瀬でふざけてばかりいるからなのだ。

明治時代の熊本の子供達は鉢巻をして泳いだというが、頭を岩にぶつけて怪我をするリスクを考えての鉢巻なのであろう。それとも元気一杯に泳ぐ気合を示すためなのか。いや単に水泳キャップ代わりだったのか。漱石はこの赤鉢巻を頭に巻いた生徒達の姿を面白く、俳句に描いた。

考えるに明治30年は日清戦争が終わった翌々年であり、熊本市内には陸軍の拠点があった関係で、市内にはまだ軍事色があふれていたと思われる。漱石はこの世相を表すために、赤と黒を対比させた俳句を作った気がする。

ところで漱石先生は何故4月18日当たりで水泳の句を6句も作ったのであろうか。まだ春の真っ盛りであり、水泳の季節にはなっていなかった。その答えは泳いでいた江津湖が水前寺公園から近いということであった。この公園の水源は阿蘇山の湧き水であり、その生暖かい水は神社の前の大池に湧いていた。その湧き水はそれほど外気の影響を受けずに江津湖に流れ込んでいた。江津湖の水温は年中14・5度に保たれていたはずだ。風がそれほど冷たくなければ短時間泳ぐことができたと考えられる。

・顔にふるゝ芭蕉涼しや籐の寝椅子

（かおにふるる　ばしょうすずしや　とのねいす）

（明治32年9月5日）句稿34

想像の句か実際の句かは判然としないが、漱石先生は夏の最後に楽しく快適な気分に浸っていた。顔の上には日差しを遮る柔らかくて大きな芭蕉の葉があり、時に葉の先端が漱石先生の顔に触れる。くすぐったい感覚が涼しさを感じさせる。

そして背中に触れているのは籐の寝椅子。こちらも触れていて気持ちがいい。体の上にも下にも天然有機物が来ている。そして熱くなる体を覆っているのは芭蕉布で作った薄い肌着なのか。これらすべてが天然物であり、これらが漱石先生の体の周囲を囲んでいる。

だがこの句を作った熊本の漱石宅には芭蕉の株はなかったはずで、「顔に触れる芭蕉」とは顔の上まで引き上げた薄い芭蕉布なのであろう。

これは表の解釈である。この句には裏の解釈がある。「籐の寝椅子」とはある人物を示すのだ。これは伊賀（三重県）上野城代、藤堂良精の3男である良忠のことで、俳号は蝉吟（せんぎん）。京都の北村季吟（きぎん）に学んだ俳人である。松尾芭蕉は良精の家臣で、芭蕉より2歳年上の蝉吟の身近につかえていた、夜伽衆の一員だった。つまり芭蕉は主君と俳句作りを共にする親密な間柄であり、かつ男色の関係にあった。蝉吟は寛文6年4月25日に25歳で死去した。そこで芭蕉は当時俳句が盛んであった京に旅立った。

漱石は掲句において、籐の寝椅子を藤堂蝉吟とし、上に掛ける夏の芭蕉布は松尾芭蕉だとした。漱石先生は江戸時代の香りが残っていた明治32年に、つまり当時の俳人たちの間で共有されていた江戸俳句界の事実、情報を俳句で記録しておこうとしたのだ。

この句の面白さは、この二人の関係は、決して涼しい関係ではなく、熱い関係であったということだ。漱石はこのことをクールに表していた。

＊『春夏秋冬』、のちに雑誌『俳味』（明治44年5月15日）に掲載

三者談

先生の早稲田の家にある支那風の縁側か書斎の南縁に籐の椅子を置いて漱石が寝ている。時折芭蕉の葉が漱石の顔に触る。寅彦は漱石から熊本でこの句を聞いたことがあるという。しかし当時の住まいであった坪井の家には芭蕉はなかったし、籐椅子もなかった。多層感覚的な句だ。随分爽やかな感じに充ちた句だと思う。

・化学とは花火を造る術ならん

（かがくとは　はなびをつくる　じゅつならん）

（明治32年10月17日）句稿35

「熊本高等学校秋季雑詠　化学室」とある。漱石先生は理系の人であり、帝大学生であったときに進路を考えた際には当初建築科に進もうとしていた。数学や物理が得意であったという。そんな漱石先生が化学とは何かと学生に聞かれたならば、「花火を造る術であろう」と答えることになる。夜空での花火の色彩は金属の化学反応で生まれるからだ。つまり「化学とは反応の科学」ということになる。だがこの答えの裏には、「化学とは戦争をする術」だというフレーズが隠されている。花火は火薬であり、爆薬なのだ。この掲句の表現は漱石先生の諧謔なのだ。

ところで術は「すべ」ではなく「じゅつ」と読みたい。なぜなら「すべ」では軽すぎて、漱石の科学重視の思いが出てこない。

陸軍の第六師団は熊本市に置かれていたが、ここにあった高等学校の五高では、陸軍の依頼で爆薬の研究も行っていたのかもしれない。漱石はこの学内の

研究状況を見ていたからだ。そして漱石先生は火薬を発明した中国のこと、そして日清戦争を戦った日本と中国の関係を考えていたのかもしれない。

ちなみに2022年に熊本県に台湾の世界ナンバーワンの半導体会社TSMC（中国浙江省出身者が創業）の生産工場がソニー（資本の出資比率は10％）と協働で造られることになったと公表され、政府が支援のために5000億円を拠出することになったと報道された。時を合わせて五高の後身である熊本大学に半導体生産に関する学科が作られることが発表された。また2024年になると学部に相当する情報融合学環が新たに設けられた。かつて漱石先生が在籍した学校で時代に合わせた学問研究が行われることになった。この外国企業誘致のため日本政府によるTSMCの補助金は、その後1兆2000億円に増額されたからである。組織改革が日本のためになることを願う。

柿売るや隣の家は紙を漉く

（かきうるや　となりのいえは　かみをすく）

（明治28年10月）句稿2

句意は「漱石の家の隣は紙漉きの家であったが、柿も売っていた」というものだ。漱石が住んでいた明治28年の松山には寺が多く、街中には柿の木も多かった。漱石が東京から転居した松山市内の家の隣は、大きな屋根の和紙の紙漉き工房であったというのだ。そしてその家の店先では柿も売っていた。

掲句は歩きながら見た近所の情景を描いているようにしか見えないが、ここには漱石独特の謎かけがある。なぜ紙漉き工房で柿を売っているのかと問題を出しているのだ。その答えは、兼業の柿売り業は生柿を売るだけでなく、青柿から絞ったタンニン汁を発酵させた柿渋も販売していたからなのだ。この柿渋を自分の工場で使用していたのだ。つまり紙漉き業と柿は密接な関係があった。水に弱い和紙に防水性を付与するために柿渋を塗布する必要があったのだ。この加工済み材料から紙衣が仕上げられた。この雨合羽にもなる材料は江戸時代から貴重品であった。この加工が松山市内でも行われていた。

芭蕉が奥の細道に旅立つ際に、同伴の曽良が背中の荷物の中に入れていたのは、防水性のある防寒にもなる紙衣であった。

この句の面白さは、すぐさま芭蕉の俳句「秋深き隣は何をする人ぞ」を思い出させることだ。漱石はその答えを掲句で答えていた。「秋深き隣は柿を売り紙漉く人ぞ」と。

ちなみに漱石が松山に来て長く住んだ2番目の家は上野家の屋敷にある離れであった。この家があった高級住宅地には明治維新までは武家屋敷が並んでいた。しかし武士階級が没落するとこのエリアに工場が建てられたということを示している。漱石先生は時代の変化を近くで感じながら愚陀仏庵で過ごしていた。

垣老いて虞美人草のあらはなる

（かきおいて　ぐびじんそうの　あらわなる）

（明治41年夏）

虞美人草は、夏に咲くひなげしの別称である。旧家の古びた垣根に沿って歩いていると、虞美人草が咲いているのに気づいた。暗い色の垣根を背景に緋色の光沢のある薄い花びらが風に揺れていた。この崩れのある垣根がこの花の、か弱い印象を強めていた。

句意は「古くなって所々破れている垣根の前の道を通ると、崩れてできた穴から中庭の虞美人草が覗けて見えていた」というもの。緋色の薄い花びらはエロチックに見えたのだ。

この句の面白さは、虞美人草の語には「美人」が入っているので、「あらはなる」の語は垣根に出現した花が女性の肌のように感じることだ。漱石はこのことを読者に意識させ、ハッとさせる魂胆なのだ。

漱石が職業作家となって最初に書いた小説のタイトルを虞美人草としたのには、深い意味があったと思われるが、やはり「美人」効果で読者の目を引こうとする気持ちもあったであろう。明治40年6月から4ヶ月間小説「虞美人草」は朝日新聞に連載された。その間に東京の三越百貨店は虞美人草の柄を配した浴衣を発売して、新聞社の小説連載を応援した。いや「虞美人草」人気にあやかって浴衣の売り上げを伸ばした。

ここまで書いて、掲句には別の解釈があることに気がついた。その解釈は「（当時の）古びた外壁の老舗百貨店の売り場に、虞美人草柄を身にまとった浴衣美人が出現した」というもの。このことを漱石流に面白く表したのだ。

● 柿落ちてうたゝ短かき日となりぬ

（かきおちて　うたたみじかき　ひとなりぬ）

（明治30年12月12日）句稿27

柿が樹上で熟して落ち出した。鳥が赤い柿の実を突くとその柿は抵抗せずに枝からぱらっと落ちる。そして路上でその赤い爆弾は破裂し、庭の土や路面を赤く染める。そんなことが起こる日々。ますます目に見えて日の長さが短くなってきている。柿の実は日が短くなる季節に急かされるようにして落ちて行くようだ。

この句の面白さは、柿の落下する速度は加速度的に速くなるが、それを見ていた漱石先生は、昼間の長さが短くなる速度は、逆加速度的に急速に短くなると感じたのだろう。漱石先生らしい観察結果を俳句に詠んでいる気がする。

また中七の「うたゝ短かき」の「うたた」は、現象がどんどん変化することを表すが、「うたた寝」を連想しそうだ。うっかり、うたた寝をしていると、いつの間にか季節が進んでいることに気づくと笑う。

さらに面白いことは、晩秋には夕闇が急に早くやってくると感じ、人はこれを「秋の日はつるべ落とし」と表現するが、漱石は「釣瓶落とし」を「柿落とし」と洒落たのである。

● かき殻を屋根にわびしや秋の雨

（かきがらを　やねにわびしや　あきのあめ）

（明治39年10月24日）松根東洋城宛ての葉書

この日の2通目の葉書には、掲句を含む6句がまとめて書かれてあった。東洋城は漱石にとって気楽に話ができる弟子であった。

掲句の句意は「時雨れて空気は冷たく感じられ、屋根に廃物の蛎殻を並べている東京の町の景色はみすぼらしく感じる。これを見ていると漱石の住む町に侘しさが漂う」というもの。関東では江戸の昔から牡蠣を食べた後の蛎殻を集めて屋根葺き材として使っていた。そして明治の30年代に入ってもこのやり方は継続していた。飛び火による類焼を避けるために板葺き屋根の上に蛎殻を密に並べて、これらが崩れないように横木棒で止めていた。これである程度は防火になるのであろうが、あまりに見窄らしい。明治になると金持ちの家は瓦屋根に切り替わったが、庶民の家は依然として蛎殻屋根のままであった。

これに対し関西では江戸時代の1670年ごろに大津で進歩的な防火材として屋根桟瓦が開発されていた。これはずれ防止になる引っ掛け部付きの安価な瓦で、量産されたことでこの瓦を使うのが当たり前になっていた。その結果、すっきりした街並みができていた。漱石は松山と熊本に住んでいたし、近畿圏を旅していた。漱石は東京に戻ってじっくり関西と比較してみると、東京の街並みは見窄らしいと思ってしまった。加えて欧州を見て回ってきた漱石としては、欧州の産業は大したものだが、文化はそれほどではないと思って帰ってきたのに、蛎殻屋根の東京を見ているとやはり侘しい思いに囚われたのだ。

漱石先生がこの句を作った背景には、漱石の「吾輩は猫である」の出版から一年後の明治39年に、この手法を真似て猫に喋らせる小説が何十と作られて発表されたことがある。パロディを楽しむというのではなく、漱石の才能はそれほどのものではないという主張に基づく猫小説が作られた。誰でもたやすくこの程度の小説は書けるよ、とばかりの言い草であった。この風潮を漱石は蛎殻屋根と揶揄したのだ。あまりにも見苦しく侘しいことではないかと。

● かきならす灰の中より木の葉哉

（かきならす　はいのなかより　このはかな）

（明治29年12月）句稿21

熊本で新婚生活をするにあたって火鉢を買い込んで借家に持ち込んでいた。いよいよ寒くなってきて火鉢を出したはいいが、この火鉢に灰を満たさねばならない。そこで竈の灰を入れ、足りない分は庭に集めておいた木の葉を燃やして灰を作って補った。この時燃やした木の葉の灰に燃え残りの葉っぱが混じっていたとわかったのは、熾した炭を入れて使い始めた時であった。燃え残りを取り除いたつもりでいたが、残っていた。

ある日、熾した炭を火箸で火鉢の灰の中に深めに固定し、その周りを灰掻きで平らにした。すると木の葉が灰の中からぽろっと顔を出した。漱石は無機質の海に有機の木の葉が現れたことを喜んだ。この対比が目の前に出現したことを喜んだ。

漱石先生は日常、一人で火鉢の脇の文机で本を読んでいるが、突如目の前に現れた木の葉に友人に似た親しみを感じた。静かな環境に一人でいるのはいいが、寂しさがいつもつきまとっているのだ。そんな時現れた燃え残りの木の葉は小さなエンジェルのようであった。

この句の面白さは、「かきならす」は灰にかかっているが、思いもよらぬことで心がざわついたことも意味している。胸の琴線もかき鳴らされたということだ。家の外にあるべき木の葉が部屋の中に現れたことに面白みを感じたのだ。何で君はここにいるのだ、と話しかけた。

• 柿の葉や一つ一つに月の影

（かきのはや　ひとつひとつに　つきのかげ）

（明治24年8月3日）子規宛の書簡

漱石は、柿の木を見上げて艶やかな葉っぱの一つ一つに優しい視線を投げかけている。月夜の柿の丸い葉には丸い月が映っているように感じさせる可笑しさがある。柿の葉が満月の光を受けて、薄闇の中に浮かんでいると、柿の木全体が発光しているように見える。月夜の楽しみが増えた気がする。

漱石の前を豊満な女性が腰を少し振ってゆったりと月夜の道を歩いて通る。着ている服はラメ入りのドレスである。その女性は身体中を月を付けて飾っている。柿の木の化身である。月夜には何かの幻想を見たくなるものだ。

ちなみに柿は、実も木部の材も葉も艶やかな珍しい木である。そして渋柿の汁を発酵させて作った柿渋という塗料は、塗ったものに防水性を与え、長期にわたって輝きを維持する優れものである。ついでに柿の葉について言えば、この葉で巻いた寿司は保存性に優れる奈良県特産の柿の葉寿司となる。ところでこの柿の原産国は日本である。英語でいうパーシモンなどは小さすぎて柿の仲間ではないのだ。大人に対する子供みたいなもので、まるで「ガキ」なのだ。

• 柿一つ枝に残りて烏哉

（かきひとつ　えだにのこりて　からすかな）

（明治43年10月25日）日記

日記にはこの句のあとに「一等患者三名のうち二名死して余独り生存す。運命の不思議な事を思ひ。上の句あり」とあった。一等患者は長与胃腸病院の一等病室の患者のこと。当初この一部屋に3人の患者が入っていた。

仕事の手を休めて、気分転換に庭を見渡した時のこと。柿の木には熟した赤い柿が一つだけ残って見えている。そして太い枝には黒い烏が一羽留まっている。そのカラスは最後の柿の実を狙っているようだ。スズメやムクドリを追い払って寄り付かないように威圧している。漱石もその柿をじっと見ている。

このように解釈して書き終えてから漱石全集でこの俳句の注釈文をみてみた。するとこの日、病院の一等病室にいた患者3人のうち2人が死亡して、漱石だけが残された時の句だとわかった。病室という柿の木に一つだけ残った柿が漱石だったということだ。漱石は胃潰瘍で近くのかかりつけ胃腸病院に入院していたのだ。漱石はじっと死神のカラスに見られて弱り切っていたのだ。カラスは熟して今にも崩れ落ちそうな最後の柿を狙っているようでもあり、興味がなさそうにもみえる。漱石が死ぬのを待っている気がしてきたのだ。漱石はそんな烏を睨みつけている。

結局黒い死神烏は、最後の柿は食べずに放置して飛び去った。満腹であったのだろう。真実はじっと漱石が見続けた漱石柿を敬遠し、カラスは渋々熟柿を諦めたのだ。漱石は柿にも生きることに執着はしていないが、まだやり残したことがあったからだ。

この句の面白さは、オー・ヘンリーの「最後の一葉」の話に類似している。掲句はいわば「最後の一柿」というところであろう。

• 柿紅葉せり纏はる蔦の青き哉

（かきもみじせり　まとわる　つたのあおきかな）

（明治43年10月12日）日記

「昨日途中にて」の前置きがある。漱石先生の動体視力の良さには驚かされる。走る窓から見ていた鉄道沿線の景色に秋らしい色づきをみつけた。点在する家の庭先の柿の葉に見とれている。前置きは「修善寺の菊屋を出発して、東京に着く間に沿線の景色を見ていた」ことを示している。

句意は「柿の葉が見事に赤く色づいていた。山もみじの葉のようである。その柿の木に下からまだ青い蔦が絡まって、かなり上の方まで這い上がっている」というもの。

柿の葉の色づいた葉っぱは一枚の葉の全体が朱赤色に染まることはなく、葉の中に緑の点々が残ることが特徴になっていて、これが紅葉の色を艶やかに感じさせる。これはヤマモミジに負けまいとする柿の企みであろう。

これだけでも見事な紅葉の景色になるのであるが、よく見てみると蔦の葉の緑が下から補色配置の演出に参加している。蔦の葉は冬になって葉が枯れる寸前に葉が赤色と朱色の混合色に染まるため、両者の紅葉は時期が一致しない。蔦は柿の葉の色づきの時はまだ大部分が青緑色。柿の葉の赤変色を引き立たせる役割を果たしている。漱石先生は自然界の織りなすアートの世界に感激しているようだ。漱石先生は間違いなく小説「草枕」の絵描きであった。

この句の面白さは、「せり纏はる蔦」に隠されている。この中の「せり」は完了の助詞として用いられているだけではなく、地面から盛り上がるという意味の動詞でもある。つまり「纏はる」の接頭語として使われている。漱石先生は、赤く色づいている柿の葉を眺めながら、言葉で柿の実に負けない見事な柿の葉を飾っている。

• 限りなき春の風なり馬の上

（かぎりなき　はるのかぜなり　うまのうえ）

（明治29年3月24日）句稿14

漱石は松山にいた。四国山地の草原が眼前に広がり、遮るもののない草原の上を風が強く吹き降りて進んでくる。その風は馬上の漱石の体に当たり、ズボンの裾をばたつかせる。山を降りてくる風は、絶え間なく吹く。漱石は柔らかい春の風を胸いっぱいに吸い込んでいる。この句は山裾を友と馬に乗って散策している時のものであろう。

この句の面白さは「限りなき」の使い方にある。この言葉は「見晴らす限りの草原」の中で吹く風は、吹き止まない風であることを意味し、さらには「馬の上」にも掛かって、高いところから遠くまで見通せることを表している。漱石はいつまでも風に吹かれていたい気持ちも表している。この言葉は滑らかな春の風の特徴をうまく表している。

漱石は学生時代から乗馬をやっていた。このことから馬上にいる爽快さはよくわかっていた。

半藤氏の本によると、漱石はこの句を漱石自身が几董調だと評しているという。几董とは漱石が尊敬する高井几董のことであり、蕪村の一番弟子である。几董は少々ひねくれた面白い発想をする人のように思われる。掲句では「限りなき」は否定表現の言葉でありながら、実は肯定的であり歓迎するような意味合いを持つ言葉である。漱石はこの言葉を馬の上で踊らせて用いている。

三者談

広々として大まかでいい句だというのと、作り物の匂いのする実感の乏しい句だという感想が対立した。「馬の上」と「春の風」の組み合わせは、締まらない。この句は熊本に発つ直前の句であり、この句を最後に句作はしばらく途絶えることをこの句の解釈では考慮すべきだ。

・かくて世を我から古りし紙衣哉

（かくてよを　われからふりし　かみこかな）

（明治28年11月22日）句稿7

古いものの代表として和紙製の服、紙衣（紙子）がある。源平の時代から江戸時代を過ぎた明治時代まで日本人は使い続けてきた。その紙衣がこの俳句の主人公である。

「かくて世を我から」は、「このようにして世の中を自分から」であり、「古りし」は、「古めかしくする」ということであろう。明治政府は国のシステムと産業の西欧化を推進している。つまり脱亜入欧の政策を推し進めている。その中にあって衣服も風俗も江戸時代とは変わってきているが、漱石はいまだに日常では紙衣を身につけているのだ。時代に逆行していることを意識的にしていると表明している。ここに漱石の主張の一端が見える。漱石の俳句に紙衣を詠んだものが7句ある。花、酒以外では目立って多いと言える。

紙衣は小さいサイズの和紙をこんにゃく糊でつなぎ合せ、柿渋を塗って乾燥させたうえ、もみほぐしてから縫った和服のことで、主として防寒衣料または寝具として用いられたものである。このオリジナル技術で作った安価な紙衣は日本全国に広まった。

この紙衣の布地は和服には適していたようで、漱石は和服を日常は身につけていた。明治29年の正月には、「あたら元日を餅も食はずに紙衣哉」の俳句を作っていた。英国に留学した折には、行李にこの紙衣を詰めて持って行ったはずだったが、行李を開けたら見当たらなかった。妻が入れ忘れたのを知って落胆したというエピソードが残されている。この時に作った俳句が「なつかしの紙衣もあらず行李の底」である。

ちなみに2010年以降に王子製紙は高速スリッタで和紙を細く裁断し、これに縒(よ)りをかけて糸状にする技術を開発した。そしてこの糸を染色し、この糸を用いて織機で布地に仕上げ、洋服を作る一連の技術を確立した。この服は紙の特性が発揮されて通気性がよく、軽いのが特徴になっている。しかし価格は合繊の服より高めであるため、なかなか普及しない状況にある。

＊『海南新聞』（明治28年12月10日）に掲載

・楽に更けて短き夜なり公使館

（がくにふけて　みじかきよなり　こうしかん）

（明治30年7月18日）子規庵での句会

漱石はこの年の7月4日に妻を伴って上京し、9月7日まで東京近辺に滞在した。妻は10月末まで長期に滞在した。漱石はこの年の6月に他界した父の墓参りに行き、子規庵での句会に参加したりしていた。妻は上京中に流産した痛手を癒すために鎌倉にあった実家の別荘に滞在した。漱石は同じ鎌倉の旅館に泊まっていて、ここから子規庵等に出かけた。東京に出てきていた松山句会の連中と子規庵で久しぶりに顔を合わせて楽しい時を過ごした。

句意は「人が集まって交遊する公使館のごとき子規庵でのひとときは、心が休まる快いものであった。夜更けまで楽しい語らいは続いた」というもの。夜にこれほど人が集まる場所は東京では公使館ぐらいなものであるという洒落がある。子規庵での句会は知的なサロンであるという認識なのだ。

この句の面白さは、「楽に更けて」である。句会が楽しいということだけではなく、虚子が持ち込んだ鼓の伴奏で謡の声が子規の家に満ちたと想像できることだ。熊本で師匠を呼んで本格的に謡を学んでいた漱石は自信を持って、喉を震わせたに違いない。

漱石は熊本第五高等学校の休みに久しぶりに東京に出てきて、好きなことができる環境にあったが、妻とは実質別居状態にあって、心休まる状況にはなかった。鎌倉の円覚寺の僧坊や鶴岡八幡宮の蓮池を巡ったりしたが、気持ちはスッキリしない。だが親友の子規と話をしていると心の重荷が解けるのであった。

• 廓然無聖達磨の像や水仙花

（かくねんむせい　だるまのぞうや　すいせんか）

（明治28年11月13日）句稿6

廓然無聖は禅語で「心が広く、わだかまりが無い様」の意味。この言葉は元々禅宗の初祖菩提達磨大師の言葉で、悟りの境地を一言で表わした語として知られる。梁の武帝の「何を聖諦第一とするや」という問いにインド人の達磨大師が「廓然無聖」と答えたという。これは台風一過の青空のようにさわやかな境地で、汚れた迷いや煩悩はひとかけらも無い状態である。そればかりか尊い悟りさえないのだ。山川草木・花鳥風月が皆、その世界で生き生きといのちを輝かせている状態だという。これが悟りの境地なのだという。

後に「吾輩は猫である」の挿絵を描いた中村不折は「廓然無聖」という題の油絵を描いている。この絵は達磨大師を描いたものだった。そして漱石はそれを見ていた。漱石の生き方は、与えられた命のままに生きることで、長生きすることに拘らなかった。達磨の教えの通りに与えられた使命に則って生きることだったのかもしれない。

句意は「廓然無聖の境地に達した達磨が子規の描いた水仙花の中にいる」というもの。達磨の思想が子規の中で生きているということを暗に示している。

掲句の特徴は禅語の漢字ばかりの廓然無聖は中国から招かれた達磨にマッチしていること。そして水仙花も中国伝来の花ということだ。中国づくしになっている。そして全ての漢字が漢音で読まれることだ。

この句の面白さは、廓然無聖で一息つけるが、廓然無聖達磨と一気に読めてしまうので、「像や」の「や」が唯一の切れ字として機能することだ。

書道家でもあった不折（1866－1943）は漢籍に通じていた人であり、子規と波長が合っていた。子規は彼から水彩画の手ほどきを受けた。子規が描いた絵に水仙花が描かれていた。命の輝きを放っていた花は、子規そのものだったということだ。達磨・不折・子規・水仙は繋がっていた。漱石は不折の絵に賛を入れたりしていた。

ちなみに漱石俳句の中で達磨が関係する俳句として、他に「本来の　面目如何　雪達磨」「春風に　祖師西来の　意あるべし」などがある。

• 隠れ住んで此御降や世に遠し

（かくれすんで　このおさがりや　よにとおし）

（明治40年）松根東洋城選の「新春夏秋冬」

御降（おさがり）りは正月三ヶ日に降る雨や雪のこと。昨年末の予想では元日には雨か雪が降りそうだと思えたが、雪になった。この句にあるように、世の中から隔離された気になるのは雪の降る日の方である。掲句には、夜中に気温が急に下がり、雪になってよかったという気持ちが表れている。

掲句の直前に置かれている俳句は「御降になるらん旗の垂れ具合」である。この句を作った時には、日章旗が重そうに垂れていたのを見て、天気が崩れると予想した。そして、もう一つの近隣句の「御降に閑（かん）なる床（とこ）や古法眼（こほうげん）」には高湿度による絵の傷みのことが描かれていた。

漱石先生は正月になって、一昨年は小説「吾輩は猫である」が出版され、去年は「坊っちゃん」、「草枕」、「二百十日」が出版されて漱石家は大騒動になり、大変な年であったと振り返った。雪の正月は世の中との関係が切れるからありがたい。しばらく雪の中に閉じこもっていたいものだと思った。

当時の正月は明治天皇の在世を祝う意味もあった。民は天皇の下に生きるものだとして、漱石はこの位置関係を確認する意味でも「おさがり」を用いている。また「下に控える」の意味を持たせている気がする。

＊雑誌『ホトトギス』（明治40年11月）に掲載

●掛稲や渋柿垂るる門構

（かけいねや　しぶがきたるる　もんがまえ）

（明治37年8月15日）橋口貢宛の絵葉書

稲を刈り取った後、前年に収穫しておいた藁で稲茎の根元を束ねた稲束が、農家の門構えの前にある田中の稲掛け（関東ではハセともいう）に掛けられている。その稲束は稲掛けの横棒に振り分けられ、押し付けられて掛けてある。そして門の近くの軒下には、藁で縛って数珠繋ぎにした干し柿が竿に数多く掛けられている。赤い皮を剥かれて乾燥している渋柿は、茶褐色になって稲の色とそう変わらない。2種類の食料が収穫期を迎えて田舎に豊かさと安心をもたらしている。

句意は「稲掛けに振り分けられて下がっている掛稲と藁で数珠繋ぎになった干し柿が門構えの近くに垂れ下がっている」というもの。門を守り立てるように掛稲と干し柿が控えている。

この句の面白さは、横に伸びている掛稲と竿、これに対して稲束と数珠繋ぎにした干し柿が垂直に下がる構図にある。その中心にはこれらを統率する存在として「門構」がある。田舎に展開している風景を安定感のある構図として描いている。

しかし、この句が書き込まれた漱石の絵葉書を見ると、白い蔵の屋根と赤い実をたわわにつけた柿の木だけが描かれていた。そこに漱石らしい可笑しさが感じられる。

●掛稲や塀の白きは庄屋らし

（かけいねや　へいのしろきは　しょうやらし）

（明治28年11月3日）句稿4

石鎚山系の山裾に行き着く前に大きな屋敷が目についた。その屋敷は白壁の塀で囲まれていてその周囲には田んぼが広がり、掛け稲がその田んぼに広く展開していた。この規模からしてこの屋敷は庄屋らしいとわかる。さらに近づくと壁が作る門の中の庭には渋柿が垂れて干されているのが見えたのだ。この景色は松山の南にある隣町の田舎で見たものであった。

掛稲とは稲を刈り取って束ね、天日で干すために田の中に設けた稲掛け（稲木）に掛けてある稲のこと。稲掛け、稲木は、細い木材や竹などをクロスさせて足を作り、そこに横木を掛けて作ったもの。横木は最下段の束の穂先が地面につかない程度の高さになっている。安定を図るために樹木に繋ぐことも行われる。令和元年に房総半島を襲った台風15号は電柱を倒しただけでなく、この稲掛けをなぎ倒した。

この句の面白さは、屋敷の防風林の代わりに家を囲んでいる白壁の塀を今度は稲掛けが守るように配置されていると捉えていることだ。この稲掛けの囲みは白壁を守るベージュ色の壁として存在しているように見えることである。自然の山裾に二重の壁が出現している。この頑丈な造りによってこの屋敷は間違いなく庄屋の屋敷とわかるのだ。金持ちは世の常として大きな塀を作りたがるとみて、漱石は微笑んでいる。

ちなみに漱石の弟子の枕流は、小学生の時に栃木の田んぼで見た稲掛けの群れを、イナゴの大群と見てしまった。そこでこれを俳句に表した。その俳句はイナゴが飛び立つように記憶から消え去った。

●影多き梧桐に据る床几かな

（かげおおき　ごとうにすえる　しょうぎかな）

（明治30年5月28日）句稿25

大きな葉っぱを茂らせている高木のアオギリは、初夏に庭に大きな葉影を作っている。その下に入るとひんやりとする。これに気がついた漱石先生は物置から床几を持ち出してきて、影の中に座った。木の香りが漱石を覆い、すこぶるいい気持ちに浸った。

床几は二本の横木に厚布か皮を張り込んで立つようにした屋外用の椅子であるが、尻を布が柔らかく包むように当たって、これも気持ちがいい。低い床几に座ると股を開くことになるが、戦いの陣地に座る司令官のようであり、いい気分になれたのだ。

この句の面白さは、「影多き」のフレーズによって、漱石は悩みの中にあったことを示していることだ。漱石はこの年の4月に妻に内緒で久留米に一泊旅行に出かけたが、そこで誰かと逢っていたことが発覚してしまった。実家のある久留米に帰っている同僚の菅の病気見舞いに行くとして家を出たが、妻はピンと来て動いた。菅の家と漱石の家が近かったからだ。同僚の菅はとっくに病が癒えて職場復帰していたのを妻の鏡子は知ってしまった。

漱石が二番目に借りた家（通称坪井の家）の庭には、青桐と椋（むく）の木が茂っていた。床几に座っている漱石の顔には梧桐の葉影ができていた。顔は青ずんだ色になっていたと思われる。お天道様に顔向けできない気分だったのかも知れない。

● 崖下に紫苑咲きけり石の間

（がけしたに　しおんさきけり　いしのあいだ）

（明治28年9月23日）句稿1

海岸の浜から見ると崖が高く聳えている。その崖の下、自分がいる場所には薄紫の小菊が密集して咲いている紫苑の園がある。転がる石の間に紫苑が咲いている。あたかも紫苑のために配置した崖と石のように思える。

紫苑は外来花のような語感がある。そして紫苑は荒れ地が似合う気がすると漱石は想像する。シオンはラテン語とフランス語ではテルアビブの丘の名であり、エルサレムを指すこともある。つまり漱石は崖下に咲いている紫苑の花を見て、中近東の半砂漠の地域を思い起こしたのだ。エルサレムは世界3大宗教のイスラム教の聖地で、多くの史跡が凝縮している場所になっている。

句意は「荒れた丘の麓に紫苑の園があり、崩れた崖下の石の間にひっそりと咲いている」というもの。ほぼ灰色の石を背景に咲く薄紫の小菊は、健気さが感じられる。この花の不思議な雰囲気を感じて作った俳句なのだろう。愛媛県の伊予大島あたりは有名な御影石（花崗岩）の採石場があり、漱石はこの綺麗な模様の切り立つ崖の下に足を運んだのだろう。

ちなみにシオニストの名称は、1890年代にオーストリアのユダヤ人によって考案された。世界に分散しているユダヤ人にエルサレムのシオンに帰ろうと呼びかける言葉となった。漱石はこの言葉を知っていた可能性がある。しかし花のシオンの原産は北東アジアであり、中近東ではない。この花の花言葉は追想である。幾分かはシオニストに繋がる。

● 影参差松三本の月夜哉

（かげしんし　まつさんぼんの　つきよかな）

（明治28年）子規の選句集「承露盤」

句意は「月夜に葉影の濃い松三本が不揃いに見えていた。しかしこれらの松は不揃いながらまとまっていた様だった」というもの。松三本はそれぞれが個性を持って伸びている風であった。不揃いな様が参差の意であるが、ここに美を見出すのが粋というものだと漱石は指摘している。

この句は子規が結核の療養のために松山に帰った折に二ヶ月弱の間漱石と同居した時のものだ。漱石の愚陀仏庵で毎晩のように開かれた句会において、日本の美が話題になったのだろう。生まれ育った土地を句に描いた。

この句の面白さは、参差の語の中に漢数字の「さん」（参）があり、松三本の「三」と韻を踏んでいることである。そして掲句は平仮名を一つだけ用いて作られているのが面白い。漢字ばかりにしたことで句は重く感じられ、あたかも黒い松の影のようでもある。画家でもあった漱石は月夜の影の風景を文字でも描いている。

ちなみに漱石作品の『硝子戸の中』（大正4年）にこの句が登場した。その部分はこうである。『三本の松は、見る影もなく枝を刈り込まれて、ほとんど畸形児のようになっていたが、どこか見覚のあるような心持を私に起させた。昔し「影参差松三本の月夜かな」と詠ったのは、あるいはこの松の事ではなかったろうかと考えつつ、私はまた家に帰った。』つまり土地の所有者が変わって昔の三本松の形は見る影もなくなっていた。樹形の美のバランスを考えることもなく、ただ高さを揃えてバッサリと切られていたのだろう。

　東京で見合いをするために漱石は久しぶりに実家に戻ったが、記憶にあった藪や畑はすでになく、風景が一変していた。かつて住んだ家もなくなっていた。家のあったあたりには記憶に残っていた松三本だけが残されていたが、小さく均一に刈り込まれていた。この時流れた時間の長さが感じられた。そして時代も変わり日本人の美の感覚も変わってしまったと感じた。

● 賭にせん命は五文河豚汁

（かけにせん　いのちはごもん　ふぐとじる）

（明治28年11月22日）句稿7

「河豚汁は五文か、河豚汁を頼もう。待てよ。するとわしの命は五文ということになるのか」と漱石先生は呟く。河豚料理店で命をかける注文をしたとふざけた。漱石が松山で河豚を食べていたか不明であるが、松山に来てからは河豚を目にする機会は増えたに違いない。松山は河豚の本場、山口県から目と鼻の先にあるからだ。この句は俳句仲間と河豚の店に出かけた時の俳句であろう。

　この句の面白さは、漱石がフグで当たったかは不明であるが、この句が残っているのであるから、大丈夫であったに間違いない。

　豊臣秀吉の朝鮮出兵の際、九州で待機していた兵士の間で河豚を食べて死ぬ者が続出し、秀吉は「河豚食うべからず」の禁令を出した。河豚が解禁になったのは明治時代。山口出身の初代総理大臣伊藤博文が、河豚のうまさに感激して、山口県を解禁第一号の県にした。松山滞在中の漱石先生は、河豚を食べられる時代の中にいた。

　芭蕉の句に「あら何ともなや　昨日はすぎて　ふくと汁」がある。食べて1日経ってなんともなかった、生き延びられてよかったというところだ。一茶の俳句には「五十にて　ふぐの味を　知る夜かな」そして「河豚食わぬ　奴には見せな不二の山」の句がある。

　ちなみに河豚のことをかつて洒落て「てっぽう（鉄砲）」と呼んだ時代もあったが、これは当たればすぐに死ぬからである。河豚の花紋状に盛り付けた刺身を「てっさ」と呼び、河豚鍋を「てっちり」と呼ぶが、これらの名前は「てっぽう」の名残である。また養殖フグには「テトロドトキシン」毒が生成されないことが判明している。つまり天然フグの毒は食物連鎖の中にある餌から蓄積することもわかっている。河豚には罪はないと思いがちであるが、餌を吟味していたのは間違いない。

● 駆け上る松の小山や初日の出

（かけのぼる　まつのおやまや　はつひので）

（明治31年1月6日）句稿28

海が近い山間の温泉場から初日の出を見た時の喜びの句である。山の端に日が少し出た時点からずっと漱石は日の移動を見続けていた。「稍遅し山を背にして初日影」の句に、日の出を待ちわびていた様が描かれている。目の前に丸い小山があり、昇る太陽が山の傾斜に沿って斜めに移動して登って行く。

　この小山は宿の近くにあるので、山肌に松の木がまばらに広く生えているのがよく見えていた。そして元旦の太陽が松の並ぶ山の端をすすっと移動する様を観察できた。並んで見えている松の木は山肌に刻んで造った階段のように思われ、日はこの階段を駆け上ったと観察した。旅先でこの面白い光景を見たことで、漱石は日常の重い気分を一新できた。

　初日の出の太陽を直接見るのは、光が強すぎて難しいものだが、松の並びが程よく光を抑えているので、太陽が山肌を駆け上がるのを見ることができたのだ。胃潰瘍の痛みとノイローゼが漱石を苦しめていたが、さぞ気分を爽快にしてくれたことだろう。漱石は目に眩しいのを我慢して太陽の軌跡を追っていたように推察する。変わった景気を見たかったのだ。

・影二つうつる夜あらん星の井戸

（かげふたつ　うつるよあらん　ほしのいど）

（明治30年8月23日）子規宛の手紙

「星の井戸」の前置きがある。妻を伴って訪れた鎌倉であったが、漱石は妻とは離れて別の旅館に宿泊していた。この日は円覚寺の宿坊に泊まっていた。夜部屋を出て庭を歩いてみると池と築山のある庭の端に古い井戸があり、中を覗いてみると輝く星空が映っていた。天の星と井戸の中に輝くその星空を見ていると一人で居る身が寂しく思えてきた。

この日は星空が綺麗な旧暦の七夕のあたりより20日もずれて遅かった。明治30年の太陰暦での七夕節句は8月5日であった。したがって、掲句には牽牛と織女の話を織り込んでいる訳ではなかった。

句意は「井戸の水面に映る夜空の星の中には、二人の影姿も映っていた」というもの。つまりこの池には牽牛と織女ではなく、離れ離れの恋人の楠緒子と漱石自身の影が映っていたのである。

掲句は8月23日に鎌倉で書いた子規への手紙に付けていた句の一つ。根岸の子規庵で開かれた句会の翌日に鎌倉に戻り、そこで9句作っていて、その翌日23日付けの子規宛の手紙に入れていたもの。この手紙で「愚妻病気心もとなき故本日また鎌倉に赴く」と22日に書き、この東京への旅では妻の精神的回復を強く願っていたことを子規に知らせた。そしてかつて宿坊に泊まって座禅を組んだ円覚寺で掲句の星空を見ていたことを書いていた。つまり夜空が映っていた井戸は円覚寺の井戸であるとわかるようにしていた。そしてそこには妻はいないとわかるようにした。

つまり掲句の解釈では、二つの影は漱石と妻の鏡子であるから、勘違いしないでほしいと手紙文に書いていた。そのようにしていながらも、子規は七夕と関連付けるこの句には、別の意味が込められていると考えるに違いないという悪戯を仕組んでいたのだ。

＊新聞『日本』（明治30年10月6日）に掲載

・影法師月に並んで静かなり

（かげぼうし　つきにならんで　しずかなり）

（明治29年10月）句稿19

前置きに「逢恋」とある。月夜に恋人同士の影が並んでいる。その影には動きがない。無言で手をつないで月を見ているからである。気持ちは通じあっている。月の動きも微かであり、静かな時間が流れている。月の淡い光が二人の姿を照らしている。二人に作用する月の引力によって二人の体は軽く感じられている。

この句に対しては、上記以上の解釈は必要ない、いやすべきではないと考える。そして、この俳句には特に面白みはない。前書きが「逢う恋」であり、叙情的で真面目すぎるからである。

ところで掲句に描かれた二人は、その後どうなるのか。明治という時代が二人の仲を裂くのだ。明るかった月が陰り出した。

掲句は恋を題にしたシリーズ句の一つである。漱石先生はこの時15句を一気に作っていた。その中で逢恋と題して3句を作っていた。残りの二句は「降る雪よ今宵ばかりは積れかし」と「思ひきや花にやせたる御姿」である。皆ロマンチックな句である。

これらの句を作った時はいわゆる新婚時代であった。漱石はこの年の6月に見合いによる結婚をしていて、まだ4ヶ月しか経過していなかった。漱石は掲句のような未婚時代の経験的俳句を記念に作っておきたかったのであろう。

ちなみに15句は以下のような前置きで分類されていた。「初恋」「逢恋」「別恋」「忍恋」「絶恋」「恨恋」「死恋」であった。新婚時代に、過去の恋愛を振り返っていたのかもしれない。

・懸物の軸だけ落ちて壁の秋

（かけものの　じくだけおちて　かべのあき）

（明治45年6月18日）松根東洋城宛の書簡

懸物とは掛け軸のことで、巻物の絵である。そして軸とはこの掛け軸の下端におもりとして、また巻くための芯として用いる棒状の軸である。この軸は下端の筒部に差し込んでいるだけである。このため何かの拍子にするっと絵から抜け落ちることがある。漱石先生は床の間の掛け軸を交換しようと、巻物の絵の巻を解いて伸ばし、床の間の上部にかけようとした時に、絵を斜めにしていたために軸だけがするっと抜け落ちたのである。

句意は「季節の変わり目に、懸物の上端を持って床の間の壁に取り付けようとしたが、糊接着していない丸い軸が懸物の下端から抜け落ちた」というもの。この抜けた軸が板床に当たって乾いた音を立てた。この時幾分失敗したという思いがした。

たぶん漱石先生は掛け替えの時にこの失敗をしていたのだ。掛け替え専用の長い細棒を用いて水平を保ちながら床の間の壁に掛ければいいが、それを使わずに背伸びして掛けたためのバランスが崩れて軸の落下となったのだろう。達磨大師の像が描かれていたならば、達磨大師が笑いだしたかもしれない。

掲句は「壁十句」として東洋城の依頼で至急にまとめて作られたものの一つ。「彼岸過迄」の新聞連載が終わって一息ついていた時に、東洋城の句集のために作った。この壁の題は東洋城が設けたもの。気楽に一気に作った壁十句の中には「壁に達磨それも墨画の芒哉」「壁に脊を涼しからんの裸哉」「壁に映る芭蕉夢かや戦ぐ音」等の面白い句がある。

• 陽炎に蟹の泡ふく干潟かな

（かげろうに　かにのあわふく　ひがたかな）

（明治29年3月5日）句稿12

松山の浜にある広い干潟に陽炎が立ち始めた。干潟に取り残されてしまった蟹は強い日差しを受けて甲羅が乾燥し、体温が上がってきた。蟹の目の前には見たこともない陽炎がゆらゆらと揺れている。蟹の体調は悪化し始め、蟹は泡を吹き始めた。蟹は大あわてであった。

この句は童句的でユーモアに満ちている。この句の面白さは、「泡ふく」が一般的な意味の、文字通りに口に泡が立つ、泡を吹くというものであるが、もう一つの意味として、なんとか海に戻らねばと慌てふためくという「泡を吹く」が掛けてあることである。

蟹は泡を吹く事態になって、大慌てで遠くに見える海の方に向かって必死のカニ歩きをしたことだろう。

送られた句稿でこの句を読んだ子規も、漱石先生がこんな愉快な俳句を作ったことに驚いて「泡を食って」しまったと思われる。この句はまさに春の太陽の悪戯句のようなものである。

ちなみに掲句の直後句はやはり同じようにユーモラスな「さらさらと筮竹（ぜいちく）もむや春の雨」であった。合理主義者の漱石先生は占いを否定する立場なのであろうが、どういうわけか占いをしてもらった。この占い句は、軽い気持ちで占い師の前に座ったことが想像できる。目の前で発している筮竹の音は雨の音と思えば気にならないと考えていた。春の気候は人を陽気にさせるものなのだろう。

• 陽炎の落ちつきかねて草の上

（かげろうの　おちつきかねて　くさのうえ）

（明治28年12月18日）句稿9

まず陽炎とはどういうものか、どういう状況で発生するのかを押さえる必要がある。陽炎は春の季語であるが、気温の上がる夏によく発生するものである。よく晴れて日射が強く、かつ風があまり強く吹かない日に、アスファルト道路の上、自動車の屋根部分などに立ち昇るらしい。原理は局所的に密度の異なる大気が混ざり合うことで光が屈折し、地面から炎のような揺らめきが起こることによる。従って陽炎はできては消える不安定なものになる。よって文学的にはとらえどころのないもの、儚いものの象徴とみられることになる。

そのような陽炎であるが、陽気なものの見方をする漱石先生は路面に立ち上る陽炎を見ていた。歩くようにゆらゆらと草はらの方へ移動して行くのが見えた。

句意は「草の上にも陽炎ができているが、空気の流れ具合によって陽炎ができたりできなかったりしている。陽炎は落ち着くことができないでいる」というもの。草はらには時にさっと風が流れてくるから、その時は冷えて陽炎は消えるのだ。

漱石先生は草の上の陽炎を眺めていると、この陽炎は元々陽気であり、草はらの上で遊びたくなるようであり、人間同様に落ち着きがないと笑う。草はらの上の陽炎は腰が浮いて、腰を烈しく振って踊っているように見えたのかもしれない。

ちなみに薄い羽を持つ昆虫のカゲロウ（漢字では蜉蝣）は、ぼんやりと見える「陽炎」に由来するとも言われ、成虫の命はたった1日の寿命であるから、確かに儚いといえる。平安時代の文学作品の『蜻蛉日記』（作者は藤原道綱母）の題名は、「なほものはかなきを思へば、あるかなきかの心ちするかげろふの日記といふべし」という中の一文より採られていて、蜻蛉はトンボではなくカゲロウ目の虫を指している。ドイツ語によるカゲロウ目の虫の命名も日本と同じで、1日の命という意味を語源としているという。

・陽炎や百歩の園に我立てり

（かげろうや　ひゃっぽのえんに　われたてり）

（大正3年）手帳

春の日に陽炎の立ち上る東京の早稲田にある自宅の庭に漱石がしょんぼりと立っている。掲句からはこの庭の一辺の長さが端から端まで百歩であったということになるが、漢詩が大好きな漱石先生は、単に切れの良い数字を使ったのであろう。この百歩という長さの表記は一辺がおおよそ60メーターという広さになり、やや広めの庭ということになる。漱石先生は、この庭に陽炎が立って実際より広く見えたのだと笑っている。

この句は漱石の何を意味するのであろうか。この句を作っていた頃は代表作の小説の一つである「こころ」を新聞に連載していた時期（大正3年4月20日～8月31日）なのであろう。この小説のテーマが重く、この執筆に合わせて昔の記憶が蘇ってきているのかもしれない。この連載が終了する時期に合わせるかのように、漱石先生は9月から4度目の胃潰瘍で一ヶ月病臥してしまった。この頃になると漱石はもう長くは生きられないと悟っていた。この句を作ってから二年半後に漱石は没することになった。

全集ではこの句の隣に関連のある「ちらちらと陽炎たちぬ猫の塚」を置いている。これら二句を合わせて考えてみると、自宅の庭の端に作った猫の墓の前にできた陽炎とともに漱石の立っている姿が浮かび上がる。猫の塚を見下ろしている漱石の姿は陽炎のように弱さを含んでいるようだ。大正3年頃の漱石はいろんな病気によって気弱になっていた。立つ足もしっかりしていなかったのかもしれない。自分の体がふらついて陽炎のように感じる時があったのであろう。

この重い句にも面白さはある。漱石先生の魂が体から抜け出てしまいそうに描かれていることだ。漱石の意識の中では、明治43年の臨死体験の状況が蘇ったに違いない。あの時は自分の魂がふわーと中天にどんどん浮き上がって行った。あの時魂は物見遊山しながら浮き上がって行った。漱石は文献に記された臨死体験について若い時から興味を持っていろいろ調べていて、自分がその事態に陥った時にはしっかり記憶しておこうと思っていたはずだ。そしてこの世に生還した時に、漱石は体験を文学的にしっかりと、かつ目立たないように記述した。

・囲ひあらで湯槽に逼る狭霧かな

（かこいあらで　ゆぶねにせまる　さぎりかな）

（明治32年9月5日）句稿34

「内牧温泉」とある。漱石と山川の一行は阿蘇南端の戸下温泉から北にある阿蘇山に向かって阿蘇外輪山に沿って右回りで移動した。当時は阿蘇を抜ける鉄道がまだ開通していなかったので、内牧温泉に馬車で入った。この温泉は熊本県北東部の阿蘇市にある温泉郷で、阿蘇温泉とも呼ばれている。漱石は7年後、この温泉場を再度訪れて長期逗留し、この二人旅の経験をベースに小説

『二百十日』を書き上げた。

漱石先生は露天風呂に入ると、霧が立ち込めて湯槽に逼り来る面白い様を目撃した。川沿いの温泉場に起こる現象だとわかっていて、それを湯船の中で楽しんでいた。だがその狭霧はそれほど強力ではなく、湯船を真っ白に囲い込むことはなかった。

掲句の句意は、「内牧温泉の露天風呂場に行き、湯槽に浸かると狭霧が湯槽に向かってひたひたと迫ってきた。だが飲み込まれるまでには至らなかった」というもの。期待はずれであったことを吐露している。旅には予想もしないことに遭遇する楽しさがあると漱石は思っていた節がある。

狭霧は、通常の霧に接頭語の「さ」をつけただけであるが、これはシンコペーションの効果を狙ったもので霧の柔らかい特徴をうまく表せている。この時の漱石先生の気持ちとしては、この弱い音に不満足の気分を込めている気がする。

この句の面白さは、「囲ひあらで」でにある。露天風呂の霧が湯槽を囲い込んで、ついには埋め尽くすことなるのを期待したが、そうはならなかったという期待外れの感想を込めるために、調子が下がる「あらで」としていることだ。そして「囲い」からは阿蘇の外輪山のように阿蘇山を囲んでいる雄大さを湯槽での白い霧で味わいたかったとわかる。

ところで大東亜戦争の海戦に参戦した日本の駆逐艦に「狭霧」がいた。任務は護衛、哨戒、潜水艦攻撃であり、風呂の狭霧のような太平洋での隠密的存在が期待されたのか。それとも日本的な雅の言葉として採用したのか。真相はよくわからないが、相手の米軍は軍艦にこのような名前はつけない。

• 駕舁の京へと急ぐ女郎花

（かごかきの　きょうへといそぐ　おみなえし）

（明治31年10月16日）

美しい娘である「女郎花」は駕籠かきに東京に急ぐように頼んだ。男を追って東京に行くのだとして。秋に咲く女郎花の花は小さく、その花も細やかな枝も茎も薄黄色一色で、風になびくすらっとした可愛い生娘のイメージがある。子規の好きな花である。

この句は子規が明治31年に作っていた「若君は駕にめされつ女郎花」を下敷きにした句であろう。つまりこの頃、漱石と子規は手紙で互いの最新の句を披露しあっていた。先に子規が明治19年の夏、旧松山藩主の子息一行の供をして日光に往復2週間の旅をした時の女郎花の思い出を先の若君句にして表した。この時は上野から宇都宮まで汽車で行き、それから先は馬で進んだ。東照宮や霧降高原、中禅寺湖周辺を馬で見て歩いた。その夜から湖畔の宿に何泊かした。この時、若殿は地元の美女を見初めたのだ。この美女を子規は秋の女郎花に例えた。若殿は「女郎花」を駕籠に乗せて湖畔の宿に呼び寄せた。

この宿は、当時三層楼とよばれ、元は英国外交官アーネスト・サトウの別荘であり、ここで倒幕の謀議が行われたと思われる。彼の帰国後、名称は三層楼となり、現在は中禅寺湖 金谷ホテルになっている。

漱石は子規の句から発想して、駕で呼び寄せられた「女郎花」嬢は湖畔の宿で相手をしてくれた若殿が忘れられず、東京まで籠で追いかけたという想定の俳句を作りあげた。掲句の句意は「三層楼に置いてきぼりにされた娘は、駕籠かきを呼んで急いで東京に行っておくれと駕籠かきに頼んだ」というもの。なんと楽しい句作なのだろう。こうして日光の「女郎花」は東京に根を下ろして、繁殖していったのだ。これが植物の原産地から他地域へ広まる原理なのだ。外国にまで一気に広がることができる。

ちなみに子規は「女郎花」の句を呆れるくらいにたくさん作っていた。数えたところ、なんと32句もあった。たぶん漱石の掲句は「女郎花」好きの子規をからかって作ったものであろう。もしかしたら別の女郎花が若殿ではなく子規を追いかけて行ったのを漱石は知っていたのかもしれない。

＊『反省雑誌』（明治31年11月1日）に「秋冬雑詠」として掲載

• 籠の鳥に餌をやる頃や水温む

（かごのとりに　えさをやるころや　みずぬるむ）

（明治41年初冬）手帳

「水温む」は春の季語らしい。伝統俳句・熟年俳句のサイトで「水温む頃や娘の腿あらわ」（タオ、1931年富山生まれ）の句を見つけた。水温む季節の俳句としては面白く、春らしい句であると思った。しかし、主宰者の評は「俳句の対象としては如何なものか」と温かいものではなかった。

春になって水や川の水が温く感じられるようになるのが「水温む」である。しかし、漱石先生の掲句は全く違う。冬でも陽が高くなる日中は鳥かごの中も「水温む」ようになるのだ。

漱石は明治40年10月に早稲田への引越しを終えた際に、無名であった弟子の三重吉が漱石先生に文鳥を飼うように勧めてきたので買う金を渡していた。初冬になってからやっと文鳥と籠を持った三重吉が現れた。三重吉は漱石に、毎朝粟の餌箱の粟の殻を吹き飛ばしてから新たに餌をやり、水を追加するように言い残して帰った。漱石は朝が遅いので、日がだいぶ高く上ってから餌をやっていた。この時刻が「水温む」頃ということだ。

しかししばらくして忙しさに紛れて、まる1日餌も水もやらない日ができてしまった。すると文鳥は次の日に冷たくなっていた。このことが漱石の短文「文鳥」に書いてあった。

掲句は前述のようにこの短文の中では冬の日の太陽が高くなったころを「水温む」と表していた。だが、漱石は初冬に文鳥を飼いだしたが、真冬に死んでしまった鳥を悼んで俳句においては春まで生き延びさせたのかもしれない。春になったらこの文鳥と春の到来を喜び合うことにしたのかもしれない。漱石は庭に文鳥の墓を作った。

話は逸れるが、漱石先生が三重吉と濃い交流をし、三重吉を金銭面で支援したことが三重吉の童話の「赤い鳥」文学を生んだことが知られている。そしてこの「赤い鳥」の本を東北の宮沢賢治が手にしたことが賢治の童話文学創造の一つのきっかけになったといわれている。そうであれば間接的に漱石先生と賢治が繋がっていたことになる。「赤い鳥」という文学雑誌名はメーテルリンクが書いた『青い鳥』を意識して名付けたように見えるが、漱石宅で死んだ文鳥が仲立ちしていたことになりそうだ。文鳥の嘴（くちばし）は赤いから赤い鳥なのかもしれない。

・がさがさと紙衣振へば霰かな

（がさがさと　かみこふるへば　あられかな）

（明治29年12月）句稿21

明治29年ごろには木綿の着物がかなり普及してきたが、外套と合羽はその時代になっても防水・耐水加工を施した紙衣であった。当時の加工では和紙に柿渋をコートすることが行われていた。この表面加工には水を弾く撥水性はないが、水が浸透し難くして強度を落とさないようにするものであった。漱石先生はこの紙衣合羽を身につけて外出していた。漱石先生は玄関口で体から紙衣を外して付着していた水滴を振るって落とすように、脱いだ紙衣を振った。すると「がさがさ」と音を立てて氷の霰が紙衣から落ちた。

句意は「雨が降る中を歩いて帰ってきて、玄関口で紙衣を脱いでガサガサと振ったら霰がパラパラと落ちた」というもの。漱石はこの氷の音を玄関口で楽しんだ。肩あたりに載っていた霰が振動で足元に振り落とされるのを見たのだ。

この句の面白さは、紙衣の素材感をガサガサの音で的確に表していることだ。この音は材料がまさに紙であることを示している。番傘を開閉する時のあの音に近い音である。漱石先生はこの音を出す紙衣が気に入っていたようだ。繊維産業が盛んな英国に留学する時にも、この紙衣を持って行ったほどだ。

ここまで書いて、掲句があまりにも情緒的であり、漱石の俳句としては少し不似合いに感じていたが、その時この句の直後に置かれていた「挨拶や髷の中より出る霰」の句が目に入って掲句と関連があるのではないかと考えた。掲句に登場した客人は紙衣を脱いでから漱石先生に頭を下げて挨拶したことになるからだ。

さて天気の悪い日に訪ねてきて挨拶したのはどんな女性であったのかと気になった。そしてこの場所は熊本市内の漱石の家ではなく旅館でもなく他家と思われた。漱石が気安く滞在できた家はどこなのか。この家が漱石とこの女性との密会の場所であったのだろう。明治29年12月ごろの漱石は熊本に住んでいて、結婚して半年が過ぎた新婚時代であった。このことも気になった。

掲句と関連句からは、掲句の紙衣の人は漱石が滞在している家を訪問して歓迎されているように見える。この紙衣を着ていた女性は、丸髷（まるまげ）を結っていたことになる。当時の女性はほとんどが髷を結っていたが、この髷を結った訪問者は傘を差さずに紙衣を着ただけで霰の降る中を訪ねてきたことになる。遠方からきたのだろう。そしてこの悪天候の中の訪問は何かの事情があったように思えた。そして関連する二句はこの女性が何のために漱石のいる他家を訪ねて行ったのかを考えさせた。

この家は熊本に借りていた家ではないと考えられる。熊本市内に霰が降ることは不似合いであり、この時期に雪や霰の降る地方は北九州であると考えるのが自然だ。土地勘ができていた久留米か。

漱石は玄関口で訪ねてきた女性と言葉を交わし、紙衣や頭の髷を細やかに観察している。熊本の漱石宅を女性が訪ねる場面は漱石の資料を読んだ中には出てこなかった。この俳句のみである。

さて、漱石と挨拶を交わした髷の女性はどんな女性であったのか。また漱石が気安く滞在できた家はどこなのか。この家が漱石とこの女性との密会の場所であった可能性が高い。そしてこの場所は他家と思われるが、漱石が気安く滞在できた家はどこなのか。

この女性は漱石の憧れの女性、恋した楠緒子であり、他家とは漱石の親友である菅虎雄の妹が嫁いだ久留米の旧家（一冨家）の離れであろう。この妹は使っていない屋敷内の離れを漱石に使わせたと考えられる。漱石が掲句を作った時期は、この句稿で小春やミカンや柿が取り上げられているのを見ると明治29年12月初旬か11月中旬・下旬のころと思われる。漱石は楠緒子（夫の保治は欧州に留中であり独り住まい）とこの家で会っていたと推察される。明治30年4月に漱石はこの家に妻には内緒で一泊していたことが明らかになっている。漱石は久留米に実家のあった菅虎雄が病気で帰省しているので、宿泊することになるが病気見舞いにゆくと行って熊本を出たことがあった。しかしこのとき妻の鏡子は虎雄がすでに学校に復帰していたのを知ってしまった。この外泊が漱石の家庭内に波乱を呼ぶことになった。熊本の郷土史家や漱石研究者の調査結果にも現れて来ないが、掲句を作った明治29年12月にも明治30年4月の出来事とよく似たことがあったと推察する。そして漱石先生は、この久しぶりの楠緒子との出会いを暗号俳句に記録したのだ。

このことの背景には、漱石は虎雄の妹に頼み事ができる間柄であったことが隠れている。漱石が熊本に赴任した際に、借家が見つかるまでの2ヶ月間、すでに第五高等学校の教授になっていた菅虎雄の家に厄介になったが、この家には妹も同居していて、この時漱石とこの妹の順は親しくなっていたからだ。順は兄から漱石のことを聞かされていて、時に血痰を吐く漱石の面倒を見ていた。この兄から漱石が結婚した後も、漱石には事情があって順の嫁ぎ先の家に宿泊させてやれと依頼されていたと思われる。

この妹は、漱石の死後のことであったが、久留米の嫁ぎ先の家に来た兄から、兄がこれまで保管していた漱石宛の大量の秘密の手紙を渡された。それ以外の手紙類は漱石の死後に全集編集のために岩波書店に送られていた。もし興味があるなら「読後火中」の条件で読んでもいいと言われ、これらの手紙の焼却を頼まれた。しかしこの妹は焼却できずに昭和28年まで風呂敷に包んだまま保管していた。この年までこの風呂敷包みは処分されずに残っていたが、洪水の泥水で濡らしてしまったことで妹は処分を決断した。

この妹は漱石と楠緒子の密会の実態を知っていたこともあり、漱石の恋愛を記した手紙類を簡単に焼却できなくなっていたものと思われる。

• 傘さして後向なり杜若

（かささして　うしろむきなり　かきつばた）

（明治30年5月28日）句稿25

素直にこの句を読み解くと、初夏の日に傘をさしたうら若い女性が後ろ向きで立っているように感じられる。その女性は杜若の咲く花園の前に立ち、後ろ向きになって杜若を見ている。だが漱石先生がこのような月並みな句を作るとは考えられない。もう一つの意味が隠されているはずだ。

大胆な推察を試みることにした。傘は笠に通じるので、掲句の傘は二つ折りの傘でおけさ笠の形の笠をも意味し、この笠を開いている側から見るとまさに女性器に見えるとみた。そして「傘さして」は性交を示し、「後向なり」は後背位の「まぐわい」を意味する。杜若は若い女性を象徴し、そしてその花の形は女性器にも見えるようだ。

上記の大胆な推察の裏付け記述を見つけようとしていたら、『結婚初夜に「傘をさす」の意味』というタイトルのブログ（2017/01/27）を見つけた。アニメ映画「この世界の片隅に」の結婚の場面で、推察の裏付けになる以下の会話がなされていた。この指摘は他でも見つけられた。

嫁入り前、おばあちゃんは「すず」に、神妙な顔でこう言う。

「結婚式の晩に花婿が『傘を一本持ってきたか』と言うから、そうしたら『はい　新なのを1本持ってきました』と言いなさい。そして『さしてもええかいの』と言われたら『どうぞ』と返せ」と言った。そのあと『ええか？』と念を押すおばあちゃんに、すずは『なんで？』と聞いた。」

どうやら舞台の広島では、結婚初夜にはこのような合言葉を交わす決まり（儀式）になっているようだ。直接的に初夜の行為を口にするのではなく、定型の例え話として、緊張する場面をスムーズに進める「生活の知恵」のようなものだろうか。昔は見合い結婚の二人は初夜で初めて口を利くこともあったので、こんなやり方が定着したのかもしれない。

かなり枕流の推察に近いものを得られた。会話の中での傘は女性器を示し、「新なのを1本」が「処女であること」を意味するのは間違いない。「さしてもええかいのと」と「どうぞ」は「結婚式の晩」の初床での会話としては、遠回しの様でありながら直截的であり、この会話は十分に理解できる。そして文学的で上品な香りがする。

ここからは蛇足であるが、漱石がなぜこのような俳句を作っていたのかを説明できそうだ。世界的な画家の葛飾北斎も尾形光琳も「あぶな絵」、春画を描いていたのは公知である。江戸時代が近いと感じる明治時代には、漱石と子規との間でも似たような雰囲気が流れていたのであろう。参考：漱石全集の掲句の注記では「杜若の前に立つ女性のさま」とある。

ちなみに子規は、明治28年（漱石の掲句より2年前）に次の「傘さして」句を作っていた。「傘さして幟見るなり阪の上」である。この句で子規が阪（坂のこと）の上に見ていた幟なるものは、何であったのか。漱石と子規が若かった28年、30年ごろはこのように俳句で別の意味を持たせて遊ぶことが流行っていたのだと思える。ちなみに現代俳人の三橋敏雄氏も「傘さして幟見るなり橋の上」の句を作っている。これは子規句に対するパロディ句になっている。

そして掲句の書かれてあった句稿での漱石の直後句は「蘭湯に 浴すと書て詩人なり」であった。この句は、中国漢代のエピソードに題をとった、掲句に類する男女の情話である。

● かざすだに面はゆげなる扇子哉

（かざすだに　おもはゆげなる　せんすかな）

（明治29年7月8日）句稿15

句意は「これは人前で見せるのが恥ずかしくなる扇子だなあ、とため息をつく」というもの。漱石先生はどんな扇子を持っていたのであろうか。学校で支給される職員用の扇子であったのか。当時は日露戦争を想定していろんな分野でそのための準備が進み、民間でも国威発揚の動きが見られていた。官立の熊本の第五高等学校でも日常的な国旗掲揚だけでなく、いろんな場面で日の丸を目にするようになっていた。

この句は、熊本の公務員用の扇子として加藤清正が用いていたような日の丸入りの扇子が配られていたことを想像させる。漱石はこの扇子を人前で広げて、顔の横でパタパタと扇ぐのは少々恥ずかしく思い、この「日の丸扇子」を使わなかったのだろう。赤い日の丸扇子からの風はあまり涼しく感じられなかったからだろう。

この句の面白さは、漱石が日の丸扇子を使う時「恥ずかしく感じる」というのではなく、扇子の方がこんな場所、場面で使われるのかと「面はゆげなる」気持ちになるというところにある。加藤清正のように舞の中で扇子をパッと開いてカッコよく用いるのならば別であるが、暑苦しい表情をする人の前では使われたくないのだ。

● 重なるは親子か雨に鳴く鶉

（かさなるは　おやこかあめに　なくうずら）

（明治29年12月）句稿21

雨の中で鶉が重なって声を上げている。その重なっている鶉は漱石によると親子だという。子鶉は生まれたばかりで親鳥は自分が雨に濡れても子を守ろうとしている。だが、そうではないように思われる。二羽の鶉は繁殖期のオス鳥とメス鳥なのであろう。雨などものともしないのだ。漱石は鳴き叫びながらの激しい咬合を見ていられないのだ。

鶉の鳴き声は、特徴があってどんな鳥の声よりも聞くと勇気凛々になると言われている。その鳴き声は勢いよく「チッカッケー」だ。「チッカッケー」「チッカッケー」と鳴き続ける。体をぶつけて重なっている二羽の鶉が雨の中で鳴いている。

雨の中で叫び声をあげている雄の成鳥は雌を求めているのだ。この雄鶉はとにかく雄鶏以上に鳴くのが得意で、体の大きさの割にはけたたましく大きな声で鳴く。繁殖行動の一環として鳴くのだ。マンションで雄鶉を一羽だけでも飼う人はこの声に悩まされるという。鳴くのを抑えるには雄のケージには雌の身代わりを入れておくことが行われる。

茶褐色の羽で体を覆っている鶉は、本来渡り鳥であり、繁殖地は北海道や東北で秋になると南の方に渡ってくる。だが九州で越冬する鳥は朝鮮半島で繁殖した鶉だという。漱石が熊本で見ていたのは朝鮮鶉。この渡りを行う身近なキジ科の鳥を日本人は世界で初めて家畜化に成功した。江戸時代には飼育が行われ、「鶉合わせ」という遊びが盛んに行われたという。実際には鶉の声を競わせる「声合わせ」なのだ。漱石の句に「後に鳴き又先に鳴き鶉かな」というものもある。

かつて漱石は明治24年に埼玉県の大宮（現、さいたま市）の氷川神社近くの旅館に詰めていた子規を訪ねていた。随筆「墨汁一滴」の文によると、子規はこの宿屋で追試の準備をしていたが、「松林の中にあって静かな涼しいところで意外に善い。それにうまいものは食べるしちょうど萩の盛りというのだから愉快で愉快でたまらない。」とあり、ここに漱石も呼び寄せられた。「漱石も来て1、2泊して余も共に帰京した。(中略)試験の準備は少しもできなかったが、(中略)この時の試験もごまかして済んだ。」と書いていた。そして大宮で二人して鶉の焼き鳥を食べたと別の記録にあった。当時の大宮には「チッカッケー」「チッカッケー」の声が轟いていたことになる。

● 重ぬべき単衣も持たず肌寒し

（かさぬべき　ひとえももたず　はださむし）

（明治32年9月5日）句稿34

「戸下温泉」とある。熊本第五高等学校の同僚教授の山川信次郎が東京の一高に栄転する機会に、漱石は二人で有名な阿蘇神社に詣でてから阿蘇山に登ろうと送別旅行を行った。熊本市から阿蘇山を往復する4泊5日の旅であった。8月29日に出発して9月2日まで旅し、9月1日に阿蘇山踏破に挑んだ。

通常であれば戸下温泉から直接阿蘇に入るルートをとるが、少し前の豪雨で山道が危なくなったので遠回りして内牧温泉に泊まることにした。まず戸下温泉で一泊し、次に内牧温泉に一泊し、翌朝に阿蘇神社に行き、阿蘇山に向かった。

ちなみに内牧温泉の宿での経験が漱石の小説『二百十日』に生かされているという。急に決まった漱石と山川の弥次喜多道中とも言えるこの旅では、宿泊した宿の女中とのやりとりが小説の中の会話として出てきて、落語の語りのように読者を笑わせることになった。

句意は「戸下温泉の宿を出て阿蘇山に向かって歩き出す際に、肌寒さを感じた。こういう時のために重ね着する着物を持ってくるべきであったと後悔した」というもの。山に入る時には夏山でも慎重に装備するというのが当たり前であるが、漱石の気楽な思いつきで始まった山歩きはスタートから躓いた。漱石は苦笑いしながら少し震えていた。

二百十日は立春からの日数であり、気候が変動しやすい時期に当たる。この頃の農家人は気を引き締めることになる。漱石たちはこのことをすっかり失念していた。

ちなみにこのあと、漱石一行は奥に入った山で遭難しそうになった。死を覚悟したときもあった。

● かしこしや未来を霜の笹結び

（かしこしや　みらいをしもの　ささむすび）

（明治32年1月）句稿32

掲句に「参詣路の入口にて道端の笹の葉を結びて登るが例なり　極楽の縁を結ぶ為めなりとかや　之を笹結びといふ　二句」の文がつけられている。宇佐神宮に詣でてから西の山中に入り込んだ。帰り道は鉄道を利用する北回りではなく、冬の邪馬渓を通り抜け、日田に南側してそこから筑後川を船で下って有明に出る計画であった。若い同僚と漱石の冒険の旅であった。

雪が吹き付ける白い岩山の上にある羅漢寺に登った後、3日目の山中の宿泊地に着く前に邪馬渓町の神社に参詣した。入り口に植えてある笹やぶには立て札があり、前書きにあるような説明書きがあった。漱石たちはこの笹の葉を選んで丸く結んでから参道を歩いた。

掲句の意味は、「霜の残る神社で笹結びを行った。これで未来のことがわかるというのだからすごいことだ」というもの。丸く結べれば、これから先は丸く収まるということなのだろう。漱石は凍えた指では笹結びがうまくできなかった。嫌な予感が頭をよぎったことだろう。この笹結びは2021年、22年頃の武漢コロナ対策として採用した指のアルコール消毒のような清めの儀式なのだろう。

漱石は厳しい寒波が押し寄せている中でも、俳句で遊んでいる。遊ばないと頭が凍ってしまいそうなのだろう。神社の神に皮肉を言っているようで、可笑しくなる。天気を予想すると翌日から本格的な雪になりそうだ。漱石先生の頭は吹雪の寒さで凍りついていたことだろう。

「つまらぬ句ばかりだが、紀行文の代わりとして読んでくだされ。病気療養の慰めになるだろうから」という内容の句稿の前書きで子規に断っている。この旅の一連の俳句は、子規を十分に楽しませたことだろう。

● かしこまりて憐れや秋の膝頭

（かしこまりて　あわれやあきの　ひざがしら）

（明治31年10月16日）句稿31

明治31年5月に妻の鏡子は近くの白川に入水して自殺しようとした。この自殺未遂はその後もあった。漱石は熊本の有名人であったからこの事件については街中で報道管制が敷かれた。漱石は秋になっても妻が何をするかの心配は消えなかった。

句意は「秋の夜に妻の枕元に座って妻の様子を見ている。自分の膝頭は枕元でかしこまって固まっているだけであり、哀れに思えてくる」というもの。妻の様子を見ているだけの自分が憐れに思えてくるのだ。妻は漱石が寝静まった時に一人で家を出て行くのではないかと気が気ではないのだ。下記に示すように妻は悪阻（つわり）も重なって精神的に不安定な状態にあった。

膝頭は足が動く時には一緒に動くものであるが、秋になっても漱石先生の膝頭はあまり動くことがなくなっている。この状態を漱石は少々情けなく思っているようだ。「かしこまりて憐れ」は、このような膝頭を叱咤激励したくなる気持ちの現れなのだ。妻のそばに座って妻を気遣っている漱石先生の姿が見える。5ヶ月間も妻を心配し続けている自分が情けなくなってきていた。

掲句の直前句は「病妻の閨に灯ともし暮るゝ秋」であり、妻はひどい悪阻に苦しんでいる。翌明治32年5月に長女の筆子が誕生するのであるから、掲句が作られた頃は悪阻の時期になっていて、精神的そして肉体的に妻は大変な状態にあった。そして家の中は掲句の二つ前に置かれていた「乾鮭のからついてゐる柱かな」の句にあるように醒めて乾燥しきっていた。このような状況では漱石の膝頭の動きは鈍くなっていた。

掲句の直後句は「かしこみて易を読む儒の夜を長み」である。漱石の妻は昼間この筮竹易占いにはまっていて、秋の夜長にこの占いをやっていた。妻は易で何を占っていたのであろうか。漱石の未来か、自分の未来の姿か。漱石のかつての恋人であった楠緒子の今後の出方か。初めての出産の不安を占いで紛らわしていたのであろう。

この句のユニークなところは、漱石の辛い気持ちを膝頭に語らせているところだ。漱石は妻の枕元に座り続けて、自分の膝頭を撫でているのだ。君は座り続けて大変だなと気遣っている。

・かしこまる膝のあたりやそぞろ寒

（かしこまる　ひざのあたりや　そぞろさむ）

（明治32年10月17日）句稿35

「倫理講話」とある。掲句は熊本高等学校秋季雑詠29句の一つ。明治時代の高等学校では、教養・修養の授業として倫理講話を早朝に課外授業として行っていたようだ。漱石は教職員の中心になってこの授業を担当していた。（熊本の漱石研究家の調べによる）

秋が深まってくる中、畳の講話部屋に座っていると、なんとはなしに膝のあたりが寒さでそわそわ、ぶるぶるしてくる。じっとしていると部屋の中で冬への季節の移ろいを感じるようになる。漱石が正座して生徒たちと話をしていると、拳を置く膝のあたりが落ち着かなくなっている。

ここまで書いて果たして生徒はきちんと畳に正座していたのか、椅子に座っていたのか、疑問に思えた。調べてみるとこの倫理講話は講堂で行われていたことがわかった。そうであれば畳の部屋ではないはずだ。

学生たちは初めのうちは背筋を伸ばして拳を膝に当てて講話を聞いているが、石造りの講堂は足元から冷気が上がってきて、足の震えが手に伝わるのだ。そして肩と頭が微妙に揺れ出す。それを教師の漱石が観察していた。

この句の面白さは、「かしこまる」と「そぞろ」という緊張と弛緩の対照的な言葉が用いられて授業風景が描かれていることである。このことから漱石はこの授業があまり気に入ってはいなかったのではないかと推察される面白さがある。学生たちは、授業のつまらなさを膝で表していたように漱石は感じた。

三者談

柔道の道場でもあった瑞邦館で時々倫理講話があった。椅子はなく縁なし畳の上に洋服で座っていた。漱石に近い方の学生は正座していたはず。先生の中には正座して足が痺れて立てなくなって転がった先生もいたことを記憶している（寅彦・談）。膝が寒いのは生徒ではなく漱石先生であろう。

・かしこみて易を読む儒の夜を長み

（かしこみて　えきをよむじゅの　よをながみ）

（明治31年10月16日）句稿31

明治時代の政治と経済の需要な場面では、易聖と呼ばれた高島嘉右衛門が易をもって助言し、方針決定に関与した。この高島の名は外国人の間にも轟いた。彼は中国の古代から伝わる天文学をはじめとする易学の膨大な体系を独学で習得した人物であった。鍋島藩の御用商人から身を立て、小さな寒村に過ぎなかった神奈川村を埋め立てる大規模開発に関与し、横浜港とこれに隣接した外国人居住地の造成に尽力した経済人でもあった。高島はこの横浜に拠点を設けて、この地で初めてホテルも建設し、経営した。横浜の桜木町には高島という地名が残されている。この高島は全国に易占いを広め、大学で易を講義した。

この筮竹占いは熊本にいた漱石の家の中にも浸透していた。妻は漱石と結婚してからこの占いに凝りだした。漱石が家にいる時にも妻の筮竹を動かす音が家の中で響いていた。昼間の漱石の家には儒者の格好をした男が出入りしていた。

「かしこみて」は「恭しくかしこまって」の意味であり、儒とは、孔子を祖とする思想の体系をさす儒学のことであり、これには易学も含まれた。漱石の妻はこの易占いにはまっていて、熱心に広く研究していたという。秋の夜長を妻は易で何を占っていたのであろうか。漱石の未来か、漱石のかつての恋人であった楠緒子の今後の動きか。鏡子は初めての出産の不安を占いで紛らわしていたのであろうか。

掲句の近く置かれていた句は「病妻の閨に灯ともし暮るゝ秋」であり、掲句の時期に妻はひどい悪阻に苦しんでいた。明治32年5月には初めての子である筆子が生まれることにつながる悪阻であった。

加えて鏡子は漱石の行動に振り回されて悩んでいた。楠緒子のことで明治31年5月に鏡子は近くの白川に入水して自殺しようとした。この自殺未遂はその後もあった。この事件については報道管制が敷かれた。漱石は秋になっても妻が何かしそうで心配は消えなかった。この漱石の状態を「かしこまりて憐れや秋の膝頭」の句に表していた。

昼間漱石家の中にはお手伝いがいて、妻は筮竹占いをしたりしていたが、夜になると悪阻の影響もあって妻がどんな行動をするか心配でならなかった。

・嫁し去つてなれぬ砧に急がしき

（かしさつて　なれぬきぬたに　いそがしき）

（明治30年10月）句稿26

これは妻が不在の家で洗濯に勤しんでいる夫、漱石先生の姿が浮かび上がる句である。下着の洗濯だけは若い下女に任せるわけにはいかないとして、自分でこまめに洗濯していたのだ。なんでも自分でやっていた学生時代に戻ったような気分になっていた。洗濯機のない時代のことである。授業の準備をする間に砧を打っていた。漱石宅からトントーンという洗濯の音が夜空に響いていた。

妻は流産後のことであり、体の苦痛と心の悩みを抱えて7月上旬に上京したままであった。漱石先生は前年の春結婚したばかりでまだ新婚の身でありながら7月から実質別居生活、独身生活を強いられていた。

この句の面白さは、「嫁し去って」にある。ここには昨年6月に中根家から鏡子を嫁に貰ったばかりなのに、その妻はもう家を出たという思いが込められている。里帰りは早すぎるという意味で用いている。つまり「嫁しさる」は「嫁退る」と表記でき、妻が後ずさりすること、出戻ることを指している。もう一つの理解は、「嫁し」は「嫁子」と書いて「かし」と音読みするもの。つまり妻でありながら年の差が10歳ということで、娘みたいな妻を意味している。つまり「嫁し」はこれらをミックスした造語なのだ。

また「嫁し」の発音からは瑕疵という言葉が浮かび上がる。自分の妻に対する行為、態度に問題があったという反省が込められているように思える。漱石のかつての恋人、現在の心の恋人である大塚楠緒子が鏡子を悩まし続けていることを意味している。

ところで砧（きぬた）とは、きぬいた（衣板）が語源で木槌で汚れた衣類を打って布を柔らかくしたり、つやを出したりするのに用いる木や石の台のこと。また、台の上で衣類を打つこと。この言葉は衣類が出現した時から洗濯の意味で使われていた言葉である。この砧打ち、踏みつけだけでも結構汚れが落ちたという。

ちなみに日本に初めて石鹸が入ってきたのは織田・豊臣時代。一般庶民が石鹸を使うようになったのは明治以降。さて漱石先生はこの掲句を作った時、慣れない洗濯の時に石鹸を使っていたのか。江戸時代には、桶に水を満たして植物灰を入れ、底の栓口から灰汁がしたたるようにした「灰汁桶」が各戸に置かれていて、これを衣類に染ませてたらいで手洗いしていた。石鹸や合成洗剤が普及する第二次大戦後まで、洗浄剤として広く一般に使われていたという。高給取りの漱石の家では、体を洗うときには石鹸、衣類には「灰汁桶」の灰汁を使っていたと考える。

・春日野は牛の糞まで焼てけり

（かすがのは　うしのふんまで　やいてけり）

（明治29年3月6日）句稿13

古都奈良の春日野の若草山は春の山焼きで有名である。２０１７年は1月28日に行われた。句意は「この春を告げる観光行事の山焼きは草の燃える匂いを嗅ぐことになるが、実は枯れ草だけでなく牛の糞まで焼いているのだよ」というもの。観光で集まる人は知らないだろうが、山焼きの匂いには牛の糞の匂いが含まれているのだ、とこの句は教えてくれている。春の芳しい山焼の秘密を明かしてしまっている。春の訪れを祝って集まる人たちに冷水を浴びせている。

またこの句のもう一つの面白さは、山焼の場所を若草山でなく春日野としたところである。カジュアルな名称の若草山でなく、荘厳で高貴な雰囲気を持つ原生林の春日野を持ち出したことである。聖なる雰囲気と俗な雰囲気の組み合わせが効いている。漱石の高度なテクニックが感じられる。

一般に香水と悪臭の違いは紙一重というが、これには真実が含まれている。香水の調合において、いろんな香りの香料液を専門職ブレンダーがミックスするが、これらの中に最終調整液としてスカトールという成分を持つものを入れるという。この成分は糞臭に含まれるものである。したがって部屋を長期間香水の香りで満たしていると、スカトールが壁に付着・堆積してしまい、糞臭が目立って出てくるという。香水好きの女性にも同じことが言えるのか。華麗な熟女の放つ香りの真実が見える気がする。

若草山の早春の香りには、牛の糞、ウサギの糞、鹿の糞、鳥の糞等が燃えるときに糞臭が混合されて含まれる。これらが山焼きの有難い独特の匂いのもとになっていることを漱石は明らかにしている。自然には神秘がいっぱい詰まっている。漱石は理系の人であるということがよく理解できる句である。

ちなみに正岡子規も春日野と糞の組み合わせで「春日野や草若くして鹿の糞」の句を詠んでいる。子規は生えたばかりの若草が鹿の糞になっていると面白がっている。

● 霞みけり物見の松に熊坂が

(かすみけり　ものみのまつに　くまさかが)

(明治30年2月) 句稿23

この句の解釈には、漱石の謡に関する談話筆記「稽古の歴史」(明治44年秋)が参考になった。「私が習い初めたのは熊本の学校にいる時分のことでした。同僚の教授連が盛んにやるので私も半年程稽古をしましたが」と書いてあった。重要な情報だ。

その時稽古した謡曲の中に「烏帽子折」があり、ここに悪党のボス、熊坂長範が登場するという。この熊坂長範は漱石が気に入っていた主人公の一人なのだ。かなり集中してこの演目を稽古した模様だ。そうでないと「吾輩は猫である」に突如この悪党のボスが登場するはずはないからだ。漱石先生は猛烈な英語教育で時間がなかった状態であったにもかかわらず、謡をうなっていたとは驚きである。

ところで掲句に出てくる「物見の松」は平安時代の伝説上の大盗賊熊坂長範が襲いかかる前に隠れていた松の木である。この木の高い陰から道ゆく人を見張っていて、カモが来ると身ぐるみをはいでいたという。この長範は、謡曲「熊坂」にも出てくる盗賊で、奥州に向かう牛若丸を襲ったが、逆に討たれてしまったという。現在この松は枯れたため、切り倒されてその切り株が残っているのみだ。JR垂井駅から10分のところにある。

さて句意は「盗賊が出没する「物見の松」に霞がかかって来た。するとその木の陰に盗賊の熊坂が隠れていそうな気になる」というもの。「物見の松」がある垂井は東海道の関ヶ原にあって、霧が出やすい場所になっている。この場所は現在名所になっていて整備されている。松の切り株を見に観光客が多く訪れるが、盗賊熊坂がそこで悪事を働いたとは思えなくなっている。

● 霞たつて朱塗の橋の消にけり

(かすみたつて　しゅぬりのはしの　きえにけり)

(明治29年3月1日) 霽月・虚子・漱石の三人句会

この俳句は露月・虚子・漱石の三人が挑んでいた神仙体の俳句である。三人は松山で新たな俳句の創造に挑戦していたとわかる。

句意は「寺の大きな池に近づいて行くと、川面に霞が立ち上り、その霞はさらに高く広くボリュームを増やして行く。妖怪のように形を変えて周りを飲み込んで行く。朱塗の橋までも飲み込まれて行く」というもの。この霞を見ている自分も消されてしまいそうに思えた。霞の発生と拡大は自然現象であるが、あたかも意思を持つ妖怪のように動いて行くように見えた。この大きな変化が目の前で展開するさまは、まさに幻想的で神秘的である。

この俳句は、霞の発生とともに景色が変わってゆく場面をわずかな17文字で表している。このこと自体が神秘的で不思議なことである。人間が朱に塗った橋を霞はじわじわと灰色に染め上げて行く。やがて池全体を消し去ってしまうのかもしれない。そして裏山の麓まで消してしまうかもしれない。人間の想像力は霞のように広がって行く。

ちなみに掲句の直後句は「どこやらで我名よぶなり春の山」である。池の霞が漱石の足元にも及び、寺を隠し山裾を隠し出した。寺の僧が漱石の名を呼んでいる。「おーい、漱石、どこにいるのだ。池に気をつけろよ」などと叫んでいるようだ。

突然ぼんやりしていた漱石の肩を寺の僧がポンと叩いた。

＊雑誌『めさまし草』（明治29年3月25日）に掲載

・霞むのは高い松なり国境

（かすむのは　たかいまつなり　くにざかい）

（明治29年3月24日）句稿14

明治元年、戊辰戦争が続いていた時期のことである。鳥羽・伏見の戦いで負けた幕府軍の中心にあった会津、桑名両藩に朝廷から追討令が出された。この時幕府の徳川慶喜将軍は蟄居の身となっていた。奥羽諸藩は官軍側から賊名を負わされた会津藩の赦免を東征軍に斡旋したが容れられず、ついに5月、北越諸藩をも加えた奥羽越列藩同盟を結成するにいたった。米国から仕入れた近代兵器を持っていた官軍東征軍は、7月に長岡藩の軍は官軍と対決した。この戦いを制した。

この戦いにおいて重要な役目を果たしたのは、官軍側の陣を張った高台にあった樹齢200年以上の松の木であった。官軍はこの木によじ登って相手軍の動きを察知し、作戦を立てた。この偵察情報に基づいて4倍の兵力を持つ官軍は奇襲作戦を成功させた。

掲句は戦いに負けた長岡藩側から見た俳句である。漱石は奥羽越列藩同盟を結んだ長岡藩に味方している。漱石の家系は徳川方であったからだ。また無駄な戦いを仕掛けた官軍側には理はないとしていた。

句意は「国境の信濃川沿いにある長岡城から川向こうの敵軍側を見ていると、川霧の上に高い松の木が霞んで見えていた」というもの。官軍側が川霧の出ない高台の高い松を見つけて兵がよじ登って長岡城を偵察していたのは、霧で霞んでよく見えなかったのだ。これが勝敗につながっていた。

官軍の東征軍は高田を出発し、参謀山県狂介（後の有朋）は長岡城の前にある信濃川の川向こうの高台に本営を置いた。そして本営近くの松の大木に部下を登らせ、川向こうの長岡藩の動きを偵察させた。長岡城は川沿いにあり、城の様子は川から立ち上る水蒸気が霞を生じさせていたので、川から離れた大地の高い木に登る必要があった。その高い松は、のちに物見の松として有名になった。

この句の面白さは、川霧によって長岡城側からは官軍側の動きがつかめていないのに対し、川霧の上に出ている松の木に登っている官軍は霧の外側にいる長岡城側の動きを把握できていた。この差が勝敗に大きく関係していたことだ。なぜ長岡軍は高台の松の木を切っておかなかったのか。漱石は掲句の中に長岡軍の油断を描いている。

・霞む日や巡礼親子二人なり

（かすむひや　じゅんれいおやこ　ふたりなり）

（明治29年1月29日）句稿11

この場面はモヤがかかる川べりである。四国松山近辺で大きな川のある遍路道は限られる。四国八十八ケ寺の50番繁多寺から51番石手寺へと向かう遍路道である。そこには「へんろ橋」がある。大きな川の川面から湯気が立ち上っている。対岸を歩く二人の姿がぼやけて見える。水温より気温がはるかに低いから湯気が立つ。

この句に登場する巡礼の親子二人はこの橋のあたりを歩いていたのであろう。霞がかかる中を歩く二人の姿は、松本清張の小説を映画化した「砂の器」の砂浜の場面と重なる。心に重いものを持った親子なのだろう。まだ寒い1月の巡礼であるからそう思う。

漱石先生は自分も失恋の重いものを持って2年前から今まで歩いてきた。松山に教員の職を得て来たが、単に親友の子規の故郷であるという理由だけでこの地を選択したのではなかったような気がした。無意識に巡礼の国である四国の中の愛媛ということも頭の底にあったような気がしたのだろう。自分にも巡礼したいという気分がどこかにあったのかもしれないと思い返した。

ちなみに同じ句稿で掲句の次に置かれていた俳句は「旅人の台場見て行く霞かな」である。この台場は東京のお台場と同じく、敵の戦艦を攻撃するために海の中に設けた石積みの砲台である。この砲台跡は松山沖の瀬戸内を航行する外国の戦艦を攻撃するときのために松山藩が築いていたものなのだ。

遍路道からはこの台場が見えるから、遍路たちは必ず江戸時代の遺物を見ながら足を進めるのである。長旅の遍路たちには気分転換のためにこの砲台跡を眺めながら歩く。この砲台跡周辺には、歴史の霞がかかっているのを感じながら歩く。

旅をする遍路たちは、江戸時代を偲びながら霞の中を歩いてゆく。その姿を立ち止まってじっと見ている漱石先生は、自分も今年の4月には船に乗って西に行く旅人になると思うと気持ちが遍路の人たちと重なるのであろう。

・風折々萩先ず散つて芒哉

（かぜおりおり　はぎまずちって　すすきかな）

（明治44年9月20日）寺田寅彦宛の葉書

漱石は大阪で胃潰瘍が悪化して入院し、良くなってきたところで東京に帰ってきたが、痔瘻が悪化して切開手術となった。その後少し楽になり、眠れるようになったと病院から寅彦にこの句をつけた葉書を出した。この葉書は、俳句を含めて3行・49文字で終わっていた。やはり尻の痛みの影響が出ていた。尻がヒーヒー、ヒリヒリしていたのだろう。風が時折吹く風は漱石の尻あたりを吹き抜け、周囲にある萩にも当たり花を散らしていた。芒の穂もそのうち飛び散りそうだ。

この句の面白いところは、萩が散ることで風が時々強く吹く様を表しているが、風が萩を「折る」こともあるとも取れるように「折々」を上五に使っていることだ。ある種の掛け言葉になっている。秋の到来によって先ず萩が冷たい風の洗礼を受け、本格的な強風の吹き付ける冬になると芒が枯れて植物の抵抗は終わる。草花の寒風に対する全面降伏である。漱石先生の痔疾は先行き不安になっている。

さて漱石先生の痔は手術後どうなっているのであろうか。この五日後に次の痔の俳句を詠んで東洋城に送っている。「耳の底の腫物を打つや秋の雨」「切口に冷やかな風や厠より」

寒風に震えてはいるが、耐えて耐えてしばらく散らずにいると笑っているようだ。萩を散らした風は雨を含んだ寒風になっている。これらの句は報告というより共感を求めている。漱石は痔疾とは共生で行くしかないと覚悟を決めた。

・風が吹く幕の御紋は下り藤

（かぜがふく　まくのごもんは　さがりふじ）

（明治29年3月24日）句稿14

風が吹き出して宴の幕はゆらゆらと揺れる。その幕にあるのは下り藤の家紋。幕末期になると殆どの大名は大店から借金して首が回らなくなった。その中の一人が有名な内藤志摩守。この信州佐久の殿様は、領民から借りた金が返せず、その代わりとして庭の池の鯉を分けて配った。領民たちは頂いた鯉を食べずに自分の家の用水に放ったところ、増えに増えて佐久の街の名物になった。そして昭和になって歌謡曲の「佐久の鯉太郎」（歌：橋幸夫）も生まれた。

この大名は藤原秀郷の流れをくむ家であり、家紋は下がり藤。信州佐久藩は家紋の選定に当たって、下がり藤の優雅さに着目したと漱石は思い、この判断が藩の経営破綻に繋がったと判断した。漱石先生はこの歴史話の落ちとして、「下り藤」は風に吹かれると下がっているだけなので止めどなく揺れるといいたいようだ。何事も見てくれにこだわるとよくないということだ。

さて他にもこの紋を採用している家は公家の一条、二条、九条等の名門7家がある。また武家の大名にも下り藤のマークを好んでつけた家は多かった。踏み倒しが当たり前の江戸時代に家紋の誇りを胸に生きてきた公家、大名は軒並み財政に苦しんだ。この中にあって薩摩長州の両藩は外様の立場を利用して海外との密貿易等によって金銀を貯め、倒幕資金にした。これら薩長両藩の家紋は極めてシンプルで花とは無縁のものであった。

ところで掲句の前振りの関連句としてあるのが、「春風や吉田通れば二階から」である。ここに出てくる吉田は、大坂新町の遊郭の中で最も栄えた吉田屋のこと。この吉田屋の太夫、夕霧にまつわる人情話は、浄瑠璃や歌舞伎の演目「吉田屋」として取り上げられた。俗謡にも「吉田通れば二階から」と題するものがあったという。この夕霧の視線の先にあったのが、老舗の跡取り息子の藤屋伊左衛門で、吉田屋に通いつめて勘当されてしまった。この話の結末はいろいろあるようだ。

これら両句の繋がりは藤であり、藤の花はふらりふらりと揺れるものということの連想だ。美しいが弱い。しかし藤は富士山につながるので好まれる。漱石先生に言わせれば、権威や名前にとらわれるとろくなことがないということか。

• 化石して強面なくならう朧月

（かせきして　つれなくなろう　おぼろづき）

（明治29年10月）句稿19

掲句は「死恋」2句として作られたもので、もう一方の「生まれ代るも物憂からましわすれ草」の句と対になっている。「わすれ草」句の意味は、「大失恋して長く苦しんだ。時間の助けを借りて生まれ変わったつもりだったが、憂い

を忘れさせる草があってもずっと辛かった。失恋の痛みはそう簡単に癒やせない」というもの。結局東京にいるかつての恋人の楠緒子のことを忘れられない、と改めて思ったのだ。時間の経過だけでは無理なのだと悟った。

掲句はこれを受けて、「朧月を見て楠緒子のことを思い浮かべても、化石の心を持って、つれなく平然としていたい」というもの。楠緒子のことを忘れられないが、なんとか楠緒子に対する思いを押さえつけようとするのだ。極力意識の外に楠緒子に対する思いを置こうと決意した。

この句の面白さは、化石と強面の漢字言葉の関連がユーモラスであることだ。確かに石の表面は強いから、漱石の意志の強さを感じさせるように工夫されている。

漱石が掲句を作った時期は、明治29年4月に松山を引き払って熊本に高等学校の英語教師として転勤し、半年経過した時点であった。この間の6月には結婚をしていた。漱石先生はこの結婚してほぼ4ヶ月後に、自分の恋愛を総括するように「死恋」2句を作ったと思われる。

漱石先生は楠緒子のいる東京から離れる決断をして松山の中学校の教師となっていた松山時代に、人妻になっていた楠緒子から「親展」と書き込まれた手紙を受け取った。明治28年12月18日のことであった。漱石先生はその手紙を読むとこれを火鉢で燃やして、自分の決意を確認したはずであった。この時「親展の状燃え上る火鉢哉」の句を作って自分の決意を記録した。

しかし、人の心はそう簡単には処理できないのだ。漱石先生は苦しみを持続させていた。漱石先生は、「死恋」2句を作った時、何かを決意したに違いない。心の中に「死恋」の続きを書き込むことにした。忘れられないのであれば「再生恋」しかないとして。

・風に聞け何れか先に散る木の葉

（かぜにきけ　いずれかさきに　ちるこのは）

（明治43年12月）『思ひ出す事など』「十一」

同じ年に作っていた句に「帰るは嬉し悟桐の未だ青きうち」がある。この句の感想につけた漱石自身の文は次のものである。「オー・ヘンリーの短編『ザ・ラストリーフ』の蔦の葉が落ちる話とアオギリの葉の話はかぶる気がする」。掲句とアオギリの句のテーマが似ている。掲句も同じ短編小説の主題がモチーフになっていると見る。大吐血した修善寺から東京に戻って、また長与胃腸病院に入院することになったが、この病院の窓から見た風景が『ザ・ラストリーフ』の風景に重なる。

掲句の意味は、「庭の木の弱り切った葉っぱ同士が、どちらが先に散るのかと言い争っているが、それは風のお前に聞くしかない」というもの。寒風の吹く冬に枝先にある葉っぱのどちらが先に落ちるか、葉っぱ同士の話題になっている。だが葉っぱの生き死には、葉っぱにはわからない。掲句の「木の葉」は同室の病人ということだ。

この句の背景には、かつて長与胃腸病院の病室には3人の胃病患者が収容されていたが、一人亡くなり、また一人と亡くなっていったことがある。掲句は同室の患者が一人亡くなった段階で、次はもう一人のあの人か、それともわしかと考えたのかもしれない。このことをベースに掲句をひねり出したと推察する。

掲句は叙景句でなく、観察句でもない。漱石の晩年の心情を詠ったものだ。人の生き死には誰にもわからない。病室にいる漱石の胃潰瘍もこの先改善するのか、悪化して死に至るのかわからない。あれこれ考えても無駄で、考えても仕方ないというものだ。修善寺で仮死を経験したことで、この考え方が強くなった。あの時は30分の仮死の後、運良くこの世に舞い戻れたことを医者から知らされたからだ。

この気持ち、考え方を「オー・ヘンリーの短編『ザ・ラストリーフ』の主題に合わせて、遊び感覚で俳句に表したものと思われる。

もう一つの解釈は、明治43年8月8日から10日にかけて関東が大雨に見舞われて、漱石の妻は電話で東京の被害の様子を修善寺にいた漱石に伝えたことが関係している。この記述の後に掲句が置かれていたからだ。漱石の妻が近くにいる漱石の弟子の森田草平の様子を見にゆくと、神田川の洪水で草平の家は壊れ、避難したことを伝えてきた。漱石は多くの家が披され、大勢の人が怪我したり、流されたりしたことを聞いたが、森田の家が災害にあったことは運がなかったからだと思った。この思いを念頭に掲句を作ったと思われる。冒頭に書いた『ザ・ラストリーフ』の話が関係する解釈に絡めて、別の句意は「災害に合う合わないは誰にもわからない」というもの。森田の家が洪水で壊れたのは、どうしようもないことだというもの。

＊『思ひ出す事など』「十一」は『東京朝日新聞』（明治43年12月11日）に掲載

三者談

『思ひ出す事など』「十一」の終わりについている句である。奥さんの妹が函館で水害にあって流されそうになったこと、弟子の草平が崖崩れで潰されそうになったことを聞き、そして自分の病気が悪化していることがあり、人の生き死には運命が絡んでいると俳句に表した。「風に聞け」というのが良い。人間の非力さが出ている。漱石の人格と体験が感じられ、雑念のない透明な心持ちが出ている句だ。

・風に乗つて軽くのし行く燕かな

（かぜにのって　かるくのしゆく　つばめかな）

（明治27年9月、10月）子規の資料

関東へのツバメの飛来は例年3、4月になっている。漱石はこの年の3月には「春雨、梅」や「弦音、梅」が登場する俳句を、4月には「春の川」や「蝶」「菜の花、小川」が登場する俳句を作っていた。掲句はこの時期のものである。

燕の飛ぶ様は、体を前に目一杯伸ばして飛ぶ。燕の「のし行く」という言葉は「餅をのす」という場合と同じで、前方に伸ばし出す動きを示す。羽を広げて前から吹いてきた風に乗って、直線的にぐいぐいと楽に距離を稼ぐ飛行のさまである。

この句の面白さは、「のし行く」という言葉にある。「のし歩く」という言葉はあるが、新たに燕用に造語している。

漱石はこの年に帝国大学の大学院に入学し、前年には高等師範学校の英語の嘱託教師に採用されていて、これからの期間を自信に満ちて過ごすはずであった。しかし、2月か3月初めに結核の兆候が見られたため急遽療養に努め、問題なくこれを抑え込んだ。

掲句は、自分に対して無理して飛翔することなく、風頼りの他力の飛翔で行けと納得させているように思える。燕の飛び方を見習うという句を作って自分を納得させていたということか。自力で突き進むやり方を少し修正しようとする決意の表れとみることができる。

ちなみに漱石と楠緒子の恋は明治27年の3、4月は順調であった。しかし、5月から7月の間に楠緒子の母親の介入があり、その結果二人の関係は破綻した。結婚の相手は漱石の親友の小屋保治にすると親が決めたからであった。楠緒子の母親は保治には帝大教授の椅子が用意されていることを歓迎したからだ。明治27年8月に恋は破れて、漱石の生活は混沌としたものになった。もう燕のように飛ぶことはできなくなった。喘いで飛ぶだけになった。

三者談

「のす」は縮んでいたものが伸びながら緩やかな曲線運動に入る様だ。風を御している運動の自由さを感じる。楽な直線運動に思える。それぞれが様々な感じ方をしている。子規も同じ頃に「燕や太平洋へのして行く」の句を作っていたが、集中感があって人格化している漱石句の方がいい。松山で漱石と同居していた子規は、掲句をいい句だと感想を口にしていた。

風吹いて一度は葛の裏葉かな

（かぜふいて　いちどはくずの　うらはかな）

（制作年不明）短冊

2020年版の漱石全集の別冊に収録されている俳句である。最近になって漱石の短冊を所持していた人が漱石全集の編集者に提供したものであろう。

「一度は」の意味は、「いったん」の意になる。倒置になっている「風吹いて一度は」になると「いったん風が吹き出すと」の意になる。

句意は「風がいったん吹き出すと、葉の表は緑だが裏が白い葛が風になびいて草はらに白さが加わり、秋の到来を感じさせる」というもの。

この句の面白さは、強めの秋風が吹き出すと、さっと草はらの色が白っぽく変わる様が見えて、遠くからでもこの色の変化で風が吹いていることがわかることである。漱石先生は秋を感じさせる自然の妙を楽しんでいる。

慣用句の「葛の裏風」は、葛の葉を裏返して吹く秋風を意味する。葛が生えている荒地に秋風が吹き出すと、葛は葉裏の白を見せて風になびくので風の吹く筋道を示すことになる。そしてその草はらに葛が生えていることがわかるのだ。よって「葛の裏風」は、草はらに白い色が急に出現することで秋を感じさせる秋風を指す。

・風吹くや下京辺のわたぼうし

（かぜふくや　しもきょうへんの　わたぼうし）

（明治28年12月18日）句稿9

明治時代は京都の三条通りから以南の地域を下京と呼んでいた。「わたぼうし」は花嫁の綿帽子に違いない。この辺りで行われた結婚式の行列を強風が襲撃したのだ。強風が吹いて綿帽子が飛ばされそうになった。この句はかつて京都を旅した7月の出来事を描いている。

句意は「下京あたりを風が吹き抜け、花嫁の一行を強風が襲い、頭の綿帽子が浮き上がった」というもの。掲句の隣に書かれていた俳句は「清水や石段上る綿帽子」であったので、これら二つの俳句をまとめて解釈するのが好ましいと考えた。清水寺は5条あたりの下京辺に存在している。そうなると綿帽子が風に飛ばされそうになった事件が発生したのは、清水寺あたりとわかる。綿帽子飛ばしの事件は結婚式の行列を見ている漱石たちの前で発生した。

花嫁の白い角隠しはタンポポの綿帽子のように見える。そして遠くから見ると白無垢の花嫁の身体全体が白い大きな塊に見え、あたかも一つの巨大な綿帽子が石段を登って行くように見えたのだ。そんな頭の綿帽子が風に吹き上げられてふわりふわりと浮き上がった瞬間を漱石は目撃した。

もう一つの解釈は、強風で花嫁の綿帽子が本当に大きくめくれ上がったとするものだ。それを裏付ける関連俳句としてある「綿帽子面は成程白からず」の句が掲句の近くにある。

記録によると漱石先生が独身時代に京都を旅行したのは明治25年の7月のみであった。このときは市内に2泊していた。正岡子規と一緒の旅であった。確かに清水あたりを歩いていた。そして遊び場の茶屋にも行っていた。綿帽子の俳句は、この時の思い出をもとに病弱になっていた子規をよろこばせるために一緒に旅した思い出を俳句にして送ったのだろう。

・風ふけば糸瓜をなぐるふくべ哉

（かぜふけば　へちまをなぐる　ふくべかな）

（明治28年）漱石の愚陀仏庵での句会

ヘチマとこれに似た寸詰まりのフクベ（瓢箪）が風の吹き抜ける中で口喧嘩している。口だけで収まらずに胴部の太いフクベが細いヘチマを小突いているように見える。松山の漱石宅で開かれた子規主催の俳句会の様子を漱石は面白く描写している。漱石は俳句に興味を持ち始めたばかりで、松山の松風会の面々の賑やかな句会を傍観していた。この句会は単に活発なだけではなく、面白く議論が展開していたのであろう。漫画的な句にして笑いが湧き上がる雰囲気を伝えている。

ヘチマとフクベが自己主張しているうちにヒートアップして小突き合うようになった。周りに吹く風がけしかけるので当たりは次第に強くなる。つまり似た者同士は次第にいがみ合うようになることを俳句で表している。ヘチマは地元松山の松風会のリーダーの柳原極堂で、フクベは東京から来ている子規であろう。彼らの会話が面白かったのだろう。

フクベは瓢箪の別名とされるが、一般的にはどちらかというと糸瓜を縦に圧縮した丸っこい形のものを指す。同じウリの仲間だが、フクベは干瓢を作る夕顔の実であるから球体に近い形なのだ。子規の頭の形がフクベに似ているのだろう。ちなみに瓢箪のイメージは細長く、その中央付近がくびれているものだ。

この句の面白さは、喧嘩をするのが「へちま」と「ふくべ」で三文字同士、かつ柔らかい音を持つウリ同士という設定にある。南瓜などに比べると力不足のもの同士という組合せが愉快である。また小突き合いの後は罵り合戦になることが予想される。交わされる言葉は「このヘチマ野郎」「このフクベ野郎」である。

＊『海南新聞』（明治28年9月18日）に掲載

・数ふべく大きな芋の葉なりけり

（かぞうべく　おおきないもの　はなりけり）

（明治43年10月12日）日記

前置きの「昨日途中にて」は、胃潰瘍がある程度癒えて来たので東京の胃腸病院に再入院することになり、「昨夜修善寺の菊屋旅館を出発し、東京に着くまでの旅の途中」を意味する。つまり掲句は汽車の中から見た沿線の光景を描いているということになる。

句意は「数えたくなるくらいの大きな葉っぱの芋であったことよ」というもの。漱石は車中からはっきり里芋とわかる芋の葉を見られたことを嬉しがった。長く寝ていた旅館の部屋からは、田や畑は眺められたが、作物や生えている花は小さくしか見えなかった。したがって外を眺めていてもあまり面白くなかった。大きな葉を持つ作物を間近に見たいという欲求が募っていた。このために人の目を引く大きな芋の葉を汽車の窓から見られたことに感激したのだ。深い緑色で光沢ある里芋の葉は病み上がりの漱石には印象深かった。作物の力強さを感じたのだろう。

ちなみに「数うべく」の「べく」は、「〜しようと思って」「〜ために」「目的や強い意志があって〜したい」というときに用いる。上五では「〜しようと思うくらいに」の意味になって「芋の葉」を形容する。

ところで列車の窓から見えた畑の葉が、里芋の葉だとすぐに判別できたのは、畑にある葉が汽車の通過する風圧で大きく揺れたからで、またこれによって葉の表面にある光沢が強調されたことによるものであろう。これらのことから里芋の葉だと遠目にも認識できた。貸し切りの個室の長座席の上で病身を横にして外を見ていた漱石の目に、線路から小高いところにある畑の作物が偶然にも水平の位置になった。このため漱石は汽車の窓の中に、その作物の葉を横になっていた体で見ることができたのだ。漱石がこのタイミングで瞬間的に目に飛び込んで来た畑の大きな葉っぱを見逃さなかった。漱石はこの偶然の光景を本当に喜んだことが掲句からわかる。

・片折戸菊押し倒し開きけり

（かたおりど　きくおしたおし　ひらきけり）

（明治30年12月12日）句稿27

漱石先生の3番目の家は自然溢れる環境に合わせるかのように、前の住人が赤い菊を自由に繁茂させていたので、玄関の前や庭の折戸のところにも伸び放題に広がってしまっていた。それともこの家にしばらく借主が現れなかったためなのか。

両開きの戸ではない片折戸を開けようとすると、菊の塊が片折戸の両側に繁茂していてこの戸は開けられないのだ。菊はこの戸の両側に自由に広がってい

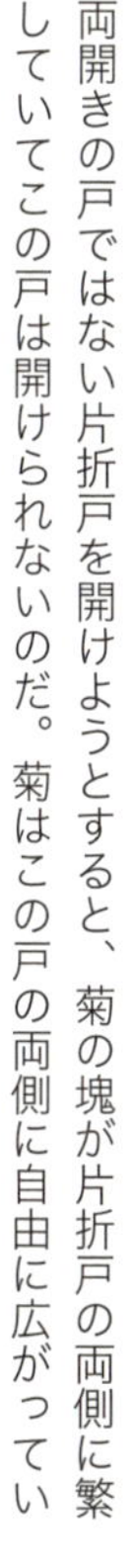

たと考える。そうなるとその菊はまず戸に近づく人の足にぶつかる。次に押し出された片折戸と菊がぶつかる。

漱石先生は庭に降りて、そこから片折戸を開けて裏道に出ようとするときに、また外から庭に入ろうとするときに菊が邪魔して片折戸が開けにくいと感じる。そこで漱石先生はまず足元の菊を強引に手で押し分けて歩けるスペースを作る。そして一歩進んで片折戸を進む側に押しやるが、この時片折戸の反対側にある菊は手強い存在になる。そこで菊を片折戸ごと押し倒す。片折戸と菊は喧嘩状態になる。

この句は片折戸が表の主役になっているが、裏にある主役は漱石先生である。解釈としては、漱石先生にとってあまりにも自由に広がりすぎた赤い菊に対する反感が表れているとみる。その漱石の代わりに、戸の板が菊を痛めつけるのだ。そしてまたその裏には、菊は白菊がいいと思っている節があることがある。

この句からは、凩(こがらし)が吹き出す少し前の庭のようすがわかる。赤菊ばかりが目立つその庭はそのうち、大改革をやろうと計画しているに違いない。だが半年後にこの家を出て、次の家に移ったのであるからこの赤菊はそのままになったに違いない。

・片々や犬盗みたるわらじ足袋

(かたがたや　いぬぬすみたる　わらじたび)

(明治28年12月18日)句稿9

難解な「片々」は片方ということだ。句意は「片方だけだ、犬が盗んだのは片方のわらじ足袋だ」というもの。言い換えると「片方だけだ、わらじ足袋の片方がなくなっているから、犬が盗んだ」となる。盗人ならば片方ということはないからだ。

もう一つの難題が「わらじ足袋」である。犬がくわえて盗むというのであるから、単なる犬の悪戯ではない。犬が旨そうだと思うもの、または材料でなければならない。

昭和、平成の時代の足袋は木綿や絹で作ったものが当たり前になっているが、江戸・明治時代の足袋は革製であった。これを考えると犬が咥えたのは犬の好きそうな牛か豚の革でできた足袋だったということになる。

ここで想像力を働かしてみる。明治28年ごろの地方都市、遍路の街でもある松山でのことなのであるから、軽くて歩きやすく耐久性のある履物が求められたはずだ。革製の足袋と草鞋底を糸で縫いつけて一体化させて使用していた可能性がある。または別々に使用していたかもしれない。その外履きの埃・泥で汚れている革足袋を上り口で脱いで草鞋に挟み込んでいたのかもしれない。とにかく犬が動物革でできた「足袋」をしゃぶりたくて「わらじ足袋」を咥え去ったこともありうるのである。

ちなみに江戸城の松の廊下で繰り広げられた刃傷事件の当事者たちが履いていたのは、木綿製ではなく、やはり革製であったということだ。もちろん時代が進むと布製の足袋が出現する。歌舞伎や忠臣蔵のドラマで登場人物の履いていた足袋は現代風の真っ白いものであるが、この方が舞台映え、テレビ映えするからである。

では掲句を作った動機は何か。松山あたりではこの優れものの草鞋足袋を日常でも履いていたと考えられる。すると大事な場面で犬が「草鞋足袋」を咥えて逃げてしまうハプニングが結構発生していたのだ。夜這いの男は、朝のまだ暗いうちにこっそり女性宅から退出する際に、片方の履物がなくなっていて大慌てするのだ。これはまさに漱石先生の好きな落語の世界なのであろう。漱石先生の性分としては、この事件を俳句にしないではいられなかった。ところで青年漱石がこれを経験していたかについては記録になく、わからない。

漱石が掲句を作った動機はもう一つあった。この句稿の前に子規宛に送っていた句稿があったが、子規はそれを紛失してしまって、そこで次の句稿の末尾に「今度のはなくしては嫌であります」と書いた。漱石は掲句で、なくなった句稿は犬がくわえて行ったのだろうよ、と笑っていた。つまり、別の動機は子規に皮肉を言うためであった。

・かたかりき鞋喰ひ込む足袋の股

(かたかりき　わらじくひこむ　たびのまた)

(明治32年1月)句稿32

「峠を踰えて豊後日田に下る」と前置きがある。句意は「足袋を履いた足を草鞋に固定するための藁紐が足袋の股に食い込んでいた」というもの。藁紐の結わえ方がきつ過ぎて、足袋の股が擦れて痛かったということなのだ。旅の草鞋は草履や下駄とは異なり、鼻緒のない造りになっている。草鞋の先端につけてある2本の紐で草鞋と足袋を履いた足をしっかり固定する。

漱石と第五高等学校の若い同僚、奥太一郎は大分県の宇佐神宮での初詣を終えたのち、その西方の耶馬渓に入りそこから南下して日田に抜ける山道を歩くことを計画した。この時の履物は安価な消耗品の鞋、草鞋だった。草鞋の藁紐を足袋の股に当てて固定する際に、タイトに締めすぎたのだろう。もともと小さめの草鞋を履いていたためだと思われる。

片方の草鞋に片足を載せ、その草鞋の前後端に取り付けた細く編んだ長めの藁紐を、足袋の甲と足首に回し当てながら縛るように取り付ける。これを草鞋の周辺に設けた数個の穴輪に通しながら紐を足の甲に固定する。巻きつけた紐の端は足首の前で縛る。

当時の草鞋は稲ワラかイグサに裂き布を混ぜ込んで耐摩性を向上させていたが、やはり旅の途中で履き替えることになる。この替えを予め腰にぶら下げて旅に出たものであった。

漱石は元日の朝に屠蘇を一口飲んですぐに家を出た。漱石は雪の耶馬渓を縦断することになるので、滑り難い草鞋を履き、足袋は「草鞋掛け足袋」と呼ばれた紺色の丈の高い、破れにくく補強した足袋を履いた。先端の紐が当たる股の部分を布で補強し、同様に縛る紐が当たる踵部も布で補強してある。そしてこの足袋の最大の特徴は、足袋の足指の部分が草鞋から飛び出させて歩くために、破れ防止に足袋の足指部分の底をガッチリ布で補強していることだ。この部分は絶えず路面と擦れる部分であり、頑丈な造りにしてある。ちなみに服装は綿入れの袷と袴、そして柿渋を塗った紙製合羽を着た。

この句の面白さは、鞋は蛙に似た文字を選定したことだ。漱石は草鞋ではなく鞋の漢字を意図的に採用している気がする。「蛙喰ひ込む」と間違えて読むように仕掛けている。その蛙がどこに食い込むと読み進めると足指の「股」だというから可笑しくなる。

このような俳句を考えながら雪道を歩いていた漱石は、歩く辛さが和らげられる気がしたはずだ。

「つまらぬ句ばかりだが、紀行文の代わりとして読んでくだされ。病気療養の慰めになるぞ」と句稿の冒頭で漱石は断っている。子規はこの句で笑ったはずだ。江戸時代の弥次喜多道中が思い起こされる。

• 堅き梨に鈍き刃物を添てけり

（かたきなしに　にぶきはものを　そえてけり）

（明治32年9月5日）句稿34

完熟していないと思える梨の実に切れ味の悪い刃物を当てて男が皮を剥いている。漱石はそのさまを見ていられない。刃が摩耗しているのはすぐにわかるのだ。男は皮が紐のように繋がらずイライラしていたからだ。

さてここはどこであろうか。阿蘇の裾野である。ここを歩いていていると川の渡し場に差し掛かって、そこにある小屋を覗いてみたのだ。これは「馬渡す舟を呼びけり黍の間」という掲句の直前に置かれていた俳句からの推察である。つまりここは船頭の詰所なのだ。無骨な男が小屋にいて、梨を剥いていた。そこへ馬を連れた男がこの小屋を訪れた。その馬を向こう岸に渡したいのだ。小屋の男が向こう岸の小屋に向かって声を張り上げた。「おーい、舟を戻せや」と。その声は野太くて男は「鈍き刃物」のようであった。

この句の面白さは、「堅き梨に鈍き刃物を」と観察していることだ。梨がうまく剥けないのは、刃物が鈍磨しているからだとしているが、梨の方も堅すぎるからだと刃物に同情していることだ。現代の梨は果肉が柔らかいのが当たり前であるが、昔の梨はガリガリの硬い梨が当たり前であった。

この目撃談は漱石先生が同僚の山川と明治32年8月29日から5日かけて阿蘇を旅した時のもの。

• 堅炭の形ちくづさぬ行衛哉

（かたずみの　かたちくづさぬ　ゆくえかな）

（明治29年12月）句稿21

漱石宅である愚陀仏庵の暖房は、火鉢であった。座り机の脇に火鉢を置いていた。何かのことが引っかかって本に集中できないときに、この火鉢の中の炭をぼんやりと見ていた。硬くて火持ちのいい堅炭が赤くなって燃焼した後、どうなるのかと変化する様子を見ていた。長い時間見ていた。その堅炭は灰になっても初めの形を残していた。しっかりしたものだと感心した。

本を読んでいた漱石先生はここであぐらを正座に切り替えて、炭に負けないようにと気合を入れたということなのだろう。漱石は脇に控えている炭が頼もしく思えてきた。

この炭は関西では有名な備長炭なのだ。この独特の火力を誇る堅炭は、ウバメカシやアラカシの原木を約1週間かけて焼き上げたもの。この種の炭は紀州だけでなく隣の四国でも作られていたと思われる。

漱石はこの句で東京の子規に悩みが募るばかりであることを知らせていた。妻はすでに寝ているが、漱石は静かな部屋で長いこと考えていた。

• 形ばかりの浴す菊の二日哉

（かたちばかりの　ゆあみす　きくのふつかかな）

（明治43年11月2日）日記

漱石先生は、毎日菊の俳句を作りたくて仕方ない。まるでスマホゲームのように菊の句ばかりを作ることに集中している。11月2日はすでに菊月の9月と10月を過ぎていたが、まだ菊が咲いているのだから菊月だとした。誰の迷惑にもならないからいいとして。病人は月日をよく間違えるものだとして。

句意は「今日も風呂に入れず、手ぬぐいでささっと背中と胸と足を拭いてもらって、形ばかりの入浴は終わった。だが好きな菊の花が部屋で咲いているので、気分はいい。11月に入ってもまだ菊が咲いているから、今日は菊月2日だ」というもの。

この句の前に「身体を拭き 爪を剪る」の前置き文があった。爪を自分で切っていたので指先がすっきりしていた。漱石は10月11日に伊豆修善寺から東京へ列車で横になったまま運ばれた。長与伊藤病院に再入院した。そして明治44年2月26に退院するまで病院暮らしであった。

ちなみにこの日の日記には、ロンドンにいる知人がわざわざ専門誌2冊を修善寺に送ってくれていて、その冊子が東京の病院まで転送されてきたとあった。漱石は、この心遣いとの大きな違いを俳句で表わしている。

• 刀うつ槌の響や春の風

（かたなうつ　つちのひびきや　はるのかぜ）

（明治29年3月5日）句稿12

ここに出てくる鍛冶屋は村の鍛冶屋ではなく、かつての城下町松山の鍛冶屋である。江戸時代の太平の世では実戦の刀ではなく鑑賞のために刀は作られたが、明治も中期になると外国との戦のために作られるようになって来た。日清戦争は終結したが新たにロシアとの関係が緊張し、きな臭くなって来た。そんな中、陸軍の拠点である熊本市内の鍛冶屋は本格的に軍人用に銃剣に取り付ける刀やサーベルを作り出したのだ。陸軍、海軍からの急増する注文に応じるためであった。

トンチンカン、トンチンカンの金属音が街中に響く。戦争の足音のように聞こえる。春風に乗って重く鋭い音が街の遠くまで響く。春風は心地よいものを運んでほしいとの願いがあるように思われる。

この俳句は社会・世相を巧みに鋭く描いているが、漱石先生の面白さはしっかりこの俳句に込められている。春風は鍛冶屋のふいごからリズム良く押し出されて吹き始めると主張しているのだ。暖かい風は確かに鍛冶屋から熱い空気も含んで流れ出しているのは間違いない。

• 肩に来て人懐かしや赤蜻蛉

（かたにきて　ひとなつかしや　あかとんぼ）

（明治43年10月23日）日記、随筆「思い出す事など」

「人よりも空、語よりも黙」の前置きがある。この赤とんぼの体験は漱石が入院していた東京の胃腸病院でのことだ。修善寺の宿から移動して2週間弱が経過していた。漱石は病室に設置されていた縁側に座って庭を見ていた。赤蜻蛉が縁側の方に飛んできて、漱石の肩に止まった。

句意は「赤蜻蛉は人が懐かしかったのか、漱石の肩にとまってじっとしていた」というもの。蜻蛉は近寄る人の危険を察知すると早めにさっと飛び去るが、この時の蜻蛉は違った。漱石は案山子のように動かないでいたが、蜻蛉もしばらく動かないでいた。大吐血して臨死経験までした漱石は、体の表面からのエネルギーの発散が弱くなっていると蜻蛉に悟られたと感じた。

この句の面白さは、漱石の落胆ぶりを直接的に表さずに、さらりと蜻蛉が肩に止まったという句にしたことだ。落胆に関する言葉は皆無である。漱石の顔色は赤蜻蛉の色とは対照的な青白い色であったであろう。赤とんぼにしてみれば、田んぼの稲の収穫が終わってからも暫く片付けられずに残っている案山子と思ったことだろう。

ところで前書きの文句は『思ひ出す事など』の中に書かれていたもの。この前書き文の解釈は漱石自身が文中で行っていた。「空が空の底に沈み切った様に澄んだ。高い日が蒼い所を目の届くかぎり照らした。余はその射返しの大地のあまねき内にしんとして独り温もった。そうして眼の前に群がる無数の赤蜻蛉を見た。そうして日記に書いた。(中略)これは東京に帰った以降の景色である。(中略、赤蜻蛉は)子供の時と同じように、余を支配していたのである。」と書いたが、前書きは明快になっていない。

病から回復したのち、漱石は自然の奥深さ、偉大さに圧倒されていた。漱石はその中に立って自然の創造主の送り込んできた無数の赤蜻蛉を心に取り込んだ。それらの赤蜻蛉は漱石を警戒する事もなく、仲間のごとく扱かったので漱石は呆然とした。

この赤蜻蛉の景色は漱石の子供の時の記憶ではなく、仮死状態の時に黄泉の国に足を踏み入れた最近の光景として心に残っていたのかもしれない。そして肩に止まった赤蜻蛉は仮死状態の時には漱石と溶け合っていた。「人よりも空、語よりも黙」の意味は、人との対話よりも自然、創造主との対話、そして言葉に出すよりも黙考、思索ということか。臨死の時のことを注意深く思い出していた。

●かたまつて野武士落行枯野哉

(かたまつて　のぶしおちゆく　かれのかな)

(明治29年12月)句稿21

源平の合戦で敗れた側の平家の侍たちは、平家の出た地である北九州に舞い戻った。源氏の棟梁頼朝からの指令によって残党狩りの男たちがどこに潜んでいるかわからないから、できるだけ固まって移動するのだ。この移動の仕方によって怯える惨めな武士の一団に見える。今まできらびやかな都の文化を身につけていた平家の侍は、いまや野武士となっていた。武具は破れ、肩で風を切って歩いていた平家の姿はどこにもなかった。山里に身を隠すことを考えて歩く姿は痛ましいものであった。

この句の面白さは、上五が「かたまつて」と始まると、中七と下五年はその通りに「野武士落行枯野哉」と漢字ばかりになっていることだ。この部分は文字通り漢字で固まっている。漱石先生の冗談付きの性格が如実に表れている。漱石がこの句を作った時は熊本市内にいた。阿蘇の山里に平家の落ち武者の住んだ跡があったのだろう。源氏の流れをくむ漱石も同じところに流れてきていると認識したのかもしれない。

●かたまるや散るや蛍の川の上

(かたまるや　ちるやほたるの　かわのうえ)

(明治29年7月8日)句稿15

蛍の生態を巧みに描いている。雨の降る夜に蛍は川面から一斉に陸に上がるが、その後の行動を漱石先生は教えてくれている。

成熟した蛍の幼虫が川の水の中に浸かった葉っぱを伝って陸上に固まって移動してくる。その幼虫は岸辺の葉っぱで孵化して成虫になり、集団として固まって飛び上がる。そこまではほぼ同時に一緒に行動している。しかしその後はバラバラになって散って行く。個としての蛍は番いとなる相手を探すための飛行に移るからだ。このさまは夏を楽しもうとする人から蛍の乱舞と呼ばれる。これが美しいと人は感じ、これを見るために蛍狩りと称して夜に川辺に出かけるのだ。

この句の面白さは、川面で蛍が固まったり、散り散りになったりする蛍の生態を面白い表現で簡潔に描いていることだ。しかし実際の川面での蛍はまさに交尾するための準備と相手探しの乱舞でしかない。この一生懸命の蛍の行動を素っ気なく描いていることだ。

昔は日本中どこにでも自然の姿が溢れていた。蛍も沢や堀に普通に見られた。蛍は身の回りに大量にいて、ありふれた生物だった。この状態を漱石先生は明治29年の熊本で経験したのだ。普通のことの中にある凄いことが素晴らしいという感動を生む。

弟子の枕流も、昭和30年中頃までは故郷の栃木で、秋の赤とんぼが河原で群れをなして飛ぶように、蛍は清い水のあるところには夜になると蛍が群れて飛んでいたのを見ていた。光る蛍が開け放っていた部屋の蚊帳の周りにまとわりついて、寝床を明るく照らしていた。あの記憶は未だに鮮明な映像として残っている。

この句は、蛍は生きるための知恵を持っていること示している。一人前の蛍になるまでは安全を考えてかたまって行動している。そして成虫になると互いが生殖を目的にライバルになることから、別々に行動するのだ。漱石先生はこのことを蛍の「かたまるや散るや」と簡潔に面白く描き、それが水面の上の草で起こっていると観察した。流石漱石先生は好奇心旺盛な理系の人である。

ちなみにネット情報に次の解説文を見つけた。「オスは光りながら飛び回り、葉先で目立つように光る未交尾のメスを見つけると近寄って行き、光によるコミュニケーションが行われ交尾に至る。交尾が終わるとメスは22時ごろから産卵場所を探し、23時頃から産卵を開始する」。漱石先生以上に鋭い観察眼の持ち主がいたことが判明した。「離れるや生むや蛍の川の中」の句を誰かが作っていた。

・片寄する琴に落ちけり朧月

（かたよする　ことにおちけり　おぼろづき）

（明治31年5月頃）句稿29

昼に弾いていた琴、13弦の箏（コトと読む、一般的な琴のこと）が部屋の東側の壁に立てかけられたままになっていた。その琴に重なるように朧月が沈んで部屋の中からは月は見えなくなった。その朧月は三日月か半月であり、その月の角が琴の弦に届いて弦を弾き、音を出したように思った。この朧月が女性の手のように見えたのだ。この大型の箏はほぼ人の大きさになっている。よって「片寄する琴」は人が壁に寄りかかっているようにも見えた。

朧月は魅惑的な女性の代名詞。源氏物語でも「朧月夜」の君はやはり妖艶で、光源氏にしてみれば危ない敵方の右大臣の娘であったが、彼を虜にした。近づけない朧の状態が魅惑的に感じさせるのだ。漱石はこの物語を有効に、東京の子規を楽しませる小道具にしている。

掲句が書かれていた句稿に「春雨の隣の琴は六段か」の句があった。艶っぽい女性、妾か芸者が弾く音の豊かな琴の調べが春雨の降る中、漱石の耳に届いたのだ。この曲は中国から伝来した13弦の箏で演奏する曲である。ちなみに琴（きん）とした場合は和琴のことで、6弦琴であり弦を支える柱がない楽器のこと。今では13弦の箏が主流となり、琴はこの箏を指す。

ここから漱石は想像を膨らませた。幻想的なSF的な俳句が出来上がった。かつて漱石は松山時代に俳句仲間と中国的な神仙詩的な俳句に凝っていた時期があった。琴の調べと月の霞が漱石をこの時代に引き戻したのだ。

この幻想的でSF的な世界を突き詰めると、朧月はかつての恋人の大塚楠緒子であり、彼女は向かい合えない「片寄する琴」状態なのであろう。このような二人であったが、手紙のやり取りは親友の菅虎雄の家を介して行われていたようだ。また漱石には偽りの理由での外泊があったりした。これが鏡子を苦しめた。

＊雑誌『俳味』（明治44年5月15日）に掲載

語り出す祭文は何宵の秋

（かたりだす さいもんはなに よいのあき）

（明治32年9月5日）句稿34

「立野(たつの)といふ所にて馬車宿に泊る」の前置きがある。熊本方面からの阿蘇登山口になっている立野に、漱石と山川は泥雨に打たれながら阿蘇高原をなんとか抜け、ふらふらになってたどり着いた。二人はこの立野に何とか予定通りに戻れた。雨の中で噴火の火山灰を全身に浴びて遭難しそうになった二人であったが、立野の馬車宿で着替えることができた。

ここ立野は、現在の阿蘇郡南阿蘇村大字立野で、当時はこの立野駅と熊本市との間にシャトル馬車が走っていた。ここにたどり着けば熊本に帰れるので一安心ということであった。馬車乗り場の夜はにぎやかであった。馬車の御者たちは三味線に合せて地元の祭文、ご当地ソングを歌っていた。漱石たちは彼らと一夜を楽しく過ごした。この祭文は語り調で浪花節的なものであったようだ。

句意は「秋の夜、馬車の御者たちが語るように歌う地元歌の祭文を、それは何なのだと思いながら聞いていた」というもの。中七の「祭文は何」にあるように、地元言葉で歌う歌は漱石には全く理解できなかった。サイモンとガーファンクルが歌うような心地良いものではなく、馴染めずちんぷんかんぷんであった。現代の「ラップソング」みたいなものに聞こえていたに違いない。

かち渡る鹿や半ばに返り見る

（かちわたる しかやなかばに かえりみる）

（明治40年頃）手帳

漱石先生はいまや朝日新聞社の社員となって小説を書いている。この変わりようを振り返ってみているのだ。人は時に先行きが不安になって、元来た道を振り返ってしまうのは、鹿と同じように本能なのかと思うのだ。

句意は「川を渡ってゆく鹿が川の半ばに差し掛かったときに、ふと背中の岸の方を振りかえった」というもの。鹿も元来た道が気になることがあるように、人も生きてきた道を振り返るものなのだと納得したのだ。

鎌倉の山奥の禅寺を訪れた時に、「汗を吹く風は歯朶より清水かな」と「岩清水十戸の村の筧かな」の句を作った。その後に掲句の鹿の句が作られた。寺の裏山から流れ落ちる清水を前にして漱石が立ち尽くしていた時に、鹿の一群が現れたのだ。そうであれば、漱石が見た鹿は大きな川ではなく、禅寺の裏山から流れ出した谷の沢なのだ。この沢を鹿の群れが渡って行ったのだ。いや飛び越えて行ったのを見たのだ。その光景を用いて漱石自身の人生のことを語るために、漱石は大げさな「かち渡る」の言葉を用いた。

ちなみに「かち」は徒歩と書くが、江戸時代には「徒歩渡し」というものもあった。旅人が街道にある橋のない川を渡る際には、人足に一人が肩車をしてもらったりして川を渡った。輦台(れんだい)に乗って4人に担がれる渡しもあった。現在の漱石先生は多くの弟子や学生時代からの友人たちに支持、支援されていることを実感し、感謝しているのであろう。

この句の面白さは、鹿が渡り始めると川の水をかち割ってがさがさと渡るように錯覚しそうになることである。漱石はこれを利用している。漱石の作家人生は大学教授内定の中でそれを蹴って、権威の乏しい社員になるという決断をして現在に至っているが、これは結構危ないことであったのかもと振り返ったのだ。運がなければ川に落ちることになったのかもと振り返った。

ところで漱石先生はこの句を作ったのを契機に、鹿を組み入れた俳句を手帳に続けて3句書き付けていた。これは理解できる。しかしそのあと別種の8句を挟んで、また鹿の句が16句続けて作られている。これはどういうことなのか。しかとはわからない。

戞々と鼓刀の肆に時雨けり

（かつかつと ことうのみせに しぐれけり）

（明治29年3月5日）句稿12

戞々とは、硬いもの同士がカチカチ、カツカツと音を立てる様子を表している擬音語である。肆はこぢんまりした店のことである。この店は松山がかつて城下町であったことを物語る店で、今でいうなら高級骨董店というところだ。侍という職業がなくなって、鼓や刀が鍋釜と同じように露店で売られる時代になっていた。

松山の街角にあったこの小さな店の主人は、急に雨を降らせた空を見上げる余裕もなく下を向いたまま手を動かしている。この冷たい雨は露店の人の気持ちも冷やしてしまった。

句意は「時雨れてきたので露店の店先では急ぎの片付けが始まった。広げられていた鼓や刀の鞘が互いに当たってカツコツと音を出している」というもの。霰が降る音のように聞こえる。急な雨であったので店先のすべての商品を片付けることもできず、雨に打たれてしまっていた。

昨年、漱石は東京から持ってきた家宝の刀を売り払っていたが、この種の骨董店に刀を持ち込んだのだろう。この時店の商品をしみじみ見ていたのであろう。まさに江戸時代がまとめて売り払われている感じがしたはずだ。

この句の面白さは、上五の「かつかつと」に明治時代が歯車のように正確に進んでいることを感じさせる効果があること。また骨董となった品々に雨が打ち付けている光景は、時代が鼓や刀を痛めつけているようにも見える。空から冷たいユーモアが降ってきているようだ。

また「かつかつと」は鼓や刀を売る店の売り上げはわずかで、店の維持はやっとであることを示し、かつかつの生活であると表している。

・角巾を吹き落し行く野分かな

（かつきんを　ふきおとしゆく　のわきかな）

（明治34年11月3日）ロンドン句会（太良坊運座）

ロンドンの晩秋の光景を描いている。緯度が日本より全体に高い英国では冬の訪れが早い。この句は「礎に砂吹きあつる野分かな」と対をなすものである。冷たい風が吹き出した街をまだこの街自体に慣れない漱石が風を受けながら歩いている。英国の気候は漱石の体質に合わないのだ。

日本をまだ暑い9月上旬に発って、暑いインド洋を渡って11月にヨーロッパに来てみると寒風が吹き出していた。生活だけでなく気候もまだ馴染めていないのを感じていた。

この角巾という古めかしい江戸の隠者が被っていた頭巾(ずきん)を愛用している人は、漱石自身だ。この古い呼称の帽子は日本の文化や価値を失いたくないと踏ん張っている人を象徴している。強く吹き出した風の中で、この角巾、日本への思いを飛ばされまいとして抵抗している姿を比喩的に描いている。滞英中の漱石は実際には英国人が被っている帽子と同じものを被っていた。

漱石は国力の強大さを背景にしてアジア、そして日本にのしかかってくる英国を強く意識している。漱石先生は英国文学を研究する中で、日本の独自の新しい小説を構想し始めていた。漱石を英国に派遣した文部省には内緒で、隠者のように密かにこのことを考え、実行していた。この気分が掲句において角巾という語を採用させた。

この留学目的とは異なるものの学びは漱石にストレスを与えていた。これが留学費の不足による貧困生活をさらに厳しいものに感じさせていた。

ちなみに漱石は掲句を作った1年後になっても「句あるべくも花なき国に客となり」としか英国の句を詠めなかった。聖書にも目を通さず教会へも入ったことがなかった。これから構築する「文学論」のことが頭を占めていた。

・戛と鳴て鶴飛び去りぬ闇の梅

（かつとないて　つるとびさりぬ　やみのうめ）

（明治32年2月）句稿33

「梅花百五句」の前置きがある。掲句の少し前に置かれていた、将官の軍刀と白梅を描いた句である「佩環(はいかん)の鏘然(しょうぜん)として梅白し」からの連想なのであろう。梅林に響いた金属質の物音に、梅林の鶴は驚き、鶴は戛と鳴いて飛び去った、と想定して俳句を作り上げたようだ。鶴は平和の鳥であり、猛禽類のような肉食鳥ではない。歴史的にも戦いを好まない日本人の象徴として鶴を登場させている。

句意は「鶴が人を緊張させる声で鳴きながら、梅林の暗い闇から飛び去っていった」というもの。梅林で何が起きたのかと、この鶴の声を聞いた人は警戒するのだ。

この句は、西南戦の後はしばらく銃声の響かない世の中になっていたが、再び大陸の方で緊張が高まり、戦いが始まろうとする時代になっていることを掲句は表している。軍人の将校が世事に入り込んで来る時代になったものだと漱石先生は鋭く世の中を見ていた。そして、梅林の鶴も軍刀の発する音に敏感に反応しているとして、漱石の気持ちは鶴と一体になっている。

「戛と鳴く」鳴き声は、「クワッ、クワッ、クワッ」と少々騒がしい声だ。人を緊張させる声なのだ。鶴が鳴きながら飛び去った後の梅林には不気味で静かな闇が広がっている。

ちなみに当時の日本に対する強国ロシアの態度は好戦的で、満州から朝鮮までもぎ取ろうと戦いの準備を進めていた。そのためにロシア政府は物資と兵隊を容易に満州まで運ぶために、シベリア鉄道を旅順までつなぐ工事を急いでいた。漱石はこの国際情勢を知っていたはずだ。そして漱石は国家主義者でもあったはずだ。

そんな漱石が、軍人に好意的でない態度を取っている背景には、明治25年に漱石の父親が勝手に漱石の籍を北海道に移し、徴兵を免れていたことが関係していた。漱石は父のこの処置を受容したことによって自身が徴兵忌避者になっていた。これは漱石の国家に対する負い目となっていた。つまり漱石の日本国に対する気持ちは屈折したものになっていた。

この心理状態が戦争は起こらないでほしいという願望に繋がり、軍靴の足音を警戒するようになったと推察する。

・門に立てば酒乞う人や帽に花

（かどにたてば　さけこうひとや　ぼうにはな）

（明治41年）手帳

早春のことであろう。明治の41年当時の旧正月には地方から東京に出て来て、家の門の前で芸を披露して金をもらう大道芸人がまだ存在していた。漱石の家は賑やかな場所の神楽坂が程近かったため、万歳太夫や獅子舞が漱石宅の方に足を伸ばしてきた。この人たちを「門付け」と呼んでいた。そこでこの句では「モンに立てば」ではなく「カドに立てば」と読むことになる。

ある日漱石の家の前に、帽子に花を挿した花笠踊りの芸人たちが門付けしていた。山形から来た芸人であったようだ。その男は着飾った漱石の娘たちが立ち並ぶ門の前で懸命に踊ったのであろう。この芸人は踊り終えると金を求める前に、喉が渇いたのか酒を求めた。変わり者の芸人だった。漱石はおおよそ1年前にこの地の本郷区駒込西片町に引越して来たばかりの新参者であった。この芸人は住人が代わっていることを知らなかったようで、新しい住人は酒を飲まない人であることを知らなかった。腕組みをして踊りを熱心に見ていた和服の漱石は酒豪のように見えたのであろうと想像する。漱石は可笑しくてしょうがなかったであろう。

さて漱石は家の中にいた妻の鏡子に声をかけて、酒を持って来させたと思わ

れる。

ちなみに掲句の直後句は「鶯の日毎巧みに日は延びぬ」と「吾に媚ぶる鶯の今日も高音かな」である。前年の正月は帝大の職を辞めて東京朝日新聞社に転職する話があって、家族は騒々しく過ごしていた。それから一年が経過して漱石宅は静かなものになっていた。花笠踊りを家の門で見たり、鶯の声を聞いたりしてゆったりと過ごしていた。この気分を漱石先生は平凡な鶯の句であっても記録として残したかった。

• 門柳五本並んで枝垂れけり

（かどやなぎ　ごほんならんで　しだれけり）

（明治29年3月5日）句稿12

漱石はこの年の正月は東京にいて、子規の家で句会に参加したり、身の回りの用事を済ませたりしていた。4月には熊本に転任することになっていた。そして6月には東京から中根鏡子を妻に迎えることになっていたので、その準備をしていた。

漱石は勤務していた松山の中学校の冬休みの期間にどこへ行ったのか。枝垂れる門柳が五本並んでいる家はどこであるのか。これほどに漱石先生の目を釘付けにした場所はどこなのだろう。街外れにある静かな家で、大きな玄関の前には堀があって土塀が続く家は料理屋か茶屋か。芸事をやっていそうな家である。江戸時代から続くこの旧い家屋は、明治時代に官僚になった大塚家に変わっていた。この家は元恋人の大塚楠緒子の実家なのであろう。この時期、楠緒子の夫は欧州に留学中で不在であり、漱石と保治が顔を合わせる懸念は皆無であった。

春風が吹くと塀の外にある柳の長い枝がゆらりと揺れる。この家のしだれ柳が漱石先生の脳裏から消えることはないのである。漱石は思い出を確認するように大塚楠緒子の実家の前に立ったのだ。

この平凡な叙景句は、漱石にとっては重大な句になっていた。これから楠緒子の記憶を封印することにするという意思を示す俳句なのだ。東京にいた漱石は思い出も片付け始めていた。しかし、実際には記憶の整理は簡単ではなかった。同じように漱石に親展の手紙を出した楠緒子の方も漱石のことを忘れられずにもがいていた。

ちなみに掲句の直後句は「若草や水の滴たる蜆籠（しじみかご）」である。そして直前句は「都府楼の瓦硯洗ふや春の水」である。掲句はこのエロチックな内容を持つ「若草や水の滴たる蜆籠」句が句稿12に突如一句だけ割り込ませる際の前置き句として置かれている。つまり両者は対句になっている。

このことは掲句に描かれた家が、恋人であった大塚楠緒子の家であることを確信させる。この句稿を受け取った師匠の子規は、これらの句な並びから楠緒子の家から遠方の熊本に去る漱石の気持ちを察したと思われる。そして結婚する漱石の気持ちを察したと思われる。

• 鉄網の中にまします矢大臣

（かなあみの　なかにまします　やだいじん）

（明治37年9月）漱石宅での連句会

高浜虚子著の「漱石氏と私」において、四方太、虚子と漱石で種々のタイプの連句を作って楽しんでいたことを明かした。その連句作りの際に漱石が提出した句は「規則に合わなくって捨てた句も、独立した一つの句としては皆振ふるったものであった」として4句を冊子の中に書き出した。掲句はその中の一つ。

句意は「矢大臣どのは鉄でできた錆びた金網の中にじっと立っていらっしゃる」という意味である。神社の守り神としての神像は着飾っている矢大臣であるが、弓と矢で武装しているものの鉄金網で囲まれていて矢を射ることはできない。役目を果たせない矢大臣は口を開けて顔で敵を威嚇している。

英国から帰国した漱石は明治36年4月にラフカディオ・ハーンの後任として東京帝国大学英文科講師になることができた。しかし、漱石の文学論の授業は前任者と比較され、学生たちの評判は良くなかった。いらいらして神経衰弱が再発。気を落ち着かせようと水彩画をはじめたりした。この時の漱石先生の気分は、言いたい人には言わせておこうというもの。鉄網の中で何もで

か

きない矢大臣状態であったと自分を観察していた。

しかし、漱石先生はこの後、帝大の学生には難しいと感じた講義内容をシェークスピアの作品を取り上げる易しいものに切り替えた。するとこれがうまく行って漱石の授業は学校中の人気授業になった。他の学部からも聴講しに来るようになった。

・蚊にあけて口許りなり蟇の面

（かにあけて　くちばかりなり　がまのつら）

（明治30年5月28日）句稿25

ガマガエルは余裕を持って口を開けて虫を捉える。長い舌を伸ばし、虫を捉えて口に運ぶ凄技を持っている。漱石先生の庭にも、このガマはいたのであろう。梅雨時期から発生し始める蚊を蟇は餌にして退治してくれていると漱石先生はガマを頼もしく見ていた。あのどっしりとした体と面がまえに信頼を寄せていた。

蚤・シラミの他、蚊もハエが大量にいた時代の日本家屋では、この蟇は頼れる友人のような存在であったのだ。しかしいくら蟇が頑張ってくれても蚊の発生数は圧倒的に多数で膨大であり、「焼け石に水」状態であった。

この蟇はヒキガエル科の一種で、通称はヒキガエル。ヒキ、ガマガエル、イボガエルなどの異称をもっている。我が栃木の田舎ではイボガエルと呼んでいた。しかし、比較的小さなイボガエルばかりであった気がする。私は体の大きさよりもイボが気になって見ていた。

この句の面白さは、ガマガエルの特徴は口の大きさだとしていることだ。この大きな口を備えるためにあの大きさの体が必要だと主張しているように思える。確かにあの口の開け方は圧巻である。ガマという名称は、口を「ガバッと開けること」からきている気がする。落語好きの漱石先生はこのことをこの句で言いたかったのかもしれない。財布の「がま口」の形状が脳裏に浮かんだ。

もう一つの面白さは、「蚊にあけて」にある。上五の語を声に出してみると、自分の口も蟇口の開いた口も大きく開いていた。

・蟹に負けて飯蛸の足五本なり

（かにまけて　いいだこのあし　ごほんなり）

（明治29年3月5日）句稿12

春になって松山の港の近くの店に好物の飯蛸を食べに行ったところ、出された皿には飯蛸の他に蟹が特別サービスとして追加されて載っていた。料理店で好物の飯蛸を一パイ平らげるつもりであったが、蟹も出されたので先に蟹の方に箸が向いてしまった。蟹を平らげた後、次に飯蛸を食べ尽くそうとしたが、足5本を残して終了した。食べ過ぎであった。起こるのではないかと心配していた胃痛が始まっていた。

この句の面白さは、皿の上に置かれた飯蛸は最初から足が5本しかなかったと思わせるところにある。表面上は海の中で蟹と飯蛸が争ったように見せて、蛸の足は蟹に切り落とされて5本になってしまったと見えるようにした。蟹に負けたのは飯蛸ではなく、漱石の方であった。店に入った時には飯蛸を食べ切るつもりであったが、蟹の誘惑に負けて3本だけ食べて店を出ることになった。

この句の面白さは、カニタコ合戦の裏には漱石自身の旺盛な食欲の話が隠されているというトリック俳句になっていることだ。しゃれた落語的な俳句である。

ところで蟹と飯蛸の足の数は、ともに8本ずつである。しかし蟹は足の他に二本のハサミの手を持っている。この手も脚としてカウントすると、カニタコ合戦の結果は戦う前から飯蛸の負けと決まっていた。

・鐘つけば銀杏ちるなり建長寺

（かねつけば　いちょうちるなり　けんちょうじ）

（明治28年9月ごろ）松山句会

漱石はかつて鎌倉の建長寺に行った時のことを思い出していた。銀杏の黄葉の時期であり深い黄色は見事なものであった。寺の鐘がなるとその空気の振動によって、鐘の音に合わせて銀杏の葉はぱらぱらと散る。銀杏は鐘の音を聞くことができるかのように落ちる。葉の散る動きと鐘の振動音がマッチして秋の到来を趣深いものにしている。大木の銀杏の足元には黄色い葉の絨毯が敷き詰められている。葉を落としている樹の足元を温めるように。

この句は四国松山の地で俳人として子規の仲間に紹介されたのちの句会での作で、子規が地元の海南新聞に推薦して掲載された記念の句である。子規が帰京するひと月前のことである。漱石たちによる送別俳句会の後、東京に向かう子規が奈良で下車して作った俳句は、子規の代表作とも言える「柿くへば鐘が鳴るなり法隆寺」である。この子規の句は漱石の句より2ヶ月遅く作られていて、掲句をヒントにしてつくったものと噂された。実質的には子規句は漱石句のパロディだというのが適当である。モノマネではない。漱石の句は、子規の句に比べると派手さがなく、面白みも薄い。

これにはおもしろ話が付随していた。子規の弟子の一人である地元海南新聞の記者の柳原極堂がこの時期の句会に参加していて、子規が推薦した俳句を海南新聞に掲載することになっていた。この柳原記者はどういうわけか漱石の句の二ヶ月後に作られた「柿喰へば鐘が鳴るなり法隆寺」を漱石句の先に掲載した。これによって子規句の面白さが先に俳句界で認知された。この後に出た元句であった漱石句の方が注目されなかったのは当然のことであった。子規は漱石句をアレンジしていたので負い目を感じていたようで、子規は柳原に指示を出した。だがこれも師匠ならば特権的に認められるべきものなのだろう。

世の人が「柿くへば鐘が鳴るなり法隆寺」を面白い句としてもてはやしたので、子規の門弟たちはこの句の元句とも言える漱石の「鐘つけば銀杏ちるなり建長寺」を無視せざるをえなかったと考える。これはいわばボスに対する忖度であろう。

掲句の面白さは、金属製の鐘の音は、ギヨーンまたはゴーンと聞こえ、建長寺の読みの「けーんちょうーじ」と雰囲気が似ていることだ。子規が（漱石亦滑稽思想を有す）と評した漱石の特徴が出ている。しかし、「柿くへば鐘が鳴るなり法隆寺」の方が圧倒的に優勢である。子規句は食欲を刺激し、さらには柿の形と鐘の形の類似性を感じさせ、そして実際には興福寺で柿を食べたのに食べ飽きて欠伸の出る感じをもたらす「法隆寺」に切り替える手際良さに好感を持てるからだ。子規はこのパロディ句を作って漱石に俳句の面白さを教えたかったのだ。

＊『海南新聞』（明治28年9月6日）に掲載、子規の承露盤に収録

・蚊ばしらや断食堂の夕暮に

（かばしらや　だんじきどうの　ゆうぐれに）

（明治40年夏か）画賛

不思議な光景を目にして俳句作りの漱石先生は喜んでいる。漱石先生が断食堂の前に立つとその前の側溝に蚊柱が立っているのが見えた。大勢の人がぞろぞろと出てきた建物の前に蚊の一大集団が待ち構えていた。雄の蚊が湿った場所の側溝に固まるように飛んで、雌の蚊を待ち構えている。人の血を吸うことはないという。

句意は「寺の僧堂では座禅が行われていた。夕方になって空腹でふらふらになっている人たちがその僧堂から出て来るが、その出口には蚊柱ができている」というもの。短時間の断食者たちは、蚊の集団を目にすると襲われることを警戒して緊張する。そしてその蚊柱を避けて歩き出す。かつて各地の社寺において、参詣客が身内の病気回復や出産の無事を願って大勢が断食したという。

この断食堂は鎌倉にある円覚寺の座禅堂であろう。漱石は明治40年の夏は鎌倉に滞在していた。大塚楠緒子はこの時期、鎌倉に転居していた。

この句は、断食堂の前にボウフラから生まれたばかりの蚊の大群が渦巻いて蚊柱ができている様を描いている。蚊柱はエネルギーの渦として見える。断食堂から排出された人たちは、エネルギーを使い果たしたように見える。この両者の対比が面白い。断食堂内の静と蚊柱の動の対比が鮮やかに描かれている。漱石先生もこのグループに入っていたと思われる。

・蒲殿の愈悲し枯尾花

（かばどのの　いよいよかなし　かれおばな）

（明治28年12月18日）句稿9

掲句には「範頼（のりより）の墓に謁（えつ）して　二句」と前置きがある。蒲殿は源範頼のことで、範頼は蒲冠者とも呼ばれていた。範頼が蒲殿と呼ばれた所以は、遠江国蒲御厨で生まれ育ったからであった。範頼は義経と行動を共にしていたことから頼朝に妬まれ、そして疎まれて伊豆修善寺に隠れていたが、見つけられて殺された。

漱石が赴任した松山には、範頼は松山の奥地で自決したとする言い伝えがあり、その墓も残っていた。範頼は源氏再興のために関東から兵を動かして働き、平家との合戦に活躍して平家を倒したにもかかわらず、不本意な最期を遂げることになった。木曽義仲を倒し、平家追討の大将軍という大任をはたした人物であった。漱石先生はこの範頼の無念を思った。

夏目家に伝わる言い伝えでは漱石先生の先祖は、清和源氏の末裔の武田源氏であるという。そしてそのまた末裔が漱石になる。範頼は漱石の先祖につながっていると考えて漱石は山中の墓にお参りした。その墓は雑草やススキが生える場所にひっそりとあった。

枯れ尾花（穂が枯れたススキのこと）の薄い穂が風に吹かれていると、蒲殿の不憫さが際立つ気がする。仮にも一時でも鎌倉幕府の将軍になった男の墓に添えられているのが枯れ尾花とは、悲しすぎる、詫びしすぎる。そして死に至る結末が悲しすぎると漱石は呻くのである。漱石がこの句を残したのは、自分の身の上に起きている病気のことや失恋は大変なことではあるが、先祖の一員であった範頼公の身に降りかかった厄災に比べれば小さなことだと思うのだろう。

この句の面白さは、蒲殿の蒲はガマの異名であり、ススキではない。荒れ地に繁殖する植物であり、冬になると枯れる。この植物が繁茂したエリアは、冬にはみごとに黄白色に変化するのだ。蒲は冬に枯れるから下五の枯尾花につながるのだ。蒲殿は頼朝によって枯れ尾花にされる運命みたいなものを感じさせる俳句になっている。

ちにみに漱石が同じ場所で読んだ掲句と「凩や冠者の墓撲つ落松葉」の両句を一基にまとめて書いた句碑が今の伊予市の称名寺境内に立てられている。漱石の松山時代の句友であった村上霽月が自分で文字を書いてこっそりと立てたという。霽月は漱石のこの思いを汲んでいた。このいい話が林原耕三の随筆に書いてあった。

・冠せぬ男も船に春の風

（かぶりせぬ　おとこもふねに　はるのかぜ）

（明治44年春）

「素川兄の西行を送りて」の前置きがある。この前書きにある「素川（そせん）」は大阪朝日新聞社社員の鳥居素川で、朝日新聞社に漱石を招いた人として知られている。素川はこの年英国の皇帝戴冠式の取材のために欧州に派遣された。「冠せぬ男」は新聞社内では無位無冠の男、すなわち現場の新聞記者をさす。漱石はこの時、文部大臣からの文学博士号の授与を断っていた。これが背景にあって「冠せぬ」の上五の表現ができた。

漱石先生は、自分を朝日新聞社に引っ張ってくれたこの人に感謝して、出発する客船の見送りに行った。漱石も朝日新聞社では平の文芸部社員として働いた関係で、この鳥居素川には好感を持っていたようだ。この素川は権威主義的な森鴎外のような男とは違うタイプの人であった。

掲句は素川の洋行のことだけを描いているのではなかった。漱石は同じ明治44年に文部省の博士号授与の騒動に巻き込まれた。この年の2月に、漱石は吐血して療養していた病院の部屋から文部省に文学博士号授与を断る手紙を出していた。掲句を作った動機は、二つあったことになる。つまり照れ臭くて漱石はそれを明らかにしていないが、掲句は二通りの解釈ができるのだ。

漱石は帝大教授の席に着くことが内定で決まっていたのを蹴って、朝日新聞社の社員になり、まさに「冠せぬ男」であったが、今度は文部大臣が授与しようとした文学博士号を断ったのだ。ここでも「冠せぬ男」として筋を通したのだ。

加えて同時期、政府は大事件を企てていて、強引にことを進めていたのを知っていた。漱石はこの重大事件の真実をある程度わかっていた。このことも漱石の「冠せぬ男」としての立場を保持させた。

明治44年1月に大杉栄らが天皇の暗殺計画をしたとする大逆事件が発生し、そして関係者がすぐさま有罪として死刑にされたことだ。漱石が九州に住んだ時に世話になった人が大逆事件の関係者となっていて、その人からこの事件は政府のでっち上げであることを知らされていた。したがってそのような政府から栄誉を受けることはできないという思いがあった。

つまりもう一つの句意は「自信を持ってきた冠せぬ男の漱石は、春の風を受けて、官界の支援は無用だとして一人で大海原に船出した」というものだ。

ちなみに明治44年2月に漱石が断った文学博士号を授与された人は、佐佐木信綱、幸田露伴、有賀長雄、森槐南らであった。授与を辞退した漱石に対して、漱石の恩師のマードックは、英国で起こった同種の辞退事件の数々を知らせて、漱石は賢明な処置をした旨の手紙を送っていた。漱石が公表した本意は「学者が博士を目指して学問する気風が生じるのは良くない。これは国家にとっても弊害が多い。また学者の業績や貢献は社会の側から感謝されればいいし、学者間の相互承認があれば十分」とするものであった。この年に政府は文芸委員会を組織し、森鴎外ら16名を指名した。言論人をコントロールしようとしたのかもしれない。

・禿云ふわしや煩ふて花の春

(かぶろいう　わしやわずろうて　はなのはる)

(明治30年2月17日)村上霽月宛の手紙、句稿13

歌舞伎がもとになっている俳句である。島原遊郭の太夫の付け人から出世した夕霧が主人公である。島原では遊女見習いの娘である禿としてこの世界に入ったが、成長して大坂新町に進出した。ここで夕霧と名乗り、花の太夫となった。今や人気絶頂のこの太夫が桜の咲く春の頃にこう言いだした。「わしや煩うている」と。「花の春」は人気絶頂の時期という意味もある。掲句は遊女になって島原で名を揚げ、次いで大坂で夕霧太夫と呼ばれた女性の俳句による物語で

ある。

句意は「初めは見習いの禿であった私は、今は人気の太夫となったが、思っているとロにする」というもの。太夫となって成功したように見えるが、最初の辛い禿にもどったようなものだ、と漱石は夕霧に言わせた。

ちなみに禿は現代の日常では「はげ」ということになるが、江戸時代の昔は、遊郭の半人前の童女に対して用いた。髪は肩の線で切り落として、いわばおかっぱ頭にしていた。この髪型も禿といった。一人前の遊女、太夫らは長い髪で髷を結っていたのだ。

夕霧は幼少のころ、京の遊郭・島原に身売り奉公に出され、置屋「扇屋」お抱えの遊女となった。「扇屋」は夕霧らを連れて発展著しい大坂の遊郭・新町へ引っ越した。京ですでに名の高かった夕霧が大坂へ下るというので、大坂中の評判となり、大坂の人は今日か明日かと淀川べりで「扇屋」の船を待ったという。

夕霧は大坂新町遊廓に移ってから太夫として名を揚げ、寛永時代の東西の三名妓の一人となった。この太夫は容姿だけでなく茶道、香合、生け花、書道、和歌、俳諧、音曲、絃楽、遊戯など芸事を会得し、八代集（古今和歌集から新古今和歌集までの勅撰和歌集）、源氏物語、竹取物語などに通じ、漢文も読める文化人でもあった。

しかしこの夕霧は、大坂に移ってわずか6年で、遊郭で病にかかり、貴僧高僧の祈祷や名医の治療も効なく亡くなった。夕霧が出た料亭（揚屋）の「吉田屋」では、夕霧の三回忌から夕霧忌を開催し、節目ごとに追善供養が行われ、これは昭和12年まで続いた。

大坂の新町は大店の主人たちが遊ぶ文化サロンだった。井原西鶴も夕霧を後援した。没後、夕霧の名声はさらに高まり、浄瑠璃や歌舞伎の題材となった。演目としての夕霧物語の多くはハッピーエンドであった。かつて多くの文人は華やかな夕霧物語を書いたが、漱石先生は、辛い内容の俳句に作り上げた。

漱石先生は江戸時代のトップクラスの文化人であった夕霧に敬意を表して、掲句を贈った。漱石先生は夕霧に会いたかったのかもしれない。

・壁隣り秋稍更けしよしみの灯

（かべどなり　あきややふけし　よしみのひ）

（明治45年6月18日）松根東洋城宛の書簡

「壁十句」とある。東洋城宛の書簡には、君から頼まれていた壁の10句を1日で作って送ったと書いた。その最初の句が掲句である。東洋城は変わった依頼をしたものである。壁ということでまず頭に浮かんだのは破れた壁なのである。壁の穴から隣の部屋の明かりが漏れてくる様であった。帝大の古い学生寮に入っていた時の思い出なのであろう。

句意は「隣室との仕切りの壁に穴が空いてしまっている。秋が少し深まった頃、その穴から隣の住人の明かりが漏れて届いている」というもの。自分と同じくらいに貧しい人であると知っているので、その光に親しみを感じるのだ。秋になって、肌寒く人恋さが生じるのである。壁の穴からは隣人の声も入っているので、誼を感じるのだ。

「よしみ」とは好み、誼みで、親しいつきあい。また、その親しみ。よしみの灯は親しみを感じる灯となる。相手側もこちらの生活をよく知っていて、穴からこちらの明かりも隣に届いている状況があることによって生じる。明かりを窓の光と解するよりは面白い。

この句の面白さは、秋が更けてきた頃を示すのに、秋稍として秋が二つ繋がっているようにアレンジしていることだ。これによって秋が深まっていることを漢字で表す洒落がある。

掲句は芭蕉の「秋深し隣は何をする人ぞ」の句を思い起こさせる。漱石は隣にどんな人が住んで、何をする人なのかと思うだけでなく、実際に穴から覗いて知ろうとするのだから面白い。掲句はこの芭蕉句のパロディでもある。

・壁に映る芭蕉夢かや戦ぐ音

（かべにうつる　ばしょうゆめかや　そよぐおと）

（明治45年6月18日）松根東洋城宛の書簡

「壁十句」とある。弟子の東洋城から「壁」の語を入れた句を作って欲しいと頼まれて、17日に至急に作った10句を翌日送った。これらの俳句を同封した手紙には「至急ご入用の由につき」と書いて、出来については保証しない旨書いた。出来が悪くても文句を言うなと伝えた。

この頃、漱石は俳句に対する興味が薄れていて、漢詩の方に関心が向いていた時期であった。この時期に弟子から変わったお題で俳句を10句作って欲しいと頼まれて、興味が湧いたようだ。東洋城のこの依頼は、自分の俳誌に漱石先生の句を載せたいというのが依頼の目的だというが、病気が重なって気分が沈んだままの漱石を自身が面白い俳句を作ることで元気になって欲しかったのだ。そして東洋城としては漱石先生に俳句の世界に戻ってきて欲しかったのだ。

この句の表面的な解釈は次のものだ。「大ぶりな芭蕉の葉影が壁に映って、芭蕉の揺れ動く音が部屋に届く。その壁の影を見ていると松尾芭蕉の姿が夢のように頭に浮かんでくる」というもの。ゆったりと動く葉影は漱石を遠い江戸時代にタイムスリップさせるのだ。

これに対する裏の解釈は次のものである。「芭蕉は俳聖と讃えられ、その一門の後継のグループは現在まで隆盛を極めてそびえ立っているが、対抗する俳句の勢力も出てきている」というものだ。「戦ぐ音」の戦ぐのは、細長い芭蕉の葉同士が擦れる音ではなく、剣同士が擦れ合っている音と解することもできる。つまり漱石は芭蕉の句が好きではないのだ。

晩年の芭蕉は自分が確立した蕉門俳句を良しとせず、もがいているようにも見えた。そして江戸時代から続いている主流の写実主義に対して芭蕉自身が、そして漱石も異議があるということを漱石がこの俳句で示しているのだろう。

この手紙を出した翌日、漱石は京都府花園村の西原という女性に手紙を出している。なんともおかしな手紙なのである。「私は字も下手だし俳句も作らないし、それから（中略）近来短冊などを書いて人にやることもやめました。」漱石はその女性から請われて例外的に色紙を同封したのだろう。

それはさておき、この文は漱石自身の俳句に対する熱意が薄れていることを如実に示している。漱石は俳句界の現状に飽き足らなさを感じていることを親しくもない人にぽろっと出してみたかったのだ。

• 壁に脊を涼しからんの裸哉

（かべにせを　すずしからんの　はだかかな）

（明治45年6月18日）松根東洋城宛の書簡

「壁十句」は松根東洋城の依頼で作ったもので、掲句はその一つ。冷房装置のない時代の夏の東京は、さぞ暑かったであろう。漆喰の壁に背中を押し当てて涼を取るのが一番であった。背中はほぼ平らであるから全身で壁の冷ややかさを味わえる。汗が壁に吸い込まれるような感覚を味わえる。

だが漱石は家の中で裸になって「壁に背」をしてはいない。子供たちの目があるからである。当代一流の作家が裸になって「壁に背をつける」ような格好はできないのであろう。漱石は東洋城をからかって笑っている。漱石は想像して涼むこともできる才能の持ち主なのだ。

この句の面白さは、「壁に背を」で俳句が切れていることである。この切れているところで、漱石の顔には一瞬ホッとしている恍惚の表情が浮かぶのだ。正にこの切れ字効果が暑さを切り落とすのである。また上半身裸の格好は大胆であり絵画的なビジュアル効果を生んでいると言える。

ちなみに弟子の枕流の住居はさいたま市内にあるが、市内で最も涼しいところは埼玉近代美術館である。1階通路の壁は石板の壁になっていて、その壁に沿って椅子が多数並べてある。この椅子に座って冷房の冷気を受けるようにとの配慮が感じられる。しかし多くの人はその椅子に座らずに石壁に凭れ、涼んで読書をしている。問題は自宅からこの美術館にたどり着くまでに全身汗だくになることである。

• 壁に達磨それも墨画の芒哉

（かべにだるま　それもぼくがの　すすきかな）

（明治45年6月18日）松根東洋城宛の書簡

「壁十句」とある。東洋城の依頼で壁を詠み込んだ俳句を10句作った。東洋城が編集している句誌のお題が「壁」だったのだろう。

句意は「我が家の壁に掛けている絵は達磨の姿が描かれていて、そこに芒も描かれている墨画なのだ」というもの。普通は達磨の顔を紙面に大きく描いた絵になっているが、漱石の壁を飾っている掛け軸の絵は違うのだ。とんち絵のようなもので、意表をついた墨絵になっている気がする。

さてそのような絵は実在するのか。ネット検索でキーワードを組み合わせて探してみたが、そのような絵は見当たらない。普通の達磨図ばかりである。あるとき「漱石　達磨　画像」で繰り返し検索しているうちに、たまたま芒らしい図が見えていた。拡大してみると、「一本の芒を片足が踏んでいる」先祖達磨図であった。その片足が達磨の足ということなのだ。そして足の上に芒の葉のように僧衣の一部の輪郭が描かれていた。この絵を漱石は「達磨それも墨画の芒」と表した。つまり「誰かの素足で踏まれた芒」図ということなのであった。

ところで古美術商からこの絵を買った人は達磨の素足を眺めているのか、それとも庭から抜かれ踏まれている芒を見るのか。漱石先生はこの絵から何を感じたのだろう。時に芒の立場になることも必要だということなのか。

この句の面白さは、漢字の配置に左右のバランスを取っていて、句がダルマの置物のように起き上がり小法師としてできていることである。漱石先生は達磨のような厳しい顔をして面白いことを考えている。

・壁の穴風を引くべく鞘寒し

（かべのあな　かぜをひくべく　さやさむし）

（明治29年11月）句稿20

漱石全集にある掲句の「鞘寒し」は「稍寒し」の誤植か書き間違いであろう。音読みではともにショウで同じだが意味は大きく異なる。「稍」の語を似たように用いた俳句に「壁隣り秋稍更けしよしみの灯」がある。漱石先生は書き間違えるほどに部屋の中は寒かったということをこの誤記で面白く表したと考えたい。江戸時代の俳句とすれば「鞘寒し」でも秋の肌寒さが感じられないこともないが。鞘の意味は刀用の筒や鞭先でしかなく、他に意味はない言葉なのである。

さて句意はであるが、「漆喰の壁の割れ目から部屋に外の冷気が入り込んでくるようで、体は風邪をひきそうなほどやや寒気を感じている」というもの。壁の穴から風が吹き込まれて音を発している光景を描いている。

この句の面白さは、小林一茶の「うしろから寒が入也壁の穴」のパロディになっていることである。信州の一茶の家は壁に穴があり、居間に後ろ側から寒風が入り込んで寒いというが、漱石の句はその寒風によって風邪をひいてしまったということだ。ここで考え込んでしまった。掲句はやはり「鞘寒し」で間違いないのだと。漱石の俳句は、長屋住まいの貧乏武士の部屋を描いているとすれば、穴の近くに刀が斜めにたてかけてあることになり、鞘も風邪を引きそうに見えるのだ。

ちなみに弟子の枕流が住んでいるさいたま市には「壁の穴」というイタリアンレストランがある。この店の前を通りかかる時、いつも混んでいるのか店の中を覗きたくなった。一度は入ってみたことがあるが、穴場であった。

壁がふんだんに出てくる本として解剖学者の養老孟司著のベストセラー新書『バカの壁』がすぐに思い浮かぶ。２００３年に発売されて２００６年までに累計発行部数４００万部を超える空前の大ヒットとなった。２０２０年まで４５０万部が売れた。「人は知りたくないことに耳を貸さず情報を遮断すること」がテーマになっている。個人の知能を過信する現代人を笑い飛ばしている。２０２０年に引き起こされた武漢ウイルス騒動は世界のマスコミと政界を飲み込んで拡散した。コロナワクチンの一応の開発が終わった段階で、コロナウイルスが世界に拡散されたように見えた。政府は国民にワクチンを打つように旗を振った。その結果インフルエンザが消え、年間総死者数が例年の総死者数を大幅に下回っていたが、次の年からは続けて例年死者数を大幅に上回り出した。ワクチンが人の遺伝子に作用した結果か、それとも何か別の物質が原因したとしか見えない。２０２０年からの3年にわたるコロナ騒動で『バカの壁』の存在が見事に証明されてしまった。新書『バカの壁』が大ヒットしたにもかかわらずである。

・壁一重隣に聴いて砧かな

（かべひとえ　となりにきいて　きぬたかな）

（明治45年6月17日）松根東洋城宛の書簡（18日）

「壁十句」は松根東洋城の依頼で作ったもので、掲句はその一つ。明治時代の家庭では洗濯の方法として砧打ちが行われていた。主婦が夜間に行う仕事になっていた。漱石宅では手伝い兼、行儀見習いとして来ていた親戚の娘が砧を打っていたと思われる。掲句は一般家庭の場合である。

句意は「夜に長屋の隣の家から、台所の土間で行っている砧打ちの音が壁を通して伝わってくる」というもの。昔の壁は土壁の一重で防音性能は余り良くなかった。トントンという砧の叩く音が振動として隣の家に伝わった。隣が砧打ちをやっているのであれば、こちらもやろうというのだ。騒音として隣に伝わる音を気にしていたからだ。

掲句は芭蕉の晩年の句の一つである「秋深き隣は何をする人ぞ」のパロディである。芭蕉句の「何をする人ぞ」の句節の理解は「職業は何かと思った」とする場合と「夜の今、何をしているのだろう」とする場合に分かれる。漱石は後者の問いに対する答えとして、掲句を作っている。まだ夜になってもまだ起きているらしい隣人の行動を推察していると理解したのだ。長屋では隣人同士よく顔をあわせるから互いの仕事は分かっているからだ。

掲句では長屋に住む隣人が発する音が壁を通して聞こえるのであるから、日没後「隣は何をしているのか」などと考える必要がないというのである。明治時代は江戸時代と違って、長屋では日没になっても明かりを灯しているのが可能になったので、夜なべ作業ができるようになった。そこで漱石は芭蕉句を受けて面白い俳句を発案した。

秋が深まった夜、昔の造りの長屋であれば、すぐに音で「何をしているか」わかるはずだと漱石は芭蕉をからかうのである。明治時代を生きている漱石は「何をとぼける芭蕉さん」と言いたいのである。芭蕉が生きた江戸時代には、日が沈むと家の中は防火のために灯りは点けられないので暗くなり、寝るしかなかったという状況があったのを無視している。そうなると自分の家族も隣の家族も夜になると目が冴えて、いろいろ考えてしまうのだ。隣は静かだな、何をしているのかな、と。

・釜かけて茶を煮るほどの時雨なり

（かまかけて　ちゃをにるほどの　しぐれなり）

（明治32年12月か）

漱石先生は自宅の書斎で火鉢に茶釜をかけて、暖をとっている。そして冬の時雨が長く降り続くのを窓からじっと眺めていた。其の間茶葉を茶釜に入れていたのを忘れていた。

句意は「火鉢の上の釜に茶葉を入れてさっと茶を出そうとしたつもりであったが、外を眺めている間に釜は沸騰し、茶葉は煮詰まってしまった」というもの。お茶を茶碗に出すタイミングを逸してしまい、飲もうとした時にはお茶は苦くなってしまっていた。味はまずいものになってしまった。

漱石は自分の作業の失敗を長く降り続ける時雨のせいにしたい気持ちになっていた。だから長雨は嫌いなのだ、という呟きが聞こえそうだ。だがその声は雨音にかき消されて漱石の耳に届かない。

この句の面白さは、釜の中に直接茶葉を入れることが、手抜きに作業になると考えないことだ。そして「釜かけて」の語から「鎌かける」という言葉が連想されることだ。この語の意味の一つは「口やかましい」であるが、釜の音は雨音にかき消され、実際には釜の湯が沸く音は部屋に鳴り響いていたと思われる。つまり「釜かけて」の語は、釜がグラグラと音を出していたことも表している。

そして連想した「鎌かける」という言葉から別の意味になる「鎌をかける」という言葉を思い浮かべてしまった。ペテンにかけるという意味だ。時雨の音に騙されたと笑う漱石先生の姿が浮かび上がる。

＊九州日日新聞（明治32年12月20日）に掲載（作者名：無名氏）

・鎌倉堂野分の中に傾けり

（かまくらどう　のわきのなかに　かたむけり）

（明治28年11月3日）句稿4

松山市の東南隣の東温市に鎌倉堂というバス停がある。このバス停近くに鎌倉堂という名前のお堂があった。漱石は子規から親類と紹介されていた近藤さんの家を辞したあと、白猪ノ滝に行こうとここで下車して山間に入ったのだ。

鎌倉堂を検索すると「くんくん」さんのブログに、鎌倉堂の訪問記があった。それによると鎌倉幕府の北条時頼がこの地に来て、租税改革をして民の負担を少なくした。土地の庄屋はこれに感謝して石碑を建てたという（案内板の由来記）。今でも雨よけの屋根付きでその石碑が残っていた。当時、この大きな石碑はお堂の隣にあったのであろう。北条時頼に対する感謝の心が鎌倉堂という名前に感じられる。

漱石のこの句を読むと、明治時代中期にはお堂の形の鎌倉堂が傾きながらもまだ残っていたことがわかる。その木造のお堂は相当に老朽化して傾いていた。鎌倉時代から700年は経過しているのであるから、それまでに何度か建て替えられていることになる。それが明治の時代になるとその建て替え意欲は消えてしまった。欧米文化に目が向いていたからだ。

鎌倉堂は秋の強風の中で傾いて寂しそうだと漱石は観察している。強風のせいではなく、時代の変化という嵐の中でお堂は傾いていると見ている。この句では古い日本文化、寺社に対して冷たく対応している明治政府を冷え冷えと感じられる「野分」であるして批判している。

明治政府は富国強兵の国策を進めるために税金を高くしているのだから、民のことを思って幾つかの税をなくした鎌倉幕府を顕彰するわけにはいかないという立場なのだ。

• 鎌倉へ下る日春の惜しき哉

（かまくらへ　くだるひ　はるのおしきかな）

（大正5年か）手帳

句意は「東京から鎌倉へ下ることにしたが、春の盛りが過ぎようとしている時期なのは惜しい」というもの。久しぶりに妻の実家の別荘がある鎌倉へ行ってみたくなったのだ。少し前に茶会で鎌倉の僧と会う機会があり、誘われていたからであろう。この僧は帝大時代に会っていた僧であり、彼と久しぶりにゆっくり話がしたくなったのだろう。この僧は円覚寺の僧で、漱石先生が親友の小屋保治に楠緒子を譲ったことで失恋して自暴自棄になっていた頃の漱石を知っていた。

この句の面白さは、東京から鎌倉へ行くことを「鎌倉へ下る」と表していることだ。この「下る」には、沈んでいて、こっそりという思いがあるような気がする。気持ちの上では妻に隠れての隠密の行動なのだろう。漱石先生は悩みの多かった学生時代のあの頃が懐かしくなったのだ。また若くして死んだ楠緒子の思い出に会いたくなったのだ。ちなみに大正4年に書かれた日記的な「断片」には楠緒子のことがかなり登場していたことからの推測である。漱石の行動を見ると大正5年の早春2月16日に鎌倉へ行き、親友の中村是公の別荘で一泊していた。

ここまで書いてからこの句について、謡の金春流の人が掲句は「千手」の話を題材にしていると指摘しているのに気づいた。「千手」の物語を次のように要約する。

「平清盛の五男、重衡は源平の一ノ谷の合戦で捕えられ、その後鎌倉へ護送され、狩野介宗茂に預けられた。源頼朝はこの若大将に同情し、処刑される運命の男を慰めるように頼朝の侍女である千手を宗茂のところに遣わした。千手は世話をしていた重衡にいつしか恋慕の情を持つようになっていた。

ある春の雨の夜、宗茂は幽閉している重衡を慰めるため酒を勧めに行った。そこへ千手が訪れ、重衡が先日頼朝に願い出た出家の望みがかなわぬことを告げた。そして千手は南都奈良の東大寺を焼いた罪業の報いかと嘆く重衡の心中を思いやって、酒の酌をし、詩歌の朗詠をした。千手が酒宴で舞いを舞ううち、重衡も心を開いて琵琶を弾じた。千手も嬉しくなってこれに琴を合わせ、夜更けまで宴を楽しんだ。

翌朝、重衡を都へ帰す勅命が出された。千手は重衡の後姿を涙ながらに見送った。重衡は京の郊外の木津で打ち首に処された。その首は重衡の妻が貰い受けた。千手は平重衡の死後、尼となって磐田に住んで重衡の菩提を弔ったという。」

この物語には重衡の「春の惜しき」の思いが詰まっている。「京の都から鎌倉へ護送される旅は、春の盛りが過ぎようとしている時期で惜しい」という重衡の悔しい思いを漱石は私事に重ねて詠っているように思える。重衡は春だというのに囚われの身であり残念なことだという思いがあったはずだ。

ところで漱石先生は死亡する年に気まぐれとも思える鎌倉行きを思い立った

のはどういうことなのであろうか。ヒントは明治45年6月29日・30日・7月1日の日記にあった。この時期に鎌倉の待合に行ってみたところ、妻の写真が載ったファイルを見せられたと記述していた。妻はこの待合に主婦として登録していた。待合に来る客の相手をできる期間はちょうど漱石の出張予定の期間と合致していた。このこともあって漱石は大正五年になっていても妻の行動が気になっていたのだろう。鎌倉には妻がよく使っていた別荘があったからだ。

漱石はこの妻の鎌倉での行動を知った5年後の大正5年に49歳で没した。明治45年6月ごろの漱石は、明治43年の修善寺大患（大吐血）と明治44年の関西講演旅行で胃潰瘍を悪化させたことによる入院の危機を乗り越えて、やっと湘南地方へ旅行ができるまでに体力を回復させた。親友と江ノ島あたりで遊んでいる中で衝撃的事実を突きつけられた格好であった。妻は長年の看病で疲れ果て、漱石が海遊びをするように気晴らしをしたかったのかもしれない。

記録によると漱石は親友の中村是好に誘われてちょうど6月29日から7月1日まで鎌倉にある彼の別荘で過ごしていて、時に海遊びをしたりしていた。江ノ島の洞窟に入ったりもした。この時期に漱石はふらりと鎌倉の待合に出かけたことになる。

したがって漱石にとっては明治45年6月に鎌倉に来て妻の行動に気づいたことを思い出しながら、大正五年に鎌倉に来て掲句を作ったことが「春の惜しき哉」になるのであろう。この時の漱石の重苦しい思いを自分だけがわかる暗号文のような俳句にして記録したと推察する。つまり漱石先生の暗い思いを込めた掲句は「千手と重衡の物語」に隠れるように偽装されていたとも言える。

・鎌さして案内の出たり滝紅葉

（かまさして　あないのでたり　たきもみじ）

（明治28年11月3日）句稿4

松山を出て隣町の山裾近くの宿（子規の親戚の家）に泊まって、翌朝雨の中を蓑と笠のいでたちで山に入って行った。紅葉を見る余裕もなく滝を目指して山道を進んだ。やっと目的の滝にたどり着いた。滝に近づくと気温が下がって来て急に肌寒くなって来た。滝を見遣っていると木の陰から案内の男が腰に鎌を差して出て来た。

ここで鎌を差した案内とは、漱石に同行した道案内人である。子規の親戚の家から付いてきた人であった。鎌を持参して山に入って、漱石の前に立ち、山道を塞ぐ蔓があった場合にはその鎌で蔓を切り開きながら歩いていた。この道案内人は滝が近いところに来て漱石とは別行動をしたのだ。藪の中に入って行った。その後その案内人は滝の近くにいる漱石の前に別のところからぬっと出て来たのだ。漱石が足を取られて滝壺に落ちることのないように下見に行っていたのかもしれない。

句意は「鎌を腰に差して滝の近くの色づいた薮の中から道案内の男が出てきた」というもの。四国山地では熊が出ると聞いていたので、蓑をまとった男がぬっと出ると漱石は肝を冷やしたのだ。

この句は、「案内の出たり」と平静を装っているが、滝の近くで同行の道案内人が見えなくなって漱石は若干不安になっていた気がする。そこに木の陰か藪の中からその男が出て来たので、一瞬身構えたのだろう。

漱石は「鎌を腰に差した男」は珍しかったのだ。鎌を直接腰の紐に差すことはないであろうから、鎌は鞘に差して腰に下げていたと思われる。銃把の見えている拳銃が腰に下がっているように見えたのかもしれない。漱石はこれに驚いたのだろう。

・上画津や青き水菜に白き蝶

（かみえづや　あおきみずなに　しろきちょう）

（明治30年4月18日）句稿24

水前寺公園から流れ出る湧き水が川となって少し離れてところにあるひょうたん型の江津湖に流れ込む。その湖は上江津湖と下江津湖に分かれている。上五に上画津とあるが、これは上江津湖のことである。絵になる風景であることを強調するために上画津湖にしているのであろう。やや広幅の川とも言える上江津湖の湖底には緑の水草が生い茂っているのがよく見える。阿蘇の湧水が流れるから透明なのである。そして川べりにも草が茂っている。漱石は家から近いこの湖岸をよく散歩した。

句意は「上江津湖の湖畔を歩くと、川底や水辺には草が生い茂っていてここに白い蝶が群れて飛んでいた。うっとりする光景である」というもの。川の青と草の緑。岸辺の草に花が咲き、それに白いモンシロチョウが群がる。これらの組み合わせは、まさに絵になる。画家でもある漱石先生は、この光景を愛したのである。

この句の面白さは、川底の水草を水菜と表していることだ。通常水菜は株状に成長する野菜の一種であるが、綺麗な水の中で揺れる草は漱石にはうまそうな野菜に見えたのだ。ワカメのように柔らかい動きをしていた。

岸辺に咲く花にはモンシロチョウが群れて飛んでいる。黄色の菜の花と「白き蝶」の色の組み合わせが心地よい。また比較的浅い上江津湖とこの湖に流れ込む川の川床には岩が適度にあって、まさに絵になる光景が展開しているのである。

漱石はこの絵になる光景を東京の子規に伝えるためにわざと上江津湖の代わりに上画津の名を造語した。青い絵の具と白い絵の具でまず澄んだ川と湖をさっと描き込んでみた。そして緑の岸辺に白い斑点を入れて蝶を描いた。子規は親友の漱石の言葉の冗談がすぐにわかってニンマリしたに違いない。

この俳句は体言止めになっていて、絵から生まれる余情を楽しめるように作られている。大胆に描かれた絵をじっくり鑑賞できるようになっている。この絵には漱石先生も描かれている。自分も岸から離れて学生寮の生徒たちが水遊びしている中に入り込んで、川底の草の感触を足裏で味わっていたのであろう。

神垣や紅葉を翳す巫女の袖

（かみがきや　もみじをかざす　みこのそで）

（明治32年頃）手帳

ここは熊本市の漱石の家から近い藤崎神宮なのであろうか。神宮の境内に入ると舞台があり、巫女たちが舞を舞っている。背後には舞台を囲むように色づいている紅葉の木々が見える。そしてこの紅葉の茂りを隠すようにゆったりと巫女の白い袖が大きく振られる。よく見ると巫女の手には紅葉の枝がある。参詣の人は巫女たちの舞に見とれている。

入り口の垣根は緑であり、境内にある木々は赤く紅葉している。巫女の髪は黒、衣装は白で下の袴は赤。舞台は茶色。見上げると空は青。秋の色彩豊かな空間が漱石の目の前に展開している。

この句の面白さは、「翳す」にある。「紅葉を翳す」は紅葉の枝を手に持って高く持ち上げる動作をさす。そして「翳す」にもう一つの意味があり、上に重ねて隠すことで、「巫女の白い袖」が周りの紅葉の木々の葉を隠す意味にもなることである。これら二つのことを「翳す」がまとめて書き表している。

この句は、神社の秋の大祭のときのものであろう。漱石は8月29日から9月2日にかけて山川信次郎と阿蘇高原を踏破したが、雨の中で火山が噴火して身体中灰にまみれてやっとの思いで下山した。この恐怖から逃れられた幸運を思い出しながら、巫女の舞を見ていたのであろう。そして平穏な俳句を作った。目の前の光景とは別世界の死の世界が身近にあることを経験したことで、漱石の心に何かが生まれたに違いない。

神かけて祈る恋なし宇佐の春

（かみかけて　いのるこいなし　うさのはる）

（明治32年1月）句稿32

「宇佐八幡にて　6句」の前置きがある。初詣に行った宇佐八幡宮で作った6句のうちの一つである。この神社は旧暦で神事を行うようにしていて、新暦の新春には人はまばらであった。漱石と同僚の奥は、傍らで着飾ったうら若い女性たちが熱心に恋の成就を神に祈っている様子を見ていたのかもしれない。その傍に立つ漱石はすでに結婚しているし、改めて恋の成就を神に祈ることはないと自分に言い聞かせていた。だが実際には、漱石と楠緒子との関係は切れてはいなかった。よって神に祈る必要もなかっただけのことであった。

この句はかつて恋していた女性で、大学時代の友人である大塚保治の妻になった大塚楠緒子を念頭においての俳句である。かつて神社で恋した彼女のことで祈ったこともあったが、それから数年経った今は彼女のことで祈ることはなくなったのだ。その恋は継続しているからである。句稿に書いてこの句を渡された子規は漱石の本心を何度も知らされていたから、掲句をそのままには解釈しない。

宇佐八幡における他の人の祈り方は「神かけて」であり、真剣そのものであった。漱石の面白いところは、「改めて、祈る恋なし」と神に報告していることだ。つまり「現状のまま行きます」と宣言していることだ。大塚保治、大塚楠緒子と漱石の契約的三角関係を苦しいが継続させます、と誓っていることだ。

ところで漱石一行はどんな服装で初詣に行ったのであろうか。足袋を履いて草鞋を縛り付け、服は袷の着物と袴。防寒には「二重廻し」という丈の長いコートを羽織っていたと思われる。二重廻しの服は、前あきのロングコートに肩掛けのケープを縫い付けたもの。比較的軽装であった。初詣をした後は西の山地の耶馬溪に徒歩で入り、吹雪いている山道を数日かけて歩き、筑後川にたどり着く計画をしていた。漱石は宇佐神社で熊本へ戻る旅が無事に終えられるように、恋を祈る代わりに神に祈ったに違いない。

宇佐神宮は漱石が宇佐八幡と呼んだように神仏習合の社であり、かつては八幡大菩薩の神をも祀っていたからだ。那須与一宗高が屋島の合戦で離れた船にいる平家の姫の扇を、揺れる舟の上から弓で射るように命じられた時に、「八幡神よ、御照覧あれ」と祈ったことでも知られるように宇佐八幡は武運の社でもあった。漱石一行が冒険旅行の無事を祈ったのは間違いないであろう。

• 雷の図にのりすぎて落にけり

（かみなりの　ずにのりすぎて　おちにけり）

（明治40年春）

この句は童句の一種であろう。そして、自戒の句であろう。雷様は雲の上でゴロゴロと歌いながら足踏みして踊る。その時はずみで雲から足を踏み外すと光りながら落ちてしまう。雷様が雲から落ちてしまったその時に、地上では稲光を見ることができる。

雷は適度に鳴ってくれよ、頼みますと漱石は笑う。雲に乗っている時には、雷様は図に乗らないでくれと。雲に乗っているの「乗る」と「図に乗る」において「乗る」いう掛言葉があり、面白い。これは人への警句でもあろう。誰しも図に乗りすぎるところがあるから、雷のように落ちるなよという。雷様は落ちてもまた雲の上に乗って簡単に復帰できるが、人は図に乗って落ちたらなかなか立ち上がれなくなるからだ。

図に乗るの元の意味は、仏教で歌う声明における転調のことだが、これが難しくうまくやれない。これがすんなりできれば嬉しいとなってここから調子に乗って歌い出すことになる。このことから「図に乗る」が調子のいい「悪乗り」という意味で使われだしたようだ。だが誰しも図にのるから人生に張りが出て面白いのだ。

漱石がこの句を作った明治40年は、漱石が帝大を辞めて東京朝日新聞社に入社した年だ。自分の才能におぼれて無茶をするとやけどすると周囲の人が陰口を叩いているのを耳にしていたのだろう。プロの小説家の道は厳しいと注意をしてくれる人もいる。そのような中、「図にのりすぎてもいい、だが雲から落ちはしない、そんな漱石ではない」との気持ちをこの俳句に書き残した。

この俳句は、多分東京朝日新聞社に入社して、第一作目の「虞美人草」を書き始める頃の句であろう。毎日大胆な筋立てを考えていたのだ。

• 髪に真珠肌あらはなる涼しさよ

（かみにしんじゅ　はだあらはなる　すずしさよ）

（明治40年6月28日）絵葉書

「西洋女優」の描かれた絵葉書にこの句を書いて送った。誰に出した葉書なのかは今の所は不明である。多分美貌の女優に対抗できるくらいの女性をイメージして作った俳句なのであろう。

この年の5月ごろの仕事時間外の漱石先生の頭の中は、弟子の東洋城の恋愛とその相手のことで忙殺、撹乱されていた。この5月期に作っていた俳句を見ると、柳原白蓮の蓮を組み入れた俳句を14句連続で作っていた。これは異常なことである。

掲句がこの14句連が始まる3句前の句であることを考えると、やはり知的で

美貌の女性である白蓮が関係していると見て間違いない。弟子の東洋城を虜にした短歌界の花である白蓮をこの絵葉書にある「西洋女優」にぶつけている。

官僚になっていた29歳の東洋城と出戻り女性であるが22歳の歌の名手、白蓮の関係は大人のものであった。漱石先生の句の意味は、「春風が吹いている中で、あなたは黒髪に真珠のかんざしを着け、涼やかに肌を出して横たわっている」というもの。

ちなみに漱石先生は、二人が交わした下記の恋の歌、俳句などのやり取りをもとに白蓮の姿を想像している。

「初夏や白百合の香に抱かれてぬるとおもひき若草の床」の歌は歌集『幻の華』（大正8年）に掲載された。他に「わが命惜まるるほどの幸を初めて知らむ相許すとき」も作っている。これらの歌は一途な恋の歌である。

この歌より先に東洋城は「黛を濃うせよ草は芳しき」の句を白蓮に贈っていた。句意は「眉が薄い女性は不幸だと思われるので、もっと濃くした方がいい。春風を受けて君は香っている。顔を上げてくれ」というもの。他に「和歌の君に俳壇の臣や菊花節」「紫の源氏と寝たる布団かな」の恋の句を作っていた。

さあ、この二人を漱石先生はどうするというのか。

・神の住む春山白き雲を吐く

（かみのすむ　はるやま　しろきくもをはく）

（明治29年3月1日推定）松山での三人句会

目の前の春の山は奈良の春日山であり、この原始の山の荘厳な光景を表現していると感じる。通常春の山は気温が上がって活気に満ちていて、「山笑う」などと表現されるほどだ。その春山が山肌からモクモクと雲を吐いているというのであるから、山は妖怪のようである。この大げさに息をしている原始の山を見て、山の神の存在を感じることになる。掲句は神仙体の俳句になっている。

春の山は、冬に葉を落としたグレーの山が薄黄緑に紫の色を加えて生命の輝きを感じさせる。そして芽生えたばかりの草木の葉っぱから上がる水蒸気と、たまに降る雨の水蒸気が加わって山の頂あたりに白い雲を湧かせる。この光景は生命の成長の勢いそのものであり、神秘的と言える。

この句の面白さは、俳句全体をしっかり声を出して読むと、口を大きくモグモグさせることになることだ。つまり口からはっきりと音を吐いていることになる。つまり山が雲を吐くのと同じことを読み手がしていることになる。

もう一つの面白い点は、「白き」が「雲」に掛かるだけでなく、「春山」にもかかることである。「春山白き」は春山が光を浴びた雲で包まれていることを意味する。こうなるとまさに春山の「山笑う」と見える山は、白いベールに包まれた神秘の山に変わっている。

紙雛つるして枝垂桜哉
（かみひいな　つるして　しだれざくらかな）
（大正3年）手帳

本来紙雛とは紙で作った立ち姿の男女一対の雛人形のことであるが、この句では雛人形を紙に描いた掛軸なのである。つまり漱石宅の掛軸には「立ち雛図」が描かれていた。男雛と女雛は艶やかな袖を広げた姿で立っていて、見栄えのする図になっている。作品の「立ち雛図」を貼る台紙の布は明るいピンク系、赤系の布地を用いたものがある。この種の掛軸が下がっているのを見ると掛軸全体が縦長の枝垂桜のように見えてくる。

大正3年当時、漱石宅には4人の女の子がいた。よって春の雛祭りには家の居間にひな壇式の雛人形を飾った。この他に漱石先生は書斎の床の間に艶やかな紙雛図を掛けた。この雛祭りの時期にはいつもの墨絵の掛け軸を色彩豊かなものに取り替えたのだろう。

句意は「雛祭りに合わせて床の間の壁には、艶やかな紙雛図を掛けた。掛け終わってこの紙雛図を遠くから眺めると、この部屋の一角が枝垂桜のように見えた」というもの。漱石も子供達のひな祭りに参加して楽しんでいる。この紙雛図が加わったことで家の中が一気に春めいて華やかになった。

もう一つの解釈は、薄い色和紙で作った飾り雛を紙雛と称し、これを紐に多数個間隔をあけてくくりつけたものを数本まとめて一点から広げて下げた「つるし雛」が枝垂桜のように見えた、というもの。つまり掛軸の雛人形絵ではなく、立体的なつるし雛人形とするものである。この雛人形を床の間の掛け軸の位置に下げておいたのである。

判断としては、掛軸の雛人形絵の方が漱石としては気楽に参加できるため、掛軸の方が可能性は高いといえる。つまり紙雛が宙に浮いているように見えるので、これを「吊るして」と表現したと見る。こちらの方が面白いし、また一家に立体的な紙雛と通常の雛人形が並存することは忌避されると考えるから赤系の布地に「立ち雛図」を描いた掛け軸が取り付けられたと見る。

漱石はほとんど毎日自宅の書斎にいたため、娘たちは普段は賑やかに騒げないでいた。しかし、漱石はひな祭りの前日とこの3月3日だけは特別に自由にさせていた。自分も楽しめたからだ。

亀なるが泳いできては背を曝す
（かめなるが　およいできては　せをさらす）
（明治30年4月18日）句稿24

夏休みの楽しい光景である。熊本市内の漱石宅から近い所に小さな湖があり、ここに亀が生息していた。この湖は水前寺公園の湧き水が流れ込む江津湖で、水質が綺麗であった。熊本第五高等学校の寮生たちは、夏休みになると暑さ凌ぎにこの湖に泳ぎに行く。今まで鯉や亀の天下であった水辺ははしゃぎ回る真っ黒な学生たちに占領され、荒らされることになった。すると亀はおちおち泳いでいられない。水に浮いて泳ぐ亀は水を蹴る学生の足で蹴飛ばされかねない。そこで亀は岸に上がって避難する。亀は漱石先生がいる岸辺に泳ぎ寄って、木陰で「背の甲羅を曝す」ことになる。漱石と並んでの甲羅干しである。漱石先生は、生徒指導の立場で学生たちの行動を監視しているだけでなく、亀の行動も観察している。

この句の面白さは、「亀なるが」にある。岸辺から遠くにあるときには、よくわからないが、なにやら亀らしきものが岸に泳ぎよって来ると注意を払って見ている様子がうかがえる。次第に岸に近づいてくると亀だとわかったという観察の変化を「亀なるが」で表現している。そして最終的に漱石のごく近くまで来て「亀が背を曝す」となる。

もう一つの面白さは、掲句の亀は、平泳ぎで泳いでいる学生とも思えることである。漱石が遠くから岸の方に泳いでくる学生を見ていると、亀らしきものが岸に近づいてくるように見えるのだ。その亀は岸に上がり、泳ぎ疲れた学生たちは漱石のそばに来て、倒れこむのである。そして亀の甲羅干しを始めるのだ。

掲句の直前に書かれていた俳句は「泳ぎ上がり河童驚く暑かな」である。夏休みの江津湖は亀も河童もいて賑やかであった。

・醸し得たる一斗の酒や家二軒

（かもしえたる　いっとうのさけや　いえにけん）

（明治32年11月1日）霽月の「九州めぐり」句稿

かつて松山句会で一緒に俳句を作った霽月が熊本に来ていた。商売の営業として九州まで来ていたので、ついでに漱石に会いに熊本に来ていた。漱石は11月1日早朝に彼の宿を訪ねて3年半ぶりに再会した。朝のうちに霽月が旅先で作っていた俳句を見せてもらい、その中から漱石が即興で俳句を作れる季語を見つけだし、句合わせの俳句を11句作った。掲句はその中の一つだ。

掲句の句合わせ句題は「酒」であった。熊本市内には酒の醸造蔵の見える家が二軒ある。二軒とも軒先の台の上に一斗の新酒の酒樽が飾ってある、という句であった。出来立ての新酒を味って下さいとばかりに置かれているから行こうではないか、という句である。夕方は時間を合わせて料亭に行き、祝杯をあげようと誘う俳句なのだ。地元酒蔵の二軒のうちの一つに行こうではないかと誘った。下戸の漱石が言葉だけでも誘ったのである。返事はどうであったのか。

この句の前に漱石は霽月に対して、「旅の秋高きに上る日もあらん」の句を作って示していた。秋なのだから仕事だけの旅では詰まらない、高楼に上る遊びも必要だと説いていた。霽月が断るはずはなかった。

この句の面白さは、「醸し」にある。酒蔵での醸造という意味と祝杯を上げようという雰囲気になるという意味での「醸し」が使われている。掲句にはこれらがいい具合にブレンドされていて、いい味が醸し出されている。

・加茂にわたす橋の多さよ春の風

（かもにわたす　はしのおおさよ　はるのかぜ）

（明治40年4月2日）日記

「天晴始めて春の心地なり」の前置きがある。春の風に吹かれて京都の鴨川沿いを散歩していた。鴨川は京都市内の東側を南北にほぼまっすぐに流れる川であり、川沿いの橋の多さが一目瞭然で、隣の橋も遠くの橋もよく見えた。比叡山からのまだ冷たい春風が川面を吹き抜ける。川岸にいるはずのカモは風を避けてどこかに隠れている。北から加茂川の川面を吹き抜ける春の風は、川に並んでかかる橋梁とその橋桁にぶつかりながら嬉しそうに転がりながら流れてゆく。橋の上の漱石は出町橋の上でその風を体に受けて、川下と川上を眺めて橋の多さを実感している。そして自分の体も橋の一部になっている気がしている。地図を見ながら荒神橋、丸太町橋、と順番に確認したのか。

漱石全集の書簡集を見ると、漱石は明治40年4月上旬には京都に滞在していた。京都に誘った弟子の津田が京都の東側郊外に住んでいた関係で漱石は京都市内の東山側に宿を定めた。

京都への旅には大阪朝日新聞社に挨拶するという名目があったが、別の目的もあった。春の風に誘われて京都にやってきた漱石には骨休めに来たという浮き浮きした気分が見えた。京の景色を描いている掲句を見ると、京都に来ている漱石の心が和んでいるのがわかる。木屋町あたりの宿から歩き出して橋を渡ると祇園はすぐそこである。漱石にとって4月の吹き抜ける春風は馴染みができた祇園へ背中を押してくれるおせっかいな風であった。

鴨川に架かる三条大橋を代表とする幾つかの橋は、世俗的な町から東側の東山側の夢の世界である花柳界をつなぐ橋になっている。漱石は京の橋の多い川筋を見渡し、そしてゆったり橋の多さを実感しつつ三条大橋を渡りながら、教職からの転業を喜んだのだろう。大学教授のままではすんなりと祇園へは足を踏み入れられなかったからだ。

言葉の上では、鴨川を加茂川と読み替えているが、加茂川はかなり上流の合流地点にある賀茂大橋の上流の高野川を江戸時代に加茂川と呼んだことがあるだけで、現在この名称は残っていない。掲句では橋の多さに関係する「加える」の意味を提出するためにあえて加茂川と記していると思える。また鴨川と加茂川では加茂川の方がひと文字多いことも採用された理由であろう。そして鴨だけでは別の意味になってしまうことも懸念された。ここにも洒落好きで面白がりの漱石の顔が見えている。

・蚊帳青く涼しき顔にふきつける

（かやあおく　すずしきかおに　ふきつける）

（明治36年6月17日）井上微笑宛の書簡

藍染の青い蚊帳なのか、緑色に染めた蚊帳なのか。その涼しそうな蚊帳に夏の風が当たって薄い生地の蚊帳の裾はふわりと動き、蚊帳から出ようとした漱石先生の顔に触れた。その時なんと涼しい素材なのだと顔が感じた。なんと柔らかい風合いの生地なのかと驚いた。そしてそのとき蚊帳の匂いを嗅いだ。風のない時の普段の蚊帳は幾分ごわごわとしていたが、吹き付ける風に揺られている蚊帳は、なんと軽やかでしなやかであることか。

何事も動き出すまでが大変なのは当たり前で、一旦風によって蚊帳が動き出せばその後動かすのにそれほど力は要らない。理系の頭脳を持つ漱石先生はそうなのかと改めて感じ入った。

幕末の政治変革期もそうであった。統治機構が変わる時には膨大なエネルギーが必要であったが、ことの善し悪しは別にしていざ、動き出してしまうとスムースに体制は流れてゆくものだと思い始めた。だが、その時に過去の江戸時代のことを全て捨て去ることの愚かさを漱石先生は考えていた。漱石先生は柔らかい蚊帳の生地に触れながら、動き出して落ち着きが出てきた時代の感触を確認していた。

この句は熊本時代の俳友に東京から送った句稿の中にあったもの。夏季雑詠として113句を送った。漱石先生も暑い夏の気分転換に作ったのだろう。この句を作ったのは、英国留学を終えて帰国し東京帝国大学の講師に収まっていた頃だ。明治36年の1月に東京に着き、3月に新居に収まった。そして英国と日本の違いを肌で感じていた。漱石は日本文化の代表の一つに蚊帳を置いていた。

ところで漱石宅の蚊帳の色は青と上五に書かれているが、一般に売られていた蚊帳は萌黄色をしていたもの。そして染色業の世界では、緑色を青と表現する習慣があるようだ。蚊帳の青は鮮やかな黄緑色系統の色で、春に萌え出る草の芽の色。よって掲句の蚊帳は緑色を青と表示していたことになる。この色が涼しさを演出するのに適するとされていた。

・蚊帳越しに見る山青し杉木立

（かやごしに　みるやまあおし　すぎこだち）

（大正元年8月）「上林（かんばやし）にて　八月」

漱石が夏山を眺めていた上林の地は北信州の上林温泉である。湯田中・渋温泉郷の中にある上林温泉は古い温泉郷の中でも由緒あるところで、夏目漱石や志賀直哉など多くの文人が訪れた温泉地として有名である。上林温泉は長野市から北西方向に位置する土地で、草津街道にある雪深いところでもある。その分夏の緑は鮮やかである。志賀高原から西に流れ出ている横湯川・夜間瀬川の両岸に沿ってこの上林温泉の風情ある木造の宿が点在している。

ちなみに高齢の小林一茶が江戸を離れて故郷に戻る際に通った温泉郷はこの上林温泉の西隣の湯田中温泉であった。漱石の弟子の枕流は平成時代の末の冬にこの湯田中温泉に浸かったことがあった。

句意は「8月のある朝、避暑と体力の回復のために訪れていた上林温泉の宿で、蚊帳越しに窓の外を見ると、川の背後の志賀高原の山々に原生の杉木立ちが望めて山は青かった」というもの。漱石はこの地に前日の夕刻に到着したので、初めて原生の杉木立ちを見たのは、蚊帳越しであった。

この句の面白さは、蚊帳は通常通りに薄緑色に染色されていたが、これに影響されずに部屋の中の蚊帳を通して突き抜けて見えた杉山は、鮮やかな青緑色であったということだ。漱石先生は蚊帳の中から間近に続く山々を見て驚いた後、蚊帳の外に出て直に山々を見たくなったに違いない。

ちなみにこの温泉旅行には、帝大時代からの親友の満鉄総裁であった中村是公らと来ていた。中村総裁は漱石を満韓の旅に誘ったことが大阪での吐血に繋がったとして、彼の部下と一緒に漱石を慰労の温泉旅行に誘ったのだ。栃木県の塩原温泉古町に到着した8月17日から6泊し、このあと4日間をかけて日光、軽井沢を経由し、上林温泉に移動した。漱石先生は8月30日に上林の宿から満鉄本社に近況を知らせる絵葉書をお礼として出した。

・傘を菊にさしたり新屋敷
（からかさを　きくにさしたり　しんやしき）
（明治30年12月12日）句稿27

漱石先生は明治30年9月上旬に東京から熊本に戻るとすぐに、住まいを大江村（熊本市の東に隣接する飽託郡にあった）に移した。掲句で新屋敷と呼ばれたこの家は、漢詩人で天皇の侍従を務めた落合東郭の持ち家で木造の平屋。生垣を巡らした広い邸で、縁側から煙を上げる阿蘇の山が見えたという。この落合氏は菊が好きな人であったらしく、いろんなところに菊を植えていた。その菊が至る所に繁茂していた。玄関前にも入り口を塞ぐように菊が勢力を伸ばしていた。漱石先生は、この菊の群れを傘立てがわりにして傘を差し込んでいた。

妻はやっと10月末に東京の実家から戻ってきた。菊が咲く頃には戻ると知らせてきた妻との1ヶ月ぶりの顔合わせ。庭の菊が咲いて、家の中も明るくなってきそうだ。漱石先生は好きな菊に囲まれてウキウキ気分で生活している。

この句の面白さは、広く繁茂していた菊をなんとかしなければと思いながら生活を始めたことだ。そして夫婦生活を立て直さねばならないと決意したことを込めて新屋敷と表した。また漱石はこの句で、これから妻に東京の実家に長居するのをやめさせたいという思いをこの句に込めているように思える。傘を菊の塊の中にぶすっと刺して菊が動かないようにしたからだ。ここでの菊は妻の鏡子を指すことになる。鏡子を動かないようにしたつもりだ。また「傘をさす」には別の意味を込めている。

東京の子規は漱石と鏡子の仲が戻るのか心配していた。漱石はそれを知っていたので、その子規に、うまく行った、安心してくれとこの俳句で伝えたのだ。

後にこの家は漱石の「第3の家、または大江（村）の家」と呼ばれた。この家は水前寺成趣園に隣接するジェーンズ邸内に移築保存されている。夏目鏡子夫人筆談の「漱石の思い出」によると、家賃は7円50銭で前の家よりも安かった。現在の熊本市新屋敷、白川小学校の裏手にあたり、桑畑に囲まれた静かな環境で漱石は気に入っていたという。当時の縁側での写真には、漱石夫婦と住み込みの書生二人、女中のテル、それに犬（漱石が飼っていた）と猫（テルが飼っていた）が写っていた。皆仲が良さそうに写っていた。

・乾鮭と並ぶや壁の棕櫚箒
（からざけと　ならぶやかべの　しゅろぼうき）
（明治28年11月22日）句稿7

乾鮭は鮭の腹わたを抜いて塩を振らずに寒風にさらした乾燥鮭で、新潟県の村上市のものが有名。割いた腹に串を挟んで開いたまま土間に下げて潮風に晒す。すると腹の中側は唐紅色になり、皮は焦げ茶色に変色する。

漱石は知り合いから送られてきた乾鮭を松山の愚陀仏庵の壁に下げたままにしておいた。そうなると漱石の俳句の意味が浮かび上がる。尻尾を縄で縛って壁に吊り下げて乾燥させるが、その姿は壁に下げた棕櫚箒に似てくるのだ。最初は太っていた鮭も乾燥が進むと細くなってきていた。だが頭だけはそう変化しないで、下の方が大きい頭でっかちの姿になる。まさに隣の箒の形も色も似てくる。鮭の色も飴色になって棕櫚の皮の色に似てくる。

ちなみに蕪村には「乾鮭や琴（きん）に斧うつひびき有」の句があるが、漱石はこの句を頭に置いて掲句を作った気がする。蕪村が斧（バチのことか）で乾鮭を叩くのであれば、自分は棕櫚箒の柄だとしてこれで乾鮭を叩いてみたと思われる。

　この句の面白さは、壁の前で漱石が乾鮭と棕櫚箒を眺めて考え込んでいる姿が見えることである。乾鮭は食えるが棕櫚箒は食えないと笑うのだ。

・乾鮭のからついてゐる柱かな

（からざけの　からついている　はしらかな）

（明治31年10月16日）句稿31

　熊本市内の借家の柱に打ち付けてある釘に漱石は乾鮭を縄で吊り下げている。この年の秋鮭を冬の保存食料にするために乾燥させた乾鮭が漱石宅に届けられた。漱石はそれを柱に括り付けて引き続き乾燥させている。内臓を取り出して風に晒していた鮭はすでに痩せ細っていた。漱石家でその鮭の体は乾燥がさらに進んで薄くなって来ている。鱗の光沢は落ちて柱の色に馴染んで、柱の一部になって瘤のように見える。


　漱石先生がこのような寒色の家内の風景を俳句に詠むのは、自身の気持ちも乾ついて冷えていたからなのだろう。妻はつわりで苦しんでいる。そして夫婦間の意思の疎通はうまく行っていない。季節と同様にこれからもっと夫婦関係は寒くなるのだろうか、と考えてしまう。だが漱石は幾分開き直っている。なるようにしかならないと。

　この句の面白さは、「から鮭」と「からついて」の二つの「から」の軽い音で相当に乾燥が進んでいることを表していることだ。そして「からついて」は柱に「絡みついて」いるさまも想像させる効果も生じさせている。乾鮭のからついている柱の側を痩せた脛を出した漱石が通ると、「から鮭」は余計にやせ細って見えそうだ。

　寺田寅彦は、そのような漱石を見ていたのか、「乾鮭や苦沙彌は遂に冬の人」と詠んでいた。

・乾鮭や薄く切れとの仰せなり

（からざけや　うすくきれとの　おおせなり）

（明治32年1月頃）手帳

　熊本で生活していた時の出来事だ。塩を加えないで作る干し鮭の乾鮭は、寒風にさらしたことによっては固く締まっている。従ってこれを出刃で切るのは男の仕事になる。漱石は頂き物の乾鮭を切るように妻に言われて体重をかけて切り始めたが、観察鋭い妻から乾鮭は貴重なものだからもう少し薄く切って欲しいと言われた。

　この句の「仰せなり」によって、漱石の家庭は「かかあ天下」になっていることを想像させる可笑しさがある。塩を使わない鮭は厚く切る方が美味しいと思っていた漱石は、妻の言葉を「仰せ」と表して不満であることを露呈させている。家計のことを考えると女房の言葉には逆らえない現実も浮かび上がってくるようで面白い。

　同じく乾鮭を詠んだ「乾鮭と並ぶや壁の棕櫚箒」の句も面白い。乾ききった鮭の薄切りが始まる前の壁の景色を表現したものだ。一匹まるまる干し上げた乾鮭の体は長く、頭のエラに荒縄を通して壁に掛けると棕櫚箒と釣り合いが取れるのだ。

ちなみに掲句の一つ前に置かれていた俳句は「楽しんで蓋をあくれば干鱈哉」であり、友人か誰かが干鱈の包みを漱石宅に送ってくれたとわかる。その干鱈と一緒に乾鮭が入れられていたのだ。贈り物の包みを開けた漱石は二種類の干物を見て大いに喜んだに違いない。喉がカラカラになったはずだ。

・烏瓜塀に売家の札はりたり

（からすうり　へいにうりやの　ふだはりたり）

（明治28年9月23日）句稿1

草木が枯れ始める季節になって、家の塀に烏瓜のツルが伸びたまま絡みついた家は、住む人が死に絶えたのか、または夜逃げで空き家になったのか、侘しい状態になっている。烏瓜の蔓が塀に絡みついたままでは、寒い季節になって烏瓜が枯れると余計に侘しくなる。

漱石はこの家の塀のそばを歩いているとこの家が気になって仕方ないので、玄関口に回ってみた。すると土塀に「売家」とだけ書いた白い紙が大きく張り出してあった。

もう一つの解釈が可能だ。掲句の一つ前に置かれていた俳句は「見上ぐれば城屹として秋の空」であった。漱石は松山城の堀の近くを歩いていたのだろう。かつて、そこには武家屋敷が並んでいたが、時代が変わって住人の武士は没落して、明治の世も30年近くになると数軒を残すのみになっていたと思われる。漱石が見たこの家も家計が逼迫してとうとう売りに出されたのだ。

この句の面白さは、烏瓜の「瓜」と売家の「売り」をかけていることだ。字数の少ない俳句でシェークスピアのような押韻が成功して漱石の気持ちはまさに「ウリウリ」になっていたであろう。寂しい景色を詠んだ俳句であっても、漱石の気持ちは盛り上がっていた。そして、こんな世は笑い飛ばすしかないと思った。もう一つの面白さは、中身の乏しい烏も食べない烏瓜によって、売家の札を見た時の侘しさが倍化している事だ。

・烏飛んで夕日に動く冬木かな

（からすとんで　ゆうひにうごく　ふゆきかな）

（明治29年）

葉を落としている冬の木は、夕刻になると黒さを増す。そんな黒い枝に止まっている真っ黒なカラスが暮れなずむ空に飛び立つと、一瞬赤い夕日に向かって黒い枝が瞬時に伸びたような錯覚にとらわれる。そしてカラスの飛び立した枝は上下に振動したかのように見える。赤と黒の景色が動き出す場面が展開する面白い句になっている。

この句は芭蕉の「枯枝に烏のとまりけり秋の暮」の句のパロディである。この名句とされる芭蕉句は、暮れる秋の中でカラスが黒い枯れ枝の一部となって停まっている侘しいさまを描いている。そして、黒い烏が暮れゆく秋を強調する構図になっている。芭蕉句は、烏が薄闇に溶け込んでいるさまを静かに観察している句であるが、漱石の句になると、黒い烏は静まり返る枯れ枝を見捨てるようにそこから飛んで行ってしまう。つまり漱石の冬の世界は芭蕉とは違って動的であり、芭蕉句を受け継いで展開させている。

この句の面白さは、夕日を背景にして冬木の一部になっていた烏が突然飛び出すと、冬木が夕日に向かって伸び出したように見えるところにある。動かないものと思っていたものが動くと人は驚くものである。そして烏は闇に溶け込んで動かない木よりも、沈んでゆく動きのある夕日の方に面白みを感じて飛び出すのだ。現代の子供たちのように。

● 枳殻の芽を吹く垣や春惜む

(からたちの　めをふくかきや　はるおしむ)

(大正3年か4年)手帳

東京の早稲田にある漱石宅には辛夷(こぶし)が咲いた後、桜が咲き、その後垣根に泥棒よけに植えておいた枳殻がやっと芽を出してくる。春に一番遅く新芽を出す木は樫の木であろう。葉っぱが硬いと芽吹きが遅くなるのか。

句意は「垣根の枳殻の芽が伸びてくる時期にやっとなった。するともう春も終わりの頃なのだな」というもの。漱石は春の季節の移ろいを残念がるが、次の楽しみとして枳殻の白い花の開花を待つことにしようと、気持ちを切り替える。

原稿を書く仕事もできなくなっていた漱石の体は、庭を散歩するくらいになっていた。庭を歩きながら枳殻の木がなかなか芽を出さないでいたので気になっていた。その木は硬く長い棘を枝から伸ばしてその棘は芽のように見えるが芽ではない。その棘の隙間に小さな芽が出るはずだと日々観察しているが、なかなか出てこないので漱石先生はやきもきしていた。

植物は造物神の指示に従って生きている。枳殻の芽が遅めに出るのもその指示に基づいている。漱石自身の短命も惜しむものではなく、造物神の指示に従うだけだということなのか。

● からつくや風に吹かれし納豆売

(からつくや　かぜにふかれし　なっとううり)

(明治28年12月18日)句稿9

掲句の直前句に納豆売りが出てくる「親の名に納豆売る児の憐れさよ」の句がある。掲句は子供が朝早くに家の近くで納豆売りをしている情景を詠んでいた。まだ暗いうちに家計の手助けをしている子供もいるのかと同情している。掲句は、その「納豆売りの児」の姿を冬の路地に見た時の感想句で、対句なのだ。

句意は「路地を吹き抜ける冬の風はからからに乾燥していて、その風の中で納豆売りしている子供の体は風に翻弄されている」というもの。その子の体から水分が抜けて体は小さくなってしまっているように感じられる。冷たい風に飛ばされそうな華奢な体をしていたのは、貧しい育ち方をしているからだと想像がつく。

この句の面白さは、「からつくや」の語は乾燥した冬の風を表し、その厳しい風によって納豆売りの少年の体も乾燥して小さくなっているのを示していることだ。つまり「からつくや」は風と納豆売りの少年の両方にかけてある。

ちなみに掲句は漱石が松山にいた時の句である。この年の冬は例年になく強烈な寒波が瀬戸内地方を襲っていた。納豆売りの「なっとー、なっとー」の声は風にかき消され気味であったであろう。漱石は時々外に出てこの子から納豆を買ったのかもしれない。

● 唐の名は頓とわからず草の花

(からのなは　とんとわからず　くさのはな)

(明治32年ごろ)手帳5

「熊本高等学校秋季雑詠　植物園」の前置きがある。子規に送付した句稿では「本名は頓とわからず草の花」が書かれていた。掲句はその原句である。本名とは中国名のことである。

句意は「高等学校の植物園は漢方の薬草中心の植物園であるので、植物名のプレートには中国名が書かれているが、中国原産の薬草の名前は、さっぱりわからない」というもの。漱石先生としては読み方がわからないのだ。そして一般学生が見るのであるから、薬草以外の植物も植えて欲しいところなのだ。ちなみに学校の植物園は元細川藩の御典医が管理していた薬草園を譲り受けていたものであった。

この句の面白さは、「頓とわからず」には、生物の先生の考え方は少しおかしいのではないか、と学校側に疑問を呈しているとわかることだ。そしてこのことがわからないとは「頓馬なことだ」という気持ちが込められている。そもそも一般学生に薬草園は必要なのかと言いたいのだ。

この句の面白さは、花が咲いていても名前が頓とわからない植物、薬草はただの草の花なのだという思いが込められていることだ。薬草は地味な花を咲かせるからだ。

• 搦手やはね橋下す朧月

（からめてや　はねばしおろす　おぼろづき）

（明治31年5月頃）句稿29

句意は「月の夜、月に霞がかかって朧月になったとき、城の裏口に設けた搦手から外に跳ね橋が降ろされて少人数の男たちが闇に紛れて出て行く」というもの。城の正面の大手門付近で敵軍が攻めている夜に、木製の跳ね橋が降ろされて、密かに軽装の部隊が静かに移動してゆく。敵の裏をかいて敵軍を動揺させる作戦であるのか。それとも大軍で攻めていることで油断が生じている隙をついて敵将を打ち取る作戦か。

それともこの句は朧月が出ているので、若殿がお忍びで僅かの小姓を伴って夜の城下に抜け出て行く様を描いているのか。跳ね橋が静かに下ろされて堀の向かい側に届くと、下級武士の身なりをした殿が橋を渡って行く。渡りきったところには駕籠が用意されているのだ。

掲句は前者の戦記俳句の可能性が高いと思われたが、実際は後者の方であった。掲句の直前に置かれた句は「こぬ殿に月朧也高き楼」と「行き行きて朧に笙を吹く別れ」であるからだ。江戸時代の天下泰平の世になって搦手に設けられた跳ね橋は、若殿の吉原への出陣に用いられるだけになっていた。ちなみに江戸城本丸の搦手であった北桔橋門（きたはねばしもん）は、城内にある曲輪（廓）の門の一つで、遊郭に通じる門であった。造りは名前の通り跳ね橋だったという。当時木製の跳ね橋を持ち上げ、そして下ろすための滑車を取り付けた金具が現在も残っているという。

この句の面白さは、「搦手」が敵ではなく世の中の裏をかく意味で使われていることだ。遊郭で殿は何を搦めとるのかと漱石は考えてしまう。

• 仮位牌焚く線香に黒む迄

（かりいはい　たくせんこうに　くろむまで）

（明治24年8月3日）子規宛の手紙

「通夜の句」とある。明治24年7月28日に兄嫁の登世がこの世を去った（享年25歳）。この句は登世を悼む連作句のうちのひとつ。仮位牌は漆塗りの位牌ではなく白木のものであった。漱石先生はこの位牌に線香の煙がついて黒ずむほど、たくさんの線香を焚き続けたいと願った。つまり仏壇の前に座り続けていたいという気持ちを表している。掲句は漱石にとっての登世はそのような存在であったということを物語っている。同じ屋根の下で暮らしていた知的で美貌の同い年の女性が亡くなった。まだ学生であった漱石は、家に一人でいることの多かった女性をいたわっていた。この登世は初めての妊娠でつわりを悪化させて死んでしまった。漱石はこの女性の悲しみを思った。

この俳句には登世追悼の句を一挙に13句も作っていた時の漱石の嘆きと悲しみが込められている。13句の中には「朝貌や咲た許りの命哉」「君逝きて浮世に花はなかりけり」「鏡台の主の行衛や塵埃」「今日よりは誰に見立ん秋の月」のように登世に対する愛を兄に遠慮することなく吐露している。漱石には初婚の登世を咲かせたのは自分だという思いがあった。

・かりがねの斜めに渡る帆綱かな
（かりがねの　ななめにわたる　ほづなかな）
（明治40年）手帳

群れをなしてV字編隊飛行で飛ぶ雁の一種の「かりがね」は、海を越えて渡る時には途中で休息を取りながら行く。その雁が休息を取る際には、帆船のマストに帆を張るためにつけた帆綱にびっしりと並んで留まる。マストを中心にして二等辺三角形のように張られた帆綱に雁が留まっている。これによってその帆綱は太く丈夫なように見える。

この雁は「かりがね」ともいうが、体全体が光沢によって金色に見えることから雁金なのだろうか。可笑しい。

この句の面白さは、多くの雁が帆綱に止まっている姿は、帆綱がはられた形になるので、飛ぶときのV字編隊と同じV字型になっていることだ。つまり飛ぶ時も休む時もV字なのである。漱石はこれらのことを17文字で表すことに成功している。まさにヴィクトリーなのである。

少し脱線するが、かねがね気になっていたこととして、お茶の種類の一つになっている「かりがね」がある。これは茎茶と承知してはいたが、なぜこの名前が付いているのかわからなかった。漱石の掲句を契機に調べてみたら、これは茶木の葉の根元の細い茎を使って製茶したもので、漢字で書くと「雁ヶ音」となるのだという。その謂れは大海を渡る雁は木の枝を咥えて飛ぶという話を元にして命名されたという。この雁の咥える木の枝が茎茶の茎なのだという。雁が関係するならこのお茶は美味いと思われるが、漱石の弟子の枕流はこの「雁ヶ音」茶を好まない。発音が「針金」に似ているからである。

・雁の拍子ぬけたる氷哉
（かりがねの　ひょうしぬけたる　こおりかな）
（明治28年12月18日）句稿9

拍子ぬけとは、張り合いがなくなること。予想した結果に繋がらないで落胆していること、失望ということである。「拍子がない、抜けている」ということの拍子は「音楽のリズムを形成する基本単位。一定数の拍の集まりで、強拍と弱拍との組み合わせからなる。（中略）雅楽で、ある楽曲中での太鼓の打拍数」と辞書にある。いわばポピュラーソングでリズムを作るドラムセクションがない状態ということか。

では氷で雁の「拍子ぬけ」とはどのようなことであるか。飛来した雁は川の水が凍っていて水を飲んだり、餌をとったりできず落胆しているのだ。漱石は雁の川遊びを見に来たのに、それが見られないで漱石も「拍子ぬけ」している。

この句の面白さは、掲句の上五は「かりがねの」と「か」の音が重ねてあって調子がいいことである。つまり漱石先生はこの句自体は「拍子あり」なのだとニヤッとしている。寒い河原での句作になったが、漱石の気持ちは少し温まっていた。

・かりそめの病なれども朝寒み
（かりそめの　やまいなれども　あささむみ）
（大正元年9月28日）東洋城宛の書簡
（大正元年9月29日）日記

9月26日に東京の佐藤診療所に入院し、痔の手術を受けた。この句を記した東洋城宛の書簡には「一週間にて退院の筈十句集も気が乗らず」と書き、東洋城から10句を作って欲しいと頼まれていたが、ずっとできなかった旨伝えた。そして痔疾は大したことのない、風邪みたいな病気なのだが、手術後の朝は少し寒く感じて少し辛い。痔を手術した尻のあたりがヒリヒリと痛んでいると書いた。

漱石全集の書簡集によると、先の手紙の後、再度東洋城宛に手紙を出していた。神田の佐藤医院に痔の手術で入院して2日目のこと。あと4日ぐらいで退院するはずだが、忙しくなければ話に来てくれ、と可愛がっている弟子の東洋城に手紙を出した。このように連絡すれば相手は来るとわかっていた。漱石に10句作って欲しいと頼み込んでいるが、漱石は気が乗らずに一向にできないと同じ手紙で答えていたからだ。作って欲しければ来なさい、ということだ。

句意は「痔なんてものは大したことはない。かりそめの恋ならぬ、かりそめの病みたいなものだが、尻のあたりが寒い。朝寒みの気分だ」というもの。それにしても漱石先生は胃病と痔病のダブルパンチで相当参っていたようだ。痔疾はかりそめの恋の病みたいだなどと言いながらも、誰もいない朝は気が沈んで仕方ないと弱気の手紙を綴っているのには笑ってしまう。

この句の面白さは、漱石を煩わせた東洋城の白蓮との恋のことを病床で思い起こして「かりそめの病」の言葉を用いていることだ。痔疾は大したことはなく、ちょっとした痛みがあるだけで、すぐに治ったお前の恋の病に私の痔は似ている。手術の時は痛みで大騒ぎしたが、お前の恋と一緒でだいぶ治まってきたと言って弟子を笑わせているのだ。わしの言うことに間違いはなかっただろうと言いたいようだ。

しかし、これにはオチがついていた。漱石先生の痔疾は切開した後、そうは簡単には治癒しなかった。しばらくして再入院となり再手術になった。

この日、別の弟子の小宮豊隆宛の手紙では「お尻は最後の治療にて1週間このところに横臥す。僕の手術は乃木大将の自殺と同じくらいの苦しみあるものとご承知ありて崇高なる御同情を賜りたく候」と真情を吐露していた。この手紙で精神の安定を図っていた。乃木大将がこれを聞いたら少々惨めに感じるであろうが。

• 雁ぢやとて鳴ぬものかは妻ぢやもの

（かりぢやとて　なかぬものかは　つまぢやもの）

（明治28年10月末）句稿3

雁の声を知らないのでユーチューブで越冬地の雁の声を聴いてみた。キュルキュルという感じに聞こえた。ネットで調べると古い日本人はカリカリと聞こえたので、これを雁という文字で表したとあった。

この俳句の解釈としては、「雁はうるさくキュルキュルと鳴くものだといっても、中には鳴かないものもいるのではないか、番いのメスだ」となる。鳴きながら渡るのはオスの方だというのだ。長い旅を先導するために、また種々の指示を出すために鳴くとも考えられる。

　この句の面白さは、番いのメスは妻としか言い表せないということだ。鳥の世界、雁の世界では妻鳥は鳴かずに静かにしているものだという。確かに鶏でもコケコッコーと鳴くのは雄鶏である。明治の人間界でもそうなっている、と漱石はいう。

　想像するに楠緒子と別れ、親友の保治に楠緒子を譲った形になっていたが、この状態に対して結婚した楠緒子の方から漱石へ親展の手紙を書いて来たのだ。漱石はこのことに対しての感想を掲句に表したのだ。ここまで来たのだから、新妻の君はもう私を困らせないでくれ、という思いなのだ。漱石はこの親展の手紙を火鉢の中で燃やした。明治28年12月18日付けの句稿9に「親展の状燃え上る火鉢哉」の句が書かれていた。

　しかし漱石はその後、楠緒子の心情を記したこの手紙の文面が頭から離れなかった。

• かりにする寺子屋なれど梅の花

（かりにする　てらこやなれど　うめのはな）

（大正5年春）手帳

伊豆の湯河原の温泉地に湯治に来ていた漱石は、日課の朝の散歩として竹林のある山裾を回って街中を通り、宿に戻るルートを歩いていた。町儒者の家があったり、まだ使われている寺子屋があったりする古い家並みを見ながら歩くのは楽しいものであった。1月28日から2月中頃までここの天野屋旅館に滞在した。二度目の滞在であった。リューマチがそこそこ治れば最後の小説を書くことにしていた。

　句意は「まだ新築の小学校はできていなかった。昔のままの寺子屋で子供達が学んでいた。その建物の周囲には梅の花が咲いていて学校らしき雰囲気にはなっていた」というもの。漱石はこの町にも尋常小学校ができると聞いていたが、仮の校舎として寺子屋がまだ使われているのを見た。町としては庭に梅の木を植えて校舎のように見えるように工夫していた。

　政府は軍事費に予算の大部分を回すようにしていたため、田舎の校舎の建築には金を配布できない状態が続いていた。漱石は地方の教育界の苦悩をこの俳句で表していた。梅の花を見ていると、花が子供達を応援しているように思えてくる。漱石は大人も子供も彼らの学ぶ姿を見るのが好きなのだ。

• 刈り残す粟にさしたり三日の月

（かりのこす　あわにさしたり　みかのつき）

（明治30年9月4日）子規庵での句会稿

当時の鎌倉の山際の畑か、阿蘇の山裾にある畑であろう。この句は漱石先生が学校の夏休みを利用して妻と上京した時の句である。妻は鎌倉の別荘に長期に滞在したが、漱石は街中の宿に一人で泊まっていた。この間漱石は子規宅に出かけたり、北鎌倉の円覚寺に行ったり、材木座の海岸を散策したりした。朝夕に時間があれば鶴岡八幡宮に出かけて、ハス池の周りを歩いたりした。この句を作った日が9月3日ということであれば、鎌倉の畑で見た光景ということになる。漱石は、掲句を用意して翌日の句会に参加した。

　句意は「広がる畑には粟が栽培されていた。今はその粟の大部分が刈り取られ、畑の一部に刈り残された粟の穂が風に揺れていた。夕方の空には三日月が出て、乏しい光であったがこの光を受けて粟の穂は輝きを放っていた」というもの。掲句には食糧の穀類の栽培、そしてその収穫は生きるためのもので、これ自体が美しいと感じられる漱石先生の感性が感じられる。

　この句の面白さは、三日月は月の両端が鎌の先のように尖っていて、この月が鎌となって粟畑を刈り取ったようにも解釈できることだ。また刈り取った鎌が空に上がって光っているとも解釈できることだ。

　漱石は昼間には別の麦畑を見ながら「麦を刈るあとを頻りに燕かな」の句も詠んでいた。ツバメが刈り取られて麦の株から逃げ出した昆虫を捕まえる姿を見ていた。そして刈り残しのある粟の畑では「群雀粟の穂による乱れ哉」の句も詠んでいた。漱石先生は生きることに必死な動物たちのこともよく観察していた。ここに命の輝きがあると感じていた。漱石先生は、これらの俳句を作った後に、さて自分はどうなのかと考えたのか。

雁や渡る乳玻璃に細き灯を護る

（かりやわたる　ちはりにほそき　ひをまもる）

（明治40年頃）手帳

久しぶりに古寺の僧を訪ねて長い時間話し込んだ。薄暗くなって来たので漱石先生はそろそろ帰るということにした。友人の僧は寺にある乳玻璃の細いランプを持って来た。乳玻璃はこの音が表すように繊細な乳白のガラスであるが、米国製のガラス製のランプの代名詞になっていた。日本の小提灯にように取っ手がついた外出用のランプである。この僧はこのランプで漱石の足元を照らすように、途中まで漱石を送ろうというのだ。肌寒さを感じた漱石はふと空を見上げた。すると寒風に乗って雁が北の国から渡って来て南の越冬地に行くのが見えた。空の雁は細い光を放つ灯を護るように飛んでいった。地上からは雁の飛行も細い線のように見えた。

この句の面白さは、雁が南に行くように漱石も寺を離れて家路につくというところである。雁も毎年の越冬地に戻るところだ。漱石は鎌倉の山際にある寺から南に位置する街中の宿に帰るところである。この寺は漱石が学生時代に坐禅をしに来た円覚寺で、その時顔見知りになった僧がまだ寺に残っていたのを知って出かけていた。この時の漱石は大学を辞めて新聞社に入っていて、小説を書いていることなどを話したのだろう。

この句の直後に書かれていた俳句に次のものがあった。「露けさの庵を繞（めぐ）りて芙蓉かな」と「露けさの中に帰るや小提灯」。芙蓉がまだ咲いていて露っぽい庵とあるので季節は、10月ごろの秋であろう。

枯蘆の廿日流れぬ氷哉

（かれあしの　はつかながれぬ　こおりかな）

（明治28年12月18日）句稿9

ここ西国の松山は北国とは異なり、寒波は長く居座らないと相場が決まっている。今来ている寒波はそのうち緩むと人は承知しているが、今度の寒波はすでに20日間も居座っている。川岸の葦は枯れているが、川面が凍ってしまったことで枯葦は氷に邪魔されて流下できないでいる。

時に人間は自然の威力に驚かされるが、川の枯葦も寒波による川の凍結によって川下りができないでいる。枯葦が川下りできないと繁殖が妨げられる。自然の造物は目に見えない大きな自然の力にはかなわないことを示す光景を見ていた。崩れ落ちている枯葦は足止めを食っている。

漱石先生は翌年の4月に松山を離れることになって、急に松山のどこもかしこも見ておきたくなったのか、どこにでも出かけているようだ。漱石先生は11月末にも同じ川を見に来ている。植物の世界には年単位の変化である栄枯盛衰があるが、人にも意気高揚と意気消沈があり、これを繰り返すうちにいつかは生者必滅になるのだと納得しているのかもしれない。

ちなみに掲句の直前句は「雁の拍子ぬけたる氷哉」、そして直後句は「水仙の葉はつれなくも氷哉」である。この川は隣町との境になっている重信川であろう。川岸に留め置かれて重なった枯葦は春先に野焼きで燃やされることになる。

枯芒北に向つて靡きけり

（かれすすき　きたにむかつて　なびきけり）

（明治32年1月）句稿32

この句の直前に置かれた「石標や残る一株の枯芒」の句を受けて漱石先生はこの句を作っている。この年に宇佐神宮を初詣した後、西の宇佐市四日市の宿を目指して枯野の中を歩き出した。午前中から歩き出した道の途中に見つけた石標のそばに一株だけ残っていた枯芒は、風に押されて倒れそうであった。低く垂れ込めた雲から吹き出すのか、強烈な寒風が強く吹いている。その風は南から吹いていた。

漱石先生は道端の枯芒が北に向ってなびいているのを見ていた。季節柄北風が吹くと思っていたので、意外であったのだ。この辺りの地形が関係していて風が巻くのか。西方には山が連なり、耶馬渓がある影響によるものか。

雪が降りそうで薄暗く、見通しのきかない場所に立って幾分不安を感じながら、漱石先生は不思議そうに山の方を見遣っていたに違いない。
この句には漱石先生の何かの意図か面白さが隠されている気がする。しかし、それが何かはわからない。頭の中で考えられないことが起こりそうだという予感がしたのだろうか。この風はこれから先、耶馬渓踏破の旅が多難になる予兆と受け止めた。

この句を読んで不思議に思うのは、漱石先生の頭の中には地図が入っていたのであろうが、草はらの中の道を歩きながら曇り空の下でどうして方角がわかるのかである。先の石標に方角が刻まれていたのだろう。

• 枯ながら蔦の氷れる岩哉

（かれながら　つたのこおれる　いわおかな）

（明治28年12月18日）句稿9

四国山地の近くは冬になると厳しい寒さに襲われる。山の水が急斜面を流れ落ちる沢では、岩に飛び散った水滴が凍る。蔦に付着した飛沫が塊になって凍っている。その岩を這い上っていた蔦はこれによって枯れてしまう。それでも蔦は岩にしがみついている。離れまいとする意志を感じさせる。褐色に色を変えてもしがみついたままでいる。漱石先生は蔦の執念を見る思いがしたのであろう。

自然の生き物は、生きることに執念を燃やすものだと感心したのである。枯れてしまえば生を諦めるが、次の春にまた蔦は枯れ残ったところから、または根元から芽を出して岩を這い上ることを始める。

漱石先生はこの俳句を作りながら、自分はこの松山でうまく行かなかったが、このまま（枯れたまま）終わるわけには行かない。来春に再起をかけることを決意したのであろう。

この俳句では一般的な「凍る」ではなく、「氷る」の文字を使っているのでで解釈が少し容易になった。「氷る」によって付着した水が凍っていることがわかるからだ。この句の面白さは、蔦は付着水が凍ったことによって枯れているのだが、その過程で枯死に至らせた氷が光輝いて蔦を目立たせていることだ。そして枯れた蔦を生きているように見せていることだ。

• 枯残るは尾花なるべし一つ家

（かれのこるは　おばななるべし　ひとつい え）

（明治29年12月）句稿21

芒（すすき）は春に芽が出て夏には「青芒」になり、秋になると穂を出して「花芒」または尾花となり、冬には「枯芒」となる。日本人は芒が好きなようである。冬になって枯れていても、枯尾花の名前をつけて真っ白な花が咲くと表現するほどだ。

遠くの山里に一軒だけぽつんと建っている粗末な家は、野原にある枯れ薄のようになんとか立っている。その野原は枯れ芒の原であり、その一軒の古びた農家が芒のように傾いてぽつねんと立っている。寂れているが、枯れ尾花のように咲いているのである。

句意は「荒れ野に枯れ残って白く見えるのは尾花であろう。その中にある一軒家は茅葺きであり、芒野にとけ込んでいる」というもの。

この句の面白さは、枯れ尾花のような古びた家が、枯れ芒の原に立ち尽くしているということだ。そのような環境の中でも一つ家は枯れ芒のように残っている。「枯残る一つ家」は「枯れ尾花の原」で毅然と白く輝いて立っている。

ところでこの句は何を象徴しているのか。東京に一人残っている大塚楠緒子のことを描いている。彼女の夫は、この句が作られるほぼ1年前から欧州に留学していて、彼女は一人で留守宅を守っている。漱石はこの楠緒子の侘しく生きているさまを掲句に表した。

ある時、鏡子は漱石に楠緒子の悲しげな短歌が載った歌誌「心の花」を見せた。その短歌は「君まさずなりにし頃となかむれば 若葉がくれに桜ちるなり」で、二つの解釈ができるものであった。短歌の名手は絶妙な歌を作って漱石に届けた。漱石は楠緒子の歌や文章の全てに目を通していることを知っていたからだ。この歌を載せた文芸誌は明治28年臨時増刊新年号の「文藝倶楽部」であった。漱石はこの巻頭にあった短冊の短歌を読んでから、掲句を作っていた。そして鏡子より先に楠緒子の短歌を見ていた漱石はこの歌に隠された漱石を求める内容も理解していた。楠緒子は、枯れたように見えても、白く輝く花を咲かせていたと漱石は認識を新たにしたのだ。この句を見せられた漱石は、平然と「お安くない歌だ。大方大塚が留守なんで、こんな歌ができたのだろうが、大塚は幸せな男だ」とつぶやくように答えることができた。

歌謡曲に「新宿枯れすすき」（昭和50年）という歌があり、この中に孤独な男女を象徴する枯れ尾花が登場する。都会で倒れそうだがまだ生きていると男女の歌手が歌っていた。漱石先生も心に悩みがあり、辛いのであろう。そして自分の将来の道のことでも悩んでもいる。だが生きる意志は依然と強いのだ。

枯野原汽車に化けたる狸あり

（かれのはら　きしゃにばけたる　たぬきあり）

（明治29年3月5日）句稿12

松山郊外の枯れ野原を汽車が走り抜ける。煙を吐いて寸胴の体を揺すりながら走り抜けて行く鉄の塊は妖怪のように見えたであろう。二本の鉄路の上を周りの枯れ葉を巻き上げながら進む蒸気機関車の車列は、タヌキが何かに化けたバケモノとしか思えなかったに違いない。導入時の汽車は蒸気機関車の後ろに客車を1両か2両繋いだ編成であり、タヌキの頭から尻尾までの長さで十分に化けられると思われる。

句意は「白い穂をつけた枯れ尾花の原野を白い煙を吐きながら汽車が走り抜ける。大型のタヌキが化けて走っているようだ」というもの。新しい時代の白い光に満ちた幻想的な光景であった。

東京と新橋間をSL列車が走ったのは、明治5年のことであった。その後蒸気機関車が地方を走り出し、四国に上陸したのは明治22年で、開通区間は丸亀―琴平間の約15㎞。この時まさに四国の原野は揺れたであろう。漱石の住んでいた松山に鉄道が延びたのは明治29年だったのだろう。漱石は松山の俳句仲間に誘われてこの汽車を見に行ったはずだ。

この時の煙を吐きながら走るSL列車の音と姿にびっくりした野原の動物たちは、遠くからタヌキが化けた汽車を眺めていた。かつてこの枯野の主であった狐はそのタヌキ列車を呆然と眺めていた。

この俳句は、まさに童句である。明治29年に漱石先生のユーモア満載のタヌキ列車が四国を走り抜けたが、この夢列車は昭和になって登場した宮沢賢治の銀河鉄道の列車に引き継がれた。

ちなみに掲句の直前句は「戛々と鼓刀の肆に時雨けり」であり、直後句は「物言はで腹ふくれたる河豚かな」である。掲句もこれらのユーモア句に属するもので、3句とも不愉快な思いが詰まった松山を去る一月前に作られていた。

枯蓮を被むつて浮きし小鴨哉

（かれはすを　かむってうきし　こがもかな）

（明治28年初春）

明治28年4月に当時の松山中学に赴任する前に、見納めにと東京、本郷近辺を散策したのだ。春先の不忍池を見に出かけたときの句であろう。小鴨が生まれている池には、そんな獲物を求める大きな鳥が押しかけてきている。大柄の猛禽は子鴨が親鳥から離れた瞬間を狙っている。これを知らないやんちゃ盛りの子鴨は、折れて沈んだ蓮の実や浮かんだ蓮の葉で遊ぼうとして、一匹で親から離れて泳ぎ出そうとする。

枯れた蓮の葉はその先端が折れ曲がって水に着いて浮かんでいる。小鴨は泳ぎにくそうだ。小鴨はなんとかその隙間へ泳ぎ出すが、いつの間にか枯れ葉の下でもがいている。猛禽の目には枯れ葉が波に揺れているとしか見えない。自然はうまくできていると漱石は可笑しくなる。ついでに言えば小鴨の体色は枯れ蓮色になっていて保護色になっていると漱石は見ていた。

句意は「折れた枯れ蓮の葉っぱを被って、隠れながら泳ぎを覚えている小鴨がいる」というもの。不忍池で見た光景をユーモラスに描いている。

漱石が掲句を作った頃は、大塚楠緒子との恋愛関係が破綻した後、やっと心を落ち着けることができた頃だ。一時は学寮を出て松島に行ったりして放浪し、生活が荒れた。円覚寺で座禅もした。その後、楠緒子夫妻が住む東京を離れることを決めた。その落ち着いた記念として掲句を作った気がする。

枯柳緑なる頃妹逝けり

（かれやなぎ　みどりなるころ　いもゆけり）

（明治28年11月22日）句稿7

じんと来る暗号俳句である。葉を落としていた柳が緑を回復した頃に妹がなくなったという。だが今まで緑色をしていた若い女性の人生が柳とは反対に枯れ果てたのである。入れ違いの死である。ではこの妹という人は誰なのか。

この句の解釈はすんなりとはいかない。ヒントは古風な言葉にある。明治の頃は、男が女を親しんでいう場合は、古風な言い回しがまだ生きていた。掲句の妹（いも）は主として妻・恋人をさす言葉であったということである。万葉集に出てくる言葉が明治時代でも部分的には生きていた。ちなみに女から見た男の恋人は兄（せ）であった。

つまり、漱石が松山に出てくる前の東京時代に恋人であった大塚楠緒子は帝大時代からの親友と結婚してしまい、漱石は形の上では失恋していた。かつて漱石と楠緒子の関係は、古典的に表現すれば「妹と兄の関係」であったのだ。そして彼ら三人の間で実際に存在したと推察する「妹と兄たちの関係」は文書として後世には残されていないが、三人だけの重い契約が成立していたとみる。それ以前の、以後の交際を裏付ける資料が一切ないのは、意図的に計画された結果であり、異常なことである。不思議と思わなければならない。

ここで「妹逝けり」を考えてみることにする。漱石（兄）は一応、来春の「枯柳緑なる頃」に熊本の地で結婚することになった。これによって先に結婚していた楠緒子との関係は「心の妹と兄の関係」でもなくなる。漱石は来春に向けての気持ちの切り替えを図ろうとしたことを、この俳句に記録したのだ。

この句で漱石は失恋していた頃の自分を「枯柳」と見ていたとわかる。柳の葉は下の方にだらりと下がるのが特徴であるが、漱石は落ち込んでいた自分をこの柳と見立て、さらにその柳が枯れていたというのであるから、相当な落ち込みようであることがわかる。そんな柳が緑の葉を付けようとしている。今までの「心の楠緒子」を消そうとした。

ちなみに漱石は10月下旬に楠緒子からの手紙を受け取っていた。そして、見合い結婚を決意するまで持ち続けた。掲句はこの間に作られたもの。

枯柳芽ばるべしども見えぬ哉

（かれやなぎ　めばるべしども　みえぬかな）

（明治28年10月）句稿2

川べりに立っているの柳の木は枯葉を落として細い枝だけを身にまとっている。柳の木は葉を落とした段階ですでに春の芽吹きに備えて、その細い枝に雨つぶほどの小さな芽が出ているはずだと思って枝先を見るが、小さすぎてよく見えない。

漱石は柳の芽がすでに枝に準備されていることはわかっているが、細かすぎて近づかないとよく見えないので「見えぬ哉」と断言してしまっている。漱石は楽しい句に仕立てている。

句意は「葉を落とした枯柳には芽らしきものがもうあるはずだが、見えていない」というもの。実際に芽が見えるかについてはこだわらない。あるはずだからだ。この状態を「芽ばる」と造語している。

この句は漱石の楠緒子との失恋後の心境を記している。この時期は、満州から帰国して神戸で血を吐いた子規と松山の愚陀仏庵で同居し、俳句作りをしていた時だ。最大の落ち込みから脱したとこの句で記した。

落葉木は葉を落とした段階で春の芽生えの芽をしっかりと備えているもので、柳もその例に漏れないが、なにしろ細かすぎるのだ、と落語のような話にして自分で笑っている。そしてそんな自分に安堵した。

漱石は掲句の他に次の枯れ柳の2句を作っている。「枯柳緑なる頃妹逝けり」「狸化けぬ柳枯れぬと心得て」である。枯れ柳からは髪が乱れた状態の混乱した女と男が思い浮かぶ。枯れ柳にはすこし日常的ではないイメージがある。

か

川ありて遂に渡れぬ枯野かな
（かわありて　ついにわたれぬ　かれのかな）
（明治40年ごろ）手帳

目の前には大きな川が横たわっている。向こう側に行けない。さてどうするかと考える。ついに渡れないことがわかったという悟りの句である。掲句は、悩みの元になっている現状を打破できないということだ。職業小説家としての道が大きく拓けたことで、家計の苦しさはほぼ打破できつつあった。では川を渡れない理由は何なのか。

漱石は単なる悩みの句を作ったのではない。漱石先生はここでも遊びの精神を発揮している。掲句は芭蕉が死の床で作った「旅に病で夢は枯野をかけ廻る」の句を受けている。芭蕉は旅先の大坂で死んだら、契った友と一緒に広い枯野を自由に駆け巡りたいと思っていた。旅の途中で病死したら、ずっと願っていたことが叶うとして死ぬことが嫌ではないことを、枕元に並んだ弟子たちの前で密かに吐露した。その相手は誰なのか。男色の相手であった名古屋の俳句の弟子、杜国であった。天下の芭蕉であっても堂々とこの男と同棲はできなかった。俳句の世界で大成功を収めた芭蕉にも大きな悩みがあったのだ。

漱石の句は、この芭蕉の辞世の句のパロディ句になっている。漱石は芭蕉のようには死国の枯野に簡単には行かない、川があるではないかとニヤリとする。実のところ、漱石先生も芭蕉の悩みに似た、思うようにならない問題を抱えていたが、漱石は踏みとどまるのだ。

この俳句は、帝大教授になる手前で新聞社の社員になった漱石が下を向いて躊躇している姿を描いているのではなく、これから歩く先を今まで通り歩いて行くだけだと決意している句だと解釈することができる。決して枯野から吹き出す侘しい風に晒されているわけではない。枯野に逃避しようというのでもない。言文一致の文体をもって進む荒地の開拓者の境地になっている。

掲句のごく近くに置かれていた俳句には枯野の登場する句が目立つ。「吾影の吹かれて長き枯野哉」「むら鴉何に集る枯野かな」「法螺の音の何処より来たる枯野哉」と枯野の句を次々に打ち出して、枯野に立つ自分を強く意識している。しかし掲句に出ている枯野は死の国の枯野である。掲句の漱石はこの枯野に踏み込もうとしない。枯野は漱石の目の前にあるのだ。漱石はこの年に新聞小説家になってから作った一作目の小説「虞美人草」に満足はしていなかった。だが不評のストレスに打ちのめされていない。

三者談

ある人が枯野で川を渡るために橋を探してウロウロしていると考える。その状況を広い枯野の中で見ている別の人がいる。いや一人に起きていることだ。落ち着かない句である。「渡れぬ」と枯野の連接がうまく行っていない。理解するためには何かの前置きが必要だ。

川上は平氏の裔の住みぬらん
（かわかみは　へいしのすえの　すみぬらん）
（明治37年12月頃）俳体詩「尼」9節

明治45年8月に漱石夫妻は避暑旅行に出かけた。友人の是公が待ち受ける栃木県塩原温泉で数日過ごし、ここから鬼怒川沿いに西に移動し日光で宿泊した。日光を流れる川の上流には平家の落人が住んだという村があった。今は湯西川温泉郷になっている。

句意は「利根川の支流である鬼怒川のはるか川上には平氏の子孫が住んでいるらしい村がある」というもの。漱石一行は塩原温泉から日光を目指して移動している時に流域の説明を受けていた。

掲句は「落ちて椿の遠く流るゝ」と続く。句意は「川上で流れの中に椿が落ちたならば、遠くまで流れてゆく」というもの。このあたりには平家一門の子孫が住みついていると教えられたので、京都からここまで敗れた平家が落ちてきたという話を落ち椿につなげている。山奥の上流から生活の匂いがするものが鎌倉武士のいる下流域に流れ着くと、平家落人がいると悟られるのではないかと漱石は想像したりした。

歌全体では「川上には平氏の子孫が住んでいるらしい村がある。この川上で流れの中に椿が落ちたならば、遠くまで流れてゆく」となる。椿の花が川を下るならば、風流な平家の子孫が流すのだろうと漱石は推察した。椿は水はけの良い場所を好むので、水辺に自然に椿が生えることはないとわかっていた。

次に続く歌は「花弁に昔ながらの恋燃えて　世を捨てたるに何の陽炎（かげろう）」である。花つながりであるが、これは何と虚子が作っている。

この句は漱石の元恋人の大塚楠緒子に成り代わって虚子が作っている。彼女は生きている間にこのような歌を秘密のノートに書き込んだはずだとして。句意は「昔付き合った男に再会して、恋がまた燃えてしまった。花弁の芯が疼くような感覚が戻ってきている。平氏のように世を捨てたつもりなのに、何ということだ、陽炎のように心は揺れ続けている」というもの。後輩の虚子が漱石の恋人であった大塚楠緒子の女としての強い思いを代弁している。つまり虚子は漱石と楠緒子のことを深く知り抜いていたことを示している。

平氏の子孫が住んでいるらしい村がある川上で流れの中に椿が落ちたならば、遠くまで流れてゆくのだ。その流れ着いた椿の花から、恋がまた燃え出した、となる。ここですくい上げられた椿の花は漱石である。花を拾い上げることを計画していた楠緒子は近所で人力車の上から漱石を見かけたときに、昔の恋がまた燃え出したのだ。このことも虚子は知っていた。

●川霧に呼はんとして舟見えざる

（かわぎりに　よばはんとして　ふねみえざる）

（明治30年9月4日）子規庵での句会

熊本から夫婦で帰京した漱石は里帰りした妻と分かれて鎌倉の旅館に長逗留していた。この間に亡くなっていた父の墓参りを済ませた。漱石は鎌倉で掲句と対になる「漕ぎ入れん初汐寄する龍が窟」の句を作っていた。掲句は江ノ島の「龍が窟」に「漕ぎ入れん」として小舟に乗り込む前の河口舟着場の情景である。この舟着場は満ち潮を利用した潮待ち港で、片瀬川河口の馬鞍結橋下にあった。

句意は「島に渡る手漕ぎ舟に乗ろうと舟着場に行ったが、霧がかかっていて船頭の客に呼びかける声は聞こえたが乗る舟が見えなかった」というもの。探していた舟着場はわかったが、川霧が広がっていて道の高さより低い位置にある舟が見えなかった。

上げ潮になり、やっと霧が晴れそうだとして係の者が乗客に舟に乗るように大声で知らせている。この光景を「船出ると罵る声す深き霧」という句に詠み込んでいた。しかし、まだ完全に霧が晴れない中で、霧に慣れていない目をいくら凝らしても乗る舟は見えない。「おーい、舟が出るぞー」と乗客を呼ぶ声だけがしている。川の水位は橋の袂よりかなり低かったから、舟は橋の上から覗き込まないと見えなかったのだ。

この句の面白さは、霧の中で人の声がして、陸の上で人の動く姿は見えているが、肝心の乗る舟が見えないというところである。漱石は霧の中で幻想を見ている気がして来たのだ。霧がかかっている川面にいくら目を遣っても何も見えない。霧があるからいくら見続けても切りがない。

●革羽織古めかしたる寒かな

（かわばおり　ふるめかしたる　さむさかな）

（明治29年12月）句稿21

この句稿の冒頭に「凩や海に夕日を吹き落す」の句が置かれていた。この句は漱石が熊本の有明海の天草諸島を目の前に見ての日没句である。第五高等学校の修学旅行の引率で天草、島原へ行っていて、その時の句である。この「凩や海」の句はこの引率旅行の際に作ったものだ。第五高等学校の学生たちが大挙して村に来たので、村長は村の代表として一行を出迎えたのだ。

この場面で「村長の羽織短かき寒哉」の句が容易にできた。村長の着ていた革の羽織は丈が短く、村長は寒そうであった。次に掲句ができた。漱石先生は挨拶を返しながらその短い羽織をよく見たのだ。

掲句の句意は「村長の着ていた革羽織は古めかしく、みすぼらしいもので、その村長はそのこともあって寒そうに見えた」というもの。その羽織は江戸時代に作られたものとすぐにわかるものだった。

この句の面白さは、明治29年当時革羽織は古めかしいという認識であったことだ。江戸時代には木綿布、絹織物よりも皮革製品の方が入手しやすく安価であり、一般化していたということである。現代とは様子が違っていた。現代では革製品の方が綿製品より高級品とみられることになった。

ちなみに江戸城内で事件を起こした赤穂藩主の浅野内匠頭が履いていた足袋は革製であった可能性が高いという。当時木綿の足袋は入手困難であったからだ。時代劇では武士は白い木綿の足袋に履いているが、あれは誤りである。しかし現代ではその革製足袋は入手困難なものになっている。当時は冬でも一般の武士は裸足であり、町人は無論のこと裸足で草履を履いていた。大名だけが革製の足袋を履いていたのだ。

・川幅の五尺に足らで菫かな

（かははばの　ごしゃくにたらで　すみれかな）
（明治29年3月5日）句稿12

謎の俳句であるが、芭蕉の奥の細道に書かれている次の文言に関係していると見た。つまり芭蕉がかつて禅の道に入る手ほどきをしてもらった仏頂和尚の和歌を芭蕉が気に入っていて、「奥の細道」の文章にこれを引用して書いていたからだ。

「当国雲岸寺のおくに、仏頂和尚山居跡あり。『竪横の五尺にたらぬ草の庵むすぶもくやし雨なかりせば』。これを解釈すると「縦横5尺（1・5ｍ）に満たない庵だったとはいえ、庵を作ってしまった。庵などは雨が降らなければ作らない方がいいのだ。」というもの。この和尚は、修行の僧は家など持たない方がいいという考えの持ち主なのであった。

この山に住んだ和尚は、元は常陸国鹿島の臨済宗根本寺住職であったが、時々下野の黒羽にある雲岸寺の奥の庵で雲水修行をした人だ。芭蕉は鹿島を訪ね、この和尚のもとで禅の修行をした。漱石先生は芭蕉の文中にある和尚の和歌を念頭に、掲句を作った。

掲句の句意は「目の前の川の幅はあの仏頂和尚の庵と同じで、5尺に足りない位だ。そんなどうということのない小川の岸辺に菫が控えめに咲いている」というもの。小さな菫は咲く場所を選ばない。そしてどこにでも根を張る野の草なのだ。そして咲いた場所を明るくする花なのだ。

漱石先生は、よほど菫の花が気に入っているようだ。質素に謙虚に、そして極力自然の中で生きるという漱石の生き方に合致するとしてこの菫花のイメージを大事にした。漱石は芭蕉の先生であった仏頂和尚に生き方を教わった気がした。

・蝙蝠に近し小鍛冶が槌の音

（かわほりに　ちかしこかじが　つちのおと）
（明治36年6月17日）井上微笑宛の書簡

この俳句は謡曲の「小鍛冶」を下敷きにしている。一条帝が夢の中でお告げを受け、刀鍛冶の名工、小鍛冶宗近に宣旨として剣を造るように命じた。しかし、作業の相槌を打つ者がいないとして小鍛冶は断ったが、稲荷明神が狐の姿となって現れて相槌を打つことになった。無事御剣を打ち終わり、表に小鍛冶宗近、裏に小狐と銘を入れ勅使に捧げた。

この話をもとに、漱石先生は蝙蝠を小鍛冶に絡ませている。漱石先生は「川堀」の水をそこから近い鍛冶場に運んで小鍛冶に使わせている。小鍛冶は相方と相槌を打っているが、その近くを黒い蝙蝠が珍しいものを見るように飛び回る。小鍛冶はこの「川堀」水で刀の焼入れを完了させた。この御剣が誕生したことによって国の安寧が保たれたという。

この句の面白さは、コウモリが暗い鍛冶場に蝙蝠が飛び込むと、辺りには切り炭が大量においてあるのでコウモリの姿が判別しにくくなっていることだ。

中国語の発音では「蝙蝠」は福が来ることを意味するという。令和の日本では、「蝙蝠」由来のウイルスが「武漢ウイルス」となって世を混乱させたとして、現代のコウモリは歓迎されない。

漱石先生は、自分の属する宝生流の謡をベースに俳句の創作を楽しんでいる。一高と東京帝大での英語教師の仕事は充実感がないので、古い熊本時代の句友に気楽な俳句を届けて息抜きをしている。

・蝙蝠の宵々毎や薄き粥

（かわほりの　よいよいごとや　うすきかゆ）

（明治44年9月8日）寺田寅彦宛と松根豊次郎宛の葉書

漱石先生は入院していた大阪の湯川胃腸病院から寺田寅彦宛に葉書を出した。湯川胃腸病院は大阪城がよく見える場所にあった。ここの三階の病室から見える大阪の風景を葉書に書き、「毎日粥を食ふ。おかずは豆腐と麩」と書き添えた。のちに掲句は「稲妻の宵々毎や薄き粥」の形にも変えて用いた。

ところで「かわほり」はコウモリの古名であり、平安時代には蝙蝠扇と蝙蝠羽織の略語として使われたという。これらは羽を広げた形が蝙蝠に似ていたことから名付けられた。

句意は「コウモリどもが毎晩出没している。薄い紙のような羽で飛び回っている。わしは薄い粥を毎日すすっている」というもの。暗い闇の中にコウモリの目が所々粒々に光って見える。これと同様に粥は米粒が粒々に見えていると笑っている。

この句の面白さは、コウモリを初めの頃は面白がって見ていたが、毎晩のこととなると悩ましい。これと同じように粥も毎晩は勘弁してもらいたいとの嘆きが見えることだ。粥ばかりで自分の体は蝙蝠のように骨と皮になっていると笑う。

もう一つの面白さは、「かわほり」は病室から見える大阪城の川堀を意味していることだ。

東洋城宛の葉書には、掲句の他に次の句も付けられていた。「灯を消せば涼しき星や窓に入る」と爽やかに詠んだ。だが夜空に星がキラキラ光っているように見えたのは、コウモリどもの夜光の目なのであろうか。

ちなみに「かわほり」はコウモリの古名で、平安時代には蝙蝠扇と蝙蝠羽織の略語としても使われた。扇と羽織は羽を広げた蝙蝠の形に似ていたことからこれらの言葉が編み出された。

・蝙蝠や賊の酒呑む古館

（かわほりや　ぞくのさけのむ　ふるやかた）

（明治30年5月28日）句稿25

漱石と鏡子は前年6月に結婚式を挙げて二人の新婚生活がスタートした。しかし二人の関係はしっくりいっていなかった。妻は漱石がかつての恋人、楠緒子との関係を持ち続けていると疑っていたからだ。そのような家庭を同僚たちが次々に訪れてきた。

掲句の句意は「夕暮れが近づくと蝙蝠たちが人家の周りを飛び交い始める。この蝙蝠のように漱石の古い借家に、あくどい魂胆を持つ男どもが集まって酒盛りをしている」というものだ。掲句にある「賊」には漱石の迷惑と感じる気持ちが込められている。男たちが酒を酌み交わしている様は自由に羽ばたいている蝙蝠のようだ。

第五高等学校の同僚教師たちが新婚家庭を覗きにきていた。そして出された酒をうまそうに飲んでいた。しかし主人の漱石は下戸であり、酒の番をしているだけであった。押しかけた同僚たちは漱石にとっては歓迎しない不気味な蝙蝠のように見えた。同僚たちは酒が入ると目が爛々と輝くのであった。

この句の面白さは、古い借家に住みだした新婚家庭に押しかける無遠慮な同僚たちをユーモラスに描いていることだ。同僚たちは腰を据えて漱石宅の酒がなくなるまで飲むので、まさに盗賊なのだ。そして彼らは黒っぽい紺絣の和服を着て来たから、その姿は歓迎できない蝙蝠に見えたのだ。

● 蝙蝠や一筋町の旅芸者

（かわほりや　ひとすじまちの　たびげいしゃ）

（明治36年6月17日）井上微笑宛の書簡

夕刻から飛び始めるコウモリ。その古名がカワホリ。軽やかに自在に飛ぶ蝙蝠は街道の一本道を行ったり来たりしている。宿場のまわりを飛び回っている。この街道にある宿場町には艶な旅芸者たちが通りかかり、ここに草鞋を脱ぐ者もいる。宿場町で仕事をする旅芸者たちの出で立ちは、目立たぬように黒っぽいものを着ていたのであろうが、それでも目立つ。彼女たちの出で立ちは街道の上空を飛ぶコウモリに似ている。獲物を探して飛び回っている。

江戸の町で夜になると街路に出没して春を売る女は夜鷹と呼ばれたが、宿場では流しの旅芸者の蝙蝠であった。宿場の近くの街道沿いに立つ蝙蝠は三味線を小脇に抱えていた。そして懐には扇子を挿していた。漱石はこの女たちを同じく夜飛ぶ暗いイメージのコウモリと表したのだろう。さて鷹とコウモリの違いは何であったのか。気位の違いか。

このカワホリ女は、カワホリ扇とも呼ばれる扇子を持ち、踊りの芸を披露する際に使用した。このことから街道に出没する旅芸者を蝙蝠と呼んだのだ。扇子は数本の骨の上に薄い紙を貼ったものであり、畳むと一本の棒のようになる。コウモリもそうである。枝に逆さにとまるときには羽を折りたたんで小さくまとめる。

この句を作った時期、漱石は東京帝国大学の英文科講師の職にあった。この頃の漱石は学生たちの授業への反発で気持ちが弱っていた。そんなとき思わぬ依頼が飛び込んできた。漱石の熊本時代に交流した俳人の井上微笑が、地元俳誌に漱石の句を載せたいとして投稿用紙を送ってきた。掲句はその依頼で作った13句のうちの一つ。作成した俳句はどれも気分転換になるのんびりしたユーモアたっぷりの俳句ばかりであった。

● 川向ひ桜咲きけり今戸焼

（かわむかい　さくらさきけり　いまどやき）

（明治29年3月24日）句稿14

この俳句は隅田川三部作の一つである。隅田川の川べりを歩いて句を作った。他の二つは「春の江の開いて遠し寺の塔」と「柳垂れて江は南に流れけり」である。

子規は学生時代に向島の茶店に気に入った娘がいたこともあって、子規はこの辺りは漱石先生以上に詳しい。したがって漱石先生は向島のことは俳句にして報告することもないと考え、隅田川の向島と反対側の川べりの浅草北側から南へと散策しながら句作した。

漱石は子規と歩いた向島から白鬚橋を渡って対岸の今戸地区を歩いた。土手には桜の並木が整備されていた。桜が咲き、漱石を歓迎しているように思えた。その辺りは建物も少なく、昔の賑わいが懐かしかった。この地は薄手の白い今戸焼で有名になったところであり、福助人形や招き猫は江戸時代には浅草の土産物の一つとしても人気があった。

ちなみに令和2年1月25日にさいたま市の神社で行われた骨董市では、縦横が40センチ、厚みが20センチ程度の福助像が2体も売られていた。多分それらは今戸焼だったのであろう。大きな耳が客を威圧していた。

ここから川下に向かって少し歩くと浅草寺の屋根が見えた。そして浅草寺の五重塔や少し外れたところに当時では最も高い12階建ての凌雲閣が見えていた。漱石はこのあたりの日本一の繁華街を遠くに見ながら楽しげに歩いていた。

● 厠より鹿と覚しや鼻の息

（かわやより　しかとおぼしや　はなのいき）

（明治40年4月）手帳

東山の宿に泊まった時の句である。東京朝日新聞社入社後に大阪朝日新聞社に挨拶に行った帰りに、京都大学にいる親友の狩野を訪ねた。休暇を取った2

泊目からは京都東山の宿に泊まった。自分の部屋から離れたところにある厠の周りにはさつま芋畑があり、夜には芋を食べに鹿の群れが山から下りて来た。

句意は「厠の中にいると鹿が芋畑で芋を食べた後、好奇心を発揮して旅館の庭に入り込んできたのがわかった。鼻息で鹿だとわかった」というもの。厠の中にいた漱石の尻に鹿の鼻息がかかる気がして漱石は落ち着かなかったはずだ。漱石先生が鹿の接近を鼻息で感知できたのには、かつて奈良公園で鹿の鼻息も耳にして知っていたからだ。匂いも知っていた。


この句の面白いところは、厠の中にいる漱石と外にいる鹿が相互に意識し合っていることである。鹿の鼻息を漱石が聞き、鹿の方も厠の中の漱石の荒い鼻息を聞いていることだ。

この頃の漱石先生は帝大をやめ、東京朝日新聞社に入社を決めたばかりでストレスが溜まっていた。そのような状態の時社命により、時をおかずに大阪の朝日新聞社に挨拶に行かされた。こういう時に鹿に出会って漱石先生は楽しいひと時を過ごすことができた。この時一気に十五句もの鹿の句を作ってしまった。ちなみに帝大学生時代、兄嫁の登世が亡くなった時に、13句を一気に作っていたが、この時の精神状態に近いものだ。

＊「鹿十五句」と前書きして『東京朝日新聞』（明治40年9月19日）の「朝日俳壇」に掲載

・川を隔て散点す牛霞みけり

（かわをへだて　さんてんす　うしかすみけり）

（明治30年2月）句稿23

阿蘇の裾野の川向こうの草原に黒い点々が見える。霞んでいるがよくみると牛であるぞ、というのが句意である。牛のいる長閑な広大な景色を俳句にしている。遠くに見える阿蘇山の草千里に続く草地の草を食んでいる牛が散在している様なのであろう。阿蘇を源流にしている川は白川であるが、山裾には細い川が枝分かれして流れている。冬の早朝に漱石宅の近くを流れる大河・白川を土手沿いに上流に向かって歩いていたと思われる。

漱石先生は中国的な広大な大地を思わせる景色が展開する熊本が気に入っている。傷心の漱石先生には気分転換にもってこいの場所であったということになる。したがって約4年間住んだ熊本では、このこともあってか、松山で俳句を作っていた時のペースより速いペースで俳句を作った。

この句の面白さは、川面から立ち上る朝靄の向こうに、阿蘇の草千里に続く傾斜地が見えているが、何やら小さな点々が動いているようだと気がついた。そこで靄を透視して目を凝らして観ると草を食んでいる牛たちだとわかったということで、連続する動作が見えることだ。掲句は遠近画法的俳句ということになる。

・願かけて観音様へ紅の花

（がんかけて　かんのんさまへ　べにのはな）

（明治28年11月13日）句稿6

松山にある寺の前を通りかかった時の光景を詠んでいる。お遍路さんたちが代わる代わる本堂の前に立って観音様に願をかけている。寺の境内には紅の花が咲き誇っている。秋の寺の光景は収穫の秋のイメージであり、寺は老人たちが集う場所になっている。お遍路さんたちも人生の収穫期を迎えているのであろう。

紅花の最初の色は黄色で次第に赤に変わる。女性の成長と心の変化を意味する花のように思える。お参りに来る女性たちは老いても唇に紅をつけているのを漱石は観察したのであろうか。


この句を口にすると「か」行の音が多くあり、リズムを感じる。観音の前で口を開けて願をかけているように聞こえる不思議がある。

ちなみに紅花は、布の染料や化粧品の口紅の原料となる花で山形県最上地方が栽培地として有名である。古くは末摘花（すえつむはな）と呼ばれ、源氏物語にも「末摘花」の巻が見られる。魅惑的な花という認識だ。原産地はエジプトとされ、日本にはシルクロードを経て五世紀ごろに渡来したといわれる。この花は世界の人々を魅了しながら急速に広まったことになる。

・寒菊や京の茶を売る夫婦もの

（かんぎくや　きょうのちゃをうる　めおともの）

（明治32年頃）

菊祭りが行われている境内で京都の宇治茶を売っている夫婦者の店があったと考えたが、この句は2月の観梅の時期の句であろう。この年の2月に漱石は梅花百五句を一気に作っていたが、この中に「梅林や角巾黄なる売茶翁」の句があった。この句は2月ごろ梅林の中で行われた茶会のことを描いたものである。これに参加していた漱石は梅林までの坂を登って行く道々の光景と梅林を幾つもの俳句に描いていた。掲句の「茶を売る夫婦」は梅林の句の売茶翁のことで同一人物である。つまり「角巾黄なる売茶翁」は梅林の中で宇治茶を売る露店を出していて、角巾の男の側には妻が立っていたということだ。そして露店の飾りとして冬でも咲く寒菊の鉢が置いてあったのだ。

掲句の中の男も易者が使うような帽子を被っていたはずだ。色は草茶色である。現代ではノーベル医学生理学賞をとった北里大学の大村智博士が被っているあの帽子である。

掲句は観梅の茶席で飲むものと同じ抹茶を道端で売っている夫婦を詠んだ句である。句意は「寒菊の鉢が露店の端に置いてあり、売茶翁とその妻が立って京都の茶を売っている」というもの。冷たい風が吹く梅林の中での観梅であり、茶会である。寒風に対抗する暖かさを演出するのは小菊の寒菊である。

＊九州日日新聞（明治32年12月20日）に掲載（作者名：無名氏）

・寒菊やこゝをあるけと三俵

（かんぎくや　こゝをあるけと　さんだわら）

（明治28年10月）句稿2

冷たい風が吹き出した季節に菊が咲いている。黄色かエンジ色の小菊である。小菊の咲いている庭の外れには納戸があり、扉を開けると米俵が三つ置いてあるのが見える。これがあればこれから1年は生きて行けることを確認する。

句意は「庭の寒菊がびっしりと隙間なく咲いている。しかし、その庭の中に住人が納戸に行くための細い道が作られている。勢力を伸ばそうとしている菊でも、人が通れるように道を確保している」というもの。人と菊との共生が庭に見られる。それほどに日本人と菊との関係は古くからあるということを掲句は示している。いつも人が歩いているところは、植物の根は張らないということである。

この句の面白さは、「こゝをあるけ」にある。寒菊を擬人化していて、寒菊が住人に指示していることになる。庭の支配者は寒菊であるということを、家の住人が認めていることになる。

昔の人は今の人より米を2～3倍食べたそうで、枕流の我が家では大人二人が1年間に食べる米の量はおおよそ60キロ。これから計算すると江戸、明治時代であれば一人でおおよそ60キロを食べた（2倍として計算）。江戸期の一俵はおおよそ4斗で60キログラムになる。ちょうど一人当たりの年間の米消費量は一俵ということになる。そうすると三俵は多すぎることになるが、夫婦であれば2俵が必要になる。そして御菜を手に入れるために換金用としてもう一俵。これで三俵という計算になる。

漱石が生活した松山では10月になってすでに新米が収穫され、街中で売られている。街中の人はこの習慣に従って三俵の新米を備蓄したのであろう。そしてこれからは古米を食べ続ける。これから冬に入る時期にこうして食料を確保したのだ。

・看経の下は蓮池の戦かな

（かんきんの　したは　れんちの　そよぎかな）

（明治40年頃）手帳の中

漱石は学生であった明治27年の末に悩みの中にいた気持ちを落ち着けるために、円覚寺の門をくぐり、塔頭に泊まって参禅した。ここで若い僧の釈宗演に出会った。人生の転機になったこの時の経験は明治43年3月から朝日新聞に連載を始めた小説「門」に書き込まれた。漱石は帝大を辞職した明治40年2月の時点で、この円覚寺での経験を小説に書こうと考えていたはずだ。掲句はこのアイデアをこの時点で俳句にして記録しておいたということだ。

句意は「お堂から経を低声で読誦する声が聞こえている。そのお堂の下を通りかかっている漱石の足元にある蓮池には蓮の戦ぎがある」というもの。漱石が初めて円覚寺を訪ねた時の印象である。看経とは経を黙読することと理解しがちだが、ここでは微に低音で響いてくる様を表現している言葉である。本堂から池の端まで響く読経の音なのだろう。

漱石は大塚楠緒子との恋に失敗した後始末を自分でつけようとしたができなかった。気持ちの切り替えを図ろうともがいていた。そこで円覚寺を訪ねることにした。門の前で入ることを躊躇していたが、いざ門をくぐって池の蓮の花を眺めると心が幾分落ち着いたのを自覚できた。自分の決断を喜んでいる風が流れていた。

この俳句にも漱石のユーモアが感じられる。それは下五の「そよぎかな」で、寺を訪れた時の気持ちは複雑であったことを示している。自分の心中は戦場のように荒廃していたこと、そして決心して寺の門をくぐったことによる安堵の気持ちを示していることだ。戦の文字の持つ二つの側面を見事に活用している。この漢字には二面があり、「闘う、争う」の意と「おののく、震える」の意があるからだ。

掲句に近接して置かれていた蓮の俳句は、「蓮剪りに行つたげな椽に僧を待つ」であった。漱石と僧はお堂の縁で蓮を見ながら語らっていた光景が描かれていた。この俳句から掲句の解釈が導かれた。

＊雑誌『俳味』（明治44年5月15日）に掲載

• 巌窟の羅漢共こそ寒からめ

（がんくつの　らかんどもこそ　さむからめ）

（明治32年1月）句稿32

「羅漢寺にて」とある。漱石と友人の二人は宇佐八幡を新暦正月2日に詣でた。熊本への帰路は往路とは異なる中津経由にして、西の山の方に進んだ。３日目の宿は中津に決めていた。川沿いを行くと耶馬溪に入り込み、羅漢寺が見えてきた。急峻な崖の上に作られた寺で、木の少ない岩肌は寒風に震えていた。ここで「凩や岩に取りつく羅漢路」と「絶壁に木枯あたるひびきかな」の句を作っていた。山道の下から見上げる岩山には突き出た白い大きな岩があり、この上に寺の鐘楼と本殿が造られていた。「釣鐘に雲氷るべく山高し」と表した。この寺は当時で１３００年前に造られたとされていた。寒風が吹きつける中、白い岩場を削って造られた白い道を登って行った。

この寺には深い洞窟があり、この中に五百羅漢像があった。明治時代にこの数はすでに幾つに達していたのか不明であるが、平成の時代にその数は３７７０にもなっていた。この寺の周囲に豊富にある白い岩から削り出した石がその材料であった。

句意は「羅漢寺の薄暗い洞窟にあった石造りの羅漢たちは、漱石たちよりも寒そうに立っていた」というもの。それぞれが変わり者と見える羅漢たちは漱石たちの防寒服のようなものは身にまとっていなかった。そして底冷えのする岩の洞窟の中に、岩の上に立っていた。漱石には、これらの羅漢像は実際にこの寺で、この場所で修行していた僧たちの姿に見えていた。

• 寒月やから堀端のうどん売

（かんげつや　からほりばたの　うどんうり）

（明治28年12月4日）句稿8

寒そうな月が空にかかっている夜の道を歩いていると、松山城の水のない堀端に行き着いた。そこにうどん売の屋台が出ていた。寒い空気をうどんの湯気が温めていた。漱石はここに立ち寄る気になった。

漱石は翌年の4月には熊本の第五高等学校に転勤になり、熊本で結婚式をあげるための準備に入ることを松山の句友たちにすでに知らせていた。ところで漱石先生は句作の夜に城の堀端を歩いていたが、夜中まで何をしていたのか。漱石の送別句会にでも出席していたのだろう。腹が減っていて屋台に吸い込まれるように近づいて行ったに違いない。

「寒月とから」には乾いた「か」の音が重なっていて、「うどん売」には力の入る「う」が二つ入っている。これによって漱石の夜歩きが幾分楽しいものに感じられる効果が生まれている。この俳句には特別な面白さが見つからないが、このこと自体がこの句の冬らしい情景描写をサポートしている気がする。

　この句の面白さは、この句を読むと漱石が食べたうどんは「素うどん」のように思われることだ。

・寒月や薙刀かざす荒法師

（かんげつや　なぎなたかざす　あらほうし）

（明治28年12月4日）句稿8

　掲句を作った直前に作られていたのが、「寒月やから堀端のうどん売」の句である。松山城の堀端に出ていた屋台でうどんを食べて体が温まった直後に漱石の想像力が回復したと思われる。城廻りの涸れた堀端に立っていると、京の三条大橋のたもとで薙刀を寒月にかざして義経の前に立ちふさがった弁慶の姿が脳裏に浮かんだ。空堀端の向こうに大きな橋が見えていたのかもしれない。そこに弁慶の姿が浮かび上がったのだろう。


　漱石先生の発想が楽しい。城の空堀が豊かに流れる鴨川に思えて来たらしい。そしてこの空堀にかかる小さな橋は大きな三条大橋に見えたとふざけた。寒い夜には想像の力で幾分暖かくなれるようだ。さしずめ薙刀に見えたのは、手に持っていた長めの箸なのだ。

　弟子の枕流は、漱石先生はその橋のたもとに弁慶のように立ってうどん屋台の箸を振りかざし、義経のようにジャンプして橋の欄干に飛び移ったと想像した。鉄棒の大車輪ができたという漱石先生は身軽であったからだ。

　掲句が書かれていた句稿に、「幼帝の御運も今や冬の月」の句が書かれていた。すると義経のつながりから平家滅亡の物語へと想像が広がったと思える。

・菅公に梅さかざれば蘭の花

（かんこうに　うめさかざれば　らんのはな）

（明治31年9月28日）句稿30

　前書きの「聖像をかけて」の意味はなにか。菅原道眞の姿が描かれた水墨画の掛け軸を床の間に掛けたのだ。この掛け軸を見ながら掲句の花の句を作ったというわけだ。この年の7月に熊本市内坪井町78に転居にしたので、気分一新のために掛け軸の絵を変えたのだ（漱石先生はこの家が気に入って最長の1年8ヶ月間住んだ）。

　次の文章は九州大学大学院教授の矢原徹一氏のもの。『新元号「令和」は、万葉集にある「初春の令月にして　気淑（よ）く風和ぎ　梅は鏡前の粉を披（ひら）き　蘭は珮（はい）後の香を薫す」という文章にもとづいて制定されました。この文章は、730（天平2）年に、太宰府の大伴旅人邸に山上憶良らが集まって詠んだ、32首の梅の歌の序文の一部です。（中略）「梅」についての言及はあっても、「蘭」について触れたものがないようです。（中略）万葉集に登場する「蘭（あららぎ）」とは、秋の七草のひとつである藤袴（フジバカマ）だと考えられます。』藤袴はキク科の植物であるが、中国では古くから良い香りを放つ花を蘭と称していたことがあり、漱石は実際に生けた藤袴を蘭と表して17文字の俳句の形に作り上げた。梅の代わりであるから、同じ2音の蘭が適当だということなのであろう。

　つまり「梅さかざれば蘭の花」は、菅原道眞の図に合わせて梅を生けたいと思ったが、初春はまだ遠いので、今咲いている秋の蘭、藤袴を生けた、という意味になる。ちなみに梅と一緒に咲く蘭は寒蘭ということになる。よって掲句の意味は、「太宰府の菅公といえば梅であるので、菅公図の前には梅を生けたかったが、まだ咲いていない。そこで代わりに香りのいい藤袴を床の間に生けた」ということになる。

　漱石は菊の花が梅と同じように気に入っているから梅の代わりに藤袴を生けた。菅公も気に入ってくれるであろうという思いがある。漱石のユーモアが感じられる。

• 寒垢離や王事もろきなしと聞きつれど

（かんごりや　おうじもろきなしと　ききつれど）

（明治28年12月4日）句稿8

寒垢離は、寒氷の寒中の時期に水を浴びて体を清め、神仏に祈願することである。王事とは王として臨んだ事業のことである。「王事もろきなし」の文言は「王事脆きことなし」（「詩経」）のことであり、王が関与して進める事業は堅固であって敗れることはないということだ。つまり日本の場合であれば、天皇が指揮し、臣下が一致して働けばことを成し遂げられ、危ういことはないという意味になる。

掲句は日本がアジアの強国である清王朝を相手にした日清戦争についての俳句になっている。この戦争は明治27年7月25日に勃発し、翌28年3月まで続いた戦争である。世界の国々は子猫の日本が眠れる獅子の清国を相手にした戦争だと見ていた。だがこの戦争は日本の勝利で終わり、明治28年4月17日に下関講和条約が締結された。しかしその後8月に三国干渉が起こり、日本は世界の列強国のパワーバランスの中で翻弄された。

句意は「明治天皇が推進した国家事業の日清戦争は必ず勝つと聞き及んでいるが、大丈夫だろうか。わしは祈る思いで情勢を注視している」というもの。国民の多くがマスコミに煽られて戦争に前のめりになっていた状況を不安視していた。莫大な国費を投入して戦争に勝ったが、三国干渉もあり成果が乏しかったとして、国民は勝った気がしなかった。漱石が掲句を作った時には、この三国干渉をおぜん立てしたのはロシアだとして日露関係が険悪化していた。その後漱石が懸念するように満州で両国の利権が対立して、日露戦争が勃発した。

ちなみにこの俳句を見せられた子規は日清戦争を自分の目で見ていた。明治28年4月10日に近衛連隊の従軍記者として宇品から遼東半島に渡った。金城、旅順を廻り、ほぼ1ヶ月間取材した。そして帰国の船上で吐血し、神戸と松山で療養した。8月27日に松山に移動した後は、漱石の家で同居し療養した。この間子規は10月19日に松山を出るまで漱石に俳句の講義をした。そしてともに俳句を作った。しかし子規は戦争の話はあまりしなかったと思われる。

その子規は10月31日に新橋駅に帰着し、東京での生活をまた始めた。漱石は戦争経験者の子規に日清戦争に対する見方を俳句で伝えた。

• 寒山か拾得か蜂に螫されしは

（かんざんか　じっとくかはちに　さされしは）

（明治30年2月）句稿23

「螫す」は、虫が人を刺す時に使う文字であるという。虫に刺されると赤く腫れ上がるからだろう。ところで「寒山と拾得」は二人とも中国の唐代の僧である。寒山は漱石が気に入っている僧であるが、拾得は伝説的な風狂の僧で、豊干禅師に拾われて仕事を得たことがこの名前の由来とされる。寒山と拾得は仲が良く、いつも子供のように遊び回っていた。その様子はあまりに風変わりだったという。小説「草枕」の冒頭で「とかくこの世は住みにくい」と嘆いてみせた漱石は、できれば彼らのように振舞いたかったのかもしれない。

さて蜂に刺されたと二人で騒いでいたが、どっちが刺されたのか。漱石にはそんなことはどうでもよかった。螫されて赤く腫れ上がって、痛い、痛い！と走り回る二人が漱石には羨ましいのだ。この大騒ぎはドタバタ漫才のようである。

ちなみに森鴎外の作品「寒山拾得」に出てくる「寒山と拾得」の二人は、貧しい似た者同士で、助け合って生きていたという物語になっている。漱石はこのような話ではない、ファンタジーのある話にしている。一人が蜂に刺されると、もう一人はその痛みを共有できるという話に仕立て上げた。そして二人で大騒ぎする話にした。真面目な話だけではつまらないというのだ。

三者談

清閑な山寺で、似た者同士の二人が蜂に刺されるという卑近すぎる話の句は、漱石先生だけが作れる俳句だ。だがそれだけという気もする。漱石が「寒山拾得」の絵を見て、二人の表情から架空の話を作り上げたのだ。漱石が蜂になってどちらかを刺したのだ。

• 元日の富士に逢ひけり馬の上

（がんじつの　ふじにあいけり　うまのうえ）

（明治32年1月）句稿32

か

この年の元日は、高校の同僚と宇佐神宮に初詣にゆくために列車で暗いうちに熊本をたち、その日の早朝に北九州の小倉で列車を降り立った。元朝に浜の市場で作業している海女の姿を句に詠んでいた。そして翌朝に宇佐に到着する計画だった。二人はここで一泊した。すると漱石は小倉の地で富士山を目にしたのだという。ありえないことである。

句稿32で掲句の近くに配置された俳句を調べると、この謎が解けた。直後句は「蓬萊に初日さし込む書院哉」であり、小倉の浜の様子を見学した後、宿泊を依頼していた寺に行くと書院に案内された。するとその書院には富士山の大きな絵が掛けられていた。漱石はこの富士山の絵の中で「初日さし込む」光景を目にしたのだ。想定外の光景に驚いたのだ。この目出度さを表すために富士山を蓬萊と表した。そして誰かが馬に乗って富士山をバックにして胸を張っていた。その人はたぶん明治天皇であろう。

当時、廃仏毀釈の政策によって寺は次々に荒廃してゆく流れがあり、この寺は潰されまいとして、この風潮、流れに抗する対策を取っていたのだ。天皇の晴れ姿の絵画を客間に掲示して明治天皇の体制を支持、支援していることを表明し、生き残ろうとしていた。

「つまらぬ句ばかりだが、紀行文の代わりとして読んでくだされ。病気療養の慰めになるぞ」と句稿の冒頭で漱石は断っているが、この句は謎めく句であり、世の中の動きを敏感に捉えた奥の深い句になっている。

• 元日の山を後ろに清き温泉

（がんじつの　やまをうしろに　きよきおゆ）

（明治31年1月6日）句稿28

普通は元日の山を前に見て俳句をつくるところだが、漱石は日の出る方向の山を背にして元日の湯を味わっている。未明の温泉に入っているのだ。体を清めてから初日の出に向かう心持ちなのだ。今までの自分を清き温泉で洗い流せば良いと考えた。

漱石は妻を熊本市内の家においたまま、大晦日に同僚の山川信次郎と小天温泉へ出掛けていた。普通ではない。妻は前年の6月に流産し、漱石との会話もうまくいかず神経症、ヒステリーを悪化させていた。これが第一の理由で漱石は正月だけはこの妻から離れることにしたのだ。漱石にしてみれば友人との旅、そして温泉での年越し、迎春は仕方ないことであるとしたが、やはり気がかりであった。それがために掲句のような「後ろ向き」の俳句を作ることになった。ちなみに漱石は大晦日の夜に「旅にして申訳なく暮る年」や「うき除夜に壁に向へば影法師」のような陰鬱な俳句を作っていた。だが元朝になると「温泉や水清らかに昨年の垢」の句を作り、去年のことはさっぱりと流し去った。

師走の冷たい雨の中、熊本城下を通り峠の茶屋を経て小天（おあま）へ至っている。小天温泉では地元代議士の前田別邸の離れに泊まった。越えた峠は雪になっていて、その山道での出来事や宿での出来事が小説「草枕」の下敷きになっているのはよく知られたことだ。

ちなみに小天温泉への約6㎞のこの行程を調べた人がいた。漱石宅から白川の明午橋を渡り、大きな岡に登るべく西へと向かう。島崎町を抜け、有明海を見渡す野出の峠（峠の茶屋）に出て、ここから北に向かう。雨の中、この山道を歩いたのであるから、漱石一行の体力は大したものであった。

そしてたどり着いた前田案山子氏の別荘で小説「草枕」のヒロインの那美さんと出会った。この人は案山子氏の長女で出戻りのツナさんであった。この30歳手前の筝も奏する才女の髪型は、漱石が好きだった楠緒子の髪型と同じ銀杏返しであった。

余談だが、この長女は漱石の帝大時代の友人、立花銑三郎の縁続きの人とわかった。漱石はのちに英国に留学した際、先に来ていたこの友人の「銑さん」と再会したが、彼はこのとき結核を患っていて旧交を温めることもなく帰国の船に乗った。（帰国できず船中で没した。享年34歳）このことも那美さんと画工が主役の小説「草枕」が誕生するきっかけになっていたようだ。

• 元日や歌を詠むべき顔ならず

（がんじつや　うたをよむべき　かおならず）

（明治38年1月5日）井上微笑宛の書簡

漱石は疲れがたまったまま年を越したことがわかる。元日になって寝床から起き出してきたものの頭がすっきりしない。ちなみに明治36年1月に帰国した翌年の明治37年には日露戦争が勃発した。世の中が混乱している中で、漱石先生は12月には小説「吾輩は猫である」を書き上げ、すぐに仲間内で朗読した。その評判は良く、「ホトトギス」誌に掲載することが決まった。漱石には未だその興奮が残っていて、落ち着いて正月に短歌を詠む気にはならなかったと思われる。漱石先生は井上微笑宛に手紙を書いて、掲句をつけていた。気が入らない句ですまない、と笑いながら。

この句は無題とする俳体詩の冒頭部の一句でもある。掲句の面白さは、これに繋がる下の句によって決定的なものに仕上がっている。「胃弱の腹に三椀の餅」と繋いでいる。胃弱と自覚している漱石だが、膨れた腹をさすりながらこの句を作っていた。この満足感を言葉に残したかったのだ。年の瀬には元旦には短歌か俳句を作ろうと決めていたが、その決意はすぐに雑煮の餅のように崩れたのだ。

漱石の面白さは、胃の調子が良くないので初めは食欲がなかったが、食べ始まると止まらなくなることだ。朝食の餅の椀を2回もお代わりしているのだ。妻の鏡子は漱石の性格と食欲を知り抜いているから、「早死にしても知らないからね」などと言いながら好きなだけ食べさせたのだろう。

ここまで書いて漱石先生のこの明治38年の正月の様子をしらべてみると意外なことがわかった。漱石先生は年末から正月初めまで鎌倉円覚寺の帰源院に宿泊し参禅していた。先の「三椀の餅」は僧が作った正月料理なのであった。草庵での食事にいろんな料理が出ないのは当たり前。そこで雑煮を三杯も食べたのだ。井上微笑への手紙は、鎌倉から自宅に戻ってからゆっくり書いていたことになる。「あーあ、よく食べた」と思い出しながら。そして自分の食欲に感心していた。「まだまだ食べられる」と自分の食欲に自信を持って手紙を書いたに違いない。

この俳体詩の歌は「火燵から覗く小路の静にて　瓶に活けたる梅も春なり」に続いている。

● 元日や生れぬ先の親恋し

（がんじつや　うまれぬさきの　おやこいし）

（明治29年1月29日）句稿11

漱石はこの年の元日は松山の愚陀仏庵にいたのではなく、明治29年6月に予定されている熊本での結婚式の準備のために東京へ戻っていた。したがって元日は父親と兄のいる実家で過ごした。漱石は実家から1月3日に子規庵で行われた句会に出席したりしていた。母親は十五年前の明治十四年に亡くなっていた。

掲句には元句があり「元日や」は「元日に」になっていた。掲句の上五が「元日や」になると、「元日になってみて、ふと考えた」という意味合いが生まれる。久しぶりに実家に戻ったが、気分は重かった。元日に仏壇の前に座るとそこに母親の位牌があった。その位牌を見てふと考えた。

句意は「元日に母親の位牌を見ると、自分を産んだ時に母は41歳であったことに考えが及んだ。母のもっと若い時の顔を見てみたかったと若い母を恋しく思った」というもの。母が自分を出産した時、当時としては高齢と見られていて生まれた子は「恥かきっ子」と呼ばれるのを気にして、生まれたばかりの子を里子に出してしまったと聞いていた。

漱石がこのようなことを考え、俳句を作ったのには、この年の6月には転勤先の熊本で中根鏡と結婚することが決まっていたからだ。生まれることになる子供のことを考えた。自分の子は里子に出したりはしないであろうと。

この句の面白さは、この句を見た師匠の子規が、漱石の生まれた日が元日であるかのように誤解するように誘導していることである。漱石の生まれた日は旧暦1月5日、新暦では2月9日であった。

もう一つの面白さは、この句は一休宗純の短歌の本歌取りであることだ。漱石はこれをアレンジして俳句にしていた。ネット検索でさすらっていた時に小出遥子氏のブログに出会ってわかった。一休禅師も漱石同様に親のことで悩んでいたとわかる短歌を作っていた。「闇の夜に鳴かぬ烏の声聞けば生まれぬ先の父ぞ恋しき」である。一休の父親は後小松天皇だと言われていたが、噂でしかないのは寂しいことだと思っていた。漱石は一休にシンパシーを感じていたのだろう。

ちなみに掲句の直後句は同じく元日のことを描いた「あたら元日を餅も食はずに紙衣哉」という句である。この句はユーモア句であり、句意は「自分は元日の朝、雑煮を美味そうに食べているが、元日の神官達は餅のように白い装束を着て餅も食べずに仕事をしている」というもの。掲句の元日句も想像を膨らませた句になっている。

＊『海南新聞』（明治29年2月14日）に掲載

• 元日や蹣跚として吾思ひ

（がんじつや　まんさんとして　わがおもい）

（明治30年1月）句稿22

松山中学にいた時と違って熊本第五高等学校に赴任してからは忙しかったが、ことに年末は学校の行事が立て込んで忙しかった。そして新年になると同僚や学生が新婚家庭に押しかけて来てその対応で大変であった。妻は用意していた食材を全部使って料理して、肉体的にも家計的にもよろよろ、よれよれ状態であった。足篇の漢字二つの蹣跚という言葉を使って、ふらふらだと表した。漱石は元日には、元日に相応しいことをやりたいと思っていたができなかった。このことがあって次の年の元日には家を空けることに決めた。

「吾思う」とくるとパスカルの言葉が思い浮かぶが、漱石先生は年末年始にふらふらになっている自分は何であろうか、と思ったのだ。そして学生に熱心に英語を教えてはいるが、今の職業には満足していない自分を知っている。漱石はこの様を「蹣跚として」と表したのだ。自分の足で自信を持って立っていないと感じていた。

ちなみに掲句の直後句は「馬に乗つて元朝の人勲二等」である。この句は鴎外が元日の朝、静かな官舎から馬に乗って出かける場面の想像句である。上司や陸軍上層部の家々を回って新年の挨拶をするための外出である。胸に勲章をたくさんつけている姿が眼に浮かぶ。この頃鴎外は陸軍大尉となっていたと思われるが、元日の朝、正装して馬に乗って背筋を伸ばして官舎を出るところを漱石は想像して描いている。

一方の漱石の家では妻は客の食事の対応でてんてこ舞いであり、漱石は食べ物がなくなって肩を落としている学生を眺めている。こんな時漱石は、リッチな鴎外のことを思い浮かべていたのだ。二人は子規庵で顔を合わせていた。ここに漱石らしいユーモアが感じられる。

• 元日や吾新たなる願あり

（がんじつや　われあらたなる　ねがいあり）

（明治30年1月）句稿22

訪問客が多くて大変な1日となった元日を振り返りながら、漱石先生は筆も持って、せめて俳句だけでも作っておきたいとして「元日や蹣跚として吾思ひ」の句を白い紙に書き込んだ。そして掲句もこれに続いた。

ところで子規は今年の漱石の「新たなる願」とは、絵を描くことと詩を作ることなのかと納得した。句稿にあった掲句のすぐ前に「春寒し印陀羅といふ画工あり」の句があり、すぐ後には「詩を書かん君墨を磨れ今朝の春」の句が置かれていたからだ。年の初めに漱石先生は硯の墨を使って墨絵を描いてみたに違いない。そして詩を余白に書き込んだはずだ。大げさな願いではなかったのだ。熊本の自宅で飼っていた猫の絵でもさらっと書いてみたのか。目下高等学校でやっている謡だけではなく、新たな趣味の開拓をしようということであった。

漱石先生はこの年末年始は多忙であったので、肩の力を抜くために冗談を言ってみたくなったのだ。だがこの俳句では漱石も子規も満足できなかったと思われる。

• 萱草の一輪咲きぬ草の中

（かんぞうの　いちりんさきぬ　くさのなか）

（大正4年4月）西川一草亭の絵の賛

磯田多佳に贈った画帖

大正3年8月末に大作の小説「こゝろ」の新聞連載が終わり、翌年2月には自伝的エッセイである「硝子戸の中」の東西の朝日新聞での連載も終了した。ストレスを溜めていた漱石はこの機に長めの休息を取ることにした。妻の勧めに乗って3月19日に画家で弟子の津田青楓と京都に出かけた。3月末まで滞在するつもりで祇園近くの木屋町に宿を取った。津田は鏡子から京都の街を案内するように頼まれていた。まだ肌寒い季節に、二人は鴨川の土手と祇園を歩き出した。

漱石はこの句を京都で世話になった西川一草亭に贈った。この一草亭は津田の兄で、漱石を茶会に招いた人である。漱石は京都を去る間際に一草亭が描いた萱草の絵に賛として掲句を書き入れた。

洒落者の一草亭は萱草の一輪の花と葉を掛け軸の用紙に大きく描いて漱石の部屋に持参した。茶人の彼は茶室の壁に飾る一輪挿しの花を描いたのだ。漱石は京都で共に楽しい時を過ごした一草亭の絵に、挨拶句として掲句を書き入れた。大きな萱草の花びらに掛かるように俳句が大書された。

句意は「京都に茶室はたくさんあるが、一草亭の茶室が際立って美しい」というもの。漱石は感謝を込めて掲句を書き込んだ。この句の「一輪」は茶人の一草亭をも表している。

漱石は磯田多佳に贈った画帳にも掲句を書き入れていた。彼女にも世話になったという思いがあったからだ。この場合の句意は「土手の草の中に、君のような艶やかな萱草の花が一輪咲いているのを見つけた」というもの。鴨川の近くの祇園という草原に、艶やかな萱草の花が一輪咲いている。そして他の花は雑草にしか見えないという意味が隠されている。この句は彼女に対する挨拶句になっている。

通常萱草の花は繁茂して咲くものであるが、一輪だけ咲いているというのは褒め言葉になっている。漱石はこの花を見つけて驚き、喜んだと表した。漱石先生は、目の前の萱草の花は自分のために咲いていると思ったのかもしれない。

妻の鏡子は、夫の命はあと一、二年とわかっていたようであり、漱石の弟子で京都生まれの絵描きの津田に祇園の案内役を頼んだ。一方の漱石は、妻がある種の男遊びをしているのを承知していたこともあり、お互い様ということで漱石は気楽に祇園に出かけたと思われる。萱草には忘草の異名があり、漱石は煩わしいことを忘れて京都で遊んだという意味が上五の萱草に掛けられている。

その漱石は京都に滞在中の3月末に胃潰瘍が悪化し、津田から連絡を受けた鏡子が東京から京都に駆けつけた。この病によって漱石は4月中旬まで京都に滞在することになった。鏡子は漱石の様子を確認すると、いつものことだと思ったのか津田を案内役にして京都見物に出かけてしまった。

この句の面白さは、茶人への挨拶句を祇園の女将への挨拶句にも流用したところにある。ここに落語好きの漱石先生らしさが表われている。漱石先生は最初祇園茶屋の女将の多佳を気に入って通ったが、ある時約束を反故にされたことで熱が冷めた。漱石先生はこんな女将には、流用の俳句で十分と考えたのかもしれない。

• 寒徹骨梅を娶ると夢みけり

（かんてつこつ　うめをめとると　ゆめみけり）

（明治32年2月）句稿33

「梅花百五句」とある。「不経一番寒徹骨、怎得梅花撲鼻香」という中国の諺の中に掲句の中の「寒徹骨」なる言葉が出てくる。この諺の意味は、「梅の木は冬の寒さが一度骨身にしみなければ、初春に梅の花が鼻に香ることもない」ということである。骨の髄まで寒さの洗礼を受けた梅の木だけが、見事な花を咲かせ、実を結ぶことができる、となる。そして付随した諺として「深窓の18歳の娘は、風雨に晒されることも霜に遭うことも少ない」との文が付いている。綺麗な花を咲かせる娘にするには、厳しい寒気に晒された方がいいということだ。可愛い子には旅をさせよということわざに通ずるところがある。

ところで漱石先生は掲句の「寒徹骨」の語を、「骨身にしみる厳しい寒さ経験をした梅娘」として用いている。したがって、掲句の意味は、「骨の髄まで寒さの洗礼を受けた『寒徹骨』なる梅娘を娶ることができていると夢見の状態になっている」という意味だと理解される。つまり野点の茶席に出ている漱石先生は、この句で茶会の周囲の梅の見事さを褒めているのであり、挨拶句を作ったと解釈できる。赤い茶席の周りには見事な梅が咲いていることを難解な俳句で表している。それだけ感激していることを掲句で示した。

　この句の面白さは、諺の一部の「寒徹骨」を取り出して造語していることだ。そして「寒徹骨梅」という娘を創作したことだ。漱石先生は見事な梅を楽しみながら、「寒徹骨」と「寒徹骨梅」を造語してさらに楽しんでいる。

・かんてらや師走の宿に寝つかれず

（かんてらや　しわすのやどに　ねつかれず）

（明治31年1月5日）虚子宛の手紙、句稿28

　熊本市の北隣の町にあった小天温泉で年末年始を過ごした時の句だ。漱石先生は高等学校の同僚とこの温泉の町にある地元名士の別荘にいた。宿の女主人は気を利かして二人の部屋にカンテラを持ってきてくれた。高等学校の先生であれば、寝ながら書を読んだり、書き物をしたりするであろうと気を利かしたのだ。カンテラはガラスとブリキで囲った灯油の明かりで、宿の紙を張った行灯より明るくて良いが、寝る段になると明るすぎて寝ようにも寝られないとぼやいている。

　この頃の漱石夫婦はまだしっくりいっていなかった。新婚生活の再スタートはうまくいったが、まだしこりが残っていた。その上、妻の鏡子は以前同様に精神が不安定であった。その妻を家に残して温泉宿にきているのであるから、漱石はねなかなか寝付かれないはずである。これを「かんてら」のせいにしているところが漱石らしい。

　ちなみにこの虚子への手紙は、結婚祝いとして書いたものであった。又聞きで結婚の吉報を得たので、一句呈上として「初鴉東の方を新枕」の句を贈った。君もなかなか寝付かれないのだろう、と虚子に言いたかったのかもしれない。

　掲句は大晦日と元日の連作句の一部で、「うき除夜を壁に向へば影法師」「酒を呼んで酔はず明けたり今朝の春」「甘からぬ屠蘇や旅なる酔心地」と続いた。

　ちなみにこの小天温泉の旅は小説「草枕」のヒントを与えたものとして知られている。ところでタイトルの「草枕」はどこからきたのであろうか。草で作った枕が草枕で、野宿も意味した。豪華な元代議士の別荘に宿泊したのであるから、草枕は不似合いである。調べてみると、熊本の旧藩主は細川氏であり、草枕は細川つながりであると判明した。この藩主の先祖は細川幽斎で茶人であり、かつ歌人でもあった戦国武士。この幽斎が残した茶杓の収納容器に「草枕」と銘が書いてあった。つまり漱石の熊本における旅小説なので、「草枕」になったと推察した。熊本は粋な文化の国として描かれた。確かに漱石先生は熊本での茶会によく招待されていた。

・巌頭に本堂くらき寒かな

（がんとうに　ほんどうくらき　さむさかな）

（明治32年1月）句稿32

　「羅漢寺にて」とある。この年の元日朝に熊本市内の家を出て、正月2日に第五高等学校の同僚と宇佐神宮を訪れ、近くの町で宿泊した。3日からは熊本へ帰る旅路に入り、西に移動して中津経由で耶馬溪を南にぬけて日田に出ることにした。川沿いの道を歩いて行くと草木の少ない荒れた山々の中に羅漢山の岩山が見えてきた。険しい岩を削って造った細い岩道を岩壁に手を当てながら登って行くとその岩に張り付くように造られた羅漢寺が見えてきた。岩陰に造られたこの寺の本堂は暗く、寒風に震えていた。この寺は五百羅漢像が有名で、当時１３００年の歴史があると言われていた古刹。この石仏群は国の重要文化財に指定されている。

　漱石は「釣鐘に雲氷るべく山高し」「凩の鐘楼危ふし巌の角」「梯して上る大盤石の氷かな」の俳句を作りながら、雲の霞がかかる鐘楼と本殿が造られている大きな岩の上に梯で登った。今にも雪が降り出しそうな冷たい風が吹く中、白い岩肌の空間は氷の世界のように感じられた。岩壁から突き出たように見える岩のわずかな平地に造られている本堂に入ると、中は冷たく暗い空間であった。ガランとしていた。ここに修行の場を造った僧たちは、食料と水をどのようにして入手していたのか。どのように生活していたのか。これ自体が修行であったと思えてくる。

寒梅に磬を打つなり月桂寺

（かんばいに　けいをうつなり　げっけいじ）
（明治32年2月）句稿33

「梅花百五句」とある。この仏具の磬を打つ寺は東京都新宿区にある寺で月桂院。ここに月桂院の墓がある。月桂院は豊臣秀吉や徳川家康などに仕えた女官である。この臨済宗の寺はこの月桂院から寄進を受けたことで正覚山月桂寺と改めた。この寺は安産祈願などの寺としても知られている。この寺では行事の時に僧を集める合図として使われているらしい。鉦（かね）やどらの代わりなのであろう。

ちなみに磬は、中国古代の打楽器で「へ」の字形をした石または銅製の板である。これを竿に吊りさげて、角のついた棒で叩いて音を出す。この磬は一枚だけからなるものと10枚を超える枚数（音階が出たのか）を下げたものがある。これは朝鮮と日本に伝わった。日本では禅宗の寺で用いるものになっているようだ。

月桂院寺では月桂院の命日にはこの磬を鳴らして月桂院を供養をするのであろう。寒梅が咲く時期に鋭い金属的な音が空に響くことになる。この寺は寒梅で知られていて、女性の月桂院を弔うように紅梅の花が咲き、磬の鋭い音が響く環境は絵になるように思える。

ところでこの俳句を作った当時の漱石先生は知る由もないことであるが、この寺には帝大教授の職を辞して朝日新聞社の社員となって職業小説家になった際に世話になった、朝日新聞主筆として活躍した池辺三山の墓が作られた。この寺は漱石にとっても紅梅だけの関係ではなく、恩人の墓のある寺という奇縁のある寺になった。

この句の面白さは、月桂寺で磬を打った時の音は、たぶんキーン、またはカーンであろう。この音は寒梅に響くものであり、この音は寒にかけてある。

漢方や柑子花さく門構

（かんぽうや　こうじはなさく　もんがまえ）
（明治30年5月28日）句稿25

近所を歩いていると漢方の看板を上げている門構の立派な家があり、門の中を覗くと漢方薬に使う陳皮（ちんぴ）を収穫する柑子（ウスカワミカンともいわれる）の木があり、その白い花が咲いているのが見えた。陳皮は柑子の実の皮で、日本独自の漢方薬の原料のひとつになっている。気分をすっきりさせ、ストレスに効く生薬なのである。

なぜ漱石先生はこの柑子の花に興味を持ったのか。たぶんこの頃楠緒子のことで妻に変な目で見られていてイライラしていたからか。妻に隠れて一泊旅行に行ったりしたのがバレてしまっていたからだ。加えて学校の英語教師の仕事に嫌気が差して辞めたいと考えていた。これらのことでストレスが溜まって、もともと胃痛持ちだった漱石先生はこの胃に響くストレスをなんとか解消したいと考えた。そのような時、漢方に詳しい学校の同僚から陳皮の話を聞かされたのだろう。早速漱石先生は近くのその漢方医の家を訪ねたのだ。そして陳皮を煎じて飲んでいたのだろう。

ちなみに漢方医は庭先に柑子の木を植えるのが当たり前であるともいう。白い花を楽しめ、漢方の原料を収穫できるからである。柑子の白い花は看板代わりであった。樹上でこの実を完熟させると甘くなり、果実としても立派なものである。

狂言『柑子』は太郎冠者が柑子を食べたことの言い訳を延々とする面白い演目で、最後は落語のようなオチがついている話である。

冠に花散り来る羯鼓哉

（かんむりに　はなちりきたる　かつこかな）
（大正3年か4年）手帳

漱石の住む東京の街中に祝い春踊りの連中がやってきた。句意は「頭に花冠を被って胸の前には大きな両面叩きの羯鼓を下げ抱え、二本のバチで羯鼓の両面を叩きながら踊る連中がやってきた」というもの。農作業が始まる前に田舎に伝わる農民の華やかな踊りを披露しにくる。そして通りでは投げ銭をもらい、各家から心付けをもらって帰るのだ。

句意は「頭に華やかな花の飾り帽子をかぶって桜の花が散る頃、羯鼓の太鼓をたたく一団が我が家の前にやってきた」というもの。この音楽舞踊一団は漱石の沈みがちな気持ちを楽しませるものであった。江戸時代の風習を引き継いっでいた明治と大正初期は地方から三河万歳や他の芸能の一団が東京にやってきていた。

ちなみに羯鼓踊りは雅楽の一部が民衆の雨乞い踊りとして伝わっていたもの。関西の多くの地域に伝わっていて、大きめの太鼓も飾り立ててあり、華やかさが特徴になっている。漱石は洗練されたものよりはこの種の踊りが気に入っている。

この句の面白さは、「冠に花散り来る」によって冠には華やかさが溢れていることと、この花飾りの一団が移動して行くことをまとめて表していることである。

この句は、謡の「花月」が関係していると言われている。この演目の粗筋はこうである。「九州の筑紫の国にある英彦山の麓に住んでいた男の7歳の子が人さらいにあったのか、行方不明になった。この子の父親はこの世を嘆き、出家した。諸国を回る修行のうちに京都の清水寺にたどり着いた。門前で通りの人にこの辺りで面白いことはないかと尋ねると、諸国の芸を披露する少年がいると教えられた。花月と呼ばれた少年は、面白く舞い、歌を歌った。清水寺に伝わる舞も披露した。

この子の芸を見ているうちに、花月は我が子だと確信して名乗り出た。すると親子だとわかり、花月は嬉しさのあまり羯鼓を持ち出して羯鼓踊りを始めた。この後二人は修行の旅に出た」というもの。

謡が大好きな漱石は、「花月」の登場人物と漱石の家の通りにやってきた音曲・舞の一団と重ねていたのだろう。目の前の彼らの芸が漱石に掲句を作らせた。

● 冠を挂けて柳の緑哉

（かんむりを　かけてやなぎの　みどりかな）

（大正4年）手帳

聞きなれない「冠を挂ける」の意味は、「官職を辞めること、辞職すること」である。これは中国の「後漢書」の故事からきている。その話は「後漢の逢(ほう)萌(ぼう)が王莽(おうもう)に仕えることを潔しとせず、冠を解いて東都の城門に掛け、遼東に去った」というもの。「挂ける」は「掛ける」と同義である。

漱石は東京朝日新聞社を辞職すると決意したことを俳句にした。漱石は冠を城門に掛けるのではなく、柳の枝に掛けたことにした。柳の木は東京朝日新聞社の門のところにあったのかもしれない。

句意は「柳に緑の葉が茂るようになった今、冠を解いて緑の柳の枝にかけることにした。朝日新聞社を辞職することを決めた」というもの。決意してすっきりした気持ちを、見上げた柳の木の新緑で表した。心は灰色からすっかり緑になっていると。辞める時がきたので、さっと辞めることにしたということだ。しかし実際には、新聞社の都合によって辞められなかった。

漱石先生は退社の掲句を作ってから、「硝子戸の中」と「道草」の原稿を書き上げて新聞に連載した。最後の完結小説「道草」の新聞連載は大正4年6月3日乃至9月14日であった。漱石は実際には朝日新聞社を辞職することはなく、翌5年の12月9日の死が辞職の時となった。最終の小説「明暗」は書きためていたので死後の大正5年12月14日まで連載され、未完のまま終わった。

ちなみに漱石先生は40歳の時、内定していた東京帝大の教授を辞めて小さな所帯の朝日新聞社に入社した。その時当時としては珍しいことであったが、英国式に会社側と細部にわたる契約を結んだ。高額の給料を払うことを新聞社は明らかにしたが、漱石に次の条件を提示したのだ。「小説は年1回でいいか。その連続回数はどのくらいか」という漱石の問いに対して「年2回、1回100回くらいの大作を希望する。もっとも回数を短くして3回でもいい」というものであった。その他、出版する場合の著作権や印税についても詰めていた。漱石はこの契約内容を守れない現状を気にしていた。

漱石はこれまでに何度かの胃潰瘍の入院治療を受けたが、次第に健康への自信は失せて行った。回復することは期待できなくなっていた。そこで上記の契約条件での小説家の仕事をすることができなくなったと判断したのだ。

消にけりあわたゞしくも春の雪

（きえにけり　あわただしくも　はるのゆき）

（明治29年1月29日）句稿11

もう春だというのにいつまで雪が残っているのか、早く消えてくれないものかと心待ちにしていると、暖かい雨が一晩降って雪はあっという間に消えて無くなった。朝になってあれほどの雪がどうやって消えたのかと不思議に思う。

この句の面白さは、雪が消えた時が春の到来なのか、それともその前に春は来ているのかを問うていることだ。この句では後者であるとしている。既に春になっているから残っている雪はあわただしく、追われるように消えたように見える。

それはともかくも春がくると物事は急に動き出すのは自然界も人間界も確かなことである。漱石は季節の動きを「あわただしくも」と人の動きのように表現するから、可笑しみが生じる。

関東のさいたま市に住む枕流には、春になって春一番が吹き出して桜が咲き出すと、他の木々の芽吹きが慌ただしく始まり、夏の蒸し暑さに向かって季節がどどっと動き出すように感じられる。

帰燕いづくにか帰る草茫々

（きえん　いづくにかかえる　くさぼうぼう）

（明治28年9月23日）句稿1、松山句会

漢詩の香りがする。壮大なことを表現するには漢詩的俳句が向いている気がする。日本に飛来していた燕が帰る時期が来て一斉に南方のどこかに飛び去ってゆく。田植えの頃に南から飛んできた燕は子育てを終えてまた南の国に戻ってゆく。季節は春を過ぎて、田んぼの稲が伸び、土手の草も丈が伸びて草原は茫茫と広がって見える。燕は餌を取る草の伸び具合を見て、帰る時期を見計らっているようだ。燕の季節センサーは草や稲の伸び方だと漱石は言っているような気がする。

この句には、洒落が仕組まれている。「帰燕」は松山に来ている燕が姿を消そうとしていることの「消えん」が掛けてある。そして「茫々」には消える意味の「亡」の語が組み入れられている。海の向こうにの意味を込めて氵（さんずい）もある。

漱石はこの俳句を愚陀仏庵における句会で作っていたが、これを改めて句稿に書き込んで10月19日に帰京した子規に送った。松山で漱石の愚陀仏庵で同居し、俳句談義をした子規と離れる時が来ることを寂しく思っていたことを掲句で吐露した。そして自分も来年には松山を去ることになると、子規に暗に伝えていた。松山の中学校は江戸っ子教師の肌に合わなかったとして。この頃、来春には熊本の高等学校に移れるように帝国大学時代の友人を通じて画策していた。

勢ひひく逆櫓は五丁鯨舟

（きおいひく　さかろはごちょう　くじらぶね）

（明治28年10月）句稿2

漱石は北九州の平戸で捕鯨の様を見た。これを俳句に描いて子規に送った。この時に「凩にくじら潮吹く平戸かな」の句も作っていた。この平戸には日本最古の捕鯨遺跡があり、江戸時代には日本最大の捕鯨基地として知られていた。この地の漁師たちは玄界灘以外にも出かけて捕鯨をしていたという。漱石が見た明治の平戸には大規模な捕鯨船団が存在していて、大規模な解体場もあった。

「勢ひひく」とは、気おって、先を争って引く、の意である。漕ぎ手は目一杯力を込めているのだ。句意は「小型の鯨舟には五丁の逆櫓が付いていて、これを勢いよく引いて舟を巧みに操っているさまは手に汗握る見事なものであった」というもの。勢子船と呼ばれる船には5人の漕ぎ手がいて、別に銛を打ち込む人がいたように思われる。「逆櫓は五丁鯨舟」は音にリズムがあって歯切れがよく、調子がよい。ダイナミックに舟が進んでいるように感じられる。

この句の面白さは、演歌調の歌詞のようでもあることだ。そして「五丁」の音は鯨を仕留める5丁の銛があるようにも感じられる。

平戸沖を黒潮の支流の対馬海流が北上している。資料によると「潮流に逆らってゆっくり進んでくる鯨を待ち伏せて銛で刺していたと考えられる」とあるから、逆櫓は、この北東に流れる潮に逆らうように南下して泳ぐ鯨に合わせて、力強く櫓を漕ぐ櫓という意味なのである。つまり舟も潮の流れに逆らって、鯨から離れないように漕ぐのである。

ちなみにこの頃まで行われていた日本の古式捕鯨は、あみとり式捕鯨ともいわれ、網船から広げられた網に鯨を追い込み、網に絡まった鯨に銛を投げて仕留めるやり方であった。

・器械湯の石炭臭しむら時雨

（きかいゆの　せきたんくさし　むらしぐれ）

（明治29年12月）句稿21

石炭をくべるボイラーで湯を沸かす風呂に入ったら石炭の匂いがきつかった。外は降ったり止んだりの冬時雨だ。風呂に入っても気分はスッキリしない。漱石の住んだ熊本市内の借家は大きな家であったが、風呂はついていなかった。そこで街中の銭湯に行っていた。いつもの銭湯は石炭の燃える時の酸っぱいフェノールの匂いと亜硫酸ガスが洗い場にも流れ込んできていた。風呂釜を最新のものに切り替えたようだ。

句意は「降ったり止んだりの冬時雨の日に風呂に行ったが、石炭ボイラーで沸かす銭湯は石炭臭がきつかった」というもの。機械式は優れものだという世の認識があるが、漱石の日常にとってはそうではなかった。薪で沸かす風呂の方が良かったのだ。

器械湯とは明治17年ごろから全国に普及し始めたボイラーで沸かす風呂のことで、古い汽船のボイラーを外して風呂釜に取り付けた。石炭の産地である北九州が近い熊本では、燃料代が安くなるとしてこの石炭ボイラーが流行ったと思われる。そして「むら時雨」とは村時雨または叢時雨と書いて、スッキリしない時雨のこと。雨雲が吹き飛ばすほどの風は起こらず、ボイラーの周辺に溜まる一方の臭気のあるガスが溢れて洗い場まで流れ込んできた。入り込んだ石炭臭のある空気は洗い場あたりに停滞することになる。

さて漱石先生は、この石炭酸の匂いが好きであったのか、嫌いだったのか。甘党の漱石先生は余計に嫌った気がする。そうであるから掲句を作り、石炭臭の言葉を入れたのだろう。この俳句のおかげで、当時の銭湯事情がよくわかる。

ちなみに掲句の直前句は「行年を妻炊ぎけり粟の飯」である。漱石の家では飯を炊く竈は、依然として薪を燃やす方式であったはずだ。

・聞かばやと思ふ砧を打ち出しぬ

（きかばやと　おもうきぬたを　うちだしぬ）

（明治32年9月5日）句稿34

句意は「洗濯の砧をとんとんと勢いよく打ち出すように、関西にいる子規の仲間が初めて俳句誌の『車百合』を発行する予定だと聞きましたぞ、おめでとう」というもの。「祝車百合発刊」の前置きがあって初めて挨拶句としての掲句の解釈ができる。

花火のように華々しくという意味で、音の出る「砧打ち」を用いたのであろう。しかし、洗濯板の音というのでは景気付けの度合いは低い。漱石は心底喜んでいないからなのであろう。漱石の俳句制作の姿勢と異なるのか。

この俳句誌『車百合』は明治32年10月15日に創刊された。これには漱石の九州俳句グループは参加していなかった。子規は漱石の家庭の混乱した状況をよく知っていたし、漱石自身もそれほど俳句を作っていないのを知っていたから、声をかけなかったのだろう。それに船頭が多くては編集がうまくいかないと思ったのかもしれない。

この句の面白さは、「聞かばやと思ふ」と不確かさを重複して表現する言葉を用いて、それほど関心は高くないことを示していることだ。それに「砧打ち」という言葉にはあまり新鮮味が感じられない。漱石は誌名の「車百合」というのが気に入らないのかもしれない。車百合は本州以北の高山に咲く小型のユリで、朱色の分割した花びらがカールして開いている可愛らしい花だ。つまり日常から離れた存在ということになる。

● 黄菊白菊酒中の天地貧ならず

（きぎくしらぎく　しゅちゅうのてんち　ひんならず）

（明治28年10月）句稿2

この句に「霽月に酒の賛を乞はれたるとき　一句ぬき玉へとて遣わす」の前書きが付いている。

この句の解釈をする前に、服部嵐雪の「黄菊白菊その外はなくもがな」の俳句とこれに対抗する「我庵や黄菊白菊それもなし」の句を比較してみる。服部嵐雪の家には菊が咲いて、黄菊白菊の菊の花があればわが庭は十分に明るく、生活は楽しいと言い、満足している嵐雪の顔が浮かぶ。そんな嵐雪を漱石はからかっている。子規は「嵐雪の黄菊白菊庵貧し」の句によって、庭は菊花で満たされているが、嵐雪の庵は粗末であって貧しさが感じられるという。嵐雪は貧しさを菊の花で補っていると見ていて、嵐雪の菊の句は痩せ我慢の句であるとした。しかし、その子規は自分の庵に目を転じると嵐雪よりももっと貧しいと感じたという俳句を作っている。「我庵や黄菊白菊それもなし」である。先輩俳人をけなしただけでは済まないと、我が庵はもっとひどい状況だと述べている。

子規にはユーモアのセンスが結構あった。病床から見える庭を鶏頭や萩の花で満たして眺めを楽しんでいたからだ。黄菊白菊ではない別の好みの花を広く咲かせていたのだ。自分はこれらの花があれば満足だというのだ。結局嵐雪の句に戻って「鶏頭や萩その外はなくもがな」ということなのだ。

掲句の句意は「黄菊白菊を酒に浮かべているのであるから、この世は結構なものよ」というもの。黄菊白菊のある庵は豊かか貧しいかの議論は棚上げして楽しもうということだ。「中国文人の王維、李白らと同じように楽しんでいるから、この世は結構なものよ」ということになる。

中国の文人詩人たちは酒を好んだが、これには中国の古代の王の男色寵愛の話（菊慈童）が絡んでいるとされる。王は追放された少年の慈童を哀れんで思い起こし、酒を飲むという慣習があったという。漱石は菊と酒の句を作るときにはこの故事も意識していたと思われている。能・謡曲の「菊慈童」という演目が関係しているようだ。この慈童は菊の葉から滴った霊水を飲んでいたことで若さを数百年も保て、青年のまま居られたという。これが日本の菊水酒のもとになった話である。

愛媛の対岸の岡山に白菊酒造があり、白菊という銘柄の酒は明治時代にもあったはずだ。だが黄菊という銘の酒と酒造会社は今も昔もないようだ。元来黄菊の発音が困難であり銘柄にはならないと思われる。明治28年10月に行われた句友による酒宴は病気が回復して帰京する子規の祝いの宴であった。その宴に白菊という清酒があった可能性がある。この酒瓶のラベルと子規の顔を見て掲句を発想したのかもしれない。

＊海南新聞（愛媛新聞の前身、明治28年11月2日）に掲載

● 桔梗活けて宝生流の指南かな

（ききょういけて　ほうしょうりゅうの　しなんかな）

（明治40年頃）手帳

帝大をやめた漱石先生は家で宝生流の師匠について謡を習っていた。熊本時代から同じ流派の先生に家に来てもらい、うなっていた。漱石先生は英国古典、中国古典は無論のこと、日本の古典文学にも造詣が深かった。明治の世の中で西欧文化が吹き荒れる中、これへの反発もあってか日本の古典芸能をやる人も多かった。熊本の第五高等学校の教師仲間内で謡が流行っていて、松山から熊本への転勤早々にこれに引き込まれたのが謡始めのきっかけであった。

句意は「わが家に宝生流の指南の先生が来るので、客間の床の間に桔梗を活けて部屋の空気を整えた」というもの。宝生流の謡のテーマは武家の盛衰に関するものが多いという。明智光秀家、加藤清正家をはじめとする多くの武家の家紋に採用された桔梗の紋は、謡の部屋には最適の花と考えたのだ。

この日の指南の曲は、明智光秀がテーマであったのか。それとも朝鮮の虎か。俳句仲間の虚子も謡を習っていたので、漱石は負けじと謡に力を入れていた。

弟子たちに笑われたくないという思いもあった。そして新聞小説の執筆に専念することになったが、原稿のこと、仕事のことだけを考えているのは良くないと思って、謡に熱心に取り組んでいた。掲句は謡の学びに気合いを入れるために作ったようだ。

・菊活けて内君転た得意なり

（きくいけて　ないくんうたた　とくいなり）

（明治29年11月）句稿20

新婚生活に入った妻「鏡子どの」は、菊など活けて過ごしている。「今日の妻は菊花の生け具合をいろんな角度から点検している。ますます自信に満ちて得意然としている」というのが句意である。妻は生花のように生き生きしている。

漱石はこの句で妻の日常を嬉しそうに観察して描いている。温かい家庭を幼少の時から望んでいたからだ。漱石はこの句で他人の妻に対する呼称である内君を用いて遠慮気味に、からかい気味に描いている。

「うたた」とは、状態が転ぶように進行する様を指し、ますますという意味になる。もう一つの意味は、生け花の鉢の向きを変えること、である。ここでは後者のことで、生けた鉢を顔の前で回して見える花の位置を変えることを意味している。

裏の解釈として「奥方は少し太ってきたようにも思える。ころころしている。転がりそうだ」とふざけているのだ。漱石の新婚生活でのゆとりと余裕が感じられる句である。そして奥さんへの愛情も込められている句でもある。

だが、妻とのこの状態は長くは続かなかった。次第に言葉が異なる見知らぬ土地での生活に馴染めず落ち着かなくなってきた。妻はひとり家にこもる生活となり、一方の漱石の方は教授職が忙しくなってきて仕事人間に近づいている。夫婦の間に溝ができてきた。この句にある妻の好ましい時間は、新婚時代のほんのわずかな時間であり、まさに「うたた寝」している時間であった。

・菊一本画いて君の佳節哉

（きくいっぽん　えがいてきみの　かせつかな）

（大正元年秋頃）「画賛正月」

佳節とはめでたい日の意味。秋頃に掲句を作ったとされている。秋頃に正月の飾り物の絵として描いたということになる。

句意は「君は正月用に大輪の菊の花を一本描いて、今日は記念のいい日になった」というもの。この君は漱石自身のことであろう。自画を褒めるのは趣味が悪いとして、別の誰かが描いたように設定した。

漱石は菊の花を好んでいることを多くの文章に記している。そして子規には叶わないが、漱石には菊の句が目立って多い。「有る程の菊抛げ入れよ棺の中」を代表の句として52句ある。しかし、菊の花の絵はあまり描かなかった。そこでこの日に珍しく菊の花の絵を描いたので、この絵に照れながらこの句を賛として書き入れた。

この句の面白さは、「菊一輪画いて」とせずに「菊一本画いて」の表現を選択して、極めて簡単な線で菊を描いていることを表していることだ。謙遜の意識が見える気がする。

ちなみに大正元年11月18日に日本画家で弟子の津田亀次郎（青楓）への書簡で「今日縁側で水仙と菊を丁寧にかきました。私は出来栄の如何より画いた事が愉快です。描いてしまえば今度は出来栄によって楽みが増減します。私は今度の画は破らないように置きました。」書き入れた俳句の中のめでたい君は「弟子の青楓」ということになっていた。

つまり、津田は漱石に絵を描かせようとしていたが、漱石はなかなかその気にならなかった。そういう中で漱石は取り敢えず菊の花を描いてみたと津田に報告した。すると掲句の「君の佳節哉」は君の計画が成功したのだから、今日は「君のめでたい日」になったね、ということになる。

菊咲て通る路なく逢はざりき

(きくさいて　とおるみちなく　あはざりき)

(明治29年11月)　句稿20

前書きには「訪隠者」とある。訪隠とはただの訪問ではなく、こっそり訪れることである。正面玄関からの訪問ではない。

熊本に住んでいた時に漱石宅を前触れもなく気楽に裏口から訪れようとした人がいた。人通りの少ない裏道を好んで通る近所の人で、この日も裏庭の方から漱石宅を訪問しようとしたのだった。しかしその人は、生垣に作られた裏口付近には菊がこんもりと生えて、しかも花を咲かせているのを見て入るのを中止した。その人は漱石の姿を見て遠くから声をかけただけで通り過ぎた。漱石の方は目礼を返しただけであった。

漱石先生は裏口が使えなく申し訳ないことをしたという思いと、隣人との挨拶は菊を介しての離れた挨拶になったと面白がった。

漱石は近所の人が気安く裏口から漱石宅に遊びに来る状況にしておきたくなかったと思われる。仕事に差し支えるからだ。裏の入口付近を菊の花がこんもりと密に咲くままに放置しておくことで、裏口を消極的に塞ぐことにしたのだ。この計画は漱石の大好きな菊の花をのびのびと咲かせることにもなり、一石二鳥の計画であった。

菊提て乳母在所より参りけり

(きくさげて　うばざいしょより　まいりけり)

(明治28年11月6日)　句稿5

突然、東京の実家(新宿の喜久井町)で世話になった乳母のトヨ(伊集院 静・著の「ミチクサ先生」による)が松山の漱石の愚陀仏庵を訪ねて来た。菊の季節ということもあるが、菊の花束を手に提げて上野邸の離れの家に現れた。懐かしい顔が部屋に現れて漱石は驚いた。トヨは漱石が菊の花を好きなのを覚えていたのを喜んだ。そしてよく一人でやって来たものだと感心した。トヨは金之助坊ちゃんに会いたいという想いだけで、遠くの松山まで出て来た(この乳母は小説「坊ちゃん」の中では清、キヨになる)。

トヨは菊の家紋の実家を思い出して欲しいという願いを込めて、菊を選んだようだ。漱石は実家を避けている、いい思いを持っていないことをトヨは知っていたからだ。

この句はあまり感情を込めずに作っているように見える。照れ臭い思いがあったからだ。トヨは漱石が大きくなると乳母の仕事がなくなり、故郷に帰っていたのだ。在所という言葉には老婆が寂しく田舎に暮らしているというニュアンスが込められている。

弟子の枕流の故郷は、栃木の塩谷郡にある旧喜連川町(合併後さくら市)であるが、この町は小さな城下町であった。そこにも在という別のエリアが存在していた。地元の老人たちは部落、集落という感覚でこの在を用いていた。そういえば京都の「竹田の子守唄」の中にも「在所」が出てくる。

菊地路や麦を刈るなる旧四月

(きくちじや　むぎをかるなる　きゅうしがつ)

(明治30年5月28日)　句稿25

阿蘇山の北西の山裾にある菊池市には菊池渓谷があり、漱石先生はこの雄大な地域の山道を初夏に歩いた。旧四月の5月上旬あたりにこの地で麦刈り作業を見たのであろう。春に向かう自然は緑の色を色濃く身につける準備に入っている中で、麦だけはどんどん茶色を濃くしてゆく。農家人は麦が十分な黄土色になったことを確認できて喜んでいるようだ。

この俳句には漱石先生のユーモアが込められている。目の前の山裾の傾斜地に菊池はおかしい、麦畑が広がる大地には菊地がふさわしいとして土地名、地名の菊池から離れて句を詠んだ。だが俳句本によっては「菊池路や」が採用されていて、この方が正しいと判断している俳人がいるとわかる(2003年版と2019年版漱石全集では、「菊池路や」に修正されているからであろう)。

そしてこの句では旧暦の表示である旧四月として農作業には旧暦の感覚が大事であるということを示した。実際に農業では旧暦が重視されているからだ。しかし卯月という表記は農作業と収穫にはふさわしくないと考えた。そこで旧四月が出て来た。さらには、「刈るなり旧四月」となりそうなところを「刈るなる旧四月」と旧四月という時期が重要なのだと力を込めた。その結果、大変ユニークな漱石俳句が作られた。

ちなみに漱石先生はこの麦畑の小道を歩きながら、麦を刈る農夫と飛ぶ燕を捉えて、「麦を刈るあとを頻りに燕かな」の句を作った。燕は切り株のあたりに潜んでいた昆虫が逃げ出すところを狙って飛んでいたのだ。

ところで漱石が見た麦畑は、小麦畑なのか大麦畑なのか。北部九州の収穫期は5月一杯であることから判断すると大麦畑であった。小麦は6月初旬からになっていたからだ。

今さいたま市の枕流の家には、ポロプロピレン袋に入った自立する「菊池のごぼう」があるが、「菊地のごぼう」の方が美味そうだ。

・菊作り門札見れば左京かな

（きくづくり　かどふだみれば　さきょうかな）

（明治43年9月23日）日記

句意は「菊作りをしている大きな家を見つけたので、門のところでその家の門札を見るとそこには左京とだけ書いてあった」というもの。左京とは京都の鴨川の東、三条通りの北の地域を指す呼称である。漱石は京都の東山付近を歩いていると菊作りをしている家が目に入ったのだ。この家は御所に関係のある家なのかもしれない。そしてこの名称に誇りを持っている家のように感じられた。菊は天皇家の家紋に用いられている花なので、菊を栽培することは天皇家に親近感を持っていることを示していると感じた。

当時から左京区久多地域には野生の菊である「北山友禅菊」と呼ばれる鮮やかな紫色の菊が自生していて、昔からこの菊を栽培していた家も多かったと思われる。この地域の人はこの種の菊を好んで栽培し、中には品種改良に取り組んでいる人も多かったであろう。

ところで漱石先生は修善寺の旅館の病床にあって何故この句を作ったのか。部屋の外の野には菊が咲いて、部屋で漱石の介護をしてくれている人が、その菊を切り取って枕元の花瓶にさしてくれている。その菊を見ながらかつて京都東山を散策していた時に、菊を栽培している家が多かったのを思い出したのだ。御所のあった京都には菊を好む人が多かったと京都の街を懐かしく思い出した。

漱石はこの句の次に「洪水のあとに色なき茄子かな」の句を日記に書き込んでいた。前置きに「病後対鏡」とあるので、漱石は手渡された鏡を見ているのだ。東京では雨の日が続いて大洪水があったと知って作物に被害が出ているると考えた。茄子はわしのような顔になっているのだろうとニヤリと笑った。そして掲句の一つ前に「昨雨を聞く。夜もやまず」と前置きして「範頼の墓濡るゝらん秋の雨」の句を書いていた。

そうであれば掲句は雨繋がりの句か。雨が降り出す季節になると菊の花は鮮やかになるということか。漱石の日記をみると9月25日には「古里に帰るは嬉し菊の頃」と「菊の宴に心利きたる下部かな」の菊の俳句を書き記していた。掲句を作った9月23日にも漱石の枕元で菊の花が話題になっていたのだろう。

・菊作る奴がわざの接木かな

（きくつくる　やつこがわざの　つぎきかな）

（明治31年10月16日）句稿31

菊は生命力が強く、挿し木で簡単に株を増やすことができる。そして菊の品種改良は接木によって比較的簡単に行うことができ、園芸好きの人はオリジナルの菊の品種を作ることに熱中するという。

漱石はそのような菊栽培者の見せる技の凄さを熊本で見せられた。大鉢で育てている一本の菊の台木の茎に切れ目を入れ、そこに穂木の先端を尖らした茎を差し込んで固定しておく。この接木を多数回行うことで一本の株から咲く花の種類を増やすことができる。このようにして出来上がった大ぶりの菊の鉢を見せられたのだ。

ちなみに2007年12月に、一つの菊の台木に、513品種、547輪の花を咲かせた大立菊が「中国菊花展覧会」（会場は古都開封）に出品されたことがあった。当時の世界記録だという。漱石が目撃した接木による大立菊も見事なものであったのだろう。

菊の産地は愛知県をはじめとして全国にあり、埼玉県のさいたま市大宮の氷川神社でも毎年菊の品評会が開かれ、新種が発表されている。小菊、スプレー菊を含めて菊の品種改良が盛んである。現存している菊の種類はほとんどが江戸時代に交配によって作られたものだ。平成時代は原点に戻って野生菊との交配の研究が行われているという。

この句の面白さは、漱石の呆れ顔が想像される「やつこがわざ」である。常識外の「こんなとんでもないヤツら」の技という意味になる。また「接木」には品種改良の熱意が時代を超えて受け継がれているという意味も込められている。

＊『ほとゝぎす』（明治32年4月）に掲載

• 菊に猫沈南蘋を招きけり

（きくにねこ　しんなんびんを　まねきけり）

（明治32年ごろ）手帳

沈南蘋（しんなんびん）は中国清代の画家で浙江省湖州市の人。この南蘋は江戸時代中期に長崎で2年弱滞在し、写生的な花鳥画の技法を日本人に伝えた。彼に学んだ熊代熊斐らの弟子が南蘋派を形成した。その後南蘋派の影響を受けた円山応挙、尾形光琳などの画家が輩出した。ここから遠く離れた令和3年にこの流れを汲む渡辺省亭が再評価され、「欧米を魅了した花鳥画を描いた画家」と銘打って省亭の展示会が東京芸大で開催されるに至った。省亭はいままで平成時代に再評価された伊藤若冲の陰に隠れていた画家であった。伏流していた沈南蘋の流れが平成令和の時代になって大きな流れとなって地表を流れ出した。

漱石は明治の当時から、沈南蘋の実力を高く評価していた。この人が来日し彼の描写の技術と画風を日本人に伝えたが、「猫に小判」に近いことだったと評した。この時期の漱石は画家としての目を持っていた。漱石は留学した英国で音楽には興味を示さなかったが、美術館によく行き絵画をよく見ていた。漱石自身は帰国してのち、数人の画家と親密に交流し、自身は彼らから絵を学んで水彩画と墨絵をよく描いた。精神状態が荒れたときには絵を描いて落ち着かせていた。

句意は「沈南蘋を日本に招き入れても、菊の咲き乱れる茂りに猫がいてもわからないように、彼の存在は日本人画家に紛れて目立たなかった」というもの。日本人はこの画家の価値がよくわかっていなかったからだということを意味している。掲句の面白さは、「猫に小判」に匹敵する簡潔な「菊に猫」の諺を造語したことだ。しかし、この「菊に猫」の文句は似て非なる「猫に小判」の諺に紛れて目立たなかった。

• 菊に結へる四っ目の垣もまだ青し

（きくにゆわえる　よっつめのかきも　まだあおし）

（明治40年頃）手帳

句意は「庭に竹を縦横に組んで四っ目の垣をこしらえた。この垣の内側に好きな菊の苗を移植し、この菊を垣の竹に麻紐で結わえ付けた。竹は切り出したばかりでまだ青い」というもの。支柱を得てしっかり立っている菊を見て漱石は安心している。竹にはまだ緑色が残っていて、植えた菊はまだ小さいが垣周辺は緑色に満たされている。漱石はこれらの色についても満足している。菊が大きくなるまでは、青竹の色を楽しむことができるからだ。植木職人はいい仕事をしてくれたと満足であった。

この句の面白さは、漱石の垣を作った目的は、隣との敷地の境界をきちんと示すためだけではないとわかることだ。庭に植える菊のためだと「菊に結へる」の語で表している。生垣または板垣はすでにあって、この新たな垣は庭の中に作った菊栽培専用の簡素なものということだ。

もう一つの面白さは、「四っ目の垣」である。普通ならば「四つ目の垣」となるが、江戸っ子の漱石先生の口調である「よっつめ」と表したいようだ。このため中七は「四っ目の垣も」になっている。そうなると4番目と表していることになる。つまり漱石先生自身としては、今回作った垣根は4個目であると言いたいのだ。ここに洒落を込めている。熊本時代から数えてみると4個目なのだ。

漱石は帝大を辞めて落ち着いた明治40年9月に千駄木から早稲田に転居した。この借家にはすでにあった生垣の内側に竹の四目垣を新たに設置した。そしてその四目垣に沿って菊の苗を植えた。漱石は好きな菊を眺めながら原稿を書こうと計画した。つまり菊を植えるのが竹垣設置の目的であった。

・菊の雨われに閑ある病哉

（きくのあめ　われにかんある　やまいかな）

（明治43年11月3日）

漱石先生は連日のように菊の句を作り続け、日記に大量の菊の俳句を書き連ねていた。特に11月3日は明治時代の天長節（天皇誕生日）であり、掲句を作ったこの日には天皇家の紋章である菊の句を必ず作ることにしていたと思われる。この日には「菊の色縁に未し此晨」や「三日の菊雨と変わるや昨夕より」の句も作っていた。10月25日から11月7日にかけてはっきり雨と日記に記録されていたのは11月3日だけであった。掲句は『思ひ出す事など』「三」の文中に差し込まれている。

句意は「今日降っている雨は外に置いている鉢の菊花を濡らしている。その雨音を病床で聞いているが、ゆったりとした穏やかな気持ちで聞くことができている」というもの。秋が深まって気温が下がってくると、入院している胃腸病院の漱石の病室の縁に出している白菊の鉢に雨がかかる日は、水やりをする必要がなくなり、日課の一つが消えて暇な時間が増える。病の身としては好きなだけ本を読めるのはいいが、これだけでは飽きが来るというのが実情であろう。

自然界でたまに菊に降りかかる雨は恵みの雨になるが、病人の漱石にとっては気分転換になる水やりが減って厄災の雨ということになっていると笑っている。雨で菊の花が綺麗になる時期だが、10月12日から東京の長与胃腸病院に長期に入院している身としては、菊雨は喜んでばかりいられないと軽く愚痴ってみた。暇になったからである。

＊『思ひ出す事など』は『東京朝日新聞』に掲載

・菊の色縁に未し此晨

（きくのいろ　えんにいまだし　このあした）

（明治43年11月3日）『思ひ出す事など』「三」

10月31日に作って日記に書いていた類似の句に「井戸の水汲む白菊の晨哉」がある。これをもとに掲句が作られたと推察する。漱石は入院していた長与胃腸病院の亡くなった院長が愛していた大輪の白菊二鉢を貰い受けていた。最近この鉢を病室から軒下の縁に出して日に当てて育てていた。満開になった時の花びらの色を見ようと楽しみにしていた。この日は未明に目覚めてしまった漱石はその鉢の菊の咲き具合、花の色が気になって仕方がない。暗いうちから病室につながっている縁に出て行った。

句意は「亡くなった院長の菊の花が気になって、今朝薄暗いうちに病室から縁に出て菊の顔色を窺ったが、まだ不十分だった。満開ではなく、色づきは不十分だった」というもの。もう一つの解釈は、「今朝薄暗いうちに縁に出て眺めていた。日が登るにつれて菊の色がはっきり見えてくる過程を楽しもうとしたが、流石に暗すぎて色がよく見えなかった」というもの。外の明るさが足りなかったのだ。漱石はこの時の気持ちを俳句に記録しておいた。

上記の二つの解釈は、夜明け時のことであり、暗すぎて花の色がよく見えないことから生じる。つまり「未し」は「成長が十分でない。未熟」の意と「まだその時に達していないさま。まだその時間ではない」という意の二つに分かれる。掲句は全体を二つの意味に解することができるので面白い。

＊『思ひ出す事など』は『東京朝日新聞』に掲載

・菊の宴に心利きたる下部かな

（きくのえんに　こころききたる　しもべかな）

（明治43年9月25日）日記

修善寺の旅館の療養の部屋に付いていてくれていた人は、妻、医者一人（一時は二人）、看護婦二人、男の付添人一人であったと漱石は書き記していた。ここでの「下部」は召使ではなく漱石のいう付添人のことである。医者が手配した人で気を使ってくれる人である。ちなみに現代社会では、下部（しもべ）ではなく前後を交換した部下（部下）が一般的に用いられている。会社組織では上司が大声で相手を叱るには言葉をぶつけやすい「ぶか」の方が都合いいからだろう。

句意は「東京に戻れる予定が立ったことを祝して『菊の宴』が漱石の部屋で催された。これは付添人の下部が気を利かして行ったことで、旅館の庭の菊と原っぱの野菊を取ってきて、部屋を花で飾ってくれたのだ」というもの。大きな鯛を部屋に運ぶのではなく、艶やかな菊の花を部屋に飾ってくれたのであった。漱石は常々菊が好きなのを知っていたからだ。心優しい「下部」であった。皆の「利き酒」よりも「利き菊」の方が病身には効くと言いたいようだ。

漱石はこの句を作って、この「下部」に感謝の気持ちを表した。この人に見えないところで書いている「心利きたる」の言葉には「気が利く」よりは心がこもっている。漱石自身が「心利きたる」人であった。

・菊の香や幾鉢置いて南縁

（きくのかや　いくはちおいて　みなみえん）

（明治43年11月1日あたり）

句意は「病室の南向きの縁側に菊の鉢がいくつも置かれている。陽だまりの縁側に出てみるとこれらの香りが強く感じられ、日本の秋を感じさせる」というもの。これらの菊の世話をしている漱石の嬉しそうな顔は日を浴びた菊の花のように晴れやかである。

日本人は菊の香りとその優雅さに惹かれて何鉢も固めて置くことになるものだ。この日本的な風景を句に詠んでいる。通常であれば雑然とした風景になるが、菊であればそうはならないという主張が見える。漱石の見舞客が次々に来て、見舞いの花として菊の鉢を持って来るからだ。修善寺の宿から東京の胃腸病院に移動したことを知った友人知人は、漱石が近くに来たことで見舞いに行きやすくなった。

漱石は菊が好きだということが見舞客に知られているので、漱石の病室には菊の花の鉢がどんどん増えたと思われる。部屋の中に置ききれなくなって縁側に置かれたものがあった。日記の中には謂れのある大輪の白菊の2鉢と黄色の小菊の小鉢の計3鉢のことが記されているが、それ以外にも見舞いの品として受け取ったものがあった。

この句の面白さは、「南縁」の言葉の中に「人の温かい縁」に対する感謝の気持ちが込められていることだ。

＊『国民新聞』（明治43年11月3日）に掲載、後に雑誌『俳味』（明治44年5月15日）に掲載

・菊の香や晋の高士は酒が好き

（きくのかや　しんのこうしは　さけがすき）

（明治28年10月）句稿2

「霽月（せいげつ）に酒の賛を乞はれたるとき一句ぬき玉へとて遣わす　5句」の前書きが付いている。松山の有力俳人であった霽月の親類に酒造りの人がいて、新酒を出すにあたって売り出しの文句を考えてくれと頼まれた。句会を兼ねた酒の席で、漱石は即席で掲句を含め5句を作り出した。漱石はほとんど酒が飲めない体質であったが、酒宴の雰囲気は好きであった。中国古代の東晋の詩人、酒好き陶淵明の作る漢詩が好きであり、また作者の生き方に憧れていた。そこで漱石は高士の陶淵明になりきることにしたのだ。そしてなりきって数多くの酒の句を作ったが、掲句はその一つ。掲句は憧れの陶淵明についての句である。

句意は「酒を満たした盃に菊の花びらを浮かべて、菊の香りを楽しみながら酒を飲むのが陶淵明は好きだ」というもの。漱石はそんな洒落た飲み方をする高士、陶淵明のことが好きなのだと、この句で表明している。いやこんな酒の飲み方ができる人が、賢人なのだと言いたいのだ。

上五と中七は漢詩の香りがして良いが、下五の「酒が好き」で調子を崩している。憧れを述べたミーハー的な締まらない俳句になってしまった。だがこれは漱石が仕組んでやったことなのだろう。ときには羽目を外して少し乱れる位がいいのだと言いたいようだ。あたかも酒に酔って作ったかのように装っている。

漱石が現代に生きていたなら、ノンアルの白酒を杯になみなみと注いで菊の花びらを浮かべてぐいと呷っているはずだ。

菊の香や故郷遠き国ながら

（きくのかや　ふるさととおき　くにながら）

（明治28年11月6日）句稿5

東京の実家で世話になった元乳母のトヨが漱石の赴任先の松山に突然やって来た。このとき「菊提て乳母在所より参りけり」の俳句も作った。

菊の季節ということもあるのか、菊の花束を手に提げて、トヨは上野家の離れの建屋に現れた。懐かしい顔が部屋に現れて漱石は驚いた。よく遠い松山まで一人でやって来たものだと感心した。トヨは金之助坊ちゃんに会いたいという想いだけで、はるばる松山まで出て来たのだ。まさに小説「坊ちゃん」に出て来る清のようだ。トヨは作中の清と同じように、自分が死んだら坊っちゃんの墓に入れてくれるように頼みに行ったのかもしれない。

漱石は部屋に残された菊を見て、香りが弱い菊でも故郷の香りが強く漂った気がした。そしてトヨと住んだ嫌で仕方なかった東京の実家に思いを馳せた。そして夏目家の仕事を辞めて生まれ故郷に帰っていたトヨのこと、そしてトヨの故郷のことを思った。

この句には、遠いトヨの故郷の菊の香りが松山まで届いた、という意味も込められている気がする。掲句の故郷とは漱石とトヨの故郷を意味している。室生犀星の詩にある「ふるさとは遠きにありて思ふもの」のフレーズを思い起こさせる。

菊の頃なれば帰りの急がれて

（きくのころ　なればかえりの　いそがれて）

（明治30年12月12日）句稿27

「紫影に別るゝ時」の前置きがある。この年の10月29日に同僚と佐賀・福岡両県の中学校・英語教育を視察するように辞令が出た。長期の出張なので辞令が出たようだ。11月9日には福岡県の修猷館を訪れて、英語の授業を参観した（夏目金之助自筆の「佐賀福岡尋常中学校参観報告書」が残されていた）。この夜は帝国大学文科大学の後輩である藤井乙男の家（福岡市内）に泊まったと思われる。この人の俳号は「紫影」である。帝大国文科にいた時に正岡子規に勧められて俳句を作るようになっていた。

この後輩は1日だけでなく何日か泊まったらどうかと誘ったということだ。紫影が「福岡には遊ぶところが沢山ありますばってん、案内し申す」と漱石を誘った。これは先輩に対する挨拶だと漱石は理解したので、漱石はユーモアで返した。

句意は「そろそろ菊が咲く頃なので、そんなにゆっくりはしていられない。出張の用事が済んだら急いで帰ることにする」というもの。紫影は、夏目先輩の視察スケジュールを知らなかったので、漱石は菊の素人園芸家で菊から目が離せないのだと解したはずだ。漱石先生は人をからかう名人である。翌日の10日は久留米の尋常中学校明善校を視察することになっていた。11日には柳川の尋常中学校伝習館の視察が予定されていた。

菊の花硝子戸越に見ゆる哉

（きくのはな　がらすどごしに　みゆるかな）

（大正4年）

書斎に座って好きな本を読んでいた。寒風を遮る硝子戸越しに庭を見てみると、水仙の花が咲いているのが見え、枯れそうな菊の花が見える。水仙が咲くまで庭を明るく、漱石の気持ちを慰めて来た菊は枯れそうに見えた。

句意は「庭の菊の花が縁側の硝子戸越しに萎んでいるさまが見えている」というもの。今まで咲き誇っていた好きな菊の花が、今は衰えている。枯れて来ている。わしもそうなのかと感じ入っているように思えてしまう。過去のことに想いを馳せていた。

この時の心境から随筆の「硝子戸の中」のタイトルが生まれたと推察する。この句はこの随筆の連載が始まる直前に作られたようだ。この随筆は大正4年

（1915年）1月13日から2月23日まで新聞に連載されたからだ。

この何気無い掲句が作られた意味はなんであるのか。子規が亡くなる直前には、子規は病床から縁側越しに庭の花を見て楽しんでいた。漱石はこのことを思い浮かべて、ガラス戸越しに菊の花を眺めていたのだ。自分にも死が近づいていることを悟っている。

漱石の死は翌年の大正5年12月9日であった。

・菊菱はそれ者と見たる羽織哉

（きくひしは　それしゃとみたる　はおりかな）

（明治38年）

それ者とは専門家、くろうと、粋人。特には芸者や商売女を指すという。この俳句の解釈は難しそうである。情報が少なすぎる世界だからである。漱石先生が茶屋に招待されているという場面の俳句であろう。

句意は「羽織の人の前にいる芸者の菊菱は、普通の芸者ではないように見える」というもの。男なのかもしれないと漱石先生は睨んでいる。この菊菱は念入りに化粧をしているので外観では正体がよくわからないと漱石先生は悩んでいる。

もう一つの解釈は「羽織を着ている菊菱という者は、女の芸者なのか、それとも男の蔭間なのか」というもの。かつて蔭間茶屋に菊丸という者がいたという話が残っているが、菊菱はこの菊丸の類語のような気がする。

この場所はどこなのか。いや掲句の解釈には、これ以上深入りしないことにする。ちなみに掲句が掲載された雑誌を検索したが、わからずじまいであった。アングラ雑誌のようだ。

＊雑誌「ハタタキ」（明治38年7月）に掲載

・聞かふとて誰も待たぬに時鳥

（きこうとて　だれもまたぬに　ほととぎす）

（明治22年5月13日）子規宛の書簡

・正岡子規は明治22年5月9日に喀血した。この年の1月頃から急速に子規と親しくなっていた漱石は、5月13日に子規を寄宿舎に見舞った。そしてその後子規を激励する手紙を出し、これに掲句をつけた。ちなみに掲句はもう一つの俳句の後ろに置かれていた。「帰ろふと泣かずに笑え時鳥」の句である。対句のこれらは漱石が初めて作った俳句である。

この手紙の末に「僕の家兄も今日吐血して病床にあり。かく時鳥が多くてはさすが風流の某も閉口の外なし。」と書いた。時鳥は「啼いて血を吐く鳥」という意味である。当時、喀血は結核に繋がりやすく、その先には死が待っているというのが一般的な認識であった。漱石は最高に気の合う、そして才能の上でライバルになっている子規のことを心配していた。

句意は「良い声の持ち主の時鳥が鳴いているのを知って、もう少し長く鳴いてほしいと待っていても、当の時鳥は素知らぬ顔で飛び去ってしまう」というもの。時鳥は元来、同じ場所で長く鳴く鳥ではない、渡り鳥だと言っている。君も最初は吐血に驚いて声をあげても、いつまでも泣き続けるものではないと諭している。

子規はライバルの漱石に見せるために何日も徹夜して書き続けて和漢文調の七草集を完成させた。根を詰めて食事も疎かにし部屋の中は反古紙であふれたことが結核感染の原因であった。嘆いてばかりでは体力を回復させることは難しいと暗に伝えた。

時鳥は山奥に棲む鳥であるから、都会のほとんどの人は時鳥の鳴き声を知らないはずだ。だから君は、身の不幸を嘆いても泣き続けても誰も耳を傾けない。気持ちを切り替えるようにとわかりやすく伝えた。このような新手の俳句の出現に子規は笑い出して、身の不幸を嘆く気は薄くなったに違いない。初めての漱石句は対句形式の連句であった。

雉子の声大竹原を鳴り渡る

（きじのこえ　おおたけはらを　なりわたる）

（明治29年3月5日）句稿12

頬を震わせて鳴く雉の鳴き声はケンケーンともキエーキャンとも聞こえる。この声は英国人には「フェズントゥ」と聞こえるらしい。

句意は「河原を歩いていると大きな竹原があって、その中から雉の鳴き声が聞こえてきた。その雉の声はこだまするように竹林全体に鳴り渡っていた」というもの。

漱石は一月後に松山中学校の英語教師をやめて熊本の第五高等学校に転任することが決まっていた。休日に隣町との境を流れている重信川の河原を歩いていた時に雉の声が聞こえて来たのだ。その声はこの町を去ろうとしている漱石には綺麗な声として耳に届いたのであろう。肌が合わなかった松山尋常中学校とも縁が切れることになり、すっきりした気分になっていたからだ。この雉の鳴き声は漱石の気分を表していた。

この句の面白さは、漱石が竹原から聞こえてきた鳴き声の「ケンケーン」は、竹原の竹を意味する「CANE、CANE」の発音に似ていることだ。英語教師の漱石には、そう聞こえたはずだ。

ところで漱石の聞いた雉の声はオスの鳴き声で、春の発情期に鳴く声だ。オスの羽の色は深緑色に赤が一部に混じる綺麗なものである。畑や藪で綺麗な姿として見かけるのはオスということになる。私はさいたま市の外れの植木畑で走る綺麗な雉のオスをよく見かけるが、車で走行中でも目につく鳥だ。メスは小柄で地味な黄褐色であるという。雉は国鳥に指定されている。だが実質的には国鳥はオスの雉ということになる。

汽車去って稲の波うつ畑かな

（きしゃさって　いねのなみうつ　はたけかな）

（明治28年9月23日）句稿1、松山句会

秋の実りの時期になって黄色に染まったのどかな稲畑の中を黒い列車が走り抜けると、鉄道軌道の近くの稲は急激に増減する空気圧によって起こった風で、実った稲穂が揺れて波打つ。畑の中で立ち上がっている稲穂にスタンディグオベーションが起こって、これが繋がって延々と移動してゆく。収穫期を迎えた黄金色の稲穂が連続して波打つ様は野球場のウェーヴ以上に感動的である。

句意は「汽車が目の前を走り去ると、稲畑に風が起きて実った稲穂が波打つ。汽車との別れを惜しむように稲が手を振るように感じる」というもの。漱石はこの句で松山を去るという決意をしたことを句友に暗に示している。

漱石は俳句仲間と鉄道沿線にゆきこの動画的な感動シーンを見てきたのだ。このオーガニックな風景の中を息弾ませながら黒くて無機質の短い列車が走り抜ける側で、周りの黄色の稲穂はこの懸命な走りに声援を送っているように見える。四国伊予にも明治の文明開化の波が押し寄せてきていたことを、この地の人々は鉄道と汽車を見て実感している。この感動は人だけでなく畑の稲穂も同様であると感じていると描いている。漱石は素直にこの汽車の走る姿に感動している。

ちなみに掲句の前に置かれている句は「秋の山南を向いて寺二つ」で、後に置かれている句は「鶏頭の黄色は淋し常楽寺」の句である。この二つの句を含む周辺句は、皆おおらかでユーモアを含んだ句になっている。これらは子規が松山の漱石宅に同居して句会を開いていた時の句であり、賑やかで楽しい会の雰囲気が伝わる。

汽車を逐て煙這行枯野哉

（きしゃをおって　けむりはいゆく　かれのかな）

（明治29年12月）句稿21

新橋・横浜間を汽車が走ったのが、明治5年。関西の地を走ったのは明治18年。松山あたりを走ったのが明治28年の秋。熊本を走ったのは掲句が作られた明治29年12月。徐々に全国に鉄路は延びていった。

漱石先生は熊本の山裾でこの黒い煙を吐く汽車の列を遠くに見ていた。汽車

の先頭にある機関車から黒煙が出るのであるが、出た煙は機関車と客車よりもかなり後ろの所で太く広がって長くたなびく。つまり風をきって進む細く短い汽車の列を、太く長い黒塊が後からしつこく追いかけているように見えたのだ。原野に立ってこの追跡劇を見ている臨場感がこの俳句から立ち上るのである。このあたりの表現力は汽車のパワーに負けていない。単なる擬人化のテクニックだけではない。「這い行く」と速い汽車に何とか付いて行こうと意志を感じさせる面白さがある。

また「汽車を逐て」では「追うて」と読む人もいるが、ここでは汽車の躍動感を出すために「おって」とした。この「逐って」は「追って」よりも諦めないしつこさ、粘り強さがあるように思う。

ちなみに漱石と同時代の人、森鷗外が「虫程の汽車行く広き枯野哉」の句を詠んだのは、明治37年。鷗外はどこの山野を眺めていたのか。漱石先生は鷗外に比べて物事を楽しんでみるという気持ちが強いようだ。ユーモアのセンスが石炭と一緒に燃えている。

● 着衣始め紫衣を給はる僧都あり

（きそはじめ　しえをたまはる　そうずあり）

（明治29年3月5日）句稿12

かつて新年の仕事始めに当たって天皇から新しい紫色の僧の衣を賜った僧都がいた。この衣があれば地位と権力が保証されたも同然とこの僧はニヤリとした、ということであろう。

この紫色で身を飾った僧都はトップの僧正に次ぐ地位で、僧の誰もが望んだ高い地位であった。のちに僧侶の世界は大僧都・権大僧都・少僧都・権少僧都の4階級に分かれた。天皇はこの身分の細分化で僧侶の世界をコントロールしようとした。現代でもこの紫の衣装を着ている坊さんを見ると、偉い人なのだと単純に思ってしまう。

ところで漱石先生は年中同じ洋服を着ていたのであろう。そこでこの俳句を作ったのを契機に、背広や燕尾服を注文したのであろう。この年の４月からは新天地の熊本で高等学校の教授として授業をすることになっていたからである。小さなスミレやボケの花が好きな漱石先生でも教壇に立つための仕事着と言われれば嫌々ながら英国風の燕尾服を身につけねばならない。漱石はこの句を作って、そんな自分を茶化していたに違いない。馬子にも衣装という言葉が頭をよぎったに違いない。

● 北側は杉の木立や秋の山

（きたがわは　すぎのこだちや　あきのやま）

（明治32年9月5日）句稿34

「内牧温泉」とある。阿蘇外輪の北側にある内牧温泉の旅館でのこと。この旅館からの景色を詠んだ句は「雪隠の窓から見るや秋の風」の句を読んだ後であったので、旅館の雪隠の窓から見た景色だとわかった。北側にあった厠の窓から見えた景色は、杉の林であった。枝先が幾分茶色になっていて秋の到来を感じさせる景色になっていた。

この句の面白さは、廊下を渡って雪隠に入って用を足した後に、窓から外を眺めた時に見えた景色が、北側の山の杉山であり、学生時代に旅した京都を思い出したのだ。漱石と同じようにすっくと立っていた杉林を思い出したのだ。漱石とともに姿勢が良く背筋が伸びていた。それは京都の北山杉であった。この杉山は京都の北側に広がっていた。

旅館の厠は宿の北側に造られているのが普通であったようだ。一般の家で厠は北の端に造られていたように。

ちなみに漱石は8月29日から9月2日にかけて山川信次郎と阿蘇高原を踏破した。同僚の山川が一高に転勤するのを祝っての祝賀旅行であった。掲句は9月1日に内牧温泉の旅館に宿泊した時の句であり、この朝は宿の厠の窓から杉林がすっきりと見えていたことを示している。スッキリした気分で宿を出て阿蘇の高原に踏み出して行った。

しかし天候が急変して雨になり、阿蘇が噴火し始め、泥雨の中を彷徨うことになった。命からがらぬかるむ灰色の高原から脱出した。このことは漱石のその後の波乱の人生を予感させるものであった。

か

・北側を稲妻焼くや黒き雲

（きたがわを　いなづまやくや　くろきくも）

（明治30年10月）句稿26

この俳句を解釈するには中国発の風水を調べる必要がある。方位の「北側」は風水的には陰陽5行の「水の気」を持つ方位となっている。「この方位がプラスに働くと平静、柔軟性、自立心、創造力、精神的な成長がおこる。マイナスに働くと孤立、寂しさ、不安感、出不精といった症状が強くなる」といわれている。そしてプラスとマイナスのバランスが取れているのがいいとされる。そして色は黒がいいとされる。

掲句の意味は、北側の空に稲光が走り、地に雷が落ち、北の空には「稲妻で焼く」ことになる「黒き雲」が湧き上がっている様を表している。漱石のいるあたりは次第に暗くなっている。この状況は漱石の気持ち、精神状態を表しているとみる。しかし、この現象は風水的には良い傾向である。稲妻は天のマイナスの電荷と地のプラスの電荷がそれぞれ溜まり過ぎるのを解消する現象であるから、「稲妻で焼く」黒い雲が発生しているのは、吉兆になる。

漱石の予言はキツイ状態にある今は、これからは良くなることを示している。妻との関係はこじれていたが、この予想を東京の子規に伝えたかったのだろう。

漱石が生きた時代は心霊術が世間を騒がせた時代（東大と京大の物理学者を巻き込んで透視実験をしたり、新聞紙上で大論争が生じたりした）であり、漱石は発信する言葉や文章には気をつけていた。したがって風水に関しても文章の中に発見するのは無理であろう。

古代東洋思想研究家の村上瑞祥氏は、風水のネット講座で漱石の次の言葉を引用している。小説「草枕」に風水の重要視するバランス感覚が表れているという。『「智に働けば角が立ち、情に棹させば流される。意地を通せば窮屈だ、とかく人の世は住みにくい」、これも彼一流のバランス感覚なのかもしれない。』という。

・北に向いて書院椽あり秋海棠

（きたにむいて　しょいんたるきあり　あきかいどう）

（明治30年9月4日）子規庵での句会稿

久しぶりに夫婦で帰京した折に、漱石は北鎌倉にある円覚寺の帰源院に再び足を運んだ。漱石は7月4日から9月7日まで鎌倉の旅館に一人でいた。掲句は一人で出かけた帰源院で見た光景である。

鏡子と結婚しても元恋人との悩みを抱える自分に向き合うために、学生時代に座禅をした寺で参禅した。ここで7、8年前に話したことのある禅僧に再会できた。この寺の宿坊に泊まって風呂にも入った。このとき湯ざめをして「山寺に湯ざめを悔る今朝の秋」の句を作った。体の内部のバランスが崩れている気がしていた。漱石先生は単に山の冷気に対して油断したからと考えたのではなかった。

この寺の塔頭の入口側の屋根の垂木は北側に張り出していた。その垂木の先に花海棠の木が植えてあった。この庭木の海棠は通常春に淡紅色の花をつける木だ。桜より濃いうす紅色の花を春の季節につけるので目立つ。

この「海棠」花は小説「草枕」の中にも登場した花である。小説の中では漱石の分身の画工が宿の障子を開けた時に「花ならば海棠かと思わるる幹を背に朦朧たる影法師」を見て、「海棠の露を振るふや物狂ひ」と「海棠の精が出てくる月夜かな」の句を写生帖に書き込んだ。漱石は明治30年の年末に同僚の山川と小天温泉の別荘に宿泊した時にこの季節に咲いていた「海棠」の花が脳裏に残っていた。その花をなんと円覚寺で見ていたのだ。つまり円覚寺の帰源院で春でない秋に見ていて、その花を九州の熊本で再び見ることになった。二度も意外な開花に出会ったことになる。

その花を思い起こさせる木が鎌倉の奥の寺に植えられていた。この木をしみじみと眺めた。この花には縁があると思って、掲句を詠んだのだ。ちなみに下五をシュウカイドウと読むとベゴニア科の丈の低い赤い花を咲かせる多年草で、球根花である。とても人の姿には見えない。

北窓は鎖さで居たり月の雁

（きたまどは　とざさでいたり　つきのかり）

（明治40年頃）手帳

家の北側に作っている窓は、初冬になると寒風が入るからと締め切りにして置きがちである。しかし、明治40年初冬の漱石家の北窓は夜になっても閉めていなかった。

句意は「自分の家は満月をかすめて飛ぶ雁を素早く見られるように、北側の窓には閉めないで置いた」というもの。この季節になると雁が列をなして北のシベリアから日本に飛んで来るのを素早く眺めるためだという。

江戸時代には当時の江戸湾近くの沼は雁の代表的な越冬地であった。したがって漱石の住んだ早稲田の地あたりでも江戸湾を目指す雁の飛来が見られたことだろう。だが令和の時代には飛来する雁の8割近くが宮城県の湖沼で越冬するようになってしまった。現代の騒々しい東京湾は雁に嫌われてしまったようだ。

この句の面白さは、「月の雁」である。これは日本画の代表的な画題の一つであり、満月を背景にして飛ぶ雁の姿を描くのが「月に雁」である。しかし、月が天を移動するのは東から西であり、北の窓からでは「月に雁」状態を目にすることはできない。漱石先生はいつまで待ってもシベリアから南下する雁を見られないのだ。つまり掲句は観念的な俳句ということとなる。この不可能なことを待ち望むことが風流なのだ。

いや画家でもある漱石先生は、「月の雁」の語を入れた俳句を作って見たかっただけなのだろう。

ところで「北窓」という風流な食べ物がある。冬に食べる「お萩」のことである。春の「ぼたもち」は秋になると「お萩」になり、冬になると更に名前が変わって「北窓」になる。「北にある窓」からは「月が見えない」ことから、「月がない、搗きがない」となり「餅でない」の意味が生じる。つまり「冬の柔らか目のお萩」の意となる。低温化でも硬くなりにくいように、あまり杵でつかない、米粒の目立つ「お萩」なのだ。甘い物好きの漱石先生は、掲句を作るときにこし餡をたっぷりつけた「「お萩」ぼたもち」を思い浮かべていたことだろう。

佶倔な梅を画くや謝春星

（きつくつな　うめをえがくや　しゃしゅんせい）

（明治32年2月）句稿33

「梅花百五句」とある。漱石は画家として謝春星の号を持つ与謝蕪村の梅の絵を見て「のびのびしていない、ギクシャクして堅苦しい」と評した。佶倔な梅とは、曲がりくねったゴツゴツした梅の枝のこと。つまり蕪村の老いた梅の木を描いた「紅白梅図屏風」（昭和58年に重要文化財に指定された）を見て、梅の木を「そのままのゴツゴツした木」として描いていると漱石には見えたのだろう。

漱石の弟子を自認している枕流は、与謝蕪村の文人画は梅図を含めて漱石先生より総じてうまいと感じるが、好きにはなれない。女子高生が丸字で面白い手紙文を書いているように感じてしまう。楽しく描く気持ちはよく出ているが、ピリッとした面白さではない。蕪村の梅図には幾分荒々しさがあるが、梅の木らしく素直に気楽に見ることができる絵図として収まっている。そこに面白さがあれば良いと思われる。

句意は「謝春星の画号で描いている墨絵は、写実的であり過ぎて大胆さがなく、堅苦しい」というもの。つまり蕪村の梅図は、面白味の乏しい絵だと漱石は主張している。俳人としては優れているが、画家として高評価はできないということだ。

この句の面白さは、漱石が感じる「のびのびしていない、堅苦しい」ということを、ごつごつした梅の枝を思わせる「佶倔」の漢字と「きつくつ」の音によって表現していることだ。漱石はこの語を選んでから蕪村に皮肉の俳句をぶつけているようにも感じられる。こんな梅図を描く蕪村は「偏屈だ」と言いたいのだ。

もう一つの面白さは、作者名に与謝野町の与謝蕪村ではなく、中国式の画号である謝春星を採用していることだ。つまり「紅白梅図屏風」は中国的な水墨画にしようという意図がありすぎると言いたいのだ。掲句の下五で独自性が乏しいと表している。巧みな批評である。

だが蕪村の絵画が好きな人は、蕪村より絵が下手な漱石が何を言うかと怒りの感情を抱く。そして蕪村の絵画をダメだと批評している漱石の俳句自体が下手ではないかと切りつける。批評は自由でよろしい。

か

・来て見れば長谷は秋風ばかり也

（きてみれば　はせはあきかぜ　ばかりなり）

（明治30年8月22日）子規庵での句会稿

「長谷」と前置きがある。8月17日に漱石先生は鎌倉の材木座にある河内屋から手紙を出している。長谷のある鎌倉には妻の実家の親戚の別荘があり、実質は妻の貸切であった。鏡子は流産の痛手を癒すためにこの別荘に10月末まで滞在した。漱石は7月8日に一緒に上京してからしばらくは妻の実家にいたが、2ヶ月間この河内屋旅館に宿泊して東京と鎌倉の間を行き来していた。

句意は「漱石はまだ暑い日の朝に鎌倉の長谷寺に行ってみた。近くに泊まっていたので朝早く着いてしまった。そのためか境内には人は誰もいない。長谷は涼しく感じられ、秋風が吹いているようにも感じられた」というもの。

ここ鎌倉から出した他の手紙では、「まだまだ暑い」と書き始まっていたのであるから、よほど早朝の風が爽やかに感じられ、この早朝の涼風に感激したのであろう。夏の寺は早朝に限ると思ったのだ。早朝の長谷寺にくれば、秋風に会うことができるとわかって喜んだ。漱石の鎌倉での生活は長くなるとわかっていたからだ。

この句の面白さは、「秋風ばかり」にある。人は誰もいないが秋風は吹いていたという言い回しである。つまりその秋風は意外であったが、何かと期待して行ったことを「来て見れば」で表し、その結果は歓迎ではなく落胆の気持ちが生じたことを「ばかり」で示していることだ。つまり漱石はここで誰かと会う約束をしていたのだ。少し早く来てしまったので「秋風ばかり」と落胆したのだ。涼風を喜んでいない。先の解釈はおかしいということになる。

さてその約束の人は誰なのか。かつて恋人であった大塚楠緒子なのか。彼女の夫、保治は明治29年3月に欧州留学に出ていて明治33年まで不在の状況があった。楠緒子だけが東京にいた。漱石は鎌倉の旅館に一人でいた。

ちなみに漱石は掲句を子規庵での句会で詠んでいたが、翌8月23日になると子規に手紙を出して「禅寺や只秋立つと聞くからに」と「京に二日また鎌倉の秋を憶う」の句を確認・報告するように送った。漱石は前日の句会で公表した俳句に詠んだ禅寺のさまを確かめるように長谷の寺に出かけたことになる。

つまり漱石は実際には句会の翌日8月23日に長谷で誰かと会う約束をしていて、漱石はその前日の句会でその長谷の様子を想像して句を作り描いていたのだ。会うことが待ち遠しくなって、早めにその約束の地に行ってしまった自分を想像していた。そして約束の日に、その禅寺に実際に足を運んで寺の様子を確認したと子規に伝えたのだ。

実際に行ってみると秋風は吹いてなかったのかもしれない。まだまだ暑い風が吹いていたに違いない。8月23日のことであるからだ。「禅寺や只秋立つと聞くからに」の句にはやはり秋風は登場していない。

＊『ホトトギス』（明治30年10月）に掲載

・絹団扇墨画の竹をかゝんかな

（きぬうちわ　ぼくがのたけを　かかんかな）

（明治29年8月）句稿16

漱石は東京よりも暑い熊本に住んでいた。真夏の蒸し暑い夕方、漱石は縁側に座って中国製の絹布を張った団扇を煽って体を冷やしている。この団扇はゆっくり風を送る大きな丸い団扇である。握りの柄の部分も丸い布を張る部分にも籐の細棒が使われ連続している。だが漱石は何かが足りないと感じている。大きな白い絹布には絵柄は何もないからだ。

この大団扇は丸いカンバスではないかと漱石は気がついた。ここに絵がないから落ち着かないのだと気がついた。そうであれば自分が得意な南画を描き入れるとしようと腕まくりした。墨で竹の絵を描くことにした。この竹の絵は墨絵の世界では、失敗のない描きやすい画題であり、初心者が取り組む代表的なものになっている。漱石は早速この白い団扇に墨絵を描いた。

このような俳句を作って東京の子規を刺激しようと考えた。子規も病の床で寝ながらであったが、画家の中村不折に水彩画を教えてもらっていた。子規は熱心に絵筆を握るようになっていた。多分手始めに竹の墨絵を書いているはずだと睨んでいた。

衣擣つて郎に贈らん小包で

（きぬうって　ろうにおくらん　こづつみで）

（明治29年9月25日）句稿17

織り上げたばかりのごわごわした麻布や綿布を柔らかく、そしてツヤを出すために砧打ち（単に砧ともいう）をしていた。また着物のシワを取って着易くするのにもこの砧打ちを行っていた。平らな石台の上に折りたたんで厚くした着物や布を置いて丸棒で叩いたという。掲句の場合は贈り物の衣であるから衣服に仕立てた後の砧打ちである。明治時代になって炭アイロンが西欧から伝わって普及すると、この作業は徐々になくなったと言われている。それまでは各家庭で日常的にこの布と衣服の棒による叩き作業が行われた。この砧打ちは漱石の家にあっては、使用人の作業であった。

この句の「衣擣つて」は先述のように縫い上げた服や着物の腰を柔らかくして、着易くするための処理である。心を込めて丁寧に優しく棒打ち仕上げをした衣を小包にして友人か同僚に贈ったということである。

この句の面白さは、贈り物の衣であることを強調するために「衣打って」ではなく「衣擣つて」としていることだ。擣つの漢字にはコトブキの意の壽が組み入れられている。結婚祝いなのであろうと思われる。

きぬぎぬの鐘につれなく冴え返る

（きぬぎぬの　かねにつれなく　さえかえる）

（明治29年3月6日以降）句稿13

「きぬぎぬ」は衣衣であるが、これには深い意味がある。「男女が床で共寝をするときには、かぶり布団として二人の衣を脱いで重ねて裸の体に被る。別れる朝には、男女それぞれが重ねた衣を分けて取って身につけることになる、それぞれの衣」を「きぬぎぬ」と表している。明治の当時でも四角い布製の布団も綿入れの被り布団もなかったのである。だが衣を重ねて裸の体にかぶるだけでも意外に暖かいのである。特に二人で被れば尚更暖かい。欧米ではこの伝統が今も続いている。つまり今でもベッドには裸で入り、シーツや毛布を被るのである。

朝の到来を告げる鐘の音が街に響く。取り決め通りに早朝に共寝の場所から出なければならないと若い二人は焦って衣を着る。重ねた衣が体を離れる際に擦れる音を発する。これが衣衣の音である。この鐘の音も衣衣の音も二人にはつれなく、冷たく冴え返って聞こえるのである。二人の熱で温まった体から衣を外すと、熱が放射されて瞬時に冷えることも含まれているのかもしれない。

この「つれなく」は感情としての言葉だけでなく、連れが分かれるという体に重ねてかけていた着物が分かれるという意味の「連れなく」も掛けてある。そして「冴え返る」には若い二人のまどろんでいる意識が緊張することを意味するだけでなく、鐘の音が薄暗い朝に非情にも響き渡る様も表している。

ところで、この俳句は漱石先生の実体験なのであろう。「つれなく」には実感がこもっていると感じるからである。

きぬぎぬや裏の篠原露多し

（きぬぎぬや　うらのしのはら　つゆおおし）

（明治29年10月）句稿19

「別恋」と前置きがある。「きぬぎぬ」とは「後朝」と表し、男が夜に女の家に忍んで入った日の翌日の朝、の意味である。

句意は「漱石先生らしい男が娘の家で夜を過ごした後、親たちに気づかれないように、未明の間に娘の家の裏口から出て、篠原を歩いて帰ろうとした。すると楽に歩けると思った篠原は降りた夜露でが濡れ、歩きにくくて難儀した」というもの。男の着物の裾と草履は夜露で濡れた笹原を歩いたために、ビシビショになったのである。

この句の面白さは、「きぬぎぬ」には「衣々」の漢字を当てることもできることだ。着物が擦れる時の衣摺れ音を想像する。男女が静かに別れる部屋には、かすかに蒲団から身体が抜け出る音、着物を着る音が夜のしじまに微かに響くのだ。「後朝」には「衣々」がかけてある。

掲句と対になっている「見送るや春の潮のひたひたに」の句にも、同様の「夜這い」の状況を詳しく解説している。この別の句は家の裏口から抜け出した後、砂浜を歩いたが、潮が満ちてきて歩きにくかったという話である。ともに落語のような話である。

ちなみに地方では江戸時代から明治時代、大正時代まで「夜這い」の風習が続いた。しかし、国が西欧化を意識したせいか「夜這い」は次第に消えて行った。

ところで漱石先生は、熊本で見合い結婚した明治29年6月から4ヶ月経過した時点で、どういうわけか恋シリーズの15句を一気に作っていた。初恋、逢恋、別恋、忍恋、絶恋、恨恋、死恋のタイトルで2、3句ずつ作った。その理由は何であったのか。楠緒子に対する未練があったのかもしれない。

• 砧うつ真夜中頃に句を得たり

（きぬたうつ　まよなかころに　くをえたり）

（明治31年9月28日）句稿30

真夜中に洗濯する人とは、砧を打つ人とはどのような人か。これは漱石宅での出来事だ。妻は翌年の5月に長女を出産するから、この9月ごろは多分つわりがひどかった時期に当たる。実際には妻は洗濯どころではなかったはずだ。そして下女は真夜中に洗濯はしないし、そもそも通いで仕事をしていた。やはり漱石先生が自分と妻の分の下着の洗濯をしていたのだろう。

この頃の「砧うつ」作業は洗濯と同意語である。漱石は真夜中頃に妻に代わって洗濯をしていた。好き好んでの洗濯ではなかったが、手を動かしているとこの句ができた。夕食後にはいつもの習慣で読書や書き物をしていた。これが終わってから洗濯に移ったということであろう。洗濯物の中から俳句が生まれたという感覚なのだ。この状況を面白がっている。

この句は句稿30に書かれていたが、句稿29が5月に書かれているから4ヶ月ぶりの句稿なのだ。しばらくの間俳句を作る環境にはなかったのだ。妻の仕事を肩代わりしていたからだ。

漱石先生は、この句を東京の子規に見せることを思ったが、この時子規がかつて作った俳句を思い出した。漱石は子規句をすべて熟知していた。「川越客舎」と前書きして、「砧うつ隣に寒き旅寝哉」の句を作っていたのだ。明治24年（1891年）12月に、埼玉県を旅して川越の宿に泊まり、隣の洗張業の吉田屋から出る砧をうつ音を聞いていた。子規は寝床で洗濯の音を聞いていたが、一方の漱石は自分で音を立てていた。漱石は笑い出しそうになったことだろう。

• 衣脱だ帝もあるに火燵哉

（きぬぬいだ　みかどもあるに　こたつかな）

（明治28年12月4日）句稿8

この俳句の解釈のポイントは「あるに」であろう。「あるだろう、ないと言えば嘘になる。有るか無いかと問われれば有る」という意味になる。話題の対象、主人公が天皇なので遠回しの遠慮がちな表現にして面白がっている。漱石は伊予松山にいて、年の瀬を迎えていた。火燵に入ってゆっくり自分の今後を考えていた。来年の4月には松山を去って熊本の第五高等学校へ転勤することになっていた。

句意は「昔の天皇の中には、一旦臣籍降下をして皇族から離れたが、皇族に戻って天皇になった人もいたと、火燵に入って考えていた」というもの。世の中はどういうことが起きるかわからないと考えていた。予想外のことが起こるものだと。

漱石が脳裏に浮かべた天皇は平安時代に即位した宇多天皇とその子醍醐天皇であった。天皇から指示によって臣籍降下し、官僚になっていた源定省は、皇族に戻ることになり後に天皇になった。そしてその長男の源維城は醍醐天皇になった。二人には思いもよらぬことが起こったのだ。さて自分は熊本に移動したのちに何か起こるかなと考えてみた。何かが起こるかもしれないと期待した。

この句の面白さは、俳句を文字通りに解釈して、天皇でも火燵に入る時には庶民と同じように寛げるように衣を脱いだのだろうと解釈できることだ。漱石は面白い解釈が可能なように仕組んでいる。漱石は火燵に足を入れている時には、相当にラフな格好をしていたに違いないと想像できる。天皇も同じように寛げる格好をするのだろうと想像したのかもしれない。

ちなみに予想外のことが起こるものだということには、菅原道真の一件もある。醍醐天皇の時代に朝廷の左大臣には藤原時平、右大臣には菅原道真が着いて政務を担当していたが、この天皇は時平の讒言を容れて菅原道真を太宰府に流して左遷した。道真にしてみれば、掲句の反対のことを経験させられたことになる。

●昨日しぐれ今日又しぐれ行く木曾路

（きのうしぐれ　きょうまたしぐれ　ゆくきそじ）

（明治28年11月22日）句稿7

冬が近づいている信州の木曽路。漱石は山国の木曽地方は寒さが増していることを想像している。漱石が住んでいる松山は例年であれば、温暖な冬を迎えているはずであるが、この年は寒波が襲来して厳しい寒さを経験していた。そこで漱石はあの山国であればさぞや厳しい冬になっているはずだと想像したのだ。同じ句稿で一つ前に書いていた句で、天候の急変を詠んだ「すさましや釣鐘撲つて飛ぶ霰」の句がある。時雨が霰に変わっている。とかく山国の天気は変わりやすいのである。

句意は「信州の天気は変わりやすいもので、昨日時雨て止んだと思ったら今日もまた時雨てきた。旅人には足元が濡れて難儀なことであるが、気にせずに目的地を目指して木曽路を進んで行く」というもの。

この句の読み方として、「しぐれ行く」であり、そして「行く木曾路」なのである。「行く」はどちらにも掛かるのである。つまり木曽路を行くのは時雨であり、漱石でもあるのである。時雨は漱石と歩調を合わせて谷間の木曽路に沿って移動して行くように見える。

この句の面白さは、漱石も時雨も木曽路を行く旅人だというところだ。仲良く歩いて行くしかないという諦めが見えておかしい。

●黄ばみたる杉葉に白き燈籠哉

（きばみたる　すぎはにしろき　とうろうかな）

（明治30年8月22日）子規庵での句会稿

地上に落ちた杉葉が黄土色になって山寺の境内に薄く敷き詰められている。その中に白い灯籠が立ち尽くしている。その燈籠は地上の支配者のようにどんな季節でも変化なく立っている。

初夏になると、杉の木は新しい葉をつけて古い葉を落とす。漱石先生は枯れている杉の葉を黄ばんでいると表現している。枯葉には確かに黄色の色成分が含まれている。そうであるから黄ばんでいると言える。白いワイシャツの襟が黄ばんでいるのとは少し違う激しい色になっている。

漱石先生は一人で鎌倉の旅館にに2ヶ月滞在していた時、朝に散歩をしたが散歩コースにこの灯籠のある寺が入っていたのであろう。この大寺の境内には杉の大木の茂みがあった。ここは漱石先生が夏になって宿泊していた鎌倉の宿から近い寺、光明寺なのだろう。漱石は高等学校の夏休みが終わる前の9月10日に妻を鎌倉の別荘に置いて一人で熊本に戻って行った。

この句には、変化する杉、そしてその葉と変化することのない石燈籠が対比されている。色も異なっている。黄ばんで濃さを増して行く色と変化のない白い色。自然界には対照的な両者があることで互いを面白く目立たせている。

さて漱石先生はどちらの方に立っているのか。もちろん朽ちてゆく杉の葉の方である。不老長寿は目指さない。自然に朽ちてゆけばいいと思っている。短命でもいいと思っていた。

●黍遠し河原の風呂へ渡る人

（きびとおし　かわらのふろへ　わたるひと）

（明治42年9月16日）日記

「熊岳城（ゆうがくじょう）にて」とある。漱石は親友の満鉄総裁であった中村是好の誘いを受けて満州・韓半島の視察旅行に出かけた。日露戦争後わずか4年目のことであった。漱石は9月14日に大連の港に上陸して遼東半島中ほどにある熊岳城の温泉宿で一泊した。ここの温泉は河原に湧出していた。ここの宿の女将に俳句を頼まれた際にはここの珍しい河原の温泉のことを句に描いた。このあと長春（満州国の首都）に向かった。

この旅行には東北大学教授の農学者の橋本左五郎も一緒であった。彼は満州周辺の畜産事情の調査を満鉄に依頼されていた。二人は鉄道で長春からハルビ

ンまで移動し、ここで別れた。漱石はここからさらに奥地まで旅した。帰りの漱石はターミナル駅のハルビン駅を経由して朝鮮に入ったが、漱石が乗り換えたこの駅で少し後に伊藤博文が安重根に暗殺される事件が起こった。

句意は「ここに来る前に河原の温泉に浸かった私はここから奥地に行く。この辺りのきび畑は遠くまで続いていて、果てが見えない」というもの。この句では湯の湧いている河原の砂利のつぶつぶと黍のつぶつぶの形の類似を楽しんでいる。満州の地は中国の書籍で見知っていた河北・河南の地とは全く異なっていたとわかって驚いている。

この句の面白さは、「渡る」は温泉に入るための「川を渡る」と「大陸を渡る」がかけてある。そして「黍遠し」には黍しか収穫できない「寒冷の厳しい」地に行くという覚悟が見えることである。ここで温泉に浸かって楽しんでおこうということだ。

温泉のことを「河原の風呂」と表しているのは、掘り出したばかりの温泉でまだ温泉地らしい建物はなく、着替えの小屋しかなかったのかもしれない。それだけに印象深かった。のちに書いた文章では「すこぶる殺風景」と表していた。漱石一行はここから奥地へ進んだが、「黍行けば黍の向ふに入る日かな」との句を作り、きび畑が印象深かったことを記録した。

ちなみにこの温泉は満鉄が開発したもの。写真で見ると鹿児島の枕崎の砂風呂温泉と同じ方式。当時湯崗子温泉（鞍山）、熊岳城温泉（営口）、五龍背温泉（丹東）が有名で、日本らしく「満州三大温泉」と呼んでいた。満鉄は作業員の労をねぎらうために温泉を作りながら開発を進めたようだ。

＊紀行文「満漢ところどころ」（朝日新聞に連載）にも記載

・黍行けば黍の向ふに入る日かな

（きびゆけば　きびのむこうに　いるひかな）

（明治42年9月24日）日記

「黍遠し河原の風呂へ渡る人」の句は熊岳城（ゆうかくじょう）の地を踏んだ時に作っていた。

熊岳城は温泉地で有名であり河原の泥砂の中に横たわる方式の温泉である。昔の奉天（今の瀋陽）の南西約160㎞の遼東湾沿にある。漱石一行はこの温泉地から8日かけて満州のかなり奥地まで歩いた。黍畑が延々と続く冷涼な土地を歩いた。どこまで行っても黍畑である。満州には万里の長城を越えて中国人がどんどん入植してきた。もともと満州にいた民族は農耕には熱心ではなかった。その地に農耕民族の漢人が入り込んで来た。日本軍がいることで治安が安定したのを確認できたからだ。漢族は満州族に襲われないとわかったからだ。

　長春の宿（三義旅館）宿に着くと宿の女主人が何か書いてくれというので、「草尽きて松に入りけり秋の風」と掲句の2句を帳面に書いた。掲句は熊岳城付近で見た黍畑の光景であり、句意は「満州の地では毎日歩いても、朝黍畑を歩き出すと、夕方には黍畑の向こうに日が沈むのを見ることになる」というもの。満州は広大な黍畑であると印象だった。

　この句の面白さは、歩いても歩いても景色は変化せず、呆れている気持ちが「黍行けば」でわかる。「黍畑行けば」を短く表している。この短縮表現によって単調な景色の連続だという呆れている感想が伝わる。ちなみに昭和初期の満州の農産物は大豆、高粱（黍）、粟、玉蜀黍が中心で、中でも大豆が輸出品のトップにあった（明治13年、満州日日新聞）。この当時も小麦の栽培が検討されたが、春の暴風等の気候条件によって栽培は進まなかった。漱石が歩いた地域は黍栽培が盛んであったということだろう。

　この日の日記には現地の日本人の案内で12、3箇所もある賭博場の一つを見た。長春は日本人が多くいて、満鉄が開発を進めていた。「大阪式の湯屋」に入った。宿では絵の展覧即売会が開かれていた。

　ちなみにこの満漢旅行は大学時代の親友である中村是好の誘いによって実現した。漱石に満州の事業と満州の風物を新聞等で日本に紹介して欲しいということだ。500円の支度金が取材費として支払われた。是好は法学部を卒業して官僚になった。政治家後藤新平に可愛がられて台湾、満州へと官僚として移動した。満州では後藤の後を受けて若くして満鉄総裁に指名された。漱石は、豪放な性格の是好から気に入られた。漱石はお世辞も言わず、西洋かぶれしていない、そして自分というものを持っていると親友に認められていた。

　漱石は比較的体調のいい時期に満州に渡った。しかし旅の途中で胃痛がまた生じた。なんとか帰国はしたが、胃病をかなり悪化させてしまった。その後漱石が修善寺で吐血して仮死状態になったことを聞くと見舞金を持って宿に現れた。その後も漱石の面倒を見続けた。親友であることのほかに、無理に満州に誘い込んだと感じていたからだ。

　ところで漱石先生は帰国後に朝日新聞に紀行文の「満漢ところどころ」をすぐに連載を始めた。しかし予定の半分程度で連載は打ち切りになった。これは「紀行文の書き振りが、日本の外地侵略に加担する」という印象を読者に持たれたからだという。そして文章に出稼ぎ漢人に対して見下すような差別的な表現がある、彼らにチャンチャンという蔑称を用いていた、そして自称に「余」を用いたこと（正岡子規も新聞「日本」の記事の中で「余」を用いていた）が問題視されたようだ。

　この紀行文を産経新聞は令和5年4月5日の「満漢あちらこちら　1」の特集記事の中で取り上げた。タイトルは「日本人に生まれて仕合せ」というもの。上記の批判には、率直に書きすぎたからだと同情する論調であった。転載の一部を以下に示す。「此の度旅行して感心したのは、日本人は進取の気性に富んでいて、（略）頼母しい国民だという気が起ります。したがってどこへ行っても肩身が広くて心持ちがよいです」「満州の経営は外部から見ると、日本の開化を一足飛びに飛び越して、ただちにフランスの開化と同等のものを移植しつつある様に見えます」「これに反して、支那人や朝鮮人を見ると甚だ気の毒になります。（略）日本人に生まれて仕合せだ」ここの部分に対して、産経新聞の編集委員は「欧米に負けじと精一杯の背伸びをしている姿は、ちょっぴり切ないけれど、今時の日本の若者たちがなくしてしまった好奇心や情熱、冒険心を感じるのである。」と書いた。

　そして「一部の日本人の間では今も満州経営や朝鮮統治を〝負の側面以外〟で語ることがタブーらしい。それは「公平」な態度だと言えるのか。異民族統治である以上、力による支配も差別もなかったとは言わない。ただし、日本は西洋の統治を参考にしながらも同じようにはやらなかった。〝タネをまき、がまん強く育て、収穫を待つ〟。はやりの言葉で言うならば「サステナブル・持続可能」なやり方を目指したのが日本の統治だったと私は思う。実際、漱石の訪問後、満州や朝鮮半島は、さらに発展を遂げて行く。

　産業や農業の振興、教育の整備、医療・衛生の充実が図られ、人口は倍増した。（略）中韓や現地の住民も、その繁栄を享受したのは間違いない」と書かれていて、漱石の弟子は自分とほぼ同じ見解を目にして少し安心できた。

・木枕の堅きに我は夜寒哉

（きまくらの　かたきにわれは　よさむかな）

（明治28年11月3日）句稿4

松山の隣町の山沿いの集落の中にある民家での経験を俳句にしている。前夜漱石は子規の親類である旧家に泊めてもらった。漱石は子規が自慢していた松山の南にある白猪の滝を見に出かけるための旅であり、宿泊であった。この家の老婆から子規が遊びに来た昔話を聞かされた後は、寝室に案内された。布団は書斎に敷かれていた。行灯が枕元に置いてあった。

いざ寝ようとしたが、使い慣れていない木枕が用意されているのを見て驚いた。この旧家は郷士の家で、今でも硬い木枕を使っていることに驚いた。文明開化の波は愛媛の山奥にはまだ届いていないことがわかった。しかしこれを使うしかないと観念して頭を載せたが、寝付かれない。田舎のこの旧家は夜になると底冷えがして寒く感じ、なかなか寝付かれない。加えて平屋の書斎部屋は山裾にあるため松山の夜の気温より低いのだ。関連する俳句に「客人を書院に寝かす夜寒哉」がある。

この句には珍しく主語の「我は」が組み入れられている。旧家の主人は客人に寒い思いをさせるはずがなく、この宿の人たちはこのくらいの寒さは寒いとは感じないのだと考え直した。客に対する配慮が足りないのではないと考え直した。

ちなみに漱石は11月12日の夜は親類の旧家にとめてもらったが、翌日は朝早く山に向かって歩き出し、雨の中滝を見て、その日遅くに松山市内に着いた。そして夜遅くまでかかって田舎の旧家の様子や滝にたどり着くまでの山道の景色、滝の落ちる様を俳句に詠んだ。掲句はその中の一つであった。

・君帰らず何処の花を見にいたか

（きみかえらず　いずこのはなを　みにいたか）

（明治29年3月24日）句稿14

「古白一週忌」と前置きがある。古白の俳号を持つ子規の従兄弟である藤野は前年の明治28年4月7日に額に二発の弾丸を撃ち込んで自殺した。頭の苦しみを解消するために額に打ち込んだ。彼の一周忌に松山在住の旧友が集まって、追悼句会を開いた。掲句はその時のもの。漱石はこの時もう一句作っていた。「思ひ出すは古白と申す春の人」である。

句意は「ちょっと出かけると出て行ったはずなのに一年経っても帰ってこない。君はどこへ花を見に行ったのだ。きっと天国の花を見に行ってしまったのだ」というもの。そこで綺麗な花を見つけて、そこを離れたくなかったのだろうと古白に話しかけた。

つい最近まで漱石は句会で古白と一緒に俳句を作っていたが、あの時、ちょっと出かけると言い残して出かけた、遠くへ行くような素振りはしていなかったと思い返していた。しかし、それっきり帰ってこなかった。どこかへフラフラと花を見に行ったのだろうと、位牌の横にある写真に問いかけた。

だが、ユーモア好きの漱石先生は、句中の「花を見にいく」には「気に入りの女性に会いに行く」ということを含ませていたと思われる。古白は生真面目に俳句や演劇に取り組んでいて、女性との付き合いなかったから心配であったが、これで一安心だとふざけたのだろう。泣き笑いの顔をしながら掲句を作ったのだろう。

漱石は掲句を作ってから4月10日に松山を船で離れ、熊本へ向かった。一周忌の会場の松山にいる漱石は、松山を永遠に離れた古白を念頭に、自分も松山を離れてこれからも松山に帰ることはないと思っていた。漱石にも旅立ちの思いがあった。人は元来旅人なのだと納得していた。

ちなみに「古白一週忌」の週は、現代は「一周忌」と書き表すが、明治時代は違っていた。森鴎外も小説で「一周忌」を「一週忌」と記述していた。

＊『海南新聞』（明治29年4月9日）に「湖白堂一週忌追悼句」と題し、松山の松風会俳人の藤野古白の追悼句20句を掲載

• 君が琴塵を払へば鳴る秋か

（きみがきん　ちりをはらえば　なるあきか）

（明治43年10月27日）日記

「寅彦のヴァイオリンの事を考えだして」の前置きがある。漱石はこの句を書いた時は修善寺での大患の後で東京の病院に入院していた。いろんなことが頭をよぎった。明け方の三時に目が覚めると起床時まで眠れずにいた。病床の上で、漱石は弟子たちのことを思い起こしていた。音楽のことをよく話した寅彦は、ドイツに留学して、国内にはいなかったこともあって、この夜は「寅彦のヴァイオリンの事を考えだして」いた。「君が琴」の琴はヴァイオリンのことであるが、かつてヴァイオリンのことを提琴と言っていたことの名残である。

漱石と寅彦の交流の中で、明治40年ごろは二人でよく上野の奏楽堂で開かれた演奏会に毎月のように行っていた。寅彦は明治41年に日本製の2台目のヴァイオリンを購入し、教則本で練習していた（寅彦：昭和7年12月、『俳句講座』）。二人の間でヴァイオリンの手入れのことが話題に出たことがあったのであろう。22円で買ったばかりのヴァイオリンは留学中鳴らされることもなく国内で保管されているだけであろうから、楽器にとっては良くないのだろうと、思ったりした。

句意は「寅彦君は留学中であるからヴァイオリンは鳴らせない。帰国後取り出してまたやろうとしても良い音が出るものなのか」というもの。ヴァイオリンには埃が積もっていて、埃を払って始めるのだろうが腕の方は大丈夫かと心配している。習い事はブランクがあると影響が出ると懸念している。自分が取り組んでいる謡の方も、練習にブランクが生じているので心配しているのだろう。

• 君が名や硯に書いては洗ひ消す

（きみがなや　すずりにかいては　あらいけす）

（明治29年10月）句稿19

前置きに「忍恋」とある。まともに読めば、男が思い人の名を硯に書いては消していた情景が浮かぶ。相手を忍んだ恋心を詠った句である。漱石のうぶな一面を発見したとして読者が嬉しがるような内容である。多くの人が中高生の時代に好きな人の名前をノートに書いたりしていたであろうが、その古いバージョンである。

だがよく読んで考えれば「洗い消す」とは、黒い硯に黒い墨で名前を書いた後にその文字をたっぷりの墨液で消すことである。書いた筆でその文字を大まかに塗りつぶすのだ。書いた事実を筆で消す作業である。見られてもその文字は読めないはずだが。乾けばなおのこと読めないのはわかりきっている。しかし他の人に見られないようにすぐに消していた。あたかもそれを楽しむ夢遊病者のように何度も新たに書くことを繰り返した。

この句を作った明治29年10月は漱石が結婚してから4ヶ月後のことである。前年の12月に赴任先の松山から東京に出向いて見合いをして、明治29年の6月に新たな赴任地の熊本で結婚式を挙げた。つまりこの句が作られた10月は新婚生活を始めて間もない頃だ。中根鏡子という女性が夏目鏡子になったことを筆書きして確認していたのかもしれない。いやそんなことはないと思われる。では誰の名前なのか。

この疑問を解く鍵は前書きの「忍恋」にある。この言葉は相手に強い敬愛の情を示している。つまり見合いしたばかりの女性に対しては不適当なのである。そうであれば名を書かれた女性は親友の大塚と結婚したばかりのかつての恋人である大塚楠緒子でしかない。

ちなみに同じく「忍恋」の前書きで作っているもう一つの句「人に言えぬ願の糸の乱れかな」はどうであろうか。こちらは男女の恋の歌で赤い糸が乱れて絡まっている様を詠っている。東京を離れる時にかつての恋人のことは諦めて、親友に彼女のことを託し、幸せの赤い糸を手放したはずであったが、まだその糸は漱石の手の中で乱れているのだ。

大高翔本には、「これは切ない。恋する相手の名前を書いては消すなんて、現代ドラマなんかで描かれるような話だが、実際に作品にしたのは、漱石さんが最初なのではないだろうか。知られてはいけない恋心の、祈るような切なさ、時代を楽々と超えてますよ、漱石さん。」とある。他の俳人の本やブログでこの句の感想を見ると初恋の句という見方ばかりである。だが実際には失恋、もがきと慟哭の句である。自分でも未だに収拾しきれない苦しさを詠っている。

別の女性と結婚はしたが、大失恋からまだ1年しか経過していないのだ。

君が代や年々に減る厄払

（きみがよや　としどしにへる　やくばらい）

（明治28年12月4日）句稿8

文明開化の明治時代も28年になると、年末の風物詩であって、江戸の昔から伝わっていた厄払の男たちの往来は地方でも年々減ってしまっていると漱石は嘆いている。ここ松山でも厄払の男たちは減少していると観察していた。

この厄払は、大晦日の日などに通りを歩きながら「厄払いしましょう、厄払い」と大声を出して、人家から声がかかるのを待つ厄払人のことである。または声をかけられた家の前でする厄払いで、加持祈祷の行為を指す。厄年に当たっている人のいる家では、この厄払人を呼び止めてその家の入り口で「厄払いの文句」を唱えてもらうのだ。厄を払ってもらったら金銭を渡していた。

句意は「明治時代になると、年の瀬に道々で行われていた厄払いは年々減ってきた」というもの。漱石は松山の愚陀仏庵にいて、街の様子を観察していた。

漱石先生は合理的なことばかりが流行る時世になって、江戸時代から続いていた旧来の風俗、風習が年々減少していると見ている。四国の松山も同じことになっていると見ていた。厄年の考え方はいい加減なもの、迷信がもとになっているとして厄祓いを頼む人は減っていた。忙しい年の瀬に厄払人に付き合っていられないという風潮になっていたようだ。

君が代や夜を長々と瀑の夢

（きみがよや　よるをながながと　たきのゆめ）

（明治28年11月3日）句稿4

漱石は松山から石鎚山の麓にある宿に一泊して、翌朝案内人を立てて滝を見に雨の中を山に入って行った。地元で毎年祭りを開く名瀑の見物を終えて、宿に帰った。宿泊させてくれた漱石の親類の近藤さんに借りていた蓑と笠を返し、松山に戻った。次の日の4日は普段通り中学校に出勤した。

11月3日の夜は天長節の日の夜であり、四国山地への長旅で疲れていたにもかかわらずなかなか寝付かれなかった。時雨の紅葉の山中で見た滝のことを思い起こしていた。そして明治の世になって28年経ち、落ち着きを見せているが、いよいよ戦争の時代になっていることを考えたのであろう。

この句にある「君が代」はまさに天皇が君臨、統治する明治の世であり、漱石はいろんな思いがありながらも今上天皇と明治時代を評価していたと思われる。少なくとも漱石の夏目家が幕末の状態でそのまま存続することは望んでいなかったであろうと思われる。漱石の先祖は代々江戸の牛込地区の名主であり、江戸に30人いた名主の一人であった。地域の揉め事の裁判官であり、世話役であり、地区での興行を許可する権限を有していた。この関係で漱石の祖父は家族を連れて許可した芝居を見にゆく習慣を持ち続けていた。この祖父は徹底して放蕩し、蔵にあった金を使い尽くして酒宴の場で死んだ。急に貧しくなった漱石の父は、遅く生まれた金之助を養子に出した。だが父を含め兄や姉たちは習慣になっていた芝居、寄席通いを止められず、夏目家に呼び戻された金之助（5～8歳時）を遊びに連れ出した。この時の漱石の経験が小説家夏目漱石の基礎を作ったと言われている。日経新聞の連載小説「ミチクサ先生」（令和元年と3年、伊集院 静・著）でもそのように描かれていた。

この夜は今上天皇のこと、明治の治世、そして山中で見た滝のことを思い出しながら、メモ書きして置いた俳句を整理した。都会派の漱石は紅葉の森を割って流れ落ちる滝を目の前にして感激し、8句を一気に作った。

・君逝きて浮世に花はなかりけり

（きみゆきて　うきよにはなは　なかりけり）

（明治24年8月3日）子規宛の手紙

「容姿秀麗」の前置きがある。漱石が若い時に作った女性に対する初めての句である。同い年で近くにいた兄嫁、登世は24歳の時につわりを悪化させて亡くなった。漱石は彼女の追悼の句を13句も作って子規宛の手紙に書き記したが、これはその中の一つである。若い時には感情表現は少し大げさになるものだが、漱石は理想的な女性に巡り合う運命にあったようだ。だが彼女は次兄の嫁、義理の姉であった。

この句に目新しさ、面白さは見当たらないが、悲しい句でありながらも、言葉のリズムが整って優れていることである。2・3・4・3・3・2と切って読むことができる。全体にすっきり感があり、義理の姉の健康的で知的な美貌が感じられるような句に仕上げている。

漱石は兄嫁をこの浮世の花としては、桐の花と朝顔に例えてみた。子規への手紙に載せた追悼の13句の中に「聖人の生れ代りか桐の花」「朝貌や咲た許りの命かな」がある。例えがノウゼンカズラやバラであるなら、はかなさの度合いと落胆の度合いは軽減されて「美人のなれの果て」の句は生まれなかったであろう。

ちなみに漱石は「容姿秀麗」とこの句に注記していたが、前置きとして扱った。漱石は掲句からは登世の容姿の良さが浮かび上がるが、さらに念押しのように「容姿秀麗」と書き込んでいる。これは一種のユーモアなのであろう。

・客人を書院に寝かす夜寒哉

（きゃくじんを　しょいんにねかす　よさむかな）

（明治28年）

晩秋に松山の奥の山村に出かけた際に、民家に宿泊した。部屋に余裕がなかったのか夜寒の書院に寝かされた。泊まった家は、子規の遠縁の家で昔風の部屋数の多い旧家で、番頭はいたが家族は少なく年寄りを含む女二人の家であった。書院とは床の間部屋に続く畳部屋で、その居間と縁側との間の部屋。つまり予備部屋的意味合いの部屋であった。この部屋には収納具も調度品もなかった。

漱石は、夜寒という季語に夜中肌寒さを感じていたことを遠まわしに述べている。歓迎されていると思ったが、何かスッキリしなかった。もう一つ面白いことがある。それは子規がこの句を良句としたことだ。新鮮味もなく面白さが伝わってこないにもかかわらず良句なのである。想像であるが子規はこの家の事情も住人の人の性格もわかっていて、漱石が温もり不足を感じて「夜寒哉」と書き入れたとみたのだ。子規はこの点を理解して良句としたのだ。

漱石はこの時にもう一つの句を作っていた。「孀（やもめ）の家ひとり宿かる夜寒かな」この句でも「夜寒」が出てくる。やはり人の声があまりしない家にひとりで泊まったこと自体が、夜寒なのであったのだ。

・客僧の獅噛付たる火鉢哉

（きゃくそうの　しがみつきたる　ひばちかな）

（明治28年11月22日）句稿7

近隣の寺に招かれていた客僧は高位の僧であるようで厚着をしていない。その僧は、篝火（かがりび）に照らされた能舞台をじっと見ていたが、役者同様に寒さに震えていた。そして人目をはばからずに傍らに置かれた火鉢を抱えて暖をとっている。ゆるゆら揺れる篝火の炎は小さく、篝火もなにやら寒そうである。

「しがみつきたる」と見えた客僧は背中が丸くなっていて、手のひらを火鉢の火に近づけている。遠くから見ていると、赤く燠ている炭に手を差し入れているように見えている。このさまを漱石は「しがみついている」とからかう。冬場の鍛錬によって寒さに強いはずの僧でも、この寒さには降参と見える可笑しさがある。日常的には体裁を重要視する僧でもこの寒さではそうはしていられない。

この句の面白さは、客僧という硬い漢語に合わせて、俗語の「しがみつく」を厳しく「獅噛付く」と威厳を持たせて表し、客僧をからかっていることだ。高僧も泣く子と寒さには勝てぬというところか。「吾輩は猫である」に登場する猫の視線は愉快である。

● 客となつて沢国に雁の鳴く事多し

（きゃくとなつて　たくこくにかりの　なくことおおし）

（明治40年ごろ）手帳

都会から離れた水辺の近い田舎に旅して、自然溢れる山際の地にある禅寺に客として行き、旧友と会った。この時は参禅するためではなかった。明治40年ごろは鎌倉あたりにも雁が沢山生息していた。大きな鳥が飛ぶ時に声を発するので雁だとわかった。故郷のシベリアに帰るときまでの時間をここで過ごすのだ。「鳴く事多し」のさまは、雁がこの地に満足して鳴いているようにも感じられる。

「鳴いて飛ぶ雁同様に、この私も今は水の豊かな自然の地の客となっている」というもの。渡りの雁のようにいい声は出せないが、面白い小説を作って、この地に感謝したいと空をゆく雁につぶやく。掲句の「客となつて」の語には、帝大の教授内定の話を蹴って民間の新聞社の社員になることを決めたことを表している気がする。新聞社の客人になったということでもある。

沢国の意味を調べると、直接には沢や沼の多い土地を意味するが、ゆったりとした時間が流れて幸福感の漂う様も表すようだ。漱石先生も作家稼業に入ってからは慌ただしい時間を過ごしていたが、鎌倉あたりに行って好きな南宋画にあるような山と水の景色に触れて幸福感に浸ったことだろう。

● 客に賦あり墨磨り流す月の前

（きゃくにふあり　すみすりながす　つきのまえ）

（明治30年4月18日）句稿24

漱石宅に夜に客があり、見事な月を見ながら二人で話しているうちに、その客は興が乗って歌詩が浮かんだと言いだしたので、漱石は急遽墨を磨り出す羽目に陥った。この客人は詩的な人で、短歌か漢詩の類のものを急に口ずさんだのである。そこで漱石先生はこれを書き写そうとして墨を磨りだしたのだ。さて短歌か漢詩のどちらなのか。

この句には、黒い墨の流れと金色にひかる月の対比があり、色彩的に美しい。

ところで中国における賦の歴史は漢の時代から清朝まで長くあって複雑に変遷している。これに対して日本における「賦」とは漢詩ではないという意味を持たせるための用語であり、日本語による一般的な詩や歌詞を指した。例えば日本の唱歌「早春賦」とは「早春に作った和歌的な詩」の意味である。したがって掲句の「賦あり」は文語調の歌ということになる。佐佐木信綱門下の歌人達が作っていた短歌である。大塚楠緒子もその一員であった。

漱石先生が好んでいた賦には、官僚だった蘇軾（号は蘇東坡：春宵一刻値千金のフレーズで有名な「春夜」という詩の作者）の『赤壁賦』がある。

● 木屋丁や三筋になつて春の川

（きやちょうや　みすじになつて　はるのかわ）

（大正4年5月）漱石の書画帖

「春に、京都の定宿にしていた木屋町の旅館からは、鴨川を抜ける3本の道で祇園へ行けた。どの道を通っても良いので気分に任せて通っていた」というのが句意である。漱石は散歩のつもりで日によって通る道を変えていたのかもしれない。漱石はこの年の3月中旬から4月まで京都木屋町に宿をとって祇園に通っていたが、この頃の思い出を絵に書き込んだ。そして掲句をそこに書き入れた。

この句の面白さは明るい発音の「木屋丁」にある。丁は町に通じる。木屋町よりは木屋丁の方が、華やかである。この丁は太閤検地の際の距離の表し方で今の表示法で、約110メートルになるという。木屋丁はこの単位で区割りされた町であった。この幅の間に道が3本あったということになる。計画的に造られた街であった。その結果として遊びやすい街になっていた。そして近くの鴨川を渡れば一大繁華街の祇園に行けた。京都には都市計画をしっかりやった秀吉公を悪くいう現代人はいないのではないかと思ってしまう。

もう一つの面白さは、春の「川」の漢字は三画文字であり、確かに三本線の筋よりなっていると洒落ていることだ。漱石先生の心はこのことに気づいてウキウキであったことがよくわかる。この洒落は筋がいい。

• 伽羅焚て君を留むる朧かな

（きゃらたきて　きみをとどむる　おぼろかな）

（明治29年3月5日）句稿12

平安時代の都でのことで、姫の朧月夜が最高級の香木である伽羅を選んで部屋に焚きしめて、愛する光源氏の君を引きとめようとした。この朧月夜の試みは成功したようだ。源氏物語の一場面のような想像の句である。このような句を新婚生活が間近な漱石先生が作るとは面白い。

漱石はどのような気持ちでこの句を作ったのであろう。現代の話であれば、男女の営みが終わった後、女の側が男をもうしばらく部屋に引きとめておこうとして、極上のコーヒーを入れる場面なのであろうか。アロマの香りで帰ろうとする男の気持ちを変えようとする場面なのか。まさに西田佐知子の「コーヒールンバ」の世界なのであろう。

それとも最高級の伽羅の香を使えるのは一部の高貴な姫であるから、この香りを嗅いだ人が、源氏はどこに行ってきたかわかるように仕組んだということか。つまり源氏の気持ちを朧月夜に向ける決断を求めるものなのだ。

この句の下五にある「朧かな」は、外の景色がおぼろに見える春の時候というだけではなく、部屋に香りが漂って部屋に霞がかかっている様を表している。男女の熱が部屋こもっているようでもある。子規の添削を受ける前の原句は「伽羅焚て君を留めて朧かな」となっている。子規は「留むる朧かな」として伽羅を焚いた時点では、全てがまだ朧状態だったとしたかった。

（原句）　伽羅焚て君を留めて朧かな

• 旧道や焼野の匂ひ笠の雨

（きゅうどうや　やけののにおひ　かさのあめ）

（明治29年3月6日以降）句稿13

この俳句は、隣接の「三日月や野は穢多村へ焼て行く」の句を受けたもので、連句の作りになっている。松山の町外れにある穢多村の近くで野焼きがあると知らされ、月が出ている夜に一度それを見ようと出かけた。三日月の照る下で河原の葦原で野焼きが行われている。その赤黒い野焼きの光景を月が薄く浮かび上がらせていた。目の前の河原の萱は環境維持と資源保護のために毎年至る所で焼かれていた。

その野火は河原の奥に見える穢多村の方に広がって行くように見えていた。そのように見えたのは、煙のせいなのであろう。野焼きが行われる河原近くには誰も家を建てない。人家が見えない河原に放たれた火は燃え広がっている。

掲句の句意は「野焼きの火は一気に広がっていったが、予報通り雲が月を曇らせ、そのうちに雲は雨を降らせた。その降り出した雨によって野火の勢いは静まり、ついにはその野火は鎮火した。そして、雨に打たれた焼け野の匂いは夜空に立ち上って、傘をさして立っている漱石のところにも流れてきた」というもの。河原の野火は、奥の穢多村に届くことがなく、その手前で鎮火することになっていたが、雨が確実に野火を止めるのを漱石は見届けていた。旧道の細道に佇んでいる漱石先生は和傘をさしてこのさまを見ていた。そして完全に鎮火したのを見て安堵した。

この俳句は、上五に「旧道」を入れている。旧道は通りやすい幅広の新道ができたということであり、人のあまり通らなくなった旧道は穢多村と同様に街の人の往来がほとんどない。しかし草の焼ける匂いは昔からのものであり、安心できるものであった。この匂いによって侘しさも薄まった。

ちなみに掲句の書かれていた句稿13には、冒頭の掲句から8句までが野焼きと山焼きの句になっている。松山の川べりで見た野焼きから始まって、奈良の春日野の山焼きまで発想は広がった。漱石は初めて見た広い川岸での壮大な野焼きに感銘を受けたことがわかる。

ちなみに旧道の旧には舊の漢字を用いている。本当に旧字を用いると古い時代からある道という語感が漂う。松山に流された崇徳上皇が通った歴史的な街道なのだろう。それが埋もれて穢多村が近くにできている。

三者談

漱石は視覚と嗅覚、それに聴覚までも動員して松山の旧道を感じている。焼野とあるので漱石は平地の旧道を歩いている。山道だという人もいる。「焼野の匂ひ」は官能的だ。下五の「笠の雨」は弱い。

• 業終へぬ写経の事や尽くる春

（ぎょうおえぬ　しゃきょうのことや　つくるはる）

（大正3年）手帳

句意は「業として始めた写経がまだ終わっていない。写経を春までに完了させるつもりでいたが、春も尽きようとしている暖かい季節になっても終わっていない」というもの。病の中で気を落ち着かせるために始めた写経であったが、順調に進まなかった。春は刻々と過ぎて行くのを感じている。漱石はこの句を作って、漱石自身の寿命も刻々と尽きようとしているのを感じている。

写経とは般若心経の書写を指すことが多いが、漱石先生は年のはじめから書家がやるような大著の法華経を書写し始めたのであろう。

この句の面白さは、「尽くる春」は次に対する期待が込められている言葉だということだ。気温がさらに上がって体の動きもさらに良くなるであろうという期待である。農家ではこれから種まきで忙しくなるぞということでいろんな準備が始まる。さて漱石先生はこれから何をしようというのか。小説を本格的に書き始める予定なのだ。自分の人生も終わりに近づいていることを自覚し、自伝的な小説を書くつもりなのか。

漱石は4月になったら「先生の遺書」という題名の小説を書くことにしていた。実際には4月20日から先の小説を改題した「こゝろ」を新聞に連載し始め、8月31日まで続け、完了した。つまり漱石は掲句を記して写経を終わりにしたのだ。ここからは小説執筆に入ることにした。多分掲句は3月ごろに作られ、この俳句を区切りに小説執筆活動に入ったのだ。

ちなみに掲句の一つ前の句に「春惜む日ありて尼の木魚哉」の句があり、一つ後には「春惜む茶に正客の和尚哉」の俳句が置かれている。ともに写経に関する寺が絡んだ句になっている。漱石先生は写経だけしていたのではなく、いろんな人と会話していた。「正客の和尚」とは前に参禅で世話になった円覚寺の高僧であった。この僧との会話で小説執筆に入る気持ちが固まったのであろう。

• 京音の紅梅ありやと尋ねけり

（きょうおんの　こうばいありやと　たずねけり）

（明治32年2月）句稿33

「梅花百五句」とある。漱石先生が熊本市内にある梅林を散歩していたら、京都弁のイントネーション、発音で「紅梅ありますか」と漱石に尋ねた人がいた。ここの梅林に紅梅が咲いていますか、という問いかけなのだ。男か女かわからないが、女性の方であろうと思う。男であれば俳句に登場させないはずだ。この女性は紅梅が好きな香る人なのであろう。

この女性は京都から熊本に嫁入りした人なのであろう。京都の紅梅を何度か見ていた人なのであろう。大勢の人が梅林を歩いている中で、声をかける対象として漱石が選ばれたことを漱石は嬉しく思っているのだ。そうでなければこのような俳句を作るはずがない。梅好き人間は、本当に梅が好きな人を見分けることができるのだ、と漱石先生は納得したに違いない。

このように紅梅のことを訊いてきた人は、掲句の下に書かれていた俳句の「紅梅に艶なる女主人かな」に登場した「艶なる女主人」なのであろう。漱石先生の鼻の下が幾分伸びたに違いない。

もう一つの解釈は、漱石が学生であった明治25年の夏に子規と京都を旅行した時に、漱石が街中の香の店で耳にした会話のことなのだ。懐かしく思い出したのだ。紅梅があるかという問いは、京都では有名な誠寿堂のお線香である沈香紫紅梅が店に置いてあるのかと訊いていたのだ。あまりに京音の印象的な声であったので、耳に残っていたのだ。

多分漱石は熊本の梅林で、紫紅梅の香りを焚き染めた着物姿の女性に「ここの梅林に紅梅が咲いていますか」と声をかけられたのだ。さて漱石先生はなんと答えたのか。

・今日ぞ知る秋をしきりに降りしきる

（きょうぞしる　あきをしきりに　ふりしきる）

（明治30年9月12日）子規宛ての葉書

東京を出て熊本に着いたら雨が降り続いて大変であった。ふと気がつくと既に9月中旬であり、立春から数えて210日の立秋ともなれば天気が崩れて、雨が降り続くのは当たり前なのだ。

漱石は9月8日に東京を立って熊本の家に一人で戻った。着いたのは9月10日の午後。妻は遅れて11月末に戻った。東京下谷の子規宅を辞した後、熊本に戻った漱石は、すぐさま12日に子規に礼状を出した。この葉書で大江村にすぐに引っ越したことを知らせた。

この句の面白いところは、「秋をしきりに降りしきる」の部分で「しき」を重ねていて、「しきりに」は秋に何日も何度も、「しきる」は強く徹底してという意味である。これらの音を重ねることで雨の降り方が嫌になるくらいな長雨だと訴える効果を生んでいる。また「知る」の「し」の音を含めて「し」を三個用いて雨のささっと降る音を描写するのに貢献させている。この「し」は息を強く吐き出す音であるからだ。

この年の6月に漱石の実父が亡くなった。漱石を養子に出した父親であり、その後も二人に親密な関係はなかったが、この秋の長雨を句に書いて、漱石の涙を含む陰鬱な気持ちを表したのではないか。この父との交流はなかったが、熊本に戻ってから悲しみが湧き上がってきたのかもしれない。

＊雑誌『ほとゝぎす』（明治30年10月。「九月八日再び西下」と前書き）／新聞『日本』（明治30年10月6日、「熊本に帰りて」と前書き）

・鏡台の主の行衛や塵埃

（きょうだいの　ぬしのゆくえや　ちりほこり）

（明治24年8月3日）子規宛の手紙

「初七日」とある。「何事ぞ手向し花に狂ふ蝶」の句とともに兄嫁、登世の死の初七日（7月28日に死亡）に作った追悼句である。他に葬儀の日には11句作っている。これらの嘆きの句の数の多さには驚かされる。これらを読み解くと漱石と登世の特別な関係が浮かび上がる。

ところで句意は「この部屋の鏡台の前に座って化粧していた部屋の主の登世はどこへ行ったのか。今は彼女の代わりに埃が座っている」というもの。焼き場で骨を焼いた時の塵がこの部屋に舞い戻っている気がしたのだ。

若い漱石は、登世がこの鏡台の前で崩れた口紅を直していたのを見ていた。口紅を崩したのは漱石であった。その時の登世の顔の表情を思い出していた。知的で聡明であり、健康的な女性であった。

この句の面白さは、「鏡台の」に込められている。「きょうだい」の言葉には義姉と弟の関係を表す「姉弟」が鏡台に隠されていた。つまり同じ屋根の下に住む二人の関係は俗にいう「いけない関係」であったことを漱石は意識していたことになる。当然このことがより関係を深めることにつながる。

この時の悩みと漱石の次兄の漱石に対する疑惑の眼差しが、後の漱石文学のテーマの一つを形作ることになった。

• 京に帰る日も近付いて黄菊哉

（きょうにかえる　ひもちかづいて　きぎくかな）

（明治43年9月29日）日記

いよいよ修善寺の宿から東京の掛かり付け病院に移動する日が近づいてきた。漱石先生の気持ちは光を浴びた黄菊のように輝きを増してきた。妻に髭が大分伸びてきたと指摘され、ヒゲを剃ったところで掲句ができた。

句意は「東京に戻る日が近づいて気持ちは浮き立っている。枕元の黄菊が今日は鮮やかに見える」というもの。句の表現もヒゲを剃った顔のようにスッキリとしている。顔には笑顔が出て菊のように幾分丸くなっているようだ。

この句の面白さは読むときに力を込めることになる言葉が上五にあることだ。その頭には「いよいよ」が割愛されている。加えて「京に」と「黄菊」には「き」の押韻があることだ。これでウキウキ感が生まれている。「今日にも帰りたい」という思いが込められている。

ちなみに前日と翌日の日記には、夜は少し眠れるようになってきたことを書いていた。そして翌日の日記には、東京の病院に持ち込んだ便を検査したところ血は混じっていなかったという結果を記した。胃の出血は止まっていた。東京に帰るための条件は整いつつあった。

• 京に二日また鎌倉の秋を憶ふ

（きょうにふつか　またかまくらの　あきをおもう）

（明治30年8月23日）子規宛の手紙

「愚妻病気　心元なき故本日又鎌倉に赴く」の前置きがついている。精神が不安定になっていた妻が別荘のある鎌倉で静養することになったので、漱石は熊本第五高等学校の夏休みを利用して、一緒に上京した。漱石は鎌倉から東京の子規庵で催される句会にたびたび参加したが、この句会の時には東京の実家にいた。

この手紙で子規とゆっくり語りたいところであるが、句会には出ずに鎌倉に行くと伝えた。病気の子規を交えての句会で、掲句を披露するのは不適当だとして手紙の中に書き入れた。子規の重篤な病気の辛さ、痛みに比べたら妻のことは大げさすぎると思い、皆の前で公表するのを憚ったのだろう。

句意は「東京に二日いただけになったが、鎌倉で療養している妻のことが気になるから鎌倉へゆく」というもの。新婚だから妻が恋しいのだろうと仲間から揶揄（からか）われるのを嫌がって、鎌倉の秋を味わいたいと書いた。また俳句の体裁を整える目的もあった。この句では「鎌倉の秋を憶ふ」といいつつ、本当は妻のことが気がかりであり、心配でならないということを婉曲に表している。しかし、前置きで妻の病気のことに触れているので、この解釈は不自然なものになる。心のもっと奥ではこの寺に行けば楠緒子との思い出に会えるという気がしたのではないか。「鎌倉の秋を憶ふ」のフレーズの中には、失恋して混乱の中で参禅したのは真夏であったことを思い、失恋からかなり時間が経過した落ち着いた秋の中で思い出に会いたくなったのだ。

この句の面白さは、「京に」で「今日で東京は」の意味をかけていることだ。子規庵を辞してからすぐにこの句を作ったことを示した。

２０１４年に漱石が子規にあてた新たな書簡が、東京都内の古書店で見つかった。１８９７（明治30）年8月23日付で、俳句が9句書かれており、そのうち2句が未発表だった。うち7句は前日の子規庵での句会で発表していたものであった。掲句も未発表の句であったが、もう1句は「円覚寺にて」の前書きがついている、「禅寺や只秋立つと聞くからに」の句。円覚寺は三年前の12月に学生であった時に楠緒子のことで悩んだ末に座禅した思い出の寺である。句意は「円覚寺にはもう秋の訪れがあると鎌倉の街で聞いたから、懐かしい寺にやってきた。まだ見たことのないこの寺の秋の景色を見たくなった」というもの。学生時代に訪れた時は盛夏であり、秋の円覚寺を見たくなったのだ。今は結婚して一応落ち着いていると自覚するためにも。

だが漱石のこころの中には、妻の鏡子と恋人であった楠緒子が同居していた。

・京に行かば寺に宿かれ時鳥

（きょうにゆかば　てらにやどかれ　ほととぎす）

（明治33年7月4日）

「紫川の東上を送る」の前置きがある。紫川は熊本五高の学生の俳号で、本名は蒲生（のちに原）栄。紫川は五高の「俳句の会」（学内誌の龍南会雑誌では、紫川は紫溟吟社の名で俳句を発表している。彼はこの結社（漱石が外部に作った団体で宗匠は漱石）の創設メンバーの一人で、紫川は明治31年12月に学内でこの会への加入を呼びかけた。寺田寅彦もこのメンバー。

漱石はほぼ一年前の六月に、紫溟吟社の仲間になった紫川と千江の俳句を子規に渡して新聞「日本」への掲載を依頼していた。その結果6月10日付けの同紙に紫川の3句が掲載された。漱石は期待するこの愛弟子の紫川に対して掲句を作り、激励して渡した。紫川は京都大学に進学することになっていた。

句意は「京都に行ったなら、寺に行くのがよい。寺の宿坊は安くていいから、まずはそこで荷を解いてしばらく泊まるのがいい。穴場だよ、ミスター俳句くん」というもの。漱石は帝大の学生だった時に小石川の寺の宿坊に宿泊していたことを紫川に話していたが、このときからだいぶ時間が経過していたので改めて俳句の形で寺の宿坊を推奨したのだ。

漱石は愛弟子であった紫川に過大な期待をしていることが、紫川に子規と同じ意味の「時鳥」を勝手に付けていることでもわかる。東京の子規がこのことを知ったなら、学生と一緒にするなと嫌な顔をするに違いない。

漱石は明治33年の5月か6月に熊本第五高等学校の校長から正式に英国留学の辞令を受け取った。これを受けて7月に東京に帰って出発の準備に入った。掲句は東京へ行く直前に俳句の弟子の紫川に特別に贈ったもの。

ちなみに紫川らが創設した会はいつしか紫溟吟社となったが、漱石の留学が公表されてからは、この会の指導者は漢文の先生になった。そして紫川ら創設メンバーが卒業すると紫溟吟社の名前は明治33年10月を最後に学内誌から消えた。

紫川の俳句としては、「看護婦の白き衣や時鳥」「水浴の帰り淋しき田圃かな」「虚無僧の鮓食うて居る野茶屋かな」「夜神楽の物喰ふ音や面の内」「庫裡借りて画師と詩人や時鳥」「磯畑の夏大根や雲の峰」「案山子にとまる鴉鳴子に下る群雀」がある。

・京の菓子は唐紅の紅葉哉

（きょうのかしは　からくれないの　もみじかな）

（明治32年11月1日）「霽月・九州めぐり」句稿

松山から熊本に来た男は、かつて漱石の句友であった村上霽月で、彼は約一ヶ月かけて九州の得意先回りをしていた。家業の絣屋の社長として九州でも営業の激務をこなしていた。やせ細ってしまった親友を見て心配でならない漱石は、リーダーなら気分転換や遊びをしながら部下に仕事を任せるべきだとアドバイスした。

11月1日早朝、霽月の宿ではじまった句合わせ会で、漱石はその場で11句作って霽月の旅先の句に並べた。これを霽月はのちに、漱石の句を加えて「九州めぐり」句稿としてまとめた。この句の句合わせ題は「菓子」。

句合わせの後の雑談の中で、九州の次は京都にゆく予定だという霽月に、11月の京都なら茶会に出て紅葉のように色鮮やかな京菓子を味わい、唐紅の紅葉で有名な寺を訪ねてみることだと言い、京都情報を伝えて骨休めをすることを薦めた。

句意は「今頃の京の銘菓は、唐紅色の紅葉菓子だ。山寺のモミジもみごとだ」

というもの。

漱石自身も高等学校では中心的な立場になり、学生には早朝から特別授業をしたりして激務の教員生活なのであった。おまけに家庭内はしっくりしていなかったので、心の休まることはなかったはずだ。掲句は自分に向けての意味も含んでいた。

・京の便り此頃絶えて薄紅葉

（きょうのたより　このごろたえて　うすもみじ）

（明治37年11月頃）俳体詩「尼」3節

平安時代の和歌のような句になっている。句意は「春に仕事で京都に行った男からの連絡がこの頃絶えている。地方で帰りを待っている妻が見ている山は薄紅葉の色を呈している」というもの。この男は家族を置いて京都に出たが、京都の面白さに染まってしまったようだ。時が経過して田舎の山が色づいてくるように、京に出た人の気持ちが変わってしまっているという。

掲句は「父の庄司の鹿を射るらん」と続く。掲句の地方にいる人は、娘だとわかる。庄司は地方の荘園を管理する荘官で、定期的に京に報告に行くのだ。報告にそんなに時間はかからないと娘は案じる。この部分の意味は「帰らないのであれば、父が荘園で管理している鹿を弓で射る」と父を破滅させる決意を示す。娘は京にいる父にこの歌を送って冬が来る前に戻るようにと強く促すのだ。

この歌は娘が書いて射るのではなく、漱石の妻になり変わって漱石が作ったものだ。妻の気持ちを描いている漱石は全てよくわかっているが、どうにもならないと自己弁護している。かつての漱石の恋人、楠緒子は保治の妻となっているのであるから、大ごとにならないうちに楠緒子の元から戻るようにということ。

この俳体詩の短歌は、英国から帰国した漱石先生と楠緒子が再会した後に作られたと推察する。つまり二人の再会は意外に早かった。漱石は英国に立つ前から楠緒子とキッパリと縁を切ると決意していたが、すぐに崩れた。

・京や如何に里は雪積む峰もあり

（きょうやいかに　さとはゆきつむ　みねもあり）

（明治28年11月22日）句稿7

漱石は四国山地の里を歩いていて裏の山の方を見上げると、石鎚山付近に雪が積もっている。この年の松山の冬は寒さが厳しいものになっていた。例年より早く冬が来ていると句友たちが口を揃えている。石鎚山付近に雪が積もっているのを見て、今年は寒いのだと思った。

句意は「松山の地で、雪の積もっている山を見て今年の冬の厳しさを実感しているが、さて京ではどうなのかと思いを巡らした」というもの。東京はどうなっているのだろうか。やはりかつての恋人であった楠緒子が住んでいて、漱石の親友の子規もいる東京に思いを馳せているのだろう。漱石の友人の何人かは京都の大学にいて、狩野は東京を出るなら京都に来るようにと勧めてくれたことがあった。明治25年に京都を子規と旅したが、その時は夏であり、京都の底冷えは経験していない。やはり記憶の新しい東京のことを思い、東京の冬を想像しているのだろう。

この俳句はそれほど難解ではないが、洒落も工夫も感じられない。どういうことのない俳句になってしまっている。冬がそこまできていることによって、漱石の気持ちは少し沈んでいるのであろう。翌29年の4月には松山を離れることになっているので、気分は雪山のように冷えている。

来春には熊本での新たな結婚生活と仕事が始まるにもかかわらず漱石の気持ちは沈んでいる。現代であれば、マリッジブルーの一種ということなのであろう。これは婚約を経て結婚を控えた状態の男性の70％に起こることだといわれている。女だけの現象ではないという。

同時期に作っていた「枯柳緑なる頃妹逝けり」という漱石の俳句において、今までの「心の恋人（東京の大塚楠緒子）」を漱石は諦める決意をした。死んだことにした。だが漱石の心の奥底には未整理のものが残っているはずだ。当たり前のことであるが。

・今日よりは誰に見立ん秋の月

（きょうよりは　だれにみたてん　あきのつき）

（明治24年8月3日）子規宛の手紙

この句には「心気清澄」と注記がついている。この年の7月28日に兄嫁の登世が亡くなった。漱石の実家に初婚で嫁いできた女性は、知的で美貌の24歳であり、初めての妊娠で悪阻を悪化させてしまい、この世を去った。遊び人で再婚の兄はこの新妻を敬遠気味であった。漱石はこの一人でいることの多い登世に同情し、話し相手になっていたのであろう。その漱石はこのような登世の死を悼んで慟哭を感じさせる句を13句も作り、子規に送った。

句意は「登世が同じ屋根の下にいた時には、夜空の豊かな月を見て登世のことを思っていたが、その登世はいなくなった。これからは誰を思って夜空の月を見ればいいのか、教えてくれ月よ」というもの。「心気清澄」は寂しい気持ちはあるが、登世を愛したことに満ち足りた思いを抱いていることを示す。

今までそばにいた登世の顔は、あの月と重なって見えていたが、これからはただの月になってしまったと嘆いた。これから月を見ることはなくなると思ったに違いない。学生であった漱石は、夜空の月を見ることをしなくなったが、地上の花に目を向けることもしなくなった。登世が目の前に咲く花であったからだ。登世が死んでからは、身の回りに花は無くなったと感じた。これを詠った俳句が「君逝きて浮世に花はなかりけり」の句である。若い男は若い女より恋愛の感情が激しいものなのだろう。

・京楽の水注買ふや春の町

（きょうらくの　みずつぎかうや　はるのまち）

（大正3年）手帳

茶道では「すいちゅう」または「みずつぎ」と呼ぶ道具を水注と表すようである。「やかん」に水を注ぎ足したり、手前の最初の方で茶碗、急須、器の湯冷ましを清めるために水を注ぐときに用いる陶器の容器である。

漱石先生は京都の楽焼の水注を春の京都の街で買ったという。衝動買いなのだろう。この高価な水注は墨絵を描く時に使う硯の水注にすることを思いついた。

この句は「春になり、浮き立つ気持ちで街中を散歩していた時に京楽の洒落た水注を見つけたので、買ってしまったよ」というもの。京都の楽焼を略して京楽と造語して表したことで、漱石先生のウキウキした気分がこの句から伝わる。この種の買い物は享楽の一つなのだ。

大正3年頃の漱石先生は原稿を書くことは少なくなっていた。絵を描いている毎日であったが、家に閉じこもっていてばかりでは体に良くないとして、町中へ積極的に出かけることにしていた。買い物も町歩きの楽しみになっていたようだ。

この句の面白さは、造語の「京楽」は「享楽」につながることである。この掛言葉を思い浮かべつつ、楽しく散歩と買い物ができたことを喜んでいた。

ちなみに漱石先生は大正3年には旅行をしていない。京都に出かけたのは大正4年の春のことであった。この時は26日間も京都に滞在して買い物を楽しむことができたはずだ。

玉か石か瓦かあるは秋風か

（ぎょくかいしか　かわらかあるは　あきかぜか）

（明治29年9月25日）句稿17

「都府楼瓦を達磨の前に置きて」の前置きがある。都府楼は、天智天皇の時に、外国の賓客や使節を応接するために筑紫国の大宰府に建てられた大宰府の正庁であり、平城京の大極殿に匹敵するものであった。この建物の屋根には当時としてはまだ珍しい百済瓦が使われていた。天辺にあった鬼瓦は発掘されて保管されている。

漱石夫妻は北九州への新婚旅行の際に都府楼のあった場所に立ち寄って、足元の遺跡を見ながら歩いた。当時のものとして「玉か石か瓦の破片」が見つかるかもしれないと思って、探して歩いた。前置きの「都府楼瓦を達磨の前に置きて」からは、跡地辺りで瓦の破片に見えたものを拾って来たことがわかる。そして近くの禅寺の達磨像の前に置いたのだ。

結局瓦らしきものを見つけただけであったが、漱石は当時ここに吹いていた風を見つけたいと思ったのだ。そして道真が毎日のように眺めた天拝山を渡って吹き降りてくる風を自分の体に受けられたことで満足した。当時と同じ風をいま受けていると思うと格別な感じがしたのだろう。この時博識の道真に近づいて生きていこうとする自分を感じたに違いない。

ちなみに掲句の関連の句として「都府楼の瓦硯洗ふや春の水」がある。都府楼の跡地に立って当時働いていた役人の仕事を想像してみた。

この句の面白さは、都府楼の遺跡に立って、玉であった道真に比べて自分は「玉か石か瓦か」と問いかけている句に仕立てられていることだ。

局に閑あり静かに下す春の石

（きょくにかんあり　しずかにおろす　はるのいし）

（大正3年）手帳

静かな漱石の家で囲碁の勝負が行われている。漱石先生の相手は虚子であろう。漱石先生は毎日一人縁に出て筆で墨絵を描いているとだんだん飽きてくるのだ。掲句の二つ後には「銀屏に墨もて梅の春寒し」の句が置かれている。虚子は漱石の日常がわかっているので、時々漱石宅に顔を出す。

句意は「春ののどかな日に、向かい合う二人は熟考し、自信を持って碁石を碁盤に静かに置いて行く。石を置く音と音との間には、静かな時間が流れていた」というもの。

暇な時間が増えてきた漱石先生であったが、妻と時間を潰すことはなく、虚子や漱石の弟子たちとの雑談や囲碁に費やされていた。

この句の面白さは、碁盤に碁石を「下す」際に発する音は「カン」であるということだ。将棋の駒をバンに置く場合は「パチン」であるが、碁の場合は甲高い余韻のある音が部屋に響く。この「カン」の音と次の「カン」の音との間の長い時間は「閑」と感じられる。「局にある閑」が碁盤の上に打たれるように思えてくる。

玉蘭と大雅と語る梅の花

（ぎょくらんと　たいがとかたる　うめのはな）

（明治32年2月）句稿33

「梅花百五句」とある。池玉蘭（玉瀾とも書く）と池大雅は江戸中期の文人画家。梅の花を見ながら池大雅と妻の玉蘭が歩いている。ただぼんやりと足を進めながら語らっている。大雅が先を歩き、妻の玉蘭が後ろをついてゆくというのではない。ともに絵を描き、共作もする夫婦であるから梅の前では対等なのだ。だが妻は夫の画風を尊敬して真似ている。

年上の大雅は自分の死後のことを考えて自らの画法をまとめておいた。だが玉蘭はこの書き物を見向きもせずに独自の画法を編み出すべく、研鑽を重ねたという。これぞ絵の道の同志ということであろう。夫婦でいる間、二人して酒を飲み、夫は三味線を弾き、妻は琴を弾いた。そして北斎と同じように好きなテーマの絵だけを好きな時に描いていた。いくら貧しくてもこのスタイルを崩さなかったという。

漱石の理想とする夫婦の姿がここにあるような気がする。この梅の花を見ながら並んで対等に歩く姿は、漱石の望んでいた漱石と大塚楠緒子の将来の関係であったのだ。漱石と恋人関係であった時を経て、今は人妻となっていた楠緒子は30歳ごろから漱石の小説の手ほどきを受けてしばらくの間、漱石の推薦で漱石の所属した朝日新聞に小説を書いていた。楠緒子は漱石の隠れ愛人という立場ではあったが、夫婦のように文壇に並んで立っていた。

この句の面白さは、頭から「玉蘭と大雅」と雅な言葉を並べていることだ。これに梅の花の語が並ぶ。この俳句はこれで一つの琳派の絵になっている気がする。子規は楠緒子と漱石の関係を学生時代から詳しく知らされていたので、この俳句を見ただけで漱石の考え、これからのことや願望が透けて見えたはずだ。

明治26年3月12日の日曜日、漱石は隅田川のほとりを散歩していて、偶然正岡子規と出会った。子規は、このときすでに退学を決意し、前年の12月からは日本新聞社で働きはじめていた。二人は連れ立って向島の百花園に行き、梅を眺めて語った。

当時の向島百花園は梅が有名であり、梅が他の百花に先駆けて咲くことから「百花園」と名づけられたともいわれる。子規は送られて来た原句を見て「漱石と子規と語る梅の花」と作り変えたかったのかもしれない。

＊（原句）「玉蘭と大雅と住んで梅の花」

• 玉碗に茗甘なうや梅の宿

（ぎょくわんに　めいあまなうや　うめのやど）

（大正4年）手帳

大正4年に弟子の青楓と京都を旅したときの茶屋での体験を書き残した（掲句は大正3年から使用している手帳に記されていたが、旅の記録から大正4年の句とした）。この旅は漱石の妻が企画したものである。漱石は人生最後の旅になると覚悟して、京都生まれの青楓を道案内にして、祇園に繰り出して長期間滞在した。祇園の茶屋で通された部屋の庭には梅が咲き、梅の香りの中で良い香りのお茶が出された。器は謂れのありそうな品のいいものであった。通された部屋の中庭には漱石のために急遽竹を植えていた。

句意は「春の日に京都の茶屋の庭の梅の花を見ながら、心配りを感じさせる銘茶を立派な茶碗で出してもらえて満足した」というもの。玉碗とは瑪瑙（めのう）のような珠玉でつくった碗であるが、京都の楽焼なのであろうが、素晴らしいと強調した。正確には正倉院所蔵の『白瑠璃碗』等カットグラスや中韓の古代の焼き物がこれにあたるようだが、これではあまり美味しく茶を飲めそうもない。また茗は新芽を摘んだ茶ではなく、しっかり太陽の陽を浴びた遅摘みの茶なのだ。また「甘なう」は、元の意味は同意するということだが、ここでは味もサービスも満足できる、嬉しいものということだ。

ちなみに東京で茗渓というと神田川あたりの御茶ノ水近辺を指し、この近くにあった東京師範学校、東京文理大学、東京教育大学の、ひいてはその後続の筑波大学を指す言葉にもなっている。ここの卒業生の組織に茗渓会がある。

この句を口に出して読んでみると、お茶をごくりと飲むように口がよく動くことに気づく。そして「甘なう」には茶に甘みが感じられたとわかるようになっている。店側だけでなく漱石の俳句にも心配りがある。

漱石先生は大正4年の春の旅で26日間も京都に滞在したが、この茶屋の部屋で5度目の吐血をおこしたため、青楓は妻の鏡子に連絡した。妻は東京から駆けつけたが、慣れっこになっていて、翌日から京都見物に出かけた。これは妻のずぼらな態度と見えるが、漱石と茶屋の女将との関係を継続させようとする思いやりとも考えられる。

• 清げなる宮司の面や梅の花

（きよげなる　ぐうじのつらや　うめのはな）

（明治32年2月）句稿33

「梅花百五句」とある。神官の装束は祭りの種類と位によって細かく決められている。神道は仕来りと装束で構成されていると極言する人がいるくらいに衣冠束帯の装束がTPOによって細かく規定されている。宮司たちは普段は雪駄を履き、色付きの袴を履いて絹の白衣を身にまとうことになっている。だが梅の祭りになるとこれが一変する。

境内の梅が開花する時期に合わせて神社の祭りは開催されるが、宮司たちは権威の溢れる装束で身を整える。漱石先生が梅見に出かけた神社の境内には「白色の狩衣」を着た宮司がいた。厳粛な表情の清げなる顔立ちの人たちであった。

シンデレラ姫のイメージが白のドレスによって創られているように、宮司の顔に対するイメージは白の衣装によって「清げなる顔」という印象が作られる。そして梅の花の中にいると柔らかい「清げなる表情」が強く醸し出される。これらを合体させたものが「宮司の面」というものになる。

句意は「梅祭りの中にいる宮司たちの顔は何と清げにみえることか」まさに「馬子にも衣装」の極みである。夜の歓楽街にいるときの宮司らしき人たちの何と下品なことか。僧侶も然りである。

問題は宮司側がこのことをよく知っていることだ。そしてこれを利用できると知っていることだ。この知恵が顔の表情に出ているはずであるが、梅の花と華麗な装束によって打ち消され、「清げなる面」だけが演出される。

人間の内面を考察している漱石先生は、神社の全てが清げなるものに結びつくように工夫され、構成されていることを見抜いているように感じる。キリスト教の世界はさらに知能的である。しかし悪いことばかりではない。その中からバッハのオルガン音楽が生まれたからだ。

•清水や石段上る綿帽子

（きよみずや　いしだんのぼる　わたぼうし）

（明治28年12月18日）句稿9

京都の清水寺で結婚式のお祓いを受けるために石段を上って行く白い姿が見える。頭だけでなく体全体が着膨れて丸くなっている。身体の自由がきかず、白い衣装の裾を持ち上げて石段で擦らないように登るのは大変そうだ。

遠くから見るとから身体全体が白い塊に見え、あたかも巨大な綿毛の綿帽子が石段を登って行くように見えた。ふわりふわりと浮き上がって登って行くように見えた。花嫁の浮きたつ嬉しさを汲み取っている句になっている。式に臨む花嫁は気持ちが一段一段高揚して行くようだ。

漱石はこの句の後に「風吹くや下京辺のわたぼうし」の句を置いていた。結婚式の行列を強風が襲撃したのだ。強風が吹いて綿帽子が飛ばされそうになった。漱石は同時に「綿帽子面は成程白からず」も作っている。よく見ると花嫁の顔は綿帽子ほど白くない。花嫁は外で仕事する人で働き者のようで、肌は少し日に焼けているようにみえた。だがものは考えようで綿帽子とコントラストができて、花嫁衣装を引き立てていると漱石は見る。

掲句には漱石のユーモリストの部分が出ているが、後のユーモア句には少し意地悪な一面が表れている。いや先にあまりに牧歌的な善良な句を作ったのでバランスを取っているように見える。これら3連句はアニメーションのようであり、面白い。

記録によると漱石先生が独身時代に京都を旅行したのは明治25年の7月のみであった。このときは市内に2泊していた。正岡子規と一緒の旅であった。確かに清水あたりを歩いていた。そして遊び場の茶屋にも行っていた。綿帽子の俳句は、この時の思い出をもとに病弱になっていた子規をよろこばせるために一緒に旅した思い出を3連句にして送ったのだろう。

•吉良殿のうたれぬ江戸は雪の中

（きらどのの　うたれぬえどは　ゆきのなか）

（明治29年12月）句稿21

元禄15年（1702年）12月14日の夜、前日に降った雪が月光に照らされている中で討入り事件は起こった。赤穂浪士たちが静まり返った吉良邸に討ち入った。吉良の殿様を炭小屋に見つけるのに手間取ったが、周到に準備された討入りはすぐに終了した。この句は事件の起きた江戸の人々の思いを詠んだものになっている。そして世の中の期待に沿うべく討入り事件は起こったと漱石はことの背景を見ている。

句意は「噂にはあったがとうとう吉良殿は打たれてしまった。その時江戸には雪が降っていた」というもの。やはり事件は起こったかと江戸の人たちは、寒い朝に事件を知って納得した反面、しょんぼりしたということだ。やるせない思いがした。何かが起こりそうな予感を雪の中にいた江戸の人たちは感じていたということだ。雪の夜と朝には人の動きはほとんどなく、予定の行動を取りやすいと赤穂浪士たちは考えるだろうと江戸の人は考えた。

この俳句は分かり易すぎてあまり評価されないが、そうではないと考える。この悲惨な事件を漱石は独特の視点で描いている。まず漱石は吉良上野介を吉良殿と尊称で表している。この人は領地があった三河国の吉良庄（愛知県西尾市）では名君と讃えられていた。その人を江戸屋敷内で浪人どもが一方的に主君の仇と恨んで計画的に殺害したのであるから、現代であればテロリズムの犠牲者である。吉良殿は実質的には被害者なのである。漱石先生はこの考え方に立っているような気がする。忠臣蔵の物語が江戸期だけでなく文明開化の明治29年になっても人々の人気を得ていることが信じられないようだ。令和の時代になっても忠臣蔵は人気だと知ったら漱石の霊はどう思うのか。

この句の面白さは、「江戸は雪の中」の部分では、忠臣蔵事件が起こって今でも賛美され続けているのは、事の真相が雪に埋れたままになっていることを暗示していることだ。

ちなみに『吾輩は猫である』の中では、浪士の討ち入り事件は裏の中学校からの野球ボールの飛び込み事件として面白く登場している。そして漱石の句には「忠臣蔵」俳句がもう一つある。歌舞伎の演目にもなっている「赤垣源蔵徳利の別れ」を詠んだ「源蔵の徳利をかくす吹雪哉」と「浪人の刀錆びたり時鳥」である。

＊新聞『日本』（明治30年3月7日）に掲載

• 桐かれて洩れ来る月の影多し

（きりかれて　もれくるつきの　かげおおし）

（明治31年1月6日）句稿28

漱石の書斎から夜空を見ようとすると、夏から秋にかけては桐の葉が空の大部分を占めて月がよく見えなかった。しかし、真冬になって桐の葉がバサバサと落ちて空がよく見えるようになった。ある夜、空を部屋から眺めると、桐の枝を通して月がよく見えるようになっていた。桐は葉を落として庭の景色は寂しくなっていた。

桐の枝ぶりが綺麗に見え、枝の間から漏れて月もよく見えるようになっている冬の景色を淡々と詠んでいるように見えるが、冬の厳しさに向き合っている漱石の姿が見える。

漱石がこの冬の句を作った背景には、前年の年末から翌年の年始にかけて友人と近くの北の温泉地、小天温泉に出かけていたことがある。初日の出を拝んで美味い宿のお膳を食べ、ゆっくり温泉を楽しんで我が家に帰ってきた。その時の玄関にたどり着くまでの気持ちを隣接句の「僧帰る竹の裡こそ寒からめ」に込めていた。家の中は外より冷えていて、さぞ妻は冷たい顔で迎えたことであろう。

この句の面白さは、漱石はこの年に俳句結社「紫冥吟社」を作って主宰に収まったことの影響が見られることである。漱石らしくない気負いが見られる。あまりの美文調の句になっていて、かつて作っていたユーモア俳句に「背負い投げ」されそうだ。この俳句にはユーモアの影は見られない。

• 霧黄なる市に動くや影法師

（きりきなる　まちにうごくや　かげぼうし）

（明治35年12月1日）高浜虚子宛の書簡

掲句には「倫敦（ろんどん）にて子規の訃を聞きて」の前書きがついている。句意は「街中には黄色い霧が出ている。その中に市民の動く姿がぼんやりと霞んで見えている」というもの。漱石は虚子から子規の訃報を受けて追悼句を5句作った。掲句はそのうちの一つで、凄まじいほどに漱石の悲しむ心情が溢れている。下五の影法師の中には生前の子規の姿が見えていた。

1902年のロンドン市街は21世紀初頭の北京の大気汚染と同じレベルであったであろう。どちらも石炭を燃やしたことによって生じた硫黄ガスと微粉塵が空中に浮遊していた。漱石はロンドン市中で黒の燕尾服、黒い傘を提げた人の輪郭が朧になって見えるとの文を残していた。ある日の漱石日記に「霧ある日、太陽を見よ。黒赤くして血の如し。（中略）何百万の市民はこの煤煙とこの塵埃を吸収して毎日彼らの肺臓を染めつつあるなり」と書いていた。漱石は黒い痰が出ると嘆いていた。漱石はこのような生活環境の劣悪な英国にいて、彼らの用いる言語と文化を日本の学生に教えることに熱意を持てなくなっていた。

このような深刻な内容を含む掲句でも漱石はユニークさを発揮している。「霧」と「黄なる」で韻を踏んで奇異なる世界を描いている。シェークスピア悲劇においてさえ韻が踏まれているということに倣っていた。そして後に書いた随筆「思い出す事など」において表していたようにロンドンの霧は「鳶色の空気」であったという。鳶色は赤みがかった茶色である。漱石日記の「黒赤くして血の如し」に通じる。掲句にある霧の色が黄色であるのは、漱石の混乱した心理状態を表現していると見るべきである。

ここまで書いたが、依然として「霧黄なる市」の解釈がスッキリしなかった。そこに新たな解釈を示唆する人が現れた。九州大学の毛利郁子氏であった。漱石は文部省訓令による帰国命令を無視して帰国を1月遅らせている間にパリに行っていたというのだ。確かにパリには漱石の旧知の画家、浅井忠の関係者や中村不折がいて宿泊場所には困らなかった。

この頃パリではドレフュス事件が起きていて、ロンドンの漱石にもその概要が伝わっていた。この事件に関係して多くの人が死亡していた。この事件の不明瞭さとユダヤ人差別を告発した作家ゾラは自宅で妻とともに一酸化中毒死した。有罪になったユダヤ人大尉のドレフュスは離島に追放され、エミール・ゾラの死は事故死とされた。漱石はこの事件に大きな関心を寄せていた。漱石がパリに行ってゾラの死について調べると、暗殺者の存在が浮かび上がった。ゾラの葬儀に参列した漱石はこの事件全体に疑義を有していたことから、掲句を作ったと思われる。

掲句の「霧黄なる市」とは疑惑、謀略にまみれた都市、パリという意味になる。そして下五の「影法師」はすなわち「暗殺者」を指すことになる。句意は「陰謀が渦巻く都市のパリでは、作家ゾラの暗殺者が闇に紛れて活動している」というもの。「倫敦にて子規の訃を聞きて」の裏には「倫敦にてゾラの訃を聞きて」の意味が隠れていることになる。

毛利氏によると、漢書に「黄霧四塞」という四字熟語があり、この熟語は「天下が乱れる前兆として辺り一面が黄色い霧で覆われる」という意味だという。明治の俳人たちの多くは中国古典に通じていたので、当然虚子もこの熟語の意味が掲句に込められていることは理解したと思われる。吉田松陰は「黄霧四塞すといえども蒼天なきに非ず」との文を表したという。当時のパリでは幕末の日本同様に普仏戦争後の緊張した両国関係の中で陰謀があり、スパイがうごめいていた。

ちなみに作家ゾラの社会に対する向き合い方に刺激を受けた漱石は、職業作家になってからの第二作目に足尾鉱毒事件を取り上げた。新聞連載小説「坑夫」をリアルに書き上げた。この足尾鉱毒事件では代議士田中正造が天皇に直訴文を手渡したことでこの鉱毒被害の実態が社会全体に知られるようになったが、これは作家ゾラがフランス大統領にドレフュス事件の不正究明の公開質問状を出したことで国論が二分されるまでになった経過に類似している。このユダヤ人差別問題が絡むドレフュス事件が端緒となってシオニズム運動が起こり、イスラエル建国が起こった。掲句はこの一連の流れに漱石がごく一部で関係していたことを示している。

掲句にはもう一つの漱石の主張が込められている。ロンドンの漱石の周りで起きた謎の電文事件が関係している。明治35年7月から9月ごろまで漱石はうつ状態に陥っていた。部屋にこもったままで訪問者ともあまり話をしなくなっていた。このような中で日本の文部省宛にロンドンから「漱石狂せり」という電文が発信された。日本にいる漱石の家族を始め関係者は大騒ぎになった。漱石は誰がこの電文を打ったのか、探し始めた。周りにいた日本人は皆否定した(文部省に記録が残っていて、発信者は岡倉由三郎だと知った。漱石はわからないふりをして岡倉と付き合った。岡倉は帝大英文科の後輩であった)。緊急の帰国命令に従えば、文学論のまとめを中断して留学期間を一月早めて帰国することになる。漱石はなんとか理由を作って帰国の引き延ばしを図って、予定通り2年間の留学を終えて帰国した。

漱石はこの電文事件に不可解さがあるのを感じた。このときロンドンに立ち込めていた濃い灰色の霧が黄色に変わっていたのを感じた。漱石はロンドンの日本人会の在りように息苦しさを感じていたが、それに輪をかけて日本人の誰かが漱石の追い落としを図っていたと考えられた。「霧黄なる市」は、漱石の近くで暗躍している肌の黄色い日本人の存在を暗示するものになっている。「影法師」は日本人なのだ。つまり掲句の句意は「漱石自身を窮地に陥れる電文がなぜかロンドンから日本に発信された。この疑惑の霧の中に謎の狂電文の発信者が隠れている」というもの。日本にいる親友の虚子に漱石の周囲で起きている問題を理解してもらえることを願っていた。

＊雑誌『ほとゝぎす』（明治36年2月）に掲載

• きりぎりすの昔を忍び帰るべし

（きりぎりすの　むかしをしのび　かえるべし）

（明治35年12月1日）高浜虚子宛の書簡

「倫敦にて子規の訃を聞きて」の前置きがある。この句はロンドンで正岡子規の訃報を聞いて5句作ったうちの一つ。漱石は訃報を届けた虚子にこの句で「日本に帰る際には、骨と皮ばかりの体になって死んだ子規のことを思い浮かべながら帰ることにする」と伝えた。漱石と子規の関係はこのような句を作れる親密な関係であったことを虚子に示した。最期の子規の体をキリギリスの体に例えたのは、キリギリスは体が骨ばっていて、その肉のない長い足には棘が生えている奇怪なものであるからだ。鳥であった子規は最後には昆虫になって死んだと捉えた漱石は、これを虚子に伝えた。

掲句は悲しみだけの句にはなっていない。漱石は独自の俳諧作りを目指し、子規もそれを認めていたが、悲しみを込めた掲句においても漱石流を貫いている。軽いユーモアを含ませた俳句に仕立ててある。英国からの書簡では、背広を着てビフテキを毎日食べる人間は「容易に俳想なるもの出現仕らず。近頃のごとく半ば西洋人にて半日本人にては甚だ妙ちきりんなものに候」と書いて漱石の俳句を作る意欲は衰えたと記したが、言葉で遊ぶ精神は健在で技量は衰えていなかった。

資料によるとロンドンからの手紙の返事として明治34年11月着の子規からの手紙には「僕はもうダメになってしまった、（中略）倫敦の焼き芋の味はどんなか聞きたい」と悲鳴と冗談が混じっていた。漱石はこの冗談に掲句で応えたのだ。

畑のさつま芋を好んで食べる虫はコオロギであるが、掲句ではコオロギの古称であるキリギリスを採用した。二人が生きていた明治時代にはコオロギとキリギリスの区別はなくまとめてキリギリスと総称していたからだ。

掲句で気になっている表現がある。「帰るべし」の「べし」である。これは通常、決断を促す場面で使う助詞である。加えて日本政府からすでに漱石に帰国命令が出ていたので「昔を忍び帰るべし」ということは、留学生としては当たり前のことになる。だが、漱石はこれに素直に従うつもりはなかった。粘って帰国を遅らせ、留学の実を増やそうと考えていたからだ。だが子規の死によってそのような考えを捨て、漱石はごねる自分に帰国命令を出したのだ。インド洋経由で速やかに帰国することにした。

虚子の手紙に書き入れていた俳句はつぎのもの。《筒袖や秋の柩にしたがはず》《手向くべく線香もなくて暮の秋》
《霧黄なる市に動くや影法師》《きりぎりすの昔を忍び帰るべし》《招かざる薄に帰り来る人ぞ》

＊雑誌『ほとゝぎす』（明治36年2月）に掲載

• 切口に冷やかな風の厠より

（きりくちに　ひややかなかぜの　かわやより）

（明治44年9月25日）松根東洋城宛の書簡

松根東洋城宛の手紙に、「肛門の方は段々よけれど傷口未だ肉を上げず、ガーゼの詰替頗る痛み候（中略）仰臥執筆不自由御察し下されたく候」と書いていて、これが掲句の前書きになっている。

漱石は肛門病院に行かずに近くの性病専門の診療所に行って、痔疾の手術を受けた。この手術では局部麻酔をしないのが普通であったが、医師に頼み込んでコカイン麻酔をしてもらった。その上での痔瘻の切開手術になった。ところがその術後の治りが良くなく再手術となった。次の手術の時には、俳句を作らなかった。

漱石の痔疾は座り続けることで起こる職業病の一種であり、翌年の9月にも同じ診療所で痔の手術を受けた。この時は肛門の一部を切除する手術になった。この時は1週間の入院となり、この時の様子を東洋城宛の手紙に書いていた。この弟子はボヤキを言いやすい相手であったのだ。東洋城に俳句を10句作って欲しいと頼まれていたが、できるわけがないだろうという旨の手紙であった。そこに唯一書いた俳句は「かりそめの病なれども朝寒み」であった。

因みに漱石が使用した明治の厠は、二本橋跨ぎ式の汲み取り便所であった。したがって尻は足元を吹き抜ける風に晒された。まさしく冷やかな風が切開手術の切口に吹きかかったのだ。痔疾の再手術の場に臨んだ漱石は尻込みしたい気分であったろう。

自称弟子の枕流も漱石先生と同じく痔疾（痔瘻）を経験したが、麻酔なしの切開手術となった。震えるような涙の感動があった。この経験によって身体の痛みに堪えられるレベルは確実に上がった。今ではその医者と痔疾に感謝の念を抱いている。

・切口の白き芭蕉に氷りつく

（きりくちの　しろきばしょうに　こおりつく）

（明治31年1月6日）句稿28

熊本市の北西にある有明海が近い温泉場、小天温泉で同僚と正月を迎えていた。元朝の未明に温泉に入って、去年の垢を落とした。正月料理を食べた後、初日の出を拝むべく宿の近くを散歩したのであろう。

水辺の芭蕉の太い茎がばさっと横に切られて、白っぽい断面が見えている。誰かが大晦日に芭蕉の株を切り落として、正月の生花として瓶に挿したのであろう。その切り口が薄く雪が積もったようになっている。根が吸い上げた水が盛り上がって切り口で白く氷っている。今朝到来した強烈な寒気によって液が凍って白く見える。

この句の面白さは、掲句は植物の芭蕉のことだけでなく、俳句界の俳聖芭蕉のことをかけている。この意味でこの俳句は衝撃的な句である。芭蕉の葉の上に蛙が乗るだけの句を作っただけでも大変な出来事であったが、なんと芭蕉をぶった切ったというのであるから尋常でない。気合いを入れないと柔らかくて太い株は切れるものではないからだ。この俳句の出現はまさに俳句界を凍りつかせるようなできごとだったはずだ。だが少なくとも漱石はこのような反応が起こるのを予想して句を作っていると思われる。

・霧晴るゝ瀑は次第に現はるゝ

（きりはるる　ばくはしだいに　あらわるる）

（明治28年11月3日）句稿4

松山の南方にある山麓の名瀑、白猪の滝を見に行った時の句である。雨中の林道を10㎞以上歩いてやっとの思いで流れ落ちる滝の飛沫を浴びることができた。紅葉真っ盛りの森を切り裂くように落ちる滝と雲間から差す日光によって色を変える紅葉に感激した。見慣れない山中の景色は見ていて見飽きないようだ。

立ち尽くしている間に霧が出てきて目の前の景色を一変させた。そのうち、霧は晴れて豪快に落ちる滝がまた徐々に現れてきた。見事な紅葉の森も少しずつ姿を現してくる。ゆっくりゆっくり変化する景色の中にあって流れ落ちる滝の音と動きは荒く大きい。この対比が美につながる。瀑の漢字の読みは、「ばく」と「たき」であるが、ここでは「ばく」の方が適当である。

この句の中の「晴るゝ」と「現はるゝ」が頭と尻に並んでいて、読み手に面白みを与えている。瀑の漢字を軸にした起き上がり小法師のように感じる。また「るる」のところはやや強めに、そして早めに読むことになるから、全体に強弱のリズムを与えている。目の前のものの動きを強調することになる。漱石が目の前の変動を感激して見ていることがわかるようになっている。

・妓を拉す二重廻しや梅屋敷

（ぎをらつす　にじゅうまわしや　うめやしき）

（明治32年2月）句稿33

「梅花百五句」とある。句意は「梅林の中での茶席を盛り上げるために芸妓をつれてきた男がいた。二重廻しを身につけたその男は茶を飲み終わると早々に席を立って芸妓を引き連れて梅林の中へ消えた」というもの。街中の茶屋の女を堂々と同伴していた招待客がいたのだ。さてこの二人、この場所からどこへ行くのか、気になるところである。

この時代、野点の茶会は地域の名士達の社交の場であり、自由に女達を連れてくるサロンのようなものであったのであろう。我が漱石先生はどうであったのか。先の二人をじっと見ていたのであるから、一人での参加であった。

妓は妓女のことで中国的な呼称である。明治の日本では芸妓もしくは公娼の娼妓を指した。また「二重廻し」とは、男性の和装用コートとして普通に用いられていた外出用の防寒コートである。「二重マント」とも呼ばれた。若干の違いはあるが「トンビ」「インバネス」と同類である。二重回しもトンビも着丈は膝下まで達する。下駄を履いて帽子を組み合わせることが流行した。

この句では、「妓を拉す」とあり、漱石先生は地域の男社会のあり方に少し批判的なところが見られる。漱石先生にはこの「二重廻し男」は金に物を言わせて女を連れ回していると見えた。

• 銀燭にから紅ひの牡丹哉

（ぎんしょくに　からくれないの　ぼたんかな）

（明治28年11月13日）句稿6

子規は牡丹の花を好んで多くの俳句、短歌を作った。子規は牡丹から生きる力を得ていたことがわかる。「人も無し牡丹活けたる大坐敷」「寐床から見ゆる小庭の牡丹かな」「牡丹咲く賎が垣根か内裏跡」「林檎くふて牡丹の前に死なん哉」「草つゝみ　病みふせるわが　枕邊に　牡丹の花の　い照りかがやく」はほんの一部だ。その子規は掲句に対して『小生の旧作ニ「咲きにけり韓紅の大牡丹」』とだけ評した。君の作はこのレベルだよということか。

この牡丹大好き人間の子規に対して漱石は僅かに平凡に見える掲句を作っているだけだ。あまり興味がないようだ。派手すぎると思っているのだろう。

句意は「机に置かれた大き目の銀製の燭台が美しい光を放っている。その光を受けて大ぶりな深紅の牡丹の花が輝いている」というもの。掲句は子規の句の「灯のうつる牡丹色薄く見えにけり」と「咲きにけり韓紅の大牡丹」の句のパロディであろう。一般的な銀燭とは、太い蝋燭を立てる大陸的な青銅性の燭台で、高さが4㎝ほどのタワー形状のもの。天辺の皿の中央に蝋燭に差し込む釘が出ている。やや大げさに感じる蝋燭立てである。この光を受けても怯むことのないのが、大牡丹という花なのだと言っている。一見褒めているようで、幾分呆れている。

だがこれは表の解釈であり、裏の解釈も存在する。漱石に牡丹花の句が少ないのは、漱石にとっての牡丹は牡丹餅（ぼたもち）を意味するからである。「お萩」が「お萩もち」を表すのと同じである。つまり裏の句意は「美しい光を放っている銀製の燭台に照らされて、深紅のぼたもちが輝いてある」というもの。牡丹餅は光に照らされて食べられるのを待っている、となる。小説『行人』の中で、牡丹餅を牡丹とのみ記している部分があると指摘していた人がいた。つまり漱石の頭の中では牡丹は牡丹餅なのである。牡丹は鑑賞する対象ではなく、食べ物の好物なのである。

そうであれば掲句は銀燭のもとで深紅に輝く牡丹餅を褒め称える俳句となり、「韓紅の大牡丹」と表現する牡丹花好きの子規へのからかいの挨拶句ということになる。

• 錦帯の擬宝珠の数や春の川

（きんたいの　ぎぼしのかずや　はるのかわ）

（明治29年1月28日）句稿10

山口県の岩国にある錦帯橋とその下の川、錦川を詠っている。錦帯橋はまさに錦の帯を太鼓状に張らせて橋を造っているように見える。橋の欄干には金色に光る擬宝珠が付けられ、橋全体は贅を尽くした錦のように見える。橋の下とその周囲は春の装いになっている。錦帯には錦帯花の意味もあり、このウツギ科のハコネウツギが咲くと錦帯橋周辺は光り輝く春模様になるということであろう。

この句の面白さは、金色に光る擬宝珠が数珠のように連なっている様は、まさに錦帯に見えるということを、確認するように描いていることだ。そして橋の下を流れる川は金色に光る擬宝珠を映して輝く春の川に見えるということだ。

ところで何故漱石は突然錦帯橋のことを取り上げたのか。この句を書いていた句稿にある二つ前に配置してある句が「永き日を順礼渡る瀬田の橋」であり、春の橋つながりなのであろうか。

ちなみに錦帯橋は、五つの反り橋からなる木造橋で、江戸時代の初期に造られた国の名勝。現存のものは1953年に再建されたもの。中国の西湖にある六橋をモデルにしたと言われている。橋の幅は5m、橋の高さは5m、そして5個の橋の連結と、5をデザインの基礎においている。

• 金泥の鶴や朱塗の屠蘇の盃

（きんでいの　つるやしゅぬりの　とそのはい）

（明治32年1月）句稿32

「元日屠蘇を酌んで家を出づ」の前置きがある。昨年の漱石は年末から31年の正月にかけては高等学校の同僚と小天温泉で過ごしたが、その一年後の今年の正月は別の同僚と元朝参りの旅に出てしまった。未明の元朝に屠蘇を飲んで、早々と汽車の旅に出た。二年連続で妻を家に残して旅に出た。

漱石家の夫婦は元日の朝、朱塗の地に金泥で鶴を描いた目出度い盃を用いて屠蘇を一杯だけ飲んだ。これで元日の行事は済んだとして、漱石先生はさっと家を出た。妻は何も言わなかった。さみしい正月風景である。漱石は近くの駅で高校の同僚教師の奥と落ち合って、大分県の宇佐神宮に初詣に出かけた。

ちなみに漱石は未明の四時ごろに家を出たようだ。なぜなら小倉の浜で魚の水揚げを同僚と見ていたからである。昔の鈍行の列車の速度を考えると北熊本駅（現在の池田駅）から小倉駅まで移動するには数時間を要したからだ。漱石は元朝の小倉で「うつくしき蜑（あま）の頭や春の鯛」と浜の女の働いている様子を詠っていた。頭に綺麗な手ぬぐいをかぶった浜の女が大勢いて、漁師が獲った鯛を取り扱っていた。

• 金泥もて法華経写す日永哉

（きんでいもて　ほっけきょううつす　ひながかな）

（明治30年4月18日）句稿24

春になって筆を持つ手も暖かくなり、夏書（げがき）する時期（4月16日以降の夏期）に入ったので昨年腕を上げてきた技をもって、今年は究極の写経といわれる金字写経に挑戦することにした。

紺紙に墨の代わりに金泥で写経をするために、微細な金粉末、膠、定着剤、特殊な細筆、溶き皿を用意した。法華経を写す写経を金文字で行うには、よほど腕を上げねばならないと決意し、昨年から腕を磨いてきた。そして目標とした写経を実行した。金字でもって法華経を写し上げた。中国を経由して漢字で伝わったお経の文字数は6万9千文字。全文字を1、2日で書き上げるのは困難であり、漱石は部分的に写経した。日蓮宗の法華経は妙法蓮華経と称され、30に区分けされている。

色のコントラストの利いた法華経を見て、満足している漱石先生の姿が目に浮かぶ。そしてすぐにこの俳句を作ったのだろう。

ところで漱石先生は短文の「般若心経」ではなく「法華経」を写している。同じお経でも、現実の世界に対する実践性を高めているお経が「法華経」だと言われる。漱石はこの点において「法華経」を選択したような気がする。この経典は天台宗と日蓮宗の依拠する経典である。

この句の面白さは、夏書する時期の4月16日以降に入ったらすぐに筆を持って写経を行い、この俳句を作って4月18日付けの句稿に書き込んで発送したことだ。腕が鳴って仕方なかったこともあろうが、子規にこの写経をすると宣言していたので実行してすぐに報告したということだ。

• 銀屏に墨もて梅の春寒し

（ぎんびょうに　すみもてうめの　はるさむし）

（大正3年）手帳

掲句は漱石の気になっていた江戸時代末期の画家酒井抱一の「夏秋草図屏風」を念頭におき、架空の梅の墨絵を思い描いて作った句だと思われる。漱石が所蔵していた品々の図録が2013年に展示されたことがあったが、その中にかの「夏秋草図屏風」の写真があったという。したがって漱石の小説『虞美人草』に登場する銀屏風もこれからの連想であると言われている。

句意は「部屋に飾っている銀屏風図は、銀の地に梅の木を墨で描いた絵であるが、この梅を見ているとまだ春は遠いと思われ、この絵は寒々しく感じさせる」というもの。ここに出てくる梅の銀屏風図は漱石宅にも世の中にも存在しなかった。漱石は抱一の銀屏風図に描かれている萩や芒の代わりに梅を勝手に配置して鑑賞している。

この俳句には、琳派の流れをくむ抱一に漱石の好きな梅の図を描いてもらいたかったという願望が見える。そして風にそよぎ、雨に枝垂れているススキやツタの屏風図ではないシャキッとした樹木の屏風図を描いて欲しかったという思いを表している。漱石は梅の木のゴツゴツした肌と節くれ立って折れ曲る樹形の梅に美を感じないのか、と不満を持っていた。

琳派の絵画に興味を持っている子規は抱一の絵についても一家言を述べていて、抱一の絵は全体として迫力に欠けるということがあり、気に入らないということだ。漱石は子規のこの抱一の絵についての感想を知っていて、漱石もこの俳句で自分の抱一観を述べておこうとしたのだ。漱石は手っ取り早く架空の梅図を作り出して、俳句で抱一の絵に対する感想を述べる方法をとった。

この頃の漱石先生は、ゆっくり好きな絵を毎日のように描いていた。そしてその作業の中で抱一の絵について考えてみたところだ。漱石先生は好きな書家や絵師の作品は収集していたが、抱一の絵は所有しなかった。

•金屏を幾所かきさく猫の恋

（きんびょうを　いくしょかきさく　ねこのこい）

（明治29年3月5日）句稿12

漱石がこの句を作った時期は独身であって、まだ松山にいた頃である。漱石の借家にはない高価な金屏風の前で恋猫同士の二匹が大暴れしている。句意は、その猫たちが興奮して飛び跳ねている際に爪で金屏風の表面を掻き裂いてしまっていた、というもの。この「金屏」はかつて屋敷の家宝として大事にされているものであるが、「猫に小判」の例えのように「猫に金屏風」なのである。そんなに価値のあるものだとは猫にはわかるはずもないし、また気にするはずはないのだ。舞台の主演の女優と男優のつもりになっている恋猫たちが興奮して暴れているうちに、猫の鋭い爪が金屏風に突き刺さり、柔らかい金箔は下地の紙と共に何箇所か掻き落とされてしまった。新しいアート作品の誕生である。

いや、そもそも恋猫たちは街の物陰で出会うもので、部屋の中で飛び跳ねるということはないはずだ。つまり掲句は猫の恋ではなく人の恋を描いているのだ。金屏風の破損は恋猫の仕業ではなく、実は人の男女の仕業なのである。

漱石が松山にいた独身時代に、誘われて行っていた若者塾、若者宿には生花を教える部屋があり、ここに金屏風が調度品として置かれていた。この生花教室では金屏風に合うように花を生ける指導が行われていた。

この若者宿のこの部屋は若い男女が交際を始める場所としても使われていた。江戸時代から大正時代までほぼ全国にこの制度と建物があった。地方の名士が建物や備品を提供してくれたりした。松山の若者宿において金屏風が長年若い男女が夜を過ごす部屋に置かれていると移動することになる。この際に時に倒されて凹んだり傷が付いたりするのは、自然なことである。漱石はそんな傷んだ金屏風をみているうちに、飛び跳ねる恋猫をまねて面白い俳句を作る気になった。

この句の面白いところは「さく」にある。金屏風の表面を爪で掻いて「裂く」の意味で用いているが、猫の恋が「咲く」の意味も掛けているのだ。

•銀屏を後ろにしたり水仙花

（ぎんびょうを　うしろにしたり　すいせんか）

（明治29年12月）句稿21

この句を素直に解釈すれば、「気高い水仙の花が部屋の中に活けてある。その後ろには銀の屏風が立てられている」というもの。白と黄色の水仙が庭に咲き出したのを見て、漱石は早速切って部屋にあげて水盤に生けた。その生け花の置き場所は床の間に決まったが、掛け軸が主役の床の間では水仙は脇役にならざるを得ない。そこで漱石先生は、銀箔を貼った屏風を水盤の後ろに立てた。水仙は輝きを取り戻した。水仙花は床の間の主人となり、掛け軸は従者になった。

水仙の謂れはわからないが、水辺の仙人なのであろう。飾らない仙人の雰囲気を持ち、すっくと立つ花の水仙は、銀屏を後ろにしても貫禄負けしない。気品の塊である水仙花は落ち込みがちな漱石の気持ちを引き上げてくれる。

ちなみに掲句の後ろに控えている句は「水仙や主人唐めく秦の姓」と「水仙や根岸に住んで薄氷」という水仙の句である。

● 金平のくるりくるりと凧巾

（きんぴらの　くるりくるりと　いかのぼり）

（明治29年3月24日）句稿14

この年の4月上旬まで松山にいることにした漱石先生は、後わずかの日数しかないこの時期に松山で行われた凧揚げの見物に出かけた。凧巾は大鳥の形に作った布製の凧のことで、これは凧の元祖である。この一風変わった形の凧に描かれていたのは、坂田金時の子供である架空の坂田金平であったというもの。この金平さんは、浄瑠璃に登場する怪力剛勇の人で妖怪と戦った架空の男であった。凧に乗ってくるくる回るには最適な人である。

漱石が凧揚げの原っぱで見たのは童話の主人公である坂田金時であったが、勝手に絵柄を替えてその子の金平にしたと想像する。俳句では大人に人気の浄瑠璃の主人公に替えたのだ。子供は凧揚げで遊んでいるが、漱石先生は俳句で遊んでいる。

この句の面白さは、鳥型凧に用いる漢字には音が軽く、その字形は左右対称で風に乗って回りそうな「金」と「平」の漢字を採用しようとしたとわかることだ。つまり「金平」の2個の漢字には中心軸があり、くるくると回りそうなイメージがあるからだ。

この句は同じ句稿に書かれていた掲句の直前句である「御陵や七つ下りの落椿」の口直し的な俳句であった。この落椿の句は、幕末期に起きた皇室内の暗殺を暗示する非常に重い俳句であったため、次の俳句は軽い遊びの俳句にしようとしたと推察される。頭をくるくる回してリセットしたくなったのだろう。

ちなみに金平ごぼうのネーミングでは、油炒めのゴボウ料理を食べると精がつくというために妖怪退治のスターの金平が利用されたということである。漱石先生と似た発想であった。

● 金襴の軸懸け替て春の風

（きんらんの　じくかけかえて　はるのかぜ）

（明治30年4月18日）句稿24

掛け替える掛け軸は、熊本市内にある自宅の床の間の掛け軸である。春は盛りの時期に入ったことで、気分を変えるためにそれまで掛けていた正月用の華やかな「金襴の軸」を穏やかなものに変えた。この作業の後、ついでに窓を大きく開けて部屋の空気も入れ替えたのであろう。

ちなみに金襴とは、繻子、紗などの織地に金切箔または金糸などで紋様を織り出した美麗豪華な織物である。この技法は天正年間に中国から堺に伝わり、のち京都の西陣で盛んに織られるようになったもの。この織地の上には、目出度い山水画が張られていたのだ。この掛け軸の前に小机を置き、ここに中国の骨董である瓶を置いて梅の枝や水仙の花を差していたのであろう。

漱石先生は熊本に越してきたのがちょうど一年前の明治29年4月であった。この一年経過のタイミングで正月から掛け続けていた軸を替える気になったのだ。4月になれば正月は遠く去っていて、部屋を暖かく感じさせることも不用になっていたので、穏やかな作りの軸に替えることにした。菫やボケの花の季節に合うものにしたいと考えたに違いない。

句あるべくも花なき国に客となり

（くあるべくも　はななきくにに　きゃくとなり）

（明治35年4月中旬）ロンドンの渡辺伝右衛門宛ての書簡

手紙魔の漱石先生は日本の知人友人、家族にマメに手紙を書き送っていた。ロンドンに横浜からビジネスを学びに来ていた渡辺宛にも手紙を出していた。渡辺は日本人会の俳句会に属していた。漱石は引っ越しを繰り返す中で知り合った。

漱石先生は明治33年（1900年）12月末に英国に到着し、さっそく独学で英文学の研究に取り組み始めた。当時の大学には英文学の講座はなかったからだ。明治35年4月のこの頃は、「文学論」の著述に没頭していた。帰国までに仕上げようと熱心に取り組んだ。この期間は頭の疲れを癒そうと暇を見つけては近所を散歩し、俳句作りをした。しかし俳句の方がうまくいかない。その原因を考えるうちに、心を休める桜が街中にないからだと気がついた。

句意は「街に出て景色を見ていれば俳句ができそうに思うが、そうではなかった。季節感がない。桜の咲かない国に来ているからだ」というもの。「花なき」とは、花壇や山野に花が乏しいというのではなく、桜の花がないことを嘆いている。異国にいる虚しさが感じられる。そして国自体がつまらないということも意味している。世界統治及び国内統治のあくどい面が漱石には見えているのだ。「句あるべくも」は「俳句はできそうもない」の意味になる。渡辺に対して「近頃の天気風ははげしく物騒に候　桜といふもの無之物たらぬ様被感候はいかゞ」と手紙に書いてに同調を求めている。漱石はそもそも背広とワイシャツを身につけての句会は、落ち着かないのだ。

ちなみに渡辺伝右衛門は十代目渡辺治右衛門で、彼の親の九代目渡辺治右衛門の次男。この治右衛門の弟の長男が渡辺和太郎。つまり二人はいとこ同士で文化的なビジネスマンであった。ともに横浜商業学校を同期卒業し、すぐにロンドンに来た。俳句をやった和太郎の方が漱石と密に交流し、その様を伝右衛門が記録した。

喰積やこゝを先途と悪太郎

（くいつみや　ここをせんずと　あくたろう）

（明治28年11月13日）句稿6

喰積とは新年の季語で、祝い重のこと。現代ではお正月の御節料理をさしていう場合が多いが、古くは三方などに米、餅、昆布、熨斗鮑、ゴマメ、橙、ユズリハなどの種々の縁起物を飾った重箱のことで、年賀客にも供したという。一茶も「喰ひつみも小隅の春と成りにけり」の句で貧しいながらもこの飾り物を作って楽しんだ。「小隅の春」とあるので、一茶が作った一重箱には広く空きができていた。「ここを先途と」は、ここが大事な運命の分かれ目、せとぎわの意である。「ここを先途と奮いたつ」のように使うとある。悪太郎とは乱暴でいたずらな男児で、大人の男を指すことが多い。勇猛を自認する男もいる。この俳句の悪太郎は狂言の演目からきているようだ。

この狂言のあらすじは「伯父が悪太郎に御節重のご馳走を出して酒をふるまうと悪太郎は泥酔してしまった。悪太郎はその間に頭の毛をそられてしまい、非行を悔いて仏道に入った」というものだ。掲句はこの伯父が悪太郎を悔い改めさせるために、口に出した台詞なのだ。「正月の重箱を前にしていうが、ここが立ち直るための分かれ目だ。悪太郎よ」と説得した。普通は悔い改めた後、本人が自主的に坊主になるのだが、これで目を覚ませと無理やり髪を剃って坊主にしてしまった。

枸杞の垣田楽焼くは此奥か

（くこのかき　でんがくやくは　このおくか）

（明治29年3月5日）句稿12

春の日に、串に刺している味噌だれ付きの田楽焼きの匂いが枸杞の垣根を通して道の方に流れ出している。赤い実をつけた枸杞の生垣は厚く、その内側で誰が田楽を焼いているのかは見えないが、この生垣の奥であることは間違いない。

句意は「田楽を焼いている匂いが枸杞の垣の奥の方から漏れ出ている。うまそうな枸杞の垣根を通して匂っている」というもの。枸杞の生垣からは紅色の枸杞の実が取れ、この実を使えば料理を美味しく作ることができる。よってこの生垣を通して来る匂いであるから、なおのことここで焼いた田楽は美味そうに感じられるという話が隠れている。

この句の面白さは、枸杞の木には大きな棘があり、美味そうでも近づいたり中に入ったりすることは危険であると警告されていることだ。したがって遠くから匂いを嗅ぐだけになるというオチがある。

また掲句の「田楽焼くは此奥か」は場所に対する疑問を呈しているだけでなく、家の奥方が焼いているのかという意味も込めている。つまり「焼いているのはこの垣根の奥にいる奥方か」と問いかけているのだ。掲句は奥の深い俳句になっている。

• 草刈の籃の中より野菊かな

（くさかりの　かごのなかより　のぎくかな）

（明治32年9月5日）句稿34

「内牧温泉」とある。熊本県の阿蘇山外輪にある温泉場である。この籃は農家人が刈り草や落ち葉をかき集めて運ぶための大きな背負いカゴなのだろう。この籃の文字のカゴは細く薄い竹皮を密に編んだ網代編みのものをさす。

漱石たちが阿蘇に入る前に宿泊した内牧温泉は1年前に湯が湧き出たばかりの新しい温泉郷であった。周りに畑と田んぼが混在する集落で、一人が深く掘った一本の井戸から湯が湧き出した。地区の名前からは牛飼いが多く住んでいた地区と推察される。

これをきっかけに100本以上のパイプが打ち込まれた。漱石の住んでいた熊本でもこの新興温泉街が有名になっていたのだろう。漱石らが泊まった部屋は、2階建の独立家屋だったという。この旅は同僚の山川の送別旅行であり、豪勢な旅にしたのだ。

掲句の意味は「牛飼い人が餌にする草を朝早く刈り取ってきて牛の餌箱に入れたが、そこに混じっていた野菊はさっと捨てられた」というもの。牛が食べない野菊を見つけてさっと除いた場面なのだ。牧草に野菊が混じるのはわかっていた。可憐に見える野菊も牛舎では嫌われ者であった。

漱石たちは宿屋の近くにあったこの農家の前を通りかかってこの場面に遭遇したのだ。薄暗い場所に広げられた緑の草の中の白い野菊。鮮烈な色彩のコントラストがあった。漱石の目は牛の餌箱に惹きつけられた。

• 草刈の籠の目を洩る桔梗かな

（くさかりの　かごのめをもる　ききょうかな）

（明治40年ごろ）手帳

「内牧温泉」とある。阿蘇山の裾野では夏から初秋にかけて山野の草地に野生の桔梗が点々と花を咲かせる。明治時代には田の畦や山の畑のそばに生育するありふれた草の一種とし繁茂していた。その結果秋の七草の一つとして多くの人に好まれる花になっている。

農家人が作物の邪魔だとして鎌でその桔梗を刈っている。そして刈った草をわしづかみにして竹で編んだ粗い目の背負い籠に押し込んでいる。その籠が漱石の目の前を通過したときに淡い紫色の桔梗の花が籠の目から漏れて見えた。粗い目から落ちそうになっているものもあった。

句意は「清楚な筒状の花の桔梗が農作に邪魔だとして他の草と一緒に刈られ、背負の草籠に押し込められて運ばれてゆく。背中の籠の粗い目から紫色が漏れて見える。籠から落ちそうなものもある」というもの。漱石先生はこの清楚な花が好きであり、そんな清楚な花だけに籠に押し込められている状態に哀れさを感じてしまうのだ。

ちなみにこの草の根は漢方薬の原料になることによる乱獲と宅地開発に伴って生育適地が減ったことによって徐々に数を減らした。今では絶滅危惧種に指定されてしまっている。

ちなみに桔梗草という牧草にもなる一年草の帰化植物がある。アメリカ大陸から牧草に混じって日本に運ばれてきた植物である。日本古来の桔梗と同じ薄紫の小さな5枚花弁の花をつける背高草である。日本の桔梗が本当に絶滅してしまったら、このひょろひょろ草が桔梗ということになるのか。やりきれない思いがする。

・草双紙探す土蔵や春の雨
（くさぞうし　さがすどぞうや　はるのあめ）
（大正3年）手帳

体調の優れない日々が続いていた。「春の雨が降る日は、外にも行けずに手持ちぶたさであり、土蔵の中で何か古い読み物本でもあるかと探した」というのが句意である。この土蔵は東京の早稲田の漱石宅の蔵なのだ。昔手に入れていた草双紙などを適当に蔵の中に押しこんでおいたものを、整理してみる気になった。この草双紙は江戸時代に出版された和綴じの絵入りの読み本である。

漱石は朝日新聞社の専属小説家となって、書きたいように小説を書き、大正3年ごろは全国的に知られる作家になった。しかし自分の死期が迫っていることを悟り、今の自分を確認したくなった。江戸時代に各家庭に入り込んでいた草双紙のことを思い出し、和紙を使った本を懐かしそうに読んだことだろう。自分の小説はどのようなものなのか、日本の小説をどう変えたのか振り返っていた。漱石は欧州における先端的な製本技術と装丁のやり方を日本へ導入するのに力を発揮した。装丁も挿絵も手の込んだものにした。

ちなみに草双紙はおおよそ縦約18㎝、横13㎝で文庫本並みの本であった。その中身は童向けの絵本から大人向けの本格的な小説までさまざまあった。黒本、赤本、青本、黄表紙などの区分があり、黄表紙は近代の小説本の原型となった。この本の叙述はきわめて簡潔なものであったが、しだいに歌舞伎や浄瑠璃に題材をとるようになり、筋も複雑なものになった。江戸末期には、のちに小説の世界につながる分野を開拓した曲亭馬琴、式亭三馬、十返舎一九らが登場し、挿絵の画工には歌川豊国・国貞北斎らがいた。

・草尽きて松に入りけり秋の風
（くさつきて　まつにいりけり　あきのかぜ）
（明治42年9月24日）日記

秋になって出発した満韓視察旅行の往きの行程で満州の長春の近くに着いた時の句だ。広い満州の風土は日本で見知っていた山野とは異なっていた。日本国内では海辺の低地から田畑が始まり、次第に林が多くなり、内陸部の高山に上がって行くと林が尽きて草原になる。これに対して満州では最後になって林が広がるのだ。低地の畑から始まり、乾燥地帯になり、ここから奥に入ると草地になりさらに進むと林が出現してくる。

この句は広大な自然を想起させる句で、満州の大地を奥地まで列をなして入って行く開拓民の姿が見える。砂と草の大地をやっと越えると松の香りが風に乗って漱石たちに届く。松の林は街の匂いでもあるのだ。

この句の面白さは「尽きて」の語につきる。この言葉は新鮮で漱石ならではの表現と思われる。広大な大地の草原がやっと途切れるという地理を表す言葉であると同時に、踏破している人たちに疲れがたまってきて体力がなくなりかけている状態も表せている。長春の近くに到達した喜びを間接的に表現できている。おまけに使用した漢字はすべてバラバラの一字で、漱石は熟語が得意であるがあえて二字熟語、四字熟語を用いていない。これは林が疎林であることを文字でデザインしている。

草原が途切れて松林に足を踏み入れた時に、旅の一行は風が少しおさまり少しほっとしたはずだが、その向こうのどこかにロシア兵がいると想像すると足の疲れは増したのかもしれない。この広大な大地には冷たさを増した秋の風が似合う。

ちなみに掲句は長春の三義旅館で女将の頼みを受けて作ったもので、「黍行けば黍の向ふに入る日かな」と掲句の2句を帳面に書き込んだ。

＊紀行文「満漢ところどころ」（新聞連載）に記載

• 草共に桔梗を垣に結ひ込みぬ

（くさともに　ききょうをかきに　ゆいこみぬ）

（明治40年頃）手帳

漱石宅の庭に作ったばかりの竹組みの垣根があり、漱石はここに黄菊の他に桔梗を植え足した。植えたばかりの桔梗の苗が風で倒れぬように竹に麻ひもで括り付けた。句意は、この作業の時に桔梗の茎の近くに生えていた草も一緒に紐掛けしてしまったというもの。同時期に「菊結へる四つ目の垣もまだ青し」の句も作っていた。

これは単に周囲の草抜きをせずに手抜きの作業をしたというのではなく、まだ小さく弱々しい桔梗の茎に直接紐を接触させることを躊躇したということだ。擦れて茎の表面が傷むのを避けようとした。いわば草を緩衝材にしたということになる。

この俳句には植物に対する漱石の繊細な心遣いが感じられる。それは手先が器用だったということもあったからであろう。文章を書くのもとにかく速かった。

この句からは、漱石の色彩感覚の良さがわかる。桔梗の緑の葉と緑の竹を背景にして立つ青紫の花は共に青色を含んでいることで全体に落ち着きが生まれる。さらには目を移すとその桔梗から少し離れたところに黄菊を植えたことで、黄菊と桔梗の花の色同士が反発するように引き立てあうからだ。

掲句を読んで思うのは、この庭仕事は漱石先生自身で行ったものか、それとも庭師に全てを任せていたのかがわからないことである。忙しい漱石が仕事の合間に気分転換にやったのかもしれない。

• くさめして風引きつらん網代守

（くさめして　かぜひきつらん　あじろもり）

（明治28年11月22日）句稿7

四国松山の近くで漱石先生は網代の仕掛けを見た。網代とは、川の浅いところに設ける単純な竹製の装置である。真竹を両岸から隙間なく斜めに並べて打ち込み、流れの中央に向かって漏斗状に水の流れを分断させ、中央部に簀（す。竹を編んだむしろ）を水平に取り付ける。この装置で冬に下る魚を簀に導いて大量に獲るのである。だがこの網代は作りが簡単であるために壊れやすい。そこでこれを補修する人が必要で、この人が網代守である。川の近くでこの設備を見守ることの他に、取れた氷魚（ひうお、ひお）を持ち出すことも行う。

広い浅瀬に拵える網代のあたりは冬の川風が吹き抜ける。近くに控えている網代守はくしゃみをして風邪を引いているようだ。

そんな様子を見ていた漱石先生は、寒さが体に染み込む前に退散しようと腰を浮かせた。

漱石はこの句を書いた同じ句稿に網代の句を掲句の他に3句書いていた。「なき母の忌日と知るや網代守」「静かなる殺生なるらし網代守」「焚火して居眠りけりな網代守」である。最後の俳句は掲句からつながる句である。風邪を引いている網代守は寒くて仕方ないので、焚き火を始めた。そして体が暖かくなってきたら眠くなってきた。

• 草もちや山水に富む乳母が里

（くさもちや　やまみずにとむ　うばがさと）

（制作年不明）高取稚成画の賛

掲句は、漱石が弟子の東洋城に贈った短冊にあった俳句である。高取稚成が描いた絵は、田舎の風景なのであろう。東洋城は明治時代になって、各地の大名が領地を朝廷（政府）に返還して東京に呼びよせられていた時期に生まれた。生まれたばかりの東洋城には乳母がつけられた。幼い東洋城はこの乳母から田舎の話をいろいろ聞かされたはずだ。成人した東洋城は母親がわりであった乳母を思い出して、高取稚成に東洋城が依頼して、その乳母の田舎の風景を描いてもらったのだ。この絵に賛をつけて欲しいと漱石先生に依頼した。

句意は「乳母の生まれた里は、山が綺麗で湧き水が豊かな里であり、餅草がよく採れた。この乳母は草もちをよく食べた」というもの。この乳母は山間の地で生まれたらしい。群馬か山梨か、はたまた四国の愛媛か。この乳母から田舎の話を聞かされて育った東洋城が、その後俳句の世界に染まることになった素地は、この乳母によって作られたものなのかもしれない。

ところで「山水に富む」の読み方は「さんすいにとむ」なのかもしれない。だが乳母は「私の里は山と水が豊かで」と話したと思われる。

● 草山に馬放ちけり秋の空

（くさやまに　うまはなちけり　あきのそら）

（明治32年9月5日）句稿34

「戸下温泉」とある。阿蘇にある草山の雄大な光景の中を放牧の馬が秋の季節を喜ぶように秋の空の高みまで駆け抜けて行く。漱石の目の前で馬かける秋が展開している。掲句は阿蘇の外輪にある戸下温泉で、一段高い裏山として見える阿蘇の山裾を詠んだものである。阿蘇山ははるか遠くに霞んで見える。漱石と転勤の決まった山川は、大きく迂回する安全な道を選択して阿蘇の山に至るルートを進んで行った。この旅は山川教授の一高への栄転を祝う記念の山歩きであった。

句意は「秋空の下にある阿蘇の草山に放牧のために馬が放たれている。青空に向かって馬が駆けている」というもの。濃い青空に小さく見える馬の姿が溶け込むようである。


この句の面白さは、音読してみると意外にも「ぎくしゃく」感があることである。若駒が放牧地に解き放たれて跳ねて駆けるさまを描いているように思える。非常に映像的に感じる句である。

三者談
小屋にいた馬が草ばかりの山に放たれた場面であり、秋の空の下で高いところにいる馬の自由の心持が出ている。秋空の下のスッキリした心持は馬を放った人のものかも。誰かが馬を放っているのを漱石が見たのだ。この草山は谷間の戸下温泉から離れたところにあるような気がする。

● 草山の重なり合へる小春哉

（くさやまの　かさなりあえる　こはるかな）

（明治28年10月）句稿2

小春とは陰暦の10月のこと。寒い風が吹き出した時期に少し暖かい日が続くと、人は春を感じ、春の頃を思い出すという。この頃に漱石先生は松山市の郊外に出かけたのだろう。松山市の南側には四国山地の高い山並みが見え、その裾野には幾つもの小さな草山が重なって見えた。小春の気候と小さな草山がマッチしている。漱石先生はこの関係に気づいてにんまりしたことだろう。


普通の山であれば雑木が繁茂しているが、草山はまさに草だけが生えている山であり、つるっとした感じがするのだ。柔らかい山肌のなだらかな女性的な山なのだろう。漱石先生が感じて選択した「小春哉」の感慨には、この草山の雰囲気が関係している。「草山の重なり合へる」景色は、横になった女体の重なりとも解釈できる。緑の丈の長い草が風に揺れているのが見える気がする。

独身で健康的な江戸っ子の漱石先生は、暖かくなってきた日々に山に向き合って、自分の体にまた血潮が活発に流れ始めているのを感じていた。

● 草山や南をけづり麦畑

（くさやまや　みなみをけづり　むぎばたけ）

（明治29年3月24日）句稿14

詩人の尾崎喜八の文章に次の短文がある。「そこは森のうしろの草山で、言うまでもなく高原の広く寂しい眺めが一望の中だった。（中略）まして観光開発とか宅地造成とかに名を借りて今まで有った森や林が伐られたり、美しかった斜面が容赦なく削りとられて無残な姿に変わってゆくのを見ると、悲しむより（以下省略）」。掲句はこの内容を短縮したようなものになっている。

句意は「目の前にある草山の南側は、草木は燃やされて地表は削られ、なだらかな麦畑に変えられていた」というもの。自然が壊された無残な姿として漱石先生が見たのは、草山の南側を削って造成した麦畑であった。松山に来た当

時は草木が生えていた山肌は収穫が近づいた麦畑に変わっていた。

松山市の南側の重信川を越えたところの山の南側に高原が広がっているが、ここを畑にする開墾がどんどん進んでいたのだ。東南アジアで21世になっても続けられている山焼きであるが、明治29年当時の四国山地の山裾では当然のように行われていた。日本は人口増加に対処するために、食糧の増産が急務であった。松山市内に住む漱石の目にも、この高原の山を焼く火が夜にはぼんやりと見られたという。この山が燃える光景を見ていた漱石先生は心を傷めたのだろう。ロシアとも戦争が起こりそうな気配があり、食糧増産のための山焼きであったとわかっていた。そしてこの開墾は武士階級が崩壊した社会では、農業従事者を増やすことが彼らに仕事を与える社会事業の一環であったとわかっていても、見たくない光景だったように思われる。

・屑買に此髭売らん大晦日

（くずかいに　このひげうらん　おおみそか）

（明治28年12月4日）句稿8

年の瀬にはどこの家でも家の大物の片付けが始まる。どの家も何かを屑屋に出さねばならないと感じているようだ。縁のかけた皿や破れた足袋やらを屑屋に出すのである。当時はその屑屋を屑買と言っていた。

この句を作った漱石は、松山に住んでいて独身であり、質素に極力道具を持たずに生きていたので、そのような世の中の慣習に無関係であった。だが少々そのことが淋しく思えてきた。何か屑買に売るものはないかと考えた。はてと。

年の瀬になる前に東京の実家から持って来ていた槍と太刀はすでに売り払っていた。売れるものはないかと考えた。む、む。この髭しかない。だがこれは売るわけにはいかない。やることのない年の瀬の漱石先生は自慢の髭を撫で始めた。この髭は次の職場の熊本第五高等学校では年の近い学生に舐められないようにするためには不可欠だ。加えて立派でなければならない、と髭に縒りを掛けた。

この句の面白さは、「屑買に」が「小遣いに」に聞こえることである。つまり「屑買」を商売にしている業者は、「屑買〜〜、屑買〜〜」と連呼して歩いている、その声は「小遣い〜〜、小遣い〜〜」と聞こえるように時々わざと言い換えていたりしている。正月になると何かと金が入りようになると訴えていることになる。小遣い稼ぎになるから不用品を出してくれと訴えている。

石塚友二氏の句に「大年の廃品出るわ出るわ出るわ」がある。大晦日になって家の中に廃品が溜まっていたと気がついたと笑っている。令和の時代になると、年末でもないのに「何でも良いから出してもらえませんか」と毎日のようにいろんな声で電話が入る。

・屑買の垣より呼べば蝶黄なり

（くずかいの　かきよりよべば　ちょうきなり）

（明治40年春）

春の陽気の中で垣根越しに屑買屋が「屑買〜、屑買〜」と連呼して家々の前を歩く。すると垣根の花に留まって蜜を吸っていた黄色い蝶が驚いて舞い上がるという場面を詠んだ句である。と同時に家の中から不用品を金に換えようと目の色を変えた住人が飛び出してくるとふざけている。庭に入り込んでくる黄色の蝶は小判形。

この句の別の解釈は、漱石宅の垣根の外から東京帝国大学の英語教師であった漱石に、専属小説家として新聞社に来ないかと誘いの声がかかった時のさまを描いている。漱石先生はこの声に黄蝶のように反応した。まず読売新聞社の主筆が漱石宅を訪問したが、条件を聞いて断った。給料の条件はひどいものであった。教職で得ていた給料の3分1以下（読売の提示額は60円）であったからだ。

次に3月15日になると東京朝日新聞社は五高時代の教え子を道案内させて主筆であった池辺三山が訪れた。そして池辺が提示した入社の条件は、月給200円で賞与は二回で年に二本の連載小説を執筆すれば出勤するに及ばずというもの。さらには小説出版の版権は漱石が持つという条件を呑んでくれた。漱石の転職先は東京朝日新聞社に決まった。

この句の面白さは、春の陽気につられて家の中から主婦が黄色い蝶のようにひらひらと出て来るというところにある。つまり、「屑買〜、屑買〜」の声を聞いた主婦は小遣い銭が手に入るとして黄蝶同様に条件反射のように動くというのである。垣根越しの呼びかけの「屑買〜、屑買〜」は「小遣いになるよ、小遣いになるよ」と聞こえるのだ。

もう一つの面白いことは、最初に漱石宅を訪れた読売新聞社は、家の中にいる漱石に、屑買屋が垣根越しに気楽に呼びかけるように接したということである。漱石は家の奥の書斎にいて屑買の声がよく聞こえなかったととぼけた。「香焚けば焚かざれば又来る蝶」の句とセットになっている。

＊雑誌『日本美術』（明治40年4月）に掲載

・樟の香や村のはづれの苔清水

（くすのかや　むらのはづれの　こけしみず）

（明治40年頃）手帳

クスの香りが漂う境内の裏山には湧き水で濡れた岩に苔の繁茂し、その苔の間を清水が流れている。古びた寺にはクスの大木と清い流れがマッチしている。山の有機質の匂いにクスの香りが混じると寺の静寂さに気品が加味される気がする。クスの香りは樟脳の香りであり、村はずれの空気をさらに浄化していると見える。

この句には漱石先生が訪れた古い禅寺の静かな雰囲気が描かれている。掲句に描かれた場所は掲句の近隣に置かれた清水と蓮池の30句から鎌倉の奥にある荒れ果てた寺であるとわかる。

この句の面白さは、おかしみやユーモアを込めずにさらっと描いた、色彩の少ない風景画のようになっていることである。そしてボール箱に詰めて直送された採りたて野菜の香りがする。この句は虚子の作のように感じられ、漱石らしくないところが面白い。

ちなみに案内してくれた旧知の僧のいたこの寺は鎌倉の長谷にあった禅興寺であろう。この寺が荒れていたのは、明治初年に廃寺になっていたからだ。この寺の一部は現在も明月院として残っている。この年の夏に漱石はこの地にあった親友の別荘を訪ねていた。この時期は楠緒子が鎌倉長谷の地に転居していた時期と重なる。案内した僧を別にすると漱石と楠緒子は久しぶりに二人だけで顔を合わせたことになる。多分7月末か8月初旬のことであろう。漱石は鎌倉に宿泊して早朝に禅興寺に出かけた。楠緒子の住まいはこの寺から徒歩で10分ほどの位置にあった。

漱石のこの年の夏の行動は、各種漱石年譜にも出ていない。漱石は隠密行動をしていた。よって30句もの俳句は鎌倉とわからないように作られていた。しかし、漱石が俳句を作りすぎたことから、二人の隠密行動が明らかになった。

薬喰夫より餅に取りかゝる

（くすりぐい　それよりもちに　とりかかる）

（明治28年11月22日）句稿7

肉鍋料理の店に入って皆と食べ始まる。薬喰とは肉料理の意味だ。仲間の皆は肉を目指して箸を突き出すが、漱石先生は一人別皿の餅の方に手が伸びてゆく。その方が競争は少ないからゆったり食べられるからである。餅は確実に口に入れることができる。皆が薬喰で一息ついた時に漱石はゆったりと肉に箸を伸ばす。大勢で薬喰に出たときには手順、作戦があるというのだ。もっとも漱石たちが薬喰を始めた明治時代は、まだ肉食が定着していない時代であり肉の値段は格段に安かったようだ。いわば供給過剰の状態であったからだ。

漱石は腹が空いた時にはまずは餅を食べるのがいいと思っているようだ。餅で胃を慣らすという意味もあった。もともと胃の弱い漱石にとっては牛肉等の肉は消化しにくくモタれやすい。「夫より餅に」の意味するところは、肉もうまいとは思うが、今はまず餅だということだ。「取りかゝる」には摘もうとして箸を突き出すのではなく、ゆっくり見極めながらという態度である。

正岡子規にも薬喰の俳句がある。「蘭学の書生なりけり薬喰」には、西欧のことを学んでいる学生だから西欧の食べ物を口にしてもいいのだ、と言い訳する学生をからかっている。当時の学生はこんなことを言いながら肉を食べ始めたのか。

薬掘昔不老の願あり

（くすりほる　むかしふろうの　ねがいあり）

（明治30年8月22日）子規庵での句会稿

漱石も子規も体に痛みを抱えている。そしていつもその対処法を考えている。人は必ず生きる過程で老いによる不調に遭遇する。大昔の権力者から現代の権力者まで不老不死の薬を求めて来た。その象徴が中国・秦代の徐福船団による薬探しの日本への旅であり、現代では中国の中央・地方の共産党トップたちの構築した臓器交換システムである。前者の記録として日本海沿岸、太平洋沿岸に徐福伝説が多数残されている。祠や石像が建立されている。なぜそこまで記録として残す必要があったのか。

掲句の意味は、「人には昔から不老の薬を手に入れたいという願望がある」というもの。今も人は薬草の根を掘っているが、薬という漢字は草冠の作りの中に楽の字を入れていて、効き目のある薬草、取りわけ根には薬効のある成分を含んでいるものがあることを示している。この句の解釈は、今も多くの人は健康長寿を願うが、自分はそうでもないという反語が込められている。

先の秦王のための徐福船団による薬探しには別の解釈があり、中国に蓄えられた技術や種を持参しての3千人規模の日本への移民が目的だというものだ。そしてその動機は圧政の秦国からの脱出だとも言われている。さらにはダビデの国からの中国経由の脱出だとも言われている。この大規模な移住が日本民族の礎を作っているという。紀元前2百年年代の出来事であった。

ちなみに令和時代の国史学会は、徐福船団はユダヤ人グループであり、ローマ人によって国を追われた一派が長い時間をかけて東の端の豊かな国を目指して移動してきたと理解した。ヨゼフ一団は徐福団と名が変わった。ユダヤの文化と技術を経由した国に残しながら東国に移動した。

船に乗っていたのは、多数の青年男女と機織り職人、紙漉き職人、農耕技術者、漁業特に捕鯨などの専門家、木工技術者、製鉄技術者、造船技術者など生活に関わる技術を習得している者たちだったと言われる。古代の日本に秦という技術集団が住み着いていたという事実がある。太秦という京都の地名も現存している。事実として苗字には「はた」または「はった」と読ませるものが多い。首相を務めた長野の羽田孜氏はこの秦氏の末裔であることが家系図でわかっている。

ちなみの秦国の財力を持って大船団で船出したと伝わるが、この船団は東シナ海を出て南からの季節風によって東寄りに進む。そして黒潮か対馬海流に乗れば日本海沿岸、太平洋沿岸のどこかにたどり着くことになる。大船団なのでひとかたまりで動くことは無理で、ある船は対馬海流に乗って秋田あたりの東北地方まで、またある船は黒潮に乗って熊野灘に面した紀伊半島や伊勢湾・三河湾、遠州灘に面した地域などにばらばらに流れ着いたはずだといわれる。これが全国各地の徐福伝説を生んだ。

明治時代には、現代以上に上記のことがらに対する興味は深かった思われる。

中国のことに造詣の深い漱石先生も日本国の成り立ちをそう睨んでいた気がする。日本は欧米の文化と技術を積極的に導入することに懸命であったが、その一方で明治維新も明治30年ごろになると日本人とは何かと考え出した時期でもあった。

ちなみに漱石は明治30年の夏休みを利用して妻と7月4日に上京し、漱石は9月10まで熊本に帰るまでの間に子規庵を何度も訪ねていた。

＊新聞『日本』(明治30年10月30日)に掲載

・砕けよや玉と答へて鏡餅

(くだけよや　たまとこたへて　かがみもち)

(明治29年1月29日)句稿11

掲句の意味は、気合を入れて「砕けよや玉」と声を発して鏡餅を割る家があるということである。漱石先生はこのような「おまじない語」を面白がっているのだ。この言葉の意味は、鏡餅は時期が来れば割られることになっているのであるから、潔く玉のように砕けよ、というものだ。そしてここには洒落も込められている。祈りの言葉として「砕け給え」というもの。玉を給えに掛けている。

料理屋や寿司屋では鶏の卵の玉子を片手で割って玉子焼きを作っているが、殻に亀裂を入れた後殻をひねって綺麗に割っている。これは瞬時に殻に力を入れるからできることなのだ。このとき何かの言葉を口にしながら割るのも同じ効果がある。このように簡単に割れてくれと祈るのだ。

この句は「山里は割木でわるや鏡餅」の姉妹句である。「割木でわる」からの連想句である。漱石先生の生きた時代、誰でも鏡餅の割り方には苦労した。しかし平成、令和の時代にはプラスチックフィルムを用いた餅の真空パックが当たり前になり、この手法によって空気を抜いた状態で鏡餅を柔らかく長期に保存・使用できるようになり、乾燥固化の問題は全くなくなった。またカビ発生もなくなった。したがって鏡はいつでも柔らかい餅として包丁で難なく切れるようになり、「おまじない語」は不要になった。

・崩れたる雑煮の餅に家似たり

(くずれたる　ぞうにのもちに　いえにたり)

(制作年不明、一月)短冊

漱石全集(2020版)の別冊の補遺部にこの句があった。最近になって誰かが所持していた漱石の短冊を漱石全集の編集者に提出したのだろう。ネット情報によると掲句に類似した「崩れたる雑煮の餅に我似たり」の短冊もあるという。

句意は「漱石山房での新年会に参加した弟子たちに振る舞う為に用意した雑煮は、時間がたちすぎて、その餅はドロドロに崩れている。その餅に似てこの書斎も崩れそうである」というもの。

漱石先生は引っ越した古い家に弟子たちを迎えて雑煮を馳走した際に、座興として掲句を書いた短冊を見せて笑わせていたのかもしれない。

それともこの住んでいる古い家同様に漱石自身の身体が大分弱ってきていることを掲句で表したのかもしれない。後者の意味での句は類似の句である「崩れたる雑煮の餅に我似たり」に表されている。

・愚陀仏は主人の名なり冬籠

(ぐだぶつは　しゅじんのなり　ふゆごもり)

(明治28年11月22日)句稿7

幼少の金之助は夏目家から2歳で養子に出されて塩原金之助となり、21歳になって復籍して実家の姓を名乗るようになり、夏目金之助となった。そして22歳から俳句を作るようになり、俳号を作って夏目漱石と名乗った。

そして松山の地に行ってからは愚陀仏と名乗り、借家を愚陀仏庵と名付けて住むようになった。漱石は松山から子規に出す手紙でも句稿でも愚陀仏と名乗っていた。愚陀仏は南無阿弥陀仏の阿弥陀仏をもじった名ではなく、失敗して意気消沈している人の意味を持たせた「御陀仏」からの造語である。松山の俳句仲間はなぜ漱石がダメ男を自称しているのかを知らない。漱石は大塚楠緒子との恋愛に失敗して松山に退避していたのだ。

しかし漱石先生はそんな役を演じていても心の隅では、人生の師である良寛の号の「大愚」を意識して生きることにしていたと理解する。

句意は「愚陀仏庵の愚陀仏という名はダメな主人の名前である。このぐうたら愚陀仏はもう愚陀仏庵で冬籠に入っている」と金之助が嘆いているというもの。掲句は「情けにはごと味噌贈れ冬籠」の句と対になっていて、この句の前置きの役目を果たしている。地元の味噌を買う金もないと貧乏を装っている。

思いやりの心があるならこれから冬籠する人に、このダメな漱石に、地元名物の五斗味噌を贈ってくれといっている。不器用な漱石は味噌を造れない、金もないと訴えている。しかし誰もが漱石先生は松山では有名な高給取りであることを知っているから、誰も応じてくれないことはわかっている。漱石はふざけているのだ。

勤め先の中学校の校長よりも新人の漱石の方が給料は高かった。それは噂となって松山の夜の街でも広まって漱石先生は毎月金に苦労する生活に陥っていた。おまけに病気の子規が愚陀仏庵で2ヶ月も結核で療養していたから、漱石の方は金欠病にかかっていた。

ちなみに愚陀仏という号は、明治31年の3月までの手紙に記していた。子規と虚子宛の手紙にのみ書いていた。熊本に転居しても松山の愚陀仏庵での思い出が濃厚であった時期までは使用していた。

• 口惜しや男と生れ春の月

（くちおしや　おとことうまれ　はるのつき）

（明治29年1月29日）句稿11

「口惜しう、男子（をのこご）にて持たらぬこそ幸ひなかりけれ」と紫式部日記にある。生まれたこの子が男の子でなかったのが、不運だった、と嘆いている。紫式部は、この子が男であった方がよかったという。もしかしたら自分が男として生まれればよかったということなのか。

だが、漱石先生は反対である。生まれた子、もしくは自分が男であったのでがっかりだ、と嘆く句にしている。

この句は単に紫式部の主張と反対のことをパロディ俳句にしたということであろう。男が春の月を見上げて「女の方がよかった」などと言うシーンにしている。男として生まれて、大きなことを成し遂げようと心に決めて進んできたが、うまくいかなかった。時の権力に捻じ曲げられてしまったということか。

掲句は同じ句稿にある「配所には干網多し春の月」につながるもので、二つで一つのストーリーが完成する。罪人として佐渡に島流しになった世阿弥のことなのであろうか。この男の悲哀を漱石先生が紫式部の日記のパロディとして表したのであろう。単なる悲哀の表現として俳句にしたのでは、世阿弥に申し訳ない、つまらないことはしたくないという漱石先生の思いが感じられる。

ちなみに漱石先生は以前から古典文学や謡に興味があり、能の世阿弥にも関心があったのだろう。

• 口切にこはけしからぬ放屁哉

（くちきりに　こはけしからぬ　ほうひかな）

（明治28年12月18日）句稿9

口切の意味は二つある。一つは物事の初め、そして二つ目は茶道で用いる茶壺の封を切ることである。この句では後者の意味で用いていて、この句は茶会での出来事を詠んだことになる。茶会のシーズンは厳かな口切で始まる。この俳句も厳かな「口切に」で始まった。だが下句の「放屁かな」でみごとに落としている。

茶壺とは「石臼で擂りつぶす前の碾茶を保管するために用いられる陶器製の壺」である。古くは細い抹茶を入れる容器を「小壺」と言ったのに対して大壺と称したものであるのを指す。つまり長期に保管されるために陶器製の壺を用い、封は厳重に行うことになる。

茶会の初めに亭主は座して客に挨拶し、つぎに茶壺の封を切る段になった。客人は差し込み蓋を抜くときに音がするのかと緊張の面持ちで正座してこの口切を待っていた。この差し込み蓋は緩く、抜くときに音はしなかった。その後客は挨拶返しをするために体を少し前に屈めた。その時屁が出てしまった。これは亭主にはけしからぬ屁だと思われた。

ところでその放屁した人は誰であろう。その人はこの可笑しい句を残した漱石であった。その理由は次のものだ。茶壺の茶葉を石臼でひいた抹茶は茶会用の木製の保存茶器に収められるが、この容器は「棗（なつめ）」と呼ばれているからだ。つまり放屁の主は漱石だと自白している。この容器は身蓋式の容器で深い勘合の蓋を持ち上げて抜くときに、間違いなくポンと音がするからだ。

この句の面白さは、放屁の主を当てることの他に、上五の口切は容器の上端部で行うが、下五の放屁は体という容器の下端部で生じるものであり、その放屁は肛門の口切に相当するということである。

• 口切や南天の実の赤き頃

（くちきりや　なんてんのみの　あかきころ）

（明治28年12月18日）句稿9

上五に口切とあるので、茶室での出来事と思われ、調べてみると明治25年の7月に漱石と子規は京都に遊びに出かけ、その時茶屋で接待されていた。だがこの句とは年も季節も合わず、掲句とは無関係であるとわかった。松山での口切茶会のことを俳句にしていると思われる。

口切は陰暦10月の初め頃に、新茶の壺の封を切ることで茶人にとっては初冬の恒例行事になっている。また、この口切の席は炉開きの茶会にもなっている。松山の旧制中学校の教師である漱石は、帝大出の高給取りの先生として有名であった。このような先生を茶室の年上の女主人が放ってはおかなかったと思われる。

この明治28年の茶席で、漱石先生は緊張のあまり、「口切にこはけしからぬ放屁哉」という句を作る事態に陥った。記念すべき茶会になっていた。いや過度の緊張は茶の味をわからないものにすると考えて、大胆な行為に出たのだ。さすが坊っちゃん先生である。

漱石先生としては同じ茶会でありながら、掲句を作った茶会では気分をみごとに変えて出席していた。そして珍しく叙情的な俳句を作った。真緑の新茶と赤い南天の対比が鮮やかで絵画的である。掛け軸の前に置かれた花器に南天のひと枝が挿してあったのを見たのであろう。

• 口取りのゆゆしく出立つ競馬哉

（くちとりの　ゆゆしくいでたつ　けいばかな）

（明治36年）手帳

口取りは、競走馬をゲート内に誘導する際に馬の口を取り付けている手綱の根元あたりを持って、馬を抑えることを指す。掲句では口取りの人を意味する。そして古語の「ゆゆし」の意味は、聖なものに対して、「侵してはならない、触れるべからざるもの」と感じて抱く感情で、現代語では「恐れ多い、神聖だ、威厳がある」の意味になる。漱石先生の目の前で展開しているこの様は合戦の出陣の様に類似していた。まさに家来が殿の乗る馬を引き歩く景色と感じたのだろう。漱石先生は本場の競馬を初めて見たのだ。

句意は「競馬場のスタートゲートに入る前に、飼い主に口を取られて観客の前を馬が歩いてゆくさまは、戦いに臨む恐れ多い雰囲気がある」というもの。漱石先生は下宿の近くにあったロンドンの有名な競馬場に足を運んで気分転換を図った。この競馬場は社交場としても使われるエプソム競馬場で、ダービーが開かれる日には通りから賑やかな声が下宿の部屋に届くのだ。この頃の漱石先生は部屋にこもって文学論の勉強をしていて、気持ちが暗くなっていた。そこで気晴らしにと町の賑やかさにつられて競馬場へ出かけた。ちなみにこの年1901年1月26日にヴィクトリア女王が亡くなって市内を葬列が通って間もない6月5日のことであった。漱石日記には「今日Ｄｅｒｂｙ　Ｄａｙにて我家の附近大騒ぎなり（後略）」とあった。漱石先生はもしかしたら競馬が好きになったのかもしれない。容器のバケツを「馬穴」と当て字したくらいであったからだ。

＊雑誌「青年会」（明治36年7月1日）に掲載

か

靴足袋のあみかけてある火鉢哉
（くつたびの　あみかけてある　ひばちかな）

（明治32年）手帳

漱石先生は教壇に立つ時には西洋人講師と同じ格好で、革靴と背広を身につけていた。そして熊本時代の漱石先生は、革靴を履く足には紺の和式足袋を履いていたと思われる。日本には昔から草履、草鞋の文化があり、熊本で教壇に立った漱石先生の靴中の足袋は二股つま先の形状になっていた。

あるとき西洋人講師から和式足袋より丈の長い編み靴下をプレゼントされたのだろう。それはつま先が二股に割れていない伸びるソックスであった。妻の鏡子はそれを手本にして木綿糸で靴下を編むことにしたのだろう。しかし、なかなか上手くいかない。漱石は火鉢にあたりながら夜なべをして靴下を編んでいる妻の姿を見て、俳句に描いたと想像する。

句意は「妻が火鉢のそばで布靴下を手編みで編んでいたが、時間がかかって編みかけたままになっている」というもの。良家の娘として育てられた妻であっても縫い物はできたはずであり、他家の女性たちが始めていたこの手編み靴下の制作に挑戦していたのだ。

この句の面白さは、当時靴下という言葉がなかったとわかることだ。筒状の靴下を靴足袋と表していた。しかしこの語句では、つま先形状まで区別して表すことができなかった。造語の天才の漱石先生でもお手上げであった。

この句は妻に対して感謝の意を表するものなのだろう。靴下を編んでいた妻は、この時妊娠していて夫婦仲は改善していた。だがこの句を句稿に書き加えて子規に見せることはしなかった。照れ臭かったのだろう。

ちなみに日本初の靴下編み機を稼働させた企業のナイガイの資料館には、江戸時代後期から失業した武士たちが伸びるメリヤスの靴下を手編みしていたことを示す絵が残されていた。洋装化が市民へも浸透拡大した明治時代には靴下の需要が増え、手編みから手回し編み機、更に自動編み機へと進化していった。

・轡虫すはやと絶ぬ笛の音

（くつわむし　すわやとたえぬ　ふえのおと）

（明治28年10月末）句稿3

古語の感動詞に「すは」（読みは、すわ）があり、この強調タイプが「すはや」だという。「すは」は口からさっと出る音で、突然の出来事に驚いて発する語であり、今の日常語では「あれ！」、「あれまあ！」という感動詞になるのであろう。「すは」のもう一つの使われ方は、相手の注意を引くための音としての「すわ」という感動詞であるという。掲句にある「すはや」は轡虫の鳴き声に対するものである。

少し話がずれるが、現代のウルトラマンが空に向かって飛び出す時に発する言葉が「すわ」であるのを思い出した。これは若干関係があるかもしれない。この場合の「すわ」はテレビの前の子供の目を惹きつけるための感動詞になっている。

ちなみに轡虫の轡とは、「馬具の一種であり、馬の口の奥に含ませる主に金属製の棒状の道具である。その両端に金属の輪をつけてここに紐をかけて口の奥に紐で頭に固定できるようにしたもの」ということだ。つまり馬が歩き出して馬の頭が振られると轡の金属部同士が当たってガチャガチャと音を発する。

句の解釈は、「草むらでガチャガチャと得意そうに鳴いていたクツワムシが突如、『あれ！何だあれ！』と思って鳴くのをやめた。秋の夜空の下で誰かが秋風に誘われるように吹きだした笛の音が気になったからだ」というもの。笛の音はクツワムシにとってはライバル的な迷惑な音なのだ。轡虫は厄介な音が出現したと思ったに違いない。虫は気持ちよく鳴いていたのに邪魔されたと感じたのだ。

漱石の面白いところは、人が近くにいるとわかると虫は単に警戒して鳴きやむだけなのに、流れてきた笛の音と競争をするのを嫌って鳴くのをやめたとしたことだ。ここに漱石の落語的なユーモアがある。つまり柔らかく伸びる笛の音は断片的な音を出すクツワムシにとって、「虫の好かない音」なのだとして夜空の下で笑った。

もう一つの面白さは、轡虫の漢字表記がガチャガチャと音を立てる気難しそうな虫だと感じさせていることだ。これはこの漢字のデザイナーの手柄なのだが、この漢字と笛のすっきりした形の漢字の対比が俳句の中に効いていることだ。轡虫はキリギリス科の昆虫で、雄だけが鳴く。体は緑色または褐色で草の色に似ていて、保護色をみごとに纏っているが、鳴く声は目立ちすぎだ。漱石は笛の音で注意を与えている。

・国の名を知つておぢやるか時鳥

（くにのなを　しつておじゃるか　ほととぎす）

（明治29年8月）句稿16

漱石先生の好きな良寛の名歌、「あしひきの国上の山を越え来れば山時鳥をちこちに鳴く」のパロディ俳句である。この和歌の意味は、「足がつるぐらいに疲労しながら山が連なる国境を越えて歩いてきたらまだ山があり、我が故郷のあちこちで時鳥が鳴いて迎えてくれた」というもの。「あしひき」は通常山に掛かる枕詞で、ここでは「足を引きずる」という意味と山の裾野が広がるという意味を持たせている。良寛さんは西の岡山地方の寺で10年を超えて長く修行していたが、仕えた師匠が亡くなったことで故郷に帰ることにしたのだ。関東の山を超えて越後の国に入った。そして懐かしい故郷に戻って来たことを歌に詠んだ。

さて掲句であるが、「良寛は山また山を越えて故郷に戻ってきたが、その越えてきた遠くの国はどこか知っているかね、鳴いて迎えた時鳥の子規は知っているよね」というもの。時鳥と名乗る君はわかっているよね、とからかう。病の床にいる子規に笑い掛けている。

漱石は良寛の歌を使って、病床に伏している親友の子規と遊んでいるのである。良寛さんは山の庵にいて、麓の村から子供達を呼んで鞠つきや隠れん坊をしたりしてよく遊んだ。漱石は子規と言葉で遊んでいるのだ。

答えは上野の国の群馬である。良寛の名歌の中の「国上の山」の中の「上の」は上野である。

熊笹に兎飛び込む霰哉

（くまざさに　うさぎとびこむ　あられかな）

（明治30年12月12日）句稿27

急に霰が降り出したら、野ウサギが熊笹の中に飛び込むのを見て驚いた。草はらのこんなところに野うさぎがいたのかと驚いた。漱石もどこかへ避難しようとしたが、とっさに行動できなかった。ウサギは突然の霰に驚いて鬱蒼と生えた熊笹の中に緊急避難したのだ。よほど大粒のあられだったのだろう。

この句の直前句は「塞を出てあられしたゝか降る事よ」であった。妻と暗い熊本城の中から出てきたら、白い霰が降っているのに驚き、周囲を見渡したのだ。そこでウサギがさっと熊笹の中に隠れるのを見たのだ。

この句の面白さは、ウサギは霰の急襲から逃れるために、霰より危険な熊のいる笹の中に飛び込んだと漱石は落語的に考えたと思えることだ。漱石は妻に「あのウサギは熊のいる笹薮に入ったぞ」と笑いながら言ったのだろう。

漱石先生は句の中に、ウサギと熊を入れた楽しい童句を作れたことに満足であった。この句の中にはまだ新婚の漱石先生がいた。妻と一緒にいることの喜びがこの句にある気がする。だが本音は兎のようにセンサーの感度をよくして危機が迫ればすぐに対処しようと身構えていた。

この句を作った時期は、妻が4ヶ月ぶりに東京から熊本に戻ってきた10月末から1ヶ月半年ほど経った頃であった。妻は流産と夫への不信からまだヒステリー気味になっていて、回復しないまま熊本に戻ってきた。そんな妻を熊笹が取り囲んでいる熊本城見学に誘ったのだ。漱石は終始明るく振舞っていたに違いない。

熊の皮の頭巾ゆゆしき警護かな

（くまのかわの　ずきんゆゆしき　けいごかな）

（明治34年2月23日）高浜虚子宛の葉書

「熊の皮の帽子を戴くは何といふ兵隊にや」の前置き文がある。「熊の皮の帽子を戴くは何という衛兵たちなんだ」と漱石はぼやいている。英国王宮の親衛隊の衛兵は何という野蛮な格好をしているのだと驚いている。身罷った女王はどんな君主だったのだろうと不思議がった。句意は「熊の毛皮で作った帽子を被って王宮を警護するとは、由々しきことだ」というもの。

ロンドンでヴィクトリア女王の葬列を見た時の句である。1901年のことで厳重な警護の中で女王の棺が馬車に載せられて、いや乗せられて王宮前の大通りを移動してゆく。沿道には背の高い英国人が詰めかけて、背の低い漱石は葬列を見ることができないでいた。すると宿の主人が漱石を肩車してくれ、人の頭の上に顔を出すことができた。この助けによって漱石は虚子宛の葉書にこの感想句を書くことができた。この時漱石は自分を異質な東洋人だと意識していた。

この俳句は、英国に対して抱いていた文明国家というイメージが崩れていることを示している。植物繊維でできた帽子を作れる筈であろうと無言の苦情を口にしている。このような熊皮の帽子は、未開民族の衣装だと言いたいようだ。それも親衛隊の制服に採用するとは信じ難いと息巻いている。これが世界に植民地を作り、奴隷を使う国家の実態だと虚子に連絡した。

英国に到着したばかりの漱石は、英国は日本のはるか先を行っていると思っていたので、落胆の日々であったが、衛兵たちの熊皮の頭巾を見てそうでもない部分があると思ったのだ。いやそのように表して精神のバランスを取っているのだ。

漱石は明治維新に多大な影響を与えたヴィクトリア女王の葬列を見て、訳のわからない強烈なパワーを受け取った。車列が来ると強風が止んだのを体感して、天候まで支配するのはどういうことかと感じ入った。この時漱石は4句を作り上げた。「白金（しろがね）に黄金（こがね）に柩寒からず」の掲句と、それに「凩や吹き静まって喪の車」「熊の皮の頭巾ゆゆしき警護かな」。前置きの中にも「屋根の上などに見物人が沢山居候（そろ）」の句が潜んでいる。

雲起す座右の梅や列仙伝

（くもおこす　ざゆうのうめや　れつせんでん）

（明治32年ごろ）手帳

梅花百五句として集中的に梅の句を作っていた頃の句である。句稿では「雲を呼ぶ座右の梅や列仙伝」となっていた。列仙伝は「關令尹喜者、周大夫也。善内學。」で始まる快男児の一代記である。星占いや天文学を極めた男のようだ。「雲起す」とはいわゆる風雲児のことを表す言葉である。

句意は中国の風雲児のことを書いた列仙伝を文机の座右の銘ならぬ座右の書物として置いている。今まで梅を活けた花瓶を座右に置いていたが、列仙伝がその代わりになっているというもの。この本を読むと自分も雲を起こせそうな気になるというのだ。

漱石はこの時期、熊本第五高等学校で英語科の主任教授になっていて、向学心の強い学生たちに早朝英語教室を積極的に開いてハイレベルの英語を教えていた。漱石自身、後に五高の教材は、東京帝大の教材のレベルを質と量とも越えたものだったと振り返っていた。しかし、その漱石もこのまま英語の教師で終わるつもりはなかった。子規にも義父にも次第に英語を教えるのが嫌になってきたと手紙で伝えていた。

・蛛落ちて畳に音す秋の灯細し

（くもおちて　たたみにおとす　あきのひほそし）

（明治30年10月）句稿26

句稿26に書かれていた隣接俳句に「野分して蟷螂を窓に吹き入るゝ」がある。カマキリが強風に飛ばされて窓から部屋の中に入り込んだ。そうこうしているうちに、ぽとりと音を立てて蜘蛛が畳の上に落ちてきたのを見て、自然環境の中にある家に住んでいるのだと実感したのだ。

掲句は、天井から畳の上に落ちてきた蜘蛛は、音からは大した大きさではないと思ったが、部屋の行灯の横から射す光を受けて影が伸び、畳の上に巨大な蜘蛛が現れたように思ってしまった。この影に一瞬驚かされたのだ。

漱石は9月10日に一人で東京から熊本に戻っていた。そして引越しを断行した。9月中旬に熊本市内から外れた飽託郡大江村（熊本市新屋敷、白川小学校の裏手）に転居した。妻は10月25日頃にやっと鎌倉から熊本へ戻って来た。さて掲句は、妻が熊本に戻る前、秋の夜長を一人で過ごしていた時のものだ。しょっちゅう叱っていた妻でも声がしないと寂しくなるのだった。天井から落ちてきた蜘蛛に話しかけていたのだろう。

この句の面白さは、幾分寒くなってきたので天井の蜘蛛も暖かそうな行灯のあかりに引き寄せられるようにして、天井から降りてきたのかもしれないということだ。もう一つの面白さは、蜘蛛が落ちて音がするというのは特異なことで、部屋が静まり返っていた上に漱石先生の神経が過敏になっていたとわかることだ。普通であれば蜘蛛は落下傘の降下のように、また猫の落下のように柔らかく着地するから音は発生しないと考える。しかし蜘蛛のごくわずかに発する音を漱石先生は感じるのであるから、漱石先生は特別な精神状態にあったということになる。妻が長期に不在であると夫の精神も不安定になって神経が過敏になっていたのだ。この俳句がそれを証明している。

●雲来り雲去る瀑の紅葉かな

（くもきたり　くもさるばくの　もみじかな）

（明治28年11月3日）句稿4

漱石はやっとたどり着いた四国石鎚山の山中の名瀑、白猪の滝の前に立ち、滝が豪快に落ちる爆音を聞いていた。そして滝の背後の二つに割れている黒い大岩を見ていた。その岩の間に蔦が食いついているのを見つけた。その滝の流れは五段に分かれ、その一段ごとに周りの紅葉の色も段階的に変化している。

その瀑の両側にある紅葉には傾いた日が当たっているが、この光によって紅葉自体の色むらの他に日差しが作る色むらが加わり、複雑な色彩の世界を作っている。そして直接落ちる水の塊には光が届かないはずだが、よく見ると両側の紅葉が光を反射して水の流れに光を届けている。

句意は「四国の名爆を山中に見にきたが、滝の上には雲が来ては去って、滝に当たる光が変化している。周りの紅葉も空からの光によって色が絶えず変化していて、見ていて飽きない」というもの。

漱石は「瀑暗し上を日の照るむら紅葉」と作った句の主役を交代させた。焦点を「むら紅葉」から「瀑」に換えた。斜めにさす日の当たっていない「瀑」を見ていると、日脚が紅葉にかかることによって紅葉の谷にある瀑には太陽の影響は届いていないと見ていたが、紅葉の色の変化が落下する水の塊に対しても影響を与えていることを見つけた。この微妙な変化が美しいと漱石は思った。

この句の面白さは、爆音を轟かせて落ちる滝が、上空の雲にも影響を与えていると描いていることだ。大地の振動が大気を動かしているように漱石は感じていたようだ。

漱石の目の前に展開している巨大な風景画は、時間の経過とともに色を変えていた。太陽光の入射角が低くなるにつれて、色を徐々に変えている。森の木々、爆の水の色に微妙な修正を少しずつ加えて行くのを漱石は見ている。漱石は山全体がダイナミックに色を変えて行く様を見ていて、興奮の度を高めて行く。漱石の心にも驚きの色が加わっているのだ。地球の自転は漱石に影響を与えている。

●雲処々岩に喰ひ込む紅葉哉

（くもしょしょ　いわにくいこむ　もみじかな）

（明治28年10月）句稿2

石鎚山系の山道を登ってゆくと次第に岩が目立ってきた。水の落下する音が聞こえてきた。目指す滝が近づいてきたのを実感する。沢に到達し、足を進めてゆくと滝が見える森の大きな切れ目を目にした。その中にある大きな岩の割れ目に木の根が割り込んで葉を茂らせている。モミジの赤がその岩場を明るく染めている。

上空を見上げると水場の上はぽっかりと空いてちぎれ雲がところどころに浮いて見える。山水画の題材が目の前に展開している。木の根が岩を割る光景は日本人が好きなものの一つである。

この種の俳句は、目の前の風景をさらっと詠んだ月並みな俳句として軽く評価されてしまう。だが漢文的な「くもしょしょ」の音によって一気に中国の山奥の桂林の地にある滝の落ちる山水画の世界が目の前に出現する。「しょしょ」の音は水の落ちる様を想像させる効果がある。そして「雲処々岩」の硬いイメージを受け継いで「喰ひ込む紅葉哉」によって雪舟の世界に導かれる。

荒々しい絵画的構図の景色の出現に喜んでいる漱石の姿が想像される。その姿を思い浮かべながらこの句を読むと楽しい俳句のように思えてくる。漱石の気持ちになれるからである。

ところで漱石先生は上五を字あまりを気にせず「くもところどころ」と詠んだのだろうか。岩に紅葉の根が喰い込むのであるから、やはり力強さの出る「しょしょ」であろう。

●雲少し榛名を出でぬ秋の空

（くもすこし　はるなをいでぬ　あきのそら）

（明治40年頃）手帳

秋に群馬県の榛名山付近を歩いた時の句である。いや記憶の中で歩いていた。「雲が少し榛名山から流れ出てきた。私（漱石）も雲に合わせて榛名を離れて出てきた」というもの。やっと若い時の苦い記憶から離れられて来ていると振り返った。

漱石は学生の頃、伊香保温泉に行ったことがあった。大学の寮で同部屋になった小屋保治とは、互いに大塚楠緒子との結婚をめざして競った間柄であったが、この温泉地の宿で今後のことについて協議した。漱石は楠緒子の親が保治との結婚を望んでいる以上、楠緒子が漱石の方を向いていても進展がないとわかったからだ。この場所が選ばれたのは、保治の実家は伊香保からすぐ近くの木瀬村（現在の前橋市内）であり、保治はちょうどその時帰省していたからだ。漱石の弟子の枕流はその温泉場の宿に、当の楠緒子も伊香保の宿で同席した可能性もあると推理している。楠緒子の書いた多くの小説には、その伊香保温泉が登場するからである。この伊香保温泉は榛名山の麓にある。山から15kmもないところにある。漱石先生は、若い時の記憶を思い起こして、伊香保温泉、榛名山付近を辛い気分で歩いたことだろう。

この句の面白さは、榛名の春と秋を俳句に詠み込んでいることである。漱石の重い記憶が幾分軽くなっている気がすることだ。これから漱石は楠緒子に小説を書かせて朝日新聞紙面に連載させる計画をしていた。漱石は新聞の文芸欄の担当者になっていた。これからは打ち合わせで彼女に度々会うことになるとわかっていた。

今まで短編小説しか書いたことのない彼女に長編小説の書き方を指南する必要があると感じていた。だが、漱石にはそれは楽しい作業であった。

＊『東京朝日新聞』（明治40年9月21日）の「朝日俳壇」に掲載

• 雲の影山又山を這ひ回り

（くものかげ　やまたやまを　はひまわり）

（明治23年9月）

この俳句は漱石が俳句を作り始めた頃のもので、7句目の作である。子規に送っていた句であったが、子規はこれを添削して「白雲や山又山を這ひ回り」と変えた。子規は夏山の光景としては強い日光に照らされて白く見える積乱雲の白雲の方が主役としては適当と考えたからだ。当時子規の弟子であった漱石としては、この変更を受け入れた。しかし、季語にこだわる必要もないが、白雲を採用しても夏の季語になっていない。

作者の漱石としては、山を這い回るということは雲の影が山肌を這い回ることであり、雲自体ではないと考えていた。この暑い夏の日に、激しく動いている黒い影に感心していた。そして山の凹凸に応じてできる影の大きさが瞬時に変わって動きだす様も面白いと感じていた。まるで影が生きているように感じられ、これが面白いと思えたのだ。

読み手としては、山肌の形状に合わせて変化する雲の影を想像して楽しみたいと考える。したがって「影」を入れている掲句の方が面白いとする漱石の判断に軍配をあげる。

この句の面白さは、這い回る対象が山又山になっていることだ。つまり連山であるがこれを山又山としたことで、山々の形状は漢字が表すように凹凸だと目視でわかる面白さがある。

またぎらぎらひかる白雲と直下の黒い山肌の対比があり、まさに青春の俳句と感じられる愉快さがある。

ちなみに漱石は8月22日に尾崎紅葉、川上眉山ら五人で藤沢片瀬に出かけて海水浴し、25日に帰京したが、その間になだらかな丹沢山地にある観光地の大山に出かけたのだろう。掲句はその大山から見た丹沢の光景なのだ。

• 雲の峰風なき海を渡りけり

（くものみね　かぜなきうみを　わたりけり）

（明治33年10月6日）日記

（明治33年10月8日）鏡子宛の手紙

漱石を乗せた汽船プロイセン号は紅海に入る手前の寄港地、「エーデン」（アデン）を目指してインド洋を航行中だった。立ち寄った港で出した手紙に汽船の中での生活について書いた後に、この句をつけていた。そして解説的に「印度洋は日本の夏よりも余程涼しく候 かつ風波も至極穏に候」と記していた。暑い南シナ海を通過してインド洋に入ったので、気持ちが落ち着いてきたようだ。船酔いも軽くなってきた。漱石は嬉しそうに、日本の夏より印度洋の夏の方が涼しいという。確かに出航した横浜の夏よりシンガポールの夏の方が快適であると理科年表に出ている。

途轍もなく大きな積乱雲が海の上に湧き上がって、その下の海上を船が煙を吐いて進んで行く。汽船の煙が積乱雲となって立ち上る錯覚に囚われそうだ。

句意は「広いインド洋には大きな積乱雲の塊が浮いているように見える。その下の風の吹かない海を汽船はゆっくりと進んで行く。雲の峰も船に合わせるようにゆっくりと動いている」というもの。海洋を渡るのは汽船であり、そして雲の峰である。船上ではほぼ無風でも上空には地球の自転による東向きの風が吹いていることを表している。汽船は大洋を西へ進んで行き、雲はのんびりと逆方向に移動している。

この句の面白さは、陸上にはヒマラヤ山脈がそびえ立っているのに対し、洋上にもこれに負けないほどの大きな雲の峰ができていることである。さすがは広いインド洋だと感心している漱石がいる。

漱石は長い旅に出ている自分と一緒に旅をしている雲に「お互いのんびりだな」と声をかけている気分なのだ。

長文の手紙の最後に付けられたこの句は極めてのんびりした内容で、雲のような大きなあくびが出そうだ。日記ではこの日の海はすこぶる穏やかで「鏡の上を行くが如し」と形容していた。

三者談

英国から帰国の際の句だと思っていた。10月2日にコロンボを出港してアデンに向かう途中の句だ。「風なき海」は油のような海であり、インド洋の海とすぐにわかる。「渡りけり」の「けり」には詠嘆の心持ちがある。大きな景色の中での長い時間の経過を感じる。何もない洋上を漱石が渡ってゆく心持ちがする。

● 雲の峯雷を封じて聳えけり

（くものみね　らいをふうじて　そびえけり）

（明治36年7月）俳誌「ホトトギス」

漱石が英国に留学する船旅の途上で、スエズ運河に客船が入る時の景色を詠んでいると解して、明治33年10月6日の日記にある「雲の峰風なき海を渡りけり」の句の続きと思えた。だが、英国に向かうシナイ半島付近の航海日記には、掲句は書かれていない。往きの旅では漱石は5句作っていたが、この中に掲句は入っていなかった。そして帰りの旅での句作は皆無であったことを考えると、掲句は明治36年1月に日本に戻ってから何かの機会に掲句を作り、「ホトトギス」の編集者に渡したと思える。漱石は復路で再度スエズ運河を船で渡った際に目にした景色を思い出して俳句に描いたと思われる。

人工の水路の両側に砂漠が迫っている景色を見て、改めて東洋にも欧州にもない景色に驚き、天を仰ぐと日本で見る積乱雲よりはるかに大きいと思える雲が湧き上がっているのにも驚いた。このとき英国に向かう航海でシナイ半島をぐるっと回ってスエズ運河に入る前に詠んだ「雲の峰風なき海を渡りけり」を思い出していたのかもしれない。

句意は「砂漠の中の運河を船が渡ってゆく。その壮大な景色に合わせるようにその上には巨大な黒い積乱雲が湧いて立ち上がり、その黒い塊の中で雷がいく筋も発生していた」というもの。昼間のことで黒い雲の中で光る稲妻は確認できるが、その稲妻が落ちる様は確認できないのだ。光り輝く砂漠があり、周りは目が痛くなるくらいの明るさが支配している。その平面の上に浮かんでいる巨大な雲、ナイル川と熱い砂漠、それに紅海と運河の水が作り出す巨大な自然の造形物なのだと納得する。

この句の面白さは、「雷を封じて」の「封じて」によって、積乱雲が絶対的な支配者となって雷を抑え込んでいる構図が見えることだ。古代エジプトのファラオは、この巨大な積乱雲を見続ける中で、ピラミッドの建造を構想したのかもしれない。

三者談

この句は明治36年7月の「ホトトギス」に出ていた。夏十句だか雲の峰十句として掲載されていたから句会で提出された句ということになる。雷雲を「雷を封じて」と表すのは非常に巧みだ。静かな雲自体にパワフルなものを感じさせる。幾重にも雲が重なって身動きできない様がある。雲が雷を封じているのだから、稲光は見えないとも解せられ、この雲は雷雲でないかもしれない。

雲を洩る日ざしも薄き一葉哉

（くもをもる　ひざしもうすき　ひとはかな）

（明治43年10月3日）日記

この句の前に「陰。秋かと思へば夏の末、夏の末かと思へば秋。柿も大分赤き由。栗もとうから出てゐる。稲は半分黄也。」と修善寺の温泉宿で日記に書いている。そろそろ修善寺を発つことが医者から伝えられていた。秋の景色も夏から秋に移り行く時で、漱石にはこの自然の変化を楽しむ余裕が少し生まれている。

句意は「秋の空にかかる雲から漏れ出る光は夏とは違って弱く、地上を熱くするものではなくなっている。アオギリの大葉は薄い光を受けて散る時を見定めようとしているようだ」というもの。東京へ戻る日が確定しないまま1日を終えることは、中途半端な気分で耐え難いと漏らしている。桐の葉が皆落ちてしまったわけではなく、葉が残っている間の薄い日差しが差している今の内に、東京へ帰りたいと窓辺で思っている。漱石が東京へ戻ったのは、10月11日であった。

この句の面白さは、「薄き」が「日ざし」と「一葉」の両方に掛かっていることだ。漱石のいる部屋から見えるアオギリの大葉は重なりが薄く、舞うように散るのである。そしてこの句には、漱石の体も痩せて薄くなっていることも示されている。

雲を呼ぶ座右の梅や列仙伝

（くもをよぶ　ざゆうのうめや　れつせんでん）

（明治32年2月）句稿33

「梅花百五句」とある。熊本の漱石宅の書斎には床の間があり、この床の間に置かれている小机には老梅の盆栽が置いてある。漱石の座卓の右近くにあるこの梅の古木は、いわば「座右の梅」になっている。この老梅は枝が細かく張って色は黒く、根は奇岩に食い込んでいる。盆栽の上には雲がかかっているように感じられる。その状態でも梅の古木は花をしっかり咲かせている。

老梅の盆栽は仙人の住む険しい山岳を連想させるものだという。そして宇宙を表すだけでなく、列仙伝に登場するような仙人にも見えるということだ。

列仙伝は、漢の時代にできた道教にまつわる説話集で、70人の仙人たちの伝記が載せられている。これは中国最古の神仙伝記集である。この古い説話集は漱石先生の文机の座右の位置に置かれている。そのまた右に梅盆栽が見えている。この説話集の中に登場する仙人の仲間に、仙人の風格のある梅盆栽も加えられるべき存在になっていると床の間を見ながら漱石先生は感じているのだ。

ちなみにこの句の近くに記されていた俳句は「盆梅の一尺にして偃蹇(えんけん)す」である。30センチ四方の梅の盆栽であるが、枝は四方に無限に伸びて宇宙を表し、天の世界を表しているように感じるというものだ。

この句では漱石先生が大事にしている「座右の梅」なる梅盆栽が主役であるが、これには「座右の銘」が掛けられている。梅と銘の類似を面白がっている。どちらも大事だと言うが、漱石の本当に大事な座右の銘は「則天去私」である。

くらがりに団扇の音や古槐

（くらがりに　うちわのおとや　ふるえんじゅ）

（明治29年8月）句稿16

漱石先生は夏の暑い盛りの夜、寝つかれないでいる。縁側に出て熊本の暑い夜をなんとかやり過ごそうとしている。小さな団扇では間に合わなくて中国製の布張りの大団扇を取り出して使い始めた。風はしっかり来るが、バサバサという大きな音がするのが難点である。部屋には薄暗い行灯もつけず周囲には真っ暗の闇があるだけ。その中でうちわを動かす音だけが響く。団扇の柄には古槐が使われている。この木の感触を確かめつつ団扇を動かしている。

この団扇について説明するかのように、掲句の隣に「就中大なるが支那の団扇にて」の句が置かれていた。つまり日本の孟宗竹を骨と柄の材にした団扇ではなく、柄には古槐を取り付けた中国製の大きな団扇なのだ。漱石は夜中にこの団扇をゆっくり大きく動かしていた。

この句に描かれている情景を思い浮かべると、漱石のいる縁側からは暗い庭の中に古い槐の大木が見えている。黒い木肌の槐の幹は闇に溶け込んでいる。黄色がかった白い花が房となって咲いていて、その部分だけが明るくなっている。花だけは闇に浮かび上がって見えるので、蛍が集団で枝に留まっているようにも見える。漱石は蛍を団扇の音で脅かしている気分であったのか。漱石はこの景色を楽しんでいた。この木はマメ科の植物で花はソラマメの形をしている。

ちなみに古槐はどういうわけか怪談話に関係があるようである。したがって夏には少しでも涼しくなりたいということで、この槐の団扇を持ち出し、古槐の俳句を作ったのだ。江戸時代の怪談話による涼み方を実践しようとしたのかも。

漱石がこの年の夏に住んでいた場所は、熊本市内の真ん中で、一級河川の白川が近くを流れている低地であった。夏は蒸し暑い土地であったようだ。

掲句には別の解釈も可能である。句稿にはこの句の後に「夏痩せて日に焦けて雲水の果はいかに」の句が置かれていた。つまりこれらは意味がつながる兄弟俳句なのである。漱石は面白いことをして暑い夏を過ごしていたようだ。

この「夏痩せて」の句の句意は「よく見かける雲水は夏の暑さに耐えて、外へ出歩いて修行する間に体は日焼けして痩せている。雲水たちは大丈夫なのであろうか」というもの。熊本で見る雲水たちの肌は日焼けして黒く光っている。まさに古槐の材の艶と色なのである。そんな日焼けして夏痩せしている雲水が門の軒下や樹陰の暗がりに立って団扇を扇いでいるさまは、黒い樹肌の幹を持つ古槐がそこに立っているように見えてくると笑う。つまり掲句の団扇の主は暗がりの中にいる雲水であり、その痩せた黒い体が古槐の樹に見えるというのだ。

● 暗がりに雑巾を踏む寒哉

（くらがりに　ぞうきんをふむ　さむさかな）

（明治32年1月）句稿32

突如、強烈な寒さを体験したとわかる表現になっている。熊本第五高等学校の同僚と大分県の宇佐神宮を参拝しての帰り道は、北回りの鉄道を使わずに険しい耶馬渓を徒歩で抜けて行くことにしていた。まずは西の方向に隣町の宿を目指して歩き出した。歩き出した時は参拝を終えてホッとしていて、掲句の前に作っていた「遠く見る枯野の中の烟かな」の句の中にその気分が現れていた。

この気分が突如、暗転した。この時期、北九州には巨大な寒気団が押し寄せていて、この辺りにもいよいよ雪が降りだしそうだった。周囲が急に暗くなり出した。少し前に道標で町の方向を確認して安堵したばかりであったが、不安のボルテージは上昇した。風が強く吹きだし、寒さは厳しくなってきた。だが街まではまだ距離がある。

この時の漱石先生の気持ちは、家にいて暗がりの廊下で濡れた雑巾を踏んだ時の気分だという。素足に強烈な冷たさを感じ、何が起きたのかという驚きが湧き上がった。

この句の面白さは、「暗がりに雑巾を踏む」というフレーズである。まさに落語的発想である。「猫の尾を踏む」という言葉に匹敵しそうだ。初詣の際にご利益は期待しなかったが、この強烈な寒風にすぐさま裏切られた気持ちがした。新暦での元日に初詣したことに神官は不快感を表したことが、これが漱石の頭に残って尾を引いていた。偉そうで気難しい神官の「尾を踏んだ」ことの代償かと思った。

● 暗き山明るき山や雲の峠

（くらきやま　あかるきやまや　くものとおげ）

（明治27年）子規の選句稿「なじみ集」

近くに大きな山が見えている。山の上には大きな積乱雲ができている。頂上付近の雲の下あたりには厚い雲の影ができて暗くなっている。これに対して山裾のあたりは、雲の影がなく日が当たっている。緑の色が鮮やかに見えている。

漱石は群馬県の北部にある伊香保温泉の宿にいた。この有名な温泉場は榛名山の裾野にあった。漱石はこの宿から西方にある榛名山を眺めていた。そして時に東方にある赤城山を眺めた。どちらも頂上付近に大きな湖を有し、そこから四方八方に川が流れていた。山一帯には夏の日差しを受けて水蒸気が立ち上り大きな積乱雲を形成していた。雲の峠とは、人の通る峠ではなく、積乱雲の通り道を表している。

漱石は温泉の宿の窓から、親友の保治が部屋に来るまでの間、ぼんやりと山の濃淡が移動し変化するさまを眺めていた。近くの村に実家のある保治を、手紙で漱石が呼び出したが、この宿に到着するまでには、まだ相当な時間がかかりそうだ。

句意は「真夏の山地では、見上げる山のてっぺん付近に巨大な積乱雲が続々形成されている。分厚い雲の下の辺りは暗くなり、雲のないところは輝くように光っている。この強烈なコントラストを作っている雲は谷の方に流れている」というもの。

この景色を見ていた漱石の気持ちは、もやもやとしていて虚ろであり、この景色とは正反対のものであった。出来上がった句は、面白味のない平凡なものになった。

明治27年7月25日に漱石は伊香保温泉から小屋保治を宿に呼び出す手紙を発送した。二人とも大塚楠緒子に恋心を抱いていた。楠緒子の親は大学院を卒業した後に帝大の教授職が約束されていた小屋保治との結婚を決めていた。当時の日本では子供の結婚は親が決めることになっていたから、楠緒子の心をつかんでいた漱石であっても楠緒子との結婚を諦めざるを得なかった。そこで漱石はこの宿で小屋保治とある決め事をすることにしたと思われる。

● 蔵つきたり紅梅の枝黒い塀

（くらつきたり　こうばいのえだ　くろいへい）

（明治30年2月17日）村上霽月宛の手紙、句稿13

漱石先生は松山市内の蔵の並ぶ通りを歩いて通り過ぎて行く。この通りにはいくつもの蔵造りの店が並んで、蔵の街を形成している。句意は「白と黒の家並みが途切れると黒い塀の続く大きな屋敷が出現した。その塀の上に紅梅の枝が見えている。塀の中には大きな梅林があった」というもの。

漱石は白と黒の蔵の家並みを過ぎて、延々と続く黒い塀の前を歩いた。その黒い塀の上には紅梅の鮮やかな赤い帯が長く続いていた。この屋敷の主人は、色彩感覚に優れた人であるとわかる。白と黒の蔵の街が引き立つように紅梅を街外れに植えていたからだ。赤と黒のコントラストを計算に入れているからだ。この家の持ち主は洒落者とわかる。

ちなみに霽月は漱石の松山時代の俳句仲間であり、かつ愛媛の著名な実業家で本名は半太郎。掲句の黒い塀のある屋敷は、霽月の広大な屋敷だった。漱石は昔彼の家を訪ねた時の思い出を懐かしく思い返していた。そして通りにあった幾つもの蔵も霽月の所有なのであったことも思い出した。梅屋敷は会社所有の蔵に繋がる住居なのであった。

掲句は霽月から久しぶりに手紙がきて、これに対する返事を書いたときに、霽月は松山では有数の資産家であったことを思い出していた。

● 栗はねて失せけるを灰に求め得ず

（くりはねて　うせけるをはいに　もとめえず）

（明治34年11月3日）ロンドン句会（太良坊運座1回目）

道端で焼き栗を売っていたイタリア人がいた。「栗を焼く伊太利人や道の傍」の句が掲句の前に置かれていたので、そうとわかった。ロンドンの公園の近くなのであろう。その焼き栗は道端で焼きながら売られていて、漱石はそれをしばらく物珍しく見ていた。

するとポンと一個の栗が灰の中から飛び出した。草むらに入り込んだのか栗の姿が見えない。店の人はそれを探すわけでもなく、飛んだ栗が悪いとばかりの態度に見えた。このイタリア人は雇われていて、栗の数の管理には無頓着だった。

焼き栗が灰の中から飛ぶのを見ていた漱石先生は、栗の行き先、着地先を知っていたに違いない。この句の面白さは、漱石先生は余計なことはしまいと決めたことがわかることだ。手を出すと火傷しそうだと思ったに違いない。使われているイタリア人のプライドを考慮してのことだ。

ちなみに漱石先生がこの句を披露した場所は、漱石の部屋で開いていたロンドン太良坊運座であった。日本人4人で構成する句会であった。この日は明治天皇の49回目の誕生日の天長節で、この日の夜は日本公使館で公使の主催する天長節の祝賀会があり、漱石もこれに招待されていた。しかし、漱石先生はそれを断って渡辺和太郎の主宰する句会の方に参加したのだ。祝賀会の日に句会を設定したところには漱石の権威嫌いが表れている。

句題は漱石が用意した。「天長節」と「霧」、それに「栗」で、漱石は4句を作った。漱石としてはそれほど熱中できない句会であり、少ない句数になっていた。他の漱石句は「近けば庄屋殿なり霧のあさ」「後天後土菊匂はざる処なし」「栗を焼く伊太利人や道の傍」の3句で、漱石のユーモアは英国においても健在であった。

• 栗を焼く伊太利人や道の傍

（くりをやく　いたりあじんや　みちのそば）

（明治34年11月3日）ロンドン句会（太良坊運座1回目）

ロンドンのハイドパーク辺りであろうか、漱石先生が散歩していると栗の焼ける匂いがして来た。栗の匂いは日本を思い起こさせた。匂いに誘われて近づくとイタリア人が道端で栗を焼きながら焼き栗を売っていた。この時の様子を句に描いた。この男の様子が少し変わっていたからだ。

かつて欧州を制覇した古代ローマ帝国の衰退した姿を栗売り人に見たような気がした。その男の前に東の果ての発展途上国からやって来た男が立っている。この不思議な組み合わせに漱石は少々驚いた。そして笑い出した。漱石の身なりは露天商と同じくらい貧しいものであったからだ。

文化力と経済力、それに軍事力において最先端の国には他国の人々を引き寄せる力があると感じた。富は力であり文化であり魅力なのだ。だが自分はこの英国にそれほど敬意を抱いてはいないと踏ん張っていた。

この句はロンドンに留学中の渡辺和太郎（俳号：太良坊）を中心にした句会で作ったもの。宗匠は漱石が務めた。若い日本人が集まる句会であった。句題は漱石先生が設定し、この日のお題は「天長節」と「霧」、それに「栗」。漱石は4句を作った。

掲句の他の3句は「近けば庄屋殿なり霧のあさ」「後天後土菊匂はざる処なし」「栗はねて失せけるを灰に求め得ず」である。漱石のユーモアが感じられる。英国において勉学に苦しんでいた漱石であったが、ユーモアは健在であった。

• 来る秋のことわりもなく蚊帳の中

（くるあきの　ことわりもなく　かやのなか）

（明治30年12月12日）句稿27

24節気の立秋を詠んだ俳句であろう。まだ暑い夏の季節と思っていたのに暦ではもう立秋だというので漱石は少々慌ててみる。漱石のいる部屋にはまだ蚊帳が張られていて、まだまだ夏なのだと思っているのに、もう秋なのだという。これはなんなのだとしきりにぼやく。

ところで、このぼやきは子規に対してのものなのかもしれない。どうせ相手にしてくれないと諦めながらも漱石は言いたいのだ。この主張は「蚊帳の外」の扱いを受けることは分かっていても。

この漱石の反応と表現はごく普通のものであるが、この句の面白さは、秋を擬人化していて「ことわりもなく」の文言によって季節に合わない立秋到来はよろしくないと面と向かって苦情を呈していることだ。

もう一つの面白さは、俳句の季語をからかっていることである。つまり、本来俳句の季語は陰暦の旧暦に連動して在ったはずなのに、明治の世になって太陽暦の新暦が採用され、おおよそ一月のズレが生じてしまっていた。このズレを漱石は捉えて俳句に仕立てた。ちなみに1897年（明治30年）の立秋は8月7日であった。この日は旧暦ではまだ7月9日。この頃は蚊も蚊帳も活躍中であった。

この大問題をおろそかにして、季語を外したら俳句ではないという主張がなされている。漱石先生は蚊帳の中で「来る秋」の句を作って執拗に苦情を呈している。蚊帳の外を飛んでいる蚊も苦情を言いたいところなのだろう。まだまだ活躍しようと思っているのに、もう秋だぞと言われたからだ。

明治30年の漱石は、熊本で第五高等学校の教授をしていた。この俳句会でも新暦・旧暦のズレが話題になっていたのかもしれない。

ところでこのころ日本でも扇風機の生産は始まっていたが、庶民の買える値段になったのは大正5年だという。したがって暑いとぼやいたこの年の漱石は、団扇で扇ぐしか方法はなかった。この年の夏は猛烈に暑かったと漱石は幾つかの俳句で記録していた。9月4日の句会稿（子規庵における句会）に「捨てもあへぬ団扇参れと残暑哉」の俳句を提出している。団扇で扇いでも間に合わない、団扇は役に立たないと嘆いていた。

＊雑誌『俳味』（明治44年5月15日）に掲載

・呉竹の垣の破目や梅の花

（くれたけの　かきのやれめや　うめのはな）

（明治29年1月28日）句稿10

呉竹とは真竹のことであり、その真竹を縦横に隙間なく組んだ垣の破れ目から庭の一部が見えている。どんな庭なのかと覗いてみると、庭の奥に梅の老木があり、梅の花が綺麗に咲いている。美を惜しまないで外を歩く人にももっと見せてほしいものだと思う漱石先生がいる。

しっかり造られているはずの竹の垣根が破れているのであるから、もう人は住んでいないのかもしれない。そんな寂れた庭にある梅の木であるが、季節が来るとなんと綺麗な花を咲かせるのだ、と感じ入っている。そして漱石はわずかに見えるところに人は興味を持つ習性があると言っている気がする。人には覗き見したくなる心理があるという。

また画家の漱石は、古びて壊れている「呉竹の垣」の中に節くれだって樹皮の割れている梅の老木があると、情緒のある風景になると教えてくれている。呉竹の語で毛筆を思い起こすが、漱石には荒れ果てた庭と屋敷は墨絵の世界に見えたことだろう。

ちなみに、明治8年3月28日に廃刀令が出て、武士階級は消滅した。これに伴って武士は没落していった。四国・松山市の漱石が住んでいたあたりはかつて武家屋敷であったが、すっかり廃れてしまっていた。代々続いた武士の家に主人がいなくなって、梅の老木が主人がわりになっていた。

・暮れなんとしてほのかに蓼の花を踏む

（くれなんとして　ほのかにたでの　はなをふむ）

（明治39年10月24日）松根東洋城宛の書簡

河原や畦に咲いている野草の蓼の花。小さな薄茜色の花を穂状に密集させている。昔子供がままごとで赤飯の代わりにしたという身近な花だ。

句意は「夕暮れになって暗くなってくると赤く目立つ蓼の花を見落としがちで、つい踏んでしまう。踏むと酸っぱく苦い匂いが立つ。そしてこの匂いで踏んでしまったと気がつく」というもの。

漱石先生の小説「吾輩は猫である」は高い評判を取ったが、どうということのない小説だと批判する嫌な話も漱石先生に多数伝えられる。こんなものなら私でも書けるとばかりに、類似の小説が山と作られて発表された。このような文学界にあって、漱石の立場を心配して可愛がっていた弟子の一人の東洋城が手紙を送ってきた。

漱石はこの東洋城に返事を書き、掲句を含めた6句を送った。掲句の解釈は、「夕暮れの中で誤って踏んだ蓼の匂いがいいという人もいる。たで食う虫も好き好きだ」というもの。この諺にあるように癖のある本を好んで読む人もいれば、つまらないと思って読まない人もいる。それでいいのだという。

ちなみに蓼の新芽を使い蓼酢（タデス）にして刺身のツマや塩焼き鮎の付け合わせにする人がいるという。つまり、蓼は通の人が食べるものになっている。蓼食う虫とは食通の人のことなのだ。多分漱石先生は蓼に蜂蜜をつけて食べるのであろう。

1983年に主人公を猫ではなく、犬にした井上ひさし作の「ドン松五郎の生活」が人気になった。この小説は映画化もされた。一説によると漱石は英国の図書館で、犬が人のように喋る小説を読んでいて、日本に戻ってからこれの猫バージョンを書いたと言われている。面白い話である。漱石先生は英国で蓼の花をしっかり踏んで帰ってきたのだ。

か

・呉橋や若菜を洗ふ寄藻川

（くれはしや　わかなをあらう　よりもがわ）

（明治32年1月）句稿32

この句には「橋を呉橋といひ川を寄藻川といふ」という前書きがある。大分県の宇佐市にある呉橋は寄藻川に架かっていて、その橋に繋がる道は昭和初期まで宇佐神宮の表参道であった。その呉橋は珍しい寝殿造の屋根を被せた赤い木造橋である。この橋は中国の呉の国の人たちによって鎌倉時代の少し前に作られていた。

漱石一行がこの有名な橋を渡ろうと境内に近づいてゆくと、川の岸の洗い場に野菜を洗う人の姿があった。のどかな田園の光景がひろがっていた。その川が寄藻川で、川藻の生えた綺麗な川であることが川の名前からわかる。この川は地元の人にとっては神聖な川というものではなく、生活の川であった。生活者にとって寄藻とは、河岸を流れる菜っ葉のちぎれた葉のことで、これが流れる川を地元の人は菜っ葉川として呼んだに違いない。そして神宮のそばを流れる川であるので、優雅さを加味して菜っ葉川を寄藻川と変得させられたと推理する。

この句の面白さは、漱石は下調べ無しに宇佐八幡宮に行ったことがわかることだ。この神宮は最寄りの鉄道駅からかなり離れていたので、漱石と同僚の一行は駅からの道々で宇佐神宮のことを聞きながら進んだ。あの綺麗な橋は何というのか、その下の川は何というのかと地元の人と会話しながら歩いた時の俳句である。スマホのない時代の楽しい俳句である。

黒猫の眼ばかり光る寒さかな

（くろねこのめばかりひかるさむさかな）

（大正5年8月11日）結城素明の猫の画の賛

漱石先生が小説「明暗」を執筆中の頃に結城素明の絵画の賛を書くように頼まれたようだ。死が迫って執筆する時間が乏しくなっていた頃であったが、小説家を目指した自分をここまで導いてくれた黒猫のことを思い出して、掲句を手早く作ったのだろう。

漱石全集の27巻別冊にある掲句の注には、「結城素明の描いた猫の画の賛。森円月「漱石さんの思ひ出」（中略）。「明暗」を執筆中の頃」とあり、同書にある漱石の年譜の大正5年の8月11日の項には、『森円月に頼まれていた、結城素明の絵に賛をした』とある。この記述を解釈すると、猫の絵を持って来た旧友の森円月から結城素明の猫の絵に賛を書き入れて欲しいと頼まれていたのを思い出し、まだ手が動くうちに片付けようと掲句を書き込んだのだ。

ちにみに同年譜の明治44年6月8日の項には、『日記に「結城素明と森円月が来て、絵と書を交換す」と書いた。』とあるので、数年前にも森円月は猫の絵を持つて漱石宅を訪れていた。同行した日本画の大家、素明の持参した絵は師匠である川端玉章の猫の絵であった。この絵を元に猫の俳句を作って欲しいと頼んだとわかる。このとき漱石は短冊に「蝶去つてまた跨鋸る小猫かな」（明治44年の作）と書いて渡したと思われる。素明はその絵を漱石に手渡して帰った。

その後円月は、師匠同様に猫の絵を上手く描く素明に猫の絵を一枚描いてもらい、これに賛をいれて欲しいと漱石先生に頼みこんでいた。この絵を家宝にでもする気でいたのだろう。

句意は「早春のまだ寒い日に、黒猫の金色の目が怪しく光った」というもの。漱石の小説に登場した黒猫は、明治41年9月に息を引き取っていた。漱石先生は黒枠付きの葉書に「猫の死亡通知」を書き、14日の昼に知り合いに発送した。その文は「辱知猫義久々病氣の處療養不相叶昨夜いつの間にか裏の物置のヘッツイの上にて逝去致候埋葬の義は車屋をたのみ蜜柑箱へ入れて裏の庭先にて執行仕候。但し主人「三四郎」執筆中につき御會葬には及び不申候以上」という情愛に満ちたもの。漱石自身が息を引き取る際には、声を発したというが、黒猫は死の瞬間には眼を目一杯光らせたのかもしれない。

結城素明の猫の絵で有名なものには、二つある。一つは庭の日向で目をつむってうずくまっている縞の和猫が描かれ、そのすぐ上を飛んでゆく二頭の蝶を連続写真のように並べて描いた墨絵だ。まさに前出の「蝶去つてまた躊鋸る小猫かな」の情景が思い浮かぶ図である。素明は明治44年に短冊に書いてもらったこの漱石俳句に合わせて猫の絵を描いていた。

ユーモア精神の溢れる漱石先生は、素明の眼を瞑っている猫に対して「眼ばかり光る猫」と表してからかうている。眠る猫の背中の上を蝶が安心してからかうように飛んでいる絵に作者のユーモアを漱石は感じ、これに呼応して面白い賛にしたのだ。陽だまりで眠る猫に対して、漱石は眼を光らせる黒猫を登場させて、眼を覚まさせようとしたようにも解釈できる。

また結城素明の墨絵の猫は縞模様の猫で黒猫ではないが、墨で描いているから黒猫だとして、漱石先生は黒猫の句を書いて笑わせているとも解することができる。

・黒船の瀬戸に入りけり雲の峰

（くろふねの　せとにいりけり　くものみね）

（明治29年7月8日）句稿15

この句を解釈するために時代背景を調べてみると、明治29年に日清戦争は日本の勝利で終結した。同年4月に下関講和条約が締結された。しかし、同年8月にロシアが中心となって三国干渉が起き、10月に京城事変が起こった。掲句は三国干渉に至る直前の外交上の駆け引きが行われていた時期の句である。黒船は日本の軍艦であり、瀬戸に入るとは呉軍港に入ることである。掲句の解釈において、隣接句である「午砲打つ地城の上や雲の峰」（原句：号砲や地城の上の雲の峰）も参照した。

漱石は、陸軍の軍都である熊本の城から市内に鳴り響く12時を告げる号砲に、これから起こると予測される日露戦争の匂いを嗅ぎ取っていた。先の三国干渉によって日露間の緊張は増していた。そして軍艦である黒船が瀬戸内海に入って呉軍港に停泊したことで、船の装備は開戦に備えて整備・改造されることがわかった。

句意は「暑い夏に目立たない色にした黒船の軍艦が、瀬戸内海の呉港に入ってきた。するとにわかに日露間で緊張の度合いが、夏の雲のように湧き上がってきた」というもの。雲の峰は夏の積乱雲を意味するが、この句では風雲急を告げるの意味で使われていると解釈する。漱石は強国ロシアを相手にした日本の国内の動きが怪しく激しくなってきたのを心配していた。

この句のユニークな所は「瀬戸に入りけり」で、日露戦争が勃発する瀬戸際にあることを表していることだ。

・黒塀にあたるや妹が雪礫

（くろべいに　あたるやいもが　ゆきつぶて）

（明治40年ごろ）手帳

漱石は雪の朝に玄関から外に出て、水平面の路面が白一色になり、垂直面の塀が黒一色になっている景色を嬉しそうに見ている。この静かな山水画の雰囲気を壊すように子供達の雪合戦が始まった。家の前に積もった雪を見て年下の娘が雪を固めた雪礫を兄姉たちに投げつけたのが、合戦開始の合図になった。雪礫の幾つかは黒渋塗りの板塀である黒塀に当たって、飛び飛びの白い斑点になった。漱石は玄関口に立って子ども同士の雪合戦によって板塀にできている白黒のまだら模様をじっと見ていた。それまでの落ち着きのある黒塀がおしゃれなまだら塀に変わっていた。

この句の面白さは、雪礫にある。ここに漱石の観察眼の良さが示されている。普通の体の大きな子供同士の雪合戦であればこぶし大の雪の玉を両の手で固めて作ってから投げるのであろうが、体の小さな下の娘は大きくは作れない。出来上がる雪玉は石ころの大きさになっている。しかし小さな玉でさえ作るのが遅いため、年上の子供たちに先に攻撃されてしまうので、あわててあらぬ方向に投げてしまい、黒塀に当たってしまっている。

漱石の作るいろんな句に白と黒の色の対比が出てくる。水墨画に熱中している影響なのかもしれない。この色のコントラストは漱石の気質に合っている。

漱石は好きな水墨画に見る墨汁のしたたりとは違って、黒の板塀につく雪は黒一色の面にできる白色の増加になるので、これは面白いとニヤリと笑ったのであろう。スマホにこの雪遊びの図が投稿され、黒塀の変化を写したなら「いいね」「いいね」が連続で投げつけられるのであろう。

・薫ずるは大内といふ香や春

（くんずるは　おおうちという　こうやはる）

（明治30年2月）句稿23

漱石が熊本に赴任していた頃の俳句である。休みの日に香を焚いて謡をうなっていたのであろうか。そこへ学生が遊びに来て、部屋に薫きしめられている香りについて質問したのだろう。そこで「今薫いているのは大内という香だよ」と答えたのだ。会話の一部をそのまま俳句に組み入れた俳句になっている。その学生は英語の先生が家で香をたくということがうまく理解できなかったと思われる。

漱石宅に遊びに来た学生が、鼻をくんくんさせて良い香りのする部屋の匂いを嗅いでいたと考えると面白い。「薫ずる」は良い香りを嗅ぐことであるが、学生が鼻をくんくんさせる動作を漱石は面白がっていた。そして「薫ずる」は教えるという意味を持つ「訓ずる」に通じていて面白い。君たちは香木の知識も身につけた方がいいと訓を垂れたに違いない。

ちなみに大内という香は、東南アジア産の沈香を多量に含む高価な香である。京都の寺院で使われる香として有名なものだという。この名の謂れは、雅な戦国大名の大内氏が愛用した香ということなのであろう。そういえば大内氏の居城のあった山口は、小京都と呼ばれていた。大内氏が京都の香メーカーの大の得意であったことからこの名がついたと思われる。

• 郡長を泊めてたまたま鹿の声

（ぐんちょうを　とめてたまたま　しかのこえ）

（明治40年4月）手帳

春のある夜、漱石が宿泊していた京都東山の宿に郡の長官が面会に来た。東京から有名人の漱石先生が来ているのを聞き付けて部屋を訪ねてきた。その夜、夜中まで話し込んでその郡長は帰って行った。

漱石先生は郡長の突然の訪問に付き合って眠りを妨げられ、布団の中で寝付かれないでいると、近くの山で鹿の鳴く声がした。この声は京都にきて初めて聞く声であった。郡長が来た夜にたまたま聞くことになった。この句における「泊める」は長居することである。

漱石はすでにこの旅館に泊まっている時に山を降りて来た鹿の姿を見ていた。このとき「宵の鹿夜明の鹿や夢短か」の句を作っていた。鹿が宿の庭に姿を現し、近くの芋畑に行ってさつま芋を食べるのを見ていた。しかし郡長が来た夜に初めて鹿の鳴く声を耳にした。久しぶりに鹿の鳴き声を聞いたと思った。話好きな郡長が来たことで、たまたま寝付かれないでいたことが幸いしたかのように感じた。この迷惑な郡長に幾分感謝する変な気分であった。

ちなみに明治40年時は全国で郡制が施行されていた。明治32年から始まっていた制度で、府や県の指示を町村に伝える役所であった。予算措置が取れないことから存在が薄くなり、大正時代には役所に郡長を置く制度は廃止になった。つまり先の郡長は閑職にあったので、漱石の東山への来訪を知って小躍りしながら馳せ参じたのだった。

＊「鹿十五句」の前置きで『東京朝日新聞』（明治40年9月19日）の「朝日俳壇」に掲載

• 薫風や銀杏三抱あまりなり

（くんぷうや　いちょうみかかえ　あまりなり）

（明治29年冬）子規の承露盤

平年では12月上旬ごろに銀杏は落葉する。東京も熊本もほぼ同じ時期である。そして薫風を感じるのは、冬の落葉の季節である。葉を落とした枝の付け根から傷を癒す樹脂成分が染み出すからなのであろう。

漱石は葉を落とした銀杏の木に抱きついて幹の大きさを測定してみた。すると三抱えでは収まらなかった。両手の指先間の距離はほぼ身長に等しいから、漱石の身長を1・6ｍとするとちょうど幹の周長は5ｍ位であった。すると直径は1・5ｍ弱でかなり太い。ちょうど漱石の身長より僅かに短い。漱石は木の太さを体の感覚で実感した。そして直径を計測した。

このような太い銀杏の木があるのは神社か寺院であろう。さて漱石は薫風に誘われてどこに足を運んだのだろう。歩いてすぐのところにある水前寺公園の出水神社なのかもしれない。いや、新婚の妻と旅した太宰府天満宮なのかもしれない。だがこの新婚旅行は9月であったから違う。

それにしても漱石が木に抱きつくさまは想像しがたい。よほど気分が高揚していたのであろう。こんなことをする漱石のそばには気に入りの女性がいたは

ずである。この句からは漱石の嬉しそうな姿が浮かび上がる。幸せ感が溢れている。

この時期の12月に漱石先生は熊本県北部の荒尾市に宿泊出張に出かけたことがあった。この時に誰かと逢っていたと思われる。するとこの銀杏の木の計測は二人の手で行っていた可能性がある。

・傾城に鳴くは故郷の雁ならん

（けいせいに　なくはこきょうの　かりならん）

（明治40年頃）手帳

晩秋の頃、雁が鳴いて北の国から餌を求めて海を越え、日本に渡ってくる。そしてその雁は春にはまた北のシベリアに帰って行く。雛を産み育てるために北の大地に帰るのだ。この雁の渡来する景色を眺めていると故郷に帰れなくなっている人たちのことが思い起こされる。帰りたいと思っても帰れない人がいる。それは北の田舎から都会の女衒に売られて連れて来られた遊女たちである。「傾城」は中国的な言葉であるが、「遊女」のことである。

句意は「売られてきた遊女に聞こえるように、北の国から飛んできたよと空の雁が鳴きかける」というもの。空を見上げて、飛びながら鳴いている雁は自分の故郷の北の方からやって来た雁なのだろう、と遊女は思う。だが遊女は鳥のように鳴けない。泣けない定めと諦めている。この句を作った漱石も、似たような定めを持った「傾城」のような存在だと感じていたのか。

漱石先生がこの句を作ったのは、久しぶりに行った鎌倉の禅寺からの帰り道で、夕暮れの空に雁行を見たからであった。旧知の寺の僧が洋燈で足元を照らしながら見送ってくれたときに「雁や渡る乳玻璃に細き灯を護る」の句を作った。このあと、雁の鳴く声は悲しげに聞こえたので、人間界に発想を広げて掲句を作った。

三者談

遊女屋に籠っている遊女がふと雁の声を聞く。漱石が廓にいるわけではない。この句は東洋城が赤坂にいた時に、漱石が三重吉とともに三高俳句会に出た時の句だ。会場になった赤坂近くの溜池に芸者街があった。このとき東洋城は「雁なくや田町芸者の腹は金」と空想の句を作った。この花街には楽堂や久之都なんかもいた。寅彦はこの句は最も好まない句の一つだという。

・鶏頭に後れず或夜月の雁

（けいとうに　おくれずあるよ　つきのかり）

（明治43年10月13日）日記

修善寺温泉の菊屋旅館の部屋から東京のかかりつけの長与胃腸病院に移った翌日の日記に書かれていた。病院の庭を眺めると鶏頭は冬を控えて萎れていた。その夜、空の月を見上げていたら雁が夕暮れの月の方向に飛んで消えていった。鶏頭の花が萎れるのに合わせて、飛んでいったのだろうと見送った。マガンは北の海を越えて温暖な沼地で越冬するために南下を始めていた。

前日、病院の顔見知りの人に何かと気を配ってくれていた院長のその後の容体を聞いたところ、答えを濁していた。それを聞いてか妻は漱石に隠していたことを伝えることにした。修善寺で漱石が吐血したと聞いて至急に漱石の元に若い医者を派遣してくれた院長は、自分自身が重体になっていたこと、そして今から一ヶ月前に院長は死亡していたことを伝えた。院長は漱石に修善寺温泉の宿での転地療養を勧めたことを後悔したのかもしれないと漱石は理解した。

漱石は命の儚さを感じ、人のために献身的に働く人がいることの有り難さを感じていた。漱石の代わりに院長は空の彼方に飛んで行った気がした。じっと夜空の月と雁を見て考えていた。漱石先生はそのうちに先に萎れて行った院長の後を追うことになるであろうと思った。臨死を体験した漱石は、自分の命はそれほど長くはないと考えていた。

この句のユニークさは、鶏と雁を二種の鳥を入れ込んでいることだ。さみしい内容の句をにぎやかにしている。そして、まず足元の鶏頭を見て、後日空を見上げて、天に昇った院長を偲んでいたとわかることだ。ちなみに鶏頭の漢名は雁来紅（がんらいこう）で漱石はこの連想を楽しんでいたようだ。

・鶏頭に太鼓敲くや本門寺

（けいとうに　たいこたたくや　ほんもんじ）

（明治28年10月末）句稿3

「少シヲヂタリ」と添え書きがあった。本門寺での祭りに迫力がありすぎて少し腰が引けてしまった、怖じけてしまったというのだ。本門寺とは、東京の池上にある日蓮宗の本山である本門寺。開祖日蓮の入滅の地である。漱石が描いた祭りは開祖を偲ぶ10月13日の御会式（おえしき）の前夜に行われる祭りである。この祭りの大地に響くように激しく打ち鳴らす団扇太鼓の音に漱石は怖気付いたのだ。大勢の参列者が手に持った薄手の太鼓を棒で打ち鳴らしながら列を組んで境内と近所を練り歩く。これに鉦（かね）の音が加わる。

明治の世でも、この寺の「万灯練り供養」は盛大な祭りであった。この祭りは蝋燭の灯りを入れた数えきれない提灯を大勢の人が取り囲む。彼らは纏（まとい）、団扇太鼓、鉦、笛をもった万灯講中の人々で、全国から集ってきている。

掲句の意味は「鶏頭が群れ生えている本門寺周辺に、無数の団扇太鼓から出た音が轟音となって鳴り響く。鶏頭の平らな花穂にもがんがんと響いている」というもの。鶏頭は振動波によって揺れているように見える。人の頭も鶏頭の頭も割れそうである。この句の面白さは、ほぼ平らな鶏頭の頭を信者が叩いているように錯覚することである。轟音が幻想を引き起こすのだ。ちなみに鶏頭の学名はギリシャ語からきていて、燃焼の意味があるという。本門寺には知恵者がいた。

・鶏頭の色づかであり温泉の流

（けいとうの　いろづかであり　ゆのながれ）

（明治32年9月5日）句稿34

「戸下（とした）温泉」とある。漱石一行は立野を経由して南阿蘇の戸下温泉の宿にたどりついた。この温泉は川が流れる谷底に造られた温泉場で、露天風呂になっていた。宿の建物はこの谷の上の台地に2階建ての木造旅館として数棟建っていた。その中の一軒の旅館に漱石たちは宿泊したが、この旅館は昭和になって移築されて保存されている。この温泉郷は古いものであったが、昭和になって立野ダムが造られてダムの底に沈んだ。先の移築された旅館は漱石が宿泊したということで沈むのを免れた。

漱石は崖を降りてこの岩風呂にたどり着いた。からだを湯に浸けて、その時の感想を俳句にした。川底の岩は火山岩であって、川の水面から立ち上がった塚になっていた。この岩風呂には温泉特有の濁りのある湯が遠くから導かれていた。溢れた湯は川の中に流れ込んでいた。

句意は、「谷にある天然岩の湯槽の近くに生えている鶏頭の色はまだ赤くないので、温泉場は冷え冷えとしている」というもの。谷にあるこの温泉場は夏でも肌寒さを感じさせる場所であった。おまけに色づいていない鶏頭があるので、よけいに寒々としている。湯桶を使って温泉の湯を遠くから露天風呂へ運んでいるが、その樋の下あたりには色の悪い鶏頭が植えられていた。冷気にさらされて、岡では赤くなっているはずの鶏頭の花は谷底では色づいていなかった。

漱石たちはこの色の悪い鶏頭を眺めながら湯に浸かっていた。冷たい谷風と生育不良の鶏頭によって避暑地にいるような気分に浸っていた。漱石は学生の時に夏休みを利用して富士山に登ったが、その時の肌寒さを思い出していたに違いない。

・鶏頭の黄色は淋し常楽寺

(けいとうの　きいろはさみし　じょうらくじ)

(明治28年9月23日) 句稿1

サライ誌の「日めくり漱石」の9月23日に関する記述は次のようなものであった。「この日、9月23日は、秋季皇霊祭と呼ばれる祭日だった。勤め先の中学校も休みで、家々の門口には日の丸の旗が翻っている。漱石は、子規と連れ立って散歩に出かけた。松山城を仰ぎ、常楽寺、千秋寺などをめぐりながら俳句をつくった。漱石の句は、たとえばこんなものだった。「《蘭の香や門を出づれば日の御旗》《見上ぐれば城屹として秋の空》《鶏頭の黄色は淋し常楽寺》《黄檗の僧今やなし千秋寺》《土佐で見ば猶近からん秋の山》」。この文中の秋季皇霊祭とは秋の彼岸の中日のことである。

常楽寺は松山市以外にもあるが、松山のこの寺は神仏習合の寺院で、神社で見かける鳥居が大小数個立っている寺である。松山城に近くにあり、道後温泉との間に位置する寺である。ネット写真で見ると建物全体は赤みが勝っている。

句意は「常楽寺に来てみると全体に赤い。繁茂している鶏頭の花は黄色であり、存在感で負けているようであり淋しい」というもの。漱石は参道を歩きながら鳥居の近くに群生している鶏頭を見つけたが、黄色の鶏頭ばかりであり、鳥居の赤に圧倒されているのを感じた。通常鶏頭の花といえば鶏冠の形をした赤色の際立つ花というイメージがあるが、黄色ではからっきし勢いが感じられない。漱石はこれを「淋しい」と表した。

この句の面白さは、この寺の鶏頭と鳥居は同じ鳥同士であると言うことだ。これらを眺めて比較を楽しんでいる。低い位置にある鶏頭は黄色で、赤色の鳥居の大きさと色において負けていると面白がっている。そして鳥居は鳥の止まり木であるのに、鶏頭はなぜ鳥居の下にいるのかと、疑問をぶつけている気がする。

・鶏頭の陽気に秋を観ずらん

(けいとうの　ようきにあきを　かんずらん)

(明治30年10月) 句稿26

鶏頭の花は色と形状が鶏冠(とさか)のようである。ブラジルのサンバダンサーの頭飾りのようでもあり、豪華で華やかである。鶏頭の色は真紅のものが主であるが、橙色や黄色が混じったものもある。この花は荒地でもよく生育し、またタネを風に乗せて遠くまで送りこむため、繁殖力に優れている。

人は秋の到来を吹き出す涼やかな風に感じるというが、漱石先生は一山が紅葉しているような鶏頭の陽気さに、少し暖かさの残った秋を感じるという。鶏頭の花には根っからの陽気さを感じるが、これは寂しさの裏返しである。冬が近くに来ていることを知っているからだ。大半の植物が活気を失う季節に一人だけ腰を捻って踊っているチアガールのようである。一人で盛り上がっている。この景色を見ていると漱石先生は、おお秋が来ている、秋が真っ盛りだと感じられるという。「観ずらん」には、じっくり鑑賞すると言う意味がある。漱石は鶏頭の花の心意気を感じるのだ。

この年の秋は、漱石先生にとって特別に気が鬱になる季節であった。妻は流産の痛手を癒すために東京の実家に7月上旬から4ヶ月近くも居着いて静養していた。漱石先生も一緒に上京していたが、9月9日には東京（宿は鎌倉）を離れ一足早く熊本に戻っていた。新学期が始まり、重要な仕事が待っていたからだ。その妻は10月末になってやっと熊本に帰ってきた。それまでの期間、漱石は下宿人同様の独り者状態になっていた。庭の鶏頭の花の陽気さに励まされていた。

この沈みがちな気分を盛り上げてくれた鶏頭の花に掲句を贈った。それまでは、スミレが好きだ、ボケの花がいい、などと俳句に書き込んでいたが、鶏頭の貴重な陽気さに気づき鶏頭に感謝の言葉を捧げた。まさに松平健のように踊りだしたくなるような心境だったに違いない。ビバ、サンバ！　ビバ、ケイトウ！　ビバ、サンバ！

• 鶏頭や秋田漠々家二三

（けいとうや　あきたばくばく　いえにさん）

（明治28年9月23日）句稿1

「漠々」は果てしなく一面が覆われている様、薄暗く寂しい様をさす。掲句の句意は「収穫を終えて活気を失っている秋の田園の景色の中に家が2、3軒点在している。遠目にもその家の庭には鮮やかな赤い鶏頭の花が咲いているのがわかる」というもの。鶏頭の赤色が寂れた茶色一色の景色にアクセントをつけていた。

この俳句の面白さは、言葉のリズムにある。口に出してみるとリズムの良さがわかる。そして「いえにさん」は「いちにさん」と聞こえて調子がいい。

ちなみにこの句稿で掲句に隣接している句に「秋の山南を向いて寺二つ」（『海南新聞』（明治28年10月23日掲載）があった。共にぶるぶらと郊外を歩いている句という共通点がある。

漱石は明治29年の4月には松山での英語教師をやめることを決めたいた。松山出身の子規の関係で東京からの転居先を松山に決めたが、この土地は肌に合わなかった。しかし、この地を去るということになると、急に松山の郊外まで歩いて見たくなったのだ。訪ねる場所は市街地から次第に郊外の方に移って来ていた。

• 鶏頭や代官殿に御意得たり

（けいとうや　だいかんどのに　ぎょいえたり）

（明治29年9月25日）句稿17

この頃子規は東京下谷区の家にいた。子規は庭に生えている鶏頭を病床から眺めているのが好きだった。その状況を漱石は想像して、熊本からご機嫌伺いの手紙を出した。子規の好きな鶏頭の花が子規庵の縁側の近くに毎年沢山生えるのを漱石は知っていたので、この句ができた。

掲句の句意は「庭の鶏頭は偉そうに部屋で寝そべっている代官殿に首を垂れ、予め送っていた俳句に対する高評価の言葉を待っていた。すると代官から『御意、いいではないか』のお言葉を得られた」というもの。

代官は子規であり、縁側の踏み石の傍に控えているのは鶏頭の漱石という構図である。漱石の顔には疱瘡の痕のブツブツができているので鶏頭だという設定はユーモアがあって可笑しい。

この句の面白さは、掲句は自信作であり、良い評価を得られるのは間違いないと漱石は判断し、この自己評価の追認を子規に求めていることである。後日子規はこの俳句に対して「句法に特色あり、或は漢語を用ゐ或は俗語を用ゐ或は奇なる言ひまはしを為す」と高く評価した。漱石は掲句で子規の質素な家を花の溢れる代官屋敷のようだと褒め称えたので、その効果が表れたのだろう。

もう一つの面白さは、子規の出す高評価の結論を俳句に読み込んでいることである。これはユーモア表現の高度な技法である。

このような大胆な俳句を作るようになった漱石は、ほぼ1年前の明治28年5月に子規に弟子入りを頼み込んだばかりであった。その子規は日清戦争の従軍記者の仕事を終えて帰国する際に、上陸寸前の船中で喀血し神戸の病院に入院した。それを知った漱石は入院していた子規に見舞いの手紙を出し、「小子近頃俳門に入らんと存候　御閑暇の節は御高示を仰ぎ度候」と書いた。そして「近作数首拙劣ながらお目に懸け候」と文を繋いで、漢詩４編を挨拶がわりに書き記した。

松山にいた漱石は子規が退院後療養のために松山の親戚宅に来ていたのを知り、自分が住む愚陀仏庵に子規を誘った（８月27日）。そのうち漱石は子規の多くの仲間と共に愚陀仏庵で俳句作りに熱中するようになった。その子規はこの年の11月になって帰京した。その後漱石はせっせと俳句を作っては句稿にまとめて俳句村の代官の子規に送り、添削をしてもらうようになった。

その漱石が、師匠の子規に送った俳句に対して高評価を催促するようになったのであるから、漱石の句作の腕前の上達ぶりには、眼を見張るものがあった。子規は、このような漱石に対して、笑いながらその上達振りを褒め称えるしかなかった。

・夏書すとて一筆しめし参らする

（げがきすとて　いっぴつしめし　まいらする）

（明治29年８月）句稿16

「子規くん、暑中見舞いの書状を出すところなので、今筆に墨をつけて湿します」という意味の俳句を付けて手紙を出した。この句は手紙に入れていた句稿に書いてあったものである。わざわざこの俳句を句稿に書かなくてもいいのであるが、漱石は子規を笑わせたいのだ。漱石は子規の腰部が腫れだして、歩行困難になってしまったことを知っていた。

漱石先生は暑いことで有名な熊本という盆地のような土地にいて、真夏の蒸し暑い日に、わざわざこの手紙を書いているのである、ということを言いたいのであろう。そうであるから必ずこの手紙の句稿の句には、評をつけて返してくれという意思表示の俳句なのだろう。歩けなくなってもきちんと返事を出してくれと念押ししたのだ。

ちなみに「一筆しめし参らする」とは、筆先を濡らすことの丁寧な言い回しで、手紙をお書き申し上げます、となる。夏書きは禅僧が夏の修行の一環として行う写経のことで、漱石先生もこれに倣って暑い夏に敢えて手紙を書くのだと、大げさに表現している。確かに真夏に白い半紙に黒い墨で文字を書くことで気が引き締まる。そしてこれによって涼しい気分に浸れるので、書く方にもメリットはあると言える。

・夏書する黄檗の僧名は即非

（げがきする　おうばくのそう　なはそくひ）

（明治30年４月18日）句稿24

黄檗宗の即非は、江戸時代前期に来日した禅僧で書の大家として知られ、夏安居（４月16日から90日の間の集団修行の時期）の期間中には、毎年膨大な文字数の写経を行った。漱石は宇治の萬福寺ゆかりの隠元や即非、それに売茶翁に興味を持っていた。

句意は「毎年春から夏にかけて集中的に写経をした僧がいたが、その僧の名は即非。わたしもこの僧に倣って夏には、筆をとった」というもの。夏安居という仏僧の夏書きの習慣は、インド僧の習慣を真似て寺にこもって写経その他の修行をすることである。外出を自粛して寺にこもり、食事は在家の信者が運んだ。このときにその信者は修行者から説法を受けた。黄檗宗以外の宗派の寺でもこれに倣って、在家の信者は家で読経と写経を行い、書いた書は先祖供養のため寺に納経するようになったという。

漱石先生は前年にも似たような俳句の「今年より夏書せんとぞ思ひ立つ」と「夏書すとて一筆しめし参らする」を作って子規に送っている。結婚後の習慣として二年続けて夏書きを行っている。

この句の面白さは、「黄檗の名僧の即非」に敬意を表しただけでなく、自分も熱心な信者のように長文のお経を写経しているように見せかけていることだ。漱石のような忙しい教師が信者と同じことはできやしないと誰でもがわかる。ここに漱石のユーモアが隠れている。この点を師匠の子規に指摘された場合には、自分は「夏に筆書す」としか俳句では表していないと言うことができるようにしていた。

・罌粟の花左様に散るは慮外なり

（けしのはな　さやうにちるは　りょがいなり）

（明治28年11月13日）句稿6

罌粟は芥子、虞美人草（ぐびじんそう）とも書く。この花の名を用いて掲句を作った漱石は、十二年後に「虞美人草」という小説を発表するが、漱石はこの美人の文字が入った花の名前に興味を持ち続けたことになる。綺麗な罌粟の実から麻薬の成分が採れたからであろう。

罌粟はヒナゲシの別名であり、俳句の世界では夏の季語になっている。罌粟の漢字を見ただけで、優雅さを感じると同時にもろさ、儚さを感じる。極薄の透き通るような一重の花びらをすぐに想像してしまうからだ。そして不思議にも強さも感じる。虞美人が自決したときの血が、この花になったという伝説があるからだ。虞美人は秦の時代の虞姫（ぐき）のことで楚王項羽（こうう）の寵姫。垓下で天下を争った劉邦の軍に包囲されたときに頸部を切って自殺した女性だ。まさに罌粟の花びらをイメージさせる女性であった。

元々罌粟は英国では poppy と呼ばれ自生している花である。この中の本種ケシと呼ばれる阿片ケシを植民地のインドで大規模に栽培し、この種子から採取したアヘンを中国に強引に輸出して中国の富を奪ったという、曰く付きの花である。ドラマチックでグローバルな花で葉は無毛で隠微な花だ。

ところで掲句の解釈はどうなるのか。目の前にある罌粟の花びらの散り方はあっけないもので「左様に散る」のかと驚く。この花びらの散り方は虞姫が負け戦を悟ったときに頸部を切ってばさっと倒れる様を彷彿とさせる。そして「慮外だ」と漱石は呟く。花びらがぱらっと散ると、丸い芥子坊主がどーんと姿を表すからだ。漱石はここに着目して美しさからは程遠い芥子坊主の出現を嘆いたのだ。

ちなみに罌粟の実から麻薬になる液を採る際には、この丸い実に鋭い刃物でさっと傷をつけるが、これは虞姫の頸部切りと重なる。この美人の自殺が絡む伝説は英国人が清時代の中国人にアヘンを売りつけるためにこしらえた話なのではないか。

・蹴付たる讐の枕や子規

（けづけたる　あだのまくらや　ほととぎす）

（明治30年5月28日）句稿25

鬱憤ばらしのために頭の下にあった枕を子規くんは蹴り付けた。するとその枕の上にあった頭はがくんと落ちた。ではその蹴り付けられた人とは誰なのか。この答えは同じ句稿にある「辻君（つじぎみ）に袖牽（ひか）れけり子規」の俳句の中にあった。子規くんの袖を引いた夜鷹なのであった。後者の句は「夜間、子規は下町を歩いていると、街娼の夜鷹が子規に声をかけて子規くんの袖を引いた。子規は貧乏書生に間違えられた」というもの。漱石は夜の書斎で子規の若い時の失敗談を思い出して笑いの句をこしらえ、笑っていたのであろう。明治30年5月の時期の漱石は、新婚でありながら悩みの中にあり、笑いを欲していた。

ところで親友の子規はなぜ枕を蹴飛ばすようなことをしたのか。この夜鷹はとんでもないやつで女装した男であったのだ。それを見破った子規くんは夜鷹の枕を蹴飛ばして鬱憤を晴らしたのだ。暗闇の中では分からないと思った詐欺の男だった。夜鷹は鵺であった。辻君は通常は辻に立つ夜鷹をさすが、「辻君」の君に男の意味を持たせた。

ちなみに、子規くんが登場する笑いの俳句は他にもあり、掲句の書かれていた句稿にある「逃がすまじき蚤の行衛（ゆくえ）や子規」がある。なんと夜鷹と遊んだ子規くんは、とんでもないものを渡されたのであった。蚤を移されてしまい、家に帰った子規くんはノミ退治に大わらわであったという笑いの句である。夜の書斎で漱石は思い出してクスクス笑いをしたに違いない。

よく考えるとこの時期の師匠の子規は、病気のカリエスが悪化して歩けなくなっていたのであるから、夜鷹と遭遇する機会はなく、全くの想像の俳句ということになる。

これら3句はショートショートストーリーを構成する俳句である。星新一賞を最少の文字数で受賞できそうだ。いや無理であろう、斬新さに乏しいからである。この類の話は巷に溢れていた。

決闘や町をはなれて星月夜

（けっとうや　まちをはなれて　ほしづきよ）

（明治32年）手帳

西部劇のワンシーンのような俳句である。日本で起きた二大決闘事件は、武蔵と小次郎の巌流島の決闘、そして松岡と犬養という新聞記者同士の決闘申し入れ事件の二つ。明治20年代はじめには日本中で決闘騒ぎが頻発していたという。その中で新聞論争を絡めた決闘事件が起きた。明治21年に「三菱高島炭鉱の炭鉱夫」の労働実態に関する記事を松岡が書き、犬養（後の首相）が社長側に立ってこれに反論した。松岡はこの反論に怒りを爆発させ、犬養に決闘状を送りつけた。これに有名人の三宅雪嶺らが介添えとして参加することになったが、犬養は取り合わなかった。中七の「町をはなれて」は炭鉱のボタ山を意識しての表現である。

ちなみに犬養記者は「決闘なる物は野蛮な風習だ。こんなものは廃止すべき」と論を張った。すると明治22年（1889年）末にこれを受けた形で『決闘処罰令』が公布された。これをもって世の中の決闘熱は沈静した。犬養はこの事件で一躍有名人になった模様で、明治23年の第一回衆議院選挙で立憲改進党から出て初当選した。以後18回選挙まで連続当選を果たした。

漱石はこの流行語の決闘を持ち出して、俳句を作ってみたということだろう。松岡を虚子に見立て、犬養を漱石に見立てて、九州で子規の俳誌発行を虚子が漱石に頼みたいと申し入れた出来事を、漱石先生は先の決闘の申し入れに準えていた。友人の頼みであったが、漱石は未だその時期ではないと返答し、論争に至った。結局漱石は虚子の提案を拒否した。この時漱石は掲句のように星月空を見上げてさっぱりした気分になっていた。九州の俳句会を束ねる漱石の考える俳句と子規・虚子の目指す俳句が違っていたからだ。

蹴爪づく富士の裾野や木瓜の花

（けつまづく　ふじのすそのや　ぼけのはな）

（明治29年3月24日）句稿14

漱石は翌月には松山市から熊本市に転居することになっていたので、東京に行ったついでに富士山の麓まで足を延ばした。木瓜の咲く春の陽気に誘われてウキウキ気分で遠くまで散歩に出かけたのだ。富士の裾野で何かに躓（つまず）いて倒れそうになったが、運動神経の良さに救われて倒れずに済んだ。足元を見ると木瓜の根が盛り上がって見えていたのでこれに蹴躓いたとわかった。蹴躓いても木瓜は好きな植物であったので気を取りなおして歩き始めた。ボケの花に気を取られていて、根が出ている地面の凸凹を見ていなかった。ぼけっとボケの花を見ていたからだと反省した。

この句の面白さは、蹴躓いたが何に足先が当たったのかが句の中では明らかにされていないようで、中七に明確に示されていることだ。読者は路面に出ている大きな木の根や石のようなものなのだろうと思うに違いないが、漱石は時々富士を見上げながら歩いていて躓いたのであり、まさに富士山の裾野に蹴躓いたのだと実感したのだ。そしてこの発想に満足して可笑しく思った。もの

ごとは解釈次第ということに気づいた。

もう一つの愉快なことは、上五に「躓く」と同義の「蹴躓く」の漢字を用いていることだ。そして採用する際に造語して「蹴爪づく」と表していることだ。記念の富士の旅で足の爪をぶつけたことを書き込みたいので、この漢字を造語して当てたのであろう。何しろ明治時代には登山靴はなく、皆草鞋履きで山に登ったのだ。そして、この草鞋履きの足の爪をしこたま痛めたからだ。漱石のこだわりとユーモアを感じる。

・下馬札の一つ立ちけり冬の雨

（げばふだの　ひとつたちけり　ふゆのあめ）

（明治29年1月28日）句稿10

寺社の入り口に立てられているのが下馬札。この辺りは神聖な場所であるから馬をおりて馬をこの場に留め置き、人にこれから先の道は歩くことを求めるものだ。時代は明治中期になり、寺社に馬で来る人はいなくなったはずだが、依然と下馬札が立ててある。冬の雨が降る中、参道を歩く人にとってこの下馬札は無意味と感じる。このような立て札が寒さを増加させるように感じる。この権威を示す下馬札のある景色は冬の雨にマッチする。

漱石は肌の合わなかった松山での教員をやめて、この年の春には熊本の高等学校に転勤することになっていた。しかし去ることに決まると松山の街を隈なく歩きたくなった。

句意は「雨が降る冬に寺に来てみると誰もいない。下馬札が一つぽつんとたっているだけであった」というもの。

何故今でもこんな立て札が立っているのかを、人は想像し噂する。寺社の権威を示すのに都合がいいからであろうと。昔のままであることが権威だと人に信じ込ませるためなのだと噂する。寺によっては廃仏毀釈の風潮になって寺の権威がガタ落ちになっているのを承知していた。そのような中、下馬札は重要になっている。この下馬札は「廃寺お断り」と読むこともできそうだ。

ちなみに世の中に下馬評というものあり、今でもこの言葉は通用している。かつて主人の乗る馬を引いてきた下僕たちが下馬札のある所にたむろして、なにやら色んな噂話に花を咲かせた。ここでの話を下馬評と言った。いわば男たちの井戸端会議なのだ。漱石はこの松山の街で教員の漱石の噂が盛んに囁かれたことを思った。

テレビのおしゃべり娯楽番組に「ゲバゲバ」というタイトルが使われる理由はここにあったようだ。

・毛蒲団に君は目出度寝顔かな

（けぶとんに　きみはめでたく　ねがおかな）

（明治28年12月18日）句稿9

この俳句も漱石先生のこっそり大活躍する夜這いの句である。創作落語の世界であろう。漱石先生の導かれた女性の部屋は、豪華な造りであったようだ。なぜならその部屋の布団は珍しい毛蒲団であったからだ。当時の庶民の敷き布団は、表裏の素材はシワ入れ加工をした厚手の和紙であり、アンコは藁か麻クズであった。ちなみに被り布団は本人の厚手の着物で、寝るときにこれを脱いで被った。

漱石先生がこの毛蒲団に気がついたのは、蒲団の上にいる女性に「君は目立って素晴らしいね、可愛い寝顔をしている」とつぶやいた時なのだ。部屋が少し明るくなってからのことだ。朝になる前に急いでこの部屋を後にしなければならないのに、ゆっくり女性に話しかけていたのだ。約束事を忘れてしまっていた。それほどに漱石にとっても毛蒲団の寝心地はよかったのだ。

この俳句を見せられた子規は万年敷きっぱなしの布団の中で悶えたに違いない。そして子規は漱石に向かってつぶやいたに違いない。「君は目出度い男だな」と。そして、「どうしようもない男だ」と。

この句とトリオを組んでいるのは、次の2つの俳句である。「さめやらで追手のかゝる蒲団哉」「薄き事十年あはれ三布蒲団」。同じ句稿に書かれていたものである。これらは伊東ゆかりが歌った「小指の想い出」ではない「布団の思い出」であった。

・懸崖に立つ間したゝる清水哉

（けんがいに　たつましたたる　しみずかな）

（明治40年頃）手帳

葛飾北斎の神奈川沖浪裏の図を思い起こす。大きな波が舟に落ちかかる瞬間をリアルに描いた図である。高速度カメラのない時代に波の先端の崩れる様を北斎の目は観ることはできないはずであるが、北斎は想像力でそれを見ていた。これと似たものを漱石の目は見ていた。切り立ってそそり立つ懸崖に向かって立ち、滝の水の崩れるさまを見ていた。山の岩肌を流れ落ちる冷たい滝を見ていた。

この滝の脇には羊歯の葉があり、その滝の流れに接して振動している。漱石の目は羊歯の葉から滴り落ちる水を凝視している。流れ落ちる水の端の一部は岩にぶつかって上に飛ばされるが、このとき小さな水滴となって一瞬空中に浮き、そして脇にある羊歯の葉に捕らえられて付着する。それからはある大きさに成長して葉から滴り落ちる。漱石はその動きの見えない小さな水滴の動きを見ていた。滝となって落ちた清水がいつの間にか滴る水滴になってまた羊歯から落ちるのを見て楽しんでいる。

掲句に描かれた場所は荒れ果てた寺であると近隣に置かれた清水の17句からわかる。この清水から落ちて砕け飛んだ見えない水滴は、北斎図での波の先端の大きな水滴であり、細かい水滴を貯める羊歯の葉は、北斎図での海に浮かんで水をかぶる木舟である。規模こそ違うが、漱石は北斎と同じように目の前で砕け落ちる水の動きを細かく観察していた。

この句の面白さは、漱石が崖の前に立つという意味の「立つ」が、水滴が砕け飛んで浮遊して立つという意味にも掛けられていることだ。

ちなみに旧知の僧がいたこの寺は鎌倉の長谷にあった禅興寺であろう。この寺が荒れ寺であったのは、明治初年に廃寺になっていたからだ。この寺の一部は現在も明月院として残っている。この年の執筆で忙しい夏に漱石はこの長谷の地にあった親友の別荘を訪ねていた。この時期は楠緒子が鎌倉長谷の地に転居していた時期と重なる。

・弦歌湧く茂を行くや真帆片帆

（げんかわく　しげりをゆくや　まほかたほ）

（制作年不明）雑誌「美術と文芸」（大正9年11月号）

「四季の里にて」と添え書きがある。河東碧梧桐のために作られたようだ。この「四季の里」は明治時代に造られた施設で東北の福島の農村地帯にある農村公園で、今も人が訪れている。当時のキリスト教の教会や西欧の建物が残されている。河東碧梧桐をはじめとして多くの俳人が訪れたようだ。

「弦歌」とは三味線などを弾きながら歌う曲のこと。弾き語りのことだ。真帆片帆の真帆は順風を受けて張った帆で、片帆は横風に対して斜めに張った帆のこと。また真帆片帆と表すと多くの船が順調に行き交う様を表す。つまり人が行き交って賑わっている様を表す。だが内陸にある村の「四季の里」には船は出入りしない。これは隠語めいた内容を表現していることを意味している。

佐渡の民謡には「黄金の船が行く 佐渡は夕焼越後は小焼 あいの海原真帆片帆」の文句が登場する。この民謡では、「真帆片帆」と「あい、愛」がつながっている不思議がある。また神奈川県立鎌倉高等学校の歌としてある「七里ガ浜逍遥歌の三番」には次のように歌われている。「陽陰麗に　雲もなく　翠したる　江ノ島を　恋ふるか沖の　真帆片帆　相寄る影も　長閑けしや」とある。ここでは「真帆片帆」と「恋降る」が結びついている。

古語の世界では「真帆片帆」は帆を「張ったり、下ろす」ことから「男女の結びつき、交合」を表すようになっていた。特に岸辺や船上でのそれを意味したようだ。

このことが理解できると、江戸時代に去来が作った句の「いそがしや沖の時雨の真帆片帆」の意味がわかる。沖で雨が降り出した船上では、単に帆の始末を急いでいるのではない。

掲句の表の意味は「帆を張った船上では弾き語りしている男がいて、別のところでは男女が茂りの場所に行く」というものになるが、裏の意味としては「新しい西欧的な四季の里では、人は楽器を奏でて歌を歌い、男女は閨でしめやかに話し込んでいる」というものになる。花柳語では「遊女が客としめやかに話して楽しむこと」を「お茂り」と表すのだという。掲句にある「しげり」には、日陰の薄暗さを感じる。

剣寒し闥を排して樊かいが

（けんさむし　たつをはいして　はんかいが）

（明治30年4月18日）句稿24

「剣」を題にして5句作っているうちの一つ。樊かい（樊噲）が活躍するのは「鴻門の会」。のちに出世して項羽と劉邦となる二人の若い武将の、酒宴の席での謀殺を仕掛けた側と仕掛けられた側の対決と脱出劇を描いた史記の「鴻門の会」と『漢書』の「樊噲伝」に記されている故事に基づいて、掲句が作られている。句意は「上司の劉邦が招かれた酒宴の席で殺されそうになっていたのを、部下の樊かいは酒宴の部屋に至る門を強引に壊し、次からは機転を利かせて劉邦を脱出させるのに成功した」というもの。

倒秦軍が秦国の中心部に幾多の方面から進む中で、樊かいのいる劉邦軍は秦の都、咸陽に先に到達して功を上げた。これを知った倒秦軍のもう一人の将軍である項羽は劉邦軍を排除しようと、自軍の鴻門の地に劉邦とその少数の部下を招き入れた。そこでの酒宴の席で劉邦を殺そうと計画した。

劉邦の謀殺を企む項羽とその部下は酒宴の席に着いた劉邦の前で剣舞を舞って劉邦を殺そうとした。だが抜かれた剣は劉邦に近づけないで空回りしている。そのような中、部屋に囚われている劉邦を救い出そうと部下の樊かいは、項羽警護の兵に酒宴の部屋の入り口の門（闥）を突破させ、それからは一人中に入り、機転を利かせて敵の部屋から劉邦を連れ出して自軍の陣に戻った。

漱石先生が俳句に描いたシーンは、主人が謀殺されそうなところを部下の必死の立ち回りで脱出するところである。漱石がこの場面を描いた訳は、相手側が剣を振り回している中で、樊かいは剣を用いることなく、知恵と対応力によって劉邦を脱出させたことに感激したからだ。漱石は日本周辺の国際関係が緊張し、米英露と対峙する日本のやりかたを考えていたのであろう。ヒントは「鴻門の会」にあると思った。つまり武力を使わないで済む「剣寒し」の外交をやるのが良いということなのだ。

源蔵の徳利をかくす吹雪哉

（げんぞうの　とくりをかくす　ふぶきかな）

（明治29年1月28日）句稿10

掲句は「赤垣源蔵徳利の別れ」として有名な話を下敷きにしている。オリジナルの源蔵物語の句意は「浪人になっていた源蔵は吉良邸への討ち入りの前夜の雪の中、兄の家に酒を入れた大徳利を持って行き、酒を飲んで別れを告げようとした。しかし、その兄は不在であった。源蔵は一緒に飲めなかった酒徳利を玄関の外に置いたまま帰った。外に置かれた大徳利は吹雪にすぐに埋もれて見えなくなった」というもの。別れを告げられなかった悲しみを吹雪の中に置かれたままの白い大徳利で表した。翌日源蔵は辛い思いを胸に吉良邸への討ち入りに参加した。

これに対する浪曲では、源蔵は何かと面倒を見てくれた兄へ別れを告げに出向くが、あいにく兄は留守で、源蔵は兄の羽織を借りて吊り下げ、これを兄と見立てて別れの盃を手向けた。

歌舞伎ではどうなっているか。源蔵は兄への土産の徳利を下女に差出し、西国に仕官が叶って暇乞いにきたといい、今まで世話になったことは忘れないと言い残して帰った。

だが源蔵には兄はいない上に、源蔵は下戸であったという。浪曲も歌舞伎もともに創作であり、漱石はこのことを知った上で、漱石独自の物語を創作したのだ。

ところで漱石は忠臣蔵討ち入り事件にはあまり興味を持っていなかったようだ。この討ち入り事件に関する俳句は、掲句の他にもう一つあるだけである。「吉良殿のうたれぬ江戸は雪の中」（明治29年12月）の句である。若干面白く作っている気がする。

見連に揃の簪土間の春

（けんれんに　そろいのかんざし　どまのはる）

（大正3年）手帳

この場面を想像すると、春の日に広い土間のある家で面白ことがありそうだと人が集まっていて、土間から上がったところの板場には揃いのかんざしを頭に挿した女たちが座していた。いや演者たちなのかもしれないが揃いの簪をつけているのだ。さて何が始まろうとしているのか。

女たちの踊りなのか、それとも待合の部屋での顔見せなのか。土間というからには普通の家なのかもしれない。女たちは集まった男たちから指名されるのを待っている。ここは日本なのか、朝鮮なのか、満州なのか、全くわからない。見連、土間と簪という言葉から素直に連想すると日本ではないのであろう。貧しい土地なのである。

漱石先生は明治42年9月から10月にかけて満鉄の総裁で、漱石の親友であった中村是公の招待で日本人の実地調査をする学者と二人で満韓を旅したことがあった。掲句の様はこのときの一コマなのだろう。漢人、朝鮮人、日本人の入植者たちの娯楽か、息抜きの場所なのだか。漱石一行は視察に訪れた。

ちなみに「見連」は見物人のことで、連は同じ目的の人の塊を表す。春は季節の春という意味の他に売春の春をかけている。

• 元禄の頃の白菊黄菊かな

（げんろくの　ころのしらぎく　きぎくかな）

（制作年不明）

9世紀に中国から伝わった菊の文化は日本に根ざし、ついには天皇家の紋になった。この菊文化は江戸時代の17世紀後半から18世紀初頭にかけて花開いた。経済が活発になり各分野で町人の文化が花開いた時期に、菊の文化も盛り上がりを見せた。江戸大坂だけでなく全国に広がった。武家も盛んに菊の栽培を行い、品種改良も盛んになり菊品評会も数多く行われるようになった。江戸時代には数百種類の新種が開発された。明治になってもこの傾向は止まらなかった。栽培が容易な身近な花として、また香り高い花として日本に定着した。そして日本の菊は欧州にも伝わりさらに開発が進められた。

句意は「菊の文化が花開いた時代は元禄の頃だったかな、白菊黄菊が普通にどこにでもあった」というもの。花の栽培が盛んになっていた世の中はいいものだと漱石先生は懐かしむ。白菊黄菊が生活空間や街中に溢れていた元禄時代を懐かしく思った。漱石が熊本にいた時代も菊の栽培と品種開発が盛んに行われていた。そして大正時代になると次第にバラやランなどの洋花が人気になってきた。脱亜入欧の文化政策が生活に影響していた。

ちなみに慣習として棺の中に菊の花を詰めるようになったのは、19世紀のフランスである。日本ではお墓参りに白菊を用いるという慣習がフランスに伝わって広まり、やがてヨーロッパ各地に、そして海峡を渡って英国に広まった。漱石は留学先の英国でそれを知った。

漱石先生は恋人で愛人であった楠緒子の葬儀に臨んで、欧州の習慣に従って欲しいと望んだ。彼女の葬儀は、明治43年（1910年）11月19日であった。漱石先生は楠緒子の葬儀に際して「ある程の菊投げ入れよ棺の中」の自句を朝日新聞の記事の中に掲載した。

ちなみに漱石の師匠の子規の句に「繪に書くは黄菊白菊に限りけり」の句がある。色のバランスが良く、花の豪華さが子規の寝床を明るくしてくれるのだ。

• 小行燈夜半の秋こそ古めけり

（こあんどん　よわのあきこそ　ふるめけり）

（明治43年10月24日）日記

漱石先生は夜中に2度小便で目が覚めた。掲句の前置きに「晴。夜十時、三時十五分前に目醒む。両度共小便」と日記に書いたのは夜中の就寝前である。病室用の小さな行灯の明かりの中で書いた。掲句はこの日の日記の中に「つくづくと行燈の夜の長さかな」のすぐ後ろに置かれていた。句の意味は繋がっている。

掲句の句意は「小行燈の明かりが病室をいつもより幾分暗く照らしている。静まり返っている秋の夜を照らしている行灯は、いつになく光は弱く古びてしまっていると感じる」というもの。行灯の胴部には和紙が貼られているが、時間とともに変化する白い和紙はほぼ2週間でくすみが進んでしまっているようだ。

2週間でくすんで古くなったように感じられたのは、漱石先生が気落ちしてしまっていたからだ。療養に出かけた修善寺の宿で吐血してしまい、臨死を経験した。そして2ヶ月ぶりに東京に戻ってかかりつけの胃腸病院に入院した。

その病室に届いていた庭のコオロギの鳴き声も聞こえなくなり、その虫の声の主は死んだと思った。また1等3人部屋の他の入院患者二人は漱石が10月11日に入院してからこの日までに亡くなっていて、この病室で発する他の病人の声は消えてなくなった。

掲句では行灯の光が急に弱く感じたのは秋のせいだとしたが、理由は別のことであった。先述のように同室に二人の胃病患者がいたが、一人は前日の23日の夜に、もう一人は当日の24日の夜に続けてこの世を去ったからだ。これは漱石にとっては相当にショックであった。小行燈が古めいて感じられたのは、動揺して気落ちしていたためであり、涙で目が潤んでいたせいかもしれない。

ちなみに日記の23日と24日の日付は、22日と23日になっていて、間違いに気付いていなかった。

• 恋猫の眼ばかりに痩せにけり

（こいねこの　まなこばかりに　やせにけり）

（明治40年4月末）猫の絵葉書

全国の「吾輩は猫である」の小説を読んだファンから、漱石宅に猫絵や猫グッズが送られて来た。漱石の弟子たちからも猫の絵を描いた葉書が送られて来たりした。そのお礼に漱石はひざの上で寝ている「名前はまだ無い」黒猫の絵をせっせと描いては発送していた。漱石は若い芸大の学生から絵の手ほどきを受けていて、絵葉書イラストには自信を持っていた。

この小説の中の黒猫は近所の三毛猫に恋していたが、その三毛猫は風邪をこじらせ死んでしまった。漱石はその黒猫の恋した時の表情を思い出して、掲句を作った。

句意は「発情して交尾することだけに夢中の猫は、体はやせ細って目だけがぎょろりとしている。恋するということはそういうことなのだ」というもの。恋心は目に現れるということだ。わが猫を見てそう思い、自分の恋の経験を猫の恋に重ねていた。

ちなみに芭蕉も似たような俳句を作っている。「猫の妻へついの崩れより通いけり」の句である。どんな困難が待ち受けていようとも、乗り越えて恋猫は行動すると芭蕉も観察していた。土で固めた土間のカマドの割れ目からオスの恋猫がメス猫を目指して通ってくるのを目撃していたのだ。この恋猫もカマドの割れ目だけを見るギョロ目になっていたのだ。

• 恋猫や主人は心地例ならず

（こいねこや　しゅじんはここち　れいならず）

（明治28年10月）

家猫が発情期になってミャーミャー、ギャーギャーと声を出し始めると、その猫の飼い主は心穏やかでいられようか、いや、いられまい。猫の発情声は意外にも人間の声に似ているからだ。恋猫問題は家の中の問題だと認識するからだ。

「例ならず」はいつもと違ってくるの意である。漱石はこの句を書いた子規への手紙に、次の添え書きをしていた。「意味が通ずるか」と。掲句は書きにくいことをかなりぼかして表現しているということだ。

この句を理解するためには、掲句を含めた3句だけを収めた同一句稿を取り出して、見比べなければならない。他の2句とは、「煩悩は百八つ減って今朝の春」と「ちとやすめ張り子の虎も春の雨」である。先の煩悩句は、煩悩が昨夜から今朝までの間に急激に減少して今は穏やかになっている、という意味である。そして下五の中の「春」は季節の春でなく青春の出来事を匂わせている。このような意味深な句にもユーモアが隠れている。煩悩の「ボン」は百八つ鳴らす大晦日の鐘の音として聞こえる。

後の句「ちとやすめ張り子の虎も春の雨」では、春の雨に濡れてしまった張子の虎は、形も崩れんばかりの惨めな状態になっている、という意味になる。暫し休ませて乾燥させ、元の張り具合を取り戻し、回復させることになる。休ませる理由は漱石全集に注記されているような「内職の疲れ」ではないことがわかる。

これら3句を総合すると、漱石は独身で壮健な自分を変身した恋猫として描いていることになる。

漱石が松山にいて、この句を作っていた頃は日本中に夜這いの慣習があった時代であることを認識しておく必要がある。漱石が独身でいた頃は、そういうことが社会に当たり前に受け入れられていたのだ。平成・令和の世の中とはまったく違う時代であり、道徳的にどうのこうのということはなかった。明治時代は江戸時代の因習を受け継いでいる時代で、まだ1夫1婦制が定着していない時代であったのだ。

このことを裏付ける言葉が漱石の松山時代に子規に出した手紙にある。「結婚、放蕩、読書の3つのもの、その一つをたくむにあらざれば、大抵の人は田舎に辛抱はできぬ」つまりこれら三つのうち一つがなければ生活はできないということだ。漱石の読書は学校のことで時間を取られてできずじまいだった。そして結婚はしていない独身。そうであれば残るは一つである。子規に実情を訴えているのである。この手紙は同年5月28日付、そして掲句は10月に作られている。

掲句を含む3句には青年期の漱石が率直に描かれている。漱石は自分を素のままに生きる、飾らないで生きることを若い時から決めていたようだ。現代に生きる若者もこの精神を素直に受け入れればいいのである。そして社会もこれに対応すべきなのである。

ちなみに漱石全集には、掲句を含む3句の後には江戸風俗の若衆が登場する俳句がある「春の夜の若衆にくしや伊達小袖」である。江戸時代にも明治時代にも小袖着物で着飾って遊ぶ男たちがいたということだ（帝大を辞めて仕事として小説を書くようになった漱石自身も、執筆時に派手な長襦袢を下に着ていたという話は有名である）。江戸時代には男の気を引こうとする若い男、若衆がいた。かれら若衆は同性の男にもてることを目指す男色者であった。これに対して明治中期では、若衆は昭和期の青年団の前身組織であった若衆（若衆宿ともいう）という組織を意味するように変わった。この時期はまだ江戸の雰囲気を残していたことが、この若衆句でわかる。なお松山には若衆宿と同じ若者宿があった。未婚の男女が交際する場所である。地元の有力者が施設を提供したりした。

・恋をする猫もあるべし帰花

（こいをする　ねこもあるべし　かえりばな）

（明治28年11月22日）句稿7

ほぼ同時期に漱石先生は下五に帰花を置いた俳句を4句作っている。よほど目にした帰花が印象的であったのだ。帰花は初冬の小春日和の日に二度咲き出した桜、梅のことである。つまり返り咲きした花のことである。余り喜びたくない気分の時に口にする「狂い咲き花」という言葉に似ている。選挙や相撲で復活して元の地位に戻ったときに帰花から派生した「返り咲き」という言葉を用いる。

ちなみに花柳界の人に対して帰花を表すことがあるが、これは「返り咲き」した遊女、芸妓となり、再び遊郭に勤めに出る人の意味で使われる。そうであると「凩に匂ひやつけし帰花」の芭蕉句にある帰花は、小春日和の日に出会った桜なのか芭蕉に近づいて来た玄人の女性なのかよくわからなくなる。芭蕉の付き合いの範囲は広いということになりそうだ。寒風が吹き抜ける空の下に桜は咲かないからである。「晩秋に匂ひやつけし帰花」とやらない芭蕉は面白い。

恋猫は春先に登場するものだが、漱石によると、たまに春ではない初冬に恋猫が現れるという。帰花の下で季節外れに恋猫がうるさく鳴き続けることになる。桜と同じように猫ももう春だと思っても不思議ではないと考える。このシーンは微笑ましいのか、目を見張って驚く場面なのか。漱石は自然の生理に従って動く恋猫に感激している。

さてこの恋猫は本物の猫の話なのか、それとも漱石自身のことなのか。漱石猫のことなのだ。「恋猫や主人は心地例ならず」の漱石句に登場する恋猫は、積極的な青年のようだ。いや掲句の恋猫は年増になった遊女で、どんな女性も年齢に関係なく恋をするということなのだ。

・号外の鈴ふり立る時雨哉

（ごうがいの　すずふりたてる　しぐれかな）

（明治28年11月13日）句稿6

日清戦争は明治27年末には終結し、下関条約が翌年3月に締結された。しかし4月になるとロシア・ドイツ・フランスの三国が遼東半島の清国への返還を求め、圧力をかけてきた。外交交渉の末、11月に日本は遼東半島の返還を決めた。これを伝える号外が松山市内でも撒かれた。これを機に三国干渉を主導したロシアと日本との間で緊張が一気に高まった。

句意は「時雨の中、新聞社の人が国民の関心事であった三国干渉後の外交交渉の結末を知らせる号外を、鈴を大きく振り鳴らしながら市民に配っていた」というもの。清朝中国に戦勝した日本が他国の干渉によって一旦は賠償として手に入れた遼東半島を悔しい思いで手放したと知らせた。江戸時代の号外配りが明治時代にも行われていた。そして漱石は「鈴ふり立る」の文句によって国民が立腹している様を描いていた。握り柄付きの鈴の音が雨降る街中に凄まじく響いていた。漱石の句ではこの時の時雨は、国民の涙として描かれている気がする。

この句の面白さは、「ふり立る」は号外の鈴が「上下に振られる」様を表しているが、時雨は騒がしい世情に合わせるかのように、「立つように降る」様を表していることだ。この号外は、大砲の弾丸が降る戦場をイメージさせたに違いない。

・行軍の喇叭の音や雲の峰

（こうぐんの　らっぱのおとや　くものみね）

（明治29年7月8日）句稿15

漱石の家のある熊本の街中に、大砲による午砲やラッパの音が響いて日常生活の中に侵入して来ている。軍都熊本では軍の駐屯地と宿舎が至る所にあって、行軍の練習をするラッパの音や軍靴の音が街中に響く。これらの音は空の高い雲の峰にも届く気がする。夏の蒸し暑い空気をこれらの緊張させる音が少し冷やしてくれるように思われた。

ところで行軍の際にラッパの音はどのように機能するのであろうか。前に進め、止まれ、回れ右などという声による指示の代わりに、ラッパの音で行軍する隊列全体が動くことになるのだ。これらの音は近隣の住民や雲に指示を与えるように響く。

この句にある喇叭の文字は、この俳句の中では目立つ存在である。見慣れない漢字を用いていることもあるが、この楽器は口を大きく開いて人に刺さる音を出すように感じさせる。うまくできている文字だと思う。

幕末の官軍はラッパの音と太鼓の音を先頭に関東に、そして東北に進軍したがこの戦いを有利に進める上でこれらの音が大きく貢献したことがよくわかる。優れた洋式の軍隊になっていることを大衆に知らせる役目を果たしていた。五色の御旗とともに官軍の広告の役目を果たしていた。法螺貝を使っていた幕府側の軍では太刀打ちできなかったわけだ。

ちなみにこの句が作られた時期には日清戦争は終わってはいたが、朝鮮半島や満州においてロシアの南下政策によって日本とロシアとの間で軋轢が生じ、次の戦争が起こりそうだという情勢になってきつつあった。熊本市内の高等学校の教室の中にもラッパの音が入り込んでいた。

・洪水のあとに色なき茄子かな

（こうずいの　あとにいろなき　なすびかな）

（明治43年9月23日）日記

「病後対鏡」の前置きがある。東京地区は9月13日、14日あたりに洪水に見舞われた。漱石はこのとき修善寺にいた。東京の近郊はこの洪水の後も天候不順の日が続き、畑の茄子の色づきは進まなかった。それでも漱石宅の庭で収穫された茄子の味は格別であった。妻が修善寺の宿にそれを持参したおかげで、漱石は刻んだ茄子を入れてトロトロにまで煮た特製粥を食べられた。

句意は「東京は洪水の後、陽の照らない日が続いて薄い紺色の茄子しか生らなかった」というもの。日照不足によって不出来な茄子になってしまったのだ。漱石は妻が袋から取り出した茄子を見て「何だ、この茄子は」と声を出すと「洪水があって、しばらくお天道さんが出てなかったせいよ」と言い返された。つまり「私のせいではないわよ」ということであった。

この句の面白さは、「色なき」にある。「何だ、この茄子の色は」と妻を問い詰めたときの漱石の顔色は怒りで青白くなっていた、ということだ。茄子の方は「色なき」で紺色が足りなかったが、漱石の顔も青白くなりすぎていたというおかしさがある。漱石は仮死状態になった病人であったからだ。

もう一つの面白さは、先述のように「色なき」は背後に反対の意味の「色を作す（な）」が隠れているということである。漱石は顔色を変えて怒ったのを隠している。つまり漱石先生は病床で言葉遊びを楽しんでいた。

加えて日記での句の前置きにある「病後対鏡」は、漱石は病を得た後、自分の顔を鏡に映したということである。色をなした漱石に対抗して、妻が「あなたの顔は色なし茄子みたいだわ」と反撃された。言われてしまった後、鏡を渡してもらい寝床で顔をじっと見た。倒れてから初めて顔を見たが、確かに青白くなっていた。人間も病室にいて日に当たっていないと色艶は良くならないのだと納得した、というオチがついている。

・高台寺描金花筏水手桶

（こうだいじ　びょうきんはないかだ　みずておけ）

（明治40年4月2日）日記

漱石は3月末に大阪朝日新聞社を訪問して、正式入社前であったが東京朝日新聞社に入社したことを伝えた。社員としての初仕事であった。そしてその足で、京都に住んでいた友人の狩野を訪ねた。彼は京都帝国大学文科大学学長になっていた。彼の家で一泊した後は東山に宿をとって4月11日まで京都を散策した。

掲句を作った4月2日は夷川通りの古道具屋に行き、次に堀川と北野天神に行き、その後金閣寺を回っていた。漱石先生はこれら3カ所で俳句を作っていた。最後の金閣寺では57577の歌を作っていた（七七の部分は「金閣四方の風鈴」）。漱石全集の編者と考えは異なるが、この歌の前半部を俳句として取り上げた。漢文調ながら見事な俳句になっている。そして掲句は漢字で構成した生け花に見える。

漱石の頭の中ではこの日、金閣寺でも俳句を作ろうという意欲はあったはずである。しかし金閣寺に来ていながらも、先に見ていた高台寺の狩野派の絵師が描いた襖絵の印象が強すぎて高台寺主体の短歌を作ってしまった。

句意は、「高台寺は建物の外観は質素に見えるが、中にある襖絵は絢爛豪華で、金箔を用いて花筏を描いている。そして寺の入り口にはどこにでもある水手桶が置いてある」というもの。力強く描かれた絵を「描金花筏」と表したが、この言葉は「文金高島田（ぶんきんたかしまだ）」の語調に似ていて面白い。

漱石は高台寺の建屋を質素な外装とその内装が大きく異なっていることがユニークだと評している。これに対して目の前に見えている金閣寺は、建物の外に金箔を貼り付けていて、まばゆいばかりであったが、中の造りは極めて質素になっていたのだ。漱石は足利義満の逆をやった秀吉に対して、意外にもこの男は洒落者だったと面白がっていた。高台寺は金銀の富を蓄えた秀吉が妻のおねのために造営した寺であった。秀吉は田舎育ちの妻には外側は質素にする方がいいと判断したのだろう。

これに対して外側に貼りつけた金箔で見栄を張った室町幕府の将軍は、金閣寺の内装を禅寺風にしてコントラストをつけるデザインにしたが、漱石先生にしてみれば幕府は金欠病に罹っていたことを天下に知らしめただけと断じたのかもしれない。漱石先生は、この金閣寺をわびしい音を響かせる風鈴が似合う建物だと評した。

● 公退や菊に閑ある雑司が谷

（こうたいや　きくにかんある　ぞうしがや）

（明治41年）

漱石全集ではこの句に出てくる公退の意味は不明となっているが、漱石の造語であろうと考える。公退は公認退出の略で、平日に私用で外出することであろう。漱石は有給の半日休暇を取ったのだ。今ではどこの会社にもある制度である。業務に関係する人の葬儀と埋葬に立ち会うという理由があれば、届けを出して堂々と早退できたということである。漱石が所属した朝日新聞社は社会の公器という立場であり、関係者の冠婚葬祭には出席しやすいようになっていた。

平日昼間に知り合いの葬儀に雑司が谷墓苑に来てみると、故人が著名人であったことから大勢の参列者があり、黒服を着た男女が亡き人を偲んで頭を垂れていた。遺骨を埋葬した墓前の花瓶には季節柄菊の花が多く生けてある。菊が香ってのどかな空気が漂っている。このこともあってこの場所では時間の進みが遅い気がしたのだ。

閑あるというのは、のどかでのんびりしたという意味だ。忙しさの反対の状態である。普段忙しくしている人であれば、葬儀場では余計にそう感じるはずだ。

句意は「新聞社を抜けて雑司が谷墓苑に来てみると、知人の墓前には菊が生けてあって落ち着いた雰囲気が漂っていた」というもの。日本人に愛されている菊の花が墓にあると、皆ホッとするのだ。

葬儀は気が重くなる催事であるが、無機質の墓石が環境を支配する中に菊の柔らかさが持ち込まれ、菊の香りが漂うと雰囲気が柔らかくなる。そして漱石のように在宅で仕事する人以外の参列者は、忙しい職場を離れてしばしのんびりした気分にひたっていると観察していた。漱石先生は悲しみとは別のこのおかしさを句にしている。

ちなみに漱石が没した後、漱石自身の墓も妻によってこの雑司が谷墓苑に作られた。この墓の前にはいつ行っても漱石の好きであった菊は飾られていない。訪問者の好みの花が供えられるからだ。墓のデザインは妻鏡子が建築家になった弟に依頼した。ちなみにこの墓には漱石の遺骨は埋葬されていない。いや埋葬されたが盗掘され消失したままである。

● 香焚けば焚かざれば又来る蝶

（こうたけば　たかざればまた　きたるちょう）

（明治40年）

この句は、「屑買の垣より呼べば蝶黄なり」の句とセットになって雑誌『日本美術』（明治40年４月）に掲載された。漱石は美術誌向けに俳句を作ったと見る。漱石は画題になりやすい蝶をテーマに選んでいた。掲句における蝶は、人材引き抜きの交渉人である。講師であった漱石の退職話を聞きつけた東京帝大では、漱石先生を引き止めようと教授就任を内定したが、漱石先生はこれを受けなかった。漱石は強い意志をもって新聞社への転職を決めていたからだ。
　掲句は公務員から新聞社の社員に転職させようとする新聞社2社の取り組みを手短に描いている。掲句はこの蝶に対する漱石の反応を面白く描いている。

　さて掲句の「香を焚く」とは何を意味するか。歓迎の姿勢を意味する。まず読売新聞社の代表が漱石宅に転職話を持って訪問するという知らせを受けた。一応話を聞いてみようと応接間に案内した。しかし、提示された給料が教職で得ていた給料の3分1以下であり、漱石先生は断った。
　次にやって来た蝶は東京朝日新聞社であった。1回目の訪問時には漱石は読売新聞の場合と同様に「香を焚いて」話を聞いた。しかし「その条件では貴社には転職しない」と断った。しばらくして再度新聞社から人が訪ねてくるという。拒否された蝶がまた垣根を超えて入ってくるというのだ。掲句は2社目の朝日新聞社とのやりとりをメインに描いている。

　句意は、「良い香に誘われてやって来た蝶は追い返されたが、それでもその蝶は懲りずにまたやって来た」というもの。二度目に来た蝶は大物の蝶と一緒にやってきた。そして、その重役の蝶は大胆な入社の条件を提示した。朝日新聞社の首脳陣の熱意のある二回にわたる交渉を受けて、漱石先生は転職を決意した。

　この句の面白さは、蝶を勝手にフラフラと飛ぶ融通無碍な存在として扱う一方で、柔軟に交渉を粘り強く進める存在としてもとらえていることだ。読売新聞社より購読者数で劣る朝日新聞社は、社運をかけて社長より高い給料を払ってでも帝大教授に内定している漱石を獲得しようとした。この熱意が漱石を動かした。骨のある蝶がいたのである。

・後天後土菊匂はざる処なし

（こうてんこうど　きくにおわざる　ところなし）

（明治34年11月3日）ロンドン句会（第一回太良坊運座）

　明治34年（1901年）11月3日の夜、英国に留学していた漱石先生は日本人の若い友人、渡辺和太郎を中心にした句会・太郎坊運座に参加した。この日の句会は漱石の部屋で行われた。句題は漱石が用意した「天長節」（明治天皇の49回目の誕生日）と「霧」と栗。この時漱石が詠んだ句は掲句と「近けば庄屋殿なり霧のあさ」「栗を焼く伊太利人や道の傍」「栗はねて失せけるを灰に求め得ず」の3句。
　掲句の意味は「英国まで来てしまっているが、ここまで日本の皇室の威光は世界中に届いているのを感じる」というもの。菊の香りは天皇の威光を表している。東洋の男が当時世界一の先進国に来ても、極端な差別を受けずに済んでいるのは、日本の国力、皇室の力によるものであるという認識があったからだ。そして日本国の佇まいの良さは、英国と比較するとよくわかるというのだ。

　「後天後土」は天と地の神を意味する「皇天后土」の誤記だという指摘をあるブログに見つけたことで、この句の解釈は進んだ。だが「後天後土」はこのブログ氏のいう誤記ではなく、漱石先生が意識的に造語した結果である。つまり天皇と皇后の語を俳句に入れることを避ける配慮と仕掛けがあったのだ。「皇天后土」が表に出ないように同じ読みの「後天後土」を採用したと思われる。

　この句を作る際に漱石の頭をよぎったのは、江藤新平の名言であったろう。「唯（ただ）皇天后土のわが心知るあるのみ」という、明治政府の中心をなした男の言葉だ。江藤は高い行政能力、才能を嫉妬した大久保利通によって下野するように謀られたとする説がある。大久保利通は欧州視察団の一員として2年間日本を離れた。この間に、日本では江藤を中心にして数々の重要政策を実現し、明治の世を動かしていたからだ。下野した江藤の心境はまさに、天地だけが知っている、知っていればいいという心境であったはずだ。この江藤は出身地の佐賀に戻っていた時に、不満武士の起こした佐賀の乱の頭に祭り上げられた。いやそうなるように謀られてしまった。政府軍によってこの乱が鎮圧されると江藤は時を移さずに処刑された。
　漱石先生は隣の熊本で教えていた時に、この江藤のことを詳しく調べたのかもしれない。そして傑物江藤の無念を思っていたのであろう。そうであるから彼の言葉と解される皇天后土を俳句に入れたのであろう。

　ちなみに掲句はロンドンの句会で作ったものだが、日本のことを詠んでいるのが不思議である。日本を懐かしがっている。この思いはさらに1年後になっても「句あるべくも花なき国に客となり」としか読めなかったことによく現れている。

・紅梅に青葉の笛を画かばや

（こうばいに　あおばのふえを　えがかばや）

（明治29年1月28日）句稿10

掲句には源平合戦の平敦盛の事件が関わっている。須磨寺と呼ばれる上野山福祥寺には、一ノ谷の合戦で討たれた平敦盛が用いていた青葉の笛や弁慶の鐘が収蔵されている。さらにこの寺には敦盛の首塚（五輪塔で、胴体が埋葬されている）がある。この須磨寺は源氏側の拠点であったという。

青葉の笛とは小枝の笛とも呼ばれ、高麗笛とも呼ばれた細い笛である。清盛の甥であった敦盛は16歳で初陣に出たが、須磨寺からほど近い一ノ谷での合戦に加わって討たれた。平家軍は破れ、敦盛は愛用の笛を陣地に置き忘れて取りに戻ったところを討ち取られたという話になっている。そして「時鳥物其物には候はず」（明治28年11月13日、句稿6）の句に出て来るように、海上の船に乗り込む前に追っ手の先頭にいた熊谷次郎直実（なおざね）に呼び止められ、砂上に組み伏せられて後首を取られたという話になっている。その時腰に先の笛を差していたという。この笛は比叡山学祐僧正の作で朝廷から授かったもので、敦盛は愛用していた。須磨の浜で源氏の兵に挟まれていた陣地から聞こえていた笛の音だと直実は腰にあった笛を見て思った。

さて漱石先生は敦盛の最期の絵はいろんな人が描いているが、戦いの場面の絵がほとんどで、笛を吹いているところは描かれていないことに気がついた。そこで自分が描くならば敦盛が紅梅の下で笛を吹いている場面がいいと思った。紅梅と紅顔の美少年の組み合わせを考えたのだ。ここでの敦盛は武具を身につけてはいない。句意は「紅梅の下で細い笛の青葉の笛を吹いている絵を描くことにしよう」というもの。漱石は俳句で敦盛を描いた。紅梅と青葉の組み合わせが若い敦盛を引き立てている。

・紅梅に艶なる女主人かな

（こうばいに　あでなるおんな　しゅじんかな）

（明治32年2月）句稿33

「梅花百五句」とある。紅梅の咲く散歩道を艶やかな女性が歩いてゆく。まだ寒い時期であり、当時流行った吾妻コートを着ていたのであろう。東京で流行った後、九州でも人気になった。

ここでの女主人は旅館や割烹の女将ではなく、夫婦連れの奥方ということである。目立つ二人が梅林を歩いているのを見て、漱石先生は当然女性の方に目をやった。洒落た服を着ていると感心して見ていた。紅梅の艶やかさに負けないくらいの清楚さと気品があったのだろう。加えてその女性は大塚楠緒子風の銀杏返しの髪型をしていたのであろう。自分と楠緒子が観梅に訪れた場面を夢想していたのだ。艶やかな紅梅は人に幻想を見させるのだ。

だがこの漱石の白日夢は破れた。梅林で漱石に近づいてきた艶な女性は、とんでもなく目立つ狐皮服を着ていたのであった。掲句の近くに「月の梅貴とき狐裘着たりけり」の句があった。

・紅梅にあはれ琴ひく妹もがな

（こうばいに　あわれことひく　いももがな）

（明治29年1月28日）句稿10

下五の「妹もがな」は「妻があればいいのだが」の意味になる。この句は謡における漱石の願望を表している。平敦盛のいる屋敷の紅梅の庭園で趣のある琴の音が漂うようにしたい。紅梅の下で年若い敦盛が甲高い音を響かせる青葉の笛を吹き、そこに敦盛の妻が琴を合わせて合奏する。これほど絵になる場面はないと漱石先生は自分のアイデアに満足している。

この句は、同じ句稿に書かれた句の「紅梅に青葉の笛を画かばや」とセットになるものである。先に紅梅の下で年若い敦盛に細笛を吹かせたい、と漱石先生の願望を俳句にした。掲句はこれに続くもので、琴の音があればなおさら絵になると考えたのだ。若い平家の御曹司の夫婦が優雅な音を重ねる場面を想像した。そして漱石はその場面を絵に描きたいと願った。

この俳句にある「あはれ」には琴にかかる「趣のある、美しい」という意味と平家の結末、敦盛の結末が「悲しい」という意味が掛けてある。もしかしたら「二人の結末を見届ける」紅梅も庭園に残されて「あわれ」を感じるというのかもしれない。

● 紅梅に通ふ築地の崩哉

（こうばいに　かようついじの　くずれかな）

（明治29年3月5日）句稿12

築地は「つきじ」ではなく「ついじ」と読み、土だけを使って突き固めた土塀である。ここから派生してこの土塀で囲まれた土地、邸宅を築地というようになったという。この造りの塀にはもろいという欠点があった。

漱石先生はこの時期紅梅の俳句を集中して作っている。掲句の直前に置かれた句は「勅なれば紅梅咲て女かな」である。これら2句は繋がっている。宮中の女御たちが寒い季節に待ち望んでいたのは春告げ花の紅梅の開花であった。紅梅は白梅よりも早く咲くからだ。平安時代の女御たちは山桜のファンではなく、紅梅ファンがほとんどであった。そこで天皇は女御たちを喜ばせようと命令を出して、紅梅を早めに咲かそうとした。

そこへ最新ニュースとして宮中で外部の紅梅が咲いたと知らされると、その咲いた紅梅を見ようと女御たちは手の空いた時間に紅梅のある庭園へ行こうと土塀の崩れた築地を乗り越え出した。大勢の人が見に出かけたので、たちまちにして崩れかけている土塀は女たちに踏み込まれて大きく崩れ出した。

この句の面白さは、句の中に「築く」とこれとは反対の「崩す」の言葉が組み入れられていることだ。これによって宮中でのドタバタ劇の面白みが増す気がする。

ちなみに掲句の直後に置かれていた俳句は「桔槔（けっこう）切れて梅ちる月夜哉」である。塀が崩れた後の句が、「桔槔が切れた」句であり、師匠の子規を笑いに誘っている。

● 紅梅は愛せず折て人に呉れぬ

（こうばいは　あいせずおれて　ひとにくれぬ）

（明治29年3月6日以降）句稿13

この句を最初に「紅梅は愛せずおりて人に呉れぬ」と読んでしまうと、混乱が生じる。漱石は庭に白梅と紅梅を咲かせていたが、ある時珍しい客が来たので、紅梅を手折ってその人にあげてしまった。紅梅をそれほど愛していないので、どうぞと手折って人に差し上げた、と理解しがちだ。

ちなみに漱石の白梅を詠んだ俳句の数と紅梅を入れた数を比較してみた。すると白梅句は10句であり、紅梅を入れた句の方は18句であった。紅梅の方が2倍ちかくも多く、嫌われていないことがわかった。白梅に先駆けて咲く紅梅を好むようになるのが人情というものなのであろう。和泉式部集続集に至っては「ただの梅、紅梅など、多かるを見て」とあり、紅梅は梅の中では別格扱いなのだ。

では好きな紅梅をなぜ手折って土産にと客に差し出したのか。「愛せず折て」を「おりて」ではなく「愛せず折れて」と詠んだとしたらどうであろう。漱石は常々紅梅を好いていたが、強風が吹いて折れてしまったとなれば仕方がない。折れてしまった紅梅は、切るより仕方ないのでその一部の枝を持ち帰って欲しいと手折って客に渡したのだ。「折れた紅梅は愛せないのだから」として。

この句の面白さは、この句を受け取った子規を少し混乱させようと企んだフシがある。「愛せず折て」とせずに「折れて愛せず」としておいたならば、面白さが減じてしまうと考えた。

この句は芭蕉の「秋風に折れて悲しき桑の杖」を下敷きにしているようだ。芭蕉の最古参の弟子嵐蘭（らんらん）が急逝してしまった。頼りにしていた杖のような弟子が秋風に吹かれて折れるようになくなった。柔らかい髄のある桑が折れて亡くなると、芭蕉の心には桑と同じような空洞ができているみたいだ、となる。芭蕉は桑の木（弟子）を秋風に折られたが、漱石は春風に紅梅を折られたとしたのだ。

か

・紅梅や姉妹の振る采の筒

（こうばいや　きょうだいのふる　さいのつつ）

（明治32年2月）句稿33

「梅花百五句」とある。漱石先生の想像の句はどんどん羽ばたいて行く。とうとう梅林の中のサイコロ賭博の鉄火場まで足を踏み入れた。博徒の妾の姉妹が着物の裾をはだけさせ、片膝を立ててサイコロの筒を振っている。鉄火場の建物に入り口には艶やかな紅梅が咲き誇っている。サイコロを振る姉妹も艶やかである。

掲句の近くに散在していた俳句を整理して並べると次のように関連が見えてくる。この梅林を漱石先生が歩いていると艶な女が近づいてきた。そこで「紅梅に艶なる女主人かな」の句を作った。その女の服装はとんでもなく目立つ狐皮服であった。その服は「月の梅貴とき狐裘着たりけり」の句にある狐裘であった。「この辺りに紅梅が咲いているところはありますか」と京都なまりの女が漱石に声をかけた。「京音の紅梅ありやと尋ねけり」の句ができた。この女は雰囲気と服だけでなく言葉も京言葉で艶やかであった。

梅林の奥の紅梅の方へ歩いて行くと、なにやら物騒な雰囲気のある見窄らしい建物が奥に見えてきた。そこで「紅梅や物の化の住む古館」の句を作った。しばらくこの古びた建物を見ていると、寺の宿坊であるとわかった。そこの入り口で気軽に声をかけて入って行く坊さんがいた。「昵懇な和尚訪ひよる梅の坊」と記録した。入り口に近づいてみると中から声が漏れてきた。なんとサイコロ賭博の声だ。女の声が混じっている。「長と張つて半と出でけり梅の宿」玄関の扉の隙間から中を覗くと、梅林の道で紅梅の場所を尋いてきたあの妾風の女であった。サイコロの壺を振っていた。坊さん仲間の博打場を見つけてしまった。

昔から賭場には日常とは違う雰囲気が漂っていたのだ。このことから賭場を開く宿を隠語では寺と言っていた。坊さんが賭け事をするのは普通にあったことなのか。寺が秘密の会合に適していたのは確かだ。昔から坊主はろくなことを考えない生臭坊主と呆れられていた。

明治32年のことであるから、ありそうな話である。それにしても短編小説を構成するような俳句群が句稿33にちりばめられていたとは驚きである。

・紅梅や内侍玉はる司人

（こうばいや　ないしたまわる　つかさびと）

（明治29年3月23日）三人句会

この句をまともに常識的に解釈したのでは幻想的な俳句ではなくなることが、この句の解釈のヒントであろう。三人句会は松山で行っていた虚子と霽月と漱石の3人による句会の名であり、幻想俳句作りを楽しんでいたのだ。したがってこの句の紅梅を人のように扱うことにする。

天皇の権力が絶大であった頃の話で、天皇が庭の紅梅を后以上にこよなく愛していたのを見て、お付きの役人は、その芳しく美しい姿の紅梅を、天皇の妃やその他の「妾」に近い存在だとして高位の女官の内侍の位に叙して厚遇したというのだ。つまり庭の紅梅の木を「紅梅内侍」と呼ぶことにしたというのだ。朝廷の役人は、天皇に庭に紅梅の花ばかり見ているのやめて、政務に復帰してほしいとの思惑から天皇に目を覚ましてもらうべく、「紅梅内侍」と呼ぶことにしたのだ。

この処置を知って天皇ははたと気がついて、政務に精を出したということなのだろうか。いや益々「紅梅の君」にのめり込んでいったに違いない。恋とは不思議なものであることをこの俳句は物語っている。

この句の面白さは、通常は「賜る」と用いるところを「玉はる」として、艶やかな紅梅に適した言葉を採用していることだ。玉のような女性だとして。

・紅梅や文箱差出す高蒔絵

（こうばいや　ふみばこさしだす　たかまきえ）

（明治32年2月）句稿33

「梅花百五句」とある。高蒔絵の技法で作った高価な文箱を茶会の終わりに主人が漱石の方に差し出した。参加者に俳句か短歌を書いて欲しいというのだ。文箱には硯と筆と短冊が入っている。漱石は何と書いたのだろう。たぶん「紅梅や文箱差出す高蒔絵」と短冊に余り考えずにサラサラと書いたのだ。この句には漱石先生のユーモアが込められている。

寒い空気の中でも野点茶会、梅林での観梅、高蒔絵の文箱、俳句という日本独自の文化が溢れる空間に漱石先生は身を置いていた。この茶席には満足顔の漱石が見える。洋風のものが流行している明治の世の中にあって和風のものに包まれている時間は貴重であると感じている。そしていいアイデアが浮かばなかったことを繕うには、素直な気持ちが大事だとして、その茶席のことをそのまま句に詠んだのだ。ユーモア俳句として提出した。

ちなみに高蒔絵は特別に厚く盛り上げた蒔絵である。器物の漆下地の上に透明漆をベースに油煙、ベンガラ、石黄などを大量に混ぜたもので肉盛りし、その上に平蒔絵を施したもの。この観梅野点は熊本市内の細川邸の梅林で催されたものであろう。そして出された文箱は細川家に伝わる家宝の文箱なのであろう。

• 紅梅や舞の地を弾く金之助

（こうばいや　まいのじをひく　きんのすけ）

（大正4年4月）

漱石は死の1年半前に京都で遊んだ。弟子の津田の案内を受けて木屋町に宿を取り、3月中旬から一ヶ月近く滞在した。祇園には先生、先生と近寄ってくる馴染みの女将がいた。漱石はこの女将を文学芸者と呼んでいたという（「漱石と十弟子」津田青楓・著）。紅梅の咲くこの時期に、この女将の茶屋、大友で出会った三味線の名手は金之助（梅垣きぬ）といった。漱石の本名を源氏名に用いていた。

その芸妓の本名まで資料に残っているというから、ここでも書いておかねばなるまい。その女性の名は梅垣きぬ。漱石の好きな梅が付いている苗字だ。この金之助は舞の伴奏を弾いたが、漱石の謡に三味線の伴奏をつけてくれたのかもしれない。

はたしてこの芸妓の名は本当に金之助であったのか。漱石ファンである祇園の女将が気を利かせて、漱石のお座敷に出るときだけこの三味線芸者に金之助の名を使わせたのかもしれない。しかし、漱石の弟子で京都に生まれた、漱石を京に招待した画家の津田青楓の本によると、この三味線弾きは大の漱石通を自認していたというから、自ら金之助と名乗っていたのかもしれない。漱石はその梅垣という名を覚えていて、上の句を「紅梅や」としたのだろう。おまけに衣装は白と赤系の着物で、白梅と紅梅をあしらった柄の着物だったと想像すると楽しい。

この句で一つ確かなことは、漱石は死亡する一年前に祇園で本当に楽しい思いをしたということだ。この京都遊びのお膳立てを津田に依頼したのは妻であったからだ。妻は漱石との結婚以来の緊張関係を清算しようと考えていたのを漱石は気づいていた。漱石の学生時代の恋人で、その後は思い人関係だったと思われる大塚楠緒子はすでに死亡していて、5年が経過していたこともあり、さらには漱石の命は後わずかと医者に言われていたので、妻の態度に変化が生まれていた。

もう一つ言えることは妻の方でも漱石の行動に対抗するかのように、鎌倉あたりで不特定な男との関係を持っていたからだ。妻としてはお互い様という気になっていたのだろう。

• 紅梅や物の化の住む古館

（こうばいや　もののけのすむ　ふるやかた）

（明治32年2月）句稿33

「梅花百五句」とある。梅林の中を歩いて行くと紅梅が固まって咲いているところに出た。その奥に古い建物があり、なにやら怪しげな雰囲気が漂っている。先ほど紅梅の場所を尋ねた女がいたことを思い出した。

この句は漱石先生の短編小説を構成する俳句の中の一つである。関係する俳句を同じ句稿の中から引っ張り出してまとめてみる。すると次のように俳句がサイコロ賭博の話に繋がって行く。いつの時代も聖職者が最もいい加減で危険なのである。

この梅林を漱石先生がふらふらと歩いていると艶な女が近づいてきた。そこで「紅梅に艶なる女主人かな」の句を作った。その女の服装はとんでもなく目立つ狐皮服であった。その服は「月の梅貴とき狐裘着たりけり」。「この辺りに紅梅が咲いているところはありますか」と京都なまりの女が尋いた。「京音の紅梅ありやと尋ねけり」とこの女は雰囲気と服だけでなく言葉も艶やかであった。

梅林の奥の紅梅の方へ歩いて行くと、なにやら物騒な雰囲気のある見窄らしい建物が奥に見えてきた。そこで「紅梅や物の化の住む古館」の句を作った。しばらくこの古びた建物を見ていると、寺の宿坊であるとわかった。そこの入り口で気軽に声をかけて入って行く坊さんがいた。「昵懇な和尚訪ひよる梅の坊」と記録した。入り口に近づいてみると中から声が漏れてきた。なんとサイコロ賭博の声だ。女の声が混じっている。「長と張つて半と出でけり梅の宿」玄関の扉の隙間から中を覗くと、梅林の道で紅梅の場所を尋いてきたあの妾風の女であった。サイコロの壺を振っていた。坊さん仲間の博打場を見つけてしまったのだ。

・紅白の蓮擂鉢に開きけり

（こうはくの　はすすりばちに　ひらきけり）

（明治29年8月）句稿16

紅白の蓮が陶器製のすり鉢に咲き出した。暑いさなかに大振りの鉢に植えていた紅白の蓮が揃って咲くと目出度さとともに涼しさも味わえた。

朝早く起きて蓮のつぼみの開く音を聞くのを楽しみにしていたのである。熊本市内の一軒家の軒下に置いていたその鉢を、未明に縁側の雨戸を開ける時に確認していた。その鉢の蕾はそろそろ咲き出しそうであった。

真夏に咲く花は限られていて、しかも咲いたらすぐに散る花が多い。その中にあって蓮はユニークだ。蓮は朝の涼しい時間帯に開いて8時、9時には閉じてしまうが、翌朝にはまた開くという珍しい花だ。開いて4日目になってやっと散るという。

早朝に熊本五高で特別授業をしていた漱石先生は、朝早く起きる楽しみができて嬉しかったに違いない。このすり鉢は借家の庭にもともと置いてあったものなのかもしれない。蓮の花の散り方の潔さ、姿の清々しさを愛する武士が熊本にいたということであろう。

この句には面白さはないが、蓮の清々しさを味わうように句を作っている気がする。

・号砲や地城の上の雲の峰

（ごうほうや　ぢしろのうえの　くものみね）

（明治29年7月8日）句稿15

この句は「午砲打つ地城の上や雲の峰」の原句である。子規が直す前の形である。句意等の説明は「午砲打つ」の句のものと重なる。弟子の枕流としては、掲句の方が面白みを感じる。「ゴウホウ」の発音は大きく響くまさに大砲の音であり、また音の轟いた方に目をやると熊本城の上に大きな雲の峰ができている大きな風景に似合っている。そしてその雲は大砲が作ったように思える錯覚を楽しめるからである。そして号砲の語は、日清戦争が終わっても8年後にロシアと戦端を開くまで続く緊張を国民に強いる音の語としては適当であろう。子規としては、この号砲が日常生活に入り込んでいることを強調したかったのだろう。この句は、熊本が明治政府の陸軍の拠点になっていたことを教えてくれる。

・孔孟の道貧ならず稲の花

（こうもうの　みちひんならず　いねのはな）

（明治32年10月17日）句稿35

「熊本高等学校秋季雑詠　瑞邦館」の前置きがある。瑞邦館は五高の講堂の名である。瑞邦とは、みずみずしい瑞穂の国、縄文時代から続く日本という意味なのだ。伝統の日本を意識している名である。そして瑞という漢字には立派な、輝かしいという意味もある。殖産興業を掲げているが、国の基本は農業で民の食を確保することであると言い表している。

漱石は英国留学が決まると、五高に別れを告げるべく学内各所を廻り、俳句を詠んだ。掲句は瑞邦館に立ち寄った時のものである。

明治政府の方針に脱亜入欧というキャッチコピーがあるが、掲句はこれに対抗する漱石の基本の考え方を示している。東北アジアの「孔孟の道」でも国を維持発展させることができるというもの。中国の春秋時代に孔子が唱え、これを孟子が発展させた教えを守って日本人は生きてゆくべきだ、と漱石は稲の花を見てそう思うのだ。現代中国では否定された「孔孟の道」に光を当てていた。

稲の花は、菊、桜と同様に日本を象徴している。日本は西欧と違って独自の発展の仕方をしても良いのだと言いたいのだ。精神まで西欧に合わせることはないとの主張であろう。そして「孔孟の道」は決して時代遅れではないと。かつ西欧のキリスト教哲学に比べて劣るものではないということだ。

この句の面白さは、珍しく漱石先生の主張が明確に述べられていることだ。この俳句には「いいね」の言葉をかけたい。

・蝙蝠や賊の酒呑む古館

（こうもりや　ぞくのさけのむ　ふるやかた）

（明治30年5月28日）句稿25

上五の「蝙蝠や」を「かわほりや」とよむ主張が強いので、別の項にも解釈を載せている。「こうもりや」の場合には、優雅さが抜けてくる気がする。この場合の解釈をしてみる。賊との組み合わせとしては「こうもりや」の方が適していると考える。

廃仏毀釈の令によって捨て置かれた僧堂なのであろうか、崩れかけた建物に不審者が入り込んで昼間から酒盛りをしているらしい。ここはコウモリが棲み着いているとして人は近づかなかった建物だ。熊本にもたくさんの寺が廃墟になっている現状があり、これを描いていると見ることもできる。職を失った武士たちは今では賊となり、このような僧堂に住み着いている。彼らはコウモリが怖くないらしい。反対に蝙蝠は不気味な不審者が侵入したとして騒ぎ立てている。

ところで蝙蝠は誰もいなくなった僧堂で騒いで鳴き声を出しているが、元々はアルコールが好きなのだという。日頃から熟した果物等の発酵した食物をより多く摂取している種類の蝙蝠はアルコール耐性があり、餌の幅が広がって繁殖に適するようになっている。したがってこの句の蝙蝠が単に怯えて騒ぎ立てているのではなく、器に残した酒を舐めたいと近づいて歓声を上げているのかもしれない。

黒い蝙蝠と賊の薄汚れた衣装はマッチするから可笑しい。もしかしたら古館は借家の漱石宅であり、賊は酒の飲めない俗な漱石で、飛び交う蝙蝠は勝手に押しかけて酒をもっと出せと騒ぐ弟子たちということなのかもしれない。飲み残しの酒ではなく、新たに酒を出してくれと要求しているようだ。

この句の面白さは、謡に登場するような歴史時代的なテーマを扱ったものではなく、読み手が自分勝手に短編小説を作って楽しめるようにできていることだ。

● 勾欄の擬宝珠に一つ蜻蛉哉

（こうらんの　ぎぼしにひとつ　とんぼかな）

（明治43年10月）

「勾欄」は橋・廊下などの両側につけた手摺的な欄干で、特に宮殿・神殿などにつけられる装飾性の高いものをいう。通常木造で朱塗りが多い。擬宝珠は「ぎぼしゅ」とも呼ばれるが、勾欄の天部の切り口に被せる帽子で青銅製。その形状からネギ坊主とも呼ばれる。

漱石先生は明治30年の夏に鎌倉でよく見た鶴ケ岡八幡宮の勾欄と擬宝珠を思い出しているのか。その錆びた青緑色のとんがり山に赤トンボを一匹留まらせた。勾欄の剥げ落ちた朱色を補うように赤トンボが留まっている光景は、多くの参詣者の集まる神社にぴったりである。

句意は「神社の広い蓮池をわたって飛んできた赤とんぼは、池にかかった赤い橋に気づいて、その橋の尖った擬宝珠のてっぺんに留って休んでいた」というもの。赤トンボには擬宝珠の天辺の形が留まりやすいように思え、急遽留まることにしたようだ。トンボの6本足は小さな山をすっぽり包み込めるからだ。山の天辺に君臨しているつもりなのだろう。それとも畑のネギ坊主に留まってる気分なのか。

この句の面白さは、「一つ蜻蛉」にある。擬宝珠の天辺は鋭く尖っていて、トンボ一匹がやっと留まれるようになっているのだと漱石は強調している。

ちなみに漱石全集では、掲句の3句後に「冷やかに触れても見たる擬宝珠哉」（10月5日の日記）の句が置かれている。従って掲句は同じ頃に作られたと推定した。この後者の句を参照すると、漱石が何故擬宝珠に留まっているトンボに興味を持って凝視しているのかの理由がわかる。

● 強力の笈に散る桜かな

（ごうりきの　おいばこにちる　さくらかな）

（明治41年）手帳

この句は謡の「安宅」に題材を得ているとわかる。漱石全集でのこの句の一つ前に「山伏の関所へかゝる桜哉」が置かれていることでもそれとわかる。

通常強力は力の強いことや力持ちを意味するが、ここでの強力は山伏、修験者に従って荷物を運ぶ下男のことである。この謡曲に登場する主役の男たちには安宅の関守の富樫と京都から奥州平泉に逃避しようとする弁慶と義経一行12人である。この義経一行の中にこの強力が混じっている。

安宅の関で足止めされている強力たちは、ひたすら弁慶と富樫のやり取りを身を伏して聞いている。その男の背にある大きな笈に安宅関に植えられている桜の花びらが散りかかるのだ。この強力は背の荷物の圧力に負けて押しつぶされそうである。そしてこの先、ここを突破できずに取り押さえられるのではと不安になる。この不安に押しつぶされそうである。

掲句の意味は、「安宅の関で頭を低くして控えている強力の背には笈が乗っている。この笈に桜の花びらが散って振りかかる。ここで我々は散るのかと不安の感情が強力たちを押しつぶしそうである」というもの。背の笈の中には義経らの荷物が詰まっている。強力たちの頭の中は、主君の義経がこの窮地を抜け出せることを祈る思いばかりである。

この句の面白さは、上述のように「散る桜」の「散る」が命を落とすことの意味でも使われていることだ。強力だけでなく読み手もハラハラと散りそうになる。

光琳の屏風に吹くや福寿草

（こうりんの　びょうぶにふくや　ふくじゅそう）

（明治32年1月）句稿32

この年の正月、漱石先生は宇佐神宮に初めて初詣に出かけた。元日の未明に高校の同僚と熊本の駅から列車に乗り、北九州経由で宇佐に向かった。漱石一行は小倉で下車してこの地で一泊した。浜を見学してから市内の寺の書院に入った。この部屋には富士山の絵がかかっていて、ちょうどこの絵の中の富士山に朝日が当たっていて、初日の出の場面を形作っていた。漱石たちは笑いをこらえながら部屋の中で初日の出を拝んだ。掲句の隣接句に富士山を詠んだ「蓬莱に初日さし込む書院哉」の句があった。

部屋の中を見渡すと、元日の部屋を飾るように洒落た屏風が置かれていた。光琳作の屏風であった。しばらく閉め切ったままになっていたその部屋に外の空気を入れようと僧が窓を開けると、その窓から庭の福寿草の花が見えた。いや屏風の光琳の絵の中に福寿草が描かれていたのかもしれない。インターネットで光琳の絵を調べてみたが、福寿草のある絵はなかった。そうであれば庭に福寿草の花があったということになる。

関東の正月には金色の目出度い色の花として栽培された福寿草が鉢に盛られて年末に売られ、正月の部屋を飾る。漱石もこの習慣に馴染んでいて小倉の地でこの福寿草を見ると正月らしい光景だと感じたのであろう。

「つまらぬ句ばかりだが、紀行文の代わりとして読んでくだされ。病気療養の慰めになるぞ」と句稿の冒頭で漱石は断っている。この句を読んだ子規は、家の庭に福寿草が咲いているか、家族の誰かに聞いたことだろう。

こうろげの飛ぶや木魚の声の下

（こうろげの　とぶやもくぎょの　こえのした）

（明治24年8月3日）子規宛の手紙

「通夜の句」とある。句意は「コウロギが庭の暑さを避けてお堂の木魚の下に隠れていたが、読経が始まり木魚が叩かれると、コウロギはその木魚の音と木魚の振動に耐えきれずに木魚の下から飛び出した」というもの。

この句は親しんだ兄嫁が急死し、彼女の通夜が行われた際に漱石が詠んだ句である。この通夜までの時間に漱石の慟哭の気持ちは収まって来ていたが、いまだに打ちひしがれていた。そんな漱石であったが、目の前で起きた珍事によって沈んでいた重い気持ちが幾分軽くなった。

この句のユニークさは、「木魚の声」にある。「木魚の音」にはなっていない。つまり読経の声と打ち鳴らされる木魚の音は、コウロギにとっては木魚が発し

ている声だと認識されていることを示している。つまりこの寺の僧侶の読経は重く単調で木魚の声の一部であるということを表していることになる。これもコウロギにとっては堪え難いものなのだ。このコオロギの気持ちは漱石の気持ちでもある。

もう一つのユニークな点は、コウロギを「こうろげ」と造語している点だ。隠れていた虫が木魚の下から慌てふためいて転げ出るさまが思い浮かぶように仕組まれている。コウロギが「転げ出す」のだ。しんみりと読経が流れる場面でこのような句が思い浮かんで漱石にはニンマリとしたことだろう。

この場の読経に関する俳句がもう一つある。全集ではこの句の隣に配置されている「通夜僧の経の絶間やきりぎりす」である。飛び出したコウロギは、うるさいと思いながらも和尚の近くで鳴いていた。通夜に出てた人たちを和ませたのかもしれない。僧の経が止むと虫の音が口直しのように聞こえたのかもしれない。

ちなみに、通夜で鳴いた虫のコウロギはもしかしたら夏になく「きりぎりす」と思われる。この通夜があったのは真夏であり、コウロギが鳴くのは秋の夜長であるからだ。江戸明治時代には、コウロギは両種の昆虫を指す言葉であり区別されていなかった。

・古往今来切つて血の出ぬ海鼠かな

（こおうこんらい　きってちのでぬ　なまこかな）

（明治30年4月18日）句稿24

なぜ昔からナマコは切っても血が出ないのかと漱石先生は不思議に思っている。ネズミの一種なのになぜ血が出ないのか、と首をひねっている。古往今来と大げさに、小さな頃から大人の今までそう思っていたという。

この頃、漱石先生は昭和にタイムスリップして浅草の寅さんに変身していたようだ。往来で人を集めて熱弁を振るっている様子が見える。寅さんならば大げさに「古今東西」と言いそうな気がするが。

ところで海鼠はなぜ海の鼠なのか。体色は確かにネズミに似ているが、ネズミのすばしこさは全くない。さらには切っても血が出ないのはなぜか。切っても血が出ないのであれば、切ったことにならないのではないかと首をひねる。まさに落語の世界である。漱石は考えてみる。ナマコの体は棒状であり全身の皮膚呼吸だけで済むから、赤血球は不要なのだと考えてみる。

漱石は高校の運営のことや家のことでストレスが溜まる現状をなんとかしたいと考えていた。正座して瞑想するのではなく掲句のような落語俳句を作ることでのストレス解消を実践していた。

・氷る戸を得たりや応と明け放し

（こおるとを　えたりやおうと　あけはなし）

（明治29年1月28日）句稿10

漱石全集の脚注には「得たりや応と」は「うまくいったと」との意とあった。句意は「雨戸の溝のところに嵌った雪が凍りついて戸が開かなくなった。一瞬焦ったが戸をエイと思い切り引くと、雨戸はざっと開いた。満足してしばらく戸を開け放しておいた」というもの。この時の満足感とささやかな喜びを漱石先生は俳句にまとめた。

掲句の原句は「氷る戸を得たりや応と明け兼し」となっていて、戸が開いたが、外気があまりにも冷たいのですぐに閉めてしまったとわかった。送られてきた原句を見て師匠は、これでは俳句的でない、明窓浄机の言葉があるように「明け放つ」のがいいのだとして修正を加えた。正月の句としてはこの方が良いと判断したのだろう。しかし、面白俳句を志向する漱石としては、この修正に対して少し不満が残ったことだろう。

この句には力一杯、動かない板の雨戸を引いたことがわかる「応」が入っていて、掛け声をかけて戸を動かしたことが言葉で表されている。あまりにも寒い中での作業であったので、句作においてはこの言葉遊びで温まることが必要になったと解釈できる。もう一つの面白さは、「得たり」にある。単なる結果を表す言葉ではなく、戸が氷っていて開かないのを肯定的に捉えたとわかることだ。これからエイと声を出して戸を開けられることを喜んだことが想像できる。漱石の前向きな心持ちが清々しく、読み手を嬉しく感じさせる。

・蝉のふと鳴き出しぬ鳴きやみぬ

（こおろぎの　ふとなきだしぬ　なきやみぬ）

（明治30年10月）句稿26

昆虫の「こおろぎ」を漢字で表すと蝉となる。蝉（音読みのシャ）の訓読みはないという。この虫はコオロギまたはハリガネムシを意味するという。

このコオロギが鳴き出すと「ふと鳴き出しぬ」と感じるものである。その理由は、日本の木造家屋の構造上、部屋の中に他の部屋の生活音が入り込む環境の中で、時たまコオロギの鳴き声に気がつくようになるということである。このため鳴き出すときの音の量が小さく感じ、徐々にボリュームが増すと錯覚してしまう。もともと夜鳴くコオロギの声が小さいということが原因している。

次にコオロギが鳴いていることがわかり、しばらくこの単調な声を聞いていると次第に飽きが生じて人は別の行為を始めることになる。または別のことに意識を集中するようになる。漱石先生の場合は、開いている本に視線を戻すようになる。鳴き声に意識を集中することをやめると、コオロギはいつの間にか「鳴きやみぬ」と感じてしまうことになる。

以上のことを漱石先生は、さらっと「ふと鳴き出しぬ（ふと）鳴きやみぬ」の俳句で簡潔に表現してしまっている。マジシャンのようである。掲句はコオロギの鳴き声のように、涼やかで幾分温かみがあり、さっぱりした声として読み手のこころに響く。

だがここまで書いて、以上の解釈は間違いであることがわかった。漱石先生が「ふと鳴き出しぬ鳴きやみぬ」と感じたのは、「うつらうつら」状態であったためだとわかった。この根拠は隣接の「うつらうつら聞き初めしより秋の風」の句であった。深く考える必要はなかった。だが秋の夜長を楽しむには好適な句であった。

・こおろぎよ秋ぢゃ鳴かうが鳴くまいが

（こおろぎよ　あきぢゃなかうが　なくまいが）

（明治30年10月）句稿26

世の中では、秋になるとコオロギが鳴くことになっている。そして俳壇は秋の季語として「こおろぎ」を定めている。そんな堅苦しい表現の世界は如何なものかと漱石先生は疑問を呈している。冬にコオロギの俳句を作ってもいいではないか。夏の終わりにコオロギが鳴いているのを聞いたならばこの情景を俳句にしてもいいはずだ。真夏にかき氷を食べながらコオロギの声を聞いたなら、これを俳句に詠んでもいいはずだと言いたいのだ。

掲句の調子は、江戸っ子の啖呵を思い起こさせる。坊っちゃん俳人がここに出現している気がする。タンスの陰にいるコオロギは10月だというのにまだ鳴き出すことができないでいる。そのコオロギはもう秋になっているのか、確信が持てないからだ。そんなコオロギに向かって漱石はカツを入れる。周りでコオロギが鳴き出さなくても秋は秋なのだという。コオロギは強力な助っ人を得て、鳴き出す気になってきたようだ。

漱石は世の中のコオロギ好きの俳人たちに向かっても、「もう秋になっているよ、コオロギが鳴かうが鳴くまいが」と大きな声で訴えている。漱石コオロギは師匠の子規に遠慮することなく自由に鳴いている。

・凩に牛怒りたる縄手哉

（こがらしに　うしおこりたる　なわてかな）

（明治28年12月18日）句稿9

句意は「鼻を取られた牛が田んぼの間の農道を進んでゆく。ゆるゆると歩きながら吹きつける凩に異議を申し立てるように時々顔をあげて怒りの声を上げる」というもの。寒風の中を歩かされる牛にして見れば、吹きさらしのまっすぐな道はたまらないということになる。怒りたくなるというものだ。

縄手とは、人家のない田んぼの中にできた細道である。この畷とも書くところの場所は、凩が弱まることなく吹き抜ける場所になっている。牛は鼻につけられた縄で引っ張られる方向に縄手をゆっくりと歩いて行く。

なぜ縄手というのか。この縄の語源ははっきりしないが、どうも領主、大名が城の周りを測量しながら田んぼを整地する際に基準縄を用いて行ったことに由来するようだ。この縄はいわば簡便な測量機ということだ。縄を伸ばして測地しながら整地したことで、田の中の細道は直線状になったという。

漱石先生は休日に松山の街中を歩いている。まだ見ていない寺を訪ね、川を見て、田んぼを見ながら歩いている。翌年の春までに松山の全てを見てから熊本に転居するつもりらしい。

面白いことに、漱石は後年牛のように風の中をノロノロと歩く自分を発見するとは思いもしなかったであろう。痔疾で重くなった尻が登場する「秋風や屠られに行く牛の尻」の句には、牛になった漱石が描かれている。

凩に鯨潮吹く平戸かな

（こがらしに　くじらしおふく　ひらどかな）

（明治28年10月）句稿2

日本周辺にいる鯨は北太平洋で餌を追って回遊するという。冬季には列島周辺を南下する動きが活発になる。鯨を捕るという意味の「いさなとり」は万葉集に出て来る枕詞で、海、浜、灘にかかる枕詞だった。つまり日本近海での鯨捕りはイワシを網で捕るような感覚で昔から普通に行われていたことになる。これは網捕り式捕鯨であり、網でからめた後に銛を打ち込む方式だった。

句意は「鯨捕りが盛んな平戸島に向けて半島側から凩が吹き付ける季節には、鯨が垂直に潮を吹き上げる」というもの。玄界灘に凩が吹き付ける冬になると、鯨は日本海にも入り込んで来る。九州の沖合に浮かぶ平戸島の周辺に白い波頭が砕け散り始めると鯨の潮吹きが見られるようになる。漱石はこの関係を面白く見ていた。鯨は凩に負けまいと潮を勢いよく空中にまで吹き上げている。漱石の目には凩が鯨を真似て潮を巻き上げているように見えたのだ。

漱石はもしかしたら平戸島は九州島の沖の荒海を泳ぐ極めて大きな鯨だとこの句で詠っているのかもしれない。いや掲句をそのまま読めばそうなる。「鯨潮吹く平戸」と表現しているからだ。荒波の玄界灘を泳ぐシロナガスクジラと波飛沫の中の平戸島が重なって見えたのだ。平戸の文字は、鯨が口を大きく開けていることを表しているように思えてきた。戸は口なのだ。

ちなみに漱石は掲句の他に「勢（きお）ひひく逆櫓は五丁鯨舟」の句も作っていた。平戸島から鯨をめがけて小さな勢子船がダッシュしてゆく様を描いている。

凩に裸で御はす仁王哉

（こがらしに　はだかでおわす　におうかな）

（明治28年10月）句稿2

寒風に立ち向かうように裸で踏ん張っている仁王像がある。この句は「凩や真赤になって仁王尊」と対をなす句である。仁王は木枯らしが吹きつけても身動きせずに、また衣服を身につけることもなく裸のままで守りの仕事をしている。寒い中ご苦労様というところである。

この句はあまりに分かりやすくて、面白みに欠けると言わざるをえない。この句にあえて面白みを探すと次のようになる。まず木造の彫刻仏像は仏教の守護の神像であり、寒さなど感じないはずであるが、木枯らしが吹きつける環境の中で仕事をしている仁王さんを見ると寒さに耐えていることが赤い体からありありと伝わることである。社寺側も同じように感じて寒風を和らげる配慮をしているように見受けられる。つまり凩を少しは防げるようにと金網の囲いを設けている。その囲いの中で仁王はがっちり構えて立っているが、その姿は「凩」の形にも見えるのだ。

この句のもう一つの面白さは、仁王は足を開いて立ってるが、漱石はこれを「おはす」と表していることだ。「おわす」とは「御座す」と書いて「いらっしゃる」の意味となる。「いる」の尊敬語である。つまり世の人は「仁王は御わす」と書き表すが、漱石は仁王が座らずに立っている姿を「御座す」と表すのは面白いと見ている気がする。そして弟子の枕流は「おわす」から「ごわす」を連想して2018年初めから放映が始まったNHKドラマの主役「西郷(せご)どん」のどっしりした仁王似の体を連想して可笑しくなる。

● 凩に早鐘つくや増上寺

(こがらしに　はやがねつくや　ぞうじょうじ)

(明治29年1月28日) 句稿10

空気の乾燥する冬に木枯らしが吹くと、江戸の町火消しの伝統の残る東京では、人々に緊張が走る。増して増上寺の梵鐘が早打ちされる早鐘の音が流れると、一気に緊張が高まる。このような音に曝されると心臓も早鐘を打つのであろう。増上寺は火事を警戒するようにと早鐘を打つが、これは市中で火事が起きると江戸時代と同じように大火事になる可能性があるからだ。これが冬の風物詩になっている。

この増上寺から響く鐘の音は、風に乗ると東京市中だけでなく、遠く千葉・木更津まで響いたと言われている。江戸時代の川柳に「江戸七分 ほどは聞える 芝の鐘」、「西国の果てまで響く芝の鐘」がある。そして「今鳴るは 芝か上野か 浅草か」と詠まれた。

もしかしたら、漱石先生が東京にいる時に実際に凩が吹く中で増上寺から流れた梵鐘の早鐘音を聞いたのかもしれない。漱石は明治28年の年末から明治29年1月7日まで東京にいたので、そのチャンスはあった。

ちなみに増上寺は浄土宗の七大本山の一つで、関東十八檀林(だんりん)の筆頭として興隆した寺院であり、徳川家を弔う菩提寺として栄えた。この寺には五重の塔が江戸の大火で焼けて今はないが、東京タワーがこれの代わりを十分に果たしていると枕流は考えている。

● 木枯の今や吹くとも散る葉なし

(こがらしの　いまやふくとも　ちるはなし)

(明治28年11月13日) 句稿6

漱石には自然との会話能力があるようだ。しばらく前から松山の南の四国山地から寒い風が北の松山方面に降りて来て、山の麓や松山市内の木々を順に赤や黄色に染め出した。そのうち紅葉した葉は落ち、木々は裸になってしまった。そこに瀬戸内海を越えて本格的な木枯が吹き寄せてきたのだ。寒風が二度にわたって押し寄せてくるのが松山なのだという。

漱石はそんな第二陣の猛烈な木枯に言葉を投げかける。「少し遅かったようだね、もういくら吹き荒れても落とす葉がないのだよ、ご苦労なこった」とねぎらうのだ。掲句は漱石の得意なジャンルの一つである落語的な俳句になっている。

漱石はこの句を作る前から風邪を引いて寝込んでいたが、この俳句を作った時には回復していた。これから強烈な木枯が吹いても体には耐性ができているので、大丈夫だと木枯にささやく。「木枯の今や吹くとも風邪引かず」なのである。

凩の上に物なき月夜哉

（こがらしの　うえにものなき　つきよかな）

（明治28年11月13日）句稿6

木枯が吹き荒れる空の下に漱石は立っている。その漱石の頭の上には、木枯が吹き荒れて空には風の音がするだけだ。句意は「高木の枯れていた葉っぱはすでに風に吹き落とされてなくなっている。その上の雲も吹き飛ばされてなくなっている。夜空には月だけが見えている」というもの。掲句はほぼ同時期に作られていた俳句の「木枯の今や吹くとも散る葉なし」と対をなす俳句である。

この句の面白さは、木枯がビュービューと吹き荒れて雲も飛ばされているが、さすがに月までは落とせないとふざけていることだ。夜空が掃除されて月の偉大さ、美しさが際立っていると漱石は夜空を見上げている。童話の世界のようである。

もう一つの面白さは、さて「凩の上に物なき」の文言は、まさに凩の漢字を解説していることである。木の葉っぱが吹き落とされている様を象形文字にしていると思われる。木を吹き抜ける風を表している。漱石の弟子の枕流は、掲句全体を漢字一文字で表すことができることに気がついた。「凩の上に月をくっつけた」漢字を作れば済む。風の上には月以外何も入り込んでいないことになる。

これまでの冬の松山は暖かかったが、今はそうではないというのだ。寒波が押し寄せて木枯が吹き荒れていると東京の子規に知らせている。

凩の沖へとあるゝ筑紫潟

（こがらしの　おきへとあるる　つくしがた）

（明治31年1月6日）句稿28

漱石先生はこの句を理解する上でのヒントを、子規に渡した句稿の直前句に書き込んでいた。その句は「旅にして申訳なく暮るゝ年」である。「暮るゝ」は「暮る」の連体形であるから、「あるゝ」も同様に古語の「荒る」の連体形だとわかる。つまり「あるゝ筑紫潟」は「荒れる筑紫潟」ということだ。漱石先生はヒントとしてこの配置にしたと確信している。

掲句の意味は、「筑紫の方からの凩は、その南の海の上を沖へ沖へと吹く。荒れる筑紫潟であることよ」というもの。筑紫潟とは有明海の別名である。漱石先生の面白いところは、「荒るゝ」とせずに、意地悪く「あるゝ」とひらがなで表していることだ。少しばかり子規の理解を困難にして遊んでいる。

そしてこの句の面白さ、そして漱石の作句の意図は、「あるゝ」に込められている。この文言の陰に「有明海」の「あり」が掛けられている。「あり」は「ある」と変化する。つまり、江戸時代の「凩と有明の海」を詠み込んだ池西言水（ごんすい）の句「凩の果てはありけり海の音」を包含し、これを超える面白いものを作ったのだ。

この時漱石先生は、小天温泉からの帰り道で、金峰山付近の峠の道から陸の「天草の後ろに寒き入日かな」の赤い島の景色とその北の波立つ海の「荒れる筑紫潟」の両方を目にしていた。やはりこの壮大な赤い景色を見ると人は何かを考えてしまうのだ。掲句の直後句として書かれていた「日に映ずほうけし薄

枯ながら」の状態になるのだ。一瞬ほうけてしまい、そのあと何かをじっくり考える。何かを決意するのだろう。

年末年始を過ごした温泉宿では落ち着かない、悩みの時間を過ごしていたが、帰り道では全く別の心持ちになっていたようだ。

● 凩の下にゐろとも吹かぬなり

（こがらしの　したにゐろとも　ふかぬなり）

（明治34年2月23日）高浜虚子宛の葉書

掲句には「屋根の上などに見物人が沢山居候。妙ですな」という前置きがついている。国王の葬列を見送る人たちが、3階建ての屋根の上に乗って、沿道を見下ろしているから、漱石はおかしなことだと思った。2月2日にロンドンで行われたヴィクトリア女王の葬列を見て、「白金に黄金に柩寒からず」の掲句と、それに「凩や吹き静まって喪の車」「熊の皮の頭巾ゆゆしき警護かな」の4句を詠んでいた。やはり強烈な印象があったからだ。

弔意を示して黒ネクタイを締めて黒手袋をはめた漱石は宿の主人の案内で地下鉄に乗って葬列の通る大通りにやっとの思いでたどり着いた。そして群衆に埋もれてしまっていた漱石を宿の主人が肩車してくれたことで、皆の頭の上に顔を出せた。凩が漱石の顔に強く当たった。見えた棺には国旗が掛けられていた。

「凩の下にゐろ」とは、体を低くして凩を受けぬようにせよ、ということだ。江戸時代風に言えば大名行列が差し掛かった際に「頭が高い。控え、控え、控えおろ！」の声が掛かっている場面である。

句意は「沿道に立ち続けている群衆の他に、建物の屋根に登って葬列を見下ろしている人たちが大勢いた。ヴィクトリア女王の亡骸を屋根の上から見下ろすとは不敬だから降りろと凩が吹き付けるかと思ったが、吹かなかった」というもの。漱石にも吹き付ける凩によって、急角度の屋根に登っている人たちは、落ちるのではないかと思われた。しかし凩は「静かにせよ」と命じられたかのようで、棺を載せた馬車が漱石の前を通過する直前から凩は吹くのを止めた。実際には女王の棺が目の前を通る時は、漱石は緊張して息を止めて下を向いていたので、凩の吹き付けをあまり感じなくなっていたのだ。漱石が亡き女王の威圧を感じた一瞬であった。掲句は「凩や吹き静まって喪の車」と対になっている。

この句の面白さは、強く吹いていた凩が吹くのをやめる位だから、英国の女帝は国民を支配する絶大な権力を持っていると実感したのだことこの国は力による支配で成り立っていると気づいた。世界各地の植民地から呼び寄せられた各軍の「只金モールから手足を出した連中」の将校や騎兵、砲兵たち、そして貴族たちが国旗で覆った棺の馬車を先導した。ハイドパークの角に差し掛かると50発の弔砲が轟いた。見送る群衆の数は十数万人に達し、大通りから溢れた人が公園内にまで及んだと報道された。

ちなみに虚子宛の葉書には、俳句の他に「女皇の葬式は『ハイド』公園にて見物致候　立派なものに候　棺の来る時は流石に静粛なり」と淡々と書いていた。

＊雑誌『ほとゝぎす』（明治34年4月）に掲載

● 凩の鐘楼危ふし巌の角

（こがらしの　しょうろうあやうし　いわのかど）

（明治32年1月）句稿32

「羅漢寺にて」とある。漱石先生は「巌にとりつく羅漢寺」と形容した石ばかりの山に建てられた寺にやっとたどり着いた。ここは大分にある耶馬渓の中腹に造られた山寺で1300年の歴史があると言われている古刹。険しい岩を削って造った道を風に煽られながらの友人と登って行く。目の前に鐘楼が見え、中の釣鐘は寒風に凍りつきそうに見える。氷の粒にも見える雲が釣鐘にもかかっている。この様を「釣鐘に雲氷るべく山高し」と詠んだ。掲句はこれに続くもの。

元朝に家を出て2日に友人と宇佐神宮を訪れ、その近くの町で宿泊した。3日目は熊本へ帰る旅程であるが、中津経由で耶馬溪をぬけ、南西の日田を通って有明側に出ることにしていた。耶馬溪の川沿いの岸壁は樹木が葉を落としていて、羅漢山の岩山が見えている。細い岩道を岸壁に手を当てながら登って行くとその岩に張り付くように造られた羅漢寺が見えてきた。この寺は五百羅漢像で有名であるが、漱石の目に飛び込んできたのは、北九州に押し寄せた寒波が風を岩山に吹き付け、垂れ込めた重い雲が釣鐘にかかっている震えるような光景であった。すぐに雪になりそうであった（この天候については地元の研究者が調べていた）。

掲句は鐘楼自体が強い風に吹かれ、さらには屋根の上まで張り出した岩が崩れてきそうで危ないと感じられた光景を詠んだもの。鐘楼の近くにいる漱石たちにも危険が及んでいるように見える。冷たい岩に体を当ててふらふらになりながら岩寺にたどり着いた二人の顔は不安感で満ちていた。

この句の面白さは、岩山の中腹に取り付けた鐘楼が突き棒で鳴るのではなく、揺れて岩の角で突かれるように錯覚することである。

• 凩の吹くべき松も生えざりき

（こがらしの　ふくべきまつも　はえざりき）

（明治32年1月）句稿32

「山は洗ひし如くにて」と岩の耶馬渓の様を前置きで描いている。漱石先生は若い同僚と大分県の宇佐神宮に初詣に行った後の帰り道は、西にある岩山の耶馬渓を徒歩で縦走した。簡素な装備で寒さに耐えながら細い山道を歩き続けた。

目の前の岩山は火山岩で覆われていて、遠目には綺麗に洗われているかのようにつるっとしている。この山は洗濯をしたように白くなっていた。そして岩が露出している山肌には松も生えていない。松の木がないからわからないが、山の中腹付近はかなり風が強いと漱石は判断した。

句意は「目の前の山は岩山で、凩が吹きたくなるような松の木は、生えていない」というもの。凩はビュービューと吹き付けるものだが、この音は木々や建物等の吹き付ける強い風をさえぎるものがあっての音である。この音と揺れで凩と認識できる。障害物がなければ豪風もただの通り抜ける風である。風はすっと滑らかに吹き抜けるだけである。高い山に松の木が生えていれば、強風は鳴き、枝は揺れるはずで、風は凩とわかるということだ。

この句の面白さは、凩を擬人化していることだ。強い風が吹き付けても松の木がなければ、凩は吹き甲斐がないだろうと笑っている。しかしよく考えると昔から強風が吹いていたから、岩の隙間にも松が生えなかった。自業自得だと寒風を諭している。

• 凩のまがりくねつて響きけり

（こがらしの　まがりくねつて　ひびきけり）

（明治32年1月）句稿32

「深山幾曲（いくまがり）愈（いよ）入れば愈（いよ）深し」の前置きがある。雪が降っている耶馬溪の細い山道を西へと歩いている。山裾の川筋にある山道を回りながら西を目指してひたすら歩く。泊まった宿で道の案内を受け、方向を間違えないように白い景色の中を進んだ。谷の深い耶馬溪は複雑に折れ曲り、道は急に方向転換する。奥に奥に入り込むほどに折れ曲りは激しくなり、谷が深くなることに気づいた。次第に不安が募ってくる。

漱石と友人は宇佐神宮に詣でてから中津経由で耶馬溪を通り、有明海に出るルートを選んでいた。耶馬溪は岩山の間にできた渓谷で、白い岩肌にあった小さな木々は雪で隠されて白一色世界になっている。残る色は川の薄い水色のみ。

厳しい谷の道を雪にまみれながらひたすら歩く二人。川も道もくねくねと曲がる。句意は「くねくねと曲がった谷間は凩の通り道で轟々と音を立てて谷を吹き抜けている」というもの。雪も風も川と道に沿って曲がりくねつて吹いている。凩もまっすぐ進みたいのだろうが、自分たちと同じように苦労して進んでいると同情する。

この句の面白さは、雪を含む凩は、曲がりくねって吹き、谷に音を響かせるのを楽しんでいると感じていることだ。常に漱石先生の感性は澄んでいる。人も凩も単調は嫌いなのだ。

「つまらぬ句ばかりだが、紀行文の代わりとして読んでくだされ。病気療養の慰めになるぞ」と句稿の冒頭で漱石は断っているが、子規に向かってユーモアの風を吹かせている。

• 凩の松はねぢれつ岡の上

（こがらしの　まつはねじれつ　おかのうえ）

（明治29年12月）句稿21

この岡は熊本市の郊外にある岡で、西側の有明海側の岡の上で詠んだ句であろう。明治29年4月に松山市から熊本市に転居した後に余裕が出たので山の探索に出かけたのだ。岡の上は凩の吹き抜ける場所であり、そこに生えた松は毎年ここの強い風の圧を受けて生きている。自然木の松の木は土の痩せた岩の多い傾斜地に生えやすいものであり、このような場所には特に強風が吹き抜けることになる。松にとっても、とかくこの世は生きにくいものなのであろう。

松は生育環境の厳しいところでも根を張り、生育する。その松はその風に耐えるべく樹形を工夫して生き延びる。人は厳しすぎる世であればその性格は捻れるのであろうが、凩を受け続ける松の木は体を捻って生きているのである。そんな松は強風に耐えるように幹は折れ曲り、曲げの力にも強くなる樹形になろうと工夫する。したがって松の老木はその特徴が固定され、どの松も枝が複雑に折れ曲がり、樹形が美しいと高く評価されるようになる。

漱石は花ならば菫や朝顔が好みであり、花木であればボケと梅。樹木であれば松が好きであった。それに竹。松と梅には共通するところがあり、樹肌が細かく割れていて寿命が長いことだ。そして何より幹と枝が直線的でないことだ。漱石の人生と重なるところがあるから好むのであろう。

凩の漢字は、風が木に吹き付ける様を表している。漱石にとっては凩の漢字の中にある木は、松なのである。

• 凩の峰は剣の如くなり

（こがらしの　みねはつるぎの　ごとくなり）

（明治32年1月）句稿32

「山は洗ひし如くにて」と岩の耶馬渓の様を前置きで描いている。掲句は「年々や凩吹て尖る山」の次に書かれていた俳句である。1月2日朝に大分の宇佐神宮に初詣したあと、寒風が吹き抜ける耶馬渓の岩山に入り込んだ時の光景を詠っている。漱石は学校の同僚と岩山と谷に挟まれた細道を歩きながら、霙（みぞれ）を含む風が吹き出す寒空を見上げた。

句意は「強烈な凩は、剣のようにそそり立つ岩山の間から吹き付けている。その風は剣のように冷たく体を切り裂く」というもの。漱石が旅した明治32年の頃の旅支度は、現代のような防寒服仕様ではなく、合わせの着物と袴、そして草鞋履きであった。外套としては和紙に柿渋を塗った材料で作った合羽を着ていただけであった。

耶馬渓は何万年にもわたって「剣の如くなり」の尖る山に造り上げられてきた。漱石は自然の創造神の存在を感じたのであろう。狭い岩間を轟々と音を立ててツルツルの岩肌を滑るように吹き付ける霙交じりの風。体を屈めながらその豪風にゆっくりと立ち向かう姿が見える。

漱石が冬の岩山縦走を計画したのは、前年の明治31年5月に妻の鏡子が自殺（白川に入水）を図り、街中で報道管制が敷かれたことが関係していた。家の中が暗くなり、漱石は再度自殺を試みようとする妻と息苦しい日々を過ごしていた。このような中、冬の禅寺で参禅するようなつもりで岩山に挑んだのだろう。漱石一行は数日かけて鉄道の駅にたどり着いた。

「つまらぬ句ばかりだが、紀行文の代わりとして読んでくだされ。病気療養の慰めになるぞ」と句稿の冒頭で漱石は断っている。この句を読んだ子規は、寒気を覚えたが面白く思ったことだろう。

か

・凩や岩に取りつく羅漢路

（こがらしや　いわにとりつく　らかんみち）

（明治32年1月）句稿32

「羅漢寺にて」とある。漱石と同僚の奥は、1月2日朝に宇佐神宮に初詣した。参詣を終えたこの日は隣町の宿に泊まった。1月3日に宿の西にある耶馬渓町に入って、岩山の細道を歩き、羅漢寺を訪ねた。耶馬渓は秋の紅葉がきれいなことで有名なところである。この渓谷の崖の岩場に取りつくように造られているのが羅漢寺である。漱石と第五高等学校の友の一行は岩山の中腹に造られた寺にたどり着くのに難儀した。この寺は芭蕉が訪ねた山形の立石寺に似ていた。

句意は「凩を受けながら巨岩の岩山に取り付くように造られた羅漢寺への道を進んだ」というもの。凩が道を刻んだ岩肌を舐めるように吹いていた。その岩肌に手を当てながら飛ばされないようにして漱石たちは進んだ。岩山を削って造った寺への道を登り始めた時、岩山の上にへばりついている寺を見上げながら進んでいた。

「岩に取りつく」の語には、凩も歩く道も掛かっている。岩壁にへばりついているのは吹き付ける凩であり、岩壁に刻まれた幅の狭い道である。加えて岩道を登る漱石たちの手の平である。

昔の修行僧たちは、なぜこのような岩場に寺を造ったのかと考えながら、漱石先生は登って行ったのだろう。食料の運搬も仏典・仏具の運び込みも大変であったはずだ。

この俳句の面白さは、木枯らしが吹き付ける渓谷の中にある羅漢寺を描くのではなく、その寺に至る羅漢路を主役にしていることである。岩の道を歩いていることに気づいたのだ。旅の中で手帳に書きつけた句は「凩や巖(いわお)にとりつく羅漢寺」であったが、句稿に清書する段階で建物を造ること以上に道を造ることの方が大変であったと気づいたのであろう。険しい岩の山に道を付けることがいかに大変であったかを思ったのだ。先人たちがこの岩道の羅漢路と羅漢寺を造った思いと執念を凩が教えていた。

・凩や海に夕日を吹き落す

（こがらしや　うみにゆうひを　ふきおとす）

（明治29年12月）句稿21

冬の日没時の陽の動きは速く感じるが、漱石はこれを凩が夕日を強引に島かげに吹き落とすからだと感じた。日が陰りだすと吹き付ける凩の威力が増すからである。たしかに空に雲が少ない分、夕日の反射がないから、夕日は引き止められることもなくすっと沈むように感じられる。

この句は漱石が熊本の有明海の天草諸島を目の前に見た日没の句である。第五高等学校の修学旅行の引率で天草、島原へ行っているので、その時の句である。この旅行から2ヶ月遅れて子規へ出した手紙に、「天草の後ろに寒き入日かな」の句があったので、掲句はこの旅行の際に作ったものだ。

掲句を作った時に、漱石は木枯らしに吹き飛ばされそうになったことがあったのであろうか。この時島の端にへばりついている夕日に凩がビュービューと何度も音を立てて吹きつけ、冷たい海に弱くなった太陽を払い落としたと感じたのだ。

この句はそこそこ面白いが、漱石らしいひねりがそれ程感じられない。凩が吹き落としたとする擬人化も平凡でユーモアの度合いは夕日のように薄いと言わざるをえない。「凩や海に夕日と吹き落ちる」としたら可笑しみが出るかもしれない。

ところで半藤一利氏は掲句と山口誓子の俳句「海に出て木枯帰るところなし」（昭和19年）を並べて論じていた。この中で山口句は戦時の特攻隊の悲劇を詠んでいたことを明らかにした。漱石が掲句を作った時期は、悩みの真っ只中にいて、自分の心の中に木枯らしが吹いているのを感じていた。そしてその強風は止んでいないのを感じていたのだ。

掲句には別の背景もあった気がする。掲句が作られた年は日清戦争が終わった翌年であった。夕日が木枯らしの中で海に沈む景色を見て日本の行く末に不安を感じたということか。

三者談
海岸の山からの景色だ。人の視線が海の果てに日の沈む方へ行っているだけではなく、海岸の冬木立も見える気がする。頭の上の木を木枯が揺さぶってい る。木を透かして赤い海と空が見えている。どこか蕪村張のようだ。漱石は落日に興味を持っていると見ている。

● 凩や冠者の墓僕つ落松葉

（こがらしや　かじゃのはかうつ　おちまつば）

（明治28年）

掲句には「範頼の墓に謁して」と前置きがある。四国松山の奥地にある源範頼の墓に地元の友人と詣でた際に作った俳句の一つである。範頼は壇ノ浦で平家を破って自軍に勢いをつけた源氏の棟梁の一人であるが、兄の頼朝の怒りを買って自決に追い込まれたと伝えられていた。この武将の墓のある松山に赴任していた漱石は縁を感じてこの墓に詣でた。漱石は親から夏目家は源氏の末裔（武田信玄に仕えた一族）と言い伝えられてきたので、範頼の墓に無関心ではいられなかった。

頼朝の弟である義経とその供の弁慶についての事件は歌舞伎の演目にもなっているが、もう一人の弟、範頼は松山の山中にひっそり埋もれているだけであった。平成の今では範頼の墓付近は整備され、ここを訪れた漱石の句碑も立ったが、当時は墓を見つけるのにも苦労したようだ。凩が吹き落とした松葉と枯れススキの中に埋もれていた。

句意は「松山の山奥に源氏の若武者の墓があったが、松の枯葉に埋もれていた。その松葉は鋭い剣のようで死後も攻めているようであった」というもの。範頼は頼朝の手の者に殺されたが、いまでも追っ手の剣に怯えているかのように思え、漱石は墓石の上の松葉を手で払いのけたに違いない。

兄弟でも同じ釜の飯を食うということがなければ、ただのライバルになるということだ。漱石は兄弟の中で一人だけ幼い頃に養子に出されたことに思いを馳せたのかもしれない。兄弟はいても親密な関係にはなっていないことを思った。

掲句は時の移ろいとともに人の記憶も薄くなることを表している。そして山の景色も針葉樹の松と枯れススキが占める寂しいものになっていた。漱石が範頼の墓を詣でた明治は、江戸時代の続きで気候はまだ寒冷期にあった。これに対して「範頼の墓」が作られた平安時代の末期にあっては、日本は現代の令和以上の温暖期にあって多分当時の山中は広葉樹や別の植物で覆われていた可能性が高い。漱石先生はこのことに気づいていたのかもしれない。このことを含めて漱石先生は時の移ろいを感じていたのかもしれない。

掲句を作った時に別の俳句も作っていた。「範頼の墓に謁して」と前書きした「蒲殿の愈悲し枯尾花」の句である。目の前の枯尾花と比較させるかのように蒲を登場させる意味を込めて、範頼のことをこの句で蒲殿と表現している気がする。

● 凩や鐘をつくなら踏む張って

（こがらしや　かねをつくなら　ふんばつて）

（明治30年12月12日）句稿27

漱石は凩の中での弱々しい鐘撞きを戒める俳句を作っている。漱石先生は妻が10月末に鎌倉の別荘から戻ってきて生活に張りが出て、気持ちに余裕が出てきたようである。

句意は「凩が寺の境内を吹き抜けている時には、鐘撞き人は踏ん張って腰を入れて鐘を鳴らさねばならない。鐘の音が風にかき消されないようにしっかりと大きな鐘の音を出さねばならない」というもの。だがこの解釈は面白くないし、このような意味の俳句を漱石は作るはずがない。つまり裏の解釈があるということだ。

冷たい季節風が吹く中で、男は鐘撞き棒であり、女は音を出す鐘であるというものである。そして男は踏ん張って気合を入れて鐘を打つべきだということだ。鐘撞きの動作は男女の営みに似ているということである。つまり漱石は鐘撞き棒で、東京から戻った妻は鐘である。漱石はこの鐘をなんとか踏むばって鳴らしているということになる。漱石はこの句で4ヶ月ぶりに熊本で顔を合わせた夫婦の現状を東京にいる俳句の師匠の子規に伝えている。夫婦が東京にいた期間中は別居状態であったので、親友の子規は夫婦仲を心配していた。漱石はうまくいっているよとユーモアを込めて伝えている。

しかし、翌年の5月にヒステリーを悪化させた妻は増水した川に飛び込むという自殺未遂事件を起こした。漱石は踏ん張って鐘を鳴らし続けたが、うまくいかなかった。

・凩や斜に構へたる纏持

（こがらしや しゃにかまへたる まといもち）

（明治32年11月1日）「霽月・九州めぐり」句稿

3年半ほど会っていなかった松山の句友、霽月が明治32年10月末に仕事で熊本に立ち寄ったのを知った漱石は彼の宿へ会いに行った。目の前に現れたその友人は社長になっていたが、がりがりに痩せていた。仕事は大事だが身体を休めろ、遊びを入れろ、金のことばかり考えているとろくなことにならないと、句合わせの即興俳句で諭した。

掲句はその一つで、句合わせ句題は「凩」。ビジネスは先読みして備えていればうまくいくと俳句で伝えた。社長は猛烈に働くものではないと諭した。掲句の意味は、「風が強くなりそうに思えたら、その凩に向かって纏の棒を少し風の方向に傾けておけばそれだけで済む」というものだ。強風に対抗する特別な力はいらないはずだ。思考を働かせているのがトップの仕事だろう、と。

漱石は中国の故事にリーダーたちの働きを見て来たから、そのようなことが言えたのだ。漱石先生は自分にビジネスの経験がなくてもビジネスの要諦がよくわかっていた。自分が痩せ細るまで働いていては、世の中に対処する方針が出せなくなることを心配した。

この句の面白さは、纏の漢字は見るからに重そうであり、凩が吹くと大きく流されそうに思えることだ。先述の漱石の考えを友人に伝える際の例えとしては気が利いている。落語で身につけた洒落のセンスが生きている気がする。

漱石からこう言われた霽月はニヤリと笑って漱石の箴言を受け入れたのであろう。そこで漱石はこの九州での営業の仕事が終わったら京都へ遊びにゆくように言った。洒落たシャツを着て行きなとアドバイスした。

・凩や滝に当つて引き返す

（こがらしや たきにあたって ひきかえす）

（明治28年11月6日）句稿5

28歳の漱石は松山の南山麓にある白猪の滝を見ていて、感激した。子規の勧めに従って四国山地の中にある名瀑を見に出かけた。滝を詠み込んだ俳句を20句も作った。ちなみに同じ屋根の下で暮らした愛する兄嫁の急逝を悼んで詠んだ句は13句であった。それほどまでに自然の変化する光の中で落ちる滝、周りの森を従えて落ちる滝から受けた衝撃は大きかったようだ。

突如豪風雨、凩が吹き出し、真っ直ぐに流れ落ちていた滝の端が風に崩されてその飛沫は漱石の足に届いた。漱石はかなり慌てたと思われる。目の前の景色が崩れ出した感がある。この時の俳句が次の二つ。「野分吹く瀑砕け散る脚下より」と「滝遠近谷も尾上も野分哉」であり、これに続いたのが掲句である。

掲句の意味は「強烈に吹き出した凩であったが、山の頂から落ちる滝に跳ね返されて戻って行った」というもの。滝の水を漱石の足元に運んだ凩が滝の脇で渦を巻いていたのが見えた。よく見ると滝の威力に押されていたのだ。感動のシーンである。

凩はどの方向から滝に向かって吹いたのか。紅葉の森を切り裂いて滝の景色が見えていたというから、滝の落ち始めの山頂から落ちた水が川となって流れ出ている方向に大きな溝が森の中にできていたことになる。そうであれば滝に向かった凩は滝の正面から滝に吹き付けたということになる。そうであれば、凩は滝の上か滝の下に向かうかどちらかである。漱石の観察では正面に戻されていた。つまり正面から吹き付けた凩は、一旦上方に吹き上がるが、滝の落ちる流れによる下方へ引っ張られる気流によって押し戻されて渦を巻いて漱石の足元の方に流れた。漱石はこれを見て凩は引き返したと表現した。紅葉した枯葉が凩に混じっていて、漱石の目には滝だけでなく凩も綺麗に、そして偉大に見えたのであろう。二つの自然現象のぶつかり合いは壮大なものであった。

• 凩や弦のきれたる弓のそり

（こがらしや　つるのきれたる　ゆみのそり）

（明治28年10月）句稿2

明治時代の弓の弦にはカラムシやアサの繊維をより合わせて作った糸を用いていた。つまりこの弦は天然素材であり気候の影響が大きくなる。木枯らしが吹いている乾燥期には弦から水分が抜けて弦は収縮し硬くなる。つまり硬く脆くなる。この状態で弓の引っ張り力がかかっていると、弦が切れやすくなる。

学生時代に子規と同じように血を吐いたことがあった漱石は、その時以来体力増進に気を使って、弓をはじめとする各種スポーツをやりだした。この時以来漱石のそばには弓がある生活になっていたのだろう。弓道の俳句は多く作っていた。その弓の弦がある日突如、バシと切れた。何かを気づかせる音に聞こえた。

漱石はこの時何を思ったのか。この時期は、子規が松山の愚陀仏庵で漱石と同居し、松山の句友と一緒に俳句作りを毎日のように行っていた。その子規は10月まで同居していた。毎日中学校の授業の準備と句作で自由時間は費やされていて、しばらく弓の手入れをしていなかったことに思い及んだ。そしてしばらく弓を放っていないことを思った。

この弦の切れる音を子規も聞いていたからか、この後子規は漱石宅で療養するのをやめて、東京へ帰ることにした。子規は大陸からの帰国船の中で吐血した後、神戸の病院で治療を受け、その後松山に2ヶ月ほど滞在していたが、体調はかなり戻っていたのだ。子規は東京への運賃がないとして、漱石から金を借りて松山を発ったが、奈良で下車して遊び、散財した。そして、漱石に金を送らせて切符を買い直した。子規の俳句の教授代は高く付いた。

• 凩や吹き静まって喪の車

（こがらしや　ふきしずまって　そうのくるま）

（明治34年2月23日）高浜虚子宛の葉書

「棺の来る時は流石に静粛なり」の前置きがついている。「喪の車」を「ものくるま」と読むか「そうのくるま」で意見が分かれている。後者が適当と考える。前置きに書かれてある「静粛なり」を重視しているからだ。「ものくるま」は静粛な音ではないからだ。そして女王の棺を運ぶ葬列の車としては適当でな

いと考える。

ロンドンの中心地で行われたヴィクトリア女王の葬儀の葬列が大通りに長々と続き、その沿道に漱石が立つ姿があった。背の低い漱石は宿の主人に肩車してもらったことで女王の金銀の棺が馬車に載せられて進んで行く光景を見ることできた。

寒風が吹く中での葬列であり、葬列を見守る人々はざわついていた。しかし、目の前に棺の馬車が来る頃になると、貧者も大勢混じった沿道のざわめきは収まり、凩も止んで静かになった。これが英国皇室の威光というものかと漱石は感心したようだ。帝国の支配者は凩まで従わせることができるのかと思った。

それにしても漱石はこの時を含む英国滞在中に、はるかな極東の島国から来たということ、その住んでいた国土は小さく、国民の背丈は低く貧弱で、身の回りの文物は英国より劣っていることを漱石は強く意識付けられた。豪華な喪の車を見送った後でもあり、虚しい気分に襲われたことだろう。

漱石はそんな気分に陥ったが、この国で英国人が話す英語だけを学んで帰ることに漱石は納得しなかった。日本人は内面において英国人にまさっていると思い始めていたからだ。この葬列の中にいて江戸期の文化を引き継ぐ日本を見直そうとする気概がふつふつと湧き出したように思う。繁栄する英国帝国は日本とは異質な厳格な格差社会であることを見せつけられたからだ。大気は黄色く淀んでいた。人心も淀んでいた。虚子へ出した葉書には「屋根の上などに見物人が沢山居候妙ですな」と書いた。

この句の面白さは、「静まって喪」のサ行の音の流れであり、弱から強のへ音の変化である。これによって場面の展開が見事に描かれることになる。

＊雑誌『ほとゝぎす』（明治34年4月）に掲載

• 凩や真赤になつて仁王尊

（こがらしや　まっかになって　におうそん）

（明治28年11月13日）句稿6

漱石句の中ではこんなに分かり易くて面白い句はない。金網が張り巡らされた寺の守衛所の中にいる一対の仁王さんは、冬でも前をはだけた薄着のまま足を広げ、身体を真っ赤にして周りによからぬことをしそうな者がいるか、眼球だけを回して見張っている。この赤い肌をした仁王さんは、四国松山の寺に勤めていると思われる。

木枯らしが吹きだす季節になると、外詰めの守衛の業務は大変である。寒さで身体中が真っ赤になっている。目を飛び出させて寒さに耐えている。だが寒くてもそのような素振りは見せられず、文字通り踏ん張って仁王立ちしている。

この句の面白さは、「真っ赤になつて仁王尊」における言葉のリズムにある。そして最後の「にオー」でフォルテになり「そん」でピアノに落ち着くところがいい。まさに仁王立ちしているさまが眼に浮かぶ。

本来の役割は仏教の守護であるが、これからは受験合格のための守護への転換がいいのではないか。そのためには囲いの金網の撤去が必要で、鳩の忌避する音波を出す発信機の設置が不可欠になる。これで無名から有名への転換が可能になる。お参りして祈願すれば寒さに耐えられる頑健な身体になり、受験当日まで風邪をひかない体になるからだ。

この句の兄弟句として「凩に裸で御はす仁王哉（明治28年）がある。掲句はこの句に比べれば、アピール度が高いと言える。もう一つの兄弟句は「行秋を踏張て居る仁王哉」である。仁王は秋に向かって薄着の体で踏ん張って立ち、これ以上体温が下がるのはごめんこうむりたいと立ちふさがっている。冬の凩の到来を予期して踏ん張って身構えている感じがしている。

• 古瓦を得つ水仙のもとに硯彫む

（こがわらをえつ　すいせんのもとに　すずりほらむ）

（明治30年2月）句稿23

句意は「太宰府で古瓦の破片を入手しようと歩いたら、運よく古瓦をみつけられた。早速家の水仙の花が咲いていた庭でこの古瓦を硯に彫って見た」というもの。この古瓦は瓦硯として硯に最も適しているものの一つであるという。

書と水墨画に興味のある漱石先生は、硯に凝っている。焼き物の質が良いだけでなく菅原道真の関連があることで太宰府の古瓦には価値があると考えていたので、わくわくして削り出した。

この句の面白さは、硯の話の中に突如水仙が登場することだ。だがこれには企みがあった。焼き物の本場である中国の景徳鎮の汝窯で焼いた「青磁無紋水仙盆」が隠れているのだ。この器は美しさと希少さで陶器マニアが鑑賞に訪れる貴重なものだ。世界に6点しかないものの一つが日本にあり、漱石はこのことを知っていた。漱石はこの器の形状を目指して掘り進んだのだ。

透明感のある青磁の小さくて平たい水鉢の「水仙盆」は、水仙の球根を収めるにちょうど良い大きさになっているが、かつて皇帝の「猫の餌入れ」とか「筆洗」であるとか言われたこともある。推察するに水仙とは水の仙人の意味なのであろう。無紋でもあり水辺に住む仙人の風格がある器ということなのだろう。漱石はこの水仙の言葉をさりげなく俳句に入れ込んで楽しんでいる。子規くんよ、水仙を句に入れた意味が分かるかなと言いながら。

＊新聞『日本』（明治30年3月7日）に掲載

・漕ぎ入れん初汐寄する龍が窟

（こぎいれん　はつしおよする　りゅうがくつ）

（明治30年9月4日の句会）子規庵

藤沢市の江の島には観光名所の岩屋があり、かつてこの場所は「龍窟」と呼ばれていた。海食でできた洞窟で現在は置物の龍がたくさん棲んでいる。「龍が窟」は岸から一番奥まったところにある横長の洞窟で、現在は照明のついた入り口から立って歩いて行ける。二つある洞窟のうち長い方は152mもあり、龍が入り込む十分な長さがあったということになる。波は想像以上のことをするものだ。

明治30年の夏7月のことで、当時の江ノ島は岸から渡る橋がなく、手漕ぎ舟を出して島に渡ったのだろう。漱石が乗った舟が「龍が窟」の岸壁につけられたのは旧暦8月15日の大潮の時であった。漱石先生はこの時の満ち始める最初の潮流に乗って舟で「龍が窟」に入り込み、そこの岸に上がったのだ。

句意は「初潮がみちる時に小舟で江ノ島の沖の方から島の岸辺にある『龍が窟』に入って行った」というもの。「漕ぎ入れん」によって「龍が窟」の中に舟ごと入って行ったように感じられて面白いが、もしかしたら当時は大潮になると洞窟に海から舟で、下船することなくそのまま洞窟の奥まで入り込めたのかもしれない、と考えた。

調べてみると大正12年（1923年）の関東大地震で相模湾沿岸の小田原から三浦半島城ケ島にかけて1・8mほど隆起していた。この島は漱石が渡った26年後に隆起していた。掲句が表しているように漱石は舟で直接洞窟の中に入って行ったのだ。

この句の面白さは、龍が沖から洞窟の中にスルスルと入り込むように、漱石を乗せた提灯付きの舟が暗い洞窟にこぎ入れる時の興奮が伝わることである。この提灯は龍の目のように感じられたに違いない。

＊新聞『日本』（明治30年10月18日）に掲載

・国分寺の瓦掘出す桜かな

（こくぶじの　かわらほりだす　さくらかな）

（明治29年1月29日）句稿11

幾分暖かくなってきた新春の日、考古学に興味のある人たちが集まって国分寺跡の土を掘り返している。出てきた瓦の破片を嬉しそうに箱に入れている。そのうち瓦以外のものが出るであろうと作業を続けている。国分寺は奈良時代に聖武天皇が全国各地に国の安寧を願って建てた寺であるが、松山の国分寺跡には桜が植えられていて、過去の栄華をしのびながらの発掘作業になっている。ここの国分寺にはかつて京から流された崇徳天皇が無念の思いを持ちながら一時幽閉されていたこともあった。

漱石は自分が住み慣れた東京を離れて西の松山まで来ていることと、保元の乱で敗れた崇徳上皇が京から遠い西の果ての伊予の地まで流されたことに重ねて、崇徳上皇の無念の思いを想像していた。京都で華やかな天皇の位についた方の御陵は、京都を望むことのできない四国の山深い地にある。

桜の樹の下で、大勢の人による地道な発掘作業は続いているが、この人たち

は幸福感に浸っているようだ。遺跡の発掘は自分たちの過去を掘り出している作業と感じているのだろう。

この発掘作業に漱石も臨時に加わっていたと思われる。瓦の破片であれば、それを見つけた人が貰えることになっていたのかもしれない。そうだとすると、漱石は瓦の破片を削り込んで硯にしようと思っていたのかもしれない。

ちなみに掲句の一つ前に置かれていた俳句は「砕けよや玉と答へて鏡餅」であり、一つ後には「断礎一片有明桜ちりかゝる」の句が置かれている。鏡餅の

語があることから掲句も1月のことを俳句にしていることになる。登場している桜は、奈良時代の日本の栄華を思い起こす手段として用いられている気がする。

• 苔青く末枯るゝべきものもなし

（こけあおく　うらかるるべき　ものもなし）

（明治32年10月17日）句稿35

「熊本高等学校秋季雑詠　植物園」の前置きがある。秋になって熊本第五高校の植物園を歩いていて、苔だけが青々としているのに気がついた。苔は枯れる気配がない。これから冬になっても植物体の先端が褐色になることはないとわかる。丈が短く先端が枯れることはないからだ。根だけが残っている状態に等しいからだ。

秋の末に草木の枝先や葉先（葉の末）が枯れてくることを「うら枯れる」ともいう。生長の後に起こる変化は葉の先から起こる。これを末枯れると表した。時の末の意味もあり、しゃれた表現だ。これが起きると心悲（うら）しくなる。

熊本第五高等学校の植物園に苔があるのは、熊本が城下町で和式の庭園が多かったからだろう。一般の植物は冬になると葉が枯死するが、秋にはその葉の先にその兆候が現れる。だが苔には葉っぱの先というものがないから、寒さに対する防御力は優れている。平滑な鎧を着ているようなものだと理解する。だがこのような苔に敬意は表していない気がする。何だ苔か、と虚仮にする、蔑む傾向があるようだ。

ちなみに苔という漢字は、台地の上を緑の草が載っていると書く。土地の保護材であり多彩な色を提供してくれる大事な植物のはずだ。地衣類と名付けられた生物も苔の仲間だ。日本人の言葉のセンスが苔のように光る。この地衣類は菌類と藻類が共生している姿である。漱石は学生たちに生き残る知恵を備えた苔を見習えと言いたいのかもしれない。

・転けし芋の鳥渡起き直る健気さよ

（こけしいもの　ちょとおきなおる　けなげさよ）

（明治32年10月17日）句稿35

掲句には「熊本高等学校秋季雑詠　柔道試合」の前置きがある。五高校内での柔道試合を見学した時の句。畳の上で向かい合い、互いに襟をとって始まった試合で、両者なかなか技がかからずに時間が経過した。試合時間の最後の頃、やっと一本技が決まって勝負は決着した。倒された方の選手は、悔しがる態度を見せることもなく、健気にサッと立ち上がって両者向かい合って礼をした。最後は実にあっけなかったという印象であった。

この句で、負けた方の柔道着の学生は、ずんぐりの体型をしていてサツマイモのように見えたと吐露している。そして倒れこんだ後「鳥渡」起き直ったのだ。つまり転げた状態から、さっと立ち上がった。起き上がり小法師のように見えた。

この句の面白さは、負けた方は芋のような体つきであり、コロリと倒されてしまったが、すぐに起き上がったと観察したことだ。つまり技をかけられた時、体を反らせて堪える体つきではなかったということだ。しかし、負けた後の態度が爽やかであり、好感が持てた。

撃剣会の木刀を持っての防具なしの勝負に比べると、あまりの違いに驚いたのだ。撃剣の試合では「稲妻の目にも留らぬ勝負哉」の俳句を作っていた。撃剣での試合は開始後一瞬にして勝負が決まっていたからだ。そして勝負が決まると、ダメージを負った方はしばらく動くことができない。そこには柔道に比べると健気さはないように見える。苦痛に耐えて動けない様は悔しさを表すように見えるからだ。

どうも漱石先生は撃剣の試合の方が性に合っていたようだ。汚れて燻んだ色の胴着を着ていた柔道選手に対して「転けし芋」とかなりの厳しい見方をしていたからだ。漱石先生は常々結核にならないように弓を引く鍛錬をしていたので、鋭い動きと緊張を孕む音に親しみを感じていた。この感覚に慣れていたので、動きが比較的ゆっくりで重いイメージのある柔道よりも撃剣の試合の方に、好みの軍配を上げている気がする。

ちなみに柔道の試合についてもう一つの句「靡（なび）けども芒を倒し能はざる」を作っていた。強風と芒の戦いが畳の上で繰り広げられていることを感じていた。

・苔清水天下の胸を冷やしけり

（こけしみず　てんかのむねを　ひやしけり）

（明治40年夏）手帳

静かな僧堂の裏側に回ってみると崖下に清水が流れ落ちていた。句意は「流れ落ちる清水には羊歯が生え、岩には苔が生えていた。この清水は、夏の日差しを受けて熱くなっている山肌を冷やしている。そして漱石の胸や足を冷やしくれた」というもの。周りには誰もいない。まさにこの場所は漱石の天下であった。

この句の面白さは、「天下の胸」が裏山のゴツゴツした岩肌と漱石の痩せた胸を表していることだ。ややオーバーな表現になっているのは、夏の日差しがかなり強くて漱石の肉体が参っていたからだ。この年の初めから漱石は帝大をやめて朝日新聞社に入社し、職業作家に転身したことで、身の回りはてんやわんやであったからだ。大阪朝日新聞社へも挨拶に行ったりした。精神的にも肉体的にも疲労していた。そんな漱石にとって古寺の清水の冷たさは有り難かった。手に水を汲んで胸を濡らしたときに生き返った気分になった。そして天を仰いだ。

掲句の前後に置かれて句は山寺の裏山に流れ落ちる清水を詠ったもので、「したたりは歯朶に飛び散る清水かな」「底の石動いて見ゆる清水哉」「二人して片足宛（づつ）の清水かな」等の句が並んでいる。そして漱石はこの寺で、清水や蓮の俳句を一挙に30句も作っていた。漱石の気分は高揚していて、裏の清水で水遊びをしたりしていた。旧知の僧ではない誰かと一緒であったのだ。

ちなみに旧知の僧が案内してくれた寺は鎌倉の長谷にあった禅興寺であろう。この寺が荒れ寺になっていたのは、明治初年に廃寺になっていたからだ。この寺の一部は現在も明月院として残っている。この年の夏に漱石はこの長谷の地にあった親友の別荘を訪ねていた。この行動は漱石年譜には出てこない。職業作家になって初めて取り組んだ新聞小説「虞美人草」の連載が始まって忙しくなったこの時期に、漱石は鎌倉にいた。大塚楠緒子は明治40年7月18日に鎌倉長谷の地に転居していた。

三者談

この句は東洋城が漱石と一緒にいた時に作った句だ。この句について漱石は何も言わなかった。「天下の胸」は豪傑ぶってみたということだろう。「虞美人草」を書いている時の句で、作中の宗近さんのことが頭にあったので、この句ができたのだろう。壮士の気分だ。

● 御家人の安火を抱くや後風土記

（ごけにんの　あんかをだくや　ごふうどき）

（明治32年12月11日）高浜虚子宛の書簡

後風土記とは徳川家創成期のことを書いた三河後風土記を示す。主君のために家臣団が活躍して徳川幕府を作り上げたことを礼賛する物語である。漱石はこの俳句で「後風土記では主君のために働く貧しい御家人が賞賛されている。だが俳句界には当てはまらない」というもの。加えて漱石は後風土記の中の主従関係を単純には肯定していないことを述べているのだ。

この俳句は、高浜虚子が関西地区に続いて九州でも子規俳句を広める活動を企画し、漱石のこれへの参加を暗に期待する手紙を出したことに対する漱石の返答として作られている。つまり手紙文の中でははっきりと書いていない部分を俳句で表している。

病気の子規の代理人としての虚子が主君で、漱石はその指示で動く御家人と規定していることが俳句の中で透けて見える。御家人は主人のためになら、寒い冬でも行火一つで、夜具が不十分な中でも耐えることが求められていたと認識している。そして漱石は御家人の立場にはならないと返答している。明治時代の俳句界ではこの構図はよろしくないと漱石は考えている。

漱石はこの九州拡張話が出た機会を捉えて、これからは仲間、同僚としてしか対応しないとの思いを虚子に伝えている。そして漱石は自分の考える独自の俳句を熊本で推し進めることを暗に表明している。

この句の面白さは、通常布団の中で使う、簡易足元ヒーターの安全なアンカは「行火」と書くが、漱石は敢えて「安火」と書いている。「安火」の方が本来の機能をうまく表現でき、柔らかく暖かそうではないかと主張している。この表現の方が俳句として上等で、面白いではないかと。つまりは「安火であるから抱く」のであり、「行火」では足元に置くだけだということになると。

徳川の御家人が活躍したのは、戦いが続いていた当時、主君が御家人たちに「安火」を渡してくれたからだ、と理解していることを伝えた。

結論としては、子規俳句の主張、考えが九州ではうまく伝わっていない、魅力が薄いと思われていると答えている。これでは地方の御家人（地方の俳人）は動かないと。今の子規俳句、虚子俳句は幾分味気ないと言っているようだ。漱石が進めている俳句の方が九州人の気質に合うようだと。

ちなみに虚子への手紙では、「追分で引き剥がれたる寒かな」「横顔の歌舞伎に似たる火鉢哉」「炭団いけて雪隠詰の工夫哉」の句をつけて、突き進むと寒さで苦労するという予想を伝えていた。

● 苔吹いて青きもの見ゆ桶の底

（こけふいて　あおきものみゆ　おけのそこ）

（明治37年11月頃）俳体詩「尼」8節

句意は「漱石は閼伽の水を酌むために木桶を持って僧堂を出たが、外にあった木桶の底には苔が生えていた」というもの。古い木桶であったので底板が腐って苔が生えていたのだ。この句には「漏るに任せて汲むに任せて」の文言が続いている。意味は「水が漏れても良いとして水を汲んだ」というもの。

掲句の前に置かれている俳体詩は「鶯の啼く時心新たなり　経読みさして閼伽酌みに行く」である。お寺で鶯の鳴き声を聞いたことで漱石の心が新たになり、ハッとして仏壇の水がないことに気づいた。僧の後ろにいた漱石は経を読むのを止めて仏壇の水を汲みに立ち上がった。

これら全体を統合すると、鶯の声を聞いて漱石は経読みを止めて閼伽の水を酌みに僧堂を出た。木桶を持って行ったが桶の底には苔が生えていた。漏れても良いと木桶に水を汲んだ、ということになる。掲句の桶の底の苔は、明治30

年から7年もの間楠緒子とは逢っていないことを意味している気がする。

そして、この俳体詩の僧堂での箇所は、6年後に起る大塚楠緒子の葬儀の場面を予想していると思えてならない。漱石のことを思いつつ先に死んでゆく楠緒子の姿が漱石には見えるのだ。

苔踏むで苔の下なる岩の音に

（こけふむまで　こけのしたなる　いわのねに）

（明治37年12月頃）俳体詩「尼」16節

句意は「滝の近くの苔が生えている大岩に足をかけて、その下方から響く滝の落ちる音を聞いている」というもの。この下の句は「君居ますかと心空なり」に続いている。後半の部分は「近くに君はいますか、と言うと心は虚ろになっている」となる。滝の近くにある決意を持った男と女がいるとわかる。

俳体詩「尼」16節の掲句の前には「落椿矢にや刺さまし夫の矢に　翳してゆけば白き衣照る」がある。ここの部分は「白い着物を着た男は、椿の花芯を鋭利な矢で突き通して、それを胸の前に掲げて歩いている。その白い着物に赤が映えている」というもの。その矢は胸に男の刺さっているように思える。これら二つの短歌は、相愛の男女が滝に身を沈めようとしている場面を描いているのように見える。漱石先生の「夢十話」につづく「十一話目」になっている気がする。

この男は「道もゆるせ逢はんと思ふ人の名は」とあって、その人は漱石先生であることが「尼」15節に示されている。そして思われている人は大塚楠緒子なのである。

ところで俳体詩「尼」は虚子と漱石が共同して24節まで作ったものである。この15節と16節の短歌を見せられた虚子は、漱石の身に起きていた大塚楠緒子とのことを知っていたのであろう。

志はかくあらましを年の暮

（こころざしは　かくあらましを　としのくれ）

（明治28年11月22日）句稿7

句意は「志をもって、来年はこうありたいと思う年の暮れになっている」というもの。漱石は、毎年12月になると志というものを考えている自分と笑っている。つまり毎年志が実行されていない実態を思い起こしているのだ。

古語の「あらまし」は、動詞「あり」に推量の助動詞「まし」の付いたもので、こうありたいという意味になる。この言葉は、素直に期待する、予想するという意味合いになるが、「あらましを」とすると反語の意味が生じる。事実や実態が期待に反することを表す。

皮肉屋の漱石先生は、来年こそはこうありたいと思うが、結果はそうはならないとわかっている。だから年の暮になると来年は「かくあらまし」と思うことの繰り返しになると笑っている。「初心忘るべからず」の場合と同じである。人は次第に初心を忘れるのが常であるから、この格言が生き残るのと同じことだと思っているのかもしれない。

そうは言いながらも明治28年の暮れの志は今までとは異なるものになると思っているようだ。来春からは熊本に転居し、仕事も中学校の教師から高等学校の教授になる心機一転の年になるからである。おまけに結婚までする年になるからだ。志は実現しそうに思えた。恋した楠緒子のいる東京から松山に転居しても、失恋した楠緒子のことが忘れられなかった自分を今度こそは変えようとしていた。

小賢しき犬吠付や更衣

（こざかしき　いぬほえつくや　ころもがえ）

（明治30年5月28日）句稿25

「小賢しい」は「利口ぶっていて生意気だ、失礼だ」との意である。「犬吠付く」は犬が不審者に対して吠えかけることである。漱石が熊本市に住んでいた時のこと、初夏に衣替えをして家を出ようとしたら、近くでそれを見た漱石の

飼い犬が、それは変だというように漱石に吠えかけた。一瞬たじろいだ漱石はすぐに、どこがおかしいというのかと犬に噛み付いた。

当時漱石家にいた犬は、近所では家の前を通る不審者によく吠える犬として有名であった。その犬が主人の漱石に向かって遠慮なく吠えたのであるから、漱石は大慌てであった。

厚着から薄着に、そして裾丈も短めになった主人の着物を見て、犬は納得がいかないというというように吠えたと漱石には思えた。いや飼い犬にしてみれば漱石は別人に見えたのだ。

だがよく考えると明治時代のことであり、現代日本では当たり前になっている無臭の防虫剤はまだ開発されていなかったのだ。衣類の虫除けに用いる樟脳のきつい臭いが行李から出したばかりの衣類には、しっかり付着していた。その臭いは人間でもかなり鼻が曲がるのであるから、嗅覚の鋭い犬にとっては防虫剤の匂いは劇薬、毒物そのものだったのである。衣替えしたばかりの漱石が犬に近寄るのは、犬にしてみれば虐待を受けたことに等しかったのだ。繋がれた犬は近寄るのは止めてくれと吠えたのだ。

この句の面白さは、吠えた飼い犬に向かって叱るのではなく、「小賢しやつめ」と呟いたというところである。漱石は犬が主人に対して吠えた理由を理解していたことを表している。この犬は嗅覚脳が優れているから、樟脳に対して敏感なのだと笑ったのだろう。

● 小座敷の一中は誰梅に月

（こざしきの　いっちゅうはだれ　うめにつき）

（大正3年）手帳

祇園の茶屋に行った時の思い出なのだろう。中庭には梅の花が咲き、空には月が出ている夜のこと。漱石の大部屋には学友の京都帝大の教授たちがいて、盛り上がらない話をしている。それに比べて隣の小部屋は盛り上がって楽しそうであり、そこから地元京都の一中節の歌が聞こえてくるではないか。

調べてみると違った状況が見えてきた。この年の3月から京都に弟子の津田青楓と祇園に遊んでいたが、30日に京都で世話になった人たちを集めて祇園の大友で感謝の宴を開いた。その夜から腹痛が激しくなり、4月1日になって青楓と女将の多佳が相談して東京から妻を呼び寄せた。呼ばれた妻は青楓を案内人にして京都見物に出かける毎日であった。ほったらかしにされた漱石は、多佳に頼んで一中節や河東節を聞かせてもらった。京坂地方で流行っていた男女の歌であった。

句意は「梅の木の上に月が出ている夜、京都の茶屋の小座敷からは洒落た歌い方の一中節が流れている。君、あれは誰の作かね」と歌い終わった女将に聞いているというもの。漱石は謡はできたが、祇園のお座敷でやる柔らかい夜の歌は新鮮であった。

この句の面白さは、聞こえてくる一中節のうまさを最高の組み合わせの「梅に月」によって表していることだ。そして「梅」は江戸弁の上手いことを表す「うめー」に掛けていることだ。漱石先生は寝そべったまま拍手をしたことだろう。

● 居士一驚を喫し得たり江南の梅一時に開く

（こじいっきょうを　きっしえたり　こうなんのうめ　いちじにひらく）

（明治29年3月24日）句稿14

漢詩の雰囲気満載の俳句である。江南にある呉の国の陸凱が長安にいる范曄に梅の枝を添えて詩を贈ったという故事（荊州記）に基づいた俳句であるという。句意は「まだ寒い長安にいた范曄は南の地から届けられた梅の大枝を受け取ったが、その梅の枝は届くと同時に一斉に開花し、それを見た范曄は大いに驚いた」というものだ。

范曄は花開いた梅の大枝を見て、早速詩を作って陸凱に送った。その詩とは掲句であろうと推察してしまうが実は違っていた。陸凱が贈った詩とは、漱石が句稿に書き入れた掲句だったのかもしれない。つまり江南の陸凱が蕾の梅の木の束に付けた詩とは、梅の枝を受け取った范曄の驚く様を予想して作った詩であり、掲句そのものだった。

漱石は陸凱と范曄の交流の故事をもとに、面白いシナリオと長い詩的な俳句を作って楽しんでいる。この俳句は日本の俳壇において最も字余りの俳句ということになる。まことに掲句を読みて「一驚を喫し得たり」である。

● 胡児驕つて驚きやすし雁の声

（こじおごつて　おどろきやすし　かりのこえ）

（明治31年9月28日）句稿30

胡児は「胡 車児」のことで、中国の後漢時代末期の武将であり、小説『三国志演義』では「五百斤の荷物を背負い、一日七百里を歩くことができるほどの豪傑」として登場する。軍中第一の武勇を誇ったペルシャ系の男。

そのような男でも意外な面を持っていた。怪力と持続力を自慢していたが、雁の声が聞こえだけで驚いて警戒したという。人はこの話に満足してこの男は体に似あわず実は小心者であった、とニンマリするのであった。掲句は漱石が胡児に対する中国の民の声を代弁して俳句にしてみせたということだ。

句意は「胡児は豪傑ぶりを自慢するが、空飛ぶ雁の声を聞いただけで身をすくめる小心者なのよ」というもの。だが裏の解釈としては「胡児は豪傑ぶりを自慢するが、絶えず周囲の変化に注意を払っている賢い男なのだ」というもの。さらには、「豪傑ぶりを自慢している一方で、雁の声を聞いただけでわざと驚くのは、敵に警戒されないようにするための戦略だ。彼は策士である」というもの。

世を生き抜く作戦の基本は、人の嫉妬を買わないようにすることが肝要だということになる。つまりは「能ある鷹は爪を隠す」という諺につながる。漱石先生には神経衰弱の気質があったという話は、１５０年後にも生き残っている。明治の代表的小説家は自分だと弟子に表明していた天才作家は、世の文人たちの嫉妬を買わないように、若干の変人を演じていたのかもしれない。

ところで武勇を誇った武将の胡児はペルシャ系の男であったが、秦国の始皇帝もペルシャ系の人と言われているのは事実だという気がして来た。古代の中国人は漢人のことを指すのではなかった。少なくとも上層部の支配層は異人たちだったと言えるのではないか。

● 居士が家を柳此頃蔵したり

（こじがいえを　やなぎこのごろ　かくしたり）

（明治41年）手帳

居士とは「学徳がありながら、官に仕えず民間にある人」だという。仏教に帰依した者という意味もある。ここに登場する居士とは誰なのか。

漱石先生は明治40年の3月から4月にかけて大阪と京都を旅している。まず大阪朝日新聞社に行って東京朝日新聞社に入社したことの挨拶をした。その足で京都帝大にいる親友に会いに京都へ赴いた。学友であった狩野亨吉・京都帝大文科大学長が掲句の居士なのであった。京都での初日は彼の家に泊めてもらった。掲句の前後に京都のことが描かれた俳句が多数あった。京都訪問を楽しみにしていたようだ。

東山に近い家を訪ねてみると前に訪問した時と家屋敷の雰囲気が違っていた。葉を出した青柳が家の周りをぐるりと囲んでいた。中国の禅画にあるような雰囲気の家が堀端に立っていた。ここは下鴨神社の中の糺の森。狩野はこの中の借家に住んでいた。

句意は「人徳のある男の住まいを周りの柳が葉を出して隠すようになっていて、以前とは景色が違っていた。この住人にふさわしい家になっていた」というもの。

この句の面白さは、「蔵したり」にある。単に隠すのではなく、居士の家であるのでこれを保護するように、世間の雑音を遮断するように感じられることである。柳の柔らかさが世間との緩衝材として働くのだ。

ちなみに、この京大教授は、定義からすれば公務員であり、居士でないことになる。しかし、漱石にしてみれば彼は官職にあっても出世は欲はなく、古書や春画の蒐集家になっていたというのであるから、居士なのである。

挙して曰く可なく不可なし蕪汁

（こしていわく　かなくふかなし　なぶらじる）

（明治32年ごろ）手帳

漱石は学生であった明治27年の時に、楠緒子との失恋の後、帝大の寮を出て放浪した。見かねた親友の菅が坐禅を進めた。漱石は痛んだ心を癒し、整理するために鎌倉の円覚寺に参禅した。泊まり込んでいた宿坊で納豆汁が出された。この時の感想を「禅寺や丹田からき納豆汁」と俳句で記していた。よほど辛子が効いていたのであろう。腹と頭にジンときた。

では掲句の蕪汁はどうであったのか。手を挙げて発言するのであるから、やはり同じく鎌倉の禅寺でのことなのだろう。当時を思い出しているのだ。蕪汁は蕪を刻んだ具入りの味噌汁だが、食事担当の僧から「蕪汁とは何か」と問われた際に、俳句のように答えたのだ。

句意は「世話僧の質問に対して、軽く手を挙げて申す。この蕪汁は可でもなく不可でもない、もともと蕪汁はこのようなものなのでしょう」というもの。僧との禅問答のような会話を俳句にしたものであった。蕪は柔らかく、少し甘みのある野菜であるからこの味噌汁は薄味の中途半端な汁にする他なかったのだとした。漱石にとって禅問答は面白俳句そのものであった。

漱石は家で味噌汁を味わいながら昔のことを思い出していた。あの宿坊での蕪汁とともに思い出す失恋は「可なく不可なし」であったと。何となくいい思い出になっているし、今後の目標を作ってくれている、支えになっていると思った。

輿に乗るは帰化の僧らし桃の花

（こしにのるは　きかのそうらし　もものはな）

（大正5年春）手帳

目の前に中国の唐の時代の隊列が進んで来る。ここ伊豆の修善寺温泉の街で、観光行事が繰り広げられている。漱石は湯治に来ていた湯河原から近くの修善寺温泉に足を延ばして見物に行ったのだ。湯河原には禅寺はない。

屋根付きの輿に乗った僧らしき人がゆらゆらと移動して来る。多くの人がこれに付き従っている。この僧は大陸から来て日本に帰化した高僧で、この祭りでは町の人がこの高僧の仮装をしていた。

さて句意は「桃の花が咲き出した春の日に、昔ながらの輿に乗った僧らしき人が町の通りを進んで来る。昔中国から来たというこの僧は日本に帰化した人で、この町の有名な寺の僧なのであった。輿の庇には桃の鮮やかな花飾りが下がっていた」というもの。

中国の文物が好きな漱石はこの行列を見て嬉しく思ったのだ。日本と中国との交流が過去にあり、今の漱石の基礎を作っているからである。興味を持ってこの行列を見送っていた。輿に乗る人は民から興味を持って見られていた。そしてその人の頭より高い位置にある高僧は豪華な衣装を身につけていた。昔の知識人は皆から崇められていたからだ。

ちなみに俳句にある輿行列は、弘法大師によって開かれた福地山修禅寺にちなんだもので、鎌倉時代になって中国から蘭渓道隆（らんけいどうりゅう）禅師が入山したことを記念して行われた行事なのであろう。当時はこのことは町の大事件であったのだ。町の人は中国の僧を桃の花で迎えたのだ。中国でのお祝い事に桃の花が欠かせないことを修善寺の人は知っていた。修善寺という地名は修禅寺にちなんだものであった。

• 孤愁鶴を夢みて春空に在り

（こしゅう　つるをゆめみて　しゅんくうにあり）

（大正5年9月13日）七言律詩より

この漢詩的な句の出所について大岡信氏が著書「拝啓　漱石先生」の中で明かしていた。漱石が死去する半年前に作っていた七言律詩の最後の行を読み下したものだと解説していた。同氏による掲句の解説は「山中に住まいする自由人の暮らしをえがく詩の最終行である。男の孤愁が、鶴を夢見つつ春の空にかかっているのである」というもの。絶筆となった新聞小説「明暗」を書きながら作った詩であるという。その詩とは「無題」という漢詩であり、この詩と同氏による読み下し文も併せて提示する。

山居日日恰相同　（山居　日日　恰かも相同じ）　出入無時西復東　（出入　時と無く　西復た東）

的皪梅花濃淡外　（的皪たる梅花　濃淡の外）　朦朧月色有無中　（朦朧たる月色　有無の中）

人従屋後過橋去　（人は屋後より橋を過ぎて去り）　水到蹊頭穿竹通　（水は蹊頭に到りて竹を穿ちて通る）

最喜清宵燈一點　（最も喜ぶ　清宵　灯一点）　孤愁夢鶴在春空　（孤愁　鶴を夢みて　春空に在り）

漱石のこの詩の解釈を漱石の弟子の枕流が試みる。「紅梅白梅の花の咲く野の上に朧な月がかかり、一人の男が家を出て橋を渡ってゆく。川の水は足元に迫り、竹の中を通って吹き上がる。澄み切った春の夜空に、物憂げな男の魂が一つの灯りとなってかかり、鶴のように浮かび登ってゆく」というものだ。やはり死を自然なものとして楽に受け入れている。そして、梅の香りが満ちている大気中を魂は通過して上空へ行くという願望だけがある。修善寺の宿で経験した臨死の再現のように見える。

かの葛飾北斎は龍になって天空に昇ってゆくことを夢見たが、漱石の魂は鶴になって大気圏まで昇ろうというのだ。更にその上空では光になるのか。

• 五重の塔吹き上げられて落葉かな

（ごじゅうのとう　ふきあげられて　おちばかな）

（明治28年10月）句稿2

この句は子規が松山の愚陀仏庵で漱石と同居していた頃のもの。毎日松山の俳人たちがここに集まって句会を開いていた。漱石も参加して俳句を学びながら作っていたが、子規が東京へ戻る頃にこのユニークな句を作った。

漱石は6才から9才まで養父母のもとで浅草に住んでいたことがある。浅草寺は漱石の遊び場だったのだろう。この時の五重の塔の記憶をもとに、掲句を作ったと思われる。

句意は「五重の塔のそばで竜巻が起こって周囲の落ち葉を吸い上げて天高く巻き上げて行った。その茶色の枯葉の塔は赤い五重の塔と競うように伸びて行った」というもの。幻の塔はあっけなく消え去ったが、本物の塔は足を踏ん張ってしっかり立っていた。

もう一つの解釈は「五重の塔のところに竜巻が移動して塔を飲み込んだ。枯葉が塔の周りを回りながら上へ上へと登ってゆく」というもの。五重の塔自体が、上昇気流で吸い上げられているように感じる。

ちなみに掲句の直前句として「吹き上げて塔より上の落葉かな」がある。巻き起こった竜巻は五重の塔の上まで実際に枯葉を巻き上げたとわかる。この塔のある寺は東京の浅草寺と思われる。ランドマークとして機能したこの寺の五重の塔は昭和20年に焼失した。その後、昭和48年に鉄筋コンクリート造りで再建された。

• 小雀の餌や喰ふ黄なる口あけて

（こすずめの　えやくうきなる　くちあけて）

（明治32年2月）句稿33

鳥の世界では、黄色が最も目立つ色なのだろう。親鳥は目一杯に大きく開けた子雀の口を見ると、餌を運んできて入れなければと思うことなっている。これは本能として組み込まれているらしい。生まれたての雀は、自分で餌を捕ることができない。そこで親の気をひく効果のある行動をすることになる。黄色のVの形を作ることだ。

句意は「生まれたての子雀が餌をくれと黄色の口を開けている」というもの。この句は微笑ましい童句のように思えるが、厳しい自然界のことを描いている。子雀は餌を食う嘴を開け離して腹が空いていることを示す。これは子雀の知恵だ。嘴が開いていると親鳥は本能的に餌を入れるように動くのを知っている。対する親鳥は自分の子ではない雛鳥に対しても、開いている嘴があれば餌を取って来て口に入れてしまうことになる。この本能を別種の親鳥が使うケースもある。カッコウの托卵である。この技は人間も時に利用するようだ。

ところで人類は色の識別能力が鳥類とは異なる。人は黄色よりも赤色に強く反応する。人類は赤い唇がすぼまって動くとおっぱいをあげなくては考える。赤ん坊の赤い唇が生き延びるためには重要な働きをする。

人を小馬鹿にする場合に「まだ嘴が黄色いくせに」という常套句を使う。一人前になっていないことを指摘する場合に口にする文句だ。赤ん坊以下の子雀だということになるのか。ちなみに海の中で最も目立つ色は黄色だと潜水夫は言う。海に潜ると人は魚類だった頃の感覚に戻るのかもしれない。

• 去年今年大きうなりて帰る雁

（こぞことし　おおきうなりて　かえるかり）

（明治29年3月5日）句稿12

この句は、松山にいた漱石が年末年始のことを雁の渡りを用いて面白く描いたもの。いろんな俳人が「去年今年」句に挑戦している中で、漱石の句はユーモアを備えていて目立つ存在である。漱石の親友であった虚子の「去年今年貫く棒の如きもの」の句がすぐに思い浮かぶ。これについての感想を文末で記す。

句意は「前の年に南の四国に渡って来た雁は、年を越して北の国に帰る時には、ひとまわり大きくなっている。その帰って行く雁を飛翔の途中で撃ち落とそうと待ち受けている猟師がいるかもしれない」というもの。漱石先生はそんな帰る雁を心配している。猟師たちは皆、年を越した鴨の鍋料理は美味いと知っているからだ。

２０１６年は漱石の没後百年であり、翌２０１７年が生誕１５０周年ということで、この時の「去年今年」は特別なものであり、気持ちの上で大忙しの漱石ファンは多かったと思われる。

ちなみに虚子句にある「貫く棒」とはどんな棒なのか。これについて虚子の子孫である稲畑汀子さんが「虚子百句」の中で解説している。棒についての解説部分を抜き出すと「時間の本質を棒というどこにでもある具体的なものを使って端的に喝破したもの」ということである。さらに「この棒の、ぬっとした不気味なまでの実態感は一体どうしたことであろう。もしかすると虚子にも説明出来ず、ただ「棒」としかいいようがないのかも知れない。敢えて推測すれば、それは虚子自身かも知れないと私は思う。」と書いている。そして「去年今年」については「去年と言い今年と言って人は時間に区切りをつける。しかしそれは棒で貫かれたように断とうと思っても断つことのできないものである」と説明している。

これに対して漱石は明快に「貫く棒」とは「渡りの雁のことである」と言っている。

• 小袖着て思ひ思ひの春をせん

（こそできて　おもいおもいの　はるをせん）

（明治42年1月1日）『読売新聞』に投稿

漱石は体調が良くない中で正月を迎えている。漱石も妻も和服の小袖を着ていた。日本中が公式行事でなければ、男も女も明治時代の国民は和服を着ていた。漱石家の娘たちは揃って好きな柄の着物をきてウキウキ気分で漱石の前に来て挨拶をした。そして子供部屋に戻ってそれぞれ好きなことをして遊ぶ。時々厳しい言葉で意見する漱石であるが、着物姿を楽しんでいる娘たちを前にすると、眩しそうな表情になってしまう。そんな漱石を想像させる句である。

「春をせん」は漱石の創作語であろう。新春を楽しむという意味であろう。若い娘が春を楽しむさまを表す言葉になっている。「思ひ思ひの」は「それぞれが考える」という意味になる。漱石家の娘たちは着飾って嬉しそうであるが、漱石はそれを見てもっと嬉しかったに違いない。やっと家計が安定してきたからであり、家長としての役目を果たせていると思えたからである。

漱石は明治40年の春に周りから反対されたが小説家になることを決断し、今は充実した作家活動ができている。収入は新聞社との契約によって安定している。それで妻にも子供たちにもちょっぴり贅沢をさせることができていると喜んでいるのだ。この俳句には、ここに至るまでの精神的苦労が蘇ってきて、涙ぐむ漱石の姿が見えるようだ。そしてその決断に胸を張っている漱石の姿も見える。

ちなみに当時の小袖には正月小袖と春小袖があったという。小袖とは袖口が袂から上がって腕の大きさに絞っている形で、袷とは袖口を絞らない広口のままの着物ということである。通常は冬の寒さ対策に綿入れをする場合には袷の着物ということになる。作りが単純であるからで、暖かくなったら綿を抜く。したがって漱石宅の娘たちの正月小袖の晴れ着は何枚か重ね着をしていたことになる。

• 火燵から覗く小路の静にて

（こたつから　のぞくしょうじの　しずかにて）

（明治38年1月5日）井上微笑宛の手紙、俳体詩

掲句は帰国後に東京に居を構えてから作った句である。英国でひどくなっていたうつ病がだいぶ良くなってきていた。昨年の大晦日ら年明けにかけて円覚寺で参禅して、気分はスッキリしていた。久しぶりにゆったりした正月を過ごしていた。

句意は「部屋の中にまで聞こえていた玄関の外で遊ぶ子供達の声がしなくなったので、元日に誰か来たのかと火燵の中から頭を出して聞き耳を立てた」というもの。漱石は「火燵から覗く」の語で、首を伸ばした様を表し、聞き耳を立てている姿を描いている。そして「小路の静にて」の言葉によって、急に外が静かになるのも気になるという人間心理または猫心理をうまく表している。

この句の面白さは、明治38年1月に発行されるホトトギス誌に掲載される小説「吾輩は猫である」が話題になるのがわかっていて、主人公の猫がこの俳句にも登場しているように図っていることだ。この俳句を読んだ人が火燵に入っている猫の姿を思い浮かべるようにして、漱石先生はにんまりしている。

掲句は「瓶に活けたる梅も春なり」（東洋城の作）と続く。「何でもなかったとわかって、書斎の中に目を向け直した。床の間には花瓶に活けた梅の花が見事に咲いている」というもの。「梅も春なり」は来客のない平穏を示している。

ちなみに掲句の前に置かれていた俳体詩の冒頭の短歌は「元日や歌を詠むべき顔ならず　胃弱の腹に三椀の餅」である。この「三椀の餅」は参禅した寺で馳走されたもの。

ちなみに漱石先生は熊本時代に付き合いのあった井上微笑から地元の俳誌を送ってもらっていたが、その都度原稿を書いて欲しいと頼まれていたのを断っていた。そこで「妙なものを無理やり、訳の分からぬものを作ってみた」として俳体詩を送った。これは共同制作の5個の短歌からなるものであった。漱石先生は執筆した『猫伝』（のちの「吾輩は猫である」）が好評で翌年1月にはホトトギス誌に掲載することが決まって、面白い小説の延長上にある面白い俳体詩なるものに挑戦する気になった。

• 火燵して得たる将棋の詰手哉

（こたつして　えたるしょうぎの　つめてかな）

（明治32年冬）手帳

炬燵に入って詰め将棋の譜面を熱心に見ている。将棋の最後の局面であるからワクワクしているのだ。相手の防御をいかに崩して攻め入るかの作戦を立てている。緻密な頭脳を持つ漱石はこの作業が好きなのだ。

寒さが攻め寄ってくる部屋で、詰め将棋をしていると寒さを忘れられる。これでいけるはずという詰め手を見つけた時の快感は、何にも代え難いものなのだろう。詰め将棋の罠にはまって、人生をこれにかける人も出てくるくらいなのだ。

ところでこの句の面白さは、どこにあるのだろうか。将棋で相手の王将を逃げ道を作らないように追い込んで行く「詰める」の語には、根気よくことを進める、煮つめるの意味もある。また漱石自身も教師業が多忙になり実は句作において詰めていたのだ。そして、この言葉にはもう一つの「詰める」が掛けてある。小さな炬燵に漱石は太い両足を詰めて入れているので将棋の手ではなく足を詰めていたのだ。

掲句の直前に置かれている句は「御家人の 安火を抱くや 後風土記」である。

・巨燵にて一筆しめし参らせう

（こたつにて いっぴつしめし まいらそう）

（明治30年4月18日）句稿24

句意は「炬燵で毛筆を使って手紙を書くとしよう」というもの。子規は布団の中に潜って手紙を書くのだろうが、私は炬燵に足を入れて手紙を書き始めます、と宣言して子規宛の手紙を書き始めた。4月といえども阿蘇の麓の熊本市内ではまだ寒い日があるということを俳句にした。このようにまだ寒い日があるわけだから、東京にいる子規は人一倍体には気をつけてほしいとメッセージを書き送った。

この句の面白さは、「巨燵にて一筆」であろう。コタツは大きいものであり、この上に小さな筆が載っているという形の対比が面白い。そして漱石はコタツに火燵でも炬燵でもなく、巨燵の漢字を選択している。この工夫は漱石が背中を丸めて縮こまっている姿を想像できるようにするものだ。これには絵画のデフォルメの技法に類するものが感じられる。

ちなみに掲句は、春をテーマにして俳句を作ったのではない。文字に関する俳句を5句作ると決めて作ったものの一つである。他の4句は「いの字よりの字むつかし梅の花」「夏書する黄檗の僧名は即非」「客に賦あり墨磨り流す月の前」「金泥もて法華経写す日永哉」である。

・五反帆の真上なり初時鳥

（ごたんほの まうえなり はつほととぎす）

（明治28年10月末）句稿3

海が穏やかになり、初めて時鳥が松山の地に飛来する季節になると、これを合図のようにして五反帆をつけた帆船が荷を積んで航海に出かける。春の到来を告げるこの大型帆船の出航は港を活気づける。この出港に向けての作業はまだ幾らか寒い季節でも、港の人夫たちをはじめとして皆希望が湧いて体が動いた。作業する人が五反帆のてっぺんを見上げると何羽かの時鳥が留まって鳴いている。

五反帆とは1反の幅の着物生地を5枚平行に並べて強い糸で縫い合わせたシートを縦長の帆にしたもの、そしてそれを取り付けた船のことである。その帆はおおよそ3・5mの幅があり、縦の長さは5、6mぐらいか。この帆をマストに取り付けた船の真上には時鳥が見える。この鳥の声は激励の声のように響く。

同じ句稿で掲句に隣り合わせて書かれていた句は、「時鳥たつた一声須磨明石」である。つまりこの「時鳥たつた一声」句の鳥の声、実際には源氏物語を読んで感激してあげた声であったが、この声を受けて次の掲句が作られている。つまり須磨明石で鳴いていた時鳥は松山港に停泊している五反帆船の上に来ていると連携させていて、面白い。

もう一つの面白さは、船の出航を告げる鳥は時鳥であるとする漱石は、時鳥の声は現代の出航のドラの音の役割をしているということだ。まさに出航の時を告げる「時の鳥」ということになる。漱石はこのようにしゃれてみせて、子規を笑わせようと企んだのだ。病気の子規を元気付けるために。

ちなみに明治28年ごろの松山港ではまだ帆船が主流であったのだろう。白い帆とホトトギスは良い組み合わせだ。「ホ」つながりである。この句は10月に東京に戻る子規を松山港で見送ったときの記念の春の船出の俳句なのであろう。子規は時代の先端にいると漱石は言いたかったのだ。まさしく子規は時の鳥だと。病が回復したらまた気張ってくれと言いたかった。出航してくれと。

（原句）五反帆の真上なりけり時鳥

・東風吹くや山一ぱいの雲の影

（こちふくや　やまいっぱいの　くものかげ）

（明治23年9月）


坪内稔典氏によると、この句は9月に漱石と子規が箱根に滞在した時の作だという。そして、漱石全集の編集者を含む識者が指摘するように、この句は春の季語になっている東風が用いられているので、漱石は季語を無視していると いう。または季語を勘違いして用いているという（漱石全集では、『九月の作だが「東風」の季は春。当時、漱石は季語の意識が弱かったか？』と注がついている）。確かに「山一ぱいの雲の影」はどう見ても9月の山際の光景であり、強い光のコントラストを感じさせる。

9月の箱根ということを参考に、深く考えてみる。箱根は馬てい形の地形になっていて、地図で見て右の東側が広く空いている。この形の窪地に吹く9月の風は、東の相模湾の方から吹き込む東寄りの風になりがちである。そうであれば、この掲句の風はまさに東寄りの風であり、文字で表せば「東風」ということになる。季語とは関係のないただの東から吹く風なのだ。

漱石先生は季語無視の俳句を作っていたのではなかった。東方から吹く風を季語に指定するからこのように変なことを引き起こし、つまらない誤解を生むと漱石は言いたいのだ。季語万能主義の俳壇に異議を提出した形だ。季語に拘りすぎるなと言いたいがために、漱石はこの句を作った気がしてならない。

相模湾から流れ込んだ湿った東寄りの風が吹き込むと、風は箱根の山にぶち当たって雲が湧き上がる。そして山一帯を白い雲の影で包んでしまう。漱石は春の季語である「東風」を掲句に入れたことで、暑い箱根の旅を少しは涼しくしようとしているのかもしれない。

三者談
高等学校を卒業した年の9月初めに箱根で作った句だ。掲句は「恐らく東風を春の季のものだと考えて」晩夏に箱根の山で経験したことを詠んだ。同行した子規は無季の俳句を作っていた。ともに気楽に作っていた。初秋の風が吹く大きい景色を写生した句で、後年の俳句の作風を予言している。

・東風や吹く待つとし聞かば今帰り来ん

（こちやふく　まつとしきかば　いまかえりこん）

（明治29年1月12日）子規宛の葉書

冬の初めに子規に送っていた焼き海苔が湿気ってしまったということを手紙で知らされたが、お気の毒と返信した。漱石はこの葉書に自作の漢詩を付けた、その後ろに掲句を添えていた。

掲句は『古今集』の離別歌「立別れいなばの山の嶺におふる」の下に続く七七の文言の「待つとし聞かば今帰り来ん」を掲句の中に中七と下五に採用している。そして上五には菅原道真の名歌から「東風や吹く」を切り出して、組み合わせている。この歌の作者は在原業平朝臣の異母兄にあたる中納言行平で、この歌は百人一首の一つ。

東からの風が吹いて、東京の子規が私（漱石）を待っているということを九州で知ったならば、すぐに会いに行きます、という意味になる。この年の3日に開いた子規庵での初句会で子規に会ったばかりの漱石であったが、用事があるときは知らせてくれ、すぐに東京にゆくから、と親愛の情を示した形だ。男同士の連絡に、男女の離別歌を用いてふざけている。

行平作の元歌は「立別れ　いなばの山の　嶺におふる　待つとし聞かば　今帰り来ん」（855年の春）で、意味は「お別れして、因幡の国へ赴任して行くことになった私ですが、因幡（鳥取県）の稲羽山の峰に生えている松の木が私の着任を待つように、あなたが私の帰りを待つと聞いたなら、すぐに京に戻ってまいりましょう。」となる。この元歌は掛詞がふんだんにあって洒落ている。「因幡と稲羽と往なば」、また「松」と「待つ」、さらには「老いる」と「生ふる」の3箇所で韻を踏んでいる。この洒落歌に対抗して、漱石句は菅原道真公の有名な歌の「東風吹かば にほひおこせよ 梅の花 あるじなしとて 春を忘るな」（拾遺和歌集）と在原行平の歌を切ってミックスしている。高度なテクニックを駆使した行平の歌を材料に用いてしまったというおかしさがある。二つの有名句を遠慮なく切り合わせてしまう漱石のユーモア心が炸裂している。また菅原道真の方は梅の花が主役であるが、行平の方には松の木が雑居しているというおかしさがある。漱石はなんでも接ぎ木できるのだ。

漱石先生はこの有名文句同士のミックス俳句を思いついて嬉しくなり、子規とは東京で濃厚な別れの会をしたばかりであったが、すぐに葉書を出した。海苔の話題と漢詩は付け足しなのだ。漱石のアイデアは、二つの名歌を切って黒い糊で接着したというところだ。ここに落語のオチがある。

• 兀として鳥居立ちけり冬木立

（こつとして　とりいたちけり　ふゆこだち）

（明治32年1月）句稿32

「宇佐八幡にて　6句」の前置きがある。「兀として」は高くそびえているさま、高くて上部が平らなさまをいう。この漢字の形は鳥居そのものである。では宇佐八幡宮の鳥居の高さはいかほどか。13mであり、古い時代の木製である。この宇佐の赤い鳥居の両端は特別に反り返って優美であり、天に伸びる形をしている。

句意は「参道を奥へ歩いて行くと、冬木立の中にすっくと立つこの鳥居は目立ち、聳え立っているように見えた」というもの。漱石と同僚の二人を待つように立っていた赤い鳥居は、水平な土地に忽然と現れて現実離れして見えた。まさのこの世とあの世をつなぐものとして存在していると納得させられた。

鳥居という漢字は「鳥が居るところ」であり、鳥の留まり木だと言われている。つまり天から降りてきた大柄の八咫烏が留まるための木が鳥居だと言われている。赤色は天からでも目立つ色にしたのだと言われている。これに対して漱石は掲句で異議を呈している。

「こつとして」のコツの音は、骨ばかりの長くて細い二本足をイメージさせる。そして兀の字は天皇家の神秘の鳥の八咫烏をデフォルメしてかたどったものなのだ。そして「兀として鳥居立ちけり」の鳥居は、この特別な鳥が二本足で立っている姿そのものである。鳥がそこにいるから鳥居なのだと、喝破しているように思える。「コツ」の音は漱石のひらめきの音でもあった。この鳥居の形は庶民に神社に対して親近感を抱かせるための神社側の仕掛けであろうと考えられる。朱赤色は高貴な念を抱かせるためのものだ。

ちにみにこの宇佐神宮への初詣の旅は五高の若い同僚との二人旅であった。1月1日の朝に家を出て2日に神宮に到着した。熊本から北九州周りの長旅の末にたどり着いたのであった。元日に熊本市にいた二人は草鞋と着物・袴姿で荷物を持って忽然と鳥居の前に現れた。神社は旧暦での参拝受け入れの準備をしていて、閑散としていた。

• 骨立を吹けば疾む身に野分かな

（こつりつを　ふけばやむみに　のわきかな）

（明治43年9月15日）日記

肉が落ちて骨が目立っている体に野分が吹きかかる。このとき漱石は風が襲いかかって来たと感じた。少し体力がついたと思い、寝ていた部屋から旅館の庭に出てみた時の体験を俳句に描いている。寝間着を着込んでいたが、風に着物の裾は泳ぎ、体は風に押されてふらりと流されそうになる。

句意は「長く寝込んでいた体は、骨が浮き立って足元はおぼつかない。久しぶりに部屋を出て庭をゆっくり歩いていると野分が突然吹き出して体は風に流される。必死に倒れないように踏ん張る」というもの。

私が骨立で思い出すのは、小学校の理科資料室にあった人体模型である。骨だけの体が立っていた。もともと痩せていた漱石の体は病床にあった約40日の間にすっかり「骨皮筋衛門」の骨立体になっていた。食事制限が厳しく実施され、体は極限までやせ衰えていた。それでも臨死を経験した後は生きることに決めて、歩き出した。秋の風情を感じようと庭に出たが、あいにく野分のシーズンに当たっていて、弱った体は風に翻弄された。だが漱石はこの風の圧力を生きている実感と感じた。

この句の面白さは、骨立は発音から判断すると筋骨隆々の体と勘違いしそうなことである。漱石もある程度体力が戻って来たことを実感していたことを「骨立」に込めている気がする。しかし庭にゆっくり歩み出てみたら、フラフラなのであった。風に笑われてしまった。体の実情をわかっていなかった。気力だけで歩こうとしていたとわかった。

• 御天守の鯱いかめしき霰かな

（ごてんしゅの　しゃちいかめしき　かすみかな）

（明治29年1月28日）句稿10

漱石は前年末に熊本第五高等学校への転勤と中根鏡（通称は鏡子）との結婚を決めて、翌年に向けてそれらの準備に取り掛かっていた。年末年始は東京にいたが、1月7日に鏡子とその母に新橋駅で見送られて松山へ帰った。よって掲句は松山の愚陀仏庵にいた時のもので、松山市内もこれが見納めとして近くを隈なく歩いていた。

句意は「岡の上で優美な傾斜を見せる白い松山城を城の麓から眺めていると、金色の鯱鉾が厳しく霞の中に浮かんでいる」というもの。今まで鯱をしみじみと見たことがなかったが、霞の中に浮かんでいるせいか鯱は生き生きしていた。水を得た魚のようであった。

この街の尋常松山中学校で1年しか教えなかったが、いろいろな思い出ができた。だが中学校の校風と土地の生徒の質が漱石の肌に合わなかった。しかし、この町で同居した子規から俳句を集中的に学ぶことができた。そして多くの地元の若い俳人との交遊ができたと思い起こした。その間に楠緒子との失恋ショックを和らげることができ、次に進む気持ちが芽生えたと思った。

この句にあまり面白さはないが、東京での学生時代の出来事を記憶から切り離すことができたことを「霰かな」で表した。鯱がいかめしく光って見えたのであるから、漱石は少し元気が出たようだ。しかし、この元気はかりそめのものであった。

• 古銅瓶に疎らな梅を活けてけり

（こどうびんに　まばらなうめを　いけてけり）

（明治32年2月）句稿33

「梅花百五句」とある。この古銅瓶は宣徳の花瓶なのであろう。中国の明代の金属工芸品で、銅製、または真鍮製のやや大きな器の瓶である。この瓶は花瓶以外に火鉢としても使われた。

中国趣味のある漱石先生には骨董趣味があり、漱石家の床の間にはがっちりした華台の上に広口の重そうな古銅瓶が置かれ、大きな梅の枝が1、2本生けてあった。

漱石先生は床の間に好きな梅林を再現していた。庭に梅の木があったが、床の間にも小さなアートとしての梅林が出現していた。骨董の器に梅の花。ストレス解消には好きなものを眺めるのが一番である。

同時に作られていた「宣徳の香炉にちるや瓶の梅」の句によって、華台の上には古銅瓶の花瓶があり、その隣には同じく骨董の香炉が置かれていた。散り出した梅の花びらが香炉の上に降り注いでいるのを、漱石先生は満足げに眺めていた。

この句の面白さは、「疎らな梅」であろう。どのような梅なのであろうかと読み人に想像させる仕掛けである。曲がりくねった大きな枝をそのまま切り出して花瓶に生けたと考えたが、違うようだ。梅の花が大方落ちてしまっている大きな枝をそのままにしておいたのだ。すでに隣の香炉の上に花びらは散っていた。梅の枝にはわずかの花と落ちた花びらの柄のみが付いている状態なのだ。

漱石先生にしてみれば、梅の花びらのほのかなピンクを演出していたこの柄に敬意を表したのだろう。大部分の花びらが散った後の梅の枝は、白い花びらが散ったことで赤みが増したように見えた。そこに新たな美が出現していた。

・今年より夏書せんとぞ思ひ立つ

（ことしより　げがきせんとぞ　おもひたつ）

（明治29年10月）句稿19

前書きには「初恋」とあり、漱石はこれを題にして2句作っていた。掲句は架空の俳句と思わせるものであった。

句意は「夏休みに入ったので今年から僧のまねをして夏には写経をしようと思い立った」というもの。漱石は学生時代の頃を思い出して句作している。綺麗な文字で恋文を書きたいと、夏休みに写経の特訓をしようとした頃があったのか。

ちなみにもう一つの初恋の句は「独り顔を団扇でかくす不審なり」である。この句稿では「初恋」のほかに、「逢恋」「別恋」「忍恋」「絶恋」「恨恋」「死恋」のテーマで2句、3句ずつ作った。この時期に恋に関する俳句をこれほどまでに集中して作ったことについては、6月に結婚式を挙げ、9月中旬に北九州に新婚旅行に出かけたことが関係していそうだ。学生時代から今まで頭を占めていた楠緒子との失恋の記憶や思い出を封印しようと決めたのを機会に、記念碑的な俳句を作ろうとしたのであろうか。

ところで漱石先生は新婚旅行から帰って来て自分の気持ちを整理してみた時に、恋シリーズの最後の句として「死恋」と題した句において、「生れ代るも物憂からましわすれ草」と書いていた。そしてこの恋シリーズの句を子規に送っていた。この句の意味は、「時間の助けを借りて生まれ変わったつもりだったが、ずっと辛く気が重たかった。憂いを忘れさせる草があっても」というもの。失恋の痛みはそう簡単に癒やせはしないのだ。東京にいる恋人だった楠緒子のことを忘れられない、と改めて思ったに違いない。

結局、翌明治30年4月に妻には内緒の久留米への宿泊旅行に出てしまった。久留米市善導寺の一富留次宅を訪問し、一泊した。漱石は久留米で楠緒子と会ったと思われる。この一富家は親友の菅虎雄の妹の嫁ぎ先であった。

・琴作る桐の香や春の雨

（ことつくる　きりのかおりや　はるのあめ）

（大正元年10月5日）日記

職人が琴の胴を作る桐の薄板を鉋（かんな）がけしている。その削りカスが空を舞うと桐の香りが部屋に放たれて立ち込め、窓から外に流れ出す。春の雨が降り出して部屋の湿度が高めになり、桐材が吸湿して材の細胞が膨潤すると、開いた細胞膜の孔から内部の少ない匂い成分が出やすくなる。この微妙な匂い成分に対する感覚を漱石は描いている。漱石先生は鼻の匂いセンサーが優れていたようだ。

大正元年の漱石は45歳で働き盛りの壮年であるが、体はいわゆるガタが出ている状態であり、胃に痛みの出る毎日であったのである。そのような体調でありながら、いや、そうであるからこそこのような俳句を作れたのであろう。感覚が研ぎ澄まされていたと思われる。

大正元年は明治の世が終わった年であり、明治の今上天皇が崩御した年だ。その皇室のトレードマークは桐の花である。かつては豊臣秀吉他の有力武士が家紋に桐の花を用いていたが、現代では日本政府と皇室専用になっている。漱石は掲句を作って天皇のこと、業績等に思いを馳せたのだろう。明治天皇は琴のように日本にいい音色を響かせてくれた、厳しい弱肉強食の国際状況の中で何とか日本の民と日本を守ってくれたという認識であったのだろう。だが元を正せばその前の江戸時代が優れていたからであったと漱石は認識していた。

・琴に打つ斧の響や梅の花

（ことにうつ　おののひびきや　うめのはな）

（明治32年2月）句稿33

「梅花百五句」とある。熊本市内の野点の茶会を兼ねた梅観の会でのことである。白梅の木の下に町の名士が茶会の席をこしらえていた。ここに地元の名士の一員として漱石先生も呼ばれていた。他に地元経済界からも人が招かれていた。そのうちの一人は、琴を抱えた若い芸妓を連れて来ていた。この様子はこの句が書いてあった句稿の他の句に記されている。「さらさらと衣を鳴らして梅見哉」「妓を拉す二重廻しや梅屋敷」と「梅の花琴を抱いてあちこちす」の句によって、どのような女と男であるか想像できる。

この若い琴の弾き手は、茶席の男たちの期待を受けてつい指に力が入ってしまっていた。緊張して琴を弾く爪が弦を強く打って爪音を出している。弦の音の前に硬い大きな爪が弦に当たる音が、琴から「斧の響」として聞こえている。この爪の当たる音は漱石先生の耳には不快に響くのだ。

これは音楽ではないと不満を持ち、この気持ちを俳句にぶつけている。もっと雅に弾かねばならないと思っている。英語教師の漱石は「おー、ノー」という気持ちなのだろう。この芸妓はただ若いだけが取り柄の人だと断じている。漱石はこんな弾き手を連れてくる男の気が知れないと思っている。だが非難めいた視線の裏側で、一人で参加している漱石先生はこの男を羨ましく思って横目で見ている。この若い芸妓は町の名士達の前で琴を弾けたことでパトロンに感謝するのは明白である。この男は計算高いと漱石先生は感心する。

・五斗米を餅にして食う春きたり

（ごとべいを　もちにしてくう　はるきたり）

（明治30年1月）句稿22

「其他少々」と前置きにある。熊本での新婚生活のことを詠んでいる。熊本第五高等学校の教授の俸給は高かったが、この半分は両方の親等への仕送りで消失していた。残りの金で生活をするようになることを鏡子に伝えていた。だが広い借家に何人か置いた書生には食を提供し、また住み込んでいる同僚には酒をつけて食を安く提供するように妻に言いつけていた。そして漱石自身は洋書代の別枠を設けていた。すると妻の生活のやりくりは困難になり、悩みは増すことになる。

ところで5斗米とは何か。米の量の単位であり、今の5升の米である。そして「年に5斗の扶持米」の意からわずかな給料を表す言葉になっている。一人の年間の食い扶持が50升であるから、これだけで生活するのは困難であるとわかる。さてここからどうするかである。ここで人間の生き方が分かれる。漱石は現状を嘆きつつ、しばらくはやり繰りすると決めた。

いや違う気がする。「五斗米を餅にして」とあるから、混合餅なのだ。例えばもち米2斗、うるち米1斗、粟2斗を加えて5斗にするようなものなのだろう。松山で食べた五斗味噌のように。前置きにある「其他少々」と合致する。

漱石は使える給料の少なさを俳句で嘆くために、好きな陶淵明の貧乏故事を下敷きにした掲句を作った。句意は「少ない俸給で餅を買って正月を過ごす新春が来た」というもの。これでは目出度さも半分という気持ちである。

「五斗米の為に腰を折る」という中国の古い言い回しがあるという。これは低い役職の俸給を上げてもらうために、上司の機嫌をとるということだ。役人の陶淵明は、五斗米のために腰を折らずに職を辞した。役人でいると親類縁者の生活支援をしなければならないというしきたりがあったからだ。漱石は嘆き節を唸ってじっと我慢だと笑っている。

苦しい家計の内情を子規や句会の仲間にもさらけ出して嘆いてみせる。仲間から高給取りだと思われているからだ。漱石は家計がただ苦しいという句を作るのではなく、かの陶淵明も貧乏であったのだからと自分を納得させるところが面白い。

・こぬ殿に月朧也高き楼

（こぬとのに　つきおぼろなり　たかきろう）

（明治31年5月頃）句稿29

日本には明治時代まで通い婚的な男女の交際方式が続いていて、この俳句はこれを背景にした俳句である。ここは大きな屋敷で娘が誼を通じた男を待っていた。

女はこの夜に訪ねてくると言っていた気に入りの殿御が夜遅くになっても来ないのを訝っていた。その理由を考えていたが覚束ない。夜空には明るく夜道を照らしていた月が霞んで見えた、というもの。諦め始めた女の目には涙が溢れて来て、月が朧に見えていた。

掲句に隣接していた句は「行き行きて朧に笙を吹く別れ」であった。これら二つの句は連句である。この隣接句を参照して掲句を解釈すると、夜空の朧な月を見ていると、今まで親しんでいた男の気持ちが自分から離れてしまったことを悟ったということだ。これを受けて次の句ではこの遊女は「こうなったからには男の気持ちは戻らないと考え、別れることにした。自分にけじめをつけるために朧な月に向かって笙を吹いた」というもの。月に自分の気持ちを訴えて、自分の決断の証人になってもらうために。

ちなみに漱石がこの句を作った明治31年5月頃に、妻の鏡子は熊本市内の白川に投身するという自殺未遂事件を起こした。漱石はこの妻の気持ちを察してこの句を作ったのか。

・来ぬ殿に寐覚物うけ火燵かな

（こぬとのに　ねざめものうけ　こたつかな）

（明治28年11月22日）句稿7

平安貴族の通い婚の話なのかと思わせられる。だがこれは明治28年の松山でのことなのである。全国的に土地土地に若者宿があり、一般家庭でも未婚娘には夜這いの習慣が認められていたころのことで、当時独身であった漱石は地元組織に入れてもらえ、この時に体験したことを掲句等の俳句として記録していた。

ここでの解釈のポイントは「物うけ」である。「物受け」ではなく「物憂げ」として理解しなければならない。「ものうげ」とは、気持ちがさっぱりしない。なんとなく心にわだかまりがある状態だ。だるくて何もかも面倒だ。「物」は、なんとなくそういう感じがすることを表す。しばらくこれがわからないために、掲句を前にして弟子の枕流は一時間強の時間を「物憂げ」に過ごしてしまった。

句意は「昨晩来るはずであった男が結局朝になっても来なかった。うとうと炬燵で寝てしまったが、寝覚めてみるとやはり部屋には誰もいなかった。火燵のおかげで風邪をひくことはなかったが、何と言うことだと落胆した」というもの。女の立場の漱石先生は呟く。「もう、おしまいね…」と。

この俳句は男を待つ女の立場で作った俳句である。漱石は夜こっそり女の部屋を訪ねるはずであったが、行くことができなかった。漱石は悪いことをしたという気持ちでこの句を作っている。ユーモアの持ち主である漱石先生は松山中の娘たちの人気者になっていたはずだ。

ちなみにこのユーモアは勤め先であった松山尋常中学校でも発揮された。のちに小説「坊っちゃん」で旧制中学校の生徒たち、教員たちとの悶着が描かれたが、この中学校の人たち向けに「愚見数則」と題する長文を愛媛県尋常中学校「保恵会雑誌」（校友会誌）に掲載した。この誌上で「坊っちゃん」先生は人生観、教育観を檄文で熱心に語っていた。熱心すぎて笑みがこぼれてしまう。学校を去る直前に置き土産として書いたようだ。

・此枯野あはれ出よかし狐だに

（このかれの　あわれでよかし　きつねだに）

（明治28年10月）句稿2

いつの時代でも俳人は、この寂しい語である枯野を季語として用いた俳句をたくさん詠んでいるようだ。この中にあって枯野をテーマにして面白い句がいくつか作られている。芭蕉の辞世の句にもユーモアが込められているが、子規の「汽車道の此頃出來し枯野かな」も幾分ユーモアを感じさせるものになっている。枯野にはかつて獣道がいくつもあったが、今は汽車道が新たな獣道としてできているというもの。漱石の掲句も漱石らしい面白い枯野句になっている。

掲句は子規の先の句を受けている気がする。松山の郊外を汽車が走り抜けるようになったが、そうなると枯野の雰囲気が一挙に壊された。近代的な乗り物が走ると今までの枯野らしい寂しい荒地はどんどんなくなるのだ。

漱石句の句意は「この松山郊外にはススキの繁茂した枯野があったが、今は動物の気配が感じられない寂しい場所になっている。せめて狐だけでも出てほしいものだ」というもの。汽車が走り出して狐は枯野から追い立てられてしまった、と嘆いている。ちなみに後に漱石は、「枯野原汽車に化けたる狸あり」の俳句を作っている。たまに狐はこの枯野に出てほしいものだと願っていたら、代わりに狸が列車に化けて走っているではないかと、ふざけた。

掲句の一つ前に置かれている句は「冬の山人通ふとも見えざりき」である。

動物たちが姿を消しただけでなく、人間の姿までが見えなくなったと嘆いた。明治時代から人が山に入らなくなっていたのか。

・此頃は女にもあり薬喰

（このごろは　おんなにもあり　くすりぐい）

（明治28年11月22日）句稿7

薬喰は主に豚や牛、馬の肉を鍋物にしたり、鉄板で焼いたりして食べることである。獣肉を大っぴらに食する習慣は、明治になるまで一般的ではなかったが、人々は隠れて食べていた。つまり薬喰は隠語なのである。薬だと称して食べていた。

江戸時代に隠れて食べていたのは、大名であり、僧であり、庄屋等であった。このことを知って、さらには西欧人の食事のことも知って、これに続けと庶民の男たちも食べるようになった。諏訪大社上社（長野県諏訪市）では、『鹿食免（かじきめん）』という免罪符を発行した。また『鹿食箸（かじきばし）』という箸を発売した。これらがあれば堂々と気兼ねなく肉食ができた。「薬喰隣の亭主箸持参」の句を蕪村が作っていた。隣の亭主は蕪村同様に『鹿食箸』を隠し持っていたのだ。隣の亭主は蕪村の家で「薬喰」が始まると聞きつけてこっそり来たという俳句だ。いい匂いは隙間だらけの長屋では隠しきれない。また美食家として知られていた子規の家には、全国のファンから薬が届いた。作った句に「戸を叩く音は狸か薬喰」がある。

冬に滋養をつけたい庶民は、『鹿食箸』を持たなくても口で「薬喰」「薬」と唱えれば問題ないとして鹿や猪、兎の肉を食していたと思われる。

明治時代の漱石先生は、薬喰は男だけの特権だと思っていたが、「此頃は女にもあり」と句に詠んだ。女が堂々と牛肉などの肉料理の店に入るようになってきたと観察していた。薬になるなら女も欲しいと言うのは当然だということだ。江戸の昔から日本人は薬が好きだったから、現代に至っては薬の過剰摂取が問題になってきている。欧米人ほどではないが薬で肥満になる人が増え、肥満防止のためのサプリという薬を飲む人が増えている。

・此頃は京へ頼の状もなく

（このごろは　きょうへたよりの　じょうもなく）

（明治37年10月頃）俳体詩「無題」

掲句は6行、3短歌からなる俳体詩の一部。円覚寺と思われる寺での参禅風景である。漱石はここに来てよかったとしみじみ思っていた。

句意は「今まで悩み事が出る度に、また転職が必要になる度に世話を頼む手紙をよく京都の友人に出していたが、この頃は助けを求める手紙を出さなくなった」というもの。明治36年1月に英国から帰国してしばらくは、頭の中は整理できず、不安や問題を友人たちにぶつける手紙を書いて来たと振り返っていた。そして今は手紙を出す必要もなくなって来ているが、これは参禅の効果なのであろうと考えた。

掲句は「兀々（こつこつ）として愚なれとよ」と続く。漱石先生は大学での生き方が最近少しわかって来たという。少しずつ自分がバカになればいいのだと。そして自分の勉強を熱心にし続けていればいいのだと。そこで帝大英文科の学生の授業に対する不満を解消するために、授業の質を落とし、面白いテーマに切り替えた。シェークスピア劇をテキストに用いて面白く話したら、急に大学中で人気の授業に祭り上げられたのだ。他学部からも授業の聴講に来た。自分は真面目すぎたのだとわかった。

掲句が含まれる俳体詩「無題」全体を記述する。

「行春や未練を叩く二十棒　青道心に冷えし田楽」「此頃は京へ頼の状もなく兀々（こつこつ）として愚なれとよ」「僧堂と焼印のある下駄履いて　門を出づれば桜かつ散る」

・此里や柿渋からず夫子住む

（このさとや　かきしぶからず　ふうしすむ）

（明治29年11月）句稿20

漱石が熊本第五高等学校に転任して最初に住んだ家は熊本城の北東に位置す

る住宅地にあった。この家に住んでみるともう少しゆったりとした家がいいと思い、すぐにのどかな風景の広がる郊外の借家に引っ越した。この家はカマキリが家の中に入り込むような家であった。そんな漱石の家のある里にはお大尽が住んでいた。

　その長者は金持ちの印として甘柿の木をたくさん植えていた。いや甘柿の木の林を作っていたから長者になれたのかもしれない。

　この家は勤め先の高校の近くにあって、大学時代からの親友で職場の同僚でもある菅虎雄の家からも近かった。この虎雄の家は楠緒子からの手紙の中継基地としても便利であった。

　この句の面白さは、たくさん植えてあった柿の木を見て、これらは甘柿なのか渋柿なのかと興味を持ったとわかることだ。どうせ渋柿だろうと気楽に一個もぎった。すると渋くなかった。ものすごく甘い柿だった。これならこの家の柿は高く売れそうだと考え、このような柿の林の持ち主になれば資産家になれるということに驚いた。里の賢い長者は投資の感覚も鋭かったということになる。

・此の下に稲妻起る宵あらん

（このしたに　いなづまおこる　よいあらん）

（明治41年9月14日）弟子・友人への死亡通知

あの有名になった小説「吾輩は猫である」の主役で、漱石に小説を書かせた漱石家の「黒猫」が死んだとき、漱石は墓標の裏にこの句を書いて、庭の北側に作った猫墓に差した。不慮の事故で死んだ黒猫は思慮深かった分、漱石は無念の気持ちが強かったはずだ。したがって黒猫が庭先の土の中で眠っていても、時々稲妻を引き起こすと予言しているのだ。猫の死を残念がっている気持ちが強く表れている。

　句意は「この盛り土の下に猫のお前は眠っているように埋まっている。しかし変わった気性のお前は、時々目を覚まして夜空に稲光を発するかもしらん。生きていた時に金色に光ることがあったように」というもの。

　漱石は心の中で墓に向かってこう呟いたに違いない。「この墓標の下には名無しの猫が眠っている。こやつは批判精神に富んで面白い猫だったから稲妻を起こすかもしれない。猫の目は暗闇では金色に光るから、稲妻のようだし。あの光る目が宵に稲妻を引き寄せるかもしれない。稲妻が近くで光った時にはお前の仕業だと思って思い出すことにしよう」と。

　また掲句を作った際には、「吾輩は猫である」に登場した猫のように、土中の猫は漱石に一家言を発したがる顔をしていたことを思い起こしていたと想像する。

　漱石は2番目の飼い犬にはクロと名をつけ、3番目の飼い犬にはヘクトーという名をつけていたが、漱石家に棲み着いた猫には名前を付けなかった。そこで漱石はその猫の死後に、墓標にその猫の名に類するものを書いたと考える。戒名のような名前が「此の下に稲妻起る宵あらん」なのであろう。口が達者な黒猫にふさわしい高尚な名前になっていた。随筆的な短編集「永日小品」には次の文章がある。「妻は（中略）車夫を頼んで、四角な墓標を買って来て、何か書いてやって下さいと云う。自分は表に猫の墓と書いて、裏にはこの下に稲妻起こる宵あらんと認めた。」とある。「何か書いてやって下さい」の意味は、猫に名前をつけなかったのであるから、その代わりを求めて何かを書いてと妻は願ったのだ。そこで漱石先生は、戒名のようなものを墓標に書きつけようと

思ったと考えるのが妥当なところであろう。

　漱石が、友人知人に「この下に稲妻起こる宵あらん」という句を添えて猫の死亡通知を送ったことは有名な話である。漱石はこの死亡通知の中で初めて「この下に稲妻起こる宵あらん」の文言を俳句として扱ったことになる。

• 此炭の喞つべき世をいぶるかな

（このすみの　かこつべきよを　いぶるかな）

（明治31年1月6日）句稿28

「かこつ」とは不平を言う、愚痴を言うことであるが、骨ばった語感があり、特別なこととして言う感じがある。

　この俳句を漱石が句稿に書き込んだのは明治31年に入ってからであるが、作ったのは明治30年の大晦日であった。同僚の山川信次郎と熊本市の北隣の玉名市にある小天温泉に行って年末年始を知り合いの別荘で楽しく過ごそうと出かけたのだ。

　句意は「目の前の黒炭が枯れ葉でうまく着火せずに、くすぶって煙を出しているが、これは炭の分際でこの世についての不満を口に出しているように見える」というもの。この炭は漱石自身の代わりに燻っているようなものだと自嘲している。

　寒い大晦日に到着した久し振りの客を部屋に案内した宿の女将は、部屋に火鉢を入れて炭を熾そうとしてくれた。だが、慣れない作業であったため炭はすんなりとは赤くならない。部屋は全く暖まらない。漱石は自分を落ち着かなくさせている事柄を忘れてゆっくり寛ぎたかったが、火鉢がそうはさせてくれなかった。漱石の代わりにブツブツ言って薄く煙を出している。

　世の中は日清戦争が終わっても三国干渉があり、朝鮮半島は依然としてきな臭かった。また漱石の家の中も妻のヒステリーのエネルギーが充満していた。

　ちなみに漱石の妻のヒステリーは、翌年の明治31年の5月に、近く川にふらふらと入り込んで流されるという事件に繋がった。運良く鮎漁師に助けられたが、町中の噂になった。


　この句のすぐ後に記されていた俳句は「かんてらに師走の宿に寝つかれず」であった。眠れない原因は部屋の明るすぎるカンテラではなく、楠緒子のことで夫に不信感を募らせる妻を家に置いて出て来たことであった。

• 此土手で追い剥がれしか初桜

（このどてで　おいはがれしか　はつざくら）

（明治29年1月28日）句稿10

半藤一利氏の解説によると、この句は落語の「蔵前駕籠」がネタ元だという。この「蔵前駕籠」のあらすじは、こうである。

　幕末の頃、隅田川畔の蔵前土手で毎夜のように、駕籠で吉原通いするお大尽たちは追い剥ぎに遭遇した。事件を起こしていたのが薩長の侍どもであるのはわかっていた。しかしどうしても夕刻吉原へ行きたい男がいて、身ぐるみ剥がれるのがわかっていたので、予め「ふんどし一丁」になって着物等は駕籠の尻の下に畳んで隠しておいた。

　駕篭屋はひやひやしながら走り出すと、いつもの所で追い剥ぎの一団が出た。この一団が駕篭の回りを取り囲む。「我々は故あって徳川家に味方する浪士だ。軍用金にこと欠いておる。身ぐるみ脱いで置いて行け。武士の情けだ、襦袢だけは許してつかわす。」追い剥ぎの長が簾を刀の切っ先であげると裸の男が座っていた。この長は唸った「もう、追い剥ぎは済んだのか」と。

　これは薩長の追い剥ぎが、先回りする本当の追い剥ぎがいたと勘違いする場面なのだ。自分たちは偽の追い剥ぎだと自白して観客に笑われる場面なのだ。立川談志は偽追い剥ぎを江戸弁でない訛りのきつい喋りでやったというが、明治時代の噺家は薩長政府に遠慮して追い剥ぎの喋りは江戸弁だったのかも。

　句意は「初桜の頃、この蔵前の土手で薩摩侍の追い剥ぎに遭ってみたいものよ」というもの。落語の「蔵前駕籠」に出てくる駕籠の客のように江戸で騒乱目的のテロをやる薩摩侍に一泡吹かせてやりたいと思うのだ。このテロ集団は江戸で火付けや辻斬りもやっていた。漱石はこの悪党どもを担いでやりたい気持ちで一杯なのだ。

この俳句の面白さは、「初桜」である。隅田川沿いには江戸時代から桜が植えられていて、春には花見が盛んに行われた。だがいつの時代でも咲き始めの頃はまだまだ寒い。そこで豪華な衣装を着た御仁でも追い剥ぎ団に遭えば、身ぐるみ剥がれて白襦袢だけになって、初桜のように寒さに震えている、というもの。

漱石は時流に乗れずにくすぶっていた旧松山藩の城下町の人と共に明治政府のやり口に憤慨していた。薩長藩閥政治に飽き飽きしていた漱石は、落語俳句を作ってその鬱憤を子規と共有したのだ。

（原句）「此土手で追ひ剥がれしはいつ初桜」

＊『海南新聞』（明治29年2月26日）に掲載／新聞『日本』（明治30年3月7日）に掲載

●此春を御慶もいはで雪多し

（このはるを　ぎょけいもいわで　ゆきおおし）

（明治31年1月5日）虚子宛の手紙、句稿28

「御大喪中とある故」と前置きにある。「大喪」は前年1月11日に崩御した明治天皇の母、英照皇太后の一周忌を意味する。この時期、新春を寿ぐことは憚られる。句稿における掲句の直前句は「床の上に菊枯れながら明の春」であり、「枯れた菊」は逝去していた英照皇太后のことも関係している。そして虚子宛の手紙で書いていた新年の句「酒を呼んで酔はず明けたり今朝の春」も少しは皇太后の一周忌を絡ませているように見える。

句意は「今年の新春は大喪中ということもあって、君にも新春の祝いの言葉も書かない。部屋の窓の外は大喪に合わせるように雪が深く積もって周りはしんとしている」というもの。通常、新年になっての第一声は、「新年おめでとう」であるが、この日は「おはよう」だけであったのだ。

漱石の大晦日の夜は温泉宿にいて中々寝付かれなかったので、寝起きの頭はぼんやりしていた。温泉地の別荘の部屋は漱石一行の二人だけで大喪に合わせたように、静かなものであった。

漱石先生の頭の中は悩み事で一杯であり、大喪中でなくても同僚と温泉地に遊びにきても気分は盛り上がらない。妻が流産したり、楠緒子とのことが疑われたりで、家庭内が混乱していたからだ。酒好きな同僚の山川は、静かに苦い顔をして酒を舐めている漱石を気にしていないようであり、大助かりであった。

三者談

亡き皇太后を思う気持ちが世間に広くあることが、「雪多し」の語に表れている。また「言わない」と出して「雪は多い」と反対のことを表すところは面白い。白雪のイメージが皇太后のそれと重なる。

●此冬は仏も焚かず籠るべし

（このふゆは　ほとけもたかず　こもるべし）

（明治32年）虚子宛の手紙

「病床に暖炉備へつけたくなど子規より申しこしける返事に」と前置きにある。子規が漱石への手紙で愚痴を言ってきたので、この俳句を君に書いたのだと虚子にオーバーに伝えたことになる。子規は寝床の部屋が寒いと言っていたので、漱石は虚子に手紙を書いてなんとかするように伝えた。虚子は手を打ってくれた。そのお礼として、子規は漱石宛ての手紙（明治32年12月17日付け）で「暖炉の件ありがたく候。先日ホトトギスにて暖炉といふを買てもらひ、かつ病室の南側をガラス障子に致しもらひ候」と書いてきた。

句意は「子規の家は街中の寺みたいなもので、この冬はもう燃やす仏像も無くなって、寒いのを耐えて過ごすしかない」というもの。世の中は廃仏毀釈運動が過激になって、中小の寺は廃業に追い込まれていた。薪を買うことすらできなくなった貧乏寺では、無価値になった木製の仏像を囲炉で燃やして暖をとっている状況を聞いていた漱石は、子規の家も似たような状態になっていると大げさに伝えたのだ。兄弟子の漱石にこのように言われたのでは、子規を師匠と崇める虚子は対処するしかなかった。

この句の前置きで面白いのは、子規は漱石に火鉢の炭がないのだと手紙に書いてきたはずなのに、虚子に伝える段になって「暖炉」に変わっていたことだ。高級な漱石のユーモアを込めた指示には虚子は従うしかなかった。

・この夕野分に向て分れけり

（このゆうべ　のわきにむきて　わかれけり）

（明治28年10月12日）子規送別句会

「子規を送る」の前置きがある。松山を発って東京に向かう子規を送る酒宴兼句会が松山の料理屋、花廼舎で開かれた。漱石はこのとき5句を作った。血気盛んな漱石と子規を分けるのが、吹き出した秋の強風であるのは似つかわしい。二人の前に、穏やかな世界が待っているわけはないし、また二人はそれを望んでもいない。自分から熊本に行くことを決めた漱石は、このことは分かっていた。

句意は「この送別会の夕べに漱石と子規の二人は強風向かって立ち、別れて行く」というもの。子規は体を壊していたこともあり、東京に戻ればそうたやすくは故郷の松山には帰れないとわかっていた。それで漱石は長い別れとなると予想し、この句を作り、子規に贈った。

この句を受け取った子規も、この句に込められた漱石の思いを感じ取ったはずだ。子規は意気に感じて病の中でも励むであろうと漱石は予想した。だが子規は奈良で途中下車して、漱石が渡した交通費の餞別を使い果たしてしまった。子規は体を回復させるにはまず心を遊ばせねばならないと考えたようだ。そして子規はこの奈良で、漱石に感謝しながら子規俳句として有名になった「柿食えば」の句を作った。

ちなみに漱石のこの句会で作った他の4句は、「疾（と）く帰れ母一人ます菊の庵」「秋の雲只むらむらと別れ哉」「見つゝ行け旅に病むとも秋の不二」「お立ちやるかお立ちやれ新酒菊の花」である。

・此わたり死にたる人の生きてあらば

（このわたり　しにたるひとの　いきてあらば）

（明治37年11月頃）俳体詩「尼」19節

句意は「地上界からこの死界への渡りで、既に死んでここに居る人が生きているというならば」というもの。このパートは、漱石の臨死体験の前半を表している。「天空の死界へ登ってゆく段階では既に死んでいる人でも、この辺りではまだ生きていたら、どういうことになるのだ」と疑問を呈している。漱石の体験では、まだ移動中ならば確実な死でも確実な生でもない、ということを指摘している。漱石はここから蘇生したのだから。

掲句は「生きたる我の死ぬと伝へよ」へ続く。ここに掲句の答えが示されている。「ここで生きて下界に戻る我は、ここでは死んでいたと伝えてくれ」というのだ。

この臨死体験について俳句でも随筆でもスッキリとは書き残していなかったが、この俳体詩はそうではなかった。

この歌の前には「花吹雪我を送りて里に入る　其里の子等石にはあらじ」が置かれている。花吹雪に包まれている瞬間は、この世の中にいる気がしなくなる。この瞬間は天空の死界に入る直前に類似しているというのだ。快感と満足が与えられて、さらに上への誘いを断るのは至難になるという。だが漱石は地上の現世の方を振り向いた。何がそうさせたのかについて漱石は明快には語っていない。

・古白とは秋につけたる名なるべし

（こはくとは　あきにつけたる　ななるべし）

（明治29年10月）句稿18

「古白を憶う」（憶古白）という前置きがある。漱石は松山にいた明治28年4月に、東京の子規から彼の従兄弟の藤野潔（俳人・演劇人の古白）が4月12日にピストルで自殺したという知らせを受け取った。漱石はその知らせを受けて「御死（おし）にたか今少ししたら蓮の花」の俳句を作った。掲句は松山の仲間と行った句会での句である。

　その古白は時々松山に帰って来ては、松山の俳人たちと俳句を作っていた。漱石先生はその関係で古白とも親交があった。古白の俳句に才能を見出していた子規は、古白の死の2年後に、彼の俳句を集めた「古白俳句集」を世に出した。

　潔の古白は幼少時に再婚した父と松山を離れ、東京に出た。潔の父は東京に住んだ旧松山藩主の世話係をしていた。子規は東京で進学する際に、潔の父を頼って上京した。潔は神経質な性格に加えて、継母問題が絡んで次第に性格が荒れて行き、精神病院に入った。回復して東京専門学校（現早稲田大学）に入り、次第に文芸の才を発揮したが、24歳の時に拳銃自殺した。

　掲句の解釈は次のようになるのであろう。「俳号の古白とは寂しい秋につけた名に違いない」というもの。漱石は古白という号は、露が降りる頃の冷たさを感じる秋を意味すると考えていた。彼の生き方が自分の俳号に支配された感があったというのだ。古白は自分の複雑な性格を知っていて、早く老成したいと思っていたようだと懐かしがった。

　漱石は「思ひ出すは古白と申す春の人」という俳句も作っていた。古白は本名の潔が意味するスッキリした春の性格になりたがって苦しんでいたに違いない、彼は二つの名前の間で葛藤していたと想像した。

　ちなみに古白がピストルを入手できたのには、当時の社会情勢が関係している。失業した武士たちの不満が原因となって政治テロ、強盗が多発したことで1899年（明治32年）まで国民の護身用としての銃の所持は許可されていた。舶来品のピストル（回転リボルバー式）の販売広告が新聞に出されていた時代だった。

• 子は雀身は蛤のうきわかれ

（こはすずめ　みははまぐりの　うきわかれ）

（明治31年9月28日）句稿30

　物事が大きく変化するという意味で使われる喩えに「雀蛤となる」がある。これは中国の故事に由来するものである。この大変化を是とする話であるが、これには相当のストレスと痛みが伴うことを忘れがちである。この大変化を起こすにはその前段階で大変化を必要とするそれ相応のストレスと混乱がすでにあることが前提になる。そしてその大変化の後においても、相当の混乱が生じるであろうということである。漱石先生は、このカオス状態を想定して俳句にしている。

　この句の「子は雀」とは上下式の容器状のものにおいて、上に置かれる小さめの方の子は雀であるということだ。そして下に置かれる方が身ということで、こちらが蛤だということだ。「身は蛤」とは通常下になる方はやや大きめというのが通例で、十分に成長した蛤はとてつもなく大きいということだ。

　中国古代の「雀蛤となる」の話では「浜辺でうるさく騒いでいる雀がいつの間にか蛤に変身した」ということであるから、浜辺で騒ぎ始めている段階をスローモーション的に捉えると、飛んで来て降りた雀が変身するのであるが、上下式の容器状の上の子の方には雀の姿がまだ残っていて、砂に面している下方の身はすでに変身が進んでいて、すでに蛤になっているということだ。つまりこのように変身途中の段階が必ずあるということを漱石は想定し、俳句に描いているのだ。

　つまり句意は「空から砂浜に下りてきた雀の、未変身の雀の部分は空にまた飛び上がろうとし、既変身の蛤の部分は水の中に沈もうとしている。まさに体が引き裂かれそうな状態で、痛ましい状態になっている」というもの。

　漱石先生は「雀蛤となる」の諺は、宮廷の官僚、宦官たちが皇帝や皇后に面白い話を聞かせようとして、話を創作しているのであるから、これをさらに面白くしたらいかがかと、掲句を作ったのだ。この句の面白さは、二進も三進もいかない自分の置かれている状況を客観視して面白がっていることだ。中国の「雀蛤となる」の話は自分に当てはまるとニヤリとする。漱石先生は俗にいう板挟み状態に陥っている。そして妻と楠緒子の間で身は引き裂かれそうなのだ。

　ちなみに漱石先生は、別の関連句を作っている。「蛤とならざるをいたみ菊の露」（明治32年）は、庭で死んでいた雀を中国的に弔う句になっている。

• 小春半時野川を隔て語りけり

（こはるはんとき　のがわをへだて　かたりけり）

（明治29年12月）句稿21

漱石先生は天気がいいので家裏の川のある方に散歩に出かけた。この日は、いわゆる小春日和であった。寒い風が時折吹く野原の小川を挟んで、顔見知りと立ち話をした。少し距離があるので大きな声で話していた。冬の少し温かい日和であったので、つい長話をしてしまった。小一時間も話してしまった、というのが句意である。

明治時代には、いっとき、はんときが時間の単位として用いられていたことがわかる。季節によって昼夜の長さは違うことから単位時間の長さは変化するが、一時の長さはおおよそ2時間に相当した。半時は1時間、小半時（こはんとき）が30分になる。

立ち話の場合には、今でも半時の言葉が似合う気がする。半時はわずかな時間のように感じさせる魔法の言葉である。

この句の面白さは、小春半時の発音には「は」が重なっていて、この言葉によって野原の明るい雰囲気と暖かさが演出

ちなみに立ち話をした相手は、畑の手入れをしていた年老いた男であった。玉名市の名士で元代議士であった前田案山子の縁者であった。この人を介して前田氏の小天温泉にある別荘を借りる話が進展したようだ。

• 小春日や茶室を開き南向

（こはるびや　ちゃしつをひらき　みなみむき）

（明治32年頃）

句意は「初冬に春のような暖かい日になったので、久しぶりに自宅の書斎兼茶室の南向きの窓を開けた」というもの。漱石宅には茶室というものはなかったから、座ってお茶を味わって飲む書斎のことを「茶室」とふざけたことになる。外の茶会に招かれることの多い漱石先生は自宅でも抹茶を飲んでいたのかもしれない。

この句を見ていると、漱石先生の日頃の悩みやイライラが消えているように思える。何かいいことがあったようだ。窓を開けて陽光を部屋に入れ、空を見上げるなどという行為は普段はなかなかできないものだ。

やはり学校側から漱石の英国留学の打診があったものと推察される。これで何かが変わるかもしれないと思った。そのきっかけを掴めるかもしれないという期待が生まれたのだ。その証拠と思われるものは、11月1日に熊本市内で松山から来た古い句友の村上霽月と会った際に、この後厳冬の京都に行くならば最新の服を社長の身だしなみとして買った方がいいとアドバイスしていることだ。「長崎で唐の綿衣をとゝのへよ」の俳句を作って、外国製のコートまたはワイシャツを長崎で買うことを霽月に勧めているのだ。このことから、漱石は長崎へ行けば英国製のコートとワイシャツが購入できるという情報を掴んでいたとわかる。

漱石先生に対しての英国留学という辞令の内示は12月に校長からあった。つまり「長崎」の句は、漱石自身に向けての句でもあったということだ。

＊九州日日新聞（明治32年12月20日）に掲載（作者名：無名氏）

• 小柄杓や蝶を追ひ追ひ子順礼

（こびしゃくや　ちょうをおいおい　こじゅんれい）

（明治27年）

寺社の入り口にある水屋で手に水をかけて清める際に使うのが、水汲み道具である柄の長い小柄杓である。子連れの順礼が寺に来て、子供が小柄杓を使う番になってそれを手渡されたが、ちょうど小さな蝶が手元で舞っているのを見つけた子供は、その小柄杓を使って蝶を捕まえようと走り出した。春の日の微笑ましい光景である。小柄杓で捕まえようとしても無理であり、遠くまで走って行ったとわかる可笑しさがある。蝶を追い追い走る子供の姿は、あたかも蝶のように軽やかである。

この句の面白さは、小柄杓と子順礼の対句的配置である。「こ」の発音が柄杓と順礼の頭に付いていることで、蝶が羽を細かく動かして舞うリズムを想像

させる効果が生じる。またこの句を音読すると、音楽の弱強・弱強のシンコペーションになっているとわかる。これがあることで掲句が「親子の和やかで楽しい順礼」句に仕上がる。

また清めの水をかける小柄杓の発音には、「ビシャ」と汲んだ水の跳ねる音が込められているようで可笑しい。古代の日本人も物への命名の際に言葉に対する洒落心があったようで嬉しい。順礼という言葉にも適切な意味以外にも爽やかさ、穏やかさを感じさせる音がある。

ちなみに手水で清める作法は、飛鳥時代か奈良時代に疫病が流行って国民の半数が死亡したことがあり、この時手を洗うことの有効性が確認され、この作法が定着したと聞いた。令和の時代には公共の場ではアルコール消毒が必須になったが、水洗いで十分との専門家の指摘がある。

• 午砲打つ地城の上や雲の峰

（ごほううつ　じしろのうえや　くものみね）

（明治29年7月8日）句稿15

熊本城の敷地内にあった陸軍司令部は空砲の大砲を撃って、正午になったことを熊本市民に知らせていた。その空砲音が漱石宅にも届いた。この大きな音は空の積乱雲まで届いて、中にいる雷入道をも驚かせたことだろう。当時この午砲は俗にドンと呼ばれたという。この大砲の音は、戦意高揚を目的に師団のあった各地で鳴り響いた。このドンの時報は大正11年まで続いた。日清戦争の次に、日露戦争が日本国の避けがたい戦争として計画されていたからだ。日本が非常時にあることを国民に知らせていたことになる。

松山城は小高い山の上にそびえていて、山を登って城にたどり着いたが、熊本城は盛り上げた平地にあったので漱石先生は地城と表した。山城でも岡城でもない。掲句を作った時期の漱石の家は熊本城のすぐ近くの北東側にあった。したがって時報としての午砲は鳴り響く号砲音と聞こえたはずだ。ちなみに子規が受け取った句稿にあった掲句の原句は「号砲や地城の上の雲の峰」であった。子規は日常を感じさせる俳句にするべきだとして、掲句に変えたのだろう。

ところで熊本城のもとにあった陸軍司令部が撃つ空砲音を漱石先生はどんな気持ちで聞いていたのであろう。掲句の「地城の上や雲の峰」とあるので、上の空であった。

この句の面白さは、地城の熊本城とその上に立ち上がっている積乱雲が対比されていることだ。漱石は熊本城よりも巨大である敵の雲の城に向かって地上から大砲を撃っているように面白く描いている。

駒犬の怒つて居るや梅の花

（こまいぬの　おこつているや　うめのはな）

（明治32年2月）句稿33

「梅花百五句」とある。神社の境内に梅の花が咲いている。神社の参道を進んでゆくと二匹の駒犬（狛犬）が向かい合って迎え入れてくれる。だがその顔を見ながら歩くとその駒犬の顔は、どうも怒っているように見える。心にやましいところのある人はここを通過できないように仕組まれている。いや世の邪悪が社殿に入り込まないように見張っているのだ、とか考えてしまう。

なぜ漱石先生は神社に出かけたのか。その理由はこの句の次に置かれていた「筮竹に梅ちりかゝる社頭哉」でわかる。梅の散りかかっている神社の社殿の前で易占いの店を広げている占い師に会うためである。妻の鏡子は筮竹占いに嵌まっていて、時々本格的な占いをしてもらうまでになっていた。この時、たまたま漱石先生は妻に付き添って易者に会いにきたということだ。

漱石先生は鏡子の筮竹占いにいい顔をしていない。筮竹占いを信用していないのだ。その思いは顔に出ていたはずだ。これを駒犬の怒っている顔にすり替えて俳句に表した。こうして漱石家の内実を子規に伝わるようにした。

だが狛犬にいくら怒らせても、漱石はあからさまに不機嫌な顔をできないのをよくわかっていた。この妻の筮竹占いは漱石の今までの行動がもたらしたものであるからだ。子規もわかっていた。鏡子は夫婦関係がこれからどうなるのか不安で仕方がないのだ。

護摩壇に金鈴響く春の雨

（ごまだんに　きんれいひびく　はるのあめ）

（明治29年3月5日）句稿12

密教の天台宗、真言宗では護摩を焚く行を行う。護摩を焚く炎の上がる壇を護摩壇といい、この行の中で用いるのが金鈴である。護摩壇には多数の金色に光る幾つかの小品が置かれる。赤色と金色で整えられた室内には荘厳な雰囲気が漂う。

漱石先生は巡礼の札所寺を訪ねた時に、この護摩行を見たのだ。赤い炎と金色の鈴。行者の赤と白と黒の衣装。読経の声がお堂に響く。外には春の雨が降っている。雨と火が並存する世界の中に身を置くと、不思議な気持ちになるのであろう。漱石は幼少の頃から漢籍・漢詩の世界に身を置いてきたが、この場にいると古代中国にいるような気になったのだろう。

この句は画数の多い漢字が多くあり、重い空気が敷き詰められているように感じる。漱石先生は文字によっても護摩壇、そして護摩行の雰囲気を表現している。そして最後の下五の「春の雨」ですっと息を抜いている。緊張の場から外へ移動したのだ。

ところで漱石先生はなぜこのような荘厳な寺に行ったのか。来月には松山を去って熊本に転勤することが関係していた。新春から今まで足を運んでいない郊外の場所や河原を訪れてきたが、残るところは密教の寺だけだったのだろう。漱石先生は学生時代から禅宗の寺には行っていたが、密教にはあまり興味を持てないでいた。

ちなみに護摩（梵：homa、ホーマ）とは、インド系宗教において行われる火を用いる儀式のことで、「供物」「供物をささげること」「犠牲」を意味するという。護摩壇に火を点じ、火中に供物を投じ、ついで護摩木を投じて祈願する外護摩と、自分自身を壇にみたて、仏の智慧の火で自分の心の中にある煩悩や業に火をつけ焼き払う内護摩とがある。

高麗人の冠を吹くや秋の風

（こまびとの　かぶりをふくや　あきのかぜ）

（明治42年10月7日）日記

漱石は満州を旅した後、列車で南下して朝鮮半島に入った。高麗、李朝がかつて栄えた地域である。今はその面影はなくなっていた。しかしその冠をつける服装だけは引き継がれていて、その冠の上を冷たい衰退の風が吹き抜けている。上流階級の両班の子孫たちは高麗人の古の背高帽子を被っていた。国力はかつての宗主国清国の衰退に合わせるかのように衰退していた。そして混乱の度を増していた。変わらないのは権威にしがみつく姿勢であった。庶民はハングルの文字を使い、両班という人たちは漢語を用いているのを漱石先生は目撃していたのであろう。これでは国は廃れるはずだと思ったに違いない。

漱石先生は朝鮮で最下層の賎民と呼ばれる人たちの生活を見てきた。そして上流階級の両班人も見てきた。国は廃れても社会構造は変わらない。漱石は留学した英国で貧富の格差の実態を見てきた。日本はこれらの国に比べれば経済格差は小さく維持されるように運営されている。喜ばしいことと思った。

掲句は7日の午前中に京城の宿で東洋専門学校の小泉氏から依頼されていた、扇子3本に俳句を書く作業をした。この俳句の一つが掲句である。句意は「かつての高麗の両班の服装を捨てないで町歩きに用いている冠帽子は、砂の道に吹き付ける秋の風に吹き飛ばされそうになっている」というもの。漱石は実用的でない服装と伝統にしがみついている人たちを冷ややかに観察していた。

その半島を南に行くにつれて次第に発生する雲も大きくなって来た。雨の日も多くなって来たと感じた。大地の気候は乾燥から湿潤に移行している。肌寒い気候であるが、満州では見なかった広葉樹のポプラの木が生育しているのを見ていた。

帰国後に漱石が大阪朝日新聞社に送った原稿の中に次の3首の短歌が書かれていた。「高麗百済新羅の國を我行けば　我行く方に秋の白雲」「草茂る宮居の迹を一人行けば　礎を吹く高麗の秋風」「肌寒くなりまさる夜の窓の外に　雨を欺くポプラアの音」

● 狛屠りて師走の市に酒飲まん

（こまほふりて　しわすのいちに　さけのまん）

（明治32年ごろ）

屠った狛とは狛犬のことで婉曲に表現するのがルール。馬肉を桜肉というのに似ている。だが通常狛犬は、「神社や寺院の社殿前にある石造りの獅子に似た獣の一対の像」を指すから、狛犬の肉を食べるわけにはいかない。すると普通の犬を狛犬だと表したとわかる。漱石先生はストレートに犬肉を食べたと言いにくかったのだ。

句意は「師走の時期に犬肉を食わせる店に入って、仲間と酒を飲んだものだ」というもの。平成・令和の時代の日本では犬肉料理を注文することはできない。犬肉料理が本場であった韓国でも、表面上現在は犬肉の提供は禁止になっている。しかしソウル五輪前まではソウルの街中で犬肉が食されていた。掲句から漱石が熊本にいた時には、街中で犬肉料理が出されていたことがわかる。この料理を食すると精がつくと言われた。

ちなみに弟子の枕流が1990年頃にマレーシアで仕事をしていた時のことだ。現地の中国人の車に同乗してジャングルの中の道を走って中華料理の小さな店にたどり着いた。簡単なメニューに犬料理が表示されていた。私はより珍しいムササビ料理を頼んだ。料理が出るまでの間に店の中を見渡していたが、店の奥の調理場が覗けて、アルミの大鍋から犬の後ろ足が飛び出しているが見えた。出されたムササビ料理の味は濃く、肉は小さくて何の肉かわからなかった。もしかしたら口にした肉は犬肉だったのかもしれない。

＊九州日日新聞（明治32年12月20日）に掲載（作者名：無名氏）

● 濃やかに弥生の雲の流れけり

（こまやかに　やよいのくもの　ながれけり）

（明治30年4月18日）句稿24

雲が「濃やかに」なるさまは、地上からの水蒸気が多くなり、雲の色が少し濃く感じる時期の空の様子である。漱石は空の雲の色の微妙な変化を感じ取っている。寒い冬が終わり、桜が咲き出す季節は、期待を込めて空を見上げる機会が増えるのだろう。この句にある弥生は旧暦の3月のことあり、新暦ならば4月である。当時もこの時期は桜の季節であった。この俳句はすべての言葉の語感も明るく勢いがある。

この年は漱石が熊本に赴任してちょうど2年目であり、教授として仕事が忙しくなってきた時期に当たる。勉強熱心な第五高等学校の学生の教育に精力を割いているが、これに反比例するように英語教師の仕事は嫌いになってきていた。そして実生活もなかなか上手くいかないと感じている。妻は新し生活の場である熊本に馴染んでいないし、夫婦間の関係も良くない。このような思いの時に気分を変えるために空をふと眺めたのであろう。

この句を作った場所は久留米の桜の咲いていた山裾にある公園である。この久留米の旅は漱石一人で来ていた。ここで誰かに逢っていた公算が高い。多忙な漱石先生が一人で桜の公園に来るとはどういうことであろうか。

・虚無僧に犬吠えかゝる桐の花

（こむそうに　いぬほえかかる　きりのはな）

（明治30年5月28日）句稿25

虚無僧は普化（ふけ）宗の信徒であったが、江戸時代の幕末には徳川幕府側の諜報員として活動した。罪を犯した武士は虚無僧になることを了承すれば許されたという。編笠を被り尺八を持ち、僧の格好をさせるが、腰に刀を差すことを許した。幕府はうまい方法を編み出したものだ。この虚無僧は明治30年になってもまだ昔のままの格好で街中にいたということである。桐の花が咲く5月に、文明開化の時代には似つかわしくない格好で歩いている姿を見かけた野良犬は、スパイだ、怪しい男と見たのかこの虚無僧に吠えかかったのだ。令和時代のコロナ騒動の際にマスク着用を国に勧められ、3年も顔を隠し続けた人はこの騒動が収まってもマスクをはずさなかった。どこか似ている。

世の中は下級武士の反乱の時代、外国勢力による国内撹乱の時代は終わって穏やかになり、桐の紋章を用いる明治天皇の治世と明治政府は安定したものになっていた。これを象徴するかのように熊本の街には薄紫の桐の花が咲いていた。そんな中にも江戸の名残があったのだ。たぶん深い編笠の中には髷を結った頭が入っていたのであろう。

この俳句は時代風刺の句である。世人の目と感情を犬に託したものである。そういえば、漱石の熊本の家にいた犬は、近所でもよく吠える犬として有名であった。不審者にはよく吠えていた。衣替えした漱石にも吠えていた。

・虚無僧の敵這入ぬ梅の門

（こむそうの　かたきはいりぬ　うめのもん）

（明治29年3月6日以降）句稿13

普化宗の信徒を虚無僧というが、この武士の格好をした敵の僧が松山藩の梅屋敷に入って行く。この屋敷にある梅の門は梅の林を覗ける門である。一般人に開放していると見せかけている屋敷であり、中を見たいという人のために開けている門である。さてこの虚無僧姿の敵とはいかなるものであるか。この句にある敵とは松山藩側から見た敵である。つまり幕府側のスパイが松山藩の屋敷に入り込むのだ。

この虚無僧は幕末に活躍した組織の一員で、幕府側の勢力のために動いた。倒幕の志士たち、薩長に味方する大名の情報を探る役目をもっていた。いわば幕府側のスパイであった。江戸時代にこの虚無僧の敵は何故にこの屋敷に入り込むのか。松山の殿様は、元は徳川譜代の大名であったが、世の中が騒然とした幕末には、薩長に味方した。時代の流れを読んだのだろう。

ここは松山藩の役人の屋敷なのだ。薩長側の者たちが情報交換のために梅屋敷内で作戦会議を開くのだろう。それを察知した虚無僧がそれをしっかりと見届けるために入り込むのだ。

ところでなぜ信徒が虚無僧なのか。信徒になるには元は武士であることが条件であった。つまり罪を犯した武士は、遠島島流しになるか、幕府側のスパイになるかの選択を迫られる。止む無く後者の選択をした武士達は僧の身分になるが、その後苦しい生き方を強いられる。この意味で腰に刀を差ことを認められても虚無的になるからなのだろう。語源的には、僧となって諸国を行脚して遊行の生活を送り、雨露をしのぐために菰（こも）を持ち歩いたからであるとされる。ぼろを身にまとっていたということで、菰の僧という意味だという。

来よといふに来らずやみし桜かな

（こよといふに　きたらずやみし　さくらかな）

（明治31年5月頃）句稿29

咲いてくれと待っているというのに桜は一向に咲かない。どうしたのだろう、まだ寒いというのか、病気にかかっているのかと桜に向かって語りかける。漱石先生は掲句を作って桜の開花を待ち望んでいる。心に何かの侘しさ、落ちつかない何かが潜んでいるのだろう。

熊本市内の借家の漱石宅には縁側があり、その前には庭が広がっている。そして庭には柳の木があり、桜の木があった。

この句の面白さは、来いというのに来ないのはどうしてだ、と毎日のように桜に語りかける漱石を想像すると笑い出してしまうことだ。それより桜の木に真面目な顔で語りかける作者はかなり病的であろう、ということになる。

漱石全集の編集者はこの句が作られたのは5月頃としているが、そうなると暖かい熊本では桜の咲く季節はとうに過ぎていることになる。いくら桜に語りかけても、咲くように頼み込んでも無理というものである。桜が咲くのは翌年まで待つ必要がある。

漱石先生はこのような俳句を作ってふざけている。このようにふざけたくなるほどにかなりの心労があったのだ。こんなことをしたくなる漱石先生の心境を想像すると辛いものがある。漱石先生は自分が病んでいることを自覚しているような俳句を作って気持ちを和らげている。辛さを笑い飛ばす俳句を必死に作っている気がする。

ちなみにこの句を作った5月に妻の鏡子は自殺（白川に入水）を図った。そして街中では報道管制が敷かれたのだ。漱石先生はその原因を自分が作っていると知っているだけに、とりわけ辛いのだ。

これ見よと云はぬ許りに月が出る

（これみよと　いわぬばかりに　つきがでる）

（明治30年10月）句稿26

見事な満月が夜空にかかっている。雲はなく風も吹かない空に孤高の月が出ている。真夜中になると周囲は静かになり、月と漱石先生だけが対話している声がする。「月よ、お前さんは、こっちを見よと云うかのように輝いているね」と漱石は呟く。「いや、君が寂しそうにしていたからだ」と月が答える。

東京から熊本に帰った9月上旬からこの句を作るまでに、月が登場する句はこの句を含めると7句。ちなみに星の句は一つ。なぜこれ程までに月の句が多いのか。気持ちの上で対立してはいるが妻のいない寂しさが空を見上げさせている。漱石の家で月のような存在は鏡子なのであった。その鏡子は7月に東京の実家に行ったきり、熊本には戻ろうとしない。

掲句は月が漱石の気持ちをわかって、月が漱石に語りかけるという図の俳句になっている。このような構成の俳句は珍しい。月を見て自分を慰めている俳句は子規に見せられないと考え、月を主役に切り替えたのだ。月が勝手に出しゃばっている図にした。

この句の面白さは、「これ見よと」は漱石が子規に対して強く語りかけるようにも見えることだ。つまり、この頃になると子規の病状は悪化し、子規にほぼ定期的に送っている漱石の句稿に対する評価がなされない状況が続いているので、子規に対して「喝」を入れることを企てたとも言える。子規ならば掲句のもう一つの意味するところはすぐに理解できるであろうとして。子規も気分転換が必要だと伝えた。

この辺りの漱石俳句は、もう「吾輩は猫である」調になっている。漱石は辛い時には面白いことを考える達人である。

是見よと松提げ帰る年の市

（これみよと　まつさげかえる　としのいち）

（明治28年12月4日）句稿8

明治中期のことである。漱石が生活した松山での庶民の正月飾りには、安価で手に入りやすい藁と和紙を主に用いた簡素なしめ縄飾りを飾ったのであろう。これに対して、関東では竹枝と松の枝を玄関の両側の柱に打ち付けるやり方を採る。江戸時代の関東の武家では、徳川幕府の意向で定められた様式の門松を玄関に飾った。武田家を意味する孟宗竹を斜め切りした竹を松平の意味を持たせた松の枝で囲んで縄巻にする方式が採用されてきた。関東の庶民の家ではこれを簡素化した竹枝と松の枝を用いる方式が明治以降も採用されてきた。東京から松山にやってきた漱石は、関西の松山における正月飾りとは異なる関東方式を採用して、愚陀仏庵の玄関に飾り付けることにした。

掲句の意味は「松山の人たちに、関東の正月飾りはこうするのだと見せつけるように、年末の市で松の枝を買って家に提げて帰った」というもの。漱石は松の枝を堂々と手に持って振りながら帰った。この時漱石は胸を張っていたのであろう。

漱石は東京を離れて初めて経験する正月において、自分は幕府の下級役人の家に生まれたことを思い返した。ここは関西の松山であるが、関東方式に則って正月飾りをすることにしたのだ。松山の地であるから松の正月飾りをするのは何らおかしなことではないと思ったに違いない。

• 五六寸去年と今年の落葉哉

（ごろくすん　こぞとことしの　おちばかな）

（明治28年12月4日）句稿8

禅問答のような俳句である。木の枝から葉がすっかり落ちて、地面の落葉は去年と今年とも五六寸なのだという。つまり五六寸、15㎝ほどのものとは、吹き溜まりに積み上がった葉っぱの量、厚さなのであろう。これほどの葉っぱが落ちて年を越していることで時間はつながっていると漱石先生は見た。地球が太陽の周りを回っていることは、落ち葉が継続して目の前にあることでつながっている。この大量の落ち葉は春の新緑につながるからだ。

高浜虚子は昭和25年（1950年、虚子76歳時）に「去年今年貫く棒の如きもの」という有名な俳句を作っている。この棒とは何かと話題になった。除夜の鐘の鐘突き棒ではないのか枕流は推察した。除夜の鐘は時間の継続を意味する。

虚子の血筋の稲畑汀子氏は「虚子百句」において次のように書いている。「去年と言い今年と言って人は時間に区切りをつける。しかしそれは棒で貫かれたように断とうと思っても断つことのできないものであると、時間の本質を棒というどこにでもある具体的なものを使って端的に喝破した凄味のある句であるが、もとよりこれは観念的な理屈を言っているのではない。禅的な把握なのである。体験に裏付けられた実践的な把握なのである。」ここでも喝破と禅という言葉が出て来ていた。

よく考えてみると、漱石は1895年（明治28年）に虚子の句より55年も早く、「棒の如きもの」というあやふやなものではない、大自然の積み上がった「五六寸の落葉」が去年と今年をつないでいると見たのである。つまり自然の循環が時間であると。

明治27年、28年ごろの漱石と虚子は師匠の子規の下でライバルの関係にあって、互いの作品には精通していた。二人にはそのような密な交流があったのである。そのような状況にあった虚子が、漱石の「五六寸去年と今年の落葉哉」の句を知っていたのは間違いない。

• 頃しもや越路に病んで冴え返る

（ころしもや　こしじにやんで　さえかえる）

（明治29年1月29日）句稿11

松尾芭蕉が元禄2年（1689年）の夏、弟子の曽良を伴って大聖寺町（石川県加賀市）の全昌寺に泊まった翌日、曽良が北陸道の越路（越前付近）で病にかかった。曽良は芭蕉に同伴した「奥の細道」の旅の仕上げとして、関西への旅の途中であった。寝付いた曽良は無念にもここで師の芭蕉と別れることになった。漱石はこの俳聖の身に起きた事実にあやかってこの俳句を作ったのであろう。

句意は「ちょうど芭蕉の同伴者の曽良が北陸を旅していた時に病気にかかった頃と同じように、自分も寒風にさらされて風邪をひいてしまった」というもの。風邪を引きにくい体だと思っていたが、不覚にも寝込んでしまったと子規に俳句で伝えた。

か

漱石先生はこの句を書き込んだ句稿に隣接させて連句として次の句を書いていた。「居風呂に風ひく夜や冴返る」の句であった。この句によって、夜になって冷え込んで来たのを気にせずに長く風呂に入っていたら風邪を引いてしまったと告白していた。屋外に置かれていた風呂の温度が下がっていたためか、それとも湯上り後着衣が遅れたためであったのかは分からない。漱石はこの時、風邪をこじらせて寝込んでしまった。

漱石はこのことを具体的に書かずに曽良のことを書いて、子規にそうと分からせた。芭蕉と曽良の関係は俳句の師匠と弟子の関係であるが、これを明治時代における俳句の師匠である子規と漱石の関係に重ねていた。ここに漱石のユーモアが表れている。もう一つのユーモアは、弟子の漱石だけが寝込んだのではなく、師匠の子規もかなり前からカリエスで寝込んでいたのであり、これはブラックなユーモアである。

• 五六本なれど靡けばすゝき哉

（ごろっぽん　なれどなびけば　すすきかな）

（明治45年8月）「自画賛　八月」

漱石先生は墨で掛け軸用の絵を描いている。この頃の漱石先生は原稿を書くことが減ったが、これを見て、知り合いが色紙を頼みにくることが増えてきた。依頼を断らない漱石先生は簡単に描ける絵柄を考え出した。白い紙に芒の原っぱを描こうとしたが、芒の原は単純な線でしか描けないから意外に難しい。そこで5、6本の線を大胆に描いて、その先端部を大きく靡くように斜めに描いた。すると芒に見えることがわかったのだ。

句意は「白い和紙に5、6本の線を描き、その先端を斜めになびかせれば、芒の図になった」というもの。芒の図は簡単に描けるから面白いと芒図をどんどん描き出した。そしてこの簡単な図だけでは申し訳ないとして、解説文のような掲句を書き込んで仕上げた。

この句の面白さは、「素人はもっと沢山の線を描かなければ芒の原に見えないと思い込んでいるが、わしは5、6本の線で十分なのだ」という自信を示していることだ。写実的な図だけがいい絵というものではないと、世の絵描き達に示している気がする。わずかな特徴的な線でものを表すのが芸術だと胸を張っている。

• 更衣沂に浴すべき願あり

（ころもがえ　きによくすべき　ねがいあり）

（明治36年6月17日）井上微笑宛の書簡

初夏に向かって衣替えの時期になった。句意は「この度の衣替えには単に衣服を夏物に替えるだけではなく、一度川の岸辺で体をよく洗いたいものだ」というもの。「沂に浴す」とは川の岸、ほとりで水浴することだ。衣の中の体も半年間の垢をしっかり洗い流さねばならない、と句友に伝えた。

どんな人も生きている間に一つの考えに染まってしまい、凝り固まりがちだ。たまに思い切って裸になり、自分の考えを点検しなければならないという。これからしっかり体を擦るつもりだと熊本の句友に告げた。

漱石先生は英国に留学して、欧州の先進国の文化や技術をじかに見て来た。欧州に行く前は脱亜入欧、文明開化などという標語で押し流されてしまったが、欧州の実情を知り、日本と欧州の比較ができるようになると江戸時代からの日本の良さ、日本文化の上質さをよく理解できるようになった。

ちなみに五高の教授時代には朝起きた時に井戸端で手ぬぐいを濡らして上半身を拭きあげていたが、東京にいる今は川に入り込んで本格的に体を拭きあげねばなるまい、と考えた。漱石先生は英国留学前と留学後では考えが大分違って来ていた。

• 更衣て弟の脛何ぞ太き

（ころもかえて　おとうとのすね　なにぞふとき）

（明治30年5月28日）句稿25

御所や公家の家における楽しい衣替えの一コマを描いている。初夏になると女御たちは防寒のために重ね着した裾の長い着物を薄手の裾の短い着物に着替える。一斉に切り替えるのが衣替えであり、一箇所で同時に切り替える作業を集中的に行う。この時姉は妹の見えるようになった足を見て、「おお、脛のなんと太いこと」と声を上げて冷やかした。

漱石先生は、世の常として姉は年上の権威を以て、年下の妹をからかう場面を作りたがるものだと笑っている。そして現代も古代も、女性は足の細いのを以て美形の条件としたのだ。太い足の持ち主の女性はからかわれる運命にあった。

この句の解釈で重要なのは、弟は兄に対する年下の男という意味だけではなく、古代においては、姉妹の関係にある者のうち年少の者、つまり姉に対する妹をも意味したのだ。つまり言葉の上では男女の別がなかったのだ。よって兄が妹を弟(おと)または弟人（おとひと、おとうと）と呼んでもよかったのだ。

この句の面白さは、漱石先生が間接的に妻の太い脚を話題に取り上げていることだ。これには「明治三十年四月に漱石先生は一人で久留米へ宿泊旅行を敢行した」ことが関係していそうである。心に弱みを抱えていたことが、掲句を作らせたと思われる。誰かの細い脚を思い出していたようだ。

ちなみに掲句の句稿における直前句は「よき人のわざとがましき更衣」である。殿上人たちも更衣えをしたであろうが、この人たちの更衣えは大げさなものになって、てんやわんやになったのであろう、というもの。この直前句の配置はわざとらしい気がする。

• 衣更へて京より嫁を貰ひけり

（ころもかえて　きょうよりよめを　もらいけり）

（明治29年6月11日）子規宛の葉書

熊本から子規に結婚したことを知らせる葉書を出した。漱石は9日に結婚式が終わると鏡子の父親を翌日から近隣の名所を案内したと思われる。義父が帰ってから子規に葉書を出した。この句はこの葉書に書き添えられたものである。この結婚時、漱石は29歳、妻鏡子は19歳であった。

「衣更へて」の中の春の「衣更」の行事は、旧暦では4月1日であるが、新暦では5月中旬あたりに行われた。これが民間では昭和のいつ頃からか学校の制服の関係で6月初めにシフトした。しかし、この句の「衣更へ」は漱石が私的に設けた行事であり、新婚生活用に下着や着物を新調したということだ。妻が熊本に持ち込んだ新婚生活道具としての衣類一式に合わせて漱石も取り替えたのだ。漱石は少々照れくさいことを日常行事の衣更へと言い換えたのだ。

この句の「衣更へ」には、当然ながら新婚初夜における夜着の新調の意味も込められている。なかなかの洒落が込められている。また「京より」にも「今日より」の掛言葉が込められている。長く独身でいて、すでに30歳になっていた漱石の待ち遠しかった気持ちが読み取れる。

ちなみに明治32年の結婚年齢統計では、男は19歳から25歳ぐらいに結婚している人が多く、ピークは22歳。女は16歳から25歳ぐらいまでに塊があり、ピークは18歳、20歳、23歳と分散している。

加えて「衣更へ」には、女性を替えるという裏の意味がある。平安時代には「衣」に思い人の意味があったので、和歌に強い子規に送る俳句に用いてみたのだ。つまり漱石先生は「衣更」の語で、心の中の女性を楠緒子から妻に替えることを親友の子規に伝えた。楠緒子を心の中から追い出したことを伝えたことになる。このことは、この結婚までは楠緒子のことが頭から離れなかったことを意味する。

だが人の心は、そう簡単には切り替えられないのである。この句作から半年後に楠緒子が九州に来たと推察する。熊本市から離れた筑後川の近くの家で二人は会ったと思われる。明治29年12月に作られた「がさがさと紙衣振へば霰かな」の句と「挨拶や髷の中より出る霰」の句によって、そうとわかる。明治時代にあっては、訪問客を玄関に出て迎えるのは妻の役目であったが、この時は漱石自身が玄関に出て出迎えていた。そして記念の俳句を作っていたのは、特別な女性の訪問であったからだ。

ところで稲本正・著の「ソローと漱石の森」の中の文章を読んで、もう一つの解釈が可能なことが判明した。漱石はフロックコートを借りて熊本の借家の六畳間での結婚式に臨んだが、その日は暑い日で障子を開け放った。しかしそれでもまだ暑いので、ついに新婦の父は式の途中から浴衣に替えてしまった。漱石もこれに合わせてフロックコートから和服に着替えた。漱石は堅苦しい結婚式が途中から暑さのせいで簡略化されてホッとしたのだろう。つまり上五の「衣更へて」には結婚式の正装が途中で普段着になったという珍事も漱石の俳句には込められていたことになる。

か

衣更て見たが家から出て見たが

（ころもかえて　みたがいえから　でてみたが）

（明治36年）漱石蔵書『春夏秋冬』の裏表紙

漱石はこの年の初めに英国留学から戻ってきて、4月15日には東京帝国大学文科大学英文科講師を委嘱された。アイルランド人のラフカディオ・ハーンの後任として英語の授業を担当した。わかりやすい教材を使って優しく教えるハーンに比べて、漱石が熊本高等学校で教えていた方式で厳しくやりだしたので、柔な東京の学生達はすぐに不平を口にし出した。

この状況に加えて、漱石は英国留学中部屋に籠って勉学に励んでいて、幾分鬱気味であった。その状態が帝大での授業で悪化した。6月4日には図書館の教職員閲覧室の隣の事務室がうるさいと苦情を言った。この苦情は文科大学学長に書面で訴えるところまで発展した。妻の鏡子の観察ではこの年の6月ごろから翌年の春まで精神は不安定であった。そこで妻は友人の虚子に歌舞伎見物などで漱石を外に連れ出してほしいと頼んだ。

掲句はこの外出の際に着物を部分的に新しいものに替える衣替えをして観劇に出かけたことを詠っている。妻は通常の春仕様を夏仕様に替える衣替えではなく、気を利かせて着物の襟布を新しく付け替えた。そして、「さあ、気分一新で楽しんでいらっしゃい」と漱石を送り出した。

句意は「外出する際に新しい着物を着ると気分は一新すると思って外を歩いたが、いつもと変わるところはなかった」というもの。気分が好転することもなく、ほとんど変化はなかったと漱石はいう。漱石はもともと歌舞伎観劇が好きではなく、妻と虚子が勧めるから仕方なしに出かけただけだった。

この句の面白さは、妻の衣更に対する疑問を子規にぶつけた形になっていることだ。衣更なんかで気持ちのモヤモヤが晴れるわけはないだろうに、と子規に訴えている。

更衣同心衆の十手かな

（ころもがえ　どうしんしゅうの　じってかな）

（明治36年6月17日）井上微笑宛の書簡

同心は江戸時代には奉行、与力の配下にいた最下級の警察役人であった。江戸では北町と南町の町奉行所属の町方同心が有名であった。彼ら同心衆は強盗団や人斬りを相手にするので、夏に向かって活発にかつ身軽に動けるように衣替えした。身に付けるものは小刀と十手であり、夏でもこれらには変化がない。

十手は同心が岡っ引きを指揮するための道具であり、かつ奉行の下で働く役人であることを犯人や町人に示すもので、いわば警察手帳のごときものであった。この同心衆は下級であるだけに権威を重んじたようで、十手には手の込んだ房を勝手につけたりした。

彼ら下級役人は梅雨に入る前の更衣の時期になると一斉に薄着になった。身軽な服装になって十手を見せびらかしながら街中を闊歩していた。経済力をつけた町人と一緒に街の風景を形作っていた。

漱石先生がこの俳句を作ったのは、英国にいた二年間は、コンクリートの建物や近代的な交通機関、権威主義の社会、極端な格差社会を見ていて日本が目標とした近代社会に嫌気がさしていたからだ。少し前まで江戸文化が残っていた日本に帰って来て、江戸の文物を懐かしがっていたのだ。日本文化の良さを英国と比較しながら再認識していた。その一例が江戸の町はほんのわずかな与力と同心で警備ができていたことだ。

ちなみに井上微笑（藤太郎）は熊本県球磨郡湯前村の俳人。地元で句誌を出すので昔のよしみで俳句を作ってくれと手紙が来ていた。漱石はこれに応えて「更衣」「涼しさ」を季題にして作ってみた。他には「更衣沂に浴すべき願あり」を含む12句を作って送った。

古綿衣虱の多き小春哉

（こわたぎぬ　しらみのおおき　こはるかな）

（明治28年11月22日）句稿7

句意は「初氷が張ってすぐの小春日和の日に綿入れの古い寝間着を出した。すると綿の暖かさは虱にも好都合だったと見えて、折りたたんだ寝間着の間に虱は安住していた。突然の手の侵入に驚いて虱はぞろぞろ歩き出した」というもの。こんなに多くの虱と同居するわけにはいかぬと俳句仲間にどう駆除したものかと相談すると、シラミは熱に弱いから、日当たりのいいところに干すこと。そして確実なのは着物を熱湯で茹でてから干すのだ、と教えてくれた。

この俳句から当時の生活環境が窺い知れる。どこの美男美女でも蚤、虱に悩まされていたのだ。蚤の侵入を受けて痒くなって身体を掻いている深窓の令嬢の姿は見たくないものだが、どうしようもないことであった。

漱石の弟子の枕流においては、昭和30年ごろまで虱退治が生活の一部として存在していた。また毎日のように衣服についている蚤を見つけ出しては両手の親指の爪同士でプチッと押し潰していた。小学校に上がってからDDTの白い粉を頭から吹きかけられた。その粉の雲が目の前を通り過ぎるのを無呼吸で待っていた。その効果があって近所から蚤と虱が姿を消した。現代ではそのDDTは環境汚染物質として叩かれているが、当時は神の手のように感じていた。

漱石は虱退治の様を次の俳句に詠んでいた。「暖に乗じ一挙虱をみなごろしにす」である。田舎の我が家でもこの句に倣って「暖に乗じ虱服茹でみなごろし」を徹底して行った。

● ごんと鳴る鐘をつきけり春の暮

（ごんとなる　かねをつきけり　はるのくれ）

（明治32年）手帳

漱石はどんな音がするのか興味を持っていたので寺の鐘を撞いてみた。すると甲高い音ではなく太く重い音が響いた。春の暮れに似合ういい音を聞けたとホッとした。夕方6時を告げる寺の鐘の音が街中にゴーンと鳴り響いた。鐘撞きは一度撞いただけで終わりにしたようだ。

掲句が手帳から句稿に転記されて子規に送られなかったのは、面白くもなく物足りなさを感じたからなのだろう。だが、思考を奪うような穏やかな春の気候の特徴がよく表れている気がする。蕪村の「春の海ひねもすのたりのたりかな」と同種の俳句なのだと思われる。あくびが出そうな、のんびりとした春の空気が感じられる俳句である。

この句の面白さは、「ごんと鳴る鐘を」と一括りにする場合と「ごんと鳴る」と「鐘を」とに切る場合では解釈が異なってくることだ。後者の場合では文言は倒置されていて「鐘をつきけり・ごんと鳴る春の暮」の並びになる。前者の場合は、この鐘の音を以前に聞いていて、ごんと鳴ることがわかっていたことになる。これでは面白くない。したがって掲句の解釈では後者のものを採ることになる。だが漱石は二種類の解釈ができるように仕組んで、楽しんでいる。

もう一つの面白さは、撞いてみた鐘の音が「ゴーン」ではなく、「ごん」であったということである。つまり鐘の設計・製造に不備があっていい音が出なかったということだ。手を合わせたくなるようないい音がしたなら、漱石先生のことであるから「御恩となる」と表したに違いない。

● 蒟蒻に梅を踏み込む男かな

（こんにゃくに　うめをふみこむ　おとこかな）

（明治32年2月）句稿33

「梅花百五句」とある。句意は「頭上から梅の花びらが舞い散る中、樽の中の煮た蒟蒻芋を足で踏み潰している男がいる」というもの。だがこれは表の解釈であり、この句には別の解釈が潜んでいる。裏の句意は「得体の知れない小太りの蒟蒻芋男が、庭の散り始めた梅の花びらを踏み込んで家に歩いて来る」というもの。漱石の好きな梅の花びらを踏みにじる奴と敵意を表している。

通常蒟蒻の作り方は、小さく切った蒟蒻芋を蒸してから、臼で搗いてのり状に潰すことから始まる。明治時代には茨城と群馬県が蒟蒻芋と蒟蒻の主産地であり、山間の急流を利用した水車による深い臼と杵による精粉加工がさかんになっていた。すでに工業的に作られていた。ツルツル、ネバネバの芋を足で踏み潰すのは難しい。したがって「蒟蒻に」は「カボチャのような蒟蒻芋に似た体格の」の意味になる。

この句の前に置かれていたのが「白梅や易を講ずる蘇東坡服」の句である。筮竹占いに凝り出した妻が、とうとう占いの専門家と称する男を家に呼んで占ってもらうようになっていた。その男を漱石先生はこっそり観察していた。中国の詩人で占い師の蘇東坡が着ていたような服を身につけ、丸い帽子を被った易者風の男であった。実力の無さを服装でカバーしようという企みが見え見えであると感じた。とても漱石先生の敬愛する蘇東坡の足元にも及ばない男だと。この男は妻が呼んだ易者なのだ。漱石先生の歓迎できない嫌な男であることを俳句に書き込んでいる。

この句の面白さは、蒟蒻と梅の想定外の組み合わせにある。漱石先生の家に来ている易者を嫌な男と表現する際に、蒟蒻野郎と言っているに等しい。漱石の家にも白梅が咲き出して日頃のストレスが薄まる気配が出てきたところに、新たなストレスの種が生まれた。この占い師がときどき家にやってくるのは気になるところだ。漱石の楠緒子とのことに対する妻の当てつけの気持ちがあるのかもしれない。妻はこの家の行く末が気になっている。漱石の家の中は穏やかなものではなくなっていた。

【さ行】

・西行の白状したる寒さ哉

（さいぎょうの　はくじょうしたる　さむさかな）

（明治28年11月22日）句稿7

西行は寒い冬にも旅したことが当時の書物に残されている。当時は防寒着も不十分であり、僧侶の簡素な旅装で冬に旅したのであるから、その寒さは体にこたえたであろうとわかる。

この俳句で「白状したる」の意味は、西行は紀行文の中でその寒さについては何ら記録していないが、「どうしようもない寒さだ」と行間で白状したに等しいと漱石先生は言う。西行が旅したのと同じ時期に、西行と同じような草鞋ばき、蓑笠の出て立ちで旅した際に漱石は西行の体験した寒さを実感した。そこで漱石は、この俳句で西行の感じた寒かった思いを白状したのだ。「西行の代わりに白状したる寒さ哉」とするとわかりやすい。

この俳句は非常に面白い作りの俳句になっている。寒さを白状するという言葉は、口から白い息が出ている様を描いていることになる。白は吐くに通じる。ちなみに漱石のいた松山でもこの年の冬は、珍しく厳しい寒波が押し寄せたと記録されていた。漱石のこの時期に作った俳句には厳しい冬を描いた句が多い。

ところで漱石はなぜこの時期に冬の旅に出かけたのか。西行は華やかな京の宮中の警護職である「北面の武士」を辞して旅に出たことに思いを馳せた。漱石は東京での帝大大学院の学生の身分と東京高等師範の英語講師の職を捨てて、伊予松山の尋常中学校の英語教師になった。東京から西へ下ったこの転身は西行の行動に重なるものだと思えた。西行が旅に出たきっかけは、宮中での色恋が発覚したためであると言われている。漱石も似たようなものだと思った。

そこで漱石は、西行の行った冬の旅を体験してみようと思い立ったに違いない。この掲句にある冬の旅の体験は、明治28年11月2日に四国山地の足元の宿で一泊し、翌日は小雨の降る中、白猪・唐岬の滝を見に林道を山深くまで足をすべらせながら歩いた旅であった。

掲句の面白さは、漱石自身は、震えるような寒さだったとは言ってないことだ。この句を読んだ後の子規の反応を気にかけていたからだ。

・西行も笠ぬいで見る富士の山

（さいぎょうも　かさぬいでみる　ふじのやま）

（明治23年7月）

京の貴族社会から若い時に抜け出していた西行が、60歳代の後半になって東国へと足を進めて富士の麓まで来た。句意は「活発に煙を吐いていた富士山を初めて見た西行は、他の人と同様にその雄大さ、気高さに気圧されて思わず笠をとって眺めてしまった」というもの。当時の関西人は関東の霊山には愛着を持たないのが普通であったが、西行はそうではなかった。東国人と同じように笠を脱いだのだ。この日の富士山には雲はかかっていなかった。

「風になびく富士のけぶりの空に消えて行方も知らぬわが思ひかな」の歌を残した。この歌を西行自身は、ため息をついて悲しむ歌、自嘆歌としているが、新古今集では雑歌と分類され、別の選では恋の歌となっていた。昔から解釈は様々であったのだ。これは歌の宿命なのだ。これらを一纏めにして、ある人が「数奇心も道心も恋心も旅心も諸々含まれた名状し難い複雑な想念」と表すに至った。

この句の面白さは、西行の頭の笠と富士山の雲の笠が掛けられていることだ。西行と富士の山は共にその笠をさっと脱いで互いに向き合ったと漱石は詠んだのだ。西行の脱笠の行為を知っていた漱石は、自分も帝大の学帽を脱いで富士に向かい合ったのだ。

ここで子規が参加する。漱石句よりも先に西行の句を作っていた。「西行の顔も見えけり富士の山」の句である。西行は笠を取り外したので、富士の山は彼の顔を見ることができた、と子規は笑った。そして偉大なものには平伏する西行法師に敬意を表した。

ここで漱石はさらなる洒落を入れていたのだ。かつて西行は京都御所の警護役であり、「笠置」寺や延暦寺の僧兵との戦いを経験していたという故事を導

入しているのだ。京では「笠を置いて」いたが、関東に来るにあたって笠を被った。そして富士山の前に来て再度笠を脱いだのだ。

・催馬楽や縹紗としてや島一つ

（さいばらや　ひょうさとしてや　しまひとつ）

（明治29年3月1日）三人句会（松山）

漱石が好きな中国の景勝地の一つに縹紗がある。山水画的な景色としては桂林が有名であるが、湖南省の東江湖にある霧深い縹紗も知られている。ここは深い山間に細い川が流れる地であり、桂林のように急峻な山が川に迫っている。霧が出ると背景の山々が消え、川に浮かぶ船からは近くの山一つだけが見えることになる。漱石はこの霧の光景を想像して、霧の濃淡によって川沿いの山々の数が変化する景色を句に詠んだ。

催馬楽とは辞書によると、雅楽の歌物の一種で、雅楽団の演奏をバックに数名が斉唱する楽曲だ。日本の伴奏付きの古典歌曲というところだ。古い地層が作った絶景の場に古楽器の音色と歌が遠くからかすかに響き渡る気がする。漱石がこの時期だけ取り組んだ神仙体の俳句である。

句意は「大陸の中央に位置する縹紗の景色には雅楽の催馬楽のような楽曲が似合う。古の雅楽は霧の中で聞こえたり聞こえなくなったりするが、古代から時を超えて流れ聞こえる。霧が深くなってくるとこの両岸に連なる高い山は、船からは島のように浮かんで見える」というもの。自然物にも優雅さの魂があるかのようである。

参考に飯田龍太氏はこの句の感想として「おおどかな風韻にも捨てがたい味がある。」と記述した。霧の中から古曲が聞こえてきたような感想であった。

＊雑誌「まさまし草」（明治29年3月25日）に掲載

祭文や小春治兵衛に暮るゝ秋

（さいもんや　こはるじへえに　くるるあき）

（明治29年10月）句稿18

『心中天の網島』として浄瑠璃に取り上げられ、歌舞伎では同じテーマを別のタイトルで取り上げられた情死事件は、大坂の遊郭を舞台にして、享保10年に起きたものである。明治時代に入っていた熊本地方でも街角に来る歌祭文によって演じられるほどに大流行した。秋になると、情死事件が起こった時期でもあり、庶民の話題となった。この昔の事件の当事者である小春と治兵衛のことが思いやられ、秋の夕暮れどきは、しんみりと感じられた。

紙屋の治兵衛は女房と二人の子供があったが、曽根崎新地紀伊国屋の遊女・小春におよそ三年に亘って馴染んでいた。小春と治兵衛の仲はもう誰にも止められぬほど深いものになっており、見かねた店の者や親類が二人の仲を裂こうと種々画策する。

最後には小春と予め示し合わせておいた治兵衛は、多くの橋を渡って網島の大長寺に向かう。そして10月14日の夜明け頃、二人は俗世との縁を絶つために髪を切った後、心中した。

漱石先生がこの俳句を作ったのはどういうわけであろうか。この句の直前句は『てい袍を誰か贈ると秋暮れぬ』であり、そろそろ秋が押し詰まった時期に冬の支度として夫婦に「どてら」の贈り物があったという句であった。漱石先生は、こんなものをもらった自分たち夫婦は大きな波乱もなく生活できている、夫婦仲も良く来ていることを思ったのだろう。街角で演じられる小春と治兵衛の物語にある人間の業と比較しまうのだ。

その一方でこの頃の漱石先生は、かつては恋人で既婚の楠緒子から、ほぼ一年前に自分の見合い結婚を後悔する手紙をもらい、歌誌に掲載された短歌で漱石に対する思いを伝えられてから、心がゆれ動いていた。

塞を出てあられしたゝか降る事よ

（さいをでて　あられしたたか　ふることよ）

（明治30年12月12日）句稿27

塞に入り込んで、なかなか出られない。ここが突破できないとこの句の理解ができない。では「塞」とは何かと調べてみると、「すきまなくふさぐ。ふさがる」から始まって、水路や通路をふさいで守りを固めた堰や砦の意味が生じたとあった。これの大規模なものが要塞であり、城である。そうだ漱石先生が出てきたのは、熊本城なのであった。西南の役ではこの城に政府軍が篭って、ここに攻め上がった西郷軍の猛攻に耐えた歴史があった。夏からずっと熊本を離れていた妻が菊の花の咲く季節になって、熊本に帰ってきた。漱石先生は久しぶりにこの妻と住まいから近いこの城に散歩に出かけ、強大な構築物の中を歩いたのだ。

城の中にいる時間が結構長くなり、出てみるとあられが激しく降り出していた。大きな城の中にいると、屋根にぶつかるあられの音も聞こえない。熊本城はまさにあられの音も防ぐ塞なのであった。

この句の面白さは、塞の文字に「妻（さい）」を重ねていたことだ。漱石はよほど妻との散策が嬉しかったと見える。夫婦間に感情面の齟齬があった時だけにこの熊本城の見学登城は記念すべきことであった。だがあられの嵐が熊本城と漱石夫婦を取り囲んだままであった。

冴返る頃を御厭ひなさるべし

（さえかえる　ころをおいとい　なさるべし）

（明治29年1月28日）句稿10

明治23年に掲句に酷似した「冴返る頃をお嫌いなさるべし」の俳句を作っていた。漱石先生はこの句をお忘れになっていたのか。いや、忘れていたわけではないであろう。5年が経過して、子規の病状が悪化していたからである。明治28年に満州へ従軍記者として長期の旅に出ていたときの疲れが出て、持病の結核が悪化していた。漱石は再度、親友で俳句の師匠である子規に自分の想いを伝えようと思った。

だがもう一度、同じ俳句を子規に送るわけにはいかない。子規は前に送っていた句を記憶しているはずだ。そこで宮中の女官の言葉遣いで、注意喚起の俳句を作ることにした。漱石先生のユーモア精神が発揮されている。

今度の「冴返る頃」は前作のように初冬の空が澄んで綺麗になる頃ではなく、年を越しての「冴返る頃」である。つまり、立春を過ぎて寒気が緩み出す早春に、寒の戻りがあって空が再びきーんと冴え返る頃である。春の知らせの「三寒四温」の手前の気候である。一度暖かさを知った身体は気も緩んで体を傷めることになりがちだと心配した。

ちなみに少し前に子規が作っていた俳句に「冴返る音や霰の十粒ほど」があるが、この子規の句は立春の頃の出来事か体験を詠んだのだろう。考え過ぎかもしれないが、もしかしたら、漱石はこの句を知っていて掲句を作る気になったのかもしれない。

＊『海南新聞』（明治29年2月21日）に掲載

●冴返る頃をお嫌いなさるべし

（さえかえる　ころをおきらい　なさるべし）

（明治22年・推定）

「冴返る頃」とは、立春の後の、ギュンと寒くなる頃を指す言葉だ。まだ春は遠いという季節を表す言葉になった。「冴返る」の元々の意味は混じり気のない色や空気の透明度が増す感じを指すものだが、季節にも使われ出した。

子規は東京で野球をして遊んでいた若い頃に喀血し、それからは落胆の日々であった。漱石先生は親友の米山と一緒に明治23年の7月に子規を見舞った。この頃の子規は旧松山藩主が建てた常盤会寄宿舎の一人部屋に住んでいた。ここで親分格の扱いを受けていた。

掲句は漱石が明治28年12月に上京した折の年の瀬に子規を見舞い、そして翌年の1月3日に子規庵で開かれた句会に参加した。この時に明治23年に子規を見舞った際のことを思い出し、体調が悪化している今こそ寒い季節には執筆などしない方が良いのではないか、と俳句で諭した。

句意は「厳冬の冷気は特に体に響くので、こんな季節は嫌いになって無理せずに過ごしてほしい」というもの。子規がこの句を見れば少しは考えるだろうと思って子規に送る句稿に書き込んだ。しっかり養生に努めてほしいと伝えた。

この句の面白さは、まともに注意を促す文言を並べても子規には効果がないと思い、女言葉で俳句を作っていることだ。ユーモアの味付けをしている。

ちなみに体力に自信があった子規が結核に繋がる喀血をした原因の一つは、漢籍にも通じている漱石に対する競争心であろう。漱石は9月に漢文で書いた日記の『木屑録』を子規に見せていた。漢文の素養も互角の漱石が身近にいると話が合って刺激を受けるが、ライバル心が湧き起こった。子規は明治21年の桜が咲く頃から書き始めた漢文の「七草集」の完成を目指し、5月に入ると徹夜をしての執筆になった。最後の巻が出来上がると、気が緩んだのか悪寒を感じた。

漱石が子規の部屋に入ると書き損じて丸めた反故紙が部屋を占領していた。部屋が汚れていたのも吐血に原因していた。

もう一つの原因は栄養不足であった。連日食事もまともにとっていなかった。これも親友に対抗する意識が強すぎたからであろう。早く完成させてライバルの漱石に読んでもらいたいと願っていた。

漱石は学生時代の明治23年に子規の部屋を見舞った時に、自分の存在が病気の一因になっていたことがわかった。それ以来子規の病気のことが頭から離れなくなった。

ちなみに掲句は、ほとんどの漱石俳句の本には紹介されていないが、子規が作成した「文学漫言」の中に記載されている。「極めて斬新なもの、奇想天外より来たりしもの多し」として漱石の作風を紹介しているが、掲句はその例句の一つとして記載されている。

したがって、掲句は明治27年より前に作られていて、子規が吐血した年の明治22年の作であろうと考える。漱石は子規を診察した医者に会い、病状を確認して、何かの機会に掲句を子規に示したと推察する。

・茶煙禅榻外は師走の日影哉

（さえんぜんとう　そとはしわすの　ひかげかな）

（明治29年1月3日）子規庵での句会

年初めの句会で「師走」という題が出たので、除夜の鐘を鳴らす寺のことを思い、杜牧の「禅院に題す」の詩を思い出した。茶煙とは製茶時の煙を指し、禅榻とは禅寺で修行する際に座る、低い肘つきの椅子のことである。

句意は「師走特有の弱い光が差している。禅寺の低い椅子に座って茶を飲み、外の景色に目を遣っている。過ぎ去った青春時代を振り返っている」というもの。弱い日差しを受けていると、うっすらと自分の過去が蘇ってくるのだ。

年の瀬は一年を振り返る時であるが、漱石は今までのことをまとめて振り返っていた。明治28年までは自分中心で波乱はあったが、大過なく過ごせたと振り返った。そしてこれからは妻を娶って静かに暮らしてゆくことになると述懐したのだ。一挙に年をとった気になったのかもしれない。

人生は急展開することもあるが、この時点では漱石は平穏な結婚生活になると予想していたことが掲句から読み取れる。

「茶煙禅榻」の文字を杜牧の「禅院に題す」の詩の中に見つけることができた。

船一棹百分空し（ひゃくぶんむな）
十歳の青春　公に負かず（そむ）
今日鬢糸　禅榻の畔
茶煙軽く鮖あがる落花の風

大意は、次の通り。「大杯で酒を飲み干していた青春時代のしたい放題の10年が虚しい。今や白髪となり、禅寺に座る。茶を煎る煙が炉から上がり、落ちた花びらは風に舞う」というもの。今思えば虚しく後悔の多い青春であったが、懐かしいと思うのだ。いい時を過ごしたと杜牧は幾分満足気なのだ。そしてまだ若い漱石も。

・棹さして舟押し出すや春の川

（さおさして　ふねおしだすや　はるのかわ）

（明治30年4月18日）句稿24

春の日に熊本市内の南部にある川の岸辺の道を川下に向かって歩いていると、川を下る小舟を見かけた。その小舟に人が立って棹を川底に突きさし、舟を前に前にと押し出している。舟は川の流れに乗れずに苦戦しているように見える。川が浅くなっているところに船がさしかかっていた。のどかな田園光景が周囲に展開していた。

天気のいい春の日に漱石先生は阿蘇の湧水の湧く池のある公園に行き、そこから流れ出した水と一緒に川を下った。細いながらも水量の豊かな川は、途中大きな湖を形作っている。

ちなみに漱石先生の散歩の行程がわかる句稿がある。書かれていた順番に並べてみると次のようになる。「しめ縄や春の水湧く水前寺」「上画津や青き水菜に白き蝶」「菜種咲く小島を抱いて浅き川」となっている。この後に掲句が配置されている。水前寺公園の堀から始まった水の流れは川となり、支流の水を集めて次第に川幅は広くなっていく。

句の順番から判断すると、上画津は上江津湖のことであり、この南に下江津湖がある。この間に細長い川があっていくつもの岩が川底から飛び出た舟の難所があり、ここに花の溢れる小島がある。掲句は小舟がこのあたりを進んでいたとわかる。

この光景は漱石の代表的な小説の一つである『草枕』の冒頭に描かれている気がする。「とかくこの世は」の名台詞を思い起こさせる。細い川の中で棹を使って舟を操作しているが上手くいかないのをじっと見ていた。世の中を渡る困難さを見ている気がした。

・竿になれ鉤になれ此処へおろせ雁

（さおになれ　かぎになれここへ　おろせかり）

（明治30年12月）

雁は「竿になれ鉤になれ」と「此処へおろせ」の両方にかかっている。「竿になれ鉤になれ、雁」とは、子どもが大軍の雁の飛ぶ様を見て、呼びかける言葉であり、これは「真っ直ぐに連なれ、次に鉤の形に並べ」の意味となる。そして「此処へおろせ、雁」とは、雁が並んで鉤になったら地上に引き下ろせ、という意味である。その理由は鉤が、鋭利なL字金具（これ自体が鉤）付きの柄の長い引き下ろし道具でもあるからだ。

つまり、掲句は地上の子どもの声を受けて、雁がV字の鉤の形に並んだならば、次はその雁を地上に引き下ろせ、と声を出すという言葉遊びの句である。掲句の下敷きとして、明治時代の童謡がある。「雁雁渡れ、竿になって渡れ、鍵になって渡れ」と空の雁に声をかける歌なのだ。雁たちに綺麗な形で飛ぶことを求めるのだ。この中の「鍵」は土蔵の扉などに使われるL字形の大きな「和鍵」のことだ。つまり「鍵になって渡れ」は「L字（V字）になって渡れ」の意味である。

漱石先生はこの元歌の「鍵になって渡れ」をわかりやすい「鉤になって渡れ」と替えた。つまり短い鍵を長い柄のついた引き下ろし道具の鉤と交換した。つまり両者の先端のL形はほぼ同じであるが、柄のついた鉤を使えば並んで飛ぶ雁を地上に引き下ろすことができる。つまり元歌の「鍵になって渡れ」の単なる飛型のことから柄付き鉤で「此処へおろせ」へと新たな展開が可能になったのだ。漱石は童謡の、中にあった竿と鍵を「単にくっ付けただけ」でこれだけ面白くなった。ここに洒落がある。

気がつけば元歌の、下から眺めて雁の形だけを歌う童謡が雁を捕まえる内容の俳句に切り替わっている。ここに漱石の笑いがある。落語のオチのような展開がある。

二つをつなぐと、「雁雁渡れ、竿になって渡れ、鍵になって渡れ。鉤形になったら柄付の鉤を使ってV字の真中にひっかけ此処へ引き下ろせ」となって、小噺になる。掲句は落語俳句であると言える。

余談であるが、漱石先生のこの洒落が世間に浸透したのか、『日本国語大辞典』で「竿になれ、鉤になれ」の句が採用され、解説がなされている。この句の意味は次のように書かれていた。「まっすぐに連なれ、鉤の手に並べ、の意。子どもが、雁の連なって飛ぶのを見て、はやしたて呼びかける文句。」

・酒菰の泥に氷るや石蕗の花

（さかごもの　どろにこおるや　つわのはな）

（明治28年11月22日）句稿7

漱石は晩秋の季節に初雪の句を作ってみた。掲句のあった句稿7には他に厳冬のさまを描いた二句がある。4句前の「初雪や小路へ入る納豆売」と3句前の「御手洗を敲いて砕く氷かな」である。

句意は「寺の入り口に寄進された酒樽が置いてあり、時雨の中を走る馬車が跳ね上げた泥が酒菰の底近くに付いていた。その泥は初雪の冷気で凍っていて、その酒菰の傍の石蕗の花に雪が載っていた」というもの。泥のついた酒菰の傍に雪を載せた濃い黄色の石蕗が咲いている光景は人をホッとさせるものだった。

この掲句には前書きがなく、当初松山の四国札所の寺において見た光景を描いたものと推察した。しかし同じ句稿7において掲句の5つ下に「昨日しぐれ今日又しぐれ行く木曾路」を見出したことで、この寺は信州の観光名所の善光寺であろうと考えた。

この句の面白さは、観光地の酒の消費量は膨大であり、雪が降り出している中で酒屋が空き樽を回収して歩いている様とも考えられることである。大きな樽を回しながら進むので菰樽の底付近は泥だらけになる。その集められた樽は積み上がって凍りついている。その傍に深い黄色の石蕗の花が咲いている場面は、意外にマッチすると画家でもある漱石は考え、掲句を創作したのだろう。

・槎牙として素琴を圧す梅の影

（さがとして　そきんをあっす　うめのかげ）

（明治32年2月）句稿33

「梅花百五句」とある。野点の茶会を兼ねた観梅の会でのことである。白梅と紅梅の木の下に町の有力者が茶会の席をこしらえていた。ここに漱石を含む地元の名士たちが招待されていた。経済界からも人が招かれていて、茶屋に慣れた一人の男は、琴を抱えた芸妓を連れて出席していた。

その若い女性は袋から素琴を取り出して弾き始めた。その素琴は13弦の箏であったが、蒔絵を表面に施した装飾品のような琴ではなく、漆をコートしただけの練習用とも言える素朴で粗末な箏であった。

この琴の弾き手は、茶席の期待と視線を受けてつい指に力が入ってしまっていた。尖った牙のような付け爪で弦を弾くように見え、その指は牙のように弦に打ち込まれていた。芸妓の素琴演奏に見事な梅の存在が力を及ぼしている。

「槎牙として」の槎牙は尖ったものが引っかかって不揃いな様とある。槎は切られた木材を繋いだ不揃いな筏を意味し、槎牙は梅の老木のごつごつした枝ぶりを表している。そしてそのゴツゴツ感は爪を付けた芸妓の弾き直ししながらの琴の演奏と重なる。付け爪が弦にひっかかりながらの演奏になっていた。

句意は「芸妓の頭上にあって下に張り出している梅の古木の枝が、琴の弾き手の指先に余計な圧力を加えているから、芸妓の演奏は乱れがちになる」というもの。梅の枝は尖った硬い琴爪として、素琴の演奏に参加しているかのようであった。つまり琴の演奏が乱れていたのは芸妓が緊張した結果ではなく梅の木の魔力によるものだということだ。梅には長い時間生き抜いて来た力と誇りが備わっていた。梅の古木の下にあった芸妓の素琴と未熟さは梅の木に相応しくなかった。つまりこのような漱石先生の思念と視線が芸妓の指を狂わせた。

・咲たりな花山続き水続き

(さきたりな　はなやまつづき　みずつづき)

(明治28年10月末)句稿3

花山とはさくらの連山と思いがちだが、作った季節は10月であるから紅葉の山なのだろう。連山が自然木の山桜で埋まるということはないからだ。漱石先生のことであるから面白く発想していると考える必要がある。「紅葉山が咲く」という表現を「花山」と短く表現した。

漱石が訪れた四国山地の麓は小さな山が連なっていて紅葉で覆われていた。まさに山々が咲いている状態になっていた。そしてその景色に圧倒されてため息が漏れる様を詠嘆調の「咲たりな」で表した。また赤と朱色をまだらに身にまとった山々を「花山続き」で表し、山々の間で揺れ動く川が幾筋も流れている様を「水続き」で表した。漱石先生の目の前に広がる自然のパノラマの美しさを最大限、言葉で表している気がする。

「花山続き水続き」と「続き」を重ねてリズムを取っている。これによっても山がうねうねといくつも続く様と長い川が流れている様子が感じられるように仕組んでいる。この一連の言葉によって目の前の景色をぐるりと首を振って見遣っているように感じることができる。まさに楽しさの演出である。そして新鮮な「花山」の使用も楽しい。

この「花山」はありふれた言葉のように思われがちであるが、意外にも用例は少ない。これは実在した「花山（かさん、又はかざん）天皇」に遠慮しているからだと思われる。地名としても京都にある花山地区だけのように思われる。この地名も「花山天皇」に絡む地名であるようだ。この使いにくい名詞を遠慮なく大胆に有効に用いた漱石はさすがである。

漱石は自然のパノラマの美しさを最大限表す際に、言葉に制限を掛けることをしなかった。

・桜ちる南八男児死せんのみ

(さくらちる　なんぱちだんじ　しせんのみ)

(明治28年10月末)句稿3

この句は、四国松山にいた時の句で、「一死報君恩といふ意を　一句」の前置きがついている。「南八男児」の「八男児」は8番目の男児ということを意味する。「南八男児」はこの男の通称であり、略称は南八。唐の武将であった南霽雲(なんせいうん)という人であった。義に厚い人柄と騎射の実力を買われ、名将張巡の麾下で武将となった。唐朝を護るため奮戦し、義に殉じた。

唐の武将の死は中国的に表すと「桃ちる」となるところを、漱石は日本的に「桜ちる」と表している。仲間内で南八と言われたこの男は唐の国を守る戦いで散っていった。戦いで形勢が不利だとわかると軍は散り散りになるのが中国の戦い

で散っていった。戦いで形勢が不利だとわかると軍は散り散りになるのが中国の戦いの常であったが、この南八は逃げなかった。この男の生き方が中国では珍しく、後世にその名が伝えられた。

句意は「唐の武将の南八男児は戦いで逃げずに散って行った」というもの。「死せんのみ」でこの男の戦いでの決意がわかるような気がする。まさに義に殉じたことを漱石は「死せんのみ」で表現した。戦いに臨んだ以上は死が待ち受けているのは当然だというものだ。

漱石がこの俳句を作ったのには、四国松山の奥地に墓が作られていた源範頼のことが関係していそうだ。中国でもその男に似た悲運な武将がいたことを思い出していたのだ。漱石の夏目家の先祖は甲斐源氏であることがこの武将の句を作らせたと思われる。

・酒買ひに里に下るや鹿も聞き

（さけかいに　さとにくだるや　しかもきき）

（明治40年頃）

漱石先生の体験談を俳句に描いている。東京朝日新聞社への入社が明治40年の3月に決まって、大阪朝日新聞社にも挨拶に行く必要が生じた。この仕事を片付けた後の3月末から4月にかけての2週間、京都と大阪を旅行した。この間京都の大学にいる友人宅を訪ねたりした。この友人宅に長居するわけにはいかないので東山の旅館に宿をとった。

するとある夜東山郡の郡長が挨拶に漱石の部屋を訪れた。この人は酒好きな顔をしていたのか漱石先生は気を利かせて宿を出て酒を買いに坂を降りて行った。この時の体験を俳句に残した。

句意は「突然の訪問客のために酒を買いに山の下の酒屋に降りて行った。この時、宿の近くで鹿の鳴く声を聞いた」というもの。暗い夜道で聞いたメスを求める牡鹿の寂しそうな声が耳に残っていた。漱石は酒を求めて歩き、牡鹿は雌鹿を求めて歩いていた。

この句の面白さは、漱石さんは夜中に酒が飲みたくなって暗い道を降りて酒屋に行ったと読者に勘違いされそうなことである。この夜、漱石は宿に突然の訪問客があったことに驚いたが、珍しいことに鹿までが宿に来たと面白がった。

ちなみに鹿が鳴き、鹿が庭に現れた宿は寺の多い現在の鹿ケ谷寺ノ前町あたりではなかったか。宿の近くには鹿ケ谷通りもあり、裏山の斜面には鹿ケ谷を頭につけた地名がいくつかある。

＊雑誌『日本美術』（明治40年10月）に掲載

・酒醒て梅白き夜に冴返る

（さけさめて　うめしろきよに　さえかえる）

（明治29年3月5日）句稿12

熊本に転居する直前のことで松山の愚陀仏庵にいた頃のことである。漱石の住んだ古い家の厠は廊下で母屋に繋がっていた。その厠のまわりには梅の木が植えられていた。句意は「送別会のあった日の寒い夜中に障子を開けて用足しに出かけたときには、無理やり飲まされた酒の酔いもすっかり醒めていた。庭に目をやると梅花の白さが闇に浮かび上がって、背中の寒さが増すように感じられた」というもの。

この句の面白さは、漱石は俳句の中で見栄を張っていることである。もともと酒が極端に弱い漱石は、夜中に酔いが醒めて目が覚めるほどには酒を飲めなかったはずだ。しかし中国の唐代の酒好き詩人の李白にひそかに憧れていたので、白梅を愛でる酒の句を作りたかった。出来上がった句は、まるで酒好き詩人が作ったような詩的な俳句になっていた。中国の広大な梅林の中で仲間と酒を飲み、酒宴で遊んだ後のような句に仕上がっている。

この句の別の面白さは、下句の「冴返る」に白梅と酔い醒め人の両方が掛かっていることだ。そして実際には酒を飲まなかった漱石の頭脳もこの句を作れるほどに冴えていたということだ。また句には「さけ」「さめ」「しろ」「さえ」の中に寒さを感じさせる「さ」行の音が4個含まれていて、「白梅の夜」の寒さを増す効果を生んでいる。

結局酒を殆ど飲めない漱石は、李白よりも俳句作りで遊んでいたという事になりそうだ。

・酒醒めて河豚食ふきにもならぬ哉

（さけさめて　ふぐくうきにも　ならぬかな）

（明治32年頃）

ここに描かれている河豚とは河豚鍋のことであろう。仲間と料理屋に出かけてわいわい言いながら河豚鍋をつついて盛り上がった。しかし、食べ疲れ、話し疲れ、飲み疲れによって一気に静かな席になった。食卓の上にはまだ河豚鍋が置かれていて、まだ具材は残っている。

句意は「酒の席も一旦静まってしまうと、疲れもあって二度と盛り上がることはない。冷えた河豚鍋には食べるものが残っていたが食う気にならなかった」というもの。皆の箸が差し込まれた後では、小さく砕けた河豚肉が見えているだけで、戦いが終わった戦場のようであった。

この酒の会、食事会は、漱石先生のために明治32年12月に開かれたもの。漱石先生が英国留学の内示を受けたのを知った教員仲間が集まって開いたものであった。漱石がこの文部省からの内示を断ったことが伝わると、その理由を漱石の口から聞きたくなったのであろう。その理由は、自分にはその資質がないというもので、皆は呆れてしまった。その結果起きたことは、参加者の落胆と興醒めであった。

第2回目の文部省通達は翌明治33年5月に出され、辞令として留学を命じるものであった。よって別の句意は「酒宴で漱石の洋行拒否の理由を知ると、仲間は目の前の酒を飲む気も河豚を食う気もなくなったようだ」というもの。

＊『九州日日新聞』（明治32年12月20日）に掲載（作者名：無名氏）

・酒少し徳利の底に夜寒哉

（さけすこし　とっくりのそこに　よさむかな）

（大正3年10月20日）松根東洋城宛の書簡

この句にある「酒少し」は二通りの解釈が可能である。一つは「大徳利の底に酒が少し残っているだけで、大部分の酒を飲んでしまった」という意味。二つ目は「酒を少し入れた徳利の酒は、まだ徳利の底に少し残っている」というもの。漱石はどちらの解釈でもいいと、読み手の東洋城に選択を任せている気がする。

前者のように理解すると「秋の今夜はいつもより多く酒を飲んでしまった。大徳利には底にほんの少し酒が残っているだけだ。だが夜中に寒くて目が覚めてしまった」となる。朝になっても体にまだ酒が残っているほどに飲んだのであるがとふざけた。

この句は東洋城宛てに出した手紙にあった句であるが、大阪のなだ万の「でんぶ」と甕詰め味噌を土産に頂いた友人への礼状にも漱石はこの俳句を付けていた。この句は自慢の句なのだ。病気で寝込んでいると気が塞いでしょうがないので気晴らしに酒の句を作ることにしたが、豪快な酒好き詩人、陶淵明の酒の詩のような愉快な俳句にはなっていないとして、「一向に句にならず」と東

洋城にはふざけて文面に書き込んだ。しかしながら、「どんなもんだ、面白いだろう」と弟子に胸を張っている姿が見える。

掲句の別の解釈は「夜寒なので、徳利に酒を少し入れて飲み始めたが、まだ底の方に残ってしまった」というもの。体は少しも温まらない。掲句の隣にあった「酒少し参りて寝たる夜寒哉」の句を参照すると、やっと少しは飲めるようになったので、酒に挑戦してみたということだった。事実は後者ということだ。だがこれだけでは全く面白くない。

もともと漱石は酒が飲めない口であったから、酒は少ししか飲んでいない。したがって一人の酒宴が終わっても体が温まらない。飲めなかった酒の代わりに寒さがさっと体に入り込んで来る。こんな句を作った夜はことさらに寒さがきつく感じると漱石は布団を頭まで引き上げたことだろう。

• 酒少し参りて寝たる夜寒哉

（さけすこし　まいりてねたる　よさむかな）

（大正3年10月20日）松根東洋城宛の書簡

漱石は晩年の大正3年になると、晩酌に少しは酒を飲めるようになってきた。そこで寒い夜に徳利に日本酒を少し入れ、燗をして飲んでみた。もともと下戸である漱石は、酒の回りが速くすぐに眠たくなってきた。夜寒の布団に入るにはこのくらいの酒でも体は温まるだろうと思いながら布団に入り、この句を書き付けて眠りについたのだろう。

句意は「夜寒の冷たい布団を予想して、寝つきをよくするために酒を少し飲んでから寝た」というもの。中七にある「参る」の意味であるが、古語では「飲む」の尊敬語ということだ。だが自分のことに対して尊敬語は用いないはずだ。そうであれば、負ける、降参という意味を込めてここでは「参る」を使っていることになる。将棋の世界で、かつて天才棋士と呼ばれた加藤一二三9段が破竹の勢いのある藤井4段との初対戦で負けたとき、中学生の藤井さんに頭を下げながら言った、あの「参りました」である。「酒が効いてくる」ということだ。

酒のアルコールは胃袋で吸収されるため漱石の体は即座に反応した。この俳句の場面では少しの酒で酔い、睡魔がすぐに襲ってきたということであり、「酒の偉大さに負けた」という気持ちだったのだろう。漱石は徳利に向かって半分眠りながらこっくりと頭を下げて「参りました」と言いたい気分だったに違いない。

• 酒なくて詩なくて月の静かさよ

（さけなくて　しなくてつきの　しずかさよ）

（明治29年9月25日）句稿17

漱石は常々、中国の詩人、李白や杜甫のように酒絡みの朗々とした詩に倣った俳句を作りたいと思っていた。中国で古来存在する、眺める月に酒の香りを届け、そしてその香りを味わいながら満天に輝く月を賞賛して詩を詠じ、月の存在に感謝するという中国の習わしに従ってみたいと思っていたに違いない。

だが現実はそうはうまくいかない。漱石は大酒が飲めないのである。いや少しも飲めないのである。文字通り酒は舐めるだけなのだ。漱石の周辺には物静かな思索の空気が支配しているだけだ。だが漱石はめげていない。そこで漱石は逆手に出たに相違ない。月を愛で味わうのに酒も詩作も詩の朗詠もいらないと訴えた。その方がじっくり月と対話でき、愛でることができる、とのたまう。

この句には漱石の負けず嫌いの性格がスーパームーンのようにくっきりと出ている。静かな月に相対するには、見る方も静かに見上げるだけの方が良いと、静かに詠うのである。

この句の面白さは、句の中にある「なくて、なくて、（静かさが）ある」という言葉の軽快なリズムである。ボクシングで言えばジャブ、ジャブ、ストレートの形である。言葉が躍動的なのである。酒を飲めない体質を気にせずに突き放している。

ちなみに酒と詩とに琴を加えると、漱石が好きだった白居易の三友となるという。漱石先生は本当は大幅な字余りを気にせず、「酒なくて詩なくて琴なくて月の静かさよ」としたかったに違いない。

＊新聞「日本」（明治30年3月7日）に掲載

酒に女御意に召さずば花に月

（さけにおんな　ぎょいにめさずば　はなにつき）

（明治28年11月6日）句稿5

この句には「放蕩病に臥して見舞を呉れといふ」という前書きが付いている。この前置きには、全集の編集部が「遊び疲れて臥せっている人が見舞ってくれ」と句会の仲間に言っている状況だ、との説明文を付けていた。編集者のこの注釈をつける親切な行為は、この俳句に驚いたから起きたものであろう。

では「放蕩病に臥して」いるのは誰なのか。東京にいる師匠の子規に、誰のことなのか、分かるかと挑んでいるように見える。松山市内で遊びすぎていたのは愚陀仏、漱石自身である。句稿に書いて子規に見せて愉快がっている。子規が帰京した後は、寂しさのあまり腑抜け状態になっていたのか。28歳の独身男が松山の夜の街にたびたび出没していた。

「御意に召さずば」は、「思し召しに叶わないならば」の意味になる。普通に表せば「お気に召さない、気に入らないならば」となる。掲句の構成は、前置きにある漱石の要求に対して、仲間が呼応する言葉をそのまま並べたものになっている。

句意は「見舞いとして酒と女を用意したが、君がこれらに食傷気味で要らないというならば、風流に街歩きでもしよう。散歩に出よう」というもの。「この酒場にいる女性たちが気に入らないならば、外に出よう」、と提案しているのだ。

漱石が何故このような破茶滅茶な行動をし、破茶滅茶な俳句を作ったのかを考えてみる。

恋人であった楠緒子が明治27年7月に親友の小屋保治と見合い結婚を決めると、漱石は帝大の寄宿舎を出て風来坊になった。その後東京に戻って友人の力を借りて明治28年3月上旬に四国松山の尋常中学校の教員に採用された。3月16日に行われた二人の結婚披露宴に出席すると、すぐさま帝大大学院を退学し、東京高等師範学校と東京専門学校（現早稲田大学）の英語教師の職を辞した。4月7日に東京を去って松山に転居した。松山の中学校で英語を教えたが、生徒たちと肌が合わず、秋になると転職を考えるようになった。地方都市での教師生活は1年と続かなかった。

漱石が松山に来たのは、保治と楠緒子のいる東京を離れるのが目的であった。この土地で生活するうちに、また女たちと遊ぶことで楠緒子のことは忘れられると考えたからだ。しかし、そうはうまくいかなかった。

独身で高給取りであった漱石は、地元の若い句友たちと女性との交流の場である若者塾に出入りし、地元女性の家に夜這いに行き、街の盛り場にも出かけたと解釈できる俳句を残していた。このような生活を続ける中、明治28年10月8日に親友の菊池謙二郎に手紙を出し、地元女性と結婚することを考えたが松山の女は合わないとして、「矢張東京より貰う事に致候」と書いた。東京の親が勧める見合いに応じることにしたと伝えた。

そのような中、10月下旬になって楠緒子からと思われる手紙が届いた。親展と表書きした手紙が届いたのだ。この時漱石は「妹が文候二十続きけり」の句を作ったが、楠緒子の手紙は保治と結婚したことを後悔していることを漱石に伝える堅苦しい手紙だった。

漱石は自分の気持ちが揺らいで落ち着かない状態が続き、毎夜のごとく「放蕩を重ね、病に臥すようになった」ということである。

このような状態を脱するために、しばらく愚陀仏庵で同居していた子規が見物することを勧めていた四国山地の白猪・唐岬の滝のことを思い出し、これらの滝を見に行くことを決めた。11月2日に松山市の南の隣町にある子規の親戚の近藤宅で宿泊し、朝から雨の降る中、四国山地の中を歩いた。それでも心の動揺は収まらなかった。

酒苦く蒲団薄くて寐られぬ夜

（さけにがく　ふとんうすくて　ねられぬよ）

（明治30年2月17日）村上霽月宛の手紙、句稿23

漱石先生は冬の夜、寒くて熟睡できないでいる。睡眠不足の辛い日々が続いている。酒をかっくらって体を温めて寝ようとするが酒は苦くて飲む気にならない。もともと下戸で飲めないからストレスが溜まってくる。蒲団は薄くて体がなかなか温まらない。

この句の解釈には、当時の寝具事情を理解する必要がある。明治30年当時の布団は綿なしの厚手の着物であり、これを被って寝るだけのものであった。これだけの寝具では特に足先が冷えて堪らないのだ。鏡子が東京から熊本に持ってきた婚礼布団は、現代の綿がふっくらと詰まった分厚い長方形の上下式布団ではなかったのだ。下にシートを敷き、ほとんど裸の体にこの厚手の「かい巻き」着物だけを被って寝るだけのものであった。二人が体を密着させて寝るのであれば温かく眠れたのだが。

掲句は、漱石夫婦は別々に寝ていたことを表している句なのだ。寝具が冷気対策では不十分な上に、夫婦の気持ちも冷えていたということだ。結婚してから1年を経過していない時期の新婚夫婦であったが、すでに家庭は問題をはらんでいたということになる。

ちなみに布団は、蒲団が正統な漢字で、もともとは蒲（がま）の葉を編んだもので円い形のものであった。いわば今の丸座布団であり、当初は禅僧用のものであったという。室町時代になると、蒲の穂や綿を布でくるんだものになり、これが大型の綿入れものとなって今の布団につながるが、この間に着物だけを被って寝る時代が挟まっていた。嵐雪の俳句に「蒲団着て寝たる姿や東山」があるが、まさに着る蒲団を被って横たわっていたのだ。つまり横たわっている体の線が山の稜線になっていた。

漱石はほぼ同じ時期に作っていた「蒲団薄く無に若かざる酔心地」という俳句（漱石全集には未収録）を松山の俳人・村上霽月（後に伊予農業銀行を設立し、頭取に就任）に送っていた。掲句と同じように布団が薄すぎて寒くてかなわない、酒の力でも温まれないと嘆いていた。

・酒の燗此頃春の寒き哉

（さけのかん　このごろはるの　さむきかな）

（大正3年）手帳

漱石は大正5年の12月9日に死去するが、大正2年に3度目の病臥、大正3年に4度目の病臥、大正4年に5度目の病臥となった。そして大正5年の6度目の病臥は死に至った。掲句を作った大正3年時の体はすでに痩せ衰えていたはずで、寝るときには足の先は冷えたままでなかなか寝付かれなかったと思われる。湯たんぽを使ったと想像するが、これだけでは足りず、酒の力を借りようとしたに違いない。

長年酒が飲めるように体を慣らしてきた成果が出て、心なしか燗酒の味が心地よく感じられるようになってきたのかもしれない。体質的に飲めない酒でも燗付けをすると口あたりがよくなるのを喜ぶ漱石の姿が見える。

句意は「立春は過ぎたが、まだまだ寒い。燗付けした徳利を持つと、冷えていた手先が温もって心地よい」というもの。漱石は大正3年ごろになると、夕飯を食べてから本を読むという習慣が廃れてきたようだ。大正3年10月20日に出した松根東洋城宛の書簡に「酒少し参りて寝たる夜寒哉」の句を書き込んでいたので、寒い夜は燗酒をなめて早めに寝ることにしていたとわかる。

ちなみに17年前に作っていた酒の俳句に「酒苦く蒲団薄くて寐られぬ夜」があるが、寝るための酒を「酒苦く」と表していた。

漱石は晩年になって俳句の創作数が激減していたが、酒の句は継続して作っていた。そして掲句を作った翌年の大正4年になると、精神を遊ばせようと京都の祇園で女将たちと酒の席を持ったりした。宴席に出て中国の陶淵明たちのように酒を交えて気持ちだけでも遊ぼうとしたのであろう。この時の漱石はまだ満48才で、気持ちだけは若かった。

・酒を売る卓文君や長火鉢

（さけをうる　たくぶんくんや　ながひばち）

（明治32年12月か）

中国の漢の時代に卓文君というとびきり才色兼備の女性がいた。この女性の説明にネットの記述をそのまま掲載する。「卓文君は漢の時代に四川の豪商の娘として生れた。16歳にしてある男に嫁いだが死別し、実家に戻っていたが、そこで詩人の司馬相如と知り合い愛しあうようになった。親は2人の結婚に反対し、2人は雪の夜、駆け落ちする。生活のために酒場を開き、貧乏生活をする。やがて司馬相如は武帝に、その才能を高く評価され、中郎将に列した。父親は娘と婿の結婚を認めた。」と紹介される。

つまり、美人のいる店は世の常として繁盛するのだが、不運な人生を自分の努力で転換して、後には充実した人生に導いた気合いの人でもあった。それも生活力のない夫の代わりに居酒屋を切り盛りしてなんとか生きていた。そのまだ若い卓文君がいる店に、この女性に興味を持った下戸の漱石先生がタイムスリップしてふらりと入ったのだ。そして漱石宅にもあった長火鉢の脇にどっかとすわった。まさにありえない幻想的な光景である。

句意は「俳人たちが集まる居酒屋を取り仕切る妻の卓文君らしい女将は、冬になると店の中の畳の間に長火鉢を多数置いて、客が暖をとれるように工夫し、その長火鉢の中の炭火で燗をつけた酒を飲めるようにした。そして夏になると長火鉢に板で蓋をして大きめのテーブルとして使えるようにするのだという。この工夫が大当たりして店は繁盛した」というもの。このやり手の女将の噂は時の権力者にも伝わり、細君の俳人の夫が取り立てられた。

想像するにこの女性の名前の卓文君は、もとはありきたりの名前であったが、上記の話が有名になり、のちにこの女性に長火鉢式居酒屋の開発者としての名を残すことになり、また文才のある知的な女性という意味を付け加えて「卓文君」の名がニックネームとして付いた。名の中に開発した食卓の卓が組み込まれている。そして文については次の文から理解できる。

「妻の居酒屋での働きと才覚によって、夫は高級官僚になれた。しかし、その後妻に頭の上がらない夫は他の女性に心を移してしまった。それを知った妻は、長文を書いて裏切った夫を諭した。その結果夫婦は暮らしを全うできた。」

＊『九州日日新聞』（明治32年12月20日）に掲載（作者名：無名氏）

• 酒を呼んで酔はず明けたり今朝の春

（さけをよんで　よはずあけたり　けさのはる）

（明治31年1月5日）虚子への手紙、句稿28

熊本市の北西に位置する隣町の小天温泉。ここの知り合いの別荘に明治30年から明治31年にかけての年末年始、漱石は高校の同僚である山川教授と厄介になっていた。温泉旅館のような風格のある立派な別荘に特別に宿泊した。元日は薄暗いうちから温泉の風呂に入ってスッキリした。その後、元朝のお膳をいただいた。

小天温泉に出かける2ヶ月前に妻が東京の実家から実に4ヶ月ぶりに熊本の家に戻ってきた。前年の11月に流産を経験し、気持ちが沈みきっていたため、7月から里帰りしていたが、やっと戻って来た。その妻を家に残して年末から同僚と温泉に来ているという状況は、後ろめたかったに違いない。そこで重い気を晴らすべく、酒を呼び込んだ。軽度のやけ酒である。別荘を貸してくれた宿の女主人に頼んで新春の膳に酒をつけてもらった。同僚の友は酒好きであったので彼に付き合ったという側面もあった。しかし酔いは来なかった。もともと下戸の漱石であった。

この句の面白さは、「酒を呼んで」である。別荘の女主人を呼んで元朝の膳に酒をつけてもらったとわかる表現である。そして酒の力で憂さを晴らしたいという漱石の気持ちまでも表している。

漱石は大晦日の夜、「うき除夜に壁に向へば影法師」の句を作っていた。この影法師は気が重くなっている漱石自身の影なのだ。家にいる妻同様に漱石の気持ちは沈んでいた。

ちなみにこの小天温泉での大晦日と元日の漱石の姿を表している句には、他に次のものがある。「かんてらや師走の宿に寐つかれず」「甘からぬ屠蘇や旅なる酔心地」「此春を御慶もいはで雪多し」

刺さずんば已まずと誓ふ秋の蚊や

（ささずんば　やまずとちかう　あきのかや）

（明治30年10月）句稿26

漱石先生は、秋になって部屋に忍び込んで来る蚊は、しつこく刺そうとつけねらっていると感じている。夏にいた蚊とは明らかに違いがある。冬が近いことを知っている蚊は、冬になると生き残れないことがわかっている。そんな蚊は、子孫を残してから死にたいと切実に思っていると漱石先生は感じている。しっかり者の蚊は人間の血を吸ってそれを栄養源にし、卵を産んでから死のうとする。これを実行するのは雌だけだが、彼らの意志は強い。句意は「漱石の部屋にいる蚊は、しっかり刺すまでは追い回すと誓っている蚊がいる」というもの。漱石はこのように雌の蚊に決意されても困ると、頭を掻いている。

蚊の方は真剣であるが、漱石は蚊を擬人化して遊んでいる。漱石は刺そうとしつこく追い回す蚊には辟易している。これだけ意志の強い蚊には、漱石は負けたとして、刺すなら刺せとして体を投げ出す。刺されてやるよ、と言いそうになる。

この句の面白さは、切れ字の「や」が下五の末に来ていることである。あたかもしつこい蚊に追い回されて終わりのところまで来てしまったというかのように。これも漱石のユーモアの発露である。そして「已まず」の漢字は、己という漢字に似ていることで、蚊が強い意志を前面に出していると感じさせる効果がある。

山茶花の折らねば折らで散りに鳧

（さざんかの　おれねばおらで　ちりにけり）

（明治28年10月）句稿2

「碌堂曰ク御免蒙リタシ」と前置きがある。碌堂は柳原極堂の前号で、彼は漱石と子規の共通の友人である。この前置きの意味は、碌堂がよく言っていたことだが、「山茶花はどうにも始末が悪い。この花だけは勘弁してもらいたい」というもの。

漱石句には山茶花の句は他に3句あるが、花の登場する俳句の数としては非常に少ない。漱石は山茶花があまり好きではなかったと思われる。漱石は「この山茶花は勘弁してもらいたい」と言っているその友人に同調している。ではなぜ嫌いなのか。

山茶花は花木全体のボリュームに対して数多い花のボリュームが極めて大きいのが特徴である。その多さで目立つ花びらがやたらにばらばらと散り出すと始末が悪い。山茶花は気軽に散らかるようで、その散り方がよくないということなのだ。

ところで「折らねば折らで」の意味は、「花の枝を折るとどうしようもないが、折らないでおくと」の意である。よって句意は「山茶花の枝を折るとその衝撃で花びらが散り、生け花にもならない。そうかといってもし折らずに放置しておくと枝を折った場合と同様に花はバラバラに散ってどうしようもない」というもの。この句は、山茶花は満開になると手に負えないと嘆く俳句なのだ。

この句の面白さは、「散りに鳧」の「けり」である。これは詠嘆の助詞であるが、ここでは鳥の一種の「鳧」を用いている。これで詠嘆を通り越して「呆れ」の感情を表しているに違いない。漱石の作句法は極めてユニークだ。漱石は大声で言いたいのかもしれない。人はなぜ山茶花の垣根など作るのかと。足蹴りしたい気分なのだ。

山茶花の垣一重なり法華寺

（さざんかの　かきひとえなり　ほっけでら）

（明治28年12月18日）句稿9

法華寺（ほっけじ）の境内は、山茶花の一重の生垣によって区切られている。寒い季節にもかかわらず、白い色と薄ピンクが混合した山茶花の花が寺の周りに咲いていると、このあたりがあの世のように思えてくる。

この俳句は、まさに「垣一重なり」の語によってすっきりとしている。解釈を特にしなくてもこの俳句は頭の中にすっと入ってくる。

ちなみに漱石は山茶花の句を「二三片山茶花散りぬ床の上」（明治30年）の

ように散り方をとり上げて迷惑そうに詠んでいる。非難めいた視線が飛ぶ。熊本時代に住んだ家でのことであった。

山茶花という名前の由来は、中国でツバキ類全般を指していた「山茶」である。その花だから「山茶花」、それが訛って「サザンカ」になったといわれている。日本では椿と山茶花を区分けしていて、山茶花は3種類であるのに対し、椿は何と121種類ある。椿の方が品種改良しやすいのか。山茶花は咲く時期が長い（10月〜4月）が、ざっくりと冬の花とされている。山茶花が日本人に親しまれているのは、数多くの自治体の花に指定されていることからもわかる。

山茶花を取り上げた俳人は多い。子規は「山茶花のここを書斎と定めたり」を作り、碧梧桐は「山茶花の花の田舎や納豆汁」をはじめとする多くの句を作った。くどい句を作る碧梧桐も山茶花の句になるとなぜか素直な句になる。だが漱石は先の理由によって山茶花が大嫌いなのである。

法華寺は、奈良県奈良市法華寺町にある大寺ではなく、松山市内にある松山藩主だった久松家の菩提寺で、日蓮宗の寺。石垣のところに山茶花が植えられている。漱石先生は次の年の春には松山を去ので、漢学者であった子規の祖父大原氏が仕えた藩主の墓参りをしたのであろう。親友の子規は東京に出るに当たって旧藩主が建てた学寮に世話になった。このことで法華寺は漱石にとって全く関係のない寺ではなかった。

・山茶花や亭をめぐりて小道あり

（さざんかや　ていをめぐりて　こみちあり）

（明治32年頃）

漱石は冬の暖かい日に熊本のとある屋敷で茶会を開催するので出てほしいと招待された。茶室は庭の中の茶亭の中だという。屋敷に足を踏み入れると庭に茶亭が見え、その茶亭を取り囲むように山茶花の花が咲き乱れていた。茶会の主催者は山茶花が好きだと見える。その花を見てほしいというように山茶花に沿って茶室までの小道が作られていた。漱石は誘導されるままにその花の道を歩いた。

句意は「山茶花の花が庭の茶亭をぐるりと囲むように植えられていて、その山茶花に沿って作られている小道を歩いた」というもの。漱石は山茶花の花が大嫌いであり、この花を見ながら歩いた嫌な記憶を俳句にした。漱石先生の山茶花嫌いは「山茶花の折らねば折らで散りに梟」（明治28年10月）の句によく表れている。

掲句の面白さは、山茶花が主語になっていると取ることができ、山茶花が茶亭をぐるりと取り囲んで目立って咲いていているという意味になることだ。山茶花が茶室を覆うように咲き誇っている様を強調しているように思える。この句には飽くまで茶室が主人であり、垣根は控えめが良いという漱石独自の主張が見える。

＊『九州日日新聞』（明治32年12月20日）に掲載（作者名：無名氏）

・坐して見る天下の秋も二た月目

（ざしてみる　てんかのあきも　ふたつきめ）

（明治43年9月26日）日記

掲句の意味は「吐血して以来、布団の上に座って窓の外の秋の景色を見るのも、もう2ヶ月目に入った」というもの。修善寺の宿で寝込んだ時は秋のはじめであったが、2ヶ月目に入ると秋はかなり進展していると窓の外を見て確認できた。この季節の変化を座ってじっくりと確認するとは想像しなかったと複雑な思いで振り返った。

解釈としては、吐血した直後は布団に寝ているだけで、寝た姿勢で窓の外を眺めていただけであった。それからしばらくして布団の上で体を起こして外の景色を見られるまでに回復した。その状態がすでに2ヶ月経過していた。「天下の秋」の言葉には、小説家として再起する意欲と希望が感じられる。ちなみにこの日の日記の文章量は普段の2、3倍になっていた。

この句の面白さは、「坐して」の語句は、立たずに座っての意味であるが、「屈服して、不本意だが」の意味も掛けられていることだ。病気には勝てないという気持ちが表れている。

この日の日記には前置き文があった。「始めて床の上に起き上りて坐りたる時、今迄横にのみ見たる世界が竪に見えて新しき心地なり」とあった。見える景色が全く違っていたことに感激したと書いていた。漱石は落語的にふざける余裕が出てきた。横に寝ていても景色はいつも縦にしか見えないのに、横が縦に変わったとふざけていた。

颯と打つ夜網の音や春の川

（さっとうつ　よあみのおとや　はるのかわ）

（明治31年5月頃）句稿29

「白川（しらかわ）」と前置きがある。漱石一家はこの年の3月には白川の近くの家に引っ越していた。前の大江村の家には半年しか住めなかった。3月になると、家の持ち主である落合為誠が、出仕先の宮内省から熊本に帰って来るため、急遽家を出なければならなくなった。漱石は、白川が近い井川淵町に小さな家を借りた。都合4番目の家である。前の家は郊外の自然あふれるところにあったが、新居は熊本城がほど近い、熊本市の中心地に近い場所であった。近くに白川にかかる明午橋が見えていた。

白川はネット検索によると一級河川で名水百選に選ばれている綺麗な川なのである。阿蘇の山から流れ出し、大水が出ると火山灰が混ざって川は白く見えていたのだ。阿蘇郡には本醸造原酒の白川水源という酒もあるという。白川という焼酎もある。

漱石は日中暖かさに誘われて川筋を歩いた時に、投網の見事さに心打たれた。この投網を夜に行うということは篝火を焚いて魚を集めておいてそこに網を広げ投げることである。夜は夜で篝火が波打つ川面に映えて息を呑むほどの景色であったろう。そして暗い水の中に網と錘（おもり）が落ち込む音が闇に響く様は書斎にいる漱石には幻想的ですらあったのだ。

「颯（さっ）」という漢字はすばやい動作を表すし、風や雨のすばやく移動する様を表す擬態語である。しかし、この漢字は音に似せた擬音語でもある。着込んだ衣服と投げる網が擦れる音を表している。そして最も驚かされるのは、網の先に固定されている錘の列が水面に打ち込まれる際に小さな水しぶきを上げる音にも聞こえることである。これらの音を一つの漢字で表せていることが面白い。風が立つという漢字の構成も面白い。漱石が「颯」という漢字によって春になったことが感じられて面白い。また夜網の発音も春の柔らかさを感じさせる。

気になるのはこの年の5月に漱石の妻がこの白川に身を投げて自殺未遂の事件を起こしたということだ。増水した川面に浮いて流れ下る女を救い上げたのは、この河で漁をしていた投網漁師であった。多分漱石が感心して見ていた漁師なのであろう。漱石の妻だというので、この事件には警察、新聞社に箝口令が敷かれた。しかし、熊本市内の人たちには伝わってしまった。漱石は妻の入水のあと、河の近くの借家を出ることをすぐに決めた。漱石の家庭はこの事件の前からかなり荒れていた。

座と襟を正して見たり更衣

（ざとえりを　ただしてみたり　ころもがえ）

（明治36年頃）『春夏秋冬』「夏の部」の裏表紙

蔵書に書き込んでいた俳句の句意は「更衣したついでに文机の前に座った際に座布団の位置をきちんと直し、着物の襟の合わせを直した。すると気持ちはすっきりした」というもの。更衣の時の様を面白く描いた。妻に部屋着の着物を替えて下さいと言われ、しぶしぶ立ち上がって薄手の単衣の着物に着替えた様子が目に浮かぶ。この時座布団が動いたので座り直した時に座布団の位置を直し、着替えた着物の襟を合わせたということに過ぎないが、衣替えの時期に書斎に座る時の気持ちも替えてみたと、格好をつけた。

漱石は帰国した明治36年の4月に第一高等学校の英語講師になり、次いでラフカディオ・ハーンの後任として東京帝国大学文科大学の英文科講師になった。ここまでは良かったが、学生たちは前の先生の方が良かったなどと言い出して漱石を悩ませた。このために漱石は少々神経衰弱気味になった。6月には気分が休まる部屋として使っていた図書閲覧室の隣室の事務員が騒がしいとして、文科大学学長に抗議することもあった。7月にはイライラが募って、神経衰弱に陥った。そこで勧められて精神科医の呉博士の診断を受けることになった。そんな漱石先生にとっては更衣の儀式は意味のあるものだった。気分は一新されたように思えた。医者の診察よりも意味のあることだったと思ったに違いない。

ちなみに上五の「座と襟を」を「手と襟を」にした句もある。

•里神楽寒さにふるふ馬鹿の面

（さとかぐら　さむさにふるう　ばかのつら）

（明治28年11月22日）句稿7

里神楽は宮廷神楽に対する一般民衆の神楽で、各地の主要な神社で舞われる神楽である。この里神楽には馬鹿の役が登場する。この役のお面は、目を丸く見開いて口を思いっきり開いたひょうきんなお面である。

漱石先生は愛媛の地で里神楽を見てこの句を作った。馬鹿役のお面をつけた男が登場して神楽を盛り上げる。あたかも本格的な寒さの到来で震えているように過剰に演じる。だがこの年の冬はとりわけ強烈な寒気が押し寄せていて、薄着で胸をはだけて踊る役の男は、寒さで本当に震えているとわかる。観客も寒さで震えながらこの舞台を見ている。

だがこの馬鹿役の震え方は大げさにわざと震わせておどけている演技に見えたからおかしかった。これがお面の表情にマッチしていておかしいと漱石は笑う。

漱石先生はくすっと笑ったのか、大笑いしたのか。笑えるシーンである。

ちなみに神楽の起源は「古事記」にあって、岩戸隠れの場面でのアメノウズメの舞なのだという。しかもヌードで踊ったというのだから、寒さにふるえながら、男たちの前で面白く踊ったのかもしれない。

•里の子の猫加へけり涅槃像

（さとのこの　ねこくわえけり　ねはんぞう）

（明治29年3月5日）句稿12

釈迦入滅の横寝姿を描いた絵が涅槃像で、この絵図には釈迦の弟子たちの他にいろんな動物も描かれている。それを見た里の子供がこの絵に猫もいたらいいとして、釈迦の近くに猫を描き入れてしまった、というもの。

このユーモラスな絵のある寺は松山市の石手寺なのであろう。縦2メートル、横1．6メートルの掛け軸図に描かれている。この俳句では子供が猫を勝手に追加して描いたとしているが、冗談好きな住職が自ら描き込んだのかもしれない。今ではこの絵はお寺の名物になっている。参詣者はこの絵を楽しみにしてここを訪れるという。

日本人は猫が大好きであるから、涅槃図像には猫もいた方が自然であると住職が判断したのであろう。もともと中国で決められた12支には猫がいないこと自体が不自然だという思いが漱石にあったから、掲句を作ったのだろう。

ちなみに中国で決められた干支の12支に猫がいないのは、愛玩動物として猫は宮廷にありふれていたからだという。つまり12支には珍しい動物たちを選考したということらしい。宮廷の人たちは宝石を含めて珍しいものが好きなのだ。漱石は、熊本に転居する前に、面白い仏涅槃図を見られて喜んだ。

•里の子の草鞋かけ行く梅の枝

（さとのこの　わらじかけゆく　うめのえだ）

（明治29年1月28日）句稿10

農村の草鞋掛けは、古くから伝わる風習の一種で、村に通じる道道に草鞋をいくつも掛けておくと、疫病の村への侵入を防げるという。昔は村の子供たちが村に通じる街道の周辺にある梅の木に掛けて歩いたものである。疫病が流行ると体力のない幼い子供が倒れるので、大人が作ったわらじを年長の子供たちが手分けして街道口に掛けて歩くのだ。村人総出の行事になっていた。

漱石先生はこのような村の行事を温かく描いている。田んぼの稲の収穫に感謝したあとは、その稲を使って草鞋を作る。次の年になると古くなった草鞋に感謝して新しい草鞋に取り替える。古い草鞋は燃やされて田んぼの肥料になった。

里の子たちが、この草鞋掛けを遊びとして捉えているようで面白い。子供たちの無邪気さが微笑ましい。いつの時代にも感染症は発生していた。そこで感染症は怖いものだという教えが村人全体に伝わる仕組みが作られていた。そして奈良時代の昔から手洗いと嗽が推奨されていた。これでおおかたの感染症は抑えられてきた。現代は何やら難しい名称をつけて、国民の身体に備わっている免疫系に直接働きかけるワクチンを一律に一斉に注射する方針を採用した。

この句の「草鞋かけ行く」には「草鞋掛け」と「駆け行く」が掛けてある。漱石先生は松山の子供たちの草鞋掛けの行事を楽しんでいた。

・里の灯を力によれば燈籠かな

（さとのひを　ちからによれば　とうろうかな）

（明治40年頃）

漱石が書いていた明治40年頃の断片的なメモに、この句があった。漱石全集「日記・断片 上」の中で見つけた。この句には注が付いていて、編者は情報として「江戸中期の俳人炭太祇の没後に編まれた句集『太祇句選後編』の秋の部に見える句」と教えてくれていた。調べてみると確かに太祇は類似の句を先に作っていた。「里の燈をちからによれば灯哉」の句である。漱石はこの句のパロディーを作っていたのだ。

両者を見比べると太祇句の「燈」が同じ意味の「灯」と入れ替わっていて、「灯哉」が「燈籠かな」に替わっていた。さてこれによってどんな解釈の変化が起こるのか。

ちなみに「灯」と「燈」は共に訓読みでは「ひ」と発音する。しかし音読みでは「灯」は「チン」であり、唐音では提灯（ちょうちん）の例があり、一方の「燈」の音読みは「ドン」であり、唐音では行灯（あんどん）の例がある。意味はどちらも「ともしび、明かり」である。

太祇句の句意は、「里の一軒ごとの照明・明かりを見渡して強引に言えば、里全体が夜の闇の中にぼんやりした明かりに見えている」というもので、里全体を眺めた句になっている。これに対する漱石句は「里の一軒ごとの明かりのあばら家を強引に見れば四角い燈籠にみえる」と洒落ている。つまり漱石句は里の個々の粗末な障子張りの家は、夜になると立派な紙貼りの燈籠に見えると言っている。昼に見ればあばら家でも夜に見れば立派な燈籠に替わっているというのだ。ここに漱石の優しさとユーモア精神が発揮されている。人が住んでいる家であればどんなに貧しくて粗末な造りでも、闇の中で明るく光るものだと言いたいのだ。

ここに見られる漱石先生の面白さは、同じ明かりの漢字でも、画数の少ないものより画数の多い方が立派で大きな強い明かりに見えるという人間の錯覚、思い込みを利用していることだ。

・悟とは釈迦の作れる迷いにて

（さとりとは　しゃかのつくれる　まよいにて）

（明治37年11月頃）俳体詩「尼」20節

悟りを求めて僧は修行に励み、座禅を続ける。厳しい修行の代表的なものに比叡山で行われる千日回峰行（せんにちかいほうぎょう）がある。この最高レベルの苦行についての解説は「悟りを得るためではなく、悟りに近づくためのもの」と明記されている。つまり参加することに意義があるということである。

漱石先生は何度となく円覚寺等で座禅に臨んだ。しかし少し気分は晴れたようであったが、悩みは解消されずに継続していた。このような中にあって、掲句が作られたと思われる。そもそも漱石先生は小説「草枕」の冒頭で、「～智に働けば角が立つ。情に棹させば流される。意地を通せば窮屈だ。とかくに人の世は住みにくい。」と悟ったように書いていた。この人間の世の中で生きることは辛いことの連続ということだ。その漱石先生が掲句を作った。悟りについての結論であった。

句意は「悟りとは釈迦が作った迷いのことである。この迷いは解けることがなく、生涯これに付き合うしかない」というもの。漱石先生は、釈迦のいう悟りとは、この迷いの根源に近づく過程こそが悟りということだと喝破した。このことを考え続けることである種の充実感を得られる、この充実感が悟りに近いものなのだと。

掲句に続く七七の下の句は「山を下れば煩悩の里」である。修行を終えて山寺を降りるとすぐに煩悩が渦巻く里で身を絡め取られるというのだ。何のための厳しい修行であったのかと、釈迦に対して疑問を抱くのだ。漱石先生の下の句を借りて弟子の枕流が俳句を作ってみた。「霊山を降りればすぐに煩悩の山」

• 淋しいな妻ありてこそ冬籠

（さみしいな　つまありてこそ　ふゆごもり）

（明治28年10月末）句稿3

「二十八年十月末作」とある。松山に赴任してからの初めての冬。子規にこの句をつけたぼやきの手紙を送っている。この手紙には「結婚、放蕩、読書三の者其一つを択むにあらざれば大抵の人は田舎に辛抱は出来ぬ」と書いていた。

このうちの一つがあればなんとか田舎暮らしができるというのである。約2ヶ月間、愚陀仏庵で寝起きしていた子規が東京に帰ってからは、寂しくて退屈で仕方ないと嘆いている。松山での田舎教師暮らしは忙しいだけで面白くないのだ。

句意は「僕は寂しいんだ、結婚して妻がいれば田舎の冬も耐えられるのに」というもの。冬の独り身は退屈なだけでなく、話し相手がなく寂しいというのだ。

こんな中身のある面白い俳句に対して、駄句というラベルを貼っている人の気が知れない。壮健な男子は「結婚、放蕩、読書」の三つの人生のファクターのどれか一つがないと生きて行けないと漱石は断言した。世の政治家たちは、この真実を無視している気がする。

このことを理解していた人は多くいたであろうが、世の中にはっきりと提示した人はいなかったのではないか。令和の世であれば「結婚、放蕩、スマホ・SNS」と言い換えることもできよう。賃金格差がきつくなっている世の中にあって、「スマホ・SNS」に頼って生きている人が目立ってきている。

落合陽一氏はこの「スマホ・SNS」どっぷり世代とスマホ・SNSに頼らない世代で対立が生まれると予想していた。今の日本社会は30年も続く経済停滞を極度に恐れる不安社会になっているが、それにも増して精神の面から崩れようとしている。そして今の世界は「スマホ・SNS」を用いて与えられる情報で管理、運営されて来ている。スマホを知らない漱石は、当時から読書の効果と重要性を訴えていた気がする。

このことを危惧していたら2023年になって生成AIが登場し、機械と対話できることになった。この発明品は急速に世界中に普及した。これは人間の基盤を破壊する存在になると大いに危惧している。パスカルの言った「人は考える葦である」の意味が心にしみる。

• 淋しくば鳴子をならし聞かせうか

（さみしくば　なるこをならし　きかそうか）

（明治30年12月12日）句稿27

「朧枝子来る」の前置きがある。妻は流産の痛手を癒すために明治30年7月4日から東京の親元に戻っていた。9月上旬になって漱石先生は一人で熊本に帰っていた。それからは一人の生活が続いていた。10月末になってやっと妻は熊本の家に戻ってきた。この独身の間、寂しさが募ってきたようだ。夫婦間がギクシャクした原因を漱石先生はよくわかっていた。しかし、今まで通りで行こうとも考えていた。

そんな中、一人でいて弱気になりつつも「朝寒み夜寒みひとり行く旅ぞ」の句を作って年末からの友人を伴っての温泉旅を計画し、その下見に出かけたりした。この時期に「ある時は新酒に酔て悔多き」の俳句も作っていた。夜に酒を飲む習慣がないにもかかわらず、新酒が売り出されたからと言い訳をしつつ、飲んでみたという句である。結果は下戸の漱石先生は次の日に頭がクラクラ、二日酔いということになった。寂しさに負けたと後悔したのだ。

そしてまた寂しさに負けて掲句を作っていた。書斎と台所間の連絡用に設置した音出し綱の鳴子を意味なく引っ張たりしていた。ネズミにでも聞かそうというのであろうか。いや聞こえるはずのない東京のいる妻に聞かそうというのだ。この句の直前句として「鳴子引くは只退窟で困る故」の句を作っていた。何度か綱を引っ張っていたのだ。乾いた音でカラン、カランと鳴った。

井上陽水は、寂しさの徒然に恋人に手紙を書いていたが、漱石は寂しさの徒然に書斎で鳴子を引っ張っていたのだ。そして二人はそれを詩に表した。

ちなみに前書きにある「朧枝」は熊本市の北隣の玉名の郷士、徳永右馬七である。熊本市内の私立の名門校、尋常中学校済々黌の英語教師であった人。朧枝は早稲田専門学校で学んだ人で、正岡子規のグループに属していた俳人でもあった。ある日のこと、この徳永が漱石宅にぶらりとやってきて、雑談をして帰って行った。この時互いに最新作を見せ合ったという。この時漱石先生は「淋しくば鳴子をならし聞かせうか」の句を短冊に書いて徳永に渡した。

この徳永は息子にその時のことを話していた。この息子の残した文章には、次のように書かれていた。「父が唐津中学へ転任、文通もしていたが、病弱で(＊教師を)辞めた。熊本へ行ってその旨挨拶すると、漱石は『教員辞めて飯が食えるかい』と言う。『まあどうにか』と答えると『俺だって、飯が食えたら教員なんてしたくはない』としみじみ言ったそうである。」

＊龍南会雑誌第60号（明治30年11月5日発行、漱石の俳号で）に掲載。「朧枝子幽居を訪ふ」と前書き。

• 淋しくもまた夕顔のさかりかな

（さみしくも　またゆうがおの　さかりかな）

（明治29年8月）句稿16

鏡子と結婚してから2ヶ月経った時のこと。熊本の借家の庭に今も盛りと咲いている夕顔の花を見ていると、ちょっぴり寂しくなってくる。新婚なのに微妙な心境になっている漱石先生が描かれている。豊かに、かつ真っ白い大ぶりの肉厚な花びらを見事に咲かせている夕顔。朝顔とは違ってたおやかな夕顔の花。そんな花が咲き誇っているのを見ていると漱石先生は反対に寂しくもなる。

句意は「庭の夕顔の花を見ていると今が盛りと元気そうに咲いているが、その花は見ている人の心を映して慎ましく寂しそうに見えるが、」というもの。質素な花ではあるが、自信に満ちて輝くように咲いている。見る人の気持ちに応じて咲いてくれるようだ。

句稿16で、「朝貌の黄なるが咲くと申し来ぬ」「紅白の蓮擂鉢に開きけり」一つ置いて、掲句の「淋しくもまた夕顔のさかりかな」と続けざまに花の句を作って書いている。黄色の朝顔が咲いたよ、という友人からの知らせが漱石先生の心境に変化を与えたのは確かなようだ。かつて大塚楠緒子と恋愛関係になる前に、夏目家で同居していた兄嫁の登世と熱愛していたことを黄色の朝顔が思い出させたようだ。このことが掲句を作らせた。漱石はその兄嫁が24歳で死ぬ時に慟哭して13句もの追悼句を作っていた。その中の句で登世のことを「咲いて間もない朝顔」に喩えていたからだ。珍しい黄色の朝顔のことを知らせて来た手紙は、咲いたばかりで散ってしまった「朝顔の女」のことを思い起こさせ、そして庭で咲く白く優雅な夕顔の花に目をやることになった。

• 五月雨ぞ何処まで行ても時鳥

（さみだれぞ　どこまでいっても　ほととぎす）

（明治28年10月末）句稿3

掲句の句意は「時鳥よ、今は梅雨の真っ只中であり、どこに行っても梅雨からは逃れられない」という意味になる。もしくは「梅雨の時期はどこに行っても時鳥の声が聞こえる」となる。つまりここで問題になるのが、「何処までも行く」のは誰なのかということである。漱石は五月雨（陰暦五月頃に降り続く雨）の中、遠くまで出歩くことはないから、遠くへ行くのは時鳥ということになろう。そうであればこの句の解釈は前者が妥当ということになる。今は梅雨であるから、長雨を避けようと飛び回っても無駄なことだ、ということになる。

この句は子規が2ヶ月間いた松山から東京に戻った頃に作られていて、子規がいなくなった寂しさを詠っている。そして子規は病がある程度回復したと言っても吐血した後であるから、無理して出歩くことのないように釘をさしているのだ。つまり掲句は注意喚起の句なのだ。子規は帰京する旅の途中で、奈良で下車して遊んで帰ったことがあるので、心配しているのだ。

10月という秋に五月雨のことを詠んでいるのは、この句は想像の句だということになるが、どこに原句があるのか調べてみると紀友則の和歌があった。「寛平の御時きさいの宮の歌合せ」で詠まれた歌だ。「五月雨に　物思ひをれば　郭公　夜深く鳴きて　いづち行くらむ」の歌であった。意味は「五月雨の時期に物思いに耽っていると、夜深くホトトギスが鳴いて飛び去ってゆくのが聞こえる、あれはどこへゆくのだろう」だ。

漱石はこの歌をもじって、子規君（時鳥）に対して咎めるように、「夜中に雨降る梅雨の中どこへ行くのだ、どこに行っても、長雨を避けようと飛び回っても無駄なことだ」と諭すユーモアの句なのだ。漱石は楽しい俳句を作って遊んでいる。長雨の降らない秋を満喫しているようだ。

• さみだれに持ちあつかふや蛇目傘

（さみだれに　もちあつかうや　じゃのめがさ）

（明治24年8月3日）子規宛の書簡

この句の解釈のポイントは「持ちあつかふ」である。単に取り扱うという意味の他に、持て余し気味に取り扱うという意味があるが、ここでは後者になる。幾分蒸し暑い梅雨に降り続く雨は、まさに五月雨式に途切れ途切れに降る雨であり、この雨の日に使う重い「蛇の目傘」の開閉操作は大変である。増して黒色を用いて大胆な絵柄を付けた蛇の目傘は見るからに重そうであり、気が重くなる。五月雨を撥ね付けるように発音する「蛇目傘」であるが、次第に扱いが大変であるので持て余すようになるのだ。ちなみに掲句は7月23日に作っていたもので、梅雨の最後の頃の句である。漱石の手にはかなり蛇目傘の開閉の疲れが蓄積していた。

句意は「五月雨の日には取り扱いがだんだんと億劫になって、もてあましぎみの蛇の目傘であることよ」というもの。最初は大きめのしっかりした作りの蛇の目傘を気に入って差していた漱石であったが、次第にこの重い傘が煩わしくなった顔が見えるようで可笑しい。人の心はいつまでも同じであることはないということか。長い期間降る五月雨によっても、心は簡単に乱されると自分の気持ちを観察している。この心の乱れは、「さ・みだれ」の語の中に込められているように感じる。

またもう一つの面白さは、「蛇目傘」が「邪魔な傘」に聞こえることだ。漱石は小説家と落語家の兼業が可能なんだ。

• 五月雨の壁落しけり枕元

（さみだれの　かべおとしけり　まくらもと）

（明治30年5月28日）句稿25

現代の住宅の壁と違って、江戸時代、明治時代の家内部の壁は土壁がほとんどであった。この壁は珪藻土壁、石膏壁、粘土壁のいずれかであり、これらの中には藁や棉クズなどの天然繊維を混ぜ込んで剥落しにくくしていたが、振動や湿度の変化に伴う繊維物の伸縮によって経時的に壁に割れが生じ、ときに壁土の剥落が生じるのだ。

漱石が熊本で借りていた家は古い家宅であったので、壁の手入れはできていなかったと思われる。ある夜、バサッという音で目覚めると壁の一部が崩れ落ちていたのだ。枕元に土ぼこりが及んでいた。おお、とびっくりして起き上がった漱石先生の姿が目に浮かぶ。この時漱石は、何か悪い予感がしたのかもしれない。

いや掲句は、何かを象徴的に表しているのだ。漱石はこの年の4月に一人で久留米に宿泊旅行をしたが、この旅の目的は高校の同僚の菅の病気見舞いであった。だが、これは嘘だった。実家があった久留米に帰っていたはずの菅は長期の休暇を取らずに何とか治して出勤していた。この漱石の嘘が妻に知られてしまった。漱石はこの時の心境を掲句に表し、東京の子規に暗号のように伝えたのだ。掲句は新婚夫婦の信頼関係がわずか一年にして崩れたことを示している。

この句の面白さは、普段は堅牢に見える壁が落ちるなどということは想像できないが、湿気の吸収脱失によって壁が脆くなり、何かの拍子で崩れるということを漱石は掲句でうまく表していることだ。そしてこれは人間関係においても言えることだとしている。

もう一つの面白さは、「壁落ちにけり」ではなく強い語調の「壁落しけり」になっていることだ。「やってしまった」という漱石の思いが込められている気がする。これが落語的な俳句の「落ち」になっている。そして「壁落しけり」は「壁音しけり」とも読めることである。つまりドサ、バサッという大きな音がしたとも描いている気がする。

• 五月雨の弓張らんとすればくるひたる

（さみだれの　ゆみはらんとすれば　くるいたる）

（明治30年5月28日）句稿25

結婚後1年経った春、暫くは庭に植えた竹が根付いて筍を作り、これが竹に成長するさまをたびたび墨絵に写し取っていた。掲句の前には「文与可（ぶんよか）や筍を食ひ竹を画く」の俳句を書いていた。文与可は宋代の人で文人画の祖である。だが雨の降る日が増えて外での写生が困難になって来たのだろう。漱石先生は趣味を雨に濡れない屋根の下でできる弓に切り替えたのだ。

漱石は帝大の学生時代に使っていた弓と矢を松山にも、そして熊本にも運んでいた。熊本の第五高等学校には弓道部があり、漱石先生は弓道場の屋根の下で弓道にも励んでいたと思われる。

句意は「五月の雨の日に弓道場で弓に弦を張って矢を射ているうちに、次第に弦が緩んできた」というもの。「くるひたる」とは、「狂いたる」のことである。弓が緩むとあるが、弓の張力が落ちることと弦が緩むことが考えられる。矢の飛び出しが悪くなるのは、温度と湿気によって弓の材料が影響を受けるためと思われる。現代においては弓の材料はグラスファイバー製になり、弦は特別な合成樹脂（アラミド繊維）のものになっているので温湿度によって変化が生じることはないという。だが明治時代の中頃はどうであったか。弓は貼合わせの竹製か竹（主体）と木との貼合わせ材でこれを燻蒸して寝かせたものであり、弦は麻糸であった。そうであればやはり弦の方に湿気の影響が出やすかったと思われる。使用中に湿気を吸収して弦が伸びたと思われる。これによって反発力も落ちたのだ。

この日は、漱石先生は久しぶりに道場で弓を出して弦を張り、的に向かって長時間矢を射った。この間に湿気が影響して弦の緩みが気になったのだ。ちなみに漱石は東京を逃げ出す際に、実家から槍と刀、それに弓を持って松山に行った。そして次の熊本に行く時には弓だけを持って行った。その心の拠り所になっていた弓が緩んだという。このことは、新婚家庭にすき間風が吹き込んで夫婦関係がしっくり行ってないことを暗示している気がする。

• 五月雨や鏡曇りて恨めしき

（さみだれや　かがみくもりて　うらめしき）

（明治29年10月）句稿19

「恨恋」の前置きによって掲句の恨みは失恋による恨みとわかる。「恨めし」には二つの意味があって、一つは相手を憎むほどに恨んでいる状態。もう一つは自分の方に過失や問題があって残念に思っている状態である。掲句は後者の場合であろう。前者は怒りが前面に立っているので涙は出ない。しかし後者の場合にはじんわりと涙が湧いて止まらなくなるのだ。

長く五月雨が降り続いて、部屋の鏡が曇っていて自分の悲しんでいる顔を映そうにも映らなくなっている。悲しんでいる顔を見ることで、自分を納得させるつもりであったが、それができなくなっている。この句は女の立場で詠んでいるものだ。

句意は「五月雨の湿気が目の前の鏡を曇らせてしまっている。いい加減な態度の相手を恨んでいる自分の顔を部屋の鏡に映したいのにそれができない」というもの。すれ違いで失恋した後、相手のことを冷静に考え、自分を客観視しようと鏡に向かうが、鏡が曇っていてそれができないと嘆く。五月雨の湿気のせいだと自分に言い聞かせるが、いつしか自分の涙が鏡を曇らせていた。鏡をいくら拭いても鏡が曇っていて自分の顔が見えないのは、涙のせいで鏡が見えなくなっているのだ。そしていつまでも涙が部屋の鏡を曇らせ続ける。

この鏡に向かっている女性は、大塚楠緒子であろう。漱石は部屋鏡を見ると、楠緒子が鏡に向かって自分を責めるように話しかけているのを想像するのだ。

• 五月雨や小袖をほどく酒のしみ

（さみだれや　こそでをほどく　さけのしみ）

（明治30年5月28日）句稿25

句意は「これからどんどん暖かくなろうという梅雨の時期に、妻は漱石の夏用の小袖を出してみたところ、シミが目立っているのに気がついた。何のシミだろうと問われた漱石は、酒をこぼしたのだろうと答えた」というもの。妻は急いで小袖を解いて洗い張りし、仕立て直しに出すという。もちろん自分ではやらないから外に頼むのだ。

漱石は下戸であり、外で酒を飲む機会をほとんど作らないから、妻はシミの原因は酒ではないだろうと怪しんだ。あるとすれば漱石は猪口で飲む酒をちびりちびり飲むから、口元から酒の雫が垂れたのだろうと想像した。ぐいっと飲めば口元から溢れることはないのにと妻は思った。

この句の面白さは、五月雨がパラパラと降る様と漱石の口元から酒の雫が落ちる様に似ていることだ。そして妻の愚痴も五月雨のようにたらたらと落ちているることだ。「酒飲めないのに、こんなにシミを作ってしょうがないね」というボヤキが聞こえる。

ちなみに明治期にも男女が着ていた小袖は、袖口がやや小さめで袂が短い着物である。男物の夏の小袖は麻の細い繊維を平織りした上布で作るもの。越後上布や薩摩上布が有名であった。柄は涼しげな紺と白の縞模様が一般的であった。このような小袖であればこぼしジミは目立つ。

三者談

妻の立場になって句を詠んでいる気がする。小袖を解く理由と五月雨の関係についての解釈は様々。小袖を解いていたら酒によるシミだというシミが見つかったという解釈もある。五月雨の時期に俳句ができずに嘆息している漱石と酒のシミを見つけて嘆息している妻が繋がっている。どちらも気持ちがすっきりしない。

• 五月雨や主と云はれし御月並

（さみだれや　ぬしといわれし　おつきなみ）

（明治41年6月30日）高浜虚子宛の葉書

この葉書に「今日の北湖先生磊々として東西南北を圧倒致し候には驚入候欣羨々々」と書き、そのあとにこの句を記している。虚子への葉書に登場する北湖先生とは、漱石のこと。この時期『国民新聞』に虚子が小説『俳諧師』を連載していたが、ここで漱石が北湖先生として描かれている。「痩せこけた背の高い紋附羽織を着た五十近い老人、胃の悪い老人」と描かれている。そこで漱石は虚子宛ての葉書では自分のことを「北湖先生」として、今日の謡の会では北湖先生は声がよく出て上手く歌えたと、別の謡の会に入っている謡のライバルでもある虚子に自慢して知らせている。

掲句の意味は、「五月雨の降る今、謡の月例会を漱石宅で開催することにすると言われた」というもの。謡の大先生を自宅に迎えて月例会をするのは名誉なことなのだ。弟子でも実力がなければできないことのようだ。子供のようにわざわざ虚子にこのことを伝えている。

漱石先生はこの頃、職業作家となって二作目の「坑夫」の連載がこの年の1月から4月で終了し、その後、この葉書を書くまでに単発の文章も次々と新聞に掲載していた。仕事が順調であり、謡も褒められて気持ちは舞い上がっていたのだ。

だがその上機嫌がぺしゃんこになる事件が待ち受けていた。虚子が企んでいた。漱石はあまり自慢しすぎたようだ。

五月雨やももだち高く来る人

（さみだれや　ももだちたかく　きたるひと）

（明治42年6月24日）日記

6月24日の夜のことであった。「エリセフ、東、小宮、安倍能勢（能成のこと）、来る。エリセフは露人なり。日本語の研究の為に大学の講義をきく由。『三四郎』を持つて来て何か書いて呉れと云ふ」と漱石日記にある。漱石先生はこの本の扉に掲句を書いた。

エリセフは当時東京帝大の学生（卒論のテーマは松尾芭蕉）で、漱石の門弟の小宮豊隆と親しくなって漱石宅での木曜会に参加した。彼は日本流に生活していて、この日は袴の股立（ももだち）を高い位置にして帯を締めてやって来た。漱石はその姿を面白がって掲句にさらっと描いた。股立とは、袴の両側に設けてある空きの根元部である。市販の袴は足長の男には短すぎたが、このロシア男は気にしていなかった。

句意は「五月雨の降る日に、足が長く、袴の脇の切れ目を腰の高い位置で帯締めした珍しい人がやって来た」というもの。この男は東京帝大が正規の留学生として初めて認めた人で、大学院を卒業してロシアに帰った。セルゲイ・エリセーエフは、ペテルブルク大学で日本文学を講義した。そのテキストは漱石の小説『門』だったという。

ちなみにエリセーエフの家はペテルブルクの大富豪で家業は貿易であった。彼は豊富な仕送り金で華麗な留学生生活をしていた。輸入食品を売る「エリセーエフの店」は現在復興してペテルブルクの観光名所の一つになっている。

この句の面白さは、突然に漱石よりはるかに背の高いロシア人が家に入って来て、驚かされたということだ。股立の高い位置だけでなく袴が桁外れに大きかったことにもびっくりした。あれは袴ではないと感じたのかもしれない。只々驚かされたという句である。英国で感じていた上背コンプレックスがまた飛び出したに違いない。

五月雨や四つ手繕ふ旧士族

（さみだれや　よつでつくろう　きゅうしぞく）

（明治30年5月28日）句稿25

五月雨の降る季節、熊本の大河である白川を遡上する鮎を狙って漁をする漁師がいる。昔は熊本藩の士族だったと噂されている人だ。今の季節、舟に乗って使う大きな四つ手網を河原で急いで繕っている。

漱石が立っている河原は、漱石宅の南側にある白川である。阿蘇から流れ出た北回りの黒川を支流とし、これと南回りで西へ流れて中流域で黒川と合流して有明の海に流れ込むのが白川である。この川は鮎等の淡水魚が豊かで、いまでも三つの漁業協同組合があり、流域を区分けして漁をしている。

明治の廃藩置県によって藩の制度はなくなり、熊本藩を含めて大藩主は公爵に、小藩主は子爵になって生活は取り敢えず安定していたが、その藩の下級武士は食うや食わずの生活に陥っていた。佐賀の乱や西南の役で下級武士の処遇に不満を持って立ち上がった新平民は、政府軍に負けて散って行った。そうはならずに生活の糧を求めて農漁業の仕事についた男たちも多くいた。漱石の目の前にいた漁師は、網を繕う技を身につけて自活を始めていた元武士の漁師であった。

ちなみにこの俳句を作った1年後に、妻の鏡子はこの白川に身投げしたが、近くで川漁をしていた漁民に助けられたという事件が起きた。もしかしたら、助けた漁師はあの時漱石が見ていた網繕いの漁民だったかもしれない。二人は顔を合わしていない。

この句では漱石が時代の変化とは言え、悲しい思いを持ってこの漁師を見ていたことが想像される。五月雨には漱石の涙が感じられる。そして四つ手の網は、両手と両足を四方に広げている人の形に思えたことであろう。この句を重くしていないのは、河原で繕い作業をしている旧士族の男が、四つ手網を二本の手と二本の足を動かして直しているという洒落が隠れていることだ。

・寒き夜や馬は頻りに羽目を蹴る

（さむきよや　うまはしきりに　はめをける）

（明治28年11月22日）句稿7

句意は「寒い冬の夜、独身男は自宅で馬と化してしきりに羽目板を蹴って憂さを晴らすしかない」というもの。体力を持て余した馬は夜、羽目板を蹴り続けているうちに疲れて眠れるようになるのだと自嘲している。漱石は自分が馬になっているような気がするると子規に伝えている。

掲句は10月末に作っていた「淋しいな妻ありてこそ冬籠」から繋がっている句である。退屈な田舎生活に耐えるには「結婚、放蕩、読書三の者其一つを択むにあらざれば大抵の人は田舎に辛抱は出来ぬ」と手紙に書いていたのであるから、妻のいない冬の松山での生活は、自ずと読書か放蕩で過ごすしかないと子規に訴えている。この切ない思いが行動となって現れているのが掲句であると見ることができる。

掲句の面白さは、寒い夜に囲いの中にいられなくなって賑やかな街中に飛び出すと、あの人は羽目を外したといわれて、指弾されることを示したことだ。松山で有名になっていた漱石先生は衆目に監視されていたに等しい。がんがん羽目を蹴っても良いが羽目を外してはならないと自戒する毎日なのだ。漱石は羽目を外さないために、このような俳句をたくさん作っていたということなのだろう。

芭蕉は年老いてから「奥の細道」への旅に出て、馬小屋で馬が滝のような小便をする音を聞いて寝入っていたとする俳句を作っていたが、当時老年になっていた芭蕉と違ってまだ若い壮年の漱石は、馬と一緒に羽目を蹴っていたというのだから、面白い。ここには東京からやってきた「坊っちゃん先生」が描かれている。

・覚めて見れば客眠りけり炉のわきに

（さめてみれば　きゃくねむりけり　ろのわきに）

（明治29年12月）句稿21

漱石先生は夜中に目覚めると、客を寝床に案内せずに、火鉢のそばで客と一緒に寝てしまっていたのに気づいた。客は火鉢の脇で手枕の格好で寝ていた。その客はしこたま酒を飲んで満足げに寝ている。火鉢の火はとうに消えていて、さてどうしたものかと漱石は思案に暮れている。ここが漱石の家であれば部屋に囲炉裏はなく、火鉢があるだけである。ここでの炉は畳の上の炉である。

この句は内容が操作されている架空の俳句である気がする。新婚のしっかり女房が同居しているのであるから、お客を居間に放ったらかしにはしないはずだ。寝ている客は書斎の漱石自身なのである。夜中に体が冷え切って目が覚めたら、自分が書斎で寝ているのに気がついたのであろう。心労が重なっていたのだ。女房にこの姿をしっかりと見られてしまい、翌日漱石は何か小言を言われたに違いない。

掲句は謡曲の一場面か、歴史的な一場面を描いている気がする。このように思ってネット空間を長い時間漂っていたら、次の良寛のことに突き当たった。玉島出の僧侶であった近藤万丈が江戸に出て国学者になってから書き残した「寝覚めの友」という書物に漱石が興味を持った掲句の話が書かれていた。この書にある「寝覚めの友」の話は水上勉も取り上げていた。

倉敷の円通寺で12年間の修行を経て越後へ帰ることになった良寛が、師の教えに従って遍歴の旅に出た時のことであった。僧の近藤万丈が土佐に旅した時に雨に降られ、みすぼらしい庵を見つけて雨宿りさせてもらうために飛び込んだ。この庵は青白い顔をした貧相な僧が一人、囲炉裏のそばにいた。この庵に置いてもらえることになった万丈がこの僧に話しかけても微笑するばかりであった。その夜、囲炉裏のそばで寝てしまった万丈が目覚めると、無口な僧は手枕で寝ていた。朝になって窓際に置かれていた本を見ると荘子の本であり、その中に無口な僧が書いたと思われる素晴らしい草書体による漢詩を書いた紙が挟まっているのに気づいた。万丈は手持ちの扇に何かを書いてほしいと言うと筆を取り出し、梅と鶯の絵を描き入れ、文を書いてくれた。文の最後に「越州の産了寛書ス」と書いたという。

修行を終えたばかりのこの僧は「了寛」と名乗った。万丈は老年になってこの「了寛」が有名な「良寛」であったと気づいたという。漱石は尊敬する良寛和尚の書を長年収集していて、良寛の書の素晴らしさを知り抜いているので、この書が絡む囲炉裏端の逸話を俳句に著した。漱石は夢の中で高知のみすぼらしい了寛庵の囲炉裏端に寝転んで、まだ目が覚めないふりをして了寛と万丈のやり取りを聞いていた。

• 冷めやらで追手のかかる蒲団哉

（さめやらで　おいてのかかる　ふとんかな）

（明治28年12月18日）句稿9

目が覚めても意識がまだはっきりしてきていないのに、直ぐに急き立てるように蒲団を片付けられそうである。この家を追い立てられようとしている。漱石は少しゆっくりしたいのにと蒲団の中で不平を言っている。

独身の漱石先生のいた部屋での出来事をユーモラスに描いている。蒲団を畳みに来るのは女の家の手伝い女か、それとも闇夜に紛れて忍び込んだ女の家の父親か。近づいてくる足音に気づいて、漱石は蒲団から体を起こして立ち上がった。部屋にどんどんと近づいてくるのはやはり女の父親なのだ。

夜這いに来て女の家で夜を過ごした若い男（漱石のこと）を、いつまでもいい気になって部屋にいると男の追い出しにかかったのだ。普通は未明の夜のうちに出て行くものが、男はその日の朝をその家で迎えてしまった。源氏の君でも姫の家で朝を迎えてはならない掟を守っていた。

この句の面白さは、「さめやらで」は「目が覚めていないのに」という意味と、「蒲団が冷めていないうちに」ということを掛けていることである。通常は起きた後しばらく経ってからゆっくり蒲団を片付ける、畳みにくるのが普通だと考えるからこの表現になる。

もう一つの面白い点は、ただ事でないことを示す「追手のかかる」という言葉である。戦いに敗れた武士が敵に追いかけられる様として描いていることだ。この言葉で、朝までいたことで文句を言われても仕方がないという事情が判明する。夜這いのルール違反の男、室内で漱石が追い立てられる様子が目に浮かぶ。急いで敷き蒲団の上で身繕いをしている姿が目に浮かぶ。

さらなる面白さは、漱石先生は都合の悪いことを直接的に描かずに、蒲団を中心にして描いていることだ。あたかも「追っ手がかかるのは蒲団」であるかのように描いている。これもユーモアである。

明治の当時、独身で壮健な漱石は、全国の青年のほとんどがそうであったように、夜這いの習慣に浸っていた。このことを漱石は松山時代の同時期に作った俳句の「毛蒲団に君は目出度寐顔かな」と「薄き事十年あはれ三布蒲団」その他に書き残している。無論ストレートな表現ではなく、工夫をして俳句に仕上げている。だが読者がよく見れば、そして勘を働かせれば漱石の本意がわかる俳句として残している。

• さもあらばあれ時鳥啼て行く

（さもあらば　あれほととぎす　なきてゆく）

（明治29年7月8日）句稿15

「さもあらばあれ」は、「どうともなるが良い、不本意だが仕方ない」という意味である。句意は「時鳥が鳴きながら飛ぶなんてあまりいいとは思わないが、まあ良しとしよう」というもの。時鳥は木に留まっていい声で鳴いてくれた方がいい、と漱石先生は思っている。「飛び鳴き」なんて、歩きながらスマホをするようなもので格好いいもんじゃないと言いたい。だが正岡子規は病気を得て寝込んだまま、新聞社の仕事をしていた。この状態を是認する俳句を詠んでいるのだ、仕方ないことだとして。

病気を治してからじっくり仕事をすればいいとは思うが、本人が仕事をやりたいと思うのならば仕方ない、と子規に伝えている。子規を激励しているのだ。漱石が何を言っても子規は言うことを聞くわけがないとわかっていたからだ。

子規は漱石のいる松山に行く前、満州から帰国する船中で喀血して神戸の病院に入院していた。子規は松山の漱石の家では句友と俳句に熱中した。そして明治28年10月に療養していた松山から東京の家に戻ったが、子規は松山にいた時から結核の治療法がなかったこともあって自分の余命を計算していた節がある。そして家計収入を得ることと文芸においてやり遂げるべきことを考えていた。子規は闘病と並行してやり遂げる仕事をスタートさせていた。

・小夜時雨眠るなかれと鐘を撞く

（さよしぐれ　ねむるなかれと　かねをつく）

（明治37年6月）小松武治訳著の『沙翁物語集』の序

「小羊物語に題す十句」とあり、掲句は『沙翁物語集』十話の中の『マクベス』に対応する俳句である。漱石はこの本の序文を頼まれ、十句を作った。前置きの「小羊物語」は「シェークスピア物語」と同義である。漱石が帝大で行った講義に刺激を受けた学生の小松武治が、チャールズ・ラム著の「シェークスピア物語集」を翻訳し、講義をした漱石先生に本の序を頼んだことから掲句が作られた。漱石の洒落心によってLamb（子羊）さんが書いた本は「子羊物語」となった。加えて学生の身で、英語本の翻訳本を出すことに賛意を表して、「頑張ってくれ、子羊くん」と小松君にエールを送っているのだ。

小夜時雨は、秋から初冬に降る夜中のにわか雨で、降り止むのも早い。そしてまた降り出す。この雨によって少し悲しみのにじむ情景が浮かぶ。主人公は辛い思いが途切れぬように、「つらい気持ちを忘れるな」と鐘を撞くのだろうと考えた。

ここまで書いた後に、偶然手にした多胡吉郎（きちろう）著の「スコットランドの漱石」によって、掲句の先の解釈は大きくずれていることがわかった。つまり掲句はシェークスピア劇「マクベス」の一場面を表したもので、ダンカン王を殺害した後の場面だとわかった。掲句は劇中のセリフである「Methought I heard a voice cry 'Sleep no more! Macbeth does murder sleep.'」に対応する俳句だという。

マクベスが闇の声を聞いた気がしたとして、「もう眠れないぞ。マクベスは眠りを殺す。」と和訳した。そして、王殺しという大罪への慄きが、天の声となってマクベスの耳に聞こえたのだ。

スコットランドのダンカン王の信任が厚い武将マクベスは、反乱室を鎮めて帰還する途中、魔女たちから謎めいた予言の言葉をかけられた。「お前はコーダの領主になり、やがては王にもなる」と。折しも、マクベスは戦功を認められて地方の領主に昇格した。魔女の予言の1つが早くも成就された。すると王座への野心が燃え始めた。そして主人であるダンカン王の殺害を決意した。

王に仕える二人の護衛を妻が睡眠薬入りの酒で眠らせたら、妻が鐘を撞いて王の殺害の準備が整ったとマクベスに合図を送る手筈になっていた。雨の降る静かな夜に、この鐘が鳴るのを聞いたマクベスは短剣を持って王の部屋に入った。寝ていた王を刺殺して戻ってきたマクベスが、殺人をけしかけた妻に不安げに語る。

句意は「マクベスは鐘の合図を聞くと王の寝室に入り、探検で王を殺した。部屋に戻る途中、わしは悲しげに叫ぶ声を確かに聞いたと妻に告げた。眠りはもうないぞ、お前は自分の眠りも殺したのだ、という声を聞いた」というもの。

この句の面白さは、小夜時雨の語によって一気に幽霊の出そうな雰囲気が醸し出されることだ。事件が起こりそうなことを感じさせる効果がある。そして英国のマクベス劇を日本の幽霊劇のように感じさせていることだ。

この句には意地悪な別の解釈ができそうである。掲句を作った時、漱石は初めての小説である「吾輩は猫である」の連載原稿をまさに執筆中であった。漱石はこの小説に命をかけるつもりでいた。ここが正念場だと言い聞かせてその晩一気に書き上げないようにしていた。心の中で鐘を力一杯撞いて脳を眠らせた。「できた！」という叫び声が小夜時雨の空に轡いた。「次はシェークスピアを超える戯曲を作るぞー」と声を上げて握りこぶしを作った。

ちなみに漱石は1年後の明治38年7月に東京大学で教えたことのある中川芳太郎宛の手紙に「今にハムレット以上の脚本をかいて、天下を驚かせ様と思ふが、いくらえらいものを書いても天下が驚きそうにもないからやめようとも思ふ」と書いていた。「吾輩は猫である」の新聞連載が始まるとあっという間に人気作家になった漱石講師は、頼まれごとが多くなって忙しくなり、この大作挑戦は諦めた。だが明治40年に、帝大教授就任の話を蹴って朝日新聞社のお抱え作家になると、シェークスピアを目標にして小説を書き出した。

＊参考：「小羊物語に題す十句」は次のもの
・小夜時雨眠るなかれと鐘を撞く（マクベス）
・罪もうれし二人にかゝる朧月（ロミオとジュリエット）
・骸骨を叩いて見たる菫かな（ハムレット）
・世を忍ぶ男姿や花吹雪（お気に召すまま）
・雨ともならず唯凩の吹き募る（リア王）
・見るからに涼しき島に住むからに（テンペスト）
・白菊にしばし逡巡らう鋏かな（オセロ）

・さらさらと衣を鳴らして梅見哉

（さらさらと　きぬをならして　うめみかな）
（明治32年2月）句稿33

「梅花百五句」とある。熊本市の有力者が梅見の宴を開き、同時に野点の茶会を梅林の中で催した。地元の名士たちが招待された。この中にはきれいどころの芸妓を連れて参加した者もいた。参加者に等の演奏を聞かせるという口実でこのパトロン男はこの芸妓と同伴で茶席に来ていた。

この男は茶を一服いただくと演奏を終えた芸妓を連れて梅林の散策に出かけてしまった。緊張した演奏後に一息つきたい芸妓であったが、この男は彼女を強引に引き立てて席を立った。このさまを漱石は「妓を拉す二重廻しや梅屋敷」と詠んだ。

茶席の漱石が二人の姿を目で追うと、時間つぶしにあちこち歩き回っているようであった。連れの女性は迷惑そうに大事な商売道具の琴を抱えて後ろを歩いている。このさまを漱石は「梅の花琴を抱いてあちこちす」と描いた。漱石はこの女性に同情するかのような態度でこの女性の姿を見て楽しんでいたようだ。

ところで梅見を行う旧暦2月は「如月（きさらぎ）」であるが、この「如月」は「衣更着」とも書き、この2月はまだ寒く衣を更に重ね着するから、こう呼ばれるようになったという説がある。

句意は「梅見の宴で、芸妓が重ね着の衣をさらさらと鳴らしながら散策している」というもの。漱石は華やかな重ね着の衣が視界から離れて行っても、衣擦れの音が耳に届くように感じている。

この句の面白さは、「きさらぎ」から「さらさら」の語が流れ出ていると思われることだ。言葉の洒落がある。また「衣を鳴らして」という描写によって若い芸妓が華やかに梅林を歩き回っているさまを想像させることである。

・さらさらと栗の落葉や鵙の声

（さらさらと　くりのおちばや　もずのこえ）
（明治29年12月）句稿21

寒風が野山を吹き抜けると、硬い枯れた栗の葉っぱは落ち始め、地面をさらさらと回転しながら風に飛ばされる。葉っぱが落ちて風通しが良くなった木の梢にはモズがいて、寒風の吹く季節の到来を喜ぶように鳴いている。さあてと、そろそろ始めようかと掛け声をかけるようにモズが鳴き出す。

そのモズは葉のない細い枝先を嘴で折って作った専用の「爪楊枝」を多数作る。田んぼで捕獲したイナゴやカエルをこの裸の枝に刺し始めた。集めた獲物は栗の木の枝先で寒風にさらされてあっという間に乾燥する。このモズの行動は雄だけのもので春の繁殖期までの常備食を蓄えるためのもので、獲物は生け贄（にえ）のように見えることからモズの早贄（はやにえ）と呼ばれる。11月ごろから12月にかけて見られるもので冬の風物詩となっている。

さて栗の木で鳴いていたモズの鳴き声はどんなだったろう。ギーギー、ギーギーか。枯れ落葉のさらさらと立てる音に合わせるかのように低音で鳴き出しただけなのかもしれない。ハーモニーのようになって野山に響き渡る。

ちなみに掲句の一つ前に置かれていた俳句は「鳥一つ吹き返さるゝ枯野かな」であった。寒風の中に飛び出して行ったモズは強い寒風に押し返されて難儀している。モズはスズメより少し大きいくらいの体つきなのである。

漱石は冬の到来で栗の葉が黄葉するのを楽しんだ後、枯葉が落ちた栗の木を眺めて、モズの早贄の様子を見ている。これらの鳥の句は漱石が結婚した明治29年6月から半年経過した時点で作られていた。漱石は東京にいる夏目家と中根家の家族の生活も面倒見ていたから、せっせと生活費を稼がねばと気を引き締めていたのかもしれない。

いや、もしかしたら、この生活費を稼ぐことに追いまくられている教員生活から離れて、ぼーっと寒風の中に立ち、モズが裸の枝に留まっている姿を見ていただけなのかもしれない。陶淵明のように。

さらさらと護謨の合羽に秋の雨

（さらさらと　ごむのかっぱにあきのあめ）

（明治32年頃）手帳

秋でも晩秋ならば良いが、残暑の秋だとゴムの合羽を着て雨の中を歩くのは酷である。さて掲句はどちらであろうか。

明治32年8月末に漱石は熊本第五高等学校の同僚、山川と彼の送別旅行に阿蘇へ出かけている。この時は立秋を過ぎていたので初秋であった。残暑の秋である。

内牧温泉の宿を出て高岳に向かって歩き出した阿蘇踏破ではかなりの雨に降られた。降り出した雨は初めの内は合羽の上でさらさらと音を立てていたが、阿蘇の山の中に入り込むにつれて音を変えた。突然に「ドロドロ、ベトベトの雨」に変わった。雨に空中の火山灰の重さが加わったからである。さらさらと音を立てていた雨は火山灰が加わって泥の雨に変わっていった。火山灰が吹き上がった時の音を合図にして、雨の降る音が変わった。

漱石と同僚の二人は突如活動を始めた阿蘇の火山が火山灰を吹き上げる中、灰色の高原をさまよった。踏破する道がわからなくなった。死ぬかと思ったらしいこの経験は、漱石の生き方を変えた気配がある。

このことには触れずに、さらっと俳句にしているところが漱石らしい。掲句には第一の読者である子規を楽しませようとした気配が感じられる。

ちなみにこの句では、ゴムの合羽として材料を特定しているのは、この前年の年の瀬に家を出て宇佐神宮参拝の旅に出た時には、和紙の合羽を身につけていたことが背景にある。この時代、ゴム製の合羽はまだ珍しかったということだ。

さらさらと筮竹もむや春の雨

（さらさらと　ぜいちくもむや　はるのあめ）

（明治29年3月5日）句稿12

「ぜいちく」とは易者が使う竹の細棒である。高さの低い竹筒の中で50本の竹ひごを両手で揉んで片手で分けとる。これを繰り返して占うが、揉む時の音は確かにサラサラである。この音が春の雨音に似ていて、雨音はやわらかくて心地よく感じる。漱石の松山時代の句である。漱石の目の前で易者が筮竹占いをしている。

句意は「春の雨がサラサラと降る中で、易者が筮竹をサラサラと音を立てて揉んでいる」というもの。サラサラの音は春の雨の音であり、細棒の揉まれる音でもある。ともに軽やかな音である。

この句の面白さは、漱石の未来の運命はさらさらという流れ出る音を伴って目の前に現れることである。占いの中でいろんな事柄が次々にはっきりと出されてくるが、その不思議な様がこのさらさらの不思議な音が導くように思えてくる。二つ目の面白さは、春の雨が落ちてくる軌跡が直線的であり、細い筮竹の形状に類似していることである。

漱石は合理主義者であるが、どういうわけか一度だけ筮竹占いをしてもらった。その時漱石はこれから西へ西へと移動する生活になると予言が出された。東京から西の松山に来ている現在を考えると、予言は当たるような気がして来た。そして来月に松山中学から転任することになっている熊本第五高等学校は、確かに松山の西の方向である。

ちなみに漱石の運命は、明治33年になると熊本の地からさらに西の英国に留学という形で移動することになっていた。確かに予言は当たっていたことになる。

掲句の直前句はやはり同じようにユーモラスな「陽炎に蟹の泡ふく干潟かな」であった。明治32年の年の瀬に留学の内示を受けるが、これは漱石にとっては泡を吹く事態であった。そしてこの話を断るのであった。これ以上、占い通りに西へ行くのを止めようとしたのか。

去りとてはむしりもならず赤き菊

（さりとては　むしりもならず　あかききく）

（明治30年12月12日）句稿27

漱石先生は熊本市の郊外の大江村に転居した。東京から妻が4ヶ月ぶりに熊本の地に戻ってきたが、この時には漱石はすでに引っ越しを終えていた。気分を変えるための引っ越しであったにもかかわらず、広い庭に咲いていた赤い菊が気に入らなかった。繁茂しすぎていたからだ。加えてその赤色が少しきつすぎたのかもしれない。もともと漱石は白菊が好きであったのだ。

句意は「借家の庭にあった赤い菊の群れが気に入らない。しかしそうだからと言ってむしりはしない」というもの。むしるまでは憎くないからだ。そこまでは煩わしくないのだ。掲句の直前に置かれていた俳句は「傘を菊にさしたり新屋敷」であった。漱石は無残にも傘立ての代わりにもっさりと生えていた菊の塊を使っていた。赤い菊が玄関戸の前まで伸びていた。漱石先生はその菊は邪魔という意識があってぐさっと傘を菊にさしていた。しかし、出入りに邪魔だと思ってもむしり取る事はためらわれたのだ。

「去りとては」には漱石の洒落が込められている。この借家に住んでいた前の人は、去ってもういないが、その人がこの赤い菊を植えて丹精して楽しんでいたのであるから、住人が変わったからといって切るわけにはいかない、との意味を込めた。この上五の「去りとては」は「さりとては」（そうはいっても）と「前住人が植えて去ってしまっている」の意を掛けているのだ。漱石先生の得意な洒落を入れているのだ。

この句の解釈としては、菊のイメージを変えた赤い菊の繁茂している家で、うまく新生活を再スタートできたのであるから、このまま変わらないで行ってくれという願いをこの句に込めている気がする。少しこの赤菊が気に入らないが、現状維持をするという気分なのだ。

百日紅浮世は熱きものと知りぬ

（さるすべり　うきよはあつき　ものとしりぬ）

（明治29年8月）句稿16

漱石は東京や松山の暑さの比ではない熊本の暑さを実感している。熊本は暑いと聞き及んでいたが、これほど暑い土地であるとは、と唸っている。しかし、周りを見回すと百日紅は炎天下で暑さをはね返すように、いや暑さを吸収して桃赤く咲いている。幹の外皮は熱射光で剝がれ落ち、内皮だけが艶やかに見える。そして花は細かい花びらを房状にふっくらとつけて、いつまでも咲き続けられるようである。百日紅の名がついている所以である。

句意は「この百日紅の大木の赤い茂りを見ていると、この熊本の地は暑いところだと納得させられる」というもの。この地に生きている人はこの熊本は暑いのが当たり前と思い込んでいるとわかる。そして人々は、この世を暑く感じさせる赤色で咲いている百日紅を好んで植えているようだ。

夏は暑いものと受け入れてしまえば、体は順応するということである。まずは気持ちの順応が肝要だと悟ったのだ。百日紅の葉っぱも木肌もつやつやになって上空から降りそそぐ熱光線を反射しやすくなっている。植物は環境に順応するように自らを改造する仕組みを持っているらしい。

そこで漱石は考えた。支那団扇を購入して使い出した。鳥の羽でできている大きな羽団扇(はうちわ)である。

去ればにや男心と秋の空

（さればにや　おとこごころと　あきのそら）

（明治28年11月6日）句稿5

「傾城倚欄」（けいじょう、らんによりかかる）の前置きがある。橋の欄干に寄りかかって遊女らしいマダムが力の抜けた声で言う。「男は勝手よ、それだから『男心と秋の空』とか言うのよ、私の男もその通りだった」とつぶやく。

漱石は接続詞の「されば」を「去れば」に変えていて、この俳句に二つの「されば」の意味を組み込んでいる。

句意は「男が心変わりして女の所から去って行くのを見た女は、そんなことだから、男心と秋の空と言われるのよ」というもの。

橋の欄干に寄りかかった遊女がつぶやくフレーズの「男心と秋の空」は、中国にもある言葉だが誰の創作なのか、よくわからない。一方日本においても、鎌倉時代以後は女の方が浮気な男をさっぱりと忘れるために口にする言葉として使われていた。ところが時代が推移して戦後に姦通罪が廃止になると、俄然生理的にもコロコロ変わる現代女性の特質が発揮されてか「女心と秋の空」の方の真実味が増して来た。

ちなみに英国の英語表現では日本の秋より天気が変化しやすい冬を取り上げて「女心と冬の風」のことわざが今でも生きているという。ただし女性の財産権がローマ帝国時代から認められ、結婚の際に持ち込んだ財産を明記して離婚時には少なくともこれを持ち出せると結婚契約書に明記されていた歴史は重く、西欧では「男心と冬の風」のことわざはない。

以上のようにこの句についてはいろいろ考えさせられるが、掲句は漱石の山歩きの経験をもとにした句であった。当時28歳の漱石は一泊の旅に出て松山の南山麓にある白猪の滝を見に行った。小雨の中大変な思いをして山中の滝にたどり着き、滝見を堪能していると突如豪風が吹き出し、真っ直ぐに流れ落ちていた滝が風に崩れてその飛沫は漱石の足元に届いた。目の前の景色が渦を巻いて崩れ出した感があった。

漱石は松山の家に戻って当時のことを思い起こし、あれは秋特有の気候の変化だったのかを考えた。「やっぱり、秋の山ではああなるんだ」という意味で「男心と秋の空」がすっと口をついて出て来た。

• 早蕨の拳伸び行く日永哉

（さわらびの　こぶしのびゆく　ひながかな）

（大正3年）手帳

春を待つ頃の作なのであろうか。「さわらび」の音と漢字からはまだ寒さが残って、「日永」からは昼が少しずつ長くなってくる春の句だとわかる。早蕨は生まれたての産毛が付いているように見える蕨の芽がまだ丸まった塊になっていて、拳のように見える時の蕨である。日永になって早蕨の拳のような芽が伸びて太陽に手を伸ばしている、という理解である。素直に解釈すれば成長期の日本の明るさが感じられる句になっている。

まだ寒くて手の開かない状態を感じさせる「さ」という音が効果的に使われている句になっている。日本人はこの響きのある爽やかな言葉が気に入っているようだ。早乙女や五月雨、小百合、狭霧等がある。

ところで漱石はこの句にどのような意味をもたせたかったのか。早蕨とは万葉、奈良時代と密接な言葉である。源氏物語の巻にもこの名が付けられている。漱石は自分の体がそう長くは生きられない状態にあることがわかってきて、日本の行く末を案じてこの句を作ったような気がしてならない。この日清戦争、日露戦争を経て先進国間で行われている植民地獲得競争に加わったとみられる日本国の行く末を案じていたのだろう。

そしてこの句には、もう一つの漱石の思いが隠されているように思える。早蕨は大正天皇の生母である早蕨典侍を意味していると見る。つまりこの句で身体が弱かった大正天皇の世が少しでも長く続くことを願っているのだ。この句は大正3年に作られていて、大正時代が始まってまだ間がない時であった。大正の世は漱石自身が没した大正5年を通り越して、15年まで続いた。いや15年で終わった。

• 酸多き胃を患ひてや秋の雨

（さんおおき　いをわずらいてや　あきのあめ）

（明治40年秋頃）手帳

漱石は従来から胃酸過多の傾向があり、胃の調子がイマイチの日々が続いていた。そこに秋の冷え冷えとした雨が加わって、気持ちは幾分沈鬱なものになっていた。作家に転身してからは今迄の大学でのストレスとは異なる次元のストレスを感じるようになっていた。全国の漱石ファンの期待を受けて新聞紙上でこれに応えねばならないというストレスなのだ。加えて東京朝日新聞社には先輩格の二葉亭四迷という明治小説界の大御所が在籍していた。この作家は言文一致体で書かれた小説「浮雲」、新聞連載の「其面影」によって高い評判を得ていた。漱石は彼を意識しないわけにはいかなかった。漱石の給料は四迷の2倍であった。新聞社に入社後の最初の小説「虞美人草」は過度のストレスで休み休みしながら書かれた。夏から秋にかけては癇癪との戦いであった。

ちなみに四迷の方でも漱石の存在を意識していた。二人は銭湯での会話を含めて6回顔を合わせた。社会主義に関心の深かった四迷は、一時社会主義者になっていた。漱石の入社した年の翌明治41年6月ロシアのペテルスブルクに新聞社の特派員として派遣された。彼は旅先で死ぬことになったが、四迷は社内の送別会で漱石と顔を合わせたあと、離日直前に漱石宅を訪ねた。会話らしい会話をしないまま二人は別れたが、漱石は若い女性作家の原稿を見て欲しいと四迷に頼まれた。この時の四迷は漱石に圧倒されていたのだ。四迷は神戸発の汽船で敦賀を経由して大連に向けて旅立った。

この句の面白さは、「酸多き」と「秋の雨」からは、漱石の胃袋に胃酸が胃壁から秋の雨のように溢れ出る様が想像されて可笑しくなることである。そして酸には秋雨の傘（さんと発音）を掛けている気がする。漱石先生としてはこの胃酸過多が原因して、胃潰瘍になる可能性があって気を患っていたが、この俳句で胃痛を笑い飛ばそうとしている。

・三階に独人寝に行く寒かな

（さんがいに　ひとりねにゆく　さむさかな）

（明治35年2月17日）村上霽月宛の葉書

ロンドンで3番目に住んだクラパム・コモン公園近くのミス・リーの下宿から松山の友人に葉書を出した。「当地寒気激しく頗る難渋に候」と書き、寒さが伝わる俳句を3句、冷たい手で書いた。そのうちの一つが掲句。ロンドンの下町にある住居の3階を借りて下宿していた漱石の気持ちを表している。石造りの家にいた2月のことで、石の壁から冷線が放射されて漱石の痩せた体に突き刺さっていたのだ。

漱石の部屋は3階にあって南向きであった。よって部屋に上がる階段は北側に付いていた。冬の夜に薄暗い階段を1階から3階に上がる時は、階段を挟むようにある両側の石壁の間をしばらく上がることになり、寒さが身を刺し続ける。孤独感が増幅され、のしかかる時間である。恐怖のロンドン塔の階段を上る心境だったのかもしれない。

この冬の間漱石は日本人との付き合いを極力避けて、文学論の勉強を精力的に行っていた。英国の日本人留学生たちが漱石についてよからぬ噂をしているのはわかっていた。孤独な時間が長く続いた。

そのような時には妻と暮らした熊本の暖かな生活が蘇る。石の部屋で漱石を待っている独り寝のベッドは冷たく、漱石の体を荒々しく包む。漱石は異国の地で背中を丸めて温まろうとする。漱石は新妻不在の寂しさを何で紛らせていたのか。知るよしもないが、もし「ひとり寝の子守唄」を知っていたなら口ずさんでいたのかもしれない。「ひとりで寝る時にゃよぉー　ひざっ小僧が寒かろう　おなごを抱くように　あたためておやりよ　ひとりで寝る時にゃよぉー　天井のねずみが　歌ってくれるだろう…」

掲句の味わいは、3階と独人寝の数字の組み合わせにある。どちらも奇数で

あり、どちらかといえば愛想のない冷たい感じのする数字である。これがこの句の孤独感を増幅するのだ。さらに一般的に使いがちな「1人」を「独人」にしていることで孤独の文字が読者の脳裏に自然に浮かぶようになっている。それらがうまく機能して「寒かな」が強調される仕組みになっている。漱石はこのような俳句を作って、孤独を受け入れようとしていた。

石で包まれた階段を1階から3階まで冷気を浴びながら足下を見ながら歩く漱石の姿は悲痛なものである。この時漱石は耐える人になっていた。ギリギリの精神状態まで自分を追い込む挑戦をしていた。

ちなみに掲句を作った日の2、3日前に下宿の水道管が破裂したりして、寒気が半端ではなかった。漱石はももひきを首にぐるぐる巻きにして寝たと日記に書いていた。

・三十六峰我も我もと時雨けり

（さんじゅうろっぽう　われもわれもと　しぐれけり）

（明治28年11月）句稿5

漱石が宿の窓からそれほど遠くない東山の景色をじっと見ていると、それほど高くない連峰に次々に雲がかかり、生き物のように白い雨を振り掛ける。進みながら雨を振山肌に掛ける様は面白い。見飽きない光景だ。だがこれは想像の俳句である。漱石はこの年に京都へは行っていない。京都東山は三十六峰と言われる京都盆地の東側の縁にあたる山並みである。ここがあっという間に次々と足の早い雨に包まれ、山の姿が見えなくなる。この変化は歌舞伎の六方のように、トントントンと勢いをつけて移動して行くように見える。確かに「三十六峰」の文字の中に「六方」の音が入っている。

ちなみに漱石は松山での旧制中学生を相手にした英語の授業には飽きてきていた。また土地の風土も漱石に合わなかった。そんな時、東京から見合い結婚の話が来ていた。そして熊本の第五高等学校へ転職することも決まっていて、漱石先生はウキウキ気分であった。まさに舞台で「六方」を踏みたい気分であった。この句の面白さは、東山の山々が擬人化されていることに尽きる。連なる峰々が次々に雨雲にのみ込まれるのではなく、目立ちたがり屋なのか峰々は自分から雨雲の中に飛び込んで行くように描いている。天気が安定していると峰々はただ立っているだけで、退屈で仕方ない。であるからこの季節になると山々は雨雲を呼び込んで遊びたがっているのだ。

時雨（しぐれ）るさまが生き生きとわんぱく坊主のように描かれていて可笑しい。本家中国の三十六峰に比べると、京都の東山は泰然としてということではなく、やんちゃで遊び好きなのである。万事物事が雄大である中国を好んだ漱石であったが、小粒で粋な京都も十分に楽しんでいた。

・三条の上で逢ひけり朧月

（さんじょうの　うえであいけり　おぼろづき）

（明治31年5月頃）句稿29

この句は京都三条通りと鴨川がクロスするところにかかる橋の上で起こったドラマである。春の夜にこの橋を通りかかった時におぼろな月に出会ったという解釈になるが、それだけの句ではない。なかなか京都らしい乙な出会いが描かれている句であり、春のひと時を楽しめる句になっている。

この句を面白い句として評価したい。月並みな句、駄句とする人も多いと聞く。発想や表現が通俗的であればその通りかもしれない。だがこの句は、春の夜にふさわしい源氏物語に出てくる朧月の君や三条の君に、公達が朧月夜に橋の上でばったり出くわした時の嬉しさを想像させてくれる。これに重ねて漱石も三条橋の近くにある祇園で好みの女性に偶然に出会った嬉しさを描いているのかもしれない。弟子の枕流にこれらのシーンを想像させ、楽しませてくれるのであるから良句、名句であると考える。朧月は橋を渡る女性をたおやかに見せるのだ。

更には義経が弁慶に出会った場所が三条大橋であったことを加えるとこの句の面白さが増す。「牛若丸、参上（三条）！」と声を発して朧のような薄布を頭から纏った義経が橋の欄干の上に飛び跳ねそうではないか。

月並みという言葉を用いて、意図的に俳句の価値を大幅に下げることが行われるが、漱石が言うように「なんでも自分の嫌いなこと、俳句を月並みと言う」ような安易な風潮が見られるとする意見も出ている。面白く味わい深い句であれば、駄句の言葉は馴染まないように思う。いや駄句ではないと主張する。

ある人のブログに次の文章があった。『「三条の上で逢ひけり朧月」みたいに、いかにも平凡な京都の情緒を作っている句は〝月並み〟つまり平凡。でも「古池や蛙飛びこむ水の音」ができたときは、（中略）飛び込む蛙は月並みではなかったが、この句が有名になると〝飛ぶ蛙〟は月並みになってしまったのだから、月並みかどうかは難しい。

漱石は「大いなる月並みは名句である」と喝破したもんだ。脱俗、唐の詩人のような暮らしを夢見た漱石の言葉だからこその重さが感じられる。』やはり掲句は名句なのだ。

• 山勢の蜀につらなる小春かな

（さんせいの　しょくにつらなる　こはるかな）

（明治29年12月）句稿21

山勢とは山の姿、山の地形のことであるが、ここでは山の多い地形を示している。つまり山が迫った山国ということだ。

句意は「勢いのある蜀の国には寒い冬なのに暖かい春の風が吹いている。蜀の国は中原から離れていて山の多い土地であるが、それを感じさせないほどに経済が活発である」というもの。蜀の国は現在の四川省、特に成都付近の古称で、三国時代の王朝の一つ。国の法律が整備され、治安が良くなっていた。中心を流れる長江には山が迫っている地形になっていたが、物資の集積地になっていた。この地には人々が集まり、人々の顔は明るかった。国はまさに小春状態であった。山岳地にある国でも、暖かい平原の国のように感じられた。

京都、東京から離れた熊本市は、中央に阿蘇を水源とする急流の白川が流れ、海にひらけた北九州と違って盆地のような地形をしている。いわばこの蜀のようであるが、国に勢いがあった。この地を治めた歴代の武士たちが優れた政治を行ったからである。

熊本第五高等学校の生徒たちの顔つきもいいし、武術と学問に真剣に取り組んでいる。生徒のやる気は東京より高いと感じていた。九州は中国大陸に近いことから海外の文化が流入する刺激的な土地であり、当時の熊本はその中心地であった。新聞社も九州で唯一熊本にあった。日本では5番目となる旧制高校は熊本に作られ、東京、仙台、京都、金沢に次ぐものであった。漱石先生はこの地に好感を持っていた。そして漱石の気質に合致していた。

学生たちの英語の授業は、早朝に特別課外授業を予習として実施していて、本授業でのテキストの理解は早かった。その結果東京帝大で行われていた英語授業よりも濃い内容になっていた。

そんな熊本での教師生活にも漱石はやり切れなさを感じていた。別の道を模索していた。

• 去ん候是は名もなき菊作り

（さんぞうろう　これはなもなき　きくづくり）

（明治28年11月6日）句稿5

「さんぞうろう、去ん候」は漱石独特の当て字であり、然候（さんぞうろう）の「然（さん）」を「去ん」と当てたのだ。応答の然候は「さにあり」の丁寧表現である「さにそうろう」が変化した語だという。「さようでございます」または「そうです」の意味になる。しかし「去ん候」になると避ける意味が加わって「いや、そうじゃない」となる。中七の「是は名もなき」は「これはどういうことのない」の意になる。

句意は「その通りです。これはどうということのない菊作りなのですよ」となる。漱石は見せられた珍しい技巧的に作られた菊の鉢に感心していると、その菊作りの男は掲句の言葉を発して謙遜して見せた。

漱石は四国山地の山中にある白猪の滝を見るために、子規から紹介された彼の遠い親戚の近藤氏の家を探して田舎道を歩いていた。山の谷間にある田んぼのところどころに一軒家がぽつんぽつんとあり、それらの庭先に白い菊が咲いていた。この景色を見て「山四方菊ちらほらの小村哉」の句を作った。その中の一軒の家に近づいて、白菊が庭いっぱいに咲いているのを見た。「誰が家ぞ白菊ばかり乱るゝは」という俳句を作りつつ、その家の人に菊のことで聞いた。「菊がみごとに咲いているが、なんという菊なのですか」と聞いた。

すると返事は「そうかね、どういうことのない菊だよ」と答えたのだ。放っておいたら増えすぎて困っていたのだという。この会話が掲句となった。この家は訪ねる予定の近藤氏の家であった。

掲句は句稿4の冒頭文である「河の内に至り近藤氏に宿す。翌三日雨を冒して白猪唐岬に瀑を観る」につながっている。漱石は滝を見た後、その日のうちに松山の自宅に戻った。そしてしばらくして、谷間の旧家の人々との会話を思い出していた。

ところで最新の漱石全集で掲句を見ると、この句には「或人に俳号を問はれて」の前置きがあるという。そこで句の解釈の修正を試みた。山村の家の前で見事に菊作りをしている老人に漱石は尋ねた。「俳号をお持ちでしょう」と聞くと「わしはただの菊作りです」と答えた。

・山賊の顔のみ明かき榾火かな

（さんぞくの　かおのみあかき　ほたびかな）

（明治35年1月1日）ロンドン句会（3回目太良坊運座）

遠い日本から血の気の多い商人たちが英国にまでやってきて、ティーを飲みながら儲け話に花を咲かせている。儲け話の情報交換の合間に句会をやっている感じだ。太良坊運座は横浜の貿易商、渡辺和太郎（俳号：太良坊）を中心にしたロンドンの若手在留邦人の句会である。1、2回目は漱石の部屋で行われ、3回目のこの日は渡辺和太郎の下宿で行われた。この日の運座では「顔（冬季）」という出題があった。

句意は「山賊どもがその辺の枯れ木を集めてきて、火をつけて暖をとっている。燃える炎を浴びて顔だけが赤く火照っている」というもの。つまり手と足は汚い商売で汚れていて、炎を浴びても見えなくなっていると皮肉っているのだ。その山賊とは誰なのか。

英国貴族は議会で顔を突き合わせて議論しているが、海賊の棟梁が集まって作戦会議をしているに過ぎないということだ。もっとも英国がスペインの覇権を奪うきっかけはアマルダ海戦で、スペインの無敵艦隊と戦って引き分けたことであった。これを境に徐々に英国は覇権を握っていった。この時英国の軍艦の主力は海賊どもの小回りのきく船で構成されていた。海賊どもの親分はかの

有名な海賊ドレーク船長だった。つまり英国海軍は海賊団だったわけだ。この海戦以降も英国は世界の海で海賊行為をして財宝をかっさらった。

漱石先生は弱肉強食の社会が英国の社会の基本であり、世界中に獲物を求めて英国人の顔はギラギラしていると見た。アフリカの黒人を奴隷として売り歩いている。背広の紳士はいい服を着ているが、英国貴族の集団は謀略集団であると見抜いた。こんな国を日本は目指すというのか。

掲句は別の解釈が可能である。むしろこちらの方が漱石の意思を表していると考える。掲句は日英同盟締結に絡む俳句と考えるべきである。明治35年1月に一年をかけた日英同盟が締結されたことが、英国の日本人会で話題になっていた。漱石が参加した正月の句会で、日本人はこの同盟に尽力した駐英林公使に対して、一人5円ずつ徴収して慰労金を渡すことになったというのだ。漱石は爪に火を灯して生活しているのに金持ちの日本人会役員たちが決めたことに腹を立てた。しかし、日本人会の中で浮き上がるのは避けたいと思い、募金に応じた。この時の気持ちを、同席の誰にもわからないように俳句に表したのだ。日本の公務員は山賊ではないのかと言いたくなった。大使館員が手を回して金を集めていたからだ。漱石は集めた金で大使館の近くの有名レストランの暖炉の前で酒盛りを始めている山賊集団の図を俳句に描いた。

この事件には後日談があった。漱石と大学予備門で同期であった哲学専攻の立花銑三郎が学習院教授の身でドイツに留学していたが、体を壊して客船常盤丸で帰国することになった。その船がロンドンに寄港した折に漱石は銑三郎を訪ねた。船室で漱石は先の貧乏留学生いじめの話を銑三郎に聞かせたに違いない。その時漱石は、あんな同盟で戦う日本は負けるであろう、という旨の話を口にしたと想像する。その銑三郎はロンドンから芳賀に手紙を出し、その中に問題の銑三郎作の句がつけてあった。「戦争で日本負けよと夏目云い」という反日的内容と見られることになる川柳を書いていた。この親友は船が日本に着く前に香港で没した。この親友が作った句が日本で一人歩きして、やはり漱石の頭はおかしくなっていたと日本で噂された。文部省にレポートをきちんと出していなかったこともあってか、漱石は帰国前に熱心に本を買い集めていたが、予定より1ヶ月前に急遽帰国させられた。ロンドンの日本大使館が裏で漱石の早めの帰国になるように本国に対して工作したに相違ない。

＊雑誌『ほとゝぎす』（明治35年4月）に掲載

・三どがさをまゝよとひたす清水かな

（さんどがさを　ままよとひたす　しみずかな）

（明治40年頃）手帳

頭から外して手に持っていた三度笠を思い切って寺の裏を流れる冷たい小川に浸した、というのがこの句の解釈である。「まゝよ」とは、成り行きに任せる意を表す言葉で、捨て鉢になって「どうにでもなれ」というところだ。「まゝよとひたす」の意味は、「えい、どうにでもなれ」の表情で、小川の水に笠を浸したということだ。

ちなみに三度笠の解説には、「股旅ものなどの時代劇で渡世人が被っている印象が強いが、もとは江戸、京都、大坂の三ヶ所を毎月三度ずつ往復していた飛脚のことを三度飛脚と呼び、彼らが身に着けていた事から三度笠の名が付いた」とある。さてこの三度笠を被った人は、漱石だったのか、それともたまたま通りかかった飛脚なのか。明治40年ごろになると大都市間の飛脚制度はなくなったが、田舎では郵便配達人が伝統の三度笠を被っていたと思われる。

つまり掲句の句意は「荒れ寺の清水のところにいると、三度笠を被った郵便配達人が現れて、笠を外して清水の中に浸した」というものだ。漱石がこの寺にいた時期は真夏であり、走る配達人は汗をかいていて、頭の上で日差しを遮って頭を涼しくする笠を濡らしておこうとした。つまり頭の上の打ち水なのだ。「えい、ままよ」は手に水を受けて笠に水を掛けるやり方ではなく、手っ取り早く笠で水を汲むことにしたのだ。漱石が近くで見ていたので視線を気にしないことにするために、「えい、ままよ」ということになった。

漱石が古びたお堂の裏に流れる清水にいたことは掲句の近くに書かれていた俳句、「一八の家根をまはれば清水かな」他に描かれていた。アヤメの一種の花である「一八」が屋根に生えていたのを池の端で見つけて、お堂の裏側に回って屋根の後ろ側にも一八があると思ったことから、山裾に流れる清水の句が18句も作られることになった。

この寺のわら屋根のお堂は放置されて寂れていた。明治の世になって吹き荒れた廃仏毀釈の運動によって寺の多くが廃れた。漱石の目の前にあった寺も寂れていた。漱石の周りに参拝者はいなかったと思われる。偶然にもこの古い寺に似合う古めかしい三度笠の江戸っ子らしい男がきたので、俳句に取り上げた。

ちなみに案内してくれた旧知の僧のいたこの寺は鎌倉の長谷にあった禅興寺であろう。この寺が荒れ寺であったのは、明治初年に廃寺になっていたからだ。この寺の一部は現在も明月院として残っている。この年の夏に漱石はこの長谷の地にあった親友の別荘を訪ねていた。この時期は楠緒子が鎌倉長谷の地に転居していた時期と重なる。楠緒子も早朝の荒れ寺にいたと思われる。漱石はこの寺で30句を作っていた。

・三方は竹緑なり秋の水

（さんぽうは　たけみどりなり　あきのみず）

（明治28年9月23日）句稿1

この句の上五の読みには、さんぽう、さんぼう、みかたの3通りがあるが、松山時代に広い敷地にある建物を訪れた時のこととすると「さんぽう」になる。

句意は「本殿の周囲三方を孟宗竹の管理された竹林が囲んでいる。木造の建物と緑の竹が調和して見事であった。本殿の近くには澄んだ小川か湖があり、秋になって色鮮やかになった紅葉の森が広がっている」というもの。

漱石先生のことであるから、面白い味付けがありそうだ。周囲の三方と拝殿の前に置かれている供え物をのせる三方（この場合の読みは、さんぼう）をかけていそうだ。そうなると参拝したのは神社ということになりそうだが、田舎では神仏混淆の状態がまだ続いていたから建物は寺であっても神社であっても良いことになる。

もう一つの面白いことは、竹の葉は緑が当たり前であるが、漱石はわざわざ「竹緑なり」と葉の緑を強調しているところを見ると、寺の周囲の色が三色であることを強調していると感じる。竹の緑、森の紅色と黄色、それに水の青である。

掲句の別の解釈として、掲句に詠まれている景勝の地は、松山ではなく福井県の三方地方（この場合の読みは、みかた）の光景を描いていると考えられることである。三方町（今の若狭町）は三方五湖で有名なところである。ここは寺社が多いところだ。こうなると漱石は三つの言葉を掛けていることになる。つまり漱石は掲句で、3づくしを企てていることになる。まるで落語の世界である。

この句は漱石の得意な絵画的な俳句と言えそうだ。そして漱石らしいユーモアの溢れる句になっている。

・山門や月に立たる鹿の角

（さんもんや　つきにたちたる　しかのつの）

（明治40年4月）手帳

京都の古寺の山門の前に立つと、鹿も月を背景にしてすっくと立っていた。牡鹿は大きな角を際立たせて寺の裏山の主人のように見えた。句意は「夕方、寺の門の前に立つと大きな角を持つ牡鹿が現れて、月を背景にして角を夜空に突き立てているように見えた」というもの。2本の鹿の角が金色の月が突き立てられている様に見えた。鹿の角はまさに戦国武将の兜のように威厳のあるものになっていた。胸を張って立つ牡鹿は、宿の裏山にある鹿山のキング的な主であった。さしずめディアキングである。

この句の面白さは、鹿の角が「月に立たる」光景が「月に突き立てる」と読むように誘導していることである。漱石が見た山門を見上げた時の光景は、鹿が月に角を突き刺しているようにも見えたことである。鹿が月を従えているように思われた。

掲句はこの年の2月に東京朝日新聞社に入社することを決めたのち、新聞社の指示によって大阪朝日新聞社に挨拶しに行った際に、京都大学にいる友人を訪ねて京都に遊んだ時のものである。まだ寒い京都の夜に出没する牡鹿の立ち姿を見て、漱石先生は幾分かの勇気をもらった。漱石先生は雄々しい鹿の姿を見て声をあげたに違いない。そして挨拶の言葉を発したかもしれない。「おお、Dear 牡鹿」と。

＊「鹿十五句」の前書きで『東京朝日新聞』（明治40年9月19日）に掲載

潮風に若君黒し二日灸

（しおかぜに　わかぎみくろし　ふつかきゅう）

（明治29年3月5日）句稿12

この句とセットになるのが、この句の直前に配置された「春恋し朝妻船に流さるゝ」である。流される朝妻船に焦点を当てておき、つぎにその船の中のことに目を向けるのである。浅妻船は客を楽しませる遊女を乗せて琵琶湖を渡る船であった。

船の中に琵琶湖の潮風（この大きな湖は海と認識されていたので、風は潮風なのだ）が吹き込み、船の中の饗宴で熱した体を冷やしている。遊女を前にした若い男の裸の体をよく見ると、二日灸の黒い灸痕がついている。この貴人は体が弱いのか、何度も灸の世話になっていた。

二日灸とは陰暦の2月2日と8月2日に無病息災を願ってするお灸のこと。正月疲れと夏疲れを取るためのお灸なのである。当時は男も女も疲れを取るための二日灸を打っていた。そして若君は貴人の若い女または男を指した。この句では若い男としたが、若い遊女であっても句意は通る。西欧同様に高級遊女もいたであろう。朝妻船にいた遊女の体にお灸の痕を見つけたのか。

ちなみに浅妻船は米原付近の朝妻村にあった湊から出航していた。この湊のある朝妻村は古代から陸路、水路の要衝として栄えた。しかし秀吉の時代に長浜港が開港してからは衰退し、朝妻千軒といわれた遊里の面影は薄れ、江戸期には彦根藩の軍港となっていた。

西行法師が『山家集』で「おぼつかな、伊吹おろしの風さきに、朝づま船は逢ひやしぬらん」と唄っていた。陸上の遊里の女が朝妻船に乗り込んだということが浅妻船の発祥である。伊勢神宮に参拝する東国人は、旅の時間を短縮できるとしてこの朝妻船に好んで乗り込んだ。

塩辛を壺に探るや春浅し

（しおからを　つぼにさぐるや　はるあさし）

（明治41年）手帳

まだまだ寒い春、台所で塩辛の壺を見つけ出して、残り少ない塩辛を取り出そうとしている漱石の姿を想像させる。台所に仕込んでおいた塩辛の壺があり、ご飯の供としてこの塩辛を食べようというのだ。

イカやタコが手に入れば刻んで塩を振っておけば誰でも簡単に塩辛を作ることができる。現代の日本で一般的に塩辛というとイカの塩辛を指すが、イカ以外にも様々な魚介類を原料とすることができる。とにかく海産物を内臓と一緒に刻んで仕込めば出来上がりだ。漱石先生はタコが好きであったから、この句の塩辛はタコ塩辛であろう。

句意は、「まだ春の浅い日に漱石は台所でタコの塩辛の壺を探し出して、壺の中に箸を挿し入れて底に残っている塩辛を取り出している」というもの。漱石は甘いものに目がなかったが、辛いものも好きであったようだ。胃弱の漱石が消化の悪いタコを好んだというのであるから驚きだ。漱石は長生きするための食生活を考慮しなかった。胃痛は生涯の友達と考えていたようだ。そして死

ぬ時が来れば死ねばいいと考えていたようだ。掲句のような俳句を作って、自分の食生活を楽しげに記録した。

この句の面白さは、「壺に探る」の動作からは、塩辛は壺の底の方に浅く残っているだけであり、残り僅かであるとわかることだ。そして「浅く残っている」さまは「春浅し」の「浅し」と連携していることだ。また壺の中の探し方は、匙を使うのか長い箸を使うのかは不明だが後者であろう。明治時代の塩辛の壺は、瓶詰めとは違って相当に深いからだ。

＊雑誌『俳味』（明治44年5月15日）に掲載

●鹹はゆき露にぬれたる鳥居哉

（しおはゆき　つゆにぬれたる　とりいかな）

（明治29年9月25日）句稿17

「箱崎八幡」の前置きがある。この年の九月のはじめに、妻の鏡子と新婚旅行を兼ねての北九州旅行（親戚に挨拶する目的もあった）の際に、筥崎八幡宮（福岡市東区）を訪れた。露に濡れた一の鳥居（重要文化財）を詠んだ。箱崎八幡の入り口に仁王立ちしている黒い大鳥居に露が付き、長年の海風の塩がこびり付いているのを見て、古より国防の前線であったこの地の人々の労苦に想いを馳せたのだ。

「鹹はゆき」（「鹹き」（辛きとも読める）と短く表すこともできる）は塩辛いの意である。漱石先生の立った場所では風にかすかに海の香り、塩の味がしたであろうが、この地は大陸文明の日本への入り口であるとともに、大陸勢力の侵攻の入り口でもあった。この地の歴史には塩辛いものがあるということである。もしかしたら、この塩辛さに漱石先生の目にうっすらと涙が滲んだのかもしれない。

漱石先生は新婚旅行でこの地の、この国の守り神でもある筥崎八幡宮を訪れたのには、大きな理由があった。時は大陸との関係が厳しさを増していたからだ。古の武人たちは国防の備えを怠らなかったことを思った。

国道のそばに大鳥居が聳えていて、ここから長い参道が続く。この一の鳥居は写真で見ると朱色ではなく黒色をしている。この鳥居は、慶長14年（1609）年に、福岡藩主黒田長政の命により建立されているが、元寇（モンゴル帝国の元と高麗の連合軍の侵攻）を受けたもう一つの場所である肥前・鷹島の黒石を切り出して作っている。境内には海中に沈んでいた蒙古軍船の碇石などが置かれているという。この船は実際には朝鮮の船であった。蒙古軍には海軍がなかったからである。

現在、境内に入ると、唱歌『元寇』の歌碑がある。日清両国の一触即発の緊迫した情勢下の明治25年（1892年）に、陸軍軍楽隊員の永井建子が作詞・作曲した唱歌である。漱石が筥崎八幡を訪ねたときに、この歌碑があったかは定かではない。

ちなみに漱石先生は着飾った妻はこのような神社には興味がなかろうと思い、次の訪問場所には女性に人気の太宰府天満宮を選んでいた。漱石先生は優秀なツアーコンダクターである。

●塩焼や鮎に渋びたる好みあり

（しおやきや　あゆにさびたる　このみあり）

（明治31年10月16日）句稿31

漱石先生は熊本市内に住んでいた時に、地元白川の鮎の塩焼きを食べたことがあったのだ。熊本城の南側を流れて有明海に出る白川は当時水量が豊かで鮎漁が盛んであった。漁協が上流と下流に二つあり、漁師たちが投網で鮎を獲っていた。

鮎といえば串刺しの炭火塩焼きであるが、漱石先生もこの鮎の塩焼きが好きであった。深まった秋の落ち鮎を食べると淡水魚の爽やかな香りと餌としていた川苔の微かな苦味の両方を味わえた。漱石先生は渋いのが好みだというのであるから、当然内臓も食べていたと思われる。一般に雌鮎は美味いとされ、雄鮎は不味いと言われる。漱石先生が好んで食べたのは色鮮やかな雌の落ち鮎であろう。

この句の面白さは、鮎に「渋びたる」という表現である。この「さび」は無

機質の鉄をイメージさせる。漱石先生は鮎を小刀と見立てていたのかもしれない。両手で鮎の頭と尻尾を持ってがぶりと齧ったと思われる。

もう一つの面白さは、「渋び」の語は鉄錆の赤茶色を連想させることだ。つまり落ち鮎の雌は胴部にほの赤い帯筋が入っているが、これを「渋び」の語で表していることだ。産卵を控えた落ち鮎は、胴部の体色が帯状に変化して赤みが勝った色になっているのだ。一方の雄鮎はダークグレーのままだ。やはり漱石先生は卵を抱えている赤みが勝った雌鮎を食したのだ。

ところで漱石先生はなぜこのような鮎の塩焼きの句を作ったのか。漱石の妻は半年前のこの年の5月に白川に入水して自殺を図った。妻は鮎漁師に助けられて、漱石宅に運ばれた。そしてこの事件に対して報道管制が敷かれたが、事件は街中に広まってしまった。漱石先生は白川で獲れた鮎の塩焼きを苦々しい思いで食べていたに違いない。この思いが「渋びたる」になったと想像される。そして心の奥底では、妻の起こした白川での自殺未遂を白川の鮎を食べることでのみ込んでしまいたいと思っていた。

・史官啓す雀蛤とはなりにけり

（しかんけいす　すずめはまぐりとは　なりにけり）

（明治28年12月18日）句稿9

古代中国から現代日本に伝わっている諺に「雀蛤となる」がある。物事が大きく変化するという意味で使われる喩えでもある。元々は長い言葉の「雀海に入りて蛤となる」である。この両方の言葉は晩秋の季語になっているというから驚きである。その理由がわからない。

調べてみると、寒い時期になると人里から雀の姿が消えるのは、海辺に移動して蛤になってしまっているからだという言い伝えから来ているとわかった。

句意は「史料を編纂する書記官が皇后に恭しく申し上げている。世間で言われている『雀蛤となる』とは、浜辺でうるさく騒いでいる雀がいつの間にか蛤になっていたということでございます」というもの。宮廷でのこの報告をもって、この話は真実ということになった。

漱石先生はこの諺が出来上がったこの場面を想像して面白がっている。宮廷の官僚たちは皇帝や皇后に面白い話を聞かせようとして、真実からかけ離れた話を持ち出す。そしてその種の話もだんだん大きくなるものだと中国宮廷を皮肉っている。中国版千夜一夜物語の一種だと面白がっている。ちなみにこの句には続きの句があって「蛤とならざるをいたみ菊の露」である。漱石先生はここまで尾ひれをつけてこの話を面白がっている。

これと同じようなことが現代の日本社会でも起こっている。上司にいい話ばかりを上げて、悪い話は隠す。挙句は嘘の報告をするということに発展する。政界ではびこっている官僚たちの時の政権への忖度はこれと同じ構造のものであろう。古代中国から続いていることなのである。

・敷石や一丁つづく棕櫚の花

（しきいしや　いっちょうつづく　しゅろのはな）

（明治29年7月8日）句稿15

漱石は結婚するにあたって熊本市内で一軒家を借りた。その家は勤める学校に近いところに見つけられた。しかし家の居間から寺の墓場が見え、新妻には不評であった。漱石はすぐに別の家を探し出した。次の家を前の家の近くの合羽町で見つけ、9月に転居した。この街中には西欧人の住む大きな洋館があった。

句意は「街中の洋館は、門から玄関まで敷石が100メートルも続いていて、その玄関付近に棕櫚の花が咲いている」というもの。中層の煉瓦造りの洋館に合わせて玄関周りには背が高い棕櫚の木が植えられていた。掲句はこの洋館を物珍しく眺めた句になっている。

掲句をこのように解釈したが、掲句を作った時期は7月であるから、洋館のある場所に転居した時期と合致しないことに気がついた。この句は漱石が熊本第五高等学校に赴任して3ヶ月経った頃のもので、教授に昇格した頃に作られていた。すると掲句は教授になった漱石先生が、幾分胸を張って自分の勤先の校舎と玄関を遠くから眺めたときの感想を記した句であるとわかった。確かに熊本第五高等学校は、他の高等学校の敷地よりも遥かに広大なものであった。漱石先生はこの広すぎる敷地に建てられた学校を眺めて俳句を作ったのだ。漱石先生は日本には珍しい洋風の中層建築物を驚きの思いを持って、半ば呆れて見ていた。

しかしそんな漱石は、明治33年の10月末から似たような造りのロンドンの洋館に下宿する羽目に陥った。明治政府から2年間の英国留学を命じられたからである。

この句の書いてあった句稿における直前句は「異人住む赤い煉瓦や棕櫚の花」であった。掲句と対になっている。異人たちが住んでいる赤い煉瓦造りの建物にも棕櫚の花が咲いていた。あの建物も目立ちすぎると眺めていた漱石がいた。この洋館に住んでいた人たちは、第五高等学校に招聘された外国人教師たちであった。「異人たち」の特別宿舎は高等学校の校舎と似た造りになっていた。

• 鴫立つや礎残る事五十

（しぎたつや　いしずえのこること　ごじゅう）

（明治29年9月25日）句稿17

「都府楼」の前置きがある。漱石先生は新婚旅行で、大宰府政庁跡の都府楼を訪れた。建物のあったところには礎石だけが残されている。かつての大宰府政庁は壮大な規模であったことをポツリポツリと離れて50個ほどある大きな礎石が物語っていた。その石の列のある所から見える海岸べりから渡り鳥の鴫が飛び立って行った。飛んで行った鴫は礎石の上で羽を休めていたのかもしれない。

明治23年（1890年）の調査では105個残っていたとネット情報に記されていたが、この正式調査では広いエリアに散らばっていた全ての建物を調べたのであろう。掲句を作った漱石は目の前をざっと見渡して50個ぐらいと俳句に表したのだ。侘しさが先に立って、正確に数えようという気にはならなかったはずだ。

漱石の目の前を飛び去った鴫は、干潟を生活の基盤にしている鳥である。この鳥を句に詠むことで、都府楼がどこにあるのかを読者にわからせることができる。そして鴫が渡り鳥であることは、この博多湾には鳥だけでなく、古より人の往来も激しかったことを想像させる。中国大陸はこの博多湾からは意外に近いのだ。大陸からモンゴルの大軍が攻めて来たのは、ここ福岡であった。

福岡生まれの井上陽水は上海の歌を作っていた。女性ボーカルデュオPUFFYが1996年に歌って、大ヒット曲になった「アジアの純真」である。さらには「なぜか上海」という歌も作っている。陽水の心の中では上海が海の向こうに見えていたのだ。

• 時雨るゝは平家につらし五家荘

（しぐるるは　へいけにつらし　ごかのしょう）

（明治29年12月）句稿21

掲句は九州の八代の歴史俳句である。漱石はこの八代の歴史俳句の前に信州の歴史俳句として「白旗の源氏や木曾の冬木立」「立籠る上田の城や冬木立」「枯残るは尾花なるべし一つ家」の3句を作り、掲句の直前に置いていた。

掲句は直前句である「枯残るは尾花なるべし一つ家」に発想がつながるものである。信州の山里の枯れ薄の中に、一軒の農家がぽつねんと建っている様から発想は転じて、九州の侘しい山深い土地に目を向けている。九州最後の秘境といわれる平家伝説の地のある五家荘である。この地に時雨が来ると更に寂しいものになる。厳しい歴史が谷間から染み出してくる気がするのだろう。

五家荘は美しい渓谷が多くあるところで、現在は紅葉の名所としても知られている。源氏の追っ手を逃れるために平家の落ち武者たちは厳しい山道を越えてさらなる奥地に入り込んだ。それより前にはこの地に菅原道真の子孫が入り込んでいた。彼ら菅原系と平家系の末裔たちの隠れ里といわれている場所が5ヶ所あるということで五家荘の地名が生まれた。平家の子孫が椎原、久連子、葉木の3地区、そして菅原家の子孫が仁田尾、樅木の2地区に住んだといわれている。今でもこれらのエリアは人家の少ない場所になっている。

追われる者の恐怖が奥へ奥へと足を進ませたのだ。中でも源氏による残党狩りによって栄華を極めた平家一門の末路は悲しく厳しいものになった。句意は「平家一門の末路は悲しく、隠れ住んだ五家荘に冷たい秋の雨が降っている」というもの。

ちなみに五家荘の荘とは、草の生い茂る田舎という意味で、庄屋とか荘園ということではない。もしかしたら後世の人が落人たちを悲しんで五家荘という名称をつけたのかもしれない。

この句のユニークさは、音読すると明らかになる。特に最後の音を伸ばすとそれが明瞭になる。「ごかのしょう～～」となり時雨の音が深い山々にこだまするのである。いや涙の音となって響くのである。

• 時雨るゝや足場朽ちたる堂の漏

（しぐるるや　あしばくちたる　どうのもり）

（明治32年10月）手帳

秋に強い時雨が来て、寺のお堂の屋根から雨が漏れて床の上に落ちて来た。お堂の屋根は定期的に葺き替えるのが通例となっていて、雨漏りが生じる前に屋根材を取り替えるのだが、時に資金不足に陥って補修がうまくいかない。この時は雨が漏れ出してから急ぎの葺き替えをすることになった。

この葺き替え作業のために屋根に登りやすくする足場がお堂の裏手に作られた。だがその足場は屋根の吹き替え前に朽ち果てていた。屋根の工事よりもその足場を先に作らねばならなくなった。なんとも様にならない状態を確認したお寺衆は落胆した。

寺の住職はすぐに屋根の雨漏り修理ができないのを知って、本堂に安置している重要な仏像や仏具を移転させることにしたに違いない。この時代、廃仏毀釈の運動の影響で多くの寺では経営が困難になっていた。寺の建物をなんとか保存維持しようとするが、これには大変な努力と工夫が必要になっていた。掲句は雨漏りが生じるお堂が多かったという実情を記録した俳句になっている。屋根から浸み込む雨は漱石の嘆きの涙なのだ。自国の文化を大事にしない明治政府の政治を漱石は穏やかに告発している。

• 時雨るや油揚烟る縄簾

（しぐるるや　あぶらげけぶる　なわのれん）

（明治28年10月末）句稿3

漱石の歩いている道は時雨れてぼんやりと霧が立っているように見える。居酒屋の前を通りかかると縄暖簾から押し出された油臭い煙によって、付近は濃い霧が立ち込めたようになっている。時雨れている時には強い風は吹かず、店を出た煙は拡散せずに低く這うように道を移動して行く。漱石は油煙で覆われた濡れた道を歩いている。

句意は「通りかかった縄暖簾の店では調理場で油揚を網焼きしているようで、油の焦げて立ち上る煙が店の中から外に溢れて、時雨れて濡れた通りを覆っている」というもの。

この句の面白さは、「油揚烟る」によって調理場でもくもくと煙が立ち上っている様が想像され、店の多くの客が油揚焼きを注文しているとわかることだ。そして、店の外は時雨て、煙のような霧がかかっていて遠くまで油揚げの煙がたなびいていると錯覚しそうなことだ。

安価で美味しいこの焼き料理は当時の居酒屋では注文が多かった。炭火で焼いた油揚におろし大根を付けただけのシンプル料理なのだが、酒飲みでない漱石もこのつまみが人気であることを知っていた。この店に入ってみたいという気になったが、下戸である漱石はそれができない。こんなことを考えながら漱石は帰り道を歩いていたと考えるとおかしい。

漱石がこの句を作ったのは、漱石が松山にいた時で子規が松山から東京に戻っていた頃だ。漱石は子規はグルメであることを思い出し、その子規を料理句で楽しませようとした。子規はこの句に対してどのような評価をするのか、漱石は面白がっている。

・時雨るや裏山続き薬師堂

（しぐるるや　うらやまつづき　やくしどう）

（明治28年10月末）句稿3

この句は句稿2に書いた「時雨るゝや聞としもなく寺の屋根」に続く俳句なのだ。この寺を去るにあたって、漱石は寺の周囲に目を遣ったのだろう。

秋の終わりの季節に時雨が来て、寺の周囲は雨に烟って若干薄暗くなってきている。そんな寺の後ろには裏山が迫っているのを確認する。その山の一部に茅葺き屋根の寺が同化しているようにも見える。目の前の寺も薬師堂も山裾の田舎の風景に溶け込んでいた。

この寺は漱石の小説「坊っちゃん」に出てくる愛媛の善光寺で、松山の西の宇和島市のはずれにある寺であると推定される。この句にある薬師堂は善光寺の境内にある小さな建物（おおよそ6m四方の木造）である。現在の薬師堂もネット上で調べると、屋根は茅葺きであった。「この薬師堂は室町期の禅宗様式の特徴を備えた境内仏堂で、しかも四国では最南端に位置する貴重な物件として国の重要文化財」とあった。

降り出した雨が硬い茅に当たる音に漱石は耳を傾けたことだろう。これから秋が深くなっていくのだろうと思いながら。

漱石はこんな田舎にも立派な寺や薬師堂があり、古い時代には相当に文化レベルの高い地域だったのだと理解した。そんな土地柄だからこそ親友の子規のような男が松山に生まれたのだと認識したに違いない。

・時雨るゝや聞としもなく寺の屋根

（しぐるるや　きくとしもなく　てらのやね）

（明治28年10月）句稿2

寺の屋根は檜皮葺なのか瓦葺きなのか、それとも銅板葺きかわからない。愛媛の田舎の小さな寺であることから、屋根は茅葺きなのかもしれない。漱石はこの屋根に時雨が降って来た時の光景を俳句に記したものだ。秋の寺のお堂は中を歩く音だけが響いている。するとさっと強い雨が降って来たようで、細かい雨音が屋根に染み込むように聞こえる。不快な音でもなく、耳に柔らかく届く。

この俳句は、漱石の気に入りの俳人の一人である蕪村の次の俳句を意識したものだと思う。「寝ごゝろやいづちともなく春は来ぬ」であるが、これは「春の海ひねもすのたりのたりかな」の春になる前の状況を詠っている。気持ちよく寝て起きてみたら、どこからともなく春になっていた、というものだ。

漱石の掲句も時雨がいつ降り始めたのかわからないようにその音が届くので、その分、雨音が気になるといいたいのだ。堂内の静寂をうまく表現している。日本の四季の変化は雨と花の匂いで知らされるのかもしれない。

・時雨るるや泥猫眠る経の上

（しぐるるや　どろねこねむる　きょうのうえ）

（明治28年10月）句稿2

時雨てきたので外で遊んでいた寺の猫は慌ててお堂の中に戻ってきた。体の毛はぐっしょり濡れてしまっている。足は泥だらけで、泥猫になっている。だが知恵のある猫はいい汚れ取りの方法を知っている。手洗い場に溜まった水に足を浸け、お堂に置いてある和紙の経の真ん中でごろりと何回か体をひねれば良いのだ。そして疲れたらそのまま経の上で眠ってしまえばいいと思っている。濡れた経は時間が経てば乾いて経の上に寝たことを住職に知られずに済み、何度でもこの手が使えることになることも知っている。少々シワシワになるが紙は乾けば元どおりになる。うとうとしている坊さんは紙が波打っていても気がつかない。

「泥猫」の泥は泥棒の略で、泥猫は泥棒猫を指し、野良猫のことである。勝手に人家に侵入し餌を探す猫である。飼い主のいない「どら猫」の意味になる。漱石は知恵のある泥棒猫に「泥猫」の名を献上して楽しんでいる。

漱石は松尾芭蕉が時雨を季題にするのを好んでいるのを知っていた。掲句は有名な芭蕉のしぐれ句の「初しぐれ猿も小蓑をほしげ也」を意識した句なのかもしれない。漱石は猿に対抗させて猫を登場させた。それも泥猫を。掲句はある種、芭蕉句に対するパロディであり、面白さと泥くささで対抗している。

この句にあるもう一つの面白さは、泥猫が眠るとなると「泥のように眠る」という言葉が思い浮かぶことだ。雨の中を急いで帰ってきたので疲れていたのだ。

・時雨るゝや右手なる一の台場より

（しぐるるや　めてなるいちの　だいばより）

（明治28年10月）句稿2

一の台場とはどこの台場か。1853年に黒船団を率いたペリーが米国大統領の国書を持参して徳川幕府に開国を迫り、1854年に2度目の来航をすると告げて引き上げた。幕府はペリーが再来するまでの8ヶ月間で品川の海の一部を埋め立てて第一台場から第六台場までを完成させた。その台場に砲台を築いた。つまり、台場は砲台を意味した。埋め立てに用いた土砂は高輪の八ツ山や御殿山を切り崩して調達した。ペリー艦隊は予告した通りに品川沖まで来たが、この砲台の出現を見て横浜海岸まで引き返した。

そのペリーは江戸から離れた横浜海岸に上陸することになった。漱石が見ていた一の台場は品川宿の近くに造られていて、若い伊藤博文も坂本龍馬もこの品川宿からこの造成を見ていたという。

句意は「品川を列車で東京に向かって通過する際に海側を見ていると、一の台場あたりが猛烈に時雨ているさまが見えた」というもの。時雨てかすんでいる一の台場付近はここの造成を任された川越藩の兵士たちが大砲でペリーの艦隊に砲撃しているように見えたのだ。

この頃、品川を列車で通過したのは漱石でなく、松山から帰京する子規であった。漱石は子規に成り代わって俳句を作ったということだ。病気の子規を慰めるために面白い掲句を作った気がする。俳句の腕を見てくれとばかりに子規に句稿2を送った。

ちなみに掲句の「右手なる」の右手は「みぎて」ではなく、戦いの表現であるから「めて」と読みたい。これで大砲を撃てとなる。

また、現在の台場は、第一と第二の台場が、船の航行を阻害するとして撤去され、明治時代とは違った景色を呈している。

・時雨るや宿屋の下駄をはき卸す

（しぐるるや　やどやのげたを　はきおろす）

（明治32年11月1日）霽月の「九州めぐり」句稿

漱石の松山時代の句友である村上霽月が10月に約1ヶ月かけて九州を営業の仕事をしながら周遊した。この時に作っていた俳句を熊本市内の宿で漱石に見せた。漱石はその俳句の季語であった「時雨」に合わせて掲句を漱石宅で創作した。

雨の多かった時期であり、霽月は宿の下駄を借りて見物に出歩いていた場面を想像した。旅館の備え付けの下駄は旅館の敷地内や近所で使うものだが、「はき卸す」は、この下駄を履いて遠くに外出したことを示す。私的な雨の中の外出においては、営業で履く商売道具の革靴を傷めないようにと気を使っていたはずだからだ。愛媛の会社の社長である霽月は、仕事に行く時に履く靴が泥で汚れないように気を使っていた。宿から離れた再会の場所に来たその下駄履き姿を見て、漱石は少し意地悪な俳句を作って霽月に見せたのだ。

旅館の高下駄は雨が降っても足が濡れることはないので、日本の履物文化には優れた点があるとこの句で示している。日本文化の良さがここで謳われている。漱石は村上霽月が雨の時期でも俳句を作りながら、九州での営業活動の旅を続けていたことを喜んでいた。

・しぐれ候程に宿につきて候

（しぐれそうろう　ほどにやどにつきて　そうろう）

（明治29年12月）句稿21

熊本第五高等学校の修学旅行に参加したときの句であろう。天草地方を徒歩で学生たちと旅したときの句だ。雨が降り始めたときに運良く宿に着くことができた。

この句には候が二つ含まれている。明治29年にもなると候文は廃れてきていたと思われるが、漱石はあえて使っているように思える。昔の服装を身につけた村長をはじめとする村人たちが到着した一行を出迎えてくれた。年配の村長は昔ながらの革服を着て、古いあいさつ言葉で出迎えてくれたので、漱石も昔風の言葉で挨拶を返したと思われる。漱石は候と程を組み合せたレトロ調のリズムの良い言い回しの句に仕上げた。

当時の世の中は西欧的な新しいものが好ましい善であるという価値観に支配されていて、漱石はこれを疑問視する意識を持ち続けていた。修学旅行の行程に含まれた離島の山中にあった宿にも、昔の話し言葉と生活が残っていたことに幾分安堵した。

この句の面白さは、「しぐれ候」と「つきて候」が対句になっていて、この句を口にした時にリズムが感じられることだ。そして雨が降り始める前に宿に着けたという安堵感が、深く息を吐くことになる「候」を採用させたようにも感じる。このような昔の言葉遊びができたのであるから、学生との旅は楽しかったに違いない。

＊［原句］しぐれ候程の宿につきて候程に

・時雨ては化る文福茶釜かな

（しぐれては　ばけるぶんぶく　ちゃがまかな）

（明治32年頃）

群馬県の寺（館林市にある茂林寺）の文福茶釜と名付けられた茶釜がひと騒動を起こす。この笑い話、昔話は日本人に好まれて、いろんな話へと展開した。寺の茶釜が古物商に売られて街中で芸をして古物商を助ける話や、単に茶釜に化けた狸が囲炉裏で火にかけられて逃げ出す話、等々。

そこで落語好きな漱石はオリジナルの狸と茶釜の話を組み立てた。狸が何かのきっかけで茶釜になるのではなく、元々茶釜として作られたのだが、いつも湯を沸かすばかりでつまらない。不平不満が体に溜まってますます丸くなってくる。この不満を常々聞いていた住職はこの茶釜をぶつぶつ茶釜と名付けた。この名は転じて文福茶釜となったというストーリーを考えた。

朝から時雨出した秋のある日、茶釜は茶室から抜けだした。時雨の日は茶会が中止となっていたからだ。足を出して歩き出すとそれを見た人は「狸だ、狸だ」と指差した。捕まりそうになり、茶釜は必死になって走り出すと人々はますます確信して「狸だ、狸だ」と大声で叫んだ。つまり、周りの人々が狸の化けた文福茶釜の話を作り、勝手に物語にして広めたと面白がった。

漱石先生は時々、脈絡もなく面白いことを考え出して俳句を作るクセがあり、掲句はその一つなのだろうと考えた。しかし、掲句の2句後に「茶の会に客の揃はぬ時雨哉」の存在に気づいた。掲句の前置き的な俳句が作られていた。時雨によって茶会の客は揃わず、かなりの時間畳の部屋で他の客の到着を待っていたのだ。そこで漱石先生は得意な幻想的な神仙俳句を作り始めたのである。

ちなみに文福とは茶釜の湯が沸き立つ音の「ぶくぶく」の擬声語が転じたものだという。だが弟子の枕流は、茶席に姿を現さない客に対して、茶席の亭主がブツブツ言う声がなまって「文福、文福」になったと思うのだ。「茂林寺の住職は、街の人たちに自分の寺に来ると、知識が身につき福が宿ると宣伝する才に長けたユーモリストだったということだ。

＊九州日日新聞（明治32年12月20日）に掲載（作者名：無名氏）

茂りより二本出て来る筧哉

（しげりより　にほんでてくる　かけひかな）

（明治29年12月）句稿21

庭の植え込みの茂みから筧が二本、伸びている。そしてつくばいが二ヶ所設けられている。茶室に入る人のためならばつくばいは一個で済むわけで、そこに水を引く筧も一本でよいはず。だが漱石先生の見た筧は二本であった。ここは大きなお堂なのであろうか。大勢が一斉に訪れるから手を洗う施設、つくばいは2つ必要であったということなのだろう。

俳句として「二本出て来る筧」と作られるとどきっとする。漱石は句作において筧は「鹿威し（ししおどし）」に連結されているものという先入観があることを踏まえている。この鹿威しは軽やかな音を出す装置で、添水（僧都、そうず）とも呼ばれるものである。

風流な人がいて、「鹿威し」を二組作ったのだろう。この人の企み、面白がりに感心して漱石はこの句を作ったのだ。一本の筧ならば同じ時間の間隔で、トーンと竹が石を打つ音がするが、筧が二本になると、音の違いが生まれ、それらが組み合わされることで複雑なリズムが生まれる。落ち着きは失われ、静寂感は薄れるが、反対に面白みが庭に漂うのである。

この句の近くに「十手枯れて左右に長き筧哉」の句が書かれていた。冬になって土手の茂りが枯れると、川の水を池に引いてきている二本の筧が見えていた。一ヶ所の水の取り入れ口から左右に別れて二本の筧が伸びているのを発見した。冬には不思議な力があると思って漱石はにんまりした。

四国路の方へなだれぬ雲の峰

（しこくじのほうへなだれぬくものみね）

（明治44年8月14日）日記

和歌山の海の近くの宿に泊まって次の日は県会議事堂で講演することになっていた。その夜は風がなく蚊帳の中は蒸し暑く眠れなかった。しかし朝方になると風が出てきて幾分涼しくなり、和歌の浦に押し寄せる潮の音も風に乗って聞こえるようになった。朝方に少しは眠れたようだ。押し寄せる波の音の向こうには四国の山並みも見えるはずだと思いながら眠った。波の砕ける音は涼しさを演出してくれたと喜んだ。

句意は「朝起きると和歌の浦の向こうの四国の方に大きな夏雲が雪崩れかかっているのが見えた」というもの。本州側から見える小さな四国の島に雲の塊が崩れ落ちていた。その雲は連絡橋のように見えたと思った。宿に届いた波の音から和歌の浦の向こうに見える景色を想像した。28歳で渡った四国の島が思い出とともに意識の中で見えたのだ。

和歌山県の海の向こうには四国の徳島県があるが、岬と島の配置からかつては地形のつながりがあったとわかる。雲の動きでもそれがわかると沖の方を見て漱石先生は想像した。連絡船も出ているであろうが、雲も散歩に行くような感覚でいるように感じられる。

この句の面白さは、雲の塊が雪のように雪崩れるという洒落である。二つとも白いということが共通している。またその様が、本州側から四国へ大勢のお遍路さんが押しかけることに重なって見えることである。

「涼しさや蚊帳の中より和歌の浦」を参照

＊『大阪朝日新聞』講演記事「和歌の浦より　上」（明治44年8月17日）に掲載

四五本の竹をあつめて月夜哉

（しごほんの　たけをあつめて　つきよかな）

（大正4年と推理）「自画賛」

正岡子規の代表的な句の一つである「鶏頭の十四五本もありぬべし」が、漱石の頭の片隅にあったのかもしれない。子規は寝床から縁側越しに庭の鶏頭を見ていて、この句を作り上げたが、漱石は京都の茶屋の座敷から中庭の竹を見ていて、親友だった子規の追悼の句を作ろうと思いついたのだ。

「竹を集めて」とあることから、茶屋大友の女将が庭師に中庭に竹を入れる急な造成工事を依頼したとわかる。狭い中庭であるから庭師は植木屋から4、5本の竹を集めただけで済んだ。女将は大胆にも漱石の宴のために中庭に特別に竹景色を拵えたのだ。漱石は竹林の水墨画がことに好きだと知っていたからである。祇園の女将は漱石贔屓のお多佳であった可能性が極めて高い。そうであるから掲句の制作年は漱石の最後の京都旅行となった大正4年となる。

竹が四五本では竹林にはならないが、満月がこの庭竹の上にかかれば十分に絵になる。漱石は中庭に設えた竹の群れ上に月が昇った景色に満足したであろう。漱石は子規追悼の思いと女将の好意への感謝を込めて、この句を作ったのだ。女将のこの決断は漱石の病気が悪化しているのを知り抜いていたからこそのものであった。漱石は女将のこの好意をありがたく素直に受けとった。漱石は昔ながらの祇園のやり方であった、月の出を待って始まる酒宴を変更してもらった。月と酒なしの酒食の宴を漱石は楽しんだ。

• 死して名なき人のみ住んで梅の花

（ししてななき　ひとのみすんで　うめのはな）

（明治32年2月）句稿33

「梅花百五句」とある。漱石は明治31年7月に広い庭のある借家に転居した。鏡子が明治31年5月に市内を流れる白川に飛び込むという自殺未遂事件を起こしたことで、川から離れた家を急遽探した。この家には広い庭があり妻は気に入った。結果的には九州では最も長く住んだ。

この家の庭には漱石の好きな梅の木があった。

句意は「元の家の主人が死んでから別の人が住み出したが、庭の梅は自分が家の主人であると思っているかのように、花を咲かせている」というもの。

梅の木は桜に比べると寿命の長い木である。ソメイヨシノの花は綺麗であるが、従来種の山桜などに比べると枝は割れやすく、幹は腐りやすい。総じて梅の方が樹形をあまり変えずに歳を経ることができる。梅は盆栽に用いられる木であり、概して老人に好まれる木になっている。梅の老木は老先生の風格を身につけていると盆栽老人たちは信じている。

この句に詠まれている梅の木のある家は旧家であった。漱石夫婦にはまだ子供が生まれず、妻との心理的な葛藤が生じている様を描いている。自分の家を外から見ての感想を俳句にしている。前の住人も物静かな人であったようだ。

ちなみに掲句の直後句は「法橋を給はる梅の主人かな」である。句意は「広大な梅林の庭を持っている人は、法橋の位を給わった尾形光琳である。この梅林はその位にふさわしい立派なものだ」というものである。しかし広大な梅林を造っても喜ぶのは、「ほうきょう」と鳴く鶯くらいだと茶化している。つまり掲句とこの直後句は繋がっている。

漱石は自分が熊本時代に住んだこの古い借家は、後に大勢の漱石ファンが押しかけるようになるとは思いもしなかった。漱石の思いとは別に「名もある人」の住んだ家になってしまった。

• 爺と婆さびしき秋の彼岸かな

（じじとばば　さびしきあきの　ひがんかな）

（明治28年頃）

秋の彼岸に少し寂しそうな声で話している爺さんと婆さんがいる。冬が近い寂しい秋の彼岸の季節に、二人は体の節々に寒さを感じながら、そして頷き合いながら何かを話している。年老いた二人だけで秋の彼岸に先祖のことを話していると、寂しさが忍び寄ってくる。自分たちが死んだ後のことに話題が入ってしまうからである。

わしらもそろそろあっちの方に行くのかのう。だが寒い季節に行くことになると手足が冷たくてたまらないし、腰が痛くてうまく歩けないなどと。では春の彼岸ごろならどうだろう。その方がいい。そうなるようにしよう。

この頃に漱石が松山で作った俳句で、地元の海南新聞に載った句は3句あり、掲句はその中でもユニークなものである。話し相手がいても老人ばかりだと話題が狭くなり、楽しい時を過ごせなくなると漱石は説いているのかもしれない。「親一人子一人盆のあはれなり」の句にも、田舎の旧家の実情が描かれている。

この句は、もしかしたら子規の遠い親戚の旧家を漱石が訪ねた時のものかもしれない。四国山地の中の白猪の滝を見に出かけたときに、子規の紹介で宿泊させてもらった。古くからいる番頭の男と夫を亡くした老夫人が話し込んでいる声が、漱石の寝床に届いたのだ。小さな子供のいない家族で、少ない人数の人たちが広い屋敷に住んでいて、夜は寂しい限りだ。

＊『海南新聞』（明治28年9月21日）に掲載

• 詩神とは朧夜に出る化ものか

（ししんとは　おぼろよにでる　ばけものか）

（明治29年3月か）

「寄虚子」（虚子に送る意）とある。この句は松山の俳句仲間であった高浜虚子を念頭に置いて作っている。虚子は朧夜、朧月が気に入っていて、やたらに朧月を詠み込んだ俳句が多いと漱石先生は思っている。おぼろ月が出ている春の夜に虚子が月の下に佇んでいると、なにやら詩の創作の神様が降りてきて、虚子の耳元で何やら朧月が囁くようであるとからかっている。漱石は神が出てくる次の虚子の句を思い浮かべているようだ。

「怒濤岩を噛む我を神かと朧の夜」（虚子、明治29年3月）

怒濤が岩を噛んだ時の飛沫のように、おぼろ月は春の霧や靄などに包まれているが、その朧は虚子をもくすぐったく包んでいる。そして虚子を神のように感じさせているのに違いないと漱石先生はふざけている。幻想的な詩人になったような気分にさせるに違いないとからかっている。満月の強い引力が脳内の血液と細胞に働きかけているのかもしれないと。

その漱石も小説「草枕」の中で月夜の場面に俳句が登場人物の脳裏に浮かんでくる場面を描いているから、神仙体俳句を志向したことのある似た者同士なのだ。その後の漱石は幻想的な場面設定と幻想的な俳句を小説の味付けとしてうまく組み込んでいた。

ちなみに子規、虚子、漱石は松山の地で、「神仙体」というジャンルの俳句を作っていた時期があった。子規が東京に去った後も、虚子は漱石や村上霽月たちと新たな詩歌の即興に夢中になっていた。その漱石の「神仙体」は漢詩の世界から発した幻想風景を取り上げるものでもあった。

それにしても漱石は詩神を「化もの」というのであるから驚かされる。確かに詩や俳句を作る時の心持ちは、気持ちの良いものであり、軽い陶酔気分に浸っている。美を鑑賞する際の心持ちに通じるものがあるのかもしれない。だが虚子においては詩神という「化もの」に虚子が乗っ取られていると漱石は見ている。

掲句は漱石が熊本へ赴任する際に、虚子も宮島まで漱石とともに船に乗った時の俳句なのであろう。これが虚子との暫しの別れになった。この時に漱石は虚子の最近の俳句のことに思いやったのだろう。君はずっと神仙体の俳句を作り、その種の文章を書いているが、そろそろやめにしたらどうかと忠告したのだろう。虚子がこの掲句を見た時に何かを感じるように配慮したのだ。漱石先生は友達思いなのであった。君の特徴である写実主義の俳句にそろそろ戻った方がいいのではないかと。虚子の師匠である子規もそれを待っていると。

• 地震ふつて寒に入りけり宵の雨

（じしんふって　かんにいりけり　よいのあめ）

（明治32年）

寒の入りは寒さが厳しくなりだす頃を指し、いつもは1月5日頃である。冬至から15日目を意味し、夜が最も長くなることの影響が出だす頃である。

漱石は地震に端を発する災難を取り上げているが、明治29年6月16日に発生した明治三陸大津波による災害を回想しているようだ。漱石は熊本の地でこれと似た経験をしたと俳句で紹介した。

ちなみにこの明治の大津波とそれがもたらした大災害は、2011年3月に発生した東日本大震災の津波の大きさを上回っていて、その被害の規模も東日本大震災をはるかに上回るものであった。

俳句独特の簡略化された言葉からは句意の理解が困難であるが、次のようになる。「火山の噴火に伴う地震によって足元が揺れ、その地震に合わせたように降り出した雨に天から降る火山灰が加わって重い雨が降り続いた。空は昼の明るさが消え、宵のようになり気温が下がりだした。同時に重い雨が体に付着して体を重くし、体は冷え出した。まるで寒の入りの宵の雨の状態になった」というもの。このようなことが起こるのだと漱石先生は新聞紙上の俳句で火の国熊本の人たちに注意を促している。災害は突然に襲って来ると。

この句のユニークなところは、「地震ふつて」と表して、天災は天から降ってくると表していることだ。地震から始まる災害は突然雨のように襲いかかったと表している。そして「ふつて」は「宵の雨」にかかっている。天も驚いて雨を降らしたかのように描かれている。地震波が天の雲を刺激したと考えたのかもしれない。

また、火山灰を含んだ雨が体を覆ったことで体が冷え出したことを、「寒に入りけり」と表し、季節の「寒の入り」にダブらせていることも面白い。

漱石は明治32年8月29日から9月2日にかけて高校の同僚の山川信次郎と阿蘇高原を踏破した際に、阿蘇の中岳が噴火し雨の降る中を彷徨った経験があった。この時は方向を見失い、また体温が下がって遭難の一歩手前であった。掲句においてこの時の悲惨な経験を漱石俳句らしく面白く構成している。

＊『九州日日新聞』（明治32年12月20日）に掲載（作者名：無名氏）

・静かさは竹折る雪に寐かねたり

（しずかさは　たけおるゆきに　ねかねたり）

（明治29年1月28日）句稿10

雪が降り続いている。夜になっても降り止まないでいる。夜中まで本を読んでいたが、そろそろ寝ようと床に入った。しかし、雪の重みで庭の竹の枝のバリと折れる音に雪のドサッと落ちる音も続いて夜のしじまが破られ、なかなか寝付かれない。漱石先生は仕方なくこの俳句を作っている。

句意は「静まり返っている夜に雪が降る音が聞こえている気がする。時折積もった雪の重みで竹の折れる音がする。この響く音ではっとして寝付かれなくなってしまっている。静かな夜だけに竹の折れる音がクリアに聞こえる」というもの。

漱石は瀬戸内に面したここ松山でも結構雪が降るものだと驚いているようだ。そしてこの竹の折れる音で夜の深さと静けさが際立つように感じている。

この句の面白さは、教員生活で疲れているはずなのに静かすぎる夜は眠れないということである。何かを思い出しているのだ。忘れようとすればするほど楠緒子のことが暗闇の中に浮かび上がってくるのだろう。

明治28年12月18日に漱石は楠緒子からと思われる親展の手紙を受け取った。そして一読して漱石はその手紙を火鉢で焼却していた。

・静かなる殺生なるらし網代守

（しずかなる　せっしょうなるらし　あじろもり）

（明治28年11月22日）句稿7

網代守は、冬になると登場する漁師の職業で、川の浅瀬に設けた竹製の魚取りの仕掛けの網代を管理する人のこと。この仕掛けは浅い川の両岸から中央に向けて上流側から竹杭をＶ字型に密に川床に刺し並べ、魚を中央に集めて流れの中に水平に差し込んで並べた竹の横簾（簀と呼ぶ）で生け捕る仕掛けである。枕流の田舎の栃木県の方ではこの装置全体を「やな」と呼んでいた。この仕掛けは主に鮎の稚魚を捕るためのもので、流れの集まる中央の出口で鮎が竹の上で踊っていた。これは冬の風物詩の一つになっている。

冬の味覚の氷魚を使ったコマイ料理のために網代守とこの装置が冬に活躍するが、漱石先生はこの稚魚の生け捕りを見て、掲句を作った。句意は「網代守のやっていることは、静かなる殺生だと思うよ」というもの。孵化したばかりの半透明の氷魚をごっそりと捕るやり方に賛成していないようだ。「静かなる殺生」に見えるとして。漱石先生としては、魚を獲って食べるのは当たり前であるが、この氷魚を連続的に装置で大量に捕り、料理するのには抵抗があるということか。

漱石は同じ句稿で掲句の近くに次の網代守の句を置いていた。「なき母の忌日と知るや網代守」である。母の死の知らせが漱石の感情に影響してたのかもしれない。少しナーバスになっていたようだ。

さ

静かなるは春の雨にて釜の音

（しずかなるは　はるのあめにて　かまのおと）

（大正３年）手帳

大正３年の頃は胃潰瘍の痛みが長期化し、茶会どころではなくなっていた。少し体調が良いと新聞社との契約のことが頭をよぎり、原稿を書く毎日になっていた。つまり掲句にある釜の音とは、茶席の釜の音ではなく、漱石宅の書斎にある釜の音ということになる。

句意は「春の雨の日に書斎部屋の中に座っていると、雨の降る音が聞こえてくる。そして火鉢にかけてある鉄釜の湯が沸いて、微かな音を立てている」というもの。これら二つの音は室内でハーモニーのように響き、静かさが増幅して感じられ、落ち着いた心持ちになるということだ。

晩年の漱石先生は原稿の執筆のことで頭が一杯になっているが、これらの音によって心に落ち着きが出るのだ。漱石の脳の中が猛烈に活動している時に、自然の音が耳に届くと脳内にたまっていたストレスが溶解して消えるのだ。

この句の面白さは、静かさを演出するものは春の雨音であり、釜の中で湯の沸く音であり、ともに水が絡んでいることだ。水の柔らかい粘りのある振動音が心に働きかけるのだ。縄文時代から脳に働きかけてきた振動なのだろう。人は胎児の時に羊水の中で母体の内外の音を聞いているという。この時の記憶がふと蘇る時があるのだろう。これと同じように人類が古くから記憶している振動が脳を心地よくするのだろう。

静なる病に秋の空晴れたり

（しずかなる　やまいにあきのそら　はれたり）

（明治43年９月25日）日記

秋の空は冷たい雨が長く降ることもあれば、からっと天の奥まで見えるように突き抜ける青が広がることもある。今の体調は秋晴れの時で、東京から来た医者たちによって胃の回復が確認され、東京で入院することになりそうだと告げられて、ホッとしている。順調に回復していると知らされて、秋空を見上げたのだ。

句意は「晴れ渡る秋の到来に自分の体調は間に合った。目の前の秋の空を安心して見られるようになった。落ち着いた気持ちは秋晴れである」というもの。ほぼ一ヶ月前は呼吸が止まって臨死を体験したが、今は静かに穏やかに回復に向けて推移しているのを喜んでいる。

漱石先生にとって、「静なる病」は胃痛も吐血も無くなって「静かな状態」になったことを意味しているが、心の中は依然として「静なる病」が続いているのを自覚している。いつまた吐血が起こるのか不安に思っている。だが今は空の秋晴れを堪能しておこうという心境なのだ。病状が落ち着いていることは漱石にとって秋晴れなのである。

掲句は秋の空のように一様で単調な俳句ではない。やっと気持ちに晴れ間が見えたと謳っている。しかし、秋空の晴れ間の次にはより冷たい冬の空が待っていることを漱石は予感しているかのようでもある。それは楠緒子の11月９日の突然の死である。彼女の死は漱石の早まった死の報道が発端となって起こった事柄であるように思える。

ちなみに掲句の一句前に作っていた俳句は「古里に帰るは嬉し菊の頃」であった。好きな菊を自宅で見られることになりそうだと医者に知らされて、心は青い天に舞い上がっていた。

沈まざる南瓜浮名を流しけり

（しずまざる　かぼちゃうきなを　ながしけり）

（明治32年頃）手帳

浮名を流すとは、男または女の恋多き噂が盛んに流されること、または遊び回ることを意味する。句意は「南瓜のような君は水に浮いて流れるから、こんなにも浮き名を流すことになった」というもの。南瓜は舶来もので目立つ存在であるから、恋多き男または恋多き女として噂される。とにかく君は目立ちやすいから気をつけるように、と目立つ学生を説教しているような句である。

南瓜は尻がどっしりしていて安心感があり、水に入れても沈まない。頼られることも多い。南瓜のような人は人気者になりやすいとからかっている。したがって浮き名が流されるとつながる。落語的な展開になる可笑しさがある。

　ちなみにカリブ海の国々では美人の絶対的条件は尻が大きいことだという。男どもは尻の大きな女性を見つけようと女性の尻を追いかけるのだという。まさに中米では南瓜的な女性は沈まざる太陽のような美女ということなのだ。


　ところで漱石先生は、どのような状況でこの句を作ったのか。単に面白いフレーズを思いついたからなのか。それとも漱石自身について良からぬ噂が流れていたのか。学生達の間で漱石の行動をチェックしている学生がいるのを知って、警戒するようになったのか。掲句は自戒の俳句の可能性がある。

　ちなみに掲句の次の句は「石打てばかららんと鳴る氷かな」の句であった。何かの行動をすると何かの反応が起こるということである。

・詩僧死して只凩の里なりき

（しそうしして　ただこがらしの　さとなりき）

（明治32年1月）句稿32

「日田にて五岳を憶ひ」の前置きがある。大分県日田市の専念寺には、漱石の掲句の句碑と日田市教育委員会が立てた案内板がある。この案内板には掲句の前書きにある五岳（江戸末期から明治にかけて活躍した五岳上人）について次のように書かれている。

『明治十年（1877年）東本願寺大法主厳如上人の西南の役戦跡慰問の旅に随行し、「丁丑夏日熊本城下作」の詩を詠じ、全国初の作詞賞を受賞した。上人を慕って明治十六年（1883年）谷千城熊本鎮台司令長官、次いで明治二十年（1887年）書家日下部鳴鶴がそれぞれこの専念寺を訪れ、五岳から教えを受けた。

　明治二十六年（1893年）三月三日、「いざ西へ向かいて先に出かけ候、そろそろござれ後の連中」などの辞世歌を残し、大往生を遂げた。享年八十五歳。

　明治三十二年（1899年）夏目漱石が専念寺を訪れ、「詩僧死して只凩の里なりき」の句を捧げた。』

　この案内板にある内容を漱石は知っていて、漢詩の先達である平野五岳の縁（六代目住職を務めた）の寺に行きたい、敬意を表したいという思いがあった。これがためにこの年の1月2日に宇佐神宮で初詣した後の帰路は、便利な鉄道による小倉経由ではなく中津・日田経由の徒歩による耶馬渓越えを選択したと思われる。

　西南戦争、西郷、明治の世の中に関する漢詩を作った詩僧の五岳上人を偲んで専念寺に来たが、寺にはただ凩が吹き抜けていただけであった。五岳上人関係のものはなく寂れた寺だけが残っていた。薩長藩閥の明治政府に楯突いた西郷の漢詩を作り、廃仏毀釈の世の中にした明治政府のやり口を悲しんだ五岳上人に相応しい寺の荒れようであった。

　ちなみに五岳は西郷の死後、大酒を飲むようになり、その中で中国の陶淵明らの詩人のように優れた漢詩を作ったことが知られている。その点でも陶淵明のファンである漱石は五岳に関心があった。

・したゝかに饅頭笠の霰哉

（したたかに　まんじゅうかさの　あられかな）

（明治29年1月28日）句稿10

霰の降り方が尋常ではなく、したたかだという。天部がほぼ平らな饅頭の形をした笠に霰がぶつかる音が耳の近くで発生している。かつてこの笠を三度笠といったこともあった。漱石の近くを歩いている巡礼者が被っているこの菅笠は、頭の上に空間を作って笠を高く保持するようにできているので、霰が笠にぶつかる衝撃はそれ程感じない。だが半端ではない音が耳にびんびん届く。

　明治時代も29年になると一般人は菅笠を用いなくなっていたが、西国巡礼者にとって饅頭笠はトレードマークであり、廃れることはなかった。その巡礼姿を見ていると江戸時代が生き残っていると感じる。上五の「したゝかに」は、したたかに降る霰でも対応できる昔ながらの巡礼スタイルを捨てない巡礼者の態度は「したたかだ」と評している。西欧化を急ぐ政府に影響されない巡礼者たちは頼もしい存在だと賞賛している。

　明治32年の俳句に「時雨るゝや足場朽ちたる堂の漏」があるが、この俳句は寺の建物に行政は手を入れることなく放置してきたことを示している。放置すると建物は朽ちることになる。しかし、制度と人の心は放置してもなかなか滅びることはない。まさに「したたかに」生き残るのである。

この句の面白さは、笠の形を表すのに饅頭を用いていることだ。漱石の甘党ぶりが発揮されている。辛党ならば「丸皿笠」か「円墳笠」になるのだろう。

• したゝりは襟をすくます清水かな

（したたりは　えりをすくます　しみずかな）

（明治40年頃）手帳

漱石先生は鎌倉の禅寺に来ている。お堂の裏山の岩肌の近くに立って、その岩肌を落ちる清水が流れている小川に足をつけている。7月下旬の暑い夏に、漱石は寂れた寺に来て、茅葺き屋根の花が咲いているのを見て、その裏側にも花が咲いているのか気になって裏側に回って見た。キラキラ輝く小川の中に足を入れると水は肌を刺すように冷たい。山清水の落ちる小さな滝からは冷たいしぶきが身にかかり、襟の中にも入り込んでくる。つい首をすくめる。この禅寺のある場所は都会に比べると別天地に感じられた。

漱石先生はこの山清水に対して興味を持って観察し、身をもって楽しんで掲句を含め18句もの俳句を作った。忙しい小説執筆の日々の中での鎌倉訪問は、文字通り生き返る思いがした。

漱石先生は「吾輩は猫である」の小説を書いて小説家として認められるようになり、次々と小説を書いた。そして帝大の教員を辞めて朝日新聞社の専属小説家となった。そんな漱石に対して余りの人気ぶりに足を引っ張る人ややっかむ人が大勢現れて、身の回りが騒々しくなっていた。そんな中、漱石は顔見知りの若い僧のいる禅寺をふらっと訪れたのだ。その僧とは学生時代の明治27年に参禅した鎌倉の円覚寺で顔を合わせていた。蓮池を見ながらの昔話に話が弾んだ。二人で寺の周りを散歩したりした。

掲句はその時のものである。襟元に入る清水の滴りはフレッシュであり、これを身に受けたことで心はリフレッシュした。だが訪問したこの寺には、もう一人の懐かしい大塚楠緒子が来ていたと思われる。18句を総合して考察すると、漱石は記録として残さないように配慮して俳句を作っていたが、師匠の子規にだけはわかるように作られていた。

ちなみにこの寺は鎌倉の長谷にあった禅興寺であろう。この年の夏に漱石はこの長谷の地にあった親友の別荘を訪ねていた。漱石は7月19日付けで長谷に住む楠緒子宛てに手紙を出していた。その楠緒子は7月18日に鎌倉長谷の地に転居していた。禅興寺から歩いて10分ほどの距離にある寺の裏に住んでいた。

• したゝりは歯朶に飛び散る清水かな

（したたりは　しだにとびちる　しみずかな）

（明治40年頃）手帳

この年、漱石は鎌倉の荒れ寺の裏を流れる清水をテーマに18句、連続で作るということを行った。寂れた景色の中に身を置いていたが気分は高揚していた。なぜか。

句意は「歯朶の葉からの水のしたたりは、清水から飛び散った水滴であった」というもの。山裾の清水にはシダが生えていて、その葉の縁に水滴が綺麗に載って並んで、次々に落ちていた。それは傾斜面を流れてくる清水が砕けて飛び散って付着したものとわかった、というものだ。漱石は白い光沢を有するシダの葉のギザギザは清水の細かい水滴が並んだものと夢想した。

漱石はシダに清水が飛び散って水滴が付着している様が、涼しげに思えた。この時汗がすっと引く思いがした。この時の驚きを「汗を吹く風は歯朶より清水かな」の句に書き残した。シダの下からも清水が湧き出るように感じられた。

ちなみに案内してくれた旧知の僧のいたこの寺は鎌倉の長谷にあった禅興寺であろう。この寺が荒れ寺であったのは、明治初年に廃寺になっていたからだ。この寺の一部は現在も明月院として残っている。この年の夏に漱石はこの長谷の地にあった親友の別荘を訪ねていた。これは漱石年譜にも出てこない。この時期は楠緒子が鎌倉長谷の地に転居していた時期と重なる。漱石はこの年の7月19日に長谷に住む楠緒子宛てに手紙を出していた。漱石は以前から楠緒子に新聞連載の小説執筆を依頼していて、この打ち合わせをする必要が生じたのだ。漱石自身が虞美人草の原稿作成で忙しい時期であったが、宿泊を要する鎌倉への旅を行っていた。漱石はこの日早朝にこの荒れ寺に到着していた。

三者談

崖に生えている歯朶に上から流れ落ちる清水の滴が飛び散っている様を描いている。「飛び散る」が効いている。清水の滴が岩か何かに当たってから歯朶に向かって飛び散っているとも理解できる。いかにも涼しげな感じがよく出ている。

• 仕立もの持て行く家や雛の宵

（したてもの　もてゆくいえや　ひなのよい）

（大正3年）手帳

この年の春、女の子が4人もいる漱石宅に、ひな祭りに合わせて仕立てを頼んでいた着物が届けられた。娘と妻の全員の着る衣が誂えられた。漱石の胃潰瘍と痔疾の治療と入院の費用の支払いが終わり、漱石の収入は着物の方に使えるようになっていた。余裕の生まれた漱石宅に明るさがもたらされていたことをこの句は物語っている。

句意は「ひな祭りの前夜に漱石宅に着物の仕立ものが届けられ、百貨店の外商部の人が風呂敷を開いて着物を取り出した。女の多い漱石宅は着物を見た娘たちが歓声を上げて前夜から賑やかな家になった」というもの。漱石は家の中が賑やかになるように計画し、着物を仕立てたのだ。

これまで漱石の長引く病気で家の中が暗く、しかも明治44年11月に五女のひな子が食事中に突然死したことがあり、子供たちはなかなか楽しむことができないでいた。漱石もこのことを気にかけていたのであろう。漱石はこの夜、ひな子がここにいないことを寂しく思っていたはずだ。

この句は正岡子規の「雛祭二日の宵ぞたのもしき」を連想させる。男は女たちの雛祭で喜ぶ姿を見るのが楽しいのである。子規は雛祭二日の宵の家の中で、母親、妹が楽しげにしているのを見るのが楽しかったのだ。子規は自分のことで家族が大変な日々を送っていて、みなの気持ちが沈みがちになっていることを気にしていた。子規は極めて楽しいことを「たのもしき」と大げさに表している。漱石も同じことであった。

• 昵懇な和尚訪ひよる梅の坊

（じっこんな　おしょうといよる　うめのぼう）

（明治32年2月）句稿33

「梅花百五句」とある。梅林の中にある寺の住まいをこの寺の住職と昵懇な間柄の和尚らしき人が声をかけながら訪ねて来た。この和尚は梅林の寺の僧の師匠のようだ。漱石が梅林の端を歩いていると、奥にある住職の家の近くに来てしまっていた。そこでこの家の訪問客の声を耳にした。「おーい、いるかい。俺だよ」という声が梅林に響いた。坊さんの声は読経で鍛えているから、よく通った。梅を見ながらの酒飲み会をしようというのだ。

この句の面白さは、「昵懇な」にある。訪ねて来た坊さんは、生臭坊主のような気がする。「昵懇な」からは粘っこく脂ぎった感じが伝わる。そして酒好きで女好きのような雰囲気が漂う。

だがこの和尚は酒飲みに来たのではなかった。サイコロ賭博に来たのであった。入り口に近づいてみると中から声が漏れてきた。なんとサイコロ賭博の声だ。女の声が交じっている。「長と張つて半と出でけり梅の宿」の句が掲句の近くにあった。玄関の締め切っていない戸の隙間から中を覗くと、梅林の道でこの寺の場所を尋いてきたあの妾風の女の姿が見えた。なんとサイコロの壺を振っていた。坊さん仲間の博打場を見つけてしまったのだ。漱石はまずい場面を見てしまった。

• 十銭で名画を得たり時鳥

（じっせんで　めいがをえたり　ほととぎす）

（明治37年7月25日）橋口貢宛の葉書

漱石は話し相手の子規が亡くなったあとは、教え子の橋口貢を代わりに指名していた。この時期の話し相手は虚子ではなかった。橋口貢は漱石先生が気楽に冗談を言い、冗談を込めた手紙を書ける相手になっていた。この時橋口は芸大の学生で、漱石の絵の師匠であった。この俳句によって、君は子規の代理であるから君の渾名は、子規と同じ意味の時鳥にしたと伝えている。

句意は「君は切手を貼り忘れた葉書の切手代の肩代わりをしてくれた。このお詫びを書いた葉書に私は絵画を描いておいた。絵描き名人の絵を君は切手代10銭で手に入れられたのだから、幸運という他はないね、時鳥くん」というもの。冗談を言って、前日に切手を貼り忘れて出したことを強気で軽く詫びている。当時切手貼り忘れの罰は切手代の5倍以上であった。切手は2銭で買えたが、配達人から実際に要求された10銭は若い橋口貢にとっては大変なものであった。生活に響く額であったが、漱石は軽く詫びただけであった。しかし、漱石が小説を書き出すと、漱石は橋口を挿絵画家に指名してこの10銭の支払いに報いた。

ちなみに詫びの葉書に描いた水彩画は西洋人の肖像だった。この絵のそばに掲句を書き「名画なる故に、3尺以内に近づくべからず」と注意書きをした。1m以内で見ると粗が出るから遠くから見てくれとふざけた。手紙文を読むためにはこの距離を保つのは不可能であるから、笑ってしまう。粗が見えるからと謙遜しているが、絵は大した出来であると自慢している。実際にその絵は自慢できる絵であったから、自信を持って10銭の価値はあると断言していた。

• 自転車を輪に乗る馬場の柳かな

（じてんしゃを　わにのるばばの　やなぎかな）

（明治32年頃）手帳

熊本での当時の自転車との出会いは、貸自転車屋で自転車を借りて乗るだけであった。漱石は英国に行って初めて本格的に自転車に乗った。熊本における当時の自転車の所有はいわば金持ち階級だけに限られた。自転車の購入には今の金額で100万円から200万円くらいを要したと言われている。

熊本城の馬場の周辺には柳が植えられていて、城の見物人が通るこの場所で自転車に乗る自転車ロードのサービスが行われていた。ここで自転車に乗るのは開放的で気持ちのいいものであったであろう。漱石はここで新しい乗り物に惹かれる若者の姿を面白がって見ていた。ここで営業した貸自転車屋は繁盛したであろう。

句意は「物珍しい自転車を柳が囲んで輪になったサイクリングロードで乗る城の馬場であることよ」というもの。熊本城の広い馬場に設けた丸い自転車道を輪につながるように乗る人たちを漱石は見物していた。

この句は漱石の自転車に関する唯一のものである。漱石は英国で自転車に乗ることを勧められたが、運動神経の良かった漱石でも結局うまくいかなかったようだ。現在の自転車のタイプと異なっていたからかもしれない。スイスイと乗れたのならば乗った時の感想を俳句にしていたはずだ。そして日本の家族や子規に俳句で自慢していたはずだからだ。

この句の面白さは、「自転車を輪に乗る」と表して、前輪と後輪の間にまたがってペタルを漕ぐのではなく、輪の上に乗ると捉えたことだ。つまり当時の自転車は両輪の大きさが同じではなく、前輪が極端に大きかったことを示している。このことがあって漱石の目には自転車に乗る人は大きな前輪にしがみついて、「輪に乗る」ように見えたのだ。

・じと鳴りて羊の肉の煙る門

（じとなりて　ひつじのにくの　けむるもん）

（明治38年1月5日）井上微妙宛の手紙、俳体詩「無題」

漱石山房では昼ごはんのおかずに羊の肉を焼いている。下女が七輪を外に持ち出して団扇で炭火を煽っている。肉の脂が溶けだして炭の上に落ちている。その時ジジと音を立てる。その音は漱石のいる書斎にまで届いていた。

句意は「台所の外で羊の肉を焼いている。肉の脂が炭の上に落ちてジジと音を立てている。その脂が焼けて立ち上る煙が玄関の方にまで流れている」というもの。10人ほどの家族の分の肉を焼くので、この間に立ち上る煙の量は半端ではない。

掲句は「ダンテに似たる屑買(くずかい)が来る」の句に続いている。この部分の句意は「昼飯時に玄関の方で屑買の男が顔を出して、売る屑があるかどうか声をかけた。その男はダンテに似ていた」というもの。漱石は気分転換に家の中をふらふら歩いていたので、玄関に顔を出した。屑買の男は煙に巻かれて渋い顔をしていた。その顔はしかめ面になっていてダンテ風に見えたというのだ。漱石家に来た屑買は、漱石の家では仕事柄、反故紙などが出るとわかっていたので、煙くても我慢して漱石に話しかけていた。

この俳体詩の歌の前には「専念にこんろ煽ぐは女の童　黄なるもの溶けて鍋に珠ちる」が置かれている。

・死にもせで西へ行くなり花曇

（しにもせで　にしへゆくなり　はなぐもり）

（明治29年4月8日）猪飼健彦宛の短冊

何とか松山中学校で一年間教員の仕事ができたという安堵の気持ちがこの俳句に記されている。句意は「花曇の時期に、松山に流れてきたが、ここで死ぬこともなく過ごせ、また花曇の時期にさらに西へゆくことになった」というもの。この安堵の気持ちを桜の花曇に込めている。（1985年の4月に松山に赴任し、翌年4月に熊本に転勤した）漱石は同僚と別れるにあたり、死ぬことにならないで良かったと少しオーバーに表現しているが、正直な想いが込められている。息苦しい思いの中で、松山に転居したからだ。

夏目漱石の未発表の俳句が和歌山市内で2014年6月10日に見つかったと新聞各紙でニュースになった。小説「坊っちゃん」の舞台となった愛媛県尋常中学（現松山東高校）の同僚教師に宛てた手紙に掲句の短冊が同封されていた。2014の年5月、この同僚教師のひ孫に当たる遺族の女性（55）が手紙と短冊が表装され、保管されていたのを実家で発見し、国文学研究資料館（東京）に鑑定を依頼していた。同館の野網摩利子助教が筆跡などから漱石のものと確認した。

未発表の俳句は掲句と「花の朝歌よむ人の便り哉」の2句。別れのあいさつに湊に行けないと言っていた猪飼さん宛てに用意していた手紙を送った。漱石は会えなかったことをわび、猪飼さんが漱石宛てに出していた手紙に添えてあった短歌に対しては「永く筐底に蔵して君の記念と可致候（いたすべくそうろう）」と書いて感謝を手紙で表した。

＊参考：『愛媛新聞』のニュース（2014年6月11日）のタイトルは「俳人漱石の未発表句　松山中学同僚の短歌へ返礼」

・篠竹の垣を隔てゝ焼野哉

（しのだけの　かきをへだてて　やけのかな）

（明治29年3月6日以降）句稿13

漱石先生は少し暖かくなってきた風を受けて、野焼きの現場を隈なく見て歩いた。翌月には転勤で松山を去ることになっていたからだ。この野焼きによって川沿いの道案内と川から山に入る人のための道標が焼けてしまっているのを見た。しばらく歩いていると視界に真っ黒になったエリアが見えてきた。燃えて黒くなっている川沿いの原っぱが直線で区切られ、その隣に枯葉色のエリアが広がっているのを見た。垣根で燃えずに残っていたのは、民家側の畑であった。

句意は「細い篠竹で組んだ垣を境にして、その川側で野焼きが行われている」というもの。細い丸太を木槌で広い間隔で地面に打ち込んでこれを支柱とし、これに篠竹を縦横に組み付けて垣を作る。この垣が川沿いに長く続いていた。この垣根が野焼きの延焼を食い止める役割を果たしていた。垣根の脇には細道があり、これも垣根と共同して延焼を食い止めていた。

野焼きが行われるとアナウンスされたエリアは、松山の南側にある一級河川の重信川一帯なのであろう。茅の生い茂る河川敷と土手の外の芒等の生えた草原が毎年焼かれるのだ。

漱石が歩いた河原は視界がひらけ、燃えて黒く塗られた部分と燃えなかった薄褐色のエリア、茶色の道があり、遠くに川が見えていた。冬の間にはあたり一帯は枯葉色一色であったが、初春には景色に色の変化が生じている。漱石先生は、本格的な春は一旦黒くなってから萌葱色になる面白さを感じていた。

・芝草や陽炎ふひまを犬の夢

（しばくさや　かげろうひまを　いぬのゆめ）

（大正3年）手帳

句意は「伸びるに任せている柔らかい芝の上に春の陽炎が立つ昼下がりに、我が家の犬は夢を見ているのか、のんびりと横になっている」というもの。朝には冷えていた芝草は昼頃には陽を浴びて温まっている。この芝草の上でのんびりと横になっている犬は何の夢を見ているのかと漱石先生ものんびりと考えている。何か話しかけている。漱石宅の芝草は刈り込んでいない芝であり、伸びきって何となく柔らかい感じのする芝になっている。この草の感触がいいので犬はごろりと横になった。漱石も犬を真似てごろりと芝の上に寝転んだのかもしれない。

この句の面白さは、陽炎を動詞化して「陽炎ふ」としていることだ。この造語は陽炎の働きかけのように感じられる。漱石先生はこの年、痔疾と胃潰瘍で苦しめられていたが、体調のいい日もあった。そんな時を楽しむように掲句を作った。

ちなみに同じ手帳の2句後に「陽炎や百歩の園に我立てり」の句がある。この二つの句は対句である。漱石は自宅の庭を散歩していて、寝転んで入る犬をじっと見ている。そして執筆のストレスを癒すように犬に話しかけている。「お前はうらやましいよ」と。

三者談

作者は縁側から庭を見ている。園中と題した「ちらちらと陽炎立ちぬ猫の塚」が対句として隣に置かれているが、寝転んでいる犬を見てから猫のことが気になった。「陽炎ふひま」は陽炎が断続している時間を指すようだ。犬も時々目を開けている。漱石先生は造語で調子に乗りすぎている。

・渋柿の下に稲こく夫婦かな

（しぶがきの　したにいねこく　ふうふかな）

（明治28年11月3日）句稿4

明治中期の田舎の農作業を描いている。子規の親類の家がある松山の隣の町に行ったときの記録だ。近藤さんという家に泊めてもらい、翌日近くの山の中にある滝を見に行っている。その道中の風景なのかもしれない。

農家がちょうど稲刈りして干した稲を脱穀する時期で、その様子を漱石はもの珍しがって見ていた。当時の脱穀は足踏みの力で針金突起がついた木の胴を回転させ、この回転する突起に稲束を押し付けて籾殻を落とす方式だった。特許資料を見ると、明治時代の10年ごろには各地でこの簡単な器械の稲扱く機が作られていたようだ。特許侵害などということとは無関係に。やり方がわかれば作るのは簡単であったからだ。明治28年当時の松山でも足踏み稲扱き機が使われていたとみる。

赤く色づいた渋柿の木の下での稲扱き作業は、まさに絵になる光景であったであろう。妻は干した稲をこの機械の所まで運んでくる役目なのだろう。夫は足踏みで稲扱き機を回して稲扱きをする。乾燥した稲の葉が細かく飛び散って、稲の匂いが風に乗って遠くまで運ばれたことだろう。命と豊かさを感じさせる匂いだ。

私こと、この枕流が高校まで生活した栃木の田舎では、昭和30年代にはこの足踏み式が発動機の動力ベルト式に代わっていたが、私も昔の稲扱き作業も新しい稲扱き作業も手伝った。その時の稲の匂いが忘れられない。細かい籾の棘が首についてチクチクしたのを覚えている。

渋柿も熟れて王維の詩集哉

（しぶがきも　うれておういの　ししゅうかな）

（明治43年10月23日）日記

修善寺の温泉宿の部屋で大吐血した前後の二ヶ月近くを過ごしたが、やっと東京の胃腸科医院に移動できた。前の病院に再入院し、約二週間が経過し、病室の窓から庭の柿の木を見ていた。その柿は渋柿だと鳥が教えてくれていた。

岩波文庫の王維詩集の解説は、「盛唐において李白、杜甫と鼎立する王維は、諸才にあふれ、画をよくし、音楽の造詣も深い博学多芸の文化人として知られる。その作風は平静淡白、絵画的描写にすぐれ、常に田園の美をうたって自然詩の世界を創造完成した」とある。まさに漱石の中国版の人である。漱石先生はこの人を目の前に置いて生きて来たのかもしれない。

王維は田園の美を歌っていたとあるので、庭先の桃の木を愛でていたのかもしれない。病院ベッドの上の漱石にとって王維の詩集は熟れた渋柿のようにとろりとしたいい味がしたのだ。

この句の面白さは、「渋柿も熟れて」と句に入れ込むと口を大きく開けてガブリと食べる様を想像しそうなことである。しかし、胃潰瘍の漱石は熟柿を口にできない。今は我慢の時とわかっている。

ちなみに漱石先生は東京に戻る予定が出た日あたりから漢詩を作る日が多くなった。心境の変化なのだ。漢詩の方が気持ちを表しやすいのか。

渋柿やあかの他人であるからは

（しぶがきや　あかのたにんで　あるからは）

（明治30年10月）句稿26

あの渋柿の渋さは大したものだ。試しに齧ってみると、齧ったことをすぐに痛烈に後悔させられる。そしてその後悔は舌の表面に渋が付着している間は続く。この失敗を経験したなら、誰しも手にした柿が甘柿か渋柿かわからない時に、がぶりと齧ってそれを確かめようとはしない。漱石は掲句を作って「渋柿は甘柿と違って、全く親しみを感じない赤の他人みたいなものだ」という。

この句では渋柿の強烈な個性にあきれるさまを「あかの他人」と表現している可笑しさがある。渋柿を齧ったことのある漱石は、これほどまでに渋い表情をさせる渋柿を、もともと他人なのだからと突き放す。渋柿は甘柿と同じ赤色をしているが、赤の他人だと口直しのように洒落る。ここでは「赤色をした渋柿」を「赤の他人」と表して、赤を掛けている。

漱石全集でこの句の前に配置されている「樽柿の渋き昔しを忘るるな」を見ながら掲句を解釈すると、掲句の面白さが深く感じられる。この樽柿の句では、もとが「赤の他人」の渋柿だということを忘れるなと言いたいようだ。樽柿の独特のうまさは、素材が「赤の他人」であることから発していると言いたいのだ。人間も同様だと漱石は主張したいのだ。

同時に漱石は渋柿の心変わりをなじって笑っている気がする。甘くなった樽柿に対して「自尊心はないのか」「うまければそれでいいのか」と諭している気がする。樽柿に対して人間の罠にはまって、簡単に甘くなってどうすると意見している。漱石はこのように渋柿と樽柿にきつく向かい合いながら、樽柿をうまそうに食べるのだ。

これらの俳句は、単に甘柿をうまい、うまいと食べる子規に対する嫌味である。漱石は味わい深い樽柿の方に軍配を上げると子規に宣言している。

●渋柿や長者と見えて岡の家

（しぶがきや　ちょうじゃとみえて　おかのいえ）

（明治32年頃の手帳）

「就中うましと思ふ柿と栗」の句を熊本高等学校秋季雑詠の演説会に関する句として作っている。掲句はこれと同じ頃に作っていたとみられる。この「柿と栗」は演説者二人を喩えている。別の演説会の句では瓜・西瓜が出てきていた。彼らもうまいと思っていたが、この「瓜・西瓜」君より「柿と栗」君達の方が上で、演説はうまいと評していた。上手い喩えである。つまりは、五高生は優秀だと言いたいようだ。子規と同じように漱石も柿が好きであった。

さて阿蘇の麓をぶらぶら歩いていた時に、岡の上にこの好きな柿が実った大木を数本見たら漱石先生はどうなるであろう。近所の人にあげても食べきれない程の柿が空を赤くしている。この景色を見ただけで漱石先生は立ち尽くしてしまった。大金持ちとは、こういう人のことだと納得した。空に散っている柿は大判小判に見えたに違いない。屋敷の中の柿の大木を守るように長い生垣が囲んでいたなら、やはり長者と見えたのだ。

ところでなぜ漱石は渋柿の木々を見て、長者と判断したのか。渋柿は甘柿よりも価値がある。渋柿は皮をむいて干すと深い甘みを持ち、さらには保存食になって貴重なものであったからだ。甘味が貴重品であった明治時代においては、干し柿は高く販売できた。

大量の渋柿を干し柿にするには、広い庭と何人かの使用人の手が必要であったから、漱石はこの家を資産家と判断したのだ。

ちなみに熊本県は、今も渋柿の一大産地であるが、甘柿にシフトしている。

●渋柿や寺の後の芋畠

（しぶがきや　てらのうしろの　いもばたけ）

（明治28年9月23日）句稿1

渋柿の赤い実がモノトーンの黒っぽい色の境内に点在し、この境内に連続して芋畑の深い葉緑が広がる。色彩のコントラストが鮮やかで清々しい。ありふれた構図であるが印象的な絵画句になっている。

子規に送った同じ句稿の中に、この句の前に配置した次の句がある。「鶏頭の黄色は淋し常楽寺」の句で、この句によって芋畑の前にある寺は常楽寺であることがわかる。だがこの名の寺は日本中にあってこの句で描いた常楽寺の場所は特定できない。芋畑同様に常楽寺はありふれた寺なのである。ところで芋とは里芋なのかサツマイモなのか。寺の畑で栽培する芋ならサツマイモであろう。愛媛県では、生のサツマイモを天日乾燥させて長期保存することが今でも行われているという。

この句の面白さを探すならば、見慣れた柿と芋が植えられている、ありふれた長閑な田舎の光景が、ありふれた寺の景色とマッチしていることだ。この光景は日本の原初的なもので、統一国家ができた頃より存在していると思われる懐かしさがある。漱石が日本と西欧との関係を考える上で、何かの基準線になったのかもしれない。そして俳句の外観もスッキリしていて、文字数も少なく、内容とマッチしている。

ちなみに寺に渋柿が古くから植えられているのは、古くから防水性や耐久性を付与するための塗料、タンニンを多量に含む茶色の染料としての需要を柿渋液が貯っていたからである。寺の建築物や僧侶の衣料に不可欠なものになっていたからであろう。また渋柿から作る干し柿は寺院生活の保存食として重要なものであったからでもある。

余談ながら柿が大好きな子規は、この句をいやに褒めていたらしい。渋柿であっても柿の句をえこひいきしているように見える子規には非常に人間的な面がある。

＊「海南新聞」（明治28年10月24日）に掲載

● 渋柿やにくき庄屋の門構

（しぶがきや　にくきしょうやの　もんがまえ）

（明治35年11月10日）ロンドン句会

この句には「十一月十日於倫敦（ろんどんにおいて）太良坊運座」との前置きがついている。太良坊運座は横浜の貿易商、渡辺和太郎（号は太良坊）を中心にしたロンドンの在留邦人の句会で、その句会で漱石は柿、茶の花のお題を出した。

豪農の庄屋の敷地に渋柿の木が何本かあり、鈴生りの柿は赤く熟している。庄屋にとって柿の木は富の象徴なのだ。渋柿は干し柿にして食べればいいものであるが採らずに放置してある。放置された柿は樹上で熟して鳥の餌になるか落柿になるだけだ。近所の子供らに分け与えればいいのにと思ったりした。そんな苛立つ気分にさせる庄屋に憎しみが募る。漱石は柿の木のある日本の原風景を懐かしく思い出している。

句意は「大きな門を構えた庄屋は渋柿の木をたくさん植えているが、渋柿を無駄にし、庭の飾りとしか思っていない憎き存在だ」というもの。これは社会の富裕層に対する漱石の感情表現でもある。

この句の面白さは、無駄にされる渋柿を見てそれを放置している庄屋が憎くなり、その屋敷の立派な門構までもが憎くなったということだ。「坊主憎けりゃ袈裟まで憎し」の諺通りの俳句になっている。

別の面白さは、強烈な感情表現の「にくき」を採用していることだ。この言葉によって、楽しい俳句を作って笑い合おうという意図が明白になる。庄屋はけちん坊の代名詞になっている。日本からロンドンに留学している金持ち階級の子弟に刺激を与えている。若い句友にロンドンの格差社会をよく見て考えてくれと言っている気がする。

● 四壁立つらんぷ許りの寒哉

（しへきたつ　らんぷばかりの　さむさかな）

（明治28年11月13日）句稿6

冬が近づいて夏仕様で建てられている漱石の借家にはすでに寒さが忍び込んできている。二階建ての愚陀仏庵は四角の部屋で、紙と薄板で囲われているだけである。その広い部屋の中に油のランプが一つ置かれている。これでは寒いはずだと漱石はランプのそばに座って周りを見遣っている。そろそろ火鉢が欲しくなると腕を組んで寒さに耐えている。上半身には寒さしのぎに羽織を着ている。

この句の面白さは、二階建ての木造の家を「四壁立つ」と簡潔に表している ことだ。これによって家は組み立て式の家屋のように感じられ、これでは寒さ対策がとられていないとすぐに理解できることである。作るのも簡単で、壊すのも簡単な家とわからせることができる。ちなみに松山で再建されて保存されている愚陀仏庵の写真を見ると、まさに上野家の隠居の住んだ夏用の離れという佇まいである。この愚陀仏庵の1階の部屋には子規がこの年の8月から10月まで住んでいたが、その時の子規には快適であったであろうと皮肉を言いたい気分なのだ。子規君にはこの部屋の寒さはわかるまいと言いたいのだ。

もう一つの面白さは、ひらがな表記の「らんぷ」である。これによってランプは和風の「四壁立つ」造りの行灯とわかることである。「四壁立つ行灯」としなかったのは、面白みに欠けるだけでなく字余りを少し気にしたことによるものだろう。

• 四方太は月給足らず夏に籠り

（しほうだは　げっきゅうたらず　なつにこもり）

（明治37年7月）俳体詩「無題」

掲句には「先日四方太を訪う。お互に愚痴をこぼして別る」の文がついている。二人とも金欠病にかかっていた。ここに登場する四方太（号として読むため、しほうだ）は虚子門下の俳人で、本名は阪本四方太（よもた）。漱石より6歳年下であったが、漱石の死の翌年にこの世を去った。若死にであった。仙台第二高等学校時代に友人の高浜虚子に俳句の指導をうけ、上京して正岡子規に師事した。東京帝大を卒業し、帝大図書館に職を得たが、生活費に困る日々であった。大正元年暮れに肋膜炎を患い、療養生活になった。父が死んだ後、大正3年には自宅が類焼し、家族は焼け出された。この3年後に四方太は44歳で没した。大まかには不幸な人生であった。

漱石は掲句で「あいつは結婚していたが、年中金に困っていた」と述懐している。彼自身が「しほうだい」と言う号をつけたのは、自虐表現であり、金余り人間を名乗っていたのだろう。金がないと漱石にぼやいてばかりだったと思われる。「金がないのに、無駄使いし放題」の意味なのだろう。

句意は「四方太という男は、東京で就職したが月給だけでは足りないと言って、この夏は部屋に閉じこもっている」というもの。

掲句に続けて「新発明の蚊いぶしを焚く」の七七句が置かれている。「蚊いぶし」とは蚊遣りのことで、蓬などの干し草を燃やして煙を出し、蚊を追い出すもの。四方太は蚊帳もない生活をしていた。そこで近所でヨモギを採って来た。特製の蚊遣りが大活躍した。

朝顔や売れ残りたるホトトギス　尻をからげて自転車に乗る
四方太は月給足らず夏に籠り　新発明の蚊いぶしを焚く
来年の講義を一人苦しがり　パナマの帽を鳥渡（ちょっと）うらやむ

• しめ縄や春の水湧く水前寺

（しめなわや　はるのみずわく　すいぜんじ）

（明治30年4月18日）句稿24

熊本の漱石宅の近くにある水前寺成趣園、通称水前寺公園にあるのは出水神社。この神社の前には阿蘇の水が湧く大きな池がある。ここには九州では珍しい能楽殿もある。この巨大な庭園はかつて熊本を支配した大名の細川氏が所有していたものである。

明治29年12月にここを訪れた漱石は、次のような俳句を作っていた。

「鼓うつや能楽堂の秋の水」「底見ゆる一枚岩や秋の水」

掲句の意味は「大きな神社の拝殿にはしめ縄が掛けられていて、その前の池は阿蘇の水が湧く透明な池で、神聖な雰囲気が漂っている」というもの。その湧き水は砂を蹴って湧く様にも観察できるほどに澄んでいる。

この俳句には、漱石の春を愛でる気持ちが溢れている。「水湧く」には漱石の湧き上がる気持ちも込められているのであろう。前年の明治三十九年を振り返って見ると、漱石は4月に熊本第五高等学校に赴任し、6月に鏡子との結婚式を挙げ、7月に講師から教授に昇格していた。漱石は新婚生活の中、春の日に家の近くにある水前寺公園を希望に満ちて散策していたが、湧き水のようにいいことばかりであるので、少し気を引き締めようとする様にも思える。

• 霜の朝袂時計のとまりけり

（しものあさ　たもとどけいの　とまりけり）

（明治28年11月13日）句稿6

漱石の造語が面白い。明治28年当時、日本では精工舎だけが懐中時計の量産化に成功し、販売していた。大正2年（1913年）になって同社が日本初の腕時計「ローレル」を発売するまでは、身につける時計は懐中時計であった。その懐中時計を漱石は袂時計という。和服の懐に入れると、その時計は帯のところまで滑り落ちることになる。したがって時計を取り出そうとするときには懐の底まで手を差し込まなくてはならない。これは不便であるので、漱石は袂に入れることにしていた。よってその時計は「袂時計」となる。他の人も「袂時計」を使っていた。

その袂時計がある冬の朝止まってしまっていたという。霜が降った朝にこの時計事件は起こった。時計の歯車がおかしくなったのか、ゼンマイの巻が足りなかったのか、寒さのせいで凍りついたのか、とあれこれ考えた。止まった時計のことで漱石の頭の中はぐるぐると回り続けた。

漱石先生はこの時計騒動を淡々と俳句にしているのには驚かされる。掲句の一つ前にあるのが「星一つ見えて寝られぬ霜夜哉」。そして一つあとにあるのが「木枯の今や吹くとも散る葉なし」の句である。漱石はこの日はとにかく寒い霜の朝だったと訴えている。時計も寒さで止まるほどだったと記録した。たぶん漱石はこの日の朝はあまりの寒さで起きる気がしなかったのだ。蒲団から出る気がしなかっただけなのだ。自分の体は起き上がれなくなっていたことを掲句のように表した。漱石のユーモアである。

● 尺八のはたとやみけり梅の門

（しゃくはちの　はたとやみけり　うめのかど）

（明治32年2月）句稿33

「梅花百五句」とある。熊本市内の梅林を歩いていて、その梅林の端にある寺に近づいた。門の内側の僧坊で僧が尺八を吹いている音が外に流れてきた。だが門の所にいる漱石に気づいたからか、突如尺八を吹くのをやめた。いやそうではなかった。誰かが閉めてある玄関の門扉をどんどんと叩く音が僧坊の中にいた僧にも聞こえたからだ。

掲句は「梅花百五句」シリーズの中にある「梅の詩を得たりと叩く月の門」と関連している。掲句はこの俳句の33句後に置かれていて、この俳句を受けて作られていると判断した。つまり、句意は「月夜に面白い梅の詩歌ができたと喜んで、友のいる寺の門扉を叩いている男がいた。その友は月を見ながら尺八を吹いていたが、扉を叩く音で演奏が邪魔された」というもの。この句の面白さは、「尺八のはた」にある。この中には「は」の重なりがあってリズムを感じさせることである。尺八の息を吹き込む演奏を思わせる演出がある。そして「はたと」には、「完全に、しっかりと」の意味があり、「梅の門」である寺の門扉ががっちりと閉じている様をも表わすことができている。

漱石先生は好きな「梅花句」をとにかく多数作ろうと苦心している様が窺えるところが面白い。漱石の趣味の謡曲を入れた句として、「謡曲のはたとやみけり梅の門」としたのでは、「梅の門」を叩く音が唸り声にかき消されてしまうと考えたのかもしれない。

● 尺八を秋のすさみや欄の人

（しゃくはちを　あきのすさみや　らんのひと）

（明治43年8月20日頃）手帳

漱石は胃潰瘍の転地療養のため8月6日に修善寺温泉に行って菊屋という旅館で湯治することにした。しかし、近くには悪友の別荘があり、一人での静養はできなかったようだ。しばらくして吐血したため東京から妻とかかりつけの医者が呼び寄せられた。そのあとは穏やかに過ぎていった。

掲句はこの時期の俳句で、句意は「宿のどこかの部屋から秋の時間を潰すために趣味の尺八を吹く音が聞こえて来た。この尺八の音は、同宿の漱石にとっても慰めになった。謡の趣味のある漱石にとってはこの音は心地よいものであった」というもの。

一方の漱石の方は部屋に寝ているだけで、たまに手帳の欄に俳句や漢詩を書く程度であったと記している。「欄の人」には手帳に書く人という意味を持たせている。もう一つの「欄の人」の解釈としては、仰向けで寝ている漱石には、和室の四辺上部の欄間しか見えないことも意味し、部屋から出られず閉じこもったままだと表していて、不安な気持ちを表している。そして尺八を吹ける体力のある湯治人を少々羨ましく思うのであった。

この句の面白さは、「秋のすさみ」である。「秋の時間潰し、または慰め」の意味の他に、寝たままの漱石にとっては、「荒む」に尺八を吹ける人を幾分羨ましく思う気持ちを含ませている。

• 三味線に冴えたる撥の春浅し

（しゃみせんに　さえたるばちの　はるあさし）

（大正3年）手帳

胃潰瘍の痛みを抱えながらも原稿書きの仕事を続けていた。3月には「私の個人主義」を『輔人会雑誌』に掲載し、4月20日から8月31日まで小説「こゝろ」を新聞に連載した。漱石先生は春先から新聞連載の原稿を書き続けていた。このような精神的にきつい時期にあっても、漱石先生は趣味の謡の稽古を止めなかった。時々宝生流の師匠の三味線の伴奏で喉を震わせていた。虚子も同じ流派の謡をしていて、漱石先生は虚子に負けまいという気持ちが強かったからだ。また原稿執筆には気分転換が欠かせないと思っていたからなのだろう。

句意は「春になったので謡の稽古を再開したのだが、まだ少し寒さが残っている。三味線を弾く撥の当たる音はすこし乾いているように感じる」というもの。漱石先生の声は幾分かすれがちなのかもしれない。

この句の面白さは、撥の弦に当たる音がくっきりと冴えているということに加えて、弾いている三味線の技がさえていると言いたいとわかることだ。この冴えは「調子がいい、うまい」という意味であり、この二つの意味を掛けている。ついでに自分の謡も三味線のこの音に乗ってうまいと控えめに自画自賛しているようにも思える。

• シャンパンの三々九度や春の宵

（しゃんぱんの　さんさんくどや　はるのよい）

（明治39年7月・推定）小説「吾輩は猫である」十一節

作中の俳句名人である迷亭の迷句である。俵万智さんが作った俳句のように感じる。多々良三平が、漱石宅に来ている面々に向かって、自分の結婚披露宴に来てくれたら、高いシャンパンを飲ますと約束する場面での句である。明治38年ごろに結婚式でシャンパンを飲むなどということがあったとは思えないから、漱石が英国で見聞したことを若い弟子たちに披露しているのだ。迷亭は多々良三平の大げさな話を茶化している。

句意は「結婚式でシャンパンを出すと言っているよ。こんな話は聞いたことがない。春の宵にふさわしい面白い話だ」というもの。

この句の面白さは、シャンパンと春の宵は、「酒の酔い」でつながっていることだ。シャンパンを三々九度も飲むと酔ってしまうとふざけている。酒を飲めない下戸の漱石先生が、こんな俳句を作ること自体が春の宵にふさわしい出来事だと言える。

この句で驚くのは、漱石先生が「シャンペン」ではなく「シャンパン」と表現していることだ。「シャンペン」と発音すると若い弟子たちに「しょうべん」と間違えやすいと意識していたからかもしれない。現代日本では洒落てフランス式でシャンパンと発音しているが、正しくはシャンパーニュ地方の「シャンパーニュ」なのだという。ちなみに明治18年に落成した鹿鳴館では「シャンパーニュ」の語が用いられていたという。物知りで外国文化を本の中で紹介する漱石は造語して「シャンパン」と言ったのだろう。

・十月のしぐれて文も参らせず

（じゅうがつの　しぐれてふみも　まいらせず）

（明治28年11月7日）子規宛の手紙

10月末ごろ天気が崩れたせいなのか、子規からの手紙が届いていない。送った句稿についてのコメントが来ない。どうしたのだろうと、返事の手紙を催促する俳句を作って手紙に入れて出した。後日わかったことであるが、子規は句稿をつけて出した先の手紙を紛失していた。

明治28年8月27日に松山の子規宅へ手紙を出している。子規が松山の自分の家にすでに来ていることを松山在住の子規の友人から聞いたので、荷物は後回しにして体だけ先に漱石宅に来ればいいと書き送った。この連絡を受けて子規は漱石の愚陀仏庵に移動し、約2ヶ月に亘って二人は俳句三昧の生活を送った。子規は1階、漱石は2階に住んだ。

10月末に子規は東京に帰っていった。そのあと漱石はすぐに句稿を子規に送っていた。しかし11月になっても東京に帰り着いたという知らせは来なかった。また句稿に対する評価文も届いていない。11月7日付けの子規宛ての手紙でこのことを少々皮肉を込めて、「十月のしぐれて文も参らせず」と天気が悪かったから手紙を書けなかったのだろうよと俳句で表した。そして酷評でもいいから句稿を見てくれと書き添えた。

ちなみに子規は漱石にリウマチ（両待と表現していた）の持病があると話していたので、漱石は勝手に天気の不順によって体の痛みが酷かったのだと考えたようだ。

この句の面白さは、「文も参らせず」に漱石の思いが込められていることだ。子規は漱石の句稿に対する批評は終えているはずなのに、送られて来ない。出来上がっている返答の手紙は松山に送られたがっているのに、と催促する気持ちが込められている。

・十月の月ややうやう凄くなる

（じゅうがつの　つきやようよう　すごくなる）

（明治28年）

「ややうやう」と「や」が三つも中七にある句は珍しいであろう。漱石先生は10月の月を楽しんでいるのがわかる。句意は「夜空にくっきりと見えて月が段々にすごいことになるのは10月の月なのだ」というもの。

キーワードの「やうやう」は「様様（さまざま）」の音読ではなく、「漸う」であり、「次第に、だんだん」ということである。毎日夜空を眺めて月が変化してゆくのを観察している。つまり空気が澄んでいるから月を見ようという気になり、月の変化がよくわかるのだ。

10月には、三日月から始まって三日月で終わる月の一生が見られる。満月はちょうど月の中頃に出る。10月は空気が冷涼になって月の輝きが鮮やかになる時期、その月に当たっている。まさに月のための月である。次第に大きくなる、次第に小さくなる月を31日の間に見られることは凄いことなのだ。

この句を読むと、十で穏やかに始まって「なる」と言い切り調で終わるところまで、「やうやう」テンションが上がってゆく。この句のすごさを実感して句読みが終わる。

漱石先生は気持ちに余裕が生まれてきているのがこの句でわかる。やっと失恋の後遺症の整理が終わったのだろう。

ちなみに掲句は坪内稔典氏の「三月の甘納豆のうふふふふ」を彷彿させる。坪内稔典氏は漱石俳句の研究者として知られている。

・重箱に笹を敷きけり握り鮓

（じゅうばこに　ささをしきけり　にぎりずし）

（明治32年10月頃）手帳

漱石はどこかの料亭で黒塗りの重箱を開けた時の驚きと感激を俳句にした。緑の笹の葉を敷き詰めてある身箱に酢飯の握り寿司が綺麗に並べてある。もしかしたらなれ鮨の切り身を握り飯の上に置いていたのかもしれない。酸味の香りが蓋箱を開けた途端に香ってきたのだ。ちなみに熊本の漱石宅でも樽でなれ鮨を作っていた。漱石宅でも月が綺麗に見える中秋の時期に重箱の膳を作ったのだろう。

漱石はなれ鮨、握り鮨を日本の香り、日本の文化の香りとして感じた気がする。牛肉、豚肉等の畜肉を食することが近代化のごとくに吹聴されている世の中にあって、純日本の握り寿司に出会ってほっとしたのだ。それほどに日本文化と西欧文化のせめぎ合いが国内で行われていた時期であった。日本の国語をフランス語にすべきだとかの議論が文部大臣の言葉として出る時代であったからだ。日本国内に活気はあったが重苦しい時代でもあった。

この握り鮓はやはり漱石宅で出されたものではなかったと思われる。重箱とは、身箱を二段、三段と重ね、そのトップに蓋箱を置くもので豪華な料理であったからだ。漱石は掲句を作った時期の明治32年10月31日に熊本市内の宿で松山時代の句友、村上霽月と再会していたからだ。翌日の11月1日には二人で句合わせ会をやっていた。この後街中の料亭に入ったと思われる。

・酒債ふえぬ雪になったり時雨れたり

（しゅさいふえぬ　ゆきになったり　しぐれたり）

（明治29年冬）

杜甫の詩歌に8行の「曲江」というものがあり、その中の2行目に「酒債尋常行処有　人生七十古来稀」という箇所がある。酒債とは酒代を借りること、酒代のツケである。この漢詩の現代語訳がネット記事に紹介されていた。「飲み代のツケはあちこちにあるが、かまうものか。どうせ七十歳まで生きられることは稀なのだ」というもの。

杜甫の詩をもじっている掲句の意味は「人生破れかぶれで酒をツケで飲んでいるが、最近ツケが増えない。雪や雨になったりで天気が悪く、酒を飲みにも出られないで困っている」というもの。面白い、とんでもないボヤキがあるものだ。

この句の面白さは、漱石は憧れの中国詩人の一人である杜甫の詩をユーモアたっぷりに紹介していることだ。漱石は中国の漢詩には面白いものが結構あるといいたいようだ。これに対して日本はどうだ、真面目なものばかりで面白いものが少なすぎる、とボヤいているのだ。

日本では「人生七十古来稀」の部分だけが知られていて、人生は長生きして70歳を目指せという主張に使われる始末だ。天に昇った杜甫は日本の現状を嘆いて、あの世の酒家での飲み倒しをしているのかもしれない。

ところで掲句に朱を入れている漱石の弟子の枕流は数え年でいえば今年で七十六才になり、古希を過ぎて喜寿めざしてまっしぐらである。酒代を捻出するのが楽しみになっている。

＊（明治29年12月8日、『九州日日新聞』）（作者名：無名氏）

・棕櫚竹や月に背いて影二本

（しゅろちくや　つきにそむいて　かげにほん）

（大正5年9月8日）自画賛

漱石先生が自信を持って描く墨絵には、描きやすいこともあってかよく竹が描かれる。この竹に似た植物は棕櫚竹である。漱石の書斎から庭を見ていると棕櫚竹が黒く二本高くそびえている。そこで、棕櫚竹の絵を描きたくなったのだ。その棕櫚竹の影は高いのか低いのか。ここで答えを導く際に問題なのは「月に背いて」である。月はこれらの棕櫚竹を迷惑に思っているというのだと月の代弁をしている。

句意は「庭の棕櫚竹が、高く伸びて並んで二本立っていたから、満月は棕櫚竹にかかって中々月の全体が見えない」というもの。自分が頼んで植えさせておきながら、なんで二本も並んでいるのだとイラ立って呟く。

この句の面白さは、そんなに部屋から月を愛でる際に景色をぶち壊す棕櫚竹二本なのに、棕櫚竹と月を絵に描いていることだ。そして、絵にする際には棕櫚竹は一本の方が構図的にはいいのだ、と苦笑いする。棕櫚竹が一本だと細い洗濯竿みたいな幹がスッと立っているだけで構図が安定しないし、ボリュームが出ない。やはり二本は必要だというのだ。

ちなみに漱石は掲句を作ってから3ヶ月後に没している。漱石は庭の棕櫚竹を伝って月に行こうとしているように感じる。漱石はこの時、高い棕櫚竹の上にあるあの世に目を向けていた気がする。

・朱を点ず三昧集や梅の花

（しゅをてんず　ざんまいしゅうや　うめのはな）

（明治32年2月）句稿33

「梅花百五句」とある。句意は「琴の教本である三昧集が梅林の中の野点の茶席に置いてあるのが漱石の席から見えた」というもの。若い芸妓が持ち込んだ本で、今日の演奏の曲のページが開いてある。この芸妓は師匠から琴の演奏を習い始めたところだとわかる。その教本には朱で注意点がたくさん書き込んであったからだ。ベテランならばこのような席には三昧集は持ち込まない。この茶席での演奏はパトロンの男の頼みとあって断れなかったように思えた。このパトロンは贔屓の芸妓を熊本の名士達に見せたかったのだ。

漱石先生の謡の教本にも同じように師匠の言葉や注意点が朱で多数書き込んであるので、懐かしい思いで芸妓の赤文字の本を見ていた。漱石先生は習いたての頃には、教本通りにいかず苦労したことが思い出された。つい喉に力が入ってしまっていた。この芸妓も爪に力を込めすぎていると漱石先生は観察していた。このことは他の俳句に記されていた。

ちなみにこの俳句は茶席で琴の演奏をする場面とわかるのは、「妓を拉す二重廻しや梅屋敷」と「梅の花琴を抱いてあちこちす」それに「槎牙として素琴を圧す梅の影」の句が同じ句稿に記載されていたからである。

この句の面白さは、梅の枝の下に置かれていた三昧集の赤字によって、白梅に若干赤みが差しているように感じられることだ。つまり「朱を点ず」は三昧集に掛かるだけでなく、「梅の花」にもかかっているからである。ここに漱石先生の遊び心がある。

ところで「三昧」には奥義を極める、集中するという意味があり、三昧集には頼りにする本、虎の巻、教本と言う意味が生じる。基礎を固めれば余裕が出てくる、そして夢中になるということか。先の芸妓は虎の巻を見ながらの演奏であり、漱石先生に赤字の記入箇所を見られてしまって硬くなっていた。

・俊寛と共に吹かるゝ千鳥かな

（しゅんかんと　ともにふかるる　ちどりかな）

（明治41年5月）蓬草廬主人著『六波羅と鎌倉』の見返し

平家物語の一場面を俳句にして、知人の本の見返しを飾った。この場面は、後白河法皇の側近で京都では最高位の僧都であった俊寛が、清盛らの平氏を打倒する陰謀に加わったことが発覚して、藤原成親・平康頼らと共に島流しにされた場面である。

平家物語によると、流された鬼界ヶ島で俊寛ら三人は望郷の日々を過ごしていたが。成経と康頼は千本の卒塔婆を作り海に流すことを実行したが、俊寛はこれに加わらなかった。やがて、一本の卒塔婆が平氏の安芸国厳島に流れ着く。これがきっかけで平清盛は、高倉天皇の中宮となっていた娘の徳子の安産祈願を理由に恩赦を行った。翌年船が鬼界ヶ島にやって来たが、成経と康頼のみが赦され、俊寛は謀議の張本人という理由で赦されず島に一人とり残された。京に帰る二人を岸辺で見送る俊寛は呆然と風に吹かれていた。

句意は「一人だけ島に残された俊寛は京に帰る仲間を見送る岸辺に立って、悲観の涙を流しながら風に吹かれていた」というもの。俊寛は千鳥と生きてゆくことになると悟った。だが千鳥は他のところへ飛んで行けるが俊寛はそれができないこともわかっていた。その後俊寛は自殺して果てたという話と島の女性と結ばれたという話がある。漱石先生は後者の説をとっている。その女性の名は「千鳥」。

春色や暮れなんとして水深み
（しゅんしょくや　くれなんとして　みずふかみ）

（明治41年・推定）

この句からは、春の景色の1日の変化を味わっている落ち着きが感じられる。暖かくなって外に出かける気になって、春の野に出てみた。そのうち春の野に差していた日が陰り出すと、野川の水がより青く感じられ、深さを増したように思われるというもの。

この年の漱石の体調は良くなく、春先から神経衰弱（後年の診断で鬱）の症状が出て、5月、6月はひどくなり、鏡子との関係は険悪なものになっていたとされる。このような幾分暗い気分の時に掲句を作るのであるから、これはただの春の句ではないと考えられる。何か深い意味が隠されていると見るべきであろう。

ちなみに春色は単なる春の景色という意味と女性の艶かしい姿という意味がある。掲句の春色は後者である。ある女性がもう若くはなくなったが、そのことで少し人間味が増して女性の美しさが増したように感じられるということを記している。華やかさが薄れてきたことを「暮れなんとして」に表し、しとやかさが加わって気品が生じていることを「水深み」と表している気がする。

文芸欄の担当である漱石が推薦したことによって、明治41年4月27日から東京朝日新聞社の連載小説に大塚楠緒子の小説「空薫（そらだき）」が連載させた。漱石はこの連載のために旧知の作者である大塚楠緒子と何度か打ち合わせをしていた。漱石はこの時の大塚楠緒子の印象を掲句のように表したのだ。漱石が楠緒子と連載の打ち合わせをした時、楠緒子は32歳であった。そして楠緒子が結婚した時の年齢は20歳であった。漱石はこの間の時の流れを味わい深く回顧した。

ちなみに小説の題名の空薫は、香木や練香をうすく灰をかけた炭団の上に置いて発生する香りを楽しむ作法であるが、穏やかに部屋に香りが広がるさまと掲句のイメージは重なる。ともに上品で成熟の香りがする。

春水や草をひたして一二寸
（しゅんすいや　くさをひたして　いちにすん）

（大正3年）手帳

句意は「春になって雪解け水が小川に流れ込んで来て、小川の水かさが増し、岸辺の春の草の根元を1、2寸（数㎝）も水に浸している」というもの。芽を出して伸びてきた草の根元に増水した水が届いて草の緑色が幾分深く感じられ

た。掲句はその水が岸辺やその近くの草地を艶やかに潤す光景を描いている。自然がうまい具合に関連していることを漱石は確認し、春めく景色を句に描いている。春の景色は人間の春と同じで、少し色っぽく感じられるものである。

陽を受けて少し暖かく感じられる春の水が「草をひたす」が、その水は雪解け水によって嵩を増し、草を「ひたひた」と濡らしてゆくさまがみえるようだ。その水の増えてゆくさまが二つの数字が並ぶ「一二寸」の言葉によって暗示される。単なる概略の水の深さを示しているのではない。

漱石は春の野と春の川を明るく描いて、体に日常的に痛みを感じている自分の気持ちを持ち上げようとしている。晩年になって落ち込みそうな気分を春の気分で持ち上げようとしている。掲句はいわば意図的に計算尽くで作り上げたものであろう。

・巡礼と野辺につれ立つ日永哉

（じゅんれいと　のべにつれたつ　ひながかな）

（明治28年10月）句稿2

四国遍路は真言宗の開祖、空海ゆかりの寺88ヶ所（霊場）を巡拝する旅で、松山市内には石手寺をはじめとする8つの霊場の寺がある。漱石は街歩きの際に立ち寄った寺の周辺でお遍路さんに出くわしたのだ。そして田んぼ道を歩きながら何人かと言葉を交わしたのかもしれない。つれ立っての立ち話で「どこから来たのですか」などと話したに違いない。

漱石はこの句では、寺の周辺にある田んぼを見ながら歩いているさまを「野辺につれ立つ」と表現している。野辺は原っぱという意味であるが、この俳句では「野辺」には死者を見送る意味を込めている気がする。現代のように参列者が車に乗り込んで死者を墓所に送る時代になる前は「野辺送り」という慣習があり、松明を先頭に棺桶を間において位牌、供物が続く行列を組んで家の前から歩き出したのだ。漱石はお遍路たちの白装束の行列を見て、この「野辺送り」を想起したのかもしれない。

そして巡礼の人たちの中には、死んだ近親者を思い出しながら旅する人もいることをこの言葉に込めている気がする。巡礼者は死者と一緒に歩いている人たちのことだと漱石はこの句で表している。もともと遍路の目的の一つには死者の供養というものがあった。遍路は四国全体を回るが、四国は「死の国、死国」のことだとする解釈がこの句の背景にある気がする。四国の最高峰は石鎚山であるが、この頂上は石で埋め尽くされていて、草木は全くない。まさに賽の河原のようである。ここから魂が天空に立ち上ると想像してしまう。

そして日永には秋になって太陽が傾いていることを示し、かつ遍路たちが急ぎ足ながらもゆったりとした表情で歩いていることも表している。

この俳句は漱石の巡礼者を思いやる気持ちが溢れている句だと思う。同時に漱石自身も学生時代とは決別する気持ちで松山にいることをこの句で匂わせている。激しい恋愛感情を持って生きていた時期を懐かしく思い出していたのかもしれない。

・順礼の蝶追ひかける柄杓哉

（じゅんれいの　ちょうおいかける　ひしゃくかな）

（明治27年）子規の選句稿「なじみ集」

山里にある寺に巡礼者が到着して、水屋で手を清めようとしているとそこに蝶が飛んで来た。蝶は水場に水を飲みにやって来たのだろう。その蝶はその後本堂でない畑の方へ飛んでゆく。歩き疲れた巡礼者は蝶に案内されるように、2、3歩ふらふらと蝶を追いかけた。手に柄杓を持ったままであった。その姿を遠くから見ていた人には、蝶を2、3歩追いかけたとはわからずに、誰かの魂が現れて別の世界に誘われているように見えていたということだろう。

この句の面白さは、巡礼者は各地の霊場巡り、札所巡りをするので、過去の出来事や既に亡くなっている家族のことを思い出しながらの旅になるという、認識を感じさせることだ。そして順礼という名の子供が蝶と遊んでいる場面を描いているように思えることだ。

ところでこの巡礼者は大人なのか、子供なのか。漱石の類句に「小柄杓や蝶を追い追い子巡礼」という句がある。この類句の主役は子供だとわかる。しかし、掲句で、追いかける人は子供のような大人である。

• 正一位、女に化けて朧月

（しょういちい　おんなにばけて　おぼろづき）

（明治39年）小説「草枕」

絵描きが泊まった山の宿には、風変わりの女将が一人でいた。最初の夜にかすかに聞こえる歌声に眠れずに障子を開けて庭を見ると、月下に海棠の花が怪しく光っていた。そのそばを女らしき影がすっと走ったように思った。不思議な光景を見ていた。そこで「花の影、女の影の朧かな」の句を作った。

庭の奥にある海棠の花が気になってしょうがない。「海棠の精が出てくる月夜かな」の句を書いておいて。絵描きは何が起きているのか、不気味に思えてきた。

掲句の意味は「稲荷神社の高位の狐が動きの素早い女に化けているのだ、朧月のようにうっすらとしか姿を影しか見せないが、狐だろう」というもの。正一位は神官で最も高い位であり、気位の高い狐が化けた女の影も風流なものを感じさせるようだ。絵描きが宿で書いていた俳句の下に書き加えられていた文字は、優雅なものであった。

この句の面白さは、朧月が朧に機能していることだ。夜空の月は朧であり、狐が出そうな雰囲気があり、そして女の影も朧月のようにぼんやりとしか見えない。句中の読点が不思議な効果を生んでいる。正一位と読んで、これは何かと立ち止まることになるが、この読点は足下に置かれた石のように感じられる。

• 浄海の鎧をかくす寒さかな

（じょうかいの　よろいをかくす　さむさかな）

（明治32年頃）

漱石は好きな平家物語の一節をとりあげて、短冊に書き込んだ。この句を口にした冬の朝の寒さの喩えにした。「浄海の鎧」とは、仏門に入った平清盛の鎧であり、掲句は、後白河法皇の平家追い落としの鹿ノ谷の陰謀によって劣勢になった清盛軍が、法皇を連れ出して落ち延びようとする場面である。清盛は白絹の衣の上に戦支度として胴体に鎧を身につけていたが、部下の進言を受けて仲違いした重盛の軍と戦うことを止める決意をした。平重盛は朝廷内で出世させてもらい、貴族文化に馴染んでいたため、法皇側に立とうとした。この対立の中で清盛は意を決し、鎧を脱いで袈裟をかけ、その場で念仏を唱え出した。

「鎧をかくす」とは、鎧を外させることを意味する。そして「寒さかな」の寒さは、薄着になった身にしみる寒さを指す。清盛は戦に負けることを予想し、死を覚悟したことで寒さを強く感じたのだ。

句意は「仏門に入った平清盛は落ち延びる際に、鎧を脱いで袈裟を掛けて戦う姿勢を解いた。元の僧に戻って念仏を唱えだすと冬の寒さが白絹だけの体にしみた」というもの。死を覚悟したことで寒さが余計に身にしみたことになる。生き抜く気合が失せると、寒さは急に身にしみるものなのだ。

この句のポイントは、掲句は底冷えのする寒さが清盛の鎧を外させたように見せかけて、瞬間の理解が困難なようにしていることだ。しかし清盛を取り巻く戦況を考えると、清盛側には圧倒的に不利であって負けることは必定であり、取り巻く強烈な寒さが迷う清盛の決断を促したとも言えるのだ。

＊『九州日日新聞』（明治32年12月20日）に掲載（作者名：無名氏）

• 正月の男といはれ拙に処す

（しょうがつの　おとこといわれ　せつにしょす）

（明治31年1月6日）句稿28

漱石の誕生日は旧暦の1月5日で、新暦では2月9日。このために熊本第五高等学校の同僚たちは正月生まれの漱石のことを「目出度い男」とからかった。この当時正月祝いに漱石の家に第五高等学校の同僚たちが集まったが、この場で漱石への褒め言葉が飛び交ったことが想像される。漱石は仕方なく料理をふるまったことだろう。そして正月が終わると漱石はこの句を作って気を引き締めたのだ。

ちなみに漱石は前年の明治30年にも生き方の指針である「拙」を入れた次の俳句を作っている。「木瓜咲くや漱石拙を守るべく」である。漱石でさえ生き方を律するのは難しいと感じていたようだ。そうであれば凡人はなおさらであろう。

これより後のことであるが、英国から帰国してしばらくたったある年の正月のこと、虚子の求めに応じて、玄人と言われた虚子の太鼓囃子(ばやし)に合わせて漱石は難曲の羽衣の謡をうなった。ところが漱石の声が貧弱なため虚子は声を出せと急き立てる様に太鼓と囃子の掛け声を大きくした。この掛け合いを聴いていた弟子たちから笑いが起こったのを知って、漱石はいたたまれなくなったという。

漱石としては普段は伴奏なしの素謡をしていたのであるから、うまくいかなかった。虚子の誘いに乗ってしまったことを反省したはずだ。人がいかにもてはやしても控えめでいる方がいいのだと。この時に漱石先生は掲句を警句として思い出したことであろう。

・将軍の古塚あれて草の花

（しょうぐんの　ふるつかあれて　くさのはな）

（明治28年秋）松山句会

松山に仕事を得た漱石は休日に近くの山に源範頼をまつる鎌倉神社があることを知って足を運んだ。範頼は平家を壇ノ浦に滅ぼしたが、これを妬む頼朝の命を受けた家来に攻められた範頼は、ひそかに難をのがれて四国に渡り、源氏とゆかりの深い伊予の豪族、河野氏を頼ってこの地に落ち延びた。範頼は、この地で家来とともに果てたと伝わっている。山中には古い墓が点在していた。この中の苔むした小さな墓には「蒲冠者範頼公墓」という大きな石碑があり、江戸時代末に建てられていた。蒲冠者というのは、範頼の別名である。

句意は「追い詰められて果てた源範頼の古い粗末な墓があり、枯葉と枯尾花に包まれていた」というもの。この墓はこの将軍に相応しく、荒れ具合は哀れを誘うのだ。

この句の面白さは、ススキの枯尾花を草の花と表したことである。範頼に相応しい花だとしたことだ。そしてこの墓に漱石先生は持参した質素な花を供えたことだろう。この持参した質素な花を草の花と表してもいる。

夏目漱石はこの場で掲句の他に「蒲殿のいよいよ悲し枯尾花」と「木枯や冠者の墓撲つ松落葉」の句を詠んだ。漱石は甲斐源氏の流れをくむ家に生まれたことでこの松山の墓に興味を持った。この時の漱石の気持ちには、落ち延びた範頼の気持ちに重なるものがあった。

＊『海南新聞』（明治28年9月3日）に掲載

・生死事大蓮は開いて仕舞けり

（しょうじだい　はすはひらいて　しまいけり）

（明治40年）手帳

人生において生と死は重大事であり、その間で悟りを求めて生きるが、最も大切なことは今を生きることである。これが仏教の生死事大の考えである。日常生活における事大とは、力の強いものに付き従うことで、長いものには巻かれろ、ということだ。ここでの「生死事大」とは、生死が関わるものには抗っても仕方がないということか。

この句の意味は、「恋愛は生死と同じものであり、長く悩んでいる間がない。ある程度成り行きに任せるしかないのだ。蓮の開花は時を待たないし、目の前の蓮は開花してしまっている」というもの。人が悩んでいるうちにも自然の蓮は時の過ぎ行くのに合わせて変化し、咲き出してしまう。蓮の開花について、周りであれこれ言ってもどうにもならないと呟いている。

この句は弟子の東洋城の恋愛相手である白蓮のことを思い描いての句である。この句における蓮はこの白蓮のことを意味している。東洋城が悩んでいるうちに相手の白蓮は咲き出してしまったと手帳に書き込んだ。

相手の状況、その家族の考えもあり、東洋城一人が思い悩んでも仕方のないことであるという思いが漱石にはあった。相手は著名な歌人の白蓮で、この柳原燁子に想いを寄せる男も何人かいたはずで、ついに明治43年11月に白蓮は富豪の別の男と見合いをした。いや見合いをさせられた。そして結婚した。一方の東洋城は思いが空回りしたままで終わり、生涯独身を続けた。

掲句が書かれていた手帳には、次の句が隣り合わせに書かれてあった。「白蓮に仏眠れり磬落ちて」。白蓮騒動が収まって静かになったことを手帳につぶやくように記していた。掲句を書く際には、若い時分に大塚楠緒子との恋愛で、二人の関係、二人の思いだけでは事が進まなかったことが思い出されたのは間違いない。明治時代には、現代のようには恋愛は成立しなかったのだ。

● 蕭条たる古駅に入るや春の夕

（しょうじょうたる　こえきにいるや　はるのゆう）

（明治32年1月）句稿32

「正月二日宇佐に入る新暦なればにや門松たてたる家もなし」の前置きがある。新暦の正月二日に宇佐に入った。太宰府天満宮とは違って客は少なく、鉄道の駅周辺はひっそりとしている。門松を立てている家はない。どうしたのだろう。夕方に着いたということはあるが、新駅であるのにかかわらずもの寂しい雰囲気が漂っている。明治政府の新暦移行に抵抗している様が見て取れたのだ。国旗の掲揚もなかったのであろう。宇佐神宮が旧暦で行事をすると言っていたので商店街が新暦で正月の飾り付けをできなかった。

句意は「春の夕べに人の少ない寂しい古駅に降りたった」というもの。この句は、宇佐神宮の入り口駅に到着した時のことを描いている。新線開通に伴って作られた駅で2年目の駅なのに「古駅」とは解せない気がする。当時の漱石も「蕭条たる」と表現し、ひっそりともの寂しい駅に驚いている。もしかしたら、奈良時代に遡る宇佐神宮の歴史を鑑みて、駅舎は古材で作り古めかしい造りにしていたのではないかと思われる。漱石は設計者の意図を忖度し、古駅と表したに違いない。

ちなみに明治30年9月に豊州鉄道が行橋―長洲駅（現：柳ヶ浦駅）間で開通した。漱石が下車した当時の長洲駅は明治31年3月に宇佐駅に改称された。しかし、宇佐神宮から6キロも離れていることがあり、またその後漱石人気が出たことも関係してか、明治42年10月柳ヶ浦駅に再改称された。現駅舎には漱石の掲句がはめ込まれている。

● 蕭々の雨と聞くらん宵の伽

（しょうしょうの　あめときくらん　よいのとぎ）

（明治43年9月14日）日記

日記には前置きとして「一夜眠さめて枕頭に二三子を見る」が書かれていた。夜中に目がさめると東京から来た娘三人が枕元に座っていた。子供たちは父親が目覚めるからそれまできちんと座っているのですよと母親に言われていた。子供たちは皆眠い目をこすりながら夜遅くまで起きていた。

句意は「よく来たね、よわい雨が降っているのかい、と漱石は寝ずに我慢して座っていた子供達にやさしく声をかけた」というもの。しとしと降る雨の音は、親子の心に染みていた。

漱石は頭の先に誰かいるのを気配で感じていた。そして目だけ動かすとそれが娘たちであるとわかった。枕元にいた娘たちと目が合った。このとき漱石は嬉しさがこみ上げてきた。この感情が「蕭々」なのだ。娘たちの顔を見たときに「涙が出そうになって心がざわめいた」のだ。「蕭々」の意味は「雨や風、落ち葉がそよぐ音などで何となく寂しいさま」と辞書にあったが、漱石の心の様も表していた。

この句の面白さは、通常「二三子」の表現は「何人かの弟子たち、門人たち」の意味で使うが、漱石は我が子に対して使っていることだ。部屋の行灯の明かりが暗すぎて枕元にいた人の顔がよく見えなかったと言いたかったのか。誰がいたのかよくわからなかったことを記録していた。ちなみに日記に書かれた掲句の前に「衰に夜寒逼るや雨の音」と「旅にやむ夜寒心や世は情」の句を置いていた。仮死状態から生き返って3週間が経過していた。臨死体験時の関節痛がまだ残っていたが、夜寒を感じるようになったことで体の感覚はだいぶ戻ってきていた。雨の音が病室に届き、子供たちの顔が見えなくても心配気な表情がなんとなく感じられた。

精進の誓を破る心こそ

（しょうじんの　ちかいをやぶる　こころこそ）

（明治37年11月頃）俳体詩「尼」15部

芸事や職人の世界で、技の上達を誓うのが「精進の誓い」である。誠実に地道に努力することを誓うのだ。よって掲句の意味は「地道に進むことをせず、精進の誓いを破る心を持つことこそ」というもの。

掲句は「菩提を慕ふほむらならず」に続いている。「菩提を慕う」とは、「ある人の死後の冥福を願って懐かしく思う」こと。「ほむら」は火炎であり、転じて、心中に燃え立つ怨み、怒り、嫉妬、または欲望、情熱を意味する。ここでは情熱が該当する。したがって続きの文言は「故人を懐かしく弔う炎、情熱にならない」という意味になる。本当の弔いにはならないという。つまり、物事に誠実に取り組む人が情熱を持って故人の冥福を弔うことができる、ということになる。

以上のことを一つの短歌として解釈すると「情熱的な思いをもって故人を弔うためには、精進の誓いを守る心を持つ人でなければならない」というもの。つまり芸道でいい加減なことをする人は本物の芸には到達しないように、物事に誠実に向き合う人が死んだ人を真に弔うことができる、となる。

この歌の後には「道もゆるせ逢はんと思ふ人の名は　孤高院殿寂阿大居士」の歌が続いている。この歌は「天道さんも許してほしい。人の道から外れるとは思うが、思いが募ってこれからある人に会いに行きたいという気持ちが強くなっている。その思い人の名は。（虚子も知っている人であるという。）そう思っている私は、墓に入っている孤高院殿寂阿大居士である」というもの。この戒名をつけてもらった人は、百年後も国民的小説家であるとの自信を示している夏目漱石、その人である。

すでに故人となった漱石の孤高院殿寂阿大居士を本当に弔うには、真摯にこの偉大な人に向き合うことが必要だと訴えているようだ。

妾宅や牡丹に会す琴の弟子

（しょうたくや　ぼたんにかいす　ことのでし）

（明治30年5月28日）句稿25

漱石が熊本で二番目に住んだ家の近くに地元名士の妾宅があり、気になって仕方がなかった。しかもその家には若い娘たちが十三弦の琴（一般的な琴）を習いに出入りしていた。春の日に牡丹が咲き出すと琴を習い終えた娘たちが庭の牡丹の周りに集まって、華やいだ声をあげて会話している。その若々しい声に加えて娘たちの匂い袋の香りが風に乗って漱石の文机まで流れてきたのであろう。

この句は落語的な面白さのある句である。漱石はこの見聞した様を誰かに話したくて仕方がないようだ。この句は華やかさにおいては漱石句の中ではダントツである。虚子グループの作る観察俳句と似ているようで全く似ていない。その対極にある句である。

この句にある「牡丹に会す」には、漱石自身も意識の上では琴の弟子たちの輪に加わっている。鼻の下の髭を指先で伸ばしながら、部屋から出て、低い垣根から身を乗り出している漱石の姿が見える。

この句の面白さは、意図して気分転換に作った句であるということだ。掲句の直前句は「若葉して半簾の雨に臥したる」であり、沈んだ気を思い切り晴らしたかったのは間違いない。

妾と郎離別を語る柳哉

（しょうとろう　りべつをかたる　やなぎかな）

（明治32年頃）手帳

恋人同士の男と女が、柳の木が植えられた堀のところで別れ話をしている。柳の木はここで二人は何度も逢引していたのを知っていて、何を語っていたのか聞いていた。今度はとうとう別れ話なのかと気にしている。

句意は「男は情を交わした妾（愛人）と待合の外の柳の木のところで会って

いる。これからは関係を絶って暮らすことを話している」というもの。何気ない一般的な男女の別れの情景のように装っているが、この句は作者の漱石先生にとっては、重要な記録なのである。妾とは妻以外に関係している女性のことで、ここでは大塚楠緒子であり、郎とは漱石自身である。ちょうどこの頃、英国留学の話が第五高等学校の校長から漱石に伝えられた。明治32年12月のことであった。これは内示としてであった。

明治31年5月に妻の鏡子は漱石と楠緒子との関係が継続していることを知って、悩む中でヒステリーが昂じ、住まいの近くの白河に身を投げた。妻は運良く近くで漁をしていた男に助けられた。その後も妻は自殺未遂を行った。これらが元で漱石もこのままでは家庭が崩壊すると思い、これからしばらくは楠緒子との関係を断つことを決め、実行した。漱石はこのことを俳句の形で残しておいた。漱石だけがわかる暗号として記録した。この暗号としての関係する俳句は一連の下記俳句である。これらは子規には伝えられていない句ばかりである。

漱石は関係を断とうという決断を楠緒子に伝えた。親友の菅虎雄の家を介して手紙のやりとりをしたはずだ。保治は明治33年7月に帰国するまで楠緒子は東京に一人でいた。つまり漱石は楠緒子宅に手紙を自由に出せた。

・「郎を待つ待合茶屋の柳かな」：この「柳」は待合茶屋の入り口に植えられていた木であり、逢引の場所の目印なのだ。柳の木を見ながら風通しのいい部屋で、もじもじして男を待っている若い女がいる。柳は若い愛人をも表している。

・「妾と郎離別を語る柳哉」：柳の木のある待合で男は女と情を交わしたあと、しばらく会わないようにしようと話しかけた。女はこれに同調した。二人はこのときから関係を絶って暮らすことになった。

・「郎去って柳空しく緑なり」：別れを告げた男が部屋から去ってゆき、残された女は虚しい思いに囚われていた。緑の柳は急に色を失ったようだ。女は一時の恋が終わった寂しさを感じていた。

• 定に入る僧まだ死なず冬の月

（じょうにいる　そうまだしなず　ふゆのつき）

（明治28年12月4日）句稿8

禅語の世界で「定に入る、入定する」とは、修行に入ることを意味する禅定のことで、精神を統一して煩悩を去り、無我の境地に入ることである。ちなみに真言宗の入定は厳しく場合によっては死に至ることもあるという。知り合いにそんな修行を行っている僧がいるという。その僧は入定してもまだ生きていて、冬の今は彼の頭上で月はしらじらと冷たく光っている、というもの。

「定に入る」の音は鍵のかかっている密室に閉じこもっている様を想像させる。錠を連想させるからだ。実際には小さなお堂で座禅をすることもあるのであるから、「1畳の部屋に入る」の意味なのだろう。いずれにしても音から厳しさが漂ってくる。そして「まだ死なず」にも厳しさが存在する。「冬の月」もそうであり、句全体で修行の厳しさを演出している。

ところで伊予松山で教師をしていた漱石はどのような理由でこの俳句を作ったのか。自分の置かれている状況と立場を考えて、ここでしっかりしなければと気を引き締めていたのだ。東京で楠緒子に失恋し、結婚した楠緒子夫婦のいる東京から離れたい一心で松山の中学校に職を得て、楠緒子夫婦の披露宴に出席するとすぐに東京を離れた。そんな漱石は俗世間から離れる気分、入定する気分になっていたのだ。そしてこのままでは終わらない、落ち込んでばかりいられないと冬の月を見上げたのだ。見上げている自分を観察して「まだ死なず。死んでいない」と感じたのだ。

この年の8月から10月まで松山の愚陀仏庵で子規と同居していたが、子規の病気がある程度回復したので子規は帰京と相成った。漱石はまた一人になってしまい、参禅している気分に陥っていた。

• 簫吹くは大納言なり月の宴

（しょうふくは　だいなごんなり　つきのえん）

（明治28年10月）句稿2

雅楽に用いる蕭を吹く音が秋の風に乗って聞こえて来る。大納言の屋敷の方からで、主人の大納言が月見の宴を開いているのだろう。庭の色づいた紅葉が月の光に浮き上がって見える。王朝趣味が感じられる架空の俳句になっている。

子規は52日間漱石の借家に同居していたが、いよいよ松山の俳句仲間と別れて東京へ帰ることになった。吐血後の療養を終えて漱石の愚陀仏庵から去ることになり、別れを惜しんで句友たちが先生の子規を招いて月夜の別れの宴を開いた。宴会の費用は松山一の高給取りの漱石が出したことが別の俳句に残されていた。

掲句はこの宴会における余韻を元に、子規が松山を去った後に作られた。宴席での子規はまさに平安時代の大納言であり、簫も吹いて独り舞台であったとふざけて見せた。この時17人の門弟が集まったが、子規は各人の俳号を読み込んだ句をその場で披露した。芸達者であることを改めて弟子たちに認めさせた雅な一夜であったと思い返した。

ちなみにこの送別宴会の後、子規は10月17日まで愚陀仏庵に住んでいた。翌18日のこの日は松山の湊、三津浜の船会社の部屋で弟子10人が集まって送別句会を再度開いた。実際に松山の港を出たのは19日。子規は途中道草をして10月31日に東京の新橋駅に降り立った。途中奈良で下車して遊んで帰ったから、着くのが人巾に遅れた。まさに子規の帰京の旅は大名並みであった。いや大納言並みであったと漱石は呆れながら回想した。

＊「海南新聞」（明治28年11月8日）に掲載／「承露盤」に採用

• 蕭郎の腕環偸むや春の月

（しょうろうの　うでわぬすむや　はるのつき）

（明治29年3月5日）句稿12

清王朝の中国では、男女を問わず翡翠の腕輪を手首にはめておくことが習わしになっていた。これは中国列仙伝にある秦の時代の故事に基づくものであるという。比較的小さな頃に、抜け落ちない大きさの翡翠の腕輪をはめるので、成長するにつれてその腕輪はきつくなって抜けなくなる。生涯その腕輪を付けたままで過ごすことになる。その腕輪が腕から抜かれる時は死んだ時である。

この俳句の句意は「春の月が出ている明るい夜に、女は裏切った男、蕭郎の腕から腕環を抜き取って盗んだ。春の夜の月がこの女に蕭郎を殺させ、手首を切り落とすのを決意させた」というもの。この女の行為は、自分を裏切った蕭郎をいつまでも自分の側に置きたいという女心なのかもしれない。蕭郎は一般名詞の「愛する男、または夫」を意味する。

この俳句は中国の春の夜に起こった猟奇的な事件を扱ったものなのであろう。中国では恋の破局は、このように激しいものになるということを明治時代に生きた漱石先生は戯れに俳句に表してみたのだ。中国大陸では日本では考えられないような残虐な刑罰が存在したことが背景にあると漱石は考えたのかもしれない。昭和初期に、北京が近い通州という日本人の居住地区で、中国の兵隊が襲いかかってほぼ全員の日本人を残虐の限りを尽くして虐殺した通州事件が思い起こされる。漱石の掲句からこの歴史的な事件の発生の背景が容易に想像できる気がする。民族の違い、文化の違い、歴史の違いが背景にある。

ところで明治時代を生きた漱石はなぜ掲句を単発の俳句として句稿に入れたのか。漱石は東京での失恋を経て伊予松山に逃れてきたが、この松山も一月後には去ることになっていた。この時に至って失恋の相手、大塚楠緒子のことが思い起こされたのだろう。自分と楠緒子の恋の破局は、合意によるものであり、中国で起こる掲句のような事件には発展しえないことを夢想した。だがいつまでも心にシコリとして残ることを想像した。

• 燭きつて暁ちかし大晦日

（しょくきつて　あかつきちかし　おおみそか）

（明治30年1月）句稿22

いよいよ灯りが消える時が来た。この日は旧暦の大晦日。灯の菜種油の在庫が切れそうであったが、とうとう切れてしまった。行灯の油は一滴も無くなって行灯に描かれていた達磨の顔が見えなくなった。だが悲観はしない。もうすぐ夜明けなのだ。漱石は謡の声を発して自分をなぐさめていた。「夜明けは近い、夜明けは近い」と歌いながら静かに朝を待っていたに違いない。

この句の直前句で掲句と対になる句がある。「燭つきつ墨絵の達磨寒気なる」

であった。「燭つきつ」の状態であったものが、とうとう「燭きつて」となった。確かに文字の上でも繋がりがある。油不足による部屋の変化を実況中継している。

漱石はこの事態の発生を楽しんでいるようだ。菜種油の欠乏は、高等学校の同僚に油を少し分けてもらえないかと頼めば、急場は凌げるはずであるが、なぜか漱石は行動しない。妻の仕事に口出しはしないと決めているようだ。

この句の面白さは、大晦日の夜は江戸っ子であれば「宵越しの金は持たぬ」と散財するところだが、江戸っ子の漱石は「宵越しの菜種油は持たぬ」と気にしない。この事態を笑い飛ばしている。

三者談

掲句を「燭剪って暁近し大晦日」として議論していた。部屋に燭台が一つ点っている。経験ではロウソクの芯が長くなってくると炎が赤くなってくる。部屋が薄暗くなって来たので、この時点で燭の芯を切ったところパッと明るくなった。部屋が白っぽい感じになった。この句には雑念のない神々しさがある。大晦日の明け方は厳密には元日ということになるが、夜が明けないと正月にはならないという気がするからまあ良い。燭の芯を切って部屋が明るくなったことを喜んで、新年の喜びを感じている。

●燭つきつ墨絵の達磨寒気なる

(しょくつきつ　すみえのだるま　さむげなる)

(明治30年1月)句稿22

書斎の行灯の灯りが心もとなくなってきた。菜種の灯油が切れかかっている。炎がフラフラし出した。そろそろ夜の読書もできなくなるかもしれないと漱石は不安になってきた。そんな暗くなりつつある行灯に目をやると、紙に描かれている墨絵の達磨の顔色が悪くなってきている。その達磨は寒そうに見える。漱石先生自身も寒さを感じるようになっている。

ところで下五の読みは「かんきなる」が推奨されているが、部屋が暗くなるにつれて寒さを感じるということであるから、寒そうな達磨とするためには形容詞の「さむげなる」が適当と考える。

同じ句稿にあったこの俳句の二つ前の句は「力なや油なくなる冬籠」であり、灯りに使う菜種油がなくなってきて、冬籠りする自分も冷えてきて元気がなくなってきたと笑っていた。そして自分だけでなく、部屋のいかつい顔の達磨も今では元気がなくなってきていると笑う。

掲句の直前句は「仏焚て僧冬籠して居るよ」であり、明治政府の政策によって仏像が焼かれ、僧の廃業が起きて部屋に籠っている世の中を嘆いていた。そして掲句を書いて、漱石の家も行灯が暗くなって本も読めなくなってきて、似たような暗い状況になっていると笑っている。

この句の面白さは、妻の鏡子は家計の切り盛りが下手であるということを嘆いているようにも思えることだ。台所を守るなら台所の油の在庫にも目を配ってほしい、行灯の油ぐらい手当てしておいてくれ、と言いたいようだ。もう諦めているように思うが。

●書を読むや躍るや猫の春一日

(しょをよむや　おどるやねこの　はるひとひ)

(明治37年11月)小説「猫伝」二節

掲句は、『ホトトギス』明治38年2月号に「吾輩は猫である」として発表された小説文の中に記載されている。

『やがて下女が第二の絵端書を持って来た。見ると活版で舶来の猫が4、5疋ずらりと行列してペンを握ったり書物を開いたり勉強している。(中略)その上に日本の墨で「吾輩は猫である」と黒々とかいて、右の側(わき)に、書を読むや躍るや猫の春一日、という俳句さえ認(したた)められてある。』の文中にある。

小説作家として有名になった苦沙味先生宛に弟子から出された賀状を猫が見ている場面を描いたものだ。この部分に描かれている猫は自分が主役になっている絵葉書を見て、「新年来多少有名になったので、猫ながらちょっと鼻が高く感ぜらるるのはありがたい。」と踊りながらつぶやいた。

句意は「元日に主人が縁側でのんびり本を読んでいるそばで、我が家の猫が届けられた年賀の絵葉書にある猫の絵を見て嬉しくなって小躍りしている」というもの。口うるさい主人と猫が仲良く縁側で日に当たっている光景を絵端書の送り主は描いていた。「吾輩は猫である」の小説は巷で大人気で、これからも続くことを願っているとその絵葉書は伝えて来たのだ。

この句の面白さは、「躍るや猫の春一日」の主体は小説の中で活躍する猫であり、また「書を読むや」の主体はこの小説の読者とも解釈できることだ。そうなると漱石先生が全く描かれていないことになる。

もう一つの面白さは、句作の常識を蹴飛ばして、切れ字の「や」を二つも用いていることだ。これによって漱石先生は猫が小躍りしていることを強調できている。

苦沙味先生宅に届いた賀状に猫の絵が描かれていたことで、この小説が世の中で評判になっていることを知ったとして、漱石先生はこの小説の続編を出すことになった経緯をわかり易く示している。漱石先生はこの作中俳句でこの猫小説の読者に感謝を表している。これは漱石先生独特のユーモアである。

• 白魚に己れ恥ぢずや川蒸気

（しらうおに　おのれはじずや　かわじょうき）

（明治２８年１１月１３日）句稿６

阿蘇を源にして熊本市を東西に流れる白川の河口で捕れた白魚を前にして、幼児のように興味を持って手を出す漱石の姿が浮かぶ。「白魚や美しき子の触れて見る」の句にあるように、白く輝く小魚をしばらくじっと見ていたが、その白魚に引き寄せられるように漱石の手が伸びて行った。

句意は「冷えた川面から水蒸気が上がっている河口で、四つ手網で掬い上げて集められた白魚に、子供が不思議なものに触れるように大人が手を出して触れた」というもの。

この句の面白さは、日玉が見えないくらいの小さな白魚と大人の大きな手の対比があることだ。その白魚を漱石先生は、神聖なもののように感じていることがわかる。

そして目の前の小魚を人は白魚というが、実際には透明なのではないのか、と不思議がっているのだ。漱石はそのまま口に入れようとしていた。

• 白魚や美しき子の触れて見る

（しらうおや　うつくしきこの　ふれてみる）

（明治28年11月13日）句稿６

松山はほぼ透明な白魚（シラスともいう）がとれるところとしても今も有名である。この生きた白魚を飲み込む「踊り食い」は白魚が喉を暴れながら降りてゆく感覚を味わうものだと経験者から聞いたことがある。漱石がこれをしたかどうかは不明である。この跳ねる白魚には触れてみたくなる程の透明さと輝きがあったのだろう。「白魚に己れ恥ぢずや川蒸気」の句とセットになっている。

この句は「白魚や美しき」で切って読むと、白魚の美しさに魅かれた子が少しずつ手を伸ばして白魚に触れてみた、となる。もう一つの読み方は、「美しき子の」で、その子が美しいとするもの。幼子の柔らかい手も艶やかさと白さがあった。その子の美しい手がゆっくり伸びて輝く白魚に触れる。幼い命同士が接触してさらなる神秘的な輝きが生まれる。

ここで両者の解釈を比較すると、透明で輝く白魚に焦点を当てるためには、前者の方が望ましい。ここでつまらないことを思い出した。女性の魅力的な手を褒める場合に、「白魚のような手」という表現があったように思う。これでハタと気がついた。掲句の「白魚」は「美しき子の手」に掛かる修飾語なのだ。

ここで河口での白魚漁を幼児が見に来ていたのかという疑問が生じる。この「美しき子」は漱石のことなのであろう。「己れ恥ぢず」の輝く白魚に触れてみたくなったのだ。

・白壁や北に向ひて桐一葉

（しらかべや　きたにむかいて　きりひとは）

（明治29年9月25日）句稿17

北側にある土蔵の白壁が漱石宅の居間から見える。その壁は陽光を受けて光っている。その前に桐の木があり、少し冷え込んで来た秋風が季節の変化を桐の葉に伝えたのか、漱石の目の前で桐は大きな桐の葉を一枚バサッと落とした。その大きな葉の動きは陽光を浴びている白い壁の上でくっきりと見えた。

「北に向ひて」の主体は何か。白壁か桐かによって解釈が異なることになる。やはり面を持っている白壁が「北に向く」のだろう。その白壁は秋を迎えると冷たさを感じさせるようになる。今までは桐の葉の緑はこの白壁を隠すように繁茂していたが、次々に葉を落とし、これからはますます白く見える面積を増すことになるだろうと漱石先生は想像した。冬の到来は近いと感じた。

この俳句は、白壁の色の変化で季節の移ろいを感じるものにしている。「白壁や」を上五においたことで、一挙に緊張が走る。そして「北」の言葉が続く。下五ではきっぱりと「桐一葉」で結んでいる。掲句の理解ができて頭の中でもばさっと桐の葉が落ちた。

・白菊と黄菊と咲いて日本かな

（しらぎくと　きぎくとさいて　にほんかな）

（明治43年11月1日頃）新聞に投稿

10月11日に修善寺から東京に戻って胃腸病院に再入院していた。面会謝絶も解け、病室には客が見舞いの品として持参した漱石の好きな菊の花がいくつか置かれていた。部屋の外には故院長が育てていた菊の花が置かれ、漱石が面倒を見ていた。病状も回復に向かっていて、気持ちは楽になっていた。大らかな日本晴れのような俳句を作る気になった。

句意は「病室の外には大輪の白菊と黄菊が咲いていて、秋晴れの空を背景にして映えている。これぞ日本という景色になっている」というもの。早朝の薄青い色の室内に白色と薄黄色が配置されると、キリッとした雰囲気が形成される。白菊と黄菊の両方があることで安定感が生まれている。漱石は白菊と黄菊が咲き乱れていることで、天皇家が安泰であることを表した。菊花は天皇家の紋章になっていたからだ。

日清戦争に続いて起こった日露戦争も明治38年に講和条約が締結された。その後の日本はひと時の平和を味わっていた。しかし、明治43年の中頃に大逆事件が起こった。これを漱石はこの事件を契機に日本と天皇のことを強く意識したに違いない。この思いが掲句を作らせたのかもしれない。

漱石は自身が所属する朝日新聞社ではなく、他紙に掲句を投稿したのは何かの意図があったと想像する。そして漱石の体調も回復過程にあって作家活動も再開できる見込みがついたことを漱石ファンに新聞で報告したのだ。

＊『國民新聞』（明治43年11月3日）に掲載、後に雑誌『俳味』（明治44年5月15日）に掲載

・白菊に黄菊に心定まらず

（しらぎくに　きぎくにこころ　さだまらず）

（明治32年11月1日）霽月の「九州めぐり」句稿

白菊には独自のイメージが備わっている。これがあるがために白菊は珍重され、種々の場面や儀式で用いられる。冷たい印象もあるが一途さも兼ね備えている。ところが田舎に行くと広い庭にいろんな色の菊が混ざって栽培されているのを見る。白と黄色の混合は一見楽しそうでいいが、雑然として落ち着かないと漱石は言う。

漱石の句友であり愛媛の実業家、村上霽月は10月の3週間を使って九州の地を巡った。営業の傍花盛りの菊の俳句を作っていた。多分田舎で混合して咲いている菊を見て漱石の考えとは別の俳句を作っていたのだ。これを見て漱石は菊の題の句合わせ句を作る際に、菊の混色は良くない、白と黄色の混合は良くないという主張の掲句をぶつけたのだ。

この句の面白さは、漱石の画家としての色使いの認識を示したものになっている。譲れない部分だったと思われる。菊の濃い黄色は強烈な黄色であり、白菊と合わないという考えだ。漱石の弟子である画家のホクサイマチスも同様の

考えである。同じ黄色でも薄い黄色であれば白とマッチする。

ここまで書いてはたと気がついた。掲句には漱石らしい洒落があるのではないかと。つまり黄菊は金貨を意味するのだと。そうなると「人は儲けることばかり考えていて、溢れるほどの金を持つと落ち着かなくなるものだ」となり、家業を盛り立てるのは大事で、利益を上げるのも大切だが、そればかり追い求めるのはつまらない。そんな人生でいいのか、それしか目に入らなくなるぞ、と愛媛経済界の重鎮になりつつある村上半太郎を戒めたのだ。俳句心は忘れないでほしいと俳句で釘を刺したのだ。やせ細った霽月（半太郎）を見て心配したのだ。この思いは「見るからに君痩せたりな露時雨」の句に表れている。

これは漱石自身の戒めでもあったのであろう。生活費を稼ぐことばかり考えていると、何をやりたいのかを忘れてしまう、と。金は最低限のものがあればいいのだと。黄菊の花はすこしばかり咲いているのがいいのだ。

● 白菊に酌むべき酒も候はず

（しらぎくに　くむべきさけも　そうろわず）

（明治32年10月31日）手帳

松山で空想的な俳句を作って遊んでいた俳句仲間が、九州に営業の仕事でやってきた。愛媛の繊維会社の社長をしている村上霽月であった。漱石宅を訪れた霽月の顔を見て「見るからに君痩せたりな露時雨」の俳句を作った時に、この句も合わせて作っていた。漱石が確実に家にいると思われたある日曜日の午前中のことだ。

句意は「我が家の庭には白菊が咲いている。これを盃に入れて酒を注ぐと再会を祝う乾杯酒になるが、あいにく普段酒を飲まないこの家には、酒が準備されていない」というもの。ここで解釈が難しいのは「候はず」である。ここでは「仕える、従う」の意味になる。

この句の面白さは、「酌む」には別の意味もあり、こちらの事情を察してくれという思いが込められていることだ。付き合いの深い君は、わしが晩酌をしないのを知っているだろうと言いたいのだ。だから買い置きの酒はないと言いたいのだ。この句を霽月に見せることはないので、家に来るなら先に知らせてくれと不満を堂々と口にしている。

● 白菊にしばし逡巡らふ鋏かな

（しらぎくに　しばしためらう　はさみかな）

（明治37年6月）小松武治訳著の『沙翁物語集』の序

「小羊物語に題す十句」の前置きがある。帝大の文科大学の学生、小松武治がチャールズ・ラム著の『シェイクスピア10話』を邦訳した時、その序文を漱石に依頼した。掲句は『オセロ』物語に対応した俳句である。

ヴェニス軍の司令官であった肌の黒いムーア人のオセロが、副司令官に昇進したライバルに嫉妬した部下がそのライバルを蹴落とすための計略にかかって、この副官の男と妻の不貞を次第に信じるようになり、妻の寝室に入って寝ている妻を絞殺する。その後、オセロは罠にかかったと悟って自刃して果てる。この場面を漱石は俳句で短く表現した。ヴェニスで起きた壮絶なシーンを日本的な白菊の剪定の場面に置き換えて表現してみせた。

この句を読んで抱くイメージは次のものである。庭に菊が何種類も咲いている。花を整理するべく剪定鋏を持ち出したが、白菊のところに来ると手がすくんで切ることができない。さっきまで黄菊をためらわずに切ってきたのに、白菊は切ることができない。白菊を聖なるものと心のどこかで思っているからである。それとも聖女の印象が付きまとっているのか。

だが掲句に対して厳しく批判する人がいる。弱い俳句であり、園芸趣味の俳句でしかないというのだ。また悲劇に漱石のユーモアを添える手法がわからないという。毒物でなく剣でもなく、鋏を出したことが不満らしい。愛する妻の不貞を信じて妻の寝室に入り込んだオセロでも、妻への愛情との狭間で揺れる心があったとして、漱石はこれら二つの心を二本の刃からなる鋏で表現していたのだ。

ちなみに盤ゲームのオセロは、この「オセロ」劇から来ているという。黒いムーア人の軍人と白人の妻が登場して心理劇を繰り広げるからである。このゲームとゲーム名の発案者は日本人であるから、日本人の発想力と洒落は評価されるべきだ。

● 白菊の一本折れて庵淋し

（しらぎくの　いっぽんおれて　あんさびし）

（明治38年12月6日）野間真綱（まさつな）宛の葉書

句意は、「病気の娘が死んでしまったことは、床の間の花瓶に生けてあった白菊が突如一本折れてしまったように感じる。これで部屋全体が暗く寂しくなってしまった」というもの。他家の娘でも病気と知らされていた少女が死ぬと、自分の娘のことのように悲しくなると弟子の野間に伝えた。

この葉書に「御嬢さん御かくれのよし。惜しい事をしましたな。美しい小女の死ぬ程詩的に悲しい事はない。死んでいゝ奴は千駄木にゴロゴロして居るのに思ふ様にならんな」と書いていた。御嬢さんとは野間が学生時代に寄宿していた旧薩摩藩主の島津家の令嬢である。千駄木とは当時の漱石の家あたりの土地のことだ。野間は漱石の教え子で鹿児島出身の男。このとき島津家が建てた学生寮に住んでいた。

この句では、白菊のような少女の死は「詩的に悲しい」と表現し、壮年の漱石自身に対しては「ゴロゴロして」と漱石らしくユニークで詩的な対比をしている。

ちなみに漱石の家でもこの葉書を出した6年後に白菊が一本折れた。5女の雛子が1歳半で食事中に急死した。死因のわからない突然死であった。漱石は別の部屋で食事を済ませていた時に起こった。日記（11月29日）には、「小供が三人廊下を馳けて来て笑いながら一寸来て下さいという。大方ひな子がひき付けたのだろうと思って六畳へ行って見ると妻が抱いて顔へ濡れ手拭などをのせている。唇の色が蒼い。しかしよくあることだから今に癒るだろうと思っていると、いつもと様子が違うというので前の中山さんを呼びにやった所で、丁度下女があわてて帰って来た所であった。（中略）肛門を見ると開いている。眼を開けて照らすと瞳孔が散っている。これは駄目ですと手もなくいってしまう。何だか嘘のような気がする。中山さんも不思議ですという。」漱石はこの日から1週間にわたって雛子のことを日記に書き続けた。

● 白菊や書院へ通る腰のもの

（しらぎくや　しょいんへとおる　こしのもの）

（明治40年頃）手帳

シェークスピアのオセロ劇のクライマックスにおける妻デズデモーナの絞殺の場面を俳句で表している。肌黒の軍艦の司令官オセロは妻が副官と密通をしていると疑うように別の部下に謀によって仕向けられていた。オセロは妻にハンカチを贈っていたが、それが副官の部屋にあったことでオセロは妻への疑いを深めた。とうとう妻の部屋である書院に入ったオセロは、潔白を主張する妻を絞殺した。

妻は肌黒のオセロとは対照的な白人であり、妻が潔白であることを俳句では白菊で表している。加えてオセロの疑いを深めることになったハンカチは多分刺繍入りの白いハンカチで、ここでも白がキーワードになっている。

「腰のもの」は腰に下げる剣であり、軍人であるオセロを指し示している。つまり、句意は「妻に贈った白いハンカチが副官の部屋にあっても妻は部下との不義の関係を否定し、潔白を主張し続けた。だが、妻の不貞を確信した軍人のオセロは剣を下げたまま、深夜妻の部屋に忍び込んで妻を殺してしまった」というもの。句中の書院は居間を意味する。通常は夫婦の寝室で妻は寝るのであるが、妻は疑いをかけられているため居間で一人で寝起きしていることを細かく表している。

漱石は同じ場面を別の俳句にも描いている。「白菊にしばし逡巡らふ鋏かな」である。これらからは「妻の不義を疑い、妻に嫉妬する劇」に漱石は興味を持っていたとみることができよう。夫婦の不倫の疑いは果てしなく深くなり、確信に変わりうるものだということを漱石はシェークスピア劇から学んでいる。これは疑われる方がオセロとした場合でも同様である。オセロが漱石で、妻デズデモーナが漱石の妻鏡子とすれば、夫漱石に妻鏡子の疑いが生じれば、その疑いは果てしなく深まりうることを示している。

漱石と鏡子の夫婦関係は常々危険な状態にあることを漱石は十分に理解して

いた。鏡子は10年前に熊本に住んでいた時、自殺未遂を起こしていた。この時以来鏡子の漱石への疑いは深まるばかりであったと漱石は認識していた。漱石は時折起こる鬱の症状に苛立ち、鏡子はヒステリーを内包していた。漱石の頭の中から恋人であった大塚楠緒子のことが離れることはなかったと推察する。

● 白菊をかいて与へぬ菊の主

（しらぎくを　かいてあたえぬ　きくのぬし）

（明治45年・大正元年）画賛軸

「志め子が何かかいてくれといった時」の前置きがある。「親戚の志め子が漱石の家に遊びに来た時、漱石は掛け軸の紙に白菊の図を描いていた。するとその娘は近くに寄って来て、「私にも何かかいて」と言い出した。漱石先生は仕方なく別の紙に白菊一輪を描いてあげた。

句意は「何か描いてくれと言われたので、菊を栽培していた私は紙に白菊の図を描いて渡した」というもの。掛け軸用の白い紙に白菊の絵を写生するのは結構大変であった。出来上がって見ると、余白に賛の文句を入れないとバランスが良くないと考えた漱石は、何か書き入れようと考えたがすぐには言葉が浮かばなかった。そこで絵描きの作業を中断させられた志め子の頼みごとのことを掲句にまとめて書き入れた。志め子に感謝した。

この句の面白さは、何でもいいから描いてよ、と言う志め子の遊び半分のいい加減な依頼に漱石が感謝したことだ。漱石の余白に何か賛の文句を入れないといけないという思いに助け舟を出した形になった。これもユーモアの一種なのであり、これに白い紙に白菊の絵を描くことの面白さを詠っている。さて白い紙に白菊を描いてもらった志め子は喜んだのであろうか。「何か文字も書いて」と言ったのかもしれない。

ところで漱石が娘の頼み事を受けることにしたのは、「志め子」という名前をつけられた娘が可哀想に思えたからなのかもしれない。男児の留男の名ならともかく、女児に閉め子の意味の「志め子」では可哀想だと思ったからなのかもしれない。

● 白絹に梅紅ゐの女院かな

（しらぎぬに　うめくれないの　にょいんかな）

（明治40年頃）手帳

「出家して寺の別院に住んでいる皇族の高貴な女性は、白絹の長い裾を引いて部屋に住み、廊下を歩く。その上質の白い絹織物の羽二重の衣に、庭の紅梅の色が反射して映り、うっすらと色づいて見えるようだ。しかし、実際にはその女院はその着物の裏地と襦袢には大胆にも紅梅色に染めた糸で織った布を用いていた。それらの裏の色が時折見えて女院は梅花のように華やかに見えた」というのが句意である。

女院が裏に身につけていたものは、白絹糸をウコンで下染めし，ベニバナで紅色に染めて織った紅絹という布である。軽めの同じく平織りの絹布である。出家した女性は、本来は裏地も襦袢も白を身につけるが、皇族の女院はあえて白ばかりで身を包まなかった。特にまだ若い女院であればなおさら紅絹を着たくなったはずだ。

茶屋や料亭が漱石宅の近くにあったことで、柔らかい鼓の音が書斎にも入り込んでくる。そこで「女うつ鼓なるらし春の宵」の句が作られた。この状況の中で、京都の貴族社会に発想が及んで掲句につながったようだ。

白絹は染色していない白い絹布で主に裏地に用いたもの。通常は平織りでほぼ同じ太さの生糸を、経に1〜2本、緯に2〜3本を引きそろえて織ったもの。江戸時代に、上質で重目のものを羽二重といい、軽目のもので、裏地に使用するものを平絹と呼んだ。

この句の面白さは、白絹を身につけている高貴な女性がいて，その周囲に紅梅の梅林があるという構図に容易に見えしまうことである。だが漱石はそのような単純な女性と単純な俳句を作りたくないのだ。

・白雲や山又山を這ひ回り

（しらくもや　やまたやまを　はいまわり）

（明治23年）

句意は「風が強くなりだす秋になると、積み雲が連なる山肌の起伏を気にすることなく飲み込むように進んで行く」というもの。

子規による添削を受ける前の句は「雲の影山又山を這ひ回り」であった。漱石の観察は、山肌から少し離れたところに雲が浮いていて、その雲の塊がすばしっこく這い回る。漱石は白雲の下のすぐ近くに入り込んでいるので、白雲の影と白雲自体の両方を目にできていたのであろう。

子規は白雲が這い回るのは事実とは異なるが、白雲が山肌に密着している方が俳句としては面白いと考えたのであろう。這い回るのは雲の影でなく白雲であった方が生き物らしいと思ったのであろう。だが漱石は少し違うように思っていた。凹凸のある山肌に沿って伸び縮みするように見える雲の影の方が生き物の様であると思えた。そしてこちらの見方が洒落ていると思える。だが子規は白雲が山を飲み込んで移動している様にした方が景色はダイナミックに感じられると判断したのだ。つまり重視するものが違うのだ。子規は遠くからの映像美を大切にし、漱石は面白みを大切にするのだ。

この句の面白さは、若い漱石の体を血潮が駆け巡るのと重なって見えることだ。まさに若者の躍動感が感じられて楽しめる句になっている。また「やまたやま」の音のつながりが山の頂の連なりを感じさせ、さらには「山又山」の漢字の並びの外観が連峰のように作られていることである。この句は絵画的な仕上がりになっていて印象画風である。

「山又山山桜又山桜」の句が脳裏に蘇った。大正・昭和の時代に活躍した俳人の阿波野青畝の作だ。青畝は漱石句の山肌をひたすら歩き回ったように感じられる。

・白滝や黒き岩間の蔦紅葉

（しらたきや　くろきいわまの　つたもみじ）

（明治28年11月3日）句稿4

愛媛県の石鎚山系の山腹にある名瀑を見に出かけ、雨中の林道を歩き続けてやっとの思いで滝にたどり着いた。滝は滝壺から水しぶきをあげている。太い流れの周囲に細かくなって流れ落ちる水の層を纏った滝は、黒く大きな岩を背景にして、そしてミストに包まれてかなり白く見える。その白い滝の岩の間に色づいた蔦が張り付いている。勢いよく流れる水の下の岩の隙間に根を張って水圧に耐えている。どのようにしてそこに根を張れたのかと感心しながら漱石はそれを観察した。

漱石は「山鳴るや瀑とうとうと秋の風」と表して、瀑に近づいてそのすごさに感銘した。そして「大岩や二つとなつて秋の滝」の句では、滝を形成し支えている大きな岩をじっと見ている。そして「絶壁や紅葉するべき蔦もなし」と呟く。ここでは「蔦もなし」と見ていた。

だが掲句は「岩間の蔦紅葉」と二つの大岩の間に少し紅葉した蔦が見えたと細かく観察した。多分「蔦もなし」と見た場所よりも滝に近づいて見ているのだ。そうすることで蔦はわずかに確認された。ズームの効果を俳句で楽しんでいる。岩に隙間があったおかげで蔦は根を張ことができていた。

さらには「黒き岩」のおかげで紅葉した蔦が色の対比によって目立っていると見た。そして漱石は赤く紅葉した葉と緑を残した葉の両方が白滝と黒岩の間で景色に彩りを与え、配色のバランスをとっている姿に感銘を覚えた。

この句の面白さは、「つたもみじ」にある。白滝と黒岩のモノクロの世界にあって、わずかな暖色を配置できている「紅葉の蔦」の蔦は、この世の創造主の色のセンスをこの世に「表している」のだ。漱石は俳句詠みの人ではなく「絵描きの人」になっていた。

白露に悟道を問へば朝な夕な

（しらつゆに　ごどうをとえば　あさなゆうな）

（明治37年11月頃）俳体詩「尼」2節

漱石は洋行後、帝大で英語教師として教壇に立ち授業を始めたが、学生との溝が埋まらないで困惑していた。留学の成果を取り込んだ漱石の授業に対する学生の不満が漱石を悩ましていた。悩んだ末に自分が一段下がってみれば解決できるとして実行した。授業の中身を変え、易しい内容に変えた。レベルを落としたのだ。自問した末に「兀々として愚なれとよ」と答えを得た。

句意は「冬の頃であったが、朝晩に野原を歩きながら、目下の問題を解決するにはどうすればいいのか、悟りを開くにはどうすべきかを自問している」というもの。仏道の俳句のように思わせているが、実は身近な大学の授業のことで今後どうすべきかと悩んでいるのだ。なかなか結論が出ない様を大げさに描いている。ここに漱石のユーモア心が表れている。

掲句に続く「兀々として愚なれとよ」は、自分で導いた解決策である。「兀」という字は「人が頭を突き出している様子」で、通常コツコツと一歩ずつ進むように取り組んでいる様を表す。だが掲句では、頭を抱えている様であり、下を向いてボーッとしていれば良い、知らん顔を決め込んでいれば良いと決めたということだ。これは具体的な俳句で表されている。「能もなき教師とならんあら涼し」（明治36年6月17日に井上微笑宛に出した書簡）と「愚かければ独りすずしくおはします」（同書簡）というものだ。つまり質の悪い教師の役を演じることにしたということである。

ちなみに「兀々として愚なれとよ」は別の俳体詩の「此頃は京へ頼の状もなく」にも付けている。天才漱石は、意外にも「こつこつ」を意識していたようだ。

白露や研ぎすましたる鎌の色

（しらつゆや　とぎすましたる　かまのいろ）

（明治32年9月5日）句稿34

「内牧温泉」とある。五高の同僚の山川と阿蘇山に登った時の俳句である。阿蘇山の外輪山の北はずれに内牧温泉があった。明け方に大気が冷えて田んぼ周辺には白露がついている。二百十日の時期に急に冷気がこの土地に入ってきた。そんな朝方、農家人は黄色く色づいた稲の刈り取りを始めている。夜中に宿に着いた二人は朝の温泉場の周りの景色を初めて目にした。熊本市を流れる大河白川の支流である北の黒川沿いにある田んぼが宿の近くに見えていた。その田んぼでは研磨した鎌をキラリと光らせながら刈り取りが始まっていた。

句意は「稲穂に白露がついている田んぼで、稲の株を切り始めた鎌に朝の陽光が研いだばかりの鎌の刃で反射してキラリと光った」というもの。研いだ刃先に白露がついているのが、刃先の光り具合でわかるのだ。

この句の面白さは、田んぼの水抜きによってほぼ枯れた稲に朝の冷気によって露がしっかり降りて、その付着した水滴が稲穂の先で宝石のように光り、そしてそれを刈り取る鎌の刃先も日の光を受けてきらりと光るのだ。鎌をその露が濡らす。田んぼでの稲刈り仕事をしたことのない二人は、このような光る光景が珍しくて仕方ないようだ。

この句には、収穫にかける農夫たちの意気込みが感じられる。そしてそれを祝い、愛でるように自然の神が白玉の宝石を贈っているように感じさせる

白露や芙蓉したたる音すなり

（しらつゆや　ふようしたたる　おとすなり）

（明治28年）松山・愚陀仏庵での句会（子規の承露盤）

この句に隣接して置かれていた俳句は「鐘つけば銀杏ちるなり建長寺」で、掲句と対になっている。松山での句会で、思い出し俳句を作っていた際に、かつて建長寺で見た庭の池周辺の景色を描いたものと思われる。掲句における芙蓉は池に育つ蓮のことで、水芙蓉とも表される花である。花木の芙蓉はアオイ科の花で、木芙蓉とも称される。芙蓉は俳句の音数を整える目的もあって蓮の代わりに用いている。

句意は「建長寺で早朝の坐禅の会に参加した日の朝に、鐘堂から鐘の音が響いてきた。その音に反応してか蓮の花から輝く露の雫が落ちた」というもの。なにやら官能的に思える俳句である。早朝に硬く結んでいた蕾が割れて音が発

生するようにも思える句である。音に対する反応が面白く描かれている点では、「鐘つけば銀杏ちるなり建長寺」に類似している。

この句の面白さは、白露の滴る音というものは、聞こえるものなのかと句会の一同が怪訝な顔をする様が想像されることである。これは句友たちに対する漱石のからかい俳句である。白露と芙蓉の漢語によって禅寺における厳粛で、かつ幻想的な雰囲気が醸し出されている。

＊『海南新聞』（明治28年9月6日）に掲載

三者談

白い芙蓉の花の花片に露が一杯着いて濡れたようになっている。禅寺の白砂を敷き詰めた庭にこの芙蓉が咲いているのだと思う。この芙蓉の露が滴る音がする。心で聞いて大げさに表している。庭中の露を見て、芙蓉の花に着いている露を見て、そこから滴る音を聞く。

・白萩の露をこぼすや温泉の流

（しらはぎの　つゆをこぼすや　ゆのながれ）

（明治32年9月5日）句稿34

「内牧温泉」とある。高校の同僚と熊本の阿蘇山の近くの内牧温泉に宿泊した。気の合う同僚が一高に転勤することになったので、漱石は送別山歩きと洒落た。内牧温泉は阿蘇高原の北の入り口に位置する。まだ暑い時期にここまで移動するだけで汗をかいた。この温泉の露天風呂に浸かって温泉の香りを楽しんでいる。

温泉と川の水が混じって風呂のそばを流れている。その風呂近くに白萩が生えていて、明け方に生じた露がまだ白萩についている。その露は風のゆらぎで白萩から落ちて川の水に入るのだろうと風呂の湯の中で見ていた。

漱石は温泉の湯の中で周囲の植物を観察して楽しんでいる。蓼の葉を翳ってみたり、萩の葉の色を観察したりしている。白萩は全体が温泉の色の乳白色に馴染んでしまい、あまり目立たない。その目立たない白萩に露がついてもほとんど目立たないし、わからない。しかし漱石はそんな露を発見して面白がっている。

この句の面白さは、そんな白萩に露がついてもじっくり見なければ気が付きはしないと、白萩を振って露をこぼしていることだ。漱石先生は白萩から露が落ちる意の「こぼす」と、嘆く意の「こぼす」を掛けている。しかし実際には漱石先生はそんな白萩を洒落た植物だと面白がっているのだ。風呂の近くの白萩は温泉の硫黄の漂白作用によって白い花になってしまったと白萩がこぼしているに違いないと面白がった。

・白旗の源氏や木曾の冬木立

（しらはたの　げんじやきその　ふゆこだち）

（明治29年12月）句稿21

「木曾の冬木立」は木曽義仲の京都制圧が不成功に終わったことを示している。後白河法皇から木曽源氏の木曽義賢（源義朝の弟）に授けられた「御旗の白旗」は冬木立と化してしまった。輝くはずの白旗は冬景色の中に立ち尽くすただの木曽の木になってしまった。

源義朝が御所で起こした平治の乱で源氏は敗者となり、源氏一統の勢力は落ちて平氏の世の中になった。源義朝の甥の木曽義仲は、源氏を再興させるために木曽から兵を京都に挙げ、一時京都一円を制圧した。しかし、仲間割れを起こし、また所業の悪さから京を追われてしまった。

平家の軍勢に追われている中で、義仲は主君を慕う女武者の巴には落ち延びるように命を下した。その巴は主君と最期まで戦えなかったことを亡霊になっても悔やんでいた。結局木曽源氏は滅亡した。

後白河法皇は平家の強すぎる権勢を削ぐことを考えて敵対する源氏に「御旗の白旗」を与えた。武士の権力を高めることを考える勢力は、朝廷を利用することを考えるが、対する朝廷は武士団同士を戦わせようとする。その象徴が追討の詔勅であり、「御旗」であったのだ。漱石は木曽義仲の押し立てた「御旗」が源氏政権の樹立に失敗した原因とみた。漱石の考えでは「白旗」は敗者の旗であり、敗者の色なのだ。朝廷側の策略に乗せられたということを暗に示している。

そして平安時代の「御旗の白旗」が復活したのは、幕末の「錦の御旗」なのだとみた。没落貴族の岩倉具視がこの故事に気がついて、朝廷の御簾飾りであった錦織の布を切り取って作っただけのにわか作りの「錦の御旗」を押し立てた。これは薩長軍を奮い立たせ、関東、東北までの進軍の道を切り開く役割を見事に果たした。「御旗」の威力は絶大であった。朝廷側は「御旗」を白でなく錦にしたところが重要であったのだ。

• 尻に敷て笠忘れたる清水哉

（しりにしいて　かさわすれたる　しみずかな）

（明治29年7月8日）句稿15

熊本市の広大な水前寺公園にある清水の湧く池近くで、誰かの忘れ物の菅笠を見つけたのであろう。池の端の草の上に座った際に菅笠を尻の下に敷いていたが、腰を上げて出かける時に、その笠を置き忘れてしまったのだ。なんとのどかな光景なのだ。

明治29年にもなれば江戸時代に外出する際には必ず被っていた菅笠は布製の帽子に変わりつつあったものと思われる。街道を歩く旅路における日よけとしての役割はなくなっていた。漱石はこのことを掲句で描いている。

菅笠はすでに旅装の品としては用いられなくなり、尻に敷くものになっていたと漱石は幾分悲しい思いをもって理解した。重要なものではなくなっていたから置き忘れるのだということだ。

この句の面白さは、清水の語によって幕末期に東海道で活躍した清水次郎長を思い起こさせることだ。浪曲で皆が耳にしていた名物男の次郎長の名も忘れてしまっているだろうと言いたいようだ。時代は変わって次郎長のことも菅笠が活躍した旅のことも忘れてしまったと。

• 白金に黄金に柩寒からず

（しろがねに　こがねにひつぎ　さむからず）

（明治34年2月23日）高浜虚子宛の葉書

「女皇の葬式は『ハイド』公園にて見物致候。立派なものに候」の前置きがある。ヴィクトリア女王（漱石は女皇と表記）の葬式が明治34年2月2日にハイドパークで行われた。ここから埋葬の墓地まで葬列が続いた。沿道には押すな押すなの人だかりができていた。見物に出た漱石は背が小さいので、葬列が見えず困っていた。するとある人が肩車して漱石を持ち上げてくれた。この人は最近転居した下宿屋の主人であった。宿から地下鉄を使ってこの場に一緒に来ていたのだ。

見上げた屋根の上にもたくさん人がいる。「屋根の上などに見物人が澤山居候」と書いて「妙ですな」と感じ、これを葉書に書いていた。見物人が女王の遺体を見下ろす高みにいることを日本人の感覚では妙と感じたのだ。

目を葬列に戻すと2月の風の吹く寒い光景が広がっていた。漱石の目の前を女王の棺を載せた馬車が通過した時には、その葬列に寒風は吹き止んでいた。これも王室の威光、力なのかともとれる句を記した。それが「凩や吹き静まって喪の車」の句。

女王の棺は金銀をふんだんに使ったものだった。その棺は豪華で立派なものとして女王に吹く寒風を遮るだけでなく、「棺は寒さを感じさせない」ものになっていた。この俳句は眩いくらいに豪華な葬列にした英王室に敬意を表した形だが、本心は少し違ったのではないか。目の前を通った棺等は、貴金属をふんだんに使ったものであるぶん、冷たく見えたであろうと想像する。

この棺等を飾った銀や金は軍事力と謀略でアジアから持ち出したものだと漱石は知っていたはずだ。英国の栄華の裏にはアヘンを用いた中国に対する冷たい侵略の歴史があることを知っていたと思うからである。また江戸幕府の官僚が英国等と結んだ条約によって生じた金貨と銀貨の交換比率の差額によって日本の金貨のほとんどが英国や米国等の列強国に流失してしまったことを知っていたと思うからだ。

以上のように掲句は皮肉を幾分含んでいると弟子の枕流は推察する。ヴィクトリア王朝の栄華を誇示するための棺であり葬列であるが、漱石は冷たく観察

していた。漱石の本音では「白金に黄金に柩冷え寒かり」であったであろう。

ちなみに漱石の日記によれば、ヴィクトリア女王の危篤は1月21日に国民に知らされ、1月22日にイングランド南端から少し離れている小島のワイト島で死去した。この島には女王の夏城としてのオズボーン城があった。その後葬儀の準備を終えた2月1日に遺体はロンドンに移送され、翌2月2日に葬儀が行われた。その後この島はヨーロッパ王室の主要なリゾート地となった。この女王の治世は64年にも及び、英国史上最長。その植民地経営の栄華はカナダと豪州に地名として残されている。

＊雑誌『ほとゝぎす』（明治34年4月）に掲載

・白桔梗古き位牌にすがすがし

（しろききょう　ふるきいはいに　すがすがし）

（明治40年頃）手帳

桔梗には薄い青紫色のもの、薄ピンク色のもの、白色のものがある。白い桔梗は「しろぎきょう」ではなく「しろききょう」と呼びたい。漱石先生は垣根には青紫色の桔梗を植えたが、仏壇に供える花には同じ桔梗でも白桔梗を選んでいる。通常仏花には白い花が適当とされるが、漱石先生は白い花の方が暗褐色の位牌に清々しさを与えるから良いのだとその理由をいう。死後の世界を現世と切り離すために無彩色にするというのではなく、清々しさが感じられるから白桔梗を選ぶという。この色彩感覚がうれしい。緑の葉と白い花びら、そして暗褐色の位牌の組み合わせは確かに清涼感があり重厚さも感じられる。位牌を引き立てて清々しい気持ちで見ることができる。習慣として白桔梗を供えたら、清々しさが感じられたというのではない。

桔梗は昔から神仏との関わりのある花になっている。吉凶という語から桔梗の言葉が生まれたとされる。漱石のこの句はこれを踏まえたものになっている。

この句のユニークさは、「しろききょう」の「しろき」と「ふるき」は音がほぼ重なっていることだ。この感覚が「すがすがし」に繋がっている。繰り返すが、「しろぎきょう」と読むと濁音が気になる。

ところで漱石が自宅に仏壇を設けたのはいつであろうか。誰の位牌が入っていたのか。実の母の位牌は入っていなかったと思われる。幼少時から二度外に出されていたことから実の父親には親近感を抱いてはいなかったが、やはり先祖を大事にする思いがあったのか。それとも妻の親のものが入っていたのか。

・白き皿に絵の具を溶けば春浅し

（しろきさらに　えのぐをとけば　はるあさし）

（大正3年）手帳

修善寺で大吐血してから東京朝日新聞社との小説執筆に関する契約内容を守ることはできなかった。執筆量を減らしていい事になった。胃潰瘍の治療に専念するようにと新聞社は配慮してくれた。そこで漱石は縁側で気楽に作業できる水彩画制作と絵葉書の作成が増えて行った。日本画家で漱石の弟子である津田と今まで自著の挿絵を頼んでいた橋口から指導を受けて、漱石先生は急速に腕を上げて行った。

句意は「春の日差しを浴びながら、白い小皿に水彩絵の具をチューブから出して希釈し、色を調整して絵の制作に入る」というもの。このいのんびりできる時間はまさに春のひと時だと実感できた。漱石先生は油絵制作を好まなかった。遠くから見ればいい色調に見える絵でも近くで見ると画面はガサガサであり、鑑賞に値しないと判断していた。漱石先生は大きな絵は描かないから水彩画が適当ということなのだ。

この句の面白さは、薄い絵の具を白い画用紙に塗る作業は、墨絵を書くよりは面白いと感じていたとわかることだ。そして「春浅し」からは自分はまだ初心者だと自覚していることもわかる。初々しさは春を感じさせる。

ちなみに水彩絵の具は明治42年ごろになると国内でもチューブ入りの水絵の具が生産されるようになった。大正3年に作られた絵であればチューブ入りの絵の具を用いたと思われるが、絵皿に膠で固めた絵の具を入れて、水を加えて筆で溶くということをしていた。たぶん指導した先生のやり方に従っていた。

三者談

絵皿の白と溶けた絵の具が出会う場所に春を感じる。「溶けば」にしたことで、今溶かしている様子が出てくる。絵皿は白いが、あえて白い皿と言うことで詩が生まれる。浅い春が強く出る。

・白き砂の吹ては沈む春の水

（しろきすなの　ふいてはしずむ　はるのみず）

（明治29年3月5日）句稿12

伏流水が川底からまたは池の底から噴き出している。白く細かい砂が勢いよく吹き上がり、周囲に放射状に広がってからゆっくり落ちる。その砂は噴き出し口の周囲に広がって溜まっている。山の雪が溶けて春の水となって強く吹き上がっているのだ。この吹き出しがはっきりと形良く見える場所は池の底である。

水が吹き上がっているのは砂の上下するループの動きではっきりと認識できる。春の伏流水には勢いがあり、その水は柔らかいものだと教えてくれているようだ。

この句はあまりにも綺麗にまとまっていて、多分この池には魚は棲んでいない気がする。来月には松山を去るに当たって、まだ行ったことのない寺を訪問しているのだ。この寺は松山の寺であろう。

ところでこの俳句を読んでいて、少し妙な気分になってきた。春の水が「白き砂」を吹いているように見えて、実は「白き砂」が春の水を「吹き上げて沈ませている」のだと気づいた。この俳句は主体が砂でも成り立つようにできていたのだ。砂が底から吹き上げた春の水は砂と一緒に底あたりまで沈んでいるのは明らかである。この句は一見つまらなそうに見えて、実は非常に面白いのだ。

ちなみに掲句の兄弟句は「むくむくと砂の中より春の水」である。池の底から吹き上がる噴水は頭を抑える水に邪魔されて「むくむく」になるのである。

・白き蝶をふと見染めけり黄なる蝶

（しろきちょうを　ふとみそめけり　きなるちょう）

（明治32年2月）手帳

紋白蝶が花の周りで舞っていると偶然にも紋黄蝶が飛んできて、その紋白蝶を見染めてフラフラとその後を追い始める。紋黄蝶はテフテフと紋白蝶の上になったり下になったりして執拗に追いかける。漱石はこの様を掲句に描いているように思える。この解釈の他に別の解釈も可能である。肌が白い西欧人を見染めて心乱す黄色の肌の日本人を描いていると見ることもできる。西欧志向の世の中をからかっている句なのである。世の中は脱亜入欧の掛け声が盛んになっていた。

この句を別の視点で楽しむこともできる。紋白蝶を見初めた紋黄蝶は、紋白蝶の白さに憧れて体の色を変えると解することができる。つまり紋白蝶を見初めた後、紋黄蝶は紋白蝶になろうと努力するさまを漱石は熟視している。「見染め」を「身染める」として別の意味を持たせているのだ。そしてそもそも紋黄蝶が面白がって紋白蝶の後を飛び回っても、交尾ができないのだと言いたいのだ。紋白蝶の西欧人は執拗に追いかける日本人を見て優越感に浸って喜ぶであろうが、と言いたいのだ。

明治のある時期に、西欧人に比べて見劣りする日本人の体格を急激に向上させる手段として、日本人と西欧人との婚姻を国が推奨すべきだという論が出た。この主張は正岡子規が新聞で次の主張をして鎮静させた。桜島大根と練馬大根が目の前にあった時、君はどちらを取って食べるのかと問うた。美味い方を選ぶであろうと言った。ここにおける桜島大根は紋白蝶であり、練馬大根は紋黄蝶なのである。

ちなみに漱石の生涯にわたる親友の一人で、すべての面で漱石の面倒を見た中村是好は、満鉄総裁を務め、後藤新平の後継者として政治家にもなった人であるが、10代の頃から漱石を気に入っていた。その理由の一つは、いわゆる西欧に尻尾を振らない漱石の姿を見ていたからだという。

• 皓き歯に酢貝の味や春寒し

（しろきはに　すがいのあじや　はるさむし）

（大正3年）手帳

白く光る歯が酢貝の酢じめ料理に挑む場面であろう。句意は「輝く白い歯に貝の酢の物の酢の味が染みて、背筋が伸びる気がする。暦では春とはいえ、まだ肌寒い春には酢の味によって寒さが増すように感じられる」というもの。光る白い歯は食欲が旺盛な人を想像させる。少し硬い貝でもかみ切れる歯を持っている。

酢貝はサザエの仲間の小さな貝で、大きさは3センチ程度である。ほぼ球形の巻き貝である。殻の蓋は石灰質であり、酢につけると泡を出しながら動くので、酢貝という名がついた。貝自体にはカラクモガイ（唐雲貝）などの名がついている。

漱石は病が回復せず、死期が迫っていることをうすうす感じていた頃、硬めの酢貝を食べる機会を得た。そしてこの句を作って食欲納めの記念の句とした。漱石は胃が弱いにもかかわらず悪食家であり、珍しい酢貝やタコ料理に興味を持っていた。食べるご飯の量も人一倍食べたのであった。

この句の面白さは、白い歯は酢の効果で白くなっていると誤解しがちであることだ。強烈な酢料理は歯に効果があるどころか歯を傷める可能性がある。そしてそもそも掲句では、漱石は酢貝というミニ栄螺貝のどんな料理を食べたのか、それは酢を用いた料理なのか不明であることだ。読み手が勝手に想像するだけだ。ここでの解釈は面白くなる解釈を選んだということだ。

• 白牡丹李白が顔に崩れけり

（しろぼたん　りはくがかおに　くずれけり）

（大正4年5月12日）「画賛」

どうも漱石が掲句を書いた絵は白牡丹の絵であったようだ。漱石の知り合いが広島県にいて、白牡丹酒造という会社を経営していた人らしい。

句意は「中国の唐の時代の詩人で酒好き人間であった李白が、この白牡丹という酒を呑んだなら､顔が崩れんばかりに喜ぶだろう｡まさに白牡丹を手に持って香りを嗅いでいた時に花びらが崩れた時のように」というもの。漱石は義理堅く白牡丹酒造の代表銘柄の酒をとにかく褒める句を作ったということだ。この句ができた時に、漱石は李白のように破顔したに違いない。

赤い牡丹は遠くから見てもその花の良さがわかるが、白牡丹は顔を近づけてその輝く白さをよく見ることで初めてその花のすごさが理解できると言いたいようだ。そして名前は美味そうな名前ではないが、まずは味わって見てくれということになる。掲句はものすごいキャッチコピーになっている。

この句の面白さは、「白牡丹李白」の中に白が重なっていることだ。清酒であることを強調している。うまいコピーである。言葉の素人には作れない。そして唐代の英雄を持ち出していることもすごい。さらには下戸の代表のような人、漱石でもこの酒の良さがわかるということを訴えている。淡白な味の「日本料理などは食べたいとは思わぬ。」（夏目漱石「文士の生活」）という漱石でも「白牡丹」酒の味はわかると説明されると呑みたくなってしまいそうだ。

同社ホームページを見ると社内にはこの漱石の賛を入れた絵が掲げられていた。家宝なのだろう。

・詩を書かん君墨を磨れ今朝の春

（しをかかん　きみすみをすれ　けさのはる）

（明治30年1月）句稿22

この句の二つ前に記載されていた俳句は「元日や蹣跚（まんさん）として吾思ひ」で、正月にふらふらになったと白状している。漱石先生は頭の中が混乱していたと思われるが、気を引き締めて漢詩を作ろうとした。半紙と硯を出してきたが、墨を磨る段になって考えた。教えている高校生が大勢来て、まだ馳走を食べている。よし、彼らに墨磨りをやってもらおうと決めた。「君墨を磨れ」の君は明治時代には男同士の呼称であり、先生の新婚家庭を見にきた図々しい訪問客に仕事を頼んだということだ。

このように断定できるのは、漱石の妻の手記「漱石の思い出」があったからである。この手記に、空いている部屋に高校の同僚教師である長谷川貞一郎と山川信次郎が下宿していて、この年の正月には彼らの愛弟子や知り合いが漱石の家に挨拶に訪れてきたことが書かれていた。特に長谷川氏の客が多かったという。来るように唆したのかもしれない。

漱石の妻は接待に精を出した。正月料理や食べ物がなくなってしまい、大弱り。妻の鏡子は、漱石が気前よく同僚を下宿させたからだと文句を言ったに違いない。鏡子は墨を磨る時間もその余裕もないし、漱石に頼まれても磨る気はなかったはずだ。漱石の方では、準備した料理を何から何まで客に出すことはないと怒り出した。この騒動を見て、下宿人の長谷川氏が気の毒がって仲を取りなしたという。妻は口惜しがって元日の夜に金団（きんとん）を作った。漱石はこれに懲りて次の年からは、正月は家を空けることにした。

この大喧嘩があったことで、漱石と山川信次郎はこの年の年末から翌年の正月にかけて熊本の北の温泉場に行くことになり、漱石はこの旅で名作となる小説「草枕」の材料を仕込むことになる。妻の口から飛び出す文句と家庭内喧嘩が日本文学界の財産となる小説を生むことになった。鏡子さんを悪妻と簡単に片付ける人がいるのは問題である気がする。

・神苑に鶴放ちけり梅の花

（しんえんに　つるはなちけり　うめのはな）

（明治32年1月）句稿32

「宇佐八幡にて　6句」の前置きがある。漱石は友と元旦に家を出て1月2日に宇佐八幡に初詣をした。朱色の高い鳥居の下をくぐって神苑に入っていった。全国4万箇所の八幡宮の総本社であるだけに、ここの神苑は桁違いに広かった。ここに鶴が放たれていた。飛び去らないように羽を一部切っているのだろう。そばには梅の花が咲いていた。

句意は「正月の宇佐八幡宮の神苑には、白い鶴がいて白い梅の花が咲いていた」というもの。二人が参道を進むと赤い大きな鳥居の先に白い鶴と白梅が配置されていて、赤白で神聖な世界を形成している。このコントラストが見事である。宇佐八幡宮のデザインの力によって聖なる世界が目の前に出現しているように演出されている。冷涼な空間の中で動く白い鶴の姿は、参詣者を楽しませたはずだ。だがその鶴は鳴かず、神苑はシーンとしていた。

実はこの神宮は旧暦の新年を祝うことにしていて、神官たちの態度には、新暦の正月の参拝客を歓迎する様子が見られなかった。しかも二日目に来るとは、何事かという態度であった。その様を漱石は俳句に記していた。一応客に額づいて挨拶はするが「ぬかづいて曰く正月二日なり」である。

　この句の面白さは、神宮側には新年の特別な飾り付け等がなかったので、鶴と白梅が目には新鮮に映り、却って良かったと皮肉っているように思えることだ。

● 臣老いぬ白髪を染めて君が春

（しんおいぬ　しらがをそめて　きみがはる）

（明治30年1月）句稿22　臣

平家物語に登場する平家の家臣、斎藤実盛が白髪を黒く染めて、戦場に出たという故事から想を得ている。「60余歳の老武者だから先陣争いもなるまい。戦場には鬢や鬚を黒く染め、若やいで出て討死するのだ」とは実盛の口ぐせであった。そしてその通りに実盛は白髪を染めて戦い、討死したのだ。

　漱石先生は熊本第五高等学校に赴任した明治29年に同僚から勧められて謡（宝生流）の会に入り、これにのめり込んだ。実際にはそれ以前に謡を始めていて、明治28年に同じテーマで「行年や実盛ならぬ白髪武者」の俳句を作っていた今まで以上に謡に熱が入ってしまい、再度白髪の掲句を作った。

　斎藤実盛は平家の一員として加賀国篠原の合戦に出発する際、討死を覚悟していたが、主君の平宗盛に新春を言祝（ことほ）いで勝ち戦になるであろうと挨拶したのだ。そして願って錦の直垂を賜わり、敵将木曾義仲を討とうと戦場で奮戦した。

　敵の手塚太郎光盛がその派手やかな出でたちに目をとめて「名乗れ、名乗れ」と責めたが、実盛は名乗らずに対戦を挑んで遂に手塚に首をかき落された。手塚はその男を怪んで義仲に報告したところ、樋口次郎が首実験をすることになった。するとその首は実盛とわかり、樋口はその首を見て涙を流した。樋口は主君のために最後の働きをしようとした武者の思いを知ったからだった。首を池の水で洗ったところ、髪の墨は流れ落ちてもとの白髪となった。

　句意は「平家の主君のために、年老いた部下は戦場で何とか敵将に近づいて打ち取ろうと白髪を黒く染め、目立つ装いをして武将に変装し、戦場に出た」というもの。漱石は日本文化の基底には武士道があり、人のため主君のためと

いう意識が強いと感じていたのであろう。

　ところで上五の読みは「じんおいぬ」を推奨する人がいるが、ここでは老いた家臣が登場するのであるから、弱めに発音する「しんおいぬ」を採用した。

● 新酒売る家ありて茸の名所哉

（しんしゅうる　いえありてたけの　めいしょかな）

（明治28年11月3日）句稿4

田舎の細道に突如出現した酒店。店構えからは人家を改造したように見える。その敷地には蔵があったので醸造樽を持っている古い酒屋なのかもしれない。

漱石は酒を全く飲めない体質であるので店先に杉玉が掛けられ、「新酒あります」の幟を見ても血は騒がなかった。その薄暗い店をさっと見ただけで通り過ぎようとしたが、店の端の台の上に盛り上げた茸は天然物で種々の茸が笊に山盛りに盛られていた。茸料理で新酒を飲むといいと知らせていた。食欲が人一倍ある漱石はその茸に引き寄せられるように店内に入り込んだと思われる。

この句の面白さは、酒屋に茸が売られているのを見て「茸の名所哉」と考えたことだ。よほど大量に、種々の茸を店頭に並べて居たのかもしれない。当時の茸は種ゴマを用いる栽培の茸ではなく、すべて山で採れた天然の茸なのだ。赤糸の色をした茸の句を漱石はこの旅で作っていたのを思い出した。この俳句（「茸狩や鳥居の赤き小松山」）の勢いから推測するに、漱石はよほどこの酒屋との出会いが嬉しかったようであり、店の茸を買い求めたと思われる。天然の舞茸は赤いから、漱石が見た茸は舞茸なのであろう。目を見張るような大きな株であったのだろう。

この酒屋は地元の名所案内板に登場する有名な店なのかもしれない。そして店先の杉玉は新酒ができたことを誇りを持って宣伝していた。その店の気持ちが漱石に伝わったことが俳句から読み取れる。緑の杉玉と赤い茸の組み合わせが漱石の目を引いたのだ。

• 人生を廿五年に縮めけり

（じんせいを　にじゅうごねんに　ちぢめけり）

（明治24年8月3日）子規宛の手紙

「死時廿五歳」の前置きがある。兄嫁の登世（漱石のすぐ上の3番目の兄、直矩の妻）は初めての妊娠の悪阻を悪化させて満24歳で死んで行った。この句は登世が他界した7月28日のすぐ後に作られた追悼句である。漱石は若死にした美貌で知的であった兄嫁の死を悲しんだ。漱石の兄は妻を大事にしない遊び人であり、漱石はこの女性に同情していた。この時の漱石は帝大の学生で、同じ年の兄嫁と同じ屋根の下で3年間過ごしていた。

句意は「自分を夢中にさせた女性は、人生を数え年25年に縮めてしまった。この家に嫁がなければもっと生きられたのに」というもの。別の人生を歩んで欲しかったという漱石の思いが溢れている。

掲句は、単に早死にしたということを嘆いているのではなく、この死には登世の意思が働いているという漱石の考えが込められている。つまり、「縮みけり」の語は単に悪阻後のことを示しているのではない。この表現によって登世の命を縮めた主体は天だと考えられるが、その主体は登世自身でもあるというのが漱石の見方なのだ。悪阻が始まった時から登世は生きる気力がなくなっていたと思われる。

つまり登世は自分の意志で子を産まずに死んで行ったと漱石には見えたのだ。登世は自分が妊娠している子を産めば、夏目家に波乱が起きるとわかっていたからだ。漱石と兄直矩の間で揉め事が起きるとわかっていたと推察する。登世は腹の中の子は漱石との子であるとわかっていたから、悪阻のさらなる悪化を望んだと見る。漱石は掲句にこのことを込めている様に思える。追悼句には他に「今日よりは誰に見立ん秋の月」の句もある。

夏目家の跡取りの息子である直矩は、親が決めてきた宮司の娘、水田登世（初婚で21歳、漱石と同年）と二度目の結婚をした（明治21年4月30日）。しかし、直矩は知的な妻を煙たがった。悪阻になっても妻の面倒を見ていなかったようだ。日頃家に寄り付かない生活をしていた兄は、妻の妊娠では弟の漱石のタネが入ったと思ったのかもしれない。また、登世が死んだ時の漱石の嘆き方を見て、それを確信したのかもしれない。漱石が13句の追悼句を作ることになった登世への思いは、隠しきれるものではないと思われる。

漱石は死んだ兄嫁のことを「夫に対する妻として完全無欠」「人間としてはまことに敬服すべき夫人に候」「節操の毅然たるは申すに及ばず」と子規への手紙で過剰に褒めていたのは、死者に対する儀礼なのであろう。

この時期より前に書いた子規宛の2通の手紙では、愛する女性がいて日々恋心を抑え切れずに苦しんでいる様を綴っていた。

• 親展の状燃え上る火鉢哉

（しんてんのじょう　もえあがる　ひばちかな）

（明治28年12月18日）句稿9

滅多に来ない親展と書かれた封書を松山の愚陀仏庵で12月17日に受け取り、その翌日にこの借家の火鉢で燃やした。漱石は何故この出来事を俳句に残したのか。多分、切実な思いが書き送られてきたからだ。この「親展の状」には、別れたことになっていた楠緒子の真の「情」が込められていることがわかっていたが、漱石にはこの手紙を残しておけない事情があった。そこでこの俳句のみを記録として残した。

漱石がこの句を残したのは、まだ若い28歳の時で、帝大時代の親友の小屋保治と大塚楠緒子を取り合っていたが、漱石が身を引いたことで漱石の恋愛は終了した。大塚家の跡取り娘であった楠緒子の相手として親が選んだのは、帝大教授のポストが約束されていた群馬の地主の息子、小屋保治であった。だが楠緒子は保治より漱石を好んでいた。そして愛していたと思われる。漱石は苦しみながら楠緒子と別れた。明治時代には親の決断は絶対であったからだ。

この決別の後、3月16日に行われた楠緒子と保治の結婚披露宴に参列した後、4月には準備した通りに漱石は松山中学に赴任した。そして漱石はこの年の12月に東京で貴族院書記官長の長女と見合いをして、婚約を成立させた。このタイミングで「親展の状」が届いた。差出人は誰であったのか。すでに結婚していた大塚楠緒子とその夫である大塚保治が考えられるが、楠緒子である可能性は濃厚である。「親展」の語には、涙が込められている気がする。そして「燃え上る」の語には、漱石の感情の相当な高ぶりが感じられるからだ。

ちなみに掲句の直後に書かれた俳句は「黙然と火鉢の灰をならしけり」であった。手紙を燃やした後の気持ちも記録していた。漱石は気持ちの整理ができ、今後はスッキリした気分で過ごせることを確認した。そして漱石と楠緒子の恋愛に関する証拠は残っていないことを燃えた後の灰も灰掻きで崩したことで確認した。辛い行動であった。漱石は楠緒子の心情、真情を受け入れないことを確認した。

漱石は保治との間で楠緒子に関する手紙や日記文は残さないとの約束をしていたと思われる。明治27年7月25日に伊香保温泉の宿から小屋保治を呼び出す手紙を発送していた。この宿で二人は楠緒子のことで約束を交わしたと見られる。だが気になることが一つある。保治と結婚した楠緒子は何故漱石の松山の住所を知っていたのかということだ。ここに漱石の別れた楠緒子に対する未練が感じられる。

掲句の親展の状に関係する俳句として、掲句の隣に置かれた「行春や候二十続きけり」(明治28年10月末)の句がある。この原句は「妹が文候二十続きけり」である。子規はこの「妹」は楠緒子を示していると解して、気を回して修正したと思われる。漱石が燃やした親展の手紙は「妹が文候二十続きけり」と表した2ヶ月も保管し続けた手紙だった。いつもは漱石に来た手紙はすぐに捨てることにしていたのに、この手紙は例外的に残しておいた。

● 新道は一直線の寒さかな

(しんどうは　いっちょくせんの　さむさかな)

(明治32年1月)句稿32

「筑後川の上流を下る」の前置きがある。漱石らは霰が吹き付ける筑後川の川風に耐えながら川を下り、震えながら下流の船着場から上陸した。筑後川の吉井船着場で下船したら吉井町の街中に入るために造った一直線の道が目の前にあった。まだ河川の水運が交通、物流の主要な手段の時代であり、この船着場から鉄道の駅に通じる道が整備されていた。歩き出すと安堵したのもつかの間、一直線の新道に入ると寒風はまっすぐ山側から吹き抜けて歩く漱石たちを襲った。

耶馬溪の雪の中の踏破も、日田に降りる雪の峠の山越えも、船の川下りもすべての行程が厳しかった。上陸してからも寒風に晒され続け、気を緩めることはできなかった。後2日で熊本に帰れるという安堵感によって吹き付ける強い寒風に耐えられた。漱石一行は草鞋履きの足に力を込めて歩いたことだろう。

この句の面白さは、新道を通れば船着場から吉井町の街まで一直線の最短コースでたどり着けると知らされて一瞬喜んだが、その喜びがすぐに吹っ飛んだとわかる表現になっていることだ。一直線なのは道だけでなく、寒さも一直線であった。その道からは風が吹き出す遠くの山がよく見えた。道には風の遮蔽物が全くなかった。新道は「シンドイ」につながる。そして寒気が一直線に漱石の体に突き刺さった。

・新坊主やそゞろ心に暮るゝ春

（しんぼちや　そぞろこころに　くるるはる）

（大正3年）手帳

漱石によると「しんぼち」は新米の僧のことであり、小僧を意味する。別の表記の新発意（しんぼち）、新発（しんぼち）も同様である。漱石はこの「しんぼち」に「新坊主」の文字を当てて、悪戯小僧の気分になっている。そしてこの歳になってもまだ人間ができていないという思いになっていた。

この句は手帳にこっそり書いていたもので、心のうちにある思いを書き留めておいたのだ。漱石先生はこの年の春先に代表作となる小説の原稿を書いていた。この小説は大正3年4月20日から8月31日まで新聞に連載された「こゝろ」（「先生の遺書」を改名）である。この小説は漱石先生の遺書とも言える内容を持つもので、高僧の前にいる新米の僧の気分で書いていた。緊張して気分が高ぶっていたのだ。

句意は「しみじみ今までの自分のことを小説に書き込んでいると、寺に来た新入りの小僧のような気分になる。自分は落ち着きがなく未熟者だと思う。春も暮れる頃のことよ」というもの。若い頃に鎌倉の円覚寺で出会った僧のことを思い浮かべていた。釈宗演であった。この僧は今ではこの寺の高僧になっていた。この僧に比べると自分は、まだまだ成熟していないと謙遜しているのだ。

明治26年の春に初めて参禅したが、この時は親友の菅虎雄に誘われて円覚寺で参禅した。まだ楠緒子との交際は始まっていなかった頃だ。次に円覚寺を訪れたのは明治27年の12月であった。この時の漱石は楠緒子に失恋して自暴自棄になっていて、一人で参禅した。

ちなみに釈宗演は大正5年12月12日に行われた漱石の葬儀を導師として執行した。この僧は葬儀の前に友人として焼香してから式を執り行った。

この句の面白さは、「そぞろ」にある。なんとなく、ある事柄が気がかりになって心が落着かないさまをいうが、小僧であるので心が落ち着かないのは当たり前だと納得している。そして春がいつの間にか暮れてゆくさまを「そぞろ」で表している。

・水仙花蕉堅稿を照しけり

（すいせんか　しょうけんこうを　てらしけり）

（大正4年末）

「蕉堅稿」とは、室町時代に学僧の絶海中津（ぜっかいちゅうしん）が作った漢詩集である。この絶海は京都で活躍した人で、五山文学の中心地であった相国寺の住持を務めた。漱石はこの頃病気がちで気持ちが鬱になりそうな日々を送っていたが、今まで買い集めていた書物を書庫から出して読み始めていた。その中に「蕉堅稿」があった。

句意は「縁側に座って日差しの中で咲く水仙花を見ながら好きな漢詩の蕉堅稿を読んでいると、水仙花が本を照らすように自分の気持ちも水仙花によって明るくなってきた」というもの。漱石の体は日差しを受けて温まってくる。そして頭の中も日本人が作った漢詩によって温まってくるのを感じたのだ。

世の中は江戸時代にはあった中国文化に対する関心が薄れ、次第に英語と欧州文化へと関心が移っていた。その中で明治時代にあって現代中国の混乱と腐敗から昔の中国文化の価値が消されようとしていると感じていた。そして政府による浮ついた脱亜入欧の世論誘導に嫌気がさしていた。

この句の面白さは、並べてある水仙花も「蕉堅稿」になった漢詩も中国から来たものであることを示していることだ。そして「すいせんか」と「しょうけんこう」の発音のリズムは似ていることだ。これによって漱石は漢詩を俳句同様に楽しんで作っていることがわかる。

ちなみにこの年に描いた漱石絵画に自作の五言絶句を書き込んでいるが、この詩の書き始めは「机上蕉堅稿」なのだという。漱石の蔵書には絶海の書いた二冊の「蕉堅稿」が含まれていた。

・水仙白く古道顔色を照らしけり

（すいせんしろく　こどうがんしょくを　てらしけり）

（明治28年12月4日）句稿8

この漢詩調の俳句の解釈には引用元を探さねばならない。水戸の藤田東湖が書いた「文天祥正気の歌に和す」、通称「正気の歌」という長い詩の中に「古道顔色を照らす」の言葉があった。そして長州の吉田松陰が記した「照顔録」(安政6年)にも掲句の「古道顔色を照らしけり」が登場した。

「文山曰く、風檐書(ふうえんしょ)を展(ひら)いて読めば、古道顔色を照す」とは「文天祥がいった。風の吹き抜ける軒先で書を開いて読めば、古の聖賢の道が顔を明るく照らしてくれるようだ」となる。文天祥は中国南宋末期の軍人・政治家で、宋の臣下として戦い、宋が滅びた後は元軍に捕らえられ、何度も元に仕えるようにと勧誘されたが、宋への忠節を守るためにこれを断ったために刑死した人だ。

ところで掲句の意味は「軒先で水仙を見ていると、目の前の花がわが顔を照らすように、古の聖賢のとった純な心による行動が顔を明るく照らしてくれるようだ」となる。漱石先生は古い中国の書を読まなくても、水仙の花を見ているだけで、その人に花の気高さを理解する目があれば、花であっても人の進む道をも示してくれるというもの。

この句の面白さは、「文山曰く」の曰と「水仙白く」の白が類似していることだ。そして「文山」と「水仙」の文字も似ている。漱石先生は掲句において「水仙曰く」としたつもりなのだ。いや上五を「文山曰く」と置いたつもりなのだ。

ちなみに「古道顔色を照らす」の言葉は中国から来たが、水仙も奈良時代に中国から運ばれて来た。

● 水仙に緞子は晴れの衾哉

(すいせんに　どんすははれの　ふすまかな)

(明治28年11月22日)句稿7

若い28歳の漱石は若い男女の交流する施設、若者宿で、冬の日に薄い布団の外に出ていて冷たくなっていた女性の肩に、そばに置いてあった襦袢を掛けたことがあった。この時のことを「両肩を襦袢につゝむ衾哉」の句で表していた。その時に初めて夜具に染み付いた女性の白粉の匂いに気がついた。これを句に表したのが「合の宿御白い臭き衾哉」の句である。「合の宿」とは「愛の宿」で若者宿のことである。そして「御白い」は「白粉」を意味する。

掲句は「合の宿御白い臭き衾哉」に続く俳句である。若者宿の部屋の明かりをつけたら女性の着物、緞子には水仙模様がついていたことを発見したのだ。その女性は晴れ着を身につけて愛の宿である若者宿に来たのだ。その女性の覚悟がわかるというものである。

松山の俳句仲間の紹介で地元の若者組織に受け入れられた漱石先生は、皆が使う若者宿(合の宿)に出入りが許されていたと推察する。ここに一人の若者が独身最後の冬の夜を地元の若者宿で過ごしたことを示す4つの俳句を段階的に記していた。

(1)「すべりよさに頭出るなり紙衾」　(2)「両肩を襦袢につゝむ衾哉」
(3)「合の宿御白い臭き衾哉」　(4)「水仙に緞子は晴れの衾哉」

最初の句に登場する紙衾は薄手の掛け布団である。明治の初期まで現在の四角形と違う厚手の夜着が掛け布団として使われていた。これは袖付きの大形の綿入れ着物。表裏の布素材はシワ付き和紙で、間に藁もしくは麻のクズを詰めて縫い閉じた。いわばアンコを入れた変形掛け着布団である。ちなみに敷き布団は四角いアンコ入り薄布団である。

アンコ入りのこの紙衾は表裏材がカサカサ、ツルツルの和紙であり、どうしても滑りやすい。夜中にこの滑りやすくて軽い紙衾が体からずれて、足や腰が紙衾から出てしまう。出てしまうのは「すべりよさに頭出るなり紙衾」にある頭だけではないのである。ことに薄い掛け布団から裸の体が出てしまうと、冬のことでもあり寒さが体にしみることになる。

2番目の「両肩を襦袢に」の句は、漱石先生にとっては珍しく艶っぽい俳句になっている。襦袢は女性が身につける肌着である。上述のように冬の夜に紙衾から出ていた男女の体は冷えてしまう。漱石先生はこの女性の冷えた両肩を脱いであった女性の襦袢で包んだのだ。

3番目の「合の宿」の句で示されているのは、夜具の下の女性に気を使って襦袢をかけた後、漱石先生はすこし落ち着いた気分になった。そして紙衾の匂いに気がついた。「御白い臭き」と感じたのだ。この宿の夜具は地元の若者たちが昔から使っているもので、数多くの女性たちの体臭や白粉の匂いが染み付いていたことを漱石先生は暗闇の中で知ったということだ。これを「香る」ではなく「臭き」と表現した。

最後の「水仙に緞子は晴れの衾哉」の句は、掛け布団の衾の匂いに気がついてから、女性の肩に掛けた襦袢に改めて目を遣ると、その襦袢は高級な織物の緞子であった。夜が明けてこれに気づいた。水仙の模様が織り込んである長襦袢であった。普段は使わないと思われる晴れ着であった。相手の女性は好きだという気持ちを表していた。冬の季節に二人が時を過ごした部屋の中に水仙の花が咲いていた。

・水仙の花鼻かぜの枕元

（すいせんの　はなはなかぜの　まくらもと）

（明治30年12月12日）句稿27

句意は「本格的な風邪をひいて寝込んでいたとき、枕元の近くの床の間に生けてある2、3本の水仙の花に目が行った。居間の布団の敷いてあるところまで花の強い馥郁とした香りが漂ってきた」というもの。漱石はこの時、匂いを発する床の間の花を眺めたり、このような俳句を作ったりしたのであるから、それほど重症ではなかったと推察される。

この句の面白さは、鼻風邪と言いながら、水仙の匂いが気になっていることだ。つまり本格的な風邪であるのに鼻風邪としたのは、面白い俳句に仕立てるための偽装なのである。冬に咲く水仙の「花」を「鼻かぜ」の鼻に掛けて洒落ているのは明らかである。この掛け言葉の明快さ、大らかさがラッパ型の水仙のイメージに重なって可笑しい。そして水仙は開くが鼻は詰まっているという対照的な内容が面白い。参考までにこの句の直後に置かれていた俳句は、「病あり二日を籠る置炬燵」であった。二日も寝込んでしまっていた。この他に俗な評価になるが、水仙の雅と鼻かぜの俗の組み合わせが面白いという評価もありそうだ。

最大の面白さは、俳句のために花瓶の位置を表現において変更していることである。漱石は水仙の花が病人の寝床の枕元に置かれていると設定した。実際には水仙の花の花瓶はいつも通り、床の間の小机の上に置かれていたが、漱石はこの花瓶を意識の中で枕元に移動させたのだ。それほど広くない漱石家の居間では、床の間が枕元から近い位置になるのであろうが、漱石はこの花の位置を床の間ではなく枕元と表した。優しい妻であることを子規にアピールするためである。枕元にも花を飾ってくれた妻がそばにいると子規に伝えたかったのだ。だがこの企みも子規に簡単に見破られたことであろう。

・水仙の葉はつれなくも氷哉

（すいせんの　はははつれなくも　こおりかな）

（明治28年12月18日）句稿9

山の沢では水の飛沫が氷の粒となって水仙の葉に着いている。今はまさに冬の真っ盛りであるが、水仙の葉は相変わらず素知らぬふりでふっくらとしたまま春を迎える準備をしている。

句意は「冬になって水仙の緑の葉に若干の氷の白が混じって来ている。流石に寒さは感じているようだが、気にしていないようだ」というもの。サボテンの葉は退化して針になり、寒さと乾燥に耐えているというが、水仙の葉は分厚くなって耐寒性を高めているのがわかる。氷が張る季節になっているのに水仙は平気なように見える。たくましいことだ。

日常会話で「つれない」という場合は、「こちらの気持ちを知っていても知らないふりをして、素知らぬ顔をしている」という意味で用いるが、植物や自然の場合は「変化がない、もとのままだ」という意味で用いる。

因みに芭蕉が金沢で詠んだとされる句である、「あかあかと日はつれなくも秋の風」（奥の細道）は「立秋も過ぎたというのに、夕日は相変わらず赤々と照りつけ、残暑はきびしい。だが、さすがに風だけは秋の気配を感じさせる」と解釈される。

それにしても、日本語は多彩で、多才である。「つれなし」が「つれなくも」になると、さっと柔らかい反語の意味になる。漱石先生は結果として大塚楠緒子に失恋した後、かつての恋人のことを思い出しては何度も「つれない」と呟いたであろう。しかし、しばらくすると「つれないも」となった。

水仙は屋根の上なり煤払

（すいせんは　やねのうえなり　すすはらい）

（明治28年12月4日）句稿8

句意は「各家庭が正月に向けて煤払いをしている師走に、通りを歩きながら家々を眺めていると、なんと藁屋根の上に水仙の花が咲いているのに出くわした」というもの。綺麗な花を咲かせる水仙は、年末に家から埃を掃き出す煤払いに晒されるのを避けるために、予め藁屋根の上に根をはることにしたと思えたのだ。煤払いを避けているなんという賢い水仙なのだと漱石先生は驚いた。この驚きをそのまま滑稽味のある俳句に仕上げた。花の好きな、東京にいる俳句の師匠の子規に報告して驚かせてやろうと企んだのだ。

明治時代の家屋の屋根は、依然として藁屋根があり、古い藁屋根にはいろんな植物が咲いていたようだ。漱石が明治40年頃に作った俳句に「一八の家根をまはれば清水かな」がある。一八（いちはつ）は初夏にアヤメに似た花をつける多年生植物である。

中国から来た水仙は、その綺麗な花の姿と芳香がまるで水辺の「仙人」のようであるとして命名された。掲句にある水仙は、その気高さを屋根の上で「仙人」のように見せている。

ちなみに掲句の周辺に置かれた俳句は、「絵にかくや昔男の節季候（せっきぞろ）」「寐て聞くやぺたりぺたりと餅の音」「餅搗や小首かたげし鶏の面」といった滑稽な俳句が揃っている。掲句を作った時期の漱石は、気分が高揚していたと思われる。この時期、漱石先生は肌の合わない松山の中学校から熊本の第五高等学校に転勤することが決まっていた。気分が高揚している原因は、このことが原因しているのだろう。

水仙や朝ぶろを出る妹が肌

（すいせんや　あさぶろをでる　いもがはだ）

（制作年不明）画賛

漱石俳句集の最後に掲載されたこの俳句にどのような意味が込められているのか。妻を賞賛する俳句が最後に置かれていたのは何故か。編集者は漱石先生の妻に忖度している気がする。

句意は「妻の鏡子が風呂上がりの肌をちらと見たときに、妻の肌から水仙の花の香りがして、その肌は水を弾くような弾力と滑らかさを備えていた」というもの。掲句は妻の風呂上がりの場面を描いている。肌蹴た襦袢から白い肌の胸が見えていたのかもしれない。白い水仙の花の化身が漱石の目の前を歩いていた。ところで鏡子はなぜ朝風呂に入ったのか。湿度の高い夏の朝に汗をかいていたのだ。

この句の制作年は不明となっているが、新婚時の明治29年（1896年）であったと思われる。漱石と鏡子の結婚式は熊本市内の借家で6月に挙げられた。よって掲句が作られたのは、6月であると思われる。この時期の朝は寒さを感じないが、とかく蒸し暑い。汗をかきやすい時期なのだ。熊本に転勤した漱石は熊本の今でに経験したことのない夏に驚き、この夏の暑さに関する俳句をいくつも作っていた。

漱石先生は庭の水仙の絵を描いたときに、掲句をその絵のそばにさらさらっと書き込んだ。この句は妻への感謝を込めた忖度のない俳句である。夫婦仲の極めて良い時があったことを証明する俳句である。

水仙や主人唐めく秦の姓

（すいせんや　しゅじんからめく　はたのせい）

（明治29年12月）句稿21

水仙は水辺に咲く美しい姿の仙人という意味のようだ。中国の思想から来たものだ。この花が庭にこんもりと咲いている家がある。苗字は中国人めいた秦さんである。飛鳥時代に中国から渡ってきた秦氏の一族が日本に持ち込んだものなのだろう。秦一族は秦王朝の流れをくむ華麗な一族なのだと言われた。この一族は見事に日本に根を張った。今では海岸の崖を埋め尽くすように水仙が咲いているところが多くなった。秦氏もそうで、今では帰化した一族とは思われなくなっている。彼らは生糸と絹織物の技術、土木、治水その他の技術を日本に持ち込んだ技術集団で日本の恩人であった。今では「八田」「羽田」というような名前になって、日本民族に同化した。

句意は「庭先に水仙の花が咲いている家の表札を見ると中国由来らしい秦の名があった」というもの。

漱石がこの花をスミレと同様に好きなのは、中国の香りがするからなのだろう。中国古典好きの漱石の気質に合っているからなのだろう。この花は完全に日本に同化して、今では日本水仙という名前もついている。

ところで中国を支配していた古代の王朝の秦は、なぜ大陸を離れて3千人もの大量の技術集団を新たに建造させた数隻の大船で日本に派遣したのか。そもそもこの秦王朝がユダヤ人グループを受け入れたのは、始皇帝自身がユダヤ系の人だからだと言われている。そしてユダヤ人グループは西の先進技術を秦国に定着させた。その後、彼らはさらに東へと海を越えて日本列島を目指した。秦王朝はなぜ彼らの日本への移住を許可して送り出したのか。そして彼らはなぜ日本に定住できたのか。当時の航海の困難さを考えるとそれには大きな理由があったはずだ。日本という戦いを好まない国柄、土地が豊かで水に恵まれていることがあり、理想の島と考えられたからだ。この辺りの歴史が国史学会で解明されつつあるようだ。

湿地の京都盆地の開発を任されていたグループは、秦氏であった。彼らは中国大陸から移住してきたユダヤ民族のネストリウス派のキリスト教のグループだった。彼らの祖先は飛鳥時代には大和王朝に戦いを挑んだ。蘇我馬子、入鹿が仏教を捨てない聖徳太子の一族を一掃した。しかしこの危機に中臣鎌足らが関東から立って彼らによって蘇我一族は破られた。その末裔たちは持ち込んだ技術を活用して未開地の開拓開発に成功して朝廷に入り込んだ。京都に入った桓武天皇の妃は秦氏の人だった。そうであるから漱石の「唐めく秦」は、実際は「ユダヤめく秦」ということになる。

● 水仙や根岸に住んで薄氷

（すいせんや　ねぎしにすんで　うすごおり）

（明治29年12月）句稿21

句意は「冬の日に自宅の庭で咲いている水仙の花を見て、東京の下町の根岸に住んでいる子規のことを思い出した。熊本市内より寒い子規の家あたりではもう薄氷が張っているのだろう」というもの。子規は知り合いの中村不折から絵の手ほどきを受けていて、寝床で腹ばいになって水仙の花を水彩絵の具で描いていたのを知っていた。

そして漱石は子規の病状も知っていた。明治29年の2月に腰部が腫れて歩行が困難になり、3月27日には脊椎カリエスの手術を受けていた。子規の体はまさに「薄氷状態」なのだから、気をつけてくれと句に表した。

この句の面白さは、水仙の語が根岸に隣接していることだ。水仙の後に根の付く言葉が続いていることだ。植物の水仙には根があるので面白みが生じる。まさに水仙が子規庵の庭に根付いていた。そして「根岸に住んで」の主語は子規であるが、水仙も住む主語になっていると解することができる。つまり根岸の地には子規と水仙が住んでいると解せるのが面白い。さらには「住んで」の語は「澄んで」に転じて薄氷に繋がっている。これらは落語の三題噺のようであり、面白い俳句になっている。そのお題は、水・水仙・氷である。

＊新聞『日本』（明治30年3月7日）に掲載

● 水仙や髯たくはへて売茶翁

（すいせんや　ひげたくわえて　ばいさおう）

（明治32年12月頃）

梅林で観梅祭りがあり、そこで野点の茶会があり漱石も招待された。漱石が会場に向かって歩いている道で、売店で煎茶を売っていたのを見た。その光景が心象的であったので手帳に即興の俳句を書き込んでおいた。煎茶は玉露を含む緑茶の不発酵茶の一種。抹茶は緑茶を石臼で粉状に加工したものである。

茶を売る老人の周囲には水仙の黄色い花が咲いていた。その老人の法被の色はその水仙の黄色にマッチしていた。野点の抹茶の色に近いものであった。寒い風が吹く中でこれらの色は暖かさを演出していた。

類似の俳句に「梅林や角巾黄なる売茶翁」と「寒菊や京の茶を売る夫婦もの」があるが、ともに明治32年の作であり、同じ時期の観梅を兼ねた茶会でのものであろう。これらの俳句の主人公は、寒風が吹く中での煎茶の販売をしていて、漱石は気になったのだ。

この句の面白さは、売茶翁は髯を蓄えていて漱石の髯に似ていたのかもしれないことだ。さらなる面白さとしては売茶翁に漱石の好きなシェークスピア、沙翁を重ねていることだ。

ちなみに売茶翁は江戸時代に佐賀に生まれた黄檗宗の僧で、煎茶道の中興の祖と言われている。売茶翁の登場で盛り返した煎茶道であったが、明治前半までしか続かなかった。関西中心の煎茶の茶席は華美なものになり、文人煎茶といわれ美術品鑑賞の場となってしまったからだ。明治末期からは茶の湯に移行するようになった。

＊『九州日日新聞』（明治32年12月20日）に掲載（作者名：無名氏）

●水仙や早稲田の師走三十日

（すいせんや　わせだのしわす　さんじゅうにち）

（大正４年）自画賛

瀧田樗陰（ちょいん）に渡した水仙の絵に書いた句だという。絵を描いてもらった樗陰は、俳句も要求した。そこで漱石は何も考えずに掲句を作った。句意は「師走三十日に早稲田の寂れた庭に華やかな水仙が咲き出した」というもの。漱石の気持ちは病気で沈みがちであったが、この花によって幾分救われる気がした。気分転換と運動のために庭を歩いている毎日であった。漱石は春に桜より先に咲く梅が好きであったが、この梅より先に咲く水仙に価値を見出していた。

この句の面白さは、師走の「走」の漢字と早稲田の「早」によって速く走るというイメージが生まれることだ。漱石自身も文学・小説の世界で時代の先端を走っていた。そして瞬く間に自分の時代は終わろうとしているのをわかっていた。

漱石は雑誌『中央公論』の編集者であった樗陰が毎週のように漱石宅を訪ねてくるのを楽しみにしていた。忙しい仕事をしている樗陰が師走三十日に来てくれたことに対して感謝し、ありがとうという気持ちで、賛を入れた水彩画を渡したのだ。樗陰は漱石の画の収集家であった。漱石はこれを知っていたが、彼は若い作家を世に出す仕事をしていたので特別扱いなのであった。

ちなみに漱石が一目置いていた樗陰の樗とは、栴檀のことで香りのいい花を咲かす。その葉陰ならば常に良い香りがする。しかし建材としては不適で、役に立たないものの喩えにされる。つまり敏腕編集者はふざけた名前をつけたことになる。漱石は二通りに解釈できるこの名前のつけ方を喜んだはずだ。樗陰は黒塗りの力車に乗って漱石が忙しい時でも押しかけた。漱石は樗陰が持参した色紙に機嫌よく絵を描き、俳句を書き入れた。それを木曜会の弟子たちが睨んでいた。

三者談

書斎の掛け軸の前に置かれた水仙の花を見て絵を描いている。庭の水仙でも良い。樗陰は淡彩の絵を描いてもらった。忙中閑の句だ。辺鄙なところの早稲田と水仙がマッチしている。巧妙な句ではないが、深い味わいがある。画賛ではなく独立した句としても良い。不用意の句の面白さがある。

●隧道の口に大なる氷柱かな

（ずいどうの　くちにだいなる　つららかな）

（明治32年1月）句稿32

「峠を踰（こ）えて豊後日田（ぶんごひた）に下る」と前置きがある。漱石は友人と正月2日に宇佐八幡に初詣した後、中津の耶馬渓から日田に出て、筑後川を下って熊本に帰る徒歩ルートをとった。冬の耶馬渓の通り抜けは予想以上に厳しいものであった。山間に入って3日目。氷に閉じ込められた集落を抜けて、難所の峠に至った。ここは馬で越えた。峠を下りたあたりに小さな隧道の口が見えた。近づいてみると周辺に人気はなく、そのトンネルは古くて中は薄暗かった。漱石たちをのみ込むように大きな口を開け、トンネルの入り口には氷柱が幾筋か下がっていた。山の怪物の鋭い牙のように見えた。漱石一行は震え上がった。馬子は旅の二人に、馬を使えない大昔の人が回り道を回避しようと岩を掘った隧道を見せて解説したのだろう。

漱石が見た隧道は人一人が屈んでやっと通れるくらいのトンネルであったよ

うだ。当時この隧道は使われていなかった。漱石たちはこの後、日田市に出て宿泊した。ちなみに現在は峠の南側に新たに奥耶馬トンネルが開通して国道212号線が走っている。

この句の面白さは、漱石は峠の下り口にある隧道の前に立ち、氷柱の下をかいくぐって隧道の中に入ったと子規に思わせていることだ。山の難所を越えられたという安堵感が漱石に面白い句を作らせた。

● 水盤に雲呼ぶ石の影すゞし

（すいばんに　くもよぶいしの　かげすずし）

（明治45年頃）

寺社に参詣する人のために、手や顔を清める施設として手水場が作られている。屋根のない手水場には石造りの水の流れ落ちる大きな水盤が置かれている。句意は「大きな石の水盤には、空に浮かぶ雲が吸い込まれるように映っている。清水の流れる浅い水盤の底が透き通って涼しげに見える」というもの。「石の影」は水盤の底の石が水の中で光を受けて揺れて見える様を指している。

この句はどこに記されていたものか知ることはできないが、明治45年に作られたのであれば、この年の7月30日に明治天皇が崩御し、大葬の儀が行われた日の9月13日に後を追う形で乃木大将とその夫人が殉死したことが関係していそうだ。漱石は大阪での胃潰瘍の治療が終わって帰京した9月に、明治神宮もしくは近くの神社に参拝したのかもしれない。

明治の世が終わったことを「水盤にできた影」と表現したようだ。明治天皇は世の中の光であったということなのであろう。漱石が見ている水盤には「石の影」と「雲」が映っている。雲はこれからくる世の中なのだろう。

三者談

寅彦が漱石先生に頼んで扇に書いてもらったもので、掲句は即興の句だった可能性がある。石の影とは盆石（盆の上に自然石を配して、山の風景を模したもの）自体の姿であろう。白い水盤の底にギザギザの黒い石が据えてあって、その石が水の中で涼しそうに見えている。

● 雛僧の只風呂吹と答へけり

（すうそうの　ただふろふきと　こたえけり）

（明治32年1月）句稿32

雛僧とは寺の小僧である。この句の前置きに「巌端に廊あり藁を積むこと丈余雛　僧一人其端に坐して凩の吹くたびに　千丈の崖下に落ちんとす其居の危きを告ぐるに平然として曰く　いのちは一つじゃ　あきらめて居りますると忽然鳥巣和尚の故事を憶起（おもいおこ）して」とある。意味は「石山の狭く細長いくぼみには屋根付きの古い倉庫があり、壁の崩れたところから積み上げた藁の山が見えた。その上に小僧が乗っていた。下からその小屋を見ていると、強風が吹き付ける度にその小僧は崖下に落ちはしないかとハラハラした。落ちたらどうする、危ないぞと声をかけると、命は一つで死ぬときは死ぬと諦めている」である。このとき漱石は、中国の鳥巣和尚は木の枝の上で座禅をしていたことを思い起こし、小僧の修行の邪魔をしたことになったと気がついた。

この句が書いてあった句稿の関連句を頭に置いて、この句に向かわなければ解釈できそうもない。関連句には「凩の鐘楼危ふし巌の角」「梯して上る大盤石の氷かな」「巌頭に本堂くらき寒かな」「絶壁に木枯あたるひゞきかな」がある。

この寺は耶馬溪の岩山の中腹に建てられた山寺、羅漢寺で、この寺の状況を句にしている。鐘楼や本堂は崩れた岩場にしがみ付くように建てられていた。ここに川岸の道から登るだけでも大変であったが、これらの建物は寒風が狭い岩場に吹き付ける中、耐えて持ちこたえている。そしてここで1300年前の昔から綿々と修行が行われて、今も僧が住んでいることに驚かされたのだ。この寺で無数の羅漢石像のある洞窟の中を見たり、梯を登って薄暗い本堂の中に入ったりした。動いているうちに小さな小僧、雛僧にも出くわした。

ところで掲句の意味は、「修行僧たちの食事はどうしているのかと問うと、この足元の藁で大根を炊いて作る、風呂吹だけだ、と答えた」ということだ。世の中は政府の役人をはじめとして贅沢な生活をすることに熱心であり、これが殖産興業、和魂洋才、西欧化の掛け声の目的になってきている。岩山の上にできている羅漢寺にはかつての日本が残されていることを子規に報告している。明治の世の中には廃仏毀釈の流れがあって寺は壊され、仏教活動は抑えられているはずであったが、この岩山の上までは新政府の役人は足を運んでいなかった。

据風呂に傘さしかけて春の雨

（すえぶろに　かささしかけて　はるのあめ）

（明治30年4月18日）句稿24

据風呂とは、家屋の外に置かれた据え置き式の風呂で、キャンプで使うような桶だけの簡易的なものではない。もちろん据風呂には簡単な囲いが付いていた。九州での据風呂はいわゆる五右衛門風呂ということになる。漱石は得意の謡の一節を口にしながらこの風呂に入ったが、急に雨が降り出して慌てた。

漱石先生にとっての春雨風呂は、温まった体に雨がかかって意外に気持ちの良いものだったのだろう。だが髪は濡らしたくなかったので妻に声をかけて傘を持ってきてもらった。漱石先生は傘を片手で持って風呂に体を沈めているその姿は洒落ていると感じ、俳句に記録した。

この句の「傘さしかけて」の主体は漱石なのだが、自分に対してではなく「据風呂に」となっているところが面白い。言葉通りに解釈すると表面的には風呂桶に傘をさし、間接的に自分に傘をさしているという構成が面白い。据風呂に親近感を持っているとわかる。

ところで明治時代には、銭湯が当たり前であったが、高給取りということになっている高校教授の夏目家では、やはり風呂付きの家を借りることになったのだろう。当時薪を燃やす据風呂を外に設けるのは火災防止の上でも理にかなっていた。

居風呂に風ひく夜や冴返る

（すえぶろに　かぜひくよるや　さえかえる）

（明治29年1月29日）句稿11

風呂桶の下に薪をくべる竈がついている風呂のことで、蒸し風呂でない風呂のことだ。この風呂は屋外に設置されているので、風呂桶の下全体を薪で加熱するタイプの五右衛門風呂だと思われる。冬の夜遅く風呂に入ったら、空気が冷えきっていて風邪をひいてしまった。夜空には無数の星が煌めいていて綺麗であったが、途中で眺めるのをやめて風呂から立ち上がった。

句意は「夜空の綺麗な冬の夜に外風呂の据風呂に浸かって星を眺めていたら、肩が冷えてくしゃみが出た。慌てて風呂を出たが風邪をひいてしまった」というもの。暗い夜空に満天の星が瞬く様を風呂の中で見られるのは快感であり、贅沢と思える気分を味わっていた。そしてつい長湯をして湯の温度が下がっているのに気づかずにいた。

この俳句は、同じ句稿でこの句の次に配置されていた「頃しもや越路に病んで冴返る」の前書きとして作られた節がある。旅に病んだ理由を掲句が語っていると思えるからである。折しもともに下五は「冴返る」になっている。

この句の面白さは、下五の「冴返る」が幾つもの意味にかけられていることである。まずはいつもより月や星が夜空でくっきりと見えること、つぎに寒さで意識が前よりスッキリすること、つぎに暖かい天気が前に戻って寒さの厳しい様を指すことで、これらによって漱石はつい嬉しくなって長湯をしてしまったのだ。

据風呂の中はしたなや柿の花

（すえぶろのなか　はしたなや　かきのはな）

（明治29年7月8日）句稿15

初夏になると柿の花が咲くが、漱石宅の外風呂である風呂桶にこの花が落ちた。隣家との境には大きな柿の木があり、柿の木からばらばらと柿の花が漱石宅の庭に落ち、漱石先生が湯に入っているときにも風呂桶の中に落ちた。

風呂には白い柿の花が上を向いたり下を向いたりして浮かんでいる。漱石ははじめこの景色は珍しいと喜んだが、目の前の柿の花の形を眺めているうちに、また硬く開いた萼（がく）に触っているうちに、痔持ちの漱石にどうも変な気持ちが湧き上がってきた。

柿の雌花は濃い緑の４枚の萼の中に４枚の黄色の花びらがあり、その中に先窄まりの目立つ茶色の雄しべが固まって見える。この落ち花の萼側の景色はまさに肛門の形状である。そうであれば風呂の湯の中にこれが浮かんで目の前、胸元に来た時にドキッとしたのだ。自分の発想にどきりとした。漱石は自分の想像力の鋭さにあきれたのだ。中の句の「はしたなや」が効いている。明治29年6月に結婚したばかりの漱石は風呂の中で想像を楽しんでいた。

世の男色の世界には、肛門の外観は菊花に似ているとして、菊座という肛門の異称が存在する。漱石の脳裏には柿座という名称も浮かんだことであろう。ちなみに柿の葉茶は美肌効果があるが、便通を良くする機能もあるとして人気があるという。ここでもやはり柿は肛門に関係していた。

据え風呂を詠んだ句に、大分県の守実（温泉）に泊まった時に記念にと作っていた「たまさかに据風呂焚くや冬の雨」がある。温泉宿の風呂であれば岩風呂が相場であるが、ここでは五右衛門風呂と思われる一人用の家庭風呂に出くわして、山越えで冷えた体を温められたことの嬉しさを句に詠んでいる。この句も病気の子規を少しは慰められるかもしれないと作った俳句である。同じ据え風呂でも漱石の気分が大きく異なっているのには、微笑んでしまう。

三者談

「はしたない」は、浅ましいということか。行儀が悪い、さもしいの意であろう。こんなところに柿の花があったという思いなのだ。据え風呂は戸外とは限らないというが、柿の花は重く下に落ちるのだ。やはり野外の風呂だ。柿の花の発見は風呂桶に水のない状態だと思う。いや風呂に入る時の発見なのだ。

• 杉垣に昼をこぼれて百日紅

（すぎがきに　ひるをこぼれて　さるすべり）

（明治40年頃）手帳

街中を歩いていると、背の高い杉を植えて作った杉垣が目についた。そしてその隙間に百日紅の花が見えた。夏の昼の強い日差しの中で百日紅のピンクの花が咲き誇っていた、というもの。百日紅は杉垣の間に溢れるように咲いていた。そして白い昼の日差しからも零れるように咲いていた。

漱石先生は暗緑色の杉の並びの中にある蛍光ピンクの百日紅の華やかさに目が釘付けになった。杉垣は完全に百日紅の引き立て役、そしてガードマンになっているのを見た。

この句の「こぼれて」はそばにある圧倒的な存在に対するものから「思いがけなく外に現れる」ということである。「ああ、こんな目立たないところに、こんな季節によく咲いている。感心、感心」という感覚である。そして強い日差しに負けないでよく咲いている。感心だということだ。

この句の面白さは、暑い日中に咲いている百日紅を見つけた時の興奮を穏やかに伝えていることだ。その時、漱石の顔には喜びの笑みが零れたとわかる。この花の色は中国的な桃色で、漱石先生の好きな色なのだろう。

• 杉木立寺を蔵して時雨けり

（すぎこだち　てらをかくして　しぐれけり）

（大正元年10月5日）日記

この句は他の2句とともに、漢詩の中に埋め込まれる形でこの日の日記に記されていた。漱石先生が東京にいる時の作であり、掲句は東京ではない別の山間の地の風景と思われる。そこで掲句は漢詩に描いた想像の光景を和風の俳句に短く翻訳するように表したものと考える。この作業の時、漱石の脳裏に北信濃の上林温泉で見ていた杉木立を思い描いたようだ。この大正元年8月にこの地を訪れ、鮮やかな緑の連山と杉山に感銘を受けていたからだ。

その時遠くの杉山を見て、「蚊帳越しに見る山青し杉木立」と詠み、近くに目を移して掲句を詠んだに違いない。

この温泉地のはずれにこの集落で唯一の寺が存在していた。その背後には志賀高原がこの寺を抱きかかえるように控えていた。明治40年ごろ画伯の寺崎廣業は毎年絵を描きにこの地に来ていた。地元の有力者たちは画伯の求めに応じてアトリエとしての別荘を提供した。彼の死後にこの住まいは永平寺の末寺として開山した。この寺は漱石が泊まった塵表閣からは遠いところの集落のはずれにあった。画家が開山に関係した稀有な例となった。

句意は「目の前に連なっている山と杉木立ちは村のはずれにある寺を抱きかかえているようであり、時雨も寺を隠している」というもの。この地の自慢の緑豊かな自然は時雨によってよく見えない。しかし、その霞む景色もまた素晴らしい。

この句の面白さは、「蔵して」にある。杉木立ちを切り開いて建てた寺は、元は画伯のために造られた住まいであったことを漱石は地元の人から聞いていたであろう。境内を広く造らずに小さな庭があるだけであったと思われる。それだけに地元の杉材を使って建てられた寺は木立ちに同化して見えたのだ。それを端的に「蔵して」と表している。寺も時雨の中に同化している。

• 杉木立中に古りたり秋の寺

（すぎこだち　なかにふりたり　あきのてら）

（明治28年9月23日）句稿1

松山市内の古寺を訪れた時の句であろう。緑の杉木立ちに囲まれた境内の中に、古びたお堂が秋の装いをまとって建っているのを見た。杉の深緑色と寺の本堂の焦げ茶色が景色を支配している。その杉木立は高くそびえているが、太い幹同士の隙間を埋める様に紅葉した木々の赤や朱色が混じっている。漱石はこの自然の配色を感心して見ていた。

そして古い寺は時の重みで沈んでいるが、紅葉した葉は地面から浮き上がって見える。そのバランスが面白い。矩形に形作られた人工林の杉木立ちの深い緑は、この一角は人が作った場所として目立たせる役目を果たしているように見える。

漱石は掲句をシンプルで平凡な俳句のように見せているが、画家でもある漱石の絵画的なセンスを示す俳句になっている。目の前に展開する色彩の組み合わせの美しさに感じ入ったことを示している。漱石は木立ちの中に立って、緑をまとった木々と痩せた古い寺の組み合わせの妙を味わっている。両者の香りまで感じ取っているようだ。

ちなみに古の漢字は、祀られている頭蓋骨だという。芯になる骨を残してそぎ落とされた状態なのだ。

掲句は、子規が漱石の愚陀仏庵の1階の部屋に住んでいた時のものである。ここで子規が中心になって開いていた句会において漱石が面白がって作り出して披露した句である。この句稿で掲句の近くに「黄檗の僧今やなし千秋寺」の句があるので、「秋の寺」とは千秋寺であるとわかる。だがよく見れば漱石は「秋の寺」と表しているので、地元の句友はすぐに千秋寺だと理解したと思われる。

• 過ぎし秋を夢みよと打ち覚めよとうつ

（すぎしあきを　ゆめみよとうち　さめよとうつ）

（明治43年10月17日）日記

この句の前に「病院でも朝五時頃になると大鼓の声が聞える。始めて聞いた時は恍惚のうちに修善寺に居た様な心持がした。」と書いてあった。

句意は「夜の明け方、目を覚ませ、過ぎた秋のことを夢の中で思い起こせと音が響く」というもの。この音は東京の病室で聞いた太鼓の音であり、修善寺の宿で聞いた秋祭りの音のように思われる。「打ち」は太鼓を打ち鳴らすことである。「過ぎし秋を夢みよ」と打ち鳴らし、「覚めよ」と打ち鳴らしたということだ。だが本当の音の意味は、修善寺で蘇生した時の心臓の音であった。

したがって、この句の新たな解釈は「修善寺の宿で起きたことを忘れるなよ、と夢の中で魂が漱石の脳に指示した」というものであろう。修善寺の宿での出来事とは、明治43年8月24日に大吐血し心肺停止になったが、30分後に蘇生した臨死体験を指す。

経験したことを文章として正確に書き残すことはできないが、ないことにすることはしないと決めた。自分は文学者であるが、科学者であることも忘れないということだ。心の中で葛藤が続いていた時のことだった。

この時期、所属していた朝日新聞社からは、できるだけ早く修善寺でのことをまとめた「思い出す事など」の原稿を出すように迫られていた。締め切りまで後二日。

この句の面白さは、「覚めよとうつ」の「うつ」は「夢うつつ」に掛けている事だ。そして鬱にも掛けている。この鬱の意味には二つある。「①しげる。

草木がむらがりしげる。「鬱蒼（ウッソウ）」類　蔚（ウツ）②ふさぐ。ふさがる。気がはればれしない。」と書いてあるが、掲句においては「気がはればれしない」ということである。臨死体験の記述のことで迷いが続いていたからである。

ちなみに掲句の後書きとして「六行前の漢詩の末尾から線でつないで」と日記に注記されていた。つまり五言絶句の漢詩に描き足りなさを感じて、俳句を継ぎ足したということになる。これは珍しいことである。「朝四時に目覚む。」の後の漢詩は五文字×18行で構成されていたが、表現しきれていなかったということだ。その漢詩は臨死状態で魂が肉体から離れて浮かんでいた時の様を詠んだものと理解できた。

• 頭巾着たる猟師に逢ひぬ谷深み

（ずきんきたる　りょうしにあいぬ　たにふかみ）

（明治32年1月）句稿32

「耶馬渓（やばけい）にて」の前置きがある。漱石は宇佐方面から中津の耶馬渓を西へ歩いていた。友人と宇佐神宮に初詣に出かけ、絶壁に建てられた羅漢寺を見たりしながら険しい山道を歩いていた時のことだ。深い谷川に沿って作られた細い山道で頭巾を被った猟師に逢った。

漱石のこの句は、驚いて言葉が出なかったという状態を再現している気がする。漱石は熊にでも出会ったように感じたのだ。そしてこんな岩山が迫る狭い場所で鉄砲を撃つことがあるのか、銃弾が人に危害を加えることはないのか、という疑問が湧き起こったに違いない。その猟師に獲物のこととか、いろいろ聞いてみたかったが、その男の雰囲気にはそれを拒むようなものがあったのだろう。すれ違っただけで終わった。

漱石は子規に「つまらぬ句ばかりだが、紀行文の代わりとして読んでくだされ。病気療養の慰めになるぞ」と句稿の冒頭で断っている。この句については、いろいろ想像することになり、たしかに病気療養の慰めになりそうだ。

まだ夜の明けない細道を漱石一行は寒さに耐えながら宿から歩き出した。耶馬溪に入って2日目の行程である。土地勘がなく、次の目的の宿がどの辺にあるのかわからないで歩いている感がある。山の谷は夜が明けるのが遅い。明治30年ごろは江戸時代の習慣をまだ引き継いでいたと思われ、旅人が宿を出るのは夜明けの2時間ほど前であったと思われる。つまり暗くならないうちの夕方には次の宿に入る必要があるため、朝は早く出るのだ。歩く距離を極力稼ぐためである。いやその慣行に基づいて次の宿の場所が設定されていた。

未明に出立した漱石一行は、まだ暗い道でばったり黒い頭巾を被った猟師に出くわした。くねくねと曲がる細道は見通しが悪く、突然鉄砲を提げた猟師に会って漱石たちは驚いた。目の前に出てきた鉄砲が暗闇で光ると不気味であろう。この猟師は山の中で獣に感づかれないように黒ずくめの格好をしていた。犬を連れていたかもしれない。当時のこの地の狩は、夜興引（よこひき）と言われたもので、冬の夜明け方、ねぐらへ帰る獣を狙って、犬をけしかけて追い詰め、狩るというもの。漱石たちは狩を終えたこの猟師に遭遇したのだ。耶馬溪の河岸段丘の林に潜むイノシシ、クマなどを追い立てて狩ったのだろう。切り立つ岩山に緊張した空気が流れていた。

• 頭巾きてゆり落しけり竹の雪

（ずきんきて　ゆりおとしけり　たけのゆき）

（明治28年12月18日）句稿9

漱石先生が松山にいた明治28年当時の冬には雪がかなり降った。竹の頭に雪が溜まりすぎると、雪の重みで竹が曲がってしまうが、雪が固まりながらどんどん積もると時には竹は割れて倒れてしまう。時にはその凍った雪の塊が通行人の頭に落ちることもあり、警戒を要するのだ。そこで雪が凍って巨大化する前に竹を揺すって積もった雪を落とすことをする。漱石先生は道端で竹の雪落としをしている現場に出くわしたのだ。もしかしたら、これは愚陀仏庵のある上野家の庭での出来事なのかもしれない。

句意は「頭巾を被った男が裏庭の竹藪に入り込んで、竹を両手で揺すって竹のてっぺんに積もった雪を落としている」というもの。竹を揺する「ユサユサ」という音と、雪塊が地面に落ちる「ドサ」という音が漱石のいる部屋に響く。頭に被っている頭巾は、分厚い綿入れの頭巾であり、防寒具ではなくヘルメットとして機能している。使い雪が人の頭に落ちてくると怪我をするからだ。戦時中の防空頭巾と同じ作りである。

この句の面白さは、竹の雪をゆり落としているのは「頭巾を着た」人であるが、平仮名を用いて「頭巾きて」としていることだ。「頭巾を被って」だけの意味にしないで「頭巾が来て」の意味も持たせていることだ。竹やぶで頭巾が竹を揺すっているように表しているのが面白い。雪景色の中で頭巾の色が目立っていたのだ。

・双六や姉妹向ふ春の宵

（すごろくや　きょうだいむかう　はるのよい）

（明治29年3月5日）句稿12

春のひな祭りには、ひな壇飾りの他に、平安時代から伝わる各種の遊びで楽しむことも行われた。広げた扇子を作り物の蝶を目掛けて投げて倒す投扇興、トランプの神経衰弱に似た貝合わせ、そして双六がある。絵双六は庶民的な遊びとして広く定着した。東海道を旅する広い図の上でサイコロを振りながら上がりに向かって進む遊びが広まった。

句意は「床の上に広げた双六の図を前に姉妹が対座する春の宵であることよ」というもの。春の宵にひな壇の前で、姉妹が向かい合って双六遊びをしている様は優雅に見える。この二人はひな壇の人形になったつもりになって遊んでいるのかもしれない。

この双六遊びの俳句には、言葉遊びがわずかに隠されている。つまり振るサイコロ数の2と姉妹の2が掛けられている。実はこの姉妹は双子なのだと漱石はいう。

漱石先生は愚陀仏庵でこのような女二人、姉妹による双六を企画するはずもなく、俳句仲間の家に行った時に、この光景に遭遇したのであろう。漱石は東京の実家でこのような場面に出会ったことがなく、目の前の和やかで華やかな光景を眩しく見たのであろう。

・すさましや釣鐘撲つて飛ぶ霰

（すさましや　つりがねぐつて　とぶあられ）

（明治28年11月22日）句稿7

凄まじい光景が漱石の眼の前で繰り広げられている。お遍路が集う寺を訪れた時の光景である。大寒波が押し寄せ、身を水で清めるための御手洗の水が凍ってしまい、その氷を割って水を手にかける事態に至っていた。同じ句稿にこの場面を描いた俳句が掲句の近くに置かれている。「御手洗を敲いて砕く氷かな」である。そして空が暗くなり出して風が吹き出し、寺の釣鐘に大粒の霰が「撲つて飛ぶ」さまに至った。そのさまは、文字通り霰が横殴りに吹き付けているのである。飛ぶ霰は釣鐘だけでなく、高齢のお遍路さんたちにも、そして漱石の身体にも顔にもぶつかって来る凄まじいものである。

11月22日は晩秋であるが、すでに本格的な冬が訪れてしまっている瀬戸内の松山の気候は、令和の時代では気候変動、異常気象と解説されそうである。

今後の人生を考えるため、そして今後を占うために四国巡礼の旅を始めた人たちは、この猛烈な霰を体験して何を思うのであろうか。漱石は気にしているのだろう。

この句の面白さは、霰が横殴りに吹き付けるさまを見て、凄まじいと言っているのではないことだ。がっちりとした黒黒の釣り鐘に捨て身でぶつかってゆくさまが凄まじいのである。

ここまで書いて、掲句が書かれていた句稿7に次の句があるのを見て考えを修正すべきなのか迷いが生じた。掲句の次に置かれていた俳句が「昨日しぐれ今日又しぐれ行く木曽路」であったからだ。漱石はもしかしたらこの時期に短期で信州に旅していた可能性が浮上したからである。そうであればこの寺は四国、松山の寺ではなく、信州の善光寺ということになりそうだ。

・鮓桶の乾かで臭し蝸牛

（すしおけの　かわかでくさし　かたつむり）

（明治30年5月28日）句稿25

昔、海または湖が近くにある大部分の家では、熟れ鮓を仕込む鮓桶・鮓樽として古い酒樽を入手して用いていた。この樽は通常杉材の板を削った4斗樽であった。

漱石宅では下女（賄いの女中）に頼んで仕込んでもらった鮓桶を開けて、客に振舞っていた。「扛げ兼て妹が手細し鮓の石」（句稿25）の句があるのでそれとわかる。ある時鮓を食卓に出すように言われた妻が、樽の重しの石を持ち上げられないとこぼしていたことが描かれていた。

掲句の句意は「何度か熟れ鮓を食べて樽が空になったので樽の中を洗って、次の詰め込みまで陰干しすることにして、庭に横置きしておいた。漱石先生がふとその樽を見ると、大型のカタツムリが這っている姿だった。匂いもカタツムリの匂いのようだ」というもの。嵌めた3、4本のタガによって横置きの樽はカタツムリの殻に見えた。その桶に近づいてみると、まだ乾いていない状態であり、魚の生臭さが残っていた。もしかしたら漱石先生はこの種の鮓があまり好きではなかったのかもしれない。「臭し」とあるからである。好きならば「芳し」となる気がする。

この句の面白さは、半乾きの樽の生臭さがカタツムリの匂いのように表されていることだ。カタツムリの足部は常時濡れていて、生臭い匂いがしそうであるからだ。

ちなみに熟れ鮓の作り方であるが、上記の樽に塩を振ってから開いた魚の腹に麹と煮た米を詰めて、樽中にギュウギュウ詰めに重ねて重しを載せ、納戸等に1か月から長くは1年までしまっておく。この間発酵が進む。冷蔵庫のない時代における魚を長期間保存食として食べる知恵であった。

・筋違に四条の橋や春の川

（すじかいに　しじょうのはしや　はるのかわ）

（大正4年4月）

漱石先生は仕事を忘れるために京都にやって来た。京都らしさが残る祇園の近くまで来て、春の風を受けて佇んでいる。学生時代に足を運んだ祇園は変わることなく目の前にあった。懐かし思いで眺めていた。

句意は「旅籠から祇園の近くまで来たが、立ち止まって街中から川の方を見ると斜め前に四条大橋が見えた」というもの。生暖かい川風が吹いていた。これから祇園に足を踏み入れるというのは照れ臭いやら嬉しいやらの気分であったであろう。この時の漱石の年齢は48歳で、まだ壮年であった。

この句の面白さは、「春の川」が春の香りのする鴨川が見えるというだけでなく、自分の生命が生き生きとしている様を表していることだ。そして祇園の入り口近くまで来て少し躊躇しているのは、女房に祇園へ行きなさいと送り出されてきたからであり、なんとなく格好が悪いと感じていたからだ。この思いがあって上五の「筋違に」が生まれた。妻に送り出されての祇園行きは何となく「筋違い」だと思っていた。自分の意志で勝手に堂々と来るべきなのに、という思いがこの句を作らせた。

この句は漱石が祇園の女将、磯田多佳に贈った画帳に書かれていたもの。

・筋違に葱を切るなり都振

（すじかいに　ねぎをきるなり　みやこぶり）

（明治32年）手帳

寺田寅彦の文章の「思い出草」に掲句が出てくる。熊本の漱石宅で漱石先生は学生の寅彦と俳句の話をしている時、漱石が掲句を示し、この句をどう思うかと聞いたという。「句の意味がわからなかった。説明を聞かされて事がらはわかったがどこがいいのか了解できなかったので、それは月並みじゃありませんかと悪口を言ったものであった。今考えてみるとやはりなかなか巧妙な句であると思う。」と書いていた。

この句の解釈で問題になるのは「都振」であろう。当時も今も都は京都と東京である。東京遷都ではなく東京奠都であったからだ。「都振」の都は京都のことだ。「都振」とは京都らしい振る舞い、京都らしい風情ということだ。漱石は熊本のどこかで京都から熊本に来た人の包丁さばきを見たのか、京都料理を味わったようだ。

句意は「柔らかい京都ネギ、九条ネギを斜めに引くように包丁で切るのは、京都らしい振る舞い、京都らしい包丁の使い方であることよ」というもの。もともと柔らかいネギを食べた時の口当たりを考えて斜めに丁寧に切るというのだ。このネギの筋を切るところに味わいがあるというのだ。

この句の面白さは、都振の言葉から艶やかでしなやかな身のこなしの都踊りを連想することだ。包丁さばきにも都踊りを感じさせるものがあると思い込んでしまうことだ。また落語的な面白さとしては、このようなネギへの包丁さばき、切り方ができるのは「ほんまに筋がええ」ということになる。

・筋違に芭蕉渡るや蝸牛

（すじかいに　ばしょうわたるや　かたつむり）

（明治29年7月8日）句稿15

句意は「蝸牛はゆっくり進んで行くが、その姿をじっと見ていると芭蕉の葉を斜めに渡って行く。芭蕉の長い葉を見ると、真ん中に太く長い葉脈が走り、その両側に向かって筋張った細い葉脈が斜めに入っている。蝸牛はその筋に沿って進むのではなく斜めに、筋違いに葉脈を横切ってゆく。つまり進みにくい筋張った凸凹の面を横切るように進んで行く。この方が蝸牛にとっては面白いようだ」というもの。

松尾芭蕉は東北や近畿を気の向くまま、あちこち歩いた。芭蕉本人は街道から逸れて細い道やらを歩きもした。ところが弟子たち、蕉門俳人たちは蝸牛と違って俳聖芭蕉のつけた筋道に沿って俳句を作っている。そんな句作はどこが面白いのかと漱石は首を傾げる。

その芭蕉は大坂で病に倒れたが、その死の床で本当の俳句は今まで教えてきた俳句ではないと、弟子たちに向かって本音を吐露した。だが一人を除いて誰も理解しなかった。そしてその後もほとんどの弟子に無視された。宗匠としてビジネス重視で生きて来た芭蕉は自業自得の死をしたとも言える気がする。漱石はこのことを踏まえている。

この句の面白さは、漱石先生は蝸牛が「芭蕉渡るや」と描いて、掲句の蝸牛句で「芭蕉を渡る」と表して俳聖芭蕉を乗り越えてみせると宣言しているように見えることだ。

蕉門を批判する掲句の漱石の俳句に対して、漱石句は蕪村の次の句を参考にしたと批判する人がいる。その蕪村句は「ほととぎす平安城を筋違に」である。

この句は、道が碁盤の目のようになっている平安京の市中を、ほととぎすはその道を無視して斜めに飛んで行ったというもの。筋通りに歩く蕪村に対して鳥はただ自由な飛び方をすると観察しているのだ。漱石の尊敬する几董の先生であった蕪村のこの筋違句を漱石は当然知っていたはずだ。しかし、蝸牛の進み方は鳥とは違ってかなり意思的である。蝸牛は障害を意識して筋違にそれを乗り越えて筋違いに進んでいるのだ。掲句では、蝸牛が筋違に渡ることを認識して行動するのは、それが蝸牛にとって面白いのだと確信している。俳人は進みたい方向に、また面白いと思う方向に進む気構えを持つべしと言いたいようだ。

ちなみに掲句は、「禅定の僧を囲んで鳴く蚊かな」と「うき人の顔そむけたる蚊遣かな」の次に置かれた俳句である。蚊の次はカタツムリなのである。ここにも漱石の面白さが示されている。

・酢熟して三聖顰す桃の花

（すじゅくして　さんせいひんす　もものはな）

（明治30年2月）句稿23

音読みの語が多い漢詩調の俳句であり、桃の花からは中国の香りが放たれている。句意は「甕の中の酢が強い匂いを発し、三人の聖人が甕に近づくとこの匂いにむせて顔をしかめた。桃の花の香りが漂っていたが、香りが強すぎた」というもの。「顰す」の顰とは、顰蹙（ひんしゅく）として用いられる言葉で、不快に感じて顔をしかめること、眉をひそめることである。登場する三聖人にはいろんな組み合わせがあり、彫刻物には孔子、釈迦、老子が酢をなめているものがある。

この俳句には中国の「三聖吸酸」の故事が隠されている。この故事は、酢が酸っぱいというのは事実であり、儒教、仏教、道教など、宗教や思想が異なっているとしても、真理は一つということを表しているという。「三教一致」の意味と同じである。この故事のオリジナルは、儒教の蘇軾と道教の黄庭堅という二人の書家が、仏教の仏印禅師のもとを訪れた際に、桃花酸という酢をなめ、三人が共に顔をしかめたという逸話に基づいているのだという。

この句の面白さは、三聖人が顔をしかめたのは、庭の桃花の香りが強かったためか、甕からの芳香が強すぎたのかわからないことである。両方かもしれない。句の解釈を面白くするには前者の方がよい。桃の花が咲いているときに酢甕を開けるものではないとなる。二人で調べたが酢甕の中の熟度がわからなかったというオチができる。

漱石先生はこの句稿において、顔をしかめる家庭内のゴタゴタや重苦しい世相をいくつかの俳句に表してきたので、この辺りで少し気楽な俳句を作りたくなったようである。

• 鱸魚肥えたり楼に登れば風が吹く

（すずきこえたり　ろうにのぼれば　かぜがふく）

（明治29年9月25日）句稿17

出世魚の一種であるスズキは旨い魚の代表である。漱石はこの時期、熊本の阿蘇山が見える熊本市に住んでいて、秋になると「馬肥える」の言葉が頭をよぎるようになっていたと思われる。そのような時期に、漱石先生はこの時期に旨味が増す海の魚のことを考えたのだ。脂が乗って肥えたスズキは高値で取引される。

掲句の中で吹いている風は大陸の香りを乗せている。漱石は漢詩風に俳句を作っている。掲句をそのまま解釈すれば「魚のスズキが肥えて美味くなってきた季節に、二階屋の酒家に登るとそこにはやや冷たい秋の風が吹いていた」というもの。このような句を作った背景には、この年の9月に福岡に住んでいる妻の叔父に結婚の挨拶をしに出かけたことが関係している。この地は古くから大陸文化の日本への伝播の窓口であったから、掲句は漱石夫婦がこの叔父からお祝いの接待を受けたことが影響していたと思われる。

漱石が福岡の風に吹かれてみると、ここから西の近い地である中国江蘇省の呉松江で獲れる魚の「松江（しょうこう）の鱸（ろ）」という言葉が脳裏に浮かんだのだ。この魚はスズキに似た魚であるという。中国の古代の文人たちは、この魚を食しながら楼に登って酒を酌み交わしたに違いないと想像した。掲句の二つ後ろには中国の秋を詠んだ「柳ちりて長安は秋の都かな」の想像句が置かれている。漱石は中国の江蘇省呉松江の秋を想像して掲句を詠んだに違いない。

したがって掲句の上五の読みは「すずきこえたり」が推奨されているが、漱石の思いは「ろぎょこえたり」であったと考える。

• 鱸釣つて舟を蘆間や秋の空

（すずきつって　ふねをあしまや　あきのそら）

（明治40年頃）手帳

秋の美味い魚の代表の一つがスズキ。若いスズキは初秋になると淡水と海水の混ざる河口の汽水域に移動し、川を上るという。この時期釣り好き人間はこのスズキに夢中になる。漱石先生はこの鱸釣りの様子を海岸で見ていた。

句意は「釣り人は舟を岸辺の蘆の間に漕ぎ入れて鱸を釣っていた。釣り上げた人の上には秋の空があった」というもの。

この句が作られた時期は「吾輩は猫である」が大ヒットし、続く三作も合本が出されるほどの人気になった頃であろう。これで作家として船出する自信がついたと言える。そして6月から「虞美人草」の新聞連載が始まっていた。この時期に作り出されたのが、この俳句である。

この句に登場するスズキは「出世魚」と呼ばれる。漱石先生はこのことを十分理解して、このスズキを自分に当てはめている。この魚は25㎝くらいの小さの時はセイゴと呼ばれ、どんどん名が変わって最後は60㎝強に成長して、スズキと呼ばれるようになる。漱石先生は、今は成長盛りのスズキだと感じていた。帝大をやめた時期は不安の海に漂っていただけに、半年が経過して自信が生まれていることを喜んだ。

ちなみに漱石先生の自信に溢れた気分の表出は、手帳に書かれた掲句のすぐ前に置かれていた次の2句にも見られる。天下の名勝である天橋立を詠み込んだ「橋立や松一筋に秋の空」と天下一の富士山を登場させた俳句の「抽んでゝ富士こそ見ゆれ秋の空」である。

漱石先生は明治40年の7月に、執筆で忙しい合間に鎌倉の長谷にある友人の別荘を訪問していた。この時鎌倉の蘆の生えている浜で鱸釣りをしたり、タコを獲ったりしてした。ちなみにこの時期に大塚楠緒子は長谷にいた可能性が高い。この時期、夫と別居していた彼女は急に転居して、北鎌倉に住んでいた。

涼しさの目に余りけり千松島

（すずしさの　めにあまりけり　ちまつじま）

（明治29年7月8日）句稿15

漱石先生は2年前の明治27年8月、帝大大学院生の時代に宮城県の松島町の名所松島を訪れていた。大塚楠緒子に失恋した時で、瑞巌寺を詣でて参禅した。ちなみにこのあと湘南にゆき、12月に鎌倉・円覚寺で参禅している。

その時の寂しく、爽やかだった風の記憶を思い起こして掲句を作っている。今は熊本という暑い地に居を移して、暑い夏真っ盛りの時を気分転換でやり過ごしている。何かの清涼剤が欲しくなっていた。

無数の小島が松島湾に点在していて、松がそれらの岩小島を丹念に覆い尽くしている。海風が吹くと松の枝が揺れ、旅人の漱石は爽やかな気分に浸れたのである。多数の白いウミネコが岸辺を飛んでいる。大まかにいえば千の数にも達しようとする松島の小島があった。古くは景勝の地、松島のことを人々は敬意を込めて千松島と呼んでいた。千を越える松が生えている島々という意味の言葉を生んだ。漱石は千余りの島の語から「目に余りけり」の表現を思いついたに違いない。「涼しさの目に余りけり」とその涼しさ、爽やかさに感激したことを漱石は思い出した。

学生時代に結果として失恋してしまった大塚楠緒子とのことは、松山で1年間生活したことで思い出すことは少なくなっていた。そんなとき気持ちに余裕ができたせいなのか、失恋の痛手を癒すために風の吹き抜ける松島の風景が蘇ってきた。

この句の面白さは、「目に余りけり」は千松島に掛かるだけでなく、「涼しさ」にも掛かっている。涼しい風が絶え間なく吹き付けていることも表していることだ。この涼しい風が荒れた漱石のこころを穏やかにしたのだ。この風は涙に濡れた漱石の目に飛び込んで、去っていった。漱石の涙を乾かした。

涼しさの闇を来るなり須磨の浦

（すずしさの　やみをくるなり　すまのうら）

（明治29年7月8日）句稿15

風光明媚な須磨の海岸ではあるが、夜になると浜風が吹き、その闇の中を霊魂がやってくる。この付近は冬の2月に行われた源平一の谷合戦場として知られ、16歳の平敦盛が熊谷次郎直実によって討たれた場所で、ここには敦盛塚がある。夜になると敦盛と直実の霊魂が連れ立ってやってくる。すると夏でも涼しい風が浜に流れるのである。

夜になると須磨の浦に山風が吹きろ下すことで、霊魂を感じることになる。谷を渡って二人の霊魂がやってくることになる。

この句の面白さは、「涼しさの闇を来るなり」とあるが、何が来るかは明らかになっていないことだ。そこで何であるか想像するわけであるが、源平の合戦がヒントとして思い浮かぶ。そして武者たちの霊魂にたどり着くことになる。だが霊魂は目に見えないから漱石先生が俳句で言うように、闇の中に感じるしかない。

過ごしにくい熊本の夏をしのいで生活するために漱石先生が行ったのは、涼しくなれる句作であった。

涼しさや石握り見る掌

（すずしさや　いしにぎりみる　たなごころ）

（明治32年9月5日）句稿34

「寅彦桂浜の石数十顆を送る」の前書きによると、寺田寅彦が高知の桂浜の小石、数十粒を漱石先生に贈って来た。熊本第五高等学校が夏休みに入ったので高知に帰省していた寅彦は、漱石先生が熊本で4度目の猛烈な暑さに音を上げていることを思って桂浜の名物、五色石を漱石宅に送付した。安価な暑中見舞いであった。漱石は送られて来た一握り分の石粒を掌に載せて握ってみた。するとと掌の熱を吸い取って掌は涼しく感じた。そしてコリコリという石の擦れ

る音は涼しげに聞こえた。風鈴の音のように聞こえたのかもしれない。

熊本の暑い夏を耐えている漱石先生に残暑見舞いの手紙の代わりに石粒を贈るという寅彦の洒落心は、漱石先生を大いによろこばせた。砂浜にあるただの石を送ったというのが俳人らしくていいと褒めたに違いない。漱石先生は俳句の弟子の顔を思い浮かべた。

この句の面白さは、石粒を掌に載せ、握って涼しさを感じ、その時の音を聞き、次に手を開いて掌の上の石を見る。そして寅彦の洒落た気配りに感謝するという連続した行為を、「石握り見る」と簡単に表していることだ。短縮化が効いた涼しい表現になっている。

ちなみに明治29年に熊本に移動した漱石先生が初めて経験した猛暑に関して、人並の俳句を残している。「涼しさや奈良の大仏腹の中」「夕日さす裏は磧のあつさかな」「午時（ひる）の草もゆるがず照る日かな」「暗がりに団扇の音や古槐」「物や思ふと人の問ふまで夏痩せぬ」等の句を集中して作っていた。

三者談

雀の卵ぐらいの大きさの石を幾つか送った。手の中で転がしていると光沢が出てくるものだ。石を握って喜んでいる姿は無邪気で面白い。漱石は「涼」に対する実感が強かったふしがある。寅彦が東京に出る年の夏に漱石に土佐の海岸の石を送った。

・すずしさや裏は鉦うつ光琳寺

（すずしさや　うらはかねうつ　こうりんじ）

（明治29年8月）句稿16

光琳寺は熊本では有名な寺（浄土宗）であったそうで、森鷗外の小説にも登場した。この光琳寺は漱石が熊本に新婚生活のために借りた家の裏にあった。漱石はエアコンのない明治時代に、熊本で生活する上でどこの家で、またどうしたら涼しくなれるか考えたことであろう。家の裏には寺があり、石の墓がたくさんあって街中よりも涼風が吹き抜けるはずと考えたと思われる。しかも暑さが増すお盆の時期や夏の葬儀の時には、鉦の涼やかな金属音が響き渡り、涼しさが演出されると考えた。

熊本の俳人の調査によると、この家はかつて土地の名士の妾が住んでいた家であり、いわゆる隠れ家であった。部屋数は多く、玄関は大通りの反対側に設けられていてこの家への出入りが人に見られないようになっていた。この借家と先の光琳寺は大通りを挟んで向かい合っていたが、漱石の家からすると居間の後ろ側に、つまり家の裏側に光琳寺が見えたのだ。それで「裏は鉦うつ光琳寺」となった。

当時の借家は漱石が結婚式を挙げた時には広い家で部屋が多くて都合が良かったが、漱石たちにしてみれば人目を避ける必要はなく、裏玄関の造りは普段は使いにくいだけであった。それで3ヶ月後に引っ越すことになった。仮に広い道側に玄関が付いていれば、同じように道に面していた寺と相対し、この句は「すずしさや表は鉦うつ光琳寺」となるはずだ。だがこれでは墓地は漱石宅の奥の居間から見えなくなり、涼しくならない気がする。

ちなみに漱石先生は、ドイツに留学中の大塚保治に宛てたこの年の7月28日の手紙では、「非常の暑気毎日毎日弱り果て候」と書き出し、「（五高に来たが）のんきに御座候。（中略）暑気の激しきには殆んど閉口致し候、丸で蒸し風呂に入りたらんが如く」と書いていた。東京、松山に比べて熊本の暑さは格別に酷いと感じたようだ。

ところで漱石は保治にこの手紙で三陸大津波のことを知らせていた。流失家屋1万6百戸、死者2万7千百余名の大惨事で、山の麓に蒸気船が上がったこと、公務員は対策費として給料の3％が天引きとなったこと等を知らせた。三陸で発生した津波は、当時の海岸部の人口の少なさを考えるとまさに稀に見る大惨事であった。災害の規模は2011年の東日本大震災をはるかに上回っていた。漱石はこのことを包紙に書いて、熊本が暑いなどと言ってはならないと伝えていた。

・涼しさや大釣鐘を抱て居る

（すずしさや　おおつりがねを　だいている）

（明治29年7月8日）句稿15

漱石先生は、熊本で経験している夏の暑さを乗り越えるべくいろんなことを試している。この句は頭の中だけでも涼しくなろうとして作った、冷却効果を期待した想像句なのである。笑って暑さを紛らわすしかなかったようだ。

青銅製の大きな釣鐘を抱いていれば体がじーんと冷えると考えて、手足を広げて大釣鐘に抱きついている様を想像している。頭の中だけのことであれば恥ずかしいことはない。

漱石はこの句を作ったあとの8月に「涼しさや奈良の大仏腹の中」という句を作っている。7月時点では大釣鐘に抱きついている状態を想像して涼んでいたが、それでは間に合わなくなった。もっと体が冷えることを想像しようとしたようだ。

ちなみに真夏に作ったこの句稿15には、求める涼の入った俳句が五つと暑の文字を書き込んだ俳句が二句、固まって書き込んである。冷房装置のなかった時代には、頭の中を涼しくする方法を編み出していた。

・涼しさや蚊帳の中より和歌の浦

（すずしさや　かやのなかより　わかのうら）

（明治44年8月14日）日記

和歌山県の県会議事堂（唐破風の木造2階建）での講演（題目は「現代日本の開花」）のためにその前日に和歌山市入りした。翌朝の日記に「晩に白い蚊帳を釣り開け放して寝る。それでも寝苦しい。朝起」と書いて掲句を付けた。漱石は寝苦しい夜を過ごしたが、明け方は蚊帳の中で和歌の浦の浜に打ち寄せる波の音を聞いているうちに幾分涼しい気分を味わえた。この気分を講演会場まで持ち込んだのだろう。

午前中に雨の中到着した県会議事堂は大勢の人が来ていたこともあって、蒸し暑かった。日記には「蒸し暑い事夥し」と書いた。漱石は三人の演者のトリであった。

句意は「夏の海に面した宿は、夜になると凪になってどうしようもなく暑い。朝日が差すころは気温も幾分下がって涼しさが蚊帳の中に入り込んできた。加えて和歌の浦に押し寄せる波の音が風に乗って蚊帳の中に届き、この音によってさらに涼しく感じた」というもの。蚊帳の中に届いた波の砕ける音は涼しさを演出してくれたと喜んだ。

頭の中では音の向こうにかすむ四国の峰が見えたのかもしれない。「四国路の方へなだれぬ雲の峰」の句も同じ朝に書き付けた。

この句の面白さは、裏に通じる浦の配置にある。湾の中の浜を意味する浦と蚊帳の中とを対置させた。中にあって裏とはいかに、と落語のようである。漱石は万葉集に登場する名勝和歌浦に来て、和歌ならぬ俳句を作ったことに満足したのだろう。

それにしても夏の夜の凪対策として、地元和歌山の人は少しでも涼しい気分になれるようにと白い蚊帳を用いていたとは驚きであった。

三者談

奇想天外な句や巧みな句を作っていた漱石は、一年前の修善寺大患以降、掲句のようにあくが抜けた句を作るようになった。和歌山の寝苦しさは強烈であったことが、明け方の涼しさの実感につながっている。

涼しさや水干着たる白拍子

（すずしさや　すいかんきたる　しらびょうし）

（明治29年7月8日）句稿15

薄手の白い生地で縫い上げた麻布製の上着が水干である。神社の巫女たちが身につける衣装として普段目にしている。この水干の文字は画数の少ない漢字ばかりであり、この漢字から見ても涼しげな着物である。水が蒸発する気化熱が奪われて体は涼しくなる気がする。直線縫いで仕上げるこの簡単な着物は平安の昔には、宮廷の守りを任された武士や下級官吏が着ていた男物の服である。しなやかに着られるようにと、糊を使わず板の上で水張りして干した衣であった。首回りがゆったりしていて、胴の脇が大きく開いている簡単着である。袂は長く垂れて、一見豪華にも見える。

源義経の愛人、白拍子の静御前が鶴岡八幡宮で踊った際に着ていた服がこの水干である。つまり静御前は男装の麗人ということになる。この時の衣装は小袖の上に女物にアレンジした水干を重ねていた。

掲句は、漱石先生が涼しくなりたいという気持ちに駆られて作った俳句と思われる。真夏の夜をやり過ごすための頭の体操として作ったと見ることができる。水干という語感と白拍子のもつイメージが漱石の部屋を涼しくしてくれると考えたのであろう。

この水干は夏服としては好適なものであったが、明治時代になると素肌に浴衣を着るようになった。漱石先生は書斎で、裾上げした浴衣を着ていたと思われる。

涼しさや奈良の大仏腹の中

（すずしさや　ならのだいぶつ　はらのなか）

（明治29年8月）句稿16

八世紀に大流行した天然痘を収めるべく、冷えて座っている銅製の大仏。この国難の病を抑えこむ願いを込めて聖武天皇が建立した大仏であったが、平家の若い武将によって焼かれ、溶け落ちた。しばらくして再建されたときには小さくなった。しかし、それでも冷やす力はまだ残っているようだ。この冷やす力が、病にかかって熱に火照る民の身体を冷やしてくれるのだ。

ここに来る皆は、寺のお堂には冷房装置がないことを知っているが、その理由も知っている。暑い夏には寺の僧たちは大仏の腹の中に時々入りこんで涼んでいるのは間違いないと見ている。

漱石は大仏の腹の中のことまで想像して遊んでいる。そしてその俳句を作って涼んでいる。もしかしたら漱石は腹の中に入ったことがあるのだろうか。中には椅子が置いてあるのだろうか。

一番涼しい思いをしているのは、大仏さまだろう。大きな屋根の下にいて身体自体が冷却装置になっているからだ。だから大仏さまは真夏でも涼しい顔をしていられる。大仏さまは人がどんな噂をしても、涼しい顔をしていられるのだ。

漱石は人がこの俳句を月並みだといくら貶してもなんとも思わない。涼しい思いができればそれでいいのだ。

涼しさや昼寐の夢に蝉の声

（すずしさや　ひるねのゆめに　せみのこえ）

（明治24年8月3日）子規宛の手紙

夏の盛りの7月23日にこの句は作られていた。7月28日に当時の恋人であった兄嫁の登世が亡くなっていたが、その少し前に作られていた。

句意は「昼飯を食べた後は急に眠気が漱石を襲った。寝転がって夢でも見るつもりであったが、暑くて夢どころではない。庭で鳴くセミの声が開け放った漱石の部屋に届く。夏の盛りの昼に部屋の戸を開け放って寝転がると、幾分涼しさを感じられるようになった。夢の中にそのセミの声が入り込んでジージーと鳴いていた」というもの。セミの声によって蒸し暑く感じられるはずであるが、意外にも涼しくなったのである。夢の世界に入り込んでいたからであった。

この句の面白さは、芭蕉の詠んだ「閑さや岩にしみ入る蝉の声」のパロディであることだ。漱石句の「昼寐の夢に」は「夢に染み入る」ということである。つまり漱石句は「涼しさや 夢にしみ入る 蝉の声」と置き換えることができる。

芭蕉の句では常識的には山寺の閑かさが蝉の声で破られてしまったようだが、意外にも周囲は静かに感じられた。なぜなら蝉の声は岩山の岩に吸収されていたからだ。実は岩の表面で蝉の音波はみごとに反射して芭蕉に届くと蝉が発する声と干渉し合って互いに消し合っていたのだ。これは現代の消音理論に合致する。

ところで芭蕉は若い頃三重の藤堂藩に入って小姓として若殿の相手をしていた。若殿と芭蕉の関係は俳句の師匠と弟子の関係であったが、昔の侍の例に漏れずに二人は男色の関係にあったと見られる。この若殿が早死にすると芭蕉は京都に出て俳諧の修行に入った。晩年の芭蕉は名古屋の豪商で弟子になった杜国と男色の関係になった。

旅に出た芭蕉は奥州山形の山寺で蝉の声を聞くと、かつての若殿のことを思い出したのだ。その若殿の俳号は「蝉丸」であったからだ。そしてその時の芭蕉は「桃青」。芭蕉は若殿の思い出に浸っていたので、山寺の蝉の声はさらに静かに涼しく聞こえたのかもしれない。

では実家に住んでいた学生の漱石の夢の中に現れたのは何か。漱石と同年で愛宕神社の神職の娘であり、知的で健康的な女性で、遊び人の三兄と結婚した初婚の登世であった。この時から漱石は同じ屋根の下で暮らしていた登世に惹かれて行った。

この登世は漱石がこの面白い句を作ってから5日後に悪阻を悪化させて亡くなった。すると漱石は大いに狼狽し、取り乱した。漱石が残した登世の追悼俳句は13句に及んだ。

ところで漱石は掲句と同じ日に上五だけが異なる「あつ苦し昼寝の夢に蝉の声」の句を作っていた。軽く涼しい気持ちで類似の句を作っていたことになりそうだ。一週間内で漱石の心は大いに揺れたことになる。

• 涼しさや門にかけたる橋斜め

（すずしさや　もんにかけたる　はしななめ）

（明治29年8月）句稿16

熊本県の南部に球磨川が流れているが、この地方の山間の人にとってこの川を渡ることは生活にとって不可欠である。昔からこの川には吊り橋が作られてきた。深い谷を見ずに橋を渡る際には谷を吹き抜ける涼しい風を受け、足元が揺れるスリルを味わうことになる。漱石先生も実際にこの橋を渡り、涼しさを感じたのだと思う。

吊り橋をかける両側の崖には綱を張るための支柱を立てるが、これをゲート、門という。そして支柱間に二本の綱を張って踏み板を並べて固定すると、たるんだ橋ができる。これが「ななめ橋」である。

句意は「谷に架かる吊り橋を渡ると涼しさを味わえる。この吊り橋は二本の門柱の間に掛けられた橋で結構な弛みがある」というもの。

句稿16に書かれていた俳句の多くは暑さに関するものであった。上五に涼しさを入れ込んだ俳句が多い。東京よりも厳しい熊本の猛暑の夏を乗り切るために、気持ちだけでも涼しさを得ようとしたのであろう。そして涼を求めてとうとう吊り橋にまで足を運んだ。

この句の面白さは、味わえた「涼しさ」は谷の橋の上を抜けて行く風によるものでなく、風で揺れて足元の板がガタガタと鳴る頼りない吊り橋を渡る恐怖感によるものだとわかることだ。この橋で漱石は涼しすぎる経験をした。

• 涼しさや山を登れば岩谷寺

（すずしさや　やまをのぼれば　いわやでら）

（明治29年7月8日）句稿15

この俳句は、熊本第五高等学校に転勤して初めて経験していた蒸し暑い夏を乗り切るための納涼句である。書斎で簡単に涼しさを味わうための想像力を駆使する頭脳作戦である。この句稿にある掲句の前後には涼しさを希求する多数の俳句が並んでいる。掲句の後には「吹井戸やぼこりぼこりと真桑瓜」「涼しさや水干着たる白拍子」が並んでいる。

句意は「夏に山奥にある岩谷寺に参拝したら、平地とは違って涼しい風が流れていた」というもの。だが、漱石先生はこのような単純で面白みのない俳句を作るのであろうか。

岩谷寺は明治25年夏に子規と京都を旅行（7月8日〜10日）したときに参拝した寺なのか。しかし、二人は比叡山に登ったが、この京都の寺は南の山科区にある曹洞宗の寺であり、山の中の寺ではない。では松山にいた明治28年11月3日に四国山地に足を踏み入れて白猪の滝を見に行っていたが、このとき岩谷寺に行ったのか。この寺は白猪の滝から西に遠く離れた険しい山の中にある。しかも漱石先生がこの辺りを歩いたという記録はない。色々考え、調査したがそれらしい寺は発見できなかった。

ちなみに漱石全集の掲句の注には、この岩谷寺は愛媛県の美川村にある真言宗の岩屋寺のことだとしているが、自信がないようだ。

そこで弟子の枕流は、漱石先生の俳句にはユーモア、機知が満載になっていることを思い出し、想像力を働かせることにした。すると掲句の岩谷寺は、涼しさを得るための寺であるから、架空の寺でも問題がないことに気づいた。

漱石先生は明治29年9月中旬に一週間の新婚旅行に出ていた。北九州の福岡にいる鏡子の叔父に挨拶をするためでもあった。漱石先生は旅の最後に久留米に行き、梅林寺で禅宗の「碧巌録」の説法を聴いた。この最後の訪問地は自分のために選定した。久留米市は九州の大河、筑後川沿いにあり、北東の方向には岩山で有名な耶馬渓が霞んで見えたはずだ。漱石先生は旅の最後の地でこの巨大な岩の山々を眺めたのだと想像する。いつかあの山の中にある修行僧の寺に行ってみようと思ったに違いない。

熱暑の熊本で、あの耶馬渓の寺に入ると、さぞ涼しいことだろうと想像したに違いない。しかし、その寺の名は知らない。そこで深い谷があり、切り立った岩の中にある寺だから「岩谷寺」にしておこうと考えた。

一件落着と思いきや、新婚旅行の後に句作の月日が来ていることに気づいた。そこで自作の漱石年譜を開くと、松山から熊本に移動する際に、「明治29年4月12日、（中略）門司から鉄道で移動、久留米で下車。水天宮本宮に参詣」とあった。漱石先生は久留米に実家があった親友の菅虎雄の案内で、久留米近辺を歩いていたことを思い出した。この時虎雄は、実家からは巨大な岩山の耶馬渓が見えることを教えたに違いない。

ちなみに漱石全集の掲句の注には、掲句にある岩谷寺は、愛媛県のやや西方にある美川村にある真言宗の岩屋寺のことだとしている。しかしこの寺は高知県との県境に近い険しい山中にある寺であり、松山からは遠すぎる。そして漱石がこの山中に入ったという記録はないことから、間違いであろう。

• 涼しさを大水車廻りけり

（すずしさを　おおみずぐるま　まわりけり）

（明治27年）子規の選句稿「なじみ集」

「涼しさを」の後ろには、「演出せり」または「振りまいて」などの語が来そうである。漱石は明治27年の夏に掲句を作っている。冷房設備のない時代、東京の夏は過ごしにくいものであった。しかし、掲句を作った場所は東京でなく、群馬県の田舎であった。

句意は「絶え間なくゴロンゴロンと回っている巨大な木製の水車は、しぶきを立てて涼しそうである。涼しさを生み出している」というもの。それを見ていると涼しい気分になる。

この句は漱石が北群馬の伊香保温泉で宿泊していた時の田園風景を詠んだものと思われる。漱石の親友の小屋保治の実家が近くにあり、帝大の夏休みに彼が帰省していたのを知っていた漱石は、保治と楠緒子とのことで話し合うためにここまでやって来た。

宿から保治の実家に手紙を出して宿に呼び出すことにした。彼が到着するまでには時間があり、漱石は近くの里を歩いた。その時田んぼの中で回っていた巨大な水車を目にしたのだ。田舎に実家のある男は、大学の夏休みには涼しい夏を過ごせることを漱石はこの時知って、少し羨ましく思ったに違いない。

ちなみに掲句の一つ前に「姫百合や何を力に岩の角」の句が置かれていて、榛名山には名物の巨大な岩の絶壁があるので、漱石はこの下で掲句を詠んだものと推察する。ここで姫百合のような楠緒子のことを思い出していた。その後漱石は大水車を見たことになる。これを見ながら漱石の頭の中は、話し合う内容を考えてぐるぐると動き出した。

すゞなりの鈴ふきならす野分哉

（すずなりの　すずふきならす　のわきかな）

（明治32年9月か）近藤泥牛編『新派俳家句集』

（明治36年1月刊）

鈴なりに着けられている鈴とは何なのか。拝殿の前に下がっている鈴が、強い風に吹かれて音を周囲に響かせている。この鈴が連続して鳴ると秋が来たぞ、と皆に知らせている。台風の季節の到来だと。

この『新派俳家句集』に掲載された漱石の俳句は明治32年ごろの句であろう。漱石は明治32年8月末から9月にかけて同僚の山川と阿蘇高原の踏破の旅に出た。二人で阿蘇の外輪山を越える前に阿蘇神社に詣でていた。9月1日か2日の早朝のことであった。不気味な空模様が天気の急変を予告していた。野分が吹き始めていた。

阿蘇神社の予告通りに、漱石たちが阿蘇高原に入り込むと、小雨であった天気は荒れ出した。雨が強くなり、阿蘇の中岳が噴火を始めた。狂ったように鳴っていた神社の鈴は、この阿蘇の噴火を予告していたのかもしれない。

この句の面白さは、「鈴ふきならす」にある。通常拝殿の前では「鈴振り鳴らす」と表すところを、吹き出した野分が乱暴に鳴らしているとして「鈴吹き鳴らす」としていることだ。そして朝から鈴が鳴っているのは、神社を詣でる人が誰もいないので、野分が気を利かせて訪れたとした。この参拝客は好まざる客であった。

煤払承塵の槍を拭ひけり

（すすはらい　しょうじんのやりを　ぬぐいけり）

（明治28年11月22日）句稿7

漱石は掲句の二つ前の位置に「長松は蕎麦が好きなり煤払」の俳句を記していたので、漱石宅の愚陀仏庵を掃除してくれた長松という男がいたことがわかる。そして漱石は部屋掃除のお礼に蕎麦をご馳走していた。その一つ前の位置にあった「むつかしや何もなき家の煤払」は、蕎麦を馳走された長松は「ほとんど何もしないのに、悪いね。先生は高級取りだから気前がいいね」と言ったとわかる。

漱石はこの掃除の際に東京の実家から松山に持って来ていた太刀を処分した。このことを同じ句稿の4句前に書いていた「太刀一つ屑屋に売らん年の暮」の俳句に記録していた。しかし鴨居の上に置いていた夏目家の家宝の槍は埃を拭ってもらって元の位置に戻した。

この句の面白さは、漱石は下五に「拭ひけり」として「煤払」の「払」と殆ど同じ意味の漢字を用いて、この槍を大事にしていることを表していることだ。払うはゴミやチリを除いてきれいにすることで、「拭う」は汚れを拭いて綺麗にすることだ。漱石のユーモアのセンスが槍のように光っている。

ちなみに承塵とは、屋根裏に付けるシートのことで、屋根から部屋に落ちるチリやホコリを受けとる筵や布で、いわば布製の天井板である。漱石が住んだ武家の離れの二階は簡素な造りになっていて、屋根下には布が張られていた。したがって掲句の「承塵の槍」とは、承塵の下の鴨居の上に取り付けておいた槍ということだ。冗談好きな漱石先生は、実家から持ってきた安物の槍を有名な刀匠が作ったもののように見せかけて俳句に表した。これを見た師匠の子規は笑い出したことだろう。

雀来て障子にうごく花の影

（すずめきて　しょうじにうごく　はなのかげ）

（明治24年7月24日）子規宛の書簡

漱石は7月23日に急に俳諧を作りたくなって17句を作り、翌日子規に送っている。7月28日に同じ屋根の下で生活していた兄嫁の登世が亡くなっていた。初婚の登世は悪阻が悪化してあっけなく死んでしまいそうになっていた。漱石は不在がちな兄に代わって看病していた。

掲句は登世の命が消えそうになっているさまを障子に映る花の影として描いているように感じる。薄い色の花は登世である。

和田本によると漱石の没後、弟子たちは漱石俳句集を編集する際に、この句に出てくる揺れ動く花は桜か梅かと議論したという。

出てきた解釈は「庭にある木の枝とその花の影が障子に映っていて、その影によって雀とわかる鳥が留まり、その反動で枝の影が大きく揺れた」ということだ。そうとなれば揺れた木の枝は、硬い梅の枝ではなくしなやかな桜の枝である。また障子にくっきりと影が映るには、日差しがしっかりしてくる時に咲く桜ということになって、編集人たちは一致した。このようなことが記されていた。

この句の面白さは、よく考えれば漱石は雀が来て障子にできた動く花影を見て、障子の向こうの世界を楽しく想像したことだ。冬の間桜の木は寒風といやいやながら遊んでいたが、やっと木に鳥が来てくれた。鳥を歓迎する気持ちがあり、その嬉しさを桜の枝全体を揺らして表現したということなのだ。優しさに満ちた句であり、想像することの楽しさを歌っている。

この句は障子にできたぼんやりとした影絵を描いている動く水墨画である。

このときの余談の記録があり、弟子の東洋城は、この句には切れ字がないから俳句としては扱えないということを言ったらしい。現代でも起きる議論の一つである。現代の弟子の枕流の見解としては、句の中に小休止があって文が切れていれば、その前の文字が切れ字であると考える。「雀来て」のところで切れているので、敢えて言うならば「きて」が切れ字である。とにかく「雀来て」と読んでここで息を吸っていれば、ここで切れていることになる。漱石先生は極論すれば、俳句らしければ良いという考えであった。漱石は自分の俳句について季語の有無を語ってはいないと見ている。

三者談

障子には澄み切った空の下、何の花かわからないが花の影が映っている。この句は静かな長閑な感じを持っている。花が動いているのか鳥が動いているのか解らないところに面白みがある。この句は写実の句ではなく、心持ちを表している。「雀来て」の「て」は切れ字ではないから、完全な俳句ではない。

・雀巣くふ石の華表や春の風

（すずめすくう　いしのかひょうや　はるのかぜ）

（明治40年4月2日）日記

「北野天神」とある。北野天神の入り口にある石の鳥居を見上げると、天辺の横柱とその中央にある大きな標識板との後ろ隙間に雀の巣を見つけた。向こうに見える境内に雀が多い理由がよくわかった。

華表の解説には、「宮殿や陵墓へ続く参道の入り口両側に置かれ、神道柱や石望柱などとも呼ばれている」とある。北京の天安門にある二組の石の柱が代表的なものであるという。写真で見るとフクロウが羽を広げて飛び上がる姿を形作っている。漱石の頭の中で目の前の景色を見て、雀の巣と華表がつながった。神鳥が留まるためとされる鳥居の上に雀の巣を見つけたその時、中国にも白い石造りの鳥の柱「華表」があったのを思い出したのだ。

大阪の朝日新聞社へ入社の挨拶に行ったついでに京都大学の友を訪ねた（3月28日から4月11日までの長旅になった）。京都では春の日と冬の日が繰り返す天気であった。北野天神に行った時には暖かくなって嬉しくなった。

句意は「北野天神の石の鳥居を見上げると、真ん中の文字板の後ろに雀の巣が見えた。春の風が吹き抜けていた。雀たちも嬉しそうに飛び回っていた」というもの。鳥居のことを華表とした意味には、華の文字を組み込んで嬉しい気分を表したいと思ったからだ。そして鳥居の上に鳥、雀がいるではまともすぎて面白くないということがあった。落語好きの男がつまらない表現の俳句に満足できないと思ったのだ。

・すゝめたる鮓を皆迄参りたり

（すすめたる　すしをみなまで　まいりたり）

（明治30年5月28日）句稿25

大きな4斗樽で作っておいた熟(な)れ鮓(ずし)が空になって、住み込みの下女（お手伝いさん）がその木樽を洗って横にして陰干ししておいた。その樽が「鮓桶の乾かで臭し蝸牛」と描かれたように、漱石先生には超大型のカタツムリに見えたと面白がった。

その4斗樽の熟れ鮓を平らげたのは、掲句にあるような「皆」であった。どうも漱石宅の熟れ鮓を目当てに大勢の友人たちが集合したようだ。たくさんあるから遠慮せずに食べて下され、と言ったらうまいうまいと言いながら食べ始め、本当に樽は空になってしまった。

さて掲句の意味であるが、「参りたり」の意味が問題になる。他動詞で（「飲む／食ふ」の尊敬語で）召し上がる、の説明文が見つかった。お食べになったというところか。そして「皆迄」の「迄」は到達地点を指し、「鮓が分配されて皆が揃って」ということか。そうなると句意は「熟れ鮓を銘々皿に載せて全員に出した。どうぞ遠慮なくというと、皆の衆は樽を平らげて行かれたよ」となる。呆れ果てついつい尊敬語を使ってしまった、いや呆れたということなのであろう。この樽の鮓が空になるとは、漱石の若い友人たちの食欲は大したものだったということになる。その一方で妻が次から次へと熟れ鮓を出すのにも漱石は呆れ果てたことだろう。妻は太っ腹神さんだったのだ。

ちなみに発酵鮓を作る詰め込み用の木樽は、昔海や湖の近い地域ではどの家庭でも古い酒樽を入手して熟れ鮓を仕込む鮓桶・鮓樽として使っていた。一般的な4斗樽は杉材の板を削って丸く縦に結合させてこれを竹の細板を結って横に箍（たが）をはめていた。この箍は3段にはめて、最下段は3本、中段と上段は2本ずつとなっていた。（大きさは内寸直径60㎝、高さ60㎝で一升酒20本が収まる。）

ちなみに熟れ鮓の作り方であるが、上記の樽に塩を振って開いた魚の腹に麹と煮た米を詰めて樽中に並べ、ギュウギュウ詰めにして重しを載せ、納戸等に1ヶ月から長くは1年までしまっておく。この間発酵が進む。冷蔵庫のない時代における魚を保存食として食べる江戸、明治時代の知恵であった。

・捨てもあへぬ団扇参れと残暑哉

（すてもあへぬ　うちわまいれと　ざんしょかな）

（明治30年9月4日）子規庵での句会稿

多分9月の声を聞いた直後のことであろう。残暑などという言葉を使う季節にはなったが、とんでもない。句意は「熊本同様に東京も暑いこと暑いこと。残暑どころではない、真夏が続いている。団扇でいくら扇いでも追いつかない。団扇よ降参しなされ、もう団扇はお呼びでないよ」というのが句意である。団扇を投げ捨てたい気分だと捨て鉢になっている。団扇を捨ててもどうしようもないことだが。東京の子規宅に大勢が集まって句会をしているが、人の熱気だけで汗が流れて仕方ない状態になっていた。配られた団扇でいくら扇いでも如何しようも無いくらいなのだ。

「捨ても逢へぬ」は、「捨てることもできないし、求婚もできない」の意で、団扇を擬人化して恋愛関係に落とし込んで表現している。人の前進も後退もできない様を指している。いわば如何ともしようもない状態の意味になる。夏の暑さの中での団扇との関係を取り上げて、団扇ではもう間に合わないから、「団扇よ、お前では頼りないから降参しろ」と言いたくなる、というもの。当時は団扇に頼ることしかできなかったのに、もうヤケクソなのである。

漱石は7月4日に妻を伴って上京し、妻は鎌倉にある親戚の別荘にいて親と同居して流産の悲しみを癒していた。一方の漱石先生は一人で、鎌倉の街中の旅館に9月7日まで長逗留していた。東京に出て子規宅での句会に参加したりした。それ以外の日には鎌倉散策を楽しんでいた。学生時代に失恋の痛手を癒すために座禅を組んだ円覚寺にも行き、塔頭で知り合いになった僧に再会したりした。この時元恋人の楠緒子の顔が浮かんだことだろう。持病の胃痛もぶり返していたのに違いない。

この句の面白さは、子規は楠緒子と漱石のラブアフェアを知っていたが、その子規に対して自分のことでの「捨ても逢へぬ」を取り上げてぶつけていることである。今の漱石の気持ちと同じだと俳句で述べている。他の句友は知らないことであるが、御構いなしである。

色々あった鎌倉であるが、高校の夏休みも最後の頃になって、この残暑にはほとほと参った、と音を上げている。妻もこの残暑では流産の悲しみを癒すどころではなかったはずだ。

・砂浜や心元なき冬構

（すなはまや　こころもとなき　ふゆがまえ）

（明治28年12月18日）句稿9

漱石は伊予松山の海岸に出て、砂浜を歩いている。時折砂混じりの風が吹き付ける。砂浜が近い人家も冬構えをしているのが見える。ここでは真冬に吹き付ける雪や風は街中より強烈であろうと考える。したがって冬構えもしっかりと覆いをしたりすると思うが、意外にも簡素なものになっている。この辺りには漁師が多く住んでいるのだろう。

中七の「心元なき」には漱石先生の上記の心配と同情が感じられる。心許無いの意味は、「はっきりしない」「頼りない」「待ってばかりで焦れったい」の三つがあるが、ここでは「頼りなくて不安だ」が当てはまる。他人の家であるが、強風に飛ばされそうに思えて、心配になったのだ。

この句の面白さは、上記のように「心許無き」を「心元なき」と造語していることだ。「心元」は胸元を意味して、「心元なし」は家の覆いが隙間だらけのように見えたことを表している。防風になっていないことを示している。

漱石はこれから始まる自身の厳冬の季節に向けて冬構えをし、新たな世界に踏み出す準備をしている。家で猛烈に本読みを始めていた。目の前に展開している浜の光景を見て、自分を高めていこうと決意したのだ。

＊『海南新聞』（明治29年1月28日）と新聞『日本』（明治30年11月30日）に掲載。ここでは「冬構」を「冬こもり」と読ませていた。

・砂山に薄許りの野分かな

（すなやまに　すすきばかりの　のわきかな）

（明治30年9月4日）子規庵での句会稿

台風の強風が人家に吹き込むと甚大な被害をもたらすが、海岸に連なる砂山、そしてそこに生える薄の群れにはいくら風が力んで吹き荒れても、風はその上っ面を撫でて通り過ぎるだけだ。薄は平気な顔で気持ちよく風に吹かれている。砂山は形を少し変えるだけである。砂山と薄の原は台風にタッグを組んで立ち向かう。

自然の大地は自然の風雨にうまく順応できている。自然の対応を見習って人は知恵を出して取り込んではいるが、人は時々この基本を忘れる。漱石は、砂山は風に表面の砂を飛ばされながらも、山の姿は変えていないとじっと観ている。そして薄もそんな砂山に根を張って踏ん張っていると観ていた。この光景に漱石は自分を重ねていた。漱石は脆い足場の上にかろうじて立っているだけであった。

この句は妻が流産を機に帰省した時に、漱石は鎌倉の旅館に宿を取り、材木座の海岸を歩いた時の光景を詠んだもの。この時、鎌倉の山奥にある大塚楠緒子の思い出が残る円覚寺を訪れたりしている。漱石の心は野分の中の薄の穂のように揺れていたに違いない。

ホクサイマチスは東日本大震災直後に福島県広野町の海岸に立って海側と陸側を見比べていた。10m級の津波は海岸沿いに自然に生えた高い木々と篠藪、それに地形には被害を及ぼさなかった。津波の傷跡は見られなかった。ところが陸側の少し遠くの方に目をやると戸建ての人家はコンクリートの基礎部のみが残っていて、大きく破壊された家々が点在している景色が広がり、大きな被害の発生を確認できた。次に海側に再度目を戻すと、少し沖合いのあたりに防波堤が無残にも崩れているのが見えた。津波とは海の波という意味でしかない。言葉の感覚が麻痺している。平安時代にはこの大津波を「ヌエ」と称し、得体の知れない怪物として恐れた。

ちなみに明治時代にも大地震が発生していた。マグニチュード8・2の地震が明治29年6月に発生した。この時大津波が三陸海岸を襲った。漱石はすぐに被害状況を見に東北に出かけていた。この津波で2万2千人が犠牲になった。２０１３年の東日本大震災の人口よりも少ない人口で、これだけの被害を出した。当時の記録では「津波は北海道から宮城県にかけての太平洋沿岸に到達した。遡上高は綾里湾奥（現大船渡市）で38・2mを記録したのをはじめ、三陸各地で軒並み10mを越え、北海道の襟裳岬でも4mに達した。また、津波は国内だけでなく海外へも到達し、ハワイで9・14mを記録し、」とあった。２０１３年時は民主党政権であったが、政府発表では東日本大震災は千年に一度の大震災と銘打った。閣僚の誰もが明治時代のことを忘れていた。「災害は忘れた頃にやってくる」とは名言であった。

● すべりよき頭の出たり紙衾

（すべりよき　あたまのでたり　かみぶすま）

（明治28年11月22日）句稿7

この句は「すべりよさに頭出るなり紙衾」の原句である。子規に送った句を師匠の子規が修正したのである。両句の意味するところは同じである。

漱石が考えていた句意は「寒い部屋の中での気に入り娘との同衾で、軽い和紙を被り布団の表地にした紙衾は、中で動くと足元の方に簡単にずれてしまう」というもの。漱石はかぶり布団が滑りすぎると嘆いているのだ。

「滑りすぎる」と「かぶり布団から頭が出てしまった」と「紙衾はだめだ」という思いを単純にドッキングさせて、掲句をこしらえた。つまり掲句は漱石の夜の行動の実況放送ならぬ、実況俳句なのだ。俳句の体裁はあまり考えていないのである。

● すべりよさに頭出るなり紙衾

（すべりよさに　あたまでるなり　かみぶすま）

（明治28年11月22日）句稿7

紙衾は夜具の一種で簡便な掛け布団である。明治の初期まで関西で使われた掛け布団は今のものとは違うもので、表裏の素材はシワ入れ加工をした和紙で、アンコには柔らかく叩いた藁もしくは麻のクズを用いた。明治28年時の漱石は松山にいて、関西の夜具を使っていた。掛け布団が現在の形になるのは明治時代後期からである。そして漱石が松山で使っていた敷き布団は茣蓙か厚手布地であった。ちなみに関東では紙の表裏材の中にアンコを入れた「かい巻き」が紙衾であり、これが掛け布団であった。松尾芭蕉が東北を旅したときには、この掛け布団としての紙衾を着物のように折りたたんで持ち歩いた。四角の敷き茣蓙は丸めて筒状にしたものを背中に背負った。

この紙衾の表裏材は和紙であり、カサカサ、ツルツルの表裏地を縫い閉じたものが掛け布団であった。いわば薄い紙布団であった。したがって軽いことからどうしても滑りやすく夜中にずれる。すると夜中に足や腰が紙衾から出てしまうのだ。漱石は寒い夜に紙衾を頭まで被って布団に入るのだが、夜中に寝返りしたりすると頭や足が飛び出してしまう。

どんな時でも寝る時の基本は、着物を脱いで毛布代わりに素肌の体に被るのだ。西欧と似た裸寝の習慣があった。そこで薄い紙製の掛け布団から裸の体が出てしまうと、寒さが体にしみることになる。

掲句は布団の中にいる男女の男についての紙製布団俳句である。男性の紙布団が「すべりよさに頭出るなり」という状態は、紙衾の表裏材が紙であることから生じるものである。漱石は「寝る時に頭の上まで紙衾を引き上げて寝入ったが、いつの間にか紙衾から頭が出てしまっている」というもの。紙布団の下に女性といる漱石先生が原因して紙衾から頭が出てしまうのだが、これを不思議な現象のように描いている可笑しさがある。

ところで漱石先生はなぜ掲句を作ったのであろう。後世の人のために当時の夜着のことを俳句で記録しておきたかったのか。そうではないであろう。若い男女が大きなアンコ入りの夜着をかぶっていても、動いているうちに体から紙衾が外れてしまい、寒くなって仕方ないと嘆き、ぼやいているのだ。このような意味深な俳句を病に臥せっている子規が見て面白がってくれれば、漱石先生は満足なのだ。わざと俗な俳句を作って送っているのである。

ちなみに掲句の次に書かれた俳句は、同衾の女性を気遣った「両肩を襦袢につゝむ衾哉」の句であった。裸の両肩の上に被せてあった襦袢がずれてしまい、素肌の両肩が見えている。紙布団の下であっても女性の肩が冷えてくるのが気になった。そこで両肩を襦袢で包み直した。なんと艶かしい俳句であることか。

その女性の肩に掛けた襦袢に改めて目を遣ると、その襦袢は高級な織物の緞子であった。夜が明けてこれに気づいた。水仙の模様が織り込んである長襦袢であった。普段は使わないと思われる晴れ着であった。漱石は「水仙に緞子は晴れの衾哉」の関連句を残した。

● 炭売の後をこゝまで参りけり

（すみうりの　あとをここまで　まいりけり）

（明治28年11月6日）句稿5

「或人を訪うて」という前置きがある。漱石先生は隣町にある子規の親戚の近藤氏の家に一泊して四国山中の白猪の滝を見物しに山に入り、無事下山した。雨に濡れた滑る林道を上り下りした。漱石はこの近藤氏の家と滝の周辺で大量の俳句を作っていた。

山登りでは下山が難しいと言われるが、四国山地に慣れていない漱石は案内人とともに前夜からの雨でぬかるんで滑る山道をそろりそろりと下り始めた。途中から山に炭窯を持つ炭売り人と合流した。この炭売り人は歩きやすい道を知っていて、この人の後をついて歩いた。思ったより楽に山を麓まで下りられた。

この句にある「こゝまで参りけり」は山裾の村にたどり着いた時の安堵感を言葉にしたものだ。平らな田舎道にたどり着いたことを意味する。空を見上げながら深く息を吐いたことだろう。暗くなる前に山を下りなければと思い、焦っていたのでうまくできたと安堵した。「ああ、やっとここまでこられた」という思いをそのまま俳句にしたところに面白さがある。

漱石はこのあと、気を引き締めてまた歩き出した。遅くなってもこの日のうちに松山市内にたどり着かねばならない。明日は中学校での授業があるからだ。漱石は11月3日遅くに松山市内の自分の家にたどり着いた。そして過ぎ去ったあの下山のときを思い出して掲句を作った。大変だったけど面白い経験だったということだろう。薄暗くなった山道を下りた時の不安が蘇った。

・炭売の鷹括し来る城下哉

（すみうりの　たかくくしくる　じょうかかな）

（明治28年12月4日）句稿8

ここでの「括し」は「くくる」、縛ることで、「鷹括し」は鷹の足と嘴を紐で縛ることである。足を縛るのは紐で炭売り人の体と鷹を結びつけることであり、飛び出さないようにするためである。そして嘴を紐で縛るのは、炭を買いに来た人を怪我させないためである。この鷹は炭売り人の山での相棒で、炭焼きの合間に鷹狩りをして山鳥やうさぎの肉を手に入れていた。その相棒の鷹を連れての下山なのだ。

この炭売り人は春から秋まで山で炭を焼いている。そして冬になる直前に作り貯めた炭を少しずつ担ぎ出して現金に換える。山での生活は、冬にこの街で炭を売った金で成り立っている。漱石の住んでいた松山の人たちは、炭売り人の姿を見ると炭を買って納屋に溜め込んでおく。この時期、炭焼き人はいかに炭を高く売るかを考える商売人に変身する。

街の人たちはこの炭売り人の鷹見たさに炭俵のもとに集まる。鷹は人寄せの役目も負っている。この炭売り人は伊予松山の年末の風物詩の一つなのである。

この句の面白さは、「鷹括し」には「高を括る」の文言が隠れていることである。後者の意味は「分量を予想する」ことであり、この街ではこのくらい炭は売れるだろうと計算して、山から炭を運んでくることを指している。漱石は二つの意味を俳句に入れ込んで遊んでいる。

＊『海南新聞』（明治29年1月26日）に掲載

・澄みかゝる清水や小き足の跡

（すみかかる　しみずやちさき　あしのあと）

（明治40年頃）手帳

近所の親が幼児を連れて漱石のいる村はずれの寺に遊びにきた。ここは若い頃に参禅した鎌倉の円覚寺の近くの荒れ寺である。漱石は寺の裏にある清水の流れる小川を眺めていた。その子は裸足になって冷たい清水の中に入って歩き回っている。綺麗な水の中にいることが嬉しいのか、水が冷たくて動かないではいられないのか。母親は我が子の動きを嬉しそうに目を細めて眺めている。この寺では子供が自由に遊べた。

この句の意味は「幼児が流れ落ちる清水の浅い小川に入って歩き回っている。水しぶきを上げながら歩き回っている。すると川底がかき回されて小川は濁ってくる。しかし、上流から綺麗な水が流れてくると濁った水は徐々に澄んでくる。小川の柔らかい土の岸には小川から上がった幼児の小さな足痕が残されている」というもの。幼児は小川の中をかなり移動していた。そして漱石の近く

で岸に上がったのだ。
幼児の清水の中や外での動きが、水の濁りや岸の足跡の多さで表されている。漱石は子供が去った後の水の変化を捉えて俳句にしている。子が動き回っている最中ではなく、楽しんだ後の様子を捉えているのが面白い。黒沢映画の撮影技法のように感じられる。

掲句に描かれた場所は荒れ果てた寺であると近隣に置かれた清水の17句からわかる。ちなみに案内してくれた旧知の僧のいたこの寺は鎌倉の長谷にあった禅興寺であろう。この寺が荒れ寺であったのは、明治初年に廃寺になっていたからだ。この寺の一部は現在も明月院として残っている。この年の夏に漱石はこの地にあった親友の中村是公の別荘を何度か訪ねていた。この時期は楠緒子が鎌倉長谷の地に転居していた時期と重なる。

本堂の裏を流れる浅い清水を歩いて行くのを漱石は嬉しそうに見ている。細い足が川底を乱すと水が濁るが、その濁りは流れてくる清水ですぐに消える。そこには泥の中にできた小さな足跡が残っている。漱石はそれを慈しむようにしばらく眺めていたと想像できる。この小さな泥の中の足跡はやはり楠緒子のものなのであろう。

• 炭竈に葛這ひ上る枯れながら

（すみがまに　くずはいのぼる　かれながら）
（明治28年12月4日）句稿8

秋口に入って、長期に山に入っていた炭焼き人は炭作りをやめた。雪が降り出す時期を迎えて山を下りる準備を始めた。すると炭竈の脇に蔓を伸ばしていた葛は、竈からの熱の放射がなくなって、安心して竈の表面に沿って葛が蔓を上に上にと伸ばし始めた。そしてその葛は12月に入って寒さが厳しくなると葉を落とした。その結果葛の姿は筋張った蔓だけになった。

人気の消えた炭竈の周辺には緑はなくなり、炭竈には枯れた蔓だけが血管のように張り付いていた。筋張った茶色の葛だけが炭竈の友人だった。葛は今も公園や敷地の土がある所にはどこでも生える植物の代表格だ。取り除くことはできないあばれ者だ。諦めの気持ちと尊敬の気持ちが入り混じる植物になっている。漱石は葛の生命力に敬意を表している。

句意は「冬になって雑木林の中に作られた炭竈は火が焚かれることがなくなり、葛がこれから真冬までは自分の季節とばかりに、蔓を伸ばし始めていたのが、いま枯れていることでわかる。その姿はあたかも枯れながら伸びたように見えた」というもの。冷えた炭竈の丸い面には厳しい冬になって葉を枯らした葛の姿があり、短い期間に気合を込めて成長したように見えた。

この句の面白さは、炭竈に葛が枯れながら上るという見た方をとっていることだ。漱石は物事を面白くとらえる発想をする。葉っぱを枯らした葛が枯れた色の蔓を伸ばして炭竈の表面を上り始めていると見る。秋口まで蔓を伸ばせなかった葛の執念があると漱石は面白がった。

そしてもう一つの面白さは言葉の洒落があることだ。炭竈の周りには、売り物にならない割れたクズ炭がうずたかく捨てられているという光景が見えることだ。クズ炭の中に葛が生えたという隠れ洒落がこの句に潜んでいる。土を盛り上げた山に見える炭竈に這い上がっていった葛の蔓は、打ち捨てられたクズ炭を栄養源として伸びていたのだと思うと余計にこの句が面白く感じる。

ちなみに春になると枯れたように見えた葛は葉をつけようとするが、雪が消えるのを待っていた炭焼き人が山に入って来て、冬の間に乾燥させておいたクヌギの幹を炭竈に入れ始める。炭焼きの開始である。折角伸びた蔓は炭と化すことになる。

＊『海南新聞』（明治29年2月2日）に掲載

• 墨の香や奈良の都の古梅園

（すみのかや　ならのみやこの　こばいえん）

（明治32年2月）句稿33

「梅花百五句」とある。古都奈良は現代においても書道で用いる固形の墨の一大産地である。墨は松材を燃やした時に生じる煤を集め、熱で溶かした膠をこれに添加して混合し、型枠に流し込んで角柱に固形化したものだ。この製造には大量の松材を燃やして煤を得なければならない。この作業には熱に耐える体力を要する。したがって気温が下がっている冬の季節に作業をすることになる。梅が咲いている時期に墨職人は梅を鑑賞することなく、墨作りに集中することになる。

奈良の古い梅林を見るためにやってきた人は、街の空気の中に梅の香りの他に墨の匂いが混じっていることになかなか気づかない。だが墨を擦る世界に馴染んでいる漱石の嗅覚は、奈良の街の空気の中にある墨の匂いを嗅ぎ分ける。

ちなみにかつての雅な宮廷人は、新春になると梅の花の香りと墨の香に包まれて仕事をしていたのであろうが、今では奈良の街では墨の香りは薄くなっていると思われる。墨を作る作業所は一ヶ所にまで激減したからだ。体を真っ黒にして墨作りする人は一人になってしまっている。

句意は「古都奈良に古くからある梅園には、今も墨の香りが漂っている。その香りはブランド品の古梅園の香りである」というもの。江戸時代の奈良には、古梅園という墨の老舗があり、江戸にも支店を構えていた。漱石先生もその古梅園の墨を使っていたのであろう。

この句の面白さは、奈良市の空気には梅の香り、鹿の体臭、鹿の糞の匂い、それに墨の匂いが混じっていることを示唆していることだ。早春になると奈良市内にはこれらの複合した香りに枯れ草の燃える匂いが加わって、独特の香りに古都奈良は包まれる。

脱線するが令和4年10月末のNHKニュースが奈良公園に鹿せんべいの自販機が設置されたことを報じていた。露店が閉まる夕方でも観光客は鹿せんべいを洒落た6角カートンに10枚入った状態で購入できるようになった。画面にはこの新カートンを購入した女性がこれをお土産にすると話していた。この鹿せんべいは人が食べてもうまいのであろう。

• 炭焼の斧振り上ぐる嵐哉

（すみやきの　おのふりあぐる　あらしかな）

（明治28年12月4日）句稿8

山中で炭焼きの男がクヌギの木を切り倒そうと斧を振り上げる。男が何度か斧を振り下ろすと木がメリメリッと倒れる。枝葉を身につけた木が周囲の熊笹の上に落ち、ザザー、ドスンという音が森に響く。森の中は一大事が起こったようにざわつく。嵐がザワーと山肌を吹き抜けたように感じる。そのあとは嵐が通り過ぎたように静まり返る。この炭焼の男の風貌は毛深い山嵐のようだ。

この句が作られた頃は、まだ日本中の山中で炭焼きが行われていた。漱石が四国山地の滝を見に行った時に炭焼きの男に出会っていた。そしてこの男に滝までの道案内もしてもらっていた。掲句はこの時のイメージをもとに作ったものなのかもしれない。漱石先生は自然の山水に対して興味があり、山の絵も多く描いている。

この句の面白さは、森の中が嵐のようにざわつくのは、斧を振り上げる時だと描いている。つまり斧を振り上げる時は林の中に緊張が走るのだ。その時嵐が起きるように感じる。実際には炭焼きの男は吹き付ける嵐の中で作業を続けていたのだ。

ちなみにこの炭焼き男の雑木林での伐採は、春先から開始する炭焼きのための材料を雪が降る前に準備するための作業なのだ。冬の間に材木の乾燥が進むようにするためのものだ。また伐採自体も木に水分が少ないことで、振り上げた斧が幹に食い込みやすくなる。男は正月の料理を楽しむ場面を想像しながら斧を振り上げ、振り下ろすのだ。きつい作業も気にならなくなる。もう少しすれば山を下りられる。

・住吉の絵巻を写し了る春

（すみよしの　えまきをうつし　おわるはる）

（明治30年2月）句稿23

住吉物語絵巻の絵を写し終えてホッとしている春の日である。漱石は今年の過ごし方の一つに絵の模写をおいていたのであろう。この絵巻の模写は気持ちを落ち着かせるための手法として捉えていたのだ。この手法はのちに大いに役立った。漱石は英国留学から帰国したのちにうつ病がひどくなった時があったが、絵を描くことでこの心のストレスを克服した。明治40年ごろから新聞連載小説の執筆が始まったが、度々訪れた体の不調を原稿が書けるようになるまで落ち着かせるのに絵画を描くことが役に立った。

昭和の時代まで大いに人気を博した写経や絵の模写は、精神安定の目的で実施されていたと思われる。しかし平成、令和の時代であれば別の手段の瞑想、または西欧化されたマインドフルネスに取り組むのであろう。明治時代の漱石の場合は、毛筆を持つことが日常にあったので絵巻の絵の模写に取り組んでみたのだろう。この模写は参禅と組み合わせると日常の憂さを晴らす趣味として有効であった。

ところでこの住吉物語絵巻は、現存する最古の絵巻であり、そのこともあってごく一部しか残っていない。巻物の絵は全部で7枚であり、全体の長さは短い。そこで漱石先生はこの模写に取り組んだという背景があるのであろう。それとこの絵巻の物語は、継母にいじめられて住吉に逃れた姫君を追って、三位の中将が長谷寺の観音の夢のお告げに従って捜索し、ついに姫を見つけ出したというもの。そしてめでたく二人は結ばれて都に帰ったのち、姫君は父との対面を果たし、中将と幸福に暮らした。漱石先生はこの話に自分の生い立ちを重ねて幾分シンパシーを感じたのかもしれない。

・菫程な小さき人に生れたし

（すみれほどな　ちいさきひとに　うまれたし）

（明治30年2月）句稿23

漱石は明治30年に子規に出した書簡にこの句を書き入れていた。漱石の弟子の松根東洋城は、この句に漱石の人柄が表れているという。司馬遼太郎は「風塵抄」の中で「漱石の人と生涯と作品が、この一句でわかるような気がする」と書いている。多くの人がこのような解釈をするようだ。漱石は男女関係を含めて人間社会はわずらわしく鬱陶しいと考えていた。だからといって人間を止めることはない。そうなると掲句のような「小さき人」に生まれることくらいしかできないという理解になるわけだ。司馬遼太郎も、漱石はその諦めの気持ちを中途半端な助詞を用いて「菫程な」と表したと考えた。

だが、ここで掲句が作られた経緯を見てみる。漱石のかつての恋人、楠緒子は、漱石より7歳年下であったが、二十代前半に次の有名な短歌を作っていた。「ふみの中にはさみし菫にほい失せぬ　情けかれにしこひ人に似て」である。意味は「手紙に挟んでいた菫の花は匂いも失せ、色あせてしまった。それは熱情を失った恋人に似ている」というもの。だがこの短歌には、私の恋人だった漱石は違う、色は失せないという反語が込められている。手紙の間の菫（漱石との思い出）は少しも色あせていないと漱石に伝えているのだ。なんと色っぽい歌であろう。楠緒子には、漱石が間違いなくこの短歌を読んでくれるという確信があった。

熊本時代の漱石はすでに結婚していたが、この短歌を見て早速反応し掲句を作ったと推察する。そして子規にこの句を入れた書簡を出した。したがって漱石の句の意味は「小さな菫であれば、楠緒子に手折られて本の中に収まり、楠緒子の近くに居られるのだ」という空想的な恋の句になる。かなり高度な恋の歌のやりとりがここにはある。この返歌としての漱石俳句は雑誌『ほとゝぎす』に掲載されることが漱石はわかっていた。そして楠緒子がこの句を見ることは想定されていた。

漱石が掲句を作った明治29年正月を挟んだ前後のある日、臨時増刊号の文芸誌を巡って漱石の家庭内で微妙な出来事が起こった。妻の鏡子が楠緒子の短歌が載った歌誌を漱石に突きつけたのだ。鏡子は楠緒子の行動をチェックしていた。この短歌は「君まさずなりにし頃となかむれば 若葉がくれに桜ちるなり」というもの。この短歌は、二通りの解釈ができ、楠緒子の漱石への未練が込められているとも解釈できた。これを見せられた漱石は、「お安くない歌だ。おおかた大塚が留守なんでこんな歌ができたのだろうが、大塚も仕合わせな男だ」そして「あれは俺の理想の美人だよ」とつけ加えたという。漱石は欧州留学で不在になっている夫の保治を思って寂しがっている歌なのであるから、楠緒子は夫思いの理想の女性だと、鏡子とは異なる解釈に立って補足説明したつもりだった。

だが「理想の美人だよ」という言葉は鏡子の頭から離れなくなった。これ以来鏡子のヒステリー症状は悪化していった。そしてこの言葉は鏡子を自殺未遂に引っ張って行った。しかも鏡子は二度も自殺未遂を起こした。一部の漱石ファンが言うような流産でのショックが原因ではない。鏡子は夫の心の中には楠緒子がいると確信したからだ。その漱石はこの句を作った2ヶ月後に、妻に長期に病欠している同僚の菅の見舞いだと嘘の目的を告げて一人で久留米に出かけた。鏡子はすぐに菅は前月から高校に復活していたのを知った。

ちなみに「菫」のような女性が、明治41年に書かれた日記風の随筆「文鳥」に何ヶ所も出ている。

＊雑誌『ほとゝぎす』（明治32年1月）に掲載

三者談

この句には巧みを感じる。そして西欧の詩の趣が入っている。しんみりした感じが少ない。菫に対する愛情はよそよそしい。自分の顔や肉体の醜さを感じて、菫と比較しているように思う。

• 炭を積む馬の背に降る雪まだら

（すみをつむ　うまのせにふる　ゆきまだら）

（明治32年1月）句稿32

「峠を踰えて豊後日田に下る」と前置きがある。そして「つまらぬ句ばかりだが、紀行文の代わりとして読んでくだされ。病気療養の慰めになるぞ」と句稿の冒頭で書いていた。だが出来上がった句は子規を十分に楽しませるものであった。

掲句の原句は「馬の背の炭まだらなり積もる雪」であった。ともに熊本の山中での出来事を描いている。熊本市の北西の峠道の茶屋で休んでいる時の経験を基にした句である。

掲句の解釈は「炭俵を積んだ駄馬が馬子に引かれて、峠で休んでいた漱石の前を通り過ぎた。馬の背に積もりだした雪の白さと馬の背中の黒褐色とでまだら模様になっていた」というもの。漱石は降り出した雪が一瞬の綺麗な模様を作り出した場面を目撃したのだ。

褐色の馬の背中にクヌギ、アカメガシワなどの雑木を焼いた炭の俵筒がくくりつけられている。炭焼き人は作り貯めていた炭を売って正月を迎える準備をするために、馬に炭を積んで山を下りて来たのだ。

この句の面白さは、「炭」と「積む」で韻を踏んでいることだ。そして「炭を」と「積む」、「馬の」、「背に」、「降る」、「雪」、「まだら」と細かく切って読むことで、馬のトボトボ歩く様を描写できることだ。またボタン雪が馬の背に積もってボサボサと崩れ落ちる音にも感じられる。謡曲をうなる漱石は自然の音声にも興味があるのだ。

漱石はモノトーンの色の対比にも目を奪われた。黒褐色の馬体に雪の大きな白い斑点が付いたまだら模様の馬が峠を移動して行く様をまさに動く水墨画のように描いた。画家でもある漱石の目は、この偶然の色彩世界の出現に感動したと思われる。

・相撲取の屈託顔や午の雨

（すもうとりの　くったくがおや　うまのあめ）

（明治31年9月28日）句稿30

屈託顔とは、心配事や悩み事を抱えた顔つきのこと。なぜ相撲取はそんな顔をするのか。体つきに合わせて堂々としていそうなものだ。

この理由を調べてみると、明治時代の土俵の事情が絡んでいたことがわかった。天保四年（1833年）から明治42年に旧両国国技館ができるまでの期間、東京の本所回向院で春秋二回の興行相撲が行われた。

つまりこの間相撲は屋外で行われていた。そして漱石が相撲を見に行った明治31年にはまだ土俵の上には屋根がなかった。雨が降るとこの土俵に水が溜まってしまう。そうなると水を徳俵の切れ目から掻き出しても足は滑りやすくなるため、興行は中止になる。この時期、順延が重なって「晴天10日間興行」が雨の影響で2ヶ月かかることもあったという。

午の刻は昼の12時前後であり、午前中から雨が降りだせば相撲興行は中止と触れが出るが、昼からの雨だと興行主は少々の雨ならば相撲を強行することもあろう。土俵が濡れていると、怪我をしやすくなる。相撲取りにとって怪我は命取りになることもあるから、屈託顔になるという寸法だ。

ここに洒落の大家、漱石の姿が見える。漱石は落語だけでなく相撲も好きで詳しかったので、ついつい相撲の俳句には力が入る。

明治時代の相撲取りは皆太って雄牛のような体つきをしていたはずだ。こんな二人が土俵で仕切に手をついて睨み合っている状態は、まさに闘牛のはじまりである。そこで漱石は、その力士の牛と昼の午を出してぶつけて遊んでいるのだ。牛と午の漢字を戦わせている。この句ができたときの漱石は、屈託のない顔をしていただろう。

落語好きの漱石がいてくれて、また面白がりの漱石がいたおかげで俳句を取り巻く世界は相当に楽しい世界になった。これを書いているホクサイマチスは丑年の男である。

・静坐聴くは虚堂に春の雨の音

（せいざきくは　きょどうにはるの　あめのおと）

（大正3年）手帳

座禅では自分の心臓の音を聞くようにして、自分の体の声に耳をかたむけるのがよいとされる。そしてこの時間を持つことが、体の中庸を保つ上では大切であるようだ。まさに静かに座す時間を持つことでいろんな自然の音との出会いを持てるようになる。座禅は自分の体と会話する特別の時間になる。

虚堂はがらんとした寺の伽藍のことであろう。漱石は広い板間に座って静かに坐している。春の雨の音がする。天からの音は体の芯の音と和す。虚堂に響く音は心臓の鼓動にも重なる。両者がリズムをとって重なる時間を漱石は無心になって楽しんでいる。

この句を音読すると「静坐」で瞬時止まる。ここで背筋を伸ばし、「聴くは」で「雨の音」の方に注意が働きだすという構成が小気味よい。この句は単なる静と動の組み合わせではない。心の中の視線が木の床の上の足元から、講堂全体に移り、そして屋根、さらには天の方に移動する。雨の落ちる方向とは逆である。この構成が面白い。

虚堂に座すことは、頭の中も虚にすることにつながると漱石は言っているようだ。静坐が終わると心が充実し、雨後のようにしっとりとしているのを実感するのだろう。漢文調の言葉のリズムがいい。

ちなみに若い時の漱石は、楠緒子との恋愛に翻弄されて悩み、鎌倉の円覚寺で座禅を組んだ。その前に心の荒みを癒すためにいろんなことをしたが無駄であった。この後円覚寺で座禅をし、若い僧と話したりした。これによって自分を取り戻すことができた。このことを20年後に春の雨音を聞きながら思い出していた。

自分の人生は正岡子規との出会い、大塚楠緒子との出会い、そして妻との出会いだったと振り返ったのだろう。

・聖人の生れ代りか桐の花

（せいじんの　うまれかわりか　きりのはな）

（明治24年8月3日）子規宛の手紙

二十歳の漱石は実家に戻ったこの時から家のあとをとった兄と結婚していた同い年の登世と一つ屋根の下で暮らし始めた。（漱石は21歳の時に夏目家に復籍した。）この前年に長兄、次兄が相次いで死亡したため家に戻された。）その登世は24歳時の悪阻がもとで亡くなった。漱石とはおおよそ4年間木造の家に同居していたことになる。学生であった独り身の漱石は、まだ若い新婚の兄夫婦の性生活を間近に感じていて、悩まされ続けたのは道理である。そんな漱石は次第に聡明な登世に思いを寄せるようになっていったようだ。その登世が突然死んでしまったことで漱石は混乱し、嘆きの日々が続いた。追悼の句を13句も作って子規宛ての手紙に書き記したが、掲句はその中の一つである。

掲句の他には「君逝きて浮世に花はなかりけり」「骸骨や是も美人のなれの果て」「朝顔や咲た許りの命かな」がある。病身の子規はこれらの句を書いた手紙を受け取ってどうしたのであろうか。

漱石は登世に対して知的な女性という評価をしていた節がある。桐の花は高貴な花というイメージがあり、これは桐の葉が日本政府のマークになっていることからも窺える。そして桐の花は薄紫の花で唇形花であり、清楚でありながら妖艶な部分も持ち合わせている。漱石のセンスの良さが窺える。

掲句において、登世は「聖人の生れ代りか桐の花」と称えられている。彼女と結婚した兄はボンクラな遊び人であった。そんな行状の悪い兄と見合い結婚で一緒になったのち、日々耐えている様はまさに聖人に見えたのだ。そして登世は桐の花のようだという。桐の花は成長がとりわけ早い樹種であり、かつては女児が生まれたなら桐の木を庭に植えたものであり、結婚時にはこの木を切り倒して嫁入りの家具を作るのに用いたというくらいの成長の早さがある。つまり桐の木は早熟であり、かつ若くして切り込まれる運命があるということになる。登世は悪阻の時に運命の悪戯で死んでしまったということに桐の特徴を重ねている。

・筮竹に梅ちりかゝる社頭哉

（ぜいちくに　うめちりかかる　しゃとうかな）

（明治32年2月）句稿33

「梅花百五句」とある。神社の本殿の前に陣取って筮竹易をやっている人がいる。細い竹ひごの筮竹を巧みに扱っている。少し離れたところに順番を待つ人だかりができている。梅が咲いて春祭りが始まると人はこの時を待っていたとばかりに集まってくる。悩みを持つ人が多いのだ。

社殿の近くにある梅の木から散り始めた花びらが風に吹かれて占い台の上に広げた筮竹に降りかかってくる。易者はこの光景にうっとりとしているようだ。

この句の面白さは、初春の神社の境内の角で行われている筮竹易の光景を描写しているが、漱石先生の占いに対する見方が「梅ちりかゝる」に詰まっていることだ。この占いは自分の置かれた状態を追認し、これから起こることに希望の味付けをしてもらうことであるから、占い自体が侘しい行為ということになる。つまり梅の花が散る様に似て、占いも侘しいものであると述べている気がする。

漱石の家では前年の明治31年の5月に妻が近くの白川に身を投げる自殺未遂事件を起こし、その後も未遂事件を起こした。漱石はその原因がわかっていた。掲句を作った時期の漱石は過大のストレスに晒されていた。漱石は家の近くにあった神社でこれからのことを占ってもらえば気分転換になる気がして、ふらふらと筮竹易の占い師のところへ近づいて行った。慰めの言葉を期待していた。

この時漱石は好きな梅の花が散るのをじっと見ていた。そのうちに我に返って占い師から離れていった。

晴明の頭の上や星の恋

（せいめいの　あたまのうえや　ほしのこい）

（明治30年の夏か）子規の承露盤

清明は、昼でも夜でも空が明らかに晴れ渡る様を指すが、掲句は夜の清明の空を漱石先生は眺めていたことを表している。天の川がくっきりと夜空に横たわっているのが見えていた。漱石はこのきれいに見えている天の川から織姫と彦星の「星の恋」の話を思い出した。恋の思いが夜空にくっきりと漂っているのが見えた。

七夕は旧暦の7月7日に行われる世俗の行事であるが、明治30年の新暦では七夕の日は8月5日に該当した。明治30年ごろは行事の実施においては、旧暦と新暦が混在していた時期であったであろうが、掲句における七夕の行事は旧暦での実施であった。つまり漱石先生は8月5日の雨の心配のない夜空を眺めていたのだ。

毎年この8月になれば七夕の夜空は晴れ渡る確率が一段と高くなっていた。新暦の7月7日の七夕は雨の時期であり、織姫と彦星の出会いは無理なのだ。この行事は旧暦でやるに限ると天の川を見ながら漱石は確信したのだ。

漱石先生はこの頃に掲句の一つ前に「来る秋のことわりもなく蚊帳の中」の句を作って、掲句と同様に新暦と旧暦のズレを蚊帳の中で嘆いていた。8月5日ごろの「蚊帳の中」は暑くてたまらないのに、新暦ではもう立秋だと言われてしまうとぼやいていた。つまり8月5日ごろの蒸し暑い夜には、外に出て夜空の星を眺めることになっていた。合理的なのだ。

ところで掲句の「星の恋」は七夕伝説のことで、秋の季語になっている。掲句の制作は推測では明治30年の夏である。（漱石全集の俳句集では明治30年に編入させている。）鎌倉の夜空を眺めていたと思われる。この時妻も鎌倉に長期に滞在していたが、漱石とは別居状態であった。漱石が織姫として思い起こしていたのは誰か。妻ではないはずだ。明治30年の4月に漱石と楠緒子は久留米で会っていたと思われる。

蜻蛉の夢や幾度杭の先

（せいれいの　ゆめやいくたび　くいのさき）

（明治43年9月19日）日記

漱石の修善寺の宿での長逗留は、東京で若干量の吐血をした後の療養のためであった。ほぼ一ヶ月も病室代わりの宿の部屋で布団に寝ていると、頭を上げて窓から外の景色を眺めるのが楽しみになってくる。晴れの日に遠くを眺めると、野の草も木々の葉も色を変えてきていたのがよくわかった。田んぼの上を飛んでいるトンボが部屋から見えた。夜には村の寺から秋祭りの太鼓の音が窓から入ってきた。

句意は「多数の赤トンボが田んぼの上を飛んでいる。その中の何頭かのトンボは稲を掛けるために打った杭の先に、なんとか留まろうと努力しているように見えた」というもの。トンボは飽くことなく何度も何度も杭の先端に留まろうとトライしているさまが見えたのだ。

この句の面白さは、漱石がトンボの諦めずに何度でも挑戦する行為に好感を持っていたとわかることだ。自分は同じ部屋に寝ているのに飽きてきていたが、トンボを見習わねばならないと思い返したと見える。つまり、天下の漱石先生がトンボから諭されていると見えることが面白い。そして漱石自身がそのことを笑っていることだ。トンボの夢は何か、そして自分の夢は何かと考えていた。このことは自分の体調がこの時期には確実に回復しているのを実感できていたことを示している。

蜻蛉や杭を離るる事二寸

（せいれいや　くいをはなるること　にすん）

（明治28年10月末）句稿3

川岸に並べて打ってある杭の天辺にトンボが近づいてくる。さしずめ川岸にミニ飛行場ができたみたいだ。杭の天辺は平らで着陸が容易に思える。よく見ていると人の気配を気にして、接近してもホバリングしてなかなか着陸しない。降りたかと見せてまた浮き上がり、2寸ほど、つまり5、6センチ浮いたままホバリングしている。しばらく経って安全を確認できたと見えて着陸態勢に入っては、またすぐに元の高さまで飛び上がる。そこで浮いたままになっている。こんなトンボの動きを漱石は飽きずにしっかり見ている。

この句の面白さは、トンボが杭を離れている様を描く際には、「杭を離るる事2、3秒」とかのように時間の長さを捉える表現もあるが、漱石は距離に注目していることだ。これによってトンボがホバリングする様を想像するように企んでいる気がする。

もう一つの面白さは、「離るる事二寸」の二寸はほんのわずかな時間「ちょっと（一寸と表す）」の時間ではない、幾分長めの時間であることをも「二寸」で表していて洒落が隠れていることである。

ところで米軍の海兵隊が導入した垂直離着陸ができる大型輸送機のオスプレーはトンボをモデルに開発したのであろう。導入してから世界各地の基地で事故が多いのは、人工のトンボは長い進化の歴史を有するトンボの精巧な機構に追いついていないからである。トンボを甘く見たせいであろう。一寸甘く見過ぎたようだ。

ちなみに明治28年10月から12月あたりに作られていた俳句には、落語的な面白い俳句が沢山ある。この時期は大塚楠緒子との失恋も幾分癒えてきていて、逃避する姿勢から新たな自分を構築する方に気分が向かっていた。楠緒子の住む東京から遠い松山に中学校教師の職を得て移動してきたが、ここは学校も生徒も肌に合わぬと諦めて1年ですぐに熊本第五高等学校に転勤することにした。優秀な友人たちの協力を得てこの転勤が実現した。

掲句は慎重に転勤の手順を踏んできた漱石の気持ちを表している。そして長いホバリングの末に、杭の先に着陸することにしたことを東京の子規に伝えていた。

蜻蛉や留り損ねて羽の光

（せいれいや　とまりそこねて　はのひかり）

（明治43年9月19日）日記

掲句とセットで作っていた俳句は「蜻蛉の夢や幾度杭の先」である。掲句にある窓から見える田んぼの中でトンボの羽の光を何度も見ていたので、トンボの夢について簡単に考察することにしたのだ。

漱石先生はほぼ一ヶ月もの間修善寺の温泉宿で療養していた。東京で慢性の胃潰瘍になり、天気のいい日にはその部屋から外をよく眺めていた。これ以外は体を動かさないので筋肉は退化してしまっていた。食事は粥やビスケットなどであり、やせ細って歩くのもままならない体になっていた。悩みの青年期以降は胃潰瘍が持病になっていたが、修善寺で大量の血を吐いてしまったからだ。

窓からは田んぼの上を飛んでいる赤とんぼの動きがよく見えた。細い杭の先に留まろうと何度も挑戦している赤とんぼを遠くから応援していた。田んぼを吹き抜ける風の吹く中で細い杭の先に留まるのは難しいようだ。躊躇しているのがよく見えた。そしてこの躊躇を楽しんでいるようにも見えた。

掲句はこの日の日記の同じページに書かれていた俳句「蜻蛉の夢や幾度杭の先」を受けたものである。このトンボの先の夢の結果が掲句に描かれていた。句意は「赤トンボが杭の先に留まろうと何度も挑戦していたが、いよいよ意を決して降りた。しかし着地に失敗した。羽が大きく傾いて羽の光が増したからだ」というもの。

漱石の観察眼は鋭い。広い旅館の敷地の外に広がっている田んぼのトンボはゴマ粒の大きさにしか見えないはずだ。それを観察し続けるのは大変な根気を要することだ。そして羽の光り方を見て「留まり損ねた」と判断していた。

ところで「蜻蛉目」の読みは「せいれいもく」または「とんぼもく」となっている。しかし俳句の世界では「とんぼ、とんぼう、かげろう、せいれい、あきず、あきつ、えんば」といろいろの読みができる。掲句での読みは音数の関係で「せいれい」なのであろうが、実際に飛んでいたのは赤トンボである。青いトンボではなかった。

青楼や欄のひまより春の海

（せいろうや　らんのひまより　はるのうみ）

（明治39年10月24日）松根東洋城宛の書簡

この青楼は遊郭のことであり、一般には吉原遊郭を指した。調べると中国では妓楼全体に青い漆を塗ったところから青楼となったとあった。このことから遊郭の隠語として青楼が使われたことになる。欄とは部屋の仕切りのことで襖のことなのであろう。長い廊下と部屋の間を仕切る襖なのだろう。そして「ひま」は物と物との間の空所である。ここでは襖と襖の間、つまり襖の隙間。

句意は「吉原遊郭の襖を開けるとその隙間から廊下越しに春の輝く海が見えていた」というもの。濃密な人間世界から別世界の青い海の中にふと視線を移すと見えている海は柔らかい春の海と映ったのだ。吉原遊郭は開拓した土地に作られたので海が近かった。そもそもこの遊郭へ小舟で行く客が多かった。

この句は人気作家となってから遊郭に遊びに行った時のことを記録として描いたものに思える。芸妓や遊女と一夜を過ごし、明け方に部屋の襖を開けて隙間から外を見ると、春の海が見えた。漱石がいた部屋は二階であり、そこからは春の海が見えたということになる。いやこの句は多分に想像の俳句であろう。

この句の面白さは、青い壁の青楼からの連想として海の青い色を導いていることだ。漱石は明治39年2月3日付の教え子の野間真綱宛ての手紙で、気が滅入った時には「青楼遊び」がいいと勧めている。野間は帝大を卒業しておおよそ半年を経過しても就職せずに学生寮でぶらぶらしていた。その一方で就職口を紹介している。

当時の日本社会には売春禁止の法はなく、売春防止法は昭和32年4月1日から施行された。漱石先生が生きていた時代は、西欧社会と同様に公娼制度が存在した。現代と時代背景が違っていた。

ちなみに21世紀に公娼精度が存在する国は、オランダ、フランス、オーストラリアなどである。

三者談

この遊郭は品川遊郭だという。街道一帯が遊郭でそこの欄干からは海が見えたはずだ。東洋城はこの句は漱石が彼と大森付近を散歩していた時の作だという。道からその欄干が見えていた。漱石は青楼の二階か三階にいて顔を横にして欄干越しに海を見ている姿を漢詩的に想像して遊んだと豊隆はいう。

隻手此比良目生捕る汐干よな

（せきしゅ　このひらめいけどる　しおひよな）

（明治30年2月）句稿23

この俳句は魚の摑み取りの実況中継のような俳句になっている。この句は潮干狩りでの平目の捕獲の様を描いているように思えるが、句作の季節は真冬であり浜での漁師たちによる地引網を漱石は描いているように思われる。

句意は「干潮の時に海岸で平目を片手で生け捕ることができた」という解釈になり、片手ですごいことをしたものだということになりそうだ。漱石はこのような解釈になることを面白がっている。実際には熊本の漁師が大きな獲物があったと喜んで、地引網の網にかかって動きにくくなっている平目を片手で摑んだと想像した。

この句は、江戸時代の臨済宗の僧、白隠の「隻手の音声（おんじょう）」という公案をベースにした俳句なのだとわかった。ネット情報にはこの公案の意味として「両手を打つと音が出るが、片手ではどんな音が出るかということを問うもの」とあった。

漱石先生は禅宗のこの公案の答えを卑近な浜辺での地引網漁における片手作業に落とし込んで、ふざけて答えている。掲句は引き潮の浜では魚の捕獲は片手でもできるということを表した。そして公案の答えとしての句意は、片手から発する音は、地引き網で平目を片手で生け捕ったときの音だとした。ギュー、またはグチュの音である。見事な答えを俳句の形にしているユーモアには脱帽である。禅僧たちの固定観念に囚われないで出した答えは、空なのだという。

ところでヒラメを造語して比良目と書くのは面白い。埼玉の魚屋ではヒラメと平目の両方の表記をよく目にするが、ある統計によると文学作品の中の書き方では鮃 88・1%、比目魚 4・9%、平目 2・1%、比良目 2・1%、鮃 1・2%の割合なのだと何かに書いてあった。作家たちがヒラメを鮃と書く人が多いのは、小説の閃きに飢えているのかもしれない。

積雪や血痕絶えて虎の穴

（せきせつや　けっこんたえて　とらのあな）

（明治28年12月18日）句稿9

この俳句は観察句ではなく、想像句なのであろう。朝鮮半島における冬の山間での虎狩りの様子を猟師の目で描いている。

猟銃で弾を虎に命中させたが、その虎は倒れずに逃げ去った。猟師はその虎の後を追って山に分け入った。血痕が積もった雪に点々とついて山の穴に至っていた。その穴には死にそうな虎がいるはずだ。「血痕絶えて」の意は、点々と続く血痕が止まった、ということである。つまり雪の中で洞窟にまで続いていたが、そこで止まっていたということだ。

28歳の漱石先生はなぜこのような俳句を作ったのであろうか。この句が書かれていた句稿9には、直前句として焚き火の俳句が3句並んである。「榾の火や昨日碓氷を越え申した」「粱山泊毛脛の多き榾火哉」「裏表濡れた衣干す榾火哉」である。これらは1年前の漱石先生の恋愛の結末に関するもの。この句稿9において掲句の38句前に「親展の状燃え上る火鉢哉」の句があり、37句前に「黙然と火鉢の灰をならしけり」の句が置かれている。別れて結婚していた恋人からの親展の手紙によって、落ち着いたかに思えた漱石の心は揺さぶられた。しかし、読み終わると部屋の火鉢でその手紙を焼いていた。漱石の人生において、受け取った手紙を自分の手で燃やしたのは、この手紙だけのようである。恋人であった楠緒子と心の中でも別れる決心をした後の葛藤を整理できたとする俳句である。

漱石はこの葛藤を整理し終えたことにしたが、先の銃のような威力のある親展の手紙で漱石先生は射抜かれたままになっていた。射抜かれた漱石は住処の洞穴にたどり着いたが、血が流れていて動けないでいた。心の奥底では葛藤がまだ整理できていない。

石磴や曇る肥前の春の山

（せきとうや　くもるひぜんの　はるのやま）

（明治30年4月18日）句稿24

「高良山」とある。久留米の高台にある高良大社から見た肥前の春の風景を詠んだ俳句であるとわかる。高台に登った漱石の目は、ぼんやりと霞む春の筑紫平野の山々を見ていた。

ネットで見つけた佐賀の郷土史家である増原達也さんの情報が漱石の行動を明らかにしてくれた。漱石は明治30年3月28日に親友の菅虎雄の実家を訪ね、その足で久留米の高良山に登り、この中腹にある高良大社を訪れた。この高良大社は奈良時代以前には成立していたものとされる古い神社であるが、かつてここには石を積み上げた囲いを持つ山城が作られていたという。

ちなみにこの旅は、職場を長期に休んでいた同僚の菅虎雄を見舞うための一人旅だとされている。この旅についてネット情報で次のものを得られた。「明治30年虎雄は、肺結核を病み、1月、2月の相当日数を欠勤した。漱石は、春休みに久留米に帰郷し静養していた虎雄を訪ねた。（中略）虎雄は、一旦は回復したが再発し、（後略）」（鎌倉ガイド協会による公開講座「鎌倉と夏目漱石」（講師：関谷哲雄）とあり、虎雄が久留米に帰っていた期間は、明治30年の1月から2月の間だという。漱石が久留米に行ったのは3月28日であるから、漱石の妻鏡子が確認したように、虎雄は病から回復し高校に復帰していたことを裏付けるものだ。

ここからは肥前の山々が遠くに見渡せた。つまり登った高良山と肥前の山の間に筑紫平野が挟まって見渡せたのだ。この肥沃な平野に古代には国家群が成立して勢力を競った時代があり、春霞の中にこの地に起きた古代の歴史的事件や人々の生活する姿がぼんやりと浮かんできたのであろう。朝鮮半島や中国大陸に近い九州には、漱石の生まれ育った東京、関東とは異なる意識と最古の文化を継続して持つ人たちが生きているという実感が湧いたのであろう。この時熊本第五高等学校の生徒たちの強い眼差しが脳裏に蘇った。

この句の面白さは、上五の「石磴や」は漱石のいる場所を示しているだけでなく、この石磴も漱石と同じように肥前の山を見続け、足元の筑後平野で起きた数々の戦いに想いを馳せていると描いていることだ。この石磴を擬人的に扱っている。

さ

寂として椽に鋏と牡丹哉

（せきとして　えんにはさみと　ぼたんかな）

（明治30年12月12日）句稿27

「せきとして」は、ひっそりと静まっている様をいう。縁側には鋏が置かれたままになっている。主人はずっと縁側にいて庭の牡丹の剪定をするつもりでいたが切る決心がつかない。それとも切った後で疲れて縁側に鋏をおいて座っている様を描いているのか。その縁側はひっそりと静まり返っている。

句意は「庭の牡丹の剪定をするつもりで剪定鋏を用意して縁側においたが、庭の牡丹を前にするとなかなか牡丹の枝を切れないでいる。静かな時間が流れている」というもの。相手が存在感のある花びらの大きな牡丹であるからだ。

この句は蕪村の「寂として客の絶間のぼたん哉」とよく比較される。二つの句は共に客が帰って誰もいなくなっている屋根の下で、主人が庭の牡丹の花と静かに対峙している句である。この句に比べると、漱石の句は牡丹を切るために鋏を用意したが、切れないでいる主人の逡巡が見られてこちらの方がドラマチックに感じられると判断した。

ここまで書いて、ある時、愛媛大学教育学部准教授の青木亮人氏の新説が目に止まった。漱石の句は蕪村句の「寂として客の絶間の牡丹哉」と「牡丹剪って気の衰えし夕哉」を借りた句である、という。つまりこれらの句は繋がっていて、蕪村は客が帰った後夕暮れに急かされるように牡丹を切っていたのだ。そしてその後気落ちしていたのだ。しかし、漱石句では迷いながらぐっと切ることをためらったままでいると解釈できることに加えて、切ることを決断して切り終えた後の虚しさを味わっている様を描いているとも解釈できることに気づいた。青木氏はこの二つの解釈が可能なように漱石は掲句を作っていたと解説していたのだ。つまり「椽に鋏」の部分は、縁側に置かれた鋏は剪定前と剪定後の両方に解釈できることを示している。この考えを入れて漱石句を見ると、漱石は蕪村に比べてより複雑であり、かつ面白いと言える。漱石は尊敬する蕪村の句を意識し、これを越えようと図ったのだ。掲句には漱石のこの気持ちが現れていると見ると、さらに面白みが増す。

ちなみにこの句の解説文には椽（エン）はタルキと読むのが良いと書かれている。確かに、この語はタルキと読めるがタルキの差し示すものは屋根の下に固定する角材で、棟から軒にかけて斜めに取り付ける斜材、垂木ということになる。縁側のことを示す漢字は、縁と椽である。エンは「部屋の外側につけた板張りの細長い床の部分」の意味になる。タルキは角材であるから、ここでは縁側の意味でエンと読むのが適当であると考える。

石標や残る一株の枯芒

（せきひょうや　のこるひとかぶの　かれすすき）

（明治32年1月）句稿32

明治32年1月2日に漱石は学校の同僚と宇佐八幡宮を詣でた。しかし、神宮の境内は新暦での新年の祝い事の準備は全くなされておらず、寂れていた。旧暦で行事をする習わしが神社ではまだ生きていたからだ。八幡宮を詣でても歓迎されず、新春の気分が盛り上がらない中、この日泊まる隣町の宿に向かうことになった。

調べによると、漱石と友人は次の目的地である耶馬渓に近い西の四日市町（現在の宇佐市四日市）の宿を目指して歩き出した。雲が低く垂れ込める中、少し陰鬱な気持ちになっていたが、道端に参詣者のための石造りの道標を見つけた。その周りに芒が一株だけ枯れて立っていた。他の芒は吹き抜ける冬の強風になぎ倒されていた。この道沿いの景色を見れば新春を祝う気にならないのはわかる気がした。

句意は「参詣した後宿泊する人のために、宿まで道案内する石標が立っていた。その脇に一株の芒が立っていた」というもの。道沿いの風景は殺風景な景色そのものであった。神社は新政府と対立している風であった。

この句の面白さは、漱石一行は初詣に来たのに肩透かしを食らったようであり、このやるせない気分を、石標と一株の枯芒による無彩色の景色が表していることだ。

鶺鴒や小松の枝に白き糞

（せきれいや　こまつのえだに　しろきふん）

（明治43年10月4日）日記

「鶺鴒多き所なり」の前置きがある。修善寺の宿に長逗留し療養していた漱石は、やっと窓の外を、じっくり見られるようにまで体力を回復させていた。10月4日に窓の外を見て「修善寺の山はセキレイが多いところだ」と喜んでいる。小松の枝を眺めて笑いながら喜んでいた。

この句が書かれた日は仮死状態から蘇った漱石が長逗留ののち、修善寺の宿から運び出される7日前である。出立の10月11日には立つことはできたが、歩けなかった。しかし10月4日には体を起こして部屋の窓から外を眺めることができた。この時の嬉しい気持ちを掲句に表した。

句意は「窓から見える小松の枝に何羽ものセキレイが跳ねている。松の枝が真っ白になるほどに白いフンが付着している」というもの。枝についた糞は白色で、セキレイの体は白と黒であるので、セキレイが枝に留まっていると、緑の松の枝がフンだらけに見えると笑っている。

この句の面白さは、セキレイは体長が十数センチの小さな鳥で、背筋がピンと真っ直ぐに伸びている、まさに「背が綺麗」な鳥であるが、実はそうでもないと呟いているところである。その鳥が松の枝に舞い降り、そして飛び立つ様はまさに「動く宝石のようだ」と言われるが、よく見ると鳥の白い糞が羽根に付着しているようだとふざけている。川岸の木々を寝ぐらにしている鵜は木全体を糞で真っ白に染めてしまうために、鵜は糞害を撒き散らす害鳥だと言われることがある。これに対してセキレイは、可愛い「背が綺麗」な鳥と言われる。漱石はこの違いに思い至っていたに違いない。

せぐゝまる蒲団の中や夜もすがら

（せぐくまる　ふとんのなかや　よもすがら）

（明治32年1月）句稿32

「守実に泊りて」とある。「せぐくまる」とは、「跼る」と書いて、膝を折って背を丸めて前かがみに固まること。冬の夜、漱石先生は大分県中津市の耶馬溪の宿に泊まったとき、薄い蒲団の中で体を丸く縮めて少しでも温かくなろうとしていた。夜通し寒さで眠れなかった。掲句は耶馬溪の真ん中付近の深耶馬溪の雪の守実集落に泊まった時のものだ。

この宿で思いがけなく風呂に入れて一旦は体が温かくなったが、部屋に戻って布団に入っているとだんだん体が冷えてきた。そのうち我慢するのが辛くなってきた。寒さが部屋に忍び寄ってきた。同じ耶馬溪の前日の宿では「短かくて毛布つぎ足す蒲団かな」の句を作っていた。この時の被り蒲団は薄く小さかった。しかも綿の入っていない、布だけの蒲団であったようだ。

守実宿の当時の寝具も同じように布シートであったのかもしれない。主流の和紙の包みの中にアンコとして藁や紙のほぐしクズが使われていた被り蒲団だったのかもしれない。そうであれば保温性能はあまり高くなかった。漱石が「せぐゝまっていた」のは、蒲団から足が出てしまったからなのかもしれない。

ちなみに江戸時代まで使われていた蒲団は被り蒲団のことで、紙衾（ふすま）であった。別名はワラ衾。和紙でできた四角の包みの中に長いワラがアンコとして入れられていたもの。芭蕉はこれを丸めて筒状にして背中に括り付け、旅を続けたことは有名な話だ。明治中期になってもこの紙衾が蒲団と呼ばれていたと思われる。綿入れ蒲団が普及したのは昭和になってからだという。敷き蒲団としては茣蓙が一般的であった。当時ワタ入れの着物状のものは夜着と呼ばれ、関東を中心に使われていた。本格的な綿入れの現代の「かい巻き」はこの伝統に基づくもの。

摂待や御僧は柿をいくつ喰ふ

（せったいや　ごそうはかきを　いくつくう）

（明治29年11月）句稿20

この句は熊本に住んでいたときのもので、松山生まれの子規のことを念頭において作っている。大の親友の子規に2年近くも会っていなかったので、子規のことを思い出していた。柿のシーズンに柿好きの子規のことが懐かしく思い出された。

掲句は松山市民のお遍路に対する摂待の場面である。慣習として遍路道の道端で地元の人が遍路たちに飲食物を振る舞うのであるが、摂待所を通りかかった人が柿の木を見ながら歩いていたので、その人は柿好きな人に見えた。そこでお摂待の人はその人に、柿は何個食べますか、と問うたのである。好きなだけ枝から取ってあげるというのである。なんと愉快な会話なのであろう。

この句を読んだ子規は、漱石が子規の柿好きなことを覚えていてくれたと喜んだに違いない。この俳句は、子規に対する漱石の言葉による摂待になっている。

ちなみに通常ビジネスの場合は接待と書くが、遍路に対して往来や門前で茶や食べ物だけを受け取ってもらうのであるから摂待と書く。ちなみに摂待よりもっと具体的な表現としてお茶だけを提供するものとして「門茶」という言葉があるという。

● 絶頂に敵の城あり玉霰

（ぜっちょうに　てきのしろあり　たまあられ）

（明治29年1月28日）句稿10

掲句は蕪村の「絶頂の城たのもしき若葉かな」のパロディなのだ。漱石句は戊辰戦争における政府軍側から見た二本松戦争の様である。句意は「山の崖の上に作られている敵の城が霞の中にうっすらと見える。その城から政府軍のいる平地に向かって鉄砲玉が霰のように光りながら放たれている」というもの。敵の城から銃が休みなく撃たれている状態なのだ。玉霰の霰は漱石にとっては銃撃戦における立ち上る硝煙の煙幕である。玉は鉄砲玉である。玉霰は霰の美称だというが、ここでは銃弾が飛び交う壮烈な霰なのである。この戦いは最新兵器を購入していた官軍の勝利で終わった。

「絶頂に」は山の崖部を意味するが、他に勢いが盛んな様も表す。煙の霞に隠れて山の上から銃弾が盛んに撃ち下ろされているとも解釈できる。だが漱石は玉霰の語を用いて、山城にこもる軍の脆弱さを表している。ここにこの句の面白さがある。

漱石は掲句に戊辰戦争の虚しさを込めている気がする。徳川の世を守る東北の美しい城であったが、今は攻撃を受ける側の敵の城に立場を変えているからだ。この山城は福島の中部にそびえる白い二本松城であろう。猛烈な戦いが繰り広げられた戦いは政権が薩長に変わることを世の中に印象付ける戊辰戦争であった。そして南北戦争を終えた米国から売りつけられた余り物の最新兵器と弾薬を使い切るため強行された戦争であった。

江戸時代にこの二本松城を見上げた蕪村は「絶頂の城たのもしき若葉かな」とその姿を讃えた。その城が姿を消してしまった。蕪村は崖の上の城が分厚い若葉の茂みに守られていることを頼もしく感じた。また絶頂の場所に立つ城は難攻不落の城になるので、東北の政治的な安定を保つ上で、この城を見て頼もしく感じたのだ。

これに対し、漱石は「絶頂の城」を包んでいるのは若葉ではなく、硝煙と光る鉄砲の弾であるとした。

この戦争が終了すると幕府側の会津の平城と二本松の山城も破壊された。子規は明治の世になって、二本松城の崖下に広がっていた平地を次の句に詠んだ。「二本松城の跡かや蕎麦の花」の句である。かつての白い城郭は砕けて白いそばの花になっていた。蕪村の崇拝者である漱石は、蕪村と子規の句の間に割って入って掲句を作った。二本松の山城が崩れる過程を漱石は見ていた。

● 絶頂や余り尖りて秋の滝

（ぜっちょうや　あまりとがりて　あきのたき）

（明治28年11月3日）句稿4

松山から歩いて1日かけてやっとたどり着けるところにある石鎚山系の山腹から、松山側に滝が流れ落ちている。白猪の滝である。出っ張りになっている紅葉の山頂から滝が音を立てて流れ落ちている。四国山地に溜まった水の一部が集まって滝となって落ちる。森を二つに割るように落ちている。

句意は「滝の落ち口ができている尖った山は上から下まで紅葉で埋まり、落ちる滝のように紅葉の滝のように見える」というもの。

漱石はこの滝の落ち口にある出っ張り部を絶頂と称している。そしてこの尖っている岩のところから飛び出した水は下の黒岩にぶつかって水しぶきを立てる。漱石の見知っている滝は大抵流れ出しは穏やかであったが、目の前の白猪の滝はこれと違って流れ出しは激しいと感じた。漱石の受けたこの滝の印象は強烈であり、絶頂であると感じているとした。漱石は気持ちの絶頂と天辺の紅葉の山の絶頂を掛けている。

漱石はうまくまとめられたと思っていたが、子規から貰った評価は違っていた。この句に対する評価は「巧ならんとして拙也」というものであった。平たく言えば「凝りすぎだ、作りすぎだ」というものであろう。

子規はこの滝を小さい頃に見ていて、漱石が感じるほどにはこの滝はすごい滝だとは思っていなかった。面白い落ち方をする滝という印象であったのだろう。私枕流はインターネットでこの滝の姿を見たが、優しい滝という印象であった。漱石は少しオーバーな印象を語っていると思った。過剰に「尖り過ぎている」ということなのだろう。

だが漱石は滝自体を見ているのではなく、滝の両脇の小高い山の様を俳句に描いていた。それを秋の滝、紅葉の滝と表した。この印象が強烈であったので、それを素直に表しただけであった。子規と漱石では見ているものが違っていた。ちなみに漱石の滝に対する感想は「絶壁や紅葉するべき蔦もなし」の句の中に込められている。

・雪隠の窓から見るや秋の山

（せっちんの　まどからみるや　あきのやま）

（明治32年9月5日）句稿34

「内牧温泉」とある。漱石の家の雪隠の窓から外を眺めているのかと思ったら、阿蘇山の外輪にある内牧温泉の旅館の雪隠からの眺めであった。自分の家の便所では、いつも窓から阿蘇の方を見て、噴煙が作っている雲を眺めて楽しんでいたのだろう。旅先でもいつもの癖で用を済ませて立ち上がり、そこで一息入れて周りの景色を眺めたのだ。すると秋の風が漱石の顔を気持ちよく撫でた。おまけに阿蘇の山が見えた。吹き込む秋の風も漱石を満足させてくれた。

句意は「温泉宿の雪隠で、立ち上がって開け放った窓から外を見やると、秋の阿蘇山が見え、そこから爽やかな秋の風が吹き込んできた」というもの。秋が温泉地にやってきているのが見えた気がした。この内牧温泉の宿の名は漱石の好きそうな名前の養神館（現：山王閣）とわかっている。この宿の庭には漱石の宿泊を記念する漱石記念館と思索している姿の漱石胸像が建てられている。その石像は掲句の便所から離れたところに立っている。この思索している姿は雪隠の中の姿であろうか。

この句の面白さは、昔の便所は自然換気方式なのだとわかることだ。この便所で秋の景色と風を味わうのは漱石先生らしい。ゆっくりと誰にも遠慮することなく阿蘇の景色を見られる場所なのだ。漱石先生は若い時から尻の具合が調子良くなかった。それがあってトイレに関心が高かった。そこでトイレでの楽しみ方が身についた。漱石先生には便所の句が多い。

・絶壁に木枯あたるひゞきかな

（ぜっぺきに　こがらしあたる　ひびきかな）

（明治32年1月）句稿32

「羅漢寺にて」とある。勤め先の熊本第五高等学校の同僚と小倉経由で1月2日に宇佐神宮に初詣した。その後の帰り道は、耶馬渓の山道を歩いて中津を経由して日田に至り、筑後川を船で下って熊本に戻ることにした。宇佐神宮を出ると神宮の近くで泊まり、その次の日は耶馬渓の岩山に建てられた羅漢寺を訪ねた。深い谷川沿いのくねる道から見上げる岩山の中腹に小さな寺が見えた。この時に作った俳句が「凩や岩に取りつく羅漢路」である。白い岩山を滑るように霙交じりの木枯らしが吹き付けていた。

この山寺に向かって細い岩の山道を歩き続け、途中からは梯を登って鐘楼と本殿が建てられている岩の平地にたどり着いた。句意は「大寒波がもたらす木枯らしは岩山の絶壁にぶつかって唸り声を上げている」というもの。漱石先生は岩山の絶壁が風を受けて振動し、音を立てているのを聞いた。暗い岩山が声を上げる生き物のように感じられたのかもしれない。寒さと不気味さが岩山を支配していた。

この句の面白さは、岩の絶壁が声を響かせているという不思議な様を淡々と描いていることだ。呆気にとられているように感じられる。寒風が岩山の土を吹き飛ばし、草木を枯らしてしまっていると想像させる巧さがある。掲句からは冥界のような不気味さが感じられる。このような場所に先人たちが仏道の修行の場を造った思いが漱石たちに突き刺さった。

・絶壁や紅葉するべき蔦もなし

（ぜっぺきや　こうようするべき　つたもなし）

（明治28年11月3日）句稿4

雨の山中を歩き続けてやっと目指す滝にたどり着いた。石鎚山系の山腹にある滝は二段の滝である白猪（しらい）の滝。高さ96ｍの滝で、当時は滝壺までの林道は未整備で、その2キロ弱の歩きにくい山道を歩いて見に行った。滑る道を歩いて滝にたどり着くと、滝壺あたりは空が抜けて森に空間ができていた。道々雨に濡れた紅葉を見ながら歩いたが、滝の周辺には紅葉はなかった。岩場には蔦もなかった。直立する大きな岩が立ちはだかって、その中央に水がまとまって流下していた。

現在は東温市が遊歩道として整備し、滝の近くには市が立てた説明パネルがある。「白猪の滝は古くから景勝地として知られ　文人墨客の探勝も多く　なかでも俳聖正岡子規　文豪夏目漱石の観瀑は有名であり　多くの短歌俳句が残されている。

正岡子規〈追いついた　鶺鴒（せきれい）見えず　渓の景〉、夏目漱石〈雲来り　雲去る瀑の　紅葉かな〉子規は明治24年8月　漱石は明治28年11月に訪れています。」と書かれている。

漱石は子規が見るように勧めていた白猪の滝の前に立って、感慨無量になったが、かなり落胆もしていた。漱石は紅葉の中を水が流れ落ちる滝を想像していたようだ。実際には黒ずんだ横幅のある大きな岩の上を水が滑って流れているようにしか見えなかった。滝は流れ落ちると思い込んでいた節がある。目の前の滝は滑り台のごとくに斜めに流れているだけの滝であった。この落胆の思いが「蔦もなし」という否定形での表現に繋がっている。そして「絶壁や」にも落胆の気持ちが現れている。漱石の滝への期待していた思いが跳ね返されていることを示している。「ああ絶壁、岩だけ、流れだけだ」との声が漱石の口から漏れたに違いない。漱石は流石に子規が自慢する滝を直接貶すことは避けている。

子規は掲句に対して「蔦もなし」に線を引いて「〇」の評点をつけていた。子規はこの滝には紅葉など不要なのだと言いたいのかも。

・瀬の音や渋鮎淵を出で兼る

（せのおとや　さびあゆふちを　いでかねる）

（明治28年11月3日）句稿4

秋になると上流にいた鮎は産卵を終えて川を下る。その鮎は落ち鮎とも言われるが、体の色が黒っぽくなってサビのように見えることから「さび鮎」「渋鮎」と呼ばれる。鮭のように産卵と放精を終えた鮎は死を迎えることになり、流れに抗して泳ぐことはしなくなる。

漱石は稲田のある地域から山の方に歩いて行った。細い川はさらに細い川となって勢いよく流れている。昔の川は今よりも水が綺麗であったが、秋口になると水温が低くなり魚の姿がクリアによく見えるようになる。鮎が集団をなして少し深い淵にたむろしているのが見えている。そのそばにある浅瀬の瀬音が響いていて、その瀬音に渋鮎がひるんで川の淵に固まっているかのように見える。

川には所々に田んぼに水を引くために堰が設けられている。川の上流になるとこの堰から流れ落ちる水の音が轟々と音を立てて落ちるようになる。漱石はこの音に惹かれて浅瀬に近づいたのだろう。近づくとその堰のすぐ上流の淵に鮎が固まっているのが見えた。まさに渋鮎はここで「出で兼る」状態になっていた。魚はブルブルと震えているように漱石は面白く観察した。鮎は轟音に怯えてその堰を下ることができないでいると俳句に表した。

この句の面白さは、漱石が魚の気持ちを慮っているところにある。この句を読むと後に漱石が作った「時鳥厠半ばに出かねたり」（明治40年6月）を思い浮かべてしまう。この時の漱石は政治の世界に文学者が入り込むリスク、利用されるリスクを感じて「出兼ねた」のだった。

子規はこの句に対して、「出て兼る」のような落鮎はいないと言いたいようであったが、漱石は疲れ果てた鮎を見て川を下る気力をなくしていると表したのだ。

・芹洗ふ藁家の門や温泉の流

（せりあらう　わらやのもんや　ゆのながれ）

（明治29年3月5日）句稿12

藁で屋根を葺いた民家が山裾の小川の脇に建っていて、その家の主婦がその川で芹を洗っている。水は冷たそうに見えたが湯気が立っていて温泉の水が混じっていたようだ。その女性は楽しそうに芹洗いを続けている。混じっているお湯は道後温泉の源と通じているのだろう。

家の前に小川が流れているのは、羨ましい限りだ。だがよく考えてみると枕流の田舎でもそのような家が多かった。私の古い家でも家の前の小川で洗い物をしていたものだ。昔は小川のそば、堀のそばに家を建てたものであった。

洗っていた芹は温水の効果でまだ寒い季節であっても大きく育っていた。農家の屋敷のそばを流れる小川の川べりに密生していたものだろう。芹の根をゴシゴシと洗うことができるほどに大きく育っていた。そして温泉水の混じった川の水は芹を洗う手に優しく、農婦の手の動きも滑らかで芹と遊んでいるように見えた。その温かい川の水は芹の根についた土にも馴染んで、その土を素早く川に溶け込ませていた。

声を出してこの句を読むと、「洗ふ」が「笑う」の音に近く、また「藁家」は「笑う屋」の音に近いと感じる。楽しそうに仕事をしている光景を漱石は楽しく演出している気がする。

・善か悪か風呂吹を喰って我点せよ

（ぜんかあくか　ふろふきをくって　がてんせよ）

（明治32年）手帳

世の中にはことの良し悪し、物の善し悪しの割り切りができないことが多々ある。人はこのことで悩むことになる。このような時には、通称風呂吹きと呼ばれる風呂吹き大根を食べてみるこった。そうすりゃ、自ずとわかるよ。こう漱石先生は教えている。

風呂吹き大根は大根を大きめに輪切りにし、アク抜きして薄味に煮込んだ食べ物だ。味噌ダレをかけて食べるとなお美味しい。この料理はとろけるような大根の旨味を味わう料理で、薄味がポイントだ。しかし、この料理が好きか、そうでないかは大きく分かれる。好きな人はめちゃくちゃに好きになるようだが、そうでない人は、気抜けする料理だという。この例のように微妙な判断になることがあり、これは仕方のないことなのだ。

この句の解釈は、とかくこの世は住みにくいということだ。しかし、このことによって生きることが無味乾燥になりがちな人生を、微妙に味付けしていることになる。ここのところを味わうのが人生だと言いたいようだ。

この句の面白さは、生きるための人生訓として、まずは風呂吹を喰うことから始めよと教える点にある。まさに食べ物も物事もよく噛んで味わって食べるようにといっている。もう一つの面白さは、合点ではなく、我点を造語していることだ。自分で評価することは我点の方が適しているという漱石の考えに合点である。

漱石全集において、この句の前隣に配置してあるのが「挙して曰く可なく不可なし蕪汁（かぶらじる）」の句である。蕪汁の句と風呂吹きの句は対になっている。蕪汁は摩り下ろした蕪を薄味の汁で煮こんだとろみのある料理であり、大根がはっきり見える風呂吹とは正反対の料理である。この蕪汁の味も風呂吹きと同様にいい味だが、よくわからない食べ物だということだ。

潺湲の水挟む古梅かな

（せんかんの　みずさしはさむ　こばいかな）

（明治32年2月）句稿33

「梅花百五句」とある。「潺湲」とは、さらさらと水の流れる様で、小川または沢で水の速く流れる様なのであろう。「潺」は水の中で大勢の子供が遊んで水が跳ねている様だという。その水を「さし挟む」とは、その波立っている流れを邪魔するように古梅の根が川底にどんと立ち入ることである。太い根っこの上にあった土地が水流で洗い流されて川底にでーんと現れている。

古梅の大きな根っこは「水を挟む」ことができる。古梅はわずかな栄養と水と光があれば生き続けられる。長寿の古梅の木は、岩を抱きかかえて沢の中に根を張って、水の流れに抗するように横たわっている。漱石先生はこの古梅に人の意思のようなものを感じるのだ。

沢の水も時代も流れて変化するのが当たり前であるが、その中に立ち続ける梅の木は時代に翻弄されることなく生き続けている。まさに掲句の一つ前に置かれていた句の「梅活けて古道顔色を照らす哉」のようである。この句に登場した花瓶の梅の木の先祖は、中国古代・中世の偉人、文人たちを照らして来た。そして彼らの書物は輝いて若い人たちを鍛えた。その彼らの残した詩と思想の書物は今も生き続けている。まさに渓流に影響を与える古梅のように。

ちなみに掲句の「挟む」の主語は、「潺湲の水」であっても「古梅」であっても良い。「古梅」を川の両岸に広がる複数の梅の木とすれば「挟む」の意味は通る。川の流れの筋は時とともに変化するからである。元の小川の流れが変わって古梅の根元を洗うようになったとも解釈できる。だが「挟む」には少し意地悪な意思が働く場面が似合う。よって「古梅」を主語として解釈した。

疝気持臀安からぬ寒哉

（せんきもち　しりやすからぬ　さむさかな）

（明治28年11月13日）句稿6

疝気とは漢方の言葉で、下腹部や睾丸がはれて痛む病気の総称だという。安からぬとは、そわそわして穏やかでないさまである。

通常痔疾は冬に起こりがちであり、疝気の虫は世の一般的な虫とは違って寒くなってくると動き出す。寒くなると尻あたりがそわそわして落ち着かなくなる。そうなると本当に尻に虫がいるような気になってくる。漱石は自分には疝気の虫がいると思っていた。そう思って尻の痛みを紛らわせていた。漱石の場合にはいわゆる痔持ちであった。

古典落語の一つに「疝気の虫」がある。漢方の医者が変な虫を見つけて潰そうとすると、なんとその虫が医者に向かって口をきいた。人の腹の中で暴れ、腹の筋を引っ張って人を苦しめるのが仕事なのだ、と公言した。医者に抵抗するというのであるからこの虫は始末が悪い。だがこの強気の虫にも苦手なものがあって、それは唐辛子だという。これが食べ物と一緒に腹に降りてくると虫は別荘の方へ逃げるのだという。問われた虫は「別荘がどこか知りたいなら教えるぞ、股のところでぶらぶらしているあそこだ」という。

落語が好きな漱石はこの話を俳句に持ち出している。そして漱石俳句の落ちは、疝気の虫は唐辛子が来たと大慌てして、ぶらぶらしているところではなく反対側の尻に避難してしまった、というもの。虫はよほど慌てたと見られる。漱石の疝気の虫は慌て者ということになる。

疝気持雪にころんで哀れなり

（せんきもち　ゆきにころんで　あわれなり）

（明治29年1月28日）句稿10

疝気とは漢方の言葉で、下腹部や睾丸がはれて痛む病気の総称である。漱石さんは疝気の虫がいるとされる疝気持ちであった。寒くなってくるとしばしばその虫が動き出す。そうなると尻がそわそわして落ち着かなくなる。尻に疝気の虫がいるような気になってくる病である。この疝気という病は、尿道に障害がある病気だと判断する。掲句にあるように尻を打った衝撃が尿道に伝わることで痛みが長く続くことになる。

この句は落語的な笑いのある俳句である。疝気の虫は尻辺りに棲んでいるとされるからだ。漱石先生らしい疝気持ちの男が雪道で滑って転んだ。すると尻餅をついて尻に衝撃が走り、疝気の虫に高い圧力がかる。その虫は押しつぶされまいとして必死にあがき、暴れる。疝気の虫の宿主は尻を打って痛い思いをしたうえ、ほぼ同時に疝気の虫のキックの襲撃を受けることになる。睾丸付近が猛烈に痛痒くなるのだ。男が滑って転ぶとダブルパンチを受けることになる。

疝気持ちの男は絶対に滑って転んではならないと、漱石先生は俳句で疝気持ちの男に注意を促す。

この句の面白さは、疝気持ちの男が雪にころんだ時の恐怖顔が想像されることである。そして自分の経験を元に「哀れなり」と断言しているところである。また雪道でころんだ男の顔を見て、強烈な後悔の念の有無を判断するだけで疝気持ちかどうかがわかることが面白い。

・線香のこぼれて白き日永哉

（せんこうの　こぼれてしろき　ひながかな）

（大正3年）手帳

少し暖かくなって来た春の日に、漱石は線香を立て故人を弔っている。句意は「線香立ての中に燃えた線香の白い灰が溜まって、何かの拍子に器からこぼれていた。あたかも焼き場で焼いた骨の灰のように溢れている。外に目をやると眩い太陽が線香の灰のように白く見えている」というもの。

漱石先生は長い間ある故人を弔っている。ではこの故人とは誰なのか。前年の大正2年11月22日に77歳で没した徳川慶喜なのであろう。将軍職を辞してから長く生きた人だ。漱石は午をまたいで慶喜を弔い続けている。この人は陰で明治を作り上げた人とも言えるからである。この人も明治天皇と同様に生きながら耐えていた人であった。

それとこの時期、漱石は小説「こゝろ」を新聞に連載を始めた。この連載は大正3年4月20日に始まって8月31日まで続いた。この小説は先生の遺書としての小説であり、告白して死んだ作中の先生を弔いつつ、漱石は原稿を書いていたのかもしれない。この句の白き灰は、その両方の弔いの線香の灰なのであろう。

この句の面白さは、身の引き締まる内容の俳句ではあるが、先述のように「白き」は「線香のこぼれた灰」と「日永」の太陽に掛かっている。この洒落があることでのどかな春の日の俳句に見えて可笑しみが出る。

・千社札貼る楼門の桜哉

（せんじゃふだ　はるろうもんの　さくらかな）

（大正3年）手帳

ここに出てくる楼門は城の楼門ではなく、大きな寺の門として設けられている屋根が二層になっている木戸門である。この種の門には千社札を貼ることが明治時代には実質許されていたようだ。この千社札は歌舞伎役者などの一門の屋号などを長方形の枠の中に刷り込んだ札のことである。令和の時代の成田山新勝寺の「楼門」には、江戸時代のものと思われる千社札が貼ったまま残されている。千社詣でをする役者などはこの札を寺の楼門の門柱に張り込むのを好んで行っていた。一門にご利益があるようにと貼り付けることが江戸時代に流行した。

句意は「寺の楼門の太い朱色の門柱を見ると、目立つ色とりどりの千社札が貼られている。あたかも楼門に桜の花が咲いているように見える」というもの。その傍らには本物の桜の木があり、競うように咲き誇っている。あたかも両者は華を競っているように見えるというもの。その桜が散っても寺の門には千社札による華やかさが残ることになると漱石は面白がっている。

もしかしたら漱石先生は「漱石山房」という札を寺の門柱に貼りたかったのかもしれない。可愛い弟子たちの作品が世に出るように援助し、祈っていたからである。

禅定の僧を囲んで鳴く蚊かな

（ぜんじょうの　そうをかこんで　なくかかな）

（明治29年7月8日）句稿15

禅定は修行の座禅の中で、無心になっている状態を指す。句意は「座禅の中で無の状態になっている僧を取り囲んでブンブン鳴いている蚊の群れがいる」というもの。座ったままの僧は蚊音を聞いても全く動揺を見せないのが、蚊としては納得できないようだ。自分たちの存在が無視されたように感じて、仲間を集めてきて飛び回っている。それとも蚊どもはこの無の状態になっている修行僧を攻撃しやすい人間とみなして仲間に知らせ、集めてきたのか。さてどちらであろうか。

この句の面白さは、「僧を囲んで」と表して、蚊に意思があるように扱っていることだ。漱石先生は悩みを持って座禅会に加わっているのに、こんなに面白い俳句を作っているのが可笑しい。目の前の僧のようには漱石先生は禅定になっていないのだ。

ちなみに漱石はこの年の6月に中根鏡子と結婚した。大塚楠緒子との恋愛に失敗した漱石は、彼女を忘れようとしていたが簡単ではなく、悩みは続いていた。そして彼女との手紙のやり取りは続いていたようだ。熊本第五高等学校の教授で親友であった菅虎雄の家を介して、楠緒子の手紙を受け取れていた。帝大時代の友でもあった虎雄の家は、高校と漱石宅の間にあって学校への登下校の際に立ち寄ることができた。

そのような状態でいた時に、熊本市の近くの寺で座禅をする機会があった。修行僧を交えて何人かがまとまって広間で座禅していた際に、漱石は一人の僧を観察していたのだ。

この句の面白さは、漱石が座禅の最中に薄目を開けて近くの僧と彼にまとわりつく蚊の動きを見ていたとわかることだ。この時漱石は明らかに「禅定」の状態ではなかった。そしてその見られていた僧は突如「禅定」状態が破られた。坐禅の監督僧がパシッと平らな棒の警策を雑念に支配されていた漱石の肩に激しく打ち込んだからだ。その時僧の周りに集まっていた蚊どもはその音を聞いてさっと逃げ去った。

先陣のたたかふてゐる霞かな

（せんじんの　たたこうている　かすみかな）

（制作年不明）高取稚成画の賛

弟子の東洋城に手渡した絵入り短冊に書いてあった俳句。東洋城は土佐派の日本画家の高取稚成を知っていて、高取作のかなりの数の絵を入手していた可能性がある。漱石山房記念館には、この種の画賛が合計4点収取されている。東洋城は皇室の仕事をしていた関係で画家の高取稚成を見知っていたのかもしれない。高取は慶応年生まれで漱石と同年代の人であり、昭和10年まで生きた。

句意は「霞の中に先陣として飛び出し、戦う武士がいる」というもの。源平の戦いの一場面なのだろう。東洋城が持ち込んで来た掛け軸は、二人の武士が馬で駆け出す場面を描いたものだと思われる。「出陣」という画題がついている掛け軸には、馬に鞭打って飛び出す古式の武士が描かれているものであろう。

この掛け軸状の絵は真作として令和5年時に通販の「ヤオフク」に出品されていた。ここには漱石の賛は書き込まれていなかった。高取作の絵は今でも一部の人には人気があるのだろう。

先生の疎髯に吹くや秋の風

（せんせいの　そぜんにふくや　あきのかぜ）

（明治32年10月17日）句稿35

「熊本高等学校秋季雑詠　教室」の前置きがある。句意は「急に生やした生え揃わない新米教師の髯に秋風が吹きかかっているよ」というもの。教壇に立つ漱石先生と年のあまり違わない生徒たちは先生の俄仕立ての髯をよく見ている。この髯は威厳を保つために生やしていると見抜かれていた。漱石先生は立派に生え揃った髯であると思っているが、生徒たちの自分の髯に対する評判はイマイチだとわかっていた。

漱石先生は明治32年6月に熊本第五高等学校の英語科主任教授に昇格していた。控えめの、高揚する気持ちを抑える掲句を作ったのは、少し胸を張りたい気分がある一方で、自分の職業に対する気持ちに陰りを感じていたからだ。

当時疎髯の先生とは、新米先生を意味していたと思われる。設立されて間もない第五高等学校では若い教師が多くなっていた。そしてこの「疎髯先生」という言葉は口の悪い生徒たちの間で流行ったのかもしれない。だが熱血教師の漱石先生にはこの言葉が投げかけられなかったであろう。漱石は生徒指導の担当であり、職務として学生寮の管理をしていたからだ。

この頃の漱石は学校の先生を辞めたいと真剣に考えていた。妻の父親にも親友の子規にもこのことを伝えていた。漱石は自分の気持ちのふらつきを生徒たちに見抜かれていると感じていたのかもしれない。漱石先生は自慢の長い髯も秋の風に吹かれて、自信なさそうに揺れていると感じていたようだ。

● 先生や屋根に書を読む煤払

（せんせいや　やねにしょをよむ　すすはらい）

（明治29年1月3日）子規庵における発句初会

席題に師走か年の瀬が出たのであろう。漱石先生は先生格の子規をからかって、俳句の師匠を屋根の上に上げてしまった。子規の妹と母親が子規の寝ている部屋の片付けと掃除をすると宣言して、子規の寝床を移動し始めた。子規も邪魔だと子規専用の部屋から別の部屋に移動させてしまったのを見て、漱石は掲句を作った。子規の部屋の掃除が始まると子規は屋根の上で書を読むことになったとして、漱石先生は笑った。

この句の面白さは、人をからかうことを「持ち上げる」と表現することがあるが、漱石は俳句において文字通り子規を高い屋根の上に持ち上げてしまったことだ。また子規の万年床は、家の中では煤みたいな存在になっていて、この万年床を上げることが、煤払になるとふざけている。いつもは家の中で威張っている子規を、漱石は家の煤に格下げした。

漱石は体の不調と付き合っている子規を俳句の主人公にして元気付けようとしている。別の部屋で寝ている師匠の子規に向かって、屋根の上に登れるようになってくれと声をかけたのだ。屋根の下の軒下には子規の好物である干し柿がぶら下がっている。

漱石は翌年春には松山から熊本に転勤することになっていた。すっきりした気分で明治28年12月早々に東京に戻って、たびたび子規の家を訪ねていた。子規庵の煤払にも参加していた。年明けの子規庵での句会に参加して、句友たちに笑いの句を披露した。

● 禅僧に旛動きけり春の風

（ぜんそうに　ばんうごきけり　はるのかぜ）

（明治32年1月頃）手帳

漱石は旛に関する禅問答としてある「風になびく旛」を俳句にしてみたのだ。寺の屋根飾りになっている旛（のぼり幡のこと）が風になびくさまを見ながら、二人の僧が言い争っていた。「これは旛が動いているのだ」「いや違う。風が動いているのだ」そこに通りかかった僧の慧能が言った。「旛が動くのでも、風が動くのでもない。あなたたちの心が動いているのだ」と指摘したという。旛の漢字は「はた」とも読むが、禅問答でのことであり「ばん」が適当と考える。

慧能の言葉の解釈は「この世界は、すべて相対的である。人間は、相対世界に埋没しているのであり、そのために喜怒哀楽を経験し、喜んだり苦しんだりし、輪廻の世界を巡っているわけである。巡るのは、心があちこちと巡っているのである。すべて、心が動いているから、物事がいかようにも見えてしまう」ということか。

悟りの境地は、はかない相対世界から解脱し、絶対的な世界に参入することであるという。しかし特定の価値観や物の見方に固執してしまうことではない。固定してしまうと、言い争いが生じるのである、と示されている。

句意は「禅寺に春風が吹き出すと、寺の旛が風になびく。するとこの旛が動くのか、風が動くのかの禅問答が思い起こされる」というもの。寺で春の風を感じると漱石は、絶えず物事は相対的に、客観的にも見るべきだということを改めてと気付かされると言っているようだ。

ところで漱石はどのような気分の時に掲句を作ったのか。明治32年10月31日に松山の句友、霽月が仕事で熊本市にやってきた。突然の訪問に喜んだ漱石は翌日熊本市内の霽月の宿を訪ねて句合わせ会を行った。この日は小春日和であった。この時、かなり深刻な話をしたのだろう。

• 先達の斗巾の上や落椿

(せんだつの　ときんのうえや　おちつばき)

(明治29年3月24日)　句稿14

掲句は幻想的な俳句になっている。朝廷の庭で箏の演奏が行われている場面を描いている。椿の大木の下で箏を演奏する貴人の顔の真ん前に赤い椿の花が落下し、弦に当たって跳ねた場面が描かれていると推察する。さらにはこの場面はこの貴人の頭が切り落とされたように描かれていると考える。赤い椿の花が首の前に落ちて飛んだということは、血しぶきが散ったことを意味するように思う。

楽器の十三弦箏での斗巾というと、演奏者側から見ると楽器の向こう側から一、二、そして第十一弦を斗、第十二弦を為、第十三弦を巾と呼ぶという。つまり「斗巾の上」は箏の近くにある顔の真ん前を指し示していることになる。つまりこの位置に椿が落ちたことで首が切断されたことを暗示している。

漱石は掲句で宮中において貴人の暗殺が行われたことを暗示していると考えられる。この先達とされる貴人は、幕末に皇太子であった人か、それ以外の貴人なのであろう。

ちなみに漱石は「捲上げし御簾斜也春の月」(明治29年3月23日)という朝廷が絡む幻想俳句を作っていた。また「御陵や七つ下りの落椿」(明治29年3月24日)という同種の俳句もある。

漱石先生は明治政府の官僚の一員とも言える立場であるから、この種の話題に言及することには慎重であった。「先達の斗巾」は一般的には「修験者の布製の小さな帽子」を意味するので、先述の裏の解釈には到達しにくいように仕組んでいた。山に篭って修行している男の頭に、山椿の花が落ちたように解釈されることを望んでいた。

• 禅寺や只秋立つと聞くからに

(ぜんでらや　ただあきたつと　きくからに)

(明治30年8月23日)　子規への書簡

「円覚寺にて」とある。2014年に漱石が子規に宛てた書簡が、東京都内の古書店で見つかった。この手紙は明治30年8月23日付のもので、ここに俳句が9句書かれていた。そのうち掲句を含む2句は未公表のものであった。

漱石先生はこれらの2句も句会で発表しようと当初は考えていたが、当日の判断で発表はしなかった。句会で発表するには面白くない、適さない句だと漱石先生はとっさに判断したのだ。何故か。この句の背景が子規や句友たちに理解されないと思ったからだ。手紙に関連情報を入れ込んでおけば子規だけはその背景を理解すると考えた。

句意は「円覚寺にはもう秋の訪れがあると鎌倉の街で聞いたから、懐かしい寺にやってきた。この寺に立ってまだ見たことのないこの寺の秋の景色を見たくなった」というもの。円覚寺は漱石先生が混乱していた学生の時に座禅した寺であった。参禅した時は真夏であったが、今の漱石は夏と秋の境目にいる。大塚楠緒子との恋愛、そしてその失恋の過程を知っている子規ならばすっとこの句の裏、背景を理解してくれると思うが、他の人は皆目この句の理解ができないと考えた。ただ秋を鑑賞するだけなら公園でもどこでもいいのではないかとなるからだ。

漱石は一人で久しぶりに円覚寺に行った。先の失恋の混乱を収めるために座禅に臨んだ思い出の円覚寺に。今は結婚して一応落ち着いていると自覚するために。しかし、心の何処かにこの寺に行けば楠緒子との思い出に会えるという気がしたのではないか。

ちなみに未発表のもう1句は「愚妻病気心元(こころもと)なき故本日又(また)鎌倉に赴く」と前置きして、「京に二日また鎌倉の秋を憶ふ」の句である。なかなか会話が進まない妻のいる鎌倉から離れて東京に二日いると、それでも鎌倉の妻が気になってくるのだ。

• 禅寺や丹田からき納豆汁

(ぜんでらや　たんでんからき　なっとうじる)

(明治28年12月4日) 句稿8

丹田がジーンと痛くなるほど辛子を混ぜ込んだ納豆汁があるという。松山の禅寺なのか。それにしても四国で納豆汁が出されるのは珍しい。

丹田には上丹田と下丹田があり、上丹田は両眉の間、つまり眉間で、下丹田は臍下三寸の腹部。丹田に力を入れるという場合は下丹田を意味することになる。

句意は「四国の寺で辛子を入れすぎた納豆汁が出され、眉間にズキンと来た」というもの。ある寺の宿坊で朝食にからし入り納豆汁が出されたというもの。納豆汁を口にした瞬間に漱石の口から「うっ」という声が聞こえそうだ。納豆は加熱すると粘りがなくなり、納豆汁はさらっとした柔らか大豆感覚の汁物になっているので、大量の汁を口に流し込んだのだ。

漱石先生はこの句で、禅寺は座禅で気合いを入れるために辛子を多用すると皮肉っている。この禅寺を出ると座禅によって気分がシャキッとしているように感じるが、実際には食べ物で禅の効果を演出していることになると笑っている。

漱石は丹田を俳句に用いて、この句を読む師匠の子規に臍下三寸の丹田を想像させて掲句の解釈を混乱させることを目論んでいる。つまりこれは引っ掛け俳句の一種であろう。

＊『海南新聞』(明治29年1月23日)／新聞『日本』(明治30年11月21日)に掲載

＊『九州日日新聞』(明治29年12月8日)に掲載(作者名：無名氏)

• 禅寺や芭蕉葉上愁雨なし

(ぜんでらや　ばしょうようじょう　しゅううなし)

(明治29年9月25日) 句稿17

禅寺はインドあたりの南方の植物を好んで庭に植えているように見える。この句の禅寺にも葉の大きな芭蕉の株がある。その葉の上には秋の空が広がっていて愁雨の降る気配はない。禅寺にはこのような景色が似合う、と漱石はこの禅寺の晴れ渡る明るい雰囲気が気に入っている。

漱石は明治29年4月に熊本の第五高等学校に赴任している。したがってこの句に出てくる禅寺は熊本市内の寺ということになる。熊本の気候は松山より南国的なのである。それがあって漱石は南国的な芭蕉の大きな茂りに気がついて、この句に取り入れた。そして暗い憂いを伴う「愁雨」はなしとして俳句を閉じて仕上げた。

この年の9月時点の漱石の気持ちは、この年の6月に結婚したということもあって過去の出来事とは距離を置くことができそうだと気分は晴れ晴れとしてきたのだ。「芭蕉葉上愁雨なし」とは、漱石の気持ちの上ではもう雨が降りそうもない、としたいという希望の表明なのだ。ところが事態はそう単純には推移しないのである。松山で愁雨を経験したが、熊本では後に豪雨を経験することになった。

この句の面白さは、俳聖芭蕉を芭蕉に擬えて、芭蕉の葉っぱは大きくて立派であるが、雨がざざっと降ると葉っぱの端が切れてみっともなく見えてくる。守られて芭蕉は立派なままであってほしいという願望がある。漱石自身は芭蕉の俳句に親しみをあまり持っていないのが、透けて見える。

• 銭湯に客のいさかふ暑かな

(せんとうに　きゃくのいさかう　あつさかな)

(明治29年7月8日) 句稿15

高給取りの漱石先生が熊本で住んだ借家は大きな一軒家であり、外に五右衛門風呂がついていた。身の回りのことをするお手伝いさんも雇っていた。しかし、この俳句は街中の夏の銭湯の風景を描いたものである。漱石先生はたまたま銭湯の前を通った時のことであろうと思われる。銭湯から男たちの喧嘩する大声が聞こえてきた。

暑い季節であり銭湯の脱衣場も暑く、トラブルが起こりやすい環境があった。通りを歩いていた漱石先生は熊本弁でまくし立てる男たちの口調を興味深くしばらく聞いていた。漱石先生は江戸っ子であり喧嘩が嫌いではなかったからだ。汗を流していい気分になろうとしてきたはずの男たちは、言い争っているうちにヒートアップして汗だくになっている様を漱石先生は想像した。喧嘩する声を聞いていると漱石先生も少し暑くなってきた。

この句の面白さは、夏の銭湯での諍いはまさに火の国の男たちの戦闘であると、「銭湯」と「戦闘」を掛けて洒落ている。まさに落語の世界である。この銭湯の前には人だかりができていた。その一番前の先頭には漱石先生がいた。

・宣徳の香炉にちるや瓶の梅

（せんとくの　こうろにちるや　びんのうめ）

（明治32年2月）句稿33

「梅花百五句」とある。中国の骨董品である宣徳の香炉と梅を生けた中国花瓶が床の間の紫檀の小机（漱石家では華台といった）に置いてある。花瓶には、大ぶりの梅の枝が投げ込まれて生けてあった。その梅は花瓶の中で満開になって散り、その花びらは隣の蓋つきの香炉の上に落ちて、渋い色の金属品に華を添えていた。香を焚いていない冷えた香炉に柔らかい花びらが花模様を付けたように載っていた。

中国明代の宣徳年間（第5代皇帝が在位した15世紀前半で、日本は室町時代の前期）に製作された真鍮製の器物に宣徳の年号が刻されたものが多かったところから、日本ではこの種の真鍮地製の器物一般を宣徳という。漱石宅には多分龍の形をした香炉が中国趣味の置物として床の間に飾られていたと思われる。

漱石の家では香炉があっても香を焚く習慣はなかったと思われる。多忙な漱石はこれをしなかったであろうし、また公家の出ではない中根の家でも香を焚く習慣はなかったと思われる。

この句の面白さは、香炉は本来、蓋を外した器に香木の小片を灰の中の炭火の上に落として香りを楽しむものであるが、漱石は香木片の代わりに梅の花びらを蓋つきの器の上に散らせて梅の香を楽しんでいたのだ。この漱石先生の遊び心が感じられる句になっている。

ちなみに漱石は明治32年1月の元旦に同僚（奥太一郎）と宇佐神宮に出かけ、翌日参拝した。帰りは鉄道を使わずに雪の耶馬渓を徒歩で縦断し、日田に入った。日田から筑後川を船で下って吉井で下船し、久留米駅まで歩いた。この登山のような数日にわたる旅を終えて自宅に戻ったが、しばらくは遭難せずによく戻れたと放心状態であったであろう。そのような中、書斎で好きな中国骨董品を眺めていた。

・善男子善女子に寺の菊黄なり

（ぜんなんし　ぜんにょしにてらの　きくきなり）

（明治29年11月）句稿20

「善男子善女子」は善男善女と同じ意味で、信仰深い男女を指す。寺に来るすべての人を迎えるために黄色の菊花が植えられている。参道をゆく人は黄色い菊が道に溢れんばかりに咲いているのを見ながら歩いてゆく。黄色の菊の花は人を明るい気持ちにさせ、安心させるのであろう。

ところで寺の参道に黄菊が植えられているのは何故なのか。白菊ではなく黄菊であるのは、黄菊は天皇家の紋にデザインされているからである。黄金の16花弁の菊花が天皇家の紋になっている。つまり廃仏毀釈の運動によって寺の存続が危うくなっている中で、なんとか生き残ろうとする寺の努力の一つとして、自分の寺は天皇家を敬っている寺であるということを黄菊の栽培で示していると思われる。参道と境内を黄菊で満たすように咲かせている寺の様子を漱石はこの俳句で記録したのだ。

ちなみに廃仏毀釈の運動が始まる前の江戸時代までは天皇家の菩提寺は京都の泉涌寺であった。また天皇が寺の住職になった例もあった。だが明治時代になって一神教の欧米に倣って神道優先の世の中にすることを決めた。神仏融合の時代を修正すべく寺と神社の一体化をやめるようにする政策がとられた。これを受けて神道側の人たちは寺を破壊する行動に出た。この動きは急激に発生した。

ところでなぜこの時期に漱石は寺に行ったのか。掲句の前に置かれていた三つの句は葬儀に関するものであった。誰か重要な人が亡くなったと思われた。熊本や松山の知人、俳人の死亡を調べたが該当者はなかった。しかし東京では同じ世代の樋口一葉が若くして亡くなっていた。11月23日に亡くなった樋口一葉は漱石との縁談が噂された人である。漱石は熊本市内の近くの寺の僧に依頼して、一葉の弔いの儀式をしてもらったのかもしれない。掲句と同じ時に作られたと思われる「見えざりき作りし菊の散るべくも」の句にある「見えざる菊」は、遠方にいた女性の一葉を指し、「こんなに早く死んで、姿を消してしまった」ということになる。

一葉は小説「うもれ木」で世に出て、「大つごもり」「にごりえ」「たけくらべ」などの作品を残した。肺結核で貧困のうちに24歳で死去。一葉と漱石との縁談話は二人の父親がともに名主であったことで進んでいた。しかし一葉の父親が死亡したことで立ち消えになった。その後は一葉が生活費を稼いでいた。

専念にこんろ煽ぐは女の童

（せんねんに　こんろあおぐは　めのわらわ）

（明治38年1月5日）井上微妙宛の手紙、俳体詩「無題」

仕事が一区切りついて、機嫌のいい漱石先生が立って見ている。台所の土間で手伝いに来ている小娘が、ひたすら言いつけられたコンロ煽ぎを続けている。漱石先生は気分転換になると思って、長いことその娘を眺めている。

句意は「年上の女から仕事をきちんとやるように指示された童女は、鍋の状況も見ずに団扇でコンロを煽ぎ続けている」というもの。「専念に」の言葉に、漱石の呆れ顔が感じられる。漱石はこの童女のことを心配しているのではない。コンロの鍋の料理が煮過ぎているのではないかと気になって見ているのだ。

掲句は「黄なるもの溶けて鍋に珠ちる」の句に続いている。この句を見ると季節は夏だとわかる。この句意は「童女の額から鍋の中に汗が流れ落ちていた」というもの。夏の暑さと煽ぐ動作によって体温が上がり、汗が落ち続けている。それでも童女は汗を気にせずに煽ぎ続けている。漱石は仕事の加減を教えないからこうなると言いたいようだ。正体不明の「黄なるもの」が鍋に落下しているとふざけている。このような奇妙な事態が漱石家で進行していることは、信じがたいという思いで見ている。

この俳体詩の歌の前には「山妻の淡き浮世と思ふらん　厨の方で根深切る音」が置かれている。

疝は御大事余寒烈しく候へば

（せんはおだいじ　よかんはげしく　そうらえば）

（明治30年2月）句稿23

疝とは下腹部や腰がいたむ病気のこと。そして御大事とは深刻な出来事。余寒は寒が明けてから来る寒さを指し、立春から2月下旬までの間のことである。

句意は「君が疝の病になったと知らされて心配している。疝になったということは大変なことであった。寒があけて少し春めいて暖かくなったかと思うと、次の日には寒さが急にぶり返すことが多いと聞いているので気をつけてくれ」というもの。余寒、残寒に注意してくれと俳句で伝えた。この句はいわば余寒見舞いである。子規宛てのものだ。

この俳句の特徴は、上述のように「余寒烈しく候へば」と立春を過ぎてもなお寒さが続く時に出す手紙の体裁をとっていることだ。この俳句を句稿に書いたことで大げさな見舞いを出さないで済むように工夫したのだ。子規は前から激痛を伴う結核カリエスを患っていたから、疝の病は子規の病に追加されることになる。よって比較的軽度な痛みの疝のことをことさらに取り上げて見舞いの手紙を出すのは不自然に感じられたからだ。句稿に掲句をさりげなく書いておくことで漱石は子規の新たな病気のことを知っていると伝えたのだ。

ちなみに、余寒の時期は気をつけてくれと書いたので、句稿23に続く漱石の新たな句稿は2ヶ月間送られなかった。だが暖かくなった4月18日に講評を求める新たな句稿の送付が再開された。疝の病は解消されたとして。

草庵の垣にひまある黄菊かな

（そうあんの　かきにひまある　きぎくかな）

（明治40年頃）手帳

寺の草庵の垣根に黄色の花をつけた菊苗が固定されている。菊の繁殖力のすごさを考慮して菊苗はかなりの隙間を設けて植えてある。句中の「ひまある」の「ひま」は、この句の場合は漢字で書くと隙となる。同じく「ひま」と読む閑の字についても物と物との隙間という同じ意味がある。ちなみに昔の隙は左右の門柱の間を意味したから、この草庵の垣根での苗間はかなり広かったということになる。

この句の解釈には、この句とセットになる直後句の「旗一竿菊の中なる主人かな」の句意を合わせて解釈すると掲句を作った漱石の考えが理解できる。この直後句の句意は「庭に植えた菊を眺めている主人がいる。そしてその小菊の中には一本の菊花をあしらった旗が立っている。この旗は天皇誕生日の祝日である11月3日に立てられた天皇家の紋が入った天皇旗であり、かつ日本を表す旗である」というもの。多分旗の周りに植えられていたのは天皇家の紋の色と同じ黄色の菊であったであろう。

掲句の句意は「草庵の垣根に植えた黄菊の苗はかなりの距離を設けて植えてあった」というもの。このように植えられた黄菊は古い寺の色調を明るくしていた。この句の面白さは、「ひまある」にある。「ひま」にどの漢字を当てるかによって、掲句の解釈に深みが出るようになっている。「ひま」に新たに閑を当てはめると、「ひまある」の意味は落ち着いてのどかな時間が生じるとなる。ちなみに「忙中閑あり」の閑は通常、行動や仕事の合間の短い隙間の時間の意味で使われるが、全体では忙しい中でも意外にも自由になる時間をつくり出せることをいう。草庵の垣に黄菊が植えられていると、気持ちがホッと落ち着くのだ。この寺の僧は忙しい中、菊を植える時間を作り出していた。

この草庵に黄菊が植えられているのは、天皇家の黄色の菊紋を意識してのことである。祝日になっていた11月3日の天皇誕生日に菊が繁茂するように計画していた。寺も神社と同じように天皇家を崇拝していることを垣根の黄菊で表したかった。これは寺が次々に潰されている現状に抗する手段としてであった。もしかしたら「旗一竿菊の中なる主人かな」の句にあるように草庵の垣に天皇家の旗が固定されてあったのかもしれない。

草庵や蘆屋の釜に暮るゝ春

（そうあんや　あしやのかまに　くるるはる）

（大正3年）手帳

句意は「古い草庵の茶室に蘆屋の釜が懸けられている。暖かい部屋で湯の沸く穏やかな音を聞いていると春が終わろうとしているのを感じる」というもの。

高価で珍しい蘆屋の釜を使う茶会を開ける茶人は、名のある人なのであろう。漱石は小説の執筆が中々できないでいることを聞き知ったこの茶人が、気を利かせて漱石を茶会に招待してくれた。漱石は優美な茶釜を愛でて穏やかな春の日を楽しんだ。漱石を茶会に招待した人は、円覚寺の高僧の釈宗演であったと推察する。この人は漱石の死に際して友人として焼香し、その後導師として葬儀を執行した。

この後、漱石は気合を入れて、小説「先生の遺書」（後に「こころ」と改題）を書き始めた。新聞連載は大正3年4月20日から9月25日まで続いた。この大正3年の3月頃に行われた茶会はいい心の休養になったようだ。

ちなみに芦屋釜は、室町時代に現在の福岡県遠賀郡芦屋町あたりで造られた茶の湯の釜である。端整な形と胴部の優美な文様で京の貴人たちに好まれたという。特に胴部は外に袴を穿かせたような二層構造になっていてユニーク。現代の茶席においても芦屋釜は人気があるという。ちなみに国指定重要文化財の茶の湯釜9点の内、8点を芦屋釜が占めていることからもそれがわかる。

僧帰る竹の裡こそ寒からめ

（そうかえる　たけのうちこそ　さむからめ）

（明治31年1月6日）句稿28

僧は仕事を終えて竹林の中の庵を退去する。庵の周りは暗くなっていて僧が囲いの竹林を抜け出ると、寒風を遮っていた竹林に寒風が吹き抜け、辺りに寒さが忍び寄るという霊的なことが起こる。庵に静かに僧が一人座っているだけで、竹林全体が活気を呈し、幾分暖かかった。その静かな僧の存在は目立たないがエネルギーを発していたのだ。この句は神秘的な句である。

漱石が描いた墨絵に「竹林僧帰図」があり、この図にこの句が書かれているという。漱石は生涯、禅僧に憧れに似た好意を寄せていた。特にこの句にあるような僧に漱石は憧れたようである。

漱石が作っていた「竹林の漢詩」を半藤一利氏が訳している。「草庵の外は夜のひっそりと／辞去してきた僧が竹藪から姿を見せ／ふりかえって浮雲の消えた空を見る／月が中天にこうこうと照るばかり」この訳詩は、夜に草庵から帰宅する僧が竹やぶを抜けてきて、夜空を見上げて照る月を見ることで月との無言の会話をする。すると僧は月によってパワーが充足される。つまりこの詩は禅僧が月のエネルギーをもらうのが主旨であるが、掲句は草庵を出て竹林に入った際のエネルギーの不足した状態を詠っている。

ちなみにこの句を作った時期は、漱石と高等学校の同僚である山川と熊本市の近くの小天温泉に出かけ、年末年始を過ごして帰宅した頃である。つまり句作の時期が微妙なのである。単に墨絵の「竹林の中に僧が帰る図」の解説で済むような話ではないのだ。

掲句の裏の理解が重要なのだ。竹の茂みに覆われた家の中はしんとして、日が十分届かないため幾分湿っている。そんな家に漱石僧は帰るのだ。覚悟を決めて寒い冬の風を受けて歩いてきたが、着いた家の中はさらに寒そうなのだ。途中で足が止まってしまうほどだ。やはり妻を家に残しての勝手な温泉旅行はまずかったと思っていた。温泉宿は暖かく気持ちが良かっただけに、この落差が大きく感じられるのだ。

漱石がこの冬の句を作った背景には、前年の年末から翌年の年始にかけて友人と近くの北の温泉地、小天温泉に出かけていたことがある。初日の出を拝んで美味い宿のお膳を食べ、ゆっくり温泉を楽しんで我が家に帰ってきた。その時の玄関にたどり着くまでの気持ちを「僧帰る竹の裡こそ寒からめ」の句に込めていた。家の中は外より冷えていて、さぞ妻は冷たい顔で迎えたことであろう。

さて掲句は、このような気持ちを抱えながら家にたどり着いた漱石が作った句であるが、無事家の中に入って一呼吸した後の句なのか、それとも家に入る前に庭の方に回っていた時の句なのか。たぶん漱石が玄関口で妻にまず詫びたことで家の中はすこし暖かくなり、ホッとして庭に出た時の句なのであろう。

ちなみに同じ句稿の隣接句に「桐かれて洩れ来る月の影多し」がある。夜空に桐の枝ぶりが綺麗に見え、枝の間から漏れて月もよく見えるようになっている冬の景色を淡々と詠んでいるように見えるが、冬の厳しさに向き合っている漱石の姿が見える。

• 僧か俗か庵を這入れば木瓜の花

（そうかぞくか　いおをはいれば　ぼけのはな）

（明治32年、手帳にあり）

句意は「春の日に熊本のある街を歩くと塀の崩れている古びた家があり、その庭先を覗くと木瓜の花が咲いているのが見えた」というもの。この花を好む住人は在家の僧なのか、普通の人なのか、よくわからない。木瓜の花も評価の分かれるはっきりしない花であるからなのか。

この句の面白さは、「僧か俗か」にある。「聖か俗」ではないからだ。良寛、釈宗演などの一部の僧は別として、漱石先生の見方では日本の僧は著しく俗人に近い存在なのだ。江戸時代には僧は隠語で玄と呼ばれていた。遊郭に行く時にはプライドがあるからか商人の格好ではなく、医者（玄）の格好をして行ったからだ。

木瓜の花には、「平凡・退屈」と「早熟・熱情・魅惑的な恋」という相対する見方がある。評価が分かれているのだ。トゲがあることから栽培する人も生垣用に植え込む人と、鑑賞のために庭木や盆栽として植える人に分かれる。また日常語としての「ぼけ」は「惚け」「暈け」のことで、能力が鈍っている、はっきりしないという意味が含まれる。しかし、ボケられる人は余裕のある人でもある。

　漱石がこの花を好むのは、目立たない生き方をしたいと考えているからだ。だが主張がないわけではない。ただ肩肘張った生き方はしたくないと考えているだけなのだ。

　漱石が木瓜の花を詠んだ句に次のものがある。「木瓜の花の役にも立たぬ実となりぬ」である。木瓜の実は食べることもできず焼酎漬けにしかならないといわれるからだ。だがホクサイマチスの田舎である栃木県北部では、木瓜の実を「ぼけしどみ」といって子供の頃には顔をしかめながら食べていた。子供にとっては山の果物であり、価値はあったのだ。漱石同様にこの木瓜の花が好きである。山でこの花に出会うと嬉しくなったものだ。花が見えない時には実がついているかをすぐに調べたものだ。

　ここまで書いて、はたと気がついた。掲句は漱石の前出の句「善か悪か風呂吹を喰って我点せよ」に意味が類似していることに気がついた。

　ところで掲句を倒置すれば「木瓜の花庵を這入れば僧か俗か」となって、木瓜の花の評価、見方を問う句になっていることがわかる。普段は木瓜の花は俗の花と認識しているが、咲いている場所が庵の庭であると、僧の花、聖の花になってしまうと笑うのである。木瓜の花は面白い花であると漱石先生はいう。「だから余は木瓜の花になりたいのだ」というのかも。

・宗匠となりすましたる頭巾かな

（そうしょうと　なりすましたる　ずきんかな）

（明治29年4月10日か）


　「心を俳句に寄せしとき」と前置きしている。4月10日の松山の湊での別れの会に来なかった松山中学の生徒の芳賀君に俳句の先生になったつもりで、俳句を作る時の心得を俳句にして表したものである。芳賀君は夏目先生が俳句作りをしくいたことを知っていて、二人はどこかで俳句の話をしていたのであろう。

　句意は「俳句に自分の気持ちを込めたい時には、宗匠頭巾をかぶり、芭蕉や蕪村というような宗匠になったつもりになって堂々と表現するとよい」というもの。句作は堂々と自信を持ってやるようにとアドバイスしている。大胆に大きな俳句を心がけよという意味も込められているように思われる。少々過剰な表現でもいいから、自信を持って取り組むようにと言っているようである。

　この俳句は、漱石先生自身もそうであった、中国の古の詩人になったつもりで漢詩や俳句を作っていたのだと吐露していると思われる。

　ちなみに漱石の松山時代における思い出の生徒の中に真鍋嘉一郎もいた。真鍋は級長をしていて漱石の最初の英語の授業で漱石をやり込めてやろうと準備をしていた。漱石先生は英語のテキストを読み上げて、切りの良いところで訳を入れていったが、あるところで、真鍋はそこのところの訳は辞書にある意味と違うと言い出した。漱石は辞書の作者が間違っているとして授業を進めていった。

　漱石は松山中学校が肌に合わず熊本に転勤した。その松山中学校は忌まわしい場所であったが、懐かしい場所でもあった。漱石は死の床にあってはかかりつけの医者の代わりに、死の看取りの医者として真鍋を指名したのだ。真鍋は松山を出てから博士となり東京帝大の医科の教授となっていた。真鍋博士は大正5年4月から何度も漱石宅に足を運んだ。12月9日に死去した翌日、妻の鏡子の依頼で解剖の際に執刀した。

・雑炊や古き茶碗に冬籠

（ぞうすいや　ふるきちゃわんに　ふゆごもり）

（明治29年12月）句稿21

　暑すぎた熊本の夏が終わって秋が過ぎ、強烈な冬が訪れていた。冬の寒さも熊本は強烈なのだ。東京に4ヶ月もいた妻がやっと熊本に戻って来たら、すぐに寒い冬の到来。掲句は漱石家の冬の詫びしい日常を詠っている。やや大きめの骨董の茶碗を使って、雑炊の汁を抹茶のように啜るのであろう。その茶碗は信楽焼か備前焼の表面がゴツゴツしたものなのだ。

　この句の面白さは、古き茶碗に盛る雑炊は、一度炊き上げた「古いご飯」を汁の中で煮立てたものだと理解すると、古いもの同士の組み合わせになっていると漱石はニンマリするのだ。冬籠りの気分にぴったりだと笑う。そして冬はエネルギーの満ちた夏が古くなったものであると漱石は見ている気がする。互いに占いということで相性が良くなるということだ。さらにはこの年の明治29年6月に結婚式を挙げたばかりの漱石夫婦であったが、すでに新婚気分は遠のいてしまっていると感じていた。

この年の12月のある日のこと、妻の鏡子が突然『文藝倶楽部 1月号』を漱石に突き出して、その巻頭にあった大塚楠緒子の短歌（短冊にかいたもの）を見せた。漱石は即座に「お安くない歌だ」といい、夫が留学して一人でいる寂しさを歌にしたのだというようなことを口にした。この短歌は漱石を誘っているようにも解釈できる作りになっていた。妻は漱石と楠緒子のことを感づいていたのだ。新婚気分はこの時吹っ飛んだ。

・淙々と筧の音のすゞしさよ

（そうそうと　かけひのおとの　すずしさよ）

（明治29年8月）句稿16

「淙々と」は渓流等の水が音を立てて勢いよく流れる様を表す。つまりこの俳句では筧の水がサラサラ、しゃわしゃわと流れる様を描いている。この筧を流れる水の音を漱石先生は「そうそう」と音を立てていると感じたのだろう。

漱石先生はこの句を詠むことで、筧の音を頭に浮かべて爽やかさ、涼しさを感じ、真夏の暑さを幾分かでも減じようとしたのであろう。たしかに掲句をなんども口にすると、涼しい気分になるから不思議である。空気を口から勢いよく吐き出して出す音である、サ行の音が多いからであろう。また「そうそう」と「すず」の繰り返しの音も、水の流れをうまく表している気がする。

そして筧の水が受け部に溜まると、「ぽーん」と鹿威し（ししおど）の竹筒が石を打って甲高い音を立てる。これも涼しさを演出する効果がある。漱石は熊本の東京よりも松山よりも暑い夏を、軽やかな音で乗り越えようとしている。

この年、漱石は強烈な夏に涼しさを得ようと「涼し」の語を組み入れた俳句を大量に作った。暑苦しくなるくらいに避暑の句を作っていた。

・僧俗の差し向ひたる火桶哉

（そうぞくの　さしむかいたる　ひおけかな）

（明治29年12月）句稿21

掲句は僧侶と俗の漱石が火桶を挟んで向かい合っている図に見える。僧坊で平穏に向かい合って話し込んでいる。だが、これだけのことを俳句にすることはなさそうである。

別の解釈として、一人の人で僧と俗の両方を兼ねている人を思い浮かべると、その人は平清盛ということになる。清盛は20歳で肥後守となったが、これには父忠盛の熊野本宮造営の貢献が朝廷に認められての恩賞であった。これ以来清盛は朝廷の信を得て勢力を極限まで伸ばした。清盛は太政大臣に出世したがのちに出家して入道と名乗った。清盛の子弟たち、平家一門の16人を昇殿させ、福原の地から京都の朝廷に睨みを効かせていた。つまり清盛は在家の高位の仏教徒であり、かつ最高権力を持った武士、俗人ということである。

つまり掲句の登場人物は、福原の壮大な屋敷で火桶を抱えている隠居した平清盛なのであろう。死の2年前に跡取りの長男重盛が死去し、翌年は源頼朝が伊豆で兵を挙げ、平家軍を破っていた。これ以来平家は各地で敗走し、平家の滅亡は時間の問題となっている中で次の年、清盛は64歳で死去した。この僧俗の両面を持った人は権勢が衰えてゆくのを火鉢の火を見ながら感じていた。

漱石先生が清盛を俳句の題材にするのは、面白い存在だからである。絶大なる権力者は、意外にも孤独なのである。絶えず追い落とされる恐怖の中にいるからだ。この恐怖を忘れるために側室を多く身近に置くことにもなる。この句は、漱石の好きな平家物語のヒーローの心の内を描いたものなのだろう。

ちなみに掲句の直後句として置かれていた句は「六波羅へ召されて寒き火桶哉」である。この句にも平家と火桶が登場している。平家の若き当主の宗盛によって六波羅に召し出された熊野は、病身の母を見舞いたいという熊野の願いを聞き入れない平家の当主に落胆した。母を思って辛い気持ちで日々を送っていたため豪奢な生活も冷たく感じていた。このことを漱石は「寒き火桶」として表した。

蔵沢の竹を得てより露の庵

（ぞうたくの　たけをえてより　つゆのあん）

（明治43年11月12日）日記

「蔵沢の竹」とは元松山藩士の吉田蔵沢が晩年に集中して描いた墨竹画の一つで、それは森円月が11月5日に見舞いの品として漱石に提供してくれたもの。漱石はこの軸を部屋に掛けて眺めていた。連日の「思い出す事など」の原稿執筆による疲れが病身に溜まっていたが、この絵は机の上の白菊とともに疲れを解消するのに効果があった。

この掛け軸は満鉄の関連の『東洋協会雑誌』編集者、森円月が使いの者に東京の胃腸病院に届けさせたものであった。この「蔵沢の竹」図はかつて病に臥せっていた正岡子規の病床の部屋にも掛けられていたという。子規は「冬さひぬ蔵沢の竹明月の書」の句の中で、松山の宝は明月上人の書と蔵沢の竹図であると記した。この句の中で子規は「蔵沢の竹」の絵を「冬でも錆びることはない、枯れることはない」と評した。これらの高い評判によって吉田蔵沢は「竹の蔵沢」と呼ばれた。

最初、元松山中学の教師、森円月自身が見舞いに訪れたが、漱石はこの日疲れがひどくて人と会える状態ではないと森に帰ってもらった。すると森はすぐさま手を回して漱石が興味を持っているとわかっていた「蔵沢の竹」の図を手に入れて使いの者に届けさせた。この墨竹の図は縦長の紙いっぱいに太い竹の幹の部分を描き込んだもので、案山子の足のような体になっていた漱石の気分を盛り上げる効果を発揮した。後日漱石は森円月にお礼の手紙を書き、これに掲句を添えて感謝を表した。

句意は「君の骨折りのおかげで、蔵沢の竹図が部屋に掛けられて以来、この殺風景な病室は緑の潤いのある部屋になった。竹は生き生きと描かれていて、その竹から発散する水蒸気で部屋に露が溜まるようだ」というもの。心の平安を求める漱石をしっとりと慰めてくれるというのだ。

相伝の金創膏や梅の花

（そうでんの　きんそうこうや　うめのはな）

（明治32年2月）句稿33

「梅花百五句」とある。相伝とはある事柄を何代にもわたっていい伝える家伝のものという意である。句意は「家伝の薬、金創膏を販売している店がある。その家の前には古い梅の木があって花を咲かせている。客の信頼を生むのが樹皮の複雑に割れたこの古い梅の木である」というもの。この木がいわゆる老舗の雰囲気を形づくり、信頼の雰囲気を醸成しているという。

金創膏は傷口に塗ると忽ちにして傷が治るという薬である。日本では戦国時代から刀傷を治すために武士たちはこの膏薬を使っていたという。そしてある程度治ったら温泉地へ湯治に行った。ちなみに金創膏は7種類の生薬を混ぜ合わせたもので、この中には現在でも使われる材料が含まれていて、抗菌作用のダイオウ、止血作用に効果的なジオウ、鎮痛作用のあるシャクヤクがそれである。江戸時代になると、越中富山の薬売りが金創膏に類似したものを全国で販売したらしい。

掲句の別の解釈は「金創膏は薬の効果が認められて長い間使用され、身体の傷を治してくれる。一方の梅の老木は花の可憐さ、素朴さ、生き抜く忍耐のイメージが心の傷を癒してくれる」ということだ。

ちなみに掲句を作り替えた「相伝の金創膏も練らぬよし」の句には東洋城が下の句をつけている。「遊女屋続き外郎（ういろう）売る家」である。「高価な薬を買わなくても、隣の遊女屋に寄って女郎を買えばしっかり治すことができる」とふざけた。殿様の子孫の東洋城は俗語の女郎と外郎を対句のように組み入れた洒落た句を作っていた。

僧堂で痩せたる我に秋暮れぬ

（そうどうで　やせたるわれに　あきくれぬ）

（明治29年10月）句稿18

句意は「秋も暮れようとしている今、僧堂の中には痩せてきている自分がいる」というもの。漱石は自分が禅僧のように厳しい修行をして痩せてきているのではないことをベースに笑いの句を作っていた。漱石は痩せてきていることの原因を真剣に考えることをしていない。学校のストレスによる疲れなのか、粗食のせいなのか、楠緒子のことが原因しているのか、考えない。漱石は現状をそのまま受け入れるということなのだ。漱石はそのような日々を人生の修行としている。

漱石先生は実際に体験した新鮮な思いをもとに掲句を作っている。この年の9月に北九州の叔父に対する挨拶を兼ねた新婚旅行をした後、漱石は単独で久留米市の梅林寺で禅宗の教え「碧巌録」の説法を聴いた。この時に短時間参禅したものと思われる。漱石はこれだけの目的で久留米市を訪れたのか。街の中を歩いて誰かの家を訪れていたのかもしれない。

掲句はこの時の体験、街歩きを思い起こしながら作っていたと見られる。

ちなみに久留米市には漱石先生の帝大時代の学友で、かつ熊本第五高等学校の同僚である菅虎雄の実家があり、そして漱石と面識のあった虎雄の妹の婚家があった。この婚家には離れの家屋が建てられていた。楠緒子と漱石はのちに久留米市のこの離れで逢っていた可能性がある。

漱石の死後、虎雄が漱石から受け取った書簡のうち内容に問題がない約40通を岩波書店に提出したが、それ以外をこの妹の順に託した。「読後火中」と指示して。妹が受け取った書簡には、漱石が楠緒子のことを書いたものもあったはずだ。そして漱石が受け取っていた楠緒子からの手紙も含まれていたと思われる。妹はこれらを婚家で燃やすように頼まれた。その時それらの手紙を読みたいと思うなら読んでもいい、ただし読んだら燃やしてくれと言われた。その妹は読んだ後、燃やすことができず昭和28年まで持ち続けた。大水の被害を受けるまで漱石の秘密を持ち続けた。

• 僧堂と焼印のある下駄穿いて

（そうどうと　やきいんのある　げたはいて）

（明治37年）俳体詩「無題」

ここは広い境内を有する鎌倉の円覚寺である。悩む自分に向き合うために僧堂に何日も篭って座禅を組んでいる。学生の漱石は寺の好意で宿坊に泊めてもらっていた。この宿坊と僧堂を往復する毎日になっていた。

句意は「寺の境内にある建物を移動するときには、僧堂と焼き印を押してある下駄を履いて宿坊と僧堂の間を往復していた」というもの。移動の際には質素な下駄を履くようになっていた。ある日のこと、この修行の日常が崩れてしまった。

この句の面白さは、漱石は参禅するために寺に来たはずであり、下界のことを忘れるための修行であったことを「焼印のある下駄」で示していることだ。強い意志を感じさせる効果がある。

掲句には七七の「門を出づれば桜かつ散る」の句が続いている。漱石は突如僧堂用の下駄を履いて門から出たのだ。ある日のこと、境内を歩いているときに門の外の桜咲く景色が目に入った。漱石は昼の休憩中に門の外に出て見ることにした。すぐに戻るつもりで下駄を履いたまま外に出た。すると桜の花を見ることができたが、ほとんどが散っていた。この瞬間漱石は桜の魅力に引き込まれてしまった。楠緒子への思いが再燃してしまっていた。この行動は寺側にとっては「騒動」に見えた。

「行春や未練を叩く二十棒」が頭の短歌に、「此頃は京へ頼の状もなく」が頭の短歌に続き、掲句がその後に続いている。未練解消のために円覚寺に篭っていた。

• 僧となつて鐘を撞いたら冴返る

（そうとなって　かねをついたら　さえかえる）

（明治41年）手帳

漱石は春の初めに知り合いのいる古寺に行って、鐘楼に登り鐘を撞かせてもらった。鐘撞きはいつもこの知り合いの僧が仕事としてするものだが、この時は代わりに撞いた。寒さがぶり返した時節であって空気は乾燥していて、鐘の音は幾分甲高い音で響いたように思えた。俳句において「冴返る」の語は寒さが緩んだ春になっても寒さがまたぶり返すことを指す。

句意は「春の日に寺の鐘を僧の代わりに撞いたら、ちょうど寒さがぶり返した時節であったので、鐘の音は冴えた音で響いた」というもの。代役としての仕事であり、気が引き締まった分、鐘の音も春の空に冴え渡って響いたように感じたのであろう。

この句の面白さは、鐘の音が「冴返る」と表しているが、この日の気候が冴返っているということも表していることだ。「冴返る」の語にはこの両方の意味があるとわかると、読み手の気分は幾分「冴返る」ように感じる。

漱石が掲句を作った時期は職業作家になって2年目の春で、原稿執筆の予定が立て込んでいた頃であり、さらには5月中旬から6月下旬は神経衰弱（うつ病）に陥いる前兆が見られた頃だと思われる。漱石は精神的には押しつぶされそうになっていたはずだ。このような時に寺の重い鐘を思い切って撞いたら、気分が晴れたのであろう。まさに「冴返る」鐘の音がしたのだ。

ちなみに掲句と違った「冴返る」の語の用い方が、掲句の4句前に置かれている「真蒼な木賊（とくさ）の色や冴返る」の句に表れている。ここでは「冴返る」が気候と色彩の両方に掛かるようになっている。文字通り面白みのある冴えた使い方になっている。

• 僧に対すうそ寒げなる払子の尾

（そうにたいす　うそさむげなる　ほっすのお）

（明治29年11月）句稿20

寒くなってきている僧堂の中にいる導師が持っている払子は、身分や立場を表す装身具というべきもので、多くの宗派で使われる法具である。払子の持ち手の柄の先についている長い尾は、獣の毛や麻の繊維を束ねたもので、ふかふかに見える。

句意は「読経している導師は、読経の合間に胸の前にある払子を振る。その振られる払子のふさふさの尾は嘘寒げに見える」というもの。僧の片手はこの尻尾部を握っているので暖かいのであろう。しかし時々その尻尾が振られるのを見せられる参列者は、その尻尾がうそ寒げに見えるのだ。つまり漱石の目にはその尻尾を振る行為が情けないものに見えるのだ。道具に凝るような宗派と僧には好感を持てないのだ。僧の動きには優雅さがなければならない、美的なものがあるべきだという思いが漱石にはあるようだ。払子を大きく振るさまは遊びのように見えたのかもしれない。

掲句の直前に「肌寒や膝を崩さず坐るべく」の句が置かれている。僧堂の中には晩秋の冷気が入り込んで、参列者の漱石は寒さを感じている状況の中で、導師は暖かそうに見える獣の尻尾を付けた払子を握ったり振ったりしているのが見えている。なんだかおかしな空気が満ちているように感じられた。漱石との感覚のズレに漱石は寒気がしたのだ。そして振られる暖かそうな「払子の尾」には嘘寒さを感じた。

この句の面白さは、掲句の「僧に対す」が「払子の尾」にかかっていて、漱石は獣の尻尾に見えるものが、なんと僧の胸の前に生えていると笑っていることだ。尻尾は後ろの尻に付いているはずなのに、目の前の偉い導師は、こんなこともわかっていないと言いたいのだ。もう一つの面白さは、漱石が座っていた僧堂では、この年の11月23日に没していた樋口一葉の供養が行われていたと推察されることだ。この著名な女性作家は漱石の女房になっていたかもしれない人だった。親同士が二人の結婚を決めていたが、一葉の父親が急逝したことで取りやめになった。一葉は作家活動と生活費捻出で体力を消耗し、結核にかかった。漱石は24歳で亡くなった一葉の冥福を熊本の寺で祈っていた。その一方で漱石は長引く読経に飽きて掲句の観察を始めていた。

＊龍南会雑誌第60号（明治30年11月5日発行、漱石の俳号で）に掲載。
ここでは「禅僧宗活（注：帰源院の僧）を訪ふ」と前書き。

・僧に似たるが宿り合せぬ雪今宵

（そうににたるが　やどりあわせぬ　ゆきこよい）

（明治32年1月）句稿32

掲句には「家に婦人なし 之を問へば先つ頃 身まかりて翌は三十五日なりといふ 庭前の墓標行客の憐をひきて カンテラの灯の愈陰気なり」の前文がついている。大分県の宇佐神宮で初詣してからの久留米までの帰途の行程は、雪の降る岩山を抜け、吹雪く筑後川を船で下る冒険旅行になった。

雪の降る耶馬渓を縦断する山中で漱石たちを泊めてくれたのは、旅館を兼ねた河野宅であった。漱石はおかみさんがいないのを不思議に思って宿の主人に訊くと、先だって死んで明日は35日の命日だと知らされた。庭の前に作られている墓標は漱石たち旅人の憐れを引き起こし、カンテラの明かりは一層暗く感じられた。漱石は徒歩縦断の旅で人の不幸に初めて出会った。このような時に、よくも漱石たちを泊めてくれたと感謝した。

句意は「僧の雰囲気のある男が山中の同じ宿に泊まっている。不幸が生じたこの宿には、この夜しんみりと雪が降っている」というもの。近くの寺の僧が死後35日目の供養のために呼ばれていたのだ。雪の降っている時期でもあり前日に来ていた。

この句稿において掲句の一つ前には次の句が置かれていた。「薄蒲団なえし毛脛を擦りけり」の句である。この前には「せぐゝまる蒲団の中や夜もすがら」の句が置かれていた。漱石たちはこの雪の降る夜、寒くて寝られなかったが、その原因は部屋の寝具揃えは死んだ女将さんの担当であったからだと想像できた。それで漱石は夜中寒い思いをしたということだ。宿の主人は死んだ女房のことで頭がいっぱいであると思われ、その主人に布団の不備を告げることが憚られた。漱石は一晩、我慢することにした。長く連れ添った人をなくすことの辛さを漱石は理解できたからだ。

「つまらぬ句ばかりだが、紀行文の代わりとして読んでくだされ。病気療養の慰めになるぞ」という旨のことを句稿の冒頭に書いていた。しかし、この句稿に綴られている俳句群を読むことは優れた短編小説を読むに等しいとわかる。

・僧のくれし此饅頭の丸きかな

（そうのくれし　このまんじゅうの　まるきかな）

（大正5年11月15日）富沢敬道宛の書簡

この句の前に「饅頭を沢山ありがとう。みんなで食べました。いやまだ残つてゐます。是からみんなで平げます。俳句を作りました。」と書いていた。この他に4句をこの礼状に書いた。感謝の気持ちが溢れている。子供と一緒に饅頭を食べ、その場で手紙を書いているように思える。

漱石は一緒に饅頭を食べた子供たちの気分になって、この俳句を作っている。甘いもの好きの漱石先生が饅頭の前に座っていて、まだ残っている饅頭を眺めて安心している様子がうかがえる。漱石の家に泊まったことのある富沢敬道は、このお礼の気持ちを込めて相当な数の饅頭を送ってきていたとわかる。

句意は「僧のあなたが、寺から送ってくれたこの饅頭は、見事に丸くできている」というもの。坊主頭のように丸い饅頭はお寺から送られてきたものとすぐにわかるとふざけている。

この句の面白さは、送ってくれた坊さんの富沢さんに感謝しながら食べるようにと子供たちに話した際に、子供たちが頭に思い浮かべたのは夏目家に泊まっていた僧の顔ではなく、髪を剃って光っていた丸い坊主頭であった、とも解することができることだ。子供たちは饅頭を手にした時に、あの坊主頭に触れている感じがしたのであろう。楽しい想像である。

この句には漱石先生のユーモア心が感じられる。饅頭には富沢さんの気持ちが込められていたが、この俳句には漱石の心からの感謝と親しみが込められている。

漱石はこの年の12月9日に死去するが、この年の11月に若い頃に交流のあった禅僧の富沢敬道（号は桂堂）が突然訪問してきた。漱石の死期が近いことを知っていたのだろう。その時漱石は、この僧に松の絵を渡していた。そのお礼を込めてこの時期に大量の饅頭を漱石宅に送った富沢さんは、漱石宅での家族団欒の様を想像していた。

● 素琴あり窓に横ふ梅の影

（そきんあり　まどによこたう　うめのかげ）

（明治29年1月28日）句稿10

「素琴」は装飾のない、漆塗りもしてない和琴であり、これが梅の木が見える窓のそばにあると閑静な梅の宴に似た雰囲気が醸し出される。この家は熊本に転居する前の松山のもので、まだ愚陀仏庵に住んでいた時に見た家である。この借家のあった武家屋敷の地区を散策していた時の光景であろう。

大きめの窓ガラスに梅の老木の横に張った枝が重なって見える。その窓枠の中には布で包んでいない素琴が立てかけてあるのが見えている。松山の街はかつて武士の街であり、武家の女性の弾く琴は質素なものが推奨されていたのだ。武士の妻は教養の一つとして琴を弾いていた。

この句の面白みは、松尾芭蕉の「海に横たう天の川」と同じ調子の「窓に横ふ梅の影」であろう。漱石先生は目の前のガラス窓に横たう梅の老木がよほど気に入ったようである。頭の中には梅林の山水画が描かれていた。

● 俗俳や床屋の卓に奇なる梅

（ぞくはいや　とこやのたくに　きなるうめ）

（明治32年2月）句稿33

「梅花百五句」とある。俳俳には二つの意味がある。俗な俳人とそれらが作り出した俗な俳句の二つである。だが漱石先生は俗俳を別の意味で使っている。俳は「おどけ、たわむれ」であり、俗俳で「俗な冗談」の意味として用いているのだ。つまりは上品ではない、変わった面白みという意味で用いている。

掲句は「床屋の椅子の前には小机があり、ここに鏡が置かれている。その鏡の横には奇妙な形の梅盆栽らしきものが置かれている。これはゾッとさせられる」という意味になる。この句の面白さは、「奇なる梅」と表していて「梅盆栽」とはしていないことだ。俗な場所の代表である床屋の小机には、洒落た梅盆栽ではなく俗な「奇なる梅」が置かれているのだ。これが客の顔に似合うということだ。これは俗な面白みであるという。漱石先生は自分のヒゲのある顔とこの前に置いてある盆栽は愉快ではないが似合っているというのだ。赤塚漫画のバカボンの台詞のようであるが、「これでいいのだ」となる。俗な面白みが溢れている。結論としては「奇なる梅」盆栽は床屋のインテリアとして似合っていて適当ということだ。

もう一つの面白さは、床屋の主人には、梅の盆栽はとにかく奇抜な形状に仕上げるものだという思い込みがあり、漱石先生がびっくりする形になってしまっていると見て、漱石はニヤリとしていることだ。梅には一家言のある漱石先生は、熊本市内の行きつけの床屋の盆栽に厳しい視線を送っている。

● 底の石動いて見ゆる清水哉

（そこのいし　うごいてみゆる　しみずかな）

（明治40年夏）手帳

夏の強い日差しが小川に差し込んで水の底まで届いている。清水が流れていて、角のとれた石がきらめいている。底まで見える清水は揺れて流れて、光を揺らしている。よく見ると川底の大きめの石が動いているように見える。あの優しく流れる水が大きな石を動かしているという不思議がある。子供のような純真な観察眼で自然を見て楽しんでいる。

人家のあまりないところの小川は魚も見え、石の模様まで良く見える。その石は流れる水が左右に揺れるだけでたやすく揺すられているように見えるのが不思議である。漱石は川の中をよく見て光の屈折現象を楽しんでいる。水と光の偉大さを実感しているのだ。

もしかしたら川底の石が実際の深さよりも浮き上がって見えるのは、光の持つ力なのだ。群れて泳ぐ魚がヒレを動かして泳いでいるように見えるのも錯覚で、光の仕業なのだと思えてくる。

漱石は自然のさまを見て分析し、その理屈を考えるのではなく自然を楽しんで見る。光の屈折現象と見るのではなく、光のパワーのなせる技なのだと見るのだ。川底に石があることで水の流れが乱れ、漱石の心も揺れて乱れる。

ちなみに浅い清水の中の石は、藻がつかずに綺麗である。綺麗であるから光のパワーを受け止めることができるのかもしれない。また光の力を受けられるから、藻が生えにくくなる。

この句は手帳の中にあったものだ。この手帳には俳句を並べてストーリーが描かれていた。ある古びた草庵を訪ねた。そのわら屋根にあやめに似た花が咲いていて、屋根の裏側にも咲いているのかと裏側に回ってみると、山裾から清水が流れ落ちていた。そこには羊歯が生え、苔が岩に付いていた。キラキラと流れ落ちた清水は細い小川となって流れている。その小川を漱石はじっと観察していた。

ちなみに旧知の僧がいたこの寺は鎌倉の長谷にあった禅興寺であろう。この寺が荒れ寺であったのは、明治初年に廃寺になっていたからだ。この寺の一部は現在も明月院として残っている。この年の夏に漱石はこの長谷の地にあった親友の別荘を訪ねていた。この時期は大塚楠緒子が鎌倉長谷の地に転居していた時期と重なる。楠緒子は7月18日に長谷に転居していて、19日に漱石が楠緒子宛に出した手紙を長谷で受け取っていた。

三者談

流れる清水か吹き出る清水かで議論している。デコボコした議論は止まらない。優れた写生句であるというのは一致。書斎で東洋城が題を出して作ってもらった。

・底見ゆる一枚岩や秋の水

（そこみゆる　いちまいいわや　あきのみず）

（明治29年12月）句稿21

秋の景色になっている庭園の中にある大きな池。その池の底がくっきりと見え、そこには大きな岩があって、それが一枚岩であることがわかる程に、水が澄んでいる。この池には阿蘇の湧き水がこんこんと湧いている。湧いて動く水が一枚岩とわかるほどに岩を磨いている。

この句の二つ前に置かれていた句は「鼓うつや能楽堂の秋の水」である。この能楽堂のある施設、公園は、熊本市のほぼ中心に位置する公園で通称、水前寺公園である。

漱石先生はこの能楽堂で鼓の響きを堪能し、その後公園内を散策したのである。湧き水は絶えずループして動いている。そして池の底の一枚岩の上を移動する水の流れはゆっくりであり、能の演者のすり足のように滑らかである。

この公園は細川家の庭園として造られていて、その財力があったからこそ、池の底に一枚岩を設置できたのである。そして湧水を堪能できるように設計できた。漱石先生は明治になって公園となった細川家の庭園をゆっくり見て歩いたが、池の底に注目していた。この池の水は細い小川となって江津湖へと流れてゆく。この細川の水は有明の海へ流れ着く。

・其許は案山子に似たる和尚かな

（そこもとは　かかしににたる　おしょうかな）

（明治30年8月23日）子規宛の手紙

「帰源院禅僧宗活に対す」の前置きがある。明治27年ごろに円覚寺の塔頭帰源院で参禅した折に禅僧の宗活に出会っていたが、その3年後円覚寺にぶらりと訪ねた時に宗活に再会し、長いこと話し込んだ。その時懐かしさのあまり、彼に対して砕けすぎて掲句のような言葉をかけたのだ。「本当に君は、案山子みたいな身体の坊さんだよね。変わらないね」という感じであったのだろう。気楽に声をかけた相手の釈宗活は、初めて禅を欧米に紹介した僧である釈宗演の弟子で在家の僧である。

ちなみに其許は、武士が用いた二人称のことばで「そなた、そち」といったところであろう。相手が禅僧なので、俳句では若干古めかしい言い回しの言葉にしていた。

この句の面白さは、上五が古めかしく、いかめしいが、中七は「案山子に似たる」とトーンを落として砕けているところである。このインバランス感が愉快である。初めて彼に出会った時の自分の混乱ぶりを思い出したかのようだ。照れ隠しのようにラフに声をかけたのだ。あの時の漱石は楠緒子との恋がうまくいかなくて破れかぶれの状態だった。これを漱石は俳句にうまく表した。

ちなみにこの僧とは10年後に鎌倉のうらぶれた寺で再会することになった。

漱石は約束された帝大英文科教授の職を求めずに、東京朝日新聞社の社員として小説を書き始めた時期であった。宗活は大胆な行動に出た漱石のことを気にかけていた。宗活自身も円覚寺の管長を目指すことなく、本堂が朽ちかけた寺の僧として活動していた。二人は気が合っていた。

＊『ほとゝぎす』（明治30年10月）に掲載

＊龍南会雑誌第60号（明治30年11月5日発行、漱石の俳号で）に掲載。「禅僧宗活を訪ふ」と前書き。

祖師堂に昼の灯影や秋の雨

（そしどうに　ひるのほかげや　あきのあめ）

（明治39年10月24日）松根豊次郎宛の2通目の葉書

弟子の東洋城へのこの日出した1通目の手紙には「釣鐘のうなる許りに野分かな」の句をつけていた。掲句を含む6句は同じ日に出された2通目の葉書に書かれてあった俳句である。1通目の手紙の俳句だけでは弟子はうまく理解できないと思ったのだ。

1通目の巻手紙の後半には「夏目漱石という人は恐れ多くも宸襟を安んじ奉る目的を以て小説をかいてゐるんだから、僕の周囲につけまつはる蠅の様な奴を近衛兵で追払つて頂きたいと言上してもらつてくれ玉へ。（中略）此つぎ君がくる時は巣鴨へ入院してゐるかも知れない。」と気楽に書いて、「周りで漱石作品をやっかむ人が出てきて困っている、天皇に加勢してもらいたい」と冗談を飛ばしていた。東洋城は今上天皇の侍従であったからだ。

句意は「禅宗の祖師である達磨大師の像を安置しているお堂は、秋の雨が降る明るい昼でも、鷹揚に威厳たっぷりに行燈に灯が灯っている」というもの。つまり大人は小さなことは気にしないということだ。明るい日中に灯を灯す必要がない、などと周りから言われようとどっしり自分は構えていればいいのだと、心配する弟子の東洋城に伝えている。

当時の朝日新聞を調べると漱石先生が「吾輩は猫である」を発表すると、同じような猫が主人公になっている小説が雨後の筍のように何十という数で作られた。つまり、漱石の猫小説は大した工夫もなく、名作ではないという主張が世間にはあふれていたのだ。何事も創始者はそれなりの圧力を世間から受けるものだ、仕方ないのだと弟子に伝えたのだ。ちなみに差出人の名前は「自信庵漱石」となっていた。漱石は掲句によって、世間は勝手にものをいうものだから、一々気にするには及ばないと諭している。

そゝのかす女の眉や春浅し

（そそのかす　おんなのまゆや　はるあさし）

（明治41年）手帳

おっと強烈な俳句で足がもつれそうだ。春本番になったら大変なことが起こりそうだ。句意は「互いに男と女には冬の季節があり、動きがなかった。春のあいさつ言葉が聞こえると、男は女の方から先に誘いの言葉を投げかけられた。男はその顔をじっと見てしまった。するとその女の眉がだめ押しするように少し動いた」というもの。

漱石先生は小説の筋を考えていた時なのであろうか、大胆な俳句ができたものだ。ところでその女のささやきかける言葉とはどのようなものか。多分苦しそうな言葉にならないものなのだ。そして意味不明な言葉を補足するような眉の動きがあった。そこで女は眉を蠱惑的に微妙に動かしたと解釈した。ところで男をその気にさせる女の眉の形とはどんなものなのか。そしてどんな風に動かすのか。

この句の面白さは、「そゝのかす」が「春」に上手く掛かっていることである。女は深く考えてはいないとわかる。「春」がさせたとっさの行動であるとわかるようにしていることだ。漱石先生には女のそのような行動が魅力的に映るのであろう。そしてそのかされることになる。

男は言葉で伝えようとするきらいがある。これに対して女は態度で言葉を表そうとするということなのか。

そぞろ歩きも　はなだの裾や春の宵

（そぞろあるきも　はなだのすそや　はるのよい）

（大正３年）手帳

今風に言えば掲句は「エモい俳句」ということになりそうである。「はなだ」は縹色のことで、ツユクサ色に近い薄い藍色と辞書にある。和踊り用の着物の裏地に使う色のようだ。この縹色の裏地を着物の裾から見えるように仕立てた着物を着ている連れの女性は、この裾を素足の足で跳ねあげながらそぞろ歩きする。漱石さんはなんという艶っぽい句を作ったものだ。

大正３年のことであれば、男女共まだ着物姿で繁華街を歩くことは珍しくもなかったであろう。だが、そぞろ歩き、はなだ色、裾、春の宵、とくれば花街での芸者との逢引ではないか。足を進めるたびに女の着物の裾がめくれて素足がちらと見える。すれ違う人がこの裾のはなだ色に釘付けになる。漱石はこのような着物の女性と連れ立って歩く姿を想像しながら歩いていた。京都の宿から漱石ファンの女将のいる茶屋に向かってそぞろ歩きに出たのだろう。

この句は大正３年時に漱石が使っていた手帳に書いてあったもの。漱石はこの年、体調が悪く京都に行くことはなかった。したがってこの句は過去のことを回顧して描いているのだろう。京都に行きたいという願望がこの句を作らせた。漱石は翌年の大正４年３月に京都に行っている。

漫寒の温泉も三度目や鹿の声

（そぞろさむの　ゆもさんどめや　しかのこえ）

（明治40年４月）手帳

「何となく肌寒さが感じられる春先の温泉場に来たのは、これで三度目である。今回の温泉場では鹿の声が聞こえている」というのが句意である。漱石先生は、明治40年４月の上旬に京都の東山の温泉宿で鹿の声を聞くことになったが、かつてこの鹿の声を間近に聞いたことがあったなと、その昔を思い返していた。明治30年の４月に奈良に旅した時にも鹿の声を聞いていた。その鹿の声は今も耳に残っている。旅先の温泉宿の部屋に一人でいる時に、悲しげに鳴く鹿の声を聞くとそぞろ寒く感じるものなのだろう。春が近づくと雄鹿は雌鹿を求めて鳴くのである。

漱石先生は今回の３月28日から４月11日までの京都の旅は、東京朝日新聞社に入社してから大阪の朝日新聞社に挨拶と顔つなぎに出張した時のついでの京都旅行であった。この京都で帝大時代の友人たちに会った。この時、漱石山房に出入りしていた伏見生まれの津田青楓が宇治の萬福寺周辺を案内したようだ。そして鹿の声を聞きながら京都の歓楽街も歩いたに違いない。漱石一行は京の街を「そぞろ歩き」したのだ。

＊「鹿十五句」の前書きで『東京朝日新聞』（明治40年９月19日）の「朝日俳壇」に掲載

袖腕に威丈高なる暑かな

（そでうでに　いたけだかなる　あつさかな）

（明治29年７月８日）句稿15

漱石先生は、熊本の暑さにほとほと参っているようである。熊本人は夏になると丈も袖も短くした薄手の単衣の着物を着ているが、漱石もこれを真似て腕を出すようにしてみた。だがそれくらいでは暑さはどうにもならない。

その暑さ対策として行ったその腕まくりした腕に、暑さの方でも自信を持ってどっかりと「威丈高」に乗りかかってくる。暑さの方は引くことをしないのだ。二進も三進もいかない状態になった。

「袖腕」なる言葉は、江戸の儒者である頼山陽が書いた「前兵児謡」の中に出てくる。「短い着物を着て、すねと腕をまる出しにする剛健な気風をいう」とある。熊本の夏は、ここに住んでいる人と同様に剛健な夏であった。

句稿15は暑い盛りに書かれた俳句をまとめたものである。ここに書かれた40句のうち涼しい情景を思い浮かべられる俳句をいくつか作って並べている。心の暑さ対策である。その反対に憂さを晴らすように暑さの文字を入れ込んだ俳句も作っている。この種の俳句は二つあって一つは掲句、もう一つは「銭湯に客のいさかふ暑かな」である。漱石はいろんなことをして夏を乗り切ろうとしている。

・袖に手を入て反りたる袷かな

（そでにてを　いれてそりたる　あわせかな）

（明治29年7月8日）句稿15

漱石先生は生涯、書斎にいる時には常に和服の袷を着ていた。洋服は外出の際の仕事着とわきまえていた。そして家にいる時には、たまに妻の派手な羽織を着ていたりして洒落た和服での生活を楽しんでいたようだ。そうであれば漱石先生は着物の畳み方をマスターしていたはずだ。それを示すのが掲句である。

ちなみに袷とは、裏地付きの着物で保温性が優れている。春先までは袷を着るが、夏に向かって単衣に切り替える。この句は7月の句であり、言葉からは初めて袷を着た後、懐手して胸を張っている場面と勘違いしそうであるが、これでは汗をかいてしまうのでありえない。そして体ではなく袷が反るという言葉が意味を持たない。

この句は、暑くなるまで世話になった袷の着物をたたむシーンなのだ。漱石は畳の上に袷の着物を広げて腰を曲げて端を重ねる畳み方をするのではなく、立ったまま胸の前で簡便にそして手早くたたむ方法を身につけていた。それはいつもとは反対方向に着物と向かい合って「袖に手を入れて反る」ことで始まり、胸の前から反動をつけて着物を跳ね上げて、着物が胸から離れた瞬間（宙に浮いた瞬間）に袖から手を抜いてすぐさま袖と袖を重ねて、摑み取る。この後は床の上で丈の方を折り重ねる。またはその後も立ったまま長さ方向の折り作業をする。そして小さく畳んだらタンスか行李の中に収める。

漱石先生はこの袷の畳み方を気に入っていたのかもしれない。落語に出てくる「二人羽織」の動作をしている気分になるのだ。そして腰のない袷を硬いもののように空中で扱うのは面白いこともある。手品のように行う空中での瞬時の動きが気に入っていたと思われる。

・其愚には及ぶべからず木瓜の花

（そのぐには　およぶべからず　ぼけのはな）

（明治32年）手帳

手帳に書かれたこの句の近くに「たく駝呼んで突ばい据ぬ木瓜の花」の句が置かれていた。この句意は「庭に手を入れることにした。庭師に頼んで茶室前に蹲（つくばい）を置くような庭にしよう。その脇には木瓜の花を植えよう」というもの。大きな棘のある木瓜を石の蹲を設置した狭い庭に植えるというのだ。この「たく駝」句と掲句は対になっていると見る。

掲句の「其愚」は何を指すか。上記の対句にある庭作りの企画を指す。掲句の意味は、「その愚かなアイデアは採用できない。木瓜の花に対して失礼であろう」ということだろう。「たく駝呼んで突ばい据（すえ）ぬ木瓜の花」の句を作った後、考え直したということだ。石の蹲の脇の狭苦しいところに刺刺しい木瓜の花を置くのはよろしくないと考えた。まず木瓜を植えるスペースが不足している。それに棘のある木瓜と手を動かす場所である蹲の組み合わせは良くない。これでは好きな木瓜が危険で邪魔な悪者になってしまうと考えた。

・其中に白木の宮や梅の花

（そのなかに　しらきのみやや　うめのはな）

（明治29年3月5日）句稿12

この俳句にある「其中に」の中に漱石先生の思いを引き継がせている句はどの句であろう。掲句が作られた日の少し前の明治29年3月1日に作られた俳句に「神の住む春山白き雲を吐く」があり、この「春山」句を受けて掲句が作られていた。「其中に」は「春山の中に」の意になる。つまり明治29年の少し前に奈良の「春日山」あたりを歩いた時の記憶を受けて続けている句になっている。

結果として掲句はユニークな形の俳句になった。クイズ形式の俳句になった。白い雲を吐く森に足を踏み入れて、徐々に神殿に近づくと、梅の花に囲まれた白木の宮が目の前に出現した。この宮は一定の年数ごとに新たな木材を用いて建て替えられるため、ほとんど文字通り常時白い館として存在できている。このこと自体が参拝者を驚かせるのだ。境内の梅の花も白い。互いに引き立てあっている。

白は神秘的で神聖な色なのだ。神社で飼っている神の乗り物としての白馬、白梅、神官の白装束、そして白い宮。参道には白い玉石。その上には白い雲。

この句の面白さは、どこかにあるはずだと探してみた。二つの句の中に登場したものは白いものばかりであったが、例外があった。それは春日山である。白い景色の中で目立つ萌黄色の春日山。「神の住む」山が自然に際立つように配慮されていた。もう一つの面白さは、「神の住む」ところは春日山であり、人工物の白木の宮ではないとしていることである。

・其夜又朧なりけり須磨の巻

（そのよまた　おぼろなりけり　すまのまき）

（明治28年11月13日）句稿6

「其夜又朧なりけり」の部分は、源氏物語の須磨の巻のハイライトであろう。光源氏は朧月夜との仲が発覚し、追いつめられて京から遠く離れた明石の須磨へ退去した。光源氏は財産を手放し、表舞台から退いて須磨での侘び住まいの生活に入った。日々の寂しい生活の中で、光源氏は夜になると朧月夜とのことが偲ばれたのだろう。

句意は「京都から須磨に移住してからの光源氏は夜になると、源氏物語の須磨の巻にあるように、京都に残して来た朧月夜のことが偲ばれた。春の夜空の月は光源氏の涙でぼやけて見えていた」というもの。

光源氏が須磨に入った其夜、また次の夜も朧ではなく、朧月夜の面影がくっきりと現れたことだろう。その一方、京の都に残してきた紫の上、藤壺にも想いが及ぶ。夜は光源氏にとってつらい時間になった。

光源氏同様に、まだ28歳で独身であった漱石は夜の過ごし方が難しかったのであろう。東京を去って松山に移動した其夜、又別の夜には今でも東京に残っている楠緒子のことが思い起こされた。今は人の妻となっていた楠緒子は、朧となって漱石の前に出現したのだ。結婚した楠緒子の夫は欧州に長期留学して不在であった。

源氏物語の須磨の巻の一場面を漱石は謡で唸っていたのだろうか。松山に転居した漱石は独身であり、学校での英語教師の仕事が終わると毎夜道後温泉の湯槽に浸かった。子規が10月に東京に戻ってからの漱石は夜中に出かけることが増えた。来年の4月には熊本の高等学校に転勤することになっていた。そこで離れの借家に住んでいる利点を生かして大声で謡をやっていたのであろう。曲目は宝生流「須磨源氏」であろう。

・蕎麦太きもてなし振りや鹿の角

（そばふとき　もてなしぶりや　しかのつの）

（明治40年4月）手帳

肌寒い4月に京都東山の旅館に泊まっていた時に、その地区の郡の長官は漱石が来ていると知って挨拶に漱石の宿にやって来た。全国的に有名になっていた小説家の夏目先生が近くに宿泊していると聞くとその顔を拝みたくなった。

地方官僚の一人であるから、接待をしに宿を訪ねてきたのであろう。漱石先生は酒をあまり飲まないということで、その長官は蕎麦のご馳走をすることにした。その郡長は夜中まで話し込んで帰って行った。

この時に作った俳句は、「郡長を泊めてたまたま鹿の声」であった。珍しい客が来たということでなのか、たまたまその夜、雌鹿を求めて鳴く牡鹿の声を聞くことができた。

ところでご馳走は珍しい蕎麦であった。そしてその蕎麦はとてつもなく太かった。漱石先生にとっては珍しいご馳走ということになり、漱石俳句に記録されることになった。その太さは鹿の角くらいの幅があった。そしてその夜大形の牡鹿が宿の庭に入り込んできて部屋の近くまできた。その太い角をまじまじと見ることになった。

この句の面白さは、「もてなし」を「もてなし振り」にしていることである。この振りは「鹿の角」につながっている。鹿が頭を振る「角振り」を連想することになる。ヘラジカは頭を振ると大きな角がポロリと落ちる時があるという。もう一つは鹿の角を数える際には、刀のようにふた振りと数えそうになることだ。

＊「鹿十五句」の前書きで『東京朝日新聞』（明治40年9月19日）の「朝日俳壇」に掲載

● 杣人の石にやあらん我を笑ふ

（そまびとの　いしにやあらん　われをわらう）

（明治37年11月頃）俳体詩「尼」17節

「否石ならば笑はじものを」が続く。この前半の意味は「木こりは石ではないから、気楽にわしのことを嘲るのだ」というもの。そして後半の意味は「いや、木こりが石ならば笑わないはずだ」となる。つまり山に行けばいつも何かが例している。これは木こりが人の噂をしているからなのだ、人は噂が大好きなのだ。世の中は例で満ちていると言っている。つまりこんなことは下らないことだと笑っている。

東京帝大の英文科の学生たちは漱石の授業のことで学内を賑わしていた。漱石はこのことは承知していた。そして言わせておこうと決めたのだ。山の例みたいなものだとして。

掲句の後には「我も笑へ笑へば耳に風吹きて　何を嘲る春の山彦」の俳体詩がつけられている。「わしも笑ってしまおう。笑えば耳にいい風が吹いて快適になるというから。春の山に入ると、山彦がいつも何か嘲っているものだ」というもの。こんなことは笑い飛ばしてしまおうと漱石先生は笑い出した。無理やり嘘笑いでもいいから笑えば、ストレスが解消し、楽になることは証明されている。この延長にあるのが「愚かければ独りすゞしくおはします」という心境である。

● 染め直す古服もなし年の暮

（そめなおす　ふるふくもなし　としのくれ）

（明治32年1月）句稿32

明治31年の12月に作っていた句である。今までは新年を迎えるに当たって、普段着の羽織・袴を染め直していたが、今年は結婚に当たって新調したものばかりで、その必要はなかった。また余所行きには和服は着なくなり、結婚後の外出着は洋服に切り替えていた。したがって洋服では染め直しはない。

句意は「この年の暮れは新年を迎えるにあたって着物を染め直すことはなくなった」というもの。新年には家を不在にするからであった。この染め不要の理由を東京の子規に考えてもらおうという魂胆であった。子規は漱石の句に対して評価をすることになっていた。子規はこの句稿に書いてあった耶馬溪の縦走の句を見て、その理由を簡単に解明した。

漱石先生が年末にこの服の句を作ることになったのは、元日の未明に大分の宇佐八幡宮に初詣に出かけることを計画していたからだ。天下に名高い宇佐八幡宮に初めて行った帰りは、徒歩で西の中津の耶馬溪に入り、そこから南下して峠を越え日田に入る厳しい山越えルートをとることを考えていたからだ。雪の山越え、谷越えとなる旅では、染め直した良い着物を着ることはないと判断した。服は泥だらけになることが予想されたからだ。加えて雪山では滑り防止のために草鞋が必須であったから、これに合わせて着物を着ることにした。そして紙製の合羽を重ねることにした。

・染物も柳も吹かれ春の風

（そめものも　やなぎもふかれ　はるのかぜ）

（大正３年頃）手帳

漱石は春の風を弱った体に受けるために宿の外に出た。時折強く吹く風を楽しみながら、その強弱を感じながら歩く楽しさを味わっていた。すると周りの木々も草も同じであると気づいた。春は誰しもが、何ものでもうれしく感じているものなのだと気がついた。漱石先生は言葉に出して俳句にできるが、他のものは揺れてそれを表している。

句意は「河原に吊るされた染物の晒し布も川端の柳も春の風に吹かれて揺れている。気持ちよさそうに見える。春風も揺れて浮かれているように見える」というもの。

ここは京都の東山の麓、高野川と鴨川の合流する辺りか。川沿いの風景を風に吹かれながら詠じている。かつて漱石は明治40年に京都に二週間滞在していた時に、この辺りをゆっくり見物した。この時の句に「布晒す磧（かわら）わたるや春の風」がある。鴨川沿いにはわずかになったが当時の柳の木が今も残されている。今でもその柳の枝と一緒に染色した布が揺れている光景に出会えるのかしれない。漱石先生はその不思議な光景が展開する地域を散策して楽しんだ。

この句の面白さは、春の風に吹かれているうちに目の前で急激に河原の布も乾いて急激に色が変化し、柳も芽が伸びて色が濃くなってゆく錯覚に陥るということだ。春風の魔力なのだと思って眺めている。

・徂来其角並んで住めり梅の花

（そらいそかく　ならんですめり　うめのはな）

（明治32年２月）句稿33

「梅花百五句」とある。句意は「梅の花咲く時期に、荻生徂徠と宝井其角（榎本其角、きかく）が梅の花が香る花のお江戸の街に隣り合わせで住んでいる」というもの。その時代の代表的な文化人が隣同士であったとは目出度いことであり、興味深いことであると漱石はいう。

掲句は其角の句とされる「梅が香や隣は荻生惣右衛門」が元になっているという。荻生惣右衛門は徂徠のことで確かに其角の句との関連で掲句を解釈した方が面白い。其角は漱石先生の大好きな俳人である。漱石が英国に持って行った句集は其角のものだけであったことが漱石の日記に書いてある。つまり世の俳人は、「梅が香や」の句が其角の句であるから漱石は掲句を発想したと言いたいようだ。

だがインターネットに表れている情報では、この下敷きの句は其角の句ではなく「松木珪琳の句」だという。其角の句ではないことは江戸時代から言われていたことであるという。ここでよく考えてみる必要がある。漱石にとって「梅が香や」の句は誰の句でも良いことなのである。

この句の面白さは、其角は「そかく」とも読めることもあり、「そらいそかく」と読むと「そ」の韻を踏んでいることになる。これで名前も「並んで住めり」の状態になって笑えることになる。これは漱石先生の笑いでもあったであろう。もしかしたら漱石自身はこの其角の読みを常々愛称として「そかく」としていたのかもしれない。そして漱石は「梅が香や隣は荻生惣右衛門」の句は、其角の句ではないことを知っていて、単に笑いの句として掲句を作り上げたのだ。

「松木珪琳」が植物の梅と荻が隣り合わせにあって面白いと洒落たのに対し、漱石はこの句のパロディとして梅の木の近くに似た音の「そらい・そかく」の有名人の家があると洒落たのだ。

ちなみに元禄時代に荻生徂徠と宝井其角が住んだ土地は、下町の茅場町であったが、二人はすれちがいであったという。面識はなかった。

空狭き都に住むや神無月

（そらせまき　みやこにすむや　かんなづき）

（明治33年12月）ロンドン

漱石先生は明治33年9月8日に横浜から汽船に乗って英国へ旅立った。スエズ運河を通って地中海に入りフランスに到着し、そこから陸路でパリに行き、万博を見てから大西洋に出て英国に到着した。この時すでに10月28日になっていたが、陰暦の10月にはまだ入っていなかった。当時の日本は新暦を採用して間がなく、令和の現代のように新暦10月を神無月と言い表すことはなかった。

そうなると神無月は陰暦の10月を指す言葉ではなく、まさに日本の神がいない西洋の異国にいるということを表す用語になっている。つまり掲句は神無月の頃のロンドンのスモッグ空を具体的に詠っているのではないということだ。

掲句は、「日本の神様のいない欧州の異国に来てみれば、空気は黄褐色でどんよりと重い空の下のロンドンに住むことになった」というもの。とても漱石も日本の神も住むこともできない空の下は「空狭き」状態になっている。

このことを言い換えれば、頭の上は狭い空間があるだけで空があるわけではないから、天に住むという日本の神々はここ英国には住めないのは間違いないと断言している。よってこの英国では陰暦10月でもそれ以外の月でも日本の神々はいないことになり、毎月が神無月なのだと笑っている。

この句の面白さは、世界に植民地を持つ大英帝国などと自慢しているが、その本国のイギリスは神さえも住めない土地になっていると痛烈に批判していることだ。しかし、俳句の表現は「空狭き」とだけ空を描いているだけだ。煤煙で黄褐色に染まってどんよりと沈んだ空は、雨雲が立ち込めたように低くなっていると穏やかな表現になっている。そして雅な言葉を多用して優しく突き放して表している。

空に一片秋の雲行く見る一人

（そらにいっぺん　あきのくもゆく　みるひとり）

（明治29年11月）句稿20

漱石は空を見上げて青い中天に一片の雲が浮いているのを眺めている。雲の形や空の色で秋が深まっていることを感じる。その下に雲を見上げている漱石が一人いる。この空の下は松山を出て、次に赴任した熊本である。

漱石は明治29年4月13日に熊本市に到着した。熊本第五高等学校に赴任し、そして6月には中根鏡子と結婚し、9月には北九州に新婚旅行に出かけた。この年はいわば転機の年であった。漱石は今までのこと、これからのことを考えて一人秋の空を見上げていた。

秋空の雲を立って見上げている青年をかつては「青雲の人」といった。かのオノ・ヨーコは砂浜に座って空の雲を眺めている人は詩人だと言った。空の雲は人に何かを語らせるのだ。この空の下で漱石は何を考えたのか、その決意とは何であったのか。

熊本第五高等学校の教授としてしっかりと勤め、自分の家庭を確たるものにすることを空の雲に誓ったのであろう。そしてできれば将来文学の道に進みたいと考えたのかもしれない。

この句の面白さは、「一片」と「一人」が対句になっていていることだ。「見る一人」の漱石は空の中の「一片」の雲と対峙して、何かを語っていた。それは東京にいる親友の、そして俳句の師匠である子規に伝わったと思われる。

この句を音読すると少しギクシャクしている。これは希望と不安の他に孤独感を漂わせているように感じさせる。子規はこの俳句で「行く」と「見る」と動詞が続いていることに対して、「この続き無理ならん」と評した。漱石としては「雲行く」で俳句は切れていると表した。そして「見る一人」がこれら全体を見ているという構成にしたのだ。漱石は「空に一片秋の雲行くを見る一人」では、単調すぎて全く面白くないと考えたに違いない。

・空に消ゆる鐸の響や春の塔

（そらにきゆる　たくのひびきや　はるのとう）

（明治42年4月7日）日記

「空間を研究せる天然居士の肖像に題す」という前書きがある。この前書きの中の「天然居士」とは、漱石の一高時代の友人で、漱石が英才と認めた米山保三郎の号である。「天然居士」の号は、円覚寺の管長が付けたものであった。保三郎は学生仲間では「米山法師」と呼ばれていた。建築学志望の漱石に、文学なら幾百年幾千年の後にも伝えられる大作もできる、と転向を勧めた人だ。建築学は西欧で研究し尽くされ、ほぼ完成しているからだと諭した。彼は帝大の大学院で哲学を専攻し、空間論を研究していた。ちなみに子規は最初哲学に進むつもりでいたが、哲学の分野に保三郎がいることを知り、国学に転向したという。それほどの天才であったが、明治30年5月29日に腸チフスに罹って29歳にしてこの世を去ってしまった。

保三郎の兄の米山熊次郎氏は、家が消失して弟保三郎の写真を含む一切をなくしていたので、遺影用に漱石の手持ちの写真を貸してくれるように連絡してきた。漱石は東京に来た兄に40×30センチの写真を持たせた。その兄はその後漱石にその写真を送って来て、裏に書かれてあった俳句の意味を尋ねてきた。漱石は句意を解説して、「鐸とあるは宝鐸似て、五重塔の軒端などにつるせる風鈴のつもりに御座候。寂莫たる弧塔の高き上にて風鈴が独りなるに、その音は仰ぐ間もなく空裏に消えて春淋し、という意味」と答えた。その写真には「己酉（＊明治42年のこと）漱石」とサインをしていた。漱石は保三郎の言葉で文学の道に入ったことを亡き保三郎の兄に伝えた。

「天然居士」の人物像と漱石への接し方、助言は漱石の小説の中に何回か出てくるという。天才は天才を知り、互いに刺激を受け、響き合うようだ。漱石は英国から帰国して住んだ家の近くにあった寺に、偶然米山の墓があるのを見つけた。漱石は保三郎との縁を強く感じたはずだ。

さてこの句であるが、追悼の句としては清々しく、友人の天才ぶりを見事に称えている。句意は「生活圏の中に聳えるバベルの塔のような巨大な若人の『春の塔』は聳え立つ才能を表し、そして保三郎が空間論を研究したことを表し、この塔につけた鐸鈴からの音はその研究の成果が周囲に影響を与えていることを示す。そして何よりその鐸鈴の音は漱石の心に響いた」というもの。漱石の文学への気持ちを鼓舞するものとしても今でも響いていると漱石は言いたいのだ。保三郎は宇宙の成り立ちを考えていたのであろうか。

この「天然居士」の奇行ぶりを共に学生時代を過ごした長谷川貞一郎氏が言うには、米山が一番変わっていたという。論語を読み出すと便所の中へも持って行くし、自習室では他人のものでも無断で使用する。人の歯磨きを使って洗いもしないで放り出しておく。学生寮の消灯時間を過ぎても議論を続けていた話があった。つまりは熱中の度合いが並外れていたということだ。街頭の乞食に50銭くれておいて後で入用ができたからと平気で幾らかを取り返しに行ったりした。確かに漱石先生以上に面白い人で変わり者であった。

・空に雲秋立つ台に上りけり

（そらにくも　あきたつだいに　のぼりけり）

（明治44年12月3日）行徳二郎に渡した本の包紙

漱石全集には、「行徳二郎に与へたる『切抜帖より』の包紙」の前置きを付けて掲句を収めてある。つまり漱石は自筆の評論本を包んだ包み紙に、色紙に書くように俳句を多数書き込んだということだ。行徳二郎は漱石の弟子であるから、気楽な遊び心で白い包み紙で作った直方体の6面に模様のように6句を各面に一句ずつ書き入れたのだ。

句意は「青空に白い雲が浮かんでいる。その下の高台には神社の大きな建物があった。この長い石の階段を登り切って着いた天辺で背を伸ばすと、目の前に白い雲がゆっくり流れていた」というもの。この句の一つ前に置かれていたものは「石段の一筋長き茂りかな」であった。

この句の面白さは、昭和時代に書かれた司馬遼太郎の小説「坂の上の雲」の一場面を描いているような気になることである。若い弟子の行徳に対する期待を表している。そして、漱石はパッケージデザインという新しい知的遊びを創造してみせ、行徳を刺激している。

ちなみに明治44年の8月、9月は関西の講演旅行で持病が再発し大阪で入院した。このあとこの年の11月に高台に立つ旅行にゆくことはなかった。このことから、この句は過去の思い出をもとに作られていたことになる。

この2句を読み解くと、ここに登場する高台の神社は九州久留米にある高良山にある史跡の「高良大社」であるとわかる。漱石はこの大社に至るために市街地を左に見下ろしながら「石段の一筋長き茂り」を右手に眺めながら長い石段を登っていた。明治30年4月末に一人で訪れていた。私、枕流は大塚楠緒子が一緒であったと推理している。

この社に参拝した時に作った俳句に、「石磴や曇る肥前の春の山」「筑後路や丸い山吹く春の風」「濃(こま)やかに弥生の雲の流れけり」等の句がある。同じ外出時に久留米にある桜の城山を眺めて作った句に「人に逢はず雨ふる山の花盛」がある。

ちなみに各面に配置していた句は、「稲妻に近き住居や病める宵」「石段の一筋長き茂りかな」「空に雲秋立つ台に上りけり」「広袖にそゞろ秋立つ旅籠哉」「鬢の影鏡にそよと今朝の秋」「朝貌や鳴海絞を朝のうち」。

• 反橋に梅の花こそ畏しこけれ

（そりはしに　うめのはなこそ　かしこけれ）

（明治28年10月）句稿2

反橋は丸く上向きに反った橋のことで太鼓橋とも呼ばれる。大阪の住吉大社の反橋が有名であるが、松山にもあった。それは翠水園にある石製の小さな反橋。漱石は松山の街歩きの時にはよくこの広大な庭園、翠水園を訪れた。

「畏しこけれ」は、「畏いことになる」との意味になり、恐れ多い、ちょうど都合がいい、ぴったりになる、ということだ。掲句はこの名園を訪れた時に反橋のところに梅の花が咲いていれば、高貴な雰囲気が漂ってちょうど良いのに、と考えた。実際にはどういうことのない木が植えられているのを見て、漱石は少し落胆したのだ。

2005年撮影のネット写真では翠水園の反橋周辺の水辺には、躑躅(つつじ)または皐月(さつき)（写真では見分けがつかない）ばかりが多数植えられていた。漱石が反橋を見たときにも梅の木はなく、躑躅系の低木があったと思われる。苔むした石の反橋には、やはり幹に苔が付着する梅の老木がマッチするということなのだ。池の上に張り出した梅の花が散ると水面に白い花びらが浮く様を愛でられると考えたのだ。

だが翠水園の建物は洋館であり、造園主は躑躅または皐月が似合うと考えたのであろう。漱石は弓道と謡をやり、着物姿の似合う和風の男であったから造園主の趣向とは合わない。

• そり橋の下より見ゆる蓮哉

（そりばしの　したよりみゆる　はちすかな）

（明治40年夏）自筆短冊

この句は一見不思議な句に見える。橋の下を小舟で通る時に蓮が見えたということなのか。太鼓橋なら小舟で下をくぐることができるが、普通の反り橋であれば不可能である。そして蓮池にそのような大掛かりな橋はないであろう。

掲句を「そりばしの　もとよりみゆる　はちすかな」と読むとうまく解釈できる。つまり寺の僧と一緒に池のほとりを歩いていた時に、池を渡る反り橋のところに来た。橋のたもとから、橋で分けられた池の奥側を眺めると橋で隠されていた蓮の群れが見えたということなのだ。これは寺の遊びで参詣客を喜ばせる仕掛けなのであった。つまり池の手前側半分には蓮を植えなかった。そしてその反対側に蓮を植えた。したがって池の反対側だけが明るい場所になり、蓮の花を咲かせていた。つまり寺に来たら庭を散策してほしいという寺の思惑があった。

句意は「池の周りをぐるりと歩き始め、そり橋の渡り口に来たら反り橋に隠れて見えなかった蓮が見えてきた。綺麗に咲いていた蓮が突如見えてきた」というもの。漱石はこの時の嬉しさを、そして寺側のアイデアを褒めて俳句に残した。

ちなみに漱石は明治30年の夏に、何度も鎌倉の鶴岡八幡宮の蓮池を訪れていた。ここにも反り橋があった。悩みを抱えながら蓮池の縁を何度も歩いていた。漱石は好きな中国の山水画に登場する反り橋に興味を持っていた。

掲句は明治40年に円覚寺で作られた句であると推察する。円覚寺を久しぶりに訪れたこの時に作っていた俳句に、「夕蓮に居士渡りけり石欄干」「石橋の穴や蓮ある向側」がある。

・反橋の小さく見ゆる芙蓉哉

（そりばしの　ちいさくみゆる　ふようかな）

（明治29年9月25日）句稿17

「太宰府天神」の前置きがある。漱石先生夫婦は結婚後3ヶ月経って新婚旅行にでかけた。目指した場所の一つは「太宰府天神」で、太宰府天満宮のこと。「反橋」は心字池にかかる鮮やかな朱色の太鼓橋である。そして「小さく見ゆる芙蓉」は、太鼓橋の天辺から見たハスの花である。槿に似た芙蓉ではない。橋の上から眺めた水面には庭に咲く芙蓉の花はないからだ。それに太宰府天神にアオイ科の芙蓉の花は似合わない。不要なのだ。

作者は落語好きで、ユーモア溢れる漱石先生である。そして新婚旅行という照れ臭い旅でのこと。こうなると掲句はまともで几帳面な俳句であるはずがない。そして句稿を送った子規を担ごうという魂胆が見える。

さてここに登場する太鼓橋を写真で見ると、最も高いところの橋桁は4・5mはありそうである。そうなると真下の水面を見るのが怖いくらいである。句意は「冒険心に富む坊っちゃん先生は、太宰府天神の太鼓橋の欄干に手をかけて、なんとか天辺まで登り、心字池を真下に見下ろした。すると水面にはハスの花が小さく見えた」というもの。

掲句には「芙蓉」と書いてあるが、実はハスの花なのであった。辞書には「ハスの花のことを芙蓉ともいい、間違えやすい」と解説してあった。語源的には大きく目立つ花のことを芙蓉と表した。そうであれば木の芙蓉も水の中のハスも芙蓉ということになる。

漱石がハスのことをわざと芙蓉と表したその理由は、芙蓉は「美しい女性」という花言葉があるからである。新婚旅行なので妻に挨拶俳句を贈ったのだ。そして句の評価を頼んでいる師匠の子規を惑わそうと企んだ。二つの目的があったことになる。素直な漱石であれば掲句を「反橋の小さく見ゆる水芙蓉」としたはずだ。

この句の面白さは、橋の高いところに登るのに漱石は欄干を伝って登ったが、その欄干には擬宝珠が取り付けてあった。なんとその擬宝珠はハスの蕾そっくりである。ここに漱石の洒落がある。

・粗略ならぬ服紗さばきや梅の主

（そりゃくならぬ　ふくささばきや　うめのぬし）

（明治32年2月）句稿33

「梅花百五句」とある。ぞんざいでない手つきで、しっかり周囲に気を配って、かつ手早く服紗（袱紗のこと）を扱う茶室の主人がいる。茶室の前の庭で行われた、梅の花を愛でながらの野点である。客人に緊張させないように気を配る主人の配慮が見事である。さてこの主人は男か女か。粗略ならぬとくれば男であろう。

かつて漱石先生は松山にいた時に地元の青年に交じって若者塾の催しに参加したことがあった。茶道の会で指導の先生から茶の手ほどきを受けていた。あの時の経験があったことで、漱石先生は熊本での茶席における「服紗さばき」をじっくり観る余裕を持ち得た。あの時の先生であった未亡人のこと、その柔らかい手の動き、仕草を思い出していたのであろう。一気に「梅花百五句」を作り上げる企画において、梅林での野点は不可欠であった。

この句で「梅の主」とは茶室を備えているこの梅林の主であり、熊本市の名士である。かつての熊本藩主である細川家の関係の人なのであろう。漱石先生の言葉さばきも見事である。

・某は案山子にて候雀どの

（それがしは　かかしにてそうろう　すずめどの）

（明治30年10月）句稿26

阿蘇山麓の畑の案山子は、何年も前の古着を着て畑に降り立つ雀どもに胸を張って対峙している。着物の生地は何箇所も破れて中の竹が見えてしまっている。そんな案山子でも自分を奮い立たせて雀どもに威厳をもって対峙している。この案山子は雀どもに圧力をかけるべく大声で自己紹介した。だが雀どもに無視されてしまう。麦や粟の実は貪欲な雀どもにどんどん食われてしまっている。これを見て案山子は固まってしまい、「某は案山子」と名乗ったあと、言葉は詰まってしまった。

この無視され続ける案山子に漱石は自分を重ねている。漱石は学生時代の昔を思い出している。東京専門学校（今の早稲田大学）で英語講師をしていたとき、そして旧制松山中学で英語教師をしていたとき、生徒たちを相手に一生懸命に授業をしたが生徒たちの理解が進まない。学生たちは授業に対する不平を口にするようになった。「それがしは、帝大で英語の勉強をした身であり、懸命に教えようとしているのだから、君たち、期待に応えてくれ」と言ってきたが、目の前の畑の案山子と同じ気持ちを味わっただけであった。

この句の別の解釈は次のものである。多分10月下旬なのであるが、熊本市の北西方向にある玉名市の小天温泉に漱石は一人で出かけている。これは湯治目的ではなくこの年末に高等学校の同僚教師と年末年始を過ごすための下見なのである。この旅で漱石はこの地方の元代議士である前田案山子（かかじ）と面会していた可能性がある。前田氏の遠縁の人の紹介で、年末から小天温泉にある前田別邸の離れを使わせてもらえることに話が決まっていたからだ。先の遠縁の人とは、漱石宅の庭の横にあった畑の持ち主で、立ち話の中で、小天温泉の施設の話が出た。

掲句はこの元代議士が漱石に対して言った挨拶の言葉なのだ。「某は前田案山子にて候、夏目漱石どの」の挨拶に対して漱石の落語精神はすぐに反応して、これを作り変えた。

三者談

東京に奥さんを置いて一人熊本に戻って来たのときの句だ。滑稽の句としては成功している。絶品の一つだ。当人は甚だ鯱子張っているが、はたから存在を認めてもらえない。この句の前の「恐る恐る芭蕉に乗って雨蛙」もいい。案山子の哀れは超越している。そつなく仕事をしている教師の漱石は時々それを感じていたのだろう。

・村長の上座につくや床の梅

（そんちょうの　かみざにつくや　とこのうめ）

（明治32年2月）句稿33

熊本の第五高等学校の教授であった漱石は、住んでいた村の関係で村長が呼びかけた寄り合いに出席した。村長の家の縁側に村民が腰掛けるスタイルでの気楽な会合であった。漱石先生はこの会合に遅れて出席した。この時「寄合や少し後れて梅の掾」と「裏門や酢蔵に近き梅赤し」の句を作っていた。この村長は酢を作る会社の社長であった。

この家の主人の村長は座敷に座って、縁側に対する上座に座っていた。村長は資産家で村では偉いと思われていて、上座に座るのが当然と思っているようだった。だが情けない態度をとっていた村長の後ろの床の間には、枝ぶりのいい立派な梅の大枝が花瓶に生けてあるのに気づいた。梅の花は村長のさらに上座で立派に咲いていた。このことに気がついた漱石は、村長の思違いを見逃すことにした。威厳からしても姿からしても梅の古木の方が上であると納得し、ニヤリと笑った。

ちなみに漱石先生は明治31年7月から熊本市内坪井町78に転居し、掲句を作った時には坪井町にいた。ここに最長の1年8ヶ月間住み続けた。村に住んだことがあるのは熊本市の隣の飽託郡大江村で、明治30年の9月から坪井町に引っ越すまでの期間である。掲句の周辺には梅の句が沢山並んでいることから、漱石先生は大江村での梅がらみのことを思い出していたに違いない。この村長はかなり印象深い人物であった。

・村長の羽織短かき寒哉

（そんちょうの　はおりみじかき　さむさかな）

（明治29年12月）句稿21

この句稿の冒頭に「凩や海に夕日を吹き落す」の句が置かれていた。この冒頭句は漱石が熊本の有明海の天草諸島を目の前に見ての日没句である。漱石はこの時期第五高等学校の修学旅行の引率で天草、島原へ行っていて、その時最初にこの句を作った。第五高等学校の学生たちが大挙して村に来たので、寒い風の吹くなか村長は村の代表として一行を出迎えたのだ。漱石先生は挨拶を返しながら村長の服装に目をやった。その時短い羽織をよく見たのだ。

句意は「村長の着ていた羽織は丈が短く、寒風の中に立つ村長は寒そうであった」というもの。漱石はその服をよく見ると江戸時代に作られたとみられる革羽織であった。この時の感想を「革羽織古めかしたる寒かな」と句に詠んでいた。ちなみに江戸時代には木綿布や絹織物よりも皮革製品の方が安価で入手しやすかったということである。現代とは様子が違っていた。

漱石はこの昔タイプの羽織を見て、懐かしく思ったのと同時に西欧化への流れが激しい世の中に辟易していた中で、有明の島には西欧化の荒波はまだ押し寄せていなかったのを見て幾分気が楽になったに違いない。漱石は会話ではこの人を敬意を込めて「むらさき」と呼んだのかもしれない。

弟子の枕流が住んでいるさいたま市の浦和にもユニークな老人が住んでいる。夏祭りには縦縞の半ズボンをはいて夏祭りの盆踊り大会を盛り上げてくれる白い顎髭のお爺さんである。その人は真冬でも同じ格好をして自転車を飛ばしている。「この人の場合には丈の短い羽織ではなく、「長老のずぼん短かき寒哉」の姿である。

【た行】

鯛切れば鱗眼を射る稍寒み

（たいきれば　うろこめをいる　ややさむみ）

（明治43年9月17日）日記

「昨夜主人鯛一尾を贈る。氷嚢(ひょうのう)を取り去れる祝いの心にや」という前置きがある。句意は「昨夜修善寺温泉の宿の主人が、漱石の病気回復が順調であることを喜んで、氷嚢を使わなくなった祝いだと鯛一匹を部屋の中で刺身にさばいてくれたが、その時鱗が跳ねて目に入った」というもの。枕元で宿の主人はまな板の上の鯛に出刃をぐいっと入れたが、そのとき硬く冷たい鱗が跳ね飛んで主人の目に入り、暫し寒気顔になった。主人は痛さと寒気と同時に感じたようだ。今風に言えば「痛寒い」ということである。「稍」は少しの時間、ちょっぴりといった意味になる。

漱石が病気で長逗留している修善寺の旅館菊屋の主人が、寝込んでいた漱石が回復に向かっているのを知って、漱石の気分転換と付添人の労(ねぎら)いに鯛を差し入れてくれたのだ。主人は漱石の回復祝いの「入刀の儀」を行おうとしたが、大きな鯛の鱗は大きく硬かったので、主人は出刃に体重をかけた。すると鱗は包丁による抑えの力に反発して飛び跳ね、主人の目に当たった。そのように主人は寝ている漱石に説明した。

この句の面白みは、宿の主人は嬉し涙を見せたが、この涙は鱗が入ったからだと鱗のせいにしたという言い訳が感じられることだ。漱石はこの嬉しい言い訳をわかっていて、俳句に仕立てた。もう一つの面白みは、鯛は身を切られたが、鱗を飛ばして刺客の目を射って相打ちにしたというジョークが込められていることだ。

菊屋の主人は大きな鯛をプレゼントして大金がかかったが、この鯛の話は長く言い伝えられることになり、宿の主人は後日嬉し涙を流したことだろう。

大愚至り難く志成り難し

（たいぐいたりがたく　こころざし　なりがたし）

（大正5年）漢詩

漱石は大愚と自認した良寛和尚のようにはなれなかった、そして志も十分には成し遂げられなかったという想いが掲句に表れている。掲句は漱石が没する大正5年12月のすこし前の11月に作った漢詩の冒頭部分の読みくだし文である。したがって掲句は公認の漱石俳句ではない。このあとに「五十の春秋　瞬息の程」と続いている。後半の部分では、区切りとしていた50歳はすぐに来てしまった、とため息をついた。体力の落ちた漱石は寿命の尽きる死が近いことをわかっていたのだ。だが良寛の境地を目指して長生きしようとは思わなかった。

晩年の漱石は、生きる目標になっていた良寛の心と志を目の前において生き

て来た。それが叶わなかったと認めて、残念がっていたことがこの俳句でわかる。漱石にしてみれば、自分は「大愚」と自認する良寛の足元にも及ばなかったと嘆いているのであるが、この句の表現は良寛と同じ心持ちで、謙遜してのことである。漱石のこの憧れの気持ちは、自分のもう一つの号である「愚陀仏」に表れている。

漱石は自分の生涯を思い返して、失敗もあり成功もありで、これが人生というものであると納得していたと思われる。これがちょうど良いと。良寛の人生もまさに波乱の人生であったのだから。「最後良ければ全て良し」がちょうど良いのであろう。この掲句は、漱石の辞世の句の一つと考えたい。

漱石は越後の山中の庵に住んで、漢詩を作り、墨書を書いた良寛に終生憧れていた。良寛の漢詩集を手に入れては喜んでいた。弟子になった画家の津田青楓と上野博物館で良寛が書いた漢詩の屏風を見たときに、漱石はため息をついて「これなら頭が下がる」と言ったという。良寛の実物の書を見て漱石は納得したのだ。

• 大慈寺の山門長き青田かな

（だいじじの　さんもんながき　あおたかな）

（明治29年8月）句稿16

大慈寺は熊本市南区にある曹洞宗の寺。山門を入ると本堂までの参道は長く、道の脇にある田んぼには稲が生育して緑色に茂っている。漱石先生は熱い太陽の光を受けて稲が順調に育っているのを眺めつつ、長い参道を歩いていた。田んぼからの照り返しを長時間受けながら歩いてゆくと、次第に体温も上がってきた。当時は加勢川と緑川に挟まれたこの地は肥沃で、寺の周りは一面田んぼであったのだ。令和3年に地図アプリでこの寺の周辺を調べると寺の三方は住宅で囲まれ、残る一方には緑川に沿って田んぼが残っていた。

句意は「大慈寺の立派な山門を通って歩く参道は長すぎる。その参道の両脇は田んぼで稲が緑に茂っている」というもの。参道が長いのは当たり前であるが、夏に太陽に照らされてこの単調な景色を見ながら歩くのは難儀だと漱石先生は言いたかった。

この句の面白さは、大慈寺と言いながら参道が長すぎて訪れる人には決して優しくはないというところにある。この長い参道を歩かせることに寺の慈悲は感じないと不満をあらわにする。

もう一つの面白さは、「長き」は「青田」と「山門」の両方に掛かっていることだ。青田は参道に並行して川ぞいに延々と続いていることを表している。そして大慈寺の山門は、二層の巨大な建造物であり、縦に長いと漱石は表していた。

この日、漱石は座禅会に参加するためにこの寺を訪れたのであろう。寺の僧に交じって「夏籠(げ)り」の行を体験しようとしたのであろう。だが参禅の前にふらついてしまって、無心無我の状態には中々なれなかったと思われる。

ちなみにこの寺には山頭火の句碑はあるが、漱石の大慈寺の名を入れた掲句の句碑はない。不満を口にしたからなのか。

• 大将は五枚しころの寒さかな

（たいしょうは　ごまいしころの　さむさかな）

（明治29年12月）句稿21

漱石は熊本の第五高等学校に勤め出すと、同僚の間で流行している謡の会に誘われた。最初は嫌々参加していたがのめり込んだ。歴史の面白い場面が謡に登場するからであった。謡の曲は歴史の名場面を脚色して面白くしているものであり、その中には事実に基づかない創作も紛れ込んでいた。掲句は創作劇の一場面であった。とりわけ面白いから漱石は俳句に仕上げた。

「景清(かげきよ)」と呼ばれる演目の主役は、源平の戦いに敗れて頼朝によって日向国に流されていた。この時負けた側の平家でもないこの男は、源氏の世を見たくないとして両目をくり抜いて盲目の乞食となった。この物語には様々な解釈と脚色がなされて明治の庶民に楽しまれたという。

景清には一人娘の人丸がいて、鎌倉から父が生きていると知らされ、お供を連れて日向国に探しに行った。父はその流された男のことは知らないといっていたが、里人の案内で娘は父に会うことができた。父は屋島での源平の戦いの様子を語って聞かせた。

源氏方の大将、三保谷四郎との兜の錣引をめぐる武勇談の部分には力が入った。相手の武将の兜の後ろ裾に付けている錣を引っぱって接近戦を挑んだ時のことだ。兜の後ろに下がっている五枚並べの「五枚錣」の下の方をがっちりとつかんでいた景清は、これを力任せに引き寄せると紐で小板をつなぎ合わせて作っている「錣」の何本かは根本から千切れた。この後二人の武将は戦いを続けたが疲れ果てて戦いをやめ、立ち去った。

ここまで話して景清は、もう長くは生きられないだろうからと、人丸に死んだ後の弔いを頼み、親子は別れた。

掲句の意味は、「源氏の大将の兜に付けていた五枚錣の一部は景清の剛力によって引き千切られ、大将の兜の首周りは寒くなってしまった。この大将はみっともない姿となったと悟って去って行った」というもの。戦うのを止めた源氏は、落ち武者のような格好になった、という話を負けて流刑にされた景清は勝ち誇ったように娘たちに話した。漱石は半分笑いながら、謡の時にはこの三保谷四郎の声を出したことだろう。

・大食を上座に栗の飯黄なり

（たいしょくを　かみざにくりの　めしきなり）

（明治32年10月17日）句稿35

熊本高等学校の食堂でのひとコマを句に詠んでいる。漱石は学生たちを学校の食堂に連れて行き、旬の栗めしを馳走することにした。この食堂は座敷式で部屋の奥には床の間があった。この食堂で出される栗飯は、栗がふんだんに入って黄色になる本格的な栗飯なので、学生たちは食べるぞと意気込んで食堂に入った。そこで先生は学生をからかう作戦を考えた。

漱石は一番の大飯食いの学生を知っていたので、君は体が大きいのだから座敷の出入り口を塞いではならないと上座に座るように指示した。お櫃は上り口の下座に置かれるので、この大飯食らいは手盛りで自分の茶碗を大盛りにする盛り付けができないでいる。係の女性が茶碗を運んでいるのを見てイライラしている巨漢の学生を先生は見遣ってにやりとする。作戦成功であり、このことを俳句に記録した。

この句には誰もが理解できるユーモアが込められている。この句は読み手を心地よくする、まさに俳諧である。他の学生たちはこの様を見て笑いながら栗飯を食べたことだろう。

この句から先生と学生たちとの楽しい交流の様子が浮かび上がる。まさに漱石には良き旧制高校時代があったのがわかる。その後熊本第五高等学校の卒業生たちと、英国から帰朝した漱石は、東京の漱石山房で新たな交流を始めることになる。その素地がこの時にも作られていたことを思わせる。

・大切に秋を守れと去りにけり

（たいせつに　あきをまもれと　さりにけり）

（明治43年9月25日）日記

漱石はこの時期、伊豆の修善寺温泉で大吐血後の長期療養をしていた。この句の前に「午後一時楚人冠去る」と前置きが書かれていた。この前日の日記には「四時頃楚人冠至る」とあり、これと対をなす言葉である。つまり楚人冠は修善寺で一泊したことを示している。

この人は東京朝日新聞社の杉村楚人冠（本名は廣太郎）で、随筆家であり俳人でもあった。新聞社を代表して見舞いにきた。漱石は8月24日に仮死状態になったが、その後回復して最近は体調がいいことを東京の新聞社に報告していたのだ。楚人冠は今後のことを打ち合わせるために見舞いに来たのかもしれない。

句意は「楚人冠は漱石に、是非『あき』を大切にして守ってくれと言い残して去って行った」というもの。漱石は俳句に無理やり季語を入れるつもりで秋と書き入れたのだ。楚人冠が口にした「あき」とは気持ちの空きである。のんびりと過ごすことを心がけてくれ、病気を癒やすにはこれが不可欠なのだと諭した。今は体を治すことに集中するようにと言い残した。

楚人冠は、漱石に対して季節の秋を話題にした話の中で、洒落て『あき』を大事にしてくれと言った。漱石はこれを受けて、掲句を作り上げた。二人とも洒落ている。

楚人冠にしてみれば、厳しい夏を乗り越えた後の秋に油断して体調を崩すことがあるから気をつけるように諭したつもりなのだ。人生の最後の仕上げの時期に向かって、今が体力を蓄える大事な時期に当たっていることを示唆したのだ。この時期を乗り切ることに集中するようにと告げた。朝日新聞社との執筆契約に縛られることなく、療養に努めてくれと伝えに来た。

漱石は楚人冠の人柄に敬意を抱いていることをこの俳句で示していた。そしてその通りにしようと考えた。そういう楚人冠の人物の言葉には含蓄があるとそのまま俳句に残した。

• 橙も黄色になりぬ温泉の流

（だいだいも　きいろになりぬ　ゆのながれ）

（大正5年春）手帳

漱石は後世の人がこの句をどう解釈するのか、楽しんでいるようだ。つまり手品のような句にして遊んでいる。上五の「橙も」は、橙という果実の色は橙色になっていることを意味している。橙の実は秋から冬にかけて熟して果皮にあった緑の色素を減らして若干赤みを帯びた色を呈し、その後は黄色になって行く。熟した後も果実の色は変化を続けるのだ。

句意は「掛け流しの湯殿からは裏山の橙畑が見えていた。橙の実は春が近づいて黄色に変化している」というもの。年末を挟んで二度伊豆の湯河原に来ているので、果実の色の比較ができ、その変化がよくわかった。湯殿から流れ出す湯の色と果実の色が黄色系で春の雰囲気が満ちている。この句には乳白色の湯の色を含めると色の言葉を三つも入れていて気分良く遊んでいる。

大正4年11月に続いて大正5年1月28日に伊豆の湯河原にリューマチの湯治療養に来ていた。漱石を元気付けに湯河原に来た悪友の中村是公を新年の宿に迎えてしばらく湯の中でも語り合ったのだろう。そして彼が手配した芸者たちも湯河原に同行して漱石の宿まで押しかけて連日賑やかに時を過ごした。これでは療養にならないと思われるが、親友は漱石のリューマチに対しては大雑把に過ごすのが一番良いと考えた。満鉄総裁を務めたこの悪友は、満州視察に漱石を誘ったことで漱石の体調が悪化したとして、ずっと気にしていた。

漱石が湯気の中で見た橙の実は、真冬の年末には橙色になっていたが、春が近づいて黄色に移行している段階にあったのだ。この後は色づく前の緑に戻る。橙は蜜柑と違って熟した後でも緑に戻り、また次の冬には橙色になるという変わりもので、回青橙と呼ばれるという。また樹上で年をつないで生り続けることを捉えて「代々」の意味を持たせたことによって、正月には縁起物として鏡餅の上に置かれるようになったのだという。漱石はこのことを意識して、自分は黄色のままで終わりそうだと思って掲句を作ったようだ。

• 大纛や霞の中を行く車

（たいとうや　かすみのなかを　ゆくくるま）

（明治30年2月）句稿23

大纛とは天子の車駕に立てる大旗のことで、天子の親征軍を意味する。つまり天皇の軍隊、日本の陸軍が堂々と霞のかかっている広い大陸を進軍中である、という意味である。

纛の字はトク、トウと読むが、「はたぼこ」を意味する。竿の先端につけた黒い毛房飾りがついた旗である。大纛となると雉の羽などが追加された豪華な飾り旗ということになる。つまり行軍中に用いる旗である。

明治28年の3月に日清講和条約が調印されたが、その4月には清国の謀によって独仏露三国干渉があり、日本は条約の変更を余儀なくされた。この後、日本軍は、密かに大陸への侵攻を計画していたということであろう。このことを漱石はこの俳句で表した。霞の中でも目を凝らすと天皇の軍旗が見えるのだと。漱石は天皇の考えとは別に陸軍は勝手に行動していると見ていたのかもしれない。

ちなみに令和2年のヤフーオークション（2020．3．27）に伊藤博文の書というものが出品されていた。「大纛西巡秋九月」と書かれた掛軸で、設定されていた価格は16，800円。この伊藤博文は密かに中国に軍を進めることを決断していた。もしかしたら漱石はこの書の存在を知っていたのかもしれない。

• 大輪の菊を日に揺る車かな

（たいりんの　きくをひにゆる　くるまかな）

（明治41年）

漱石は知人の葬儀に参列して「公退や菊に閑ある雑司ケ谷」の句を作った。そして掲句も同日に作っていた。（漱石全集ではこれらは並べられている。）大輪の白菊とともに埋葬された人がいた。その人は霊柩車に乗せられて大輪の菊とともに雑司が谷に運ばれてきた。

句意は、「好天の秋に、知人は大輪の白菊とともに車に乗せられ、揺られて雑司が谷に運ばれてきた」というもの。菊の花輪が車から降ろされた時にこの花に日光が当たると日輪のように見えた。

この「大輪の菊」には、大きく花開いた人生を送った大人（たいじん）という意味もあるように思われる。この句はいわゆる挨拶句というものなのだろう。

インターネットでこの死者を調べてもそれらしい人は見あたらなかったことから、巷で著名な文学者ということではなかったようだ。漱石が属していた東京朝日新聞社の関係者であったのか。この新聞社の朝日のロゴマークは菊の花に見えなくもない。否、そうであれば朝日新聞に掲載するはずである。

ここで気になることは、下記に示すように漱石の属する朝日新聞ではない国民新聞に寄稿していることだ。明治43年作の「白菊と黄菊と咲いて日本かな」の句も国民新聞に掲載している。このことから推察すると漱石の思いと朝日新聞社の論調に乖離があったのかもしれない。

＊『国民新聞』（明治41年11月3日）に掲載。のち雑誌『俳味』（明治44年5月15日）にも掲載

• 誰が家ぞ白菊ばかり乱るゝは

（たがいえぞ　しらぎくばかり　みだるるは）

（明治28年11月3日）句稿4

この句の前書きには、前日の2日に愛媛県東温市河之内にある近藤氏の家に泊まったことが記されていた。ここから、「翌三日雨を冒して白猪唐岬（しらいからかい）に瀑を観に」出かけたとあった。

子規の親類の家を訪問してきたことをさらっと俳句にして子規に報告した。この家があった東温市は松山市の南隣の市で四国山地の麓にある。「誰が家ぞ」と呟きながら遠くから眺めたその家にたどり着いてみると、子規の親戚の家であったと、とぼけた句を作った。遠くから一軒家の近藤氏の家を眺めると白い菊の花が繁茂しているのがわかった。家の玄関あたりが白菊で埋められているように思えたのだ。

この句の面白さは、漱石は訪ねた家で顔を合わせた当主は、白髪の老婆であったと俳句で暗に示している気がすることだ。掲句で「この白菊が庭に繁茂していた家には白髪の老人がひっそりと住んでいたよ」と報告しているのだ。その老婆は子規が小さい頃に遊んでもらったおばさんだったのだ。子規が子供の時に遊びに行ったその家には子規が描いた子供絵が残されていた。

家の中は昔の人らしく綺麗に片付いていて、例外は庭の白菊が群れて風が吹く中で乱れていたことだったと手紙で知らせている。白菊は乱れ咲きの状態で満開であった。漱石は掲句で田舎の光溢れる秋の晴れ渡る景色を描いている。

翌日は、子規が勧めていた山中の滝を見に早朝から出かけた。もう出歩けなくなった子規に代わって子規がよく遊びに行った親類の土地を歩いてきたという思いがあった。この俳句は漱石の優しさ、友人思いの気持ちが溢れている俳句である。

ちなみに漱石はこの庭に溢れる白菊について、「いたづらに菊咲きつらん故郷は」と「乱菊の宿わびしくも小雨ふる」の句を作った。

• 鷹狩や時雨にあひし鷹のつら

（たかがりや　しぐれにあいし　たかのつら）

（明治28年11月22日）句稿7

この句は同じ句稿に書かれてあった「すさましや釣鐘撲つて飛ぶ霰」と「昨日しぐれ今日又しぐれ行く木曾路」に関連するものである。信州の木曽山中で

鷹狩りを見物したのであろう。雨が降っていてもアトラクションは実行されたのだ。

しかし、漱石たちは雨の中の鷹狩りに興味を持って鷹匠の周りに集まって見ていたのに、当の鷹は羽が時雨で濡れるのを嫌っているようでなかなか飛び出そうとしない。鷹の顔をじっと見ていると、やる気が失せているようだ。狩りのベテランである鷹は雨が降り出すと他の鳥も巣に帰っていて空中での狩りが成立しないのをわかっているからだ。

漱石はせっかく来た木曽で、雨や霰に降られた上に鷹狩りも見られないで鷹と同様に不機嫌の面になっていると想像され、可笑しくなる。

この句の面白さは、漱石たちは、鷹狩りを見に来たのに、鷹の面だけを見ていたという落ちがあることだ。

・高き花見上げて過ぎぬ角屋敷

（たかきはな　みあげてすぎぬ　かどやしき）

（大正３年）手帳

街中の角地に大きな屋敷があり、大きな建物と広い庭を囲むように高い塀が続いている。漱石は散歩するときに、塀の上に突き出ている桜の花を見上げながら歩いている。

句意は「通りの角の屋敷には背の高い桜の木があり、長く高い塀の上に見える桜の花を見上げながら歩いている。首が疲れてしょうがない」というもの。苦笑しながら散歩している漱石の姿が見える気がする。

この句の面白さは、「高き花」には角屋敷の主の「高い鼻」がちらついてしょうがないという皮肉が込められている。金持ちぶりを立派な塀と屋敷でひけらかし、近所の人には桜の庭を高い塀で囲い込んでよく見えないように意地悪しているとかっているのだ。寂しい人が近所にいるものだと嘆いている。

ところで掲句の角屋敷は「吾輩は猫である」に登場する金田さんの屋敷なのだろうと推察する。そういえば、文中に「向こう横丁の角地にお屋敷を構える実業家の金田氏の奥方は苦沙弥先生を目の敵にしていた。」とあった。その人の名は金田鼻子であった。漱石先生はこの地元の有名人を小説に登場させて更に有名にしてやったが、俳句にも描いてさらに有名にした。

・誰袖や待合らしき春の雨

（たがそでや　まちあいらしき　はるのあめ）

（大正３年）手帳

「誰袖」は匂袋のことだという。なんという優雅でよくわからない言葉なのだ。それは隠語だからだ。江戸時代に流行した言葉で、花街の待合では暖簾に匂袋をつける習慣があったという。この待合は今でいう出会い系カフェか出会い系クラブなのだ。令和の現代では待合はシティホテルまたは外資系ホテルに変わり、匂袋はインターネットの洒落た交流サイトに形を変えている。

この当時の誰袖からは刺激的な匂いが放たれ男どもを呼び込む効果があった。この匂袋は街中に特別な匂いを流して待合の存在を知らせていた。今の時代とは違って明治時代においてはこの種の風俗産業は今よりもはるかに身近な

存在でいわば喫茶店のような存在であった。漱石もその客の一人となって足を踏み入れたのか。掲句は明治45年6月末の日記に出て来た偶然の経験を思い起こさせる。

明治45年6月29日、30日、7月1日の漱石の日記に書かれていた文をまとめて記述する。湘南地方の江ノ島に小舟で渡って遊んだ後、藤沢か鎌倉あたりを気の進まない出張を前にしてふらっと歩いていた時に、街中にあった「待合」の暖簾をくぐった。記述は以下の通り。

『ある腰弁出張の前　ある待合に行き素人を注文す。主婦よろしいと云って写真を見せる。その中に自分の細君の写真あり。主婦曰くこの人〇日から〇日迄でなければ御意に応ぜずと腰弁腹の中で計算して見ると丁度自分の出張する間の日取也。』この腰弁とは、当時の隠語で安月給の小官吏のことで、弁当持参で出勤したことによって生じた言葉である。つまり現代であればサラリーマンの語が該当する。

句意は「柔らかい春の雨に誘われるように街中を歩っているといつのまにか花街に入り込んだ。匂袋の匂いが鼻をくすぐる。その匂いのする方に目をやると待合らしい洒落た建物が見えた」というもの。大正3年の頃の漱石は体の衰えを気にして、体力維持のために電車に乗ったりして外歩きを毎日やっていたようだ。

ちなみに鎌倉には妻の鏡子が使っていた別荘があり、漱石は何かが気になってこの辺りを歩いていたのかもしれない。漱石は妻がこの辺りに出没しているという噂を聞いたことを「私はそれをKから聴きました」と「細君売淫の話」という項で文章に残している。この話を伝えたのは、畔柳(くろやなぎ)芥舟(かいしゅう)という英語学者で第一高等学校教授であった漱石の後輩であった。

• 宝寺の隣に住んで桜哉

（たからじの　となりにすんで　さくらかな）

（大正4年4月18日）加賀正太郎宛の書簡

京都の茶屋で体調を崩して療養した期間を含めると京都滞在はおおよそ1か月に及んだ。4月16日に京都駅で加賀正太郎、津田青楓、その兄の西川一草亭、女将の磯田多佳ら大勢の見送りを受け、一等寝台車で京都を出た。そして翌日東京に着いた。

家に戻ると18日から不在にした期間に届いていた手紙の返事やら見舞いに対するお礼の手紙やらを書き始めた。掲句をつけて返事を書いた加賀への手紙には、「君で13通目。まだ数通残っている」と書いていた。このような数字を変化させた文をそれぞれの手紙に書いて、病気をして大変な目にあったとユーモアたっぷりの文を書き込んだ。

句意は「君は桜の頃に、京都郊外にある宝寺の隣の別荘に住めて、幸せなことだ」というもの。花見の時期に招待してくれて有り難かった、と礼を言ったのだ。

加賀は大阪市東区内本町に住んでいたが、桜の季節になると別荘に住んだ。この句の後ろの文に「蕪村の句に、『つと立ちて雉追ふ犬や宝でら』という句があったように夢のように記憶していますが、ご承知はありませんか。忙しいからこれで御免蒙ります」と書いた。さてこの蕪村の句が何か挨拶句の掲句に関係しているのか、加賀に考えるように迫っている。あなたもこの別荘で雉鍋を食べているのですか、と問いを発している。次の機会には漱石も蕪村のように雉鍋を食べてみたいというのだ。

宝寺は、京都府大山崎町に奈良時代からある真言宗の寺で、宝積寺(ほうしゃくじ)が正式名称であり、大黒天宝寺として商売繁盛のお寺と知られている。ヨーロッパを歩いた加賀は宝寺と呼ばれた寺の近くに土地を買い、別荘を作った。奈良時代からこの地はパワースポットであると思われていた。そして蕪村の句は「寺の境内に入り込む雉が目立って多いことは、水も雉も含めて山が豊かであることを示している」という意味になる。漱石はこのことを俳句に書いて挨拶句とし、加賀の見識を褒めた。

加賀正太郎は大阪の旧家の出で、著名な資産家。多趣味の人として知られているが、どれも本格的なものであったという。京都府大山崎町に所有した山荘は、建物、庭園、家具、調度品などを自ら設計・デザインしたもので、現在「アサヒビール大山崎山荘美術館」として残っている。モネの日本調の池を描いた「睡蓮」の絵が有名である。アサヒビールもサントリーもこの地の水にこだわった。

• 焚かんとす枯葉にまじる霰哉

（たかんとす　かれはにまじる　あられかな）

（明治31年1月6日）句稿28

第五高等学校の同僚である山川と北隣町にある海側の小天温泉に年の瀬・新年の旅行に出かけた。泊まった宿はこの地の名士の別荘であった。熊本市内から北西の方向に山道を登って行った。雨が予想されカッパを着て出かけたが、霰混じりの雨が途中で降り出した。この句は朝方の山あいの農家の光景を描いているのだろう。農家の庭先では「あれ、霰だ」という声がしている。

句意は「小雨に霰が混じる天気のもと、農家の庭先では集めた枯葉を燃やそうと躍起になっているが湿ってうまくいかない。くすぶる煙だけが立ち上っている」というもの。道にぱらぱらと落ちる霰は庭先の枯葉の上にも落ちて音を立てていると想像させる。「枯葉にまじる霰」の文句からは、枯葉の上にうっすらと白く霰が降り積もっている様が目に浮かぶ。農夫は雨も霰も予想していなかったので慌てている。

掲句の面白さは、霰が「枯葉にまじる」のは、霰であるが、枯れ葉の上にパラパラと散っている、と表していることだ。

• 滝遠近谷も尾上も野分哉

（たきおちこち　たにもおのえも　のわきかな）

（明治28年11月6日）句稿5

掲句の直前の俳句に「野分吹く瀑(たき)砕け散る脚下より」があり、この句と掲句は兄弟俳句になっている。つまり近景から遠景に視点を変えている俳句である。

松山から歩いて1日かけてやっとたどり着けるところにある石鎚山の山腹から、北の松山市側に滝が流れ落ちている。白猪の滝である。石鎚山に溜まった水が集まって滝となって落ちる。森を二つに割るように落ちている。

石鎚山の低めの山の天辺から川水が横に飛び出して落ち、下方の黒岩にぶつかって水しぶきを立てていた。そしてその飛沫から発生するかのように立ち上がる霧が滝を包んでいた。その状況が突如一変した。猛烈な強風が吹き出し、滝を崩して流れを変えたのだ。その結果、飛沫を含む霧は漱石の足下に当たり出した。

そのうち吹き出した強風は漱石のいる滝壺付近から滝の天辺までだけではなく、山の谷や頂も巻き込んで吹き出した。大荒れ状態になって山全体が風に揺れ出した。

漱石は紅葉の山の美しさ、水しぶきを立てて落ちる滝の優美さ、日差しによって変化する木々の色をしばらく堪能したが、急変する森の自然の厳しさも体験した。

この俳句は、滝付近に吹き出した強風が森全体に渡って吹き荒れる様を漱石は俳句で的確に表現している。風の吹き荒れる様を漱石の視線の先が乱れていることで補強しているところが面白い。

• 瀑暗し上を日の照るむら紅葉

（たきくらし　うえをひのてる　むらもみじ）

（明治28年11月3日）句稿4

漱石は松山の南にある四国山地の山に分け入って歩いた。「明治二十八年十一月二日河の内に至り近藤氏に宿す。翌三日雨を冒して白猪唐岬に瀑を観る。」という前置きから、かつて子規が漱石に話していた松山の南側山中にある名瀑、白猪(しらい)の滝と唐岬(からかい)の滝のことを思い出して、松山から転居する前に訪ねて見ることにした。そして雨に降られながら細い林道を歩いてやっとの思いで滝にたどり着いた。漱石は道中の様子や滝の落ちるさまを観察して数多くの俳句を作った。病床の子規に彼の故郷のことを知らせることにしたのだ。

句意は「滝の上に覆いかぶさる紅葉の大きな茂りがあり、滝全体が暗く見えていた。しかし目をこらすと滝の天辺は光が当たっていて、その分紅葉の茂りが鮮やかに見えていた」というもの。この滝の周りは明暗がはっきりしていて、滝を神秘的に見せていた。この滝は白猪の滝である。

この句は黒く光る岩の上を落ちる滝の両側に森が迫っているさまを描いている。飛沫をあげる滝を両側から押さえ込むように森が迫っている。滝の流れの上にまで紅葉が被さっている。その滝の上の方は日が差して紅葉が鮮やかである。森にはデザイナーがいるかのようである。滝は山の途中から流れ落ちていた。紅葉のボリュームが滝の上方から覆い尽くしている感がある。

その色鮮やかな木々に目をやると、紅葉にもムラができている。木の種類によって色づく色合いが異なっているのがわかる。山全体に目を広げると紅葉のムラのある色が日の差し方でさらに複雑になっているのを見て、漱石は滝を見に来たが、紅葉の色も楽しめたと喜んだに違いない。自然の作り出す色の世界の豊かさを実感したはずだ。

この句の面白さは、「むら紅葉」にある。紅葉の景色は斑をつくる明と暗で出来ていることをこの語句で示している。そして昼夜の気温差があることで山奥では紅葉の鮮やかさが導かれることを「むら紅葉」の村が表している。つまり「むら」には斑と村が掛けられている。

• 瀑五段一段毎の紅葉かな

（たきごだん　いちだんごとの　もみじかな）

（明治28年11月3日）句稿4

掲句は四国山地にある名所の白猪の滝についての俳句ではなく、かなり離れたところにある唐岬（からかい）の滝を詠んだ句である。案内書では女性的な7段の滝と紹介されている。漱石は「白猪の滝」を見た後に、もう一つの滝の名所に行っていた。

句意は「滝は細かく横割れした斜めの岩肌を勢いよく流れ落ちている。滝は5段になっていて、周辺の紅葉の色づきもその段に合わせて色に差が生じている」というもの。

漱石はやっとたどり着いた石鎚山中のもう一つの名瀑の前にふらふらした足で立ち、滝を見ていた。滝は黒い大岩の上に流れ落ちていた。そしてその滝は小さな滝壺に到達するまでに五つに割れていることを知った。そして周囲の紅葉は1段ごとに紅葉の色が段階的に変化しているように見えた。下の方に行くに従って緑の色を少しずつ濃く残している。滝の高さに合わせて気温の差が生じ紅葉の色づきに影響している。紅葉の色のグラデーションにも驚かされたが、これに合わせるかのように背後の岩が横に幾筋にも割れていることにも驚かされた。やはり自然の創造主は一級のデザイナーであると確信した。

この句を読むと、前半と後半で言葉の勢い、重さが違っているのに気づく。「瀑5段」までは速く、濁音が多くあって重い感じがする。次の「一段毎の」の部は比較的ゆっくりで、濁音が減って若干軽くなる。そして最後の「紅葉かな」はさらに遅くなり、柔らかく軽く感じる。5段の滝のように、漱石は音の質と軽重で俳句をデザインしている。自然の創造主に対抗している。

子規は掲句に対して、「陳也拙也」と評している。少し残念だ。

• 滝壺に寄りもつかれぬ落葉かな

（たきつぼに　よりもつかれぬ　おちばかな）

（明治28年10月）句稿2

通常俳句では滝壺に巻き込まれる落ち葉を詠みこむことがよく行われる。だがよく見ると枝から離れた落葉が滝の水に引き込まれず、滝壺に近づかずに滝の流れの周囲で漂うようにぐるぐると回るばかりなのであった。「寄りもつかれぬ」とは「寄りつくことができない」という意味であるが、「も」によって強調した表現になっている。滝の近くの木から落ちた葉は、滝壺に落ち込むのであろうと思って見ていたが、滝壺に近づけない葉があると詠んだ。最初は寂しそうに滝に飲み込まれる葉っぱであるように思って見ていたが、意外にも楽しそうに舞っているのだ。漱石は当たり前の観察はしないのだ。漱石の理系の観察眼は滝の周りに生じている見えない気流を見ていた。

もう一つの解釈は、音を立てて落ちるどうもうな滝を超軽量な落葉が相手にしないでかわしている様にも見え、落葉に主体性を認めるものだ。

ちなみにこの句稿には掲句に隣接して「半途より滝吹き返す落葉かな」と「男滝女滝上よ下よと木の葉かな」が続けて記されている。これらの句も枝から離れた落葉が「滝壺に寄りもつかれぬ」状態になっているのを見方を変えて表現している。

● 滝に乙鳥突き当らんとしては返る

（たきにいっちょう　つきあたらんとしては　かえる）

（明治30年2月）句稿23

ツバメ（乙鳥）は自慢の急ターンの技を磨くために、轟音を響かせて落ちている滝に向かって水平に飛んで行き、滝に突き当たる寸前に直角方向に転換することを繰り返している。次第に折り返すポイントを滝に近づけて滝までの距離を短くして危険度、難度を上げてゆく。鳥も遊ぶのである。

漱石はできるだけまっすぐに飛ぼうとするツバメの性格が気に入っているようだ。そもそもツバメは高速で飛べるのでまっすぐに飛ぶのが似合っている。ツバメが滝に向かって直進するのは、遊びではなく滝壺の上に浮くように飛んでいる小さな羽虫を捕食するためなのであろう。滝を見ていた漱石にはツバメは滝と戯れているように見えたのだ。ツバメは滝と平行に垂直に落下するように飛んで、水面に当たる寸前で横に飛んで水面との衝突を回避する技もあるらしい。これも捕食行動であろうか。

この句の面白さは、「乙鳥突き当らんと」は「一丁やってやろう」という言葉を連想することである。ツバメは気合いを入れて飛んで滝に突き当たる寸前まで接近することが強調される。また「突き当らんとしては返る」の行動を一瞬Uターンのように思ってしまうことだ。よってこの句を読むとそんなことができるのかとツバメの緊張を擬似体感してしまうことだ。

ちなみに南米にあるイグアスの滝に突っ込むツバメがいる。水を怖がらないその種のツバメはアマツバメ。滝の雨に突っ込むから雨燕なのだろう。ＮＨＫの番組でこのアマツバメの謎を解明していた。全速力で滝に飛び込む鳥の正式な名前はオオムジアマツバメで、落ちている滝の水塊の切れ目を上手く見つけてそこに直角に素早く飛び込んでいた。滝の裏にはツバメの巣の団地があったのだ。滝はその巣を狙う鳥から守っていたことになる。そして餌やりを終えたアマツバメは滝を内側から同様に飛び出す。このアマツバメの羽は細くて長く、滝の水をナイフの羽で切りながら飛び込む。ツバメの中では最速なのだという。

三者談

華厳の滝では燕はひらひらと飛んでいた。滝に突っ込みそうに見える燕を描いた絵は多いが、漱石がいうような特異な飛び方をする燕はいない。しかし燕の特異な飛び方を巧みに言い表していると言える。芭蕉の「時鳥声横たふや水の上」より大分劣る。

● 瀑半分半分をかくす紅葉かな

（たきはんぶん　はんぶんをかくす　もみじかな）

（明治28年11月3日）句稿4

松山に一人でいた漱石は、かつて子規が四国名物の一つとして自慢していた松山の南側山中にある名瀑を見に行くことを思いついた。松山を去る前に行くことにしたと伝えられた子規は、その滝の近くの村に子規の遠い親戚の近藤氏の旧家があることも知らせてきた。そこで子規が手配した近藤氏の家に一泊した後、山の中に入って行った。句稿の冒頭に「翌三日雨を冒して白猪唐岬に瀑を観る」と書いていた。

広葉樹が山道を覆って周囲の森は暗くなっている。雨上がりで道は滑りやすく注意しながら山奥に入ってゆくと滝の音が響いてきた。

句意は「滝は大岩の上を流れ落ちていたが、滝の下半分は紅葉の茂みで隠れていた」というもの。頓智クイズのようで、これが滝を謎めかせて美的に見せている。これが名瀑と言われる所以なのか。

　この句の面白さは、会話調の「半分半分」にある。そして何が半分半分なのかをすぐに考えさせられるところにある。通常滝は上の方が木々に隠れがちであり、下の方が広がって見えているものだ。だが漱石の見た滝は違っていた。つまり水しぶきを上げる滝の下部の中側は紅葉の裏側を流れ落ちていたのだ。

　この句を見た東京の子規は「下手」の意の「拙句」の言葉を漱石の句に滝のように落とした。四国名物の滝を見て漱石はその珍しさに子供のように驚き、喜んだ。漱石はその驚きをテクニックを交えずに俳句に表した。

・焚火して居眠りけりな網代守

（たきびして　いねむりけりな　あじろもり）

（明治28年11月22日）句稿7

川の浅瀬にその両岸から竹を密着させながら川下に向かって差し込んで並べ、魚の泳ぎ下る川の流れを狭めるように作ったのが、網代である。簗（やな）とも称される。冬の魚を水平にこしらえた簀（すのこ）に導いて大量に獲る竹製の装置である。この網代は作りが簡単であるために大水で壊れやすい。そこでこれを保守管理する人が必要になる。この人が網代守である。冬期に獲れた氷魚を持ち出す役目もあり、近くに待機していなければならない。

　漱石は四国松山の川で網代の仕掛けを見たのだ。浅瀬のある広い場所に拵える網代あたりは冬の川風が吹き抜ける。近くに控えている網代守は焚き火をして体を温めていた。

　句意は「風の吹き抜ける冬の河原で、網代守は網代の近くに陣取って焚き火をして温まっているが居眠りしている」というもの。

　この句の面白さは、「居眠りけりな」にある。「な」の一文字で「目を凝らすと、何と焚き火に当たりながら居眠りしている」という驚きを表せている。

　漱石は冬の河原でこの網代守のそばで焚き火に当たりながら網代守の様子を眺めていたに違いない。河原を歩いてきた漱石は次第に体が冷えてきて鼻水が出たのかもしれない。漱石は冬の松山の様子を東京にいる親友の子規に現地リポートしている気分になっていた。

　ちなみに掲句の関連句として「くさめして風引きつらん網代守」の句がある。その網代守は焚き火の火が弱ってきたのか、くしゃみをし始めた。

・橐駝して石を除くれば春の水

（たくだして　いしをのくれば　はるのみず）

（明治44年5月）色紙

「橐駝」は植木屋の異称で、「橐駝して」は「植木屋に頼んで」となる。句意は「胃腸病院を退院して早稲田の家に戻り、庭にあった大きな石を植木屋に頼んで運び出して貰った。すると下からじわりじわりと春の水が染み出してきた」というもの。

　漱石は長与胃腸病院を明治44年2月26日に退院し、早稲田の家に戻った。すると家の明かりは電灯に変わっていて驚いた。ある日庭を散策していると大きな石が気になりだした。そこで出入りの植木屋に連絡して石を取り除いて貰ったのだ。

　ちなみにその直後に色紙に書いていた句は「たく駝して石を起せば春の水」であった。しかし雑誌に載せる段になって、この句にある「起こせば」ではその石が起こした後どうなったかがわからないと思い、「除くれば」と修正したのだ。

　ちなみに掲句に関連した句として明治43年11月に作っていた「ひたすらに石を除くれば春の水」の句がある。大塚楠緒子の死を新聞記事で知って追悼の句として作ったものである。だがこの句は公開しなかった。漱石の心の内にとどめておいた。「石を除くれば春の水」の節は同一であるが、上五が異なる。「ひたすらに」の句は、漱石自ら石を除いたことになる。つまり小さな石であったから自分で行えた。しかし、掲句では庭石は大きいことから「橐駝して」となった。ところで先の小さな石は庭の石ではなかった。解釈のポイントはかつての恋人の大塚楠緒子の死の直後の俳句であるということである。楠緒子に対する狂おしい思いが込められていると見る。

　さらには掲句を作った動機は、「ひたすらに石を除くれば春の水」の句を懐かしく思い出すためであると思われる。退院して家の庭石を移動させることを思いついた時に、秘密にしておいた「ひたすらに」の句を思い起こしたのだ。

その理由は庭の石を動かしただけで石跡から水が湧くことはありえないからである。

＊自筆の色紙（4月の制作と推定）には「たく駝して石を起せば春の水」。雑誌『俳味』（明治44年5月15日）に掲載された段階で掲句のように修正した。

（参考）槖駝呼んでつくばい据ゑぬ梅の花

（たくだよんで　つくばいすゑぬ　うめのはな）

（明治32年）寺田寅彦全集

「たく駝」とは植木職人、庭師のことだ。駝の漢字からは動物のラクダを想像するが、昔背の曲がった庭師が「槖駝」と呼ばれたところからの「たく駝」という名称が生まれたという。

掲句は寺田寅彦全集にある漱石句で、寅彦が熊本第五高等学校の学生であった時に漱石宅を訪問し、漱石先生と十分十句という俳句早作りを楽しんだ時のものである。この時寅彦は気になった漱石の俳句を記録していた。この寺田寅彦全集にはもう一つの俳句が記録されている。「蹲くや富士を向ふに蕎麦の花」の句である。

掲句にはよく似た句がある。「たく駝呼んで突ばい据ぬ木瓜の花」の句は、習作として作った掲句をのちに漱石が一部修正して正式な俳句として手帳に書き込んだものである。つまり戯れに寅彦と作った即興の俳句は意外に出来がいいと思った漱石は、少し手直しして正式採用したのだ。

句意は「庭に手を入れることにことにし、庭師に頼んで茶室前に蹲（つくばい）を置くように指示した。その茶室の脇には梅の花が咲いている」というもの。

この習作句は、下五に「梅の花」を置いていたが納まりが悪いと感じた。突ばい（蹲）の上に梅の枝があると、梅の花びらが散る時期にはその周辺の石が汚れたように感じるからである。こうなっては漱石の好む梅の花が可哀想だと思った。

この句には、二つの洒落と話のオチが込められている。これについては、「たく駝呼んで突ばい据ぬ木瓜の花」での解説文を参照してほしい。

• たく駝呼んで突ばい据ぬ木瓜の花

（たくだよんで　つくばいすゑぬ　ぼけのはな）

（明治32年）手帳

「たく駝」とは植木職人、庭師のことだという。駝の漢字からは動物のラクダを想像する。昔背の曲がった庭師が「槖駝」と呼ばれたところから「たく駝」という一般名称が生まれたという。

句意は「庭に手を入れることにした。その脇には木瓜の花を植えよう」というもの。庭師に頼んで茶室前に蹲を置くように指示した。

その蹲は茶室に入る前に手を清めるためのものだが、漱石宅では庭の調度として置くだけだ。水を貯める手水鉢、その前に立つための石台（前石）を置き、その周りにいくつかの石を配置して庭に水場を作ろうとした。

この句には、二つの洒落が込められている。一つはその蹲は「背を丸めて屈んで使うもの」であり、この背が丸くなることと「らく駝」の背には丸い瘤があることが掛けられている。そして漱石は「つくばい」の表記にしゃがみこむの意味になる「突ばい」の文字を当てていることも面白い。もう一つは重石を運び込んでくる仕事は大変な力仕事であり、背が丸くなってしまうことが掛けられている。さらには石の手水鉢は殆どが丸みを帯びていることも「駝」に掛けられている。重い石を運ぶのに「楽だ（駱駝）」とは落語みたいな話だ。ここに話のオチがある。

ちなみに漱石は明治31年7月に熊本の大江村から熊本市内坪井町78に転居した。この家には広い庭があり、漱石も妻も気に入っていた。その結果転居の多かった熊本では珍しく最長の1年8ヶ月間も住み続けた。

・竹一本葉四五枚に冬近し

（たけいっぽん　はしごまいに　ふゆちかし）

（大正4年11月）自画賛

冬が近い頃、竹の墨絵を描いてこれに揭句をさらっと書き入れた、というのが句意である。草花の多くが枯れている季節でも竹だけは緑の葉を茂らせている。この竹は永遠の命を感じさせる植物であるというので、漱石は竹をよく画題に選んでいた。

漱石は色紙に太い竹の幹を墨で大胆に描き、竹の葉はその四五枚をシンプルに筆を払うだけで描き入れた。竹には余計な装飾の線は不要として描き入れなかった。この描き方を漱石に教えたのは誰であったのか。元松山藩士で狩野派の絵師であった吉田蔵澤（1722〜1802）であった。蔵澤は老人になってから墨竹画に目覚め、のちに「竹の蔵澤」と称されるようになった。蔵澤は太い竹を太い絵筆で一本ボーンと描き、葉っぱはほんのわずか付けただけの絵にした。この蔵澤の描き方を受け継いだ画家の一人が漱石であった。

漱石は見る人に力を与える墨竹画を描きたかった。近いうちに命が終わることをわかっていた漱石は、自分自身に対してももう一度小説を書く力を与える絵を描いた。そして蔵澤のことを思いながら自筆の墨竹画に揭句を書き入れた。漱石はこの句を書き終えて、70歳になってから新画法に挑戦した蔵澤に倣って最後の小説を書こうと決めたに違いない。

南画の大家でもある漱石はこの大正4年に代表的かつ記念碑的水彩の「秋景山水画」も描いていた。この山水画は円熟味を感じさせるもので文字通り丸みのある絵図であった。この絵は与謝蕪村の筆力に負けないものを有していると評される。この頃俳句をあまり作らなくなっていた漱石は、俳句用の万年筆の代わりに絵筆の方を好んで握っていた。

・茸狩や鳥居の赤き小松山

（たけがりや　とりいのあかき　こまつやま）

（明治28年11月3日）句稿4

町外れの小高い松山にはどんなキノコが生えていたのだろう、とすぐに想像する。鳥居の色をあえて赤というのであるから、赤い茸(きのこ)だとヒントをくれている気がして、栃木で言うところのベンガラ色の「チタケ」を思い浮かべた。〝ちたけ〟を検索してみると『栃木県民が愛する、栃木県の郷土料理「チタケそば」』と大きく出た。田舎の我が家の「ちたけうどん」を思い出した。では愛媛の赤色系の茸とは。古い切り株に生えた天然のナメコか松茸なのだ。

俳句仲間で郊外歩きしたときにたまたまキノコを見つけて取ってきたのだろうか。それをわざと茸狩と言っているようだ。漱石がキノコを目的に山に入るとは思えないからだ。それにしても、松山にある小松山とはうますぎる名前だ。この句からは、山歩きの楽しさが伝わってくる。

この句の面白さは、色彩を感じさせる言葉が盛り沢山であることだ。キノコの色を思い浮かべ、鳥居の赤、松の樹皮の色、もし赤松なら赤茶色。高い鳥居の上の空の青。つまり色がくっきりと見える秋をうまく歌いこんでいる。漱石にとっては茸狩よりも松山にある小松山、そして中にあった神社の大鳥居が印象的だったのだ。鳥居の上を飛ぶ鳥は青空に吸い込まれて行った。

当時の茸狩りを詠んだ句として、子規の〝茸狩や浅き山々女連れ〟の句がある。松山市内の東端にある平井駅近くの小高い丘で松茸が大量に採れたという。

・竹四五竿をりをり光る蛍かな

（たけしごかん　おりおりひかる　ほたるかな）

（明治29年7月8日）句稿15

句意は「堀川の岸に真竹の藪があり、この薮の中を蛍が数匹飛んでいるのが見えた。尻を点滅させる光によって周囲の竹が四、五本浮かび上がる」というもの。蛍は尻を点滅させながら飛ぶのが当たり前であるが、その蛍が竹の幹に隠れる時があるのでその光はさらに見えにくくなっている。熊本市内の光琳寺近くに仮んでいた頃の句である。

漱石が何本かの塊を表現する際に「4、5」という言葉をよく用いるのは、俳句にリズムが生じるのを好むからなのだろう。これによって蛍も4、5匹いると思い込んでしまう楽しさがある。

この句の最大の面白さは、「をりをり」にある。漱石の「稲妻やをりをり見ゆる滝の底」の句にあるように、この「をりをり」は「その都度」ということであるが、掲句においては、蛍が竹の幹を通過する度に光る尻が極めて短時間光って見えるのである。

漱石は深い夜に、竹を照らしながら飛ぶ蛍をながめている。そして、折々光る竹を見て感動している。

・竹の垣結んで春の庵哉

（たけのかき　むすんではるの　いおりかな）

（大正3年）手帳

東京の早稲田に借りた漱石の家の書斎から春の庭と垣根が見えている。句意は「春になって庭の垣根として竹を組む竹垣を作ってもらったら庭に貫禄が生まれて、庵らしくなった」というもの。植木屋に頼んで庭の端に竹を差して横に竹を渡し、それらを麻縄で結んでもらった。するとしゃれた垣根ができあがった。晩年の漱石は病気療養が仕事のようになっていて、毎日縁から庭を眺めるのを喜んだ。そのうち、この竹垣に菊の苗を縛り付けるつもりなのだ。菊が庭に茂るさまを想像してにんまりしている。

この句では「竹の垣を結ぶ」の「結ぶ」は「庵を結ぶ」に掛けられている。竹垣を作ることによって漱石の家は庵のようになり、江戸風の「庵を結んだ」気になったのだ。庵を結ぶとは「仕事をしなくなった隠遁者として漱石が暮らす」ということであり、いよいよ隠居生活に入った気分だと手帳に俳句で書き込んだ。

・筍は鑵詰ならん浅き春

（たけのこは　かんづめならん　あさきはる）

（大正3年）手帳

どこかの料理屋で今年の初物の筍を使っていると説明を受けたが、漱石は納得していなかった。そうかなあと思いながら出された筍料理をじっくり観察した。料理を前にして腕組みしている姿が目に浮かぶ。これはやはり缶詰だと店員には聞こえないように小さく呟いたに違いない。

句意は「まだ寒い春の初めであり、出された料理の筍はたぶん鑵詰ものなのだ」というもの。まだ筍の出る季節ではない。いくら南の土地のものだといっても時期が早すぎると漱石は疑っていたのだ。漱石が言う「浅き春」は2月末ごろなのであろうか。

この句の面白さは、あまり面白みのない、これだけの内容の俳句を漱石が作っていることは、かなり立腹しているとわかることだ。

大正時代の国内物流システムは完備していなかったため、東京で筍を食べられるのは、早い収穫が可能になる温暖な伊豆あたりでも3月になってからであったからだ。ちなみに令和の時代になると鹿児島あたりで収穫された生の筍が関東にまで輸送されるようになり、その収穫は12月からとなった。現代においての漱石が2月に筍料理を食べたなら、「筍は鑵詰ならん」とは思わなかったであろう。したがって掲句は作られなかった可能性が高い。

「筍は鑵詰ならん遅き秋」の句を作ったかもしれない。

・筍や思ひがけなき垣根より

（たけのこや　おもいがけなき　かきねより）

（明治30年5月28日）句稿25

漱石が住んでいた借家の庭に隣の家から思いがけない筍のプレゼントがあった。この俳句からは漱石のにんまりしている顔が想像される。隣との境にある竹藪から垣根を越えて漱石宅の方に竹が根を伸ばしていた。思いがけなく収穫できた筍の皮は日の光を受けて輝いていたであろう。漱石の顔はその照り返し

の光で光り輝いたはずだ。

さて漱石はどんな筍料理を食べたのであろう。鏡子は思いがけない料理を作ったのだろうか。気になってこの句の次に書かれてあった句を見ると、「若竹や名も知らぬ人の墓の傍」とあり、その筍料理は「若竹煮」であった。やはりどこでも筍料理の人気のトップは若竹煮である。いや妻に料理するのを禁じたのだ。

この句の面白さは、「思ひがけなき」は「垣根（を越えて）」と「筍」に掛かっているが、目の前で伸びている筍の成長の速さも「思ひがけなき」ものだった。先々墨絵の題材にしようと考えていた。

竹藪に雉子鳴き立つる鷹野哉

（たけやぶに　きじなきたつる　たかのかな）

（明治28年11月22日）句稿7

寒波が押し寄せている四国松山の枯れ野の上を鷹が獲物を探して飛んでいる。雪交じりの風に押し流されながらも鷹は獲物を求めて飛んでいる。その下には竹藪があり、その中に狙われている雉が潜んでいるのであろう。雉は鷹を警戒して鳴いている。その声は落ち着きのない緊張した声になっている。

この俳句のポイントは「雉子鳴き立つる」である。単に声を出すという鳴き方でない。いつもより甲高い声になっていることを示している。雉の仲間に鷹の襲来を知らせる鳴き方なのである。雉は仲間に竹藪から出ないように警戒音を出しているのだ。緊張が雪の枯れ野に漂っている。吹雪の音に緊張の雉の声が混じって枯れ野に広がって行く。鷹も吹雪に流されそうである。

この句の面白さは、上空から鷹の鋭い目が下界の竹藪を睨んでいる。雪交じりの風が吹いているため、その視線は藪睨みになっているようだ。

ちなみに掲句の一つ前に置かれていた俳句は「あら鷹の鶴蹴落すや雪の原」である。珍しく寒波が襲った松山の枯野で起きていた鳥たちの諍いを描いていた。漱石は雪が積もった松山郊外を歩いていたのか。

竹藪の青きに梅の主人哉

（たけやぶの　あおきにうめの　あるじかな）

（大正3年）手帳

「岡栄一郎句を索（もと）む」の前置きがある。漱石の若い弟子の一人である岡栄一郎が漱石宅を訪問して、俳句を作ってそれに絵をつけて欲しいと頼んだ。そこで漱石は掲句の竹の句を筆でサラサラと色紙に書いた。そしてそこに梅の枝を

水彩絵の具で描き込んで、栄一郎に渡した。

句意は「青い竹やぶの前に梅の花が咲き、互いに引き立てあっている様を見て主人は満足の表情をしている」というもの。句にある主人とは漱石山房の主人である漱石である。そして竹やぶは、漱石宅で行われる木曜会の初代メンバーたちである。草平、豊隆、三重吉らである。咲いている梅は、後から木曜会に参加してきた百閒、栄一郎らである。絵を依頼した栄一郎に我が家に来たら遠慮することはないと諭したのだ。君らも皆木曜会のメンバーなのだと伝えたのだろう。皆でこの木曜会を盛り上げてくれと。

ちなみに岡栄一郎は徳田秋声の甥で劇作家。漱石先生は若い彼に朝日新聞の文芸欄に原稿を書いてもらっていたので、文芸担当の漱石は色紙をねだられた格好だ。

この句の面白さは、「竹藪の青き」と表しているのは、単に竹の緑を青と表しているのではなく、古株の木曜会の初代メンバーにもエールを送っていることだ。しかし古株のメンバーの足は次第に遠のいていってしまった。漱石の悩みは一つ増えた。翌大正4年になるとさらに若いメンバーが加わった。芥川龍之介や久米正雄らである。

別の句意は「梅林を作った漱石は、庭に若い竹が繁茂してにぎやかになったと喜んでいる」というもの。弟子たち、木曜会の会員を竹に準えている。

• 章魚眠る春潮落ちて岩の間

（たこねむる　はるしおおちて　いわのあい）

（明治29年3月5日）句稿12

蛸を章魚と書いていることを念頭に、このユニークな俳句を読み解いてみる。章魚と表すと、鮮やかで目立つ動物ということになるようだ。そして隠語での「天狗になる」という意味が生じる。つまり目立つから天狗になるのだ。そしてつい油断することになる。

句意は「磯の岩の上で昼寝をしていると、つい油断して波を見ていなかった。突然大きな潮の波が押し寄せて、天狗になっているタコに覆い被さり押し流した。そのタコは岩の隙間に落ちて、身動きができなくなってしまった」というもの。

この句では、「落ちて」は春潮がタコの上に落ちる意味と、タコ自身が岩の間に落ちるという意味がかけられている。この俳句にはもう一つのオチがある。「章魚眠る」の中にはタコが「眠りに落ちる」という隠れ掛けがある。

漱石はこの句の2句前に「枯野原汽車に化けたる狸あり」の句を置いている。面白い俳句を作りたくなっていたようだ。

• 扶け起す案山子の足元もしばし立ち得たり

（たすけおこす　かかしのあしもとも　しばしたちえたり）

（明治43年10月10日）日記

漱石全集では日記にあった掲句の「もしばし立ち得たり」の部分が赤線で抹消されていたとある。つまり漱石は掲句を自作の俳句として認めたくなかった。しかし、全俳句の解釈をするこの企画本においては、この大幅字余り句も取り上げる。

この句には漱石が帰京に備えて試しに宿の病床から離れた時のことが描かれている。句意は「痩せて案山子のようになっている自分は誰かの肩を借りて病床から立ち上がって歩こうとしたが、足に力が入らない。だがわずかな時間立てた気がする」というもの。

この俳句には意地でも立ち上がって歩こうとしたことが記されている。「しばし立ち得たり」と書いていたからだ。だが周りの人たちが見ると単に付添う人に寄りかかっているだけと見られていたことがわかり、この表現を取り下げたのだ。

ちなみにこの句がなければ漱石は最初から寝床ごと板戸に載せて車に搬入され、そのまま列車に運び込まれたと思ってしまう。その意味でこの句は重要であり、案山子の意地を感じさせるものだと思う。これが漱石の介護に関与してくれた人々に対する感謝の行動だった気がする。

この句の前に「骨許りになりて案山子の浮世かな」の句を作っていた。自分の体のことを「骨許りになった案山子」と言っておきながら、歩こうとしたことがわかる。無理でも歩いて見たかったのだ。人に掴まってでも歩いて見たかった気持ちはひしひしと伝わる。

ところで弟子の枕流は歩くのを諦めた漱石を板戸の仮の担架に載せて運んだとした。旅館から担架を使っていたと全集の編集者は言うが、これは単なる板戸なのである。板の四隅を四人の手が掴んで運んだのだ。11日の日記に「大仁にて菊屋の主人、番頭先ずあり。番頭は人足四人をつれて三島まで来る。」と書いてあった。担架ならば骨ばかりの漱石を運ぶのに四人は不要だからだ。

• 扶け起す萩の下より鼬かな

（たすけおこす　はぎのしたより　いたちかな）

（明治40年頃）手帳

風に倒された萩の株を引き起こそうとしたら、その下から茶色の小動物がするりと飛び出して走り去った。イタチとわかった。萩を動かしたことはイタチの棲家を壊したか、憩いのひと時を邪魔した形になり、漱石は少し済まなく思ったのかもしれない。

ところで「扶け起す」とは、倒れた萩に配慮しての言葉か、それともイタチに配慮しているのか。イタチの棲家が潰れてしまっているので棲みにくかろうと萩を起こしたとも考えられるので、漱石は両方に気を使っていると思われる。

イタチは優雅さから程遠い動物で、鼠を大きく、そして尻尾を太く長くした体型をしている。漢字の成り立ちからもネズミ由来の動物となっているのがおかしい。

さて、なぜイタチは萩の下にいたのかという疑問がある。とりあえず三つの答えを考えてみた。

第一の答え：繁茂していた萩の実を食べるためにやって来る野ネズミを捕食するために、隠れていた。

第二の答え：イタチは常々、日差しが柔らかくなる日には萩の下で昼寝をして過ごしていた。適度な湿り気を好んでいた。

第三の答え：普段は無粋だと思われているイタチだが、萩の香りを楽しんでいた。

正解は第一。好物の鼠をとらえるのが目的だったようだ。

ちなみにイタチが出現した漱石宅は、明治40年3月に大学を辞めて新聞社に入社した後の9月に転居した早稲田の家である。古い屋敷であったので、イタチも棲みついていたのだ。

• 扶けられて驢背危し雪の客

（たすけられて　ろはいあやうし　ゆきのきゃく）

（明治29年12月）

明治のこの当時、街中の物資の運搬に驢馬が使われていたようだ。たまに人も乗せたのだろう。雪の降った日に道を歩くのが大変なときには、馬車や人力車の代わりに驢馬が活躍したのだ。馬子が驢馬の口をとって客を驢馬の背に乗せて運んだ。江戸時代の駕籠の代わりなのであった。

夜、驢馬が熊本の漱石宅の玄関前でいなないたのであろう。漱石は家の玄関前に馬がいるのかと驚いて戸を開けて出てきた。驢馬が漱石宅に着いて客は玄関前で降りようとしたのであるが、足元が滑るので馬体の低い驢馬であっても馬子に助けられて降りたのだ。

扶けるは力を貸すという手助けであり、掲句の場合馬子が客の腕をとって驢馬の背中から降りるのを手伝ったのだろう。助けられたその人は、実は漱石だったような気がする。身長が1．6メートルの漱石は、驢馬から降りるのが大変だったのだ。

＊雑誌『めさまし草』（明治29年12月18日）に掲載

＊九州日日新聞（明治29年12月8日）に掲載（作者名：無名氏）

• たそがれに参れと菊の御使ひ

（たそがれに　まいれときくの　おんつかい）

（明治43年9月22日）日記

俳句の弟子の東洋城は宮内庁の職員であり、北白川宮のお供をして修善寺温泉に来ていた。その東洋城は時々菊屋旅館で療養している漱石の元にも顔を出していた。

句意は「夕暮れ時、修善寺にいる漱石のいる宿に、皇室の北白川宮の使者として東洋城が来て、北白川宮の元に来るようにとの仰せだと伝えてきた」というもの。御使いは招待を伝える使者のことで、断るわけには行かない。しかし、漱石は体が弱っていて行くことはできない。日記にはこの結末は書いて行なかった。

日記には「昨夜は矢張よく眠らず」とあり、仮死から回復した時の関節痛がまだ続いていた。そして漢詩が1篇書かれていた。他に3篇が書かれていたが読めないように消されていた。気力が充実していなかったようだ。それとも貴人の配慮のなさを嘆いていたのか。

以下も弟子の枕流の推察であるが、漱石は俳句を書き間違えた。「たそがれに参る」と書くところを「たそがれに参れ」としてしまった。いくら宮様でも新聞記事にもなっている漱石の病気のことは知っていたはずだからだ。しかもお付きの東洋城は漱石の病状を十分に知っていて、北白川宮に説明していたと思われるからだ。

9月21日の日記で漱石は自分の名を書き間違えていたという「実績」があったから、掲句の誤りは十分に推察できる。もしかしたら東洋城でない別の侍従が本当に「参れ」と伝えてきたのかもしれない。そこで漱石は東洋城あてに面談お断りの文を届けた可能性はある。相手は皇族であるので「時鳥厠半ばに出かねたり」の句は付けなかったであろう。

• 黄昏の梅に立ちけり絵師の妻

（たそがれの　うめにたちけり　えしのつま）

（明治32年2月）句稿33

「梅花百五句」とある。梅の絵画で有名な画家とは誰なのか。句稿にはヒントはない。さて絵師というのであるから江戸時代以前の画家であろう。この俳句を読んですぐに脳裏に浮かぶのは尾形光琳であり、その図は紅白梅図屏風。図中の夕暮れの梅林の中に佇むのは光琳の妻ということになる。

掲句の意味は、「屏風図の両側に描かれている黄昏時の梅林の中に立っているのは絵師の妻である」というもの。中央のうねるダークグレーの川は光琳の妻だということになる。

この句の面白さは、漱石の絵画の見方の確かさもあるが、「立ちけり」にある。花開く古木の梅として存在しているのは、屏風図の両側に描かれている二本の梅の木である。この間に女体が立つという表現が面白い。弟子の私の目では、中央に黒い川が横たわって流れているように見えるからだ。だが女体としてみれば確かに立っているように見える。つまり漱石は「図の中央の物体は川でなく、女体」と俳句で明確に断定しているのだ。

ある人の見解では、紅白梅図屏風図の中央に光琳の愛人であった「さん」が描かれているという。漱石はこの屏風図に彼の妻の姿があると理解していた。光琳の女性関係の資料が公開されていなかった明治時代においては、漱石先生は図中の女体は妻だと考えざるを得なかった。

ところで現代において、上記の漱石の解釈に近いものを二人の絵画の専門家が表明している。そして板橋区立美術館元館長安村敏信氏は「美の艶話vol2」の中ではさらに踏み込んだ女一人男二人の「別解釈」を披露している。

『中央の水流は、光琳が手をつけた奉公人「さん」の女体で、仰向けにのけぞった顎から胸の線が左で、右はおおきな尻だと言う。左の白梅は光琳で、その枝は手のように肘をまげて乳の先をまさぐっている。そして、樹根は恥骨をたたきながら「どうだ、俺のは太くて固いだろう」と得意がっている。右の紅梅は、光琳のパトロンであり愛人でもある銀座役人の中村内蔵助で、後ろから襲いかかろうとするところを大きな尻でドンとはね飛ばされたため、驚いて両手をあげ、逸物が勃起したまま突っ立っているところだと言うのだ。なるほど、なるほど、そやな～、そう見えるわあ！』安村敏信氏は、この解釈はポルノ作家などではなく神戸大学教授も務めた美術史研究者小林太市郎氏によるものであるという。

光琳は京都の裕福な呉服商の次男に生まれた。30歳のときに父親から相続した遺産は、普通なら光琳が一生遊んで暮らせるだけの額だったという。しかし、『雁金屋』のぼんぼんは、それを10年でほぼ使い果たしてしまった。光琳が絵を描くことを真剣に考え出したのは、お金に困り始めてからであった。30歳の時に妾に男児を産ませて以降、元禄9年に40代初めあたりで正妻を迎えた年に屏風中の愛人と特定する「さん」を雇い入れた。その「さん」に43歳になって男児1人を産ませた。光琳は生涯に6人の女性に7人の子供を産ませたという。

この子は銀座役人小西彦九郎の養子になるのだが、その仲介をしたのが中村内蔵助だという。光琳は元禄14年3月から翌年6月まで江戸に行っていたが、その間、「さん」を内蔵助に貸している。この内蔵助が光琳の愛人であることは疑う余地はなく、二人は衆道の関係にあったという。この関係を国宝の紅白梅図屏風に表したのだという。

このような女性関係がわかるのは、光琳自身が証拠文書を大事に残しておいたからである。奉行所に訴えられた際の示談書の写し、慰謝料の受取証、ラブレター、遊郭への支払証、これらが全部残っていた。これらの資料を後世に残してくれたからわかった研究成果であるということになる。

ちなみに光琳と正反対なのが漱石である。漱石と楠緒子の恋愛・愛情関係を示す一切の文書は俳句を除いて廃棄されて存在していない。証拠のないことがまさに証拠だと言えると、素人探偵は断言しているのだが。

● たゞ一羽来る夜ありけり月の雁

（ただいちわ　くるよありけり　つきのかり）

（明治43年10月下旬）『思ひ出す事など』「二」

10月12日の日記に「逝く人に留まる人に来る雁」の句を書き付けていた。この頃漱石は夜眠れずに空に浮かぶ月を見ていることが多かった。ある夜、月をかすめて飛ぶ雁がいた。雁は集団で飛ぶものと相場が決まっているが、そうではない雁もいたのだ。

病院にいると人の生き死にのことをよく考える。人の死の知らせを見舞客から耳にし、新聞で知人の死亡記事を目にする。つい最近まで漱石の世話をした医者も入院したと聞く。人の運命は様々であると一羽で行動する雁を見ていて思うのだ。定まったものなどないと思う。

俳句を作った頃の漱石の体重は修善寺に出かける前の体重よりさらに落ちていて、体重44キロになっているのを思うとこれから先が不安になる。しかし幸いなことに今も信頼できる医者が身近にいるので任せられる。

＊『東京朝日新聞』（10月29日、30日）の記事『思ひ出す事など』に掲載

● 叩かれて昼の蚊を吐く木魚哉

（たたかれて　ひるのかをはく　もくぎょかな）

（明治28年）子規の資料

夏の葬儀で僧が読経を始めてしばらくたったときのことだ。僧自身も読経に飽きてきたのか、自身に気合を入れるために木魚を強く叩きだした。すると蚊が何匹か押し合うように木魚の口から乱れ出てきた。木魚の中で休んでいた蚊は僧の叩く木魚の轟音と振動に我慢できずに逃げ出したのだ。蚊どもはそのまま木魚の中でショック死したのでは、ついでに供養されておしまいである。

この句の江戸時代の元句は、「叩かれて蚊を吐く昼の木魚かな」である。大田南畝（なんぽ）の『一話一語』に六花堂東柳の句として紹介されていたもの。漱石は子供の時から南畝の本を読んでいたという。漱石の句との違いは、「昼の」の掛かる対象が違うだけで、「蚊」なのか「木魚」なのかの違いである。僅かな違いのようだが、句の持つ面白さが大きく異なってくる。元句の「昼の木魚」は明るい昼間の読経であることを示し、蚊の方に注意が向かわない。だが、漱石の「昼の蚊」にすると、気温が高くなって眠くなる昼の蚊を示し、うとうと寝ている蚊どもの様が眼に浮かぶのである。つまり蚊が叩き叩き起こされて驚き慌てる様が読み人にダイレクトに伝わるのだ。この想像力が面白く働く方が俳句の面白みが増すことになる。端的に言えば元の句は、間延びしているのだ。

掲句は漱石の言葉の使い方の凄さが如実に表れている句である。漱石は元句に命を与えたとも言えるので、漱石の句は句界の識者から叩かれることはないと考える。仮に叩かれても動じない漱石ではあるが。漱石はこのように僅かな言葉の違いで句の趣が大きく変化することを楽しむ癖があるように思われる。漱石はまさしくユーモア精神の持ち主であることを裏付けている。

三者談　広い本堂の中の木魚というコントラストが効いている。そしてその間の抜けた木魚とさらに小さな鋭い蚊のコントラストもある。木魚を人格化して滑稽さを演出している。真面目な空間の中で間の抜けた木魚の音が響き、そこから蚊が飛び出すのは作りすぎで際どい。

・只寒し天狭くして水青く

（ただきむし　てんせまくして　みずあおく）

（明治32年1月）句稿32

「山は洪ひし如くにて」と岩の耶馬渓の様を前置きで描いている。漱石たちが歩いた山道は細い谷川に沿って造られていた。深い谷を流れる青い水を覗き込みながら歩く冬の旅は、歩き続ける意志を徐々に弱める。もう参った、参ったという漱石のつぶやきが聞こえそうだ。だがゆっくりでも足を前に進めなければならない。足を止めれば凍死が待っているとわかるから、寒い寒いとつぶやきながら進んでゆく。漱石は高校の同僚と二人で正月2日に宇佐神宮を参拝したあと、耶馬渓の中津・日田の山道に入っていた。日田からは冬の筑後川を船で下って有明海の方に抜けるルートを目指していた。二泊した次の日で最も深い耶馬渓の中で冬の厳しさを体験している。

そんな状況ながら漱石は天から降り続ける雪を眺め、薄暗い空の狭さを確認し、足元の近くを流れる深い谷川の流れを見ている。そして冷静に精神を保ちながらゆっくり霰の降る道を歩いている。

この句の面白さは、漱石の俳句の特徴である洒落も冗談もなく、ひねりもないことである。ただ淡々と山の景色をうたう俳句を作っている。只々寒い場所にいることを表している。ここは谷間であり、眼下には川が流れていると。切り立った岩山が道と川を挟んでいて、頭の上の空は狭くなっている。頭は岩山に挟まれて動かせない、寒くて頭が動かないと訴えているように思えるが、楽しんでいるようにも見える。

「つまらぬ句ばかりだが、紀行文の代わりとして読んでくだされ。病気療養の慰めになるぞ」という内容の言葉を句稿の冒頭で漱石は子規に伝えている。少し笑いながら、呆れながら作っているようにも思える。

・只寒し封を開けば影法師

（ただきむし　ふうをひらけば　かげぼうし）

（明治38年12月24日）鈴木三重吉宛の手紙

「鈴木子の信書を受取りて」の前置きがある。漱石は弟子の鈴木三重吉から寂しい、そして面白い手紙を受け取った。三重吉は帰郷していた広島県佐伯郡の能美島（今は江田島市）から手紙を送ってきた。この手紙には「炬燵して或夜の壁の影法師」の俳句だけが書かれていた。三重吉俳句の句意は「狭い部屋で炬燵に入っている自分の姿が壁に行灯の光でぼやけて映って影法師ができている」というもの。三重吉の近況を俳句で伝えて来た。三重吉は漱石のいる東京から離れた場所にいることを寂しく感じていたのだ。三重吉のこの俳句は師に対するラブレターのようなものだったのかもしれない。

掲句はこれに対する返事の句で愉快である。漱石は先のヘンテコな俳句手紙に対抗して、ごく短文の返事を書いた。「鈴木くんの手紙を受け取ったよ」と前置きして、三重吉と同じ影法師を詠み込んだ「只寒し封を開けば影法師」の俳句だけを書き込んだ2行文を封書で送った。

句意は「君は炬燵で寒い思いをしているが、わしは君の手紙の封を開けて寒い思いをした。封書の中から幽霊のような寒い心を持った影法師が出てきた」というものである。漱石の句には三重吉の冷えた心をユーモアで温めてやろうという配慮が見える。

さて漱石はこの返信で、三重吉は面白いことを考えるものだと感嘆しているのか、それとも弟子失格だと言いたかったのか。前置きに「鈴木子」とからかい半分の敬称の子を付けて書いているところを見ると、面白がっていたとわかる。幾分可愛い存在と見ていると感じられる。三重吉はすぐに届いた漱石の手紙に小躍りしたはずだ。孤独訴え作戦はうまく行ったと。

三重吉は小説の道を諦め、童話と童謡の雑誌「赤い鳥」を創刊する方向に転換したが、漱石はそのビジネスが軌道に乗るまでかなりの資金援助をした。もちろん「赤い鳥」の原稿作成には漱石グループの面々が動員された。

この句の面白さは、三重吉からの封書を開けた時の寒々しい感じを彼にも味わってもらう細工があることだ。

三者談

三重吉は神経衰弱になって故郷に戻っていた。壁に写った自分の影法師を三重吉は紙に写し取って、いつの手紙に入れたか分からないが漱石に送った。それは俳句に描いた影法師を図示したものだ。豊隆は、漱石がこの三重吉の俳句を破り捨てたことを記憶していた。上五の「只寒し」には漱石の心持が染み出している。

●忠度を謡ふ隣や春の宵

（ただのりを　うたうとなりや　はるのよい）

（大正5年春）図録の短冊

句意は「お隣さんが謡曲の『忠度』を春の宵に響き渡るように唸っている」というもの。お隣さんは春を感じて窓を開け、気持ちよく声を上げているのであろうが、聞かされている漱石はたまらない。開けた硝子戸から声がびんびん入ってくるからだ。それよりも漱石が先に唸りたかったのに先を越されたと落胆しているのだ。相手の方がうまいから後から歌い出すのは気がひけるのだ。「忠度」の曲は漱石が得意とするものだったのだろう。

この句は漱石の熊本時代に経験した謡の思い出を短冊にしたものだろう。隣家から親子で歌う謡の声が聞こえてきて、そのレベルは漱石をはるかにしのぐものであり、迷惑がっていたという俳句が残されている。

この曲の粗筋はこうである。藤原俊成卿（勅撰和歌集「千載集」の撰者）に仕えていた人物が、俊成の死後に出家し、西国行脚に旅立つ。途中、僧一行が須磨の浦に立ち寄ると、一本の桜の木の元に老人が立ち現れ、花を手向け祈っていた。その老人はこの桜は平忠度の墓標であるから、回向してほしいと頼む。そのあと旅僧が桜の木陰で寝入っていると、夢の中に忠度の亡霊が現れ、自分の歌が「詠み人知らず」として千載集に入っているのを嘆き、作者名を入れるよう、俊成の子の藤原定家に伝えてほしい、とこの僧に頼む。忠度は源平の戦いに敗れた側の歌人で、この扱いになっていると訴えるのだ。その歌は「さざなみや志賀の都は荒れにしを昔ながらの山桜かな」であった。

さて漱石がこの俳句を作った意図は何なのか。平家の権勢が長続きしなかったのは盛者必衰のことわりだが、漱石自身も盛んなうちに終わることを意識していたと記録しておきたかったのか。漱石はこの句を作ってから半年後にこの世を去った。数えで50歳であった。

この50年ということで思い出すのは、清洲城で織田信長が幸若舞を舞いながら歌った「敦盛」の一節である。「人間五十年 下天の内をくらぶれば、夢幻のごとくなり。一度生を得て滅せぬ者のあるべきか」である。漱石は、人生は儚く短いものだということを十分認識していた。この謡曲の「忠度」を口にした時に、信長の口から出た「敦盛」の一節が脳裏をかすめたのかもしれない。

●たゞ一つ湯婆残りぬ室の隅

（ただひとつ　たんぽのこりぬ　へやのすみ）

（明治41年12月22日）杉田作郎宛の書簡

この手紙に同封されていた短冊にあった俳句である。杉田は宮崎県の俳人で漱石は熊本で俳句仲間として知り合った。この句は彼の父の死を悼んだもの。かなり前に書いてはいたが紛れたままになってしまっていたと詫びた。そして、この手紙でしばらく俳句を作っていないと告白している。「久敷俳句をやめ居り句らしきものも出来不及候」と書かれている。

ちなみに作郎は漱石とほぼ同年輩であり、有名画家の瑛九の父。作郎氏は独学で医術開業試験に合格し、東京帝大医局に勤務したのち、地元に帰って眼科医院を開業した。

句意は「作郎の亡き父の部屋には、ここで生きていた証として父が使用していた湯婆が一つ残されている。今はその湯婆は片付けられて部屋の隅に置かれている」というもの。掲句にある湯婆のことは杉田から来た手紙に書いてあったのだ。漱石はその湯婆は杉田の亡父の形見と考えているとして、これからも捨てることなく大事にすると予想していた。その湯婆からは彼の父の体温が感じられる気がするのだろう。

作郎においては、彼の父が死んだ後、思い出と湯婆が残されたが、漱石の父の場合は10年前に亡くなっていたが、思い出もほとんど残っていなかったに違いない。残っているのは父親の漱石に対する冷たい処遇だけであったと思われる。

たゝむ傘に雪の重みや湯屋の門

（たたむかさに　ゆきのおもみや　ゆやのかど）

（明治40年ごろ）手帳

鄙びた温泉宿に泊まっていた日のこと。街中の外湯に入って戻って来た。宿の備え付けの番傘を持って降り出した雪の中を歩き出したが、帰る頃には雪は湿った「ぼた雪」に変わっていた。もともと軽くない番傘は積もった雪で重さを増していた。宿の玄関で傘をたたむ際に傘をばたつかせて雪を払ったが、漱石先生はこのたたむ動作が雪の重みで簡単ではなかったと面白がっていた。傘をばたつかせても「ぼた雪」であったので傘の油紙から雪はなかなか剝がれなかったのだ。湯屋が集まるあたりの上空の気温は幾分周りより高めであり、雪は湿りがちで雪は重くなるはずと漱石の理系の頭脳は感じていたのかもしれない。

この句の面白さは、上五が「畳む傘」ではなく「たゝむ傘」の表記にある。「たゝむ」の表記によって、立体的な傘を機構的に折り畳む動きが感じられる効果が生じる。また温泉宿のことを湯屋という言葉の選択が洒落ていて情緒を感じさせる。広がっているものを小さくする「すぼめる」のイメージが生じるように工夫した。

立枯の唐黍鳴つて物憂かり

（たちがれの　とうきびなって　ものうかり）

（明治31年10月16日）句稿31

冬が近づいた唐黍畑の前に漱石は立っている。唐黍の実が太い茎からポキッと折られて収穫されたあと、残った葉と太い茎が畑に残され、立ち枯れている。菌に侵された唐黍や小さいままの唐黍は収穫されずに残されて乾燥している。収穫が終わった後の唐黍畑はまだ密集状態が継続していて、吹き抜ける風に葉を鳴らしている。

句意は「畑の中で立ち枯れている唐黍は風に葉を鳴らせている。畑の中を吹いている風は他のところで吹く風よりも寒く、侘しく感じられる」というもの。収穫を終えたトウキビ畑は冬に向かって物憂い気分にさせる。枯れた薄い褐色と寒さを感じさせる風音が気分を暗くする。

サツマイモの畑ならば芋を収穫した後、葉や蔓はすぐに刻まれて土の中に埋められ土に返されるが、唐黍の太い茎は倒すのにも力がいるから立ち枯れるまで放っておかれる。完全に枯れて容易く倒せるまで放置されるのだ。唐黍の栽培は収穫が集中するので大変であり、畑に取り残された唐黍の残渣物の片付けまで手が回らない。この放置されている光景が侘しさを募らせる。

人はこのような緑の消えた畑の光景を目にすると侘しさを感じるものなのだ。夏の緑に満たされていた畑を知っていただけに侘しさは増すものなのだ。

太刀佩て恋する雛ぞむつかしき

（たちはいて　こいするひなぞ　むつかしき）

（明治30年4月18日）句稿24

「剣」を題にして5句作っているうちの一つ。「太刀佩て」は長い刀を腰に差すことである。雛壇の内裏雛は天皇と皇后の姿をかたどった人形で、その下に控えているのは侍従雛。大勢の侍従たちは役目に応じた道具を身につけている。太刀を佩いているのは、検非違使か。

宮中は恋が発生しやすい場所という認識があるが、平安時代は貴族社会が安定していて恋愛ごとが賑やかであった。そんな宮中で検非違使役は、腰に長刀を下げて警備のために控えている。雛壇の上でも常に重い刀を差していて、恋をする上では厄介であろうと本人は思っているに違いないと漱石は笑っている。

その一方で内裏雛だけは当然ながら何の道具も身につけていない。気楽に恋をすることができる。だがそうでもない。道具はないが10キロ以上はある十二単や重い衣装を身につけていて、体の自由がきかないのだ。恋も難しいのだろうと漱石は彼女らにも同情する。

この俳句を作った明治30年は、漱石は熊本にいた時で長女の筆子はまだ生まれていなかった。漱石はどこで雛壇を見たのであろうか。それとも想像でこんな俳句を作って気分転換していたのかもしれない。漱石は熊本第五高等学校の教師の仕事が忙しく、精神的に疲れていた時であった。そして家庭内でも悩みを抱えていた。漱石は空想の世界をしばし漂っていた。

三者談

雛の恋はホトトギス誌から出された「剣　五題」で作ったもので、情味が十分に熟していない。冷やかしの心持ちが出ている。いい句だとは言えない。雛の恋は陳腐な発想だというが、これに太刀を絡めているので面白い。

• 太刀佩くと夢みて春の晨哉

（たちはくと　ゆめみてはるの　あしたかな）

（明治29年3月）句稿13、村上霽月宛の手紙

春のまだ暗い朝に、柄の部分が上に持ち上がった古式の太刀を腰に紐で下げる夢を見た。まだ若い男が決意を持ってことに臨む姿である。今まで何度も夢に見た時がこれから来ると思うと、身震いするのだ。春の晨とはまだ薄暗い早朝の時刻なのだ。儀式に至るまでには準備に時間がかかるからである。

この場面は、多分元服のシーンなのであろう。このときに少年は少年時代に別れを告げて立ち、これからは一人前の侍として扱われることになる。

「太刀佩く」は長刀を上反り（刀の柄と鞘の末端が上に持ち上がっている形状）にして腰紐に二本の紐で結びつけるやり方を示す。この方式は聖徳太子風の刀の下げ方で、室町時代まで採用されていた。戦国、江戸時代になると長刀を下反りにして腰帯の下に差し込む方式が主流になった。実戦的な固定方法に重きを置くようになったからであろう。刀が腰のあたりでフラフラしたのでは走りにくいこともあった。

ところで漱石と霽月と虚子は、この頃の若い時分に松山において神仙体俳句を作って空想世界を楽しんでいた。掲句は、中国の君主の子息か源義経の元服の様子を描いているのではないだろうか。

ちなみに掲句の直前の俳句は「歯ぎしりの下婢（かひ）恐ろしや春の宵」である。春の日はとんでもないことが起こりそうなのである。漱石は文字通り俳句で遊んでいた。

• 橘や通るは近衛大納言

（たちばなや　とおるは　このえだいなごん）

（明治29年8月）句稿16

この句の二つ前に配置されていた句は、「西の対へ渡らせ給ふ葵かな」である。両者には関連が認められる。「西の対」の句では徳川家康が豊臣方の淀の方の住居に通うさまを書き留めたが、掲句は宮中の警護を担当する部局の近衛の大納言（次官相当）であり、皇后の側に控えていたが、仲が良くなってしまったことを表している。掲句の「橘や通る」は近衛の次官（実務トップ）が御所の「西の対」の代名詞の「橘の館」に通っていたことを表している。そして掲句の「橘」は隠語であり、嵯峨天皇の妃である橘嘉智子という名の皇后をも意味する。「橘が植えられている御所の西側（御所の正殿に向かって左側）に近衛の大納言が通っている」というもの。昔から皇后の住まいを警護するものと貴夫人との関係が取りざたされた。西行の例もあった。

子規が掲句について「通る、これは如何か」とコメントした。確かに俳句の言葉をよくみると「通る」ではなく「通う」が適当であるという考えなのだ。通い婚の「通う」が正答である。

だが漱石にしてみれば、この間違いは確信犯的な間違い行動であったのだ。病に臥せっている子規の解読を混乱させてやろうと企んだのだ。単に近衛大納言が橘の前を通るだけの句と思わせようとした。そして最後には子規自身に謎解きを成功させて、病気の子規を笑わせようとした。掲句は戯れの俳句である。

ところでこの俳句に登場した二人は、エビデンスに基づくと誰と誰であったのか。結論は天皇側に不都合な文書は破棄されていて、不明であったようだ。

ちなみに「橘」「橘の実」は秋の季語だが、秋期はまだ緑色で、黄色く色づくのは8月ごろ。「花橘」「橘の花」は夏の季語になっている。由緒に関して言えば、橘は平安神宮本殿や京都御所紫宸殿の前に、本殿側から見ての「左近の桜」に対して「右近の橘」という名称で植えられている。ではなぜ、そのように愛でられているのか調べてみると、橘が常緑であることが「永遠」に通じ縁起が良いこと、またその果実は古くから不老長寿の妙薬として珍重されたことなどによる。若い幹には棘があるが、香りが良いことが魅力なのだ。

・太刀一つ屑屋に売らん年の暮

（たちひとつ　くずやにうらん　としのくれ）

（明治28年11月22日）句稿7

東京から松山に持ち込んだ荷物を少しずつ処分して来ている。少し早い年末の大掃除の時に先祖伝来の太刀を売り払った。この太刀は安物であったのかもしれない。だが鴨居の上にかけていた槍は手入れして残した。次の機会に売ることにしたのか。

来春になったら移る熊本の新居に、大きな刀を持ち込むこともなかろうと売ることにしたのだ。明治時代も28年になっているので、今更名主の家柄だといって刀を自慢することもない。新たな自分で生きることにしたのだ。だがこの俳句の「太刀一つ」ということからは、まだ家宝として脇差が残っているということになる。

漱石は古物商に売るというところを「屑屋に売らん」と表しているところが面白い。今の時代、こんな刀を持っていても始まらないという心持ちが伝わる。いまや、こんなものは価値がない、屑同然という気持ちなのだ。来年はスッキリした気分で迎えたいという気持ちなのだ。明治29年4月には熊本に転居することが決まっていた。中学校の教師から高等学校の教師への転職で、今度はカイゼル髭の似合う教授になる。

・立ん坊の地団太を踏む寒さかな

（たちんぼうの　じだんだをふむ　さむさかな）

（明治32年頃）手帳

辞書によると地団駄は「地踏鞴（じたたら）」が転じた語で、鋳物の製造に用いる「ふいご」すなわち、足で踏んで風を送る装置のことである。悔しがって地面を踏みつける姿が、地踏鞴を踏んでいる格好に似ているところから、「地団駄を踏む」という言葉が生まれたようだ、とあった。この言葉のいわれを知るだけでも面白いが、漱石は駄を独自に太に替えて地団太として、力いっぱい足を踏み込んでいるようにアレンジしているのが愉快である。悔しがる動作をイメージしやすいように造語したのだ。

ところで、こんな寒い日に外で役目を果たすように言われた立ちん坊であるが、寒くて頻りに足を上下に動かして身体を温めている。それほどの寒さなのだとわかる句だ。どうしてこんな役目を引き受けたのかと苛立って後悔している様がコミカルに描かれている。

この句の面白さは、この立ちん坊は初めのうちは立ち尽くしていたはずだが、次第に立つだけではなく、足を踏み下ろす動作が加わるようになるところにある。他方寒くても地団駄を踏めない仁王が居る。漱石の俳句「凩や真赤になつて仁王尊」（明治28年）に出てくる仁王である。これら二つの句が立ち並ぶと面白いと思われる。

さてこの地団駄を踏んでいた人は誰なのだろう。この年の9月に職場の同僚である山川信次郎と阿蘇山に登っているが、この二人だろう。まだ暑い時分であり、持参した装備は不十分で着物一枚で登って行った。途中天気が急変して雨が降り出し、風の吹き抜ける山中で寒い思いをした。この時山は爆発し火山灰も降り出して山道も分からなくなった。二人は立ち往生し、体は雨と火山灰で重くなって大慌てでした。あの時の句ではないだろうか。流石に漱石はこの句を句稿に書き入れて東京の子規に見せることは憚られた。

立秋の風に光るよ蜘蛛の糸

（たつあきの　かぜにひかるよ　くものいと）

（明治40年頃）手帳

夏の暑さが幾分収まりそうな気配が感じられるのが、二十四節気の一つである立秋。現行暦の8月7、8日で、旧暦における立秋は秋の始まりとされる。秋は何かを始めるのに都合のいい季節である。

身の回りでは蜘蛛の子が一人前に糸を振ってネット状の巣を作り始めているのを目にする。吹き出した秋風に作りたての蜘蛛の巣は揺れている。そのネットは日光を受けて輝いている。

漱石はそのネットが光るのは風によるもので、日の光によるものではないと俳句で描いている。確かにネットが風に揺れているから、そこに蜘蛛の巣があると気づく。つまりそのネットが風に揺れることで、蜘蛛の巣に日が当たってうまく反射している時とそうでない時の光り方に差が生じ、それによってその巣の存在が漱石に認識されるのだ。漱石の観察眼は鋭い。

ちなみに立秋の風に吹かれていた漱石は、東京朝日新聞社所属の小説家になり、第一作の新聞連載用の原稿を書き終えていたと思われる。この連載は6月から10月まで続いたが、筆の速い漱石は、既に脱稿していた。そして、作中の蜘蛛の巣を作った女と巣にかかった男を思い返していた。

＊『東京朝日新聞』（明治40年9月21日）の「朝日俳壇」に掲載

漱石の旧暦での立秋の独自の定義は、風が吹き出して蜘蛛の巣が光り出す頃ということになる。そして蜘蛛の巣が揺れる頃ということになる。

立秋の紺落ち付くや伊予絣

（たつあきの　こんおちつくや　いよがすり）

（明治43年9月15日）日記

伊予絣は松山付近で生産されていた木綿絣。漱石の松山での句友、村上霽月の家業は木綿絣である「伊予絣」の生産、販売であった。

句意は「療養に来ていた修善寺の宿で8月19日に大吐血し、着ていた絣の浴衣を血で真っ赤に染めてしまった。そこで駆けつけていた妻の鏡子は絣の単衣着物を手配した。新品の伊予絣の着物を着せられていた寝床の漱石は、ほぼ一ヶ月経つと病状も安定してきて気持ちも落ち着いてきた。しみじみと着ている伊予絣の紺色を見ると、当初鮮やかであった紺色も幾分落ち着いた色になっていた」というもの。

この句のユニークさは、立秋になって夏の暑さも落ち着いてきたことと絣の紺色が落ち着いてきたことを掛けていることだ。さらにこれに漱石の病状も気持ちも落ち着いてきたことを重ねている。痩せ衰えた漱石の体に夏の暑さが染み通っていた。

着ていた「伊予絣」は漱石の句友の霽月を思い起こさせた。霽月が送って来た見舞いのハガキを寝床で読んでいたのかもしれない。

立て見たり寐て見たり又酒を煮たり

（たってみたり　ねてみたりまた　さけをにたり）

（明治30年5月28日）句稿25

手持ちぶさた、落ち着かない時の人の動きを俳句にしているに違いない。立ってみたり、寝ころんでみたり、台所で酒を入れて煮物を作ったりしている。絶えず動いていて落ち着かない。これは漱石のことではなく、妻のことなのだ。

ところで酒を煮るとはどういうことなのか。辞書によると、1）陰暦5月ごろ、寒いときに仕込んだ新酒（もろみから搾った新酒）に、殺菌のための火入れをする。煮酒。酒の火入れのことである。2）魚や貝などを、日本酒を多く使って煮ること。

漱石宅でできることは、後者の酒蒸し等の料理をすることである。では何故、鏡子はイライラしていたのであろうか。鏡子が熊本に来てから2年目のことである。知人のいない熊本で地元言葉になれていない妻は、仕事で忙しい漱石が妻の方をしっかり見ていないと感じていた。

この句の面白さは、「たり」の3連続というところにある。つまりもっと「たり」の付く動作はあるが、取り敢えず3個まで書いて見たとわかることなのだ。たとえば「短歌本を見たり」「占いをしたり」「髪を梳かしたり」とかが続きそうだ。

立て懸て蛍這ひけり草箒

（たてかけて　ほたるはいけり　くさぼうき）

（明治30年5月28日）句稿25

この句は熊本市内の白川近くに住んでいた頃のもの。熊本の夏は早くやってきた。書斎を出て縁側を歩いていると、壁か戸に対して斜めに立てかけてあった草箒に蛍が取り付いて這っているのに気がついた。その箒は住み込みの女中が部屋の掃除に使うイグサの茎を束ねた箒であった。夜行性の蛍は昼間、草の葉影に隠れているものだが、その蛍は箒に稲の匂いがすると感じて箒に親近感を持ち、壁の箒に留まったと漱石は理解した。

漱石は幼い頃に東京の早稲田の地で稲に蛍が付いているのを見ていたと思われる。草の箒を這っている蛍に漱石は親近感と懐かしさを感じたのかもしれない。

この句の面白さは、「立て懸て」と「這ひけり」によって空間の中の蛍の位置が明瞭になり、蛍の動きが立体的に感じられることだ。蛍も草箒に沿って斜めに這い進んでいる。この句には漱石の視線の優しさが感じられる。

さて、この草箒は、穂先を上にして立てかけられていたと思われる。そして漱石の家の縁は開け放しになっていた。この牧歌的俳句ができたのは、人も蛍も住みやすい世の中であったからだ。

立籠る上田の城や冬木立

（たてこもる　うえだのしろや　ふゆこだち）

（明治29年12月）句稿21

この俳句は城の攻防をめぐる歴史俳句である。この俳句の直前句は「白旗の源氏や木曾の冬木立」であった。共に下五を「冬木立」にしている。これらはともに信濃を舞台にした俳句である。掲句にある「冬木立」は「白旗」の句と違って、上田城に立て籠もった真田軍は第一次戦と第二次戦の合戦を堪えて生き延びた軍勢の姿を表している。兵糧攻めを受けてやせ細った兵の姿だ。掲句は厳しい攻めの中で孤立したが最終的には籠城は成功し、胸を張っている軍を讃えている。

掲句には漱石先生の句作のユニークさが出ている。作者の思いを前面に出すことを重視して、歴史的な事実は無視しても良しとするところである。木立は冬の嵐の中でも耐えて立っていたのだとしたが、実際には第一次戦は夏の8月のことであり、第二次戦は残暑の9月に行われた。

ちなみに上田は東信濃の小県郡にあり、戦国時代には北条、武田、上杉の勢力が激突する場所であった。この上田に入った真田一族はこの地を守るために権謀を計って生き延びるが、その極みは上記の真田氏と徳川氏の戦いであった。真田昌幸は徳川家に資金を出させて上田城を築いた。この後、真田は徳川に対して反旗を翻した。天正13年（1585年）の第一次戦を生き延び、慶長5年（1600年）の第二次戦に臨んだ。ここでも城は持ちこたえた。

関ヶ原の戦いの後、真田昌幸は東軍の家康に従っていたが、次男の真田信繁（幸村）とともに離反して上田に帰還し西軍に与した。ここで生じたのが第二次戦である。徳川秀忠が指揮を執る3万8000人の軍勢は宇都宮に留まり上杉への備えに当たった後、信濃国平定のため中山道を進んで上田城へ向かった。秀忠軍は上田城攻めに手間取り、家康の指示する日の大坂城攻めに間に合わなかった。上田軍の巧妙な反撃、戦いぶりに徳川軍は根をあげたことが知られている。この知将の真田信繁は大坂夏の陣でも活躍した。

漱石が上田城の攻防を俳句に取り上げた背景には、一つには夏目家の発祥が長野市篠ノ井（夏目平の地名がある）であるからと推察される。夏目家は甲斐源氏の系譜につながるとされているが、発祥は長野ということだ。長野の地元の「漱石を愛する会」の方々は、上田市が漱石俳句に登場したことを喜んでいる。

＊新聞『日本』（明治30年3月7日）に掲載

竪に見て事珍らしや秋の山

（たてにみて　ことめずらしや　あきのやま）

（明治43年9月26日）日記

日記には「始めて床の上に起き上りて坐りたる時、今迄横にのみ見たる世界が竪に見えて新しき心地なり　2句」とあった。もう一つの俳句は「坐して見る天下の秋も二た月目」である。

掲句の意味は「いままで顔を横にして色づいた秋の山を見ていたが、床から起き上がって顔を縦にして通常通り正対して見られた」というもの。見える世界が縦から横になったとデフォルメして表した。秋の山をきちんと体を起こして普通に見られたことがよほど嬉しかったのだ。そして漱石先生は顔の向きが変わったことを「珍らしや」と表した。「竪に見たことは珍らし」と冗談を言いたくなるほど、一月以上も布団の上で横になったままでいたことを思い返した。それほどまでに上体を起こして座った時の嬉しさが大きかったのだ。目に映る画像の方向が変わったのではないが、脳神経の負担が軽くなって新鮮な景色に見えたのだ。

この句の面白さは、ただ単に「上体を起こして普通に見られたことを喜んだ」と表すのはつまらないという漱石の創作に対する高い意識が感じられることだ。そこで風景が横から縦に変わったと一見不可解な表現にした。これには頓知のような面白さを感じる。漱石の視神経から伝わる横向きの電気信号を脳が補正・転換して縦にして見せている脳の作業を俳句的に表していた。

別の解釈は前置き文を無視して、「竪に見て」の意味を素直に単に「体の向きを縦にして」と理解することである。つまり「坐して見る」を少しだけ変えた表現にしただけであるとするもの。

蓼痩せて辛くもあらず温泉の流

（たでやせて　からくもあらず　ゆのながれ）

（明治32年9月5日）句稿34

「内牧温泉」とある。漱石と同僚の山川信次郎は阿蘇北端の内牧温泉に泊まっていた。養神亭に泊まって露天風呂に浸かった。お湯が流れ出るあたりに蓼が生えていた。硫黄の成分が川の水に混じることで蓼は痩せていて、漱石は露天風呂でこれをかじっても辛いとは感じなかった。

漱石は好奇心が旺盛で風呂の中で野草の蓼をかじってみたのだ。「蓼食う虫」の心境で俳句を作るはずであったが、そうはならなかった。苦くなければ「蓼食う虫」は蓼を食いはしないと湯に浸かっていた漱石は笑うのだ。

この蓼の芽はその苦さを利用して薬味として利用される。刺し身の妻にしたり、実をすり潰して酢に混ぜたりする。この酢は鮎等の魚の塩焼きに使用する蓼酢である。

漱石の弟子の枕流の住んでいるさいたま市でも、郊外に行けば蓼がそこら中に雑草として生えているのを見かける。ただ赤みが茎の皮に点在する不気味な外見が災いして大きく成長した蓼を食べているという話は耳にしない。私だけがさいたま市で「蓼食う人」なのかもしれない。

この句の面白さは、「蓼食う虫も好き好き」ということわざは実は人間に対しても用いられると考えて、漱石は蓼を口に入れてみたのだ。自分は好きな側か嫌いな側の人間か試してみた。好奇心が旺盛な性格であることがこの句によく表れている。

• 炭団いけて雪隠詰の工夫哉

（たどんいけて　せっちんづめの　くふうかな）

（明治32年12月11日）虚子宛の書簡

冬の夜長には書斎に炭団をいけた火鉢を入れて部屋を暖めている。この暖かい部屋で将棋盤の隅に王を追い詰める雪隠詰めのやり方を研究する日々であることを明かしている。酒を飲まない漱石は空いた時間を俳句の研究ではなく、別のことに熱中していることを伝えている。もう一つの解釈は「雪隠にも炭団をいけた火鉢を持ち込んでいる。痔持ちの私は雪隠に入っている時間が長くなるので、こんな工夫もしている」というもので、面白く日常を伝えている。この句は漱石の熊本での生活を表したものだ。

虚子は俳誌の編集と東京での句会の仕事をしているのだから、こんな工夫を参考にして俳句の方にもう少し力を入れてほしい、と手紙で激励しているのだ。その一方で九州での子規俳句の振興には、漱石の支援を期待しないようにと突き放している。

この句は虚子宛の手紙に付けた4句のうちの一つ。この手紙に書いた別の俳句「横顔の歌舞伎に似たる火鉢哉」によっても、今は謡の方もやっていて、結構忙しいのだと伝えている。また「御家人の安火を抱くや後風土記」と「追分で引き剥がれたる寒かな」の句によって、九州で子規俳句を関西のように推し進めるとうまくいかず、寒さの中で背中を丸めているだけに終わると懸念を表明している。この手紙で九州は俳句運動がそもそも低調であるとも伝えている。そして漱石自身も俳句への熱意はすでに消え失せていることをこの手紙で知らせている。

また漱石は熊本で「ホトトギス」の雑誌を受け取って読んでいるが、発行遅れが多いことが人気の出ない理由だと指摘している。俳句の専門誌が他にないことで気が緩んではいまいか、と手紙の中で苦言を呈している。

文部省から漱石に英国留学の辞令が出ると校長から聞かされて、行きたくないという返事をしていた頃であり、漱石は少しイライラしていたようだ。結局半年後には正式に留学の辞令が出たが、これらの俳句を作った頃は将棋も謡も落ち着いてやれなかったはずだ。漱石の面白いところは、自分の事は棚に上げて、君は子規の後釜に収まったのであるから、しっかりやれと強く叱っていることだ。

• 棚経や若い程猶哀れ也

（たなぎょうや　わかいほどなお　あわれなり）

（明治28年10月末）句稿3

棚経とは、盂蘭盆会（うらぼんえ）に檀家の請いによって僧侶が仏壇、精霊棚の前で読経し、祖先の霊を祀ることをいい、棚行とも書く（大辞林）。その精霊棚は仏壇の前にこの行事のために設えた小机で、その上にマコモのシートを敷き、ここに位牌や果物などの供え物を置く。

掲句は日記風の俳句になっている。若い友人が突然亡くなっての初盆の時の句なのか、真新しい位牌が仏壇の前の棚に置かれてあった。その友人は漱石と同世代でこれからという年齢の人だった。読経の声が響くなか、家族の悲しみが旧家の仏壇の前に置かれた精霊棚あたりに染み渡っていた。

漱石は死者に関する俳句なので淡々と棚経の情景を描いているが、その分悲しみが込められている俳句になっている。簡素な棚が余計に悲しみをさそう。

子規の年少のいとこの棚経なのであった。ピストル自殺した学生だった句友は漱石も話したことのある人であった。この句友は子規の4歳年下の藤野潔（俳号は古白）で、子規が中国大陸に出発する前日の明治28年4月9日、古白がピストル自殺をしたという知らせが宇品港にいた子規に伝えられた。古白は精神を病んでいて文芸創作に行き詰まっていた。

・七夕の女竹を伐るや裏の藪

（たなばたの　めだけをきるや　うらのやぶ）

（明治32年9月5日）句稿34

熊本市内の漱石宅に長女筆子が生まれてから初めての旧暦の七夕。漱石は七夕飾りを作るために裏の藪ですらっとしたメダケ（雌竹、関東では篠竹ともいう）を切り出した。そのメダケは直径が1、2センチほどの細い篠で、5月に生まれたばかりの幼子に見せるには十分な大きさであった。その日のうちに色紙を篠に括り付けて七夕飾りが出来上がった。

この句の面白さは、漱石は七夕飾りの竹の代わりに篠を用いたが、句中では雌竹ではなく女竹の語を用いていることだ。可愛い子を意識していることがよくわかる。出来上がった七夕飾りを持って筆子をあやしている漱石の姿が目に浮かぶ。

当時の七夕は旧暦の七夕であり、8月末。新暦の7月7日は梅雨の真っ最中になり、夜空が晴れるのは奇跡に近いことであるから、明治政府も旧暦での実施に対して厳しいことは言わなかったと思われる。令和の時代には当時の旧暦七夕の慣習を復活させるべきだろう。晴れた夜空で七夕を祝いたいと皆で織姫彦星にお願いするべきである。雨雲の影に隠れた星たちに向かって。

ところで漱石は長女に筆子と名付けた。すると七夕の色紙には「筆が達者になるように」と書いたのだろう。

・谷川の左右に細き刈田哉

（たにがわの　さゆうにほそき　かりたかな）

（明治28年11月3日）句稿4

子規に送った句稿にあった掲句には、子規による「狭きの意か、それにしても陳腐」との評がついた。子規は漱石が見た四国山地の棚田の景色を覚えていたに違いない。子規の親類の近藤さん宅辺りの景色を詠んだのだなとすぐにわかった。漱石が見た棚田は谷川の両側にきれいに段々に重なって見えた景色で、古代からの日本人の物作りに対する執念を感じたのだ。

句意は「山間の谷川の両岸には、川幅と同じくらいの細さで刈り田が細長く作られてあった」というもの。深い谷の川の細さに驚いたが、稲刈りを終えた棚田も川に沿って同じように細くくねっていたのだ。これは漱石には新鮮な景色であり、日本人的な勤勉さ、貧しさを物語るものであったのだろう。そして谷川の細さと田んぼの細長い形が相似して見えた。それで田んぼは細いと表したが、子規は狭いが正しい表現だというのだ。細い棚田はマイナスのイメージとして子規は捉えたようだ。漱石は画家的な目で美しいと眺めているのだ。

この句の面白さは、子規が着目したように「細き刈田」にある。刈るということからは鎌を連想し、その鎌の刃の細さ、鋭さを連想する。もしかしたら刈り取った細い田んぼには水が残っていて、太陽の光を反射して刃先のように光っていたのかもしれない。ちょうど前日から出発する翌朝にかけて雨が降っていた。

ここまで書いて、川下にいる漱石の目になっては稲刈りを終えた棚田を見上げてみた。すると両岸に細長く繋がる棚田は雨水が溜まって光っていて、眼前の景色は象形文字の川の形を形作っていると感じた。「谷川の左右に細き刈田」は川の文字を形成していた。

・谷底の湯槽を出るやうそ寒み

（たにぞこの　ゆぶねにでるや　うそさむみ）

（明治32年9月5日）句稿34

「戸下（とした）温泉」とある。漱石と同僚の山川が9月に熊本の戸下温泉に行ったときの句である。阿蘇山に登る際に立ち寄った外輪南端の川が流れる谷間の温泉場には、日が当たらないためか寒気溜まりができている。しっかり湯槽に浸かって温まってから出てきても体はすぐに冷えてしまう。9月だというのに嘘のような寒さであった。まさに文字通り底冷えのする空気に包まれた。

この句にある「うそ寒み」には、信じられないという気分が込められている。「何だ、この寒さは」というところか。谷底の戸下温泉は秋の到来が早いということを計算していなかった漱石は、後悔したことだろう。この後悔の気分は、この地に着くまでの旅の楽しさを一気に谷底へ落とした。だが景色の良い谷底でこのようないい句ができたのであるから、結果はオーライである。

漱石はこの谷底温泉でもう一句作っている。「温泉（いでゆ）湧く谷の底より初嵐」の句である。寒いだけではなかったのだ。

この後、漱石は内牧温泉に向けて足を進めた。この内牧温泉は阿蘇の外輪山の山裾に広がる田んぼの中にある温泉場で、漱石はのんびりと温かい湯槽を楽しむことができた。谷底のうそ寒さを経験した後であったから、さぞや快適に平地の温泉を楽しんだことだろう。

漱石一行が宿泊した戸下温泉は昭和54年にダムの底に沈んだ。周囲の人家は崖上にあったことから、住戸下の温泉ということから戸下温泉の名がついたが、その温泉場がダムの底に沈んだというのだから嘘のような話だ。

• 谷の家竹法螺の音に時雨けり

（たにのいえ　たけほらのねに　しぐれけり）

（明治29年1月28日）句稿10

法螺貝はボワーワーという大きな音が遠くまで届くことから、戦いの開始の合図に使われた。これに比べて小ぶりの竹法螺（別称は筒貝）はボーオーという音で、近くにしか届かない。竹法螺の音質は法螺貝に似ていて、まさに携帯用法螺貝である。竹法螺は長さ20～30㎝の真竹を用い、その竹筒の節のある側に穴を一つ開け、その反対側は開放にしただけの構造。この穴に息を吹き込むだけで唇が自然に振動して容易に音が出る。

掲句は、谷間で作業をしている人たちに冷たい時雨が降り出したことを近くで知らせる際に竹法螺が用いられたのを目撃した句である。句意は「四国の谷間にある家々に竹法螺の音が響き渡ると、すぐに時雨がやってきた」というもの。最初にはらっと降り出した雨に気がついた人が竹法螺を吹いたのだ。するとこの音を聞いた農家人は作業を止めて足早に帰途についた。谷間では天候の変化は急激に起こるからこの連携は重要なのだ。

漱石は、谷の家々に竹法螺の音が響き渡ると、竹法螺の音が雨雲に刺激を与え、時雨を起こさせたように思えて面白く思った。谷間で生活する人は時雨と日常的に戦っているようだと感じたのだ。

• 谷深し出る時秋の空小し

（たにふかし　でるときあきの　そらちいさし）

（明治28年10月末）句稿3

大きな木が茂る深い谷に入り込んでしまい、不安になってしまったが、歩き続けてやっとその谷を脱することができた。光が差し込んで少し明るくなってきたので上を見ると、青い空の見える隙間が見えた。目の前には滝があった。松山の南部に横たわる四国山地にある二つの滝を見る計画を立てて、山に入り込んだ時のことだ。

白猪の滝の音が聞こえ、滝が山を切り裂くように落ちている場所に出ることができた。滝を見られる場所に来た喜びよりも、深い谷を脱することができた喜びの方が優った。小さな青い空を頭の上に見つけて安堵した。

この句の面白さは、上五と下五に「谷深し」と「空小し」を配置して対句を作り、思いの深さを演出していることだ。そして後者の「空小し」には、漱石がまだ深い谷の中にいることには変わりないが、小さくても空が見えたことに安堵したことがよく表れている。そして漱石は「ちいさし」を「小さし」と書かずに「小し」と短縮形の方を採用して表記していることで、空の小ささとその時の感情をうまく出すことに成功している。これは当時の漱石の表記法としてはあたり前のことであろうが、その少ない文字数の効果が発揮されている。

谷深み杉を流すや冬の川

（たにふかみ　すぎをながすや　ふゆのかわ）

（明治32年1月）句稿32

「耶馬渓にて」の前置きがある。深い谷の底を曲がりくねって流れる川。ここは大分の耶馬渓で、漱石は友人と宇佐神宮を初詣した後の帰りの途上にあって、深い谷に入り込んでいた。熊本市から宇佐への往路は北回りの鉄道を使ったが、復路は山中を歩いて南に抜ける道を選んだ。漱石たちは体力に自信があった。

耶馬渓は急峻な岩山が続く山地であり、谷は深く川沿いにはわずかに田畑があるだけ。その上にはベルト状に杉の林があり、さらにその上は裸の岩山が連なっていた。この地の南には日田杉で有名な日田がある。漱石が見た「杉を流す」光景はこの日田杉の筏流しである。

この日は雪が降っていた。冷たい風雪が狭い谷を吹き抜ける中、川に沿って作られている細道を漱石一行は筏流しを見ながらひたすら歩いた。筏の上の木こりは川に落ちないことを願いつつ竿で筏を操った。落ちたら間違いなく凍死する。

杉は竹と同じように冬に伐採するのが良いとされる。水分が抜けていて伐採後に腐朽菌が繁殖しにくいからだ。また雪の冬季は傾斜地からの材の運び出しも容易で、幾分軽いことで筏にも組みやすい。寒風がごうごうと鳴る中での筏流しは「花いかだ」とは違うが、風情のあるものであったと思われる。

「つまらぬ句ばかりだが、紀行文の代わりとして読んでくだされ。病気療養の慰めになるぞ」と句稿の冒頭で漱石は子規に断っている。しかし、この句は谷のように深い旅情を感じさせる。このような光景を求めて漱石一行は山の中に入って行ったのかもしれない。

狸化けぬ柳枯れぬと心得て

（たぬきばけぬ　やなぎかれぬと　こころえて）

（明治30年2月・推定）

「化けぬ」と「枯れぬ」の「ぬ」を否定の助動詞と捉えて解釈する。世の中の俗信として狸は化けて人を騙す、また柳は冬になると一旦枯れてしまうと人に思われていた。人々は実際にはそうではないと心得て生きるのが良い、というのが句意であろう。

明治の中頃までは迷信の類が世の中に棲みつき息づいていたことをこの句は示している。古典の井原西鶴の作品の中では、普通に古狸が尼に化けたりした。そしてススキが冬に枯れたのを枯れススキと呼ぶのに合わせて、冬の柳を枯れ柳と言ったりした。だが、実際には柳は葉を落としただけで生きている。

政府によって明治時代は西欧化が叫ばれていたが、民のレベルでは江戸の迷信がまだまだ生き延びていたことをこの句は示している。漱石はこのギャップを可笑味を込めて俳句に描いた。

ところで漱石は世の中の迷信に言及している一方で、明治29年には「枯野原汽車に化けたる狸あり」の句を作って楽しんでいた。意識的に妖怪趣味で遊ぶのはよろしいということだ。

＊新聞『日本』（明治30年3月7日）に掲載

種卸し種卸し婿と舅かな

（たねおろし　たねおろし　むことしゅうとかな）

（明治29年3月24日）句稿14

松山の田んぼで行われていた苗代（または苗代田）作りの光景を描いている。漱石は「舟軽し水皺よつて蘆の角」の句と「薺摘んで母なき子なり一つ家」の句を同じ句稿に書いていたので、重信川近くの田んぼを歩いていたのであろう。4月には熊本に引っ越すので松山の見納めとして歩いていた。

「種卸し」は田んぼの一角を苗代に決めて土を柔らかく調整したところに種もみを撒くのだ。苗代に水を適度な深さに入れて、予め水に浸しておいた籾をパラパラと均等に散らしながら撒く。この種まきを農家の婿と舅が朝早くから行なっていたのを見た。女たちは家の中で炊事をしていたのだろう。母屋から炊事の煙がたなびいている。

これは昭和の初期まで続いていたやり方であり、現在は苗箱に種もみを入れて育てた苗箱を田んぼに運ぶ方法に切り替わっている。そしてこの苗箱作成は土入れから籾入れまでが機械化されている。

「種卸し種卸し」と言葉を重ねていることで、腰を曲げながら丁寧に指先から種もみを均一に落とす作業を続けているさまを読者に想像させる効果が生まれる。また二人の男が腰に別々に種籾の袋を下げて種卸しを行っているさまを描写しているのだとわかる楽しさがある。この二人の歩調はバラバラなのだと勝手に想像してしまう。

・楽しんで蓋をあくれば干鱈哉

（たのしんで　ふたをあくれば　ほしだらかな）

（明治32年1月頃）手帳

土鍋料理であったのだろう。漱石宅に第五高等学校の英語を学ぶ書生と同僚教師が集まっての食事会なのであろう。話が盛り上がっているところに土鍋が持ち込まれて、皆の注目を浴びながら蓋が取り去られた。中をのぞいた人達から「おお、干鱈だ」という声が上がった。このとき漱石は、英国では干鱈鍋は家庭料理としては定番なのだと蘊蓄を披露したに違いない。フィッシュアンドチップスの魚は鱈だと説明したのかもしれない。

句意はわかりやすい。上五の「楽しんで」にはその場にいた人たちの気持ちが表れている。いい匂いがしているが何だろうと期待が大きくなっている。そして「蓋をあくれば」によって、気合いを入れて注目されながら持ち上げている様子が感じられる。「蓋を上げれば」でない表現によって、周りの人の視線が感じられるようになっている。蓋は分厚い陶器の蓋のようである。蓋を開けたら湯気が上がって歓声も上がった。

この句の面白さは、「楽しんで」と「干鱈哉」のつながりを考えると、「おお、干鱈だ」という声には、幾分落胆の気持ちも込められている気がすることだ。

・田の中に一坪咲いて窓の蓮

（たのなかに　ひとつぼさいて　まどのはす）

（明治40年頃）手帳

句意は「僧堂の窓から外の蓮池を眺めていると、広い池の中に一坪位の田の字があって、その枠の中に蓮の花が咲いているのが見えている」というもの。漢字の田の字のひとマスごとが蓮花で満たされているように見えた。

この句の面白さは、僧堂の前に広がっている蓮池は、レンコンを収穫する蓮田であり、僧堂の中から外を見るとまさに池の中に田の字がみえるということだ。この言葉遊びは一休禅師のとんちのようである。田の字を構成する四つのマスの一つ一つが蓮田のように蓮の花で満たされていた。

ちなみに当初掲句の蓮田は漱石が住んでいた周囲の蓮池と思われたが、当時田んぼのあった牛込区早稲田南町に引っ越したのは9月のことで、蓮の開花時期はとうに過ぎていた。このことから漱石が訪ねた蓮田探しを始めた。すると手帳に記されていた他の句から、明治40年の夏に鎌倉の寺を訪ねていたことが推察された。そして漱石の行動記録としての年譜にはなかったが、鎌倉の漱石研究者によってこの鎌倉を訪ねていたことが明らかになった。その寺はあじさい寺（当時は廃寺になっていた禅興寺。その一部が明月院として残った）であることが判明した。

そして調査した際に、大塚楠緒子がこの寺から600mほどの近さにある浄智寺の後ろに住んでいたことがわかった。短歌集の「心の花」に鎌倉便りとして同年7月18日に鎌倉の長谷に転居していたことを記していた。漱石は7月19日付けで長谷に住む楠緒子に手紙を出していた。

・たのまれて戒名選む鶏頭哉

（たのまれて　かいみょうえらむ　けいとうかな）

（明治44年10月21日）松根東洋城宛の書簡

弟子の東洋城から自分の父母の戒名を考えて欲しいと頼まれた。すでに提示していた東洋城の母の戒名は気に入らないと彼から別の案が送られて来たが、

今度は漱石の方が気に入らない。そこでこの日の葉書で五つの戒名案を新たに作成して返事した。文字が決まれば、書の大家である友人の菅虎雄にも協力してもらうと東洋城に連絡していた。漱石は親切な人である。尻が痛くてじっくり考えられないことを「鶏頭哉」で表現している。そわそわ歩くのが鶏である。しかし、これ以上は無理だと言いながら五つの戒名案にNGが出ると翌日また代案を出している。東洋城は漱石にとっては可愛い弟子なのだ。

最終的には翌日提案した別の戒名に決まった。霊源院殿水月一如大姉の霊源とは海のことだという。

句意は「鶏頭の咲くいい季節に、東洋城から頼まれて戒名を考えている。いい戒名を作れないのは、私の頭が鶏の頭であるからだ」というもの。なかなか依頼者からOKが出ないので、イライラしていることを依頼者の東洋城に伝えている。俳句の中では考案・作成ではなく選択としているのは、鶏の頭でできるのは選択だけだとふざけているからである。漱石は東洋城に丁寧に接して一緒に楽しんでいる。

三者談

東洋城が頼んで拵えてもらった戒名を書いて出した手紙の端にこの句があった。鶏頭は仏臭いところがあるから、この句に鶏頭を配したのだと思う。明治大帝崩御の時の句に「御かくれになつたあとから鶏頭かな」がある。この手紙の句は悪くない。

• 頼もうと竹庵来たり梅の花

（たのもうと　ちくあんきたり　うめのはな）

（明治29年3月24日）　句稿14

竹庵とは落語に登場する医者の藪井竹庵の略である。竹庵先生は「ヤブ医者」と陰口を叩かれている。この医者は治療に呪術を組み合せているらしいと噂され、信頼されていない。落語の竹庵は、漱石が子供の頃に通っていた東京の本郷あたりの寄席でかかっていた演目の一つ。

句意は「梅の花が咲く竹庵の診療所に、お頼み申しますと竹庵がやってきた」というもの。竹庵がサクラを使って芝居を打っているという落語話を俳句にまとめている。

悪い噂が立つと当然患者は来なくなるし、患者の家を訪問しても玄関での出迎えもなくなってくる。ある日、竹庵の診療所の玄関前で「頼もう、お頼み申します」と大きな声を張り上げている男がいる。だが竹庵家のものは誰も出て来ない。その大声を張り上げた男は診療所の奉公人で患者のサクラである。

はやらない藪医者の藪井竹庵は、奉公人の権助に玄関前で患者の使いのふりをさせた。だが正直な田舎者の権助は、間違って患者が来たら可哀そうだとこの計略に乗り気がしない。だが強引に稽古が始まった。玄関先で大声を張り上げる権助に、藪医者は玄関脇に控えていて細かく会話のアドバイスをする。

権助　「お頼み申します、お頼み申します」

藪医者「大きな声で、どこの何屋何兵衛だといえ」
権助「お頼み申します、何屋何兵衛という——」
藪医者「そうじゃない。伊勢屋九兵衛という酒屋からまいりました、とかなんか言ってみろ」
権助「繁盛しそうな名だ」「神田、三河町、越中、源兵衛ちゅう、米屋からまいりました」
藪医者「さて、どうしました?」
権助「先月のお米の勘定を、もれぇに来たんだ」

掲句は落語俳句である。下五は「梅の花」になっているが、「サクラ」の話なのであった。この話は床に臥せっている子規も知っているもので、子規にこの俳句を読ませることで沈みがちな子規を笑わせようとしたのだ。俳句の中にうまくオチが入っている。

・たのもしき梅の足利文庫かな

（たのもしき うめの あしかがぶんこかな）

（明治32年2月）句稿33

「梅花百五句」とある。栃木県の足利市にある足利学校の付属施設になっている足利文庫は、国宝の蔵書である中国南宋の出版本を収蔵している図書館である。明治・大正・昭和・平成の元号はこの足利学校の蔵書の中の言葉から選ばれていたという。このことはあまり知られていない気がする。令和の元号の由来として、太宰府の書から選ばれていたことは広く知られているのに対して、足利文庫、足利学校の存在はそれほど大きいものではない。それは太宰府天満宮が学問の神様として人気が高いからであろう。

太宰府天満宮の梅は有名であるが、足利学校の足利文庫も梅で有名である。そして漱石はその梅のある足利文庫は頼もしく感じるという。日本の貴重な古典本を所蔵しているからだ。

漱石の生きていた明治時代には、足利学校は廃藩置県で足利藩がなくなった時に廃校となり、名前は消えた。かつての学校の敷地の東半分は小学校に転用された。しかし、西半分は県から地元に返還され、足利学校の所蔵していた蔵書はその中の足利文庫という名の施設に保存された。その小学校が廃校になった折に足利学校の復元運動が起こり、昭和57年から平成2年にかけて調査・建築が行われ、足利学校は江戸時代の姿を取り戻した。そのとき、足利文庫はそのまま付属の図書館となった。

漱石が掲句を詠んだ本意は、明治政府が洋学推奨の裏側で中国学・国学を貶めて足利学校を廃止したことに憤っている気持ちを「たのもしき」で表しているのだ。そして太宰府天満宮にばかり目を向けている世の中を嘆いているようにも思える。このように栃木県生まれの漱石の弟子、枕流は考える。

ちなみに足利の花といえば、今や梅でなく、夜にライトアップされる巨大藤棚ということになっている。漱石は再度嘆かねばならない。

・駄馬つゞく阿蘇街道の若葉かな

（だばつづく あそかいどうの わかばかな）

（明治29年5月3日）水落露石宛の手紙

漱石が熊本に赴任する時に、偶然にも門司に向かう夜行船で子規の弟子の水落露石とばったり会った。商用で船に乗っていた露石は熊本まで漱石と一緒に行動した。蛙の句を漱石が書いて露石に渡していた。露石は蛙の関係する号を持っている。

漱石は露石と熊本市内で別れた。露石との縁が深まった漱石は、熊本に着いてからこの地を知ろうと歩き回った時の俳句を露石宛の手紙につけた。露石は森鷗外ともつながりがあり、この句は露石の九州紀行文の中に登場し、鷗外が出していた雑誌で紹介された。

句意は「駄馬が引く大量の荷物を積んだ荷車が何台も続いて、杉若葉に包まれた阿蘇街道を進んで行く」というもの。かつて熊本の城下は外様大名の加藤清正が治めたことで、ここは空気が違うと感じている。そして当時の熊本市は九州随一の都会であった。ここは漱石の性格に合うと思っていたようだ。

この漱石の俳句は、転勤で新任地の五高の正門前に到着した時に詠んだ句である。東の豊後に続く幹線道路の阿蘇街道の春の光景を描いている。加藤清正が整えた杉並木の若葉に囲まれた阿蘇街道を力強い駄馬が台車を引っ張って列をなして通ってゆく勇壮な光景を驚きの目で見ていた。がっしりした馬が長い山道を歩いて行く様は、単調なものではあるが九州、熊本を漱石に好ましく印象付けるものになった。愛媛、松山の中学生たちの性格と態度には落胆させられたが、熊本の学生には期待できるものがありそうだと感じたのかもしれない。

ところで掲句に登場する阿蘇街道は正式名ではない。阿蘇に向かって進む道ということで勝手に名付けたものであった。漱石は着任したばかりで街道名を把握していなかったのだ。

＊雑誌『めさまし草』（明治29年5月25日）に掲載

• 旅に寒し春を時雨れの京にして

（たびにさむし　はるをしぐれの　きょうにして）

（明治40年4月1日）日記

「建仁寺(けんにんじ)」とある。漱石は東京帝大を3月25日に退職して、3月28日には大阪朝日新聞社へ挨拶する旅に出かけた。その足で京都に立ち寄った。設立間もない京都帝大文科大学の教授4人と面会した。その時の日記には、「陰晴未定。時雨の如し。叡山の頂に雪を見る」と記録していた。寒い春であったのだ。

盆地の京都は多分寒いだろうと想像していたが、春はまだ遠く京都の旅を楽しむということにはならなかった。句意は「春の京都を楽しもうと友のいる京都にやってきたが、冬の時雨のような雨が降っていて、震え上がっていた」ということ。遠くの比叡山にはまだ雪が残っていた。この景色も京都の底冷えを助長した。「京にして」は「今日にして」を掛けている。この日はとりわけ寒かったと言いたかった。

漱石は禅寺の建仁寺で座禅をしようと訪問したと思われるが、それどころではなかった。春が雨で流されてしまったようだ。だが翌日は晴れたことで「あっぱれ」と天気を褒めて「始めて春の心地なり」と日記に書いた。もしかしたら翌日に訪問していたなら、建仁寺の俳句は「旅に良し春を春日の京にして」になっていたのかも。

• 旅にして申訳なく暮るゝ年

（たびにして　もうしわけなく　くるるとし）

（明治31年1月6日）句稿28

明治30年の年末に学校の同僚と温泉に出かけて年始まで過ごした。熊本市の北にある小天温泉（現玉名市天水町）に出かけた。谷間に湧き出る温泉を引き入れた温泉宿から雪の積もった山の景色が見える。湯けむりの流れる灰色の空と雪とで周囲は幾分明るくなっていて、その中に蜜柑の色に染まった山が見える。小天の川に裾野を囲まれた山で蜜柑が採れるが、その場所は山の南側である。日当たりのとりわけ優れる南斜面だ。

この句は温泉場にある地元名士の別荘に連泊して学校の冬休みを過ごした漱石のゆったりとした気分をよく表している。あまりにも良い旅、あまりにも良い湯治になったことでこの句ができた。

ところでこの句の「申訳なく」は句稿を送った子規に対してのものか、妻に対してのものか。たぶん病で動けない子規に対する申し訳ないという気持ちなのだ。言葉も通じない地に来て日中は下女と二人で家に残されている妻に対して、たまには慰労しようという発想、済まないという発想は明治時代の男には全くなかったと思われるからだ。気にはしていたようであったが。

• 旅にやむ夜寒心や世は情

（たびにやむ　よさむこころや　よはなさけ）

（明治43年9月14日）日記

漱石は芭蕉の「奥の細道」に倣って、修善寺での療養を「伊豆の細道」として俳句の旅に出たように設定して茶化している。そして芭蕉のように旅先で病に倒れてしまったと自分の吐血騒動をパロディ化している。気持ちを盛り上げないと病気は悪化すると悟っている。

句意は「旅先で病に陥り長期に床に伏してしまった。周りの人たちの手厚い看病のおかげで体調はやや回復して来た。そして家族や知人たちの元気づけを受けて気持ちは立ち直って来ている。秋の夜寒の頃になって体は少し寒気を感じるが、その分人の心の温かさを感じられる」というもの。

住みにくい世でも周りのありがたい人たちの動きをよく見ることで詩が生まれると、小説「草枕」で述べているが、ここではしみじみとした俳句が生まれている。

・旅に病んで菊恵まるゝ夕哉

（たびにやんで　きくめぐまるる　ゆうべかな）

（明治28年11月13日）句稿6

この句を見てすぐに芭蕉の「旅に病んで夢は枯野をかけ廻る」の句が頭に浮かんだ。芭蕉は奥州への旅を終えると休むことなく江戸から大坂への旅を始めた。歩き続けた旅の疲れと弟子同士の争いの仲裁による心労がたたって文字通り心身ともに疲れてしまっていた。漱石は病の中でこの芭蕉の状態に思いを馳せた。

前書きに「病中吟」とあり、漱石はこのとき体調を崩していた。芭蕉は自分自身、病に臥せってから4日後に死ぬとは思ってもいなかったことを思った。当時としては高齢であった芭蕉は徒歩の長旅は体にこたえたのだ。かたや漱石は慣れない山歩きをして急に寝込んでしまったことで自信をなくしていた。倒れた芭蕉のことを考えたのであるから、漱石は心身に相当なダメージを受けていた。

では漱石の旅の疲れはなんであったのか。11月2日に松山市内から南側の隣町に行って子規の親類の家に泊まり、3日の早朝に雨を冒して子規が勧めていた白猪の滝と唐岬の滝を観に、四国山地の山道に入り込んだ。そしてその日の深夜に松山に戻った。その山歩きの強行軍の疲れが出て病気になった。

これまで健康であり続け、独身最後の時を松山で気ままに過ごしていた。翌年の4月には熊本に転居することが決まっていた。そんな漱石は山歩きで急激に体力をなくし自信をなくしていたが、それを補うように庭の菊が満開であり、菊の花からパワーを補充されている気がしていた。漱石は夕暮れに時々菊の方を見やってホッとした表情をしていた。

この句には「病んで」と「恵まる」という対立する内容の言葉がある。おやっと思わせるのがこの句の魅力である。漱石は病んで改めて菊の有り難さがわかったようだ。

ちなみに「我病めり山茶花活けよ枕元」「病む人に鳥鳴き立る小春哉」「二十九年骨に徹する秋や此風」の句が、掲句のすぐ近くに置かれていた。

・旅の秋高きに上る日もあらん

（たびのあき　たかきにのぼる　ひもあらん）

（明治32年11月1日）「霽月・九州めぐり」の句稿

松山時代の句友が自社の仕事で九州に来た際に熊本にも寄り、漱石に連絡を取って来た。11月1日の早朝に漱石は村上霽月の泊まっていた宿を訪ねた。霽月は10月の3週間を九州の得意先回りに費やしていた。その合間に旅先で俳句を大量に作っていた。漱石はたぶんその中の11句について、霽月の季語に合わせてその場で句合わせの俳句を作った。掲句の句合わせ句題は「旅（秋）」。

掲句は、秋の旅についての句として作ったが、句意は霽月へのアドバイスになっていた。彼はあまりにも痩せぎすになっていたからだ。若くして家業を継いで社長になり、慣れない仕事を夢中になってこなしていたからだとわかっていた。

掲句の意味は、「中国では古来、陰暦での重陽の節句には、女性のいる高楼に登って菊花をうかべた酒を酌み交わす習わしがある。君にもこのような日があったほうがいい」というもの。たまに息抜きをしないと体がもたないよ、と諭す俳句にした。熊本にもいいところがあるよ、と教え、誘っていたのかもしれない。当時は一夫一婦制もなく、公娼制度もあった時代である。このような会話があったとしてもおかしくはない。漱石は霽月に、社長業は忙しくて大変だろうが、メリハリをつけなければならない。オフの日をきちんと作らねばならないということを句で表した。

旅の旅宿に帰れば天長節

（たびのたび　やどにかえれば　てんちょうせつ）

（明治28年11月3日）句稿4

句稿の冒頭文には「明治二十八年十一月二日河の内に至り近藤氏に宿す。翌三日雨を冒して白猪唐岬に瀑を観る。駄句数十。　三日夜しるす　愚陀仏」とある。

松山から汽車と歩きでまる1日の距離にある山裾の宿は子規の親類、近藤氏の家である。夜に子規の子供時代に書いた書や俳句をみせてもらった。ここに1泊して翌朝名瀑を見に、道案内人を先頭に蓑笠を身につけて雨の降る山に入っていった。

地元では毎年、滝祭りをするという名瀑を前にして漱石は8句詠んでいて、かなり感激した模様だ。都会派の漱石は自然の素朴さ、偉大さ、美しさに心打たれたのだ。

句意は「宿から山歩きの旅に出て、また元の宿に戻って来た。すると宿には天長節を祝う支度が整っていた」というもの。

二つの滝を見て歩いているうちに薄暗くなって来たので急いで山を降りた。この句にあるように荷物を置いていた近藤宅に戻り、借りた蓑と笠を返した。11月3日早朝に門を出た時は何もなかったが、戻ると今上天皇の誕生日である天長節を祝う支度ができていた。近藤宅の家族とともに明治の世と天長節を祝った。近藤氏は武士の身分がなくなった下級士族の家であったが、天長節を祝った。

ちなみに天長節は明治時代になって公に復活した。しかし今上天皇の誕生を祝う国家の祝日は昭和23年に廃止された。以後は文化の日として現在も祝日となっている。明治天皇は明治時代最多の9万首を超える短歌を詠んでいたので、これを讃えることにしたのだろう。

「旅の旅」と旅の文字が重なっていて不思議な気分になる。漱石としては山の旅を終えて同じ旅宿に帰ることを表しただけであるが、面白さが生じてしまう。くたびれたという感覚がうまく出ている。「もとの旅宿に帰れば」とも書けたはずであるが、これでは面白くないのだ。

旅人の台場見て行く霞かな

（たびびとの　だいばみてゆく　かすみかな）

（明治29年1月29日）句稿11

この台場は東京のお台場と同じく、敵の戦艦を攻撃するために海の中に設けた石積みの砲台である。この砲台跡は松山沖の瀬戸内を航行する外国の戦艦を攻撃するときのために松山藩が築いていたものなのだ。

旅をする遍路たちは、江戸時代を偲びながら霞の中を歩いてゆく。その姿を立ち止まってじっと見ている漱石は、自分も今年の4月には船に乗って西に旅する旅人になると思うと気持ちが遍路の人たちと重なるのであろう。

この句の面白さは、「見て行く」対象が台場と霞の両方であることだ。台場あたりの霞には江戸時代が霞となって見えていたということだ。

ちなみに掲句の一つ前に置かれている霞の俳句は「霞む日や巡礼親子二人なり」である。両句は関連している。掲句の旅人は漱石の目には「巡礼の親子二人」に見えている。台場を見ながら歩く二人は霞で姿がぼやけているが、父親と息子のように思えたに違いない。戦いに備える台場に興味を持って眺めているからである。この年の冬は寒さがとりわけ厳しかったが、この親子は予定通り遍路の旅に出た。この姿を見ていると二人の心が伝わって漱石の気持ちは霞のように包み込まれた。人には遍路に行きたくなる時があるとわかるのだ。

漱石は失恋の重いものを持って2年前から今まで歩いてきた。松山に教員の職を得て来たが、単に親友の子規の故郷であるという理由だけでこの地を選択したのではなかったような気がした。無意識に巡礼の国の愛媛ということが頭にあったような気がした。自分にも巡礼したいという気分がどこかにあったのかもしれないと思った。

多摩川に渡し幾つや水ぬるむ

（たまがわに　わたしいくつや　みずぬるむ）

（制作年不明）高取稚成画の賛

松根東洋城が持ち込んできた高取稚成の絵に付けた俳句である。独特の優雅な大和絵のタッチで多摩川の風景が描かれていたのであろう。それは漱石の好む多色の水墨画風の絵であった。

句意は「江戸時代には多摩川にいくつかの渡し場があったが、水温む春になって東海道の人の行き来が盛んになっている」というもの。品川宿の近くに位置する六郷には多摩川の渡し場があった。ここの川岸で小舟が引っ切り無しに何艘も離着していたのだ。寒さを感じさせない風を体に受けて大勢の人が舟で川を渡るさまは、活気に満ちていた。江戸に花見に行く人、仕事を求めて江戸に移動する人の姿が描かれていたと思われる。

漱石は多摩川の水が温んでいるのは、川を渡る人々の熱気が伝わるからだとした。この川を渡ると江戸の一大歓楽街のある品川宿が待ち受けていたからだ。令和の時代に造られるリニア新幹線は、東京の次には品川に停車することになっている。新時代の品川宿が再現することになりそうだ。

・たまさかに据風呂焚くや冬の雨

（たまさかに　すえぶろたくや　ふゆのあめ）

（明治32年1月）句稿32

「守実に泊りて」とある。耶馬渓越えの山中の旅の2日目。1月4日の夜は中津市の守実温泉に泊まった。「目ともいはず口ともいはず吹雪哉」「ばりばりと氷踏みけり谷の道」の句を作りながら、厳しい冬山の細道を歩き続け、やっと温かい風呂にありつけた。

冬の氷雨が降る中、山道を歩いていたが深い山の中に温泉宿があるとは思いもしなかった。家があったがただの民家だと思っていたようだ。宿主は五右衛門風呂の据風呂を焚いてくれ、おかげで体を温めることができた。この前の宿は足が寒くて仕方がなかったが、この日の風呂は有難かった。一時でも体が温まる経験は嬉しかったのであろう。

記録によると漱石たちは温泉集落の中心にあった神社隣の河野謙吾宅に宿泊した。この家は郵便局を開いている大きな家で、下8部屋もある2階建てであった。郵便局の傍ら、旅館も経営していたらしい。つまり大きな家であったが、旅館風の佇まいではなかったと思われる。それで漱石に「たまさかに、思いがけず」という驚きが生まれたのだ。前書きの「守実に泊りて」はこの辺りの事情を表していた。もしかしたら漱石たちは河野氏は好意で漱石たちを泊めてくれたと勘違いしたのかもしれない。そして掲句を作ってしまった。河野宅を出る時、請求書を出されて驚いたのかもしれない。

推測であるが、郵便局であれば温泉街の事情に詳しいと考えて、どこの旅館が良いのか訊くために入っていったのだろう。すると自分の家に来るように誘われたのだ。部屋が空いているからとして。

「つまらぬ句ばかりだが、紀行文の代わりとして読んでくだされ。病気療養の慰めになるぞ」と句稿の冒頭で漱石は断っているが、面白エピソードが隠れた俳句であったと。

ちなみに据風呂とは、水沸かし風呂のことで、風呂釜の水を釜の下から火を焚いて沸かすタイプの風呂。これには五右衛門風呂が含まれるが、関東では風呂釜の中の角に竈を設けるタイプを指す。したがって河野宅の風呂はどんな風呂かわからないが、関西に多い五右衛門風呂と思われる。

・玉章や袖裏返す土用干

（たまずさや　そでうらがえす　どようぼし）

（明治29年7月8日）句稿15

掲句は、「祖母様の大振袖や土用干」の句に続くものであることは両俳句が句稿内で隣同士であること、およびその内容の関連性から明らかである。この二つの句は妻の鏡子が嫁入りの際に熊本へ持って来た、中根家に祖母の代から伝わる大振袖に関する俳句である。

掲句の句意は「6月の結婚式の際に妻が身につけた大振袖を保管のために袖を裏返して土用干しした」というものである。妻が通常通り着物の袖を裏返して陰干ししようとした。すると袖の内側からパラリと上品な紙に書かれた手紙（玉章）が落ちた。それは人に見つからないように振袖の袖の中に隠していた内緒の手紙であった。漱石にとって義理の祖母は、青春の思い出の手紙を結婚後も持ち続けるために隠し場所としては好都合な振袖の袖に入れておいたが、入れておいたことを忘れてしまったようだ。鏡子の母は振袖の土用干しをしなかったから、この手紙を発見できなかったと考えられた。だが、鏡子の母はそのまた母の思い出の手紙を見つけたが入れ戻してそのままにした可能性もある。

この事実を目の前に出された漱石は、想像を膨らませたのは間違いない。この手紙の内容について漱石は明らかにしていない。

この句の面白さは、玉章が玉手箱の響きを持って読み手に伝わることである。そして袖を「裏返す」ことが過去の結婚の裏の事情に通じる言葉になっていることである。昔の恋愛ごとがあばき出されたことを意味する。明治の初期において結婚する女性の婚前の恋愛は困難であったことが伝わる出来事であった。

漱石は妻の祖母の結婚前の恋愛が明るみに出たことを受けて、その孫娘の鏡子にも同じようなことが起きていたのだろうと想像しただろう。こういうことは遺伝すると考えたかもしれない。

・玉葱の煮えざるを焦つ火鉢哉

（たまねぎの　にえざるをこがつ　ひばちかな）

（明治32年頃）手帳

この句の解釈は煮え切らないものになりそうだ。場面の様子がよくわからないからだ。とりあえずの設定は、冬の鍋料理が漱石宅の居間の食卓に出され、それは干し鱈鍋か湯豆腐鍋であったのだろうが、具材の玉ねぎがまだ硬かったのだ。食卓について食べようとしていた漱石の気持ちは待ったのブレーキをかけられた。

漱石は不満を持ちながらも穏やかな表情でその鍋を手近にあった火鉢に掛けた。玉ねぎに火が通るのを急くことなく、じっと待つことにした。焦つには焦がすの意と焦る、イライラするの意があるが、掲句においては、水気の多い鍋料理が焦げることは想定しにくく、後者ということになる。つまりイライラしながら火鉢で追加の加熱を行ったということだ。

この句の面白さは、「焦つ」にある。漱石の気持ちはイライラしていて、「焦つ」からは焦れている様が眼に浮かぶ。そしてじっと火鉢の中の玉ねぎに焦点を当てて見続けている様子が眼に浮かぶことである。

ちなみに掲句からは、夫婦は別々の御膳で食べていたとわかり、玉葱が硬くて食べられないと言ってる妻は近くにいなかったことになる。夫婦仲は冷えていて「煮えていない玉葱」状態であった。妻の自殺未遂の後遺症がこの鍋料理の句に現れていた。

・手向くべき線香もなくて暮の秋

（たむくべき　せんこうもなくて　くれのあき）

（明治35年12月1日）高浜虚子宛の書簡

この句には「倫敦（ろんどん）にて子規の訃（ふ）を聞きて」の前置きがついている。漱石は虚子から子規の死亡通知を死亡した明治35年9月19日のおよそ2ヶ月あとに受け取った。東京からの知らせは船便で届いたからであった。そして、漱石はすぐさま返信の手紙を書いた。「子規の死の知らせは近々来ると予想はしていた。子規は病苦に悩むより早く往生したほうがいい。本人の幸福になる」旨の手紙を書き送った。このように「子規は病苦に悩むより早く往生したほうがいい」と飾りを外して言えるのは、漱石と子規の間には、子規と虚子の関係より深いものがあるからである。漱石はこのことを虚子に強烈に示している。

漱石は虚子からの手紙で、子規の追悼文を作って欲しいという依頼を受けた

際に、その文章の代わりとして俳句を5句作って送った。その一つが掲句である。この句意は「晩秋に友の死を知らされたが、異国にいるので線香を買うこともできず、どうしようもなく寂しいことである」というもの。異国にいて途方に暮れているさまを表した。

普通であれば晩秋であり、また気持ちが沈んでいるので「秋の暮」とするところを、逆に「暮の秋」としている。両者は似たような意味であるが、漱石は手紙を受け取ったことで気持ちは暗く沈んだので「暮れている」の意を優先させて表している。

ちなみに当時のロンドンに日本人は数百人以上住んでいたようで、日本商品を扱う店もあったはずだ。少なくとも日本公使館で線香は容易に入手できたはずだ。だが漱石が日本を発つときに子規との別れは済ませていたという思いがあったので、線香を焚かなかった。

ちなみに虚子の手紙に書き入れていた俳句はつぎのもの。《筒袖や秋の柩にしたがはず》《手向くべき線香もなくて暮の秋》《霧黄なる市に動くや影法師》《きりぎりすの昔を忍び帰るべし》《招かざる薄に帰り来る人ぞ》

＊雑誌『ほとゝぎす』（明治36年2月）に掲載

・溜池に蛙闘ふ卯月かな

（ためいけに　かえるたたかう　うづきかな）

（明治30年5月28日）句稿25

旧暦4月の暖かくなった5月に、熊本の漱石宅の近くにある大きな溜池の淵を歩いていると、カエルどもが格闘しているのに出くわした。湧き水が池を形成した溜池の綺麗な水辺には不似合いな壮絶な戦いが繰り広げられていた。この水辺はカエルが卵を産んで子孫を残そうとする戦いの現場であった。

雌ガエルを確保しようと複数の雄ガエルが雌ガエルの背に我先にと飛びかかっている。浅い水辺にいる雌ガエルをがっちり抱えた雄ガエルだけが、雌の背後に乗って雌を刺激して産卵させ、その直後にその雄は精子をかける。漱石はその戦いをじっと見ている。カエルも大変なんだなと感心しながら。

句意は「旧暦4月に溜池の淵では複数の雄ガエルが雌ガエルを確保しようと戦っている」というもの。漱石はこの戦いをある感慨を持って眺めていた。わしは恋愛合戦においては意気地なしであったわな。さっさと恋敵との戦いの場から身を引いてしまったと悔やんでいたのか。

この句の面白さは、「卯月」にある。この句はカエルの産卵をめぐっての戦いの場面を描いているので、5月とせずに卵の漢字に似た卯を使うようにしている。漱石は「卯月」はカエルの卵が産み落とされる季節と洒落ているのだ。

ちなみにこの時期のヒキガエルの雄は、動くものは何にでも飛びかかるという。この抱接の時期になると雄はいつでも瞬時に戦うように遺伝子が作られているようだ。

ここで一茶の有名な俳句を思い出した。「やせ蛙負けるな一茶これにあり」である。信州の山寺でみた旺盛な蛙の生殖行動をみて詠った俳句であり、病弱な息子への応援歌と言われている。だがその初めて生まれた千太郎は一ヶ月足らずで他界した。高齢であると自覚していた54歳の一茶（当時の平均寿命は50歳）が初めて授かった息子は病弱だったのだ。そのために必死に生きてほしいと願ったと思える。だがこれは教科書的な読み方である。一茶はそんな俳人ではなかったから江戸でも人気があったのだ。この句には別の解釈が隠されている。

帰郷した一茶の初婚の相手は、なんと24歳も若い28歳の女であった。早く子供が欲しいと計画した一茶は、夜な夜な頑張り抜いた。高齢の文人は体力に自信がなかったが、挑戦する「やせ蛙」になりきっていた。

掲句にはもう一つの解釈も重ねられていると考える。痩せガエルに不憫な大名の福島正則を重ねているのだ。小布施には福島正則ゆかりの寺、曹洞宗の寺院「岩松院」があり、福島正則の霊廟がある。秀吉の子飼いの福島正則は広島藩50万石の大大名になったが、徳川幕府に改易されて4万5000石となった。正則はその5年後に失意のうちに死亡。その後、福島家は格下げになって旗本となった。この寺の裏庭の小さな池に、ひき蛙が多数集まって産卵を始めるが、地元の人は雄が雌を取り合う様を合戦と呼んでいたという。一茶は心を病んで痩せた福島正則をやせ蛙に重ねたのだ。「やせ蛙の正則、負けるな一茶これにあり」と心のうちで応援したと想像する。一茶のダブル重ねである。

• 樽柿の渋き昔しを忘るゝな

（たるがきの　しぶきむかしを　わするるな）

（明治30年10月）句稿26

「或人につかはす」の前置きがある。ある人に与える、贈るの意になる。掲句を戒めの言葉として贈るということだ。厳しい直截的な表現の訓示を漱石先生が人に渡すことは考えられない。よってこれは自分に対してのものだ。

ところで渋柿を用いた樽柿は幾分重い味で、落ち着きのある甘さをもつ柿である。樽柿は樽の中で渋抜きされるので、甘柿とは違う甘さと旨さを有することになる。人も柿も生まれは貧しい方が何かといい。人は辛い子供時代を過ごすことが後の人生においては大事になるのだと言いたいようだ。柿には一家言を持っている東京の子規は苦笑いしながら、掲句を読んだに違いない。

明治30年の6月に漱石の実父が81歳で亡くなっている。この年の学校の夏休みに上京して墓参りを済ませて来た。この父のことを1ヶ月後にふいに思い起こして、自分が養子に出されたこと、母と名乗らなかった実母のこと、相続問題などのゴタゴタを思い出して、これらを忘れるなと自分に言い聞かせたのだろう。これらの経験は得難いものであるから、今後の人生においてプラスになると確信しているようだ。そして小説家になった時には資産になると思ったと推察する。この樽柿の経験は漱石と楠緒子との関係も含まれると思われる。

掲句は円覚寺の冉訪の直後、鎌倉から熊本に帰ってきて間もなく作られていた。漱石はその鎌倉で8月23日に楠緒子と会っていたことがほぼ確実である。漱石の気持ちとしては、楠緒子との継続する関係は渋柿の時代の継続であると認識している。漱石が掲句を作った時は、妻の鏡子はまだ東京にいた。漱石だけが熊本にいた。鎌倉でのことを回想していたに違いない。人間も樽柿同様にかつて経験した厳しい環境や出来事を忘れない方がいい。それは貴重な経験なのだ。役立つ時が来る、そう思って生き抜くことだと気落ちしがちな自分に向かって言葉を贈ったのだ。

同じ句稿に隣接して「渋柿やあかの他人であるからは」の句がある。甘柿と同じ赤い色をしている渋柿は、甘柿と同じように甘いが味は全く違っていて赤の他人だと面白がっている。育ちが違うからだ。

• 達磨忌や達磨に似たる顔は誰

（だるまきや　だるまににたる　かおはだれ）

（明治28年11月22日）句稿7

達磨忌とは達磨が入寂した日で旧暦10月5日である。

達磨和尚の人徳と人柄を偲ぶために人が集まる達磨忌なのに、集まった周りの人たちの顔を見渡すと、壁に掛けてある和尚の人物画に似た人ばかりである。その絵には手足が衰えて顔だけが目立つデフォルメした長円形の顔が描かれている。僧侶らの参加者の顔は達磨絵そっくりの膨れた顔ばかり。

句意は「達磨忌に参加した人の中で、誰の顔がもっとも達磨に似ているか」というもの。参加者は自分が最も達磨に似ていると自信を持って参加しているようだと漱石は笑っている。

お互いがそのことに気がついて笑い出している。そのうち、誰が一番達磨さんに似ているか、などと言い出して笑い出す始末だ。子供たちが向かい合って行う「ダルマさんごっこ」を思い出してにんまりしている。

この句は特別の捻りや掛け言葉のない平板な句だが、じんわりとした可笑しみが沸き立ってくる。この句の面白さは、文字を正確に解釈すると「達磨忌で見る達磨和尚の顔は厳しい修行をした結果である。誰でもが修行次第で達磨の顔に近づけるが、誰かいるかな」と別の意味が生じることだ。参加者の中で誰か厳しい修行をしている人はいるのか、という厳しい問いかけが内在している。

＊『海南新聞』（明治28年12月28日）に掲載

• 達磨傲然として風に嘯く鳳巾

（だるまごうぜんとして　かぜにうそぶく　いかのぼり）

（明治30年2月）句稿23

句意は「空に浮いている達磨は胸を張って風を受け、音を響かせて飛んでいる凧であることよ」というもの。子供達の間にいる漱石は草はらに立って凧を見上げている。達磨は空にあっても自信満々であり、偉そうにして音を立てていると笑う。

嘯くは大きなことをいう、ホラを吹くことであり、または口笛を吹くこと。漱石は後者の意味を凧が風に音を立てることにつなげている。漱石は二つの意味をミックスして用いている。

昔はタコのことをイカといった。このことを加賀の千代女が俳句に残している。「吹け吹けと　花によくなし　鳳巾」とあり、意味は「風よ吹け。その風は吹けば吹くほど花には良くないが、凧揚げには良い」となる。着飾った女、花には強すぎる、厳しい風は良くないということだ。着飾った千代女が凧揚げをしている場面なのだ。強い風は着物裾を乱すからだ。

ちなみに遊び道具の凧は平安時代に中国から日本に伝わったとされ、中国では紙で作った鳶（とび）だとして「紙鳶（シエン）」と書いたという。日本に入ってからは鳥の鳶ではなく、イカを開いて干した食べ物に似ているとしてイカと呼ぶようになった。ついで似たタコになった。そしてタコは達磨の形に似ているのでダルマとも言われたらしい。その結果達磨の絵が凧に描かれるようになったと思われる。このことが漱石の頭にあって、掲句が生まれた。

・誰かいふ一念一誦功徳ありと

（たれかいう　いちねんいちしょう　くどくありと）

（明治37年11月頃）俳体詩「尼」21節

句意は「誰かがいう。ひたすら仏を信じて念ずれば、必ずご利益があると」というもの。短い仏語を繰り返し口にしていれば、必ず良いことが訪れるということか。それを信じて行うのがご利益を得るポイントになる。

掲句は「紅炉に点ず雪はそもさん」と続く。紅炉とは、火が盛んに燃えている囲炉裏。「点ず」は火をつけること。「さも」は「全くもって」の意で、「さもさん」は、「見事に鮮やかにきらめいている」の意になる。「雪はそもさん」の解釈は、凍っている雪も燦々と燃えるように輝くようになる、ということ。下の句全体の句意は「盛んに燃えている囲炉裏に雪の塊を差し込むと、その雪はキラキラと見事に燃えるように輝く」というもの。ひたすら念ずれば、雪をも燃やすことができるということを意味する。

これらを総合すると、確かに頭が恍惚状態になってボーとなっていれば、物事を正確に観察できなくなってしまい、雪も燃えると思い込む。漱石はこのように指摘している。宗教の危なさを言い当てている。宗教は理性が働かない状態にするものだと言いたいようだ。

この歌の前には「月もやみね花もやみねと狂ふなり　三世の仏は猶更にやみね」が置かれている。

・垂れかゝる萩静かなり背戸の川

（たれかかる　はぎしずかなり　せどのかわ）

（明治29年9月25日）句稿17

こんもりとした細い萩の枝に露が玉となって付き、萩の体はかなり重くなり、全体にゆるく枝垂れている。その萩の木は漱石宅の裏口にある川に面して茂っていた。背戸とは家の裏口のことで、背戸の川とは家の裏口に流れている川のことである。この陰りのある湿った場所に咲いている萩に秋はそっと近づいて来る。

句意は「川が近いところに咲いている細い枝の萩に朝露がつくと萩は枝垂れるようになる。その萩は身に纏った露の重さに耐えるように無口になって、静かに咲いている」というもの。

人は裏口の独特の陰りのある重い空気に惹かれるものである。安らぎを感じるからである。その場所にあるだけでこの萩はか弱さを身につけているように見えてしまう。漱石はこの萩に対して、「小さき菫」に対する思いに似たものを感じているようだ。

ちなみに漱石は東京の子規庵の庭にも萩の木がいく本も茂っているのを知っていて、漱石は子規に萩が今見ごろだと知らせているのだ。子規に縁側の向こうに庭の萩を見ると秋を感じられるようになると教えている。

ところでちなみに瀬戸内海は背戸の海なのかもしれない。裏口を流れる穏やかな内海ということなのかもしれない。古代には大陸に近い日本海側が表口側であったのだろう。次第に平野の広い瀬戸内側に富が集中して、瀬戸の海と名を変えたのだろう。

・端渓に菊一輪の机かな

（たんけいに　きくいちりんの　つくえかな）

（明治40年頃）手帳

漱石の書斎にある文机の真ん中に端渓の硯一式と筆が置いてある。その机の端には小さな花瓶があり、菊が一輪差してある。墨を擦った後の墨の香りが部屋に漂い、墨の黒と菊の色が互いに引き立て合っている。菊は黄色なのであろう。

漱石は葉書を水墨の絵葉書にすべく、細筆で菊花を描いていたに違いない。小説家になってからは以前よりも多くの人から手紙や葉書を沢山もらうようになっていて、そのお礼の返事として絵葉書をよく出した。

この句の面白さは、水墨の絵葉書は俳句にあるように花瓶の菊一輪を描いていたとわかることだ。菊一輪の絵は簡単に描けて都合が良かった。その菊の絵は葉書の中央に大きく一輪が咲いている構図であろう、俳句と同じように。掲句の外見は文字数は少なめであり、絵葉書の絵と同じようにシンプルになっている。

ちなみに硯に興味を持つ人は、中国硯の四宝といわれるものを好んだという。漱石はそのうちの一つ、端渓硯を持っていた。この端渓硯は広東省肇慶市（香港と桂林の中間地）の端州全体で産出される硯の総称。

・短冊に元禄の句や京の春

（たんざくに　げんろくのくや　きょうのはる）

（明治38年5月27日）絵葉書

漱石全集の注記に「元禄美人の絵端書に、五月二十七日」とあった。「吾輩は猫である」の小説が人気になり、全国から猫の絵が漱石宅に届けられた。その中で漱石の目に留まった幸運な絵葉書か手紙があった。このような場合、漱石は得意の水彩絵を描いた絵葉書で返事を出すのが常であったが、さすがに毎日のことであり手が疲れてきていた。そこで市販の元禄美人画の絵葉書を用いて出そうとした。しかし、これではさすがに味気ない、失礼だと思いなおし、元禄美人画の絵葉書に俳句の短冊を加えて封書で出した。その俳句は、元禄美人画に合わせた江戸風の俳句であった。

句意は「春の日に作った短冊には江戸の春を思わせる元禄風の俳句を書き入れてある」というもの。市販の元禄美人画の絵葉書に江戸俳人の句を書き込んだのだ。そしてそのことを俳句に仕立て上げた。読者ファンに対する返事の封書には、市販の元禄美人画と掲句を書き込んだ短冊を封入した。漱石の掲句は劇中劇のようになっていて面白い。

ちなみに先の元禄美人画は菱川師宣作の「見返り美人図」であり、短冊に書いた俳句は、宝井其角の猫の句で「鶉かと鼠の味を問ふてまし」または「髭のあるめおとめづらし花心」であったと思われる。

・端然と恋をして居る雛かな

（たんぜんと　こいをしている　ひいなかな）

（明治29年3月24日）句稿14

古い屋敷の広い居間に雛壇を作って、雛人形を本格的に飾っているのを見ると祭りに格式を感じる。壇の上で上品に、優雅な綺麗な言葉でゆっくり話しているようである。壇の上に居並ぶ雛人形を見ていると、華やかな宮廷の生活が再現されているように感じる。複数の男女が対等に、日常的に恋をしていたように思われる別世界がある。

ひな祭りというと内裏様として男雛（天皇）、女雛（后）が思い浮かぶ。しかしこれら以外にも雛人形はたくさんあり、これら全体を雛人形という。この句において雛という場合は壇に並ぶ人形全体を指していると見る。雛壇に並んでいるお付きの女官や侍従を含めて、並んでいる多数の雛人形を見て、この中で恋をしている間柄の人形を探す目は楽しい。

平安貴族は、仕事と並行して日常的に恋をしていたようであるから、雛人形も雛壇の上でもそうだろうと想像してしまう。当時は隠れてするのが恋などというのは野暮であったのだ。このように漱石は人形を見て感じていたのか。

これに対して、後日目にした（大高翔・著の「漱石さんの俳句ー私の好きな五十選」では、「華やかな男女が、お行儀よく夫婦として隣り合って座っている。そんな雛壇の男雛と女雛を眺めていたら、「端然」と「恋」という言葉の取り合わせを思いついたのだろう。人形たちに命があったとして、…こんな微笑ましい光景が思い浮かんだ、ということなのだろう。」とあり、あまり強い印象はなかったようだ。

上記の文をここに書き写してから全く別のことを考えついた。平安時代のことであり、宮中でのことでもあるから、天皇と后は自由で複雑な恋愛関係を朝廷の内外に築いていたと思える。そのような中で1年に1日だけの節供の日には、雛人形として並び座っている二人は意外にも互いに新鮮な感情を持ち、恋の気分を持ち得たのかもしれない。久しぶりに長時間隣り合ってみると新鮮な感情が生まれて、恋に似た気分になったと想像できた。多分、漱石は小説家の目で雛壇を見やった時に、両雛のにこやかな表情の中に恋の感情を素早く読みとった気がする。

＊雑誌「日本人」（明治29年5月5日）に掲載

・断礎一片有明桜ちりかゝる

（だんそいっぺん　ありあけざくら　ちりかかる）

（明治29年1月29日）句稿11

明治時代にも遺跡の発掘が盛んであったのだろう。この句の書いてあった句稿には同じく発掘関連の「国分寺の瓦掘出す桜かな」の句もあった。掲句の国分寺は松山近郊にあったものだ。

断礎とは壊れた礎石のことで、太い柱を載せる礎石が風雨・日光によって割れて土に埋もれていたのだ。それが瓦と一緒に見つかるのだ。律令制度の下、各地に国分寺が作られ、日の国は栄えていた。しかし乱れは必ず来る。断礎一片はそれを示していると漱石は感じる。

句意は「春の早朝に、国分寺の遺跡付近を歩いていた。国分寺の割れた礎石の一片が桜の木の根元に埋もれていた。その桜は盛りを過ぎて散りかけている」というもの。この句は想像の句であり、過去の栄華を偲ぶ俳句にしている。

有明の意味は、夜空に出ていた満月も朝方には消えてゆくことを示している。まだ空にかかっている満月でも太陽が昇ると存在が薄くなり、やがて見えなくなってしまう。満開の桜も今や時が過ぎて散りかかっている。万物は流転するのだ。都市も国もそうであろう。漱石自身もそうであり、幾分寂しい思いに浸る。この年の4月になると松山から熊本に移動することになっている。これも有明の一例であると思うのだ。

ところで有明桜を調べてみると有明桜という桜の品種があるとわかった。薄い太陽のもとでも鮮やかに咲く、花びらの色の濃い桜なのであろう。潔く散ることが特徴の桜を描くには漢詩調が似合う。また廃寺のことを描く場合にも漢詩の響きが似合う。

檀築て北斗祭るや剣の霜

（だんつきて　ほくとまつるや　けんのしも）

（明治29年3月5日）句稿12

明治26年あたりから流星群が地球に大量に飛来するようになり、明治29年になるとその内の大きなものが一つぐらいは地球と衝突するという噂が日本中に流れた。江戸時代から流星群の飛来は大災害が発生する前触れだと信じられて来たからだ。

句意は「中学校の校長は、流星群を観測するための望遠鏡固定の土台を作った。そこに北斗七星を祀り、夜通し夜空を観測していた。その望遠鏡の土台には早朝剣のような霜柱が立っていた」というもの。

漱石が松山尋常中学校に赴任した年に、帝大の理科を卒業した横地が校長として赴任した。彼は流星の数を観測して論文を発表したりした。掲句から漱石は彼の行動を注視していたのがわかる。ちなみに小説「坊ちゃん」の中で中学校の校長として「赤シャツ」なる男が登場するが、写真で見るとこの横地は赤シャツ似のキザな表情をしていた。漱石とは気が合いそうもない。

横地は夜空を観測する望遠鏡を固定するために、その土台を搗き固め硬い檀を築いた。その上に望遠鏡を固定した。そして呪いの檀（まゆみ）の木で作った弓を置き、地球に落ちるようであれば弓で射落とすという呪いをかけた。また加えてその場所に北斗七星を祀って地球に衝突しないことを願った。北斗は空の星屑全体を支配する星、星座だと考えられていたからだ。彼は流星が地球に衝突しないことを祈りながら望遠鏡で星を観測していた。その校長は帝大の理科を卒業したと自慢していたが、漱石は彼の頭の中は古いままであると観察していた。

朝になると望遠鏡の土の台には霜が厚く積り、その下に剣の切っ先が揃って立った霜柱のマットができていた。大地も横地を応援すべく、剣のマットで防備しているように見えた。強烈な寒波が襲った朝であったが、礎石は横地校長のことが気になって様子を見に行っていた。

ちなみに東京にいた正岡子規もこの流星の噂に関係した俳句を作っていた。「星飛んであとは淋しき野分哉」（明治26年）の句で噂に翻弄される虚しさを詠っている。

（原句）　檀築て北斗祭るや夜の霜

檀築て北斗祭るや夜の霜

（だんつきてほくとまつるやよるのしも）

（明治29年3月5日）句稿12

掲句は俳句の師匠である子規が、「檀築て北斗祭るや剣の霜」に修正する前の原句である。

両句の違いは下五の「夜の霜」と「剣の霜」の違いである。子規は夜の間にできた霜を霜柱と解して俳句に強さを与えた。そして霜柱を洒落て「剣の霜」と表した。「北斗」の語調に合わせていた。

漱石は、早朝寒さに震えながら望遠鏡が設置された広場に足を運んだが、あまりの寒さに俳句に力が入らなかったようだ。たぶんに寒空の下で星空を観測していた校長に付き合う気持ちで観測台のところに行った気がする。そして、せっかくだからと、早起き記念に俳句を作ったのだろう。漱石は作句に気合が入っていないことを子規に見透かされた。

暖に乗じ一挙虱をみなごろしにす

（だんにじょうじ　いっきょしらみを　みなごろしにす）

（明治30年2月）句稿23

寒い冬には虱も暖かい人間様の下着に住み着いて離れない。漱石はまだ寒いので肌着に虱がいることをわかっていながらも我慢していた。しかし春になり、ここまで暖かくなると裸になって虱と戦ってもいいと決心した。そして皆殺しの行動に出た。雪解けを待って、漱石を先頭に敵のシラミを武器を持って殲滅する行動に出る場面のように勘違いしそうだ。

この句で漱石は春の日に「暖に乗じ一挙」と漢語で行動に勢いを感じさせる表現をしている。まだ少し寒いが、この時を待っていたという決意のほどが読み取れるのだ。そして圧巻は「みなごろし」である。徹底してやるという決意になっているのだ。そう、シラミ退治は徹底してやらねばならないのだ。

ところで漱石の行動は何であったのか。皆殺し作戦とは何であったのか。下着、掻巻、敷布の類は大鍋で煮沸し、布団は日光にさらしたのか。部屋の掃除を徹底し、頭髪とヒゲの中も調べたのであろう。

昭和30年代の初めまでは、どの家の大人も子供も蚤虱に悩まされた経験を持っている。太平洋戦争後のこのころになると、頭髪に虱か虱の卵が見つかるといやおうなしに白い粉のDDTを散布され、頭が真っ白になったものだ。このホクサイマチスもこれを経験した。また生き残りの蚤を見つけては両手の指先に挟んでプチッと圧し潰すことを繰り返す日々だった。早春の漱石の決意の程がわかるというものだ。作者の体験と重なることで句に親近感が生まれるのは確かである。

• 湯婆とは倅のつけし名なるべし

（たんぽとは　せがれのつけし　なるべし）

（明治28年12月18日位置）句稿9

湯婆とは何なのか。湯婆は「金属製・陶製などの容器の中に湯を入れて布で包み、寝床などに入れて暖をとるのに用いるもの」と解説されるものだ。このヒーターは地方によっては「たんぽ」と読むのではなく、「ゆたんぽ」と読む。

この湯婆についての漱石の主張は「湯婆とは倅のつけし名なるべし」というものだ。この漱石句の隣に「なき母の湯婆やさめて十二年」という句が置かれていた。掲句にはやはり実の母親が関係していそうだ。冬寝る時に自分の足で子供の足を温めてくれた母の存在は、息子にとって重要な記憶である。だがそれが気恥ずかしく感じる年頃になるとお湯を入れた容器がそれに代わることになる。したがって大人になって「たんぽ」を使用する時には、自分の小さい頃の思い出が湧き上がることになる。

では小さい娘はどうなのか。足を温めてくれた母に対する感謝は同じように続くが、昔は男に比べて早くに結婚する場合が多く、夜にお湯を入れた容器を使う時期はごくごく短くなる。したがって倅と湯婆の関係の方が語られることになる。

そんな息子は年老いた母に向かって感謝を込めて母を呼ぶ時には、照れが入って母を婆さんと呼ぶことになる。そして湯を入れた容器に対して漢字を当てる場合は、同様に照れが入って湯母ではなく、湯婆さんと呼ぶことになる。そこで漱石はこの俳句において、「湯婆とは倅のつけし名なるべし」と息子がこの湯容器を「湯婆」と名付けることになったに違いないと結論づけた。

ところで漱石の実母が俳句に登場するのは、松山にいた頃に限定されていた。その数はわずかに2句であった。そして婆さんと名を変えて出てくるのも掲句を含む2句である。漱石を生んだ母親は、母が生きている間に漱石に対して自分が母だと名乗ることはなかった。それだけに漱石にとっては婆さんと呼ぶ方が自然であったのだろう。そして記憶の中でその母に対して掲句を作ってお別れをしたのである。「なき母の湯婆やさめて十二年」の句によって、漱石先生は明治14年に亡くなった母の思い出とともに湯婆を20代後半まで捨てずに身近に置いていたとわかる。しかし、この句を作ると母の思い出は消えたようで結婚を機会に処分した。

ちなみにネット辞書で湯婆の語源を調べると、タンポは唐音読みの発音なのであった。『中国では唐の時代から湯たんぽの存在が見られ、「湯婆子(tangpozi)」「湯婆(tangpo)」と呼ばれた。「婆」は「妻」や「母親」の意味で、妻や母親の温かい体温を感じながら寝るように、お湯を入れた容器を代わりに抱いて寝ることから付いた呼称である。』とある。

漱石はこのことを知っていて、掲句を作ったのだろう。日本も中国の同じ発想なのだと確信しながら。

た

近けば庄屋殿なり霧のあさ

（ちかづけば　しょうやでんなり　きりのあさ）

（明治34年11月3日）ロンドン太良坊運座

漱石はロンドンに留学中に渡辺和太郎(俳号は太良坊)を中心にした句会、「太良坊運座」に参加した。漱石は自身の第一回目を漱石の部屋で開いた。この会には、渡辺和太郎、渡辺伝右衛門（春渓）、桑原金之助（飄逸）が参加した。

この日は明治天皇の49回目の誕生日の天長節で、この日の夜は日本公使館で公使の主催する天長節の祝賀会が予定されていた。漱石もこれに招待されていた。しかし、漱石はそれを断って渡辺和太郎の主宰する句会を設定した。ここにも漱石の権威嫌いが表れている。

渡辺春渓が後年に書いた『漱石先生のロンドン生活』の文章によると句題は漱石が用意したという。この日の句題は「天長節」と「霧」、それに「栗」。漱石は4句を作った。

句意は、「秋になって深い霧の朝、ロンドンの街を歩いていると、いつの間にか大きな建物があり、門のところに近づいてみるとバッキンガム宮殿だった。霧の中であり、それほど大きく感じなかった。日本の庄屋の屋敷ぐらいに思われた」というもの。霧の中では全体がよくわからないため、品の良くない庄屋の屋敷ぐらいにしか見えなかったとふざけている。あまりにも巨大な石の宮殿であり、気が抜けてしまったということを漱石風にユーモアたっぷりに表している。掲句に「庄屋殿」を入れたのは、日本と同じ立憲君主国ということで少しは英国に親しみを感じていたことを示しているのかもしれない。だが英国と比較して日本の良さがすぐに脳裏に浮かんでしまうのだろう。漱石は掲句を作った1年後になっても「句あるべくも花なき国に客となり」の句を詠んでいた。まだ英国に馴染めないのだ。いや馴染もうとしないのだ。

ちなみに、漱石の作っていた他の3句は「後天後土菊匂はざる処なし」「栗を焼く伊太利人や道の傍」「栗はねて失せけるを灰に求め得ず」。

力なや油なくなる冬籠

（ちからなや　あぶらなくなる　ふゆごもり）

（明治30年1月）句稿22

「力なや」は気力が湧かない、元気が出ないということだ。この言い方は熊本弁でもない。普通なら「力なしや」であろう。元気がないから、言葉も短くなってしまったのだろう。

元日には学生を中心にして大勢の人が漱石宅に年始の挨拶やら、ご馳走のたかりにきて台所の食料は尽きかけていたようだ。妻の鏡子は同僚の下宿人を二人も置くからこんなことになるのでしょう、教師が3人もいれば来る学生の数も増えるは当たり前と不満を口にしたはずだ。正月から夫婦喧嘩がはじまったと天井のネズミが見ていたに違いない。

台所の油も無くなってきた。行灯にも使う菜種油の在庫がなくなってきては、漱石は大弱りだ。正月に食べ物が不足しても冬籠して本でも読んでいればいいと思っていたが、これも危うくなってきた。漱石にとっては、読書は命の食べ物であったのだろう。

力なや痩せたる吾に秋の粥

（ちからなや　やせたるわれに　あきのかゆ）

（明治43年9月27日）日記

落語のような句である。力が出ないのは毎日出される粥のせいだ。馬肥ゆる秋というのに付き添いの医者は弱々しい私に薄い粥を食べさせると嘆く。これでは力が出るはずもないと嘆く。

ぼやきの句であるが、元の原因は漱石自身にあることを忘れているという設定がおかしい。修善寺の温泉宿で大量の血を吐いた漱石の体を心配して、医者も家族も回復過程では粥を食べなさいというほかはないのだ。だがこれでは元気が出ないではないか、とお椀を持つ痩せた腕を見やりながら嘆き、ふざけて自分を慰める。

「力なし」は気力が湧かない、元気が出ないということだ。普通なら「力なしや」であろうが、気力が出ないから、言葉も短くなってしまうと漱石自身も笑い出す。この俳句は自分の気持ちを楽にして、体力を少しでも向上させようとする無自覚の行為なのである。もともと落語にはそのような庶民の知恵があったのだと思われる。

この句で注目すべきは、「秋の粥」である。粥はいつの季節でも食べられるものであるが、漱石は秋と限定している。俳句とするためには季語を入れ込まねばならないとして、下五を無理矢理「秋の粥」にしたと勘違いされそうであるが、そうではない。漱石は夏に吐血したあと、秋になっても十分に回復していないことを表現するために、それに加えて「馬肥ゆる秋というのに」という気分を示したいがために、あえて秋を入れたと見る。

・乳兄弟名乗り合たる榾火哉

（ちきょうだい　なのりあいたる　ほたびかな）

（明治28年11月22日）句稿7

この俳句は、江戸時代の古典文学に俳句の題材を求めたものである。当時の人気長編小説「南総里見八犬伝」の物語を下敷きにしている幻想的な句である。この小説は滝沢（曲亭）馬琴の作で大ベストセラーであった。現代であれば「ワンピース」や「鬼滅の刃」に匹敵するエンタメ物語であろう。物語の主題は勧善懲悪と因果応報に基礎を置いている。

この物語は、結城の戦いに敗れた上総の若武者里見義実が、安房へ落ち延びる場面からはじまる。安房国滝田の城主になった義実は隣国の武将に攻められた。このとき城主は「敵将の首を取ってきたら娘の伏姫（ふせひめ）を与える」と戯れを言う。ここから愛犬八房の物語が始まる。愛犬八房は敵将を討ち取って首を持ち帰った。しかし、城主は約束を果たさなかった。八房は伏姫を連れ出して富山の洞窟にこもった。許婚の金碗（かなまり）大輔は、姫を取り戻しに行き鉄砲で八房を撃ち殺したが、伏姫にも傷を負わせてしまった。

八房の気を感じて懐妊してしまっていた伏姫は、身の純潔を証するため、大輔と父義実が見守るなか、自害した。この時、伏姫が幼い頃に役の行者（えん）から授かっていた護身の数珠から八つの玉が飛び散った。この玉が八方へ飛んで、仁・義・礼・智・忠・信・孝・悌の霊玉を持つ、八人の八犬士が関八州で生まれた。彼ら八犬士は、お家の危機に働き、その功を認められ城主の孫娘たちを娶った。

掲句の句意は「犬の八房が起源となって生まれた乳兄弟たち八人には、血の繋がりはない。別々のところで別々の乳母たちによって育てられたということになる。彼ら男たちは、八剣士となってある夜焚き火の周りに集まった。そこでそれぞれが生い立ちを語り、城主のために働くことを誓った」というもの。

この句の面白さは、題材を求めた古典自体が怪奇ものであり、自然と漱石の大好きな神仙体俳句に仕上がっていることだ。そして漱石は八人が名乗り合う場面を創作している。この句を作ったのは寒い冬のことであり、かれらを集合させた場所が焚き火の周りであったのは可笑しい。彼ら八剣士は焚き火の熱を受けて盛り上がっていたというオチが付いている。

・筑後路や丸い山吹く春の風

（ちくごじや　まるいやまふく　はるのかぜ）

（明治30年4月18日）句稿24

漱石は熊本に住んでいる時に一人で家を出て筑後の久留米あたりを旅した。この時丸く張り出た高良山に登り、眼下の筑後平野を見渡した。筑後平野は日田から久留米、柳川へと大きく左旋回して円弧を描く川に沿って拓けた平野である。つまり筑後路も筑後平野もこの川が作り上げた帯状のものなのだ。そしてこの川を挟むように北と南側に円弧状の山々が平野を守るように立っている。この地方に風が吹くと川に沿って、円弧を描いて吹くことになる。

句意は「筑後川を足元に見下ろす久留米の高台に立つと、カーブする筑後川の流域に沿って丸く風が吹いている。その丸い風は春の風で暖かく柔らかい風であった」というもの。春のことであるから海側から西風が吹いていたのだろう。

ちなみに斎藤英雄氏と坪内稔典氏はこの丸い山は丸い形状の兜山ではないかというが、漱石は空の衛星から見た地形図を見るように筑後川流域を広く眺めていて、丸い山とは自分の立つ高良山を含む川の南側の円弧状の山脈を指すと考える。一つの小さな丸い山ではない。

この句の面白さは、「丸い」が「山」と「春の風」に掛けてあることだ。円弧状の傾斜地に沿って吹く風であるから、風も丸く感じられるという洒落た感覚である。実際には漱石の立つ地点では風は丸くは感じられないが、これはレトリックである。

もう一つの面白さは、この久留米の旅には大塚楠緒子が一緒にいたことがほぼ明らかになっていて、この効果が掲句を作らせていることだ。

・小き馬車に積み込まれけり稲の花

（ちさきばしゃに　つみこまれけり　いねのはな）

（明治31年9月28日）句稿30

「馬車には乗るものと聞きしに同行四人　一句」の前置きがある。熊本の高等学校の教授4人が学校行事の下見に出かけたのだろう。漱石一行は鉄道の駅に馬車が待っているからそれに乗って来てくれと言われていた。その馬車は小さく、田んぼの中の道を揺れながら進んだ。馬の後ろには大八車がくくりつけてあったのだ。そこに御者が乗っていた。そしてそのまた後ろの荷台部分に4人が積まれて稲の花の咲く田んぼ道を進んだ。

句意は「本格的な二頭立ての馬車を想定していたが、乗せられた馬車は小さなものであった。荷物のように積まれて稲が開花している田んぼの中をゆっくり進んだ」というもの。駅馬車仕様の馬車ではなく、荷物を運ぶ大八車をくくりつけた馬車であったのだ。

下五には「稲の花」とあるから有明海の近くに造成された田んぼの方に連れて行かれたのだろう。火山灰の積もった阿蘇の山裾の地域ではない。島原か天草の方面なのだろう。

この句のおかしさは、見学先からの連絡では、4人が乗れる普通の馬車が用意されていると聞かされていたが、実際に迎えに来た馬車は大八車を馬の鞍に取り付けただけの馬車であったことだ。漱石たちは物として扱われたように感じた。熊本第五高等学校の教授たちに配慮がなさすぎるという不満が感じられる句になっている。しかし、掲句には笑みが感じられる。「稲の花」には人の不満を解消する効果があるようだ。4人は稲の花に免じて待遇の悪さは仕方ないと納得してしまっている。

・ちとやすめ張子の虎も春の雨

（ちとやすめ　はりこのとらも　はるのあめ）

（明治28年10月）句稿3

掲句を一見しての句意は「春の雨が降り続く松山の空を見上げてから、部屋に戻ると休みなく頭を振り続けている置物がある。紙製の張り子の虎は、部屋の湿気を吸って表面が所々膨らんでいる。そんな状態でお前は首を振り続けなくていいから『ちとやすめ』と声をかける」というもの。漱石は苦笑い顔を張子の虎に向ける。ここまでは漱石が仕組んでいる表の解釈である。

しかし、掲句をよく考えると裏の意味があるとわかる。「ちとやすめ」と言

われている相手は作者自身の「張子の虎」である。自分に休息が必要だと言っているのだ。ここで「張子の虎」とは何であるのかについてきちんと考えてみる必要がある。通常「張り子」とは紙製の置物であるが、江戸の大奥女中が用いていた慰み用の性具（張形ともいう）の意味もある。つまりこの句の「張子の虎」とは下半身の男性自身のことである。これを念頭に置くと別の解釈が可能になる。

ここで「張り子」の実物を確認してみた。張り紙で作った首振り虎の玩具だと認識していたが、実物を見ると意外に首が長く頭が飛び出していた。これをみた印象を素直に書き記すと、亀の頭が飛び出しているとしか見えなかった。この亀の頭は天狗の巨大な鼻にも見えた。この長い亀の頭を指で動かすと揺れはなかなか止まらなくなる。漱石はこの止まらない亀の頭に、「少し休むがよい」と語りかける。

掲句では紙製の張り子に意味を持たせている。秋の長雨の湿気が張子の材料の紙体に染み込んでしまって、張子の虎の張りが落ち、部分的に浮きが生じてきたのである。今や長雨によって湿気が「張子の虎」の頭にも入り込んで平常より重くなって頭は本来の動きがしにくくなっている。同じように漱石の「張子の虎」も春の雨が降る夜の出張で疲れ気味だということである。途切れることなく降る「春の雨」を吸って膨らんでしまった張子の虎は、惨めな状態になっている。そこで暫し休ませて回復させるということになる。

掲句は婉曲に男女の営みにも休息が必要になると諭している句である。この解釈はこの句稿3にある他の2句を含めて理解しようとすると自然に浮かび上がってくる解釈なのである。その2句とは「煩悩は百八つ減つて今朝の春」と「恋猫や主人は心地例ならず」である。（これら3句の関連する解釈については、2番目の「恋猫」の句のところで詳しく記している。）

掲句のユニークなところは、張り子の「張る」と「春」を掛けていることである。また「ちとやすめ」は降り続ける春の雨に「いい加減に休め」と言っているのと、張り子の虎は夜に出かける漱石自身のことである。つまり漱石は自分に対して「張り子の虎に首を振り続けるのを少し休めと言い聞かせている。張遊びはいい加減に休め」と話しかけている面白さがある。

ちなみに明治時代に作られた掲句の時代背景として、健康な青年男子に対して、地域公認の若者宿での男女の交際や公娼制度のもとでの女性との交遊が認められていたことがあった。これを記しておく必要がある。また一夫一婦の婚姻制度は確立していなかった。

ところで掲句の解釈に関する補強資料を記しておきたい。江藤淳氏がいう研究者の盲点であるとする指摘についてである。「決定版　夏目漱石」に書かれていることであるが、宮井氏の江藤氏に対する疑問として出された「漱石が松山時代に80円の高給を食んでいたが、その使い道がわからない」という疑問に答えて、江藤氏は、漱石はその金はどうも遊ぶ金に使っていたらしいという推察を述べている。ちなみに独身でありながら、帝大卒の新人教師の給料は市長の給料よりも高かったのだ。江藤氏は『夏目家に伝わる古い町人の家の「遊蕩的な血」が漱石の中にも流れてなかったはずはない。これは夏目伸六氏の「父夏目漱石」の中にも指摘されています。』という。江藤氏の本には漱石がロンドンに赴く途中、パリで書いた日記に朝帰りのことも書いてあった。

これに対して漱石の弟子の枕流は言う。時代は性風俗がおおらかな江戸に続く明治のことであり、一夫一婦制が確立していなかった時代のことであると。

・粽食ふ夜汽車や膳所の小商人

（ちまきくう　よぎしゃやぜの　こあきんど）

（明治30年5月28日）句稿25

句意は「夜汽車に乗って漱石宅を訪ねてきた滋賀の膳所の商人は、車中で夜食に粽を食べてここまでたどり着いた」というもの。その客人は漱石に、腹が空いていたので粽だけでもうまかったよ、と言ったのかもしれない。

漱石がこの句を描いた背景には、あんな不味いものをうまかったという人がいるとはわからないものだ、ということなのだ。この時の感想を俳句で記録しておいた。

漱石は甘党なので粽は好きでなかった。粽は炊いた米を潰して笹の葉で細長く包み、イグサの茎でグリグリと巻いた保存食であった。嫌いであることは漱石の書簡（大正4年6月17日）に見ることができる。かつて世話になった長与胃腸病院の森成医師が故郷の越後高田で開業した際に、漱石が彼の母校で講演したりした。森成医師はお礼を込めて地元名産の粽を漱石に送った。漱石の森成への礼状には次のように書いていた。

「段々あつくなります。もう白地の単衣をきています。梅雨が二日ほど降って急に霽（は）れたものですからまるで真夏です。日中は散歩もできません。この間は粽をありがとう。ただしあれは堅くてまずいですね。私一つたべて驚いてやめてしまいましたよ。お礼状を出そうと思って忘れていました所がようやく書くと悪口で甚だすまぬ次第であります。」

そしてこの年の7月22日、祇園の芸妓である野村きみから粽を送られ、礼状を出していた。「ご無沙汰をしました、大丈夫ですか、暑いことです、津田君が帰ってきました、粽をありがとう、私はいつでも御節句にある奥さんから虎屋の粽をもらいます、腐るといけないというので早速たべました。」と書いた。森成医師に対する文面とはかなり異なっていた。

• 茶の会に客の揃はぬ時雨哉

（ちゃのかいに　きゃくのそろわぬ　しぐれかな）

（明治32年頃）

熊本の著名人の屋敷で行われた茶会でのこと。茶席の主人は季節が穏やかになった秋になったとして茶会を開くべく、漱石も招待状を出した。しかし、急に降り出した時雨に傘を用意していなかった人は、どこかで雨宿りすることになったようで、茶室に来るべき人が来ていない。こうなると茶会の主人は会を始められない。茶釜はかなり前から沸いているのに。

掲句の意味は、「時雨によって茶会の客はまだ揃っていない」と明快である。この句の面白さは、弱い時雨であるのに茶会の客の足が止まっていると不満げであることである。漱石は客人の立場であったが、茶席の主人の気持ちを慮っている。

席についている漱石は、ただ待つばかりの席で空想を始める。得意な幻想的な神仙俳句を作るのである。ここでできた俳句が「時雨ては化る文福茶釜かな」である。掲句の2句前に置かれていた。長いこと沸き立っている茶釜も待たされて苛立っている。そして茶釜はとうとう足を伸ばして茶室から出て行ってしまった。それをみていた人たちは腰を抜かしたというもの。漱石は楽しい俳句で時間を潰していた。

掲句は「時雨ては化る文福茶釜かな」の句の前置き的な句なのである。待ちくたびれた茶釜は十分に沸き立って、音を立てていた。文字で表すと「文福、文福」の音を立てていたのだ。そして亭主のブツブツ言う声に時雨の音が加わって「文福、文福」の音になっているとみる。

＊『九州日日新聞』（明治32年12月20日）に掲載（作者名：無名氏）

• 茶の木二三本閑庭にちよと春日哉

（ちゃのきにさんぼん　かんていにちょと　はるびかな）

（大正3年）手帳

句意は「もの静かなやや広い庭に茶の木が2、3本植えてある。春の日にこの庭にふらっと出て木の育ち具合を眺めている」というもの。漱石は早稲田の地に新たに借りた家に住み出してから、庭木が少ないと感じて気に入った木を植木職人に植えてもらっていたのだ。漱石はかつて茶摘みをしたのであろうか。揉み茶を作ったのであろうか。忙しい身であるから茶の花を楽しんだだけであろう。

句意は「お茶の木2、3本をガランとした庭に植えてある。そんな茶の木が花を咲かせている庭にちょっと降りて春の日を楽しんでいる」というもの。

この句の面白さは、「閑庭」にある。広い庭に二三本のわずかな数の茶の木を植えてある雰囲気が閑の漢字に込められている。この漢字は門構えの中にわずかに木が一本植えられているさまを表している。この文字を入れ込んだ「閑庭」は漱石の庭の中の木は極端に少なくガランとしたさまをうまく表している。これによって漱石は庭のデザイン同様に文字による俳句のデザインを行なえている。そして「ちよと」が効いている。「ちょっと二三本」の意味が生じ、また「ちょっと庭に出て」の意にも掛けられている。ちょっと粋で洒落た言葉使いになっている。そして茶の花が咲いていることによる「ちょっと春日を感じる」にも掛けている。

茶の花や黄檗山を出でゝ里余

（ちゃのはなや　おうばくさんを　いでてりよ）

（明治40年の冬）手帳

漱石が飲んでいた茶葉は中国から来た黄檗宗（隠元禅師が開祖）が絡んでいる。この宗派が中国明代の唐茶文化を日本に伝えた。この宗派の本山のある京都近くの黄檗山の周辺には茶畑が延々と続いている。宇治が茶葉の一大産地になったのにはこの黄檗寺が貢献していた。黄檗宗の僧たちは、遣唐使たちが持ち帰った固形茶ではなく、バラけさせる手揉み製法の煎茶を普及させた。当時、お茶は漢方として一般に広まった。

句意は「京都から南の黄檗山を訪ねたあと、宇治に下ったが一里あまりの数キロメートルを歩いてもまだ茶畑が続いている」というものである。煎茶文化が普及して、門前からの広がる畑で茶葉が生産されていた。

さて漱石が黄檗山萬福寺を訪ねたのは、いつであったか。漱石は明治25年7月に子規とともに京都を訪れていて、この時に宇治に足を伸ばしたと思われる。漱石はこの時の記憶を蘇らせていた。子規は黄檗寺の句を残していた。「花茶の花や詩僧を會す黄檗寺」である。この時のことを思い出して作ったと思われる「黄檗の僧今やなし千秋寺」を漱石は残している。

ちなみに漱石の小説「草枕」の中に黄檗宗の話が出て来る。『「若い時に高泉の字を、少し稽古した事がある。それきりじゃ。それでも人に頼まれればいつでも、書きます。ワハハハハ。時にその端渓を一つ御見せ」と和尚が催促する。』漱石は中国の有名な硯である端渓を入手して、黄檗宗の三筆と言われていた人の書よりも優れていると判断した高泉和尚の書を手本に筆文字を練習していた。

漱石は30歳の時に第五高等学校の同僚であった山川信次郎と小天（おあま）温泉に遊んだ記憶を元に、39歳の時に「草枕」を書いていた。漱石は小天温泉の古寺で高泉の文字を見つけたのだろう。そして40歳の冬になって、少し前に書いた「草枕」に登場させた黄檗山のことを思い出していた。お茶を飲みながら。

このように推測したが、明治40年に京都郊外の伏見近くに住む津田青楓の案内で宇治を訪れていたという。大阪朝日新聞社に入社の挨拶をしたついでに京都見物をした時に宇治まで足を伸ばしていたか。掲句は思い出しの俳句とは異なる迫力が感じられるから、やはり明治40年に広大な茶畑を見ていたのかもしれない。

茶の花や白きが故に翁の像

（ちゃのはなや　しろきがゆえに　おうのぞう）

（明治28年10月）句稿2

白い茶の花を切り、瓶に生けると小さな人物像が浮かび上がる。清楚な雰囲気が漂う人物が目の前にいるように感じる。翁とは茶と茶の湯を愛した千利休である。利休は時の関白であった豊臣秀吉から不敬の疑いをかけられた時に、弁解せずに切腹したことが頭をよぎったに違いない。茶の花の白さは潔さ、潔白に通じる。

この句は次の子規の句を頭に置いて作ったものと推察される。「茶の花や利休の像を床の上」（子規、明治20年）。子規が結核病を得て落胆していることを思い、かつて子規が作った俳句を思い浮かべて作ったことを子規にわかるように仕組んでいる。辛い表情を浮かべている子規をニタッとさせることを企んでいるのだ。本歌取りされるほどに子規は偉い人物なのだと持ち上げているのかも。子規は送られた句稿の中の掲句を見て笑いだすのだ。

ちなみに利休の木像は京都の大徳寺にある。

句意は「子規は千利休の業績を思い浮かべながら床の間を飾っている茶の花を眺めている」。茶の花が千利休の姿に重なるのだ。これに対して漱石は別の視点で利休のことを描いている。「瓶に活けた白い茶の花を眺めていると、利休の姿が浮かび上がり、利休は白を重んじたために関白秀吉に疎んじられた」というもの。かつて子規と明治25年7月に京都を訪れた時に、宇治の茶園を一緒に歩いたことがあったのだ。漱石はこの時のことなどを思い出したに違いない。子規はこの旅で宇治に関する「花茶の花や詩僧を會す黄檗寺」の句を残している。

掲句の面白さは、利休翁が自害させられたのは黄金を好む関白の白い利休に対する嫉妬であったと言われていることを、ちらっと「白きが故に」で表していることだ。質素を旨とする侘び茶の利休は自害させられたが、利休は黒でもグレーでもなく白であったと漱石は主張している。

ちなみに11月22日送付の句稿7に「芭蕉忌や茶の花折つて奉る」の句があるので、掲句の翁とは芭蕉だという説がある。しかし芭蕉忌は陰暦10月12日であり、新暦の10月に作っていた掲句とは時期のズレがある。

・茶の花や智識と見えて眉深し

（ちゃのはなや　ちしきとみえて　まゆふかし）

（明治34年11月10日）ロンドン句会（2回目太良坊運座）

句意は「茶道の席に出たものの退屈で仕方なく、目を動かして同席の人を観察していたら、智識（仏教の導師）の雰囲気を持つ見学者がいるのに気づいた。彫りの深い顔をしていて、眉が太くて目がくっきりした人であり、彼は茶席の茶の花であった」というもの。だがその人は智識の人ではなく、単にアングロサクソン人であっただけのことであった。とかく日本人は彫りの深い顔の外国人に憧れる節がある。劣等感の裏返しの美的感覚であるという反省が込められている気がする。

漱石が参加したこの句会は、ロンドンに遊学していた日本の若手財界人の集まりであり、漱石は宗匠として参加していた。この日の句会は2回目であった。漱石は初回の句会では6句作っていたが、この日は5句作った。

ちなみに茶の花は、初冬に咲く茶の木の花であるが、茶席に飾られる一輪挿しの花の意味もある。さらにこれから飛躍してパーティでの「壁の花」的な発想を持ち込んで、茶席において興味を引いた人を「茶席の花」として「茶の花」と表すことがある。掲句の「茶の花」は最後の言い換えが該当する。漱石は若手日本人グループの句会に参加し、自身の作風を披露できたことで、欧州に来てからの憂さは少し晴れたことであろう。

・茶の花や長屋も持ちて浄土寺

（ちゃのはなや　ながやももちて　じょうどでら）

（明治32年）

阿蘇山の北東側に位置する阿蘇市。ここに曹洞宗の浄土寺がある。漱石先生がこの年に阿蘇を訪ねた時期は秋であった。したがって白い茶の花は咲いていなかった。この浄土寺のかつての敷地は広大であったが、漱石が歩いた時期には縮小し寺は寂れていた。

漱石と同僚の山川はこの年の8月30日に阿蘇外輪の北西にある内牧温泉に到着し、翌31日と9月1日に阿蘇の火口原を歩いたが、この内牧温泉のさらに東の外輪にある浄土寺あたりには行っていない。

句意にあるように「現世利益を求めないお寺のはずの浄土寺が長屋経営をしている」というのは、噂で耳にしただけなのだろう。それとも内牧温泉宿付近で浄土寺が経営する長屋を見ていたのか、どちらかであろう。多分後者なのであろう。もしかしたら低家賃で貧民に宿を提供していたのかもしれない。

茶の白い花はお寺の象徴であり、清浄なイメージがある。日本の留学僧であった栄西禅師が1191年に茶の実を持ち帰ったことと仏教に日本の茶の文化の起源があるとされることから、漱石はお寺の花の意味で「茶の花や」を上五に置いた。その寺がビジネスをやっていたのを知って驚き、下五にビジネス寺の浄土寺を置いて対立させた。しかしヨーロッパの修道院がホテルの原型ということもあるから、浄土寺が宿坊を発展させて賃貸の長屋を経営したとしても違和感はない。

漱石がビジネス寺の浄土寺を取り上げて俳句に書き残したのは、明治政府の廃仏毀釈の方針のもと、全国的に寺を廃業に追い込んで行った経緯があり、寺側は生き残るために副業を始めたということなのだ。漱石はこの寺のことを非難しているのではなく、理解を示している。

ちなみに漱石全集における掲句は「茶の花や貧家も持ちて浄土寺」になっている。ほぼ同じ意味になるが、弟子の枕流としては寺の世俗的な経営と態度を示すのであるから、ビジネスの匂いのする「貧家も持ちて」の方が面白いと考える。

＊九州日日新聞（明治32年12月20日）に掲載（作者名：無名氏）

茶の花や読みさしてある楞伽経

(ちゃのはなや よみさしてある りょうがきょう)

(明治34年11月10日) ロンドン句会 (2回目太良坊運座)

「ロンドンに持ってきた禅宗の経典である楞伽経を読みながら、日本では茶の花が咲き出している頃だと思った」というもの。漱石は寒気が支配する石造りの下宿部屋で、茶の花が日本を白く染めている景色を想像した。日本のことを思ってから寝ることにした。

日本にいる茶人たちは旧暦10月に行われる炉開きを楽しみにしていることを異国の地で思い起こしていた。この行事は茶室の中央にある半畳の畳を起こして囲炉裏を出し、炭を熾して、その年に収穫された茶葉を用いた新茶で茶をたて、新たな年を迎えるというもの。

漱石は椿も山茶花も好きだが、これらの仲間である茶の花はもっと好きだ。真っ黄色の花芯を持つ茶の花を下宿の部屋で思い出している。漱石は熊本にいたときに八女の茶畑を見に出かけたことがあった。

ロンドン日本人会の句会に出て来る20代のビジネス人たちは、明治時代に財を成した経済人の子息である。彼らは経済活動が活発なイギリスを崇めてばかりでどうしようもないから、日本文化に興味を持つようにと「茶の花」と禅宗の経典の名前である楞伽経を入れて句作して発表したのだ。この句会への参加者は銀行や商社の人たちであるから、皆英国の流行り物のことしか話題にしない。少し目を覚まさせて、日本の良さを思い出すように企んだ。少しカツを入れようと思って。

茶布巾の黄はさめ易き秋となる

(ちゃぶきんの きはさめやすく あきとなる)

(明治31年9月28日) 句稿30

茶布巾は茶巾ともいう。茶巾寿司で使う茶巾は薄卵焼きであり黄色をしている。これからの発想で、茶道で用いる茶巾も使い始めの時には黄色に着色されていたと誤解しがちである。危うく間違うところであった。茶布巾は使い始めにおいては四角の白い麻布なのである。こぼした抹茶の液を拭き取ったりしていると、水洗いしても黄色味が幾分残る。これを繰り返していると、次第に黄色い布になってしまうのだ。これを繰り返すと茶布巾は次第に茶葉の黄色の色素が布に蓄積して黄色に染まってくる。その目立つ黄色に染まった布は、秋に洗剤を用いて洗濯し、天日に干すことになる。すると日光で布の黄色の色素が分解されて幾分黄色が薄くなる。

印刷インキでもそうであるが、日光によって色素の赤と黄色は褪色しやすいのである。長期に使って黄色くなった布巾をしっかり洗って日光を当てて干すと、太陽の紫外線で黄色の色素の分解は進むことになる。

句意は「漱石宅で使っていた白の茶布巾は、夏の間食卓での拭き作業で使っているうちに茶葉の色素によって黄色に染まってきていた。秋になってこれを洗濯して外で干してみると黄色になっていた茶布巾は、秋の陽を浴びたことで黄色が褪めて幾分薄く感じられる」というもの。夏の間中、使った茶布巾は台所で水洗いして絞って室内で干すだけであった。そのため秋に差し掛かると黄色がだんだん強くなってきていた。これまで家庭内が暗く、あまり家庭内の細々としたことに目が向いていなかった。そこで反省して小さい茶布巾を洗濯したら思い切って外に干すことにした。

外干しによって黄色がしっかり抜けた茶布巾をみて、漱石はやっと家の中が安定して元に戻った気がした。茶布巾の色が元に戻ったのを見て、漱石は夫婦共ストレスが高くなった厳しい夏を乗り越えたことを確認した。

掲句には黄色が褪めてきたことのほかに、精神的ストレスがなくなってきたことが「さめ易き秋」に込められている。

ちなみに掲句の前に置かれていた句は「踊りけり拍子をとりて月ながら」である。漱石は初秋になってやっとこの強いストレスから解放された。この思いが月を見上げての踊りとなった。

この年の5月に妻はヒステリーに陥って近くの川で自殺未遂を起こした。この自殺未遂はその後も起きた。漱石は妻の手と自分の手を紐で結んで寝たり、川から離れた家に転居したりした。そして暗い家の中で妻を支え、家の危機をなんとか乗り越えた。

蝶来りしほらしき名の江戸菊に

（ちょうきたり　しおらしきなの　えどぎくに）

（明治31年10月16日）句稿31

細い花びらが花芯から周囲に伸びているのが特徴の江戸菊に蝶が寄って来た。この菊には「しおらしい」雰囲気を感じさせる名前がついていて、蝶はこの江戸菊に纏わりついて離れない。この蝶はこの菊が好みであるようだ。寄って来た蝶も艶やかで江戸菊にマッチしていて、洒落者同士である。

しおらしいは、可憐で優雅であるの意であり、上品さを感じさせる言葉である。漱石はこの言葉は江戸情緒を表現するのに適していると考えている。このしおらしい江戸菊を漱石は熊本で見たのであろうか。当時熊本では鑑賞菊の栽培が盛んであった。漱石にとってこの蝶は、この江戸菊の良さを理解する熊本の人たちであるようにも思えた。漱石はこの菊によって東京を思い出すことができ、江戸文化を懐かしむことができた。

ところで「しほらしき名」とはどのような名前であるのか。「夕映え」「朝霧」「隅田時雨」このくらいしか思い浮かばない。

江戸菊は和菊の一種の中輪菊であるという。1本の菊苗を2、3回摘芯して9～15本立てとし、各枝に支柱を立てて、各一輪ずつを垂直に伸ばして咲かせる。菊全体をこんもりするように菊の花を集合させて楽しむタイプの菊である。蝶はどの花に留まるか迷って、うろうろするのであろう。このうろうろする飛び方が優雅さを生むらしい。

ちなみに漱石の蝶の句には「蝶に思ふいつ振袖で嫁ぐべき」「蝶去つて又蹲踞る子猫かな」のような楽しい句が多くある。

蝶去つて又蹲踞る子猫かな

（ちょうさって　またうずくまる　こねこかな）

（明治44年11月15日）森次太郎宛の書簡、川端玉章の「画賛」

掲句は旧友の森次太郎（円月）が持ち込んだ川端玉章の絵の中に書き入れた賛である。この絵にはその中央に後ろ姿の子猫が墨で幾分寂しそうに正座している姿が描かれていた。この絵を見て漱石は掲句を思いついた。

句意は「子猫は頭の上を飛んだ蝶を手のひらで素早く押さえつけたと思ったが、手を浮かした隙に逃げられてしまった。子猫はがっかりして、草地に蹲ってしまった」というもの。その子猫は今度蝶が通りかかったならば、うまく捕まえてやるうと寝たふりをして蝶を待ち構えている。

森次太郎宛のこの書簡には、この賛入り絵の解説が書かれていた。絵の上部に賛を書き入れたが、書き損じてしまったので、『仕方なしに上部を切り取り、短い所へ「蝶を去って又蹲踞る小猫哉」と書いて、わざと猫の絵を中間に挟み猫という字を省き申し候』と解説した。つまり「去つて又跨踞る子（空き）かな」と下句の中に空きスペースを大きく設けていて、その間に描かれている猫の画がすっぽり入るように文字を配置して俳句を書いたのだ。

有名な川端玉章の猫の絵に入れた賛が失敗したので、なんとかリカバリーしようと考えた結果、素晴らしいアイデアを思いついたのだ。つまり画面中央の猫の絵を猫の文字代わりに用いるということにした。この手法は頓知が利いていて茶目っ気が溢れている。この手法は子猫が蝶にからかわれているさまに似ている。絵の中の子猫は漱石にもからかわれ、二度もからかわれたことになる。

ちなみに漱石全集における漱石年譜を見ると、明治44年6月8日の項には『日記に「結城素明と森円月が来て、絵と書を交換す」と書いた。』とある。この記述によって、おおよそ半年も前に二人が持ち込んだ川端玉章の猫の絵と漱石の俳句の短冊を交換したことがわかる。そして漱石は入手した絵に賛を書き入れて遊ぶことにしたが失敗してしまった。そこで漱石はさらにその書き損じた絵で遊ぶことにした。その結果、面白い賛入り絵に仕上がった。洒落た「とんち絵」のようなものが出来上がった。

このユニークな賛入り絵を森次太郎に見せたくなって葉書を書いて出したのだ。多分だめと思うが「この次御出での節ご覧に入れるべく申し候」と書いた。どうだ、面白いだろうと自慢するために。漱石はこの手法をその後、度々用いている。

・長短の風になびくや花芒
（ちょうたんの　かぜになびくや　はなすすき）
（明治39年1月か）

「吾文を集めて一冊とせる人の好意を謝して二句を題す」の前置きがある。掲句の他のもう一句は「月今宵もろもろの影動きけり」である。掲句は栃木県で起きた足尾鉱毒事件を念頭に作った俳句であると思われる。渡良瀬川流域の米作農民の苦しい思いを俳句にしたものである。この一大鉱毒事件は、明治政府と世間からは無視され、風化してしまった。この遣る瀬無い思いが掲句の根底にあると見られる。掲句にある芒は足尾から流れ出ている渡良瀬川の河原に生えているのだろう。

社会問題化していたこの鉱毒事件は、明治時代の初期から発生していて漱石の学生時代には抗議デモと弾圧の繰り返しになっていた。明治34年（1901年）に地域選出の代議士、田中正造の天皇への直訴が起こり、一気に世論が沸騰した。漱石はこの事件を受けて掲句を作ったと思われる。実際にこの句を記述して公表したのは明治39年3月で、帝大生（芦田均）の本への揮毫であった。この学生が校内で持ち歩いていた手作り本を漱石に見せたことがあった。漱石は雑誌掲載の漱石の文章を切り取って製本したこの本を見て感激し、その場でその本の見返しに掲句と他の句1句を書き込んだ。これらの句はすでに漱石の頭の中に書き込まれていたものであった。

このことから前置き文にある「吾文を集めて一冊とせる人」で「好意を感じる人」は、帝大生であった芦田均ということになる。

句意は「綿毛になった光る枯れ芒が河原を吹き抜ける風に揺れている。この川風は強くなったり弱くなったりするが、これに合わせて芒も揺れがやむことはない」というもの。この風は渡良瀬川流域の岸辺を吹き抜ける寒風である。その風は花を咲かせたような花芒を押し倒すように強く吹き付けている。漱石はこの厳しい風を止むことのない「長短の風」と面白く表現している。音楽の長調と短調を想像してしまう。その一方で政権側がいくら弾圧しても抗議行動は止まないということも示している。

この句のユーモアは、寒風になびくだけの芒は花芒と表されていることだ。足尾鉱毒事件を身にまとっているが、綿毛を暖かそうに身につけた芒である。

漱石は、明治40年の春に帝大教員の職を辞して職業作家となった。その漱石が二番目に手がけたものは足尾鉱毒事件を題材にした小説「坑夫」であった。明治39年に銅山の元坑夫を自宅に下宿させて取材を入念に行った小説で、明治41年1月から4月まで東京朝日新聞に連載された。この小説執筆に向かうときの漱石の気持ちが掲句に表れている。原稿用紙を埋めながら明治政府に対して無念の思いを抱えていた漱石の心象風景であろう。花芒は抵抗できずに風になびくだけでしかなかったが、掲句はこの芒の思いを代弁しているようにも見える。

ところで前置き文にある「吾文を集めて一冊とせる人」で感謝する人は他に

もいた。前置きの感謝の対象は、明治39年5月に英国滞在中の経験を元に書いた地味な短編小説7作をまとめて「漾虚集（ようきょしゅう）」として刊行した大倉書房の人であろう。この本は「吾輩は猫である」の刊行の半年後に続いて刊行されたもので、帝大教員を辞めていた漱石にとって予定外の印税は家計を助けるものになった。漱石先生はこの本の発行の企画を知って感激したのであった。この時の感謝の念が掲句と前置き文を作らせた。この企画が出たのは明治39年正月あたりであろう。したがって掲句が作られたのもこの辺りであろう。

この大倉書房の好意はそれほど人気が出ないであろうと予想された転職後の第2作となる小説「坑夫」を執筆する自信を湧き上がらせた。このことを漱石は「坑夫」に登場する風景を描写した掲句を作って間接的に表した。

ちなみに好意を謝して作った2句の直後に置かれた句（2019年の漱石全集）は、「本来はちるべき芥子にまがきせり」になっている。この句には「自著漾虚集を小宮氏に贈りて」（明治39年5月）の前置きが付いている。

・提灯に雁落つらしも闇の畔

（ちょうちんに　かりおつらしも　やみのあぜ）

（明治40年頃）手帳

夜の畔道を歩く漱石の足元を提灯の明かりが照らしている。この遅い時間帯は餌を採りに行った雁が巣に帰る時刻に重なって、雁が漱石の頭の上を飛んで行った。そして目の前で着地したように見えた。畦道を照らす提灯はあたかも夜空を飛ぶ雁の帰り道を照らして光っているのかもしれない。雁の巣は畦道の近くにあるようだ、と漱石は考えた。俳句では提灯の光が雁の目に入って目が眩んで落ちたようだと遊んだ。

漱石は東京から遠い鎌倉の古寺を久しぶりに訪ねた。寺の旧友と楽しい時間を過ごしたが、長話をしてしまい、帰りが遅くなってしまった。寺の僧は提灯を物置から取り出して、道を照らしながら途中まで送ってくれた。

明治40年頃は関東の田んぼに雁がいたということだ。今では宮城県の一部にしか雁は飛来しない。日本で雁鍋が流行したことで雁撃ちの人が増えたことが関係している。そして戦後には農薬が田んぼの小動物を激減させたことも影響している。人が雁の餌場を取り上げた形になった。日本人は雁に借りを作ってしまった。

・提灯の根岸に帰る時雨かな

（ちょうちんの　ねぎしにかえる　しぐれかな）

（明治30年12月12日）句稿27

明治時代の東京の代表的な遊び場、吉原へ出かける場合は、小舟か人力車か徒歩のいずれかで行くことになる。夜歩きの場合は提灯を下げて行くことになる。

この句は吉原から近いところに住んでいる子規が吉原へ出かける場合を想定した俳句である。句意は「吉原で楽しいひと時を過ごした男は時雨の中、濡れながら提灯を持って根岸にある家の玄関へ入って行った、とさ」というもの。この句の面白さは、吉原帰りの男は雨に降られて「体を濡らして帰る」という「おまけ」がつくとふざけていることだ。

漱石は病の床に臥せっている子規に掲句を読んで笑ってもらい、気分転換してもらおうと企んだのだ。病気の子規の吉原行きは無理な設定と誰でもわかるが、これが子規を笑わせたのは間違いない。

ちなみに明治30年の子規は、脊椎カリエスの手術を受けていた。（3月：腰部手術　4月：再手術　5月：病状悪化、重態　9月：臀部2ヶ所の穴があき、膿が出た）

漱石の掲句を見て、子規はやる気が起きたようだ。翌年になると、元気になった子規が吉原に遊びに行くという想定で、面白い架空の句を子規自身がたくさん作り出した。その一部の句を列記する。

・春の夜や傾城買ひに小提灯　・春の夜や廓へはいる小提灯
・月暗し河岸は闇路の小提灯　・短夜や砂土手いそぐ小提灯

• 提灯を冷やかに提げ芒かな

（ちょうちんを　ひややかにさげ　すすきかな）

（明治43年10月5日）日記

提灯を提げて夕暮れのススキの原をゆっくりと進んでゆく人影。この年、神奈川県の景勝の地、大磯にあった大塚家の別荘で亡くなった大塚楠緒子の影である。死んだ時に夫はそばにいなかった。夫婦関係は崩れていた。

句意は「死んだ楠緒子は余り明るくない提灯を提げて、黄泉の国の枯れススキの原っぱを歩いている」というもの。もしかして、あのまま漱石が修善寺の宿で吐血して心停止のまま死んでいたら、先に死んだ漱石の霊が楠緒子の足元を照らす提灯をもって道案内したのであろう、と漱石は想像した。「冷やかに」は死後の世界を意味し、黄泉の国を歩いていることを示す言葉である。

楠緒子への追悼の句はこの句をもって終わりとなっていた。「冷やか」の語が組み入れられた連続俳句はこれが最後になっていた。

ちなみにこの句の一つ前には「冷やかに抱いて琴の古きかな」の句が置かれていた。この句に登場している女性は死んでしまった楠緒子であり、琴と表されている。漱石の魂は過去の思い出を抱きしめて立ち尽くしている。

漱石は長期入院していた明治43年に「冷やか」シリーズの俳句作りを始めた。愛した楠緒子が若くして亡くなって落胆し、自分の体調も芳しくない状態が続いていた。「冷やかな脈を護りぬ夜明方」を作った。この句から6句空いて「勾欄の擬宝珠に一つ蜻蛉哉」が引き金になって「冷やか」シリーズの句作りが始まった。死の世界が頭から離れない時間が長かった。最後の「冷やか」句は「冷やかに触れても見たる擬宝珠哉」であった。触れてみた擬宝珠は乳房なのかもしれない。

＊雑誌『俳味』（明治44年5月15日）に掲載

• 長と張つて半と出でけり梅の宿

（ちょうとはって　はんといでけり　うめのやど）

（明治32年2月）句稿33

「梅花百五句」とある。なんと熊本市内の梅林の中にある僧宅で博打が行われていた。清水の次郎長が活躍していた幕末からわずかに30年しか経っていない時期であるから、田舎では博打が行われていてもおかしくはない。漱石は梅見の穴場にある寺で堂々と行われていた博打の現場を覗いてしまった。たまたま通りかかった僧庵の玄関口から「長、半」の掛け声が漏れていたのだ。

句意は「梅林の外れにある宿から、チョーという声を出して金を張り、少し間をおいてサイコロ振りの男の、ハンと出ましたという声がした」というもの。

さて漱石はこの声を聞いてどう思ったのであろう。明治の世の中になっても大して変わっていないと思ったのか。服装、生活習慣は変わっても、娯楽の部

分は江戸時代と変わるはずがないと思ったのか。縞の半纏を着た博徒が立膝をしてサイコロを振っている場面を想像した。よく聞くと掛け声の主は女であったと映画「唐獅子牡丹」の愛好家は想像した。

この句の面白さは、「長、半」の声はプロの博徒の「丁、半」の声ではないということだ。坊さんが副業か遊びでやっていると表している。漱石が耳にした「丁、半」の「丁」の声は間延びして「ちょーーお」と長く聞こえたのだ。緊張が不足していると思えた。プロの博徒ではないと即断した。

●蝶舐める朱硯の水澱みたり

（ちょうなめる　しゅすずりのみず　よどみたり）

（明治29年3月6日以降）句稿13

華やかな振袖のような衣装を身につけた蝶が野原を飛んでいると、いつの間にか似たような豪華な衣装を身につけた人のいる御所に入り込んでしまった。すると廊下を飛んだ蝶を見ようとして御簾が半ばまで揚がって内部の人影が動いた。掲句の一つ前に「御簾揺れて蝶御覧ずらん人の影」の句があり、蝶に興味を持った人の行動が描かれている。

御簾が巻き上げられた瞬間に蝶が薄暗い奥に吸い込まれるように揚がった御簾の下を通り過ぎた。その迷い蝶はしばらく中をさまよってから、部屋の廊下に近いところにあった文机の上の朱硯の方に行き、側の注ぎ水入れの水を舐め出した。すると瞬く間にその容器の水は澱んでしまった。この部屋に入る前、この蝶は甘い蜜をたらふく飲んでいて、その蜜が蝶のストローにべったりと付着していたからだ。その蝶はギフチョウのような大型の揚羽蝶なのであろう、付着していた蜜の量も多かった。

ちなみに部屋の中に朱硯があったわけは、当時の雅の人たちに和歌を朱墨で色紙に書くことが流行していたからだ。この部屋の貴人もその一人であった。先の蝶は御簾の近くにあったこの見慣れない朱色の液体に惹かれて迷い込んだのかもしれない。

この句は松山にいた時のもので、次の月には熊本に移動する予定になっていた。漱石は精神的には余裕ができて幻想的な俳句を作って楽しんでいた。

●蝶に思ふいつ振袖で嫁ぐべき

（ちょうにおもう　いつふりそでで　とつぐべき）

（明治29年3月6日頃）句稿13

（明治30年2月17日）村上霽月宛の手紙

この句は明治29年の春に作っていた句であるが、翌年になって蝶の句を多く入れた霽月宛の手紙に急遽仲間入りさせたもの。

句意は「華麗に飛ぶ蝶を見て、振袖を着た娘を見た思いになり、綺麗な振袖を着ているのであるから、いつその衣装で嫁ぐことになるのかな」というもの。漱石は蝶に語りかけた。このモデルになった艶やかな蝶は大型の蝶でキアゲハやアオスジアゲハの仲間なのであろう。

蝶が擬人化されていて、漱石が目の前の蝶の姿に感激している様子が見て取れる。そしてかつて若い娘が振袖の袖をブラブラさせて歩いているさまを大型蝶の飛翔と捉えて見ていたことを想像させる。その姿は漱石が東京の街中で出会った大塚楠緒子の若い時の姿であった。彼女の髷の髪には、蝶のようにリボンが結ばれていた。

この句の面白さは、「蝶に思ふ」の部分の音は、蝶が羽を大きくばたつかせている動作を思い起こさせることだ。この言葉のリズムが振袖の揺らぎにつながる。そして大きく羽ばたいている艶やかな蝶に漱石は声をかけている。いつまで羽ばたいているのだ、いつ羽ばたきをやめて嫁ぐ決意をするのだ、と問いかける。人間界では、「蝶よ、花よと言われる年頃はすぐに過ぎてしまうのだよ」と蝶にいいたいのだ。しかし漱石はそう思いながらも、艶やかな蝶は飛びながらいつでも嫁ぐ準備ができていることがわかっている。このようにふざける漱石先生は面白俳人である。

漱石は蝶の羽ばたきを見て、振袖を着てはしゃいでいる年頃の娘を連想する。そこで思いついたのがこの俳句であったのだ。この句は幻想的な俳句であり、かつて松山で虚子と霽月と漱石の三人で面白がって取り組んだ神仙体俳句になっている。昔の俳句作りを思い出している。

ちなみに掲句は句稿13でその隣に置かれている「老ぬるを蝶に背いて繰る糸や」と対句になっている。両句は「徒然草」(第172段)の若者と老人を対比した文章からの連想になっている。徒然草のこの段では、「若き時は血気内に余り、心物に動きて、精欲多し。(中略)色に耽り、情に愛で、行をいさぎよくして、百年の身を誤り」とあり、これに対する老人は、「精神衰へ、淡く疎かにして、感じ動く所なし」と描かれている。

漱石の対句での一方の句は、「老婆になった身としては、蝶の艶やかさ、華やかさとは無縁になり、自分から行動することはなく、毎日同じ糸繰りをしているだけと嘆くだけだ。毎日同じ糸繰りをしているように、毎日同じ恨み言葉が出る」という意味になる。

漱石は以上の二句を作って、今は若く蝶の時代の思い出に浸って過ごせるが、盛りの時を過ぎた老人になったら後悔の毎日になる。そうはなるまいと後悔はしまいと決意したのであろう。これは何を意味するのか。大塚楠緒子との恋を継続させることを心に決めたのだ。

漱石は前年の明治29年6月に熊本に転居してすぐに東京生まれの官僚の娘、中根鏡(鏡子)と結婚式を挙げた。掲句はこの結婚から8ヶ月後に作られている。漱石の親友と結婚していた楠緒子は親の反対で結婚できなかった漱石のことを諦めきれないと、伝えてきた。漱石の方でも同様の思いが胸に残っていた。

この句を送られた松山の句友、村上霽月と師匠の子規は何を思っただろう。後悔ばかりする老人にはなりたくないということを知らせた漱石のことをどう思ったのか。仕方ないやつだ、ということか。二人からの反応はなかった。

● 長松は蕎麦が好きなり煤払

(ちょうまつは そばがすきなり すすはらい)

(明治28年11月22日) 句稿7

落語の雰囲気が漂っている俳句である。松山の愚陀仏庵の近所に住んでいる知り合いの男が長松で、漱石宅の持ち主が長松を漱石の家の煤払に派遣してくれた。この長松は蕎麦が大の好物。漱石はその男が愚陀仏庵にやって来て部屋の掃除をしてくれたので、昼飯時には蕎麦を出した。

この句の面白さは、長松さんは煤払のあと、煤が溶け込んだ様な色の蕎麦に取りかかるということである。煤払の煤は灰色っぽくて、蕎麦つゆにも煤が入っていそうだということだ。両者の色が似ているということでおかし味が生じる。

同時期に作っていた煤払の俳句は次のもの。「むつかしや何もなき家の煤払」と「煤払承塵の槍を拭ひけり」である。掲句はこれら二句の続きであるとすぐにわかる。二階二部屋だけの漱石宅の煤払は簡単に終わったようだ。部屋に調度品はなかったからだ。

● 勅額の霞みて松の間かな

(ちょくがくの かすみて まつのあいだかな)

(明治41年) 手帳

天皇の手による勅額が掛けられている京都の寺は幾つもあるが、この句に詠まれた寺は知恩院大谷寺と思われる。浄土宗の総本山で漱石が宿をとった東山地区にあった。

漱石はこの年の3月末から4月にかけて京都を訪れた。帝大時代の学友が京都にいたからだ。この友人宅で一泊し、その後は東山の旅館に宿泊した。この宿から祇園やその他の見物に出かけた。この親友は京都帝大の教授であったので、大学の近くの東山の宿を紹介した。

この知恩院の階段下から高台の建物を見ると屋根先を尖らしてそびえている。漱石は春の靄の中に立つ巨大な建物の屋根の下に勅額が掛けられているのを見たのだ。その建物の前にある大きな二本の松の木の間に挟まれるようにその勅額を見た。

この京都の旅は、東京朝日新聞社に入社してからの最初の仕事として大阪朝日新聞社に挨拶に行ったついでのものであった。一人の社員として新聞社に入ったのであるが、最初からVIP扱いであった。東京帝大の現役教員(教授就任が内定していた）が入社したからであった。大阪朝日新聞社でも大歓迎を受け、期待の大きさを感じた。

漱石はやる気に満ちて京都に入り、東山の裾野にある巨大な知恩院を見上げていた。法然上人が開いた寺の勅額を見上げて何を思ったか。その答えは勅額にかかった霞に表れている。この霞は漱石の高揚する精神が見せたのである。平安時代の日本の知が集積された一大基地が京都であり、それを構成する一つが知恩院だということを感じた。漱石は日本文化を継承し、発展させることを誓ったのではないだろうか。

勅なれば紅梅咲て女かな

（ちょくなれば　こうばいさいて　おんなかな）

（明治29年3月5日）句稿12

宮中の女御たちは紅梅の咲く春の到来を待ち望んでいたので、天皇は御所の紅梅の木を気にしていた。春の2月になると、女御たちは首を長くして白梅よりも早く咲き出す紅梅の花を待ち望んでいた。梅が咲き出したらこの着物を着よう、あれを着ようと女たちはそわそわしていた。当時の宮廷では艶やかな紅梅色が人気であったらしい。女御たちは山桜より紅梅が好きだった。現代の多くの女性たちが桜を好むように。当時、着物に焚きしめる香は梅花の名のある薫物を使っていたくらいだ。

そこで事態が動いた。天皇が、紅梅よ、咲きなさいと勅命を出したという。なぜなら女たちが首を長くして紅梅の咲くのを待っているのを天皇は知っていたからだ。天皇は人気取りの行動をとった。そこで紅梅の木は、天皇の命令ならばと咲き出した。侍従は紅梅の開花をまだ暗いうちにいち早く天皇に奏上したので、天皇は預言者の顔をして重い腰をあげた。

この句にはオチがあって、「紅梅よ、咲くのだ」と勅命が出たので、宮中の女御たちは、この声を聞いて紅梅色の着物を着て仕事を始めた。天皇の周りの人たちは宮中に一斉に赤い梅の花が咲いたようだと声をあげたということだ。

この俳句は宮廷版の「花咲か爺さん」の話であるということだ。振りまいた灰の代わりが勅命であった。

ちらちらと陽炎立ちぬ猫の塚

（ちらちらと　かげろうたちぬ　ねこのつか）

（大正3年）手帳

「園中」とある。漱石が黒猫の埋葬時に詠んだ句には、稲妻が登場していた。その明治41年からは6年が経過している。強い太陽が自宅の庭に作った墓の上に照りつけると穏やかな陽炎が立ち上っている。この様を見ていると黒猫の魂が立ち上っているようで、まだ土の中に猫の体が存在していると感じるようだ。前置きの「園中」の園とは、自宅の庭のことで、別の俳句では「百歩の園」と称しているものだ。

独立独歩の個性の強い猫であったなと、生活を共にしたかつての猫を思い起

こす。陽炎がちらちら見えるのは、記憶が途切れ途切れであるからなのであろう。「猫の塚」という表現には、死んでからだいぶ時が経ったなあという感慨が込められている。死んだ直後に詠んだ句では「猫の塚」ではなく「猫の墓」であった。

ところでこの句に付随する大正3年作の句は次のものである。漱石全集において掲句の隣に並んでいる句だ。「陽炎や百歩の園に我立てり」である。自宅の庭の端に作っていた猫の墓の方に陽炎が立っている。縁側から降りた漱石はそれをじっと見ているのだ。そして自分の足元を見ている。漱石の庭は端から端まで百歩の広さだという。

黒猫は死んで陽炎となり、漱石は園の中で猫の塚と反対側の端に立っている。そして「猫の塚」の上に黒猫の姿を見ている。強い太陽の光を受けて自分の体もゆらゆらと揺れているように感じる。自分の命もあと僅かだと感じている。

漱石は黒猫のことを思い起こして、自分の命の行く末を「ちらちらと」見ようとしているのか。何かを感じて立ち尽くしているように思える。ちなみに大正3年10月31日に起きた愛犬ヘクートの水死を受けて日記に、「秋風の聞えぬ土に埋めてやりぬ」の句を書きつけた。この句で死んだ愛犬を慰め、自分の気持ちを落ち着かせた。漱石はこの後、二年半を経て没するのである。大正3年に突如死んだ犬と6年前に死んだ猫の句を作ったのは、体の衰弱によってこれから迎える自分の死と向かい合うためなのか。

ちなみに黒猫の墓には、その後別の猫も埋められたと漱石が日記に書いていた。明治45年5月2日かに「妻　子猫を踏み痛す。医者とてもダメだという。晩に線香をあげる。（中略）もとの猫と同じ所也」と書いていた。漱石は子猫を埋める時、二匹が仲良く遊んでいる姿を想像したのかもしれない。

● 塵埃り晏子の御者の暑哉

（ちりほこり　あんしのぎょしゃの　あつさかな）

（明治28年11月13日）句稿6

中国斉の国の名宰相と謳われた晏子の御者を務めていた男と妻の話をベースにした俳句である。男は暑い道から立ち上る塵埃の中で御者の仕事をしていた。妻は、その夫が働く様を見ていた。句意は「宰相である晏子の御者を務めていた男は、夏の暑い中、塵埃の舞い上がる中で仕事を続けていた」というもの。この話には続きがあり、夫は宰相の御者であることを自慢するようになった。このようになった夫を妻は恥じて離縁を申し出た。夫は大いに反省し以後自慢を控えるようになった。晏子はそれを聞き、この御者を大夫に取り立てたという。史記にある故事。格言の「晏子の御者」の意は他人の権勢によりかかって得意になる人のことだという。

漱石の「晏子の御者」の喩えは、「他人の権勢によりかかって得意になる人」のことではなく、「埃にまみれながらも地道に自分の仕事をやり遂げる人」である。漱石自身もそうありたいと願っているということだ。だが今の教師の仕事は漱石にとってそうはなっていない、と今の気持ちをこの俳句に込めて記録した。つまらない仕事だと思いながらも続けられる仕事を求めていた。

この句を作った時は、松山の尋常中学校の英語の教師をしていたときだ。明治29年4月にこの仕事を辞めて、熊本第五高等学校の教授の仕事に移ることが決まっていた。この仕事ならば「晏子の御者」の仕事になるだろうと思っていた。ちなみに明治40年に英国留学を終えて帝大教授の席に着くことが決まっていた漱石は、その席を嫌って東京朝日新聞社の社員になることを決意した。小説家の仕事が「晏子の御者」の仕事だと思った。

● 塵も積れ払子ふらりと冬籠り

（ちりもつもれ　ほっすふらりと　ふゆごもり）

（明治28年11月13日）句稿6

払子とは何か。仏具の一つで長い馬の尾毛や麻を束ね、これに木の柄をつけたものだという。もとはといえば蚊や蝿などを追い払うためにインドで作られた生活用具。仏教では古くから蝿を払うための実用具だけでなく、頭の中の煩悩の蝿を払う意味をかけた儀式用具として広まった。しゃれた発想だ。この払子は日本では多くの導師が装身具として手に持つようになっている。いわば神主のお祓い具と同じであろう。それにしても宗教の世界でもシャレが存在するとは驚きである。蝿を追い払っているときに思いついたのか。

さて上記の払子であるが、冬籠りの前になると四国の寺でお祓いを受けにくる遍路が増えるようだ。年末が近づく頃には頭の中に煩悩の塵がかなり積もっているはずで、寺の住職が遍路の目の前でこの払子をふらりと左右に振って煩悩の塵を払い落とすことになる。ありがたいことである。

俗人は年末に向かって煩悩の塵、蠅をためてもいいと漱石はいう。年末が近づいたら寺に行って払子をふらりと振ってもらい、煩悩の塵を払い落としてもらえばいいのだから。俗人は俗人のままでいいと納得している。俗人は食欲も性欲も聖人のように無理に押さえる必要はないのだという。若い漱石は悟りの境地にいる。

この句の面白さは、俗人は世の慣習に従って性欲も無理に押さえる必要はないのだとする漱石は、年末に向かって「ふらりと暖かい冬籠り」に入るつもりだと宣言しているようにも思えることだ。まだ最後の独身期間は続いているからだ。俗人の煩悩は導師の払子で払い落としてもらうか、除夜の鐘を突いて良いということになる。漱石は来年の春には熊本での結婚生活が始まる。この句は東京の子規にのみ伝える俳句であり、二つの解釈ができるようにして遊んでいる。

● 散るを急ぎ桜に着んと縫ふ小袖

（ちるをいそぎ　さくらにきんと　ぬうこそで）

（明治30年2月17日）村上霽月宛の手紙

妻のことなのか誰のことなのかは不明であるが、女性が桜の季節に間に合うように急いで小袖の着物を縫っている様を俳句に描いている。句意は「桜が早めに咲き出したのを知り、これでは散るのも早くなるとして、小袖の縫い作業を始めてもらっていたが完成を早めなければならなくなったと焦りだした」というものだ。多分漱石の妻、鏡子が小袖の仕立てを頼んでいた仕立て屋に届け日を早くして欲しいと連絡したのだ。

明治時代にも気候温暖化の傾向が見られていた。この温暖化は平成時代特有の傾向ではなかった。気象の専門家は漱石の観察結果をどうみるのだろうか。そもそも地球温暖化はフェイクだとする物理学者たちの集団が令和の時代になっても存在している。

この句にある「急ぎ」は三つの言葉に掛かっている。急ぎ「散るを」と、急ぎ「着んと」、それに急ぎ「縫ふ」のように三つに掛けてある。これによって俳句全体が騒々しい雰囲気に包まれている楽しい俳句になっている。

つまりこの句には切れ字がないのである。急げ、急げと一気に読んでしまう面白い俳句になっている。

ところで漱石俳句からは熊本の桜の開花は白梅と同時期になっている。桜の種類がソメイヨシノではなく地元の特別な桜なのであろう。早咲き桜の河津桜（カワヅザクラ）の系統と思われる。

● つい立の龍蟠まる寒さかな

（ついたての　りゅうわだかまる　さむさかな）

（明治29年3月5日）句稿12

漱石が松山にいた時の句である。珍しく寒波が到来した厳冬の時期に愛媛の寺に出かけた。お堂の衝立に龍が描かれてあった。雲の中から現れた大きな龍も漱石自身が震えていたせいか、大胆さが薄く感じられ縮こまっているように見えた、というもの。中国の水墨画に詳しい漱石の眼に訴えるものが乏しかったということであろう。描かれた龍の発散する熱量が足りないのだ。つまり絵描きの力量が乏しいということだ。一般的な表現では「腕前が寒い」ということだ。

この句の面白さは、絵描きの腕が縮こまっていることを龍がわだかまると表しているところだ。本来龍の方はどんと雲間から出て行きたいところであるが、描かれた龍の方は寒そうに描かれて困っていると言い換えている。スッキリ顔の龍ではないのだ。作者はユーモアを込めて龍を描いているのかもしれない。

もう一つの面白さは、「龍蟠まる」には龍がぐるぐるとぐろを巻いているという意味と、龍が不満げであるということを掛けていることだ。加えて龍だけでなく漱石も絵の前でとぐろを巻いて立ち止まり、首をひねっていることも表している。

さてこの寺はどこなのであろうか。そして絵描きは誰なのか。掲句は「龍寒し絵筆抛つ古法眼」の句の直後に置かれていた句である。これによって古法眼が描いた龍は「つい立の龍」の絵であったという解釈がすぐにできそうに構成されている。だがこれは漱石のトリックであった。

ネット検索で入念に「つい立、龍」を検索したが不明であったからだ。衝立に龍図が描かれるのは珍しいことで一般には木彫のものが多かった。また屏風絵と龍の組み合わせについても調べたが、これはと思われるものは出なかった。素人が屏風図として龍を描いた可能性がある。漱石は松山の尋常中学校を退職することを決めていて、句会もない時期であれば暇に飽かして漱石が龍図を描いたのかもしれない。

塚一つ大根畠の広さ哉

（つかひとつ だいこんばたの ひろさかな）

（明治28年12月4日）句稿8

「日浦山二公の墓に謁す」の前置きがある。掲句は「応永の昔しなりけり塚の霜」の俳句と対になっている句である。日浦山は松山市の外れの地にある山で、この山中と山の前の畑に二公の墓がある。二公とは南北朝時代の武将で、南朝方に味方して敗れた新田義宗と脇屋義治で、従兄弟同士である。

日浦山という小高い山に古の武人二人の墓が今もある。林の中にあった館跡に五輪の塔の墓がある。この墓は新田義貞（源義貞）の三男の義宗のもの。一方の一面の大根畑の中にぽつねんとある小さな塚は脇屋義治の墓である。

新田一族の故郷は群馬であり、彼らははるばる関西まで落ち延びてきたことになる。新田義貞の家系は足利尊氏と親類の関係である。新田義貞一党は後醍醐天皇による切り捨てに合い、新田義貞は敵の矢に当たって討ち取られた。その後しばらくして彼の息子の義宗らは南朝側に立って足利尊氏に戦いを挑んだが、また敗れた。（新田義宗は逃げた越後で上杉軍と戦い、死んだという説がある。）

敗走した新田義宗と脇屋義治は、かつて南朝方として共に戦った伊予の武将のもとに少人数の一族郎党を引き連れて身を寄せた。二人の武将はこの地で屋敷を得て余生を過ごしたのち没した。

漱石はどこかでこの情報を入手して、誰かに日浦山に連れてきてもらった。俳句仲間の誰かであろう。漱石は武人二人のさびた武具や位牌等を管理していた近くの円福寺も訪ねた。松山から徒歩で半日かかったところに日浦山はあった。二人の墓に詣でた動機はなんであったのか。

漱石の先祖は武田源氏であったことが関係していそうだ。群馬の新田郷の出身である新田一族に対して親近感を持ったのだろう。甲府にいた武田源氏の末裔の一人が夏目金之助、漱石であり、その漱石が西国の松山まで落ち延びてきたと思えば、新田一族に対してより親近感、運命的なものを感じたに違いない。そして漱石にとっては結果として大塚楠緒子の裏切りとも取れる決断によって楠緒子への思いは一時的でも断ち切られたことと新田一族が主と仰いだ後醍醐天皇によって切り捨てられたことが重なったのだろう。

この地の人たちは南朝方に味方して戦った関東の武士団の思いを汲み、彼らの行動を忘れないために墓と記念碑を建てた。漱石は応永年間のこの出来事を現代に伝えている塚に詣でて、当時のことに思いを馳せている。そして塚を守っている人たちに思いを馳せた。その塚には霜がうっすらと降りていた。もう一つの「応永の昔しなりけり塚の霜」の句で、長い時間の経過は冷たい霜となって目の前に現れていたと詠んだ。

ちなみに新田義宗と脇屋義治の保管されていた武具については、「つめたくも南蛮鉄の具足哉」と「山寺に太刀を頂く時雨哉」の俳句に表されている。

月落ちて仏灯青し梅の花

（つきおちて ぶっとうあおし うめのはな）

（明治29年3月5日）句稿12

仏灯、および灯明は僧院に供える灯火である。現在は油を用いず、ろうそくまたは電球に代わっている。掲句は「月落ちて」で始まる中国の漢詩が関係していそうだ。それは中唐の詩人で政治家でもあった張継の七言絶句「楓橋夜泊」

である。

漱石は張継の七言絶句「楓橋夜泊」を好んで詠じていたと思われる。この詩には日本で有名な寒山寺が登場する。この漢詩は太湖から流れ出た水をたたえる楓川のほとりにある寒山寺を詠み込んでいると思える。この寒山寺は日本で西条八十作詞の歌謡曲、蘇州夜曲の中に描かれている。

ちなみに漱石の弟子の枕流が1987年に蘇州で講演したついでに訪問した寒山寺は全体が黒い建物であった。この寺は清朝末期に再建されたものであった。小さな客船が石橋の下をくぐっていた。この寺の境内にはこの寺を有名にした「楓橋夜泊」の詩碑が立っていた。

七言絶句「楓橋夜泊」は次のもの。「月落ち　烏啼いて　霜天に満つ
江楓　漁火（ぎょか）　愁眠に対す
姑蘇城外　寒山の寺　　夜半の鐘声　客船（かくせん）に到る」

始まりの部分は「月は西に落ちて闇のなかにカラスの鳴く声が聞こえ、霜の気配は天に満ちている」と誰かが訳していた。次いで「船中泊の旅人の私は眠れないでいる。目の前には川べりの紅葉した楓があり、遠くには太湖の赤い漁火が見えている。蘇州城の外にある寒山の寺から、夜半の鐘の音が船まで届く」となる。ちなみにここに登場する「寒山寺」は、「寒山にある寺」の意だという。つまり「寒山寺」は寺の固有名詞ではないという。寒山とは草木の葉が枯れ落ち、ものさびしげに見える山の意である。

楓橋あたりに停泊している船の中の客は、夜になると周りが明かりで照らされて赤く色づいた楓の葉が見え、暗い湖上には漁火が見えている。そして郊外の山寺から夜中に鐘の音が届く。旅の興奮ばかりでなく、明るい色と音で寝られないというのだ。

人の往来のある川辺の寺は「妙利普明塔院」、または「楓橋寺」と呼ばれていた。しかしこの観光ルートにある寺はいつの間にか「寒山寺」に昇格したようだ。「寒山にある寺」を意図的に読み替えて「楓橋夜泊」を作った場所あたりに「寒山寺」が作られたと思われる。どこの国、地域も名所が欲しいのだ。

この「楓橋夜泊」詩の冒頭の文句が漱石の俳句に導入されていると見た。掲句の意味は次のようになる。「月が西に落ちて名所の寺周辺は闇に包まれてきた。寺の仏灯の光が建物から漏れて、境内の梅の花を青白く浮き上がらせている」というもの。だが油を用いる灯明はオレンジ色であり、青白い光を発するということはない。漱石はこれによって中唐の詩人の作である七言絶句「楓橋夜泊」から題を引いていることを匂わせているのだろう。漱石は松山でよく神仙体俳句を作っていた。松山を去るにあたってこの種の俳句遊びをしたと見る。

日本の堀端に柳の木が多く植えられた時期があったが、これは蘇州域内の堀を再現したいと思った人が多かったからだという。漱石もそう思った一人であったのだろう。だが「楓橋夜泊」の中に描かれている寺の前の木は楓であったという。客船が進む堀には楓の木が揺れていたのだ。ちなみに「楓橋夜泊」の遊覧船は日本のかつての琵琶湖の浅妻船と同じで、若い女性が同行した。

• 月今宵もろもろの影動きけり

（つきこよい　もろもろのかげ　うごきけり）

（明治40年2月）

「吾文を集めて一冊とせる人の好意を謝して二句を題す」の前置きがある。もう一句は「長短の風になびくや花芒」である。しゃれた季語の月今宵は、太陰暦8月15日の仲秋の満月のことだという。夜空を見上げて「今宵はなんという素晴らしい月が」という言葉が出るくらいの月である。つまり月今宵は秋の季語なのだが、漱石はこれを冬の時期に用いて感謝の句にしているのが面白い。

句意は「秋の澄んだ夜空にかかる満月に雲がかかりだした。その雲はすぐに移動するがすぐに次の雲がやってくる。私の周辺でもいろんな人の影が見えている」というもの。「もろもろの影」とは漱石の周囲にいる人たちの動く影を暗示している。

前置きにあるように、この感謝の句は二冊目の「漾虚集（ようきょ）」刊行のために働いてくれた大倉書店の人たちに対するものである。この本は大倉書店から出た第1作の「吾輩は猫である」の本に続くもので、第1作の半年後の明治39年5月に刊行された。英国滞在中の経験をもとに書いた比較的地味な短編7作品をまとめた本である。

この句の面白さは、掲句の表の解釈は中秋の名月を愛で、農作物の収穫に感謝する行事を描いているようにも見えるが、漱石としては二度にわたって収穫としての出版の印税が入ることに対する感謝を表していることだ。これによっ

て家計は助かるということである。

この句にはもう一つの解釈が可能である。「もろもろの影動きけり」に注目すると、明治40年2月頃は、読売新聞社が漱石を引き抜く交渉をしているという噂を聞いた朝日新聞社が、入社のアプローチを活発に行なっていることを表していると思われる。入れ替わり立ち替わり漱石宅にやってきていたからだ。人影の動きが激しかった。これらの人たちに加えて、漱石の転職を押しとどめようとする人たちの往来も激しくなっていた。

掲句を書き残した目的は、この頃の漱石の周辺は転職を巡って大騒ぎ状態になっていたことを日記的に書き残しておこうとするものだと思われる。しかし、掲句を大倉書店の編集者たちに見せることはないはずだが、漱石は律儀に感謝の句としても掲句を残した。「漾虚集」の出版から9ヶ月も後に、強引に感謝の句としても作ったとしたものだと記録した。これも漱石のユーモアであろう。

ちなみに「月天心もろもろの影動きけり」の句は、のちに漱石が上五を修正したものとして残されている。仲秋の満月が夜空の真ん中にあることを示し、満月が出ている仲秋の夜遅くまで「もろもろの影」が動いているとした。動き方が深刻の度を増していることになる。

• 月さして風呂場へ出たり平家蟹

（つきさして　ふろばへでたり　へいけがに）

（明治30年10月）句稿26

前置きの「客舎偶成」によると、掲句は旅館で偶然に出来上がった句だという。月の光が差し込む風呂場に行ったら、これまた偶然にハサミを振りかざした小さな平家蟹が先客としてきていた、ということだ。平家蟹が風呂場にいたという驚きが込められている。

平家蟹は甲羅が2センチ角ほどの小さな蟹であるが、壇ノ浦で滅亡した平家の名が付いていることから特別な蟹だとわかる。西日本に多い蟹であり、とりわけ瀬戸内海に多いということも頷ける。蟹はハサミで攻撃するから小さな蟹でも裸の漱石は一瞬身構えたのかもしれない。その後その蟹は甲羅の表面に人面状の隆起がある、人面蟹であると判明した。平家の亡霊が化したといわれる蟹であった。風呂を出てから宿の人にこの平家蟹のことを話したのかもしれない。

蟹の習性として、水のある所なら上流へ上流へと移動するところがあるというから、海から川を遡り、温泉場の風呂の排水口にたどり着くことは有り得る。そして排水口に潜り込んで、そこから風呂場の中に侵入したということか。つまり湯槽の湯は掛け流しであったことでその小さな蟹にはそれが可能だったのだろう。

この句の面白さは、風呂場で会ったのが人面蟹ともいわれる「平家蟹」の一種であることだ。風呂に入ろうとしたら極く小さな顔の先客がいたとわざとらしく驚いたことだ。漱石は一瞬驚いたが、すぐにニヤリとしたはずだ。部屋に戻ると漱石はすぐに掲句を手帳に書き込めたからだ。また上五の「月さして」の月は小天温泉を暗に示していることだ。天にある小さな天体、それは月。この温泉場は、熊本市の北に隣接する村にあった小天温泉。この温泉への旅は年末に高校の同僚と旅行することを計画していた旅館の下見であった。

句稿に隣接してあった「うそ寒み大めしを食ふ旅客あり」「吏と農と夜寒の汽車に語るらく」の句は汽車の中で作っていたのだろう。そしてこの夜、宿泊することになっていた旅館の評判を話し込んだこの農夫から聞き出していたのかもしれない。

＊『ほとゝぎす』（明治30年10月）／新聞『日本』（明治30年11月10日）に掲載

• 月涼し馬士馬洗う河原哉

（つきすずし　まごうまあらう　かわらかな）

（明治27年）子規の選句稿「なじみ集」

秋が近づいた夏の夜に、馬方が飼い馬を河原に連れ出して、馬の体をたわしで洗っていた。漱石はこの句を作った時は、北群馬の伊香保温泉の近くにいた。ここからそれほど遠くない所に親友の保治の実家があった。大学の夏休みに保治は実家に帰っていた。漱石は伊香保温泉の宿から保治に手紙を出して保治を呼び出していた。保治が漱石の部屋に来るまでに二、三日の時間があったので、漱石は近くの里を歩くことにした。この温泉は榛名山の麓にあったので、榛名山近くまで歩いてみることにした。

榛名山には絶壁の岩場があり名所になっていた。漱石はこの岩場まで行ってみた。ここで詠んだ句が「姫百合や何を力に岩の角」の句であった。その岩場の下から南に広がる平野は関東平野の端に位置する広大な田んぼであった。そこに巨大水車が回っていた。この水車を見て「涼しさを大水車廻りけり」の俳句を作った。

漱石はこの水車から流れ出る細い川をたどるように歩いた。すると馬の体を洗う農夫の姿があった。丁寧に優しく馬体を豊かに流れる水を使ってこすっていた。

句意は「夕暮れの田んぼ道を川に沿って歩いてゆくと、馬方が河原で馬の体を丁寧に洗っているのを見えた」というもの。馬の体は月の光を受けて光っていた。馬方が仕事で汚れた馬の体を綺麗に磨いていたからである。

• 月天心もろもろの影動きけり

（つきてんしん　もろもろのかげ　うごきけり）

（明治40年2月）

この句の原句は「月今宵もろもろの影動きけり」である。掲句は与謝蕪村の「月天心貧しき町を通りけり」を意識したパロディなのであろう。漱石も蕪村と同じように冬の夜空にかかる満月を長い時間見上げていたのだ。漱石は月の動きに合わせて地上の木々や建物の影も動いてゆくのをみて、皆月に従っていると感じたのだ。蕪村とは異なる感じ方であるが、二人はあの月は大したものよ、偉大な存在だと崇めたのだ。

ところで月天心とは、月が夜空の真中から地上を照らしていることをさす。そしてこの月はクリアに見える冬期の月とされる。「月天心」は漢語的な表現の語であり、冬空の冴え渡る様を表すのに適している。

そして、この句作の背景には、漱石の帝大辞職の噂を聞きつけて、スカウトの人や知人たちが真夜中まで押しかけてきていたことがあった。「もろもろの影」の中には人の影も含まれていた。

句意は「月は天空の真ん中にあって地上の諸々のものを従えている。動けよと指図している。諸々のものの影を規則通りに操っているのであるから」というもの。月の光は優しい。そしてその月が作る影も優しい。それが天の心であるというのか。

ちなみに物理学者がいう月の偉大さはこうである。空に月がなければ地上に人は住めないのだという。月がないと地上は暴風が吹き荒れる環境になるからだ。月の引力が地球の自転による遠心力を緩和するように作用しているおかげなのだという。しかし見方を変えると月の近くに地球があるおかげで、月面上は兎が住める穏やかな環境になっているとも言える。兎はいつでも餅つきを楽しむことができている。

• 月斜め筍竹にならんとす

（つきななめ　たけのこたけに　ならんとす）

（明治29年4月）

朝に日が昇り、夜に出た月が西の山に隠れると1日が終わる。朝地上に姿を現したばかりの円錐の形をした筍は、夜になるころには棒状になって筍ではなくなって別の竹の姿に変わっている。とにかく筍は成長が早いのである。

句意は「月が山に隠れようとする1日の終わりにあって、筍は一段と成長し、竹になろうとしている」というもの。月が天の斜めの位置に横移動する中で、筍は中天を目指してまっすぐに伸びているという対照的な動きが面白い。

この句では「筍竹に」がポイントになっている。「たけ」の韻を踏んでいて調子がいいが、この表現は筍の成長が早いことを見事に表している。筍竹が繋がって置かれているからだ。あっという間の変身を表している。つまり筍は地上に姿を現してから10日目には一人前の丈になり、建材に使える竹の形状になるということである。そして竹の漢字は筍の下の句が取れたものだ。皮が剝がれてすっきりとした形になっている。背筋が伸びきった姿をしている。

漱石はこの筍の驚異的な成長の速さはどこに秘密があるのか、ということを考えている。月は明け方には太陽の光でその存在は隠されているが、その月は依然空にあって筍を育てていると解するのだ。夜の間作用している月の引力が筍の成長点である頂を天に引き上げている。つまり月が筍の成長の源ということになる。

この俳句の延長線上には、竹取物語がある。竹は成長しきって竹の子であるかぐや姫を生み、その姫は最終的には、成長の母である月のもとに帰るのである。

ちなみにほぼ同時期に作られていた句に「ぬいで丸めて捨てゝ行くなり更衣」がある。漱石は松山の地で独身時代に別れを告げ、熊本に移ってからの6月に結婚することになっていた。このことが漱石にとっては更衣なのである。そして筍のように古くなった産毛の生えた皮をはぎ捨てて成長したいと願うのだ。ここでの衣替えは、熊本に転居して転がり込んだ学友の菅虎雄の家でのことだ。この家で古い衣を「ぬいで丸めて捨ててゆく」ことにした。

＊雑誌『日本人』（明治29年5月20日）に掲載

• 月に射ん的は栴檀弦走り

（つきにいん　まとはせんだん　つるはしり）

（明治28年11月13日）句稿6

「保元物語」と前置きがある。この俳句は、朝廷を巻き込んで藤原一族が起こした保元の乱に題材を得た物語句である。弦走りは武者の大鎧（おおよろい）の胴下部正面に付ける丸みを帯びた平らな板を指す。染め革で包んでいて、弓弦を引いた時に鎧に引っかかるのを防ぐためのもの。矢を放った直後に弦が鎧に当たるのをふせぐためのものでもある。「つるばしり」ともいう。もう一つの栴檀は栴檀板の略で、大鎧の胸板の近くの首下に取り付ける防御板である。

句意は「月の明かりのもとで弓を射る的は、敵の武者が身につけている大鎧の栴壇板と弦走りだ。この辺りだけが矢が突き通せる僅かな場所だ」というもの。そしてこれら二枚の板は弱い月明かりでも揺れているので光が反射して目立つのだ。狙いやすいという利点もある。

この句の解釈のヒントは、掲句の書かれていた句稿の直前句である、「ほろ武者の影や白浜月の駒」である。月が照らす白浜を走り抜ける馬上の武者は射落とされないように、「ほろ」（背中を中心に守る分厚い布張り防具）を付けている。この完全武装の騎馬武者の馬は堂々と浜を走って行くのである。この武者を弓矢で落とすには鎧の弱い部分を狙うしかないのだ。そこが「栴檀（板）と弦走り」なのだ。漱石は敵軍の大将を射落とす瞬間を俳句にした。

掲句の面白さは、鎧のパーツの名に栴檀があることで、漱石はこれを巧みに用いて、俳句を謎めかせている。甘い栴檀の香りのする高貴な男を武者にすることを考えたに違いない。月夜に射手の弓の弦が弦走りにバシッと当たる音が響いた。矢は首下の栴檀に当たったのか。

• 月にうつる擬宝珠の色やとくる霜

（つきにうつる　ぎぼしのいろや　とくるしも）

（明治34年11月10日）ロンドン句会（二回目太良坊運座）

「十一月十日於倫敦太良坊運座」の前置きがあるが、この句会はロンドンにおいて日本人会のメンバーが参加した句会であった。この太良坊運座で披露した漱石の掲句は幻想的であり、かつ鋭い観察句になっている。

句意は「ロンドン市内にある日本庭園でやっと霜が溶け出した日中に寒空を見上げると、影の薄い月が残っていてどんよりした朧に見えている。その朧の色は黄色味がかっていて、まさに庭の池にかかっている橋の擬宝珠の色である」というもの。日中の空気は朝の空気より重くどんよりしている。漱石は句会を開いた会場に設けられた日本庭園に立って空を見上げている。そして視線を下げて足元の擬宝珠の方を見る。薄い残月に擬宝珠の鈍い金色が映っているかのようだ。立っている庭園の芝の上には、どろりと溶けた霜が浮いている。日本から遠く離れたロンドンの地で月を見ると、脳裏に浮かんでくるのは日本の綺麗な月の景色だ。そして日本に残してきた家族の顔。

掲句の面白さは、橋の欄干の玉は金色に光っているが金製ではないから擬宝珠と呼んだように、昼に見る月はまがい物の擬宝珠色をしていると表したことだ。皮肉を利かせて本来の色を見せていない月を描いている。

漱石はこの句でロンドンの気候を記録している。冷涼なロンドンでは日中近くになってやっと霜が溶け出すのだ。やはり北海道よりも緯度の高いロンドンはかなり冷涼な気候なのだ。そして掲句でロンドン名物とも言われた霧、スモッグによる大気汚染をさりげなく表している。日本で見る日中の月は白く空に浮かんでいるが、ロンドンで見る月は黄色がかっている。

ロンドンでの下宿生活における孤独感が漱石の精神にダメージを与えたが、もう一つのダメージを与えた要因は劣悪な生活環境である。漱石自身は周囲に住んでいる労働者たちと同様にひどく汚染された環境の中にいた。ある日の漱石日記には「霧ある日、太陽を見よ。黒赤くして血の如し。（中略）何百万の市民はこの煤煙とこの塵埃を吸収して毎日彼らの肺臓を染めつつあるなり。」とあった。また英国に着いて間もない明治33年12月26日付けでの妻への手紙には「着後晴天は数えるほどしかなく、しかも日本晴れという透き通るような空は到底みること困難、もし霧が起こると日中でも暗夜同然でガスを着け用をたす」と書いている。昼間でも街路にはガス灯が灯るのだ。

漱石はこのような生活環境が劣悪な大英帝国にいて、彼らの用いる言語を日本の学生に教えることに熱意を持てなくなっていたのかもしれない。そして母国日本は富国強兵の方針のもと、このような英国をモデルに西欧化を推し進めていることに疑問を深くしたはずだ。

• 月に望む麓の村の梅白し

（つきにのぞむ　ふもとのむらの　うめしろし）

（明治32年2月）句稿33

「梅花百五句」とある。夜空に冴え冴えと白く光る冬の月を見て、それから視線を山の方に移すと山の麓あたりに広がる梅林が仄白く見える。月の白さが山肌の梅林に転写しているかのように思えてくる。

「梅花百五句」として、梅の句をまとめて作ろうとした時に、杜牧の詩（題は清明）の中にある『牧童　遥かに指さす　杏花の村』のイメージが脳裏に浮かんだのだろう。遥か遠くの山の麓を望むとなだらかな山肌が白くなっている。そこは杏花の村ではなく梅の村だとわかった。その幻想の村は梅林の管理人が住んでいる村である。この村は熊本の村ではなく奈良の月ヶ瀬村なのであろう。名張川の渓谷沿いに広がる梅林が白く光っている。この村は２００５年に奈良市に編入された。

上五の「月に望む」は遥かな月を何気なく眺めている様を描いているが、漱石先生の気分には月に祈っているところがある。漱石自身は何とは意識しないが月を見上げると祈る気持ちになるのかもしれない。漱石先生の熊本時代の実生活は綱渡りの部分があったからだ。妻との精神的バトルが継続していた。

• 月に花に弥陀を念じて知らざりき

（つきにはなに　みだをねんじて　しらざりき）

（明治37年11月頃）俳体詩「尼」14節

句意は「阿弥陀如来のことを思って念仏を唱えて日々過ごしていると、月や花に関心を持たなくなってしまう。つまり人は自然から離れた存在になってしまう。念仏を唱えるのは幸福になるためであったはずが、いつの間にか幸福であるのかわからなくなる」というもの。

これは宗教のおかしな面だと漱石は指摘する。つまり「もし仏をひたすら求めれば、仏という魔ものに取り込まれることになる。仏も何も求めないで、普通に月や花と生きているのが良い」ということだ。臨済宗の教えにあることが漱石流の言い方で述べられている。

掲句は「藕糸（ぐうし）にひそむ阿修羅ありとも」の句に繋がっている。藕糸とは、蓮の糸のことで、阿修羅とは仏教の守護神の一つで、インドの暴虐な神が仏教に感化した姿をしている。この守護神は、仏法の妨げになるものを監視し、戦う役目を持っている。下の句全体では「例えば人が仏法の妨げになるものに惑わされている時には、邪魔者を排除する阿修羅が身近な蓮の糸の中に潜んでいて、助けてくれるというが」というもの。二つの句を統合すれば、「いくら念仏を唱え続けられるようになっていても、これでは花も月も見えないままであり、幸せにはなれない」ということだ。このことは、漱石の名言としてある「自己を捨てて神に走るものは、神の奴隷である」（断片メモより）に通じるのかもしれない。

月に行く漱石妻を忘れたり

（つきにゆく　そうせきつまを　わすれたり）

（明治30年10月）句稿26

この句には「妻を遺して独り肥後に下る」の前置きがある。結婚の翌年の明治30年、流産をして保養中の鏡子夫人を鎌倉に残して、独り熊本に帰った時の作である。前書き部の「肥後に下る」は上京に対する言葉である。漱石は高校の行事の関係で一足早く熊本に戻って行った。9月10日のことであった。

妻は鎌倉にある親戚の別荘に残って、東京で流産したことで中根の家族の皆からチヤホヤされていたが、皆と親しく交わることなくやるせない気分で東京にいたに違いない。その後、俗っぽく言うと「やってられないよ」という気持ちで熊本に戻ったのだろう。

この日以降、漱石は妻が熊本に戻る11月下旬までの間、独身生活（通いの手伝いの下女はいた）をしていた。

ちなみに前年の明治29年3月に作っていた月の句の「春暮るゝ月の都に帰り行」を考えると笑ってしまう。この句ではかぐや姫が養い親を置いて月に帰ってしまうのだが、掲句は漱石が妻を東京に置いたまま出かけてしまうからだ。

この年の末、漱石は同僚の山川信次郎と熊本県玉名郡小天村（おあまむら／現玉名市天水町小天）へ正月を過ごす旅に出た。これが掲句の解釈のキーポイントである。つまり掲句は熊本に帰る時に、年末年始にする旅を考えていて、頭の中から妻のことは抜け落ちていたということだ。月に到着してから妻のことを思い出した。この月とは熊本市の北隣の玉名市の小天温泉。つまり、小天（小さな天体）とは、漱石にしてみれば別天地であり「月」と同義なのだ。漱石は「小天に行く」を「月に行く」と洒落て表現した。このとき「師匠の子規くん、わかるかなー」と呟いたに違いない。

さて、この難解な短編小説のような掲句の意味は「東京から熊本への帰りの列車の中で、年末年始に小天温泉へ同僚と行くことを考えていた。この時すっかり、妻が熊本に帰っていることを忘れていた」というもの。漱石は熊本に着いたらすぐに日をおかずに小天温泉へ下見に行ったのだろう。

この句の面白さは、漱石が小天温泉に着いて掲句を作ろうとした時には、「我を忘れていた」ことに気がついたということだ。同僚との年越し旅行のことしか頭になく、「妻を忘れていた」ことに気づいた。

月の梅貫とき狐裘着たりけり

（つきのうめ　とうときこきゅう　きたりけり）

（明治32年2月）句稿33

「梅花百五句」とある。狐裘の裘は皮衣を指し、狐裘となるとキツネの脇下の白毛皮で作った衣ということになるという。中国では古来高貴な人が身につけ、珍重されたもの。掲句の意味は、「月下で咲く梅は、まるで白く柔らかい狐皮で作った高級な衣を着ているように見え、高貴な姿をしている。」となる。黒いビロードの闇の中でこんもりと白く咲く梅の木は、絹の輝きを放つ白いベールを頭からかぶって月夜に立っている光景が漱石の脳裏に浮かんだ。さしずめ平安女性ならば白い髪飾りをつけ、薄桃色の十二単の礼服を身にまとっている姿なのであろう。

一人の中国女性が白く輝く狐衣を身につけている女性のように見えたのだ。

漱石は本当に梅の花が好きなようだ。漱石が作った桜の句は梅の句より遥かに少ない。桜の句は20句、梅の句は85句と桜句の4倍の多さである。小さなスミレや棘のあるボケの花が好きな漱石らしい。

月升つて再び梅に徘徊す

（つきのぼって　ふたたびうめに　はいかいす）

（明治32年2月）句稿33

「梅花百五句」とある。昼間に庭の梅の香りを嗅いで花を愛でた。そして夜になって月が上ってくると月の光を受けて輝く白梅を見ようと庭にまた出てみる。白梅に誘われるように梅の木の周りをあてもなくふらふら歩いた。夜桜見物ならぬ夜梅見物である。

月が昇る、または上ると書いても良さそうであるが、漱石は「月升つて」と書く。親友の子規の本名の「升」をここで採用している。親は子規が立派な人に、また官僚であれば高い地位に上れるようにとこの名前をつけていたのだろう。上五に「月升つて」と高尚にスタートしたが、下五で「徘徊す」と少し落としている。落語好きな子規を意識してのことだろう。上げておいて落としたのだ。

句意は「夜の暗い梅園に月の光が差すと、梅が生き生きとして白く光りだす。月は中天にかかってしばらく動かないでいる。漱石はその美しい夜の梅の花を見ようと梅園を徘徊する」というもの。

ところで徘徊とは、あてもなく、うろうろと歩きまわること。月下で庭の梅の花をみているときに「徘徊する」とは、どういうことだろう。単なる落語のオチではないであろう。漱石は梅の花と月を見ている振りをして、何か考え事をしていたのである。

前々年の6月に初めての子は流産し、前年の5月には妻はノイローゼの末に川に入り込んで自殺未遂を起こし、川から近いその家から引っ越した。その後妻の精神は少し安定して来た。そして妻は妊娠したが、今度は長期にわたってひどい悪阻に襲われた。そして漱石は今、庭で三月後に生まれる予定になっている子供のこと、そして妻の体調を思っていた。心配になってじっくり梅の花を見るどころではなかったのだ。唯うろうろしていた。まさに「徘徊す」状態であったのだ。実生活では白梅を鑑賞していられる状態ではなかった。

この句の面白さは、光を受けて輝く白梅を見て、浮き浮きして梅の木の周りを回ってしまった、と見せかけていることだ。「再び」によってこの勘違いを誘発するように仕組んでいる。掲句は実は悩みのオタオタの句であったということだ。どんでん返しの俳句になっている。

・月升つて枕に落ちぬ梅の影

（つきのぼって　まくらにおちぬ　うめのかげ）

（明治32年2月）句稿33

「梅花百五句」とある。月と梅を入れた句を作ると陳腐なものになりがちであるが、漱石句においては深い意味が込められていることが多い。句意は「満月が高く昇ると、梅の枝が部屋の壁に浮かび上がり、その影がくっきりと寝室の枕元にまでゆっくりと届くのを気長に見ている」というもの。つまり漱石は夜遅くまで暗い闇の中で座り込み、寝床の枕をそばに見ていて、梅の影が移動してどこに到達するのか観察している。月明かりと梅の影が部屋の中に差し込んでいる中で、いろいろのことを考えてしまい、なかなか眠れないでいる。梅の影を見ているうちに眠気がさすと考えているようだ。「枕に落ちぬ」は「眠りに落ちる」ことを意味している気がする。

この句の面白さは、月が「升って」梅の影が「落ちる」という言葉の対比があり、洒落があることだ。幻想的な句に脚色している。そして東京にいる俳句の師匠の子規の幼名である「升る」を俳句に用いて、何とか悲観的な俳句になるのを防いでいる。

この句のユニークなところは、何気ない夜の光景を描いているように見せて、実は漱石は深刻な悩みを抱えていることを表していることだ。この苦しい気持ちを裏に隠していることだ。「梅の影」は「心の影」なのだ。漱石は子規に穏やかに心の内を知らせている。

ちなみに明治31年5月に鏡子は自殺（白川に入水）を図り、街中に報道管制が敷かれた。その後も自殺未遂が起きた。漱石は眠れぬ夜を何日も過ごした。そのあとその川から離れたところに家を借りて妻のヒステリーが収まるのを待っていた。原因は漱石の方にあったのだから漱石の胸の内は苦しかった。しかし、広い庭のある家に引っ越してから妻は穏やかな気持ちを持てるようになった。ゆったりとした日常が少しずつ漱石家に戻ってきた。

このような漱石夫婦の危機をなんとか乗り越えて、明治32年5月に長女筆子が生まれることになった。これまでの経過を考えて漱石は部屋の暗闇の中で、明かりをつけずに月の光の移動を眺めている。恋人であった楠緒子を思うことを止め、家庭のことだけを考えるようにしてここまで来たが、これまでに長い時間を要した。漱石はこのことを闇の中で回想していたに違いない。

・月東君は今頃寐て居るか

（つきひがし　きみはいまごろ　ねているか）

（明治29年9月26日）子規宛の手紙

満月はまだ東の空にある。まだ宵の口である。熊本より東の東京にいる子規君は今頃何をしているのか。寝床で上体を起こして書き物でもしているのだろう。まさか寝ているということはないだろう、という面白い俳句を子規に送った。

この句の面白さは、月東を「ゲットー」と音読みすると、ユダヤ人が欧州やロシアで閉じ込められた狭い地域ということになる。子規の東京での生活空間は狭く、自分がのちの明治35年に書いた本「病牀六尺」が示す通り、六尺四方、つまり2畳だけが動ける範囲であり生活スペースということである。この俳句は「東京のゲットーにいる君よ」と呼びかけているのだ。

漱石は子規の生活を思い浮かべる時に、狭い布団の上での身体の動きを想像していることになる。この上で今何をしているのだろうかと。漱石は子規の生き方に感銘を受けている。その密かな敬意を俳句に表しているのである。

この句のもう一つの面白さは、漱石の思慕する蕪村を意識している句にしていることだ。「菜の花や月は東に日は西に」を掲句の裏に提示して、子規があまり好きでない与謝蕪村をぶつけて嫌がらせしていることが透けて見える。こうして病気と闘っている子規を笑わせているのだ。

・月もやみね花もやみねと狂ふなり

（つきもやみね　はなもやみねと　くるうなり）

（明治37年11月頃）俳体詩「尼」21節

句意は「月も病んでくれ、花も病んでくれ、わしは狂うほどに悲しい」というもの。漱石作品の「夢十話」の中の「第一話」で死にそうな登世らしき女性と側で見送る漱石らしき男が会話している。漱石の兄嫁であった登世が死ぬ場面に立ち会っている漱石の姿が夢のように描かれている。これは漱石24歳の時の出来事で、登世を見送るときの慟哭の俳句である。漱石は登世の死に際して13句の追悼の句を作り、子規宛の手紙に入れた。掲句はこの時より大分後になってから作った14番目の追悼句になっている。若い時の痛切な気持ちは消えることなく、増幅している感がある。

掲句は「三世の仏は猶更にやみね」へと続いている。三世の仏とは、過去、現在、未来にわたって現れる全ての仏のこと。下の句全体では「周りにいる全ての仏は、月や花以上に登世のことを悲しんで病んでしまえ」というもの。登世のために嘆き悲しんでくれ、病むほどに悲しんでくれ、と声を上げるのだ。

掲句は登世が死ぬ場面に立ち会っている漱石の思いを句にしていると思われるが、実際とは違う夢の世界であれば、漱石は親友であり恋人であった楠緒子と会話している場面でも良いのだ。病院にいる漱石に知られずにひっそりと東京から遠く離れた大磯の地で亡くなる楠緒子を目の前にして、漱石が話している場面なのだ。漱石は楠緒子の亡くなった明治43年11月以来、見送れなかったことをずっと悔いていた。楠緒子は35歳で死ぬことになったが、またこの世に現れるから漱石と再会しようという話なのだ。これが「夢十話」の中の「第一話」になっている。当然のことであろう。

・月を亘るわがいたつきや旅に菊

（つきをわたる　わがいたつきや　たびにきく）

（明治43年9月21日）日記

伊豆の修善寺に療養に来たのは8月6日であった。そしてこの地の宿で大量に吐血して生死の境を彷徨ったのは8月24日であった。あの臨死を体験した日から早一月がすぎてしまった、もう9月中旬になっていると振り返ったが、体全体の関節にまだ痛みが残っていた。

句意は「8月に伊豆の修善寺に来て病気療養をしている最中に大量に吐血してしまい、我が胃潰瘍の治療の間にもう9月になってしまった。菊も咲き出している秋になっている」というもの。漱石は自分の体に痛みが月を跨いで残っていることを日記に掲句を書き込んで記録した。また痛みである労きが体に付着したままであるという感覚を「いたつき」に込めている。

この句の面白さは、病気をあえて「いたつき、労き」と表していることだ。これには長いこと「寝付いてしまった」という思いが込められている。そして窓際の部屋が板敷のスペースであることを「板付き」の語で掛けて表していることだ。また明治40年に帝大をやめて職業作家となってから、時を惜しんで新聞連載の小説を書き続けて来た結果だという思いが込められていることだ。つまり仕事しすぎであったという思いからも「労き」を採用している。つまり長患いの病気に「板付き」と「労き」とを掛けている。

加えて長く使っている敷き布団は綿なしの煎餅布団であり、痛む体に当たる布団は板のようになっていると嘆きを込めて表しているのかもしれない。つまり明治40年代の敷布団はシワ入れ加工をした和紙で作られたものが一般的であった。上等の敷き布団はその表裏の材料の間に綿クズを薄く入れた茣蓙みたいなものであったと思われる。昭和の戦後に使われていた綿が厚めに入ったふっくらとした布製の敷布団ではなかった。したがって漱石が痛む体の下に敷かれた茣蓙みたいなマットを板付きと表現したのは、誇張ではなかった。

掲句にはそろそろこの旅も終わりにしたいという気持ちが幾分表れている。面白い俳句を作れるようになり、好きな菊の花をじっくり見たいと思うようになっていた。

・土筆物言はずすんすんとのびたり

（つくしものいわず　すんすんと　のびたり）

（明治30年4月18日）句稿24

漱石は土筆が出てきたら採りに行きたいと考えていたが、採取の時期を逸してしまったようだ。その驚くばかりの生育の速さに感心している。そして採取の時期を逸した残念な気持ちを土筆にぶつけている。

句意は「春になると土筆が土手や畦に伸びるが、土筆が伸びているのがわかりにくく、気がつかない。土筆が教えてくれないからだ。すんすんとすぐに伸びてしまった」というもの。枯れ色の野の景色の中で土筆の色は目立たないからだとぼやいている。土筆に気付いた時は伸び切っていると苦情を口にする。漱石が野の道を歩いたとき、土筆は成長が速いとつくづく感じた。

この句の面白さは、土筆が生えて伸びているのがわかりにくいことを、土筆は物を言わないからだと、土筆に言いがかりをつけていることだ。確かに土筆の色は枯葉色であり、伸び始めの時は枯れ葉や枯れ草の中に紛れて見えにくい。土筆料理が好きな人は、特別な目を持っている。

もう一つの面白さは、「すんすんと」に込められている。普通は「ずんずん」の擬態語を用いるところであるが、落語好きな漱石は土筆の長さに合わせて「一寸ずつ」の意味をこめて、「寸寸」と表している。

この俳句は、土筆の料理を家族総出で作る習慣のあった東京の子規に、九州の春を届ける目的で作られている。子規の妹の律に、もうすぐ東京の上野、下谷あたりでも土筆が出るはずだから、近所をまめに歩いて土筆を見張っていた方がいいと俳句で連絡したのだ。

・土筆人なき舟の流れけり

（つくづくし　ひとなきふねの　ながれけり）

（明治28年11月13日）句稿6

「つくし」の別名は「つくづくし」なのだという。ともに土筆と書く。関東では「つくしんぼ」ともいう。

春の土筆が生えるころに愛媛の人たちは川原で弁当を食べ、子供が水遊びするのを見ながら男たちは酒を飲み、女たちは川の土手でつくしを摘むのだという。女たちは家に帰ると土筆の袴を取って土筆を甘辛く料理する。男はその料理を肴にまた酒を飲む。

子規の故郷の愛媛では、「土筆」を「ほうしこ」と呼び、「スギナ」は「とな」となるという。「ほうしこ」は「法師子」で、シルエットが僧の姿に似ていることからだとか。「とな」は「砥菜」で、ザラザラする手触りからだという。

掲句は正岡子規の四歳下の従弟、藤野古白を偲んで作ったものなのだろう。漱石は古白と俳句の関係で親交があったが、精神を病んだことがあり、悩みを抱えたまま24歳の時、ピストル自殺した。古白は明治26年に「小夜しぐれ舟流れると人の声」と「尻に敷く笠に折れけり土筆」の俳句を作っていた。

自死した日は明治28年4月12日であり、漱石の掲句はそのおおよそ半年後のもの。掲句では土手に生えた折れやすい土筆を古白に擬えている。句意は「土筆が生えている土手の下を流れる川には人を乗せない船が寂しく流されて行く」というもの。漱石は上記の古白の2句を思い浮かべて追悼のために掲句を作ったのだと思われる。「人を乗せない船」とは灯籠流しをイメージしているのであろう。古白は家族が東京に移り住んでも毎年松山に来ていたという。そんな男を偲んで土筆の句を作ったのだろう。

掲句の一つ前に置かれていた句は「普陀落や憐み給へ花の旅」であった。句意は「四国巡礼の札所に線香がたなびいている。憐れみを受けたい人、浄土に連れて行ってほしいと願う人が観音様に祈っている」というもの。四国という風土が生んだ若い友人で優秀な俳人であった藤野古白のことを思い出している。

ちなみに子規も土筆料理が大好きであったことは有名である。『墨汁一滴』の中に次の文がある。「自分らの郷里では春になると男とも女とも言わず郊外へ出て土筆を取ることを非常の楽しみとしている習慣がある。この土筆は勿論煮てくうのであるから、東京辺の嫁菜摘みも同じような趣きではあるが、実際はそれにもまして、土筆を摘むということそのことが非常に愉快を感ずることになっている。それで人々が争うて土筆を取りに出掛けるので郊外一、二里の所には土筆は余り沢山みつからない。ところが東京の近辺ではこれを採るものが極めて少ないためでもあるか、赤羽の土手には十間ほどの間にとても採り尽せないほどの土筆が林立しておったそうな。」子規は松山から東京の下町に転居したことを喜んでいた。

・つくづくと行燈の夜の長さかな

（つくづくと　あんどんのよの　ながさかな）

（明治43年10月24日）日記

そろそろ東京の医院に戻ってから2週間が過ぎようとしていた。夜中に1回乃至3回は目が覚めて小便に立った。この日の日記には前置きとして「晴。夜十時、三時十五分前に目醒む。両度共小便」と書いたように、前日の夜の10時と朝方の3時ごろに目が覚めて用を足した。眠りが浅かったのはそのせいではなく、同室の一人が前日の晩に死んだからだ。夜中に人の声で目を覚ました時には死んでいたのだ。

句意は「冬至に向かって夜の時間がどんどん長くなって来ている。夜熟睡できずに目が覚めると、病室の壁に行灯の光によって長い影ができている。それをじっと見てつくづく人の命のことを考えていた」というもの。当時の東京の街路にはガス灯が灯っていたが、部屋の明かりはまだ行灯で薄暗かった。その行灯による影は薄いものであった。それは命の儚さを連想させた。

この日の晩に、あと2、3日の命と言われていた同室の胃潰瘍の人が亡くなった。漱石は寝床の上で隣の人の嘔吐する声が最近聞こえなくなっていたことを思い返した。漱石が10月11日に東京の胃腸病院に入院した時、同じ病室に二人の胃病患者がいたが、一人は23日に、もう一人は24日にと続けてこの世を去った。「気の毒の心地す。」と書いた。

漱石の日記には「尻の痛み漸く喩（ゆ）ゆ」と書いて、今まで横になっていても足の重さが苦痛だったが、それがなくなってきたことを確認した。生き残れることを思っていた。

この日の日記には「小行燈夜半の秋こそ古めけり」の句も書いていた。ちなみに漱石は深夜、寝る前に日記を書いていた。

・つくばいに散る山茶花の氷りけり

（つくばいに　ちるさざんかの　こおりけり）

（明治29年3月5日）句稿12

つくばい（蹲踞、蹲）とは日本庭園の茶庭に設置される特別な置石のこと。茶室に入る前に手を清めるが、このための落水を受ける洒落た石のことで、背の低い手水鉢として用いられる。「つくばう（しゃがむ）」ことからその名がついたという。

山茶花の花びらが散って無機質のツクバイの上に濃い桃色が添えられてい

る。花の乏しいこの時期の庭園にこの散った花びらが明るいアクセントをつけている。だがツクバイから飛び散った水が凍る際に、この花びらは巻き込まれて一緒に凍っている。本格的な春が到来するにはまだ時間がかかると、この光景を見て思い知らされるのだ。

漱石は咲くのも早く、散るのも早い山茶花は春を告げる花であり、散っている様を見ていると心が痛むのと同時に心が和む。

この句を読んでホッとするのは、石の作り物に人間の動作を表す名前がついていることだ。洒落た感覚の持ち主、名付けの茶人がいたものである。冷たい置物が少し暖かいものに感じられる。そしてまだ寒い季節の庭園を詠んだ句でありながら、「つくばう」「散る」「氷る」という三つの動詞が組み込まれていて、これもホッとする要素になっている。

さらにこの句を面白くしているのは「つくばい」が梅の品種のように聞こえることである。そして「散る山茶花」の発音が、花びらの散る様を音で演出しているようにも感じられることである。

• 作らねど菊咲にけり折りにけり

（つくらねど　きくさきにけり　おりにけり）

（明治29年9月25日）句稿17

自分では栽培していないのに自分の家の庭に菊が咲き出した。借家の持ち主が植えていた菊が咲いたのだ。自分の家の敷地に咲いている菊であるから折り取ることは自由である。しかし、少し気になる。前の住人が大事にしてきた花だとわかっているからである。だが決心して茎を手折った。

狂言にある優雅な趣のある「花盗人（ぬすっと）」を漱石は自分の敷地で演じたつもりなのであろう。令和の世の都会では、玄関前の花壇に「花を持ち去らないでください。大事に育てたものです」という立て札をよく見かけるようになった。ごっそり持ち去る心ない花盗人がいるようだ。狂言の花盗人は桜の枝を手折ることから話が始まるが、漱石も群れて綺麗に咲く菊を少し部屋に活けたいという思いが強くなり、手折って部屋に持ち帰ったのだ。

この句の面白さは、自分は菊の苗を植えてはいないが、敷地内で咲いてしまったという軽い驚きがあり、そして手折ることを決心するまでの心のプロセスが見えることだ。「に」と「けり」が組み合わさった助動詞の「にけり」を二つ入れてあり、二つの事柄が連携して進んでいることを示している。そして「菊咲にけり折りにけり」の部分を少しゆっくり読むと少し躊躇してから手折ったということになり、面白さが生じる。

• 辻占のもし君ならば朧月

（つじうらの　もしきみならば　おぼろづき）

（明治29年3月5日）句稿12

朧月の出ている春のこと。街中の四つ辻に隠れて立ち、この場で自分の前を最初に通った人の声や言葉を聞いて吉凶を占う辻占が流行っていた平安時代のことである。句意は「四つ辻に立って、もし目の前を通る最初の人が朧月夜の君ならば、今夜通って情を交わす運命の人は君に決めることにする」というもの。掲句は語順が倒置していて、もし今夜が「朧月（夜）ならば君（にする）」というもの。

「辻占の君」とは、軽く言葉を交わした最初の人ということである。またはその人との会話の内容によって、その夜の相手を決めるというのは、男の傲慢な態度であって、かつ男の憧れなのだ。それにしても源氏の君はなんというモテ男なのだ。これが平安の昔のナンパのやり方であったのだ。

この解釈に対して、漱石全集ではこの辻占を脚注では「小さな紙片による吉凶の占い」としている。この辻占のもう一つの裏の隠語的な意味を考慮していない。どうしてそうなるのか、占って見たい。

ところで掲句を作った独身の漱石は松山にいた。そのような漱石がどのような意図を持って掲句を作ったのか想像してみる。掲句は句稿に入れて東京にいる師匠の子規に送っていた。子規が掲句の辻占を理解できるかどうかを試している。このことをベースに解釈することが必要である。

この時期の漱石は東京にいる失恋の相手である楠緒子のことをほぼ忘れるこ

とができていると思い込もうとしていた。そして翌月の明治29年4月には次の転勤先である熊本へ旅立つことが決まっていた。熊本に移動するとすぐに見合いした鏡子との結婚式が待っていた。つまり掲句を作った時期の3月は、独身最後の月であり、松山最後の月であった。この時の漱石は、源氏の君のいた平安時代にタイムスリップしていた。

掲句の面白さは、師匠の子規に対して「もし君ならば、この状況でどうする」と問いかけている句になっていることだ。

・辻駕籠に朱鞘の出たる柳哉

（つじかごに しゅざやのでたる やなぎかな）

（明治28年12月18日）句稿9

謎の辻駕籠が俳句界に出没している。全く同じにしか見えない二丁の駕籠が走り回っている。掲句の「辻駕籠に朱鞘の出たる柳哉」と子規作の「辻駕に朱鞘の出たる柳かな」である。「カゴ」の漢字表記が違うだけである。二丁のカゴが街の辻で出会うことがなかったのか。「なんだお前は」「お前こそなんだ」という会話はなかったのか。

掲句の意味はそれほど込み入っていない。柳が風にそよいでいる遊郭柳橋の堀端を町駕籠が走っている。辻駕籠のすだれから客の腰に差している朱鞘が飛び出して見えている。洒落者の武士が乗っている。かなり長い刀、太刀のようだ。

刀の鞘に関することわざがよく使われる。「反りが合わない」という対立する人間関係を表した言葉と「元の鞘に収まる」いう離縁した者が再び元の関係に戻る言葉である。前者は刀身と鞘は個別に作られている中でのトラブルで、これが人の関わりに用いられている。別個の生活環境で育ったことが背景にある。

ところでなぜ二人は同じ辻駕籠の俳句を作ったのか。子規が面白い俳句を作ったと「辻駕に狐乗せたる枯野かな」の句を話題にした。そのあと、二人は勝手に独自に「朱鞘の出たる柳」の句を作った。狐が武士に化けているという俳句にしたのだろう。尻尾が朱鞘になっていたと遊んだ。

漱石と子規は人力車全盛の明治時代中期に辻駕籠の俳句を作った背景には、落語に「辻駕籠」という演目があったからだと見ている。二人ともこの演目の落語を楽しんだ記憶があり、競うように同時期に作ってしまったのだろう。ちなみに落語の「辻駕籠」は、駕籠の客は口調からは江戸の商人と見られているが、この客を侍に替えている。そして行き先は当初吉原を目指したが、新米の駕籠かきが吉原への道をよく知らなかったので、途中で客は柳橋に変更した。掲句ではこの行き先の柳橋を「柳哉」で示唆している。

・辻君に袖牽れけり子規

（つじぎみに そでひかれけり ほととぎす）

（明治30年5月28日）句稿25

この子規は鳥のホトトギスではなく、親友の子規のこと。この子規くんが川岸の夜道を歩いていると年増で顔色の悪い商売女に「ねー、寄ってってよ」などと声をかけられ、着物の袖をぐいと引っ張られたのだ。辻君とは京都における街娼の呼び名であり、江戸では夜鷹と呼ばれた。

この句意は「初夏のある日の夜、子規は京都の川沿いの道を歩いていると、客のつかない街娼の辻君が困り果ててか、普段はあり得ないことであるが子規に声をかけてきた」というもの。

この種の街娼には訳あって公娼の遊郭に遊女としていられなくなった女性が多かったという。辻君に君の漢字を入れているのはユーモアの一種なのであろう。

この句は、漱石が英語教師をやめて転職しようと考えていた時期のころの句である。転職のことで頭がいっぱいになり、この悩みを子規にも伝えていた。このような時期に漱石は辻君の俳句を作っていたことになる。漱石は松山から熊本に転居して一年経った夜の書斎で、子規の若い時の笑い話を思い出していた。この句は、実際にあった出来事の思い出し笑いの句であろう。明治25年7月に漱石と子規は2泊3日の京都旅行に出かけていたが、この時のエピソードなのかもしれない。子規が結核で寝込む前のことだ。

この句の面白さは、辻君が川岸の夜道で客を引こうとしていたが、人が通らず困り果て、ふざけて木の枝に留まっていた時鳥に声をかけたとも解釈できることだ。

ちなみに前述のように辻君の呼び名は江戸ではヨタカに変わるが、この実在の鳥は、初夏に日本に渡ってくる鳥である。夜になるとホトトギスに少し似た声質で「キョキョキョキョ」と速鳴きする鳥だが、大きさと羽色はホトトギスとそっくりである。仲間意識があって辻君は子規に声をかけたのだろうと漱石はニヤリとした。

辻の月座頭を照らす寒さ哉

（つじのつき　ざとうをてらす　さむさかな）

（明治28年11月22日）句稿7

ここは信州の木曽路なのだろう。座頭とは僧形で音曲や按摩の仕事をしている盲人のこと。人家の少ない人気のない通りを歩いていると寒さが身にしみる。冬の夜空は雲が寒風に吹き飛ばされて月がくっきりと見える。その下を剃髪の座頭が背を丸めて歩いて行く。黒服を身に付けて頭の毛を剃った男が寒空の下を歩くと、月の光があっても座頭の姿は見えにくい。この座頭の歩く姿を見ると余計に寒さが身にしみるのだろう。

この句の面白さは、「辻の月」が照らすのは座頭の頭であるということだ。辻に月以外にもう一つの丸いものが見えているというおかしさがある。そしてこの句では「辻の月」の中で「つ」を重ねて韻を踏んでいる。これで少しは寒さが和らぐと言うものである。

掲句は漱石が松山にいた時の句である。10月まで漱石宅で同居していた子規は東京に帰り、漱石自身は熊本の第五高等学校に赴任することが決まっていた。この宙ぶらりんの時期に掲句を作っていた。侘しい中で何か面白い句を作ろうとしたのだ。

辻番の捕へて見たる頭巾哉

（つじばんの　とらえてみたる　ずきんかな）

（明治28年12月18日）句稿9

長屋のある街角の辻番の役人、同心があやしいやつがいる、盗人だと思って男を捕まえた。明治28年当時は、まだ江戸時代の辻番制度が生きていたと思われる。捕まえた男は頭巾をかぶっていた。捕らえてみれば我が子なり、ではないが捕まえた同心が驚いた。辻番に連れて行かれたのは、怪しげな頭巾をかぶった漱石の知人であった。だがその頭巾は防寒具として頭にかぶっていたに過ぎない。

この種の事件は普通のこととして街中で発生していた。気に入った娘の家に夜這いに入る男は、その女性の父親に気づかれないようにその女性の部屋に入るのが当たり前の作法であるが、物音を立ててしまい家族に気づかれてしまった。その結果、その家の父親に番所へ突き出されたという次第なのだ。

この句の面白さは、盗人の男は何を盗んだのかの答えを用意していることだ。若い娘の心を盗んだのだ。

漱石は自分の失敗談のように俳句に作っておいた。漱石の青年時代の松山の様子を俳句で描いて東京にいる子規を笑わせようとした。同じ句稿において掲句の直前に置かれていた句は「盗人の眼ばかり光る頭巾哉」である。漱石は盗人の生態に詳しいようだ。

● つゝじ咲く岩めり込んで笑ひ声

（つつじさく　いわめりこんで　わらいごえ）

（明治29年3月1日・推定）三人句会

公園のツツジが満開である。丸く刈り込まれたツツジが点々と並んでいる。漱石は春めいた庭をときどき青い空を見上げながら歩いていた。日本庭園の岩場に差し掛かると黒い岩があり、そこにツツジが覆いかぶさっていた。よくみると根の一部が岩の割れ目に食い込んでいた。

ツツジは割れ目を見つけて根を張ったのか、根が割れ目を作りながら根を張ったのか。そのツツジは岩の中に根を張っていることに満足の様子であった。公園の遊び場から子供の笑い声が届く。その声はツツジの笑い声のように思えた。

ところで漱石はツツジの根が岩にめり込んでいるのを見て、根が岩を割っていると感じた。水、岩を穿つの例えがあるように、ツツジもそれができたのだと微笑んだのだ。この句にある「つゝじ咲く」には「つゝじ裂く」の意味も込めているのである。

そして人も笑い声を発してその顔は咲いていたということになる。この句を読んでいると春めいてきた日を楽しんでいる漱石の顔が思い浮かぶ。久しぶりに童句のような俳句ができたと面白がっていた。少し先の4月には松山から熊本に転居することになっていた。松山の教員生活はあまりいいものではなかった。

● 筒袖や秋の柩にしたがはず

（つつそでや　あきのひつぎに　したがわず）

（明治35年12月1日）高浜虚子宛の手紙

「倫敦（ろんどん）にて子規の訃を聞きて　5句」の前置きがある。筒袖とは広辞苑によれば、袂のない衣服とあり、洋服と考えられる。漱石はこのロンドンの風俗として上五に「筒袖や」と入れた。

句意は「子規の訃報を受け取った私は今ロンドンにいる。よって秋に亡くなった子規の葬儀には出られない」というもの。日本を発つときに子規とはもう会えないとわかっていた。そこで「柩にしたがわず」と突き放すように書いた。日本を発つときに子規との別れは済ませていたという思いがあった。

記録によると150人余りの会葬者の中には、夏目家の代理として列席した土屋忠治の姿もあった。土屋は熊本五高時代の漱石の教え子で、鏡子は幼い娘をふたり抱えているので、土屋が自ら「自分が代理で行きましょう」と、子規を見送る役割を買って出たのだった。

虚子から子規死亡（明治35年9月19日）の報せを2ヶ月後に受けて書いた返事の手紙には、「只々気の毒と申すより外なく候。ただしかかる病苦になやみ候よりも早く往生いたす方、あるいは本人の幸福かと存候」と書いていた。「子規は病苦に悩むより早く往生したほうがいい」と飾りを外して言えるのは、漱石と子規の間には、子規と虚子の関係より深いものがあるからである。虚子から追悼の文か何かを書いて欲しいと言ってきたので、この句の他に下記の4句を書き入れた手紙を出した。

手紙の中では「かく筒袖姿にてビステキのみ食っているので、容易にうまく句ができなくなってしまっている、笑ってくれ。昨夜ストーブにあたりながら無理やり作ったのだ」と書いた。慣れない異国暮らしによって俳句を作る心は消えかかっていた。

漱石は自信がないと言いながらも、この句には漱石らしい面白い箇所が幾つかある。一つは漱石の渡英前に背広の語は日本で広く使われていたが、背広を使わずに筒袖の語を用いて、まだ英国に馴染んでいないことを匂わせていることだ。もう一つは、筒袖の袖の語によって「袖を引く」の言葉を虚子に連想させ、子規の葬儀に参列してほしいという願いを漱石は感じていることを示している。そこでこの願いに対して、強く無理だと意思表示する必要があるとして、下五に「したがわず」と書き入れた。そしてこの「筒袖」によって死ぬまで和服で過ごしていた子規のことを思い起こしていることも表している。

ところで生前に有名俳人だった江國滋氏は漱石研究叢書「漱石を語る1」の中で「秋の柩」を季語とするのには反対の意向を示している。だが漱石はもともと季語にこだわる人ではないので、単に子規が亡くなった時期を句に入れ込んだだけなのだ。2ヶ月も前に他界していたのだと過去に思いを巡らしたのだ。そして江國氏は「柩」は生な言葉であり使いたくないとの意見も出した。漱石はこのストレートな表現ができるほど子規とは親密な関係にあったことを虚子に示す目的があったと見る。そしてこの強い響きを持つ「柩」によって弱音を吐きつつ最後まで強く生きた子規の最後の姿を表に出そうとした。

ちなみに他の4句は次のもの。《手向くべき線香もなくて暮の秋》《霧黄なる市に動くや影法師》《きりぎりすの昔を忍び帰るべし》《招かざる薄に帰り来る人ぞ》

漱石はこれらの追悼句を作ってからは、帰国の船の中でも、また家族や友人と再会しても俳句を作っていない。ほぼ半年間子規の死の強い悲しみが消えなかったからだ。

＊雑誌『ほとゝぎす』（明治36年2月）に掲載

・鼓打ちに参る早稲田や梅の宵

（つづみうちに　まいるわせだや　うめのよい）

（明治41年2月24日）高浜虚子宛の書簡

いつ頃からか不明だが、虚子は謡だけでなく能の鼓打ちに熱中していた。漱石も謡に熱心であり、二人は俳句以外での交流も深くなっていた。この句は、虚子から梅の季節でもあり、大鼓を持って夕方に早稲田の漱石宅を訪問すると連絡があった。漱石の謡の伴奏をしてくれるという。「金曜に鼓を以て御出結構に存候」と葉書に返事を書いた。掲句はこの葉書に書いていた句である。

句意は「梅の咲く夜に、友人の虚子は鼓を持って新宿区早稲田の漱石宅へ謡の会をやろうとやってくる」というものである。来てくれという誘いのハガキに書いていた句だ。木曜日は人が大勢集まるから、翌日の金曜においでなされと書いた。梅の香りが流れる夕刻に、鼓の音が広い漱石の屋敷に響くのは風流というものだ。そして漱石は自分の謡の声が大鼓の音に重なるさまを想像している。

漱石宅のある辺りは、かつては早稲田の地は名前からして田んぼばかりの土地であったが、住宅地化して漱石の好きな梅の木が植えられてきたことを漱石は喜んでいる。漱石年譜を見ると掲句を書く前年の明治40年の9月に漱石は早稲田の地に移ってきている。約半年経って落ち着いた2月に、新春謡の会を催すのは面白いことだと考えたに違いない。

かつてこんなことがあった。ある年の漱石宅の新年会で偶然漱石と虚子は大勢の前で謡の喉を披露することになった。このとき漱石は熊本時代から謡の師匠に教わっていたこともあり、かなり自信を持っていたようだ。しかしキャリアは虚子の方が上であった。漱石の弟子たちは虚子に軍配を上げた。そのあと虚子は能楽師のもとで本格的に鼓を学んでいるというので、虚子の鼓の伴奏で漱石が唸ることになった。虚子は車夫に家から大鼓を持ってこさせた。その大鼓の音が低かったので七輪の火で炙って音を調整し紐を締め直した。いざ、漱石の謡が始まると、虚子は掛け声をかけながら大鼓を打ち、漱石の謡を急かすように打ち続けた。幾分弱気になっていた漱石はこれには参った。弟子たちが笑い出したからだ。

この経験があったから、虚子からまた鼓と謡の会をやろうと持ちかけられた時に、この前の悔しい出来事が頭をかすめたのだ。これがあるため、虚子に対して「御手柔らかに頼みますよ」という意味を込めて、「鼓打ちに参る」の中の「参る」に、「あの時はやられたね」の気持ちを込めていたのだ。漱石のユーモアなのである。

鼓うつや能楽堂の秋の水

（つづみうつや　のうがくどうの　あきのみず）

（明治29年12月）句稿21

この句に登場している能楽堂は熊本市のほぼ中心に位置する名勝の水前寺成趣園（通称、水前寺公園）であろう。この水前寺成趣園は、築山や浮石、芝生、松などで東海道五十三次の景勝を模しているといわれる。この公園を写真で見る限り島根県の足立美術館の日本庭園にその規模と美しさにおいて匹敵している。

この庭園は細川家の庭園として造られたが、明治になって園内にある出水（いずみ）神社の所有になった。園内の池には豊かな阿蘇の伏流水がこんこんと湧き、市の東部に広がる江津湖へと流れ込んでいる。その水前寺成趣園の中に能楽堂がある。ここで薪能とは別に鼓の演奏会が初冬に催されたのだ。

池の水面には周囲の色づいた木々の葉が映っている。その葉は風に舞って落ちているが、鼓の音に合わせるかのようである。この能楽堂から溢れ出たポンポンという鼓の音が、こんこんと湧く清水の流れに溶け込むようでもある。乾いた空気を伝って清らかにリズミカルに漱石の耳にも届く。謡をやる漱石は能楽の鼓の音に耳を傾け、能楽堂の周囲の景色を堪能したことだろう。

海嘯去つて後すさまじや五月雨

（つなみさって　のちすさまじや　さつきあめ）

（明治29年7月8日）句稿15

明治29年6月15日に「明治三陸地震津波」が発生した。海岸から200㎞沖合で地震が発生し、最大で40ｍの高さの大波が海岸に押し寄せた。2万2千人が死亡し、8900戸以上の家屋が流出した。漱石が経験した大震災は、「3・11の東日本大震災」の高々百二十年前に起きた災害だ。2011年3月11日に三陸を襲った大津波の際に、日本政府がこの津波に対して千年に一度の大惨事と発表したがそうではなかった。政府にこの明治時代の津波の記録がなかったはずはない。

当時の東北は現在より人口はかなり少なかったから、明治の津波は平成の東日本大震災の被害の規模よりもはるかに凄まじい大規模で人を死なせたことになる。人工物の破壊もはるかに凄まじかったことになる。

掲句は、大災害を引き起こした太平洋の海嘯とこれに続く降り止まない豪雨の凄まじさを記録している。「去って後」の意味は、惨事を起こした津波が引いた後に続いて起こったということで、三陸の陸から引いた水が今度はまとまって天から垂直に落ちたように思えたのだ。この句には漱石の嘆きとも言える気持ちが込められている。

漱石は津波を海嘯と書いている。この言葉は「海が責める」の意味で、人間が海を甘く見ていたことを叱る災害なのだ。平安時代には津波のことを妖怪という意味で「ぬえ」といって津波を恐れた。現代の言葉は単に押し寄せる「海の波」でしかなく、人間の意識や感情が入っていない。ただの津波として扱うから真剣に対策を取らなくなるのだと漱石に代わって言いたくなる。

平成の東日本大震災で大津波が押し寄せて、同時に原発が爆発した時の政府発表は、千年に一度の規模の大津波であったので、この災害は防ぎようがなかった、仕方がなかったと弁明したかっただけだ。地震学者たちは日本の海嘯の歴史を知っていたであろうが、政府発表には知らん顔であった。

この漱石俳句には、さすがに面白さが全くない。あるのは漱石の怒りばかりである。強いて言えば、明治時代の「海が人を責める」津波の水は陸から去ったが、もっと凄まじいのは破壊された地域に降って止まない五月雨だということだ。では平成時代の大津波はどうか。「津波去って後凄まじや原発災」（枕流作）となるだろう。

漱石は7月28日付けのドイツにいた大塚保治宛の手紙で、「或は御承知とは存候へども過日三陸地方へ大海嘯が推し寄せ夫は夫は大騒動山の裾へ蒸気船が上って来る高い木の枝に海藻がかゝる杯いふ始末の上人畜の死傷抔は無数と申す位」と書いた。

経政の琵琶に御室の朧かな

（つねまさの　びわにおむろの　おぼろかな）

（大正3年）手帳

謡曲の「経政」を主題にした俳句である。平経政は実在した平家の武人、平経正のことで、この人は平清盛の甥にあたる。一門中の俊才として知られ、歌人であり、また琵琶の名手として名を挙げた。彼は御室と呼ばれた仁和寺の覚性法親王や藤原俊成から寵愛された。とくに覚性からは経正が幼少時を御室と呼ばれる仁和寺で過ごしたことから、琵琶の名器の『青山（せいざん）』を贈られた。

ところが経正は源平の合戦に加わり、一ノ谷での合戦で源氏に討たれた。そこで寺側は経正が生前に返却していた琵琶の名器を仏前に供え、管弦講（音楽法要）を催して経正を供養することにした。するとその夜更け、経正の亡霊が現れ、手向けられた琵琶を懐かしんで弾き、礼を言って闇の中へと消えた。

句意は「経正が幼少の頃過ごした仁和寺で開かれた、戦死した経正の弔いの管弦講の場に、その夜経正の霊が現れて親しんだ琵琶を弾いた」というもの。余命僅かと悟っていた漱石はこの句を作った時に、経政の謡を唸り、若くして死んだ無念の経正の霊と対面していたのかもしれない。「御室の朧」は漱石の書斎に現れた経正の霊を思わせる。

漱石は掲句の他に「経政」の関係した句として「琵琶の名は青山とこそ時鳥」を作っていた。晩年の漱石は、掲句を作ってかつて謡曲「経政」を吟じていた明治29年頃の自分を思い出していたはずだ。

角落ちて首傾けて奈良の鹿

（つのおちて　くびかたむけて　ならのしか）

（明治30年4月18日）句稿24

奈良の公園では春先に、繁殖期を迎えたオスの鹿の角を落とすことが行われる。これを角切りというが、奈良の風物詩になっている。句意は「角が落とされた奈良の鹿は頭が軽くなり、いつもの感じと違うのを変に思って首を傾けている」というもの。もしかしたら鹿は、何故暖かくなる頃に角を切られるのかと頭を傾げているのかもしれない。

漱石は雄鹿の表情を見ながら、自分の長い髭が鼻の下についていることを確認して撫でている。漱石は自分の自慢のヒゲが了解もなく落とされたならやはり首を傾けるのか、いや怒り出すだろうと想像する。

この句の面白さは、「角落ちて」としているところである。自分の大きな角が切り落とされて、足元に自分の角がある事実をその鹿が認識している様に見て取れることだ。本来ならば「角落とされ」となるところを、鹿の視覚認識だけに焦点を当てているから「角落ちて」となる。この背景には鹿には角を切られることによっての痛みは生じないことがあるようだ。

椿とも見えぬ花かな夕曇

（つばきとも　みえぬはなかな　ゆうぐもり）

（大正4年4月）自画賛

この句は人生最後の旅として京都に行ったときのものだ。3月19日から4月16日までのほぼ1ヶ月間京都に滞在したときの句である。京都滞在中に胃潰瘍が悪化して妻が東京から駆けつけたりして予定の日数が倍に伸びてしまっていた。

この句はこの滞在中に用いていた画帖『観自在帖』（祇園の茶屋、大友の女将に寄贈された）に記されていた。しかし面白いことに掲句に関する椿の絵は、気に入った女将のいた茶屋で描いたものではなく、宿にして木屋町の大嘉の部屋で描かれたものであった。

ちなみに画帖に描き残されていた椿の絵には賛はなく、漱石画としか書かれていない。つまり茶屋の女将に渡った椿の絵の他に、掲句の賛を書き入れたもう一つの椿の絵が存在し、これは画帖から外されて西川一草亭に渡された。

句意は「夕暮れの頃に描いた水彩画の椿の絵は椿に見えないものになってしまった。曇りの夕空のようにすっきりしない出来である」というもの。

この句の面白さは、椿を描いたのだが、そうは見えないと頭を掻いている漱石の姿が浮かび上がることである。そして言い訳として、夕曇りの中で描いたので花の輪郭と色がよく見えなかったからだと言いたげであることだ。

ちなみに津田の兄である西川一草亭が残した「漱石の書と花の会」という短文には、掲句が作られて背景が記されている。宿にしていた木屋町の大嘉で漱石は京都を案内する津田と西川を待っていたが、なかなか姿を見せないので仕方なく西川が贈った牡丹の鉢花を描いて時間を潰していた。その絵が描き終わっても二人が来ないので、漱石は部屋に置かれていた椿の花を書き始めた。水彩画を描くのが好きな漱石でも日に二作を描くとなると集中力が続かなかった。

部屋を訪れた西川に漱石は「この絵は描き損ねたから捨てる」と言ったので、西川が悪くないから貰って帰ると言うと、漱石は掲句を描き入れて西川に渡した。掲句の賛を入れた椿の絵は意外なことに西川が貰い受けていた。

祇園の女将が貰い受けた画帖には賛のない椿の絵が描かれていたが、これは漱石が女将に渡すつもりで気合を入れて描いたもの。女将のイメージで妖艶に描いたものであると思われる。しかし丹念に描いた花びらは開ききって水平よりも下がり気味であり、色は赤茶色になっていた。だがその花は不思議な魅力に溢れた妖艶な椿になっていた。

西川は別の椿の画賛を入手したのちに、その絵について「単純な幼稚な線を極めてゆっくり一本一本丹念に描いたり、単調なポツポツの点を並べたりして筆意とか筆勢とかいうことはまるでない様子であった。」と西川は率直な感想を先の短文に載せていた。祇園大友の女将が手にした椿の絵よりも、確実に力は抜けていたようだ。

・乙鳥や赤い暖簾の松坂屋

（つばくろや　あかいのれんの　まつざかや）

（明治29年3月24日）句稿14

当時東京の上野界隈に百貨店の「いとう松坂屋」があり、辺りにはまだ大きな建物がない時代にはこの松坂屋は目立っていた。またその呉服屋の極端に大きな暖簾は地が赤（実際には柿色、海老茶色に近い）であった。そこの前を数羽の燕がサーッとのれんの前を滑走して飛び交っていたというのが句意である。江戸時代からの老舗の暖簾はほとんどが紺地に白抜きで屋号が書かれていたが、松坂屋のものは、赤系の色の地に白でデザインされていた。

その黒光りする翼の燕が松坂屋の周りで飛び交うと当時としては珍しい赤い暖簾の建物との対比が美しく、人の目を楽しませたに違いない。当時の松坂屋は二階建てであり、お寺の雰囲気を感じさせる和風の大きな造りであった。このモダンな店は浅草が近いこともあってか東京では人気があった。

東京の実家に松山から一時帰宅していた漱石はこの松坂屋を見に出かけた。そしてこの俳句を作る気になったのだろう。4月には熊本に引っ越し、結婚式をあげることになっていた。その準備に実家に帰っていた。この松坂屋で新生活用の衣類等を購入したのだろう。

この俳句の面白さは、赤と黒の対比を打ち出すために、燕の黒のイメージを前面に出すために「つばくろ」と表している。つまり俳句を赤と黒でデザインしている。漱石としてはどうしても黒のイメージを赤のれんに重ねたいのだ。加えて松坂屋の松によって緑の色が漱石の俳句の師匠である子規の頭に浮かぶと、3色による一つの絵画が完成することになる。

ここまで書いてネットで江戸時代に作られてから明治時代まで残っていた建物と暖簾を確認したところ、この頃の壁を飾った暖簾は、漱石の言う赤い暖簾と黒い暖簾（黒地に白抜き）が隣り合わせに並べられていたことが判明した。このことから掲句は別の解釈が可能であり、漱石の性格を考えるとこちらの方が正解だと思われる。つまり赤い暖簾の隣の黒い暖簾を燕と見立てて、黒い燕が赤い暖簾の前を飛び交っていると漱石は夢想したのだ。

東京に長く住んで、東大の近くにあった松坂屋の二種類の暖簾を見ていた子規は漱石の句作の企みを見抜いたことだろう。師匠の子規はこの時にんまりしただろう。

爪下り海に入日の菜畑哉

（つまさがり　うみにいりひの　なばたかな）

（明治29年3月5日）句稿12

松山の城山の頂から降って海を目指して歩き出した。しかし、菜の花畑の向こうに近くに見えていた湊のある海は実際には遠かった。4月になったら船に乗って皆と別れる湊に行っておこうとしたのだ。やっと松山の湊にたどり着いて空を見上げると、気分に余裕が生まれた。そこで船の上で鳴く雲雀を確認して楽しむことができた。この景色を「莚帆の真上に鳴くや揚雲雀」の句に詠んだ。

掲句は「揚雲雀」の句から8句間をおいて同じ句稿に書かれていたものである。もう少し湊周縁の景色を詠みたくなり菜畑の句を作ったのだろう。港までの徒歩「つまさがりの大変さがまだ脳裏に残っていたのだ。上空で鳴く雲雀を見て、次に変化し続ける入り日を眺めた。瀬戸内海に沈む夕日を見られたことは、浜まで長距離を歩いて来ただけの甲斐があったと納得した。

漱石は砂浜に立って爪下り状態で海の向こうに視線を送っている。浜の砂地には傾斜がついているので、身体は前のめりになる。漱石は体が自然に動き出そうとするこの姿勢が気に入ったようだ。これから歩き出す熊本での結婚生活と新たな職場に期待したのだ。

ちなみにゴルフの世界では「爪下がり」は「爪先下がり」になる。ゴルフ場でこのような斜面に出くわすとプレーヤーは天を仰ぐ。バランスを崩しやすいスウィングになるからである。解説書では「ポイントは〝重心を下げた手打ちスイング〟にする。クラブの番手を上げてコンパクトなスイングを心掛ける。」とある。これがなかなかできない。

躓くや富士を向ふに蕎麦の花

（つまずくや　ふじをむこうに　そばのはな）

（明治32年）寺田寅彦全集

熊本の漱石宅で教え子の寺田寅彦と即興で句作をして遊んだ時の俳句である。寺田寅彦全集にはこの時の句として掲句と「橐駝（たくだ）呼んでつくばい据ゑぬ梅の花」が記載されている。寅彦は尊敬する漱石が作った俳句を記録していたのだ。

句意は「富士山を目指して山道を歩いていると、眼は足元ばかりを見ているが時に木の根や石に蹴躓く。はっとして頭を起こして視線をあげると富士山の裾野に蕎麦の花が白く咲いているのが見えた」というもの。こんなに素晴らしい景色を見ないで歩いていたことに気づいたということだ。漱石はこの俳句で教え子の寅彦に生き方の一つを教えたのだろう。

漱石は帝大の学生だった時に遊び仲間と何度か富士山に登つていた。この時の記憶が蘇ったのだろう。若い時の登山は景色を楽しみながらの登山になっていなかったことを思い出したのだ。

掲句に類似する俳句として、明治29年3月に作成された句稿14に「蹴爪づく富士の裾野や木瓜の花」がある。この句は松山にいた時の句で虚子、響月、漱石の三人句会で幻想俳句に凝つていた時期のものである。

漱石は寅彦に俳句は面白く作るのがいいと教えていたのであろう。その時漱石は松山時代の幻想俳句（神仙体俳句）で遊んだことを懐かしく思い出していた。

罪もうれし二人にかかる朧月

（つみもうれし　ふたりにかかる　おぼろづき）

（明治37年6月）小松武治訳著の『沙翁物語集』の序

教え子の学生が翻訳した本の序文を頼まれ、シェークスピアの10の物語について10句を作った。掲句は『ロメオとジュリエット』に対応しているようだ。半藤氏の説によると「ロミオとジュリエット」の掲句に該当する箇所のセリフを半藤氏が訳した文章は「ジュリエットよ、私は祝福された月、果樹の梢を銀色に光らせているあの月に誓う」になるという。この場面からの発想で冒頭の句ができたのだという。

ここまで書いて、首をひねった。漱石が掲句を作った動機はなんであったのかと。単なるシェークスピア劇に題材を得た俳句であったのか。いやもう少し深い理由があったとみる。この俳句を素直に読めば、かなり深刻なことを表していると思われる。そして半藤氏は漱石の妻、鏡子の遠い縁戚者であるから、何かを隠している可能性を感じる。

漱石日記の「子羊物語に題する7句」の中に掲句の「罪もうれし二人にかかる朧月」が入っていた。そしてこの句のあとがきにはマクベス劇の中の「Methought I heard a voice cry, "Sleep no more! Macbeth does murder sleep"」があったからだ。つまり漱石は掲句をマクベス劇から引き出したものであると示唆している。半藤氏はこのことを無視している。別のところで誘導しようとしていると思える。

スコットランド王を部下の武将マクベスが短剣で刺し殺した後、うろたえるマクベスを彼の妻が制して手についた血を洗い流し、夫にその短剣を王の部屋に置いてくるように指図する。「共謀して二人が罪を犯す」瞬間である。漱石はこのことを俳句に取り上げたのだ。漱石と楠緒子のことに当てはめた。ただし漱石たちは罪を犯すのではなく、契約内のこととはいえ、道義に反していると考えた。

漱石が書いた日記文の中の、夜闇に響く「Sleep no more!」の声は眠れなくなる怖さに繋がり、漱石の神経衰弱に陥った状況を連想させる。しかし、マクベスはその自分の声を封殺した。漱石の「罪もうれし」の文言は後世の人の漱石探究のために残したヒントなのだ。

楠緒子・保治・漱石の間には三者協定の縛りがあって漱石はしばらく楠緒子には近づかないようにしていた。しかし、漱石の熊本時代に二人の接点は増えた。漱石の帰国後も継続していたと見る。これは極めて危ない行動であると漱石は理解しているし、楠緒子も同様であったはずだ。二人は11年前には恋人同士であったからだ。二人にとってこの接近行動はまさにマクベス夫妻の重大な決断に基づく行動に類似するものである。そう漱石は考えていたと推察する。

半藤氏の「ロミオとジュリエット」説に基づく掲句の句意は「恋人同士の間に横たわる両家の対立という障害の中を突き進むのは、世の中では罪になる。だがその罪を受け入れよう。死が待っていようとも。空には涙に濡れた朧月がかかっている、二人を祝福するように」となる。しかし、漱石のあとがきにあるマクベス劇との関連で解釈すると「二人で行う罪は二人がより強固な関係になれ、嬉しいものだ。夜空には二人を祝福するように朧月がかかっている」というもの。漱石と楠緒子の決断にはマクベス的な避けがたい理由があったと漱石は弁解している。

ちなみに『沙翁物語集』はCharles Lambが書いた「Tales from Shakespeare」の翻訳語である。漱石は著者の名前を用いて洒落た書名「小羊物語」を造語した。Lamb（子羊）さんが書いた本は「子羊物語」となった。これは「シェークスピア物語」と同義である。加えて学生の身で、英語本の翻訳本を出すことに賛意を表して、「頑張ってくれ、子羊くん」とエールを送っているのだ。

• 冷たくてやがて恐ろし瀬戸火鉢

（つめたくて　やがておそろし　せとひばち）

（明治28年12月18日）句稿9

なにやら謎めいている。巨きな瀬戸火鉢に恐ろしい秘密が隠されている。火鉢は手をかざして手を温めるものであり、部屋の空気を暖かくするものであるが、漱石は冷たいと感じている。

冬の寒い夜に漱石先生は火鉢を抱えて座卓の前に座って本を読んでいた。時々火鉢に手をかざして温めながら読んでいた。しかし、座卓の隅に置かれた手紙が気になって仕方ない。表に親展と書かれた手紙であり、なかなか開ける気がしないでいたのだ。

瀬戸火鉢は熾した炭を入れるものであるから暖かく感じるはずのものが、「冷たくてやがて恐ろし」とはなんと恐ろしい表現であることか。この驚きと不思議は、同じ句稿に書かれていた直後句によって氷解し、その訳を納得できた。「親展の状燃え上る火鉢哉」という激烈な内容の俳句が書かれてあったからだ。誰からの手紙であるか明らかになっていないが、この俳句を受け取った子規にはわかっていた。そしてどんなことが書かれているかもわかっていた。愛していた漱石と別れて、漱石の親友である小屋保治と結婚したことを悔やんでいると告げてきたのだ。楠緒子の結婚を明治28年3月16日の結婚披露宴で見届けて、

4月7日には愛媛県松山市に移動した。帝大の大学院生から尋常中学校（通称松山中学校、現松山東高校）の英語教師に転身した。この楠緒子からの手紙はこの結婚式から9ヶ月後に漱石の家に届いた。

少し前まで手を温めていた火鉢が、急に冷たく感じられ、次に恐ろしい存在になったというのであるから、まさにドラマチックな展開である。漱石はこの手紙を一読して、ゆっくり火鉢の赤い炭の上にかざした。大塚楠緒子の悲しみは火鉢の中で燃えた。ちなみに掲句の直後に書かれた俳句は「黙然と火鉢の灰をならしけり」であった。手紙を燃やした後の気持ちも記録していた。漱石は気持ちの整理ができ、今後はスッキリした気分で過ごせることを確認した。そして証拠は残っていないことを燃えた後の灰も灰掻きで崩したことで確認した。辛い動作であった。

・つめたくも南蛮鉄の具足哉

（つめたくも　なんばんてつの　ぐそくかな）

（明治28年12月4日）句稿8

「円福寺新田義宗 脇屋義治二公の遺物を観る」が前書きにある。漱石は松山に赴任している間に、南北朝争乱に登場した新田義貞（源義貞）の系譜の武将二人の墓を詣でたことがあった。その新田源氏の一族の使用した具足が松山の近くの円福寺にあると知り、足を運んだ。漱石は来春には松山を発ち、熊本に移ることになっているので、暇を見つけては有名な古寺を見ておこうと思っていたのだろう。

漱石の家は同じく清和源氏の系譜に連なる武士の子孫であると伝えられていたので、自分のルーツに関係する墓を訪ねたという事なのだ。重い鉄の鎧一式を身につけて戦った新田義貞の子らの武将集団が、はるか関東から出発して、最終的には四国まで落ち延びてきたことに驚かされた。

句意は「冬に訪れた円福寺に保管されていた新田義宗と脇屋義治の具足は南蛮渡来の薄い鋼材を使った鎧やすね当てなどで、錆も出て重く冷たいものであった」というもの。漱石先生は寺の保管庫で海外から輸入した材料を用いて製作した具足を見たのであろう。上五の「つめたくも」には、具足を見た日は冬の時雨の日であったことのほかに、伊予にある関東武士の墓を訪れるものは皆無であることを寂しく思って、これを冷たくと感じたこと、また故郷の群馬を遠く離れた地縁者のいない松山の地に落ち延びた人々が感じた心細さをも「つめたくも」に込めている気がする。

甲斐の武田源氏の血を引く漱石に新田源氏の墓が強い刺激を与えたのは間違いないであろう。自分は大塚楠緒子との恋愛に破れて西の地に流れて来ていることを思った。新田源氏とは違う形で戦って敗れた結果として今があることを思った。これからの生き方を深く考えたであろう。

この俳句に関連する俳句は次の「山寺に太刀を頂く時雨哉」である。保管されていたのは、具足だけではなく太刀もあった。ちなみにこの寺には漱石の2句を刻んだ句碑が立っている。

・通夜僧の経の絶間やきりぎりす

（つやそうの　きょうのたえまや　きりぎりす）

（明治24年8月3日）子規宛の手紙

「通夜の句」と前置きがある。漱石が思いを寄せていた兄嫁の登世が24歳の若さで死亡した。明治24年7月28日のことであった。真夏のことであり日を置かずに行われた通夜には、僧侶が来て経を上げた。その中で漱石は悲しみを紛らわそうとしたときにコオロギの声が耳に届いた。

この句でキリギリスとあるが、この時代ではコオロギを指しているとされる。夜鳴いていることからもコオロギであったとわかる。この通夜の様子は同じ時に詠んでいた「こうろげの飛ぶや木魚の声の下」の句にも記されている。

漱石がこの句を詠んだことは、悲しみのピークが過ぎて諦めの気持ちになっていたことを示している。誰しも悲しみの気持ちはいつまでも維持できないからだ。人間は泣いてばかりいられない。そして漱石の悲しみに満ちた心の隙間には別の思いが忍び込んできたと推察する。

一つ屋根の下で起きた漱石と兄嫁との関係がいつかは露見して大きな問題になることを漱石は予想していたはずであり、その登世が死亡したことで幾分ホッとしていた部分は心の何処かにあったように思う。これは漱石に対して酷な言い方になるが、そのように想像する。3年にもわたって思慕の思いが続いていたことから、無防備になっていた部分はあったはずであるからだ。そして通夜の場でその悲しみの隙間にコオロギの声が入り込んだということであろう。

ちなみに漱石は明治21年1月に養子先の塩原家から籍を抜いて夏目家に復籍した。長兄、次兄が相次いで亡くなったためで、家督は三男が相続し、明治20年9月に急遽結婚した。しかし3ヶ月で離婚し、翌明治21年に2番目の妻、登世が夏目の家に入ってきた。漱石はこの年の9月に下宿を引き払って新婚夫婦のいる夏目の家に戻った。誰が見ても漱石には酷な環境であった。今と違って障子と襖の家は音が筒抜けであった。この家で漱石は学生生活を始めることになった。この時から漱石の悩みは深くなっていった。そして親友の子規に漱石の素直な悩みの手紙を書き送っていた。

・露けさの庵を繞りて芙蓉かな

（つゆけさの　いおりをめぐりて　ふようかな）

（明治40年頃）手帳

晩秋の露が降りて湿っぽくなっている庵の周りを歩いて見たら、夏の花である芙蓉の花がまだ咲いているのを見つけた。漱石は知り合いのいる古寺を久しぶりに訪ねていた。鎌倉の大寺であるが往時の勢いはなく、お堂の屋根には草が生えていて花までも咲いていた。修理の資金がないのか、うらびれていた。裏はどうなっているのかとお堂の裏に回って見た。裏もやはり同じようになっていた。

この寺は江戸時代から続く寺であったが、明治政府の廃仏毀釈の政策の影響でこの寺も寂れ、まさに崩れ落ちる寸前になっていた。漱石はこの悲しい状況を見て、明治政府の西欧諸国の目を気にする政策に怒りを覚え、涙の出る思いがした。だが自然の花は国の政策の影響を受けずに咲いていた。この芙蓉の花の存在によってお堂、庵の衰えが際立って見えた。

露けさは「露が降りた後の湿っぽさ」を表すが、目元について用いると涙にぬれていることを表せる。掲句では寺の落ちぶれようを見て涙が出てくることをも表している。さらには人工物の寺は国の政策によって落ちぶれるが、自然の花は政策の影響を受けずに生きていることを見せつけて、漱石を元気付けている。

掲句の解釈においては、明治40年頃に使っていた手帳で、以下の禅寺を訪問した時の漱石俳句を見ていたので上記の推理ができた。「一八の家根をまはれば清水かな」「したゝりは歯朶に飛び散る清水かな」「法印の法螺に蟹入る清水かな」

・露けさの里にて静かなる病

（つゆけさの　さとにて　しずかなるやまい）

（明治43年12月）『思ひ出す事など』「十六」

ここに出ている露けさの里は、修善寺温泉のことである。東京の山手には露けさの里はないはずである。句意は「川のある山間の温泉地の秋は、露にぬれて湿っぽかった。この里には胃潰瘍の療養に行っていたが、大吐血を起こし、臨死の後この世に舞い戻った。生還して嬉しい気持ちはあるが、病気は慢性化してしまった。病のこれから先を考えると落胆して涙に濡れている」というもの。

ちなみに「露けさ」は、形容詞の「つゆけし」から生じた体言である。「露けさの里」とは「露けき里」と同義であり、湿度の高い土地、露が生じる湿っぽい土地の意になる。和歌などでは、涙に濡れている意を表すことが多いとされる。

吐血に対処した医者の一人は、急用で東京に戻る際に、もう一度吐血したら助からないと漱石の妻に言い残した。その医者は東京ですぐに看護婦を二人派遣する手はずを整えた。その看護婦たちは、もう間に合わないのではと言いながら修善寺に来たと後で聞かされた。漱石の周りは大騒ぎしていたが、病人はぽかんと苦痛なく生きていたということを掲句で示した。生存競争の激しい世界とは隔絶された山間の地にいて、そして安全に治療がなされていたと回想した。

ちなみに漱石はこの句ではぽかんとしていて苦痛なく生きていたように述懐

しているが、これは「もう一度吐血したら助からない」と判断した医者が、仮死状態になった漱石に必死に15本のリンゲルを打って対処した結果である。つまり掲句は吐血した8月から数ヶ月経って容体が安定した時の述懐であり、感想であった。漱石はこの状態に至るまでは臨死体験の後遺症に悩まされ続けていた。身体中の全ての関節が悲鳴をあげていた。この状態を忘れたようにパスして俳句に表している。

＊『思ひ出す事など』「十六」は『東京朝日新聞』（12月21日）に掲載

• 露けさの中に帰るや小提灯

（つゆけさの　なかにかえるや　こちょうちん）

（明治40年頃）手帳

「露けさ」は「秋に露にぬれて湿っぽい」様を指す。漱石は古い知り合いのいる鎌倉の古寺を訪ねてみた。漱石はこの寺にいる僧とは学生時代から足を運んでいた寺で知り合った。そのお堂の前の蓮池を見ながら昔話に花が咲いた。だが今にも崩れ落ちそうなお堂の前にいると気持ちが重くなった。晩秋になってお堂も草も湿っぽくなっている。この僧と再会したが、また別れるとなると少し湿っぽい気持ちになった。

漱石は学生時代には迷いと悩みを抱えてこの僧の世話で坐禅をしていたことがあった。漱石は明治40年になって大学の教師を辞め、朝日新聞社に籍を移して小説を書いていることを話したのだろう。

そろそろ帰ろうとすると、友人の僧は小さめの提灯を出して来た。帰り道は秋も深まって日が短くなっているからだ。侘しい気持ちの中、漱石の目の周辺にも涙の露が降りていた。江戸時代から明治時代になり、時が40年も経るといろんなことが起こるものだと感じ入った。友人の僧のいる寺は廃され、誰も来なくなっていた。侘しい気持ちは「小提灯」の言葉に表れている。だが古い友人と話したことで漱石の心の中に小さな明かりが灯った。

掲句は明治40年ごろに使っていた手帳に書かれていた。同じ手帳に掲句に関連した「露けさの庵を繞りて芙蓉かな」の句も書かれていた。

• 釣鐘に雲氷るべく山高し

（つりがねに　くもこおるべく　やまたかし）

（明治32年1月上旬）句稿32

「羅漢寺にて」と前置きがある。漱石一行は小倉から入って宇佐神宮を2日に詣でた。このあとの熊本への帰りは中津経由で耶馬渓をぬけて行くことにした。耶馬渓の羅漢寺を新年の3日に友人と訪れた。川沿いの岸壁は樹木が葉を落としていて、北九州に押し寄せた寒波による風が吹き付けている羅漢山が見えている。その岩に張り付くように羅漢寺がつくられている。この寺は五百羅漢像が有名であるが、漱石の目に飛び込んできたのは、垂れ込めた重い雲が釣鐘にかかっている光景であった。雪になりそうであった。（この天候については地元の研究者が調べていた。4、5日はこの羅漢寺辺りから日田まで降雪があった。）

漱石たちは岩肌に張り付きながらよくぞこの山寺まで登って来たものだと目の前の釣鐘を見上げた。句意は「高い岩山に垂れ込めた重い雲は寒風にさらされて冷えた釣鐘に当たって氷付きそうに見えた」というもの。目の前のツルツルの岩山よりも金属の釣鐘の方が冷たく見えたのだ。

この羅漢寺に冬籠って修行した僧たちが奈良時代からいたであろうと思われるが、これほど厳しい環境の中で今も修行することの意味を漱石先生は考えたのであろう。この句は、漱石らしい洒落もなく、ふざけもなく岩山のごとく硬い俳句になっている。

• 釣鐘のうなる許りに野分かな

（つりがねの　うなるばかりに　のわきかな）

（明治39年10月24日）松根豊次郎宛の巻手紙

台風のような野分が釣鐘に突き当たって、ゴーゴーと唸りを上げている。大きな釣鐘が風通しの良いお堂に堂々と下がっている分、風が強く当たる。その釣鐘が大きい分、風は当たり甲斐があるのだ。漱石の数々の小説のヒットに対して、やっかむ人が多くいて騒々しかった。世の中のやっかみを大げさに野分の吹き抜ける音として表現している。

東京で小説家として船出した漱石が、出版界の反応のひどさを心配する門下生の東洋城に出した手紙の末尾に書いてあった句だ。東京朝日新聞に小説を次々に連載していた頃のことで、文壇の人気者になるといいことも悪いことも耳に入ってくる。耳を塞ぎたくなる罵詈雑言も入り込む。漱石はまさに強風が鳴らす鐘の中に入り込んだ状態だと感じたのだろう。これは大いなる比喩である。感心して唸るばかりである。

だがいくら豪風が吹きつけても鐘は吹き飛ばされない。風が鐘の縁に当たって唸りを上げるだけである。漱石は今のことではなく百年後のことを考えていた。今はこの鐘の唸る音を聞き流していればいいのだと、別の葉書で東洋城に伝えている。

ちなみに野分の季節は旧暦の春分の日から数えて210日目から220日目ごろに吹く大風であり、漱石が「吾輩は猫である」を出版してからちょうど220日あたりだから世間が騒がしいのは当たり前と達観している。単なる自然現象なのだと弟子の東洋城を安心させている句なのである。

しかし、この句のすぐ前に「この次君がくる時は巣鴨へ入院しているかもしれない」などと書いていた。巣鴨とは文京区本駒込にあった精神科の東京府巣鴨病院のことだ。やはり漱石の体の感じた唸りは相当にひどかったのだ。

＊雑誌『日本美術』（明治39年12月1日）に掲載

三者談

この句は漱石が東洋城と池上を散歩した時の句だ。吹いていない野分を連想したもので、野分の激しさを思わせる良い句だ。

動くものと動かないものとのコントラストがある。巧みな句と言えるが好みではない。

•釣鐘をすかして見るや秋の海

（つりがねを　すかしてみるや　あきのうみ）

（明治32年頃）手帳

謎めいた俳句になっている。「鉄の釣鐘をすかして見る」ことはできないと考えるからだ。ここには頓知が隠されている。秋の色づいた山から眼下の海を眺めると、穏やかで涼しげな有明海が広がって見えている。この景色に釣鐘が隠されている。

漱石は東京よりも暑い熊本の夏にも慣れてきていた。もうすぐその暑さが収まってホッとして海を眺めている。この有明海の中に宇土半島の先にある小島の中神島が見えている。熊本県宇城市三角町にある無人島である。ほぼ円錐形をしていて釣鐘にも似ているという。謎が解けた。

句意は「宇土半島の先に小島の釣鐘島があるはずだと、海を望む熊本市側の秋色に染まった高台から有明の海を見下ろしている。靄がかかって見えにくい海上を釣鐘の形をした島を見つけようと目を凝らしている」というもの。

この句の面白さは、「釣鐘をすかして」にある。鉄の釣鐘をすかして見ることはできない、青銅の鐘は海の中に見えるはずがないと思うから、この句に釣り込まれてしまう。この俳句は謎かけ俳句である。

もう一つの面白さは、靄のかかる海の沖をよく見ようと漱石の目はつり上がっていたのかもしれないということだ。漱石は落語的な言葉使いをするのがうまい。

漱石は秋になって穏やかさを取り戻している海を眺めて、自分の家にも穏やかさと安定がやっと来ていることを認めて遠くを見ている。漱石の家ではこの年の春に長女筆子が生まれ、自殺を図った妻の精神状態も安定してきたことで、このような句を作る気になったのだろう。

ちなみに漱石は10月31日に松山の句友、霽月と熊本市内で再会し、11月1日には句合わせ会を開いて楽しんだ。二人は松山で奇想天外な発想をして作る神仙体俳句を作って遊んだ仲であった。漱石は当時を思い出して面白い俳句を作ったはずだ。

釣台に野菊も見えぬ桐油哉

（つりだいに　のぎくもみえぬ　きりゆかな）

（明治43年10月13日）日記

この句の「釣台」は釣り用の椅子ではなく、人を運ぶための板製担架である。人が背中を傾けた状態で寝そべることのできる布団乗せタイプの運搬具で、板の長さ方向の前後にかつぎ棒を通せるように紐を逆Uの字に一本ずつ取り付けたもの。板の全周に低いフェンスが取り付けてある。いわば相撲の傾斜付き桟敷席を一本棒で持ち上げられるようにしたものだ。修善寺の医者が考案したという。妻の鏡子は「漱石の思い出」の中で「舟形の寝台」と表していた。

修善寺駅で漱石を乗せた汽車が新橋駅に着くと、漱石は病院専用の釣台で横たわったまま、かかりつけの長与胃腸医院に運ばれた。汽車の中では、付き添いの医者が気を利かせて漱石の枕元においた信玄袋の口に野菊を差し込んでくれた。この医者は漱石が菊好きであることを知っていて、車中の緊張を和らげることに配慮した。そのおかげで漱石のいた個室には菊が香っていた。

この汽車の車中では漱石の体は平らなだけの戸板に乗せられて座席に置かれていた。宿からの停車場までの移動は計画では漱石が人の肩を借りて歩くことになっていたが、これができないとわかって宿の戸板に横になった状態の漱石は4人がかりで運ばれた。

新橋駅で漱石の横たわっていた体が戸板から釣台に移しかえられた時には、雨が降っていたので漱石の体を隠すように釣台の上に桐油をひいた桐油紙がさらっと掛けられた。

句意は「釣台の上に広く掛けられた桐油紙によって漱石の目からは信玄袋の野菊も見えなくなった」というもの。釣台の上の漱石の体に桐油紙が掛けられたことで、菊の香りの代わりに油の香りがした。

この句の面白さは、新橋駅からの病院担架での運搬中、漱石の目から野菊が見えないようになってしまっていたのが心残りであったということであった。漱石には病院関係者の気配りと作業のことよりも視界から消えた野菊の方が気になっていたとなりそうだ。ここに漱石のユーモアが仕込まれているとみる。

ちなみにこの日の俳句は旅の疲れがあってか、この句だけであった。

三者談

駅に着くと雨が降りだしたので漱石の体に油紙が掛けられ、漱石はその下で息苦しく、寂しく思った。そして野菊を差した信玄袋や他の手荷物と一緒に油紙が掛けられたことで目の前が殺風景になり、また汽車の中で横になって眺めていた野菊が見えなくなって重苦しい気分になった。これらのことは「思い出す事など」の文章を読むとよくわかるが、俳句だけではわからない。釣台もどういうものか理解できない。

鶴獲たり月夜に梅を植ん哉

（つるえたり　つきよにうめを　うえんかな）

（明治29年1月28日）句稿10

北宋の詩人、林和靖（りんなせい）のことを意識して作っている。林の字は君復。没後に皇帝の仁宗から和靖先生の諡を贈られたため、林和靖とも呼ばれる。この詩人は梅を妻のように愛した人として有名であり、「梅妻鶴子」の人と呼ばれていたという。陶淵明が菊を愛する愛菊詩人であるのに対し、愛梅詩人として対をなす人であったという。

漱石は、梅林の梅を妻に、田園に来る鶴を子に見立てて自然の中で質素に暮らすという「梅妻鶴子」の故事を俳句に入れ込んで遊んでいる。つまり洒落を加えているのだ。句意は「鶴のような女子を手に入れて妻として身近に置き、もう一つの大事な梅の木は人目につかないように月夜に植えることにする」というもの。なぜ夜に妻にする梅を植えるのかについては、人に見られて欲張りと思われるのを避けるためか、または日射がない時ならば根付きが良くなると考えたからか。月の光があれば難なく植えられると考えての判断だ。

漱石のライバル芭蕉も「梅妻鶴子」を持ち出して、京の人から山荘に招かれた際の挨拶句として、「梅白し昨日ふや鶴を盗まれし」と詠んでいた。鶴は盗まれて見当たらないが、目の前の梅は見事だと褒めたのである。漱石は先人のこの話を意識して、梅はこれから植えて咲かすが、鶴はしっかり確保していると、反対の意味の俳句にしてふざけたのだ。漱石は「梅妻鶴子」の林以上に田舎生活を風雅に行っていると俳句で遊んだ。

実際にこの俳句を作った時期の漱石は、昨年末に見合いをして中根鏡子との結婚を決めていた。つまり鶴は手中にあった。そして転居する熊本の借家の新居には梅の木を植えるつもりになっていた。いや多分梅の木はあるであろうと予想していた。漱石の句は難解であるが非常にユーモラスである。

漱石は中国の故事に題を得る俳句作りが得意であったが、この句を漢詩好きな子規に献上したつもりだった。子規は小鳥を愛し、梅の木を愛していたからだ。漱石はこの句を子規に送って子規のことを日本の「愛梅詩人」であると持ち上げたのだろう。病床から庭の梅を眺めていた病人を喜ばしてやろうとして。

・弦音になれて来て鳴く小鳥かな

（つるおとに　なれてきてなく　ことりかな）

（明治27年3月）子規宛の手紙

漱石全集によるとこの句は子規宛の手紙にあったという。漱石が子規の後を追うように喀血したことを聞かされた子規は、漱石に病気見舞いの手紙を出していたのだ。この子規からの手紙に対して「心配ない、毎日椿が咲いている弓道場で弓の稽古をしている」という返事を出した。閉じこもってばかりだった子規と違って適度に運動をしているから、結核になる心配はないということだ。

掲句は同じ手紙にあった句の「弦音にほたりと落る椿かな」に続く俳句である。掲句の句意は「弓の稽古で意気込んでいる漱石を茶化すように一旦は弦音に驚いて逃げた小鳥が音に慣れてきて戻ってきて鳴いている」というもの。弓矢を放った緊張の句の後に弛緩の句を配していて面白い。落語のオチみたいなものだ。弦はゆるく張っていて、弓の弦音は大した音ではないと白状している。掲句で余の弓はそれほどのものではないと謙遜して見せている。そして小鳥にもバカにされているとして、柔らかい雰囲気を生じさせている。病気の子規を笑わせたいとする配慮があるようにも感じられる。

この句の面白さは、「なれて来て」の語は、小鳥が離れたところから「邪魔になるくらいに近寄って来る」の意味の「狎れる」と「驚かなくなる、慣れる状態になる」という意味の「馴れる」をかけていることだ。それと元々漱石の弦音が弱々しいものだったのを小鳥には音に対する順応性があるように描いていると子規に悟らせるようになっていることだ。

・弦音にほたりと落る椿かな

（つるおとに　ほたりとおつる　つばきかな）

（明治27年3月12日）子規宛の手紙

「弓の稽古に朝夕余念なく候」の前置きがある。漱石が子規の後を追うように喀血したことを聞かされた子規は、漱石に病気見舞いの手紙を出していた。すると、心配ない、椿の花を見ながら弓の稽古をしていると返答した。漱石は結核になりそうなところまで来たことから、手を抜くことなく毎日のように弓の稽古をやって体力気力を充実させていた。

この椿の句は「ほたり」がすべてである。椿の花が落ちる際の音はポタリではなく、ポロリでもなく、ペタンでもなくやはり「ほたり」なのだ。道場の椿の花は柔らかい土の上に落ちるが、水分の多い重めの花は花びらの先端を下に

して柔らかく落ちるのだ。

弓を強く引いて矢を放つ時の音が弦音であるが、椿がこの弦の発した空気振動を受けて枝から離れるのをみた。このようなことは無いようでも花の老化のタイミングと合えば起こると考える。花が落ちる寸前の状態になっていれば、少しの振動でも落花のきっかけになる。この落花音は弓道場の静寂を読み手に思わせる。漱石はこの落花には漱石自身の気迫が作用していると思っている。

この句の解釈として、矢を放った瞬間に椿の花が落ちる音を聞いたと言うことは、漱石の的を狙う心は無心であり、禅的にいえば集中して的を狙っていなかったと言うことである。弓と的に集中していれば微細な音は耳に届かないとも言えるからだ。オイゲン・ヘリゲル著の「弓と禅」の中には、「積もった雪が竹の笹から落ちるように、射は射手が射放そうと考えぬうちに自ら落ちてこなければならないのです」と書かれている。またヘリゲルは弓の師匠からは、的を射ようと狙って弦を引いてはならぬと指導されたと言う。漱石もこのような弓を引いていたと思われる。

ところで掲句の読みであるが、「落る」の語は「おちる」と読むとする資料がほとんどであるが、「おつる」と古語的に読みたい。漱石は掲句の中に緊張を伴う「つ」の音を多くいれておき、柔らかい発音の「ほたりと」を際立たせようとしたと思われるからだ。そして「弦」と「おつる」において「つる」の韻を踏むようにしたはずだからだ。

ちなみにこの子規宛の手紙には、他に「弦音の只聞ゆなり梅の中」の句があった。弓道場には梅の花と椿の花が咲いていたことになる。梅と椿の花びらが落ちる中で弓を射る楽しさを味わっていた。そして「弦音になれて来て鳴く小鳥かな」の句もあった。無心の漱石を象徴するように小鳥が弓をひく漱石の近くで鳴いていたのだ。

三者談

漱石一流の写生の句だ。養生のために漱石は大塚保治と頻繁に弓の稽古をしていたという。（漱石は恋敵と仲が良かったのがよく表れている。）椿がひと塊りになって落ちる心地がするらしい。ホタリ、ホタリと落ちる椿と弦音の関係を描くのは嫌味だと皆がいう。

・弦音の只聞ゆなり梅の中

（つるおとの　ただきこゆなり　うめのなか）

（明治27年3月12日）子規宛の手紙

3月9日に出した菊池謙二郎宛の手紙には、掲句に似た「矢響きの只聞ゆなり梅の中」の句をつけていたが、子規に手紙を出す時にはこれを修正した。

両句の句意は、殆ど同じであるが、弓を引いていた漱石としては、当初耳に聞こえた音は矢が放たれる音だとしたが、よく考えると弦が振動する音だと考え直したということだ。矢が飛び出す際の矢羽の音は短いが、弦の振動する音は残響が長いので、印象が強くなる。

漱石は静かな弓道場で精神を統一し、集中しているのだ。音も聞き分けている。漱石はこの修正に満足していたのだろう。

＊「矢響きの只聞ゆなり梅の中」の句を参照

・つるぎ洗ふ武夫もなし玉霰

（つるぎあらう　もののふもなし　たまあられ）

（明治32年1月）句稿32

「筑後川の上流を下る」の前置きがある。ここに登場する武夫（武士）は南北朝時代に北九州の今の菊池市を拠点にした豪族の巨頭、菊池武光のこと。南朝方の勢力を九州の地において保持拡大する使命を持つ征西将軍となった後醍醐天皇の息子、懐良親王を奉じて蜂起したこの男がこの句の主役だ。征西将軍と菊池武光の合同軍は足利尊氏と北朝の天皇側に付く九州の諸勢力との大規模な戦いを筑後川周辺で繰り広げた。菊池武光という歴史的英雄が傷つきながらも勝利した。掲句は漱石たちが宇佐神宮を参拝した後、この川を船で下ったが、途中この合戦に想いを馳せながら通り過ぎた。武光がこの筑後川の水で血糊がついた刀を洗った場所は今も「太刀洗」と呼ばれている。

菊池家を中心にした南朝方の勢力が10年余九州を支配したが、北朝の巻き返しにあって菊池武光の死を契機にして菊池家は没落した。しかし南朝方の天皇が即位した明治の世になったことで、南朝方に味方して戦った菊池武光の子孫は男爵の爵位を与えられた。

掲句は劣勢の菊池軍が太宰府の軍、豊後地元軍、北朝側の連合軍を打ち破った歴史的な「筑後川の戦い」を漱石は取り上げて句に詠んだものである。句意は「南朝方に付いて戦った菊池武光一族は、兵力では劣る中で必死に北朝方と戦い、決戦の筑後川の戦いで勝利した。戦いのあと菊池家当主の武光は太刀を筑後川の水で洗った。今はこの武家集団は消え去って、寒風に舞う霰が降るだけ」というもの。この「太刀洗」の場所は漱石一行が川下りの船を降りた場所、吉井の川上にあり、令和の時代に大刀洗町の名前にも残されている。漱石はこの急流の川の周辺で大規模な戦いが行われた昔のことを思った。平家物語の結末を思い返していた。

北九州は農水産業が盛んな地であり、かつ中国大陸との関係が古くからあって影響され、政治・軍事面で対立・連衡が起こっていた。このような土地に近い熊本市に住んで活動している漱石は、エネルギーに満ちたこの北九州の雰囲気が自分の性格に合っていると感じていたのかもしれない。

ちなみに漱石一行は宇佐神宮の初詣を終えた後、岩山の耶馬渓の細道を歩いて日田に出て、そこから船で霰が吹き付ける筑後川を下り、有明海の手前で船を降り、吉井宿町を経て熊本市に帰るべく、鉄道の久留米駅に向かった。漱石の体がいかに頑強であったか、気力が充実していたかがこの年の正月の1週間の旅で証明された。昔の冬山縦断の旅の衣装は足袋と草鞋を履き、袴と着物の簡素なものであり、宿の布団も今のような綿入れ布団ではなかった。

漱石は同僚と「筑後川の戦い」の現場を船で抜ける時に、掲句を作ったのだ。霰が吹き付ける船の上で、体は寒さに震えていたが気力は充実していた。この年の末に学校側から漱石に英国留学の話が出そうな気がしていたのかもしれない。

● 蔓で提げる目黒の菊を小鉢哉

（つるでさげる　めぐろのきくを　こばちかな）

（明治43年10月31日）日記

東京朝日新聞社の社会部部長である渋川氏から小菊鉢の差し入れがあった。同じ新聞社で机を並べていた男が同じ病院に漱石の後から入院して来たのを知って漱石は驚いた。先輩患者の漱石先生は後輩患者からの差し入れで元気付けられた。

句意は「小鉢に挿した支え棒に枝分かれした菊花の塊を蔓で持ち上げて提げる形にした目黒の菊をもらった。面白い形をした立派なものである」というもの。小さな土鍋に細かな花を多数つけた小菊の花をツリー状に仕立てた菊で、洒落ていて風流なものであった。目黒は当時菊の愛好家が多い土地であった。今の千代田区内幸町にあった漱石の病室からやや高台になる青山辺りの菊栽培農家の菊畑を眺められたという。その菊が部屋の中にやってきたという感覚であった。

この句の面白さは、蔓で菊の繁茂した細い枝を下げた形は「ツリー」に似ていたが、「蔓」の音も「ツリー」に似ていることだ。珍しい菊の鉢を目の前にして、菊好きな漱石先生の目は吊り上がったことだろう。入院した漱石は多くの人から見舞いの差し入れをたくさんもらっていたが、俳句にしているのは二つ、三つで珍しいことであった。余程菊の花が嬉しかったのだ。

もう一つの面白さは、仕事場で机を並べていた同僚が同じ病院の患者となって、菊の花を持って漱石の見舞いに現れた時に、漱石は目を白黒させたと思われるが、これが中七にある「目黒の」に表れている。

ちなみに小菊鉢を贈ってくれた渋川氏にお礼をするために、粗品を持って彼の病室を訪ねた。そのとき「いたつきも怠る宵や秋の雨」の句を書いた手紙を添えて手渡した。秋の長雨で気が重くなるところだが、いただいた菊の小鉢を見ていると気分が晴れると感謝の気持ちを伝えている。

● 鶴の影穂蓼に長き入日かな

（つるのかげ　ほたでにながき　いりひかな）

（明治43年9月24日）日記

病室がわりになってしまっていた修善寺の温泉宿の部屋から外の景色を眺め

ている。田んぼが旅館の裏に広がっている。そこに鶴が舞い降りて餌を探している。鶴はサギもそうであるが、餌の小動物が近づいてくるのを辛抱強く待つ習性がある。ひたすら餌が近づくのを待っている。その鶴の姿を漱石は鶴のように細くなった足を必死に踏ん張って見続けている。体重を窓枠に預けて見ている。鶴が餌を得て立ち去るまでじっと見ているつもりなのか。漱石は部屋に一人でいる孤独を癒やそうと鶴とそばにある畔の蓼を見ている。

句意は「秋になって日足が伸びてきて、二番穂が出ている田んぼの中に鶴が立っている。その鶴の長い足がくっきりと見え、田の畔にある穂の出た蓼と長さ比べになっている」というもの。

この句の面白さは、鶴のザラザラした骨ばかりの長い足と種ができている蓼、および骨皮になってしまった漱石の脚の類似性である。立ち続けるのが辛い状態でも俳句で笑おうとする漱石の気持ちが強く浮き出ている。

窓辺で細くなってしまった脚を骨の浮いた手でさすりながら、鶴の足と自分の脚を見比べている漱石の姿が目に浮かぶ。

• 釣瓶きれて井戸を覗くや今朝の秋

（つるべきれて　いどをのぞくや　けさのあき）

（明治32年9月5日）句稿34

漱石先生は帝大時代に健康増進に良いと指導された冷水摩擦を早朝に行う習慣を持ち続けていた。夏の終わりに庭の井戸水で手ぬぐいをぬらして背中をこすると気分がいいとしてこの日もやろうとした。だが釣瓶が切れて桶は井戸の中に落下してしまった。これから台所仕事が始まるというのに、これは大変だと慌てて井戸の中を覗く。すると井戸の底の水面は涼しげに光っていた。漱石はこれを見てもう秋なのだと思った。桶は知らん顔をして水に浮いていた。

この句を読んですぐに思い浮かべたのは加賀千代女の「朝顔やつるべ取られてもらい水」の句であった。千代女の句の「釣瓶とられて」が「釣瓶きれて」となった。掲句の句意は「井戸に近づいて釣瓶を下ろすと、紐が切れて桶が井戸の中にストーンと落ちた」というもの。

千代女の句は朝顔が釣瓶に絡んでいたのが原因で水を汲めなかったが、掲句の方は単に老朽化・摩耗による桶の落下で水を汲めなかった。桶が井戸の中に浮いているのを漱石が頭を井戸の中に入れて見ている様は、管理を怠っていた自分に呆れているように見える。つまり情けない内容の掲句は千代女の句のパロディであった。その後は釣瓶の修理が終わるまで隣の家からの「貰い水」になったと思われる。いや漱石のことであるから、桶を何かで引っ掛けて引き上げ、自分で紐を繋いで使えるようにしたのだろう。この日の早朝の料理の水は大きな甕に水を入れておいたので間に合ったはずだ。

この句の面白さは、朝に井戸の中を覗いたことで秋であることを感じたということだ。つまり井戸の中に首を入れるとひんやりしたのだ。井戸の周囲はまだ夏であったが、井戸の中は違っていた。水面が冷たく光っていた。

ちなみに漱石は真冬でも井戸水で冷水摩擦をやると妻とお手伝いの下女に公言していたが、さすがに冬になるとこれを中断してしまい、下女に笑われたという。

三者談

深い井戸の底を覗いた時にひやりと清涼の気を感じた。紐が切れたことがちょうど季節の変わり目に当たっていた繋がりを描いた。九州の井戸は屋根がついているから空は映らないが、中は明るく見えたはず。暗い井戸の中にわずかな光を見た時に秋を感じたのだ。この句の前に「七夕の女竹を切るや裏の藪」と「顔洗ふ盥に立つや秋の影」があるから、これらは坪井の家の裏手の写生である。

• 鶴を切る板は五尺の春の椽

（つるをきる　いたはごしゃくの　はるのえん）

（明治31年5月頃）句稿29

熊本の細川家の屋敷で、新春に当主の長寿を願って鶴庖丁（つるぼうちょう）の儀が行われた。宮中では毎年正月17日に、千年の齢（よわい）を保つと言われる鶴にあやかって、天皇の前で鶴を調理する型を披露する儀式が行われる。この儀式は幕府や大名家にも伝わり、年頭や慶事の際に行われるようになったという。漱石は熊本の有名人の一人としてこの場に招待されたのだろう。

この儀式は、二本の刀で鶴の肉を切り分ける動作を様式化したものだろう。刀を振り回すためにまな板は大きくなければならない。それが「五尺の椽」なのだ。つまり1.5mの幅のまな板を用意して調理するのだ。大型の鳥の鶴を載せるにはちょうどいい大きさである。

椽には屋根の垂木の意味もあるが、ここでは平面である必要があり、縁側の意味である。

漱石がこの句を作ったのは、この儀式には鶴が目の前にいなくても居るように扱う能芸の要素があると思ったからなのだろう。つまり漱石の好きな落語や謡の要素が認められると見たからなのだ。パントマイムの要素があるとも言える。この儀式の後には茶宴か酒宴が設けられたのだろう。つまり、春の椽には「春の宴」が掛けられている。

ちなみに仙台藩の江戸屋敷があった浜離宮から、大量の鶴の骨が出土したという新聞記事を見たことがあった。江戸時代に台所のゴミ捨て場があった場所なのだろう。幕府の役人を接待するために仙台に飛来した鶴を捕獲して江戸に送っていたと思われる。長寿を願う幕府の役人には鶴の肉が喜ばれたのだ。外様大名の仙台藩が明治時代まで生きのびたのは、鶴料理にその秘密があったとみると面白い。

● つるんだる蜻蛉飛ぶなり水の上

（つるんだる　とんぼとぶなり　みずのうえ）

（明治31年10月頃）

交尾(つる)んだままのトンボが公園の水面を飛んでいる。漱石宅の北側の近くには内坪井公園があって池がいくつかある。そして少し南に行けば白川の河原がある。緑の水場に恵まれている地域である。秋本番になって漱石は近くを散歩していると、二頭のトンボが尻尾同士をつないで飛んでいる不自然な姿を目撃したのだ。メスとオスがつながって飛んでいると目立つ。いやでも目に入ってしまう。

この辺りにはオニヤンマが多く飛んでいたという。冬が近いことを知った大柄のオニヤンマは子孫を残そうとしてこのような格好で飛んでいるが、人はこの不思議な光景を見て秋の深まりを感じるのだ。

つるむとは専ら動物の性交をいい、そしてもう一つの意味は共に行動すること、一緒になって行動することをも指す言葉である。トンボの場合にはこれら二つの意味がまさに重なっている。かつて若者言葉として「つるむ」が使われ、性的な好ましからざる行為に走る場合に用いていた時期があった。漱石は、かつてこの「つるむ」という言葉に興味を持っていたのかもしれない。独身であった松山時代には、漱石にも俳句仲間とこの「つるむ」行為があったはずだ。トンボの「つるむ」姿を見て昔を思い出していたのかもしれない。

ちなみにトンボが尻尾同士をつないで飛ぶのは、交尾を終えたオスがメスの受精が終了するまでを監視・警戒するためなのだ。そのメスが新たなオスとの交尾を防ぐために、自分の性器のある尻尾を差し込んだままにしておくことは、自分の精子によるメスの受精を確実にするための知恵なのだ。新たなオスは前のオスの精子を掻き出すことができるからだ。トンボの世界でも熾烈なメス獲得競争、子孫存続競争があるのだ。このようなことを漱石は考えていたのであろうか。

＊『反省雑誌』（明治31年11月1日）に「秋冬雑詠」として掲載

● 連立て帰うと雁皆去りぬ

（つれだつて　かえろうとかり　みなさりぬ）

（明治29年3月6日頃）句稿13

（明治30年2月17日）村上霽月宛の手紙

掲句の読み方であるが、中七の中の「帰うと」を「かえろうと」と読みたい。語数の関係からも漱石先生は「かえろうと」を意図していたと判断する。

毎年のことだが、雁の北帰行を見ているとどの雁がリーダーであるのか、どの雁が北に帰りたがっている雁の仲間に声かけしたのか不思議に思うことがある。漱石も観察しているがよくわからないようだ。句意は「雁は寒くなって北帰行の時期になると、皆が帰ろうという気になっていて、誰彼となく何となくまとまって連れ立って行動するのだろう」というもの。さっと皆が飛び立ってしまった後には誰もいなくなるから、仲間はずれになるのは嫌だから一羽たりとも帰らないとは言わない。

群れて飛んでいる雁たちはすぐに雁行の「くの字」形に並んで空気抵抗を弱める形になる。そして中継地を目指して皆が猛烈に羽ばたく。誰の指示がなくても雁行の頂点にいる雁は強い空気抵抗に疲労したなら離脱し、別の雁がすっとその位置に交代に入る。どのようにしてこのような雁の行動のシステムが確立したのか、漱石は興味を持って考える。これの答えは雁に聞くしかないのであろう。人がいくら雁首を揃えて考えても無理なのであろう。

3月は雁もそうであるが、人も別れの季節、旅立ちの季節なのだ。漱石はそろそろ松山の地から旅立つことにしようという思いを松山の句友に俳句で伝えた。漱石は雁の飛行を見てそうしようと思ったに違いない。

・つれづれを琴にわびしや春の雨

（つれづれを　ことにわびしや　はるのあめ）

（大正3年）手帳

句意は「春だというのに一日中やることがなくぼんやりと過ごしている。人は手持ち無沙汰が一番健康に悪いが、病気の自分にはなおさら悪い。琴の音を聞いてわびしく雨の日を過ごしている」というもの。書斎にいる漱石のところに届いた琴の音は、妻の鏡子が放心状態の漱石を慰めるために琴を弾いたものなのだろう。

この年の漱石は代表作の一つになった小説「こゝろ」を春の初めから書き始め、4月20日から8月31日まで新聞に連載した。この小説の原題は「先生の遺書」であり、これを書き上げると体の力が抜けるように感じた。

この句の面白さは、「わびしや」である。わびしく感じる琴の音、春のわびしく降る雨とつながるが、この句を作ったこと自体が「わびしい」と述懐していることだ。

漱石は手帳にこの句を書き入れたが、その後自らの手で抹消していた。つれづれなるままの自分を描いたつもりだが、この句はだめだ、良くないと思って削除したのであった。だが全集の編集者はこれを拾い上げた。この時期の漱石の姿を浮かび上がらせることができると考えたのだ。後世の漱石俳句の読者はこの句によって漱石の心の中を覗くことができているのは確かである。あの漱石にも「つれづれの日々」があったとは驚きである。軽い鬱の時期には気分転換に絵を描くことが多かったが、大作の小説「こゝろ」を書き上げた後は、絵を描くこともしなかった。

漱石は9月に入ると4度目の胃潰瘍痛で一ヶ月間病臥した。「つれづれの日々」は胃潰瘍痛の引き金になったのかもしれない。

・兵ものに酒給はらん菊の花

（つわものに　さけたまわらん　きくのさけ）

（明治28年10月）句稿2

「兵ものに酒ふるまはん菊の花」の原句で、子規によって修正される前の句である。子規は「給わる」と「ふるまう」のもつ語感を厳しく考えているのだ。10月12日に子規の送別会が松山市内で開催された。子規は10月19日に東京に向けて出発することになっていた。漱石ら松風会17名が子規を囲んで賑やかに酒宴を開いている場面の句である。

両句の違いは、中七の「酒ふるまはん」と「酒給はらん」の違いである。

「給わる」は「賜る」とも書き、「もらう」の謙譲語であり、目上の人から頂戴するの意味になる。または尊敬の語感のある「下さる」の意味もある。漱石の酒宴での立場は、松山の俳人たちの中では新参者であるので宴会場の端に座り、また酒は強くないので酒を少し頂く位に考えていた。したがって、その場で作った俳句は、自然に「酒給はらん」となった。

しかし、子規としては送別会の費用は高給公務員の漱石が払ったのであるから、「酒ふるまはん」が適切だと判断して修正した。また若い句友同士のことであるから「酒給はらん」という言葉使いは不適当と判断したのだろう。

兵ものに酒ふるまはん菊の花

（つわものに　さけふるまわん　きくのさけ）

（明治28年10月中旬）句稿2

「霽月（せいげつ）に酒の賛を乞はれたるとき一句ぬき玉へとて遣わす五句」の前書きが付いている。そして注意書きとして「酒名を凱歌（かちどき）といふ」とある。酒房のカチドキ松山で行われた句会仲間との酒宴での盛り上がりを俳句にしている。新しい俳句運動を進めている子規グループの仲間は皆若い。大きなエネルギーを秘めて各自動き出そうとしていた。漱石はその一員になれて喜んでいる。

新しい俳句運動の前線の兵士、若い俳人たちを集めた飲み会のスポンサー役は高給料取りの漱石なのだ。若い文化人たちは中国の習わしに則れば、菊の花びらを浮かべて飲む酒が似合うと漱石は考えている。そしてこの句を作って皆に披露した。さあ元気出して前に進むのだと。句意は「若い俳句会の兵士たちに、酒を振る舞うぞ、目出度い菊の酒を」というもの。

子規は指揮官、漱石は酒保担当の将校。この酒宴を開いた時期は、前年に日清戦争の黄海海戦があって日本が勝利し、翌明治28年4月に日清講和の下関条約が調印され、戦いは終焉した。この勝利を祝う意味もこの酒宴にはあったと思われる。漱石は上五に「兵もの」を入れた背景にはこの社会情勢があった。この祝宴には子規は不在であった。結核病にかかっていたが小康を得たとして10月18日に松山を発って東京に向かっていた。子規が漱石と同宿していたほぼ二ヶ月の間、頻繁に漱石宅で句会を開いていた仲間が集まっていた。

世の中は講和条約調印の後に生じた三国干渉を批判する気分に揺さぶられていた。大騒ぎするにはちょうどいい時代背景があったということかもしれない。それとも酒の飲めない漱石独特のユーモアとして「強者に酒給はらん菊の花」と句を作りたかったが、時勢に合わせて掲句のように切り替えたのだろう。

（原句）「兵ものに酒給はらん菊の花」

聾なる僕藁を打つ冬籠

（つんぼなるぼく　わらをうつ　ふゆごもり）

（明治30年1月）句稿22

（明治30年2月17日）村上霽月宛の手紙

耳の聞こえる漱石は、なぜ聾の語を入れたのか。そして農家の冬の仕事である藁打ちをしたことのない漱石がなぜこのような想像句を作ったのか。掲句の直後句は「親子してことりともせず冬籠」であり、これも想像の句であった。この時期には漱石夫婦に子供はいなかった。そして漱石はこの明治30年の4月に、一人で久留米へ宿泊旅行をした。久留米の街を歩いて誰かと逢っていたと思われる。明治29年12月に漱石は妻に人妻になっていた楠緒子のことを話した。それ以来30年の年初めから漱石の心をかつての恋人の楠緒子が占めていたのは想像できる。この時期漱石の家庭内には団欒はなく、まさに季節同様に冬の状態であった。このさまを漱石は農家の親子の家庭のさまとして描いた。

では掲句はどうか。同じ農家の家の中で行われる藁打ち仕事を描いている。この光景は漱石の精神状態を描いたと見ることができる。内に籠る冬ごもりの俳句を作った動機は、やはり夫婦仲が良くなかったことである。家の中が冷え冷えとしていたことに起因するようだ。

句意は「冬の家の中では物音一つ聞こえない。藁打ちをしていてその振動を体で感じているが、その音が聞こえない。これは自分が耳が不自由だからだ」というもの。自分が手を動かして藁を打っているが、実感が不足している。東京にいる親友の子規に家の中に音がないのは寂しいと訴えている。夫婦に会話がないのは寂しいと伝えている。

亭寂寞薊鬼百合なんど咲く

（ていせきばく　あざみおにゆり　なんどさく）

（明治29年）子規の承露盤

一般にこの句の頭の「亭」の漢字を「ちん」と読むようになっているが、この読みにすると「亭」は東アジア、東南アジアに見られる壁・窓のない一間の建築様式が思い浮かぶ。日本の公園に休憩場として置かれている屋根付きの簡素な造りの建物を指す。「てい」と読むと、和風の部屋数の少ない東屋となる。したがってここでは「てい」を採用する。

　また「寂寞」の読み方は「せきばく」と「じゃくまく」の読み方があるが、静かでひっそりとして、もの寂しいさまという意味になる「せきばく」を採用する。「じゃくまく」と読むとこれより少し賑やかに感じる。寂寞の言葉は、明治時代には流行語のように小説では使われていた。ちなみに「ちん」にくっつけるとするならば中国語読みの「ちんじゃくまく」が似合う。

　この句は幻想的で不思議な句である。表面的な形を見ても上五と中七を漢字で固めていて堅苦しく感じる。これは奇怪な内容だと分からせる工夫なのだろう。明治28年の10月まで松山の漱石の家に子規が同居していて、毎日のように大勢の俳句仲間がこの家に集まって句会を開いていた。句会の親分の子規が帰京してからは句会の開催はなくなっていた。次の年の4月に漱石は熊本に転居するが、掲句はそれまでの期間に作られたと推理する。心にぽっかりと穴が空いてしまっていた。その穴で薊と鬼百合が咲いていた。

　句意は「御用商人の上野氏の離れを借りた愚陀仏庵は、子規が帰京してからは急に静かに元気がなくなってしまった。それを慰めるかのように庭のアザミやオニユリが次々と新たな花を咲かせている」というもの。

　この句の面白さは、大きな株の蕾が次々と咲き出すさまを「なんど咲く」と表していることだ。萎んでは別の花が咲くが、奇妙なことに何度でも咲いていると楽しく観察していた。漱石はこの俳句を作って寂しがる自分を笑わせている。子規がいなくなると寂しいという意味の句を漢字の羅列によって賑やかにしている。ここに漱石のユーモアがある。

・てい袍を誰か贈ると秋暮れぬ

（ていほうを　だれかおくると　あきくれぬ）

（明治29年10月）句稿18

　てい（綈）袍は冬の綿入れの着物の「どてら（温袍）」のこと。冬の被り布団にもなる分厚い「どてら」を誰かが漱石夫妻に贈り物をしてくれた。妻の親か、漱石の兄貴なのであろう。夫婦の分、二枚を小包にして送ってきたのだろう。結婚して初めての冬が間近であった。

　こういうものが目の前にあるともう秋は終わりなのだと漱石は感じた。作りたての綿がたっぷりと入って膨らんだ「どてら」は、冬を前にして自信満々のようであった。

　「ていほう」と発音すると、ほんわかと暖かく感じるから不思議である。そして「誰か贈る」と幾分突き放して書いているのを見ると、冬到来はまだ早い、もう少し秋を楽しみたいのにと不機嫌になっている様を想像させる。贈り物の暖かそうな「てい袍」を有難がっている反面、もう少し時期を考えてほしいと不満げな気分も感じられる。11月になってから贈られるのがいいと言いたいようだ。

　ところで俳句で「誰か贈ると」として贈り主を明かさないのは、もしかしたら子規からの結婚祝いの品だったからなのであろう。お礼を言うのが照れ臭くて、礼状をこの俳句で代用させたということだ。

・手桶さげて谷に下るや梅の花

（ておけさげて　たにくだるや　うめのはな）

（明治32年2月）句稿33

　「梅花百五句」とある。岡の上にある梅林の中を歩いていると、人家が見えて来た。その家の下には沢があり、川底の岩に当たりながら水が流れている音が梅林の中の漱石のところまで届いていた。その家の女が手桶を提げて出て行くのが見えた。そして手すりを伝って谷に降りて行った。その行った先に目をやると谷の中にも梅の木が生えて咲いていた。下の岩場になんと梅の木があったのだ。

　掲句の一つ前に書かれていた俳句は「潺湲（せんかん）の水挟（さしはさ）む古梅かな」であった。沢の中に立ち続けている梅の古木をこの句でも描いていた。その成長の遅い梅の古木が谷川で花を咲かせている光景を俳句に描いた。その次の段の俳句として、その谷川にその家の女性が水汲みに降りて行った光景を漱石は描いた。

明治の女たちはよく働いた。沢から水を汲み上げる作業を日に何度もやる仕事は重労働であったであろう。漱石は熊本の山裾の地でこの水汲みを度々見ていてよく知っていた。女たちは絣の着物の裾を帯に挟んで降りて行ったのだろう。

この句の面白さは、「手桶さげて谷に下りた」女性が谷の沢へ梅の花になって下りて行ったという幻想の俳句に思えることだ。女性の後を追って谷底に目をやると、女性の姿は岩に隠れて見えなくなっていて、梅の花だけが沢の中に見えたとも解釈できる。掲句は漱石が松山時代に仲間と取り組んだ神仙体俳句の一種なのであろう。

• 出代の夫婦別れて来りけり

（でがわりの　ふうふわかれて　きたりけり）

（明治30年2月）句稿23

奉公人が雇い期限を終えて入れ替わることを出代、または出替りといった。1季奉公は春に交代があり、半季奉公の場合は年に2回の交代がある。明治時代の慣行としては7月と12月に交代とする場合が多かったという。この交代には親しんだ人との別れが伴うもので寂しさ、辛さの気持ちが生じる。

熊本市内にあった漱石宅は、半年交代の半季奉公の契約だったのだろう。普通は未婚の、または後家の女性が来るものと決まっていたが、漱石の家に来た人は、亭主に問題があったのか妻である人であった。この女性は奉公人として雇われたいとして契約時に離婚してしまった。雇うということがその夫婦の離婚を促してしまったということになり、漱石の気持ちは少し複雑なものになった。

漱石は夫婦関係がうまくいっていないと、女の方が離婚を持ちかける場合があるとわかった。漱石は自分の家のことをチラと考えたはずだ。われら夫婦は大丈夫だろうかと。

この出代に関するものとして、服部嵐雪の「出替りや幼ごころに物あはれ」がある。家を出てゆく奉公女性の姿に幼い嵐雪は辛いものを感じたのだ。嵐雪少年は奉公人に遊んでもらって親しくなっていたからだ。

• 出代りや花と答へて跛なり

（でがわりや　はなとこたえて　ちんばなり）

（明治29年1月8日）句稿10

出代り、出替りは年季を終えた奉公人が交代することで、松山の愚陀仏庵でも身の回りの世話係として女性がいたはずだ。4月に東京から松山に移動してしばらくは旅館住まいをして、それから離れになっていた元武士の家の隠居宅を借りて住んだ。その時から身の回りを世話する奉公人がいたはずである。ということは半年契約であったのだ。東京の子規の家では妹の律が同居していたから奉公人を置いていなかったと思われる。

この俳句に出てくる花が女の使用人の名だと、漱石全集の脚注によって教えられた。これを知ったことで掲句を解釈できた。句意は「家主から新しい使用人だよと若い娘を漱石のところに連れて来たときに、漱石はその娘に名前を聞いたが、その答えは花であった。そしてその娘は、ちんばであった」というもの。新たな使用人の姿を見たときに、漱石は足が不自由な娘だとすぐに気が付いて、その後、直に娘の名前を聞いたのだ。漱石はこの名前の花とちんばの間のギャップを感じたのだ。これを素直に俳句にした。

もし漱石に「ちんば」に対する差別意識とやらがあったのなら、名前を聞かずに家主に別の人にしてくれるように交渉したはずだ。

先の脚注には「この句には漱石の差別意識が現れている。」と意外な説明があった。この「ちんば」や「びっこ」は足が不自由で片足を引きずるように歩く人のことである。私は栃木の田舎で生活していたときに「びっこ」という言葉を使っていた。特に差別を意識したことはなく、可愛そうなことに歩き方が普通の人とは違う人との意味で区別していただけであった。漱石もそうであったと思われる。「肢体不自由」や「身体障碍」は法律用語であり、日常語ではない。今も「ちんば」に替わる言葉はないのである。

ところで、掲句の解釈であるが、漱石の「名前は」という問いに対して、娘は一般的な花のイメージを持って「花です」と答えたはずだ。漱石の脳裏では花は桜を意味し、人々に賞賛され、愛でられる対象の桜であるが、その娘はたまたま跛であり、そのギャップを瞬時に意識した。そしてその瞬間の心の動きを俳句に書き留めたのだ。この句に対して師匠の子規は二重丸をつけた。このことを編集者はどう思うのであろうか。子規の二重丸をつけた評価にも「差別意識が現れている」というのであろうか。

＊『海南新聞』（明治29年2月19日）に掲載

・的礫と壁に野菊を照し見る

（てきれきと　かべにのぎくを　てらしみる）

（明治43年10月6日）日記

辞書によると的礫は「鮮やかに白く輝く様」とあった。漱石日記の前書きには「昨日森成さん畠山入道とかの城跡へ行つて帰りにあけびといふものを取つてくる。（中略）女郎花と野菊を沢山取つてくる。茎黄に花青く普通にあらず。野菊が砂壁に映りて暗き所に星の如くに簇（＊むら）がる」とあった。

漱石は体力がかなり回復してきたと見える。主治医たちの帰りを待っていた漱石は主治医が取ってきてくれた野菊を手にして、暗灰色の砂壁の前に重ねた。すると花の青白さが際立って鮮やかに壁から浮き上がって見えた。野生の花の美しさが際立った瞬間だ。画家でもある漱石は、白い野菊の花びらの中に青の色素の存在を見抜いていた。

日記にある砂壁は部屋に付いている窓側の板場に設けてある砂壁なのだ。砂入りの灰色の漆喰なのであった。部屋の障子の前に白い野菊を置いても花は引き立たないからだ。

ところで森成医師が野菊のついでに採ってきた口の開いたアケビの実は大きくても中は種ばかりだ。しかし種の周りにゼリー状の厚い皮膜がついていて、これが実に美味い。このとろみだけを歯でこしとりながら食べるにはコツが必要だ。漱石先生はこの果物の美味さを知らずにいたとは残念である。新潟生まれの森成医師がこれは美味いのだと説明しても、漱石は欠伸をして聞いていたのだろう。だが漱石はこのとき食欲があってアケビに興味を示しても、種を飲んだりすると胃に良くないとして医者は食べることを許可しなかった気がする。

この句の面白さは、余りなじみのない「的礫」である。野菊を壁の前に置いて漱石に見せたが、漱石はその菊を「的礫」であったと表した。漱石は砂壁の前において花を「的礫」と表現したのは、砂壁には砂礫が含まれているからであり、「的礫」と「砂礫」の間で韻を踏んで洒落ているのだ。加えて白い野菊の花は、小粒の花が密集していて、アケビに比べるとあたかも砂礫のようだとおどけている。

・鉄幹や暁星を点ず居士の梅

（てっかんや　ぎょうせいをてんず　こじのうめ）

（明治32年2月）句稿33

「梅花百五句」とある。地方から東京に出た与謝野鉄幹が、短歌の世界で旋風を巻き起こしていた。この男は梅の老木のように質実剛健な作風で名を挙げ、特に女性歌人の間で話題になっていた。当時伝統的な短歌を作っていた佐佐木信綱の門下にいた大塚楠緒子から、東京の歌壇のニュースや歌集を漱石の友人経由で送ってもらっていた漱石は、この男の出現を東京歌壇での新しいスターの誕生だと理解していた。この状況を掲句で表した。

句意は「まだ寒い季節、居士（漱石）の家にある、ひび割れている梅の黒い幹である鉄幹の枝先に、明け方には明星が灯っている」というもの。この男は明治32年に東京新詩社を創立し、このスター誕生は暗い夜空に金星が灯るさまに似ていると賞賛した。翌年に歌誌「明星」を創刊した。まさに誌名は漱石が「暁星を点ず」と表した通りの名前になっていた。昼には梅の枝先には白い花が咲いているが、闇夜になると梅の花は見えない。しかし今は代わりに輝く明星が灯っていると嬉しがった。ちなみに南方に位置する熊本では2月に梅が咲いていた。

この句の面白さは、漱石自身を墓標に書く戒名の居士と表して、自分はやりたいことができないでいる、死人に等しい人間だとしていることだ。漱石先生は九州の地にあって、この男の猛烈な活躍を目にした。妻と離婚して再婚した鉄幹の傍らには初婚の与謝野晶子がいて、夫を支えていた。漱石はこの夫婦が理想の文人夫婦に見えた。そして漱石と楠緒子の関係を鉄幹夫婦に重ねて見ていた。これらの情報は漱石の熊本第五高等学校の同僚である菅虎雄の家に送られた楠緒子からの郵便物を介して入手していた。菅の家は漱石宅の近所にあり、通勤途上で立ち寄ることができた。虎雄の家はいわば漱石の私書箱であった。

この句の面白さは、通常の「梅花百五句」は梅を主人公に据えたものだが、掲句は与謝野鉄幹のことをメインに句を作りたかったと思われることだ。漱石は未明に起きて庭の梅の鉄幹を眺め、自分も小説に挑戦する闘志を新たにしたのであろう。

・鉄筆や水晶刻む窓の梅

（てっぴつや　すいしょうきざむ　まどのうめ）

（明治32年2月）句稿33

「梅花百五句」とある。漱石が文机に座って窓の外の梅を見ている。関東よりも春が早く訪れる熊本では、2月になると白梅が満開になった。漱石は外の梅を見ながら机の前で篆刻をしている。手作りで印を制作している最中なのだ。揮毫した色紙に押す印章を篆刻しているのだろう。もしかしたら梅の花や梅林を筆で描いた色紙に、新たに考案した号の赤い印を押すつもりなのだ。

この句の面白さは、剛体の鉄筆と水晶が登場するとまだ寒い季節であると感じさせられることだ。これらによって下五の「窓の梅」の柔らかさが強調される効果が生じる。

もう一つの面白さは、「窓の梅」とあることから鉄筆で掘り上げているのは、もしかしたら梅の花なのかもしれないと思われることだ。

水晶のように透き通った白い梅の花びらを見ながらの篆刻作業に漱石先生は熱中している。鋭利な鉄製の工具を持って水晶の材に文字を浮かび上がらせるのは面白かったようだ。中国は印章の材料の本場である。円柱状の水晶の印材を何本か中国を旅した友人が漱石に贈ってくれたのかもしれない。そうであるから気楽に手彫りを始めたのだ。

ちなみに漱石の弟子の枕流は、1988年に講演旅行で中国東部を縦断した時に、印章の材料である象牙の材を何本か購入した。この一部を日本の印章店に持ち込んで自分の号である「枕流」の印と本名の実印を洒落た書体で刻印してもらった。残りの印材は子供たちに渡した。

・鉄砲に朝霧晴るゝ台場哉

（てっぽうに　あさぎりはるる　だいばかな）

（明治30年9月4日）子規庵での句会稿

この句は子規庵での句会において霧をテーマに詠んだ4句のうちの一つ。江戸時代末期におきた江戸湾の台場で起きた事件を描いたと思われる。朝霧が立ち込める中で一発の銃声が轟いた。するとその音がきっかけになってか霧がすっと消えて晴れ出した。霧が消えて見えてきたのは、黒くて巨大な見たこともない形の巨大な軍艦数隻であった。その黒船は赤い筋が数本入った国旗を船尾につけていた。いくつもの大砲を舷側に並べていた。銃声は幕府側の兵が撃ったものであろうか。

漱石は海にかかった霧が晴れることを望んだ。そして漱石の心にかかっている霧も晴れればいいと思った。だが漱石の心の霧は死ぬまで晴れることはないとわかっていた。自分で霧を発生させていたからだ。

ちなみに掲句は湘南の江ノ島で詠んだ俳句の「船出ると罵る声す深き霧」と「川霧に呼はんとして舟見えざる」の句に挟まれて書かれているので、掲句の台場は江ノ島に設置された大砲の台場であるということになる。漱石は深い霧の中で岸を離れた舟に乗っていたが、見えない沖を眺めてなんとか霧が晴れて欲しいと願って掲句を作ったように思われる。小舟でこれから入りこむ島の洞窟を遠くから見たかったからだ。

調べると江ノ島には幕末にペリー艦隊の通過を阻止する目的で砲台が作られていた。漱石が見た台場は今も観光名所として残されている。この江ノ島の台場には、その後の大戦末期に米国飛行隊を撃つための高射砲の陣地が造られた。

●でゞ虫の角ふり立てゝ井戸の端

（ででむしの　つのふりたてて　いどのはた）

（明治30年5月28日）句稿25

初夏の日に、蝸牛はのんびりと気楽そうに井戸の端をゆっくりと進んで行く。木製の太い木枠は古くなってささくれ立っているが、蝸牛は難なく気持ち良さそうに進んで行く。立てた二本の角が進む際にうねって揺れる体のバランスを取っている。

この句を詠んで漱石は悩みを忘れることができたようである。沈んだ気持ちを切り替えられたようだ。漱石がそうとわかるのは、のんびりと井戸端ででゞ虫の動きを眺めているからである。

漱石はこの年の4月に一人で久留米へ宿泊旅行していたが、この時漱石は高校の同僚の菅が病気で長期欠勤していて、故郷の久留米に帰っているので見舞いに行くとして出かけたが、これが嘘であったと妻に知られた。漱石の家から近いところに住んでいた親友の菅はとうに学校に復帰していたのを妻は知った。この一件で漱石は窮地に追い込まれた。

久留米には菅の妹が嫁いでいた旧家があった。ここには離れがあった。漱石とこの妹は旧知であった。漱石はしばらくこの兄妹と同居していたことがあったからだ。この離れで漱石は誰かと会っていた可能性がある。この妹は漱石宛の手紙を兄から渡され、処分するように頼まれたが、昭和の初期まで保管し続けた人だ。漱石のために便宜を図ったのかもしれない。

この句の面白さは、音の繰り返しにある。「でゞ虫」と「立てゝ」の二箇所で音を重ねている。そして「て」を4個も用いていることに気づく。てててと蝸牛がゆっくり着実に進んで行く様が音で感じられる工夫がある。蝸牛が胸を張って進んで行くのを漱石は「いーぞ、いーぞ」と応援しながら見ている。もう一つの面白さは、早朝に顔を洗おうと外に出て井戸に来てみると、蝸牛が先に来ていたことである。蝸牛に負けたと笑ったに違いない。

ちなみに掲句の「ででむし」の角を振り立てた様に似た表情をしているカマキリを描いた漱石俳句がある。「蟷螂の何を以てか立腹す」（明治30年10月）の句では、蟷螂が鎌を振り上げてじっと立っている姿を描いている。

●蝸牛や五月をわたるふきの茎

（ででむしや　さつきをわたる　ふきのくき）

（大正5年9月8日）画賛

漱石は誰かが描いた蝸牛と蕗の絵に掲句を書き込んだ。漱石はこの図に、爽やかに流れる五月の風を感じたのだ。病気がちな最晩年の漱石はこの時期ゆったり自宅の庭の自然を観察し、自然の妙を味わっていたのであろう。風に揺れる蕗の茎の表面を蝸牛が縦に進んで行く絵を見て、さっと掲句を書き込んだに違いない。

句意は「蝸牛は五月の爽やかにふきわたる風を受けて、蕗の茎を隠れるように渡っている」というもの。蝸牛は春の繁殖期を迎えた鳥たちが餌を探して飛び回っているのをわかっていて、上空から見えにくいように蕗の葉の下に移動したのだ。

この句の面白さは、「五月をわたる」の「わたる」に進むの他に別の意味を持たせていることである。この「わたる」には、生きる、生き残るの意味を込めている。そして蝸牛の殻の形が渦巻きであるのに対して、ふきの茎は天に真っ直ぐに伸びている、この組み合わせが絵画的であり、洒落た構図になっていることである。これが漱石の目には新鮮に映るのだ。真直ぐな蕗の茎を渦巻きの蝸牛がゆっくり進んでゆく様は、ゼンマイ仕掛けの虫がレールの上を歩く姿に見える。

ちなみにここでは蝸牛を「ででむし」と読むが、弟子の枕流の田舎である栃木ではこの虫を「でんでんむし」と呼んでいた。漱石俳句の「ででむし」の方が幾分動きは素早いように感じる。

●手習や天地玄黄梅の花

（てならいや　てんちげんこう　うめのはな）

（明治29年3月24日）句稿14

習字の手習いの手本は、かつては「いろはにほへと」であったが、その前の時代は「千字文（もん）」であった。4漢字を連ねたいわゆる四文字熟語の句を250

個並べた文である。その中の最初の4語の句が「天地玄黄」なのだという。

句意は「梅の花が咲いている時期に手習いを始めるが。天地玄黄で始まる千字文の書き写しである」というもの。天地玄黄とは、天は闇で黒く、地は菊の花が咲いて黄色という意味か。そして漱石の周りには菊の代わりに白い梅が咲いているとニンマリした。花が咲くこの世を愛でることから文字を覚えることを漱石先生も賞賛している気がする。

ちなみにこの「千字文」は百般の知識と用語を組み入れたものだという。これを古の人達は筆慣らしにやっていたというのであるから驚きである。現代では般若心経を書き写すことが高齢者にかなり流行しているが、般若心経の本文は266文字からなる。これの4倍弱の文字数の文を書き写す練習をしていたのだから驚きである。若年者に意味が理解できなくとも暗記させるように書かせることは、教育上重要であると理解されていた時代であった。

なぜこの春の時期に漱石は手習いを始めるというこの俳句を作ったのか。そして何故子規にこのことを俳句で伝えたのか。漱石は梅の花が咲く時期に、気合を込めて心機一転、新規まき直しの意味で手習を始めたようだ。大塚楠緒子のことを忘れて4月からは熊本の地で新たな結婚生活と第五高等学校での仕事を始めるに当たって、何か新たなことを始めようとしていた。子規を安心させる目的もあったのかもしれない。

ちなみにこの年の2月頃の子規は、腰部が腫れて歩行困難になっていた。そして3月にはカリエスの手術を受けていた。漱石は自分もしっかりせねばと思い始めていた。

• 温泉の里橙山の麓かな

(でゆのさと　だいだいやまの　ふもとかな)

(大正5年春)　手帳

最晩年の春は伊豆・湯河原の温泉に浸かる日々であった。湯治する中で腕の痛み、胃の痛み、尻の痛みを忘れるべく散歩し、この温泉地の自然を楽しんで散策していた。1月末から2月中旬までこの温暖な地に滞在した。この湯治期間中に最後の小説になるとわかっていた新聞小説「明暗」の構成を考えていた。

句意は「温泉の里は、橙が実っている山の麓にあり、橙の香が満ちている」というもの。漱石先生は色づいている山の麓を歩くと、そこにはミカンでない橙が実っているとわかる。まだ寒い春には暗色が混じった橙色が似合うと云いたいようだ。

ところで漱石はこの橙を食べたのだろうか。そのような記述は見たことがない。大体橙は正月飾りとしてお供え餅の飾りにしか使われないのではないか。湯河原では湯に浮かべて香りを楽しんだのだろう。調べて見ると、はやり生食には向いていないという。皮が厚く酸っぱすぎるからだ。このため、大体が加工に回される。冬の鍋料理に使われるポン酢の原料として使われ、マーマレードや砂糖漬け菓子に加工されている。

寺借りて二十日になりぬ鶏頭花

（てらかりて　はつかになりぬ　けいとうか）

（明治31年9月28日）句稿30

漱石一家が寺に間借りしていた時期があった。寺の宿坊を特別に借りていた。明治31年（1898年）5月に妻が4度目の借家である熊本市の井川淵に住んでいた時に、家のすぐ南を流れていた白川に身を投げるという自殺未遂事件が起きたことによるもの。鏡子はたまたま近くで投網漁をしていた漁師に助けられて家に運ばれた。寝ずに看病したりした漱石は、精神が不安定になっている妻のことを思って、再発を防止するためにもこの家をできるだけ早く出ようと考えた。だが当時ホテルなどは近くになかった。そこで家から近いところにあった本妙寺の厄介になった。その後7月にきちんと契約した借家に入った。

その5番目の家を提供したのが当時同じ高校の教頭をしていた狩野亨吉だった。帝大の学友であった狩野は学校が夏休みに入ると漱石夫婦のために自分が住んでいた家を提供した。当時のしきたりでは長い夏休みに帰郷する教師は一旦解約し、熊本に戻ったら再契約をした。漱石は夏休みが始まる時期に狩野がいた家の持ち主と入居契約を交わした。

句意は「鶏頭花が咲いている時期、寺に間借りしてすでに20日になった。鶏頭と同じように境内にじっといる」というもの。別のところに移動したいが、植物の鶏頭と同じように動けないとぼやいた。

この句の面白さは、長い間境内で咲いている鶏頭花も、漱石と同じように「寺の地を借りている」ことになると笑っていることだ。そして寺の境内に鶏頭が群れて咲いているさまを毎日散歩して見ているが、もう20日も頭を真っ赤にして咲き続けている。なんと日持ちのいい花なのだと驚いている。そして毎年種をこぼしてどんどん増えてしまい、いまや境内を赤で占めている。漱石の生き方と違う花を見てにこりとした。

この本妙寺は上熊本駅の西方の高台にあった。この駅は漱石が単身で熊本に赴任してきて降り立った駅である。ここには職場の同僚で帝大時代の友であった菅虎雄の家があり、ここにしばらく同居の形で下宿していたことがあった。いわば漱石にはこの辺りに土地勘があった。もしかしたら菅虎雄が仲介したのかもしれない。

ちなみに白川の近くに住んだことのある人の著書に、白川は梅雨期になると水かさが極端に増え、川床は砂地で滑りやすい上に、突然深くなる淵が多いところだという。したがって鏡子が川に入った時期が少し遅れて梅雨期になっていたら助からなかったと推測していた。

資料によると妻が川に入ったのは漱石宅側でなく反対側であったという。つまり下流の明午橋を渡ってから川に入り込んだことになる。急流を橋の上で見ているうちに、不意に自殺しようという気になり、反対側の橋のたもとを川岸に降りて上流の方に歩いて行ったと見られる。より流れが速まっている危険な淵の方へ歩いて行ったことになる。そこが入水自殺未遂の場所になった。自殺未遂は一度だけではなかった。

寺町や垣の隙より桃の花

（てらまちや　かきのすきより　もものはな）

（大正3年）手帳

寺町は歴史のある街にはどこにもありそうだ。そして大きな城下町には寺の多くある区画の寺町が今も残っている。その代表といわれているのが京都の寺町である。この寺町は豊臣秀吉が京都市中の寺社を集めて管理するために形成した町だ。このエリアは京都を南北に流れる鴨川に沿った道沿いにあり、京都御所まで続いている。

だが漱石はこの年には京都を訪れていない。そうであれば掲句の寺町は東京の上野界隈から浅草にかけての寺町であろう。この辺りには140もの寺が密集していて、東京では最大の寺町になっている。仏具店も通りに面して多くある。大正3年春の漱石は、新聞連載の小説「こゝろ」を執筆中であった。気分転換に暖かい春の日の午後に、浅草近辺に出かけたのだろう。この連載は8月末まで続く長期戦であった。

句意は「寺町には石垣を巡らした大きな寺が多くあり、その石垣の間からは庭の桃の花が見える」というもの。由緒のある寺には桃の木が植えてあったのだ。漱石はこの石垣を見ながら歩いていたことがあった。開いていた門扉の隙間から庭の桃の花が見えたのかもしれない。

単調な無彩色の石垣が続いている街の中で、その石垣の隙間に濃い桃色の花が見えるとホッとして引き込まれる。石垣があることで桃の花がより色鮮やかに感じられる。桜では石垣に同化してしまい、それほど目を引かないのだ。そして中国伝来の禅宗の寺であれば桃の花とは相性がいいのだ。中国の春節には今も桃の花が民家や商家の玄関に飾られる。弟子の枕流が平成時代の末に香港で見た春節の商店の玄関飾りは、枝ぶりのいい大きな桃の花枝が、どんと大きな傘立てのような陶器の器に入れられていた。

寺町や椿の花に春の雪

（てらまちや　つばきのはなに　はるのゆき）

（大正3年）手帳

大正3年には漱石は東京から出ていない。東京市内の落ち着いた寺町を漱石は歩いている。浅草界隈の広い寺町には茶褐色の土塀が飛び飛びに長く続いている。句意は「寺町の黒い土塀の上から椿の緑の葉と赤い花が見え、その花に雪が白く積もっている」というもの。強い色彩の組み合わせが冬の静かな寺町を活気付けている。漱石は絵になる景色だと足を止めて椿と雪を見ていた。寒さを忘れて見とれていたのであろう。

この句の面白さは、口に出してみたときの言葉のリズムにある。唇が活発に動き、春を迎える喜びを感じさせるものがある。また漢字とひらがなの組み合わせが繰り返されていて文字列が絵画的である。そして漱石の最大のユーモアは寺町で見た椿の漢字には、もともと春が込められていることだ。二つの春を組み込んで新春の目出度さを歌い上げている。これらの面白さによって冬の冷たい景色を詠んだ俳句であるにも関わらず、暖かさが漂ってくる。漱石マジックである。「春の雪」も花なのかと勘違いしそうだ。

ちなみに漱石は同じ時期にこの寺町で桃の花も見ていた。「寺町や垣の隙より桃の花」の句を残している。熊本時代の漱石はやはり寺町を歩いて「寺町や土塀の隙の木瓜の花」の句を作り、土塀の隙間に木瓜の花を見つけたことを記した。漱石は隙間の美を見つけるのが好きだったようだ。画家の横尾忠則はY字路の美を見つけた人であるが、漱石は土塀の隙間に着目した作家であった。

寺町や土塀の隙の木瓜の花

（てらまちや　どべいのすきの　ぼけのはな）

（明治32年）手帳

漱石が熊本市内の寺町を歩いていると、続いている土塀の隙間に木瓜の花が見えた。この寺町の土塀は文字通り土の色であり、街を殺風景にしている。この土塀が長く続くと歩く人は気が滅入るのである。このような時、この土塀の隙に柔らかい薄朱色の木瓜の花を見つけて漱石はホッとしたのだ。この塀の隙間は寺町の道に風が集中しないようにする配慮にも思える。長い塀に挟まれた道には小規模のビル風に相当する強風が吹くからだ。

句意は「格式張った寺町の土塀の連続に飽き飽きしながら歩いていると、ふと土塀の隙間から鮮やかな花びらの木瓜の花が目に飛び込んで来た」というもの。漱石の目は瞬時にその木瓜の花は巨大なトゲの間で咲いているのを見た。この棘は隙間から侵入しようとする不審者を威嚇する門番の役目を果たしていると理解した。民家でもこの木瓜の木を垣根として並べて植えることがあるが、これには泥棒よけの効果を考えてのことだ。

この句の面白さは、木瓜の花は土塀の隙に咲いていたが、その花自体は無数のトゲの間で咲いているので、漱石はこの類似性を楽しんでいる気がすることだ。

ちなみに漱石には木瓜の花の句は3句ある。漱石は好きな木瓜の花の句をまとめて作っていた。「僧か俗か庵を這入れば木瓜の花」「其愚には及ぶべからず木瓜の花」「たく駝呼んで窊ばい据ぬ木瓜の花」である。

● 手を入るゝ水餅白し納屋の梅

（てをいるる　みずもちしろし　なやのうめ）

（明治32年2月）句稿33

「梅花百五句」とある。明治31年の年の瀬に漱石は「餅搗や明星光る杵の先」の句を作っていた。その前書きは「其他少々」であり、白餅以外にも混ぜ餅を搗いていた。その時搗き上げた白餅を少しずつ漱石一家は食べていたが、その一部にカビが出てきた。そこで急遽残り全部を水餅にした。

句意は「庭の隅にある納屋の入り口に梅が白く咲いている。その納屋の中で水餅を仕込んでいた甕に手を入れて水餅を何個か取り出すと、その餅は白いままであった」というもの。この手入れは漱石が行なったものなのであろう。手にした餅は元の真っ白なままであった。摑んだ時の柔らかい餅の感触が掲句から感じられる。この水餅にした処置の効果に驚いている様子がうかがえる。この時これから長い期間この白餅を食べられる嬉しさがこみ上げてきたのだろう。

この句の面白さは、梅の白さと水餅の白さが競い合っている感じがすることだ。そして「手を入れる」には水餅処理の「補修する、追加する」という意味と実際に保存の甕に手を差し込むことを掛けていることだ。これと似た言葉に「手を加える」や「手をかける」がある。さて、師匠の子規はこの句を受け取って、手を入れたのであろうか。うまそうな句になっているとして丸をつけたに違いない。

● 手をやらぬ朝貌のびて哀なり

（てをやらぬ　あさがおのびて　あわれなり）

（明治29年8月）句稿16

「梅花百五句」とある。句意は「庭に朝顔の苗を植えたが、蔓が絡まる手をやらなかったために蔓は伸びに伸びたが、絡むところがなく、支柱や綱を探して先端部はふらふらしている。手をもらえていない蔓は誠に哀れである」というもの。漱石家の朝顔の蔓は手助けを求めているのである。朝顔の蔓同士が何本か絡まって硬い支柱のようになるのを漱石先生は目撃しているのだ。蔓同士が絡まって助け合っていたのだが、これは哀れな姿だと漱石は嘆いた。

家にいる妻の鏡子はこの有様を見てなんとも思わないのであろうかと、漱石は訝るのである。しかし、漱石はその原因を作っているのは自分であると認識しているので、この俳句を作って反省している。妻に朝顔の現状を見せて、蔓の絡まる手をやるように言わないのだ。支柱を立てるように言えないのだ。二人ともこれは庭師の仕事だと考えている節がある。そうであれば庭師に頼めばいいと思うが、手は打たれなかった。6月9日に熊本の新居で結婚式をあげたばかりの新婚早々の家には早くも隙間風が流れていたのだ。漱石は4月に着任して以来慣れぬ職場でてんてこ舞いであり、初めて東京から離れた妻の方は言葉もうまく聞き取れぬ熊本の地で、日中は一人で家にいる不安を感じていた。漱石は妻の精神状態のことまで気が回らなかった。

● 手を分つ古き都や鶉鳴く

（てをわかつ　ふるきみやこや　うずらなく）

（明治42年9月12日）日記、短冊

満韓視察旅行での出来事を俳句にしている。大連に上陸した後、古い街の旅順に移動した。ここでは旧友の佐藤友熊の家に招待された。旅順を発つ日の朝、鶉料理が出された。漱石はそのお礼にと短冊に掲句を書いて渡した。この短冊には前書きとして「留別」と書き込んだ。この語は、留まる人との別れを意味する。

句意は「大陸の古い都の旅順で旧友の君に会い、鶉の鳴くのを聞いた。ここで別れて奥地に行く」というもの。この句の「手を分つ」は、鶉の手羽がもぎられ解体されて料理に供されたことを表している。そして鶉の声は古来悲しそうに鳴くと言われていることから、この句では別れの場の演出にも使われている。そして鶉を潰した時の鳴き声と重ねた。

千載集の藤原俊成の歌「夕されば野辺の秋風身にしみて鶉鳴くなり深草の里」に現れる鶉は不実な男を待ちわびて化身してしまった姿の悲しさを背負っているとされる。この特別な鶉を悲しみの象徴として漱石は念頭に置いていたのかもしれない。少なくともそのように旧友には伝えた。

鶉は家禽として飼育されているものを漱石は食したものと思われる。漱石はこの日の朝に二羽の鶉が潰されたとわかっていた。鶉の悲鳴が二度耳に届いたからである。下五の「鶉鳴く」は自分の命が終わるのを察して鶉は悲しんだと表していた。そして「手を分かつ」は「手を離して別れる」ことであるが、先述するように「鳴いた鶉の手羽をもいだ」ことも表している。友人は鳥を解体して料理したことを表した。

ちなみに漱石は帰国後に友人の友熊に宛てたハガキで、朝鮮で食べた「鶉は結構だった。朝餐の御馳走に呼ばれたのは生まれてあれが二度目だった」と感想を述べた。どうも朝鮮では朝から鶉料理を食べる習慣があると理解したようだ。

*紀行文「満漢ところどころ」（朝日新聞に連載）にも記載

• 田楽や花散る里に招かれて

（でんがくや　はなちるさとに　まねかれて）

（大正3年）手帳

大正3年9月に漱石は大阪朝日新聞社の招きで関西の数カ所で講演をした。この句はその講演をした地方都市の一つ、和歌山市で詠んだものなのであろう。和歌山は紀ノ川の河口にできた都市で、かつては徳川紀州公の城下町であり、明治になってもこの都市の文化度は高かった。

田楽は京都の舞楽とは違って、地方の庶民の伝統芸能である。つまり講演の後、主催者は漱石をねぎらうために、その都市の賑やかな歓楽街に案内した。洗練された京都の料理とは異なる地方料理を漱石は堪能した。この地方料理を味噌付け料理の田楽で象徴的に表した。

その後は花街に案内されたのだ。漱石は和歌山市の花街を優美に「花散る里」と表した。この言葉は源氏物語11帖の中に登場する女性、花散里をも意味する。彼女は長く音沙汰なしであったことを問い詰めずに、珍しく訪れた源氏を暖かく癒やした女性であった。漱石も「花散る里」で花散里のような女性に会ったことを匂わせている気がする。

漱石はこの地方の講演旅行のことを俳句の形にして記録に残すことにした。だが一見しただけでは分からないように花びらで包んでおいた。

この句の面白さは、芭蕉が地方の有力者の家に招かれて、俳句の会を催した風に俳句を作っていることだ。芭蕉が江戸の話題を地方で披露したように、漱石は東京の話題や文化的な話を地方で披露していた。

ちなみに源氏の君が花散里の屋敷を久方ぶりに訪れた時に詠んだ歌は、「橘の　香をなつかしみ　時鳥　花散里を　たづねてぞ訪ふ」であった。源氏の君が京の町から離れた所に住んでいた昔の女性を訪ねたことが分かる。まだ魅力的な女性であることを側近に確認させての行動だった。

• 電燈を二燭に易へる夜寒哉

（でんとうを　にしょくにかえる　よさむかな）

（大正3年10月20日）松根東洋城宛の書簡

この俳句は寝付かれない寒い夜に作った句である。漱石は「寐ながら句を作らうと思ふが一向出来ず」と書いたあとに掲句を含む4句を記していた。

秋が深まった夜には襖の隙間から冷たい風が入り込む。人生の晩年、体が頑丈でなくなっていた漱石は寒さを気にして、部屋の電燈を一燭から二燭に替えたのだ。

漱石全集の俳句集にあったこの句の脚注は、「燭はカンデラ以前に用いられていた光度の単位だが、ここの『二燭に易へる』は電燈を一つから二つにして明るくしたということか」と説明してあった。

そこで詳しく調べてみた。電燈が当時の東京市全域に普及したのは大正11年と言われている。さて大正3年の頃の実態はどうであったか。東京電燈株式会社50年史で調べると明治23年から電燈の営業が始まり、「一戸に一燈」を一口として各家と契約し始めた。つまり、一部屋に一灯が基準になっていた。家庭用の電球は8燭力、10燭力、16燭力の三種類で明るさによって契約料金が異なった。

ところでこの時代に二股ソケットがあったのであろうか。松下幸之助の創業した会社が普及型の改良二股ソケットを世に出したのは大正7年であるから、これは間に合わない。そうであれば一部屋に二本のコードを引き、その先に電燈を一個ずつ取り付けていたのか。それはないだろう。8燭力の電球を一燭灯といい、10燭力の球を2燭灯といったのではないか。ワット数を増やせば発熱量が増し、色彩的にも温かみが増す。漱石の家は東京電燈社との契約を変えて、10燭力の電球をつけてもらったと考える。

句意は「夜寒になってきたので、部屋の電灯を8燭から温かみのある明るい10燭力の電球に替えてもらった」というもの。この年の9月に漱石は胃潰瘍を悪化させて一ヶ月間寝てしまった。弟子の東洋城に心細くなっている気持ちを訴えていた。何でも話せる東洋城の存在は小さな電灯のようになっていた。

• 天と地の打ち解けりな初霞

（てんとちの　うちとけりな　はつがすみ）

（明治29年1月28日）句稿10

天国と地獄、殿上人と地下人のごとくに天と地は対立する。またそのように世の中は配置されてきた。

漱石の考えでは「天と地が打ち解けている状態になっているのが初霞なのだ」と句において示されている。しかし漱石がこの句を作った時期は、厳冬期であり霞など発生しない時期である。そして霞は通常たなびくもので、春先に野山に発生するのが特徴になっている。つまり通常では起き得ない時期に初霞が街中で発生していると認識している。そして漱石はその中にいると認識している。

漱石はこの句で、心の内部の葛藤が急に収まり、安定してきたことを表している。そして心の中に熱を保つことができていることを示している。この俳句は、漱石を心配していた子規を安心させる効果があったであろう。

この俳句は、かつての恋人、大塚楠緒子に対する気持ちの整理ができたことを表している。変化が生じていることを示している。保治と楠緒子、漱石の間で交わした交際の契約に基づいて漱石が行動することが認められ、今までの冷たい固定された関係に変化が起きているのである。これが「天と地が打ち解けている状態」なのである。

ほぼ1年前から今までは漱石にとっては楠緒子と漱石の関係は天と地の関係であり、対立しているものであった。それが急に互いに徐々に溶け合っていると認められて来ていた。これは二人の関係が再度動き出したことを意味している。その気配が感じられるというのだ。新婚家庭を築いている楠緒子であったが、楠緒子の夫は欧州に長期留学中なのであった。ゆっくり過去のことに思いを巡らす時間を持てたのだ。天と地の間の冷たい空気は熱せられて霞が生じている。

• 搨置いて菊あるところどころかな

（とうおいて　きくある　ところどころかな）

（明治43年11月1日か2日）新聞への投稿

搨とは、石刷りの拓本のこと。句意は「好きな中国碑文の拓本を枕元に置いて見ていた。そして病室の所々に置いている見舞いの品である菊の鉢を眺めている」というもの。漱石は病室内の様子を描いている。そして療養生活の様子を新聞の読者に知らせていた。菊の鉢は菊が好きなことを知っている友人たちが次々に持ってきたもの。病室のあちこちに置いている菊はどれもいい色で咲いていると満足して見ていた。

病室で寝そべって拓本ばかり見ていると目が疲れるので、時々室内にある幾つかの菊の鉢に目をやって目の疲労回復を図ったのだ。

掲句は吐血前に入院していた胃腸病院に再度入院した10月12日から半月経過した時のものであった。まだ体調は十分でなく、掲句を作ったときには東京の長与胃腸病院の寝床で療養していた。ここからの退院は2月になってからであった。

ちなみに漱石が畳を入れた和風の病室で寝そべって見ていた搨は石鼓文の拓本であると思われる。石鼓文は唐初期に鳳翔府天興県三疇原（現在の陝西省宝鶏市鳳翔県）で出土した10基の花崗岩の石碑（ぼた餅形状の大きな石）の表面に掘られた古代の最古の文字群を指す。これは漱石が自ら装丁した本の表紙デザインに採用していたものである。現在の漱石全集の表紙に使われている象形文字のような漢字である。

ちなみに高校生の臨書の手本として人気があるのは、漱石の本のものとは違って、これを若干シンプルにアレンジした呉昌碩石鼓文である。埼玉県の書道展覧会に行くと各会場の2、3作はこれに挑戦している。

この句の面白さは、修善寺で吐血した後東京の病院での本と菊に囲まれた贅沢な時間の過ごし方を表していて、漱石のニコニコ顔が容易に想像できることだ。妻は長期入院費の工面にイライラしている中で、病人の漱石先生はこの気楽な気分が治療には不可欠だとしてのんびりとしていたのだ。

ところで漱石全集の掲句の注記には、「搨はこしかけ、長いす」とあった。しかし漱石の入っていた病院の個室は畳敷きの和室であり、ここに長椅子を入れるのは考えにくい。ここまで書いて、漱石全集の編集者は手偏の搨を木偏の榻と勘違いしていることに気づいた。

＊国民新聞（明治43年11月3日）に掲載

・同化して黄色にならう蜜柑畠

（どうかして　きいろにならう　みかんばた）

（明治29年12月）句稿21

（明治30年2月17日）村上霽月宛の手紙

漱石は玉名市の小天温泉の宿から目の前に広がる蜜柑畑を見ている。枝が折れんばかりに蜜柑が多く生って畑全体に黄色が氾濫している。漱石の目には畑が黄色一色に見えている。「黄色にならう」は「黄色になるのをまねる」ことであり、「ならう」は倣うと書き「模倣する」ことである。つまり、岡の畑が蜜柑の色をまねるということで、同じ色に染まることだ。

調査によると蜜柑の木の種類によって早生蜜柑から晩成蜜柑まで約2ヶ月にわたる収穫可能時期がある。また、取る時期の早い遅いによって蜜柑山の色は変化する。早い時期の蜜柑は少し黄緑色が混じった黄色であり、次第にピュアな黄色になり、熟成が進むと赤味が増してくる。したがって漱石が12月に見た蜜柑山は赤みが増しているはずであるが、まだ黄色だということは海抜の高い山の畑であったからだ。

句意は「山の蜜柑畠全体が黄色一色であり、同化している。仲間はずれの色をしている蜜柑はない」というもの。見た目には山は黄色一色で綺麗であるが、漱石には何か違和感が感じられるのだ。

この句の面白さは、「同化して」の語は「如何かして」の語が掛けられている。蜜柑も人と同じように努力して、同一色になろうとしているに違いないと戯れている。

この句の一つ前に置かれていた俳句は掲句と対になるもので、「累々と徳孤ならずの蜜柑哉」であった。黄色一色の蜜柑畑を見て、過密であるが互いに反発し合わないで共存しているとみたのだ。そこに論語にある「徳は孤ならず必ず隣有り」の世界は、日本の村や国と同様に蜜柑畠にも及んでいると観察していた。

蜜柑農家は収穫を効率的にやろうとするならば、本来蜜柑の成熟期がばらけることが望ましい。そうなれば出荷期間を長く取れ、摘果作業が楽になるはずだ。しかし目の前の畠ではそうはなっていない。対策としては蜜柑の種類を多くして収穫時期をずらすしかない。本来、人もそうなのであり、多様な方が国は健全になると思われると言いたいようだ。

堂下潭あり潭裏影あり冬の月

（どうかたんあり　たんりかげあり　ふゆのつき）

（明治29年12月）句稿21

中国の風景を詠んでいるのかと思ってしまうが、熊本の神社の社なのであろう。句意は「小高い岡にあるお堂の下には、深い池があり、透明度の高い水の底には冬の月が沈んで見える」というもの。

漱石が詠んだこの池は、漱石の家からほど近い水前寺公園の神社、出水神社とその前にある池なのであろう。阿蘇の伏流水が湧き出ていて、1年中約18度Cの水温に保たれているこの池は、透明度が極めて高い。そしてこの池の底には大きな一枚岩が沈んでいる。ここに大きな紙の上に月が描かれているように、輪郭の崩れていない状態で映るのだ。

漱石はこの俳句の他に、この池のことを俳句に詠んでいる。掲句のあった同じ句稿の書き出しのところに「底見ゆる一枚岩や秋の水」の句があった。12月に詠んでいたのであるが、「秋の水」と結んでいる。小春日和のように暖かい日だったのかもしれない。夜に水前寺公園へ散歩に出かけたのだ。

この俳句の特徴は、上五と中七において「何々あり」を重ねていることである。そして繰り返し部はともに7文字になっていることだ。漱石はいい景色を見られたと踊っている気分なのだ。この気持ちを好きな中国語の表現スタイルで表した。漱石の身に何か良いことが起きたようだ。この句のつながりは「天と地の打ち解けりな初霞」（明治29年1月28日）の句に表れている。寒い冬に春の霞が生じているのだ。

唐黍の見渡す限り鳴る暮に

（とうきびの　みわたすかぎり　なるくれに）

（明治41年5月1日）「ホトトギス」誌、「連句片々」より

明治37年、8年にかけて満州の利権をめぐって起こった日露戦争は、日本の勝利で終わったが、満州の情勢は依然不安定なままであった。当時の日本は、経済不況に喘いでいて、海外に活路を求めた。明治41年4月には初めてのブラジル移民船が出航した。約800人を乗せていた。

満州の内陸の大部分は乾燥した寒冷の土地であり、ここにはこの土地に適した穀物のモロコシ（唐黍と書く）の畑が延々と奥地まで続いていた。掲句にある大陸のモロコシは、トウモロコシや黍（きび）とは異なるものである。これは当時の朝鮮半島で主力に栽培され、そして今も栽培されているコウリャン（高粱）と同じものである。

句意は「モロコシ畑が延々と続く広大な大地に夕暮れが訪れると遠くから銃声らしきものが聞こえる」というもの。馬賊やゲリラが日本人の住む町や村に出没するのだ。この辺の事情は漱石先生が朝日新聞社の社員になっていたことで、詳しい現地情報が耳に届いていたのだ。漱石は満州の社会状況を想像して掲句を作ったと思われる。

弟子の東洋城は掲句を受けて「十里続きてけふも退く陣」と下に挙句をつけた。東洋城は「馬賊やゲリラの襲撃は遠くで散発しているが、その勢力は今日も劣勢で、その銃声はかすかに聞こえる程度になって、その前線はかなり後退している」と想像して描いた。

漱石の大の親友である中村是公は、この頃初代の満鉄総裁の後藤新平の側近として働いていた。漱石には是公から満州の風景を描いた絵葉書が度々送られてきたと思われる。その是公は社会が不安定な満州で公共インフラを整備することに務めていることを思った。

ちなみに是公は明治41年12月に2代目の満鉄総裁に就任した。そしてその後、漱石はその是公から満州への視察旅行に誘われた。漱石は体調不良にも関わらず満州に出かけることにした。明治42年9月から10月にかけて満州朝鮮の視察の旅である。朝日新聞社の社員であった漱石は、帰国後に新聞記事として満州朝鮮事情を書くことが期待された。

漱石のこの決断には、漱石の親友で俳句の師匠であった正岡子規が、病気がちな体で明治28年の4月から5月にかけて1ヶ月間従軍記者として満州の遼

東半島に渡ったことが関係していたと思われる。漱石は子規と同じように日本国のことを考える人であったからだ。漱石の満漢視察旅行は、子規の後を追う形になった。そして帰国後の漱石は子規同様に病床に伏すことになった。

・唐黍や兵を伏せたる気合あり

（とうきびや　へいをふせたる　けはいあり）
（明治30年9月4日）子規庵での句会稿

戦国時代の武将と足軽たちが繰り広げる戦いは、広い山野での戦いばかりではなかった。ほとんどの戦いは合戦の前に終わっているのだ。

つまり、敵の城下の商家を焼き、農家の備蓄小屋と畑を焼く作戦が前哨戦として始まるのだ。敵側の生活圏を壊すことが戦いの先に、また同時に行われた。百姓でもある足軽兵の生活基盤が崩れることは戦での負けを意味する。田畑を焼かれた百姓兵は戦意をなくすからだ。そして兵糧が尽きることを意味するからだ。

豊臣秀吉は、城を囲んだ際に水攻めを含む兵糧攻めを行なったが、このとき穀物や田畑を焼くのではなく、高値で穀物を農民から買い上げて敵軍に食糧がわたるのを防いだ。

ところでトウモロコシは明治時代の初期に北海道を中心に日本に導入され、その後急速に日本全国に広がって行った。漱石が掲句を作った頃には、かつての唐黍はトウモロコシに切り替わっていた。

句意は「背の高いトウモロコシの畑には、敵兵や馬賊が隠れて待ち伏せしているように見える。この近くを自軍が進むと緊張が走る」というもの。句会に臨んだ漱石は、子規が明治28年4月に満州の遼東半島に従軍記者として渡ったことを念頭に掲句を作っている。

ところで漱石は掲句で気合(きあい)と書いて「けはい」と読ませているが、自分にはやはり武士の遺伝子が組み込まれていることを示したかったようだ。

ちなみに掲句のすぐ後にかかれていたものは、「夜をもれと小萩のもとに埋めけり」である。句意は「夜を始末せよ。蒸し暑い夜を宿の庭に咲く小萩の元に埋めてしまいたい」というもの。この頃漱石は鎌倉の旅館に長期に滞在していたが、風の吹かない鎌倉の夏の夜の不快さを敵として捉えたものであり、掲句からの連想であろう。

・唐黍を干すや谷間の一軒家

（とうきびを　ほすやたにまの　いっけんや）
（明治28年11月3日）句稿4

前置きに「明治二十八年十一月二日河の内に至り近藤氏に宿す。翌三日雨を冒して白猪唐岬に瀑を観る。（以下略）」とある。漱石は山の麓にある宿に泊まって翌朝雨の中を四国山地の石鎚山の山腹まで登って行った。白猪の滝と唐岬の滝を見に行った。子規が松山にいる間に見ておくといいと漱石に勧めていたからだ。

近藤氏の旧家に泊めてもらったが、ここは子規の親類の家である。子規の幼少時の思い出のある家であった。白い小菊が広い庭に溢れるように繁茂していた。

この句は近藤家の様子を写している。田んぼと畑が続く田園の中にポツンポツンと家があった。この旧家は大きな母屋を持つ一軒家であった。唐黍皮を剥いて種のある実軸を出し、その皮を摑んで物干し竿に唐黍をくくりつけてある。その皮を剥かれた裸の唐黍が軒下に長く列を作ってぶら下げられ、干されていた。食料として保存するための乾燥である。田舎の質素な生活が垣間見られた。

ちなみにこの愛媛ではこの唐黍を「地トウキビ」と称していて、この粉は花粉（ハナコ）と呼ばれている。杉花粉の色に似て黄色の粉だからである。この粉が昭和の時代には主食であったという。この他に汁物にとろみをつけるためにも用いられた。令和の時代にも「花粉汁」は地元料理の代表格として存在している。この料理は山地で取れたキジ、ウサギの肉または鶏肉を鍋に入れ、次に蒲鉾とこんにゃくを入れ、醤油で炊いたもの。（令和元年10月14日、NHK番組「宝メシ」で紹介された。）

漱石はこの家に到着するまでに田んぼ道を通りながら次の句を作っていた。「芋洗ふ女の白き山家かな」の句であり、鍋料理に入れる里芋を娘が洗っていた。

漱石は谷間を流れる小川の水で里芋を洗っていた女性の白い足の腿を見ながら歩いてきた。もしかしたらこの女性は近藤家の主人である老女の孫娘なのであろうか。客として訪れる漱石に芋入りの「花粉汁」料理を振る舞おうと準備していたのかもしれない。

●塔五重五階を残し霞けり

（とうごじゅう　ごかいをのこし　かすみけり）

（明治30年1月）句稿22

句意は「目の前に見えている塔の五層五階の部分を残して、上の方には霞が掛かっている」というもの。高い塔の下の方だけが見えている不思議な光景を見て、漱石は俳句に描いたものと思われる。

さて、この塔はどこの塔なのか。明治30年頃の日本の主要な土地の高層の建物は幕末の動乱、または明治維新の際に破壊されたか、または焼けてなくなっていた。ちなみに漱石が俳句に描きたかった熊本県の6層の熊本城は西南戦争で焼け落ちたままになっていた。

漱石はほぼ1年前の明治29年3月24日に「登りたる凌雲閣の霞かな」（句稿14）の句を詠んでいた。この塔は当時日本一の歓楽街の浅草に建てられた日本一高い12階建ての建物で、浅草のランドマーク的なものになっていた。観光客はこのタワーの登ろうと押しかけたという。

漱石はこの「登りたる凌雲閣の霞かな」の句を念頭に置いて、掲句を作った気がする。掲句の塔は凌雲閣であると推察する。漱百は浅草名物の凌雲閣の上半分に霞がかかっている珍しい光景を詠んだのであった。だが掲句は子規を揶揄うために創作した句である気がする。

この句の面白いところは、凌雲閣を表現するのに、寺の五重塔を一般的に表現する語である「五重五階」を用いていることである。この語で子規を惑わそうとしている。なぜなら凌雲閣には、各階に屋根がついていない「のっぺらぼう」建物であったからだ。子規を揶揄っているのがわかる。

ちなみに掲句の一つ前に置かれていた俳句は「貧といへど酒飲みやすし君が春」の句であった。新年になっても漱石家の家計は苦しく厳しいままであったが、漱石は下戸であるにも拘らず「酒飲みやすし」と見栄を張っている。漱石はまともな句作は避けようとする人である。

●唐人の飴売見えぬ柳かな

（とうじんの　あめうりみえぬ　やなぎかな）

（明治29年3月5日）句稿12

江戸時代の風物詩が明治の世にも引き継がれていた。中国人（唐人）の格好をして、チャルメラ（唐笛）を吹きながら中国風の歌を歌ったりしながら、時に踊ったりして唐人飴を街の通りを売り歩いた人たちがいた。彼らは各地で子供達に人気であったと思われる。この飴は糯米に大麦の麦芽を入れて作った飴であった。

このチンドン屋風の格好で賑やかに売りにくる一行を春の到来を喜んでいる子供達が囲んで、一緒になって歩いていたのであろう。この飴売りの声には子供達の声も混じっていた。この飴売りが来ると静かな松山の街が一気に賑やかになった。

漱石先生は遠くにこの一行の声と音が聞こえたが、彼らの姿は芽吹き始めた大きな柳の枝葉に遮られて見えない。見に行きたいという思いはあるが、少々格好悪いと感じ、愚陀仏庵に近づいてくるのを待っているのだ。

ちなみに掲句の一つ前に置かれている俳句は「二つかと見れば一つに飛ぶや蝶」である。松山の春の到来は東京より早い。ユーモアがあふれているのどかな俳句になっている。

●登第の君に涼しき別れかな

（とうだいの　きみにすずしき　わかれかな）

（明治33年7月）手帳

この俳句は卒業試験に及第したことで、熊本第五高等学校を卒業し寄宿舎を出て行った学生の落合貞三郎に密かに贈った2句のうちの一つ。もう一句はほぼ一年前に作っていた「部屋住の棒使ひ居る月夜かな」（明治32年秋）である。明治33年7月はこの3年生の卒業の時期であったが、漱石もこの年の7月15日に英国留学準備のため熊本を離れ、帰京することになっていた。つまり二人とも熊本を去ることになったのだ。この時の漱石の感情が掲句に込められている。

句意は「めでたく試験に合格して卒業して行く君とは、清々しく別れようぞ」というもの。とうとう別れの時が来たという感慨を持って掲句を作っている。掲句には漱石の卒業する一人の学生に対する特別な過剰な感情が込められている。ここにある「涼しき別れ」という言葉が何を意味するのか。

明治29年に熊本に転勤して初めて経験した8月について、まさに驚きの気持ちを持って夏の俳句が集中的に作っていた。気象庁ではないが「今までに経験したことのない暑さ」について表した幾つかの句を転記してみる。「涼しさや奈良の大仏腹の中」「あつきものむかし大坂夏御陣」「午（ひる）時の草もゆるがず照る日かな」「夕日さす裏は磧（かわら）のあつさかな」「就中大なるが支那の団扇にて」らを挙げることができる。このような熊本の夏であるのに、明治33年の7月では、なぜか「涼しき別れ」の語が登場する。つまり「涼しき別れ」とは、悲しみを表す言葉なのだ。

掲句は表面的には熱血教師ととりわけ勉学熱心な生徒という関係だと思われるが、落合に関するもう一つの俳句を組み合わせて見ると普通の師弟関係ではないとわかる。その句は「部屋住の棒使ひ居る月夜かな」（明治32年）である。この句によって手帳に記録された学生は、漱石全集の編集者の調査によって、教え子の落合貞三郎君であると明示された。漱石の弟子の枕流は、すぐさまこれら二句を組み合わせて解釈し理解するべきだと考えた。これら二つの暗号俳句を、月夜の棒を観察するように凝視すると深い意味が隠れていることに気づかされた。注目すべきは、この句は落合君が卒業する時期のほぼ1年前に作られていたことだ。

この落合君は昭和になって母校の会報に投稿した。この文章によると、卒業するに当たって英語を特訓してくれた漱石の家を訪ね、持参した短冊に揮毫を頼んだところ、前述の2句を書いてもらえたということだ。つまり漱石は訪問した落合君に対し、一年ほど前に作っていた「部屋住の棒使ひ居る月夜かな」の句をプレゼントしたということになる。それほどに二人の関係は親密であった。

ちなみに漱石が熊本第五高等学校在職中に自作俳句に登場させた学生は4人いた。この落合君、漢文が得意で学年総代も務めた手塚光貴君、それに学生俳人であり俳句を指導した蒲生栄君（俳号は紫川）、最後は俳句の弟子で生涯の友人として付き合うことになった寺田寅彦君であった。

漱石は卒業の時期に合わせて卒業する学生の落合君と紫川君のために特別に俳句を作っていた。そして少し異質なことであったが、この時期に俳句に登場した前年卒業の手塚君がいた。手塚君は大学予科の学生であり、一年前に卒業していた。漱石は落合君の卒業句を作ったついでに手塚君のことを思い出し、俳句に記録したのだろう。

漱石俳句に登場した学生の中で男色の相手と思われるのは落合君と手塚君である。手塚君についての俳句は「卒業を祝して」と前置きして「ひとり咲いて朝日に匂ふ葵哉」（明治33年7月）の句である。この句を解釈すると明らかに漱石は学生の前途を祝するだけの教師ではなくなっている。19歳だったと思われる男子学生が「咲く」とは何を意味するのか。一年前に漱石のそばで「ひとり咲いて」いたのは手塚君であり、その彼が卒業してから新たに「咲いた」学生は落合君であったと推察される。

• 唐茄子と名にうたはれて歪みけり

（とうなすと　なにうたわれて　ゆがみけり）

（明治29年8月）句稿16

漱石も子規もこの句を非常に面白いと評価するのだが、弟子の枕流には掲句の意味がよく分からない。そこで二人が夢中になっていた落語を調べてみると解釈のヒントが見えてきた。

関西落語に「みかん」という演目があったが、誰かが「唐茄子」と演目名を変え、中身を少し変えてこれを関東で演じたところ人気になったという。この話は江戸の下町を舞台にした人情噺である。ある大店の息子が吉原通いで勘当され、金がなくなって身投げする寸前にまで追い詰められた。すんでのところである人に声をかけられてカボチャ売りをすることになった。天秤棒を担いでカボチャを売り始めたが、この時「カボチャ、カボチャ」の掛け声ではなく「とうなす、とうなす」と声を出せと雇い主に指示された。人は珍しいものを売っていると思って寄ってくるからだ。

この後、この話はどんどん展開するが省略する。この話の始めの売り物は「みかん」であったが、江戸に行って「カボチャ」になり、「唐茄子」というハイカラな名前をもらってこの演目は人気が出た。しかし、売り物はつるりとした丸い形のものではなく、凸凹に歪んだ「カボチャ」になり、売り物の名前も「唐茄子」となって「みかん」の気持ちは歪んでしまっていた。結局丸々つるつるの「みかん」はこの仕打ちで凹んでしまい、形が凸凹に歪んだというのがオチになっている。掲句は見事にこの落語の最後のオチまで句に詠み込んでいる。掲句から当時人気の人情噺が浮かび上がって面白い。

ところでこの俳句にも季語はあるというのかい。唐茄子を季語だと主張するのかい。強引に解釈を歪ませて季語にすると話が落ちなくなる。季語は要りまへんやろ。単なる落語の話なのであるから季語にはならないはずだよ。ちなみに我が田舎の栃木県では、南瓜のことを「唐茄子」と呼んでいる。これは漱石が耳にしていた落語の「唐茄子」話が田舎でも定着したことを表している。

＊新聞『日本』（明治30年3月7日）に掲載

● 唐茄子の蔓の長さよ隣から

（とうなすの　つるのながさよ　となりから）

（明治32年9月5日）句稿34

かぼちゃの蔓が隣の庭から伸びて漱石宅の庭に来ているのに気がついた。なんと長く伸びるものよと驚いている。伸びるだけなら問題はないが、実が生ると厄介だと思う。勝手にとっていいものか。色んな問題が生じそうだと考える。

この句の面白さは、読むときに助詞の「の」と「よ」と「から」の音を伸ばして読むと、蔓がグングン伸びる感じが出てくることだ。

漱石は隣の家との間でかぼちゃの無断越境問題が生じるのを気にしている。この句は当時の日本が海外の国との関係で悩んでいることを暗に示している。どの国も南瓜同様にできるだけエネルギーを多く得ようと蔓を伸ばす遺伝子を持っているからだ。ロシアは日本同様に空白地帯の満州に深く入り込み、アメリカも満州に利権を得たいと日本に接近して来ている。中国の清王朝は日本の隣の朝鮮半島を押さえ込もうとしている。日本の周辺には海があって直接の外国との接触はないが、これら各国は蔓を日本の近隣に伸ばそうと躍起になっている。このような世界の情勢が漱石の脳裏にあったと思われる。

● 銅瓶に菊枯るゝ夜の寒哉

（どうびんに　きくかるるよの　さむさかな）

（明治28年12月18日）句稿9

漱石の松山での住まいは、借家の愚陀仏庵であった。この庵は御用商人の上野家の庭にあった離れで、二階建ての家であった。一階の和室には床の間があり、ここに銅製の花瓶が置かれ、季節の花が活けてあった。この俳句を作った時には菊の花が活けてあった。日持ちのいい菊を雑菌が生えにくい銅製の花瓶に活けたが、流石に寒さが厳しくなると枯れだした。漱石は好きな菊が枯れると寒さが増すように感じた。そして気持ちも暗くなった。

この俳句が作られた背景には、漱石の夏目家の衰退が関係していると思われる。花瓶と菊が組み合わされたように見える「井桁に菊」の家紋は珍しいものであった。掲句はこの家紋の菊が枯れていることも意味している。時代が江戸時代から明治に変わって夏目家は頼りにしていた名主としての収入がなくなり、先祖の蓄えた財産は祖父と父の遊蕩で枯渇してきていた。加えて長男と次男は若くして死に、家督を継いだ三男は遊び人であり、家は枯れだしていた。父は今まで冷たく接していた漱石を頼りにして接近して来た。夏目家の存続は漱石の両肩にかかっていた。そのことを漱石は寒い夜に感じていた。

• 道服と吾妻コートの梅見哉

（どうぶくと　あずまこーとの　うめみかな）

（明治32年2月）句稿33

「梅花百五句」とある。中国の儒者服か易者服に見える服を着た遊び人風の男、それに東京で流行った吾妻コートを着た女が並んで梅見に来ている。清楚さが溢れる梅の花を押さえつけるように歩く派手な二人。梅林の穏やかな雰囲気を攪乱している。漱石先生はファッションショーの場と勘違いしている二人に対する怒りを俳句にぶつけている。

ところで「吾妻コート」とはどんな服か。光沢のある洋服地でつくられた和服用の長外套で、明治19年に東京の銀座にあった白木屋呉服店から発売されたものだという。デザインのポイントは胸の前につけた大きな重ねヒレで、「道行」や「被布」の親類的服。裏地に派手な色を使い、袖口等からこの裏地をちらっとのぞかせるのがもう一つのポイント。江戸の粋を踏襲していて、名称に江戸を意味する「吾妻」を入れてこの粋を強調している。

この句の面白さは、漱石の感情が濃厚に漂って見えていることだ。派手な服の二人に対する軽い怒りと羨望の感情が混じり合っている。

• 豆腐焼く串にはらはら時雨哉

（とうふやく　くしにはらはら　しぐれかな）

（大正元年10月5日）日記

食欲の秋になって胃痛持ちであることを忘れたように漱石の食欲は増している。二度目の痔の手術を経て大分体調も良くなり、10月13日に弟子の寺田寅彦博士と文展を見に行く約束をするまでに回復した。文展の帰りには二人でどこかのレストランで食事をしようと考えている。

漱石は胃袋の準備体操のつもりで、庭に出て七輪を使って豆腐田楽を作り始めた。句意は「串に刺した堅豆腐を炭火で焼き始めた。良い加減に焼けたと思っていたら雨粒がパラパラと落ちてきて、豆腐焼きは中止となった」というもの。「はらはら」は細かな少量の雨の降る様を表しているが、涙が出るような残念な悲しい気持ちも「はらはら」によって上手く表現されている。漱石は食欲が旺盛であったという事なのだろう。体調が回復してきたことを日記に書きつけた。

この句の面白さは、串に刺して焼いた堅豆腐に甘味噌をつけて田楽を作るところが、甘味噌でなく時雨の雨をつけることになったというオチがあることだ。

ちなみに漱石俳句には田楽が登場する面白い俳句がある。「田楽や花散る里に招かれて」である。和歌山への講演旅行の時のことで、講演のお礼として舞踊りと田楽料理をご馳走になり、その後主催者に花街の見物に連れて行かれた。

• 堂守に菊乞ひ得たる小銭かな

（どうもりに　きくこいえたり　こぜにかな）

（明治43年9月27日）日記

日記にはこの句の前に「三人観音様より帰る。堂守から菊を乞ふて来る。」と書いていた。三人とは妻、医師の森成麟造と介護付添人の東新であった。

句意は、「お寺の老人に庭の菊を家に持ち帰りたいと頼み込み、お礼に小銭を渡した」というもの。掲句には軽い憤りの気持ちが込められている。

看病に来ていた妻は修善寺温泉にある修禅寺か別の寺に行って、そこで菊作りをしている堂守から菊の花を切り分けてもらった。妻は堂守に宿の病人に菊の花を見せたいと頼んだのだ。そのお礼として賽銭箱に硬貨を入れてきたということだ。だがこれでは賽銭でも銭を渡したことになり、金で菊を買ってきたということになると漱石は不満なのだ。菊の花の受け渡しに金銭を絡めてはならないというのが漱石の考えなのである。

この句の面白さは、「菊乞い得たる」は「菊買い得たる」に聞こえることだ。漱石はここに笑いを込めている。鏡子は曖昧なことをするということを、このように表した。

同じ日の日記に「秋草を仕立てつ墓を守る身かな」の俳句が書かれていた。この句の前文に「（妻は漱石に対して）範頼の墓守も花を作っているから今度はあすこで貰ってくるといふ」の文を書いていた。部屋に生ける菊の花は花屋で買うのではなく、今度はタダでもらえる菊にすると妻は漱石に言って出かけたのだ。漱石は妻に、あの墓守は菊を野の秋草のように栽培しながら範頼の墓を守っている人なのだ。菊の栽培はただ楽しみとしてやっているのだから、金は取らないよ、と言った。妻はその言葉を受けて、今度は花をただでもらってくると言ったのだ。

洞門に颯と舞ひ込む木の葉かな

（どうもんに　さっとまいこむ　このはかな）

（明治28年10月）句稿2

洞とは一般には洞穴（ほらあな）を指すが、この俳句の洞は隧道（ずいどう）で、一列で歩いて反対側まで抜けられる程度の小さなものなのだ。よって洞門とは、隧道の入り口を指す。秋の風が吹き出すと、洞穴を風が吹き抜ける。漱石は学生時代に仲間と旅した時に山中で洞に出くわした時の経験を俳句にしている気がする。それとも松山時代の時か。何れにしても気楽に旅ができた独身時代の句だ。

この洞門は怪物の開けている口のようであり、紅葉の落ち葉がこの洞門に降りかかると、落ち葉が洞門に吸い込まれているのを見た。するとこの怪物が落ち葉を吸い込んでいるように見えた。漱石たちはこの様を見てこの洞門に入り込むのを躊躇し、しばらく立ち止まっていた。中は薄暗くて恐ろしく感じたことだろう。

この句の面白さは、風が隧道に舞い込むさまを「颯と」によって表しているが、この漢字は「風が立つ」と書いていて、まさに最適な表現になっている。漱石はこの漢字をこの場面でさっと使えて喜んだことだろう。漱石はこの種のひょうきんな、しゃれた面白い句を作る達人だ。まともな観察句は作りたくないのだ。

到来の亥の子を見れば黄な粉なり

（とうらいの　いのこをみれば　きなこなり）

（明治28年12月18日）句稿9

炉開きの茶会に参加した漱石は、狭い部屋で出された茶菓をじっと見ていた。これが炉開きで必ず出されるとされる亥の子というものか、と呟いた。どこが亥の子なのか、どこがイノシシの子供なのかと手のひらにある餅を眺めていた。なぜ運ばれて来た平べったい餅が亥の子というのか、この謎解きを始めた。すぐに結論が出た。餅の表面にある黄な粉は煎り大豆を粉に挽いたものであるが、「いのこ」と「きなこ」は確かに発音が似ていることに気づいた。

漱石は小さな部屋で沈黙していることにイライラし始めた。そこでこのような俳句を作って楽しんでいた。亥の子に似せているのは黄な粉の発音だけではなかった。その粉の色が黄色であることが重要であったのだ。生まれたてのイノシシの子の産毛は金色に光っているのだ。その金色を黄な粉の色で表していることに気づいた。茶道はなかなか奥が深いと感心した。

この俳句は、落語俳句のようなユーモア俳句である。

ちなみにこの茶会は漱石が松山にいた時のもので、男女が交流する若者塾で開かれた茶の湯の会なのであった。独身の漱石は俳句仲間の紹介でこの集まりに参加できたと思われる。

蟷螂のさりとては又推参な

（とうろうの　さりとてはまた　すいさんな）

（明治29年11月）句稿20

推参とは、ここでは「行いの無礼なこと」の意であろう。句意は「カマキリの奴め。弁解するのであろうが、どう考えても全くもって無礼な振る舞いだ」という意味になる。カマキリの獲物の取り方、生き方を見ていると、我慢ならないということだ。さてカマキリは誰のことか。漱石は「坊ちゃん」先生のように同僚の教師にあだ名をつけるのが好きなようだ。漱石のいう「カマキリ野郎」とは熊本第五高等学校の同僚なのか。漱石は先々燃やすことにしていた日記にもこの名前は出てこない。

蟷螂、カマキリが嫌な奴の代名詞であるのは分かっている。カマキリの特徴は、動いている虫しか餌にしないことの他に、その虫を捕まえる時には、必殺の武器の大きな鎌は畳んで胸の前に置いて分からないようにして、じっとしていることだ。おまけに、そのポーズは祈りに似た優しさを感じさせるポーズであるから夕チが悪い。つまりカマキリは騙しのプロなのだと言いたいのだ。相手を油断させておいて一気に取り押さえ、食ってしまうといいたいようだ。

このカマキリは誰のことなのかは、漱石の小説の中に入り込んで探して見れば分かりそうだ。このことを執拗に踏査した各種レポートがあるようだが、ここではそこまでは深入りしない。

・蟷螂の何を以てか立腹す

（とうろうの　なにをもってか　りっぷくす）

（明治30年10月）句稿26

カマキリの顔をじっと見ていると、目を飛び出させて鎌を両手に持って構え、いつでも不審者に飛びかかれる準備をしている。そしていつも立腹しているように見え、アドレナリンがフルに出ているように感じてしまう。カマキリはそんな風に見られていることに立腹しないのか。

句意は「カマキリは何にいつも立腹しているのか」というもの。漱石は野武士のような風貌を持つ蟷螂に、君はどっしりとしていた方がいいと言いたいようだ。その蟷螂は野武士のようなヒゲの男を見て緊張しているのだが、それが漱石にはわからない。

この句の面白さは、普段はカマキリと対面することがない漱石なのに、この句においてはカマキリをじっと見ている姿が見えることである。熊本市内から郊外の村に引っ越したことで、漱石は昆虫天国の環境に浸って生活している。漱石はこの村で幾分息を吹き返したようだ。

もう一つの面白さは、カマキリを「とうろう」と平仮名で表すのではなく、現代人が普段使わない画数の多い漢字を用いていることだ。気難しく見える昆虫の雰囲気をうまく醸し出している。この漢字自体が骨ばったカマキリの形を表している可笑しさもある。つまりこの漢字は俳人が俳句を作りたくなる漢字なのだ。調べてみると蟷螂を用いて句を作った俳人の数の多さと俳句の数の多さに驚かされる。その多くは、漱石のこの句と同じようにユーモラスであり、そしていかめしい外見を捉えたものである。だが漱石の句は、ユーモアを持ってカマキリに語りかけている点でここから一歩抜け出している。

三者談

蟷螂が鎌を振り上げ首を捻じ曲げてしゃちこばっている。一体何を怒っているのだろうと問いながらじっと見ている。漱石が窓辺で本を読んでいる時に、明かりに釣られて蟷螂が飛んで来て漱石と向き合うという場面だ。この蟷螂に対する情動は先生の発見だ。

・遠く見る枯野の中の烟かな

（とおくみる　かれののなかの　けむりかな）

（明治32年1月）句稿32

この頃の漱石は、熊本第五高等学校で熱血英語教師として勉学に熱心な学生に英語を積極的に教えていた。規定の授業以外にも早朝授業を行っていた。しかしその一方でこれからの人生を英語教師として終えることはないと心に決めていた。その一方、家庭内はしっくりいっていなかった。妻は自殺未遂を起こした後遺症として口数は少なくなり、家の中は静まり返っていた。身の回りに煙が薄く立ち込めていた。つまり掲句は漱石の心象風景の句であると思われる。

もう一つの解釈としては、阿蘇近くの山野の冬枯れを描いていると解することができる。句意は「畑では収穫を終えて生じた枯れ茎や葉を燃やす煙が立ち上って、枯野まで漂って来ている」というもの。少し不安な気持ちで枯野の中を歩いている。

この時は高校の同僚と二人で宇佐神宮を初詣した後、西の宇佐市四日市の宿を目指して歩いていた。賑やかな町への方向を示す石標を見つけてホッとしていたが、周りには人家がなく、雲が低く垂れ込めて寒風が吹き、雪が降りそうであった。薄暗く、見通しのきかない原っぱをただ歩いていた。石標に従って歩いているが、不安は募るばかりであった。遠くに何か見えないかと目をこらすと、枯野のかなたに烟が上がっているのが見えた。

掲句には明治時代における観光名所の宇佐神宮の周辺が描き出されていて、興味深い。荒野の中にポツンと巨大な社があるだけであったのだ。

掲句はぼんやりと漱石の立つ田舎道から見える光景を詠んでいるとしか想像できなかったが、句稿の中の近隣の句を見ると宇佐神宮からの帰り道で見た景色だとわかった。

● とかくして鶯藪に老いにけり

（とかくして　うぐいすやぶに　おいにけり）

（明治42年2月2日）松根東洋城の句誌「夏之部」の序文

松山中学校の教師時代の弟子で、かつ宮内庁に入って天皇の側近になった東洋城を漱石は生涯可愛がった。胃潰瘍が治らず、痔疾も繰り返して体力が落ちている多忙の漱石に対して、愛弟子から俳句を作って送って欲しいと矢の催促がくる。他の俳人からも句作の依頼が来るが、断っている。そのような中で、この弟子だけに句を送るのはつらいと感じている。そこで依頼された東洋城の句誌の序文にこの句を入れて「この句だけにしたよ」と言い訳しているのだ。そしてこの弟子はとにかく強引で困っていると他の弟子に対して言い訳した。

句意は「東洋城よ、君はわしの病気のことを無視して俳句を書くように迫るので、ますます体調は悪化してしまっている。わしはもういい声で鳴くこともできない老いた鶯で藪の中に引っ込んでしまっている」というもの。東洋城以外の門人たちはこんな声になった老鶯（ろうおう）にもっと鳴けとは言わない、とふざけている。

ちなみに掲句を書き入れた序文は「東洋城の人世即俳句観は少なくともこの序に及んで居らん事を読者に於いて承知されたい」というものだった。掲句はこのようなとんでもない東洋城に対する漱石の笑いを伴う怒りの句になっている。

● 時くれば燕もやがて帰るなり

（ときくれば　つばめもやがて　かえるなり）

（明治32年9月5日）句稿34

前置きに「送別」とある。9月2日に五高の同僚教師、山川信次郎が東京の一高に転任になるに際して作った句である。漱石は二人だけの阿蘇送別旅行から疲れ切って戻って来た。降雨と火山灰の降下が重なって、身体中はどろどろ状態になり、歩くのも大変であった。広大な灰色に染まった阿蘇高原の中で、体温は低下し、帰り道を見失って一時は死ぬかと思ったほどであった。

その旅から熊本市内に戻ると時をおかずに山川は元いた東京へと熊本を去った。

句意は「君が東京に行くのは、熊本に来ているツバメに帰る時期が来れば元の土地に帰ってゆくのに似ている」というもの。漱石はしみじみと友との別れを俳句にして見送った。黒光りする独身のツバメは颯爽と東京へ戻って行った。漱石は取り残されたように感じている。さて自分はどうなるのだろうと思った。自分はどこに戻るのか。どこへゆくのか。

この淡々とした句で、漱石は山川のことは仕方のないことだとスパッと気持ちを切り替えた。仲のいい男が一人去ったことはさみしいが、別のことに集中することで乗り切ろうと考えた。漱石は送別の阿蘇旅行の最中に、入り口の内牧温泉で次の俳句を作っていた。「帰らんとして帰らぬ様や濡れ燕」の句である。夏が過ぎても雨の中で飛び回っているツバメがいる。帰らないで住み着いているツバメなのだ。このようなツバメもいるのだと自分のことを大いに納得していた。その熊本の地に帰化したツバメは降り残った雨に濡れながら餌を探して飛び回っていた。

この句の面白さは、淡々としたさわやかな句になっているが寂しさも同居していることだ。漱石は前書きに普通なら「同僚の送別」と書きそうに思うが、「送別」とだけ短く書いている。やはりここにも寂しさが表れている気がする。

もう一つの面白さは、珍しく季語を分解して詠み込んでいることだ。この「帰燕」は9月頃の別れには丁度よい言葉であるが、送別旅行で本当に濡れ燕が飛んでいたのだから、と言い訳する漱石の顔が目に浮ぶ。

屠牛場の屋根なき門や夏木立

（とぎゅうばの　やねなきもんや　なつこだち）

（明治43年）

漱石の俳句で牛が屠られる句は、掲句の他に「秋風や走狗を屠る市の中」と「秋風や屠られに行く牛の尻」の2句がある。後の2句からは秋風の吹く肌寒い情景が浮かぶのに対して、掲句は夏の風景を描いている。しかし、やはり肌寒い情景なのである。

掲句を作ったとされている明治43年は、漱石にとっては修善寺での例の大喀血を起こした、臨死体験の年である。そしてこの年は春から秋まで体調不良で自由に外出はできなかった。したがってこの句は明治44年の夏の句であろう。東京の郊外で見た屠牛場の光景なのだ。当時漱石の家から近い芝白金あたりに公設の屠牛場があったようだ。

病から回復した漱石は夏の屠牛場に何を見たのであろうか。命の儚さであろうか。自分の運命がわかっている牛の気持ちに思いを馳せているのか。漱石はこの臨死体験と屠牛場の光景から作家として何か決意するものがあったのだろう。

句意は「この建物が少し変わっていることに気がついた。大きな施設であるにもかかわらず、その門は夏木立のように二本の石柱が立っているだけなのであった」というもの。周囲は金網を巡らした簡単な塀になっていた。屠殺の施設であるから、門構えは殺風景な方がしっくりするのだ。

この句に漱石独特のユニークさはないと思われたが、先の二本の簡素な門と夏木立の類似性が挙げられる。門柱が夏木立の中に紛れて立っている。その屠牛場の門は目立たないように敷地の中の木立のように質素に作られていた。

とく起て味噌する梅の隣かな

（とくおきて　みそするうめの　となりかな）

（明治32年2月）句稿33

「梅花百五句」とある。「とく」を疾くと解すれば、「すぐに、急いで」の意味だとわかる。そして「味噌する」は朝食を準備するための「味噌擦る」とわかる。朝早く起きて、味噌鍋に入れる味噌をすり鉢と擦りこぎ棒とで擦って味噌の粒の豆をつぶす。滑らかな味噌汁にするための処理である。庭の梅の木から花のいい香りが漂ってくる。この句は味噌汁作りの最終段階の味噌入れの様を描いている。味噌の香りと梅の香りが重なって、最高の味噌汁が飲めそうだと漱石はニンマリする。

だがこの台所仕事は漱石自身がしているわけではない。下女が早起きして味噌汁の具材を包丁で刻み、鍋に湯を沸かして煮始めている。そして「味噌擦り」を始めた。漱石は庭の井戸から釣瓶で水を桶に汲んで顔を洗ってから、軽い体操をしている。漱石は梅の木のところで梅の香りと味噌の香りの共演を楽しんでいるだけなのだ。

この句の解釈として、台所はどこにあるのかを考えると「梅の隣」だという。つまり煮炊きする竈は台所の外にあった。昔の絵画等を観ると当時の屋内の板場は、料理したものを皿に盛り、お膳にこの皿を載せて配膳する場所だとわかる。

この句の面白さは、さも漱石自身が台所仕事をやっているかのように描いていることだ。この句を読んだ東京の子規は漱石を働き者と勘違いしそうである。

疾く帰れ母一人ます菊の庵

（とくかえれ　ははひとります　きくのあん）

（明治28年10月12日）送別句会

秋の菊の咲く頃、子規が松山から東京に帰ることになり、漱石と句友17人が子規との別れの句会を開いた。掲句は出発日の一週間前の10月12日の送別会で作った5句のうちの一句。

句意は、宴席の子規に対して「送別会が終わったら余り日を置かずに帰った方がいい。君の母が庭の菊花の世話をしながら待っているのであるから早く帰れ」というもの。色紙にこの句を文字で書いて渡して念押しした。そして見送る場では寄り道することなく年老いた母の待つ東京の下谷の家に帰るように促した。

この送別会は松山市内の花廼舎という料亭で行われた。費用は高給取りの漱石が持った。東京に帰る長旅の途中、子規は途中下車して遊ぶことがわかっていたので、漱石は帰りの汽車賃だけを持たせて送り出した。しかし、子規は予想通り途中で下車し、奈良の高級旅館に宿泊してしまった。不足した金は漱石が子規の宿に送った。やれやれであるが、俳句の師匠である子規は全く気にしていない。

だがこの事件は俳句史では、子規の名句となった「柿食えば」の句を生むことになった。後日漱石は子規のこの無銭旅行を喜ぶしかなかった。

そのような子規は大陸での従軍記者の仕事を終えて帰国する途上の船上で結核が悪化して吐血してしまい、神戸の病院に入院していた。その後松山に帰っていたところで漱石に誘われて漱石の愚陀仏庵に転がり込んだ。それからは毎晩句会を開くという日々になっていた。8月から10月までの期間、漱石宅に同居したが、回復に向かっていたので帰京することになった。

この句で問題なのは「母一人ます」である。これは「母一人待つ」の意味であろう。漱石は子規が話す伊予弁を俳句に取り入れているのだと理解する。この発想は「お立ちやるかお立ちやれ新酒菊の花」の句にも見られる。子規を説得するためには俳句の言葉も伊予弁の方がいいと判断したのだ。常々漱石には「待つ」が「待す」に聞こえていたのだ。

漱石はこの句で伊予弁まで使って早くまっすぐに東京の家に帰るのだぞ、と子規に言い聞かせても無駄であった。たぶん子規は上の空で聞いていたに違いない。子規は漱石の熱心な説得には笑い出しそうであったに相違ない。奈良で下車しようと決めていたからだ。

ちなみに他の4句とは「秋の雲只むらむらと別れ哉」「見つけつゝ行け旅に病むとも秋の不二」「この夕野分に向て分れけり」、「お立ちやるかお立ちやれ新酒菊の花」。

＊子規の本『病余漫吟』に収録

た

・床に達磨芭蕉涼しく吹かせけり

（とこにだるま　ばしょうすずしく　ふかせけり）

（明治29年8月）句稿16

漱石は松山から熊本に転居して初めての夏を経験していた。熊本市内の蒸し暑さは堪え難いものであり、この時期には掲句をはじめとする猛烈な暑さに関する俳句を大量に作っている。俳句を作って気持ちを切り替えたりして、なんとか熊本の夏を乗り切ろうと工夫をしている様子がうかがえる。

句意は「漱石の熊本の家には、床の間に涼しそうに薄着をした達磨の絵が掛けてある。この絵を眺めていると庭からは芭蕉の葉が揺れて涼しい風を部屋に送ってくれる気がする」というもの。夏の風に大きな芭蕉の葉が揺れている様を達磨絵のある書斎で想像している。この頭脳プレーで涼を得ようというのだ。漱石は大きな細長い団扇のように見える芭蕉の葉っぱに風を送ってくれるように期待している。漱石は頭の中を涼しくしようと想像力を働かせている。

この句には、漱石流の夏乗り切り法が描かれている。たどり着いた方法は、床の間の壁にかけてある岩穴で修行する達磨の絵図を眺めることであった。こうすれば窓から入って来るかもしれない芭蕉の風がより涼しく感じられようになると考えた。まさに達磨大師の修行のように一つのことに集中することで、暑さを忘れることができると考えた。

しかし同じ明治29年8月に別の作業として大量にユーモア俳句を作っていた。掲句の前に「涼しさや奈良の大仏腹の中」や「あつきものむかし大坂夏御陣」のようなユーモア俳句を作って暑さを忘れようとすることはあまり効果がないと悟ったのかもしれない。漱石の夏限定の悟りなのであろう。

ちなみに掲句の2句前に置かれていた俳句は、掲句と対になる「くらがりに団扇の音や古槐（ふるえんじゅ）」の句であった。黒光りする槐材でできた中国団扇の柄をしっかり握って、大きめの団扇をゆったりと動かしている漱石の姿が眼に浮かぶ。岩穴に座している達磨大師の姿とはかけ離れた姿が見える。つまり漱石はやはりユーモア精神で夏を乗り切ろうとしているとわかる。

• 床の上に菊枯れながら明の春

（とこのうえに　きくかれながら　あけのはる）

（明治31年1月6日）句稿28

漱石と高校の同僚教師、山川は年末から熊本市の北西に位置する隣町の小天温泉の宿に泊まっていた。熊本市内から有明海側の山道を歩いてこの宿にたどり着いた。大晦日に部屋に入るときに床の間に活けてあった菊の花は咲いていたが、元日の朝になってこの菊を改めて眺めると、菊の花は活けてからすでに何日か経過していたようで菊の花は枯れていた。

句意は「新年の元朝に宿の床の間の菊は枯れてしまっていたが、それでも元日ということであり目出度い気分にはなる」というもの。

新年の春を年末と同じ部屋で迎えた。お膳に付けたもらった薬草入りの屠蘇を二人で飲んだが、特別の感慨はなかった。枯れ始めた菊を見ながらの儀式の酒は美味いものではなかった。

この句の面白さは、普通であれば不満にも思える床の間の花枯れを気にしていないことだ。その理由はこの宿は、熊本の漱石宅の隣に畑を作っている人の紹介で、個人別荘を温泉宿の代わりに使わせてもらっていたからだ。いわば人の好意で年末年始に泊まれることになった。したがって客への気配りには限界があるとわかっていた。

もう一つの面白さは、元日に布団から起きながら床の間に目をやると、菊枯れに驚いて「ぎくっ」となったことだ。「え、正月なのに」という思いがしたのだ。だがすぐに穏やかな気持ちになって「元日の山を後ろに清き温泉」の句を作った。この俳句の中には落語好きの漱石がいる。

• どこやらで我名呼ぶなり春の山

（どこやらで　わがなよぶなり　はるのやま）

（明治29年3月1日）霽月・虚子・漱石の三人句会

友と春の山に分け入ると漱石の心は躍り、山に受け入れられている気がした。一人誘われるように脇道に踏み出すと、いつのまにか友とはぐれてしまったと知る。すると遠いところから「おーい漱石ー」「おーい夏目ーどこだー」と自分を呼ぶ声がする。

この句には「どこやらで」とあるので、漱石は友とはぐれてもそれほど気にしている様子はない。友の方で漱石を探してくれるとわかっているからだ。この「道はぐれ」の出来事は春の山のなせる技なのか。春の妖気のせいか。

この句は神仙体の句として子規、虚子、漱石の三人で行った句会で提出されたものだ。各人の神秘体験らしきものをもとに幻想的な神仙体の俳句を作って発表する句会で作られた。これをヒントに霞のかかる春の山について漱石のように想像を広げてみる。

掲句の隣に置かれていた神仙体句は「霞たつて朱塗の橋の消にけり」であり、掲句と対になっている。霞が目の前でどんどん広がっている様を見て、想像がどんどん広がって行くのである。

「寺の大きな池に近づいて行くと、川面に霞が立ち上り、人間が朱に塗った橋を霞はじわじわと灰色に染め上げて行く。その霞はさらに高く広くボリュームを増やして行く。妖怪のように形を変えて周りを飲み込んでいくのを見ているうちに、自分も消されてしまいそうに思えてきた。そのうち広がる霞はやがて池全体を消し去ってしまうのかもしれない。そして裏山の麓まで消してしまうかもしれない。」

想像がここまで広がった時、寺を隠し山裾を隠し出した霞の中から漱石の名を呼んでいる寺の僧の声が漱石に届いた。「おーい、漱石、どこにいるのだ。池に気をつけろよ」などと叫んでいるのかもしれない。寺にきて春の霞を見ているうちに、ついぼんやりとしてしまった。

霞の発生と拡大は自然現象であるが、漱石にはあたかも意思を持つ妖怪のように動いて行くように思えた。この大きな変化が目の前で展開するさまは、まさに幻想的で神秘的であるが、漱石の想像も妖怪のようにどんどん広がって行く。

＊雑誌『めさまし草』（明治29年3月25日）に掲載

・ところてんの叩かれてゐる清水かな

（ところてんの　たたかれている　しみずかな）

（明治40年夏）手帳

草庵のわら屋根にはあやめに似た花が咲いていて、裏側にも咲いているのかと裏山の方に行って見た。すると山裾に清水が流れ落ちていて、羊歯が生え、岩には苔が付いていた。涼しそうであった。この句の近隣に置かれた清水の17句からこの村はずれの寺は荒れ果てた寺であるとわかった。漱石は寂れた景色の中に身を置いていたが気分は高揚していた。

その流れ落ちる清水の中に、木桶が置かれていた。この桶に山裾から流れ出た冷たい清水が、飛沫を上げて流れ込んでいた。その桶を覗き込むと透明な心太（ところてん）がうっすらと見えた。寺の僧は夏の暑さの中訪れた漱石に、冷えた心太をご馳走しようと準備していたのだ。

このように解釈したが、何かすっきりしない。落語好きの漱石のことであるからオチが仕込まれていそうだ。そこで別の解釈を試みた。すると句意は「崖下に勢い良く流れ落ちる清水は、下の岩に当たって勢い良く白い水しぶきを上げていた。この細かい流れは次々に押し出されて筒から出てくる透明な心太のようであった」というものに変わった。漱石はその透明に落ちる清水を手ですくって飲みたくなったのだ。うまそうな心太に見えたのだ。

ちなみに案内してくれた旧知の僧のいたこの寺は鎌倉の長谷にあった禅興寺であろう。この寺が荒れていたのは、明治初年に廃寺になっていたからだ。この寺の一部は現在も明月院として残っている。調べてみるとこの年の夏に漱石はこの長谷の地にあった親友の別荘を訪ねていた。漱石は作家になって初めて書く新聞連載の小説「虞美人草」で忙しかった7月下旬に隠密行動をしていたようだ。大塚楠緒子はこの年の7月18日から鎌倉長谷に短期間転居していた。漱石と楠緒子は、訪れる人がいない廃寺で逢っていたと思われる。この時の漱石の気持ちは、再会を喜んで掲句が作られる程に高ぶっていた。

・土佐で見ば猶近からん秋の山

（とさでみば　なおちかからん　あきのやま）

（明治28年9月23日）句稿1

漱石は子規と松山の街中を歩きながら、松山の南奥にある四国山地の方を仰ぎ見た。すると四国で一番高い山である石鎚山の天辺は赤く色づいていた。9月下旬であってもここだけは色づいているのである。土佐の側からこの石鎚山の天辺を見れば、よりくっきりと見えるであろう、と漱石は考えた。

漱石の頭の中では「秋の山後ろは大海ならんかし」と詠んでいるように、この山のすぐ後ろは土佐であり、太平洋が迫っていると勘違いしている。

漱石のこの句には、子規の病気が少し良くなってホッとしている気持ちが出ている。空を見上げて山並みの中の石鎚山の色づき具合を見る余裕が生まれているからである。

神戸で喀血した子規は8月になって松山の親戚の家に転がり込んでいたのを漱石が自分の家にくるようにと誘った。しばらくして少し体力もついてきた子規は、漱石を街中散策に連れ出した。サライの「日めくり漱石」の9月23日に関する記述では、次のように書かれている。

　さて、この日、9月23日は秋季皇霊祭と呼ばれる祭日だった（秋の彼岸のお中日）。学校も休みで、家々の門口には日の丸の旗も翻っている。漱石は、子規と連れ立って散歩に出かけた。松山城を仰ぎ、城山にある常楽寺、千秋寺などをめぐりながら、俳句を作った。この時漱石が作った他の句を次に示す。

《蘭の香や門を出づれば日の御旗》《見上ぐれば城屹として秋の空》

《鶏頭の黄色は淋し常楽寺》《黄檗の僧今やなし千秋寺》

＊『海南新聞』（明治28年10月4日）に掲載／承露盤

土佐坊の生擒れけり冬の月

（とさぼうの　いけどられけり　ふゆのつき）

（明治28年11月13日）句稿6

漱石の得意なジャンルである謡曲句の一つである。「正尊」をもとに発想したもので、土佐坊が主人公である。この男は平安末期から鎌倉初期にかけて鎌倉幕府軍の武将として活躍した僧の昌俊（平家物語では正俊となっている）。この昌俊は土佐坊とも呼ばれた。平氏追討のための源範頼軍の一員として周防から豊後へ転戦するなどして名を挙げた。しかしその後昌俊は頼朝から嫌な役目を命じられることになった。平氏追討で功績のあった源義経が頼朝に嫌われ、ひそかに頼朝から義経追討の命が下ると昌俊は進んでこれを引き受けた。

義経の暗殺者として上洛し、京の堀川の館にいる源義経に夜襲をかけた。しかし静御前の機転によってこれが失敗した。土佐坊は鞍馬に逃れたが遂に生け捕られた。義経は土佐坊を殺さずに鎌倉へ送り返そうとしたが、土佐坊はこれを拒否した。この後土佐坊は六条河原で斬られた。

源義経が朝廷側につくように謀られたといわれるこの事件は脚色されて謡曲となり、漱石はこれを唸っていたのであろう。土佐坊の潔さを唸っていたのか、頼朝の深慮遠謀を思って唸っていたのか。

句意は「冬の冷たい月が空にかかると、殺される運命の辛い仕事を進んで引き受けたこの男のことが偲ばれる」というもの。進んで命令を受けるように仕組まれた男の末路を漱石は悲しんだ。この僧であった男は九州にまで流れてきたが、漱石も関東から西の松山へ、そして来年春にはさらに西の熊本に渡ってゆくことを思った。先祖が武士であった自分と鎌倉幕府軍の一員として西国を転戦した土佐坊を重ねていた。

年々や凩吹て尖る山

（としどしや　こがらしふいて　とがるやま）

（明治32年1月）句稿32

「山は洗ひし如くにて」と岩の耶馬渓のさまを前置きで描いている。初めて耶馬渓に入り込んだ漱石一行は北九州で徒歩による山越え、谷越えを経験していた。北九州にこのような通行の難所があることに驚いた。ここには岩山が深く削られた谷が延々と続く不思議があった。通常雨と川の水によって山が侵食されるのであるが、ここでは侵食に雪を含む風の力が加わっていると感じたのだ。谷を吹き抜ける吹雪の威力を体で受けていたからだ。

北九州での冬の季節風は大陸側から吹きこむ。この風は強いと感じた。毎年冬にはこの風が谷間に吹き、夏にはモンスーンの雨が降り、川が増水して谷を流れる。この繰り返しがこの耶馬渓の谷をどんどん深くしていた。

句意は「毎年木枯らしが吹き付けて、山の岩が削られて尖っている山だらけになっている」というもの。山の斜面の岩も削られて山は尖る。この変化の原理を理解する旅は楽しいものであったであろう。

この句の面白さは、強烈な吹雪が漱石の体を崩そうと吹き付けているさまを、語数の少ない俳句で表している。余計な言葉を烈風が吹き飛ばしているかのようだ。そして谷川のそばに立つ岩山を「尖る」の文字を採用してうまく表している。

「つまらぬ句ばかりだが、紀行文の代わりとして読んでくだされ。病気療養の慰めになるぞ」という旨の前置きを付けている。子規が読んだ掲句をさらっと読むと面白みのない句だと思いがちであるが、吹雪で大きく開けられない目で旅を続ける漱石の目は何を見ていたかを考えると面白くなる。

ちなみに漱石は耶馬渓の谷と山を見て次の俳句を道道作っていた。岩山の威容に感じ入っていたことがわかる。「石の山凩に吹かれ裸なり」「凩のまがりくねつて響きけり」「凩の吹くべき松も生えざりき」

年忘れ腹は中々切りにくき

（としわすれ　はらはなかなか　きりにくき）

（明治28年12月4日）句稿8

古来、魂は腹の中にあるとされ、「腹を割る」は本音を出す意味で使われてきた。年の終わりには、洗いざらいぶちまけてしまって、不満足に終わったことを忘れるのがいいとされるが、試みてもなかなかそうはならない。掲句では

「腹を切る」は「腹を割る」と同じ意味で用いている。

句意は「とうとう年末になった。年内に腹を切って腹の中にあったことを洗いざらいぶちまけてしまって、失恋のことを忘れようとしたが、できなかった。腹を切ると痛みがひどくなるから切りにくいのだ」というもの。漱石は子規に腹を切って見せようとしたが、中途半端に終わった。

ちなみに掲句の直後句は「屑買に此髭売らん大晦日」という句である。掲句は言い訳めいた句になっていたので、次の俳句は気分を変えて年の瀬を愉快に過ごそうという気持ちが表れている。

子規には年忘れの句に豪快な「年忘れ一斗の酒を尽しけり」や「年忘酒泉の太守鼓打つ」がある。そしてさらに豪快な「死にかけしこともありしか年忘れ」がある。これらは子規の学生時代の俳句であろう。漱石は子規のこれらの若さ溢れる俳句を意識して、年の瀬の反省句を作ったと思われる。

・屠蘇なくて酔はざる春や覚束な

（とそなくて　よわざるはるや　おぼつかな）

（明治33年12月26日）正岡子規宛の書簡

12月26日付で、漱石は病床にある正岡子規あてにロンドンから初めて絵葉書を出した。クリスマスのロンドンの様子を「柊を幸多かれと飾りけり」の俳句で伝えた。そして掲句で子規に新年の挨拶をした。そしてこれからは長い手紙は書けないし、句稿を送ることもないと伝えていた。下宿にこもって文学論をまとめる予定があったからである。

掲句の意味は、「ロンドンでは屠蘇酒が手に入らなくて、元日に酒も飲めない状態だ。酔わない正月はぼんやりしてしまらない」というもの。下戸の漱石は日本にいた時も新年を日本酒で祝うことはなかったが、日本の習慣に則って屠蘇酒は口にしていた。ロンドンに来るとこれもできなくなったと、嘆いて見せた。これは漱石のユーモアである。ロンドンにいると日本の習慣を気にしなくてもいいので気が楽だと言いたいのだ。漱石は元日も英文学の研究をするつもりなのだ。

ロンドンには日本人会があり、日本酒は街中で手に入ったはずだ。だが漱石は酒を買う金があれば本を買いたいと思うのだ。このことを隠して屠蘇も飲めないという嘆きの掲句を作っている。

・嫁がぬを日に白粉や春惜しむ

（とつがぬを　ひにおしろいや　はるおしむ）

（明治41年）手帳

本格的な春も過ぎようとしている頃、漱石は街を歩いていて、和服の女性の丸く結い上げた髪の下に、飾りとして綺麗な縮緬や和紙を当てているのをよく目にしていた。その女性たちは顔と襟足に白粉を塗っているのを観察しながら漱石は街を楽しく歩いていた。当時、日常的に白粉を塗るのは芸者や待合の女等の玄人筋の女性と相場が決まっていた。また普通の女性が白粉を塗るのは嫁ぐ日だけと決まっていた。いつの間にか素人が玄人の真似をするような世の中に変わっていた。

句意は「結婚式の日でないのに、顔に白粉を塗って歩いている女性がいる。白粉の香りが街に流れている。暖かくなった春のことで春の匂いが強く感じられる」というもの。

この句の面白さは、白粉の香りが漱石にとって迷惑なのか、いや嬉しいことなのかよくわかないことである。もしかしたら白粉を目にするのは特別な場所だけにしてくれた方が有難いというのかもしれない。

また「春惜しむ」の語には、白粉をつけたのに嫁がないのはもったいないというような意識が感じられて面白い。漱石のユーモアが溢れている。

・どつしりと尻を据えたる南瓜かな

（どつしりと　しりをすえたる　かぼちゃかな）

（明治29年頃）

かぼちゃは最も安定した姿をしている野菜の一つだ。そして縦に筋が入っておしゃれであるし、蔓に接していた尻に近いところは朱色やベージュに色を変えて、全体は二色に配色されていて目立つ野菜だ。また少しくらい虫に尻を食いつかれても平気であるのもいい。その箇所は成長して大きなイボとして残るだけだ。味は損なわれていない。このかぼちゃは野菜の親分というところだ。頼りになる肝っ魂母さんという存在だ。

漱石は若いときに親分肌の子規の影響を受けていたことで、このような句を作ったのだろうと思った。ある時、「子規に捧げる」と書いた文章を明治39年10月に書いた『吾輩は猫である』（中編自序）に見つけた。ここには掲句に対する漱石自身による洒落た解説が書かれていた。

『余が十餘年前、子規と共に俳句を作った時に「長けれど何の糸瓜とさがりけり」と云ふ句をふらふらと得た事がある。糸瓜に縁があるから「猫」と共に併せて地下に捧げる。』と書いた。「どっしりと尻を据えたる南瓜かな」という句もその頃作ったようだ。同じく瓜と云ふ字のつく所を以て見ると南瓜も糸瓜も親類の間柄だらう。親類付合のある南瓜の句を糸瓜仏に奉納するのに別段の不思議もない筈だ。そこで序でながら此句も霊前に獻上する事にした。子規は今どこにどうして居るか知らない。恐らくは据えるべき尻がないので落ち着きをとる機会に窮しているだろう。余はいまだに尻を持っている。どうせ持っているものだから、まずどっしりと、おろして、そう人の思惑通りに急には動かないつもりである。しかし子規はまた例のごとく尻持たぬわが身につまされて、遠くから余のことを心配するといけないから、亡友に安心させるために一言断っておく。』と書いた。

漱石は野球選手だけでなく、文人もどっしりとした尻が重要だとふざける。そして子規の辞世の句には細く痩せたへチマが登場するが、漱石は君よりもう少し長生きする丸い南瓜でいることにする、と子規の文学への情熱を引き継ぐことを宣言した。

その一方で漱石はどっしりした南瓜からは女性の尻を連想しているのだ。幼少時には母性愛に飢えて育ったと思われるからである。実の母親は生きている間に漱石に自分が母親だと伝えなかった。同じ家にいた女中がこっそり教えてくれてはいたが。このような子供時代を過ごした漱石先生は、失礼ながら頭の中では南瓜はやさしい母親の象徴になっていたと見る。

話は変わるが、カリブ海の島々に住む若い男どもにとって美人の第一条件は、尻が大きいことだという。つまり若い男は美貌を求めるのではなく、どっしり感のあるかぼちゃ尻を追いかけていることになる。だが日本語にも「女の尻を追いかける」という言葉がある。これには若い男の無意識下にあるとみられる母親思慕が絡んでいるとみられる。男は生まれながらにマザコンの素地があるのだ。

• 土堤一里常盤木もなしに冬木立

（どていちり　ときわぎもなしに　ふゆこだち）

（明治28年11月・推定）

句意は「大河には長い土手が続いている。冬の風を受けている土手には常緑樹はなく、まばらにある木々は皆葉を落としている」というもの。松山市の南の市境に大河の重信川が流れている。漱石は明治28年11月にこの土手を歩いている。川風が吹き抜ける土手に立って、この緑色のない景色を見ていると冬を強く感じることができた。

この句の面白さは、俳句の文字列にある。漢字を10個も用いて、俳句にごつごつした硬い雰囲気を与えていることである。これらの漢字群によって葉を落とした木立が土手に飛び飛びに並んでいる光景を連想することができる。漱石先生はこの文字列で冬の風景画を描いているとも言える。しかもこれらの漢字は比較的シンプルで、あたかも葉を落とした樹木のようである。漱石はイラストチックな南画風の絵を描くのが得意であったが、この俳句もまさにその種の絵画である。

漱石はこの年の4月に松山に教師の職を得て東京から移動して来たが、年末にはこの地を去って熊本の高等学校に転勤することを決めていた。このことがあって松山の隅々まで知ろうと未踏の地を歩き出した。松山市の南端にある草だけが生えている大河の土手道をひたすら歩いた。

＊『海南新聞』（明治28年12月5日）に掲載

土手枯れて左右に長き筧哉

（どてかれて　さゆうにながき　かけいかな）

（明治29年12月）句稿21　子規の承露盤

漱石は松山から熊本に転勤して、市内の有名な庭園を夏頃に訪れていた。冬になって同じ庭園に来てみると川から水を引き入れるための土手の草むらは枯れて、庭園の作りが良く分かるようになっていた。その土手の草が枯れると、今まで草の中に隠れていた筧がよく見えていた。どこからツクバイのところまで水を引いているのかが分かったのだ。

句意は「川の水を庭園に引き入れる土手の草が枯れると、その草むらから左右に筧が作られているのがよく見えた」というもの。夏には草が茂って庭園全体がよく見えなかったが、冬になると庭全体が姿を現すということになった。水の細かい流れがよく見えるようになった。冬は忌み嫌うばかりのものではないと漱石は笑う。

この句の面白さは、土手の草が枯れると、庭の造りの秘密が暴かれるということだ。冬には偉大な力があると面白がっている。

ちなみに掲句の2句前に置かれている俳句に「茂りより二本出て来る筧哉」がある。漱石は同じ筧を見て、その筧は二本に分かれていることを知った。掲句にあるように夏の間に見ていた庭園の筧は一本だと思っていたが、そうではなく、左右に分かれて二本になっていたのだ。夏と冬で異なる光景になるように庭師がこの仕掛けをあらかじめ行ったのかと漱石は考えたのかもしれない。

となりから月曇らする蚊やり哉

（となりから　つきくもらする　かやりかな）

（明治31年5月頃）

夏の到来はまだであるが、その尖兵として蚊が発生していた。隣家には大量の蚊が侵入したようで、蚊取り線香が何個も焚かれているようだ。その煙がもうもうと立ち上がり、風に乗って漱石宅に流れ込んで来ている。夜になると月が曇るくらいの煙なのである。その近所迷惑の隣人の行為を漱石先生は楽しくやり過ごしている。

句意は「夜に蚊取り線香の大量の煙が隣家から流れ込んで来て、漱石はその煙が目にしみて涙目になり、月が曇って見えている」というもの。

この句の面白さは、「月曇らする」のフレーズは、明治30年に発売され、大人気になった尾崎紅葉の小説「金色夜叉」の文句を思い起こさせることだ。この「月を曇らせる」というフレーズは九州でも流行っていたと思われる。漱石はこれを悲恋の小説の有名なフレーズを香取線香の俳句で使うことを思いついた。漱石宅でも煙が目にしみて涙のシーンが演じられていたからだ。

ところでこれほどまでに蚊が発生しているのはどうしてなのか。これは謎解き俳句なのだ。答えは漱石が住んだ井川淵の家の隣は大寺の極楽寺であった。よって漱石宅に流れ込んで来た煙は墓参り人の線香の煙なのだ。この煙を漱石は蚊やりの煙として遊んでいる。これをやりきれない思いで面白い俳句に仕上げ、ここから引越しすることを考えた。

ちなみに掲句が作られた時期は、漱石の妻、鏡子が近くの白川に身投げして自殺を図った時期に重なる。妻は漁師に助けられたが、漱石先生はその後辛い日々を過ごすことになった。そんな時に気を紛らわすためにこの面白い俳句を作ったとも考えられる。

＊『九州新聞』（明治31年7月29日）に掲載

＊「参考」2019年版の漱石全集では、掲句は黒川漱石の句だとして排除された。しかし、黒川漱石の俳号は、熊本第五高等学校の教授である漱石先生が新聞にユーモラスな俳句を投稿するのは、校長からよろしくないと指摘されそうであった。夏目教授は熊本市の名士であったからだ。そこで、新俳号を使ったと考えられる。白川の近くに住んでいた漱石先生は、黒川漱石の俳号を思いついたのだ。

漱石はこの時期、熊本市で新派俳句の「紫溟吟社」を立ち上げ用としていた。この結社の宗匠として新聞に自作の俳句をこっそり投稿したのだ。熊本の俳人が東京で有名になっている漱石の俳号を盗用することは有り得ない。

・隣より謡ふて来たり夏の月

（となりより　うとうてきたり　なつのつき）

（明治30年4月18日）句稿24

「謡5句」と題して一日で5句作ったシリーズ俳句の一つ。熊本市合羽町（現在は坪井2丁目）に住んでいた時のことだ。掲句は春の句である「春の夜を小謡はやる家中哉」に続く夏の句である。この春の句は「春の夜長に漱石の隣の家中では謡の声が遅くまで響いていた」というもの。隣の家では夫婦と子供が謡を楽しんでいることが風に乗って来た音声でわかった。漱石は羨ましく思った。

次の夏の掲句は「月が明るく輝いている夏の夜に、隣の縁側の戸は開け放しているのであろう、謡の声がよく漱石の家に届く」というもの。かなり上達している二人だと想像される。下五が夏の月と体言止めであり、月も聞き惚れるくらいの腕前ということなのだ。この句からは迷惑という思いは伝わってこない。この歌声を聴いたら、謡を習い始めたばかりの漱石は対抗して唸るということはできなくなった。

ちなみに漱石は明治29年9月に熊本市合羽町に転居し、たった1年後にここを引き払った。これには掲句に登場した謡の強力なライバルの存在が関係したと見ることができる。実力の差を見せつけられることで気詰まりな生活になっていたのは間違いない。このころ漱石は第五高等学校の教師仲間の謡の会に加わって謡をやっていた。赴任するとすぐに学内で流行していた謡を勧められたからだ。指南役は化学の教師であった。あまり上手くならなかった。掲句はこの頃のものだろう。

そのあとついに明治32年の終わり頃からは個人的に加賀出身の加賀宝生流の謡を謡う学校の教頭に能の曲を二、三十曲習うようになった。やる気を見せたのだ。

参考：謡5句とは「春の夜を小謡はやる家中哉」「隣より謡ふて来たり夏の月」「肌寒み禄を離れし謡ひ声」「謡師の子は鼓うつ時雨かな」「謡ふものは誰ぞ桜に灯ともして」

・飛石に客すべる音す石蕗の花

（とびいしに　きゃくすべるおとす　つわのはな）

（明治29年12月）句稿21

「貧にして住持去るなり石蕗の花」「空家やつくばひ氷る石蕗の花」の次に控えていたのが掲句である。どの句も下五は「石蕗の花」になっていて、飛び石のように1、2、3とつながる。漱石先生は明治政府のやることに異議を唱えながら、ブツブツ言いながら四国松山市の廃寺の庭を歩いている。すると後ろの方で人がすべって転んだ音がした。何事かと振り向くと、寺の客が飛び石の中にある凹みに張った氷で足を滑らせたとわかった。漱石は注意しながらその氷を避けて歩いて行ったから無事だった。

句意は「冬の日に寺の庭を歩いていると、参拝客が石蕗の花のある飛び石のところで足を滑らせた音がした」というもの。熊本の漱石宅の近くにある寺が廃寺になり、気になって訪れた時の句である。漱石と同じように心配して廃寺を見に来た人がいたのか。当時の熊本市内の寺町にも廃仏毀釈の風が吹き荒れていた。

この句の面白さは、この句には石が二つ配置されていることだ。上五の「飛石に」の「石」と下五の「石蕗の花」の「石」で、まるで飛び石のように置かれている。そして飛び石のところに石蕗の花が開いているという偶然が可笑しい。さらに漱石には石蕗の発音が「つるっ」と聞こえることだ。総合すると掲句には面白さが飛び石のように三つも配置されていたことになる。

もう一つの面白さは、客が足を滑らせたのは、冬に咲いている黄色の花に目をやっていたため、足元をよく見ていなかったとわかることだ。

・とぶ雉子を燕かと見る瀧遠し

（とぶきじを　つばめかとみる　たきとおし）

（制作年不明）松根東洋城に渡した短冊

山の中の滝を見に行った時のことを思い出しているようだ。明治28年11月2

日に四国山地の中の白猪の滝を見に、雨降る山道を間違えないように気を張って、足を滑らせながら登って行った。来春には松山を離れて熊本に移動するが、その前に子規が見ておいた方がいいと勧めていた滝だ。

句意は「どうどうと音を立てて落ちている滝が遠くに見えている。その滝壺あたりで鳥が飛んでいるのが見える。はてあの鳥は雉なのかそれとも燕なのか。やはり雉だった」というもの。山道から滝まではかなりの距離があるが、滑り落ちそうで容易には近づけない。

この句の面白さは、遠くで飛ぶ鳥を見て、まず雉だと思ったが燕のような気がするというのだ。そのあともっと滝の近くに行って、飛んでいる鳥をやはり雉であったと確かめたのだ。この一連の動きと判断の変化を面白く「とぶ雉子を燕かと見る」と表現している。あとでじっくり考えてみると、山深い所の滝であるから、燕の線はほとんどないはずだと思ったに違いない。

ちなみに漱石が四国山中で見た滝は、華厳の滝のように一本の流れとなって落ちているのではなく、広がって複数の筋となって岩肌を滑るように落ちているから、滝を幅広の瀧と表している気がする。

・とぶ蛍柳の枝で一休み

（とぶほたる　やなぎのえだで　ひとやすみ）

（明治24年8月3日）子規宛の書簡

風のそよぎを気にしないでゆっくり休むには柔らかい葉の、葉数の多い柳が最適だと蛍は知っている。自然の配置はうまくできたもので、綺麗な小川の岸辺には大抵柳の木があるものだ。撓った枝先は川面に近く、蛍はしがみつきやすい。

この句は二通りの解釈が可能である。一つは「夜になって散歩に出た漱石は、飛んでいた蛍が一休みするように、光りながら柳の葉に留まったのを見た」というものだ。目ぼしいメスの蛍が近づいてこないのを知って、光りながら飛ぶオスの蛍は柳の葉陰で一休みすることにした、というものだ。もう一つは「蛍は夜に光りながら飛ぶために昼間は体力の温存に努めている。日陰の涼しいところに身を隠している」というもの。夜になるとこの隠れていた柳の枝から蛍は飛び出すのだ。

昼間には蛍は葉陰に隠れているので飛ぶことはないので、漱石も蛍を見つけにくいとわかっている。そうであれば「飛ぶ蛍」は夜の蛍ということになる。

明治24年の夏に漱石は中村是公、山川信次郎と富士山登山を敢行した。彼らは旅の途中でどこかの宿に寝泊まりしたはずだ。この夜に宿から出て近くの川辺を歩いた。この時に尻を光らせて飛ぶ蛍を見たのだろう。そして田舎町の宿で宿泊している漱石たちのように一休みしている蛍を見つけた。

この句の面白さは、通常蛍を描く場合には飛び回る様を捉えるが、漱石は休んでいる様を描いていることだ。交尾の相手を探し回るのは、いくら身軽な蛍でも大変なのだと思って漱石はにんまりしている。

・都府楼の瓦硯洗ふや春の水

（とふろうの　がけんあらうや　はるのみず）

（明治29年3月5日）句稿12

むかし大宰府の庁舎である都府楼で仕事をする役人たちは、春になると書類に書き込む仕事に欠かせない瓦焼き硯の丸洗いを春の初めの行事として行っていた。この瓦硯洗いの行事は水が温んで洗いやすくなる季節に行うものであった。役人たちは硯を洗いながら、筆を持つ指の動きが滑らかになったと春の到来を喜んでいる。

この句の解釈で、「瓦硯洗ふ」を7世紀の役所における行事を描いていると見るか、明治人が遺跡の発掘物を洗う作業と見るかで解釈が大きく異なる。漱石全集では瓦硯について「都府楼の廃址（現、太宰府市）から発掘された古瓦で作った硯のこと」と注を入れている。つまり漱石のような明治人が遺跡から掘出した焼き瓦で作った硯を洗うこととした。この解釈も面白い。だが漱石は古代中国製の彫刻入りの洒落た硯を使っていた。やはり掲句は都府楼の役人たちの春の行事を偲んで作ったものだ。掲句の前後の句は奈良において、または奈良のことを念頭に作っていたから、漱石は奈良から大宰府の行事へと想像が飛んだのだ。

漱石は、春になると春の喜びを込めて書を書いたのであろう。中国の風習を日本でも踏襲していたのかもしれない。そこで大宰府での硯の丸洗いの行事のことに思いが及んだのだろう。もしかしたらこの行事は陰暦の正月に行うものであったのかもしれない。これが日本では学校を中心とする新暦の1月2日に行う書き初めの習慣に切り替わったのだろう。

硯の材質が磁器なら磁硯、瓦器なら瓦硯だが、それらも含めて陶硯と呼ぶという。この陶硯は現代ではあまり用いられないが、硯の歴史の中では石の硯より早く登場し、唐代まで硯の主流であった。

ところで漱石は、この句の後に硯の俳句を一つ作っていた。（明治29年10月）「君が名や硯に書いては洗ひ消す」というもので、これは習字の練習というものではなかった。現代であればノートの片隅に恋人の名前を書き込むことと類似するものであろう。この句を見る限り、漱石は熊本で結婚式を挙げた後も元恋人の大塚楠緒子のことで10月時点においても相当悩んでいたことがわかる。ここから漱石の家庭で波乱が起こることになる。

・苫もりて夢こそ覚むれ荻の声

（とまもりて　ゆめこそさむれ　おぎのこえ）

（明治31年10月16日）句稿31

漱石は幻想の世界に浸っている。古代中国の世界に暮らしている夢を見ていたようだ。漱石はなんと森の端に造った茅葺の粗末な家に住んでいた。

句意は「秋の長雨によって雨水が屋根の茅の下までしみて来て、とうとう下で寝ている漱石の顔の上にポタリと雫が落ち出した。おお、冷たいと漱石じいさんは目を覚ました。がたついている戸を何とか開けると、外では風が荻の葉を揺らして音を立てている」というもの。

戸口でおお、寒いと一声出すと同時に腕に鳥肌がたった。寝ている間にいつの間にか季節は夏から秋になっていた。このじいさんは夏の格好をしていた。小屋の中を探したが、寒さを防ぐ着物は見当たらない。

漱石がこのような幻想の俳句を作ったのには、明治31年5月に起きた妻の入水自殺未遂が関係していた。漱石はこの事件が起きると、再発防止のためにすぐさま川から離れた場所に家を探し、2ヶ月後の7月に引越しを終えた。この事件と対処の行動によって漱石自身の精神は相当に疲れていた。漱石は夢の世界に逃避したくなっていたのだろう。疲れてうとうとしていたら、いつの間にか幻想の世界に住んでいた。漱石は幻想の世界に住んでいた自分に気づいて「おお、危ない、危ない」と頭を抱えていたに違いない。

ちなみに漱石は明治31年7月に熊本市内坪井町78に転居したが、その家には広い庭がついていて家の中もゆったりしていた。漱石夫婦はこの家が気に入って、引越しを重ねた熊本において最長の1年8ヶ月間住み続けることになった。だが漱石は恵まれたこの家の中で夢見た家は、茅葺の庵であり、雨漏りのする家であった。そして広い庭は荒れて荻で埋め尽くされている家であった。漱石の精神がいかに荒れ、それに耐えていたかがこの俳句に現れている。

・泊り合す旅商人の寒がるよ

（とまりあわす　たびしょうにんの　さむがるよ）

（明治32年1月）句稿32

掲句には「口の林といふ処に宿りて」と前置きがある。漱石は旧制熊本高校の若い同僚と初めて宇佐神宮に初詣に行った。帰りは中津の奥の耶馬渓を通って日田経由で帰ることにした。冬の寒風が岩を削る山道を4日かけて歩く冒険旅行であった。崖の上の古刹を訪ねたり、道沿いの寺社を訪ねたり、若い人の真似をして神社で笹むすびもしたりした。それ以外は谷川沿いをひたすら歩いた。旅の3日目の宿は、くねって枝分かれする耶馬渓谷の中ほどにある「口の林」という処であった。

この宿で一緒になった旅商人も寒がっていた。その旅人とは掲句にあるように寒さを話題にして盛り上がった。この寒さでは次の日は雪になるであろうとこの行商人は予想していた。

この句の面白さは、「寒がるよ」は、「寒がる様よ」と理解できるが、「寒がる夜かな」とも理解できることだ。この宿の女将がなくなったその日の夜は、夜具は十分には出されなかった。親父は茫然自失の状態であったからだ。

その宿では夜半から寒さが厳しくなり、漱石一行と旅商人はなかなか寝付かれず部屋でゴソゴソ音を出していた。足を互いにこすり合わせる音が布団の中から漏れていた。漱石はこの宿で「短かくて毛布つぎ足す蒲団かな」という句を作っていた。安宿の蒲団が小さすぎて足が出ていた。この年の冬は稀に見る強烈な寒波が北九州に到来していた。漱石一行はダブルの不運に見舞われていた。

• 留針や故郷の蝶余所の蝶

（とめばりや　ふるさとのちょう　よそのちょう）

（明治30年4月18日）句稿24

この年の4月に熊本の第五高等学校に英語教師として赴任した漱石は、さっそく学校の中を案内されて見て歩いた。中学校とは違う、帝大とも違う、などとつぶやきながら歩いたのだろう。

理科の標本室に入って、採集した昆虫の展示箱がずらっと並んでいるのを見た。その中に綺麗な虫ピンで色鮮やかな多数の蝶が台紙に固定されているのを見た。案内人が先に行きたがるのを制止して、しばらく展示箱を見ていた。ある蝶の下に貼られていたラベルには武蔵野の地名が書いてあり、少々懐かしい気持ちになった。まだ足を運んだこともない土地の地名もあった。もしかしたら東南アジアの地名が書いてあったのかもしれない。

この句を見ると、上五が「留針や」であり、漱石はこの特製の留針に目が釘付けになったと見られる。ギフチョウなどの蝶の鮮やかな色に負けない留針の色と輝きがあったのであろう。金色に光る金属ピンに大きめの玉石が付いていたのであろう。つまり部屋にあった蝶の展示箱はどこかの殿様の宝物であったのだろう。細川の殿様が所有していたものか。西欧の宣教師が海外の蝶の展示箱を十産に持参したのだろう。

この句の面白さは、「や、の、の」の3個の平仮名があたかも虫ピンのように見えることである。漢字をしっかり止め置いている感がある。

• ともし置いて室明き夜の長かな

（ともしおいて　へやあかきよの　ながさかな）

（明治43年9月27日）日記

日記にはこの句の前に「寐られぬ夜」と前書きしていた。眠れない夜に日記を書き出したことがわかる。句意は「部屋は、夜中でも病気の急変に備えて行灯には火を入れたままになっている。その夜は明るいままになっていて長いこと寝られずにいた」というもの。修善寺温泉の宿の漱石の部屋は8月24日に大吐血してからは病室代りになっていた。漱石の周りの人たちは、漱石の容体は安定しているものの夜中に何か起きそうな気がして心配なのである。漱石としては眠りやすいように部屋を暗くしてもらいたいところなのだが、皆が懸命に介護、看病してくれていることを思って感謝したことだろう。

この句の面白さは、冬至の時期でもない9月なのに夜が長く感じられるという不思議な感覚にある。しかし、よく俳句を読むと「室明き夜の長さ」ということであり、行灯がついている時間が長いというのであった。つまり眠る時間が遅くなっていることを表している。そう感じる漱石は明け方近くになると部屋が明るくても眠ることができた。

この日の長い夜には、前日妻から聞かされた漱石が危篤になった状態と東京から駆けつけていた医者のことを思い出していた。医者は4、5日食事も休息も取らずに漱石の蘇生に専念したことと、妻は5、6日何も食べなかったことを思い起こしていた。そして東京から駆けつけた医者が病院に戻る時に、もう一度吐血したら助からないと妻に言い残したことを思い返していたに違いない。

• ともし寒く梅花書屋と題しけり

（ともしさむく　ばいかしょおくと　だいしけり）

（明治37年1月3日）河東碧梧桐宛の自筆絵葉書

梅の木が目の前にある閑静な部屋は梅を楽しめるように窓が大きく開け放たれている。この中国的な名前の「梅花書屋」のある句は、俳句の弟子である河東碧梧桐に宛てた絵葉書に書いてあった。この「書屋」は絵画や文学について談笑するサロンのことで、漱石先生は憧れの中国文人に倣って瞬時に自分の書斎を中国風に命名した。のちにこの部屋は「漱石山房」と名を替えた。この部屋はのちに弟子たちが勝手に集まる木曜会の部屋になった。

「ともし寒く」は春が「乏し寒く」であり、漱石が描く梅花書屋の前の梅の木はまだ咲いていないのだ。そんな庭を見ながら掲句を作ったのであろう。ちなみにこの絵葉書にある絵は何かを描いているが、ぼんやりとしてわからない。全集の編集者は「不鮮明なもの」であるという。日の光が不足している庭の様子を描いたのだろう。

この絵葉書は同じ日に出した橋口貢宛の絵葉書と同じ目的で描いていたものと思われる。後者の絵葉書にあった俳句は「人の上春を写すや絵そら言」というもの。こちらは少しわかりやすいが、モノクロ印刷ではよくわからないのは一緒である。私の絵はそんなに考えなくてもいいよ、寒くて筆が進まないのだと伝えていた。

● 灯火を挑げて鹿の夜は幾時

（ともしびを　かかげてしかの　よはいくじ）

（明治40年4月）手帳

京都東山の宿に宿泊していた時に、裏の山から鹿が降りて部屋の近くまで来ていた。厠の近くまで来たこともあった。近隣の芋畑が鹿害を受けていたが、宿の側でも庭の植栽が荒らされているので、夜中じゅう宿の庭に灯火を灯して、鹿を寄せ付けないように手を打った。この時期、漱石は大学を辞めて東京朝日新聞社に入社していて、大阪朝日新聞社に挨拶に行った。そのついでに京都大学の友人を訪ねた。

掲句の意味は「庭に鹿が出没しそうな夜は庭に灯火を灯しているので、部屋が明るくなってしまい、なかなか寝付かれない。今は何時かなと呟く」というもの。掲句の「挑げて」は単に明かりをかかげるのではなく、鹿に対する警戒の意味で行っていることを表している。緊張を孕む光は夜行性の鹿にプレッシャーをかける効果があるが、この灯火は漱石を眠らさなかった。

この句の面白さは、鹿を追い払うための照明であるが、鹿はスポットライトを浴びて東山の主人のように感じて堂々と行動してしまっていたことだ。これを漱石は「鹿の夜は」と表している。漱石はそのように振る舞う鹿のおかげで鹿の様子と生態を十分に観察できた。

＊「鹿十五句」の前置きをつけて『東京朝日新聞』（明治40年9月19日）に掲載

● 灯火を低き屏風に囲ひかね

（ともしびを　ひくきびょうぶに　かこいかね）

（明治37年11月頃）俳体詩「尼」5節

句意は「宿の部屋でそろそろ寝ようと横になったが、部屋の行灯が明るすぎて寝られそうもない。そこで立ち上がって部屋の隅にあった屏風で行灯を囲って見たが、低すぎて効果がない」というもの。飾りとして置かれた屏風よりも行灯の方の背が高かったようだ。行灯を囲った意味がなかった。

俳体詩の中の掲句には「ねまらんとすればかたき枕よ」の句が続いている。「ねまる」は、くつろいで休むこと。通常であれば足を崩して座ることになるが、ここでは寝転んで眠るというところだ。明るすぎたが横になって何とか眠ろうとして枕に頭を沈めた。ところがその枕が固すぎた。

この後者の句意は「見つけた枕に頭を載せたが、固すぎて眠るどころではなかった」というもの。部屋にあった枕は木枕であったが、和紙のカバーの下に厚めのクッションが入っていなかった。これでは首が痛くて眠れない。

二つの句を組み合わせると、部屋の行灯の光が強すぎて眠れない。さらには備え付けの枕は首に当たって痛くて眠れないということになる。とんでもない宿に泊まったもんだと笑い出した。

● 燭し見るは白き菊なれば明らさま

（ともしみるは　しろききくなれば　あからさま）

（明治43年11月5日）日記

この句の前に置かれている「菊の鉢は夜見る方よし」の句は、「見舞客が持って来てくれた白菊は、夜見るほうがいい」というもので、掲句と関連している。さて病室の明かりは、電球であったのか、それとも行灯であったのか。燭の字が上五にあるので、蝋燭を入れた行灯であると考える。

掲句の句意は「病室の行灯の光の中で見る白菊の花は、極めてよろしい。ほのかに浮かび上がる白さが何とも言えない」というもの。昼の光の中で見る白菊もいいが、薄暗い中で光を一方から受けている白菊の白さは気品のある白さに感じられ、さらに良く見えるというのだろう。これに対し、朝方の強い光の中で見る白菊は「明けの菊色未だしき枕元」と幾分残念な気持ちを句表していた。

掲句の面白さは、胃潰瘍もだいぶ癒えてきて菊の味わい方にこだわりを示していることだ。菊の愛好家というものはこういうものなのだと言いたいようだ。つまり白菊には昼の菊と夜の行灯の下の菊と二通りの楽しみ方があると主張している。そして下五の「明らさま」は菊の白さが目立つだけでなく、気持ちが明るくなっている様も表している。自分の顔の表情が菊に満足して、にこやかになっていたのであろう。

漱石は明治43年8月24日に療養先の修善寺温泉で吐血し、仮死状態になった。その後東京から来た医師団の賢明の治療、看護によって回復し、10月12日に東京の長与胃腸病院に再入院した。3週間が経過し順調に回復して来ていた。その気持ちのゆとりが掲句から感じられる。見舞客が持つてくる白菊の鉢が病室にたくさん溜まつていた。漱石はこれらを楽しむことができるようになっていた。だが、心の安寧は11月13日の新聞で大塚楠緒子が死んだことを知って崩れ去った。

ちなみに東京の一般家庭に白熱電灯が普及したのは、明治41～43年頃で、漱石宅に電灯が灯ったのは43年頃でろう。漱石が明治44年2月に退院して自宅に戻ると電灯が点いていて、驚いたという話が残っている。

• 土用にして灸を据うべき頭痛あり

（どようにして　きゅうをすうべき　ずつうあり）

（明治30年7月18日）子規庵での句会稿

漱石は7月4日に妻を伴って上京し、漱石は9月7日まで東京に滞在した。この間に漱石は子規を気遣って子規宅を度々訪問していた。

句意は「土用になって持病の片頭痛（ずんずんと拍動する痛み）が出て来たので、いつものようにお灸をすえるとしようか」というもの。暑さと疲れのせいで東京にいる間に片頭痛が出ることを予想して、モグサを持参して来ていたのであろう。当時の頭痛の治療としては簡単な処置であるお灸が行われていた。このことから「土用灸」という夏の季語も作られていたくらいである。

夏の土用は7月20日ごろから始まって明けは8月7日ごろ。一番暑い丑の日は7月27日ごろとなっていた。この土用は立秋を挟んでの18日間で、このあたりは季節の変わり目で体が変調しやすいと言われていた。ちなみに「土用の丑の日」に鰻を食べることは平賀源内の発案だという。

「漱石の疼痛、カントの激痛」とよく言われているように漱石の頭にはよく片頭痛が起きていた。この痛みに対する灸には足の薬指と小指の間を骨に沿って指が止まる所、足臨泣（あしりんきゅう）が効くとされている。ちなみに激痛には頭の後ろの天辺に灸をすえるのが良いとされた。

漢方では、片頭痛の原因はいろいろあるが、胃腸を整えることで痛みが改善することは珍しくないとされる。西洋医学の世界でも、食事の内容が片頭痛を起こす要因の一つであることは認められている。では漱石の場合はどんな食べ物が影響していたのか。甘味と暴食なのであろうが、何と言っても一番の要因はストレスなのだ。

この句の面白みは、全く面白みがないことである。この俳句を作っている時も片頭痛が起こっていたから、淡々と作るしかなかった。これがわかっておかしくなる。そして腰と背中に激痛の病を抱えている子規の前では、片頭痛の痛みについての話をできなかった苦しさを想像してしまう。

・鳥籠を柳にかけて狭き庭

（とりかごを　やなぎにかけて　せまきにわ）

（明治31年5月頃）句稿29

漱石一家はこの年の3月に熊本市の井川淵の家に転居した。前の家は3月に家の持ち主である漢詩人の落合為誠が、急に出仕先の宮内省から熊本に帰って来ると知らされ、急遽出なければならなくなった。漱石は、白川の手前に位置する井川淵町に小さな家を見つけて移った。この家は二階建てであったが、部屋数が少なく今まで住み込んでいた書生二人に出て行ってもらった。しかも庭も狭かった。現代の我々にとっては、縁側が付いた平屋で柳の大木がゆさゆさと揺れる庭付きの家は羨ましい限りであるが、当時の漱石にとってはその庭は狭苦しいものであった。庭を歩くときにこの柳の枝が気になって気楽に歩けない。なんと手狭な家に越してきてしまったのだと漱石は後悔した。

漱石は日々生活空間の狭さを感じながらこの家で暮らしていた。そうこうするうちに、妻の鏡子はこの年の5月に近くを流れる急流の白川に入水して自殺未遂を起こした。この井川淵の家は妻も漱石もイライラを募らせる家になってしまっていた。妻はいつまた自殺未遂を起こすかわからないという不安を抱えて漱石は生活していた。

漱石はこの漱石家の危機に狭い庭でインコを何羽か飼い始めた。日々の不安な気持ちを和らげるために、そして深刻な落ち込む気持ちを発散させるためにこのインコ用の鳥籠を庭の柳の枝の先に括り付けた。漱石は庭に出てインコに餌をあげながら話しかけていたのだろう。悩みをインコに聞いてもらっていたのだろう。漱石は心の中から大塚楠緒子の影を追い払うことにした。そしてこのインコ効果もあって、漱石はなんとか精神的危機を乗り切ることができた。

・鳥つゝいて半うつろのあけび哉

（とりつついて　なかばうつろの　あけびかな）

（明治43年10月6日）日記

この日の日記には「的礫と壁に野菊を照し見る」と並べて掲句が書かれていた。前書きは「昨日森成さん畠山入道とかの城跡へ行つて帰りにあけびといふものを取つてくる。（後略）」である。漱石は43歳にしてはじめてアケビと対面したのである。

医者の森成さんと地元の宿の人が面白がって口の開いたアケビを城跡の山から持ち帰って来た。城跡の山に入って土産話をするために食べ頃のアケビを取ってきた。そのアケビは皮が割れて実が半分見えている虚な状態になっていた。そこには鳥が食べた痕が歴然としてあった。

句意は「鳥がつついて実が半分なくなって空洞になっているアケビであることよ」というもの。漱石にはそのアケビは一見して美味（うま）そうな果物に見えた。だがその医者は漱石がそのアケビを食べることは許可しないのはわかっていた。喀血した胃には固い種のあるアケビは禁物であるからだ。漱石は森成さんを意地悪な医者だと思った。

この句の面白さは、アケビの皮は割れていて、その割れ目から鳥が中身を半分食べたとわかって一瞬漱石の思考も「半うつろ」になったということだ。漱石の食欲はいくら胃痛があっても旺盛なのだ。漱石は普段から常人とは違う食欲の持ち主なのだ。食べるのが認められないアケビを手にした時の漱石の残念そうな表情が目に浮かぶ。皮も実も美味そうな色つやをしたアケビは漱石先生を魅了したはずだからだ。そして鳥がアケビの美味いことを知っているというのが悔しかった。

中身が半分しかないアケビを見て、漱石は唖然としてアケビ同然に口を半開きにしてしまった。さらには漱石の口からは「あーあー」という溜め息が漏れた。ちなみにアケビは「木通」と書くが、蔓を短く切った後にその断面に息を吹くと空気が通るからだという。また、その語源「開け実」になるという。昔からアケビをめぐって人と鳥との静かな争いがあったようだ。

・取り留むる命も細き薄かな

（とりとむる　いのちもほそき　すすきかな）

（明治43年9月19日）日記

漱石は修善寺の温泉宿で吐血してからは寝たきりになった。８月19日夜からは看護を受けていた。体は極端に痩せ細ってきたのがわかっていた。

句意は「自分の体調はなんとか保っているが、自分の残された命も風に煽られている薄のようなものだ。依然と揺れている」というもの。秋に向かっている窓の外には風に揺れながら耐えている薄が見える。命はつながってはいるが薄のように細いままで不安であった。いつ強風が吹いて倒れるかもしれないのだ。しかし、とにかく生きている。これだけで万歳である。有難きかなである。

率直すぎて心にしみる句だ。生きていられるだけで実際には有り難いことなのだ。漱石の精神は相変わらず躁鬱病ということであるが、体全体は胃病の回復に向かってくれている。この状態を維持できれば結構と心に決めた句なのだと思う。

この句の「取り留むる命」には、手塚治虫の描いた神の手を持つブラック・ジャック（図中の黒い影）のような医者の処置によって命拾いできたという気持ちが表れている。30分間の仮死状態から命を取り留めたのも奇跡のようなものので、その臨死の記憶は鮮明にあった。そしてこの句を作れたことの喜びが感じられる。

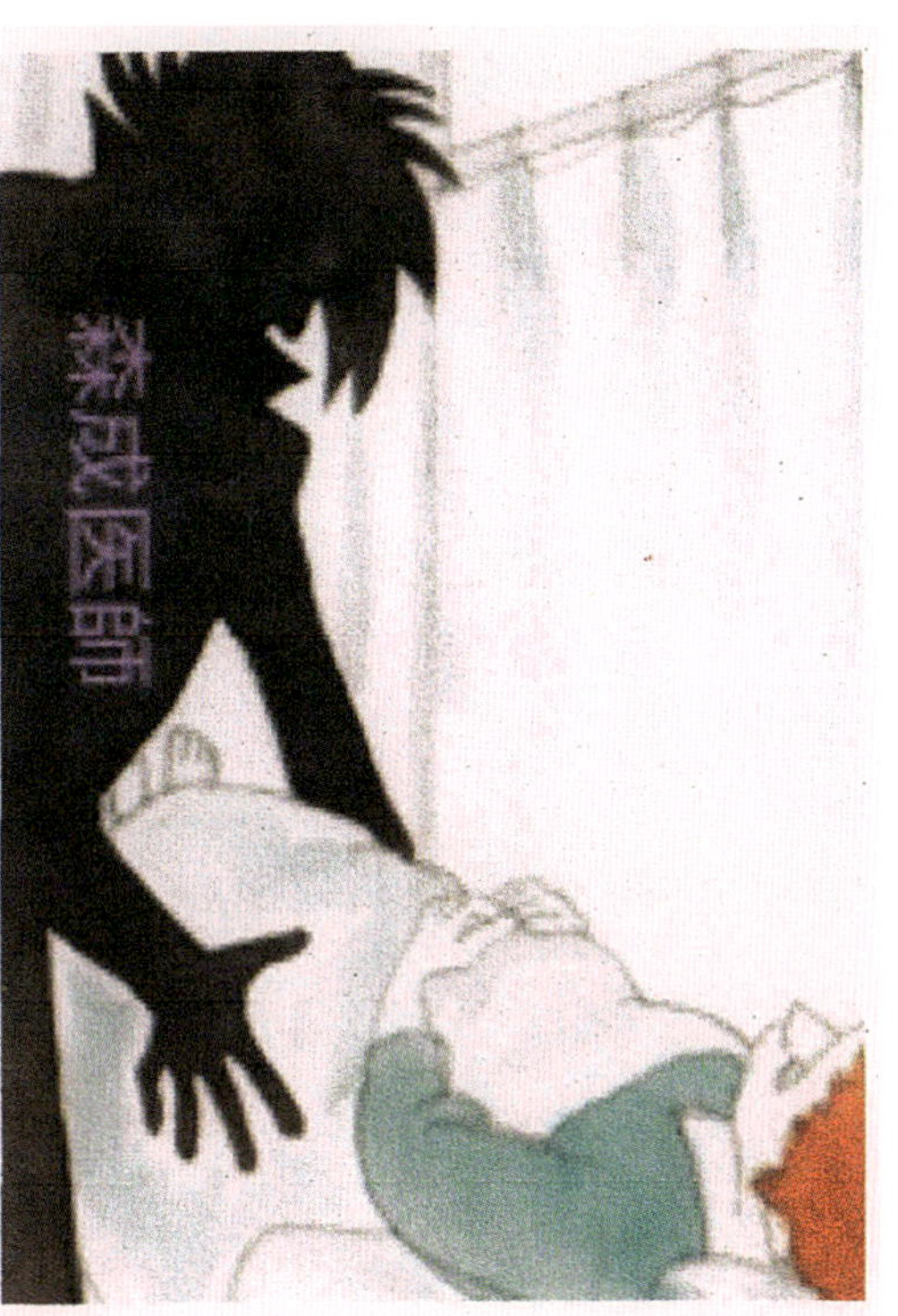

だが句作では掲句にきちんと遊びを込めている。「細き」は「命」と「薄」の両方に掛けられている。薄の茎と葉は細いものと決まっているが、あえて細い薄と表すことで漱石の心細い気持ちが読者に届くのである。闇の中にあるロウソクの細い炎が脳裏に浮かび上がる。

• 鶏鳴くや小村小村の秋の雨

（とりなくや　こむらこむらの　あきのあめ）

（明治28年11月3日）句稿4

漱石は松山の街中を出て南にある隣町の山麓にある川沿いの小さな盆地にやって来た。子規の遠縁の家に泊まるためである。石鎚山が見える山裾には菊を庭一杯に咲かせた農家がいくつもあった。まさに「小村小村の秋の雨」状態になっていた。これらの家々には鶏が飼われていた。秋の雨が降り出した中で、放し飼いになっている鶏たちが漱石に驚いたように鳴いている。集落のある小村が山裾にいくつも散在している。まさに小村小村状態である。

昼前のまだ早い頃であり、頻りに鳴く雄鶏の鳴き声は連鎖的で「コムラーコムラー」のように聞こえたのかもしれない。この句を読むと、広い土地でのんびりと餌をついばんでいる鶏が目に浮かぶ。漱石の目には貧しいながらも住んでいる人も鶏も、のんびりと生きることを楽しんでいるように見えたのだろう。

山歩きの漱石の気分としては、このような山水画にあるようなシンプルな風景を楽しく描きたかったのだ。あちこちの集落から鶏たちの鳴き声が届いたのだ。そこで中七は「小村小村の」となった。子規の好きな写実の俳句にしたつもりであった。

しかしこの句に対する子規の感想は、「イラヌ処ニ語を重ぬる八初心者の窮策也」であった。変わった俳句にしようとするから語を重ねることになるということだった。初心者は素直に句を作れということか。

ちなみに「小村小村」を入れた俳句として、泉鏡花の「湯の山の小村小村や菊の花」がある。漱石の句の楽しさを再現しようとしたかのようだ。

・鶏の尾を午頃吹くや春の風

（とりのおを　うまごろふくや　はるのかぜ）

（明治44年春）

この句は、掲句の次に配置されていた「冠せぬ男も船に春の風」とペアになっている。二つ合わせて句意を理解するのが望ましい。掲句の鶏とは「冠せぬ男」のことで大阪朝日新聞社記者の鳥居素川である。鳥居であるから「鶏」と表した。よって「鶏の尾」は「朝日新聞社の記者である鳥居君の背中」ということになる。

句意は「社命で英国に出張する鳥居の背中に春の真昼の風が吹き付けている。その風に押されるようにして彼は旅立った」というもの。午（うま）とは中国の陰陽道の12時辰による時刻の表記の一つで、昼の12時ごろである。この頃から暖かい春の風が吹きだす。

この男は漱石より年下であるが熊本生まれで気っ風がいい。そして熊本で生活した漱石と関係があった。漱石が明治40年に朝日新聞社に入る際には、漱石を推薦し社内説得に当たった人であった。漱石はこの男の生き方、性格が気に入っていた。

この句の面白さは、句の中に鶏と午の二種類の動物を詠み込んでいることである。春の句にふさわしい陽気な句に仕立てている。そして鳥居君を「鶏」と表したことである。新聞社内でも「こけこっこー」の声を上げる意見鳥だとして、彼に「鶏（にわとり）」というあだ名をつけていることだ。

漱石は東京の長与胃腸病院を明治44年2月に退院して、やっと自宅に戻った。庭を久しぶりに歩いて見た時に庭石の位置が気になって植木屋（たく駝）に頼んで移動してもらった。このことが自筆の色紙に書いた「たく駝して石を起せば春の水」の句（雑誌『俳味』（明治44年5月15日）に掲載）に描かれている。この頃に作った俳句が掲句である。やっと新聞社に戻れ、気性の合う男と仕事ができると思ったのに、この男が日本を去ることになり、寂しく思った。しかし、漱石は元気よく彼を送り出した。

・鳥一つ吹き返さるゝ枯野かな

（とりひとつ　ふきかえさるる　かれのかな）

（明治29年12月）句稿21

枯野は緑が乏しく風を遮るものはなく、吹き抜ける広野である。何にもないなどとぼんやり眺めていると、本当に何も見えないと漱石先生はつぶやく。平らな枯野に吹いている風は意外に強風であり、それが感じられないだけだと。鳥はその上の空を渡ってゆきたい所であるが、強風に押し返されてしまう。

句意は「雲ひとつない冬空の下の枯野には冷たい風が吹いている。その上を飛ぶ鳥が一羽いるが、寒風に煽られて思うように飛べない」というもの。日本の上空は大変なことになっている。中国の清朝時代の思想家である魏叔子（ぎしゅくし）の風が吹きまくっている。

掲句の直前に置かれていた俳句は「星飛ぶや枯野に動く椎の影」である。この「星飛ぶ」句は中国の清朝時代の思想家である魏叔子（ぎしゅくし）が前書きで登場する句である。明治の世の中を見渡した厳しい内容の句である。先の掲句には明治の日本にはこの思想家の影が見えているという。漱石は既にかなりの影響が出てしまっていると警戒しているのだ。自由に飛ぼうとしても制約されてしまうと。この鳥は漱石自身なのであろう。もちろんこの強い風に乗って飛び回る二葉亭四迷のような大形の鳥もいると観察している。ちなみに陸軍士官学校の入学試験にはよく魏叔子の文章から問題が出ていた。

明治の世の中を覆っていた魏叔子の思想にはこれを生んだ中国の大地、陸続きのユーラシア大陸が関係していたと見ていた。日本の冬の枯野の上空には星空があり、彗星が飛んでいる。自然の美しさが昔のまま存在しているように、魏叔子の書いた大鉄椎の文書が日本の思想界、文学界を席巻している。何やらきな臭いも立ち込めて来ていると警戒しているのだ。「動く椎の影」とは、良からぬことを考える人がいて、その企みが進行していることを暗に指摘している。

漱石は、星の出る夜なのに、枯野に椎の木の影ができていると観察している。痛烈な俳句であり、文章である。魏叔子の日本への影響が強すぎると警戒している。

鳥も飛ばず二百十日の鳴子かな

（とりもとばず　にひゃくとおかの　なるこかな）

（明治32年9月5日）句稿34

「阿蘇神社」とある。阿蘇の内牧温泉の宿を出て、阿蘇神社に来ていたが、嵐の予兆があって鳥は飛んでいない。しかし嵐が来そうでも漱石たち旅行者はあまり気にしないで、旅を続けようとしていた。漱石と同僚の山川は、一高へ転出する山川の送別旅行の途上にあった。阿蘇の南端から西回りで外輪山を回り、北端の内牧温泉を経由して阿蘇に入るところであった。漱石は普通に送別の宴をセットするのではなく、酒の飲めない漱石は阿蘇高原踏破の旅を企画したのだ。

句意は、「この日は天気が荒れる二百十日の頃に当たっていて、神社に来てみると嵐の予兆があってか鳥は全く飛んでいない。阿蘇神社の各建物に取り付けている鳥威しの鳴子は風に煽られて慌ただしく音を出している」というもの。鳴子は鳥の糞による社殿汚し防止のために取り付けているもので、よさこい祭りなどで手に持つ打楽器としても使われるもの。木の板に竹の管や木片を付けて叩いて音が出るようにしたものである。これを紐でつないで風で揺れるようにした。

この句の面白さは、鳥を驚かすために張り巡らした装置の鳴子は音を盛んに出しているが、鳥たちは音とは別の判断で本能的に社殿等に姿を全く見せていないことだ。風で鳴っている鳴子にとっては、相手の鳥がいないのでまさに肩透かしである。通常は鳴子の音を無視して、社殿を汚す鳥どもがこの日は姿を見せていない。漱石はこの様を見てニンマリしたが、神社から出て阿蘇に入ると嵐が来ると予想して緊張したはずである。

もう一つの面白さは、境内では鳥は鳴いていないが、その代わりに鳴子という「木の鳥」がしきりに鳴いているというユーモアがあることだ。

鳥や来て障子に動く花の影

（とりやきて　しょうじにうごく　はなのかげ）

（明治27年）子規の選句稿「なじみ集」

この句は子規が直筆で作った選句集に収められたものである。この時の漱石の雅号は凸凹になっていた。自分のあばた鼻を自嘲していたのか。それとも失恋した後の苛立つ気持ちを凸凹で表したとも思われる。

句意は「春の日差しを受けて桜の枝影を映していた障子に、突如鳥の影が加わって、その枝影が揺れた」というもの。漱石は障子にできたぼんやりとした影絵を動く水墨画として楽しんでいる気がする。

この句の面白さは、静止画が急に動画になったところにある。多分この鳥は目白か尾長鳥であろう。雀だと枝の揺れは小さく、目立たないからである。

ちなみに掲句によく似た漱石俳句があった。それは明治24年7月24日に子規宛に発送された手紙に書かれていた「雀来て障子にうごく花の影」である。両句の違いは上五の「雀来て」と「鳥や来て」の違いだけである。前者では、枝を揺らしたのは雀だと推理したが、これは間違いであったと訂正したことになる。

ところで平安時代には、鳥は恋愛における男を表し、花は女を表すとされた。つまり漱石は「雀来て」を「鳥や来て」に変えた意図は、別のところにあったと想像できる。つまり掲句の障子のある部屋は、掲句を作った頃に漱石が下宿した東京の小石川にあった宝蔵院の部屋であり、そこでの出来事を詠んだものであるとわかる。漱石の部屋から尼僧のいる部屋の方を見ていると、障子に男と女の尼僧の影が映り、動いて見えたのだ。

河内一郎氏の著作である「漱石のマドンナ」の中での解説によると、宝蔵院は過去に尼寺だったことはないとの記述があり、「漱石が下宿した年の二年前、同じ伝通院関連の淑徳学園が開校し、そこに尼僧が数人いたので、その人たちが何かの関係で宝蔵院に来て、おしゃべりをしていたのを漱石が見たのではないか」と書いていた。この文章からの推察として、淑徳学園の教員であった数人の尼僧が夜に宝蔵院の男の僧がいる部屋に来て、法要でない抱擁などをしていたと思われる。

だが漱石は別のことも匂わせる。漱石はこの宝蔵院から何人かの知人に葉書を出し、遊びに来て欲しいと誘っていた。この呼びかけに応えた人の一人に、別れた楠緒子がいたと思われることだ。これは明治38年に作られた漱石の小説「一夜」からの推測である。この短編小説は、法蔵院とわかる寺の8畳間で、美女（楠緒子か）と髭のない男（保治の顔写真には確かに髭はない）と髭のある男（漱石）が会話する小説である。彼ら三人が一夜、夢のように話し込んだ後、そこで寝込んだという話である。この小説は、漱石が楠緒子と別れた後に、集まって楽しく会話するという夢の話になっていた。

漱石は掲句の原句である「雀来て障子にうごく花の影」のイメージを膨らませて、辛い時期に現実逃避の俳句に仕立てていたと思われる。

・泥亀のながれ出でたり落し水

（どろがめの　ながれいでたり　おとしみず）

（明治28年9月）子規の承露盤

句意は「水田の中で水草の中に紛れて生きていた泥亀は、稲刈りを控えて行われた突然の水抜きに遭遇して、流れ出る水で田んぼから押し出された」というもの。水田での生活にも慣れて餌も取りやすくなってきた亀にとっては落し水は衝撃であった。泥亀は過去の田んぼでの経験で、水が抜かれると田は乾燥し餌もなくなるのは目に見えていたからだ。田んぼにいた生物は抜けてゆく水と一緒に移動するか、冬眠の準備に入るかの決断を迫られる。亀は水がないと干からびてしまうから、とりあえず流れ出る水の勢いに任せて一緒に泳ぎ出ることにしたようだ。

この様子を田の畔で見ていた漱石には、亀はパニックに陥って慌てていて、押し流されているようにしか見えない。立場によって事態の見え方が異なるのは世の常であるが、これを漱石はみごとに俳句で描いている。このタイプの話を芸術作品として描いているのは、昭和時代の黒澤明監督作品の羅生門である。事実に対する関係者の見解の相違が見事に時代映画として描かれていた。

漱石は落語シナリオ作家のノリで楽しく面白い俳句を作っている。亀をあえて泥亀と表して長屋の熊八のように扱っている。慌てふためいて泥の中に首を突っ込んでいる亀を想像させている。落し水の中でもがいている亀はまさに泥をかぶった泥亀になっている。

ちにみにこの時期の漱石は、面白い落語俳句的なものを大量に作っていた。俳句の師匠でもあり、敬愛する子規がこの年の8月から松山の愚陀仏庵で漱石と共同生活をしていたからであった。

＊海南新聞（明治28年9月11日）に掲載

・泥川に小児つどいて泳ぎけり

（どろがわに　しょうにつどいて　およぎけり）

（明治30年4月18日）句稿24

学生寮に入っている生徒たちは、近くの川や湖に出かけて泳いでいる。だが幼児たちはその仲間に入れてもらえない。その子達は浅い川に入って遊ぶしかない。膝までの深さの川なら親も自由に遊ばせてくれる。

そこで集まってきた子供たちは草の生えた岸から小川に足を踏み入れて川遊びを始める。近くの田んぼから流れ出た泥が湧水の流れている川底にたまっているが、その泥が思い切り遊ぶ子供の足によって掻き上げられ、水は濁って泥川となっている。子供達は濁った水を掛け合って遊んでいる。川が濁るのが面白く、体が汚れるのが面白いのだ。大人と違って、打算のない無計画の遊びをする子供は楽しいはずだ。

令和の現代であれば、幼児たちは木陰で、いや部屋の中で一人静かにスマホのゲームをするところであろう。このようなゲーム遊びを見たなら漱石はどう思うのであろうか。いや今や大人たちも引きこもってスマホゲームをする時代になっている。

「顔黒く鉢巻赤し泳ぐ人」「深うして渡れず余は泳がれず」「裸体なる先生胡坐す水泳所」「泳ぎ上がり河童驚く暑かな」に続く泥川俳句は、水場に集まって遊ぶ幼児の姿を描いている。この光景は、今では考えられなくなってしまった。どちらが豊かな社会なのか。

この句の面白さは、「小児どついて泳ぎけり」と間違えそうなことだ。水場に意地悪な子供がいたと勘違いしそうなのが面白い。

戸を開けて驚く雪の晨かな

（とをあけて　おどろくゆきの　あしたかな）

（明治29年12月）

漱石はこの年、熊本で初めての冬を過ごしていた。「ある冬の朝、雨戸を開けると庭が真っ白になっているのを見て驚いた」というのが句意である。この雪の景色は、熊本の気候の変化の激しさを物語っていた。あれほど暑かった熊本の夏はどこへ行ったのか。

この句の面白さは、「雪の晨」にある。晨の字はただの朝ではなく、まだ薄暗い夜明けであり、うっすらと星が残っている朝なのである。つまり降雪はすでになく、弱い太陽の光が雪の面で反射して一面が輝いていたことを表している。

この年の冬には結構雪が降った。記録的な寒波が北九州に押し寄せていた。漱石はこの時期雪の出てくる句をいくつか作っていた。「扶けられて驢背危し雪の客」が掲句の直前句である。

漱石は朝が明けるまで降雪に気づかなかった。雪で滑りが悪くなっていた雨戸を力を込めて開けるとぱっと光が差し込んで来た。庭は白く光り輝いていた。幻想の世界が目の前に出現したのだ。そして庭の緑の木々と雪の白さのコントラストの見事さに驚かされたに違いない。この感激をさっと俳句に認めたのだ。重い雨戸を開けたときの掛け声は驚きの声に変わった。ため息交じりの「おおー」という声が聞こえて来そうだ。

この句の面白さは、夜明けの空の星が地表に雪として降って輝いている様を描いたようにも思えることだ。

＊雑誌『めさまし草』（明治29年12月18日）と『新俳句』に掲載

頓首して新酒門内に許されず

（とんしゅして　しんしゅもんないに　ゆるされず）

（明治32年10月17日）句稿35

「熊本高等学校秋季雑詠　習学寮」の前置きがある。規則を破ったのだから、頭を地面に擦り付けて懇願してもダメなものはダメ。うまい新酒ができたとて寮内に持ち込むことは許されない。また新酒を居酒屋で飲んで帰ってきてもダメだ。ここは禅寺と同じなのだと門札は宣言している。九州男児は酒が強いが、酒を飲んでの帰寮はいくら頭を下げても認められない。「習学寮」という名のガチガチの寮なのだから当たり前だという。漱石先生はしばらくの間、学生の生活担当になっていた経緯がある。

昔から禅寺の門前には、寺の決まりごとを列記した立て札があった。その中に「不許葷酒入山門」（葷酒山門に入るを許さず）があった。漱石の掲句はこれをもじって葷酒を新酒に変えたもの。学内に取り付けられた酒持ち込み禁止の「不許新酒入山門」の札にもユーモアを込めている。

ところで中国の「葷酒」とはニラ、ニンニクなどの匂いのきつい野菜や酒を意味するが、単に学寮の中でニラ等を料理する、飲み食いするだけに限るものでなく、外で食べて来て帰るのも含む厳しいものであったのだ。寺の宿坊の中では他人の勉学を妨げてはならなかったのだ。つまり相部屋の学僧にも配慮せよというものだった。当然キムチを食べて帰ってくるのもダメのはずだ。

掲句の面白さは、寮の規則は新酒でなければOKという抜け穴を学生に教えていることだ。規則は適切に解釈すべしと言っている。度を越さなければ良いというところだろう。なにやら室町時代の一休禅師のユーモア話に似ている。

当時の習学寮は軍都熊本らしく兵営式の寮であり、2寮で構成され約300人が入寮した。一階は自習室、2階は寝室になっていた。どちらも1室を8名が使用した。自習室には机が二つ置かれ、寝室には9畳の畳が入れられた。1年生は入寮の義務があった。明治22年の建設された当時は16人用の部屋になっていたが、寮生の意見を取り入れて部屋は二つに仕切られたという。16人制ではいつもお祭り騒ぎになってしまうからであろう。

【な行】

●なある程是は大きな涅槃像

（なあるほど　これはおおきな　ねはんぞう）

（明治30年2月）句稿23

掲句はつぶやきをそのまま俳句にした漱石らしいユニークな句になっている。子規もこれと似たことをしている。「毎年よ彼岸の頃に寒いのは」という俳句は、子規の母親のつぶやきをそのまま子規が書き留めたものだという。

掲句の句意は「大き過ぎてなんなのかよくわからないが、手枕をして寝転んでいるブッダの姿、涅槃像なのであろう」というもの。「なある程」はあくびが出そうなくらいに大きいという表現になっている。

さて、福岡県篠栗町にある南蔵院（四国遍路の第一番札所になっている篠栗霊場の総本寺）には、世界一大きいとされる巨大な『釈迦涅槃像』がある。この釈迦涅槃像はブロンズ製で、寝そべった体の長さは41メートル、高さは11メートル、重さ約300トンだという。しかしこの像は20世紀末に作られたものだから、明治30年に実在した像ではない。掲句からはわかるのは、漱石先生が見た像も驚くほど大きかったということだ。だが漱石の「なある程是は大きい」という言葉からは、何か頓知が働いている気がする。

掲句の涅槃像は阿蘇連山のことなのだ。阿蘇の大観峰から見た雲海に浮かぶ阿蘇五岳の連なる輪郭は、涅槃像に見えるとのこと。これは南蔵院の涅槃像よりはるかに大きい。写真で見ると、この連山の輪郭線はお釈迦様が仰向けに寝ている姿に似ていた。漱石と同じように弟子の枕流は写真を見て「なある程是は大きい」と大きな声で呟いてしまった。この仰向けの涅槃像は「阿蘇の涅槃像」と呼ばれているようだ。この手枕をしていない自然物の仰向け涅槃像を見せられたならば、漱石は驚きもせずに、無理やり涅槃像にしていると解して次の言葉を発したかもしれない。「あーそー」と。

●内陣に仏の光る寒哉

（ないじんに　ほとけのひかる　さむさかな）

（大正3年）手帳

手帳には後置きの文として「右四句広島井原市次郎ニ贈る色紙に書くため作る」がある。漱石は度々色紙を送ってほしいとこの旧友に頼まれていた。

内陣とは「寺社の本堂内部において本尊または神体を安置する場所。外陣（げじん）と対置される」とある。この句では内陣は寺の本堂であり、ここに仏像が置かれている。外陣は、参詣人がお参りする所である。賽銭箱のある場所だ。

句意は「寺の本堂内に安置されている仏像は暗い中で金色に光っていても、見ている漱石は寒さを感じる」というもの。金色に光る仏像を見ている漱石は、仏像は光っているがそれでも内陣は寒さが感じられるという解釈と、光っている仏自身も暗い内陣の中にいて寒いのではないか、という二つの解釈が成り立つ。確かに仏は金色に光っているだけでなく、インド風の布を身につけていて薄着である。冬であれば見るからに寒そうである。

ところで漱石はなぜこのようないろんな解釈が可能なユーモア俳句を作ったのか。井原のための挨拶句なのか。井原は広島の経済人として寺の保存活動もしていたのか。

この句の面白さは、寺の仏像は普段はありがたいもの、参詣人にブッダの人柄を感じさせるものと考えるが、漱石は皮膚感覚的で仏像を見ていることである。

ちなみに井原市次郎は漱石の大学予備門（後の第一高等中学（いわゆる「一高」）時代の学友で、漱石の『木屑録』作成のための房総旅行に同行していた。市次郎は慶應義塾を卒業して広島へ帰り、家業の清酒販売店を引き継いだ。その後の付き合いは短冊の依頼と贈り物の関係だけのようだ。大正元年には広島で獲れた鮎の干物の届けものがあった。お礼の手紙には「生鮎よりも干した方が好物に候」と書き、短冊代のつもりだろうが済まない旨書いていた。

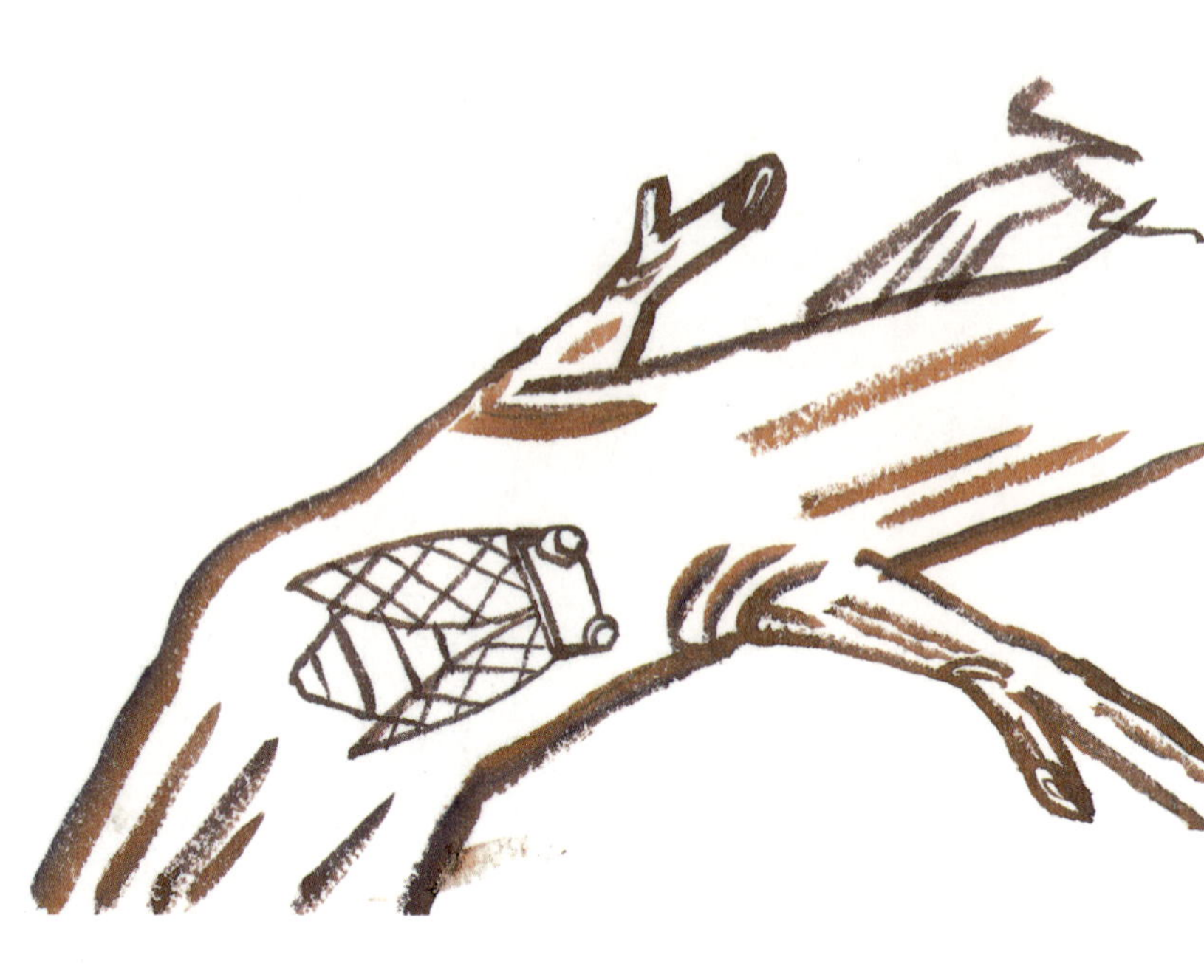

・長からぬ命をなくや秋の蝉

（ながからぬ　いのちをなくや　あきのせみ）

（制作年不明）『明治俳諧五万句』「秋」（明治43年5月刊）

伊達秋航の編集による俳句本の秋の部に収容された句である。句意は「目の前で鳴いている法師蝉は、初秋になって残された命が短いことを察知して必死に鳴いている」というもの。この蝉は夏の終わりになると鳴く声が大きくなるように感じる。夏の終わり頃に出現するこの蝉の声は、透き通る声で鳴いて秋を感じている人を切ない思いにする。

漱石は蝉が鳴くのは、オスがメスに求愛しているのだと判っていて、賢い蝉は短命であることを知って鳴いていると蝉に同情する。

この俳句は漱石が大病をして寝込む前に作られたもの。漱石は明治43年の初めから胃袋と尻に問題があるのを知っていて、食べ物の体内経路がうまく機能していないことは短命を意味すると解していた。したがって漱石は自分の命は長くないことを知っていた。この時、自分は秋の蝉のようには鳴かない、泣かないと決めた。自分の使命をわかっていたが、自分の短い命という運命もわかっていた。だが漱石はこのことを掲句では嘆いていない。自分は兼好法師でもなく法師蝉でもないからだという思いがある。

漱石はこの年の夏、8月24日に修善寺で大喀血し、心臓が30分間停止した。しかし、奇跡的に息を吹き返した。漱石は臨死の際に自分は素直に死ぬのを受け入れていた。だが何かの力でこの世に引き戻された。漱石はこの世に舞い戻ったことを受け入れ、素直に喜んだ。

この句の面白さは、「なくや」と表して「泣くや」と「鳴くや」、そして「哭くや」も表していることだ。そして、掲句の後ろで、自分はこのような嘆きの蝉ではないと言っている気がする。自分の気持ちを素直に法師蝉とは違うと表していることだ。誰もが俳句にしそうな事柄を使って、反対のことを表していることだ。

・長かれと夜すがら語る二人かな

（ながかれと　よすがらかたる　ふたりかな）

（明治31年9月28日）句稿30

慣れない土地で生活することで心労がたまり、加えて漱石と楠緒子関係が続いていることを知って悩んでいた妻の鏡子は、ノイローゼに陥っていた。鏡子は、この年の5月に当時の家が一級河川の白川のすぐ北、50メートルほどの近さのところにあったことで、妻はふらふらとこの川に近づき、身を投げた。幸いにしてこの川で落ち鮎の投網漁をしていた漁師に助けられ、家に運びこまれた。

漱石はしばらくの間、毎晩夜中に妻が外に出ないように自分と妻の手首を紐で結んで寝たという。その頃に漱石が詠んだ句が「病妻のねやに灯ともし暮る秋」であった。漱石はこの句を子規に送る句稿には書いていなかった。親友の子規に心配させたくなかったからだ。

この時期に作っていたもう一つの沈鬱な句の一つが、掲句である。漱石は夜には行灯の明かりの下で、妻と長く語らったのだ。夜は漱石には怖い時間であり、漱石は妻に喋り続けるしかなかったのだ。

この句には、怯えながら死に立ち向かう夫婦の関係が明かりの中にくっきりと浮かんでいる。漱石は何を妻に話したのだろう。楠緒子とのことを正直に話したのであろう。「もう止める」と。

「長かれ」は、命長かれであり、「夜すがら」は一晩中、夜通しである。二度とバカなことはしないで生きて欲しいと夜通し妻に語りかけている姿が見える。

● 永き日やあくびうつして分かれ行く

（ながきひや　あくびうつして　わかれゆく）

（明治29年3月）松山での句会

（明治29年4月11日）乗船の際

「松山客中(きゃくちゅう)虚子に別れて」の前置きがある。明治29年1月に東京にいる病床の正岡子規を見舞ったときに、子規には熊本に赴任することを伝え、別れてきた。そのあと松山で春の温かい日に、俳句会の仲間が送別会を開いてくれた。そして船に乗る当日には、大勢の知人が松山の三津浜に見送りに来てくれた。その中の代表として高浜虚子は宮島まで同行してくれた。

漱石の記憶では、湊で掲句と「わかるゝや一鳥啼て雲に入る」の句を書いた短冊を漢学者で俳人の近藤我観に贈った。この人は10人のメンバーからなる松風会の会員である。これらの2句はこの人だけに贈ったといわれている。

この日漱石は鬱金(うこん)（ほぼ金色に光る）木綿の袋に入れた大弓を自ら携えて、虚子と広島行きの船に乗り、三津の海岸から出発した。横地校長、村上霽月、上野家（愚陀仏庵の家主）の孫娘（11歳）らが見送った。

漱石は湊の別れの場で、新作と旧作の短冊を二つ取り出しただけだった。旧作はかつて「道後の温泉にて神仙体を草したること」として漱石が句会で詠んでいた空想句である。漱石はこの句を港での送別句として再使用したのだ。これは漱石のユーモアであろう。

神仙体の句は、奇妙な不思議な状況を想定してのものである。つまり漱石は、あくびは結核のように隣り合う人の口から口へと伝播、感染してゆくのは、病原菌の仕業だとしたのだろう。これを念頭に置いて句会の会場で面白い掲句を作り上げた。

漱石は虚子に若干の皮肉を込めて「君は面白い句を作れるんだよ。この方向で進んでよ」とばかりに、句会における虚子との別れの句として作ったのだろう。この句は、虚子がかつて作っていた「永き日を君あくびでもしているか」の句を思い出させるために漱石が仕掛けたものなのだろう。

この虚子の句は正岡子規の従弟で俳句仲間であった藤野古白の自死後の一周忌（明治29年4月8日）に虚子が作っていた句である。古白は黄泉の国に行ってから退屈であくびでもしているのか、という意味である。

虚子ははじめ4月のことであるから上五に春の季語の「春の日」を入れた。だが黄泉の国では四季は存在せず春の日はない。また、毎日がさぞかし暇な「長い日」なのであろうとして「長い日」に替えた。そして退屈して「君あくびでもしているか」としたのであろう。つまり虚子としては珍しく面白い句を作っていたことになる。だがこれには元句があり、漱石が先に作っていた掲句が下敷きになっている。

漱石は宮島に向かう船中で自分の想いを乗せて、虚子に掲句の短冊を渡したと思っていた。しかし虚子の記憶では、この句が書かれたのは漱石の熊本への出発の時ではなく、その少し前に虚子が帰京する際に高浜の港（波の高い三津の浜港の他に造られていた）まで見送りに来ていた漱石から短冊を手渡されたのだという。この短冊は虚子の手元に残っている漱石の唯一の短冊であり、この短冊には「送別」という前置きが書かれていた。署名は「愚陀」である。さてどちらの記憶が正しいのか。

漱石は虚子が藤野古白の一周忌に漱石句をアレンジして作り直した句を、虚子に思い出させるために、再度船の上で提出したのだ。これは漱石の置き土産であり、漱石のユーモアなのだ。漱石はこの句を書いた短冊を虚子に渡していた。

もしかしたら湊での別れの場で最初にあくびをしたのは、虚子だったのかもしれない。漱石は虚子のそのあくびを見て、掲句をまた持ち出したのだ。瞬発芸ということになる。この虚子の作った句を彼に思い出させるために掲句をぶつけてやろうとしたのだ。これが真相であろう。それにしても漱石は、作った句の活用がユニークであり、笑ってしまう。

ちなみに坪内稔典氏はこれとは別の指摘をしている。江戸時代の狂歌師、大田南畝が編んだ本に出てくる大弓の句、「秋の暮あくびうつしに行きにけり」を漱石が春の句に転換したのだというのだ。また半藤氏はこの句の元ネタは、落語の「欠伸指南」であるという。何事も何かに関連があるのは世の常である。芸術、音楽は百%オリジナルということはあり得ない。

ところで前書きにある「松山客中虚子に別れて」の「松山客」とは何を意味するのか。「松山の見送り人」の意味であろう。掲句を二人に渡していたが、印象としては漢学者の近藤氏にではなく、虚子に渡したつもりになっていた。

三者談

この句にも漱石の虚子観がよく出ている。虚子のことを「大いに松山的ならぬ淡白なる処、のんきな処、気の利かぬ処、不器用なる点これあり」と子規宛の手紙に書いている。江戸っ子らしい洒脱さがある。大した話をするのでもなく、長い旅をすると退屈なあくびが出る。互いにあくびをする。無造作に作っていて無造作な句ではない。

・永き日や動き已みたる整時板

(ながきひや　うごきやみたる　せいじばん)

(明治40年4月2日) 日記

「夷川通り古道具屋」の前置きがある。東京朝日新聞社に入社して初めての仕事が大阪朝日新聞社への挨拶であった。大阪に出て仕事を済ませ、会社の休暇を使ってその足で京都に行って滞在していた。桜が咲こうという季節の暖かさに誘われて京都の街の散歩に出かけた。

日が長くなったものだと感心して歩いていた。そのまま歩いて行くと古道具屋の古い掛け時計が目にはいった。そのとき整時板という骨董の匂いがする造語が頭に浮かんだ。

その古時計の針が動いていないのを確認してニンマリした。やはり時を整理する機械も日が長くなったのに合わせて針の動きが極端に遅くなったと笑いが浮かんだ。秒針のない大時計はまるで止まっているかのように見えている。

漱石の頭の中に落語の筋が浮かんできた。古道具屋の時計は止まっていても当たり前だが、漱石はこれに理屈をつけて楽しんでいる。整時板が止まっているのは日が伸びた分を調整しようとして、しばらく止まっていると見立てたのだ。つまり、古道具屋の目玉商品であるから、動いているはずだと思っていた。これは「動き已みたる」の語で判断できる。

漱石は京都の街を十分に楽しんでいる。このたびの京都旅行の目的の一つは、古い書画と骨董を見ることだと狩野亨吉（こうきち、京都帝国大学文科大学学長）に手紙で知らせていた。若い恋人たちが春の日に「時間よ、止まれ」などと願う心境に漱石もなっていたのか。漱石は整時板の針が止まっているように見えて嬉しくなった。

・永き日や頼まれて留守居してゐれば

(ながきひや　たのまれて　るすいしてゐれば)

(大正3年) 手帳

春になって家族も下女たちも皆用事を作って出かけてしまっていた。漱石は家で原稿を書くでもなく、のんびりと絵を描く予定であったので、気軽に皆を出かけさせた。

句意は「気候も良くなってきたので、家のものは皆出かけてしまって、自分一人が留守番役で家にいた。だが、なかなか皆が帰ってこないのでやきもきしていた。留守居を安易に受けてしまったと反省している」というもの。一日の中では自分も外に出かけたくなる時があるが、留守居はそうはいかないからだ。

外で遊ぶときは時間が短く感じるのに対して、家の中でじっと待つ方はして時間が長く感じるということを面白く歌っている。

この頃の、この句より前に作っていた留守居に関する漱石俳句に次のものがある。「日は永し一人居に静かなる思ひ」「留守居して目出度思ひ庫理裏長閑」これらは退屈で長閑な空気を味わっている句である。「草双紙探す土蔵や春の雨」の句も留守居していた時のものであろう。

最初の頃は留守居役は人を怒らないで済むし、のんびりできていいと思っていたが、何度も留守居をしていると飽きてきたのだ。多分次の留守居を頼まれたら自分が無理やり外出するのであろう。

ちなみに留守居はれっきとした江戸時代の幕府、諸藩の職名であった。幕府の留守居は将軍が鷹狩りや地方出行の際に城中留守警備を任務とし、諸藩の留守居は江戸に常駐して幕府と藩の公務連絡、他藩との交際連絡を任務としたという。博識の漱石先生は留守居というのは難しい大事な役目なのだと変に納得してしまったのかもしれない。

● 永き日や徳山の棒趙州の払

（ながきひや　とくさんのぼう　じょうしゅうのほつ）

（明治29年3月5日）句稿12

唐代の徳山という禅僧は常に三尺棒を持っていて、寺に来る僧に対して是非もなくこの棒で打ち据えて、教えを説いたという。この棒は三十棒とも呼ばれていた。この俳句での「徳山の棒」とはこの特別な棒のことである。この行為は常識や分別に囚われるなという意味であるという。もう一人の趙州は犬の仏性の問いに対して「無」と返した問答で世に知られる禅僧である。

禅宗の公案の匂いのするこの句の理解には、骨董の世界における「わずかな傷は払(ほつ)」と言い表す慣習を知っておく必要がある。さて暖かくなってきた春の日に、漱石は買い集めた骨董品を久しぶりに出して味わうことにした。

句意は「強くなってきた春の光の中で、購入した骨董品をじっくりみると、今まで気づかなかった傷が目についた。『徳山の棒』を受けて生じたような打ち傷のようだが、これは『趙州の払』といったもので、これは無いに等しい傷だと思い返した」というもの。漱石はこの古い時代の有名な禅僧二人を俳句に登場させて、春の日を楽しんだ。明治時代の骨董の世界における傷を表す「払(ほつ)」は、徳山の棒の落下によるわずかな傷だとして掲句を創作したようだ。

掲句には別の解釈が可能である。「春の日に来訪した趙州の頭を徳山が使い慣れた棒で打ちつけようとしたが、趙州は一瞬の判断でこれを払いのけた。徳山の三十棒を無にした」というもの。払には払いのける、の意味がある。趙州はこの後何を口にしたかは想像するしかない。得意の「無」と言っただけなのか、いや何も口にしなかった気がする。

ちなみに「趙州の払」を、ふさふさの尻尾のような仏具の払子と解することもできるが、「徳山の棒」との連結が困難であり諦めた。

ところで現代の中古品市場や骨董市場では、わずかに払のある品は「美品」ということになっている。人物評価においても少し傷のある人の方が魅力に富んでいそうに思われる。

● 永き日や韋陀を講ずる博士あり

（ながきひや　べーだをこうずる　はかせあり）

（明治29年1月28日）句稿10

韋陀の読みを「べーだ」ではなく「いーだ」、「いだ」が適当とする本もある。この言葉自体はインド最古の宗教文献を意味し、韋陀は現地の発音を漢字に置き換えたものだ。したがって博士は現地語読みの「べーだ」を採用していたと判断する。

この句は、明治29年に四国松山から正岡子規に送った句稿の中にあったものである。漱石は帝大に在籍した時に、難しいインド哲学の授業を取ったがよくわからなかった。この授業は本当に退屈で、講義時間は長く感じられた。いくら立派な博士の授業でもわからない授業ほどつまらないものはないと実感した。

句意は「あくびの出るような春の日に、帝大に難しいインド哲学の韋陀を難しく講じる博士がいたと思い出した」というもの。春の季語の「永き日」は文字どおり、この退屈な授業がある日は長く感じられるという意味になり面白い。「ベーダ」というのびる音も退屈な気分を演出している。漱石のユーモアが感じられる句である。あたかも「あっかんべー」と舌を出している語感がある。

ちなみに古代インドのバラモン教の根本聖典、ベーダを帝国大学で初めて講義したのは、インド哲学の井上哲次郎（通称は「井の哲」）であった。「religion」を「宗教」と訳し、「ethics」を「倫理学」と訳した人だ。

漱石は明治25年秋から1年間この人の授業を受講した。この難解な授業の記憶が松山の地で蘇った。帝大で生徒だった自分を思い起こし、わからない授業ほどつまらないものはないという事実を思い出した。松山の小うるさい生徒たちが授業中騒がしい理由を考えた時に、わかりやすく教えていないからだと反省したのか。しかし、こう思ったのは熊本に転勤することが決まってからであった。少し遅すぎた。熊本に行ったらベーダの話を思い起こし、ベターな授業にしようと決意したに違いない。

＊海南新聞（明治29年2月23日）と新聞「日本」（明治30年3月7日）に掲載

• 永き日を巡礼渡る瀬田の橋

（ながきひを　じゅんれいわたる　せたのはし）

（明治29年1月28日）句稿10

春になって観音を祀る近江の寺を巡礼する人が増えてきたようで、瀬田の唐橋付近が賑やかになってきた。琵琶湖の南端から流れ出る瀬田川に掛かる唐橋は、橋桁の上部に赤屋根がついているユニークな橋である。ここを白装束に身を包んだ人たち、巡礼者が通る。赤と白のコントラストが絵画的で、春の本格的な訪れが近づいていることを感じさせる。

西国三十三所を順次回るコースの途上にいる巡礼者は、この瀬田橋を渡ると巡礼はそろそろ終盤に差し掛かると認識する。ほっとして疲れた足に喝を入れ、頭を上げて前をしっかり向いて歩き出す。するとまだまだ遠い、伊吹山の背後にある最後の三十三番目の華厳寺が目の前に見えるように感じるのだろう。

句意は「春になって昼の時間が長くなって来ると、西国三十三所の巡礼者が瀬田の唐橋を白い装束で渡る姿が見えるようになる」というもの。太陽が琵琶湖の橋上を通るように、巡礼者が次々に瀬田橋を渡って行くのを見ている。

巡礼者にとって瀬田川はさしずめ三途の川であり、ここに架かる橋は黄泉の国に渡るための橋のように感じながら、巡礼者たちは渡るのだろう。その橋の先に控えているのは最終寺の華厳寺であり、ここは桜の名所になっている。春になって満願の巡礼を終えると成仏できそうに思える。

• 永き日を太鼓打つ手のゆるむ也

（ながきひを　たいこうつての　ゆるむなり）

（明治31年5月頃）句稿29

「本妙寺（ほんみょうじ）」の前置きがある。古くから日蓮宗の信者たちは、「南無妙法蓮華経」を唱えながら法華太鼓を片手で持って叩き、よく街の中を縦列して歩いていた。この団扇太鼓を片手で持ち、バンバンと叩きながら進んで行った。子供ながらに不思議な光景として眺めていた人は多かったと思われる。我が田舎の栃木で、私は身を引きながらこの白装束の一団の行進を眺めていた記憶がある。

本妙寺は熊本市花園にある寺で、熊本城の加藤家代々の菩提寺で日蓮宗の名刹である。清正公が父の菩提寺として大坂に建立した寺を、清正の肥後入国後、熊本城内に移した。清正の死後現在地に移築された。

春になるとこの寺で日蓮関係の行事があり、信者たちはお堂に並んで団扇太鼓を一心に叩く。大きな太鼓も加わるのだろう。街中を行列して団扇太鼓を叩きながら進む姿も見られたのだろう。寒さも緩んで信者たちの表情にもゆとりがあり、手の動きも緩んでいた。この行事は熊本だけでなく全国で見られた光景なのだろう。春の訪れをこの団扇太鼓の音が引き寄せていると錯覚するくらいだ。

この句の面白さは、冬の時期の手の動きと比べて「打つ手のゆるむ」姿をしっかり見たことだ。漱石の顔も緩んだことがわかることだ。ああ、春になったのだと感じて。そして春の季語の「永き日を」の語の中には、団扇太鼓の音が春を喜んで途絶えることなく、長々と続くさまが重なっていると思われることだ。

実生活において漱石とこの本妙寺の関わりはあった。この年の5月に鏡子が近くの大河白川に身を投げるという自殺未遂事件が起こり、漱石はこの記憶から逃れるためと入水行為の再発という恐怖から逃れるために川から離れた地への転居を決意した。しかしすぐには適当な借家の物件は見つからない。そこで見知っていた本妙寺に身を寄せることにした。寺と関係のある親友の仲介で、6月からほぼ1ヶ月間この寺に住んでいた。

太鼓を打つ手を飽きるほどに見ていたこの時期は、寺に仮住まいをすることを決める前か決めた後かは不明である。想像では前であろう。この時の法華衆の興味深い行進が本妙寺に仮住まいを交渉する契機になったとみる。この宗派のもつ強烈な行動が、漱石の気持ちを落ち着かせた。

• 長き夜や土瓶をしたむ台所

（ながきよや　どびんをしたむ　だいどころ）

（明治31年10月16日）句稿31

秋の夜長を読書で過ごしたいところであるが、漱石の耳には台所から静かに響く水音が届く。「したむ」とは 水分が残らないように、しずくを垂らし切ることである。垂れるのが終わるまで待つことになる。タラタラと落ちるにまかせて水を切るのである。

薬缶が家庭に普及する前には土瓶の時代があった。漱石の家でも大きな土瓶が台所で使われていた。その土瓶の口から水滴が落ち、その水音がなかなかやまない。ずっと妻は土瓶を持ったまま台所に立ち尽くしている。たらたらと水を切っている。

句意は「秋の夜長に、台所で土瓶の水を切っている音がずっとしている。漱石のいる書斎までかすかに響いている」というもの。

妻は懲りだした易占いが終わると、台所で土瓶を取り出して薬草を煎じていたようだ。大きめの土瓶の煎じ液を別の容器に入れているのか、なかなか水切りが終わらない。ノイローゼの漢方薬を作っていたのだ。

当時借りていた漱石の家は、部屋数の少ない狭い家であったので、台所の洗い場は漱石のいた部屋に近かった。このために漱石に土瓶からの水滴りの音がよく聞こえたのだ。

漱石は本に集中できないでいる。つわりで寝付かれない妻は筮竹占いが終わったと思ったら、今度は何をしているのか、何を考えているのかと気になっている。かすかに聞こえる水の垂れる音は静かな夜にはよく聞こえる。神経が鋭くなっている漱石には、夜が長く感じられた。掲句にある上五の秋の「長き夜」は文字通り漱石には、堪らないくらいに長く感じられたのだ。妻が寝静まるまで漱石は落ち着けなかった。

このタラタラの音が漱石の不安を呼ぶのだ。そしてノイローゼになっている妻の不安を助長させる。漱石の家は夫婦の心がピリピリしている。漱石の家は今、不安の館になっている。妻はこの句を作る前の明治31年5月に、家の近くの一級河川の白川に身を投げていた。この時は幸いにも漁師に助けられて家に運び込まれた。妻はその後も自殺を試みていた。これらの件については高等学校が手を打って熊本市内に箝口令が敷かれた。

• 長き夜を煎餅につく鼠かな

（ながきよを　せんべいにつく　ねずみかな）

（明治30年10月）句稿26

妻は東京で流産したこともあり、7月上旬に東京の実家に里帰りしたまま熊本になかなか戻ってこない。漱石は妻と一緒に上京したが、妻のいる鎌倉の別荘には行かず近くの旅館に長逗留していた。二人は実質別居状態であった。9月になると漱石は新学期の学校行事の関係で熊本に戻ったが、妻はずっと10月末まで鎌倉にいた。漱石は前年の春結婚したばかりでまだ新婚の身でありながら7月から実質、独身生活を強いられていた。

漱石先生は妻不在の熊本の家で、自分でこまめに洗濯などをしていた。なんでも自分でやっていた学生時代に戻ったような気分になっていた。この時の俳句は、「嫁し去つてなれぬ砧に急がしき」である。洗濯機のない時代のことであり、時間潰しには砧方式の洗濯は都合良かった。しかし、学校では早朝の仕事も加わって忙しくなり、大変な状態になっていた。

夜の時間が長くなった秋のこと、夜中に本を読んでいると、うとうとし出す。すると何やらガリガリという音がする。煎餅か何かをネズミがかじっている音がする。漱石先生は急いで座卓から立ち上がってネズミがいるのか調べに行ったのであろうか。いや、妻のいない静まり返った家の中を賑やかにしてくれる生き物として歓迎していたのかもしれない。漱石はネズミの振る舞いを邪魔しなかったと想像する。

この煎餅は関西の祥福寺の修行僧である鬼村元成氏が送ってくれたものと思われる。20年後の大正４年1月に同じ鬼村氏から送られた瓦煎餅を子供と食べたことを書いたお礼の手紙を1月20日に出していたので、掲句の煎餅も同氏からのものと推察される。寺で食べている煎餅を何度か送っていたようだ。漱石からのこのお礼の手紙には、煎餅は壊れていたことと「私の風邪はようやくよくなりました。御安心下さい、胃の方は宿痾だから癒らんけれども、今はまあ無事に済んでいます」と書いていた。

• 長き夜を唯蝋燭の流れけり

（ながきよを　ただろうそくの　ながれけり）

（明治28年秋）子規の承露盤

この句とほぼ同時期に作られていた俳句に「鐘つけば銀杏ちるなり建長寺」の句がある。推測では掲句は若い漱石が建長寺の宿坊に泊まった夜のことを回想しているものとわかる。漱石は慣れない環境の宿坊でなかなか寝入ることができずにいた。秋になって夜が長くなってきていたが、眠れないことでさらに夜は長く感じていた。戸の隙間から入り込む風に宿坊のロウソクの炎が揺れている。

句意は「秋の長い夜を眠れずに床の中で過ごしていると、宿坊にあるロウソクの揺らぎに導かれるようにして過去の事柄が闇の中に呼び起こされてきた」というもの。行灯の明かりがぼんやりと自我を映し出しているように感じられた。夏目家のこと、恋人だった楠緒子のこと、学生時代の友人たちのことなどを思い出していた。そして、これからの生き方を考えていた。

この句の特徴は「流れけり」の主語は長き夜の時間と蝋燭の光による影であることだ。そして「唯蝋燭」の画数の多い漢字３つの塊が俳句の中央に置かれていることで、禅寺の雰囲気を感じさせる面白さがある。

＊『海南新聞』（明治28年9月7日）に掲載

• 長き夜を平気な人と合宿す

（ながきよを　へいきなひとと　がっしゅくす）

（明治30年10月）句稿26

秋の夜長を漱石は熊本に一人でいて、本を読んだりして時間をつぶしていた。本を読んでいても飽きてしまう。泥棒でもいいから部屋に出てくれればいいなと考えてしまう。この句の少し前に「梁上（りょうじょう）の君子と語る夜寒かな」の句を作っていた。天井裏で元気に動き回っているネズミを大事な仲間だと持ち上げている。

漱石は毎日、それ程までに長く寂しい夜の時間に手を焼いていた。この時期、妻は東京に里帰りしたまま、今月の末にならないと帰ってこないというのだから、新婚の男子はたまらない。精神的にも肉体的にも耐え難いのだ。

次第に夜が長くなってきているこの時期に、同じ屋根の下で生活している下宿人だけは一人で過ごしていても平気な様子だった。高校の同僚教師である。食事の賄いは通いでやってくる下女がするから、妻の鏡子が不在でもまったく影響がない。漱石は時々この同僚と語ると気が紛れるのであった。そうなると漱石にとってはこの天井下の同僚との生活は、学生時代の合宿みたいなものに感じられた。天井裏のネズミのような存在だということになりそうだと笑う。

この句の面白さは、妻がいない漱石は、下宿の同僚の男を羨ましがっていることである。結婚していない気安さが羨ましくなっている。合宿生活のような生活が長くなると、自分も下宿人のような気がしてきたのだろう。

長き夜を我のみ滝の噂さ哉

（ながきよを　われのみたきの　うわさかな）

（明治28年11月3日）句稿4

明日4日は勤務先の中学校で授業があるというのに、俳句の友人たちが漱石宅にやってきて夜遅くまで話し込んでいた。二日間もどこに行っていたのかと句友たちは興味を持ってやってきた。松山の人たちは話が好きなようでなかなか帰ろうとしない。

雑談の中で今日の午前中に見てきた四国山地の白猪の滝の話をするように言われて自分だけ話すことになってしまった。雨の中の滑る林道を難儀して進んだこと、紅葉の森が切れて忽然と滝が見えたことなどを話した。そしてその滝の素晴らしさを詠った俳句を披露した。

だが地元の友人はその滝を何度か見ているようで興味がなさそうであり、あまり話に乗ってこない。結局独り相撲で一人語りとなってしまった。

この句の面白さは、夜遅くまで漱石は白猪の滝について熱意を込めて話したが、一方的に話しただけとわかることだ。一人でしゃべり続けた虚しさだけが残ったが、この虚しさは下五の軽さの伴う「噂さ哉」に込められている。熱心に話した旅話であったが、句友たちには右から左に流れる噂話になってしまっていた。

ところで漱石は掲句の続きのような俳句を句稿5（明治28年11月6日）に載せていた。「春王（はるおう）の正月蟹の軍さ哉」である。この俳句によって漱石の旅話は蟹鍋を囲んでの酒宴で行われたとわかる。食卓の上では話で盛り上がるのではなく、蟹の味噌や脚の奪い合いで盛り上がっていたのだ。箸を持ってのカニ肉の争奪戦は、まさに「蟹同士のハサミによる軍さ」であった。高給取りの漱石は料理代を支払うことになっていて、春王と持ち上げられていた。それでも漱石はニコニコしていたに違いない。

長けれど何の糸瓜とさがりけり

（ながけれど　なんのへちまと　さがりけり）

（明治29年9月25日）句稿17

糸瓜に向かって漱石が呟く。「こんなにも長いのだから、何か特別なものなのだろう、と蔓から下がっている姿を目にした人が好奇の目を向けるので困るだろう。いつまでもブランと下がっているからよけいに目立ってしまうよな」と。自分の行動が好奇の目で見られることに抗する強情の漱石がいる。何とも気の抜ける楽しい句だ。

この句に対しては、漱石自身が例外的に解説をしている。「余が十余年前子規と共に俳句を作った時に、この句をふらふらと得たことがある」というのであるから、子規との句会で何となく偶然にできた、いい加減な句のようだ。漱石は後にこの句を子規の辞世の糸瓜3句に捧げると書いた。子規の糸瓜3句は子規の命に関わった重要なものだが、漱石の糸瓜句は気楽なもので、人からどう思われてもいい句だというのである。つまりこれが本来の糸瓜というものであると強く主張している句である。漱石の生き方を表している気がする。のちに漱石の代名詞にもなる「則天去私」に通じるものである。

句意は「長いということで糸瓜だといわれるが、ヘチマにも丸いのもあるように、自分は人になんと言われようと気にしない。ぶらりと世間に下がっているだけよ」というもの。掲句は漱石の生き方を表していることになる。つまり「糸瓜野郎とみられて、困った、困った」から「ヘチマ野郎と見られても平気、平気」に変わったのだ。

この俳句が作られた時期は、漱石と鏡子が北九州に新婚旅行に出かけた9月下旬であることに注目すると、漱石のある決意が浮かび上がりそうだ。漱石の妻が、漱石と元恋人の楠緒子との結びつきが継続していることを感づいていると判断するからだ。そこで漱石は悩んだ末に「これからは、ぶら下がりヘチマで行こう」と決心した。このことを漱石は俳句で記録したのだ。すると漱石の危惧を証明するかのように、旅行から帰った後の12月に、突然鏡子は新年号の歌誌に載った楠緒子の短歌のことで漱石に探りを入れた。漱石はこの短歌の意味をぼやかして答えた。それは漱石に楠緒子の気持ちを伝えるようにも解釈可能な短歌であったのだ。

後で知ったことだが、一休宗純の狂歌に同じ「何のへちま」が出てくる。千野帽子氏が「浮世をば何のへちまと思うなよぶらりといては暮らされもせず」を紹介していた。（夏目漱石「百年後に逢いましょう」文藝別冊２０１６）この千野氏はこの文中で「漱石は掲句を作る2年前に鎌倉の禅寺である円覚寺で参禅していた。漱石の句はこの時に知ったこの狂歌を踏まえているのだろう。漱石は少し中身を変えて、長いのを何とも思わずぶら下がる、という形にしている。そもそも下がっているのが糸瓜なのかどうか。漱石自身なのかわからない」という趣旨を述べていた。

ところで漱石の師匠、子規の評価はどうであったか。「明治29年の俳句界」（日本）では次のように感想を述べていた。

「なんのへちま（へっちゃら）と気張って垂れ下がっているヘチマであることよ、と擬人法を使用し、語呂合わせに滑稽味が感じられる。」という。通常、糸瓜野郎となると、ぶらぶらしてなんの役にも立たない男のことであるが、子規は「へっちゃら男」の意味になるというのだ。つまり「何のへちま」となると堂々としている何の役にも立たない堂々とした男となり、漱石らしさが湧き上がる。明治時代の糸瓜野郎の意味は現代と少し違うようだ。ちなみにヘチマの「花言葉」は悠々自適だということだ。褒め言葉になっている。

掲句の二つ後に書かれていた句は「無雑作に蔦這上る厠かな」であった。これも力の抜けた面白い句になっている。無造作にも価値がありそうだ。掲句と発想が似ている。

＊新聞『日本』（明治30年3月7日）に掲載

• 長崎で唐の綿衣をとゝのへよ

（ながさきで　からのわたぎぬを　ととのえよ）

（明治32年11月1日）「霽月・九州めぐり」の句稿

漱石の松山時代の句友、霽月は自身の俳句帳に掲句を書いたが、この句の前置きに「漱石予を送るとて」と記していた。

親友の霽月が仕事がらみで熊本に来ていて3年半ぶりに漱石と再会した。俳

句談義をして11句の句合わせをした。霽月は東京の大学を中退して松山で家業を継いで社長になっていた。忙しく仕事をしながら俳句を作っていた。11月1日早朝に漱石は彼の宿を訪ねたが、やせ細っていた霽月を見て驚いた。そこで漱石は九州の得意先回りを終えたので、次は京都に行く予定だという霽月に対して掲句を作ってアドバイスした。

句意は「京都に行くのであれば、ここからの帰りに長崎まで寄り道して外国製、つまりは英国製の綿の服を買って帰るのがいいと勧めた」というもの。最新の上等の服を買って身だしなみをよくしてから行くのがいいとアドバイスしている。仕事でも遊びでも身だしなみが大切なのだと。掲句を句会の場で作って、英国製の背広とワイシャツを買うことを勧めている。

どうも君は若いのに仕事ばかりの生活になっているようだから、京都に行ったなら少し羽を伸ばすくらいでなければ体を壊すぞ、と説得したのだ。そのためにはしゃれた舶来の服とワイシャツを着込んで京都に行かねばならない、京都人は新しいもの好きだから、と言ったに違いない。

この時漱石は英国に留学するつもりでいたのかもしれない。英国へ船で行く際には、それなりの格好をして行く必要があるので、服について下調べをしていたのかもしれない。漱石は英国服の最新情報をもっていたのだ。この年の12月には文部省から留学の内示があり、翌年の明治33年6月には正式に英国留学の辞令が出た。早目に校長から留学について打診されていた。

・仲仙道夜汽車に上る寒さ哉

（なかせんどう　よぎしゃにのぼる　さむさかな）

（明治28年11月22日）句稿7

掲句は同じ句稿に書いてあった木曽路の俳句につながるものだろう。仲仙道は中山道のことである。当時の冬の夜汽車は床が外気で極端に冷え、その冷気が足元から上に上がってきた。当時の旅の装束は羽織、袴の和服であり、足はわらじ履きであった。したがって床から冷気が袴の股に入り込んで寒さに震える旅になっていたのだ。したがって夜汽車の中でうとうとするということにはならなかった。

掲句を作っていた明治28年11月の時期は、松山の愚陀仏庵で共同生活していた子規が10月に帰京したあとであり、子規の俳句指導の甲斐があって漱石は面白がって俳句を作り出していた。そして東京に戻った子規に出来上がった面白い句を報告するように手紙に句稿を同封して送っていた。

この句では漱石は汽車の床の足元から冷気が「上る」という言葉に、関西から東京に向かう中山道の列車の「上り」を掛けている。寒い時期になってこのくらいの洒落を考えていないと寒くて仕方がないということであろう。

・就中うましと思ふ柿と栗

（なかんずく　うましとおもう　かきとくり）

（明治32年10月17日）句稿35

「熊本高等学校秋季雑詠　演説会」の前置きがある。この学内演説会については掲句の他にもう一つ作っていた。それは「瓜西瓜富婁那（ふるな）ならぬはなかりけり」の句で、この句において「演説会に参加した人は、上手い人ばかりで参ったよ。インドの雄弁な僧の富婁那みたいな人ばかりだ」などと言っていた。だがこの句には裏の解釈があった。皆演説のフォーマットに沿ったものばかりだと言いたかった。味が画一的であり、甘くていいのだが味わい、ユーモアが足りないということだ。

では掲句の句意はどうであるのか。「演者の中で巧いと思った者は、柿と栗のような者だ。少し硬くて主張が込められているものがいい」というもの。やはり中には目立っている演者がいたというのだ。やはり漱石先生は少し硬めの果物の方が好みなのだ。漱石の人生はやはり硬派なのであった。

この句の面白さは、「うましとおもう柿と栗」の「うまし」は「美味い」であるが、演説の「上手い、巧い」を掛けていることだ。ただの甘さではダメで、柿や栗のように渋みを背後に備えたものが上等だと言っている。二つの句を総合すれば、演説にはユーモアと主張が備わっていなければ面白くないということだ。

一年で収穫できる瓜や西瓜と違って、柿は8年、栗は3年の訓練期を経て一人前になっている。そして渋を備えている。このような演説の熟達者が熊本周辺にゴロゴロいるというのである。熊本第五高等学校の学生は幼少期から政治家、言論人を目指していたのを知っていて、彼らにアドバイスしたかったのかも知れない。当時の熊本は九州の教育の中心地であり、唯一の新聞も熊本で発行されていた。熊本は多くの政治家や徳富蘇峰、徳富蘆花などの文筆家も輩出している土地であった。

ところで漱石は柿と栗ではどちらがより好きであったのか。子規ならもちろん柿であろうが、栗ご飯に目がない漱石は栗なのかもしれない。

• 就中大なるが支那の団扇にて

（なかんずく　だいなるがしなの　うちわにて）

（明治29年8月）句稿16

句意は「色々の団扇があるが、ここにある団扇はとりわけ大きい支那の団扇で、これで扇いでいる」というもの。漱石が熊本に赴任して初めての夏は猛暑であった。7月、8月に作った俳句はほとんどが暑さに関するもの、もしくは涼しさを感じるための幻想俳句になっている。扇風機も冷房装置もない時代のことで、この猛暑の夏をどう過ごすかを考えていた。この年の6月に結婚したばかりの漱石夫婦は、新婚時代を楽しむどころではなかった。

支那製の団扇は籐の丸枠に絹布などを張った大振りの団扇で、枠に絹布や鳥の羽などで周囲を飾ったもの。柄には硬い槐(えんじゅ)の材を用いていた。この団扇は中国映画で召使いが主人のそばで扇っている場面を目にするが、ゆったり扇ぐあの大きな団扇である。漱石は暑さの中で、大きな団扇を使って体を冷やすことに専念している。漱石の中国骨董収集の趣味が生かされている。

掲句に関連する俳句が隣接して置かれていた。「くらがりに団扇の音や古槐」の句である。この句から団扇の柄には硬い槐の材が使われていたとわかる。大きい団扇だけに風はしっかり来るが、バサバサという大きな音がした。

この句の面白さは、日本の団扇は小さすぎると妻の鏡子に向かってぼやいている漱石の姿が浮かび上がることである。そして句の中で「就中」を採用して、中の文字を俳句に組み入れ、「中大」と並べていることである。

もう一つの面白さは、日本の団扇は支那の団扇に比べれば中位だと言っている。では小なるものは何か。日本の扇子であろう。

• 就中高き桜をくるりくるり

（なかんずく　たかきさくらを　くるりくるり）

（明治30年4月18日）句稿24

川ぞいに植えられている木々の中でも、とりわけ樹高の高い桜の木の周りをくるりくるりと回っているものがある。さてそれは何であるのか。漱石は読み手の師匠にクイズを出している。物知りの師匠の正岡子規に当ててみよと言っている。

漱石の家からほど近い江津川沿いの桜は満開であり、その桜を見ようと人が出ている。その桜並木の中でも目立つ桜の老木がある。その老齢の大木である桜は威厳があり人を惹きつける。この地域の名物桜を見ようと人が集まり、幾重にも人垣ができているのだ。幹の周りを人がぐるりと取り囲んでいる。「くるりくるり」は「ぐるりぐるり」であり、人の輪ができている。人垣ができている。

この句の書かれていた句稿には漱石が歩いた行程を示す俳句が並んでいた。掲句の前に置かれた句は「棹さして舟押し出すや春の川」と「柳ありて白き家鴨に枝垂たり」であり、直後の句は「魚は皆上らんとして春の川」である。漱石は川沿いに柳が植えられているエリアを進んで行くと老木の桜が出てきたのだ。その桜の木は柳よりも背が高くそびえている。川沿いの柳の並木の中に、とりわけ背の高い桜の木があったのだろう。

ちなみにこの川は、漱石宅の近くの水前寺公園から流れ出て、江津湖に至る江津川のことである。漱石の散歩コースである。

• 就中竹緑也秋の村

（なかんずく　たけみどりなり　あきのむら）

（明治43年10月12日）日記

「昨日途中にて」の前置きがある。明治43年10月11日に修善寺の菊屋旅館を出発し、翌日東京に着いた。「雨の中を大仁（おおひと）に至る2日目にて始めて戸外の景色を見る。雨ながら楽し。目に入るもの皆新なり。稲の色尤も目を惹く。（中略）山々僅かに紅葉す。秋になつて又来たしと願ふ」と日記に書いていた。紅葉が素晴らしいと書いていた。掲句は駅に向かって車で移動中に見た村の景色を描いている。

宿の部屋で秋の寒さを体感していたが、外に出てみると寒さよりも秋の素晴らしさに圧倒された。寒さのマイナス面を紅葉のプラスの面がはるかに上回っていた。このような内容の俳句を掲句の前にたくさん書き連ねていた。しかし掲句ではとりわけ竹の葉の色がいいと断言した。漱石の好みが出ている。

句意は「秋の紅葉の素晴らしさには脱帽であるが、秋の村で見る景色の中でとりわけ竹林の色にため息をついた」というもの。車窓から眺めていた秋の村には雨が降っていて、紅葉は雨の中で幾分色合いが落ちていたが、竹は反対に雨を受けて輝いていると感じた。紅葉を竹の脇役にしていた。

この句の面白さは、この日に作った俳句の中で最も字数が少ないことだ。漢詩のようにズバリ表現している。漱石は漢詩人でもあり、墨絵の絵描きでもある。筆で掲句の文字列を書き表したならば竹が描かれることになる。その竹は太い幹と飛び出す節が特徴の孟宗竹だとわかる。漱石は墨で竹の絵を描くのを好むが、俳句の外観でも竹を描いて見せている。この俳句を色紙に四、五列並べると、竹林ができ上がる。

• 亡骸に冷え尽したる暖甫哉

（なきがらに　ひえつくしたる　たんぽかな）

（明治28年11月22日）句稿7

「悼亡（ぼうをいたむ）一句」の前置きがある。病人を床で温めていた湯たんぽが不要になったとして布団から出されて部屋の隅に置かれている。この湯たんぽに触れると亡骸に触れた時のような冷たさが手に伝わる。その陶器製の湯たんぽはすっかり冷え切っている。亡骸の上には白い布が見え、部屋の片隅に置かれた冷えた白い湯たんぽと一緒になって、部屋を冷たく感じさせている。

使われなくなった湯たんぽの存在が部屋を静寂で満たし、重苦しくしているさまが描かれている。ところでこの句の亡骸は、誰なのであろう。勤めていた中学校の教員仲間の親なのか。この時期に漱石の周辺で亡くなっていた人は見当たらなかった。

このような深刻な句であっても、ここには漱石らしさがある。漱石俳句のユニークさはこの句にも存在している。顔と胸の骨が浮いてしまって白くなった亡骸は、闘病の長さと辛さをうかがわせるのが、一方の湯たんぽも硬く白く無表情であり、類似している。また湯たんぽを表した「冷え尽したる」にも漱石の心情が溢れている。「尽くす」には湯たんぽを用いて献身的に看病した家族の存在とその家族の満足感が漂っているように感じられる。

ここまで書いて「悼亡」の対象は湯たんぽなのではないかと気がついた。漱石は東京から松山まで持ってきた湯たんぽをこの時期になって捨てることにしたのだ。来年の春には熊本で結婚することになっていたからだ。いつまでも湯たんぽを使うのはやめようと決心した。今までの貢献に感謝して。

湯たんぽの表裏の形状は、痩せ衰えた胸の肋骨のようにデザインされていた。

＊『海南新聞』（明治28年12月7日）に掲載（この時「煖甫」を「湯婆」に変更。前置きには「悼」）／承露盤

• 鳴き立てゝつくつく法師死ぬる日ぞ

（なきたてて　つくつくほうし　しぬるひぞ）

（明治30年9月4日）子規庵での句会稿

句意は「蝉のつくつく法師は秋口に死ぬまで鳴き続け、命の消える日にはいつもより盛大に鳴く。暑い日に蝉は命が果てるのを感じて強く鳴く」というもの。この時期「捨てもあへぬ団扇参れと残暑哉」の句を作って、猛残暑になっていることを記していた。

この句は「漱石が無常観に浸って作ったもの」と解説がつくのが常のようで

あるが、そうではないとみる。世の中に常なるものはない、いつ死ぬかわからないという真実を書き表しているだけなのだ。

この句の面白さは、つくつく法師がこのように激しく鳴くのは、蝉でさえ自分の死期をわかっているからだとニンマリしていることだ。そのような能力を備えた蝉は法師に値すると述べている。もう一つの面白さは、漱石は「つくづく」そう思うとしゃれていることだ。

この蝉は生きている時間の中で、最後が晴れの舞台であるかのように遺伝子が設計されていて、予定通りに最後に精一杯鳴いて命を終えるのである。世の中で無常、無常観という言葉には暗く、否定的なニュアンスが込められている。この裏には人の終わりに近づくにつれて、人は次第に活性度を下げて静かに観念して終えるという予定が込められている。だが漱石の人生の終え方を見ていると、これとは少々異なる。

49年の人生は当時としては、やはり短めであったが、漱石はこのことに対して不満でも満足でもなかったようだ。若い時に幾つかの恋をして悩み苦しみ、家庭をなしてからの晩年にも波乱もあった。このことに対して不満でも満足でもなかったようだ。そして文学の仕事においても書き足りなかったとは言わなかった。病気の子規の死に方を見ていた漱石は、枯れて朽ちることに怯えない子規の最後を見習って生きた。まさに与えられた命をただ生きるだけであった。

漱石はこの句を作りながら、つくつく法師のように何も考えないで没するのがいいと思っていたのだろう。元気なうちはスミレやボケの花のように生き、死期が近づいてなら「つくつく法師」のように歌いながら去っていくのがいいと思っていたのだろう。

もしかしたらこの句をもって師匠の子規に、死ぬまでいつものように変わらずに、この蝉のように鳴き続け、書き続け思考し続けてくれよと告げたのだ。これを受け止めていた子規は、最期に当たってロンドンの漱石に手紙を書いて「もうダメになってしまった」と告げたのは、この句に対する返答であった。この手紙は明治34年11月6日に泣きながら書いたものだった。

三者談

つくつく法師は蝉の中では短命な方で、産まれるまでに3年かかって生まれると3日で死ぬという。生きていられるのは今日だけだというつもりで鳴いているのだ。この蝉は自分の定めを意識して鳴いている。句末の「ぞ」は説明と詠嘆を込めたもの。哀愁を帯びた蝉の声の感じから俳句のリズムが生まれている。漱石の明治28年の句に「秋の蝉死にたくもなき声音かな」があるが、これとは違う掲句が作られたことには3日で死ぬという言い伝えが関係しているかもしれない。

• 亡き母の思はるゝ哉衣がへ

（なきははの　おもわるるかな　ころもがえ）

（明治28年11月13日）句稿6

掲句の季節は冬に入る頃で、日常使う行李の中の衣類も夏物から冬物に替えた。掲句は、この衣替えをしていると昔に亡くなった母のことが珍しく思い出された、ということだ。来春には松山を去って熊本に転勤することになっていることも、この思い出しに関係しているようだ。漱石はこの時期にだけ母の句を3句作っていた。

漱石はこの衣替えの時期に、母のことを思い出していたが、懐かしく有り難く思ってのことではなかった。この衣替え句に付随する「便なしや母なき人の衣がへ」という俳句には、「独身で単身赴任している大の男が和服の交換をしているのだから、あーあ」という明治男の漱石の気持ちが表れている。そして同時に、実母は母として振舞っていなかったので、金之助の衣類の衣替えも下着等の繕い物をしてくれなかったことも思い出すのだ。女中のトヨが代わりにしてくれていた。このことを成人してから松山で寂しく思い出すのである。衣替えをしてくれなかった母のことが思い出されるのだから、漱石の気持ちは複雑であった。

母千枝は40歳（41歳とも）の時に金之助を産んだ。50歳という高齢で子を持つことになったことを恥じる父親の方針で金之助は里子に出された。そして母親は生涯実の子に対して母親とは名乗らなかった。その母は金之助が14歳の時（明治14年1月9日、53歳）に亡くなった。漱石の母に対する思い出は辛いものであった。

漱石の作品「硝子戸の中」には母に関する次の言葉があった。「だから私にはそれがただの私の母だけの名前で、決して外の女の名前であってはならないような気がする。幸いに私はまだ母以外の千枝という女に出会った事がない」漱石にとって母の存在は特別のものであったということだ。裏を返せばあまりいい思い出がなかったことから、「千枝という女」に会いたくないということなのであろう。

・なき母の忌日と知るや網代守

（なきはの　きじつとしるや　あじろもり）

（明治28年11月22日）句稿7

漱石は掲句を作った後に「なき母の湯婆やさめて十二年」の句を、明治28年12月18日に作った。母千枝は明治14年1月9日に53歳で死去した。漱石が14歳の時のことであるから母の記憶は鮮明であったはずだ。命日も覚えていたはずだ。

ところで冬に川の浅瀬に竹杭を打ち込んで川を下る鮎を簀に集めて生け捕る仕掛けが網代（あじろ）で、この番をする人が網代守。漱石の弟子の枕流の田舎では冬になると近くの川にこの網代が毎年同じ場所に設置された。小さい頃この網代に乗ってよく遊んでいたからよく覚えている。

漱石は自分の母の「千枝」が亡くなった日のことを思い出した。しかし、亡き母に対する複雑な思いが蘇って素直な供養、素直な俳句にはならなかった。命日は1月9日であるが、11月に命日の掲句を作っていた。この母は死に臨んでも漱石に対して、自分がお前の母だとは名乗らなかったこともあって漱石はこの母のことを4俳句しか詠んでいない。それも松山にいた一時期に限定されていた。もともとこの母に対する感情が薄かったためなのだろう。

ここまで書き進めて、意味のよくわからない掲句には元句があるのではないかと調べると、横井也有の「頼政の忌日もしらで網代守」が浮かび上がった。也有は江戸中期に活躍した俳人で、尾張藩の高位の武士で文人でもあった人。能の「頼政」では宇治の郷の名所を訪れた僧に地元の老人が戦死した頼政を回向するように頼んだ。そしてその老人は身元を明かした。この老人は戦死した武士、頼政の亡霊であった。也有句の意味は「頼政の回向を頼んだ老人の網代守は、実は頼政の忌日を知らないで頼んでいた」というもの。

ここまでわかると掲句はこの也有句のパロディということになる。漱石の掲句は也有句の「忌日もしらで」ではなく「忌日と知るや」と作り変えて面白くアレンジした上で、自分の母の命日のことを重ねていた。能の「頼政」に登場する網代守は頼政の忌日をしっかり覚えていたと反論した形だ。そして漱石は実母の忌日を知っていたが、わざと実母の命日のひと月半も前に供養を依頼したのだ。

掲句の句意は「網代守は、亡き母の命日のことを知っていて違う月に供養した」となり、この句の裏の意味は「網代守と同じように漱石は寺に供養を頼んだが、亡き母の忌日を知っていて、別の月に頼んだ」というものだ。複雑な母に対する思いが蘇ってそうなってしまった。漱石は母の命日の1月9日には松山にいたのであり、本当の命日に浄土真宗の寺に供養を依頼できたということになる。漱石の母に対する思いはかなり屈折していたのがわかる。

・なき母の湯婆やさめて十二年

（なきははの　たんぽやさめて　じゅうにねん）

（明治28年12月18日）句稿9

松山にいる漱石の生母がなくなって早14年が経過したが、母の形見とも言える湯婆が漱石の手元に残されていた。これを身近に見ていると漱石は母の思い出に浸ることができる。すでに母の死によって漱石のためにお湯を入れることはなくなって長期に冷えたままでいるが、漱石にはいまだに暖かく感じられるのだ。

この母は幼い漱石を養子にも里子にも出したが、この母はこのことをどのように感じていたのか。漱石の父親が決めたことを母にも認めさせたのであろうが、漱石はこのことを長いこと考えてきた。しかしこの母が亡くなって12年も経つと漱石の頭からは母のことを責める考えはなくなっていた。十分な時間が経過したからだ。

湯婆のことを関東では湯たんぽといい、枕流の田舎の栃木でも湯たんぽと言っていたが、漱石が身近に置いていた湯婆はもはや湯を入れることのない容器になっていた。長いこと世話になった湯婆でも12年が経てば寂しさも親しみも消えている。このことを絡めて母のことを回想している。

この句の面白さは、湯婆は時間が経てば冷えてくるが、母の思いでも同様で冷えてくるということだ。そして母が死んでから12年も経てばなおさらということになる。また漱石は女中が湯婆に湯を入れてくれたのだが、老いた母がそうしてくれたと無理に思い込んでいたことである。母が湯を入れてくれたことを示すのは「なき母の湯婆」の文言である。そして漱石の最大の悲しいユーモアは随筆「硝子戸の中」の文中で「彼女の幻像は、記憶の糸をいくら辿っていっても、御婆さんに見える」ということを「湯婆（たんぽ）」で表していることだ。この句を作った1ヶ月前の句稿7では「湯婆」ではなく「暖甫（たんぽ）」と表していた。

ところで漱石は熊本まで一緒に来たこの湯婆を継続して5年間持ち続けて、一緒に英国まで旅をさせたのであろうか。そうではあるまい。

＊「海南新聞」（明治29年1月25日）に掲載、雑誌「日本人」（明治29年11月20日）に掲載

・鳴きもせでぐさと刺す蚊や田原坂

（なきもせで　ぐさとさすかや　たばるざか）

（明治30年5月28日）句稿25

この句は歴史俳句なのだろうか、それとも想像句なのだろうか。西南戦争を思い起こす田原坂辺りを歩いていたら、ヤブ蚊の針でブスリと刺されてしまっ

たというのか。もしかしたらこの場所は西郷どんが切腹した場所なのではないかと気づいた。

あの西郷隆盛の最期の場面では、西郷が側に立つ部下に目で合図し、部下が刀を振り下ろして介錯した。だがその直前に、無言で蚊が西郷の腹に刀のような針を西郷の小刀の代わりにグサと突き立てたのだろうと突飛な想像をした。

句意は「西南戦争の戦場となった田原坂を歩いていたら、羽音を立てずに、いきなりぐさっと蚊に刺された」というもの。

この句の面白さは、ヤブ蚊が針で刺すさまは「ブスリ」であろうが、掲句では切腹を連想するようにやや大げさに「ぐさ」と刺すと表していることである。

ところで田原坂は熊本市北区のはずれにあるところで、玉名市に近いところである。西郷軍は熊本城を攻めたが政府軍に跳ね返させられ、北に逃れた。漱石がこの句を作った明治30年には、まだ熊本城で攻防があったその当時のことを記憶している人たちが生きていた。このこともあってか漱石は西郷隆盛の行動について熊本の地では論評をしていない。

● 鳴く蛙なかぬ蛙とならびけり

（なくかえる　なかぬかえると　ならびけり）

（明治30年）水落露石編の『続圭虫句集』

水落露石に頼まれて作ったもので、童句のような面白みが感じられる句になっている。句意は「珍しく鳴く蛙が鳴かぬ蛙と仲良く並んでいる」というもの。漱石は蛙が横に並んでいるとは言っていない。垂直に並んでいるのだということなのだ。つまり交尾中ということだ。上になっている雄蛙は事が終わってその場で「ゲロゲロ」と鳴いているが、下にいる雌蛙は上に乗っている蛙の体重に耐えていて、鳴くどころではないのだ。

露石は正岡子規に師事して俳句を始めた大阪商人で、大阪俳壇のリーダー格だった。本名は義一で、露石の他に聴蛙亭という号もある。蛙がよほど好きだったらしい。句作を頼まれた漱石はこの聴蛙亭にふさわしい面白い句を作ろうと2匹の蛙を登場させた。大サービスである。

この露石と漱石は偶然に漱石の転勤の船旅で一緒になっていた。松山から船に乗って宇品へゆき、ここで九州に向かう船に乗り換えた。二人はこの船上でばったり顔を合わせた。このことがあって露石は漱石に頼み事がしやすくなっていた。漱石が作ったカエルの俳句は2つあり、もう一句は「大方は同じ顔なる蛙かな」。

ところで蛙の文字は、虫偏に圭と書くが、圭とは古代中国の儀式に用いる玉の一種だという。つまり宝物である。だから蛙は気位が高いのである。何を言われても平気の平左なのである。この流れで「蛙の面にションベン」という諺が生まれるのかも。確かに蛙はいつも胸を張って天を見上げて生きている。

● 鳴く事を鶯思ひ立つ日哉

（なくことを　うぐいすおもい　たつひかな）

（明治29年3月6日以降）句稿13

鶯は冬を越して、春になってからの日々をどのように過ごすのか。いつから鳴き始めるかを考えながら生きているのか。鳴き始めることを決断する日があるのは確かであるが、それはいつなのかと漱石は考える。決めるのか、いや突然に声が出てしまうのか。これを考えると漱石は楽しくなって仕方ないのだ。

鳴き初めは上手く声が出ない。山の巣を出て野に飛び出すのは少し喉の調子を整えてからなのであろう。そしてこのくらい鳴ければいいとして野に飛び出す。そして他の鳥たちや人たちに自分の声の良さをアピールする。少々満足ができない状態でも声の魅力でカバーできると考えている。

ところで掲句はその3句前にある「連立て帰うと雁皆去ぬ」に対応する句であろう。これは漱石のユーモアの発露である。雁がいなくなったら鶯の出番だとして鶯が野に降りてくると観察している。人も鶯も目立つことが好きなのである。例外の漱石は目立たないように振る舞うが、それによってかえって目立ってしまうのだ。

さて漱石は掲句で何を言おうとしたのか。ウグイスの漱石は何かを決意したのだ。翌4月には熊本の第五高等学校に赴任することになっていた。人の妻に

なっていた楠緒子のことを思い浮かべないようにする術を思いついたのか。熊本に着いたらすぐに結婚式の準備をしなければならない。漱石ウグイスはいよいよ鳴き出すことにしたのだ。

鳴くならば満月に鳴けほととぎす

（なくならば　まんげつになけ　ほととぎす）

（明治25年7月19日）子規宛の書簡

句意は「木の陰で中途半端に鳴くのではなく、すっきりと満月の下で鳴けよ、鳥の子規くん」というもの。試験の結果が悪かったからここで大学を辞めるというのは良くないと、子規を諌めている。こんな落第なんてことはどうということないではないか、辛抱だと伝えている。子規くんはただ鳴くだけの鳥ではなく、満月に鳴ける鳥だと思うと激励している。落胆して泣きながら大学は辞めるなどと言うな、卒業の時に天を仰いで満足して声を上げろと俳句で伝えた。

漱石はこの手紙の中で面白い表現をしている。「試験の成績面黒き結果」と書いている。「面白い」の反対の「面黒い」という造語をして「試験の成績は面白くない」と言っている。そして「落第はまともに向き合うことではない」と表しているのだ。洒落た激励法があるものだと感心する。残念な結果になったが気楽に受け止めろと言っているのだ。文末には自分のことをふざけて「平凸凹」とサインしている。印刷業界にいたこともある漱石の弟子の枕流は、このサインで「平版・凸版・凹版」の業界用語を思い出した。

そして漱石は文末に勉強家の子規のことをふざけて「獺祭詞兄　尊下」と面白く書き表した。君は部屋に大量の本を並べて悦に入っている変わり者だと表した。「獺祭」は漱石に言わせれば今風にいえば「ダサい」ということになる。子規は自らを「獺祭書屋主人」と称していたのを漱石は知っていた。子規は本だけでなく原稿の反故紙を丸めて部屋中に散らかして部屋を不衛生な生活環境にしていたから結核になったのだと言いたかったに違いない。

鳴く雲雀帝座を目懸かけ上る

（なくひばり　ていざをめがけ　かけのぼる）

（明治29年3月1日・推定）三人句会

中国に「客星帝座を犯す」という言葉がある。客星という星は常には見えず、一時的に現れる星のことで、混乱期に民の支持を受けて彗星の如くに現れる人のことである。「帝座を犯す」とは帝座を狙って立ち上がり、その勢いに乗って帝座を手に入れること。手に入れた帝座は天から与えられたものとして、その帝座は世襲のものになるのが常である。しかし、民はその強固すぎる権力を嫌い、抵抗する勢力が必ず現れる。そしてその王朝の転覆を企てるようになる。これがサイクル的に出現することになる。中国政治の特徴になっている。

例えば紀元前222年に秦国の皇帝となった始皇帝の権力は絶大で、短期間に西域から軍を動かし戦乱の続く中原に進出し、中国全土を手中に収めた。しかし、領国を巡幸中に病死し、皇帝でいられた期間は12年と短かった。その後末子の胡亥が二世皇帝として即位したが、すぐに各地で反乱が起こり、秦国は滅亡した。その結果中国の中原は群雄が割拠する戦場に戻った。始皇帝が短期間に画期的な各種の政策を全土にシステマチックに展開できたのは、彼が頭脳明晰なユダヤ系の人物であり、その周囲にユダヤ系の行政専門家と土木・治水・絹織物のユダヤ系の技術者集団がいたからだと言われる。

この紀元前に行われた諸政策、諸制度は現在にまで影響を及ぼしている。この強国の秦国が短期間で滅んだことには、漢人でない男が支配者になったことが影響しているが、それでも「客星帝座を犯す」の諺の正しさを示している。

神仙体俳句として作られた掲句の句意は「天上人の帝座は通常手の届かないものであり、皆が諦めているが、野原から舞い上がる雲雀は楽しそうに気楽そうに声を上げながら天の帝座を目指して舞い飛んで行く」というもの。強固に見える帝座は、意外にも脆いものであることを漱石は示している。漱石はこれを誇張して雲雀でさえも帝座を目指すことができるとふざけている。

• 奈古寺や七重山吹八重桜

（なこでらや　ななえやまぶき　やえざくら）

（明治29年3月24日）句稿14

漱石全集では、掲句の奈古寺は千葉県館山市の那古寺だとしている。板東三十三番所の寺であるという。だが漱石は無理やり関東から奈良へ寺を移していた。明治22年に友達5人と千葉の保田に海水浴に行っていたが、掲句はこの時の記憶をベースにして熊本で作られていた。

母音のアをふんだんに使って奈良の街を楽しく明るく表している。八重桜と八重の山吹を重ねずに七重として七重山吹の7語にし、575のリズムにした。八重桜を主役にしたかったので、山吹の方の数を減らして七重としたのであろう。そして奈古寺の「な」と七重の「な」が重なるようにした。ついで山吹と八重桜は「や」で繋いで、句の中に「や」音を3つ入れているのも面白い。

漱石は熊本の俳句塾でこの句を作って、俳句のレトリックを解説したのであろう。弟子の枕流は「芭蕉全発句集」の中に掲句の元句を見つけた。それは「奈良七重七堂伽藍八重桜」であり、なんと漱石句とそっくりではないか。芭蕉句は帝の御所を七重に囲んだ街並みが形成され、7つの巨大建物の大寺が建ち並び、その間を八重桜が満たしているという意味であろう。そして数字の7（なら）、7（ななえ）、7（しちどう）、8（やえ）の数字を句に入れ込んでいる。

漱石は芭蕉の句をいじってパロディ句にしていた。漱石は奈古寺という寺名を造語して七と八を組み入れる句を構想した。奈古寺は奈良のイメージを備えている古寺ということになる。時を経て奈良時代の街並みが崩れ、廃れた建物の跡地には山吹が繁茂している。時が経って金色に輝いていた建物は金色の山吹に姿を変えたと洒落た。だが八重桜は昔と同じように咲き誇っている。

漱石はもう一つの洒落を入れていた。藤原彰子付きの女房であった伊勢大輔（いせのたいふ）が詠んだ歌（百人一首）に「いにしへの奈良の都の八重桜けふ九重ににほいぬる哉」がある。この歌には7（なら）と8（やえ）と9（ここのえ）が見事に入れ込んである。奈良公園付近に生えていた固有種の「ナラノヤエザクラ」を奈良の僧都の骨折りで京都に移植することになった。この苗の引き渡し式は紫式部の担当だったが、伊勢大輔に譲られて執り行われた。このとき道長から伊勢大輔に対して歌を作ってお礼するものだと言われてこの歌を詠んだという。八重桜は奈良から京の宮中（九重で表す）に移されて香っているとした。

漱石はこの遊びを受けて7（なこ）、7（ななえ）、8（やま）、8（やえ）と数字を入れ込んだ。芭蕉句は伊勢大輔の歌を元にしていると思われるが、漱石と芭蕉の比較では漱石の勝ちである。レトリックがより効いているからだ。

• 情けにはごと味噌贈れ冬籠

（なさけには　ごとみそおくれ　ふゆごもり）

（明治28年11月22日）句稿7

思いやりの心があるならこれから冬籠する漱石に、五斗味噌を贈ってくれと松山の友人に呼びかけている。句会に来ている俳句仲間に対して、脚気を予防するのに効果のある五斗味噌を恵んでほしいと頼んでいる。漱石は地元で作られる調味料の五斗味噌を食べてみたくなったのだ。しかし誰もが漱石は松山では有名な高給取りであることを知っているから、誰も応じてくれない。

この俳句を作った句会では、掲句の他に「愚陀仏は主人の名なり冬籠」の句を作って、皆が簡単に作る五斗味噌が作れないのだと訴えてみた。

五斗味噌は、鎌倉時代の頃から明治の初期まで松山付近で作られていた味噌である。この味噌は米糠（ぬか）を基本材料の麹や大豆に加えることで、麹と大豆の量を減らして作る味噌である。材料代を安価にするための味噌である。投入する材料を全体で五斗用いるところから五斗味噌の名がついた。五斗の内訳は大豆2斗・糠2斗・塩1斗で麹なし。あるいは大豆・糠・麹・酒粕・塩をそれぞれ1斗ずつ。米糠には元来発酵力が備わっているからこれらの構成が可能になるようだ。食感と味は別にしてこの味噌は栄養価に富んだ味噌なのであろう。今も糠味噌という言葉は生きている。

• 薺摘んで母なき子なり一つ家

（なずなつんで　ははなきこなり　ひとついえ）

（明治29年3月24日）句稿14

新年の七草粥を作るためにナズナ摘みに野に出ているのは母親ではなくまだ小さな少女であった。七草粥を作る季節はとうに過ぎていて、日常の味噌汁を作るために野の菜を採りに出ていたのだ。その子の向こうには父子家庭の粗末な一軒家がポツンと立っていた。漱石は何度かこの少女を川べりで目撃していた。

同じ句稿におけるこの句の直前句は「舟軽し水皺よつて蘆の角」であり、漱石は松山の重信川と思しき大きな川の川べりを歩いていた時に掲句の光景に出くわしたと思われる。掲句の少女はナズナだけではなく、ノビルやヨモギなども一緒にこの川べりで摘んでいたのであろう。もしかしたら、それらの野の草を街に売りにゆくのだろうか。生活費の足しにするために。

資本主義経済が発達してくると、庶民の経済格差が拡大してくるのを漱石は実感していた。日本社会に欧州で習った資本主義経済を導入した渋沢栄一は、数百の会社や組織を作り上げて社会に貢献した。そして、この過程で生じた格差解消のために困窮者救済の社会活動を懸命に行ったが、個人による救済には限界があった。掲句はその社会の歪みを描いている気がする。

• 菜種打つ向ひ合せや夫婦同志

（なたねうつ　むかいあわせや　めおとどうし）

（明治30年5月28日）句稿25

菜の花が種を結ぶと菜種ができる。細い鞘に入っているこの種を取り出す工程が「菜種打つ」の作業である。通常は大きな木槌を筵の上に盛り上げた鞘のついた枝部に打ち付けて鞘を破る。この作業は座って行うものである。夫が木槌をテンポよく打ちおろす役で、妻は菜種の束を木槌の真下に入るように位置調整する役。菜種の鞘をもれなく叩いて、茶褐色になった種を筵の上に落とすのだ。

熊本の農家で菜種打ちが、夫婦向かい合って、時に言葉を交わしながら息を合わせて行われていた。乾いた鞘が破れる際には種が飛び散り、粉々になった鞘は二人を埃まみれにする。だが二人に気にする様子は見られない。二人は同志になっている。

菜種の収穫を二人が続けている光景を見て、漱石はその中に幸福の光を見たのであろう。人間のシンプルな幸せを見たのであろう。

漱石は、夫婦が息を合わせて、力を合わせて作業しているのを見て、二人は夫婦であり、かつ同志なのだと下五で認めている。この姿は漱石の家にはない。もし漱石が楠緒子と結婚したなら、夫婦同志になったと夢想したと想像する。

この句の面白さは、「向ひ合せや夫婦」は「向かう幸せ夫婦」に聞こえることである。

● 菜種咲く小島を抱いて浅き川

（なたねさく　こじまをだいて　あさきかわ）

（明治30年4月18日）句稿24

熊本市内に川底が透き通って見える珍しい川がある。阿蘇の湧水が流れる小川であるが、水量は豊かである。川幅が広くなる所は浅くなって、ところどころに岩が見え、小島ができている。その小島には菜の花がびっしり咲いていて黄色の島になっている。この島を囲んでいる川の底には緑の草がゆらゆら揺れて日に輝いている。緑と黄色は互いに引き立て合っている。

掲句の直前に置かれていた俳句は「しめ縄や春の水湧く水前寺」と「上画津や青き水菜に白き蝶」であった。これらの句によって漱石は家を出て水前寺公園にゆき、ここから流れ出る川筋に沿って歩いたことがわかる。出水神社のある水前寺公園から流れ出した川は、細長い上江津湖につながり、小島のあるくびれ部の短い川を経由して大きな下江津湖にたどり着く。この下江津湖では漱石も泳いだという。ここでボート競技も行われたという。

この句の面白さは、漱石がこの黄色の小島を気に入っていることが「抱いて」の言葉を用いていることでわかることだ。絵を描くことが好きな漱石らしい。漱石はこの浅い川を渡って黄色の小島に上陸したがっているようだ。

もう一つの言葉での面白さは「菜種」と「小島を抱いて流れる浅き川」との関連において見られる。菜種はアブラナのことであり、またその油を搾る種を指す。そして「菜種」の言葉から鞘に種が入っている構造が思い浮かぶ。すると、小島が種で浅き川が鞘に相当すると理解できる。漱石はこのことに気がついて微笑んでしまっているに違いない。

● なつかしき土の臭や松の秋

（なつかしき　つちのにおいや　まつのあき）

（明治42年9月28日）日記

ユーラシア大陸の外れにある、冷涼で広大な満州の平原を見てきた漱石は、朝鮮半島に下る際に小蒸気船で鴨緑江を渡った。満州側の丹東から乗船し、対岸の朝鮮の新義州に入った。ここからは鉄道で平壌へ向かった。漱石は汽車の窓から朝鮮の風景を眺めていた。この句の前に「一度朝鮮に入れば人悉く白し、水青くして平なり。赤土と青松の小きを見る」の前置き文が書かれていた。

南に移動するにつれて気温も徐々に上がってきて暑くなった。満州側では広大な砂土の畑に食用の鶏頭が植えられていたのを見ていたので、この地の田園風景に親しみを感じた。だが平壌が近づくとさらに景色は変わり「初めて稲田を見た」と日記に書いた。

句意は「朝鮮半島に入ると赤土の大地からは土の匂いが立ち上り、背の低い青葉の松が見えた」というもの。境の大河を越えると土の平原が見えだしたが、生えている松は小さいものばかりだった。黒松であった。つまり目前に展開する大地は痩せていたのだ。それでも日本の風景に近いものを目にして心は安らいだのだ。

「なつかしき土の臭」とは、窓から入る空気は湿った有機物を含む土の匂いだ。客車に日本人らしい顔も増えてきた。この稲田は日本人が指導して作られたもので、灌漑による田んぼであった。ここに日本から資金が投じられていた。

ちなみに朝鮮の歴史をみると米作が始まった年あたりから人口が急増していた。朝鮮総督府が京城に置かれたときの韓国の人口は2千万人ぐらいだったが、その後5千万人まで増加した。日本政府は朝鮮半島から本土に米を輸送したが、余剰の米は住む人たちの食糧に対する不安を軽減させた。

食が確保され、生活が安定すると人口は増えることが証明されていた。

・なつかしの紙衣もあらず行李の底

（なつかしの　かみこもあらず　こうりのそこ）

（明治35年2月16日）ロンドンから村上霽月に宛てた書簡

愛媛県温泉郡に住む友人の村上霽月に出した葉書にあった句である。ロンドンの状況を「当地寒気烈しく頗る難渋している」と書いた。2年目の冬は予想外に寒く、防寒の着慣れた紙衣を持ってきたはずだと行李と探したが見つからない。愕然として仕方なく寒さに耐えていた。貧しい生活の様子がこの俳句に現れている。ロンドンで最新の防寒着を買うこともできないでいる。

句意は「日本でよく着ていた防寒の紙衣を行李の底まで中身を出して探したが見つからなかった」というもの。ロンドンに持ってゆく荷物に入れたはずの紙の着物は、どこを探してもなかった。薄っぺらな材料でできた紙衣は防寒着として最適だとして、四国松山にいた時に買った。高知和紙の衣料品だったのかもしれない。妻の鏡子に行李に入れるように言っていたが、妻は紙衣を入れ忘れた。日本にいる妻と心が離れていることを実感した瞬間だった。かじかむ手で行李を閉めた漱石の気持ちが伝わる。

この句の面白さは、「行李の底」に詰まっている。この語によって漱石は行李の中の物を全部出して調べたとわかることだ。そして行李の中に顔を突っ込んでいる姿が見えることだ。

出した葉書には「花賣に寒し真珠の耳飾」の句と「三階に独り寝に行く寒かな」の句があった。石造りの下宿の冷たさは相当なものであったろうと想像できる。イギリスが世界にまたがる覇権を構築できたのはこの厳冬を耐え忍んでいける底辺の国民がいたからである。それと日常の粗食に耐える生活があったことだ。

これらの句はロンドンの寒さのことを描いているが、生活の苦しさも描いている。乏しい留学費から下宿代と書籍代他を出し、日本で生活する家族の生活費だけでなく、義理の親の援助金も賄った。妻の父親は英国滞在中に高級公務員の職を失い、さらにはうまい儲け話に乗せられて借金を抱え込んでしまっていた。漱石はロンドンでの生活費を更に切り詰めだした。

・なつかしむ衾に聞くや馬の鈴

（なつかしむ　ふすまにきくや　うまのすず）

（明治32年1月）句稿32

「吉井に泊りて」とある。宇佐神宮に詣でてから耶馬溪を越えて日田に至り、そこから筑後川を船で西に下って吉井の港で下船した。ここから吉井の宿まで雪の中を10数キロ歩き、ここで1泊した。暗くなる前に宿に着くことができた。疲れ切っていて早めに寝床に入った。しかし寒気と疲れでなかなか寝付けない。翌日、ここから久留米の駅までさらに歩き続けた。この頃の漱石の体力は充実していた。

句意は「布だけの薄い布団の中で、またもや背を丸くして包まっていると街道を行く馬の鈴音が聞こえてきた」というもの。最寄りの鉄道の駅に行く駅馬車なのかと思うと、久留米駅までまだ距離があるとわかっていたが、安心して漱石は眠りに落ちていった。これで熊本に帰れると思えたからだ。そしてまずは疲れをとることだと眠りについた。

この句の面白さは、「衾に聞くや馬の鈴」である。これは衾の中で風に乗って届いた馬車の鈴の音が聞こえたということだ。かすかな音でも衾は布だけの被り蒲団なので、足を抱えてこの衾を頭からかぶった状態でも、馬の鈴は耳に届いたのだ。それに体が冷えてなかなか寝付かれずにいたため、聴覚が鋭くなっていたとも考えられる。

もう一つの面白さは、「なつかしむ衾」である。綿の入っていない長方形のアンコなし布団にくるまっていたが、この布団は耶馬溪の宿で何度か経験していたものであり、またこの寒い蒲団かと思うが、懐かしく思えてきたことだ。若い時につらい思いを幾度か経験していた漱石は、どんな苦難にも立ち向かえた。体がボロボロになっても精神は持ちこたえられた。

ちなみに福岡県うきは市の吉井公民館前には漱石の「なつかしむ衾に聞くや

馬の鈴」の句碑が立っている。いまでは馬の鈴と衾の説明文が必要になっている。

• 夏来ぬとまた長鋏を弾ずらく

（なつきぬと　またちょうきょうを　だんずらく）

（明治30年5月28日）句稿25

この句は中国の故事を出して、熊本の暑い夏が始まったことを伝えている。この句には「熊本にて　一句」という謎の前置きがついている。なぜ漱石は熊本にいるのに敢えて「熊本にて」と書く必要があったのか。掲句の一つ前に置かれていた句は、鹿児島で詠んだ「鳴きもせでぐさと刺す蚊や田原坂」であった。したがって掲句以降は熊本に戻ってから詠んだものだと明確にするために、「熊本にて」と書き入れた。

長鋏とは、剪定用の柄の長い鋏ではなく中国では刀の鞘を意味するという。そして「弾ずる」は「弦をはじいて音を出す」ではなく、中が空洞の鞘を指先で叩いて音を出すことである。次に中国の故事と思われる「長鋏を弾ずらく」に登場する人物は誰なのか。戦国時代の斉の宰相孟嘗君の食客の一人であった馮煖である。

この男の身なりは貧しく、待遇は最下級であった。この男は自分の待遇を改めさせようと、刀の柄を叩きながら即席の不満表明の歌を歌ってみせたのだ。ここから「剣を弾ず」という故事が生まれた。原文は「彈劔而歌曰、長鋏帰来乎」（剣を弾じて歌いて曰く、長鋏に帰らんか）である。「わが剣よ、元の鞘に帰ってしまおうか」の後ろに言いたいことを付けて歌った。まずは「ここの食事にゃ魚がない」と付けて歌った。

この要求が上の方に伝わって待遇改善につながった。するとまた5日後に別の歌を歌いだした。男は次々に高い要求を出し、とうとう馬車まで提供されるようになった。そしてとうとうこの男の実力を発揮する場面がきた。この食客を抱えていた恩人の宰相が下野した時に、元の地位に戻れるように懸命に働いたという。

表面的な掲句の解釈は「暑い夏が来た、夏が来たと今年も刀の柄を叩きながらリズムをとって歌った」というもの。猛烈に暑い夏の到来はどうしようもないと諦めているのであるが、繰り返し不平を口にすれば、少しずつ良くなるという「剣を弾ず」という故事もあるではないか、とふざけている。漱石の「また長鋏を弾ずらく」の表現は、2年目の今年もふざけた歌を歌ったということを意味している。

漱石は東京よりも松山よりも暑い熊本の夏の到来に怯えているのだ。うんざりだと楽しそうに子規に伝えている。本格的な夏の到来はまだであるが、熊本市は盆地の地形になっていて、漱石宅の近くには川が流れていて湿気が多い場所になっている。

夏草の下を流るゝ清水かな

（なつくさの　したをながるる　しみずかな）

（制作年不明）（明治30年・推定）

この句は熊本時代の明治30年頃に、よく散策した江津湖あたりの光景を描いた句であろう。出水神社の前の池に湧き出た清水が流れ出し、小川となり、その先で上江津湖と下江津湖を形成する。この川はこの二つの湖をつなぐ浅い川で、川底の草が川面で揺れている。夏になる前に近隣の住人が総出で川底の草刈りを行うほどに水草が繁茂する。漱石はこの草刈りに参加したことがあった。漱石は下江津湖で練習する熊本第五高等学校の端艇部の監督めいたことをしていたから、世話になっている地域の草刈りに参加したのだ。

句意は「夏の強い日差しのもと、川の水草は光を受けて川面の上にまで伸びている。その先端が熱くなった草の下を冷たい水が流れている」というもの。漱石はこの触感の不思議を足で感じながら川に入って行った。漱石は熱くなった草の草いきれを感じながら、冷たい水の中に手を差し込んで草を掴み、鎌を動かした。そして草を踏んでいる足は流れる水の冷たさと草の柔らかさを実感していた。

この句の面白さは、「夏草の中を流るゝ」と表すべきところを「夏草の下を」と大胆に表現していることだ。舌を巻くような表現になっている。絵画のデフォルメの手法である。このデフォルメは伸びた水草が、川面に届いて浮いて流れているように見えたことを示している。

さてこの日差しの強い川の中での草刈り作業で、漱石は汗をかいていたのだろうか。汗は出なかったように思われる。漱石は他の住人と同じように菅笠を被っていて、手と足は水の冷たさを感じていたからだ。

熊本市内には自然の景観が残されていて、漱石はこの地に住む人たちと慣れ親しんだ。そしてこの辺りをよく散策した。その結果この川辺で膨大な数の俳句を作ることになった。

納豆を檀家へ配る師走哉

（なっとうを　だんかへくばる　しわすかな）

（明治28年12月18日）句稿9

諸説あるが、754年に唐の鑑真和上が納豆を日本の僧院に伝えたといわれており、それ以来「僧房の納所（台所の意味）でつくられた豆」ということで「納豆」と呼ばれるようになったと言われている。つまり、納豆文化は寺の食事から始まったということである。一休寺を始めとする寺では納豆は精進料理の材料として用いられてきた。蒸した大豆に、はったい粉と麹を混ぜて発酵させ、これを塩湯と共に納豆桶に移して発酵させ、天日干しして保存できるようにした。これを汁椀の調味料として具に加えていた。

上記の製法が各寺に伝わった当初は、僧侶が寺で納豆をつくって年末または年始に檀家に配っていた。これを配り納豆といい、これが次第に一般家庭にも納豆が広まる要因になった。この配り納豆のしきたりは、現代でも一部の寺では継続されているという。

ちなみに乾納豆は僧兵が戦に臨んで身につけた携帯食にもなる食料であったが、対抗する武士、歩兵側も戦での戦時食として取り入れていった。

掲句はこの納豆配りの対象となる有力檀家が愚陀仏庵の近くにあり、この納豆配りの現場をリポートしているもの。そして自分もそれをもらって食べてみたいという願望を持ったのか。独り者の茶漬けの出汁として使おうとしたのかもしれない。

この句の面白さは、師走という言葉は大勢の檀家に納豆を配るために僧が走りながら行ったというところからの名前だと漱石はわかっていたことだ。決められて日に一斉に「配り納豆」を配るのが原則であった。2日にわたっての配達になると後回しになった檀家から差をつけられていると苦情が出かねないからだ。師走の師は禅師であろう。

今は令和の時代であるから、働き方改革によって配り納豆の習慣は廃止になるのであろう。また乾納豆はどこでも買えるものになったからだ。

• 夏の月眉を照して道遠し

（なつのつき　まゆをてらして　みちとおし）

（明治37年10月14日）杉田作郎宛の書簡

「野田翁八十寿　2句」とある。掲句は宮崎県の句友杉田直（号は作郎）の依頼によって作られたものである。この作郎は漱石とほぼ同年代の人で交友関係があった。この人は医師、俳人であった。独学で医術開業試験に合格。東京帝大医局に入り、のち地元の宮崎市で眼科医院を開業した。抽象画家の瑛九の父でもあった。

作郎は宮崎の句会「蓬会」の中心メンバーの一人であり、漱石が主宰した熊本の句会「紫溟吟社」と交流があった。この関係で自分の父親（野田丹彦）の傘寿祝いに漱石に句を求めた。これを頼めるほど漱石とは気が合ったのだろう。

句意は「君の父親は、屋敷の庭に立って夏の月を見上げていると月が顔を照らし、眉が光って意志の強さを感じさせている。この光の中でまだやり残していることを思い浮かべている」というもの。この親にしてこの子あり、という実感を句友の作郎に伝えている気がする。立派な君には、さぞや立派な父親がいたのであろうと伝えた。この野田翁は句友にとって尊敬できる父親であり、漱石は自分の父親と比べていたのだろう。

この句の面白さは、80歳の老翁の顔には長い白毛の眉毛が生えているだろうと想像していることだ。そしてその眉に月の光が当たって銀色に光る様は、人徳が光っているように思える。掲句は句友の作郎の立ち姿を描いているようにも思えるが、八十寿の父親に対する挨拶句のように思えるため、句友の老父のことであると考える。

作郎宛の書簡には1枚の短冊が同封されていて、ここにはもう一句「野に下れば白髯を吹く風涼し」が書かれていた。掲句が父親の光る眉を描いているのに対し、後述の句は子の作郎の白い髭が描かれている。明治期の医者の風貌の典型がここにある。漱石は句友の医者の風貌を思い出していた。

ちなみにこの文面と短冊は宮崎県立図書館に所蔵されている。

• 夏痩せて日に焦けて雲水の果はいかに

（なつやせて　ひにやけてうんすいの　はてはいかに）

（明治29年8月）句稿16

この俳句は「くらがりに団扇の音や古槐」に続けて同じ句稿に書かれていた。つまりこれらは兄弟俳句なのである。共に暑い夏を強く感じさせる俳句になっている。漱石は連想句を作って初めて経験する熊本の暑い夏を乗り切ろうとしている。団扇で扇いでいるだけでは十分な涼を得られないのだ。頭の中から涼しくなろうとしている。

掲句の句意は「よく見かける雲水は夏の暑さに耐えながら、外を出歩いて修行する間に体は痩せて日に焼けてきている。雲水たちは大丈夫なのであろうか」というもの。漱石は熊本で見かける雲水たちを心配している。涼しそうな名称の雲水の顔の肌は日焼けして黒く光っている。雲水たちの手足も黒光りしていて、おまけに痩せていた。まさに古槐（えんじゅ）の幹のようであり、骨ばって見えた。句の中にある「雲水の果はいかに」は問いになっている。これに対する答えは、

「細い黒光りした立木の槐のようになっている」というものだ。この答えが「くらがりに団扇の音や古槐」の句に示されている。

ところで掲句と兄弟句になっている「くらがりに団扇の音や古槐」の句意は、「（日焼けして夏痩せしている雲水が）門の軒下や樹陰の暗がりに入って音を出して団扇を扇いでいる姿は、黒い樹肌の幹を持つ古槐の樹そのものに見えてくる」と解釈できる。つまり槐の樹は容易に太らないのが特徴であり、漱石は槐の樹に見える雲水の痩せ細った体を日差しの中から観察している。その漱石の心配顔にはユーモアの笑みも加わっている。

・夏痩の此頃蚊にもせゝられず

（なつやせの　このごろかにも　せせられず）

（明治28年10月末）句稿3

面白い句にしようとの企みが透けて見える俳句だ。蚊が登場するだけでその気配がする。秋が近づいてきたが、漱石は夏痩せしたようだという。この頃は蚊が刺すこともなくなってきて、大分血色も悪くなっているようだと東京の子規に知らせている。

東京から松山に転居してから半年たって精神的には大分落ち着いてきたが、体の方は今までの心労がたたってか、夏痩せ状態なのだという。顔色が悪いので蚊も刺さない。顔が骨ばってくると貧相になるので、女性にもモテやしない、とぼやいている気がするが、実際は違っていた。

掲句は「夏痩せして肌色が悪くなっているようだ。冬に向かって雌の蚊は子孫のために、人の血を吸うのに集中するはずだが、自分を刺しに来ない」というもの。血を吸うのが専門の蚊は大したもので、漱石の血の質の低下が分かっていて興味を持たないと笑う。

「せせる」とは辞書によると、①とがった物で、繰り返しつつく。つついて掘る。つつきほじくる。「ようじで歯を―・る」②虫などが刺す。かむ。「―・られて睡（ね）られやしない」とある。

つまり蚊が刺すのは、とがった吸血管が突くように皮膚に突くように挿入することになり、せせるということになる。ちなみに小川をせせらぎというが、水の流れが石を繰り返し突くことから来ていると想像する。

この年の8月から10月まで子規は漱石の愚陀仏庵に同居し、毎日のように松山の句友を集めて句会を開いていたが、その子規は帰京し、句会も開かれなくなった。賑やかさが身の回りから消えて秋の深まりを強く感じるようになった。そのような中、秋の蚊が漱石を刺せば蚊とバトルをして気がまぎれると思ったが、蚊の方で漱石を避けていると笑う。そのことを俳句にして送ることしかできないとあきらめ顔でいる。

・撫子に病閑あつて水くれぬ

（なでしこに　びょうかんあつて　みずくれぬ）

（明治30年7月18日）子規庵での句会稿

漱石は7月4日に夫婦で上京した。漱石の勤め先の熊本第五高等学校は夏休みに入っていて、漱石は実父の墓参りをするために実家に帰っていた。最初の頃は妻の親が住む虎ノ門の官舎にいて、そこから下谷の子規庵にちょくちょく顔を出していた。子規は病に臥せって床の中で横になったままであった。そのほとんどの間、病人は痛みに耐えてひっそりとしている。たまに体調のいい時には起き上がっていた。

子規の枕元に撫子の花が活けられている。ちなみに「病閑あつて」の意は、病中にあって体調のいい時ということで、子規はこういう時に絵を描いたり文章を書いたりしていた。そして水遣りをした。「水くれ」とは植物に水をやること、水遣りのことである。

句意は「子規は枕元に撫子を活けてもらっていたが、体調がいいのでその花に水をやっていた」というもの。通常は子規は起き上がるのが難儀であり、なかなか花に水やりができないでいた。子規は結核が悪化して脊髄カリエスに罹り、ほとんど寝たきりになっていた。その子規は痛みを忘れるためもあってか、寝床で画用紙に水彩絵の具で花の絵を描いている日が多くなっていた。子規は愛媛生まれの洋画家、中村不折に絵を習っていた。漱石がたまたま子規を訪ねた時に、子規は撫子の花の絵を描いている最中だったのだろう。

ちなみに漱石もこの時期熊本の自宅で、たまに筆を執って水墨画を描いていた。一方の子規は水彩画に取り組んでいた。二人は文章の人であるが、面白い絵を描いていて、面白い関係にある。

七筋を心利きたる鵜匠哉

（ななすじを　こころききたる　うしょうかな）

（明治30年5月28日）句稿25

鵜匠は羽の先を切って飛べなくした鵜を縄（縄の数え方は筋）の先につなぎ、5筋から10筋の縄を絡まないように操りながら鵜に川の鮎を飲み込ませる。鮎の飲み込みに成功した鵜をたぐりよせては口から鮎を吐き出させる。こうして鮎獲りの鵜を操る鵜匠はすべての鵜に心を利かし、気配りしなければならない。

この句の意味は「鵜匠はなんと鵜をつないだ7筋の縄に気を働かせねばならない」というもの。漱石は鵜匠の能力の高さを賞賛している。確かにこの日本の鵜飼の文化は日本人の特質をよく表している。

この鵜飼は明治時代には愛知県の長良川と山梨県の川でしか行われていなかった。漱石が突然何の脈絡もなしに熊本の地で鵜飼の句を作った背景には、この句を作った当時、漱石は熊本の第五高等学校の英語教師であったが、この仕事は性に合わないとして教師を辞めたいと親友の子規に手紙を書いていた。夜遅くまで転職のことを考えていたりした。つまり自分はやりたくもない仕事をさせられる鵜みたいなものだと感じていたのだろう。飛べないように羽の先を切られた鵜みたいなものだと。いや、自分は技の優れた鵜匠みたいなものだと考えた。多くの生徒に効率よく高度な英語を教えているだけの「心利きたる鵜匠」的な存在なのだと思っていた可能性がある。

ちなみに掲句の直前に置かれていた句は「小賢しき犬吠付や更衣」で、直後の句は「漢方や柑子（こうじ）花咲く門構」である。3句の間に関連はない。つまり、掲句は突如口を突いて出てきた句であろう。

なに食はぬ和尚の顔や河豚汁

（なにくわぬ　おしょうのかおや　ふぐとじる）

（明治43年）

精進料理が好物であるはずの寺の和尚が、人目を気にすることなく庶民の高嶺の花のフグ汁を夢中で無言で食べている。四つ足動物でないというので、堂々と食べている。

「何食わぬ」顔という表現が「何を食べているのか気にせずに」という意味に掛けてある。また「何食わぬ」は人に「フグは美味いかい」と聞かれれば、無心に食べていて返事をしない。「食う」を「河豚汁」に掛けている。

フグ汁の脂肪が顔に飛び散って、和尚の顔はフグの顔のようにてかてか光っている。体つきも贅沢三昧の生活でフグのように丸くなっているに違いない。

若い頃と違って40代に入ると身体がガタガタになった漱石であったが、何食わぬ顔でこんな面白い句をさらっと作る。病気のことなど気にならないように振る舞っている。入院中の漱石が病院食の中身をもう少し良くしてほしいという訴えの句のようでもある。食欲では掲句に登場する和尚に負けないという自信を見せている。

ちなみに漱石は、若い時に面白い河豚の句を作っている。河豚鍋が鶏鍋と同程度の値段だった頃の句である。

「賭にせん命は五文河豚汁」（明治28年）

「河豚汁や死んだ夢見る夜もあり」（明治28年）

明治時代に河豚料理が解禁になっていたが、漱石が松山にいた明治28年には、河豚の調理法にいまいち不安があったのかもしれない。平成時代には、5年間で死者は1人だけというのが河豚毒死の実態なので、鶏鍋と同程度の安心度の料理になっている。

何事ぞ手向し花に狂ふ蝶

（なにごとぞ　たむけしはなに　くるうちょう）

（明治24年8月）子規宛の手紙

「初七日」とある。登世の葬儀の場に並べられた手向けの花に蝶がついたまま離れない。お棺の前に置かれた花の束の匂いに誘われて蝶が引き寄せられ、どこからか飛んできたのだ。献花台のまわりを舞っている。この葬儀の場で蝶を見た漱石は、この蝶があたかも狂っていると思うしかなかった。悲しみの場所で、舞う蝶をじっとみている。

この登世は、漱石にとっては花のような存在であった。蝶を見ているうちに、登世の匂いに引かれて飛んできたように錯覚したのだ。

すぐ上の兄の妻であった登世（漱石の同い年）と同じ屋根の下に住んでいたことで、いつしかこの女性に恋心を抱くに至った。学生であった漱石は、大学の友人の子規に、この辛い気持ちを綴った手紙を何度か出していた。その女性が25歳の若さで逝ってしまった。この女性の死に面して、漱石は13句を作り、子規に送っていた。掲句はその中でも最も苛烈な感情表現になっている句の一つである。

この句のユニークさは、無心に舞う蝶に「狂う」という言葉を用いていることである。漱石はこの蝶の舞いを注視できなくなって、自分の感情を見失わないように努めていた。この蝶の舞を見ているうちに、漱石は自分が浮揚し、浮遊し始めたのを感知したのだろう。この時の自分の感情と精神状態を「狂う」としたのだ。もしかしたらこの蝶は漱石がつくった幻覚だったのかもしれない。今までの二人の関係は、何の不思議もない、特別なものでもない「ただの花と蝶の関係」でしかなかったと別の漱石が見ていたのか。

葬儀の喪主でもない漱石が取り乱すとおかしなことになるから、必死になって感情を抑え込もうとした。この時のおかしな出来事を漱石は俳句にして残した。漱石はこの時からほぼ2年半の間俳句はほとんど作らなかった。作れなくなっていた。子規を励ます目的で2句を作っただけだった。

• 何をつゝき鴉あつまる冬の畠

（なにをつつき　からすあつまる　ふゆのはた）

（明治31年1月6日）句稿28

冬になり、収穫がすんで土しか見えない畠に鴉がたむろしている。近くを歩いていた漱石は何事かとじっと見ていた。鴉が集まって何かを嘴でつついているようであるが、それが何かはよくわからない。鴉は人をたぶらかすのかもしれないと警戒する。それとも餌がない無聊を食べるふりをして気を紛らしているのか。それとも畑の中の昆虫を真剣に探しているのか。

漱石は熊本市の郊外ののんびりした光景を詠んでいる。漱石は鴉の利口さを知っているので、何かしらの共通の目的を持って同じような行動をしていると考えてしまう。

自然界にはよくわからない現象や解明されていない動物の習性がある。漱石は目の前に広がる畑で行われている鴉の行動を見て、何のことなのか、何を意味しているのかわからないということを愉しんでいるようだ。

遠くから乾燥した広い畑を眺めていた漱石は、鴉どもは餌を求めて街中から畑に進出してきたと推察したのだ。利口な鴉は、農家人が昨年寒風の中で畑に種まきをしているのを見ていて、先々餌がない時のためにこの光景を記憶していた。漱石の目の前にいる鴉は農家人がいない時に足で土をひっかいていたのだ。そして芽を出したばかりの麦の粒を見つけてついばんでいた。正月三が日はどこの家でも料理をしないので街中の路上に鴉の餌は見つからなくなっていた。

漱石の目には、茶色一色の殺風景な畑が続く風景の中に黒い鴉が集まって動き回る姿は、楽しげであり、この時期ぼんやり過ごしている人間に喝を入れるものであった。

● 菜の花の隣もありて竹の垣

（なのはなの　となりもありて　たけのかき）

（明治33年4月5日）村上半太郎宛のはがき

「北千反畑に転居して4句」とある。漱石はこの年の4月に熊本市内の北千反畑に引っ越した。引っ越したところはのどかな田園地帯で、見晴らすと畑だらけであった。隣は広い畑でそこには菜の花が一面咲き誇っている。しかし借家の漱石宅の庭は隣との境として無愛想な竹の垣根が作られていたのだ。菜の花が一面に見えても仕切られていたのでは興ざめだ。漱石のぼやきが聞こえそうだ。

だが、そうは言いながらも漱石はこの菜の花畑のある景色に満足していると見える。菜の花を詠み込んだ句をこの地でいくつも作っているからだ。竹の垣の隙間から見える菜の花はただの畑より面白いからだ。

愛媛県に住む句友である村上霽月に葉書を出して転居を知らせている。熊本市内のはずれに引っ越したのだ。この句は葉書を出す際に久しぶりに作った句で、すでに駄句さえも作らなくなっていると書いた。

この句の面白さは、隣の家には菜の花畑があるが、何とそこには竹垣もあると紹介していることだ。田舎なのに何とも風変わりな菜の花畑なのだと。

この菜の花の畑の周りには柳の木もあったようだ。「鶯も柳も青き住居哉」の句が掲句に並んでいたからそうとわかる。この句もさらとしていてユーモアがあふれて面白い。青い香りと甘い香りがあふれる中で、ウグイスは緑の中に溶け込んで見えない。いや、ゆらゆら揺れてばかりいる枝にはウグイスは留まろうとしない。

ちなみに家主の話では、漱石が五高への通勤の途中、2階建ての借家が建つのを見ていて、2階を書斎にしたいと言って、完成するとすぐに借りに来たという。そして竹の垣も漱石には魅力的に映った。この家では書生を置いていた。書生だった行徳二郎は漱石が英国留学から帰国すると東京の家に度々出入りするようになった。そして漱石家の雑事をこなした。

＊新聞「日本」（明治33年4月26日）に掲載（北千反畑に転居して4句）

● 菜の花の中に小川のうねりかな

（なのはなの　なかにおがわの　うねりかな）

（明治27年春）

関東の田舎をうねって流れる細い川の両岸の土手を黄色く染めて「菜の花の原」が形成されている。畑の「菜の花」の種が風で飛んで川岸に到達し、畑も川岸も「菜の花」で埋めている光景が遠くまで続いている。景色としては黄色一色の中に細い川がアクセントをつけるようにくねって流れている。

句意は「広大な菜の花畑の中の小川は黄色に染まった畑を切り裂くようにうねって流れている」というもの。この俳句は桜の林の春の景色に負けず、一面の菜の花で春のエネルギーを感じさせている。

しかし何かしっくりしない。掲句にはユーモアがなく漱石らしくない。そこでもう少し深く考えてみた。俳句の文字をそのまま理解すると、「菜の花」という文字列の中には「の」があり、「の」を草書体で書いてみると、もやしの形状に似た「曲がりくねった小川」の形になることが判明した。確かに「菜花」の中に「曲がりくねった小川」を入れると「菜の花」になる。つまりこの俳句は頓知俳句なのであった。この句には、小川のうねりと漱石のひねりが描かれていることになる。

春の陽気が漱石にこのようなユーモアの満ちた楽しい俳句を作らせた。漱石の実家や楠緒子のことで鬱屈した毎日が続いているので、スカッとしたかったのだ。

＊新聞『小日本』（明治27年4月28日）に掲載／『俳句二葉集』

•菜の花の中に糞ひる飛脚哉

（なのはなの　なかにくそひる　ひきゃくかな）

（明治29年3月5日）句稿12

菜の花畑の中に腰を下ろすと菜花の花粉の香りが身体を包み、触れる葉っぱの湿っぽさも心地よい。低くなった首の下あたりに花びらが当たって、花の歓迎を受けているみたいだ。密集する菜の花の香りが糞の臭いを包み込んでくれる。いや臭いのコラボレーションの世界が展開するのだ。柔らかい花芽が屈めた尻に触れる感覚まで読み手には想像される。視覚、嗅覚と触覚を総動員した新たな感覚を飛脚は楽しんでいる。長時間走ってきた飛脚の疲れは嘘のように取れたであろう。飛脚の仕事は辛いだけではないと実感した。

「菜の花の中に糞」は天然のアロマテラピーである。かつて都の大宮人は春の野原で脱糞することを好んだという。蕪村がこのことを次の句に詠んでからかっている。「大徳の糞ひりおはす枯野かな」である。漱石は殿上人の密かな楽しみを大衆も手に入れていたことを掲句で示した。そして枯野の中でよりも菜の花畑の中での方が上質で快適であることを示して、蕪村と共に笑っている。

春の菜の花田は飛脚だけでなく近隣の村人の青空厠だった。菜の花畑にさっとかがんで用を足す姿は、雲雀が舞い降りて花田に隠れるのに似ていて可笑しい。花の田んぼから出てきた時は、体に黄色い花粉をつけているに違いない。その後しばらくは菜の花の香りを楽しむことができることになる。

ところで掲句は、同じ句稿に記されていた菜の花の7連句の最終句であり、全体で笑いのあるショート物語を構成しているとわかる。ちなみに漱石はあとひと月後の4月に、松山の津の浜から船に乗って赴任先の熊本へ旅立つことにしているので、湊の下見をかねて近くに見えた海まで歩いてみようと考えた。その結果菜の花畑に入り込んで、掲句に示される飛脚が絡む事件が起きた。

松山の城跡の城山から城下を眺めた。すると眼下に菜の花畑が広がっているのが見えた。あの黄色い畑を超えると海にたどり着くのかと呟く。海は意外に近いように思えた。漱石は城山の坂を降り始めた。武家屋敷、寺町を抜けて歩いているうちに下半身が催してきた。そこで飛脚になりすまして菜の花畑の中

にかがんで用を足した。江戸時代には飛脚がこのようにして仕事の途中で用を足していたと想像した。やっと湊にたどり着いて空を見上げると雲雀が鳴いていた。

• 菜の花の中の小家や桃一木

（なのはなの　なかのこいえや　ももひとき）

（明治43年9月23日）日記

句意は「菜の花の咲き乱れる野原の中に、荒れた小さな家があり、桃の花も家の近くに咲いている」というもの。野原の中にある粗末な家は、東京にある漱石山房のことと思われる。小さな畑があり、菜の花が咲き、桃の花も咲いている東京の自宅の春の様を修善寺温泉の病床で想像している。漱石は早く自分の家に帰りたいと思っている。1ヶ月以上修善寺の同じ部屋に伏していたからである。そして、病室代わりになっている温泉宿の部屋から見える外の景色は単調なものであったからだ。

この句の面白さは、アメリカの少女物語の「大草原の小さな家」や「赤毛のアン」やスイスの「アルプスの少女ハイジ」の環境を思い起こさせることだ。つまりシンプルな俳句になっていて、解釈が難しいほどである。まさに少女が春の草原で夢見ている場面になっている。

別の解釈をすれば、この句の前に置かれている日記文の中で、漱石宅の庭に植物を植えた職人の言葉を思い出したり、花の難しい名前を書き出していたりしていることがヒントになり、漱石は故郷のことを思い出している少女の心境になっている気がする。掲句はそれほどに漱石の体が衰弱していることを想像させる。8月24日に療養に来た温泉宿で大吐血して1ヶ月が経過した。厳しい食事制限が続き、気分は落ち込んだままであった。それでも漱石らしいところが俳句に出ている。窓から見える秋の景色を春のものに転換していることだ。

• 菜の花の中へ大きな入日かな

（なのはなの　なかへおおきな　いりひかな）

（明治30年4月18日）句稿24

一面菜の花畑の奥に丸い大きな夕日が沈んでゆく。遠くの野の端に日が沈むのであるが、入り日は広い菜の花畑に吸い込まれるように見える。黄色一色の野原に深い赤色の太陽が入り込む際の色のコントラストは見事である。どこか近くには緑色も少しはあるのであろうし、まさに息を飲む原色の共演なのである。雲のある空にはまだ青色も残っている。黄色、赤色、青色、わずかに緑色の勢ぞろいである。まさに絵に描いたような光景である。

漱石は、かつて「菜の花の中」で始まる俳句を2つ作っていた。「菜の花の中に小川のうねりかな」（明治27年）と「菜の花の中に糞ひる飛脚かな」（明治29年3月）という菜の花句である。これらを繋げて解釈することができそうだ。つまり、明治30年時の漱石の頭の中では、これらの過去俳句が浮かんでいると考えられる。菜の花句の面白トリオを意識しているのかもしれない。

この句の面白さは、漢語大好き人間の漱石がシンプルなわかりやすい和語を用いて句を構成していることだ。掲句の光景はまさに日本的なものと捉えているからであろう。そして大きな入日でも広大な菜の花畑の中に落ちる際には小さく見えてしまい、赤く大きな太陽をあたかも菜の花の中に取り込まれるミツバチのように表現していることが可笑しい。

• 菜の花の遥かに黄なり筑後川

（なのはなの　はるかにきなり　ちくごがわ）

（明治30年4月18日）句稿24

久留米市街の背後にある高良山から北の筑後平野を見下ろすと、古い歴史のあるこの地は奪い合うに足る広大な肥沃な土地であることがわかる。漱石はこの豊穣な地の覇権を巡って古代から戦いが繰り広げられてきたことを思った。漱石の目には、筑後平野を流れる大河を菜の花が黄色く縁取りをしているように見えている。黄色の大地は菜種油を取るのが目的の菜種の栽培が行われていた。この植物油は現代の石油と同じ価値を持っていた。従ってこの地の豪族、大名たちは昔から豊かであった。

この句の面白さは、川べりの満開の菜の花が散りだして花筏のように大河を黄色に染めているとも解釈できることだ。この「黄なり」の現象は漱石にとってもまさしく「奇なり」であった。

この久留米への旅は、親友の菅の病気見舞いに行ったものとされているが、これは嘘と判明している。漱石の妻はこの旅の時すでに菅は病から回復して勤務していたことを知っていた。誰と会っていたかは推測が立っていた。これが家庭内不和の元となった。

ちなみに漱石の正岡子規宛の手紙（4月18日発）では、久留米行きの目的については全く触れていなかった。単なる休暇中の旅行だと知らせていた。郷土歴史家の原武哲氏は、『夏目漱石と菅虎雄』の中で、この久留米旅行を菅の病気見舞いのためのものとするのは誤りだと明らかにしている。

漱石は、この久留米の旅で高良山に登ったのは確かであるが、漱石の子規宛の手紙には「事実の隠し事」が多い。しかし、これは子規も了解済みのことであったであろう。記録に残らないようにするのが目的の文面であり、暗号俳句群であった。掲句の句稿を入れていた手紙には、「(前略) 今春期休に久留米に至り高良山に登り　夫山越発心と申す処の桜を見物致候　帰途久留米の古道具屋にて(後略)」とだけあり、単なる花見だと子規に伝えている。しかし、子規がこの旅で漱石が作っていた大量の俳句を読み解くと、久留米で誰かと会っていたことがわかるのだ。そしてその人が子規と漱石の共通の知人、友人の菅虎雄ではなかった。菅であれば隠す必要はなかった。そして病気見舞いの旅であればなおさらである。

漱石全集の第27巻　別冊下での記述では、漱石だけでなく漱石全集の編集部も年譜作成において漱石の事実隠しに加担している。先の子規宛の手紙と原武の名を借りて「3月久留米に旅行し、高良山に登った。喀血を見て久留米に帰省療養していた菅虎雄を見舞った」と記述した。ちなみに原武の調査文では、明治30年当時「高良山に登り　夫山越発心と申す処の桜を見物」に対しては、これができる山道ルートはなかったということであった。

・菜の花や城代二万五千石

（なのはなや　じょうだい　にまんごせんごく）

（明治30年2月）句稿23

城主が出陣する場合または江戸詰になる場合の、城の留守役が城代であった。ちなみに江戸幕府の城を将軍に代って管理する者には、二条城代、大坂城代、駿府城代、伏見城代の4職があった。そして各藩における城代は家老が務めた。

掲句の城代は熊本藩の家老であり、その石高が二万五千石で大名並みだったという。この句は目出度い春の句である。つまり熊本藩はそれほどに大藩であったということだ。江戸時代の熊本城下に菜の花が咲きだすと街中は華やかになり、大いに賑わったのであろう。

ちなみに徳川時代の初期には石高が5万石以上の藩の領主が大名で、それ以下は小名であった。後に1万石以上が大名と称されるようになった。よって二万五千石の城代は立派な大名だと、地元の民は胸を張ったのだろう。その城代家老は城主から信頼され支藩を預かっていたのだ。

漱石がこのような俳句を作ったのは、熊本の自然も住人の気風も気に入っていたからだ。松山とは大分違うと感じていた。松山生まれの子規には悪いが、熊本の方が土地は開けていて人も開放的であったのだろう。生徒たちの性格もスッキリしていて松山より住みやすいと言いたかった。

だが漱石が最初から熊本に赴任していたならば、あの面白い小説「坊ちゃん」は生まれなかった。やはり後にはトラブル続きであった松山に感謝したのであろう。

・菜の花や門前の小僧経を読む

（なのはなや　もんぜんのこぞう　きょうをよむ）

（明治29年3月5日）句稿12

この頃の漱石は松山にいた。かつて城下町であった松山には寺町があり寺が多かった。遍路も多く訪れる街になっていた。この年の4月には熊本に転居することになっていた漱石は、名残を惜しむように松山ブラ歩きをしていた。城山からスタートして寺町に入ると菜の花が咲いていた。その一角に大きな寺があった。漱石は何気なく境内に入り込んだ。

句意は「寺の門の前にも菜の花が咲いていて、その中に小僧が佇んでいた。寺の中からは読経の声が響いていた。この姿を見て、『門前の小僧習わぬ経を読む』の文言を思い出した」というもの。あたかも目の前にいる小僧が経を読んでいるかのように思えた。

常々漱石は漢文の素読の重要性に着目していた。意味がわからぬままに頭に叩き込むことが脳の活性化には大切であると考えていた。漱石の親友、子規もこの街で小さな頃から漢学の教師であった祖父から、意味のわからぬ漢文の素読を徹底的にやらされていたことを松山の街で思い出していた。

ところでこの句が書いてあった句稿には菜の花の句が連続して5句書かれていた。「菜の花の中に糞ひる飛脚哉」「菜の花や門前の小僧経を読む」「菜の花を通り抜ければ城下かな」「海見ゆれど中々長き菜畑哉」「海見えて行けども行けども菜畑哉」である。漱石は松山の街でこれらの連続する句を作った。これらは一つの笑いのあるショート物語を構成していると考える。東京にいる子規にこれらの句を提示してショート物語を楽しんでもらおうとした。ただし順番を逆にしていているので単純ではない。

(この物語の連続した解釈は「菜の花の中に糞ひる飛脚哉」の句を参照)

ちなみにこれらの5連句の前に「生海苔のこゝは品川東海寺」の句を置いていたことを鑑みると、漱石は画家のように黒と黄色の色に着目しているとわかる。つまり東京品川の寺の前には海苔の海があり、寺の前は黒色に満ちている。これに対して松山の街中は黄色一色になっているので、これを特徴にして俳句を作ろうとした。漱石はこの色の対比を考えた5連句を企画し面白がっている。そして花の写生に凝り出した子規にこの企画を楽しんでもらおうとした。

● 菜の花を通り抜ければ城下かな

(なのはなを　とおりぬければ　じょうかかな)

(明治29年3月5日)句稿12

松山の城跡のある城山から城下を眺めた。すると眼下に菜の花畑が広がっているのが見えた。あの畑を超えると海に行けるのか、と呟く。海は意外に近いように思えた。城下の町中に向かって城の足元から延びた道が見えている。ここからあの道を真っ直ぐに行けばすぐに簡単に海にたどりつけそうだと思った。

明治時代の家庭の照明は菜種油を使う行灯が普及していて、菜種の栽培地が増大していた。ここ松山でも畑には菜の花畑が盛んに作られた。この畑は、菜種の収穫が終われば、菜の花の株と根は土にすき込んで天然の肥料とした。一石二鳥の栽培であった。そしてこの栽培熱は城山まで及んでいたのだ。この句によって城山近くまで菜の花畑になっていたことがわかる。城山は黄色の軍に攻められているかのように見えていた。

漱石はひと月後の4月になったら三津の浜から船に乗って赴任先の熊本に旅立つことにしているので、港の下見をかねて近くに見えた海まで歩いてみようと思った。そして「菜の花の中に糞ひる飛脚哉」の中の「飛脚」と出会った。

● 名乗りくる小さき春の夜舟かな

(なのりくる　ちいさきはるの　よぶねかな)

(明治29年4月13日)子規宛の露石の葉書

人気アニメ映画のワンシーンのような句である。漱石が船で松山から熊本に渡る時に、宮島経由で岡山県の玉島に行き、そこから夜行船に乗って門司まで行くことにしていた。漱石は玉島の港で船に乗ったときに見知らぬ男から声をかけられた。子規の弟子である大坂の俳人、水落露石にばったり船中で出会ったのだ。露石は子規から漱石が松山から熊本に行くことを聞いていた。二人は俳句の話で盛り上がった。露石が子規へ出すという葉書(4月13日付)を見せられた漱石はとっさにその余白に掲句を書き込んだ。子規に、君の弟子の露石に会ったことを17文字で知らせようとした。

句意は「君の弟子の露石が声をかけてきたよ。彼が春の夜に出航する船に乗り込んで来たのだ」という感じであろう。春の夜のことでもあり、幻のように思えた。知り合いが同じ船に乗り込んでくるとは驚きであったのだ。漱石にしてみれば、春の訪れのように嬉しいことであった。これを童話のように「春の夜舟」と表した。

この句の面白さは、「名乗りくる」には、船に「乗り込んでくる」という意味も掛けていることだ。そして「わしだよ、わし。露石だよ」と大声を出しながら近づいてくる男を「小さき春」と表していることだ。多分小柄な男なのだ。

・名は桜物の見事に散る事よ

（なはさくら もののみごとに ちることよ）

（明治28年10月）句稿2

句意は、言葉そのままであり、桜の散る様を大げさに賞賛している。この句の原句は「名は桜偖も見事に散る事よ」である。原句の方がいいように思う。「さても」は「唸りながら、さすがだ」という感動があることを示す言葉であるからだ。歌舞伎の名場面のようになり、おかし味を感じさせる。

しかし師匠の子規は、原句を抑え気味にすべく、「さても見事」を「ものの見事」に変更した。これで十分だと考えた。掲句は抑えられた表現ながらも、十分に桜を褒め称えている。

この句の背後には「名は漱石、物の見事に散る事よ」の意が隠されている。漱石は自分の生き方を大げさにも桜と同じだと見ている。子規に対して、これが今の自分の気持ちだ、と伝えている。掲句は、親友の保治と楠緒子が結婚することになった背景には、漱石が楠緒子の前から身を引いたことがあったからだ、これでいいのだ、今はすっきりしていると子規に伝えた。桜のように散った気分だと伝えた。漱石は十分に悩んだ末のことであった。この間楠緒子から親展の手紙が漱石に出されていたから、これを読んだ漱石には若干の未練心が残っていた。しかし、読み終わると火鉢で燃やし、その灰も崩した。これでいいのだ、と自分を納得させた。

子規は8月から10月19日に帰京するまで漱石と同居して俳句作りをしていた。漱石は子規が東京に戻った機会に、自分の気持ちを総括して、これからはすっきりした気持ちで生きることにしたと伝えたのだ。保治と楠緒子は明治28年1月に入籍してから、すでに10ヶ月が経過していた。もうすっきりしたよと子規に伝えた。

だが漱石の気持ちは、熊本で鏡子と結婚式をあげてからも、ふらついていた。この漱石のふらつき状態は「憂き事を紙衣にかこつ一人哉」（明治28年10月下旬）に描かれている。明治29年12月の頃、保治が欧州に留学していた時期に楠緒子から寂しいという気持ちが歌誌に掲載された楠緒子の短歌で伝えられと、漱石の心の揺れはさらに大きくなった。

名は桜倫も見事に散る事よ

（なはさくら　さてもみことに　ちることよ）

（明治28年10月）句稿2

掲句は「名は桜物の見事に散る事よ」の句の原句である。漱石が松山にいた時の句である。俳句の師匠であった子規は、掲句を修正したが、その理由は何であったのか。両者の違いは「物の見事に」と「倫も見事に」の違いである。

この「倫も」は「然ても」とも書くというが、副詞、接続詞、感動詞として使われる。掲句では感動詞として用いている。「なんとまあ、それにしてもまあ」ということだ。

漱石は、桜の花の散る様を目の当たりにして、「桜の君よ、それにしても、なんとまあ、見事に散るものだ、お見事」と叫んだのだ。漱石は口に出した言葉をそのまま俳句にした。これに対して子規は、「桜の君よ、素晴らしく見事に散るものだ。素晴らしい」と落ち着いて俳句に表した。両者は口語調と文語調の違いに似ている。

桜を楽しく愛でているのは漱石の方であろう。

靡けども芒を倒し能はざる

（なびけども　すすきをたおし　あたはざる）

（明治32年10月17日）句稿35

「熊本高等学校秋季雑詠　柔道試合」の前置きがある。漱石は五高の柔道の試合を見た時の感想を俳句に詠んだ。畳の道場の中央で組み合った二人は、相手を倒そうと技を互いに繰り出す。漱石は技が決まる時の選手同士の動きを細かく観察している。そして「力まかせにいくら押しても相手を倒せない」と気がついた。

句意は「荒野の芒は強風に吹かれて倒れそうだが、芒はなびくだけで風は芒を倒すことができない」というもの。風が吹き抜ける荒野に生きている芒は、強風に抗すれば茎から折れてしまうから、力に逆らわない生き方を身につけている、ということだ。

相手が押し込めば、押された方は靡いてその押し力を受け流すようにする。つまり力の強い者は強風のように力で押しまくって押し倒そうとしても、倒せない。

ではそのような芒のような相手に勝つにはどうするのか。手前に引きつけて相手の体が動けないようにしてしまうことだ。だがこれを強引にすると自分が棒立ちになり隙を生むことになる。相手を前後左右に揺さぶりながら、相手が動きを止める瞬間に技をかけるのを計るのだ。そのタイミングを計ることとなる。柔道の素人はそう考える。

漱石は柔道試合についてもう一句作っている。「転けし芋の鳥渡起き直る健気さよ」である。

鍋提げて若葉の谷へ下りけり

（なべさげて　わかばのたにへ　くだりけり）

（大正3年）手帳

この句は漱石の体験を描いたものではないとわかる。地方伝承の昔話を俳句にしたものだろう。漱石が何回か訪ねたことのある栃木県塩原温泉に伝わる平家落人の伝説をベースにしていると考える。天然記念物の「逆杉」（枝が下向きに生えている大木の杉）が入り口にある鍾乳洞の入り口前に立てられた案内板にこの話が書いてあった。漱石は平家物語の一部としてこの話を記憶していて、これから生まれたこの句を手帳に書き残していたと考える。漱石はこの塩原温泉を若い時から何度か訪ねていて、この温泉が気に入っていた。ちなみに東京在住の作家たちは箱根が有名になる前は、この塩原温泉を息抜きの場所にしていた。

記録すべきこととして、漱石は死が近づいた大正元年8月に塩原温泉に6泊していた。ここを起点として川治温泉を経由して日光、長野県へと移動していった。このことから、もしかしたら源氏の末裔の漱石は終生、滅ぼされた側の平家物語が気になったっていたのかもしれない。

句意は「山奥に隠れ住む平家の落人が飯を炊こうとして、米を入れた提げ手付きの鉄鍋を片手に持ち、慎重に谷の川へと崖を降りていった。若葉の木を掴みながら春の沢へ降りていった」というもの。隠れ家にしていた鍾乳洞の奥から谷川に下りられたのだ。

この話は源氏の追っ手を逃れて塩原の山奥まで落ち延びてきていた平家残党が、米のとぎ汁が元で源氏の一党に捉えられたというもの。近隣の支援者から米を分けてもらっていたその落武者は米を鍋に入れて谷に下り、谷川の水を使って米を磨いだ。するとそのとぎ汁が川を白く濁らせ、川下で平家残党を探索していた源氏の武士に山奥によそ者が隠れていることを感づかせた。

この話は、山奥の地に温泉郷が拓けたのは、刀傷を癒やすために温泉場に隠れ住み、潜んだ平家の落人たちが結束していたためであったと考えられる。そしてこの事実を後世に残すためにこの「米のとぎ汁と鍾乳洞」の伝説をこしらえたのか。そして記念樹として杉を植えたと考えると面白い。つまり塩原温泉の古くからの住人と思われる旅館業の人たちの遺伝子には、平家のそれが組み込まれていると漱石が考えた節があるようだ。漱石が塩原温泉の湯に浸かることは歴史の香りを吸い込むことであったのかもしれない。

ちなみに漱石の弟子の枕流がこのように解釈するのは、私の母がこの塩原温泉の旅館の出であり、小さい頃から平家落人の話が書いてある先の看板も見ていたからだ。漱石の弟子の枕流は、漱石先生との因縁を感じる。

この句の面白さは、落武者が若葉の鮮やかさに気を取られて、とぎ汁を川に流してしまうほどに谷川の緑は綺麗だったということだ。漱石も塩原の渓谷の美しさを愛でていた。

・生臭き鮓を食ふや佐野の人

（なまぐさき　すしをくらうや　さののひと）

（明治30年5月28日）句稿25

佐野から来た客人は、熊本の名物として出した熟鮓（なれずし）をうまい、うまいと言ってたべた。これを漱石は驚きをもって見ていた。内陸の栃木の町、佐野には鮒鮨の伝統食はないと思っていたので、この客人は「生臭き鮓」を食べ慣れていないはずだと思っていた。つまり顔をしかめると思って客人の顔を見ていたが、そうではなかった。漱石は「生臭き寿司」を頬張る人が目の前にいるのが不思議で仕方なかった。

熟鮓は関西ではポピュラーな料理であったが、関東ではそうではないと思っていた。これは納豆のあの匂いが堪らなく嫌で納豆嫌いな人は関西に多いが、関東では毎日でも食べる人が多いという関係と逆である。ちなみにこの枕流は、栃木の生まれであるが、滋賀で樽に漬け込んだ発酵鮒寿司を友人宅で食べる機会を得たが、それは食べ過ぎるくらいに美味かった。枕流の味覚は佐野の人と同じだった。

ところで漱石にとっては、寿司といえば江戸前鮨であった。「坊ちゃん」先生の感覚では、樽漬けの発酵寿司が出されると下のご飯は食べなかった。それにあの匂いがあるので鮨ではないということなのだ。

ところでこの佐野から来た人は誰であったのか。

・海鼠哉よも一つにては候まじ

（なまこかな　よもひとつにては　そうらまじ）

（明治28年10月末）句稿3

現在、海鼠は「海の宝」と呼ばれているが、海鼠はどのようなものか。日本の食卓にのぼるのは、シカクナマコ科のマナマコであるという。大きさは直径が数センチ、長さは20～30センチ。外観は暗褐色で柔軟な体壁に覆われ、骨格は細かな骨片として体壁に散らばっている。しかし、漱石が掲句を作った当時、海鼠は食材としては珍しいものであった。ちなみに漱石の文章（明治38年の「断片」）に次のものがある。「（始めて海鼠を食べた人は）少なくとも親鸞上人か日蓮上人くらい剛気な人だ。河豚を食い出した人よりもえらい」と書いていて、海鼠はそれほどに人々がなかなか手を出さない食べ物であった。松山を去ると決めていた漱石先生はそんな海鼠を食べ始めた。

正岡子規に送った句稿には、この句に対して「ワカルカ」と添え書きがあった。「この俳句がわかるか？」ということだ。解釈の際には頭をひねるように要求している。まともに解釈されては困る、この句には裏の意味があるというのだ。

さてまともでない掲句の解釈は、「ふにゃふにゃであの柔らかさを持つナマコは、幾ら何でも一つの体でできているように見えない。各部が別々の動きをするから、よもや一つの生き物ではあるまい」というもの。

では漱石が求める裏の解釈はどういうものか。「ふにゃふにゃと感じる海鼠には別のものがある」というもの。落語の謎かけに似ている。「海鼠のようで海鼠でないもの。さてそれは何か」。この句を作った当時の漱石の年齢は28歳で、独身であった。しかも見合いの話が来ている独身最後の時期であった。つまり羽根を伸ばせるだけ伸ばそうという時期であった。

漱石は子規に向かって謎かけ問答を仕掛けていた。さて子規はさっと答えを出したのであろうか。

（原句）「やよ海鼠よも一つにては候まじ」

・生海苔のこゝは品川東海寺

（なまのりの　ここはしながわ　とうかいじ）

（明治29年3月5日）句稿12

名所案内の文句のような俳句になっている。漱石先生が江戸時代から当時の明治までの品川宿のすごさをこの句で語っている。今の東京の新宿と銀座を合わせたような賑わいがあったそうだ。江戸の西の玄関口であり、人・ものがここを通過した。この地域は箱根駅伝の実況放送に出てくる北品川の「八ツ山橋」から京浜急行駅の「青物横丁」あたりまでの約3キロメートルに亘って遊興・商売の建物が街道沿いに幅広く並んでいて、例えて言えば今の東京ディズニーリゾート2個から3個分ぐらいの規模があったと想像する。

記録によれば江戸時代の最盛期には品川への年間来場者数は53万人であり、当時の日本の人口は3千万人ほどであったから、今の人口に換算すると年間200万人が足を運んだことになる。全国でツアー客を募集した伊勢神宮には及ばないが、品川宿は一大観光地であった。明治になると規模は少し縮小したが、昭和33年の売春防止法の成立まで賑わいは続いた。

品川の賑わいの中心にあったのが東海寺とその周辺の寺であった。東海寺の前には目黒川が流れ、この辺りから舟で海に出られた。小舟の上での遊興も盛んであった。並ぶ宿の真下に見えた海では潮干狩りができ、海苔の養殖も行われていた。

句意は「東海寺あたりに軒を連ねる茶屋では、海岸の海苔に対抗するように、別の生海苔が干されている」というもの。漱石のユーモアが炸裂している。東海寺あたりには飯盛女、遊女が4千人はいたのである。そして朝のお膳には三杯酢を入れた名物の生海苔が出されたという。

ちなみに東海寺は江戸の高僧、沢庵和尚が生まれた場所に建てられた寺である。沢庵は京都大徳寺の僧であったが天皇を巻き込んだ問題が起きたときに幕府と対立し出羽に流された。のちに許されて品川に東海寺を開いた。その東海寺は三代将軍家光が寄進していた。沢庵の名は今でも沢庵漬けとして残っている。将軍家光は沢庵和尚の東海寺を風俗地の重しにしようとしたようだ。ここ品川は東の繁華街である浅草と共通点が多い。

・南無弓矢八幡殿に御慶かな

（なむゆみや　はちまんどのに　ぎょけいかな）

（明治32年1月）句稿32

「宇佐八幡にて　6句」の前置きがある。「源平の屋島の合戦で、那須与一宗高が離れた船にいる平家の姫の扇を、揺れる舟の上から弓で射るように命じられた時の場面を描いている。上司の代役を命じられた与一は、扇の的を外したなら切腹だと覚悟して「弓矢の神様である八幡神よ、御照覧あれ」と声を上げて矢を放ち、波に揺れる扇の要に見事に矢を当てた。神のご加護があった。

漱石先生はこの場面を描いた謡の「檀風」を歌いつつ思い起こして、新春を祝った。「八幡大菩薩の神よ、良かった、良かった。那須与一宗高が八幡神の力を借りて扇を射落としたことは、目出度いこと、御慶なことよ」と故事を持ち出して、この新暦正月2日に宇佐神宮を参詣できたことを一人で祝った。

この時の神社の本殿と境内には新年を祝う飾りつけは全くなく、寂しい光景が広がっていた。神社は従来通り旧暦での神事を計画していたからだ。この盛り上がらない雰囲気の中で、漱石一人がささやかながら明るい新春にしているのだ。まさに謡での独り舞台であった。

この句の面白さは、明治時代の人は学問や恋愛のことで宇佐神宮にお参りに行くが、かつては武運・武芸の神でもあったことを忘れていると指摘していることだ。この宇佐の施設には八幡神に対しての八幡大菩薩というもう一つの名称があった。この宇佐神宮には神仏習合の時代があったのだ。神仏分離の明治になってから宇佐神宮は神社だけになった。

漱石は弓矢の神様でもあった八幡大菩薩は、今では小さな弓矢を持つ恋のキューピット役になって、相手のハートを射止める役を見事にこなしていると笑っている。漱石はこの場所で「神かけて祈る恋なし宇佐の春」の句を作っている。漱石はせっかく恋成就の神社に来ても、自分は関係なくなっていると肩を落とした。

• 奈良漬に梅に其香をなつかしむ

（ならづけに　うめにそのかを　なつかしむ）

（明治32年2月）句稿33

「梅花百五句」とある。一般的な奈良漬からは酒粕と瓜の香りが立ち上がる。漱石は梅の花が好きであり、その梅のほのかな花びらの香りのする特別な梅奈良漬を鼻に近づけて、梅の香りを味わっている。奈良漬の本場は関西であり、種々の奈良漬が商品化されてきた。筍を酒粕に漬け込んだ筍奈良漬もあり、梅の実を使った梅奈良漬も作られていた。

句意は「飲めない酒の代わりに食事の時に梅奈良漬をかじると、梅の香りが漂って観梅時の匂いを再現して味わえる」というもの。高級品の梅奈良漬であれば梅の香りを食卓で味わえたのだ。だが漱石は安価で一般的な瓜の奈良漬との縁はほとんどなかった。

四国人の子規は食事のおかずとして奈良漬に慣れ親しんでいたが、子規と奈良漬の特別な関係が浮かび上がってきた。従軍記者として渡った満州での戦地視察後の帰りに、神戸が近づいた船中で子規は吐血して、神戸の病院に入院したが、この際に子規の叔父が親戚代表として見舞金を持って病院に見舞いに行った。小康を取り戻した時に子規はこの返礼として「未熟西瓜の奈良漬」を親戚一同に送った。原材料は瓜ではなく、若いスイカを使ったものであった。この関西名物の奈良漬を返礼品として送ったという話を漱石は記憶していたのだ。子規は奈良漬に詳しいと知っていた。

漱石は「梅花百五句」の企画を上げた時に、早々と梅の香りの俳句を作っていったが、この時ほのかな香りの梅の花と強烈な香りのする奈良漬との組み合わせ句を考えついたのだ。子規は奈良漬を小さい頃から食べていたし、漱石同様に梅の俳句を大量に作っていたから梅奈良漬の俳句を作ることにした。そしてこれを入手して食してみた。その時の感想を俳句にした。漱石は掲句を句稿に書いて送った際に、梅奈良漬も送っていたと想像する。俳句だけでは師匠に失礼となるからだ。

• 奈良七重菜の花つゞき五形咲く

（ならななえ　なのはなつづき　ごぎょうさく）

（明治29年3月24日）句稿14

「ならななえなのはな」と「な」が5つも「つづく」という「な遊び」をしている。読者子規の解釈を手助けする解説入り俳句がここに誕生していた。そして奈良七重の伽藍とくれば五重塔だとの想像をうながす。そこで七重と関連する数字入りの五形を配置したのだ。漱石は植物の御形を七重に引っ張られた形にして五形と当て字をしたのだ。多くの俳句で使い古された「五重塔」で句が完結するより、「五形咲く」として新鮮味が格段に増大する方を選んだ。ここに俳句の中に「菜の花と五形」を入れ込むことに成功した。漱石の美意識を垣間見ることができると同時に、面白がりの性格が如実に表れている。

桜が咲くと次は菜の花が咲き、続いてゴギョウが咲き誇る。奈良は寺町であると同時に花が次々と咲く花の町であると俳句をデザインした。なんと巧妙で美しい句であることよ。漱石の面白さが全開して咲き誇っている句になっている。この掲句と対をなす漱石句は「奈古寺や七重山吹八重桜」である。ともに落語的作りのリズミカルな句になっている。

ところで御形とはどんな植物なのか。御形はよもぎであると書いてある俳句本もあるので、ネット辞書で調べたら春の七草に出てくる御形は「ははこぐさ」の俗称とあった。現代において草餅はヨモギ餅のことであるが、それ以前はハハコグサを使ったハハコグサ餅を食べていたという。この関連で「御形はよもぎ」説が生じたものなのか。人によってはこの句を読むと草餅まで頭の中に引き出されてしまう食欲刺激の俳句になっているといえる。もしかしたら食欲旺盛な漱石はここまで計算していたのかもしれない。

漱石は芭蕉の「奈良七重七堂伽藍八重桜」の句に、かなりの対抗意識をもっていたようだ。これを超える調子のいい楽しい俳句を作ろうとしたようだ。芭蕉が建物で来るなら、こっちは草花で行こうとした。そして桜が咲いたのなら、次に咲くのは菜の花であり、そのつづきはゴギョウであるとした。ライバル意識は俳句でいい花を咲かせた。

• 奈良の春十二神将剥げ尽せり

（ならのはる　じゅうにしんしょう　はげつくせり）

（明治29年3月5日）句稿12

新薬師寺や興福寺の十二神将像が有名であるが、大高本によると、掲句の寺は新薬師寺だという。東京国立博物館で開かれた興福寺展で、薬師如来を守る十二神将の像を見たことがある。十二神将は善神だが、元々夜叉であったというから迫力に富んでいるのは当たり前なのだ。板彫の迷企羅は怖い顔ながらも足元の虫に驚いた風の顔をしていたので、手帳にスケッチしてきた。これらの像は天平時代のものであり、塗料の風化が進み完璧に剥げ落ちていた。

大高氏は、「日本の至宝を崇めるのではなく、逆説的に笑い飛ばした漱石の感性が新鮮だ。ありがたがっているだけでは、それが持つ大切な意味に気づかない」という趣旨のことを述べている。また「漱石は古びていくことによって生まれる価値を尊重し、そこにむしろ、新たな美を見いだしていたはずだ。それは日本人らしい、大切な美意識なのだ」ともいう。

さらに「漱石が生きた明治は、日本の文化がどんどん塗り替えられていった時代。（中略）剥げ尽くして堂々と地肌を見せながら、むしろ魅力を増す十二神将に注目したところに、外側だけを塗りたくるような西洋の模倣を強く戒めた漱石の思想の一端が、すでに見られていると思われる」枕流はおおよそ同感である。

「剥げ尽くせり」と堂々と言い放つ意味は、かつて塗られた塗料が剥げ落ちても、十二神将たちは威厳に満ちて立ち尽くし、今でも十分に薬師如来を守っていると胸を張っている。そして剥げ落ちていることで悪魔や煩悩という敵に対する守護の役目を果たし尽くしてきたことを一目瞭然に示していると漱石句は主張しているのだ。漱石は十二神将の極彩色の塗料が剥げ落ちたことなどは小さなことだと笑い飛ばしたりしているのだ。漱石は剥げ落ちていることで奈良時代から明治の世までの時間経過、日本の長い歴史を感じさせる役目も果たしていると感じ入っているのだ。

この句からは漱石のユーモアのセンスが強く感じられる。十二神将はよくやっていると褒め称えている様が見える。奈良の春を盛り上げていると褒める。花が咲き誇って目立つのは、素っ裸で地味に立つ十二神将との対比があるからだと見ている。

漱石は別の句「凩や真赤になって仁王尊」で、古寺の仁王が空っ風の中で赤くなって耐えながら立っている、役目を果たしていると詠んだ。この仁王は鎌倉期の作であるから、塗料がまだ残っているが、この赤い肌をユーモアと親しみを持って描いていた。

鳴神にふつと切るゝや琵琶の糸

（なるかみに　ふつときらるるや　びわのいと）

（明治36年春）

鳴神は古語としての雷である。句意は「琵琶の演奏をしていた時に雷鳴が轟いて、バチを持つ手につい力が入り、ぶつと弦が切れてしまった」というもの。平家物語の一場面のような雰囲気がある。

ちなみに歌舞伎には鳴神という有名な演目がある。能の「一角仙人」がもとになっているという。漱石は歌舞伎には興味を示さないが、能が関係しているので掲句をつくったようだ。

物語がクライマックスになって唸る声が大きくなり、ついバチに力がこもって琵琶の弦を切ってしまったときに、たまたま雷鳴が轟いたのだろう。この弦を切ったのも演者の演技の一つなのだろうと漱石は描いた。

この句の面白さは、琵琶の切れた音が重苦しい雰囲気の演奏会場に響いた時、客の緊張が切れて雷鳴がなったように驚いたことを脚色していることだ。

＊一高の「校友会雑誌」（明治36年6月15日）に掲載

鳴子引くは只退窟で困る故

（なるこひくは　ただたいくつで　こまるゆえ）

（明治30年10月）句稿26

この鳴子は、田畑が鳥獣に荒らされるのを防ぐための仕掛け。横板に数本の竹片をぶら下げたものを綱に掛け連ね、鳥獣が足元の綱に気づかずに足を取られて綱を引くと板の音が鳴るようにしたもの。これを屋敷の庭中に仕掛けておくと、忍者の侵入防止の鳴子ということになる。

漱石宅では、通常この鳴子の端の紐を漱石の書斎、それも座卓の近くに置いていた。漱石は妻を書斎に呼ぶ時には、声を張り上げずにこの綱を引っ張るだけで、妻は夫が自分を呼んでいるとわかる仕掛けになっていた。妻がうとうとしていてもこのカランカランという音には気づくのだ。

妻がいない9月上旬からこの俳句を作った10月まで、漱石は夜には書斎に座って本を読んでいたが、時にこの綱を引っ張ってみたのだ。妻は神奈川の鎌倉にいてこの家にいない。この妻がこの鳴子の音に気づいて、部屋に来るわけはないが、寂しさの徒然に妻のいない家で鳴子の綱を引いてみたのだ。その行為はただ退屈で、しかもただ寂しくて困るためにしたことだ、と自分に対する言い訳を俳句にした。子規にこの句を送ったことで少しは気持ちが楽になったに違いない。

漱石宅に鳴子システムがあったとは愉快である。だが少々寂しい仕掛けだとも言える。大声を出すと下宿人に聞こえるため遠慮することになる。そして手を叩いて妻を呼ぶようにすると、女中を部屋に呼ぶような感じになって妻は怒りだすに決まっている。そこで考え出されたのがこの方式なのだろう。ある種合理的な連絡方法なのだ。漱石は自分が考え出したこのシステムに満足していたのであろう。寂しいときにも鳴らすことができる優れものであった。

ところで何故漱石は、ふらっと鳴子を引いたのか。この綱の先端は鎌倉の妻のところにあると錯覚してしまったのだろう。綱を引けば妻が少しは早く戻ってくるように思ってしまったのだ。

縄簾裏をのぞけば木槿かな

（なわすだれ　うらをのぞけば　むくげかな）

（明治28年9月23日）句稿1

この句の解釈の前に、縄簾と縄暖簾とに違いがあるのかと混乱してしまった。漱石は縄暖簾を用いた俳句も作っていたからだ。

酒飲みではなかった漱石はこの区別がついていたのであろうか。そこで辞書で調べるとどうも同じものである。縄簾といってもイグサ縄を竹竿に何本も下げたものであり、暖簾は簡易な作りであり簾でもあるということだ。細かな違いとして縄暖簾は竹竿の近くに編みを入れている豪華版が多いという。また縄暖簾の3文字になると居酒屋のことも指すのだという。

さて掲句の意味は、「のぞけば」は「覗けば」であろうが、縄簾の裏とは何か。店の中なのか。縄簾は家や店の入り口にかけるという先入観があるが、単なる仕切りとして用いる例もあるに違いない。そうであれば道と中庭を隔てる垣根の役目をさせる縄簾もあってもいいように思う。

ここまで考えて掲句を解釈すると漱石と子規が松山の旧家街を歩いているときに、立派な庭のある家に通りかかったという状況が見えてくる。そして漱石は中に何やら低木の花が咲いているように思ったのであった。句意は「通りかかった家の前で気になって縄簾に手を差し込んで縄簾の裏を覗いてみると中の庭に咲いていたのは木槿であった」というもの。芙蓉ではなかったのであろう。縄簾を通して見た花は、芙蓉のように思えたので、確認したくなったのだ。

すぐにはここまで想像が及ばなかった。その理由は居酒屋の縄暖簾のような丈の短い縄簾を考えていたからだ。漱石が見た縄簾は垣根の高さほどの高さのところから膝頭までの長さがあるものであったのだ。このような縄簾が風に揺れると涼しさが演出される。

●縄暖簾くゞりて出れば柳哉

（なわのれん　くぐりてでれば　やなぎかな）

（大正3年）手帳

店に入る場面を詠んだ句は多くあるであろうが、店を出る場面を句にするのは珍しい。手で縄暖簾を押し分けて店に入るときは、早く席につきたいと気持ちがはやって店先に柳の木があったことは見ていないものだ。しかし出るときは満足した顔に風が吹きかかってくるのを味わいながらふと周りを見遣る。芽を出した柳の枝も風に吹かれているのに気づく。単調ではあるが意外性のある水墨画が似合う絵になる場面である。

江戸時代から柳は堀や川べりによく植えられたものだ。その名残は東京の銀座に植えられている柳の並木である。かつては銀座の川べりには飲食街があり、列をなす柳が揺れていた。ところで、掲句の場所は漱石が好んだ京都の高瀬川沿いの木屋町のように思われる。それとも賀茂川のすぐ北の今の出町柳あたりなのか。元気な漱石が京都を旅した時は、このあたりも散策していたはずだ。親友の狩野亮吉はこの近くの糺の森に住んでいたからだ。

この句の面白さは、くぐるときに暖簾の縄が揺れ、川風が吹くと柳の枝がゆれるという動きの類似性があることである。柳の枝は自然の作った縄暖簾だという見立てがあって面白い。漱石は暖簾をくぐった時、柳の葉の下をくぐったと想像したのかもしれない。店の中で京都料理を食べ味わった満足感がこの句を作らせたのかも。ちなみに、御所が近い出町柳あたりは、明治時代には「柳の茶屋」と呼ばれていた。

●南窓に寫眞を焼くや赤蜻蛉

（なんそうに　しゃしんをやくや　あかとんぼ）

（明治32年10月17日）句稿35

「熊本高等学校秋季雑詠　物理室」と前置きがついている。校舎の南向きの窓に赤蜻蛉が留まっている。その部屋は物理室で、この部屋で各種の実験や講義をした。写真の授業もここで行い、光の実験をした。掲句の実験は写真を焼き付けるのに太陽光を用いていた。それには南窓が必要であったのだ。物理室のガラス窓の枠形はちょうど写真現像に用いる枠になっていた。部屋のガラス窓の窓枠に留まっていた何頭かの蜻蛉は日光の下でじっと静止しているので、生徒はいたずら心でトンボの写真を作ろうとしていた。漱石はその現場を目撃したのだ。

句意は「南向きの窓を使って生徒が実験として日光写真を作っていた。窓に留まっていた赤蜻蛉の像を感光紙に焼き付けようとしていた」というもの。生徒は簡単なモノクロの写真の実験をしていた。その蜻蛉は写真の焼き付けと同じように、窓枠の中で露光の日光で焼かれて、赤くなっていると漱石は面白がっている。赤蜻蛉は日光写真では、ネガフィルムの役割を果たしていた。

この句の面白さは、出来上がった写真は焼き付け枠に複数の蜻蛉の像が浮かび上がっていたことだ。そして漱石はその図像を見て、シンプルな南宋画のようだと洒落てみた。

漱石はこの物理室に関して、掲句の他に「暗室や心得たりときりぎりす」の句を作っていた。この暗室は光学の実験に使う部屋であったのだろう。
ちなみに漱石が見ていた日光写真といわれるものは、「ガラス板をはめた枠内で、下に絵を印刷したネガ紙を感光紙なるものの上に置いて重ね、日光を数分あてて焼き付けるもの」であったという。この技法は戦前の子供の写真玩具として利用されていた。当時のネガ紙は「種紙」と呼ばれていた。

三者談
物理教室は寄宿舎の東にあり煉瓦造り。白い石の窓閾（まどしきみ）によく写真の焼き枠が出してあった。ここに赤蜻蛉がよく留まっていた。
赤レンガと白い枠の中の赤蜻蛉は生き生きしている。漱石の頭は美しく澄み切っていた。

南天に寸の重みや春の雪

（なんてんに　すんのおもみや　はるのゆき）

（明治41年）手帳

春が近くまで来ていても、たまに雪が降るときがある。珍しく降った雪が南天の葉と赤い実の上に厚く載って、南天は苦しそうである。葉っぱをつけている細い枝はしなって重みに耐えているが、なんとか雪が滑り落ちてくれる事を願っているようにも見える。そうなるように目いっぱい撓（しな）っているようにも見える。しかし、南天の木自体は自分の新たな服飾を楽しんでいるようだ。

雪の厚さを表す寸の発音が雪の重さと葉のしなりを表している。雪の重みで葉が下がる動きは「すんすん」「ずんずん」であろう。漱石は音も俳句に組み込んでいる。そして小さい葉の上の雪の厚さは1寸もなく1センチほどであろうが、これを短く寸といい表すところが面白く、かつ小気味いい。

また漱石は画家でもあるから、一部に赤みを加えている葉の緑に雪の白色を配した色の組み合わせを見て楽しんでいる。そして背景の大部分を占めている白い庭の中に数個の房状の赤い実が君臨するかのように立っているのを見ている。漱石の画帳には画面いっぱいに雪を載せた南天の木が描かれている。
漱石がこの句は何点のできかと聞かれれば、「何、南天がどうしたかって、ああ満点だよ」と答えるであろう。

何となく寒いと我は思ふのみ

（なんとなく　さむいとわれは　おもうのみ）

（明治28年11月13日）句稿6

「三冬氷雪の時什麽（じゅうま）と問はれて」の前置きがある。「三冬氷雪の時」とは陰暦の10、11、12月の雪と氷の時期のこと。什麽は、そう思うかと尋ねる時に調子をつける言葉。この年の冬は寒波襲来で雪が降ったりしていたので、誰かに「三冬氷雪の言葉があるが、寒いよね」と声をかけられたのだ。
これに対して「いや何となく寒いと思うだけ」というもの。漱石はそっけなく、それほど寒くないと答えたのだ。この会話にも、この俳句にも洒落や冗談もなく、漱石らしくない。多分勤めていた中学校の気の合わない同僚から声をかけられたのだろう。それとも寒がりだと思われたくないので、そう答えたのか。だが漱石は寒さに強いのは確かで、5年後に吹雪の耶馬溪を和服姿で数日かけて歩き抜けたことがあった。

ちなみに掲句は句稿6の最後に書かれていたが、その後に「善悪を問はずできた丈け送るなり　左様心得給へ　悪いのは遠慮なく評し給へ　其代りいいのは少し褒め給へ」と頼み事をしていた。熊本に転勤するまでの数ヶ月は俳句に集中しようとしていた。松山での生活を放蕩だけで終えたくなかった。掲句はこの決意を表す俳句になっている。このくらいの寒さは平気で、これからどんどん街中に出かけて俳句を作るぞという気持ちを掲句に込めていた。

何となう死に来た世の惜まるゝ

（なんとのお　しにきたよの　おしまるる）

（明治27年3月9日）菊池謙二郎宛の書簡

友人が漱石に漱石の病気を心配する手紙を書いてきた。漱石は菊池に血痰が出たことを前の手紙で伝えたが、大したことはないのだと次の手紙でも書いた。

運動して滋養のあるものを食べていれば普通通りに勉学もして良いと医者から言われて楽観していると書いた。もし精密検査で何かが出てきても初期の段階なので対応できると書いた。これからの人生設計には制約が生じるが、家族のことも心配であるが、希望を失わずに生きていくと書いた。医者に肺病だと告げられる前に血痰を見ていたので、覚悟はできていた。ジタバタしないように心を決めていた。漱石はこのくらいのことで驚くことも神経を痛めることもなかった、と書いた。

句意は「自分はこの世に生まれた時からいつかは死ぬものと覚悟して生きてきたが、医者から肺病と言われたときには、何となく残念な気持ちが生じた」というもの。学生の身でありながら漱石の覚悟はすごい。幼少の時からの辛い経験を重ねてきているので、この世を覚めて見ているようだ。そしてこの世に生まれたことは死ぬ過程に入ったことだと悟っている。

ちなみに返事の手紙では、「人間は此世に出づるよりして 日々死出の用意を致す者なれば 別に喀血して即席に死んだとて驚く事もなけれど 先づ二つとなき命故使へる丈使ふが徳用と心得」とあった。

漱石は50歳を目前にして逝去したが、もう少し長生きしたいとは思わなかった。対照的な生き方としてあるのが世界的な画家であった葛飾北斎である。90歳まで生きたが死に際して「あと5年あれば」（思い通りの絵が描けるのに）と呟いていた。

漱石が掲句のなんとなく気の弱い気持ちが現れている俳句を作っていたのは、明治26年8月ごろに帝大寄宿舎の清水舎監の紹介で、漱石が見合い候補者として楠緒子の前に立つことになったことが関係していた。楠緒子の親の知り合いであった寄宿舎の清水舎監は、楠緒子の見合いの相手として学生を紹介するように求められた。清水舎監が最初に紹介したのは寄宿舎で漱石と同室の小屋保治であったが大塚楠緒子と馬が合わなかったことで、次に漱石が紹介された。漱石と楠緒子は気心が合ったが、漱石は楠緒子の親の意向に合致しなかった。この親は文学志望の漱石を結婚相手として認めなかった。

この頃から漱石の気持ちは打ち沈んでいたはずだ。そうなると食事を十分にとっていたとは思われない。そうこうするうちに世の中に結核が流行していたこともあって漱石の肺から血痰が出るようになったということである。血痰は結核病の予兆であり、当時の結核は死の病であった。

ちなみに掲句の後方に置かれていた俳句は「春雨や柳の中を濡れて行く」であった。掲句同様に漱石の打ち拉がれている姿、雨の中をさまよいながら泣き濡れている姿が目に浮かぶ。だが漱石は両句とも鼻歌を歌いながら歩いているような俳句にしている。

• なんのその南瓜の花も咲けばこそ

（なんのその　かぼちゃのはなも　さけばこそ）

（明治29年8月）句稿16

熊本の暑さなどはどうということはない、この暑さの中で、南瓜の黄色い大きな花が咲くと、あの大きさにまで成長できるのだ。その黄色の花を見ていれば暑さなど吹っ飛んでしまう。あの肉厚の大きな花を咲かせている南瓜を見ていると元気が出るのだという。周りの暑さを取り込んでエネルギーにしている南瓜は偉いと褒める。

句意は「この暑さなどどうということはない。南瓜の花が咲けば、あの大きな実に自然になるのだ」というもの。「咲けばこそ」の続きとして「あの実ができる」がくる。

松山に比べてもそれほどに熊本の暑さはすごいものであったのだ。句稿16には猛暑を詠んだ句が多い。30句のうち、暑し、涼み、夏痩せ、の語を込めた俳句はなんと13句もあった。これら以外には南瓜や団扇、簟、ハスなどを読み込んでいた。明治29年の夏はもしかしたら平成、令和の時代の地球温暖化の夏と変わらなかったのかもしれない。いや昔から暑かっただけなのだ。

ちなみに掲句は与謝蕪村の「この泥があればこそ咲け蓮の花」を下敷きにしていると考える。

漱石は熊本市の北のはずれを散歩して、南瓜の花を見ていた。高等学校は夏休みに入っていて、朝の早い時間に散歩に精を出していたのだろう。

何の故に恐縮したる生海鼠哉

（なんのゆえに　きょうしゅくしたる　なまこかな）

（明治32年）手帳

この年の5月に、長女筆子が生まれた。安産でするっと生まれたという。よって漱石はこの赤子をおかし味を込めて海鼠と表現した。しかし、この生まれた子をみているうちに、自分が恐縮しているのを感じた。

句意は「海鼠の赤子に対して自分は何で恐縮しているのか」というもの。長女が生まれたことで自分は親になったが、これは自分の力ではないようだと心のどこかで感じていたからだ。

もう一つの恐縮している理由は、赤子を見て海鼠だと思い、表現したことだ。可愛く思う気持ちが足りないからではないか、と考えた。

自分に娘が生まれたことを友人たちに伝えるのに照れくささが生じて、海鼠を入れた「安々と海鼠の如き子を生めり」の句を付けた手紙を出したことを反省したのだ。

二三人砧も打ちぬ鹿の声

（にさんにん　きぬたもうちぬ　しかのこえ）

（明治40年頃）手帳

交尾の秋が近づくと山では牝鹿が牡鹿を呼ぶ声がこだまする。ケーン、またはカーンと頻繁に鳴いて牝鹿に訴える悲しい声が響く。この声は2、3人が砧を打っている音のようにも聞こえる。

この時漱石は禅寺のある山裾に来ていた。寺の裏山から落ちる清水の流れを見ていた。ここは鎌倉なのかもしれない。この時に裏山を渡る鹿の群れに遭遇したのだ。寺の僧は自分の作務衣を洗濯することもしたであろう。当時の洗濯は砧打ちであるから、寺周辺にこの砧打ちの音が響いたのだ。坊さんたちも山にこもっていて、鹿が牝鹿を呼ぶように寂しいという声を出したいところなのかもしれない。その気持ちが砧打ちの音に重なるように感じたのだ。

掲句の解釈は「大勢いる修行僧のうち、二三人が砧を打っている。その音に重なるように山を渡る牡鹿のメスを呼ぶ、寂しく悲しい鳴き声が山に響き渡っている」というもの。修行僧たちは、鹿の声を打ち消すように、砧を強く打つのだろう。

ちなみに同じ手帳で掲句に隣接している俳句は鹿にちなんだ俳句であり、「かち渡る鹿や半ばに返り見る」と「寄りくるや豆腐の糟に奈良の鹿」である。

二三片山茶花散りぬ床の上

（にさんぺん　さざんかちりぬ　とこのうえ）

（明治30年12月12日）句稿27

漱石は椿ほどには山茶花を好んではいなかった。この句の他に山茶花が登場する句は3句だけだった。これに対して梅の句は85句。少ないと思われた菜の花でも16句作られていた。その少ない山茶花の句の一つが掲句であり、山茶花が床の間に散っている様を描いている。

どこの家のことかと調べると熊本時代に3番目に住んだ熊本市内の旧大江村の家であった。この家の床の間での出来事であった。正確には床の間に置いた小机の上である。掛け軸のそばに小机があり、一輪挿しの花瓶が置いてあったと思われる。これに挿した山茶花から2、3片の花びらがかすかな音を立てて、はらりと落ちたのである。

句意は「床の間の瓶に生けてあった山茶花から花弁が2、3片はらりと落ちた」というもの。漱石はこの花を好んでいなかったので、妻の鏡子が瓶に挿したのかもしれない。鮮やかな紅色の花弁が散っているのを見た漱石は驚いた。

上京した妻が流産したのは東京にいた明治30年7月10日頃と思われ、妻はその後も東京にいて熊本にもどったのは10月25日。その妻は不機嫌なままの帰宅となったと思われる。波乱含みの生活の再スタートであった。掲句はその翌々月の作である。漱石は夫婦関係を再構築しようと心がけていたが、関係は改善しなかった。掲句はその後の夫婦の関係を暗示する俳句になっている。明治31

年5月に鏡子は近くの白川に入水して自殺を図った。

ところで掲句に類似する俳句として蕪村の「牡丹散てうち重なりぬ二三片」がある。漱石はあえてこの句に似せて掲句を作っているように思われる。漱石の辛い現実を表すにはパロディが良いと思ったからだろう。蕪村の句にある牡丹の花びらは大きいので、落ちると重なるが、山茶花の2、3片の小さな花びらは落ちたら重なることはない。漱石は夫婦の気持ちが通い合うのは難しいと感じた。

● 二三本竹の中也櫨紅葉

（にさんぼん　たけのなかなり　はぜもみじ）

（明治28年11月3日）句稿4

松山市の奥の山あいの地に出かけた時の俳句であろう。真緑の竹林が山肌を覆っている中に点々と2、3本の真っ赤に色づいた櫨の木が生えているのを見つけた。赤の補色が緑であり、互いに引き立てあう関係にある。それが山肌で実現しているのを見て、自然の凄さに感動したのだと思う。

漱石は竹林の中の紅葉を描いた、感激の句を他にも残している。だが櫨の紅葉は格別なもので、木全体が輝く朱赤一色に染まるのだ。この時期の櫨に漱石は遭遇した。雑色が加わる楓系の紅葉とは全く違うのだ。

漱石はこの感激だけを俳句に仕立てた。珍しくユーモラスな視点、ひねりは見受けられない。珍しく素朴な俳句になっている。

頭の上五が「二三本」であり、この僅かな櫨紅葉であっても竹林全体と十分に対抗できていることを強調するのに成功している。また音の強弱のリズムにおいても心地良さが得られている。そして竹林の端にあるのではなく、中央に堂々と生きていると漱石は言いたいようだ。漱石は2、3本の櫨紅葉の生き方に共感しているようにも見える。

この句の面白さは、「櫨」はと朱赤の色が「ほとばしる、はじける」という意味の「爆ぜ」に掛けてあることだ。竹林の中で朱赤色の爆発があると洒落ているのだ。

● 西函嶺を踰えて海鼠に眼鼻なし

（にしかんれいを　こえてなまこに　めはななし）

（明治30年4月18日）句稿24

同じ句稿に置かれた俳句で、掲句の直前に作られた俳句は、「古往今来（こおうこんらい）切つて血の出ぬ海鼠かな」であった。この「古往今来」の句は、海鼠から血の出ぬ不思議さは古往今来ずうと存在していると表した。だが、掲句では「眼鼻なし」と海鼠に眼鼻がないことを取り上げている。古人は『本朝食鑑』においてこのヘンテコな海産物を「海の鼠」と称したが、漱石はどこがネズミに似ているのだ、目鼻がないではないかと異議を呈した。しかし明治32年5月に長女誕生が生まれると、この疑問は忘れて嬉しそうに「安々と海鼠の如き子を生めり」の句を作っていた。つまりナマコを漱石流に表現すれば、「海赤子」ということになる。

西凾嶺（せいかんれい、とも読む）は箱根から西のあたりを大雑把に指すが、海鼠の不思議さについては、時代を問わず場所を問わず共通していたと表した。「西凾嶺を踰えて」の意味は、関東人同様に関西に住む柔軟性のある人たちも同じように首をひねっているということだ。

さて、漱石が明治30年の句稿24で海鼠の句を二つも集中して作った訳は何か。乾燥ナマコは漢方薬として古くから滋養強壮薬として用いられ、干しナマコとして利用してきた中国ではナマコを「海参（ハイシェン）」と呼んできた。その強壮作用から「海の朝鮮人参」と称された。サポニン類を多く含むことの効果である。ここに先の疑問に対する答えがありそうだ。つまり漱石の認識では、ナマコは強壮用のニンジンだからつるんとしていて、目鼻がないと言いたいのだ。漱石夫婦は明治29年6月に熊本で結婚式を挙げていて、この句作の時期は新婚期に当たっていた。そして妻は漱石より10歳若かった。漱石は乾燥海鼠の世話になっていたのかもしれない。

＊新聞『日本』（明治30年11月30日）に掲載

三者談

この句は「西秦嶺を越えゆれば故人なからん」の文句にある秦嶺を函嶺に入れ替えたのだと思う。「眼鼻なし」は何が何だかわからないという意味だ。東秦嶺には化け物はいないと言いたいようだ。東秦嶺なら海鼠にもちゃんと目鼻はあると言い張っている。漱石の江戸っ子らしさが出ている。

• 錦絵に此春雨や八代目

（にしきえに　このはるさめや　はちだいめ）

（大正3年春）手帳

漱石全集の編集者が「八代目」は歌舞伎役者の八代目市川団十郎だと教えてくれている。そしてこの全集では掲句のちょうど2句前に「草双紙探す土蔵や春の雨」の句が置かれている。

この句にある錦絵は漱石先生が土蔵で草双紙を探していた時に偶然見つけたものであった。この時期、小説は書かなくなっていたので敷地の中にあった土蔵の中を探検してみようと思った。埃にまみれた絵を取り上げてみるとそれは江戸時代に流行した錦絵であった。暗い土蔵に長いこと置かれていたので退色はなく、埃を払うと色鮮やかな錦絵が現れて、漱石は驚くと同時に喜んだ。

句意は「春の雨の日のこと、外に出かけられず土蔵の中の書物を片付けしていたら、江戸時代の錦絵を見付けた。雨の中に立つ八代目市川団十郎が描かれていた」というもの。春雨に感謝したことであろう。薄暗い土蔵の中に団十郎が出現した。

この句の面白さは、土蔵で市川団十郎の絵を見つけ、嬉しさのあまり土蔵の前で歌舞伎好きな漱石は見栄を切ったっと思われることだ。この市川団十郎は歌舞伎狂言「三人吉三廓初買」に登場する市川団十郎なのだ。この芝居の中でお嬢吉三の台詞として有名なのが「こいつあ、春から縁起がええわえ」というもの。掲句からは、この有名なセリフが聞こえてくる。漱石はこの台詞を謡の声でやって、春の日に偶然錦絵を見付けたことを大げさに喜んだと思われる。

• 錦画や壁に寂びたる江戸の春

（にしきえや　かべにさびたる　えどのはる）

（明治45年6月18日）松根東洋城宛の書簡

漱石は松根東洋城の依頼で「壁十句」と題した俳句を一気に作った。掲句はその一つ。この「壁十句」のテーマは東洋城が設けたもので、自分の俳誌用紙を同封して依頼した。小説執筆で忙しかった漱石は、一連の句を発送する前日に一気に作った。漱石は無機質の壁にいかに命を与えるかに興味を持って挑戦している。

句意は「部屋の漆喰の壁に江戸時代の色あせた錦絵が貼られている。江戸時代にあれほど人気になった錦絵も今は人気がなく寂しい限りだ」というもの。錦絵は木版多色摺りの浮世絵のこと。これが流行して浮世絵の代名詞になった。錦絵は江戸の町の風情が感じられるものであるが、明治もこのころになると江戸時代の文物は遠い時代のものと感じられるようになった。まさに、「江戸の春」は遠くなりにけり、である。この「江戸の春」には、華やかな江戸文化という意味が込められている。

この句の面白さは、「寂びたる」という感覚である。錦絵の色が日光によって分解され退色してきていることで、描いている「江戸の春」も遠い時代のものと感じさせる要因になっていることである。壁自体も時間の経過に伴って薄汚れてきている。そしてその壁に退色した錦絵をかけていることでさらに壁は暗く感じてしまう。そしてこの「寂びたる」の語には、残念という思いに近い「寂びしい」という気持ちも込められている。

漱石は脱亜入欧の方針が立てられた明治時代において、前の江戸時代を否定・排斥するのではなく、政治も文化も再評価してほしいという思いを持っていた。

● 西の対へ渡らせ給ふ葵かな

（にしのたいへ　わたらせたもう　あおいかな）

（明治29年8月）句稿16

西の対とは、寝殿造りの主殿のうち西側にある館を差していう。普通は、妃や特別の女性の住まいとして用いられた。東の対には帝の家族が住むようになっていた。通常は年頃の娘は別扱いにして、「西の対」は娘の婿が確定するまでは、男が夜に娘の部屋に通える部屋になっていた。通い婚の時代のことである。

掲句の当座の意味は「葵の上が御所の西の館の方にお移りになった」というもの。「西の対」が俳句に登場すると、源氏物語が絡んでいるように思われる。だが作者が漱石先生であることを考えると、別の深い推理が求められる。

日本列島を寝殿造りの正殿と捉えると、「西の館」は大坂城を意味し、葵は徳川家康の軍の象徴なのである。つまり徳川家康は関東から大坂に軍を進めたということになる。つまり「西の館」は淀君が君臨していた大坂城である。掲句は歴史俳句なのである。

漱石がこの俳句を作った動機は、自分は江戸（東軍）の生まれであり、大学を卒業してからは西の方（松山）へ進んできたことを徳川の歴史と絡めて表しているのだ。だが自分は進軍ではなく逃避であると自嘲している。

ちなみに漱石は葵を組み入れた俳句として、次の俳句を作っていた。「ひとり咲いて朝日に匂ふ葵哉」である。これこそが源氏物語の内容を絡ませたものになっている。万葉の時代から葵は色恋の象徴であった。

ここまで書いてきて、興味深いネット情報が見つかった。死が間近な秀吉が家康にある頼み事をしたことは知られている。幼少の秀頼の後見と引き換えに奥方の淀君（信長の孫娘）を娶るように依頼したという事実が、種々の信憑性の高い古文書で明らかになっていたのだ。ちなみに家康の息子の秀忠は、淀君の姉と結婚していたから、秀吉の頼み事はまさに意表をつくものであった。

この事実を踏まえれば、家康は淀君のいる西の対に通い婚をしていた時期があったということを想像させる。漱石は江戸時代につながる明治時代に世の常識として、このことを知っていたと思われる。そこでこの歴史を俳句にまとめて記録しておいた。

だがこの西の対への家康の通いは結婚には至らなかった。それを阻止しようとした淀君の世話係の武将、大野治長が淀君をさらって城から逃げたからであった。治長の横恋慕の形であった。この逃亡劇は徳川方の大名にも知れわたったに違いない。家康の顔は丸つぶれであった。

この事件は大坂夏の陣に発展したと見ることができる。大坂城に戻って立てこもる淀君と治長を一挙に、さらには目の上のたんこぶの秀頼もろとも潰すことを家康は計画した。淀川の小島から大砲を淀君の住む天守に打ち込んだのだ。ところで、治長は淀殿の乳母の息子なので、淀君とは幼い頃からの乳兄弟で、長身の美男であり、秀頼はこの男に似ていたという。

● 二十九年骨に徹する秋や此風

（にじゅうくねん　ほねにてっする　あきやこのかぜ）

（明治28年11月13日）句稿6

「有感」の前置きがある。数え歳で29歳になる漱石。秋風が吹きだし、自分はまだ若いと思っていたが、その風が骨身に沁みて少々辛く感じていた。まだ若いのになんということだと自分でも思っていた。「有感」とは身体に感じられるということで、寒さが骨身に沁みてくるということだ。また「骨に徹する」とは骨を貫き通す、つまり骨髄にまで沁みるという意味になる。「有感」よりハイレベルである。

小春日和の日に体調を崩して床の上で療養している漱石に窓の外で鳴きたてている鳥の声が届いた。松山の借家の愚陀仏庵に漱石は病に臥せっていた。部屋の外は鳥が騒いでにぎやかであるが、部屋の中はしんとしていた。この様を「病む人に鳥鳴き立る小春哉」の句に詠んだ。もしかしてこの鳥の鳴き声は骨にも響いていたのかもしれない。鳥たちは漱石にいつまで寝ているのだと、自分に向かって鳥たちががんがん喋っているかのように思えたのかもしれない。

今まで病気で寝込むことのなかった漱石は、風邪を引いて寝込んだ当初は心細かったが、次第に落ち着いて外光が柔らかく感じられ、春の日のようにも感じられた。大分体調が回復してきて庭の菊の花を眺められるようになって、「旅に病んで菊恵まるゝ夕哉」の句を作った。

では頑強な漱石が鳥に心配されるようになったのはどうしてなのか。11月2日に松山市内から南側の隣町に行って子規の親類の家に泊まり、3日の早朝に雨を冒して子規が地元の名物だと勧めていた白猪の滝と唐岬の滝を観に、四国山地の山道に入り込んだ。そしてその日の深夜に松山に戻った。その山歩きの強行軍の疲れがどっと出て骨に痛みが出る風邪を引いたようだ。

これまで漱石は健康であり続け、独身最後の時を松山で気ままに過ごしていた。翌年の4月には熊本に転居することが決まっていた。そんな漱石は松山の見納めだとして子規の親戚に厄介になることにして山歩きに出掛けたのだ。だがこの山歩きで急激に体力をなくし自信をなくしてしまった。

• 二世かけて結ぶちぎりや雪の笹

（にせかけて　むすぶちぎりや　ゆきのささ）

（明治32年1月）句稿32

掲句には長い前置きがついている。「参詣路の入口にて道端の笹の葉を 結びて登るが例なり　極楽の縁を結ぶ為めなりとかや之を笹結びといふ」である。漱石は職場の若い同僚の奥太一郎とこの年の1月2日に宇佐神宮に参拝した。この後、耶馬渓を通る帰り道にあった別の社を参拝した。この社の入り口にあったこの説明書を読んでから境内を進んでいった。この笹結びは全身全霊で神に誓う儀式なのだ。

句意は「雪の中で、指示通りに笹の葉を千切り取って行った契りは、来世にわたって契る笹結び」というもの。寒風が吹く中、漱石一行は若い男女がにこやかに行う笹結びを実践したのだ。漱石一行がこの神社を訪れた正月4日になると、歩き続けていた耶馬渓を襲っていた強烈な寒波はとうとう雪を降らせた。

「二世かけて」は、現世はもちろんのこと、来世にも継続しての意である。このやや大げさな文言は、特に男女間の誓いのことばとして用いられたという。二世懸露玉棚（読み：にせかけて つゆのたまだな）のように歌舞伎・浄瑠璃の題名にも使われたが、現代では現世を生きるだけで精いっぱいであり、先のことまでは言及しないという風潮があり、「二世かけて」の表現は廃れたようだ。明治人は「にせかけて」が「見せかけて」と聞こえるのを嫌ったのかもしれない。

• ニッケルの時計とまりぬ寒き夜半

（にっけるの　とけいとまりぬ　さむきよわ）

（明治32年1月）句稿32

漱石は正月2日に大分の宇佐神宮を詣でる旅に出た。熊本から北回りの汽車で行く長旅であった。元日の未明に屠蘇を一杯だけ飲んですぐに小倉経由の旅に行くための準備に入った。慌ただしい中、忘れ物がないように気をつけて風呂敷に詰めた。早朝の旅立ちは小倉の浜で魚の水揚げ作業を見るためであった。懐中時計は懐に入れて汽車に乗った。

列車の到着を待つ間に時計を見ると自慢のニッケル製の懐中時計が止まっているのに気づいた。冬の寒さでゼンマイが凍りついたと思った。漱石の思考も一瞬凍りついた。

当時の懐中時計は手巻き機械式で中にゼンマイが入っていた。駆動部を入れる時計のケース部は錆ないニッケル材の削り出し加工で作られていた。この高級時計が早朝の寒さで止まっているのを見て漱石先生は慌てた。だがゼンマイが寒さで凍りついたのではなかった。漱石は吹雪のことで頭がいっぱいでゼンマイを巻くことを忘れていたのだ。漱石はこの結末を伏せて子規に対しては、ゼンマイが凍りついたせいだと思わせる俳句を作ることにした。

句稿の冒頭で「つまらぬ句ばかりだが、紀行文の代わりとして読んでくだされ。病気療養の慰めになるぞ」という旨の文をつけていたので、子規は一瞬掲句の解釈で戸惑うことがあっても、すぐにトリックに気づくと思った。子規のことであるから懐中時計は肌に近いところに仕舞われているので凍ることはないとすぐに解すると考えたからだ。

・煮て食ふかはた焼いてくふか春の魚

（にてくうか　はたやいてくうかは　はるのうお）

（大正5年10月）画賛

前書きの「網得魚蝦春水清」は「網して魚蝦(ぎょか)を得れば春水清し」。「魚蝦」はサカナとエビを意味し、魚介類の総称になっている。前置き文の意味は、「網を入れて魚エビをとれば、春の水は清いから脂が乗って肉は引き締まっている」というもの。春の魚は産卵を控えて脂が乗って身もしまって美味い。水温が低めで水のきれいな春の魚ならば、海老であれ、魚であれ、どんなものでも美味いはずだ。そして煮て食っても、はたまた焼いて食ってもいいのだ。春の魚であれば、となる。

漱石のことを今風に評するならば、隠れグルメ、または精神的グルメであろう。この句を作りながら、漱石の口の中は唾液でいっぱいになっているのは間違いない。誰もいなければ、大声で天を向いて美味いもの、食べたいと叫んでいるはずだ。

この句の肝はつなぎの「はた」である。漱石は「はたまた」と言いながら、煮ても焼いてもどちらでも美味いよ、迷ってもいいよ、と言っているところが面白い。このようなユーモアのある言い回しは漱石ならではである。

そして「はた焼いてくふ」の部分の別の解釈では、「はた」を魚種の「羽太」としているように思う。この魚のハタはハタ科の魚でクエが代表的な魚である。漱石先生はこの魚を推奨していると、はたと思いついた。漱石は「ハタを食え、食え」と勧めているのだ。よって漱石はこの魚の名を頭において掲句を作ったような気がする。洒落の好きな漱石のことであるからこの予想は当たりであろう。

漱石は胃痛がひどく死の影を意識する年になっても、このような料理家、美食家のような句を作って楽しんでいる。漱石は最期までユーモアを愛した。

・如意の銘彫る僧に木瓜の盛哉

（にょいのめい　ほるそうにぼけの　さかりかな）

（大正3年）手帳

如意とは、坊さんが執り行う儀式において威厳をつけるために用いる棒状の僧具。握りの柄の部分は木製で、雲形をした大きな頭の部分は通常金属平板になっている。この柄の下端に房がついている。漱石の目の前で僧はこの如意の金属平板にタガネで文字や模様を打ち込んでいる。

句意は「境内の庭にある木瓜が花を咲かせている中で、僧は読経の時に使う

如意の頭部に何かの文字を刻んでいる」というもの。のどかな春の光景である。漱石の目は、僧が孫悟空の持つような如意の棒を作りたいとして作業しているように見えている。追加の文字を刻んでいる姿は余りに世俗的であり、漱石はにんまりしてしまう。

この市販の如意はそれ自体がすでに十分に荘厳さと自信を与えるものになっている。しかし、この僧はさらに手を加えて現代のドラえもんの「どこでもドア」みたいなパワフルなものにしたいようだ。

この句の面白さは、「木瓜の盛」の表現にある。この言葉は季語のように見えるが、僧が人目を気にせずに銘彫りしているのを茶化している所にある。漱石の呆れている気分が表われている。「木瓜の盛」は頭の働きが大巾に低下していることを表している。

• 如意払子懸けてぞ冬を庵の壁

（にょいほっす　かけてぞふゆを　いおのかべ）

（明治45年6月18日）松根東洋城宛の書簡

「壁十句」とある。この句は松根東洋城の依頼で作った「壁」俳句シリーズの一つ。句意は「僧侶の住まいである庵の壁には、商売道具の如意と払子が掛けてある。壁の如意の柄には房がついていて、もう一方の払子の頭にはフサフサの毛がついている。これらが揃うと見るからに暖かそうで気持ちを暖かくする」というもの。

漱石は僧侶や仏教自体の威厳に対するご執心をからかっている。法事は儀式張っていて、道具ばかりが派手になってきていると嘆いている。つまり今の仏教界は中身が空虚になっているのではないか、と指摘したいのである。

如意の意味は「意の如く」つまり思いどおりになることであり、如意棒とは長くなったり短くなったりする棒のことだ。もともとは如意の道具は「孫の手」が変じたもので、毛深い孫悟空が愛用するのは自然のことである。

また払子は、もとはインドで蚊や蝿など虫を追い払うために使われたが、中国の禅宗で煩悩を払う仏具ということになり、日本に伝わると浄土真宗以外の各派で広く使われるようになった。

漱石は、如意と払子はただの生活道具だったと知っているので、威厳を持つようになった今の姿を幾分笑っている。

• 二里下る麓の村や雲の峰

（にりくだる　ふもとのむらや　くものみね）

（明治29年7月8日）句稿15

漱石の住んでいた熊本市の街中から東の方へ2里ほど阿蘇街道を行くと郊外の里にたどり着いた。多分街道を走っていた駅馬車を使ったと思われる。そこは阿蘇山の西側の麓で村々が点在していた。その村々の上空には積乱雲がムラムラと湧き起こって見えていた。阿蘇の山はあまり高くないが、広大なカルデラの上に湧き立つ雲の峰ができることで、阿蘇の山は天まで届く大きな山のように感じられた。

句意は「熊本市内から2里ほど阿蘇山の方に向かっていくと、山麓の村に到達し、見上げると阿蘇の山の上には積乱雲が立ち上がっていた」というもの。

明治29年4月に熊本に転居した漱石はすでに3ヶ月経っていて、熊本市内を積極的に歩いたことで街中の様子がかなりわかってきていた。しかし郊外のことになると全くわかっていない。郊外は阿蘇の山の裾野になっていた。そこで休みの日に街中を出て熊本市の東の郊外を歩いた。漱石先生が阿蘇山の広大な草千里に足を延ばすのは、だいぶ日が経ってからである。

阿蘇の雄大な山並みとそこから張り出す雲の峰が傾斜地に立つ漱石の目の前に見えていた。この山が火の国熊本を象徴しているのを実感した。松山の地とは違う熊本の雄大な風土が県民の気質にも影響していることを感じた。江戸っ子の漱石としては、松山を離れて熊本に来てよかったと思った。ここは住みやすいと思った。

ちなみに漱石が熊本市内の海側の低山に登ったのは、明治30年の年末で正月を北西の隣町にある小天温泉で過ごすために出かけた時であった。同僚と一緒に西の山を登り、峠から有明の海を見ながら北へ歩いた。まず熊本の東側から探索する計画だった。

人形の独りと動く日永かな

（にんぎょうの　ひとりとうごく　ひながかな）

（明治37年6月）小松武治訳著の『沙翁物語集』の序

「小羊物語に題す十句」とある。シェークスピア物語集にある10話全てについて漱石は俳句を作った。この句は「冬物語」に対応した俳句である。

ある国の王は、妻の客人である隣国の王への接客態度に疑心を持ち、妻から生まれた娘はその隣国の王の子だと思い込んで、部下にその娘を捨てに行かせた。これを聞いて落胆した妃は姿を消した。その王は妃が自殺したものと信じた。王の毎日は後悔の日々であり冬の心になっていた。この冬の時期を経て王の心は春の季節になるが、これには16年を要した。

隣国では王子が恋愛ののち結婚したと伝えられた。その結婚相手の若い娘は自分が捨てさせた娘とわかり、仲違いした隣国との関係は元に戻った。死んだと思っていた妃はこの結婚を機に王の前に姿を表した。

悲劇、のち喜劇兼ロマンス劇の構成だが、最後の場面をハッピーエンドにするためにシンプルな嘘を組み入れていた。召使いが大理石の女性像を王の前に引き出したが、その像が王の前で動きだしたのだ。妃は生きていた。

掲句の意味は「王の目の前に運び置かれた女性像が、春の光を受けてその肌が光りだし、独りでに動きだした」というもの。漱石は「独りと」と動き出す様の「コトリ」を掛けている。動きだした時の皆の嬉しいため息を「コトリ」で演出した。

ちなみに前置きにある「小羊物語」は『沙翁物語集』のことで、C harles・Lamb が書いた「Tales from Shakespeare」の翻訳語である。漱石は著者の名前を用いて洒落た書名を創作した。Lamb（子羊）さんが書いた本であるから「子羊物語」となった。これは「シェークスピア物語」と同義である。訳した教え子を褒めて「小羊」君と表した。ここにも洒落がある。

人形も馬もうごかぬ長閑さよ

（にんぎょうも　うまもうごかぬ　のどけさよ）

（大正2年）「画賛正月」

正月の風景を描いた知人の絵に、掲句を書き入れた。往来には人の姿も馬の姿も見えない静かな街中の風景画であった。最近の静かな正月をイメージして書き入れた。掲句は漱石の家から垣根越しに見た光景である。漱石は人も馬も動いていない街中を嬉しそうに眺めて長閑な正月を味わっていた。

漱石はかつて熊本で教師をしていたときに、熊本市内から大分に抜ける物流の幹線街道沿いに住んでいたことがあった。この時期に、「駄馬つゞく阿蘇街道の若葉かな」（明治29年5月3日）を作っていた。このことを思い出して、馬車と馬子が連なる街道の光景を懐かしがっていた気がする。その賑やかさが正月に入るとばったりとなくなったことも。この時のことを思い出しながら掲句を作ったのかもしれない。

この句の面白さは「人形」にある。この「人形」は垣根越しに見える、静かに歩く人のぼんやりとした影のことであろう。面白い造語である。一方の馬は体が大きいこともあり、また蹄の音や鳴き声がするのではっきりと馬とわかる。したがって「馬形」にはならない。これらのものが正月には消えてなくなっていた。漱石は「長閑さよ」と書いたが、「寂しさ」の気分も少しは加わっている気がする。人の交流も経済活動も長期にばったりとなくなると、人は不安になるはずである。令和2、3年ごろの武漢発と言われる新型コロナ騒動の時は世の中が静まり、不安が高じてストレスを感じ、体調を崩した人が多かったはずである。

ぬいで丸めて捨てゝ行くなり更衣

（ぬいでまるめて　すててゆくなり　ころもがえ）

（明治29年4月）

明治29年6月11日に書いた東京の子規に当ての葉書には、鏡子との結婚のことが書いてあった。この葉書には見合いを経て6月9日に結婚に至ったことを「衣更へて京より嫁を貰ひけり」と書き入れて伝えた。これより前の12月に一時帰京した際にウキウキした気分で下着等の衣類を新調したことを子規に伝えていた。

漱石は松山の愚陀仏庵で旅支度をした際に今まで身につけていた下着を脱いで処分した。掲句ではこの行動の様をリアルに描いている。東京で購入した新しい下着と体温の残る履き慣れた下着を交換した。やや冷たい真新しい下着を身につけると、緊張感が生まれ背筋が伸びた気がした。一連の儀式を終えて4月13日にまっさらな下着に身を包んだ漱石は新任地の熊本に到着した。

句意は「今着ているものを脱いで、丸めて、捨てて、真新しい下着を身につけて熊本へ出発する」というものである。今までの冬用下着が相当ひどかったのか、思い切って捨てることにした。この年の衣替えは今までになく嬉しいものであったことが俳句の持つリズムで感じられる。独身時代に別れを告げて夫婦生活に入ることを掲句に表した。これを掲句の一つ前に置かれている「月斜め筍竹にならんとす」の俳句でも同じことが面白く表現されている。筍時代のごわごわした皮をパラリと剥がして落とすのだ。するとスッキリした肌の竹が姿を表すということだ。今までの独身時代とは「おさらば」なのだ。

この句の面白さは、独身生活が結婚生活に切り替わることを、具体的に下着の「衣替え」として表していることだ。そしてもう一つの面白さは、この句には切れる箇所が4つあることである。動詞が4個組み込まれている。これによって力を込めて行動していることを強調することに成功している。漱石の素早い動きと意気込みが感じられる。

もう一つの面白さは、下着を捨てることで、頭の中もすっきりさせたいという思いが感じられることだ。大塚楠緒子のことだ。

＊雑誌『日本人』（明治29年5月20日）に掲載

●ぬかづいて曰く正月二日なり
（ぬかづいて　いわくしょうがつ　ふつかなり）
（明治32年1月7日）村上霽月宛の葉書、句稿32

掲句には「宇佐八幡にて　6句」の前置きがある。そして「元日屠蘇を酌んで家を出づ」と前置きして「金泥の鶴や朱塗の屠蘇の盃」の句を元旦に作るとすぐに、若い同僚と二人で新春詣の旅に出た。小倉周りの長い鉄道の旅をして大分県の宇佐神宮へ到着した。熊本から東に抜ける鉄道はまだ開通していなかった。その宇佐八幡宮は、鉄道の最寄り駅からさらに徒歩で1時間かかる不便な所にあった。

この旅からふらふらになって戻るとすぐに掲句を作った。そして松山の冗談のわかる句友宛に遅い賀状を出すした。この際にこの句を書き入れた。

句意は「神官は本殿に上った参詣客に額づいて丁寧に挨拶したが、最初に発した言葉が何と、本日は正月二日なり、であった」というもの。これが新春の挨拶言葉であった。神官は漱石一行に対して、来るのが少し遅いと苦言を呈したのだ。

受付で熊本第五高等学校の教授だと神宮に告げると本殿に上げてもらえた。案内をしてくれた神官は、板の間に座る漱石たち二人の前で深く額づいてから、喋りだした。「本日は正月二日なり」との言葉を発し、次に遠いところからよく来られたと感謝の言葉を口にした。大晦日に熊本を出れば元日に宇佐八幡宮に到着するはずだと言いたげであった。

当時の宇佐八幡宮は、旧暦の正月を正式な正月としていたので、漱石たちが通った門前町には正月飾りはなかったし、神官は新暦の正月に初詣にくる人には仕方なく応対するという態度であったのだ。つまり、この神官は、元々新暦での正月詣の客を快く思っていなかった。しかも新暦の元日に来なかったということに不満がひかえ目に爆発したのだ。額づく

この句の面白さは、漱石は「ぬかづいて」を本当は「毒づいて」と書きたかったに違いないということだ。正月なので穏やかに表現したのだ。

ちなみに漱石が7日になって松山の霽月宛に遅い賀状を出したのは、「宇佐八幡に詣で耶馬渓漫遊のため」であり、これで遅くなったと詫びた。霽月は「ぬかづいて曰く正月七日也」と笑った漱石の顔を思い描いたことだろう。

● 泥海の猶しづかなり春の暮

（ぬかるみの　なおしずかなり　はるのくれ）

（明治30年4月18日）句稿24

熊本で生活している漱石が泥の海というのは有明海の遠浅の干潟であろう。漱石はこの年の4月に有明海の東側の久留米に一人で旅している。掲句はこの旅で作ったものだ。漱石はこの辺りを散策して俳句を数多く作っている。日本の古代の歴史が記録されている肥前の川や海や山を俳句に詠んでいる。

句意は「遠浅の泥の海を眺めていると、重さを感じさせる静謐さが漂っているように感じられる、どろんとした春の暮である」というもの。漱石の気持ちは「どろんとした春の暮」なのである。春なのにすっきりしない。漱石は今の自分は泥濘の中に立っていると自覚していた。泥濘の中は静かで安心であるように思えるが、動きが取れない困った状況なのだ。泥濘の中では動き回ってはいけない。泥が跳ねて大騒ぎになるからだ。そして時に泥に足を取られて倒れたりするからだ。漱石は目の前の有明海の泥の海を眺めて、自分の家庭環境を見つめて有明海の泥の海と重ねている。

この句の面白さは、「ぬかるみ」をドロウミと書く「泥海」と造語していることである。ぬかるみ（泥濘）は水たまりのようなサイズを想像するが、泥海と書くと広大な遠浅の柔らかい干潟を表すことができる。漱石はこの深い「泥海」から容易に抜け出せないことをわかっているのだ。抜け出す時には、身体中泥だらけになるに違いないと想像している。

ちなみに掲句が書かれていた句稿のすぐ後ろには、「石磴や曇る肥前の春の山」から始まる肥前を描いた俳句が連なっている。つまり、肥前の旅の始まりにおいて、自分のこれからのことに対する覚悟をあらかじめ書いておくということなのだ。ではこれから何が起こるというのか。高校の同僚の病気見舞いと偽って一人で久留米に出てきたことは、何を意味するのか。松山を出るまでの間に気持ちの上でも別れることを決断した大塚楠緒子と会うことになっていたからだ。このことは「泥海」に身を置くことになるのだ。

● ぬきんで〻雑木の中や棕櫚の花

（ぬきんでて　ぞうきのなかや　しゅろのはな）

（明治36年6月）

一高生を前に校長が訓示を垂れているような俳句である。出る杭になれと檄を飛ばしているように思える。句意は「広い雑木林の中にある背の高い棕櫚に花が咲いている。遠慮せずに堂々と胸を張って咲いている」というもの。際立つ背の高い棕櫚の開花を雑木林の木々が祝福しているように見える。互いに互いの存在を認め合っている。漱石は横並び思考では、世の中は進歩しないと主張している。君たちは世の中のリーダーになる意志を持たねばならないと、俳句で言っている。一高生の君たちは棕櫚の木になるだけでは不十分で、花を咲かせるのが務めだと思いたまえと俳句で主張している。つまりは世の中のためになる真のエリートを目指せと。

この句の面白さは、上五の「ぬきんでて」で切れることで棕櫚がすっと伸びている感じが出ることだ。そしてこのひらがな部はこれに続く漢字群の「雑木

の中や棕櫚の花」の上にそびえている。あたかも棕櫚の木のように。これによってその棕櫚の花は緑の森の上にスルスルと上がって爆ける花火のように感じられる。掲句は動的絵画になっている。

ちにみに掲句を作った際に「引窓をからりと空の明け易き」の句も作っていた。四字熟語の「明窓浄几」に通じる句であるように思える。

＊雑誌『ほとゝぎす』（明治36年6月）に掲載

・抽んでゝ富士こそ見ゆれ秋の空

（ぬきんでて　ふじこそみゆれ　あきのそら）

（明治40年頃）手帳

「高く際立っている富士山こそが、青く澄んだ空にそびえていることに耐えられる山である。普通の山はこの深い青に押しつぶされないで存在することは難しい」というのが句意である。

山も偉大であるが、地球を覆っている大気、青空があればこそ、大地も山も存在できると漱石は考える。その青い大気の偉大さに対向できる山は富士の山だけであると漱石は確信している。確かに大空に負けずに立ち上がって見えるのは富士山だけある。空からの圧力を周縁のスロープでうまく逃して、自身は起立している。

漱石は晴れた空を見上げる時に、大学時代に大きな影響を受けた米山保三郎のことを思い出すのであろう。数学が得意な哲学者であった彼は、漱石に文学の道に進むように進言した男であった。その彼が若くして死んだ。その彼のことを漱石は「空間に生れ、空間を究め、空間に死す。空たり間たり天然居士」と文章に表した。

明治42年に米山の兄、熊次郎氏から漱石保有の写真のコピーを頼まれた。その兄は災害で実弟の全ての写真をなくしたために仏壇の肖像画作成ができなくなっていたからだ。その時、写真への揮毫を頼まれて、「空に消ゆる鐸のひびきや春の塔」の俳句を大きな写真の右に書いた。その左にはその前置きとして「空間を研究する天然居士の肖像に題す」の文を書き、漱石の名を記した。

漱石は、大空のように大きかった男のことをいつまでも記憶してたに違いない。掲句で描いたように学生の中でも「抽んでていた」親友のことをいつまでも敬愛していた。ちなみに米山保三郎は学生でありながら帝国大学で講義をしていた。

・抜くは長井兵助の太刀春の風

（ぬくはながい　ひょうすけのたち　はるのかぜ）

（明治30年4月18日）句稿24

「剣」の前置きがある。大勢の人前で春の風をスパッスパと長刀で切り裂くのは長井兵助。見事な太刀さばきで大道の人気を集めている。長井の客寄せの言葉は躍動して人を楽しませていた。漱石は東京で過ごした学生時代に、子規と浅草に度々出かけて遊んだことを思い出した。その風景の中に五代目長井兵助がいた。この句を載せた句稿に子規の好んだ土筆料理につながる土筆の俳句を書いた際に、子規と遊んだ浅草の光景が蘇ったのだろう。

句意は「長井兵助は春風の中、大道に人を集めて長刀の居合抜きを披露している」というもの。長刀でも調子よく風を断ち割っている。風を切る音が観衆を楽しませていた。長刀を振り回すのであるから体の丈も長かったはずだ。この体も見世物になっていたはずだ。

この句の面白さは、「抜くは長井」の「長井」が「長い」となって太刀にかかっていることだ。兵助にもかかっていて、身長も長かったことを表している。ところで長井兵助は人を集めて何を売っていたのか。また、俳句自体も大きく字余りになっていて、長いことも面白い。

長井兵助とは誰なのか。「安永（1772～1781）頃、江戸浅草奥山や上野山下などで歯磨き棒（房状の楊枝）を売ったり、口中の治療をした。人集めに演じた大太刀の居合抜きで有名」との説明があった。そして清水哲男氏は「増殖する歳時記」の中で掲句を次のように解説していた。「明治中期ころには五代目が活躍していたというから、句の人物も五代目だろう。それで、句の言葉使いも大道芸よろしく講談調になっているのだ。心地好い春風に吹かれて、見物している漱石の機嫌もすこぶるよろしい。作者の機嫌は、読者にもうつる。

理屈抜きに楽しめる句だ」。清水氏は居合抜きの「抜き」を見事に理屈抜きの「抜き」に掛けている。このコメントは兵助の太刀さばきのようだ。
関連句に「春風や永井兵助の人だかり」（明治29年3月5日）と「居合抜けば燕ひらりと身をかはす」（明治29年3月5日）がある。

●抜けば祟る刀を得たり暮の秋

（ぬけばあがめる　かたなをえたり　くれのあき）

（明治32年10月）「霽月・九州めぐり」句稿

「祟る」と読むのか「祟る」と読むのか。漱石は両方で読むことが可能だとしている気がする。つまり解釈は二つある。この句は仕事で熊本に来ていた松山の句友、霽月と句合わせ句会をしたときのもの。句題は「行秋」。

では「あがめる」とすると、「寒さが増した秋に、鞘から刀身を引き抜いて目の前にかざし、重さを実感しつつ作った刀匠に思いを馳せた」となる。刀と刀匠に敬意を払う俳句になっている。だが漱石は東京の実家に伝わっていた家宝の刀は松山でとうに処分していて、刀への興味は失っていた。その漱石が刀を見て崇めるとはどういうことなのか。知り合いの家伝の刀を手にした時なのであろうか。

やや冷たい風が吹き出した秋にこの刀を鞘から抜いてじっと見ている漱石がいる。この時少しは武士の遺伝子が反応したのか。昔の武士が鞘から刀身を抜いたときの気合が全身を貫いたさまを想像したのだ。

「たたる」と読むと句意は「鞘から刀身を抜くと何かが起こる気がする」ということになる。よくない祟りのようなことが起きそうな気がするのだ。漱石は自分のある種の決意を掲句に託して表したとも考えられる。漱石は何かが起こることを承知で刀を抜いてしまったのだ。つまり重大な決断をしたのだ。では何を決断したのか。英語教師をやめるということなのか。

ところで漱石は熊本市内で霽月と会って、松山時代に幻想俳句を作って遊んでいた頃を思い出した。そして仕事にのめり込んでいる痩せた青年実業家に、このままではダメだ、京都で遊んで帰るぐらいでなければ、とアドバイスした。

漱石は「長崎で唐の綿衣をとゝのへよ」の句を作って京都でモテるための手段を教えたのだ。この句を作った時の漱石の気分が掲句を作らせたとみる。

では掲句を幻想的な暗号俳句であると考えてみる。掲句を作った熊本市は明治10年に起きた西南戦争の舞台にもなっていた。漱石の周りにはその戦争に参加した人たちがまだ生きていた。明治9年に公布された廃刀令をきっかけにして、全国で新政府に反対する士族が反乱を起こした。その最大のものは西郷隆盛を担いだ西南戦争だった。この戦争は近代兵器を装備した政府軍が勝利したが、実際に勝利に貢献したのは後方支援部隊の「抜刀隊」であった。漱石は「武士の魂」であった刀を抜いた「抜刀隊」を俳句に取り上げたのだろう。

反乱武士も「抜刀隊」の武士も、刀を崇めて戦ったということになる。

ここで漱石のユーモア精神が発揮され、大きく刀の意味が転じた。掲句は「長崎で唐の綿衣をとゝのへよ」の句に隣接していたから、漱石の句作の気分は男の遊びモードになっていた。そこで漱石は、明治32年春からの自分の高等学校の学生との男色関係を俳句に表してみたのだ。

この新たな解釈での句意は「秋の夕暮れ時に、男の尻の菊座から男根を抜くと、それは武士があがめる刀のように光っていた」というもの。掲句は「部屋住の棒使ひ居る月夜かな」の句に隣接して置かれているので、両句は関連していると考える。漱石は久しぶりに顔を合わせた霽月と昔のように幻想的な俳句で遊ぼうと掲句を作った。漱石は掲句を手帳に記録しておかなかったが、霽月はこれを帳面に記録して持ち帰った。その漱石はこの暗号俳句が霽月の紀行文に入れられて公表されるとは思っていなかった。

●盗人の眼ばかり光る頭巾哉

（ぬすびとの　めばかりひかる　ずきんかな）

（明治28年12月18日）句稿9

明治時代の盗人の被る頭巾は、顔を隠すのが目的であるから、お高祖頭巾なのであろう。額と顎のところも隠せるので好都合なのだ。四角の布の端の方に紐をつけ、目だけを出すようにして顎の上のところで紐を結ぶタイプである。西欧の目出し帽に似ている。

漱石は、明治の時代にこの特徴的なお高祖頭巾を被る人がいれば、顔を隠したい人ということになり、目立つこと限りなしと笑う。自分の顔を隠す異様さを笑っているのである。

ところで漱石がこのような一見平凡な俳句を作った訳は何であろう。漱石先生が盗人の顔を間近に見たのではないと思う。夜に行動する友人の姿を笑いながら描いているのであろう。こっそりと気に入りの女性の部屋へ夜這いに入る場面を描いているのだ。

掲句の頭巾のいでたちは、冬の防寒としては普通のものであった。現代のフード付きの防寒服というものはなかったからだ。ただ目だけが異様に光って見えることで目の鋭い盗人に見えるのだ。この盗人は女性の心を盗むのである。盗む方は対象に強い好奇心があるから目はギラギラと光ることになる。

ちなみにこの句は頭巾シリーズとして4句作られていた中の一つである。前後に置かれていた俳句は「焼芋を頭巾に受くる和尚哉」「頭巾きてゆり落しけり竹の雪」「辻番の捕へて見たる頭巾哉」である。最後に登場した頭巾男こそが盗人である。

• 布さらす磧わたるや春の風

（ぬのさらす　かわらわたるや　はるのかぜ）

（明治40年3月30日）日記

「高野川鴨川とも磧(かわら)のみに候」の前置きがある。この句は京都市外の下加茂村に住んでいた友人の狩野亮吉邸から小宮豊隆に出した手紙にもあった。爽やかさを描いたこの句を漱石は気に入っていた。まだ少々寒い時期に京都の琵琶湖寄りの今の左京区にある鴨川とその支流の高野川が合流するあたりの京の東側郊外を歩いた時の風景を詠んでいる。つまり糺の森あたりということだ。

掲句からは、職人たちが石ばかりの河原に降りて、友禅染の染め布を川の冷水に晒したり、石の河原に干したりしている作業が思い浮かぶ。土手を超えた春の風が揺れて石ころの上を吹き抜ける中、川の中では広幅の布が風になびくように水中で上下に踊っている。そして引き上げられた長い布は両端を固定されて石の磧上で春風と踊っている。前置きの文言は「高野川鴨川とも川は細く、土手の間は石の河原になっている」というもの。つまりここは河原でもなく作業場なのだと笑っている。

この句にある揺れる春風、川の中で水に揺れる布、河原で風になびく布が想像され、これら3つの波打つ動きを想像できる。それらは同調があり洒落ている。京都の北部でくねって流れる川を眺める漱石は満足であった。

ところでこの手紙には、次の歌謡的な感想文が付いていた。

「見る所は多く候　時は足らず候　便通は無之候（便通はこれなく候）　胃は痛み候」

ここには便秘が続き、胃が痛んでいたと書かれている。こんな状態でも7ヶ月ぶりに俳句を作ったということは、京の寒い散策が心地よく楽しかったからであろう。この散策の後、漱石は鴨川を離れて、前年に新設された京都帝大の文科大学の教授たちに祇園へ案内されたのだろう。詩仙堂、銀閣寺、知恩院と見ていって、これらはなかなかいいと感想を言い、祇園の公園は俗地也と書いていた。さて俗地の祇園の茶屋はどうだったのか。何も書いてない。

• 塗笠に遠き河内路霞みけり

（ぬりがさに　とおきかわちじ　かすみけり）

（大正3年）手帳

河内路は大阪の河内にある道ではなかった。熊本市内から海側に山道を歩いていく途中の道のことであった。この山道は漱石が五高の同僚の山川信次郎と小天温泉（現在の玉名市）へ向かって歩いた峠道であった。現在の熊本市河内町の集落から入った所にあるこの峠道には茶店があって、掲句はここから眺めた景色なのだ。この野出の峠で作った句に「天草の後ろに寒き入日かな」がある。足元の左側にある遠くの海には天草の大きな島が見えていた。

句意は「塗笠を被った旅人である漱石の目には、峠から眺めた河内路が遠くに霞んで見えている」というもの。目的地の小天温泉はここから北に向かったところにあり、まだまだ遠いと塗笠をかぶり直した。

小天温泉へのこの旅は明治30年のことで、当時の旅姿は漆塗りの紙の合羽を着て芯材に紙を張った塗笠を被るものであった。まさに草鞋を履いた時代劇の木枯らし紋次郎の旅姿であった。漱石は明治33年に英国へ留学したが、小天温泉にこの格好で旅したことを、背広と黒い山高帽で身を固めたもう一人の漱石は懐かしく思い出したことであろう。

この句の面白さは、若い頃妻を熊本市内の借家に置いたまま同僚と温泉に行ったことを晩年に思い出しているが、峠の茶屋で見た河内路がはるかに霞んで見えたことと、その思い出も今では霞んで薄くなっていることを掛けて表していることだ。晩年になって妻との過去のこと、わだかまりを生んだ出来事をいろいろ思い出していたのかもしれない。懐かしい思い出として。

・濡るゝ松の間に蕎麦を見付たる

（ぬるるまつの　あいだにそばを　みつけたる）

（明治43年10月12日）日記

「昨日途中にて」の前置きがある。伊豆半島の修善寺温泉を出て大仁駅、三島駅を通って漱石を乗せた汽車は新橋駅に到着した。10月11日に修善寺の菊屋旅館を出発し、12日に東京の内幸町にある長与胃腸病院に再入院した。漱石は再入院したその日の日記に掲句を書き込んだ。帰京の途中、漱石は一等室の客室の窓から流れ去る外の秋の景色を嬉しそうに眺めていた。

句意は「帰京の途中で、雨に濡れる松林の間に白い花を咲かせた蕎麦を見つけた」というもの。相模湾沿いの小田原あたりであったか、久しぶりに日本的な深まる秋の風景を見てジンときたのだろう。「濡るる」には松の木が雨に濡れていることと、思いがけずこの風景を見て目が涙で潤んだことが掛けられている。黒い松と白の蕎麦の花の作る日本的な景色は漱石の好きな墨の山水画のように見えたからだ。松の木は砂混じりの痩せた土地に生えるものであるが、同時に海岸沿いの暴風林として植えられたことを示している。そして蕎麦も砂混じりの痩せた土地に生育する作物であることを漱石は認識した。この自然と上手に向き合っている日本人の姿と美的感覚を目にして漱石は胸にジンとくるものを感じた。

この句の面白さは、「松の間に蕎麦」であろう。松の葉と幹の濡れた黒とそばの花の白のコントラストが見事であったことが描かれている。漱石はこの美の発見は自分だからできたことだと喜んだのだ。この意識が下五の「見付たる」から垣間見ることができる。

もう一つの面白さは、松材でできた蒸篭の上に簀（すのこ）があり、そこに蕎麦が載っている様を描いているとも解釈できることである。その蒸篭は洗ったとわかるようにまだ水滴がついていた。これで蕎麦の美味さが倍加するように思えたというもの。

・濡燕御休みあつて然るべし

（ぬれつばめ　おやすみあつて　しかるべし）

（明治29年3月5日）句稿12

漱石先生のユーモア心が熱く感じられる俳句である。夏が近づく頃に南方から海を越えてツバメがやってくる。濡れたように黒々としたツバメは体が重そうにも見える。遠くから飛んできた疲れた体を休めるところが街中にあって然るべきだと、漱石は外来のツバメに優しい眼差しを送っている。日本に到達したツバメは休む暇なく飛び回っているように見えた。

農家が多い地区では、長旅をしてきたツバメが巣を作りやすいように軒下に板を張り付けていたりするものだが、漱石が住む松山の武家屋敷が並ぶ地区にはその習慣がないと漱石は嘆く。このように気持ちを前面に強く出す俳句は珍しい。

武士社会が崩壊したのは、町人らの他者に対する心配り、配慮する気持ちが欠けているところに原因の一つがあったと見ていたのかもしれない。このツバメの板がないことにそれが端的に見て取れると観察していた。江戸幕府の行政の末端組織に組み込まれていた漱石の実家から見ていても、幕府の崩壊はペリー来航に原因を求めるきらいがあるが、経済的に破綻していたことが根底にあったことは明らかであった。

この俳句は、ツバメを優しい気持ちで見ているのがよくわかる俳句である。小動物にやさしい視線を向けた小林一茶の俳句を彷彿とさせる。「休みどころ」のことを「御休み」と言うところに表れている。ユーモアを感じさせる擬人化が成功している。

● 禰宜の子の烏帽子つけたり藤の花

（ねぎのこの　えぼしつけたり　ふじのはな）

（明治31年5月頃）句稿29

「藤崎八幡」とある。今の熊本市中央区井川淵にあった漱石宅から歩いてすぐのところにあった熊本市の鎮守、藤崎八幡宮では毎年4月に春の大祭「藤まつり」が行われた。社殿の周りには藤の大棚があり、藤の花はこの社の名物であった。この祭りでは、神官の禰宜の子も烏帽子を被ってこの祭りに動員され、藤の花房をその烏帽子につける習わしがあった。この洒落た装いは祭りを盛り上げた。

句意は「藤崎八幡宮の禰宜の子も烏帽子をかぶって、祭りに参加する。その烏帽子からは藤の花が下がっている」というもの。

漱石は、この祭りを見に出かけ、大勢の人が藤の花を見ることを楽しみにきているのを実感した。日本人はこの花が好きであることをしみじみ思った。藤は富士山に通じるからだろうか。

藤崎八幡宮は承平5年（935）に、山城国の石清水八幡大神から分家して作られた。この時に、勅使が藤の種で作った神馬の鞭を3つに折って3ヶ所に埋めたところ、その中の一つからやがて芽が出て枝葉が繁茂し、藤の棚ができたとする逸話が残されている。

この句の面白さは、大人の禰宜用の烏帽子を被せられた子供の姿は、頭が大きく尖っているショウリョウバッタに似ていると思われることだ。メスの大型のショウリョウバッタは足を掴むと頭を続けて下げるくせがあり、この特徴を捉えて「コメツキバッタ」という名がついている。弟子の枕流の田舎では、禰宜は祝詞をあげる時に何度も頭を下げることから、このバッタを「ねぎさん」または「ねぎさんバッタ」と呼んでいた。

● 寐苦しき門を夜すがら水鶏かな

（ねぐるしき　もんをよすがら　くいなかな）

（明治30年5月28日）句稿25

昔から短歌に詠まれているのは緋水鶏で、この鳥は、クイクイという鳴き方に特徴があり、まるで戸を叩くようだとして「水鶏叩く」と情緒的に表現されてきた。

大方は女性が戸を叩くさまに例えられ、ある時は返答を求めて悲しく叩くという設定の句が目だつ。その中で正岡子規は「ある時は叩きそこなふ水鶏哉」とおかしく水鶏を描いている。叩き損なう時があるのではないかとずっと耳をすまして長時間聞いてしまうと笑う。水鶏の律儀な性格もいいが、たまに叩き損なうふりをして休んでみたらどうかと水鶏に言っている気がする。

漱石は水鶏に対して、一晩中我が家の門の戸を叩くのは叶わんからどうにかしてほしいと願う。他の戸を叩いてくれないかと。暑い夏が始まっていて寝苦しくて仕方ないのだ、とふざけている。漱石と子規はやはり気があう間柄である。

ちなみに漱石宅の同居人が飲んで帰ってきて、戸を開けてくれと下戸の漱石を起こす句がある。「寝る門を初雪ぢやとて叩きけり」（明治29年）の句である。このとき戸を叩いた水鶏は大型の足のふらつく水鶏であった。

・猫知らず寺に飼われて恋わたる

（ねこしらず　てらにかわれて　こいわたる）

（明治29年3月5日）句稿12

人の出入りが余りない広い寺は、猫族にとっては理想の場所である。墓石の前にひっきりなしに供物が置かれるので、食料の調達には好都合の場所なのだ。そして縁の下には入り込みやすい。

のんびりと過ごす猫たちは、この場所が気難しい信者や門徒に説教を垂れる場所の寺だとは知りはしない。難しい説法には関係ない生活をしているから無理もない。

掲句は明治29年に漱石が実母の墓に詣でたときの俳句である。この寺は東京の小石川にある本法寺で、ここで母を偲んだ「梅の花 不肖なれども梅の花」の句を詠んでいる。漱石の面白いところは、この母に対するしんみりした俳句と並べて掲句のような可笑し味のある俳句を並べて詠んでいることだ。

句意は「読経の声が流れる中、それを邪魔するように恋する猫の声が混ざりこむ。その猫の声は、お堂の中にいる僧にも夏目家にゆかりの参列者にも聞こえている。誰も猫を非難できないことをわかっているが、皆迷惑そうな顔をするしかない」というもの。漱石はこの可笑しさを隠すことなく俳句にしている。さすが漱石先生である。

この句の解釈を考える際に、「恋わたる」を猫二匹が「恋して出歩く様」とする注記を目にするが、漱石は春先の特徴である猫恋の声が響き渡る様を歌っているように思う。この解釈が妥当と考えるのは、原句では下五が「恋をする」になっていたことである。子規は「恋わたる」と替えていた。子規が言うように、たしかに後者の方が猫の声の迷惑度が高まる効果が生じる。

ちなみに漱石は母の言葉が用いられた俳句を3句だけ作っている。「亡き母の思はるゝ哉衣がへ」「なき母の忌日と知るや網代守」それと「なき母の湯婆やさめて十二年」である。

・猫知らず寺に飼われて恋をする

（ねこしらず　てらにかわれて　こいをする）

（明治29年3月5日）句稿12

この句は「猫知らず寺に飼われて恋わたる」の句の原句である。師匠の子規が手を入れる前の句である。

両句の違いは下五の「恋をする」と「恋わたる」の二文字の違いである。子規は「恋をする」と表すのは月並みだとして、恋の様子を具体的に示す方向で修正した。猫の恋は交わす声に特徴があるからである。「恋わたる」とすれば、飽きることなく続く「ニャーニャー、ニューニュー」の声が届いていると判る。

漱石は僧堂の中で長々続く読経の声に欠伸が出そうであったが、寺の陽だまりにいる猫の声が僧の声に重なっているのを知って、にんまりした。この面白い合唱を耳にして、さっと俳句を作った。そして満足してしまったようだ。

・猫も聞け杓子も是へ時鳥

（ねこもきけ　しゃくしもこれへ　ほととぎす）

（明治28年10月末）句稿3

日常的に使うフレーズの一つに「猫も杓子も」があり、「嫌だね全く、猫も杓子も揃って、まったく」のように否定する気分で使っている。また「猫も杓子もブランド物のバッグを持ちたがる」などと少々嫌味を込めていう言葉になっている。本来は融通が聞かないことをいう言葉であったが変化している。「猫も杓子も」の語源については諸説あって江戸時代から議論されているらしいが、枕流は落語に登場する長屋言葉の「女子（めこ）も弱子（じゃくし）も」がなまってできた言葉だと説を支持する。いまでも「女、子どもまでもが」という言い回しが一部で用いられているからだ。このフレーズのニーズは今もある。

ところで「杓子も是へ」は、ここへ来てくれ、の意味になる。「おーい、誰でもいいが来てくれ」という意味になる。ところで掲句の解釈であるが。「おーい、皆んな耳を貸してくれ。時鳥が鳴きだしたぞ」ということだろう。これだけでは全く面白くない。そこで漱石は昔から使われている意味不明の言葉を持ち出してきて、文字列の面白さを出して第一の読者である子規の目を引きつけることを思いついたのだ。さらには猫と時鳥 は天敵関係にあることを含ませてさらに面白く仕組んだのだ。

猫も杓子も、時鳥が鳴くと白梅を持ち出して俳句で取り合わせをすることが通例になっている現状を打破しようとしたのだ。

● 鼠もや出ると夜寒に壁の穴

（ねずみもや　でるとよさむに　かべのあな）

（明治45年6月18日）松根東洋城宛の書簡

「壁十句」とある。この句は、愛する弟子の松根東洋城から頼まれて作った壁十句の中の一つ。至急にという依頼であったので、漱石は発送の1日前の6月17日に十句を一気に作り上げた。明治時代の家の壁は土壁が多かったから、古い壁は崩れて穴が開きやすかった。その穴から、または柱との間に生じた隙間から鼠が出入りしていた。夜中に漱石先生が本を読むために起きていると、鼠は暖かい家の中がいいと外から壁の穴をくぐり抜けて入り込んでくるのだ。

掲句を作ったのは6月のことであるから、夜寒の時期ではなくなっている。そこで夜寒の句ではないとして別の解釈をすべきだと考えた。句意は「なんと夜中に鼠が外から壁の穴を通って部屋に出てくるよ。この鼠が突然現れると寒気がする」というもの。暗褐色の素早いドブネズミは迫力満点だから驚くのだ。「出ると夜寒に」のフレーズは、鼠が出現すると急に寒気を感じさせるようになると解する。つまり「夜寒になる」とは「夜が寒くなる」と解する。

漱石は愛する弟子の松根東洋城を相手にすると、どういう訳か気が楽になって面白い俳句が頭に浮かんでくるようだ。宮内庁に勤めている固い男であるのだが。

● 寐てゐれば粟に鶉の興もなく

（ねてゐれば　あわにうずらの　きょうもなく）

（明治43年10月4日）日記

古来「粟鶉図」は文人に好まれた図柄であり、丸々とした鶉が粟の落ち穂を啄ばむ図は、豊穣な稔りの秋を表現したもの。鶉は江戸時代の昔からペットとしての人気も高かったようだ。

掲句の「粟に鶉の興」とは、鶉に餌として粟をやる楽しみであり、この楽しみ方は満州視察旅行で知ったと思われる。明治42年9月から10月にかけて大陸に渡った際に満州の大連に住み着いた友人たちは鶉を飼育し、漱石一行に焼鳥の肉を馳走してくれたことがあった。

句意は「満州視察以来鶉を飼ってみたいとずっと思っていたが、体がこんな状態では無理なことだ。この楽しみを持てないのは侘しい」というもの。書画の他に新たな趣味をもってみたいと思っていたが、修善寺で大吐血した今では、無理になったと落胆した。そして趣味を持ちたいという意欲も次第に衰えていると寂しく思っている。

ここまで書いて、はたと気がついた。「粟に鶉の興」とは「粟鶉図」の図柄のことであるが、南画作成のことを指しているのだと気がついた。漱石先生は絵を描きたいと願っていたのだ。俳句を手帳に記すだけでは満足しなくなったのだ。したがって最終的な解釈は「ずっと寝たままでいたのでは絵筆を持って好きな絵を描くこともできず、粟鶉図も描けない」というもの。

● 寐て聞くやぺたりぺたりと餅の音

（ねてきくや　ぺたりぺたりと　もちのおと）

（明治28年12月4日）句稿8

どこの家でも年末の大掃除が終わると、正月の食べ物の準備に入る。正月の飾り餅とお雑煮餅を各家庭で作ることになる。朝方、松山の愚陀仏庵でゆっくり寝ていると、周りの家から餅つきの音が冷え冷えとした漱石の部屋の中まで響く。

　この俳句は、年の瀬の風物詩とも言える餅つきを楽しく詠っている。関東では餅つきの音を「ぺったんぺったん」と表現するが、西国の四国では「ぺたりぺたり」と表すのが普通なのか。それとも粘りの少ない餅に仕上がっているせいなのか。

　この俳句の面白さは、漱石が布団の中に寝そべっている様と臼の中の餅が臼の底で「だらん」としている様に類似していることだ。布団の中で横になっている漱石が「ぺたりぺたり」の音から餅つきの様を想像している可笑しさがある。漱石は俳人の仲間か愚陀仏庵の家主が搗きたての餅を持ってきてくれるのを待っているのだろう。

　漱石はこの時期に肌の合わない松山の中学校から熊本の高等学校に転勤することを決めていた。漱石の帝大卒の親友たちが動いてくれた結果である。彼らに感謝しながら、餅つきの音をのんびりと来年に期待しながら余裕を持って聞いているのだ。この気持ちの余裕が「ぺたりぺたりと餅の音」なのである。

• 寝てくらす人もありけり夢の世に

（ねてくらす　ひともありけり　ゆめのよに）

（明治23年8月9日）子規宛の手紙

　第一高等中学校本科を卒業した頃（23歳時）の句である。言葉をそのまま理解しようとすると「自分の夢の世界にだけ出てくる人がいる。その人はいつも寝ている姿として現れる」となる。この句をつけて出した子規への書簡には、次の文が書かれてあった。「只煩悩の焔熾にして甘露の法雨待てども来らず欲海の波険にして何日彼岸に達すべしとも思はれず」。この文は漱石が年の近い新婚の兄夫婦と木造の家屋に同居していた時の苦悶を表している。このことを組み入れて掲句を解釈すれば、「自分は兄嫁に対する恋の病に侵されて、身体は恋の焔で高熱を発したままで、床に臥せっている」となる。そして夢の中に出てくる人は兄嫁ということになる。

　この添付文の冒頭部の「只煩悩の焔熾（煩悩の炎が立ち上がること）にして甘露の法雨（とろみのある救いの雨）」の部分が何を語っているかは、男女の身体のことを考えればおおよそ見当がつく。

　ついでにこの書簡の1年前に出された書簡にはより具体的な記述がある。「剣を抱いて竜鳴を聴き 書を読んで儒生を罵る 如今空しく高逸夢に入るは美人の声」（学生の自分は気を強くして耳に入る悩ましい声に耐え、哲学の書を読もうとするが無理だ。夢の中に美人の声が入り込んでくる）と正直に書いていた。

　これらの漱石自身の文章と掲句を組み合わせると、高い確度で、寝てくらしている人は恋の病で伏せっている漱石であると言える。

　この頃の漱石は、兄嫁に対する恋心の試練に真剣に立ち向かって、その経過を記録していたことで、後に書く小説の「こころ」や「行人」において、同じ構造の人間関係の描写に生かされてくる。特に「行人」では主人公の二郎と嫂の関係を兄に疑われる構図の中で、子規への手紙に書いていた焔熾の焔が、描かれる。

　この句の面白さは、漱石自身の強烈な悩みを他人ごとのように描いていることだ。少し自分の状態に呆れているようにも見受けられる。

　ちなみに漱石は明治23年8月下旬から9月上旬まで眼病療養のために箱根に逗留していた。伝染性のトラコーマにかかって本も読めずに寝てばかりの時期があった。このような自分を「寝てくらす人」と表していた。そしてその時に夢想したことが煩悩の世界のことであった。

• 涅槃像鰒に死なざる本意なさよ

（ねはんぞう　ふぐにしなざる　ほいなさよ）

（明治29年3月5日）句稿12

　一般には涅槃像は釈迦入滅の姿を描いた絵画や彫像をさすが、掲句においては、仏涅槃図のことだ。釈迦入滅の際の絵は、横臥する釈迦を中心に菩薩や仏弟子、一般の人や動物に到るまでが釈迦を取り囲んで嘆いている様を描いた仏画である。

　漱石はこの釈迦入滅絵図を見て「鰒に死なざる本意なさよ」という。句意は「釈迦入滅絵図をみていると、釈迦が河豚毒に当たって死ぬようにさっと死ななかったのは本人も残念であろう、不本意だろう」というもの。悟りを得た釈迦でも、死に際しては思う通りにならないもどかしさがあったであろうと、漱石は推察している。死滅は修行をいくらやっても調整できないというのだ。

人には死が必ず訪れるが、その死に際しては思い通りにならないと観念している。釈迦入滅の図をみると横たわる釈迦の周囲に多くの人たちが集まって釈迦の死に臨んで嘆いているが、じっと長い時間、嘆き見守るだけである。

この釈迦の死のことを、漱石が面白く扱かっているのは驚きである。掲句の「河豚毒による死」を「すぐの死」と洒落ているとわかると可笑しみが増す。つまり掲句は「涅槃像すぐに死なざる本意なさよ」と言い換えられる。漱石先牛は滑稽句として、真実の句を徹底して作るのである。

・寐まらんとすれど衾の薄くして

（ねまらんと　すれどふすまの　うすくして）

（明治32年1月）句稿32

「口の林といふ処に宿りて」という前置きがある。漱石は同僚の一人と初めて正月2日に宇佐神宮に初詣した。帰りは西方の中津に向かって歩き、そこから急峻な山が続く耶馬渓に入り込んで、さらには南に抜ける細道を日田まで歩いて抜けることにした。山中の宿に2泊しての谷越えであった。

この句は漱石のことなのか、それとも泊まり合わせた行商人の話なのか、よくわからない。だが実感を込めているので漱石の俳句であろう。だが漱石は一度「短かくて毛布つぎ足す蒲団かな」と寝床のことを俳句にしているので、余程雪の夜の寒さが身に染みたのだ。漱石は同宿した旅商人のことを、この人は寒がった人だとして「泊り合す旅商人の寒がるよ」の句に記していた。皆寒さには悩まされた。漱石は毛布を使って掛け布団から出た足をカバーして対処した。

句意は「眠ろうとするが、掛け布団が薄くて、薄くて、ハクション」というもの。句の中の衾はもともと古典的な寝具の一種で、関西では長方形の一枚の厚手の布地か和紙で袋状に作られていた。これが後の大正時代に冬用のアンコ入りの衾となって普及したようだ。そして、一部において中のアンコが綿くずになった衾が出現したのは、綿花栽培が普及した明治後期からであった。とにかく明治時代は布団事情が悪かった。現代でも綿入れの四角の綿入れ掛け布団を衾と呼んでいる地方がある。

この句の面白さは、漱石は地元の旅商人の口調を借りて、「寐まらんと」と方言のように表していることだ。そして「衾」の鋭いかすれ音によって掛け布団が本当に薄く感じられることだ。そして和室の襖を想像することで余り保温効果がないとすぐに理解してしまうことだ。ここでの掛け布団は寂れた山中の宿であるので、藁入れ衾ではなく、ただの厚手の布地であった可能性が大である。

・眠らざる僧の嚏や夜半の梅

（ねむらざる　そうのくさめや　よわのうめ）

（明治32年2月）句稿33

「梅花百五句」とある。漱石が夜遅くまで本を読んでいると、外は全く物音がしなくなってしーんとしている。このような夜半、近くの寺の僧もまだ起きている。これはクシャミの音でそうとわかる。この僧は夜中に厠に行こうと部屋から出たのだ。お寺では宿所の外の建屋に厠があったのだ。

漱石は僧のこの行動を、ついでに月夜に早咲きの梅をみようと庭に出たのであろうと想像した。だが季節は新暦の如月（きさらぎ）であり、旧暦でまだ1月。夜中は特別に冷えたのだ。この僧はすぐに部屋に戻るつもりで部屋着のまま外に出たのであろう。そしてブルっと体を震わせた時にクシャミが出た。漱石先生はこれらのことを想像してニヤリと笑ったのであろう。

ちなみに「如月」は同じ音で「衣更着」とも書く。この月はまだ寒く衣を更に重ね着するから、こう呼ばれるようになったという説がある。このことを忘れたうっかり僧がいたのだ。

この僧が主人公と思われる俳句が掲句の次に書かれていた。同時の作句であろう。「尺八のはたとやみけり梅の門」である。

この句の面白さは、漱石も夜中に寝付かれずにいたが、この原因を僧の特大クシャミのせいにしたことだ。その僧は、漱石に話題にされてさらに嚔を重ねたに違いない。いや止まらなくなっていた。

眠らざる夜半の灯や秋の雨

（ねむらざる　よわのあかりや　あきのあめ）

（大正３年10月20日）松根東洋城宛の書簡

「寐ながら句を作らうと思ふが一向出来ず」と書いたあとにこの俳句を記していた。寝床でリラックスして睡眠薬代りに俳句を作ろうとした。しかし、満足できない掲句しかできなかった。

句意は「灯りが寝室に薄暗く灯っている。なかなか寝付けないで夜中に秋の雨音を聞いている」というもの。この頃の漱石先生は体調が悪く、日中でも布団から起き上がれないでいた。生活のメリハリがついていない。昼間しっかり陽光を浴びていないから夜眠れなくなっていた。そんな生活が続くと、イライラも募ってくる。そうなると夜になっても眠くならないのだ。

漱石は同じ書簡で、自分なりに対策を講じて見たという俳句を書いていた。ある夜に酒を少し飲んでから寝ることにした。これを表しているのが「酒少し参りて寝たる夜寒哉」と「酒少し徳利の底に夜寒哉」の句である。酒の効果はほとんどなく寒さが押し寄せてきた。眠りに繋がらなかった。漱石は下戸の典型であったから、飲んだ酒は体にとっては異物に近いものになっていて体は異常に反応して震えた。悪寒がしたのだ。

この夜眠れない状況は、持病の胃潰瘍にもいいことはない。漱石の体は次第に衰弱する方向に向かっていた。

眠らじな蚊帳に月のさす時は

（ねむらじな　かちょうにつきの　さすときは）

（明治29年８月）句稿16

熊本市に転居して初めての夏。蒸し暑い夏の夜、蚊帳の中の漱石は眠れないでいる。句意は「蚊帳の向こうの夜空に月がかかっている時には、眠らないで月を見ていようぞ」というもの。暑くて眠れない夜にはイライラしないことだ、と俳句を作っているのだ。細かい目の蚊帳の中で寝ていると、月が霞んで見えて魅力的なのだ。朧な月も綺麗だが、細かい格子目を通して見えるぼんやりした「蚊帳目の月」も新鮮で良いものであると気分を変えている。

なぜ漱石は眠れないでいるのか。暑さのせいだけなのか。掲句を作った時期はこの６月に熊本の自宅で結婚式を挙げたばかりの新婚期であった。式をあげてからわずか２ヶ月後の頃である。そばに新妻が寝ていながら、漱石は話しかけないでじっと月を見ている。どうしたのか。俗に言う「元カノ」の楠緒子の顔が月に重なっていたのか。

ちなみに掲句の前に置かれていた俳句は「涼しさや門にかけたる橋斜め」であり、後に置かれていた句は「国の名を知つておぢやるか時鳥」である。ともに深山の景色を詠んだ俳句になっている。真夏に句作で涼しさ得ようとしているのがわかる。

眠る山眠たき窓の向ふ哉

（ねむるやま　ねむたきまどの　むこうかな）

（大正３年）手帳

俳句独特の言い方で、葉を落として休眠に入った山を「山眠る」といい、そして春の山を「山笑う」というのもある。では「山起きる」はあるのか。「山笑う」に含めることになる。冬の雑木林を汽車の窓からながめていると、鮮やかな色はなく、くすんだ色ばかりが続く。山はまさに寝ている状態である。汽車の車輪から座席に伝わる単調な振動は、眠りを催す振動となって脳に伝わる。窓の中の連続する眠る山が漱石を眠りに誘っているのだ。

この句は、「眠る山」と「眠たき窓」の対句にある。眠りがテーマとわかって、実に爽やかである。そして駅弁を食べた後のことと思われるが、窓ガラスに映っている眠たそうな漱石自身の顔を「眠たき窓」と描いていて面白い。窓ガラスが少しくもってきた様をあたかも窓が眠くなっていると擬人化して表すところも面白い。そして極め付きはその漱石が眠たくなることを、窓の外に見える「眠る山」の仕わざにしているところにある。
だが本当の面白さは、「眠る山」による眠りの誘惑をはね返した漱石が、しっかりと車窓の外に展開する眠る山を観察して味わったことである。そして、眠りの誘惑を俳句にしたことである。

●寐る門を初雪ぢやとて叩きけり

（ねるかどを　はつゆきじゃとて　たたきけり）

（明治29年12月）句稿21

寝静まった漱石宅にやって来て、玄関の戸をどんどんと叩く音がする。そして子供のようにはしゃぐ声で「初雪じゃ、初雪じゃ」と叫んでいる。太い声で子供のような声を上げている人がいる。漱石宅に下宿している同僚教師の門限破りの帰宅時の悪戯であった。下戸の漱石は夜遅くまで飲み歩く同僚のことをよく思っていなかった。帰宅の門限を設けてその時間が来ると門を閉じることにしていた。

この俳句は「酔て叩く門や師走の月の影」の句に続くもの。これらの句は同じ句稿に書かれていたが、かなり離れていて見つけにくかった。漱石宅に下宿していた同僚が師走に街で酒を飲み、夜遅くなっての帰宅であったのだ。機嫌の悪い下戸の漱石に玄関の戸を開けてもらおうとこの同僚は策を弄した。漱石はこの門限破りする同僚に遠慮することなく、玄関の戸を閉めてしまっていたからだ。漱石の行為は子供じみていたと感じた同僚は、同じく子供じみた悪戯をしたのだ。「火事じゃ、火事じゃ」ではまずいとして知恵を働かせた。

この句の面白さは、「閉じられた門」を「寝る門」としていることだ。そして酔っ払った下宿人が叩き起こしたのは漱石でなく、「寝ていた門」であるとしたことだ。叩く音で目を覚ました漱石は、目くじらを立てないことにしたのだ。落語のような俳句になっている。

●懇ろに雑炊たくや小夜時雨

（ねんごろに　ぞうすいたくや　さよしぐれ）

（明治28年11月20日）句稿7

雑炊を炊く釜から目をそらさずに雑炊の炊け具合を丁寧に見ている。優しく扱うという気持ちの溢れる「ねんごろ」の雰囲気が台所に漂っている。この台所で懇ろに丁寧に作られた雑炊はさぞや旨かったことであろう。このような炊き方に加えて小夜時雨の音が雑炊に溶け込んで、さらに味は良くなった気がする。時雨の空気振動が適度に炊き上がる雑炊を振動させて旨味が増すようだ。

漱石は胃痛の胃袋に同情して、時々胃に優しい雑炊を自分で作っていた。だが明治28年のこの時雨があった時期は、松山の借家に住んでいて、そこの女主人が漱石のために雑炊を炊くのを傍で見ていただけだった。そうであるから他人行儀で優しい響きのある「懇ろに」などという言葉が出てくるのは至極当然である。雑炊を掻き回す女主人の手の動きには女性の持つ繊細さが感じられるからである。

掲句の面白さは、雑炊の泡を立てながら炊き上がる音と時雨の降る音が重なることである。

少し冷たさを感じさせる小夜時雨の降る中で、懇ろに作られた雑炊が供される光景にはホッとさせられる。漱石は翌年初夏から始まる鏡子との新婚生活に期待していることが、この句から伝わる。

＊南海新聞（明治28年12月18日）に掲載

●のうぜんの花を数へて幾日影

（のうぜんの　はなをかぞえて　いくひかげ）

（明治40年7月末か）武定巨口（大阪の俳人）宛の葉書

「のうぜん」を凌霄と表記した漱石俳句本がある。濃い朱色の花を毎日惜しげもなく大量に散らす花がノウゼンカズラである。南国の雰囲気を放つ大きな株になると、20個から数十個の筒花を毎日広い庭や路面に惜しげもなく落とす。

その家の者は毎日、落ちた花を清掃することになり、毎日落ちた花の多さを軽く嘆くことになる。

句意は「夏の強い日差しの中で、ノウゼンカズラの落ちた花の数を毎日数えてしまう。この落花がいつまで続くのやらと、枝に付いている無数の蕾を眺める」というもの。だがきちんと数えられるのは落ちた花である。枝に残っている花は文字通り無数にあるからだ。

漱石はノウゼンカズラの印象は落下花の数だというのだろう。枝先で咲いている花は重なっていてうまく数えられない。そして、咲いている花に対する感動は少なく、落下した花を無感動に眺める木がノウゼンカズラなのだ。

大阪在住の俳人が、朝日新聞での連載小説「虞美人草」を愛読していることを漱石宛に葉書に書いてきた。そして自作の掲句をその葉書に付けてきた。漱石先生はこの読者に感謝の葉書を出した。2行の文の中に、「(前略)ダラダラになりて申訳なく候」のフレーズを書いて、筋立てが複雑でなかなかこの小説が終わらないことを弁解していた。この小説「虞美人草」は漱石の初めての新聞連載であり、力が入りすぎていたのだろう。この「ダラダラ」感をノウゼンカズラの句で表した。なかなか終わりが見えないことへの読者の苛立ちに作者は理解を示していた。

この句の面白さは、情熱の花のノウゼンカズラの特徴と「虞美人草」の主役の藤尾の性格が重なっていることだ。藤尾は才色兼備だが、漱石には嫌われている。漱石はいわばこの毒婦的な魅力のある女性をノウゼンカズラと重ねている。

三者談

先生は小説「虞美人草」を書き飽きていた心持ちが読み取れる。読者からのハガキに凌霄花のことが書かれてあったに違いない。

この花は長い期間咲き続ける。下五の「幾日影」の影は切字のようで、アンニュイの心持ちがこもっている。「花を数える」の意は、ただ毎日花を見ているというところだろう。晩年の句のような味わいがある。

・能もなき教師とならんあら涼し

（のうもなき　きょうしとならん　あらすずし）

（明治36年6月17日）井上微笑宛の書簡

この句は帰国後に東大英文科の講師の辞令を受けた後に作られた句で、教師を始めてから2ヶ月後のぼやき句である。漱石は英国で磨きをかけた英語を生徒達に教えようとしたが、うまくいかなかった。授業内容を生徒に理解させることができず、生徒から反発される始末だったことは、種々の書物に記されている。易しいテキストを使う小泉八雲と比較されることもしゃくにさわっていた。そこで無能の教師の心境になった気分を句にして自分を慰めたのだろう。

前任の講師、外国人の小泉八雲はテニスンの詩を教材に使って歌うように講義していたといわれた。これに対し、英文学論でスタートした漱石の授業は難解という評価を受けてしまった。この時の気分を別の句にして表している。「薔薇ちるや天似孫(テニスン)の詩見厭(あき)たり」とすでに退職している男に今なお掻き回されていることを露骨に嫌がっていた。

漱石は留学費の返還のために帰国後の4年間、教壇に立つ義務があるのを知っていて、英語教師を続けることは決めていた。しかし、生徒たちに人気がないことに苛立っていた。句意は「元から教師としての才能がなかったと思えば、イラつくこともない。涼しいもんだ」というもの。掲句と同じ時に作られ、同じ友人宛の手紙に付けていた句に「無人島の天子とならば涼しかろ」がある。これもうまくいかない授業に対する割り切りを決め込めた句とみることができる。自分の生きる道をしっかりと持っていればいいと考えた。

明治時代には無論教室に冷房はないし、7月なら蒸し暑い中での授業になったはずだ。学生達に熱意を持って教えるならば、無論教室は熱気に包まれるはずだが、漱石の空回りによって授業の熱意は失せているから暑さは感じなく、涼しいものよ、とつぶやく。この時漱石の意識の底には、帝大学生の学ぶ意欲が低いと感じていた。熊本五高の学生のように学ぶことに熱意を持った学生を望んでいたのだ。

この時点から漱石は、帝大は肌に合わないということを感じていたことになる。それほどに漱石は英語教師の仕事が嫌だったのだ。英語を教えればいいだ

けなのだが、漱石は小説につながる英文学を学んできたので、こちらをやりたいという気持ちが先走るのだ。加えて英国留学で巨大な大英帝国の植民地経営システムや大気汚染をはじめとする劣悪な住環境、貧富の格差を見てきた漱石は、そのような英国の言葉を教えるだけの仕事に興味がわかないのだ。

・能もなき渋柿どもや門の内

（のうもなき　しぶがきどもや　もんのうち）

（明治31年9月28日）

漱石が住んだ熊本市内の家の近所には、大きな塀をめぐらし、入り口に大きな門を構えている家があった。その門から渋柿が軒先に吊るされているのが見える。大量に干し柿を作っている。漱石はその渋柿を見て何やら敵意を抱いている。能もない渋柿どもと貶（けな）している。柿はもともと甘いのが柿というもので、渋柿として生（な）って人に手間をかけさせるものではないという考えがあるのだ。

句意は「門から渋柿が吊るされているのが見えるが、何故渋い柿である必要があるのだ。もとから能がないから渋いのだろう」というもの。

漱石は常識人で、かつ理系の頭脳を持っているから、渋柿が存在する意味、そして渋柿を干す意味を十分に理解している。その上で渋柿に文句を言っている。

漱石が掲句を作ったのは、子供の頃に甘柿だと思ってがぶりと齧ったところ、渋柿だったという苦い経験があったからだ。それ以来渋柿が嫌いになったとしか考えられない。

いやこれは甘柿大好き人間の子規を意識しての俳句なのだ。甘柿ならば何個でも食べられるという子規を笑わせようという作戦なのだ。漱石は渋柿の産地である熊本から甘柿を送ることができないので甘柿礼賛の句を贈ったのだ。

＊『ほとゝぎす』（明治31年10月）と雑誌『俳味』（明治44年5月15日）に掲載、「春夏秋冬」に掲載、承露盤

三者談

「能もなき渋柿共や門の内」としている。渋いのに公然と旨そうに生っているのを見て、その無頓着さを面白がっている。他所の家の門の中の柿の木を取り上げている。漱石は渋柿が出しゃばっていると見ている。この句は子規の承露盤に収められている。写生で固まった一派の人には真似ができない句だ。

・暖簾に芸人の名を茶屋の菊

（のうれんに　げいにんのなを　ちゃやのきく）

（明治43年11月1日か2日）新聞への投稿

句意は「玄関口の暖簾には芸人の名が染め抜かれていて、その暖簾をくぐって入ると菊の鉢が置かれていた」というもの。この句を作った頃の漱石は胃潰瘍の療養中であり、茶屋に行くことはできなかった。この茶屋は浅草か柳橋の茶屋なのであろうが、見舞い客が菊の好きな漱石に街中で咲く菊の話をしたのだろう。

暖簾の読みは、のれん、のんれん、のうれんの3種類であり、ここでは俳句

の字数の関係もあって「のうれん」となっている。この「のうれん」の語感には温かいものがあるが、この吊り下げの布は元々隙間風を防ぐためのやや大きめの布であった。その後店の出入り口に装飾として、または室内の部屋間の小さな布仕切りとして吊り下げられるようになった。

街中にある芸人の名を染め抜いた暖簾は、有名人の贔屓の客が自分の名を染め抜いた暖簾を料亭に提供したものだ。いわばサイン入りの色紙のようなもの。店の格を示すものになっていた。そんな洒落た店であれば、漱石の好きな立派な仕立ての菊の鉢が置かれていたのだろう。その芸人の名は俳句の下五に書き込んである。歌舞伎の名優「尾上菊五郎」であった。

＊『国民新聞』（明治43年11月3日）と雑誌『俳味』（明治44年5月15日）に掲載

• 逃がすまじき蚤の行衛や子規

（のがすまじき　のみのゆくえや　ほととぎす）

（明治30年5月28日）句稿25

熊本の新婚家庭の大敵の一つは、布団の蚤であった。江戸時代も明治時代もそして昭和時代の50年代までは、日本のほとんど全ての地域と家庭で蚤との戦いが繰り広げられていた。煮沸処理できない夜具・寝具に潜り込んだ蚤を見つけては退治していた。両手の親指の爪で挟んで潰す作業が行われていた。見つけた蚤を爪で挟んで押し付け、プチという音を確認しながらの作業は、指が疲れるまで続くことになる。頭に棲息するシラミも同様に人々を悩ませていた。

つまり蚤とシラミが日本で繁殖していた。いやアジア中で繁殖していた。明治期に日本にやってきた旅行家の英国女性、イザベラバードの紀行文に、車夫と歩いた日本中でこの蚤に悩まされたことが書かれていた。

製品の品質検査として行われる生産ロットの全数検査やソフトウェアの中のバグを見つける徹底作業を「虱潰しにやる」と表現するが、昔の生活上の慣習が現代用語として残っている。一匹をも逃さない蚤退治も「虱潰しにやる」ことが求められた。

句意は「ホトトギスの声がする朝方、寝床の蚤を退治すべく布の襞の中の小さな蚤を見つけて潰す作業を必死に続けている」というもの。追跡される蚤の方もぴょんぴょんと長い脚を使って飛び跳ねて逃げようとする。それを見つけて捉えようとする漱石。この時作っていた別の面白い俳句がある。「蚤を逸し赤き毛布に恨みあり」である。掛け布団の毛布が赤色であったので、血を吸って赤くなった蚤の体は目立たなくなっていて、見つけるのが大変であったのだ。目の前の蚤を逃してしまうと今晩の睡眠が大変になるから、皆必死であった。目が真っ赤になるまでの集中力を要した。

この句の面白さは、下五に「子規」を入れていることだ。鳥のホトトギスを表し、かつ正岡子規の家を表している。熊本の漱石の家では毎朝、蚤退治が行われていたが、子規くんよ、君のところも同じことなのだろうと、話を振っている。

• 野菊一輪手帳の中に挟みけり

（のぎくいちりん　てちょうのなかに　はさみけり）

（明治32年9月5日）句稿34

漱石は同僚の山川と阿蘇の周辺の温泉地をめぐり、阿蘇山の草はらを歩き抜けて熊本に帰ってきた。山川の一高転勤を聞いてこの送別旅行を企画したが、最終日は散々な目に遭ってしまった。雨と火山灰が降る中をなんとか下山して熊本市内へゆく馬車の出る阿蘇南端の立野宿に帰り着いた。日暮れの草はらは降下した火山灰でおおわれ、周り一面が灰色になり、野原と道の区別がつかなくなった。気温が下がる中で遭難したら死ぬかもしれないという不安な気持ちに支配されながらの下山になった。

句意は「水滴と火山灰の付いた野菊一輪を濡れた手帳の中になんとか挟み込んだ」というもの。

この時に作った下記の俳句2句は、この時の惨めな体験を記録していた。「行けど萩行けど薄の原広し」と「灰に濡れて立つや薄と萩の中」という句である。

これらの俳句を挟んだ野菊でふくれた手帳に書き残した。いつかはこれらの俳句と火山灰にまみれた野菊を見ながらこの時の体験を書くときがくるという気がした。

夏目漱石の中篇小説に「二百十日」があるが、これは１９０６年（明治39年）に雑誌『中央公論』に発表されたものである。この小説の執筆時には、この手帳の中で白い化石のようになっていた花を見て、当時の状況を思い浮かべたに違いない。

この句の面白さは、漱石はものすごい恐怖の体験を、夢見る少女が作った俳句のように転化してみせていることだ。灰色の野菊を手帳に挟む時に「これは夢なのか」と漱石は呟いたのかもしれない。

• 残咲く菜の花もなし夏近し

（のこりさく　なのはなもなし　なつちかし）

（制作年不明）「新しい俳句集」（日本書院刊、大正12年）

春の花は、2月の梅の花から始まって拳、桜、菜の花、モクレン、沈丁花と順に咲いてくるが、この中で最も印象に残る花は桜、次いで菜の花なのだろう。これらは面積と密度において他を圧倒している。この桜と菜の花は開花時期が半分ほど重なっているので、春の到来のピークを印象付けた菜の花がなくなると、気分は幾分落ち込むようだ。

句意は「晩春の候に差し掛かると、春を強く印象付けていた菜の花がなくなってくる。そうなると夏がすぐそこに近づいていると思う」というもの。夏までにはまだモクレンと沈丁花の開花があり、まだまだ春の花を楽しめる。しかし、開けた空き地や川の土手に一斉に咲いていた菜の花がしぼんでしまうと、すぐに夏が来ると思い込んでしまう。いや思いたいのだ。

掲句の光景は漱石の散歩コースになっている川べりだと思われる。漱石宅の身近な場所で作られた菜の花の俳句に「菜種咲く小島を抱いて浅き川」の句がある。明治34年4月中旬に熊本市の上画津湖と下画津湖をつなぐ川で作られていた。阿蘇の湧き水が流れるこの辺りは漱石の好きなエリアになっていた。

• 後仕手の撞木や秋の橋掛り

（のちしての　しゅもくやあきの　はしかかり）

（明治40年頃）手帳

この俳句は能の「道成寺」の場面であろう。溶けた道成寺の鐘が再興されることになり、今日はその鐘の供養の日。そこへ「鐘の供養に参らん」と美しい女（舞を見せる白拍子）が現れる。女人禁制と住職から言われていたが、舞を見せることを条件に頼み込むと門番が許可して入れてしまう。

女は喜んで舞を舞っていたが、僧たちの眠った隙をみて「思へばこの鐘恨めしや」と言いつつ、シテの白拍子が本舞台の上に吊り下げられた鐘の下に入り込んで鐘を自分で落とす。シテが入り込んだ瞬間にすぐさま鐘が落ちてシテはその中に隠れる。

ここで場面は変わる。その後、シテは落ちた狭い鐘の中で手助けなしで装束を替え、後半部の主役である蛇体の後シテに変化（へんげ）する。変身して蛇体の姿を表すまでにかなりの時間を要する。舞台が新たに展開するまでの間、漱石の目は本舞台を離れて橋掛りの方を見ている。下五の橋掛かりは、揚幕から本舞台へとつながる長い廊下部分である。鐘が上がると中から蛇体と化した鬼女が現れる。後仕手の登場なのだ。

これに対して漱石全集の解説では、掲句は能の「三井寺」の場面を描いていることを示唆している。行方不明になったわが子の千満を探して、ついには占いの力で三井寺まで母親はたどり着いて、僧たちのいる月見の境内に入り込む。このとき「物狂い」となった千満の母はこの三井寺に来た訳を語り、鐘楼に上がり込んで目立つように鐘を撞く。ここでこの物狂い女とこの寺に弟子入りしていた千満は、互いに母子だと認め合い涙の対面を果たす。そして二人して橋掛かりを渡って故郷へ帰る、というのがストーリーである。

この「三井寺」物語でも鐘が重要な役割を果たすが、俳句にある上五の「後仕手」の登場を「三井寺」の中では明確にできない。強引に考えれば、千満の母が子を見つけようと必死になって鐘を突いていたときの物狂いの母を「後仕手」と解することである。もう一つの判断のポイントは撞木である。句中の撞木にライトが当たっているのは「三井寺」の方である。「道成寺」ではシテの白拍子は撞木に触れていない。掲句は「後仕手」が撞木を手にする場面だと理解できる。だが「道成寺」での「後仕手」は鐘の下からダイナミックに変身して現れるだけである。そして川に飛び込むことになるだけである。

結論としては、掲句は「三井寺」の場面をダイナミックな解釈で描いたものである。我が子を見つけ出したいという母は月見の境内では「物狂い」になっていて、「後仕手」の役を演じたということか。そして漱石はこの能のハイライトは母が我が子を連れ帰る場面だとして、下五に「橋掛かり」を置いたと解することができる。

だがこのまとめは苦しい。漱石は二つの演目をミックスさせて描いたということになる。二つとも狂乱物であるが、漱石も狂乱を演じたということか。

• 後の月ちんばの馬に打ち乗りて

（のちのつき　ちんばのうまに　うちのりて）

（明治37年7月24日）鹿間千代治宛の絵葉書
（明治37年9月か）漱石宅での連句会

高浜虚子が大正7年1月7日に発行した「漱石氏と私」という本において、種々のタイプの連句を四方太、虚子と漱石で作って楽しんでいたことを明かした。その際に、漱石が提出した句は「規則に合わなくって捨てた句も、独立した一つの句としては皆振ふるったものであった」として3句を書き出した。掲句はその中の一つ。

漱石の掲句は誰かの句に絡んで連句として出てきたものと考えれば、幸田露伴の「豪傑も茄子の御馬歟たままつり」が最適であろう。「たままつり」は魂祭で盂蘭盆会のこと。露伴はお盆の魂祭の様をおどけた句に仕立てた。露伴の句は、馬上の武者は高みから刀や槍を振って敵の中を突き進んだが、死んで故郷に帰ってきたときは茄子の小さな馬に乗っていたというもの。漱石はその茄子の馬を子供が作ったためか、足の長さが揃っていなくて走りにくい「ちんば」馬になっていたとするもの。かつての豪傑も形無しである。露伴は漱石に負けず劣らずの俳句の名手であるようだ。

漱石の掲句は露伴の句をさらに面白くアレンジした。ところで旧暦9月13日の夜（十三夜）に見える月を「後の月」と呼ぶ。この十三夜の月を愛でる慣習は日本生まれである。

掲句の意味は「陰暦のお盆は仏教の後の月の行事とされるが、この時期に野菜で作った乗り物を作って先祖を迎える。この際に、昔馬上で活躍した先祖の有名な豪傑が子孫の生きている地に帰ってくる際には、子孫が用意した可愛い茄子や胡瓜の馬にまたがって帰ってくる。その時の馬は手早く作ったためかちんば」になっていて走りにくい。平和になった後の時代にはそんな馬でもいいと先祖は諦める。しかし、そんな馬にでもかつての高名な武将は颯爽と打ち跨っている」というもの。

主役の「後の月」は、後から馬で遅れまいとやってきたという、言葉遊びがある。また「ちんば」はかつて日常語として用いられていた言葉であり、漱石は何のためらいもなく馬は「ば」と発音することから馬と「ちんば」を間接的に掛けている。これは漱石の洒落の一種である。漱石はこの不完全な洒落を「ちんば」の意味に繋げている気がする。

真面目一点張りの句を作っていた虚子は、漱石の掲句のような面白い句を愛したのかもしれない。ちなみに掲句に続く句は虚子の「鉄かな網の中にまします矢大臣」であった。やはり虚子の句は面白いが硬い句になっている。

• 長閑さや垣の外行く薬売

（のどかさや　かきのそとゆく　くすりうり）

（大正3年）手帳

この頃の漱石は病気と向き合うようになり、小説のことを考えないでいる日が次第に多くなった。気を外に向けていると道行く人の音が聞こえてくるようになった。そして垣の外行く人の姿が目に入るようになった。

句意は「春の日になり、長閑さを感じるようになってきた。庭の垣根越しに薬売りの姿が見えた。この辺りの家々を回っているのだろう」というもの。大きな荷を担いだ行商の薬売りの姿が垣根越しに見えた。富山の薬売りの姿を見かけると北陸の村々の雪が溶けて東京に出かけられるようになったのだとわかる。

薬売りの男は、都会の子供達に富山の土産である紙風船を背中から下ろした箱の中から取り出して手渡したのかもしれない。漱石宅でも薬売りは歓迎されたのだろう。折りたたんだ紙風船の穴に息を吹き込んで膨らますと色あざやかな紙風船が出来上がる。子供達が手で突いて遊んでいるうちに、この紙風船はすぐに破れたが、子供達はこれで満足であった。この遊びは子供たちにとっても春の到来を知らせるものであった。

この句の面白さは、大きな荷物を担いでゆっくり歩く薬売りの姿は、春の長閑さを演出していたということだ。背中の大きな箱が垣根の上を移動していく様は、春が北陸から移動してきたように思えた。

ちなみに手帳には掲句の近くに垣根が登場する句が2句書かれている。「竹の垣結んで春の庵哉」と「桶の尻干したる垣に春日哉」である。

野に下れば白髯を吹く風涼し

（のにくだれば　はくぜんをふく　かぜすずし）

（明治37年10月14日）杉田作郎宛の書簡

「野田翁八十寿　2句」とある。宮崎県の句友の杉田直（号は作郎）が漱石に句作を依頼し、これに応えて掲句が作られたものと判明している。彼宛の書簡にこの俳句を書いた短冊を入れ忘れたようで、再度送り直していた。この作郎は漱石とほぼ同年代の俳人で漱石の熊本時代に交友関係があった。この人は医師でもあった。独学で医術開業試験に合格したのち、東京帝大医局に入った。その後宮崎市で眼科医院を開業した。彼は戦後期に活躍した抽象画家の瑛九の父であったから、二人は絵画の話もしたのであろうか。

作郎は宮崎の句会「蓬会（よもぎ）」の中心メンバーの一人であり、漱石が主宰した熊本の句会「紫溟吟社」と交流をもった。作郎はこの関係で自分の父親である野田丹彦の傘寿祝いに漱石に句を求めた。これを気楽に頼めるほど漱石とは気があっていたのだろう。

句意は「東京から地元に戻ってからも、長く立派な医者として野を吹き抜ける秋風に黒かった頬ひげが苦労して白くなって白髯をなびかせている」というもの。医者の句友が胸を張って故郷を眺めている姿を想像している。掲句は、句を頼んだ息子のことをほめているが、この子を育てた野田翁のことを間接的に描いていることになる。

短冊には別の「夏の月眉を照して道遠し」の句も書かれていた。この「夏の月」句は作郎の実父の野田翁の立ち姿を描いていた。漱石は素晴らしい親子のことを2つの句に描いていた。これらは漱石の実父である夏目直克と対比して描いている気がしてならない。直克は顔を思い出したくない人なのか漱石の俳句には全く登場していない。

ちなみに文面と短冊は宮崎県立図書館に所蔵されている。

野に山に焼き立てられて雉の声

（のにやまに　やきたてられて　きじのこえ）

（明治29年3月6日以降）句稿13

春先になると、四国松山南郊の高原や山裾では山焼きが行われ、そして川岸の草場では野焼きが行われた。市境を流れる大きな重信川の河原や久万高原あたりでは火を放って草木を焼いていた。その煙が松山市街にも届いたという。

この野焼きと山焼きはほぼ同時期に行われるため、この地域を住処とする雉は逃げ惑うことになる。漱石は街中で有機物が燃える匂いを嗅ぎながら、雉が声を発しながら飛び回って難を逃れる様を想像していた。

句意は「野や山に棲んでいる雉は、同時に行われる野焼きと山焼きによって追い立てられて、声を上げながら逃げ惑う」というもの。雉の鳴き声のケーン、ケーンという声が危険だと叫ぶようなキケーン、キケーンという声にも聞こえたのかもしれない。

この句の特徴は、人が放った火によって雉が棲処から出るように急き立てられることを漱石は「焼き立てる」と造語して表した。この語に煙に巻かれる雉に対する同情の気持ちが込められていると感じる。雉たちはどこに移動したのだろう。毎年のことであるからに何処かに緊急避難の逃げ場所を見つけていたはずだが。

上り汽車の箱根を出て梅白し

（のぼりきしゃの　はこねをいでて　うめしろし）

（明治32年2月）句稿33

「梅花百五句」とある。熊本から東京に出る際に、上りの汽車が箱根の南側の海岸付近を通過すると漱石はソワソワする。そろそろ白梅の白いエリアが出現するからである。それはどこであろうか。小田原付近の梅林、つまり曽我梅林であろう。この白い景色を見ようと汽車の窓から身を乗り出している。梅林の向こうには白い頂を持つ富士の山が見えるかもしれない、と期待している漱石の姿が見える気がする。しかし掲句は想像の俳句である。漱石はこの時期に上京していない。

当時の関東の文人は息抜きに横浜市南郊の杉田梅林を訪れるのが流行になっていた。小田原付近の梅林ではなかった。当時の文人は先人によって書かれた杉田梅林紀行文より面白く、かつユニークなものを書こうと杉田梅林に向かって旅をした。実に多くの文人が競うように紀行文を発表していた。だがこの執筆だけが目的ではなかった。梅林の近くで売る梅花飯が人気であり、これが目当てでもあった。熊本にいた漱石にもこの話は届いていた。

漱石は句稿の冒頭で「梅花百五句」と前置きして子規に断っているように、掲句は梅シリーズの中の一句である。箱根の南を汽車が通過し、小田原付近を通過し、ついで横浜付近を汽車が通り抜ける際に、曽我梅林と杉田梅林が車窓から見えたように句を作った。漱石はこの梅林紀行文の競争に参加したかったに違いない。掲句は超短文による一種の想像による梅林紀行文と言えるものであろう。

登りたる凌雲閣の霞かな

（のぼりたる　りょううんかくの　かすみかな）

（明治29年3月24日）句稿14

漱石は今、浅草の名所の凌雲閣に上っている。ここからの実況俳句である。浅草の方を隅田川の岸辺から眺めると、12階建ての石づくりのノッポビルが見えた。凌雲閣は当時日本で一番高い建物で、日本初のエレベータ付きの建物であった。平成のスカイツリーのような存在であった。皆が登りたくて、長蛇の列をなし、押すな押すなの毎日であったであろうと想像される。この現象を捉えてこの東京名所の見物に行きたがる人のことを「お上りさん」と言うようになったのか。

句意は「日本一の凌雲閣に上ってみると、はるか彼方に霞がかかっているのが見えている」というもの。この建物の最上階に登ると、下界に霞のかかった世界を見ることができたという。霞のかかった筑波山が見えたのかもしれない。

別の句意は「川から立ちのぼる霞が凌雲閣の方に移動し、凌雲閣の上まで登っている」というもの。隅田川から立ち上る霞の下に凌雲閣の天辺が見えていた。日本一の建物でも霞にはかなわないとからかっている。雲を凌いでいても、霞には負けているとふざけているのだ。

「雲の上に出るような気分を味わえる」と建物の名前が誇大に宣伝している。そして白雲閣を凌ぐ高さだと誰でもがわかる名前をつけているからだ。良いネーミングをしたものである。漱石であれば、どんな名前をつけたのであろうか。弟子が推測すると、先生は英語科卒の学士であったから、スカイビュータワーか、スカイツリーであろう。

この句は凌雲閣を人々が憧れの対象として人が見ていたことを巧みに表している。雲の上の存在だとして、天を仰ぎ見るように見ていたことがわかる。

呑口に乙鳥の糞も酒屋哉

（のみぐちに　つばめのふんも　さかやかな）

（大正3年）手帳

乙鳥と書く鳥は黒い鳥を指し、ツバメのことだ。このツバメが酒樽めがけて飛んでいく。酒樽の胴の下方には呑み穴（あな）という注ぎ出し用の木製パイプの出っ張り部がつけられ、その呑み穴に細棒を差し込んで栓をするが、この棒が呑み口である。明治時代も今も酒を量り売りする際の注ぎ出しには、樽の下の呑み口を引き抜き、呑み穴から勢いよく水平に飛び出す酒を大きな升で受けるのだ。

かつての酒屋の土間には種類別に大樽が並んでいたものだ。弟子の枕流が住んだ栃木の田舎の酒屋では、日中入口に暖簾はあるものの扉は開けっ放しであった。酒屋の前を通りかかった漱石は、ツバメが飛んできて、呑み口を短い枝と思って呑み口にとまって休むシーンを目にしたと思われる。ツバメは樽から漏れる芳香に引き寄せられるのだ。そして樽から出張っている呑み口で一休みする。そして休ませてもらったお礼に糞を置いていく。

酒屋の亭主はこのツバメの糞に困り顔である。ツバメは長寿と富貴の象徴であるから酒屋の守り神であり、追いはらう訳にはいかないからだ。漱石の笑い顔が見える。

それにしても下戸の漱石が酒屋のこんな観察句を作るとは驚きである。呑み口を呑み穴から引き抜くとき、または呑み穴に差し込むときには「キキツ」という音が土間に響く。きつく勘合させるからこの音がする。ツバメはこの音を仲間の鳴き声と勘違いして遠くの巣から寄ってくるのだろうか。それとも単に酒の香りが好きなだけなのであろうか。飛燕舞という日本酒があるとか。

• 蚤を逸し赤き毛布に恨みあり

（のみをいっし　あかきもうふに　うらみあり）

（明治30年5月28日）句稿25

重い悩みの句を作ったと思ったら次は笑いの句を作って、東京の子規を喜ばせようとした。布団に寝ている子規はこの句を読んで大笑いしたことだろう。蚤に食われた身体を掻きながら。

夜中に蚤にたかられ、身体を掻いていた漱石は、明るくなってくると早速蚤退治に取り掛かった。まず下着を調べ、次は掛け毛布。だが毛布は毛が長くて蚤が入り込んでいても見つけ難い。おまけに赤い毛布であったのでなおさら見つけにくい。漱石は不利な条件ながら懸命に見つけようとしたが、疲れ果ててやめてしまった。ぜなら漱石の血を吸った蚤の体は、赤く染まっていて毛布の赤色と同化してして蚤は目立たなくなっていたからだ。この時漱石は赤い毛布を恨んだ。そしてこの色の毛布を選んだ自分を恨んだ。この時の漱石の蚤捜索の必死さは「逃すまじき蚤の行衛や子規」の句に描かれている。

漱石は、よし昼過ぎに再度蚤を見つけようと決めた。この頃になれば蚤が吸い込んだ漱石の血は消化されて赤みは消えていると思われるからだ。明治時代は蚤、シラミがごく普通に各家庭に棲息していた時代である。この状態は敗戦後米軍がDDTを日本に持ち込むまで続いた。この枕流も朝方指で潰すノミ退治をした思い出がある。そしてDDTの白い粉を浴びせられた記憶も。ちなみにDDTが出現するまでは、ノミ退治は釜茹でと相場が決まっていた。

• 蚤をすてゝ虱を得たる木賃哉

（のみをすてて　しらみをえたる　きちんかな）

（明治30年7月18日）子規庵での句会稿

結婚した漱石にとっては久しぶりの里帰りであった。だが漱石は新宿喜久井町の実家には泊まらなかったと思われる。夫婦で帰京したが、妻は実家の中根家に帰り漱石は近くの木賃宿に泊まった。漱石は7月4日に上京し、9月7日まで東京に滞在した。妻は10月下旬まで東京にいた。

次に漱石が長期に泊まった鎌倉の安宿。平成・令和のホテルと違って蚤・シラミの巣窟であった。ちなみに漱石と鏡子が新婚旅行で行った北九州の旅館も同様であった。新婚の甘い時間を楽しむことは無理であった。

句意は「泊まった木賃宿では夜な夜な出没する蚤と虱との戦いであった。蚤を捕まえて捨ててもその作業中に虱が寄ってくる」というもの。夜中の害虫駆除の作業はいつまでたっても終わらない。

ところで「蚤をすてゝ」とはどういうことであろうか。夜具についた蚤を窓から払い落とすのか。だが布の縫い目に入り込んだ蚤はしがみついて簡単には落とせない。夜中に行灯の弱い光の中では小さな害虫の蚤を見つけるのは困難。そうであるから夜具を強く振って払い落とすことを考える。昼間のことであればなんとか蚤を探し出せるであろう。そして潰すことになる。

一方の虱はじっとしているのが持ち味になっている。シラミは蚤と違って飛び跳ねる習性はないから見つけにくい。また体色は透明に近いことから、なおのこと見つけにくい。寝ている間に着物への侵入を許してしまうと大変なことになる。

漱石は上京した最初の頃は街中の木賃宿に泊まりはしたが、シラミのあまりの多さに参ってしまい、妻の実家に転がり込んだと思われる。妻の家では早速漱石の着物の釜茹でが行われたはずだ。

ちなみに戦後すぐの田舎ではまだまだ蚤・シラミとの戦いが続いていた。私こと枕流は今でも両手の爪の間で蚤を潰す時の音が脳裏に残っている。意外に大きな音がした。それにしても漱石は面白い俳句を作るものだ。

・飲一斗白菊折って舞はん哉

（のむいっと　しらぎくおって　まわんかな）

（明治28年10月）句稿2

掲句は「飲む事一斗白菊折つて舞はん哉」の原句で、子規が修正する前の句である。上五のみの違いであるが、掲句には漱石の俳句作りの面白さが出ている。「のむいっと」には一気に酒を飲むさまが感じられる面白さがある。一方の「のむこといっと」は、字余りであり、飲む動作に速さが感じられない。漱石はもともと下戸であり、ゆっくり飲んでいたのであるから、「のむこといっと」の方が正確な描写に違いないが、俳句に面白さがない。

白菊を折つて口に咥え、踊り出す仲間の前では、やはり「のむいっと」の方が宴会の盛り上がりを感じさせる。

・飲む事一斗白菊折って舞はん哉

（のむこといっと　しらぎくおって　まわんかな）

（明治28年10月）句稿2

前書きに「霽月に酒の賛を乞はれたるとき　一句ぬき玉へとて遣わす　五句」とある。俳句仲間（松風会会員）の村上霽月の親戚に造り酒屋がいて、日清戦争の勝利を祝う新銘柄の酒「凱歌」を出すことになり、霽月が漱石に売り出しの賛（キャッチコピー）を求めてきた。そこで漱石は5つの案を作った。その一つが掲句であった。

料理屋（松山市内の二番町にある「花廼舎」）の広間に、午後から18名が参集した。床の間に生けた白菊を一本大胆に手折って口にくわえて酒の席で舞うとは大胆である。漱石は旧制高校生のノリで酒の席で踊ったのかもしれない。漱石は大胆な楽しい想像句を作ったものだ。

句意は「陶淵明になりきって、菊を浮かべた清酒を一斗飲み干し、床の間に活けてあった白菊を一枝折り取って口にくわえて踊ろうぞ」というもの。それにしても下戸の漱石に対して、霽月は新酒の賛を作れと頼んだのは愉快である。漱石と霽月の関係は、漱石と子規の関係に似ていて、二人の付き合いは長く続いた。

ちなみに霽月は数年後に家業の染物会社の社長になり、その後銀行経営をしたりした人だ。想像するに、この酒宴は漱石宅でおおよそ2ヶ月同居し、毎晩のように句会を開いていた子規が帰京した後に開いた会であった。子規は肺結核が少し回復してきたので帰京していた。そうであるから俳句会の序列二番目の漱石に、売り出しの賛作りの役が回ってきた。

ところでこの句には能・謡曲の菊慈童という演目が関係しているとされる。世の男どもが大酒を飲み、舞って乱れることに大義名分があるとする故事があった。漱石たちはこのことを思い起こしながら、堂々と酒を飲み、俳句を作っていた。その際に菊は酒に不可欠なものとなっている日本酒の銘柄に菊にちなんだものが多い理由はここにある。

菊慈童についてネットの掲載文を転載する。「菊慈童は支那の仙童なり。初め名を慈童という、容姿頗る艶麗、周の穆王に仕えて寵を受けしも、官人の妬む所となり、過失を嫁せられて、十六歳にして流罪に処せらる。その時王深く之を憐み、慈童に与ふるに山野に在りて虎狼の難を免れ、長寿を得べき為めて、（中略）二句の偈を以てす。慈童之を懐にして酈懸山に走り、朝夕二句を口に唱え、且つ渓流の辺に繁茂せる野菊の葉にその句を書す。然るに流泉会々その菊葉にかゝりしものは直に不老不死の薬となり、慈童は永く少年の姿を以て世に在りという」

つまりは、菊の葉から滴った霊水を飲むと若さを保て、青年のまま居られるというのだ。この菊の葉に着いた霊水はやがて酒になり、不老長寿の妙薬になるという。これが菊水酒の元になった話なのである。世の酒飲みは勝手な理屈をつけて大酒を飲むものだ。どこかに心苦しさが隠れているという話である。

〈原句〉「飲一斗白菊折つて舞はん哉」

・のら猫の山寺に来て恋をしつ

（のらねこの　やまでらにきて　こいをしつ）

（明治30年2月）句稿23

春になると桜が咲き出すだけでなく、猫がムズムズと動きだす。猫の発情時の恋声は大変なものであり、人はその恋猫に鋭い批判の視線を浴びせたり、足で蹴る仕草をして恋猫の発声を邪魔したりしがちだ。この事態を避けて猫どもは、あまり人気のない山寺に行く。

句意は「発情している野良猫は人のいない山寺にやってきて思う存分、恋をする」というもの。夏ではない春の季節には、まさに「山寺や岩にしみ入る猫の声」状態であった。漱石は熊本の山寺で猫の恋の現場を見た経験があったようだ。

この句は、芭蕉をからかうために作ったものであろう。有名になりすぎた嫌いのある「山寺や岩にしみ入る蝉の声」のパロディ句である。煩く鳴く蝉が出現する前に山寺にやってきた野良猫どもは、気兼ねなく恋をするというもの。山寺は蝉だけのものではないと、猫族が主張するおかしさがある。

ちなみに漱石が、掲句を作った時期は妻に嘘をついて久留米に一人旅した明治30年4月に近い頃だ。何か関係がありそうだ。

・乗りながら馬の糞する野菊哉

（のりながら　うまのふんする　のぎくかな）

（明治28年）子規の承露盤

馬で四国の街道を旅したときの句と思われる。駅馬車の馬が突然速度を落としたので何事かと心配した。馬車の前方で音がしたのでその方を振り向くと、馬が糞をするために止まったとわかって漱石は一安心。御者が馬を急かすことなく待つ間に再度振り向いてよく周囲を見ると、落ちたばかりの馬糞の近くに可憐な野菊があるではないか。危うく野菊が馬糞で潰されるところであった。

句意は「馬車に乗ったまま、野菊をかすめるように、馬が糞を落とすのを見ていた」というもの。

この句には面白さが溢れている。一つは清楚な野菊と野性味のある馬糞の組み合わせが新鮮であることである。バラバラと落とされた馬糞によって野菊の可憐さが引き立つ仕組みだ。もう一つは、野菊の菊と糞の出る肛門の別称である菊座で菊の言葉がかけてあることである。肛門はその形状から菊座とも言われる。肛門を閉じると菊の形に見えるからだ。落語好きの漱石は、長年肛門の痔疾に悩まされてきたことあって、菊と肛門の形状の類似に気がついていたのだ。少し考えすぎであろうか。

この句は子規が松山の漱石宅にいた明治28年8月から10月までの期間での句会で作ったもの。子規が気に入ってファイルしておいた句である。

＊「南海新聞」（明治28年9月8日）に掲載

・範頼の墓濡るゝらん秋の雨

（のりよりの　はかぬるらん　あきのあめ）

（明治43年9月23日）日記

漱石が臥せって療養していた伊豆の修善寺は、清和源氏の末裔である源範頼の最期の地であると言われていた。明治の世にあって源氏の末裔の一人である漱石の命は病で終えようと思われたが、運良く生き返ることができた。これに対して、兄の頼朝に疎まれて運悪く短命に終わった範頼の墓のことを漱石は思い起こしたのだ。

句意は「修善寺で殺されたと信じる後世の人が範頼を哀れんで設けた墓が落ち葉に埋もれて秋の雨に濡れている」というもの。墓を濡らしている雨には漱石の悲しみの涙が混じっている気がする。

頼朝の妬みと恨みを受けて散った弟の武将の無念は、文人としてまだやり残しているものがあると感じていた漱石の気持ちと重なるのだ。範頼は頼朝の異母弟であり、武人として優れていたがその分、事あるごとに兄から謀反の疑いをかけられていた。これには頼朝の側近たちの言動が影響していたであろうが、範頼の足を引っ張ろうとする家来たちは、主人の覚えを良くするための助言合戦に勤しんだのであろう。このことを漱石は想像して、かつての帝大教授時代の自分の周囲に起こっていたことに思いを馳せ、範頼の辛さに思いを重ねたのであろう。

この句の面白さは、言葉のリズムにある。「墓濡るるらん」の「墓」の所は自然とゆっくり読むようになり、続く「ぬるるらん」の部分は自然に尻上がりにやや早口に読むようになる。このリズムは「秋の雨」が風にあおられてささっと動きながら降るさまを表している。

この句の前に置かれていた漱石の文は、「昨雨を聞く。夜もやまず。」で漱石は夜通し雨の音を聞いていたとわかる。この時範頼の墓も冷たい雨に打たれ続けていると想像したのだ。

・野分して朝鳥早く立ちけらし

（のわきして　あさどりはやく　たちけらし）

（明治28年12月18日）句稿9

夜中に強風が吹き荒れたが、朝になると庭の木に巣食っている鳥たちは一斉に姿を消していた。野分の強風は鳥の声も消し去っていて、青空の下の庭にぽっかりと穴が開いたように感じた。あたかも鳥たちは何かの予定があって朝早く出かけていったかのように漱石には思えた。

昨夜の野分で季節の大きな変化を感じ取った鳥たちは、別の宿営地へと一斉に飛び立って行ったのだ。渡り鳥の渡の季節を敏感に感じ取るセンサーに感嘆した。

漱石は渡り鳥の生態に感心するとともに、自分は東京の占い師に言われた予言通り西の松山に渡ってきていたが、その予言ではさらに西に行くというから、鳥たちに倣ってそろそろその準備に入ろうと思ったのだ。来春には熊本へ移動することに決めていたが、自分も渡り鳥の気分になっていた。熊本へ発つときには未練なく庭の鳥のようにスパッと去りたいと思った。

この句の面白さは、朝に発つ鳥の朝鳥という造語にある。通常は朝に庭にやってくる鳥の意であるから、これとは反対になる。漱石にしてみれば、挨拶もなしに立ち去る鳥で、少し冷たさを感じさせる鳥ということになる。

・野分して蟷螂を窓に吹き入るゝ

（のわきして　とうろうをまどに　ふきいるる）

（明治30年10月）句稿26

明らかに夏とは違う風が音を立てて吹きだした。漱石のいる部屋の中はがらんとしていて、開いた窓から入る風は幾分肌寒く感じられた。すると突然畳の上でポトリという音がして何かが落ちてきたことがわかった。さてなんだろうと見ると、風に押されて窓の隙間から落ちてきたカマキリであった。夜中にはネズミが部屋の隅でガリガリ音を出しているが、カマキリがやってくるとは、と漱石は自然溢れる環境の中にいることを実感させられた。

この句の面白さは、窓に吹き込んだ「野分」は、草はらの上を吹き抜けてきた強い風が部屋の中に届いて分け入ってきたという印象を与える。そしてその風は草はらからカマキリを漱石宅に連れてきたと感じさせることである。実際には窓枠に張り付いていていただけのカマキリであったが。ここに漱石のユーモアがある。

この句の解釈は、単に大きな虫が風に飛ばされて漱石の部屋の中に入ってきたということではない。熊本の家に一人で寂しく生活している漱石を慰めるようにカマキリがやってきたと受け止めたのだ。妻は7月からずっと東京にいて戻ってきていない。漱石は学校の授業が始まるから9月に熊本の自宅に戻っていた。夜遅くまで起きている独り身の漱石に野分が同情して、蟷螂を遊び相手として送り込んできたように漱石には思われた。漱石はこの蟷螂を迷惑がってはいなかったと推察する。

・野分して一人障子を張る男

（のわきして　ひとりしょうじを　はるおとこ）

（明治29年11月）句稿20

野分は「草を揺さぶる強風、台風」であり、細かくは立春から２１０目の日、9月1日の前後にくる台風のことであるが、ここでは単に強い風、台風だとする。「野分して」は「強風が吹き荒れた後」の意である。

句意は「強風が吹き付けたことで、家の障子が破れ、漱石は一人で障子を張り替えた」というもの。だが、これでは全く面白くない。漱石がこのような解釈になる俳句を作るはずがないと考える。

通常障子の張り替えは、一人よりも二人でやった方が障子紙の張りがきれいにできるのは自明のことである。だが漱石は掲句に「一人障子を張る」と「一人」が目立つ書き方をしている。気になる表現である。つまり、これは漱石が一人で障子を張る羽目に陥ったと書いているに等しいのである。

このことは張り替えることになった原因は、外の強風ではなく、内部の強風、夫婦喧嘩が起きて、何かが障子に当たって障子の一部が破れたことを意味する。その原因を作ったのが漱石ということで、漱石が一人で張り替えをすることになったと推察する。

明治２９年の１１月頃に何かが漱石の家で起きたのだ。この頃に作られていた俳句を調べると、次の句が見つかった。句稿２１（明治２９年１２月付け、句作は１１月中かもしれない）に記されていた「野を行けば寒がる吾を風が吹く」の句である。漱石は熊本市内から東の阿蘇の麓まで乗り合い馬車に乗って、わざわざ寒風に吹かれに行ったのだ。阿蘇山の麓にある駅馬車の終点で降り、近くの山麓を歩いた。広い野原を吹き抜ける風は結構冷たく、漱石は身をすくめて歩いたことだろう。頭を冷やすためか、考えをまとめるためか、とにかく一人の時間を持とうとしたようだ。

やはり家の中で何かが起きたのだ。漱石は１１月下旬か１２初旬に一人で家を出て、一泊の宿泊出張で稼働し始めた本格的な紡績工場を見に行った。この工場は九州で初めての日本独自の設計による自動化紡績工場であった。この工場は熊本県北部の荒尾市に造られていた。ここであれば日帰り出頭が可能な距離であったが漱石は宿泊していた。近くの街の宿で漱石は女性の誰かと会っていたとわかる俳句が2句残されていた。このことと寒風の中での阿蘇散策と今回の障子張りには何らかの関係がありそうである。

・野分吹く瀑砕け散る脚下より

（のわきふく　たきくだけちる　きゃっかより）

（明治28年11月6日）句稿5

松山から歩いて1日かけてやっとたどり着けるところにある石鎚山の山腹から、北方の松山側に滝が流れ落ちている。四国では有名な白猪の滝である。石鎚山山系の山肌に降った雨が集まって滝となって落ちる。森を2つに割るように落ちている。

石鎚山の下にある山の天辺から川水が横に飛び出して落ち、下方の黒岩にぶつかって水しぶきを立てていた。そしてその飛沫から立ち上がる霧が滝を包んでいた。その状況が突如一変した。猛烈な強風が吹き出し、滝は流れを崩したのだ。その結果、飛沫を含む霧は漱石の足下に吹き付けられた。そして漱石の足元の岩と漱石の足を濡らし始めた。

この時漱石は恐怖を味わったに違いない。「脚下より」に繋がる言葉は「砕け散る」なのであろう。俳句の中に恐怖の言葉はないが、漱石の足元と滝が繋がってしまったという幻想に囚われたに違いない。滝と漱石の距離が一挙に縮まったという錯覚に陥ったと推察される。

さらにはこの状態で、山登りで疲れていた漱石の足は豪風に煽られてぐらついていたことで、滝の飛沫が足元に下方からかかった先の恐怖は、増幅されたはずだ。

漱石は来春には松山を去ることになっていて、子規からそれまでに地元では有名な滝をぜひ見ておくように勧められていた。その時には子規の親戚の家がその滝の近くの村にあるから泊まれるように手配するという。漱石は子規が子供時代に遊びに行っていた旧家に一泊してから滝見物に出かけた。

野を焼た煙りの果は霞かな

（のをやいた　けむりのはては　かすみかな）

（明治29年3月か）

春先には川岸や野の草を焼く野焼きが行われる。漱石は松山の川辺でこれを見ていた。草はらを黒く焦がす野焼きの煙は空に立ち上り、風に流されて次第に薄くなって見えなくなるのを眺めていた。次の世代の草の発芽を助けるための野焼きが松山市の南の市境を流れる重信川流域で一斉に行われていた。この野焼きの規模の大きさが煙の果てを見定めることにつながっている。

この句は思い出を手繰って作り上げた晩年の俳句とも思われるが、松山時代に見ていた景色を描いたものであろう。野焼きが行われるのを知って、市内から郊外に出かけた。このとき野焼きの河原近くに立って野火を眺めて「野を焼けば焼けるなり間の抜ける程」の感想句を作り、燃え盛って天に登る煙の行く末を見て掲句を作り、燃え尽きて黒く焼けた川辺を歩いて「野を焼くや道標焦る官有地」の句を作った。

漱石は自身の体が野辺送りになった場合には、その煙が最終的には霞となって空気の一部になり、この世から消えることを想像していたのか。しかし魂は消えずに煙とは別に天空に戻ることを思っていたのか。漱石はこのときより14年後の明治43年8月に伊豆の修善寺温泉の宿で臨死を体験し、魂のことを文章に記していた。

野を焼くや道標焦る官有地

（のをやくや　どうひょうこげる　かんゆうち）

（明治29年3月6日以降）句稿13

「野焼く」で始まる野焼きの3句が集中してこの年に作られている。東京生まれの漱石はこの野趣に満ちた野焼きに興味を持ったのは間違いない。有機物の焦げる匂いは、懐かしい匂いと判断する遺伝子が働くからだろう。

川べりや山裾の草地では、葦野原を焼いて害虫の発生を抑制し、かつ春の芽吹きを助けるための野焼きは欠かせない。しかし、この野焼きのエリアをきちんと制限することはなかなか困難である。漱石は延焼を心配していたのがこの句でわかる。

川沿いの焼けた跡地を歩くと、大河の重信川流域の河川敷が国有地であることを示す道標が焦げているのをしっかり見ていた。道標の周りをあらかじめ草刈りして枯れ草を片付けておけば済むことなのにと苛立ちを覚えたのかもしれない。

漱石はこの川沿いでの野火を実際に見て、7句作っている。大いに感動していたようだ。そしてこの7句の間に若草山の野焼きの句が入り込んでいたことから、奈良の若草山の野焼きと比べながら壮大な河川敷の野火を眺めていたことがわかる。

野を焼けば焼けるなり間の抜ける程

（のをやけば　やけるなりまの　ぬけるほど）

（明治29年3月5日）句稿12

間の抜けるほどアッケラカンとしてシンプルな句である。中学校の同僚に誘われて出かけた松山郊外の野焼きであろう。乾燥した春の日に何箇所かで順々に火をつけると、あっという間に広大な川べりの草原が火の海に変わり、あっという間に灰の海になる。火が燃え移るということではなく、沸き起こる川風に炎が煽られてあたかも生き物のように広がって終わるのだ。

漱石は野焼きの広がりには全く時間を要しないということを「間の抜けるほど」と表現した。そして乾燥した枯れ草が燃え広がってすぐさま黒い野原に変化するさまも「間の抜けるほど」で表した。

この気持ちを的確に表すために、「野を焼けば間の抜けるほど」とせずに、「野を焼けば焼けるなり」と倒置して急変の様を強調している。漱石は中七の「間の抜ける程」の中間の語を抜いたことを「間の抜ける」と洒落て表した。

漱石は広い川べりで行われたこの時期の野焼きを見て、これで松山を去ることができると思ったに違いない。郊外の草地が燃えて春の行事が終了し、何かが終わったという気分になった。そして松山の全てを見た気になった。翌月の4月には句友たちの見送りを受けて松山の港から船で出立することになっていた。

・野を行けば寒がる吾を風が吹く

（のをゆけば　さむがるわれを　かぜがふく）

（明治29年12月）句稿21

漱石は明治29年の年末に熊本市の東の阿蘇山近くを阿蘇街道に沿って探索して歩いた。熊本の山麓の村を歩いた。広い野原を吹き抜ける風は結構冷たく、身をすくめて歩いた。寒がる漱石に意地悪するように寒風が吹き抜ける。

このとき漱石は現代の乗り合いバスとも言える乗り合い馬車に乗って拠点まで移動した。一人でいる時間を作るために。句稿には掲句に続いて「策（むちう）つて凩の中に馬のり入るゝ」と「夕日逐ふ乗合馬車の寒かな」の句があるから、そうとわかる。

掲句は冬の風に吹かれながら郊外を見て歩いていたときの俳句であるが、あまりに単調なものになっている。このような句を東京の師匠の子規に送ったのには別の意味があったのだろう。不安を抱える漱石の心に寒風が吹きだしていたのだ。この句は心象風景の俳句なのだ。

この年の12月下旬に漱石は一泊する宿泊出張に出て、熊本県北部の荒尾市に開設された最新の紡績工場を視察した。しかし、この荒尾市は日帰りが可能な距離にあった。漱石は、この夜近場の宿で玄関まで出てある女性を迎え入れたと思わせる俳句2句を残していた。

また、同じ頃に東京で一人生活している大塚楠緒子の短歌が有名な歌誌に掲載され、妻の鏡子がそれに気づき、漱石に見せたことがあった。この年のはじめに結婚式を挙げたばかりの大塚夫妻であったが、夫の保治はすぐに欧州留学になって妻の楠緒子は東京で単身生活をしていた。その楠緒子の寂しいと詠う短歌が漱石夫婦の間で話題になった。その歌は漱石に対して訴えているようにも解釈できるものであった。このとき以来、完全に忘れたことになっていた楠緒子の姿が、野の寒風にのって漱石の心に入り込んできた。

【は行】

・灰色の空低れかゝる枯野哉
（はいいろの　そらたれかかる　かれのかな）
（明治32年1月）句稿32

漱石と同僚の一行は初詣を終えた宇佐神宮を辞して、西隣の四日市町（今は宇佐市に合併）に徒歩で向かった。この日は正月二日で、寒風が吹き抜けていた。低く雲が垂れ込めて暗く、冬の大分の野原は枯れ果てて茶色一色に染まっていた。宇佐神宮も街中も新暦の正月を祝うことはなく、飾り付けはなく華やいだ雰囲気は皆無であった。街も神宮も枯野同然であった。

明治32年は維新の混乱がまだ残っていたようだ。明治政府の後押しで実行された廃仏毀釈の運動がこの宇佐にも影を落としていた。神仏習合施設の寺の部分はきれいに消されていた。初詣に来た漱石一行は空のようにくすんだ気持ちで神宮を後にした。

漱石一行はこの隣町から西に進んで中津に入り、岩山と深い谷が続く耶馬渓に足を踏み入れた。この時期北九州には強烈な寒波が襲来していた。宇佐神宮を出て見上げた空からは、身を刺す寒風が吹き下ろしていた。漱石一行の冬の旅支度は、草鞋と袴と合わせの着物、和紙の合羽であった。宇佐神宮の神官に冷たくあしらわれた漱石一行は、歩く足に力を入れた。垂れ込めた雲に頭を押さえられるようにして身を低くして歩いた。

掲句のユニークさは、灰色の雲が空をおおい、その下には枯野があるだけという層構造が描かれていることだ。あたかも雲が地表をおおっているようだ。「低れかゝる」の表現が絶妙である。

漱石一行は普段着のような格好であり、苦行僧のような出で立ちでゆっくり寒風の中を進んでゆく。漱石の妻、鏡子は前年の明治31年5月に自殺を図って助けられた。妻はその後も自殺を試みていた。熊本の街中では報道管制が敷かれたが、知れ渡ってしまった。灰色の寒風が吹きつける中を歩く漱石は、まさに祈りつづける苦行僧の気分であった。

・徘徊す蓮あるをもて朝な夕な
（はいかいす　はすあるをもて　あさなゆうな）
（明治30年8月23日）子規宛の手紙

「鶴ヶ丘八幡」の前置きがある。妻と鎌倉に来ていたが、妻は実家の別荘に泊まり、漱石は別の宿に宿泊していた。漱石は宿に一人でいるので、朝となく夜となく、暇があれば蓮で有名な鎌倉の鶴ヶ丘八幡宮に行って蓮池の周りを何度も歩いていた。ここに来て気高く咲く蓮を見ていると気持ちが安らぐのだろう。

漱石夫妻は結婚後初めて上京した。漱石は7月4日に熊本を出て9月7日に帰熊（きしゅう）した。漱石は勤めていた熊本第五高等学校の夏休みを利用しての上京だった。東京に来ると6月29日に亡くなっていた父親の墓参りを済ませた。妻は帰省後に流産し、その後精神が不安定になったことからしばらく鎌倉の別荘で妹夫婦と長期に宿泊することになった。漱石の住まいは妻のいる鎌倉にしたが街中の旅館を常宿にした。

掲句は漱石だけが鎌倉の旅館から時々東京の子規庵に出かけていた頃の俳句である。東京に出かけていても、気分転換は十分でなく心が安らぐことはなかったようだ。

今も観光名所の鶴ヶ丘八幡宮には、梅雨が明けると大勢の人が押し寄せている。白蓮一色の平家池、紅蓮と白蓮と薄桃蓮が咲く源氏池の周りには人の石垣ができる。平家物語が好きな漱石は、これらの蓮池巡りは歴史巡りになっている。

漱石は「徘徊す」と表して、東京に来ても悩みの多い自分を子規に吐露している。

・佩環の鏘然として梅白し
（はいかんの　しょうぜんとして　うめしろし）
（明治32年2月）句稿33

「梅花百五句」とある。佩環は軍刀につける金具である。そして同様に画数の多い鏘然の読みには「そうぜん」と「しょうぜん」があるが、軍人が登場するのであるから将官を匂わせる後者が適当と考える。意味は、玉や鈴などの鳴るさま、水の音がさらさらと美しく聞こえるさま、と辞書にある。

漱石が見たのは軍人の腰につけていた軍刀であり、耳にしたのは歩くときにこの吊り下げ金具の佩環がカシャカシャと鳴る音であった。鏘然の読みにはこの金属音を想起させて鋭さを伴う「しょうぜん」の方が好ましい。「鏘然」を「そうぜん」と読むと音が大きすぎるように感じて不適当であると考える。

漱石が招かれた梅見の茶会には、熊本の名士として地元財界人や教育関係者、他には熊本鎮台の将官が参加していたとわかる。明治の初めには西南戦争があり、熊本鎮台から兵が出て西郷の軍を鎮圧した。それ以来ここに第6師団が創設され、明治27年にここからの兵が日清戦争に従軍した。熊本の地にはその時の記憶がまだ鮮明に残っていたはずだ。茶会に出ていた漱石は、軍刀の佩環の音は茶会にはふさわしくない音として聞いていた。だがこれも時代の音なのだと納得したのか。

句意は「白梅の梅林の中で催された茶会に、軍刀を持った将校が招待されて来て、足の動きに合わせて発する金属音が茶会の席に届いた」というもの。

掲句は梅見の席にこの緊張を伴う軍人が参加したことで、梅林の梅の花にもこの佩環の鏘然とする音と茶席の他の人々の緊張が伝わっている。漱石がこの席から見た梅の花は、今までほのかにピンクが入っているように見えていたが、急に梅の化は真っ白に変化して見えた気がした。

この句の面白さは、画数の極めて多い漢字を四つも並べて、あたかも飾りの多い軍刀の形にしていることだ。俳句の外見からも緊張が伝わるようにデザインされている。

• 売茶翁花に隠るゝ身なりけり

（ばいさおう　はなにかくるる　みなりけり）

（大正3年）手帳

漱石は30代の熊本時代に「梅林や角巾黄なる売茶翁」（明治32年）を詠んでいた。晩年になって突然この売茶翁のことを思い出した。晩年に行動を起こした売茶翁同様に、漱石は自分の余命はわずかと考えたときにこれからの過ごし方を真剣に考えるようになっていた。大正3年は死の2年前であり、胃潰瘍を悪化させ体力の低下を実感していた。

売茶翁は江戸中期の禅師（月海元空昭）のニックネームである。江戸時代の三大禅宗の一つ、黄檗宗（おうばくしゅう）の僧であった。京都に通仙院という店を開き、「お茶を売る爺さん」をやっていた。彼は体の弱った60代に煎茶を広めるために茶道具を担いで京の街中を歩き、いい場所を見つけるとそこで湯をわかし、売れない煎茶を売った。このことによって彼は「煎茶中興の祖」とも呼ばれている。

ところで句意は「痩せて年老いた売茶翁が梅林の花に隠れるようにして煎茶を売っている」というもの。目立たない格好で花見客の体を温める煎茶を売っている姿は、梅林に溶け込んでいた。禅者で人格者の骨ばった顔と体は、梅の木のひび割れた幹に隠れ、折れ曲がった枝に同化していて絵になると漱石は言う。梅の木の間から茶の香りが流れ出していた。人の評判を気にせずに生きる売茶翁に漱石は共感している。ある人曰く、「漱石が晩年に達した則天去私の境地ですよね」と。

• 配所には干網多し春の月

（はいしょには　ほしあみおおし　はるのつき）

（明治29年1月29日）句稿11

流罪の地になった離島には罪人の労役を管理する配所があった。罪人に労役の割り振りをするから配所と呼ばれた。また島流しになることを配所と言ったりした。この離島の港や浜には干網がズラッと並べてあり、そこから島中に魚の生臭い匂いが流れ、島に充満していた。この魚の干し作業は配所から派遣された罪人が担っていた。

漱石のいる松山の正月の夜空には輝く月がかかっているが、思い描く離島の浜では干網から出た匂いで春の月は少し霞んでぼんやりと見えている。そして会いたい人に会えない流人の涙も加わっているのだろう。江戸時代には冤罪で島流しになった人は多かったらしい。一面では生臭い時代でもあった。

漱石全集の俳句の編集者は、この句の脚注に「罪なくて配所の月を見る、は風流の極致である。」と書いていた。濡れ衣で島流しになった人も多い配所の月は本当に風流なのか。生臭い匂いの中の月は自分が生きていることを感じさせるのは確かだが。

ちなみに掲句を作った明治29年1月は、漱石が熊本に転居する3ヶ月前だ。このときに島流しの句を作ったのは、漱石の気持ちを表すのに適当だと思ったからだ。松山に一年いても東京を離れた時の気持ちに終止符を打てていないのだから。漱石は夜空の月を見ていると、東京で生活している楠緒子の姿が月に重なるのだ。漱石と別れることになった楠緒子は親友の小屋保治と結婚したが、保治は欧州に長期留学していて、楠緒子は一人になっていた。そしてその楠緒子から後悔しているという手紙が来ていた。

・配達ののぞいて行くや秋の水

（はいたつの　のぞいてゆくや　あきのみず）

（明治29年11月）句稿20

秋の深まった阿蘇の山裾の地を郵便配達の人が歩いている。この辺りは阿蘇の湧き水が池に流れ込んでいる。山裾の小川や池は、秋になると水が澄んできて魚の姿がよく見え、水草も輝きを増す。郵便配達人は徒歩で歩き回って家々に書簡を届ける際に、その家の秋の水を見ながら、秋を楽しんでいる。

このようなきれいな川や堀が街中に作られている地方都市は今でも存在している。澄んだ勢いのある水が流れている光景は街に潤いを与えている。魚も水草も人もみな元気なのだ。

この句には面白いところがある。「配達のの」と「の」が少し長めに重なっていることで、読み手に一瞬戸惑いを感じさせる。この戸惑いによって「配達の」で読みが切れることになる。この事で、郵便配達人が家々を回って配達し、秋の水を覗き込む動作を思い浮かべることになる。漱石の微細なユーモアがここにある。

この句は写生句のように見えて心情句、叙情句なのである。通常の写生句は風景や花鳥風月の題材を細かく観察して描くが、漱石の場合はこれに人物が入り、人の心情が加えられるのである。これによって句に面白みと温かみが生まれる。掲句では忙しい配達業務の中に心のゆとりを持とうとする気分が見られ、郵便を受け取った人にも笑みが生じるのがわかる。このような句を作る漱石は人の心を知るユーモア人である。

ちなみに掲句のある句稿におけるすぐ前の句には「秋の山松明かに入日かな」と「秋の日中山を越す山に松ばかり」「一人出て粟刈る里や夕焼す」があり、すぐ後には「秋行くと山僮窓を排しいふ」が続き、漱石は山麓か山間の地をゆっくり歩いていることが推察される。

・拝殿に花吹き込むや鈴の音

（はいでんに　はなふきこむや　すずのおと）

（明治30年4月18日）句稿24

3度目の久留米の旅の際に、山裾にある老松神社に立ち寄った。ここは菅虎雄の妹の嫁ぎ先がある善導寺からも近い。漱石は筑後川が近いこの家の離れで一泊していたとみる。ここから東寄りの山の方を見ると発心城址のある発心山が見える。神社の鳥居の先の真ん前に拝殿が見える。桜が満開の時期でこの神社にも桜の木があった。漱石は他の客の後に並んで順番を待ち、賽銭箱の上にある鈴を鳴らして、手を合わせた。

このとき散った桜の花びらが春風に乗って拝殿のところまで流れてきた。そして賽銭箱の中に落ちたのであろう。「花吹き込む」は投げ銭の代わりに花びらが入ったとみて漱石は面白がったのかもしれない。地方の小さな神社では拝殿の扉は閉じているのが普通であるから、「花吹き込む」先は賽銭箱であると考えるのが妥当である。

ここからは想像であるが、漱石がこの通俗的な礼拝の句を作ったのには別の理由があったと考える。漱石は北九州でも数かぎりない神社を訪れたであろうが、このようなお参りをして鈴を鳴らすというようなことを表す句は他になかったと思う。つまりこれは特別なお参りであったとみる。つまり漱石だけがわかる俳句として記録に残すべき同行者がいたということである。それは大塚楠緒子であろう。この時漱石は何を祈ったのか。

この日の久留米の散策については、久留米に実家のある親友、すでに快癒していた親友（熊本第五高等学校の同僚である教授）の病気見舞いということで久留米に行くと妻に話していたことがわかっている。つまりお忍びの旅行であったのだ。この嘘が妻にバレて妻は精神的に不安定になった。これがのちの妻のノイローゼの誘因になったと理解できる。漱石の家庭にも散った花びらが吹き込んだことになる。

・灰に濡れて立つや薄と萩の中

（はいにぬれて　たつやすすきと　はぎのなか）

（明治32年9月5日）句稿34

前置きに「阿蘇の山中にて道を失ひ終日あらぬ方にさまよふ」とある。熊本第五高等学校の同僚、山川信次郎と阿蘇に遊んだときの句だ。山川の東京転勤に際しての送別旅行あった。阿蘇の北側にある温泉宿から阿蘇の草原に出ようと歩き出したが、降り出した雨と阿蘇山の噴火によって降下する火山灰が広い草原を覆い、漱石一行は遭遇しそうになった。空も地表も灰色になる中で二人は大変な思いをして、なんとか下山することができた。

薄暗くなった草原に佇んだ二人はまさに足元にある灰をかぶったススキや萩になった気分であったであろう。頭から足まで水を吸った灰で覆われて身体は重くなっていた。帰り道はよく見えなくなっていた。道標の場所もわからなくなった。この句からは漱石たちの呆然と佇んでいる姿が浮かび、死の恐怖に支配されている状態が想像されるが、作家志望の漱石としては面白い貴重な体験をしたことになる。この状況と漱石たちの必死の思いは小説「二百十日」の中でリアルに描かれている。

この句には雨が降り出したことは示されていないが、「灰に濡れて」の中の「濡れて」によって雨と灰の両方の攻めを受けたことがわかる。そして泣き濡れていることも想像してしまう。そして「立つ」の語は「不安で立ち尽くす」の意と理解でき、ブロンズ像のように固まったままになっている様が思い浮かぶ。つまり俳句からは「道に迷って右往左往している」様子が見えてこない。漱石はこれによって本当の恐怖を味わっていたことを表している。

そして「立つや薄と萩の中」の言葉の中に、阿蘇の火口原で生きている薄と萩は、この状態に慌てることなく平然と立ち続けられる自然界の植物の強さが描かれているようにも思われる。

ちなみに同じ前置きで「行けど萩行けど薄の原広し」の句を作っている。この句と掲句を合わせ読むと、漱石一行は広い阿蘇の高原で心細く、ある種恐怖心を抱いて立ち往生している様が浮かんでくる。しかし掲句の言葉は遭難するかもしれないという恐怖心を抑えて冷静に判断しているように表現している。読み手の子規に面白い俳句と思わせるように工夫している。

ところで明治32年9月の熊本市内の気象データ（気象庁のホームページ）を見ると、漱石一行が山に入った日だけに雨が降り、しかも一時間に166㎜の雨が集中して降った。この雨は2時間程度で降りやんでいた。阿蘇山中では、これより雨量は多かったはずだ。これによって漱石の企画した送別旅行は思い出深いものとなった。

・梅林や角巾黄なる売茶翁

（ばいりんや　かっきんきなる　ばいさおう）

（明治32年2月）句稿33

「梅花百五句」とある。現代日本人で角巾を被っている人は、ノーベル賞を受賞した大村智さんだけであろう。この角巾は黒の頭巾で、その天部をくぼました縁なしの楕円形の帽子である。細い方を前後にして被っている。昔占い師や隠者が用いたもので、角巾は茶巾のことと思われがちだが帽子なのだ。昔は利休帽と言われたこともある。掲句の売茶翁は江戸中期の禅師で、前の時代の利休になったつもりで被っていたのであろう。

漱石は「梅の香や茶畠つゞき爪上り」の句を作りながら熊本市内の岡の斜面

を登っていると、やっと「香りの源の梅林」に到着した。入り口には梅見客を当て込んだ製茶屋の即席の出店があった。コーポレートカラーの黄色の角巾を被っていた。顔も黄色であったのであろう。顔にも茶のカテキンが染み込んでいるのかもしれない。

句意は「目的地の梅林が見えてくると、入り口付近に黄色の角巾を被った人が立っていて、煎茶を売っていた。江戸時代の売茶翁が現れたように見えた」というもの。当時熊本の有名な梅林の奥では、土地の有名人を招いた豪華な茶会が開かれていた。これに対抗するように一般人相手の売茶翁が現れたのだ。

ところで先の大村智さんが角巾を被るのはなぜか。この現代の偉人は、売茶翁の名を持つ黄檗宗の禅僧に共感しているのかもしれない。大村さんはバイサオウならぬバイオ王として高齢の今でも活躍している。

この句の面白さは、句を読む時の音は漢音が多くあり、漱石はこの句を中国の香りが漂うように設計していることだ。加えて梅も茶も黄檗宗も中国から渡来したものである。角巾の帽子ももともとは儒教の導師が身につけていたものであろう。そして「ばいりん」と「ばいさおう」の間で「ばい」の韻を踏んでいることだ。これによって売茶翁の心意気が演出される。

• 枚をふくむ三百人や秋の霜

（ばいをふくむ　さんびゃくにんや　あきのしも）

（明治31年9月28日）句稿30

枚とは、口にくわえる板である。夜討ちの時に緊張して声を出すと敵に聞かれて警戒されるので、兵や馬が声を出せないように紐で首に結びつけて口から外れないようにした口木のことである。そこで歴史的な事件や合戦を調べてみると、掲句は川中島合戦を詠んだものらしいとわかった。ネットのサイトで謡の人が、掲句は川中島合戦のことだと指摘していた。他の「短夜や夜討をかくるひまもなく」と「朝懸や霧の中より越後勢」の句も川中島合戦の様子を描いているという。これら2句は指摘がなくてもそれとなくわかる。

三百人の兵は口に杉の柔らかくて細い角材をくわえていたのだろう。秋の河原では、明け方気温が下がって霜が発生しやすくなる。岸辺から離れたところに設けた自軍の陣地から兵が足音を消しながらゆっくりと川に近づいてゆく。夜に発生した川霧が霜になって地上に降りた時に、さっと朝になり晴れ渡った。敵の目の前に自軍が突然現れ、敵軍を混乱させる作戦だった。だが敵も同じことを考えていた。両軍が川を挟んで突然対峙した時の互いの慌てるさまが想像できる。両軍の兵たちは驚き、笑いと恐怖の声を上げようとしたができなかった。枚が口の中にあったからだ。枚を噛む静かな音が川岸に満ちた。

漱石はこの時のことを想像して面白がっている。笑いの探求者である漱石は、極度の緊張の中では笑いが生じることを指摘している。兵の草鞋履きの足元は霜が降りてツルツルして滑り、兵は足を取られたはずだ。まさにドタバタ喜劇である。

ところで歯で枚を噛み、これを紐で首にくくりつけていた兵の人はどちら側の兵なのか。両軍の兵の総数なのか。漱石は武田源氏の子孫であるから武田軍の兵の数であろう。

• 羽団扇や朧に見ゆる神の輿

（はうちわや　おぼろにみゆる　かみのこし）

（明治29年3月1日推定）松山の三人句会

神社には神輿が格納されている。秋の祭りには大小の神輿が各所の神社から街に繰り出す。そして神社には天狗が付き物である。その天狗が手にしているものは鳥の羽を柄の周囲に円弧状に取り付けた神聖な羽団扇である。

句意は「天狗が羽団扇を神輿の前で扇げば、神聖な風が起こって神輿はぼやけて朧に見える」というもの。羽団扇には特殊な力が宿っているというのだ。

能の一流派である宝生流の本家には2種類、計8本の羽団扇が保管されているという。イヌワシの幼鳥の尾羽と思われる白いものと、クマタカの尾羽と思われるシマシマ模様の2種類である。白い羽団扇の方が格は高く、位の高い天狗の役だけが用いるものとされる。この羽団扇は今では入手困難な代物なのだという。

この俳句の面白さは、その天狗によって巻き起こされた風が、人が担ぐ神輿に当たると神輿は清浄になり神格を帯びたように思われることだ。羽団扇の羽は猛禽の羽根を用いているから、この大団扇をユサリ、ユサリと動かすと人は鷲が飛び上がるように錯覚するのだ。これで神輿はぼやけて朧に見える。人は知識として鷲が飛び立つとき、羽根を大きく動かして砂埃を立てながら雄大に離陸することを知っているからだ。

漱石は若い時から宝生流の能に興味を持っていたようだ。また松山で気の合う仲間である虚子と霽月と神仙体俳句を作って楽しんでいた。ありえない幻想的な俳句を競うように作っていた時期があった。漱石の俳句には能の世界や中国古典などから題を得ていたものが結構ある。

• 歯ぎしりの下婢恐ろしや春の宵

（はぎしりの　かひおそろしや　はるのよい）

（明治29年3月6日以降）句稿13

これは下婢（お手伝いさん）を非難する句ではない。人間の無限の力に驚愕しているのである。この女の顎の強さは人並を通り越している。いびきで眠れないというのはよく聞く話であるが、離れた住み込み部屋からの歯ぎしりで寝られないのだから、相当に迫力のある音なのだ。

句意は「春の夜中に下婢の歯ぎしりの音が漱石の部屋に響いている。キリキリという音が闇に響いて恐ろしい限りだ」というもの。漱石はこの音で目が覚めてしまい、しっとりとした春の宵だというのに眠れなくなった。

彼女の体に何かしらのかなりの不満が溜まっているからあのような歯ぎしりが起こると考えると、漱石は余計に眠れなくなる。漱石は彼女にかけた言葉に問題があったのか、知らず知らずのうちに雇っていた「ちんばの娘」を傷つける言葉を発していたのではないか、などと考えてしまうのだ。だが、漱石にちんばに対する差別意識があるなら、下婢として使ってくれと頼まれた時に断ったはずと彼女は考えてくれるとは思うが、気になってしかたない。明日は、彼女の悩みを聞いてやろうと考えているうちに眠りについた。

ちなみに漱石は明治29年1月に「出代りや花と答へて跛なり」の俳句を作っていた。この句で下婢の女性の名は「花」であると紹介していた。

• 掃溜や錯落として梅の影

（はきだめや　さくらくとして　うめのかげ）

（明治29年1月28日）句稿10

漱石の愚陀仏庵の庭の片隅に設けられていた掃溜（ごみ捨て場）の囲いに、複雑な形の梅の木が交差して重なって見えていた。掃溜とわかる板囲いに折れ曲がった梅の幹や枝が重なり、その板囲いの中は見えないことから掃溜であっても美的に感じられ、漱石にはこれが面白いと感じられた。

この句には「錯落として」と漢語的な言葉が用いられているが、「重なって入り混じっている様」の「さくらく」の語の中には「桜」の音があり、「咲く」の音もある。この句の中に綺麗な花を咲かせる2種類の木を配置して遊んでいるのを感じる。そうであるから俳句自体もごみ捨て場の句には見えない。

漱石はこの庭で障子にも同じような見事な梅の影ができていたのを見たであろうが、これは俳句にならないと判断した。「障子と梅の影」では当たり前すぎ、掃溜と梅の影の取り合わせには負けると判断した。

ところで漱石はこの句で「掃き溜めに鶴」という言葉に対抗して「掃き溜めに梅」という表現を作り上げたように思う。薄汚れた掃溜の囲いに、交差する複雑な形の梅の木が重なる造形が面白いのだ。梅にも引き立て役がいると梅はなお美しい存在になる。

＊『海南新聞』（明治29年2月23日）と新聞『日本』（明治30年3月7日）に掲載

• 萩と歯朶に賛書く月の団居哉

（はぎとしだに　さんかくつきの　まどいかな）

（大正5年9月8日）画賛

団居は車坐になって坐ることで、「月の団居」は月見の団欒である。この画賛は、『夏目漱石遺墨集』（第三巻）にある。

句意は「早稲田にある漱石宅の縁側に、木曜会のメンバーたちが集まって月見の宴を開いている。漱石はその場で萩と歯朶の絵を描き、この月の俳句を入れて絵を完成させた」というもの。弟子の誰かが漱石に、庭に見える萩と歯朶の絵を色紙に描いて、その絵に月を詠み込んだ俳句を即興で作って書き込んで欲しいと頼み込んだのだ。これができたら貰って帰ろうという魂胆だ。

漱石はゆっくり夜空に輝く月を見ていたかったので、すぐにはその気にならなかった。萩と歯朶の絵はすぐに描けたが、月の俳句はすぐにはできなかった。そこで頓知を効かせて俳句を作ることにした。すると掲句がすぐに出来上がった。

ちなみに漱石全集（昭和61年・補遺）には同じ発想の画賛の句として「穂すゝきに賛書く月の団居哉」が掲げられている。漱石の弟子に漱石の色紙を集めたがる面倒な弟子がいた。内田百閒だろう。

・萩に置く露の重きに病む身かな

（はぎにおく　つゆのおもきに　やむみかな）

（明治43年12月）『思ひ出す事など』「十一」

漱石はこの句を「思ひ出す事など」の文章に入れ込んで当時の大喀血事件のことを説明している。命は取り留めたものの厳しい療養生活が始まり、本人も周囲の人たちも大わらわであった。この時の漱石の心境が掲句によって語られている。漱石は枕元で吸飲から牛乳を飲んで生きていた。ときにはスイカの汁を飲ませてもらったりして命を保っていた。漱石はほぼ2ヶ月の間、東京の病院に戻れる日を心待ちにして生きていた。

漱石はそもそも修善寺の宿に療養のために来たのに、なぜ吐血して臨死体験までしたのか。皮肉な結果だが、修善寺での無理が祟っていたようだ。そもそも明治42年の9月から10月にかけて満鉄総裁であった中村是公の招待で韓満視察旅行に出かけたことが、体調を崩した原因になっていた。このことを気にしていた学友でもあった中村は、漱石の慰労のために修善寺にやってきて、彼独特の激励をしていた。どんちゃん騒ぎの連続であった。

ところで掲句の意味だが、秋も深まって萩の細い葉と枝に露が降りて付着している。そんな萩は露の重みで枝や幹が折れると思われるほどに撓っている。漱石の体は萩の茎ほどもない細い体になっていると嘆いていた。布団の中で体の向きを替えるのに力が入らずに難儀している状態であったのだ。当時の漱石は命の危機は脱したので、なんとか体の痛みに打ち勝とうとしていた。

この句の醍醐味は「露の重きに」にある。漱石が痛みに耐えている状態が浮かんでくる。そして漱石の病身はやせ衰えているのは、「はぎ」と「つゆ」という軽い発音の言葉によって十分に表されている。そして萩と同様に水滴が体に載っただけでも漱石は悲鳴を上げたのだ。臨死体験をしてこの世に戻ってきた漱石は、魂が戻った衝撃によって全身の関節を傷めてしまった。これによって露の重みでも関節が痛むことになった。この痛みは長く続いた。しかし、このことを漱石はあまり公言しなかった。世を騒がせていた千里眼や神秘体験と絡めて誤解されることを恐れたからであった。

だが胃痛と関節痛を抱えて唸っている漱石は、俳句では遊んでいるのだ。葉や枝の上に付着した露の重さによって幹を曲げている萩と自分の体を同じだと見ていた。漱石は自分の胴部に手と足の重みを感じて痛みを感じていたのだ。掲句の本当の意味はここにあった。

＊『思ひ出す事など』「十一」は東京朝日新聞（12月14日）に掲載

・萩に伏し薄にみだれ故里は

（はぎにふし　すすきにみだれ　ふるさとは）

（明治30年10月）句稿26

漱石は久しぶりに阿蘇山の裾野を風に吹かれて歩いていた。その裾野は東京や鎌倉の街中を歩いていた時の景色と大きく違っている。すでに1年半以上住んでいる熊本は故里のように感じられた。漱石は勤めている高校の夏休みに生まれた東京に戻ったが、東京や鎌倉では落ち着けなかった。

2ヶ月ぶりに熊本の地を歩いてみると、夏とは違う秋の風が吹き出し、野の植物は夏の疲れが出て葉の色には褐色が混じっているのに気がついた。萩は風に押されて前かがみになり、姿勢を戻す気力はない。薄の穂はまとまる力がなくなり、風に穂を乱していた。他の植物も風に翻弄されている。そのような萩や薄を見ていると漱石の心も乱れるのだ。

この句の特徴は、通常であれば「萩は伏し薄はみだれ故里は」と表すところであるが、漱石の助詞の選択は違っていた。「萩に伏し薄にみだれ」となり、主語は故里になっている。漱石は熊本の地に故里のような親近感を持っているのに気づいたからだ。

東京の実家にいた母は明治14年の9月に亡くなり、父は明治30年の6月に他界した。そして東京には失恋の思い出が詰まっていたから親しみを感じなくなっていた。

漱石は妻と一緒に上京したが、仕事の関係で漱石は一人9月に熊本に戻ったが、妻は10月末まで戻らなかった。この行動のズレは夫婦の感情のズレでもあった。この隙間を感じながら漱石は阿蘇の裾野を歩いた。茶色の色を加えて風に翻弄されている萩や薄に漱石は親しみを感じた。

・萩の粥月待つ庵となりにけり

（はぎのかゆ　つきまつりおと　なりにけり）

（大正4年）「自画賛」

掲句は大正4年の春に、ほぼ1カ月間京都に滞在した折に、津田清楓の案内で有名な茶屋「大友」を訪れた時の句である。通された部屋の前には中庭があり、そこには漱石のために四五本の竹を移植して造った急ごしらえの竹叢があった。客の漱石はその上に月が出るのを期待して待っている。これは特別待遇であった。この茶屋の女将、多佳（たか）は漱石の大ファンであったからだ。女将は漱石に気を使って漱石を楽しませようとした。そして月が出るまでの間に名物の「萩の粥」が部屋に運ばれてきた。

全集では掲句の前に「四五本の竹をあつめて月夜哉」の句が置かれている。これら2句はうまくつながっている。急ごしらえの竹叢の上に出た月を見ながら酒の飲めない漱石は、「萩の粥」という特製の粥を啜るのだ。これらのことによって漱石は最晩年を京都で楽しく過ごせたと懐かしく思い起こせることになった。

中国の唐代の詩人であれば白酒を飲みながらというところであろうが、あいにく漱石は胃を壊している。おまけに漱石は下戸であった。そこで「萩の粥」がささっと部屋に運ばれ、漱石の席の前に出された。この「萩の粥」は令和の世では通販で買えるものになっているが、当時は京都のブランドになっていて、茶屋でしか味わえないものであった。小魚出汁と塩味が特徴の粥である。この粥にはこだわりがあって山口県の萩市でとれた米を使っていて、薄味の7分粥だという。これが「萩の粥」の名の謂れである。

この句の面白さは、この茶屋の中庭にかかる月は、京都の明るい町あかりの照射によって薄い月になっていて、粥の明るさと同じくらいになっていることだ。そして漱石は粥を入れた丸い椀と丸い月を見ながら京都を味わった。

「萩の粥」を食べ終わると漱石は女将のために絵を描き出した。そして描き終えると色紙の余白に掲句を書き込んだ。漱石は、この句の月は女将で萩は漱石であり、二人が部屋に一緒にいる場面を俳句に描いていた。この贈られた絵を女将は大事にしたのはいうまでもない。

・はき易し鞋にいたしひびの足

（はきやすし　わらじにいたし　ひびのあし）

（明治32年1月）手帳

この句は「かたかりき鞋喰ひ込む足袋の股」の句とセットになるものである。漱石は明治32年の元旦早くに家を出て、途中で勤め先の同僚と落ち合った。熊本第五高等学校の教授となっていた漱石は若手の同僚を誘って宇佐神宮に初詣に出かけた。汽車に乗って北九州周りで宇佐に入った。その帰りは耶馬渓を縦断して山を抜け、日田に出ることにした。二日の初詣を終えて中津に入り、耶馬渓の川沿いの細い雪道を草鞋履きで歩いた。服装は和装で袴をはいていた。この年の冬の耶馬渓は例年になく厳しいもので、ここを通る人は猟師と行商人ぐらいであった。

掲句は「はき続けていた草鞋は足に馴染んで履きやすくなっていたが、足の股はひび割れていた」というもの。この足のひび割れは冬山越えが厳しい道中になっていたことを物語っている。足には足袋を履いていたが、鼻緒をかける親指の股がひび割れたのだ。

冒頭の「かたかりき鞋喰ひ込む足袋の股」の句は、雪道を歩く際には草鞋を足にしっかり固定しておいたことを示している。歩いているうちに草鞋の紐が緩んで足袋の股にはきつく当たるということはなくなったが、すでに足にはひび割れができていた。草鞋と足袋だけで雪道を長時間歩いたことで足の皮膚は凍る寸前になっていたと思われる。

漱石は若い時から旅が好きであり、無謀とも思われる旅をいくつか行っていた。漱石は運動全般に優れていて体力には自信があった。漱石が目立って胃痛を訴え、うつの症状を示すようになったのは、鏡子との結婚後あたりからであった。

• 剥製の鵙鳴かなくに昼淋し

（はくせいの　もずなかなくに　ひるさみし）

（明治32年10月17日）句稿35

「熊本高等学校秋季雑詠　動物室」の前置きがある。モズは百舌とも書き表すように煩い声で鳴く鳥である。その鳥が動物室に剥製になって木の枝に静かに留まっている。モズが目の前近くにいるのに鳴かずにいるのを見ると落ち着かなくなる。句意は「昼の光が動物室にあるモズの剥製標本に当たって生きているように感じるが、その剥製は鳴かないのでモズらしくなく、寂しく感じる」というもの。

漱石は本来煩いくらいに鳴く鳥がその特徴を封じられてしまうと、標本としての価値がなくなるのではないか、と考え込んだ。すでに死んでいる鳥であるが、なんとか鳴いてほしいと語りかけている気がする。現代であれば、見学者がモズに視線を当てるとモズが激しく鳴き出すという装置をセットできそうに思われる。

この句の面白さは、モズは百舌と書き表すのが一般的であるが、わざと見慣れない鵙の文字を用いて、鵙鳴と画数の多い漢字を並べて静かなモズを少しでも賑やかに感じさせようとする企みがあることだ。漱石はこの句の読み手が、漱石の作戦について賑やかに多くの言葉を発するのを期待している。

• 博徒市に闘ふあとや二更の冬の月

（ばくといちに　たたかうあとやにこうの　ふゆのつき）

（明治29年12月）句稿21

大規模な賭場で夜更けまで賭博が行われていた。すでに「丁、半」の絞った声が響く緊張の時間は終焉していた。緊張が支配した場所には嘘のように今は穏やかな空気が流れていた。部屋の隅には取り寄せた丼物の器が重ねてある。冬の空には白い月が出ている。

句意は「賭場が引けると、その場にあった緊張が解けてなくなり、深夜の月の光が穏やかに差していた」というもの。なぜ漱石が博徒、賭博の俳句を作ったのかはよくわからない。誰かに誘われて賭場に足を運んだのか。

この句の面白さは、賭場のことを博徒市と言い換えていることだ。公設市場のように表して、このような仕事があることに理解を示している。ここに漱石のユーモアが込められている。賭博はいくら禁止されてもなくならないと苦笑いしている。

ちなみに二更とは真夜中前の時間で亥（い）の刻のこと。およそ午後9時または午後10時からの2時間をいう。夜警の者が交代するまでの夜から朝までの時間帯を更というが、これを五等分した二番目の時間帯のことである。朝方まで賭博は行われそうであるが、真剣勝負の極度の緊張を伴う賭博は長くは続かないということだ。漱石はこの「二更」に賭場で振られるサイコロの数の「二個」を掛けている気がする。

ところでこの句を作った師走には、漱石は松山にいた。来春には熊本に移動することになっているため、できるだけ松山の多くを見ておきたいという思いに駆られたのだろう。そこで松山の賭場を覗いてみたのだ。

同じ句稿の一つ前の俳句は「貧にして住持去るなり石蕗の花」である。明治の初期に全国に波及した廃仏毀釈の運動のあおりを食って、小さな寺の多くが廃業に陥った。熊本の借家の近くにあった寺も経営が困難になって住職がいなくなった。その後寺は荒れていまや賭場が開かれるようになった。お堂の奥で行われる賭博は人目につかないことから大勢の人が訪れることになった。寺が廃業した後に繁盛するとは皮肉なことであった。

・白桃や瑪瑙の梭で織る錦

（はくとうや　めのうのおさで　おるにしき）

（明治29年3月1日推定）松山の三人句会

掲句は虚子と霽月と漱石の三人が変わりもの俳句、神仙体俳句を作って遊んでいた時のもの。宝石の瑪瑙をツルツルに仕上げ作った梭（ヒのこと、シャトルとも呼ばれる）を使って、染色した絹の緯糸（横糸）を経糸（縦糸）の間を通す機織り機で織った絹布は、豪華でかつ肌に優しい錦に仕上がる。このシャトルは細くてデリケートな糸の織りには最適のようだ。

この錦の布は天女が身につけていた羽衣の布地なのだろう。羽衣伝説のある岡山は白桃の産地でもあり、漱石が一年間住んだ伊予国の真向かいの国である。

岡山に古くからある産業は機織り業である。今でも京都、福井と並んで織物業が盛んである。そして今やジーンズの生産では岡山はメッカになっている。岡山は瀬戸内にあり、古くから西域文化を運んで来たユダヤ人を祖先に持つ「秦氏」グループが帰化した土地だ。彼らがもたらした先進技術は、機織り機の（秦）の名に刻まれている。これは幻想でもなく事実なのである。

この句の面白さは、瑪瑙は玉の断面が青や赤のグラデーションのある縞模様になっているのが特徴で、まるで錦の織物のように見えることだ。その縞模様のあるシャトルで模様のある布を織るというのであるから、可笑しく感じる。

もう一つの面白さは、「おさで　おる」は「お」の韻を踏んでいて、機織りのリズムが感じられることである。

掲句は桃太郎伝説のある岡山県の特産物の宣伝俳句になっている。特製の錦で包まれた玉状の白桃は、まさに宝石の玉のように見えることだろう。

・白梅にしぶきかゝるや水車

（はくばいに　しぶきかかるや　みずぐるま）

（大正5年春頃）手帳

この頃の漱石は胃潰瘍、痔疾だけでなくリューマチにも悩まされていた。仕事柄座る時間が長い漱石は痔疾が度々悪化した。そして筆を執る時間が長いために腕が痛くなるリューマチが時に発生していた。そこで転地療養することにした。

大正4年11月9日から1週間、そして大正5年1月28日から2月16日まで湯河原の天野屋に滞在していた。この旅館で最後の小説となる「明暗」を構想していたと思われる。そしてついに5月から「明暗」の新聞連載が始まった。

掲句に描かれている湯河原の里山の景色を見て、体の各所が発する痛みは軽減したことであろう。この「明暗」の舞台は漱石を癒やした湯河原であるといわれている。

句意は「小川にかけられている水車からは水飛沫が飛び散っている。その光る飛沫を岸辺の白梅が受けている」というもの。白梅は光る飛沫によって清廉さが増したように見える。ゆっくり回転する水車を見ている漱石は、水車が季節をゆっくりと動かしていたように感じたのかもしれない。水車の発する音と飛沫が梅の開花を促していると思えた。

この句の面白さは、春日に光る飛沫によって白梅が輝きを増したように見えている事である。この時の白梅は、この世での見おさめになることを漱石は薄々感じていたと思われる。

・白梅に千鳥啼くなり浜の寺

（はくばいに　ちどりなくなり　はまのてら）

（明治29年1月29日）句稿11

漱石は前年末に中根鏡（通称、鏡子）との見合いを終え、明治29年春に結婚することが決まっていた。同時に職場は松山の旧制中学校から熊本第五高等学校に変わることが決まっていた。掲句にあった浜の寺はどこにあったのか。同じ句稿においてこの句の一つ前に「梅咲きて奈良の朝こそ恋しけれ」の句が置かれていた。漱石と子規は明治25年に奈良あたりを歩いた時に近くの堺市の妙國寺も訪れていた。子規が妙國寺の有名な「長寿蘇鉄」を見て詠んだ句として、「朝霧や蘇鉄見に行く妙国寺」の句が残されている。

漱石は子規と過ごした松山を離れるに当たって、当時堺の浜にあった寺を回想して俳句を作っていたとみる。ちなみにこの句が作られた当時、漱石の住んでいた松山の港であった三津の浜近くには、それらしい寺は見当たらない。

句意は「浜の近くにあった寺、妙國寺には白梅が咲き、港から千鳥が飛んできて啼いていた」というもの。子規が先にこの寺の蘇鉄の木を詠んでしまったので、漱石は白梅を詠んだ。

この蘇鉄の寺は堺を旅した人のほとんどが訪れるほどの名所であった。この寺には信長も家康も関係していた。家康が詠んだ歌に「妙なりや　國にさかゆる　そてつぎの　ききしにまさる　一もとのかぶ」がある。妙国寺を詠み込んでいる。家康も明治時代の客も、妙国寺門前の刃物店で名物の包丁を土産に買ったと思われる。漱石は妙国寺を訪ねた時に、その門前で刃物を買ったことを、明治44年8月に行った市立堺高等女学校（現在の泉陽高校）での講演会で話していた（「中味と形式」『漱石全集』）。

・白梅や易を講ずる蘇東坡服

（はくばいや　えきをこうずる　そとうばふく）

（明治32年2月）句稿33

「梅花百五句」とある。熊本の漱石の家にも白梅が咲き出して日頃のストレスが薄まる気配が出てきたが、新たなストレスの種が生まれた。妻が筮竹占いに懲り出したのだ。妻のこの占いは簡単なものであるが、本格的なものを目指して専門家風の男を家に呼んで占ってもらうようになっていた。中国の詩人で、かつ占い師の蘇東坡が着ていたような服を身につけ、丸い帽子を被った易者風の男であった。漱石としてはそんな男が時々家にやってくるのは気になっていた。

かの蘇東坡の官名は蘇軾といい、号は蘇東坡。宋代の優れた政治家であり、文豪であった。絵画も優れて唐宋八大家の一人とされる。詩人としては「春宵一刻値千金（中略）鞦韆院落夜沈々」の春夜の詩で知られる。

この句の面白さは、家に来る易者風の男が漱石の尊敬する詩人の一人である蘇東坡の格好をしているのが許せないとわかることだ。そして漱石が「梅花百五句」と題して梅の句を一気に書くことになったきっかけは、この易者の登場だとわかることだ。蘇東坡の有名な梅をふんだんに入れた梅礼賛の詩が思い起こされたことによる企画だった。蘇東坡が「衰えて静かな心になっていたのに、咲く梅の花は心をまた騒がせる、迷惑なことよ。昔の梅の思い出が蘇ってしまう」と歌ったことを思い出した漱石は、若い時の恋人を思い起こしてしまった。漱石はこの詩に出てくる梅によって、漱石にとっては白梅のような存在であった楠緒子のことを思い出してしまうのだ。

・白馬遅々たり冬の日薄き砂堤

（はくばちちたり　ふゆのひうすき　すなづつみ）

（明治28年12月4日）句稿8

松山に住んでいた時の句である。松山の地を翌年4月には船で離れるという予定がある中、市街地から離れた瀬戸内海の浜を下見を兼ねてふらふらと気の向くまま歩いていたのであろう。

句意は「冬の薄日の差す低い砂地の堤を、白馬が人を乗せてゆっくりと進んでゆく」というもの。馬は砂に足を取られながら歩きにくそうに体を激しく上下させて歩いていた。白い馬体が砂の色に溶け込んで霞むようであった。もう少し経つと漱石はこの三津浜の中に造られた港から熊本に旅立つことになることを思っていた。漱石はこの幻のような景色を俳句とともに記憶しようとした。この景色は、漱石の茫洋とした気持ちと重なるものである。

愛媛の新聞「海南新聞」にこの頃、地元が詠まれた俳句が日に一句ずつ掲載されていた。明治29年1月21日に掲句が掲載された際には、「薄き」を「薄く」に替えてあった。「薄く砂堤」になると、冬の日に砂堤に立って薄い冬の日をしばらく見上げている光景になる。掲句の「薄き砂堤」では、「薄き」は冬の日と砂堤の両方に掛かることになる。新聞社に連絡する際には、冬の日に焦点を当てることになる方を選んだ。

　掲句の掲載後に「冬枯れて山の一角竹青し」（明治29年1月24日）、「山陰に熊笹寒し水の音」（明治29年1月29日）、「初冬や竹切る山の鉈の音」（明治29年2月5日）という漱石の句が掲載された。

・白封に訃音と書いて漸寒し

（はくふうに　ふいんとかいて　ややさむし）

（明治31年10月16日）句稿31

句意は「白い封筒に宛名の脇に訃音と書いてある手紙を手にすると晩秋の寒さが次第に沁みてくる」というもの。死亡を連絡してきた白い手紙を手にすると切ない思いがする。このときの気持ちは、やや肌寒さに似たものなのかもしれない。

　明治31年の当時にこの死亡通知は誰が誰のことを知らせようとしたのかは、不明である。漱石の側にはこの年に死亡した人は見当たらない。ここまで書いて、この手紙は「訃音と書いて」となっているが、「訃音と書いてあり」のことで、中七は省略形で書かれていたのだと考え直した。すると漱石が熊本で新たに率いた俳句結社である「紫冥吟社」のメンバーが漱石宛に送付したのだと考えられる。紫冥とは大空のことであるが、白雲を陽の近くで見た時に雲の白色に少し紫の色をついて見えることでもあるという。紫冥は阿蘇の噴煙を指すのかもしれない。すると漱石に送られた白い封書は、熊本の句友からなのかもしれない。

　そうではなく訃音の手紙は、「紫冥吟社」は無関係で、漱石の高校の同僚であった英語教師の浅井からの連絡であったと思われる。浅井は漱石の妻が白川に入って流された時に、このことが新聞に載らないように手を打った人で、地元高校（済済黌）での教え子であった山田珠一が地元九州日日新聞社の社長をしてい他関係で、浅井が社長に直談判しに行ったということであった。つまりこの浅井は漱石の恩人であった。その彼から父親が7月7日に亡くなったとの手紙を受け取ったと思われる。しかし、漱石は妻の自殺未遂の後の看護、付き添いで家を空けることができず、葬儀には出られなかった。漱石はそのことを気にしていて、浅井の父の百箇日の法要の日に、訃音の封書を手にして、妻の入水事件当時のことに思いを巡らしていたと考える。

　ちなみに漱石は英国に渡る際に家財を処分したが、愛用の紫檀の文机はこの浅井に贈っていた。また漱石が満漢視察で朝鮮に行った時には、京城で郵便局長をしていた浅井を訪ねて行った。それほどに浅井は漱石にとって恩義のある人であった。

・白牡丹李白が顔に崩れけり

（はくぼたん　りはくがかおに　くずれけり）

（大正4年5月12日）画賛

この句の上五を「しろぼたん」と読みそうになるが、漱石は「りはく」と「はくぼたん」の間で「はく」の韻を踏むことを構想したはずであり、「はくぼたん」と読むことにする。

　句意は「李白は白い牡丹の花が咲いている玄宗皇帝の宮廷の宴に招かれたとき、色白の楊貴妃を白牡丹になぞらえた歌を詠んだ。この時、楊貴妃は嬉しそうに李白に微笑みかけた」というもの。この微笑みは、満開の白牡丹の花びらが李白の顔の方に崩れ落ちたように感じさせた。李白は楊貴妃が自分の方に気持ちを傾けたかのように錯覚したことだろうと、漱石はこの場を設定して楽しんでいる。

　漱石は掲句の少し前の4月に自画賛の「椿とも見えぬ花かな夕曇」の句を作っていた。この句は人生最後の旅として京都に行ったときのものだ。3月19日から4月16日までの1ヶ月間京都に滞在したときの句で、通った祇園の茶屋の女将、磯田多佳に贈った画帳に描いていた水彩画の賛である。気に入りの女将を思いながら描いた椿の花なのだった。漱石先生は椿のように艶やかな女将の笑みを見たときに、椿の花びらが漱石の方に崩れかけてきたように思えたのだろう。しかし、この夢は破れた。

　その時の記憶をもとに掲句を創作した。この時漱石先生は宮廷の宴に招かれた李白になっていた。

葉鶏頭高さ五尺に育てけり

（はげいとう　たかさごしゃくに　そだてけり）

（大正2年頃）鶏頭の自画に賛

漱石は大正2年に胃潰瘍で3度目の入院となり、大正3年には4度目の入院をした。この頃の漱石はストレスも重なって自分の体がボロボロになっていることを実感していた。この頃は対策としてよく絵を描くようになっていた。琳派の絵画に興味を持ち、漱石の弟子である日本画家の津田青楓との交流が深くなっていた。

自分の体が段々弱ってきているのとは対照的に、庭の葉鶏頭はぐんぐん背が伸び、茎が太くなってきている。これを見ていると漱石は楽しくなるのだ。今はざっと1・5mにも達していると観察していた。あと10センチで漱石と同じ高さになる。特別に大きく育てた葉鶏頭を頼もしく思って眺めていた。

句意は「庭に植えた葉鶏頭はなんと今では五尺の高さに育っている。いやわしがここまで育てたのだよ」というもの。大きくなった葉鶏頭を称賛するように色紙に大きく描き、これを自慢する俳句を書き添えた。自分の子供たちはすでに大きく育っていて、育てる楽しさが失せてきていた。

ちなみに子規の俳句に「とりまぜた一木の色や葉鶏頭」の句がある。やはり木のように育った葉鶏頭を描いている。子規は他に葉鶏頭の俳句を15句も作っていた。漱石は子規のことを思い出していたのかもしれない。

＊雑誌『渋柿』（大正7年12月）に掲載

葉鶏頭団子の串を削りけり

（はげいとう　だんごのくしを　けずりけり）

（明治32年9月5日）句稿34

「内牧温泉（うちのまき）」とある。漱石たちは阿蘇の内牧温泉にある温泉宿を出て、道道農家を覗きながら阿蘇の高原を目指して歩いた。この内牧温泉は明治になって田園地帯に温泉が湧出して造られたまだ新しい温泉場で、宿の近くに農家がたくさんあった。漱石たちは農家の軒先や外に置かれたカマド周辺を見ながら歩いた。農家人は朝早くから作業を始めていた。阿蘇の山の近くの農家の庭先には葉鶏頭が密集して生え、庭を赤色に、そしてえんじ色に染めていた。

句意は「大きく育った葉鶏頭の葉は堅く尖って鋭く見えた。その葉先で団子の串を削り出せそうに思えた」というもの。漱石先生はその庭先で団子の串を削り出す場面を想像していた。

この俳句には遊びが多くあり、面白く構成されている。団子の竹串を細く削るのは「串けずる」という表現になるが、この「串けずる」の発音からは髪の毛に対して用いる「梳る」の語が連想されることだ。漱石は葉鶏頭に「頭」の語が含まれていることから「梳る」を経由して「串けずる」に結びつけた。また鶏の語から、肉団子を連想することである。

漱石は熊本第五高等学校の同僚が一高に転勤することになって、彼のために送別旅行を企画した。掲句からは家のことも職場のことも忘れて、ニコニコ顔で歩き出していたことがわかる。しかしその先で命を削るほどの死の恐怖を味わうことになる。

このように面白い発想で俳句を作る漱石は、子規の団子状態の弟子達の中では、異色の存在であった。

端居して秋近き夜や空を見る

（はしいして　あきちかきよや　そらをみる）

（明治32年9月5日）句稿34

旧暦の立秋を過ぎてもまだ暑い。だが夜になると過ごしやすくなって夜空を眺める気分になれる。縁側の先端に腰をちょこんと乗せて座り、軒の先から日が落ちた空を見上げる。確かに夜になると秋が近いことを感じられるようになってきたと頷く。

この句を作った時はちょうど旧暦の七夕の日だったのかもしれない。天の川が綺麗に縁側から見えたのだ。それでこの俳句を作ってこのことを記録したのだ。

初めての子供である筆子が生まれて、夫婦とも精神的に安定してきた時期であった。しばらく漱石は家庭中心で生活しようと考えていたのかもしれない。この時期、大塚楠緒子のことはしばらく頭から離れていたようだ。

もしかしたら筆子を膝に乗せて抱き、天の川のある夜空を見せていたのかもしれない。縁側の幅が広く作られていて、その先端まで体を移動すれば、庭に下りなくても軒の先に天の川を捉えることができたと思える。

この句の面白さは、「端居して秋近き夜」にあって、縁側の先端に出て、秋の夜空を少しでも近くに見ようという考えが見られることだ。遊びの気持ちが感じれる。やはり子を抱いていたのだ。庭に下りるのは面白くなかったのだ。

この句では掛詞の面白さがある。「秋近き」には季節が変化して「秋が近づいている」ことと、縁側の端まで移動して夜空との「距離を縮めて近づく」ことを掛けている。

• 橋落ちて恋中絶えぬ五月雨

（はしおちて　こいなかたえぬ　さつきあめ）

（明治29年10月）句稿19

「絶恋」と前置きがある。隣の集落との間にある大きな川にかかっていた橋が昨年の台風か大雨で流失してしまった。寂しい気分になる五月雨の降る時期に恋仲の相手に逢うことができない。これで恋の橋渡しをしていた橋が落ちてしまって、二人は逢うことが叶わなくなり、恋はもはや絶望となった。そして二人は涙に濡れて五月雨の中に佇んでいる。

橋が落ちたことを理由にして二人の関係は切れてしまった。橋が流れてもまた架けられるのであるからこの恋は続くはずだが、この流失事件を理由に関係が切れたのは、別れる理由を探していただけのことだった。

この句の面白さは、互いに想い合っている二人の恋仲を恋中と表したのは、落ちた橋は二人の間にかかっていた仲介する橋だとの意味を出すためである。そして「絶えぬ」は恋仲が絶えてしまったことと「五月雨」が絶え間なく降り続いている「絶えぬ雨」の二つの意味をかけていることである。

漱石は、このような厳しい絶恋の句にも、楽しさを組み込んでいて、掲句は極めてユニークである。ちなみに漱石は句稿19において、種々の恋シリーズの俳句を量産して、これだけで句稿を埋め尽くしていた。「初恋」から始まって「逢恋」「別恋」「忍恋」「絶恋」「恨恋」「死恋」をテーマに2、3句ずつ作っていたである。

「絶恋」に属するものにはもう一句あって、「忘れしか知らぬ顔して畠打つ」である。この句稿を受け取った師匠の子規はさぞや驚いたことだろう。恋愛がさめると、全くの赤の他人になるという句であったからだ。

ところでこの句稿19を作った時期はどのような時期であったのか。明治29年4月に松山から熊本に転居し、6月に中根鏡子を熊本に呼んで新たに借りた借家で身内だけの結婚式を挙げ、9月には北九州に新婚旅行に出かけていた。この旅行から帰って一息ついた時期に掲句を含む恋の想像句、15句をまとめて作ったことになる。妻の鏡子がこの句稿を見たら何を思うか。前途多難とはこのことである。

● 橋杭に小さき渦や春の川

（はしくいに　ちいさきうずや　はるのかわ）

（大正4年）手帳

全集ではこの句のすぐあとに「同じ橋三たび渡りぬ春の宵」が置かれている。これらの句に登場する二つの橋は同じ橋であろう。京都の中央を流れる高瀬川に架かる木屋町の橋であろう。これら二つの句を組み合わせてみると、掲句がよく理解できる。漱石は京都に滞在したこのときに、近くの同じ宿から三回も祇園の同じ店に出かけたことを意味する。その三回の渡橋の経過の中で「小さき渦」を考えるとわかりやすい。

漱石は旅館を出て同じ橋を渡るときに、ただ渡るだけのことはしないのである。川面を見下ろして橋杭にあたる水の流れを観察していたのだ。一回目に比べて三回目の橋渡りの時は、春の雪解け水の流入によって川の水嵩が増え、川下側の橋杭に渦ができていたのを見つけた。さすが漱石である。そわそわ急ぎ足で祇園の店に入ることはしない。

幾分濁って流れが速くなってきた高瀬川に架かる橋の橋杭を見ていると、その杭の川下側に小さな渦ができている。この渦は春のエネルギーを表しているだけでなく、漱石の京都での気持ちを表している。心が幾分ざわついてきているようだ。弱ってきた漱石の身体の中にある精神に春のエネルギーが伝播したようだ。

春になって川の水の流れが変化しているのを感じながら、「橋杭にできている小さな渦」を眺めていると、漱石の身体の中にも今までとは違う情熱の渦ができているのを自覚した。そして今は春なのだと実感した。

● 橋朽ちて冬川枯るゝ月夜哉

（はしくちて　ふゆかわかるる　つきよかな）

（明治28年12月18日）句稿9

今、季節は冬に入り込んでいるのを感じさせる光景が漱石の目の前に展開している。冴え冴えとしている月、無数の星がチカチカと体を震わせている晴れ渡った夜空、その下には水量が少なくなっている川がある。そしてその川には朽ちて落ちそうな木製の橋が架かっている。明るい月によってかなり朽ちている橋が照らし出されている。人家の少ない地域の風景であるとわかる。

「冬川枯るゝ」は水が全くなくなっているのではなく、水が減って川底が一部見えていて、川の両岸の草は褐色に枯れ、葉を落としている木々が所々に生えている川の状態である。この「川枯るる」は生気がなくなっている川の漱石の新鮮な表現である。

この景色は漱石の嫌いないものではなかったと想像される。中国の山水画でかつて見ていたものだったに違いないと思うからだ。中国の古代の詩人たちは、寒風が吹き付ける中でこの種の景色を立ち尽くして見ていたはずだ。

ちなみに掲句の一つ前に置かれていた句は「山路来て馬やり過す小春哉」である。伊予松山の狭い山道を胴の太い馬が通ると人はすれ違うことができなくなる。自然、人の方が道を空けて接触を避けることになる。漱石は松山の郊外を歩いていた時に、渡るのが危険な橋に出くわしたのだ。山道で漱石とすれ違ったあの馬は木橋を渡ったのであろうか。

● 梯して上る大盤石の氷かな

（はしごして　のぼるだいばんじゃくの　こおりかな）

（明治32年1月）句稿32

「羅漢寺にて」とある。新年の二日に職場の友人と宇佐神宮を訪れ、近くの町で宿泊した。三日目は熊本へ帰る旅路であるが、中津経由で耶馬溪を抜けていくことにした。深い谷川沿いの岸壁は樹木が葉を落としていて、羅漢山の岩肌が見えている。険しい岩を削って作った細い岩道を岸壁に手を当てながら登っていくと、その岩に張り付くように造られた羅漢寺が見えてきた。漱石が「巌にとりつく羅漢寺」と句に表した寺が岩ばかりの山に建てられていた。この寺は五百羅漢像が有名で、千三百年の歴史があると言われている古刹。

目の前の山の上に鐘楼が見え、中の釣鐘は寒風に凍りつきそうに見える。氷の粒にも見える雲が釣鐘にもかかっている。この様を「釣鐘に雲氷るべく山高し」と詠んだ。北九州に押し寄せた寒波が風を岩山に吹き付け、垂れ込めた重い雲が釣鐘にかかっている光景であった。雪が降り出しそうであった。

釣鐘を吊り下げてある鐘楼自体が強い風に吹かれ、さらには屋根の上まで張り出した岩が崩れてきそうで危ないと感じた。ここで漱石は「凩の鐘楼危ふし巌の角」の句を詠んだ。

次の行動は一見危うい状況にあると思われた鐘楼と本殿が載っている大きな岩の上に登ることだった。備えつけの梯子を使って風が突きつける中を、凍りそうになりながら氷の塊に見える大岩に挑んだのだ。掲句では白い大岩を大盤石と形容した。

岩山に登る一連の俳句は、ビデオカメラで漱石一行の行動を捉えているかのようだ。立ち止まることなく寒い風の中を淡々と岩山に挑む漱石たちの行動を記録していた。

• 橋立の一筋長き小春かな

（はしだての　ひとすじながき　こはるかな）

（明治28年11月22日）句稿7

京都府宮津市にある天橋立(あまのはしだて)には子規も漱石も訪れていない。だがこの漱石の弟子である枕流はこの特異な景色を見ている。この特殊な地形ができた偶然に驚かされるが、松の木だけがこの細い帯状の陸地に密生していることにも驚かされる。これだけでもやはり特別なエリア、神のエリアなのだと納得してしまう。

この俳句は、相模国の田原坊が仙台の近くの松島を詠んだ俳句、「松島や　ああ松島や松島や」に匹敵する名句であろう。神のいる出雲の俳句だけにすっきりと作られている。共に只々感激している気持ちが俳句に込められている。したがって掲句には面白さが全くないものに仕上がっている。わずかな工夫として、「一筋」の語に蛇足の「長き」の語をつけている。出雲の神が絡んでいることから、俳句に装飾語を用いないことにしたようだ。

句意は「小春日に、高台の足元に向って天橋立の緑色の道が一筋伸びている」というもの。足元を見ると確実に冬が来ているとわかる。

ところで橋立とは天界から下界に向けて下される梯子のこと。つまり「天からの橋立」と断らなくても橋立だけで天から伸びている梯子の意味が出てくる。この天橋立には逸話があり、神様の作業のチョンボが込められているという。つまり神様は下界に降りる時に、この橋立を下ろしたが、そのままにしてしまったというのだ。この失敗談が「天橋立」には付いて回るので、俳句には特別な手を加えなくても十分に面白い俳句になっているということだ。

• 橋立や松一筋に秋の空

（はしだてや　まつひとすじに　あきのそら）

（明治40年頃）手帳

京都府の北部にある日本三景の一つ、天橋立は青い海の中に見える。岸辺に立つ漱石の足元から緑の松が一筋沖に伸びていく。そしてその松の筋は青い空の中にも伸びていくようにも見える。まさに天に架かる橋のように見える。天から日本の神々が降りてくるための橋。漱石はここに来ると自分の死後の世界を想像するのか、背筋が伸びる気がしたのだ。この橋を渡って天に昇るように思えてくる。

この句は、漱石句としては珍しくすっきりしている。だがこのかっちりした俳句にも漱石の遊びが刻み込まれていた。天橋立といえば、股座(またくら)覗きが有名である。漱石も俳句上でこの股座覗きをやっているのだ。普通に高台に立って天橋立を描写すると「橋立や松一筋に秋の海」になるはずだ。しかし漱石が股座覗きをして俳句を作ると、一筋の松の道は、掲句に示すように青い空に向かって伸びることになる。

漱石はこの年の3月末から4月上旬に大阪と京都を旅していた。3月に東京朝日新聞社に入社したことで、大阪朝日新聞社に挨拶に行くことが最初の仕事になった。漱石は東京帝大の教授職が内定していたが、それを蹴って文筆業に専念することに決めたことを京都大学にいる親友に伝えることにして、京都に足を延ばした。しかし、丹後地方の天橋立には行っていなかった。その後も行っていない。

漱石は大阪と京都でこれから小説家として生きる決意を関係者に伝えた。この時の漱石の気持ちはすっきりしていた。まさに「秋の空に松一筋」の心境であった。世の中の常識に反する決断をした漱石は、天橋立を股座覗きしている気分であった。

ちなみにこの句が小説に出てくる場面が「吾輩は猫である」の中にある。「天橋立を股倉から覗いてみると、又格別な趣が出る。（中略）偶(たま)には股倉から八ムレットを見て、君こりゃ駄目だよと位に云う者がいないと、文界も進歩しないだらう。」と出てくる。漱石はまずは俳句でこの股座覗きを試してみた。

● 橋なくて遂に渡れぬ枯野哉

（はしなくて　ついにわたれぬ　かれのかな）

（大正元年10月）『明治百俳家短冊帖』「天之巻」

この年の2月に大陸では清朝が滅亡し、9月13日に明治帝の大葬の儀があり、年号が大正に変わった。この後の10月30日の寺田寅彦宛の書簡で「今日迄寝て暮し申し候　あの夜胃がつっぱって弱り候　其後は横着の引続きにて人間並に行動するのがいやになりたる故両3日人間を辞職致したる」と書いていた。この時の思いが掲句に表れている。

漱石全集では掲句は「川ありて遂に渡れぬ枯野かな」（明治40年）の改作としている。この「川ありて」の句は手帳に書いてあったというから、自分のはっきりしない気持ちを整理するために書き付けていたのだろう。漱石の書簡を全集で調べた所、同年の3月中頃に友人宛に手紙を出して、帝大と一高の職を辞すつもりだと知らせていた。そして新聞社への入社を決意する。その時の困難に立ち向かう際の句である。なんとかじゃまな川を渡るすべを考えるぞ、という意思を表した。

これに対し、掲句は「川ありて」の句のパロディ句なのである。向こう側に行けない理由を「川ありて」から「橋なくて」に修正している。渡れないのは同じことであるが、どこまでいってもどこにも橋はないので川を渡るのは困難だとして諦めるという。胃潰瘍が悪化したままで体力は一向に回復しないが、まだ死ぬわけには行かない、という気持ちを句に表した。漱石は最後の力を振り絞って小説「行人」に立ち向かうのである。あの世に渡る橋がないのは幸いなことだと表した。この年の12月から翌年の4月まで新聞連載が続いた。

ところで蕪村には「橋なくて日暮んとする春の水」の句がある。この句については、おおよそ次のように解釈する。「桃源郷のような長閑な風景の地の川べりにたどり着いて、ぼんやりと佇んでいると日暮れになってしまった。だが橋のないことで却って広い風景を長く楽しめた気がする。橋がないことなどは気にならない。」というもの。

漱石はこの句を意識して、長閑な春の川べりではなくて、死が近づいている寒風の吹く枯野を設定した。漱石はこの蕪村句のパロディ句を作って重い気分を晴らしている。春と違って寒い枯野であるから、のんびり夕暮れまで楽しく見ているわけにはいかない、とへそ曲がりの句を作った。

● 橋の霜継て渡れと書き残す

（はしのしも　つぎてわたれと　かきのこす）

（明治29年1月3日）子規庵での発句初会

正月の句会での席題は「橋」であった。そこで漱石先生の頭に浮かんだのは、芭蕉が作った隅田川に架かった新大橋に関する2句であった。芭蕉が霜の降りた朝に作った句は「皆出でて橋を戴く霜路哉」と「ありがたやいただいて踏む橋の霜」であった。この橋は墨田川に架った3本目の新大橋。時は元禄6年12月、江戸の庶民はこの橋の完成を楽しみにしていた。橋の渡り初めの早朝、霜が橋を白く染めた。

漱石は、芭蕉が三つ目の完成祝歌を作って橋の袂に書き残したと仮定して、掲句を作ったのであろう。集まった町人に対して、橋を渡る際には足跡がまっすぐの線になるように渡るように、との立て札を立てたとする俳句を作った。皆喜び勇んで霜の降った板を踏む渡り初めに参加するだろうが、ただ渡るだけでは面白くないと、芭蕉がアイデアを出したことにした。霜を溶かす足跡を直線でつなぐようにというものだった。霜で白くなった橋の上に黒い平行な二本線を描こうとの計画であった。

このアイデアは江戸元禄の俳人、田捨女の「雪の朝 二の字二の字の下駄の跡」のパクリであろう。江戸の庶民はこの立て札を見たならこの意味を理解して笑いながら従ったはずである。

・はじめての鮒屋泊りをしぐれけり

（はじめての　ふなやとまりを　しぐれけり）

（明治27年秋）『図説漱石大観』

漱石が27歳で松山に赴任した年に、話に聞いていた鮒屋旅館に泊まった。その宿は有名であった道後温泉で最も古い旅館であった。令和の時代にあっては「ふなや」と名を変えて伝統を引き継いでいる。皇室御用達の宿にもなった。

掲句は松山にあった宿の名前が組み込まれた面白い句になっている。漱石のここに泊まれたことをありがたがっている気分が表われている。そんな思いを持って漱石が宿泊した宿は、今では、あの有名な小説家の漱石が宿泊した宿であるということが自慢であり、玄関先に漱石の句碑が立っている。無論正岡子規もここに何度も宿泊していた。しかし、子規がこの宿で作った句は「亭ところどころ渓に橋ある紅葉哉」である。庭園を褒めているが、鮒屋の名がないのだ。

この旅館の自慢はこの褒められた広大な日本庭園であり、この庭園を流れる小川は自然のままの御手洗川であり、令和の今でも夏にはホタルが舞うという。

ところで掲句は、「松山では噂になるほどの鮒屋旅館に初めて泊まりに来て、自慢の庭をゆっくり歩こうとしたが、あいにく時雨が降り出した」というもの。少しは落胆したのであろうが、宿の飯が良かったのか部屋の調度が良かったのか、満足げな気分が俳句から伝わる。雨の降る庭を宿の番傘をさして歩いたのだろう。鮒屋での時雨は味わいの一つと感じたことだろう。掲句は時雨があって却って良かったということなのだろう。

・芭蕉忌や茶の花折つて奉る

（ばしょうきや　ちゃのはなおって　たてまつる）

（明治28年11月22日）句稿7

芭蕉忌は陰暦10月12日で、別名では翁忌（おきなき）、桃青忌（とうせいき）の他に時雨忌（しぐれき）があるが、時雨忌が代表的なものになっている。だが漱石は芭蕉の有名な句である「駿河路や　はなたちばなも　茶のにほひ」を取り上げて芭蕉忌の掲句を作った。芭蕉はお茶との縁が深いことが知れ渡っているからだ。かの広沢虎三が浪曲で、「旅ゆけば、駿河の国に――茶のかおり」と唸ったのはこの芭蕉句が起源になっているという。つまり漱石は芭蕉忌の別称として「茶香忌」を推奨している気がする。参加者が皆で新茶を持ち寄って交換し、その場で持参の急須と茶碗で茶を味わって帰宅するのだ。

現代の話であるが、司馬遼太郎の2月12日の「菜の花忌」のときには、司馬遼太郎記念館は黄色に咲く菜の花で彩られて、来館者を迎えるという。皆でこの花を愛でた司馬遼太郎の偉業を偲ぶことができる。漱石はこれと同じ発想で、芭蕉忌には茶の花を手折ってきて祭壇に飾ることを考えた、というのが掲句の句意である。ちょうど芭蕉忌の頃には至る所にある茶畑で白い茶の花が咲くので、どこでも勝手にただで手折ってくるだけで済むと漱石はニンマリするのだ。

この句の面白さは、道端で手折ってきた茶花であるだけに、祭壇に飾るときには俳聖に対する敬愛の気持ちを込めて、ある種大げさに「奉る」としたことである。この句には、漱石の面白さともとれるが、厳しい考えが込められている。芭蕉忌を時雨忌、翁忌、桃青忌と命名したのでは何も祭壇に飾ることができない。祭壇に飾れる花や樹木の名をつけた忌名になぜ決めなかったのか、理解できないことであると呆れているのだ。つまりは芭蕉の弟子たち、蕉門の俳人たちのセンスのなさ、気の利かなさを指摘しているのだ。芭蕉は時雨の句を多く作っているから時雨忌とすべきだと考える単純な発想ではなく、植物を持参して楽しく集える忌名にすべきだったと主張している気がする。

ちなみに12月9日の漱石忌には植物名をつけた名称はない。そこで弟子の枕流が提案したい。木瓜忌とすべきだと考える。令和の時代であれば温室栽培の木瓜を12月に入手できるであろう。

＊『海南新聞』（明治28年12月25日）に掲載

三者談

芭蕉忌の頃は花という花も少なく、芭蕉自身も侘しい感じがするので、目立たない茶の花を奉りたいというのだ。実際に芭蕉忌に畑の茶の花を折って像の前に上げたということだ。確かに芭蕉忌には茶の花がふさわしいということ以外に言うことはない。取り澄ましたところがある。

● 芭蕉ならん思ひがけなく戸を打つば

（ばしょうならん　おもいがけなく　とをうつば）

（明治30年10月）句稿26

句意は「夜、静まり返っている家の中で本を読んでいると、外の庭の方で音がしている。雨戸を打つ音だ。芭蕉が風に揺れて雨戸にぶつかっているのだろう」というもの。

漱石の妻は東京の実家に帰っていて熊本の漱石宅には漱石だけがいた。妻のいない漱石宅は夜になると雨戸が閉められて、ひっそりしている。風が吹き出したのか。雨戸を叩く音がする。その時妻が鎌倉から帰ってきたのかなと一瞬思ってしまった。妻は10月末にならなければ実家から帰ってこないとわかっているが、芭蕉の葉音を聞いてもしかしたら鏡子かも、と雨戸を叩く音に漱石は反応してしまう。

妻が帰ってきたなら玄関の戸を叩くはずだとわかっていても、つい雨戸の音に妻の帰宅だと思ってしまう自分に呆れてしまう。そんなに仲違いしている妻が恋しいのかと自分を笑ってしまう。

この句の面白さは、夜間漱石は芭蕉の俳句本を読んでいたように錯覚しそうになってしまうことだ。そして芭蕉が漱石宅を訪ねてきたと漱石が思ったと錯覚しそうになってしまうことだ。もう一つの面白さは、下五の「打つば」は「打つ葉」を掛けていることだ。

● 芭蕉破れて塀破れて旗翩々たり

（ばしょうやぶれて　へいやぶれて　はたへんぺんたり）

（明治28年9月23日）句稿1

松山を襲った台風の被害のすごさを俳句で表した。掲句を作った時には師匠の子規も松山の愚陀仏庵にいて、この台風のすごさを体験したと見られる。（子規は10月19日に帰京）掲句はニュースアナウンサーのように家の周囲の様子、街中の様子を淡々と解説している。漱石は掲句を書いた日に子規と台風後の松山市内を見て回った。

句意は「台風で庭にある芭蕉の大きな葉は翻弄されて、端がぼろぼろに切れてしまった。塀には崩れが出ている。のぼり旗は破れてはいないが、今も強い風に煽られている」というもの。旗は料理屋ののぼり旗であった。

漱石はこの句で太い幹を持つ芭蕉は痛めつけられ、強固に作られていた塀は倒れたりしているが、布一枚ののぼり旗には破れは生じていないと観察している。一見頼りない旗は予想に反して被害を受けず風になびいている、意外だとの感想を表した。

この句の面白さは、「破れて」の語を繰り返して落胆している様を表していることだ。しかし、その後倒れていない旗を見て漱石の気持ちは上を向いたことだ。漱石の動き回る視線の動きが感じられて面白い。

もう一つの面白さは、「芭蕉破れて」の後に「塀破れて」が置かれていることだ。通常は大きな建造物の塀が壊れている様を見て驚くと、これを上五において俳句に表すのが一般と思われるが、漱石は逆であった。漱石は被害の甚大さを音で表そうとしたからだ。

この句は杜甫の「国破れて山河在り　城春にして草木深し」の漢詩を念頭に置いて作られた俳句だと思われる。明治27年の9月に日清戦争で日本が勝利し、日本中が大盛り上がりを見せた。これで日本は二等国から脱出できると。しかし翌年の明治28年4月には独仏露による三国干渉が起きて、条約で得た領土は放棄することになった。これによって日本人の自信は崩れた。あたかも強大な台風が通過した後のごとくに。

掲句はこの時期の日本中が意気消沈している様を俳句で表したものだ。これは見事な時事俳句なのだ。しかし旗が破れることなくハタハタと軽やかに翻っているのを見て、漱石は前を向こうとした。このとき日本国も目前のロシアを見定めて身がまえた。

• 蓮剪りに行つたげな椽に僧を待つ

（はすきりに　いったげな　えんに　そうをまつ）

（明治40年頃）手帳

「げな」を使うところを見ると地方が語られている俳句だとわかる。漱石が聞き知っていた「げな」は、九州の福岡や宮崎の言葉らしい。「何々だそうだ、何々のようだ」の意味になる。椽（縁と表記した句集もある）とは縁側のことで、板張りの造りであるが、椽と書くところからは丸木を並べただけの粗末なものと想像する。

山裾の寺の池の端に蓮が咲いていて、知り合いの僧がふらっと鋏を持って縁から立ち上がって出て行った。蓮の花を切りに出て行ったと思われた。部屋の花瓶に生ける蓮の花を切りに行ったのだろうか、久しぶりに会った漱石に蓮の花を持って帰らそうというのかもしれない。漱石は丸木の縁側に座って僧の帰りを待つことにした。その僧は小舟を竿で漕ぎ出し、話を中断して立ち上がったのであるから、漱石のための行動なのだ。手土産に蓮の花を切るということだ。

ここまで書いて、ここに出ている僧は明治27年に円覚寺で会ったことのある僧だとわかった。十数年前に塔頭の帰源院で参禅した折に言葉を交わしていた若い僧であった。この僧は漱石が帝大を辞して新聞社に入ったと聞いて、寺に来るように誘ったのだ。この僧と漱石は円覚寺の近くにあった古寺の僧堂で話し込んだ。その後帰り際に目の前の蓮池に鋏を持って蓮の花を切りに行った。

ところでこの蓮花の土産は、遠方から来たという漱石への土産としては不自然である。やはり漱石には女性の連れがいたのだ。そしてその女性はこの寺の近くに住んでいる女性なのだ。ここまで想像するとこの女性は楠緒子ということになる。漱石はふらりと鎌倉の長谷にやってきたのだ。ある目的を持って。

漱石は明治40年の夏に鎌倉長谷にある友人の別荘を訪問していた。（鎌倉文学館館長の富岡浩一郎氏の「文豪の心は鎌倉にあり：第六回」の中に漱石は「明治40年に友人の長谷の別荘を訪れています。結構鎌倉には来ていました」という重要な記述がある。）そうであれば鎌倉にあった寺のいずれかを訪ねていた可能性は高い。

ちなみに明治40年の漱石の鎌倉訪問の旅は意外に知られていない。各種年譜には出ていない。漱石はお忍びで行ったようだ。このことは「明治40年7月18日に大塚楠緒子は鎌倉の長谷に転居」（「心の花」鎌倉だより。浄智寺の裏手に住居）していたことに関連している気がする。

漱石はこの荒れ寺での蓮の句を大量に作った後、同じ寺の裏の清水をテーマに30句もの俳句を作っている。知り合いの僧がこの寺にいたことだけが刺激になったからではない。漱石と楠緒子は鎌倉で会っていたと思われる。これらの句は新聞にも手紙にも載せていない。

この寺を特定しようと調査したところ、明治初年に廃寺になった禅興寺が浮かび上がった。この寺の一部は「あじさい寺」として有名な明月院として残っている。楠緒子の住まいから600メートルくらいの近さだ。

＊雑誌『俳味』（明治44年5月15日）に掲載

三者談

この句は先生の書斎で一緒に作った句だ。子規が亡くなってからこの句のような複雑な句が多くなった。俗語を使った句だが成功している。蓮を切りに行った僧を古めかしくて卑しい庄屋か百姓が待っている。いや訪問者は漱石自身だ。手際のいい散文的な句である。いや叙事詩だが、いいものではない。

・蓮毎に来るべし新たなる夏

（はすごとに　きたるべし　あらたなるなつ）

（明治42年6月）『最新二万句』今井柏浦編

鎌倉の蓮池の周りを歩いていた時の句であろう。明治40年には鎌倉で蓮の句を集中して13句作っていたが、この時にこれらとは別枠で掲句を作り、『最新二万句』の編集者に提供していたのであろう。俳句専門誌への収録はその2年後になったと思われる。ちなみに明治42年の前半に漱石の国内旅行は記録されていない。

蓮の花の色は光るピンク色で、この色は空の青とは反発し合う仲であり、葉と花とも形がユニークな植物である。蕾は水面から高く背筋を伸ばし、音を立てて早朝に開花する。この花は根を伸ばして仲間を増やし、蓮池を形成して自分たちの季節の夏が来たことを人々に知らせる。

句意は「この蓮池に花が咲く度に来たいものだ。景色が明るくなる蓮が咲く度に、新たに夏が来たという気になる」というもの。蓮は夏の到来を告げる花なのだ。この蓮の花のエネルギーは夏のエネルギーを感じさせる。

明治40年春に漱石は東京帝大を辞職し、東京朝日新聞社に移った。英文科教授就任の内示が出ていたが、これを拒否してプロの小説家になった。漱石がこの年の夏に見た蓮の花の色は格別なものであった。毎年蓮は十分な準備時間を経て充実した花を咲かせる。漱石も新たな環境で、集中して小説を書くことを蓮の花を見ながら思ったのだ。自分も思い切り生きようとした。

・蓮に添へてぬめの白さよ漾虚集

（はすにそえて　ぬめのしろさよ　ようきょしゅう）

（明治40年頃）手帳

「ぬめ」は、薄くて滑らかな絹織物である。漱石宅の床の間の壁にはこの白い布を縦に長く用いた掛け軸が下げられている。墨で文字が書かれている。その前に置かれた小机には蓮の花が生けられている。漱石は書斎兼居間で蓮の生け花を前にして最近出版されたばかりの自作の短編小説集である漾虚集を手に取って見ている。ともに新鮮な輝きを放っている。

この本のタイトルになっている漾虚とは、水が漂うように虚空をさまようという意味だという。時の流れに身を任せという気分なのか。この言葉は、白蓮との恋の行方に気を揉んでいる弟子の東洋城のことを念頭に用いている。独身であった東洋城は子持ちの出戻り美女との結婚で家族と揉めていた。両親はともに反対の立場を崩さない。東洋城に対して自分の体験からなにかアドバイスをしたいと考えているが、時が流れるばかりで3年越しの恋の行方はどうなることやら。どうにもならないものは、どうしようもないと言いたい気持ちなのだ。

掲句の面白さは、相手の女性、著名な歌人の白蓮は大胆に咲く蓮の花のような人であり、男は世の中のことをあまり知らない宮内庁勤めの宇和島藩主の孫であり、上品な白い絹布に例えている。漱石はこの白と白との組み合わせはうまく行かない気がしている。いつまでも漂うだけのような気がしてきている。

ところで掲句の蓮の花は、どこで入手したものなのか。掲句に続く蓮の句を見ていると、鎌倉の寺に旧知の居士を訪ねていった時に、その居士が小舟を蓮池に出して蓮の花を切り出した。漱石はその一部を土産として手渡され、東京まで持ち帰ったと推察する。

蓮の葉に蜘蛛下りけり香を焚く

（はすのはに　くもくだりけり　こうをたく）

（明治37年）小説『一夜』

この小説では京都の茶屋で二人の男と女将の取り止めのない夢の話や絵の話が続く。部屋の縁の向こうに中庭が見えていて、その中庭に降る梅雨の雫を眺め、蚊に惑わされながら話を延々と続けている。蜘蛛は部屋の天井にいて彼らの話を聞いていた。しかし蜘蛛は話を聞き飽きて、いい加減にやめるようにと行動に出た。天井からスルスルと糸を吐いて下りてきた。その下りる先は床の間であり、そこにある台の上には白磁の花瓶が置かれ、ハスの蕾花一輪と二つの巻葉が生けてあった。

女将は部屋が湿っぽいと感じて、花瓶のそばに置いていた香炉に手を伸ばし、蓋を取って香をそのうちに入れて香を焚きだした。部屋の三人の視線は洒落た香炉とハスの花に向いた。蜘蛛はその花の上に下りて三人の目を引くように三寸ばかり上でぴたっと止まった。蜘蛛は名役者だった。部屋で続く話を止めてしまった。

女将は香を焚きながら、蜘蛛は香でお灸を据えられるようにして天井に戻ることを期待した。一人の男は「夢の話を蜘蛛も聞きにきたのだろ、聞きたくば蜘蛛も聞け」と話を続け、笑い出した。

掲句は女将が香を焚きながら呟いた句であった。女将は漱石の大ファンであり、漱石が作る俳句のように俳句を作れるのだった。ちなみにもう一人の男は漱石の弟子で絵師の津田。津田青楓は京都の郊外に生まれ、東京に出てきた人で、京都を知っているのだからと漱石の妻に企みを明かされ、漱石を京都祇園の有名茶屋に案内したのだ。女将は中庭の植栽を漱石好みのものに変えたりして、大いに接待した。

蓮の葉に麩はとどまりぬ鯉の色

（はすのはに　ふはとどまりぬ　こいのいろ）

（明治40年頃）手帳

句意は「蓮池の端に立って池の緑の葉の中で、ダイナミックに動く鯉に麩を餌にとちぎって与えようとした。だが投げ入れた麩は風に吹かれて狙う蓮葉の隙間に入らない。広い蓮の葉の上に麩は落ちて真ん中のくぼみに集まって動かない」というもの。鯉は口を開けて餌が投げ入れられるのを待っている。真緑一色の中に薄い桃色の蓮が咲き、蓮の葉の間を色鮮やかな緋鯉が泳いでいる様は、まさに仏の世界のようである。

ところで麩は「ふすま」とも読む。だが「ふ」と「ふすま」は原料が同じ小麦でありながら物は全く違う。「ふすま」は「ふ」が有するグルテンを全く含まず、小麦の実の外側成分の殻や糠の部分のことである。したがって「ふすま」を水で練ってもうまく固まらない。他方「ふ」の原料は粘りの出るグルテンを含むので、発泡させて体積を増大させて軽くできる。したがってそのような軽い麩を餌として葉の間に精度よく投げるのは困難になる。

この句にある面白さは、餌が投げ込まれるのを見た鯉の苛立つ顔が見えることである。葉のくぼみに入り込んでしまった麩は、蓮の葉の中央に移動して溜まっている水滴を吸って、葉の表面に付着したままになっている。頭を上げた鯉は投げ込まれた餌が見えるのに落ちてこないので、口を開けて待っているだけだ。鯉はこのことが腑に落ちないのだ。

もう一つの面白さは、「蓮の葉に麩は」の部分には、は行の音が多いことである。軽くて思うように投げられない麩の様がうまく表せている。

ところでこの池はどこの池か。漱石が大学時代によく散策に出かけた不忍池が思い浮かぶが、ここには真鯉しかいなかったから、どこかの禅寺なのであろう。漱石は明治40年の夏に鎌倉の寺に出かけていた。漱石は丸い石橋の上から蓮を見ながら、鯉に餌を投げていた。そして僧堂の縁に座って旧知の禅僧と話し込んでいた。帝大の職を辞して新聞社に転職したことなどを話していた。

＊雑誌『俳味』（明治44年5月15日）に掲載

● 蓮の欄舟に鋏を渡しけり

（はすのらん　ふねにはさみを　わたしけり）

（明治40年頃）手帳

寺の蓮池の上に架かっている丸い石橋の欄干に身体を預けるようにして、欄干の隙間に手を差し入れてその下にいる小舟の人に鋏を渡した場面を描いている。この小舟には知人の僧、居士が乗っていて、久しぶりに会った人に蓮の花を切ってきてあげようと蓮の咲いている方に向かって竿で小舟を押し出した。この小舟はゆっくり石橋の向こう側にある蓮の花の方に進んでいったが、舟は欄干の近くで止まった。この居士は肝心の鋏を忘れていた。庵の縁に腰掛けていた男は、鋏を持ってきてくれと言われて、急ぎ石橋の上に行った。この一連の動きが掲句に込められている。掲句の近くに置かれた「夕蓮に居士渡りけり石欄干」と「石橋の穴や蓮ある向側」「蓑の下に雨の蓮を蔵しけり」「蓮剪りに行つたげな椽に僧を待つ」の句によって、これらのことがわかる。

夕刻になって帰ろうとする漱石に、居士が土産にと蓮の蕾を切って手渡そうと小雨が降る中、小舟を池に押し出したのだ。居士のいる寺にはあまり人が来なくなっていた。廃仏毀釈の運動によってこの寺は荒れ果てていた。客の漱石は在家の僧である知人の居士に歓待されたのだ。

もう一つの解釈は、この荒れ寺には居士と漱石の他にもう一人がいるというもので、その人は女性であると考えられることだ。石橋の欄干の隙間から鋏を持った手を差し込む光景を、漱石が僧堂の縁から眺めている。欄干の隙間に差し込む腕は細い方がいい。漱石はその手渡しのシーンを俳句で活写した。その居士は漱石に同伴したその女性に、大きな蓮の花束を手土産として用意しようとしたのだ。明治男の漱石には2、3本程度の少ない本数の蓮の蕾を包んで渡した。漱石と同年代の居士が蓮の花を切って渡そうと思ったのは、連れの女性客がいたからだろう。

その女性は大塚楠緒子であり、彼女は明治40年7月18日から鎌倉の浄智寺裏に転居していた。居士のいる廃寺は浄智寺から1キロメートル弱の距離にある禅興寺であったと思われる。その寺の一部は「あじさい寺」の明月院になって残っている。漱石は朝日新聞社の新聞連載を楠緒子に依頼していた関係で、彼女との打ち合わせが必要だった。漱石は7月19日付けで長谷の楠緒子に手紙を出していた。

● 畠打の梅を繞ぐつて動きけり

（はたうちの　うめをめぐつて　うごきけり）

（明治32年2月）句稿33

「梅花百五句」とある。冬の畑仕事は春が近い頃の、麦の根元への畝被せ、または土寄せである。田舎育ちである私、枕流は、この作業を何度も見たり行ったりしていたので、畠打の意味が理解しやすかった。真冬に若麦の麦踏みをしたあとに、麦列の片側の土を鋤で麦の根元に寄せるのだ。これをやれば麦の育ちが良くなる。

漱石は阿蘇の山裾の道からこの畑作業を見ていた。山裾の畑の中ほどに梅の老木が立つ塚があって、農家の男はその咲き出した梅の木の周囲を巡るように畑で土寄せをしたのだ。前年の麦の種まきはその梅の木の周囲にスパイラル状に行なっていた。今やその梅の木は畑の主であった。

梅の木の周囲で行われている畠打は、咲き出した梅の木を見ながらの回るような作業になっていた。疲れを感じないように農家の男は種まきを工夫していた。時々疲れた腰を伸ばし、目の前の梅の花を眺めていた。

この畠打は先の鋤を使う作業以外に鍬で行うこともあった。この鍬を使う作業は畑の土に鍬を頭の上に振りかざしてから麦の畝の近くに打ち込むので、まさに畠打作業になる。

漱石の実家のあった東京の早稲田あたりは、明治の初期であればまだ田んぼも畑も残っていたので、漱石は小さい頃に農作業を目にしていたに違いない。幼少時に見ていた畑仕事を熊本で見て、東京を懐かしく思い出していたのかもしれない。

● 肌寒と申し襦袢の贈物

（はださむと　もうしじゅばんの　おくりもの）

（明治32年10月17日）句稿35

「熊本高等学校秋季雑詠　習学寮」の前置きがある。学生たちが夜間寒いというので袷の長襦袢が習学寮の寮生たちに差し入れられた。これは生活担当の漱石が企画した贈り物であった。学校全体が欧州風の煉瓦造りであり、朝の校舎は冷えて寒かったが、寮に帰ってからも寒いというのは学生にとっては酷だというので、漱石は知恵を出して襦袢を学生たちに提供したのだ。

この頃の学生は袴と袷の着物を組み合わせた和服を着ていた。夜間の部屋には暖房がなかった時代のことであり、しかも当時の寝具は簡単なものであったから、夜は寝られないほどの寒さを感じていた。

漱石は習学寮に関する俳句として、「頓首して新酒門内に許されず」の句も作っている。寮生は酒を飲んで帰らないと眠れないとこぼしていたのか。当時の学生たちは漱石がこれらの句を作っていたことを知らなかった。

生活担当の漱石は、習学寮の寮生たちは、よく勉強するということを知っていたので、掲句にあるようになんとかしてやろうという気になったのだろう。ちなみに弟子の枕流が田舎から東京に出てきて入った学生寮の名は、しゃれた名の「桐花寮」であった。近くに女子大学寮があり、少し浮ついた雰囲気があったことを覚えている。だがこれは私だけのことかもしれない。

● 肌寒み禄を離れし謡ひ声

（はださむみ　ろくをはなれし　うたいごえ）

（明治30年4月18日）句稿24

漱石は熊本の借家に住みだしてから始めた趣味が謡であった。職場の同僚から謡を勧められ、流行っている謡をやらないと仲間になれないと思ったのか、漱石はすぐに謡を始めた。そのうち個人で宝生流の師匠に付いて習い始めた。

日記的な謡の俳句を「謡5句」と題して一気に作っている。熊本に来てちょうど1年が経過していた。「春の夜を小謡はやる家中哉」「隣より謡ふて来たり夏の月」と来て、三作目が掲句である。続いて「謡師の子は鼓うつ時雨かな」「謡ふものは誰ぞ桜に灯ともして」の句が続いた。

句意は「少し寒くなってきた秋に、隣の家から風に乗って聞こえてきた謡の声は、侘しいものであった。声の主は退職した武士であった」というもの。時代が変わって生活に不安がありながらも、趣味の謡は続けていた。やや震え気味の声が寂しい秋の季節の到来を感じさせた。

この句の面白さは、謡の主題はそれ自体が悲しい結末のものがほとんどであり、霊の登場するものが多い。それを感情を込めて歌うと肌寒くなるのだと漱石は笑っているように感じる。漱石は謡の内容とは反対に俳句を面白く仕上げている。

● 肌寒や羅漢思ひ思ひに坐す

（はださむやおもいおもいにらかんざす）

（明治28年9月23日）句稿1

「肌寒や羅漢思ひ思ひに坐す」の原句である。俳句の師匠である子規が修正する前の句である。

句意は「夏なのに冷んやりする岩の洞窟に入ってゆくと、様々な表情をした羅漢たちが座っているのが見えた」というもの。さぞや羅漢像は厳しい表情をしているのだろうと思って中に入っていくと、そうではなかった。修行を楽しんでいるようにさえ感じたようだ。予想に反する意外性が、掲句からは伝わる。

修正句の「羅漢思ひ思ひに坐す」と原句の「思ひ思ひに羅漢坐す」の違いは、漱石の目に入ってくるものの順序が違うことになることである。前者はまず羅漢像の圧倒する数の多さに驚いているように感じられるが、後者はまず羅漢像の多様な表情に惹きつけられている様子が窺えることである。

掲句は、洞窟内に入った直後は肌寒さを感じたが、並ぶ羅漢像を見て心が和んで幾分暖かささえも感じられたようにも解釈できて、面白い。

• 肌寒や膝を崩さず坐るべく

（はださむや　ひざをくずさず　すわるべく）

（明治29年11月）句稿20

句意は「秋が深くなって肌寒の頃になったので、膝を崩さずに正座して座るのが丁度いい」というもの。膝を崩すと着物の裾が割れて冷たい空気が股の中に入り込むから、股を閉じる正座の方が理に適っているという。こんなことを考えるくらいに熊本も寒くなってきたと東京で病臥している子規に伝えている。

漱石は、胡座をかいて本を読んでいたその姿勢を正座に変えたと想像したが、このようなことをわざわざ俳句にすることはないと考えた。そこで掲句の周囲に置かれている俳句を調べてみた。すると一つ前には「悼亡」と前置きされた「見えざりき作りし菊の散るべくも」の句があり、後には葬儀の模様を描いた「僧に対すうそ寒げなる払子(ほっす)の尾」「善男子善女子に寺の菊黄なり」が記されていることから、掲句は読経の最中の様を描いているとわかった。

改めての解釈は「葬儀の読経が長引いて僧堂の中の寒さが身に応えてきたので、胡座から正座に切り替えた」というものになった。解釈が進んだのはここまでで、誰の葬儀であったかはわからなかった。

この句の面白さは、肌寒は秋の季語になっているが、最も冷気に敏感な股の内側の肌が寒いと感じるのが、肌寒だと主張しているように思えることだ。そうであるから肌寒を感じたら正座するのが良いと言いたいようだ。正座して気持ちを引き締めれば、なおのこと風邪は引かなくなる。男は股を攻撃されると弱いところがあるが、冷気にも弱いと漱石は教えてくれる。冬の寒さに対しては、まずは股を防御しなければならない。昔から防寒用の下着として活躍するのは、股引(ももひき)ということになっている。

• 肌寒や羅漢思ひ思ひに坐す

（はださむや　らかんおもい　おもいにざす）

（明治28年9月23日）句稿1

22歳の漱石は明治22年の夏に一高の仲間と千葉県の房総半島にある鋸山に登っていて、そこの洞窟内にある石像の羅漢像群を見て、掲句を詠んだと思われる。それとも子規と漱石が明治28年9月23日ごろに散策した松山付近の寺の光景なのか。ちなみに松山市内にある羅漢像を検索してみると、松山市の石手寺の奥には五百羅漢が置かれていた。この石手寺はこの日に子規と回った千秋寺や常楽寺からそれほど離れていない市内にある。

しかし、漱石が9月に見たと思われる石手寺の羅漢たちは二十数体の赤茶色の木像であった。やはり掲句に描かれている羅漢像は、鋸山の冷え冷えとした洞窟内の石像なのであろう。子規の案内で目にした木像の羅漢によって、千葉県の洞窟を埋め尽くしていた石像の羅漢を思い出したのだろう。そして夏でも肌寒かった洞窟内の空気を思い出した。ちなみに漱石の房総の旅を漢文で書いた木屑録には、漱石の友人の「耶馬溪のほうが広く巨岩奇跡が多い。でも羅漢像はこちらには及ばない」というつぶやきが耳に残ったことが記されていた。

鋸山の寺の洞窟には羅漢の石像が多段に数多く並んでいる。その羅漢たちの顔の表情は様々であるが、何かを厳しく考えているように見える。そして座る姿勢も様々である。

ところで羅漢とは仏教用語の阿羅漢(あらかん)の略称で、仏教において最高の悟りを得た人のこと。尊敬や施しを受けるに相応しい聖者のことだ。この聖者の境地に達すると迷いを脱して涅槃に至ることができるという。そんな羅漢たちには、寒さなどどうということはないのだ。思い思いの格好で気楽そうに座っている。しかし羅漢たちを見ている方は冷たそうなその石造りの顔を見て、つい同情してしまうことになる。

この句の面白さは、羅漢僧は悟りを得て気楽そうな顔をしているが、いつも何かを考えている顔をしているというところにある。そのことが「思ひ思ひに」の箇所に示されている。この思い思いの通常の意味は「各自が思ったように、勝手に」というところであるが、漱石は別の意味も持たせている気がする。つまり羅漢の思慮深い顔は、「いつも思索している顔」なのだと表している ということだ。それが羅漢の余裕の顔なのだと言っているように感じる。

• 肌寒をかこつも君の情かな

（はだざむを　かこつもきみの　なさけかな）

（明治43年9月28日）日記

寝床で肌寒さを感じる季節になったなと漱石は思っている。同時に時々は家に戻ってはいるが東京の家を一ヶ月以上も空け、修善寺の温泉宿にいて看病してくれている妻に思いを馳せている。掲句は妻に対する珍しい俳句になっている。

句意は「寝床で肌寒さを感じていて何とかしてほしいと思うのだが、妻の献身的な看病を見ているとそんなことを言うとバチが当たる。あなたの夫思いの情けには頭が下がる」というもの。大吐血をした時に妻は、5、6日も食べずに漱石を看病していたことを後で医者から知らされた。そして勤め先の新聞社の関係者に連絡をとったり、知人に病状を報告したり、押し寄せる見舞客の対応をして大変であったことを思い起こしていた。

ちなみに句での「かこつ（託つ）」は嘆くこと、不平を言うことである。漱石は仮死状態に陥って助からないと思われたが、奇跡的に生還した。しかし、全身の関節が猛烈に痛む症状は長いこと解消しなかった。この関節痛の関節は初秋の寒さを敏感に受け取っていた。

「君の情」に含まれる漱石の思いは複雑であった。漱石は妻の看病が有難いことだと感謝するが、この思いには申し訳ないという思いが加わっていた。妻は今も続いている漱石と楠緒子との関係を知っていたからだ。このことを考えると本当に妻には頭が下がる思いがしたのだ。しかし、楠緒子に対する思いは消えないことも自覚していた。

だがその漱石の思いは楠緒子の急死によって11月で潰えた。漱石の危篤だという新聞報道を受けて楠緒子は後を追うように病状を悪化させ死んでいったように思える。11月6日に36歳の若さでこの世を去った。

• はたと逢ふ夜興引ならん岩の角

（はたとあう　よこひきならん　いわのかど）

（明治32年1月）句稿32

「耶馬渓（やばけい）にて」の前置きがある。冬の未明の朝方、漱石たちは山間の細道を歩いていた。ここは大分県の険しい岩山が続く耶馬渓。当時の旅人はまだ暗いうちに宿を出るのが当たり前であった。そんな漱石たちが暗くて寒い夜中に山で猟をする特殊能力の狩人とうねる山道で遭遇した。鉢合わせのような状態であった。ところで夜興引の語は、冬の夜明け方、猟犬を使ってねぐらへ帰る獣を見つけ出して追い立て、猟銃で仕留める狩のこと。

句意は「未明の薄暗い谷沿いの山道で、張り出した大岩が目に入った。すると漱石たちの前にその大岩の陰から銃を持った夜興引狩の男が出現した」というもの。見通しが悪い場所での鉢合わせであり、漱石も猟師も驚いた。頭巾で目立たない格好をした熊のような男は鉄砲を手に持っていたのだ。漱石はさぞや驚いたことであろう。漱石はこの驚いた様を、次の俳句でも表していた。「頭巾着たる猟師に逢ひぬ谷深み」の句である。

この句の面白さは、暗い山道で「はたと逢った」のは猟師と獣ではなく、猟師と漱石であったということだ。子規は四国山地でこの種の狩を見ていたのか。子規は「夜興引や犬心得て山の路」の句を作っていた。この句を漱石は知っていて、この謎の夜興引の語を入れ込んだ句を作って子規を喜ばせようとした。子規は「はたと」懐かしい自作の句を思い出したに違いない。

「つまらぬ句ばかりだが、紀行文の代わりとして読んでくだされ。病気療養の慰めになるぞ」と句稿の冒頭で漱石は断っているが、掲句はスリル満点の俳句になっている。

旗一竿菊のなかなる主人かな

（はたひとさお　きくのなかなる　あるじかな）

（明治40年頃）手帳

句意は「庭に植えた小菊を眺めている主人がいる。そしてその家には菊花をあしらった一本の旗が立っている」というもの。この菊は掲句の近くに配された俳句から黄菊であるとわかる。この旗は天皇誕生日の祝日の11月３日に立てられた天皇家の紋が入った天皇旗であり、かつ 日本国の旗 である。この紋は16枚の菊の花弁が円の内側に接するように図案化されたもの。その菊の花弁は金色で、漱石宅の隣の庭にある菊と同じ色である。隣家は天皇誕生日に咲くように菊苗を植えていて、この日には見事に繁茂していた。

隣家の庭に黄色の小菊が繁茂する姿は、日本国が繁栄している様を表している。漱石先生は掲句を作ったことで日本の国に落ち着きを与えている天皇家に対して敬意を表した。

この句のユニークなところは、天皇旗一竿は天皇を意味し、菊の花の中に立つ主人とは天皇を指していると解釈できるようになっていることだ。

ちなみに掲句の庭の主人は漱石ではないとする理由は、掲句の３句前に置かれていた「侘住居(わびずまい)作らぬ菊を憐めり」に示されている。帝国大学から朝日新聞社に籍を移したばかりで、忙中閑ありとはいうが漱石は菊栽培をする精神的余裕がなかった。

馬盥や水烟して朝寒し

（ばだらいや　みずけむりして　あささむし）

（明治29年11月）句稿20

早朝に起きた漱石はたっぷりの井戸水で顔を洗おうとした。熊本市内の借家でのことだ。句意は「庭の深い井戸から汲み上げた温かい井戸水を大盥の馬盥に満たすと、朝の冷気によって水蒸気が凍って水烟が上がった」というもの。これを見て、漱石は朝の寒さを実感した。

馬盥とは、馬に水を飲ませるための盥ということに解されるが、ここでは馬盥茶碗と言われる生け花用の低く平らな鉢を指す。漱石はこれを外の洗い場に置いて洗面器がわりに使っていた。

漱石はこの馬盥という言葉が気に入っているようだ。外国語の「マンダレー」のように聞こえるからなのだろうか。この語はミャンマーの古都の名である。それともこの容器の水で洗うと自分の顔が馬のように思えてきて、愉快な気分になるからなのだろうか。漱石は朝の洗面には木桶を使っていたと思われるが、ふざけて馬盥としたのかもしれない。

ちなみに掲句の直後に書かれていた句は、「訪隠者」と前置きした「菊咲て通る路なく逢はざりき」の句である。肌寒くなってきて朝の洗顔が大変になってきたことを辛く思ったが、一方では菊が庭に繁殖して咲き出したことを喜んでいる。寒くなるのもまたいいものだと思った。

機を織る孀二十で行く秋や

（はたをおる　やもめはたちで　ゆくあきや）

（明治29年10月）句稿18

夫を亡くして寂しく暮らしている20歳の寡婦がいる。子もいない。生活のためにいつからやり始めているのかわからないが、機織り機を動かして手間賃を得ている。もしかしたらこの木製の機械は、夫の家の持ち物なのだ。つまりこの孀は生活のために嫁ぎ先から離れられない宿命にあるということだ。そして亡き夫の親はこれからも家業の機織り業を続けることができる。このことは若い寡婦を縛り続けることになる。

この女性の周りの空気は冷たさを増している。秋が深まってきている。この冷たさはいつまで続くのか。ところで漱石はどうしてこの寡婦のことを知ったのか。悲しい環境から逃れられないでいる若い寡婦に同情している。孀は女偏に霜と書くが、この孀の手にはひび割れができている。

この句の面白さは、上五の「機を織る」の「はた（機）」は機織り機で作った布ということだが、この機の元々の意味を考えさせることだ。機とは何かと考えだすと「はた」と困ってしまう。「機」は元々ユダヤ系の帰化人たちの秦氏を意味していたという。優れた織物の技術を日本に持ち込んだ中東のグループだ。大和朝廷の技術者集団として活躍した。日本では、この機織り機が機械の原点という認識になる。英語世界では機械をマシーンというが、これはこの「機」を縫う機械のミシンのことだ。このつながりが面白い。

・ぱちぱちと枯葉焚くなり薬師堂

（ぱちぱちと　かれはやくなり　やくしどう）

（明治29年12月）句稿21

年の瀬が近づいて寺の使用人たちは庭の落ち葉の片付けを始めた。境内を彩った木々は枯葉を落としている。境内の隅々まで箒で掃いたことでたくさんの枯葉と枯れ枝が集められ、薬師堂の前で燃やされている。青白い煙がモクモクと天に昇る。薬師堂の周りには杉の巨木が多く、その枯葉は油分を多く含んでいるので、パチパチと弾ける。すると線香の香りに似た杉の香りが境内に漂う。この枯葉焼きは毎年の師走の行事であり、大勢が関わるのでお祭り気分が漂っている。

薬師堂は薬師如来を安置しているお堂である。漱石はこの薬師堂の「やく」と燃やす・焚くの「やく」を掛けている。そして薬師の師には落ち葉を焼く季節の師走の師が掛けられている。このように考えると漱石俳句が面白くなる。漱石先生、お見事です。ここで拍手、ぱちぱち。掲句は漱石先生の自画自賛の俳句ということになる。

・初秋の千本の松動きけり

（はつあきの　せんぼんのまつ　うごきけり）

（明治29年9月25日）句稿17

「博多公園」と前置きがある。9月上旬に妻と北九州を旅行した時の俳句。漱石夫婦が訪れた時の博多公園は、玄界灘に面した海岸沿いにある広い公園で、防風林として作られた松林を中心にした公園になっていた。かつて、このエリアは鎌倉時代には朝鮮半島から押し寄せた蒙古・朝鮮兵を防ぐ役割の高い石塁が続いていた。

漱石は2年前の明治27年8月に日清戦争が勃発し、9月には目と鼻の先の朝鮮半島の近くの海上で日本と清国の海軍が戦ったことに思いを馳せた。そして遥か昔の鎌倉時代には自分の足元あたりで日本と朝鮮の兵が戦っていたのだと想像した。漱石はこの地に立ってみて、国と国との関係は親善と戦争の繰り返しになっていることを思ったのかもしれない。

内陸国のモンゴル軍は軍船を保有していなかったので、実質は朝鮮国の海軍が博多湾に押し寄せた。この事態を予期していた鎌倉幕府の武士団はよく組織化されて、この朝鮮軍と有利に戦った。そして九州の地へは上陸させなかった。朝鮮の船は海上に長期に浮遊している間に台風シーズンにぶつかって波浪に飲み込まれた。神風が吹いたのではなく、鎌倉武士団が奮戦した結果であった。

句意は「博多湾沿いにある千本松が初秋の風でざわめいている様は、敵の攻撃を受けて奮戦している鎌倉兵の姿を彷彿とさせる」というもの。甲冑で身を固めた鎌倉武士団が組織化されて機敏に移動しているように見えたのだろう。

江戸時代から明治時代までは湾岸の松原は千代松原（ちよのまつばら）とか十里松とか呼ばれていた。江戸時代には積極的に松の植林がなされ、筥崎宮（はこざきぐう）周辺には浜辺の約2キロにわたって、うっそうとした黒松の松林が形成されていた。

そのような松林は、戦後に博多地区が開発されるとその面影はなくなった。漱石夫妻が現代の博多湾の松林の消えた景色を見たら腰を抜かすであろう。鎌倉時代の戦争の記憶は地上から跡形もなく消されてしまった。

・初秋の隣に住むや池の坊

（はつあきの　となりにすむや　いけのぼう）

（明治32年9月5日）句稿34

漱石が熊本に住んでいたときのことで、隣の家に珍しい人が住みだしたことで掲句が作られた。句意は「初秋の候に、自分の家の隣に華道の池坊の家ができた」というもの。

華道の流派の一つである「池坊（いけのぼう）」の名は、京都にある頂法寺（ちょうほうじ）の一僧房の名から来ている。この寺の僧が花を挿し始めたところ、京都の街で評判になり、後に生け花の流派に成長したといわれている。

明治30年代には全国各地に「池坊」の支部が作られた。熊本にもこの支部が比較的早くに作られた。ネット情報によると明治26年の設立で、２０２４年にはこの支部は設立98周年を迎えるという。この「池坊」の支部が漱石宅の隣に作られた。

漱石の隣家は生け花の師匠のいる華道教室になり、若い娘たちが出入りし始めた。急に周辺が華やかになったと漱石は喜んだ。同時に娘たちが胸の前に持つ季節の花は季節の変化を早めに知らせてくれた。二重に嬉しいことであった。

この句の面白さは、初秋になると急に家の周りに花があふれ出したということだ。あたかも花屋の隣に住んでいるようだと笑っている。

もう一つの面白さは、「池坊」を「池の坊」と表して、池のある隣の民家が急に「池のある僧房」になって様変わりしたとふざけていることだ。「坊」には僧の住いという意味がある。

噂では、この生け花の師匠は、琴も弾く妾だということだ。漱石は若い娘が出入りするこの家が気になって仕方がない。

● 初秋の芭蕉動きぬ枕元

（はつあきの　ばしょううごきぬ　まくらもと）

（明治42年8月26日）松根東洋城選の俳句選集の序文

東洋城から『新春夏秋冬』の「秋之部」（明治42年11月出版）に序文を依頼されたが、病気だからと二行の文と掲句だけを送った。それまでは東洋城から自選句集の序文を頼まれたら、過去に作った句の中から数句選んで提供していた。漱石はこの時期、体調が悪い上に小説の新聞連載と満韓視察旅行の準備で忙しい日々を送っていたからだ。体調の優れない正岡子規が無理を承知で従軍記者になって海を渡ったように、自分もそうする運命にあると思っていたのか。明治政府の行っている海外政策の現場を自分の目で確認しようとしたのかもしれない。

句意は「体調が悪く寝込んでしまった。枕元から庭の芭蕉が見え、初秋の風に揺れている」というもの。つまり、芭蕉はゆさゆさと揺れているのに自分の身体は動かなくなってしまったと弟子に告げていた。

しかし、漱石は親友で満鉄総裁であった中村是好の誘いを受けて、このあと9月から10月にかけて荒涼とした満州と朝鮮半島の視察旅行に出かけた。この旅行中も胃袋は不調を訴えていた。ドクターストップを無視した結果であった。この時の無理が祟って、明治43年の夏に胃潰瘍が悪化して療養先の修善寺温泉で大吐血した。

子規は記者としての取材を終えて神戸に上陸した途端に吐血して倒れたが、漱石は帰国した翌年に医者に転地療養を勧められた温泉地で吐血し、生死の境をさまよった。

［三者談］この句の前置きにある「麻の夜着を腹の上に掛けて、仰向けに両手を合掌している所へ東洋城が来て、新春夏秋冬の秋の部の序を書けと逼る。病気だから序はかけないよ、と云って一句を口吟む」の通りで、寝床からは芭蕉は見えていない。頭を上げなくても戦ぐ音で秋の気配は感じるはずだ。東洋城のために特別に作ったようには思えない。

● 初秋をふるひかへせしおこり哉

（はつあきを　ふるいかえせし　おこりかな）

（明治30年9月4日）子規庵での句会稿

漱石は熊本から夫婦で7月4日に熊本を発って上京し、鎌倉の街中の宿に一人で長逗留していた頃、体調の落ちていた時があった。妻は鎌倉の別荘に家族と住んでいた。漱石は悪寒がひどくなって体が震え出す状態であったようだ。「ふるひかへせし」は、ごちゃ混ぜになる、ひっくり返す、というような状態のことで、体は収拾がつかない状態だったと見られる。下五の「おこり哉」の瘧とは、隔日また周期的に発熱し、悪寒や震えを発する病気なのであった。漱石は熊本第五高等学校の夏休みが終わる前の9月7日に東京を発つが、その予定日が近づいていた頃に体調不良に陥ったことになる。

漱石の気持ちは妻とのギクシャクが続いていて荒れていたことが主因であった。体にはいつもの胃痛を起こす胃病があり、この9月ごろは流行り病のようなこの「おこり」に捕まっていた。そうなると面白い俳句を作ろうというい つもの漱石ではいられない。加えてこの年は残暑がとりわけ厳しかった。そこに気温が低くなる秋が急にやってきて、まあ、漱石は大変な目にあったということだ。これらを総合すると、掲句も結構面白い句になっていたということだ。まさに「ふるひかへせし」状態の漱石が描かれていたのだ。

この句の面白さは、「おこり」が起きて、怒りたくもなる「ふるひかへせし」句ということになる。そのような中、初秋を感じた漱石は鎌倉で大塚楠緒子と接触していた可能性を示す俳句を残していた。楠緒子の夫は欧州に留学中で東京にはいなかった。8月23日に作っていた「来て見れば長谷は秋風ばかり也」の俳句は、吹き出した秋風に乗って誰かが姿を現したことを暗示するものである。まだ暑い最中の長谷に行って秋風が吹けば大歓迎ということになるはずだが、漱石には落胆の風になっていると表した。これには裏の意味が隠されているとみる。気が焦って単に朝早くに到着したことを表している。そして誰かと会っていたことを子規に伝えた。

• 初鴉東の方を新枕

（はつがらす　ひがしのほうを　にいまくら）

（明治31年1月5日）句稿28、虚子宛の手紙

「賀虚子新婚」（きょしの　しんこんを　がす）の前置きがある。熊本の漱石は東京の北豊島郡日暮里村に住んでいた高浜清（虚子）に葉書を出した。虚子は昨年結婚したと聞いてお祝いの俳句を贈った。無沙汰していて君が結婚したのを知らなかったと詫びた。しかし俳句の中では虚子をいじめている。

この句の表面的な意味は「東から初日が昇る。その東の方で年初めから鴉が煩いくらいに鳴いている。鴉と思ったら君たち新婚さんの元気な声であった」というもので、虚子をからかっている。初鴉は元旦の早朝に鳴く鴉のことだ。新婚さんはいいねと。熊本から見れば虚子宅は東であり、東の方の初鴉は元旦の早朝から鳴いている虚子のことを指すことになる。そして新枕は新婚の妻である。雄の鴉である虚子は新枕の妻鴉に向かって年初めから盛んに鳴いている、という句にした。

漱石は虚子の祝い事を全く知らなかったということを表すために、黒くてよく見えなかったと言い訳するために黒い鴉を引き合いに出した。そして元旦の朝はゆっくりと鳥の鳴き声で目覚めるのだね、と漱石は自分の時のことを思い出しながら、先輩として冷やかしの言葉をかけたことになる。新婚も長くは続かないと言いたいのを我慢して。

そもそも新枕には、元日に年上の男が年下の女に初めて男女の営みの手ほどきをするという意味もあるそうだ。このことから新枕には初夜の意味までも含まれる。年上の女と年下の男の組み合わせもあるが、この場合には新枕は二日目の夜になるという。虚子は前年の6月に結婚していたが、漱石はこれを知ら

されずにいたことを賀状に「新枕」の語を突きつけて責めたのだ。

この句の面白さは、上記のからかいの気分が出ていることと、初々しい新婚家庭の元旦の寝屋に熊本の無粋な鴉がグァグアと濁った声を届けてやる、と虚子夫婦をからかっていることだ。この句には漱石の面白がりの性格が表れている。

もう一つの面白さは、掲句は芭蕉の名句とされる「かれ朶（えだ）に烏のとまりけり秋の暮」を下敷きにしていることだ。芭蕉は深川に居を構えた年にこの句を作っていたことを踏まえて、その近くに居を構えた虚子烏は秋の暮には枯れ枝にとまっていたのではなく、新枕にとまっていたとからかっている。

・ばっさりと後架の上の一葉かな

（ばっさりと　こうかのうえの　ひとはかな）

（明治37年8月15日）橋口貢宛の絵葉書、俳体詩

僧堂の裏手にアオギリの大樹が見えていた。上野の不忍池の縁を歩いていたら葉っぱのバッサ、バッサと落ちる大きな音が漱石の耳に届いた。アオギリの側にある便所（後架）周辺には大きな葉が重なって見えた。この柔らかくて大きなアオギリの葉っぱは、昔から尻拭きに使われた葉っぱだ。漱石はこの関連を想像して楽しんだ。

句意は「大きなアオギリの葉っぱが音を立てて落下していて、僧堂の便所の屋根に着地した時にもバッサと音を響かせた」というもの。この葉は人を驚かせるのを楽しむように落ちると漱石は観察した。たった一枚の葉の落葉でも目立つ大げさな落ち方をするアオギリの大樹を便所を出てからあきれたように見上げていた。

漱石は駒込から不忍池辺りまで散歩に出て一枚の絵葉書を買って帰ってきた。それにアオギリの葉を3枚描き込んで弟子の橋口貢に出した。アオギリの木の周辺には大量の葉が落ちていたが、漱石は3枚だけを描き込んで残りはばっさりと削ったのだ。「風変わりの絵を描いたから送る。素人臭いところがいいところです。褒めなければいけません。」と上機嫌であった。しかし、半分は本音であり、風変わりな絵が貴重なのだと言いたかった。

もう一つの面白さは、この句の「後架」と落ちる葉っぱの「降下」を掛けていることだ。

漱石は僧堂の裏から道まで歩きながら枝から外れるのを惜しまないように見えるこの落葉に対して、人の最期もこうありたいと思ったことだろう。

掲句は虚子と作った次の俳体詩（「無題」、明治37年10月頃）の中で生かされている。

「ばっさりと後架の上の一葉かな」（漱石）「壁の破れを出る蛼（こおろぎ）」（虚子）

「糸車夕の月にひきさして」（虚子）「宿乞ふ僧を紙燭して見る」（漱石）

・初時雨五山の交る交る哉

（はつしぐれ　ござんの　かわるがわるかな）

（明治28年11月6日）句稿5

その年の冬の初めての時雨が「初時雨」。そして五山とは京都五山ではなく、松山五山である。松山市街から南方遠くに見える山々には五山といわれる山の塊がある。愛媛県下には四国山地の西端の山々があり、高さでベストテンのうちの五つの山が愛媛県にある。二千メートル級の山として、最高峰の石鎚山を始めとして二ノ森、瓶ケ森、ほかに二つの山がまとまって見えている。

晴れた日に松山市内から南方の山を見やると、五山が高い方から順々に、そして代わる代わる時雨れていく様子が見える。冬の冷気が四国山地の天辺から市内にいる漱石の方に降りてくるように感じられる。漱石の観察眼は科学者のそれである。

東京を離れ、松山に来ての初めての冬であり、周りの山の冬景色とその変化をよく観察しようとしていた。漱石は自分の境遇と重ねてしばらくじっと遠くの冷えている山々を見ていた。

この句において、中七、下五はカ行の音が多くあり、音のリズムが作られている。そして「交る交る」の語によって時雨が移動している様が音としても感

じられる。初時雨の雨の動き、その時雨が移動する動きを想像できることで映像的な楽しい俳句になっている。寒さを感じながらも漱石の気持ちは少し温かい。

初時雨故人の像を拝しけり

（はつしぐれ　こじんのぞうを　はいしけり）

（明治38年11月27日）籾山仁三郎宛の書簡

俳人で子規と交流していた籾山仁三郎から､子規の石膏製半身胸像（美術家・川崎安の制作）が東京の漱石宅に届けられた。子規が死んだ時には、漱石は英国にいて子規の葬儀に参列できなかったので、この像を見て死亡時の子規と対面している気になった。

出版の俳書堂を経営していた籾山は子規と、そして子規の死後は高浜虚子と親しく付き合っていた。漱石との交流はそれほどなかった籾山だが、子規と漱石の特別な関係を知っていて、気を利かせて贈ったのだろう。漱石は掲句をつけて、礼状を出した。

礼状の文面には「小生の近づきに成りたてとは余程趣が違っている。」「病中はなるほどこんな顔であった。」「お陰で故人と再会するような気がします。」と書いていた。胸像を貰うなら元気な時の子規像がいいと思ったことがわかる。

句意は「初時雨の頃、亡くなった子規の時雨のような白い像を頂き、部屋で拝見している」というもの。白い像だけに悲しみが増すということを言外に表している。だが、この像では、これでは部屋に飾っておくことができないと訴えている気がする。

季語の「初時雨」には、子規の真っ白い横顔像を見ていると悲しくなって涙が出るということを込めた。そして「像を拝しけり」には有名作家の作品を贈って頂いて有難いという気持ちを表しているが、俺たちの関係には立ち入らないでほしいという「排する」の語を掛けている気がする。

漱石は石膏でできた横顔レリーフ胸像を目の前に置いて眺めたと礼状に書いたが、やせ衰えた子規を見続けるのは辛く、すぐに石膏額像に布が被せられたと想像する。この話を漱石の弟子たちが覚えていて、漱石の死の直後に漱石のデスマスクを作ることを思い立ったと思われる。

ちなみにこの石膏額像は縦18センチ横12センチの小さなものであり、俳誌ホトトギスでこの像の広告が打たれ、販売された。

初時雨吾に持病の疝気あり

（はつしぐれ　われにじびょうの　せんきあり）

（明治30年12月12日）句稿27

漱石は自分の持病は疝気だと俳句で言っている。句意は「秋になって時雨が初めて降り出すと､気温が下がり湿度が上がってきた。そして気圧が下がって、体が変調をきたし、疝気が顔を出す」というもの。気分が落ち着かなくなって胃が痛くなる。

この句には、漱石の自らの病についての考えが述べられていて興味深い。漱石の病気は現象としては30代の時には胃痛であり、晩年は胃潰瘍になったが、この句を作った若い漱石は持病を江戸時代的に「疝気」だと考えていた。実際には胃痛であった。

この句にあるように、漱石は天気が崩れて時雨れ出すと持病の疝気が出始めるようになると自覚している。つまり持病の疝気が出るようになると、初時雨になるというのだ。漱石は、慢性の胃痛の原因をデリケートなものだとわかっていたことになる。疝気の文字には気分の「気」が入っている。世の人は秋が深まると紅葉が綺麗になっていいなどと言うが、漱石にとっては嫌な季節の始まりなのだ。

漢方用語である疝気は、一般には体の冷えによって発作的に起こる腹部の引きつりや痛みとされている。時代劇で東海道を旅する女子が突如道にうずくまり、他の旅人にどうしたのかと聞かれて「疝です」と答える場面がある。それは疝気のことである。腹部の急な痛みをまとめて疝気と呼んでいたから、旅の女子はすぐさま「疝気」だと言えた。

ちなみに漱石の病気は肉体的な胃痛、胃潰瘍の他に精神的なものがあった。妻の鏡子の証言を元に、漱石は神経衰弱であったと言われ続けてきたが、現代の医学の判断ではその診断名は、「うつ病」と訂正されている。このうつ病のポイントは、限られた関係者の文章で見る限り、結婚後に発生していると見ることができそうだ。その結婚後のポイントは、漱石と鏡子の間に楠緒子が登場していることだ。

• 八寸の菊作る僧あり山の寺

（はっすんの　きくつくるそうあり　やまのてら）

（明治28年11月6日）句稿5

前置きには「来迎寺観菊」とあるのでこの寺は松山の来迎寺である。城山の北向かいにある小高い丘にある小さな寺だ。漱石の家からさほど遠くはない。この山寺に直径が8寸（約24センチ）ほどの大輪の菊を栽培する僧がいた。

漱石は11月2日に松山を出て、雨が降る11月3日の午前中に四国山地の山中にある白猪の滝を見に出かけ、その夜のうちに松山市街の家に戻ってきた。漱石は帝大時代には数々のスポーツをこなしたスポーツマンで、やはり足腰は強かったとみえる。漱石は自宅に戻ったその日の2、3日後には郊外にある山寺に出かけたものとみられる。

滝見の旅に出た初日の11月2日は四国山地の麓の家に泊まったが、この家は子規の親類の家であった。この旧家の母屋の前庭には白菊が伸びるに任せて繁茂していた。漱石はこの旧家の小菊を思い起こし、来迎寺の僧が丹精していた大輪菊と見比べた。来迎寺の菊は時間に余裕のある僧が参詣に来る人のために観賞用として立派な菊に育てられていた。対する民家の小菊は、人の訪れがないため手をかけていない。菊は伸び放題になって庭を占領していた。客の有無の違い、世話する人の有無が栽培に影響していた。

ところで漱石がこの俳句を作り、菊の出来を記録した意味は何であったのだろう。天皇家の紋が16弁の菊花であり、11月3日は明治天皇の誕生日で天長節として祝日になっていた。漱石はこの天長節のことがあって4日か5日には大輪の菊花を見にいったのだ。秋のこの時期には全国の寺社で天皇に敬意を払う菊花展が開催された。松山の山寺でも菊の品評会が開かれていた。

漱石が掲句を記録した意図には、当時の社会情勢が関係していた。つまり天皇家が関係する神社で菊花展が行われるのは普通のことであるが、お寺でこの菊花展が行われたのは珍しかったのだ。神仏習合が崩れて寺の存続が難しくなった寺は存続をかけて、大々的に天皇家からの支援を期待してか大菊花展を企画したようだ。

• 初蝶や菜の花なくて淋しかろ

（はつちょうや　なのはななくて　さみしかろ）

（明治29年3月5日）句稿12

初春に初めて蝶が飛ぶのを見た。その蝶はたまたま暖かかった日に早めに蛹から羽化してしまい、蝶となってしまった。その蝶は周りを見渡して好物の菜の花はまだ咲いていないことを知ったに違いない。その蝶は後悔しているように力なくふらふらと飛ぶだけであった。

蝶は青虫から蛹になって冬を越す。春風に誘われるようにして蛹は殻を破って出てくる。蛹として餌を食べずに一冬を越すのであるから腹が減っていたのであろう。じっくり構えて暖かくなってから殻から出ればよかったと頻りに後悔していると漱石は観察した。

通常殻を破るということを人間社会では推奨するが、これは要注意だと漱石は笑うのである。何事もタイミングが重要なのである。これを見誤ると大変なことになると言いたいようだ。

掲句はこの句の直前句として書かれていた「踏はづす蛙是へと田舟哉」の句と同様に滑稽な句である。これらの句が書かれていたのは句稿12であるが、漱石はこの直前に幻想的で神秘的な神仙体俳句を仲間二人と集中して作っていた。掲句はこの流れを受けて、小林一茶風の滑稽なものに挑戦したものであろう。

漱石は掲句を作った日の1ヶ月後には松山を去って熊本に転勤することになっていた。漱石にとっての脱皮の春はすでに爛漫、満開であった。

・初日の出しだいに見ゆる雲静か

（はつひので　しだいにみゆる　くもしずか）

（明治42年1月5日）村上霽月宛の書簡

明治40年の3月に東京帝大の職を辞して、東京朝日新聞社に就職してから2回目の新春である。これまでの小説の執筆は順調であり、明治42年の春は自信に満ちて迎えた。この年には生涯の代表作の一つになった小説「それから」を書く予定をしていて、気持ちは高揚していたはずだ。この小説はこの年の6月から新聞連載が始まった。

漱石は東京の早稲田の自宅で、珍しく早起きして暗いうちから初日の出を待ち受けていた。句意は「東の空が次第に明るくなって雲が輝き出し、初日の出の太陽が徐々に姿を現した。周りの雲は静かに脇に控えていた」というもの。漱石は寒いのを我慢してゆっくりと昇る「初日の出」と対面した。

この光景は誰しもが目にする正月の初日の出の光景であるが、薄暗いうちからじっと日の出を待っていたので、太陽の動きはゆっくりに見えたのだ。そしてこの瞬間を期待して見ていたことによって、周囲の物音は耳に入らなかったに違いない。実に荘厳な劇的な光景と感じられたのだ。

この句を松山の句友に送った。この句友は俳句については口うるさく、優れた俳句を作る人であったが、この新春俳句については何も言わなかった。漱石の今年にかける決意を親友に知らせるのが目的だとわかっていたからだ。

・初冬の琴面白の音じめ哉

（はつふゆの　ことおもしろの　ねじめかな）

（明治29年11月）句稿20

句意は「それほど寒くない冬の初めに、見知らぬ女性が琴を専用の袋から出し、面白い音を出す音締めをはじめた」というもの。音締めとは、演奏前の調弦のことである。漱石はこの調弦の際に発する音の変化を楽しんで聞いていた。

この琴の音締めは、調整する弦を爪で弾いて音を出しながら、別の手で弦の下に置かれている柱と呼ばれる可動式の支柱を左右にわずかに移動させながら音を調整する作業だ。発する音が微妙に高くなったり、低くなったりする音のグラデーションが漱石には心地良かった。

この句の面白さは、13弦の琴であれば、13回にわたって音を調整することになるが、漱石の耳にはこれらの調整音が一つの曲のように聞こえたと思われることだ。なかなか調整がうまく行かない場合には、同じ弦を多めに何度も弾くことになるから、面白く耳に入ったのだろう。

ちなみに掲句にある琴とは、正確には箏曲の「箏」のことである。本来箏と琴は別の物である。琴とは、バイオリンのように可動式の支柱を用いない日本古来の楽器で、奈良時代まで使われていたもの。この楽器は中国伝統の箏と異なるため、和琴と記述して区別することが多い。つまり通常目にするのは、同じ読みの「こと」であっても箏の方である。この混乱が起きているのは、箏は書きにくいからである。当用漢字においても箏は採用されず、琴だけが採用された。

ところで漱石は箏の音締めをどこで聞いていたのか。妻の鏡子は箏を弾くことはなかったから、熊本市内の料亭か、茶屋か。野点の時期でもなく、箏の調弦を人前で行っていることから気楽な内輪の演奏会なのであろう。若者が交流する若者宿に熟女の師匠が来て、演奏を披露したのであろう。

• 初冬や向上の一路未だ開かず

（はつふゆや　こうじょうのいちろ　まだあかず）

（明治29年11月）句稿20

向上の一路とは禅宗の用語で、言語・思考の及ばない最上の境地とされる悟りに到達する一筋の道を指す。またはその道をひたすら修行することだという。漱石は寒さが増してきた初冬に、自分の進む路を見極めようとしているが、なかなかうまくいかない、結論が出ない。未だその路は開かずと、掲句で子規に報告している。

漱石は自分の勉学向上で悩んでいるのではなく、生き方を追求して大いに悩んでいる。新婚生活自体が苦行になっていることをこの句でさらけ出している気がする。そして真剣に、禅僧の修行のように対処しようとしている。この修行の様をこの句の直後句である「冬来たり袖手(しゅうしゅ)して書を傍観す」でも表している。先人の残した禅の書を見たりしている。だがこれでは修行になっていないと苦笑しているようだ。

この時期はこの年の6月に結婚して新婚生活真っ最中であり、通常であれば浮ついていて高等学校の同僚たちに冷やかされている状態にあるはずだ。だが漱石は家庭生活においても悩みの只中にいたのである。

掲句と同じ時期に作っていた俳句に「秋高し吾白雲に乗らんと思ふ」がある。そしてこの時期より少し前の9月に作っていた句には「長けれど何の糸瓜と下がりけり」がある。もしかしたら結婚直後から悩みが続いていたのかもしれない。

• 初冬や竹伐る山の鉈の音

（はつふゆや　たけきるやまの　なたのおと）

（明治28年12月4日）句稿8

山の近くに住む人ならば、木材や竹材は冬に切り出すのがいいと知っている。含水分が最も少なくなる時期がいいのだ。そのあとの乾燥が比較的容易で保管中にカビが出にくいからだ。山中での労働を考えても汗をかかない冬の切り出しがいい。

漱石が竹林から響く音を聞いたのは松山市の南隣の町の山中であった。漱石は11月上旬に白猪の滝を見るために四国山地の松山側から山腹に入って行った。山には紅葉が残っていたが高度の高い山腹には冬が忍び寄っていた。雨が降り出した林道を歩いている時に山全体に響く鉈打ちの音を聞いた。竹の根元に斜めに打ち付ける鉈の音は、カーン、カーンと山全体に響いていた。この甲高い音でも漱石は初冬を感じた。

漱石は山で竹を伐っている音に気がつき、あれは鉈を使っていると想像しながら山道を歩いていた。漱石は鉈を振る様が感じられるように「竹伐る山の」の所で文を切って、ここで読む際の息継ぎをするように工夫した。これによって力強い作業を想像させることができる。そして「初冬や」「竹伐る」「山の」「鉈の音」の4音節で俳句を構成したことによって、4方向からの4回の鉈の打ち込みで竹を倒す作業を実感することができる。この4回の「鉈の音」のあと数秒の時間差をもって、バサバサと音を立てながら竹が倒れるのだ。

＊『海南新聞』（明治29年2月5日）と雑誌『日本人』（明治29年11月20日）に掲載

三者談

閑寂な山里の趣がある。この句の後に「冬枯れて山の一角竹青し」「山陰に熊笹寒し水の音」があるところから漱石は山中を歩いていたと想像される。冬構の用意に多い本数の竹を伐っているのだ。「竹伐る山」と表しているのであるから、竹を伐っているのを知りつつ山道を歩いていることになり、1、2本の竹を伐っているのではない。漱石は鉈や斧の音が好きだったらしい。

• 初冬を刻むや烈士喜剣の碑

（はつふゆを　きざむやれっし　きけんのひ）

（明治29年11月）句稿20

東京の泉岳寺に村上喜剣の石碑がある。喜剣は薩摩藩士であったが、大石良雄たちが赤穂藩の殿様の仇をうたない態度を罵っていた。しかし47人の烈士の行動を知ったあとに、大石の墓前で割腹自殺した。この割腹事件を受けて喜剣の墓として烈士たちの墓の隣に碑が建てられた。この碑には江戸時代末期の漢学者の林鶴梁の文が刻まれている。

喜剣の後悔する激しい思いを刻んだ石碑は、冬の風を跳ね返していた。「初冬を刻むや」の文言は、寒風の中で腹を切ったことをも表している。また喜剣の剣で文字を刻んだように思えるように漱石は俳句をデザインしている。

句意は「泉岳寺にある烈士喜剣の石碑にこの武士を讃える文が刻まれている。この石碑に初冬の風が吹き付けている」というもの。漱石は薩摩藩士の自分の非を詫びる態度に感銘を覚えていた。

漱石は熊本の地に住んで半年経ってから、この事件を思い起こし、九州人の気性を再認識した。人は他人を気楽に勝手に非難するが、自分の非のこととなると無頓着になることを嘆いている気がする。

漱石はこの句で自分の不甲斐なさを嘆いているのか。漱石は熊本の地にいて、喜剣の石碑に冬の風が吹き付ける様を想像していた。

この句の直前句は「冬来たり袖手して書を傍観す」であった。句中の書とは、喜剣の石碑に刻まれた林鶴梁の文なのだ。漱石は心に林鶴梁の文を刻んでいた。

• 初雪や庫裏は真鴨をたゝく音

（はつゆきや　くりはまがもを　たたくおと）

（明治28年11月13日）句稿6

庫裏とは寺の伽藍の一つで寺務所兼台所であったが、小寺では住職の居所である方丈をも合わせた生活の場になっている。よって漱石が松山に住んでいた時の、漱石の句に登場した近所の小寺は本堂と庫裏とで構成されていたと思われる。小寺とわかるのは、調理の真鴨をたゝく音が漱石宅まで届いていたからである。

句意は「夕暮れになると初雪が降り出し、寺の台所のある庫裏から真鴨の骨つき肉を叩く音が聞こえてきた」というもの。この俎板を激しく叩く音が冬の到来を告げる音になっているらしい。

この句の面白さは、真鴨は冬になると北方から日本にやってくるが、俎板を包丁が叩く音が真鴨の本格的な飛来を知らせる羽音のように聞こえることだ。それともうるさく聞こえるこの音は漱石にはあたかも真鴨の鳴き声のように聞こえたのか。

その庫裏で「真鴨をたゝく音」とは何の音か。真鴨の骨つき胸肉を包丁で細かく叩いてミンチにする音である。つまり鴨つくねを作る音である。この叩きは肉を食べやすくするためだけでなく、骨の中の旨味を料理に引き出すための処理であり、坊さんはグルメなのだ。鴨鍋を作るときに、セリ、ネギ等の野菜を入れ、つくねの肉と真鴨の切り身の肉を鍋に入れて日高昆布と酒と地醤油だけの醤油味で食べるのが美味いらしい。この料理は滋賀県の代表的高級鍋料理の一つであるというので、松山のこの寺の住職は若い時に滋賀の比叡山で修行したのかもしれない。

明治時代には野鳥の真鴨は普通に食されていた。漱石はこの寺の人にこの音のことを訊いたのだろう。「いやただの鴨のたたきじゃない、真鴨を使うのだ」と答えがあった。現代人はガンモドキを食べて舌鼓を打っている。

• 初雪や小路へ入る納豆売

（はつゆきや　こみちへはいる　なっとうり）

（明治28年11月22日）句稿7

四国の松山でのことを俳句に描いている。初雪が降る朝、いつもより薄暗い朝の町内、納豆売りが行くが、声の響きがいつもと違う。雪が降っているかなと思って外を見るとスッと納豆売りは横の小道に姿を消した。面白い落語の世界が朝の路地に展開している。漱石は雪が降っていて寒さを感じているが、元気な声を聞いてホッとしたことであろう。

ところでなぜ初雪が降ると、納豆売は「小路へ入る」のか。チコちゃんはちゃんと知っている。雪が降っていないと思って傘を持たずに玄関を出てきてしまった奥方は、寒いのと足が滑りやすいのとで、遠い門まで歩く気がしない。

そこで「勝手口に回ってよ」と声をかけた。勝手口の戸を開けると小路の納豆売りから手渡しで納豆を受け取れるからだ。

漱石が住んだ借家からは低い垣根越しに道行く人が見えた。漱石は道を歩く人を、観察して幾つもの俳句を作っていた。しかし、作った句は単なる観察句ではなかった。

ところで初雪とは何であるか。「冬になって最初に降る雪」のことだという。では雪とは何か。正確には「雪」「みぞれ」「霧雪」「細氷」の4種類だけで、「氷あられ」、「雪あられ」、「ひょう」や「凍雨」は含めないのだという（気象台）。漱石が見ていた雪は「みぞれ」だったのかも知れない。この区分けは霰と煎餅の違いのようなもので、似ているが別ものだということだ。

•初雪や二合の酒にとけるほど

（はつゆきや　にごうのさけに　とけるほど）

（制作年不明）短冊

この俳句を書いた短冊は身体が弱っていた晩年のもので、熊本に住んでいた時のことを思い出して書いたと思われる。木曜会の弟子たちが盛んに漱石に短冊を頼んでいた頃のものなのであろう。良い思い出として思い出すのは、小説「草枕」に描いた熊本の小天温泉のことであった。同僚と年末年始を温泉地の別荘で過ごした記憶が蘇った。

句意は「初雪が降っている中で、しみじみと二合徳利の酒を飲み出した。燗酒の熱でそばに降っている雪は溶け出すように思えた」というもの。この酒は漱石が注文したものではない。漱石は酒が飲めない体質であった。一緒に来ていたこの同僚が頼んだものだった。この男は熊本第五高等学校の山川信次郎で、酒好きだった。まずは二合一本ということで頼んだのだ。

この句の面白さは、溶けるように思えたのは初雪だけでなく、漱石の身体もそうであったことだ。付き合い酒のつもりで一口、二口と猪口で飲み出したら、体が溶けるように猛烈に熱くなってきたのだ。向かい合う山川は美味そうに満足そうに酒を飲んでいる。漱石の顔は溶けるような表情になっているとわかった。

ちなみに二合酒の俳句として面白いものは「十五夜や母の薬の酒二合」（大正時代の富田木歩）と「働きに見合ふ二合の温め酒」（森岡正作）がある。やはり日本酒の適量は「二合」ということなのだろう。山頭火は「酒は味ふものだ。うまい酒を飲むべきだ。適量として三合以上飲まないこと」と日記に書いていたが。二合で終わらず、三合を飲んでいた。たまにあるだけの酒を飲み悔いていた。

•初夢や金も拾はず死にもせず

（はつゆめや　かねもひろわず　しにもせず）

（明治28年10月）句稿2

掲句は見るからに落語調のものとわかる。落語の「芝浜」に出てくる魚屋は、浜で大金が入った財布を拾ったが、それは夢なのだと女房に言われてしまい、それを信じた。一方の漱石は初夢で財布を拾うこともなく、いいことは何もない生活をしていた。しかし困窮して死ぬこともない生活を送っていた。将来の展望が開けずにくすぶっている。夢で大金をつかむこともない。しかしかつて愛した女性の顔が夢に出ることがある。これで全て良しなのだ。

漱石が松山にいた時の句である。漱石が東京にいた若い時に親しんだ落語の「芝浜」がベースになっている。句意は「正月に初夢を見たが、それは落ちていた財布を見つけた夢だったが、拾わなかった。金はなくても死ぬことはないからだ」というもの。本当は次のような短歌の形にしたかったのかもしれない。「初夢や金も拾はず死にもせず　棒手（ぼて）を振り振り魚屋店出す」である。

若い帝大大学院卒の中学の英語教師は松山尋常中学校の校長よりも高給取りであることが町中に知れ渡っていた。松山の俳句会に入って打ち上げ会ごとにいい気になって大盤振る舞いを続けて金はなくなった。一年で、すっからかんになってしまった。落語の「芝浜」に出てくる魚屋になった気分になってきた。懐が寂しくなって目が覚めた。あとは地道にやるだけだと考えた。ちょうど師匠の子規は帰京して句会は開催されなくなっていて幸いなことに出費はなくなった。来年の6月には新たな赴任地の熊本で結婚式を挙げることになっている。その資金を貯めなければならないと、「芝浜」に出てくる魚屋のように気を引き締めた。

漱石は若い頃に寄席で三遊亭圓朝の「芝浜」をよく聞いていたという。平成の世では立川談志の「芝浜」を絶品だという人が多い。この演目の粗筋は次のもの。

魚屋の行商をしている勝五郎は、腕はいいものの酒好きで、借金も嵩んで自堕落な生活に陥っている。たまたま時間つぶしに浜でタバコを吸っていると海中に沈んだ革の財布を見つけた。開けてみると中には大金が入っていた。勝五郎は「これで一生遊んで暮らせる」と有頂天になって自宅に飛んで帰り、さっそく飲み仲間を集めて大酒を呑む。翌日、二日酔いで起き出した勝五郎に向かって女房が「こんなに呑んで支払いをどうする気なのさ」と怒る。勝五郎は「昨日拾った財布の金で払えばいいだろ」と答えるが、女房は「そんな物は知らない、お前さんが金欲しさのあまりに酔った夜中に夢に見たんだ」と相手にしない。勝五郎はつくづく身の上を考え直して「これじゃいけねえ」と一念発起し、酒を断って真面目に働き始める。

そうして3年後には表通りにいっぱしの店を構えることができ、借金を完済して生活も安定し、身代も増えた。そしてその年の大晦日の晩のことである。勝五郎は妻に対して献身をねぎらい、頭を下げる。すると女房は、3年前の財布の件について告白を始め、真相を勝五郎に話した。

女房は懸命に頑張ってきた夫をねぎらい、「久しぶりに酒でも飲むかい」と勧める。始めは拒んだ勝五郎だったが、やがて酒をついだ湯呑みを手にする。そして一旦湯呑みを口元に運ぶが、不意に手を止めて「よそう。また夢になるといけねえや」と言った。

・鳩鳴いて烟の如き春に入る

（はとないて　けむりのごとき　はるにいる）

（明治37年4月21日）野間真綱宛の書簡

「御閑なときに御遊(おあそび)に御出可被成候(おいでなさるべくそろ)」の前置きが付いている。東京帝大英文科を半年前に卒業した教え子の野間の就職先を斡旋するために、伊予西条の中学が英語教師を募集しているという地元情報を葉書で知らせた。このとき掲句の他に次の句を書き付けていた。「杳として桃花に入るや水の色」の句である。弟子の中でも野間とは気やすく話ができる間柄であった。

子規が生きていたときには、積極的に俳句を作って句稿として送り、師匠の子規から評価文が送られてくるという交流が楽しみであったが、子規が他界した今はその楽しみがなくなり、句作の機会は激減した。唯一の機会は弟子たちへの葉書や絵葉書を送るくらいだった。

この句は、親友だった子規の句を下敷きにしているようだ。「鳩鳴くや大提灯の春の風」の句は、子規が元気だった頃の春、春風に促されるように浅草寺に出かけたことを思い出したのかもしれない。浅草寺の境内には線香の煙がたなびいていた。そして鳩の声が満ちていた。

掲句は、弟子に対する激励句である。「モヤが出る春に鳩が鳴き出すと、これを合図にして街中では人の動きが活発になり、煙が立ち空気はうっすらと霞んでくる」と伝えた。このような春の時期、君は卒業して半年経過して就職がまだ決まっていないのだから、人生の岐路にあると考えて粘り強く就職を考えねばならぬと、諭している。鳩の動きに刺激を受けよと激励している。

後日、野間は東京の日比谷中学に英語教師として就職した。だが漱石は、その彼にまた葉書を出す羽目になった。彼に五月病が発生したからだ。やっと就職できた日比谷中学をやめるという噂を聞いた。教える授業数が多すぎて根を上げているらしいが、人生のスタートからこんなようでは先が思いやられると檄を飛ばした。これを受けて彼は立ち直り、その後彼のキャリアは順調に積み上がった。漱石は弟子のために鳩のように鳴き続けていた。

・鳩の糞春の夕の絵馬白し

（はとのふん　はるのゆうべの　えましろし）

（明治29年3月5日）句稿12

句意は「春の夕に神社を訪ねてみると、棚の絵馬は鳩の糞で白く染まっていた」というもの。神社の境内の春の夕べは薄ぼんやりとしているが、境内の端に作られた棚には絵馬が多数掛けられている。この棚には小さな屋根がつけられているが、この棚は鳩が休むのには好都合にできている。このためそれらの絵馬に鳩どもは、真っ白くなるまで糞を付着させていた。白木の杉板に黒い馬が描かれていたはずであったが、いつの間にか白い馬に変わっていた。汚れて白くなった馬が薄闇に浮かんで見えていた。

中国では降伏や祈願の折には、白木の御所車を白馬に引かせて敵の城や寺院を訪れるという習わしがあった。そうであるから、神社の黒く描かれた絵馬が白くなってしまっているのは、おかしなことではないと漱石は笑うのだ。ちなみに神社で飼育する神の馬は白馬になっていることからも、祈願の馬としては白馬の方が好都合なのである。

このように落語的な解釈にしてみたが、どうもしっくりこない。人の願いを載せている絵馬は鳩の糞で汚れていいはずはないからだ。そして漱石は絵馬の汚損を俳句にしただけとは思えない。「鳩の糞」で白くなった絵馬だけが春の夕闇の中に浮かび上がって見えるという、奇怪な風景を詠っているだけなのか。

絵馬の中に描かれた馬は天かける馬であり、鳩は空を飛ぶ。ならば、漱石は飛ぶ鳩は天かける馬に糞をかけるとしゃれているのだ。掲句はまさに落語的俳句といえる。

● 花一木穴賢しと見上たる

（はないちぼく　あなかしこしと　みあげたる）

（明治31年5月頃）句稿29

「拝聖庵（はいせいあん）」の前置きがある。漱石は散策の際に「拝聖庵」に足を延ばした。熊本市の北の立田山麓にある古寺である。細川家第5代目綱利公のお手植えと伝わる、樹齢350年のヒガンザクラがあった。この地は当時も桜の名所だった。句意は「見る人に恐れ多いという気にさせる桜の老木を、漱石は賢君の殿様に接見する気持ちになってこの満開の木を見上げた」という意味になる。

拝聖庵は明治初期の廃仏毀釈で廃寺になり、寂れていた真言宗の寺だが、この桜木一本でへこたれることなく存在し続け、盛り返した。そして寺のこの桜は廃仏毀釈を跳ね返して立派に花を咲かせていた。漱石は賢君がこの桜木を見守っていると感じた。

ヒガンザクラはソメイヨシノより花びらの色は濃い目であり、正式名称はエドヒガン。サクラの中では最も長寿であり巨樹に育ちやすいとされる。売り物にはならないが立派な「サクランボ」を実らせる。

漱石の面白さは、「穴賢し」の語を用いて桜の幹に穴、ウロができていることを想像させていることだ。老木とわかるように楽しく仕組んでいる。そしてこの句で組織や国は、一人の人次第、リーダー次第で大きく変わると言いたいようだ。腐るも伸びるもリーダー次第ということを漱石は言いたかったようだ。

ちなみに「拝聖庵」は西南戦争時に鳩野宗巴が両軍の負傷者を分け隔てなく救護した場所としても知られている。この人も強いリーダーだった。拝聖庵の桜木は、この鳩野宗巴の働きぶりを見下ろしていた。

● 花売に寒し真珠の耳飾

（はなうりに　さむししんじゅの　みみかざり）

（明治35年2月16日）村上霽月宛の葉書

松山に住んでいる句友、村上霽月からロンドンの漱石に年賀状が届き、漱石は掲句をつけて返事の賀状を出した。この葉書には「当地寒気激しく、すこぶる難渋に候」と書き、愛媛県の温泉郡にいる友人を羨ましく皮肉っている。掲句の花売り娘は漱石同様にロンドンで寒さに耐えている。

句意は「冷たい石畳の道を冷えた花束を抱え持って売り歩く娘は、真珠の耳飾も寒く見える」というもの。下層階級の人の多い街の様子を描いた。

オードリヘップバーンが主演した映画「マイフェアレディ」のシーンが目に浮かぶ。早朝の凍てつくロンドンの街で、貧しい花売り娘が豪華な馬車の走り抜ける石畳の通りを歩いている。散歩していた漱石も、言語学のヒギンズ教授のようにこの花売り娘を呼び止めて、この娘から花を買ったのであろうか。近づいて真珠の耳飾りまで観察したが、声をかけずに通り過ぎたのだ。食費を切り詰めていた漱石には、花を買う余裕はなかった。

「寒し」は小さな真珠の耳飾りが氷の粒に見えて寒そうに思えたということ

だ。見すぼらしい格好をしているが、耳飾りをつけてお洒落をしていた。いや真珠としているが、本当は貝殻を丸く削っただけのものかもしれない。漱石は真珠と偽って少女を温かく描いたのだ。漱石先生は少し温かい句にしたかったのかもしれない。

黄色いスモッグが朝霧のように立ち込めている石の道を、花を抱えた娘がうつむいて通りかかる。漱石も少しうつむいて歩いている。漱石は運動を目的に散歩しているのであるが、互いに貧しい仲間であるという認識を持って、互いに弱い微笑みを交わしたのだ。

霽月宛の葉書には掲句の他に「三階に独り寝に行く寒さかな」と「なつかしの紙衣もあらず行李の底」の句を書き入れていた。下宿の部屋に戻っても外と同様に冷たかった。

・花売は一軒置て隣りなり

（はなうりは　いっけんおいて　となりなり）

（明治29年3月24日）句稿14

花の隠語には、美しい女または遊女の意味がある。今でも「花代」は切り花の値段ではなく、別の意味として使われている。この花の隠語が伊予松山の街中で普通に使われていた。漱石は近所を歩いていて、花を売っている店を探していた。普通の花屋の店であれば、切り花を投げ込んだバケツが通りから見えたはずだ。だがそのような店構えの店は見当たらない。そこで、歩いている人に気軽に尋ねた。「花を売っている店はどこかね」と。それとも「花売りはどこですかね」と訊いてみた。

すると漱石の問いに対して、「その店ならここから一軒おいて隣りだよ」と教えてくれたのだ。漱石は不思議そうに首をひねった。

つまり花を売っている店、遊女のいる家は普通の家にしか見えなかった。そう見えるようにしていたのだ。外の構えは普通の家とあまり変わりがないようになっていたのだ。

この句の面白さは、「花売りはどこかね」と花屋のことを聞いた漱石は、答えた人からは売春をする家を探している男と見られたと理解したとわかることだ。漱石は苦笑したに違いない。掲句にはこれらのことが巧みに詰め合わされているのだ。

この句は漱石が住んだ元武家屋敷地区に起きた変化を描いたものであった。明治になって禄がなくなって没落した武家の姿を描いている。掲句に描かれた会話は漱石にとっては世情を記録するに値する街情報なのであった。これを東京にいる松山生まれの子規に伝えることにした。

・花落チテ砕ケシ影ト流レケリ

（はなおちて　くだけしかげと　ながれけり）

（明治40年8月20日）松根東洋城宛の葉書

東洋城が子連れの美貌の歌人、白蓮との恋愛が二進も三進もいかなくなって早3年目に入っているときに、師の漱石はやはり導きの言葉を弟子にかけねばなるまいとして、占い師「夏目道易禅者」として葉書を出した。

この葉書にはシンプルに二つの俳句と、それぞれにその前置き的な2行の文が書かれていた。掲句は後段の俳句であり、これに添付された2行の前置き文は次のものである。「問ふて曰く相思の女、男ヲ捨テタル時什麼　漱石子筆ヲ机頭ニ竪立シテ良久　曰ク日々是好日　讃　曰」である。この意味は「お前に問うて言う、相思の相手の女は男を捨てる時が来るが、その時にわしは筆を机に立てて言うであろう、これ好日、目出度いと」というもの。女は男に比べて薄情なものよ、とここまでこじれている恋愛はさっと裏切られて終了するのだと予言してみせた。ここでのふざけは、前段の俳句では「筆ヲ机頭ニコロガシテ」としたが、後段の俳句では「机頭ニ竪立シテ良久」としたことだ。

掲句の意味は「岸の花である、二人の恋は急流に落ちて砕けてしまった。跡形もなくなって水に流されて消えていった」というもの。占い師「夏目道易禅者」の予言を俳句にしたものだ。咲く女の行く末は決まっているということだ。

この葉書を出した時、漱石の気持ちはどのようなものであったか。漱石は学生時代に激しい恋愛をしたが実らなかった。この時の経験、反省を踏まえてのアドバイスであった。江戸時代に生まれた親たちは、自分の娘の結婚については親のいう通りになるべきものと信じているので、どうしようもない、ということなのだ。

この句の面白さは、弟子の東洋城にこれまで師としていろいろ言ってきたが、これは師を超える預言者として言葉を発しているとしたことだ。漱石もほとほと弟子の恋愛には手を焼いていた。しかし、心の中ではそれが恋愛なのだと思っている。そして明治時代の恋愛の運命は決まっていると。

もう一つの面白さは、掲句の送り仮名をカタカナにしていることだ。句稿に毛筆を用いて草書体で掲句を書いたのでは「砕けし」のイメージが出ないとして工夫している。漱石はデザイナーでもある。

ちなみに前段の俳句は「春の水岩ヲ抱イテ流レケリ」である。岩場を流れ落ちる水は、岩を抱いて留まることはできない、無理なことは無理なのだと弟子を諭している。愛した男女は無力なのだ。時代に流されるだけなのだという。そして後段の掲句はこれを受けている。

●花曇り尾上の鐘の響かな

（はなぐもり　おのえのかねの　ひびきかな）

（明治41年）手帳

この句の意味は「平安な時代の花曇りの日に、山の麓に桜の花が咲いている。そして、時折山頂近くから鐘が鳴り響く」というもの。鐘は花見に興を添えるように鳴っている。鐘は桜木に咲くように響いている。

この鐘楼のある寺は東京の郊外にある高尾山の薬王院なのであろう。それとも「尾上の鐘」という言葉からは謡曲の中に登場する寺なのかとも思われる。この句は謡曲の「高砂」を踏まえているという指摘があった。この句は、曲中に引用された下記の文言から抜き出している。この謡曲のフレーズは、和歌の『高砂の尾上の鐘の音すなり暁かけて霜や置くらん』（千載和歌集）を踏まえている。（水川隆夫・著「漱石の京都」）

この「高砂」は、阿蘇神社の神主が上洛の途上で、播磨高砂の浦で松の落葉掻きの老夫婦から、高砂の松の地に生えている松は相生の松だと教える。二つの松は夫婦の松だという。この謂れを聞くところから、話が展開する。二人は高砂と相生の松の精だと答える。松の精が舞う。

「高砂の、尾上の鐘の音すも　暁かけて、霜は置けども松が枝の、葉色は同じ深緑、立寄る陰の朝夕に、掻けども落葉の尽きせぬは、誠なり松の葉の、散失せずして色は猶、正木の葛長き世の、譬へなりける常盤木の、中にも名は高砂の、末代の例（ためし）にも、相生の松ぞめでたき。」

この句の面白さは、謡では冬の霜の降りている中での松の落葉掻きのことを歌っているが、掲句ではこれを春の桜見に転換していることだ。松の二本の老木を歌う謡を俳句に導入したいが、漱石の性格からは、これをパロディにするしかなかった。

漱石が掲句を作った動機は、漱石の家庭内がギクシャクし出していて、これをなんとか納めたいという願いがあったからだ。謡曲の「高砂」では霜が降りても松の葉は緑を維持しているから、これを目指して漱石宅の冬の時期を乗り切りたいと思っている。漱石は1年前から職業作家となって一日中書斎にいる生活になり、夫婦の気持ちの齟齬が露わになりやすい環境にあった。

●花曇り御八つに食ふは団子哉

（はなぐもり　おやつにくうは　だんごかな）

（大正3年春）手帳

句意は「桜が咲いているうす曇りの日だったが、執筆の仕事があって花見に出かけられない。そこで代替策としてお八つに花見の団子を食べることにした」というもの。部屋でお八つに団子を食べれば花見の気分になると単純に面白がっている。そこでお手伝いさんを呼んで、甘味店へ行って団子を買ってくるように頼んだ。

漱石の書斎からは、目白の不動尊の建物が見えていて、八つ時（2時頃）の鐘の音が響いている。これを合図に買っておいた団子を食うことにした。

この句の面白さは、鐘の八つ時の「八つ」を御八つの「八つ」に掛けていることである。

もう一つの面白さは、漱石は胃潰瘍を患っていても食欲は人一倍あることをこの句で記録していることだ。そして子供が作るような俳句を作ってユーモア精神も残っていることを表したことだ。

ちなみにこの年の春には、漱石の代表作の一つとなった小説「こころ」を書き始めていた。体調の悪さを押さえ込んでの執筆であった。書き始めたらもう花見どころではない。そして日々ストレスは溜まるばかりだ。そこで花見に行って気分転換を図りたいところであるが、代わりにお八つに団子を食うことにしたのだ。ストレスを抑えるにはまずは食欲を満足させることが肝要だと漱石は考えた。

三者談

同じ句稿に「窓に入るは目白の八つか花曇」の句がある。先生にはおやつの時間が大切になっている。食べながら団子をじっと見ている気がする。江戸っ子らしい洒脱さが感じられる。先生のお八つの情景が浮かぶが、大した句ではない。

・花芒小便すれば馬逸す

（はなすすき　しょうべんすれば　うまいっす）

（明治28年11月3日）句稿4

松山に住んでいた時に南郊の四国山地の山裾に出かけた。愛媛では有名な滝だとして子規に勧められていた白猪の滝を見るために、険しい山道を歩いた。その時に馬と馬子の一行と出会った。その一行は整備されていない狭い山道をゆっくりと進んでくる。漱石は脇の草地の方に入って馬を通らせようと待ち構えていた。する馬子は立ち止まってススキの藪に向かって小便をしだした。今まで手に握っていた馬の手綱を放していた。のんびりとススキを見ていた隙に、馬はこれ幸いと勝手に歩き出していて、男は置き去りになってしまった。男は慌てて馬の尻を追い出した。漱石はこの一部始終を見る羽目になった。

句意は「ススキの穂が光っている山道で、馬を連れていた馬子が手綱を放して小便をしていた隙に、馬が勝手に歩き出した」というもの。普通は馬が登場する句は馬の長小便と相場が決まっていたが、この句では馬子とその長小便の組み合わせになっていて、漱石は見ていて笑い出したことだろう。白いススキの穂が光を受けて光っていたが、男の小便も光を受けて輝くカーブを描いていた。

この句の面白さは、花芒の撓っている曲線と放出される小便の曲線が重なるように見えることである。男は自然の中に溶け込んでいた。

・花に来たり瑟を鼓するに意ある人

（はなにきたり　しつをこするに　いあるひと）

（明治30年2月17日）村上霽月宛の手紙、句稿13

この場面は熊本で開かれた梅見を兼ねた野点の茶会でのもの。句意は「梅見の茶席を盛り上げるために出演を依頼された芸妓の箏奏者にでれでれして色目を使っている、どうしようもない男がいる」というもの。茶席に招待された地元の名士の一人が、芸妓で13弦箏奏者の贔屓筋の人であったのだ。二人は茶屋で会する機会が多かったのだとわかった。男はこの芸妓と関係ができていることがわかる視線を終始送っていた。漱石はこの視線が気になって仕方ないのだ。漱石の視線は厳しい。

瑟は各種琴の中で低音部を担当する大型楽器であり、通常は25弦である。弦楽四重奏のコントラバスに相当するものであるから女性は爪弾くではなく指で摘むように弾くことになる。したがって「瑟を鼓する」とあるように「鼓す」楽器なのだ。通常は目にすることのない中国の古典弦楽器である。この楽器が梅見の会に登場するはずがない。

実際にはこの芸妓は箏の演奏を始めたことは、この茶会のことを表していた別の俳句によって、招かれた芸妓が演奏した楽器は13弦箏であると判明している。なぜこのような実際と異なる表現をすることになった理由ははっきりしている。漱石は中国のことわざを俳句に組み入れたいがためであった。俳句の短詩文の形にこのことわざを押し込めて表すために高度なテクニックを弄したのだ。

中七の「瑟を鼓する」には「柱(ちゅう)に膠(にかわ)して」の部分が隠れていている。これを一文にした時の意味は中国古典にあることわざになっていて、その意味は「琴柱(ことじ)を膠(にかわ)で動かないようにして瑟の弦を弾くこと」になる。このような瑟ではいつも同じ音しか出ないことになり、転じて融通のきかない硬直した思考を指すことになる。つまり茶席に芸妓と同伴するように現れた男は、演奏中もとろけるような目で芸妓を眺めていて、口は開け放しだ。茶席は大勢のいる公式の場であることを忘れている、と漱石は指摘している。漱石もこの場の呆れた様子を同じように口を開けて見ていたのかもしれない。

この句のもう一つの面白さは、上五の花には隠語では贔屓、パトロンという意味があることである。花の漢字をカタカナに分解すると、草冠はカタカナのキになり、下部はイとヒで構成されているからだという。蜂が蜜のある花に近づくように、べったりしている男を意味する。人前でも堂々と芸妓のパトロンであることを隠さない、いや隠せない男を表している。

ちなみにこの「意ある人」であるダメ男は、芸妓の箏演奏が終わると梅林の中に姿を消したことが別の俳句で示されている。

ところで漱石はなぜ松山時代の句友にこの俳句を贈ったのか。地元愛媛の経済人で有名人である霽月に対する忠告であったのか。他山の石とせよというものなのか。

• 花に暮れて由ある人にはぐれけり

（はなにくれて　よしあるひとに　はぐれけり）

（明治29年1月28日）句稿10

掲句と蕪村の句である「花に暮れて我家遠き野道かな」が似ていると気になった。漱石は自分にも蕪村と同じような経験があることを思い出し、上五に「花に暮れて」を入れた俳句を作ってみる気になった。蕪村の句の「花に暮れて」は「桜を見ながらふらふら寄り道していること」であるが、漱石句のそれは少し違う。漱石句の花は桜の花ではなく、「花のような女性と日暮れまで歩き続けること」である。

掲句の句意は「桜の花が続いている土手道を日暮れまで歩いているうちに気がついたら一緒に歩いていると思っていた恋人が見えなくなっていた」というもの。結局その人とは離れ離れになったままであった。

漱石は今更、こんな俳句を作っても仕方ないことはわかっていたが、自分の今の立場を笑ってみたくなったのだろう。あの蕪村でさえ似たような経験をしていたのだからと自分を慰めたのか。今度は一緒に花見をしながら歩いた時には、はぐれないようにしようと考えたのか。

漱石は翌年、明治30年の春に、一人で熊本の家を出て、楠緒子と久留米の桜を見ながら公園を歩いたと思われる。この時、漱石は掲句を思い起こしていたに違いない。今度ははぐれないようにしようとしたに違いない。

• 花に濡る丶傘なき人の雨を寒み

（はなにぬるる　かさなきひとの　あめをさみ）

（明治30年4月18日）句稿24

松山から熊本に居を移してから2年目のこと。漱石は一人で一晩泊まりの久留米への旅に出た。久留米には親友で熊本第五高等学校の同僚である菅虎雄の実家があり、学校を病欠して帰郷していた菅の病気見舞いに行った。漱石はこれを口実に一人旅をしたのだ。しかし、妻は漱石宅の近所にあった菅の家のことを調べると、菅虎雄は元気になって3月から出勤していることを知った。これによって漱石の家庭内に波乱が起きてしまった。なぜ夫は自分に嘘をついて久留米に行ったのかと疑問に思った。そして全てを理解した。

句意は「時々ぱらぱらと雨が降る公園の桜の花びらは雨に濡れ、傘を持たない漱石も雨に濡れて少し冷えてしまった」というもの。漱石は空を見上げて、まだ寒い時期なのだと実感したということか。だが漱石は「花が濡るる」ではなく「花に濡るゝ」と表現しているのが気になった。

さて「花に濡るゝ」とはどのような意味なのか。それにはなぜ漱石は久留米に一人で行ったのかを考えなければならない。親友の菅虎雄の病を出汁にしてまで久留米に出かけ、なぜこの不思議な句を作ったのか。

この句の「花に濡るる」は何かの隠語のように響く。だが東京にいる子規がこの句を見てピンとくるように作られているはずである。

「花」には色里の意味があり、漱石は逢いたい女と逢うために久留米に行ったとわかる。女と逢って濡れるとは、夜を共に過ごすことを意味する。この女性は東京から来た大塚楠緒子なのであろう。

このとき漱石の親友でもあった楠緒子の夫の保治は長期欧州留学中で、国内にはいなかった。保治が楠緒子と結婚するに際して漱石は保治に楠緒子を譲った形になっていた。楠緒子は漱石の方を気に入っていたのだが、親の意向には逆らえなかった。楠緒子の親は東大教授の職が約束されていた保治の方を選んだからだ。そして保治は漱石が楠緒子の前から身を引く条件として楠緒子と漱石の恋愛が継続するのを認めていた節がある。

つまり掲句の「濡るる」は花にかかるが、旅人である「傘なき人」にもかかるのだ。新たな句意は「傘なき旅の人は前夜には花に濡れ、そして翌朝には冷たい雨にも濡れた」というもの。

掲句の解釈においては同じ日に作られた「人に逢はず雨ふる山の花盛」という不思議な句を合わせて解釈する必要がある。桜の花が満開になっている久留米の代表的な公園に人が全くいないはずがないので、この句は、「雨の中で逢うべき人と逢えて、二人は今山の桜が満開になっているのが見える公園にいる」という意味になる。この雨は小雨程度の雨であったことは、同じ日に作られて一つ前に置かれていた「菜の花の遥かに黄なり筑後川」の句によって明らかである。

そこで改めて考えた掲句の句意は「思い合った女性と夜を過ごした。翌朝は時折冷たい雨が降る天気で、傘を持ってこなかった漱石は桜の公園で、昨夜と同じように濡れていた」というもの。漱石は楠緒子との逢瀬を文字で残すことは決してしなかった。これは保治との約束であったと思われる。また楠緒子との約束でもあった。掲句は子規を除く第三者にはわからないように細工された暗号俳句なのだ。つまり掲句は漱石にとっては大事な逢瀬の記録なのであった。

● 花に寝ん夢になと来て逢ひ給へ

（はなにねん　ゆめになときて　あいたまえ）

（明治29年4月10日）村上霽月宛の葉書

出発の前日に予め漱石は松山の俳人、村上霽月（せいげつ）（本名は半太郎）宛に葉書を書いていた。漱石が船で九州に赴任する日、霽月は漱石との別れに港に来られないことがわかっていたので、漱石は掲句をつけた葉書を当日出していた。

愛媛の代表的な経済人であった霽月は当日所用があって来られないということを漱石は知らされていた。その霽月は以前、花の上で寝てみたいと夢みたいなことを言っていたことを思い出した。

句意は「君は今どこかの花の上にいるのだろうよ。後で夢でもいいから会いに来てくれ給え」というもの。別れの場には来ないで自分勝手にどこかで女性と会っているのだろう、と親友をからかっている。

ちなみに「なと」は「なりと」が変化したものであるという。はっきり限定しない言い方にするときに用いられる。「夢になと来て」は、「夢でもいいから、夢でも構わないから」の意味になる。

この霽月はかつて漱石と虚子と三人で神仙体俳句に挑戦して遊んでいたことがあった。神秘的で幻想的な俳句である。掲句の「花に寝ん」の文言はその頃作っていた神仙体俳句の匂いを感じさせる。布団の上ではなく、花の上に横たわって寝たらどんなだろうという解釈を可能にしている。しかし、漱石はこの花には別の意味を持たせている。二人の男の間で理解できる意味を持たせている。「花に寝ん」の「花」は女体の花である。

漱石と霽月の俳句を介しての付き合いは3ヶ月程度であったが、互いに気が合っていたようだ。霽月は頭の柔らかい俳人であり、知的レベルも相当に高かったようだ。明治時代の男たちの典型的な交際の有様を見たような気がする。

ちなみにこの霽月宛の葉書には、漱石との別れの港に来ていた虚子が以前に作っていた「花の道二つに分れ遇はざりし」の句が付けられていた。虚子がくれた俳句のお裾分けである。この虚子も幻想的な神仙体俳句を作って遊んでいた三人組の一人であった。虚子の句にあった「花の道」とは、「花にたどり着く道」であり「独身男の夜遊びの道」のことであろう。霽月と漱石は共に独身者であり、気の合う仲であったので、松山での「夜の花道」は同じ道であったのかもしれない。その道が漱石の熊本転勤によってこれからは二つに分かれてしまうという。

表の意味としては、これからの霽月は商売での「花道」を進んでいき、漱石は教育の「花道」を進んでいくことになるとした。二つに分かれた細い花道の先には、これから何が待っているかわからないと漱石をからかっている。もしかしたら妖怪がいるかもしれないと神仙体俳句で遊んでいる。虚子は独身の漱石が松山でどんな行動をしていたかを熟知していた。虚子は彼らの俳句仲間であるだけでなく、遊び仲間であったからだ。

• 花に酔ふ事を許さぬ物思ひ

（はなによふことを　ゆるさぬ　ものおもい）

（明治27年頃）

この句には「君を苦しむるは　詩魔か病魔か　はた情魔か」の前置きがついている。この句は子規に向けた漱石による観察句（寄子規）である。女性との恋を実らせることで君は苦しんでいる。苦しませているのは情魔なのだろうと言われている人は、漱石の親友の子規。もっと気楽に対処するようにとアドバイスしている。桜の花を愛でるのと同じでいいのだと。君は庭の花を毎日愛でているのに女性を愛でるのを躊躇するのはおかしいよ、と諭す。いくら思索が好きでもそれはおかしい、という。

子規にこのような句を送り届けるのは、漱石は子規の悩みを知っていたからだ。二人で行動をすることが多かったから漱石は子規の恋心を知っていた。子規の相手のこともわかっていた。東京は深川の料理屋の女性であった。だが子規は新しい文芸を切り開こうと奮闘していて、恋を封印していることも知っていた。

この句の面白さは、与謝野晶子の「柔肌の 熱き血潮に 触れもみで 寂しからずや 道を説く君」の短歌に内容が類似していることだ。男と女の立場の違いがあるが同じようなことを言っている。掲句は与謝野晶子の「みだれ髪」出版の7年前の作である。それにしても子規に対して前置きでの「情魔」とは大胆な物言いである。子規は漱石の俳句に反応しないだろうし、乗ってこないとわかっているから、けしかけている。

その一方で、漱石自身が失恋の気持ちの整理で悩んでいた。親友の小屋保治に楠緒子を譲った形で終焉した大塚楠緒子との恋の未練を断ち切ることができずにいた。失恋が決定的になってからの長い期間を放浪して過ごしたが、その末に友人の菅の勧めもあって鎌倉の円覚寺にたどり着いて参禅した。この寺の帰源院という塔頭にたどり着き、半月ほど滞在した。明治27年12月末のことである。この寺は学生の参禅を受け入れていた。この時期の参禅者の名簿には、漱石の名の二つ前には当時帝大生で後に総理大臣になった濱口雄幸の名があった。

漱石はこの寺での参禅で円覚寺管長の釈宗演との縁を得た。宗演は漱石が参禅した明治27年に若くして管長に抜擢された人であり、海外で有名になった鈴木大拙の師でもあった。宗演は初めての試みとして一般人にも参禅する機会を与えた。これによって漱石はこの寺で宗演に会うことになった。漱石はこの参禅の際に、この坐禅の導師から「父母未生以前の面目は何か」という公案を出された。数日後になんとか答えたが、「もっと、ギロリとしたところを持ってこなければ駄目だ。そのくらいな事は少し学問をしたものならば誰でも云える」と鋭く指摘された。（小説「門」の中で）

この師の宗演は15年後の明治42年ごろ、漱石や漱石の親友で満鉄総裁の中村是好らの依頼を受けて満州への講演旅行にも出かけた。そして漱石の死んだのち、青山斎場での葬儀ではこの師が十余人の僧を従えての葬儀の読経を執り行った。この宗演は葬儀の前に友人として焼香した。

・花の朝歌よむ人の便り哉

（はなのあさ　うたよむひとの　たよりかな）

（明治28年4月8日）猪飼健彦宛の手紙

勤務した松山中学校での同僚、猪飼健彦が漱石の出発の時間に別れを言えないからと、朝早く漱石の家に短歌を持って訪ねて来た。漱石は後日、お礼の手紙を書き、これに掲句をつけた。友人の短歌に対して、漱石は俳句で応えた。他に「死にもせで西へ行くなり花曇」の句もあった。

掲句は「Jun 10, 2014 (Tue) のプリンさん」のブログで見つけた俳句である。このブログは、新発見の冒頭の二句を付けていた漱石の手紙のことを掲載したこの日の朝日新聞の記事を紹介していた。（枕流もこの記事内容を日経新聞で読んだ記憶があった。）そして漱石の松山時代の友人は漱石の手紙を大事に表装して残していたから今日それを見ることができる、とその同僚の行為を賞賛していた。

漱石は「永く筺底に蔵して君の記念と致すべく候」と書いて同僚に対する感謝を手紙で表した。猪飼は漱石が短歌を筐底に蔵しておくというなら、こっちは額に収めておくと決めた。

句意は「松山を発つ当日、桜の咲いている朝に、短歌をよむ人が短冊を持って訪ねてきた」というもの。同僚がどのような短歌を漱石に贈ったのかは不明であるが、漱石が俳句を作っていることを知っている人であり、漱石はこの人と特別な交流があったのだろう。嫌な教員が多かった松山中学にも気の合う同僚がいたのだ。

この句の面白さは、「読む人の便り」の「便り」は、手紙を意味するのではなく、別れの気持ちを表した短冊を指していることである。本来、便りは物事を知らせるものであるから、その友人が持参した短冊でも、また別れを告げる言葉自体も便りになるのである。

ちなみに猪飼健彦は、明治元年に和歌山市の旧紀伊藩士の家に生まれ、国学院（現国学院大学）で国文・国史を修めたのち、国語や国史の教員として、愛媛県・奈良県などで教鞭をとったほか、和歌山第一尋常中学校（現桐蔭高校）の教壇にも立っていた。

・花の影、女の影の朧かな

（はなのかげ　おんなのかげの　おぼろかな）

（明治39年）小説「草枕」

海棠の花木の影、暗い姿が画工（えかき）が泊まっている部屋の前の庭に見えている。その影の辺りに走る女の影が見えた。その姿はシルエットであったために却って幻想的で美しく怪しい。まして濃いピンク色の海棠の花と女の取り合わせは、言うまでもなく幻想的で美しい。

小説「草枕」の中で山中の宿に泊まった絵描きが、山道を歩いて疲れた体を休ませようと床に入って眠ろうとした時に、宿の女将の声と思われる歌声がかすかに聞こえてきた。障子を開けると庭の闇の中に海棠の花が浮き上がって見えた。その前を女の影がさっと通り過ぎた。この宿に来る前に老人から女将の奇妙な噂を耳にしていたので想像が膨らんだ。

「花の影、女の影の朧かな」の句は、色気のある海棠の花を月下に見た時の強い印象を表したもの。かすかに光って見える海棠の花は女の影を呼ぶ。宿にいる女は女将しかいない。客は絵描きだけとわかっている。絵描きの自分をからかっているのかもしれないが悪い気はしない。絵描きにはこの夜の光景を描けるかと挑発しているようにも思えた。

漱石は「花の影、女の影」と間に読点を入れるという面白い工夫をしている。これによって「おやっ、あれは」と思う時間と心の変化をうまく表せている。漱石は俳句のデザイナーである。

もう一つこの句で面白いのは、「朧かな」の「かな」である。詠嘆の使用法であるが、日常語の「…かな?」の疑問の意味も含ませている気がする。

また漱石は、画工の言葉を借りて俳句の季語について面白いことを言っている。「これは季が重なっている。然し何でも構わない、季が落ち付いて呑気になればいい」と句が落ち着けば季語が二つ入っても気にしない、という。これは漱石の句作りの本音であろう。

・花の影女の影を重ねけり

（はなのかげ　おんなのかげを　かさねけり）

（明治39年）小説「草枕」

小説「草枕」では、山中の宿で海棠の花を暗い中庭に見た画工が宿の紙に書いておいた「花の影、女の影の朧かな」の句の下に、何者かが「花の影女の影を重ねけり」と妖艶な句に書き加えていた。画工は宿の女将、那美の仕業だとすぐにわかった。漱石は小説の中の掲句に那美の手を借りて自分の願望を加えたのだ。

つまりこの部分では、宿の妖艶の女である那美と漱石のこころの中に今も生きている恋人、大塚楠緒子が朧になって重なっている。この「草枕」に出てくる俳句の名手である那美と漱石の身近にいた楠緒子が重なるように思える。もちろん読者には大塚楠緒子が見えないようにして小説は書かれているが、漱石の意識の中には大塚楠緒子をきちんと織り込んでいる。漱石の行動を把握し、漱石の作品は全て読んでいた大塚楠緒子の目に留まるように、漱石は深い意味を込めて二つの俳句を書いたと思える。

楠緒子と別れたことになっていた漱石の思いは、しばらくは熊本時代においては「花の影、女の影の朧かな」の状態であったが、英国から帰国した後は「花の影女の影を重ねけり」にすることにしたのだろう。漱石の楠緒子に対する思いを押さえつけるのではなく、朧の存在から脱して逆に楠緒子に近づいてゆくことにしたのだ。これは楠緒子の夫（漱石の学生時代の親友）との約束の範囲内であり、行動することにしたと見ることができそうだ。

漱石はこの小説「草枕」を通じて、楠緒子に漱石の想いを伝えた。つまり「花の影」は愛した楠緒子の影であった。

・花の頃を越えてかしこし馬に嫁

（はなのころを　こえてかしこし　うまによめ）

（明治39年8月11日）虚子宛の葉書、小説「草枕」

小説「草枕」の中で、主人公の画工が峠の茶店に立ち寄った時の句である。近くの温泉場の娘が川下の街の銀行家に嫁入りする時に、船での川下りではなく山道を馬に乗って花嫁衣装を沿道の人に見せながら茶店の前を通っていったことを知らされた。茶店の小母さんから「（前略）桜の下で姫様の馬がとまった時、桜の花がほろほろと落ちて、折角の島田に斑ができた（後略）」との話を聞いて、画工は心のうちにその時の花嫁の姿を思い浮かべ、掲句を作った。この句は文章に花を添える形になった。

句意は「桜の頃に馬に乗って峠を越えていく花嫁の姿は賢そうで綺麗であった。若さだけの少女時代を越えて、匂うような一人の女性として嫁いでいく姿には花がある」というもの。花嫁の姿が高々と馬上にあれば、なおのこと尊く感じられる、という意味なのであろう。

この句にある「花の頃を越えて」が洒落た表現になっている。桜の季節に峠を越えて馬が行く様を想像させる。そして山の生活から川下の別の地での生活に入ることを想像させる。そして「馬に嫁」だけで馬に揺られての嫁入りを十分に表している。この表現は半藤一利氏の指摘にあるように「阿蘭陀も花に来にけり馬に鞍」（芭蕉）の句を意識しているのだろう。オランダ商館の紅毛人たちが花見にやってきて、人見の山ができた様を描いたものだ。オランダ人たちは馬から降りて歩きながらの花見であった。

ちなみに掲句が登場する小説「草枕」の箇所を下記に記す。

「余はまた写生帳をあける。この景色は画にもなる。詩にもなる。心のうちに花嫁の姿を浮かべて、当時の様を想像して見て、したり顔に、『花の頃を越えてかしこし馬に嫁』と書きつける。不思議な事には衣装も髪も馬も桜もはっきりと目に映じたが、花嫁の顔だけは、どうしても思いつけなかった。しばらくあの顔か、この顔か、と思案しているうちにミレーのかいた、オフェーリアの面影が忽然と出てきて、高島田の下へすっぽりとはまった。」

余談だが漱石は英国留学中に、仰向けになって川を流れ下る若いオフェーリアを描いた絵を見ていて、その顔が忘れられないということを小説の中で白状している。英国で現地女性との付き合いを絶っていた漱石には、この絵の中のオフェーリアは天使に見えていた。

ちなみに掲句を書き入れた8月11日の虚子宛葉書によると、掲句は「花嫁の馬で越ゆるや山桜」を改作したもので、「是は几董調です」と漱石は説明していた。改作前の句は単なる説明句であったが、「花嫁の馬で越ゆる」景色のおおらかさ、花嫁の輝きが伝わる面白俳句に変わっている。

・花の寺黒き仏の尊さよ

（はなのてら　くろきほとけの　とおとさよ）

（明治32年2月）句稿33

「梅花百五句」とある。咲く桜を見に寺の境内に入ると桜の見事さに心を奪われる。このように解釈しそうになった。だがこの句は「梅花百五句」のシリーズを構成する俳句となっているから、やはり掲句の「花の寺」の花は白梅であり、掲句は梅の花咲く寺を訪れた時の句なのだ。

古寺の煤けた建物の中に入ると金箔が剥落して黒く変色した仏像が安置されている。時代の経過を感じさせる仏像の黒色は境内を歩いてきたときにまだ網膜に残っている明るい梅の色とは対照的であり、視線は黒い仏像に吸い寄せられる。ブラックホールに吸い寄せられるように。

美しく華やかなものは命が短いものだが、そして輝きが失せると落胆が生じる。しかし永遠に座り続ける仏には黒が似合う。今も民の心を安らかにする役割があり、周囲に安定感をもたらす。長い時間の経過は尊さの源泉でもある。金箔が剥げても気高く光ったままである。

これは白梅とその太い幹、そしてその黒い樹皮の関係についても同様の関係が成り立つ。樹齢が2000年、3000年の梅の古木の黒い幹が、ズーンと地面から立ち上がり、その細い枝先に薄ピンク色の小花が咲いている様と重なる。黒い仏にも華がある。黒と白のコントラストは映像の基本である。

ちなみに黒い仏像は前述のように迫力を感じさせる。掲句からこの仏像は不動尊であると推察される。

・花食まば鶯の糞も赤からん

（はなはまば　うぐいすのふんも　あかからん）

（明治40年4月24日）野上豊一郎宛の葉書

弟子の野上から他人の小説の良し悪しのことを書いた手紙が来た。漱石はこれに対する返事として掲句をつけた葉書を出した。そして、これから小説を色々読んで「人工的インスピレーション」を製造すると書いた。そこでできたのが掲句ということになる。

掲句の意味は、「好奇心があるならば鶯よ、同じ餌ばかり食べていないで、時には赤い花も食ってしまえ。そうすれば赤い糞が出る。鶯の糞はウグイス色などというありふれた小説は作らない」というもの。

朝日新聞社の文芸担当の社員になっていた漱石は、すでに書く小説の構想を持っていた。自信があるから期待してくれと弟子に伝えている。

この句の前置きの文章で、野上が誰かの小説の批評を散々言ってきたことに対して、「僕は四月の小説を読んで居らんから是非は一向に分からん」と言った。そして「僕少々小説を読んで、これから小説を作らんとする所也、愈人工的インスピレーション製造に取りかかる」と宣言した。つまり他人の小説に深入りしすぎると、自分がその影響を受けてしまう」と言いたいのだ。だから誰かの小説を強烈に批評するようなことは避けるのだと弟子の野上を遠回しに諭した。

・花びらに風薫りては散らんとす

（はなびらに　かぜかおりては　ちらんとす）

（明治43年7月）「虞美人草」画賛

小説「虞美人草」がこの年の6月から10月にかけて新聞に連載された。タイトル画の虞美人草の花を漱石が描いたのかは不明だが、その絵に掲句を書き込んでいた。この花は綺麗に咲いた花の花びらは薄く、萎れると風に舞って散りだすのが運命である。

掲句には「虞美人」が関係しているとわかる。この「虞美人」は秦王朝の末期に劉邦（漢の高祖）と覇を争った楚の武将 項羽に付きしたがった愛姫で、項羽が劉邦軍に負けるのがわかった段階で頸部を切って死んだが、この姫の首から真っ赤な血が吹き出る様は、群生しているひなげしの花びらが一斉に風に舞う様に例えられた。句意は「名花のひなげしの花が風に散る時には、ただ散るのではなくその風にその香りを移す。それだけかの虞美人は素晴らしい女性であった」というもの。漱石は「虞美人」を褒め称えている。

別の解釈としては、「虞美人草」は精力を傾けて書き上げたプロ作家としての第一作目の小説であったが、力が入りすぎたのか出来はイマイチであった。第一作が風に散ったのは仕方がない。しかしこの経験を生かしてまた別の小説で花を咲かせたい、という思いを込めている。しかし、漱石の「虞美人草」もただ散ったのではなかった、と言いたいのだ。「虞美人草」の花は散っても芳香は残っている句に詠んだ。

この句の面白さは、「花びらに」の「に」の使い方にある。解釈において「花びらによって風が薫る」の意味の他に、「花びらに対して薫る風が吹いて」の意味を持たせている。これは花が散ったのは、自発的であるが、影響力のある外力によるものでもあるという二つの見方を示している。つまり、評論家の力作の「虞美人草」に対する評判が悪かったことを示唆している。

● 花びらの狂ひや菊の旗日和

（はなびらの　くるいやきくの　はたびより）

（明治40年頃）手帳

「菊の旗日和」というこの日は、戦前に制定された秋の祝日で戦後の現代では文化の日に衣替えさせられている。明治時代を生きた漱石にとっては国の祝日になっているこの日は、明治天皇の誕生日の天長節なのだ。だがこの日は明治天皇の死後15年を経た年に明治節と別の呼称がついた。漱石はこの日が明治節という意味不明な祝日になったことを知らない。

菊の花が咲く季節に菊花の旗を掲揚するこの祝日は、菊を家紋にしている天皇家に対して敬意を表することになる。漱石は日の丸旗ではなく、あえて別の国の旗を掲げるのだ。

句意は「菊の花が咲き競う明治天皇の誕生日に、春に咲くべき桜の狂い咲きが見られた。秋風が吹いている季節に暖かい天気のいい日が続いているせいだ。やはり日本晴れの天長節の祝日には、桜の狂い咲きは見たくない」というもの。漱石は明治政府の施策には厳しい目を向けているが、明治維新の混乱期に重しとなった明治天皇に対しては寛大であり、支持していた。そして時の政治勢力によって擁立された明治天皇に対して、ないがしろな態度をとる取り巻きたちには批判的であった。

桜の「花びらの狂ひ」には、西欧偏重になっている世の中を嘆いている漱石先生の気持ちが表れている。日本の国花である桜は寒い秋と冬を経験するから、春に綺麗に咲くことができるのであり、厳しい時代であった明治維新の時期を忘れることがあってはならないと自戒しているように思える。

● 花吹雪我を送りて里に入る

（はなふぶき　われをおくりて　さとにいる）

（明治37年11月頃）俳体詩「尼」19節

句意は「花見に行った山の桜は盛りを過ぎて散り始めると、風に舞って山を下りるように里の方にまで広がっている」というもの。満開の峠を越えて里に下りた。山道の両側に咲いている桜の花びらが風に舞っているのを見ながら下り坂を下りてきた。漱石は桜の花に見送られるように気分良く歩いていた。

掲句は「其里の子等石にはあらじ」に続いている。里の子らは石のように静かに座ってはいない、というのだ。山を下りるとなだらかな土地に村が見え、その村里の子らが原っぱで遊んでいるのを目にした。子供らは桜が風に散るように活発に動き回っていた。

漱石の句を読むと良寛の村の子らに対する優しい視線を思い出す。「この里に手鞠つきつつ子供らと遊ぶ春日は暮れずともよし」のような子供の登場する歌を良寛はたくさん作ったからだ。

この句の面白さは、春になると、桜が咲きだすが、散るのも早く、その様は疾いと観察するが、漱石は、それは春の活発さを示すものとして歓迎していることだ。子供らのようでよろしいとして。花吹雪はそのために心地よいと感じるようだ。

花嫁の馬で越ゆるや山桜

(はなよめの　うまでこゆるや　やまざくら)

(明治39年8月11日) 虚子宛の葉書

この句は、句誌「ホトトギス」の編集者である虚子に見せていた小説「草枕」の原稿の一部修正を連絡する葉書において、変更されてしまった方の俳句である。したがって出版本へは入れ替わった句の方の「花の頃を越えてかしこし馬に嫁」が掲載された。つまり掲句は作者自身によって否定されてしまった俳句なのである。漱石は掲句を几董調の句に変えたとハガキに書いていた。しかし、掲句は一応漱石によって制作されたものであるので、この本の編集においては取り上げる。

小説「草枕」の中で、主人公の画工が峠の茶店に立ち寄った時に、近くの温泉場の宿の娘が川下の街に嫁入りする時に、船での川下りではなく山道を馬に乗って花嫁衣装を人々に見せながら茶店の前を通る場面があった。峠の茶店の小母さんから「桜の下で姫様の馬がとまった時、桜の花がほろほろと落ちて、折角の島田に斑ができた」との話を聞いて、画工は心のうちにその時の花嫁の姿を思い浮かべ、掲句を作った。そのときの句として最初にできたものが、掲句ということである。

句意は「桜の頃に馬に乗って峠を越えていく花嫁の姿は綺麗で立派であった。沿道の山桜にも祝福してもらいたいという女心が込められている」というもの。またこの俳句は、馬で峠を越えるものは、花嫁だけでなく「ほろほろと落ちて、折角の島田に斑」をつくった山桜の花びらも馬と一緒に峠を越えたと解釈できる。叙情に溢れた俳句になっていた。

漱石は虚子に掲句を駄作と伝えたが、小説の中では当時を思い出す「純朴な茶屋の婆さんの気持ち」を表す良い俳句だと思われる。

花嫁の喰はぬといひし亥の子哉

(はなよめの　くわぬといいし　いのこかな)

(明治28年12月18日) 句稿9

冬の訪れを告げる和菓子が「亥の子餅」。大豆・小豆・胡麻・ささげ・柿・栗・糖の七種の粉を混ぜ込んで、猪の子に見立て作った全体に丸い餅で、茶席の炉開きの時に食べる。これを食べると長寿になるという縁起物である。確かに外見はイノシシ色になっていて、表面のゴマ粒は猪の子の毛玉のように見える。花嫁には「亥の子餅」は食べさせないことになっているのか。新婚の嫁が「亥の子餅は食べません」と茶人たちに言ったことにして、茶会では年老いた自分たちだけが「亥の子餅」を食べて交流している。「亥の子餅」を食べると体毛が濃くなると新婚の嫁に信じ込ませて、うまくいっていると笑う。茶会で「亥の子餅」を食べる時には、この話をするのが習わしになっているのだろう。

漱石は、嫁に来た女性は茶会に参加したり、茶を嗜んだりするなどということは論外だという風潮を俳句にしているのだろう。家の中でイノシシのように活発に走り回るのが嫁の務めということか。

この句には翌春に嫁に来る鏡子に対しての気持ちを少しは込めているのかもしれない。働けよ、良家の出だから何もしないというわけにはいかないぞと、結婚を控えて格言めいた掲句を作って気を引き締めているのかもしれない。それとも秋口に東京で行われた見合いの席で、鏡子が「私は、亥の子などという野蛮なものは口にしません」などと言っていたのを思い出したのか。ありえないことである。

離れては寄りては菊の蝶一つ

(はなれては　よりてはきくの　ちょうひとつ)

(明治31年9月28日) 句稿30

庭の菊を見ていたら、どこからともなく蝶が飛んできて小菊の花の塊に近づいてきた。一頭の蝶は「寄りては離れて、離れては寄りて」を繰り返している。花に留まって蜜を吸うわけでもない。どの花にするか迷っているように見える。漱石はふらふらして落ち着かないのが蝶なのだと見ていた。夜の蝶もそうであったと思ったのかも。いやそのような場には行っていなかった。

直前句の「夕暮の秋海棠に蝶うとし」では、蝶のシュウカイドウ花に対するそっけない態度を句にしているが、菊に対しては少し違ってましになっていると詠んでいるのが掲句であろう。全くそっけない態度というのではない、決心できない、気持ちの整理がつかないようだと蝶の動きを観察している。秋海棠は江戸時代の初めに中国から来たばかりで蝶はまだ親しみを感じないようだが、平安時代から中国から来ていた菊に対しては違っていると見ている。慣れ親しんでいる気がする。

この句の面白さは、蝶がふらふら飛んでいるのは、相手の花がたくさんあって蝶が一頭という条件が効いているとしていることだ。人でも目移りするということはしょっちゅうだからだ。蝶も同じことだと笑っている。

もう一つの解釈は、小説「草枕」の場面で、主人公の画工が一人山間の宿に泊まっていると、宿の女将が夜に画工の部屋に忍び込んで画工が書いておいた俳句の下に別の句を書き込んでいたり、夜の庭に姿をちらっと見せたりと画工をからかうように接近している様を、この小説の作者である漱石先生が、この女将の行動を俳句に表したということだ。女将は画工に興味があるが、思いを言い出せないでいるということなのだ。画工の漱石はイライラしながらこの蝶を観察している。

ちなみに秋海棠は相思草とも呼ばれ、やはり艶っぽい花ということだ。漱石は宿の女将と画工の関わりを艶っぽいものにしている。この二人の関係は、漱石と楠緒子の関係のように見える。

• 花を活けて京音の寡婦なまめかし

（はなをいけて　きょうおんのかふ　なまめかし）

（明治29年）句稿13

多分30代か40代の寡婦で、京音と呼ばれる京都言葉を話す女性が目の前で手本として花を活けている。和服に身を包んでいる体を折って畳に膝をつき、挨拶を交わしてから体の方向を変えながら花を活けている。膝をさっとターンさせて生け花を多方向から見ながら花の位置と大きさを調整している。その姿は漱石には艶かしく映る。

松山に嫁いできた京女は、若くして夫をなくしてその後は生徒をとって生け花を教えているのだ。子供もいなくて所帯じみていないその寡の女は、芸に生きているようだ。そのことで若さを保っているのだ。その生け花師範は、男の視線を意識しているから艶かしさが生まれると漱石は考えている。

ところで漱石はこのような女性をどこで見たのであろうか。松山の若い未婚の男女が集う若者宿であろう。漱石は句友に紹介されてここに参加したのだろう。ここは未婚の男女に生活の知恵や性生活の基本を教える民間の施設であり、結婚の相手を探す場所にもなっている。地元の有力者によってここに派遣された生け花師範は生活に潤いを与えるものとして生け花を教えていたのだ。しかし、この女性の役割はそれだけではないであろう。

この句の面白さは、「寡婦なまめかし」である。「なまめかし」というストレートな表現が迫力を伴って伝わる。この若い寡婦は漱石の熱い視線を体に感じたであろう。この場にいた漱石は28歳の独身男であり、次の年に熊本に移って結婚式を迎えるまでは血気盛んな自由な男であった。しかも、若者宿での漱石の研修はこの3月がリミットであった。

ちなみに漱石はこの若者宿で茶道も学んでいた。松山を去るに当たって炉釜を寄贈した。「炉開きに道也の釜を贈りけり」（明治28年12月）の句が残されている。

＊「九州日日新聞」（明治30年2月13日）に掲載（作者名：失名）

• 桔槹切れて梅ちる月夜哉

（はねつるべ　きれてうめちる　つきよかな）

（明治29年3月5日）句稿12

上五の「はねつるべ」は、井戸の構造を示す語で、柱で支えた横木の一端に石を付け、他端に取り付けた釣瓶を石の重みではね上げ、井戸水を楽に汲み上げるもの。滑車を使う縄巻き上げ井戸が登場する前のスタイルのものである。

「月夜に桔槹の紐が切れて水桶が井戸の中に落下し、バランスが崩れて釣瓶の反対側の錘の石がどすんと地面に落ちた。その衝撃で近くの満開の梅の花びらがばらばらと落ちた」というのが句意である。漱石は大きな音と振動を感じて外に出てみたのだ。残念なことが二つも同時に起こってしまったと漱石は落胆した。まさに春の珍事であった。

この句の面白さは、2年前の明治27年に作っていた「弦音にほたりと落る椿かな」という俳句に作りが似ていることだ。掲句はこの自作「弦音」句のパロディ句になっている。

愚陀仏庵は旧松山藩士の隠居の離れであり、下働きする女性が母屋のそばの井戸から水を汲んできて、漱石の家の甕に注いでくれていたはずだ。つまり漱石の部屋から離れたところにある井戸でのことであるから、夜中に相当に大きく響いたことになる。

• 祖母様の大振袖や土用干

（ばばさまの　おおふりそでや　どようぼし）

（明治29年7月8日）句稿15

東京から熊本に来た鏡子はこの年の6月に結婚式を挙げた。それより2ヶ月早く熊本に来ていた漱石は借家の一軒家に住んで、新婚生活の準備をしていた。新居に落ち着いた鏡子は東京から持ってきた嫁入り道具の大振袖を陰干しした。それは祖母様、母親が大事にしてきた大振袖であった。江戸時代の人は嫁入りの際に大振袖を持って嫁に来た。鏡子は代々受け継がれてきた大振袖を持って夏目家に嫁いできたのだ。

昔のしきたりで、いや当時の寝具事情によって、夫婦が寝る際には、板場の床に茣蓙を敷き、そこに裸の身体を横たえ、厚手の着物を被り布団の代わりにして被って寝た。そもそも四角の被り布団を用いるという概念がなかった。日常は着物をそのまま被って寝る習慣であったのだ。これは特に関東人には普通のことであった。

大振袖は新婚用ということで普段着ではなかった。着るための振袖でなく、寝る時にだけ使う大きな振袖としてあつらえていたものだ。この代々使われてきた嫁入り道具は、代々の先祖の体臭が、もしかしたら体液も染み込んでいるのかもしれない。そのことが頭をよぎって漱石宅で妻は土用干しを実施したのだ。その大振袖は新婚初夜のためのものであった。

漱石は、祖母様の大振袖を土用干しする新妻の顔の表情をじっと見ていた。そして掲句を作った。このとき日本の伝統を感じた。

ちなみに床に敷く茣蓙は畳の大きさで、イグサの茣蓙や藁の筵に畳表の布地を縫い付けたものであり、薄縁と呼ばれた。また縁取りとも呼ばれた。芭蕉の旅姿の図では、茣蓙の薄縁を丸めて肩の後ろの荷物の上に縛り付けていた。

• 婆様の御寺へ一人桜かな

（ばばさまの　おてらへひとり　さくらかな）

（明治28年11月13日）句稿6

子規が明治28年10月19日松山の愚陀仏庵から帰京した直後に、この句が作られている。漱石は12月に東京で見合い結婚をして松山を去ることを決めている。少しさみしい思いに浸っていたようだ。このような懐かしむ思いが漱石の心に浮かんだ時に、亡くなっていた母親のことも思い出したのだ。

この「婆様の御寺」とは、漱石の実の母親の菩提寺であり、この寺は浄土真宗の本法寺のことだと気がついた。つまり漱石は1月9日に亡くなった母の月命日の11月9日に、松山の浄土真宗の寺で供養の経をあげてもらったのだろう。そして季節は晩秋の頃であったが春の頃と設定して掲句を作った。

漱石は明治28年の冬に「なき母の湯婆やさめて十二年」の句を作っていた。漱石は母の句を全部で5句この時期に集中的に作っていたが、掲句はこの母との関係を淡々と面白く記録した句になっている。

句意は「桜の季節に、実家で婆さまと呼んでいた母の供養を松山の同じ宗派の寺において一人でなった」というもの。実母千枝は、明治14年に亡くなっていたが、生前漱石には自分のことを母親だと言わせなかった。息子である漱石

に死ぬまで自分を婆さまと呼ばせていた。漱石はこのことを思い出しながら掲句を作った。母も辛かったのであろうと思いながら。そして漱石は松山を去る前に、母に対する気持ちを整理することにした。これからは母のことを思い出すこともないだろうとして。

この句のユニークさは、句作をしたのは晩秋であったが、桜の季節の句として作っていることだ。母親は漱石に嘘をついて、自分は母でなく「婆さま」だと思わせていたことに倣って、掲句において母のことを「婆様」と表し、母を詠んだ掲句を秋色の季節なのに春の季節の句とした。

ちなみに漱石は「硝子戸の中」の文中で「これは恐らく当時の裲襠（かいどり、丈の長い打掛）とかいうものなのだろう。しかし母がそれを打ち掛けた姿は、今想像してもまるで眼に浮かばない。私の知っている母は、常に大きな老眼鏡をかけた御婆さんであったから。」と書いているから、上五の「婆様」という語は自然に口から出てきたというのかもしれない。

ところで掲句の上五の読みは「ははさまの」が推奨されているが、ここは「ばばさまの」が適当だと考える。解釈の段階で「ははさまの」とするのが正しい。

・羽二重の足袋めしますや嫁が君

（はぶたえの　たびめしますや　よめがきみ）

（明治28年12月18日）句稿9

漱石の句稿は9に至って、初めて嫁となる東京生まれの鏡（通称、鏡子）が登場したが、衝撃的な登場の仕方である。妻の父親は当時の国会の書記官長を務める高級官僚であったから、その娘は贅沢な生活環境の元で育ったことが推察される。この女性は全く学校に行かずに家庭教師によって教育をされた人だ。漱石が東京での見合いで印象に残っていたのは、鏡子嬢が履いていた真っ白な絹製の足袋であった。羽二重は福井地方の絹布の銘柄であり、高級絹布の代名詞であった。鏡子嬢はこの羽二重の足袋を履いていたのを漱石はしっかり目に焼き付けた。当時この足袋は貴重なものであった。この羽二重という発音自体が魅惑的なものだった。真っ白で柔らかい歯ざわりが特徴の羽二重餅というものが世の中にあるくらいに、羽二重足袋は皆の憧れであった。

句意は「見合いで羽二重の足袋を履いていた、これから嫁になる君よ」というもの。

これから嫁になる君の鏡子は羽二重の足袋を履いていた。漱石はこの足袋を目にした時の緊張がトラウマのように残っていて、掲句ではこの印象を「お召しになっていた」という意の「めします」によって表した。地方都市の松山で目にしていた硬い革製の足袋とは違ったものだった。この羽二重足袋から漱石の熊本における新婚生活に対する想像が始まるのである。贅沢になれた妻との厄介な生活が始まるのか、洒落た垢抜けした生活が始まるのかわからないが、漱石は足袋と嫁となる顔を交互に思い浮かべて面白がっていた。

ちなみに「嫁が君」は「正月の鼠」のことであり、掲句での使用は不適当だという指摘がある。だが漱石先生は「嫁が君」の使用によって「正月の鼠」が読者の脳裏に浮かぶならば、鏡子とネズミとの落差が際立つことになり大歓迎なのだ。この種の「嫁が君」の使用に対する反応は計算の内であろう。ここに漱石のユーモアがある。妻の鏡子をからかっている句になっている。

蛤とならざるをいたみ菊の露

（はまぐりと　ならざるをいたみ　きくのつゆ）

（明治32年頃）手帳

漱石はかつて「史官啓す雀蛤とはなりにけり」の句を作っていて、掲句はこの続きであった。また掲句の関連する俳句として、「子は雀身は蛤のうきわかれ」（明治31年9月）がある。

掲句の句意は「浜辺に降りてきた雀が一所懸命に蛤になろうともがいていても、運悪く蛤になれなかった雀もいたであろう。そんな砂浜で蛤になれなかった雀をかわいそうに思い、菊の花の元に埋めてやった」というもの。「菊の露」の露は悲しみの涙なのだ。

掲句は明治32年のある日に漱石宅で実際にあった話を俳句にしたものである。元は中国の例え話的な怪奇話である。掲句は漱石の庭の草むらで見つけた雀の死骸を白菊の元に埋めてやったという実話に基づいている俳句なのだ。菊の花を雀に手向けたということにもなる掲句は漱石らしい重層的な話になっている。

漱石は10月中旬ごろの季節になると、雀が海に入って蛤になるという「雀入大水為蛤」の中国の故事（『礼記』七十二候）を思い起こし、これを下敷きにして掲句を作った。漱石は中国において、蛤になろうとしてなれなかった雀のことに思いを馳せ、漱石の庭で雀の死骸を見つけたとき、海まで飛べずに蛤になれなかった雀を悼んで、菊の咲いている庭の一角に埋めてやったという句に仕立てた。

漱石は生涯にわたって自宅の庭でいろんな生き物の死骸を見つけると庭に埋めてやった。掲句の雀は、漱石によって菊の花の下に置かれたと解する人がいるが、漱石の性格からすればきちんと埋めていたはずだ。掲句は埋葬において心の優しさが垣間見える句なのだ。

前述の七十二候とは、古代中国で考案された季節を表す方式のひとつで、気象の動きや動植物の変化を知らせる短文になっている。蛤と雀の組み合わせは、元々は「雀入大水為蛤　雉入大水為蜃」（雀が海に入って蛤になる。雉は怪物のような大ハマグリになる）の中の記述から来ている。雀だけが貝になるのではない。鳥は秋になると野山から姿を消すのは、海の方に移動するからなのだ。それを古代の中国人は、鳥が海に行って海の貝に変わると考えた。これはロマンチックな思考法であり、日本語の鳥貝には、この発想の面影は残されている。

とかく昔の蛤は江戸時代の「桑名の蛤」に代表されるように確かに雀ぐらいの大きさがあったと思える。したがって中国の「雀入大水為蛤」は十分に理解できる。

蛤や折々見ゆる海の城

（はまぐりや　おりおりみゆる　うみのしろ）

（明治29年）

この神仙体俳句の意味は全くわからなかったので調べると、海の城は海の上に立つ蜃気楼を意味すると知った。そして蜃（しん）の文字は巨大な蛤のことで、古代の中国では、蜃気楼はこの貝が吐く気によって生じる現象と人は考えていたということも知った。そうであれば、海の中の蛤は海上にポッコリ浮かび上がった城をチラチラ見て、面白いものができていると満足したのか。

だが別のネット情報では蜃は日本でも想像上の生き物として存在し、龍の一種とも思われていたと記されていた。これらをまとめると蜃が龍であれば海中に造ったのが竜宮城で、巨大蛤が海上に造ったのが蜃気楼ということになって面白い。

漱石は熊本の海岸から中国の上海辺りの海が見えそうな気がして、詳しい漢詩の中から海に関する幾つかの詩を思い浮かべていたのかもしれない。それとも朝食の時、時々鏡子夫人が作った蛤にも見える大きめの浅蜊の味噌汁を飲みながら、その貝殻を箸でつまんでは、その貝の模様を不思議そうに見ながらこの句を作ったのかもしれない。まさに空想的な神仙体の俳句になっている。漱石はこの時一気に神仙体俳句を10句作っていた。

漱石はこの句ができたときニコニコしたのであろう。妻は、朝から何をニタニタしているのかと訝（いぶか）る。漱石はこの句のことを妻に話してもわかりはしないと思いながら食事を終える。家の中には味噌汁から立ち上った湯気によって蜃気楼ができていた。

かつて漱石は虚子と道後温泉に行った帰り道で、神仙体の俳句を作ろうと持ちかけた。漱石は野道を歩きながら数多くの幻想的な句を作った。このとき、漱石は次のように言っている。「人間感情のもつ非合理性が日常の生活面で、心霊現象的あるいは超自然的なことを認容するものだ」。漱石は理系の頭脳を持っていたが、超常現象をも認める人間にも興味を持っていたようだ。科学の進歩は超常現象の幅を狭めるかもしれないが、その超常現象の存在を認めていたのだ。

のちに、漱石は明治43年に修善寺で大吐血後に30分間の心拍停止を経験したが、この短時間に経験したことを文章にきちんと残した。「思ひ出す事など」の文中で「余は一度死んだ。そうして死んだ事実を平生からの想像通りに経験した。」と書いた。つまり前から臨死はあると考えていたことになる。いわゆるこの臨死体験と自分の魂が天の川の近くまで近づいたことを記録した。控えめに表した。

・浜に住んで朝貌小さきうらみ哉

(はまにすんで　あさがおちいさき　うらみかな)

(明治30年8月22日)子規庵での句会稿

こんな砂だらけの所に住むことになってご苦労なことだ、と砂浜に匍匐して生えている朝顔を眺めて呟いたことだろう。句意は「浜に生えている朝顔は大きく咲けない恨みを持っている」というもの。漱石はこんな朝顔に同情した。

7月4日に夫婦で上京していて最初の頃は妻の実家である虎ノ門の官舎にいたが、東京で流産した妻はある時期から二人鎌倉の材木座にある義父の知り合いの別荘に泊まっていた。一方の漱石は鎌倉の街中の旅館に一人宿泊していた。朝の爽やかな時間に海岸を散歩した。すると幾分こじんまりと咲く朝顔の群れを見つけた。厳しい環境の砂浜で生きる術(すべ)として、花はやや小さめになり、そして葉は肉厚で丸い形をしていて、丈夫そうに見えたことであろう。

元来、漱石は小さく咲く花が好きであったが、どういうわけか朝顔だけは大きく華やかに咲くものだと思い込んでいた節がある。そしてそんな朝顔が好きであったようだ。

漱石はすぐ上の兄の二番目の嫁として、漱石と同じ屋根の下の同居人として夏目家に嫁いできた初婚の登世に恋心を持った。漱石は同じ年のこの兄嫁が好きになった。漱石が学生であった時にこの登世は亡くなったが、この時登世の死を悲しんで13句もの慟哭句を作った。漱石はこの女性を朝顔に例えていた。残された写真で見ると、この登世はうりざね型の顔をした美貌の女性であり、肉感的で知的であった。

漱石は、砂浜でハマヒルガオの花を見て、7、8年前に死別した登世を思い出したのであろうか。漱石は浜で見た花をハマヒルガオと認識していたであろうが、この句の中には朝貌を入れたいと強く思ったのだ。この句を見た子規は、この漱石の思いを理解していたはずだ。

・早鐘の恐ろしかりし木の葉哉

(はやがねの　おそろしかりし　このはかな)

(明治30年12月12日)句稿27

火事の発生を知らせる火の見櫓の半鐘の鐘が鳴り続けている。鐘の周りの木々の葉っぱは鐘の振動を受けて震えている。木の葉に街の緊張が振動で伝わって、浮き足立った葉っぱは恐ろしくなっている。葉っぱも半鐘と同じように熱を帯びて鼓動が早まってくる。

これとは別の解釈も成り立つ。木の葉は漱石自身であって、自分の心臓の鼓動が次第に速くなってきて、まさに半鐘を打ち鳴らしている状態になっている。そして漱石の体自体がその振動を受けて共振し震えだしている。

さて漱石は何にそれほどまでに興奮しているのか。それは本人にしかわからない。弟子の枕流は、それを想像によって突き止めてみることにする。掲句が書いてあった句稿を調べてみる。掲句の直前句は「二三片山茶花散りぬ床(とこ)の上」である。これがヒントであると漱石は明らかにしている。子規にもそう知らせていると理解する。

この「床の上」句の解釈はこうであった。『実質的な新婚生活が4ヶ月ぶりに再スタートした。この状況で考えると、床の上はまさに布団の上ということにならざるを得ない。この句は新婚再スタートの記念の俳句なのであった。

明治29年の春の結婚時のことであれば、まさに初夜であり、「床の上」に散ったのは薔薇の花びらなのであったが、この1年半後のことであり、この時散ったのは少し落ち着いた山茶花の花びらなのであった。まだ別居の緊張の残っている山茶花の花びらであった。』

つまり掲句は、床の上に花が散ったときの早鐘なのであった。早鐘とは重大事の発生を知らせるものであるから、漱石にとっては重大事なのでこの表現は間違いではない。漱石の体は震えだしていたのだ。漱石は当時のことを振り返って、まさに文学的な表現でもって的確に表していた。もしかしたら、床の上に散ったのは、漱石自身であったのかもしれない。

• 払へども払へどもわが袖の雪

（はらえども　はらえども　わがそでのゆき）

（明治32年1月）句稿32

「峠を踰えて豊後日田に下る」と前置きがある。宇佐神宮を初詣したあと、中津・日田の山々を越えて熊本に帰るコースを取った。この頃寒波が襲来し北九州は雪に見舞われた。深い谷が連なる耶馬渓の中津を抜け出し南の日田への下り坂に差し掛かった。だが下山だとして安心できるものではなかった。

合羽を着込んでチラチラと降り出した雪に備えたが、合羽の袖に雪はどんどん降り積もるばかり。体が冷えないようにと合羽についた雪を手で払うが雪はひどくなる一方だ。「払へども払へども」の繰り返し言葉によって、漱石の気持ちは次第に重くなってくるのがわかる。そして降る雪の執念も感じられた。

「つまらぬ句ばかりだが、紀行文の代わりとして読んでくだされ。病気療養の慰めになるぞ」と子規に送った句稿の冒頭で漱石は断っている。いやいや子規はこの句を読んで楽しんでいたと思われる。降りしきる雪の中をひたすら歩き続ける男の姿が浮かんでくる。謡の「鉢の木」の中で雪の降る雪原を歩き続ける男の姿が漱石に重なるからだ。

この句の面白さは、先の繰り返し言葉はのちに漱石が生活の心配をしていた石川啄木の「はたらけど　はたらけど猶（後略）」の歌を思い出すことだ。後年に作家となっていた漱石は上京した啄木一家に小遣い銭を渡していた。そして貧乏の中で死んだ啄木の葬儀に参列した。掲句によって漱石と啄木の関係が思い浮かぶ。

借金取りが啄木の家に押しかけると、啄木は雪を払うような仕草をして、「ない袖は振れない」と言ったに違いない。

薔薇ちるや天似孫の詩見厭たり

（ばらちるや　てにそんのうた　みあきたり）

（明治36年6月17日）井上微笑宛の書簡

帝大で漱石の前に英語教師を務めた小泉八雲はテキストにテニスンの英語詩を用いていた。熊本の五高でも漱石の先任教師として勤めていた八雲はこのテキストを授業で使い、学生に高い人気を誇っていた。英国で2年間の英語修行をしてきた漱石は、帝大での授業では英文学論から授業を始めた。しかし学生たちはアイルランド人の八雲の方がよかったと不満を口にした。

絶えず八雲との比較をされることに嫌気がさした漱石は、開き直ってわかりやすいシェークスピアに切り替えたところ、人気が出てきた。これによって漱石の授業は学校内で最も人気のある授業になってしまった。

このような状況になり、やっと八雲の呪縛から解き放たれた。この気分を「薔薇ちるや」と表現した。やっとアイルランド人を超えたわい、という気分だ。当時のアイルランドを象徴する花は薔薇であったからだ。

この句の面白さは、留学したことでの成果をもって授業をすることに捕らわれていたことに気がついたと表しているが、英国文学の講義はそろそろ卒業したいという気持ちもこの句に込めていた。

ちなみに八雲ことラフカディオ・ハーンは、日本に来て英語教師をしていた時には母国のアイルランドは英国領であった。したがってアイルランドを象徴する花は英国王室のバラということになっていた。アイルランドが三百年にわたる英国による統治から解放されたのは、漱石の死没の年から始まった英愛独立戦争を経てからであった。

はらはらとせう事なしに萩の露

（はらはらと　しょうことなしに　はぎのつゆ）

（明治28年10月）句稿2

萩の花が咲き誇っているうちに季節は秋に移行していた。ある日萩の花に朝露が付いていたのに気がついた。風が吹き出してその露がはらはらと落ち出したのを見たからだ。漱石はその様を寂しそうに、時が過ぎるということはこういうことだと眺めていた。

句意は「萩の枝先に付いた朝露は、吹き出した秋風になす術もなくはらはらと落ちるばかりである」というもの。漱石は萩の露が光っているのをしばらく見ていたかったが、秋の風を受けてあっという間に振り落とされるのを見て、心の中にも風が吹き込んだ気になった。

この句の面白さは、「はらはらと」に「露」が組み合わさると、漱石の涙を表しているように錯覚することである。漱石はあえて意図的にこれを行っているようだ。

ちなみに「せう事」は「為（せ）う事」であり、なすべき方法、なす術という意味である。したがって「せう事なし」は仕方なく、なす術もなくということになる。もともと露はちょっとした振動によって落ちやすいものであるが、漱石の残念がる気持ちがこの表現をさせた。

漱石がこの句を作った背景としては、つい最近まで子規が病気の療養で松山に来て同居していたことで漱石の愚陀仏庵は賑やかであったが、子規の体調が回復したことで東京に戻ってしまったことがある。この親友の不在による寂しさが庭の萩の露に視線を向けさせた。そしてこの気持ちを掲句に乗せて伝えようとした。「君から俳句の話を聞いていた時は楽しかった」と伝えた。

＊『海南新聞』（明治28年10月17日）と雑誌『日本人』（明治29年10月5日）に掲載

原広し吾門前の星月夜

（はらひろし　わがもんぜんの　ほしづきよ）

（明治29年10月）句稿18

掲句の中七の読み方を「われもんぜんの」とする本がほとんどであるが、「わが門前の」が適当のように思われる。我が国を我国と表すように、そして、「吾輩は猫である」の表記にも同じ語法が見られる。句意を考えると、「吾が門前の」の方がギクシャクしないし、星空がくっきりと見える気がする。この句は熊本の門から見た外の夜の景色を描いている。

句意は「空気の澄んだ秋に漱石宅の門の前に立って外を見ると野原が広がっている。そしてその上に目をやると星月夜が眩いくらいに広がっていた」というもの。漱石は東京の夜空と全く違う夜空があることに感激していた。現代において首都圏の地域から夜空を見上げた場合と長野の里で夜空を見上げた場合とでは、空の星の数が全く違うことに愕然とするのに似ている。

夜中に家の門を出て、門の前に広がっている野原を見渡し、野の香りを吸った。そしてその上に広がっている星月夜を見上げた。広い野原の上にある夜空だけに果てしない広がりが感じられたのだ。

この句を作った時の漱石宅は、熊本市内中央部の住宅地にあって、家の前に広い野原が展開しているということはなかった。そうであれば、「原広し吾門」の地はどこなのか。熊本の市街地から少し外れたところにあった広大な敷地を有する熊本第五高等学校の門の前なのだ。

門の前には畑が広がっていたが、夜には野原に見えるのだ。試験の採点等で帰宅が遅くなり、正門を出たところで背伸びしながら反り返って夜空を仰いだのだ。そして疲れたという思いから解放された分、門の前の草地は広く感じ、夜空の星の輝きも素晴らしいものに見えたのだ。この学校前から見た星月夜に感激し、東京にいる子規に自慢したくなった。

この句からは漱石の満足げな気分が伝わる。この年の6月に熊本にやってきた鏡子と結婚し、新婚生活が始まっていた。だが10月ごろになると新婚の夫婦間に隙間風が吹き出した。漱石は、しばしこの隙間風を忘れて、星空を眺めていた。

• 腸に春滴るや粥の味

（はらわたに　はるしたたるや　かゆのあじ）

（明治44年1月）『思ひ出す事など』「二十六」

修善寺での大喀血を乗り越えて、宿の部屋で生き延びた実感を噛み締めていた明治43年10月頃の俳句である。その時、季節は夏から色づいたススキが窓から見える秋に入っていた。点滴から重湯に変わり、やっと米粒が入った粥を口にすることができるようになった。体も回復期に入った実感を味わうことができた。この時の感想をまとめたのが、この俳句だ。

口の中に粥をゆっくりと少しずつ流し込むように入れていく。その粥の弱い粒々を舌で感じ取りながら呑み下す。胃袋でも粥の粒々が感じられたというが、漱石は腸でも粥を感じられたと思った。ゆっくり粥を食べるとその分長いこと満足感を味わえることになる。そんな事を考えているうちに椀で3杯食べてしまったという。その満足感がこの句を作らせた。

この句は明治43年10月4日に日記に書いていた「骨の上に春滴るや粥の味」の句を新聞にエッセイを書く際に改作したものである。確かに「骨の上に」よりも「腸に」の方が滴った後腸壁に吸い込まれる様が想像されて優れている。だが「骨の上に」であれば体が極端に痩せていることを表せて、粥は腸に滴るだけでなく骨の上でも粥を感じられたという実感が伝わる。漱石の身体は、仮死状態を脱して魂が体に戻った際に、身体中の関節が悲鳴を上げていたと記述していたことから､それ以来関節と骨に意識が集中していたことが想像される。したがって骨の痛みが和らいで、粥が食べられるようになって骨も喜んでいるという思いが強かったはずだ。

掲句の面白さは、「腸に春滴る」の表現にある。米を食べられるようになった嬉しさを、粥の米粒が腸を流下していく様として描き、春の日に氷柱から水が滴り落ちるごとくに、うまそうに「滴る」と表現している。粥のとろみまで感じられる表現である。滴るのはとろみのある粥であるが、これが氷柱からの水の滴りに想像が飛び、その水滴を光らせる春の日差しに繋がり、それから延命そのものに繋がる想像の面白さがある。

今の医学では腸が身体のコントロールセンターであることがわかってきている。漱石は食べた粥が腸に働きかけることの重要性を文字通り体感していたのかもしれない。腸から脳の方に生きるべしという信号が送られたのである。

漱石の表現力、直感力がこの俳句に滴り落ちているといえる。漱石の頭の中では、小腸は粥を消化酵素で分解したあと急ぎ吸収するが、待ち遠しかった粥が届けられたことで、小躍りしたことだろう。腸は蝶のように舞い上がる気分であったであろう。

＊『思ひ出す事など』「二十六」は『東京朝日新聞』（明治44年1月24日）に掲載

ばりばりと氷踏みけり谷の道

（ばりばりと　こおりふみけり　たにのみち）

（明治32年1月）句稿32

「恐ろしき岩の色なり玉霰」「只寒し天狭くして水青く」の後に掲句を置いている。「山は洗ひし如くにて」と岩の耶馬渓の様を前置きで描いている。雪が降り出した大分の耶馬渓に入り込んでいて、深い谷に沿って作られている曲がりくねる山道が凍っていて滑るのだ。そして、山肌は草木がなく、つるつるで洗ったようになっていた。

句意は「谷沿いを歩く道がばりばりと音を立てる。雪が固まっていて薄い氷の割れる音がする」というもの。音を立てている道はそれほど足を滑らせることはない。しかし歩く音のしない道が本当は怖いのだろう。足元の白い道を歩くときに音を聞きながら歩き方に注意しながら歩いていた。

この句の面白さは、「ばりばりと」無造作に山道を歩いているように表しているが、実際には慎重に音を聞き分けながら足を運んでいることだ。氷の割れる音を聞きながら「ばりばり」音が大きくなればそれほど緊張しなくてもいいが、「ばりばり」の音が小さいと腰を落として足裏全体で慎重に歩くのだ。

この句は大分県中津の耶馬渓を東から西へ歩いて踏破する旅でのものであり、連続する句は山中の厳しい環境を実況中継していて面白い。

ちなみに漱石のこの旅は、高校の若い同僚と大分県の宇佐神宮に初詣に行った帰りに、汽車を使わずに徒歩で谷を越えて日田に出て、そこからは筑後川を船で下って有明海の近くまで行くものであった。この頃の漱石はまだ若く、体力に自信があった。そして冒険旅行をして日頃のストレスを発散しようと考えたのだ。

玻璃盤に露のした丶る苺かな

（はりばんに　つゆのしたたる　いちごかな）

（明治36年6月17日）井上微笑宛の書簡

玻璃は硝子（しょうし）（ガラス）の古い呼び方であり、漱石が見た玻璃盤は古い時代の半透明の皿なのであろう。不思議な光を放つガラス皿に盛られた一つまみの苺。これらの苺は濡れたような艶を持ち、深い赤色を呈していた。この皿は苺に神秘の魅力を与えていた。

当時の苺はまだ西欧でも物珍しいものであった。南北アメリカ大陸の苺の原種を掛け合わせてできたオランダイチゴが世界に広まった。そして漱石は留学していた英国でこの苺の赤い輝きを目にした。一方の引き立て役の器は中国から英国に伝わったもの。それらの文化はロンドンでクロスしていた。

掲句と「市の灯に美なる苺を見付たり」の句は、漱石が英国にいた明治34年に作られて手帳に書かれたままになっていたと言われている。これら2句は漱石が日本に戻った明治36年に、手紙に他の句と共に記載され公表された。

句意は「夜店（ナイトマーケット）で見た苺は古そうなガラス皿の上にそっと並べられていた。その苺は表面に光の粒があるように艶やかに輝いている」というもの。掲句の対句としての「市の灯に美なる苺を見付たり」の句からは、苺は夜店の光に照らされ、さらに皿が周囲の光を集めて苺を照らしていたと思われる。

これら2句は熊本で一緒に句会をしていた井上微笑に送った13句のうちの一部である。その句友から4、5年ぶりに東京の漱石に久しぶりに手紙が届き、熊本の句誌に載せる俳句を書いてくれと句稿の紙を送ってきた。

ちなみに日本にもオランダから苺が入ってきたが、一般に食べられるようになったのは大東亜戦争の後であり、日本で苺が最初に栽培されたのは１９６０年代の埼玉ダナーとして登場した酸っぱい苺だったという。従って漱石が井上に送った苺の句は、英国土産であったということで、漱石のユーモアが感じられる。

玻璃瓶に糸瓜の水や二升程

（はりびんに　へちまのみずや　にしょうほど）

（明治32年10月17日）句稿35

「熊本高等学校秋季雑詠　化学室」の前置きがある。漱石先生は熊本第五高等学校を去ることになってから、学内の庭や種々の部屋をくまなく歩いた時の感想をいくつもの俳句に表した。これらの俳句はのちに学内誌に掲載された。その一つが掲句であり、化学の部屋で透明なガラス瓶にへチマの水を二升ほど貯めて置いてあったのを見たときのもの。なぜへチマの水が化学実験室にあるのかと不思議に思ったのだ。

ちなみに瓶のラベルには「糸瓜」ではなく「絲瓜」と書いてあった。まだ漢字の簡略化の動きが活発でなかった時代の名残が感じられる。また掲句にはガラス瓶ではなく「玻璃瓶」とあり、当時の学校にはまだ幕末の気分が残っていたと思われる。

ところでへチマ水が二升入るガラス瓶とは大型の広口フラスコのことであろう。これにコルクの栓がしてあったのだ。通常一本の蔓から二升弱のへチマ水がとれる。このへチマ水は咳・痰・利尿の民間薬になるものである。美肌水にもなり、江戸の大奥でも愛用されたという。だが高等学校においては、化学室にあったへチマ水は採取の目的が不明に感じられた。夏に教室の遮光のために糸瓜柵を作っていたが、収穫期になりへチマ水を瓶に導いたが、学校ではその用途がなく放置されていたのだろう。

漱石は東京にいるカリエスで伏せっている子規がこの水を飲めば咳・痰を抑えられるのにと思いながら、このへチマ水のフラスコをじっと見ていたのであろう。勿体無いと思いながら。

• 張まぜの屏風になくや蟋蟀

（はりまぜの　びょうぶになくや　きりぎりす）

（明治31年10月16日）句稿31

掲句のすぐ後に「長き夜や土瓶をしたむ台所」の句が置かれている。秋の夜長に、筮竹占いに凝っているつわりの妻は、日課の易占いが終わると台所で土瓶を取り出したようだ。薬草を煎じるためだ。占い師が教えてくれたのだろう。

次には土瓶の中の煎じ液を別の容器に移し替えているようであり、その作業も終わりに近づいて液の垂れる音が漱石の部屋に届いていた。この液切りを確認すると妻は寝室に入ったようだった。

漱石は一つ息ついて本の方に集中しようとした。するとコオロギもこの時を待っていたかのように鳴き出した。

句意は「張り混ぜの屏風の前を選んで鳴いているコオロギがいる」というもの。きちんと糊のついていない貼り絵が屏風の表面にあると、浮いているその部分で虫の鳴き声は共鳴、共振して響くと漱石は考えていたのかもしれない。

漱石の家には張まぜの屏風があり、廊下か書斎の入り口に置かれていた。その屏風は市販の屏風に書や浮世絵などの絵画などを自在に張り込んだ、今風に言えばコラージュ絵画風の屏風であった。その屏風のところでコオロギが鳴くと屏風が共鳴するのか音が大きく聞こえていた。コオロギは自分の鳴声にうっとりしているのかもしれない。奴はいい場所を選んで鳴いていると漱石は感心している。

しかし、コオロギの方ではそれよりも、ゴミゴミした張り混ぜの屏風の前であれば、人間は自分の姿がわからなくなり、鳴くのを邪魔されないと考えてのことだった。

平成、令和の時代にコラージュ・アートは大はやりになっているが、明治時代の漱石もこの技法に興味を持っていたとは驚きである。江戸時代の貧乏長屋の唐紙には、よくその破れ部に安い浮世絵で張り紙がなされていたが、明治後期の漱石宅の屏風はコラージュ・アートの先駆けであった。

＊句誌『ほとゝぎす』（明治32年11月）に掲載

• 春王の正月蟹の軍さ哉

（はるおうの　しょうがつかにの　いくさかな）

（明治28年11月6日）句稿5

掲句には「昔々春秋　一句」の前置きがある。「春王」は四書五経の「経」の一つ『春秋』に出てくる言葉だと示している。春王は、正月にかかる枕詞のようなものだとわかる。中国の古典の言葉であるから「しゅんおう」と読みたいところであるが、和歌の雰囲気を出すのであれば「はるおう」でよいのだろう。

「春王の正月」はさしずめ明治大帝の世の春、目出度い正月ということか。

11月初旬に正月もないものだが、小春日和の日に松山の俳句仲間が蟹鍋を挟んでワイワイガヤガヤの俳句会を催したのだろう。その中で蟹の味噌や脚の奪い合いが起こったようだ。

食卓での鍋を挟んでの争奪戦、にらみ合いを軍さと表現するセンスには脱帽である。高給取りの漱石を当て込んですぐに皆が集まる雰囲気が感じられて、可笑しい。漱石は松山の「春王」と祭り上げられていたのかもしれない。漱石の旧暦の誕生日は1月5日だと知っている句友たちは、漱石のことをふざけて春王と呼んでいたのだろう。気前のいい男だと持ち上げて。

句意は「明治大帝の元での正月のような句友たちの酒宴はカニ料理であり、戦のような奪い合いが行われる」というもの。正月蟹という蟹の料理ではない。いつの時代も高価なカニ料理が出ると正月の酒宴のように盛り上がる。

この句の面白さは、「蟹の軍さ」と表して、「句友たちの奪い合い」を形容していることだ。蟹のハサミのように激しくぶつかり合う、箸を使ってのカニ肉争奪戦である。

「春王」が登場する子規の俳句に、「經ニ曰ク春王(しゅんおう)の正月日々食(しょく)たれり」があり、漱石はこの句を受けて掲句を作ったと思われる。子規の句は、正月にこんなに食べ物があるのは春王のようで嬉しく、目出度いことだという。子規はグルメとして仲間に知られていたが、漱石もこの種の俳句を作りたかったのか。

漱石は11月3日に石鎚山系の山腹にある白猪の滝を見にいった話をするように言われて話し出したが、誰も漱石の旅話をまともに聞いていない。蟹の殻だけがテーブルの上で漱石の話を聞いていた。この時の座の雰囲気を次の句で描いている。「長き夜を我のみ滝の噂さ哉」と嘆いたが、愛媛に長く住んでいる句友たちには、白猪の滝は小学校か中学校の遠足で行ったことのある滝であって、興味が湧かなかったのだ。

・春惜む句をめいめいに作りけり

（はるおしむ　くをめいめいに　つくりけり）

（大正3年）手帳

この頃は絵の指導者に恵まれて水彩画の腕をぐんぐん上げていた。全国の漱石ファンに支援のお礼に自分の絵を入れた絵葉書を送っていた。そして弟子たちにも自慢の絵を入れた絵葉書を渡していた。中でも絵の師匠であって漱石本の挿絵作家でもあった橋口五葉には、自分の絵描きの腕前を確認してもらうかのように絵葉書を度々送っていた。

ちなみに最初に出会った絵の師匠は芸大にいた版画の橋口五葉。ついで木曜会のメンバーで日本画の大家の津田青楓、そして松山の出で子規の親友であった洋画と書道の大御所、中村不折であった。

句意は「ポカポカ陽気の中、次々に描き上げた春の絵葉書に俳句をつけるようになってしまった」というもの。絵を習うことに熱中して俳句を作らなくなっていたが、この頃は昔の句作を思い出して、絵につける俳句を作るようになっていた。

この句の面白さは、これからも絵と俳句をどんどん作りそうだと余暇の過ごし方が変わったことを喜んでいることだ。子規が亡くなってからは次第に俳句の数は減り、そして楠緒子が死亡した明治43年以降は俳句作りにあまり興味を示さなくなっていた。しかし体調も幾分か回復して小説の執筆も順調になり、気持ちも安定して来ていたので、皆が漱石の俳句付き絵を欲しがるからという理由づけで、俳句を作るようになっていた。漱石のイラスト風の気楽な絵が人気であって、漱石のユーモア俳句によくマッチしていたようだ。

漱石は明治43年に修善寺で臨死体験をして以来、毎年のように胃潰瘍の悪化する時期があり、長期に病臥するようになっていた。漱石の周りの人たちは、漱石の命はそれほど長くはないと思うようになっていたはずだ。漱石が元気なうちに、絵葉書や色紙をもらっておきたいという思いを抱くようになっていたと想像する。大量に色紙を持ち込んで漱石に描いてくれと押し付ける人まで現れるようになっていた。

・春惜む茶に正客の和尚哉

（はるおしむ　ちゃにしょうきゃくの　おしょうかな）

（大正3年）手帳

漱石は茶会に招待されて楽しい会話ができたと喜んで帰ってきた。句意は「どんどん暖かくなって春も過ぎようとしている日に、茶会に招かれて出てみると、なんと茶会の主客は知り合いの和尚であった」というもの。

漱石は最近写経を始めていたので、茶会で坊さんに会うという偶然に驚いたのだ。この和尚は漱石よりも上席についていたのであるから、有力な寺の僧なのであろう。そして体力も落ちて自分の命も尽きようとしていると悟っていた時に、気楽に話のできる僧侶に出会ったことを喜んだ。そしてこのことに何かの運命を感じたのだろう。さてこの和尚は誰であったのか。漱石が学生時代に参禅した円覚寺の旧知の僧、釈宗演なのだろう。

漱石はこの茶会に出たことで、よし最後にもう一踏ん張りしておこうという気持ちになったのだろう。茶会の亭主が漱石を元気付けようと気を回してくれたことに感謝した。いや釈宗演が、漱石を招くこの茶会を企画したことを知って釈に感謝したのだ。

この句の面白さは、句の中に「しょう」が2個組み込まれていて、漱石の気持ちがウキウキであったことを感じさせるリズムが生まれていることだ。主客や主席ではなく正客を選択したことの意味がわかる。

ちなみにこの釈宗演は青山葬儀場で行われた漱石の葬儀で友人として記帳し、導師として葬儀を執り仕切った人である。この導師が位牌に「文献院古道漱石居士」と書き入れた。この禅僧は当時最も人望の厚かった禅僧の一人で、海外に日本の禅を広めた鈴木大拙の師であった人である。

・春惜む日ありて尼の木魚哉

（はるおしむ　ひありてあまの　もくぎょかな）

（大正3年）手帳

句意は「春が終わろうとしている暖かい日に、知人の法要が行われた。尼の打つ木魚の音があの世での安寧を表しているように響く」というもの。寺の住職は女性であった。

年（明治35年）に亡くなった子規の十三回忌なのか。子規が亡くなった月日を調べてみると、9月19日であり、時期が合わない。さらに調べを進めると明治45年の2月28日に漱石の恩人の池辺三山が没していて、大正3年は三山の三回忌の年に当たる。朝日新聞社の人で漱石の小説「草枕」を読んで感激し、新聞社へ誘ってくれた人であった。しかし、「春惜む日」とは合致しない日の葬儀になってしまう。

さらに調べると明治45年の4月13日に漱石は年下の朝日新聞社の同僚であった歌人・石川啄木の葬儀に参列していた。啄木は肺結核のため貧困のうちに26歳で死去した。漱石は病床の啄木に何度も見舞金を送っていたという。葬儀は啄木の友人で同じ岩手生まれの金田一京助らの手によって浅草の等光寺で行われた。この葬儀には漱石と土岐善麿、森田草平、北原白秋、佐々木信綱博士などのほか、東京朝日新聞社の社員45名が参列した。掲句は大正3年に作られていて、この啄木の三回忌に作られたのであろう。4月13日であれば確かに「春惜む日」に該当する時期である。

この句の特徴は、季語の「春惜む」の惜むには啄木の在りし日を思い起こし、26歳で終わった人生を残念に思ったという意味も掛けていることだ。漱石は啄木の才能と人柄を愛おしんでいた。啄木は皆に惜しまれる人であった。参列した漱石自身はここまで生きられたことに満足し、痛みを抑えながら耐えながら執筆を続けていた。

・春惜しむ人にしきりに訪はれけり

（はるおしむ　ひとにしきりに　とわれけり）

（明治41年）手帳

漱石の庭にある桜が見事に咲いたことを知って、弟子や知人が訪ねてくる。桜は満開になり、次第に散り始める。その人たちは桜の花の変化を楽しむように、惜しむように度々やってくる。その都度長話をして帰る。執筆に忙しい漱石は、忙しいから帰ってくれ、と無碍に断れない。漱石は断れない自分にイライラしている。

この漱石の家に起きた桜騒動に笑ってしまう。咲いたといっても隣の庭にある桜の木であるのに、お客がこんなに来るとは迷惑な事だと苦笑いしている。「遅れたる一本桜隣なり」の句を作って、我が家にも到来した春を喜んでいた漱石がいたのは確かであり、複雑な心境であったようだ。

「春惜しむ」の「惜しむ」には、春と桜の花を愛おしむという意味と、自分の小説を書く時間が勿体無い、無駄にならないように節約したいという意味の両方が組み込まれていて、面白い。どちらかというと「しきりに」によって少々迷惑という意識が朧のようにかかっているに見え、後者の気持ちが優勢であると桜の花びらの色のように穏やかに表しているのが可笑しい。

漱石のこの句は芭蕉の「行く春を近江の人と惜しみける」の句を念頭に置いて作っている気がする。芭蕉の句の方は近江の寺に知人が大勢集まって賑やかに桜談義をしているのに対し、漱石の句は客が一方的にやってきて喋っている感じがある。漱石のユーモアが光っている。

• 春風に祖師西来の意あるべし

（はるかぜに　そしさいらいの　いあるべし）

（明治32年1月頃）手帳

この「祖師西来の意」の話は有名な禅の問答であり、ここでの祖師は9年間少林寺の洞窟に坐り続けた達磨のことだ。達磨は架空の人物ではなく、敦煌で発見された『洛陽伽藍記』永寧寺の条にある人で、初めて仏陀の悟りの内容を中国に伝えた人を達磨とし、禅宗の初祖に祭り上げたらしい。

「釈迦も達磨も修行中」と言われるように、釈迦や達磨は今でも修行しているとするのが、釈迦や祖師についての禅宗の見方だという。

よって句意は「禅の問いに、祖師の達磨が中国に向かって西からやってきた意味は何か、というものがあるが、わしなら、春風に押されて来てしまっただけと答える」というもの。漱石としては禅の問答にまともな答えがあったことはない。長く自問していれば自然にわかることよ、というのがいつもの正解だ。中国から来た隠元が趙州の解として伝えたのは「庭先の柏の樹じゃ」とか、「わからん男にはわからん」とかであった。

ちなみに掲句の次に置かれていた句は「禅僧に旛動きけり春の風」であった。これらの句を作った明治32年は熊本の漱石の家庭は不安定であり、英語教育に対する熱意もなんとか維持しているという状態で、職場の同僚と正月と9月に長い旅行に出かけたりしていた。この頃は禅の世界に惹かれていたのか。家庭問題にそのうち答えが見つかるかもとして。

• 春風にそら解け繻子の銘は何

（はるかぜに　そらとけしゅすの　めいはなに）

（明治39年）小説「草枕」

小説の作中句である掲句の句意は「春風が吹き出すと自然にぱらっと解ける不思議な帯の端には製作者の落款が織り込まれているはずで、それを見せてくれ」というもの。体に巻かれた繻子帯を外して、帯の端を見てみたいと、相手の女性を前にしてリクエストをしたのだ。

小説「草枕」の中で、女主人公の那美が弟を軍隊の駐屯地に送り出す川船の中で画工（えかき）に自分の絵を描いてほしいと頼む。那美さんは和服で着飾っている。するとその画工は姿絵の代わりに掲句を作って画帳に書いてみせたのだ。すると女は笑いながら「こんな一筆がきではいけません。もっと私の気象の出るように、丁寧にかいて下さい」と言うのであった。ごまかそうとしないで、絵をきちんと描いてほしい、というのだ。出征する弟を駐屯地まで送る船の中での依頼話なのだから、画工は少し戸惑ったはずだ。

画工は姿絵などよりあなたの解けそうな着物、いや帯に、いや解けた後のことに興味があるのだという俳句を作った。小説の中には、掲句についての解説めいた文はないが、姿を描いてほしいという那美に「私もかきたいのだが。どうも、あなたの顔はそれだけじゃ画にならない」と返した言葉にヒントがあった。

漱石は結構やりますな。小説の中とはいえ、意味深なこんなやりとりをするとは。帯の「そら解ける」という表現が効いている。この「そら」は見ている間に簡単に、思っていた通りに、という感じがあって面白い。明治時代の女性は、現代の着物女性のようにタイトな下着をつけていなかったことが、この句が出来上がった背景にある。

もう一つの面白い点は、画工のふざけた願いは、那美に対してではなく春風に発しているように装っていることだ。だから大胆になれている。

・春風に吹かれ心地や温泉の戻り
（はるかぜに　ふかれごこちや　ゆのもどり）
（大正3年）手帳

漱石は春風の吹く温泉地の露天風呂に入ったときのことを思い出している。明治45年8月に訪れた栃木県の塩原温泉のことだろう。宿の外湯の風呂から出たばかりであった体はほかほか温まっていて、そこに爽やかなやや冷たい風が流れ、体は心地よい冷えを感じる。このときの気持ちは最高なのであった。快感が体を覆い、体が軽くなっている。心も体もある種の浮き浮き状態であった。この時の状態を「吹かれ心地」と造語してしまっているほどであった。

句意は「露天風呂を出て春風に吹かれたときの気分はたまらないものだった。岩風呂から戻るときの足取りは軽く、気分は最高であった」というもの。ここの露天風呂はもちろん掛け流しで出戻り湯は使っていない。漱石は「これぞ温泉気分」と満足であった。

この句の面白さは、「吹かれ心地」の続きがないことである。書かなくてもわかっているとして省略していることだ。「最高の気分だ」と叫びたい気持ちを抑え込んでいる。この抑える気分がいいのであろう。

ちなみに漱石が大満足した塩原温泉は、弟子の枕流が幼少時代を過ごした母の故郷であった。当然枕流も学校の長期の休みには度々塩原温泉の湯に浸かっていた。変なものであるが、弟子の枕流が褒められているように錯覚する。

漱石は大正3年の9月に胃潰瘍が悪化してほぼ1ヶ月間病臥していた。辛い時には楽しい思い出を思い浮かべるのがいいのだ。漱石はこの時は4度目の胃潰瘍による病臥であったが、これ以降病状は悪化する一方であった。この中にあって、漱石は大正4年の1月13日から2月23日まで朝日新聞に自伝的な文章である「硝子戸の中」を連載した。漱石は大正5年12月9日の夕刻に胃潰瘍で死去した。掲句を作ってからほぼ2年後のことになる。

・春風や惟然が耳に馬の鈴
（はるかぜや　いねんがみみに　うまのすず）
（明治39年8月10日）高浜虚子宛の葉書、小説「草枕」

この句は小説「草枕」の中で使われた句である。惟然は蕉門の奇人と言われ、僧の姿をして旅に暮らした俳人の広瀬惟然（ひろせいねん）のこと。旅姿の特徴を捉えて惟然坊ともいわれた人だ。画工（えかき）が春風の吹く山中で、スケッチしながら峠の茶店の婆さんと話し込んでいた時、昔も同じであったであろう馬の鈴が聴えてきた。このとき画工に惟然坊の霊が乗り移ったのかもしれない。

山奥で降り出した雨に濡れたあと、茶店で火にあたりながら婆さんと話し込む自分は、放浪の俳人の惟然坊というところか、と自嘲した。馬の鈴音を運んだのは春風のいたずらなのだろう。そこで浮かんだ句を帳面の端に書き込んだ。

漱石は阿蘇山の周辺にある温泉や山道を友人と歩いた時に経験したことをもとに、「草枕」を書き上げたが、作中の画工に九州まで流れてきた江戸っ子の漱石を重ね、さらには惟然坊を重ねていた。作中の画工は山中で経験したことをその場で俳句にして帳面に書き込んだが、漱石はじっくり小説に仕上げた。漱石はただのトレッキング好きの男ではない。計画的な取材旅行を行っていたのだ。聴こえた馬の鈴は、小説家漱石の誕生を知らせる鈴音であった。

ちなみに馬の鈴が聴こえ出すシーンはこうなっている。「鶏を静かに写生していると、落ち着いた耳の底へじゃらんじゃらんと云う馬の鈴が聴こえ出した。この音が自ずと、拍子をとって頭の中に、一種の調子が出来る。（中略）余は鶏の写生をやめて、同じページの端に、春風や惟然が耳に馬の鈴　と書いてみた。山を登ってから、馬には5、6匹逢った。逢った5、6匹は皆腹掛をかけて、鈴を鳴らしている。今の世の馬とは思われない。」

虚子への手紙では、「先刻はありがとう存じます。その節の馬の鈴と馬子唄の句は、（このように変えたが）やはり同程度ですか」と書いた。掲句の元の句は「春風や昔しを鳴らす馬の鈴」であった。やはり元の句の方が、昔と同じ鈴の音が春風に乗ってはっきり聞こえたように思えるから、「元の方がはるかにいいねん。」ということだ。

春風や女の馬子の何歌ふ

（はるかぜや　おんなのまごの　なにうたう）

（明治28年10月末）句稿3

江戸時代や明治時代には材料や商品を港に荷揚げした後の運搬には荷馬車が活躍した。明治28年ごろの伊予地方では、鉄道輸送はまだ本格化していなかった。漱石は松山で荷馬車を引く馬子を大勢見かけたが、この大きな馬の手綱を引く馬子は男がほとんどであった。しかし、中には女の姿があり、この女の馬子は柔らかい声で道中、馬子唄を歌いながら街道を歩いていた。春になると街道を流れる歌声は大きくなったのであろう。

漱石が松山市内の自宅付近を通る街道を眺めていると、列を作って進む大勢の馬子の中に女の馬子もいた。そして彼女らも仕事歌を歌っていた。その馬子唄の基本は男歌で、女には歌いにくい内容を含んでいたのかもしれないが、歌っていた。伊予言葉がよくわからない漱石は、何の歌かわからないととぼけるが、伊予の女はおおらかで、風に流される馬子唄の内容などは御構い無しなのだ。

この句の面白さは、漱石は、何の歌かわからないように表しているが、どうも馬子唄の内容はよくわかっていたと思われる。その根拠は秋口に句作したが春の句をつくっていたことだ。つまり女馬子が歌っていたのは春風の歌、「春めいた歌、春歌」なのだと明かしている。漱石はそれを知った上で「何歌ふ」とふざけているのだ。掲句は落語的な俳句なのである。

春風や故人に贈る九花蘭

（はるかぜや　こじんにおくる　きゅうからん）

（大正5年春）手帳

年の初めに知人が亡くなったと聞いて中国伝来の一茎九花蘭を贈った。漱石は体調が良くないので花店に配送を頼んだのであろう。この蘭の花は緑の細長い葉の間に茎が伸び、花をたくさんつける。黄緑色の小さな花を一本の茎に3～10個ぐらいつける。一見地味な花であるが、花びらの一部や柄に茜色が入っていたりする。漱石は胡蝶蘭では華やかすぎて葬儀には似合わないと考えたのかもしれない。九花蘭の香りはほのかであると知っていた。遠方から送られた九花蘭は、小説「土」を書いた長塚節に相応しい気がする。

さてこの春に亡くなった「故人」は誰であったのか。大正5年の春に死亡した漱石の知人を調べたがわからなかった。そんな時ふと1年前の大正4年2月に漱石と親交のあった長塚節が死去していたのに気づいた。つまり一周忌に当たる春に亡くなった長塚節を偲んでいたのかもしれない。漱石がこの贈り物をしたのは長塚の小説を高く評価していたからだ。

大正4年2月9日に斎藤茂吉に出した葉書で「惜しいことをいたしました。私は生前別に同君の為に何も致しませんのを世話したように思っていられるのでしょうか。何うも気の毒でなりません」と書いていた。長塚は九州の福岡の地で亡くなったので、病気を抱えた漱石は葬儀には参列できなかった。

春風や永井兵助の人だかり

（はるかぜや　ながいひょうすけの　ひとだかり）

（明治29年3月5日）句稿12

江戸の蔵前の地で大道商人として名を馳せた人が長井兵助。代々の長井兵助は道行く人を集め、居合抜きをしてみせては家伝の歯磨きやガマの油も売り、時に虫歯抜きもやったという。この家は明治後期まで続き、11代目で絶えた。いわば浅草の寅さんの大先輩のような人なのであった。

漱石は相撲が大好きであり、本場所の相撲を深川の富岡八幡宮の境内で見た帰りなどにこの大道芸を見ていたのかもしれない。漱石は落語からだけでなく、大道芸の語りからも小説に登場する言葉の調子を学んでいたのかもしれない。

春になって外歩きが楽しくなる時期になって、漱石はこの人だかりに釣られて人混みの中に割り込んで長居したのだろう。人が集まっている様は春風によってできた吹き溜まりのようであった。

この句の面白さは、「人だかり」にある。永井兵助の調子のいい語りに興味を持って大勢が集まる様を「人だかり、人集り」と表したが、永井兵助は客にうまいことを言って商品を買わせていたので、漱石にしてみれば別の意味の「たかり」に等しいと笑ったのだ。集まった人が喜んで買っていても、無理に買わせているとして「金を巻き上げている」と笑っていたのだろう。この俳句では二つの意味をかけていたことになる。漱石は単に蔵前の人だかりの様を俳句にしていたのではなかった。

掲句の直後句は「居合抜けば燕ひらりと身をかはす」で、居合抜きを燕にからかわれている様を描いている。関連句に「抜くは長井兵助の太刀春の風」（明治30年4月18日）がある。

・春風や吉田通れば二階から

（はるかぜや　よしだとおれば　にかいから）

（明治29年3月24日）句稿14

大坂新町の遊郭の中でも最も栄えた吉田屋の人気の太夫、夕霧にまつわる人情話は、浄瑠璃や歌舞伎の演目「吉田屋」として取り上げられた。俗謡にも「吉田通れば二階から、――――鹿の子の振袖で」というものがあったという。このタイトルを漱石はそっくり拝借して、春の話として掲句のように作り上げたことになる。妓楼の吉田屋の二階から春風の中、通りを歩く羽振りのいい男の姿を探す夕霧がいると思ってしまうが、太夫ともなれば二階の格子窓に顔を見せることはないはずだ。しかし時に外を見る視線には伊左衛門を探す真剣なものがあった。

老舗の跡取り息子の藤屋伊左衛門は、夕霧に惚れ込んで吉田屋に通う日々になってしまい、とうとう親に勘当されてしまう。師走になって一目夕霧に会いたくなって夕霧からもらった恋文、誘いの手紙を紙子に仕立てた衣を着込んで吉田屋にやってきた。しかし目当ての夕霧は、伊左衛門にはもう部屋に上がる金子はないであろうと考えていた。そこで伊左衛門の顔を見ることだけを考えて、鹿の子の振袖を着て二階から、通りを歩く伊左衛門の姿を見つけようと人混みを見下ろしていたのだ。

すると吉田屋の主人は伊左衛門と夕霧が会えるように計らってくれた。普段は使わない部屋で二人が最後の話をしているところに伊左衛門の父親から伊左衛門の勘当を解くとの知らせが舞い込んだ。吉田屋の主人が中立したのだろう。ハッピーエンドに仕立てた話は好評を博した。

ちなみに別のエンタメの舞台では、夕霧と伊左衛門は寒い冬に心中することになっていて、観客の涙を誘っていた。さしずめ「夕霧と伊左衛門」の物語は、英国の「ロミオとジュリエット」に類するものなのだろう。

・春暮るゝ月の都に帰り行

（はるくるる　つきのみやこに　かえりゆく）

（明治29年3月1日推定）三人句会

掲句は竹取物語から題を得ている。漱石、虚子、霽月の三人は明治29年の春、松山で幻想俳句の神仙体俳句の制作に取り組んだ。掲句はその時のもの。春も本格的に暖かくなり出した頃、大空の中に飛び出すこともそれほど寒くはないと思ったのか、かぐや姫は突如、故郷の月の都に帰りたいと言い出し、養父母を困らせた挙句に本当に帰ってしまった。可愛がっていたかぐや姫が養父母の家から出て行って、残された養父母は月を見上げて涙に暮れていた。見上げた月の周りには涙の霞がかかっていた。

この俳句の「暮るゝ」は「春が暮れる」と残された爺婆の「涙に暮れる」が掛けられている。そして別の「くれる」も掛かっているように思える。つまりかぐや姫は養父母に一時の幸せを「くれた」が、長い時間の悲しみも残していた。したがって「与える」の意味の「くれる」が間接的に掛けられている。

現代の地球人は月での定住を計画しているが、将来かぐや姫と反対のことが起きそうだ。かぐや姫と同じように、見知らぬ星には来るんじゃなかったと思う人が出現するかもしれない。

ちなみに現代化学をもって月を調査した所、月の地下には巨大な空間があるということ、そして地下には水が存在することが判っているという。さて、そこには月の都があるのか。

• 春恋し浅妻船に流さるゝ

（はるこいし　あさづまぶねに　ながさるる）

（明治29年3月5日）句稿12

浅妻船は東山道を旅する人が利用した琵琶湖の渡し船で、琵琶湖東岸の街の朝妻と大津の間で人と荷物を運んでいた船のこと。この船を地名の朝妻を入れた朝妻船ではなく浅妻船と呼んだのには、仮の妻という意味合いがあったからと思われる。旅の男たちは乗船中に乗り込んでいる遊女を相手にすることができたという。船旅の2、3時間をこの遊興で費やすことができた。旅の男たちにはこの船旅は短いと感じたであろう。西行法師も東国にゆく際にこの船に乗ったことがある。

ちなみに日本舞踊の演目にある「浅妻船」には、船の上で鼓を持った遊女が踊る場面があるという。また歌舞伎にもこの浅妻船の遊女が踊る場面があるという。

春になるとこの船旅に憧れて旅のわらじを履く人も多かったであろう。東山道を往来する人が多かったことの背景には、商業や参観交代の人たちだけが利用するだけではなく、娯楽を目的に旅する人もいたであろうことが容易に想像される。これが漱石のいう「春恋し」の意味なのだ。そして、下五の「流さるる」は旅の途中で渡し船に乗るという目的が、いつの間にか流されていると表した。乗船時の固い意志がいつの間にか変化していると表した。つまり乗船した男どもは遊女の誘惑に負けて船の上で「流される」ことになる。

• 春此頃化石せんとの願あり

（はるこのごろ　かせきせんとの　ねがいあり）

（明治40年頃）手帳

句意は「春のこの頃になると、何もかも放り出して化石になりたい。考えるともなくぼんやりしていたいという願いが生じる」というもの。化石は生物が生きた証としての遺体が堆積岩になったものであり、「化石せん」は生きようと苦悶することを放棄している状態なのだろう。

日記には「エッツの詩の metamorphosis をした後の想像。」と後書きしている。metamorphosis の意味は、魔力・超自然力による変形、変容、変態とある。漱石はエッツの詩から霊的なことを抜き出して解釈してみたのだ。大自然の力、魔力に任せるということか。漱石は先の文の後に「茫々たる平原。川。川を渡る。馬の群れ。」の文を書き連ねていた。詩人のエッツはアイルランドの人で劇作家でもあった。神話や民話に題材を求めた人。漱石が興味を持っていた降霊術にも関心を持っていた。

全集の案内文にあった関連の言葉、小説「虞美人草」を開いて「化石」の部分を探してみた。すると主人公の一人が登山道に寝そべって、考えるともなくぼんやりと考えながら、「化石になりたい」と口にするシーンがあった。「そうでなければ死んでみたい」と言う場面も出てくる。漱石は厳密に言葉を考える人であるが、ごく普通の言葉にすれば「化石せんとの願い」とは、「人を辞めて石になりたい」ということなのだ。

ちなみに明治40年で最も悩んでいた時期としては、東京帝大の講師を辞めようとしていた時期なのだろう。東京朝日新聞社から当時の漱石の給料よりも高額の給料の提示があり、大学側からはこの動きを察知して教授就任の内示があった頃だろう。漱石は悩みに悩んだが、結局は自分のやりたいことは何かを自問し、大学を辞めて小説家になることを決めた。

• 春寒の社頭に鶴を夢みけり

（はるさむの　しゃとうにつるを　ゆめみけり）

（明治40年3月28日）日記

漱石はこの日の夕刻に京都に到着した。この日の日記に「糺ノ森ノ中ニ宿ス」とあり、この句が書いてあった。泊まった宿はこの森の境内にある親友の狩野の住む借家であった。この社頭は京都の下鴨神社の糺の森とわかる。この日記では「春寒く社頭に鶴ヲ夢ミケリ」と表記していた。また小宮豊隆宛の書簡（明治40年3月31日）にも掲句があり、気に入った句だと思える。（漱石の小品『京に着ける夕』の末尾では掲句のように直されていた。）

掲句の意味は、「下鴨神社近くの宿で見た夢の中に鶴の幻影が出てきた。この鶴を思い描きながら春寒の社殿の前に立って今後の幸運を祈願した」というもの。漱石にとって鶴の夢は吉兆だろう。

　この句の面白さは、京都に来た目的の一つは、朝日新聞社に入社した後のことを神社で祈ることだった。夢の中に鶴すなわち丹頂鶴が現れたというのであるから、漱石は喜んだ。その鶴は白い体の一部に黒の羽があり、頭には大きな赤い斑点があり、羽を広げると朝日新聞社のマークと同じ形状と色構成である。うまく漱石の夢と俳句はできている。朝日新聞社での小説家の仕事はうまくいくと信じた。

　実際には宿をとった下鴨神社あたりにはカラスが多く棲み付いていて、明け方には煩いくらいに鳴いていた。漱石はこの声が夢の中に入り込んで目が覚めた。このカラス（実際にはハシブトカラス）は迷惑な鳥であったが、漱石は彼らを鶴と呼んで受け入れた。そして吉兆の印とした。漱石はユーモアの人である。ちなみにカラスの鳴き声を日記では次のように表現していた。きゃけえ、くうと鳴くと聞き「への字に鳴き、くの字に鳴く」と表した。これではカラスの声でなくバケモノの声である。

　ちなみに小宮豊隆宛の書簡には面白いことが書いてあった。「京都は寒く候、賀茂社はなお寒く候、糺の森の中に寝る人は夢まで寒く候」とここは特別なところだと表していた。つまりカラスも寒すぎてきちんと鳴けず、「への字に鳴き、くの字に鳴く」と言いたいのだ。

　この句は朝日新聞への入社を決め、その挨拶にと関西の朝日新聞社に来た際のもの。漱石は京都に約2週間滞在し、京都大学にいた旧友に会ったりした。そしてこの間精力的に多くの寺や茶屋を見に出かけた。また、俗地の各種施設や文物も見て歩いた。今までとは違う作家の目で見ていたと思われる。

• 春寒し未だ狐の裘

（はるさむし　いまだきつねの　かわごろも）

（大正3年）手帳

「狐の裘」は狐の毛皮で作った防寒着のことだ。冬の間漱石は文机の前に座る時、狐の毛皮で作った半纏か羽織を着ていたのであろう。

句意は「書斎に座っていると春になったという立春（新暦では2月4日頃）になっても、まだまだ寒いと感じる。身につけている狐の裘を手放せないでいる」というもの。春になったのだから東北のマタギが着るような毛皮服を脱ぎたいと思ったが、寒くて脱げなかったのだ。この季語の「春寒し」の候は初春の頃のことであり、実際には真冬の時期なのだ。漱石は狐の冬眠のように背中を丸くして火鉢に手を当てていた。そして手が温かくなると筆を執って文章を書いていた。

　この句の面白さは、文字数が極めて少なくなるように漢字が選ばれていることだ。体を縮めて寒いと口にする漱石の気分が感じられるように文字列が短縮され、固まっている。俳句の形状自体が冬眠状態で固まっているようにデザインされていて、おかしい。

　もう一つの面白さは、立春は旧暦では3月4日ごろであるから、せめて立春だけは旧暦表示にしてほしいと、冷たい手を激しく擦って頼んでいる漱石の姿が見えることだ。

• 春寒し印陀羅といふ画工あり

（はるさむし　いんだらという　がこうあり）

（明治30年1月）句稿22

新年になってもまだまだ寒い。漱石は元日に火鉢のそばにいて、今年は何をやろうかと目標を考えた。座卓に座って筆を持ち、文字を書き出したが、そのうち簡単な絵を描き出した。なかなかうまいと感じた漱石は、今年は少し絵を描こうと決め、画号を作ることにしたようだ。画号は印陀羅にすることにした。中国の著名な禅宗画家であった因陀羅（インドラ）をもじって印陀羅としたのだ。この画家は、インドから日本に帰化した元末の禅僧で、余技として水墨画を描いていたという。この男の絵は個性的で画趣に富んだ。漱石は命名にあたっては漱石の名前もそうであるが、ひねった名前が好みであり、インドを意味する印の文字を用いることにした。

　ここに誕生した画工漱石はこの年の末には、小説「草枕」の画工として熊本の小天温泉を旅することになる。漱石は適当な名をつけるというのは重要なことであることをここに示している。物事は名前から進展することがあるからだ。

　ちなみに漱石の弟子の枕流は、55歳の頃に絵画を描き出したが、この時画号を「ホクサイマチス」とした。誰にも絵筆の使い方を習ったことのない男の絵画の腕前は、みるみる上達したように思えた。その年から個展を開催するようになった。北斎とアンリ・マティスが協働して「ホクサイマチス」の手を動かしてくれた。

ちなみに印陀羅のインドラはバラモン教、ヒンドゥー教の神の名称で、仏教においては帝釈天の名で知られている。日本の現代の和太鼓の演奏集団に「インドラ因陀羅」というものがあるが、インド・中国と関連があるのかもしれない。インドからの帰化禅僧が、大胆にも因陀羅を名乗ったことは、漱石のようなユーモアの持ち主であったことを推察させる。

・春寒し墓に懸けたる季子の剣

（はるさむし　はかにかけたる　きしのけん）

（明治30年4月18日）句稿24

「剣　5句」の前置きがある。中国の史記に出てくる話に俳句の題を取っている。漱石は三寒四温の時期で寒さの残る時期に、中国の同じような時期に起きた「季子の剣」の故事を思い起こしていた。

季子こと季札は、寒い時期の新年の挨拶の使者として北の大国に派遣された。途中で友好国の徐国の君主に会った際に、その君主は季札の所持していた剣を気に入った様子であったが、それについては知らぬ顔をして下がってきた。使者の役目を終えての帰国の途上で徐国に立ち寄ったが、その時季札の剣に興味を示した君主はすでに亡くなっていた。季札はこの前、接見してくれた時にこの君主に大事な剣であったが差し上げることを決めていたので、自分の剣を死者の墓の木に掛けて辞去してきた。

この故事を漱石は何故取り上げたのか。戦国の中国において国が生き残るためには、相手国を裏切らせることを含む謀略によって敵陣を撹乱することで自国が生き残ること、そしてかたや同盟国との約束をきちんと果たして信を得ることで自国を助ける勢力を得ることが戦略としてある。

この季札の行為は、心の中で決めていたように行動することで自分の気持ちをスッキリさせただけではない深い意味が込められていた。友好国である徐国の新たな君主に対して、季札の国は約束を果たすのだということを自分の剣を差し出すことで示したのだ。自分の行為が徐国の新君主に伝わることを知っていたからである。

日本は日清戦争の後処理段階で三国干渉を受けて窮地に立った。この時に日本は信頼される友好国を他に作っていたならば、日本とこの三国の間に入ってもらえたかもしれないと考えたのか。人間関係においても何かを考えていたのか。親友の子規のことを念頭に置いていたのか。

・春雨の隣の琴は六段か

（はるさめの　となりのことは　ろくだんか）

（明治31年5月頃）句稿29

熊本市の北の郊外、大江村に居を移して半年が経過した春のこと。春雨の降る中、戸を閉めていた漱石宅に隣から「六段の調」を演奏する琴の音が流れ込んできた。この調べは江戸時代初期に活躍した八橋検校の作曲になる名曲で、キリスト教の聖歌に似て優雅なものであった。

どうも玄人の芸者筋による演奏のようだ。誰かの愛人でも弾いているのか、妻の鏡子は気になって仕方がないようだ。漱石は聞き惚れていたが、これからもずっとこの琴の音を聞かされると思うとげんなりする。

この琴の音が度々聞こえる環境が鬱陶しくなってきた頃、偶然にも漱石一家はここから転居せざるを得なくなった。3月になると、家の持ち主である落合為誠が、出仕先の宮内省から熊本に帰ってくるため、急遽家を出なければならなくなった。漱石は、否応なくここから転居することになった。熊本市内を流れる白川にほど近い井川淵町に小さな家を借りた。この時の漱石の気持ちは、艶かしい琴の音から解放されたという思いがあり、これ幸いという気持ちが少しはあったのかもしれない。

しかし、大河の白川が近くなったことが妻の入水による自殺未遂を起こす誘因になり、漱石の気持ちを暗くする結果をもたらした。

・春雨の夜すがら物を思はする

（はるさめの　よすがらものを　おもわする）

（明治30年5月28日）句稿25

「憶子規」（しきをおもう）の前置きがある。春の雨の降る夜中に、東京にいる子規の顔、病床での寝姿を思い浮かべている。漱石は一晩中ずっと子規のことを考えている。彼の病気のこと、執筆活動のことを考えている。子規は体が痛いと訴える手紙を漱石に書いてきていたのだろう。そんな子規のことが心配になって思い浮かべているのである。子規はこの俳句を書いてから5年半後に没することになる。

漱石はこの夜、子規について作った俳句はこれだけであった。俳句をこれ以上作らずにずっと子規のことを考えていたのだ。

自分のことを心配してくれている病身の子規のことを考え、こんな時に自分が転職問題を起こして済まない、心労をかけて申し訳ないということなのだ。この気持ちを「憶子規」で表している。漱石は失恋の痛みから立ち直ったと思って安心している子規をまた悩ませたことを、心苦しく思っているのだ。

この句稿25を送った1ヶ月前の4月28日に漱石は子規に手紙を書いていた。珍しく「必親展」と封筒の表に書き込んでいた。「教師は近頃厭になり居候」と初めて子規に転職の深い悩みを打ち明けていた。

この句の面白さは、漱石が夜中に物思いに耽るのは、自分が子規に悩みを打ち明けたことが原因であるが、「春の雨」が漱石にそうさせていると俳句に表していることだ。漱石はこのユーモアによってそれほど深く悩んでいないと子規を安心させている。

・春雨や京菜の尻の濡るゝ程

（はるさめや　きょうなのしりの　ぬるるほど）

（大正4年）手帳

春の雨はそれほど冷たくなく比較的優しく降る。明治40年に漱石が虚子と訪れた京都の嵐山の北では、京野菜として有名な水菜の株の丸い尻を濡らす程度に雨が優しく降っていた。掲句はこの京の郊外の風情を詠った句であると思われる。川魚を食べた料亭で食した京菜の瑞々しさと歯ざわりが感じられる句だ。俳句に尻を詠み込む人はあまりいないから漱石らしい句と言える。

ところで漱石の生きた時代は、京菜といえば水菜のことであったという。雨が降れば畑にある京菜が雨に濡れるのは当たり前だと考えると、この句は面白くもなんともない。だが京菜の大きな株底だけに焦点を当てると、露出している大きな株尻が丸く真っ白であるから、まさに京女の尻のように思えて漱石は可笑しくなったと思える。その株の白い丸尻に雨露がかかると、まさに露も滴るいい女ということになりそうだと想像したに違いない。

この句には、春雨と水菜という食材が二つ組み込まれている可笑しさもある。文字通り美味しい京菜料理の句に仕上がっていると言える。この句のもう一つの面白さは、この句を何度も口にしていると、いつの間にか「京菜」が「京女」に入れ替わっているのに気づいた。漱石は本当のところは「春雨や京女の尻の濡るる程」としたかったのかもしれない。だがこれではあまりに誤解を受けそうだとして、掲句に変更したのだ。このように考えると、漱石の「落語より面白い俳句」の代表句の一つが掲句であると自信を持って言える。

漢詩には表の解釈と裏の解釈があるものが多いとされる。特に人々に支持された有名な漢詩はそうだという。そして裏の解釈は少々エロティックなものが多い。漱石はこの辺の事情をよく知っていて、これを俳句に持ち込んで楽しんでいたのであろう。そして漱石はこの表裏の面白さを俳句にも持ち込んでいる。

掲句については、蕪村の句『春雨や小磯の小貝ぬるゝほど』との類似が指摘されているが、確かに蕪村はこの句で海藻の流れ着いている小浜に露出している小貝に着目して、ここに生暖かい小雨が降りかかる自然の光景を面白く表現している。だがこの俳句はすぐに裏の解釈にたどり着いてしまう脆さがある。

掲句の「京菜」と変更したことの面白さにおいて、掲句は蕪村の句をはるかに凌駕していると考える。俳人としても漱石の方が大胆にユーモア心を発揮していて、遠慮がちな蕪村よりも大きな差をもって優れているといえる。春の雨のなまめかしさも漱石句ではうまく表現されている。ユーモア俳句において漱石の先輩である蕪村さんに「ありがとう」を送る。

春雨や四国遍路の木賃宿

（はるさめや　しこくへんろの　きちんやど）

（明治29年春）

春になると四国へ大勢の遍路たちが全国から繰り出してくる。草花同様に人間も春になると体内にエネルギーが蓄積されて動き出すように仕向けられているからだ。遍路たちは皆寺の境内に咲く梅や桜の花を愛でながら参拝したいと思うからである。するとにわかに寝泊まりする木賃宿は混み出す。そんな木賃宿は大広間に布団が敷かれ、学生の合宿所のように各地の方言が飛び交って賑やかになる。そこで全国各地の話題が披露される。参加者の大部分を占める年寄りたちは一気に若返るようだ。

四国遍路が人気なのは、人生の終着における感謝と回想のためでなく、おしゃべりをして若さを取り戻すことにあるのかもしれない。年寄りたちは無口になることが自然なことだと思い込んでいたからだ。

句意は「暖かい雨が降り出す春になると、四国遍路の木賃宿に人が増えてにぎやかになる」というもの。漱石は四国遍路に行ってはいないと思われる。松山の近くの寺で遍路たちと話したことがあったのか。近くの木賃宿を覗いたことがあったのかもしれない。

漱石全集の俳句編集者は年月不詳の句として最後から26番目の位置に掲句を入れていたが、やはり掲句は松山にいた時の俳句であろう。熊本に転居する直前の4月に松山をしっかり見ておきたいと松山の郊外を歩いたのであろう。

この句の面白さは、漱石が遍路たちの姿を見た時期は、まだ肌寒い時期だったとわかるように、下五に木賃宿の言葉を入れ込んでいることだ。当時の木賃宿は、暖をとるために囲炉裏に薪をくべる時期には薪代として「木賃」を要求していた。つまり早春の雨の日とわかる仕掛けがあったと理解する。

春雨や爪革濡るゝ湯屋迄

（はるさめや　つまかわぬるる　ゆうやまで）

（明治39年10月24日）松根東洋城宛の書簡

漱石の最初の小説「吾輩は猫である」が大人気になったが、批判ややっかみの言葉が同業者から投げつけられた。大した小説でないのに、と言われたりした。私でも書けるよとばかりに猫が喋り出す小説が世に溢れた。この大騒ぎを弟子の東洋城は心配して手紙をくれた。漱石は「釣鐘のうなる許りに野分かな」と表し、気にするなと返事を出した。春分の日から２１０日目あたりになると野分が吹き出すのは当たり前である。人気小説に対するやっかみはこれと似ていて、必ず訪れるものだと諭した。この文壇からの反応は小説「吾輩は猫である」がいいものだという評価の裏返しなのだという。

掲句の句意は「春雨の降る中、下駄の爪先につけた爪革を濡らして銭湯に出かけた。このとき爪革があったので足袋は濡れなかった」というもの。春雨で足袋が濡れると思ったが、ちょっとした工夫をしただけで足は濡れなかったと弟子に伝えた。人の悪意にまともに付き合っていたら身がもたない、受け流すだけだと。湯に浸かって気分転換していれば良いのだとして銭湯に出かけたのだ。このとき漱石は妻の爪革付きの下駄を履いただけであった。春雨も野分も大したことはないと弟子に伝えた。

掲句の一つ前に「渡殿の白木めでたし秋の雨」の句が置かれていたことを考えると、渡殿は白木の床板と屋根だけで造られているのであるから、秋の雨が降りかかれば、雨の染みが出る構造になっている。そうであるから染みは気にならないのだ。これに対して、漱石家の下駄の白木はそうはいかない、爪革が必要なのだとふざけた。世の悪意は毎年秋に来る野分のように、また春に降る雨のように当たり前のように受け流せばいいのだと弟子に伝えた。

春雨や寝ながら横に梅を見る

（はるさめや　ねながらよこに　うめをみる）

（明治27年3月12日）子規宛の書簡

日中も降っている春の雨を見ながら、仕事で疲れた神経を休めている。縁側からは雨に煙っている梅の花がうっすらと見える。赤い梅の花は漱石の好む花である。仕事のない時間を十分に楽しんでいる。その日一日をたっぷりゆっくり味わおうとする気持ちが手枕で寝ている姿勢に出ている。白い雨に濡れている紅梅は赤が少し抑えられて眠りを誘うようだ。

この頃漱石は帝大大学院の学生で、東京高等師範学校の嘱託になっていて、文部省がらみの仕事をしていた。子規への手紙では、尋常中学（男子校の旧制中学で5年制）の英語教授法の研究を委託され、この仕事に没頭していた。濃密な交際をしていた兄嫁の登世が亡くなってから3年が経過して気持ちの上では落ち着きが出ていた。

この句の面白さは、同じ手紙に天皇皇后の銀婚式の皇居前の柳並木を通るパレードの想像句である「春雨や柳の下を濡れて行く」の句を書いていて、その2行後に同じような春雨の句を書いていることだ。漱石は柳の句のあとは梅の句だとばかりに遊んでいる。そして先に柳の近くを濡れて馬車が走ったので、次の掲句では縁側に寝そべって濡れずにいる句にした。

そしてさらなる面白さがこの句に隠れている。「寝ながら横に梅を見る」とあるが、寝ながら見ても実は梅の樹は縦にしか見えないのだ。人の頭の中では目の神経回路から入った横の画像を補正して縦に変換してしまっているからだ。横向きの画像にはならない。読み手をからかっている。正確には「寝ながら縦に梅を見る」になるが、これでは面白みが雨に溶け出してしまうだけだ。雨の日にのんびりと身体を横に伸ばしている風情が出てこない。

● 春雨や身をすり寄せて一つ傘

（はるさめや　みをすりよせて　ひとつがさ）

（大正5年春頃）手帳

2020年3月末に中国・大連市から友好都市の北九州市に、武漢ウイルス対策への支援物資として20万枚のマスクが届けられた。この援助行為は北九州市が「山川異域、風月同天」と記して日本からマスクを中国に先に送ったことに感謝しての返礼であった。大連からの段ボール箱に「北九州加油(がんばれ)！日本加油！」という言葉と「春雨や身をすり寄せて一つ傘」という漱石の俳句が付けられていた。このマスクの送り主は、掲句を助け合いの推進俳句と理解して援助物資の手紙に付けてきたのだ。

掲句は一説によると「人に貸して我に傘なし春の雨」と詠んだ正岡子規の俳句に対する返歌、パロディとして作られたという話が流布された。掲句は今までつまらない俳句という評価であったようだが、中国が絡んだ報道によって一躍注目されるようになった。冥界にいる漱石としては中国人が漱石を思い起こしているので、少しは嬉しいと思ったことであろう。

掲句を子規俳句のパロディとみれば、句意は「春雨の日の傘貸しでかっこつけるとんでもないことになる。体を寄せ合って一つの傘に収まればいいのだ」というもの。我が身のことも少しは考えるのが良いと漱石は笑う。

漱石は子規句のパロディと見せかけて実は、漱石はすでに明治43年に他界していた楠緒子とあの世で一緒に一つの傘に収まって歩きたいと思ったのだ。漱石は自分の寿命がそろそろ尽きることを知っていたからだ。妻の鏡子は太っているので掲句の相手にはならないことが誰でもわかるので、掲句の漱石の相手のことを想像させないように、一部の人たちが「掲句は子規句のパロディだ」と流布するように仕組んだ疑いが浮かび上がる。掲句が漱石の辞世の句になっては困るからだ。

ちなみに私の考える芭蕉の辞世の句は、「病中吟」の「旅に病んで夢は枯野をかけ廻る」である。芭蕉は病床からまだ旅を続けるつもりであった。先に他界していた男色愛人の杜国に会うまでの旅はこれからなのであるから「病中吟」なのである。しかし、弟子たちとは最後なのだから「辞世の句」になる。漱石は芭蕉の「病中吟」の意味をわかっていた。その上で「病中吟」句のパロディ句を作っていたのだ。

ちなみに令和2年2月、3月に東京都知事が東京都の感染症対策用の備蓄品である医療用防護服を合計33万着も新型コロナウイルスの感染源である武漢を中心に中国に送り込んだ。これによってその後都下の感染が増加して防護服不足の事態が発生した。これに対して中国は日本からの注文に基づいて生産していた製品の日本への輸送を差し止めて応えた。この東京都からの援助品に「春雨や身をすり寄せて一つ傘」の句を付ければよかったと悔やまれる。

春雨や柳の中を濡れて行く

（はるさめや　やなぎのなかを　ぬれてゆく）

（明治27年3月9日）菊池謙二郎宛の手紙

漱石は軽い喀血をしたことを子規よりも菊池に3日早く手紙で伝えていた。皆が漱石のことを心配してくれていた。菊池への手紙文の中に掲句を付けていた。喀血時には少し落胆したが普通通り生活していて、健康上は何ら問題ないことを手紙文で書いたが、この大げさな句で表した。

句意は「春雨が降る中、傘もささずに歩き、濡れた柳並木の中を枝のしずくを受けながらずんずん歩いていく」というもの。胸に病があれば身体を春雨で冷やすことは良くないが、自分は心配ないとして雨の中を傘無しで歩いている姿を描いた。最近は雨の降る日にも散歩するようになった、笑ってくれと書いていた。弓道の大弓も始めていた。先に子規が吐血して結核が進行していたので、漱石は初期段階での体力向上を心がけていた。結局これが奏功して結核は進行しなかった。

この句の面白さは、漱石ならばこのくらいのわざとらしいことをしそうだと思わせることだ。なにせ漱石は生来の無鉄砲な「坊ちゃん」であるからだ。当時の漱石はスポーツ万能であり、体力には自信があった。鉄棒の大車輪もこなすほどの体力があった。

ちなみに子規よりも早く心配不要の手紙を受け取った帝大時代の親友の菊池は、漱石よりも先に卒業し、旧制中学校に就職していた。漱石はその菊池から借金したこともあった。菊池は漱石の就職・転職の際にも力を貸した。二人は生涯にわたって交流した。

掲句は漱石に血痰が出たことに関して作られた句になっているが、その裏には恋愛における暗い思いが潜んでいた。大学寄宿舎の舎監から大塚楠緒子の見合いの相手として小屋保治が知り合いの依頼主である大塚正男に紹介されたが、保治と話をした楠緒子は気が合わなかった。そこで二番手が指名された。その学生は、小屋保治と部屋が一緒であった漱石であった。文学志望の楠緒子と漱石は互いに惹かれた。しかし、楠緒子の父親が裁判官であったこともあり、一人娘の結婚相手には法学専攻の学士が好ましいと考えていた。この親の指示に反することは親の権威が強い時代にあっては成就しないとわかっていた漱石は毎日を暗い気持ちで過ごしていた。この状況が掲句に如実に表れている。寂しく投げやりな気持ちになっている漱石がいる。

春雨や柳の下を濡れて行く

（はるさめや　やなぎのもとを　ぬれてゆく）

（明治27年3月12日）子規宛の手紙

この句は、子規に軽い喀血をしたことを知らせた手紙につけていたもの。菊池に出していた手紙につけた俳句とわずかに違っていた。3日前に作っていた「春雨や柳の中を濡れて行く」の句をちょいと変えただけの句であった。「柳の中」を「柳の下」に変えただけ解釈が大きく変わることを漱石は楽しんでいる。

子規は漱石のこの言葉遊びをしていることを知らない。

この句の解釈で「柳のした」と読んで狭義に解釈すると掲句の解釈が困難になる。枝が長く垂れ下がる柳の真下を濡れて通り行くことは無理であるからだ。イタチぐらいなら通り抜けることは可能だが人は無理である。別の読みの「モト」と読むと「下あたり」ということになり、柳並木の中進むという意味が生じる。もちろん「柳のした」と読んで広義に解釈すると同じように「下あたり」ということになるが、「柳のもと」の方が良いと考える。

句意は「春雨が降る中、柳並木の通りを天皇皇后の馬車が濡れて走り抜けていく」というもの。皇居前の通りを天皇の銀婚式の馬車列が通っていく様を想像して描いている。この時漱石は上野の池之端を歩いていたとこの手紙に書いていた。このことを考慮して子規に前書きなしで掲句の適切な解釈を任せた。

この句の別の解釈として、ラブラブの二人が春雨を気にせずに、傘もささずに嬉しそうに歩いている、とも理解できそうだ。子規は漱石より先に喀血して帝大を欠席がちであったが、自分のことをそっちのけに漱石の健康状態を心配していた。こんな子規を心配ないからと納得させる句にするという意図もこの面白句に込めていた。このような解釈が可能な句にして、皇居近くで行われた大掛かりな皇室行事をも表せていることを漱石は面白がっている。

この句を秀句に選んだ大高翔氏（『漱石さんの俳句』私の好きな五十選、の著者）は、「傘がなくて濡れて歩いたなんて意外に漱石は若い」とし、春の甘い愁の気分に共感すると書いた。中村真一郎氏もこれを秀句としたが、月並み句とする意見もある。春雨と柳はともに季語であるから、それだけで駄句だという人もいる。漱石はダブル季語のことは百も承知で俳句を作っている。

ちなみに弟子の枕流は、この句を読んだ時、幕末の京都の街を月形半平太が愛人に向かって「春雨じゃ、濡れてゆこう」と声をかけて霧雨の中を歩くシーンを想像してしまった。

だが実際の漱石の気持ちは相当に沈んでいたことを掲句は示している。手紙で子規に軽い喀血をしたことを知らせたが、この血痰のことで実際には相当に漱石は気落ちしていたはずである。これに失恋の落胆も加わっていた。明治26年8月ごろに大塚楠緒子の見合い相手として帝大寄宿舎の清水舎監から推薦されて楠緒子と会うことになった。漱石は楠緒子と会ってみると楠緒子に心引かれた。楠緒子の方も同様であった。しかし楠緒子の親に将来がどうなるかわからない文学志望の学生である漱石は忌避された。明治時代は親の意向が本人たちの気持ちを否定することになっても、それは普通のこととされた時代であったのだ。

掲句にある、やや冷たい雨に濡れたまま歩くことは、血痰が出ている身の漱石としては、結核に発展することを危惧し避けねばならないことである。これを承知の上で漱石は行動している。これは自棄っぱちの気分を濃厚に示していることになる。

子規は雨に濡れた柳の下をうつむいて歩く漱石の姿から、漱石の恋愛が暗礁に乗り上げていることがわかったはずだ。

・春大震塔も擬宝珠もねぢれけり

（はるだいしん　とうもぎぼしも　ねぢれけり）

（明治29年1月28日）句稿10

掲句は明治29年の初春に大地震が起きたことを表しているように思える。しかし大地震を大震と造語して従来の大地震とは違うことを匂わせている。明治29年1月ごろ、漱石は伊予の松山に居住していた。

句意は「春に起きた大地震によって、寺の塔も本殿の擬宝珠も捻れてしまった、半壊した」というもの。寺社は倒壊しなかったが、被害があったと松山市内の震災の状況を描いている。

しかし、明治28年1月から明治29年1月までの間に、日本に被害を発生させた地震は発生していなかった。つまり掲句の地震はフェイクなのである。そうであれば、漱石は掲句で大地震発生を予知して、句を作っていることになる。

漱石が掲句を作った半年後の明治29年（1896年）6月15日に実際に東北地方で大地震は起きた。この大地震は明治三陸地震と呼ばれたもので、三陸沖200㎞を震源とし、マグニチュード8.2～8.5、死者は2万2千人。流出した家屋、全半壊の家屋は1万戸以上という大惨事をもたらした。当時の三陸海岸の人口密度は、現代ほどでないことを考えると被害の甚大さが理解できる。

犠牲者の大半を出した岩手県での震度は3と小さな揺れであったが、後から三陸海岸に届いた津波は巨大であり、最大で38m、岩手県各地の海岸には軒並み10mを超える津波が押し寄せた。日本から遠いハワイでも10mを記録した。漱石はこの地震の被害状況を、欧州に留学していた大塚保治に手紙で知らせた。

この時の津波の規模と災害の甚大さを後世に記録として残すために、岩手の古老達は海水が到達した地点を示す石碑を山の裾野に立てておいた。だが2011年に15mを越す津波が発生させた東日本大震災が起きると、時の民主党の政府は千年に一度の大震災と発表した。実際には前の地震から120年しか経過していなかったにも拘らずである。政府の震災に対する初動の遅れの言い訳に聞こえる発表であった。

そして東日本大震災の津波は間接的に福島第一原発で水素爆発を起こし、炉心はメルトダウンを起こした。これによって放射性物質が大気中に飛散したが、政府は今のところ健康被害は出ていないと官房長官声明を発表した。民主党政権は崩壊した。

掲句は漱石の幕末に起きた安政の大地震（1855年）のことが情報として漱石の脳裏にインプットされていたのであろう。もし漱石が東日本大震災のことを知ったならば、「春大震原子炉も防波堤も壊れけり」の句を作ったのかもしれない。

• 春に入って近頃青し鉄行燈

（はるにいって　ちかごろあおし　てつあんどん）

（明治29年3月5日）句稿12

鉄行燈とは「鉄製の透かし彫の風雅な路地行灯」とあり、行灯ではあるが土台と枠が鉄製でしっかりしていた。また別の説明では「鉄製の外枠を取り付けた燭台に風除け用の和紙を張った照明器具」とあった。いわば鉄枠で装飾した高級紙行灯なのだ。

江戸の太平の世に、夜な夜ないい大人が集まって怪談話に惚けていた。武士も町人もこの怪談話が好きだった。現代と違って金を払って芝居小屋か落語寄席に行くか、それともワイワイガヤガヤの集会に参加するしか娯楽というものはなかった。後者の集会の一つに「百物語の会」があった。参加者は、それぞれが怖い話をこしらえて披露するもので、かの葛飾北斎もこの会の常連であったという。北斎にお化けの図が多いのはこのせいだ。この「百物語の会」の主催者は、地元の名士の「お大尽」であり、部屋には高価そうな鉄行灯が灯っていた。この会は人が出歩きやすくなる春に始まるもので、春の風物詩なのであった。

句意は「百物語の会が開かれる春になると、金持ちの家の部屋に置かれた高級鉄行灯は、青っぽい光を放って人の顔を青く照らすようになる」というもの。怪談話の会の参加者の顔はまるで妖怪のように見えた。主催者はアイデアマンなのであった。会場の照明である鉄行灯が、春になると青っぽく見えるのだという。「百物語の会」は、99番目の最後の話が近づいてくると、部屋が実際に青っぽく見えるのだという。これ自体が怖い話である。参加者が怖がるから部屋の光も青っぽくなるというのか。この百物語の会では、怪談を百話語り終えると本物の物の怪が現れるという。この妖怪は「青行燈」といわれる変わった名前の妖怪である。全国各地の百物語の会に出没するこの妖怪は邪悪なものだけではなく、ハッピーエンドの昔話的な妖怪もいたという。だが誰もそれを見ていない。（森鴎外、手塚治虫、杉浦日向子らも百物語のファンだった。『妖怪百物語』という映画が1968年に公開された。特撮時代劇で、妖怪たちが悪者たちを懲らしめる物語になっていた。）

この会は最後の妖怪の出番を作らずに終わるのが主流になった。つまり99個の怖い創作話でお開きにするのであった。百話目になろうとする前に、部屋の行燈に青い紙を貼って部屋を薄暗い青い光で満たし、「青行燈」という妖怪が出そうな雰囲気にした。そして皆が大げさに怖がってお開きになるのだ。

江戸時代に江戸で大流行したこの百物語の会は、文明開化の明治の世になっても続いていた。松山においても漱石はこの会に参加していたのであろう。漱石さんは特別怖い中国がらみの怪談を披露したに違いない。掲句が作られた時、漱石は松山にいて、4月に熊本に転居することが決まっていた。転居する前の松山での生活は楽しめるだけ楽しもうということであった。毎日どこかの「百物語の会」に参加していたのかもしれない。

・春の雨あるは順礼古手買

（はるのあめ　あるはじゅんれい　ふるてかい）

（明治28年12月18日）句稿9

「古手買」は江戸時代の落語の小話である。雨の降る日に長屋の親友の二人が値切り方の打ち合わせをした上で古着屋に出かけ、番頭に対して極端な値切りをしたために罵り合いをする羽目に陥ったという話だ。お客は神様という考えをする現代の商人とは違って、客の無茶な言い草には番頭が堂々と反論するのだ。客とユニークな客あしらいをする番頭の掛け合いが面白い。

江戸時代には春に長雨になると気分転換に近くの古着屋に出かける習慣があったようだ。長屋に住む庶民の娯楽は限られていて、その一つに古着屋の冷やかしショッピングがあったというわけだ。漱石はこれをキリスト者の順礼になぞらえた。当時、町人の着る着物は着物の糸を切って解き、洗い張りした布地で作り直した着物、または着古した着物であった。後者はつまり古手買。といっても当時の庶民には古着の買い物でもビッグイベントなのだ。今でいう銀座あたりのショッピングに相当する買い物であったということだ。これとは異なるものとして呉服屋による訪問販売があった。これは上得意に対して新しい反物を風呂敷に包んで客の屋敷を訪ね、着物を仕立てる注文を取るものであった。今でいうデパートの外商のようなものであった。

漱石と子規は、時代が江戸から明治に変わってからは落ちぶれ階級の一員であり、安い着物を求めて古手買の店を順礼するように回っていたのかもしれない。しかし松山で高給取りになった漱石は、この種の買い物をした学生時代を懐かしがっていたのかもしれない。

この句の直前句は「辻駕籠に朱鞘の出たる柳哉」であり、ともに落語の演目が関係する内容になっている。松山から東京に帰った子規のことを懐かしがっていた時に句作したのだろう。子規は漱石と同じように大の落語好きであったからだ。

ちなみにこの枕流も中学・高校時代の黒の制服は古着であった。最初は叔父からのお下がり服で、次は古着商から買った詰襟服であった。そのような服であったが晴れ晴れしい気持ちで袖を通していた。現代は古着のように見えるように加工した服やボトムが流行なのだという。まさに時代は変わるのだ。

・春の雨鶯も来よ夜着の中

（はるのあめ　うぐいすもこよ　よぎのなか）

（明治28年10月末）句稿3

さて明治時代の関東の夜着とはどのようなものであったか。夜寝るときに着る着物、いや昼間着ていた着物を脱いで広げた状態にした着物、または冬用の着物で表裏の生地の間に綿を入れた掛け布団、つまりかいまきである。明治28年当時の松山ではどうであったのか。やはり昼間身につけていた和服の着物を被って寝たのだ。少し後になると四角の被り布団が使われるようになった。敷布団は薄縁（うすべり）と呼ばれた簡易なシートであった。この薄縁は板床に敷く莫蓙で畳大のイグサ莫蓙に布地を縫い付けたものであった。これは縁取りとも呼ばれた。芭蕉が旅に出る際にはこの薄縁を丸めて肩の後ろの荷物の上に縛り付けていた。

句意は「春のような雨が降る夜に、鶯のような小娘に、夜着の中においでと声をかける」というもの。男は春雨が降っている夜中に、枝先に留まっている鶯を夜着の中は暖かいからと部屋の中に、そして夜着の中に誘い込む。

漱石が松山に住んでいた頃のことだ。漱石は二ヶ月後には東京で見合いをすることになっていた。そして写真の相手と結婚しようと決めていた。掲句は明らかに漱石の独身最後の夜遊びのシーンを描いている。春雨の降る夜に朝方まで気に入った女性と一つ布団、いや夜着に寝ていたのだ。

ちなみに掲句の隣に置かれていた句は「春の雨晴れんとしては烟る哉」である。夜の間に春の雨は止んで晴れたと思っていたが、晴れていなかった。燃えていた火はまだ完全に消えずに、夜着の中でくすぶっていた、というものである。

春の雨鍋と釜とを運びけり

（はるのあめ　なべとかまとを　はこびけり）

（明治33年4月2、3日頃）

「北千反畑に転居して4句」とある。漱石はこの年の春に熊本市内の外れの北千反畑に転居した。新たに借りた家の周りは自然が豊かで菜の花畑の中にあった。ここならのんびりできそうだと思った。春雨の降る中、家財道具の鍋と釜を大八車で運び込んだ。蔵書や骨董が相当量あったことから引っ越しは難儀したに違いない。この引っ越しは部長として面倒を見ていた端艇部の学生が手伝ってくれた。

句意は「春の雨がしとしと降る中、漱石の家を出発した大八車の一行は熊本市内を隊列組んで移動していった。大八車には鍋や釜をはじめとして、雨に濡れても良い食器類などが積まれていた」というもの。書籍類や骨董は晴れの日を選んで運び出された。熊本五高の先生方は東京から来ている人がほとんどであったが、春の季節はその先生たちと学生の年度替わりの時期ではなかったため、この時期の漱石の引っ越しは混乱なく行えた。当時の入学は9月であった。九州随一の都会であった軍都熊本の市内をがらがらと大八車で家財道具を運ぶ漱石一行の姿は目立ったであろう。そんな引っ越しを通りの人が楽しそうに眺めていたことだろう。

この句の面白さは、雨の降る日には濡れても大丈夫な鍋と釜のようなものを選んで運んだのは、使う前に水で洗うから問題ないとわかるからだ。そして晴れの日には濡らしてはならない大量の書籍類を運んだ。全部を運び終えるには何日もかかったことだろう。

もう一つの面白さは、掲句をそのまま解釈すると春の洪水によって漱石家の家財道具が流されてしまった、となることだ。東京にいる師匠の子規を驚かそうと企んだに違いない。

春の雨晴れんとしては烟る哉

（はるのあめ　はれんとしては　けぶるかな）

（明治28年10月末）句稿3

この句は、隣に置かれていた「春の雨鶯も来よ夜着の中」の句と対になるものである。「春雨や京菜の尻の濡るる程」などの句と共に遊びの句として作られている。

漱石が慣れ親しんだ漢詩には裏の解釈が存在するものが多いとされる。特に人々に支持された有名な漢詩はそうなのだという。裏の解釈は少々エロティックな場合が多い。漱石はこの辺りの言葉遊びを俳句で楽しんでいたのであろう。

句意は「夜に降り続いていた春の雨が止んで晴れたと思ったら、すぐに霧が出てきて烟ってしまっている」というもの。春の天気の特徴を表している。

これに対する裏の解釈は、「春の雨鶯も来よ夜着の中」の句とのつながりの中で解釈すると次のようになる。「夜、春の雨が降り続く間、鶯のような娘は夜着の中にいた。朝方になって晴れたら男は夜着を身に纏って帰ろうとするが、未練が出て動けないでいる」というもの。男の決心が鈍ってしまったことを「烟る」として表している。

掲句は漱石の想像の句なのか、それとも松山での経験の句なのか。掲句を作った時期の明治28年10月は漱石の独身最後の時期であること、そして夜這いが社会慣習として認められていた時期のことを考え合わせる必要があろう。青春の記念碑的な俳句なのである。

春の海に橋を懸けたり五大堂

（はるのうみに　はしをかけたり　ごだいどう）

（明治29年3月24日）句稿14

漱石は、大塚楠緒子が親友の保治と結婚したことによる失恋という結果をどう収めるかに苦しむ中で、明治27年8月に帝大寄宿舎を飛び出して東北の松島に向かった。

あれから1年半が経過して、松島でのことを振り返る時が松山を去る直前に訪れた。時の経過が漱石に落ち着きをもたらし、昔のことを回想させた。

楠緒子が帝大教授の地位が約束されていた小屋保治と結婚することが決まる過程において、漱石は明治27年7月末に保治と伊香保温泉の宿で会って話し合いを持った。彼女と漱石の関係が継続していたことで一年近く膠着状態が続いていたが、漱石が引き下がることにしたことによって、彼女の親が望む通りの婿取り結婚が成立した。この漱石の引き下がりについて、保治と漱石の間でなにがしかの取り決めが行われたとみられる。その後、8月になると失恋した形になった漱石は楠緒子と保治のいる東京を去って東北に向かった。心の葛藤が激しくなって収まらなくなっていたからであろう。

句意は「松島の瑞巌寺を出て松島湾に目をやると、海岸から橋が架けられていて、その先に仏堂の五大堂が見えた」というもの。漱石が実際に松島に行ったのは8月であり、掲句に描かれた爽やかな春ではなかった。そして五大堂にかかる橋は閉ざされていた。しかし、そのような五大堂を目にしたことで気持ちが落ち着いた。それまでの漱石の心は荒れた「冬の海」状態であったが、橋を架けられて「春の海」になった。

名勝松島の岸近くの海に建てられた五大堂は岸辺にある瑞巌寺の仏堂である。瑞巌寺と向かい合っている。漱石はこの東北の名刹、瑞巌寺を訪れたことで、乱れた心は少し落ち着いた。漱石が見た寺の坐禅堂は岩が見えたままの洞窟であった。

ところで失恋した漱石はなぜ知人のいない東北の松島へ行ったのか。楠緒子のいる東京から単に遠いところに身を置いて考えようとしたのか。彼女の父親が、仙台の裁判所の裁判官をしていたからなのか。漱石の脳裏では、諸々の事柄が複雑に絡まって思考は停止していたに違いない。

その後漱石は、神奈川県の湘南辺りに行き、荒れた波を身体に受けて時を過ごしていた。

● 春の江の開いて遠し寺の塔

（はるのえの　ひらいてとおし　てらのとう）

（明治29年3月24日）句稿14

東京の隅田川沿いの景色を詠っている。かつて子規とよく歩いた向島に足を延ばし、そこから浅草のある対岸に渡り、川土手を南に下った。焼き物で有名であった今戸を過ぎ、浅草寺付近を歩いた。明治時代は浅草寺の五重塔や同じ浅草エリアの12階建ての凌雲閣が目立っていた。そのエリアを少し過ぎると、背の高い建物は見当たらない。眺望が開けている。

句意は「今戸を過ぎて隅田川沿いを南に歩くと川風には潮の香りが感じられる。胸を広げて遠くに目をやる。桜並木のある川土手は遠くまで見えてその川幅は少しずつ広くなっている。浅草寺の五重塔が見えている」というもの。

この句の面白さは、浅草寺の五重塔よりも高かった12階建ての凌雲閣があったにも拘わらず、漱石は浅草の風景のポイントに五重塔を選択していたことだ。漱石は西洋風の商業タワーは気に入っていなかったとわかる。

ちなみに漱石は隅田川を散策したこのときに3句作っていた。他の2句は「川向ひ桜咲きけり今戸焼」と「柳垂れて江は南に流れけり」である。

ところで漱石はこの年の4月には熊本市に転居することになっていた。そして6月には熊本で結婚式を挙げることになっていた。これに先立って東京の関係者と打ち合わせする必要があった。この上京の折に東京の暫しの見納めに浅草近辺を歩いていたのだ。

三者談

揚子江を思い浮かべる。漱石の好きな南画の光景になっている。「開いて」がよく利いている。視点が動いていて、この地のロケーションが明瞭になっている。「寺の塔」は単に塔と出しても寺の塔とわかるはず。「遠し」は「春の江」に掛かるのか「寺の塔」に掛かるのか不明。

• 春の顔真白に歌舞伎役者哉

（はるのかお　ましろにかぶき　やくしゃかな）

（大正3年）手帳

街の中に春らしいものである「春の顔」を探していたら、歌舞伎公演のポスターが目に入った。東京で見つけた春の顔は色白の歌舞伎役者であった。

句意は「顔を真っ白にした歌舞伎役者が街中に大勢いて、春の顔になっていた。初春歌舞伎公演を知らせるポスターの中に春の顔があった」というもの。

当時の春の風物詩的なものとして歌舞伎公演の初春公演があった。女形は顔を真っ白く塗り、男役は白い顔に朱色の隈取りをしている。江戸時代も明治時代も歌舞伎は庶民の代表的な娯楽であった。明治時代の春は歌舞伎公演とともに始まるのであった。平成、令和の時代であれば歌舞伎公演より早く行われる箱根学生駅伝で新春の幕が切って落とされるのであろう。

ところで歌舞伎役者が顔を真っ白く塗るのは江戸時代の歌舞伎小屋は照明がなく、役者の顔が暗くてよく見えなかったからと言われている。江戸の街中では火災の原因になる蝋燭、行灯の使用は制限されていた。しかしこのことは役者が特殊な存在の人という地位を与えることに寄与した。明治時代になるまでは京都の公家たちも顔を白く塗っていたが、諸藩の殿様同様に次第に没落していった。したがって白い顔は梨園の役者だけになっていた。

漱石は子供の時から歌舞伎小屋に行っていたから役者顔には馴染みがあった。代々の名主の役職は娯楽の元締めの役目も果たしていたから、興行が行われる際には、特別の計らいで歌舞伎小屋に入れたという。だが落語寄席の方が漱石の性に合っていたようだ。寂しがりやの漱石の気持ちを支えてくれたのは落語の方であった。

• 春の川橋を渡れば柳哉

（はるのかわ　はしをわたれば　やなぎかな）

（明治28年10月末）句稿3

「春の川故ある人を脊負ひけり」の句の直後に置かれている句が掲句である。つまり掲句の句意は「在原業平が恋い焦がれた女性を背負って川の土手を走っているうちに、やっと渡れる橋の麓に到達した」というもの。芥川を渡って夜の闇に紛れれば追っ手から逃れられると考えて必死に走った。川向こうは京都ではなく、柳の生えた田舎で一安心ということになるからだ。そして川向こうの柳の並木に誘われるようにして業平たちは橋を渡った。

しかし、この物語にはさらなる展開があり、伊勢物語では川向こうに在原業平が女とともに渡っても安泰ではなかったのだ。宮中の女、藤原高子を首尾よく連れ出せたが、高子の兄ともう一人の協力者が追ってきて、京に連れ戻されてしまった。

この句の面白さは、先の後日談を表すものが、明治40年に作られた俳句に描かれているということである。現実はそうはうまくいかないというエピソードが明治40年の俳句に込められている。それは「春の川を隔てて男女哉」の句であるが、京に連れ戻されていく高子を見送るように、連れ出した方の業平が川を挟んで呆然と立ち尽くしている様を描いている、とも解釈できるのだ。明治40年に漱石が祇園に遊んだ時に「春の川を隔てて男女哉」的な構成の俳句を思い立ったが、この時の漱石の脳裏には、明治28年に作った掲句の結末をも一つの俳句で表すことができると思ったに違いない。そしてそのように構成した。

「春の川を」の句は、その句の前置きにあるように漱石と祇園の茶屋「大友」の女将の付き合いのことを描いている。しかし、掲句との関係をも漱石は描きこんでいると考える。一石二鳥になっていることが漱石のユーモア俳句の醍醐味なのだ。

• 春の川を隔てゝ男女哉

（はるのかわを　へだてて　おとこおんなかな）

（大正4年4月）

「木屋町に宿をとりて川向の御多佳さんに」という前置きがある。漱石は修善寺での危機を脱出して命拾いした後、長期間寝込むことなく過ごしていくつかの名作を書き上げ、大作家の地位を得た。そして京都の街を知る弟子の津田青楓の案内を受けて、骨休めとさらなる創作のために京都に出かけた。

句意は「春の日に京都の中央を流れる川を境に自分（漱石）の宿とお多佳さんの祇園が相対している。あたかも天の川を挟んだ織姫と彦星のごとくである」というもの。これは仮初めの女将と客の関係を楽しんでいるもの。しかしこの京の旅は妻がお膳立てをしていて、内緒の遊びはするはずもなかった。

漱石の宿は木屋町の近くにある高瀬川（鴨川の西の傍流）の川べりにあった。この川の両岸には石畳の歩道があり柳と桜の並木がある。茶店や割烹が川べりや奥まったところにあって賑やかである。資料によると、京都の漱石の宿は木屋町三条上ルの場所にあった「北大嘉」。祇園大友の女将、磯田多佳がいた場所は鴨川の東側であった。

「川を隔てて男女」というのは、ちょっと艶っぽい。漱石は鴨川の向こう側にいる祇園の女将、お多佳を思い浮かべながら春の川のせせらぎの音を聞いている。まるで織姫と彦星の話の京都版である。

「男と女の間には深くて暗い川がある」という加藤登紀子が歌う「黒の舟歌」のフレーズが思い浮かぶ。しかしこの句の「春の川」は明るくさらさらと流れる川であった。

晩年の漱石ははしゃぎすぎの感があるが、記録を残してはしゃぐところが洒落ている。門下生の一人で京都東の郊外に住む画家、津田青楓の世話で漱石はこの年の3月19日に京都に入った。そして病気の時期を含めて約1ヶ月間京都に滞在した。津田の本によると御多佳さんは祇園大友の女将で、文学好きで文人たちに人気があったという。

漱石はそのような彼女の好意を受けて気持ちが彼女に傾いたが、彼女の約束を守らない面を見せつけられて熱が冷めてしまった。漱石はそんな御多佳さんにこの記念の句を贈っていたのだ。文学好きならば掲句の裏の意味がわかるだろう、君にはがっかりしたよ、と伝えてもいたのだ。

漱石の胃病が再発したことで津田は東京の鏡子夫人に電報を打ち、迎えに来てもらうことにした。その鏡子は漱石の顔を見た後、津田に案内させて京都見物に出かけてしまった。漱石のこの京都旅行は、死ぬ前の一大冒険旅行となったようだ。

春の川故ある人を脊負ひけり

(はるのかわ　ゆえあるひとを　せおいけり)

(明治28年10月) 句稿2

掲句の原句は「秋の川故ある人を脊負ひけり」であり、季節が反対になっていた。子規の添削によって掲句の形になった。

句意は「吐血した病人としてやってきた子規を背負って、春の川を越えて運び込んだ」というもの。子規は新聞社から派遣された従軍記者として満州に渡ったが、仕事を終えて神戸で下船する際に結核で吐血した。その後子規は生まれ故郷の松山で療養を始めたが、明治28年8月から10月まで漱石の愚陀仏庵に移って同じ屋根の下で生活した。

この句の面白さは、学生時代からの付き合いのある、俳句の師匠である子規を「故ある人」と表していることだ。「故ある人」の意味は俗にいう「腐れ縁の人」ということである。とんでもない人が愚陀仏庵に転がり込んできたと言って、子規を笑わしている。

また世話になっていた子規としては原句の「秋の川」では暗すぎて、負い目を感じることになるので、「春の川」に切り替えたとわかることが、愉快である。

もう一つの面白さは、添削によって伊勢物語のモデル、在原業平の雰囲気で俳句を作っていることになることだ。色男のモテモテ男が思いを寄せる宮中の女、藤原高子を背負って京都郊外の川べりを逃げる場面を彷彿させるように企てていることだ。上五を「春の川」に替えると句意は「春風の吹き抜ける河岸を、縁あってやってきた地において、宮中で知り合った女性を背負って走っている」と解釈できるようになる。背負う人は漱石から業平になる。また走る春の川べりは、咲く花々の香りと女の香りが混じった艶かしいものになっている。この大転換が面白い。

春の雲峰をはなれて流れけり

(はるのくも　みねをはなれて　ながれけり)

(明治29年3月23日) 三人句会

神秘的で幻想的な俳句を作ってみようと村上霽月、高浜虚子と漱石の三人が松山の道後温泉で遊んでいた時の句である。春の雲が生き物のように活動する様は漱石にとっては不思議であり、神秘的なのだ。

句意は「冬をやり過ごした山々に春の雨が降った。春の日差しを受けて山肌からモクモクと立ち上った雲は、峰を離れて高く昇り、上空の気流に乗って移動し始めた」というもの。空の高みにいる神の手が雲を山の峰から上に引っ張っているかのようである。

雲は気まぐれに形を変えながら移動してゆく。雲は形を変えることが楽しいように見える。

掲句は特別な俳句には見えないが、神仙体の俳句になっているようだ。とんがった峰にかかってふわふわと浮いていた雲は、大きくなりながら山肌から離れてゆく。そして強引な力が働いたかのように横に移動して峰から遠く外れる。そして千切れていく。雲は自分の遊び心に従って動いているように見える。

雲を見て不思議がる漱石は、そもそもあの雲があのような形になっているのはどうしてなのか。どうして薄いグレーと白い色が混合された色をしているのかと不思議でしょうがない。漱石は帝大の学生だった時に進路について迷っている時に、同級生の米山保三郎から「それよりも文学をやれ、文学ならば勉強次第で幾百年幾千年の後に伝へる可き大作も出来るぢやないか」と建築から文学への転向を勧められた。その米山は禅寺で天然の号を受けて天然居士と言われていた。空間や宇宙のことに興味を持っていた哲学の天才であった。漱石は空を移動していく雲の塊を見ながら、米山のことを思い浮かべていたのかもしれない。彼はこの時から1年を過ぎた頃、明治30年5月29日に31歳の若さで急性腹膜炎によって亡くなった。空の果てに飛び去った。

春の星を落して夜半の翳しかな

(はるのほしを　おとしてよわの　かざしかな)

(明治39年9月) 小説「草枕」

小説「草枕」の中では、画工は那古井の宿で離婚して故郷に戻っていた若女将の挨拶を受け、夜食を給仕されたあと、部屋に入って寝入った。この時かすかに女の歌う声が聞こえてきて障子を少し開けると影法師が海堂の花影に隠れた。漱石はこの後、夜具に入って今日の出来事を俳句帳に書き付けていった。「海棠の露をふるふや物狂ひ」と書いて、続く4句目に掲句が書かれていた。掲句の後には「春の夜の雲に濡らすや洗ひ髪」が並べて書かれていた。ずっと魅惑的な女将のことが頭から離れないのだ。

確かに人影が見えたと思って、画工は庭に出て声の主の女の姿を見つけようとしたが、暗い中では人の姿を見定めることができなかった。そしてその場でしばらく明るすぎるくらいの星空を見ていた。そこで先の女の幻覚に連動するかのように、漱石の脳裏では、子供がするように「春の星を落して」手にとって高く空の中にかざして見たのだ。

掲句の句意は「夜空には手が届きそうに見える星が輝いている。この星を叩き落としてみたくなる。そしてそれを夜空に向かって手でかざしてみたくなる」というもの。誰しもが明るく輝く星空を見ていると、このような想像をしたくなるものである。

この句の面白さは、闇の中に見えた女の濡れた長い髪が目に焼き付いていて、ここから画工は空想を始めたとわかることだ。その光る髪に星の簪を挿してみたくなったのだ。夜空を眺めながら空の星を掻き落として闇の女の髪に飾ってみたくなったのだ。髪の「かんざし」は、花を髪に挿す、飾るという平安時代の習慣から生まれていたようだ。星空のように光っていた女の髪に「星のかんざし」を挿してみたくなったのだ。つまり掲句の「夜半の翳し」の「翳し」には「かんざし」の語が掛けてあった。

ちなみに夜空の星ではないが、小林一茶が夜空に輝く月が近くに見える様を次の句に詠っていた。「名月を取ってくれろと泣く子かな」である。高齢の一茶にやっと生まれた子供が、月を眺めていた一茶に、手を伸ばして取ろうとするが届かないので、棒で叩き落としてほしいと頼むのだ。

掲句に類似したフレーズの歌は多くある。昭和39年に島倉千代子と守屋浩が歌っていたフレーズが脳裏をよぎった。「星空に両手を上げて　この指を　星で飾ろう　君に可愛い　あの星を（後略）」である。漱石は同じように夜空に向かって手を掲げ、輝く星を手で掻き落として髪に翳そうとしたのだ。落とした星を空に戻すかのように。

● 春の発句よき短冊に書いてやりぬ

（はるのほっく　よきたんざくに　かいてやりぬ）

（大正3年1月）短冊

この句は漱石の弟子の「内田栄造のため」と前置きして、即席で作られ短冊に書き込まれたもの。内田栄造は内田百閒のことである。百閒はよく漱石宅に押しかけて色紙や短冊をねだっていた。漱石はその都度それほど嫌がらずに、気前よく色紙に絵と句を書いてやった。それを見ていた他の弟子は、この百閒にきつい視線を送っていたという。

この句の面白さは、「ああいいよ、書いてやるよ」と筆をとってさらさらと漱石は書き始めたが、その句はなんと嫌味を込めた俳句であったことだ。その句意は「春の良き日に、弟子から頼まれて短冊をかいてやった」というもの。いつまでわしに書かせる気なのだ、という思いを込めて書いた。このとき、他の弟子に向って百閒はこれでこりごりになったであろうと目配せをしたに違いない。

百閒は強引に描いてもらった色紙や短冊を宝物のように大事にしたことであろう。漱石が百閒を可愛がった証になるからだ。

ところで漱石の短冊は今でも人気がある。２０２２年12月のネット販売のヤフオクで、「玉碗に茗甘なうや梅の宿」の俳句の短冊が13万円6千円で落札されていた。百閒には先見の明があった。

● 春の水岩ヲ抱イテ流レケリ

（はるのみず　いわをいだいて　ながれけり）

（明治40年8月20日）松根東洋城宛の書簡

この句の前置きは「問ふて曰く男女相惚（そうこつ）の時什麼（しゅうち）　漱石子筆ヲ机頭ニコロガシテ曰ク　天竺ニ向ツテ去レ　讃　曰」で極めて長い。この文の意味は次のようになる。「問いに答える。そもそも男女の相愛の結末はこんなものだ。漱石は万年筆を机で転がして呆れ顔で言う。インドに向かって去るが良い」と。わしは易禅者なのだから、私の言葉を真剣に聞きなさいと東洋城に向かって言う。そして掲句と前置きの後半部にカタカナの送りがなを用いて、注意が向くように配慮している。

東洋城が子連れの美貌の歌人、白蓮との恋愛が二進も三進もいかなくなって早3年目に入っているときに、師の漱石はやはり導きの言葉を弟子にかけねばなるまいとして、占い師「夏目道易禅者」として葉書を出した。

句意は「春に温んで水量を増した谷の早瀬では、岩を抱きかかえるようにして水は激しく流れるが、下流では水は静かに流れ去っていく」というもの。岩場を流れ落ちる水は、岩を抱いて留まることはできない、無理なことは無理なのだと弟子を諭している。君の思いは時の流れに流されるだけなのだという。好きな男を抱いていたはずの女は、間をおかずにその抱いていた手を離して去っていく。男を抱きかかえる時間はわずかであり、谷の流れのように最後には勢いよく去っていく。強く愛し合う男女の関係は、かくも儚いものなのだと慰めている。

この句のあとに次の句がある。「花落チテ砕ケシ影ト流レケリ」。この句の意味は、綺麗に見事に咲いていた花でも、時が来れば落ちて流れに巻き込まれて姿が見えなくなる。面影が残るだけである。何かの拍子で花は落ち、咲き誇るのは一時のことだ、恋愛も似たようなものだというのである。40歳になろうとする漱石は自らの経験をもとに愛弟子を諭すのである。

上記の二つの句で特徴的なことは、前置きも俳句も平仮名を使うところをカタカナにしていることだ。これは禅導師の御宣託であるとする工夫なのか。しかし揭句の「春の水」の部分では平仮名を用いている。漱石はこの宣託にあまり自信がないように振る舞い、かつ松根東洋城に押し付けすぎないようにとの配慮が見られる。

ところで掲句の前置きは「相思相愛の男女の結末はかくの如し」と始まるが、「天竺ニ向ツテ去レ」とはどのような意味であるのか。釈迦の生まれたインドに行って、じっくり考えてきなさい、旅に出て気持ちを新たにして出直しなさいということなのであろうか。短歌の名手、白蓮から「初夏や白百合の香に抱かれてぬるとおもひき若草の床」の恋文をもらって燃え上がった弟子に対して、漱石は言葉の荒療法が必要と考えたようだ。ちなみに白蓮は、ＮＨＫの第90回朝ドラの「花子とアン」では村岡花子の友人である美貌の女性として登場した。仲間由紀江が演じたが、東洋城の前に現れた人は写真で見るとこの女優に劣らず美人であった。

漱石は翌日にはまた葉書で同じように面白い句を新たに3句書き送っている。漱石はインドの導師の衣装をまとって、何か楽しんでいるようにも見受けられる。これも東洋城に何かを悟らせる工夫なのか。

ちなみに掲句は伊勢物語を基にした句にもなっている。都に出た男と残された女の3年ぶりの再会の時に歌のやりとりがあった。待ちくたびれた女が別の男と結婚すると言うと、男は引き下がるが「梓弓」の歌を渡す。すると女は「梓弓引けど引かねど昔より心は君によりにしものを」（梓弓を引くように、あなたを含めていろんな男が私の気を引こうとするが、別れる前から心はあなたに傾いていた）と歌を返す。互いに侘しい思いを持ちながらもこれも運命と互いに諦めるのだ。

梓弓は伊勢物語以上の相手に対する強い思いを表す言葉になっている。より強力な梓弓的な心で臨めば障壁の岩を崩せ、気持ちの通いを妨げている岩を砕けるという。崩れれば春の水がどっと思い通りに流れ出すという。伊勢物語に出された梓弓は、漱石句になると強烈な破壊力を持つ爆薬に変化している。漱石は空想的な面白い俳句を作ったものだ。だが漱石は若い時にこのような句を作りはしなかった。岩のある瀬には近づかなかった。

•春の水馬の端綱をひたしけり

（はるのみず　うまのはづなを　ひたしけり）

（明治41年推定）「明治大正弐万三千句」（大正4年刊）

句意「春の日に、農家の男が馬を水辺に連れて行って馬に水を飲ませようと端綱を緩めると、その端綱は水に浸かった」というもの。弛んだ端綱はしばらく水の中にあった。馬が頭を振るたびに端綱も揺れて、水を飛ばした。

これに類似した句がこの句を作るはるか前に作られていた。「春の水たるむはづなを濡しけり」（明治41年頃）の句である。この句意は「春になり、農家の男が馬を水辺に連れ出し、馬の端綱を弛めて水を飲ませたら、その端綱は水に濡れた」というもの。水を飲み終わった馬が頭をもたげると端綱から水が滴り落ちたのだ。端綱を濡らしたのは春の水であり、主語は春の水である。これに対し、掲句の方の主語は馬子である。掲句の行為として「ひたしけり」が先にあり、その結果として「濡しけり」になったということだ。

漱石はよくも古い俳句を思い起こしたものだ。最晩年の漱石は俳人というよりも画家であったから、上記句集の編集者から俳句を頼まれた際に、古い俳句のアレンジで間に合わせようとした。絵画としては弛んだ端綱が水に隠れている場面がいいと思ったのだろう。当然馬の頭は水と接している。こちらの方が絵の構図としては面白いと思った。画家の漱石は満足であったに違いない。

・春の水たるむはづなを濡しけり

（はるのみず　たるむはづなを　ぬらしけり）

（明治41年春）手帳

「はづな」は鼻綱かと思ったが、端綱のことであった。意味は「馬の口につけて引く綱」とあった。馬車運搬の馬子が馬の口をとるときに掴む綱である。農家の男は馬を馬小屋から引き出して田んぼの田おこしをさせた後、その汗をかいた馬を田んぼのそばを流れる小川に連れて行った。掲句はその時の様を詠んでいる。句意は「馬の端綱を放して馬の自由に任せた。だらりと下がった端綱は水に浸かった。馬が頭を持ち上げる度に端綱から水滴がパラパラと落ちた」というもの。端綱も鼻面も水に濡れた。

人間もそうであるが、汗をかいた後の水は美味いものである。川の中に鼻を浸けて水をごくりごくりと飲む馬の姿がこの俳句から浮かび上がってくる。

この句の特徴は、母音の「あ」音が多くあって俳句が響くことである。春の暖かさが句の音からも伝わってくる。そして「たるむ」の語感は春の水の「ぬるむ」に繋がるように工夫されている。「たるむ」は「春の水」と「端綱」の両方にかかっている。「たるむ春の水」という感覚は鋭い。

さてこの光景を漱石はどこで見たのか。明治40年9月に漱石の最後の住まいの地となった東京の早稲田に転居した。この句はその翌年の春の近所の風景なのであった。早稲田大学の前身である東京専門学校が漱石宅の近くに設立された当時、そのキャンパスが田んぼで囲まれていた写真が早稲田大学の資料に残されていた。「神田川が入り組んだ地形の影響で水稲の田んぼが多くあり」と記されていた。

・春の雪朱盆に載せて惜しまるゝ

（はるのゆき　しゅぼんにのせて　おしまるる）

（明治29年1月29日）句稿11

目に染みる光景である。禅寺の僧の遊びを漱石は愚陀仏庵での新年に演じているのであろうか。漆の朱塗りのお盆に外の雪を一握り載せ、床の間に置いておく。その雪は部屋の熱を吸収して表面からじわじわと溶け出す。外形も少しずつ崩れ出す。

この過程をじっと見ていると飽きないのだ。白い雪の体積が縮小し、溜まる水の量が増えてゆく様を見ていると禅の無常の世界が出現しているように思われる。最後には雪は惜しまれるように消え、一面に広い朱色の世界が出現する。

ちなみに「朱の盆」は日本の妖怪の一つで、一般的には「朱の盤」などと書かれる。自分の恐ろしい顔を人に見せて驚かせる妖怪で、この妖怪に会うと人は魂を抜かれるとされる。漱石はもしかしたらこの魂を抜く妖怪を、雪の溶解劇の中で感じていたのかもしれない。雪の存在は寒さの妖怪であり、人が寒さに凍りつくのも妖怪の仕業なのだと言いたいのかも。

この「朱盆に雪」の造形物は、かつて奈良時代に僧が中国に学びに行った場所である唐の長安を形作った物と思われる。雪の白は城壁の漆喰の白色、お盆の朱色は高楼の朱色なのであろう。雪の塊が溶けてなくなる様は、長安の繁栄と文化が消えてしまったことを思わせる。

春の宵神木折れて静かなり

（はるのよい　しんぼくおれて　しずかなり）

（明治29年3月1日推定）三人句会

大きな神社には天馬飛来の話が伝えられているという。夜のうちに神の馬が天から地上に飛来して、神社に降り立つのだ。その神馬は神を神社にお連れしたあと、天に戻っていったと思われた。その神社には神木の梅が咲いていたが、ある朝になると梅の木が折れてしまっていたからだ。その馬は巨体であったということになる。

ところで全国の主要な神社には今も白馬が飼われているという。神馬がかつてこれらの神社に訪れたことを証明するかのように。

この神仙体俳句の句意は「ある春の宵に、天馬が神社に降り立ったので神社の巨大な神木が折れてしまった。翌朝の境内には神が訪れていて静まり返っている」というもの。掲句の前に置かれている4句を併せ読むと、理解が進む。それらは「真夜中に蹄の音や神の梅」「春の夜や独り汗かく神の馬」「朦朧と霞に消ゆる巨人哉」それに掲句の「春の宵神木折れて静かなり」で、繋がっている。

漱石は楽しい俳句世界を演出している。幻想的な神仙体俳句は面白いのだと写生句を追求する子規に訴えている気がする。この時期、松山にいた若い虚子と霽月、それに漱石の三人は神仙体俳句で楽しんでいた。

春の夜の雲に濡らすや洗ひ髪

（はるのよの　くもにぬらすや　あらいがみ）

（明治39年9月）小説「草枕」

洗い髪を夜の光に輝かせているのは熊本の山中にある宿の女、女将である。春の夜空には月に光る雲がかかっていて、柔らかい風が流れている。夜に温泉の湯で洗った宿の女将の髪は、まだ濡れている。この女将は月下の庭で、この濡れている髪を風にさらしているさまを泊まり客に誘惑するように見せた。一人画工だけが泊まっている宿で、この客のいる部屋の前庭をこの濡れて光る髪を風になびかせて通り過ぎた。幻想の光景のように。

句意は「女将の洗い髪の濡れているように光る黒髪は、夜空の雲を濡らすように光らせている」というもの。月の光は周囲の雲を照らし、まだ濡れている女の髪を照らして輝かせている。髪が濡れていることで月下の髪の輝きは増している。これによって客室の前庭にいる女の黒髪が春の闇でもしっかりと見えている。月下の女の洗い髪の輝きは反射して空にかかる雲を光らせている。

この句の面白さは、一人で部屋にいる画工は、女将の洗い髪の美しさに見とれているとわかることだ。夜空の雲が輝くのは洗い髪のせいだとして、女将の魅力に囚われていることを間接的に表している。漱石が実際に宿泊した宿にいて、漱石を世話した女性は魅力的であった。漱石に小説「草枕」を書かせたのであるから。

春の夜の御悩平癒の祈祷哉

（はるのよの　ごのうへいゆの　きとうかな）

（明治29年3月5日）句稿12

「護摩壇に金鈴響く春の雨」に続く俳句で、護摩焚きを依頼した人の顔が見える句になっている。家族の病気回復を願って松山にある札所の寺で祈祷が行われた。ここは密教の寺である。漱石は護摩壇の近くに座している家族の強い思い、願いが火となって現れていると感じたのかもしれない。漱石の兄二人を結核で、そして恋した兄嫁の登世を若くして亡くしていたから、護摩焚きを依頼した家族の思いがよくわかるのであろう。

祈祷の声、護摩を焚く匂い、パチパチと護摩の弾ける音が火とともに独特の神秘的な雰囲気を醸成している。護摩壇には多数の金色に光る幾つかの小品が置かれている。赤色と金色で整えられた室内には荘厳な雰囲気が漂っている。何にでもすがりたいという家族の必死の思いがメラメラと立ち上る護摩の炎に重なる。

御悩とは貴人の病気を敬っていう語であり、平癒も回復を敬っていう言葉である。これらの重い漢字からなる非日常の言葉を用いることで、護摩の焚かれる祈祷とその場の神秘の空気が自然に表現される。

この句の特徴は、上五を「春の夜の」と和語で始めることで、後半の固い漢字の集団となる「御悩平癒の祈祷哉」とのバランスを取っていることだ。「護摩壇に金鈴響く春の雨」におけるバランスとは逆の構成にしている。これも両句を一体として考えていることの表れであると見ることができる。

「宮内庁より9月8日上皇后陛下が手術を御受けされるとの発表があったことを受け、本日令和元年9月5日、上皇后陛下御悩平癒護摩祈願法要を執り行いました。」と比叡山が発表した。このことは漱石が松山で見ていた「御悩平癒の祈祷」の行が比叡山で行われたことを意味していた。

●春の夜のしば笛を吹く書生哉

（はるのよの　しばぶえをふく　しょせいかな）

（明治31年5月頃）句稿29

前置きに「明午橋（めいごばし）」とある。漱石宅のあった熊本市内の井川淵から南東方向に10分ぐらい歩くと明午橋があり、この橋は東の阿蘇から西の有明海に向かって流れる一級河川の白川に架かっている。当時漱石の家には二人の書生が住み込んでいた。井川淵の借家は、この年の3月に引っ越してきた家で、まだ2ヶ月しか経っていなかった。川が近くにあることを知っていた漱石は、この辺りを歩いてみたくなった。その河原には芝草が生えていた。

句意は「住み込んでいた書生の一人が春の夜に明午橋近くの河原に出て、柴笛を吹いていた」というもの。この書生は幼少の頃田舎で柴笛を吹いて遊んでいた昔を懐かしがっていたのかもしれない。この時親の顔が思い出されたに違いない。

ここで少し考えてみる。通常柴笛とはカシの葉などを口に挟んで音を鳴らすことで、草の茎を用いるのは草笛として区別している。漱石は河原の芝草を引き抜いて書生が音を出しているのを見て、しば笛と表したのだろう。これも漱石のユーモアなのだろう。

人は春の夜には外に出て歩きたい気持ちになるものだ。漱石も書生と同じように勉強の合間に部屋を出たくなったのだ。河原の風に吹かれたくなったのだ。その書生はかがんで芝草を抜いては口に挟んで音を出していた。草笛の音は弱々しい音であるが、情緒的な悲しい音を出す。この書生に何か悲しいことがあったのであろうかと漱石は想像を巡らしたのか。失恋でもしたのかと。しばらく芝笛の音が河原を流れていた。

ちなみにこの句を作って間もなくの同じ5月に、漱石の妻が家から近いこの川に身を投げる事件が起きた。運良くその川で投網をしていた漁師に助けられた。この事件は五高の関係者によって市内に箝口令が敷かれた。しかし熊本の街中に広まってしまった。妻は心のモヤを春風に吹き飛ばしてもらおうとこの河原にやってきたのだろう。

●春の夜の琵琶聞えけり天女の祠

（はるのよの　びわきこえけり　てんにょのし）

（明治29年3月1日）

漱石と高浜虚子と村上霽月（せいげつ）の三人は道後温泉に行った帰り道で、これから神仙体の俳句を作ろうということになった。三人は野道を歩きながら幻想的な句を作り続けた。漱石はこの時掲句のような浮世離れした句を数多く作った。漱石は神仙体俳句に関して次のように言っている。「人間感情のもつ非合理性が日常の生活面で、心霊現象的あるいは超自然的な事を認容するものだ。」この感覚を大事にすることは生活に潤いをもたらすと見ていたようだ。

後に開かれた三人句会でこの時のまとめを行い、雑誌「めざまし草」（明治29年）に三人がそれぞれ10句ずつ掲載した。掲句はその一つで、この解釈はこうである。

「生暖かさが漂う春の夜に、遠くの岩穴の祠から天女の衣が見え、その天女が弾くと思われる琵琶の雅な音がかすかに聞こえてきた」というもの。風呂上がりの体が少しずつ冷える時に風の音がすると、いい気持ちになるものである。風の音は琵琶の雅な音になって聞こえるのだ。肩になびく手ぬぐいは天女の衣に見えてくる。想像することは楽しいことの一つだ。春の夜に体内がむずむずし出すのは、天女が近くで踊っている音楽が聴こえてきて反応するからなのだろう、と言っている気がする。

この句は日本の神話に出てくる天の岩戸の話を題材にして、岩穴の祠の外で姫たちが踊り歌うのではなく、祠の中から音曲が聞こえてくるとしたことがユニークである。つまり祠に閉じこもった天照大神のような天女を引き出す企みではなく、天照大神のような天女が自ら琵琶を奏しながら出てくるとした点が面白い。

ちなみに写生句を作り続けて、のちに写生・観察句の権化となった虚子も幻想的な俳句を作っていた時期があったとは驚きである。まさに春の夜の夢であった。

・春の夜の若衆にくしや伊達小袖

（はるのよの　わかしゅうにくしや　だてこそで）

（明治28年10月末）句稿3

この句を作っていた明治時代の頃は日本中に夜這いの慣習がまだあり、男色の慣習もまだ存在していた。漱石が独身であった松山においても、そういうことが当たり前に存在した世の中であった。平成、令和の世の中とは全く違う時代であり、道徳的にどうのこうのということはなかった。明治中期は江戸時代の因習を受け継いでいる時代で、まだ一夫一婦制が定着していない時代であったのだ。

漱石は松山尋常中学で英語を教えていたが、地元言葉の問題や職場の問題やらでイライラの毎日であった。これに加えて健全な性欲への対処問題があった。漱石の松山時代に子規に出した手紙には次のように書かれていた。「結婚、放蕩、読書の3のもの、その一つをたくむにあらざれば、大抵の人は田舎に辛抱はできぬ」の文章である。「巧む」とは企む、工夫するの意味である。漱石には「3のもの」のうち読書の時間をなんとか手に入れていた。しかし、松山の句友たちの夜の世界への誘惑に晒されていたようだ。

ところで松山では他の地域と同様に若衆がいた。若衆とは成年男子の男色の対象となる美少年を指すが、時に女も相手にした人もいた。明治時代の若衆は15歳前後から妻帯時までの男性を指す語でもあったが、年少のものが多かった。句意は「春の夜になると若者たちが街に出没するようになるが、派手な柄の伊達小袖を着た美少年たちが街を堂々と歩いているのを目にすると憎しみさえ感じる」というもの。彼らが夜の街に出没すると自分をイケメンだと思っていない漱石は苛立ちを覚え、敵意さえもったというのであった。

ところでこういう漱石は、帝大を辞めて仕事として小説を書くようになった後は、街中でよく見かけた伊達小袖を思い出したのか、執筆時に派手な長襦袢を下に着ていたという話は有名である。

・春の夜や金の無心に小提灯

（はるのよや　かねのむしんに　こちょうちん）

（大正4年）手帳

この句は大正4年の京都（この年の春に滞在）において作られたと推察するが、花鳥風月の世界から大きく離れている。人間界のドロドロした世界が描かれている。春の夜に男が目立たぬように動く。足元だけを照らす小さな提灯を下げて、置屋の裏口に入っていく。金の無心をするのは芸妓の紐のような男に見えた。春の夜に芸妓が置屋からいただく給金を目当てに、男はいつものようにその芸妓を訪ねていく。

漱石は何故にこのような世界に通じているのか。何度か祇園の茶屋に通っているうちにいろんな話を耳にしたのだろうか。漱石がもう少し長生きしたのなら、谷崎潤一郎の世界に近いところで小説を書けたように思われる。

この句の面白さは、夜の黒色の空間をうすい橙色の小提灯がスッと移動する様が絵画的であることだ。歌舞伎にありそうなシーンである。それに金色の小提灯は横から見ると楕円形であり、その形と光の色は江戸時代の大判金貨を思い起こさせて愉快である。掲句は金を受け取りにくるシーンを描く映画のワンシーンのようである。漱石の洒落心が闇夜に浮かぶ。

もう一つの面白さは、「金の無心に」来る男は、あつかましく金をねだる人で淀んだ心の持ち主であるが、これを「ピュアで無心」と表していることである。

春の夜や局をさがる衣の音

（はるのよや　つぼねをさがる　きぬのおと）

（明治30年5月28日）句稿25

漱石宅の話ではなく、京の御所の話でもなく、中国の沈香亭の光景を想像して掲句を詠んでいる。沈香亭は唐代の宮中の離れの館である。句意は「奥の離れにある部屋で夜伽の仕事を終えた女官が退出する際の衣擦れの音が夜のしじまに響く」というもの。女官のたっぷりの丈の衣装の裾が床と擦れて音を出すのだ。この衣擦れの音は、夜伽の部屋から廊下の端にある女官の部屋まで続いた。

春の夜には恋猫も動き出すように、宮廷の中も活発になってくるのか。

ちなみに宮中の局とは、殿舎の中にある狭い部屋のことで、女官・女房などが使用する仕切られた私室を指すが、掲句の局は離れの沈香亭を指していると みた。掲句の前に書かれていた句は「行く春を沈香亭の牡丹哉」であった。このことから掲句の局を沈香亭の部屋と推察した。さらにその前に置かれた句は「行く春を剃り落したる眉青し」の句であった。ここには若い宮廷の女官が登場する。

ところで漱石が急にこのような宮廷句を作ったのはなぜか。句稿24の最後あたりで熊本の川沿いの農村を詠んでいたが、このとき中国の長閑な農山村のことを思い、桃源郷を連想したのであろう。その流れで中国の唐時代の宮廷にタイムスリップしたのだろう。

春の夜や妻に教はる荻江節

（はるのよや　つまにおそわる　おぎえぶし）

（大正3年）手帳

小説家として大成した漱石は、体が弱ってきている中でも充実した生活を送る努力をしていた。自分が得意としていた謡は体力を消耗するとして封印し、その代わりに妻から三味線節の荻江節を教えてもらっていた。漱石の好奇心は依然と旺盛であった。ちなみに現代の伝統舞踊家にも荻江節で舞い踊っている人がいるから荻江節は魅力的なようだ。

荻江節は三味線を弾きながら歌う長唄の一種で国の重要無形文化財に指定されている。江戸時代中期に長歌をお座敷用に短くしたもので、男芸者の間でも流行ったという。漱石は謡をやっていたので、容易に入っていけたのだと思われる。

それにしても堅い貴族院書記官長の家で育った娘が、この演芸を知っていたとは驚きである。漱石夫婦はともに芸事を通じてこの部分では意外にも息が合っていたのかもしれない。若い時の夫婦喧嘩は漱石のうつ病が出てきた期間だけであったと想像できる。

句意は「春の夜には謡をうなる習慣をやめ、妻に長唄の荻江節を教わっている」というもの。漱石は自分の命もあとわずかと感じるようになり、この辺りで妻と和解しておこうと考えたのかもしれない。妻は漱石に対して目一杯の反抗的態度をとっていると感じ、漱石の楠緒子との過去の行動をあげつらって、対抗的に外で男と鎌倉あたりで遊ぶことになったと漱石は承知していたからだ。この妻の鎌倉での行動は漱石の日記に記されていた。

このような句に出会うとほっとする。夫婦仲を考えて漱石も努力していたようだ。しかし、近所では昼間に謡の声が聞こえなくなって一安心したと思ったら、夜になると三味線の音と漱石の習い始めの荻江節を歌う声がして落胆したことであろう。

春の夜や独り汗かく神の馬

（はるのよや　ひとりあせかく　かみのうま）

（明治29年3月1日推定）三人句会

松山での三人句会で作られた幻想的な神仙体俳句だということをヒントに推理すると、句意は次のようになる。「ある春の夜に、神を乗せて神社の境内に降りてきた神の馬は、遠方から疾走してきたので体から白い汗を吹いて神々しく闇の中で光っている」というもの。

この句の面白さは、「独り汗かく」の「独り」は汗をかいているのは神馬のみだとし、神の姿はすでにないことを表している。

あるネット情報によると馬の汗は水分をほとんど含まない特殊な汗で、馬体表面にさっと広がりやすく体温を下げるのに効果的なのだという。この特殊な汗によって馬は走ることに特化した動物になったという。

ちなみに幼少の枕流が1960年頃によく見ていたテレビ時代劇「白馬童子」に登場した馬はタイトル通りの白馬であった。この馬に乗ったヒーローを山城新伍が演じていたが、白馬のような「白いたてがみ」を模した白く長い髪の鬘をつけていた。このヒーローは天下無敵であって、子供の私には神のような存在であった。

今も有力神社は馬を飼育しているが、それは白い馬だという。この馬は天空からやってきて汗をかいて白く光った神聖な馬なのだ。つまり歌舞伎の獅子の白髪も「白馬童子」の白髪と同じように白馬のイメージから生まれたものということになる。

• 春の夜を兼好緇衣に恨みあり

（はるのよを　けんこうしいに　うらみあり）

（明治30年2月）句稿23

「生暖かくなった春の夜に、兼好法師は普段着とは違う黒い衣を着ていそいそと街中に出かけたのだが、見破られてしまった」というのが句意である。緇衣は僧が着る墨染の衣のことである。兼好法師はこの服ならば大丈夫であろうと出かけたが、見慣れない怪しい男だと犬に疑われ、吠えられてしまったのだろう。その場に人だかりができてしまった。夜の闇に紛れるには黒衣がいいと考えて外出したが、そうはならなかったのだ。

法師は自分を誘い出した春の夜に恨みの気持ちを持ち、着ていた黒衣も恨んだ。出家した身分をわきまえずにふらふらと夜の街に出た自分を嘆かずに、他のもののせいにして八つ当たりしている。そんな笑い話である。

何事もいつもと変わらないのがいいと、漱石は納得した。これは中国の諺にある「狗吠緇衣（くはいしい）」の日本バージョンである。この諺の意味は「いつも着ている服装を変えると犬にも怪しまれてしまう」ということである。兼好法師もいつもと違う服を着ていれば、犬に吠えられるのは当たり前であり、犬でなくても人に怪しまれるのは当たり前と漱石は笑う。しかし世間から隠れて生活していた兼好法師が春の夜にフラフラと出かけるのが間違いなのだとは思っていないようだ。

だがこれは自分の身にも起きたことであり、兼好法師の名を借りて東京の子規に報告したのだ。どこで何をしたかは言わないが。夜の街で警察官に職務質問でもされたのかもしれない。深夜の街で泥棒と勘違いされたのかもしれない。

ちなみに緇衣（しい、しえ）とは黒色の法衣であるが、これに対する白い服は中国の楊布。兼好法師はいつもの白い楊布を着て出かけたが雨に降られて濡れたため、黒い服に着替えて出直した。だが、犬に怪しまれて吠えかけられたという背景があった。

• 春の夜を小謡はやる家中哉

（はるのよを　こうたい　はやる　かちゅうかな）

（明治30年4月18日）句稿24

漱石は熊本で始めた謡の句をいくつか残している。掲句は「謡5句」と題して作られた句の一つ。五高へ着任すると早々に同僚に勧められていやいや始めた謡であったが、そのうち宝生流の師匠について本格的に謡をやるようになった。謡を始めたばかりの時に作ったのが、次の句である。「謡ふべき程は時雨つ羅生門」（明治29年12月）。初心者に勧められる謡曲は「時雨の羅生門」と決まっていたようだ。

掲句は半年ほど五高の教師仲間の稽古に参加していた時の句である。この謡は英国に留学することになって五高教師を辞めるまで続き、かなりの曲目を詠じた。この経験は小説「吾輩は猫である」の中で謡を演じるシーンを面白く描くことに生かされた。人生に無駄なことはない、ということが証明された。

句意は「春の夜長に漱石の隣の家中では家族による謡の声が遅くまで響いていた」というもの。隣の家で夫婦と子供が謡をやっていることを描いている。漱石にとっては隣の謡の家族の存在は羨ましい限りであった。漱石の家ではあり得ない夢のようなことであった。

同日に作っていた他の謡の4句は次のもの。「隣より謡ふて来たり夏の月」「肌寒み禄を離れし謡ひ声」「謡師の子は鼓うつ時雨かな」「謡ふものは誰ぞ桜に灯ともして」

春の夜を辻講釈にふかしける

（はるのよを　つじこうしゃくに　ふかしける）

（明治29年3月5日）句稿12

この当時の松山にも辻講釈がいたのだ。往来の聴衆に講釈が気に入ってもらえればチップ、投げ銭をもらえるということであり、今でいうストリートミュージシャンの走りなのである。講釈師は叩き扇子でリズムをつけて喋っていたからラップミュージシャンといったところだ。

ある春の夜、読書に飽いたのでふらりと街に出ると辻講釈が人を集めて何やら面白い話をしている。あまりに面白いので、東京の寄席を思い出して長いこと話を立ち聞きしてしまった。気がつくと夜も更けていた。

当時は生暖かい夜には面白いことを求めて人は往来に出ていたのだ。部屋にこもってスマホゲームで一人の時間を楽しく過ごす世界とは正反対なのであった。漱石の弟子、枕流の子供時代の昭和30年代には田舎にもテレビがある程度普及してきて、辻講釈はもちろんのこと、ラジオの講釈の類は姿を消しかけていた。だが日常生活では、熱を込めて長く喋っていると「何、講釈しているのだ」と言われたりしたものだ。

令和の時代に入ると若手の講談師の神田松之丞が人気を集めて、久方ぶりに講談師の真打が誕生した。2020年2月に大名跡の神田伯山を6代目として襲名した。ちなみに講釈と講談は同じもので、講釈師は軍談や政談をする職業人ということだ。古くは太平記読みとも言われた。漱石が聞いたものは、この太平記だったと思われる。「講釈師見てきたような嘘をつき」という名台詞、いや諺があるくらいに、かつては調子良く、滑舌良く語ることで人気を博した。

春はもの丶句になり易し京の町

（はるはもののくに　なりやすし　きょうのまち）

（明治42年）

新聞連載された小説『虞美人草』の第二回の冒頭部は、掲句で始まったことは知られている。そしてこの冒頭文は俳句として扱われている。このように言われる京の街を「七条から一条まで横に貫いて、煙る柳の間から、温き水打つ白き布を、高野川の磧に数え尽くして、長々と北にうねる路をおおかたは二里余りも来たら、山は自から左右に逼って、（後略）」と続くが、漱石は明治40年

3月末から翌月上旬にかけて、京都東山に宿をとって京都を隈なく歩いた。これから書くことにしている「虞美人草」のことを考えながら取材を兼ね、俳句を作りながら歩いていた。つまり一人吟行をやっていた。途中から虚子との二人吟行になった。

連載第一回の冒頭は二人の男が東山から叡山に登る話から始まった。この冒頭に出てくる部分は4月9日に比叡山に登り、次の日河原の平八茶屋に行ってメモしながら見てきたことだった。掲句は俳句を作りながら歩いたその時の感想なのだ。

句意は「季節が春ということで、京都の様々な風物が新鮮に目に飛び込んできた。俳句を作るという意識がなくても次から次へと俳句が浮かんできた。京都の街は俳句作りの人には嬉しい街だ」というもの。この句の面白さは、この小説は俳句のように洒落たセンスが散りばめられているということを掲句で読者に暗示していることだ。作者の意気込みをここに込めている。またもう一つの面白さは、「ものゝ句」が「もののふ、武士」の発音と類似していることだ。京の春の山おろしの空気は人の気持ちをシャッキとさせるという意味を込めていることだ。先祖が源氏の武士であった漱石には、京の春風が心地よかった。

漱石は京都で楽に言葉を紡いだという記憶があり、小説の書き出しを俳句のノリで楽に始められた。職人小説家の初仕事の書き出しに成功した漱石はにんまりしたに違いない。

● 春は物の句になり易し古短冊

（はるはもののくに　なりやすし　こたんざく）

（明治30年2月）句稿23

人の身体は植物と同じで春になると活発に動き出す。血流が増えて末端の細胞にまで届く感じがするのであろう。少し暖かくなると出歩くことになり、春の到来を喜こんでいるものを観察することで、俳句が次々に生まれてくる。漱石は春になると俳句が頭の中に沸き起こる気がして、かつて買いだめしておいた短冊を持ち出して、これは出来がいいと思った俳句をさらさらと書き出したのだ。流れが柔らかくなった小川のように。

句意は「京都の街は春になると何を見ても句が作れてしまう。古短冊にどんどん書き込んでしまう」というもの。

この俳句はウォーミングアップの俳句という位置付けなのであろう。多分この句は前書きのようなものなのであろう。次の句からが本格的な「春の句」なのだ。その句は「山の上に敵の赤旗霞みけり」というもの。力が入っているのがわかる。そして掲句の一つ前に置かれた俳句は、「住吉の絵巻を写し了る春」というものであった。この句は全く力のこもっていない、その日の作業を記録する日記調であった。

ところで「物の句」とは出歩いて周りの文物を観察した時の俳句ということか。気候も暖かくなって建物、人の往来や、空、雲といったものをじっくりと味わいながら見ることができるからであろう。気持ちが外に向いている。これに対する言葉は「事の句」ということか。それとも「情の句」か。

ちなみに掲句にある「物の句になり易し」という文言は、明治40年の新聞小説『虞美人草』の一部に転用されている。「春はものゝ句になり易き京の町を、七条から（後略）」の部分に使われた。比叡山に登る際の描写に京都の街をこのようにさらっと表現した。このフレーズは明治42年になって俳句として転載された。

漱石は枕草子風な「春はものゝ句になり易し京の町」というこのフレーズが気に入っていたと思われる。

三者談

古短冊は古い時代に書かれていたものだという。のちに作った「春はものゝ句になりやすき京の町」の句と似ているが、単に漱石は先に作っていた句を忘れているからだ。文中の「春はものゝ句になりやすき京の町」を俳句として扱った編集者の行為には賛成しない。漱石は俳句について細かいことを指摘されるのを好まないはずだ。

● 春深き里にて隣り梭の音

（はるふかき　さとにてとなり　おさのおと）

（大正3年）手帳

句意は「初夏が近くなって春を惜しむ時期に、山里の緑は少しずつ濃くなっている。家々では畑仕事の合間に隣同士競うように機を織り始める。その梭の音が里に響く」というもの。静かな山里に響く梭の音と織り機の動く音は本格的な春の訪れの音である。

この句は、明治45年の春に栃木の塩原温泉から日光、軽井沢、そして北信州の温泉を旅した時の思い出を句にしているのか。織物といえば北信州のことと想像してしまう。

ちなみに梭とは、舟形につくった機織りの糸通し具で、横糸を縦糸の交互に上下させた間にくぐらせるもの。シャトルともいう。この梭と通過する糸との摩擦音が里に響くのである。この音は漱石には吹き抜ける風の音に聞こえたのだ。軽井沢か北信州で聞いた梭の音は、山深い冬の寒さを切り裂く音のように聞こえたのだろう。

この句の面白さは、冬が終わって静かだった山里に梭の摩擦音が響くと、一気に春が来たという雰囲気になることだ。まさに春の足音として聞こえたのだ。山里での機織りは雪がとけて湿度が上がる頃が布の品質を考えると好適なのだ。この織り機の発する熱、動き出した人たちの熱気が山里の雪を溶かすようにも思えたのだ。日本の近代化を支えたのは群馬の富岡製糸場から始まって全国に展開した絹織物の生産であったことを漱石は教えてくれている気がする。この日本の産業の基盤になった一つの産業が山里で広く継続して行われていたことを思わせる。

● 春待つや云へらく無事は是貴人

（はるまつや　いえらくぶじは　これきじん）

（明治28年12月4日）句稿8

漱石はいう。人が年末に「春を待つ」と口にすることには、「無事は是貴人」の意味が込められているのだと。歳末が近づくと、どこの茶席にも禅語の「無事是貴人」の掛け軸が掛けられるのだという。この一年間、たいした災難にも遭遇することなく、こうして歳末に茶席を設けられたことを喜んでいるのだ。「春を待つ」とは、無事安泰に暮らせたという喜びと感謝の念を表し、来春への希望を表していることになるという。

「云へらく」は「いったことには、いう言葉は」ということだ。「春を待つ」ことは、気持ちは来年の春に移っていることである。そして貴人とは、稀な存在だという意味になる。昔天災人災は身の回りによくあったことで、平穏無事はまさに目出度いことであり、有難いことだったことを物語っている。

そして「無事は是貴人」には禅語の言葉が関係している。臨済宗の臨済禅師の言葉に「無事是貴人」がある。常に自分に向き合い、決して自分を見失わないようにすることを願うことだという。修行僧はこの境地に向かって修行することになる。「無事で何もない平穏なこと」を願うのではなく、端的にいえば雑念に支配されないようにすることを意味する。これができれば貴人になれるという。

世の中で「無事は是貴人」の言葉を気軽に使うことは素晴らしいことであるが、歳末限定でこの言葉を掲げること自体が、すでに雑念に支配されていることを示している、とニタっと漱石は笑うのだ。年中修行ということなのだからだ。

令和の時代の今、デフレが30年も続いて賃金が上がらない時代になってしまっていることを人も政府（財務官僚を除く）も嘆いている。しかし大地震大津波の大災害は百20年振りに起こったが、江戸時代末期のように地震や飢饉が頻発することはなかった。日本の温暖化も平安時代に比べればさざ波程度の変動である。冷静になってデータを見比べると大騒ぎすることはないのだ。

生活は便利になって大方の人たちは今の世の中を満喫している。禅語の「無事は是貴人」の言葉を現代日本人はよく噛みしめるように、漱石は諭してくれている。

● 春三日よしの〻桜一重なり

（はるみっか　よしのさくら　ひとえなり）

（明治28年10月10日頃）松山での句会「名所読みこみ句会」

子規が日露戦争中に従軍記者となって大陸に渡って帰国する際、神戸港に入る直前の船中で吐血し、神戸の病院に入院した。その後松山で療養を始めたが漱石の愚陀仏庵に居候することになった。おおよそ2ヶ月間一緒に生活していた時期に、松山では毎夜のごとく子規が主宰する句会が開かれた。最後の句会は、「名所詠み込み句会」であった。

掲句はこの句会で詠んだ漱石の想像句の一つである。漱石はこの句に奈良県の吉野の山の桜を詠み込んだ。他の俳句では行ったことのない土佐の情景を詠んでいた。

句意は「春の三日間、珍しく晴れが続いて松山からはるばる奈良吉野の山桜を見にいってみると、なんと桜の花びらは一重であった」というもの。それを見て歓喜したという俳句である。

この句の面白さは、花びらが一重ということを、着物の単衣に掛けている。つまり一重の花びらでは山間の桜としては、寒い時の開花であり、寒かろうと同情していることになる。こんな時期に山の中に単衣を身につけていたのでは耐えられないのではないか、と心配している。冷える山中の桜であるから、当然八重であると思っていたとふざけている。

もう一つの可笑しさは、「三日吉野」の「よし」は「良し」の意味を掛けていることだ。つまり桜狩りに出かけた吉野は天気が三日間良かったということを示している。この言葉のシャレの背景には、「春に三日」という慣用句があり、「春は晴れの日は三日と続かない」という意味。漱石はこの言葉を押さえた上で、大変なことが起きたのだと大喜びしたのだ。

漱石が桜よりも好んでいた白梅は2月に咲き出す花であり、これも吉野の山桜と同様に一重である。漱石の考えでは、白梅が寒そうに咲く花であるから人は心を寄せるのだと言いたいのだ。したがって掲句の解釈では、山間の吉野桜としては、寒そうに一重で咲いていて好ましいということになる。寒かろうと同情しているのではない気がする。漱石はこの部分でも遊んでいる。

＊『海南新聞』（明治29年4月9日）に掲載／『新俳句』に掲載

・春もうし東楼西家何歌ふ

（はるもうし　とうろうさいか　なにうたう）

（明治29年3月5日）句稿12

4月10日に松山を離れて熊本へ行くほぼ1ヶ月前の俳句である。東楼西家とは、中国の中世の詩人たちが歌い楽しんだ高楼が立ち並ぶ歓楽街であり、ここには遊女たちがいて歌舞、音曲、飲酒、佳肴で男たちをもてなしていた。いわば都会の桃源郷といったところで別天地であった。日本ではさしずめ遊興の地の吉原や島原といったところか。松山の句友たちとの別れの会が松山の繁華街で開かれていた。

句意は「春になった。さあ、これから繁華街に出かけようぞ。歌は何がいいかな」というもの。男たちのウキウキした気分が伝わる。

この俳句には、松山で仲間との最後の夜を迎える漱石の姿とその時の気分がうまく描かれている。独身最後の貴重な時間であった。1ヶ月後には熊本に移動して慣れない土地での生活を始めることになる。そして新居で挙げる東京の官僚の娘、中根鏡子との結婚式も控えていた。漱石にとって熊本での新生活は楽しいものに思えるが、幾分気が重くなるものでもあった。

この句の面白さは「春もうし」にある。春が漱石に囁くのである。いや春の風が漱石をそそのかすのである。漱石は友に促されるままに、背中を押されるままに松山の街中にあったざわめく高楼に入っていくのだ。掲句にはその時のウキウキした気分が描かれている。

ちなみに掲句のあった句稿12には、「潮風に若君黒し二日灸」と「春恋し浅妻船に流さるゝ」の句も並んでいた。朝妻船は琵琶湖を2、3時間かけて朝妻湊と大津港の間を漕ぎ渡る渡し船。この船の中で踊りや歌が演じられていたことを描いている句である。これらの句からも漱石先生は熊本に移動するまでの残された時間を、松山の句友たちとの別れの宴で楽しんでいたことがわかる。

このような光景は現代でも普通に見られるものなのであろう。寂しさを紛らわすために。

・春や今宵歌つかまつる御姿

（はるやこよい　うたつかまつる　おんすがた）

（明治39年）小説「草枕」

画工は菜の花とタンポポが咲いている平地から寂しい山道に入り、長く歩いた末に夜遅く那古井の古い一軒宿にたどり着いた。夕食を給仕された後、若冲の鶴の絵がある古びた部屋に案内された。その部屋に床が敷かれたが、寝付かれないでいた。

春の夜に宿の暗い庭を見ていた。すると独り宿泊していた画工は、部屋の前庭で黒髪の影が動き、和歌の吟詠の声なのか女のかすかな声を耳にした。春のこんな夜更けに泊まり客に歌を聞かせてくれたのは、噂に聞いていたあの美人の女将なのか、と画工は闇の中にいる女の妖艶な姿を想像した。

ところで下五の語は、「お姿」とも「み姿」とも読めるので、少し考えてみる。「お姿」の意味は、大奥の女御が隠れて使う男根の張形と辞書にある。たったこれだけの意味であり、これ以外には用いられない不思議な言葉である。出戻りの魅惑的な女であるとするなら、若干は「お姿」の意味も込められているとみることができる。

次の「み姿」は「尊い人の姿」の意味になる。女将は幾分、霊的な女であるので「み姿」の要素も少しは感じられる。最後の「おん姿」は丁寧語である。作句の音数から判断するなら「おん姿」になるが、三通りの読み方ができそうだ。男一人が部屋にいる侘しさを少しは紛らわすことができるようにと、歌のサービスをしてくれ、誘ってくれたのであるから、一応丁寧な言葉にしたのだろう。

落語好きの漱石は、悪戯心で、できれば読者に下五を「お姿」と読んでほしいと願っていたのかもしれない。

・春を待つ下宿の人や書一巻

（はるをまつ　げしゅくのひとや　しょいっかん）

（明治39年12月25日）寄贈本『鶉籠』の見返し

夏目漱石著の『鶉籠（うずらかご）』（春陽堂刊、明治40年1月1日）の見返しに漱石は掲句を書き入れて、弟子の小宮豊隆に渡した。この『鶉籠』には、既発行の小説『坊っちゃん』『二百十日』『草枕』が収められていた。

この句は、弟子の小宮豊隆を念頭に置いて、作ったものであろう。初版本の何冊かは正式発売前に著者に届けられていたが、漱石はその一冊を小宮豊隆に渡すことにした。句意は「下宿に籠もって書いている君の小説は、いつかは出版されるだろう。必ず春が来ると信じて書き続けてくれ。君もこの本を見ながら、気張ってくれ」というもの。掲句にはこの本を目標にしてほしいという漱石の願いが込められている。

この句の面白さは、下五の「書一巻」には「首尾一貫」の言葉が掛けられていることだ。くじけることなく、一貫して書き続けてほしいと激励している。初志貫徹の意味を持たせている。そして君はよく我が家に来て飯を食べて帰るが、「下宿の人や」と書き入れて、君は漱石家の下宿人みたいだとこの俳句で笑っている。そうであるから豊隆のことが気になって仕方ないのだと吐露している。

・春を待つ支那水仙や浅き鉢

（はるをまつ　しなすいせんや　あさきはち）

（大正4年2月頃）

句意は「庭先の支那水仙は地植えでなく浅い鉢に植えてあり、寒さで震えているようだ。そして自分と同じように春の到来を待ち望んでいる」というもの。部屋の中にいる漱石は、外に置いてある浅い鉢の水仙は寒風に晒されて乾燥し、寒さに震えていることだろうと水仙を思いやっている。

漱石は水仙が3月ごろに咲くようにと鉢に植えていたのであろう。地植えの水仙であれば1月に咲いてしまうからだ。白梅が大好きな漱石としては、寒風の中で一番に咲く花は梅であってほしかったのだ。

ところで漱石の書き入れた支那水仙は普通の水仙となんら違いはないという。単に水仙の異名ということだ。水仙は昔に地中海から中国に渡り、日本に渡った外来植物なのであった。日本人は昔からこの水仙が大好きで、ついニホンスイセンという名称を勝手につけてしまっていた。福井や千葉の海岸などで野生化している姿を見ていたからだろう。だが漱石は日本の水仙は帰化した支那水仙であることを俳句で示していた。水仙の伝来を仲介した日本の僧たちに若干の感謝を込めて。

漱石は大正4年の1月13日から2月23日まで回顧エッセイの「硝子戸の中」

を東西の朝日新聞に連載したばかりであった。次の予定は3月19日から3月末まで弟子の津田青楓と京都祇園に長逗留することになっていた。形は青楓が計画したようになっていたが、実際には妻が青楓に案内を依頼したものだった。漱石は京都の春も待ち遠しかった。この気持ちは遠足に行く日を待つ幼稚園児のようなものであったであろう。「青楓と京都祇園の春を待つ」という心境であったはずだ。死が近づいていて人生最後の遊びになると心待ちにしていた。この気持ちを掲句の裏に隠していたのは、漱石のユーモアである。

・樊噲や闥を排して茸の飯

（はんかいや　たつをはいして　たけのめし）

（明治32年10月17日）句稿35

「熊本高等学校秋季雑詠　食堂」の前置きがある。昼時になって学生たちがどっと扉を壊すような勢いで食堂にやってきた。この日のメニューは茸飯だと知って、茸がたくさん入っているところを先に食べようとお櫃めがけて走るように入り込んだ。

この様は漢の武将の樊噲が鴻門の会（敵方の宮中での会食会場）での機敏な行動に匹敵するものだと笑う。これは漢の将軍、劉邦が敵方の会食に誘われて忙殺されそうになった場面で、樊噲は敵の計画を見破り、芝居を打って会場に素早く入り込んで劉邦の窮地を救って脱出させた故事を思い出させた。樊噲が酒宴の会場に躊躇なく踏み込んだ様と学生たちの茸飯のある食堂に入り込む様がよく似ていた。

酒宴の会場に入った樊噲は、剣を持って演舞をしながら劉邦の側にゆき、劉邦を外に出させた。この時の樊噲の機敏な足の運びに学生たちの足捌きが似ているという。漱石は史記の「樊噲伝」の話を引っ張ってきて、学生の食欲のすごさを面白く物語っている。そして茸飯の魅力を語っている。茸をうまく調理するとうまいご馳走になるのだと解説している。

ちなみに「闥を排して」の意味は、宮中の酒宴の場をガードする門番のいる門を突破して扉を勢いよく開けて中に入ることである。五高の学生と樊噲の行動の違いは、樊噲は、勢いよく豪勢な会食の場に入り込んだが、何も食べずに自軍のリーダーの劉邦を会場からうまく逃して自分も逃げたのに対し、五高の学生たちは食堂に入り込んだまま動かなくなったということである。

当時の学食の人気食が「茸の飯」と「栗の黄色飯」であったことが漱石の俳句でわかる。多分漱石もこれらが好きであったのだろう。だから俳句で記録しておいたのだ。もう一つの食堂句は「大食を上座に栗の飯黄なり」である。

・半月や松の間より光妙寺

（はんげつや　まつのあいより　こうみょうじ）

（明治30年8月22日）子規庵での句会稿

漱石は熊本第五高等学校の夏休みを利用して妻と帰京した。掲句は長逗留していた鎌倉の材木座付近の寺の明るい祭の光景を描いている。妻とは別に河内屋という旅館に泊まっていた漱石は、暇であった夜に宿を抜け出して近くの浄土宗の大寺、光明寺の境内に入っていった。すると松の枝の間に半月が透けて見えた。その月の明るい光が松の針葉の細かさを浮き立たせていた。その半月は枝の間にすっぽりと嵌まって見えたのかもしれない。

漱石は光明寺の名をわざと間違えて「光妙寺」と書き記した。こちらの方が月を描くには詩的で好都合であるからだ。「光明」寺では寺自体が発行している寺と誤解されそうだからだ。つまり穏やかな光の半月が目立たなくなるからだ。そこで寺の名前は柔らかく光る「光妙寺」にした。まさに「巧妙」な言い換えである。

漱石が訪れたこの夜にはたぶん光明寺名物の献灯会が行われていたはずだ。毎年7月中旬に行われるもので、広々とした境内には、人の上半身ぐらいの大きな提灯が本堂前に二列に数珠つなぎにずらっと綱にぶら下げられていた。上空には半月の光で僅かに明るさがあり、地上は提灯によって光っていて眩しい「光明」の状態であった。多くの露店もその提灯列と並んで肩をぶつけるように連なっていた。

・播州へ短冊やるや今朝の春

（ばんしゅうへ　たんざくやるや　けさのはる）

（大正2年1月）岩崎太郎次に贈った短冊

播州赤穂（今の兵庫県赤穂市）の岩崎太郎次に贈った短冊にこの句があった。この人は漱石から「一番私を不愉快にした人」といわれた人であった。（『硝子戸の中』「十二」「十三」に登場。大正4年に新聞連載）

この句の言葉使いから岩崎には短冊を仕方なく贈ったことがありありと伝わる。大正元年12月30日に岩崎に出した書簡には、岩崎が一方的に富士山の絵を漱石宅に送りつけ、漱石の短冊が欲しいと要求してきた旨の経緯が書かれてあった。漱石はこの日の書簡でこの絵を返送したこと、およびその後茶が届いたことを知らせた。そして荷が届いてからそのまま放置していたことを一応詫びた。つまり12月30日よりかなり前に富士山の絵と茶が送られてきていたことが示されている。

句意は「播州の岩崎太郎次に短冊を送ってやった。要求に屈した形になったが、これでスッキリした。春の朝のように爽やかな気分になった」というもの。こんな句を作りたくはないが、変な男には変な句が相応しいということである。茶を飲んでしまったので不本意ながら俳句を書き込んだ短冊を送ったのであった。

ちなみに『硝子戸の中』に記録された不名誉な男は、ある意味で幸運な男であるが、彼の行動は次のように記されていた。「私に短冊を書けの、詩を書けのと云ってくる人がある。そうしてその短冊やら絖（ぬめ）（日本画の絹本地）をまだ承諾もしないうちに送ってくる。（中略）この人は数年前よく端書で俳句を書いてくれと頼んできたから、その都度向こうのいう通り書いて送った記憶のある男である。」これから後の文は読者を不愉快にするだけであるから割愛することにした。つまりこの男は強引で欲張りであることを隠そうともしない子供のような男なのである。

・半鐘とならんで高き冬木哉

（はんしょうと　ならんでたかき　ふゆぎかな）

（明治29年1月3日）子規庵での句会稿

漱石は前年の12月に見合いをした直後に、東京の子規庵で開かれた俳句の運座に参加した。この運座には子規の他に、虚子、鳴雪、碧梧桐、鴎外らが集まっていたが、碧梧桐と鴎外は句作には参加しなかった。漱石は掲句をその場で披露した。漱石は運座の場に出る前に上野の黒い森を見ながら歩いてきたので、当時、芭蕉の名句と言われていた「枯枝に烏（からす）のとまりたるや秋の暮」の句を思い浮かべて、掲句を作ったのだろう。

句意は「冬の夕暮れに立つ梯子状の櫓（やぐら）に対抗するように、黒く見える木が並んで立っている。そして櫓に付いている半鐘の黒い塊は枯れ枝に留まっている黒いカラスに見える」というもの。

この句の面白さは、「半鐘とならんで高き」で切る場合と「半鐘とならんで」のところで切る場合とで解釈が異なることである。前者の場合は、半鐘の高さまで並ぶように冬木があることになる。では後者はどうか。「半鐘とならんでいる「高き冬木」は、半鐘よりも高いかもしれないのだ。現実的な判断では半鐘を叩く人の視界を遮るような冬木はすぐに低く切られてしまうことになり、前者の解釈が妥当ということになる。また芭蕉の句に登場したカラスより丸く太ったカラスに描いたことだ。

漱石は見合いを成功させて気分は上々である。皆に結婚を報告して満足している。皆の前で半鐘を打ち鳴らしてみせたい気分であったであろう。だが漱石は暗く寒々しい光景の俳句をわざと作ったのだ。洒落た落語的発想である。

漱石は晩年の作「硝子戸の中」で、思い出の一つとして子規の家から近い町外れの櫓梯子と半鐘のことを書いていた。そしてその半鐘の下にあった一膳飯屋、その店の煮しめの香りを懐かしがっていた。子規が生きているうちに掲句を作ったのは「実はこの半鐘の記念のためであった」と結んでいた。たぶん「硝子戸の中」を書いた当時の漱石の意識の中には、子規が俳句界において櫓のようにすっと立っていて、批評の半鐘を鳴らしていたと認識していたのかもしれない。

半途より滝吹き返す落葉かな

（はんとより　たきふきかえす　おちばかな）

（明治28年10月）句稿2

「半途」とは「行く道の途中、行程のなかば」で、平たく言えば途中のこと。ところで落ち始めた滝の水が「吹き返す」とはどういうことか。目の前で重力に反する現象が起きていると漱石は目を丸くしている。漱石の用いる「半途」には「叛徒」の響きが隠されている気がする。自然の法則に反逆している現象だとみた。漱石の頭の中では初めて見る垂直に落下する大きな滝の周辺では通常の理屈に反する現象が起きているという意識が生じている。

句意は「目の前の大滝は落下の途中から周囲の下降気流に巻き込む落ち葉を押し戻している」というもの。滝の落下する太い水の流れに引きずられて滝の周囲で下方に向かった気流が滝壺に当たって反転し、その外側に限定的な上昇気流を生じさせている。この上昇気流に巻き込まれる落葉があると、その落ち葉は途中まで下降気流に引き込まれて落下していた動きを止めて、急にその外側で上昇することになる。この枯葉の動きは落ちる滝の水が枯葉を上方に吹き返えしているような錯覚を見る人に与える。

落ちる滝の水は滝壺に当たって細かく砕け、飛沫を撒き散らしているので滝の下端は途中からよく見えない。その細かい飛沫の見えない先端部が吹き上がっていて落葉を操作していると感じてしまう。滝の飛沫が直接的にその落下してきた枯葉を持ち上げているのだと見てしまう。漱石は持ち上がった枯葉がしばらく乱舞したあと半途から落下を始めたのを見て、安堵したであろう。

漱石は目の前の滝をよく観察している。そして周囲の枯葉の面白い動きにも注目している。これぞ観察俳句なのであろう。漱石はその現象を見てこれを面白い俳句にアレンジしてしまう。冗談好きな坊ちゃん先生がこの現象を、冗談びっくり俳句に仕上げて笑っている姿が見える。

ちなみにこの句稿2に掲句に隣接して二つの句が書かれている。「男滝女滝上よ下よと木の葉かな」と「滝壺に寄りもつかれぬ落葉かな」の句である。

日当りや刀を拭ふ梅の主

（ひあたりや　かたなをぬぐう　うめのぬし）

（明治32年2月）句稿33

「梅花百五句」とある。漱石先生が招かれた茶席は茶室の外に設けられていて、この日は晴れていた。梅林の中で野点をする亭主は、梅の花が輝く中で茶壺の封を切る儀式を始めた。まずは小刀を使って茶壺の蓋の紐を切る前の仕草として、小刀を布で拭う動作をした。湯が沸いている釜の側で梅林の主人である「梅の主」は厳かに「口切の儀」を始めたのだ。次に茶壺から新茶を取り出し、石臼で挽いて茶碗に入れた。11月に行われる炉開きに、この「口切の儀」を合わせることが多いが、新たな年の初めての野点に際してこの口切を行った。

句意は「梅林の中に茶席を設けた梅林の主は、日当りのいい場所で茶壺の口切を始める前に、小刀を布で軽く拭いた」というもの。この時小刀に日が当たってキラリと光ったのかもしれない。小刀が光ると寒さが増したように感じたに違いない。2月の梅林の中での野点の茶会はさぞ寒かったであろう。しかし、掲句は温かい目で描かれている。

漱石は茶席の人の仕草を細かく見て描いている。武士の家系に連なる人である漱石は、戦国時代に武士の間で流行した茶道に興味を持っていたようだ。そして刃物に対してもしっかり視線を送っている。千利休は茶道を始めるまでは武士であった。それがために秀吉の怒りを買った時に切腹を命じられたのだ。当然ながら商人等の庶民には切腹という処罰はなかった。

日あたりや熟柿の如き心地あり

（ひあたりや　じゅくしのごとき　ここちあり）

（明治29年12月）句稿21

（明治30年2月17日）村上霽月宛の手紙

日の当たる縁側にいる気分は、まさに熟柿になっている気分なのだ。冬の日に縁側の日向でぼんやりしていると、体の中が温まり熟してきたような錯覚に囚われたのかもしれない。漱石は冬の「陽だまり」での「日当たり」を楽しんでいる。

このような陽だまりの中での冬のひと時を、熟柿を食べながら過ごしたのかもしれない。口の中にも「陽だまり」ができた気持ちになっていた。食欲旺盛な漱石であるから、このような味のある俳句を作ることができた。

正岡子規はもぎたての新鮮な甘柿を好んだようだが、漱石は蜂蜜の香りのする渋柿の熟柿状態の柿が好きなのだ。二人は柿を挟んで取り合いになることはない。二人は気が合うわけだ。

ちなみにこの句に対して子規は、明治30年の文章で「比喩が新鮮に感じられる」と表した。そして他の句と同様に「滑稽思想を有す」とも評している。子規は情景を正確に描写するだけでない別の描写法も認めている。日当たりの中にいると体が柔らかく溶ける気分になり、背中は丸くなる。

この句の面白さは、日当たりで体が火照ってくるさまを真っ赤な熟柿と表現したことである。漱石は日当たりの最中に短い夢を見たのかもしれない。目の前の柿の木から熟した柿が椿の花のようにほたりと落ちるのを見て、目が覚める夢なのだ。

＊新聞『日本』（明治30年3月7日）に掲載

三者談

冬の日に縁側に出てガラス戸越しに本を読みながら日向ぼっこをしている。体はぐじゃぐじゃになり良い気持ちになっている。木生りの熟柿になった気分を味わっている。いや秋の日向ぼっこ句だ。いや風呂上がりの気分を描いている。とにかく漱石がこの句のようになっている姿が浮かび上がるので面白い。

・ひいと鳴て岩を下るや鹿の尻

（ひいとないて　いわをおりるや　しかのしり）

（明治40年9月）手帳

京都の東山に宿を取っていた漱石は、ここで鹿との出会いを楽しんだ。奈良公園の鹿とは異なる野生の鹿との関わりであった。宿の庭に設置された警戒用の松明の光が入り込んでいる部屋から、裏山が見え、岩の崖が見えている。漱石は夜中にしばらく鹿の行動を観察していた。月夜にはその崖から数頭の鹿が駆け下りて芋畑に入り込んだり、宿の庭にまで遠征したりするのを宿の人から聞いていたからだ。

これから山の下では鹿を待ち受ける人間と鹿の無言の戦いが繰り広げられる。集落の人間は未明に松明を焚いて鹿に立ち向かおうとしていた。しかし崖下には松明だけが置かれていて、人の姿はなかったので、鹿どもは躊躇することなく一気に駆け下りてきた。

句意は「鹿どもはひいと一声鳴いてから、一気に岩山を駆け下りてきた。その時毛のない鹿の尻は月の光を受けて光って見えた」というもの。漱石の目には白い鹿の尻だけが月の光に照らされて見えた。漱石は義経の「ひよどり越の逆落とし」のシーンを見ている気分になったのだろう。平家の侍と同じように、急な崖から降りてくる動物がいるとは漱石は思いもしなかった。一ノ谷の合戦の時には、武者に促されて馬は「ひーん」と鳴いたあと、気合いを入れて駆け下りたが、崖の鹿は「ひい」と軽く鳴いて下を向いて走り出した。

この句の面白さは、岩を下ったのは「鹿の尻」だと描いていることだ。闇の中で見えていたのは、光る鹿の尻だったと誇張している。そして漱石は鹿が降りる時にその尻がひいと鳴いたように描いている。漱石は笑いながら掲句を作ったことだろう。

＊「鹿十五句」の前書きで『東京朝日新聞』（明治40年9月19日）の「朝日俳壇」に掲載

・柊を幸多かれと飾りけり

（ひいらぎを　さちおおかれと　かざりけり）

（明治33年12月26日）子規宛の絵葉書

ロンドンでの初めてのクリスマスに、街中で飾り付けを見て歩いた。悪環境のもとで迎えたクリスマスに市民はどんな願いを込めたのか、と自問した。市民生活の改善と環境の改善を願って赤い実をつけた柊の枝を玄関ドアに飾っているのだろうかと。それとも来年のクリスマスまで家族が元気でいられるようにと柊の枝を玄関に取り付けているのか。

この俳句は周りの人たちのクリスマス観を描いている。漱石自身の行動を子規に伝えているのではない。

ところで漱石の部屋ではクリスマスの時に何をしたのか。子規に葉書を書いて出しただけであった。下宿の管理人に何かしてやったのか。たぶん「メリークリスマス」と声をかけただけなのだ。漱石はクリスチャンでないからだ。

漱石はこの葉書で子規への年賀の挨拶をし、現地の様子を小さい字でリポートした。「詳細なる手紙差し上げたくは候えども、何分にも多忙故、ハガキにて御免こうむり候。」と書き、「柊を幸多かれと飾りけり」と「屠蘇なくて酔はざる春や覚束(おぼつか)な」の句を書き加えた。そしてもう熊本時代のように句稿を送ることはないと伝えた。頭が痛くなるくらいに文学のことを研究していたからだ。

漱石は赤い実をつけた柊飾りに英国のキリスト教社会の基盤を見たのだ。処刑の場面で被らされた「いばらの冠」の代わりとして棘のあるセイヨウ柊の葉が採用された。そしてキリストの体から流れた血をこの柊の赤い実が象徴していた。これを皆が戸に飾る社会を観て漱石は宗教国家の姿を垣間見た思いがした。

漱石は「ひいらぎ」の語源はヒリヒリ痛むことを意味する「ひいらぐ」から来ていると理解していた。そしてこの葉を英国人がドアに飾る時に指に棘が指さるが、この時キリストが槍で胴部を突かれた時のことを疑似体験するのだということもわかっていた。

ちなみに現代日本のクリスマスでは、棘のない別種の柊を選んで店頭に飾るのが当たり前になっている。これは棘があると客の肌に刺さり痛いからだ。商品が売れなくなると考えるからだ。

・東西南北より吹雪哉

(ひがしにし　みなみきたより　ふぶきかな)

(明治28年と12月4日)句稿8

「坊ちゃん」や「我輩は猫である」を読まずとも、漱石は面白い人であるとこの俳句からわかる。めちゃくちゃ面白い発想をする人であるとわかる。嵐が吹き付けて体の周りで時に方向を変えて吹き付ける。これを「東西南北より」と几帳面に表現する。麻雀の牌をかき混ぜているかのように吹雪の光景が描かれている。

いろんな方向から雪が吹き付けると、今どちらの方角から吹いているのかわからなくなる。方向感覚がなくなるからである。それでも漱石は東西南北のすべての方向からきちんと雪が吹いていると表現するおかしさに自ら気がついて、笑っている。体を真っ白にして笑っている。

この句の面白さは、「とうざいなんぼく」と口の中で読むと猛烈な吹雪の方

向転換がありえない速さで頻繁に起こっているように感じるが、「ひがしにしみなみきた」と読むと普通の吹雪がゆっくり方向転換するように感じられることだ。そして後者の場合には、吹雪の方向をしっかり見定め、なぜこのように吹く方向を変えるのかなどと考えてしまう。つまり周囲をゆっくり観察していることになり、吹雪の中に長時間いることを楽しんでいる姿が見える。しばらくすると猛烈な吹雪の白い世界の中で方角がわからなくなるが、これも「東西南北より」という言葉でうまく表している。方位計の磁石の針が回転しているように感じられる。

以下の文は詩人で俳人の清水哲男氏の鑑賞文である。巧みな鑑賞文である。『エンタツ・アチャコの漫才コンビで有名だった花菱アチャコのせりふではないが、「もう、むちゃくちゃでござりまするワ」という物凄い吹雪。「東西南北」は「ひがし・にし・みなみ・きた」と読むと、五七五音におさまる。ただ、物凄い吹雪ではあるけれども、アチャコのせりふと同じように、悲愴感はない。巧みな句でもない。作者は、この言葉遊びめいた、ちょっとした思いつきを楽しんでいるのであって、漱石にとっての俳句とは、ついにこのような世界で自適することにあったのかもしれぬと思う。』

これに対してこう言いたい。清水氏より若い枕流なので、林家三平師匠の名文句を出したい。「おもしろすぎて、どうもすみません」。

・引かで鳴る夜の鳴子の淋しさよ

（ひかでなる　よるのなるこの　さみしさよ）

（明治29年9月25日）句稿17

明治時代の生活は現代とはかなり違っていた。使用人がいる広い家では、別室にいる使用人を自分の部屋に呼ぶ際に、今であれば大声を出して呼ぶか、電子音のチャイムを鳴らすかするであろうが、昔は鳴子システムを用いていた。鳴子とは、板の上に竹の短い筒を紐で固定しておき、これに長い紐を多数個くくりつけたものだ。その宙に浮いている紐の端を引っ張ると、この紐にぶら下がっている竹と板の鳴子板が揺れて、竹が板に当たってカランと音が出る仕組みだ。ちなみに時代劇では忍者よけに、武家屋敷の廊下や庭にこの鳴子を仕込んでおくことが行われた。忍者が暗い夜に忍び込んできてその紐に足を引っ掛けると、鳴子が鳴って侵入が露見することになる。すると侵入者は「出会え、出会え」の声に追われることになる。これは稲穂が実った田んぼに空から舞い降りる雀忍者を定期的に追い払う手段としても用いられた。

その鳴子が漱石家の中にもセットされていた。夜、妻のいる居間と漱石の書斎の連絡に使われていた。夜中にこの鳴子を引かないのに、外からの隙間風でその鳴子が微かに鳴ってしまうことがある。すると鳴子のかすかな音は寂しい音となって部屋に響く。

句意は「部屋間に張られた鳴子を引かないのに、夜中に隙間風で鳴ってしまう鳴子はなんと寂しげな音を出すことよ」というもの。普段は煩くも感じる鳴子の音であるが、漱石が鳴らしもしないのに鳴子のかすかな音を聞くと、侘しい思いに浸ることになる。日常の妻と漱石の関係が思い起こされるからだ。今はその妻は寝込んでしまっていて、鳴子が鳴っても意思疎通ができない状態にあることが悲しく感じられるのだ。

この俳句を作っていた時期に、妻はストレスと旅疲れでしばらく寝込んでいたことがあった。心配して漱石は妻の枕元で朝方まで寝ずに看病していたこともある。このような夜、家の中で鳴子がかすかに音を立てると、妻が病気をしていて意思疎通のできない状況にいる自分を寂しく感じるのだ。

この句の面白さは、鳴子という言葉自体に生きている幼子のような感覚が付いて回ることである。子供は夫婦のカスガイという言葉があるが、漱石家ではこの鳴子が二人を結びつけるものになっていた面があると改めて漱石は感じたのだ。そしてこれ自体も侘しいことだと。

・光氏と紫と寝る蒲団かな

（ひかるしと　むらさきとねる　ふとんかな）

（制作年不明）松根東洋城に渡した短冊

漱石は、光源氏の光氏と紫式部の紫が一つ布団に寝ている様を句に描いた短冊を弟子の東洋城に渡した。この行為に何の意味があるのかとよく考えてみた。幕末時東洋城の祖父は宇和島藩の城代家老であり、母は藩主の娘であったことから、東洋城の父親も明治維新後に貴族になった殿様の近くにいて、家族の世話係をしていたと思われる。この関係で東洋城は一応貴族の家系の一員であり、漱石は東洋城を光源氏に見立てた。そして東洋城が接近していた美貌の歌人と謳われた白蓮を紫式部になぞらえている。東洋城が白蓮と結婚したいと悩んでいた時のことだ。

句意は「君は知識人の片割れであるから、光源氏と紫式部が同衾するなんてことはありえないということを十分承知しているだろう。だからいつまでも白蓮を諦めずにいるなんてことはやめた方がいい」というもの。長々と手紙を書いて諭すよりも俳句をやる東洋城に対しては、このやり方で強く言う方が効果的だと判断した。何度も葉書や手紙を出して、白蓮との結婚は諦めるように諭したが効果がなかったので、俳句に切り替えたのだろう。東洋城は宮内庁に勤めていて、皇族方の世話係をしていた。初婚になる君はバツイチの白蓮との結婚はハードルが高すぎ、また当時の双方の関係者の多くが反対しているのであるから、結婚は土台無理なのだと伝えた。

このように諭し続けた漱石自身は、苦しみながら体を壊しながら大塚楠緒子との恋愛心を持ち続けていたから、この自分の経験を元に東洋城を説得していたことになる。結局東洋城は白蓮との結婚は諦めて、生涯独身を通した。

このように推察したが、そうであればこの短冊を作った時期は、明治40年ごろのことであろう。同時期に漱石は東洋城に「朝貌や惚れた女も二三日」の句も送っていた。

• 牽船の縄のたるみや乙鳥

（ひきふねの　なわのたるみや　つばくらめ）

（大正4年・推定）手帳

流れの緩やかな川では、動力船が登場するまでは日本全国で牽船が使われた。この牽船で最も有名であったのが、京都の市内を流れる高瀬川での牽船であった。この船は高瀬舟と呼ばれ、森鴎外の小説「高瀬舟」の舞台になった。漱石は京都を度々訪れていたが、大正3、4年に使っていた手帳にあった俳句であるので、大正4年に長期に遊んだ時のものであろう。

川の流れに乗って船が下る際には、帆で風を受ければ舵を操作するだけで済むが、川を上る際にも帆を張って風力で進めるが、風を利用できない時には船に縄をつけて岸を歩く人が人力で船を川上に引っ張り上げた。

この牽船に繋いだ長い縄は自重で幾分たれる。この縄のたるみ部をツバメは見逃さなかった。

句意は「川上に船を引き上げる船牽きの太縄にはたるみが生じ、ツバメがこのたるみ部に留まって移動していた」というもの。大勢の人が綱を引っ張っている中で、ツバメは飛ばずに楽をしている。漱石はこの知恵のあるツバメを面白がって見ていた。

ちなみに当時の高瀬川の川幅は8mで水深は30センチを越える程度であった。しかし船底が平らな高瀬舟は。この水深で十分であった。高瀬川にかかる橋は平成、令和の時代よりも高い位置に設けられていた。人夫3、4人が岸を歩いて各自の綱を川上に引っ張り、橋の所に来ると橋の下の川岸を進んだと資料に書かれていた。

• 曳船やすり切つて行く蘆の角

（ひきふねや　すりきってゆく　あしのつの）

（明治29年3月5日）句稿12

客船ではない地味な曳船が川上に進んでいく。幅の広い平べったい船が岸で擦れる音を発しながらゆっくりと綱で引かれていく。曳船は岸に生えた葦原に接近すると船を引く複数の綱は葦の上部をしゃしゃと音を立てて葦を押し下げながら進む。船の上の船頭は船が岸の方に引き寄せられないように竿で岸を突き続ける。蘆は迷惑そうに苦しそうに頭を下げて綱の攻撃をかわす。この曳船の運行は動力船が登場するまで行われた。

蘆の角とは、蘆が密生して形成しているブロック状の葦原の角部のことである。そして「すり切つて」の意味は、引く綱がブロック状の葦原の上部で摩擦を起こしながら葉を押し下げながら進む様を表している。

曳船の「曳く」は長い綱を引っ張って「伸びきっている」イメージを導いている。そして「行く蘆」の「蘆」は船を引き上げる人たちが岸の綱道を歩く人夫の「足」をイメージさせる。掲句は、二つ前に置かれた「踏はづす蛙是へと田舟哉」からの連想句であろう。

ところでこの曳船はどこの川を進んでいたのであろうか。伊予国であれば重信川か石手川であろう。広い川幅の重信川では、片側で綱を引いていたと思われる。漱石が掲句を作った時のこの年の4月には熊本の第五高等学校に赴任することになっていて、残された時間で松山をくまなく貪欲に見聞しようとしていた。

• 引窓をからりと空の明け易き

（ひきまどを　からりとそらの　あけやすき）

（明治36年6月）

明治36年1月に英国留学を終えて日本に戻った漱石は、自宅の引窓を自分で開けてみて日本にいることを強く実感したのだ。窓の引き戸を引くと「から、から、から」と音がして窓戸が開く。そしてその窓からロンドンの空とは全く違う「からり」と晴れ上がった空をのぞき込むことができた。

この「からり」は引き戸のレールが立てる音を表す擬音語であり、また窓がさっと開く様を表しているので擬態語でもある。そして空が晴れ上がった様も表す擬態語である。さらには「明け易き」には「窓を開け易い」と「空が明け易い」の二つの意味がかけられている。漱石はこのような複雑で重層的な面白さを組み込んだ句にして、日本での句作を楽しんでいる。日本語のユニークさ、面白さを喜んでいる。掲句は四字熟語の「明窓浄几」に通じる句であるように思える。

英国で英国詩の面白さの構造を知った漱石が、帰国後早速に面白くユーモアに満ちた句を作った。この年の2年後に作られる傑作「吾輩は猫である」の面白さがすでにこの句に見られていると考える。

日本に帰って日本には英国に勝るものがあることをこの窓の句で示した。日本の文明開化は英国社会をモデルにしたものであったが、ロンドンの空はいつも強烈なスモッグに覆われていたことを思い起こしていた。加えて当時の英国住宅の開ける窓は二重窓でその外側は観音開きの鎧戸で、内側は上下に移動させるガラス窓であった。そして開かない窓には鉄枠が使われ、厚いすりガラスが組み入れられたステンドグラス窓になっていた。下宿の窓は非力な日本人には重くて扱いにくく暗い窓であった。その点一重の引き戸のガラス窓は小柄な日本人にも扱いやすく、すぐに明るい空と対面できる日本の窓が気に入っていた。日本の治安は英国よりはるかに良いものであった。どちらが文明国であるのかと思った。

この年の4月に漱石は東京帝大の英文科講師と一高の講師の職を得た。しかし帝大ではラフカディオ・ハーンを追い出す格好になったために、学生からの風当たりが強く、授業について苦情が出された。漱石の気持ちはモヤモヤしていた。つまり帰国直後には漱石の気分がすっきりしなかった時期があった。そうであれば、漱石は窓から首を伸ばして空を見上げ、このような爽快な俳句を作りたかったのだろう。自己暗示にかけるように、空に向かって笑顔を作ったのかもしれない。

＊句誌『ホトトギス』（明治36年6月）に掲載

三者談

「からり」は引窓の音と空の明け放れたことに通じるが、この技巧は自然で嫌味に感じない。夢の心持ちがある。夏の朝の感じが出ている。いや、当ててやろうという気が見え見えで嫌悪を感じる。引窓を開けると朝が明るいというのは際どい。

• 日毎踏む草芳しや二人連れ

（ひごとふむ　くさかんばしや　ふたりづれ）

（明治41年）手帳

「祝伝四新婚」とある。漱石は明治36年から帝大の英文科で教えていたが、この時期に弟子となった野村伝四の結婚に際して、すでに作っていた自作の俳句を染め抜いた袱紗を祝いものとして贈った。野村夫妻のために新たに作った句は「或夜夢に雛娶りけり白い酒」であった。この句は見るからに幻想的な俳句になっている。ひな祭りの女雛をなんと妻として娶ることになり、ひな壇に備えてある白酒を二人で酌み交わすというもの。松山時代に作っていた神仙体俳句を彷彿とさせるものである。漱石の喜びが伝わる。

掲句は新婚祝いとして野村伝四に贈ったもう一つの俳句である。野村伝四は漱石にとって可愛い教え子で漱石宅に気楽に出入りしていた。ところでこの句にある「毎日草を踏む」とは何を意味するのか。毎日近所の草原を散歩することなのか。悪戯好きの漱石のことであるから、新婚夫婦に贈る俳句をまともに作らないはずだ。かつて新婚の虚子に贈った俳句は、かなり生々しく楽しい句であったから、若い弟子の野村には遠慮のないストレートな俳句を贈ったはずだ。つまり「草を踏む」には別の意味があり、隠語が隠されているとみる。つまり芳しい草とは春の草で一年の中で最も香り高くなる草だが隠語としては陰毛である。

したがって掲句の表の句意は「毎日柔らかい春の草原を二人で散歩していると足元の草から良い香りが立ち上る」というもの。そして裏の句意は「毎夜、二人仲良く交われば、こすれ合う隠毛からは芳しい香りが立ち上る」というもの。親密な新婚夫婦でいれば二人は香り立つようになると漱石はいう。

漱石は熊本の阿蘇山の麓の麦畑で、寒風が吹き抜ける中で一心に麦踏みをしていた農家の人たちのことを思い起こしていたのかもしれない。冬に麦の幼葉を足裏で十分に踏んでおくことで春に一人前の穂をつけられることを知っていた。そこで弟子には草は踏むものだ、踏めば踏むほど良い収穫につながると教えようとしたのかもしれない。

このような祝いの句をもらった弟子は感激したことだろう。先生から帰宅してからは勉学や句作はそこそこにして、毎日性生活に励みなさいと激励されたのだから。弟子はこの句を妻に見せたことだろう。

• 日盛りやしばらく菊を縁のうち

（ひざかりや　しばらくきくを　えんのうち）

（明治43年10月31日）日記

11月が近くなっても日差しはまだ強く、大輪の菊には良くないとして菊鉢を日陰にしばらく入れることにした。漱石は東京の長与胃腸病院の和式の病室にすでに半月以上入院していた。この部屋の前の縁側で院長から栽培を受け継いだ菊二鉢を大事に管理していた。この菊は現在入院している病院の院長がかつて育てていた菊であった。この院長は自分も病気でスタッフによる治療が必要なのに、修善寺で吐血した漱石の仮死状態からの蘇生と交換になるように他界した。この院長は漱石の治療に医者二人を派遣して対応させた恩人であった。

漱石が入院した当時の長与胃腸病院は和式二階建てであり、漱石が入院した一階には畳の病室の延長として外に縁が付いていた。

胃潰瘍の治療で長いこと亡き院長には世話になっていたので、幾分恩返しのつもりで大輪の菊を育てていたのだろう。重い菊の鉢を案山子のような体で持ち上げて縁側に出したり部屋に入れたりするのは大変なはずだが、いろんな思いが漱石に力を与えていた。菊の花を見ると亡くなった院長の恩を思い出すのだ。

この句の面白さは、「縁のうち」である。軒下の部屋の延長である板場を縁というが、この縁には別の意味がかけられていることだ。医師を遠方の修善寺まで派遣することを決めた院長は、自身が重病で部下に治療させる必要に迫られていたが、あえて漱石の治療を優先させたことが後に漱石に伝えられた。この病院の院長が命の恩人というのが別の縁であった。すでにその院長が死んでいた病院に再入院となった漱石に病院側から院長の大輪の白菊が託された。その菊は英国で改良されたもので、故院長が日本に取り寄せ、病気になった後は菊の栽培を園丁に頼んでいたものであった。

• 柄杓もて水瓶洗ふ音や秋

（ひしゃくもて　みずがめあらう　おとやあき）

（明治32年9月5日）句稿34

この俳句は漱石の熊本時代の句である。台所の洗い場の脇には水瓶が置いてあった。まだ水道の蛇口が台所にはなかった時代のこと。外の井戸から釣瓶で水を汲み出し、桶に入れて洗い場まで運んで水瓶に入れておく作業が日常生活には不可欠だった。これは雇い入れていた下働きの女の仕事になっていた。

漱石は寝床でこの下働き女の朝の仕事が始まりである最初の作業の音を聞いていた。だが、この日の音はいつもの音とは違っていた。今までの早朝の水音は井戸の水汲みと水運びの音だった。今聞いている音は外で柄杓を使って大きな水瓶を洗う音だ。柄杓から水の落ちる音、陶器の水瓶に木の柄杓が当たる音、そして水瓶の内側を洗った水を空ける音がなどが聞こえた。

体の小さな女が陶器の水瓶を洗うのは汗をかく大変な仕事だ。少し朝の気温が下がってきたこの日に水瓶を洗うことにしたのかもしれない。秋が近づいている。

水瓶の水は飲み水でもあり、料理にも使う。常時水を溜めておく台所の水瓶は黴が生えにくい特殊な陶器で作られているが、ひと夏の間にどうしても汚れてくる。そこでこの日、洗うことにしたようだ。

漱石は耳を立てて音を識別している。ギーギーギシギシの音は外で釣瓶を動かしている音やタワシで水瓶を擦っている弱い擦り音などを聞き分けている。漱石は音の聞き分けをゲームのように楽しんでいる。そしてその動作を頭に描いている。

この句の特徴は、「秋」を最後にポンと置いていることだ。いつもは秋のつく五文字を組み入れるが、この句は違っている。空に響く短い音で秋を表せている。

・ひたすらに石を除くれば春の水

（ひたすらに　いしをのぞくれば　はるのみず）

（明治43年11月15日）日記

この句には「床の中で楠緒子さんの為に手向の句を作る」の前置きがある。漱石が「修善寺の大患」の後、担架で駅まで運ばれて列車に乗せられ、東京のかかりつけの病院に再入院して養生に勤めていた時の句である。春のイメージを頭に浮かべながら俳句を作っているようにみえるが、そうではない。突如元恋人、いや気持ちの上では今でも恋人である楠緒子が亡くなったということを新聞で知った時の痛切な悲しみを表した句なのだ。彼女の葬儀には出たいが、自分は入院していてそれどころではなかった時の句である。

漱石は日記に掲句の他に「棺には菊抛げ入れよ有らん程」「有る程の菊抛げいれよ棺の中」を書いていた。しかし、漱石が本当に楠緒子のために書き記しておきたかったのは掲句であると考える。そして掲句は、後世の人たちが漱石の日記を見たときに、本心をしっかり見られるのが気恥ずかしくなりそうで、すこし煙幕を張っている。

漱石は楠緒子を生き返らせて今度こそ自分のものにしたいという強い思いに

駆られたのだと思われる。無我夢中に墓の土を掘り返してでも楠緒子を取り戻したい、顔を見たいという思いが溢れたのだろう。漱石はこの狂おしい思いが他人にわからないように俳句に込めたのだ。あたかも河原の砂利を掘り返しているうちに春の水が湧いてきたと解釈されるようにした。

掲句は別の解釈も可能である。35歳で逝去した楠緒子はまだ若かった時に漱石と燃え上がる恋をしていたことを想像させる。「ひたすらに石を除くれば」の行為は、男が女の性器にある陰核（石）をひたすら愛撫していることを思わせる。このことによって膣から愛液が湧き上がってくる様を表していると考えられる。つまり「春の水」は楠緒子の愛液であろう。

この句の解釈にあたっては、これは楠緒子の死に際して作った最後の追悼句だということが重要である。かつて大学院生だった漱石は兄嫁の登世と同じ家で生活していたが、漱石と気持ちを通わせた知的な登世は悪阻を悪化させて亡くなった。この出来事を目の前にして漱石は13句もの追悼句を子規に書き送ったが、このことに比べれば日記にわずかな3句だけを書き残したことの意味するところは、内容においては遜色なく漱石の気持ちを表せて、十分な追悼になっていると漱石が考えたとするのが妥当であろう。つまり、楠緒子に過去の漱石との思い出の句を追悼句として贈ったのだ。

ちなみに掲句にある「石を除くれば春の水」のフレーズは半年後に再度俳句に登場した。「たく駝して石を除くれば春の水」の句を無理やり作って、掲句を作った時のことを蘇らせた。「たく駝して」の意は「植木屋に頼んで」である。当初色紙に書いていた句は「たく駝して石を起せば春の水」であった。しかし雑誌に載せる段になって、この句にある「起せば」を「除くれば」と修正したのだ。これによって上五は異なるが、中七と下五は掲句と全く同じものになった。それほどに掲句は漱石にとって思い出深いものであったのだ。

• ひたひたと藻草刈るなり春の水

（ひたひたと　もくさかるなり　はるのみず）

（明治30年2月17日）村上霽月宛の手紙、句稿23

熊本市内の漱石の家からほど近い郊外に、冬でも温かい湧き水が流れ込んでいる上江津湖と下江津湖があり、これらを浅い川がつないでいる。阿蘇山からの伏流水の一部が、出水神社の池に湧き出て、川となって上江津湖に流れ込んでいる。

上江津湖と下江津湖の間の川は日光が川底に届くので藻草がよく成長する。この繋ぎの川では、夏が来る前に水の流れを良くするために長く伸びた水草を刈り取るのだ。地元民とこの湖を利用する第五高等学校の端艇部はこの川で毎年行われる春の草刈りに参加する。

句意は「初春の冷たい風を受けながら温かい水が藻草の間をひたひたと流れる川に、足裏で藻草を感じながらそろりそろりと入って水草を刈る」というもの。端艇部の面倒を見ていた漱石も、この川の藻草刈りに参加した。袴の裾を持ち上げて、浅い川の中に入って行った。川には刈り取った草を運び出す小舟が係留されていて、刈り取った水草を船に乗せてゆく。冷たい川風と温い川の水のギャップを感じながらの水草刈りが続く。

この句の面白さは、擬態語の「ひたひたと」にある。冷気の中で湯気を立てる水が藻草の表面を滑るように流れる様と漱石の素足に触れながら流れる様の両方を表わしていることだ。気持ちの良さが伝わる。

もう一つの面白さは、掲句が2音または3音で構成されていて、川の水の上下する動きを表していることだ。全体として擬態語のような効果をあげている。

ちなみに水深が十分にある下江津湖で行われていた端艇部の訓練に用いた端艇は、座席を固定して四人で漕ぐ木製のボートである。救難用のゴムボートがなかった時代には、このカッターが活躍した。

• 引かゝる護謨風船や柳の木

（ひっかかる　ごむふうせんや　やなぎのき）

（大正3年）手帳

護謨風船は紙風船と区別するための言葉で、明治の当時では夢の玩具であった。護謨風船は手を離すと空の奥へと上がってゆく。その途中で漱石の護謨風船は柳の木に引っ掛かった。そう、漱石の魂は修善寺温泉で夢の世界へ上がっていくところだったのだ。地上の漱石の部屋で妻が泣き叫び、かかりつけ医者が必死にこの世に引き戻そうとカンフル剤を打ち続けていた。

　句意は「遊んでいた子供が護謨風船の紐を手から放してしまい、離れた護謨風船は上空に上がったが途中で柳の木に引っ掛かった」というもの。童画のような光景を描いたと見せて、漱石自身が遊んでいる。考えてみれば葉が密生して細かな枝が枝垂れている柳の木に下から丸く大きな風船は接近しても入り込めない。漱石の魂は跳ね返されてこの世に戻った。ふわりと浮かび上がった漱石の命、魂は柳の木に引っ掛かった。漱石のゴム風船は、護謨風船と表しているように分厚くて頑丈であり木に引っ掛かったぐらいでは破れなかった。

　この句は自分の死が近いと悟っていた頃の句である。漱石は2年後に死ぬのがわかっていたような句である。掲句は明治43年に起きた臨死体験を思い起こして童話風に表したものである。「思ひ出す事など」の文章にやんわりと記したことを童句風の俳句に表したことになる。

　この句の面白さは、「引かゝる」にある。風船が柳の木に引っ掛かったが、なぜそうなったかがわからないで生きていた。あの時魂の上昇が止まらずに天空に上がっていってもいいはずだったのにそうはならなかった。なぜなのか、とずっと漱石は引っ掛かったままだった。「引かゝる」は心にも掛かっていたことをも表している。30分間の心停止であれば脳細胞は酸素不足で壊死するはずであるが、何者かがまだ小説に書くべきものが残っているぞと生かしてくれたと考えるしかなかった。

• 棺には菊抛げ入れよ有らん程

（ひつぎには　きくなげいれよ　あらんほど）

（明治43年11月15日）日記

　日記ではこの句の前に「床の中で楠緒子さんの為に手向の句を作る」と前置きを書いている。漱石は11月13日に楠緒子の死を知った日に掲句を作ったのではなく、二日後に掲句を作っていた。13日の日記には「新聞で楠緒子さんの死を知る。九日大磯で死んで、一九日に東京で葬式の由。驚く。」とのみ書いていた。保治は帝大の学寮で漱石と同室になっていた親友であったが、楠緒子の死に直面して漱石とはやや距離を置くようになり、時がさらに経過して漱石が死んだ後に、漱石は保治にとって親友ではなかったと語るように変わった。

　楠緒子を巡って漱石と保治との間で大塚家の結婚問題が進展しないのに決着をつけるために漱石は身を引いたが、漱石と楠緒子の相愛の関係は二度の中断を挟んでその後も続いた。事の発端は明治の世にあって、楠緒子の親が一人娘の意思を無視して、文学志向の漱石より成績優秀で帝大教授の椅子が約束されている保治の方を選んだからであった。

　入院中の漱石は親友の妻が若くして死んだことを新聞で知って驚愕した。保治は楠緒子の危篤を、また彼女の死を入院している漱石にすぐには知らせなかったからだ。

　そのような漱石に朝日新聞社は、朝日新聞に小説を連載したことのある女流作家で、かつ権威のある東大教授の妻であった大塚楠緒子の死に関して、追悼文を寄稿するように求めた。漱石は朝日新聞社の文芸欄の責任者であったからだ。そこで楠緒子の死を知った二日後に掲句を含む3句を作っていたので、新聞社に送った原稿に二番目に作っていた俳句の「有る程の菊抛げ入れよ棺の中」を書き込んだ原稿を送った。感情を抑えた表現になっている方の句を選択した。ちなみに掲載句の下五を「棺の中へ」とすると掲句と同レベルの慟哭の句に変身すると考える。

掲句は最初にできた句であるだけに幾分強烈な内容になっている。このように思うのは、この句は葬儀の喪主の立場で参会者に会場にある菊、全ての菊を一緒に棺の中の楠緒子の周りに投げ入れるように懇願するような内容になっているからである。そして掲句は親友の妻が亡くなったことに対して、漱石の慟哭している声を感じさせるからだ。

ところで漱石は何故自分の楠緒子に対する強い気持ちを俳句で公に告白するような新聞掲載という大胆な行動に出たのか。漱石に対する保治の非情な態度に立腹してのことか。それとも楠緒子が不憫に思えたからなのか。

その理由の一つは漱石が掲句を作ったのは、漱石の病室には見舞客が持ってきてくれた白菊の鉢がたくさん置いてあったからであろう。この花を摘んで楠緒子の棺の中を埋め尽くしたい、遺体の周りに置きたいと思ったのだろう。この花を届けられない無念を掲句に込めたと思われる。10月末に作っていた漱石の句に「搨(とう)置いて菊あるところどころかな」がある。病室で拓本を読み疲れて部屋を見渡すと貰い物の菊の鉢があちこちにあった。これらの菊を見ながら、掲句を作ったと思われる。別の理由には菊は夏目家の紋の中にあるものであり、自分の印、分身として楠緒子の側に「自分を投げ入れたい」と思ったからなのかもしれない。

ちなみに日記帳に書き入れた一句目が掲句であり、二句目が新聞に載せた「有る程の」の句であり、最後の句が「ひたすらに石を除くれば春の水」であった。追悼句に「春の水」が用いられるのは不似合いのような気がするが、この句が最も漱石の気持ちを率直に表していると考える。

• 人か魚か黙然として冬籠り

（ひとかうおか　もくねんとして　ふゆごもり）

（明治28年11月13日）句稿6

この句は松山で教師をしていた頃の句である。漱石は気力が減退していた頃だ。冬になると口から熱が出ていかないようにするためか、人は無口になる。そして外に出ることはめっきり減り、家の中で何かをやって短い昼を過ごそうとする。「黙然」は「もくぜん」とも読むが、掲句は無口になる冬の俳句であるから、冬ごもりのイメージを持って静かに発音する「もくねん」が適当であろう。

句意は「冬になると無口になってひっそりと籠もってしまう生き物は、人か魚ぐらいである」というもの。寒くなると人は冷水の中の魚のように動きが鈍くなって押し黙って口を開かなくなる。漱石は時々気分転換のために街中を歩き、本を読んで静かに冬を過ごすことを考えていた。だが、松山の若い句友たちは漱石の家に押し寄せて、出かけるように誘ってくる。料理屋で句会をやろうと声をかけてくる。もちろん勘定払いは高給取りの漱石のおごりである。

芭蕉の俳句に掲句と似たようなものがある。「冬籠りまたよりそはん此の柱」である。この句には隅田川近くの芭蕉庵でのわびしい冬の過ごし方が描かれている。「暖かい時期には外に出て人に寄り添うが、出歩かない冬になると一人で柱に寄りかかって柱と話して過ごす」というもの。一人でもそれほど寂しくはないと強がっている芭蕉の姿が見える。そしてまたこの柱に話しかける季節になったと呟く。この芭蕉の「冬籠り」句は、漱石の「冬籠り」の句よりも機知に富んでいて、余裕を感じさせる。漱石の冬籠りは、かなり重症である。楠緒子から届いた手紙が原因なのであろう。

• 人形も馬もうごかぬ長閑さよ

（ひとがたも　うまもうごかぬ　のどけさよ）

（大正2年1月）「画賛正月」

画賛の句意は「街中絵の中に描かれている人と馬は動かないから、この正月の街の絵を見ていると静かであって長閑さを感じる」というもの。そして掲句は別の解釈も可能になっている。「正月の街路を眺めると馬も人の姿もなく、長閑なものである」というもの。「うごかぬ」を不在と解釈することができるからだ。

漱石の描いた街中の風景画は、日の丸の国旗が家々の玄関に飾られて街路を幾分暖かく彩っていて、往来を行く馬や人の姿が描かれている。だがこの風景画からは、静かで長閑な雰囲気が感じられる。目の前に置かれたこの絵につける賛として、掲句は最適なものとなったと満足している漱石の顔が目に浮かぶ。

この句の面白さは、絵の中にも外の通りには馬車の音がないから、長閑さが生まれるのだということを表していることだ。実際の街路にも、馬も人もいないから静かで暖かい日和は長閑なのだ。そして絵の中は動きのあるはずの馬車も人も動かないから、静かで長閑さが感じられると笑っている。漱石の柔らかい思考は、長閑さを漂わせる。

漱石全集では上五を「にんぎょうも」と読むようになっているが、ここでは「ひとがたも」が適当と判断する。理由は「にんぎょう」ではドールとして理解してしまうからだ。「ひとがた」の方が、人の姿の意味だと即座に理解できるからだ。もちろん「にんぎょう」と読んでも「ひとがた」の意味は生じるが、漱石句の理解が進みにくい。また漱石は「にんぎょう」の音にはどろりとした柔らかさが付随してしまので、正月の冷たい硬さを感じさせる「ひとがた」の方を選択したように思われる。

この正月、漱石はうつ症状が再び現れて、街路が静かになっていることをありがたく思っていた。家の中も漱石のイライラを気にして家族の皆が静かにしていた。家の中は「人形も子供もうごかぬ長閑さよ」状態になっていたと思われる。

● 一株の芒動くや鉢の中

（ひとかぶの　すすきうごくや　はちのなか）

（明治31年10月16日）句稿31

この情景は熊本市にあった漱石宅の縁側先のものであろうか。夏には乾いた植木鉢の中に偶然に芒が一株生えていたが、秋の訪れに伴ってこの芒の花穂が開き、綿毛が見えるようになってきた。だが、このような面白みのない侘しい俳句を漱石は作らない気がする。

この句が書いてあった句稿には、冬の風物を描いた俳句が多く登場しているが、その全ての句に何らかの工夫をしている。ひねりを加えているのだ。だがこの句にはそれがないように見える。面白みがない。

掲句は漱石の師匠である子規の雄大な俳句「風一筋川一筋の薄かな」（明治25年）のパロディだと思われる。子規の句にある「一筋の薄」に「一株の芒」をぶつけている。子規の俳句は群生する薄の特徴を見事に捉え、揺れ動く雄大な景色を俳句に描いている。川岸に沿って筋状に生えている薄の群れに、川風が吹き付けると薄は川風の向きに合わせて大きく揺れる。

子規句は写実一筋の句であるのだが、漱石句は洒落おどけ一筋の俳句になっている。子規の雄大自然俳句に対する漱石句はミニチュア箱庭俳句になっている。しかし、鉢の中に一株生えているだけの芒であっても、風の流れる方向を示してしっかりと揺れる。この掲句にはユーモアが溢れている。鉢の芒も漱石の笑い声で揺れている。

ちなみに漱石句の類似句として「ひとむらの芒動いて立つ秋か」がある。

● 一時雨此山門に偶をかゝん

（ひとしぐれ　このさんもんに　げをかかん）

（明治28年12月4日）句稿8

偶（げ）とは仏徳や仏法の真理をたたえる4行の漢詩のこと。偶を書くとは、写経することで浄土真宗の寺であれば「正信偶」を書くことになるという。この「正信偶」は親鸞聖人の教えをまとめたものである。そして山門とは寺社の門を意味するが、「山門に偲」と表すと、先の写経をするということにもなるという。

句意は「松山の寺を訪れていた時、急に雨が降ってきて帰宅できなくなり、雨の上がるのを待つ間宿坊に戻つて正信偶を写経することにした」というもの。この寺への訪問は突然のことであったが、実母の供養（命日は1月9日）をしてもらうためであった。東京の夏目家の宗派は浄土真宗であり、松山市内の同じ宗派の寺に出向いての供養であった。

ちなみに漱石は明治28年11月13日付で子規に送付した句稿6に、「婆様の御寺へ一人桜かな」の句を書き入れていた。漱石はこの時もこの浄土真宗の寺で亡き実母の供養をしてもらつていた。14年前に亡くなっていた母は、自分のことを漱石に婆さんと言わせていた人であった。漱石はこの供養の読経の間に、母親に近況をつたえたのであろうか。来年の4月には熊本に転居し、現地で結婚式をあげることにしたことを。漱石はこの時以降は母のことを思い出すことはなかったようだ。漱石先生はこの寺で母との最後の別れをした。

一つすうと座敷を抜る蛍かな

（ひとつすうと　ざしきをぬける　ほたるかな）

（明治29年7月8日）句稿15

目の前を蛍が一頭すうと光りながら座敷を抜けて飛び去った。蛍は飛ぶのであるが、羽音を感じさせないし、そもそも蛍がいたのも気づかないくらい静かに移動するのだ。この句は漱石が熊本にいた時の句である。市内の光琳寺隣の借家に住んでいた時に、この句を作った。

句意は「夏の夜、窓を開け放っていた座敷部屋を一頭の蛍が、すうと通り抜けていった」というもの。白い障子の前を蛍が通りかかった時に飛んでゆく蛍に気づいたのだろう。

このたった一頭の蛍は、東京に一人でいる楠緒子の魂なのであろうか。漱石は熊本に来る前に松山の愚陀仏庵で、元恋人の楠緒子からと思われる親展と表書きされた手紙を受け取っていた。おおよそ7ヶ月前のことであった。漱石は、その手紙を再読すると部屋の火鉢で燃やし、その燃え殻を崩して消した。漱石の書斎を飛んだたった一頭の蛍がこの出来事を思い出させたのかも知れない。

掲句を書いた句稿は漱石が結婚式を挙げた6月9日からほぼ一月後に子規宛に発送された。漱石はこの発送をもって楠緒子に対する思いを断ち切ろうと決めたのだ。しかしこのことは結婚後しばらく漱石の心の中には、楠緒子が住み続けていたことを自覚させた。

ちなみに漱石がこの俳句を作った5ヶ月後に、楠緒子が歌誌に載せた短歌が漱石宅に波乱を引き起こした。この蛍の飛来はこの事件の予兆だったのか。

掲句の直後に置かれていた俳句は「竹四五竿をりをり光る蛍かな」であった。

一つ紋の羽織はいやし梅の花

（ひとつもんの　はおりはいやし　うめのはな）

（明治32年2月）句稿33

「梅花百五句」とある。漱石の家の家紋は井桁に菊。この紋が一つ背中に入っている黒の羽織をさっと羽織って村の寄合に急いで出かけた。このことがわかるのは、掲句の書かれていた句稿において二つ前の句が「寄合や少し後れて梅の掾」であったからだ。近所では比較的大きな家での寄合であり、この家には梅の花が咲いている庭があった。この家で行われる寄合に近隣の人が集まったのだ。

普通であれば妻が出席するところであるが、漱石が代わりに出ると言って出かけた。広い庭に梅林があるのを裏門から覗いて知っていたからだ。漱石はこの梅林を見たかった。季節柄白梅より先に咲く紅梅を間近に見たかったと思われる。

ちなみに掲句を作る前に作っていた俳句に「村長の上座につくや床の梅」「裏門や酢蔵に近き梅赤し」もあった。

この寄合は村長が呼びかけた会合であり、この村長は酢の醸造店の主人で広い敷地に住んでいる長者。酢蔵があり、周りには紅梅の梅林があった。この屋敷の母屋には長い縁側があり、ここに近所の人が腰掛ける。村長だけが座敷に座る。これがこの村の会合のしきたりなのだ。この会合に漱石は一つ紋の羽織を着て参加したのだ。

句意は「一つ紋の羽織を着て村の寄合に出た。しかし気楽な会はこの羽織によって少し堅苦しいものになってしまい、気まずい思いをした。だが庭の紅梅で癒やされた」というもの。五つ紋の羽織や三つ紋の羽織は間違いなく礼服であるが、一つ紋の羽織は寄合にはちょうどいい着物であると高校の教授である漱石は考えた。しかし、この考えはあまり歓迎されなかった。

この句の面白さは、村長は縁側で気楽な寄合を開催したが、漱石が紋付羽織を着て出席したので、やはり座が白けたとわかることだ。このことを妻に笑われたに違いない。掲句の「一つ紋の羽織は」の後ろには「堅苦し」があって省かれている。その堅苦しさを癒やしたのは梅の花であった。

・一つ家のひそかに雪に埋れけり

（ひとつやの　ひそかにゆきに　うもれけり）

（明治29年1月28日）句稿10

雪に埋もれた林の中に、隣とは遠く離れた一軒の家があり、降り続く雪に埋もれている。ここに住んでいる人は外との関係を絶って生きている。この家の中には良寛さんがいる。降る雪の音以外には何も聞こえない。静かな光景が広がっているが、冷えこんで孤立しているのではないようだ。

この句の家は良寛の一軒家と漱石の家を重ねている。そしてこの句では「ひそかに」がポイントである。孤立している、孤独な存在であるという意味ではない。孤独だが「これでいいのです」と幾分望んでこうなったという意味も込められている。積極的な孤立である。強い意志のようなものが感じられる。

半藤本では、「これなんか、まさしく一つぽつんと離れて建っている家。シンシンとふる雪の中の一軒家、ただ寂しい感じで詠まれている。」とこの句を鑑賞している。だが漱石は孤独を感じ、一人であることは認めるが、寂しさに埋もれているのではないと思う。「ひそかに」にはある計画性が込められている。雪に閉じ込められていても、寒さに打ち震えている感じはしない。自分の姿を雪の荒野で生活している良寛に重ねている。

この俳句は良寛に対する思慕の句なのであろう。山深いところにある粗末な家に住むことで、自分を崩さないように枠をはめ、世間から距離を置くことで世間がよく見えるようにしたのだろう。漱石の家も作家活動で得たお金の使い道を変えれば、森鴎外のような豪奢な家に住むこともできたであろうが、漱石はしなかった。

漱石は中国の古い時代の詩人たちの生き方や良寛の生き方が頭から離れなかったからだ。そして漱石自身の生い立ちが関係していたとみる。漱石は江戸の大きな名主の家に生まれた。名主は現代でいえば地域の行政の長であり、もめごとの仲裁をする官吏の役目を持った高級官僚的な立場であったが、見事に没落した。漱石は親や年上の兄弟たちの生き方や没落していった過程を見ていたからだ。漱石はこれを他山の石としたとみる。

ここまで書いてきて、漱石の遊び心がこの句にも仕込まれている気がする。男女の雪のような情念の世界が誰にも邪魔されずに、人のことを気にせずに存在していることを思わせる。幸せな時間が確保されている状態を俳句にしているとみる。その理由は単に「隣とは遠く離れた一軒の家」のことを、また自立した自分本位のことを表すならば、「一つ家に」ではなく「一つ家は」にするであろうと考えるからだ。この句は雪に埋もれた家の中のことに焦点を当てている。

・一つ家を中に夜すがら五月雨る丶

（ひとつやを　なかによすがら　さみだるる）

（明治41年推定）

句意は「ピチピチャ、トントンと音を立てて五月雨が夜通し降り続いている。その雨に山里の一軒家が閉じ込められている。家の中の人たちはじっと雨の音を聞いている」というもの。梅雨の長雨は農家にとっては稲作に必要な水を天が供給してくれるもので、ありがたく感じている。明治時代にはほとんどの国民は農耕に従事していた。そんな農家が雨の季節が終わるのをじっと家の中で待っている。

日本人の民族としての忍耐力はこの自然がもたらしたものである。だが時にこの日本人の特徴が裏目に出ることもある。何事にも耐えるのが当たり前という性分が身についてしまっている。

この句は一つ家が雨に閉じ込められるものであるが、雪に閉じ込められる地域の光景を描いた句もある。「一つ家にひそかに雪に埋もれけり」（明治29年）である。この雪に閉じ込められる地域では五月雨にも閉じ込められることになる。だがこの地域では勉学し、思考する時間を長くとれる。したがってこの地域では思考する人間が多く生まれる気がする。

この句の面白さは、雨の中に人の姿は見えないことだ。その雨は家を白く浮かび上がらせている。さながら山水画を見ているようだ。

掲句の直前に全集の編集者が置いた漱石句は五月雨の季節の前の景色を描いた「春色や暮れなんとして水深み」、そして直後に置いていた句は「垣老て虞美人草のあらはなる」である。

• 人に逢はず雨ふる山の花盛

（ひとにあわず　あめふるやまの　はなざかり）
（明治30年4月18日）句稿24

漱石は勤め先の同僚で友人の菅虎雄の病気見舞いに行くと言って、菅の実家のある久留米に行き、菅の妹順の嫁ぎ先の一富家で一泊した。（この宿泊のことは順の言葉を記録した資料によって明らかになっている。）漱石が虎雄の妹の家に泊まったのは、虎雄はすでに病から回復して久留米にいなかったからだ。その妹は漱石が松山から熊本に転勤し、虎雄の家でしばらく同居した際に、そこにいた妹と顔見知りになっていたからであった。この妹には兄から漱石の事情は知らされていたと思われる。

漱石は久留米に来た翌日、宿泊した家から近くにある桜の名所に足を運んだ。目の前にある古代の山城跡のある山を見上げると、山の中腹に桜が植えられている谷沿いの発心城は、花盛りになっていた。漱石が立っていた発心公園の桜も満開になっていた。

句意は「久留米市内の桜の名所には、時折雨が降る天気で会う予定の人には会えなかった」というもの。人が全くいなかったということではない。逢おうとした人に逢えなかったということであった。しかし、本当に来る予定の人は来なかったのか。来ないとわかっていたなら、妻に嘘を言って家を出ることは考えられらないからだ。

ちなみに見知らぬ人とすれ違うことは、「会う」と書き表すが、「逢う」と書くと「大切な人に会う、運命的に出会う」の意で用い、愛おしい気持ちを込めて表すのが普通である。漱石がこの判断で言葉を選んで俳句を作ったと思われるので、漱石の交友関係からして楠緒子に会う予定があったということになる。しかし、会えなかったという。そうであろうか。

漱石は一人旅で久留米まで来て、名所回りをして俳句10句を作っていた。楽しい旅だったように思える。そして久留米の桜の名所に誰もいなかったとは考えにくい。

漱石は松山にいたときに楠緒子から親展の手紙を受け取っていたこと知っていた子規に、その後のことを知らせようと、いつもの送付する句稿に掲句を入れておいたと思われる。しかし、俳句に楠緒子との再会を記録することはできないので、暗号俳句として子規に見せた。久留米市内の公園で会う予定の人に会ったことを「人に逢はず」と暗号のような俳句の中に組み込んだと考える。

東京で失恋し、親友に譲った形になった恋人の大塚楠緒子・ショックが癒えたとして鏡子と結婚したが、歌誌に掲載された楠緒子の短歌によって、漱石の楠緒子に対する気持ちが元に戻ってしまった。時折雨が降る桜の公園を二人は散策したのである。

• 人に言へぬ願の糸の乱れかな

（ひとにいえぬ　ねがいのいとの　みだれかな）
（明治29年10月）句稿19

前置きに「忍恋（しのぶこい）」とある。句稿19には15句が記載されていたが、全てが恋の句である。なになにの恋と前置きして俳句を作っている。つまり今までの漱石の恋の経験と認識・知識を総動員して作っているものである。

かつて七夕には大人の習慣があった。子供とは違うやり方で織姫星、彦星に願をかけるのであるが、中身は恋の成就のお願いなのだ。竹の竿の先端に5色の糸を括り付けておくが、この時糸を乱れさせておく。このことで自分の恋の乱れを直してほしいと願をかけたことになる。この糸には言葉は付けないのがルール。いや糸であるから付けられない。願いの中身を人に見られたくないから都合がいい。この恋は人には言えない、まさに忍ぶ恋なのである。

漱石と楠緒子の恋は終わったかのように思えたが、東京から松山を経た熊本の地において忍ぶ形で生き残っていた。

昔から恋の糸は絡み、乱れるものと相場が決まっていた。恋とはそういうものであった。恋という字の旧字は戀。この文字を解きほぐすと「愛(糸)し愛(糸)しと言う心」と文字の意味が解明される。恋が成就すると、二人はきちんと赤い糸で結ばれていたなどという。つまり恋には糸が重要な役目をする。その赤い糸が乱れていることを漱石は七夕の俳句にしたのだ。竿の先端に付けた5色の糸の中には、無論のことだが赤い糸が含まれている。

ちなみに平成の時代には、恋愛の歌として中島みゆきの作詞作曲による「糸」が大ヒットした。糸が乱れることなく縦と横の糸になれば布が織られることになり、恋は成就したことになる。その後布は人を守り、人を癒やすという。そして「縦と横の糸が出会うことが幸せの始まりなのだ」と歌い上げる。

● 人に死し鶴に生れて冴返る

（ひとにしし　つるにうまれて　さえかえる）

（明治30年2月）句稿23

漱石の人生観の一端が表れている。人として生まれ、死んだ後は鶴に生まれて、人として過ごした時の垢を落とす。鶴に生まれることは残念でもなく、爽やかなことである。鶴となって空を飛び、人の世を上から眺めることになる。この発想は興味深く、頭がすっきりと冴え返る気がする。春のすっきりとした気分になる。鶴の甲高い声もこの発想に関係している。

鶴の生涯は、最初の番いのまま終えるという。最初のパートナーを換えることはないのだ。温かい家族を経験してこなかった漱石は、この鶴の生態に対して関心が高く、鶴の生態、生き方は漱石の憧れの対象なのかもしれない。漱石は新婚生活を始めたばかりの時期にこの句を作っていることを考えると、読み方が自然と深くなる。人は生きている時には鶴のようにはいかないから、死してのち鶴を目指すのか。

根釧台地に生まれた丹頂鶴は厳冬の繁殖期にまた根釧台地に集まるが、分かれて異郷で生活していたかつての番いの鶴二羽は、大きな群の中でもすぐに相手を見つけて再会を祝うように体をぶつけ合う。言葉での表現の代わりに繰返す体の激しい当たりで喜びを表現する。漱石は鶴のこの生き様を知っていたのだろう。

この句に季語があり、冴え返る（春）によって春だという。そして大高翔氏は「澄んだ冬の冷気の中で見る鶴には気品が漂う。汚れを感じさせないほど白く華奢な体で、厳しい寒さに黙って耐えているかのような鶴の姿に、逆境の中にあっても泣き言ひとつ言わない『真の強さ』を漱石さんは感じたのだろうか。（中略）オレはこういう存在に生まれ変わるのだという覚悟まで伝わるようだ。」と言う。これに付け加えるのは、漱石は気品や真の強さをもって光り輝く鶴に生まれ変わりたいという願望を持っただけではない。この句では、番いとしての鶴の生き方に対して漱石は深く感じ入ったということだ。若い時の漱石は恋愛に悩み苦しんだ幾つかの経験があるが、いざ見合いによって結婚を決めた後の身の処し方についても、考えることがあったのだ。

ちなみに仲のいい番いを長く維持することで有名になったオシドリは、実際は見掛け倒しで、結婚と離婚を繰り返す鳥であり、鶴とは反対の存在である。仲良しの期間は短い。これは人間界にもありそうだ。しかしどちらが良いというものではないようだ。漱石は普通の人として生きたいし、死んでからは鶴として生きればよいと考えているような気がする。

三者談

死んだ人の人格から生まれた句で、死んだら鶴として生まれたということだ。高潔なものへの憧れを描いている。しかし、漱石が高潔な人というのではなく、人間一般の話なのだともいえる。実際にはギャップがあるから「冴え返る」につながる。季節の冴え返りを経験して鶴のことを発想したのだろう。弟子としては「吾輩は鶴である」と言ってもらいたい。

● 人の上春を写すや絵そら言

（ひとのうえ　はるをうつすや　えそらごと）

（明治37年1月3日）橋口貢宛の絵葉書

この葉書にあった水彩画には、松の盆栽と水仙の花が描かれ、背景には屏風が描かれているという。この絵は想像の絵であるとわかる。つまり漱石には盆栽の趣味がなかったからである。またその時間もなかった。この絵の説明として掲句を添えているのだ。つまり「絵そら言」であり架空の静物画なのだと白状している。こういう絵が面白いのだと言いながら。

絵空事とは、「絵には美化や誇張が加わって、実際とは違っていることがあり、大げさで現実にはあり得ないこと。うその表現」とある。だが「絵空事に過ぎない」という絵は、時に時代をうまく表し、人の心を的確に表す。

橋口貢とは誰なのか。彼は漱石の五高と帝大での教え子であり、絵が上手かった。彼は漱石が小説を書き出したのを知って、絵を学んでいる弟の五葉（東京美術学校の西洋画専攻）を小説の挿絵画家として紹介した。漱石は五葉と自作の絵葉書を交換することで、五葉の技量を確認した。西洋本の装丁を二人で研究した。その後「吾輩は猫である」の挿絵や装幀を任せるようになった。「僕の文もうまいが、橋口君の画の方がうまいようだ」という言葉は有名になった。

漱石と橋口貢の濃密な交流はこの年から始まっていて、漱石はこの年に、記録にあるだけでも自筆の水彩絵葉書を数えてみたらなんと17通を彼に送っていた。絵の技量は、この二人ならばつり合うとみていたのかも知れない。

ところで橋口貢に掲句を付けた絵葉書を送ったのは、これから漱石のために挿絵を描いてくれる五葉に対して、写実的な挿絵は求めていない、ということを暗に弟の五葉に伝えてほしいということか。個性を持つべき画家に指示はしたくなかったのだ。智慧を感じさせ、直接的でない「絵空事」絵での表現が俳句同様にいいのだと理解してほしかった。

ちなみに漱石は同じ日に河東碧梧桐宛にも自筆絵葉書を送っていた。そして「ともし寒く梅花書屋（しょおく）と題しけり」の句を添えていた。この絵葉書にある絵は何かを描いているが、ぼんやりとしてわからない。「乏（とも）し寒く」見えている庭は薄暗かったのだ。梅の花はまだ咲いていない。東洋城が受け取った絵葉書の絵も「絵そら言」の絵だった。

・ひとむらの芒動いて立つ秋か

（ひとむらの　すすきうごいて　たつあきか）

（大正3年）自画賛

単行本「心」に用いた芒の絵に掲句を書き、鈴木三重吉に与えた。掲句は明治30年10月にひとり旅に出た時の光景を描いた俳句であると思われる。妻は東京に流産後でもあり長期に療養していて、漱石だけが9月に熊本に戻っていた。漱石は明治30年の年末から翌年の正月を高等学校の同僚の山川と近場の温泉に行くことを決めて、その下見に出かけた。掲句はその時のものであろう。熊本市内の西北にある有明海側の小天温泉に出かけた。ここは谷間にひらけた小さな温泉地であった。

句意は「立秋の頃には茂ってひとかたまりになった芒が風に押されて動き出す。この様を見ると、秋が近づいているとわかる」というもの。暑い夏もそろそろ終わりになり、風が吹き出す様を芒の揺ぎで感じる。風の動きがよくわかるのは、吹き流しであるが、ひとむらの芒の方が大きなうねりになってよくわかると、漱石は観察している。

立秋になると自然界は色の変化だけでなく動きが出てくるということである。芒がざわざわと動き出し、静かに寝ていた秋も立ち上がるようになると笑う。そして秋の漢字にもそれが表れている。田畑に煙の波が現れる。稲わらに火を付けて燃やすと煙が上空に立ち上る季節なのだ。掲句は稲の収穫後の田んぼの畦を歩いた様を表しているのかも知れない。

この句の面白さは、「ひとむらの芒」は山間の一つの村落の芒という意味も込められていることだ。旅館が何軒かあるだけの村なのだ。つまり「一群」は「一村」に掛けられている。もう一つの面白さは、吹き出した風で芒は横になびいているが、このことによって立秋になっているとわかることだ。横と縦の言葉遊びが込められていて、可笑しい。

ちなみに立秋を過ぎて本格的な秋が近づいてくると、寒さを感じさせる風が少しずつ強く吹くようになる。この様を俳句にしたものは「一叢（ひとむら）の薄に風の強き哉」（明治43年）である。立つ秋が吹き飛ばされて消えている。

・一叢の薄に風の強き哉

（ひとむらの　すすきにかぜの　つよきかな）

（明治43年10月25日）日記

緑色に枯れ色が加わっている草原に薄の群れがあり、山から吹き下ろす寒風は、この倒れそうもない薄に吹きかかる。薄はこの強風を受け流すだけである。草原を見渡すと薄の群れにだけ強風が吹きかかっているように見える。優しくやり過ごしているから薄らしく見える。

この句の面白さは、寒風にとっては難敵の薄に集中的に吹きかかっているが、薄は体を揺らしながら強風を相手にしていないように見えることだ。芒は強風が吹くことを待ち望んでいる、いや喜んでいるように見える。子孫繁栄に繋がる種を遠くまで移動できるようになるからだ。そして草原の中で残るのは自分だと自信を深めている。さて、漱石俳句はどうであろうか。漱石小説はどうであろうか。批判や攻撃に晒されながらも漱石人気を保っている。

漱石はこの明治43年秋に臨死体験までして体力を消耗させたが、また小説を書こうとしている。まずは虚弱な体を薄のような柔軟かつ強靭な体に戻さねばならない。長与胃腸病院の病室のガラス窓から見える庭の薄のように、吹き付ける風を受け流せるようになることを考えている。小説連載作家の現場に戻ると途端に強い風が吹き出すからだ。

漱石が1916年に没してから百周年は2017年であった。2024年になれば百七周年ということになり、漱石は自身の言葉として「同時代の作家の中で百年後に残るのは自分一人だ」と明言していたが、日本の現状をみるとこのことは今も正しいと証明し続けていることになる。

・独居の帰ればむっと鳴く蚊哉

（ひとりいの　かえればむっと　なくかかな）

（明治29年7月8日）子規宛の手紙、句稿15

一人で松山の借家に住んでいたころ、仕事を終えて帰ると、出迎えてくれたのは何匹もの蚊であった。閉め切った部屋の中は夏のことでもあり、畳の匂いと食品の匂いとやらが部屋に充満していた。これに蚊の出す音も加わって漱石に襲い掛かった。この熱気と匂いと音からなる集団の出迎えを受けて漱石先生は「むっと」となった。もしかしたら、動き回る蚊のエネルギーが熱気を増しているように感じたのかもしれない。

句意は「夏の日に閉め切った家に帰ると、部屋の中は諸々の匂いと熱気でムッとしていた。それに蚊の「鳴く」羽音が加わって不快さは強烈であった」というもの。

この句の面白いところは、「むっと鳴く蚊」の箇所である。通常、ものが異様な匂いを発している状態にある時に「むっとする」と表現するが、漱石は蚊が熱気の中でたむろするさまを「むっと鳴く」と表していてユニークである。また蚊が一匹の時は鋭く「キーン、キューン」と羽音を出すが、相当な数になると音が重複して「むっという羽音」になると感じられたのかもしれない。疲れ切って帰宅した漱石の感覚器官は敏感になっていたと思われる。

漱石は明治29年6月頭に転がり込んでいた同僚の菅の家から借家に移り、この家で9日に結婚式を挙げてからは妻と二人で住み始めた。この句は結婚して1ヶ月後の夏に1年前の夏を思い出して作ったもの。松山の夏はひどかったと回想した。漱石は結婚後このような佗しい経験はしなくなったと子規にのろけているのだ。帰宅時に蚊の出迎えが妻の出迎えに変わったことで新婚生活を実感したのだ。

三者談

「むっと」は熱気の感覚であり蚊の音であるが、これを「帰れば」で切る場合と「むつと」とで切る異なる読み方で味わえる。独り居ということで、暗い部屋という連想が成り立つ。「むっとして帰れば門に青柳の」という端唄の文句が思い浮かぶので、掲句は経験した句ではなく想像の句の可能性もある。

● 独居や思ふ事なき三ケ日

（ひとりいや　おもうことなき　さんがにち）

（明治42年10月）井本靖憲宛の書簡

漱石は井本靖憲にソウルで顔を合わせていて、ソウルの街歩きの際、世話を受けていた。漱石はそのあとソウルから釜山まで汽車で行き、そこから下関行きの船に乗る予定であった。漱石は10月13日に一人で京釜鉄道を使ってソウルから釜山に移動した。すると漱石は釜山駅で井本の出迎えを受けた。井本は先回りして漱石を釜山で出迎えたのだ。

日記では釜山では井本の世話を受けずに街歩きをすることなく「すぐに船に乗る」ことになった。そして無事に下関に10月14日に上陸することができた。井本は釜山で漱石と一緒にいたわずかな時間に漱石に別れの挨拶をしながら、漱石に無理な頼みをした。それは何か。

その井本に漱石は帰国後お礼の手紙を出した。明治42年10月19日付けの手紙には、その井本の無理な頼み事のことが記されていた。漱石全集の書簡集「日記・断片 下」によると、「釜山であなたから短冊を頼まれていたので、帰国してから仕事で忙しい状況下であったが、短時間で別の紙に依頼の俳句を書いた。同封のものを受け取ってほしい。天長節の句も作ってほしいと言われたが今はできないでいるので悪しからず」という旨の文面になっていた。したがってこの手紙に同封した俳句が、依頼されて作ったもので、それが掲句ということだ。

漱石は井本に何か弱みを握られていたのか。ソウルで案内した場所が特別なところであったのか。漱石は断りきれずに、後日井本の頼み事を半分だけ果たして終わりにした。

ところで、帰国して17日に東京駅に降り立った時には、妻は出迎えの一団にはいなかった。義弟と子供たちや弟子たちだけであった。この日から井本に手紙を出した日までちょうど三日間。妻が不在の日が三日間あったという。

帰国後、井本の頼みごとのことが頭に引っかかっていた。特に親しくもなかった男が面倒なことをよくも図々しくも頼むものだ、と落ち着かなくため息をついていた。

掲句の意味であるが「東京に着いて妻は不在で三日間一人でいたが、この間気持ちよくすっきりと過ごせた。妻がいなかったおかげで、あなたからの依頼事はさっさと完了させられた」というもの。帰国してからは君の無礼な頼みごとが気になって嫌な気分で過ごした、ということを掲句でしっかり相手に伝えていた。

井本の頼みごとは短冊にきちんと書いたものを2句欲しいというものであった。そしてそのうちの一句は天長節の俳句というものであった。漱石は嫌々ながら便箋に一句だけを書いて送った。これでイライラの元がなくなってスッキリしたということだ。

出した手紙の本文は、「拝啓釜山にてご所望の」で始まる58文字の短いものであった。あたかも借金取りに出す手紙のようであった。

三者談

大正元年やら明治44年の作とか言っている。正月の二日か三日に弟子が大勢集まって先生も愉快に過ごしている中で、漱石は静かで自由な境地を求めていた。奥さんは出かけていて、娘たちは裏庭で遊んでいる。漱石は笑いながらも一人で机の前にポツンと座っている。「思うことなき」は無念、無想で、煩わされていない気分。

● 独り顔を団扇でかくす不審なり

（ひとりかおを　うちわでかくす　ふしんなり）

（明治29年10月）句稿19

漱石は「初恋」という前置きを設けて恋の句を作り出した。掲句を書いた句稿19では連続して15句もの恋のシリーズ句を一気に作り上げる芸当を師匠の子規に示した。テーマを設定して一気に膨大な数の俳句を作り上げる手法は、江戸時代の井原西鶴の句作法を真似ている気がする。漱石がこの「初恋」句作に挑戦したのは、熊本で結婚式を挙げた6月からわずか3ヶ月後のことである。この結婚に何か落胆するものがあったのかもしれない。

直接的な解釈をした場合の句意は、「人前で一人だけ自分の顔を団扇で隠す女性がいるが、これはおかしいことだ、何かある」というもの。顔を隠している団扇を見せられている方は、この団扇の後ろの顔の表情を想像することになり、そうした行為の訳まで考えてしまうことになるからだ。団扇を使って顔を隠したことにならないと漱石は呟く。だがこのような不審な行為は、恋する女心の遠回しの表現になっていると理解を示す。見つめてほしいという恋心の裏返しだからだ。

掲句は平兼盛の歌（拾遺集）「しのぶれど色に出でにけりわが恋は ものや思ふと人の問ふまで」のパロディ句である。恋歌の代表的な短歌を俳句に詠み変えた。漱石流のユーモア心が隠すことなく表れている。

昔から乙女子は恋する人の前にゆくと顔が桃色に変わる。恋心が顔に出ることが恥ずかしい人は、団扇で顔を隠すことで、顔色を間接的に表す。漱石はニコニコ顔で、隠すことで恋心を表すとは、ふざけていると不審に思うのだ。掲句は恋をしていてそれが顔色に出ない人は、団扇方式を採用するのが適当であると勧めていることとなる。

• ひとりきくや夏鶯の乱鳴

（ひとりきくや　なつうぐいすの　みだれなき）

（明治36年6月17日）井上微笑宛の書簡

帝大での授業を終えて鬱蒼とした林になっていた三四郎池の辺りを歩いていると、夏になって鳴き声に自信をつけてきたのか鶯がしきりに鳴いている。煩いくらいに鳴いている。池の周りを歩いている人の姿はない。漱石一人のために懸命に鳴いているようだ。しばらくは鶯に付き合って聞くしかないと思った。

鶯はやはり春の初めに声を聞くのがいいようだ。鶯は慎重に声の出し方を確かめるように鳴き出した時の声がいい。少し緊張して鳴く時の声は染み透るようで素晴らしい。夏鶯の乱鳴き状態は風情がないという。人も鶯も「初心忘るべからず」であると漱石はふざける。

この句は別の読み方ができる。漱石は英国での2年間の留学が終わって約半年前に帰国した。派遣元の熊本五高に戻るべきところを、健康を害したことを理由に東京に出ることに成功した。東京にいる帝大の同窓生たちの尽力によるものであった。一高と帝大で英語の授業を持ったが、生徒たちの評判は良くなかった。優しく教える前任の教授の方が良かったとか、難しくてわからないとか散々であった。これらの声は、まさに「夏鶯の乱鳴」として漱石には聞こえたのだ。

句意は「漱石の英語の授業では、生徒たちは口々に、うるさい夏鶯のように漱石の悪口を言ったが、漱石はただひたすら聞き流すことにした」というもの。悪評を聞かないことにした。しかし、胃腸はひどくなり、気分は落ち込んで行った。

このような時に別の夏鶯が飛んで来た。熊本の白扇会の俳誌を送ってきて、漱石に俳句の寄稿を依頼してきた。その手紙には白扇会の句稿用紙を同封していた。漱石は熊本時代の句友の強引さに押し切られた形になった。ところでこの人は、井上微笑（本名は藤太郎）で、熊本県南部の人吉市の役人で漱石の熊本時代の俳句仲間であった。漱石は俳誌を送ってもらったお礼に送られた句稿用紙にいくつかの俳句を書いて送り返した。

• ひとり咲いて朝日に匂ふ葵哉

（ひとりさいて　あさひににおう　あおいかな）

（明治33年7月）手帳

手塚光貴宛（編集者の注記による）

漱石全集（大10）では、掲句に「手塚光貴宛」と注記しているが、これは全集の編集者が掲句の対象学生の名を探し出したことを示している。漱石は明治32年卒業の一人の学生のために例外的に俳句を作り、「卒業を祝して」と前置きして手帳に記載していた。しかもあの楠緒子のことは何でも話していた思われる子規には、この俳句を子規に送る句稿に書き入れていなかった。漱石全集の編集者と同様に漱石の弟子の枕流もこの俳句が非常に気になった。

熊本第五高等学校の学生であった手塚光貴君は、卒業年の前年の明治31年の第8回開校記念式で大学予科3年の総代として挨拶していた。当時の五高の学科の構成は、専門学科（4年制）と大学予科（3年制、帝国大学へ進学コース）であり、優秀だった手塚君は予科に在籍した。彼は通常通りに16歳で入学したとすると卒業時は19歳であった。

漱石の前で咲き出したのは、それより前の17歳か18歳の時だったのかもしれない。熊本大学の資料によると彼は明治32年度の卒業生であった。つまり漱石は明治33年7月の卒業期に目をかけていた落合君の卒業送別句を作った時に、手塚君をついでに思い出して掲句を作っていたことになる。それほどに手塚君は印象深かったのだ。

彼は五高の交友誌である「龍南会」に「商厳石記」（明治31年6月）なる漢文の文章を投稿していた。優れた漢文が書ける優秀な学生に漱石は目をかけていたようだ。手塚君は五高を卒業すると東京に出て帝大の漢文科に入学した。漢詩が得意な漱石とは気心が合ったのだろう。そして手塚君は掲句に示されるような「咲いて匂う」存在になったと考えられる。

ちなみに漱石手帳にのみ登場した学生には、掲句の手塚君の他にもう一人いた。掲句の前に置かれた「登第の君に涼しき別れかな」の句を漱石に書き残させた落合君である。彼も前年に作られた暗号俳句（「部屋住の棒使ひ居る月夜かな」明治32年秋）を解読することによって漱石との男色関係が認められた。

漱石先生が1年前に卒業していた手塚光貴のことを思い出して「卒業を祝して」と前置きした掲句を作ったのには驚かされる。

句意は「葵のような君一人が私の目の前ににこやかに立っていて、朝日を受けて花開き、匂っている」というもの。極めて艶かしい内容になっている。漱石の前に手塚光貴君が立って輝いている図である。同性愛の関係、男色の関係が「匂ふ葵」の語から柔らかく立ち上るようだ。

掲句をさらに深く解釈してみる。葵は通常は立葵（たちあおい）を指す。このアオイ科の大輪の花はまっすぐに茎を立てて蕾をその左右につけて下から順に咲き出す。人の背丈ほどまで成長するのが特徴で、その花びらは薄くて柔らかで、リング状に開いた花には女性的なフリルが入っている。この花は初夏から真夏にかけて咲き出すから、当時の7月初旬に行われた卒業式の時期にもこの葵は咲いていた。ただし五高の敷地内に咲いていたという記述はネット情報では見ることはできなかった。

この花の花言葉は7つあるとされ、その一つは「気高く威厳に満ちた美」で男が男に対して評する花言葉であるようだ。漱石は手塚光貴の成長を優しい眼差しで見守っていたに違いない。

もう一つの花言葉は「恋の花」であった。葵は恋愛の和歌の中で頻繁に使われた。この花は太陽の花であり、この葵の語はすっくと背筋を伸ばして立つ魅力的な男性を描くのに使われた。

掲句を読んで頭をよぎったのはアオイ科の花の一種であるトロロアオイである。手漉き和紙の粘着剤として用いていることを思い出した。街中に普通に咲いている立葵からの根からも同様の粘性物質は取れるという。この花は魔性のケシの花と雰囲気は極めて類似している。漱石はこのトロロアオイのことを念頭に、掲句に性的な匂いとも感じられる「匂ふ葵」の言葉を入れ込んだと考えられる。

江戸時代と明治時代には男色の若衆文化が普通に街中にあった。明治時代の松山にも若衆がいたことを示す漱石の俳句がある。江戸時代には街中で「練りの液」を紙に練りこんだ細片を印籠に入れて持ち歩いていたという。口の中でこの練りの紙を噛み砕いて、滑りのある液を手につけたと物の本に記述されていた。

ここで掲句について、気づいた点を記載しておく。最初の漱石全集編集者はこの句の取り扱いで長年悩んでいた節が見受けられる。大正7年（漱石の死後2年後）に刊行された全集では掲句が削除されていたからだ。その後の全集では、「手塚光貴宛」と特別に記入して掲句を取り上げていた。このことから初期全集においてはある種の忖度が働いたように思われて仕方ない。特に最初の全集は漱石の弟子たちが編集者になって作り上げたものであったからだ。

もう一つ気になることもついでに記述しておく。熊本で最後に作られたた漱石の俳句「ふき通す涼しき風や腹の中」は、掲句と同じ日に作られたもので、「無心常覚涼静坐自生風、原紫川のために」と前置きされた句である。この前置きの中の「原紫川のために」が編集部によって意図的に追加されなければ、漱石自身に向けた俳句ということになり、「ふき通す涼しき風や腹の中」の句は英国に着いたならば今までの生き方を変えて厳しい生活環境下で腹を据えて生きるしかないという覚悟を示した俳句になる。禅僧のように女色を断ち、また今までのような男色も断つと言う決意が示されていると解釈できる俳句になるのである。

最後になるが、手塚光貴のことと思われる生徒のことが漱石の31、2年ごろの手帳に書かれていた。この頃から漱石の頭の片隅に、手塚君が記憶されていたと思われる。一部屋に四人が入っていた学生寮で、夜に学生の男が手塚君を襲うという事件が起き、当時生徒指導をしていた漱石はこの事件の顚末を記録していた。「10日の夜、八田酒を被り（浴びるほどに飲んで、の意）手塚の室に入り罵詈す（大声を出して訴えた、の意）。腕力なくして別る。15日　記念日（2月15日の自炊記念日のこと）の夜、11時ごろ八田寝室に入り、手塚と同衾せんと云う。手塚は八田を拉して（押さえつけて、の意）室外に去らんとす。戸口にて相川、忽ち手塚を撲つ（燈を消して）。諸人来る後三人去る。（後略）」この記述は17日に別の四人が漱石の元に来て学生寮内で起きた事件を報告した内容であった。手塚君は寮内の同性から注目されていたとわかる。

• 一人住んで聞けば雁なき渡る

（ひとりすんで　きけばかり　なきわたる）

（明治38年12月26日）内田貢宛の書簡

明治38年1月に漱石の小説「吾輩は猫である」が句誌「ホトトギス」に掲載された。瞬く間に全国にこの主人公の猫は知れ渡った。漱石はこの小説のファンの一人、内田氏から猫の絵葉書を二度も貰い、一昨日は猫の暦を送ってもらったと謝意を表した。これに対する礼状の葉書に、「猫の為めに名を博した主人は幸福な男に可有之候」と書き、掲句を書き添えた。

句意は「全国に知られるようになった猫であるが、一人寂しそうに空をゆく雁の声を聞いている」というもの。人間界で小説の中の猫がいくら有名になっても冬の寂しさはいつもと変わらないと猫は呟いている。漱石は有名な男になったが、自分は前の自分のままで変化がないということだ。

ちなみに全集の注解では、「雁が鳴く音には『吾輩は猫である』によって漱石の名声の広がるさまを託した」と書いてあった。

ところで掲句には、漱石独特の機知が込められている。広島に引っ込んでしまった三重吉を想定して作っていた句を先の内田氏への礼状に転用していたのだ。この句は漱石門下の三重吉が、神経衰弱に陥って3ヶ月もの間故郷の小島に引きこもってしまっていたことを心配しての句だったのだ。渡る雁の鳴く声は三重吉の悲観する内なる声でもあるのだ。漱石はこの間何度も三重吉に手紙を書いていた。

別の句意は「小島に一人住んで空を見上げていると、高い空を飛びゆく雁の声が届き、身に染みる。あの寂しげな声によって自分の寂しさも増すような気がする」という意味である。漱石は三重吉のことを心配して俳句にしている。三重吉に早く賑やかな東京に戻ってくるように促している。神経衰弱に陥っている男が小島にいるのは良くないと諭しているのだ。

この句に流れているのは寂しい気持ちである。「一人住んで」には「気がつけば一人」という気分が表れている。小島にいてはますます孤独になるだけだと三重吉に言い聞かせている。

• 一人出て粟刈る里や夕焼す

（ひとりでて　あわかるさとや　ゆうやけす）

（明治29年11月）句稿20

寒風が吹き出した阿蘇山麓の畑では粟刈りが始まった。農家の働き手は農家の男一人だけのようである。広い畑の中で粟の茎を掴んで鎌で刈り取っている。その里に夕焼けがかかって幾分あったかく感じさせている。だが日が落ちかけて薄暗くなってきた畑の中の男は、日が暮れるまでにできるだけ粟を刈り取ろうと作業のピッチを上げてきているのが遠目にもよくわかる。

漱石は熊本市内から一人出てきて、山里の畑道を歩いている。そして畑の中で鎌を振る男の作業をじっと見ていた。畑と道を赤く染めている景色の中で、一人の男が動いている様には侘しさはない。

明治29年ごろは日本各地で粟の栽培が行われていた。当時の九州の農村では粟が主に食べられていたようだ。粟の穂は稲よりも太く長い。したがって穂の垂れ方は稲よりも目立つ。葉と茎はとうもろこしのようにガッチリしている。この粟の葉も穂も色は実りの褐色になっていて、夕焼け空に溶け込んで見えたことだろう。そして目の前の農家の男の仕事にはたくましさを感じた。

漱石はこの農村風景をどのような思いで眺めていたのか。明治28年の8月には日清戦争後の三国干渉が起こり、10月には朝鮮半島で京城事変が起こっていた。日本は戦争の季節に入っていた。このように世相が落ち着かない中で、農村の光景をじっくり見ている漱石は、6月に結婚式を転勤した熊本市内で挙げたばかりであった。漱石も妻の鏡子も初婚であり、初々しい新婚生活のはずであったが、漱石の心境は落ち着かないものであった。気持ちを落ち着かせるために山里に出てきたと思われる。

＊新聞「日本」（明治30年9月27日）に掲載

・独身や髭を生して夏に籠る

（ひとりみや　ひげをはやして　げにこもる）

（明治29年8月）句稿16

この年の4月に熊本に転勤し、6月に妻を迎えた。小さな借家でささやかな内輪の結婚式を挙げた。夫婦生活が始まったが、すぐに不快な夏に入ってしまった。下宿人たちは長い夏季休暇に入って各自帰省した。漱石先生は蒸し暑い家で一人、修行僧のような生活を送っていた。

「夏に籠る」の意味としては、通常は暑い夏に実施される禅僧の夏安居（げあんご）の行のことで、通称は「夏籠り（げごもり）」と言われるものである。漱石はこの句では、暑い夏に一人で書斎に閉じこもっている生活をこれになぞらえている。

ちなみに禅寺での夏研修がこの時期に行われ、座禅や経の講義が集中的に行われるという。実際には写経が中心のようだ。禅僧はこの期間中は髭を剃らないで過ごすのが慣例だという。

この句の面白さは、漱石もこの僧に倣って髭を剃らないで伸ばすことにしたと宣言していることだ。僧のように一人の生活をすると、見栄を張っている。

もう一つのおかしさは、漱石は特別に髭を生やさなくても、すでに熊本第五高等学校の教授然とした立派な長い髭が生えていたのであり、ふざけているとわかることだ。暑い夏を少しでも過ごしやすくするには、いらいらせずに笑うことだと自分に言い聞かせている漱石がいる。

・独りわびて僧何占ふ秋の暮

（ひとりわびて　そうなにうらなう　あきのくれ）

（明治28年9月23日）句稿1

漱石は大塚楠緒子との恋が失恋に終わり、失意のどん底で放浪し、自分を落ち着かせていた。自分が身を引いたことで大塚楠緒子の結婚話は急速に進み、漱石の親友の小屋保治と結婚することになった。漱石は帝大卒業生の親友たちによる工作が功を奏して、帝大大学院を退学してすぐに中学校の英語教師になることができた。そして二人の披露宴に出席すると楠緒子のいる東京を逃れるように松山に行った。

漱石は失恋した後、どうすべきか悩んでいた初秋の時期に、ある僧に自分の近未来を占ってもらった。するとあんたは西へ西へと行くということを告げられた。これが松山行きの決断を後押しする格好になった。

「独りわびて」は独りどうすべきか悩んでいた時期の状態を指し、侘しさを感じていた気持ちを表している。そして「僧何占う」は占う対象まで占い師にお任せという投げやりな状態をうまく表している。

この句のおかしさは「独りわびて」の「わびて」が何かにお詫びしている意味にも取れることだ。自分の不甲斐なさをもう一人の自分に詫びているように見える。また下五の「暮れ」は「悲嘆に暮れる」の意味を含んでいて、落ち込んでいても漱石の俳句にユーモアを仕込む精神は衰えていない。

・日永哉豆に眠がる神の馬

（ひながかな　まめにねむがる　かみのうま）

（明治29年3月5日）句稿12

ある春の日、神社に舞い降りた神馬は神社の畑で餌として栽培されていた神馬専用の豆を食べた。この特別な豆には食べ過ぎると眠気が襲ってきてふらふらになる特徴があった。この神馬はつい食べ過ぎて危なく眠るところであった。神馬は仕事を終えた神を乗せてまた天に戻らねばならない仕事が待っていたから、眠るわけにはいかなかった。
この句の面白さは、馬に乗った人が馬上で眠くなって船を漕ぐことを意識して、この句では逆に馬の方が眠くなるとしていることだ。

この句は漱石が虚子と遊んで句作していた頃の幻想的神仙体俳句の一つである。この句は明治25年夏に子規と京都の下鴨神社に行って、白馬を見たことからの発想なのであろう。猫にはマタタビという麻薬的な食べ物があるように、馬にもこの種の好物があると考えたのであろう。それは豆だとして掲句を作った。だが漱石の妄想したことが、現実に起きるということが次の事件で明らかになった。漱石の想像力には驚かされる。

その事件は2019年7月に日本で発生した。カカオ豆の製造時の粉末が乾燥飼料として用いる牧草のアルファルファに混ざって輸入され、この混合飼料を食べた馬は集中できなくなり、レースへの出場を止められた。このカカオ豆の粉末混入は、これらの乾燥生産ラインが接近していたことで偶然に、カカオ『豆の粉塵がアルファルファに混入したというものであった。この豆の微量成分が馬にとっては禁止薬物であったのだ。

・雛殿も語らせ給へ宵の雨

（ひなどのも　かたらせたまえ　よいのあめ）

（明治28年）子規の承露盤

雛殿を男雛と解釈すると、掲句はひな祭りの俳句であり、主役は女雛である。それはひな祭りが娘たちの祭りであるからである。そんなひな祭りに漱石先生は異議を挟みたいという。句意は「艶やかな女雛ばかりが祭りでは注目されるが、隣に立つ脇役の雛殿にも何か言わせてほしい」というもので、漱石は口を尖らせる。

ところで「宵の雨」は夜中の雨であり、通常春のひな祭りは陽の高いうちの日中の行事であるから、ここで登場する男雛の行動は夜の時間外のものであると解釈される。

雨の降る夜、ひな壇のある暗い部屋には雛人形だけがいる。人の姿はない。すると雨音だけが響く部屋の中で、男雛が隣に立つ女雛に語りかけるのである。昼間は人の目があるので互いに語ることはなかったが、夜になると会話が始まるのである。宵の雨のようにしっとりとした会話がなされる。漱石は脇役の男雛に行動を促す。

さてどんな話が交わされているのか。男雛は隣に立つ女雛に顔を向けて囁くように、「夜になったから誰も邪魔しないよ」と声をかけるのだ。

・雛に似た夫婦もあらん初桜

（ひなにたた　ふうふもあらん　はつざくら）

（明治28年11月13日）句稿6

句意は「色白の雛人形の顔と古風な雰囲気を持つ夫婦に桜の咲く公園で出会った。桜の咲く季節になって近所の旧家の上品な夫婦が揃って花見に出掛けてきたところに遭遇した」というもの。桜が咲き出したばかりの季節に、前に見ていた旧家の雛人形の記憶が頭に残っていて、見かけた上品な夫婦に雛人形のイメージを重ねた俳句を作ったのだ。この句は11月に作られた漱石の春の想像句である。

この句の面白さは、桜の花見の頃に桃の節句のことを思い出しているという設定である。桜の季節とこれより少しばかり早い桃の節句の話がほぼ重なる同時進行する内容の句である。明治28年の松山では桜の開花日と旧暦のひな祭りはほぼ同時期であった。

もう一つの面白さは、雛を奥まった山里の土地である鄙とかけていることだ。そして実際に明治時代の鄙には古風な人、雛人形に似た顔立ちの人もいたのだ。漱石は自分の顔立ちよりも幾分古風な顔立ちの人たちに興味を持ったのだ。

記録によると漱石は松山に住んでいた明治28年11月2日、3日に、四国山地の中腹にある白猪の滝を見にいく旅に出た。松山の南にある山里にあった子規の遠縁の家で一泊した。この旅は子規の手配によるものであった。宿泊した家は子供の子規が遊びに行ったことのある旧家であった。今は住む人が少なくなっている大きな家で、子規も見たと思われる、昔から伝わる豪華な雛人形を漱石も見せてもらった。漱石はこのとき、そこに住んでいた人たちから強い印象を受けた。気品があって意思の強い子規の妹、正岡律の面影をその家の家族に見たのだろう。

明治時代における松山の旧家では旧暦で桃の節句を祝っていたのであろう。その時期は桜の咲き始める季節に接近して、新暦よりほぼ一月強遅くなる旧暦の4月に桃の節句を祝ったとしてもおかしくはない。もしくは現在でも地方によっては「月遅れ」で行事を実施しているところがあるように、「月遅れ・ひな祭り」を実施していたのかもしれない。したがって漱石は子規の親戚の家で見た雛人形から、掲句を想像で創作したのだ。

・日に映ずほうけし薄枯ながら

（ひにえいず　ほうけしすすき　かれながら）

（明治31年1月6日）句稿28

冬の陽の光を受けて薄の開いた白い穂が輝いている。無造作に広がった白い穂は厳しい寒風の中で生きる力を失ったように見える。しかしその姿は枯れていながらもある覚悟を持って立っているようである。最期の時期、薄は惚けながらも種を散らすという目的を忘れることなく、生き続けている。

薄は綿毛をまとって惚けている姿をさらしていても、これは種を遠くまで飛ばすという目的を持ってのことである。枯れていてもしっかり存在し、枯れた芒はまだ生きていることになる。荒れ野に「惚けたように」生きている薄に漱石は何か教えられているように感じた。

掲句は勤め先の熊本第五高等学校の同僚であった山川が、年末年始を温泉で過ごそうと漱石を誘って出かけた小天温泉での光景である。宿の部屋から見えた陽だまりの光景なのであろう。このとき熊本市内の家では妻と書生二人が留守居をしていた。

妻の鏡子は精神が不安定になるヒステリーに陥っていて、漱石夫婦の生活は混乱し、漱石の精神状態は「惚けたように」なっていたようだ。この年の5月に妻は家の近くを流れる白川に身を投げる自殺未遂を起こした。その後も自殺を試みた。

このような時に、漱石は自分をしっかりと立たせるために掲句を作ったのだ。「おうい、漱石。お前は枯野の芒に負けているぞ」とボロボロになっている自分を奮い立たせる俳句を作ったのだ。枯れ野に惚けたように立つ薄は、潤いのない家の中の漱石の姿なのかもしれない。

三者談

「日に映ず」は新しい感覚であり、粘り強さがある。太陽は真上ではなく低い。目の前で光を受けた芒が光っている景色だ。この句は小天温泉に行った時の写生句で、丘の向こうに海がありその向こうに日が落ちる際のもの。「枯れながら」に風情が出ている。

「立枯れ」の感じだ。枯れた芒と光の接触から何かが生まれる。

・終日や尾の上離れぬ秋の雲

（ひねもすや　おのうえはなれぬ　あきのくも）

（明治32年9月5日）句稿34

「内牧温泉」とある。漱石は第五高等学校の同僚である山川が、東京の一校に転勤になるとわかると、阿蘇への送別旅行を企画した。二人は明治32年8月30日と31日を阿蘇北側にある内牧温泉で過ごした。9月1日には阿蘇の高原に踏み込む予定にしていた。阿蘇神社の社務所の記録では、この両日は晴れで、漱石はのんびりと空の雲を眺めていたようだ。ちなみに「二百十日」に当たる9月1日は荒天であった。

掲句は内牧温泉付近を散策していた時の句である。句意は「阿蘇の山を終日見上げていたが、最も高い中岳の天辺には雲がかかり、その雲はそこを離れなかった」というもの。

この句の面白いところは、この句稿を見る子規に、なぜ雲は山の頂上からに移動しないのか、と考えさせようとしていることだ。そう言えるのは、漱石は目の前の光景をそのまま俳句にすることはしないからだ。

その答は、阿蘇で唯一の活発な火山である中岳の頂から水蒸気が出て、上昇するが、その水蒸気はすぐに上空の冷気で冷やされて雲になる。しかし、その雲は上空の風に散らされてすぐに消える。だが消えた場所にまた同じように次の雲ができて流れてくる、ということだ。

もう一つの面白い点は、山頂を意味する「尾の上」の尾は、山頂付近に少し尾のように長めの雲ができていることをも表していることだ。
更なる面白さは、掲句の読み手に与謝蕪村の俳句「春の海ひねもすのたりのたりかな」を思い出させることだ。漱石はひねもす山の雲を見続けていた情景は、蕪村が穏やかな白い波が繰り返し浜に打ち寄せる様を見ている情景と類似しているからだ。

・日の入や秋風遠く鳴て来る

（ひのいりや　あきかぜとおく　ないてくる）

（明治28年10月推定）句稿2、子規の承露盤

句意は「秋ともなると日中はまだ暖かいが、夕暮れ時には急に涼しい風が吹き出してくる。瀬戸内の島々を経て吹き付ける風は音が伴っていてその分寒く感じる」というもの。

この句は漱石が松山にいた時のもので、松山から見る日没の太陽は瀬戸内海の向こう側にある中国地方の山奥に沈む。日が沈むと同時に沈んだ方向から風が吹き出してくるように感じた。

この句の面白さは、風が強く吹くことを「鳴て来る」としていることだ。漱石が身体に受けている風は瀬戸内海の島々と接触して松山に到達するので海を渡る風には島にぶつかる音がついてくる。漱石が感じる秋の風には、寂しい音が付いているのだ。漱石のこの秋風の観察は8月から愚陀仏庵にいた子規が10月19日に東京に戻るべく松山を離れたことが関係していそうだ。借家に一人いる漱石は幾分寂しさを感じていたのだ。この感情が風の音に敏感になり、風が寂しく鳴いて来ると表すことになったとみる。

＊『海南新聞』（明治28年10月16日）／雑誌『日本人』（明治29年9月5日）／『新俳句』に掲載

三者談

日の入りを見送ってから少し時間が経過して、風が吹き出したとみる。非常に写実的でうまい。山裾の日陰が広くできているところに風が音を出しながら吹き出しているところを想像する。そのうちその風がこちらに届きそうに思う。まだ弱い風で「あれあれて末は海行く野分かな」（猿雖）のような力はない。

・日の入や五重の塔に残る秋

（ひのいりや　ごじゅうのとうに　のこるあき）

（明治29年10月）句稿18

漱石は東京の浅草寺を訪れて、五重塔を見上げている。この塔の周辺には紅葉した木々があり、吹き付ける風に色づいた葉を落とし始めていた。しかし、紅葉した木々は塔の赤い色とまだ競っているように見えた。

秋の夕暮れ時に「五重の塔に残る秋」と漱石が詠うのは、境内が薄暗くなり始めた時、五重塔の周辺だけはまだ明るいと感じたからである。赤い色が十分にあると見えたのだ。10月になると南方の九州の地では色づいた葉が落ち始めていたのだ。しかし、夕日の色が五重塔に当たり、塔を赤く染めていて薄れてきていた周囲の赤色を補強していた。つまり五重塔の周辺にだけは、わずかな秋の紅葉と赤い塔の色、それに夕日の赤さが加わって、まだまだ秋の色が残っているように感じられた。

この句の面白さは、「日の入」は「緋色の入」を想像させることである。夕焼け色が五重塔の色に加わることを示している。掲句の光景は漱石の好きな水彩画のように見える。五重塔の周辺だけが秋色に染まっている絵画になっている。

ちなみに明治25年に京都見物をした際には、五重塔で有名な八坂の法観寺や山科の醍醐寺は訪れていなかった。やはり学生時代までを東京で過ごした間に浅草寺の五重塔を見ていて秋の夕暮れの景色を記憶していたと思われる。

・日は落ちて海の底より暑かな

（ひはおちて　うみのそこより　あつさかな）

（明治33年10月10日）船上日記

この句は、熊本第五高等学校の教授であった時に英国留学を命じられ、洋行するためにロシアの客船の客となっていた時のもの。外洋を走る客船の上から海に落ちる落日の景色を詠んだものだ。漱石を乗せて横浜港を出港したプロイセン号は一月かかってアラビア半島のアデンを経て、その西の紅海に入った。その船上から海の中に真っ赤な太陽が落ちてゆくさまを見ていた。

句意は「太陽が海に落ち込んだのに、海の底から暑さが吹き上がってきた」というもの。外気の気温は下がったが、太陽が海に沈んだことで、今度は海自体が急に熱くなったと笑った。結局、太陽が目の前から消えて涼しくなるはずであったが、やはり暑さは変わりなかったということだ。海水が日中の陽の光で十分に熱せされていたからだと考えると気分が悪くなりそうだ。何も考えないのがいい。

この句は別の解釈も可能である。落日を見た後、客室に戻ったときに作った句だとみる。太陽が沈んで涼しくなりそうだと予想して部屋で過ごそうとしたが、見かけ上、海に沈んだ太陽によって今度は海水温が上昇し、船底に近い漱石の部屋の中は暑苦しくなってきたと感じたのだ。このことを想像するだけで暑く感じたのだ。

この句の面白さは、日が海に落ちたあたりは「紅海」と呼ばれている海で、赤い太陽が海の中に落ちて海全体が真っ赤に染まる海域だと夢想できることだ。このエリアを航海していると考えるだけで汗が吹き出しそうだ。

漱石は船に慣れてきてはいたが、船酔いが続く中で食欲も落ちていた。この日の日記には「始めて熱を感ず。熱名状すべからず」とあり、狭い船室が蒸し風呂状態になって暑さが大分身体に応えたようだ。だが漱石はこの辛さを俳句のユーモアの中に閉じ込めた。日は落ちたのに、今度は海の底から暑さの玉が浮かび上がってきたと笑った。体調が悪い中で、漱石はもう一句作ろうとしていた。できた句は「海やけて日は紅に（以下なし）」であった。

まだ寒いが春が近づいて幾分浮き立つ気分と、京都独特の悠久の歴史を感じさせる雰囲気がマッチして、のんびりと長い三十三間堂を見物して観光地京都の広さを実感させるほのぼの句である。「永し」と「長し」によって味付けのいい京都料理二品として食べた感じになっている。

・日は永し三十三間堂長し

（ひはながし　さんじゅうさんげんどう　ながし）

（明治29年1月28日）句稿10

漱石は対句的な発想の面白みを狙っている。上述したように関連する長いものを複数想像できる句になっている。このことだけでも漱石の企みは成功しているように思える。春だ、お堂は長いでは俳句がつまらない。

まず「長し」と印象を書いた京都の三十三間堂は木造の建物で、長細く約120メートルもある。この中に密集して配置されている仏像を端から観察していくとかなりの時間を要する。そして建物名は字数も多いがそれ以上に音数も多いのが特徴だ。言い終わると口が若干重くなる気がするくらいだ。仏像が安置されてからの年月も長い。観音信仰が盛んだった11世紀から12世紀にかけて造られていた。

ここで春の季語「日は永し」を考えると、これはお堂の影のことにも言及しているように思う。この句は1月28日の句稿にあったもので、冬至からそれほど経過していない時期で太陽の高度は低く日射角度は小さくなり、日足は相当長くなっていた。日永のイメージは日足の長さにつながっている。

大高翔氏は言う。「春の日と三十三間堂をモチーフにした時間と空間の表現の組み合わせによって、読む人に四次元宇宙の無限の広がりを相乗効果で感じさせるのだ。…ゆったりと旅を楽しんでいる感じが実にいい。三十三間堂という場所に広大な空間と悠久の時間を閉じ込めて、独り占めしているのだ。こういうのを本当の贅沢というのだ…きっと至福の時に違いない。」長い感想であった。

これに対してある人が言い放った。三十三間堂などは短いものだ。この建物の前で待つタクシーの列の長さの方がはるかに長いと。これに対し、さらに別の人が言った。この俳句に感激している人に並んでもらったら、もっともっと長くなると。

ところで、この寺の別名は蓮華王院といい、蓮華王とは千手観音を意味する。この観音は33種に姿をかえて衆生を救うとされている。この33をキーワードにして、寺名その他が作り上げられている。

三十三間堂の設計者は漱石のような洒落の利く頭の持ち主であったようだ。仏像の数は3・3万体、本堂の長い壁の柱間数（柱間のことを建築用語では間と表わす）は33個。仏像の高さは3・3メートル。

● 日は永し一人居に静かなる思ひ

（ひはながし　ひとりいに　しずかなるおもひ）

（大正3年）手帳

句意は「寒さがまだまだ身に堪える春の初めに、日向で一人になって静かに思いを巡らせている」というもの。この手帳に書いてあった掲句の少し先の句に「引かゝる護謨風船や柳の木」の句がある。本当なら4年前にとうに死んでいたのに、臨死の末に生き返った。今は柳の木に引っかかった風船みたいなものだと述懐した。漱石の意識は昔のことに及んでゆく。

この頃の漱石は、一定のペースで原稿を書き進める毎日ではなくなっていた。体の様子を体に問い合わせしながら原稿用紙に向かっていた。このような状態でも考える時間が十分にあることは嬉しいことであった。「一人居」には若干孤独な思いが感じられるが、漱石は孤独が嫌いではなかった。

この句の面白さは、「日は永し」の「永し」と「一人居」に表れる漱石の思索する影がイメージとして繋がっていることだ。「日は永し」は日が少しずつ永くなるのを実感する春を示し、病の進行とともに「一人居」の状態でいる時間が長くなり、一人で考える時間を長く持てるようになってきた。これらの時間の感覚は重なる。このような時間の中で漱石は俳句作りを再び楽しむようになってきていた。

ちなみに掲句の続きとして手帳に書かれていた句は、順に次のものである。「世に遠き心ひまある日永哉」「線香のこぼれて白き日永哉」「留守居して目出度思ひ庫裏長閑」「我一人松下に寝たる日永哉」と涅槃の境地に次第に近づいている。

● 姫百合に筒の古びやずんど切

（ひめゆりに　つつのふるびや　ずんどぎり）

（明治40年4月28日）手帳、「断片」より

姫百合が竹の古筒の一輪挿に生けてある。小ぶりのやや黄色の百合であろうか。この一輪挿はずんど切であるから孟宗竹を横にさっと切り落とした簡単な造りの花挿である。謂れのありそうな古竹の花挿は緑色が消えた薄い茶色で、百合の色と合っている。この華やかな百合と無愛想な花挿の組み合わせには、美的センスが感じられる。狭い仕事部屋では匂いの強い鬼百合ではなく、匂いの弱い姫百合がいいと漱石が選定した。

ここで漱石がこの句を作った背景を考えてみる。漱石は小説「虞美人草」を明治40年の前半をかけて書き上げている。娘4人が騒がしく漱石の周りにいた頃だ。たぶん活発な娘たちを見て、彼女たちを姫百合に見立てた。その頃の漱石家の金回りは良くなく、娘たちに古着の着物を着せていた。それでも娘たちは輝いて見えたのだ。入れ物に負けずに輝いていると感じた。いや古着を着ているからこそ娘たちの若さが輝くと見たのだ。つまり、掲句は娘たちの命が輝くさまを句にしたものであろう。娘たちの古着は姫百合を生けた古びたずんど切の竹筒のことなのだ。そして若い娘たちはその中の姫百合のことであった。

ところでこの句の種は漱石が若い時から好きであった円遊の落語にがあると半藤一利氏は言う（「漱石先生 大いに笑う」）。この落語は、京橋の店の使いが長屋にやってきて、早口で長い口上を言うところが面白い。高級品を扱っているという紹介話の中にある「自社は黄檗山錦明竹、ズンドの花活（はないけ）には遠州宗甫の銘がございます。」とあり、ありふれた竹筒でも謂れのある高級品になるという話等をちりばめた口上を使いの者が語る場面を漱石は面白がっていたという。漱石はこの面白口上落語の話しっぷりを参考にして「吾輩は猫である」の中で面白い会話を作り上げているという。その根拠として、掲句の中に「ずんど切」が出てきていることを挙げている。（この「黄檗山錦明竹」の話が出てくる水川隆夫氏の説もある。）

この句の面白さは、まず掲句がメモ書きとして残された「断片」の中にあったということだ。きちんとした俳句として整理しておいたものではないのだ。エッセイとしてまとめた文章中にあったものでもない。これが意味するところは、読者にこの句から「吾輩は猫である」の中の落語のような面白い会話がどこから来たものなのか、後世の読者、研究者に推測をしてもらいたいと願っていたことだ。(この落語的会話の源について、水川隆夫氏、小林信彦氏、他の研究者が諸説を発表している。) メモの中に推理のタネを蒔いておいた節がある。

・姫百合や何を力に岩の角

(ひめゆりや　なにをちからに　いわのかど)

(明治27年) 子規の選句稿「なじみ集」

姫百合は主に西日本に自生する小ぶりの百合で、6月ごろに咲き出す濃い橙色の可憐な6弁花である。この花はスミレよりは背が高く、スミレより厚い花びらを有する力強い花である。漱石はじっとこの花を見ていた。

句意は「里の岩陰に根を張って、ここにいると主張するように姫百合の花が咲いているが、どうしてそのように自信たっぷりなのか」というもの。

漱石はこの頃悩みの中にいて、明治27年春にわずかではあったが血痰が出て結核が疑われた。そこで栄養と弓術などの運動に留意した生活を送っていた。その一方で大塚楠緒子との恋愛が成就せず、親には結婚に反対されて、イライラの気分が募っていた。その親は娘の楠緒子には漱石の親友である小屋保治との結婚を勧めてきた。漱石は俗にいう踏んだり蹴ったりの状況に陥っていた。

この句の面白さは、姫百合は聡明で自信にあふれた大塚楠緒子の化身と思われるように描かれていることだ。だがその姫百合は親の指示から逃れられずにいた。この圧力を岩の角で表した。漱石はこの行き詰まりの状況を掲句で描いた。漱石はこの事情を掲句で子規に伝えた。

ところで「岩の角」を見た場所は、漱石が山歩きの宿にした北群馬の伊香保温泉の近くにあった。そして伊香保温泉から手紙を出して呼び出すことにした小屋保治の実家は、ここからそれほど遠くなかった。漱石が宿泊していた伊香保温泉から榛名山の方に歩くと掲句にある岩場にたどり着く。この岩場は名物の巨大な絶壁の足元なのであろう。漱石はこの麓の里あたりで「涼しさを大水車廻りけり」の水車を見ていた。

・灯もつけず雨戸も引かず梅の花

(ひもつけず　あまどもひかず　うめのはな)

(明治32年2月) 句稿33

漱石は熊本市内の家にいて、書斎の中から庭を眺めている。ガラス障子の向こうの庭には梅が咲き誇っている。夕暮れ時になり、少し暗くなってきたが梅の花の白さが部屋に届いている。漱石は物思いにふけって梅の花の色が変化する過程を楽しんでいる。

だが、これと違う解釈が成り立ちそうだ。漱石が家の前の小道から黄昏時のひっそりとした屋敷を眺めている図である。その家には人がいるようであるが、雨戸を引いていないし、灯もつけないと漱石は観察していた。この家は漱石の家なのだ。「灯もつけず」の「も」の語によって、外部からこの家のことを色々観察していることがわかり、また二つの否定語によって落胆していることが俳句に表れているからだ。よって掲句は後者の解釈が適当と考える。

この俳句には別の深い意味が隠されている。漱石のかつての恋人、楠緒子が文芸誌に載せた短歌を巡って漱石の家庭は混乱していた。妻が明治30年1月に文芸誌の巻頭にある楠緒子の短歌(短冊)を見つけて漱石に突きつけたからだ。その時発した漱石の言葉によって、解消したはずの漱石と楠緒子の関係に妻は疑念を持ってしまった。この時の妻との会話の最後に漱石が付け加えた「あれは俺の理想の美人だよ」という言葉だけを鏡子はしっかりと記憶した。この後、上京した時に心理的ストレスと旅の疲れが影響してか、妻は東京で流産してしまった。このことが妻にはさらなるダメージとなり、ヒステリーを発症させるに至った。

翌明治31年になるとヒステリー症は悪化し、6月末に鏡子は家の近くを流れる一級河川に身を投げた。運良く川漁の漁師に助けられたが、この事件を契機に漱石の家の中は火が消えたようになった。

明治32年に作られた掲句における寂しそうな家は漱石の家であり、学校から帰宅した漱石は、夕刻になっても夕飯の支度にかかっていない妻のことを心配していた。精神的に追い詰められてしまった漱石の妻のことを案じている句なのだ。そして漱石は自責の念に駆られていた。

・百年目にも参うず程蓮の飯

（ひゃくねんめにも　もうずほど　はすのめし）

（明治28年10月末）句稿3

逍遥とは坪内逍遥のことだと思ったら、中野逍遥（本名は重太郎）のことだという。この中野は明治27年11月16日に満27歳で他界した。この人は当時漱石が住んでいた愛媛松山の隣町宇和島の出身で、漱石と同年であった。逍遥という号でも中国古典に憧れていた人とわかるが、漢詩を好んで作り、漢詩による恋歌で有名であったという。前置きに「弔逍遥」（しょうようをとむらう）とある。

原句は「百年目には参うず程蓮の飯」であったが、師匠の子規は「百年目には」を「百年目にも」に代えた。蓮の飯とは、蓮の実または蓮の若葉を炊き込んだ飯であるが、掲句を作った時期を考えると栗ご飯のように炊き上げた蓮の実ご飯なのだ。「参うず」は「食べる」の意の「参る」の派生語であるが、松山の方言のような気がする。「ず」は調子をつける接尾語で「お召し上がりくだされ」という意味なのであろう。

句意は「逍遥よ、君も蓮飯を食べてくだされ。百年目の命日にも蓮飯が供されるであろう」というもの。漱石は蓮飯を目の前にして、逍遥と一緒に食べようというのだ。逍遥の漢詩は百年後も人々に愛されているはずで、その時も同じ蓮飯で供養されるであろうとした。

ちなみに掲句の一つ前に置かれた句は「御死にたか今少ししたら蓮の花」。自殺した子規の従兄弟の藤野古白を悼んでの句である。上五の語は伊予弁であるが、意味は「とうとう死んでしまわれたか、もう少しで蓮の花が咲くというのに」となる。これから充実の人生になるのに早まったと漱石は嘆いた。蓮は浄土に咲く花であると同時に逍遥の故郷の花でもあることを詠み込んでいる。松山でもこの蓮飯を食べていたと思われる。

・白蓮に卑しからざる朱欄哉

（びゃくれんに　いやしからざる　しゅらんかな）

（明治30年8月23日）子規宛の手紙

「鶴岡　一句」とある。鎌倉の鶴岡八幡宮は明治時代にも人気があり、大勢の観光客が連日訪れていた。この八幡宮には有名な白蓮の大池があって、漱石は鎌倉の旅館に長期に宿を取っていて暇を見つけては蓮を見に通っていた。漱石は観光客の人波に混じって蓮の花の咲く池の周りを歩いていた。この句の兄弟句に「徘徊す蓮あるをもて朝な夕な」がある。

この見事な白蓮の池に行くには木の橋（通称は赤橋）を渡る必要があり、この橋には朱塗りの欄干があってこれが目立ちすぎるくらいに目立つ。だが漱石はこのような欄干でも、好きな白蓮の池の雰囲気を妨げるものではないと思っていた。朱塗りの派手な色の欄干でも、広大な白蓮の池の存在に圧倒されて、この白蓮の清楚さに従っているように見えるのだ。漱石は、この朱欄は白蓮の池のアクセントになっていると見ていたようだ。句意は「鶴岡八幡宮の白蓮の池には不似合いな朱欄があるが、許せないほどではない」というもの。

この句の面白さは、白蓮と朱欄の並置であろう。レンの音とランの音で韻を踏んでいる。これによって俳句にリズムが生まれている。そして白と朱の色の対置である。俳句に艶やかさが生まれている。そして実際の光景も蓮の葉の緑がこれらの色の間に入ることに色のバランスがうまく取れているのだ。朱欄が気にならなくなる。

さらなる面白さは、漢字の塊である「白蓮に卑」と「朱欄哉」は、俳句の両端にあって起き上がり小法師のようにバランスが取れていることだ。この起き上がり小法師の構図は、池に架かる赤橋の両渡り口の台座に見立てることができることだ。したがって俳句の文字構成は、横にして見ると反り橋のように見えることだ。漱石は俳句をデザインしている気がする。この俳句には、将来の漱石小説として世に出る小説「草枕」に登場する画家、画工の姿がうすらと見える。

・白蓮に仏眠れり磬落ちて

（びゃくれんに　ほとけねむれり　けいおちて）

（明治40年頃）手帳

聞きなれぬ言葉である磬は、ここでは中国古代の音階石盤楽器ではなく、お椀型をした銅製の打楽器である仏具の一つである。読経の初めと途中に棒で打って鳴らす仏具で、木魚に類するものである。僧堂の前にある蓮池にはこれまで読経が行われていて磬の金属音が鳴り響いていたが、これが止むと池の周りは静寂を取り戻した。

この寺には漱石の旧知の僧がいた。在家の僧であり、荒れ寺であっても自ら進んで勤めていた。この僧は漱石が明治27年に鎌倉の円覚寺の帰源院で参禅した際に、その時雲水として漱石の世話をした男だった。漱石が帝大をやめたことを知ったその僧は、漱石に連絡をとった。荒れ寺に来ないかと。

句意は「未明の薄明かりの中、蓮池には白蓮が咲き出そうとしている。そこに仏が眠っているように薄暗い中でも光り輝く華やかさが満ちている。磬の金属音と読経が止んで今は静寂の空気が漂っている」というもの。破れた僧堂の中で、朝の行事が終わったという安堵感が蓮池の周りに漂っている。

この句における白蓮は弟子の東洋城の恋愛相手である白蓮も示している。東洋城の恋愛の相談相手になっていた漱石は、本人だけではことが進まないことがあると東洋城を何度か諭していた。この時は明治40年であり、現代の恋愛の状況と大きく異なっていた。結婚相手は親が決めるものであった。相手の状況、その家族の考えもあり、東洋城一人が思い悩んでも仕方のないことであるという思いが漱石にはあった。漱石は自分の体験から東洋城に諦めるように伝えた。

掲句は、漱石はやるべきことをやったという思いがあって、手帳にそのことを記録として書き記した。「磬落ちて」の磬はここでは楽器の音ではなく人の声を表して、恋愛相手である白蓮の声も止んだことを表している。つまり東洋城の白蓮騒動が収まって白蓮の池は静かになったと手帳に記していた。

この白蓮騒動は、その後しばらくたってようやく決着した。明治43年11月に白蓮は富豪の男と見合いをした。いや見合いをさせられた。そして結婚した。一方の東洋城は思いが空回りしたままで終わり、生涯独身生活を続けた。

・ひやひやと雲が来る也温泉の二階

（ひやひやと　くもがくるなり　ゆのにかい）

（明治29年9月25日）句稿17

「船小屋温泉」とある。福岡県の矢部川沿いの温泉場を描いた句である。この温泉は含鉄炭酸泉で有名である。この年の9月中旬に漱石は妻の鏡子を連れ、福岡県にいた鏡子の叔父を訪ねた。その足で太宰府等の観光地を一週間ほどで巡った。この旅は新婚旅行を兼ねていた。旅の疲れを癒やすために福岡県南部の矢部川中流にある開発されて間もない船小屋温泉に立ち寄った。この温泉場は川船の船小屋があった場所に温泉が湧いて、川辺より高い場所に宿泊施設を建てて温泉場が出来上がった。この宿は、山に湧く雨雲が谷川に向かって流れていく場所にあった。

「ひやひや」は、残暑の季節に冷気を含んだ雲が山側から押し寄せてくる様であり、宿も漱石の二階の部屋も「ひたひた」と寄せる雲に飲まれて冷える様を面白く表現している。巧妙な言葉遣いである。

この旅は見合いを経ての結婚式を終えた3ヶ月後の遠出であり、漱石は10歳も若い女房を連れての初めての旅であったから、漱石は道中妻に気を使っていたのかもしれない。その気分を「ひやひや」に込めているのかもしれない。そして目の前の山に湧いた雲が新婚夫婦のいる部屋に強引に侵入してくるのを二人が面白がって見ている様子が見えるようだ。漱石は、雲に新婚夫婦の部屋を覗かれているように描いて遊んでいる。そしてまだ新婚気分にいる句にしている。

＊新聞「日本」（明治30年3月7日）に掲載

三者談

赤城山に行った時によくこれに似た光景に出会った。部屋に冷気が流れ込んできた。漱石はこの旅を「九州地方汽車旅行」と言っていた。この句を最後に家に帰った。

冷かな足と思ひぬ病んでより

（ひややかな　あしとおもいぬ　やんでより）

（明治43年10月初旬・推定）日記

修善寺の宿で吐血した後、同じ部屋で長期に看護を受けながら療養していた時の句である。隣接の部屋を借り切って広く病室がわりにしていた。ここの畳の部屋の布団を離れることの少ない生活を続けていたことで、筋肉の衰えが著しくなり、足の血流も悪くなったようだ。足は冷えてきていると自覚するようになった。

句意は「温泉宿の布団で寝ているだけの長期の療養生活の間に、足の血流が悪くなり、足の冷えを感じるようになった」というもの。

季節が秋に入って部屋の空気が幾分冷えてきているのに気づいたが、この時自分の足も長引く療養生活の間に次第の冷たくなってきているのに気づいたということだ。修善寺温泉に着いたのは夏の8月6日であったが、2ヶ月も経つと季節が変化し、秋を感じさせるようになってきた。この季節の変化に合わせて布団の中にある自分の足の温度も下がってきている、と漱石は冷たい笑みを浮かべたのだろう。

この句の面白さは、長期の療養生活をしている中で、初めて自分の足の状態に目を向けることになり、考え込んでいるということである。

漱石は、修善寺の宿で臨死体験をした時に、全身の関節が猛烈に痛むという体験をした。この痛みはしばらく消えなかった。この時の関節痛が足の冷えに影響しているように考えていたのかもしれない。胃潰瘍の胃袋だけでなく、足にも気を配らなくてならないと感じた。そして、できるだけ早く温泉宿を出て、東京の胃腸病院に移ることを考えた。漱石は6日後の10月11日にこの宿を出た。

ちなみに掲句を作った頃に、「冷ややか」をキーワードに他に6句を固めて作っている。「冷ややかな瓦を鳥の遠近す」（明治43年10月5日の日記）、「冷かや人採静まり水の音」（明治43年10月6日、日記）、そして「冷かな文箱差出す蒔絵かな」「冷かな足と思ひぬ病んでより」「冷ややかに触れても見たる擬宝珠哉」「冷やかに抱いて琴の古きかな」「提灯を冷やかに提げ芭かな」である。季節が進み、諸々のところで冷えが顕著になっていると気になった。

＊雑誌『俳味』（明治44年5月15日）に掲載

冷かな鐘をつきけり円覚寺

（ひややかな　かねをつきけり　えんがくじ）

（明治30年8月22日）子規庵での句会稿

「円覚寺」とある。漱石は熊本第五高等学校の夏休みを利用して夫婦で上京していた。7月4日に上京し、9月10日に漱石だけが熊本に帰着した。妻は10月末まで帰らずにいた。東京で別居していたとき、漱石だけ暑い夏の早朝に鎌倉の円覚寺を訪れた。学生時代に座禅をした思い出深い寺であった。義父の親戚が所有する別荘のある鎌倉に夫婦で来たが、妻はこの別荘に居続け、漱石は近くの街中の旅館に泊まっていた。漱石は人の少ない早朝に一人で鎌倉の長谷

にある円覚寺に入った。早朝であったので、日差しは強くなく、鐘楼の鐘は冷たく感じられた。その鐘を寺の僧が冷気の中で突いて「冷かな」音を境内に響かせた。

この寺は、学生時代に失恋した大塚楠緒子を忘れようと、もがいていた時の気持ちを整理したいと座禅に臨んだ寺であった。その時は宿坊に泊まり、早朝に鐘の音を聞いていた。そんな辛い思い出のある寺であったが、学生時代と違って今は冷静に鐘の音を聞くことができた。その分、鐘の音は句にあるように冷かな音であっただけでなくいや懐かしい音と感じたはずだ。この音の中に楠緒子の記憶が浮かんだのかもしれない。

漱石は一年前に鏡子と結婚していたが、夫婦の感情にはすでに溝が生じていた。掲句にある「冷かな鐘の音」にはこの寂しさが込められていた気がする。

ちなみに漱石は掲句を作った後の8月23日に再度鎌倉の長谷円覚寺を訪れた。このとき作った俳句は、誰かと会う約束をしていたらしく、「来て見れば長谷は秋風ばかり也」であった。約束時間より早く着いてしまったようだ。この時楠緒子は東京から長谷近くに転居していた。

＊『ホトトギス』（明治30年10月）に掲載

• 冷やかな瓦を鳥の遠近す

（ひややかな　かわらをとりの　おちこちす）

（明治43年10月5日）日記

修善寺で療養していた10月2日には「裏座敷林に近き百舌の声」、10月4日には「鶺鴒（せきれい）や小松の枝に白き糞」の句を作っていた。いろんな鳥の飛び回る姿が漱石の部屋の窓から見え、鳴き声が聞こえていた。漱石は同じ布団に40日近くも横たわっているのに比べ、鳥たちは寒い中でも気楽に楽しそうに飛び回っているのを、子供のように鳥たちを羨ましく思って見ていた。

句意は「鳥たちが木の枝から旅館の屋根の上に飛び移ったりしている。そして秋が進んで冷たくなっている瓦の上をあちこち動き回っている。鳥たちは冷たくはないか」というもの。漱石は旅館の本館の屋根瓦で遊ぶ鳥の様子を、別館の部屋から眺めていた。

この句の面白さは、「遠近す」によって鶺鴒が屋根瓦の上を、他の鳥よりも素早く動き回っている様が見えるだけでなく、遠くの木を見たり近くの瓦屋根を見たりする漱石の視線も楽しそうに忙しく遠近していることである。山の冷ややかな空気が窓から入り込んでも、鳥の飛び跳ねる姿を夢中で見ていた。

もう一つの面白さは、白と黒の鶺鴒は漱石の目には冷めたそうに見えていたとわかることだ。上五の「冷やかな」は屋根の「瓦」と「鳥」に掛かって、胃潰瘍の病も少し癒えてきた漱石の目はその鶺鴒の姿を温かく追っている。

8月6日に修善寺に来て胃潰瘍の療養に入ったが、逆に大吐血してしまい、動けなくなってしまった。その末に臨死も経験したが、東京から駆けつけた医師によって手厚い看護を受け、徐々に回復した。今では東京のかかりつけの病院に転院する予定が立つようになった。漱石先生の生きる意欲は飛び回る鳥から刺激を受けていたようだ。漱石は翌日の10月6日の夜には「冷かや人寐静まり水の音」の俳句を作った。この時も水の音に冷ややかさを感じ取っていたが、漱石の回復を願う人の温かさも感じ取っていた。

• 冷かな文箱差出す蒔絵かな

（ひややかな　ふみばこさしだす　まきえかな）

（明治43年10月初旬・推定）

この蒔絵入り文箱には漱石愛用の万年筆と原稿用紙が入っている。この文箱が冷えているというのであるから、箱が真珠色の貝の模様で冷たく感じるだけでなく、室温もかなり下がっているのだ。東京の胃腸病院に入院していたときのことである。修善寺で大吐血して緊急治療を受け、その後二ヶ月以上にわたって療養していたときのことを「思ひ出す事など」の文章にしていた頃のことである。

句意は「和風の病室のベッドの上で、新聞に連載する随筆の文章を原稿用紙に書くので、妻に文箱を手渡してもらったが、光る貝で装飾した文箱は冷たく見えた」というもの。体調が優れない状態で、大吐血事件を中心にした文章を書くのは気が重かったに違いない。この重い気分を「冷かな」で表した。しかし、漱石は体調を崩して以来、新聞社との契約である新聞連載小説を書けていないので、焦りを感じていた。せめて胃潰瘍で療養中のこと、入院中のことを書いて新聞紙面を埋める必要を感じていた。そして全国の漱石ファンに病気から回復したことを知らせたかった。中でも漱石の近況を知りたがっていた大塚楠緒子に記事を読んでもらいたかった。楠緒子は必ず漱石の文章に目を通していることを知っていた漱石は、彼女に大病から回復したことを知らせたかった。

この句の面白さは、この短い文の中に二人が登場していることだ。まるで落語の大家さんとクマさんである。妻は部屋の隅に置いてある文箱を手渡すように漱石に指図される。妻は不安そうに若干不満げな顔をする。「何も入院中に原稿を書かなくてもいいじゃない」。「文箱差出す」動作には妻の嫌々の感情が表れている。病気療養中でもユーモアが飛び出るのは漱石先生らしい。

＊雑誌『俳味』（明治44年5月15日）に掲載（ここでは「冷かの」に変更）

・冷やかな脈を護りぬ夜明方

（ひややかな　みゃくをまもりぬ　よあけがた）

（明治43年12月）『思ひ出す事など』「十四」

この随筆に挿入されたこの句を素直に読むと、句意は「夜明け方まで漱石の体温は下がり脈が止まりそうだった。緊急に漱石の部屋に来た医師たちが弱っている脈を護ろうと対処した」というもの。小吐血の後、三人の医者が東京から駆けつけてその後の大吐血に対処してくれた。これによって脈拍は回復し始めた。

掲句は修善寺の宿で漱石が大吐血した際に、付き添っていた医者たちの対応する姿を描いている。心臓が止まってから医者はカンフル注射を打ちながら手の脈の変化を診ていたのだ。脈が戻るのかと。漱石は二人の医者が片方ずつの手を握ったまま、ドイツ語で会話しているのを聞いていた。「弱い」「駄目だろう」「子供に会わしたらどうだろう」「そうか」などと会話していたのを漱石は目を閉じて聞いていた。漱石は他人ごとのようにドイツ語の会話を聞いていた。心臓が止まっても聴力だけは残っていた。

句意は「医者たちは両手の脈を測って脈が止まったのを確認したが、それでもあきらめずにカンフル注射を打ち続けたことで、脈は弱いながらも回復した。そのうち、夜が明けて来た」というもの。

『思ひ出す事など』の「十四」の文ではこの句の前に「左右の手を左右に開いて、

その一つずつを森成さんと雪鳥君に握られた儘、三人とも無言のうちに天明に達した」と書いていた。

漱石は心臓が止まって30分が経過していた死の状態から舞い戻った。臨死状態を経験したのだ。漱石は真夜中に起きた大吐血のときから明くる日の明け方まで残らず記憶していたと妻に話すと、妻から「そうじゃありません、あの時30分ばかりは死んでいらしったのです」と聞かされた。つまり二人の医師があきらめずに漱石の両手を片方ずつ掴んでくれていたことで、また、妻が枕元で何かを叫んでいたことで漱石の命、魂はこの世に繋ぎとめられたと解したのかもしれない。

＊『思ひ出す事など』「十四」は東京朝日新聞（12月16日）に掲載

・冷やかに抱いて琴の古きかな

（ひややかに　いだいてことの　ふるきかな）

（明治43年10月初旬・推定）

長期入院していた明治43年に「冷やか」シリーズの俳句作りが始まった。愛した楠緒子が若くして亡くなって落胆し、自分の体調も芳しくない状態が続いている中で、「冷やかな脈を護りぬ夜明方」を作った。ここから6句空いて作った「勾欄の擬宝珠に一つ蜻蛉哉」が引き金になって5句続けて「冷やか」の句を作っていた。

それまでは楠緒子が亡くなるまでは、彼女のことが頭から消えることはなかったと思われるが、この句は臨死の際に病床の楠緒子に会いに行ったと思われる句である。学生時代に兄嫁であった登世を亡くしたときの乱れに乱れた慟哭の俳句ではない。しめやかな抑えた追悼句を作っていた。

句意は「臨死状態の漱石の魂は、しばらく会っていなかった大磯の楠緒子の元へ行き、悲しむ楠緒子の琴のような細い体を抱いていた。その時かつて弾いていたときの音色を思い出した」というもの。「冷やかに」は死後の世界、臨死の世界を意味している。そして同時に病床にあって、死が近い楠緒子の肉体の状態を暗示している。肺炎で重体の楠緒子の体は琴のように軽く華奢であったと描いている。

通常、欧米人は裸の女体をヴァイオリンに例えるが、日本人の漱石は女体を琴に例えたのだ。

もう一つの解釈は、修善寺大患の後、この世に蘇った漱石は、東京に戻って療養していたが、大磯で療養している楠緒子の死が近いと知って、若い時の二人の関係を思い出していたというもの。

・冷やややかに觸れても見たる擬宝珠哉

（ひややかに　ふれてもみたる　ぎぼしかな）

（明治43年10月初旬・推定）

この句の関連句としてほぼ同時期に作っていたと思われる「勾欄の擬宝珠に一つ蜻蛉哉」がある。赤トンボが尖った擬宝珠のてっぺんに止まっているのを見て、漱石はその天辺に留まっているトンボが気になって仕方ない。そのトンボは広い庭園の中で目立ちやすく留まりやすい場所をよく見つけたものだと思った。

だがその擬宝珠は青銅製でいかにも冷たそうに見えた。そこで漱石は手近な擬宝珠に手で触れてみたのだ。そして、秋風の吹き抜ける池の上のトンボはそんなところに止まって冷たく感じないのかと不思議に思った。

句意は「青銅でできている擬宝珠に赤とんぼは止まった。その擬宝珠は冷たそうに見えたが、手で触れてみたくなった」というもの。

もう一つの解釈は楠緒子の思い出としてのものである。擬宝珠の形状はまさに女性の乳房である。「目の前にある、白く起立していて冷たそうにみえた楠緒子の乳房に触れてみた。擬宝珠に似た乳房には擬宝珠の冷たさがあると思ったが、温かかった」というもの。擬宝珠に触れた時の感覚は、今でも漱石にとっては、まさに貴重な擬宝珠のようなものになっていた。

病床の漱石は楠緒子との過去の思い出を蘇らせていた。そして次々に暗号俳句の中に閉じ込めて行った。

＊雑誌『俳味』（明治44年5月15日）に掲載

・冷かや人寐静まり水の音

（ひややかや　ひとねしずまり　みずのおと）

（明治43年10月6日）日記

修善寺温泉の宿で大吐血したが、東京から駆けつけた医者の治療を受けて回復し、療養していた時の俳句である。大吐血した8月23日から2週間経ち、本人も医者も落ち着きを取り戻していた。この日の日記には、この句の前に「快晴心地よし。昨夜眠穏」との記述していた。

句意は「朝方まで穏やかに眠れたが、夜中に肌寒さを感じてふと目が覚めた。宿の寝床の中でじっとして耳をすましていると、水の滴る音がしていた。看護する周りの人は寝静まっていた」というもの。

漱石の付き添いの人たちは、漱石の病状が安定したことで久しぶりにぐっすりと寝入っていると感じた。そんな静かな暗い部屋の中に一人で目覚めていると水の滴下する音が耳に届く。すると空気の冷たさが増すように感じる。夜の闇の中で聞こえる蛇口から水が垂れるポタ、ポタという音は、わずかであるが水の流れがあることを示している。この音は漱石の体の中の血液の音のように感じられた。

宿の中で響く水の音を穏やかに冷静に聞くことができ、看護と身の回りの世話をしてくれている人たちに感謝する気持ちになっていた。

この句のユニークさは、静かな夜に感じる滴る水の冷たさと、寝息が伝える人の温かさが描かれていることだ。

・病妻の閨に灯ともし暮る ゝ 秋

（びょうさいの　ねやにひともし　くるるあき）

（明治31年10月16日）句稿31

この句は、漱石が妻の体調と精神状態を心配して作った句である。漱石は夜寝ていても部屋に灯をともし、時々不安げに横の妻を見遣るのだ。冬が近い季節でもあり不安な漱石の気持ちは冷え冷えとしていたであろう。

熊本で新婚生活を始めた漱石であったが、妻との意識のすれ違いが生じてきた。妻は流産をしたこと、環境に馴染めなかったことから次第に精神に異常をきたし、奇怪な行動が見られるようになった。ついにはまだ水かさの増した5月の白川に身投げして自殺を図ったが、運良く投網の漁師に助けられた。この出来事に驚いた漱石は、その後家に帰ってきた妻の手首と自分の手首を紐で結わえて寝たという。このことがあってから、漱石は仕事一点張りの生活を改めようとした。妻との生活にももっと目を向けようと考えたはずだ。

この自殺未遂の件は、松岡譲著の「漱石先生」に書かれている。鏡子と娘婿の松岡が熊本を旅した際に、松岡は五高で漱石と同僚であった元教授から耳打ちされたと記されていた。また牧村健一郎著の「旅する漱石先生」には、この著者宛に当時の熊本市の助役の子孫から投書があり、入水による自殺未遂事件は報道されなかったが市内に噂として広まっていて、妻の自殺未遂はその後何度も起こされたと手紙にあった。このようなことがあったのであれば、漱石は妻の手首と自分の手首を紐で結わえて寝るしかなかった。漱石はこの時の辛い気持ちを掲句に込めた。

そのような中、妻は妊娠して初期の悪阻の時期に入っていた。妻によると猛烈な悪阻は9月から11月まで続いたという。漱石は妻の状況を見ていて、看病していた。学校にも欠勤届けを出して見守っていた。妻の悪阻は、漱石にとっては希望の光に思えたのだ。苦しむ妻を介護する漱石の姿を見ていて、妻はやっと心の安定を得たように思えたことだろう。

妻はのちに「漱石の思ひ出」本の中で、掲句はこの悪阻の時に作られたと述懐した。妻の辛い記憶の根本は全く語られていなかった。

そんな漱石であっても、ユーモアを加えない俳句は作っていない。「暮るる秋」は押し迫った秋、晩秋であるが、「暮るる」には「泣き暮れる」「涙に暮れる」の意味も掛けているのである。このように精神的に不安定な状況になっていた妻であったが、翌年5月に長女筆子を産んだ。

・瓢箪は鳴るか鳴らぬか秋の風

（ひょうたんは　なるかならぬか　あきのかぜ）

（大正5年11月15日）富澤敬道宛の書簡

「瓢箪はどうしました」の前置きがある。この句は知り合いの僧宛の書簡に記された句で、制作日のわかる俳句としては最後の句である。漱石が死亡したのはこの翌月の12月9日のことだ。この手紙には他に「吾心点じ了りぬ正に秋」と「僧のくれし此饅頭の丸きかな」の句が書かれていた。

僧の富澤氏から漱石を見舞うためにたくさんの饅頭が届けられたことに対する礼状に、ユーモアを込めた瓢箪の句を書いて応えた。掲句は禅問答のような問いと答えで構成されている。

前置きの「瓢箪はどうしました」は、富澤氏の手紙に「病気はどんな具合ですか」との問いかけがあったと漱石は理解したことを意味している。瓢箪は漱石自身のことである。そして饅頭がたくさん送られたことは、「どうか丸い気持ちで過ごしてください」という励ましだったと理解した。

子規の辞世の句はヘチマの句であったが、漱石はこれを念頭に富澤氏に対して瓢箪の句で応じたのだ。答えとしての句の意味は「瓢箪は冷たさを加えてきた秋の風に吹かれて、中の種は乾燥が進んでカラカラと音を出すはずだが、これは吹く風次第なのだ。死ぬも生きるも風次第、大いなる自然の神様しだいで誰にもわからない。ただ瓢箪らしくのんびりとぶら下がっているだけなのだ」というもの。最後にカラカラと音を出してみたいが、それも風次第なのだと最期の心境を表している。

この前置き付き句は、正に辞世の句である。漱石は存命中にいろんな小さな花になりたいと句作してきたが、結局本当になりたかったのは、ぶらぶら揺れる瓢箪だったということになる。この境地が漱石の言う「則天去私」なのだろう。

ちなみに芭蕉の辞世は、「旅に病んで夢は枯野を駆け廻る」。芭蕉の夢は黄泉の国で芭蕉を迎えてくれる人（名古屋の商人で弟子の愛人であった杜国）と枯野で人目をはばかることなく、永遠に楽しく散歩するということだ。つまり芭蕉は希望を胸に旅立った。芭蕉の最期に比べると、漱石は本当に枯れた、ユーモアに満ちた死に方を夢に見たのだ。

・蛭ありて黄なり水経註に曰く

（ひるありて　きなり　すいけいちゅうにいわく）

（明治30年7月18日）子規庵での句会稿

水経注とは中国古代の地理書で40巻からなるもの。北魏の酈道元（れきどうげん）による書である。漢代から三国時代頃に作られた中国河川誌「水経」に拠って、中国全土の水路本に注を入れて詳述したものという。いわば全国水路図の完全版である。

この書の中にヒルが繁殖しているように見えたという記述があった。川に蛭が繁殖して黄色く見えるというのか。いや川岸や川底に蛭石が広がっていている地域があり、その場所は黄色に見えたのだ。

漱石はこの本のことを思い出し、蛭石のことを俳句に面白く詠み込んだ。そしてこの句を次に出した句の前書きのように配した。その句は「魚を網し蛭吸ふ足を忘れけり」であった。川魚の漁師が一心不乱に投網をしていて足から血を蛭に吸われているに気づかないという句である。中国が絡む川の俳句を前書きのようにおいて、次の熊本市内を流れる白川の句につなげたのだ。白川の句では本物の蛭が登場する。つまりこれら両句は対句になっている。そして掲句では黄色がキーワードであり、投網句では赤色がキーワードになって、色の対比が面白いのである。蛭石が登場した掲句は、白川の句に対する捨て石のようなものであった。

ちなみに掲句は漱石夫婦が7月4日に揃って上京して、漱石が9月に熊本に帰るまでの間の句会で作ったもの。漱石はこの間何度か子規庵を訪ねていた。

掲句には後日談がある。川の蛭に血を吸われていた漁師の一人が、翌年の31年5月にこの白川に身投げして自殺を図った漱石の妻を助けたのだ。妻が飛び込んだ白川でたまたま漁師が投網をしていて、妻はこの漁師に運良く救われて家に運ばれた。

は

・午時の草もゆるがず照る日かな

（ひるどきの　くさもゆるがず　てるひかな）

（明治29年8月）句稿16

漱石は熊本にやってきて初めて経験する夏の暑さに辟易している。松山より南方にあるのはわかっているが、こんなにここ熊本は暑いとこなのか、とうんざりしているようだ。休日の午後、読書をしようとしたが暑さがひどく集中できないのだ。

昼時になると草はゆらりともせずに照る日だけが元気に熊本市内を明るく照らしている。太陽の光は真上から照って、影は全くできない。このような中、草木は風に揺らぐこともなく日光に晒されている。ふらりと揺れるのは人間だけで、今にも倒れそうである。漱石先生も正気を失って揺らぐという状況である。草は揺れる元気もなく、枯れる寸前になっているということである。

熊本は火の国というがまさに大地の中から火が吹き出し、大地の真上からは日の炎が降り注いでいると漱石先生は理解する。このような土地であるから熊本市内は暑いのだと納得する。しかもこの時期の漱石の家はお寺の墓地の隣にあった。熱気だまりができる場所であった。擬似盆地のようになっている熊本市内の中の盆地のようなところであった。

掲句の直前句は「夕日さす裏は磧のあつさかな」である。白川の河原も近くにあって、さらには西日の強烈さにギヴアップしていた。漱石が熊本に来た時にはこの年の4月中旬であり、熊本の暑さを想像できなかった。そこで陽当たりの良いところの借家を選んだに違いない。それが間違いであったと空の太陽を見ながら後悔している。

・昼の中は飯櫃包む蒲団哉

（ひるのうちは　めしびつつつむ　ふとんかな）

（明治30年2月17日）村上霽月宛の手紙

句意は「昼間は飯櫃を包んでおくかい巻き蒲団であることよ」というもの。夜は薄いかい巻き蒲団にくるまって温まって寝るが、昼には朝炊いた飯をお櫃に入れてかい巻きで包んでおくと夕飯の時まで温かく保てると生活の知恵を披露している。漱石は独り身時代に実行していた生活の知恵を俳句にしている。松山の俳句仲間に教えてもらった知恵なのだろう。漱石は昼も夜の綿入れの寝間着の世話になっていると笑っている。高級官僚の箱入り娘であった妻にこの知恵があるはずはなく、漱石が教えてやらせていたのだ。

明治時代の蒲団は綿がろくに入っていない厚手の着物でしかなかった。この大きな袖付きのかい巻き蒲団で飯櫃をぐるぐる巻きにしておくのだ。夜になるとこの蒲団はやっと本来の人の体を温めるのに使われる。類句に「飯櫃を蒲団につゝむ孀哉」（明治28年12月）がある。ここに描かれた孀とは、戯画化している漱石自身である。つまりこれは年寄り婆さんの知恵なのじゃとして表している。

ちなみに掲句は年頃に古物商のところで発見された松山時代の句友に出した手紙の中にあった。周りには俳句仲間が皆無でさみしいことが綴られていた。「熊本と申す処は俳句抔詠じて楽む所では無之候　夫に俳友もほとんど皆無の有様」と寂しさを訴えていた。この手紙には全集では未収録の俳句二句が書かれていて、もう一句は「蒲団薄く無に若かざる酔心地」である。宛名の俳人村上霽月は愛媛県の実業家村上半太郎である。

霽月は漱石と同年で、松山で漱石と共に子規系の句会に参加していた。漱石と別れてから若くして伊予農業銀行を設立し、頭取に就任した。この霽月はこの手紙を受け取った後の明治32年10月31日に熊本の漱石宅を突然訪ねてきた。九州へ仕事で来たついでに寄ったとして。二人は翌日熊本市内の霽月の宿で句合わせ会を開いた。漱石はこの句を作って、君とは同じ釜の飯を食った仲だとなつかしがったのだ。

・広袖にそゞろ秋立つ旅籠哉

（ひろそでに　そぞろあきたつ　はたごかな）

（明治44年12月3日）行徳二郎に渡した本の包紙

句意は「立秋の頃の夜、山奥の旅籠に泊まったときに、広袖の浴衣で部屋にいると肌寒さを感じて、少し身震いした」というもの。生地が薄く袖口が大きく開いているこの着物は、この時期この山奥では適当ではないと漱石は感じたことを思い出した。当時の旅はひどいものだったと回想した。

「そゞろ」は「そゞろ寒」の意である。この感覚は冬の旅の印象として残り、晩年に思い出して面白がっている。明治42年9月に満韓視察旅行に出かけたときの記憶が蘇ったのか。それとも明治32年1月の吹雪の耶馬溪踏破の記憶か。

この句の面白さは、季節の「秋立つ」は漱石一行の秋の旅に「旅立つ」ことの「立つ」をかけていることだ。

掲句は漱石が教え子の行徳二郎に自著の『切抜帖より』をプレゼントすることにした時のもの。白い紙で包むだけでは能がないとして、包んだ各面に即興の俳句を一句ずつ、合計6句を書き込んだ。この書き込みは本のパッケージにデザインしたことになる。漱石は明治の時代に革新的なことを行っていた。漱石は自著の装丁に気を配って当時としては革新的なことを成し遂げたが、パッケージにまで手を伸ばした形になった。

ちなみに各面に配置して書き込んだ句は、「稲妻に近き住居や病める宵」「石段の一筋長き茂りかな」「空に雲秋立つ台に上りけり」「広袖にそゞろ秋立つ旅籠哉」「鬢の影鏡にそよと今朝の秋」「朝貌や鳴海絞を朝のうち」。

ちなみに明治44年11月29日に五女ひな子が食事中に突然死した。心にぽっかりと穴が空いたような状態に陥った。このときの虚しさは、旅で感じた「そゞろ寒」と同じものだと思ったのかもしれない。

• 琵琶の名は青山とこそ時鳥

（びわのなは　せいざんとこそ　ほととぎす）

（明治29年8月）句稿16

漱石は熊本の地で師匠に付いて熱心に謡曲を勉強した。もともと古典好きであったことと、職場の熊本第五高等学校の中で謡が流行っていて謡の会に入るように誘われたからだ。

掲句は平家物語に題材をとった能の「経政」の謡がもとになっている。平経政（史実上は経正）は清盛の弟経盛の長男で、かの敦盛の兄に当たる。年少の頃から俊才の誉れが高かったという。仁和寺門跡の覚性法親王に愛され、その音楽の素質を買われて、「青山」という唐伝来の琵琶の名器を与えられた。平経正は一門が源氏に追われて都落ちをするときに、仁和寺に法親王を訪ねてこの名器「青山」を託した。

法親王が経政の冥福を祈って、名器の琵琶を用いての夜通しの管弦の集いを催したところ、経政の幽霊が明け方に現れて床机に腰掛け、琵琶を弾く仕草をした。そして法親王への感謝と死の苦しみを語り、闇の中に消えていった。

この謡曲は、初級の謡本の中に収められており、旋律は哀切で美しく、かつ謡いやすいとされる。漱石の指導に用いられた曲であった。漱石はこの曲をマスターすると宝生流の師匠に付き、謡の基本から習い始めた。この時の記念としてこの謡を俳句にした。

掲句の句意は「空を飛んでいる時鳥が、幽霊となった経政が弾く真似をしている琵琶を見て、あの琵琶の名は青山だよと教えている」というもの。時鳥は管弦の集いで弔いのために演奏している人たちに、幽霊の経政に気づくように声を上げたのだ。「せいざん、せいざん」と鳴いたのだろう。

ちなみに関連句として大正3年に作られた「経政の琵琶に御室の朧かな」の句がある。句意は「経政が幼少の頃を過ごした仁和寺での、戦死した経政の弔いの管弦講の場に、その夜経政の霊が現れて昔に親しんだ琵琶を弾いた」というもの。

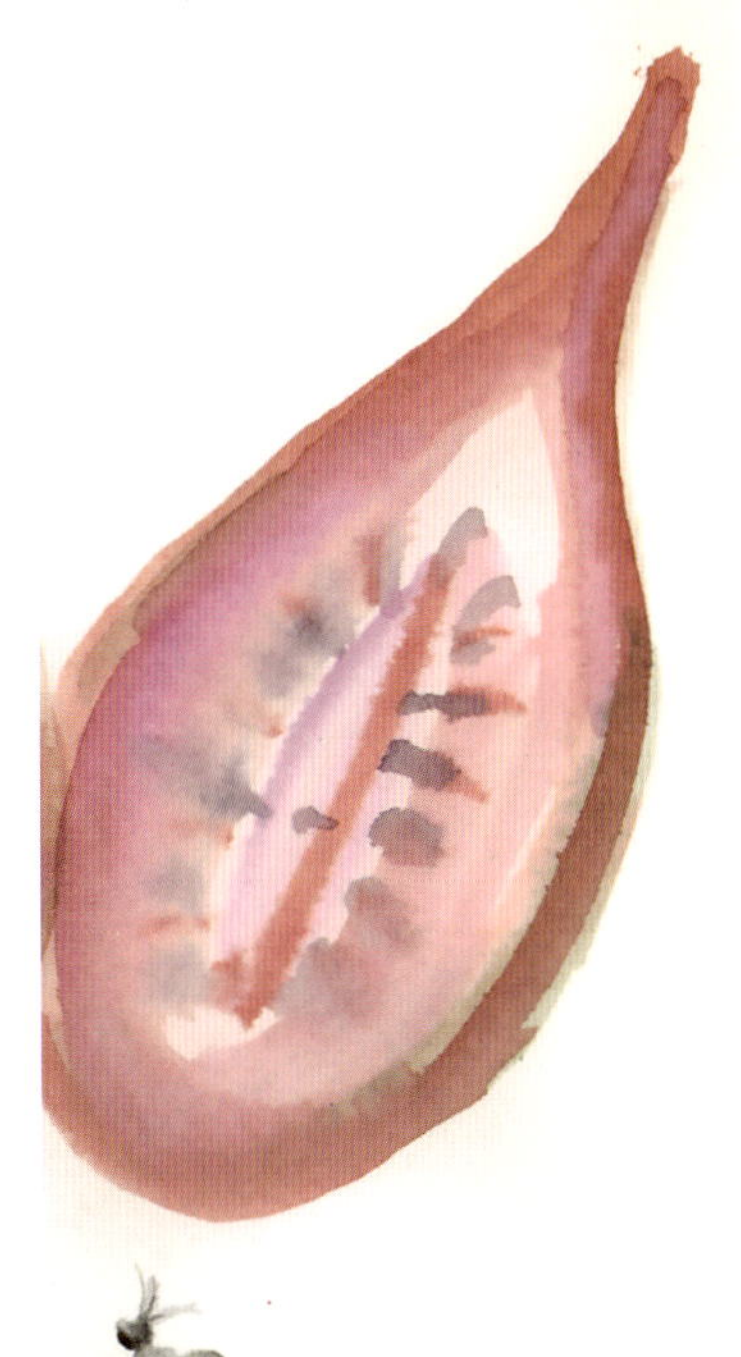

琵琶法師召されて春の夜なりけり

（びわほうし　めされてはるの　よなりけり）

（大正5年春）手帳

この句は明治29年8月に作っていた「琵琶の名は青山とこそ時鳥」と大正3年の「経政の琵琶に御室の朧かな」に続く琵琶が登場する三つ目の謡曲の句である。漱石は数多い謡曲の中では運命に翻弄される「経政」の曲が気に入っていた。この曲の粗筋は「琵琶の名は青山とこそ時鳥」の句のところに記している。掲句を作った動機は自分の運命、そして自分の死について考えることが多くなっていたせいなのかもしれない。

句意は「戦場で討ち死にした経政を弔う管弦の集いが仁和寺の講堂で開かれ、琵琶「青山」の持ち主であった経政の霊がこの場に呼び出され、経政の霊は春の夜の幻のごとくに浮かび上がった」というもの。講堂に響いた琵琶の音色が、「青山」の元の持ち主の経政の霊をこの世に呼び戻したのだ。

「召されて」には「講堂に呼ばれて」と「経政が戦死し、天に昇った」という意味が掛けられている。そして漱石は自分の命も近々天に召されることを悟っている。自分の霊は誰によってこの世に呼び戻されることになるのかと思っているようだ。ちなみに漱石の弟子の枕流が作っている「漱石全俳句の解釈」辞典が完成したのちに、この本のこことここが違うと制作者の弟子に伝えるために、漱石の霊の方からこの世に舞い戻ってくる気がしている。

灯を入るゝ軒行燈や雁低し

（ひをいるる　のきあんどんや　かりひくし）

（明治40年頃）手帳

円覚寺を久方ぶりに訪ね、旧知の僧と長話をした。漱石は寺のお堂の傷み具合を見て政府と世論が仏教に圧力をかけている様を感じ取った。寺の宝物も裏山の裾を流れる清水の中に捨てられていた。しかし池の蓮や芙蓉の花は世の中の流れとは無関係に花を咲かせていた。その僧は気落ちしながらもなんとか寺を存続させようと力を注いでいたようだ。夕暮れになり、その僧は洋燈を持ち出してきて漱石を途中まで見送った。

漱石は円覚寺から最寄りの汽車の駅まで歩いたが、帰り道にある料理屋や旅館が玄関の軒下に固定した銅製の黒ずんだ軒行燈に火を入れているところに出くわした。格式の高さを感じさせる軒行燈が老舗の店の看板として機能していた。

句意は「鎌倉の夕暮れの街中を、ポツリポツリと軒行燈がともり出すその風情を楽しみながら駅まで歩くと、それらの老舗の屋根を掠め飛ぶようにして雁が夜の空に消えて行った」というもの。

この句の面白さは、ポツリポツリと軒行燈がともり出す動きと数羽の雁が軒を掠めて飛ぶ動きがほぼシンクロしていることだ。あたかも雁が軒行燈に灯をつけて回っているように感じられたのだ。軒行燈の連なり線と雁の飛翔線がクロスする様は印象深い。

日をうけぬ梅の景色や楞伽窟

（ひをうけぬ　うめのけしきや　りょうがくつ）

（明治32年2月）句稿33

「梅花百五句」とある。楞伽窟は明治・大正期を生きた臨済宗の僧、釈宗演の号である。釈宗演は若狭国の生まれで、出家前の名は一瀬常次郎。号の楞伽はブッダの教えの核心が書かれた『楞伽経』から来ている。鎌倉の円覚寺で修業し、慶応義塾でも学び、スリランカに渡って修業した。釈宗演はこの『楞伽経』を学ぶために、この原本が残っていたスリランカ島（ランカー島）に渡った。楞伽は梵語のランカーの音を写したもの。つまり楞伽窟の号は梵語でブッダを学んだ僧ということを表している。その後、８９３年のシカゴ万国宗教会議に出席し、日本人で初めて欧米に禅をＺｅｎとして紹介した。

漱石との縁は漱石が学生であった時に、釈宗演のいた円覚寺で参禅したことだ。このとき釈宗演はすでに国際的に知られた僧になっていた。楞伽窟は歌人の佐佐木信綱（かつての恋人、大塚楠緒子が学生時代から師事していた）と交流し、和歌を作っていた。この点でも漱石と楞伽窟は気が合っていた。釈宗演の死後、佐佐木信綱は楞伽窟歌集を出版した。

掲句が書かれたこの日、漱石は熊本の野点の茶会に招待されていた。句意は「梅の庭園で茶会が始まったが、日が出ない中での茶会であり、寒々しいものであった。この時漱石はスリランカで厳しい修行をした楞伽窟のことを思い起こしていた」というもの。楞伽窟の窟は日の当たらない岩屋を意味していた。その中で過ごした楞伽窟のことを思い、そして自分も若い時に楞伽窟のいた円覚寺で参禅したことを思い浮かべた。あの時は精神的にきつかったと振り返った。

この句の面白さは、曇り空のもとでの野点であり、洞窟の中にいるような震える茶会であったと8歳年上の禅の師を登場させてふざけている。修行僧にはちょうど良い寒さだったと振り返った。

ちなみにこれから長い時を経た年のこと。釈宗演はこの年の12月9日、漱石が死んだ日に漱石の葬儀の導師になることを引き受けた。漱石の戒名は釈宗演が授与した。かつて漱石は釈宗演の話を聞く会としてあった「碧巌会」のメンバーであった。

灯を消せば涼しき星や窓に入る

（ひをけせば　すずしきほしや　まどにいる）

（明治44年9月14日）松根東洋城宛の葉書

講演をした大阪で入院していた漱石は、一ヶ月でその病院を退院し、早稲田の自宅に戻った。漱石は帰宅したその日に心配してくれていた東洋城に葉書を出した。前日の9月13日に妻に付き添われて大阪を出立した。帰着したらすぐに出せるように、帰京の列車の中で俳句を作っていた。この葉書には掲句と8日に寅彦へ出した葉書に書いていた「蝙蝠の宵々毎や薄き粥」の句も書き添えていた。入院期間中はそれほど快適ではなかったとわかる句を並べていた。

サライの「日めくり漱石」によれば、明治44年8月19日に大阪中之島公会堂で最後の講演を始める前から胃の調子が悪かったという。漱石は宿に帰って休んでいるときに吐血した。すぐに大阪朝日新聞社へ連絡して湯川胃腸病院を紹介してもらい、入院した。院長は湯川玄洋で、ノーベル賞物理学者・湯川秀樹の義父となる人であった。翌日東京から妻が駆けつけた。

句意は「夜に病室の照明を消すと角部屋の両側の窓から星空が大きく広がって見えて、夏でも涼しげな部屋になった」というもの。胃痛で気が重かったが、星空のパノラマを見て少しは胃痛が治った気になった。

この句の面白さは、「灯を消せば」の語はこれをやれば、残暑の大阪の暑さを少しは和らげられると思ったと想像できることだ。そして火を消して僅かに涼しくなった部屋に、吸い込まれるように星空が流れ込んできた。掲句から明治時代の大阪の夜空は、さぞかし綺麗に光っていたと思われる。

漱石は入院した約一月後に胃潰瘍は良くなって退院したが、東京に戻る列車の座席で尻の具合が悪いのに気づいた。その後痔疾の手術を受けることになった。入院中に尻の筋肉が落ちてしまったことが災いしたと思われる。

・便船や夜を行く雁のあとや先

（びんせんや　よるをゆくかりの　あとやさき）

（明治28年9月・推定）子規の承露盤

雁は昔から便りを運ぶものとされたが、定期便の船も同様に荷物や便りを運んでいた。船員は夜中でも定期船を走らせていた。遠く離れた地にいる人の気持ちを汲んで、また少しでも早く目的地で船を降りたい人のことを考えて、到着の定刻から遅れないようにと船を走らせている。雁はあたかもそんな船を応援するかのように、そして水先案内するように船の前に行ったりして飛んでいる。

雁と船は抜きつ抜かれつの状態で進んでいるように見える。船の方はほぼ一定の速度で進むのであるから、雁の方の飛ぶ速さが変化するのだろう。実際には雁はマストのロープに留まったり、そこを離れて船の前に出たりしているだけだが、漱石の目は船と雁がかけ引きで競争するように捉えていて面白い。さらに便船は夜中の航行は不安であるが、雁が目的の港の方向を知っているからと雁を頼って船を走らせているようにも見える。

この句の面白さは、主語の便船は「夜を行く」に繋がるのか、それとも雁の「あとや先」に繋がるのかによって解釈が分かれることだ。つまり「夜を行く」の は直接的には便船なのか雁なのか、ということだ。一応この句は「便船や」で切れているから、夜を行くのは雁であり、便船は雁に接近しながら前に行ったり後になったりして進んでいるとみることになる。この方が面白い見方になる。このように一つの光景を二つの見方で見ることができる句は面白い。単なる観察句にはない面白さである。まさに黒澤映画の羅生門のストーリーと重なる面白さがある。視点を変えると物語が変わって見える。

もう一つの面白さは、便船は定期便の船という意味だが、雁にとって渡りに船的な都合よく進んでいる便利な船ということになる。足休めになる便利な船ということで船に便乗するという意味にもなる。漱石には便利な言葉になっている。

＊『海南新聞』（明治28年9月27日）に掲載／承露盤

・貧といへど酒飲みやすし君が春

（ひんといえど　さけのみやすし　きみがはる）

（明治30年1月）句稿22

新年になっても漱石家の家計は厳しいままであるが、全くの下戸である漱石は、それを気にせず「酒飲みやすし」と見栄を張っている。句意は「そこそこ酒を飲める生活をしているので、新年に当たって世の中を安定にしている天皇の治世をお祝いしよう」というもの。

漱石は家計の財布を握っていたので、家計がどのような状態にあるのかわかっていた。学問の参考図書、骨董趣味にも金はかかっていたが、この部分もきちんと管理していた。東京の実家から出してもらっていた大学までの授業料等も月々返済していたから、漱石は現代の奨学金の返済問題も同様に抱えていたことになる。このような状況下、大雑把な妻には任せられないと感じていたはずだ。この句が書かれていた句稿に次の俳句があった。「燭きつて暁ちかし大晦日」。大晦日には行灯の菜種油が尽きて、その在庫も切れてしまって夜の灯りが消え、朝を待っていると嘆いていたのだ。

高校の教授職についていた漱石でも家計のやりくりが大変であったが、病身の子規の家ではさぞや金のやりくりに苦労をしているのだろうと心配している気がする。この俳句を見た俳句の師匠の子規はどのように感じたのであろう。この頃子規は新聞社の在宅勤務の職員で、寝床で腹ばいになりながら新聞原稿を書いていた。これが給料を得るための仕事だった。

同じ句稿の直前句に「ふくれしよ今年の腹の粟餅に」がある。漱石宅ではこの年の正月餅は地元特産の粘りのある粟、「もち粟」だけを使った粟餅であった。この腹持ちの悪い粟餅には、食費を安くあげようという思いが込められていたと思われる。漱石は工夫の人でもあった。

便なしや母なき人の衣がへ

（びんなしや　ははなきひとの　ころもがえ）

（明治28年11月13日）句稿6

漱石の母は生きている時に、漱石のために衣替えをしてくれることはなかった。実母は金之助に対して母として振舞っていなかった。金之助の下着等の繕い物や衣替えは女中のトヨが代わりにしてくれていた。このことを成人してから衣替えの時期になると漱石は寂しく思い出すのである。この母ちゑ（千枝）は漱石を41歳で産んで、漱石が14歳になる年に55歳で死去した。この母は漱石に対して、自分は婆様だと言っていた。そして漱石に「婆様」と呼ばせていた。この母は生涯漱石の実母だとは名乗らなかったのだ。

「便なし」の意味は①具合が悪い。都合が悪い。不便だ。②感心できない。けしからぬ。③かわいそうだ。いたわしい、と辞書にあるが、掲句の場合は明治の男のことでもあり、「なげかわしい、手間取る」というニュアンスだろう。「独身で単身赴任している大の男が和服の交換をしているのだから、あーあ」というところか。明治時代は単衣の着物の片付けは、母親か女中がやる時代であった。男の子が何でも自分でするように躾けられる平成、令和の時代とは大きく異なっていた。

漱石は生涯に母のことを詠んだ俳句を4句作っている。これらは掲句を作った明治28年に集中している。その後熊本に移って結婚生活に入ってからは母の句は皆無になっている。実母のいい思い出は少なく、侘しいものばかりだったからだ。母と子の関係ではなく、年老いた人との関係でしかなかった。この頃作っていた句には「婆様の御寺へ一人桜かな」「亡き母の思はるゝ哉衣がへ」等がある。

びんに櫛そよと動きぬ今朝の秋

（びんにくし　そよとうごきぬ　けさのあき）

（明治44年12月・推定）短冊

俳句の世界では「今朝の秋」と「今日の秋」はどういうわけか立秋のことだという。まだ暑くとも立秋の朝になるとちょいと違う気分になる。顔を洗う際に「風を受けて鬢に櫛を入れる」気になる。立秋を意識すると風を感じるという微妙なことになるらしい。それが立秋という特別な日なのだ。季節の風を髪の中に入れて季節の変化を感じたいという気持ちが生じたからか。

面白い表現である「そよと動きぬ」を考えてみる。「そよ」とは風がかすかに動く、かすかに吹くさまということだ。つまりほとんど動いてないに等しいことを表す言葉なのであろう。漱石は「そよ風」と「風がそよと吹く」では意味が異なると言いたいようだ。つまり「そよ風」はそよそよと連続するが、「そよと吹く」は単発であり風と感じないくらいなのだ。よって「そよと動きぬ」は動きがあるかないかわからぬくらいなのだ。つまり錯覚の世界ともいえる。漱石はこの微妙な感覚を楽しんでいる。

漱石は世の俳人たちに向かって、立秋なのに秋らしくないと不平を言うのではなく、面白い表現を用いて立秋を表せと言いたいのだ。漱石は「そよと動きぬ」として「風はわからぬように吹く」こともあると表す。

それにしても漱石の俳句は「巨大なヒゲに櫛」ではなく最初の櫛入れは「びんに櫛」であるから恐れ入る。櫛入れには順番があった。まず「びんに櫛」、次いで「髪に櫛」となり、最後に「ヒゲに櫛」になるのだろう。櫛入れのウォーミングアップは「びんに櫛」ということか。

ところで掲句は誰かに与えた短冊に書かれていた。掲句は鬢に櫛を入れている姿を描いているが、この櫛入れは鏡を見ながらの動作であるから、明治44年12月3日に作られた「鬢の影鏡にそよと今朝の秋」と関係していそうだ。どちらの句にも「そよと動きぬ今朝の秋」の節が組み込まれているからだ。したがって掲句は明治44年12月3日の前後に、多分3日の後に作られていたと推察する。

貧にして住持去るなり石蕗の花

（ひんにして　じゅうじさるなり　つわのはな）

（明治29年12月）句稿21

熊本の外れにある小さな寺の住職はこのままでは年を越せないとして職を辞して寺を去っていった。廃仏毀釈運動のあおりを受けてのことだ。漱石の知り合いであった住職が去ったその寺の庭石のそばには、石蕗の花が寒風の中で咲いていていた。この石蕗は皮肉にも寒さ厳しい中でも咲く花で、目立つ存在である。葉はまさにツヤツヤに光り、花は濃い目の黄色で菊の花状に花びらを円形に並べる。石蕗の花には華やかな小型のヒマワリというイメージがある。

掲句には貧困に耐えきれずに去った住職と寒さの中で咲き誇る石蕗の花の生き方の対比が痛々しく描かれている。去った住職に辛抱強さがなかったからというわけでないが。

この句の面白さは、花のイメージを浮かべずに言葉だけの印象で石蕗の花を考えても、貧にして去った住持と石蕗の花の対比が出来上がることだ。つまり「じゅうじ」と「つわ」の発音の質の違いが存在している。石蕗の発音は強さを感じさせる。口を尖らせて発音するツワの音からは強者の印象が浮かび上がる。このことによって厳しい環境の中で健気に咲いている挫けない花の印象が生まれる。加えて石蕗の文字の中に、無機質な石の文字が入っていることの影響があるように思える。

もう一つのユーモアは、寺の収入が少なくて住職が去って人気のなくなった寺に、金貨のようにも見える石蕗の花が咲いていることだ。花は深い黄色でゴージャスな花なのだ。掲句はブラックユーモアを感じさせる。

● 鬢の影鏡にそよと今朝の秋

（びんのかげ　かがみにそよと　けさのあき）

（明治44年12月3日）行徳二郎に渡した本の包紙

本の包装紙に掲句を書き込んだ時期は晩秋の頃だということだが、季語の上では立秋の頃である。風がそよと吹く時期のことを詠んでいる。漱石は朝起きて鏡に顔、髪を映してヒゲの具合を確認し、耳ぎわの髪の状態を見る。修善寺で大吐血してから朝鏡を見て髪に鬢に乱れがあると櫛や指先でさっと整えるのが日課になっていた。髪や鬢に乱れがあると顔が弱々しく見えるからであろう。

句意は「この日の朝は鏡に映った少し伸びて乱れた鬢に、立秋の風が弱々しく吹きかかった」というもの。その顔には少しやつれた影があったのだ。9月に大阪での講演の後、胃潰瘍を再発させてしまい、それを大阪の病院で癒やしてから東京に戻ってきた。その後痔疾が悪化し、切開手術を受けた。それも回復してやっと精神の安定を得た。不安を抱えながらもホッとした気分を風の「そよと」の語に込めている。

この句の面白さは、立秋の風の吹き方を表す「そよと」の語で、鏡に映した顔の鬢がわずかに動いた様をも表していることだ。そして「確かに動いた」という意味合いを「そうなのだ、そうよ」との気持ちも込めていることだ。

漱石は教え子の行徳二郎に自著「切抜帖より」を包紙で包んで手渡す際に、この紙をデザインしようと思い立ち、6句を各面に一句ずつ書き込んだ。この句はその6句のうちの一つ。本のタイトルに合わせて句稿の句を切り分けた形にして、本を包むパッケージ各面に配置するのは面白いアイデアだ。この時の漱石はブックデザイナーになっていた。

掲句は「びんに櫛そよと動きぬ今朝の秋」の兄弟句のようである。まず鬢の状態を鏡に映してから「鬢に櫛」の動作に入るからである。

● 貧乏な進士ありけり時鳥

（びんぼうな　しんしありけり　ほととぎす）

（明治33年11月・推定）

「空斎（くうさい）の及第せしとき」の前置きがある。首相になった伊藤博文は長州藩の足軽以下の最下層出身者であったが、掲句の山田顕義（あきよし）（号は空斎）はこれよりは上位の家柄であったものの、博文同様に貧乏な家の出であった。空斎は松下村塾の最後の門下生として勉学する中、自分の体を張ってテロを仕掛ける要員として訓練されたと思われる。このような武士でない出自の者が武士中心の階級社会の最後の時期に生き残るにはこれしか道はなかった。彼らはワシとかトンビではなく、小さく地味なホトトギスだった。時に体から血を流す鳥としての存在だった。だがそれを自覚して生きる男は強く生き延びた。漱石はロンドンにいてこのことを思った。

独学で学んだこの男が受けた塾生試験は、過激な言動で当時知られていた長州藩の内外に知られていて、清朝まで続いた科挙に値するものとして、長州藩の武士内では一目置かれていた。この科挙試験に受かったものは中華社会では進士と呼ばれたが、長州藩の仲間内でも進士と呼び合っていたのであろう。この称号を得たことは松下村塾では自分の立ち位置が確定したことを意味したようだ。

彼は当然塾生の時には幼名を名乗っていたが、長じて山田顕義となり陸軍中将となり、ついには政治家になった。号には狂痴、空斎などがあった。漱石が興味を持ったのは足軽の彼が文字通り駆け出しの時に英国に密航で留学していたことだ。当然、英人の支援者が背後にいたと思われる。このティーンエージャーは英国に行って強烈な刺激を受けた。このことは今英国に来ている漱石が一番わかっていた。同じく若くして渡英して帰国後に名をあげた伊藤博文は花柳界に興味を持ったのに対して、山田は風流の世界を楽しんだ。漱石は後者のこの男に興味を持った。

この句の面白さは、「貧乏な進士」にある。漱石が掲句を作った時は英国にいた時のことであり、進士には「紳士」を掛けていたことだ。つまり山田顕義も漱石同様に英国に留学していた貧乏学生で、英国紳士の佇まいを身につけた。

漱石は明治33年10月28日に英国ロンドンの地に立って、長州の英国留学生のことを思った。幕末に着の身着のままで英国に旅立った武士の群れに、漱石も加わった気分であった。漱石の先祖は武田源氏であった。

・封切れば月が瀬の梅二三片

（ふうきれば　つきがせのうめ　にさんへん）

（明治32年2月）句稿33

「梅花百五句」とある。月が瀬は奈良県の梅の名所である。そして県内一の茶の産地でもある。この句における「月が瀬の梅」は、梅の名所「月が瀬で開かれた梅見の宴、茶会」ということであろう。この梅林の中での野点の茶会において、鑞付け抹茶壺の封が切られ、梅のかすかな香りの林に野点の新鮮な抹茶の香りが漂い出した。

通常は11月の炉開きの後、新茶の茶壺を封切りして新茶を味わう口切の茶事が行われるが、梅の咲く時期に粋な口切の茶会が開かれたということである。梅の花が好きな漱石先生は喜んでこの茶会に出席したのだ。だがこれは想像の句であろう。

漱石は弓を引いて矢を放った時の弦の空気の振動で、重い椿の花が落ちるという句を作っていたが、この度は茶壺の封切りの際に栓を抜いた衝撃が空気振動で梅の花に伝わり、小さくて軽い花びらが落ちたかのように思い込んで楽しんだのだ。実際にはこの開栓時に風が一瞬吹いて近くの梅の花びらを落とし、それを風が茶席まで運んだのだ。

句意は「月が瀬での野点の茶会で抹茶壺の封が開けられた際に、タイミング良く、野点の会場の梅の木から花びらが2、3片落ちた」というもの。優雅な封切りの儀式に花を添えるように白梅の花びらがはらりと落ちたのだ。これを見て皆が喜んだ。

ちなみに掲句に関連した句に「碧玉の茶碗に梅の落花かな」がある。どんどん漱石の想像が広がるのだ。頭上の梅の枝から舞い降りた2、3片の梅の花びらが茶を点てている茶碗の中に入ったのだ。ナイスキャッチであり、ナイスアイデアである。

・夫子暖かに無用の肱を曲げてねる

（ふうしあたたかに　むようのひじを　まげてねる）

（明治29年3月24日）句稿14

夫子とは偉い先生、または孔子のことだが、ここではブッダのことを指している気がする。厳しい生活の裏で、気を抜いた自堕落な格好で時間を過ごすことが重要だと悟ったのだろう。漱石はこの年の4月に熊本に発つことになっていたが、ブッダの入滅の際の「手枕ブッダ」を真似て空き時間を「手枕ブッダ」のように過ごすことにしたのだ。

この句の関連文の存在を半藤一利氏が調べ上げていた。それは「硝子戸の中」の最終段落にあった。この随筆では「硝子戸の中から外を見渡すと」で始まり、いろんな人が漱石を訪ねてきては話して帰り、漱石は昔のことを思い出す。そして最後は「猫がどこかで痛く噛まれた米噛を日に曝して、温かそうに眠っている。先刻まで庭で護謨風船を揚げて騒いでいた小供達は、みんな連れ立って活動写真へ行ってしまった。家も心もひっそりとしたうちに、私は硝子戸を開け放って、静かな春の光に包まれながら、恍惚とこの稿を書き終るのである。そうした後で、私はちょっと肱を曲げて、この縁側に一眠り眠るつもりである。」になっている。まさに作中でも「手枕ブッダ」を演じていた。

弟子の枕流としては、この文章と掲句は漱石がブッダの最期の格好を真似た、あの世での日常生活の予行練習をしている様を描いているように思われた。このことは漱石29歳のときに作った俳句を常に頭に置いて生きてきたことを示している。つまり常に死を脇に置いて生きてきたということだ。

随筆「硝子戸の中」は48歳(大正4年、死去の前年)の1月から2月まで新聞に掲載された文章だ。漱石は猫と一緒になって、多くの動物や弟子たちに見守られるブッダの涅槃図の姿を家族のいない縁側で、支援者のいない状態で演じてみたのだ。死の瞬間は縁側であれば一人でも結構あったかいものだと予行練習の結果を総括したのかもしれない。死ぬときは縁側がいいと考えながら。

● 夫子貧に梅花書屋の粥薄し

(ふうしひんに　ばいかしょおくの　かゆうすし)

(明治32年2月)句稿33

「梅花百五句」とある。漱石がシリーズで「梅花百五句」をやろうと思い立って、最初に作ったのがこの句であった。まずは得意な漢詩調の俳句で勢いを付けようとしたのだろう。病床にいる子規に、梅をテーマに百五句もの大量の句を一気に生み出すマジックを披露しようという企てだ。まずは師匠の子規が登場する句で子規を喜ばせようと企んだ。夫子とは子規のことなのである。

この企画の本当の動機は気分転換なのであろう。この句稿における掲句の前には、宇佐神宮参りの行き帰りの行程をリポート風の実写俳句で描いてきた大量の俳句群があった。漱石はここで趣向を変えようとした。俳句を想像で作る方向に大胆に切り替えた。

句意は「深く物事を考えることを優先する人、その徳の人は、経済的な発想と執着が弱くどうしても貧になりがちだ。梅の木が庭にあるだけの簡素な住いには本が積んであるだけで、食事は粗末で薄い粥のみである」というもの。この家の主人は勉強家で人望があるが、経済的には恵まれていないのだ。この家の主人は明らかに正岡子規である。子規は獺祭書屋を名乗っていたので、梅花書屋の語を創作した。

夫子とは偉い先生、または孔子のことだが、時にはブッダになる。だがこの句では子規になると子規をからかう。東京にいる子規は、粥ですむわけはなく、人一倍の大食漢で美食家なのだと知っている。全国の子規ファンから各地の名産品を送り届けてくるので、子規はまさにグルメになっていた。漱石は「梅花百五句」の制作を一気に作る際には、風刺やユーモアを重視すると宣言しているように見える。

● 風船にとまりて見たる雲雀哉

(ふうせんに　とまりてみたる　ひばりかな)

(明治29年3月5日)句稿12

日本にゴム風船が登場したのは明治9年であった。それまでは紙風船。初めてゴム風船が売られた地域は横浜辺りであろう。漱石が住んでいた松山で販売されたのは、それからかなり後ということになる。発売当初は膨れ玉や球凧と呼ばれたという。空気を吹き込むとどんどん大きくなるのを見て、人々は面白がったと同時に手を離すと空を飛ぶことに気がついたのであろう。どんどん上がっていく風船を見るのは楽しかったに違いない。空は自分の遊び場だと思っていた雲雀はこれを見て驚いた。

この俳句は、「高い空に見たこともない丸い玉が浮いてきたのを見た雲雀たちは大騒ぎし、その風船に雲雀は飛び乗ろうとした」と空想した句である。雲雀が上空でピーピーと鳴いていると、得体の知れないものがふわりふわりと来てすれ違ってゆく。冒険心に富んだ雲雀は、この風船に乗ってみようとしたのかもしれない。いや蹴落とそうとしたのかもしれない。

想像力が豊かな漱石先生は、雲雀の気持ちになってみたというところか。漱石、虚子、霽月の三人は3月1日に道後温泉で幻想的な神仙体俳句を競って作っていた。掲句はこの時のものであろう。漱石は翌月の4月に熊本の第五高等学校への転職が控えていた。気持ちはすでに風船に乗って松山から熊本に移っていた。

ところでゴム風船が発売されてから11年経った年には、風船の口に竹笛をつけた「ゴム毬笛」が発売された。鳴く風船の登場である。さらに鶏の羽をこの竹笛にくくりつけた毛笛付きの新型風船が上空に上がるのを見た雲雀は度肝を抜かれたはずだ。ピーピーと鳴きながら羽玉風船がふわりと浮かんできたのであるから。

・風流の昔恋しき紙衣かな

（ふうりゅうの　むかしこいしき　かみこかな）

（明治43年9月14日）日記

掲句は「今は機械織りの布地で作る着物ばかりになってしまった。昔の和紙で作った紙衣が懐かしく感じられる」というもの。手漉き紙で作った少しゴワゴワ感のある着物は、織機で大量に作る着物よりも気に入っていると吐露する。漱石先生は昔の紙衣を手放す気はないようだ。

長いこと修善寺の旅館の部屋で病んで寝ていると昔の物事が懐かしく思い出される。8月23日夜に大吐血をしてから物事を考えるのが億劫になったが、9月中旬の今は違ってきたことが日記に書かれていた。

「一竿風月　明窓浄几」（釣りなどをしたりして俗事から離れて風流な生活を心がけ、外気を入れた部屋で読書を楽しむようにする）と書いた。大学の教員から小説家に転身後の仕事中心の生活を見直す気持ちが生じていた。そして「微雨当窓冷、一燈洩竹青」（細かな雨が窓に当たって部屋の中も冷え冷えと感じ、庭の濡れた青竹も部屋の光を受けて冷たく見える）として、気持ちを外に向け出した。だが9月中旬だというのに漱石の目には窓も外の景色も冷たいものとして映るのである。胃潰瘍がなかなか良くならないことから気持ちは前向きにならないのだ。

江戸時代の生活の余韻の残る明治20年代の方が生活に、時代に香りがあった

と懐かしむ。人は長い期間寝込んでいるといろんなことを考え、昔のことが懐かしく思い起こされるものなのかもしれない。

・吹き上げて塔より上の落葉かな

（ふきあげて　とうよりうえの　おちばかな）

（明治28年10月）句稿2

強い秋風が吹くようになり、火の見櫓であろうか街中の塔の上にまで落ち葉が舞い上がっている。冬が近づいているのを感じる光景である。一旦舞い上がった落ち葉は木の枝よりも高いところから再度枯葉が散るように落ちてくる。不思議な光景だ。

街を歩いているとたまに周りに木のない場所の上空から、パラパラと木の葉

が落ちる異様な光景にぶつかる。この時異空間に自分がいるような気分になる。

漱石はこの木の葉がどこからか高い塔の上まで風で吹き上がった後、高い位置から落葉がばらばらと落ちる様を面白がって見ていた。「何だ、何だ、これは。木のない高い空から落葉が降ってくるなんて」と思ったのだ。そう思い込んで吹き出しそうになったに違いない。

この漱石と同じ感慨を持った現代詩人がいた。俳句も作った辻貨物船であった。この辻は漱石と同じように物事を面白がってとらえる人であった。同じ光景を見て辻貨物船が作った俳句は、「落葉降る天に木立はなけれども」であった。

この光景は親友の子規が東京に帰ってしまった後、帝大の学生時代に二人で浅草寺あたりで遊んだことを思い起こしたのだ。この時掲句の光景を目撃したのだろう。2ヶ月もの間同居していた子規がいなくなったのであるから、ぽっかりと心に穴が空いたようになっていた。そのような時に面白い句を作って寂しさを紛らわせていた。「凩に裸で御はす仁王哉」と「五重の塔吹き上げられて落葉かな」のユーモア句を掲句の前後に置いていた。

＊原句：「吹き上げて塔より高き落葉かな」

三者談

風は落とした葉っぱを高く捲き上げている。落葉は必ずしも塔より高く上がらなくても下から見ていると塔より高く上がったように見える。枝から直接舞い上がった方がいい。枝から落ちる途中の葉は落葉というのか疑問だ。実際に上州の山に行った時、谷に散る葉が峰の上まで運ばれる景色を見たことがある。風の力はすごい。絵のような光景であり、空を見上げる心持ちがいい。

・吹き上げて塔より高き落葉かな

（ふきあげて　とうよりたかき　おちばかな）

（明治28年10月）句稿2

「吹き上げて塔より上の落葉かな」の原句である。掲句は師匠の子規が修正する前の俳句である。両者の違いは二人の考え方の違いでもある。

「塔より上の落葉」と「塔より高き落葉」と違いは、前者は「吹き上がった落葉が塔よりも高いところまで到達して落ちてきた」というのに対して、漱石の後者は「吹き上がった落葉が塔よりも高い木から落ちるように落ちてきた」という、より面白い想像を含んでいるように感じさせる。

つまり、子規は写実的に正確な俳句を作るのに対し、漱石は面白く表現しようとする精神が感じられる俳句を作るのだ。

・吹井戸やぼこりぼこりと真桑瓜

（ふきいどや　ぼこりぼこりと　まくわうり）

（明治29年7月8日）句稿15

地下水がボコボコと湧き上がって、熊本市内に借りた家の井戸の枠からこぼれ落ちる井戸に真桑瓜が2、3個「ぼこりぼこり」と浮いている。この「ぼこりぼこり」は真桑瓜同士が吹き上がる水によって回転しながらぶつかる様を表す音なのだろう。漱石には目の前で衝突する音が聴こえていた。

この句の面白さは、噴き出す井戸が「ぼこりぼこり」と音を発している様子にも捉えられることだ。造語の名人である漱石先生は、湧き水の湧き出る「ぼこぼこ」の音と瓜が浮いている様を表す「ポカリ、ポカリ」を合成したのだ。新たな擬態語の創造である。

ちなみに真桑瓜はインド原産であり、2世紀前に日本に伝来した。その後岐阜県の真桑村（今は岐阜県本巣市）産が有名になったところからこの名がついたという。瓜とメロンの交配品種であり、プリンスメロンの系統の瓜である。香気が少なく果肉は薄いが栽培しやすいという特徴がある。よって安価に販売することができ、普及した。

黄色がかった縦筋入りの瓜は水に浮いて回ると見ている方も楽しくなる。縞模様が瓜の回転を教えてくれるからだ。そしてこの句を口にすると、「ぼこりぼこり」と「まくわ」の語感がマッチして別の可笑しさも浮き上がる。

漱石が掲句を作った時の熊本の借家には掘り井戸が付いていなかった。多分隣の家の井戸なのだ。庭から見えていたのだ。漱石の結婚したばかりの家には、瓜が「ぼこりぼこり」の状態は考えにくい。

・ふき易へて萱に聴けり秋の雨

（ふきかえて　かやにききけり　あきのあめ）

（明治40年頃）手帳

漱石は明治39年12月に東京の千駄木から本郷区駒込西片町（現・文京区西片）に転居し、翌40年9月に早稲田に移った。この句はこの西片に借家していたときのものと推定される。新聞小説家になる前に借りた西片の家の写真は残っていない。そして写真に記録されていた早稲田の漱石山房は瓦屋根とスレート屋根であったから、掲句が作られたのは茅葺の家にいたこの年の8月か9月の初秋であろう。

雨が漏れて仕方なく屋根の一部を葺き替えてもらった時の句である。漱石は大変な思いをしたがユーモアの句にしている。屋根からショパンの雨だれの曲が聞こえてきそうだ。

そこで掲句の意味であるが、「藁葺きの借家であったが雨漏りがしたので屋根の一部を萱で葺き替えた。すると屋根の素材が硬くなったことで秋の雨音は今までの音と違って聞こえた」というもの。漱石は理系の頭脳を持っているので、屋根材が替われば屋根下に伝わる雨の音も変わるはずだと考え、耳を立てて今までの雨音と比較したのだ。新たな雨音は少し硬い音になったと思われる。

さて、借家の元の屋根は、藁葺きだったのか萱葺きだったのか。迷ったが別の句を参照して藁だったと断定した。

その俳句は掲句と対になる俳句で掲句の隣にあった。「藁葺に移れば一夜秋の雨」である。まだ漱石の家には藁屋根の部分が残っていたとわかる。そして家主は安く仕上る萱の方を選択した。家主は最低限の部分修理に抑えたのだ。

・ふき通す涼しき風や腹の中

（ふきとおす　すずしきかぜや　はらのなか）

（明治33年7月4日）手帳

俳句の冒頭に付けられていた「無心常覚涼静坐自生風」は前置きというより、掲句を漢文に翻訳した漢語俳句というところだ。漱石は英国留学が近くなると、句作は激減していた。その分元々好きであった漢詩への関心が深くなっていたようだ。晩年になるとこの傾向がより顕著になった。

前置きの漢詩文は「私心のない状態でいれば平素から心が涼しくなる。静かに座していると体の中にも風が吹き通る」という意味に解釈できる。暑いという思いを切り捨てて心を乱さないならば、涼しさを感じられるようになるということも含まれるのかもしれない。

この掲句の意味は今までに関東や松山で経験した夏の暑さを上回る厳しい暑さを熊本で感じていたが、英国留学の辞令をもらうと気持ちが引き締まり、今までにない覚悟が生まれてきた。句意は「暑い季節の中でも気が引き締まると爽やかな涼風が腹の中にまで吹き抜けるように感じる」というもの。

ちなみにこの解釈は、漱石全集の編集者が前置き文の中に意図的に組み入れた「紫川のために」の書き込みを無視して行なった解釈である。

風は気持ちも体も涼しくさせるものであるが、この風を鍛錬によって体の中に起こすことができるようになる、とする禅の心を漱石は俳句に表している気がする。このことは平静から自分の気持ちに正直になっていることが大切ということなのであろう。つまり普段から心の中に風を意識することで、自分の気持ちに寄り添っていると、体内の風に気づくことができるということだ。

この句の面白さは、漱石自身の気持ち、心は腹の中にあると示していることだ。東洋的な発想である。漱石はその腹の心に風を送って常に涼しくしておかねばならないと説いている気がする。腹を据えて腹で涼風を感じるということか。

ところで漱石はどのようなことがきっかけで掲句を作ったのか。気になるのは明治33年の熊本第五高等学校の卒業式のあった7月4日を最後に、洋行する9月までの2ヶ月間俳句を全く作っていないことである。この卒業式の時期に作っていた俳句は、学生個人とのものであった。この卒業式の前後から洋行までの間に何があったのか。卒業式を境にして漱石の心の中に何かが生じたようだ。

手帳に書かれていた掲句の1つ前には、「登第の君に涼しき別れかな」の句が書かれてあった。この句は熊本第五高等学校を卒業して寄宿舎を出て行った落合貞三郎に密かに贈った2句のうちの1つである。漱石と落合君は男色関係にあったと思われる。年長の漱石にとっては少年愛ということになる。英語教師を辞するまでは他の学生との男色世界に足を踏み入れていたと思われる。

英国に行ったならば少ない留学費の中から書籍購入費を捻出しなければならないし、貧乏生活が避けられないと予想した。また猛烈な研究生活が求められるので、今までのような性生活はできないと考えたのだ。今までは熊本市の近くの町で楠緒子と交流ができたが、それもなくなる。そして妻のいない独身生活を続けることになり、自身の性生活が大きく変わることになると覚悟した模様だ。

貧乏留学生として英国に行ったならば女性との接触を絶つて部屋に籠り、勉学に打ち込むしかないと考えた。達磨大師が洞窟内で行った修行に近いことをやるしかないと腹を決めた。2年間耐えてみせると決意したと思われる。

漱石はこれまでにも「腹の中」の語が俳句に登場していた。それは熊本で今まで経験したことのない猛暑の季節を乗り切るために作った「涼しさや奈良の大仏腹の中」である。銅製の大仏の腹の中は涼しいというだけでなく、暑さであたふたしないと漱石は腹の中で決めたのだ。

ちなみに漱石は明治33年の留学前に「陌柳映衣征意動　館燈照鬢客愁分」という漢詩を書いていた。意味は「大通りの柳は我が衣に映えて旅心を動かし、旅館の灯火は鬢を照らして旅の悲しみを一層感じさせる」（藤田智章訳）というもので、出発前の不安な気持ちを表していた。藤田氏は「漱石は（出発前に）感傷的な客愁の語を用いたが、留学後に決定的な憂愁として漱石の上にのしかかることになる。ロンドンでの漱石はアパートの一室に籠城し、半ば狂気と隣り合わせで文学という途方もない研究に取り組んだ。」と書いた。この漢詩に相当するのが留学前の時期に作っていた国内最後の俳句になった掲句なのであろう。その後に来る俳句が洋行する漱石の姿を描いた「秋風の一人をふくや海の上」の俳句で、不安な気持ちを海風に晒していた。

● 吹きまくる雪の下なり日田の町

（ふきまくる　ゆきのしたなり　ひたのまち）

（明治32年1月）句稿32

「峠を踰えて豊後日田に下る」と前置きがある。耶馬溪を抜け出て日田の町を目指して峠を下り始めたが、降り出した雪は益々ひどくなり、吹雪出した。雪が舞って視界を遮って眼下に見えていた日田の町が見えなくなってしまった。山を下り始めて人家が遠くに見えていたことで安心感があったが、再び不安が頭をもたげ始めた。立ち往生は間違いなく人を不安にさせる。吹き止まない吹雪もいつかは止むとわかっていても。

さっきまで見えていた足元の日田の町が雪の下に埋もれて隠れたように錯覚してしまった、と面白く描いた。「雪の下」を「雪の下方」と「雪に埋もれているさま」の両方に解釈できるように企んでいた。

「つまらぬ句ばかりだが、紀行文の代わりとして読んでくだされ。病気療養の慰めになるぞ」と句稿の冒頭で漱石は断っている。だが掲句は対象外であろう。「雪の下」になっている「日田」の人家は雪を溶かす太陽のようにも感じられた。雪と日の対比が効いている。

漱石と高校の同僚であった奥太一郎は元旦に熊本市内を立って二日に大分の宇佐神宮に参拝した。新暦での正月に参拝したが、神社側は旧暦での対応であり、漱石たちを歓迎してくれなかった。この寂しさが掲句に込められている気がする。

● 鰒汁と知らで薦めし寝覚かな

（ふぐじると　しらですすめし　ねざめかな）

（明治39年12月）佐藤紅緑宛の手紙

掲句は佐藤紅緑宛の手紙にあったものであるが、その手紙自体は漱石全集に収録されていない。この手紙には紅緑と漱石の破天荒な行動やその夜の遊びに関するところが書いてあったものと推察される。紅緑は昭和の時代には少年小説の作家として活躍するが、漱石と交流していた頃の紅緑は、俳句研究者であり、血気盛んな報知新聞社の記者であった。紅緑は「首縊る枝振もなき柳かな」「涼しさや越中褌帆かけ舟」等の激しい句を詠んでいた。

掲句は7歳年下の紅緑と遊んだ際の俳句である。句意は「年下の可愛い男に、遊びついでに毒に当たるかもしれない鰒汁をよく考えもしないで薦めてしまった。目覚めてみて、そのことに気づいて冷や汗をかいた」というもの。さてその男たちの遊びとは何か。この時漱石は子供もいる妻帯者、かたや紅緑も妻帯者であった。漱石はその遊び自体は反省していないようだが、羽目を外しすぎたと反省している。

この俳句を付けて出した紅緑宛の手紙には具体的に何が書いてあったのか。非常に気になる。この頃弟子の鈴木三重吉に出した手紙には「美を目指す閑文学より苦痛文学をやる。気狂いと言われてもいい、維新の志士たちのようにやる」などと書いていた。ユーモア小説とは決別して作風を変える、と漱石の気持ちはかなり高ぶっていた。

● 河豚汁や死んだ夢見る夜もあり

（ふぐじるや　しんだゆめみる　よるもあり）

（明治28年11月22日）句稿7

この句を作った時に「賭にせん命は五文河豚汁（ふぐとじる）」の句も作っている。命をかけて河豚汁を食べたと記していた。投げやりな気持ちを俳句に表している。漱石先生は河豚毒を心配しながらも、河豚汁はうまいので何度も食べていたようだ。掲句の下五に「夜もあり」とあり、河豚を食した機会は複数とわかるからだ。仲間と大騒ぎして河豚汁を食べた夜などは、さすがに心配になったに違いない。安い店に出かけて賭けのように食べていたのであろう。

もしかしたら河豚毒にあたって死ぬかもしれないという思いが、河豚の味を独特のものにしていたのかもしれない。明治時代に河豚料理が解禁になったが、漱石が松山にいた明治28年には、調理法にいまいち不安があったようだ。ちなみに河豚毒のある部位について食品衛生法で規定されたのは昭和58年で、このときいくつかの都県では調理師免許制を導入している。平成の時代の統計では、5年間で河豚毒死の死者は一人というデータがあり、今では河豚料理は安心して食せる料理になっている。

ちなみに漱石の句に「なに食はぬ和尚の顔や河豚汁」（明治43年）という面白い河豚俳句がある。この和尚という人種は食えない僧たちだということだ。漱石は真言宗、天台宗などの僧たちを評価していなかったとわかる。

ところで漱石は12月に帰京し、貴族院書記官長であった中根重一の長女、鏡（戸籍：キヨ）と見合いをし、結納を取り交わした。漱石は帰京する前に結婚することを決意した時があったはずで、その時期に掲句を作っていたのかもしれない。恋人であった大塚楠緒子との結婚は進展しなかった。そして楠緒子の親の反対で引き下がることになった漱石は、松山に移動した。掲句から万が一河豚毒で死んでもいいという気持ちになっていた時期があったと想像できる。

・瓢かけてからからと鳴る春の風

（ふくべかけて　からからとなる　はるのかぜ）

（明治31年5月頃）句稿29

種を抜いて十分に乾燥し切った瓢が家の外壁にかけられている。くびれた胴に紐がけされた瓢が壁に2、3個掛けられている。春の風が強く吹き出すとこれらの瓢は風に飛ばされるように動かされ、壁にぶつかって、また互いにぶつかって「からから」と音を立てている。この音は春の風が吹き出したことを知らせているように思える。

いままでに作られた俳句における瓢の音というのは、瓢の口で鳴る音であった。一茶の句における瓢の立てる音は「ひやうひやう」（ひょうひょう）であった。「ポ〜ンポ〜ン」という音を記した俳句もあった。掲句にある「からから」の音は瓢の登場する俳句では見かけない。漱石は瓢同士がぶつかる楽しげな音を聞いて、「からから」と笑っている気がする。

ここまで書いて、はて漱石は瓢を風の吹き抜ける建屋の外壁に取り付けていたのかと疑った。瓢2個を結んで部屋間の紐に取り付けて、部屋の壁や柱に掛けて、紐の端を引くとカラカラと音を出す鳴子にしていた可能性がある。妻に部屋に来てもらう際に瓢を鳴らしたのかもしれないのだ。鳴子は通常木の板に竹の管や木片を付けたもので、これを振ると甲高い音がするものだ。漱石は春になったことで、今までの鳴子を春らしい柔らかい音のするものに切り替えたのかもしれない。

漱石は掲句より前に「淋しくば鳴子をならし聞かせうか」（明治30年2月）と「引かで鳴る夜の鳴子の淋しさ」（明治29年9月）の鳴子の俳句を作っていた。従来の鳴子は漱石にしてみると「寂しい音」のする楽器であった。

・ふくれしよ今年の腹の粟餅に

（ふくれしよ　ことしのはらの　あわもちに）

（明治30年1月）句稿22

熊本に転居して最初の正月であった。漱石宅では正月のために年の瀬に餅を搗いたが、このときの餅は粟餅であった。ところで粟には、「うるち粟」と粘り気のある「もち粟」とがあり、通常これらを使い分ける。粟餅には「もち粟」だけ用いたものと「もち粟」と「もち米」を等分に混ぜて作る餅がある。阿蘇の裾野の畑では粟を盛んに栽培していた関係で、漱石一家の初めての正月餅は、地元の正月餅に合わせて粟餅になった。関東のもち米だけの餅ではなかった。

掲句の粟餅は「もち粟」のみで搗きあげた餅で日持ちのしないのが特徴であるが、柔らかめに仕上がるお菓子風の餅であった。普段はこれに「きな粉」をまぶして食べる。粟餅は腹が温まるような満足感があるとされる。漱石はこれをおやつとして食べるのだ。甘党の漱石は、この粟餅が気に入ったようだ。今でいう葛餅の代用品になるものであったのだ。しかしこの粟餅は俗にいう、腹持ちが悪いのだ。そこで大食漢の漱石は粟餅に頼み事をすることになる。

句意は「粟餅を搗いて新暦の正月から食べ始めたが、どうにも腹持ちが悪い。頼むから満足の気分を長続きさせてくれ」と腹に入った粟餅に頼んでいる。上五の「ふくれしよ」は熊本の方言であり、「ふくれてくれ」または「ふくれていてくれ」の意だ。食料としての粟餅に感謝しつつ、頼みますぞと語りかける。漱石の熊本俳句にもこの粟が何回か登場していた。

この句の面白さは、漱石は粟餅に頼み事をするが、粟餅を食べる前にするのではなく、腹に収めてから願い事を伝えていることだ。甘党の漱石は粟餅を見るとすぐに手と箸が動き出す。待ちきれないのだ。

・普化寺に犬逃げ込むや梅の花

（ふけでらに　いぬにげこむや　うめのはな）

（明治30年2月17日）村上霽月宛の手紙、句稿13

禅宗の一派に普化宗があるが、その寺が普化寺である。千葉下総の小金に本山があったが、宗派は細かく分かれていた。幕末には尺八を吹き、編笠をかぶったこの宗派の僧が各地を歩いた。漱石の俳句に、普化宗の信徒のトレードマークである虚無僧姿の僧が何度か登場した。この虚無僧は幕末期には浪人集団と見なされ、幕府側のスパイとして活躍したことが知られている。明治4年に明治政府によってこの宗派は廃止された。

句意は「梅の花が咲いている普化寺に追われた野良犬が逃げ込んでゆく。虚無僧の後をついてゆくように」というもの。追い込まれると普化僧は寺の中に逃げ込むが、犬もこれを真似てこの寺に逃げ込むと漱石先生は笑う。漱石の観察によれば、この寺の虚無僧たちも、犬同様に梅の花に紛れるように寺に逃げ込むのである。全国各地で危ない際どいことに携わっていた虚無僧たちは、ここでほとぼりが冷めるまで隠れていたのであろう。

隠語としての「ふける」という言葉には、「逃げる、姿を隠す」という意味がある。この言葉は今や警察用語にもなっているが、江戸時代の虚無僧姿になって姿や顔を隠していたことが背景にあるとみている。この言葉はほぼ全国で通用するようであり、動乱期に虚無僧姿は全国に出没したということだ。したがって普化寺はふける者たちの元締の寺ということにもなる。犬たちもこのことを知っていたと漱石は笑うのである。

・深うして渡れず余は泳がれず

（ふこうして　わたれず　よはおよがれず）

（明治30年4月18日）句稿24

「泳」とある。泳げない自分は、目の前の川は深くて渡れそうもない、と漱石は呟く。句意はこのつぶやきそのものである。漱石は「泳」の前置きで6句を一気に作っている。これらの句を読むと漱石は寮生たちの川遊びや水泳の監視者の立場でいるのがわかる。この句の直前句は第一句目の「顔黒く鉢巻赤し泳ぐ人」であった。漱石は白い顔をして木陰で本を読んでいたのであろう。

夏休みになると熊本の第五高等学校の南側にある江津湖の大きい方の下江津湖で学生たちが真っ黒になって泳いだり、ボート競技の練習をしたりしていた。するとこの掲句の渡れない場所は、川でなく湖とわかる。「深うして渡れず」の意味は、岸から入れないということだ。だが実際の漱石は、学生時代に東京の隅田川に設けた大学の水泳場で集中して泳いでいた。同じ川遊びをしていた。

漱石はたまに生徒指導のために下江津湖に出かけたのだ。すると生徒たちは先生に泳ぐように勧める。その時の先生の返事がこの俳句なのだ。自分は金槌なのだから、本でも読んで監視している、と返事するのだ。生徒指導の先生が生徒と一緒に泳ぐわけにはいかないと断るために、掲句のように軽く嘘を言ったのだろう。

この俳句の面白さは、「深うして」と音を伸ばして言い訳じみたニュアンスがうまく出ていることだ。また熊本言葉を用いて九州の学生たちと馴染んでいるさまを演出している。

ちなみに「泳」の前置きのある6句は「顔黒く鉢巻赤し泳ぐ人」「深うして渡れず余は泳がれず」「裸体なる先生胡座す水泳所」「泳ぎ上がり河童驚く暑かな」「泥川に小児つどいて泳ぎけり」「亀なるが泳いできては背を曝す」である。

・無作法にぬつと出けり崖の梅

（ぶさほうに　ぬっといでけり　がけのうめ）

（明治32年2月）句稿33

「梅花百五句」とある。雪の耶馬渓を縦断して日田に抜ける山道を高校の同僚と数日かけて歩いていた。大分の宇佐神宮で初詣をしての帰り道だ。雪に覆われた険しい山々を抜けてふもとの日田の街を目指して歩いていると、途中の崖のところに梅の花が咲いていた。

句意は「ふらふらになって山道を下ってくると突然崖のところに梅の花が出現した」というもの。漱石の好きな紅梅の花が目の前に現れたので驚いた。北風の当たらない南向きの崖下に梅林があった。氷と雪に覆われた白い耶馬渓を見慣れていた漱石一行は、景色が一変する紅梅の林を見て、幻でも見たかのように思った。崖を下りてゆくと日田の街になるとわかっていたので、この紅梅の林は漱石たちを歓迎しているように感じられた。この景色を見てこれで助かったと思った。

この句の面白さは、梅の咲き方には堂々と品位を感じさせて咲くのと、無作法に大雑把に咲くのがあるということを示していることだ。そして、梅との嬉しい出会いを梅の擬人化で表しているところだ。紅梅の林は旅の人を驚かせようとしていると漱石は笑っている。「無作法にぬつと出けり」には、いたずら小僧に対する気持ちのような馴れ馴れしさが感じられる。漱石は、梅の木に、梅の花に深い愛情を持っている。桜よりも梅の方が好きなのだ。これが掲句によく表れている気がする。

・藤の花に古き四尺の風が吹く

（ふじのはなに　ふるきしゃくの　かぜがふく）

（明治40年4月・推定）絵端書

大きな藤の花房の垂れ下がる様は天然のシャンデリアである。その房の長さは樹齢の長さと比例するという。そして幹が太くなるほど、房の長さも長くなる。漱石の見た藤は四尺の長さであり、1・2mの長さに垂れ下がっていたという。だが世の中には四尺より長い六尺にもなる藤があるのだという。

句意は「古木である藤棚の下には房長さ四尺の藤の花が、古の風に揺れている」というもの。藤の香りを乗せた風は古い時代から吹いてくると感じさせる。掲句は雅な光景を描いているが、俳句自体も雅な表現になっている。棚から下がる1．2mの長さの藤の房が揺れると、秒速1・2mの緩やかな風が吹くように錯覚する。その錯覚を漱石先生は楽しんでいる気がする。そして周りから吹き込んだ強い風もこの藤棚のところに来ると緩やかな風に質が変わる。風は長く垂れ下がった藤の房に宥められているように見える。房の揺れ方が雅に見えるからである。

棚の下を人が歩くと裾の長い着物をまとった平安女性の歩く姿を想像する。そんな藤棚の下では、頭が変になりそうであるのは、古の風が吹くからである。

この頃漱石は知り合いから、または一般の読者からの手紙にまめに返事を書いていた。有名になった猫を筆で描いた絵葉書を出すことが多かった。しかしいつも猫の絵ばかりでは飽きてしまい、藤の花の絵に変えた。猫の毛並みと藤の房に関連を見つけたのかもしれない。

・藤の花本妻尼になりすます

（ふじのはな　ほんさいあまに　なりすます）

（明治29年3月24日）句稿14

日本人は桜に次いで藤の花が好きなのだと思われる。苗字にも藤が入るものが多い。藤尾、藤野、藤川、藤谷、佐藤、斎藤、工藤など50ぐらいある。艶やかな藤の花には憧れの対象である富士のイメージが重なっていると思われるからか。

ところで藤は蔓性の植物であり、松や杉の幹に絡みついていると、その幹自体が花を咲かせているように錯覚する。見方を変えると杉の木が幹に藤をまとっている姿は艶やかな着物を纏った人の姿と勘違いしそうだ。俳句の師匠である子規は掲句に対して「本妻」の所にだけ疑問符をつけていた。これは穏やかではない、というのか。子規は藤は人を騙す存在になりうると思えると見ていた。だが「本妻」にまで広げるのは如何なものかと言いたかったようだ。

ちなみに弟子の枕流が大阪で仕事をしていた頃に箕面の山奥で遊んだ時、藤の蔓が巻きついた足の太さぐらいの木を見つけた。その綺麗な花を近くで見ようと近づいたところ、その藤の宿主は枯れ果てていた。あたかも首に紐を巻かれて窒息死しているかのようであった。美しい藤の花の怖さを見せつけられた。

句意は「藤の花は男たちには魅惑的に見える本妻や尼になりすましている」というもの。つまり家庭の本妻も寺の尼も遊興のサロンで男たちには人気であったということだ。掲句は俳句の体裁を取るために倒置文の形になっていて、藤の花が本妻や尼としてあたかも店に入り込んでいるように表している。

この句の面白さは、「本妻尼」となっていて「妻や尼」ではないことだ。つまり漱石は店にいる主婦らしい女は、内縁の妻ではないと素性を確認していることである。少し気位の高い妻は男のサロンではその他の妻とは区別して別格だということになっていた。

掲句を作った時期の漱石は、熊本第五高等学校への転職が決まっていて、ひと月後には松山の地にさよならすることなっていた。そしてこの年の6月には熊本の新居で結婚式を挙げる手筈になっていた。つまり掲句を作った時期はまさに独身最後の貴重な時期であった。そこで松山の風俗を観察することにしたようだ。すると繁華街の風俗店には家庭の主婦や尼たちがホステスとして仕事をしていたのだ。

明治30年ごろの地方都市の松山ではまだまだ江戸時代の名残を残していた。在家の尼を比丘尼とも言っていたが、この人たちの一部は各地に繰り出す芸人のようになっていたという。男たちの集まる宴席にも侍るようになっていた。この比丘尼たちを歌比丘尼と称した。売春をするものも出現したという。主婦や尼に男たちの興味が集まるという現象が明治時代にもあったということを掲句は示している。先述したように子規は男の気配のない寺の尼にはこういうことがあったと想像できるが、結婚している妻にも同じことが起きていることが信じられなかったということだ。

● 無性なる案山子朽ちけり立ちながら

（ぶしょうなる　かかしくちけり　たちながら）

（明治29年9月25日）句稿17

田んぼの中に立ち続ける案山子は、枯れ草の中で朽ちそうであった。雨風と強い日射に晒され続けていたが、これらになんら抵抗する気配は見せない。寿命が来て崩れ落ちそうであるが、依然しっかり立ったままである。この惨めな姿を目の前にして、漱石はこの死に方を支持している気がする。

松山から熊本に転勤した漱石は、兄弟や親戚も呼ばない簡素な結婚式を熊本の借家で挙げた。松山にいる間に東京で生活している元恋人の楠緒子のことを忘れようとしたが、中途半端に終わった。熊本での新婚生活はスタートしたが、まだすっきりとしていなかった。

そんな漱石も9月の新学期になると九州のやる気のみなぎった学生たちが集まった熊本第五高等学校で英語を教え始めると、彼らに引き込まれるように元気を取り戻した。

そのような中での落語俳句の復活である。当て字も復活してきた。無性と書いて無精、不精の意味を表し、「ぶしょう」と読ませる。つまり性別がはっきりしていない案山子は無精な案山子になるものだと漱石は笑う。最初から案山子の作り手は気合が入っていないからだと言いたげだ。だがそんな案山子は身につけている服、衣装がボロボロになっても気にしていない。案山子はとうとう惨めな格好になってしまい、カラスにもスズメにも呆れられてしまった。

さて、自分はこれからどうなってゆくのか、と魂に生気が十分に戻っていないと感じている漱石は自問する。自分はまだ「無性な案山子」だと思っていた。

● 伏す萩の風情にそれと覚りてよ

（ふすはぎの　ふぜいにそれと　さとりてよ）

（明治37年6月）小松武治訳著の『沙翁物語集』の序

掲句には「小羊物語に題す十句」と前置きがついている。シェークスピアの『十二夜』に対応する俳句である。劇のエキスをさらに煮詰めたものになっている。

〝十二夜〟はキリスト生誕祭からの12日目の夜のことで、お祭り騒ぎも今日でオシマイという締めの日、なのだという。つまりシェークスピアが設定したドタバタ、思い違い、すれ違い満載の喜劇が思いっきり集中する日となる。

この〝十二夜〟はモーツァルトの代表作の一つとして存在している『フィガロの結婚』と同じように、シェークスピア作品の中では最も高い評価を得ているもので、今でも人気の結婚喜劇と評価されている。

19世紀末のアドリア海東沿岸の国で、貴族と部下、召使いたちの間で起こる恋の思い違いが同時に複数発生する展開が面白い。「ベルサイユの薔薇」同様に男装の美人が引き起こす恋の三角トラブルが中心になって劇が進行する。漱石先生も『十二夜』は気に入っているようだ。まさに自分と楠緒子・保治の関係ではないかと思えるのだ。

句意は、「相手への思いを募らせて吹きかける恋の風に揺れる萩。そしてついにはその風に押されて身を伏せてしまう萩の表情とその姿を見ていれば、萩の心がわかるのであろうに」というものであろう。男装の女と相手の萩の表情を見ていれば恋の相手、萩の心をわかるであろうというが、実際にはわからない。もちろん迫る当人が女だとも思わない。そんな思い込みが先行する世界が恋の世界というものなのか。漱石先生は「風情を感じれば、わかるでしょうに」

とイライラの気持ちを表している。

この句の面白さは、恋の気持ちを漂わせる風に揺れる姿を文字通り「風情」と表していることだ。それにこの物語を読んだ漱石がイライラの気持ちを表に出して「覚りてよ」と声を上げていることだ。これは誰に向けての声なのか。

東京帝大の人気授業の英語講座「シェークスピア」を受けていた学生の小松武治が、チャールズ・ラム著の『シェークスピア物語集』を翻訳し、その序文を漱石に頼んだ。

このとき漱石は、序文の中で洒落た書名「小羊物語」を造語した。Lamb（子羊）さんが書いた本は「子羊物語」となった。これは『シェークスピア物語』と同義である。加えて学生の身で、英語本の翻訳本を出すことに賛意を表して、「頑張ってくれ、子羊くん」とエールを送っているのだ。

● 二つかと見れば一つに飛ぶや蝶

（ふたつかと　みればひとつに　とぶやちょう）

（明治29年3月5日）句稿12

いよいよ来月上旬には相性の悪かった松山を離れて、熊本に転勤になる。漱石は春の空気を感じるためにウキウキした気分で野原に出かけてみた。すると、蝶々が二頭ふわりふわりと接近して遊ぶように飛んでいた。

句意は「はじめ蝶は二頭飛んでいると見ていたが、いつの間にか蝶は一頭しか飛んでいないのに気づいた。よく見ると二頭が交尾したまま飛んでいた」というもの。手品を目の前で見せられた気分であった。

句作がうまくできたと喜んでいる漱石先生の顔が浮かぶ。野原で、または生垣で繋がって飛んでいる蝶をよく見かけるが、これに着目してこのような動画的な俳句を作り上げた漱石は超素晴らしい俳人である。そして、面白がりの性格が十分にこの句に発揮されている。

「ちょうちょ」や「てふてふ」という言葉は、柔らかく蝶が飛んでいるさまを表していると考えていたが、意外にもこの番いになって飛んでいる様を表しているのかもしれない。

漱石は、掲句の他に類似の蝶の俳句も用意していた気がする。「一つかと見れば二つに飛ぶや蝶」の句である。漱石先生の俳句は、さらに発展していきそうである。「二つかと見れば三つに飛ぶや蝶」「三つかと見れば二つに飛ぶや蝶」のように拡がりそうだ。

漱石は掲句を作りながら、人間界に思いを馳せたのだろう。人間は蝶のようには行かない。そこで結婚制度を作り上げたのだろうと。

● 普陀落や憐み給へ花の旅

（ふだらくや　あわれみたまえ　はなのたび）

（明治28年11月13日）句稿6

普陀落信仰は、中央アジア、チベットから中国に伝わった観音菩薩信仰である。敦煌千仏洞の菩薩像のほとんどは観音像であり、観音に関する教典も数多くある。正しく、清らかで、おおらかな知恵に満ち、憐れみ深く、美しい目の持ち主が観音である。この信仰が日本に伝わり、補（普）陀洛山寺はかつて那智の浜に面していた。勝道上人が開いた日光の二荒山（ふたあらさん＝ふだらくさん）は「ふだらく」から来ている。そして二荒を音読みしたことでニッコウ（日光）の地名が生まれたという。その後の普陀落信仰によって観音像が各地の寺に祀られるようになったという。

多くの民がこの憐れみ深い観音様に祈る。寺の観音像の前で線香を焚き、手を合わせて祈っている。漱石の住んだ松山にも四国巡礼の札所がある。漱石がそのような札所の前を通りかかった時の光景を掲句に詠んだと思われる。

句意は「四国巡礼の札所には線香がたなびいている。憐れみを受けたい人、浄土に連れて行ってほしいと願う人が観音様に祈っている」というもの。

ちなみに「花の旅」はブランド品の線香の名称であり、桜の香りのする高級な線香である。そして「花の旅」は菊の咲く土地への巡礼の旅をも意味している。そして浄土への旅をも意味していると思われる。

ちなみに僧侶が目指した普陀洛山、南方海上にある観音浄土への旅は、徒歩でなく小舟での船旅であった。中国の西域にあるゴビ砂漠はあまりに広大であり、海上ルートが採用されたということだ。シルクロードも実際には古代には存在した大河を繋ぐ船による交易であったというのが有力な説になっている。また紀州勝浦の寺で行われていたのは「補陀洛渡海」である。寺の住職は60歳ごろになると、わずか6メートルほどの小舟で帰らぬ旅へと船出した。船の上の小屋は住職が入ったあと釘でその入り口は打ち付けられたという。30日分の油と食糧をたずさえて日夜、法華経を唱えながらの旅である。生き仏である。この旅は18世紀に終了した。

そして普陀落（サンスクリット語）とはインド南端の海岸にある、八角形をした観音が住むという山のこと。チベットのポタラ宮の名も普陀落からきているという。中国・日本でも、多くの観音の霊場にこの名を付けているのだということ。

• 二人して片足宛の清水かな

（ふたりして　かたあしづつの　しみずかな）

（明治40年7月下旬・推定）手帳

なにやら仲のいい二人が登場している。盛夏に旧知の僧のいる古寺を訪ねた漱石は、僧堂の屋根の裏側の様子を見たいと裏山側に回った。すると崖下に小さな滝があり清水が流れ落ちていた。そこには羊歯が生え、岩には苔が付着していた。水がキラキラと流れ落ち、綺麗な小川となって流れていた。漱石はそれに引き込まれるように小川に片足を入れてみた。すると案内していた旧知の僧も真似て清水に足を入れた。この時二人とも「おお、冷たい」と驚きと満足の声を上げたであろう。

このように一応解釈されるが、40代の男二人が片足ずつ出して流れ落ちる清水の中に入れるであろうか。少し変である。相手の僧は漱石が26歳の時、鎌倉の円覚寺の塔頭で参禅の際に知り合っただけの僧であるからだ。

別の解釈としては山の花畑から切り出した花を持って街に売りにいく娘たちが、この清水にやってきて休憩していたので、その中の二人が草鞋のままか、それを脱いで片足ずつ流れの中に差し込んだと想定できる。だが山から下りてきた野良着姿の二人であれば、両足を冷たい流れに差し込むのが自然だと思われる。

そこでまた別の解釈を試みた。二人の片足ずつの足は、漱石の足と久しぶりにあった恋人の大塚楠緒子の足であったと考えた。漱石は人妻になっていた楠緒子に関する文書や文章を極力残さないように配慮していた。しかし、この古寺で作った清水の18句の中にわからないように、かつ記念写真のように楠緒子を描いた俳句を一句だけ入れ込もうとしたと推察した。

この句の面白さは、二人の二と片足の一の対比が効いていることだ。清水のように明快でスッキリしている。構図としては互いに支えあいながら向かい合って片足を流れに入れたということだ。この子供のような行為によって二人の交友の深さを表すことができている。

ちなみに旧知の僧がいたこの寺は鎌倉の長谷にあった禅興寺であろう。この寺が荒れていたとわかるのは、掲句の周囲に置かれていた一連の清水が登場する17句によってである。この寺は明治初年に廃寺になっていた。この寺の一部は現在明月院として残っている。この年の夏に漱石はこの長谷の地にあった親友の別荘を訪ねていた。この時期は楠緒子が鎌倉長谷の地に転居していた時期と重なる。明治40年7月18日に夫と別居中の大塚楠緒子は鎌倉の長谷に転居していた。

漱石は明治40年7月19日に長谷の楠緒子宛に手紙を出している。漱石は楠緒子に万朝新聞に連載した小説を出版する企画を仲介することを伝えるという用事をこしらえた。二人が面と向かうのは10年ぶりであった。

漱石はこの荒れ寺の清水に関する18句もの俳句の他に、この寺の蓮池の句も大量に作っていた。漱石が一日にこのような膨大な数の俳句を作れたのは何故か。知り合いの僧がこの寺にいたからなのであろうか。初めての新聞連載小説である「虞美人草」の執筆で多忙であった漱石先生に、これ程までに俳句を作りたいという気持ちが突如沸き起こったのは、恋心によるものだった。

• 二人して雛にかしづく楽しさよ

（ふたりして　ひなにかしづく　たのしさよ）

（明治41年2月）夏目鏡子の『漱石の思ひ出』

この俳句は、英文科卒の漱石の弟子、野村伝四の新婚祝いに何を贈ったらいいか悩んでいた漱石に、妻が自作の俳句を袱紗に染め抜いて贈ればいいのでは、と提案してきた。袱紗に出現したその俳句が掲句である。贈り物は漱石夫婦が考え抜いて作り上げた祝いの品だとわかるようになっていた。

掲句は、愛する弟子の結婚に際して、若い夫妻を男雛女雛に見立てたものである。贈り物は何がいいかを考え手配する過程は楽しいものであり、またこれを贈ること自体が楽しいということを詠ったものであると考える。これが「二人にかしづく楽しさよ」であろう。この楽しい気持ちは、生まれた幼女のために雛壇を飾ることと同種のものだということだ。つまり掲句は二種類の「かしづく」行為の楽しさを詠っている。

漱石は祝いの句として、「或夜夢に雛娶りけり白い酒」と「日毎踏む草芳しや二人連れ」も作っていた。後者の句は「伝四よ、毎晩二人して草原に散歩に行きなさい。そして互いに柔らかい草の匂いを嗅ぐのだぞ」とアドバイスしたもの。結婚生活をうまくやるコツだと先輩は指南していた。この草の句は素晴らしい贈り物となったのは間違いない。ユーモアの塊のような俳句になっていたからだ。

野村伝四は明治37年に漱石の弟子として三重吉の紹介で木曜会に入門した。この野村の性格は漱石と波長が合うものであった。のちの漱石が修善寺で生死の境をさまよった時に、弟子のうち安倍能成と野村だけが徹夜で看護に当たった。このくらい野村は妻にも受け入れられていた。鏡子によるとこの特製袱紗は三枚作っていて、そのうちの一枚は鏡子が使ったという。しかし純粋に野村のために作ったかは不明だ。漱石は自分の子煩悩さを俳句に記録しておきたかったのかもしれない。この句を作った時、漱石には女児四人と男児一人がいた。子供にとって父親は怖い存在であったが、漱石から見た子供たちは可愛いものであった。

• 二人寐の蚊帳も程なく狭からん

（ふたりねの　かやもほどなく　せまからん）

（明治41年）森次太郎宛の書簡

森次太郎は松山出身で、森円月の俳号を持つ人。漱石より二歳若いジャーナリストであった。同志社大学出身でエール大学に留学し、正岡子規とも親交があった。遅くに子供が初めて生まれたので祝いの句を送ってほしいと手紙にあった。そこで贈った句が掲句である。「森次太郎氏夫人郷里にて男児を挙ぐ一句を祝へと云ふ」というい味を込めた前置きがある。少々強引に頼まれたという思いがあった。しかし、ユーモアを込めた掲句を付け、手紙を出した。お前さんは子供が生まれた、生まれたと喜んでいるが、子供を産んだのは「森次太郎氏夫人」だと前置き文で伝えた。漱石先生らしいユーモアである。

句意は「今の夫婦用の蚊帳も生まれた赤子はすぐに大きくなるので、手狭になるぞ」というもの。二人用の布団も赤子が占領して狭くなっているであろう、ということが背景にある。子供はすぐに大きくなるよと先輩面をして伝えた。

この句の面白さは、夫婦で仲良く夜を過ごせるのは、今のうちだけだと伝えていることだ。そのうち夜中は赤子に邪魔されて大変なことになると笑いながら警告している。

ちなみに漱石は返事の手紙に次の句もつけていた。「安産と涼しき風の音信(たより)哉」の句で、夫婦用の蚊帳には安産の安らぎの風が涼しく入っているようだと句友の幸せを祝っていた。一方の漱石は帝大をやめて作家業に専念していて、大変なストレスを抱えていた。漱石の書斎は、すでに本が積み上がって狭くなっていた。

• 仏性は白き桔梗にこそあらめ

（ぶっしょうは　しろききょうに　こそあらめ）

（明治30年8月23日）子規宛の手紙

「帰源院即事」の前置きがある。即事とは「その場で目にしたこと」である。よって「帰源院で今見てきたことだ」と書いていた。漱石は鎌倉の円覚寺にいて、坐禅の合間に白い桔梗をじっと見てつぶやいた。「仏性はこの白き桔梗にこそあるのだ。この花はただ存在するためにだけ咲く」とのつぶやきを俳句にした。漱石は控えめに咲く白い花をしばらく眺めていた。この桔梗の咲き方こそが人の心の有り様、生き方として好ましいと感じたのだろう。この花の中に仏の本性、仏の心を見出したのだろう。

この花の前で、人間に仏性はあるのかと自問する漱石は、当然あるわけがないとする。人の世はとかく生きにくい、きつすぎると考えるからだ。禅の世界では仏性は各人が本来保有していると説くのであるが、漱石はこれに疑問を持つのだ。

参禅して無心の時間を過ごし、その結果として何かを得て帰りたいと思う中で、寺が選んで庭に咲かしていた白い桔梗に意味があると考えたのかもしれない。白色は曖昧な色ではない。そして白は強く主張しない色でもあるが、他の何の色が来ても染まる色である。

そして桔梗の花の形を見ると個々の花びらが集合する花ではなく、筒状になっている。蜜を吸いにくる虫を包み込む花の形をしている。あたかもその虫を隠すように密やかに丸くなっている。

仏教徒は、掲句を「一切衆生悉有仏性」の一文と「狗子(いぬこ)に仏性ありやなしや」という「趙州の無字」の公案を踏まえての俳句だと考えているようだが、これでは理解しがたい。

漱石は妻が流産の後、実家に帰るのに同伴して上京した。そして7月上旬から約2ヶ月間、妻と離れて鎌倉の旅館に滞在した。勤務先の熊本第五高等学校の夏休み期間、単身で東京に滞在した。この間に葬儀に参列できなかった亡父の墓参りを果たした。そしてこの宿から漱石の上京を機に催された子規庵での句会に参加していた。妻は借りていた鎌倉の別荘に10月末まで滞在した。

漱石は学生時代から大きな問題にぶつかると、鎌倉の円覚寺塔頭帰源院に行って宿泊し、参禅した。やはりこの上京の折に参禅したのは、漱石の胸の中に問題を抱えていたからだ。この寺では、掲句の他に「山寺に湯ざめを悔る今朝の秋」と「其許は案山子に似たる和尚かな」の句を作った。

＊句誌『ホトトギス』（明治30年10月）に掲載

三者談

趙州和尚に向かってある人が「狗(いぬ)に仏性があるか」と聞いたら「ない」と答えた。今度は別の人が聞いたら「有る」と答えたそうだ。この問答が掲句の背景にあるようだ。漱石は白桔梗を見ているうちに、ふと先の公案が頭に浮かんで、句を詠んだと思われる。深く考えない方がいい。白桔梗の感じがよく出ていると見ればいい。仏性即白き桔梗ということだ。

• 仏壇に尻を向けたる団扇かな

（ぶつだんに　しりをむけたる　うちわかな）

（明治29年7月8日）句稿15

これは熊本で行われた新盆での光景を描いている。葬儀の後の年の初めてのお盆の行事なのである。喪主が仏壇の前に座って、弔問客の挨拶を受けている場面であろう。喪主は死者の女房で仏壇の前に座って弔問客に挨拶を返している。喪主は仏壇に尻を向けて座っている。暑い最中の行事であり座っている喪主は、時々団扇で扇いで涼んでいる。田舎でのお盆の行事には顔見知りの人以外は来ることもないのが普通であるから、仏壇に尻を向けても誰も気にしない。大らかな雰囲気がある。「いいではないか、知り合いばかりだから」と死者の魂も言っている気がする。弔事という静謐な場と日常的な道具の代表である団扇が忙しく煽られる場の対比が面白い。

句意は「夏の仏事である新盆において、弔問客の挨拶を受けている死者の縁者は、仏壇の前にどっかと座って、尻を仏壇に向けて団扇を扇いで涼んでいる」というもの。仏壇に尻を向けている人は、漱石の同僚の黒木千尋の母であろう。

ところでこの新盆での死者は誰なのか。漱石の俳句と日記の中に登場した葬儀は、熊本五高時代の漱石の同僚であった黒木千尋の父、黒木来平であった。

ちなみに黒木翁の3周忌の仏事に作られた漱石の俳句は「黒木翁三週(周)忌」と前置きして、「生き返り御覧ぜよ梅の咲く忌日」というものであった。新盆で黒木千尋の父の遺影を見ていた漱石先生は、この3周忌の日に故人に遺影で会ったのは二度目であり、写真の中の人と親しそうに会話した。

・ふつゝかに生まれて芋の親子かな

（ふつつかに　うまれていもの　おやこかな）

（制作年不明）「図説漱石大観」の短冊

「ふつゝかに」の意味は、風情がなく不恰好なさまということであり、この句では種芋で簡単に増える芋の親子のことを詠っている。この親子芋は、里芋か、はたまた八頭か。少し毛が伸びていたのなら、里芋かもしれない。面が黒いのであれば八頭なのだろう。はたまた体に凹みが多いのであればジャガイモであろう。

句意は「こんな不恰好の親子芋ですが、そういう生まれなのだから仕方ないのです。芋ですから」というもので、この句は自己慰め句であり、かつ開き直りの句である。この句は育ての親というべき漱石先生が、目の前にある芋の親子のことを他者に向かって解説しているのだ。「この芋の親子は外見が悪くふつゝかですが、味が格別なのです」と親しみを持ってうまい芋を紹介している場面なのだろう。

それとも掲句には現代風な解釈をすべきなのかもしれない。日常的に耳にする「あいつは芋だよ」というような意味で芋が使われるのであれば、句意は「我々親子は見栄えが良くなく、身体つきもスマートではない。しかし病気もしないし足を踏ん張ってしっかり稼いでいる親子だ」と胸を張る句なのだ。

漱石の家庭に次々に子供が生まれた時の感想を俳句にしておいたのだろう。初めての子、筆子が誕生した時は明治32年であるが、この時には大騒ぎして「安々と海鼠の如き子を生めり」の句を作った。生まれた子が可愛いと親が言うのも変であるというのが明治男の態度であったのだろう。照れてこのような海鼠の句になってしまった。そして名前は地味な筆子にしてしまった。

顔がぶつぶつになって芋のように生まれたのであれば、親がそうであるからで仕方がない。可愛そうなことになったが、却ってかわいさは増すというものだ。しかし、この句は反対の意味にもとれる。生まれた子が可愛い顔をしているのは、父親が二枚目であるからだと自惚れるところを「ふつゝかに生まれて」と言っておく可能性が高い。やはり後者であろう。

現代はふつつかの意味がおかしくなっていて、娘が自分を謙遜して発する言葉になっている。『私は「ふつつかな」娘でありますが、どうぞ…』などと言う。不行き届きな、気の回らない子供になったのは親のせいだというのだ。本当にふつつかな言い方だ。

掲句には漱石の有名な言葉が関係しているという人がいる。小説「倫敦塔」の中の「生れて来た以上は、生きねばならぬ。敢て死を怖るるとは云わず、只生きねばならぬ」という文言が掲句の根底にあるという。そうなのかもしれない。

＊　句誌『ホトトギス』（明治30年10月）に掲載

・ぶつぶつと大なる田螺の不平哉

（ぶつぶつと　おおいなるたにしの　ふへいかな）

（明治30年2月）句稿23

タニシは田んぼの中で、流れ寄る小さな昆虫やボウフラの類を捉えて食べている。毎日それほど遠出しなくても餌が手に入る世界に満足しているように見える。だが泥深い田んぼは、大きな殻を持つ重いタニシにとっては動きずらい世界であり、いつもぶつぶつ泡を吹いて不平を言っている。殻の大きいタニシほど不平も大きくなるに違いない。

漱石は水中のタニシに大いなる不平を盛んに言わせて面白がっている。掲句を作った時期の漱石は、熊本第五高等学校の英語教員で、かつ教員代表を任されていた。おまけに学生指導の責任者になっていて大変であった。そこでタニシにこの辺りの愚痴を言ってもらったとも解釈できる。

この解釈は表の解釈であり、ユーモラスな俳句を作っているように見せて実は深刻な状況を詠っているのだ。妻の深刻な精神状態を目にして自分まで落ち込んでいてはどうしようもないと、漱石はこのようなユーモア句を作って気持ちを維持しようとしていたと推測する。多分この句は弟子の枕流が「短歌事件」と称している楠緒子の絡む家庭内事件が起こった後に作られたものだ。

この事件は漱石のかつての恋人、楠緒子が漱石の親友の保治と結婚したが、時をおかずして保治に文部省から欧州留学の辞令が出たために旅立った直後に起こった。東京の新居を守る楠緒子が文芸誌（楠緒子の所属していた竹柏会が発行。明治30年）に発表した意味深長な短歌が引き起こした漱石宅の騒動である。楠緒子の短歌は次のものである。

「君まさずなりにし頃となかむれば　若葉がくれに桜ちるなり」

「ます」の否定形が「まさず」であるが、「ます」には二つの意味がある。一つは「在る、座る」の尊敬語で「いらっしゃる、おられる」であった。夫の保治が留学して主人は楠緒子の家には不在になっているということだ。もう一つの意味は「来る、行く」の尊敬語で「おいでになる」ということになるのだ。まさに手品のような言葉なのであった。憧れの貴方はおいでにならない、遠慮しないでここにいらっしゃい、来ればいいのに、となる。

「ます」を後者の意味で短歌を解釈すると、「夫がいなくなり、あなたが（気を使って）姿を見せなくなって周りにふと目をやると、花見をしていない桜は散ってすでに葉桜になってしまっている。私は何と寂しい日々を送っているのか」と嘆いている。この歌では亭主がいるときには熊本からでも漱石が姿を見せていたが、夫がいなくなったとたんに遠慮があるのか姿を見せなくなった、来てほしいと漱石に文芸誌を通じてメッセージを送っていたのだ。

この歌を妻の鏡子が誌上ですぐさま見つけてこれを漱石に見せたのだ。このことは漱石が鏡子との結婚に際して、楠緒子のことを少し話していたということになる。「君まさず」の歌を突きつけられた漱石はこれを軽くかわした。「お安くない歌だ。おおかた大塚が留守なんで、こんな歌ができたのだろうが、大塚は幸せな男だ」とつぶやいた。漱石は「君まさず」のもう一つの後者の意味についてはもちろん触れなかった。だが貴族院書記官長の娘であり、当時の教養を身につけていたと思われる鏡子は、この歌の本意をすぐに解釈したのかもしれない。この歌をめぐって交わされた会話は短く、険悪なものにはならなかった。

この歌を見せられた漱石は、この歌を知っていたらしく、落ち着いてかわしたつもりだった。しかしこの歌を発見した鏡子の精神はズタズタになったと思われる。鏡子のヒステリー症はひどくなった。ぶつぶつと意味のない言葉を発するタニシは鏡子なのであろう。

ところでタニシの別称は田ツブで、枕流が育った海のない栃木県では立派な貝料理の材料であり、貴重なタンパク源であった。まさに田舎の高級貝なのである。ちなみに古語で巻貝のことを「ニシ」とか「ツブ」といい、田にいる「ニシ」だから「田ニシ」となったという。そして田ツブとも言われた。このことを知っていた漱石は、この「田ツブ」に「ブツブツ」言わせることにしたのだろう。漱石の洒落心が躍動している。

ちなみに明治29年1月29日付けの句稿に田螺の句が二つ書かれていた。「よく聞けば田螺なくなり鍋の中」の句では、耳をすまして田螺が鍋の中で鳴くのを聞いた。そして、「山吹に里の子見えぬ田螺かな」では、村の子らが大勢集まって田んぼの堀で田螺とりをしている光景を描いていた。

三者談

漱石が書いた俳句の「大な田螺」を「大なる田螺」と修正して論じている。小さな巻貝の田螺を不似合いな「大いなる」と形容することが面白い。漱石は自分が不遇な状況を田螺に代行させて口にしているのを自嘲している。田んぼの中に普通にいる田螺はブツブツ泡を出しながら大真面目に生きている。漱石は自分の生き方をこの田螺と比較している。

• 不出来なる粽と申しおこすなる

（ふできなる　ちまきともうし　おこすなる）

（明治30年5月28日）句稿25

膳所（ぜぜ）から来た知り合いの男は、粽を土産に持ってやってきた。この人は「粽食ふ夜汽車や膳所の小商人（こあきんど）」として、掲句の二つ前に置かれた俳句で、説明されていた。夜汽車の中でこの粽を夜食として食べながら、仕事で熊本に来たという。その残りの粽の一部が漱石の目の前に置かれていた。粽のように包み隠さずに、ざっくばらんに話す人であった。膳所は滋賀県の町であるが、この地には北陸の保存食としての食文化が伝わっていたことになる。伝統的な粽は餅米、うるち米、米粉などで作った柔らかめの餅を笹の葉で円錐形に包んで縛ったもので、甘くはない。

その人が口にした言葉は「不出来な粽といったところですが、召し上がりください」というものだった。甘党の漱石は粽を食べてみて、確かにその通りだと思ったに違いない。

この句の面白さは、漱石は実際の会話を俳句にしてしまったところだ。決して掲句は不出来ではない。面白い俳句に仕立てられている。

粽に関する逸話として、大正4年6月17日、漱石の胃潰瘍を治療した森成麟造が地元高田で開業していて、漱石が森成の母校で講演したお礼として、越後の粽を送ってきたことがあった。漱石の森成への礼状には、遠慮なしに次のように書いていた。「段々あつくなります。もう白地の単衣をきています。(中略)この間は粽をありがとう。ただしあれは堅くてまずいですね。私一つたべて驚いてやめてしまいましたよ。(後略)」と。

漱石の小説「それから」の中の一節に「代助は粽の一つを振子の様に振りながら、今度は、『兄さんはどうしました』と聞いた。」とあるように粽を軽く扱っている。「代助は粽の尾をぶら下げて、頻りに嗅いでみた。」という箇所もある。

主人公の代助も粽が好きではなかったようだ。坪内稔典氏は、「漱石は大の甘党、粽も柏餅も好物だったに違いない」と述べていたが、そうではなかったようだ。

・筆の毛の水一滴を氷りけり

(ふでのけの　みずいってきを　こおりけり)

(明治28年12月18日)句稿9

「筆の毛の水一滴」は、毛筆が含んだ一滴の水という意味になるが、筆が湿っている程度のわずかな水ということだ。

句意は「瀬戸内地方を襲った寒波によって筆の毛が含んでいるわずかな水までもが凍ってしまった」というもの。漱石は毛筆を使った後、水洗いしてから水気を布で拭き取ってから文箱に入れておいたが、この寒波で筆が凍ってしまったと驚いたことを子規に伝えた。やはりこの寒波は相当に強烈なのだと感心した。

年末に書斎でまた筆を使おうとした時に、筆先がいつもより硬く感じたのだ。漱石はこの現象は筆の繊維自体が気温の低下で硬直化したのだとわかったが、単に残っていた水気が凍ったためだと一瞬思ってしまった。

漱石はこの俳句を子規に句稿を読んでもらう際に、師匠の子規を少々混乱させてやろうという魂胆があったのかもしれない。子規が10月まで漱石と同居した松山が急に寒くなったのだと驚かせてやろうとしたのだ。そして子規宛に出す手紙の投函が減っているのは、この寒さによって筆が使えないのだとふざけたのだ。

同じく寒波が到来した日の出来事として「井戸縄の氷りて切れし朝哉」の句が作られていた。かなり強烈な寒気に襲われたと誇張して伝えていた。

・太箸を抛げて笠着る別れ哉

(ふとばしを　なげてかさきる　わかれかな)

(明治29年1月28日)句稿10

ちゃぶ台返しの起きる時代劇のワンシーンを思わせる句である。太箸を使うのは、武家または士族の家ということになる。これらの家では新年を祝う食卓で雑煮を椀に移すとき、および食べるときに白木の丸い太箸を使う習慣があった。そして「笠着る」の意味は旅立ちの際に菅笠を被ることである。つまり急ぎの用事ができて正月の食事を中断して暇乞いをするという場面なのだ。

句意は「漱石は子規の家でもう少しゆっくりしたいところであるが、食事はもう十分に頂いたからそろそろ松山に帰るよ、と箸を置いて腰を上げた」というもの。つまり、漱石は俳句で暇乞いをしたのだ。子規の家は松山藩の士族の家柄であったから、「太箸を抛げて」と意識的に特製の箸を俳句に書き入れた。ちなみに漱石の家は名主であったが町人の家柄であり、太箸は使わなかった。

粘る雑煮に白木の丸太箸を使うというのは、室町幕府の元朝の祝いの席で8代将軍になるはずの幼い義勝の箸が折れ、その年の秋にその子が落馬して死んだことから、確実に折れない箸を使うようになったという謂れがある。これ以後元朝には太箸を使うというのが武家の習わしになったという。特別な家柄であるということの意識づけなのだろう。

この句の面白さは、「抛げて」にある。漱石の家では置いたときに座りのいい角箸を使っていたが、子規宅では丸い太箸であった。漱石が子規宅で出された丸太箸を食卓の上に置いたとたん、その丸箸はころころと転げてしまった。この様は漱石が箸を抛ったことになった。こんな箸は厄介物だという苦情に似た冗談を言ったことになる。漱石は明治の時代になっているのに、いつまで江戸の習慣を守っているのだと可笑しくなったのだ。

最後に推測の域を出ないが、「笠着る」には別の意味もあると考える。笠は「木の椀の蓋」も意味する。つまり「笠着る」は椀に蓋をして食事を終えるという意思表示になるということである。丸い太箸を置いて椀に蓋をして席を立つという意味になる。

● ふと揺るゝ蚊帳の釣手や今朝の秋

（ふとゆるる　かやのつりてや　けさのあき）

（明治43年8月21日頃）手帳

同年8月6日に伊豆の修善寺に行き、温泉宿で療養していたはずの漱石が8月19日に大喀血して大騒ぎとなった。東京から妻の鏡子が呼ばれた。列車でやってきた鏡子は、迎えた医者によって朝日新聞社の社員と一緒に漱石の部屋に案内された時、絶句して立ち尽くしてしまった。白い敷布の広い範囲が吐血した血で赤色に染まっていた。漱石の枕元に行くように促された鏡子は、蚊帳の裾を上げ、その釣手をわずかに揺らして中に身を入れた。

句意は「寝床にいたら蚊帳の釣手がわずかに揺れたのに気づいた。立秋を過ぎたころの朝のことであった」というもの。東京から駆けつけた妻が蚊帳の中に一呼吸して入ってきた。このとき漱石は吐血した後で貧血を起こしていて体温は下がっていた。このことで幾分寒気を感じたのだ。新暦の上では立秋を過ぎていたとはいえ、まだ暑い時期であった。

周りの人たちの大騒ぎする中でも、寝床の漱石の観察眼はまだ健在であった。漱石はこの蚊帳と釣手が揺れる様子をしっかり見ていた。緊急時でも冷静な鏡子は釣手をわずかに揺らしただけで、素早く身体を内に入れた。漱石は妻のこの気丈な姿を見て安心した気持ちになった。漱石はこのとき掲句を作って脳裏に書き込んだのであるから意識はしっかりしていた。漱石は掲句を他の4句とともに國民新聞（8月24日）に5句まとめて掲載してもらい、全国の漱石ファンを幾分安心させた。この新聞掲載に際しては病床に付き添った東洋城の句も一緒に掲載された。

漱石の没後百年記念のNHK制作の連続ドラマ「漱石の妻」では、漱石は妻を耳元に来させて寝たまま何か囁いたように見えた。動いただけと思われた口から出た言葉は「大丈夫だ。その証拠に一句できた」のように思えた。漱石は落ち着いていて、妻に大丈夫だからと落ち着かせる効果を期待してこの句を作ったのだ。

掲句はありふれた句のように見えるが、ドラマのシーンと重なって意味が深くなった。まさに演出家でなくてもドラマにしたくなるような場面である。

ちなみに手帳に書き込まれていた5句は、掲句のほかに「秋の思ひ池を繞れば魚躍る」「宮様の御立のあとや温泉の秋」「尺八を秋のすさみや欄の人」「温泉の村に弘法様の花火かな」。

＊「國民新聞」（明治43年8月24日）に掲載

● 蒲団薄く無に若かざる酔心地

（ふとんうすく　ないにしかざる　よいごこち）

（明治30年2月17日）村上霽月宛の手紙（未収録）

俳人村上霽月としても知られていた愛媛県の実業家村上半太郎（漱石と同年。若くして伊予農業銀行を設立し、頭取に就任）宛に熊本から出した手紙にこの句が付けられていた。古書業界に出回った村上宛書簡の中にこの句があった。他に「昼の中は飯櫃包む蒲団哉」の句もあった。

掲句の意味は「明治時代のかい巻き型の蒲団はもともと薄いが、酒を飲んで身体は温まっているから、いっそそんな蒲団はなくてもいいくらいだ」というもの。裏の解釈としては、漱石は下戸であるから酔えないでいて、そこでやけを起こし、蒲団が薄すぎて夜寒くてかなわんと強烈に嘆いている、というもの。この時代は現代のような夜具がまだ開発がされていなかった。

このことを示すほぼ同時に作られた漱石の俳句がある。こちらはストレートに表現した句で「酒苦く蒲団薄くて寐られぬ夜」（明治30年2月、句稿23）というものである。この不満の気持ちは、酒を飲めない体質と蒲団が薄すぎるという両方に対して出している。掲句と比較すると掲句の方が寒さに対してまだ寛容である。まだ冗談を言う余裕があった。

漱石の熊本での新婚生活はまだ1年も経過していないが、掲句は夫婦関係が冷えかかっていたことが関係している。つまりこの句には夜寝るとき、夫婦が別々に寝ていたことが描かれているとみることができる。蒲団が薄くとも身体を寄せ合っていれば温かいはずだからだ。

ちなみにこの手紙には「俳友も殆んど皆無の有様悲しく落寞を嘆じ居候」と書いていた。松山時代には俳句仲間がたくさんいたことを懐かしがっていた。このことも夜の寒さに関係していたようだ。翌年になると漱石はこの寂しさを跳ね返すように熊本で俳句の結社を作った。

• 蒲団着て踏張る夢の暖き

（ふとんきて　ふんばるゆめの　あたたかき）

（明治30年12月12日）句稿27

江戸時代および明治時代の掛け蒲団は、現在の四角の綿入れ布団ではなかった。この掛け蒲団は当時、「ふすま」と呼ばれ、衾の漢字を用いていた。古めかしい言い方の「同衾する」は一枚の「ふすま」に二人が寝ることを指す。この衾は「寝る時の着物」のことであり、日中は着物として用いていたものを夜には裸の体にかぶせて寝たのである。これは欧米の寝方に類似している。西欧人は裸でベッドに入り、薄いシーツ、または毛布をかけるが、このやり方と似ている。日本の方は袖がついている厚手の毛布というところである。高級なものとしては寝室用の衾としてワタが入ったものが使われた。

さて掲句であるが、漱石は床に入って横になっていたが、体にかぶせていた着物に再度腕を通して、敷布団の上に起き上がったのである。膝立ちで敷布団の上に跨ったのである。この姿勢で漱石は踏ん張ったのである。冷えた空気の中で頑張ったのである。その結果として夢は暖かくなった。しかし、この「踏ん張った」は、通常は両の足でグッと立ち上がって、グラグラしないように足を突っ張ることであるが、掲句では俗にいう「力を込めた、頑張った」という意味になる。

句意は「夢は妻との性生活の再開であった。妻との同衾生活は流産と夫婦の里帰りで途絶えていたが4ヶ月ぶりに再開し、その分力が入った」というもの。ホッとしたという感想を俳句にした。漱石は9月に高等学校の行事の関係で早めに熊本に戻っていて、暇なときには散歩や弓で体を鍛えていた。準備を怠らなかったと言いたいようだ。一方の妻は10月の末になってやっと東京から熊本に戻ってきた。しかししばらくの期間、夫婦の仲は新婚当時のようにはなっていなかった。

日本各地で「布団をかぶる」の代わりに「布団を着る」という言い方が日常使われているようだ。かつて着物型の掛け布団を用いていた名残なのだ。ちなみに江戸中期の蕉門の俳人、丈草の句に次の冬の句がある。「着てたてば夜のふすまもなかりけり」の上五の「着てたてば」は「蒲団着て踏張る」の状態のことだ。腕を通して立ち上がったのだ。丈草の句は、「蒲団着て」膝立ちすると、布団（掛け布団）は消えていた、ととぼけた句になっている。蒲団の上で立てば着物になり、横になると掛け布団になったのだ。夜のマジックだ。

ところで掲句は、地唄の「東山」の文句（作詞：親山陽）のパロディなのかもしれない。学生時代の明治25年に子規と京都に遊んだ時に、この唄を聞いて、この唄の歌い出しの部分を記憶していたのであろう。この唄は「ふとん着て寝たる姿や古めかし、起きて春めく知恩院、その楼門の夕暮れに、（後略）」というものであるが、漱石はこの歌い出しの部分を少々色っぽくアレンジしたようだ。朝までふとん着て寝ていた男が、何を思ったか急に蒲団をかぶったまま立ち上がった、という話につないだところが面白い。

ちなみに漱石は明治40年に虚子と京都の茶屋に遊んだときに、再度この地唄を聞いていた。このとき漱石は地唄の歌詞全体をその場にいた舞子に手帳に書いてもらった。漱石としては思い出深い歌であったからだ。明治40年の漱石は、学生時代の漱石とは違っていて、祇園で大人気であった。4月10日の日記には、祇園の一力亭で遊んだ記録として「芸者が無闇にくる」と書いていた。そして舞子たちが虚子や漱石たちの前で舞ってくれた。その中の一人の舞子に、地唄

「東山」の歌詞をサラサラと書いてもらった。ほとんどが平仮名であり、優雅な京都らしい歌に見えたに違いない。

・船火事や数をつくして鳴く千鳥

（ふなかじや　かずをつくして　なくちどり）

（明治29年3月5日）句稿12

港に停泊している船が火事を起こして人が騒ぎ出した。同時に船から立ち上る煙を合図に、周りにいた千鳥が鳴きながらどんどん集まってきた。港にいる千鳥にとって船のマストはとまり木代わりであり、洋上へ千鳥が旅立つ時には船のマストは休憩する太い流木みたいなものだからだ。それら多数の千鳥が鳴くと、サイレンみたいに聞こえる。集まってきた人に早く消火してくれと急がす効果があるようだ。

これは想像の句であろうが、「数をつくして」に可笑しさが盛られている。「数をつくして」とは「残らずに、ある限りのもので」の意味になる。火事に気づいた千鳥が港の中にいる千鳥の全てに呼びかけて鳴き飛んでいるように感じられる。他の種類の鳥も同様にかき集められて出火した船の周りを飛び回っているのだ。もう一つの面白さは、背が黒っぽくて腹が白い千鳥が燃えている船の周りをぐるぐると飛ぶと煙や煤が舞っているようにも見え、火の勢いが強くなっているように見えることだ。これが他の鳥たちの騒ぎ立てる要因になっている。

この鳥たちの騒ぎ方は、消火隊の動きを迅速にさせている。遠くにいる消防隊の人も集まって消火活動が大急ぎで展開することになる。千鳥は港周辺にいる人たちに警戒警報を伝える賢い鳥なのだ。船火事が鎮火した時に集まっていた鳥は、優に千羽を超えているのだろう。

船火事が収まるまで飛び回った千鳥は、海水をかけられて鎮火した船のマストに留まろうとしたがうまく留まれないようであった。鳥は長時間飛んだことで羽はフラフラでまさに千鳥足状態であった。

・舟軽し水皺よつて蘆の角

（ふねかるし　みずしわよつて　あしのつの）

（明治29年3月24日）句稿14

二人乗りか、一人乗りの小舟を漕ぎ出して、岸辺近くを移動していく人がいる。水辺には毎年春先に行う野焼きで燃え残った枯れ蘆が集団で黒い角を立てていた。春風が吹く中、この岸辺に舟を寄せると、軽い舟は水面に小さな波紋を起こす。そしてその波は蘆の黒い角に接触する。この俳句は春が近づいた川辺での出来事を川沿いの道から観察して描いているように思われる。

この句の面白さは、小舟の舷側が直線的な小さな縞状の水紋を生じさせることを、「水がしわ寄る」と表していることだ。漱石は額に皺よせて、この表現を考えたのかもしれない。

掲句は明治29年3月当時に漱石が住んでいた松山での光景だ、と思い込んでここまで書いてきたが、もしかしたらこの句は江戸時代の品川宿の海岸でのことかもしれないと危ぶんだ。遊女と客を乗せた小舟が海草の生えた浅瀬で揺れている光景を描いているのではないかと疑った。

小舟は春風が吹かなくても揺れていたことになる。そうなると掲句はユーモアの想像の句ということになる。だがこの句の次に控えていた句が、「薺（なずな）摘んで母なき子なり一つ家」であったので、この考えを捨てることにした。あまりにも落差が大きすぎるからである。

・船此日運河に入るや雲の峰

（ふねこのひ　うんがにいるや　くものみね）

（明治36年4月・推定）

運河とはエジプトにあるスエズ運河のこと。明治36年1月20日に漱石をロンドンで乗せた日本郵船の客船「博多丸」はこの運河を通って長崎に到着した。前年の12月5日にロンドンを出発し、1ヶ月半の船旅であった。往きの旅では5句作っていたが、帰りの旅では皆無であった。滞英中に心に疲れが溜まってしまっていたからだ。掲句は明治36年４月には熊本第五高等学校から東京帝大の文科大学英文科の講師への転職が叶って、一息ついた時に帰りの船旅を回顧して作ったものであろう。

句意は「漱石を乗せた客船は、この日スエズ運河に入った。背後の地中海には巨大な雲の峰ができている」というもの。スエズ運河の両岸近くには砂漠が広がっていて、「雲の峰」はできていないと思われるから、この「雲の峰」は航跡を刻んだ地中海の上に湧き上がっていたと考える。つまりこの時漱石はこの雲を見ながら2年間に及んだ英国留学を振り返っていた。目の前の積乱雲のように波乱の留学であったと振り返っていた。

この「雲の峰」は漱石が洋行するプロイセン号の甲板で作った俳句、「雲の峰風なき海を渡りけり」に登場していた。この句において漱石は高く沸き立つ雲を進行方向に見上げて立ち尽くしていたが、掲句における雲の峰は背後に「雲の峰」を見ていた。

漱石がインド洋経由で帰国した9ヶ月後に渋沢栄一を乗せた船が地中海からスエズ運河に入っていた。留学を終えた人たちが次々に帰国していた当時、経済界の大立者になっていた渋沢栄一は全米各地で講演した後、欧州を回って神奈川丸で帰国の途中であった。日本人移民排斥の流れを阻止する目的は達せなかったが、胸を張っての帰国であった。「運河中ノ進行ハ極テ緩徐ニシテ、且些ノ風波モナキ一川ヲ航行スルニヨリ、殆ント大船ヲ以テ遊覧ヲ試ムルノ観アリ、其安楽ニシテ愉快ナル譬フルニ物ナシ船中常ニ両岸ノ沙漠又ハ湖水及鉄道等ヲ見ル、又土人ノ駱駄《駝》ニ乗リテ旅行スルヲ見ル」と景色を観察していた。（渋沢栄一の日記　明治35年9月25日、晴）長い運河の上には雲の峰はなかった。

ちなみに渋沢栄一の文章は漢字カタカナ文であったが、漱石文は漢字平仮名で文章を書いていた。漱石は日本語の改革を考えていた。

＊句誌『ホトトギス』（明治36年7月）に掲載

・船出ると罵る声す深き霧

（ふねでると　ののしるこえす　ふかききり）

（明治30年９月４日）子規庵での句会稿

港で船宿の男が周囲の人たちに向かって「船が出るぞー」と叫んでいる。この日は霧が深くて男の声は大きくて喚くようだ。その声は罵るようでもあり幾分苛立っているように聞こえる。船を出すかどうか出港時刻ギリギリまで迷っていた。そしてその判断を待っていた客に向かって、思い切って船を出すと決断した思いを込めた声は自然と荒々しくなった。漱石はこの深い霧が立ち込める船着場にいた。

句意は「おーい、霧が薄くなったから船を出すぞーと船頭が船出を待っていた客に向かって知らせている」というもの。声を出している人の姿ははっきり見えないが、罵るような声がはっきり聞こえる。

ここは鎌倉の近くの藤沢あたり。江ノ島が近い河口の港町である。江戸時代にはここから大型船が荷を積んで江戸に出航していった。この港は潮が満ちてくるのを待って船出する変わった船着場なのである。船頭が霧の中で潮が満ちてきたのを大声で客に知らせている。潮はいい具合になったが霧が深くて出港の決断がなかなかできなかった。

今出ようとしている舟は手漕ぎの小舟で、岸近くの江ノ島の裏側にある岩屋に向かうものである。奥まで入れる岩屋には祠が造られていた。当時は小舟を祠の近くまで漕ぎ入れられた。今は島自体が地震で隆起して奥まで歩くようになっている。

岩屋に向かう舟の中で詠んでいたのが「漕ぎ入れん初汐寄する龍が窟」の句であった。ちなみに句会でのお題は「霧」で漱石は4句作った。掲句は江ノ島での経験を詠んだもので、残りは川中島の合戦に関するもの。

＊新聞『日本』（明治30年10月6日）に掲載

踏はづす蛙是へと田舟哉

（ふみはづす　かえるこれへと　たぶねかな）

（明治29年3月5日）句稿12

一茶風の滑稽俳句に漱石先生は挑戦している。蛙が登場し、賑やかな田植え風景が展開している。その蛙はなんとドジな蛙であることか、呆れてしまう。さて、その蛙は何から踏み外したのか。踏み外すというのは、踏むところを間違って、バランスを崩して倒れこむことである。蛙はぴょんと飛び乗ったつもりであったが、距離を見誤ったということだ。面白がりの蛙は、珍しいものを見つけて飛び乗ったに違いない。

句意は「農家人は秋になって水の引かない深田で刈り取った稲を木製の田舟に載せて運び出す作業をしていた。すると田舟に畔から飛び乗ろうとした蛙がいて、ジャンプしたがしくじって水に落ちた。農家人はそのドジな蛙を田舟に載せてやった」というもの。

盛り上がった畔にいた蛙は、近づいてきた田舟に飛び乗ろうとした。だがその田舟は速く動いていて、その蛙は濁った水の中にぽちゃんと落ちてしまった。慌てる蛙に手が差し伸べられた。

このような光景を表す言葉が日本にある。「助け舟を出す」という諺である。この諺の意味は水の中に落ちた人に手を差し伸べることを意味するが、ここでの舟は田舟であり、助ける対象は蛙なのだ。漱石はこの諺のパロディ俳句を作ったのだ。

文も候稚子に持たせて桃の花

（ふみもそろ　ちごにもたせて　もものはな）

（大正5年春）手帳

稚子は「ちし」とも読む。幼児のことで6歳くらいまでの子供である。稚児行列の稚児ではない。文は薄い和綴じの冊子のこととした。「文も候」は、「教科書（文）は寺子屋のものに候」を短縮したものと解した。

漱石はこの頃リューマチの治療に伊豆・湯河原の温泉宿に来ていた。1月28日から2月16日まで天野屋旅館に滞在した。東京と違って伊豆の湯河原温泉は温暖な地で梅も桃の花もこの時期に咲いていた。

この句の解釈として、初めは稚児行列の光景を思い浮かべた。だがこれでは「文も候」に繋がらない。そこで掲句の近くにあった「かりにする寺小屋なれど梅の花」に関連づけて考えてみた。つまり当時湯河原温泉にはまだ寺子屋があり、江戸風に幼児に昔の教科書を使って教えていたのだ。寺子屋から聞こえた授業の内容は、漱石にとって懐かしいものであったのだ。門から中をのぞいてみた。

句意は「桃の花が咲き出した頃、湯河原の街中にある昔風の寺子屋では、教え方は昔のままで、幼い子らに昔のザラ紙の教科書を持たせて教えていた」というもの。建物も教科書も昔のままであった。漱石は論語などの難しい読み下し文を暗記させる教育のやり方に賛同していた。当時の正式の小学校では国が検定した本を生徒に手渡して教えていたが、ここではそうではなかった。昔の薄い和綴じの冊子をそのまま使っていた。だが幼子たちの発声は漱石には楽しそうに聞こえた。

文を売りて薬にかふる蚊遣かな

（ふみをうりて　くすりにかえる　かやりかな）

（明治41年）『古今名流俳句談』の序文

漱石の手帳にあった句は「文を売つて薬に代ふる蚊遣哉」であった。そして「天生目（あまなめ）一治氏細君の病気の為めに名流俳句談を草して之を売りて薬餌の料となさんとす。書肆余が題句あらば出版す云ふ。天生目氏自ら来つて句を乞ふ」と手帳に記述していた。漱石に天生目氏が刊行する俳句の本に序文句を書いてくれと頼んできたのだ。この俳句はいわゆる推薦文の役目を果たすものである。

この押しかけ男の俳号は杜南で、漱石に話した企画通りに明治42年に「俳聖五家集」というタイトルで俳句本を出版した。当時有名であった五俳人の、西山宗因・上島鬼貫・松尾芭蕉・与謝蕪村・小林一茶を取り上げた書なのであった。

句意は「漱石の巻頭句をつけた文章を本にして売って、女房の薬代に替えるという話だった。蚊遣がゆれていた暑い夏のころだった」というもの。出版社は、漱石句を序にもらえたならば天生目氏の本を出すと約束をしていた。この殺し文句をもって漱石に頼み事をしにきた。これで漱石は断わりきれなくなった。

この句の面白さは、本を出して得た金を薬代に替えるという話をじっくり聞いている様が、「蚊遣り」の煙の動きで表されていることだ。と同時に「蚊遣り」によってこの本が本当に出版されるかわからないとの漱石の疑いも感じさせる。煙に巻かれるという言葉があるからだ。また、この時漱石は何故俳句をやめた自分が序文句を書くのか、子規の後継の虚子がいるではないかと考えたのかもしれない。

• 麓にも秋立ちにけり滝の音

（ふもとにも　あきたちにけり　たきのおと）

（明治28年10月）句稿2

松山の南側の山地は四国山地であるが、その松山側の裾野には名爆がいくつかある。子規からそれらについて知らされていたので、いつか訪ねてみたいと考えていた。実際に行くのは11月2日の予定であったが、10月末にはすでにその気になっていて山の紅葉と滝のことを想像していた。子規が勧める紅葉した山とその中で滝が落ちる光景を見てみたくなった。いや見ている気になっていた。

句意は「街中から山の麓までゆくと紅葉が進んでいるのがわかった。麓では空気が冷涼になっていた。滝の音が響いてくる」というもの。滝の音が山中から聞こえると、滝の水しぶきが風に吹き上がる光景が想像され、秋の山の風情が感じられた。

この句の面白さは、滝と滝壺から立ち上る水しぶきが麓にも流れ出ているように想像され、麓に冷涼さをもたらしているように思えることだ。

また「秋立つ」と「滝」の語が共に垂直をイメージさせて、リンクしていることも面白い。漱石はこの句を見た俳句の師匠の子規に、次の句稿に描かれる漱石の滝見物の探検俳句を期待するように仕組んでいる。この時すでに子規は滝の麓にある子規の親類の旧家に手紙を出して、漱石の宿泊の世話を頼んでいた。

• 冬構米搗く音の幽かなり

（ふゆがまえ　こめつくおとの　かすかなり）

（明治28年12月18日）句稿9

この句は子規に添削されて出来上がった「冬籠米搗く音の幽かなり」の原句である。冬構は冬籠と似た言葉であるが、冬籠するための物理的な手段である。通常の冬構は「冬籠りの仕度であり、田畑、家屋、庭木などに風よけや雪よけの設備をしたりして、防寒の用意をすること」である。漱石にしてみれば、玄米を米搗きして毎日食べる白米の備蓄もその一つなのだ。

子規が原句である掲句に修正を加えたのは、冬構の発音からは米搗き作業の振動を伴う籠もる音が聞こえないからであろう。冬籠の方が、分厚い一升瓶の中で米搗きのこもる音が想像できると判断したに違いない。写実を重視する子規の音の判断が伝わる。

ところで漱石はこの米搗き作業を自宅の部屋で行ったのであろうか。自分が棒を上下に動かして瓶の中で玄米を突いているのであれば、衝撃音が強く手に伝わるはずだ。掲句にある「音の幽かなり」とはならない。そうであれば、この幽かな音は愚陀仏庵の隣家の母屋から聞こえてくる音なのだ。漱石は出来上がった白米の飯を食べさせてもらうだけであり、静かな冬にこの音を聞いて、有難い環境にあると本を読みながら思ったに違いない。隣の家主の母家で、住み込みの下女がこの米搗きをしていたのだろう。

• 冬枯れて山の一角竹青し

（ふゆかれて　やまのいっかく　たけあおし）

（明治28年12月4日）句稿8

冬になって山の木々は葉を軒並み落としているが、その中にあってある一角だけは緑が残っている。目をこらすと、竹の茂みだとわかる。竹ならば枯れないはずだと納得する。

句意は「山が冬枯れると、ある一角だけは竹が生えているらしく青くなっている」というもの。松や杉の針葉樹はポツンポツンと緑色を呈していて、他のエリアは白茶けた色に染まっている。その中にあって竹は群れてブロック状に青く見える。冬の間は竹が山の主になっている。

この句のユニークさは、漱石が寒い冬に松山市の南側に連なっている山裾を見上げて、にんまりしているとわかることだ。好きな中国の南画によく登場する竹が山の主役になっていたからだ。

もう一つの言葉遊びが隠されている。「一角」とあり、竹の丸い断面との対比があることだ。「一部」でも「一端」でも良さそうであるが、「一角」の音が、冬の厳しさにマッチしている。漱石のユーモア感覚も竹同様に、冬になっても一向に枯れていない。

＊『海南新聞』（明治29年1月24日）に掲載

・冬枯や夕陽多き黄檗寺

（ふゆがれや　せきようおおき　おうばくじ）

（明治28年11月22日）句稿7

京都の黄檗寺（黄檗山萬福寺のこと）の境内にはイチョウやケヤキの大木が多くあり、夏には強い西日を遮っていた。しかし、冬にはその木々は葉を落とした冬枯れ状態になり、夕日を遮るのは木々の幹と枝のみになる。

この冬の夕焼けの光景を漱石先生は「夕陽多き」と巧みに可愛らしく表現している。木々は視界を僅かに邪魔するだけであり、夕日は赤味が増して見え、夏の時よりも大きくなっていると錯覚する。

この句の面白さは、冬枯れになって木の葉は落ちて景色は寂しくなっているが、それを補うように夕暮れの赤い光が周囲を赤く染めて、にぎやかにしているると眺め見ていることだ。さらには黄檗寺の黄と夕陽の赤を並立させて、無彩色になりがちな冬の俳句を明るく彩っているのも楽しい。

漱石はこの俳句で、江戸時代に繁栄した黄檗寺が今も健在であると描いている。

・冬来たり袖手して書を傍観す

（ふゆきたり　しゅうしゅしてしょを　ぼうかんす）

（明治29年11月頃）句稿20

明治29年の4月に熊本の第五高等学校に赴任し、6月になって市内の借家で身内だけの結婚式を挙げた。7月には教授に昇格し、やっと落ち着いた。文机の前に座って気に入りの書をじっくりと見ている。良寛の書か、それとも中国の書家のものか。腕を組んでうむと唸っている。「傍観す」とあるので書の中に入り込んでいるのではない。

句意は「冬が来て寒くなってきたので、机の前に座って袖手したまま書をじっと見ている」というもの。漱石は両手をそれぞれ反対側の着物の袖の中に交互に入れている。この姿は冬の寒さ対策なのだと見るべきか。いや毎日考えている姿なのである。岩に向かって座っている達磨和尚の姿に近いものなのだ。

この句の面白さは「袖手して書を」に込められている。「袖手」には「収集」という意味を掛けている。慌ただしい時期が過ぎて今まで集めていた古書を出して見ているのだ。だが、楽しみにしていたそれらの書の言葉が染みてこなかった。

もう一つの面白さは、袖手傍観の四字熟語を分解して俳句に組み込んでいることだ。悩みの中でもシンプルな漢字遊びを楽しんでいる。袖手傍観の意味には、重大な事が控えていて、成すべき事があるのに何もしないでいるという意味である。漱石先生はひたすら考え続け、熟考している自分の姿をこの俳句に書き残した。

同じ頃に作っていた俳句に「初冬や向上の一路未だ開かず」がある。掲句とこの句は対の俳句である。新婚生活の中でも悩みの中にいる漱石の姿が見える。そして逃避したくなる気持ちを同じ頃の俳句「秋高し吾白雲に乗らんと思ふ」に記しているように思われる。ちなみに悩み始めた9月ごろの俳句では「長けれど何の糸瓜とさがりけり」と悩みを蹴とばそうとしていた姿が見えていたのだが。

ちなみに掲句の直後句に「初冬を刻むや烈士喜剣の碑」があり、掲句にある書とは、東京の泉岳寺にある村上喜剣の石碑に刻まれた漢学者の林鶴梁の文だとわかる。赤穂烈士の討ち入り事件を受けて割腹した喜剣を忍ぶ石碑の拓本が漱石の机の上にあった。この文を見て漱石は腕組みしたまま唸っていた。喜剣は薩摩藩士であったが、大石良雄たちが赤穂藩の殿様の仇をうたない態度を罵っていた。しかし47人の烈士の行動を知ったあとに、大石の墓前で割腹自殺した。この事件は江戸時代の漢学者に衝撃を与えた。そして明治時代の漱石にも影響を与えた。そのうち漱石にも決断する時が来ること考えていた。

● 冬木流す人は猿の如くなり

（ふゆきながす　ひとはましらの　ごとくなり）

（明治32年1月）句稿32

「耶馬渓（やばけい）にて」の前置きがある。大分の宇佐神宮で初詣をしてからは、そこから南西の方向にある熊本市に戻るべく、耶馬渓の山道を西に、そして南へと抜ける細い山道を徒歩で進んでいた。日田へ出てそこで船に乗り、筑後川を下って有明に出る予定であった。途中暗くなると宿を見つけて宿泊した。粗末な設備の宿での宿泊も雪中の山道の踏破も厳しいものであった。しかしこの時の漱石は胃の痛みもなく体力には自信があり、険しい自然の中に踏み込む探検者のようであった。山中にいた人は猟師と行商人と船頭だけで、旅の人は漱石たちだけであった。

深い岩山の谷の底には川が流れ、時々杉の丸太を組んだ筏が通った。この時期、北九州は強烈な寒波に襲われていた。漱石と高校の同僚の二人は、着物姿の旅装で歩き、草鞋の足を滑らないように注意しながら足を進めた。

句意は「谷底の川には丸太を組んだ筏が流されている。その上には竹の棒で筏を操る船頭が乗っていた。素早く筏の上を移動して猿のようであった」というもの。深い谷川の中の船頭は漱石からは小さく見えていた。この船頭は身軽に丸太の上を移動していた。竹の棒で岩を突いて筏を操っていた。彼らは防寒のために毛皮の服を着ていたので、より猿に見えたのだろう。

● 冬木立寺に蛇骨を伝へけり

（ふゆこだち　てらにじゃこつを　つたえけり）

（明治28年12月4日）句稿8

境内の木々が葉を一斉に落としている。幹と枝だけになった木が並んで立っている。そんな寺には宝物館があり、大きな蛇骨が収められていた。その宝物館を囲んでいる枯れ木は、あたかも骨ばった蛇骨のようである。

その蛇骨は大昔にこの辺りに住んでいた水の神様、龍神の骨である。つまりこの蛇骨があることは、今も雨をもたらす龍神を祀っている証なのだ。寺に蛇骨が伝わっていることで、この地はその後も守られていることを表している。

その龍神は田んぼに水をもたらす雨の神でもあり、五穀豊穣の神の一つなのであろう。ちなみに漱石の弟子である枕流の地元、さいたま市の見沼区には龍神神社があり、龍神祭りが行われている。江戸時代に利根川から用水路が掘られ、埼玉中央の土地が開墾され、広い田んぼができた。そのときに龍神神社ができたようだ。このことからも蛇骨の意味が類推できる。だがそのさいたま市の龍神神社に蛇骨が収められているかは不明である。

この俳句の面白さは、信仰の対象になった大蛇の骨を御神体として伝え、これを祀っている寺を骨だけになった冬木立で囲い装飾していることだ。もしかしたら漱石が目にした寺は神仏習合の蛇骨寺なのかもしれない。全国的に蛇骨神社は多いらしい。

＊『海南新聞』（明治29年2月4日）に掲載

● 冬籠弟は無口にて候

（ふゆごもり　おとうとはむくちにて　そうろう）

（明治30年1月）句稿22

のちに鏡子の義弟になり、漱石の義弟にもなる鈴木貞次が熊本の漱石宅を訪問した。この貞次は漱石の3歳年下で帝大の建築を明治29年に卒業していた。

いわば漱石の後輩であった。彼は鏡子の妹の時子と見合いをし、熊本に行った時にはすでに時子との結婚を決めていた。そして翌明治30年に三井銀行に就職し、建築を担当することも決まっていた。明治31年の正式結婚を前にして、熊本にいる時子の姉の鏡子と、義理の兄になる漱石に挨拶するために熊本に行ったのであった。

ちなみに彼は三井銀行から欧州に留学した後、名古屋で大学教授となり、その後独立して建築事務所を構え、名古屋で活躍した。名古屋で44個の欧風建築物を設計した。後に「名古屋を作った男」と称されるようになった。

漱石はこの理系の義弟と気が合ったようで、後に漱石が英国に滞在していた時には、この義弟と最も多く手紙を交わした。漱石の死にあたっては葬儀委員長を務めた。東京の雑司が谷にある漱石の椅子型墓を設計したのは、この義弟であった。

句意は「義弟が来た時期は冬こもりの時期で、家の中は冷えて静かであったが、義弟の口も冬籠り状態だった」というもの。漱石と同じで静かで穏やかな男であった。この句の解釈には多くの文字数を要しない。

貞次は熊本の漱石宅を訪ねた時には極めて無口な男であった。互いに初対面ということも影響していたのであろう。

この句の面白いところは、句の文字数が9個と非常に少ないことである。そして音数はちょうど17音になっている。(ちなみに候の読みは掲句の場合、口語体の発音である「そる」としている)。建築設計をする男をきちんと所定の音数で表している。そして用いている漢字は、画数の多いものばかりであり、無骨な男の雰囲気を醸し出している。そして最後の下五に「候」を組み込んで、古めかしい性格の男であることを演出している。このような俳句を作る漱石のユーモア感覚には脱帽である。これらの工夫によって無口な義弟を、少ない文字数で端的に表せている。

・冬籠り黄表紙あるは赤表紙

(ふゆごもり　きびょうしあるは　あかびょうし)

(明治28年12月4日)句稿8

赤表紙は表紙が赤色の読本で赤本と呼ばれた。これは江戸時代の草双紙の一種で、絵入りの童話風娯楽本であった。これは5話を一冊に綴じていた。黄表紙は、表紙が黄色または萌黄色の読本で洒落や風刺を掲載した大人向けの絵入り娯楽本である。また、この黄表紙は、気楽に読める娯楽的な文芸ジャンルをも意味する。

句意は「これからの寒い時期は冬籠り状態になるから、江戸時代の本である黄表紙もしくは赤表紙を集めて読むとしよう」というもの。外出もままならなくなって気が重くなる季節にはこれらの本を読んで気楽に過ごそうというのだ。特に黄表紙は落語のネタ本にも使われたという面白い本で、冬籠りに読むには最適だと考えた。今時の若者ならばスマホゲームをして陰鬱な冬を過ごすというところなのであろう。

江戸時代後期になると手書きから木版印刷に変わり、出版物が安価に庶民に提供されるようになった。すると絵と文が同居する大人の漫画本的娯楽小説本が大流行した。この代表的作家がヒット作を連発した山東京伝で、彼は大ベストセラー作家であった。挿絵を提供したのが喜多川歌麿、葛飾北斎などの一流の絵描きであった。京伝自身も浮世絵の絵師であった。

漱石が英国からの帰国後に書いた「吾輩は猫である」は、江戸の黄表紙や滑稽本の戯作文学を明治時代に合わせて改造しようとするものであった。明治時代の京伝が漱石ということになる。英国に渡った漱石は、滑稽味のある小説を書くためのヒントを得ようと図書館に通っていたに違いない。文学論の執筆の合間にではあるが。そしてとうとうそれを見つけることができた。犬が人のようにおかしなことを喋っている小説を見つけた。このことを知ると「吾輩は猫である」の題名の持つ意味がわかる。「吾輩は犬ではなく、猫である」になる。

・冬籠り今年も無事で罷りある

(ふゆごもり　ことしもぶじで　まかりある)

(明治28年11月22日)句稿7

師匠の子規は掲句を添削して「冬籠り小猫も無事で罷りある」と書き換えた。掲句の句意は「年の瀬になり、正月を迎える冬籠りに入る。振り返ってみると今年は大きな事件にも遭わず、無事であった。やれやれ」というもの。

しかし、これでは「年末の冬籠りで、しみじみと今年の無事を噛みしめておりますという意味になり、誰もが抱きそうな感慨で、面白みにかける」ということになりそうだ。そこで「今年も」を「小猫も」と変えると、生まれたばかりの子猫が年を越せそうだ、と安心している、となり、少し面白くなる。だが、子規は、もう一つ別のことを懸念していた。

子規が掲句を読むと、漱石は大塚楠緒子との大恋愛の後に、心は大荒れにならずに過ごせたことを示している、と判ってしまうと子規は考えた。つまり、この年の10月下旬に漱石の所に楠緒子から親展と表書きされた涙の手紙が届いていたのを子規は知っていたから、この俳句はまずいと漱石に注意を与えようとした。子規は楠緒子と保治の結婚の際に、保治・楠緒子・漱石の三者で結んだ約束を漱石が忘れがちであると感じた。つまり掲句の修正は、楠緒子は漱石の恋人であったという事の証拠を残さないとする取り決めに反する、と漱石に注意する意味を含んでいた。「君、気が緩んでいるよ」というところである。

・冬籠り小猫も無事で罷りある

（ふゆごもり　こねこもぶじで　まかりある）

（明治28年11月22日）句稿7

「罷りある」は「ある、おる」の意の丁寧語で、「ございます」となる。少々断定的に大げさに表現するという効果が生まれる。

掲句の原句は、「冬籠り今年も無事で罷りある」であり、平凡な年末の句になっている。だが当の漱石にとってはこの無難な一年、事件が起こらなかった平凡な一年だったと言いたかっただけなのだ。この一年、精神的な落ち込みを乗り越えるのには難儀したからだ。そのような自分を素直に喜んでいたのだ。

その理由は、昨年までは元気印であった金之助は失恋したあと、各地を飛び回っては泣き叫び、閉じこもったりした。したがって東京から松山に転居した後は平穏な一年、無難な一年にするというのが目標であった。漱石は教員をしながらこれを心がけた。28歳になって今までの自分から脱皮したいということだ。そしてそれができつつあるという実感があった。このことを俳句にして記録しておいた。

だが師匠の子規が添削して出来上がった掲句は、漱石の隠された思いは切り捨てて、生まれたばかりの猫に配慮していると書き換えた。

・冬籠米搗く音の幽かなり

（ふゆごもり　こめつくおとの　かすかなり）

（明治28年12月18日）句稿9

この句は精米機がこの世に登場する以前の話である。冬の夜長には縦長の一升瓶ほどの特製のガラス瓶に入れた玄米を棒で搗く作業が松山の街でも行われていた。この器の中に玄米を少量入れ、丸棒で何回も辛抱強く突き、玄米から糠を分離させて取り除く精米作業が各戸で行われてきた。この米搗き作業では棒による衝撃によるだけでなく、玄米同士が強くぶつかり合って表面の糠を互いに削り落とすことになる。田舎の川の近くの農家であれば水車の動力を使った杵と臼で米を搗くか、それとも足踏み式の杵臼でそれを行った。これ等の設備がなければ腕力で棒を突き続けるしかなかった。

棒で米を搗く音はガラス瓶で共鳴して重く低い連続音が周囲に響く。松山の漱石は、身の回りの世話をする家政婦（当時の呼称は下女）を大家が紹介してくれたので、その若い娘を雇い入れた。この雇われ人は通いで仕事をしていた。掲句の米搗きは夜中の作業であるから、この米搗き音は隣家の大家の母屋から響いてきた。

句意は「冬の夜中に隣家から、玄米を棒で突く米搗きの低い連続音が微かに響いてきている」というもの。この音は夜の深さを感じさせた。漱石は冬の夜、部屋にこもって本を読む生活をしていたが、隣の母屋では生活のための米搗きが夜通し行われていることを微かに響いてくる音で知らされた。漱石先生はこの米搗き音に感謝の思いを持ったことだろう。

北国では建屋自体には寒さ対策の冬構えをするが、これとは別に冬の間の生活のために、どこの地域でも必要な物資の白米を蓄えておく必要があった。この米搗きも冬に備える作業であるから、漱石はこの集中的な米搗きもれっきとした冬構えであると思った。添削された原句からそうとわかる。

（原句）　冬構米搗く音の幽かなり

三者談
周囲のしんとしている中に遠いところから米を搗く音が響いてくる。自分の家の米搗きだとすると微かではなくなる。「幽か」はぼんやりしている感じを出すためだ。周囲のひっそり感を出す効果がある。写生の句ではなく作者は冬構の感じに浸っている。「米搗く」と「冬籠」は密接で調和している。

● 冬籠り染井の墓地を控へけり

（ふゆごもり　そめいのぼちを　ひかえけり）

（明治39年11月17日）野上豊一郎宛の葉書

漱石は作家としては一番弟子である野上が引っ越したことを耳にして、豊一郎宛に丁寧に掲句をつけた葉書を出した。掲句には前置きとして「巣鴨の奥にお引移りのよし拝承 淋しい処がよろし」と書いていた。

句意は「冬の風の便りとして知ったが、冬籠りするように巣鴨の奥に引っ込みましたね。そこは染井墓所のそばだが、文章を書くにはそういう所がよろしい」というもの。染井は江戸時代には植木屋が多かった場所でもあり、ソメイヨシノの発祥地である。染井の地は墓所があった関係で人の出入りの少ない土地だとわかる。

エアコンのない明治時代には、染井は緑の多い場所で避暑にも冬籠りにも適していた。漱石は野上の引っ越しの考えに賛同している。漱石はこの葉書を書いていて、初めて熊本市に移って住んだ場所は寺の前であったことを思い出していた。漱石の場合には、3ヶ月目で次の家に引っ越していた。あまりいい思い出がなかった。

ちなみに染井墓所は、今は都営染井霊園になっている。江戸期には水戸徳川家や府中松平家の墓所があったところだ。二葉亭四迷や高村光雲・光太郎の墓もある。漱石の墓は、大塚楠緒子の墓のある雑司ケ谷墓苑に作られた。

漱石が5女の突然死の際に、実家の墓所でない雑司ケ谷に新たに夏目家の墓を作ったことから、漱石自身も同所に葬られることになった。漱石は将来、楠緒子の墓の近くに葬られることを予め計画していた気がする。

● 冬ざれや青きもの只菜大根

（ふゆざれや　あおきもの　ただなだいこん）

（明治28年12月18日）句稿9

冬の寒風の吹き抜ける畑地の中に、瑞々しい青い葉っぱが見えている。地方都市松山の郊外の田の畦を歩いていくと、米の収穫が早めに終わった田んぼには、冬の作物の苗が植えられて大きく生育していた。暖地の松山では米の収穫は関東より早めに終わるので、田んぼでもこのような風景が出来上がる。漱石の目には褐色ばかりの生の衰えた世界に緑の植物が生き生きと生育しているさまは不思議に思えた。

冷たい風の中に立って、緑の地面をよく見ると「青きもの」はただのアブラナであった。「ただ」という一文字によって「あーあ、なんだ」という呟きが漏れて聞こえそうである。漱石は油菜を自分の感じた意外性を演出するために菜大根と表した。そして強い「冬ざれ」の語に圧倒されないように末尾に「大根」の語を置いたと思われる。

この句の面白さは、大根の前に「只菜」の語を置いたことによって、新たな品種の野菜であるかのように勘違いしそうになることだ。そして「只菜・大根」となって「だ」の韻を踏んでいることで俳句にリズムが生じ、「冬ざれ」の風景の中で生気が強く感じられるという効果を生んでいることだ。光沢がよく勢いのあるアブラナがクローズアップされて目の前に出現している。

● 冬ざれや狢をつるす軒の下

（ふゆざれや　むじなをつるす　のきのした）

（明治32年1月）句稿32

熊本の家を元旦早くに出て、二日に大分の宇佐神宮を初詣した。「無提灯で枯野を通る寒哉」「遠く見る枯野の中の烟かな」「暗がりに雑巾を踏む寒哉」の俳句を作りながら、熊本第五高等学校の友人と寒風の吹き抜ける帰り道を急いだ。枯野の中の薄暗くなった田舎道を足早に歩いた。天気が急変して雪が降り出しそうになった。寒さに震えながら宿のある隣の街中にやっとの思いでたどり着いた。

草木が枯れている真冬、枯野を通ってひなびた門前町に入り込んだ。食べ物の匂いがしている。家の温かみが街中に溢れている。宿を探しながら歩いていると、ある家の入り口の軒下にムジナが吊るされていた。ムジナを料理する店なのだ。ムジナは夕ヌキに似た動物で、別称は穴熊である。漱石はめずらしい光景を見たので、俳句にしたのであろう。昼飯に食べたのかもしれない。

さて当時の人はムジナを普通に食べていたのか。平成の時代には猟師料理として伝わっていて、イノシシ、鹿を遥かに凌ぐうまさがあると言われる。すき焼きが絶品だという。このジビエ料理がうまいという噂が広まったようで東京渋谷にムジナ料理店がある。

かつて弟子の枕流が1990年頃にマレーシアで仕事をしていたときに、森林に埋もれた田舎の食堂に入って昼飯を食べた時、奥で犬を大釜で茹でているのを見たことがあった。土間に置かれた鍋の縁から犬の尻尾が見えていた。その店のメニューには、ムササビの料理も書いてあったのを覚えている。あの尻尾はムササビであったのか。現地語で書かれたメニューなので同行の中国人が解説してくれたのであろう。あの時ふわふわと空中を飛ぶ格好を思い起こした。

● 冬の雨柿の合羽のわびしさよ

（ふゆのあめ　かきのかっぱの　わびしさよ）

（明治29年1月28日）句稿10

この年の漱石は冬の雨の句をたくさん作っていた。松山で一回きりの冬の雨を経験していた。何事も感慨深くなるようである。漱石は合羽を纏って外出した。この合羽は当時の優れた防水合羽で、次のように作る。ワラビ糊を接着剤にして和紙を繋ぎながら重ね貼りして厚手の生地を作り、これに柿渋を塗って乾燥させる。次に、これを揉み込んで柔らかくした素材を裁断し、袖付き前合わせに縫い上げる。富裕層の人たちは毛織物を表裏に用いて中層に柿渋コーティングの防水素材を組み合わせた合羽を用いた。中には最新のゴムの合羽を使用する人たちもいたが、漱石はこれを購入せずに昔ながらの安価な「柿の合羽」で間に合わせていた。ゴワゴワ感のある侘しさが漂う合羽であった。暗褐色の合羽を冬の雨の降る中で着ると、冬の侘しさが際立つのであろう。

松山で単身生活をしていた漱石は、冬の雨に敏感にならざるを得ない境遇にあったといえる。失恋の痛手は癒やされていなかったからなおさらということだ。

この句の面白さは、柿渋を塗って防水性を高めた積層和紙の合羽を「柿の合羽」と造語していることだ。毛織物を表裏に用いた合羽は「ラシャの合羽」であり、新素材のゴム製の合羽は「ゴムの合羽」と呼ばれていたが、これに対抗するように「柿の合羽」と堂々と表現していることだ。

● 冬の日や茶色の裏は紺の山

（ふゆのひや　ちゃいろのうらは　こんのやま）

（明治28年11月22日）句稿7

さて漱石が松山市にいた時に見た、この塗り絵のような「茶色」と「紺」とは何なのか。冬日が差す午後、松山市の南の方に目を向けると四国山地の山々が連なって見える。冬が近づくと日脚が長くなり、その山の日が当たっている側はくっきりと見えている。11月下旬になると南国であるので紅葉の枯葉も混じって茶色になっている。その山の裏側は日陰になってこれに墨色が混じって紺色になっている。この紺色は絵が好きな漱石が想像した色である。

では秋の「秋の日や」の句になると、掲句はどのように変化するのか。「秋の日や朱赤の裏は臙脂の山」になるのであろう。

漱石先生は童子の目で目の前のこの冬の景色を楽しんで、来春には熊本に出発しなければならない。そのためにこのような俳句を作って気を楽にしているのだ。これぞ坊ちゃん先生の真骨頂なのであろう。

● 冬の山人通ふとも見えざりき

（ふゆのやま　ひとかようとも　みえざりき）

（明治28年10月）句稿2

無彩色で濃淡の差が少ない冬山。その山道を人が登ってくる。その歩く音が冬の山にこだまする。

この俳句は、滅多に人が通わない冬の山道を漱石一人が通る様子を描いている。句意は「この冬の山は、人が通るような所には見えない」というもの。人の姿が見えないので心細くなってきた。そこで、掲句のつぶやきが口に出たのだ。

漱石は山水画の世界を描いている。大きな自然の中では人の存在はないに等しいことをこの俳句で示しているのか。ことに雪の降る冬の山の中ではそうなのだと。雪山は人の存在の小ささを気づかせるための仕掛けなのだ。そのことに気づいている人間はあえて冬山に挑んでみたくなる。命を落とす危険があっても挑むのであろう。

この句は、愚陀仏庵で同居していた子規が松山を去ってからすぐに作ったもの。一緒に俳句を作っていた時を思い起こしながら、親友であって敬愛する人である子規がいなくなった侘しさを句に詠んでいると思われる。つまり、子規は体が病んでいても大陸に渡って日本軍の現状を視察してきた。また日常的には俳句、短歌の革新運動を起こしている。子規は、冬山に一人で挑戦していると描いている気がする。

・ぶら下る蜘蛛の糸こそ冷やかに

（ぶらさがる　くものいとこそ　ひややかに）

（明治43年10月22日）日記

この日、東京の長与胃腸病院に入院して初めて室内を歩いた。修善寺の温泉宿から移送されてから11日目のことであった。部屋の隅に漱石の本が置かれていたが、黄檗三筆の一人の木庵の書を見たくなって室内を歩き出した。歩き出したついでに廊下に出てみたら面会謝絶の貼り紙がしてあるのを見つけた。そしてその廊下で蜘蛛の巣を見つけたのだ。漱石のいる病室は壁が塗り替えられていたので蜘蛛の巣はなかったが、廊下は昔のままだった。この胃腸病院は漱石が再入院するというので、和室の病室をリフォームしていた。

句意は「歩いてみた病院の廊下は冷えていて、廊下の角に仕掛けられた蜘蛛の巣から蜘蛛がぶら下がっていた。その糸は廊下の壁よりも冷ややかに光っていた」というもの。垂直に下がった糸の先にいる蜘蛛も寒そうで動きが悪かったが、ぶら下がる一本の糸は光沢があって冷たい光を放っていたと漱石は観察した。この蜘蛛の糸が病院の緊張感のある廊下の冷ややかさを表しているようであった。

日記を見ると漱石はもう一句作ろうとしたことがわかる。「冷かに糸引いて蜘蛛の下がる也」と書いて「下がる也」を消して、そのままにした。下五を修正しても面白くないと感じて取りやめていた。

漱石は廊下の面会謝絶の貼り紙に寒気を覚えた。10月12日に満鉄の人が見舞いに来て、親友で満鉄総裁である中村是好が漱石の治療費のことを心配しているらしいと日記に書いていた。14日にも別の満鉄の人が来て妻に見舞金を届けた。朝日新聞社の人や弟子たちが来たと妻は言うが、皆病室には入らなかったのはこの貼り紙のせいだとわかった。この貼り紙は、自分の容体は自分が考えるほどいいものではないと告知していたからだ。

古りけりな道風の額秋の風

（ふりけりな　とうふうのがく　あきのかぜ）

（明治29年9月25日）句稿17

「観世音寺」の前置きがある。漱石と鏡子は熊本市でこの年の6月に結婚した。そして9月中旬になって初めての旅行に出かけた。これは実質の新婚旅行であったが、北九州にいる叔父に挨拶するためでもあった。この旅行で漱石は梅園で有名な太宰府を訪れた。この太宰府には天台宗の古寺である観世音寺があり、ここを参拝するのを楽しみにしていた。ここには平安時代の有名な書家であった小野道風の書が額に入れてかけられていたからだ。下からこれを見上げた漱石先生は、掲句のように「古りけりな道風の額」と呟いたに違いない。

句意は「だいぶ古びている小野道風の書が額に入れられ、高い位置に掛けられてあった。秋の風に晒されていた」というもの。漱石はシミだらけの書を見て、「古びているなあ、道風の書だというが読みにくい」とため息をついたに違いない。古びた書を見ていると秋の風が寺の建物に染みるように感じられた。

この句の面白さは、道風と「秋の風」とには風が掛けられていることである。そしてここには古の風も吹いていた。

ちなみに現在は、小野道風の書の古びる速度を抑えるために、特別な設備の元で保存が図られているという。つまり現代の旅人は漱石のようには簡単に道風の書を見られなくなったということだ。

不立文字梅咲く頃の禅坊主

（ふりゅうもんじ　うめさくころの　ぜんぼうず）

（明治28年10月末）句稿3

この句は「不立文字白梅一木咲きにけり」の原句である。掲句は禅語である不立文字を頭に押し立てて、漢語の風を吹かせた凛とした俳句になっている。

不立文字は「禅宗での用語で、悟りの境地は言葉で教えられるものではなく、修行によって心から心へと伝わるものである」ということだ。換言すれば「修行に文字は不要」ということで、ひたすら座禅あるのみということなのだろう。

掲句の意味は「梅が咲き出したばかりのまだ寒い季節に、冷える僧堂で禅坊主が座禅をしている。悟りの境地を得ようと長く坐禅を継続している」というもの。外では梅の花が咲き出して春が近づいているが、若い僧には未だ何の変化もないようだ、と修行が長く続くことを予想している。

座禅で悟りを得ることの難しさを漱石先生は掲句で示している気がする。その一方で若い僧は実際には梅の花の芳しい香りが気になって、座禅に集中できていないのではないかと危惧している。

この句の面白さは、「不立」の語によって、僧堂で立たずに座って長い期間座禅をしていることを表していることだ。目の前の若い僧はいつまでこの修行を続けるのかと自問しているのかも知れないと想像している。これに対して子規は、「一木咲きにけり」として、「気にするな、ただ梅が咲き出しただけだ」と突き放す。

不立文字白梅一木咲きにけり

（ふりゅうもんじ　はくばいいちぼく　さきにけり）

（明治28年10月末）句稿3

不立文字は「もんじをたてず」と訓読みすることができる。その意味は「禅宗での悟りの境地は、言葉で教えられるものではない」ということだ。つまり、教えられるものは本物でない、時間をかけて体得するしかないと言っている。

句意は「寺の一角に白梅の古木が一本あり、苔むした木肌の木に純な白梅の花が咲いている。老体の曲がった細かい枝先に可憐な花を咲かせている。若い梅の木であればこのように咲くことはできない。苦しく長い修行、長い座禅の先にこのようなやっと花が咲くのだ」というもの。「白梅一木の咲く」姿は悟りの姿の一つとして病身の子規によって提示されているとみる。

禅問答のようなこの句は「不立文字梅咲く頃の禅坊主」の原句を子規が手直ししたものである。

●降りやんで蜜柑まだらに雪の舟

（ふりやんで　みかんまだらに　ゆきのふね）

（明治31年1月6日）句稿28

資料によると、この年の大晦日の雪は年を越えると止み、小天温泉の元朝の湯槽には眩しい日が差し込んだ。川の岸辺に建てられている宿の二階から眼下を見ると船着場があり小舟が繋がれている。その舟にも雪が積もっている。白い舟が川の流れの中に浮かんでいる幻想的な風景を漱石は見た。

川の反対側の山には蜜柑の畑があり、降り止んだ雪の白さの中に明るい黄色。蜜柑色の斑点がまだらにあり、雪に映えている。草間彌生のデザイン世界である。蜜柑の上半分が白、下が黄色。降る雪を見ていた陰鬱な気持ちが一挙に明るくなった。この温泉があった小天村は隣の村とともに小粒蜜柑の産地であった。

この句は、妻を熊本に置いて同僚の友人と二人で小天温泉に出かけてきたという少々後ろめたい状況が関係している。道中の雪は、この後ろめたさがもたらしたものと漱石は考えたのかもしれない。だが温泉宿に入ってしまって朝になると気分は別のものになっていた。一晩過ぎると環境も人の気分も変わるものなのだ。前日までの漱石の陰鬱な気分はスッキリとしていた。漱石の好きな南画、水墨画の世界が目の前に展開していて、少し興奮気味なのだ。

この句の面白さは、漱石の好きな山水画の句に中世の山水画の名人、雪舟の名を詠み込んでいることだ。

ちなみにこの小天温泉の宿は、引退した地元代議士の前田案山子の別荘であった。漱石の当時の住居の前にあった広い畑の持ち主が畑仕事に来た際、顔を合わせることが何度かあり、世間話の中で親類筋の前田案山子のこと、そして空いている前田の別荘が話題になった。その爺さんがその別荘を漱石先生が使えるように仲介してくれた。

●古池や首塚ありて時雨ふる

（ふるいけや　くびづかありて　しぐれふる）

（明治28年12月18日）句稿9

松山市郊外の山裾の寺、稱名寺（しょうみょうじ）に立って、水平線に落ちようとしている冬日を眺めている。寺の案内板には山を登ったところに源氏の武者の墓があると書いてある。漱石はその墓を詣でることにして登り始めた。

句意は「保存の手を入れていない古い首塚が枯葉に覆われた古池のそばに見つかった。その塚は雑草やススキが生える侘しい場所にひっそりとあった。すると時雨が降り出して、その塚はなおさら侘しく感じられた」というもの。現在の塚は漱石の訪問の後、名所となり石垣が二重に作られた立派な墓になった。その場所には鎌倉神社まで造られた。

その塚の主は源範頼であった。範頼はこの松山の奥地で自決したと地元では言い伝えられていた。範頼は平家討伐を義経と共にして成し遂げたが、朝廷側に取り入ったとして頼朝に妬（ねた）まれ、そして疎（うと）まれた。範頼は伊豆修善寺に隠れていたところを見つけられて殺されたという。だが、範頼の墓は伊予の山中にも残っている。

範頼は源氏再興のために関東から兵を動かして働き、平家との合戦に活躍して平家を倒したにもかかわらず、不本意な最期を遂げることになった武将であった。漱石はこの範頼の無念を思った。

夏目家に伝わる言い伝えでは先祖は、清和源氏の末裔の武田源氏であるという。範頼は漱石の先祖につながっていると考えて山中の墓にお参りした。言い伝えとはいえ、その墓を知らぬふりをすることができなかったのであろう。

ちなみに範頼は生まれ育った地名（浜松市にあった蒲御厨（みくりや））から蒲殿や蒲冠者と呼ばれた。漱石は松山にある範頼の塚のそばで範頼の別名を用いた「蒲殿の愈（いよいよ）悲し枯尾花」と「凩や冠者の墓撲（う）つ落松葉」の俳句も作っていた。

＊『海南新聞』（明治29年2月1日）に掲載

・古里に帰るは嬉し菊の頃

（ふるさとに　かえるはうれし　きくのころ）

（明治43年9月25日）日記

療養先の修善寺で吐血してから宿を出ることができなかったが、やっと東京の長与胃腸病院に戻れる目処が立った。これで再入院のその先にある早稲田の漱石の家、漱石山房への帰宅が少し近づいたことを実感した。後二週から二十日ぐらいで帰京できるだろうと、東京から来た二人の医者が診断を下した。漱石の体は着実に回復に向かっていると断言した。これで東京の病院で本格的な治療を受けられるようになると喜んだ。

句意は「庭の菊が咲いている頃に古里の東京に帰れることになって嬉しい。東京で好きな菊の花が見られると思うとなおさら嬉しい」というもの。通常俳句には嬉しいとか、悲しいとかの言葉は用いないという不文律があるが、漱石は心底嬉しいのであるから関係ないとこれを吹き飛ばす。素直な掲句は心の叫びなのだ。漱石は帰京の喜びを周囲に振りまいていた。

この句の面白さは、東京の元の病院に再入院するだけなのに、胃潰瘍が快癒したかのように喜んでいることだ。長く同じ温泉宿に閉じ込められているという意識があったので、東京に移動できるようになったという変化を歓迎していた。また小説が書けるようになると確信できたのだ。

・故郷を舞ひつゝ出づる霞かな

（ふるさとを　まいつついづる　かすみかな）

（明治42年）三浦石斎画の賛

漱石は満韓視察旅行から戻って義理の弟である鈴木穆（しずか）宅に滞在した時の句である。漱石が朝鮮に行った時、この義弟は単身赴任の朝鮮総督府の官僚で、ソウルで何度か会っていた。彼は後に朝鮮銀行副総裁になった。

「不老洞主石斎」と署名のある石斎の絵に漱石がこの句を賛として書き込んだ。三浦石斎は名古屋四条派と呼ばれる画人の一人で、仕事をやめて不老洞画塾を開き門人を育てた。この人の絵が義弟の家にあった。石斎は明治42年10月7日〜13日の間、主人のいない鈴木穆宅に滞在した。石斎はこの間に先の絵を描いて寄贈したのだろう。

句意は「故郷の名古屋の街に霞が立ち上っている絵であるが、その霞は故郷を嬉しそうに離れてゆく」というもの。名古屋人は地元愛が強いと感じている。この絵は、万歳の絵であったから、出征兵士を送り出す場面の絵なのだろう。鈴木家から誰か出征したのだ。

掲句のユニークなところは、出征兵士は舞鶴から船で大陸に渡っていったことを踏まえて、霞が「舞ひつゝ出づる」として、舞鶴の地名を見事に詠み込んでいることだ。そして兵士は命を落として霞となる可能性を暗に示している。

漱石の親戚となった名古屋の鈴木家は地元では有力者の家系であり、鈴木家は石斎を支援していたのかもしれない。漱石もこれからの鈴木家の繁栄を祈願する意図で俳句を制作したものだが、別の想いも込めていた。ちなみに義弟のもう一人の鈴木兄は建築家の禎次（鏡子の妹、時子と結婚）である。名古屋の街を改造し、漱石の墓のデザインも行った人である。

・古寺に鰯焼くなり春の宵

（ふるでらに　いわしやくなり　はるのよい）

（明治29年1月29日）句稿11

春は日が暮れるのがまだ早く、夕食は薄暗くなる宵になってから準備にかかる。古寺の僧の古女房が外に七輪を持ち出してイワシを焼き始める。垂れ落ちたイワシの油が炭火で燃えて七輪から煙がもうもうと立ち上る。近所にその煙が流れていく。帰る参詣客を追いかけるように香ばしい匂いが流れてくる。

この荒れた古寺にまだ僧の一家が住んでいることがイワシ焼きの煙でわかるというおかしさがある。そしてもうもうと立つ煙からは、亡骸を焼く焼き場の煙が連想される。漱石は焼き場からはこれほどに煙は出ないと思うのかもしれない。漱石はここまでのことを考えたのであろうか。煙に巻かれてよくわからない。

さてこの寺はどこの寺であろうか。この時期、漱石はまだ松山にいて、熊本に転居する準備をしていた。4月には船で伊予を発つことになるので、松山周辺でまだ歩いていないところへ積極的に足を延ばしていた。この寺は由緒のある遍路の立ち寄る札所の大寺なのであろうが、廃仏毀釈の運動によって参詣客は大幅に減少していたのだ。寺の経営が困難になっていたことが掲句から窺える。

子規は原句「古寺に鰯焼くなり春の夜」にあった「春の夜」を「春の宵」に変えていた。やはり夕食は「春の宵」なのだ。「春の夜」では夜食になってしまうからだろう。

• ふるひ寄せて白魚崩れん許りなり

（ふるいよせて　しらうおくずれん　ばかりなり）

（明治30年2月）句稿23

この句は観察句として有名である。網の四隅に焼きを入れて丸みをもたせた棒を十字に紐でくくりつけた「四つ手網」（通称は四つ手）で魚をとる漁を漱石はじっと見ていた。この網を魚のいそうな水中に沈めておき、適当な時間をおいてからすっと上げると、無数の透明な白魚が跳ねていた。遠目には網がただ水で光っているように見えるだけだが、近くで見るとその光が踊っているのだ。四つ手の十字棒を上下させて網を震わせると網の上の柔らかい小さな魚は、自ら跳ねながら網の中央に集まってくる。漱石の見ている白魚は堅い麻網と擦れて身を崩しそうに見える。

だがこの解釈とは別の解釈も成り立つ。崩れんばかりなのは、白魚ではなく漱石の顔だと見ることができるのだ。急いで顔を網の上に突き出して中を覗き込んでみる漱石の顔が嬉しそうであった。そして、水中で捕れた白魚を手ですくって口に入れて噛んだ時に、あまりのうまさに唸ってしまった。このときの気持ちを「崩れる」としたと表現した。つまりこの句は「踊り食い」を経験したときの感想句なのである。食欲が人並み以上であった漱石のことを考えると、漱石の気持ちはこちらの解釈が当てはまるように見える。最終的には掲句は単なる白魚漁の観察句ではなく、これらが複合されたものと考える。

漱石はこのトリックを句に仕込んで、レトリックに満ちた句ができたとニンマリしたに違いない。この面白い構造の句ができたときの顔の表情は、まさに「崩れん許りなり」であったであろう。

ちなみに当時の一般家庭の食卓に上がる白魚は湯上げした魚であり、まさに白化した小魚であるが、網ですくい上げたばかりの白魚（魚の種類名でもある）

は、ピンピン跳ねるほぼ透明な魚なのだ。湯上げした魚とは違って網の上で振ったぐらいでは崩れそうにない。湯上げした魚を網の上で振ると崩れそうになる。

三者談

この句は古今の名句だ。漱石の無限の情味が絡み付いている。芭蕉の「あけぼのや白魚白きこと一寸」の句に劣らない。白魚に対するラブが活き活きと表現されている。客観的であり主観描写になっていて立派。

● 降るとしも見えぬに花の雫哉

（ふるとしも　みえぬにはなの　しずくかな）

（大正3年）手帳

漱石は東京の自宅にいて、執筆の合間に庭に下りて花をじっと見ている。花びらと葉っぱに付いている雫を見て考え込んでいる。

句意は「庭の花に雫が付いている。これは雨の滴なのだろうと思うが、夜中に雨が降ったようには思われないから変である」というもの。周りを観察すると夜中に雨が降ったようには見えないのだ。花の雫は何なのかと漱石は首をひねっている。

漱石はこの句を作ってから下した結論はこうである。この花びらに付いている雫のように見えるのは、高湿度の空気が寒気で冷やされて下がり、地面近くの冷えた湿り気が花びらに触れて露と結んだに違いないと考えた。

しかしこの句をよく読むと「降るとしも見えぬ」となっていて、現在形になっている。よって昨夜雨が「降ったとも見えぬ」という解釈にはならない。現在形であるから、これからも雨が降りそうには見えないということになる。つまり漱石は花びらに付いた細かな水滴を見出して、この現象は降雨の前触れだと考えてみた。しかし、空を見てそんな雲はなく降りそうもないと不思議に思ったのだ。

この頃の漱石の体調は大きく崩れていて体が悲鳴を上げている状態だった。そのような中、花に付いている雫を花の涙のように感じてしまったのかもしれない。ちなみに掲句の下敷きとして「音もせず　降るとも見えぬ朝じめり　枝おもげなる　青柳の絲」の歌がある。この中の青柳の絲を花の雫に替えたのだろう。

● 古瓢柱に懸けて蜂巣くふ

（ふるふくべ　はしらにかけて　はちすくう）

（明治29年3月5日）句稿12

漱石は松山の南の山裾にある村を訪れた時の光景を思い起こして描いている。11月2、3日に四国山地の中にある白猪の滝を見る旅に出た時の句である。松山市の隣の町の在にある旧家に泊まって、そこから案内人を立てて山の林道に入っていった。この旧家は子規の親類の家であった。この年の4月に松山を発って熊本に移動することになっていたので、転居する前に子規の勧めに従って滝見に出かけたのだ。

句意は「カラカラに乾燥した古瓢箪が古びた柱にかけてあり、その家の軒下には巨大な蜂の巣が張り付いている」というもの。この古びた母屋の柱は外から見えたのだ。その旧家からは人の声が聞こえてこない。

この旧家は松山の郊外にある子規の遠い親戚の家で、漱石はこの家に宿泊させてもらった。子規は地元で有名な白猪の滝を見るように漱石に勧め、この旧家に泊まれるように連絡してくれたのだ。旧家の主人は老婆であった。この家にはゆったりと時間が流れていることが示されている。

この句には瓢自体、時間をかけて種を取って乾燥させたものであるが、漱石が見たものはそれが極端に古びていたのだ。また、大きな瓢に負けじと雀蜂が時間をかけて巨大な巣を作っていた。日本社会は明治になって大きく変わったが、この変化が及んでいない地域があることを認識させられた。

● 古ぼけし油絵をかけ秋の蝶

（ふるぼけし　あぶらえをかけ　あきのちょう）

（明治32年10月17日）句稿35

「熊本高等学校秋季雑詠　瑞邦館」の前置きがある。五高の講堂には古ぼけた油絵が掛けられていた。新しい煉瓦造りの建屋であったが、そこに掛けられていたのは、色が褪めてひび割れた油絵であり、それが漱石の目を引いたのであろう。これは熊本藩の細川邸からの寄贈品で南蛮渡来の大きな絵画なのであったのだろう。

　句意は「秋の蝶が飛び交う季節に瑞邦館の中に入ると、新しい建物には不似合いな古ぼけた油絵が掛けてあった」というもの。幕末に欧州から土産品として熊本に運ばれた油絵は、名品としての骨董品であったに違いない。その古い絵画がさらに時を経て古くなっていたのだ。

　この句の面白さは、「古ぼけた油絵」と色鮮やかな「秋の蝶」の対比にある。褐色になっている油絵に「秋の蝶」が色を補っているように漱石は描いている。

　この句のもう一つの面白さは、おおよそ3年前に作っていた漱石の俳句、「古ぼけた江戸錦絵や春の雨」と対をなすものであることだ。つまり自作俳句のパロディを作っていたのだと思われる。つまり瑞邦館にあった大げさな額に入っていた油画に、漱石は価値を認めていないことが窺われるのだ。

　そして漱石は建物の名称が瑞邦館というならば、古い油絵ではなく新作の日本画を掛けるべきだということなのだ。古ぼけた油絵を掛けている意味がよくわからないと「古ぼけし」の言葉で表している。文部省の役人の頭の中が切り替わっていないということだ。つまり「瑞邦」の言葉の意味がわかっていないと嘆いている。

・古ぼけた江戸錦絵や春の雨

（ふるぼけた　えどにしきえや　はるのあめ）

（明治29年3月24日）句稿14

　江戸の風景を描いた古ぼけた錦絵が漱石の目の前にある。歌川広重の描いた浮世絵、「東都名所上野広小路松坂屋之図」であろうか。この俳句は、上野にあった有名な呉服屋の前で作った「乙鳥や赤い暖簾の松坂屋」の句を受けて作られたものである。同じ句稿の直前句であるから対句である。

　江戸時代の錦絵を見ると、そこにはその後モダンに改修される前の平屋の建物があり、上野広小路に面して威容を誇っていた姿が描かれていた。その建物の2側面には、2メートル角程度の大きな暖簾が軒下から地面すれすれまで下りていた。そしてその錦絵に描かれていた暖簾は店の周囲に壁のように何枚も設置されていて、青と赤（柿色）の2色で建物が飾られていた。

　驚いたことに2色は交互に配置されてかなり大胆な色使いなのだ。これによって企業イメージの赤を目立たせるという作戦があったように感じられる。古ぼけた錦絵に、当時としては小売業の先進的なものを見ることができる。江戸の名所として有名であった松坂屋を描いたこの錦絵は江戸に来た人が地方に持ち帰る土産物として機能していたのがよくわかる。

　この錦絵には春の雨は降っていないが、下五の「春の雨」によってこの絵を見ていた季節が春の雨が降っていた季節であったことを示している。漱石は、4月になるといよいよ松山を出て熊本に移動することになっていた。尋常中学校の英語教師から高等学校の英語教師に転身することになっていた。松山からさらに西に生まれ故郷の東京から離れていくことになった。幾分感傷的になっていたようだ。江戸を描いた錦絵を眺めて、漱石はほっと息を吐いた。

・降る雪よ今宵ばかりは積れかし

（ふるゆきよ　こよいばかりは　つもれかし）

（明治29年10月）句稿19

　前置きに「逢恋」とある。掲句は恋シリーズの俳句として創作したもの。まだ逢瀬を楽しんでいる段階の恋である。二人は人目を気にして会う場所を決めていた。

　雪は恋愛の背景、小道具として小説や歌でしばしば用いられてきた。冷たい雪の降る中で交わされる熱く優しい言葉が雪に絡む。漱石のロマンチストの側面が表れている。掲句は雪に対する古典的な言い回しになっているが、恋する二人が向かい合う場面では「時間よ、止まれ」という言葉に匹敵するモダンな言い回しである。

　句意は「降る雪よ、このまま降り続いて二人だけを残して周りの景色を消してくれ」というもの。これだけ雪が降れば、自分たちの周りに人が通り掛かることはない。二人はすっぽりと雪の中に閉じ込められるのだ。

　この句の面白さは、向かい合う二人は降り続ける雪に感謝していることだ。寒さなど感じないのだ。昭和の歌謡曲の中に石原裕次郎が歌った「夜霧よ今夜

もありがとう」というヒット曲があったが、この夜霧が立ち込める場面に類似している。そして昭和の男が夜霧に語りかけるのと同じように、女を待っている明治の男は雪に、ありがとうと語りかける。

もう一つの面白さは、恋する男女の「今宵ばかりは積れかし」という自分勝手さがが描かれていることだ。恋は人を独善的にすることを見事に表している。別の言い方をするならば、「恋は盲目」状態に近いものを描いていることだ。最も面白いことは、漱石は明治29年6月に結婚式を挙げたばかりでありながら、4ヶ月後には恋に憧れるような恋歌15句を連続して作っていることだ。

• 風呂に入れば裏の山より初嵐

（ふろにいれば　うらのやまより　はつあらし）

（明治31年10月16日）句稿31

熊本城の小天守、宇土櫓、大天守が並ぶと連山の光景になる。最大の大天守は足元から30メートルの高さがある。この城はこの時期に住んだ漱石宅の北北西の位置にあり、漱石宅は熊本城の高台からすぐの足元にあった。つまり家の裏山が熊本城の高台であった。

漱石は冷たい秋風が吹き出した時期に台所の外に設えた風呂に入っていると、何やら強い風が出てきた。木々の揺れる音が風呂場まで伝わってきた。枯葉は風に混じって飛んでくる。春一番ならぬ秋一番だ。漱石は、これは初嵐だと思って風呂の中で俳句を作った。

句意は「建屋の外にある五右衛門風呂に入っていると、裏の熊本城の方から初嵐が吹いてきた」というもの。体が冷える初嵐を漱石は楽しんでいる。

この句の面白さは、城の最も高いところは山のように高く、嵐はこの山から吹き下ろしているように感じたということだ。実際には初嵐はその後ろに控えている有明の海沿いの山から吹き下りてきていたのを、面白く表現している。確かに熊本城は黒と白の城であり、寒風を吹き出しそうに思える。漱石の洒落心は、初嵐を歓迎している。

もう一つの面白さは、熊本城の高台を漱石宅の飾り、風呂のある庭の借景にしてしまっていることだ。加藤清正もこのような風呂を味わったことはないであろうと笑う。風呂の中の漱石は剛気なものである。決して熊本城に圧迫されていないのだ。

• 風呂吹きや頭の丸き影二つ

（ふろふきや　あたまのまるき　かげふたつ）

（大正5年10月）

「禅僧二人を宿して」という前置きがある。この二人とは神戸市祥福寺の雲水である鬼村元成氏と富澤珪堂氏で、ともに20代前半の若い禅僧であった。

この句意は「家の外で風呂吹きをしながら時に顔を上げると、風呂場のガラス窓には二人の僧の丸い頭の影が見えていた」というもの。互いに背中を流し合う二人の僧の頭が揺れていたのか。

漱石家の薪をくべる風呂の焚口は浴室の外にあった。風呂釜の焚口が室内の土間に置かれていたならば、僧の丸い影は漱石の目には見えなかったことになる。漱石は風呂場のガラス窓の外にいて薪をくべて燃やし、外から禅僧二人に湯加減を聞いたりして話をしている。僧の丸い頭がぼんやりと曇りガラスに影を映している。「おーい、湯加減はどうだい」などと外から声をかけていたのだ。「ちょうどいいです、すみません」などと外の漱石に向かって言葉を返していたのだろう。

漱石は来客に気を使って火が弱くなったら薪を追加し、竹筒の風呂吹きを使って息を吹き込み、火を強くしたりした。外でしゃがみ込んでの風呂焚き作業は辛いものだが、心の通う二人の影の動きを見ながらの作業はそれほど辛くは感じなかった。二人の禅僧は漱石本の読者であった。彼らは大正4年7月に漱石から「若しあなた方が東京へ来たら、私の宅へとめて上げませう」という手紙をもらった。二人はこの手紙を持って上京して漱石宅に泊まり、東京見物をした。

漱石は文通して親しくなった二人の僧を迎えるために子供部屋を片付けさせ、風呂焚きその他の世話を焼いた。二人は漱石の家に大正5年10月23日から30日まで8泊し、31日に帰った。

漱石がこの二人をこれほどまでに親切に遇したのは、自分の命がそれほど長くは持たないことを悟っていたからだと思われる。このにわか友人に対する世話焼きから一月ほど経った大正5年12月9日に漱石は亡くなった。よく禅寺に足を運んでいた漱石はこの若い僧との交流によって心に安らぎを得たのかもしれない。

この句の面白さは、別の解釈が可能であることだ。薪をくべて火を強く燃やす「風呂吹き」を「風呂吹き大根」と掛けていると見ることができる。夕食で僧たちに風呂吹き大根をご馳走したことも表している気がする。そこで風呂焚きに代わる言葉として「風呂吹き」を用いたと考える。二人が風呂から上がったら夕食になったが、彼らには精進料理の一品である「風呂吹き大根」を出したのだろう。

つまり漱石はこの俳句で「風呂吹き大根」を「風呂焚き」に掛けて遊んでいたのだ。漱石は禅僧をネタにして落語的なユーモア句ができたと喜んでいたのだろう。「風呂吹き大根」は大根を輪切りにするから、丸くなる。「丸き影二つ」は僧侶の坊主頭の形を表すとともに、「風呂吹き大根」の輪切りの形状を表していた。

漱石は二人の禅僧を送り出した9日後に「則天去私」を造語して弟子たちに公表した。そして2週間後に漱石先生は嘔吐して重態に陥った。冷たい風が吹いている中、前かがみの姿勢で辛い風呂焚きをしながらユーモア句を作っていた漱石の顔は輝いていたであろう。

• 文債に籠る冬の日短かゝり

（ぶんさいに　こもるふゆのひ　みじかかり）

（明治40年12月16日）小宮豊隆宛の葉書

文債とは締切までに完成できない原稿のことだという。売れない小説家が抱えている借金のことではない。勘違いしそうだ。

新聞連載小説家になった漱石は、好きな道に入って生き生きとしているはずであるが、執筆のノルマと小説の評判のことが頭をよぎって悩みがちだ。高額の給料はヒット作と引き換えなのである。じっくりいいものを書こうとすると締切の期限が立ちはだかる。年間二本の新聞連載小説を書くのが最低条件なのだ。

書斎にこもって原稿用紙に文字を埋めてゆくが、冬の日は昼の時間が短く、原稿を書く時間自体が少なくなっているように錯覚してしまう。太陽にまでピッチを上げて原稿を書けと急かされているように感じてしまうと漱石は掲句を作って笑っている。実際の執筆作業は午前中にしかやらないから、頭をフル回転させているということだ。

外出できない漱石は葉書を書いて弟子の小宮に頼み事をしている。若い外国作家の情報を出してくれ、靴紐を買ってきてくれ、美学論文の載っている哲学雑誌2冊も購入してきてくれ、と秘書のように小宮を使っている。執筆で忙しい毎日であり、日に2、3回書く予定だと記している。これは連載の2、3日分をまとめて毎日書いている状態だということである。

• 文与可や筍を食ひ竹を画く

（ぶんよかや　たけのこをくい　たけをかく）

（明治30年5月28日）句稿25

「筍や思ひがけなき垣根より」と「藪近し椽の下より筍が」の句を作って、漱石宅における筍との出会いを楽しんでいた。最初にこの世に出てきた筍をありがたく収穫して下働き女に調理してもらった。

掲句は腹を満たす分の筍を収穫した後、取らずに庭に残しておいた筍が幼竹になった姿を見て、墨でそれを絵に描いたというものだ。この庭のフレッシュな竹には親近感があってうまく描けたに違いない。竹の画を描かせたら右に出るものはいないと言われた文与可のように竹の図を描けたと思った。

句意は「文与可の墨竹を真似て、庭に出た筍を食べながら竹の絵を描いた」というもの。リアリストの漱石は絵の対象の筍をまずは味わって筍を知ってから絵に取り掛かっている。この句の面白さは、筍は旬のうちに食べ、食べ残った竹を描くという洒落を掲句で表していることだ。つまり時間に急かされずに草冠の竹をじっくりと描くことを目指した。この句は落語俳句になっている。

文与可は北宋中期の文人で、文人画の祖と言われた人物だ。姓は文で名は与可、号は笑笑先生。詩文と書を能くした。枯木と竹の墨書を得意とした人で特に竹の絵が有名だという。

漱石は絵を本格的に描き出すに当たって、竹の図に挑戦したのは正解であった。カルチャーセンターで墨の絵を専攻した人はまず竹の図を描くらしい。初心者でも竹はそれらしく見えるからだ。漱石が文与可の絵が好きなのは、たぶん文先生の号が笑笑先生であるからだと思う。日本の有名居酒屋の屋号に似ている。そして竹の墨書を得意にしたというだけでユーモアを解する人であるとわかるからだ。

• 碧巌を提唱す山内の夜ぞ長き

（へきがんを　ていしょうすやまの　よぞながき）

（明治29年9月25日）句稿17

「梅林寺」の前置きがある。梅林寺は久留米にある臨済宗妙心寺派の道場で、筑後川沿いにある。山内とは高台の境内を指す。この寺は久留米藩主有馬家の菩提寺であり、親友の菅虎雄の菩提寺にもなっていた。掲句にある禅宗で用いる提唱という言葉は、師家（しけ）が宗旨の要綱を大衆に提示して説法することであるという。この宗派はこの説法の際に、臨済宗の重視する碧巌録を用いるのが特徴になっている。

この碧巌録は、宋代の仏書で禅の公案集としては第一級のもので、種々の公案に自在に解釈を加えているものになっている。この説法は夜遅くまで行われる。漱石はこの長時間の提唱の会に参加したかったが、新婚の妻が一緒だったので説法の概要説明を聞くだけに終わったと考える。訪れた梅林寺では、この道場での夜長の会を想像して掲句を作ったとみる。漱石研究家の原武氏が寺の「碧巌録会日単」（明治29年8月28日から9月13日まで）で提唱会に参加した人の記録を調べたところ、教授漱石の名はなかった。

句意は「久留米の梅林寺という禅寺の道場では、学僧たちが夜遅くまで碧巌録の講義を受けている」というもの。皆熱心に聞いていて、建物の中は熱気を帯びた師家の声が響いていた。提唱というのであるから、歌うように声を出し、抑揚をつけるのであろう。そうであれば夜遅くまで説法し、説法を聞くことができそうだ。季語は「夜ぞ長き」の夜長で秋。

漱石は明治29年9月に1週間の新婚旅行に北九州に出かけた。福岡に住む鏡子の叔父の家を訪ねて挨拶し、太宰府の都府楼跡や天満宮、筑紫野の二日市温泉、それに久留米の梅林寺などを訪ねた。妻は辛抱強く禅寺好きの漱石に付き合っていた。

漱石が新婚旅行で久留米に立ち寄っていたのは、この都市は大の親友である菅虎雄の生まれた土地であり、彼の実家があった。菅は漱石を久留米で待ち受けて、宇品からの船中で顔を合わせた俳人の露石も一緒に久留米の街を案内した。その後漱石を熊本の菅の家まで連れて行った。そして漱石が家を見つけるまで2ヶ月間同居した。このこともあって新婚旅行のついでに久留米は再度見ておきたい土地になっていた。漱石はこの旅で久留米という土地に親近感を持ったに違いない。これが後に、久留米で漱石と楠緒子が再会することになる運命を生む。

ちなみに漱石は熊本時代に5度も久留米を訪れていた。かなり多い。この縁で地元の偉人菅に対して「菅虎雄先生顕彰碑」が建てられた際には、その碑のそばに前置きを含む掲句の「漱石句碑」も建てられた。この顕彰碑建立に関わった人たちは、菅虎雄と漱石の関係、そして漱石と久留米との関係をよくわかっていた。そして漱石の人生に深く関与する楠緒子と久留米との関係も薄々感づいていたと思われる。

碧玉の茶碗に梅の落花かな

（へきぎょくの　ちゃわんにうめの　らっかかな）

（明治32年2月）句稿33

「梅花百五句」とある。碧玉の茶碗とは青色がかった緑色の茶碗なのであろう。野点の抹茶を溶いた大ぶりの茶碗に近くの梅の木から落ちた花びらが風に流されてその茶碗の中に舞い降りた。日本人は茶碗等の器に花びらの落下をことさら喜ぶが、漱石もこの偶然を喜んだ。

この俳句は、単に梅の花びらが茶碗に落ちたということを描いているものである。しかしこの句はシンプルな内容の句でありながら、上五の「碧玉の」の音によって花びらが京劇の舞のように風に舞っている様を想像させ、その後下五の「落花かな」と花びらが落ち着くまでを目で追うドキュメンタリーのように感じさせる音の演出がある。

もう一つの面白さは、碧玉の漢語によって骨董の中国茶碗を想像させることだ。その茶碗の中に奈良時代に中国から伝わった梅の花びらが落ちるという組み合わせである。どちらも日本の土地で日本に馴染んでいるが、幼馴染み同士で盛り上がっている感じがする。

この句の関連俳句として「封切れば月が瀬の梅二三片」の句がある。掲句の茶会が催された場所は熊本市内であったが、漱石の創造の世界では奈良県の梅の名所、「月が瀬」に茶会の場が設定されている。そして漱石はこの場所で抹茶壺の封切りを行うことにした。鑞付け抹茶壺の封が切られ、きつく差し込まれていた栓を抜いた時にポンと音がした。その空気振動で梅のひと枝から花びらが2、3片落ちたように思えたのだ。その花びらが風に流されて偶然に碧玉の茶碗に入り込んだというストーリーにした。

碧玉の茶碗に真緑色の茶液が作られていて、その中に白い梅の花びらが加わる。なんという色の組み合わせなのか。この句には画家でもある漱石の色彩の遊びが感じられる。この茶会には梅と抹茶の香りの共演があり、そして色の共演がある。

碧譚に木の葉の沈む寒哉

（へきたんに　このはのしずむ　さむさかな）

（明治28年12月4日）句稿8

川の深い青々とした淵に岸辺から落ちた木の葉が流れ着いて沈んでいる。いや青々とした淵は滝壺の淵なのだ。漱石はこの年の11月2、3日に四国山地にある白猪の滝を見にいっていたので、その時山道から滝壺を見下ろしていたのだ。一月経ってあの滝の様を思い出していたのだ。それほどに滝と滝壺は印象深かったのだろう。

漱石は松山を離れる前に、子規の勧めもあって名瀑と言われている滝を見に出かけた。子規の親戚の家を紹介してもらって、一泊した翌日に山に入った。冬の寒さが川の水の中にも沁みていて、滝の落下で生じる気流に誘われるように周囲の枯れ落ち葉は、水と一緒に滝壺に落ちてゆく。そして腐ることなくいつまでも堆積している。青い水の底に今までに堆積した枯葉の塊がよく見えていた。山奥の淵の底に沈んだ深山の紅葉の葉がよく見えるのは、流れる水が冷たいからであると漱石は観察している。さぞかし沈んだ葉も冷えていることだろう。朽ち果てるのはいつのことになるのだろうと考えている。

この句の冒頭にある「碧譚」は碧々とした深淵を意味するが、碧潭のことであろう。しかし漱石先生がこの「碧譚」を用いたのには訳がありそうだ。いや仕掛けがありそうだ。何かが沈んでいそうだ。譚は話、物語を意味するが、山中の「碧い淵の碧潭」には先祖による言い伝えの類がたくさんありそうである、と表したかった。その言い伝えは、言葉で作られている。つまり言葉が木の葉のように沈んで腐らないで残っている、と表したかったのだろう。

兵児殿の梅見に御ぢやる朱鞘哉

（へこどのの　うめみにおじゃる　しゅざやかな）

（明治29年3月5日）句稿12

兵児は鹿児島地方の昔の言葉で、15歳以上25歳以下の青年のこと。「おぢやる」は「来られる、いらっしゃる」の意で来るの尊敬語（「おいである」の転という）。

俳句に尊敬語を用いるのは珍しい。

この俳句は、西郷隆盛一党のことを少し茶化している。梅見の宴に出た彼らのおかしな格好を描いている。句意は「若い薩摩男は洒落者の感覚で朱鞘の刀を差して梅見の宴にお出かけになった」というもの。梅見の宴に気楽な傾奇者の格好でまさに権力者として臨んでいる姿を表している。

普通刀の鞘は漆で黒く塗っていたが、これを朱鞘にしたのは日差しのきつい夏に、室内外の温度差で刀に結露が生じるのを防ぐためと言われていた。これがいつの間にか変わったことを好む傾奇者の装身具となった。そして天下を動かすような権力者ならば容姿や外見にかまう必要がないという意識につながり、着流しの格好で兵児帯を締め、朱鞘を差すという組み合わせも生じた。掲句はこのような格好で公的な場に出ている男の姿を描いている。

この句によって、漱石は西郷隆盛の京都や江戸での振る舞いを好んでいなかったことがわかる。多分西郷隆盛が幕末に江戸で指揮したテロ行為を想起したのだ。ならず者を雇っての町屋への火つけや辻斬り、強盗をさせ、騒乱状態を作った行動を快く思っていなかったことも掲句に潜んでいると思われる。

・蛇を斬つた岩と聞けば淵寒し

（へびをきった　いわおときけば　ふちさむし）

（明治28年12月4日）句稿8

「湧が淵三好秀保大蛇を斬るところ」の前置きがある。渓流と蛇の絡んだ話は全国各地にあるようだ。渓流は蛇のようにくねるからである。弟子枕流の故郷の近く、栃木県の那須烏山市にも那珂川の蛇姫伝説がある。漱石が一年住んだ松山にも似た話があったはずだとネット検索をしてみた。すると朝日新聞愛媛版の記事が紹介されていた。その記事（2011年8月23日）の見出しは「湧ヶ淵（わきがふち） 美女に化身の大蛇伝説」であった。

『道後温泉（松山市）から国道317号を（中略）奇岩重なる渓谷「湧ヶ淵」がある。かつて、松山に教師として赴任していた夏目漱石はこの地を訪れた際にこう詠んだ。「蛇を斬った岩と聞けば淵寒し」

この市内有数の景勝地には、大蛇の伝説が語り継がれている。江戸時代初期、淵にすむ大蛇は夜な夜な美女に化身し、通行人を淵に誘い込んで命を奪っていた。そこで、地元の城主の子孫、三好秀勝がある夜、美女に鉄砲を撃ち込んだ。翌朝、淵には大蛇の死骸が浮かび、三日三晩、血が流れた。以後、怪しい美女は現れなくなった。』

この記事によると、河川の氾濫が度々起こり、人が飲み込まれて死んだということが、大蛇美女伝説になったのではないかという。つまり川の洪水は怖いものだという教えなのではないかという。

漱石句は「景勝の地、湧が淵は侍の三好が大蛇を斬ったところだから、この岩場に立つと寒気がする」というもの。岩場であるから足元がふらついて川に落ちると助からないということで、寒気がしたのだ。また鉄砲を撃ち込むよりも切り殺したとする方が、怖さは増すと計算していた。

この句の面白さは、「淵寒し」はこの伝説を知っての感覚ではなく、この句を作ったのは12月という時期でもあり、本当に川の淵は川風が吹き抜けて冷えていたということだ。

・部屋住の棒使ひ居る月夜かな

（へやずみの　ぼうつかいいる　つきよかな）

（明治32年秋）手帳

「部屋住」とは、まだ家督を相続していない男や、親や兄弟の世話になっている男を指す。掲句ではまだ一人前でない勉強中の若い学生、寄宿舎に入っている学生を指している。漱石が手帳に書いた「部屋住」は、漱石が教えていた熊本第五高等学校の学生を指している。おおよそ二十歳前の若い学生で皆寄宿舎に入っていた。入学時の年齢は通常16歳であった。

当時は9畳部屋に8人が入っていたので、棒を使う場は部屋の外であるとわかる。漱石は明治32年の秋の月夜に外で棒を使って動いている若い学生を見ていた。漱石は32歳の英語科の教授であった。

漱石は明治32年10月17日に熊本における最後の句稿35（29句）を書き上げた。この句稿の最後部には熊本第五高等学校に関する俳句を集中的に20句作って並べていた。まさに世話になった学校に対する別れの句であった。

その後に作った俳句は手帳にのみに書き込まれた。その俳句は14句あり、これらは秋の風景や植物がテーマになっていたが、一句だけ異質なものがそれらの最後に置かれていた。それが掲句である。どうしても五高のことで書き残しておきたかったようだ。

句意は「寮住まいの君は月夜に屈んで棒を使っている」というもの。「使い居る」の「居る」は通常は「その場に存在して居る」の意になるが、古くは「低い姿勢で居る、腰をかがめている」の意でも使われていた。さてこの棒は何を意味するのか。全集の編集者が注記で解説しているように、趣味として、棍棒を用いる棒術をやっていたのか。これでは漱石が月光のある夜中に何故この学生と同じ場所にいたのかを説明できない。

言葉使いに厳格である漱石は、編集者の言うような棒術をしていたならば「棒使い」ではなく「棒振り」または「棒振り回し」と表現するはずである。「使う」の語は手のひらに大部分が収まるような比較的小さな道具を扱う場合に用いるのが普通であろう。

また、この「棒使い」の棒について調べると、尻の穴を拡張するために用いる長さ8センチくらいの木の棒であり、通常は「棒薬」と呼ばれるものだとわかった。落合君は男色（なんしょく）行為をスムースに行うために、この棒薬を尻の穴に差し込んだと解釈できる。それとも単純な隠語として男根を意味した可能性もある。漱石先生はこの暗号俳句を第五高等学校の思い出として追加的に記録したとみられる。

ちなみに漱石全集の編集者の調査によって、この学生は誰であるのか突き止められた。漱石が英語を教えた落合貞三郎君である。調べてみると彼は明治33年7月に4年制の専門科を卒業した学生であった。その後東京帝国大学に進学した。漱石は卒業の前年である明治32年の秋にこの学生だけを掲句で取り上げ、翌年の卒業時に再度この学生を同じ手帳に登場させていた。

この再登場した句は落合君の卒業を祝す「登第の君に涼しき別れかな」の句であった。漱石は熊本の蒸し暑い最悪の季節である7月に、寂しそうな「涼しき別れ」の句を作っていたことになる。漱石は卒業式の後に、漱石宅を訪れた落合君に、この句を短冊に書いて渡した。

漱石は落合君との男色（なんしょく）関係にあったと思われる時期は、家庭では明治31年5月に妻が川に入って自殺を図り、漁師に助けられるという事件が起き、その後も自殺未遂が続いていた時期と重なる。また復活していた楠緒子との関係はこの事件を機に遮断されることになり、漱石の精神は高ストレス下に長期間置かれた。

漱石の必死の行動によって家庭の混乱が治ってきた中で妻は妊娠し、つわりが酷くなった。明治31年の年末にかけて食べ物が喉を通らない時期が続いた。勤務先の学校に休暇届を出しながらに妻に寄り添っていた。そして明治32年5月に漱石夫婦に長女筆子が生まれた。夫婦で筆子を育てる日々が続いた。

漱石はこのような悩みとストレスの多い時期に、高校の同僚と気分転換を図るためか二度も宿泊旅行に出かけたりしていた。漱石はこの時期に旅以外にも過度のストレスから逃れられるものを探していたのかもしれない。

ところで落合君は、熊本五高の卒業生として校友会雑誌「龍南会」（昭和1・12・25）に「憶い出の一片」という短文を寄せていた。「ラオコーンの群像を連想させるような、前庭の大きな蘇鉄の印象が、まず浮かんでくる。（中略）思い出というものは、当人にとってこそ特別貴重な意味はあっても、客観的の価値や興味はさほどないことが多い。僕の龍南生活の思い出の一片もそれに属するに相違ない。

その頃の教官の服装は、紺色詰襟の制服と軍帽型制帽であった。夏目先生もそれを着用して（中略）、登校されつつあったのが、目に見える。先生の授業は、極めて厳格なもので、誰も下調べをしてきた。（後略）」と夏目先生とその授業をなつかしく思い出していた。

この落合君は熊本五高を卒業して28年が経過した頃に、紺色詰襟の制服と軍帽型制帽を着用していた大勢の教師の中で夏目先生だけを懐かしく思い出し、寄稿したのだった。

ちなみに漱石俳句における男色俳句には「登第の君に涼しき別れかな」と「ひとり咲いて朝日に匂ふ葵哉」がある。さらには掲句の二つ前に男色の句と解釈できる「抜けば祟る刀を得たり暮の秋」の句が置かれている。掲句とは対句の関係にあると考えられる。

・弁慶に五条の月の寒さ哉

（べんけいに　ごじょうのつきの　さむさかな）

（明治28年10月末）句稿3

誰もが知っている源義経と武蔵坊弁慶が五条の大橋の上で対決する場面がこの句の背景にある。橋の上の夜空には明るい月がかかっている。その光を受けて待ち受ける弁慶の薙刀の刃がキラリと光る。さてこの対決の結末は誰もが知っているが、寒い季節のことであった。

『義経記』によれば二人が初めて偶然に出会ったのは、1176年（安元2年）6月、五條天神社ということになっている。二人が出会った時代には五条大橋はまだなかったという。そして6月のことであるから寒月が空にかかっていることはない。

掲句は童謡としてアレンジされた話と同じように作られている。冬のある夜、弁慶は五条大橋の上で薙刀を持って武士が通りかかるのを待ち受けていた。だがなかなか武士が通りかからない。次第に寒さが身に染みるようになった。寒風が吹き抜ける空に、寒そうな満月がかかっている。ここで寒さに震える引き上げたくなったが、その夜1000本目となるとなる刀を奪い取る機会が訪れる気がして我慢しているのだ。このような話が作り上げられた。ちなみに童謡では義経は少年の牛若丸となっているが、五條天神社で出会った時はれっきとした18歳の大人であった。

漱石は源義経と弁慶が五条大橋の上で邂逅したというフィクションを承知していて、この話をさらに面白くしようと企んだのだ。そこで弁慶の待ち人来らず、としたのだ。寒月は寒さに震える弁慶を照らし続けたと創作した。漱石のユーモアに溢れた俳句が出来上がった。

・べんべらを一枚着たる寒さかな

（べんべらを　いちまいきたる　さむさかな）

（明治32年頃）手帳

書斎で本を読んでいたが、なんとなく肌寒さを感じたのだ。ふと自分の服装を見てみると、「べんべら」を一枚着ていただけであった。これでは寒いわけだと納得した。

「べんべら」とはぺらぺらした薄く粗末な絹の衣服のことである。漱石が着ていたのは単衣の着物であったのだろう。桜が咲き出した後に暖かい日が続いていたので思い切って薄着になってみたが、早すぎる決断だったと後悔したということなのだろう。

ところで「べんべら」は着古した着物であって仕立てが簡単な着物なのだ。そこで自嘲気味の語として使うようだ。この語は江戸時代の川柳によく登場していた。柳多留に「羽二重をべんべらものとおやぢいい」がある。ここでは綿入れの「べんべら」が描かれている。一重の着物に限定されるわけではない。「ぺらぺら」から派生したものと思われる。江戸時代にも漱石先生レベルの造語名人がいたとわかる。

三者談

冬の寒い時に、無理して柔らかいものを出して着ているところである。江戸っ子気分のやせ我慢している句だ。先生のベンベラの発音が思い出される。この句の直前句の「立ちん坊の地団駄を踏む寒さかな」で芝居の蝙蝠安を思い出すが、この安の薄汚れた着物がベンベラだ。何かの芝居がらみの句なのだろう。漱石は笑いながら作ったに違いない。

・抱一の芒に月の円かなる

（ほういつの　すすきにつきの　まどかなる）

（明治44年11月）

漱石は胃潰瘍も痔疾も少し良くなってきた。少し秋の空を眺めて満月を味わう気分になった。

句意は「秋空の満月を見ていると、酒井抱一の描いた屏風図の芒などの秋草と月を描いた絵が思い出させる」というもの。この大きな日本画の絵画は「月に秋草図屏風」というもので、秋草の群れに大きな青白い満月を配した絵で、秋草には萩、桔梗、芒、葛、女郎花が混在している。

この句の面白さは、「抱一」の「ほう」と芒の音読みの「ぼう」が掛けてあることである。漱石先生の気持ちが月を見て和んでいるとわかる。実際の屏風図には、葛の蔓とその葉っぱが支配的に描かれていて、漱石の掲句は「抱一の葛葉に月の円かなる」となるところである。もう一つの面白さは、下五の「円かなる」の後ろには秋の語が隠されていて、普通に表すならば「円かなる秋」となる。しかしこの省略によって句に余韻が生まれている。

ちなみに掲句の絵図は、漱石の小説「門」に登場する屏風のモチーフになったと指摘されているものである。漱石は小説中で「下に萩、桔梗、芒、葛、女郎花を隙間なく描いた上に、真丸な月を銀で出して、其横の空いた所へ、野路や空月の中なる女郎花、」と絵図を解説している。この小説は明治43年3月1日から6月12日まで朝日新聞に連載された。漱石はこの連載の最後の頃は胃痛に悩まされながら書き続けた。6月6日に脱稿するとすぐに内幸町の長与胃腸病院を受診し、6月18日に長与胃腸病院に入院した。

漱石は病気がちであり、朝日新聞社に編集者代理として弟子の森田草平を送り込んだ。しかし、草平の仕事ぶりは不評であった。漱石の朝日新聞社内での立場が悪くなって、担当していた朝日文芸欄の廃止が決まると11月1日に漱石は辞表を提出した。だが、新聞社の上層部によって慰留され、この辞表は撤回されたが、このもやもやした気持ちの中で漱石は酒井抱一の「月に秋草図屏風」の図を思い起こしていた。この時、漱石の気持ちはかなり丸くなっていたのかもしれない。

・抱一は発句も読んで梅の花

（ほういつは　ほっくもよんで　うめのはな）

（明治32年2月）句稿33

「梅花百五句」とある。酒井抱一は江戸時代後期の絵師、俳人であり、しかも僧職中位の僧であった。面白いことに僧でありながら狂歌も作った。狂歌の号は尻焼猿人であった。漱石は浮世絵美人画も描いたという抱一の多才ぶりが気に入っていたのかもしれない。漱石は抱一の持つ琳派の雅な画風が好きであったようだ。そして彼は漱石と同じくイケメンで通っていた。

ちなみに残っている狂歌には「長月の夜に長文の封じ目を　開くればかよふ神無月なり」「ほれもせずほれられもせずよし原に　酔てくるわの花のしたかげ」などがある。

句意は「絵図の達人の酒井抱一は狂歌を詠む人として有名であったが、梅の花の下で発句も読む人だった」というもの。漱石が目にしたと思われる梅の俳句は、茶会の2月用の短冊として作られていたもの。まず白梅を描き入れ、その先は海辺のようにぼかし、そこに「梅一里それから先は波の音」の句を書き入れている。この短冊は茶室のそばの待合部屋用に作られたもので、俳句はひねりを効かせて客を楽しませるものになっていた。

梅の白い林が波の音のする海岸まで続いていそうな雄大な光景を詠んでいるが、ここでの「波の音」は「波の花」を連想させる。この波の花は「塩」のことであり、白梅の咲いている梅一里の梅林の端の方には細かい塩の花が咲いている、ということになる。狂歌のような俳句である。

ちなみの他の俳句は8月の短冊に「夕立やはれ間はれ間のまつの月」、4月用に「鷺白して青田はあをし筑波山」などがあり、漱石俳句のような洒落た雰囲気を持つ。後者の筑波山句にある「青田はあをし」は、稲苗が育って田が緑になったというように言葉だと解釈できそうだが、まだ4月のことであり田んぼはまだ緑になっていない。白鷺が大勢集まっていて田全体が白っぽく見えるというのだ。つまり「あをし」は青色や藍色を意味する「あおい」ではなく、古語では中間色や白を表すことがあるということが待合の客人の間で話題になるように仕組んでいる。古代から有名な筑波山の春を詠った気の利いた俳句ということになる。

・法印の法螺に蟹入る清水かな

（ほういんの　ほらにかにいる　しみずかな）

（明治40年頃）手帳

屋根に一八（いちはつ）草が生えたままになっている禅寺のお堂の裏山に清水が落ち、小川となって流れ出している。漱石は掲句の少し前に「一八（アヤメの仲間）の家根をまはれば清水かな」の句を置いている。冷たい水が流れるこの細い小川に近所の幼児が足を入れて遊んでいる。漱石は幼児の足を見ている時に、その細い小川に法印の法螺貝が捨て置かれているのに気づいた。法印とは、僧位の最高位のことである。いわゆる大僧正ということである。寺の権威の象徴として法印の法螺貝はかつて本堂に大事に保管されていたが、今や流れの中で小石と共にあった。明治の今は廃仏毀釈の世の中になって寺の宝であった仏像や装飾された法螺貝が放り出されている。かつては禅寺として栄えていた寺は今や見る影もない。

句意は「寺の宝として権威のあった法印様の法螺貝は、今は小川に打ち捨てられてしまっていた。その立派な法螺貝は水に浸かっている。清水の沢蟹が気に入って、入ったり出たりして遊んでいる」というもの。かつては高価なもので権威のあった法螺貝は、今では沢蟹がその住処としての価値を見出しているとふざけている。

この句の面白さは、「法印の法螺」で法を重ねていることだ。この押韻によって俳句にリズムが生まれ、蟹の活発な動きが想像される。また螺の貝殻と蟹の文字には「虫」の文字が含まれて、この句の皮肉、おかしさが増加するように感じる。また法螺は本来真面目な仏語であるが、一般には「中身のない、大げさな」という意味の言葉として使われだし、「大ボラ吹き」という言葉として定着した。これが明治政府の「廃仏毀釈」という不思議な政策の結果として導かれた。

漱石は掲句で明治政府の仏教に対する政策に異議を申し立てている。しかし、仏教界があまりにも権威主義的になりすぎていたことも原因していると言いたいようだ。少なくとも飾り付けた法螺貝は仏事等の行事にも関係ないものであったからだ。

ちなみにこの荒れ寺は鎌倉の長谷にあった寺であろう。この寺は明治初年に廃寺になり荒れ果てていた。今はその一部が明月院として残されている。明治40年の夏、漱石はこの長谷の地にあった親友の別荘を訪れていた。漱石のこころの愛人である大塚楠緒子は、この年の7月18日に鎌倉の長谷に転居していた。漱石はその長谷に住んでいた楠緒子に7月19日付けで手紙を出していた。楠緒子はこの荒れ寺から歩いて10分ほどで行ける距離のところに住んでいた。漱石は誰も参拝しないこの荒れ寺に早朝に到着していた。

● 法橋を給はる梅の主人かな

（ほうきょうを　たまわるうめの　あるじかな）

（明治32年2月）句稿33

「梅花百五句」とある。立派な梅林の庭園を持っている人は、画家として法橋の位を授けられた尾形光琳。多くの作品に「法橋光琳」の落款が見られることから、彼が本格的に絵画を制作したのは法橋位を得た44歳以後のことだ。だが光琳の代表作の一つとして有名な『燕子花図』は法橋位受領以前の作品だと言われている。ちなみに元来法橋の位は高僧に与えられた僧位で、法眼に次ぐ第三位のもの。中世以後、医師・仏師・絵師・連歌師などの達人に僧位に準じて与えられた。

句意は「広大な梅林の庭を持っている人は、法橋の位を給わった尾形光琳である。この梅林はその位にふさわしい立派なものだ」というものである。漱石先生はこの俳句を堅苦しくて面白みが乏しいものに仕立てて、光琳は外見にこだわって広大な梅林を所有したのだと皮肉っているようだ。尾形光琳の生き方は漱石の生き方とは違っていた。

だがこれは表向きの句意であり、別の解釈が可能である。法橋は鶯のことだとすると面白い解釈ができる。鶯は「ほう、ほけきょう」と鳴き、「ほうきょう」の音と似ている。すると「鳥の鳴き声の分野で法橋を給わるのは、鶯である。そしてこの梅林に住む鶯がこの立派な梅林の主人である」となる。この梅林の本当の主人は梅の木を渡りながら鳴く鶯であると漱石はふざける。鶯は自分が梅林の主人だと宣言しながら「ほうきょう」と鳴いているではないか。この句の面白みはここにある。

漱石は権威をひけらかして号に「法橋光琳」を用いる神経を疑うのだ。そこで法橋を鶯の声でからかっているのだ。もしかしたら、漱石は尾形光琳の作品は、法橋位を受領してからのものには大した価値のある絵はない、大げさな絵になっているだけだと言いたいのかもしれない。漱石は光琳晩年の作である紅白梅図屏風をそれほど高く評価していないのかもしれない。単にエロチックなだけの絵図だといいたいのかも。

紡績の笛が鳴るなり冬の雨

（ぼうせきの　ふえがなるなり　ふゆのあめ）

（明治29年12月）句稿21

熊本県北西部にある荒尾市に熊本紡績㈱が明治27年に設立され、明治29年12月時には綿糸と綿布の生産が盛んになっていた。明治の初期に日本人が発明した紡糸紡績技術（1876年に臥雲辰致が発明）を採用した工場が全国各地に作られた。この技術は水車の動力を用い、筒の重力を利用する紡績法（通称はガラ紡）で、省エネの生産法として画期的なものであったという。

細糸を高速で生産できる洋式紡績技術が明治半ばに導入されるまでこの製法は使われ続けた。九州では荒尾市でこの技術が導入された。そしてここで製造された糸は久留米絣の生産につながり、全国に出荷されたという。この紡績工場では多数の筒の上下で糸との摩擦音が発生して、シュルシュルという音が響いたというから、掲句はこの高速紡績の工場のさまを詠んでいることになる。

漱石は熊本第五高等学校の生徒を引率しての最新の工場の見学を企画して、その下見に行ったと考える。何しろ漱石は理系の頭脳を持つ人で、好奇心の強い人だったから他人任せにせず、自分の目で見たかったに違いない。つまりこの俳句は当時の先端紡績工場を見学したときの俳句であろう。漱石は先のシュルシュルという音は笛の音と感じただけでなく、国の産業振興を鼓舞する新時代の音と理解したのかもしれない。

ちなみに漱石が住んだことのある熊本市内の坪井町には肥後製糸（明治29年設立）の工場があったが、ここでは人海戦術の手回しによる生糸の糸繰りが行われていた。この工場は当時漱石が住んだ家の近くであり、漱石がこの工場の発する音を聞いた可能性もあるが、このスピードの遅い方式では漱石が耳にした笛の音に似た高音域の音は発生しないはずだ。また近所で一日中笛の音がしたなら漱石は落ち着いて本を読めず、苦情の俳句を作っていたに違いない。

ところで荒尾市は漱石が秘密の温泉宿として活用した玉名市の小天温泉の比較的近くにあった。そして荒尾市の北隣りには親友の菅虎雄の生まれた町の久留米市があった。当時菅の実家はすでになくなっていたが、久留米市には妹の順の嫁ぎ先である一富家の屋敷があった。漱石は翌年の4月に要に嘘をついて一富家を訪ねていた。この訪問のことは妹順の孫の手記に記されていた。

掲句のすぐ後に「がさがさと紙衣振へば霰かな」と「挨拶や髷の中より出る霰」が続いて配置されていたから、漱石は工場見学の日に泊まった宿で、玄関に出て訪ねてきた紙衣合羽の女性と挨拶を交わしたと推察する。つまり明治30年4月に起きた、妻には内緒の外泊の前に、漱石は富家の屋敷を使わせてもらっていたと考える。

明治29年12月に漱石はこの荒尾市の紡績工場を視察した。漱石はこの場所に一泊の職務出張として出かけていたようだ。結論としては漱石が髷の女性を玄関で見た場所は、この荒尾市の川を隔てた北隣の久留米市内であり、順の嫁ぎ先である一富家の離れであったと推察する。

明治29年12月（または明治30年1月）に鏡子は「文藝倶楽部1月号」の巻頭にあった楠緒子の短歌（短冊）を発見して、気になった短歌の意味を漱石に尋ねた。すると漱石は要に「お安くない歌だ」といい、楠緒子のことを「理想の女だ」と口を滑らせた。掲句が作られたのは、そんな短歌事件が起きる少し前であった。鏡子が漱石に突然意外な質問をしたのは、女の直感であり、何かを感じていたからなのか。出張日は夜遅く帰ろうとすれば、帰れる距離にあるのに、泊まりとは変だと鏡子は考えたのだ。

＊新聞『日本』（明治30年3月7日）に掲載

宝丹のふたのみ光る清水かな

（ほうたんの　ふたのみひかる　しみずかな）

（明治40年夏）手帳

朽ちた僧堂のわら屋根の上で咲いている花に興味を持ってその建屋の裏側に回ってみた。すると清水が流れていた。その清水の源は裏山の裾から流れ落ちる湧き水であり、その流れの縁には羊歯が生えていた。落ちる水は細い堀を流れている。その流れを見ているとその中に何かが光っているのに気がついた。万能薬の宝丹の蓋が光っていた。漱石は瓶の蓋がなぜ清水の中にあるのか不思議に思った。なぜ宝丹の文字が印刷された蓋が清水の中にあるのかと。

句意は「常備漢方の宝丹の瓶蓋のみが寺の裏の清水の中で光っている」というもの。この薬瓶を買った人が小川の中に空き瓶と蓋を捨てたのだろうが、この捨て方に違和感を覚えた。何も綺麗に流れる清水に捨てなくてもいいのではないかと。この寺の荒れようから滲み出る侘しさが清水の周辺に漂った。

ちなみに「宝丹」は東京池之端の守田治兵衛商店から発売されていた家庭万能薬だという。

この瓶の蓋を見つけたことで草庵に住んでいた昔の僧は、宝丹薬を飲んでいたのを知った。この寺が寂れて荒れてゆく過程を見ていた僧は、辛い時期を経験し体調を悪化させたはずだ。漱石は渡英した時にこの万能薬の宝丹を持っていった。ストレス社会の英国でこの薬の世話になったことを思い出したに違いない。

ちなみに旧知の僧がいたこの寺は鎌倉の長谷にあった禅興寺であろう。漱石が学生であった時に円覚寺の帰源院で世話になったことのある雲水が在家僧としてこの寺に来ていた。かつては栄えていたこの寺も明治初年には廃仏毀釈の運動によって廃寺になっていた。この寺の一部は現在も明月院として残っている。この年の夏に漱石はこの長谷の地にあった親友の別荘を訪ねて宿泊し、翌日朝にこの寺を歩いた。この時期に楠緒子が鎌倉長谷の地に転居していた。楠緒子が残した記録によると7月18日に長谷に転居していて、漱石もこれを知っていた。

・帽頭や思ひがけなき岩の雪

（ぼうとうや　おもいがけなき　いわのゆき）

（明治32年1月）句稿32

「耶馬渓（やばけい）にて」の前置きがある。初詣の宇佐神宮から熊本に戻る際に、大分北部の宇佐の西にある耶馬渓を南に向かって日田に抜けるルートを選んだ。日田からは筑後川を船で有明側に下ることにしていた。

この日はとうとう雪が降り出した。山道と山肌を白く染めている。職場の友人と川沿いの細い道を歩いていると大きな岩が山道の上に張り出していた。そこには人の頭の形をした岩があり、上半分に雪が積もっていた。岩のてっぺんが丸いので、頭に白い帽子を被っているように見えて可笑しかった。帽頭は帽子の古い言い回しであるが、正確には帽子を構成するパーツのうちで頭がすっぽりと入る部分を指す。

雪がなければただの丸い岩であるが、雪の悪戯だと感じて笑う。自然も自分と同様に冗談が好きなのだと寒さで凍えながら唇を緩めた。単調な山道歩きの中で気分を変えてくれる帽頭岩がうまい具合にあったものだ。雪が降る山道の踏破は寒くて辛いものになっていたがこの岩が気分を和ませてくれた。

ちなみに寒風が狭い谷を吹き抜ける中、漱石は「谷深み杉を流すや冬の川」と「冬木流す人は猿の如くなり」の俳句を作って、雪中の道中を耐えるべく気分転換を図っていた。

・棒鼻より三里と答ふ吹雪哉

（ぼうばなより　さんりとこたう　ふぶきかな）

（明治32年1月）句稿32

「筑後川の上流を下る」の前置きがある。漱石と職場の友人は宇佐神宮参りの後、山越えをして熊本へ帰ることにした。耶馬渓を抜けて日田に入り、霰混じりの風を受けながら船で筑後川を下り、有明海側の吉井の港に到着した。ここから最寄りの鉄道の駅まで歩き、汽車で熊本市に帰る予定であった。

この船着場から吉井の街を目指して歩いたが、「新道は一直線の寒さかな」の句にあるように最短距離の直進の道は吹雪も呼び込んでいて、向かい風になっていた。

船着場前の新道には、棒杭の縦型案内板があり、近くの宿のことを知らせていた。この案内板を棒端（はな）と言った。句意は「船を降りたら、吉井の宿はこの棒端からわずか三里だと書いてあったが、吹雪で先がよく見えない」というもの。12キロも先ということになり、気が遠くなった。

この句の面白さは、地元の人にとって三里は「ほんの目と鼻の先だ」との感覚が案内板には込められていたので、漱石は棒端を棒鼻に置き換えたのだ。棒鼻とは、駕篭の前後に出ているかつぎ棒の先端のこと。

霰混じりの川風に晒されて長時間船旅を続けてきたが、これからも雪の中をまだまだ歩き続けないとわかって、漱石は落胆した。しかし掲句を作って笑い飛ばしたのだ。たったの三里ではないかと、無理やり鼻で笑った。

髣髴と日暮れて入りぬ梅の村

（ほうふつと　ひぐれていりぬ　うめのむら）

（明治32年2月）句稿33

「梅花百五句」とある。「彷彿」には、二つの意味があり、「はっきりと何かを想像すること、よく似ているものが連想されること」と、ほぼ反対の意味の「ぼんやりと懐かしく偲ばれる」という意味がある。この彷彿とほぼ同じ使い方をされる「髣髴」のこの句での時間が経過したことで髪の毛のように薄くなってぼんやりする、という意味になりそうだ。

句意は「日が暮れた時刻に梅が咲き出した村に足を踏み入れると、目の前の景色はぼんやりと心地よい色に染まっていた。昔見た景色のように思われた」というもの。中国古典に出現する甘美な世界が目の前にあり、うっとりした。これまで漱石の脳裏は悩みで満たされていたが、それらは一気に心地よいベールで包まれてしまった。

漱石は「髣髴と」の言葉によって、熊本の梅林にいて甘美な世界を連想していた。薄くぼんやりした世界は、音もなく人が諍うことのない世界であり、まさに桃源郷の中にいるように思えた。だが目の前の世界は漱石の脳が作り出した世界なのだ。

この頃の漱石は、悩みの海に浸かっていた。妻が2度も自殺未遂事件を起こして夫婦関係は良くなかった。妻が最初の入水自殺未遂を起こしたのは掲句を作るおよそ9ヶ月前のことであった。漱石夫婦は、まだこの事件の後遺症を抱えていた。その原因の多くは漱石にあり、漱石と楠緒子の関係が妻に知られてしまっていたことだ。同時期に作った句に「灯もつけず雨戸も引かず梅の花」がある。悲痛な想いが込められている。

蓬莱に初日さし込む書院哉

（ほうらいに　はつひさしこむ　しょいんかな）

（明治32年1月）句稿32

この年の正月は、小倉経由で宇佐神宮に初詣することにしていた。まだ暗いうちに屠蘇を飲んで熊本の池田駅を夜中に列車で発ち、早朝に小倉に降り立った。そして小倉の港で早朝の水揚げ作業を見に出かけた。漱石先生は元日に「うつくしき蜑の頭や春の鯛」の句を小倉の港で詠んだ。

この後、漱石一行は予定していた小倉の寺に宿を取るべく寺に向かった。漱石は帝大生の時代から寺の宿坊を利用することが好きであった。この小倉でも寺に泊まれるように頼んでいたのだ。

小倉の浜を見学した後、寺にゆくとこの寺の客間としての書院に案内された。この部屋で見たのは蓬莱の絵、富士山の絵であった。その絵の中の富士山に窓から入った朝日が当たっていた。まさに初日の出の瞬間であった。なんという偶然の素晴らしい光景であることか。

九州の寺に富士山が描かれていた絵画が掛けられていたのには理由があった。この絵には馬に乗った明治天皇が描かれていた。明治政府の方針に沿った廃仏毀釈運動の世の中にあって、この寺は何とか生き残ろうと知恵を出していたのだ。明治天皇の治世を支持することを明らかにするためである。こうすれば地方の役所も手が出せないと考えた節がある。この寺の僧は掲句の絵を客間の入り口に大々的に飾っていたと思われる。

漱石はこの絵を見て掲句の他に2句作っていた。「元日の富士に逢ひけり馬の上」と「眸に入る富士大いなり春の楼」の句である。「馬の上」とは名を出すことが憚られるお人なのだ。

ホーと吹て鏡拭ふや霜の朝

（ほーとふいて　かがみぬぐうや　しものあさ）

（明治32年11月1日）「霽月・九州めぐり」句稿

漱石は熊本市に来ていた松山時代の句友、霽月を彼の宿に訪ねた。霽月は松山から九州に3週間出張し、熊本市にも立ち寄った。霽月は漱石と会って句合わせをしようと考え、道々俳句を作っていた。漱石は11月1日の早朝に出かけた。霜が降りた肌寒い朝だった。出迎えてくれた村上霽月は眼鏡のレンズが曇ってしまい、ホーと息を吹きかけてポケットの布でその曇りを丁寧に拭った。その友人の仕草は年寄りじみて見えた。

句友の霽月は家業の藍染色会社を継いで松山の実業家になっていた。九州への旅はこの会社の社長としての得意先回りであった。漱石は松山で別れてからの3年半の間に二人は昔の気楽な関係ではなくなっているように感じた。この丁寧に眼鏡のレンズを吹く間、会話が途絶えてしまっていた。

漱石は昔に戻って、彼の俳句の季語に合わせてその場で11句を作り出した。掲句はそのうちの一つで句題は「霜」。霽月は松山に戻ってから「九州めぐり句稿」として自作と漱石の俳句をまとめていた。

句意は「霜が降りた朝、眼鏡をかけると曇ってしまった。そこでほーと眼鏡のレンズに息を吹きかけて布で拭いた」というもの。漱石は友人の動作を観察していた。この眼鏡を拭く所作に実業家としての落ち着きが感じられ、かつての俳人同士の気安い関係が薄れていると感じさせた。しかしそのレンズの曇りが消えて、眼鏡を掛け直した顔は昔の顔であり、互いに面白い俳句を競って作っていた頃の二人に戻っていた。

この句の面白さは、眼鏡を「ホーと吹てレンズをぬぐう」という霽月の何気ない動作に、3年半の時間が流れていたことを感じたが、どこか滑稽なものを感じたと思えることだ。「ホーと吹いて」は可笑しく吹き出しそうであったのだ。

もう一つの面白さは、「ホーと吹て」には、少し感心したという気持ちが込められていることだ。漱石の口から「ほうほう、やはり社長ともなると違う、なるほど」という思いが吐き出されるように感じられる。

• ほきとをる下駄の歯形や霜柱

（ほきとおる　げたのはがたや　しもばしら）

（明治34年11月3日）ロンドン句会

漱石がロンドン市内の下宿から程遠い公園に足を延ばすとそこに霜柱ができていた。コンクリートの街中に生活していると土の見える風景が嬉しくなる。この日はその公園で霜柱を目にすることができたのでさらに嬉しくなってしまった。その霜柱は結構な高さに伸びていたので嬉しさは倍加していた。

漱石は霜柱の見える小さな原っぱに乗り込んでいった。雪道に下駄の歯型をつけた田捨女のように霜柱の原に下駄の歯型をつけたくなった。この時田捨女の句と伝えられる「雪の朝二の字二の字の下駄の跡」の句が脳裏に浮かんでいた。日本の風景が不意に蘇ってきた。ちょうどロンドンの下宿で仏教の経典を読んでいる時期であった。宿に置いてある手帳には「茶の花や読みさしてある楞伽経」の句をすでに書き込んでいた。

句意は「厳冬のロンドンの公園で霜柱を見つけ、履いていた下駄で蹴り上げたら、下駄の歯が折れてしまい、霜柱には歯で削られた跡ができた」というもの。

この日の散歩には下駄を履いて出たので、下駄の歯で霜を蹴飛ばしてみた。するととんでもないことが起きた。下駄の歯がぽきっと折れてしまった。蹴り上げた下駄の歯が凍った土に当たって歯が簡単に折れたのだ。下宿に帰るときには片方の下駄は一本歯の状態であり歩きにくくて難儀した。折れた歯は直してみようと持ち帰ったに違いない。そして霜柱もぽきっと折れた。

この句の面白さは、「ぽきっと折る」ということを「ほきとをる」と表していて、にわかには上五の意味が理解できないようになっていることだ。自分の失敗談をわざと面白くするように企んでいたと思える。掲句はロンドンの俳人たちを困らせ、かつ面白がらせたに違いない。そして「ぽきっと折れた」のは下駄の歯だけでなく、氷の霜柱も折れていたことを下五から想像させていることだ。「ほきとをる下駄の歯形と霜柱」とすれば解読が容易になるが、ロンドンの俳句の初心者向けに切れ字をきちんと入れ、かつこの操作によって俳句の解読を幾分困難にして遊んでいた。

• 北溟に日出づると我を欺きて

（ほくめいに　ひいづるとわれを　あざむきて）

（明治37年11月頃）俳体詩「尼」12節

北溟とは、北にある暗い大海である。句意は「北の静まる大海に日が昇ると言って私を騙していた」というもの。この我を北の方に日を昇らせるためと言って連れて行った、と非難めいて言う。では北の大海のような土地とは北陸なのか北海道か、東北なのか。いや日露戦争が行われていた満州であった。主権の存在が曖昧で、いわば空き地のような茫漠とした寒冷の大地を日本政府は、国防の上で確保しようとした。漱石はこのことを「日出づる土地」化と言い表した。実際には農村のあぶれた人たちを開拓民として送り込む移民政策であった。

掲句は「仏を誣ゆる罪に恥ぢずや」と続く。この部分は「私を欺いたのは、仏を騙すようなもので大罪だ。あなたは恥じないのか」の意である。したがって誰かが騙して僧侶を北方の地に連れて行ったとわかる。

この句は明治37年に4ヶ月間、東慶寺管長だった宗釈演が軍部の依頼によって満州の戦場に従軍布教師として赴いたが、このことを後悔しているものだ。この高僧の派遣は戦う兵士の不安を解消するためのものであったと考えられる。宗釈演は現地で乃木大将や師団長だった伏見宮と面談している。

この戦争は植民地主義がはびこる国際情勢のもとで日本の国家存亡の危機に対処するために生じた。漱石はこの戦争を消極的ではあったが支持していた。英国のロスチャイルド家から多額の借金をして戦争遂行を決意したのを知っていた。しかし、宗釈演は批判的であったのかもしれない。軍部による宗釈演を満州に派遣する計画が持ち上がった時に、漱石は仲介を依頼されたのかもしれない。そして帰国した宗釈演から現地の状況を聞かされたのかもしれない。漱石はこの時のことを回顧している気がする。戦争を見た宗は帰国した翌年には米国へ9ヶ月にもわたる布教の旅に出た。日本人初の海外布教であった。

掲句の前には虚子作の「夫逝きぬと兵部が来せし玉章は　我黒髪の形見なりしを」が置かれている。この歌の意味は「あなたの夫は戦死しました、と伝えにきた軍人が持参した書類は、まだ若い黒髪の私にとっての形見になってしまった」というもの。若い夫は日露戦争に出征して満州の大地で戦死した。夫の帰りを待っていた妻に届いたのは遺骨ではなく、一枚の書類であった。

● 木瓜咲くや筮竹の音算木の音

（ぼけさくや　ぜいちくのおと　さんぎのおと）

（明治30年4月18日）句稿24

句意は「木瓜の咲く頃、漱石先生の家の中でじゃらじゃらと筮竹を揉む音や筮竹の束を手で叩く音が漱石のいる部屋に届く。その筮竹の束から一本の筮竹を引き抜いたり、細かく仕分けたりして出た卦を手元に残すために算木を並べ置くパチンという音がする」というもの。外部の占い師が漱石家に来て、妻の前に座って占いをやっている時の様を描いている。

妻は何を占ってもらっているのか少し気になる。だがおおよそは見当がついていた。夫と楠緒子の関係がこれからどうなるかを占ってもらっていると漱石はほぼ確信していた。さて、どんな占いの結果が出たのか。

漱石はやるせない思いを抱いて木瓜の花を眺めていたのだろう。

明治時代は占いがまだ勢いを保っていた時期で、経済的な投資の判断や政治的な決断の際には、占いによる助言を求めるのが常であったようだ。横浜にあった高島易占が政治、経済の世界で大活躍していた。大物政治家が決断する際には横浜にあった高島易占師を訪ねていた。当時専門学校でもこの講座があったという。

妻の鏡子は漱石家の未来のことを占い師に見てもらっていたのだ。掲句が作られた明治30年4月18日の何日か前のある日、漱石は一人で久留米に出かけていた。鏡子は漱石のこのひとり旅は楠緒子に会いにゆくのが目的だったと判明した後にこの筮竹占いが始まった。

妻の鏡子が書いた『漱石の思い出』という本の中に、かなり占いにのめり込んでいた鏡子自身の様子が描かれている。しかし、妻は漱石が家にいる時に家の中で筮竹占いをすることはなかったであろう。読書家の漱石がうるさいと言うに決まっているからだ。だが学校の授業のない日に、見よう見まねで鏡子が占いをしているのを知っていた。

この鏡子の本の中にこの占いのことが書かれている。「いわば自分の安心のためにみてもらうのですから、こっそりみてもらったりするのですが、それがいつの間にやらわかってしまって、おまえはいつも亭主より先に天狗に相談するなどと笑われたものです。天狗というのは私がよくみてもらう占い者のことです。」

ちなみに筮竹を調べると、現代においてはスス竹製の細棒の占い道具であり、一般的には長さを4、50センチに切り揃えたものであり、通常50本を用いる、とある。下方を若干細くして扱いやすくしている。また算木は長さ7センチから12センチの木製の角材で6個一組になっている。大小を取り混ぜた5組を用いる本格的なものもある。占いにおいては他に筮竹筒や筮竹台が用いられる。

• 木瓜咲くや漱石拙を守るべく

（ぼけさくや　そうせきせつを　まもるべく）

（明治30年2月）句稿23

木瓜は花びらが白色と朱色が適当に混じった明るい色で、藪の中に咲く低木だ。トゲがあることから庭師には好まれないが、泥棒よけとして垣根に植える人は多い。漱石は棘だらけの木瓜の花を見ているうちに、木瓜のように生きたいと日々呟くようになったのか。その木瓜の花は派手な花ではなく、漱石に謙虚に生きるべきと諭すようであり、その花に感謝する気分にさせるという。その結果漱石の顔は木瓜の実のように凸凹になってしまった。おっと、これは我が師に対して失礼な悪口であった。

この句は漱石の自戒の文句、俳句である。「拙を守る」とは、ベテランになっても、玄人ぶった態度をとることなく、また技を見せびらかすことをしない心構えを指す。俗な言い方をすれば「世渡り下手でもいい」とする生き方ということになる。もっと簡単に表せば「初心を忘れない」ということだと思う。常に素人の発想と積極性を持つのを良しとするものだ。そして、たとえ不利益になることがわかっていても、信念に基づいて行動することになる。漱石は、気が緩むと木瓜の巨大な棘で刺されるような気がして、身が引き締まる思いがするのだろう。

この拙という文字は、明治28年11月14日に子規宛に出した書簡の中で先に使われていた。「小生の写実に拙なるは、入門の日の浅きによるは無論なれど天性のしからしむる所もこれあるべく」と書き、子規の唱道する俳句の写生技術において、資質の面で自分は拙であることを認めている。これからもうまくなれそうもないと言っている。

ここでの拙は俳句の技術に対して用いているので、掲句にある生き方とは違っている。漱石は俳句において独自の道をゆくと宣言しているに等しい。子規の目指す道とは異なるとしている。

漱石が拙を取り上げるのは、漢詩の名人で漱石が好きな陶淵明が作った「帰園田居」詩の中にある「拙を守りて　その田に帰る（守拙帰園田）」に共鳴していたからだと多くの人が指摘している。これは漱石の人生の価値観にもなり、芸術の基準にもなっているようだ。

漱石がこの句を作った背景には、もう一つ重要な事実があるとみている。文壇の先輩で俳句仲間の森鴎外の行動を見て「奢るなかれ」ということである。鴎外は陸軍軍医として明治20年に「日本に於ける脚気とコレラ」という論文を発表し、この中で軍隊内にはびこっている脚気は原因不明として対策を取らなかった。軍隊の士気と入隊人気を高めるために白米を食べられるという好条件を維持する軍中枢の方針に加担した。医官の立場を忘れていた。

白米を食べる習慣のある皇室や上流階級では以前から脚気病が出現していて、明治10年には徳川家に降嫁した和宮が32歳で亡くなり、その侍従たちに脚気になるものが出て、天皇もこの病に罹った。天皇は手許金を下賜して東京に脚気病院を設立した。このときの天皇は、漢方医の指導によって米食を絶って小豆・麦飯を食べるようにし、症状を改善したと公表した。この前後に海軍では兵の病気に対処するために研究が行われ、ビタミンB1不足が原因だとはわかっていなかったが、食事内容を洋風に変えて兵の病気を乗り越えた。

だが陸軍ではそうはならなかった。依然と脚気病は原因不明とする鴎外がいたからだ。日清戦争では多くの兵が脚気で死亡した。この句が作られたのは、この時期であった。ちなみに漱石の英国留学の後に起こった日露戦争（明治37年2月～明治38年9月）では患者は21万人に達し、そのうち3万人弱がこの病で死んだ。体調不良のまま戦いに臨んだ多くの兵士は悲惨であった。漱石は子規庵での句会で鴎外を知っていただけに、この社会的なこの大問題についていろいろ考えたに違いない。どうして対策が取られなかったのかについて考えたはずだ。

鴎外は22歳で豊富な陸軍の官費を得てドイツに留学した。学生であったがドイツでは大使館員のような生活をした。馬車を使って社交界にも出ていた。この経験は帰国後の傲慢さにつながったと漱石は見ていたはずだ。

この句の面白さは、珍しく句に自分の名前を入れて童話のように見せかけ、教訓を垂れる自分に小っ恥ずかしさを感じていることを表していることだ。また木瓜の音には呆(ぼ)けを思わせる愉快さがあり、真面目な句に落語的な味付けをしている。

漱石は、人間は間違いをする存在だから「木瓜咲くや漱石拙を守るべく」という句を作って自戒する。そんな漱石は明治32年（渡英の前年）に「耄碌という名のつく老いの頭巾かな」という句を作った。32歳にしてこれから英国で勉学に励むという時期に、頭の中では耄碌という生理現象が起きていると認識していた。漱石は理系の人間で欧州の専門書なりも読んでいたりしたので、頭をいかに意志力で少しでもコントロールしなければならないと思っていたようだ。人は間違いなく間違いを犯すが、少なくとも調子に乗るなと戒めていたようだ。

三者談

木瓜の趣味と「漱石拙を守る」の取り合わせの面白みだけを捉えるだけにして、深く考えない方がいい。「漱石拙を守る」のある一面は「坊ちゃん」によく表れている。心持ちが似ている句として「其愚には及ぶべからず木瓜の花」「梅の花不肖なれども梅の花」「土筆物言はずすんすんとのびたり」「ものいはぬ案山子に鳥の近寄らず」等がある。

・木瓜の花の役にも立たぬ実となりぬ

（ぼけのはなの　やくにもたたぬ　みとなりぬ）

（明治32年）手帳

この句については「僧か俗か庵を這入れば木瓜の花」についての解釈において、若干触れていた。日常語としての「ぼけ」とは「惚け」「暈け」のことで、能力が鈍っている、はっきりしないという意味が含まれると書いていた。漱石がこの花を好むのは、目立たない生き方をしたいと考えているからだ。だが主張がないわけではない。漱石はただ肩肘張った生き方はしたくないと考えていると書いた。

漱石は関西弁でいう「このボケ」や「ボケナス」という言葉の「ボケ」には大好きな漢字の「木瓜」を使ってほしいと思っていたに違いない。

山の果物である木瓜の実を我が田舎の栃木県では「ぼけしどみ」といって子供の頃には顔をしかめながら食べていた。山遊びをする子供にとっては、酸味が強く、直径3センチほどの大きさにしかならない実でも価値はあったのだ。だが一般には焼酎漬けにしかならないと思われ、価値の高い果実という認識は薄い。

漱石はこの実を「役にも立たぬ実」と断言しているのには訳がある。木瓜の花は藪に咲く低木の花であり、小さなぼんやりした色合いの花ビラを持つ。そんな花木においしそうな実が生ってしまったら周りの花には示しがつかないのだ。やはりぼんやりした注目されない実がふさわしいと木瓜も漱石も感じている。そんな中で「役にも立たぬ実」になってくれていると漱石は満足して掲句を作った。

ところでこの世の中では、何の役にも立たず期待もされずに生きることは非常に苦しい。表に出すか出さないかは別にして、人は世の中の役に立ってから死ぬのが好ましい、そう思って生きているから生きがいを求めることになると信じている節がある。

漱石は木瓜の花は「役に立たぬ実」をつけて終わってほしいと考えている。人格者の漱石はそのように出来ないであろうが、これが漱石の理想なのだ。人は生まれた時の命を持って、ただ生きて終わればいいのだと考えている。だが一般人はこれが一番難しいと思う。弟子の枕流は、田舎に長く生活していて、木瓜の花についても木瓜の実についても特別深く考えずにぼけーとしていた。

・木瓜の実や寺は黄檗僧は唐

（ぼけのみや　てらはおうばく　そうはとう）

（大正3年）手帳

句意は「木の実は薬にもなる木瓜の実がいい。寺は中身の濃い黄檗宗の寺、僧は唐から来た僧に限る」というもの。皆中国から平安時代に渡来したものばかりだ。日本はいいものばかりを選んで中国大陸から輸入していた。他には漢字もお茶もある。街の作り方もあると言いたいようだ。

木瓜の原産国は中国であり、カリンと同じように咳止めや疲労を回復する手助けする。滋養強壮や胃腸を整える効果もある。木瓜酒や木瓜ジャムに加工して食する。漱石は胃腸が弱かったため、日常的に木瓜ジャムを食べていたのかもしれない。漱石の好きな花に木瓜の花があるが、これは花が終わると木瓜の実をつけるからなのかもしれない。

黄檗宗は日本の三代禅宗の一つである。墨絵の名手を数多く輩出している。そして坊さんは中国の唐の時代に日本に渡ってきた僧に人格、徳の優れた僧が多かった。

ちなみに漱石は明治34年に書いた英国でのメモ（全集断片8に収録）に、次の文を残していた。「西欧人の日本を賞賛するは半ば己に師事するが為なり。その支那人を軽蔑するは己れを尊敬せざるが為なり。彼らの称賛中には我が国民の未練なき点をも含むならん。されども是を名誉と思うは誤りなり。思慮熟考の末、去らねばならぬと覚悟して翻然として過去の醜穢を去る、これ良き意味においての未練なきなり。目前の目新しき景物に弦せられ、一時の好奇心に駆られて百年の習慣を去る、これ悪しき意味においての未練なきなり。」

「日本人は創造力を欠ける国民なり。維新前の日本人はひたすら支那を模倣して喜びたり。維新後の日本人はまた専一に西洋を模倣せんとするなり。憐れなる日本人は専一に西洋人を模倣せんとして経済の点において便利の点において、また発作後に起こる過去を慕うの念において遂に悉く西洋化する能わざるを知りぬ。過去の日本人は唐を模し、宋を模し元明清を模し、悉くして一方に倭漢混化の形跡を留めぬ。現在の日本人は悉く西洋化する能わざるがため、己を得ず。日欧両者の衝突を避けんがため、進んでこれを渾融せんがため苦慮しつつあるなり。日本服に帽子は調和せられたりとは云わん。」

漱石の口調は強いが、現代日本の高い工業力・発明力を知らない。国民の力を国力にできない政治・行政が問題なだけだ。

漱石に敬愛された中国はその後、凋落し西欧に攻められ、領土を掠め取られた。よく考えれば英仏が国の富を持ち去るようになる前から、漢民族は異民族に支配されるのに慣れてしまっていた。元も明も清の帝国もこれらの支配者は皆、異民族であった。これが実態であったが、中国はこれを無視して西欧の国々だけを憎んでいるように見える。21世紀の中国の共産党政権は、米欧日の先端技術を詐欺と恐喝によって盗んでいる。これが国を栄えさせる道だと信じている。国が破壊されたことへの復讐に手段は選ばぬと宣言しているように見える。中華中原の周辺の地域を征服する共産党政権の実態は、民を収奪の対象としか見ない異民族と等しい。

漱石は明治日本が模範とした英国に身を置いて英国を観察していた。英国の政治はそれほどいいものではない、貧富の差は大きく生活環境は最悪だ。シェークスピア劇はあるが、文学は大したことはないと見ていたようだ。留学中の漱石は自身の貧乏と慣れぬ生活環境に悩み苦しみながら日本のこと、中国のことを深く観察していた。

・干網に立つ陽炎の腥き

（ほしあみに　たつかげろうの　なまぐさき）

（明治29年1月3日）子規庵での初句会

春の季語である干網を題にした句会で作った句である。春の風の吹く浜辺に漁網が広げられている。その光景を遠くから見るとその浜辺の砂の上に陽炎が立っている。砂浜一面に広げられた漁網から出た生臭い匂いが風によって遠くまで届く。陽炎に魚の生臭い匂いが加わり、補修を受けている干網はギラギラ度を増して陽炎とともに揺れている感じがする。干網の模様をじっと見ると目がチカチカするので、星が瞬いているようにも感じる。

句意は「海岸に広げられた干網の上に陽炎が立ち、この陽炎と一緒に魚の生臭い匂いも立ち上っている」というもの。海岸の優美に見える景色には、実は生臭い匂いも加味されているという現実を提示している。砂浜は無機質なものと思われるが、そうではない部分があると面白がっている。

この句の面白さは、春の陽炎に対抗していると漱石が認めている漁網の生臭さの文字には、腥の漢字を採用していることだ。強烈な生臭さには、目から星が出ると言いたいようだ。陽炎だけなら好意的に美的なものと受け止められるが、浜辺に満ちている空気には魚の生臭い臭気が混合されていることを読み手に突きつけていることだ。

この句にはいわゆる聖と俗の組み合わせに近いものを感じる。これがあるために印象深い句に仕上がっている。そして通常であれば浜辺の広い景色を見て、胸を開いて深呼吸するところであるが、風の中に含まれる生臭い匂いにむせて胸を急に縮める光景が浮かぶこともおかしい。期待を裏切ることの面白さが掲句に込められている。

兵庫県を通る山陽線に網干（あぼし）というJRの駅がある。この地の浜ではかつて干し魚が作られていたのか。崩れんばかりの乾燥白魚が大量に作られていたのかもしれない。漱石の支持者がこの句の句碑をここに立てようとしたが、反対にあって立ち消えになったという創作話が作られそうである。

・干鮎のからついてゐる柱かな

（ほしあゆの　からついている　はしらかな）

（明治32年頃）手帳

漱石が住んだ熊本の家には冬の魚である鮎の天日干ししたものが釣り下げられていた。鮎の産地である熊本市の白川には二つの漁協があり、川沿いには鮎漁師が多くいた。漱石の家から近い白川では投網漁が行われていた。ちなみに熊本には干鮎には生の鮎を用いたものと、一旦軽く焼いた鮎を干したのと二種類あったという。

句意は「藁紐で並列に結わえた干鮎がくくりつけられた柱が書斎から見えている」というもの。漱石のいる書斎から廊下を眺めると、廊下の柱に紐状の干鮎が長く釣り下がっているのが見えたのだ。干鮎は冬の保存食材であった。書斎からこの干鮎を眺めていると、何やらホッとしたのであろう。これを味噌汁に入れたり、焼いたりして食べるのはうまかったと思われる。乾鮭とは違った旨さがあったと思われる。

掲句に似た「乾鮭のからついてゐる柱かな」の句がある。この句は、明治31年10月16日の句稿31に記載されていた。掲句はほぼ同時期の明治32年ごろの手帳に書かれていただけだ。これらの作られた順番を考えると、やはり「乾鮭の」の句の方が先であるということになる。類似の「干鮎の」句は子規には送らなかった。試しに東京へ送ってくれと言われそうだったからだ。

・星飛ぶや枯野に動く椎の影

（ほしとぶや　かれのにうごく　しいのかげ）

（明治29年12月）句稿21

「魏叔子大鉄椎伝（ぎしゅくしだいてっついでん）」の前置きが付いている。この俳句には、漱石先生が読んでいた中国の明末清初の文人、魏禧（魏叔子とも呼ばれた）が書いた短編武勇伝の「大鐵椎傳」という書物が関係している。この「大鐵椎傳」という活劇本は江戸時代の末期と明治の初めに日本で大流行した。大鐵椎という豪傑男は常に4、50キロの「大鐵椎」を持ち歩いていたので、この名がついた。

句意は「星の出ている原野で、豪傑が武具の大鐵椎を使って大勢の賊をなぎ倒している」というもの。「椎の影」の「椎」は槌または鎚と同義である。つまり鐵椎は柄の長い鉄製のハンマーのような武具であろう。「動く椎の影」の意味は、大鐵椎が振り回されるさまであり、大鐵椎という豪傑男の立ち姿である。「星が飛ぶ」とは彗星が飛ぶことと賊の刀と鐵椎が当たって火花が飛ぶことを表している。

現代でも用いられる表現として「鉄槌を下す（くだす）」があるが、これは「厳しく処断する、きびしい制裁を与える」の意になるが、この慣用句は江戸・明治時代に流行した「大鐵椎傳」から来ていると思われる。漱石はのちに書いた紀行文の「満韓ところどころ」（明治42年）の中で「筆を執って（＊満州のことを）書いていても、魏叔子の「大鉄椎伝」にある曠野の景色が眼の前に浮んでくる。」の文章を書き、この活劇本の影響が強かったことを述べている。

魏は江戸時代末期と明治時代の文人に影響を与えたという。漱石の属した朝日新聞社には先輩作家として二葉亭四迷がいたが、彼は漱石より先に魏に大接近していた。西村好子氏の論文には二葉亭四迷の愛読書に『魏叔子文集』があったことが書かれている。そして四迷は「心を正うして」「私意を去る」「二心なく真理に奉公」および「正直」を旨に文章を書くということを魏叔子から教えられたと述べたという。二葉亭四迷は陸軍士官学校を三回受験したが不合格となって諦めたが、その入学試験によく魏叔子の文章から問題が出たことを記述していた。それほどまでに明治期には指導者層の思想を補強するものとして魏叔子の本は愛読された。

ちなみに正岡子規には次の「椎の影蝉鳴く椽（たるき）の柱哉」の句がある。森鴎外は

は

大鐵椎伝が登場する小説を書いている。

＊新聞『日本』（明治30年3月7日）に掲載

●星一つ見えて寝られぬ霜夜哉

（ほしひとつ　みえてねられぬ　しもよかな）

（明治28年11月13日）句稿6

霜夜であるから夜中に寒さが押し寄せてきて、明け方にはさらに一気に気温が下がって霜が降りる季節のこと。寝つきが悪いと寒さが増す深夜には余計に寝られなくなるようだ。だが謎が残る。明治時代の松山地方の晴れた夜空には満天の星が輝いていたはずで、一つだけ見える星があるのか。

大高翔氏は、「この星は漱石の将来を決める星だという。自分が今後どのようになっていくのか、漠然とした不安があったのかもしれない」と書いた。だが少し違うように思う。漱石は何かの決意をしたのであろう。独身の漱石は自分の内にある気持ちの整理ができたのだ。それが部屋の中でも見える一つの星なのだ。室内で夜空に星が見えなくても漱石の決意の星、北極星が闇に輝いたのだ。そうであれば、ますます眠れなくなる。決意はますます大きく確かなものになっていた。

この句は不眠症の句ではなく、輝く決意の句ということだ。帝大を卒業したことで安定して高給を取れる英語教員の仕事は、これからもできるが、これを辞めて近い将来に小説家になる決心をしたのだ。そしてその準備にかかる決意を固めたのだ。つい最近まで心を悩ませてきた大塚楠緒子との恋愛にも終止符を打つことができそうだった。彼女との関係は別のフェーズに移行するのだ。

満天の星がくっきりと見える霜の降る夜空に一つだけの星がくっきりと見える謎を解いてもらうことにしよう。答えは「寝られぬ霜夜の決意一つ星」ということになるであろう。だがこれでは平凡な句でしかない。冷えた部屋で漱石の頭の中で一つの重大な決意が固まった。興奮して眠れなくなったのだ。

●穂すゝきに賛書く月の団居哉

（ほすすきに　さんかくつきの　まどいかな）

（大正5年）自画賛

知り合いに短冊制作を頼まれた漱石は、嫌がらずに短時間で仕上げた。この絵は、穂すすきが月夜の光を受けて、怪しく銀色に光っている風景画なのだろう。誰かに頼まれて描いた絵なのだが、丸い月と芒の絵なので竹の絵と同じように簡単に描けた。ささっと描いているところを依頼人が見ていて、少し手抜きのように思ったのかもしれない。そこで賛を書き入れて下さいと頼んだのだろう。すると漱石はにこりとして、そうくると思った、とばかりに掲句を書き入れた。

句意は「満月の光の下で光る穂すすきの絵を描き終え、この絵に賛を書き入れた。この部屋には弟子たちが車座になって賛を書き入れるのを見ていた」というもの。団居とは丸く集まってお喋りを楽しむことで、漱石宅で定期的に開かれていた「木曜の会」の場面なのだ。車座になっている人たちの中に漱石もいるが、月の光も人の輪の中に差し込んでいる。

この句の面白さは、穂薄を光らせている満月の形と円居とも書く団居の形が類似していることだ。書き入れた賛が単純すぎるのも問題だとして、少し洒落てみたのだ。そして掲句が、劇中劇のようになっていることも面白い。

ちなみに同じ頃の自画賛として「萩と歯朶に賛書く月の団居哉」の句がある。これもいわば手抜きの賛であろう。この頃の漱石は小説をあまり書かなくなっていて、絵の方が面白くなってきていた。連載小説を書く体力が失せてきていたからだ。したがって絵に賛を付けることが多くなって考えた末の作句の量産スタイルである。

●細き手の卯の花ごしや豆腐売

（ほそきての　うのはなごしや　とうふうり）

（明治28年11月13日）句稿6

卯の花はアジサイ科の花で、細かい白い花が密集する低木である。これはウツギとも呼ばれ、生垣によく用いられた。刈り込んでもすぐに伸びて横にも広がるので厄介な花だ。細い手をした絣着の豆腐売りが来て、低いウツギの垣根越しに豆腐の手渡しが行われ、お金が支払われた。卯の花の可憐な花びらと白い豆腐を受け取るために出された女性の白く細い手の競演がある。まさに詩的な俳句である。漱石は松山地方で行われていた商習慣としての豆腐売りのワンシーンをうまく切り取っている。生垣の内と外から伸びた手同士が目一杯伸ばされて、受け渡しが行われる様が面白く見えたのだ。

ちなみに現代のマンションに造られる生垣には、広がりにくく刈り込みに強いハナツクバネウツギが植えられるようになっている。これは大正時代に中国から導入されたウツギを、長い時間をかけて日本でさらに改良した品種である。この種類が漱石の時代に生垣に使われていたら、「細き手の卯の花ごしや豆腐売」の俳句は作られなかったかもしれない。「卯の花」垣の上での手渡しが容易にできるのはつまらないからだ。

• 細眉を落す間もなく此世をば

（ほそまゆを　おとすまもなく　このよをば）

（明治24年8月3日）子規宛の手紙

子規に長い手紙を書いた。この手紙には「未だ元服せざれば」と前置きした掲句をつけていた。兄嫁の登世がこの年の4月から悪阻が元で伏せっていたが、とうとう死んでしまったと嘆いた。夏目一族の中でも優れた人物が死んだとして、追悼の句を作った。その13句を子規への手紙に載せた。再婚の次兄と初婚の登世は夫婦になっていたが、結婚して間もないということで既婚女性の風習としてあった、歯を黒く染め、丸まげを結い、眉をそることをしていなかった、いわば元服前の女性だったのだと子規に紹介した。そんな女性の死を漱石は大いに残念がった。

遊び好きで外泊の多い兄は知的な嫁を敬遠していたのを知って漱石は登世に同情していた。そのような状況下にあって、兄が不在の時に学生の漱石が同じ屋根の下に24歳の若い魅力的な女性と二人で住んでいる状態は良いものではなかった。

句意は「知的で魅惑的な兄嫁は世俗的な眉落としをしないうちに、この世を去ってしまった。短命であった」というもの。細眉という言葉は漱石にしてみると知的で聡明という印象が込められている。写真で見る兄嫁の登世の顔は現代的なものであり、先進的な気質を持つ漱石と気が合ったように思われる。

この句に隠されたユーモアは、眉を剃る意味の「細眉を落す」と「命を落とす」の「落とす」が重なって見えることである。漱石は悲痛な思いを綴った俳句であっても、どこかにユーモアを隠している。このような俳句を知的な登世は喜びそうに思うのだ。

• 榾の火や昨日碓氷を越え申した

（ほたのひや　きのううすいを　こえもうした）

（明治28年12月18日）句稿9

この意味不明の俳句を解釈するには、漱石が東京にいた時の「火と燃えた」恋愛事件を整理しておく必要がある。

漱石が恋した大塚楠緒子、学友の小屋保治、それに漱石の三人の関係は、明治26年8月に保治と楠緒子の見合いから新たな段階に入った。漱石としては楠緒子との恋愛関係に、保治が楠緒子の見合い結婚の相手として割り込む形になった。楠緒子の親は、帝大教授になることが約束されている保治との結婚を望んだことが決め手となって、漱石は楠緒子を諦めることになった。漱石の失恋である。

明治27年7月25日、漱石は、上野駅午前7時25分発の前橋行きの汽車で前橋に到着すると、ここから伊香保温泉へ向かった。夕方6時に伊香保の安宿に荷を解いた。この宿で前橋の実家に帰省していた保治に手紙を書いて、この宿に来るように連絡した。ここで何が話されたかは文書には全く残っていないが、三人の今後の付き合い方について話がなされたと見ている。（ここでの結論を楠緒子は後日保治から聞かされたと想像する。）

「榾の火」は焚き火のことで、漱石と楠緒子との恋愛を指している。マッチの火遊びではないことを表している。榾木を燃やす焚き火の炎は高く上ったが、この恋愛は峠を越えた、炎は収まったと子規に俳句で伝えたのだ。

句意は「碓氷峠を越えた伊香保で保治と楠緒子のことで話し合った。その結果楠緒子との間で燃え上がった火は収めることになった」というもの。ただし、榾木が燃えたのであるから、すぐに熱は冷めないだろうという。これは今後、漱石と楠緒子との関係は細々と続くことを示唆している。

この句の面白さは、伊香保温泉の宿で話し合いの場を持つために漱石は東京から移動したが、碓氷峠を経由していないことだ。碓氷の語を出したのは、峠を越えたということを示すためであったことだ。決着したことを表すためであった。碓氷峠は旅の最大級の難所として名を知られていたからだ。加えて漱石は心の葛藤を収めて越えるのに難儀したと表明するためだ。

火と氷を配置していることも面白いことだ。火を氷、つまり水で炎を消したことになる。だが火は消しても熱はすぐには収まらない。

漱石は楠緒子の住んでいる東京を離れて松山の地に来てから8ヶ月が経過し、楠緒子への気持ちは沈静したと思っていた。しかし、失恋から1年以上経過していたある日のこと、突如楠緒子から親展の手紙を受け取った。漱石は動揺したに違いない。

漱石は文面を読んだ後、部屋の火鉢でそれを燃やした。この行為によって決着したと思った。だが内奥はそうではなかった。

子規に手紙を書いた「昨日」になってやっと「碓氷（峠）を越え（られた）」と俳句で報告した。漱石と楠緒子との恋愛の詳細を子規は知っていたから、漱石は中七の表現だけで子規には十分に伝わると考えた。

伊香保での会合の模様は同じ句稿にあった「梁山泊毛脛の多き榾火哉」の句の中にも見ることができる。梁山泊はいうまでもなく『水滸伝』で人の無頼漢が集まった沼沢地の名である。毛脛の多き者は、危なさと根性とやる気と知恵のある者たちであり、この集まりの場では昼夜榾火が燃えていたはずだ。そして「梁山泊」俳句は、伊香保・梁山泊で取り決めが行われたことを示すものである。

ところで「毛脛の多き」は危なさと根性とやる気と知恵のある者の象徴なのだが、ここに楠緒子が加わっている可能性を否定できない。彼女も強い心臓に毛が生えているからだ。俗にいうか弱い知的な女ではなかったのだ。このことは彼女の生き方と小説作品に表れている。

この「毛脛の多き」と三人合議については「梁山泊毛脛の多き榾火哉」の句に記述されている。

・蛍狩われを小川に落しけり

（ほたるがり　われをおがわに　おとしけり）

（明治24年8月3日）子規宛の書簡

夏の風物詩である蛍狩り。当時のこの蛍狩りは川べりを飛ぶ蛍を丸団扇で叩き落として捕まえ、蛍籠に入れて遊ぶものであった。浮世絵で蛍狩りのさまを見ると、蛍を叩き落とすための専用の柄の長い団扇も作られていて、いろんな方法で捕獲数を競っていたようだ。つまり現代のように蛍を見るイベントでは捕まえるのは禁止、持ち帰るのも禁止ということはなく、江戸時代と明治時代の蛍は群れをなして光っていたのだ。つまり蛍狩りは蛍を取る遊びであった。

この状況での蛍狩りを背景にしてこの句を解釈してみる。遊びの捕獲競争であるから少々ルール違反覚悟で臨むことになる。漱石は「われを小川に落しけり」と句にしているが、実際は自ら川の中に入り込んでいたのであろう。誰か女性と一緒に行き、捕獲数を多くして良いところを見せようと堀や田んぼの中に足を入れたのだ。そして尻餅をついて笑われた。

足を滑らせて尻餅をついたとき、とっさに「蛍の誘いに引っかかった」と口にしたのかもしれない。もしくは「蛍に突き落とされた」と言ったのかもしれない。喋った相手は誰であったのか。漱石は同じ手紙に「吾恋は闇夜に似たる月夜かな」の句を書き込んでいた。

7月28日に兄嫁の登世は悪阻を悪化させて死んでしまった。そして7月23日に掲句は作られていたのであるから、漱石は登世との思い出を作るために登世と蛍狩りに出かけたのかもしれない。死亡した日の7日から10日前であれば近くの神田川への外出は可能であったであろう。

ちなみに登世の追悼句13句も同じ手紙に掲句の後、12句目から並べて書いていた。掲句は恋の終わりを予知した漱石の登世に捧げる思い出の俳句なのであったと思われる。

・牡丹剪つて一草亭を待つ日哉

（ぼたんきって　いっそうていを　まつひかな）

（大正4年4月）自画賛

漱石は大正4年の3月19日から4月16日まで京都に滞在した。漱石の弟子の津田青楓は京都の郊外に実家があり、京都に戻っていた青楓は漱石を祇園に案内した。漱石は祇園で遊んでいるときにまた胃潰瘍が悪化した。3月末のことであった。東京に帰るのを延期して宿で療養していたが、このとき京都に住む青楓の兄で、華道去風流の西川一草亭が見舞いに来てくれた。その後二人は親しくなった。

漱石は京都に持参した画帳「観自在帳」に描いてあった自画に掲句の賛をつけた。この絵と俳句は世話になった一草亭に贈られたものと思われる。句意は「祇園の茶屋で回復を待っている間に女将に牡丹を切ってもらって用意していたその花を、華道の師匠一草亭に頼んで枕元に生けてもらおうと待っていた」というもの。

この牡丹は一草という師匠の名に合わせて一本だけであったのだろう。漱石先生はのちにこの生け花を絵に描き、そして掲句を書き込んで感謝を込めて一草に贈った。絵を描くことが好きになっていた漱石は水彩画の道具を持って京都に来ていた。この絵の制作は4月のことであろう。3月までの滞在予定は4月16日まで延びていた。

・発句にもまとまらぬよな海鼠かな

（ほっくにも　まとまらぬよな　なまこかな）

（制作年不明）自画賛（夏目漱石遺墨集）

画帳を持ち出して、ナマコの水彩スケッチを始めた。苦労して一応ナマコらしい絵を描いた。さてこれに賛をつけようとしたが、俳句が出てこない。仕方なく書き込んだ俳句が、苦し紛れの掲句であった。しかし、出来のいい俳句ができたと漱石は思った。この句も実物同様に捉えようのないものになっていると満足したに違いない。俳句になりにくいのはナマコの方に問題があると言いたげである。

弟子の枕流はこの俳句の解釈を試みたが、パソコンのキーを打って解釈文を叩きだすはずの指が動かない。そこで仕方なく、思考を止めてウィキペディアで海鼠の説明文を表示させた。

「ナマコ綱の棘皮（きょくひ）動物の総称。すべて海産。体は円筒形で前後に細長く、前端に口と触手、後端に肛門があり、皮膚の中に小さな骨片が散在。種類が多く、ナマコは生食のほか、海参（いりこ）・海鼠腸（このわた）に加工する。」とある。この解説文は頭に浮かぶナマコの姿を少しはクリアにしてくれた。この解説文の後に向井去来の俳句が付いていた。「尾頭の心もとなき海鼠哉」の句である。この句を見て、冒頭の「苦し紛れの句」という弟子の評は的外れであり、去来の俳句のパロディであると断じた。「尾頭の心許なき」は、どっちが頭か尻尾か判然としないということだが、このような海鼠を俳句に表すのは困難なのは当たり前と漱石先生は言いたいのだ。

俳人は皆ナマコでは苦労しているし、皆それを楽しんでいる姿が改めて見えてきた。だが漱石の目の前にダラーと体を伸ばしているナマコには強烈な存在感があった。ある意味で漱石は圧倒されていたのではないか。漱石を悩まし、苦しめているからだ。漱石の頭も弟子の頭も熱を発している。こんな時は額にナマコを当てれば冷やしてくれそうだ。

・仏かく宅磨が家や梅の花

（ほとけかく　たくまがいえや　うめのはな）

（明治31年5月頃）句稿29

鎌倉時代に活躍した絵師で、宋画風の仏画を盛んに描いた宅磨の家が熊本に残されていた。古ぼけた掛け軸のように、ぼんやりと梅の林の中に今にも崩れ落ちそうな家が建っていた。この絵師が描いた仏画が令和の時代にも残っているが、漱石の時代には家も残っていた。無論明治より古い時代に記念館として立て替えてはいたであろうが。

漱石は宅磨の絵画をどこで見ていたのか。資料が残っていないのでよくわからない。宅磨の家がどのあたりにあったのかについての記録も残っていない。

ちなみに平安、鎌倉時代には肥後国に託麻郡があった。この地は現在の熊本市東部域の大部分を占める白川の東岸側域を指している。この地の出なのであろうが、詫磨氏を名乗る武将が現れたことはわかっている。そして同じように絵師の宅磨は平安末期あたりにこの地に生まれたのであろう。御所の絵所画師となり左近衛将監に就任した。明治時代に漱石が熊本市で3番目に住んだ大江村は当時託麻郡に含まれていた。この絵師はこの武士の系統から生まれ、大江村あたりに住んでいたのかもしれない。

ところで漱石がこの句を作った理由は何であろうか。南画と仏画に興味を持っていた漱石は住まいの近くに鎌倉時代に一時超有名になった絵師宅磨の家がまだ残っているのを知って、見にいったのだ。だが行ってみると無残な有様であった。

漱石はこの時、近い将来に作る自分の小説作品は100年でも200年でも長く国民に支持され、愛読されるようになることを夢見たと想像する。

• 仏画く殿司の窓や梅の花

（ほとけかく　でんすのまどや　うめのはな）

（明治32年1月頃）手帳

殿司とは御所後宮十二司の一つで、後宮の清掃や輿などの乗り物の管理、灯油・火燭・炭薪などの照明具の補充・管理などを業務とした。ここの役人の一人は絵を描くのが得意であり、時間を作っては部屋の窓下で仏の絵を描いていた。この男は宅磨で、彼の描く絵は京都の御所内で有名になり、彼の絵の才能は認められるに至った。のちに宅磨は絵所画師となり左近衛将監の位に就いた。そして長くこの画風を引き継ぐ宅磨派と呼ばれる流派を形成したという。

句意は「絵所画師の宅磨は宮廷の殿司部屋の窓辺で仏の姿を描いていると、外の庭に早春の梅の花が咲いているのが見えた」というもの。その仏画は梅の花を背景にした柔和な仏の図として完成したことだろう。

この句について「仏画、御所、熊本」をキーワードに検索すると、宅磨という日本画の絵師が浮かび上がった。そして関連した別の俳句として、「仏かく宅磨が家や梅の花」（明治31年5月頃）の漱石句が見つかった。これらのことから推察して上記の解釈が導かれたのである。漱石は、宮中の役人を引退して故郷の熊本の在にいた画家宅磨が、まだ宮中の部屋にいるつもりで仏画を描いている様を思い描いた。

漱石は自宅から歩いていける距離にあった宅磨のあばら家を見にいったことがあった。その家は宮中を思わせる装飾が建屋の一部に施されていた様子があった。漱石は熊本に宅磨のような画家が住んでいたことを知って、文化度の高かった熊本の地に敬意を込めて、掲句を作ったと思われる。

• 仏焚て僧冬籠して居るよ

（ほとけたいて　そうふゆごもり　しているよ）

（明治30年1月）句稿22

（明治30年2月17日）村上霽月宛の手紙

明治政府の廃仏毀釈の政策が熊本まで及んでいたことをこの句は示している。中央政府が西欧社会を意識して仏像を燃やし、寺をなくすことを推し進めていた結果である。西欧の一神教の世界を目指して、神道重視の政策を取り出した結果である。漱石の身の回りでも僧の廃業が起きていたということだ。「僧の冬籠」という表現は、寺は仏事をしていないということを意味する。明治政府は過激なことをしているが、そのうち収束すると漱石はみていたのかもしれない。そのうち春が来るとして。

この句の意味は「僧も冬籠りするのには暖房が必要であり、価値のなくなった仏像を燃やして暖をとっている。じっと社務所に籠もって厳しい社会混乱の冬が終わるのを待っている」というものだ。

密教では護摩を焚くが、寺で仏像を焚いてどうするのだと寺と政府に対して怒りをあらわにしている。燃やすのをためらう僧は仏像を外国人に売った。明治政府の高官は、洋行する際に外国の政治家への土産に、外国で美術品としての価値を認められている仏像を持っていった例もあった。その包み紙は浮世絵であったという。

この俳句でユニークなのは末尾の「居るよ」である。この表現は現代の会話でもよく使われるものだ。世の中でまだ続いていた候調の語調からここまでよく変化したものだと驚かされる。漱石の文体研究の成果が表れている。

● 仏には白菊をこそ参らせん

（ほとけには　しらぎくをこそ　まいらせん）

（明治29年9月25日）句稿17

菊の漢字には、食糧の米の文字が組み込まれている。米を抱きこんでいる植物が菊ということになる。つまり古くから菊と米は近しい関係にあることを示している。菊は古い時代に中国から日本に伝えられ、栽培されてきた。そして菊の花は日本の国花に位置づけられ、日本の皇室の紋章は16弁の黄金色の菊花になった。いつ頃からそうなったかは不明であるが、明治になって正式にそのように規定された。ユダヤの地にも16弁の黄金色の菊花の紋があり、皇室の紋章と関連がありそうだ。弟子の枕流の田舎では、田んぼの畔で種々の菊の花が栽培されていた。畔の保全と花を食用にするためで菊は身近な花であった。

漱石は、そんな菊の花であるから、仏壇には白菊を供えるのがいいという。神道の神棚には榊の枝を供えるが、仏教の場合には白菊が良いというのだ。

ところで漱石は何故この俳句を作ったのか。身近に死者はいなかった。借りた家の庭に咲いた花は白い菊であり、そしてその菊を手折って生けたことがあった。確かに掲句を書いた句稿には「作らねど菊咲にけり折りにけり」の句があった。その菊を漱石宅の床の間に供えたのだろう。そのとき漱石の脳裏には誰かの面影が浮かんでいたはずだ。5年前に亡くなっていた兄嫁の登世なのか。漱石は慟哭して13句もの追悼俳句を子規に送っていた。

当時菊の栽培は今以上に全国で流行していて、熊本でも盛んに行われていた。漱石宅の持ち主も菊の花を庭で栽培していた。漱石は白菊に何かの縁を感じていた

● 仏より痩せて哀れや曼珠沙華

（ほとけより　やせてあわれや　まんじゅしゃげ）

（明治43年9月20日）日記

曼珠沙華の語源はサンスクリット語で「天の花」を意味する語で、これに漢字を当てたものだ。一見華やかに見えるこの花は、墓場に咲く花だ、縁起の悪い花であると言われることもある。死人の養分を吸収して咲くから、茎が痩せていてもあれほど赤く咲けるのだともいわれる。通常、人にストレスを与える毒々しい花というイメージを持たれている。

この花を別角度から優しく掲句のように表わす人はあまりいないだろう。病み上がりの漱石は、仏になった死人という状態にまで痩せてしまっている。その病気の漱石よりも痩せて見える細身の曼珠沙華は漱石より悲しそうに、あわれに見えると同情する。咲くときは葉もなく心細く不安定に立って孤独で寂しそうであると。漱石は同病相憐れむの心境になって曼珠沙華と対話している。だがそんな曼珠沙華は、茎は細くても堅く生気に満ちている。このような俳句を病床で作ると少し元気が出たのかもしれない。

漱石はこの年、伊豆修善寺の宿で心肺停止になり、魂は地上から離れて天空

に浮き上がったという経験を持った。これを経験したことで、曼珠沙華に今までとは違った接し方をしている。いわゆる嫌われ者に対する同情ではなく、「天の花」に対する同情なのだ。

日記には「胸も肩も背も触れるとぼろぼろ」だと書いていた。漱石よりも細い曼珠沙華に同情したが、曼珠沙華の方が艶も良くしっかりしていると笑っている。臨死体験の後身体中の関節が激痛に悲鳴を上げていたからだ。

だがそんな漱石は、そんなぼろぼろの体でも哲学的な書物を読んでいると自分に呆れているのだ。「あなたは悪かった二、三日頭が判然としすぎてみんな困りました」とぼやいたとある。多分その最悪時漱石の口から出た言葉は哲学的で、臨死体験のそれであったのだろう。みんな困り果て、驚き果てたのだろう。

漱石の闘病中の留守宅を守っていた弟子の東新氏（後に北大教授）から、「先生は蒼い神々しい顔をしていながら、食べ物のことばかり考えているから可笑しい」と言われたと日記にあった。漱石の胃病は食べ過ぎが原因の一つであったが、調子が悪くても入院中であっても食べたがった。漱石は生に執着しないで、あるがままの自分を楽しんでいたようだ。

• 時鳥あれに見ゆるが知恩院

（ほととぎす　あれにみゆるが　ちおんいん）

（明治28年10月）句稿2

のんびりと京都見物をしている雰囲気のある想像俳句である。漱石の弟子の枕流は島倉千代子の名歌「東京だよ、おっかさん」の「あれがあれが二重橋、記念の写真を撮りましょね」のフレーズを思い出す。

漱石はこの歌を知っているはずがないから、時鳥になって上空から赤い知恩院を眺めている場面を想像して描いているに違いない。歩いて回る知恩院を描くだけでは面白くなかったのであろう。今風に作るのであれば「ドローン飛ぶあれに見ゆるが知恩院」となるのか。簡単に動画の航空写真を見ることができる。

なぜ時鳥が出てくるのか。知恩院の門は横幅50メートル高さ24メートルで、日本一の大きさだといわれている。門を入って見渡す敷地も広い。全てが大きすぎて全貌をつかむことが難しいので高所から見たいと思ったのであろう。そこで時鳥が出てくる。まさに鳥瞰してみたいと思ったのだ。

しかしここまで書いて気がついた。掲句の時鳥は単純に正岡子規のことである。明治25年に漱石と子規は京都見物をしたが、その時は知恩院を訪ねていなかった。比叡山に登ったり遊郭付近をふらついたりしていただけだ。そこで3年後に漱石だけが京都に出かけて壮大な造りの知恩院を見て、空飛ぶ鳥の名を持つ子規に「あれが知恩院だよ」と教えている幻想の図なのだ。

• 時鳥馬追ひ込むや梺川

（ほととぎす　うまおいこむや　ふもとがわ）

（明治29年1月3日）子規庵での発句初会

愛媛県に梺川（麓川）と呼ばれるあまり有名でない川がある。時鳥と馬が主役になっている場所であるから、人はあまり足を踏み入れないのだろう。この川には利水と治水の目的で急流をせき止める堰が多く作られている。この河岸を荷馬車が馬子に引かれて歩いてゆく。周囲の森には時鳥が多く住み着いているので、これらの鳥が一斉に鳴き出すとその声はけたたましい。馬も驚いて川に落ちそうになるくらいである。漱石は東京にはない愛媛の自然を気に入っていた。

子規の根岸庵で開かれた年初めの「発句初会」に参加した漱石は、根岸が時鳥の森になっていることを知って、挨拶句的なものを作ったのだ。この根岸には負けるけれど、愛媛にも梺川という川があって、馬も驚くくらいに鳴くのだと子規に代わって句会の仲間に愛媛自慢をした。病む子規の喜ぶ顔を見たいという下心が感じられる句である。

この句の面白さは、梺川あたりに時鳥の煩いくらいの囀りと馬の嘶きが響き渡ることが想像されることである。馬は一旦時鳥の声に押されるが反撃する。口を森に向けてヒヒーンと大きな声で鳥を威嚇する。

ネットで栞川を調べると、全国各地にかつては栞川という名の川があったという。固有名詞ではなく一般名詞として使われていたようだ。山の麓を流れる急流ということであろう。いい名前である。林の下を流れる川は清流である。

● 時鳥折しも月のあらはるゝ

（ほととぎす　おりしもつきの　あらわるる）

（明治28年10月末）句稿3

「折しも」は柔らかい風が吹くような感触のいい言葉である。この俳句を漱石としては平安時代の香りを漂わせるものにしている。言い換えれば漱石らしくないものに仕上がっていて、少し物足りなさを感じさせる。

「折しも」は「何かの時に合わせて、そのとき丁度よく」といった意味だが、源氏物語に「折しも、ほととぎす 鳴きて渡る」というフレーズがあるという指摘があった。漱石の掲句は、折しも時鳥が「鳴きて渡った」ときに、月が雲の影から姿を現した、となり、あたかも鳥の鋭い鳴き声が雲を払ったように思えた、と漱石は遊んでアレンジしたことになる。

この「折しも」は肯定的に用いる言葉のようだ。掲句は漱石の気持ちが前向きになれた嬉しさを詠っている。掲句を作った明治28年10月の漱石は、松山で子規の仲間と俳句を賑やかに作っていて、教員生活の煩わしさを解消する手段を見つけていたといえる。そしてその頃見合い話も東京から届けられていた。少々ウキウキしていたのだろう。その気分が掲句に表れているように思う。楠緒子との失恋から続いていたモヤモヤが少しは晴れてきていた。

芭蕉の俳句にも「折しも」の文言を用いた「初桜折しも今日はよき日なり」という陽気な句がある。漱石作の句と間違えそうな句である。

ちなみに王朝風の俳句ということで調べてみると、百人一首に「ほととぎす鳴きつる方をながむれば　ただ有明の月ぞ残れる」があることがわかった。もしかしたら漱石はこの歌を俳句風にアレンジしたのかもしれない。

● 時鳥厠半ばに出かねたり

（ほととぎす　かわやなかばに　でかねたり）

（明治40年6月15日）東京朝日新聞の記事

『東京朝日新聞』に掲載された「首相の文士招待と漱石氏の虞美人草」の文中に記された句である。前置き文としては二種類があるようだ。一つは「障る事ありて或人の招飲を辞したる手紙のはしに」で、もう一つは「雨聲会の招飲を辞したる手紙の端に」である。

句意は「時鳥が漱石宅の厠の近くに来て鳴いている。漱石はその鳥の姿を見たいと思うが腰を下ろしての用事がまだ終わっていないので厠を出られない」というもの。鳥はいい声で鳴いているが、鳴くタイミングが悪いと天を仰いでつぶやく。時鳥の鳴き声は、政府からの招飲の手紙であった。この誘いを断る文にこの句をつけた。

時の権力者に対する反骨精神が生んだ痛快さと風刺的笑いを漂わせた句である。この有名な事件における或人とは時の首相である西園寺公望公で、漱石は文人を多く集める飲食の会「雨声会」（6月17日に実施）への招待を断ったのだ。この招待のあったとき、漱石は朝日新聞社の社員になって初めて取り組んだ小説「虞美人草」を執筆中であった。

この小説の連載は、朝日新聞が社運をかけた企画であり、新聞小説によって購読者数を増やしていた読売新聞に対抗するための一大企画なのであった。漱石の給料は上司よりも高かったこともあり、プレッシャーは相当なものであったと想像される。ところがその連載小説の書き出しはうまくいっていないと自覚していた。連載終了後のドイツ語での翻訳出版依頼を「出来栄えよろしからざるもの」という言葉を使って断ったくらいだった。そのような小説を書いている中での宴席への参加など考えたくなかったのであろう。宴席で不出来な連載小説についての話が出そうだからでもある。

鏡子夫人は、「漱石の思ひ出」の中で、「何はともあれ第一番に面倒くさかったに違いありますまい」と感想を述べている。漱石はこの頃は朝日新聞社に転職して初めての小説に取り掛かっていて、神経症も出てイライラの毎日だった。そんな時は時の総理大臣でもかまっていられない、また催促の手紙が来てはかなわないと、イヤミを込めた文面にしたに違いないのだという旨のことを書い

ていた。

半藤一利氏の調査結果を以下にまとめる。「神田駿河台の西園寺の私邸にて、予定からかなり遅れて明治40年6月17日から3日間にわたって、露伴、藤村、鴎外ら有名文人を集めた雨声会が開かれた。この時逍遥、四迷、漱石の3名が辞退していた。このあと雨声会は7回続けられたが、漱石は一度も応じていない。何時も執筆で忙しかったわけでもあるまい」というものであった。半藤氏が考える本当の理由とは、「江戸を攻めた官軍側の総督格で方面総督だったのが公家の西園寺であったから」というもの。

弟子の枕流が考える雨声会への招待を断った大きな理由には、西欧を見聞して帰国した漱石は、日本のモデルとした西欧が社会環境・文化の面で行き詰まりを見せる中、日本の価値を再評価したことがある。よって不要な戊辰戦争を推し進め、日本の伝統を踏みにじった公家の存在を許せなくなったからだ。漱石は公家には伝統と日本の良さを見守る役目があるという思いが強かったからだ。また維新以降の公家のあまりの大きな野心に漱石は嫌気がさした。

さらには明治の社会文化のあり方にも漱石は不満を抱いていた。その文人の代表として振舞う西園寺を認めるわけにはいかなかったのだ。これに加えて、当時の新聞人は政府と対立することが多くあったが、漱石も、政府のやり方に怒りを感じることもあったようだ。

また漱石は政府側の文化人に対する懐柔策として、雨声会なるものが計画されたことを察知していた。これは現代であれば政府の資金によるマスコミ操作に該当する。当時は自由民権運動の盛んな時であり、西園寺首相の抑え込みのターゲットはやはり逍遥、四迷、漱石であったと推理する。

単なる公家の末裔の西園寺とは違う源氏侍の末裔を自認していた漱石は、毒まんじゅうは食わないということを示したのだ。無言で物申す江戸っ子「坊ちゃん」が実在することを示したかったのだ。

三者談

月並みかそうでないか、皮肉があるかないか、厠は汚いかそうでないかで収拾がつかない。また痛快かそうでないかについても意見は分かれている。作った人に聞くしかない。三人の中に芸術として扱うのは反対という人もいた。

・時鳥たつた一声須磨明石

（ほととぎす　たったひとこえ　すまあかし）

（明治28年10月末）句稿3

子規は松山の漱石の家で療養している間に地元「松風会」の面々と俳句会を開催し、少し元気になって東京に戻っていった。漱石はその子規を思い出しながらこの句を作った。

掲句の時鳥は子規のことであるが、その鳥は松山に来る前に須磨明石の地にいた。従軍記者として赴いた日清戦争から帰国する船上で喀血し、神戸で入院した。その後須磨明石に場所を移した療養中に源氏物語をまた読み出し、感激の声を上げたということだ。その声は鳥のように一声で短く、「すごい」という声だったのかも。血を吐く時鳥だから長く声を出せないということもあった。子規も血を吐いた病身であったからこの一声での感想表明がせいぜいのことだった、と漱石は構想した。

ネットで子規のことを書いたキース・ヴィンセントの文章を見つけた。「正岡子規は1885年8月10日付けの内藤鳴雪宛の手紙で、自分が源氏物語の須磨の巻を読み直していることを伝えている。なぜ特にこの巻を読みたいと感じたのかというと、その夏、自分が須磨にいたからなのだという。（中略）9月7日、子規は『源氏物語』賞賛の随筆を発表した。取り上げたのは特に須磨と明石の巻だった。これらの巻をまさに須磨で読みながら、彼は紫式部の描いた世界に自分も転移したような気になる…（後略）。」子規は須磨明石で病床にいながら夜を明かして『源氏物語』本を読んでいたのだ。

雅の平安文化における和歌の精神をけなしている子規を漱石は知っていた。そして子規は漱石と違って恋愛経験がなく、女性関係の希薄な子規は本の中の紫式部とその才能に恋していることを漱石は俳句でからかっている。

キース・ヴィンセントは次のことも指摘していた。紫式部に関する随筆を書いた際に子規は「読みさして月が出るなり須磨の巻」の俳句でその文を結んでいたこと。そして夜更かしの子規は月の光で紫式部の本を読んでいたのかもしれないことを。

● 郭公茶の間へまかる通夜の人

（ほととぎす　ちゃのまへまかる　つやのひと）

（明治30年5月28日）句稿25

漱石は熊本に来てから知り合った地元の俳人の父親が死亡した、との連絡を受けて、通夜に参列したと想像する。

平安時代以来、和歌の世界では、ホトトギスにこの「郭公」の字を当てることが行われていたという。しかし漱石が郭公（ほととぎす）を詠み込んだのは、現代同様にこの鳥はホトトギスを表すのではなく、別のカッコウ鳥を表すからであった。ちなみに漱石はほぼ50年の短い生涯のうち、ホトトギスの句をなんと29句作っているが、郭公の文字を使ったのはこの句だけであった。

カッコウは初夏になると日本に渡来する鳥であり、目の前の死者もこの世からあの世に渡るということに掛けたかったからであろう。またこの渡来鳥の郭公は、その声は寂しげにも聞こえ、人を感傷に誘うからでもある。

句意は「通夜に参列した人たちは、遺体と対面した後は皆茶の間に集まっていた。故人の知り合いたちは地元の人たちばかりであり、郭公鳥のように死者を偲んでわざと声高に賑やかに話していた」というもの。漱石には場を賑やかにする話し声は寂しい声に聞こえた。

「まかる」は「退出する」の謙譲語であるが、ここでは、死者がこの世を去ってあの世へ退出する意も持たせている。

● 時鳥名乗れ彼山此峠

（ほととぎす　なのれかのやま　このとうげ）

（明治28年10月末）句稿3

女芭蕉と言われた菊舎の句に、「まづ名乗れ越の関山時鳥」がある。この俳人は芭蕉の歩いた「奥の細道」のコースを逆に歩いた人として有名である。菊舎の句は、越後の高田の城下から信濃の妙高へ入っていく時の俳句である。これらの国の境にあったのが関山である。現在では上越市になっている高田平野の外れから山間の妙高市に入る境の場所にある。この地には上信越自動車道が通っている。この関山の麓を流れる川は関川で、野尻湖から流れ出ている。

この関山の峠を菊舎は通ったのであろう。この時旅人と同じように飛びやすい峠道を越えて、菊舎を追い越して飛び去ろうとする時鳥に、「まづ名乗れ」と菊舎は声をかける。さっさと疲れも見せずに自分を追い越してゆく時鳥に、挨拶ぐらいしていきなと言う。つまり一声鳴いてから行きなと言う。ホトトギスの姿を目にしたので、是非とも「とっきょきょかきょく」の鳴き声を聞きたくなったのだ。菊舎は疲れた体を慰めるようにユーモアを込めた言葉で遊んだのだ。声をかけられたホトトギスは仕方なく鳴いた。「うるさいね」と。

この菊舎の句を受けた掲句の意味は、「山深いところにある彼山を越えて此峠、この関山に来たなら、時鳥よ名乗れという」というもの。山を越える旅人は疲れているのだから、その疲れを癒やすために君の美しい声で菊舎に聞かせたように鳴いて癒やしてやれ、というのだろう。鳴かずに追い越すと菊舎みたいに機嫌を損ねる人もいるのだからという。

菊舎の句と漱石の掲句との大きな違いは、「越の関山」が「彼山此峠」に入れ替わっていることだ。地名の関山は妙高山の外輪山のような小さな山で、関所には最適なロケーションだ。漱石もこの関所を通る鳥に対して、「菊舎の句に出てくる時鳥ならば鳴いてみよ」と言いたくなるのかもしれない。

・時鳥物其物には候はず

（ほととぎす　ものそのものには　そうらわず）

（明治28年11月13日）句稿6

声高く鳴く時鳥。その時鳥はただ鳥として存在しているのではない。姿が見えない木陰で人の耳に届くように鳴く鳥なのである。ここにいると鳴く、この声を聞けと密かに鳴く鳥なのだ。

この時鳥の甲高い声は、平家物語の「敦盛最後」の巻に登場する声である。一の谷の合戦で追い詰められた平家の武将の敦盛は海岸に浮かぶ船に乗って逃げ延びようとしたが、追っ手の中の武将の声に馬の脚を止められた。無視して走り去ることもできたが、その男の必死の甲高い声に捕らえられて動けなくなった。

敦盛はこの男に組み伏せられ、兜を押し上げられた。男は年若い平家の武将の顔を見て一瞬動きを止めた。下にいる敦盛に名を聞かれて「物其物には候はねど、武蔵国住人、熊谷次郎直実（なおざね）」と声を上げた。時鳥のような甲高い声が砂浜の空に響いた。

句意は「時鳥のような大きな声を上げたが、拙者は武将の中に入るようなものではない」というもの。時鳥のように大きな声を上げたことを詫びるように答えた。名を名乗った以上は、相手の武将に恥をかかせるわけにはいかぬと、直実は若い平家の武将の首を落とした。その敦盛は馬の脚を止めた時に、覚悟は決めていた。

漱石は東京の下町の家で病気養生している正岡子規に掲句でエールを送っている気がする。武蔵国にいる子規は病魔に侵されても、ただの鳥でない時鳥なのだ。天下に声を挙げよと。

・時鳥弓杖ついて源三位

（ほととぎす　ゆんづえついて　げんざんみ）

（明治28年11月13日）句稿6

漱石は謡の演目をいくつかの俳句に加工して表しているが、物語・説話の世界も俳句に取り入れている。解釈の難しい俳句の一つが掲句の平家物語ベースの俳句である。

役職名の源三位と記した男は、源頼政のことで地方の行政官の一人であった。だが頼政は優れた歌詠みの技が認められて昇殿を許され、源三位に昇進した。

この人の生涯において功名と思われることは、近衛院が天皇の頃何者かに毎夜うなされた時のものだ。御所でこの対策を協議する公卿の会議が開かれた。このようなとき、将軍源義家が行った魔よけの先例に従って、源平両家の武士どもの中から実施者を選考することにし、源頼政が選び出された。当時の頼政はまだ兵庫頭であった。頼政は深く信頼している部下一人だけを召し連れて夜警に臨んだ。頼政は二重の狩衣を着てとがり矢を二本ほど弓に添え持って紫宸殿の広縁に伺候した。

ある夜頼政は、不審の音を発する物に向かって「南無八幡大菩薩」と心の中で祈念しつつ、弓を引き絞って矢を放った。命中した手応えがあって「仕留めたぞ、おう」と叫んだ。お付きの男が走り寄り、落ちてくる怪物を取り押さえ、刀を刺し通した。そのとき、宮廷の人々が手に手にかがり火を灯してこれを検分した。すると頭は猿、胴体は狸、尾は蛇、手足は虎の姿をしており、恐ろしい鵺（ぬえ）に似ていた。

天皇は、これを大層賞賛し、獅子王という御剣を下された。左大臣がこれを頂き、取り次いで頼政に渡した。頃は4月の春で、樹上の時鳥はこの退治劇を見届けたかのように、二声三声鳴きながら飛び去った。そこで左大臣は「ほとぎす名をも雲井にあぐるかな」と句を詠むと、頼政は右の膝をつき、月を見ながら「弓はり月の射るにまかせて」と即座に詠んで御剣を頂いて退出した。一同感心したという。

掲句の句意は「時鳥が紫宸殿の木に留まって見下ろしているその下で、源三位の男が矢を放った弓を杖のようにして立っていた」というもの。確かに仕留めたと自信を持って立っていた。

下五の「源三位」は、「見参（けんざん）み」と重なり、「左大臣どの、仕留めましたぞ」

と叫ぶ声を連想させ、歌舞伎の見得になっている。漱石は掲句を読む際にここで声を震わせるのであろう。

・骨の上に春滴るや粥の味

（ほねのうえに　はるしたたるや　かゆのあじ）

（明治43年10月4日）日記

漱石は掲句に「残骸猶春を盛るに堪えたり」の前置きを付けている。生き残った体はまだ春を感じるまでになっていなかった。回復途上であった。そして同じ前置きを用いて「甦へる我は夜長に少しづゝ」という掲句と対になる句を作っていた。何とも言えない美味の粥を食べて感激し、そのあと夜中に粥の効果を実感してまた感激しているのだ。

漱石は修善寺温泉の宿で大吐血し、そこへ東京から医者が宿に駆けつけて応急処置を施したことで、一命は取り留めることができた。それからは長期にわたる治療、療養が続いていた。掲句は臨死経験をしてから1ヶ月以上が過ぎた頃の俳句である。次第に全身の関節で発生していた痛みが引いていった頃の俳句である。

句意は「少量のお粥をさじで口の中に落としてもらうと、その粥のとろみは春のしずくのように感じた。痛みを訴えていた骨に染み渡っていくのがわかった」というもの。粥の旨さと有難みを胃袋で感じたが、骨にもこの感覚と刺激は伝わり、体全体がリラックスして調和しながら動き出すのを感じたのだ。

臨死体験の直後、体から少し離れ出した魂が戻って体に入った瞬間の衝撃と考えられる、体各所の関節痛が治らずにいた。夜が来ても十分に寝られない日が続いていた。しかし時間の経過とともに大分治ってきた。この段階で食した粥の刺激、味が関節にも伝わり、痛みを溶かすように感じた。春のしずくのように感じた粥はまさに痛みを治す薬として効いている。柔らかい粥が痛みを吸い取る感覚なのだろう。やはり食べ物は薬のように効くのだ。

ちなみに掲句は、のちに『思ひ出す事など』の中にも登場するが、このときには「腸に春滴るや粥の味」と変えられたが、本当は「骨の上に」をそのまま使いたかったに違いない。だがそうすると話題が臨死体験のことに及ぶことを警戒して無難な「腸に」に切り替えたのだろう。

・骨許りになりて案山子の浮世かな

（ほねばかりに　なりてかかしの　うきよかな）

（明治43年10月10日）日記

二日前に修善寺温泉の病室を出て東京に戻る日が明日と決まり、その漱石の体を移動させる方法も決まった。介護人の肩に掴まっても歩けない時には板戸を用いる担架方式にすると決まった。8月6日に修善寺に入ってからまる2ヶ月も宿の部屋に滞在してしまった。この間の食事はいわゆる病人食であり、それも胃潰瘍の治癒のためのもので極端な病人食であった。このこともあって体は文字通り骨皮筋衛右門状態になっていた。

この句の前に同日、「足腰の立たぬ案山子を車かな」の句を作っていた。服は着ていても中身は案山子と同じように細くて足腰はフラフラ。竹の棒が入っているだけの案山子の体だと苦笑している。

掲句の句意は「体は骨許りになってまるで案山子のようである。こんな姿を人の目に晒すのは気が重い」というもの。田んぼから退場する際の案山子の気持ちに思いが及ぶ。こんな時にはこの世は辛いものにできていると思う。板戸担架で運ばれる漱石の姿を案山子に見られたくないという思いがあったのかもしれない。下五の「浮世かな」には、板戸の上で揺れて浮いている漱石の姿が描かれている気がする。

この句の面白さは、体が骨許りになって体重は極めて軽くなっているから体が浮くとして、浮世につないでいる。板戸で運ばれる姿を想像して、横になっている時の案山子の気持ちを体験できるとして幾分面白がっていたのかも。

・ほのぼのと舟押し出すや蓮の中

（ほのぼのと　ふねおしだすや　はすのなか）

（明治40年）手帳

今まで話し込んでいた鎌倉円覚寺で知り合った僧は、漱石と古い僧堂の縁に座っていたが立ち上がった。花瓶に生ける蓮の花を切るために蓮池の中に小舟を漕ぎ出した。生えている蓮の葉と花を傷めないように水面に小舟をゆっくりと進めてゆく。竿を操って蓮の中に舟を押し出してゆくが、小舟は蓮の葉に隠れてしまっている。蓮の薄桃色の立ち上がっている花が濃い緑一色の蓮池をほのぼのとさせている。また舟の動きもゆったりでほのぼのとした優しさに満ちている。

句意は「旧知の僧が蓮の花を切ってくると言って、小舟を僧堂の前に広がっている蓮池にゆったりと漕ぎ出していった」というもの。「ほのぼのと」の語は、薄桃色の蓮の花が朝の光のように立ち上っている様を想像させる。

この句の面白さは、薄い明るさを形容する言葉の「ほのぼの」の語を拡大して用いていることだ。蓮の花と葉っぱの中を舟がゆったりと水平に動いてゆく様を「ほのぼの」でうまく表している。そして僧の優しい気持ちも表している。

漱石はこの年の初めに帝大の職を辞して民間の東京朝日新聞社の社員になった。プロの小説家になることを決意したのだ。その気持ちを持って旧知の僧のいる鎌倉の荒れ寺にやって来た。有名な円覚寺に留まることなく、別の古寺に移動して新たな道に踏み出していた僧に久しぶりに会って、漱石は同志的な気分を感じ、ほのぼのとしたのだ。この僧の行動は蓮の花のようにすっきりとしてほのぼのとしていた。

ちなみにこの僧は、かつて悩みの深かった漱石が明治27年12月23日から翌年1月7日まで参禅した帰源院で雲水を勤めていた釈宗活であった。そして漱石は明治30年9月に上京していた妻を鎌倉の親戚の別荘に置いたまま、熊本に帰ることになったが、その前に漱石は帰源院に釈宗活を訪ねていた。この時作られた俳句が「仏性は白き桔梗にこそあらめ」（帰源院の石碑）と「山寺に湯ざめを悔る今朝の秋」の2句である。

・ほのめかすその上如何に帰花

（ほのめかす　そのかみいかに　かえりばな）

（明治28年11月22日）句稿7

季節外れの花が咲いている。帰花は二度咲きする花で、初冬の小春日和の時に咲く桜、梅などがそれである。あまり喜びたくない気分の時には狂い咲きの花などといわれる。人に対して帰花の語を用いると、遊女が再び遊郭に勤めに出る意味になるという。そうであるとわかると「凩に匂ひやつけし帰花」の芭蕉句は、風上に立つ花柳界の女性と向かい合った時の句だという気になってくる。

また「そのうえ」と読みそうになる「そのかみ」は、過ぎ去ったあの時、当時の意味になるという。

漱石と「ほのめかす、その当時」を組み合わせると掲句の帰花は花柳界の女性ということになる。ある場所で魅惑的な女性から身の上話を聞く羽目に陥ったという設定が似合う。苦海に身を沈めた女性の波乱の人生話なのであろう。だがこの種の話をすることを「ほのめかす」というのは、無理やり聞きたがる人がいて、目の前の女性は仕方なく「ほのめかす」という表現になるのであろう。それともこの種の女性は人に話を聞かせたくなる気持ちがあるということなのか。気を引くために。

帰花の人を見たことのない男、漱石はどういうことになるのか判断が難しい。この句の「如何に」をどう解釈すべきか本当に難しい。それにもまして独身の漱石がどこでこの帰花に「ほのめかされた」かが問題である。松山の夜の繁華街でのことであったろう。2ヶ月間愚陀仏庵で子規と面白く俳句にまみれて過ごした後、虚しい気分を味わっていた。そして来春には嫌な思い出の多かった松山を去って熊本に転居し、新居では結婚式を挙げることになっていた。独身最後の時期の漱石の気分は虚しく、そして浮ついていた。

この俳句は、単なる観察俳句であるように見せかけてそうでないのが面白い。この句からは小説作家、漱石誕生の予感が漂う。

帆柱をかすれて月の雁の影

（ほばしらを　かすれてつきの　かりのかげ）

（明治40年頃）手帳

漱石は北鎌倉の円覚寺を訪ねた後、鎌倉の定宿に戻った。その夜、鎌倉の港に出かけ漁船に交じって運搬船が岸壁に係留されていたのを見た。当時の旧江之島電鉄の片瀬江ノ島には鎌倉から鉄道は通じていなかった。したがって鎌倉の近くで見ることができた港は鎌倉の東端、三浦半島の東側の付け根に位置する六浦港ということになる。かつては「むつら」津と呼ばれて鎌倉幕府の外港として栄え、江戸時代の幕末に横浜港が造成されるまでは国際貿易港として繁栄していた。その後は小型船の港として地元経済に貢献した。

句意は「月の光を受けて雁が港の上を飛んでいくのが見えた。船の帆柱をかすめて飛ぶ雁の影が白い帆にぼんやりと映っていた」というもの。その雁の姿は風に揺れる仄暗い中の帆に映って見えた。雁の飛翔は帆に映る不明瞭な影でそれとわかるのであった。その雁の影は「かすれて」見えていた。

この句の面白さは、「かすれて月の雁の影」の中にある「か」の音である。この押韻によって雁の飛翔をイメージしやすくなっていることだ。漱石はその雁の鳴き声の「かー」を句の中にたくみに入れ込んでいた。

漱石は円覚寺で旧友と話して、そして蓮池を眺めて少しは明るい気持ちになれたので、少し遠くまで足を延ばす気になった。鎌倉時代に幕府の貿易港として使われた港を見にゆく気になったのだろう。

法螺の音の何処より来る枯野哉

（ほらのねの　どこよりきたる　かれのかな）

（明治40年頃）手帳

この句は東京帝大の英語科講師でいた頃の句である。漱石は、学内人事として、ライバルであった上田敏との教授の椅子をめぐる競争に勝って教授昇格の内示を受けていた。上田は京都帝大の教授になって外に出た。しかし、漱石は目の前にあった教授の椅子には座らなかった。この法螺の音は勝利の音ではなく、その先にある枯野に一人歩き出すための不安を打ち消す音であった。このような中で漱石はこの年の2月には東京朝日新聞社への入社を決めた。

句意は「広々とした枯野の中に立っていると、どこからともなく法螺貝の音が響き渡ってくる」というもの。この音は何かの決断を迫る音であった。かつては戦で攻め込む時の合図になっていた音なのだ。漱石はこの法螺の音を心で聞いて帝大での学者の道から外れて野に出る決断をした。

この句の面白さは、「何処より来る音なのか」と天を仰いでいるように思われることだ。法螺貝は帝大生の時、文学の道に進むのが良いとアドバイスしてくれた学友で天才の米山が吹いていると思われることだ。間違いなく早世した米山がこの法螺の音を出していると確信していた。聞こえた法螺の音は天の枯野から響き渡っていた。

ちなみに一大決心をした後も漱石の精神と肉体はストレスに晒されていた。そして冬にかけて胃病がひどくなっていた。東京朝日新聞社では新聞小説執筆に期待がかかり、これによる重圧と孤独を感じていた。このことは掲句の近くに置かれていた俳句には枯野の登場する句が目立つことでもわかる。漱石が新聞小説家になってから作った第一作の「虞美人草」はあまり評判は良くなかった。漱石自身もこれに満足はしていなかった。だが打ちのめされている漱石の姿はない。

ほろ武者の影や白浜月の駒

（ほろむしゃの　かげやしらはま　つきのこま）

（明治28年11月13日）句稿6

背に防弾・防矢胴の「ほろ」をつけた騎馬武者が月影の白浜を駆け抜けてゆく。上体が大きく分厚くなる防具を身につけた武者は文字通り大男に見える。この武者は誰かを追っているのか、いや誰かに追われているのか。それとも夜の浜辺をただ走りたくなって走っているだけなのか。月影の白い浜辺を駆け抜ける馬は異様に映る。

ところで「ほろ武者」の「ほろ」とはどのようなものなのか。合戦場で馬に乗る武者は鉄砲や弓矢の格好の的になるため、胴の防具は簡単に射抜けないようにできている。その防具は保侶（母衣とも表記）と呼ばれる、特殊なものだ。上半身に巻きつける大きなクッションで、竹籠製の骨組みに布を巻いた中空物である。この保侶は源平合戦のころから関ヶ原ごろまで多くの騎馬武者が使用した。現代の防弾チョッキも強化繊維を用いた布マットになっているから、原理はほぼ同じである。

ちなみに儀式の流鏑馬に出る武者は命を狙われることがないため、軽装のまま騎乗できる。軽装である分、足で馬を操作しながら横の的をめがけて矢を射って走り抜けるのは容易である。

掲句は想像では平家一門が一ノ谷の合戦で敗れた後、平家の将が沖の船に乗って逃走する場面を描いていて、その将は船を目指して馬を走らせている様を描いている。この武者の影は砂浜で黒く映っている。「ほろ武者」は、熊谷直実に追われた17歳の平敦盛なのだ。熊谷は「大将とお見受けした！背を見せて逃走するとは卑怯なり。戻られよ！」と大声を上げた。この声を受けて敦盛は馬を止め、引き返して直実に挑むが、剛力の直実に首を取られてしまった。月が照らすきれいな白浜が敦盛の判断を狂わせた。

掲句は、平家物語の名場面の一つをみごとに描いている。まさに名調子である。これから起こる騎馬武者同士の戦いを予期させる美しさがある。

● 奔湍に霰ふり込む根笹かな
（ほんたんに　あられふりこむ　ねざさかな）

（明治32年1月）句稿32

「筑後川の上流を下る」の前置きがある。奔湍とは、川の水の流れの速いところで、早瀬や急流のこと。この種の言葉は多くあるが、漱石は漢語的な響きのある奔湍を他でも使っていて、気に入っているようだ。水に勢いがあって踊り、飛沫が見えるような言葉であるからか。

宇佐神宮での初詣の帰りは中津・日田経由で山越えし、日田で小船に乗り込んで筑後川を下って久留米の近くで下船した。掲句はその川下りの様を伝えている。カーブの多い川には早瀬が多くあって、漱石たちを乗せたムシロ帆の船は踊る川の流れに乗って揺れた。霰混じりの川風が着物姿の漱石に吹き付ける。根笹という背の高い笹が生い茂る岸辺近くまで船は接近する。その岸を広く覆っている笹の葉っぱには霰が積もっている。漱石の体にも霰は薄く積もる。

句意は「迸（ほとばし）って流れる筑後川に霰は降り込み、川岸に生える根笹にも霰は降り積もっている」というもの。北九州に寒波が襲来し、川を下る渡し船にも容赦無く霰風は吹き付ける。漱石の顔は寒さで歪む。

この句の面白さは、緑の根笹が霰で白く埋め尽くされていることが、早瀬の流れに翻弄される船の接近によってよくわかるということだ。船が早瀬で踊っていても漱石は冷静に接近する岸の様子をしっかり目を見開いて観察しているのがおかしい。漱石は観察魔である。

「つまらぬ句ばかりだが、紀行文の代わりとして読んでくだされ。病気療養の慰めになるぞ」と句稿の冒頭で漱石は断っている。だがこの冒険談は病床の子規を楽しませたに違いない。

● 本堂の屋根葺き替へる日永哉
（ほんどうの　やねふきかえる　ひながかな）

（明治29年春）

掲句は雑誌「太陽」の編集部から頼まれて作った3句のうちの一つで、記憶にあった景色を思い出して作ったもの。子規がまだ松山にいた漱石を推薦したものと思われる。漱石は明治27年ごろに鎌倉の円覚寺において茅葺き屋根の葺き替え工事の現場を見ていたに違いない。この壮大な葺き替え工事は印象深かったのだ。

句意は「春の気候の安定している時期に、寺の巨大な本堂の屋根を葺き替える工事が始まった」というもの。数人の屋根葺き職人が屋根の上と下で動き回っていた。大量の茅の束を本堂の前に持ち込んでの大規模改修工事であった。無駄のない屋根の上の作業は、芸術的なものに見えたのだろう。

この句の面白さは、「屋根葺き替へる」の部分にある。つまり、無駄のない屋根の上の作業は、芸術的なものに見えたのだろう。「屋根」の漢字には植物の根の文字が入っているのであるから、材料に植物の茎を使うのは当然で、茅は相性のいい材料ということになる。また「葺く」の文字にも草冠があるから、古の人たちは両者の関係をよくわかっていたということだ。そして漱石はこの工事の意味を考えていた。

ちなみに他の2句は「奥山の椿小さく咲きにけり」と「温泉の宿の二階抜けたる燕哉」である。

＊雑誌「太陽」5月号に掲載

• 本堂は十八間の寒さ哉

（ほんどうは　じゅうはちけんの　さむさかな）

（明治28年11月22日）句稿7

漱石は晩秋の頃に伊予松山の寺を訪ねた。四国巡礼の札所寺なのであろう。いや18間（約32メートル）もの長さのある巨大な本堂は鎌倉の円覚寺の本堂なのであろう。漱石は20歳と23歳の時に江の島、藤沢あたりで遊んでいたが、その時にこの寺を訪ねたのであろう。漱石はこの大寺の本堂に入って、内部をじっくりと見たのだ。漱石はこの空間に何があるのか知りたくなった。日中になっても本堂の中は、薄暗く冷え冷えとしていた。この冷たさが仏像を凛々しく見せる。そしてその仏像の表情は寒がる漱石に仏の慈愛を感じさせる。

この鎌倉の十八間の本堂は京都東山区にある国宝の三十三間堂よりははるかに小さいお堂である。漱石は明治29年1月に京都の三十三間堂について「日は永し三十三間堂長し」の句を作っていた。

句意は「寺の本堂は十八間堂というもので、それほど大きな建物ではないが中は十分に冷え込んでいた」というもの。並んだ仏像と、線香の煙と長い時間によって黒光りした太い柱と床板によって本堂内部には静寂さが満ちていた。

ちなみに掲句を作った前年にも漱石は鎌倉の円覚寺を訪ねていた。この寺で参禅していた。しかし、頭が混乱している中での参禅であり、この時は座禅堂にいてこの本堂の中を観察していなかったと思われる。

この句の構成を見てみる。本堂は人に安心感を与えるために正面は左右対称の建屋構造になっているが、掲句も同様である。しかも面白いことに本堂と十八間の文字もそれぞれが左右対称になっている。ここに漱石のユーモアが表れている。

• 本堂へ橋をかけたり石蕗の花

（ほんどうへ　はしをかけたり　つわのはな）

（明治28年11月22日）句稿7

日陰でもどこでもわずかな隙間があれば石蕗（つわぶき）は繁殖する。タンポポと競わせたならどうなるのか見たいものだ。ツヤのいい艶蕗ならぬツワブキは、蛍光色の真っ黄色の花をつける。葉だけでなく花も艶がいいのだ。

ところで漱石が通りかかった本堂の前には石蕗の花が満開だったのであろう。鳥居のところから水屋のところまでツワブキの花の帯ができていた。このさまを「御手洗や去ればこゝにも石蕗の花」の句に描いている。その長い黄色い花の帯は参道口から本堂の前まで続いていた。

句意は「参道口から本堂の前にある水屋のところまで石蕗の花が繋がって咲いている。参詣客を本堂に連れてくる橋の役目をしている」というもの。寺の橋は通常朱塗りになっているが、この寺では黄色の橋になっていると面白がっている。

ちなみに漱石は生涯に石蕗の花の俳句を6句作っている。「貧にして住持去るなり石蕗の花」「酒菰の泥に氷るや石蕗の花」「御手洗や去ればこゝにも石蕗の花」「本堂へ橋をかけたり石蕗の花」「空家やつくばひ氷る石蕗の花」「飛石に客すべる音す石蕗の花」

これに対し漱石の親友の子規は漱石の二倍数の石蕗句を作っていた。東京台東区の下谷にあった子規宅の庭には、寝床から縁側越しに見える場所に石蕗の花が繁茂していた。

• 煩悩の朧に似たる夜もありき

（ぼんのうの　おぼろににたる　よもありき）

（明治32年頃）手帳

五月雨式に日々の思いを書き付けていた頃の俳句の一つである。句意は「日によっては、夜になると煩悩の悩みがぼやっと浮かんでくる」というもの。行灯の明かりが夜の部屋を薄暗く照らしている。煩悩の暗さが部屋を支配しているように思える。

漱石の「草枕」の冒頭の文章が掲句に関係している。掲句の世界をこの小説の書き出しに使ったとも言える。つくづく嫌になると思っていた夜のことをのちに思い出して小説に書いたのだ。画工の漱石が「智に働けば角が立つ。情に棹させば流される。意地を通せば窮屈だ。とかくに人の世は住みにくい」と呟く世界は、自分の煩悩が関係していると漱石先生は言う。

この俳句を作っていた漱石も、そう思って薄暗い部屋で寝付いたことだろう。いくら考えてもどうしようもないからである。

煩悩のない人はいないわけで、煩悩があるから人たり得ているとも言える。つまりはあまり悩まないことが肝要だということなのだろう。こんなことを考える夜もときにはあるものよ、と漱石は俗人たちを支援してくれる。

さてこの句にある煩悩の源は何か。やはり楠緒子のことであろう。家庭生活との両立が困難なことはわかっているが、どうしようもないのだ。

この句の面白さは、「朧に似たる夜」は「朧に寝たる夜」の発音に似ていることである。煩悩の朧に付き合っているうちに疲れ果てて寝てしまった夜があったという意味になる。このような解のないどうしようもない悩みの俳句を作っている間に眠くなるのだ。

• 煩悩は百八つ減って今朝の春

（ぼんのうは　ひゃくやっつへって　けさのはる）

（明治28年10月）句稿3

28歳で独身であった漱石の煩悩とは何かを考えるとおおよそ見当がつく。漱石はスポーツであれば何でもこなす青年であった。その青年が松山の地で悶々と暮らしていた。東京の生家からは見合いの話が送られてくる。そしてこの年の12月には東京で見合いが予定された。漱石がこの句を作った時には、幾つかの見合いの話が来ていた可能性がある。そうであればそろそろ自分の独身生活は終わると覚悟したのだ。そうとなると男たちはあることを考えるのだ。漱石全集の編集者が公にしたがらないことをここでまとめておく。

時代背景として、明治のこの頃は日本中に夜這いの慣習があったことを認識しておく必要がある。町や村の青年団が夜這いの慣行をトラブルが起きないように管理していた。漱石が独身でいた松山でもそういうことが当たり前に行われていた。平成・令和の世の中とは全く違う時代であり、この慣行が道徳的にどうのこうのということはなかった。明治時代は江戸時代の因習を受け継いでいる時代で、まだ一夫一婦制が定着していない時代であったのだ。

句意は「煩悩が昨夜から未明の今朝までの間に完璧に解消して穏やかになっている」という意味である。そして句末の「春」は青春の春の意味である。年の瀬ではないけれども煩悩の「ボン」と音がする鐘を朝までに完全に百八つ鳴らしたことで、漱石の頭はスッキリとした。煩悩が消えた際の心地よさを俳句に詠んでいる。煩悩がいかに青年を悩ますものであるかを如実に表している。

この句の面白さは、勉学青年であった漱石は、物事を婉曲にかつユーモアを加味して豊かに表現していることだ。除夜の鐘を聞いているうちに身が軽くなって煩悩が少しずつ消えてゆき、朝になってみると煩悩は霧消していたと実感を込めてユーモアたっぷりの俳句を作った。大晦日でなくても百八つの煩悩を解消することができると表した。

独身最後のこの時期に連作とも言える次の3句を同じ句稿に綴って、子規に送っていた。掲句を他の2句と関連づけて解釈することで、漱石が子規に何を報告したのかがより明らかになる。

(1)「恋猫や主人は心地例ならず」

「年頃の娘（恋猫）のいる家長は、夜に男が忍んできて夜這いが行われていることを察知すると、いつもの夜とは違って穏やかではいられなくなる」というもの。忍んだ男はその家の主人を刺激しないように気を使うことになる。この句は恋猫で恋する男女を表して、遠回しの表現をしている。稿を同封した手紙には「意味が通ずるか」と添え書きをして子規の理解力を心配していた。

(2)「ちとやすめ張子の虎も春の雨」

「愛液（春の雨）に濡れてしまった張子の虎は、形も崩れんばかりの惨めな状態になっている」、という意味になる。暫し休ませて乾燥させ、元の張り具合を取り戻し、回復させねばならないとなる。この虎を休ませる理由は全集に注記されているような「内職の疲れ」ではないことは容易にわかる。江戸時代の大奥では「張子」は男根の代理品を意味していた。張子の虎とは最初は猛るような勢いのあった張子も紙製であったので濡れすぎて張りがなくなってきたことになる。疲れすぎるくらいの状態になったと告白している。

よって暫し「張子の虎」を休ませて乾燥させ、体力を回復させれば元の張り具合を取り戻させることになる。

• 雪洞の廊下をさがる寒さ哉

（ぼんぼりの　ろうかをさがる　さむさかな）

（明治29年1月3日）子規庵での初句会

雪洞にはいろんな意味があるが、掲句においては暗闇の中を歩くときに足元を照らす大き目の提灯のことだろう。だが「大ちょうちん」の音では温かみが演出されて冬の俳句には適当ではない。そこで雪の文字を組み入れた雪洞が好適ということになった。

では掲句の意味を考える。暗い廊下を歩くときに廊下に雪洞を配置しておくのは、よほどの旧家か大きな旅館であろう。裸電球が一般家庭に普及する以前のことであり、普通は廊下に行灯が置かれることになる。漱石が宿泊したこの家は松山の隣町の郊外にある子規の遠縁の家であった。11月2日の夜に漱石は宿泊していた。3日の早朝に、子規が見ることを勧めていた白猪の滝を見に山に入った。

句意は「夕方、旧家に着いて居間から客間に下がる際に、寒い廊下を歩いた。その廊下の雪洞に火が入れられ、黒光りする廊下は明るく照らされていた」というもの。

この句の面白さは、晩秋に漱石が宿泊した山裾の旧家は冷え冷えとしていたが、雪洞の語によって寒さが強調されていることだ。そして「廊下をさがる」の「さがる」によって、広くて長い廊下を移動することがイメージされることだ。

これによって漱石は子規の親戚に対して敬意を払っていることを示している。

• 本名は頓とわからず草の花

（ほんみょうは　とんとわからず　くさのはな）

（明治32年10月17日）句稿35

「熊本高等学校秋季雑詠　植物園」の前置きがある。草の花の名前を真剣に考えている漱石がいる。構内に植えてある植物の正式な学名を本名というところが可笑しい。また「とんとわからず」という落語的な口語調が面白い。立派な名前がある草花であるが、表札に何と書いてあるのか頓とわからない。読めない名前の植物だから、ただの「草の花」になったというところが愉快である。

当時九州で唯一の高等学校の植物園ならば植物名を書いたラテン語の表札がきちんと立てられていたであろう。だが学名の読み方がわからなくて困っている。「とんとわからず」は、知りたいのにこれでは困るよ、という気持ちの表れである。これでは説明する意味がないとからかっている。学生も同様なのだろうと同情する。

花壇の端にタンポポと思しき植物があり、黄色の花を咲かせていたとする。漱石はこの花に気づいて、その表札を見たが「Leontodon tarazacum」と書いてあるだけである。ラテン語の読みがわからない。和名がないので、何とか読もうとするがレオントドン・タラクサクムでいいのかわからない。西洋タンポポでいいはずなのに、結局ただのタンポポになってしまう。ちなみに、この珍表示は、現代の植物園でも行われている。

蘊蓄のすごい漱石でもこの植物園の植物名はよくわからなかったようだ。調べて見ると熊本藩時代の薬草園をそのまま高等学校の敷地に編入して開園した歴史があったからだ。ちなみに手帳には「唐の名は頓とわからず草の花」が書き込んであった。唐の語で異国の意味になり、唐と頓で「と」の韻を踏んでいた。読めないことを楽しんでいた。

漱石は、後者の俳句を出さなかったので、解釈する際に「頓とわからず」の状態にならずに済んだ。

・本来の面目如何雪達磨

（ほんらいの　めんもくいかん　ゆきだるま）

（明治28年11月22日）句稿7

漱石は失恋していた27歳の頃、うつ病（神経衰弱ではなかった）に陥って円覚寺の釈宗演老師のもとで参禅したことがあった。その際に出された問題は「父母未生（みしょう）以前、本来の面目とは何か」であった。「父母未生（みしょう）以前、本来の面目を見ずば、真実の道人というべからず」にある、その本来の面目とは何か、という問いである。

仏教の本によると「本来の面目とは、人間の生活活動、意識活動以前の生かされている命のあり方、姿のこと。命の働きの事実とそのあり方が、空であることの実相である」と書いてある。これでもわからない。「両親でさえ生まれない遥か前のおまえの、この世の善悪を離れた本来の姿、自己はどんなだ」ということなのか。

これに対する漱石の老師に出した回答は小説「門」の中に記されているという。「腹痛で苦しんでいる者に対して、むずかしい数字の問題を出して、まあこれでも考えたら可かろうと云われたのと一般だ。考えろと云われれば、考えないでもないが、それは一応腹痛が治ってからの事でなくては、無理であった」というもの。だがこれは出題の老師からまだまだと突き返された。円覚寺の高僧に、あのとき「うつ病が治ってからでないと答えようがない」と答えたのかもしれない。今の自分には難しすぎるということだ。

この禅問答は晩年の「則天去私」という思想に大きく影響を与えた経験であったことは間違いないだろう、と参考書の解説文は結んでいた。つまり漱石の「則天去私」は体調を崩し、死を意識するようになって、禅の「本来の面目」の本意に思い至って作り出した造語ということになりそうだ。「則天去私」は自我が形作られる前の自然の道理に従うだけ、というものなのか。

白隠は「本来の面目」について著書『ちりちりぐさ』で次のように述べている。要約すると「本来の面目はあらゆる相（すがた）を超絶している。その肚（はら）がそのまま我が本来の面目である」となるようだ。「本来の面目」に達すると「いつしか一切の思慮分別はなくなり、心もなければ身体もなくなってくる」という。

つまり掲句の解釈は、「道端にある雪達磨を見て達磨を連想し、昨年楠緒子のことで苦悶していた頃に参禅したことを思い出した。そのとき円覚寺の釈宗演老師から出された、本来の面目について考えよという問いを思い出した」というもの。あれからほぼ1年が経過した漱石は、あの時出せなかった答えを出そうとしていた。今時点の答えはこの俳句にも、句稿にもないが、「細工をしないで雪達磨のようにでんと座っていればいい」ということなのだ。

この句稿にある他の俳句を見ると、この11月下旬には松山に雪が降っていたようだ。ドカ雪であれば雪達磨が作られていたかもしれない。

・本来はちるべき芥子にまがきせり

（ほんらいは　ちるべきけしに　まがきせり）

（明治39年5月）

「自著漾虚集（ようきょ）を小宮氏に贈りて」の前置きがある。この句は漱石自作の短編小説集「漾虚集」を弟子の小宮に贈ったことを記録しておくためのものだ。句意は「もう少しの時を経れば散ることになるケシの花であるのに、少し大げさに、この弱そうなケシを保護するための囲い垣を作ってしまった」というもの。漱石は弟子の恋愛の参考になるようにと西洋的愛を取り上げた本を渡したが、彼の恋はそろそろ終わる気がしたので、早まったと反省したのだ。掲句は弟子思いの自分に呆れている句であり、漱石の人柄がよくわかる。

渡した本は初期の短編7本を収容した漢詩調の堅い本であるが、掲句に登場させた花は官能的で蠱惑的な芥子であるのが可笑しい。漱石は「漾虚集」を表す俳句にはボケでは合わないし、百合でもうまくない。やはり薄いドレスを着てすらっと立っている西欧的な芥子が似合うと思った。そして西洋の女性は移り気であるから、咲いたらすぐに散る芥子が最適だと漱石はわかっていた。この句は短いがエッセイのような気がする。

この句の本意は、弟子が可愛いからといっても構いすぎは良くないということだ。独力で精一杯咲こうとしている柔らかい芥子の花を傷めることになると自戒している。成り行きに任せるのが良いと反省した。

【ま行】

・前垂の赤きに包む土筆かな

（まえだれの　あかきにつつむ　つくしかな）

（明治30年2月）句稿23

漱石は熊本の水前寺公園か江津湖あたりの水辺で土筆を摘んだのだろう。前垂れは普段は女房が台所仕事で身につけるものであるから漱石は鏡子と一緒に土筆を摘んだのだ。その前掛けの両端を手で持つと器のような凹みができるので、ここに土筆を盛り上げることができた。つまり鏡子は容器の担当、漱石は摘む係ということになる。

ところで「前垂の赤きに」は、赤の色素を感じさせない土筆がこんもりと積み上がったことで全体が赤みを帯びているように見えていることを示している。それ程沢山収穫したと大げさに表している。収穫の嬉しさと東京にいる土筆大好き人間の子規にこの収穫を報告できることの嬉しさが溢れている。

病身の子規は今では野に出て土筆摘みができないのを残念に思っているだろうと思いやって、土筆の俳句を送ったのだ。子規は元気な頃に松山で、そして上野でよく土筆摘みした。このことを子規に思い出せるように漱石は土筆摘みの句を作った。もしかしたらこの句は、体験の句ではなく想像の句なのかもしれない。

子規は下記の土筆の俳句を作っていた。東京に出て来てからしばらくたったある日、松山での土筆採りが懐かしくて「家を出でて土筆摘むのも何年目」と詠んだ。「仏を話す土筆の袴剥ぎながら」の句は、家族で坊さんの頭に見える土筆の袴取りをしているさまを描いている。そして「土筆煮て飯くふ夜の台所」の句では、その日の夕方に醤油砂糖で味付けした土筆のおかずで夕飯を食べる光景を描いた。

・捲上げし御簾斜也春の月

（まきあげし　みすななめなり　はるのつき）

（明治29年3月23日）三人句会

それほど遠くない明治維新の際に御所内で起きた出来事を、平安時代の幻想俳句のように神仙体俳句の句会で作り上げている。御所に多数存在した御簾は普段は下がったままでその御簾の内部を外から窺い知ることはできない。どんな顔の人が御簾の中に住んでいるのか、外からはわからないようになっていた。

句意は「御簾の内側にいる尊いお方は、御簾の間を通り抜ける弱い光によって夜空に月が出ているのを知り、その月を見たくなった。そこでお付きの女御に廊下側の御簾を半分だけ揚げるように指示した。すると月は斜めの半月であった」というもの。御簾を半分しか巻き上げさせなかったのは、外を人が通った時には瞬時に御簾を下ろすことができるようにするためであった。

庶民であれば家の外に出て、または窓を全開して月を見ることができるが、高貴なお方は不自由なものであると詠じている。

この句の面白さは、御簾を半分だけ上げたところ、月はそれに合わせて半月であったということにある。また満月の半分だけが見えていたとも解釈できる点である。さらには「斜也」の語によって、句に描かれている光景が不思議なものと感じるようになっていることである。読み人に頭を斜めにして考えるように仕組んでいる。

漱石は掲句で御簾の内側からは外を十分に見ることができないと表したが、反対に外からは御簾の内側の様子を窺い知ることができないことをも示している。掲句は幻想俳句として作られていることから、幕末に即位して天皇となった皇太子は、元は身代わりとして長州側から宮中に送り込まれた南朝方の武士であり、御簾の中にいたため即位するまでその武士の素性が外部に知られないで済んでいたことを示している。暗殺された孝明天皇は病没したとされ、送り込まれていた武士が皇太子として御簾の中にいて、のちに天皇として即位した。このような噂が御所の内外で人々の口の端に上っていたと思われるが、誰もそれを確認できないでいた。御簾を照らしていた月だけが御簾の内側にいた即位する前のお方の顔を見ていた。

宮中のお抱え絵師は、想像で明治天皇の肖像画を書き上げたという。そして明治天皇は生涯にわたって写真撮影を嫌ったと伝わっている。

明治時代の前半期には幕末期に起こったことを人々は最近のことのように記憶し、小声で噂していたと思われる。当時はこのことを公に口にすることはできない状況があったが、漱石は掲句にして間接的に記録した。

ウィキペディアの記述では「孝明天皇が36歳にして崩御してしまったことや、幼少の睦仁親王が即位し、それまで追放されていた親長州派の公卿らが続々と復権していったことで疑惑が生まれたがタブーとなった」とある。

掲句の幻想的と思われがちな解釈は、明治の今上天皇に関する俳句「御かくれになつたあとから鶏頭かな」（大正元年9月9日）と「花びらの　狂ひや菊の旗日和」（明治40年頃）、および「御陵や　七つ下りの　落椿」（明治29年3月24日）、「御簾揺れて　人ありや否や　飛ぶ胡蝶」（明治29年3月24日）漱石の日記をもとに作られている。

・まきを割るかはた祖を割るか秋の空

（まきをわるか　はたそをわるか　あきのそら）

（大正5年11月10日）鬼村元成宛の書簡

禅僧の鬼村氏宛の手紙にあった句であるから難解である。手紙にあった文には「富澤さんが薪折をしてゐるといふ事を云つて来ましたから一寸一句御覧に入れます」とあった。中七の「はた」は、「やはり」、「もしかしたら」、「もしくは」の意味で使われるが、ここでは「もしかしたら」として使われている。そして「祖を割る」の祖とは、他のものを生ずる元になるもの、俗にいう親のことで、ものの初めのものを指すようだ。禅の事か。手紙文中の薪折とは薪にする枝折のことであるが、ここでは薪割りのこと。

句意は「修行は座ってばかりの勉学だけではなく、身体を動かすことが重要だ。空に斧を振り上げて薪を割っているのだが、もしかしたら禅の修行をしているのだろう。秋の空の下でこれを行うと清々しくなる」というもの。

この手紙で若い僧の鬼村に、「日本の一人の知識、導師になるべく修行大成を願う」と伝えた。今の志を翻さずに奮闘して欲しいとも伝えた。漱石自身は「自分の分にある丈の方針と心掛で道を修める積りです。（中略）この次お目にかかる時にはもう少し偉い人間になっていたいと思います」と27歳も年下の僧に誓っている。漱石は寿命が尽きることを悟っているのであるから、生まれ変わってからのことを書いている。漱石は何という控えめで謙虚な人なのか。そしてその言葉の後で、「自分の子供にやる絵葉書は何でも構いません」と柔和な顔の漱石に戻っている。

ちなみに鬼村元成は富澤敬道と一緒に漱石宅に長く泊まっていたこともある若い僧である。神戸の祥福寺の禅僧で当時22歳であった。

・枕辺や星別れんとする晨

（まくらべや　ほしわかれんと　するあした）

（明治29年9月25日）句稿17

「内君の病を看護して」の前置きがある。夜中から明け方まで新婚の女房を枕元で看病した時の気持ちを素直に描いている。気がついてみると明け方になっていて、外を見ると星は薄くまばらになってきていた。星座もわからなくなっていた。一夜が何事もなく過ぎて星に感謝する気持ちになっている。

「あした」とは、翌日のことではなく、早い朝を意味する。つまり薄っすらと夜が明けるときだ。漢和辞書には晨星（しんせい）と書いて「明け方の空に残る星」とある。落落晨星となると、歳をとっていくにつれて友人が死んでいなくなることにもなるとある。

結婚当初、おおらかな性格でがっちりした体格の鏡子を見ていた漱石は、これほど妻がストレスに弱いとは思わなかった。妻を看病しながら良家育ちの妻に少々不安を初めて感じたのだ。妻の育ちの良さをからかい気味に「内君」で表している。それを死別の場面に見せて過剰に表現してみせた。この句を読んだ子規を撹乱させようと企んだのだ。この句は朝の空の景色を楽しむ句になっていると思われるからだ。

この妻の病は、漱石夫婦が親類のいる福岡への新婚旅行を兼ねた長旅から戻ってきてからのことであり、妻は旅の疲れからか伏せってしまった。漱石は徹夜の看病をしたあと、朝の妻の様子を見てホッとした。この気分を消えてゆく星を見送る星別れの句にしたと判断している。

大高氏は「ロマンチック！　気難しいイメージの漱石さんには意外だけれど、こんなうっとりするような、美しい句もあるものだ。」そして「牽牛と織女のように、離れがたい二人。自分の恋情をさらりと『星の別れ』に託して語らせるなんて、うまいなあ、漱石さん。」と漱石ファンぶりを発揮した。

明治時代の夫婦生活は結構厳しいものであり、特に妻たちは皆苦労した。その厳しい時代の中で男がラブソングなど作っても公表できなかったはずだ。また「別れ星」や「星別れ」などという季語は明治時代にはなかった。あの多作の俳人子規は七夕的な句を53句作ったが、これらの言葉は入っていなかった。ちなみに江戸時代の芭蕉の俳句も同様であった。

ところでこの句は、別れの匂いを放って、実際には回復する妻の寝顔を見ながら、これからの夫婦のあり方を考える時間になったという俳句なのだ。なぜなら、前置きにある「内君」とは、他人の妻を敬っていう言葉であるからだ。つまり少し冷めて妻の顔を見ていたことになる。

三者談

小宮は牽牛織女の別れ説を採り、東洋城は奥さんが寝ている枕元で看護している漱石は、病人の気持ちに入り込めないもどかしさみたいなものを感じて表しているという。漱石は旧暦7月8日の朝方のことであったので、この句ができたようだ。外が次第に明るくなってランプを消そうとする。牽牛と織女の別れと夫婦の情愛が絡んで複雑になっている。

・馬子唄に関所の跡もあらん春

（まごうたに　せきしょのあとも　あらんはる）

（明治39年8月）小説「草枕」の元原稿

ホトトギスの句誌に載せる小説「草枕」の原稿を虚子に見せたら、原稿の中にあったこの句はよくないと言われ、作り変えることになった。掲句は作り変える前の句であった。この句は修正されて「馬子唄や白髪も染めで暮るる春」となったが、小説の中で掲句も用いて欲しかった。

句意は「春風の吹いている峠の関所跡の茶屋で休んでいると、遠くの方から馬の歩く音と鈴の音、それに合わせるように歌う馬子唄が聞こえてきた」というもの。漱石は熊本市内から西側の有明海が望める山に登った時の記憶を元にして峠の様を描いている。激動の明治時代になり江戸時代は少し遠くなっても、熊本の馬子唄文化と関所跡はまだ残っていた。

関所跡には昔のピリピリした空気はなく、馬子唄が似合う場所になっていた。人の大勢住む熊本の街では時代の移り変わりがよくわかるが、山の峠の茶屋まではその急速な変化は及んでいない。漱石はそれを確認してホッとしている。時代は変わっても、まだまだ物資の運搬手段の主役は馬車と馬子であった。

茶屋で休んでいる漱石に届いた馬子唄は、馬子が茶屋に近づくにつれてその声は意識的に大きくなったように感じた。荷馬車が茶屋の近くにくると馴染みの茶屋の婆さんに聞こえるように、声高らかに歌いだしたようだ。

・馬子唄の鈴鹿越ゆるや春の雨

（まごうたの　すずかこえゆるや　はるのあめ）

（明治39年）小説「草枕」

小説の中の画工（えかき）では「書いて見て、自分の句ではないと気がついた」とつぶやいた。画工は夢の中で別の俳人に成り切っていたようだ。熊本の山中にいるのであるから三重県にある鈴鹿峠はおかしいと気がついたというのだ。

句意は「春の雨が降る三重の鈴鹿峠の茶屋で休んでいると馬の鈴が聞こえ出し、それを追うように馬子唄が耳に届き、峠を越えていった」というものだ。馬子はゆっくりと馬の歩調に合わせて歌っているようだ。春雨であるので馬の足を速めさせている様子はない。

この句の面白さは、声に出して句を読むと峠越えの感じになっているのに気づくことだ。特に「越えゆる」の部分を幾分ゆっくり「コ　エ　ユ　ル」と読むといい。雨の中に鈴の音が響き、次に馬子唄が聞こえ出し、馬子と馬の姿が現れる。そして目の前を通り過ぎてゆく動きが想像される。うっとり目を閉じて馬子唄に聴き惚れているといつの間にか馬の姿は消えていた。

この句の面白さは、馬子唄が主人公になっていることだ。茶屋で休んでいる画工は疲れているのか、歌に聴き惚れているのか目を閉じているようだ。したがって歌声だけが峠を越えてゆくように感じるのだ。

漱石は謡をやるだけに歌、声に興味があったのだ。もし戦後の昭和の時代にこの馬子がいたなら、三橋美智也の馬との別れ歌「達者でな」の唄声が聞こえたのかもしれない。

ちなみにこの句の書いてあった小説の箇所は次のくだりである。「やがて長閑な馬子唄が、春に更けた空山一路の夢を破る。憐れの底に気楽な響きがこもって、どう考えても画にかいた声だ。馬子唄の鈴鹿越ゆるや春の雨　と今度は斜に書きつけたが、書いて見て、これは自分の句ではないと気がついた。」

では誰の句であると思ったのか。画工の友人である正岡子規の句であり、『馬子唄や鈴鹿上るや春の雨』である。つまり、掲句は子規の句のパロディである。「上るや」が「越えゆるや」になっただけであった。そして、坂を登るのではなく、降りて行ったと変えてふざけている。漱石のこのユーモアは子規に届いたのであろうか。

• 馬子歌や小夜の中山さみだるゝ

（まごうたや　さよのなかやま　さみだるる）

（明治28年9月頃・推定）子規の選句集「承露盤」

小夜（読みは「さや」とも）の中山は、東海道の峠の名である。ここは旅の有名な難所であり、静岡県の金谷と掛川の間にあった。この場所を歌に詠んでいた歌人は西行、定家を始めとして数多くいる。

掲句は芭蕉の句のパロディであった。小夜の中山あたりで芭蕉が作った「馬に寝て残夢月遠し茶のけぶり」の句を「野ざらし紀行」に見つけた。その意味は「未明に出立し、馬上でうつらうつらと眠って夢見心地で進んできたが、ふと目を覚ますと遠くに月が見え、近くには茶を煮る煙が立ちのぼっていた」になる。ついでながら「茶のけぶり」からは浪曲の清水次郎長が思い浮かぶ。うっとりとさせる広沢虎造の名調子を思い起こす。

掲句の句意は「馬に乗って馬子の歌を聴いていると小夜の中山あたりに差し掛かり、雨が降り出した」というもの。「馬に寝て残夢」状態の芭蕉に雨を降らせたのだ。漱石は芭蕉の慌てようを俳句で楽しんでいた。

この句の面白さは、「小夜の中山」に通りかかった芭蕉に雨を降らせ、慌てさせ目覚めさせたことだ。

これはうっとり、ぼんやりの芭蕉を落馬させないための配慮なのだ。

• 馬子唄や白髪も染めで暮るる春

（まごうたや　しらがもそめで　くるるはる）

（明治39年8月10日）虚子宛の書簡、小説「草枕」

小説「草枕」の中に登場して有名になった句である。春も終わりの頃、暖かい日は山奥の峠の茶屋に出て、鶯の声を聞きながら旅の人や峠を頻繁に行き来する馬子と話す白髪の婆さんがいる。毎日のんびりと変わらずに過ごす生活。明治という時代の大転換の流れはここには及んでいない。新たな時代の波は馬子唄を唄う馬子と白髪の茶屋婆さんの前は鬼門だとして近づかないようだ。

主人公の絵描きは雑然とした駄菓子屋のような茶屋の店先で燃えていた竃に当たって濡れた服を乾かしていた。すると美形の白髪の婆さんが出てきてお茶でも飲んでいきなよと駄菓子を箱から取り出す。その前に放し飼いの鶏がその箱の中に糞を落として駄菓子を踏みつけて行ったのを見ていた絵描きは、その婆さんをしばらく見つめてしまった。この後、掲句が作られた。

句意は「桜が咲き出した山奥の峠の茶店に馬子唄が聞こえてくる。白髪を染めもしない茶店の婆さんがその歌を懐かしそうに聞いている」というもの。春も十分に暖かくなり、峠の茶屋の周りの景色も桜が咲き出してからは変わってきた。

この句の面白さは、店のお婆さんは坂を登ってくる馬の鈴の音を何年にもわたって聞いているうちに自然に白髪になり、店の中も片付かないようになってしまっていることを受け入れるようになった、ということだ。文明開化の時代に染まって行く人が多い中、時代に染まらないところに美しさがあるということか。

虚子の指摘を受けて作り変える前の句は「馬子唄に関所の跡もあらん春」であった。これはこれで面白い。

• まさなくも後ろを見する吹雪哉

（まさなくも　うしろをみする　ふぶきかな）

（明治29年1月28日）句稿10

上五の「まさなくも」は、一般には「卑怯にも、よろしくないこととして」という風に理解される。これらの意味は「正無く」の語から発しているという。しかし、吹雪の中での歩き方を描いているのであるから、その歩き方は見苦しい、という程度に解釈するのが適当だ。

句意は「吹雪の中とはいえ、顔をそむけながら歩くとは、何という無様だ」というもの。体力に自信があった漱石でも、今まで経験したことのない吹雪の街中を歩くのは初めてであった。後ろ向きで歩くのは仕方ないことだと納得していながらも、無念で仕方ない。坊ちゃん先生の名折れだと下を向いた。この年の瀬戸内地方には珍しく強烈な寒波が押し寄せて、四国の松山も雪と氷の世界になっていた。

ちなみに掲句の直後に置いた「氷る戸を得たりや応と明け放し」と「吾庵は氷柱も歳を迎へけり」の俳句で、凍りつく愚陀仏庵の様を描いていた。

• 驀地に凩ふくや鳰の湖

（ましぐらに　こがらしふくや　におのうみ）

（明治28年11月・推定）松山「名所読みこみ句会」

驀地は見慣れない漢字である。「ばくち」とも読み、「一直線に、いっさんに、激しく突き進むさま」の意味になる。ちなみに驀の字の意味は、馬が下にあることからもわかるが、馬にのることである。そして鳰は鴨に似たカイツブリ。水上の草むらに巣を作る水鳥である。掲句に描く冬には、この鳥の背は灰褐色に腹部は白色になる。つまり冬には冬向きの色を身に纏うが、夏には全体の色が栗色になるという。

句意は「カイツブリの巣が浮かんでいる琵琶湖に、北から凩がまっしぐらに吹き込んでいる」というもの。「まっしぐらに」の語を頭にどんと置いて、吹き付ける凩の音を表している。また「まっしぐら」の様は、単に風が強いというのではなく、馬体の重量を感じさせる。

この句の面白さは、枯れて色を失った水草の間の鳰はじっとしているが、この鳥の体色は目立たぬように冬山の色になっていることだ。

もう一つの面白さは、凩は見えない鳰に吹きつけるのではなく、湖面に吹きつけていると漱石は思いながら俳句では、その場所はバクチだと言っている。そこに向かって吹いていると洒落ているのだ。

＊『海南新聞』（明治28年12月3日）と『新俳句』に掲載／承露盤

• 貧しからぬ秋の便りや枕元

（まずしからぬ　あきのたよりや　まくらもと）

（明治43年9月28日）日記

この句の前には「桔梗、菊、紫苑、桔梗は濃くふつくらしたり。紫苑は高く大きく薄紫の菊の婆娑たるに似たり」とある。婆娑（ばさ）とは「物の影などが揺れ動くさま」のことだが、大振りになって茂っているさまを表している。

修善寺での日記の冒頭には、「昨夜も不眠。去れども眼が冴えるにあらずうとうとして天明に至る也。」と書いた。後半には「昨日昨夜便通二回。一回を胃腸病院に送る。夜安々と寝る。然し眼未明に覚む。」と書いた。わずかな時間でも熟睡できたことはよほど嬉しかったとわかる。

最後に朝に桔梗、菊、紫苑をまとめて枕元の花瓶に差してくれたことを書いていた。付添人に感謝した。掲句は日記の末尾に書かれていた。

句意は「色んな野の草花が枕元に運ばれて、窓の外に到来している秋を寝たままで堪能できた」というもの。「貧しからぬ秋の便り」の言葉には満足の気分が表れている。秋の景色を見に外には出かけられないが、枕元に花々を飾ってもらえれば十分で、待ち望んでいた便りをもらえた時のように嬉しく思えた。枕元に生けられた野の草花は、こぢんまりとした花ばかりだが、広大な野外の風景と季節を再現してくれたと満足していた。

・貧しさは紙帳ほどなる庵かな

（まずしさは　しちょうほどなる　いおりかな）

（明治29年7月8日）句稿15

貧しさを感じる住まいの大きさは「紙帳ほどなる庵」なのだという。これくらいの部屋住まいならば貧しい生活をしていることになる。昭和の時代に学生時代を家賃の高い東京で過ごした人ならば、狭い部屋の代表として四畳半一間や三畳一間の言葉がよく使われたのを記憶しているであろう。それに対して漱石の明治時代には「紙帳一間」が狭い部屋を表した。そしてその紙帳とは、紙製の2畳ほどの蚊帳のことである。

この紙帳は小さく折りたたんで収納できる優れものであった。半紙大の紙を継ぎ貼りして各面を形成し、各面の中央に紗の布を貼って窓をこしらえていた。風が通りにくいということがあり、蚊帳（かや）の代替品であった。これを使うことも貧しさを表している。

問題は、この「紙帳一間」に誰が住んでいたのかである。掲句は漱石の熊本時代の句であるから、熊本第五高等学校の苦学生なのか。借家の漱石宅にいた書生の部屋なのだ。この部屋は物置だった部屋だ。

この句のユニークさは、貧しさを部屋の狭さで感じるのではなく、紙蚊帳を張った時の暑苦しさで感じるものであろう。この部屋で熊本の夏を過ごすことは苦行になる。

・ますら男に染模様あるかたみかな

（ますらおに　そめもようある　かたみかな）

（明治24年8月3日）正岡子規宛の手紙

「記念分（かたみわけ）」との付記があった。兄嫁の登世は悪阻が元で寝込み、とうとう死んでしまったと子規に伝えた。24歳の若さであった。漱石は美貌で知的な登世と一つ屋根の下で暮らしていた。登世が死んだ時には、13句もの俳句を作って彼女の死を惜しんだ。掲句はその一つで、死後に行われた形見分けに関しての句である。

句意は「弟には亡くなった登世の形見として、女ものの染模様の着物が分け与えられた」というもの。絞り染めの「染模様」の言葉には、登世の体臭が染み込んでいることが隠されている。まさに漱石にとっては「記念分」である。

この句の面白さは、漱石は自分のことを益荒男と称して、登世には一人前の男として扱われたことを子規に示していることだ。また兄は、男の自分になぜ妻の染め模様のある着物を形見として渡したのか、疑問に思ったことを伝えた。「染め模様のある着物」とは、肌に直接触れた浴衣であろうと思われる。つまり兄は登世の体臭が染みているとわかる着物を渡したことになる。

漱石の次兄はなぜ漱石に登世の着物を分け与えたのかについて考えると、この兄の弟への思いやりと嫌がらせの両方が感じられる。家にはあまり寄り付かずに外で遊んでばかりいた兄は、初婚の妻を放っておいたことに負い目を感じていて、漱石に感謝に似た思いを持っていたのかもしれない。だが、漱石と登世の親密な関係をわかっていると漱石の言い渡す行為と理解できるので、いやがらせにもなっている。この複雑な思いが登世の着物を漱石に与えることになったとも解釈される。

・真倒しに久米仙降るや春の雲

（またおしに　くめせんふるや　はるのくも）

（明治29年3月1日か）三人句会

掲句は、松山にいた漱石と虚子、それに霽月の三人が幻想的な遊びの句を作っていた頃の作である。見慣れない「真倒し」には「真っ逆さま」の意味があるという。「倒」を「さかさま」と読むことができる。この種の言葉に「倒錯」がある。

そして久米仙人とは『今昔物語』に登場する有名人である。仙術を体得して飛行術を身につけたが、飛行中に川で洗濯をする女のふくらはぎを見て仙力を失って墜落した。これによって仙人としての自分の能力に限界を感じて、その女と結婚したという。

西欧にもこれと似た話が残っている。ギリシア神話に登場するイカロスの墜落話である。

ちなみに明治28年に漱石は松山の南隣にある裾野の村を訪ねた時に、家の前の小川で里の女が里芋を洗っているのを目撃した。屈んでいたので作業着の裾が割れていて、漱石は真っ白な太ももを目撃してしまったという話がある。これは「芋洗ふ女の白き山家かな」の俳句となって残っている。その女性は訪ねるように言われていた子規の遠縁の家の人であったようだ。

先の久米仙人は、神話に登場する久米部の出身だ。この久米部は大和朝廷で代々軍事を担当した。この由緒のある家柄の仙人は、結婚後一念発起して仙術を回復させ、久米寺を建立したと伝えられている。この寺は今も残っている。久米寺の本堂前には、久米仙人の像もある。

ところで掲句の意味は「春の雲の上にいた久米仙人が目の前で逆さまに墜落した」というもの。春の雲は急変して雷を落とすことを古典文学を持ち出して面白く表現しているとみせて、先の実体験を大げさに俳句に書き込んだのだ。

ちなみに沖縄県には、久米仙酒造株式会社があり「久米仙」という銘柄の泡盛がある。これを飲むと久米仙が身につけた不思議な力を得ることができると誰もが思うのだろう。

• 町儒者の玄関構や桃の花

（まちじゅしゃの　げんかんがまえや　もものはな）

（大正5年春）手帳

春の湯河原温泉の街中を散歩していると、江戸時代の雰囲気を漂わせた町儒者の玄関構えに出くわした。独特の玄関になっていてどこか中国的なものが感じられた。漱石はこの頃、リューマチで起こる腕の痛みをなんとかしようとこの温泉に湯治に来ていた。1月28日から2月16日までここの天野屋旅館に滞在した。湯河原は東京と違って温暖な地であり、この時期に梅も桃の花も咲いていた。

句意は「街中には古い町並みが残っていて、その中に町儒者が住んでいるとわかる玄関構えの家があった。その玄関近くには桃の花が咲いていた」というもの。この湯河原の町は古くから栄えていて、街中には伝統ある造りの家があり町儒者もいた。儒者の家には中国との関わりを示すために桃の木が植えられていた。

漱石は湯治をしている温泉地の街中にこのような家を発見して喜んだ。中国古典好きの漱石はここに来て良かったという思いがしたのだろう。

ちなみに儒教を自らの行動規範にしようと儒教を学んだり教授したりする人のことを儒学者といった。一般的には儒者と呼ばれた。そして在野で儒教を説く人を町儒者といった。そして中国における桃の花は春節になると玄関に飾られる花であり、理想の桃源郷の入り口に咲く花とされ、特別な花であった。

• 市中に君に飼はれて鳴く蛙

（まちなかに　きみにかわれて　なくかえる）

（明治29年4月13日）水落露石の文

漱石は松山を出て瀬戸内を門司に向かい、そこから熊本まで陸上を鉄道で移動した。夜の船中で子規の弟子の水落露石（本名は義一）とばったり会った。この人は茶室の庭に蛙を放って飼育し、その鳴く声をこよなく愛した男で、その茶室を聴蛙亭と号した。露石は大阪船場の老舗の跡取りであった。ちなみに露石の号はこの聴蛙亭に渡るための飛び石のこと。帰阪した露石は「宇品より門司に航する船中はからず漱石夏目氏に会す」との文章を公表し、この中に旅の俳句も組み入れた。その準備として、船の中で、漱石に蛙の句を所望したので、漱石は当座の下宿先（漱石を第五高等学校長に紹介した学友の菅虎雄の家）で荷を解くと、すぐに墨で掲句を書いてそばにいた露石に手渡した。

句意は「大阪の真ん中で、露石の君に飼われている蛙どもは、茶室の周りでうるさく鳴いていることよ」というもの。

この句の面白さは、毎日庭でうるさいと思うくらいに蛙は声を上げているが、露石はうれしそうに蛙の俳句を作り続けていると笑っている姿が見えることだ。この蛙の声によって大阪は騒がしい街になっているとからかっている。

ちなみに虚子は「雨戸たてて遠くなりたる蛙かな」の句を作り、蛙の声がうるさいと思う気持ちを描いている。街中でも昔はうるさいくらいに蛙は鳴いていたとわかる句である。噂話に戸を立てるという言い回しがあるが、蛙もうるさく噂話をしているとして虚子は雨戸を閉めたのだ。

・市中は人様々の師走哉

（まちなかは　ひとさまざまの　しわすかな）

（明治28年11月13日）句稿6

漱石はこの時期松山にいたが、ここを去って熊本に移る算段をしていた。そして結婚話も浮上していた。つまり頭の中はすでに師走状態であった。学校関係者への根回しや松山の句友たちにも挨拶をしなければならない。船の手配も考えねばならない。だがこの句を作った時はまだ11月上旬であった。

この熊本行きが実現したのは、親友の菅虎雄の尽力があったからだ。彼はすでに熊本第五高等学校のドイツ語の教授になっていて、英語科の講師として同校に就職できるように取り計らってくれた。この結果を聞いて、漱石のこころは急に軽くなった。先月までは楠緒子のことと転職のことで頭が一杯であったからだ。

句意は「松山の街中を見ていると、人は様々な理由で忙しそうに動き回っている。まだ11月だというのにまるで師走の様相を見せていた」というもの。漱石はこの街を去ることが決まってしまうと、この街を自分の目でしっかりと見てみようという気になった。人の表情を見ながら街中をゆったりと歩いている。まだ行ったことのないところに足を運ぼうという気にもなった。

この句の面白さは、漱石は転職のことで師走のように忙しく動き回っていたのであったが、今は他の人も同じように忙しそうに見えたことだ。余裕が生まれているのがわかる。

・市に入る花売憩う清水かな

（まちにいる　はなうりいこう　しみずかな）

（明治40年夏）手帳

鎌倉の荒れ寺の背後にある清水に山の花売り娘たちが近寄って休息している。掲句の近くに配置されていた「汗を吹く風は歯朶より清水かな」から娘たちは体を冷やしていたとわかる。

山の畑で栽培した花を刈り取って街に売りに行く娘たちが古寺の敷地内の清水にやって来て、休息している。持ち歩いている花にも休息を与えるべく清水で冷やしている。

句意は「これから街中に花を売りに行く花売りたちが寺の裏の清水のところで荷を下ろし、涼んでいる」というもの。切り花の茎は清水に浸けてあるので生気を取り戻している。花売りたちの嬉しがる声が山裾に響く。花に休息を与えるという名目で女性たちも雑談に花を咲かせている。

掲句に描かれた清水は「底の石動いて見ゆる清水哉」の句にも描かれている。裏山の清水は、きらきらと輝いている。この景色を漱石と寺の僧は楽しそうに見ていた。

ちなみに旧知の僧のいたこの寺は鎌倉の禅興寺であろう。この寺が荒れ寺であったのは、明治初年に廃寺になっていたからだ。この寺の一部は現在は明月院として残っている。この年の夏に漱石は鎌倉にあった親友の別荘を訪ねていた。漱石はこの寺で30句もの俳句を作った。何故か。

●松風の絶へ間を蝉のしぐれかな

（まつかぜの　たえまをせみの　しぐれかな）

（明治31年7月頃）

句意は「松林に吹き付ける夏の風。その風の音が近くにいる漱石に届く。強い風は時に吹きやむ時があり、その時には蝉の声が耳に届く」というもの。松林で吹く風の音に蝉の声が重なると、蝉の声は強い風に流されてかき消されるのだ。

ちなみに時雨とは初秋にさっと降り出す雨のことであるが、松風を時雨の音として聞く言葉として「松風時雨」がある。

松尾芭蕉の有名な蝉の句に「閑さや岩にしみ入る蝉の声」があるが、元禄2年に出羽国の立石寺に参詣した際に詠んだもの。芭蕉句は蝉の声が絶え間なく聞こえるのに対し、漱石句の蝉の声は絶え間があるのだ。風の音が時々邪魔するからだ。掲句は芭蕉の蝉の句のパロディだとも言える。

この句の面白さは、松風によって芭蕉が思い出に浸ることを邪魔させていることだ。かつての芭蕉は三重の藤堂藩の小姓で話し相手であり、若殿とは男色関係があったはずだ。その殿の俳号は「蝉丸」。芭蕉は立石寺に来て蝉の歓迎を受け、「蝉丸」の声を思い出したのだ。漱石は芭蕉の句を思い浮かべながら芭蕉と若殿との関係を思い、俳句の上であるが松風を吹かせて二人の関係を邪魔したのだ。漱石は芭蕉の邪念を嫌った。

ところで芭蕉の忌日は陰暦の10月12日であり、新暦では11月半ばから12月初旬の時雨の時期に当たる。これがために芭蕉忌を「時雨忌」ということになると説明がつく。しかしこの命名は「蝉時雨」からの連想であろう。

＊『九州日日新聞』（明治31年7月29日）に掲載

●先づ黄なる百日紅に小雨かな

（まづきなる　ひゃくじつこうに　こさめかな）

（明治43年10月9日）日記

漱石は修善寺の旅館の部屋から外を眺めるのが療養中の日課になっている。そして秋の変化を自分の目で確認している。この日は草木の葉に注目して季節の進み具合を見ていた。目の前に大きなサルスベリの木があり、葉の色が他の木よりも早く変化しているのに気づいた。赤ではない黄色の比較的目立たない色への変化を漱石はしっかり見ていた。

句意は「秋の進行は木々の葉の色でもわかるとながめて、黄色に葉が変化していた百日紅が一番早いと小雨降る庭を見ていた」というもの。この雨でも秋はまた進むと感じた。

この句の面白さは、最も早く葉の色を変えた百日紅に雨は一番早く降りかかったと表していることだ。あたかも一番早く変色したことを褒めるかのように雨が降り出したと表した。じっとしばらく百日紅の葉っぱを見ていたのであるから、当然小雨の降り出しに気づくのも百日紅の葉の上ということになる。

日記では掲句の前に「雨濛々。朝食。床の上に起き返りて庭を眺めると残紅をかすかに着けながら、百日紅が既に黄に染つてゐる」と書いていた。この後に幾分不満げに「昨日看護婦が裏の縁側に出てもうあの柚が黄になりましたと云ふ。」と書いた。だが漱石の観察では百日紅の方が早かったと見ていた。俳句で軽く反論しているのが可笑しい。漱石は葉っぱの色を問題にして黄色になったというのに対し、看護婦の方は生っている実の色をチェックしていたのだと笑った。そして、漱石の食欲より看護婦のそれが優っているからだと納得した。

●真蒼な木賊の色や冴返る

（まっさおな　とくさのいろや　さえかえる）

（明治41年）手帳

真緑のトクサが固まって真っ直ぐ天を向いている。秋の真っ青な空に真緑の細い棒がまとまって突き刺さっているように見える。どちらも幾分冷たさを含んでいて互いに引き立て合っている。

この句の特徴は、画家の漱石が絵筆を持ってコバルトブルーの青と蛍光緑の絵の具を大胆にカンバスに塗っているように感じられることだ。色の迷いは全くない。秋の空のように清々しい。早稲田の漱石山房の庭に生い茂っていた木賊の景色を絵の具でさっと簡単に描いたかのような俳句である。

ところで棒のように伸びるトクサを木賊と書くと、ゾクゾクする。賊を用いた言葉には、山賊、海賊、国賊等の単語がすぐに思い浮かぶからだろう。賊の意味に、「傷をつける、害する」があるからだ。

この俳句は、漱石の好きな謡の「木賊」が関係していそうだ。信濃国で生き別れになった子を慕う翁の物語で、子が木賊を刈っている翁に再会する場面が演じられる。トクサという音だけからは、やさしさが感じられる。

●松立てゝ空ほのぼのと明る門

（まつたてて　そらほのぼのと　あけるかど）

（明治30年1月）句稿22

餅を搗いて、家の門に門松を立てた。漱石は熊本で初めての正月を迎える準備ができたと明るくなってきた空を見上げた。いや元日の早朝に玄関を出て、門の前に立ち松飾りを改めて眺めた。そして足腰を伸ばし、空を見上げた。その空はしらじらと明けて来たところであった。

「松を立てる」とは、松や竹を用いた正月飾りの門松を門前に設置することだ。「松立て」は新年の季語になっている。古くは平安時代から門に松を飾ることが行われていたという。木の梢に神が宿ると考えられていたことから、門松は年神が家に入る際の目印ということだ。日本独特の慣習である。中国の正月では桃の木を玄関に飾り、家によっては金を意味するキンカンやみかんを飾る。功利主義の中国らしい正月の迎え方だ。

この句の面白さは、大晦日に正月の飾り付けがなんとか終わってホッとした気分が「空ほのぼのと」に表れていることだ。漱石の苦笑が目に浮かぶ。それで新年の挨拶に来る学生たちに笑われないで済んで胸をなで下ろしていた。漱石は学生たちの生活態度を指導する立場にいたからだ。

三者談

この句は結婚後初めての正月に作った艶のある句である。ほのぼのと赤くなっている門に立つ黒い松のイメージで、羽二重で包まれている感じがする。ただの正月の景色だと見ると漱石が改まった心持ちが出ていて面白い。三人は切れ字がないことについても議論している。

●松立てゝ門鎖したる隠者哉

（まつたてて　もんとざしたる　いんじゃかな）

（大正3年1月初旬）

大正2年の12月31日に志賀直哉に手紙を出し、大正3年正月にこの句を作った。多分制作日は元日なのだろう。今までの元日は挨拶に来る客でにぎやかであったが、この年の元日は誰も病人のいる漱石宅の扉を叩かなかった。この時の思いを句に記した。

掲句の意味は「家の門に門松を立てたが、その門の扉は閉じたままにした。まるで隠者の家のようだ」というもの。病院の面会謝絶の張り紙を門に貼り出した気分なのだ。この家の主人は健康が優れないので面談や挨拶に来られても、対応できませんと言っているに等しい。交際好きの漱石は寂しい思いで掲句を作ったに違いない。

普通門を「閉ざす」と書きそうであるが、漱石は落胆の気持ちを込めて「鎖す」の方を選択している。これからの生活は外部との関係を断つようになるとの意思が垣間見られる。

年末に志賀に出した手紙は、会見に行きたいという志賀の日取の問い合わせの手紙に対して、こちらは忙しくない身なのであなたの方で決めて知らせてくれればいいという返答であった。門を閉ざしても人に全く会わないということではなかった。

志賀に手紙を出す少し前の12月11日に、漱石は寺田寅彦宛に手紙を出していた。寅彦のインフルエンザを心配していた。君は私のように弱くないから簡単には死なない、だから楽観してくれと励ましていた。漱石はこの頃ほぼ毎日絵を描いているだけであったので、帰省する前に顔を見せてくれと書いた。

松に溜りし雪落つる船の初荷かな

（まつにたまりし　ゆきおつるふねの　はつにかな）

（明治29年正月）「新しい俳句集」（日本書院刊、大正12年）

ここは松山の湊、三津浜なのであろう。砂浜に小さな湊が造られていて、瀬戸内海を渡る船がここから出る。近くには大きな松の木が生えている。明治29年の正月であり、最初の荷物の積み下ろしが始まっている。漱石はこのとき熊本第五高等学校への赴任が決まっていた。この年の4月にはこの湊から対岸の宇品に渡り、ここで船を乗り継いで門司に出る予定になっていた。

句意は「雪の塊を載せていた赤松の緑の枝は積もる雪の重みに耐えかねて、重くなった雪をざっざっと下ろした。その下では男たちが初荷の荷物を船から下ろしている」というもの。瀬戸内の対岸からの船が松山に着いたのだ。

この句の面白さは、大量の荷物を積んだ船が松の木の近くに横付けされ、その近くでは枝の上に大きな雪の塊を乗せた松の木が立っているという構図である。ともに荷物が満載であったのだ。船からすぐに荷下ろしが始まり、ほぼ同時に枝から雪下ろしが始まったというのが可笑しい。早く身軽になりたいと動きが急なのである。

元日まで降り続いていた雪は止んでいた。松の木は船の到着を待っていたかのように雪の塊を下ろし出した。船から降ろした荷が松の木にぶつかって雪が滑り落ち出したのだ。

松の苔鶴痩せながら神の春

（まつのこけ　つるやせながら　かみのはる）

（明治32年1月）句稿32

「宇佐八幡にて　6句」の前置きがある。正月2日に大分県の宇佐八幡に詣でた。通り抜けてきた門前の街には新暦で新春を祝う様子はなく、この社に来ても飾りつけはなかった。漱石と高校の友は新年だというのに落胆していた。だが大きな赤い鳥居と広大な神苑、梅の花、鶴は神官の意思とは無関係に存在し、漱石を楽しませた。漱石は熊本市内から二日がかりで宇佐八幡にやって来たことに満足していた。胸を張って神殿に向かい合っていた。

句意は「神苑にある松の木は幹には苔が付着して生気が乏しく、とぼとぼ歩いている鶴は痩せこけている。それでも神の春、日本の新年の目出度さがある」というもの。鶴の羽は飛べないように切られていたのであろう。

現在は国宝に指定されている宇佐神宮の建物群は当時も流石に立派であったが、冬枯れしているように見える松の木には乾燥気味の苔が付着し、羽が短くて寒そうに歩いている鶴は痩せこけていて、神の春の光景ではなかった。輝く神の意志が感じられないと思った。神官のやる気のなさは至る所に散見された。応対した神官は漱石に対して、新暦の正月に初詣に来たこと、そして元日ではなく二日になっていることを指摘して不快感を示した。

この句の面白さは、世の中一般は新暦で正月を祝うようになっていたが、この宇佐八幡は旧暦の正月にこだわっていて、全く政府の決定に従っていなかったことを遠回しに表していることだ。掲句は明治維新の混乱が明治32年になってもまだ治っていないことを表している。

待つ宵の夢ともならず梨の花

（まつよいの　ゆめともならず　なしのはな）

（明治29年3月24日）句稿14

句意は「今宵、夜の街に何かが起こることを期待して出てみると、なんと梨の花のような清楚な女性がいて、夢のようなことが起きた」東京の下町下谷の家で病床に臥せっている子規に、掲句で春めいて来た松山の夜事情を報告している。これは想像の夢の俳句なのかもしれない。

この句の面白さは、麗しい女性が集う場所は夢の花園と称されることがあるが、本当にそこには「梨の花」が咲いていたという戯れがあることだ。

ちなみに掲句の一つ前に書かれていた俳句は「藤の花本妻尼になりすます」。この句も松山で経験した夜のサロンの光景を描いたものである。このサロンにはなんと比丘尼と呼ばれる尼の格好をした女性もこの店の席についていたのだ。これらの俳句から判断すると、漱石は夜の蝶ではなく、夜の花の「梨の花と藤の花」を観察していたことになる。

漱石は翌月には熊本市に転居して、第五高等学校の英語教師になることが決まっていた。しばらくは学校の近くに住んでいる親友の菅教授宅に転がり込んで、その間に住む家を探して引っ越すことにしていた。その新居で東京から来る鏡子と結婚式をあげる手はずになっていた。明治29年4月10日に船で松山を去るまでに残された独身の期間はあとわずかの日数であった。

この2句だけの俳句を目にすると、松山にいた29歳の漱石は、現代の29歳の若者と何ら変わりはない。当たり前である。

・松を出てまばゆくぞある露の原

（まつをでて　まばゆくぞある　つゆのはら）

（明治32年10月17日）句稿35

「熊本高等学校秋季雑詠　運動場」の前置きがある。運動場とは陸上競技用のグランドだろう。当時の旧制高校に野球場はまだできていなかったからだ。校舎の向こうの松林のさらに向こうに露を帯びた草地のグランドがあった。この運動場の正式名称は武夫原（ぶふげん）であった。その広い運動場を松林が囲んでいた。敷地が広大であることで有名であった熊本第五高等学校の運動場が校舎の裏に広がっていた。漱石のいる教室の窓のそばにも植えてあった松並木の向こうに広がる草地のグランド。漱石はやる気のある学生を対象に早朝英語教室を開いていた。朝露が光る時間帯は、秋であれば7時頃であろう。この頃から生徒たちが集まり、特別授業が始まったのだ。

早朝のまだ露の残っている草地は陽光を浴びて黄金色に光っていた。そのグランドは漱石の目にはまばゆく見えたのだ。生徒たちの眼差しがまばゆく見えた。一高と違って五高には向学心に燃えていた生徒が多かったと漱石は後に口にしていた。ここ五高は文武両道の校風がとりわけ強く、大陸的な気分が濃厚な生徒が多かった。当時熊本は九州の中心地であったこともあり、九州各地からやる気の旺盛な男たちが熊本に集まっていた。五高の英語授業のレベルは後に東京帝大に進んだ学生や漱石の話からは、当時の一高や帝大の英語レベルを超えていて、こなしたテキストの量もはるかに多かったという。

ちなみに掲句は「朝日さす気色や広き露の原」の句を改造したものである。

漱石は金色に輝く「露野原」だけでなく、輝く「松並木」も描きたかったのだろう。そして「まばゆい」眼差しの学生の姿も描きたかったのだ。

・松をもて囲ひし谷の桜かな

（まつをもて　かこいしたにの　さくらかな）

（明治30年4月18日）句稿24

山城を囲むようにある谷には、かつて松の木が城の防御のために密に植えられていた。しかし時代が変わってその城跡は市民の楽しみのための桜の木で埋め尽くされた。遠くから見ると市民を癒す桜の森を守るように松の木が取り囲んでいる。

古代から地味豊かな筑後平野を巡って戦いが絶えなかった土地であるが、江戸時代になると安定した。するといつの間にか城のあった谷には桜が植えられた。さらに時代が進むとその山城跡のある山の裾野には公園が作られ、そこも桜の名所となった。漱石は時代の移り変わりを実感した。

この桜の谷がある場所は、久留米のやや低い山である発心岳の山頂で、築かれた城は発心城。そして山裾の公園は発心公園。明治30年春に漱石は病気をして実家のある久留米に帰っていた親友の菅虎雄を訪ねた際に、桜が植えられた発心城跡付近を歩いていた。漱石は久留米を五度訪ねているが、この俳句を作った時は三度目の久留米の旅であった。

地元の郷土史研究家の資料によると、この時はまだ発心城の谷に通じる道は整備されてなく、漱石は山道を登らなかったはずだという。時間的にも無理であったという。つまり下の発心公園から山の上にある桜の森とこれを囲む松林を見上げただけであった。

この句の面白さは、かつての山頂の城跡が桜の森になっていて、あたかも敵の松明の火で包囲されて城が炎上しているかのように見えたと想像できることだ。

ちなみに漱石が久留米に行ったこの時には、親友の菅虎雄はすでに病気が癒えて久留米にはいなかった。妻の鏡子はこのことに気づいた。さて鏡子は漱石の行動をどう思ったか。

• 待て座頭風呂敷かさん霰ふる

（まてざとう　ふろしきかさん　あられふる）

（明治28年11月6日）句稿5

松山の漱石の愚陀仏庵で開かれていた恒例の俳句会は、時に料理屋でも開かれた。掲句を作った時は、漱石が石鎚山腹の滝を見に出かけた後の漱石の旅報告会を兼ねたものになっていた。いやこれを口実に開かれた蟹鍋宴会であった。この句の直前句は「春王の正月蟹の軍さ哉」であった。賑やかな俳句会、いや宴会になった。

句にある座頭は座頭市の座頭ではない。座頭には別の意味があり、一座の頭を意味した。いわゆる現代の「座がしら」、または座長である。

宴会兼俳句会は散会する時刻になり、「句会の主宰者」がそろそろお開きだと宣言した。外は霰模様になっていた。漱石は傘を持って来ていない座頭に「待て座頭、霰だぞ」と声をかけた。風呂敷を貸すから使え、と差し出した。それは来春には転勤することになったと伝えた皆に渡す土産を包んで来た風呂敷なのだと推察する。畳んでおいた風呂敷をさっと広げて差し出した。

この俳句は、漱石の発した言葉がそのまま使われていて、面白い味わいが出ている。風呂敷を被らせて飲み屋から帰らせるとは、歌舞伎の一場面のようで漱石らしい。漱石は幼少の頃から芝居、歌舞伎を見る機会が多かった。

• 窓に入るは目白の八つか花曇

（まどにいるは　めじろのやつか　はなぐもり）

（大正3年）手帳

漱石の住んでいた早稲田の家からは堀向こうに当時の目白不動堂が見えていた。江戸時代、明治時代にはここの鐘の音で街の人に時刻を知らせていた。この「目白不動堂」は、もとは早稲田を見下ろす高台にあった。戦後にこの寺は今の場所に転居し、目白の地名が加わった。ちなみに東京の「目白」と「目黒」という地名は、江戸の町を守る五色不動に由来する。

句意は「窓からは近くの目白不動尊が見えている。今日の天気は春の花曇り、幾分あったかい。この寺の八つ時の時刻を知らせる鐘の音が入ってきた」というもの。午後2時頃で、この頃の漱石は新聞小説の執筆活動は抑えめであり、病後の体調維持に努めていた。

この時のゆったりとした気分を掲句が表している。昼食後に窓の外に目を遣っていたときに、不動堂の方から長く響く鐘の音が聞こえて来た。柔らかい音であり、春の空気を感じさせるものだった。

この句の洒落は、窓を開けると、その窓に鐘の音が飛びこむだけでなく、鳥の目白のやつも飛び込むように勘違いしそうなことだ。

ちなみに調べてみると「目白不動堂」の目白とは不動尊の目が白いという意味であった。鳥の目白の目と異なる。そして不動尊とは密教系の仏神で、悪魔を撃退する不動明王の尊称になっている。「目白不動堂」の他にも目黒不動、目赤不動があり、これらを「三不動」と称し、五色不動の中でも別格扱いになっている。そして五つの明王の中で中心的なものが不動明王ということである。不動の地位にあるのだ。不動尊信仰は天台宗、禅宗、日蓮宗等の日本仏教および修験道で行われているという。

漱石の生きていた時代は、文明開化といえども江戸の文化をまだ色濃く残していた。時刻もその一つ。

• 窓低し菜の花明り夕曇り

（まどひくし　なのはなあかり　ゆうぐもり）

（明治29年4月か）

漱石のいる部屋からは廊下のガラス窓を通して庭の菜の花がよく見えている。その庭が見えるガラス窓は座ったまま、漱石の部屋から庭を覗け、その窓は低くなっていた。つまり座卓に座っている漱石の目の高さに取り付けられていた。漱石は松山の愚陀仏庵の一階に座っていた。

句意は「書斎から庭の方に目を向けると、低いガラス窓を通して庭の菜の花が、夕曇りの中に見えている」というもの。漱石の部屋から見ると菜の花畑は小さなガラス窓いっぱいに広がって見えた。その窓は黄色で満たされて、漱石の書斎が明るくなっているように錯覚しそうだ。空は曇りであるにも関わらず。

掲句は熊本に移る前に詠んだ句である。庭の菜の花は桜の季節を過ぎてから咲き出し、漱石が見ているその菜の花は明るく満開である。全てが片付き、あとは熊本に向けて腰を上げるだけになり、気分はゆったりとしていた。

熊本に移った4月に詠んだ句だとも考えられるが、6月までは親友の菅宅の居候であり、書斎部屋を使わせてもらえたとは思えないから、松山での句とした。

ちなみに漱石はこの句をアレンジした「窓ひくし菜の花曇り夕明り」の句を扇子に書いて誰かに渡していた。掲句の「明り」と「曇り」を入れ替える遊びをして楽しんでいた。

＊雑誌『めさまし草』（明治29年4月25日）に掲載

・窓をあけて君に見せうず菊の花

（まどをあけて　きみにみせうず　きくのはな）

（明治29年9月25日）句稿17

松山生まれの洋画家、中村不折と知り合った子規は、不折から写生絵画の極意を授けられ、俳画を水彩で描くようになった。秋の終りから冬の初めにかけて毎日のように写生の対象の菊を求めて根岸郊外を散歩した。「俳諧大要」の中では、面白く感じた天然を俳句にすること、面白さを天然の中に見出す修練の大切さを説いた。そして、写実に偏ることはなく、写実と空想の両方を句作の方法として説く文章も書いた。

その後、子規は外を自由に歩けなくなった。そんな子規から水彩画の作品を送られた漱石は、残念なことだが寝床の花瓶の花を見て描いても良いものは描けないと思った。そこで掲句を句稿に書き入れて子規宛の手紙に入れた。

句意は「君の家の庭には菊が咲いているのだから、写生するというなら窓を開け放って菊の花を見せましょうぞ」というもの。窓を開けて庭の菊を見て写生した方がいいと伝えた。

古い仮名遣いの「見せうず」の助動詞「うず」は、意思を表して、「〜しよう、〜したい」となる。

・招かざる薄に帰り来る人ぞ

（まねかざる　すすきにかえり　くるひとぞ）

（明治35年12月1日）虚子宛の書簡

「倫敦(ろんどん)にて子規の訃(ふ)を聞きて」という前置きが付いている。9月19日に子規は死去（午前1時）した。この知らせはかなり遅れてロンドンにいる漱石に届いた。漱石は子規の葬儀には遅れることになるが帰国したら焼香する、と手紙で知らせてきた虚子に返事した。子規は遺言として英国にいる漱石を葬儀に招かないように言い残していた。漱石が子規の葬儀には間に合わないのは誰しもがわかっていたことであった。

漱石は子規俳句の後継者になっていた虚子に、漱石の思いを掲句で伝えた。漱石はこの手紙の文中に、自分が留学中に子規が死ぬ時には日本に帰れないと子規に直接伝えていたことを書いた。

句意は「葬儀には漱石を呼ばないと言っていた薄のような子規のところへ帰る人がいる」というもの。漱石の手紙が虚子のところに届く頃には薄は枯れ果てているが、その枯れた薄の元に漱石は遅れて帰国するということだ。薄は日本にいる痩せ衰えた子規を象徴している。

この句のユニークなところは、子規はかつて病で細った自身をキリギリスに例えたことがあったが、掲句では、その子規を「痩せ衰えた風に吹かれるままの枯れ薄」に例えたことだ。死亡した時には骨が浮いて見えていると子規の体を想像し、葉脈の目立つ薄と見立てて俳句に書き入れた。

子規の妹、律が死んだ子規の体を動かそうとした時に、あまりの軽さに驚いたという文が残っているが、この状態を漱石には想像できたのだ。

現代の友人関係において、追悼文で「お前はとうとう枯薄になってしまったな」とはなかなか言えない。だが漱石にはそれができた。二人はそういう関係であった。

掲句のユニークなところは、死んだ子規を中心に見て、ロンドンから故国に帰る自分を客観視していることだ。「帰り来る人ぞ」の表現は、子規の視点によるものである。これは雑句だと虚子には書いていたが、漱石はかつて子規と句作に励んだ昔を思い出し、俳句に対する熱意とユーモアが瞬時に蘇ったようだ。漱石は英語と格闘する毎日であり、８ヶ月も句作から遠ざかっていた。

もし帰れないのであれば追悼の俳句を送ってほしいという虚子に、掲句を含む五句を書き送った。他の４句はつぎのもの。《筒袖や秋の柩にしたがはず》《手向くべき線香もなくて暮の秋》《霧黄なる市に動くや影法師》《きりぎりすの昔を忍び帰るべし》

＊雑誌『ほとゝぎす』（明治36年２月）に掲載

・招かれて隣に更けし歌留多哉

（まねかれて　となりにふけし　かるたかな）

（明治32年ごろ）手帳

手帳にはこの句の前後には「春此頃化石せんとの願あり」と「追羽子や君稚児髷の黒眼勝」が書かれていた。熊本の家で迎えた正月の出来事が描かれていた。確か、向かいの家には妾の琴の師匠が住んでいた。そのお隣さんから夕方になって「夏目のみなさん、お暇ならカルタ遊びでもしませんか」と誘われたのだ。漱石はありがたい誘いだと思い、その家を訪ねた。楽しい時はすぐに過ぎるもので気がつくと夜遅くになっていた。

漱石の家には妻がいたが、妊娠中であり５月に出産の予定になっていた。したがって誘われた漱石は、君は家で休んでいなさいと言って一人で出かけたと思われる。そうであるから、この時のカルタ取りは思い出深いものになっていたはずだ。

漱石は結構カルタ遊びが好きだったようだ。「吾輩は猫である」と「門」、「彼岸過迄」と「心」にもこの遊びが登場するからだ。と言っても当時は正月遊びには、限られたものしかなかった。

・まのあたり精霊来たり筆の先

（まのあたり　せいれいきたり　ふでのさき）

（明治41年７月27日）村上半太郎（霽月）宛の書簡

この手紙では、現在、東京朝日新聞に「春」という長編を掲載しているが、これが終わったら９月からまた別の小説の連載予定が出ている。今はアイデアをまとめている最中で３、４日後には書き始めることになると書いていた。俳句誌に載せる俳句を作ってくれと霽月に頼まれても最近は作れていないし、作れなくなってしまったと断っている。そして掲句だけを渡した。

句意は、「先の新聞連載の後、考えがまとまらずボーッとしている毎日で、万年筆の先に赤とんぼが留まっているのにふと気付くありさまだ」というもの。こんな状態なので、親友の頼みでも無理であるとオーバーな表現で俳句制作の依頼を断った。霽月は仲間に、俺が頼めば絶対大丈夫だと大見得を切ったのだろうと想像して、気を悪くしないように配慮している。

この句の面白さは、下五には常套句の「竿の先」がくるところであるが、「筆の先」として霽月を苦笑させていることだ。そして蜻蛉と書くべきところをわざと精霊と書いて、ぼんやりぶりを実演している。ユーモア満載である。

ところでこの手紙によってこの時期漱石は「春」という長編小説を書いていたとわかるが、この小説はどうなったのであろうか。調べるとこの小説「春」は「それから」という題名に変わった。そしてこの後の長編執筆は取りやめになって、満州と朝鮮の取材旅行に切り替わっていた。この「それから」を書いたことで、漱石は放心状態になってしまった。そしてこの連載小説を読み始めた保治は神経衰弱に陥ってしまったと楠緒子が知らせてきた。

漱石は、準リアルな三角関係を小説で描いたが、保治、楠緒子、漱石の関係は崩れなかった。この事実の背景には、通常はあり得ない何かがひそんでいる。

・真向に坐りて見れど猫の恋

（まむかいに　すわりてみれど　ねこのこい）

（大正4年4月5日）画賛

猫より立派なヒゲをもつ漱石が二匹の恋猫の前に陣取って二匹の猫をジロジロ見ている。隣り合って声を発し、恋を交わしている猫どもの気の集中を邪魔してやろうと漱石は悪戯するが、猫たちに見事に無視される。漱石の姿は眼中にないのだ。

この猫の句は有名である。漱石の面白がる性格がよく表れている。恋猫をからかっているが、結局漱石の方が無視されてからかわれている。この年の3月から4月にかけて京都を旅したときの出来事を俳句に描いているのだろう。

この句の面白さは、真剣な恋に引っ込み思案の漱石は、恋猫によって人の恋のあるべき姿、大胆に振る舞うべきことを教えられている点にある。小説「吾輩は猫である」に出てくる黒猫は、俳句においても人を無視し先生より偉そうに行動している。そして真向かいに先生を座らせて猫語で漱石に恋とは何かを実地に指南しているのだ。

もう一つの面白さは、人生の晩年になってやっと猫並みの恋ができるようになったと猫の句を借りて、自信たっぷりに公表しているとみられることだ。人の目を気にしないで行動できるようになったのだ。ただし、京都祇園の漱石ファンである女将が相手であった。そんな漱石であったが、独り相撲とわかり、熱が冷めてしまった。猫の恋のようにはいかないと猫を羨ましがる。

・豆柿の小くとも数で勝つ気よな

（まめがきの　ちいさくともかずで　かつきよな）

（明治30年10月）句稿26

漱石は9月10日に東京から一人で熊本に戻って行った。それからすぐに引越しをした。新たな借家には、庭の隅に豆柿の木があり、10月でも結構な数で真っ赤な柿の実が枝に生っていた。庭に立つ漱石の目の前にある豆柿の木は、この小ささなので渋柿ではないと確信した。そして漱石はこのチビ柿がこの世にある意味は何かなと考え出した。

句意は「この豆柿は小さいが数多く枝に生ることで、大柿に勝つ気なのだとわかった」というもの。柿の木全体を赤く染めて、空飛ぶ鳥どもを呼び寄せようとする作戦だと感じた。

もしかしたら、大型の鳥がこの柿の木に来れば、このチビ柿を丸ごと飲み込んでくれるかもしれない。そうなれば遥か遠くの地域まで種を運んでくれるかもしれないと考えたのだ。豆柿の大きさは、大型鳥が飲み込みたくなるような大きさである。大型鳥を誘惑できる大きさに進化したのだ。

この句の面白さは、下五の「勝つ気よな」は、作戦勝ちであることを表すだけでなく、豆柿が小さいにも関わらず性格は「勝気である」ということを掛けていることだ。

・真夜中に蹄の音や神の梅

（まよなかに　ひづめのおとや　かみのうめ）

（明治29年3月1日か）三人句会

松山の道後温泉で幻想的な神仙体俳句を三人句会で作っていた頃の句に「春の夜や独り汗かく神の馬」がある。この句は、天から一頭の神の馬が降りてきて、神社に到着したという句だ。馬体には塩で体がさらに白く見えるほどに汗が出ている。しかし、当然ながら神の姿は見えない。「独り」には「一頭の神馬のみ」という意味がある。

掲句は先のこの「神の馬」句に関連している。これら二つの俳句を合わせて解釈すると、漱石の句の意図するところがより明確になる。つまり「蹄の音」は「神の馬」が天から境内に到着した際の音なのだ。

句意は「真夜中に神の馬の蹄の音だけが梅が咲き誇っている神社の境内に響いた」というもの。境内には神の馬が到着した音が響いた。遠距離を渡ってきて疲れた神馬は汗をかきながら梅の花の香りをかいでいる。白い馬体の白い汗と梅の白さがマッチしている。白は神聖な色なのだ。

掲句のユニークさは、夜の道後温泉を出て、歩いて松山市内まで帰ってくる間に虚子と霽月と漱石が競って幻想的な俳句を作ったが、漱石は下駄の夜空に響く音を神馬の蹄の音としたことだ。そうなると神馬は陽気な三人ということになる。

ちなみに東京の九段の靖国神社の境内には、ブロンズ製の草を食んでいる神馬の像がある。無論馬独りの像である。

真夜中は淋しからうに御月様

（まよなかは　さみしかろうに　おつきさま）

（明治30年10月）句稿26

一人で熊本の自宅にいる漱石は中天の月を見ながら「お月さんよ、真夜中は淋しいのだろう」と呟く。月の出る頃の月はひときわ明るく大きく見えることから、人々は月を見上げることが多いが、真夜中になると人は寝てしまい、月は一人で夜空にいることになるからだ。漱石だけは夜遅くまで起きていた。

だがこの「淋しからう」という無言の声は実は自分に対する声であった。一人で生活していた漱石は「わしは淋しい、淋しいよ」と呟いていた。

漱石は7月から9月上旬まで東京にいた。東京に着くとまず6月に他界した父の遅れていた墓参りをし、その後は鎌倉の旅館に逗留して東京の子規宅に度々足を運んだりした。この期間、妻の鏡子は、東京で流産した痛手を癒すために鎌倉にある親戚の別荘に移って過ごしていた。夫婦のこの別居生活の背景には、何があったのか、何が原因していたのか。流産だけが関係したと考えるのは困難である。そもそも熊本での新婚生活自体が順調ではなかった。

学校の関係で9月9日には漱石は熊本に戻っていたが、妻は翌月下旬になって帰ってきた。このひと月間酒を飲まない漱石は真夜中になると庭に出て月を見て過ごしたのだろう。昨年6月に結婚してまだ間もない漱石にとって、この期間の一人の生活は壮健な体を持つ漱石には、肉体にも辛いものであったに違いない。

この句の面白さは、大の男が「淋しいよ、淋しいよ」と声を上げるわけにいかないので、淋しいのは月だとしたことである。そして「月よ、お前は淋しがりやだなー」と俳句にして東京の子規に伝えた。だがこの内なる声は妻には届かなかった。

丸髷に結ふや咲く梅紅に

（まるまげに　ゆふやさくうめ　くれないに）

（明治40年頃）手帳

現代において一般家庭で女性の丸髷姿を目にするのは、テレビ番組での時代劇であり、武士の奥方である。あのふっくらとした、両脇の髪を後ろに丸く引いて後ろの髪を丸く持ち上げた髪型が当時の既婚女性の髪型であった。結婚の時はもう少し大げさな突き上げのある島田髷になる。そして芸者衆はさらに派手な髪型をしていた。髪の中に和紙を入れて形を丸く整えたのだという。

漱石は梅の蕾が咲き出したさまを嬉しそうに見ている。そして丸い蕾が花びらを広げて咲いている形を丸髷と見立てた。かつて少女は成長して髪が伸びて十分な長さになった時に、丸髷を結うことになる。この丸髷を頭に作った時の嬉しさは、梅の蕾が割れるときの花の嬉しさなのだろうと漱石は想像している。しかし明治40年ごろの女性は次第にこの髪型をしなくなり、短めの髪を後ろに小さくまとめるようになっていた。徐々に女性が活動を活発化させて行く時代になって行った。

句意は「蕾を丸く開かせる梅の花は、顔を赤らめて丸髷を結うときの結婚前の娘に似ている」というもの。女性が好んで結う丸髷は、梅の花が開いた形をかたどったものだと漱石先生は確信しているようだ。そうなると漱石は梅の咲くのを見ると若い女性の姿を思い起こすということになる。漱石の印象に残っている丸髷の女性は誰だろう。出会った頃の大塚楠緒子なのであろう。

ちなみに弟子の枕流は、自分に同じ問いをしてみた。すぐに脳裏に出て来たのは吉永小百合扮する芸者「梅千代」であった。

万歳も乗りたる春の渡し哉

（まんざいも　のりたるはるの　わたしかな）

（大正3年）手帳

ま

新春になると三河万歳の芸人たちが川を渡って船で江戸にやってくる。街中の家々の前でこの万歳を演じて新春を祝う。そして彼らは心付けを手にして地元に帰る。

句意は「いつもは地味な色の服を着ている人々の乗る渡し舟であるが、正月ともなると派手な色の服を着た三河万歳の人たちが乗り合わせ、一気に春めいてくる」というもの。

三河万歳の人たちは船の上でも出で立ちだけでなく話し方も大げさで賑やかなのだ。普段は川風に身をすくめているだけの人たちも笑ったりして嬉しそうである。船上で皆寒さを忘れている。

この句の面白さは、万歳の一団は江戸にいる徳川様の故郷の三河から転居先の江戸に三河の演芸を伝える使節だと人々が理解していることだ。民衆は平安を保っている大都会の江戸を築いてくれた徳川幕府と徳川家に感謝を表す代わりに、三河の漫才衆を温かく迎えて来たと思われる。漫才衆も江戸庶民に暖かく迎え入れられているとの実感を持っていた。この慣習が明治になっても継続していた。漱石は大正時代になって長州閥の世の中になっても三河万歳の伝統が江戸で生きていることを喜んでいるようだ。

ところで掲句の渡しはどこなのか。三河の方から江戸に入るのであるから多摩川の六郷での渡しであると思われる。

・満山の雨を落すや秋の滝

（まんざんの　あめをおとすや　あきのたき）

（明治28年11月3日）句稿4

掲句の隣りの句は、「山鳴るや瀑とうとうと秋の風」で山を震わせて瀑の落ちる様を描いたものであった。これに対し掲句は瀑の水量のすごさ、しぶきの激しさを詠っている。豪雨の中、足を滑らしながら長い山道を歩いてやっとたどり着いた四国山地の中の名瀑、白猪の滝を見て、感激の度合いはひとしおだったと思われる。

漱石は紅葉の森の中で秋の滝が轟々と流れ落ちているのをじっと見ていた。大量の水が勢いよく落ちている滝は、「満山の雨」を集めて太い筋となって森を切り裂いて飛沫を散らしていた。

この句の面白さは、幾分大げさな漢詩的な満山という表現である。山全体が紅葉して山が膨れている感じがする。漱石の滝を見ての感激、感動の凄まじさが読者に伝わる。目の前に展開する自然の姿に圧倒され、大きく深呼吸している様が想像される。そして、「満山」は「万歳」の音にも近い。漱石は両手を広げて「バンザイ」の声をあげたのだろう。限りなく滝に近づいて自分も飛沫を浴びている。濡れることで滝と一体になっている気がしてくる。

秋の滝を脳裏に浮かべると、芭蕉の「五月雨を集めて早し最上川」の句が思い浮かぶ。漱石は芭蕉句の季節を初夏から秋に替え、川を滝に替え、集めるのは五月雨ではなく満山の雨に切り替えた。これで早く流れる川よりも滝の落下速度の方が上回ることになる。漱石は、この芭蕉句を表現の大胆さにおいて越えたと思ったのかもしれない。

・饅頭に礼拝すれば晴れて秋

（まんじゅうに　らいはいすれば　はれてあき）

（大正5年11月15日）富澤敬道宛の書簡

この句の前に「饅頭を沢山ありがとう。みんなで食べました。いやまだ残つてゐます。是からみんなで平げます。俳句を作りました。」とある。

句意は「知り合いから送られて来た饅頭に感謝して頭を下げた。食べ終わって顔を上げると、空は秋晴れであった」というもの。たくさんの饅頭を食べて気持ちは晴れ晴れしたものになった。

漱石は子供達にむかって、知り合いの禅僧から届けられた饅頭を感謝して食べなさいと話して聞かせ、親子が一斉に饅頭に向かって手を合わせて頭を下げたのだろう。お寺で頂き物を食べる作法を真似たのだ。漱石はお辞儀と合掌を礼拝と表したが、饅頭の送り主は禅僧であるから読み手はキリスト教的な「れいはい」ではなく「らいはい」と読むのがよいのだろう。

この知り合いは神戸のお寺に住んでいる富澤氏で、漱石の家に泊まったこともある。大量の饅頭を送ってもらったお礼の手紙に俳句を5句書き加えた。掲句はそのうちの一つ。

この句の可笑しさは、残っている饅頭を甘党の漱石が一人で食べる場面が思い浮かぶことである。父親の特権と言いつつ、少し申し訳ないという気持ちをこの「礼拝」に込めているとも思える。教会の礼拝で出されるのはパンであるが、お寺では僧が作った饅頭が出される。漱石は知り合いが住職で良かったという気持ちがあったのだろう。この気持ちが掲句に表れていると考えたりすると可笑しくなる。

漱石はこの年の12月に亡くなるが、この「礼拝」の文字には、自分の人生に感謝している部分もあるのであろう。そして杜甫や陶淵明のような酒好き文人になろうとして努力したがなれなかった自分が、最晩年には甘党であって良かったと納得したように思える。

ユーモアがたっぷり入った饅頭のような句を作った漱石には驚かされる。そしてたくさんの饅頭を送った人のユーモアにも。

• 饅頭は食つたと雁に言伝よ

（まんじゅうは　くったとかりに　ことづてよ）

（大正5年11月15日）富澤敬道宛の書簡

この句は「饅頭に礼拝（らいはい）すれば晴れて秋」の句とセットになっている。饅頭を家族の人数に合わせてたくさん送ってくれたことに対して、俳句で謝意を表した。句意は「送られた饅頭は確かに食べましたと雁に言伝しよう。手紙を出すかわりに」というもの。雁に寺の富澤氏宛にこの言伝を頼めばこれで十分だというのだ。

この句の面白さは、そう言いながらお礼の手紙を出していることだ。やはり雁にお礼の言伝を頼んだだけでは心許ないから、手紙を出したということだ。お礼の言伝は「仮のお礼」ということだと笑っている。落語のオチが掲句に込められている。

ところで雁に言伝を頼むということは、どういうことなのか。万葉集の時代から体が大きく声も大きい空飛ぶ雁に伝言するのが好適だと考えられて来た。新古今和歌集には紫式部の「北へゆく雁のつばさに言伝よ雲の上書（うわが）きかき絶えずして」の歌がある。越前に行くことになった紫式部の歌は友人に対し、「北へ飛んで行く雁の翼に伝言を託してね。手紙の上書きは今まで通りにして」と交流を続けるように頼んだ、というのだ。そして昔は恋文を「雁の使い」と表すことも行われた。ついには雁書という言葉が作られ、手紙を意味するようにもなった。

この句の面白さは、掲句は人を食ったような話になっていることだ。漱石の雁書は恋文ではなく、饅頭の返礼の書というのが可笑しい。

• 曼珠沙華あつけらかんと道の端

（まんじゅしゃげ　あっけらかんと　みちのはた）

（明治28年12月18日）句稿9

曼珠沙華はサンスクリット語で「天界に咲く花」という意味だという。よって和名では彼岸花となる。だが墓場の花とも呼ばれることもある。葉なしで花を咲かせる曼珠沙華は人を驚かす花である。真っ直ぐに伸びた茎と八方に細い花弁を長く広げた花の姿は、奇妙でもある。今なら沿岸に立つ風力発電の回転している風車に見えなくもない。白い花もあるが、真っ赤な花が夕暮れに咲いているのを突然目にすると、どきっとさせられる。

句意は「人の目を引く真っ赤な彼岸花が道の側に、堂々と遠慮もなく咲いている」というもの。漱石の意識の中には、葬儀のイメージがある花が日差しのある道端にあることに軽い違和感を感じるのだ。そんな曼珠沙華が道端に明るく陽気に咲いているのを見ると、漱石はあっけにとられるのだ。羽衣をまとう天女が突然ミニスカートを履いて目の前に表れた時の衝撃に近いのだろう。

この句の面白さは、「あっけらかん」は漱石が道端に明るく咲く花を見たことの印象を表しているだけでなく、曼珠沙華に対して「そんな格好で、恥ずかしげもなく」と花の咲く態度も表していることである。葉をつけないで直立して咲いているさまは、素っ裸のイメージを生むのだ。

昭和30年代の枕流の田舎である栃木では、寺まで遺体を運ぶ葬列の最前列に、小さな竹籠を竹竿の先に付けた棒を持つ人が二人付いていたものだ。この籠は竹を割いたひごで粗く編んであり、この中に薄紙に包んだ銭を押し込めておく。行列が進み始めると籠棒を激しく降って銭包みを破り、中の銭を竹のひごの隙間から振り落とすのだ。それを地元の子供たちが競って拾うのだ。

今にして思えば、この籠棒の形が曼珠沙華そのものだったのだ。そして葬儀場で出す香典封筒につけられている白い水引は、白い曼珠沙華の花びらを伸ばしてデザインしたものであると思った。

三者談

恐らく曼珠沙華の句としては古今独歩のものと思う。「あっけらかん」の意味がよくわからないが、漱石はこれを用いてあっけらかんとしている。超然と立っている様を言っているのか。赤過ぎる色には毒々しい感じがある。漱石は「呆然自失」という様なのだろう。北九州ではこの花を「手腐れ花」という。美しく見えてどこか暗い心持ちがある。

• 曼珠沙花門前の秋風紅一点

（まんじゅしゃか　もんぜんのあきかぜ　こういってん）

（明治28年9月23日）句稿1

松山の大きな屋敷の門前には曼珠沙華の花の群れが堂々と咲き誇っている。句意は「初秋になって夏の熱気に色を失っている花が多い中、輝く赤色で咲き誇っている曼珠沙華が門前にあって、秋風の中で紅一点として咲いている」というもの。

この句の面白さは、句の中にはひらがなは「の」一字だけで、他はすべて漢字であることだ。このことが曼珠沙華、曼珠沙花は中国伝来の外来の花であることを教えてくれている。秋分の日を挟んだ彼岸の頃に決まって咲く花は彼岸花であり、「天界の花」であり、「赤い花」であると主張しているように見える。

ちなみに漱石が曼珠沙華の語を使わずに、曼珠沙花を採用したのは、サンスクリット語の発音通りにこの花を表したかったからなのかもしれない。日本には中国経由で伝わったが、中国には別の地域から伝わっていたということを示したかったのかもしれない。インドの釈迦が関係する花と言いたかったのか。

もう一つの面白さは、女性に対して用いる語である「紅一点」を花に対して当てていることだ。この花は「墓場の花」や「毒花」などという負のイメージがついていることを漱石は意識し、これをプラス側に転換しようとしているように見える。

さらに面白いことは、漱石は造語してこの花を「紅一点」と命名していると思われることだ。この花の咲き方、姿を画家として観察している。土の上に葉をつけずに咲いている姿は、地面から真っ直ぐに高く伸びた茎の先端に、細い花びらを八方に多数飛び散らせた姿であると。つまり線香花火の真っ赤な玉を天地を逆に光らせている状態だ。この姿を漢字で表すと「赤い玉が棒の先にちょんと載っている」と見えたから、「紅一点」花なのだという。漱石は曼珠沙華を「紅一点」と言い換えたのだ。

つまり、もう一つの句意は「秋風の吹いている門前で群れて咲いている曼珠沙華の別名は、紅一点である」というもの。

• 満潮や涼んで居れば月が出る

（まんちょうや　すずんでおれば　つきがでる）

（明治29年8月）句稿16

暦では満潮の時期に当たっている。潮位が最大まで上がりきった状態が「満潮」である。夕方になってもまだ昼の熱気がこもっているが、夜遅くなって来ると幾分涼しくなってきた。

句意は「有明海は満潮になっているはずで、暑い夏に庭に出て涼んでいると満月が顔を出して来た」というもの。漱石は姿を現した満月を確認して、今頃有明海は満潮になっているのだろうと漱石は想像する。漱石はこの年から熊本で生活を始めたが、熊本の夏は東京よりも松山よりも暑いと感じていた。熊本の県民性はピカイチであるが、夏の暑さは堪らないとぼやいていた。

暑い夜に月が出ているとそれだけで涼しく感じるものである。漱石は西向こうにある山に隠れて見えない有明海のことに想いを馳せることで涼しくなろうとしている。この掲句の制作も涼しくなるための手段なのであろう。月の天空での移動を眺めていると、暑さを忘れることができることがわかっていた。

漱石は、天体の位置関係で起きる満潮のことを考え始めた。すると涼しい風が少し吹き出したように感じた。

この句の面白さは、満潮の日に庭に出ていて涼風が流れるのを待っていると偶然に満月が昇ってきたと表しているが、これは自然法則なのだ、予測できることなのだと解説しているようにも作られていることだ。ただ待っていれば良いと。漱石は涼しい顔をしている。

三者談

虚心坦懐の心持ちでいると満月が出て来て、自然が涼しさを与えてくれる。この句は大まかなところがいい。

• 満堂の閻浮檀金や宵の春

（まんどうの えんぶだごんや よいのはる）

（明治34年2月23日）高浜虚子宛の葉書

「当地の芝居は中々立派に候」の前置きがある。この句は英国留学中に高浜虚子に宛てた葉書に記された句である。閻浮檀金とは、古代インドの想像上の閻浮樹という森を流れる川の底からとれるという砂金で、炎の色をしている美しい砂金を意味する。

掲句の意味は、「春の夜に行った壮大なオペラハウスは全体が金で作られていて、英国の富の多くを費やして作った立派な建物であった」というもの。とてもこの世のものとは思われない、まばゆい豪華な造りであった。床は天鵞絨（ビロードのこと）張りだった。舞台での演目も優れていて、俳優たちの衣装も立派に作られていた。そして観客も一流で豪華な衣装で身を包んでいた。

ロンドン在住の日本人の金持ちが漱石に一度このオペラハウスと演劇は見ておくべきだと説得して、忙しい漱石を強引に観劇に連れ出したのだ。漱石は服装の指導を受けて、借りものの最高の衣装を着て行った。

この観劇の時期は英国にきて3ヶ月ほど経ったころだった。英国人は冬の厳しい季節にはこのオペラハウスでの演劇を楽しんだ。漱石も精神的に余裕が出て少しは演劇を楽しめる気分になっていた。気分はまさに「宵の春」そのもの。まさに「一刻値千金」の体験になった。

この句の面白さは、英国人の観劇やコンサートはゆっくり食事をした後、夜遅くオペラが始まるが、この時すでに「春宵」状態になっていたことだ。ここロンドンの緯度は高く、2月の冬は準白夜になっているのだ。それで漱石にしてみれば、「宵の春」であった。

もう一つの面白さは、建物の内装や衣装の豪華さを「閻浮檀金」のごとしと表現しているが、英国の現実社会は否定されるべきものとして観察していたことを示している。英国社会は仏教世界が目指してはならない、空しいものとして否定されるべきものとして提示されている。先進国のキリスト教社会には根底に権力と暴力と虚構が共存していると見ているのだ。つまり英国自体が「宵の春」状態にあると見ていた。

漱石は「芝居は中々立派に候」と表現している。こちらは本当に褒めている。だが、建物や衣装は豪華であればいいというものではない、閻浮檀金の世界は悪趣味だとはねつけている。嫌なものを見てしまったと述懐しているのだ。漱石は英国の国の有り様が基本的には嫌いなのだ。また英語教師が嫌になった理由がここにあった。

• 見上ぐれば坂の上なる柳哉

（みあぐれば さかのうえなる やなぎかな）

（大正3年）手帳

掲句は明治28年に作っていた「見上ぐれば城屹として秋の空」の句と瓜二つではないか。漱石は若い時に子規と松山で過ごしたことを思い出していた。松山城に登る途上の坂の上には柳の木があり、その背後には城郭の石垣が見え、その上に高く見えるのは天守閣。さらにその上には青空が見えていた。

あの時は、漱石が結核の療養に松山に来ていた子規を励ましていたが、その子規は明治35年に亡くなって12年が経過し、今は漱石が体調を崩して胃の痛みに耐える毎日になっていた。

句意は「澄んだ空の方を見上げると、そこには松山時代に駆け上がった城坂があり、その上には青々とした柳の茂りが見えていた」というもの。この柳の木はここで一休みして、城壁を見上げるための目印なのだろう。そこからもう一段高いところにある城内に入るためのものとしてある。

漱石は人生の終わりが見えて来た段階で、松山時代を回顧していた。人は歩いて来た過去を眺めるだけになるのか、さらに上を見るかで人の動き方が分かれる。漱石は一休みした後、まだまだ歩き進めてゆく覚悟なのだ。遺り残したことが多かった子規の無念を思った。子規は病床で腹ばいになりながらも最後まで自分に課せられた使命、役割を果たそうとしたように、漱石自身も子規の覚悟を持って歩く覚悟を決めたのだ。坂の上には子規の姿が見えている。坂の上なる「柳」は子規の姿でもある。

この句の面白さは、柳の枝垂れる枝が坂の上から流れ落ちているように見えることである。坂の上の子規が坂の下にいる漱石に天に登るように手を差し伸べるような構図に見える。そして司馬遼太郎が昭和の時代に創作した小説「坂の上の雲」のストーリーが思い浮かぶ面白さがある。もしかしたら司馬遼太郎のこのタイトルは、漱石の掲句を参考にしたのかもしれない。

• 見上ぐれば城屹として秋の空

（みあぐれば　しろきつとして　あきのそら）

（明治28年9月23日）句稿1

松山城の城門あたりに立ち止まって、天守閣を見上げるとその石垣はアールを描いて反り返っている。その天守閣の優美さに感嘆する。この反りがあるために人は引き込まれるように天守閣の足元まで行きたくなる。そして足元まで行った人が、天守を見ようとすると自然に上体を反らして見上げることになる。この体の反りによって天守閣を含む城の偉大さを体感することになる。天守閣の白い壁は秋の青空にくっきりと食い込んでいるように見える。

城という文字は、砦の城郭を意味する。そしてその音と形は横への広がりを感じさせる。これに対して屹という漢字の音には天に伸びる天守閣の形を想像させる。これをイメージに結びつけて掲句を読むと、現存する松山城の外形がくっきりと浮かんでくる。

記録によると、この句は松山市内の漱石の愚陀仏庵の一階と二階に住んでいた子規と漱石が、療養に来ていた子規の体調が少し良くなったときに松山城付近を散歩した時の句だという。漱石は城を見上げたことで、勤めていた中学校での鬱積したモヤモヤした気持ちが解消したのかもしれない。そして子規は故郷の自慢である城を改めて見上げたことで、病気のことを忘れて少し背筋が伸びたのかもしれない。そしてやり残している仕事に取り組む意欲と自信を取り戻したのだろう。

漱石は晩年の大正3年に同じ場所で見た景色を思い起こして「楼門に上れば帽に春の風」の句を作っている。

• 見上げたる尾の上に秋の松高し

（みあげたる　おのえにあきの　まつたかし）

（明治29年9月25日）句稿17

「天拝山」とある。6月9日に結婚式を挙げた漱石は九月初めに妻を伴って北九州へ旅行に出かけた。新婚旅行であり、親戚への挨拶旅行でもあった。筑紫野に出て天拝山の麓にたどり着いた。ここには九州最古と言われる「武蔵寺」がある。この寺からは標高２５７ｍの天拝山の頂がよく見え、ここに生えている松の木も見えた。この山の頂付近にある天拝神社も見えたのかもしれない。かつて菅原道真は大宰府から近いこの山に登って、幾度も自らの無実を天に訴えたという言い伝えがあり、ここから天拝山という名がついたと言われている。

ちなみに「尾(お)の上(え)」は、「峰(を)の上(うえ)」の意味であり、山の高い所、山の頂となるのだという。漱石は掲句では山頂ではなく歴史的な響きのある言葉を選んでいる。また古い武蔵寺には建立時に植えられた樹齢１３００年と伝わる藤は当時1メートルを超える花房を下げていて、毎年藤まつりが行われていたという。

句意は「武蔵寺から見上げてみた由緒ある天拝山の頂には、松の大木が見えた」というもの。漱石は菅原道真が見た景色を眺めていた。この俳句からは、秋の澄み切った空の下で、過去の歴史までがよく見えたという実感が伝わる。そして菅原道真と同じように漱石自身も東京から西へと移動して来ていることを思った。

ところで道真公が失意のうちに太宰府で没したあと、京の公家世界では高官の突然死が相次いだ。そこでこれは道真の祟りなのだと誰もが思った。漱石が見上げた天拝山に幾度も登った道真は山の上で天に向かって必死に何を訴えていたと誰もが思ったのだろう。そして心にやましさを持つ人は怯えたのだ。

もしかしたら大宰府から近いところにある山の中で最高峰の天拝山に登ったのは、京都の方を向いて京都での生活を懐かしがっていただけなのかもしれない。または見知らぬ土地ではストレスがたまるので山歩きをしていただけなのかもしれない。恨みを長期間持ち続けることはしなかったと思われる。賢い人であったと思うからだ。ただこの山登りがやましさを持つ人に何かをもたらすと信じて楽しんでいただけなのだ。

● 見えざりき作りし菊の散るべくも

(みえざりき　つくりしきくの　ちるべくも)

(明治29年11月)句稿20

前置きに「悼亡」とある。亡き妻を悼むことである。句意は「大事に丹精していた菊をしばらく見ないでいたら、いつの間に花が散っていた。こうなるとは予想もしなかった」というもの。菊の花が気づかないうちに散ったことを悔やんでいる。

もう一つの解釈はここから派生して「しばらく音信がなかったが、大事な人が早世したことを知らされて驚いた。こんなに早く死んでしまうとは思いもしなかった」というもの。菊の花は気高く咲く花で漱石の好きな花の一つであった。

この句の一つ前に置かれていた句は「菊活けて内君転(うた)た得意なり」である。この句の普通の解釈は「今日のすましている妻は菊花の生け具合をいろんな角度から点検している。ますます自信に満ちて得意然としている」というものである。新妻は元気を取り戻して生花のように生き生きしていると観察していた。

漱石は妻の菊の生け花の句を作って明るい気分に浸っていたが、そのような時に漱石にとっては重要な人の死を知らされて気持ちは暗転した。漱石は熊本市内の寺に行き、密かにこの死者を供養してもらった。この死者は誰であったのか。疑問に思って調べたが分からずじまいであった。近親者や学友、俳句関係者にも該当する人はいなかった。

だが漱石が葬儀に出席できそうもない場所にいる人、関係の薄い人にまで調査の範囲を広げると、この年の11月23日に亡くなった樋口一葉が浮かび上がった。漱石と樋口一葉の縁談が噂されたこともあった。二人の父親同士が同じ名主ということから、縁談話がトントンと進んだのだった。しかし、一葉の父親が亡くなってこの話は立ち消えになった。漱石は妻になっていたかもしれない才女一葉の供養をしてもらったと推測する。

掲句に続いて葬儀の模様を描いた俳句には「肌寒や膝を崩さず坐るべく」「僧に対するうそ寒げなる払子の尾」「善男子善女子に寺の菊黄なり」があった。

● 見送るや春の潮のひたひたに

(みおくるや　はるのうしおの　ひたひたに)

(明治29年10月)句稿19

前置きに「別恋」とある。この俳句は別れで終わった恋をテーマに作られた「きぬぎぬや裏の篠原露多し」とセットになっている句である。明治時代のことであるので、現在の男女交際のやり方、夜の過ごし方は異なっていた。当時俗に言う夜這いという社会システムがまだあり、気に入った女の家に男が夜に密かに訪れて、女の家族は素知らぬふりをするという習慣があった。もちろん朝までに男はその家を辞去する。非公認の短期間同棲のようなものである。

ところで掲句は、朝まだ暗い時刻に男は女の家を出なければならない状態で生じた、予想できなかった事態を描いている。女は男が家の外に出て去って行くのを見届けている場面である。しかし、無事に男は帰宅できなかった。その家は浜辺にあって男は裏口から出て、家の後ろにあった砂浜を歩いて帰る予定になっていたが、あいにくその日は大潮の日に当たっていて、家の後ろの浜には潮が満ちていた。仕方なく男は着物の裾をまくって歩き出した。潮はひたひたと押し寄せ、男の足元で高さを増してくるのが見える。男は後ろを振り返って窓から顔を出していた女の姿を目に焼き付けた。

漱石はこの男の不運を描いている。世の中はいいことばかりではないということを示している。この日の朝、男は天国と地獄を味わったことになる。漱石は笑い話のような出来事を記念として俳句に記録した。

●見下して尾上に鹿のひとり哉

（みおろして　おのえにしかの　ひとりかな）

（明治40年4月）手帳

「鹿十五句」の前書きで一挙掲載された俳句の一つ。明治40年の3月から4月にかけて京都を散策した時の思い出を描いている。夜になると裏山に棲んでいる鹿が旅館の庭に降りてくると帳場で聞かされていたので、夜には鹿のことが気になって仕方なかった。山の天辺には月明かりを受けた牡鹿が一頭立っているのが見えている。そこから山の足元の芋畑と旅館の庭が見えているはずだ。さあ、これから崖を駆け下りて行くか、それとも今晩はやめるか考えているように見える。眼下の旅館あたりが嫌にいつもより明るいからなかなか踏ん切りがつかない。何かおかしい、人間たちは、鹿の降りるのを待ち受けているのかもしれないと考えている。罠なのかもしれないと。

山の天辺で夜の月の光に照らされている一頭の牡鹿は、たくましく神々しいほどに光っている。山の主なのかもしれない。

この句の面白さは、この大型の牡鹿が思慮深いように感じられるので、漱石は「ひとり哉」と人として扱っていることだ。まさに「ライオンキング」ならぬ「ディアキング」なのである。

＊『東京朝日新聞』（明治40年9月19日）の「朝日俳壇」

●見返れば又一ゆるぎ柳かな

（みかえれば　またひとゆるぎ　やなぎかな）

（明治28年10月末）句稿3

何と優雅な俳句なのであろう。漱石の独身最後の年の俳句である。楽しい街歩きが描かれている。かつて柳腰という艶のある言葉があって、和服の魅力的な女性を意味した。今風に表現するならば腰の丸みが強調されるアオザイの女性というところだ。

この俳句にある柳は川土手の風に揺らぐ柳を意味すると共に、歩く柳、女性の柳腰を意味する。風が吹いて柳の枝の揺れが大きくなると、この時通り過ぎた女性の腰の揺れも大きくなるのを無意識に期待してしまう。漱石はすれ違う女性の後ろ姿を見たいという誘惑に駆られたのだ。もう一度腰の揺れる様を見たいと思ったのだ。

句意はそのまま解釈すると「堀のそばを歩いていたら和服の魅力的な女性が通りかかった。その時風に揺れる柳のような風情を感じた。そこでその女性の裏姿を見ようと振り返ったら、その瞬間に女性の腰が揺れた」というもの。

この句の面白さは、柳の揺れと女性の柳腰がかけられていることだ。そして、この女性は漱石に振り返って見られることを意識していたことを思わせることだ。この俳句には、若い漱石の艶の感覚とユーモアが込められている。街中ですれ違いざまの心の動きを捉えて俳句にするという粘り腰が感じられる。

掲句のひとつ後には、「不立文字白梅一木咲きにけり」の句が置かれている。ここには、柳とは風貌の異なる白梅が描かれ、気が引き締まっている。

●三日月や野は穢多村へ焼て行く

（みかづきや　のはえたむらへ　やけてゆく）

（明治29年3月6日頃）句稿13

（明治30年2月17日）村上霽月宛の手紙

松山の町外れにある穢多村の近くで野焼きがあると知らされ、漱石は一度それを見ようと出かけた。鋭く尖った寂しげな月が夜の野原を照らしている。旧道の細い道が川の奥の村、穢多村に続いている。その村に入る道の周辺は広く開けられているが、人家はほとんどない。野焼きが行われる河原近くには誰も家を建てない。人家が見えない河原に放たれた火は燃え広がっている。

句意は「三日月の照る下で河原の葦原で野焼きが行われている。その野火は河原の奥に見える穢多村の方に広がって行くように見える」というもの。その村の方に火は広がっているように見えるのは、煙のせいなのであろう。穢多村の近くの河原で行われている野焼きを三日月は美しいものとして照らし出している。漱石は穢多村を月と同じように眺めている。

　この俳句は、「焼て行く」の文句で終わっている。漱石が立ち尽くして、河原で燃えている野火が山裾の穢多村の方へ伸びている様を見ているとわかる。しかし、広がる野火は村の手前で止まるようになっていた。

　河原の葦は当時も今も大事な生活物資であり、虫の被害から守るために葦が枯れている時期に毎年全国至る所で焼かれる。

　ところで掲句の下五の読み方は、ほとんどの資料では「やいてゆく」となっているが、本辞典では「やけてゆく」の読みを採用した。「やいてゆく」とすると主語は野になってしまうからである。野は野火によって焼けて行くからである。

　掲句と対になる句は「旧道や焼野の匂ひ笠の雨」の句である。野焼きの最中に三日月は雲に隠れ、しばらくして雨が降り出した。雨に打たれた焼け野の匂いが夜空に立ち上っている。野火の煙が降水の呼び水になったように見える。穢多村に入る旧道の山道に佇んでいる漱石は和傘をさしてこのさまを見ていた。完全に鎮火したのを見て安堵した。

　ところで句稿13は、冒頭の掲句から8句までが野焼きと山焼きの句になっている。松山の川べりで見た野焼きから始まって、奈良春日野の山焼きまで発想は広がった。漱石は初めて見た広い川岸での壮大な野焼きに感銘を受けたことがわかる。

　ちなみに漱石俳句には穢多の語を用いた俳句として「穢多寺へ嫁ぐ憐れや年の暮」の句もある。

• 三河屋へひらりと這入る乙鳥哉

（みかわやへ　ひらりとはいる　つばめかな）

（大正3年）手帳

江戸時代、明治時代と続く商家の屋号には三河屋が多かったはずだ。徳川家の出身地、三河から出た商人なのだろう。時代劇では頭を下げながら「へい、三河屋で」といいながらさっと賄賂を差し出すシーンがよく出てくる。掲句の三河屋は酒屋であろう。店は暖簾を下げただけでいつも玄関口を開け放っているため、ツバメはさっとスピードを落とさずに入り込む。酒屋は横柱が出ている造りなので、巣を作りやすいのだ。ツバメでも出入りがあると店はにぎやかさを演出できる。ツバメは大歓迎なのだ。

　なぜ三河屋は酒屋と判断したのか。種明かしは漱石全集である。この句の後ろに配置された句が、ツバメと酒屋を組み合わせた句であったからだ。「呑口に乙鳥の糞も酒屋哉」と掲句が並んでいたからだ。

　この掲句にはなめらかな音の連続がある。そして、発する音でツバメの動きが演出される。「三河屋へ」は空から店の方へスピードを上げて急降下。「ひらりと」とはスピードはそのままに方向を修正して店の玄関口を目指すことだ。その「這入る」で羽を広げて逆噴射しスピードを落とす。「乙鳥」で正確に目標物を確認して近づく。そして足を揃えて前に出し、樽の呑口か横柱の巣に着地する。この最後の「カナ」の音が、ツバメの着地音にも聞こえてしまう巧みさがある。これらの言葉のつながりで一連の動きを的確に再現できているのだ。

　だが事実は違っていた。漱石は簡単には推理をさせない。「根津の角には『文明軒』、宮永眼科の場所には『三河屋』、ここは大学芋を創始した店で、大繁盛。夏はアズキのアイスクリームが旨くてね。」との本の記述から、甘物屋であったと判明した。漱石はこの近辺の何軒かの菓子屋にも力車で来ていたという。ツバメは店内に取り付けてあった巣板を目指して飛び込んできただけであった。

＊地域雑誌『谷中 根津 千駄木』4号／1985年発行：特集「昔気質の和菓子屋さん」

• 御陵や七つ下りの落椿

（みささぎや　ななつさがりの　おちつばき）

（明治29年3月24日）句稿14

掲句を正面から解釈すると「山陵としての天皇家の墓所を七つさがりの刻(夕刻の4時過ぎ)に漱石らしき人が訪れたときに、この人の入山を察知したかのように、赤い椿の花がホタリと落ちた」というもの。幻想俳句になっている。真っ赤な椿の花が目の前で落ちると祀られている天皇の死が身近に感じられ、御陵の前にいることを強く意識させられる。

漱石は四国松山をほぼ半月後に控えた明治29年3月に松山近郊にある白峰山を訪れ、ここに祀られている崇徳上皇の御陵を詣でたと考えられる。崇徳上皇が崇徳天皇であったときに保元の乱が起こり、天皇方は敗れ、後鳥羽上皇によって崇徳天皇は松山に流された。最後は白峰山山中の施設に閉じ込められ、この地で1164年に46歳で崩御した。のちに同地に石積みの方墳の白峰御陵が造られた。

漱石は翌月の4月初旬には松山を去ることになっていて、その前に思い切って白峰御陵を訪ねたのであろう。

もう一つの解釈は「七つ下り」は江戸時代の時刻の意味だけではなく、死亡して祀られたお方の年齢も含めて表しているとするものである。松山近郊の白峰御陵との関係は不明であるが、歴史俳句として掲句を作っていると理解する。

7歳で死亡した人ということを暗示している気がする。つまり掲句の御陵に葬られていたとするお方は皇族の一人でまだ少年であったということを示している。幕末に謀殺されたとされる当時の皇太子ではないのか。その子もどこかの御陵に葬られているはずである。その場所が白峰御陵なのかは不明であるが、政権を奪おうとした薩長の軍団がその幼い皇太子を謀殺したことを漱石は知っていた可能性があると推察した。このことを知っていた漱石は、掲句に表して記録したと考える。

孝明天皇が35歳で身罷ったと知らされた庶民は、時の満7歳の皇太子が次の天皇になると誰もが予想したが、実際にはそうはならなかった。漱石が掲句を作った時は、幕末にこの大事件が起きてからまだ30年しか経過していなかった。この朝廷内の出来事は噂となってあっという間に世間に広がったはずだ。もちろん漱石の耳にも入っていた。

孝明天皇の子で世継ぎの皇太子は、明治期の天皇となる際には15歳で孝明天皇から践祚したとされた。この15歳は7歳の二倍である。年が違いすぎた。即位した天皇はしばらくの間朝廷内でも人前に出なかったという。顔は真っ白く化粧をして年齢も表情もわからなくなっていたと伝えられた。漱石はこの朝廷内の事件を匂わすために、「七つ下り」の文言を組み入れた俳句を作ったのかもしれない。通常は「七つ下り」は時刻のみに用いられるが、ユニークな漱石は違う用い方をした。

掲句にある「御陵」と「落椿」と組み合わせる言葉としての適性を考えると、参詣した時刻ではなく、祀られているお方の年齢の方が適当と判断される。すると後者の解釈が妥当と考えられる。

以前に漱石は「捲上げし御簾斜也春の月」(明治29年3月23日制作)という幻想俳句を作っていた。この句は幕末期に起きた宮中での暗殺事件を感じさせるものである。宮中では貴人の生活を御簾で隠すしきたりがあり、これを利用する形で暗殺事件が計画され実行されたと推察されるものであった。こく限られた身近な人の口を封じれば事の真相は漏れ出ることはない仕掛けが御簾であった。掲句はこの事件が関連する句なのであろうか。

ちなみに掲句が描かれていた句稿で掲句の一つ前に置かれていた句は「先達の斗巾の上や落椿」であった。皇室が関係していない句であった。漱石は「落椿」絡みでもう一句作ろうとした。そのような気楽な気分で取り組んだように掲句を見せかけた。重々しいテーマにはこのような気分で入るしかないと漱石は決断したとみられる。

• 短かくて毛布つぎ足す蒲団かな

(みじかくて　もうふつぎたす　ふとんかな)

(明治32年1月)句稿32

掲句には「口の林といふ処に宿りて」という前置きがある。深く切れ込んでいる耶馬溪谷、その底を曲がりくねって複雑に合流しながら流れる川。漱石はその山間にある宿で3日目の夜を過ごした。珍しい名前の場所であったので書いておいたのだろう。

高校の年下の同僚と宇佐神宮を参拝した後、中津・日田の谷を踏破する旅に出たが、寒波襲来で「口の林」の夜は厳しいものになっていた。宿の夜具をかぶって寝たが足が出てしまい、足元に毛布をかけて寝たという。明治30年ごろは、関西では綿入れの現代風の四角の掛け布団が普及していたようだ。よってこの夜泊まった宿には四角の敷布団と掛け布団が用意されていたと考える。だが宿の主は費用節約のためか、かなり小さめに作ってあった。敷き布団の方は小さくてもいいが掛け布団が小さいと部屋の冷たい空気が足元から入り込んで寝られなくなる。そこで部屋の隅にあった毛布を足に掛けた。

漱石の身長は160センチであるから、宿の布団のサイズは相当に短かったということになる。寝るときに毛布を使えば良いと宿側は考えていたようだ。江戸時代の関西の掛け布団は、衾（ふすま）と呼ばれるもので、中にあんことして藁をつめた紙布団が一般的であった。関東の冬用の掛け布団的なものは、夜着と称するもので綿入れの袖付きに仕上げた掻巻をもっぱら使っていた。（明治31年に出された風俗画報に、関東の冬夜具として綿入れ敷き布団と綿入れ掻巻の組み合わせが引き続き行われている例の寝姿図が掲載されていた）。関東と関西では夜具の発想が異なっていたのだ。関東は体全体を包んで保温力を重視するのに対し、関西は作りやすさと安い製造原価を重視していた。

● 短夜の芭蕉は伸びて仕まひけり

（みじかよの　ばしょうはのびて　しまいけり）

（明治29年7月8日）句稿15

夏の夜になると、芭蕉の葉っぱは強い陽を浴びて急に成長したせいか、葉っぱは腰がなく垂れている。真夏の暑い夜は人間も芭蕉も乗り切るのが大変なのだと感じさせる。明治29年の熊本の夏は大変な酷暑であった。この時期の漱石の俳句は暑い、暑いの嘆きの句が目立った。同じ句稿に「短夜の夢思ひ出すひまもなし」の句がある。

前年の明治28年の冬の松山は、瀬戸内地方を襲った寒波によって氷と吹雪の冬になった。この厳冬を経験した漱石は明治28年4月に九州の地に転居すると猛烈な暑さの歓迎を受けた。現代であれば異常気象と表現するのであろうが、昔もあったことになる。漱石は掲句を作って凌ぐしかなかった。

この俳句は夏の期間の芭蕉の繁茂を描いているだけであまり面白みはない。漱石らしいユーモアは「短夜」と「伸びて（長くなる）」の長短の対比があることである。しかしここでよく考えれば、この「伸びて仕まひけり」の言葉は漱石の身体が「疲れてぐったりしている」になっている様も表現していると解釈できる。

漱石の気持ちが「伸びて仕まひけり」状態なのには、2011年3月11日に三陸地方を襲った東日本大地震による災害規模をはるかに超える明治29年6月15日に起きた明治三陸地震と大津波（最大高さ38ｍ）の大惨事が関係していると見る。この明治三陸地震と大津波こそが「千年に一度の津波」であった。この大津波（最大高さ38ｍ）は大惨事を引き起こし、漱石に衝撃を与えた。

＊新聞『日本』（明治30年3月7日）に掲載

三者談

漱石は松山を出て熊本に行ったが、掲句が熊本で初めて作った句稿の句である。結婚式の1ヶ月後のこと。光琳寺の近くの漱石の借家には芭蕉の木があったと思われる。成長の速い芭蕉は一晩で芭蕉の巻き葉をバラリと開いたと解釈できる。夏の夜明けの心持ちは「仕まひけり」によく出ている。投げ出した感じがある。

● 短夜の夢思ひ出すひまもなし

（みじかよの　ゆめおもいだす　ひまもなし）

（明治29年7月8日）句稿15

掲句を作ったとき、漱石は蒸し暑い熊本市内に住んでいた。漱石の住まいは白川に近い住宅地にあり、しかも丘の下であって湿気の溜まりやすいところにあった。

中々寝付かれない夏の夜は、漱石にとってはますます短夜になる。クーラーのない時代のことであり、その眠りは浅いものになっていた。そんなやっと寝られた夜に見る夢は思い出したくもないものだった。

句意は「真夏の短夜に見た夢は、目覚めた後思い出す暇もない」というもの。

ま

熟睡した後の夢ならばいい夢なのかもしれないが、そうであるはずがないというのだ。この句を読む師匠の子規に、どんな夢であるのか想像できるだろうと言うかのようだ。汗をかきながら見る夢にろくなものはないというのだ。

この句の面白さは、つまらない夢は思い出したくないということを「思ひ出すひまもなし」と表していることだ。熊本第五高等学校に勤め出して3ヶ月。学校ではいろんなことが起こるのだと言いたいようだ。「真夏の夜の夢」などというロマンチックな言葉があるが、そんなものではないというのだ。

この俳句の前に置かれていた夏の夜の俳句は、「短夜の芭蕉は伸びて仕まひけり」と「もう寐ずばなるまいなそれも夏の月」である。東京と松山の夏も暑かったが、ここ熊本の夏は格別に暑いとして、3つも暑い夏の夜の句を作っている。ぼやいても涼しくならないことは承知しているが、記録しておこうとしたのだ。

漱石先生は、暑い夏の夜の句作はここで終わりにしている。これ以上作るとそれだけで蒸し暑さが増すように思えたからだろう。

• 短夜や夜討をかくるひまもなく

（みじかよや　ようちをかくる　ひまもなく）

（明治36年6月17日）井上微笑(びしょう)宛の書簡

この句は熊本時代に知り合った隣村の俳人から投稿用紙が送られて、句誌に載せたいので俳句を書いて欲しいと頼まれた時のもの。英国から戻って半年しか経っていない頃で、気持ちは荒れていた。しかし最近俳句はやっていないといいつつ、機嫌よく13句も作って送った。この中には有名になった「無人島の天子とならば涼しかろ」の句が入っていた。

掲句は川中島の合戦の句であろう。かつて川中島合戦の俳句として解釈していた「朝懸や霧の中より越後勢」の句が掲句解釈の参考になった。夏目家は武田源氏の流れをくむ家柄であったから、漱石はこの戦いに興味を持っていた。漱石は同じく川中島合戦の句として「枚をふくむ三百人や秋の霜」の句を明治31年に作っていた。

句意は「武田軍は川中島の向こう岸にある上杉の陣にまだ暗い未明の夜討をかける計画であったが、その日に限って朝霧が出ず、短夜の時期ですぐに明るくなってしまった。霧の気まぐれによって夜討のタイミングを逸した」というもの。

6月にもなると夜が短くなって来ていた。当然未明に夜討をかけるタイミングがその分早まることになるが、毎朝川霧が出て、朝の到来が早くなっていたのがわからずにいた。そのような状況で突然、川霧が消えてしまい、夜明けが早まっていたことに気がついた。

この句の面白さは、両軍の兵たちは攻撃をかける際には声をあげるところであったが、互いに目の前の敵兵に驚き、息を飲んだ。もともと両軍共に闇の中での進軍の際には、敵に気づかれないように兵に話し声を出すことを禁じ、木の板を口に咥えさせていたが、敵兵を目の前にして兵の口から板が落ちた。この様子を描いたのが「枚をふくむ三百人や秋の霜」である。漱石先生はこの場面も同様に想像して面白がっている。

• 短夜を交す言葉もなかりけり

（みじかよを　かわすことばも　なかりけり）

（明治41年6月3日）松根東洋城宛の書簡

漱石の弟子の東洋城は有名な女流歌人の白蓮に恋をして悩んでいた。東洋城は悩んだ末にこの年の6月2日夜に漱石宅を訪問した。夜に訪問するというのは、相当深く悩んでいたということになる。だが漱石にしてみればいくら悩んでいても、なにもこんな遅い時間に、と不機嫌なのであった。結局漱石は何のアドバイスもせず、彼を帰らせた。だがすぐ翌日に手紙を書いた。その書簡には掲句を書き添えた。

その前文として「昨夜御出の時には少々無言の業を修しかけ居候為め　定めて無愛嬌の事と存候。（中略）時々は相対無言の方遥かに面白く候。貴意如何にや」と書いていた。少しは自分の頭で考えなさいということか。

句意は「夏の夜更けに訪ねて来たので、しっかり話す時間がなかった。それで相談されても無言のままで答えなかった」というもの。悩んでいる弟子に対して笑いながら言い訳した。

この句の面白さは、「短夜を」には続きがあって省略されていることが明らかであることだ。その部分は「(短夜を)気にすることなく君は押しかけてきた」というところであろう。そして「交す言葉もなかりけり」の意味は、時間がなく相談に答えられなかったことのほかに、「常識のなさに言葉を失った」という意味も込められていることだ。

・短夜を君と寝ようか二千石とらうか

（みじかよを　きみとねようか　にせんごくとろうか）

（明治29年7月8日）句稿15

江戸中期の1785年、真夏の蒸し暑い盆の頃に江戸の下町の箕輪で心中事件が起きた。俗に箕輪心中として世に知られた。石高二千石（四千石とも）の旗本藤枝家の養子となっていた藤枝外記（28歳）は吉原の大菱屋の遊女綾衣（19歳）のもとに通い詰め、これが災いして外記は御役御免の身となり、その果てに藤枝家は取り潰しになった。遊女綾衣は吉原を抜け出して外記と隠れていたが、二人は厳しい暑さの江戸市中で追い詰められ、心中を決断した。

この事件は「短夜を君と寝ようか二千石取ろうか、なんの二千石、君と寝よう」と当時の俗謡にも取り上げられて、世に知れ渡った。明治時代の漱石もこの事件に着目していた。そして、この歌を聞いたことがあったに違いない。熊本で真夏の暑さをいかにやり過ごすかを考えていたときに、この同じ真夏に起きた江戸時代の事件を思い出したに違いない。

漱石は俗謡の前半部のフレーズを切り取って俳句に用いた。この句を作った7月上旬は酷暑であり、俗謡のフレーズを加工する意欲も失せていたと推察する。それとも俗謡の文句が洒落ていて、手を入れる必要性を感じなかったのか。多分両方であった。

漱石は寝苦しい夜を悶々と過ごしていた時、漱石は楠緒子のことで頭を悩ましていた。

ちなみにこの事件は、後に小説にも書かれ、明治44年には岡本綺堂作の歌舞伎として演じられた。漱石はこれを見に行きたかったが、妻の目を気にして行けなかったに違いない。

・水青し土橋の上に積る雪

（みずあおし　どばしのうえに　つもるゆき）

（明治29年1月28日）句稿10

木の橋の上面に土を盛って均し、歩きやすくしたのが土橋。この土橋の下には透き通った青い水が深く流れている。土橋の上には雪が積もって白くなっている。土は隠れて土橋であるとは思えない。川の青い筋が雪原にアクセントをつけている。白い橋が土橋と分かるのは橋に欄干がなく、雪を被った草が両端に生えているのが分かるからである。

降る白い雪が青い水に溶けて消える。この川だけが雪に抵抗している。漱石は雪の積もった土橋をゆっくりと渡る。狭い土橋を踏み外さないように気を付けながら慎重に渡る。東京にはこのような小さな土橋はなかったと思いながら、今松山の地を歩いていることを実感している。

この句の面白さは、「あおし」と「どばし」の間で「し」の韻を踏んでいることだ。

そしてこの句の特徴は、水、青、土、上といった画数の少ない漢字を多く用いて、掲句が雪原の単調な景色をイメージできるように表していることだ。漱石は文字で風景画を描いているように感じる。

漱石は東京で床に臥せっている子規に松山の冬の様子をリポートしている。俳句で松山の郊外の天候と景色を知らせている。

・水浅く首を伏せけり月の鹿

（みずあさく　くびをふせけり　つきのしか）

（明治40年9月）手帳

句意は「月明かりの下、鹿が首を低く伏せて、庭に流れ込む堀の淵に潜んでいる」というもの。小さな堀であり鹿は簡単に飛び越えられるはずなのに慎重になっている。京都東山の旅館に宿泊していた漱石は、帳場の人から夜になると鹿が山を駆け下りて宿の庭に出没すると知らされていた。旅館では鹿を宿に近づけないために篝火を焚いていた。庭が明るくなっていて、漱石の部屋から鹿の表情が見えた。この鹿の観察は、明治40年の4月に京都の友人を訪問した時のもの。

夜になると鹿が裏山の崖を降りて付近の畑や宿の庭に入り込むので、近隣の人々は篝火を焚く鹿対策を取っていた。しかし、このせいで客の漱石は寝つかれなくなってしまった。いや鹿を見たくて部屋の戸を開けて鹿が来ているか外を眺めていた。このときの様は「灯火を挑げて鹿の夜は幾時(いくじ)」の句にも描かれている。

庭の池に流れ込む小川は月の光で青く見えていた。その川の向こう岸に鹿の姿が見える。その鹿は、その浅い堀を前にして人の気配を慎重に見極めているようだ。いつもと違って庭が明るすぎるのを見て警戒していた。鹿が首を伏せているのは考えている姿なのか。それとも漱石の強い視線を気にしているのか。

＊「鹿十五句」の前書きで『東京朝日新聞』(明治40年9月19日)の「朝日俳壇」に掲載

● 水打て床几を両つ并べける

(みずうって　しょうぎをふたつ　ならべける)

(明治30年7月18日)子規庵での句会稿

この年の7月4日に漱石夫婦は上京した。漱石は9月10日に熊本に帰着したが、妻は10月末まで鎌倉の別荘にいた。漱石は東京の街を懐かしく思いながら歩いた。明治28年4月に東京から松山に転居して以来の東京の街であった。漱石は掲句を作った時期には鎌倉の旅館に一人でいて、ここから子規庵で開かれる句会に出席した。この日も子規の住む下町の裏道を歩いていると、家の前にできている木陰で床几を二つ並べて涼んでいた人がいた。じいさん二人が雑談を楽しんでいた。打ち水をしてから話し込んでいた。少しでも涼しくしたいと思ったようだ。

句意は「子規宅の近くの裏道で、打ち水をしてから将棋盤を挟むようにして床几を近づけて並べ、二人が座っていた」というもの。「両つ并べける」の「両つ」は何かを間においての二つである。そして「并べる」は接近させて並べることである。ステテコ姿の男二人が顔をくっつけるようにして真剣に将棋を指している姿が浮かぶ。

ここは東京の下谷地区。貧しい街並みながらも楽しい雰囲気があった。この句の登場人物は浴衣を着込んで足元をまくりあげ、足を組んで座っていたのであろう。簡単な造りの床几は持ち運びが容易でこの裏街に似合っていた。この裏通りは人通りが少なく、漱石はこの辺りの住人のようなふりをして歩いていた。

この辺りの地区は明治政府が推し進める西欧化の流れが届かず、ゆっくりと時間が流れていた。このような街を漱石も子規も気に入っていたのであろう。

● 湖は氷の上の焚火哉

(みずうみは　こおりのうえの　たきびかな)

(明治28年12月18日)句稿9

松山市街を出て四国山地の山沿いの草地を歩いていると湖に出くわした。見渡す湖面は凍っていて白くなっている。その中に赤い部分が点々とあるのに気づいて、目を凝らした。なんと何人もが焚き火をしているのであった。

湖面の氷に穴を開けて、ワカサギ釣りをしている人が暖をとるために焚き火をしているのだとわかった。漱石は焚き火の周辺の氷が溶け出して湖面が陥没し、釣り人が水中に落ちるのではないかと気になって仕方なかった。

句意は「冬の山中の湖面は凍っていたが、なんと氷の上で焚き火をしているではないか」というもの。掲句は「湖は」で始まっているので、こんな湖は初めて見たという強烈な驚きを表している。氷上のワカサギ釣りを初めて見た漱石は、氷の上で火を焚くことが信じられなかった。

この句の面白さは、見たときの驚きをそのまま句に仕上げていることだ。つまり文法無視である。この驚きの様は、「湖は、焚火だ」という構図は「芸術は、爆発だ」という現代の画家、岡本太郎の言葉につながるものだ。

湖や湯元へ三里時鳥

（みずうみや　ゆもとへさんり　ほととぎす）

（明治28年10月末）句稿3

漱石はよく漢字を間違える、意識的に面白い使い方をするときもある。ならば湯元ではなく、湯本なのではないかと考えた。漱石は学生の時に箱根の湯本に旅をしたことは知られている。箱根温泉の7湯の一つに塔ノ沢温泉があり、漱石は明治23年にここの環翠楼という大規模旅館に泊まったことがあった。ここは伊藤博文が定宿にしていた旅館で格式が高かった。学生であった漱石は少し前に塩原の姓から夏目の姓に戻っていたから、少しは懐具合が良くなっていた。

湖は芦ノ湖であるとわかった。この環翠楼から2里ちょっと離れたところにあった。そうであれば漱石は芦ノ湖畔で時鳥の声を聞いたのだろう。この湖岸から3里ちょっと行けば箱根湯本の中心街に到達する。漱石は湖で遊んだ後はいかに早く東京に帰るかということに集中していたのかもしれない。つまり12キロも歩けば馬車鉄道の乗り場に行き着く、と計算していたのかも。

漱石は芦ノ湖で遊んで楽しい時を過ごし、気分は鳥、時鳥になったつもりになっていたのかもしれない。漱石も子規も学生時代にはよく旅をしていた。旅は人を作ると言われるが、当時も今もそれは変わらないようだ。

湖を前に関所の秋早し

（みずうみを　まえにせきしょの　あきはやし）

（明治32年9月5日）句稿34

芭蕉が「旧里（ふるさと）」と呼ぶほど好んで通った土地は近江・大津の膳所（ぜぜ）あたり。享年51歳で没した芭蕉の遺体は大阪南から伏見へ、そして近江の膳所に運ばれて義仲寺に埋葬された。

句意は「琵琶湖のある近江に至る峠、逢坂の関には、湖面を吹く北からの冷たい風が足元から吹き上がって、周りよりも秋が早く来ている」というもの。

江戸時代の膳所には、芭蕉の支援者になっている蕉門俳人の商人が多く住んでいて、ここで蕉門の句会が頻繁に賑やかに開催されていた。芭蕉はここではいつも歓待されていた。

だが、そのような膳所あたりは、芭蕉の死後は意気消沈し、明治になると逢坂の関は廃止され、人は琵琶湖を船で渡ることもなくなり、陸路の鉄道で東京から関西に旅をするようになってしまった。近江の逢坂の関はまさにまだ暑い夏でも秋風が吹いている状態なのだと漱石は嘆く。

＊新聞「日本」（明治32年9月23日）に掲載

水音のうき世がましき枯野かな

（みずおとの　うきよがましき　かれのかな）

（制作年不明）高取稚成画軸に賛

「浮世がましき」の表現は古めいていて、理解が難しい。「浮世の未練が付着していそうだ」というぼんやりした意味のような気がする。未練がましいという雰囲気がある。高取稚成の古典的な絵の雰囲気に合わせた言葉を選んでいる。

明治3年生まれの日本画家である高取稚成は、漱石とほぼ同世代の人だ。高取稚成の絵画には平安時代の風俗や当時の宮廷の行事、生活を描いているものが多い。宮内庁とつながりのある東洋城が漱石宅に持ち込んで来た掛け軸の絵は、京都の田舎の風景画なのだろう。冬枯れの色が支配している景色の中で、水車がギコギコと回っている風景画なのだろう。

松根東洋城はこの絵に賛をつけて欲しいと漱石に頼み込んだ。漱石は回る水車の絵からは音が聞こえたのだ。枯野の中でここだけが冬に抵抗しているように感じた。

句意は「皆頭を下げて色を失っている枯野の中で、水車だけが音を発して生きている。その音は生きることにこだわっている音だ」というもの。

もしかしたら掲句は、明治44年に退院した後に作ったものなのかもしれない。日本画の掛け軸に描かれていた枯野、水車、そして聞こえる回転音は、漱石の体、その心臓を意味しているのかもしれない。

・水涸れて城将降る雲の峰

（みずかれて　じょうしょうおりる　くものみね）

（明治30年5月28日）句稿25

秀吉は備中高松城の城主の切腹と引き換えに城を水没させていた水を抜くと約束して毛利側と和議を結んだ。すぐさま部下に命じて川の堰を壊させ、城の周囲の土手を壊させた。秀吉はこれを終えるとすぐに山陽道を京都に向けて走り出した。本能寺で信長を自害させた明智光秀を討つべく大軍の京への転進を命じた。有名な秀吉の大返しである。

掲句の句意は、「城の周りの水がみるみる引いて行ったのを見て、城に籠っていた部将は秀吉との約束を守って城を出て降伏した」というもの。いままで長雨を降らせていた低い雨雲はなくなり、晴れた空には夏の雲の峰が見え出した。城の兵たちは雲間に太陽が見えている空を見上げて助かったと叫んだ。

この句の面白さは、「水涸れて」は通常悲観的な内容の説明に付く言葉であるが、ここでは反対になっていることだ。そして「城将降る」と表して「降る」を「おりる」と読ませて降参の意で用い、言葉遊びをしている。雨が上がったのに降ると面白がっている。

子規への手紙には漱石のいつもの句稿の他に、ある熊本人の詩稿が同封されていた。この詩人は元新聞社勤めの男で、生活に困窮していて、この危機を脱するために手を貸してもらいたいと子規に訴えていた。

掲句はこの男の支援を訴える句でもあった。子規が関係する日本新聞社でこの男を雇ってもらえるように、社長に口を利いてもらいたいと頼み込んでいた。子規が秀吉のように決断してくれれば、熊本の詩人は高松城の兵のように命が助かると訴えているのだ。

掲句の裏の解釈は「九州の知人は解雇され、給料の水がなくなって優秀な男もお手上げになっている。秀吉のように決断して助けてやってほしい」となる。

子規は秀吉の話を持ち出されては断りづらくなったはずだ。

・水かれて轍のあとや冬の川

（みずかれて　わだちのあとや　ふゆのかわ）

（明治29年1月3日）子規庵における発句初会

句意は「雨が降らなくなった冬には川が干上がってしまい、荷馬車が川底を走っていたとわかる轍の跡が長く見えていた」というもの。四国伊予の松山郊外の川なのか。川の水が涸れて川は細くなっていた。馬車で狭い土手の道を通るよりは広い川底をゆったりと走る方がいいと人は思うのだ。

この句の面白さは、川には水が流れるものと相場が決まっているが、細くなった川があり、川底には何と4本線が描かれていたということだ。2本の車輪轍と馬の2本の足跡の太い線が平行に4本連続している。それらの平行な線は、新たな川のように見えた。

ちなみに弟子の枕流が2000年頃に中国の内モンゴル自治区に旅行した時に、バスの窓から涸れた大河の川底を覗き込んだ。その川底には電柱が立ち、集落ができていた。永遠に水の流れる川には戻らないということを示していた。バスの走る道の土手では、日本の支援で木を植える工事が行われていた。虚しさがその川を流れていた。かつての上流域に広がっているモンゴル草原では地下水を汲み上げて、周辺の開拓した農地に散水していたために川は干上がったのだと理解できた。モンゴル人の放牧地は漢人の農地に変わっていた。そして川は消えた。内モンゴル自治区では、「轍のあと」はどこまでも続く送電線であった。

・水臭し時雨に濡れし亥の子餅

（みずくさし　しぐれにぬれし　いのこもち）

（明治28年12月18日）句稿9

この句の直前句は「到来の亥の子を見れば黄な粉なり」であった。松山で行われた炉開きの茶会で漱石は亥の子餅を振舞われた。この時、餅の形と模様をじっと見て、なぜこれが亥の子餅なのかと考えてしまった。そして、茶人の洒落に気がついた。

納得したのでこの餅を食べてみた。一口食べるとこの餅は「水臭い」と感じた。関西や四国では「塩味が薄い」ことを「水臭い」と表現することを漱石は知っていて、試しに使ってみたのだ。つまり出された餅は、隠し味の塩味が足りなくて物足りない甘みになっていたとの感想をもったのだ。松山の俳句仲間とよく食事や茶飲みに出かけていたが、その席で地元の俳人が「水臭い」と言っていたのを思い出したのだ。

この句の面白さは、味として「水臭い」には二つの意味があることを句作に利用していることだ。漱石は松山生まれの子規ならば、この俳句の面白みをわかってくれると踏んでいた。つまり、亥の子餅が雨に濡れ、水っぽくなった。そして、ただでさえ塩味が薄いのに、余計に塩味が薄く感じたということだ。

ちなみに亥の子餅は、イノシシの形状をした和菓子（小豆餡入り）に黄な粉をまぶしたものであるが、黄な粉の代わりに菓子に焼き鏝でうり坊のような縞模様を付けたものもある。亥の月(旧暦10月で現在の11月)、亥の日、亥の刻に「亥の子」餅を食べると無病息災でいられるという民間信仰が広まった。現在は茶道の炉開きなどに使われるようになったという。

• 水烟る瀑の底より嵐かな

（みずけぶる　ばくのそこより　あらしかな）

（明治28年11月3日）句稿4

四国の石鎚山の山腹にある名瀑を見に行った。冷たい雨の降る中、上りの細い林道を歩いて行くと森がひらけて明るくなった所に目指す滝が見えていた。掲句は大変な思いをしてたどり着いた滝を描いたものだ。その滝は「水烟る瀑」と形容された。

漱石は松山を早朝に出て、バスと徒歩で丸1日かけて隣町の街道の奥にある子規の親戚の家にたどり着いた。漱石はその旧家の家族に温かく迎えられた。その翌朝、案内人に導かれて雨の降る中を山中に向かって歩いた。その道々俳句を作りながら歩いた。大変な山歩きであったことを俳句にまとめていた。「山紅葉雨の中行く瀑見かな」「うそ寒し瀑は間近と覚えたり」「山鳴るや瀑とうとうと秋の風」「満山の雨を落すや秋の滝」「大岩や二つとなつて秋の滝」の句に、感動を込めた。

滝の足下近くまで行って、滝の飛沫を浴びた。子規が是非見るようにと勧めた「白猪の滝」を直近に見て、漱石は感激した。掲句はじっくり滝壺を覗き込んで「おお、子規が勧めるだけのことはある」と思った感動を俳句で子規に伝えた。高所から流れ落ちた水の塊が水面に激しく衝突し、水が激しく撹乱されて水煙が立ち上る。水面で嵐が起きているようだと感じた。

水の落下するエネルギーが水を水蒸気に変えているかのようであった。これを漱石は「水煙る」ではなく意図的に「水烟る」と表した。流れ落ちる滝に熱を感じたからだ。漱石が底より嵐と感じたのは、白猪の滝は比較的細い滝であったが強風が吹いて、底から水滴を巻き上げていたからなのだ。つまり別のエネルギーが加わっていたのだ。

もう一つの面白さは、滝に瀑の漢字を用いて「嵐かな」につなげていることだ。水が暴れている瀑はまさに小さな嵐状態であった。

• 水攻の城落ちんとす五月雨

（みずぜめの　しろおちんとす　さつきあめ）

（明治30年5月28日）句稿25

漱石は歴史俳句を作ろうと挑んだ。秀吉が中国の毛利攻めの際に取った城攻めの作戦が水攻めであった。今の岡山市の北地区にあった備中高松城への水攻めである。城の周りに土手を築き、城の近くを流れる川の流れを変えて城側に引き込み、城を水没させる作戦であった。これに手を貸したのが五月雨。城の周りの水嵩がどんどん増すのを見て、城中の兵は怯え出した。食料を外から運び込めなくなるからだ。

この俳句の表面的な解釈は「五月の雨が降り止まない中、籠城の軍は秀吉軍によって水攻めを受け、兵糧攻めで降参しそうだ」というものだ。天から降るだけの長雨が、城攻めの武器になるという。

これと同様な兵糧攻めを受けている本人が、危機を脱するために手を貸してもらいたいと漱石に訴えていた。漱石はこれを受けて掲句を作り、子規に実情を伝え救済を訴えた。この熊本人は詩を書く人で、子規が関係する日本新聞社で雇ってもらえないか、社長に口を利いてもらいたいと頼み込んでいた。

掲句は同封した手紙の封筒の裏に書き込んでいたものである。他に子規をプッシュする関連句の「水涸れて城将降る雲の峰」も封筒の裏に書き込んでいた。漱石は演出がうまい人である。このままでは熊本の詩人は、落城してしまうと子規に訴えた。

・水に映る藤紫に鯉緋なり

（みずにうつる　ふじむらさきに　こいひなり）

（明治30年2月）句稿23

漱石の家から歩いてすぐのところにある水前寺公園なのであろう。湧水が流れて行く澄んだ池の岸辺には藤棚があり、その薄紫の房が池の水に映っている。その水面に映った藤棚の房を崩すように緋鯉が静かに房の方に泳ぎ寄った。出水（いずみ）神社の社の前の澄み切った池、水面に映る藤の花、泳ぎ寄る着飾った緋鯉。緋鯉は自分より美しい存在の藤の房を崩しに行った。

句意は「神社の前にある池に、岸辺の藤は紫色を映し、泳ぐ鯉は緋色を映している」というもの。この句のユニークなところは、「藤紫に鯉緋」という対句的な言葉である。「池の水に映る美しさは、藤の紫色と鯉の緋色である」と断言しているところが美しさをグレードアップさせている。

この句の面白さは、水面に藤の花が映るというのではなく、泉の澄んだ水の色が藤を紫色を映していると水を主役にしていることだ。そして同様に、鯉を緋色を映しているところである。

・御簾揺れて蝶御覧ずらん人の影

（みすゆれて　ちょうごらんずらん　ひとのかげ）

（明治30年2月17日）村上霽月宛の手紙

（明治29年3月6日以降）句稿13

平安時代のことであろうか、それとも江戸時代のことであろうか。京都御殿の光景である。句意は「薄暗い奥と廊下との仕切りになっている御簾がわずかに巻き上げられて揺れた。その外を蝶が通り過ぎたのを御簾の陰から見ていた人がいた」というもの。その人はその蝶を確かめたくて女御に御簾を上げさせた。

もう一つの句意は「御所の渡り廊下を蝶模様の豪華な衣装を身につけた姫がしずしずと歩いて行く。その姿を見ようと廊下側の御簾を少し上げさせて目をこらす人がいた」というもの。

その蝶はモンシロチョウのような蝶ではなく、ギフチョウのような揚羽蝶なのであろう。庶民の身につける衣装ならば小形の蝶模様なのであろうが、御所の衣装は揚羽蝶の複雑な色合いの模様の豪華な衣装なのだ。

この句は、廊下側の御簾が揺れて巻き上げられた時に、外にいる蝶または蝶の衣装を着た姫を御簾の内側にいる人が見たと解釈するのが普通であるが、御所の奥まった内部を外の蝶または蝶の衣装を着た姫に見られてしまったと解釈するのも面白い。

・御簾揺れて人ありや否や飛ぶ胡蝶

（みすゆれて　ひとありやいなや　とぶこちょう）

（明治29年3月24日）句稿14

漱石は掲句を作るほぼ3週間前に「御簾揺れて蝶御覧ずらん人の影」の句を作っていた。そのときは宮中の御簾が揺れて、内側から外を見る気配がしたという句意であったが、今度はその御簾が揺れたそのときに内側を覗く気配がしたのだ。ただし「御簾揺れて蝶御覧ずらん人の影」の句は、廊下側の御簾が揺れて巻き上げられた時に、外にいる蝶が御簾の内側にいる人の影を見たとする解釈もできるから、掲句はこの後者の解釈に立って、詳しく確定的な句にしたと考えられる。

掲句の句意は「胡蝶が内側にいる人を確かめようと御簾の前を飛んでいたとき、御簾が引き上げられたのを見て蝶は素早く奥の内部を覗き込んだ」というもの。漱石は蝶になって御簾の内部を覗いていた。

幕末に宮中で起きたという暗殺事件の噂の真相を確かめようと漱石蝶は行動を開始したと見ることもできる。どんな人が薄暗い御簾の内部で暮らしていたのか、確かめたくなったのだ。明治時代の前半期においては、江戸幕末の記憶や噂が生々しく生き続けていたはずだ。漱石が生きていた時代の庶民は京都御所の奥で実際に何が起きたのか確かめたいと思う気持ちが強かった。漱石はその思いを蝶に託していた。

この句の面白さは、御簾が揺れたのを見て蝶はその中に人がいるのではないかと考えたことだ。中に人がいるのかどうかもよくわからない室内であったということにある。御所の中の薄暗い空間と外光を浴びている蝶の対比がまぶしい。

・御手洗や去ればここにも石蕗の花

（みたらしや　さればここにも　つわのはな）

（明治28年10月）句稿2

この御手洗の足元に石蕗が咲いている。赤い鳥居と境内を占める黄色い石蕗の花、そして鳥居の赤、その補色としての石蕗の葉っぱの深緑色、これらが色鮮やかに引き立て合っている。参拝に来た漱石はこれらの色の組み合わせの見事さを堪能している。

この句は単なる観察句に見えるように作っているが、言葉遊びを二つ仕込んでいた。御手洗は寺社の入り口で参詣人が口や手を洗うところであり、屋根のある水屋といわれる手洗い場を指す。問題になるのは「去れば」である。ネット辞書では「本来は移動する意で、古くは、遠ざかる意にも近づく意にも使われた」とある。つまりこの言葉を弄ぶことができるのだ。山門または鳥居をくぐって進んでくると御手洗に到着するとすれば、この句の解釈は次のようになる。

寺社の入り口から御手洗のあたりまで進んでいくと、黄色い石蕗の花が至る所に咲いていた。「去れば」を遠ざかる意にすると、御手洗からさらに奥の本殿まで進むとそこにも石蕗の花があった、となる。つまり境内中が石蕗の花で埋められているとなる。

この句の面白いところは、日常的には「去る」は遠ざかる、姿が消える、帰るというような意味で使われるのを漱石は承知していて、掲句では「来る、近づく」という意味で用いていることである。通常、御手洗までは花で満たすことがありうるのだ。

・御手洗を敲いて砕く氷かな

（みたらしを　たたいてくだく　こおりかな）

（明治28年11月22日）句稿7

漱石は11月中旬に松山の寺に詣でた。まだ誰も来ていない参道を歩いて、礼拝（らいはい）の前に水で身を清める御手洗に立ち寄った時に、ここに氷を見た。柄杓で水を汲もうと思ったが、まずその掴んだ柄杓の底で軽く氷を叩き割った。温暖な土地のはずの愛媛県にも寒波が襲来していることを漱石は実感した。漱石の選んだ漢字の「たたく」は「叩く」ではなく「敲く」であった。軽く「コツン」という音を立てて氷を割ったと感じさせる。氷は薄く張っていたに違いない。

お遍路の人たちは、札所に来ると手順通りにまず御手洗に立ち寄って身を清める。それから参拝することになる。だがその御手洗に氷が張っていたのであるから、漱石は手を洗うときに身が引き締まる思いがしたはずだ。

句意は「朝早く寺に行き、御手洗で身を清めようとしたが、水面に氷が張っていて、その氷を敲いて割ったよ」というもの。御手洗の水面に浮いている氷を見ると、人はそれぞれの人生の旅でこのような氷の時期があったと振り返るのかもしれない。

この俳句には前書きがないため、松山市内にある四国札所の寺における光景を描いたものと判断した。しかし同じ句稿7の5つ下に「昨日しぐれ今日又しぐれ行く木曾路」を見出したことで、この場所は信州の善光寺なのかもしれないと疑った。

●道端や氷りつきたる高箒

（みちばたや　こおりつきたる　たかぼうき）

（明治32年1月）句稿32

「渓中柿坂を過ぐ」の前置きがある。漱石と友人は2日に宇佐神宮を初詣で訪れてから、中津・日田経由の山越えで熊本に戻ることにした。耶馬渓を抜ける旅の2日目の1月4日は中津市の柿坂を通り、同市の山国町守実で宿泊した。掲句はそこに着くまでの光景を詠んでいる。

この辺りは深耶馬渓でも気候の厳しいところだ。途中玉霰の風が吹き荒れ、「目ともいはず口ともいはず吹雪哉」と「ばりばりと氷踏みけり谷の道」の句を詠んでいた。漱石は吹雪の中を楽しいことを考えながら歩き続けた。

掲句は「集落を通過する際に民家の軒下にかかっている高箒を何気なく見ると、その高箒は雪が吹きかかり凍りついていた」というもの。氷の中に高箒が閉じ込められていたのを見ると、漱石の身も凍りついたということだ。このような場所では怪我でもすると凍死することもあると考えたのかもしれない。

この句の面白さは、高箒は通常、柄の長い箒を指すが、あまり役に立たない者をも指す。この句では、高箒は雪で凍りついていて、何の役にも立たないと見ていることだ。漱石は今晩泊まる宿は大丈夫だろうかと震えたことだろう。

●路もなし綺楼傑閣梅の花

（みちもなし　きろうけっかく　うめのはな）

（明治29年3月1日推定）霽月・虚子・漱石の三人句会

神仙体の俳句として、幻想的な夢の世界を描いている。綺楼傑閣なる言葉が用いられる世界は、遊び場が沢山ある中国的な高層建物の街なのかもしれない。しかし梅の花に囲まれているのであるから、足を踏み入れられない険しい山奥の地、まさに山水画に描かれる風光明媚な現実離れした世界なのだ。綺楼は美しい楼閣であり、傑閣とは優れた目立つ建物であるが、掲句では小さな色づいた樹木を身にまとった岩山の連なりのことなのである。花咲く梅林に囲まれて人を寄せ付けない険しい山々がそびえている。しかもその梅林にさえ辿り着く道がない。まさに夢の桃源郷が描かれている。

日本では寺院の楼閣建築が独自の発展を見せ、西本願寺の飛雲閣などの優れた木造楼閣が現れたが、掲句に登場している重層の建築物には及ばない。

掲句に描かれている世界は、漱石たちのいる道後温泉の三階建ての豪華な本館を中心にした建物群なのである。周囲には梅の木が花を咲かせている。日が暮れて来て松山市街地に戻る道がわかりにくくなっている。漱石はこの光景を面白く幻想的に描いて見せた。

霽月・虚子・漱石の三人がこの種の俳句を真剣に作っているのであるから、漱石も楽しかったのは間違いない。その三人句会では新たな分野を切り開こうという意欲が満ちていた。それにしてもあの謹厳な写生主義者の虚子がこの種の俳句を作っていた時期があったとは驚きである。

●道もゆるせ逢はんと思ふ人の名は

（みちもゆるせ　あわんとおもう　ひとのなは）

（明治37年11月頃）俳体詩「尼」15節

句意は「人の道から外れるが許してくれ。これから会おうとする人の名は」というもの。読者はその相手である思い人は誰なのかと想像することになる。大塚楠緒子であろう。

掲句は「孤高院殿寂阿大居士」と続く。このべらぼうな戒名を持つ故人が天道様に許しを乞うているのだ。無理やりでもこの世にいる大塚楠緒子に会いたいと願っている。この人は孤高院と名乗る孤高の人で、殿の位号を付けているので「社会的地位の最も高い人」ということになる。次の寂阿は法名の一つ。大居士は位号に付く号で「居士(こじ)」の上位の号。居士とは僧侶にならずに仏道に励む学徳に優れた男であることを示している。

では戒名の人は誰であろうか。夏目漱石ということになる。なんとかなお思い人に会いたいと意欲的なのだ。大先生の漱石は、率直に天に許しを求めた。

漱石は自分に立派な戒名を与えて遊んでいる。漱石は死んでから100年後にも小説が読まれる唯一の作家になると表明していたが、このユーモア溢れる戒名からもその自信のほどがうかがえる。笑いの中に本音が表れている。

この句のユニークな所は、大塚楠緒子と思われる女性に会うことは人の道から外れると言外に言っている点だ。つまり漱石は修善寺での大吐血で一旦死んだという思いがあり、楠緒子とのことは許されるという理屈なのだ。

問題はこの俳体詩を作ったのはいつだったのかということだ。漱石が英国から帰国して間もない明治37年であった。漱石が東京の千駄木に借家を見つけて住んでいた千駄木時代である。楠緒子の家と漱石の家の距離は140mほどであり、道で偶然のように再会した。

ちなみに漱石の墓にある実際の戒名は「文献院古道漱石居士」であり、円覚寺の高僧である釈宗演がつけた。この僧は漱石の人生の師であった人で、漱石の葬儀の導師を務めた人だ。この僧がつけた漱石の戒名は、漱石が自らつけた戒名よりかなり低いものになっていた。

● 路岐して何れか是なるわれもかう

(みちわかれして　いずれかぜなる　われもこう)

(明治32年9月5日) 句稿34

この句の読み方は推奨されている「いずれかこれなる」ではなく「いずれかぜなる」と読みたい。前者の読みでは字余りが過ぎるし、間延びしてしまうからだ。また「これなる」の読みでは生死の路分かれの緊張感がなくなる。是か非か問い迷う意味を出すためでもある。

この俳句は高校の同僚である山川と彼の一高への転出記念にと、阿蘇山への送別旅行に出た時の俳句である。小雨が降る9月1日に阿蘇北側の温泉宿を出て火口原の広大な野原に足を踏み入れた。この後激しい降雨と阿蘇山中央の火口で噴火が起き、雨を含んだ重い火山灰の降下に遭遇した。平坦な草原が一面真っ白くなり、灰の厚く積もった泥濘む道なき平原をさまよい歩くという恐怖を経験した。暗くなる前に予定した阿蘇の出口に到達せねばならないと焦るが、どの方向へ進めば良いかわからなくなってしまっていた。この時慌ててはならぬ、冷静に方向を判断しなければならないと肝に命じて、道標が見えない路なき路を歩いた。

掲句の意味は、「歩いているうちに分かれ道らしきところに出くわして、このとき、火山灰の降り積もった地に真っ白な灰被りのワレモコウを見つけ、どちらの道を進むべきかと問うた」というもの。しかし、漱石は直感で判断するしかなかった。

野に咲いているワレモコウの君は幹が明確に枝分かれしているから、分かれ道に強いはずだ、と漱石はふざけた。これは判断を過たないための自分の気持ちに余裕を持たせる手法なのだ。

ワレモコウはシソ科の植物で、暗紫の実のような花をつけ、吾亦紅とも表記される植物である。つまり紫系の球の花であるが、漱石が見たときには灰色に変身していたのだ。そんな植物に漱石は問うていた。しかも「我は問う」と「吾亦紅」は韻を踏んで洒落ているのだ。

こうして笑いながら冷静な判断を重ね、二人は無事に下山できた。漱石は出くわしたワレモコウに感謝していたのかもしれない。

● 三日雨四日梅咲く日誌かな

(みっかあめ　よっかうめさく　にっしかな)

(明治29年3月5日) 句稿12

日誌とは松山の尋常中学校に勤務していた時の業務日誌なのだろう。当番制で学校の日誌を書いていたようだ。掲句はこの業務日誌を書き終えた後に作り上げた。授業にあまり関心がなくなっていた漱石は、3月に入ってからは白梅の咲くのだけを待ち望んでいた。
句意は「3月3日に雨が降って、次の4日に暖かくなって梅がぽっと咲いたと日誌に書き込んだ」というもの。この嬉しさを抑えきれずに日誌を書いている漱石の姿が見える。

2、3行で1日のことを日誌にまとめる作業は俳句に似て楽しいものであったのかもしれない。もしかしたら日誌には掲句だけを書いたのかもしれない。漱石ならやりそうだ。

この句の面白さは、日誌の中に天気のことだけでなく、梅の開花のことも書いているので、気温が推定できることだ。そして「三日雨」と「四日梅」とで3、4のリズムを作り、しかも雨と梅で「め」の韻を踏んでいることだ。さらには「みっか」「よっか」「にっし」と促音三連発になっている。掲句は落語的俳句の秀作である。

• 三日の菊雨と変るや昨夕より

（みっかのきく　あめとかわるや　ゆうべより）

（明治43年11月3日）日記

この日は気分がハイになっていたようだ。前置きとしての文字は「雨」の一字のみ。文章は書く気にならなかったが、俳句は作ろうと思った。掲句でスタートして7句連続で菊の句を作れたとニンマリしたことだろう。

この句は菊の花の咲く月、陰暦の9月の菊月ことを詠んでいる。この菊月に宮中では菊の節句こと、重陽の節句が行われる。

句意は「菊月三日となり、昨夕より雨になっているが、これはまさに菊雨だ」というもの。好きな菊花のために降る雨と解釈して漱石は遊んでいる。晴れれば菊晴れとなるのであろう。

ところで漱石が修善寺で大吐血した後、東京の掛かり付け病院の長与胃腸病院に再入院したが、少し前に亡くなっていた院長が育てていた形見の大輪の白菊二鉢を漱石は託された。次に新聞社の同僚から見舞いの品を受け取ったが、この小菊の鉢は室内に置き、故院長の大鉢の白菊は日当たりのいい室外に置いた。鉢ばかり三つも病室に置くことは憚られたからだ。そうであれば外の白菊にかかる白い雨は、まさに菊雨ということになる。

• 見付たる菫の花や夕明り

（みつけたる　すみれのはなや　ゆうあかり）

（明治34年2月23日）高浜虚子宛の葉書

「或詩人の作を読んで非常に嬉しかりし時」という前置きがある。英国に来て悶々としていた時、ある詩人に出会ってやっと気持ちが落ち着いたと思えた。

句意は「夕方の薄暗い公園の森をさまよっていたときに、ふと足元に菫の花を見つけた」というもの。漱石は英国で野生の花として咲いている菫を見つけたと俳句にして、「或詩人の作」に出会った時の感激を表した。暗い山の中をさまよっていた時に、可憐な菫に歓迎されたように思えた。それまで心を占めていた空虚さが漱石の美的感覚に合う詩人に出会えて消え去ったのだ。

英国の森には、日本でカタクリの花がかつて山野にあふれていたように、薄紫色で高さが10センチぐらいの菫が雑草のように咲いていたという。密集して咲く菫によって地面がぼーっと明るくなる夕明りのように見えるのだ。弟子の枕流もフランスのパリ郊外の森で矮性のシクラメンが花として密生しているのを見たが、それは不思議な光景であった。漱石が見たのはこれと似た光景であったのかもしれない。

ある詩人とは、同じ日の日記に書いていたジョン・キーツ。「小さな丘につま先立ちて」と題する詩の一節だ。漱石はその英語の詩をそのまま書き写していた。その感想は「面白き句なりし故此に書きたり」であった。漱石は「土手の上に寂しげに咲く花を見た。（中略）説こうとする、ひ弱な花を」と訳される花は菫だと確信した。そしてその花は小さな丘を持つ若い女性だと解釈したはずだ。

漱石が菫を俳句に登場させたのは楠緒子の短歌の影響であろう。明治33年12月には楠緒子が中心になって東大教授夫人たちと「すみれの会」を作り、女たちの社交の場を設け勉強会を開催していた。この会の名前もその活動も英国にいた漱石は把握していたに違いない。日本から文芸誌が送られていたからだ。
その詩の一部を弟子の枕流がストレートに訳して見た。「川岸に一本の花を見つけた。目立たない儚げな花で、プライドなどないような花。うなだれて、涙に潤んだ目でその美しさをじっと見ていた。その花は悲しげな表情で、わかってほしいと私に顔を向ける。」

ちなみにキーツは漱石の約70年前にロンドンに生まれたロマン派の詩人。病によって25歳の若さで死亡した。現代日本で注目されている詩人のようだ。彼の名言は次のものである。『わたしはスミレです。褒めてくださいな。わたしは桜です。かわいがってくださいな。と言ったとしたら、花の美しさは、いっぺんに失われてしまう。』

漱石は「小さな丘につま先立ちて」という題名に想像を刺激するものを感じたのだ。病によって25歳で没したキーツと欧州に一人いる自分を重ねていた。

この虚子宛の葉書には、掲句の前にもう一つの俳句を置いていた。豪華絢爛の舞台を描いた「満堂の閻浮檀金や宵の春」の句で、菫の句を引き立てるものであった。ただ漱石は劇の虚構の世界や華美な世界も嫌いではなく、同宿の年下の男、田中考太郎と熱心に劇場へ足を運んでいた。

・見つつ行け旅に病むとも秋の不二

（みつつゆけ　たびにやむとも　あきのふじ）

（明治28年10月12日）子規送別句会

子規は居候していた漱石の愚陀仏庵から、東京の家に戻ることになった。結核で体が弱っている子規であったが、体調が少し良くなったので帰る決断をした。漱石が俳句仲間と催した子規との送別の宴（出発日の一週間前の10月12日）で、子規を送る句として5句を詠んだ。これはそのうちの一つ。

この旅では、体が辛くて座席で横になって休んでいても、列車の窓から秋の富士山を見落とすことのないように、確認しながら行くようにと俳句で伝えていた。こんなことを言えるのは無二の親友だからこそである。これには今後体は衰弱する一方であり、これを逃すと不二の山を見る機会はもうないであろうと思うからだと伝えている。不二の山は無論のこと富士山であるが、この「不二」は「二つと非ず」であり、「最後の機会」という意味も掛けている。

句意は「東海道線を使って列車で帰る際に、列車の窓から富士山が見えるから見逃さずに帰ってくれ。病身での長旅はきつく飽きるであろうが、富士山を見忘れないようにしてくれ」というもの。漱石は子規に話しただけでは安心できず、短冊に掲句を書いて渡した。

この句は話し言葉を綴っているのが特徴になっている。俳句の中でも子規に口すっぱく念入りに説得していて可笑しい。子規は途中下車して遊ぶことが最後の機会と考えるとわかっていたのだ。

漱石は宴席で子規に対してもう一つの念押しをしていた。体が回復してきた

からといって途中下車するな。まっすぐ帰りを待っている母の元へ行くようにと念押しした。これは「疾く帰れ母一人ます菊の庵」の俳句となって残っている。こうして漱石は子規に東京へ帰るための交通費を渡し、子規を送り出した。

だが子規は寄り道して奈良へ行き、漱石が手渡した金を使い果たした。子規にしてみれば、この機会に奈良で遊ばなければこれからも来ることはないとわかっていたからだ。子規は別の意味で漱石の忠告を守ったと言いたいのかもしれない。

この時作られた句が、かの有名な「柿くへば鐘が鳴るなり法隆寺」である。漱石の指示を拡大解釈したことは痛快であった。激痛の走る体でありながら子規は奈良での遊興を決行した。東京に帰る金がなくなった子規は漱石に電報を打ち、宿に送金してもらった。

＊「海南新聞」（明治28年11月15日）に掲載

・見て行くやつばらつばらに寒の梅

（みてゆくや　つばらつばらに　かんのうめ）

（明治29年1月28日）句稿10

古語の「つばら」とはじっくり、心ゆくままに、の意味であるが、「つばらつばらに」となると、「本当にゆっくりと」になる。足が止まるくらいにゆっくり鑑賞するという感じになる。まだまだ寒い季節に咲く梅をありがたく、珍しく思いながら、そして何かを思い出しながらゆっくりじっくり見て行く漱石がいる。

この句に「つばらつばらに」の古語が使われているのは、連想として奈良時代の歌人である大伴旅人の歌、「浅茅原　つばらつばらにもの思へば　故りにし郷し　思ほゆるかも」にたどり着くように仕組んだからだ。（古歌の意味：背の低い茅萱が生えた原野をゆっくり歩いてしみじみと物想いすれば、かつて住んだ都のことが懐かしく思い起こされる）

漱石は大伴旅人の歌に関連づけた掲句によって、漱石の好きな梅は古くから日本人に愛されてきたことを示したかったのだ。明治時代は現代同様に桜偏愛の時代になっていることを残念に思っていた。またこの歌は旅人が大宰府に赴任した際に詠んだもので、東京から遠い松山に転勤してきている漱石の気持ちを旅人の心境に重ねている。

この句は松山に住んでいた漱石が1月28日に子規宛に出した手紙に同封した句稿にあった句の一つで、まだ寒い東京に住む子規に松山の梅の開花を知らせた。

・南九州に入つて柿既に熟す

（みなみきゅうしゅうに　はいってかき　すでにじゅくす）

（明治30年10月）

「九月十日熊本着　1句」と前書きしている。高等学校の夏休みの間に東京の実家に帰り、6月に亡くなった父の墓参りを済ませた。7月4日から鎌倉の宿に、妻と別居して長期に宿泊していたが、9月10日に熊本の家に戻ってきた。妻は10月末まで東京に残っていた。

まだ熊本第五高等学校は夏休み期間中であったが、学校行事の関係で早めに戻ったのだ。漱石は学校での用事を済ませるとすぐに南九州にすぐに出かけたようである。南九州に行くと秋は熊本より進行していて、柿の実は熟して食べごろになっていた。赤い色が溢れた地域は、文化都市の熊本とは違う南国だと認識させた。独特の風土だと感じたようだ。

この句の面白さは、熊本は中九州で鹿児島は南九州と区分けしていたとわかることだ。関東の人間は九州を北九州と南九州に二分して表示することが多いが、九州に住む人は、熊本と大分をまとめて中九州と呼んだようだ。しかし大分県では東九州という呼称も用いられていたという。ややこしい。現代ではもっとややこしい。

ところで漱石は「9月10日熊本着」のあと、「南九州に入つて」どの場所へ行ったのか。西南戦争の舞台になった熊本城の近くに住んでいた漱石は、かつて「鳴きもせでぐさと刺す蚊や田原坂」（明治30年5月）の句を作っていた。漱石は江戸の町をテロで荒らした薩摩武士を快く思っていなかった。やはり西郷の鹿児島市の城山に行ったのだろう。

＊雑誌『ほとゝぎす』（明治30年10月）に掲載

・峯の雲落ちて筧に水の音

（みねのくも　おちてかけいに　みずのおと）

（明治23年9月）

この句は、漱石が23歳の時の句で、子規の添削を受けて修正されたものである。句意は「雨雲が雨を降らしている中で、筧の打ちつける音が庭全体に届く。入道雲は、形を変えながら雨を降らし、雨は音を立てながら筧を満たす」というもの。

この句の面白さは、まず「水の音」は筧の岩に打ち付ける音でもあり、水の流れる音でもあることだ。そして、筧の発する音は「カケーイ」という音に聞こえる気がすることである。次に、水の語は「筧に水」と「水の音」の両方にかかっていることである。水を効率よく使っている。

この句に対してある著名俳人が次のように評している。「雲の峰なら入道雲で夏の季語であるが、峰の雲では季語なしとなる。（＊巨大な入道雲と小さな筧の）大小の変化があって面白い、と言っても子規の添削があってのこと」と厳しい。だが若い漱石もその後の漱石も、そもそも季節の語は用いるが季語はそれほど重要視していないのだ。

この句の別の面白さは、「峰の雲落ちて」にすることで、崩れた雲が水と一緒に筧に落ちると錯覚する可笑しさが生まれることだ。漱石はこの面白さを重視しているのだ。漱石はこのような幻想的な俳句をよく作っている。変化し減量を続ける雲が筧に入って空に響くカーンという甲高い音が生まれ、庭全体に響き渡ると見ているのだ。漱石の句はユーモアが溢れている。

（原句）「峰の雲落ちて声あり筧水」

峰の雲落ちて声あり筧水

（みねのくも　おちてこえあり　かけいみず）

（明治23年9月）

掲句は子規に俳句を添削されたことによって「峰の雲落ちて筧に水の音」となった。ある著名俳人は子規の添削が優れていると褒めていたが、原句である掲句の方が味わい深いと感じる。単に庭の筧に流れる水の音と雷鳴を聞いている光景を描写した句よりも、漱石の驚きの思いが伝わり、夏の自然を躍動感を持って描いた原句の方が面白いと感じる。

句意は「目の前に盛り上がって見えている積乱雲から、筧のある庭近くに雷が落ち、その音が周囲に響くと同時に人の声が上がった。そして水を溜めた筧が動いて岩に当たった音がした」というもの。

漱石は積乱雲の下にある庭の筧の近くに立っていたので、落雷の鋭く大きな音を聞いて飛び上がり、自分も「おっー」と声を上げた。その後に続いた筧の強く甲高い音にも驚いたことを俳句にしたのだ。まさに音の共演が目の前で演じられたことに感動したのだ。つまり庭では雷鳴、落雷の音、驚きの声、筧の音が庭に響き渡った。その時、漱石は自分も声を発したことを俳句に書き残したくなった。

この頃の漱石は、まだ俳句の初心者であったが、大胆でユニークな俳句を作っていた。

著者が作った漱石年譜によると、漱石は明治23年の8月下旬から9月上旬まで眼病のトラコーマを治すために箱根に逗留していた。箱根町の旅館に滞在していた時に強烈な雷鳴と落雷を経験したと思われる。

漱石はこの9月に帝国文科大学英文学科に入学することが決まっていた。入学までに眼病を治す必要があった。漱石は強烈な落雷を目撃したことで眼病が治った気がしたことだろう。

蓑の下に雨の蓮を蔵しけり

（みののしたに　あめのはちすを　かくしけり）

（明治40年頃）手帳

漱石と禅僧が寺の庭を前にして僧堂の縁に座って話していた。その僧が目の前に広がっている蓮池の蓮の花を切ってきて進ぜよう、と立ち上がった。そして小雨の中、蓑を身につけて池の端に係留してあった小舟に乗った。短い竿を巧みに使ってその舟をゆっくりと池の中へと移動させた。この様は直前句の「ほのぼのと舟押し出すや蓮の中」の句に描かれている。

その僧は蓮の茎を何本か切ったあと、雨に濡れた蓮をそっと蓑の下に隠すように差し入れた。

漱石はこの僧の仕草にも「ほのぼのと」したものを感じたのだ。僧はあたかも蓮の花の中にこれ以上雨が入り込まないように気を使っているように思われた。その僧にとって池の蓮の花は大事で分身のようなものなのだ。仏語の蓮華は清浄さを表す言葉になっている。

ちなみに釈迦は蓮を好み、釈迦像は蓮の上に座っている。俗な言葉で「蓮は泥の中でも綺麗に咲くことはできる」というものがある。蓮は周囲の色に染まることなく、いつも自分の色で咲くということなのだろう。

この蓮の咲いている寺は時代に取り残された荒れ寺で、訪れる参詣者はほとんどない。13年前に円覚寺で顔を合わしていた雲水が禅僧としてこの寺にきていた。

蓑虫のなくや長夜のあけかねて

（みのむしの　なくやながよの　あけかねて）

（明治28年9月か）松山句会

ミノムシは枕草子にも登場し、俳人にも人気の虫だ。そして鳴かないのに「ミノムシが鳴く」と表されて、弄ばれている。確かに「ミノミノ」と鳴くような気がする。

句意は「秋風が吹いて物悲しくなってきた。木の枝にぶら下がったミノムシが鳴いているのかもしれない。閉じこもるミノムシと同じようになかなか夜が明けない」というもの。漱石はさみしい初秋の夜であるから、何か愉しいことを考えようとした。芭蕉も「蓑虫の 音を聞きに来よ 草の庵」を作って遊んでいる。芭蕉も秋の夜長は苦手なのだ。

「蓑虫鳴く」は江戸時代から多くの風流な俳人が用いた秋の季語。風の音やら人のひそひそ声がどこからともなく聞こえてきるさまを、木の枝にぶら下がっている地味な色の蓑虫の声にしたのは、風流で面白い。漱石も芭蕉同様に秋の夜長は退屈なのだ。漱石は神仙体俳句のような空想的な面白い俳句をよく作っていた。漱石の俳句心には落語を思わせる楽しいものがある

この句の面白さは、「あけかねて」にある。秋の夜が長くてすっと明けないのはミノムシがいるせいなのだと笑う。そして漱石はミノムシを真似て布団に潜ったままになっている。そしてそもそも夜遅くまで起きているのは、ミノムシの声が気になって眠れないからだと言い訳している気がする。

＊『海南新聞』（明治28年9月25日）に掲載

身まかりてあらましものを普門品

（みまかりて　あらましものを　ふもんぼん）

（明治37年11月頃）俳体詩「尼」7節

句意は「(子規が）亡くなってから予想されたことだが落ち込んでしまったので、経典の普門品を手にした」というもの。古語の「あらます」は予想する、あれこれ思いを巡らす、ということ。

親友で俳句の師匠でもあった子規が亡くなってから、漱石は茫然自失の状態に陥っていた。この状態を脱しようと激しい経典である普門品（法華経の経典である観音経）を入手して読もうとした。子規が明治35年9月19日に没してから、掲句を作るまでの期間漱石は腑抜け状態になっていた。この状態を脱したのは、掲句の前に置かれている俳体詩に書かれているように、梅一輪の花が咲いた時であった。初めて書いた小説「吾輩は猫である」が文芸誌「ホトトギス」

誌に掲載された明治38年1月のことと思われる。それまでは2年4ヶ月にわたる冬の季節が続いていたことになる。

詳細に記述すると、うつ状態を抜け出したのは、虚子の勧めで小説を書き始めた明治37年11月であった。この月内に集中して「吾輩は猫である」（刊行された小説の第一部）を書き上げてしまった。

掲句に続く文句は「おこたりそめてなかなかに憂き」である。この部分の意味は「ずっと読めずに観音経を放置していて憂いが募っていた」というもの。観音経を読めずにいたことで生きる気合は低下したままであった。より深刻な状態に陥っていた。

ちなみに先の「梅一輪」の語は掲句の前に置かれた「生きて世に梅一輪の春寒く　雪斑なる山を見るかな」の中にある。

・耳の穴掘って貰ひぬ春の風

（みみのあな　ほってもらいぬ　はるのかぜ）

（大正5年）手帳

漱石は日の当たる縁側で、妻に耳垢をほじくってもらっている。漱石は気持ちよさそうに頭を妻の膝に預けて、春の風を感じている。風通しの良くなって来た耳の中に春風が入り込むのを感じている。

この句の面白さは、漱石は前年に妻が漱石のために仕組んだ京都祇園遊びの計画に乗って出かけたが、その京都で体調を崩して妻に迎えに来てもらったことで妻に頭が上がらない状況をなんとか打破しようとしたと思われることだ。漱石はスキンシップ作戦に出たのだ。自分で耳垢取りはできるが、あえて妻に依頼した。

この句は、病の進行と体力の低下によって死の近づきを自覚する漱石にとって辞世の句の一つであると考える。芭蕉の辞世の句のようにあの世の枯野を持ち出すのではなく、漱石らしく落語的な軽妙な笑いの句に仕立てたのだ。

漱石は新婚3年目の明治31年に妻が自殺未遂した夜に「病妻の閨に灯ともし暮るゝ秋」の句を作っていた。しかしそれ以降に妻は漱石俳句にまったく登場していなかった。死の到来が近いことを予感する漱石は、妻との関係が新婚時代に戻ったことを記して辞世の句としたように思われる。この妻への感謝を表す俳句としたことは、まことに漱石らしいと言える。

子規の辞世の句はヘチマの句であったが、漱石のこの辞世の句は面白さとユニークさで負けていない。次の二つも辞世の句に該当すると考える。大正5年11月に作った「瓢箪は鳴るか鳴らぬか秋の風」と「吾心点じ了りぬ正に秋」である。

漱石の死後、妻は「漱石の思い出」という随筆を書き、「漱石の頭は悪くなっていた」と漱石は神経衰弱状態の日々であったと回想した。この記述を見た小宮豊隆は、古くからの弟子で漱石宅に最も頻繁に出入りし、鏡子に可愛がられていた身であり、鏡子に忖度しながらも我慢ならず、評伝「夏目漱石」の中で反論した。「漱石は道理に戻る一切のものを、機敏に看破する、鋭敏な感覚を持っていた。同時に漱石の想像力は豊富であり、漱石の頭脳は迅速に活動した。誰にも気がつかないほどのちいさな汚染でも、漱石の目には大きなものとして映り、のみならずその中にあるあらゆる悪の芽を含むものとして、忽ちのうちに顕著な花に咲きいでる。」として、妻の目には精神病に見えるものは漱石の天才的な頭脳がもたらすものと書き記した。この種の意見を持つ関係者は他にもいる。漱石の遺体を解剖した真鍋博士もそうであった。

漱石は、漱石夫婦がすれ違いに終わることを予想していた。しかし、漱石は夫婦とはそういうものだという諦めもあったに違いない。この心境が掲句に表れているとみる。掲句は漱石の妻との和解を試みた句でもある。

• 耳の底の腫物を打つや秋の雨

（みみのそこの　はれものをうつや　あきのあめ）

（明治44年9月25日）松根東洋城宛の書簡

耳痛の松根東洋城を思いやった句である。ワシは痔の手術で大変だったが君は耳の方で大変だったね、と同情する手紙を出した。

漱石は大阪での最後の講演を終えて帰京する車中で尻の状態が悪化し、東京で痔疾の手術を受けた。9月は秋の雨が降り続いていたのだろう。重い気分の中で痔の手術を終えて作った掲句は、やはり陰鬱なものになっていた。

長いこと痔の痛みには悩まされてきた漱石であったが、尻の痛みは胃痛に隠れていた。前年の明治43年8月に起きた修善寺での胃潰瘍の悪化による吐血があり、そして修善寺と東京での長い療養を経てやっと関西講演旅行をするまでに回復した。この間小説執筆ができなかったことの穴埋めとしてこの講演旅行は企画された。漱石はこの関西各地での講演旅行を終えた後、すぐさま痔疾の手術を受けることになった。

そんな漱石であるが、耳は脳に近いことから弟子の松根東洋城の耳痛を自分のことのように心配した。

句意は「秋の雨の降る音が、耳の底の腫物にさわるようだ、いや心拍音が響いて痛む」というもの。心拍音が耳の奥に伝わる様を漱石は想像していた。自分の痔の痛みの状態を思い起こし、東洋城の身体ではズキンズキンという心拍音が脳に伝わっていることを思っていた。

ちなみに漱石の肛門切開後すぐに作った俳句は、「風折々萩先ず散つて芒哉」と「切口に冷やかな風や厠より」の句である。手術は成功したが、別の痛みが出てきたのだ。傷口のガーゼの詰め替えが辛かったのだ。この状態下で掲句を作っていたことになる。

• 見もて行く蘇氏の印譜や竹の露

（みもてゆく　そしのいんぷや　たけのつゆ）

（明治43年9月27日）日記

「蘇氏の印譜」は「蘇氏印略」と言われるもので、中国明代の篆刻家蘇宣の印譜集であるという。印譜の読みは「いんぷ」が正しい。古印や篆刻の印影を集めた書物のことだ。漱石は明治42年8月刊の光風楼書房版の「蘇氏印略」を所持していた。修善寺の療養していた部屋で持ってきたこの本を漱石は開いて見ていた。「竹の露」とは竹根印のことで根の節の部分に刻んだもの。丸い印になるので竹の露と洒落た。「見もて行く」とは、「ゆっくり見てゆく」の意である。

句意は「蘇氏印略のページをめくりながらじっくり見てゆく。赤く印刷された個々の竹製の印の書体を見比べている」というもの。漱石は仕事に復帰する際には新しい印鑑を使おうと考えた。当時は新刊本の奥付に著者印を押していたが、この印を新調することにした。新規蒔き直しの気持ちになっていた。地元の印章屋が漱石の部屋に呼ばれたのかもしれない。

掲句の一つ前の句は、「佳き竹に吾名を刻む日長かな」であった。蘇氏印略をじっくり見て、やっと彫る書体とデザインを決めた。この日の日記には床の布団の上で顔を洗い、食事をしたとある。「昨夜もよく寝ず。寝れば必ず夢を見る。然し寝ていることが大変楽になった」と書いていたが、好きな書の本を見て、気分は良くなっていた。8月23日に大吐血して1ヶ月以上が経過して、粥を食べる毎日ではあったが体調は上向いていた。

ちなみに漱石の落款印は58点あり、使い分けていた。どれも有名な篆刻家の作ではないという。面白ものに仕上がればそれでよかったのだ。漱石は絵も書も書いたので、これらに押す落款印の数は増え、マニアになってしまっていた。

・宮様の御立のあとや温泉の秋

（みやさまの　おたちのあとや　おんせんのあき）

（明治43年8月20日ごろ）手帳

修善寺温泉を訪れた宮様は北白川宮であった。漱石は避暑を兼ねて胃潰瘍を癒すために8月6日から修善寺温泉に来ていて、2週間が経過していた。そこへ宮様が漱石のことを聞きつけたのか後を追うように修善寺温泉に来られ、静かな温泉場は急に騒がしくなった。漱石の弟子の東洋城が世話係として同行していた。宇和島の殿様の家系である東洋城は宮内庁の職員であったからだ。

句意は「北白川宮がお立ちになると温泉町は急に静かになった。これで温泉場は秋らしい静かな環境に戻った」というもの。まだ療養の効果は出ていないし、逆に体調は悪化している気がしていた。小吐血のことを聞きつけた鏡子が到着した8月19日の夜にまた吐血があった。東洋城から北白川宮が漱石との面談を希望していると聞かされていた漱石は、勘弁して欲しいという思いがしていた。その北白川宮が修善寺温泉を出発したと聞いてホッとしたのだ。

この句では宮様の御立を秋の立秋にかけている気がする。そして宮様は帰られたが、秋はこれから腰をどっかりと下ろすと考えてニンマリしている。

＊『国民新聞』（明治43年8月24日）に掲載、のちに雑誌『俳味』（明治44年5月15日）にも掲載

・見ゆる限り月の下なり海と山

（みゆるかぎり　つきのしたなり　うみとやま）

（明治28年10月）句稿2

松山の城山に登って下界を見下ろしている。目の前の空の上の方に満月がどんと浮かんで見える。夜でもきらめく海が遠くに見え、足元の小さな山々の先に平野が広がり海に連なっているのがわかる。

句意は「松山の中央にある城山に立つと街の家々を見下すことになるが、夜空の月は、遠方の海と山まで見下している」というもの。月は海の潮の満ち引きに大きく影響し、大地の山野の植物の成長にも影響を与えている。昔から野菜は満月の時に収穫すると美味しいと言われていた。木材においては9月〜2月の満月の翌日から新月までの間に伐採するといいとされる。木は腐りにくく、カビは出にくいので良い丈夫な木材になるという。木の成分が微妙に変化する結果なのだ。

月は太陽に比べて地球に与える影響は小さいとみなされる。だが月が地球の周りを周回することで太陽の引力と月の引力が引き合って太陽の影響力を抑えている。また月は地表に暴風が吹くのを抑えている。月がないと人が地面に立っていられないくらいの強風が吹き続けることになるという。他の惑星と同じような状態になる。単に地球は太陽から適度な距離のところを回っているから生物、人間が生きられるという話ではなくなる。地球から月が分離したと言われている月に感謝しなければならないと思う。

掲句は広大な自然を描いた清々しい俳句である。この句を見ていると、漱石のこころには自然科学者のそれがある。

・見るうちは吾も仏の心かな

（みるうちは　われもほとけの　こころかな）

（明治24年7月23日）子規宛の書簡、

（明治24年8月3日）子規宛の書簡

漱石全集にはこの句に「蓮の花」と注記がある。これを前書きとすれば、理解しやすくなる。「蓮の花を見るうちは吾も仏の心かな」として考えてみる。仏の心を持つということは、蓮の花と共にいる釈迦の姿を思い浮かべていることになるのか。

句意は「蓮の花を見ている時には、または蓮の花を心に描いている時には釈迦の気持ちと同化している。このときには穏やかな気持ちになっている」というもの。このような俳句を作っている時は、釈迦を身近に感じているようだと漱石は言う。

掲句は漱石が東京の帝大1年生であった時の句である。漱石はこの句を作る

際に今までの重苦しい諸々のことを思い起こしている。掲句を作ったことは漱石流の悟りの一つなのであろう。確かに厳しい現実に遭遇した時に、蓮の花を眺めていることで、また釈迦をイメージすることで、結果として気持ちは落ち着き、釈迦は救いの手を差し伸べてくれたことになるからである。短い時間でも冷静になることができるということなのだろう。それが仏のご利益であると考えることもできると。

漱石は22歳乃至24歳の頃、家族の問題に加えて、自分の恋愛問題で重度に悩んでいた。漱石はこの句を作って心を少しは落ち着かせることができたのだろう。

●見るからに君痩せたりな露時雨

（みるからに　きみやせたりな　つゆしぐれ）

（明治32年頃）手帳

松山の句会で一緒だった霽月（せいげつ）が漱石のいる熊本に仕事で来た時に、漱石は霽月の宿を訪れた。久し振りに会った村上霽月は会社経営に精を出していて確実に痩せていた。たまには遊んで息抜きをしないとまずいぜ、と言ったのかもしれない。

露時雨は季語になっていて、晩秋のさっと降る雨または草木についた雨がポロポロと落ちる様を指す。掲句では、晩秋になって友人の体の肉が露と同じように落ちてしまっていることを指しているのだ。漱石は、霽月という俳号は雨上がりのさっぱりした月のことだが、さっぱりし過ぎだとふざけている。この霽月は漱石の松山時代に虚子と3人で、神秘幻想的な神仙体俳句に挑戦していたこともあり、霽月と漱石は気楽に物が言える間柄なのだ。

この句の面白さは、露時雨の言葉には「露しらず」と言う意味を込めていることだ。「君が熊本に来ているのを全く知らなかった」「そんなに痩せてしまったとは全く知らなかった」という気持ちを込めているのだ。

このあと、そんなにビジネスばかりでは体を壊すよ、たまに息を抜かなきゃ、と諭したのだ。それを次の俳句で示した。「旅の秋高きに上る日もあらん」と。熊本にもいい女性のいる館があるよと教えるのだ。京都にはもっといいところがあるぞと教える。社長の君が倒れては社員が大変だろうと諭す。

●見るからに涼しき島に住むからに

（みるからに　すずしきしまに　すむからに）

（明治37年6月）小松武治訳『沙翁物語集』の序

「小羊物語に題す十句」の前置きがある。10の物語からなるシェークスピア翻訳本の序文を頼まれ、漱石は各々に句をつけていった。掲句は「テンペスト」に対応するものだ。テンペストは嵐の意味で、船は大嵐にあってある島に流れ着く。その島には政略によって地位を奪われた男とその娘がいた。その島で復讐が企てられ、ドラマが展開する。離れ島は「見るからに涼しき島」であったが、そこに吹いた嵐によって人間感情の渦巻く島に変わった。

漱石は英国から帰国したあと、東京で英語教師の仕事をしていたが鬱陶しい気分に襲われていた。留学前の取り決めによって帰国後の4年間にわたる教職勤務を義務的に続けているだけであった。この頃の漱石はイライラの毎日でありうつ症状を呈していた。どこかの涼しい島にでも住みたいものだと思っていた。

句意は「離れ島に送られた父娘は、一見して貧しく生活していたが、そこに復讐の嵐が襲いかかった」というもの。この島は瞬く間に騒々しい、危険な島になって行った。

この句には、「見るからに」と「住むからに」の対句の音の重なりがあって、シェークスピア劇の韻をふむ楽しさを踏襲している。そして漱石の最大の面白さは、テンペストのストーリーを俳句に凝縮したことである。漱石は表現に不満足の点があっても涼しい顔をすることにしていたからできた。

ちなみに前置きにある「小羊物語」は何のことか。『沙翁物語集』は、Charles・Lambが書いた「Tales from Shakespeare」の翻訳語である。漱石は著者の名前を用いて洒落た書名を創作した。Lamb（子羊）さんが書いた本は「子羊物語」となった。これは「シェイクスピア物語」と同義である。悲劇の俳句に笑いをつけている。

見るからに涼しき宿や谷の底

（みるからに　すずしきやど や　たにのそこ）

（明治32年8月29日）手帳

この句は阿蘇の熊本市側にあった戸下温泉で作ったものである。この温泉地は白川の上流域にあって、谷底に温泉が湧いていた。この地はのちにダム建設によって消滅した。漱石はこの年の8月末に同僚の山川と泊まっていた。山川の一高転勤を祝う送別旅行であった。

まだ暑い季節であり移動するだけでも大汗をかいた。宿から下りて谷底の湯に浸かって汗を流し、涼しい川風に当たった。エアコンのない時代であり、この露天風呂のある崖下は別天地であった。

この句の面白さは、「涼しき宿」が「谷の底」にあると誤解されるようにできていることだ。実のところ、露天風呂は崖下の川にあって、旅館の宿は崖上にあった。阿蘇の裾野の崖上も風通しが良く、涼しいところであったのは間違いない。そして谷底の温泉風呂も宿の一部であるのも間違いない。漱石は読み手の子規が涼しさを感じられるように俳句をデザインした。

迎火を焚いて誰待つ絽の羽織

（むかえびを　たいてたれまつ　ろのはおり）

（明治43年12月）『思ひ出す事など』「十七」

この俳句は夏のお盆の句で、先祖の霊を我が家に迎え入れる準備をしている様を描いている。漱石は『思ひ出す事など』の中の文には、次の箇所がある。「物理、数理の天才がいろんな不可思議な現象を解明できると表明しても、自分にそれができない以上はどんな綿密な学説でも吾を支配する能力は持ち得まい。余は一度死んだ。そうして死んだ事実を平生からの想像通りに経験した。果たして時間と空間を超越した。（中略）ただこの不可思議を他人にも待つばかりである。」掲句をこの後に置いた。

つまり漱石は科学者であるが、その能力、知識を超えるものがこの世には存在することを経験した。そしてそれを経験した以上はそれを信じ、公言するという。今までこの世が続いていたのであるから漱石のように臨死した人は多く存在したはずだ。しかし人は世間の攻撃、不審を恐れて臨死体験を綿密に示してこなかったと言いたいのだ。漱石も緻密にはこのことを報告しないが、臨死を体験したことを『思ひ出す事など』の文章ではっきり表した。

これらの記述を読むと、掲句の句意は次のようになる。「習慣としてお盆の時期なると迎火を焚き、正装としての絽の羽織を着て先祖の霊を家に導くというが、先祖たちは霊のことを知っていたのだ。そして私も臨死を体験したので霊、魂の存在を認める。昔から伝わる行事の真の意味を理解する」というもの。

＊『思ひ出す事など』「十七」は『東京朝日新聞』（12月24日）に掲載

三者談

先生の要旨は「自分は死者の霊魂と人間との交通はありそうな気もする。しかし従来のスピリチズムに関する学者の説などを読んで見ても、一向に取り留めがなくてコンヴィンスなものは一つもない。しかしそうかと云ってこれを否定するわけにも行かない。却って心の底にはそういう不思議な夢を見んとする心持ちがかなりある。」スピリチズムを信じたかったと思う。幽霊になりたかったのである。この句は、他人の行動を批評しているようにも見える。

麦二寸あるは又四五寸の旅路哉

（むぎにすん　あるはまたしごすんの　たびじかな）

（明治29年3月5日）句稿12

秋に麦の種をまいた畑は旧正月の今頃は、高さ二寸（7センチメートルほど）までに伸びていた。田植えまでにはまだ間がある。松山付近では二毛作が行われていて、乾田での麦の収穫が終わると田に水が張られて田植えの準備に入る。

掲句の解釈で参考になるのは、掲句の前に置かれている5つの菜の花が登場する俳句群である。松山の城山から海岸を目指して歩き出した経過がわかる句になっている。漱石は4月になると松山のはずれにある三津の浜の港から熊本に向けて旅立つことになっているので、立っている城山から眼下の海岸まで歩

いてみようと思って歩き出した。延々続く菜の花畑の中に麦畑があった。

海岸までの道の途中の菜の花畑は伸びてかがんでみると姿が隠れる高さになっていたが、途中にまばらにある麦畑の麦は背が極端に低かった。漱石先生はこの意外な麦畑を見て掲句を詠んだ。

ここで解釈する上で重要になるのが、「あるは」である。「あるから大丈夫、現状をみると」の意味になる。そして「又四五寸」の「又」には、「同様に」の意味だけでなく「それ以上の、その上になる」の意味がある。そして、又には股が掛けられている。「又四五寸」を「股下四五寸」として解釈を試みた。昔の袴はキュロット型スカートの造りであった。つまり「股の下の四、五寸」とは袴の裾下寸法が四、五寸でほぼ15センチメートルということになる。つまり漱石は草鞋をはいて袴をばたつかせて城山から港まで歩いたことを俳句は示す。

句意は「高さが2寸以上に伸びた麦畑の中をずんずん歩こうとした。袴の股下は四、五寸だから、この格好でもまだ畑の中を歩けそうだ」というもの。この旅路は散歩程度であったが、漱石は麦畑縦断を大げさな旅路と表現して言葉でも遊んでいる。

・麦を刈るあとを頻りに燕かな

（むぎをかる　あとをしきりに　つばめかな）

（明治30年5月28日）句稿25

漱石は掲句を「菊地路や麦を刈るなる旧四月」という句の直後に置いている。漱石は麦刈りを見ながら、そして流れる麦の香りを嗅ぎながら畑道を歩いている。夫婦が並んで麦を刈っているのだろうか。その作業を応援するかのように刈り倒された麦が並べられている畑の上を何羽ものツバメが飛び交っている。ツバメは畑の中で餌を求めて、必死に飛び回っているのがわかる。

麦の株の中にいる昆虫をツバメは探しているのだ。麦が刈られてしまうと株の根元が露出し、飛ぶツバメは隠れていた昆虫の姿を見つけやすくなる。だが虫の方も必死に隠れようとする。横に刈り倒された麦の束の中に駆け込むのもいるだろう。そうなるといくら目のいいツバメでも見つけにくくなる。そこで何度も同じところを「頻りに」飛ぶことになる。

昨晩は畑で気持ちよく鳴いていたコオロギも今日はツバメに追われるのだ。ツバメも虫も互いに大変なのだ。そして麦を刈り進む農家人も。今年の麦の収穫量で生活が左右されるからだ。漱石だけがのんびりと麦の畑を見ている。

・むくむくと砂の中より春の水

（むくむくと　すなのなかより　はるのみず）

（明治29年3月5日）句稿12

漱石は砂地の底から踊るようにむくむくと噴き出る水を富士山の麓の忍野で見ていたが、あの泉のイメージを描いているのか。それとも松山市内の出水神社の湧水なのか。春になると湧水の粘性が増すように感じられ、また噴出する水の量も増しているように感じる。

「むくむく」はムラムラに通じるところがある。春が近づくと雄である若い男は春の湧水のように血液量が増えて活性化するように感じるが、あの感じであろうか。漱石は「むくむく」と血が湧き上がるのを感じて春の暖かさ、到来を感じたのであろう。

同じ時期の直後句として「白き砂の吹ては沈む春の水」の句がある。同じ透明度の高い湧水を描いている。湧水で噴き上がった白砂は周囲の少し離れたところでゆっくりと沈む様子を描写している。これは湧水の勢いの低下、落ち着きを感じさせるが、これも湧水の比較的穏やかな「むくむく」感の表現になっている。

漱石は珍しく生き生きした生々しい表現の俳句を作ったが、何を表したかったのか。東京の鏡子と結婚が決まった3ヶ月後の句であるから、この句は漱石の結婚が絡んでいると見た方が、楽しい理解になる。漱石の結婚生活への期待感の表れであろう。今風に表現するならば、漱石は「小さくガッツポーズ」というところなのであろう。

来月には熊本に移動するので見納めとして松山市内の寺歩きをしていたから、学生時代の20歳の時に、仲間と登った富士山の裾野で見た、忍野の噴き上がる湧き水の光景を思い出していたのであろう。

・武蔵下総山なき国の小春かな

（むさししもうさ　やまなきくにの　こはるかな）

（明治28年11月22日）句稿7

東京、埼玉あたりを武蔵国といい、その東隣の千葉県北部を下総といった。武蔵下総の両地域は関東平野のど真ん中で平坦な地域である。そんな地域は風もあまり吹かない。小春日和になると山のない広い空を見上げて春の気分に浸れる。旧暦の10月は寒さが気になり出す頃だが、漱石は春めいた天気に出くわしてとホッとした。

漱石は明治28年の晩秋には松山にいて、この時期に関東を旅することはなかった。そうであればこの句は想い出の句ということになる。はやり教師の仕事につく前、学生の身分で武蔵下総を放浪した時の句なのだ。

前年の明治27年の秋に漱石は大塚楠緒子と別れる決心をして、友人の保治に彼女を譲り、落胆してうつ状態に陥った。この時期に宮城、神奈川を放浪した。この時期に下総にも入ったのかもしれない。この時の漱石の気持ちをこの句は表している。つまり武蔵下総の山なき国は川がのどかに流れ、空はどこまでも広がり、深呼吸をしたくなったのだ。

だが漱石は別れた大塚楠緒子との精神的なつながりが切れなかった、いや切らなかった。漱石は生涯悩みの中で生きることになった。この思い、この精神状態は将来文学者、小説家として生きることを決心した時の精神的支柱になった。

ちなみにこの句を作っていた頃の心は穏やかであったが、12月中旬に「親展の状燃え上る火鉢哉」と燃やした後の「黙然と火鉢の灰をならしけり」の句を作った頃は、心は波立っていた。忘れようとしていた楠緒子から保治と結婚したことを後悔する手紙が来たからだ。

＊『海南新聞』（明治28年12月27日）に掲載

三者談　この句の理解をするために最も長い考察をしている。どこか高いところから見下ろしている方が武蔵野の広さを表せる。この句は東京の東端に実際に立っていてぐるっと見回している図だ。この句では地理を細かく吟味する必要はない。ぼうっとしている句なのだから。

•武蔵野を横に降る也冬の雨

（むさしのを　よこにふるなり　ふゆのあめ）

（明治29年1月28日）句稿10

漱石は久しぶりに東京の冬を体験して松山に戻ってきた。同じ冬の雨でも松山と東京では降り方が違っている。西高東低の気圧配置によって越後山脈を越えて武蔵野の台地に吹く西寄りの風は強く、雨はその風に乗って斜め横から降る。「冬の雨」は時雨の時季をすぎて降る冬の冷たい雨である。いよいよ雪の混じる気配が感じられて、凍りつくようになる。

漱石は中国的に大げさに「横に降る」と表現した。子規はこのように表現した漱石の俳句に首を横に振ったのか。

この句の面白さは、明治時代の武蔵野に降る冬の雨は広い関東平野の地表を滑るように強風に乗って横から降ると観察していることだ。群馬のからっ風が垂直に降る雨を横向きに転換する。漱石はこんな振り方をするのは雨でないと言いたいようだ。

ちなみに芭蕉は「冬の雨」を入れた句を「笈の小文」の旅の途中で詠んでいた。名古屋の鳴海の弟子宅に立ち寄ったときの雨を、「面白し雪にやならん冬の雨」と表現した。時雨とは違う冷たい雨が降っていたが、じきに雪になるとわかる雨なのだ。感性の鋭い芭蕉は、雨が雪に変わる様を見て面白がった。

•貪りて鶯続け様に鳴く

（むさぼりて　うぐいす　つづけざまになく）

（明治30年2月）句稿23

人が春を待ち焦がれるように、ウグイスも山から早く里に降りたいと思って春を待っている漱石は楽しくいう。そのウグイスは体を慣らす「ウグイスの谷渡り」をしながら人のいる里に降りて来て、喉の調整をした後「ホーホケキョ・ケキョケキョ」と息長く鳴くようになる。そして自信を持ってくると続け様に鳴くようになる。

句意は「初春のまだ寒い時期に山から降りて来たウグイスは、里でまるで春を貪るように、続け様に鳴く」というもの。梅の花が咲き始める頃になると、ウグイスは春を待ちかねたように里で一心不乱に鳴き続ける。梅の花との再会を喜ぶように鳴き続ける。このウグイスの鳴き方を聞いて、里の人も漱石もウグイスの春に対する思いが強く表れていると感じる。貪るは「飽きることなく続けること」の意味もあり、鳴き続けるウグイスの声に漱石はついには「もうけっこう」だという思いを持ったのだ。

松山から山に囲まれている熊本に移った漱石は、熊本第五高等学校での英語教授の仕事にも慣れて、ウグイスの鳴き声を余裕を持って聞けるようになっていた。掲句の前後には面白い表現の俳句が置かれている。「落ちさまに虻を伏せたる椿哉」「のら猫の山寺に来て恋をしつ」「ぶつぶつと大なる田螺の不平哉」などの句がある。この時期の漱石は、新天地に来てよかったと思っていた。自然が豊かな火の国の熊本は、漱石の気質に合っていた。

•虫売の秋をさまざまに鳴かせたり

（むしうりの　あきをさまざまに　なかせけり）

（明治30年8月22日）子規庵での句会稿

路上で色々な秋の虫が賑やかに鳴いている。行商の虫売りが籠に入れた秋の虫を売り歩いている光景を想像すると、ほのぼのとした気分になる。7月4日に夫婦で上京し、9月10日に漱石だけが熊本に帰着した。漱石は妻の実家から子規の家に行く道でこの虫売りに出会ったのだろう。それとも長期に宿をとっていた鎌倉でのことか。やはり前者である。虫売りは大都会の東京で成り立つ商売なのだ。

この句の面白さは、「虫売り人」がマジシャンのように扱われていることである。虫売りがいろんな虫を集めてオーケストラのように鳴かせている。そして秋が鳴くと秋を虫のように扱っていることだ。漱石は「秋が鳴く」と造語していることになる。

江戸時代に「興梠(こおろぎ)の鳴き合わせ」が行われていたことは知られているが、この虫の文化・遊びは平安時代から始まっていたというから驚く。『平安時代には貴族が京都の嵯峨野や鳥辺野に遊び、マツムシやスズムシを捕らえてかごに入れて宮中に献上した「虫選び」や、捕らえた虫を庭に放して声を楽しむ「野放ち」や、野に出て鳴き声を聴く「虫聞き」などが盛んに行われた。

「鳴く虫文化」はやがて庶民の間に流行し、江戸時代の中期には「虫売り」という新しい商売が成立するまでになった。とくにスズムシでの飼育技術が高度に発達し、越冬中のスズムシの卵を温めて、高価に早期出荷する技術まで開発された。

市松模様の屋台に、虫カゴを並べて売る「虫売り」も出現した。虫カゴも素朴な竹細工から、大名家で用いる蒔絵を施した超豪華なものまで出現し、独自の文化として発達をとげていった。

かつての日本には、世界に誇れる優雅な虫文化があったということである。高額の日本画を献上するよりは上品なやり方であろう。

• 虫遠近病む夜ぞ静なる心

(むしおちこち　やむよぞ　しずかなるこころ)

(明治43年9月21日)日記

漱石は吐血した修善寺の温泉旅館でそのまま療養していた。静かな夜になると虫の鳴く声が窓から寝床に届いた。何の虫かと耳を澄ます。これなら今晩はゆっくり寝られそうだと安心する。

句意は「夜になって皆が寝静まると旅館の庭や田んぼでいろんな虫が鳴いているのがわかる。病気の身になって久しぶりに静かで穏やかな気持ちになれた」というもの。日記によれば今までは体の節々に痛みが残っていて、熟睡できなかった。病人が睡眠を十分に取れないのは辛い。

この句の面白さは、「遠近」が「虫があちこちで鳴く」のと「(体のあちこちが)痛む」にかかっていることだ。つまり「遠近病む」と続けて読むことができるように俳句を仕組んでいる。

漱石は臨死体験をして常人の体験できない痛みを持ってこの世に舞い戻ってきた。つまり、赤ん坊が母体の産道を通ってこの世に出てくるときに、赤ん坊は体を真っ赤にして猛烈に泣くが、あれは文字通り猛烈な痛みが小さな体中に走っているから泣くのだ。これと同じレベルの痛みを漱石は天空から魂がこの世に舞い戻った際に経験したことになろう。漱石のような大人は臨死体験の内容を遠回しにしか言えない苦痛にも耐えているのだ。

• 蓆帆の早瀬を上る霰かな

(むしろほの　はやせをのぼる　あられかな)

(明治32年1月)句稿32

「筑後川の上流を下る」の前置きがある。漱石は宇佐神宮を正月2日に参拝してから熊本に戻る帰路に着いた。耶馬溪の冬の山越えに成功し、筑後川の上流にある町、日田に到達した。この町では念願の漢詩の大家、五岳の墓詣でをした。この地で一泊して、1月6日に筑後川を船で西に下って有明海に出た。

句意は「蓆帆の小さな船に乗って波立つ早瀬の多い筑後川を下った。海の方向から川の流れとは反対にあられを含む向かい風が吹きつけていた」というもの。漱石一行は寒さに耐えながら久留米近くの船着場に無事到着した。そのあと駅までの一本道を歩き、鉄道で熊本に戻った。

ちなみに当時はまだ九州横断の鉄道が敷設されてなく、まだ水運の時代であった。当時の船は蓆帆であったというから驚かされる。帆布は貴重品であった時代であった。旅館の寝床には蓆や莫蓙がまだ使われていた。

この句の面白さは、川の流れる方向と船の進む方向と霰風の方向をうまく読み込んでいることだ。前書きが効果的に機能している。この旅は、まさにディズニーランドのアドベンチャーワールドだった。

・莚帆の真上に鳴くや揚雲雀

（むしろほの　まうえになくや　あげひばり）

（明治29年3月5日）句稿12

松山の城山から下界を見ていると、菜の花畑の向こうに海が見えて意外に近くに感じられた。そこで山を降りて海に向かって歩き出した。翌月にはここから見えている三津の浜から船で熊本に渡り、熊本第五高等学校に赴任することになっている。下見のつもりなのだろう。句友たちの別れの場面を想像していた。

浜に向かって長いこと歩いているうちに大便をしたくなって菜の花畑の中でかがんで用を足した。スッキリしてから城下町を抜け、寺町を抜け、海の近くの平らな畑の地区に来たが、なかなか菜畑や麦畑を抜けられない。山から近くに見えた海はまだ遠くにあるとわかり、イライラし始めた。ここまでのショートストーリーを漱石は下記の俳句群で表している。

・菜の花を通り抜ければ城下かな　・菜の花や門前の小僧経を読む
・海見ゆれど中々長き菜畑哉　・海見えて行けども行けども菜畑哉
・菜の花の中に糞ひる飛脚哉　・麦二寸あるは又四五寸の旅路哉
・莚帆の真上に鳴くや揚雲雀　・落つるなり天に向つて揚雲雀

句意は「莚帆を取り付けた小舟が港の岸に括りつけられていて、その上空では雲雀がピルピルと鳴き、上がったり落ちたりしていた」というもの。漱石はやっと目的地の湊に着き、ほっとして湊の風景を眺めることができた。頭の上で雲雀が気楽に鳴いているのを見て、からかわれているように感じた。

この句の面白さは、雲雀は原っぱの上で鳴くものと相場が決まっているが、並ぶ莚帆の上で雲雀が鳴いているのを観察しているので、湊の岸近くまで畑になっているとわかることだ。砂浜は狭かった。

・無人島の天子とならば涼しかろ

（むじんとうの　てんしとならば　すずしかろ）

（明治36年6月17日）井上藤太郎宛の書簡、

（明治37年7月20日）野間真綱宛の書簡

句意は「人との関わり合いがない天子ならば、しかも無人島にいる天子ならばすっきりするので「涼しい」という気分になるだろう」というもの。そして小さな島であれば風が吹き抜けて涼しい、という。

この句は熊本県の俳人、井上微笑に出した手紙につけた13句のうちの一句である。地元の俳句誌に載せるので作ってくれと投稿用紙を送ってきたので、久しぶりに俳句を作ったといいながらこれだけの面白い句を作って送った。

もしかしたらこの句は明治天皇のことを詠んでいたのかもしれない。思い通りにならない外交や内政、そのような天皇の心境を慮っていたのかもしれない、同情していたのであろうか。

明治37年7月に俳体詩の形の「独り裸で据風呂を焚く」を掲句の後ろに付けている。据え風呂も無人島で入ると最高であると夢想する。人目を全く気にすることがないからだ。漱石自身、外の風呂に入る前に裸で歩き回っていたようだ。

漱石はこの無人島の句が気に入っていると見え、野間真綱への手紙（明治37年7月20日）の文末にこの句を添えている。この時のコメントは「涼しい所で美人の御給仕で甘いものを食べて、そして1日遊んで只で帰りたく候」と結んでいる。無人島には美人が住んでいるのだ。

掲句には「漢魏六朝の筆法も暑気のため少々崩れ申し候」と前置きしていた。筆名人の文字が乱れているのは暑さのせいだとした。

三者談

絶海の孤島、しかも南洋の島を所有し、唯我独尊を決め込んでいる。「涼しい」

は現世に対する不満、不平から厭離しようというものだ。不満を吐き出すと涼しくなるというのが面白い。こう言う句は漱石以外の人には少ない。面白くかつ芸術的な句だ。この句は漱石俳句の中では一流どころの一つ。

・無雑作に蔦這上る厠かな

（むぞうさに　つたはいのぼる　かわやかな）

（明治29年9月25日）句稿17

明治から昭和にかけての日本の厠は、母屋から離れた場所に建てられているか、居間から廊下で繋がった端の場所に設けられていた。つまり厠を他の住居の部屋と分けて特別視していたことを意味する。植物の蔦はどこの根から広がって来ているのかわからないくらいに、いつの間にか蔦が伸びてきて厠の壁に這い上がり、自由に好きな方向に蔓を伸ばして伸びて行く。漱石はこの姿を見て感心している。

句意は「蔦は無造作に厠に勝手に絡みついて伸びてゆく。そんな蔦を見ていると気分がいい」というもの。漱石は蔦が厠に無雑作に這上るさまを美しいと見ている。そして無雑作に模様はモダンなデザインに感じられるのだ。

厠の前で「とかく人間社会は窮屈であり、生きにくい」と感じている漱石がいる。これに比べ、作られる蔦の世界は小説「草枕」の冒頭で描いた世界と対照的で自由で伸び伸びしている。

また面白いことに、掲句の二つ前には「長けれど何の糸瓜とさがりけり」の句が置かれている。この糸瓜の句にある、人からどう思われてもいい、へっちゃらだという気持ちを漱石は大事にしていた。

・鞭つて牛動かざる日永かな

（むちうって　うしうごかざる　ひながかな）

（明治32年1月頃）手帳

句意は「暖かくなった春の日に、足を崩して腹ばいになっている牛にいくら鞭打っても、動く気のない牛は動かない」というもの。ものを動かすにはその状況とタイミングが必要だと言っている。相手に少しでも動く気があれば、少しの刺激で動き出すものだ。相手にその気がなければ鞭打っても効果がないということである。掲句は「強引に物事を押し進めようとしても、結局はうまく行かない」と言う俳句格言である。

この句の面白さは、馬を水場に連れて行っても、水を飲む気のない馬は飲まない、という格言に似ていることだ。馬を牛に替えて面白がっている。もう一つの面白さは、かたいことを言っているように見せかけて実はそうではないことだ。この句の一つ後ろに「わが歌の胡弓にのらぬ朧かな」の句があった。これをみると、いくら胡弓に合わせて謡の曲を唸っても、調子が合わぬ時があるもので、そういう時はいくら焦っても仕方ないというのだ。この謡での嘆きを掲句で言い換えた形だ。

・策つて凩の中に馬のり入るゝ

（むちうって　こがらしのなかに　うまのりいるる）

（明治29年12月）句稿21

阿蘇山の麓の村を訪ね歩いた。山裾を吹き抜ける寒風に煩わされながら、漱石は村の様子を調べ、村長にも会った。この村に住んでいる人たちはこの寒風を気にしていないのに驚いた。防寒具で身を固めているわけではなかった。

そのような寒風の吹き抜ける村の馬車道を漱石先生たちを乗せた駅馬車が進んでゆく。馬は結構冷たい強風を嫌がっている様子であったが、御者は鞭を振って木枯らしの中でも馬を速く進ませようとしていた。「突き進む」ではなく、「のり入るゝ」には相当な向かい風が吹いていることを想像させ、無理矢理感が演出されて可笑しくなる。

この句の直後句は「夕日逐ふ乗合馬車の寒かな」である。この句から、凩の中にのり入れていたのは、乗合馬車だとわかる。漱石は都市と田舎の町を結ぶ乗合馬車に乗って阿蘇の裾野の村から西の熊本市内に戻るところであった。公共輸送機関であった駅馬車は、昔も時間通りの運行を心がけていたのかもしれない。

この句の面白さは、大幅な字余りになっていることだ。しかし、そんなことを漱石は気に留めない。俳句の常識に怯む自分の気持ちに鞭打って突進している感じがある。必要な字数であれば、大幅字余りでも構わないと鞭を振るのだ。

●鞭鳴らす頭の上や星月夜

（むちならす　あたまのうえや　ほしづきよ）

（明治42年9月24日）日記

長春から奉天に移動した。夜中の1時過ぎに奉天に着き、さらに宿まで一里。中国人御者の二頭立ての馬車で漱石たちは満州の奥に入って行く。漱石が親友で満鉄総裁の中村是好の招きで、満韓視察旅行に出かけた時の俳句である。

馬に当たる鞭の音が冷たく乾いた空に響く。頭上には満天の星空が広がっている。鞭の音がその星空に吸い込まれて行く。星月夜の下で耳にできるのは、馬車のかける音と馬の鼻息、そして鞭の音だけである。馬車は広大な闇の中を進んでいたが、果てのない星空の中に突き進むように走っていた。日本では経験できない馬車からの光景である。

この句の面白さは、この鞭の音は漱石の頭の上を通り越して行くようにも理解できることだ。御者台と馬の尻は漱石の座る椅子の位置よりも高いところにあるからだ。つまり「頭の上」は「鞭鳴らす」にも「星月夜」にもかけられている。シンプルでありながら楽しめる俳句になっている。

日本はこの地に利権を得て治安を維持していたので、漱石たちはそれほど野盗の恐怖は感じていなかったであろう。女真族は清朝を設立して中華・中原に住み、中原にいた漢人は安心して満洲の地に入植するようになっていた。そうこうするうちに次第に漢人が増えて日本人を乗せた馬車の御者に採用されるようになっていた。

●鞭鳴す馬車の埃や麦の秋

（むちならす　ばしゃのほこりや　むぎのあき）

（明治30年5月28日）句稿25

梅雨に入る前の馬車道は乾燥していて、馬車の車輪が通過するときには埃が舞い立つ。時に御者が鞭を鳴らして駅馬車を早走りさせて走り去る。すると埃が高く舞う。その埃は春に収穫期になっている黄色の麦畑を淡く包む。

この句は御者の鞭が宙を舞うのと馬の足と車輪が立てる埃が宙を舞うのが関連していて可笑しい。つまり漱石は馬車の後ろを振り返って見ていた。ちなみに当時幹線の街道を走っていた馬車には荷馬車と駅馬車の両方があった。掲句の馬車は速く走る駅馬車のことである。まだ鉄道が普及していない時代のことだ。

漱石が駅馬車に乗っていたこの頃、九州全体で麦の収穫期になって平地や岡は黄色く染まっていた。ちなみに九州では関東より2週間ほど早く収穫期を迎える。つまり漱石が麦の色を確認しながら歩いた5月下旬に初夏のこの季語「麦の秋」を用いていたが、これは妥当ということになる。先人は米と麦の二期作をすることを考えて、同じ土地での麦の種まきと稲の田植えの時期をうまく調整していた。

漱石の弟子の枕流は、子供時代には栃木県の田んぼで冬には風に舞う土埃の中で麦踏みをし、初夏には同じ土地で田植えを手伝っていた。日本で行なっていた二期作農業をうまいもんだと感心していた。そして春の畑が黄褐色に染まる様を面白く眺めていた。

ちなみに掲句の直後に置かれていた句は、「渡らんとして谷に橋なし閑古鳥」である。漱石は阿蘇の山の谷川を歩いていた時に郭公の声を聞いていた。漱石は阿蘇の山裾を歩いてから駅馬車の駅で馬車に乗り、熊本市内に戻ったとわかる。

三者談

馬車は荷馬車か駅馬車かで揉めている。刈入れをしている畑の中の街道をガタ馬車がゆく。馬の蹄から埃が上がる。だがその馬車に鞭を鳴らすのは不似合いだ。やはり人を乗せる駅馬車ということだ。畑作業で忙しい人々のいる中で、日が長く悠長な感じがする。この俳句の光景は陳腐だが、鞭を鳴らすのは面白く感じる。

・無提灯で枯野を通る寒哉

（むちょうちんで　かれのをとおる　さむさかな）

（明治32年1月）句稿32

大分県の宇佐神宮から宿のある西方の四日市の宿に行く夜道は、提灯を持たずに枯野の中を歩いた。宇佐神宮を2日朝に参拝してからの帰路は耶馬渓の山道を抜けて日田に出るルートを採った。この時期、北九州には強烈な寒波が襲来していて、いまにも雪が降り出しそうであった。

漱石と学校の同僚の二人は、沈んだ気持ちで歩いていた。宇佐神宮の神官は、新暦の正月にやってきた漱石一行をありがた迷惑のように迎えたからであった。せっかく熊本から足を運んだのにと二人は落胆していた。

当時の旅姿は、袷の着物と袴、足袋草履、それに柿渋塗りした紙の合羽だけであった。この格好で寒風の吹き付ける谷風を顔に受けながら歩いた。

この句からは、寒波の風が強くて提灯を下げて歩くことができないのだとわかる。そしてこの句の面白さは、「枯野を通る」のは漱石たちだけでなく、寒風も通るということだ。

・むつかしや何もなき家の煤払

（むつかしや　なにもなきやの　すすはらい）

（明治28年11月22日）句稿7

四国の松山に住んだ時の句で、独り住いの部屋には家財道具はあまりない状態での煤払いを面白く詠んでいる。近所で煤払いが始まったのに合わせて愚陀仏庵でもやろうとは思ったが、やりようもない。そんな気楽さを詠って笑っている。年末の大掃除は「むつかしや」と悩んでいるそぶりを見せ、何もない部屋の中を見回している姿が想像されて可笑しい。

実家から持ってきた家に代々伝わる家宝の槍を鴨居の上にかけておいたので、この唯一の家財である槍の埃だけは払ったのであろう。しかしそれまで同じく家宝であった刀は煤払の前に売り飛ばしていていなくなっていた。このことは同じ句稿にある「煤払承塵の槍を拭いけり」「太刀一つ屑屋に売らん年の暮」の両句によってわかる。

元来煤払いは日常の清掃では行わない。煤払は仏壇や天井や鴨居あたりの手の届きにくいところを掃除することであった。漱石の部屋には仏壇もなかったであろうし、箪笥等もなかったから煤払いをしようと思えば簡単に終了するはずである。しかし、漱石は難しい、できないと言い張っているところが面白い。煤払の形にならないと笑っている。

この句の面白さは、漱石は松山に長居するつもりがなかったことをこの句で明らかにしていることである。親友の保治と漱石の恋人であった大塚楠緒子の結婚式が東京で行われるとそれに出席し、その約一ヶ月後には就職先を見つけておいた松山に転居した。つまり、この地はすぐさま就職できるところとして選んだ場所でしかなかったのだ。そうであるから大きめの家財は持ち込まず、また買い入れもしなかった。

ところで実家から持ってきた槍だけは売らなかったというが、承塵の槍とは売りたくても売れなかった安物ということだろう。漱石が承塵の槍と名付けたのだろう。

＊『海南新聞』（明治28年12月14日）／新聞『日本』（明治30年1月5日）／雑誌『俳味』（明治44年5月増刊）

三者談

貧乏で煤払いをやろうとしてもすることのない手持ち無沙汰を面白く詠んだ。一向に調度類もない家の中を見渡してつくづく無一物の家だなあと見ている。落語のように「むつかしい」という語をうまく使っている。支那の詩人が貧乏を楽しむ心地がある。そしてそれを誇っているのと似た心持ちがある。

・むづからせ給はぬ雛の育ち哉

（むづからせ　たまわぬひなの　そだちかな）

（明治29年3月5日）句稿12

「給わる」は、「与える」の尊敬語で「してくださる」の意味になる。掲句にある「給はぬ」はこの否定形である。「むづからせ給はぬ雛」は「煩くしないでいてくれる雛、煩わさないでいてくれる雛」の意になる。

「雛の育ち」の雛とは鳥の雛のことであろう。掲句の直後に置かれている句は「去年今年大きうなりて帰る雁」と「一群や北能州へ帰る雁」であるから、掲句にある雛とは、雁の雛鳥なのである。

句意は「雛として日本に渡ってきて、親鳥たちを煩わさないように育った雛であることよ」というもの。成鳥になった雁が親鳥たちと一緒に隊列を組んで北国に帰る様を見上げて、漱石は感心しているのだ。人間とは大違いであると思った。

ロシア極東で春先に生まれた子雁は雪が降る前の9月頃には、飛ぶ力を得て北風に乗って日本に渡り、春には一人前となって南風に乗ってシベリアに帰る。漱石は、この雁の成長の早さは自然のサイクルに合わせたもので見事なものだと感心したのだ。

・むっとして口を開かぬ桔梗かな

（むっとして　くちをひらかぬ　ききょうかな）

（明治32年ごろの手帳）

青紫色の質素な花の桔梗は、山間の明るい道端が似合う。平成の世にあっては、生育に適する場所が減少していることも関係して絶滅危惧種になっている。桔梗の根は咳痰の生薬であり漢方薬に配合されることから、山道を行く人に桔梗が採取されてしまうこともある。桔梗の花はこのことを悲しんでムッとしているのか。

またこの花は秋の七草の一種として万葉集に詠まれた花でもある。昔の歌に詠まれた「朝がほ」は、アサガオではなく、キキョウであったという説が有力だ。

ところで桔梗は気むずかしい娘のようで、なかなか咲いてくれない花になっている。園芸種によっては十分に蕾が膨らんですぐに咲きそうに見えても開かずに枯れて行く種類もある。まさに蕾は硬く「むつとして」開かないのだ。蕾はよれてねじれたまま茶色にしぼんで行くのである。漱石はこのような気むずかしい桔梗の蕾を見ていたのか。

句意は「桔梗の蕾は開きそうで開かないまま枯れる花もある。むっと口を結んで開かないへそ曲りのような花だ」というもの。男にとって女性は理解が困難だと漱石は言いたいようだ。漱石の妻は臍を曲げて口を「ムの字」にして口を開かない時が多いのだ。

この句は桔梗の観察句であるが、虚子の実践している観察とは中身が異なる。洒落た川柳のような句になっている。鏡子の観察句である。

この句が面白いのは、「独居（ひとりい）の帰ればむつと鳴く蚊哉」が思い起こされることである。ともに「むつと」は不愉快なことを示す擬態語である。後者の蚊の句の「むつと」は羽音と蒸し暑いさまを表すのに対し、桔梗の方はきつく口を結んで喋りたくない、拒否のさまを表す。ここまで書いてきて、はたと気がついた。

掲句の桔梗はもしや全く口を開かない種類の桔梗を指しているのではないか。キキョウ科の釣鐘草は別名がフウリンソウになっていて、元々開かない桔梗なのだ。漱石はこの釣鐘草を目にして掲句を作っていると考えられる。つまり桔梗に似た形状の釣鐘草は花の先端は開いているように見えても、その下の胴部は最初から釣鐘状であり、これ以上は開けない花なのだ。

つまり、この句は漱石の頓知俳句でもあった。漱石は臍を曲げてしゃべらなくなった妻を「桔梗さん、桔梗さん」と呼んでからかっていたのだろう。

ところでこの句は、熊本五高の同僚の山川と阿蘇を旅した時のものだ。8月末に阿蘇北側に踏み入った時のものである。まだ熱気が山の上を支配していた。外輪山の中の草地ではムッとする空気が漂っていたはずだ。そこで開かない桔梗の花を発見したのだ。

むら鴉何に集る枯野かな

（むらがらす　なにあつまる　かれのかな）

（明治40年ごろ、冬）手帳

「餌の乏しい枯野に何やらカラスが群がっている。人はそこには何かあるはずと人は考え込む」というのが句意である。冬枯れの村はずれにはカラスの餌になるものはないはずだが、あるかのようにカラスが群がっているからだ。カラスには遊びの遺伝子が組み込まれているらしい。

要はどんな状況に陥っても面白がって生きていれば、何とかなってしまうということだ。この句は漱石先生の生き方を表している。

熊本で英語教師の仕事が嫌になっていたところに、英国留学の話が降って湧いて来た。漱石は貧乏留学生として渡英した。植民地主義の英国社会と貧富の差が激しい格差社会を観察し、英文学を研究して帰って来た。帰ってみれば日本にいた家族は借金まみれになっていて、英国留学で借りた金も加わって帰国後の漱石はひどい貧乏暮らしを始めることになった。しかし、熊本に戻ることを回避できたことで、東京で嫌々ながらも生活のために帝大と一高の英語教師となって生活費を稼ぎ出した。そうこうするうちに俳誌「ホトトギス」に書いた小説「吾輩は猫である」が評判を呼び、東京朝日新聞社がこの人気に目をつけて新聞社に誘ってくれた。

結局、漱石の生活は何とかなってしまった。

掲句のごく近くに置かれていた俳句には枯野の登場する句が目立つ。「吾影の吹かれて長き枯野哉」「川ありて遂に渡れぬ枯野かな」「法螺の音の何処より来る枯野哉」と枯野の句を次々に打ち出して、枯野に立つ自分を強く意識している。ここにはストレスに打ちのめされている姿はない。まさに枯野を楽しんでいる鴉がいる。

紫の皮足袋はかん名古屋帯

（むらさきの　かわたびはかん　なごやおび）

（明治32年か）

この句は「紫の幕をたゝむや花の山」の句を作った野点茶会（明治32年）でのもの。この会に参加していた客人の女性の服装を描いたと思われる。桜の庭園の中にこしらえた野点の席の周囲に紫の幕が張られている。その幕の色に合わせて、その客人は紫に染めた皮足袋を履き、豪華で派手な名古屋帯を締めていた。

句意は「他の茶人の目を引くように、なまめかしい紫の皮足袋を履き、派手な名古屋帯を締めましょう」というもの。女性言葉で句が作られている。

この女性は、茶会の幕は紫に染めたものであるとわかっていたので、皮足袋は紫に染めたものを選んでいたのだ。漱石はこの女性の美的センスに感心して、掲句を作った。そして漱石は地元新聞の俳句欄に「無名氏」の名前で掲載した。第五高等学校の夏目教授が女性の服装をジロジロ眺めている光景が浮かび上がるが、「無名氏」によるこの観察は熊本県民の注目を集めたものと思われる。

ちなみに江戸時代初期までは足袋といえば、なめし皮製の皮足袋であった。初めは武士階級が用い、戦いの時代が終わると一般生活でも用いられるようになった。そして種々の色に染める染色技術も発達し、部分染めも行われた。その後布製の足袋が作られるようになると皮足袋は廃れていった。

＊九州日日新聞（明治32年12月20日）に掲載（作者名：無名氏）

紫の幕をたゝむや花の山

（むらさきの　まくをたたむや　はなのやま）

（明治32年）手帳

熊本第五高等学校の教授である漱石は地元の名士であり、野点茶会に客人として招待されていた。熊本市内の城近くの傾斜地にある梅林で、野点茶会が開かれていたと思われる。家紋を入れた紫色の幕が囲んだエリアの中に緋毛氈の茶席が作られていた。

茶会が終わると会場の幕の撤去が始まった。二人が向かい合って支柱から取り外した幕を折りたたんでいる。撤去されると茶席の周りを梅の花が取り囲んだ。周囲は元の花の山になった。

この句の面白さは、野点茶会を華やかにしようと紫色、または紺色に染め抜いた幕を張り巡らしたが、これを取り除くと、梅の花が茶席をより明るく華やかに囲んだということだ。周囲に新たに梅の花の幕ができあがり、花の山が出現したのだ。

漱石は茶席に着く前に当然梅林の花を歩きながら見ていたが、人工的な染め布が手早く外されるのを茶席から見ていた。目の前に梅の花が次々に姿を現すのを眺めていた。そのとき周囲の梅林を見回すことになり、花の山の綺麗さに瞠目したのだ。人工物の美しさよりも自然の美しさの方が優ったのであった。

掲句の意味する「花の山」である梅林の美しさは、茶席の強烈な赤と幕の紫の人工の世界から急に自然界に解放されたという安堵感が演出していたと思われる。

●群雀粟の穂による乱れ哉

（むらすずめ　あわのほによる　みだれかな）

（明治30年9月4日）子規庵での句会稿

この句は漱石が学校の夏休みを利用して妻と上京していた時の句である。漱石は鎌倉の旅館に一人で長期に滞在した。妻は鎌倉の別荘にいた。漱石はこの間子規宅に出かけたり、北鎌倉の円覚寺に行ったり、材木座の海岸を散策したりした。朝夕に時間があれば鶴岡八幡宮に出かけて、ハス池の周りを歩いた。

鎌倉の住宅地から離れて山の方にゆくと、麦畑があり「麦を刈るあとを頻りに燕かな」の句を詠んだ。燕が刈り取られて麦の株から逃げ出した昆虫を捕まえる姿を見ていた。必死に逃げ出す虫たち、そしてこれを飛翔して捕える燕がいた。

そして別の粟の畑では掲句を詠んでいた。漱石は生きることに必死な動物たちをよく観察していた。鳥たちは本能で行動を決めていた。それを見て、漱石はさて自分はこれからどうするのかと考えた。

掲句の句意は「群れて飛んでいた雀が粟の畑を見つけると、集団で急降下し、粟の穂に飛び乗った。粟の穂は雀の襲来によって乱れて揺れている」というもの。漱石は雀が粟粒を口の中に入れる様を道端で見ていた。じゅうたん爆撃のようであった。

●村と村河を隔てゝ焼野哉

（むらとむら　かわをへだてて　やけのかな）

（明治29年3月6日以降）句稿13

河原の野火で燃えた葦原を歩いていると、橋のたもとにある焼け焦げた道標が目に入った。河を挟んで向かい合う集落の村の名が違うことに気がついた。川が村と村の境界になっていた。川の流れが視界の果てまで続いていたが、黒い野焼きの痕もこの川の曲線に合わせて延々と続いていた。この川は松山の郊外にある広い流域を持つ重信川であろう。

句意は「大河が村と村を分けているのを知っているが、黒く焼けた両岸の河原がはっきりと村の境になっているのを示している」というもの。

漱石は黒い2本の曲線が川の曲線と一致して続いていることに一瞬面白味を感じたのかもしれない。野焼きは両岸の葦原を同時に焼いていた。

多分漱石は橋の上からこの流域一帯を眺めていたのであろう。くねくねと曲がって光る川面と黒く野焼きされた焼野。翌月にはこの松山を去ることになっていた漱石は、見納めのような気分でこの景色を見ていた。

漱石は大抵の俳句には、どこかに面白みを加えるのが常になっていたが、この種の野焼きの句にはそれは見られない。はやり野が広大に焼けるというのは無意識に緊張を強いるものなのかもしれない。

●むら紅葉是より滝へ十五丁

（むらもみじ　これよりたきへ　じゅうごちょう）

（明治28年10月）句稿2

漱石は四国山地の北側の山にある滝を見に松山側から山に入った。この時の滝の様子や紅葉の鮮やかさ等を多くの俳句に詠んだ。この俳句は山道にある案内板の記述をそのまま読みこんだものだ。村のモミジの中を歩いて行けば「是より滝へ十五丁」ということだ。明治になって定められて1丁の距離は約110m。15丁は1650mで1・6kmであり、もうすぐだという表示になる。

むらモミジが洒落ている。漱石の造語力が光っている。どのような紅葉なのか。村人が生活のために日常的に足を踏み入れる低い山に生えているモミジで、剪定していない自然の樹形が楽しめる紅葉ということであろう。そして常緑樹の中に適当に紛れて生えているモミジである。緑と赤系紅葉の色との対比が鮮やかなのだろう。

ここでハタと気がついた。むらモミジは常緑樹の中に適当に紛れて生えているモミジのことを表しているのではないかと。紅葉一色ではなく、ムラが生じている状態、遠くから見るとまだら模様になっている山肌を指している気がしてきた。漱石はこれも含めて「むらモミジ」と洒落ていたように思う。

何気なく、そして肩の力を抜いて作っている気がする楽しい俳句だ。俳句をメモ帳に書きつけながら歩いている様が眼に浮かぶ。

● むら紅葉日脚もさゝぬ瀑の色

（むらもみじ　ひあしもささぬ　たきのいろ）

（明治28年11月3日）句稿4

句稿の冒頭に「明治二十八年十一月二日河の内に至り近藤氏に宿す。翌三日雨を冒して白猪唐岬に瀑を観る。駄句数十。三日夜記す　愚陀仏」と書いていた。

漱石はやっとたどり着いた石鎚山系の山中の名瀑の前にふらふらした足で立ち、豪快に落ちる白猪の滝を見ていた。瀑は二つに割れて黒い大岩の上に流れ落ちていた。そしてその岩の間に蔦が食いついているのを見つけた。

次に漱石は唐岬の滝を見に行った。その滝の流れは五段に分かれていた。一段ごとに周りの紅葉の色が段階的に変化しているように見えた。そこで「瀑五段一段毎の紅葉かな」の句を作った。瀑の高さ差に応じた気温の差が紅葉の照りに影響している。気温の低いところの紅葉は緑を少し残しているだけ。

その瀑の両側にある紅葉には傾いた日が当たっている。だが瀑には日は当たっていない。高い枝に当たった日差しの影が反対側の低い枝に点々と生じているのを見つけた。紅葉自体の色むらの他に日差しが作る色むらが加わり、複雑なカラーマトリックスが生まれている。この景色を見て掲句を作り上げた。

● 明月に今年も旅で逢ひ申す

（めいげつに　ことしもたびで　あいもうす）

（明治30年10月）句稿26　承露盤

熊本に住んでいた漱石夫婦が7月4日に揃って上京したが、熊本に帰るときは漱石だけが9月10日に早めに帰着した。妻は10月末に戻ってきた。一人だけで借家で生活していた漱石は、学校が休みの日には鹿児島県にでも旅したのだろう。しかし、一人旅ではやはり幾分寂しさを感じるのだ。そこで夜空を見上げて、満月に話しかけた。月も漱石に微笑みかけて元気付けた。

句意は「明るく輝く月に向かって、今年も旅でお会いしましたなと挨拶した」というもの。漱石は夜空の満月に向かって挨拶した。一年前の明治29年の秋には天草半島に学生を引率して出かけた。また9月には新婚旅行では久留米で夜の座禅会に参加したりした。その時満月を愛でていたことを思い出した。掲句を言い換えれば、「今夜は良い月夜だ、去年の旅も月夜だった」ということだ。

漱石にとっての一人旅は気楽でいいのだ。月を友としていればそれでいいのだ。そんな漱石は夜空の満月に向かって語りかける。漱石は旅先で月は一人で見るに限ると改めて感じている。月は寂しい気持ちで見るのが一番だと言いい気がする。

● 明月に夜逃せうとて延ばしたる

（めいげつに　よにげしょうとて　のばしたる）

（明治30年10月）句稿26

句意は「秋の夜空に輝く満月を見上げていたら、夜逃げする気持ちが消えてしまった。明日にするかと延ばした」というもの。漱石は夜にどこかに行こうとしていた。しかし、決断できないでいた。

この句稿に月が登場する句は掲句の他に6句あった。その中の「真夜中は淋しからうに御月様」と「明月に今年も旅で逢ひ申す」の句が掲句に関連していそうだ。漱石は寂しい気持ちで熊本の自宅にいたことがわかる。

句作した時期に何があったのか年譜で調べてみた。「9月10日に漱石だけが熊本に帰着」「9月中旬に飽託郡大江村（熊本市新屋敷）に転居」「10月にひとり旅に出る（小天温泉へ下見）」「10月25日頃に妻が鎌倉から熊本へ戻る」と色々なことが起きていた。

東京の実家に帰っていた妻はもしかしたら年内は戻らないかもしれないと考えていた。そうであれば年末年始を学校の同僚と温泉にでも行くかと考えて、知り合いが勧めてくれた隣町の小天温泉へ行くことにして、下見に出かけようとしていた。その時の躊躇を掲句に表したのだ。あまりいい気持ちではなかった。夜逃げの気分だった。

・明月や御楽に御座る殿御達

（めいげつや　おたのにござる　とのごたち）

（明治30年10月）句稿26

広大な屋敷での月見の情景を笑いのある俳句に仕立てている。堅苦しい世の中で、高級官僚たちや地元の名士、御偉いさんたちが集う月見の宴を楽しく表現している。かつての下級武士たちが明治になって高級な身分になり、エリートに変身していた。集まった男たちの「勲章を胸につけて目一杯に胸を張ってくつろいでいる」様子がみえる。

「おたの」とは「おたのしみ」の略で、余暇に遊ぶことを指す。満月の夜に男たちが集まって、何かを始めたのである。何の余興が計画されていそうだ。

中七は「おらくにござる」と気楽に読むのが適当と思われたが、下五に殿御とあるので「おたのにござる」と堅苦しく読むのが正解なのだ。そう読むことで句意は「秋の名月を見るのに、足を崩して楽な格好でお座りになられている新お武家様たちよ」という意味になる。品のない男たちが月見の宴で足を投げ出している光景を描いている。

熊本にいる官僚たちは名月と同じくらいに気高く、人から見上げられる存在であると思い込んでいると揶揄している。尊敬の意味で付ける「御」を3個も用いていることで、偉そうにしている男たちをからかっているのだ。

そして堅苦しくなっている明治の世の中を皮肉っている。日本の目指す西欧社会は自由で平等な市民社会なのであるが、日本はスローガンだけが一人歩きしていると笑っている。もっとも下級武士が作った世の中であるから、明治体制は偉ぶった男たちの勲章社会だと見抜いている。

この俳句は、御立派な社会批判の俳句である。「御」という勲章を三つも付けた、この句には社会批判賞をあげたい。このアイデアを考え出したご苦労に対する賞である。

・名月や十三円の家に住む

（めいげつや　じゅうさんえんの　いえにすむ）

（明治29年9月25日）句稿17

妻の鏡子と熊本の借家に新居を構えたが、すぐに引っ越した。庭から名月が望める立派な家だったが、あまりにも高い13円の家賃を取られたからだ。新婚夫婦にふさわしい適当な借家が少ないとはいえ、高すぎると憤慨していた。高等学校の教員が高い給料を取っていることを知っていて、ふっかけられたと感じたようだ。相場の2倍以上だった。

この句は愚痴の句であるが、表面上は「十三円もの高額家賃の家に住んで名月を見ている。立派な月に見合う家に住んでいる」というもの。満月の下で高額家賃の家は光り輝いているとわざと見栄を張った句にしている。漱石のユーモアが感じられる。

この句の面白さは、十三円と具体的に金額を入れていることで、生活の実情が出過ぎていることにある。また十三円の十三は月見をする旧暦9月13日の十三夜に掛けていることである。名月である十三夜月を引き出すため、家賃の十三円をわざわざ句に書き込んだとも思える技巧が光で浮かび上がる。もしかしたら家賃は十四円だったのかもしれない。そして13円の円は丸い名月の形を示唆していることも笑いを誘う。

後日談として、この句を受け取った子規は返事の手紙に、「萩咲いて家賃五円の家に住む」との句を作って感想を送ってきた。子規のユーモアは漱石に負けていない。「家賃五円の家では萩しか見られないが、君の家では名月が見られるのだから、13円は高くない」ということなのだろう。

ちなみに漱石がこの後引っ越した3番目の家（漱石30歳時の明治30年9月に転居）は、熊本市のはずれの大江村の広い屋敷。家賃は7円50銭であった。旧細川藩の武家屋敷群の中にあった。気に入っていた家であったが、6ヶ月後に家主の帰任によって明け渡すことになった。うまくいかなかったのだ。

・名月や杉に更けたる東大寺

（めいげつや　すぎにふけたる　とうだいじ）

（明治37年11月6日）橋口貢宛の絵葉書

葉書に水彩で東大寺の屋根の絵が描いてあった。真ん中に寺の屋根、右手に高い杉木立、左上に丸い月が描いてあった。漱石は屋根の上のスペースに俳句を書いていた。綺麗な満月が大伽藍である東大寺の境内の上にぽっかりと浮かんでいる。

さて、句意であるが「名月の下に立派な東大寺の伽藍が黒く見えている。その月に照らされた大伽藍を超えて、高く伸びた杉木立も黒く見える。その東大寺は杉が成長して来ているのに合わせて年を重ねている」というもの。杉の寿命は長く、東大寺の再建後の歴史の長さと重なるのであろう。

この句の面白さは、「杉に更ける」という言い回しである。「更ける」は夜が深くなる、または季節や時間が経過することであるが、大木の杉によって長い時間の経過がわかることだ。夜の光の中で杉の大きな影は辺りを支配していると見えたと漱石はいう。昼間は東大寺の伽藍が杉の木立を従わせているが、夜になると逆転するのだ。

・明月や拙者も無事で此通り

（めいげつや　せっしゃもぶじで　このとおり）

（明治30年10月）句稿26

句意は「お月さんは雲に邪魔されずに夜空で光ることができてよかったね。私も無事であったからこうして名月を仰ぐことができている。互いに再会できたことはうれしいことだ」というもの。病気で寝込むこともなく、精神も安定しているのは何よりで、第五高等学校で教えることはストレスがたまる一方であるが、何とか乗り切れていることを満月に報告するように話しかけている。

この時、秘密を抱えている中での夫婦関係、そして鏡子の不安定な精神状態が頭を離れないが、とりあえず自分は大丈夫であると確認している。そして日々激痛と戦っている親友の子規を思いやる。

漱石は熊本市内の中心部から郡部の大江村へ引っ越して、田舎であっても庭に出ればこうして満月を愛でることができるのだからそれで十分だと満足している。家賃も安くなったと安堵していた。

漱石の面白いところは、感謝の思いを通常であれば太陽や天の神に向かって感謝するところであるが、満月に向かって膝をついて話していることである。これも小さなスミレになりたいという漱石らしいことである。

このことは掲句の中で自称として拙者を用いていることからも推察できそうだ。通常漱石の俳号は「愚陀仏」であり、友人に出す手紙のほとんどで「小生」を用いていた。稀なこととして23歳の時に「僕」と称していた。したがってこの句に拙者を使った背景には、満月に向かっていつもとは違う少し弱気な自分として心情を吐露したかったように思える。

ここまで書いて、後日和辻哲郎の本（『夏目先生の「人」及び「芸術」』）に、この句に込めた漱石の気持ちを慮ることができそうな部分を見つけた。『先生（漱石）は「生」を謳歌しなかった。生きている事は致し方ない事実である。（中略）生きている以上はしなければならないことがある。それは苦しいかもしれない。（中略）生きることが苦しむ事なのである。日常の不快事。むしろそれらの不快事が生きている事の証拠でもある。しかし、先生は「死」も謳歌しなかった。死もまた致し方ない事実である。従って死んでもいいし、死ななくてもいい。』とあった。漱石は、なるようになればいい、なるようにしかならないという心境であったのかもしれない。

＊雑誌『俳味』（明治44年5月15日）に掲載

明月や背戸で米搗く作右衛門

（めいげつや　せどでこめつく　さくえもん）

（明治29年9月25日）句稿17

月明かりのある夜に、漱石宅の裏口あたりで米を搗く音がしている。この米搗きはいわゆる精米のことである。使用人の作右衛門が米びつの中の米が足りないとみて、翌朝の飯炊き用に急いで玄米搗きを始めたようだ。漱石にとってはありがたいことである。

句意は「使用人の作右衛門は月の出ている夜中に裏口に近い台所で米搗きをしている」というもの。漱石は力仕事をする男を下女とは別に家で雇っていた。学校の用務員のような存在であった。近所の家の畑の耕作と管理を任されている作男に、漱石の家の仕事も頼んでいたのだろう。作男であるから作右衛門と漱石は洒落てみた。いや、この洒落名を持つ男は漱石なのだろう。

昔の家庭での米搗きは、甕か瓶に玄米を入れて上から棒で突く作業を延々と長時間続ける作業を指した。この単純作業は疲れる大変な作業であった。漱石の家から生じるリズムのいいズン、ズンという低い音が夜のしじまに響いていたのであろう。街中に無料精米機が設置されている現代と違って、明治時代は水車の水力で杵搗きをすることが一般に行われていたが、水車のない地域では足踏み式の米搗きまたは手突きによる米搗きをするしかなかった。

明月や浪華に住んで橋多し

（めいげつや　なにわにすんで　はしおおし）

（明治29年10月）句稿17

大阪、浪速は八百八橋と歌われた橋の多い土地である。大阪の中心にある大川にも大きな橋が幾つもかかっている。その中でも大きく立派な橋は50個あるとされ、浪華50橋と呼ばれている。そのなかでも中心地にかかる難波橋、天神橋、天満橋は浪華三大橋と呼ばれている。

この俳句にある「浪華に住んで」の主体は誰なのか。漱石なのか、月なのか、よくわからない。漱石は大阪に住んだことはないから、月なのであろう。商都大阪の主要産業は海運、水運の物流であり、商家や倉庫の固まっているエリアには当然橋が多くなる。満月はその大川の川面を明るく照らしている。その川面に漣が立っているのを月は見ている。月はこれらの橋と川を照らしている。

句意は「難波の大川は満月の光を受けてゆったりと流れて行きたいのに、多すぎる橋が月の光を遮っている」というもの。掲句の主人は大川であった。満月は大阪の街を移動しながら照らすが、橋に遮られて川面を十分に照らせない。川は月の光を浴びながらゆったりと流れたいが、多い橋がそれを邪魔する嘆くのだ。

漱石はこの年の4月13日に松山から熊本市に到着し、熊本県第五高等学校の英語講師の仕事を始めた。10月にもなると少し熊本にも慣れて、広島県の宮島の月の句を作ったりするようになっていた。掲句は大阪の月を想像して作った俳句である。

明月や琵琶を抱へて弾きもやらず

（めいげつや　びわをかかえて　ひきもやらず）

（明治29年9月25日）句稿17

熊本の漱石宅は、蒸し暑い真夏の夜に窓を開けている。すると近くの家から琵琶の音が入り込む。満月の夜に部屋に差し込む月光に気分を良くした隣人は琵琶を弾くのを止めない。連続してビワーン、ビワーンと延々と響く琵琶の音は、蒸し暑さを増し、漱石を不快にさせている。漱石は気分を変えるためにこの俳句を作り出した。そしてこの琵琶の音に向かって読み出した。

句意は「名月が照る夜中に琵琶の音が止むことなく聞こえてくる」というもの。名月を味わいたいのに琵琶男がじゃまをしていると嘆いている。

漱石は、謡をやるから琵琶の音には親しみを感じるはずと思われるが、どうもこの隣人は琵琶演奏がまだ下手であるようだ。「弾きもやらず」は絶え間なく弾くことで、「ひきもきらず」から派生している。「弾きもやらず」と描かれている隣人は同じ曲、同じフレーズを弾いているのだろう。

もしかしたらこの琵琶男は毎夜謡をうなっている漱石に対抗しているのかもしれない。二人は尽きない戦いをしているのかもしれない。

• 名月や故郷遠き影法師

（めいげつや　ふるさととおき　かげぼうし）

（明治28年11月6日）句稿5

漱石は子規が勧めた白猪の滝を見る旅から戻って、松山の愚陀仏庵に落ち着いている。雨中の慣れない山歩きをして疲労は溜まったが、三日も経てばその疲れも取れてきている。漱石は庭で満月を見上げて、一泊して世話になった石鎚山の麓の村の旧家を想った。そしてこの親戚の家を手配してくれた子規のことを考えた。

いつの間にか漱石は故郷の東京の実家のことを考えていた。漱石は東京を離れて一年近く経って、影法師を見るように実家のことをなつかしく思い出していた。

句意は「満月を見ていると、遠く離れた故郷のことが影法師のように懐かしく思い出される」というもの。

漱石はノスタルジックな気分になると、面白い俳句にしようという気分はなくなるようだ。掲句は漱石らしさが全くなく、面白みが感じられないものになっている。だがこれによって「故郷遠き」のピュアな気持ちが子規にもよく伝わったはずだ。

いや、漱石は兄と非情な老父のいる東京のことを思っていたのではない。やはり、親展と表書きした手紙を送ってきた人妻の楠緒子がいる東京を思い浮かべていたのだ。

三者談

愚陀仏庵で同居していた子規が10月に東京に戻って、一人ぼっちになった漱石がセンチメンタルな気分になっている。漱石は思い切って東京を去ったが、やはり思いきれずにいた。名月の下に影法師が見えるところは面白い。この句には余韻がある。影で人を表しているのは新しい。

• 明月や丸きは僧の影法師

（めいげつや　まるきはそうの　かげぼうし）

（明治29年9月25日）句稿17

漱石は句稿17に40句を書き込んでいた。その中に月が登場する句をまとめて6句並べている。掲句はその真ん中に置かれていた。これら6句の句意に関連性はない。つまり漱石は満月をテーマにして頭に浮かんだイメージを次々に俳句にしていった。

句意は「満月が天空にかかり、地にはその光で剃髪した僧の丸い頭の影が路面にくっきりとできている」というもの。この丸まった影を満月と並べて描くことで、漱石の敬愛する僧のイメージが円形の完結した月の形状によってきわ立つ効果が生じる。

ところで小説「草枕」に、この句の描く場面に類似した場面が出てくる。絵描き（漱石のこと）は言う。「山門の所で、余は二人に別れる。見返ると、大きな丸い影と、小さな丸い影が、石甃の上に落ちて、前後して庫裏（くり）の方に消えてゆく」と書いた。くっきりとできていた二人の影は山門の中に消えたが、二人が残した言葉の余韻は消えずに残ったことが強く印象づけられるのである。漱石は彼らを信頼していることが浮き上がってくる。僧の影に尊称の法師を付けているのだから。

• 明月や無筆なれども酒は呑む

（めいげつや　むひつなれども　さけはのむ）

（明治30年10月）句稿26

漱石は中国は唐時代の李白や宋時代の陶淵明のようにであり文人ならば酒を

飲みながら詩を作ることにあこがれていた。そこで胃痛持ちながらも何とか酒に強くなろうとした形跡がある。名月を見て鑑賞し、酒杯を片手に手慣れた漢詩でも作れれば良いと考えたが、それができないでいた。そのことを漱石は楽しく悔やんでいた。

句意は「満月の元、自分は無学の身であるが中国古代の偉大な詩人たちのように酒は飲む、いや飲みたい」というもの。

ある人はいう。『小説「行人」では、三沢は胃病ながらも酒をしこたま飲み、周りに酒を強いる心の弱さを描写して、深い孤独をにじませまる。酒は、享楽ではなく、苦悩に満ちた漱石自身の苦悩を浮かび上がらせる。』と。

そして『小説「門」では、主人公の宗助は過去の傷口を癒すために飲酒し、孤独の苦しみから逃れるために参禅する。悟りを得られなかった宗助だが、『それから』のように「不徳義」の暗い過去に囚われて現実を見ようとしない悩みは、酒などでは紛らわすことができなかった。』という。

漱石は生きる苦しさを酒のシーンで表すために、そして酒飲み人の描写のために酒に挑んでいたのかもしれない。酒から跳ね返されても敗れても敗れても。「無筆」状態を脱して小説家になるために漱石は「酒は飲む」と心に決めていた。

漱石は、酒を飲むと顔がすぐ赤くなるため、あまり酒を飲まなかったが、気心の知れた句会の人たちと酒を酌み交わすのは好きだった。熊本の漱石の家に学校の同僚を下宿させていた時に、漱石は夕食の時に盃一杯の酒をちびちび舐めながら食事を終えるようにしていた。漱石と同じように一杯しか注がれない下宿人は一杯だけなら飲まない方がいいと愚痴を言ったという話が残っている。漱石にとってのその一杯は泪酒ならぬ努力酒なのであった。

・明天子上にある野の長閑なる

（めいてんし　うえにあるのの　のどかなる）

（明治30年2月）句稿23

明治の天皇が統治しているこの世の中は明治10年の西南戦争以降になると大きな争いもなく、落ち着いていた。長閑な江戸時代のようであった。明治30年の漱石は結婚して熊本の高等学校の英語教師をしていた。

句意は「賢明な天皇の元、明治30年の正月を迎えて日本中の人々は野に出て働き、長閑に過ごしている」というもの。家の内外が泰平で落ち着いていることを表している。漱石は自分を含めて国民の平穏な生活を喜んでいる。当時の国民の90％以上が農業に従事していた。

明天子の明は明治時代と聡明を掛けている。そして「上にある野」には熊本市街からみた高台にある阿蘇周辺の野の意味を持たせている。郊外の阿蘇の裾野にある畑の中を歩いていた時の句であろう。

漱石が掲句を作った動機は「人に死し鶴に生れて冴返る」「貧といへど酒飲みやすし君が春」「力なや油なくなる冬籠」などという暗い俳句を子規宅に送っていたので、子規が心配しているだろうと安心してもらえるような俳句を送ったのだ。大丈夫、大丈夫うまくいっているからと。

ちなみに掲句の一つ前に置かれている句稿の句は、「菜の花や城代二万五千石」である。この句は熊本を治めた名君とその部下の城代の話である。一つ後の句は「大纛（たいとう）や霞の中を行く車」で、天皇の軍隊、日本の陸軍が堂々と霞のかかっている広い大陸を進軍中であると詠んだ。熊本市は陸軍の拠点の一つであった。

三者談

春の野の長閑な景色の中に、気高さを感じて明天子に考えが及んだ。いやそうではないなどと明天子について議論している。堅苦しい明天子の語感と長閑が意外に調和する。

・名物の椀の蜆や春浅し

（めいぶつの　わんのしじみや　はるあさし）

（明治41年）手帳

明治41年に入り、少しは春らしくなって来た頃、漱石の血液の流れも良くなって来て、食欲も少し出て来た。椀の蜆汁の香りも十分に味わえるようになって来た。

句意は「蜆汁が名物の店に入って箸で蜆をつまみ、じっと蜆を観察していると春の到来はすぐだと予感できた」というもの。漱石は蜆を眺めて「春浅し」

と呟いた。しみじみそう思ったのだ。漱石は蜆が美味くなって来る頃だと知って店に入ったのだ。蜆汁は肝臓や胃袋の動きを活発化させると知っていた。体調が良くなることを期待した。

この句の面白さは、蜆の味を確かめて、首を振りつつ「この店の蜆はうまい」と口にしたと思えることだ。春の味がすると感じた。ところで蜆の旬は、7月と2〜4月で、漱石句に出て来た蜆は「寒蜆」ということになる。

ところで漱石は「春浅し」をキーワードにして掲句を含めて6句を作っている。早春を感じさせるものとして、寒蜆、女の眉、塩辛、三味線の撥、海、白い絵の具皿を取り上げている。これらの語を用いると少しずつ胃袋も体も動き始めるのがわかる。そして「そゝのかす女の眉や春浅し」「塩辛を壺に探るや春浅し」「名物の椀の蜆や春浅し」は順に作られていて、女の眉から「春浅し」の句作りが始まっているのが面白い。

● 飯食うてねむがる男畠を打つ

（めしくうて　ねむがるおとこ　はたをうつ）

（明治29年3月5日）句稿12

松山に住んでいた時の光景なのだろう。春の昼下がり、畑で鍬を振るっている男が見えるが、どうも動きが途切れ途切れになっている。あくびが原因のようだと見ているのだ。漱石は自分の経験から昼飯を食べすぎるとその後が眠くて仕方ないということを十分すぎる程に知っているのだ。昔の男は大飯を食ったからだ。

特に農作業をする男は昼飯の量も多いのだ。一気に食べると消化に血液の大半が使われて脳の方はおろそかになる。呼吸中枢の反応も鈍くなる。よって体の動きも緩慢になる。それでも男は鍬を振る。漱石は畑の中にいる働き者の男を優しく見守っている。この男は食後の休憩をあまり取らずに働いていると理解しているのだ。

「ねむがる」という表現は赤ん坊に対する言葉のように思える。大人の男でも自分ではどうしようもない状態にあることをうまく表している。春の生暖かい空気が感じられる句である。

ところでこの男は畑で何を栽培しようとしているのか。春に畑を耕すのは種をまく準備であるから、陸稲なのであろうか、それとも芋類なのであろうか。芋が名物の愛媛であるから、サツマイモの苗を植える畝起こし作業をしているのであろう。それとも田植えの準備として鍬で田起こしをしているのかも。

● 飯食へばまぶた重たき椿哉

（めしくえば　まぶたおもたき　つばきかな）

（大正3年か4年）手帳

句意は「昼飯を食べた後は特別にまぶたが重たく感じられる。まぶたの上に赤く分厚い椿の花びらがふわっと乗って、どうしようもなく重たく感じ、耐えきれずに閉じてしまう」というもの。目を閉じていると花びらがまぶたからずり落ちて、そのかすかな音によって目がさめる。

漱石は耐えきれずにまぶたを閉じる瞬間は、苦痛ではなく快感であると表現している。何故ならしっとりと柔らかく重さを感じさせる赤い花びらが乗っているからだ。

この睡魔は飯を食べた後、縁側でぼんやり庭を見ていた時に訪れたのだろう。日がさしていて頭の中が虚ろになっている。漱石は重そうな花びらの椿の赤い色を目の中に捉えたところまではよく覚えていたが、それがだんだん虚ろになってきた。その原因を見ていた椿のせいにしている。本当はいつも食べすぎのきらいのある漱石自身に原因があるのをごまかしている。

食後の午睡をあの口の悪い猫に見られているのを恥ずかしがっているようにも思えるおかしさがある。

そして更なる面白さは、「飯食へば」にある。たまたまではなくいつもこうなのだ、と白状しているところだ。条件反射のように「飯を食べる」「縁側で庭を見る」「椿の花を見てしまう」「重い花びらでまぶたがふさがれる」と連続していることだ。

「吾輩は猫である」の黒猫は、食事の後の午後には手枕で寝てしまう漱石を

よく見ていた。この小説の主人公は大飯を食った後、本を2、3ページ読むだけでだらだらと涎を垂らして眠ってしまうが、このさまを猫はしっかりと見ていた。漱石は仕方ないのだと言い訳しながら、この俳句を作ったような気がする。これは生理現象なのだからとつぶやく。

目を閉じた後に短時間で見る夢は、花びらのような唇がまぶたを押さえつける夢なのであろう。このような想像をさせるところがこの句の面白さなのである。

• 飯櫃を蒲団につゝむ孀哉

（めしびつを　ふとんにつつむ　やもめかな）

（明治28年12月18日）句稿9

同年12月13日ごろに子規が漱石の実家を訪ね、漱石の兄の直矩（家督を継いだ3男）に、漱石は結婚を決意したことを伝えたとの報告を受けた。この見合い話は兄の直矩が仲人に依頼したことから始まったからだ。漱石はこれを受けてすぐに子規に手紙を出した。その子規からの手紙文には漱石が違和感を覚える内容が書かれていたからだ。

漱石の兄は子規に「弟には他に結婚したい女性がいたが、それがうまくいかないので拗ねているのじゃないか」と言ったという。漱石は楠緒子のことだとわかった。漱石の手紙での返答は「結婚の事抔は上京の上実地に処理致す積りに御座候。（中略）中根の事に付いては写真で取極候事故、当人に逢った上で若し別人なら破談する迄の事。（中略）すねて居る抔と勘違をされては甚だ困る。」というものであった。

掲句の意味はこうだろう。「一人暮らしの男は一人分のご飯を炊くことができないので多めに炊いて、残りのご飯は木の飯櫃に入れて、蒲団に包んで保温している」というもの。こうして過ごしている一人孀めいた独身男の生活は大変なだけなのだと嘆いて、楠緒子のことは関係ないと主張した。わびしい生活を脱したいというのが結婚の目的だという。

漱石の兄の言葉は図星であったので、漱石は大いに慌てていた。見合い写真は修正しているだろうが、実物がひどかったら考え直すといい、話をそらしている。

見合い結婚したなら色々あるかもしれないが、うまくやるさ、心配しないでくれと見合いの段取りをつけた子規に配慮している。

漱石はもう一つ俳句を続けて作りたかったのかもしれない。それは「温かき飯櫃蒲団がくるむ孀哉」で、温まっている蒲団は一人で、寝るときに好都合であるからだ。

• 目出たさは夢に遊んで九時に起き

（めでたさは　ゆめにあそんで　くじにおき）

（明治27年）子規の選句稿「なじみ集」

帝大の大学院生であった27歳の漱石は、正月をゆっくりと過ごすことにしていた。目覚めてからしばらく起きなかった。漱石はこの時は帝大の学生寮に住んでいたので、気楽な生活ができた。

句意は「目出たい元日の朝は、夢を見てから目覚め、そして布団の中でしばらく物思いにふけって過ごし、9時になってから起き出した」というもの。恋人の大塚楠緒子のことを思っていたのであろう。彼女が夢に出てきたので上五が「目出たさは」となった。目覚めてからは今年の二人の関係はどのように進展するのかを考えていた。だがこの目出たさは長くは続かなかった。

この句の面白さは、「夢に遊んで」であろう。漱石は夢のストーリーを自分の都合のいい方に、楽しめる方に進展させることができる脳力を備えていたようだ。ストーリーに修正を重ねているうちに9時になってしまったのだ。つまり漱石は27歳になっても物語を作っていたのだ。このことを漱石は目出たいと表した。

• めでたさや寒く厳しき中にして

（めでたさや　さむくきびしき　なかにして）

（明治41年・推定）松根東洋城に渡した短冊

これは漱石の弟子・松根東洋城（豊次郎）への皮肉を込めた祝賀の俳句であろう。東洋城には公知の目出度い出来事が見当たらないことから、全くの推測で掲句を解釈することにする。掲句は新年の賀状として渡した短冊に書かれていたものだろう。掲句は新年の挨拶句としてでなく、別の意味を込めていたと思われる。

句意は「新年ということだから目出度いというが、寒中の厳しい時候であるので目出度さは減じてしまう」というもの。これは小林一茶の「目出度さやちう位也おらが春」の句のパロディなのだ。漱石も一茶と同様に特別に新年を祝うこともない。自分の体調は思わしくないし寒いし、喜ぶほどのものではないというのだ。

しかし、これだけの意味の俳句では、東洋城にわざわざ短冊句を渡す意味は薄いといえる。東洋城は昨年、たぶん長いこと進展せずに悩んでいた歌人の柳原白蓮との結婚を諦める決断をしたのだ。漱石はこのことを控えめに喜んだので、掲句を東洋城に渡すことにしたのだ。今後東洋城の気が変わることがないようにするために。

• 目ともいはず口ともいはず吹雪哉

（めともいわず　くちともいわず　ふぶきかな）

（明治32年1月）句稿32

「山は洗ひし如くにて」と岩の耶馬溪の様を前置きで描いている。冬の耶馬溪の句をたくさん作りながら谷間の山道を歩いていた。32歳の漱石と年下の同僚は、体力に自信を持っていた。漱石は掲句の句の前に、「凩の吹くべき松も生えざりき」「凩の吹きぬ尖りぬ冬の山」「恐ろしき岩の色なり玉霰」「只寒し天狭くして水青く」といった俳句を作っていた。耶馬溪を踏破するために冬山の厳しい環境を観察しながら、そして気分転換を計りながらしっかり歩いていた。

漱石は高等学校の同僚と二人で正月2日に宇佐神宮を参拝したあと、耶馬溪のある中津を経て日田に至る山道を歩き、筑後川に出たら舟で川を下って有明海の方に抜けるルートを選択していた。宿で二泊した次の日に、漱石一行は最も深い耶馬溪の岩山に吹く霰の嵐を体験した。宇佐神社を参拝した服装のまま冬山に入り込んだのだから、嵐に好き勝手に攻撃されていた。岩山の谷間の川沿いの細道には、寒風が集中し、速度が増す。ツルツルの岩肌は風を集めるだけで寒風の障害にはなってくれない。

足を止めれば凍死が待っているとわかるから、寒い寒いとつぶやきながら進んでゆく。暗い空を見上げて気分転換しながら歩いている。冷静にゆっくり霰の吹き付ける山道を歩いている。

句意は「谷の細道を踏み外さないように見開いている目にも、寒いと呟いた口の中にも、吹雪が入り込む」というもの。全ての体の穴に吹雪が入り込むというもの。首筋にも雪が入り込む。袴の裾からも寒風が入り込む。草鞋の隙間にも吹雪が入り込み、寒さが足袋の中に浸みてくる。

この句の面白さは、「目ともいはず口ともいはず」の後には、読み手が勝手に言葉を続けられるように仕組んであることだ。これによって作り手と読み手

着物の襟口ともいわず、と続けられる。が同じ冬山体験をするようにできている。鼻穴ともいわず、耳穴ともいわず、

・眸に入る富士大いなり春の楼

（めにいるふじ　おおいなり　はるのろう）

（明治32年1月）句稿32

この年の元日は、高校の同僚と宇佐神宮に初詣にゆくために暗いうちに列車に乗り込んだ。その朝に北九州の小倉で下車し、小倉の浜の市場に足を運んだ。ここで作業している海女の姿を見て、「うつくしき蜑(あま)の頭や春の鯛」の句を詠んだ。二人はここ小倉で一泊した。翌2日の未明に小倉を立って、早朝に宇佐神宮に到着する計画だった。

漱石は小倉で宿泊する際には宿泊費の安い大寺の書院を利用した。その大寺の僧堂の入り口には富士山を描いた大きな絵が掛けられていた。漱石はその富士の絵を見て大いに感激した。その絵の中には馬上の武人が描かれていたからだ。その人は明治天皇であった。この絵の中の富士山と明治天皇に元日の太陽の光が当たっていた。

句意は「大寺の楼に入ると元日にふさわしい立派な富士山の絵が目に飛び込んできた」というもの。北九州の地で正月に目出度い富士に逢ったと感嘆の声をあげたのだ。漱石はまさか九州の地で関東の名峰の富士山の絵を目にすることはないと常々思っていたので驚いたのだ。この絵には馬上の軍人が富士山を背景に描かれていたから、驚きは倍加した。掲句の3句前に置かれていた「元日の富士に逢ひけり馬の上」の句から驚きの理由がわかるのだ。漱石は仏教の寺で神道の主の明治天皇にお会いするとは思ってもいなかったので、心底驚いたのだ。

江戸時代に幕府の体制に組み込まれていた寺は明治になって廃仏毀釈の運動によって潰されてゆく傾向があり、この寺はこれに抗する対策を取っていたのだ。そして天皇の晴れ姿の絵画を僧堂に掲示しておけば明治天皇とその体制を支持していることを表明することになり、明治天皇の絵を掲げる寺を政府は潰さないだろうと考えたのだろう。

ちなみにこの句の上五の読み方は、一般には「めにはいる」が適当とされている。しかし「めにいる」が掲句の場合には適していると考える。入り口の戸を開けた瞬間に意外なものを目にした衝撃の場面を描いているからだ。辞書には「はいる」と読まずに「いる」と読む例として、「心・目・耳などの感覚を通じて対象をとらえる」場合に、「目に入(い)るものすべてが珍しい」のように用いるとある。漱石の驚きを表すには、素早い反応を感じさせる「めにいる」の方が漱石の「呆然とした表情」に繋がって面白い。

・女の童に小冠者一人や雪礫

（めのわらわに　こかんじゃひとりや　ゆきつぶて）

（明治40年ごろ）手帳

掲句は漱石宅の黒塀の前で繰り広げられた雪合戦のメンバー構成を描いている。小冠者は元服直後の男子のことで普通は14、5歳ぐらいの子である。他方の女の童は年端のいかない女子で10歳以下であろう。家の前で雪合戦をしているが、女児が多数で一人の小冠者に雪礫を投げつけている。小冠者は、多勢に無勢で逃げ回っている。

この句の面白さは、この小冠者は漱石の息子ではなく、漱石自身であることだ。この雪合戦が明治40年の正月のことであれば、純一はまだ生まれていない。娘たちは三女栄子が3歳、次女の恒子6歳、長女筆子は7歳であった。この娘たちが逃げる漱石に雪礫を投げつけた。

全集ではこの句の前に置かれている句は次の「黒塀にあたるや妹が雪礫」である。娘たちの投げた雪礫は手元が狂って家の黒塀にドスン、ドスンと当たった。黒地に雪の白い点々ができて、黒の水玉模様のようだと漱石は追われながら面白がっていたのかも。

女郎共推参なるぞ梅の花

（めろうども　すいさんなるぞ　うめのはな）

（明治28年11月13日）句稿6

「女郎ども」の「めろう」は、「じょろう」の転である。この句では『女郎花（おみなえし）』の語感に合わせて「めろう」が採用されている。「推参なり」の意味は、「自分のほうから出かけて行くこと。また、詫びる気持ちを持って招かれていないのに人を訪問すること」で、「おしまいる」の漢字表記である。

『女郎花』は、能楽演目のひとつである。そうであれば漱石は掲句を作るときに謡曲の『女郎花』をうなっていたと推察される。この曲は「一時の情欲をむさぼって恋慕に沈んだ男女の地獄の有様を謡う夢幻の能」なのだという。では「梅の花」はどうであろう。これには「軒端梅」という謡曲が関係しているらしい。漱石はどちらも謡の練習の中で口にしていたのだろう。そこで漱石はこの二つを合体させた。

漱石の脳裏では『女郎花』の群生している場所に梅の木が植えられ、対立している図なのであろう。同じ花に関する謡曲であるが、深い情念が歌われる『女郎花』の方が盛り上がりにおいて優っているようである。

この句の面白さは、漱石が始めは『女郎花』をうなっていたが、調子が良くないので「軒端梅」という謡曲に切り替えたことだ。この切り替えを面白い俳句に仕立てて、気持ちを立て直した。

目を病んで灯ともさぬ夜や五月雨

（めをやんで　ひともさぬよや　さつきあめ）

（明治30年5月28日）句稿25

同じ句稿で「憶子規」と前書きして「春雨の夜すがら物を思はする」の句を詠んでいた。いい季節になったのに自分が英語教師を辞めたいと言い出して、子規を心配させて心苦しいというものだ。そんな漱石が掲句を詠んだ。この句に漱石先生の夜遅くまで考え込んでいる姿が見える。

句意は「目を病んでしまったようで、明かりの下で本を読む気がしない。そんな夜、五月雨の音が部屋に忍び込んでくる」というもの。読書家でも目を病んでは考え込むしかないとごまかしている。書斎に灯を灯さずに考え込んでいる様子がうかがえる。実際には悩み事があって目ではない脳が疲れているのだ。

この句の面白さは、「目を病んで」と書いて「気を病んでいる」状態になっていることを示していることだ。転職しようとかなり深刻に悩んでいることを子規に伝えている。だが気を病んでいても、俳句の面白さは落ちていないところが漱石らしくて面白い。

藻ある底に魚の影さす秋の水

（もあるそこに　うおのかげさす　あきのみず）

（明治29年11月）句稿20

句意は「秋になると川底に水草がびっしりと生えているのが岸からよく見える。その緑の川底の上を大きな魚が泳いでいるのがくっきりと見えている」というもの。川の水が澄んでいるところでは魚の姿とその影がくっきりと立体的に見えることで魚がいるとわかるのだ。

日光が川の底にまで届いている様が、「影さす」によって表現されている。魚の体色は川底の色に似せた保護色であるから、藻に勢いのない冬には魚の存在はわかりにくい。だがまだ水草が十分に生えている秋ならば、そして水質がクリアになる秋であれば魚もその影もくっきりと見えてわかりやすくなるのだ。漱石は川辺をよく散歩して観察しているのでその辺のことがわかっている。

ちなみにこの川は、漱石が住んでいた熊本市街の南を流れる江津川であろう。この川は水前寺公園として市民に親しまれている公園の湧き水が水源になっている川である。この川では春先に伸びすぎた川底の水草を刈る水草刈りが行われる。この行事は地元民が参加して行うもので、漱石も参加して岸辺の水草を刈った。漱石の足裏はこの水草の柔らかさを覚えていた。

ちなみに師匠の子規は掲句を春の句として「水底に魚の影さす春の水」に修正している。当然ながら子規は江津川のこの状況がわからないから、この川に対する漱石の思いが理解できていない。

・孟宗の根を行く春の筧哉

（もうそうの　ねをゆくはるの　かけひかな）

（大正５年）手帳

この句は大正５年の２月頃に伊豆の湯河原温泉でリューマチの治療・療養をしていた頃のものである。腕が上がらないほどにリューマチが悪化していて、最後の小説を書く為にしっかりと体を休めることにしたのだ。そこでこの２月に湯河原温泉へ漱石は一人で出かけた。しかし悪友の満鉄総裁、中村是好がこれを聞きつけて先回りして部下の田中と湯河原に１月28日に着いて待っていた。この行動を漱石は知らなかった。９日に同じ宿に着いた漱石の部屋に満州で一緒だった二人は押しかけて合流した。

「筧」は池周辺にかけ渡して、水を導くための竹や木の樋のことであるが、滞在した湯河原温泉には、孟宗竹林の下を地下水が流れ、その崖から水が滝のように落ちているところがあった。その水を竹の樋で引いて旅館の庭の筧に流し込んでいた。漱石たちが長期に宿泊した天野屋は、竹の生えた山裾に庭園を設けた温泉宿であった。

句意は「春の日に温泉宿の庭を歩いている。孟宗竹の根の下を通って来た水を旅館の庭に引く筧が見えている。山の豊富な水を引いた筧には勢いがあった」というもの。その筧は孟宗の竹を使っていたのであろう。漱石の目には竹林の下を流れ出る水が見えていた。

漱石は賑やかな中村たちが宿から引き上げた後、庭に立って裏山の竹林を通って筧に流れ込む静かな水の音を聞いていた。やっと筧の打つ音を楽しむことができたと喜んだ。

・もう寐ずばなるまいなそれも夏の月

（もうねずば　なるまいなそれも　なつのつき）

（明治29年7月8日）句稿15

この年の4月に熊本第五高等学校に英語講師の職を得て松山から赴任した。この直後の6月に借家の離れで内輪だけの結婚式を挙げた。漱石も妻も初婚であり、漱石は29歳になっての結婚であった。東京から来た妻は漱石より10歳若い。どこの若夫婦もそうであるが新婚当初の生活は忙しく、寝不足になりがちである。結婚式が済んで1ヶ月経った夜のことだ。漱石は妻に呟いた。「もう遅いからそろそろ寝ようか」と。漱石はその呟きをそのまま俳句に組み込んだ。さて妻の返事はなんであったのか。

句意は「もう遅いからそろそろ寝ようか。日の長い夏でも、もう月が出ている」というもの。この句に特別な解説は不要というものだ。このころの漱石と鏡子の仲は良かった。

・朦朧と霞に消ゆる巨人哉

（もうろうと　かすみにきゆる　きょじんかな）

（明治29年3月1日推定）三人句会

寒冷地でもほぼ裸で適応できる巨人。群れをなさずに単独で食べ物を得ながら移動する巨人。外形はほぼ人間に似ているが、サイズが桁違いに大きい生き物である。人間を地上の絶対の存在としないために地上に送り出したとしか言いようのない巨人。

漱石は掲句の中にこのような生き物を創作した。この時期、漱石たち松山の若手俳句三人衆は、神仙体なる神秘的で幻想的な新たな俳句世界を作るべく挑戦していた。この句からは平成の日本で人気になったアニメーション作品、「進撃の巨人」に登場する巨人がすぐに頭に浮かぶ。

句意は「人間を圧倒する巨人が朦朧とした霞の中に姿を消した。人間を倒し、住処を破壊して去る巨人を遠くから見送ることしかできない」というもの。日本人は自然界との関係で飢餓という巨人との戦いを何度も経験してきたが、乗りこえてきた。そして幕末から明治時代になると天変地異は収まっていた。明治29年6月15日に起きた明治三陸地震はまだであった。津波は38ｍの高さに及んだ。人の少ない地域で2．2万人が死んだという。

人間はギリシャ神話の時代から、人間よりも巨大で人間的な生物に興味を持ってきた。世界の神話伝説にはしばしば人間に似た形をもつが、体躯も膂力も人間よりはるかに上の巨人として登場した。ギリシャ神話の巨人ギガンテスはその典型的な例である。しかし、日本の神話には巨大な八岐の大蛇は登場するが、巨人は出てこない。偉大な能力のある神々として登場しただけだ。

・耄碌と名のつく老いの頭巾かな

（もうろくと　なのつくおいの　ずきんかな）

（明治32年1月）句稿32

漱石が32歳の時にもうろくの俳句を作っていたとは驚きだ。熊本で始めた新婚生活がうまくいかなくて悩んでいた頃の作だ。誰しも落ち込むときはあるが、耄碌したとまでは普通は考えない。旧制の熊本高校で教授として英語主任にもなって張り切っていた頃の句である。

ところで漱石の言う頭巾は、俳句の宗匠等がかぶっていた黒く大きな丸頭巾、または焙烙頭巾と呼ばれていたものだ。漱石は英語教師の仕事の傍、熊本市では高等学校の学生句会を中心にして俳句の活動をしていた。しかし、当然ながら宗匠頭巾は被っていなかった。

句意は「頭巾は被っていないが、耄碌という別の頭巾がいつの間に頭に乗っていた」というもの。漱石がこの句を作ったということは、漱石自身が家庭生活における自信を失いかけていたことになりそうだ。漱石は自虐の俳句を作っておどけているのだ。

この句の面白さは、耄碌の耄の漢字を解体すると、毛の上に老いの文字が乗っているから、この状態は下五にある「老いの頭巾」状態だと笑っていることだ。

漱石がこの句を作った背景は、若い女房は心身不安でヒステリーになり、自殺未遂事件も複数回起こしていたことがある。漱石は解決策も浮かばなくなっていて、いわば耄碌状態だと子規に伝えている。結婚生活は大変なものだと独身の子規に伝えた。

・黙然と火鉢の灰をならしけり

（もくねんと　ひばちのはいを　ならしけり）

（明治28年12月18日）句稿9

関連句の「親展の状燃え上る火鉢哉」には書斎の火鉢で親展と書かれた手紙を燃やしたことが描かれていた。「親展の状」とは、東京で新婚生活を始めたばかりの大塚楠緒子からの手紙であったと思われる。学生時代に漱石と親友の間柄であった亭主の保治は急に決まった欧州留学で日本を離れていて、楠緒子は新居で一人になっていた。結婚のことを振り返る十分な時間が生まれた。

楠緒子からの手紙は、単に寂しいという気持ちを伝える手紙であったのか、漱石に対する今の思いを伝える手紙であったのか。掲句があった句稿に書かれた「冷たくてやがて恐ろし瀬戸火鉢」という掲句の直前句は、漱石の気持ちを直接表明していないが、瀬戸火鉢に自分の気持ちをぶつけている。今まで暖かかった火鉢が急に冷たくなったのだ。

掲句の句意は「漱石は親展の手紙を火鉢で燃やしたあと、口から出かかった言葉をぐっと飲み込んだ。そして黙って金属のヘラで手紙の燃えカスの灰をならした」というもの。何度もヘラを往復させて手紙が来なかったことにした。今更、これが彼女の本当の気持ちだと知らされてももう遅いのだ。今まで味わった失恋の辛さは自分の体の一部になってしまっていた。

楠緒子・保治・漱石の三者協定（未公開の協定があったと推察）に基づいて、各人がそれぞれの人生を進むしかないとのだと「灰をならし」ながら確認した。

ここに登場した「親展の状燃え上る火鉢哉」「冷たくてやがて恐ろし瀬戸火鉢」「黙然と火鉢の灰をならしけり」の3連句は失恋詩になっている。

・木蓮と覚しき花に月朧

（もくれんと　おぼしきはなに　つきおぼろ）

（大正3年）手帳

あの花は白木蓮なのか、辛夷なのか。朧になっている月の下で腕を組んで立ったまま漱石は動かない。なかなか判断がつかないのだ。

句意は「夜に白く見える花は白木蓮だと思うが、定かではない。辛夷なのかもしれない。朧月夜なのでよくわからない」というもの。

この句を作った背景がよく見えない。漱石の体調は悪化し、この頃は、目立った出来事はない。大正3年4月9日に上野公園で開催された東京大正博覧会の美術館を見学したくらいである。多分掲句は日本画に描かれた春の月夜の花の画なのだ。

この句の面白さは、「覚しき」と「朧」の言葉の連動、連想である。ともにぼんやりしていることを表す語である。漱石はぼんやりと見えることは、美しさの一つだと言いたげである。日本画の描き方もだいぶ変わってきたという印象を持ったのだ。

・木蓮に夢の様なる小雨哉

（もくれんに　ゆめのようなる　こさめかな）

（大正3年）手帳

体力を失いかけていたこの頃の漱石は少しでも体力の維持に努めようと日々街歩きしていた。周囲を見回しながら歩いていると白木蓮の木に出会った。

句意は「早春に木蓮の花びらを樹上に見て目の前が明るくなった。早春の空に純白の色をつけている。すると小雨が降りだして木蓮は濡れて輝きを増した。漱石は夢見心地になった」というもの。木蓮には紫と白の木蓮があるが、ここでは白木蓮であろう。天鵞絨のような白い花びらに白い雨が重なって、まさに夢の世界が展開していた。

この句の面白さは、白木蓮の花に小雨が降りかかる偶然を夢のようだと表したことだ。そして固まって咲く白い花びらと白い雨が作り出している世界も美しく夢の世界だということだ。木蓮の花が雨によって幾分霞んで見え出した。夢の本質はおぼろなのだ。

漱石はほぼ同じ時期に「木蓮と覚しき花に月朧」の句を作っていた。これより少し前に「木蓮の花許りなる空を瞻る」の句を作っていた。まだまだ寒い初春の空の中に咲いている白木蓮を嬉しい気持ちで見上げている漱石の姿が見える。

大正3年の漱石は夢のような景色の中で、自分の命がそろそろ終わるの感じていた。目の前に展開している夢のような白い世界を受け入れようとしていた気がする。

・木蓮の花許りなる空を瞻る

（もくれんの　はなばかりなる　そらをみる）

（明治39年）小説「草枕」

圧倒的な量感の白木蓮の花が青い空を占領している。漱石の視界は大木の木蓮の花で覆われている。桜の木が咲く準備のできていないうちに、洒落たワイングラスのような形の、そしてビロードのような質感の白い花を枝全体にちりばめて、そして空全体にシャンデリアのようにちりばめて咲く。まさに咲き誇っているのだ。密に咲く白木蓮は太陽の日差しを遮るのだが、花びらの白さで空がまばゆい。瞻るの意味は、目を見開いてじっくり見るということだ。なんだ、これは、と言う声が漱石の口から漏れる。

この句の面白さは、漱石がこの花から受けている印象が「花ばかり」というところである。子供がシンプルに驚いている様に見える表現が愉快だ。漱石がこのような印象を抱くのは、白木蓮が咲く時、葉は出ていないからである。そして肉厚の花びらは満開でも上を向いたままで開ききることはない。これが圧倒する力強さを感じさせるのだ。ここでこの花と似ている早春の花、こぶしとの違いを挙げると、こぶしは白木蓮の後に咲く花で、こぶしの花びらの大きさは白木蓮の約半分の4、5センチと小粒で、花びらは薄く横に広がる。そして咲く時から花の下に葉っぱをつけている。つまり咲く時には緑と白が混じる。

漱石は少々呆れ顔で白木蓮の花ばかりの空を見上げている様が眼に浮かぶ。わざと木蓮の幹に近寄って見上げているのかもしれない。木蓮の傘の下に入る格好で真上を見上げて別世界を楽しんでいるのだ。

ところで上記のように掲句の木蓮は白木蓮であり、紫木蓮ではないとして解釈してきたが断定できない。しかしこの句は、小説「草枕」の中に出てくる句であり、観音寺の境内で絵描きとして出てくる漱石が木蓮を描写している文を読むと白木蓮だとわかる。「草枕」の中で「花の色は無論純白ではない。いたずらに白いのは寒過ぎる。専らに白いのは、ことさらに人の眼を奪う巧みが見える。木蓮の色はそれではない。極度の白きをわざと避けて、あたたかみのある淡黄に、奥床しくも自らを卑下している。」と書いていたからだ。

・模糊として竹動きけり春の山

（もことして　たけうごきけり　はるのやま）

（明治29年3月24日）句稿14

春風が吹くと山の竹林は待ち望んでいたように、波立ってわさわさと揺れ出す。淡墨を塗り広げたような単調な山肌に緑の波がうねり出す。漱石はそんな竹を好んでいて、生涯を通じて竹林の絵をよく描いた。手を抜いて描いてもうまく見えるからだ。ここに漱石のユーモアが隠れている。カルチャーセンターの水墨画の講座で最初に取り上げるのは、大体が竹の図である。

句意は「春風が山を撫でて吹き出すと、ぼんやりとした山肌の中で竹林だけが反応してざわざわと動き出す」というもの。緑色が密に詰まった竹林が山の中で存在感を発揮する。他の木々はまだ冬の記憶が濃厚で動きがない。漱石はわずかに変化している風に春の気配を感じている。竹林も春風を感じて反応していると漱石は竹林にエールを送る。

この句の面白さは、模糊という言葉である。俳句界の人はあまり使わない言葉で新鮮に感じる。竹の葉の茂りが「模糊として動く」というのは、竹林の葉の塊が風に揺れて、まさに一体の生物のように波打つように「モコモコ」と動くからだ。漱石は山のわずかな変化に春の兆しを感じて面白がっている。人間界も自然界も曖昧模糊の状態をじっと見つめると何か面白いものが見えてきたりする。漱石はこれを面白がっているのだ。

ところで漱石は翌月の4月10日に松山を立って熊本に移動することになっていた。漱石の気持ちは句作した3月下旬にはとっくに春の状態になっていた。漱石の心の中の竹林が早くもわさわさと動き出していた。山が「模糊として」いる状態はまだ春でないと思う人は物事を杓子定規に見るからである。

・餅搗や小首かたげし鶏の面

（もちつきや　こくびかたげし　とりのつら）

（明治28年12月4日）句稿8

「かたげし」は「傾げし」と書き、傾けるということだが、納得いかないという状況で首をちょっと傾ける仕草を指す。句意は「餅つきをしているそばで鶏が動き回っている。その鶏を見ていると鶏の面、頭がちょっと傾いて、不思議がっている様子が見える」というものだ。餅つきの杵の動きは、鶏が地面の餌を啄ばむ仕草に似ているからなのだろう。

この餅つきの句は、小首傾げがポイントで、ここに面白さが凝縮している。鶏は歩き出す前、または食べ始まる前に小首をちょいと傾ける癖がある。この動きが次の大きな動きの導入になっているようだ。動きに勢いをつけるためのものになっている。

これに対する餅つきは杵を頭の上から臼に打ちおろすが、杵は振り上げ動作の頂点で打ちおろす動きに勢いをつけるために一瞬止めて、一瞬力を貯める。そして狙いを定めて杵を打ちおろす。漱石は多分愚陀仏庵の大家が行なっている餅つきを見ていて、その動きと鶏の啄ばむ時の動きの類似を笑っている。漱石は常々鶏を軽く見ていたが、いやいや鶏も賢いのだと思い直した。どうして鶏の賢さに早くに気づかなかったのかと、漱石も小首を傾けたに違いない。

漱石にはもう一つの餅つき句がある。朝早いうちから始めていた餅つきの「餅搗や明星光る杵の先」の句である。食欲が旺盛の漱石には餅つき句がもうすこしあっても良さそうなものだが、この二つだけである。

・餅搗や明星光る杵の先

（もちつきや　みょうじょうひかる　きねのさき）

（明治32年1月）句稿32

「其他少々」の前置きがある。糯米（もち）を蒸して搗いたのが白餅、では「うるち米」を加えて青海苔や、焦がし大豆等を入れて搗いた餅は、海苔餅や豆餅ということになる。この句の前置きに「其他少々」とあることから、その他の餅は後者の餅ということになる。漱石としては白一色の餅よりは「其他少々」の方に関心が高かったということか。

年の瀬に行う餅搗は、大体が早朝から作業が始まる。空に光っていた明星は明けの明星だ。前の晩から一晩水に漬けておいたもち米を蒸篭で蒸し上げる。それから餅搗に入る。漱石の家に杵や臼があったとは思われない。近所で行われた餅搗を見たのであろう。それとも高等学校の寮で餅搗が行われたのか。

句意は「若い男が高く振り上げた杵の先あたりに明星が光っていた」というもの。その杵を振り下ろすと夜空の星も一緒に杵の先にくっ付いて臼の中に落とされることを楽しく想像した。こうして搗き上がった餅は星餅である。「其他少々」の餅は、星餅ということであった。ファンタジー俳句の搗き上がりである。

この句では、餅搗の杵の動きが音の長短で表されている。つまり餅搗の動作のリズムが感じられる。「餅搗や」のところで杵をゆっくり頭の上まで振り上げ、「明星光る」のところで力を込めて振り下ろす。そして「杵の先」で杵は臼の中の餅にぺたんと突き当たる。この後短く息を吐いて休止する。

・餅を切る庖丁鈍し古暦

（もちをきる　ほうちょうにぶし　ふるごよみ）

（明治30年1月）句稿22

漱石宅では結婚後初めての正月を迎えた。年の瀬に搗いた「のし餅」を元日の朝に引き出して切り出した。杵つき餅を延しておいた「のし餅」が完全に固まる前に、包丁で食べる大きさに切る年末恒例の作業は、漱石の担当であった。
句意は「去年の暦の上で正月用ののし餅を切ろうとしたが、包丁が鈍っていて上手く切れない」というもの。包丁は常に研いでおくものだと漱石は妻に文句を言ったに違いない。しかし妻の方は反論する。冷えて固くなる前に早めに切っておけばよかったのよ、謡ばかりやっているからこういうことになるのよ、とすぐさま言い返したに違いない。力のいる餅切りは男の仕事とわかっているのに、とブツブツ言う。動きが鈍いということなのだ。

この句の面白さは、下五の古暦によって元日になってからの餅切りだとわかることだ。つまり掲句は漱石のなまけを棚に上げた言い訳俳句なのだ。もう一つの面白さは、去年の暦も使い道があると言いたいことだ。それに気がついたことで、年の瀬の餅切りをさぼっていたことを相殺できると主張している気がする。

新婚家庭は何事も初めてのことが多くて大変だと、漱石は子規に手紙で報告している。君のところは、妹の律がしっかり者だから全てが順調なのだろうと言いたいようだ。

三者談

漱石が自分で餅を切っている場面だ。古暦は壁にかかっていてもいいが、古暦が包丁の近くにある。そして包丁が鈍っていることと暦が古くなって用をなさないことが侘しさで繋がっていて良い味を出している。

● ものいはず童子遠くの梅を指す

（ものいわず　どうじとおくの　うめをさす）

（明治32年2月）句稿33

この句は「杜牧の詩」（題は清明）の中にある『牧童 遥かに指さす 杏花の村』のパロディ句である。漱石句は「あんずの花が梅にすり替えられただけの句である」と和田利男氏はいう。両者は確かに似ている。調べて見ると旅人が牛飼いの子に「酒家は何れの処にか有る」と聞いたら、「あっちだよ、と言いつつ遠くの方を指差した。その指の先に白い杏の花咲く村が見えた」ということだ。

その白い村に行けば料理屋、飯屋はあるということだ。それほど遠くないところを中国では「遥かに」と表現する。

この年の2月に漱石は「梅花百五句」をゲームのように作り、子規に送った。その一つがこの句で、たくさん作るために中国の詩から想をとってきてこのパロディ句を作ったのだろう。元が割れている類似句は、世の中に結構ある。それでも創造性がたっぷりあれば別の作品として立てられ、高く評価されるべきだと考える。

この句に出てくる梅の名所は、奈良のはずれにある十津川渓谷沿いの月ヶ瀬梅林であろう。漱石全集においてこの句の一句前にあるのが「封切れば月が瀬の梅二三片」であるからである。この月ヶ瀬梅林は山間の見通しの悪いところにある。山道でこの梅林の場所を尋ねられた子供は、どうせ見えはしないからと言葉に出さずに「遠くの見えない梅林」を指したと思われる。掲句はこの状況を的確に教えてくれている。これに対して、原典の「指さす 杏花の村」では、飯屋のある村は霞んでいるが平地にあり、その村は白く見えていると思われる。

この句の面白さは、この童子は漢詩に出ている牛飼いの子ではなく、単なる村の子供であり、名所の場所を聞かれることが多いのだろうとわかることだ。そして漱石はその子に言葉を口に出させなかった。この村の子供は大勢の旅人に教えるのに疲れていたからだ。この漱石句は多弁である。

● 物言はで腹ふくれたる河豚かな

（ものいわで　はらふくれたる　ふくとかな）

（明治29年3月5日）句稿12

芭蕉の「物いえば唇寒し秋の風」のパロディ句のような気がする。掲句の句意は「争わないでいる河豚は物を言わず不満を溜め込んでいるので腹がパンパンに膨れている」というもの。不満をどんどん吐き出せばいいのに、と変な性格の河豚を気遣っている。

この句には、よく言われることであるがもう一つの解釈がある。「大勢が集まっている料理屋で、大鍋の河豚料理を前にすると皆が喋りをやめて一心に食べることに集中する」という解釈である。争っている河豚は、腹を膨らますといわれているが、これとは反対に物を言わない河豚なのに、腹がふくれる河豚がいると漱石はふざける。この変わった河豚は河豚の料理屋に集まった俳句の友達たちだと笑う。漱石は無口になってひたすら河豚を食べることに集中している句友をからかっているのだ。

この句の面白さとしては、「はら」、「ふくれ」、「ふくと」の「は行」の音が三つあることで、河豚の腹に息を吹き込む感覚が生じることである。

・ものいはぬ案山子に鳥の近寄らず

（ものいわぬ　かかしにとりの　ちかよらず）

（明治31年9月28日）句稿30

「言者不知知者不言」（言う者は知らず、知る者は言わず）の前置きがある。掲句の句意は「無言で田んぼに立っている案山子には、おしゃべりな鳥は気味悪がって近づかない」というもの。無言の案山子は結果的に役目を十分に果たしている。だが実際には鳥たちは無口な案山子に慣れてしまい、しばらく立つと雀は案山子の頭に乗ったりして遊び出してしまう。

この句の面白さは、案山子は見かけよりずっともっと賢いことを雀は知っていて、敬意を払って近づかないのだ、として漱石は面白がっている。案山子は老子の言葉を実践しているのだと言う。前置きの考えに従って行動しているのだと漱石は言う。そして雀もそれをわかっていると。

もう一つの解釈は、案山子は実在した前田案山子（かがし）という熊本の快男児で、元政治家であった男を指しているというもの。つまり句意は「いかつい風貌の案山子翁には、人はあまり寄り付かない」というもの。漱石は彼と明治30年10月に玉名市の小天温泉にある彼の別荘で会った。その縁で漱石は明治31年の正月は小天温泉にあった前田の別荘で過ごした。会うことになったきっかけは、借家に住んだ漱石の家の庭に隣り合っていた畑で農作業をしていた老人が、この案山子翁の親類であったことだ。

前田は漱石も顔負けの風貌を持ち、立派な白髪の髪と長い顎髭を蓄えていた。人を寄せ付けない、鳥も近寄らない雰囲気が漂っていた。この時の案山子は70歳の老人になっていたが、この年に妾との間に子供をもうけていた怪物だ。この子は長じてのち、小説家になっていた元熊本第五高等学校教師の夏目漱石に会いに行った。そして漱石に可愛がられた。

この前田案山子は最初武芸を磨いて武人として地元で名を挙げたが、維新に際し案山子と名乗った。これからは文の時代だとして40歳から家庭教育者の元、勉学に励んで四書五経の漢籍をマスターした。第一回衆議院選挙で当選し、中央の政界でも自由民権運動で活躍した。また地元の教育環境の整備に力を発揮した。漱石と会ったのはこの後のことであったが、この老人と漱石は意気投合したのは間違いない。

ここまで書いてはたと気がついた。掲句は漱石の妻、鏡子の自殺未遂に関する俳句なのではないのか。明治31年5月に1回目の自殺未遂が起きた。口を閉じたままの案山子は鏡子で、近寄れない鳥は漱石である。自殺未遂の後、夫婦の会話は皆無になっていた。この家庭の状況を漱石は掲句で子規に知らせたのだ。掲句を書き入れた句稿には掲句に関連する俳句はない。

・物いはぬ人と生れて打つ畠か

（ものいはぬ　ひととうまれて　うつはたか）

（明治40年1月か）

漱石の学生時代の少し前から足尾銅山の大規模開発が始まり、鉱石採掘によって流れ出したヒ素や鉛の化合物が渡良瀬川に流入し、沿岸農地を汚染させ、魚類は死滅し、山は枯れ、流域住人の健康被害が甚大化した。政治問題になって国会で、代議士の田中正造が被害の認定と救済を訴えて来たが、報われなかった。国会請願デモも起きたが、無視され続けた。

漱石は、この銅山で坑夫として働いたことのある青年を明治39年に身近に下宿させて取材を重ね、明治41年1月から4月まで東京朝日新聞で小説「坑夫」の連載を始めた。

掲句は社会問題、政治問題になっていた一大公害事件を調査していた際に、古河財閥と明治政府に対する憤懣が小説を書く前に俳句の形にしたものだ。

句意は「渡良瀬川流域の農民は、物を言っても物言わぬ人として扱われて、汚れた畑や田んぼを耕している」というもの。時の明治政府と世間から無視され続ける農民の虚しさを漱石が俳句で代弁している。

明治政府は欧州の先進技術を導入するための資金を必要としていた。そこで銅鉱石の採掘を活発化させた。生糸の他に銅を輸出産品にするためである。これが鉱毒発生を顕在化させた。のちにこの汚染地域の農民は農地を放棄させられ、栃木県の未開の原野であった那須野が原に集団移住させられた。

ところで掲句にある畠は、水を入れていない畑であるが、汚染された川の水を使う水稲栽培ができずに、別の麦の栽培に切り替えていたのかもしれない。冬の畠打ちは麦の畝起こしなのかもしれない。

漱石は小説「坑夫」を新聞に連載したが、文壇での反響は芳しくなかった。漱石は鉱毒事件を正面から捉えることはせずに、銅山の労働者のことを中心に描いていた。しかし漱石としては精一杯の物言いであった。

ちなみに掲句と対になっている句は「長短の風になびくや花芒」である。鉱毒で汚染された渡良瀬川の河原で冬に白く咲く芒を描いている。漱石の虚しさを風に揺れている枯れススキに重ねていると解釈できる。この一方で掲句の直前に置かれている「打つ畠に小鳥の影の屡（しばしば）す」の句も掲句に関連していると見ることができる。

＊雑誌『ホトトギス』（明治40年2月）に掲載

• 物語る手創や古りし桐火桶

（ものがたる　てきずやふりし　きりひおけ）

（明治29年12月）句稿21

向かい合って座る二人は、丸い桐火桶を挟んで話している。この火桶は桐の木を輪切りにし、中をくりぬいて金属板を張った円い火鉢。この火鉢は持ち運びが容易で、漱石はこれを縁側に運んで暖をとりながら話し込んでいるのだろう。

この話は熊本で発生した明治9年の秋月の乱、その翌年の明治10年に起きた西南戦争である。後者の西南戦争の話は長くなった。漱石の住まいの近くにある熊本城が舞台になったからだ。農民兵を含む政府軍が熊本城に入って籠城し、北上する西郷隆盛の薩摩軍の攻撃を退けた。この戦いの際に城の武器庫の爆発による火災で城下の街は類焼した。

句意は近所の長老が西南戦争に巻き込まれて怪我を負ったことを桐火桶を前にして漱石に話している」というもの。腕の傷跡を見せながら、街中で起こったことを漱石に説明していた。掲句を作った明治29年はこの西南戦争が起きてからわずか19年しか経っていなかった。戦争の記憶はまだ生々しいものであった。

腕の怪我は癒えて古い傷跡になっている。しかし、そのときの記憶はまだ新しいということだ。この傷を見るたびに戦いの様を思い出すからだ。相手の話には臨場感があったことだろう。漱石の脳裏には、この熊本で大戦争があってから、今度は日本国は兵を海外に向けて派遣しているということを思った。明治28年3月に日清戦争後の下関条約が締結されたばかりであった。その後、三国干渉があり国内は動揺していた。明治の戦争の時代は続いているという認識なのだろう。

＊新聞『日本』（明治30年3月7日）に掲載

• 物草の太郎の上や揚雲雀

（ものぐさの　たろうのうえや　あげひばり）

（明治29年3月5日）句稿12

雲雀は、上昇気流に乗って浮いている時には、楽しそうにピーピーと鳴く。しかし、下降する時は鳴かずに一気にほぼ垂直に地面まで下降する。

句意は「物草の太郎は、草の上に寝転んで雲雀が自分の真上でふわりふわりと揚がっているのを観察している」というもの。漱石は決して物臭な俳句作りはしていない。

漱石は造語を楽しんだ人としても知れ渡っている。この句でも草の上にいるので物臭をわざと物草と書いている。御伽草子に出てくる主人公の物臭太郎を忘れたふりをしている。ここにユーモアが込められている。

漱石は、掲句で自分は草原で夢を見ながら寝てばかりの物草太郎だと宣言している。つまり、自分の号は漱石だけでなく、物草太郎でもあったということだが、物臭で使わなくなってしまったということか。

・物狂ひ可笑しと人の見るならば

（ものぐるい　おかしとひとの　みるならば）

（明治37年11月頃）俳体詩「尼」14節

物狂いとは、神懸かりになった人を意味することがあるが、ここでは「物思いにふけっている人」のこと。句意は「じっと物思いに耽っている人を可笑しな人だと言う人がいるようだが」というもの。深い悩みに陥っている人を茶化す人がいるが、それは如何なものかと疑問を呈している。

掲句は「弥生半ばに時雨降るといへ」に続く。この部分は「3月半ばになると時雨が降り出すということだ」というもの。3月半ばにもなって春が訪れると天も変化する。天も幾分狂うのだという。そうであるから春になると人の気分が変化するのは当たり前だという。

鬱になりがちな漱石は、そんな自分に対して、まあ気にしないことだと諭している。自分は天に連動しているのだと納得させている。

・物や思ふと人の問ふまで夏痩せぬ

（ものやおもうと　ひとのとうまで　なつやせぬ）

（明治29年8月）句稿16

句意は「心配するほどに痩せたのを見て、どうかしたのかと声をかけてくる位に痩せてしまった。もしかして悩みでもしているのかと。いやこれは夏痩せによるものだ」というもの。

この句は百人一首の平兼盛の「忍ぶれど 色にいでにけり わが恋は 物や思ふと 人の問ふまで」の和歌が元歌であり、漱石はこの歌の七七のところをそのまま採用し、「夏痩せぬ」をつけた。

若い乙女または若い男は抑えようとしても恋心が顔色に出てしまう、というのに対し、壮年の漱石は違うのだ。熊本の猛暑に耐えようとしてきたが、とうとう夏痩せとなって結局頬に出てしまった、ということだ。漱石は暑い夏に俳句で遊んで気分転換をしている。実際には熊本の暑さに相当に根をあげていた。

ところが漱石句は、元歌のパロディだと見せているが、心の奥にはやはり失恋の痛手が残っていて、体の幾分かの変調に関係していると認識していた。しかし、そのような内容の俳句を残すわけにいかない。漱石自身が作意をわかっていればいいのであるから、表面上は遊びのある夏痩せの俳句にしておけば良い、と考えた。

・紅葉ちる竹縁ぬれて五六枚

（もみじちる　ちくえんぬれて　ごろくまい）

（明治28年10月）句稿2

松山市の郊外なのであろうか、竹林があり、その中に紅葉の木が見えていた。この紅葉の語は秋に色を変えた葉を指すと共に木の種類のモミジやヤマモミジをも指している。

句意は「秋になって赤みを増したヤマモミジの紅葉が散り出している。その中の5、6枚の葉は枝から離れても地面に落ちずに近くの竹の葉に付精し、竹林の一部を赤く染めていた」というもの。あたかもヤマモミジに影響されて竹葉が紅葉し始めたように見えた。不思議な色の世界が目の前に展開していた。

風が吹いて竹林が揺れても赤い葉は竹葉から滑り落ちずに、竹の葉の上に留まっていた。漱石は真緑の竹葉に紅葉した葉が載る前に、竹林に露が降りていたことを知った。

この句の面白さは、「ぬれて」の語に「濡れて」と「塗れて」の両方の意味を持たせていることだ。そして屯る」と「竹縁」は「ち」の韻を踏んでいることだ。これらによって秋の佗しい光景は幾分楽しいものに感じられるようになっている。

漱石がこの句を作ったのには、愚陀仏庵で一緒に生活し、俳句を作っていた子規がこの10月に帰京したことによって漱石の毎晩の句作の習慣が崩れ、幾分やるせない気持ちになっていたことが関係していると見る。宗匠の指導で句作を始めていた漱石は、少し継続してみる気になった。

何気なく好きな竹林の景色を眺め、子規がよく口にした観察の言葉を思い起こしてみると、竹林も一部で自ら色を変えて、紅葉していることに気づいた。物の見方を変える面白さに気づいた。

● 紅葉散るちりゝちりゝとちゞくれて

（もみじちる　ちりちりちりと　ちぢくれて）

（明治28年10月）句稿2

この句の最大の特徴は「ち」の5個にも及ぶ多用であり、擬音語の「ちり」の連続使用だ。そして最後まで読むと笑い声が出てしまう。紅葉の回転しながらの「散る」さまを「ちり」の音で韻を踏みながら洒落て表している。落葉の回転する動きが感じられる俳句になっている。さらには散った後の紅葉が乾燥して収縮する変化を「ちぢくれて」と的確に観察している。掲句は音の風景画である。

掲句は単なる言葉遊びのように見せかけて、実は言葉を巧みに用いる技を披露している。得意の造語力を生かして師匠の子規を楽しませている。「ちぢくれて」は時間の経過、日数の経過とともに落葉の赤みが薄くなって褐色になり、葉っぱは収縮し、端の方は上に反り返るが、これを短く「ちぢくれる」で表している。「縮まる」と「暮れる」の合成語なのだと思う。つまり「ちぢくれる」は縮まって終える、の意味だと容易に納得させる。つまり漱石にとって秋の終わりは紅葉の落葉ではなく、乾燥による葉っぱの収縮・脱色までの「ちぢくれる」さまを含むものなのであろう。ここまで考えて、はたと気がついた。漱石はもしかしたら紅葉とは、脱色収縮後の微生物による分解までを含めているのかもしれない。漱石は風雨で千々に砕けるの意味を込めて「千々暮れる」としたのかもしれない。

掲句の面白さは、擬音語の巧みさと造語の面白さになるであろう。さらには観察対象を紅葉の落下の動きだけに留まらず、落ちた後までしつこく見ていることだ。落ちた後の変化も楽しめるとしていることだ。連続して起きている自然現象を的確に俳句に表している。ここには科学者漱石の観察眼を感じる。

もう一つの面白さは、ひらがなの並びにある。繰り返し記号を3個並べたことで枯葉が高所から回転しながら舞い降りてくるさまを文字でデザインしていることだ。この発想は絵画を描く漱石先生であるからできたことだ。風に舞う葉のチリチリという音が聞こえてきそうだ。

● 紅葉をば禁裏へ参る琵琶法師

（もみじをば　きんりへまいる　びわほうし）

（明治28年10月）句稿2

京都の御所前の紅葉の枝を土産にしようと手折って、それを手に持って宮中の禁裏へ入ってゆく琵琶法師がいる。暑い夏が終わり、木々が色づいてきた季節に琵琶の音を聞こうという宴が御所で催されるのだ。

平安時代以降の琵琶法師は通常盲目であったということであるから、もしかしたらこの琵琶法師も盲目なのであろう。その法師が色鮮やかな紅葉を愛でるということが漱石には面白く感じられたということだ。優れた演奏者は盲目でも秋の色を匂いで感じられるのだ。漱石はこのような平安絵巻風の俳句を作る際に、このような雅さに着目したのであろう。

この句の面白さは、御所を意味する言葉として禁裏を用いて、紅葉を手折ることの装飾語としていることだ。御所前の紅葉の枝に手を出すことは禁止されていることを遠回しに提示している。そこで紅葉を認識できない琵琶法師ならば許されるというストーリーを創作した。

漱石は松山での英語教師の仕事に飽き飽きしている中で、気分転換にこのような遊びの想像俳句を作ったのだろう。翌年4月には熊本の第五高等学校に転任することが決まっていた。

ちなみに掲句の一つ前には「簫吹くは大納言なり月の宴」の同じく歴史句が置かれている。簫の後には琵琶を連想したのだろう。

桃咲くやいまだに流行る漢方医

（ももさくや　いまだにはやる　かんぽうい）

（大正5年）手帳

ここは伊豆の湯河原温泉。漱石は腕に痛みが出るリューマチの治療にこの温泉に長期の湯治療養にきていた。1月28日から2月16日まで天野屋旅館に滞在した。竹林の中に梅の花が咲き出した時期に温泉地に来たが、早春の今は桃の花が咲いている。この地は温暖であった。山肌はこの桃の花と前からある橙の実の色によってだいぶ明るくなってきた。

日課として毎朝温泉宿を出て、裏山の竹林の裾を通って山の様子を見ながら歩き、街中を通って宿に戻っていた。この日古い街中で漢方医の家を見つけた。漱石はもともと中国に関係する文物に関心があり、門の桃の花に誘われるようにしてこの家に近づいた。

句意は「桃の花が咲き出した。古い漢方医の家は、今も流行っていて客が多かった。この医家の門には看板代わりの桃の花が咲いている」というもの。温泉に湯治に来るような人は西洋医学よりも東洋医学の方に親近感を感じていたようで、町の漢方医の家は繁盛していた。漱石もここで薬をもらうことを考えたが、漱石の重度の胃潰瘍には合わないと思った。

ちなみに桃が日本に中国から伝わったのは、桃の葉っぱを漢方に用いるためであった。花を愛でるのは二の次であった。当時の習わしとして、漢方医の家の門には桃の木を植えるのが当たり前で、看板代わりとして植えていたのだ。無論患者に桃の葉を煎じ薬にして出していた。桃の葉は血流をよくしてイライラや不安感を鎮める効果があるという。

ちなみに明治30年5月に「漢方や柑子(こうじ)花さく門構」の句を作っていた。九州に漢方の看板を上げている門構の立派な家があり、門の中に漢方薬に使う陳皮を収穫する柑子の木を見つけた。この柑子の木もこの医院の看板代わりであった。この木は桃色ではない白い花を咲かせていた。

西洋医学一辺倒だった明治時代から平成時代に入ると西欧医学界では、漢方薬鍼灸の論文発表が盛んになった。東洋医学が研究され、診療に用いられていることを漱石は知らない。

桃に琴弾くは心越禅師哉

（ももにきん　ひくはしんえつ　ぜんじかな）

（大正5年）手帳

コトと読む琴は箏のことであり、キンと発音する琴は中国の弦楽器である。弥生時代に日本に伝来した。心越禅師は明国から亡命した僧の東皐(こう)心越である。この心越禅師は明国からこの楽器を日本に持ち込んでいて、琴学を復興させた。この僧は江戸琴學の創始者といわれている。この僧は水戸光圀の支援を受けて水戸で祇園寺を開山したという。

平安時代以前から日本には箏があり、これは六弦琴などと呼ばれる楽器である。箏の漢字が当用漢字になかったために琴の文字を用いたという。一般にいう日本の芸事では箏という楽器を使っている。音を調整するのに弦の下に移動式の柱を用いる。これに対し琴(キン)には柱がない。バイオリンと同じ弦の押さえ方になる。箏曲の世界では琴(キン)と箏を明確に区別している。

句意は「桃の花が咲く庭を見ながら中国琴を弾いている人は、江戸時代の心越禅師のように思えてくる」というもの。漱石は古代の文人たちが奏でていた中国琴の音が気に入っていたようだ。そうであるから日本の芸者の弾く箏の音との違いがよくわかっていた。ちなみに漱石俳句に登場する和琴の句は10句以上あるが、その大部分は芸者が弾く箏の句であった。

さて漱石はどこでこの琴の音を聞いていたのか。掲句を書いた手帳には、その近くに「輿に乗るは帰化の僧らし桃の花」の句があった。漱石は1月28日から2月16日まで腕の痛みをなんとかしようと湯河原温泉に湯治に行っていた。湯河原は東京と違って温暖な地であり、漱石が湯河原に滞在していた時にはすでに梅も桃の花も咲いていた。この花の時期に合わせて行われる町の観光行事の祭りで、禅僧に扮した人がキンを弾いている姿を見て、漱石は心越禅師を思い起こしたのかもしれない。

桃の花家に唐画を蔵しけり

（もものはな　いえにとうがを　かくしけり）

（大正5年春）手帳

漱石の早稲田の家では桃の花を床の間の小机の上に飾り、壁には中国の文人画が掛けられている。これらを観て漱石は満足の笑みを浮かべる。

漱石は幼少時から漢籍漢詩を学んでいたので、生涯を通じて中国趣味を持っていた。漱石が最後に住んだ早稲田の家では庭に桃の花を咲かせ、唐画をたくさん所蔵していた。

この年の末の12月9日に漱石は没するが、漱石はこの句で最期が近いとして、自分の人生を振り返っている。自分は16歳から39歳まで英語の世界に身を置いたが、40歳になると朝日新聞社に入社し、日本語と格闘する日々になった。しかし、中国語は絶えず意識していた。作った俳句の多くは漢文調であり、漢詩風であった。そして晩年は俳句よりも漢詩を多く作っていた。これがあったために、漱石俳句の語彙と表現は豊かになっている。

この漱石の生き方をよく表している文章が「ロンドン日記」の中にあった。「日本人を観て支那人といわれると嫌がるは如何。支那人は日本人よりもはるかに名誉ある国民なり。ただ不幸にして目下不振の有様に沈淪せるなり。仮令然らざるにもせよ、日本は今までどれ程支那に厄介になりしか。少しは考えて見るが良かろう」。

漱石は英国留学時によく中国人と間違えられたという。英国で有名であった漱石のヒゲ、背格好および雰囲気が孫文のそれに似ていたためのようだ。その漱石は他のロンドン在留邦人とは考えを異にして、漱石は中国人に間違われることを誇りにしていたようだ。

しかし、漱石が令和の時代に生きていたとしたら、今の中国共産党が人々を抑圧、虐殺しながら独裁で支配する国のあり方を見てどう想うであろうか。

ちなみに現代中国のSNSの世界で用いられている言葉を調べると、なんと90％近くが日本で使われている漢字の熟語だという。哲学も政治も交通も、諸々が日本と同じで、このことを知った中国人は皆、肩を落とすという。中国から日本への移住が増えている理由の一つがここにある。

桃の花隠れ家なるに吠ゆる犬

（もものはな　かくれがなるに　ほゆるいぬ）

（大正3年）手帳

ある男は桃源郷と思える桃の花が咲いている隠れ家に入ろうとしている。その男の顔をみると立派なヒゲが付いている。初老の男はそっと身を隠すように小さな勝手口から入ろうとする。するとしゃれた家の家人が用心のために飼っている犬が吠え出す。犬は役目を果たそうとするだけなのにその訪問者に迷惑がられる。記憶のいい犬でも古くからの常連でない人の顔は覚えられないのである。

この句は漱石らしき男が京都の祇園で目撃されたことを描いている。茶屋の庭には桃の花が咲いている。そこには桃割の髪を結った若い女性が出入りしている。芸妓になる前の舞妓の姿である。漱石先生は、目立たなく行動しているつもりであるが、番犬は理解してくれない。

漱石は3月19日から3月末までの予定で、津田青楓の招きで京都旅行に出た。しかしこの間に胃痛が出て4月中頃まで京都に滞在した。掲句はこの間の出来事なのだと想像される。

玄関から堂々と入ればいいのに、この男は腰をかがめて入ることに快感を感じるのだから始末が悪い。勝手知ったなんとかの気分を味わいたいのであろう。しかしこっそり隠れ家に入ろうとする度に、犬に吠えられてしまう自分のドジに笑い出してしまった。

漱石はこのような桃色の祇園に出入りする自分にちょっぴり気恥ずかしさを感じているようだ。腰が少し引けているところを怪しい人と番犬に見られてしまった。

桃の花民天子の姓を知らず

（もものはな　たみてんしの　せいをしらず）

（明治30年1月）句稿22

まだ梅の花も咲かない1月に「桃の花」を出すのは、中国の故事が関係していることを匂わせていることになる。中国の国花である桃の花は春節の祝いの時に玄関に飾られる。旧正月の春節は年によって変わるが1月末か2月頭であり、中国では早咲きの桃の花と飾る。

この句の意味は、国民は食が足りて平安に暮らしている時には、為政者のことは気にならないということだ。食べ物が不足し、餓死者が出る事態になると誰のせいなのかと考え、為政者は誰なのだ、と抗議の矛先を考えるのだ。その先には蜂起という事態が待っている。漱石は中国の王朝交代の事態にならない平安な時期のことを俳句に詠んでいる。

翻って、では日本はどうなのかと漱石は考える。いまは新しい天皇のもとで生活は安定していると高く評価しているのだ。経済の大混乱を引き起こした江戸の政権のことが人々の口に登った時代とは明らかに異なると。大まかにはうまく行っていると感じている。

上五の「桃の花」は目出度いということの意味で使われている。「天子の姓を知らず」の世は素晴らしい、ということになる。

ちなみに漱石は天皇制度に対して厳しい見方をしていたことを平川祐弘氏（東京大学名誉教授（「正論」（2016年12月22日付）:《漱石が仰ぐ「立憲君主制」の天皇　国民感情に乗じてはならない》）の中で漱石の考えを紹介していた。

これは戦前の『漱石全集』には遠慮から掲載されていないが、含蓄に富む言葉であるまいか。〈昔は御上の御威光なら何でも出来た世の中なり〉〈今は御上の御威光でも出来ぬ事は出来ぬ世の中なり〉〈次には御上の御威光だから出来ぬと云ふ時代が来るべし〉」

この文には続きがあって、「諸新聞の皇室に対する言葉遣いが極度に仰山過ぎて、見ともなく又読みづらく候」と友人への手紙に書いていた。漱石は「オベッカ」の語すら用いてこの姿勢を良くないと非難した。

• 盛り崩す碁石の音の夜寒し

（もりくずす　ごいしのおとの　よるさむし）

（明治29年11月）句稿20

「盛り崩す」の意味がわからなかったが、「元たばこ屋夫婦のつれづれ」というブログが解説していた。「碁が終わって盤上の石を碁笥に収めるとき、手の中でいっぱいになる。それを〝盛り崩す〟と表現したのです。碁を知っていて、実際に打った者でなければ、この感じは理解できません。」そして次に続く。

「そう漱石先生は碁を打ったのです。子供のとき覚えたか、あるいは子規に教わったのか。長じてほとんど打たなかったとしても、僕は絶対に知っていたと確信します。強くはなかったのでしょうね。そんなことはどうでもいい。猫の対局描写だけでも初段を差し上げます。名誉五段でもよろしい。子規と同じように囲碁の殿堂に入っていただかなくては。（後略）」とあった。

夜中に漱石は家で誰かと碁打ちをしていた。学校の同僚を借家の家に泊めていた時期があったので、碁の相手はこの同僚だったのであろう。

句意は「碁石を色分けして箱に戻す際に、手から離れる石同士がぶつかるジャラジャラという音が部屋に響いて、冬の寒さが身にしみた」というもの。負けた虚しさが漂っていた。漱石夫婦の仲が微妙になっていた時期のことであり、余計に夜の寒さが身にしみた。

ちなみに碁が出てくる句がもう一句ある。「連翹（れんぎょう）の奥や碁を打つ石の音」である。この碁石の音は隣の家からなのであろう。

三者談

碁石の片付けの際に、その音がヂャリヂャリと響く。その音と石の冷たさが夜寒の感じを強くする。終わりの局面だと思うが「盛り崩す」の意味がよくわからない。しかし、この語が面白い。下五は「夜寒哉」のつもりで作っている。「夜寒し」とすると「寒い夜」となり冬のことになってしまう。

• 喪を秘して軍を返すや星月夜

（もをひして　ぐんをかえすや　ほしづきよ）

（明治32年9月5日）句稿34

掲句には三国志演義の終盤の話が関係している。蜀軍の参謀である諸葛孔明は司馬仲達との戦いの最中に自分の死期を悟り、蜀軍の部将たちに今後の作戦を託した。中国では参謀の死をきっかけに軍の勢いがなくなるので、この機に乗じて敵は攻撃を仕掛けてくるとわかっていたからだ。

蜀軍は徐々に撤退を開始するが、諸葛孔明は生きていることにする作戦を取った。諸葛亮の衣装を着せた木像を作り、馬車に乗せて走らせた。司馬仲達は追っ手をかけたが、途中で諸葛亮は生きていると判断して軍を返した。これが「死せる孔明、生ける仲達を走らす」という名文句を産んだ史実である。

掲句の句意は「蜀軍は死んだ参謀の諸葛孔明の人形を作って孔明の死を隠して、撤退を始めた。敵軍はこれを見て孔明は生きて指揮をしていると警戒し、追っ手の軍を返した。星空の下の作戦は成功した」というもの。名参謀の威光が蜀軍を救った。星空に上った孔明は、この結果を満足気に見ていたことであろう。

孔明の作戦は、星の出ている夜にして孔明の木像を馬に乗せて撤退すれば、敵は孔明が生きて指揮をしていると勘違いするというものだった。

ところで句稿34に突如三国志の話の一句だけが入っているのは、不可解と感じたが、これには掲句を作る直前の明治32年9月1日に漱石に死にそうになった事件があったことが関係しているとわかった。掲句の6句前に置かれていた「路岐（みちわかれ）して何れか是なるわれもかう」の句が関係していた。

職場の同僚の栄転記念に阿蘇山に登る旅に出たが、この旅の途中の9月1日に阿蘇の草原に入り込んだ時に、天気が急変して雨になった。そして突如火山の噴火し、火山灰を降らせた。これで草原の風景が灰色一色になり、泥の海の中を滑りながら方向を見失わないように漱石たちは必死に歩くことになった。この時漱石は死を覚悟したのだろう。

この時漱石は、孔明が死ぬとわかった時の気持ちを理解したのだ。そして必死に最後の作戦を考えた状況を想像できた。漱石も冷たい泥雨に打たれながら見えなくなった下山の道を探したのだ。

・門前に琴弾く家や菊の寺

（もんぜんに　ことひくいえや　きくのてら）

（明治32年ごろ）手帳

熊本の漱石宅は手狭な新婚向けの家であり、掲句の門のある家は漱石の家ではなく「菊の寺」であった。句意は「菊のある寺の門前にある家からは琴の音が聞こえている」というもの。いつもその「琴の家」には着物姿の若い娘が出入りしているので漱石は気になっていた。この琴の家は漱石宅の隣であった。幾分艶かしい琴の音が漱石の書斎に届くと頭がリフレッシュされるはずだが、気になって読書が進まないので困っていた。ことに琴の音と寺の読経の音が混じって漱石宅に届くと、漱石の頭に混乱が生じてたまらなくなる。

掲句の下五の「菊の寺」は寺で法事が行われていることを示している。祭壇に白菊が生けてあるのだ。菊の寺で木魚を叩く音がしている。そこに琴の音が加わるとどうなるのか。寺の僧も参列者も迷惑を被ることになる。

落語としてこの話を披露すると面白いことになりそうだ。ところでオチはどうなるのか。若い琴の師匠の方に勢いがあるので、寺の坊さんは弾かれてしまうと漱石はニンマリする。ときに漱石宅からは謡の声が流れ出ることがある。そうなると近所の騒音はどうなるのか。3種類の音が重なることはあったのかもしれない。

この句にある面白さは、「琴弾く」の「弾く」と「菊」が韻をふんでいることだ。これによってこの句の読みが楽しくなる。

もう一つは、寺で葬儀が執り行われている最中に、華やかな琴の音が鳴り出すと大変な事態になることだ。ときには箏を習う弟子を交えての合奏が行われたりするので、葬儀のしめやかさが軽減してしまう可笑しさが生じる。漱石は落語にある笑いの手法を俳句に取り入れている。肩透かしのドタバタ劇は面白さの原点であるからだ。

・門前を彼岸参りや雪駄ばき

（もんぜんを　ひがんまいりや　せったばき）

（大正3年か）手帳

この句は、春の彼岸に先祖の墓参りに行った際のもの。漱石は江戸風に気軽な雪駄履きで門前まで出かけたが、墓には行かなかった。門前に行っただけの簡便な墓参りになった。この句は春の彼岸なのか秋の彼岸なのか明確でないが、雪駄履きの雪に漱石のヒントが隠れていると考え、春彼岸だということにした。雪駄とは、竹皮草履の底裏に革を貼った履物のこと。

句意は「外出したついでに春彼岸の先祖の墓参りをしようと思ったが、軽装であり足元は雪駄履きだった。この格好で墓参りは拙いと思い、門前から立ち帰った」というもの。

この句の面白さは、漱石が雪駄履きの自分のことを門前払いしていると表しているところだ。

なにやら全集でこの句の前に置かれていた「引っかゝる護謨（ごむ）風船や柳の木」とどこか似ている。途中で止めているところが共通している。掲句の墓参りにおいても引っかかるものがあったのだ。掲句において先祖の墓に行くことはあの世にいる先祖に近づくことであり、祖父を含めた人たちの所業を認めることになるからだ。それで墓参りを途中で止めてしまった。漱石は先祖の人たちを最期まで快く思っていなかったようだ。雪駄履きを理由にして、先祖の墓参りを止めたのだ。

・門鎖ざす王維の庵や尽くる春

（もんとざす　おういのいおや　つくるはる）

（大正3年）手帳

唐の詩人であり画家であった王維は竹藪の中の庵に住んでいた。ここで詠まれた詩・五言絶句に「竹里館」がある。外部の文人との交流を絶って生きている様を歌っているものである。大正3年ごろの漱石の早稲田の家は、訪問者を制限していたため、この王維を真似たものになってしまっていた。漱石は4月20日から8月31日まで「こゝろ」（「先生の遺書」を改名）を新聞に連載したが、春先から漱石山房への一般読者の訪問はなくなっていた。

句意は「体調が思わしくなかったが気張って仕事を始めた。そこで面談時間を減らすために王維の家を真似て門を閉ざした。こうしているうちに春は過ぎて行った」というもの。漱石は自分のこの決断を隠者王維のようだと繕っている。

「尽くる春」は春が過ぎた時期であり、自分の体力も尽きかけていることに掛けている。快適な状態でないと吐露している。

漱石は同じ大正3年の正月に「松立てゝ門鎖（とざ）したる隠者哉」の句を作っていて、ここでも王維の生活を意識していた。来客の少ない状態がずっと続いていた。つまり正月から体調のよくない時期がずっと続いていたことになる。

ところで執筆期間中漱石が意識していた、王維の詩、「竹里館」については下記の現代語訳がある。

「竹やぶの中に一人で座る　琴（きん）を弾き、声を伸ばして朗詠する　深い竹林の中にいる私に誰も気づかない　明るい月だけがやってきて私を照らす」漱石は閉じこもる執筆生活に入ったが、時には隠者王維が朗詠するように謡の声を上げていたのであろう。

この竹里館を他の俳人も憧れていた。それは漱石の親友だった子規である。楠緒子が所属した竹柏会の歌誌に「竹の里人」の名で度々寄稿していた。もしかしたら子規の庵は上野の森のはずれの竹里館だと思っていたのかも知れない。

・門閉ぢぬ客なき寺の冬構

（もんとじぬ　きゃくなきてらの　ふゆがまえ）

（明治28年12月18日）句稿9

冬構は初冬に本格的な冬に備えて家に施すもの。年末に向けて風除けや雪除けを家の周囲に施し、庭木などに雪吊や藪巻きをすることをさす。これらによって家、屋敷全体が鎧を身につけたようになる。これに対して漱石が見た寺の冬構えは、訪問客を拒絶する門閉じであり、これが冬構えなのかと皮肉っている。

句意は「12月中旬になると早々と寺は門を閉じている。年末に向けて、または気候が厳しくなる寒の入りに向けて備えをするのが普通であるが、寺の住職は何か勘違いしている」というもの。漱石は寺というものは土地の人の訪問をいつでも受け入れるのが本来のあり方であると思っている。

ちなみに句稿における掲句の一つ前の句は「暁の埋火消ゆる寒さ哉」で、掲句の一つ後の句は「冬籠米搗く音の幽かなり」である。冷暖房の設備がなかった昔の家屋は夏向きに作られていて、冬には寒さに耐える生活を強いられた。漱石が住んだ松山の借家は、庭に面した2面が柱と障子、それと雨を防ぐ雨戸で作られていた。つまり冬になると火鉢一つの家の中は外気温と変わらない気温になっていたと思われる。

そんな漱石の家は、子規が同居していた10月までの2ヶ月間、松山の俳句会である松風会の面々が毎夜来る場所になっていた。掲句の寺とは違って来る客を歓迎していた。漱石の家には閂はなかったからだ。しかし、10月19日に子規が帰京した後の漱石の家は、火が消えたようになり、静まりかえっていた。12月中旬になって自分の愚陀仏庵を見渡すと、閂（かんぬき）をかけた寺と同様ではないかと苦笑いした。

【や行】

・八重にして芥子の赤きぞ恨みなる

（やえにして　けしのあかきぞ　うらみなる）

（明治30年5月28日）句稿25

芥子の花よ、君は悪魔だ。真紅で風を誘う軽やかなその花びらの芥子が一重に咲いていても人の目を惹きつけるのに、八重に咲くとは。君は魅惑的すぎる。芥子がそのように咲くと麻薬のモルヒネを作り出せる花であることが、自ずと知れてしまうと花に忠告したくなる。人を堕落させる宿命の花よ、そして時に人を救う命の花よ。赤く咲く芥子は人を惹きつけて慰め、苦しめ、堕落させるために咲く花である。

薄い色の着物に芥子色の真っ赤な帯を八重に堅く締めた腰が奥の部屋で背筋を伸ばすように立ち上がる姿が浮かび上がる。魅力と恨みの存在である芥子の花。漱石は今も悩ましている女性のことを庭の芥子を眺めながら懐かしく回顧しているようだ。

今の女性全般が意識していることは、肌の露出である。これは、おしゃれの重要な要素になっている。そして女性はレース地のように肌が見えそうで見えない素材を好むようだ。ちなみにストッキングの素材が衣服に使われだしている。人の目を誘う軽やかな花びらのような布が好みなのだ。

10年後に漱石がプロの小説家になって、初めて書いた小説は「虞美人草」であった。これは「ひなげし」のことである。女主人公の藤尾等を句に表すと、掲句のようになるのか。

ちなみに掲句の一つ前に置かれた句は「折り添て文にも書かず杜若（かきつばた）」であり、その一つ後に置かれた句は「傘さして後向（うしろむき）なり杜若」であった。共にあでやかな女性が詠み込まれている。

・家形船着く桟橋の柳哉

（やかたぶね　つくさんばしの　やなぎかな）

（大正3年）手帳

明治時代に東京の桟橋はどこにあったのか。横浜と東京の浅草にそれはあった。最初にできた桟橋は横浜の外国人居留地にあった桟橋である。漱石が明治33年9月に渡英する時に乗った外国船が出航したところだ。資料によると明治30年ごろになって漸く（ようや）外航の大型蒸気船が横付けできる本格的な長い桟橋が完成した。もう一つの桟橋は浅草の桟橋で、内航用のものであり、観光用の屋形船が発着した。当時の日本一の繁華街を擁する浅草寺近辺を見にくる人たちで賑わっていた浅草地区。その近くの隅田川に造られた桟橋からは東京湾を巡る屋形船が出たのだ。

掲句の句意は「東京の海沿いを散策する客を乗せた屋形船が浅草の桟橋に戻ってきた。その桟橋近くには柳の木が植えられていて情緒がある」というもの。この浅草からは令和の時代になってからも浜離宮に向かう屋形船が出てゆく。漱石は暑い夏に川風と海風に吹かれようとこの屋形船に乗ったのかもしれない。この桟橋の柳は、風に揺れて涼しさを演出している。

この句の面白さは、夏の暑さに参っている漱石の姿が垣間見えることである。掲句にはいつもの漱石らしいユーモアが全く見られないからである。

・やかましき姑健なり年の暮

（やかましき　しゅうとけんなり　としのくれ）

（明治32年1月）句稿32

この句は明治31年の12月の句である。漱石の義理の父は中根重一で義理の母は中根カツである。「やかましき姑」はこの句以外の俳句には出てこない。そして漱石の文章の中にも出てきていないようだ。したがってこの姑はどのような人だったかは不明である。この俳句が唯一の資料ということだ。よっぽど執拗に手紙を書いてくる「やかましき人」であったので、描きたくなかったのかもしれない。その義父の物言いは権威的であったのかもしれない。義父の重一は医者でドイツに留学した人であり、漱石が掲句を作った時には貴族院の書記官長を務めていた。しかし明治34年に50歳で依願退職し、その後に相場で大損し、漱石が生活費を仕送りすることになった。漱石にとっては付き合いにくい人であったようだ。

句意は「妻の父、姑は年の瀬になっても手紙でやかましく言ってくる。元気すぎて困る」というもの。

年の暮れになって姑は何を言ってきたのか。熊本にいた漱石に手紙で何を言ってきたのか。7月4日に上京した妻は流産後、東京の実家に10月末まで長いこと里帰りしていた。漱石がこの句を作るおよそ2ヶ月前に熊本の家に戻ってきた。前年秋に実家に帰った娘の鏡子から、4ヶ月間姑は色々耳にしていたのであろう。

漱石は昔の恋人の楠緒子とまだ交際していること、中国の骨董品を買い集めていること、謡の師匠を家に呼んで稽古をつけてもらっていること、等々を聞かされていたはずだ。特に楠緒子の夫はこの後も1、2年欧州にいて勉強中の身であること、その楠緒子から漱石にアプローチがあったこと、いや連絡を取り合っている節があること、等を耳にしていたと思われる。

姑は娘が流産したことの原因の一端は夫の漱石にあることを指摘していたのかもしれない。そうなると、この口煩い姑の存在は漱石を悩ませ続けていたことになる。

鏡子の手記「漱石の思い出」の中で、漱石が明治32年1月の元日未明から大分県の宇佐神宮に初詣に出かけたのは、前々から行きたいと言っていたからだと書いていたが、これは体裁ぶっての表現である。実際には漱石は新春ぐらいすっきりと過ごしたいと高校の同僚と1週間の旅に出たのだ。「やかましき姑」から離れるための旅だった。そして姑の追及が収まるように神に祈るために出かけたのだ。

● 焼芋を頭巾に受くる和尚哉

（やきいもを　ずきんにうくる　おしょうかな）

（明治28年12月18日）句稿9

頭巾は布製の袋状のかぶり物で、防寒の目的で作られた。その後、頭の飾り的な帽子として用いるものが出現した。つまり身分を表すものとして易者、茶人も使いだした。僧侶も外出の際に頭巾をかぶっていた。

漱石がある家の前を通りかかると庭先で焼き芋をしているところであった。そこには和尚がいて、家人から焼きあがったサツマイモを差し出されていた。その和尚は頭巾を外して、その頭巾で焼き芋を受けたというのが句意である。その動作には和尚の気さくな人柄が表れていた。焼きあがった芋の熱さが漱石にも伝わってくる。

ある本によると、掲句は陶淵明が出てくる詩の中にある酒と漉布の故事にちなんで作られた句であるという。漱石は、これを記憶していてこれに似た行為を日本の僧にさせたというのだ。

これについて少し調べてみた。すると杜甫の「張十二山人彪に寄す三十韻」という長篇の詩の中に、わずかに「陶公漉酒巾」（陶淵明が巾で濁酒を漉す）が表れていた。陶淵明はかぶっていた葛の頭巾を脱いで濁酒を漉し、漉し終わるとまたそのまま頭にかぶったという逸話を引用しているのだ。（京都大学の釜谷武志・著の「杜甫の中の陶淵明」）

陶淵明ファンの漱石は、陶淵明が日本にいたなら、機転をきかして同じようなことを気軽にしたであろうと想像したのだ。

● 安々と海鼠の如き子を生めり

（やすやすと　なまこのごとき　こをうめり）

（明治32年6月）子規宛の手紙

「長女出産」の前置きがある。妻の出産は安産であり、元気な赤ん坊を産んでくれたと胸をなでおろした。父親となった漱石は幾分照れくささもあり、初めての子を海鼠のような赤ん坊と形容したと解釈した。漱石は子規宛の手紙にこの句を書いて筆子の出産を知らせた。（長女筆はこの年の五月三十一日に誕生）

この俳句の「安々と」は、産後の妻の言葉を受けての漱石の表現である。明治男は産室に近づかなかったであろう。この言葉は赤ん坊の生まれ方を示すだけでなく、妻の心理を表している。妻は二年ほど前に擬似出産とも云える流産を経験しているので慌てることなく、出産に臨めたのだろう。

夫婦ともこの流産による落胆は相当なものであり、これ以来熊本での新婚生活はギクシャクしたものになっていった。一年後に起こった妻の自殺未遂の入水事件を経て、漱石は妻の気持ちを理解するようになり、漱石が行動を改めたことで夫婦関係は持ち直した。そしてこの句にある長女の出産となった。これらのことがあった後の初めての子の誕生は、漱石をさぞかし喜ばせたことだろう。

この句の面白さは「海鼠の如き」にある。「安々と」は「案外楽であった」という妻の言葉を曲解していることだ。そして海鼠のようにスルッと出てきた状態を連想しただけだ。何かの文で見たが、子規は以前から自分は母の胎の中では海鼠状態であったとよく漱石に話していたという。漱石はこの海鼠絡みの会話を思い出して、掲句を作ったと思われる。

もう一つの面白さは「なまこ」を生まれたばかりの「赤児、あかご」に掛けていることだ。赤子の語を出すのは俳句としては面白くないと思ったからだろう。そこで「生ま子」とした。

ここからは平川祐弘著の「内と外からの夏目漱石」に出ていた内容である。女の使用人に呼び出された産婆が出産に間に合わず、漱石が寒天のようにぷりぷりしたものを慌てて妻の体からとりあげたことが書かれてあった。この記述を見て、冒頭の解釈は変更を余儀なくされた。漱石家には漱石だけがいて、漱石はランプに灯をつけずに出産に対処したというのだ。大騒ぎした後、赤子がすっと生まれて夫婦は大いに安心したのだ。

そうであれば海鼠という表現がよく理解できる。暗い中で漱石は赤子に触れたので手の感触が感想の全てであった。生まれた子に赤児という認識は生じず、無彩色の海鼠でしかなかった。これが正しい解釈なのだ。つまり掲句は大慌ての漱石が大役を難なくこなせたことの安堵感を素直に表し、出産直後の子を素手に受けた時の実感を表していたのだ。

一般に初産は陣痛があってもなかなか生まれないということで、産婆への連絡は遅らせようとしたのだろう。漱石夫婦は油断していた。しかし、妻は流産を経験していたことで、初産は陣痛があってからすぐに出産につながったようだ。この勘違いがあって掲句の極めて面白い俳句が生まれた。

ちなみに漱石は生涯にナマコ句を他に五つ作っている。「海鼠哉よも一つにては候まじ」「古往今来切つて血の出ぬ海鼠かな」「西函嶺を踰えて海鼠に眼鼻なし」「何の故に恐縮したる生海鼠哉」「発句にもまとまらぬよな海鼠かな」

• 痩馬に山路危き氷哉

（やせうまに　やまじあやうき　こおりかな）

（明治28年12月18日）句稿9

中国の杜審言（としんげん）の詩にある「秋高くして塞馬（さいば）肥ゆ」から「天高くして馬肥ゆる秋」が作られたと言われている。（塞馬は中国北部の砦の馬のことである。）漱石にはこの文句のパロディを作る意図が感じられる。

秋には肥えた馬も冬になると痩せてくるようだとして。氷が張る時期になると痩せ馬は肥えていた頃が懐かしくなる。子規は「馬痩せて鹿に似る頃の寒さ哉」の句を残しているが、漱石も子規にならって痩せ馬の句を作ったのだろう。

句意は「弱々しい痩せ馬にとって、凍っている山道は滑って危なくて仕方がない。痩せ馬は普通の道でも足元がふらついているのだから」というもの。

掲句の情景は氷の張った湖を見渡せるところに出る山道を歩いている場面のようだ。掲句が書かれていた句稿に掲句の直後句として「枯ながら蔦の氷れる岩哉」と「湖は氷の上の焚火哉」があり、これらは同時に作られているところから、この痩せ馬は自分の事で「漱石馬」と断定しても良い。

この句の面白さは、漱石自身が凍っている四国山地の山道を転びそうになりながらなんとか歩いているさまを描くのに、自分をもともと斜面歩きが苦手な馬に、しかも痩せ馬になぞらえていることだ。漱石は冗談の多い人である。

ちなみに痩馬が登場する漱石の俳句に「痩馬の尻こそはゆし秋の蝿」がある。ここでも痩馬の尻は痔の気のある尻であると推察されている。

・瘦馬の尻こそはゆし秋の蝿

（やせうまの　しりこそはゆし　あきのはえ）

（明治28年9月23日）句稿1

小林一茶も真っ青のユーモア俳句である。「尻こそはゆし」の意味がすぐにはわからなかった。これが尻がこそばゆい、むず痒い、という意味だとわかると馬のように走り出すことができた。

痩せた馬の尻に繁殖した秋の蝿の群れがたかると、その馬はくすぐったくて仕方ないようだ。しきりに尻尾を振って蝿どもを追い払っている。だが蝿どもはそんなことでは魅力的な匂いのする尻から離れようとしない。漱石は時間の経つのを忘れてこの合戦を見続けている。

この句の面白さは、「痩せ蛙負けるな一茶これにあり」の句を念頭に置いている気がすることだ。知られたことであるが、痩せ蛙は一茶のことであり、52歳を超えた年齢で結婚した一茶が、28歳の若い女房の精力に負けないように気を引き締めるといった内容なのだ。これに対する漱石句の痩せ馬は、いつも尻穴に蝿がたかっているように感じる痔もちの漱石自身を鼓舞する俳句になっている。一茶は痩せ蛙の自分を鼓舞し、漱石は痩せ馬の自分にエールを送っているのだ。

漱石は特に秋になると尻が痒くなるのだろうか。食欲の秋になると、馬ほどではないが食べる量が半端でなくなるからかもしれない。漱石は食欲の鬼と言われていた。胃潰瘍で吐血しても食欲は減退しなかった。それで尻穴付近が過敏になるのかもしれない。

・八時の広き畑打つ一人かな

（やつどきの　ひろきはたうつ　ひとりかな）

（明治30年4月18日）句稿24

春の午後二時ごろ、阿蘇山の裾野を歩いていると、広大な畑の中に立って鍬で土起こしをしている農夫が一人見えた。野良仕事着が風に吹かれている。春の種まきの準備をしているようだ。春先の固く乾燥しきった土が鍬で起こされると細かい土が風に舞う。それによって強い風が吹いているのがわかる。

漱石は天気のいい休みの日に阿蘇の風に吹かれようと出かけたのであろう。日曜日であるにもかかわらず働いている農夫の姿を見て、何かを思った。この農夫は小作の男なのだろう、家族はいるのか、夕刻暗くなるまで畑起こしをするのだろうかと。傾斜地の畑が延々と続いて見えるが、自分の畑はそれほど広くはないのであろうと思った。掲句は叙景句であるが、畑で働いている人の姿を観察する漱石の気持ちを描写している。

この句の面白さは、掲句の並ぶ文字の形状全体が大地の畑の形状を表していることだ。特に「八時」の「八」の形状によって阿蘇山の裾野にいることを読み手に想像させる巧みさがある。

・宿かりて宮司が庭の紅葉かな

（やどかりて　ぐうじがにわの　もみじかな）

（明治28年10月）句稿2

少し日記調であり、淡々と神社の庭を描いているように感じさせる俳句だ。幾分秋の肌寒さを感じさせる演出がある。松山市の南側の山沿いを歩いた時の俳句なのであろう。夕刻になって旅館もない土地で神社を見つけ、宿泊を頼み込んだ。宮司がこの頼みごとを受けてくれ、宿坊に泊まることができた。

翌朝庭に出てみると池の周りの紅葉が鮮やかに色づいていた。山沿いの地では街中より秋の深まりが早いと感じた。漱石は感謝の気持ちを込めて掲句を作った。

この句では、田舎で神社の宮司に宿泊を頼み込めば泊めてくれることがあるということが描かれていて、面白い。のどかな田舎の良さが出ている気がする。

ちなみに掲句の直前に「麓にも秋立ちにけり滝の音」と「うそ寒や灯火ゆるぐ滝の音」の句が置かれている。神社があった場所は山の麓のなだらかな傾斜地であったが、確実に秋が進行していた。山奥から冷たい水を運んで流れ落ちる滝の影響なのであろう。

＊『海南新聞』（明治28年11月5日）に掲載

・

柳あり江あり南画に似たる吾

（やなぎあり　えありなんがに　にたるわれ）

（明治30年2月）句稿23

南画とは、中国の明・清時代の南宗画（中国の北宗画に対するもの）に由来するもので、日本的画法を加えた江戸時代中期以降の絵画で、文人画ともいわれるもの。この系統には池大雅や与謝蕪村がいた。かれらによって日本の南画は大成され、狩野派と対抗した。しかし、東京美術学校開設以降は勢いを失った。

この画法は大雑把にいえば毛筆で描くイラストといえるもので、小規模の類似のものとして現代の絵手紙絵があるというと漱石は立腹するであろう。漱石は文筆活動の傍ら南画を描いていた。（弟子の枕流は、漱石の南画的な画集を一時手元に置いていたことがある。弟子の好みとしては洋画家の中村不折の手ほどきを受けた洋風の絵の方が面白いと思う。）

漱石は明治30年頃には俳画を描いていたのであろう。浅草を流れる隅田川を描いた自作の絵を掲句のように評価していた。そしてにんまりと次のように呟いたに違いない。「低い緑豊かな川沿いには柳が何本か描き込まれ、遠くにはゆったり水の流れる隅田川の河口が見えている。少しは南画に似ているかな。わしの絵はいい雰囲気の絵になっている。よしよし」と。川べりに柳のなびいている川は、規模は小さいが揚子江に見立てられている。江と南の語を掲句に入れて江南の揚子江下流域の景色を念頭に置いている気がする。

ちなみに掲句の前後には次の浅草を詠んだ俳句が置かれている。前には「春の江の開いて遠し寺の塔」後ろには「川向ひ桜咲きけり今戸焼」。

・

柳ありて白き家鴨に枝垂たり

（やなぎありて　しろきあひるに　しだれたり）

（明治30年4月18日）句稿24

熊本市内の川岸を散歩している。水前寺公園から流れ出た小川が江津川となって江津湖に流れ込んでいる。その川岸には柳の並木があり、細い枝が枝垂れて下がっている。農家の家々が緑の中にポツリポツリと見えている。そばの湖面を白いアヒルが泳いでいる。そのアヒルの背に枝垂れた柳が触れている。春の風が吹き抜けると芽生えた柳の枝が揺れる。のどかな田園風景の中にいる漱石は気持ちよさそうだ。

春の日差しを浴びながら、漱石は日々のストレスを溶かしていたのであろう。熊本市街の南を流れる川の光景は、中国の蘇州あたりの田園を想像させるものであったのであろう。この句の直前に作られていた俳句は、「菜種咲く小島を抱いて浅き川」「棹さして舟押し出すや春の川」。まさに漱石の好きな水墨画の画題になるような中国的な光景であった。

ここまで書いてふとこの年の4月に漱石は本当に熊本にいたのかと不安になった。調べてみると4月に一人で久留米へ宿泊旅行に出かけていた。すると筑後川の川べりの風景ということになりそうだ。しかし掲句の周辺に置かれた俳句を見ると「上画津や青き水菜に白き蝶」の句があったので、熊本の風景を詠んでいると確信した。

・

柳垂れて江は南に流れけり

（やなぎたれて　えはみなみに　ながれけり）

（明治29年3月24日）句稿14

隅田川三部作の一つである。そのもう一つの俳句「春の江の開いて遠し寺の塔」は、向島、浅草あたりの景色を見ながら隅田川の土手を子規と歩いた昔を思い出しながら句作した。漱石はこの時、川岸を南に下りながら、川向こうの江戸城のあったあたりに目を遣っていた。そしてその南の遠いところには増上寺の広大な林に囲まれた社殿群が見え、その林の中には本殿の他に今はない五重塔も見えていた。

掲句の句意は「柳が枝垂れている隅田川の土手を歩きながら、南を向いて流れる川の果てを眺めている。その川はゆったりと流れ、海へ口を開いて流れていた」というもの。この句は、隅田川の河口近くに柳が大量に植えられていたことを記録している。

漱石が歩いた明治29年の隅田川の土手には、柳の並木が続いていたのだ。現代の桜並木とは異なる風景だ。冬を脱して春風を感じるには柳の葉が適している。

ところで隅田川を表すのに、江戸の江を用いている。普通は大川とはいうが、江とはいわない。この俳句には、漱石の中国に対するノスタルジーが感じられる。唐の時代の蘇州あたりの景色が蘇るのかもしれない。それとも揚子江の景色なのであろうか。だがこれらは漢籍の中のものである。若い時に想像した景色が記憶に残っているのだろう。

ちなみに三部作の三つ目の句は「川向ひ桜咲きけり今戸焼」である。今戸焼は食べる回転焼きではなく、陶器の一種である。浅草の土産品であった。浅草寺に隣接する北側の地域が今戸である。

● 柳散り柳散りつつ細る恋

（やなぎちり　やなぎちりつつ　ほそるこい）

（明治31年10月16日）

漱石の漢詩における柳の暗号は女、それも成熟した女である。男がそんな女との恋に敗れることを重ねるうちに恋への熱意が弱まり、向き合い方も慎重になりだす。細り出すのだ。

これは漱石自身の人生において導き出した法則なのだろう。それに気がついたことで少しは別の動き方ができると自信を取り戻すというストーリーの句である。

この俳句を作ったのは、熊本で結婚式を挙げた明治29年6月の2年半後である。まだ新婚の余韻が残っている時期にこのような俳句を作った意図は何か。世の女性に対して恋を求めて別段の行動は起こさないが、過去の女性との思い出を消去しないという決意を記録したということだ。俗にいう心の人、思い出の人は細った漱石の中で生き続けることになる。

柳の枝が少しずつ枯れた葉を落として行く。次第に細い枝だけが見えるようになってくる。葉を落としただけで柳は幹が細ったように見えてしまう。これに対する男は失恋をするたびに自信という葉を落として行き、身が細くなる思いがするのだ。では女の柳はどうか。葉を落としても毎年新たな艶やかな葉を身に付けることができる。生きる力が男と女では根本的に違うようだ。

ところでこの句で「柳散り柳散りつつ」とあるのは、漱石は少なくとも二度失恋したことを意味する。兄嫁の登世と親友の保治と結婚した楠緒子である。だが楠緒子については「柳散りつつ」と表現して、まだ終わったわけではないことを確認している。そしてこれを東京の子規にこの俳句で伝えている。最後の恋は完全には終了していないと。楠緒子に対してはまだ未練が残っているということか。いや交際は継続しているのだ。互いに結婚はしているが、激しい恋に向き合っていることで漱石の身は細っている。

＊『反省雑誌』（明治31年11月1日）に「秋冬雑詠」として掲載

● 柳ちるかたかは町や水のおと

（やなぎちる　かたかわまちや　みずのおと）

（明治28年9月ごろ）子規の承露盤

かたかは町（片側町）とは、道の片側ばかりに家の建っている町のこと。堀川の片側土手に柳の並木があり、次に道があり、その道を挟むように家が立ち並んでいる町なのだ。つまり堀の反対側の土手側には城の石垣があるのだ。漱石は松山城の堀端を歩いている。

松山城の堀の水はちょろちょろと微かな音を立てて流れているが、そこに黄ばんだ柳の葉が風に振り落とされて川面に落ち込む。多分掲句は松山の紺屋（こうや）町を歩いていた時の俳句である。掲句は子規が漱石の家で知った漱石俳句の記録にある句なのだが、この句は明治28年9月23日に作られた句稿1にある「柳散る紺屋の門の小川かな」の句と対になるものである。紺屋は藍染の店で、紺屋町のある堀沿いでは柳が葉を落としながら風に揺らいでいた。

句意は「松山城下の片側町の堀川に幾分寒い風が吹き抜けると、わずかな数の柳の葉が堀川に落ちる。その堀には聞こえないくらいの微かな音を立てながら水が流れている」というもの。この堀水の流れる音は秋の訪れを告げているように聞こえる。

この句の面白さは、「柳ちるかたかは」の「かたかは」にある。漱石は柳の葉の散る様、そして散る音を「かたかわ」の音で表している気がする。

＊『海南新聞』（明治28年9月17日）に掲載

・柳散る紺屋の門の小川かな

（やなぎちる　こうやのかどの　おがわかな）

（明治28年9月23日）句稿1

この句稿と掲句は子規が松山の愚陀仏庵で漱石と同居していた期間に作ったもの。松山城の堀端にある商家街に紺屋の屋敷があり、水の流れる川に沿って柳の木が植えられている。秋の気配が漂って来た時期に漱石はこの堀端を歩いた。

句意は「堀端にある紺屋の屋敷の門に柳の木があり、その前の小川に浮いているわずかな葉によって柳が散り始めたと気づく」というもの。門の小川に浮いている黄変した細長い葉っぱを見て、落葉が始まったと知ったというのだ。つまり柳の木は少しずつ葉を落として行くので、柳の葉を見ていても季節の変化はわかりにくいのだ。漱石は少ない落葉に気づいたことを俳句にした。

この句の面白さは、通常の落葉は道端に落ちた枯葉でそれがわかるが、紺屋のある通りでは水に浮かんでいる枯葉で季節がわかるということだ。しかも柳は少しずつ落ちるのが特徴であり、道端に落ちた葉ではわかりにくいが、水に浮いていれば目立つので認識しやすい。

もう一つの面白さは、古い時代の中国・長安では柳の枝を手折って旅立つ人に渡すという習慣があったということで、漱石はこれに倣って子規に柳の葉が落ちて流れる俳句を作って、送別の俳句としたと思われることだ。病気が回復過程にある子規は翌月の10月に東京に戻ることになっていた。

湿地を好む柳は川べりでよく成長する。水を多く使う紺屋の周辺も柳の生育に適している。そのしなやかな柳の枝に付いた細長い葉がそよぐ様は染めた布を乾燥させるために風にそよがせている様に似ている。漱石はこの類似性を思ったのかもしれない。

漱石の何気ない写生の俳句にも、彼の独特のひねり、発想が感じられて面白い。写生する中でもユーモアを求める精神が動き出している気がする。子規や虚子の写生俳句から抜け出している気がする。

・柳芽を吹いて四条のはたごかな

（やなぎめをふいて　しじょうの　はたごかな）

（大正4年4月）磯田多佳に贈った画帖『観自在帖』

漱石は京都市四条の旅籠に泊まって京都の春を楽しんでいた。漱石の余命はわずかと漱石自身も妻の鏡子も考えていた。妻は京都近郊の生まれで京都に詳しい弟子の津田に漱石を祇園で遊ばせてくれと頼んで夫を送り出した。漱石は三月十九日から四月十六日まで京都に滞在した。最後の長い旅であった。

句意は「祇園が近い四条にある旅籠の前には柳の木があり、芽を吹き出した。そのエネルギーを受け取ってこれから祇園まで歩いて行こう」というもの。自分も春の気分を味わっていると思いつつ歩いている。旅館ではない旅籠という言葉に、江戸の情緒を漂わせている京都の街が浮かび上がる。これから祇園の茶屋に向かう漱石のウキウキした気分が感じられる。漱石は芽を吹き出した柳を見ている。

四条あたりで柳が植えられているのは、高瀬川沿いの木屋町であろう。漱石を京都の歓楽街に送り出した妻の鏡子には、漱石に活力を取り戻して欲しいという思いがあったのかもしれない。最近めっきり俳句を作らなくなっていた夫を心配していたのかもしれない。

この句の面白さは、祇園の女将に贈った画帖にこの句を書いていることだ。女将に春を楽しませてくれと示唆していることになる。挨拶句なのであった。「芽を吹いて」に京都にいる漱石の嬉しさがにじみ出ている。そして宿は「はたご」であり、京都の風情を感じさせる宿であったようだ。二重に嬉しかったと思われる。

柳より恨みの長きものあらず

（やなぎより　うらみのながき　ものあらず）

（明治32年春）

漱石全集において掲句は句稿33と句稿34の間に置かれ、句稿33を占めている梅105句の直後に置かれている。その最後の句である「一輪を雪中梅と名けけり」の後にある。この句の雪中梅のイメージは女性なのであろう。そしてこれに続く掲句には「恋」の前置きがある。恋つながりである。

句意は「恋の末路は辛いものであり、恋したどちらかに恨みが生じるのがその恨みは長くは続かない。長いものとしてある柳の枝も限りがあるように」というもの。

掲句を作った時期の前後を整理する。前年の明治31年5月に妻が自殺未遂を起こし、妻は再度それを試みた。漱石は必死に看病し、妻は小康を得た。しばらくして妻は妊娠し10月には悪阻がひどくなり漱石は付き添うために学校勤務を休んだりしていた。掲句を作った時を経て、その翌年明治32年5月に長女筆子が誕生した。

掲句を作った明治32年新春ごろは漱石と楠緒子の関係は切れていた。妻の自殺未遂以前は漱石宅の近所に住む親友の菅虎雄の家を介して漱石と楠緒子の手紙のやり取りは続いていたが、自殺未遂事件以降は漱石の強い意志によって取りやめになっていた。しかし楠緒子からは恨みの手紙が来ていたと思われる。そして彼女の恨み長く続かないことを願った。

＊新聞「日本」（明治32年4月23日）に掲載

家の棟や春風鳴って白羽の矢

（やのむねや　はるかぜなって　しらはのや）

（明治29年3月1日）三人句会（松山）

白羽の矢といえば、元は人身御供として召し出される女性の家に弓で打ち込まれる白い羽の矢を意味した。白羽の矢は味方の犠牲になるものとして選ばれたことを示すものになった。その後「白羽の矢が立つ」の文言として「尻込みする人の多い中で、犠牲者として選び出される」という意味で使われるようになった。

松山での短期間の三人句会では、漱石と虚子と霽月が浮世離れした幻想的な「神仙体」の俳句に取り組んだ。漱石は「神仙体」俳句として、自分の身近で起きたことを大げさな歴史俳句として捉える俳句を作っていた。

従軍記者として大陸に出た子規は船で帰国の途中、神戸で喀血してしまい、東京に戻ることができず松山の漱石宅に転がり込むことになった。子規が中心になって俳句の勉強会が開かれることになった。松山の子規の句友たちの集まる場所として、漱石の愚陀仏庵が選ばれてしまった。漱石は自宅で句会がしばしば行われるとなると勉学ができなくなると思ったが、漱石はこの句会に積極的に参加することにした。このことは愚陀仏庵の棟に、句会の会場として白羽の矢が立ったことになる。この矢のおかげで漱石は独自俳句の道を切り開くことになった。この白羽の矢は結果としてありがたいものであった。

句意は「漱石の家の棟に白羽の矢が立って、その矢羽に当たった春風が鳴っていた」というもの。突き刺さった矢は棟の柱で音を出して震えている。子規の決断によって漱石宅が使われることになったが、これを大げさに捉えておどけてみせた。

この句では最初の「家の棟」の「や」と句末の「白羽の矢」の「や」で韻を踏んでいる。このことによって俳句に勢いが生まれ、白羽の矢に緊張感が生まれる。そして鳴るは「春風」とは「白羽の矢」の両方に掛かっている。さらには「家の棟」は「矢の棟」とも解される。これらの工夫によって掲句は不思議な味を加えた「神仙体」俳句に仕上がっている。

＊雑誌『めさまし草』（明治29年3月25日）に掲載

• 矢響の只聞ゆなり梅の中

（やひびきの　ただきこゆなり　うめのなか）

（明治27年3月9日）菊池謙二郎宛の書簡

掲句の類似の句として「弦音の只聞ゆなり梅の中」の句がある。菊池宛の書簡に掲句をつけて3月9日に出した。そのすぐ後の3月12日に子規にも手紙を出したが、この中に書いた俳句は掲句の上五を変えて「弦音の只聞ゆなり梅の中」とした。

掲句の句意は「梅林の中にある弓道場で、漱石は弓を引いていた。静寂な空間に矢が飛んでゆく鋭い音が響いていた」というもの。弓道場で響いた音は、弦から離れて飛び出す矢羽が立てる音なのであろう。耳の近くに当てられた矢羽の空気を切り裂く音が漱石の耳に届くのだ。矢が遠くの的に当たった音は沈んだ音で、板場に立つ漱石には聞こえない。

この矢の飛ぶ音は、漱石の脳裏にも染み込んでゆく。この振動は脳に快感を与える。この時の快感には梅の香りも加わるのかもしれない。

この句の面白さは、「矢響の只聞ゆなり」とあり、矢羽の空気を切り裂く音がしばらく脳の中で響いていることを暗示していることだ。漱石はしばしの満足感を味わっていられることを示している。

ちなみに漱石が上五の「矢響の」を「弦音の」に切り替えた理由は何であったのか。脳に届く音の快感の中心は、矢羽の空気を切り裂く音よりも矢を飛ばした弦の音であると分析した結果のだろうか。いや両者には時間差があり、どちらも採用したかったのだ。先に届く高音域の矢羽の音と後で響く低音域の弦音のどちらも漱石は好きなのだ。

• 藪陰や魚も動かず秋の水

（やぶかげや　うおもうごかず　あきのみず）

（明治28年9月23日）句稿1

夏が終わって冬が来る前のわずかな期間である秋に、川の水は幾分冷たさを増してきた。山が時雨れ出すまでの平穏な期間を川辺の藪も享受している。強い風に吹かれることのない藪は静かで、川面には波は立っていない。川の水温の僅かな低下は季節の変わり目にさしかかっていることを川の魚に知らせている。

魚が藪陰から動こうとしないのは、冬の到来も予知してエネルギーを節約するかのように行動を控えているのだ。川岸のこんもりした藪は魚にひと時のやさしい影を提供しているように漱石には感じられた。

師匠の子規はこの句に、漱石の鋭い観察の目を感じたようだ。この句に高い評価を与えている。魚影は見えないがここには必ず魚が潜んでいると見る漱石の目が子規にはユニークに映った。単なる観察句ではないと評価したのだ。

この句の面白さは、川の藪陰を見つめる漱石の目線を感じる魚がいると読者に思わせているところである。魚はいないかもしれないが、いるはずだとして漱石はじっと藪陰を見つめて動かない。しばし冷たい空気が流れる中、澄んだやや冷たい水がゆっくり流れる。一遍のサスペンスドラマのようだ。

ちなみに掲句の直前句は「三方は竹緑なり秋の水」であった。そのもう一つ前には「黄檗（おうばく）の僧今やなし千秋寺」が置かれている。後者は松山の寺のことを詠んでいるが、さて前者はどうであろうか。掲句も松山の川べりを歩いていた時のものなのだろう。

• 藪陰に涼んで蚊にぞ喰はれける

（やぶかげに　すずんでかにぞ　くわれける）

（明治24年8月3日）子規宛の書簡

庭の隅にある背の高い竹やぶが日陰を作っている。真夏には日陰が欲しいと木陰のある方に人は移動する。漱石も庭の藪の陰に移動して涼んでいた。すると藪の中の蚊が獲物に気づいて行動を開始した。暑い日中はヤブ蚊も涼しい日陰で休憩していたのだ。ヤブ蚊は日没後に動き出すので、接近してきた男の汗の匂いにつられて、蚊の集団は竹やぶの中から夜を待たずに早めて出て来た。

大柄のヤブ蚊は腹に縞模様がある。人はこれを目にすると顔に緊張が走る。

戦うべきか逃げるべきかと漱石の脳内でアドレナリンが量産された。結局集団で襲う蚊に負けて漱石は逃げ出した。竹の匂いが好きな漱石は竹の匂いにつられて行動したことを軽く反省したはずだ。蚊も竹の匂いが好きだったとわかったが後の祭りだった。漱石の判断力が落ちていたのは、帝大の学生であった漱石の心を捉えて離さなかった、同じ屋根の下で暮らしていた初々しい兄嫁の死が原因していた。

この句の面白さは、日常の出来事を扱っていて、漱石の慌てぶりをコミカルに描いていることだ。掲句を作った日は、兄の和三郎の妻・登世が同年7月28日に死去（24歳、漱石と同年）した数日後であり、漱石の嘆きがまだ続いていた。義理の弟と兄嫁の間で禁断の関係を結んだと思われる二人であった。漱石は登世の死に際して13句もの慟哭の俳句を作り、登世の素晴らしさを歌い上げ、漱石は彼女の死によって脱力状態になったことを子規に知らせていた。

掲句は嘆いてばかりの自分を改めるきっかけにしようと作った俳句のように思われる。よくやることであるが、わざとずっこける行為の一種であった。蚊の襲撃を受けた漱石はこう言ったに違いない。弁解ぎみに「あれは藪から棒であった」と。

● 藪陰や飛んで立つ鳥蕎麦の花

（やぶかげや　とんでたつとり　そばのはな）

（明治43年10月か）短冊

漱石は明治43年10月11日に修善寺を発って、東京の胃腸病院に再入院するために列車で移動していた。そのときの車窓風景を詠んだ「藪陰や濡れて立つ鳥蕎麦の花」に掲句の作りが似ている。10月12日の日記には、藪の向こう側に見えていた雨で濡れた蕎麦畑から、羽を濡らした鳥が飛び立つのを見たと俳句で記録したが、よく考えると羽が濡れていたかは定かではないと思い直したとわかる句になっている。すると東京の内幸町にあった長与胃腸病院に再入院したこの日に、列車での移動をケアしてくれた人にお礼の意味で掲句を書いた短冊を渡したのかもしれない。

お礼に短冊を渡そうとした際に、旅の景色を詠んだ「藪陰や濡れて立つ鳥蕎麦の花」がいいと思って、書こうとしたが筆が止まった。車窓をさっと横切った鳥の様子を素直に描こうと考え直したのだ。蕎麦の花の白さと鳥の飛び立つ姿だけが目に残ったと表した。

この句の面白さは、胃潰瘍の療養のために修善寺の温泉宿を訪れたが、ここで大吐血してしまい、長期に療養する羽目に陥り、早く東京に戻りたいと願っていた気持ちを持ち続けていたことを、「飛んで立つ鳥」に込めていることになったことだ。漱石はこの修正は結果として大正解だったと思ったに違いない。

● 藪陰や濡れて立つ鳥蕎麦の花

（やぶかげや　ぬれてたつとり　そばのはな）

（明治43年10月12日）日記

漱石は10月11日に修善寺の菊屋旅館を出発し、東京の長与胃腸病院に再入院した。担架で運ばれた漱石は翌12日に無事長与胃腸病院に到着した。

終点の新橋駅を目指して走る列車の窓から、座席に寝そべったまま顔を横にして外の景色を眺めていた。介助する人に見守られての旅であったが、外の景色を子供のように食い入るように眺めていた。その目は白い花の蕎麦畑と鳥を捉えた。

「昨日途中にて」の前置きがある掲句の句意は「車窓に見える藪が途切れて蕎麦の畑が見え隠れしていたが、その藪の中から鳥が濡れながら飛び立つのが見えた」というもの。飛び立つ鳥はたまに通る列車の音に驚いたのかもしれない。艶のある鳥が飛び出したので、雨に濡れているのように見えたのだろう。この景色は黒っぽい藪と白い蕎麦の花のコントラストが効いている。この中を黒い鳥が景色を割るように移動してゆく。

この句の面白さは、句の音のリズムが鳥の飛び立つ動きを表現していることだ。そして、このリズムによって目に入る景色はどれも新鮮で面白いものに見えたとわかることだ。8月から10月まで同じ宿で過ごしていた漱石は、車窓に流れる景色を子供のように楽しんでいた。雨に濡れている藪陰から飛び立った鳥は、雨に濡れているので黒いのであろうと想像している。そして「藪から棒」の例えのように「藪から鳥」の飛び出す様を見て面白がっている。さてこの掲句の主人公の鳥は烏なのか、鵜なのか。

藪近し椽の下より筍が

（やぶちかし　たるきのしたより　たけのこが）

（明治30年5月28日）句稿25

椽とは棟木から軒先に向けて直角方向に下向きに取り付ける長い角材。この句の少し前に書いていた俳句に「筍や思ひがけなき垣根より」があり、借家に越して来て初めて筍が庭先に生えてくる過程をじっくり見ていた。すぐ後今度は椽の下にも筍が出て来た。隣地の藪から縁側近くにまで根が伸びていたことに気づいた。竹好き漱石は根の成長の速さに目を丸くした。

掲句の下五の「筍が」は、言葉が詰まって絶句状態のように見える。下五に続くとすれば「なんだこりゃ」または「出てきたよ」が来そうだ。これからも筍は出続けるのかといろいろ考えて笑っている。

句意は「隣の敷地にある竹やぶから根が伸びて、我が家の軒下に筍が生えたぞ。藪が近くにあるからだ」というもの。熊本に住んでいた漱石は自宅の庭に筍が出てきたのに驚いた。隣家との境には気をつけていたが、縁側の近くには気をつけてはいなかった。まさに灯台下暗しであった。

この句の面白さは、「椽の下より」という表現は「縁の下」の文字に近似していることだ。そして、その場所も近いことだ。ほのかな可笑しさがある。漱石は山水画でよく竹の絵を描いていたが、庭や縁の下に筍が生え出るのを見せられると、これにも縁を感じたと思われる。

漱石は竹の藪があるとそこから遠く離れたところに筍が出てくるのを人間的に捉えている気がする。人の子供も筍も親から離れたがっていると。自分は長兄の指示で英語の世界にずっと身を置いてきたが、ここから脱皮したくなっているのをごく自然なことのように観察していたのかもしれない。

藪の梅危く咲きぬ二三輪

（やぶのうめ　あやうくさきぬ　にさんりん）

（明治32年2月）句稿33

「梅花百五句」とある。熊本にある梅林の遊歩道の脇に梅が細々とと咲いていた。梅林をどんどん奥の方に歩いてゆくと藪に出くわした。篠竹や背の高い草が生い茂っている藪の中に梅の木が一本あった。光が不足気味のようであったが、何とか梅が二三輪花開いていた。この藪の中には足を踏み入れられない。しかしこのようなところの梅でも藪の力に押されずに気品をもって咲いていた。

これは表の句意である。では裏の意味は何か。「梅林の見通しの悪い、人の近づかない藪のところに派手な出で立ちの男女の姿がチラチラと見えた」というもの。危うい二人の姿が見えたということだ。漱石は掲句の近くに「道服と吾妻コートの梅見哉」と「相逢ふて語らで過ぎぬ梅の下」の句を配していた。漱石は目立つ男女に起こる危うい行動を想像したのであろう。

漱石は気になっていた二人を追いかけるように歩いていたのではないと思われる。梅の花を見て歩いているうちに偶然二人を見つけた。

漱石は明治32年2月に子規あてに送った句稿にはなんと梅の句ばかり、105句を並べていた。俳句を一気に書き出す井原西鶴ばりの俳句作りパフォーマンスを見せた。梅の花が好きであることを東京の子規にアピールしていた。

病あり二日を籠る置炬燵

（やまいあり　ふつかをこもる　おきごたつ）

（明治30年12月12日）句稿27

漱石は、突然体調を崩したようだ。二日も家から出ていないという。置き炬燵のある部屋から離れられないようになってしまった。妻が側に付いて看病している姿が目に浮かんでくる。まさに新婚家庭の光景が展開している。

この句の直後に置かれていた俳句は「水仙の花鼻かぜの枕元」であった。ここで鼻風邪と言っていたがやはりこれは本格的な風邪であった。この「鼻かぜ」句は、単に俳句を面白くするための韻をふむための細工であった。

炬燵は掘り炬燵（切り炬燵ともいう）と床の上に置いただけの置き炬燵とに分けられるが、漱石宅には置き炬燵が据え付けられていた。当時の置き炬燵は点火した木炭や豆炭、練炭を容器に入れ、炬燵の真ん中に置いて厚布をかぶせていた。

この句の前の句は、「蒲団着て踏張る夢の暖き」である。この前の句は夜中に漱石が起き上がっての行動を詠んでいる。まだ元気な頃の句である。ちなみにこの蒲団とは関東式の綿入れかい巻きのことである。着た蒲団は冬のことでもあり、綿入れの厚手の着物の夜具である。漱石の名誉のために付け加えておく。

この「蒲団着て」の俳句と掲句との関係を考えて見ると、面白いことが導かれる。裸体が被っていた夜具が外れたまま、漱石は東京で病の床にいる子規を喜ばせようと企んで2句を並べた。寒い冬の夜に頑張りすぎ、風邪を引いてしまったことを暗に白状しているのだ。

• 病癒えず蹲る夜の野分かな

（やまいいえず　うずくまるよの　のわきかな）

（明治31年10月16日）投稿

強風が轟々と鳴っている秋の夜に、家の中では妻がうずくまってゲーゲーと口を押さえながら呻いている。妻の悪阻がなかなか治らず、内憂外患の日々が続いている。悪阻がこれだけひどいと漱石はこれは病だと認識して妻を気遣っている。子供を産むことの大変さを男の漱石は改めて毎夜、考えたのであろう。

漱石は妻には楠緒子のことで心労をかけていることを承知しているが、これはどうしようもないことだと自分で消化していたが、妻が目の前で悪阻によって苦しんでいる様を見続けていると、いつしか自分も心の重荷によってうずくまりそうになっていることに気づくのだ。

同時期の句稿には、妻の悪阻とその不安に関する俳句がいくつか記されている。今までこれほどまでに妻関係の俳句を書き込んだ句稿はなかった。それ等は「病妻の閨に灯ともし暮るゝ秋」「かしこまりて憐れや秋の膝頭」「かしこみて易を読む儒の夜を長み」「長き夜や土瓶をしたむ台所」「病むからに行燈の華の夜を長み」「苫もりて夢こそ覚むれ荻の声」。

以上のように漱石は妻の悪阻のことで頭が一杯であるが、俳句のことになるとユーモア好きの性格が現れる。掲句の面白さは、家の内の妻は「病癒えず」であり、家の外の夜は「野分の吹く、野分癒えずの状態」だとして対比している点だ。表音で示せば、内はゲーゲー、外はビュービューということになる。

＊『反省雑誌』（明治31年11月1日）に「秋冬雑詠」として掲載

• 山陰に熊笹寒し水の音

（やまかげに　くまざささむし　みずのおと）

（明治28年12月4日）句稿8

句意は「陽の当たらない山里の山陰に生えている熊笹が寒風に揺れて、サワサワと寒そうな音を立てている。この音が沢を流れている水音と重なって聞こえる」というもの。サワサワとサラサラが重なって聞こえると冬の寒さが増すような気がする。この山の合奏を聞くと人によっては、山鳩が「寒くなったね」と声を発しているように聞こえるのかもしれない。

この句の魅力は、サラサラ、サワサワと聞こえる音は、漱石の耳ではきちんと聞き分けられているところである。山から流れ出る音はバイオリンとチェロの重奏のようである。掲句は幻想的な俳句に仕上がっている。

この句の面白さは、山陰の熊笹がサワサワと音を立てているように想像するが、熊笹の熊の語を強く意識すると、熊がガサガサと音を発しながら熊笹の原野を歩いているように聞こえるのかもしれないということだ。そうであれば「寒し」は危険を感じているからかもしれない。

別の解釈としては「山陰の熊笹は深緑色の葉の縁に白い縁取りがあるので、それだけで寒さを感じさせる。そこに水音が加わると冬の寒さがさらに増すように感じる」というもの。

掲句の一つ後に「初冬や竹切る山の鉈の音」の句があり、やはり山の音で寒さを感じている。

＊『海南新聞』（明治29年1月29日）に掲載

・山里は割木でわるや鏡餅

（やまざとは　わりきでわるや　かがみもち）

（明治29年1月29日）句稿11

正月の松の内が明けたら鏡餅を薪の割木や木槌で叩き割って、雑煮や汁粉にして食べる習慣がある。江戸時代の街並みを引き継いだ東京の町でも、また漱石の住んだ松山でもこのやり方で鏡餅の餅開きが行われていた。家族の健康を祈るこの習慣は昔から続いていた。鏡開きは子供が参加する楽しい遊びのようなものだからだ。

この餅を割ることは「鏡割り」であるが、この「割り」という言葉も「切る」と同様に縁起が悪いとして「鏡開き」に変化して今に至っている。当初丸い餅を包丁で切り割って食べていたらしいが、これには武士階級が刃物で腹を切るということに繋がる言葉だと嫌って、木槌や薪で餅を叩き割ることになった。だが現代に近づくにつれてこの「割る」という表現も同様の運命を辿った。漱石は言葉を弄んでいると怒り出すのかもしれない。いい加減にしろと開き直るに違いない。

句意は「山里では正月の松が開けると、尖ったところのある薪で鏡餅を叩き割るのである」というもの。この薪の鋭利な角部が鏡餅に食い込むのを見たのであろう。漱石はこの句を作った時、割木を作る時に刃物の斧や鉈を使っているのだから、実質は「鏡切り」になっていると笑っていたに違いない。

令和の時代になると殆どの家庭では薪をもう使わなくなって、包丁を使っての「鏡開き」に戻っている。

ちなみに役所や会社で行われる開所式などの行事において、樽酒を会場に運び込んで声を合わせ、フタ板を木槌で叩き割るセレモニーがある。これは木の香りのする日本酒を参加者に振る舞うものであるが、この場面でも「鏡割り」といわずに「鏡開き」といっている。だが、現代で始まった祝い事であるとして「鏡割り」で通している場面も生じている。

・山里や一斗の粟に貧ならず

（やまざとや　いっとうのあわに　ひんならず）

（明治30年9月4日）子規庵での句会稿

漱石は東京の子規宅で開かれた句会で、掲句を披露した。この東京への旅は、6月29日に亡くなっていた漱石の父の墓参りのための上京であった。そして妻にとっては結婚後の初めての里帰りであった。熊本第五高等学校の夏休みを利用しての帰京であった。

漱石は松山から熊本に移動してからはや1年半が経過し、九州になれたことをこの句で示した。阿蘇山麓まで熊本市内から何度か足を運び、その土地の地理も風土もわかってきていた。筑紫平野では米作が盛んであるが、丘陵地が多い熊本は畑作が中心で麦や粟が栽培されていた。漱石はその粟を題材にして、中国の話を絡めた掲句を作った。「斗粟尺布（とぞくしゃくふ）」なる熟語があり、わずかな食料とわずかな衣類の意味で貧しい生活を指す。漱石は俳句にこの「斗粟」を入れ込んだ。

句意は「熊本の山里では粟が多く栽培されていて、食うだけで精一杯である。しかし彼らはそのようには感じられない」というもの。漱石は山裾の畑地で夫婦が一緒になって働いている姿をよく目にしていた。農家の収入は少ないのであるが、自然の中で心豊かに暮らしていると感じた。貧しいもの同士の助け合いがあり、収穫した作物の交換などをしているのであろう。

この句の面白さは、中国の「斗粟尺布」の故事を下敷きにしていることだ。貧しくとも一斗の粟があれば分け合って、また一尺の布があれば分け合うことで飢えや寒さをしのぐことができるということだ。だが豊かになろうと独占しようとすると仲違いするだけという例え話である。

もう一つの面白さは、中国では史記が書かれた時代から、この格言をもって世の中を教育しようとしたが、日本では、この言葉は不要で、日本人の生き方がそうなっていると言っていることだ。

＊新聞『日本』（明治30年10月6日）に掲載

山里や今宵秋立つ水の音

（やまざとや　こよいあきたつ　みずのおと）

（明治32年9月5日）句稿34

「戸下温泉」とある。静かな戸下温泉の温泉郷には谷底から川の瀬音が立ち上ってくる。風に乗って流れてくる。そして、この温泉郷を囲むように人家が散在している。この家々からの人の声は届かない。夜になると近くの山から緑の匂いが流れてくる。虫の音も聞こえる気がする。これに川の瀬の音も混じる。

ところで漱石と同僚の山川が戸下温泉に宿泊した明治32年における新暦の立秋は8月8日であった。旧暦ではこれよりも一月ほど遅れて、9月上旬であった。この立秋のころ漱石一行はちょうどこの阿蘇の旅に出ていた。

句意は「温泉郷のある山里は、立秋の頃の爽やかさが感じられ、川の瀬音も涼しげに聞こえる」というもの。阿蘇の旅は順調に始まっていたことを示す句であった。

この句の面白さは、瀬の音が谷底から立つと、立秋の秋が立つ、そして泊まった戸下温泉の場所が阿蘇の南端の宿場町だった立野のすぐ近くであり、これらには「立つ」が掛けられていた。漱石はこのシンプル俳句の中にこれだけの洒落を埋め込んでいた。漱石はこれができたことに満足した。

ちなみにこの阿蘇の旅は、熊本第五高等学校の同僚教授の山川信次郎が東京の一高に栄転する機会に、二人で有名な阿蘇神社に詣で、それから阿蘇山に登ろうと旅の好きな漱石が企画した。阿蘇山を往復する4泊5日の旅であった。8月29日に出発して9月2日まで旅し、1日に阿蘇山に挑んだ。こののんびりとスタートした阿蘇歩きは阿蘇に入ると天候が急変し、漱石一行は大変な目にあった。この予兆は最終宿を出るときの俳句に現れていた。これは「重ねべき単衣も持たず肌寒し」の句であった。立春から数えて二百十日がせまっていた。

ちなみにこの戸下温泉は昭和になって作られたダム建設によって消え去った。

山里や日影乏しき家と菊

（やまざとや　ひかげとぼしき　いえときく）

（明治41年11月2日）藪錦山宛の葉書

句意は「山里の中に在る家は藪に囲まれて日があまり差さない。しかし家の庭には菊の花がにぎやかに咲き乱れている」というもの。漱石が藪錦山宛に葉書を書いた時期は、小説「三四郎」の原稿を執筆中であり、12月まで連載された小説の完了を目指していたときだ。したがって旅に出ることはなかった。

掲句は知人の藪に対する挨拶句であろう。この俳人は熊本県の俳人だと思われる。錦山の名は明治の初めに作られた熊本城内の錦山神社（現在は加藤神社と改称）から取っていると思われる。掲句はこの俳人の名前からのイメージを俳句に作り上げたものだと思われる。つまり薮の住む家は、藪の中にある家であって日影が乏しい、まさに日が差し込まない藪の中にあるというもの。そして錦山の語からは、色とりどりの菊の花が庭に咲き乱れている様が浮かぶのだ。

つまり、掲句は、藪錦山の作る俳句に表してみたということだ。錦山から俳句を作ってほしいと短冊を依頼された時に考えている時間がないので、簡便な手法を採用したのだ。

山三里桜に足駄穿きながら

（やまさんり　さくらにあしだ　はきながら）

（明治29年3月6日以降）句稿13

「足駄」は特別に歯の高い下駄、高下駄をさすが、ここでは普通の下駄の意である。山に登るのであるから高下駄では歩きにくいはずだ。高下駄では足首を捻挫しかねない。漱石は下駄を履いて外出していたが、桜色に染まっている山を目にしてその足で山の近くまで行くことにした。そしていっそのこと登ってみようと思い立った。

中国的な表現の「山三里」は低い山が目の前に相当な長さで連なるさまをいうが、漱石は山全体、全山の意味で用いている。その理由は漱石が住んでいた松山の市内から下駄で歩いていける山は城山しかなかったからだ。

句意は「散歩に出たついでに、全山が桜色に染まっている松山の城山に下駄で登って行った」というもの。漱石はなぜ「足駄」を俳句に組み入れたのか。桜見には下駄が似合うと思っていたのであろう。足元に春の風を受けながら山を登るのが好きであったのだろう。東京にいる親友の子規は、子供の頃に桜の季節には度々城山に登っていたと思われるから、漱石はその子規の代わりに下駄で山に登ろうとしたに違いない。そして掲句のような俳句を作って子規に見せたくなったのだ。

この句の面白さは、歩く距離の「三里」と足のツボの「三里」をかけていることである。漱石は家に帰ってから無理して下駄を履いて城山に登ったことを悔やみながら「足三里」の経穴のツボに灸を据えたと思われる。芭蕉も奥の細道を旅した時には、足を灸で刺激しながら歩いたことを思い出して、足のツボに灸を据えたに違いない。

ちなみに足駄とは、桐の材を用いた男性用の高下駄のことで、下駄の歯の差し歯（歯を台に差込む構造のもの）が普通の下駄より高い。背の低い男はこれを履くと身長が高く見えるし、目線も高くなるので好んで履く人が多かった。漱石は普通の下駄を履いての城山登りで足が痛くなったのを、句作の上では高下駄を履いていたからだとした。漱石も見栄っ張りであったようだ。

・山路来て馬やり過す小春哉

（やまじきて　うまやりすごす　こはるかな）

（明治28年12月18日）句稿9

漱石は松山近郊を歩き回っている。松山を離れて熊本に居を移す日が迫っているので、できるだけ松山のことを知ろうとしていたようだ。今の松山の状況を東京にいる親友の子規にレポートすることに喜びを感じていたのかもしれない。

漱石が山道を歩いていると馬を引き連れている男に出会った。狭い山道を胴の太い馬が通るとすれ違うのも大変になる。馬は通り過ぎるとときに「悪いね」と鼻を鳴らしたかもしれない。漱石は馬の鼻息で道の端に押しやられたように感じた。

この日は寒い日が続く初冬でも日が差す小春日和であったので、馬の体臭がぷんと香った。明治28年当時の松山では牛馬と人が共に生活をしていたのがこの俳句でよくわかる。

漱石は山道を歩いているときに、俳聖芭蕉の「野ざらし紀行」に出てくる俳句「山路来てなにやらゆかしすみれ草」のパロディを作る気になった。芭蕉の句にある山路とは、京都から大津に入るときに通った山の難所、逢坂山の道である。体力が落ちていた芭蕉はここを越える時には当然馬に乗っていたと推察する。芭蕉を乗せた馬は歩きにくい山道を足元に気を配りながら歩いて、すみれ草を見つけたが、漱石は道端の菫の花には気がつかないはずだとした。この発想で掲句をまとめた。芭蕉を乗せて難所に差し掛かった馬は、菫を見るどころではない、と掲句でからかっている。

・山路来て梅にすくまる馬上哉

（やまじきて　うめにすくまる　ばじょうかな）

（明治29年3月5日）句稿12

句意は「馬に乗っての旅は、山里からいよいよ山道に差し掛かった。脇の林から道の方に出張っていた梅の枝に体が引っ掛かりそうになった。馬上の漱石は頭を下げて、なんとか梅の鋭い枝をやり過ごした」というもの。よそ見していたら枝に引っ掛かるところだったと漱石は安堵した。掲句は机上の馬上句である。

もう一つの解釈は「山道で馬上の漱石が身をすくめたのは、白梅の老大木に出会い、この木の持つ威厳に圧倒されたから」というもの。同じ句稿での直後句に「若党や一歩さがりて梅の花」の句があるからである。ここには力の有り余る若者でも、梅の古木の威厳に圧倒されている姿が見えている。この解釈での「すくまる」は、気持ちが押されて縮まるということにしたことによるもの。

掲句の面白さは、明治28年12月18日の句稿に出ている「山路来て馬やり過す小春哉」の関連句であるということだ。「山路来て馬やり過す小春哉」の句を受けて掲句が作られている。「やり過す」の意味は、馬の上から道端を眺めていた時に馬は道端の菫の花に気づかなかったことである。しかし掲句は、馬上の漱石は梅の花だけを見ていて菫には目を向けていない。梅の枝が気になるからであると笑っている。

掲句にはもう一つの面白さが隠れていることに気づいた。掲句で身をすくめたのは漱石でなく、芭蕉だと漱石が書き入れていることに気がついた。「すくまる馬上哉」の「ばじょう」は「ばしょう」であり、「すくまる芭蕉哉」の意味も含んでいた。

山四方菊ちらほらの小村哉

（やましほう　きくちらほらの　こむらかな）

（明治28年11月3日）句稿4

「山四方中を十里の稲莚」と詠んだ景色を見ながら、稲田の先に連なる山々を見る。その山裾に寺や人家が点々とある。人は風の吹き抜ける盆地の平地より山裾を好むらしい。漱石は子規が話していた山中の滝を見にゆく途中であった。

四方を山に囲まれた小さな盆地。その中を見渡すと十分な間隔をとってゆったりと建てられた数十軒の家が見える。目の前の大きな屋敷の庭には菊が咲き出しているのが見えた。散在する建物群も花のようにも感じられる。「ちらほらの」は花と家の両方にかかっている。つまり村中が花のように見えたのだ。漱石はこれらの花を身にまとった集落を部落ではなく、小村と表現した。

11月にもなると田んぼでの刈り入れも終わって、景色の中心の主役は田んぼではなくなっていた。田んぼの畦や家の軒先に咲いている菊をはじめとする花々になっていた。菊の花は白菊、黄菊、紫菊が群れを作って咲き出している。農家の人たちの目を和ませるために植えていた宿根の菊が咲き出して、農閑期に入った農家人の収穫の疲れを癒すように一斉に咲き出している。これらの花を目にした漱石は、「ちらほら」と言葉を用いて、咲いている花達に優しい視線を投げかけている。

子規は漱石に対して、松山から熊本に転居する前に白猪の滝を見るように勧めていた。漱石はこの滝を見るために、松山市内から隣の町の山裾に到着していた。そしてこの日の宿はこの小村の旧家であった。この家は子規の遠縁の家で、子規が小さい頃に遊びに行っていた家であった。この宿に泊まれるように子規が了解を取り付けていた。泊まる家がどんな家であるのか漱石は楽しみにして歩いていた。

ちなみに掲句が書かれていた句稿の冒頭に次の文が記されていた。「明治二十八年十一月二日河の内に至り近藤氏に宿す。翌三日雨を冒して白猪唐岬に瀑を観る。駄句数十。　三日夜記す」

山四方中を十里の稲莚

（やましほう　なかをじゅうりの　いなむしろ）

（明治28年9月23日）句稿1

田んぼの周囲四方を山で囲まれた松山市の南奥の盆地。この中に立って周囲をぐるりと見渡すと収穫を控えた稲が黄色く色づいていた。乾燥稲で編んだ莚が無数に隣り合わせになっているように広がって見えている。山に囲まれた10里四方の範囲に黄色の田が限なく広がっている。典型的な田園風景を目にして、漱石は日本人の徹底した勤勉さを目の前に突きつけられた思いがした。

この俳句からは漢詩のような壮大な風景が感じられる。そして明快な言葉が使われ、稲莚の言葉によってきちんと区割りされた図形的な風景を脳裏に思い描くことができる。緑の薄い黄色がかった褐色。豊穣の色が目にうかぶ。全てが具体的に思い描けるのがこの句の特徴になっている。まるで数学者が作った俳句のように思えてくる。漱石は建築家を目指した科学者でもあったことを思い起こす。

この盆地には実際には藪があったり、河原があったりして水田は10里四方の全てを覆っていたのではなかった。漱石はもともと漢詩を作るように大雑把に観察して発想し、大げさに、そしてすっきりと俳句で表現する。つまりこの盆地はそれほど広くもないし、豊かな土地ではないと見た方がいいのかもしれない。それでも漱石は開放的なこの地に、子規が子供時代に遊んでいたと思われる土地に足を踏み入れているのを感じて、伸びやかな気分になっていたのだ。その気分をこの俳句で表したと考える。

山城や乾にあたり春の水

（やましろや　いぬいにあたり　はるのみず）

（明治29年3月24日）句稿14

乾とは、戌(いぬ)と亥(い)との中間の方角である北西を指し、この北西から吹く風をも意味する。掲句では北西を示し、漱石の住んだ松山市二番町の愚陀仏庵から高台の松山城を見るとちょうど、城は北西に位置している。そして下五の「春の水」は、吹く風も小川の水も温んできた春の季節を表している。また上五の「山城」は「城山」とは異なり、こんもりした高台の天辺に城が小さく見えていることを表している。城山は比較的小さな丘の上に立つ城で、城自体が小さな山のようにも見えているのだ。

句意は「丘の上に小さく見える松山城は愚陀仏庵から見た北西方向に見えている。今は近くの堀の水が温んで来た春だ」というもの。漱石の頭には、来月の4月10日には松山の三津の浜から熊本に向けて出立する予定が浮かんでいて、松山ともう別れることになるという意識がある。懐かしさを込めて愚陀仏庵の前から松山城の方向を仰ぎ見たということだ。

漱石が北西と言わずに乾(いぬい)の文字を当てているのは、単純な表現を避けるということと、乾(けん)は占いにおける八卦の一つになっていることである。これの意味するところは、乾を構成する要素が陰陽の世界ではすべてが陽となっているので、「春の水」の呼び水なのである。いわば枕詞的に使われている。漱石はこの語によって熊本での生活に期待していることを表している。

山高し動ともすれば春曇る

（やまたかし　ややともすれば　はるくもる）

（明治30年4月18日）句稿24

春の日に阿蘇山のような高い山では、ちょっと目を離したすきに上昇気流が生じて雲が湧き出る。そして見えていた頂付近を隠してしまうことが起こる。

この句の「ややともすれば」は洒落た語感があり、新鮮味のある言葉であるので、春らしい俳句に仕上がるという面白味がある。

ちなみに「動ともすれば」は「ややもすれば」と短く使うこともあるが、「油断する」または「気をぬく」という意味も含まれる。ちょっと目を外した時に、ちょっと目を外しただけなのに、という意味になる。

掲句の句意は「春の日に登っている高い山は、ちょっと目を外したすきに雲が増えて曇り出した」というもの。

この句の面白さは、動の漢字によって、山の雲が動いて曇り出す「春曇る」状態を先導していることだ。そして「山高し」は山のてっぺんに雲がかかると、山高帽を被ったように見えて、高い山をより高く見せていると遊んでいる。「春曇る」としながらも、漱石の気持ちは楽しく明るく晴れ渡っているのである。

ところでこの山はどこの山であるのか。この句が書いてあった句稿を調べると久留米あたりの山だとわかる。掲句は「筑後路や丸い山吹く春の風」の句と「拝殿に花吹き込むや鈴の音」に挟まれていた。よって掲句の山は筑後平野の南端に突き出た高良山で、漱石はこの中腹にある高良大社から筑後平野を眺め、山頂を見上げていたことになる。

[三者談] 春に久留米の土地を歩いていて、下から山頂の方をみている。山を越して桜見物をしたと子規への手紙で書いている。雲がゆっくりと移動している様が描かれている。雲の速さと視線の方向について論じている。（＊誰も漱石の桜見物の一人旅を疑っていない。）

山妻の淡き浮世と思ふらん

（やまつまの　あわきうきよと　おもうらん）

（明治38年1月5日）井上微笑宛の手紙、俳体詩「無題」

漱石の妻は、明治38年の正月を久しぶりにウキウキした気分で過ごしていた。句意は「妻は今年の正月をやっと来た楽しめる浮世だと思って過ごしているらしい」というもの。正月を迎えた妻にはこの世が楽しく感じられるようになった。「山妻」とは、田舎育ちの妻だと自分の妻をへりくだっていう語で、愚妻と同義。久しぶりに妻のことが漱石の俳句に登場した。

掲句に続く下の句は弟子の東洋城が「厨の方で根深切る音」と作っている。この部分の句意は「台所の方でネギを切る包丁の音がしている」というもの。このまな板の発する音がいつもより高らかに軽やかに聞こえたのだ。正月の雑煮を作っているのか。この下の句の面白さは、山妻の山つながり、土つながりになる「根深」を登場させたことだ。

何故鏡子は台所でいつもと違う動きをしているのか。漱石は明治36年に英国から帰国して以来、うつ状態が継続していて家の中は暗くなっていた。この状態も徐々に改善されて来て、明治37年の年末が近づく頃はかなり良くなって来た。加えて12月年末から38年1月初めまで円覚寺の帰源院で参禅していて、精神状態はさらに安定していた。また漱石が初めて書いた小説「猫伝」（のちに「吾輩は猫である」と改題。その1章）が仲間内で好評になり、明治38年1月の「ホトトギス」誌への掲載が決まったことで、妻は漱石の精神状態はさらに良くなると期待した。そして漱石の方は、妻は家計収入も増えるとホクホク顔になっていると観察していた。

この歌の直前に置かれている俳体詩（短歌としては5つ）内の歌は「火燵から覗く小路の静にて　瓶に活けたる梅も春なり」である。正月を火燵でのんびり過ごしている漱石が描かれている。

ちなみに漱石は熊本時代に付き合いのあった井上微笑から地元の俳誌を送ってもらっていたが、その都度原稿を書いて欲しいと頼まれていたのを断っていた。そこで「妙なものを無理やり、訳の分からぬものを作ってみた」として俳体詩を送った。これは共同制作の5個の短歌からなるものであった。漱石は執筆した「猫伝」が仲間に好評で明治38年1月にはホトトギス誌に掲載することが決まって、面白い小説の延長上にある面白い俳体詩なるものに挑戦する気になった。

・山寺に太刀を頂く時雨哉

（やまでらに　たちをいただく　しぐれかな）

（明治28年12月4日）句稿8

前置きに「円福寺新田義宗脇屋義治二公の遺物を観る」とある。漱石は来春には松山を発ち、熊本に移ることになっているので、暇を見つけて有名な古寺を見ておこうと思ったのだろう。そのようなときに俳句仲間から新田源氏の武者二人の墓が松山近郊にあると教えられた。新田義貞が鎌倉幕府滅亡後に南朝方に立って関西で戦ったが敗れ、その後しばらく経ってから義貞の子の義宗ら、新田源氏が再度南朝方に味方して関東で兵を挙げ、足利尊氏の軍と戦った。しかし再度戦いに敗れた。その後義宗ら少数の武士は伊予の有力武士を頼って落ち延び、身を寄せていた。かつて新田義貞とともに南朝方に味方して戦った武士団が伊予にもいたのだ。

さっそく漱石は仲間に案内されて円福寺を訪ねた。円福寺の宝物庫には、従兄弟関係の新田義宗（源義宗）と脇屋義治が所持した武具が収蔵されてあった。太刀と具足、位牌が保管されていたのを見た。対の句として作られた「つめたくも南蛮鉄の具足哉」にあるように、鎧や足当て等の具足は錆びていたが、太刀も同様に錆びていたであろう。

句意は「冬の時雨の降る中、山寺の円福寺を訪ねると、南朝方に味方して戦った新田義宗と脇屋義治の太刀が保管されていた」というもの。寺側は偉人の遺物を大事に保管していたが、太刀は時雨の中で錆びていた。

漱石の家は新田源氏と同じく清和源氏の系譜に連なる武士の子孫であると伝えられていたので、自分のルーツに関係する墓を訪ねたということであった。関東の甲斐源氏の子孫である漱石が新田一族の墓と錆びた武具類を見た時の印象は格別なものであったはずだ。

ちなみに漱石がこの地で詠んだ掲句と「つめたくも南蛮鉄の具足哉」の句を記した句碑が本堂脇に建てられている。

・山寺に湯ざめを悔る今朝の秋

（やまでらに　ゆざめをくいる　けさのあき）

（明治30年8月23日）子規宛の手紙

「帰源院即事」の前置きがある。熊本第五高等学校の夏休み期間を利用して、漱石は結婚後初めて上京した。7月4日に熊本を出て9月7日に漱石だけが東京を発った。この俳句は鎌倉の旅館にいて、たまに東京に出かけていた頃に作った俳句である。漱石は妻のいる別荘ではなく街中の宿に一人でいたので、気ままに鎌倉の山中にある円覚寺の塔頭帰源院に出かけられた。この寺はかつて学生時代に座禅をした寺であった。ちなみに「帰源院即事」の即事とは、その場の事柄、その場の出来事で、今風に言えば「あの帰源院でのハプニング」となる。

句意は「円覚寺にある帰源院の宿坊に宿泊させてもらった。身を清める朝風呂に浸かってから涼んでいたら湯ざめをしてしまった」というもの。くしゃみが出て来たのだろうと解釈される。すでに関東の山中は秋の気候になっていることに気づかなかったと悔やんだ。山の朝の冷気を侮っていたようだと悔いたことになる。

今度の来山は学生時代の悩みのもとでの参禅と違って、懐かしさで気が緩んでいたと反省したに違いない。

この円覚寺ではもう二つの俳句を作っていた。「仏性は白き桔梗にこそあらめ」と「其許は案山子に似たる和尚哉」である。「帰源院即事」の前置きのある前者の句では少し気合いを入れて作っていて、「趙州の無字」の公案を踏まえての俳句だと言われている。

＊『ほとゝぎす』（明治30年10月）に掲載（下五は「今日の秋」）

● 山寺や冬の日残る海の上

（やまでらや　ふゆのひのこる　うみのうえ）

（明治28年12月18日）句稿9

漱石は山裾にある山寺の境内に入って一息ついた。その境内から眼下に広がる海を眺めていた。周囲を見渡すと遠くのまだ明るい方に光っている瀬戸内海が見えた。

この句は、大きなパノラマ写真を見ているような気分にさせてくれる。漱石は視線を山側から海側に大きく振って景色を楽しんでいた。山の松の緑、冬日の赤、海の青と空の光の弱いグレーの色がコントラストを利かせて展開している。

この句の面白さは、冬の山寺周辺はすでに薄暗くなっているが、「冬の日残る」によって、冬の海の上にある太陽は海の中に落ちそうでなかなか落ちないでいる様に感じられることだ。寒さに震えている漱石にとっては有難い時間のように感じられたのかもしれない。暗くなればすぐに山を降りようと考えていたが、この様子ではもう少し長く海を見ていられると思った。

来春にはこの伊予の國を去って熊本市に移動することになっていたので、松山の遠景を少しでも長く見ていたいと思った。センチメンタルな気分に浸っていた。

掲句を作った山は松山市の近くの伊予市の山と思われる。伊予市の山中に建てられている句碑に「蒲殿の愈（いよいよ）悲し枯尾花」と「凩や冠者の墓撲つ落松葉」の漱石句が書き込まれていて、句稿の中での掲句はそれらの後に置かれているからである。漱石は関東から流れて来た鎌倉武士の墓を詣でて、鎌倉時代の遠い昔に思いを馳せていた。漱石はその気持ちを持って遠くの瀬戸内の海を眺めていた。自分もまた関東からここまで流れて来て、来年にはあの海を渡ってさらに西の熊本に転勤することになる運命を考えていた。

● 大和路や紀の路へつゞく菫草

（やまとじや　きのじへつづく　すみれぐさ）

（明治29年3月5日）句稿12

大和路は、現在の奈良県域を指す大和の国へ通じる道であり、特に京都から伏見・木津を経て大和に至る道を指す。そして紀の路は大和から紀伊国へと続く道で、この道は熊野へとつながっていた。昔は京都から陸路で熊野を目指す人は、この陸の経路を歩くか、淀川経由の海路を目指すかした。

長い道のりを歩く人は、周りの景色を眺めながら、道の草を見ながら歩いたものだ。道の脇を見ながら歩くと野草のスミレが結構繋がって生えているのに気づく。この咲き方を見て漱石は嬉しくなった。旅の友のように感じたからだ。

この句の面白さは、長旅をしているのは、漱石ではなく菫草のように思われるようにしていることだ。時間のスパンを長く取れば草も長い時間をかけて街道沿いに広がって歩いていると見ることができる。旅人の足がスミレの種を運んでいたのかもしれない。

もしかしてこの俳句は、漱石の想像の句なのかもしれない。そろそろ松山から熊本へ居を移す準備に入っているので、すでに気分は旅モードなのであろう。漱石は自分を海路を行く菫草になぞらえて、空想の世界を楽しんでいる。

• 山鳴るや瀑とうとうと秋の風

（やまなるや　ばくとうとうと　あきのかぜ）

（明治28年11月3日）句稿4

山の中で水の爆音が連続している。山が地響きを立てている。

瀑という漢字を用いるとこの俳句の面白さが増すように感じられる。とめどなく大きく立ち上がる水しぶきが周囲の森を覆ってぼんやりとしか滝を認識させないさまを頭に浮かべる。漱石は森に切れ間ができた場所に瀑があるとわかって、明るい場所に急いだ。やっとたどり着いた空が見えている場所に滝があった。瀑があった。すでにここだけ秋の風が吹いていることに気がついた。瀑が空気を対流させて動かしている。漢詩愛好家の漱石は四国山地の白猪の滝を見て、この俳句を作り中国的な「瀑とうとうと」の中七の文句を使えたことに満足したに違いない。

だが少々大げさな気がしないでもない。この瀑をネット映像で見たが、「山鳴るや瀑とうとうと」との印象はなかった。漱石としては豪雨の中をやっとの思いで足を滑らせながらたどり着いた滝に対して、賛美したくなったのだ。

• 山の雨案内の恨む紅葉かな

（やまのあめ　あないのうらむ　もみじかな）

（明治28年11月3日）句稿4

山の中は降り出した雨の影響で薄暗くなっている。漱石は松山を朝早く出て、四国山地の麓の村で一泊した。この宿は子規の遠縁の近藤氏宅であった。漱石が山中の名瀑、白猪の滝を見るように勧めていて、近藤氏宅を紹介してくれていた。翌朝目的地の白猪の滝を目指して、蓑笠を身につけ近藤氏宅を朝早く出た。名瀑まで案内してくれる地元の人は、漱石と一緒に山を歩きながら、雨で残念だ、残念だと恨み言をつぶやいている。足元が滑って歩きにくいし、色が綺麗な紅葉も黒ずんで冴えない、と言いながら歩いている。

漱石は初めて入る愛媛の紅葉の山が珍しく、雨に烟る山も雨に濡れた紅葉もそれなりにいいものだと思いながら歩くのであるが、山をよく知る案内人はやはり雨降りが不満なのだ。この落差が漱石にとっては面白く感じた。

この句は、案内人が山で降り続く雨といつもほど綺麗でない紅葉を残念に思っていることを表している。しかし「紅葉かな」には漱石の紅葉を楽しむ気持ちが現れていると解釈できる。雨にぬれても紅葉は綺麗だと漱石は喜んでいる気がする。二人の別々の気持ちが込められている俳句になっている。

ちなみに白猪の滝は松山の東南の方向にあって、東温市に属している。そして名峰石鎚山の西側に位置するところにある。地元の案内人は、松山から来た漱石にこの山中の滝だけでなく、道々の紅葉も自慢したかったのだ。地元の人は白猪の滝の祭りをするというが、この祭りでは周辺の紅葉も同時に愛でるのだろう。それほどに地元では自慢の紅葉なのだ。

• 山の上に敵の赤旗霞みけり

（やまのうえに　てきのあかはた　かすみけり）

（明治30年2月）句稿23

句意は「戦いに出た武将は箙（えびら）に梅の大枝を挿して山の上で騎乗していた。その梅の枝は霞んで赤旗のように見えていた」というもの。

「敵の赤旗」の意味がわからず、白旗を上げるところであった。フラフラとネット散策をしていたらなんと紅梅にたどり着いた。たしかに紅梅は霞の中にあると赤旗に見えないこともない。能の演目にある「箙（えびら）」の話であった。漱石は謡を熱心にやっていた時期にこの話を元にした俳句を作りたくなったのだろう。この場面は絵画的に見えるからである。
源平の戦いで梶原源太景李が梅花の枝を箙に挿して奮戦したエピソードを元にした演目なのだ。箙とは、矢を入れて携帯する筒状の道具で腰につけるもの。

西国の僧が都に行く途中、摂津の国、生田川のあたりにさしかかる。そこで満開の梅をながめていると、一人の男が通りかかったので見ていた梅の名前を聞いてみた。すると「箙の梅」だという。旅僧はこの珍しい梅の名の由来を尋ねた。するとこのあたりの生田川周辺で源平の合戦があり、源氏側の梶原源太景李が梅花の枝を箙に挿して奮戦したのがその由来だと男は答えた。そして源平の合戦の様子を語り始めた。やがて夕刻になり、僧が一夜の宿を請うと、男は景李の亡霊であると正体を明かし、梅の下で宿をとるようにと言い、消える。
夜半になると、箙に梅を挿した若武者が現れる。僧が誰かと問うと景李の霊だという。そして箙に梅の枝を挿し、先駆けの功名を得ようと敵に向かう戦いの様子を夢に見せる。つぎに一の谷の合戦のシーンになって夢の中で僧に供養を頼んで消えて行く。

血みどろの陰惨な戦闘の場であるからこそ、紅梅が際立って美しく輝くのだ。昔の武将の位にある者たちは、深い教養と独特の美学を持っていたことが背景にある。

源頼朝は、関東での石橋山の合戦の時に敗走したが、捜索隊の中にいた平氏の武将であった梶原景時に助けられた。頼朝が隠れていた山を知っていたが捜索させなかった。以後頼朝は景時を重臣として用い、その嫡男の梶原源太景季も重用した。しかし、頼朝の死後、梶原景李は御家人の反発を招き没落した。景李が没落したのは父が頼朝を助けたことが次世代の源氏の部将に伝わらず、いや伝わっても平家を裏切った裏切り者という見方が広まったためなのか。この悲しみを漱石は句に描いた。

● 山の温泉や欄に向へる鹿の面

(やまのゆや　らんにむかえる　しかのつら)

(明治40年4月) 手帳

漱石は4月のまだ寒い頃に京都の東山の旅館に泊まった。宿の帳場でこの辺りにはよく鹿が出没すると聞かされた。漱石は京都で鹿の行動を観察して鹿の句を面白がって作った。
句意は「居間に入ると欄間が四方を囲んでいた。立派な造りものの彫刻物をよく見るとそこには鹿の姿があり、鹿の顔が準立体的に描かれていた。部屋の中に鹿がいるような錯覚を覚えた」というもの。
明治40年の3月に東京朝日新聞社の社員に採用された漱石は、社命で月末から大阪朝日新聞社に挨拶するために出張した。漱石は就職するにあたって新聞社ときちんと待遇を含めた契約を交わしていた。給料は当時の社長よりも高かったと言われている。そして新聞連載の小説の著作権は漱石が有し、外部で自由に出版できるというものになっていた。つまり漱石は新聞社ではＶＩＰであった。そうであるから一社員であっても兄弟会社の大阪朝日新聞社に出向いて挨拶することになった。
大阪での仕事を終えた漱石は3月31日から4月11日まで京都に滞在した。初日は大学の同僚の狩野亮吉宅にやっかいになり、翌日から東山に宿をとった。この間叡山にも登り、京都の街を歩いた。

漱石は東山の旅館の中で作り物の鹿と出会い、部屋の外でも本物の鹿に遭遇した。「厠より鹿と覚しや鼻の息」の句を作っていた。部屋で出会っていた鹿が厠の外にいると思うと可笑しく感じたはずだ。庭に入り込んで来た鹿の鼻息が厠の中にも聞こえたとなると漱石は落ち着けなかったと思われる。外の鹿も厠に誰かいると漱石の鼻の息でわかって、緊張して庭を歩いていた。

＊「鹿十五句」として『東京朝日新聞』(明治40年9月19日) の「朝日俳壇」に掲載

● 山は残山水は剰水にして残る秋

(やまはざんさん　みずはじょうすいにして　のこるあき)

(明治29年10月) 句稿18

中国唐代の杜甫の言葉として、残山剰水の熟語は明治時代になっても広く知られていた。この言葉の意味は「戦争によって荒れ果てた山や川」のこと、または「山や川の風景を画面いっぱいに描かずに、余白の部分を設けて雄大な自然を表現する技法」を指す。掲句では後者の意味で使われている。「残」と「剰」はどちらも残っているという意味。この技法は西洋画では19世紀になってセザンヌが始めたとされている。セザンヌは浮世絵から大きく影響を受けたと言われている画家で、描き方だけでなく浮世絵の余白を設けるやり方も参考にしたと思われる。しかしセザンヌのこの残山剰水画法はフランス画壇では不評であった。

句意は「秋が深くなると自然の色は変化し、山も川も絵画で抑えぎみに描くように白い部分は増え、かすれぎみに弱々しくなるというもの」。

漱石は残山剰水の熟語を用いて、これを解説するように装って言葉遊びをしている。句意は「残山剰水の熟語は山や川をきっちり画面いっぱいに描かないこと意味するが、山の端部は雪を被ってくっきりとは見えず、川の水は川底の一部が露出して渇水ぎみになっていると、晩秋の光景になる」というもの。秋が残るとは秋が印象深く見えるという意になる。

この俳句のポイントは「残る」である。控えめに描くと豊かな表現になるというのだ。漱石は日本の洋画を含めて日本画壇の現状に不満を持っているようだ。独自性のない絵画は、つい力が入りすぎると言いたいようだ。

少し脱線するが、大谷翔平選手が、特大アーチのホームランを量産できているのは、ボールにバットが当たる瞬間に口に空気を入れて脱力しているからであると分析している。これを名付けると「残山剰水打法」になる。

● 山吹に里の子見えぬ田螺かな

（やまぶきに　さとのこみえぬ　たにしかな）

（明治29年1月29日）句稿11

田んぼに農薬をそれほど散布しなかった昭和20年代までは、田んぼに田螺がうじゃうじゃ棲息していた。弟子の枕流の田舎である栃木県ではこの巻貝の殻を除いて肉だけ取り出し、佃煮風に味付けして食べていたものである。田螺はいわば田舎のサザエである。今思い返せば田螺は海産のトコブシの味がした。

ところで令和の時代でも田螺の繁殖している場所がある。枕流が住んでいる埼玉県で田螺が話題になっていた。県北部にある越生町には「山吹の里」があり、山吹が水辺に繁茂している。ここの水辺には今でも田螺が結構生息しているという。農薬のあまり溶け込んでいない綺麗な水辺には田螺が繁殖するのは当たり前である。朱鷺の繁殖する佐渡も同じ状況なのだろう。

句意は「原っぱで遊んでいるはずの里の子達が見えないのは、どうも堀の山吹の影で田螺取りをしているからだ」というもの。松山の田んぼの堀には田螺がたくさんいるのを漱石は知っていた。しばらくして山吹の茂みから田螺を採りあきた子供の姿が現れた。

この句の面白さは、この句に言葉遊びが隠されていることだ。「里の子の見えぬ」ようになったのは、山から吹き出した冷たい風が、里の子を吹き飛ばし、田螺にしてしまったとも解せることだ。もう一つの面白さは、俳句の中に、画数の少ない漢字である山、里、子、そして田を配置して、素朴な山里を演出していることだ。松山近郊は自然豊かな土地であることを漱石は描写している。

● 山吹の淋しくも家の一つかな

（やまぶきの　さみしくもいえの　ひとつかな）

（明治29年4月・推定）

漱石は松山の中学校から熊本第五高等学校への転勤が決まり、明治29年4月13日に熊本市に到着した。掲句は熊本の阿蘇の山裾を歩いている時の句であろう。一軒の農家の周囲に山吹色の大きな塊が見えた。山吹の花は桜の後を受けて4月から5月にかけて咲く。

句意は「山裾には家がぽつんと建っていて、その家を囲むように山吹の花が咲いているが、実が生らず淋しそうである」というもの。広々とした裾野に一軒の家があるのは淋しそうな景色であるが、山吹が鮮やかな黄色で咲いていればその淋しさを振り払えるように思われる。しかし、漱石にはそのこんもりと咲いている山吹も実がならないから淋しそうに見えるという。漱石は言葉遊びをしたくなるほど、花があっても山の一軒家は淋しく見えるというのだ。

この不思議な思いを解く鍵は、平安時代に作られた後拾遺和歌集にある兼明親王の和歌にある。「七重八重花は咲けども山吹の実の一つだに無きぞ悲しき」として広く知られた古歌が関係している。この歌は、華やかな八重に咲く山吹でも、実は結ばないから悲しいことであることよ、の意味になる。つまり華やかに咲く山吹を見るとこの古歌が頭をよぎり、淋しい気持ちになると戯れるのだ。

ちなみに落語の演目の「道灌」にまでなったこの話は、江戸中期の儒学者・湯浅常山が書いた「常山紀談」にも載っていたものである。庶民はこの「常山紀談」の下敷きになっていた古歌をよく知っていたという。この紀談の中では、雨が降り出した野で太田道灌が農家から『蓑』を借りたいと頼むと、農婦は無言で山吹の枝を差し出した。これが返答だとして。『実の（無き）』を掛けている。落語になるとこの話はさらに大きく展開する。この古歌を下敷きにして、落語好きな漱石が山吹の枝が絡む俳句を制作した。

ちなみに漱石俳句集における掲句のひとつ前に置かれている俳句は「駄馬つゞく阿蘇街道の若葉かな」であり、掲句は松山での俳句ではなく、熊本に転居してからのものということになる。山里に山吹が咲くのは桜が咲き終わった後という事実にも合致する。

＊雑誌『日本人』（明治29年5月5日）に掲載

山吹を手向の花と思ひしに

（やまぶきを　たむけのはなと　おもいしに）

（明治37年11月頃）俳体詩「尼」13節

句意は「恋人だった人が亡くなって山吹の花を手向けようと寺に持参した」というもの。恋していた女性が亡くなって、墓に花を供えようとしたのだ。この女性は山吹の花が好きだったからだ。かつて恋した人は死んだものとして諦めていた。

掲句は「今誰が為に酌む閼伽(あか)の水」と続いている。この意味は「水桶に閼伽(あか)の水を汲んで運ぶのは誰のためなのか」というもの。かつて恋人だった人しかいない。

掲句の前に置かれている俳体詩は「去(い)にしてふ人去なであらば恋すてふ　女なりせばなど恋ひめやも」である。この部分の解釈は「去っている人が実は去っていないならば、これは恋をしているということだ。女というものは、どうして恋するのだろうか。いや女の本能というものなのだ」というもの。漱石は相手の楠緒子の強い思いに引きずられて、英国から帰国した後も、二人の関係は続くことになったことを表している。

その頃、漱石は目の前に人力車に乗って出現した大塚楠緒子に衝撃を受けた。この時漱石は、これは偶然の再会ではなく、楠緒子の強い意志による運命的な再会なのだと理解した。

山伏の関所へかゝる桜哉

（やまぶしの　せきしょへかかる　さくらかな）

（明治41年）手帳

明治29年に漱石は掲句に類似した「山伏の並ぶ関所や梅の花」の俳句を作っていた。これらの句は謡の「安宅」をベースにしている。両者の大きな違いは古い句の「梅の花」が「桜」に替えられていることである。つまり謡の「安宅」で設定されている季節は白雪がまだ残る初春の梅の咲く頃であるが、掲句では桜が散る場面に変えて、華やかな場面にして盛り上がるように演出している。掲句は古い自作句のパロディ句である。

掲句の句意は、「弁慶と源義経の一行が奥州に落ち延びる旅で、加賀国にある安宅(あたか)の関に通りかかった際に、一行はその関所をなかなか抜けられない。その関所の周囲にある山桜の花びらが弁慶たちを支援するように吹きかかっている」というもの。その関守の富樫と弁慶・源義経の一行の対立する場に桜の花びらが降りかかる。つまり、桜の花びらがこの緊張の場面を強調する役割を果たしてる。

この句の面白さは、「関所へかゝる」の「かかる」が「通りかかる」「引っかかる」と「降りかかる」「吹きかかる」とに掛けられていることである。

山伏の並ぶ関所や梅の花

（やまぶしの　ならぶせきしょや　うめのはな）

（明治29年3月5日）句稿12

漱石も平家物語に登場し、歌舞伎の人気演目にもなっている「安宅の関」に関心があったようである。この俳句は、山伏姿に身を変えた源義経一行が、北陸を抜けて奥州へ落ち延びる際に、加賀国の安宅の関に差し掛かった時、弁慶を先頭に通り抜けようとする有名な場面を描いている。関守の富樫の元には既に義経一行が山伏姿になって旅に出ているという知らせが届いていた。そこで富樫は山伏の一団に通行罷りならぬと厳命し、弁慶と源義経たちは足止めされる。

山伏姿の義経一行が関所の尋問所の前に打ち並んでいる。尋問する側と尋問される側に緊張が走る。その脇に梅の花が静かに咲いている。冷たい空気の中で咲いている梅の花はこの緊張を象徴している。

弁慶は東大寺再建の寄付を募る山伏の一行だと偽ったが、不審に思った富樫が、「東大寺の勧進聖なら、勧進帳をもっているはず」と迫ると、弁慶は間に合わせの巻物を、あたかも本物の勧進帳のように朗々と読み上げた。その気迫に、富樫は通行を許そうとするが、変装した義経に気づく。すると弁慶は、とっさの機転で、「お前のために疑われた」と義経を責めて金剛杖で打ち据える。その迫力に押されて富樫は、通行を許してしまう。誰でもがここで安堵して拍手をする場面だ。

山の関所で関守の富樫の前に伏して控えている山伏の姿は、本来は山の霊に伏すということであるが、今は鎌倉政権の権力の前に伏している。漱石はこの辺りに着目して、掲句を作ったものと思われる。

漱石がこの句を作った時期は中根鏡との結婚を決め、熊本に赴任する準備をしていた頃だ。自分の中では一つの山を、関所を越えた気分であった。これが掲句を作らせた。

・山紅葉雨の中行く瀑見かな

（やまもみじ　あめのなかゆく　たきみかな）

（明治28年11月3日）句稿4

同じ日の山中で詠んだ句に「山の雨案内の恨む紅葉かな」がある。ここに描かれているように案内人が残念がっている雨の中で紅葉がくすんで見えている。その雨の中を濡れながら漱石たちは細い林道を進んで行く。道案内人は「よく降るねー」などと不満を言いながら漱石を先導する。秋の紅葉を鑑賞する余裕もなくひたすら足元を気にしながら歩く。この気分を漱石は淡々とした高揚のない俳句に描いている。紅葉狩りの山歩きではなく滝見であるから、雨の中の滝でもいいと漱石は考えているようだ。

ちなみに山紅葉はカエデ属の落葉高木で、カエデの仲間であるがモミジの一種。赤く色づくので一応、紅葉（もみじ）とされる。葉は手のひら状に7〜9つに比較的深く裂けている。対するカエデの葉っぱの切れ目は比較的浅い。英語ではカエデがmaple、もみじがJapanese mapleと訳されている。しかし掲句の山紅葉は、山が紅葉した葉で覆われているという意である。

句意は「紅葉の山を見ながら降る雨に濡れている山道を足元に気をつけながら、滝見に山深く分け入った」というもの。そして漱石が山腹まで登った山は石鎚山系の山々で、四国で最も高い山地である。眺望のいい山地の中腹にある滝は白猪の滝で紅葉の名所なのである。

この句の面白さは、ヘトヘトになりながら滝を見るために山道を登っているが、平気な風を装って花見ならぬ滝見としゃれていることである。しかも、山紅葉色に染まった雨を山紅葉雨と造語しているようにも読めることも面白い。子規はこの句に対して「滝見などは俗な言葉也」だ、陳腐だと酷評して切り捨てている。

ちなみに漱石の弟子の枕流も、学生時代にこの石鎚山に登ったことがあった。森林限界を超えたところにあった頂上は石ころだらけであった。四国、死の国の霊界という場所であった。この下方に漱石が俳句に詠んだ美の世界があったのを知らなかった。

・病むからに行燈の華の夜を長み

（やむからに　あんどんのはなの　よをおさみ）

（明治31年10月16日）句稿31

や

妻は寝室で寝静まっているが、悪阻で体調を崩し、まだ心を病んでいるのを漱石は枕元で心配そうに見守っている。その妻はこの年の5月に入水自殺を図り、その後も自殺を試みていて、それから数ヶ月が経過しても妻の精神状態はまだ不安定になっていた。そんな中での妻の妊娠であった。漱石はひどい悪阻で苦しんでいる妻を気遣って、寝室の中にいる妻を座ってじっと見守っている。

「病むからに」の「からに」の助詞の使われ方は、掲句の場合には原因を示すもので、「何々のために」となる。妻が病気になったために、寝ないで看病しているとなる。

句意は「悪阻がひどくなって床に臥せっている妻を漱石は行灯の明かりのもとで見守っている。妻の顔を浮かび上がらせている行灯は、花のように放射状に光を伸ばしている。その明かりを見ていると、寝られない夜が長くなる」というもの。その行灯の光は部屋の壁に向かって咲く光の花のように見えている。漱石は妻の寝姿を見ているが、やりきれなくてときどき目を逸らして花のような行灯を見るのだ。

漱石の家にあった行灯の4面の白紙には墨で和歌や俳句を書き込んでいたと思われ、この墨色が畳や壁に光の濃淡の模様を形成していた。漱石は真っ白な行灯に墨で文字を書き入れたりして遊ぶ癖があった。漱石はこれを「明かりの華」と表した。これは現代では「チームラボ」が手がけた「マッピング」の魁と言えるのかもしれない。

この句の面白さは、妻が体調を崩して寝ているのを、漱石は辛く思いながら見ているのであるが、行灯が光の花のように美しく見えていることだ。漱石の辛い思いとは反対に、行燈の光が美しい花として見えているという事実を受け入れていることだ。悩み苦しむ妻を前にして、行灯の美しさを感じている自分に慌てているようだ。

10月12日に教頭に数日間欠勤する旨の葉書を出した。掲句はこの葉書を出した後の看病の様を描いている。

ちなみに掲句が書かれていた句稿には同じように悪阻の妻を心配する「うそ寒み油ぎつたる枕紙」の句と「病妻の閨に灯ともし暮るゝ秋」の句が置かれている。

• 病む頃を雁来紅に雨多し

（やむころを　がんらいこうに　あめおおし）

（明治31年9月28日）句稿30

「病む頃」の病人は、漱石の妻、鏡子である。

この句において病んでいる妻の悪阻の症状は、雨が降る日が多くなっている秋の深まりとともにひどくなってゆくように思えた。雁来紅は葉鶏頭のことであるが、漱石は庭にあるこの花と同様に顔を赤くしている妻を見ていた。

句意は「妻の悪阻がひどくなってきた秋に、赤くなった葉鶏頭に雨が激しく降りかかっている」というもの。葉鶏頭の色は秋が深まって寒くなるにつれて赤みを増す。悪阻がでつらいからである。床についている妻を見守っているが、時々庭の方を見やっている。

この妻は翌明治32年5月に第一子の筆子を産んだ。

漱石が真剣に、かつ過剰に鏡子の看病をしていたのには訳があった。明治31年5月に鏡子は自宅近くの白川に入水し、自殺を図った。その時運良くアユ漁をしていた漁師がいて、助けられた。漱石はすぐさま川から遠い家を探し転居した。この家の敷地は広く、のどかな地域にあって、妻はその家を気に入ってヒステリーは収まった。恋人であった楠緒子との接触をやめることにしたことも妻の回復と妊娠に関係していた。

• 病む人に鳥鳴き立る小春哉

（やむひとに　とりなきたてる　こはるかな）

（明治28年11月13日）句稿6

小春日和の日に床の上で療養している漱石に窓の外で鳴きたてている鳥の声が届いた。松山の借家の愚陀仏庵で漱石は病に臥せっていた。部屋の外は鳥が騒いでにぎやかであるが、部屋の中はしんとしていた。

今まで病気で寝込むことのなかった漱石は、風邪を引いて寝込んだ当初は心細かったが、次第に落ち着いて外の陽の光が柔らかく感じられ、春の日のようにも感じられた。大分体調が回復してきたのがわかる。鳥たちが漱石にいつまで寝ているのだと、自分に向かって喋っているかのように思えたのかもしれない。鳥たちが外に出るように鳴きたてていた。

では頑強な漱石が鳥に心配されるようになったのはどうしてなのか。11月2日に松山市内から南側の隣町に行って子規の親類の家に泊まり、3日の早朝に雨を冒して子規が地元の名物だと勧めていた白猪の滝と唐岬の滝を観に、四国山地の山道に入り込んだ。そしてその日の深夜に松山に戻った。その山歩きの強行軍の疲れがどっと出て病気になった。

これまで漱石は健康であり続け、独身最後の時を松山で気ままに過ごしていた。翌年の4月には熊本に転居することが決まっていた漱石は、松山の見納めだとして子規の親戚に厄介になることにして山歩きに出掛けたのだ。だが雨の中のこの山歩きで急激に体調を崩した。

ちなみに「我病めり山茶花活けよ枕元」「二十九年骨に徹する秋や此風」「旅に病んで菊恵まるゝ夕哉」の句が、掲句のすぐ近くに置かれていた。

• 病む人の巨燵離れて雪見かな

（やむひとの　こたつはなれて　ゆきみかな）

（明治25年12月15日付）子規宛の書簡

この句には「巨燵から追ひ出されたるは御免蒙りたし」の前置きがついている。この句を素直に解釈すると、「暖かい炬燵から追い出されるのはごめんだ。何なら自分から炬燵を出て雪見する方が、気分はすっきりする。自分から炬燵を出ることにする」となる。炬燵とは飯の種である学校の教職のこと。この仕事をやめても何とかなると子規に手紙を書いた。

漱石全集の脚注によると、子規は東京専門学校（現早稲田大学）での漱石の英語授業の評判が悪く、生徒たちに追い出されそうだとの噂を聞いて、漱石を心配する手紙を出した。漱石はこれに応える手紙を書き、封筒の裏に掲句をつけた。

噂通りに学校を追い出されるくらいなら、こっちからやめると手紙に書いた。学校の備品に漱石の悪口を書いたり、授業中に勝手に退席したりするなど教師に嫌がらせをする生徒に負けていられないと手紙に書いた。

自分を学校に苦情を言う生徒たちに負けている病人だと描くはずがない。漱石は強気で生徒と学校に立ち向かったことで、大波を乗り越えられた。明治28年に松山に移るまでの2年半、炬燵から出なかった。

この句の面白さは、漱石は炬燵と書くところを大きな炬燵として巨燵にしていることだ。漱石が気に入っていた三遊亭円朝の文章に巨燵が出てくる。また半藤本によると、信州の寒さを知っている小林一茶が巨燵と書いていたそうだ。ユーモアを大事にする漱石の作風の一部は一茶からもきているのかもしれない。

• 病む日又簾の隙より秋の蝶

（やむひまた　れんのすきより　あきのちょう）

（明治43年9月18日）日記

ほぼ一ヶ月近く修善寺の宿から出られないでいる。体調のいい日は庭に出て、風と押しくらまんじゅうをして戻ってくる。東京をはじめとして全国から漱石の回復を願って大勢の人が見舞いにやってくる。かつて正岡子規の子規庵がそうだったように、今は温泉旅館の菊屋がそのような場所になった。

手土産を持って来てくれても口に入れられない。胃潰瘍であるからだ。また医者が目を光らせている。そんな時、秋の空気と共に蝶が前触れもなしに部屋に入ってきた。こういう客は大歓迎である。

句意は「病室になっている部屋で布団に寝ていると、また秋の風に乗って窓のすだれ（簾）の隙間から蝶が入り込んできた」というもの。明治時代でもあり、簾は天然素材の日よけのマット。隣の部屋に詰めている看護師が窓の簾を調整してくれるが、時にその隙間から蝶が入ってくる。その蝶は漱石の顔を見て反対側の廊下側の窓から出てゆく。その蝶を見ている漱石は軽やかに舞うその姿を羨ましげに見ていたのであろう。

この句の面白さは、日記の記述のように淡々と日常の小さな変化を記録していることだ。病人は部屋の中の些細なことにも興味を持つものだ。それが日課なのだから。だが蝶の他に八エも入り込むのであろうが俳句には登場させていない。

● 病める人枕に倚れば瓶の梅

（やめるひと　まくらによれば　びんのうめ）

（大正5年春）手帳

最後の小説を書き始めた。体調と相談しながら休み休み書き続けていた。5月26日から12月14日にかけて新聞に「明暗」を連載したが、書きためた原稿も尽き、未完に終わった。

句意は「胃潰瘍が悪化してとうとう執筆を止めて床に伏せる時間が長くなってきた。そばの文机の上に置かれている花瓶の梅を眺めている」というもの。次第に腕も痺れてきて、なかなか執筆に集中できない。体もだるくなってきた。漱石は机のそばに布団を敷いてもらって執筆を断続的に行なっている。疲れたら横になるということを繰り返している。

漱石は自分を「病める人」と表して、無理がきかない体になっている自分を叱咤している。小説を書き始めたら完結するまで書くという執念が漂っている。

「病める」には「書くのを止める、中断する」という意味も込められている。漱石は気力だけではもうどうにもならないところに来てしまっていることを悟っている。そして「枕に倚れば」は、もう動けないというように脱力して頭を預ける様である。

漱石の脳裏には、病床で腹ばいになり死の直前まで新聞記事を書き、水彩画を描き続けた子規の姿が浮かんだ。自分も子規と同じ創作姿勢を維持したことをあの世の子規に報告したと思われる。

漱石は12月9日午後6時45分に胃潰瘍で死去した。口の水筆は画家の津田青楓が行なった。臨終の枕元には狩野亮吉、大塚保治、中村是公、菅虎雄、朝日新聞社の関係者、そして門下生たちが蹲踞(そんきょ)して控えていた。

● 孀の家ひとり宿かる夜寒かな

（やもめのいえ　ひとりやどかる　やさむかな）

（明治28年11月3日）句稿4

晩秋に松山の奥の山村に白猪の滝を見に出かけた際に、子規に紹介された民家に宿泊した。その地方では旧家で、余裕があるはずなのに何故か寒い書院に寝かされた。その事情はよくわからないが、客人が泊まる客間でない部屋に寝かされたことを俳句に記録した。掲句の次に書かれた「客人を書院に寐かす夜寒哉」の句は、幾分不審に思いながら眠りについたことを意味している。

ある資料によると泊まった家は、子規の遠縁の家で昔風の部屋数の多い旧家で、男の番頭はいたが家族は年寄りを含む女二人の家であった。やもめの老女が主人であった。漱石が寝た書院とは床の間部屋に続く畳部屋で縁側との間の部屋。つまり予備の部屋なのだ。部屋数は足りて客間もあったであろうが、なぜか何もない部屋に寝かされた。想像では子規が小さいころよく遊びに来ていたことを思い出して、当時の子規の扱いと同じにしたのかもしれない。

前の戸主は死亡していて年老いた寡婦が家を守っていた。夜になると寡婦たちは広い屋敷の端にある居間に寝たことから、話し声は離れている漱石の部屋には届かない。人の声があまりしない家にひとりで泊まったこと自体が、夜寒の感覚を強くした。

それにしても漱石が用いる「やもめ」の漢字は女偏に霜と書くから体が冷えてしまった女であり、男との交渉が長い間途絶えていることを示しているようだ。このような女性が住んでいる大きな家は冷え冷えとしてしまうと漱石は納得して眠ったに違いない。

子規は掲句をみて「人聞きのワルイ句也」と返事に書き込んだ。「寡婦の家」ぐらいにしてくれと言いたかったに違いない。

ちなみにこの句稿の冒頭に次の文が付けられている。「明治二十八年十一月二日河の内に至り近藤氏に宿す。翌三日雨を冒して白猪唐岬に瀑を観る。駄句数十。三日夜記す　　愚陀仏」

稍遅し山を背にして初日影

（ややおそし　やまをせにして　はつひかげ）

（明治31年1月6日）句稿28

大晦日、漱石は友人と熊本市から北西の方向に歩き出し、金峰山の下の峠を越えて隣町の小天温泉の宿に夕刻到着した。この宿は山蔭にあった。漱石は元日には未明の温泉に入って掛け流しの湯で体を清め、部屋で目出度い初日の出を待っていた。

句意は「やや遅く出てきた初日の出が向かいの山に作った初日陰を拝んだ。有難いものとして手を合わせた」というもの。泊まった温泉地の別荘は太陽の出る方向の山に背を向けて建っていたからだ。宿の向かいの山肌に背中の山の影が映っていた。早めに湯に入って初日の出を迎える準備を終えていたが、初日の出を見られなかった。遅れて裏山の上に出た初日は「駆け上る松の小山や初日の出」の俳句も漱石に作らせてくれた。日陰が次々に明るく照らされて行くのを楽しんでいた。

この句の面白さは、後述するように年末年始における漱石の現実逃避の気持ちが「初日影」の句を作らせたことだ。偶然であるが文字通りの後ろ向きの気持ちを表す俳句になっていると苦笑いしている姿が見える。

この宿は有明の海が近い河口近くにあったが、太陽が昇る東側には高い山がそびえているので、初日の出は遅めになった。しかも初めて目にしたのは、宿の向かいの山を照らす陽の光であった。

ちなみに掲句につながる句として「元日の山を後ろに清き温泉(おゆ)」がある。漱石は元旦に朝風呂に入ったここでの経験をアレンジして小説「草枕」の中で描いた。

漱石は妻を熊本市内の家においたまま、高校の同僚の山川信次郎と小天温泉へ出掛けて行った。妻は前年の6月に流産し、漱石との会話もうまくいかず神経症になり、ヒステリーを悪化させていた。漱石にはこの正月だけはこの妻の陰気な顔から離れたい気持ちがあった。その漱石は明治30年4月に一人で久留米へ一泊旅行に出かけていて、妻は漱石のこの行動を疑っていた。一人暮らしをしていた大塚楠緒子と漱石の関係が復活したと妻は疑っていた。漱石はこの視線に耐えられなかったと思われる。その後妻はこの年の5月に近くの白川に入水して自殺を図った。流された妻は幸運にもその場にいた漁師に助けられた。

稍寒の鏡もなくに櫛る

（ややさむの　かがみもなくに　くしけずる）

（明治43年9月15日）日記

稍寒は秋になって初めて感じる寒さのことで、うそさむいという思いだ。大吐血をした漱石は修善寺温泉の旅館で療養していた。東京のかかりつけの胃腸病院に帰れないでいた。漱石は部屋の病床を出て廊下を歩いているうちに秋の寒さを感じ始めた。もう秋なのだと体を震わせながら実感した。

句意は「うそ寒さを感じつつ鏡を見ないで、乱れた髪に櫛を入れた」というもの。3日前に髭は剃っていたので、この日は髪をとかすだけにした。

この日の日記に「昨日浣腸脱便好成績」と書いていた。浣腸をしたことで排便がうまくいって快感を味わった。昨日のことを思い出してにこりとした。朝飯にスープ100グラムと炭酸ビスケット半分を食べたとあり、固形物が少なく排便が難しい状況にあったからだ。漱石は気持ちが上向いたことで、髪をとかす気になった。

この句の面白さは、非常にシンプルな内容を10文字の俳句にしたことだ。すっきりした満足の気分が表れている。上体を起こしてもらい、鏡を見ないでの整髪であったが、頭皮に刺激があって心地よかったのだ。ついでに自慢の髭にも櫛を入れたのは間違いない。この句の前に置いていた文も「今朝櫛をけづる」と短い。

やよ海鼠よも一つにては候まじ

（やよなまこ　よもひとつにては　そうらまじ）

（明治28年10月末）句稿3

この句は「海鼠哉よも一つにては候まじ」の原句である。海鼠の外観は暗褐色で柔軟な体壁に覆われ、骨格は細かな骨片として体壁に散らばっている、ふにゃふにゃの動物である。一体ではあるが連結しているように思える。そしてどちらが頭であるのか尻であるのか分からない不思議な生物だと漱石は思っている。この海鼠を取り上げている掲句には、面白さが沢山詰まっているように感じる。

句意は「やい海鼠、よもやお前は一つの身体ではないだろう」というもの。海鼠は複雑に柔らかく動くことから、幾つかの体が結合された生き物だと漱石に疑われているのだ。海鼠の柔軟性が掲句の平仮名を多くした文字配置からも感じられるように工夫されている。

面白さの一つは、掲句には海鼠に語りかけている感があることで、親密さが伝わることだ。修正された「海鼠哉」の句よりは俳句としては面白い。次の面白さは、奇怪なものに挑む雰囲気があり、江戸っ子的であることだ。この句のさらなる面白さは、「やよ」と「よも」の配置は対句的であり、楽しいリズムを感じさせていることだ。そして、最後の面白さは、「やよ海鼠よも」の部分が海鼠の頭を表し、「候まじ」が尻になっていると思わせることだ。つまり、掲句の文字列の姿自体が海鼠の太さと長さの比になっていることだ。漱石は俳句の中身と外観の両方で遊んでいる。

さて、正岡子規に送った句稿には、掲句に対して「ワカルカ」と気になる添え書きがあった。頭脳明晰な子規に対して、解釈の際には頭をひねるように要求している。まともに解釈されては困るというのだ。さて漱石が示唆した裏の解釈はどういうものか。「ふにゃふにゃ」と感じる身近なものは何であるか。生き物のようであり、無脊椎動物のように感じるものは何か。ヒントはこの句を作った当時の漱石の年齢は28歳で独身であること。しかも見合いの話が来ている独身最後の時期であった。つまり羽根を伸ばせるだけ伸ばそうという時期であった。弟子の枕流は、すぐに解ってしまった。

● 鑓水の音たのもしや女郎花

（やりみずの　おとたのもしや　おみなえし）

（明治32年9月5日）句稿34

「内牧温泉」と前置きがあるので、阿蘇高原の近くの温泉地に出かけた時の俳句とわかる。鑓水は遣水のこととして解釈する。金属製の樋を使っていたのかもしれない。これは宿泊した旅館の、水を外から水を引き入れた庭園を歩いた時の句であろう。汗をかきながら到着した温泉旅館で、漱石はすぐさま風呂に入った。面白い霧の中の湯を体験できたことから、庭も面白いのだろうと中庭に出て見た。すると本格的な遣水の日本庭園になっていて驚かされた。こんな田んぼの中の出来たばかりの温泉宿にこんな庭があるとは、と驚いた。

句意は「外の川から綺麗な水を引いて筧がつくられ、水が勢いよく流れ落ちてサラサラと動く音が響く。そして竹の筒が石を打つ音が庭に響いていた。その傍らに咲いていた女郎花は水の流れを楽しんでいるように見えた。飛び散る水は女郎花を艶やかにしていた」というもの。

漱石は同僚の山川信次郎が五高から一高に栄転するのを祝って阿蘇の草原を踏破する旅を企画した。一行が阿蘇の東側で一泊してから立ち寄った内牧温泉は阿蘇の北端に位置する温泉場であった。ここに福岡県の太宰府天満宮に劣らないような庭ができていた。田舎の温泉旅館にこのような規模の庭が作られていたことに漱石はいたく感動を覚えた。漱石は熊本人の気性、気質にますます好感を持ったようだ。

この句の面白さは、遣水の遣の漢字の代わりに地名でしか使わない金編の鑓の漢字を用いていることだ。調べてみると鑓の意味は武器の槍であった。漱石は遣水の水の勢いのすごさに驚いて、槍のような鋭く水が流れると表したかったのかもしれない。漱石のユーモアとして、槍のような水量を有する遣水システムは近くに咲く女郎花にとっては心強いということなのだ。

● 病んで一日枕にきかん時鳥

（やんでいちにち　まくらにきかん　ほととぎす）

（明治35年5月31日）渡辺和太郎宛の書簡

ロンドンに住んで一年半が経過していた。日々自分の設定した研究テーマに向き合っているので、遊びに誘われても出てゆく気がしない。また日本人会の仲間から運座（「太郎坊運座」と称される句会、メンバーは5人）の連絡を受けても、行かれないと手紙を出した。
句意は、「1日くらい風邪でも引いて、枕元で窓の外の時鳥の声でも聞いていたいよ。のんびり東京にいる子規のことを思い出してみたい」というもの。東京の病床にある子規のことを心配していた。時鳥の正岡子規はこの句の3ヶ月半後の9月19日に死んだのであるから、何かの不思議な知らせがあったのかもしれない。いわゆる虫の知らせ、ならぬ鳥の知らせがあったのかもしれない。

この書簡ではこの句の前に「小生は不相変頑健には候へども日々没滋味の書と奮闘 今は頗る苦しく存候少し風邪でも引きて寝たき位に候」と書いていた。文学研究書に没頭して取り組んでいて苦しい位だ、やっと熱中して仕事ができるようになった、と日本人句会の世話人に伝えていた。

しかし、漱石が研究で苦しいくらいだと言っていた状態が日本の文部省には、漱石は内に籠ってばかりいて神経衰弱になっていると伝わった。そして帰国の検討が始まった。漱石は忙しい中、文部省にこの電報を送った人を捜すことをやった。ますます忙しくなってしまった。

・病んで来り病んで去る吾に案山子哉

（やんできたり　やんでさるわれに　かかしかな）

（明治43年10月12日）日記

「昨日途中にて」と前置きがある。そして前日の日記に「雨の中を大仁に至る二月目にて始めて戸外の景色を見る。雨ながら楽し。目に入るもの皆新なり。稲の色尤も目を惹く。（後略）」とあった。宿の近くの田んぼの中に案山子が立っているのを見て目を凝らしたに違いない。胃潰瘍が徐々に良くなって東京の掛かりつけ病院に再入院するために修善寺の宿を出る日が来て、漱石の体は二日がかりで東京に移送された。この時漱石は自力で立って移動できなかった。この句は前置きにあるように移送途中の初日に書かれていた。

句意は「修善寺温泉の宿に病気療養に来て、治らずに悪化させてここを去ることになった。やせた案山子の格好をして。ここに来た時にも田の案山子が自分を見ていたが、帰る時にも案山子が見ていた」というもの。漱石の体は細くなって案山子のようになっていたが、生きて帰れるのは幸いだと思っていた。

この句の面白さは、修善寺にいた期間ずっと案山子を見て来た気がするが、それで今度は自分の方が案山子になってしまったと笑っていることだ。そして、よく考えると案山子にずっと見られていたことに気づいたのだ。

修善寺の田んぼ道を通る漱石をずっと見ていた案山子。

漱石は小康を得て汽車で東京に帰ることになったが、一人では満足に歩けず、人に支えらえなければ進めない。結局担架のような板戸に乗せられて駅に運ばれた。ここから特製の船型担架に乗せられて汽車の乗客となった。座席でも横になっていた。漱石全集にはこの句の近くに「足腰のたたぬ案山子を車かな」があった。漱石はすっくと立つ案山子より自分の状態は悪化していて、案山子以下だと自嘲している。

大勢の見舞客へのお返しのことも病人の頭を悩ました。個々人への個別の対応は無理だと判断し、妻の提案で葉書入れと修善寺飴と柚子羊羹をセットにして一斉に送ることにした。このお見舞い返しの品を含む多くの荷物とともに漱石の体は修善寺駅に着いた。

・病んで夢む天の川より出水かな

（やんでゆめむ　あまのがわより　でみずかな）

（明治43年11月）『思ひ出す事など』の「十」

修善寺大患後の俳句である。大喀血して仮死状態になったがこの世に戻れた。宿の床から天上の天の川の所まで魂が旅した昔を偲んでいる感じがする。なぜ近づいた天の川から離れることになったのか。ここで漱石の洒落が出てくる。天の川で洪水が起きたためだとした。離れることになったのは天の川が決壊して、流れ出た水によって地上に押し戻されたとふざけた。そして魂は下降して徐々にその天の川が見えにくくなってきて、仕方なく漱石は地上に引き返すことになったと説明した。

吐血した日の8月8日に東京では洪水が発生して東京中が水びたしになっていたのを思い出して、掲句に組み入れたのか。

大勢の人が修善寺に集まり、周りは大騒ぎになったことを忘れてはいない。30分間の仮死状態から命が戻ったことについて、関係者に何が起きたのかを説明する必要を感じたのだろう。はらはらして見守ってくれている人たちを安心させようと、この句を作ったのかもしれない。漱石らしい冗談をこめた俳句を作って見せたのだ。

漱石は魂の浮遊状態を自覚し、このまま死ぬであろうことを思ったという。地上に戻りたいと思わなかった。しかし、この世に舞い戻った時には嬉しさを感じた。この嬉しさを表した俳句を「思ひ出す事など」に組み入れて、この句に解説文をつけている。「秋の江に打ち込む杭の響かな」の句である。これは生き返ってから約十日ばかり経てふとできた句であるという。澄み渡る秋の空の下、広い江に遠くより杭打ちの響きが届いたのである。この句は音のない暗闇の中を魂が戻ってきた後、急に全身に響く音が聞こえ出した。これは心臓の音が体に振動して響き渡ったことを実感した時の感想なのだ。

掲句の面白さをここで改めて考えてみる。「天の川より出水」は身体が水で満たされたことを意味し、仮死状態になって大混乱の肉体に命が戻ってきたことを象徴的に表している。そしてこの出水によってできたのが「秋の江」ということになる。漱石は生来のユーモア人である。掲句は落語の小話のようである。

＊『思ひ出す事など』「十」は東京朝日新聞（12月10日）に掲載

病んでより白萩に露の繁く降る事よ

（やんでより　しらはぎにろの　よくふることよ）

（明治43年9月19日）日記

昨夜は十五夜で栗の枝を入れたお供えをしてお月見をした。桔梗、女郎花、野菊、アザミが療養している修善寺温泉の旅館の部屋に運ばれてきた。ススキも花瓶に差し込まれていたが、これにはカマキリが付いていた。誰かが気を利かせてこれらの野の花を布団を敷いた部屋に用意してくれた。窓から庭を見やると、晴れたこの日も白萩が露を帯びて光っているのに気付いた。よく露が降りるようになっていた。露が着いた白萩の花はきらきら輝いて見えた。漱石の滞在していた伊豆の山中は朝には気温がかなり下がっていると認識した。ここは標高の高い温泉場であるからだと納得した。

句意は「伊豆にきて療養していたが大吐血してしまった。夏に宿に入ったと思っていたが、三週間が経過する間に窓から見える白萩に朝露がつくことが多

くなったことよ」というもの。こんなにも季節が進んでしまっていたのかとため息をついた。長く寝付いていたものだと思った。

この句の面白さは、白萩に白い露がついて、萩はより白く見えていることだ。この景色はしばらくすると霜が降る季節に進むことを漱石に予感させた。漱石の体調は徐々に回復しているのを感じているが、季節は反対に次第に冷たく重い方向に進んでいると思うと幾分暗い気持ちになった。まだ東京の病院に戻ることができない状態であるとわかっていたので、漱石の気持ちも冷たく重いものになっていた。

• 夕雁や物荷ひ行く肩の上

（ゆうかりや　ものにないゆく　かたのうえ）

（明治40年頃）手帳

夕方、雁が低く鎌倉の空を飛んで行くのを見た。漱石の目の前を歩く男の肩には重そうな荷物が載っている。男が肩にかついで運んでいるのは、材木か食料を入れた袋か。重そうな荷物をかついでゆっくりと足を進める。空の雁は身軽そうにその上を飛んで行く。

漱石が訪ねたのは海岸が近い古寺なのであった。その近くの遠浅の海岸で餌を食べていた雁が低く飛び出して来たのだ。したがって雁の足まではっきりと見ることができた。

この句の面白さは、人の肩には荷物が載っているのを見たが、瞬時に漱石は雁の肩には何が載っていたのかと考えたことだ。漱石は雁の背中にネギが載っているのではないかと見ていたが、ネギはなかった。漱石は「鴨が葱を背負ってくる」という落語の一節を思い出していたに違いない。

ちなみに東京の上野の山の下にあった「雁鍋」は幕末の時代から名の知られた料理屋で、夏目漱石、森鴎外、正岡子規らも通っていたという。胃弱ではあるが食欲旺盛な漱石は、頭のすぐ上を飛んで行く雁を見て、すぐに「雁鍋」を思い起こしていたに違いない。

• 夕暮の秋海棠に蝶うとし

（ゆうぐれの　しゅうかいどうに　ちょううとし）

（明治31年9月28日）句稿30

夕暮れになってくると秋海棠はどうなるのか。ベゴニアの仲間のシュウカイドウは夕暮れの色に染まらない。花は蛍光ピンク色であり、葉にも赤い色素が込められている。この花は夕暮れの中でも目立っていて、周囲の草木から浮いている存在である。蝶は相手にしないで飛び去ってゆく。

ここで注意すべきは、中七は「秋、海棠に」とするのではなく、一気に「シュウカイドウに」と読む。秋の海棠と理解するとこの花木はリンゴ科の木であるため、蝶は喜ぶことになる。「蝶うとし」との関係が出てこない。多年草の球根植物のこの花は、江戸時代に中国から渡来した帰化植物で比較的新しい植物である。この外来花は日本の蝶にはまだ認めてもらえていない。その理由はシュウカイドウの花には、蝶の嫌いな酸っぱい味のシュウ酸が含まれているからだ。

ちなみに中国で美女はリンゴ科の海棠によく例えられる。海棠が麗しい娘を意味するのは、蜜の香りがするからだという。

「うとし」は「鬱陶しい、よくわからない、親しくない」という意味で、「蝶うとし」となると蝶は知らんぷりということになる。漱石が日本的に「あき海棠」と呼んでも蝶はそれでも自分の感覚を重視して素っ気ないのだ。

句意は「秋の夕暮れの中に佇んでいるシュウカイドウの花を見ると、蝶はよくわからないという顔をして近寄らない」というもの。日中よりも夕刻の方がこの花の色は目立つらしい。この花は蝶に嫌われても目立てばいいと思っているのかもしれない。

それにしても漱石は観察眼が素晴らしい。夕暮れの中で蝶の動きをしっかり観察しているからだ。

ちなみに掲句の一つ後に置かれている俳句は「離れては寄りては菊の蝶一つ」である。この蝶は菊のことは気に入っているらしい。菊と蝶の関係は極めて古く、菊の香りは人にも蝶にも好まれるようだ。漱石はこれと対照的な関係にあるものとしてシュウカイドウを登場させた。

• 夕涼し起ち得ぬ和子を嘲つらく

（ゆうすずし　たちえぬわこを　かこつらく）

（明治30年8月1日）子規宛の葉書

漱石は7月4日に妻が東京の実家へ里帰りするのに合わせて上京した。漱石は先月末に亡くなった父親の墓参りを済ませた。上京の初期の頃は当時の麹町区の虎ノ門にあった義父の貴族院官舎に泊まっていた。ここから子規の家に掲句を書いた葉書を出していた。この葉書には、昨夜の子規庵訪問時に門のところで人力車の車夫と料金のことで口論に至ったことの顛末を書き、依頼された本はそのうち届けると書いていた。そして母さまと妹さんによろしく伝えて欲しいと書き添えた。そしてこの文の後に掲句を書き入れた。

特にお前さんの面倒見ている母さまには感謝するように、という意味を込めて掲句を書き添えたのだ。

句意は「夕方になって涼しくなったら、普通なら寝床から起き上がるのにこの子は起きない。あーあ、そんな子供は我が子ながら苛立ちますわ」というもの。漱石は子規の母に成り代わって嘆いている。漱石は病気で寝たきりの成人男を子供扱いして、子規を笑わせている。

ちなみに「嘲つ」の意味は、嘆いて言う、不平を言うことである。普段母親に対してああしてくれ、こうしてくれと子規は注文が多いと漱石は見ていたのだ。そんな子規に対して、涼しい夕方に起きようとしない息子の世話が大変だ、と母親が不平を言う場面を作ったのだ。つまり漱石は母親の代わりに子規をからかっているのだ。このからかいの気分は、「嘲つらく」によく表れている。この「らく」は詠嘆の意を表す助詞で「何々することよ」となる。呆れ顔が浮かぶことになる。

この句の面白さは、「嘲つ」の文字を用いている背景には、子規は正岡家の長子で殿様だとからかうために、「卿」の文字に似ている「嘲」を用いていることだ。「卿」は明治時代の大臣を意味する尊称である。子規はこの句を見て笑い出したことだろう。

ちなみにこの葉書の差し出し人名は、いつもの金之助ではなく松山時代に使っていた愚陀仏になっている。ふざけて作った俳句だと分かるようにしている。そして俳句の師匠に大胆にも、親に感謝するようにと意見しているのは愚陀仏だとして逃げを打っている。

• 夕立の湖に落ち込む勢かな

（ゆうだちの　うみにおちこむ　きおいかな）

（明治29年7月8日）句稿15

この句を作った時期、漱石は熊本にいた。その熊本周辺で「うみ」と呼ばれる湖は見当たらない。通常「うみ」と呼ばれる湖は琵琶湖のみ。そこでこの句は琵琶湖のことを詠んでいるとした。

真夏に雨の降らない何日も続いている。そんな毎日であれば、人は涼しくなる幻想句を作りたくなるものである。句意は「湖のそばに立っていると冷たい雨が急に降りだしてきた。琵琶湖の上に驟雨は降り続いている。濁った雨水は陸の上にも琵琶湖の上にも驟雨はとめどなく降り続く。川に流れ込んで湖の岸辺を濁らせている」というもの。幻想の俳句である。

この句の面白さは夕立の「落ち込む」に「雨が降って流れ込む、窪みに入り込む」という意味の他に「減少する、気持ちがしぼむ、落胆する」という意味を持たせていることである。期待されて降り出した夕立はいくら威勢よく気負って湖周辺に降っても湖の水位を上げることはないとわかって、夕立は気落ちするのである。夕立の威力を示せないことで人間のように落胆する。

昼間の強烈な日射によって地表から水蒸気の上昇があり、それが上空で冷やされ水滴になって落下する。この水の循環は誰しも理解できる事柄である。この現象を目撃すると人は安堵する気分になり、大気の作用を納得する。そして夕立に感謝したくなる。だが勢いのある夕立にしてみれば、まだまだ不満足に思えてしまうという漱石のユーモアを感じる。

ここまで書いて気がついた。漱石は有明海の東岸の峠に立って夕立を経験していたのではないかと思った。湖に対するイメージは淡水湖であるが、九州に初めて住んだ漱石にとっては、島原半島と宇土、天草によって閉じられた熊本の西の海域は俳人の漱石には湖に見えたのだ。

・夕立の野末にかゝる入日かな

（ゆうだちの　のずえにかかる　いりひかな）

（明治29年1月3日）子規庵での発句初会

漱石の目の前には広大な野原が見えている。その野の果て、野末で夕立が降っている。その夕立はすぐに止んで黒い雲は去り、灰色の薄い雲の間から赤い太陽が姿を表した。その太陽は山際にかかって山の稜線を赤く染め出した。漱石の目には自然の急激な展開に驚いている様が見えていた。その夕日は湿度を増した大気の中でいつもより赤さを増していた。

漱石は子規庵での句会に出て、席題をもとに想像の句を作っている。この時かつて松山で見た瀬戸内の光景を思い起こしていた。この年の正月は東京に戻って、熊本に移動した後の結婚に向けての支度に忙しかった。こんな気ぜわしい状況で思い出すのは、去ることになっている松山の光景なのだ。肌が合わないと毛嫌いしていた松山の景色なのであった。

掲句の野末は松山城から見た足元に続く畑のことで瀬戸内まで続く平地の情景なのだ。菜の花畑と麦畑が海岸まで続く平坦な地域の果てには、穏やかな瀬戸内が見えている。つまりこの句の野末の果てには海があったのである。その海に真っ赤な夕日が映えている。瀬戸内海に浮かぶ島々の後ろに夕日が隠れようとしている。漱石はこの光景を脳裏にしっかり留めていたのだ。夕立のパワーを得て野は輝いていた。そして感傷的な気分によってこの時の入日はいつもより赤かったに違いない。

・夕立や蟹はひ上る簀子椽

（ゆうだちや　かにはいあがる　すのこえん）

（明治28年9月頃・推定）子規の選句集「承露盤」

「夕立が降り出して庭にいた蟹は驚いたのかスノコ縁側の上に這い上がって来た」のを漱石は見ていた。だが何故庭に蟹がいたのか、そして何故この俳句が面白いのか、漱石が何故この句を作ろうとしたのか、それがわからない。

いくら考えてもらちがあかない。そこで漱石が書いた句稿には落語の演目が関係している俳句がいくつもあったので、もしやこの俳句も落語から来ているのであろうと見当をつけて調べてみた。すると「庭蟹」という小話が見つかった。別名「しゃれ番頭」というもの。

常々会話での洒落がわからないことを気にしていた旦那は洒落が上手いと評判の番頭を呼んで、洒落の手ほどきをしてくれと頼む。では題を出してほしいというので、旦那は定吉に蔵から踏み台を持ってくるようにいう。その台ではないといわれた旦那は、定吉が50円で買って来たインゲン豆ではどうか。「いんげん、わずか50えん」（人生、わずか50年）と番頭は洒落たが、旦那はわからない。では番頭さん、夜店で倅が買って来た蟹が逃げてしまっていたが、庭から出て来た蟹ではどうかと旦那が新たなお題を出した。すると番頭は、「にわかには、できません」と答える。（「俄かに」は庭・蟹）しかし、旦那はまだわからない。似ているのが洒落というなら、私と倅は似ているから洒落なのかと訊く始末だ。

そんな旦那であったが、やる気をなくした番頭にそれでも洒落の指南をしつこく頼む。いやいやの番頭は「もうお題はなしにしましょう」という。すると旦那は「それでは台無し」だと呟く。やっと旦那は洒落をマスターしたのに気づかないという小話なのだ。

漱石は、この面白いと評判の「庭蟹」を人に紹介したくて仕方がない。洒落が面白いと人が言うので教えてもらいたくて仕方がない旦那に似ている。この「庭蟹」の前振りを漱石が独自に演じてみせたのが、掲句ということになる。つまり「夕立や蟹はひ上る簀子椽」は、急な夕立で庭に隠れていた蟹が簀子椽に避難して来て姿を表したとした。さあ、この俳句から洒落の手ほどきが始まりますよ、「庭蟹」という小話は面白いですよ、という導入なのだ。

ちなみに簀子椽は、簀子縁とも書く。和風建築で、部屋・廊下の外側につけた板に隙間がある縁側のこと。つまりこの簀子椽は地面からそれほど離れていないので蟹は這い上れると漱石は設定したのだ。番頭はこの低い縁側ならば素早く、俄かに洒落られるとした。

・夕立や犇めく市の十万家

（ゆうだちや　ひしめくいちの　じゅうまんや）

（明治30年7月18日）子規庵　の句会稿

漱石は7月4日に妻を伴って上京し、9月7日まで東京に滞在した。妻は10月末まで実家から熊本に帰らなかった。子規宅に来る前に漱石は繁華街の浅草周辺を見て歩いたと思われる。当時の浅草は日本一の繁華街を形成していて、娯楽産業や玩具産業が盛んで食品・日用品の店も並んでいる人口増加の著しい地区であった。当時ここは単独の浅草区であった。

浅草には大きな商店街の市が形成され、文字通り「店がひしめいて」いた。この日は夕立があり、漱石は傘をさしてこのエリアをじっくり歩いた。好奇心に満ちた目を光らせて歩いてきた。その中に饅頭屋を見つけた。甘党の漱石は「おお、まんじゅう」と声を出しそうになるのを堪えて店に入った、とこの句で白状している。

掲句では「十万家」となっているが、実は「まんじゅう屋」なのである。音をひっくり返した上、店がひしめいていたのを表すための工夫として饅頭ではなく造語の十万を用いた。「充満」に通じるからである。漱石は床に伏せる子規をなんとか笑わせようとユーモアのある落語俳句を作ったのだ。

ちなみに記録によると明治30年頃の浅草には、東京市全体の料理人の4人に1人がこの辺りにいたという。したがって漱石は浅草に行けば、かならず饅頭屋が何店かあるとわかっていた。

この句の面白さは、先の言葉の倒置の他に、「犇めく」の犇を用いていることである。街には店が密集している様を牛が固まって肩をぶつけながら歩いている様として面白く表している。つまり隙間なく店が建っている様をこの漢字でうまく描写できている。実際には物流は自動車ではなく馬が引く馬車が担っていたから、「犇めく」で町並みと路上の混雑を表していることになる。

三者談

上野の街を歩いていた時、急に夕立が来て街は騒がしくなる様だ。悪い句ではないが、調子をつけすぎて真実味にかけるきらいがある。「犇めく」からは夕立によって街の中のあちこちで音が生じている感じがする。この語は家々が密集している様を表す言葉だ。いや人が右往左往する様だ。

・夕月や野川をわたる人はたれ

（ゆうづきや　のがわをわたる　ひとはたれ）

（明治28年9月22日）松山の句会

松山での漱石の住まい、愚陀仏庵で村上霽月、正岡子規、柳原極堂、漱石の四人で句会を行った折の句であるという。

句意は「夕暮れの田んぼの中に浮かぶ橋を渡って行く人がいる。月の光が弱く誰なのかわからない。漱石はそこで橋を照らしている夕月に野川をわたる人は誰なのかと声をかけた」というもの。漱石は月に向かって顔を上げて、月の光を受けている。そして柔らかい光を受けている内に夕月に語りかけたくなった。漱石でなくとも人は夕月を見ているうちに、月に尋ねたくなるらしい。

さて掲句はどういう場面なのであろうか。源氏物語か平家物語、いや伊勢物語に出て来る場面なのか。誰か教えて欲しい。

甘くハスキーな声が特徴の黛ジュン（昭和39年にレコード大賞を受賞）が昭和43年に歌った名曲に「夕月」がある。「教えて欲しいの、別れの訳を」と別れの辛さを歌い上げ、漱石と同じように月に尋ねていた。

若い頃の漱石は漢文調の詩歌を作るのが好きで得意であったが、男女の別れの歌には漢文調は似合わない。湿気の多い長閑な風景を描く墨絵のような句ができた。漢語の詩においては月に尋ねるようなことはないし、野川のような流れがゆるやかで繊細な川は中国には少ないであろう。漱石はこの句で日本語の良さを実感したのであろう。

この句では現代日本語の基礎を作った中心人物の一人であった漱石のセンスの良さがうかがえる。漱石は答えてくれそうな夕月（言う月）に問うている。野川を向こう岸に渡る人は誰かとの問いに対して、答えが返ってきた。それは漱石だと。橋に自分の長い影が映っていた。

＊霽月の句集「落花飛絮」に収録

夕蓮に居士渡りけり石欄干

（ゆうはすに　こじわたりけり　いしらんかん）

（明治40年頃）手帳

破れた僧堂前の庭に大きな蓮池があり、そこに円柱の欄干の付いた石橋がかかっている。その丸橋を趣味人の雰囲気のある在家僧の居士がゆっくりと渡ってゆく。夕暮れ時の蓮池に薄桃色や純白の蓮の花が水面からスッと立ち上がって伸び、石橋の丸い床に届きそうである。

その男は丸橋の上で立ち止まり、足元の蓮を見下ろしている。石の欄干に手をかけて下を見て、なにやら蓮の花に話しかけているように覗き込んでいる。薄闇の中の蓮の花は輝いている。見下ろしている男はみすぼらしい格好をしているが、夕暮れの中で光っているように感じられる。

この男は明治27年当時に漱石が鎌倉の円覚寺の塔頭、帰源院で参禅した折に世話してくれた釈宗活であった。大きな寺の円覚寺を離れて荒れ寺に来ていた。

一方の招かれた漱石は「吾輩は猫である」や「草枕」の小説によって人気作家になっていた。漱石はこの年の早春の2月に東京朝日新聞社から誘われて、内定していた東京帝大の英文科教授職を捨てて新聞社所属の小説家になることを決意した。二人はともに人生の安全運転をやめて、石橋を叩いて渡るようなことをせず、歩き出していた。

この句の面白さは、蓮池の上にいる旧知の禅僧を眺めて描いているように句を作っているが、漱石自身のことを客観的に描いているようにも思えることだ。40歳になった漱石が大胆な決断をもって石橋を渡っているのだ。寺の僧は人前で石橋の上で立ち止まったりしないからである。居士には在野の読書人の意味もある。

ちなみにこの荒れ寺は同じ手帳にあった他の俳句から明治初年に廃寺になった禅興寺であると思われる。その一部は紫陽花で有名な明月院として残っている。

夕日逐ふ乗合馬車の寒かな

（ゆうひおう　のりあいばしゃの　さむさかな）

（明治29年12月）句稿21

漱石は熊本市とその東の田舎の町を結ぶ乗合馬車に乗って市内に戻るところである。冬のある日、日没が近くなって夕日が有明海の方に消えようとしている。日が沈むと急激に寒くなるのがわかっているので、御者も客も馬も急いで太陽を追いかけ、早く熊本市内の駅に着こうとしている。

さてその夕日を追っていた馬車はどうなったのか。必死になって夕日を追いかけたが、追いつかなかった。しかし近づくことはできた。「逐う」の意味には、後から行って先のものに追いつく、という意味もある。馬車の乗客は、必死になって夕日に追いつけと馬と御者を急き立てていたに違いない。漱石にとっては楽しい馬車の旅であった。

ちなみに乗合馬車は不特定多数の客を乗せ、一定の路線を時刻表にしたがって運行される馬車である。今日の路線バスの起源となった公共交通機関である。また都市間などの街道で長距離運行されるものは駅馬車と呼ばれた。鉄道馬車は鉄路の上を走る駅馬車である。この鉄道馬車はその後汽車に切り替わった。

掲句の直前句は「策つて（ムチうって）凩の中に馬のり入るゝ」である。これらの対句から登場している馬車の御者がムチ打って馬を走らせていたのは、乗合馬車であったとわかる。そして掲句の乗合馬車の御者は馬にムチ打っていたとわかる。さらにはムチ打たれた馬は、凩の中を夕日を目指して突っ走ったとわかる。

夕日さす裏は磧のあつさかな

（ゆうひさす　うらはかわらの　あつさかな）

（明治29年8月）句稿16

磧は川沿いの石の多い場所で、河原のことである。日の沈む西側の壁とその西側の部屋が熱くなって来ている。熊本の夏の西日は強烈であると感じている。

そして家の裏からも熱射が届いているようだ。家の東側には白川が流れ、広い河原には石がゴロゴロしているが、昼に河原の石は日光で温められて夕方になるとそこからの熱線が家に届いているようだ。あったかい空気もそこから流れて来ているみたいである。

漱石はこの年の春に熊本に来て、初めて熊本の真夏の暑さを経験していた。伊予松山の暑さをはるかに超えるもので、猛暑に打ちのめされていた。そんな中気分転換のために掲句を作った。東京の帝大の友人の一人が第五高校の教授になっていて漱石を同じ高校に引っ張ってくれたおかげで嫌な思いをしていた松山を離れられたが、この猛暑は予想していなかった。

この句の面白さは、漱石を悩ませている強い西日のことを「夕日さす」と造語して表現していることだ。通常「日が差す、日が射す」は、太陽が燦々と照りつけるの意で有難がっているときに用いる言葉である。しかし、漱石にとってはこの強烈な夕日、西日は迷惑なことであった。ここに漱石のユーモアが込められている。漱石の脳裏には「夕日刺す」の言葉が浮かんでいた。チクチクと脳が刺されて苛立っていた。

• 夕日寒く紫の雲崩れけり

（ゆうひさむく　むらさきのくも　くずれけり）

（明治28年11月22日）句稿7

前置きに「悼亡」とある。漱石の周辺でこの年に亡くなった人を調べると、4月12日にピストル自殺をした藤野古白が浮かぶ。しかし彼の死は、掲句が書かれた5ヶ月前のことである。時期が合わない。勤め先の松山尋常中学校の同僚がなくなったのであろうと思われる。

句意は「夕日が照らす瀬戸内にも寒気が押し寄せて、紫に染まっている雲は風に崩されている」というもの。一人で松山の愚陀仏庵にいる漱石は寒い思いをして夕空を眺めていた。少し前まで空には夕日を受けて紫色になっている積み雲があったが、強い寒風に崩されて筋状になって来ている。季節の変化は雲の変化として現れていると感じていた。

漱石は秋の気候に染まっている空を眺めて、ふと春に自殺した俳句仲間の古白ことを思い出したのかもしれない。まだ若いのに年寄りじみた古白などという俳号を付けていたな、と思い出した。秋のイメージのある古白が自殺したのは、春のことだったとも思った。漱石はこの思いを持ち続けていて、掲句を作ってからちょうど1年後に「古白とは秋につけたる名なるべし」（明治29年10月・句稿18）の句を作った。

漱石と同じように藤野古白のことを思い出してみた。明治4年に生まれた潔は正岡子規の4歳下の従弟であり、東京で一緒に生活をしていた。子規のグループに入って俳句を作っていたが、幼少の時から継母との折り合いが悪いこともあり、精神障害に陥り精神病院に入って治療を受けた。回復して東京専門学校（現、早稲田大学）に入って文芸活動を再開させたが、24歳で自殺した。漱石も子規も彼の才能を認めていた。漱石は何度も彼のことを思い出していた。

＊『海南新聞』（明治28年12月17日）に掲載／承露盤

• 祐筆の大師流なり梅の花

（ゆうひつの　だいしりゅうなり　うめのはな）

（明治32年2月）句稿33

「梅花百五句」の一つ。熊本市の名士であった漱石は梅見をしながらの野点茶会に招待された。熊本第五高等学校の職員総代になっていて、地元の俳句会を主宰していた漱石は、この茶会で短冊に俳句を書くことを求められたのだろう。他の客人も筆を持って短冊に文字を書き出した。するとその中に立派な文字を流麗な筆使いで書いている人がいた。弘法大師張りの文字で俳句を書き上げた人は、なんと旧細川藩の書記兼文書管理係の祐筆（右筆とも書く）の一人であったという人だ。

漱石は筆文字には自信があったが、専門家には敵わないと思った。漱石の自信は梅の花びらのように散ってしまったのだ。漱石は書く前に素直に負けを認めてこの句を短冊に書き上げた。

句意は「細川藩の祐筆だった人の書は弘法大師張りだった。茶会の梅の花のように優雅に堂々としていた」というもの。漱石は何の文句を書こうかを迷っていた時に、祐筆の書を見ることができ、助かったと思った。祐筆の筆力を褒める俳句を書き出した。感謝の想いを載せて大げさに褒め称える俳句にした。

ちなみに幕末の細川藩には祐筆頭が3人、平の書記係が15人いたという。戦国時代から続く名家の細川家は文書、図書を重要視していたようだ。巨大組織の徳川幕府でも安定期に限ると祐筆頭の数は細川藩の2倍程度であった。当時は金の保有量で藩の優劣を競うだけでなく、筆写した書物の数で勢力を競っていた。書庫の大きさ、書物の数の多さが優れた雄藩の証になっていた。日本の良き伝統であろう。

これが幕末になると幕府側は増員して細川藩の5倍の専門職を抱えていた。外交文書の記述のための増員なのか。それとも滅びを覚悟した幕府は、日本の文化資源をできるだけ多く筆写して残そうとしたのか。起こる動乱によって各藩の書物が焼かれることを予想したに違いない。

● 雪ちらちら峠にかゝる合羽かな

（ゆきちらちら　とうげにかかる　かっぱかな）

（明治32年1月）句稿32

「峠を踰えて豊後日田に下る」と前置きがある。漱石は若い同僚と宇佐神宮を正月2日の朝に初詣して帰途についた。往きは鉄道を使って小倉経由で宇佐に行ったが、帰り道は西の中津から耶馬渓に入り込んで山道を歩き、途中で南下して日田に入るルートを選択した。連日吹雪く岩山の細道を歩いた。足袋を履いた足に草鞋を巻きつけ、着物袴のいでたちだった。そして外套をまとい、その上に漆塗りした紙製合羽を着ていた。

二人は山中の宿で二泊していよいよ豊後日田に入る日が来た。最難所の峠を超える際には、馬に助けてもらった。この頃の漱石は体力に自信があった。のちに神経薄弱と疑われた鬱の症状も出ていなかった。ただし家庭内は冷えていた。妻は自殺未遂を重ねていた。この苦行とも思える旅は漱石の精神をつよく保つための旅でもあった。

句意は「国境の峠が近づくとまた雪がチラチラ降り出し、合羽に降りかかった。この峠を越えると耶馬渓は終わるとわかり、一安心の心境になった」というもの。この峠の下には豊後日田の街が見えるはずだという期待があった。気持ちの中ではこの街がチラチラ見える気がした。

この句の面白さは、「雪ちらちら」によって童謡のフレーズのような軽やかさが生じていることだ。これまでの寒くつらい谷越え、山越えであったことを「ちらちら」思い起こしていたに違いない。そして「ちらちら」のリズムと「かかる合羽」の「か」の繰り返すリズムが鼻歌を連想させる愉快さがある。

もう一つの面白さは、「峠にかかる」の「かかる」は「差し掛かる」の意味であるが、雪が合羽に「降りかかる」の意をかけていることだ。この句には「かかる面白さ」が隠されているのである。

ちなみにこの時代の合羽は芭蕉が東北の旅に持参したものと同じで、和紙を繋ぎ合わせて漆か柿渋を塗り、防水性を付与した雨具である。薄い紙製の合羽に雪が吹きかかると「チラチラ」と音を発してしたのかもしれない。

● 雪ながら書院あけたる牡丹哉

（ゆきながら　しょいんあけたる　ぼたんかな）

（明治29年12月）句稿21

漱石は雪の朝、書斎の雨戸を開けると部屋の中が寒くなるのがわかっていたが、思い切って雨戸を開けることにした。雨戸の外の庭には牡丹の花が寒風の中で咲いているのを知っていたので、気合を込めて部屋に陽の光と寒気を入れることにした。牡丹の花に負けるわけにはいかないとして。

漱石は朝起きると玄関から出てみて、雪が降っているのを確認した。その時、書斎の板の雨戸を開けるかどうか決めかねていたが、庭の牡丹のことを思い浮かべたのだ。漱石は牡丹の花はそれほど好きではないが、牡丹のことが気になっていた。妻は部屋から牡丹の花をみたいと言い出しそうであった。

ところで「雪ながら」は雪が降っているのにもかかわらず、という意味になるが、「雪を見ながら」の意味も持たせているようだ。

この句の面白さは、そんな雪の日に牡丹の花が雨戸を開けさせた、とも読めることだ。牡丹が嫌がる漱石の手を動かしたからだ。確かに大振りの牡丹の花に人は心惹かれたとき、我を失うことがあるのかもしれない。この花には偉大な力が宿っているようだ。

ちなみに漱石は明治29年11月14日から6日間、天草島原方面へ軍事教練を兼ねた修学旅行に出ている。この時に寺の宿坊に泊まっていたのかもしれない。寺の僧が雪の降る日にも宿坊の雨戸を開け放った。すると庭の牡丹の花が見えたのかもしれない。

・雪になつて用なきわれに合羽あり

（ゆきになって　ようなきわれに　かっぱあり）

（明治29年12月）句稿21

家を出る際に雨が降っていたので纏ったのは合羽であったが、雨は雪に変わって、その合羽は役に立たなくなった。この俳句は予定が狂った時の無念の思いを描いたものである。漱石が着た合羽は和紙の紙合羽であり、防寒には役に立たなかったということだ。

明治29年頃はまだゴムの合羽はまだなかったから、この合羽は柿渋を塗った紙衣の羽織であった。その表面には油を塗ってあり、裏地として薄布を合わせたものであった。しかしこの合羽では、雪になると防寒にはならず身体は寒さに震えたことになる。

この句の構成で特徴的なものは、「われに」が「合羽あり」の前に割り込んでいることだ。俳句のリズムを考えて漱石はこの場所を選んだと考える。大胆な構成にしたことで俳句のリズムは良くなり、一種の面白みが加わった。

掲句は熊本県北部の荒尾市にあった最先端の熊本紡績（株）の工場を視察に行った時のものと思われる。漱石はこの視察が終わった後、日帰りできる距離にあったにも関わらず、熊本市内の家に帰らずに宿泊した。その宿の玄関に出た漱石の前には丸髷の髪を霰で白くした女性が立っていた。その人は大塚楠緒子だと思われる。

漱石は掲句を書き入れた句稿において、掲句のすぐ後に「がさがさと紙衣振へば霰かな」と「挨拶や髷の中より出る霰」の句を置いていた。

つまり、漱石の記録としての掲句は、雨が雪に変わったことを描いているが、後から同じ宿に来た人の場合は、雪が玉の霰に変わっていて、頭の髷にそれが積もっていたことを表している。

・雪の客僧に似たりや五七日

（ゆきのきゃく　そうににたりや　ごしちにち）

（明治32年ごろ）手帳

この句は大分県の宇佐神宮で初詣してから久留米に出る帰途の行程で、雪の降る耶馬渓を縦断する山中で泊まった簡易旅館での出来事に基づく俳句である。この旅館で作った句は「僧に似たるが宿り合わせぬ雪今宵」（明治32年1月、句稿32）であった。この句の前文には「家に婦人なし之を問へば先つ頃身まかりて翌は三十五日なりといふ庭前の墓標行客の憐をひきてカンテラの灯の愈陰気なり」とあった。近くの寺の僧が明日の死後35日目の供養のために呼ばれていた。雪の降っている時期でもあり前日に来て泊まり込んでいたのだ。

この句を参考にすると掲句の解釈が可能になる。句意は「雪の日に同じ旅館に泊まった客は、どうも僧のようだ。雪で足元が悪いので明日の家人の五七日の法要に前日の今日、呼ばれて宿泊していた」というもの。小さな民家が旅館を兼ねていたので客は少なく、他の泊まり客の素性がわかったのだ。

漱石は入った部屋に夜具が揃っていなかった。そして旅館なのに女将さんがいないのを不思議に思って宿の主人に訊くと、明日は亡き妻の35日の命日だと知らされた。庭に墓標があったのを思い出した。

ちなみに五七日（こしちにち）は、亡くなった日を含めて死後三十五日目の法要のことで小練忌（しょうれんき）とも呼ばれる。法要の種類は葬儀当日、初七日（7日目）、二七日（十四日目）、三七日（二十一日目）、四七日（二十八日目）、五七日とあり、その後も続く。

この宿屋の主人は、亡き妻を偲んで、初七日から四七日までを済ませたいたと思われる。二人だけで山中の旅館を経営していたのだろう。

● 雪の日や火燵をすべる土佐日記

（ゆきのひや　こたつをすべる　とさにっき）

（明治28年12月18日）句稿9

明治28年当時の松山の冬は寒かった。漱石の俳句に雪の俳句が結構な数で登場している。路上に雪が積もると、なかなか出歩けなくなる。賑やかな俳句仲間も漱石の家に姿を見せなくなっている。そうなると炭をおこした火燵に足を入れたままになり、容易にできることは限られてくる。東京にいる婚約者の鏡子に対する夢想と少ない回数で登場する失恋した大塚楠緒子の回想であろう。

これら以外で雪の降った日にできることは、今まで集中して読むことができなかった日本の古典読みである。12月中旬、平安時代に書かれた土佐日記を火燵で読み始めた。この本は都人が地方勤務を終えて京に帰るまでの日記であり、漱石の境遇と重なる部分がある。漱石は時が過ぎるのを忘れて長い時間読んでいた。

「火燵をすべる」の「すべる」は、滑るのか統べるのかはっきりしないが、うたたねをしているうちに本が火燵から滑り落ちたと解釈する人が多い。そうであればうたたねしていた漱石先生は、本を持って読んでいたことになる。漱石は火燵の卓の上に平らに本を置いて読んでいたはずであるから、本が滑り落ちるのは不自然である。よって枕流は「すべる」は「統べる」だと考える。この意味は支配する、抑え込むということで、土佐日記という本だけが火燵に置かれて、火燵の上を支配していたのだ。つまり漱石を支配し、漱石はこの本だけに向かい合っていることを表している。

だが実際にはなかなか読み進めないでいたのであろう。いくら面白い本でも雑念が傍から入り込むのである。それは何か。この俳句のあった句稿に書かれた若者宿での経験である。「毛蒲団に君は目出度寐顔かな」や「さめやらで追手のかゝる蒲団哉」の俳句に描かれた世界であろう。

ウィキペディアによると、この土佐日記は平安の昔に紀貫之が書いた日記風の文学で、土佐国に国司として赴任していた時に書いていた漢文日記を元に、当時の女が書いていたひらがな文学を参考に書き直したもので、あたかも女が書いたように57首の和歌を含む紀行文にアレンジしたものである。任を解かれて京都に戻る旅までを面白おかしく描いた。土佐国で亡くなった愛娘を思う心情、そして行程の遅れによる帰京をはやる思いを中心に虚構を交えて描き、諧謔表現を多く用いているという。犬は登場しないが、平安時代の「吾輩は猫である」版なのである。

この内容であれば面白がり漱石の興味を引いたことが想像される。やはり土佐日記という本だけが火燵を支配していたのである。

● 雪の峰雷を封じて聳えけり

（ゆきのみね　らいをふうじて　そびえけり）

（明治36年）

掲句は英国から帰国して間もなく作られ、雑誌『ホトトギス』に掲載された。漱石の帰国祝いの企画があったのだろう。漱石は英国に滞在していた時には現地日本人会の句会でわずかに作っていただけで、句作の意欲は封じられていた。いざ俳句を作ろうとしたがうまくいかない。そこで思い出したのが、新たな天地に向かっていた留学途上の船上句である「雲の峰風なき海を渡りけり」と英国からの帰りの地中海で詠んだ「雲の峰雷を封じて聳えけり」の句であったと思われる。そして漱石はこの発想と日本の地を踏んで雪の富士山を眺めたときの感慨を重ね合わせた。

ユーモア精神にあふれた漱石は、後者の「雲の峰雷を封じて聳えけり」の「雲の峰」を似た言葉の「雪の峰」に入れ替えた。すると積乱雲は雪をかぶった雪山、富士山に変わった。冬の雷は日本海側でよく見られる現象のようだ。

句意は「山全体が雪で覆われた富士山が聳えている。その上空に巨大な雪雲が形成され、時に雷鳴を轟かしている」というもの。ここでの「雷を封じて」の意は、遠く離れた場所にいる漱石には、雲の中で発生していると思われる稲妻も雷鳴も定かではないことを表している。

英国から帰国して間もない漱石は、4月に一高と東京帝大に英語教師の職を得て、勇んで留学帰りのプライドと成果を持って教壇に立った。しかし帝大の学生は漱石の授業に対して不満を口にして、授業中の漱石は立ち往生した。そこで漱石は無難に教師の役をこなす方向に舵を切ることにした。

「能もなき教師とならんあら涼し」「楽寝昼寝われは物草太郎なり」の俳句を

掲句の少し前に作っていたことからも、漱石は同種の思いを掲句に込めていたと推察できる。つまり掲句は漱石が頭の上で騒々しく音を立て、動き回る雷を封じて立つことを決意したことを表した。学生の興味と知的レベルに合わせて授業をすることにした。

＊雑誌『ホトトギス』（明治36年7月）に掲載

雪の夜や佐野にて食ひし粟の飯

（ゆきのよや　さのにてくいし　あわのめし）

（明治45年5月26日）墨絵の賛

晩年の漱石は絵を描くことが多くなった。45歳の漱石は現代であれば壮年であり、まだまだ若い年代だ。しかし多くの病を抱えて体力に自信が持てなくなっていた。ある日、絵筆を持って墨絵をさらさらと描き始めた。雪の野を笠被った僧が杖を持って進む姿を描き、掲句を書き添えた。本人としては上々の出来栄えだったと思った。

描く題材は謡曲「鉢木（はちのき）」のストーリーの一部を描いたものだ。掲句の佐野は群馬県の地名で今は高崎市に含まれる地域である。栃木の町ではない。ある雪の夜に空腹の僧が歩き疲れた末にたどり着いた貧乏な家（佐野源左衛門の家）でもてなしを受けた。その僧は体を温めさせてもらってからまた雪の中へ歩き出した。老夫婦の家で粟の飯を食べさせてもらい、その味を噛み締めながら歩き出したのだ。その僧は人の情け、人の愛を噛み締めて雪の中を歩いていた。

いい題材のいい絵を描けたと漱石は満足していたら、妻はその絵を見て次のように言ったと伝わっている。「まあ、大作ですね、これは何をお描きになったの。刀を差したお侍ですか。」と。妻には杖が刀に見えたということは、僧は落ち武者に見えたのだ。

5月26日に書いた戸川秋骨宛の手紙文には、秋骨に頼まれて描いていた墨絵に賛として掲句をこの日に書き込んだとあった。妻に貶されたためか、今回の墨絵は初めて描いたものなので、間違っても床の間に飾ったりしないようにと書き添えていた。そのうちもっといいものを描いて送るからと書いていた。

雪霽たり竹婆娑婆娑と跳返る

（ゆきはれたり　たけばさばさと　はねかえる）

（明治29年1月28日）句稿10

半藤本では、漱石が当て字の天才であることを示す俳句の例としてこの句が出されている。通常バサバサは薄くて乾いたもの同士が擦れ合う音を表す擬態語であるとされる。鳥がバサバサと音を立てる、のような用い方をする。羽が擦れる音を表すのに適している。

この句では、雪が止んで晴れてくると、茂った竹の葉の上に積もった雪が溶け出し、自重で滑り出す。すると雪の重みでしなっていた竹が反発して枝葉がバサバサと音を立てる。俳句の本では「跳返る」の読みを「とびかえる」とする例がほとんどであるが、この句では「はねかえる」が適当である。どちらの読みも可能だが、竹のしなりによって残った竹の雪が飛ぶのであるから、反発・弾性が関係して竹の枝と葉には「はねかえる」という言葉が良いはずだ。漱石はこの竹の跳ね返りが竹林で次々に起こる様をバサバサと表わした。雪の塊が竹から外れて飛び、崩れ落ちる音はドサドサである。

漱石は婆娑を「影などが怪しく動く様」の意味で用いている気がする。暗い竹やぶで竹の枝に積もった雪を払いのけるように竹が動くのは、自然現象ではなく何か怪しい力が蠢いているからだと感じている。重々しい漢字でそれを表している。漱石は物事を面白く捉えるのだ。サンスクリット語にバッサバッサがあって、何か深い意味があると考えると面白くなる。

漱石の本格的な面白さはこの次である。竹が雪の重みでしなっている様はまさに老婆の曲がった腰そのものであると断じている。バサバサのバ音にこの老婆の婆の字を用いているのが面白い。漱石にはバサバサの音が「婆さん、婆さん」と聞こえていたのかもしれない。そして雪が竹から落ちると曲がった婆さんの腰があっという間にまっすぐに伸びる様を観察しているのも可笑しい。竹が腰を伸ばした後は、しばらく枝を細く揺らし続ける。これは婆さんの解放された後のしばしの快楽の時間なのだ。

・雪深し出家を宿し参らする
（ゆきふかし　しゅっけをやどし　まいらする）
（明治28年9月頃・推定）子規の選句集「承露盤」

漱石が松山にいた時に作った俳句であるから、この雪深い国の句は歴史句なのであろう。そして出家には二つの意味があり、一つは在家の一般人が宗門に入ること。もう一つとは流罪になっていた僧が赦免されて僧籍に戻ることである。したがってこの歴史句では後者の出家であり、流罪が関係する。雪深い土地は北陸あたりであろう。

39歳まで5年間流罪になり、京都から雪深い越後に幽閉されていた人がいた。愚禿と名乗っていた僧はこの間に親鸞と名を変えていたが、40歳になった年に許された。しかし大雪に足止めされてこの年の帰洛は叶わなかった。年が明けてから上野国回りでやっと越後を抜け出した。

句意は「この冬は降雪がひどく、親鸞は流罪が解けたが深い雪のために越後を出られなかった」というもの。「宿す」の意はここでは「止まらせる」の意になり、「宿し参らする」は「宿す」の強調で「押し止まらせる」。物理的に無理ということだ。

漱石が掲句を作った時の心境は、自分で自分に科した松山での1年間の流罪の刑期を終えてやっと元の自由な世界に戻るのだという思いがあったのだろう。漱石の場合は失恋が原因して心を乱したことに対する流罪であり、越後に流された親鸞の心境に比べるとダメージは軽い。しかし、この間漱石の心は深刻に塞ぎ込んでいた。そして苛立っていた。この気持ちの整理ができたということをこの句によって東京で漱石のことを心配している子規に伝えた。

＊「九州日日新聞」（明治29年12月19日）に掲載（作者：無名氏）と雑誌「日本人」（明治30年1月5日）に掲載

・行き行きて朧に笙を吹く別れ
（ゆきゆきて　おぼろにしょうを　ふくわかれ）
（明治31年5月頃）句稿29

笙を吹くの男は在原業平か。涙を拭くのは恋した女。京都を出ることになった男は、京から郊外に出る道で笙を吹くが、その男の吹く笙の和音が靄の立ち込める中で鳴りわたる。別れのシーンを自分で盛り上げている。稀代の色男のやることは並外れている。

笙という楽器は奈良時代からの楽器。十七本の黒塗りの竹筒を円形にまとめたものの頭（かしら）を、両の手のひらでくるむように持ち、その状態で指だけを動かして竹の根本に開いた小さな穴を押さえ、演奏する。家伝の技法を伝える伝統芸の世界である。

京都を出て東国に行く男、京の市中の館に戻る女。それぞれの道は別々で、次第に二人の影は離れ、遠のいてゆく。「行き行きて」は吉幾三の歌「雪国」を思い起こさせる。「追いかけて追いかけて追いかけて、雪国」が1、2、3番で繰り返される。重複する言葉がともに辛い別れを演出する言葉になっている。

この31年5月に、妻の鏡子は近くの大きな川で急流の白川に身投げした。運よく漁師に助けられて家に運ばれた。漱石は妻を介護しながら苦しい時期を過ごしたが、遠い平安の昔の男女に思いを馳せて気持ちを立て直すことをしていた。

・雪を煮て煮立つ音の涼しさよ
（ゆきをにて　にえたつおとの　すずしさよ）
（明治32年）手帳

「清厳曰鑊湯有冷処」という前置き文がある。これは「禅林句集」において清厳が言ったとされる「鑊湯無冷処」を「鑊湯有冷処」と言い換えているのだという。元々の意味である「沸騰している湯には冷たい処がない」を「沸騰している湯にも冷たい処がある」という意味の漢文に無理やり変えて漱石は遊んでいる。

この前置きに続く掲句で漱石はその理由を語っている。冷たい雪を鍋に入れて煮ると、沸き立つ時の音は涼しい音がしていいものだという。鍋は沸騰していても真ん中に雪の部分は残っているから、あのように涼しげな音がするのだ、とへそ曲がり男は言う。短時間ではあるが沸騰している鍋でも中央部には冷たいところが残っていたぞ、と涼しい顔で主張するのだ。この涼しげな音がたまらなく良いという。

漱石は雪を使うという知恵を持ってきて、一部に雪が残っている中で沸騰状態にできる例外的な場面を取り上げた。この実証的な反論を展開して、自作の替え歌ならぬ替え漢文の正当性を後押しして楽しんでいる。これは「アイスクリームの天ぷら」の不思議さに類似している。理系の頭脳を持つ漱石らしい句である。明治32年に漱石が熊本で雪のようなアイスクリームを安価に入手できたならば、「アイスクリーム煮て煮立つ音の涼しさよ」の句を作ったかを想像したが、作らなかったと確信した。漱石は胃の中で溶かすことにするからだ。

● 行く秋の犬の面こそけゞんなれ

（ゆくあきの　いぬのつらこそ　けげんなれ）

（明治29年10月）句稿18

この句の直前句は「行く秋をすうとほうけし薄哉」である。この直前句は薄の前を「すうと」通り過ぎる秋を見送る薄の気持ちを漱石が慮っていたものだ。今度は過ぎ去る秋を見ている犬の立場で俳句を作っている。これはいわば「吾輩は犬である」の俳句バージョンである。漱石は薄がほうけた表情は、軽度な怪訝な顔でもあったとして、その次に取り上げる犬の表情は本格的に怪訝な顔になっているとして、「犬の面こそ」と表している。

犬は体を震わせる事もできるし、声も出せるだけに薄に比べると感情表現が豊かなのだ。そんな犬が秋を見送る際の犬の顔を漱石はじっと見ている。すると犬はなんとも怪訝な顔をして秋を見送っていた。

秋は秋でどうして足早に過ぎ去って行かねばならないのかと不思議に思っているが、それを見ている犬は、いつの間にか秋が到来して、いつの間にか過ぎ去っているのはよくわからないと不満気なのだ。秋の中にいる犬も人間同様に紅葉する秋と十分に遊びたいと思っているに違いないのだ。だが犬は秋の到来を予測し、待ち構えていることができない。犬も野草や木々が緑の葉の色を赤や黄色に変えている中を走り回るのは楽しいと思っている。だがそんなことができる秋の季節に気がついたらすぐに終了してしまっている。そんなにいい時期がどうしてそんなに短いのかと怪訝に思えてくる。そして、犬は自分の毛の色は一年中同じ色であるのに、野山の葉の色はあんなに色が変わるのかと不思議がるのだ。二つのことで犬は怪訝な顔をしているようだ。

● 行く秋の関廟の香炉烟なし

（ゆくあきの　かんびょうのこうろ　けむりなし）

（明治31年10月16日）句稿31

関帝廟は三国志に登場する関羽を関聖帝君として祀った廟で、関廟とも言われる。この関廟は中国で算盤を発明した商売繁盛の神様として関聖帝君を祀っているものである。この廟は華僑や中国人旅行者、地元の商売人がお参りをする場所になっていて、日本では横浜と神戸に設けられ、入り口の香炉には香が焚かれている。

漱石が熊本に赴任した明治29年当時、これらの関廟の香炉からは烟があがっていたが、明治31年の秋にはお参り人の姿は消えて香炉には烟は立たなくなっていた。漱石は明治31年に横浜か神戸の関廟を訪ねた気配はない。中国古典に造詣の深い漱石としては、日中間の関係が侘しくなるばかりの国際情勢を寂しく思って、この状況を想像による「香炉に烟なし」の光景で描いた。

明治27年8月に勃発した日清戦争を経て明治28年3月に日清講和条約が締結された。この戦争によって清国は眠れる獅子ではなく、ただ弱いだけの獅子であることが世界中に明白になった。これを契機に欧米列強とロシアは中国への侵略を加速させた。日本もこの流れに加わって行った。この時代になると日本と清国の関係は険悪になり、日本国中の中華街の関廟から人の気配は消えた。

漱石は政治にあからさまに関与することはなかったが、俳句で消極的ながら関心を示し、時代を見据えていた。

・行く秋や椽にさし込む日は斜

（ゆくあきや　えんにさしこむ　ひはななめ）

（明治29年10月）句稿18

「えん」と読んだ漢字は屋根下の「たるき」のことである。傾斜する屋根の端に見える角型の板材である。この椽に晩秋の太陽の光が斜めに差し込んで明るくしている。ではこの日の光は朝日なのか、夕日なのか。それとも日中の光なのか。日の光が斜めに差していると意識されるのは、行く秋の日中のことである。

冬至が少し近づいて少し弱くなったと感じた陽光が椽に低く当たって、屋根下がとりわけ赤く光っているのを見ていた。夏の日中には目をやることのなかった場所である。このとき漱石は秋の深まりを実感した。同時に地球と太陽の関係が一年で変化することを考えてみた。

掲句の直前句は「日の入や五重の塔に残る秋」である。漱石は熊本の寺に行って秋の日を体に浴びて境内の隅にある五重塔を眺めていた。漱石の立つ位置からは、照らされている五重塔の屋根の下に密集している赤い椽がよく見えていた。高い位置にある屋根下の椽が日に照らされてより赤色が強調されて見えていた。

・行秋や消えなんとして残る雲

（ゆくあきや　きえなんとして　のこるくも）

（明治28年11月13日）句稿6

「客中病」と前置きがある。誰が病の中にいるのか。客中とは外地の旅行中を指す。中国の唐代の詩人たちが使う言葉である。子規は新聞「日本」の従軍記者として満州の大連に行って取材を重ねた。この間に結核を悪化させ、帰国の船中で吐血した。「客中病」とは「満州での仕事で病気を悪化させた子規に贈る」ということか。

季節が冬に向かって推移して行く。秋がどんどん冬に近づいて行く松山の街の様を漱石は見続けている。昨日よりも今日は秋が深まって行くのを感じる。漱石は立ち尽くして秋の景色を見ていると、日暮れになって辺りが次第に暗くなってくる。すると秋がさらに深くなって行くと感じる。病の中にいる子規のことが気になる。同じように消えて行こうとしているのか。

空に目を移すと周囲が暗くなって行くのに抗うように、空の雲はまだ光を受けて残って見える。空の雲は秋が姿を消して行くのを惜しむように光っている。空の雲の形は秋の積み雲の形をまだ少し残している。雲の一部は筋雲になりかかっているようにも見える。この筋雲はしばらくすると消えて透き通る雲ひとつない冬空になるのだ。友人のことが気になる。

空に「残る雲」は、漱石の目にはなんとか生きようともがいている様に見えている。間違いなく病床にいる親友の子規のことを念頭に置いてこの句を作っている気がする。前書きの「客中病」は病の中にいる客の意で、病を得て床に臥せっている子規の意味なのであろう。漱石の頭には、病床にいても新聞紙面に意見を掲載している子規の姿がある。

漱石はこの年も精神的には苦しい状態にあったが、東京で肉体を痛めて臥せっている子規のことを思うと、顔を上げて生きて行かなければと意を強くするのであろう。子規は臥せったままでも新聞社の社員となって、文芸記事を連載していることを思った。

・行秋や此頃参る京の瞽女

（ゆくあきや　このごろまいる　きょうのごぜ）

（明治29年10月）句稿18

三味線を弾きながら歌を歌う盲目の女芸人の瞽女は、生活費を稼ぐために全国各地を巡って演奏する。演芸をする瞽女の仕事先は主として東北、北陸の雪国で中でも穀倉地帯の農村である。農村には農閑期に演芸を楽しみたいという需要がある。

この年の秋に京都からは遠い、漱石の住んでいる熊本にも瞽女は足を伸ばしてきた。瞽女の京都の女とわかる話し言葉は、京都を学生時代に旅した漱石には懐かしいものであった。京都の瞽女は冬の厳しい寒さを小さい頃から身にしみて知っているので、冬の時期は南の方に仕事場を変えるのだ。

季節は冬の足音が聞こえるくらいに肌寒さが感じられるようになってきたが、そんな季節の変わり目に、薄着の旅芸人は漱石の家の近くにもやってきた。漱石は瞽女を目にすることはなく、書斎にいて玄関先の話声で瞽女が来ていると判断している。その瞽女は盲目であるため、同じエリア、同じ家にも重複して来てしまっているのかもしれない。漱石は心配顔なのかもしれない。

この句は、行秋の頃に瞽女がくることで、季節の寂しさが増すように感じられるというものである。瞽女の声は季節の変化を街の人に伝えている。そして秋の深まりが京の瞽女を熊本に引き寄せているようにも感じられる。また北からの秋の風は身の軽い瞽女を押して北から南に移動させるように感じさせる。

・行秋や博多の帯の解け易き

（ゆくあきや　はかたのおびの　とけやすき）

（明治29年10月）句稿18

秋が徐々に深まって着物が似合う季節になって来た。九州の女たちは博多の帯を締める。その彼女たちは情熱的な女たちであることを漱石は徐々にわかって来た。

さて掲句の「解け易き」の意味は、帯を身につけているうちに次第に緩くなって解けてしまうことなのか、それとも帯をつけている本人の意思でさらりと躊躇なく解いてしまうことなのか。これは後者であろう。そしてこの見解は一般的な認識なのか、それとも漱石の経験なのであろうか。

ちなみに博多帯の特徴は、縦糸は細い撚り糸を用い、横糸には太い片撚り糸を用いていることで、堅く粗い手触りが出ることだという。このことから博多の帯は結びやすく、着くずれしにくいと言われる。当然使用中の帯は比較的解けにくいということになる。

この句の面白さは、胸に近い腹に巻く帯がテーマであるだけに、ハラハラする内容になっていることだ。一見エロティックな内容と思い込んでしまうようにできている。漱石の企みを感じる。

人はいろいろなことを想像する。漱石は明治29年6月に結婚したので、この句を作った5ヶ月後に妻の博多帯に気を止めるようになったと思う人がいる。この博多帯は妻のものということを考えるからだ。見合い結婚の妻との関係も半年の期間を経て気安い和やかな関係に変わっていたことを示していると見るからだ。

いや男の角帯と解釈するのが妥当と思う人は、このころ漱石は神経症に悩まされていて、細かなことに苛立つ様を描いているとする。漱石は新婚生活用に良質の博多帯を誂えたのに、ラフに締めたい漱石にとって博多帯は意外にも解け易いことに軽い驚きを覚えたと解釈するのだ。確かに乾燥する時期になると帯の含有水分は減少して摩擦抵抗は減ることになる。よって解けやすくなる。

現代の川柳作家、大西泰世の句に「声だすとほどけてしまう紐がある」がある。この句は、漱石の掲句の帯を紐に変えたパロディ句だと思われる。

・行く秋やふらりと長き草履の緒

（ゆくあきや　ふらりとながき　ぞうりのお）

（明治29年10月）句稿18

秋から冬へと移ろい行く季節にふらりと短い旅に出ることを考える。漱石も熊本県内のことをもっと知りたいとしてぶらりと旅に出たのであろう。行く秋の景色はうら寂しく感じられる。何かをじっくり考えたいという時には旅に出かけたくなるものだ。

句意は「秋が次第に深まるのを見て、旅に出てみようと思い立って玄関で草鞋を履こうとしたが、草鞋の緒が長いこと長いこと」というもの。久しぶりに草鞋を履いてみたが、足首に巻きつける紐が長く感じられて煩わしくなった。確かに腰の弱い藁の紐は扱いにくい。しかも久しぶりの作業ともなれば煩わしい限りだ。

この句の面白さは、ぶらり旅の「ぶらり」と腰の弱いフラつき「ふらり」緒の間で「らり」の韻を踏んでいることだ。気楽な旅を演出する効果がある。そして長い紐を草鞋の端穴8箇所に通すのを続ける作業に辟易している様が垣間見られる可笑しさがある。草鞋を履き終えた漱石の頭は「ふらふら」になってしまっている。

ところで足首を草履に固定する草履の緒は細紐で、前緒と横緒から成る。緒は鼻緒とも言われて、もとは前緒をさす名称であったが，のちに全体の紐も指すようになった。漱石はこの全体の緒が長いと呆れている。確かに足首全体をぐるぐる巻きにするのであるから固定し始める前の紐の長さは、長すぎると思えるほどの長さがある。こんなに長い必要があるのかとの感想を抱きやすい。

この緒が長いという不満は、市販の草履のサイズが足の大きな人に合わせて作られているからだ。そして甲高の人に合わせているからだ。草鞋の紐は短いと用を足さないが、長すぎてもそれほど苦情が出ないという作り手の発想も起因している。最後に余った紐をハサミで切るようになっているからだ。大凡二本の振り分け紐の長さは70、80センチになっている。

ちなみに掲句の書いてあった句稿には、掲句の少し前の位置に「行秋や博多の帯の解け易き」の句があり、気になる。旅館の草履の緒と博多の帯の組み合わせが意図的である。前者が男物で後者が女物ということだ。これによって漱石は何を表しているのか。何を東京の子規に伝えようとしたのか。そして何を隠そうとしているのか。

• 行く秋をすうとほうけし薄哉

（ゆくあきを　すうとほうけし　すすきかな）

（明治29年10月）句稿18

秋が足を早めて通り過ぎるのを、ただすうと立ち尽くして眺めている薄がいる。そんな薄を心配そうに眺めている漱石がいる。白くなった薄の穂が開いて空気の流れに乗って飛び散って行く準備をしている。タネを周囲の草原にばらまいて一大群生地を作ろうと本能が働いている。この薄に強めの風が流れると、穂は惚けたように身を委ねてすうと動く。薄の穂の軽やかさが頼りなさに見えるが、漱石の感性はここに生きるたくましさが感じられるのだ。

この句の面白さは、「行く秋」の進み方が目で見えるように「すうと」と表されていることだ。そしてそれを見送る薄は自分の態度を寂しいと思うことなく、ほとんど感慨もなく「すうと」見送っているだけのように見られていることだ。その薄の態度はあたかも惚けているかのようだ。穂が締まりなく開いているからだろう。漱石は秋も薄も擬人化して的確に表している。そして秋の主役の二人と遊んでいる。

ほとんどの俳人が薄を風景の素材として捉えているだけであるが、漱石は感性のある意思のある存在として扱っている。薄は惚けている振りをしているだけで本当は寂しいのだろうと見ている。そしてその惚けたような姿ができるのは、逞しさがあるからなのだという。秋も冬が近づいていることを薄に風の吹き方で伝えるだけだ。薄と秋の風は互いに理解し合う友人同士なのだ。

• 行秋を踏張て居る仁王哉

（ゆくあきを　ふんばっている　におうかな）

（明治29年10月）句稿18

肌寒さが増して来ている秋に、寺の門のところで赤い顔と赤い体で風を直接受けている仁王は、気温がこれ以上下がるのはごめんこうむりたいという顔をしている。だが容赦なく寒さは増してくる。そこで仁王は両足を広げて腰を落とし、両手を広げて踏ん張って秋を止めることにした。秋の通り道に居座って秋の進行を阻止しようとしている。立つその位置で怖い顔をして微動だにしないことにした。

漱石はなんと面白い落語的な俳句を作るのであろう。秋を笑わせたなら秋は進む気力をなくすと思ったのか。明治28年に「凩や真赤になつて仁王尊」という句を作っていた。この句に比べると、まだ秋であり赤い体色はしているが真っ赤になる必要はなく踏ん張っているだけだと、漱石は仁王を冷静に見ている。

この仁王像は平安時代に日本全国で大流行した感染症対策として造られたものであろう。当時ウィルスが引き起こすものとは分からずに、ワクチンの代わりに赤い仁王像に頼ったのだ。この仁王像に睨まれた庶民は、寺の本堂前に設けられた手水場で清めとして手を洗うことを習慣化した。この習慣が家の中でも徹底されて全国の感染症は収まった。仁王は役目をきちんと果たした。

行秋を鍍金剥げたる指輪哉

（ゆくあきを　めっきはげたる　ゆびわかな）

（明治32年11月1日）「霽月・九州めぐり」句稿

熊本に仕事でやって来た松山の句友、村上半太郎（霽月）は九州各地の旅先で仕事の傍、俳句作りをしていた。霽月から連絡を受けた漱石は、晩秋の11月1日の早朝に彼の宿を訪れた。霽月が作っていた句の季語に合わせて、漱石は即興で俳句を作り、その句稿に書き並べた。句合わせの掲句の句題は「指輪」である。

霽月は漱石と同じくらいの歳の男で気の合う俳句仲間であったが、すでに地元では有力な実業家になっていて風貌は変わっていた。体は痩せてしまい、メガネを拭く仕草にも貫禄が付いていた。だが漱石はその手にはめていた金の指輪をじっと見て、俳句で句友を諭した。「行く秋と同じように鍍金の剥げた金の指輪は侘しいものだ」と伝えた。

親の仕事を継いで社長になっていた霽月に向かって、金の指輪で地金が見えたらアウトなのだ、メッキが剥がれては金の指輪ではなくなってしまうと言った。この指輪の話で、製造現場で職人と一緒に仕事をしていてはダメなのだ、金のメッキが剥がれてしまうのは当たり前だ。社長には社長の役割というものがあるだろう、と諭した。そんな指輪している社長の会社は相手にされなくなると伝えた。優秀な部下を育てるのもリーダーの仕事のはずだと。

漱石は霽月の手の指輪を見て、そんな手をして、そんな指輪をして地方を駆けずり回っていてはいけない。今度九州に来るときには、仕事を抜きにして俳句作りにだけ来てくれと伝えた。

漱石はこの親友に社長は粋な遊びもしなければならないと諭した。長崎で舶来のワイシャツを買って帰り、京都の茶屋に行くくらいのことをせよと「長崎で唐の綿衣をととのへよ」の句を贈った。社長業をしっかりやれとハッパをかけた。この句友はその後、愛媛で銀行を興し、頭取を務めた。

行く年の左したる思慮もなかりけり

（ゆくとしの　さしたるしりょも　なかりけり）

（明治32年1月）句稿32

この句は明治31年の12月の句ということである。力を抜いてこんな風につぶやいて年の瀬を迎えるのはいいものだ。漱石は元旦になるといつも「元旦にさしたる思慮もなかりけり」というのだろう。

明治31年の漱石の家では、妻はヒステリーに陥って一度だけではない自殺未遂事件を起こし、その対応として引越しをしたりで大わらわであった。この年の年末漱石は何も考えないことにしたのだ。いや考える力が残っていなかった。

最近ではこの「さしたる」という言葉遣いはなくなってきた。誰でも、どこでも決意や想いを示す際には「とにかく頑張ります」というのが定番になっている。この「頑張ります」を嫌う人は「気張ります」と言い換えるのが精一杯である。世の中は現状維持を認めないようなのだ。その一方で現在の日本は成長を追い求めるしかないと政府は公言しながら、デフレ経済政策を30年も継続させている。漱石に言わせると政府は「毎年の左したる思慮もなかりけり」ということになる。

だが「頑張る」の本来の意味は、我を張って一箇所から動かない、ということで何の変化も生じさせないという強い意志表示のことなのだという。であれば漱石のいう「さしたる思慮もなかりけり」と大同小異なのだ。同じ状態を続けることを自分に強いることを宣言したことになる。

漱石自身は、毎年普段から色々試行錯誤の取り組みを行っているので、年末年始に特別に力む必要はないのである。普段通りでいいのである。漱石は理系の頭脳を持ち、速い対応力を持つ人であるからだ。

行年や実盛ならぬ白髪武者

（ゆくとしや　さねもりならぬ　しらがむしゃ）

（明治28年12月4日）句稿8

源氏に敗れて討ち取られた平実盛は白髪の武将として、宝生流の謡本に登場するが、明治の世に実盛のように、白い髪を伸ばし放題にした白髪男がいた。誰であろう。今時珍しいと白髪男を白髪武者と漱石は名付けた。

討死を覚悟の平実盛は篠原の合戦に出発の際、主君平宗盛に願って錦の直垂を賜わり、敵将木曾義仲を討とうと奮戦した。敵の手塚太郎光盛がその派手やかな出でたちに目をとめて「名乗れ名乗れ」と責めたが名乗らなかった。遂に手塚に首をかき落された。手塚はその人柄を怪んで義仲に報告したところ、その首は実盛らしいので樋口次郎が首実験した。樋口はその首を見て涙を流した。首を池の水で洗ったところ、墨は流れ落ちてもとの白髪となったからだ。

60余歳の老武者だから先陣争いもなるまい。戦場には鬢や鬚を黒く染めて若やいで出て討死するのだ、とは実盛の口ぐせであった。そしてその通りに実盛は白髪を染めて、討死したのだ。主君のために最後の働きをしようとしたのだった。

漱石の目の前の白髪武者は、掲句が書かれていた句稿にあった「君が代や年々に減る厄払」に登場する厄払男なのではないか。通りの家々を訪ね、門前で厄払いをして、銭を受け取る、一種の芸人だが、白髪で目立つ男であった。年々減って来た珍しい存在の男。通りを歩いていて目立つ格好をしていた可能性が高い。ならば白髪で長髪なのではないか。身なりも神官風だったのではないか。見ようによっては武者風である。

• 行年や刹那を急ぐ水の音

（ゆくとしや　せつなをいそぐ　みずのおと）

（明治28年12月4日）句稿8

年末になって寺にお参りに行く松山の人は、家で待ち受ける雑事が頭をよぎっているためか動きが忙しない。寺の水屋の屋根の下に入って手を清める水かけも簡単なものになってしまっている。この年の瀬に一回だけの水かけの音が漱石の耳に届いた。下を向いて柄杓を持って片手ずつに水をかけている漱石は目の前の人が気になった。だがこれは年の瀬の風物詩になっていると漱石は笑って見ている。こんな場所で時間を節約してもいいことにはならない、ご利益も減ってしまうと考えないのかと、漱石は可笑しくなる。

落語に出て来そうな水屋の場面である。漱石の観察は細かいが、眼差しが優しい。「刹那を急ぐ」人は切ない人という。

漱石の手の清めはどうであったのか。人のことを気にしていて、水はきちんと手にかかっていなかったのではないかと気になってしまう。

掲句の直前句は「行年や実盛ならぬ白髪武者」の句である。質は違うが共に切ない話だということだ。

• 行く年や猫うづくまる膝の上

（ゆくとしや　ねこうづくまる　ひざのうえ）

（明治31年1月6日）句稿28

さてこの猫は、誰の膝の上に乗っているのか。漱石が熊本の大江村に家を借りていた時の句で、この家に猫がいた。当時の漱石一家が冬の縁側に勢ぞろいして撮った写真が残されていて、その写真を見ると、火鉢のそばにいる漱石は犬を自分の座布団の前に座らせている。問題の猫は女中の膝に乗っているのだ。妻鏡子の記憶によると、女中が年末に女中の姉が飼っていた猫を借りて来て、漱石の家のネズミ捕りをさせていたという。その注目の猫が掲句に描かれている。その女中の斜め後ろに座っていた漱石のところからは、その猫の姿勢は見えないのでわからない。しかし漱石はその猫は柔らかい体を伸ばして、うずくまっていると想像した。

句意は「年末に借りて来た猫は慣れた人の膝の上でうずくまっている」というもの。年の瀬に駆り出された猫は、漱石の家でネズミ捕りを頼まれ、活躍したようだ。このこともあって、漱石はカメラの前の猫の表情と態度を想像して見たのだ。連れて来られた猫は女中の膝の上にいて、自信たっぷりの表情で、リラックスして写真に収まっているはずだと想像した。

この句の面白さは、掲句を読んだ人は、「うづくまる猫」は漱石の膝の上にいると確信するように仕組んでいることだ。だが漱石と猫の相性はそれほど良くないとわかっているならば、このトリックに引っかからない。漱石は東京にいる子規の記憶を試していたのだ。ちなみに後に小説「吾輩は猫である」の主人公となった猫と漱石の相性は、互いに厳しい批評家であったので良くなかった。

や

・行く年や膝と膝とをつき合わせ

（ゆくとしや　ひざとひざとを　つきあわせ）

（明治28年9月頃・推定）子規の選句集「承露盤」

今の若い人同士の忘年パーティを想像させる句だ。漱石の狭い部屋に大勢の俳句会の仲間が集まって、何やら盛り上がっている。松山での同年輩の人たちによる年末の打ち上げ句会の光景であろう。膝と膝がつき合わせになるのであるから、漱石の8畳の部屋であれば10人ぐらいは集まっているのであろう。体を乗りだして議論しているようだ。

漱石は親しさを表現する常套句としてある「顔と顔とを突き合わせて」を使いたくなかった。この代わりに「膝と膝とをつき合わせ」を用いた。「顔と顔と」では距離が近すぎて喧嘩になると笑う。「膝と膝とをつき合わせ」ならば興奮しても互いに手が届きにくい距離になる。「膝と膝と」の方が畳の部屋に座って行う句会の雰囲気をうまく出せると気が付いた。そしてなにより越年の時間の連続感を膝の連続で表すことができる。来年への変わらぬ気持ちの伝達ができそうだ。この新鮮な句ができて、漱石はうまくいったと膝を叩いたに違いない。

ところで越年俳句としてよく知られている句の一つに、虚子の「去年今年貫く棒の如きもの」である。年末になると疲れが溜まっていてぼんやりしてしまうのか、呆然としてしまう時間がある。虚子の孫の稲畑汀子氏は、この句の棒について「ただ棒としかいいようがないのかも知れない。敢えて推測すれば、それは虚子自身かも知れないと私は思う」（『虚子百句』）と述べたことがある。去年今年についての感想を「特にない」というかわりに「ただ連続しているだけ、棒の如きもの」といったのだ。これに対して漱石は、来年も仲間を集めて俳句をやるという意思表示をしている気がする。

＊新聞『日本』（明治30年12月31日）に掲載

三者談

最も長い批評をしている。押し詰まった年の暮れ感がよく出ている。商人とかの集まりのようだが、決める必要はない。夫婦の膝詰め談判の切迫感もある。面白い表現を見つけて作ったという創作心理が見え透いている。禅語のような気がする。

・行年や仏ももとは凡夫なり

（ゆくとしや　ほとけももとは　ぼんぷなり）

（明治28年9月頃・推定）子規の選句集「承露盤」

年の瀬になると誰しも今年を振り返って、来年こそはマシな生活をしよう、マシな人間になろうと考えるものである。毎年の行事のようにそう思う。仏とは、仏性とは何かを少しは考える時がある。どうしたら欲を抑えられるかと考えてみるのだ。

その時の基本の考えは、「仏ももとは凡夫なり」というもので、仏になれたブッダも元は貴族といえども一般人であったと考え、一安心する。つまり仏になる可能性、仏性というのは誰にも同じように持っているということを確認して安心する。

しかし、そこからが大変な世界なのであることは誰しもが理解できている。誰もが悟りの境地に近づき、仏になれる可能性を認めはするが、仏になる試み、修行を始められるかは別問題なのだ。毎年このことを確認することで終わるのが、普通の人「凡夫」なのである。

漱石は、この明治28年に初めて「仏ももとは凡夫なり」と呟いたのか。それは不明であるが、青年の特徴でもあり特権である激しい恋愛を経験し、それを今年で終了させたと思っていた。つまり今年まではまさに凡夫であったと回顧したのだ。

今年の4月以降、楠緒子のいる東京を離れて松山の地において教員としての独身生活を過ごしてきた。それを来春には終了させ、結婚生活、夫婦という別の世界に踏み出すのだと気を引き締めたということか。熊本での新たな教員生活と妻を娶るという行事が待っている。漱石は今までの自分を脱するという意味で掲句を作った気がする。仏に少しでも近づこうということを意識しての作句ということではないと考える。

しかし、掲句を作った時の気持ちとしては、僧の荒行による悟りを得る過程とは異なるが、これまでの28年間に及ぶ人間関係における苦行を経て精神的鍛錬はある程度積めたと考えたのかもしれない。

・行年を妻炊ぎけり粟の飯

（ゆくとしを　つまかしぎけり　あわのめし）

（明治29年12月）句稿21

明治29年の年末になって、妻の鏡子は毎日白米のご飯を炊いていたのを「粟の飯」に切り替えた。漱石は妻の行動を褒めるために、この俳句を作ったのだろう。妻はこの時期、漱石から渡されたギリギリの生活費の中からへそくりをしていたようであるから、妻自らが粟の飯への変更をしたのであろう。当時小作農の人は米を売って粟飯を食べていた。（粟の生産量は米の6分の1程度）

この年の瀬に、家主は家賃の改定、値上げを通告して来た。今まで8円であったがこれを13円にするという。この値上げは漱石の高額の月給を知ったことによる値上げだと判断した。大阪人ならば「べらぼうめ」ということになる。

五高教授としての漱石の月給は１００円（価値の変換としておよそ5千倍とすると、月給は50万円）であった。ここから軍事費として10円の公務員天引きがあり、貸費生だった学生時代の返金が7円50銭、実父へ支援の10円、姉への仕送りが3円で、約70円が残る。漱石は毎月20円ぐらいの本代がかかった。すると最終では50円が残る計算になる。これで一家のやりくりをすることになっていた。少しの貯蓄、家賃と食費、交際費がかかって余裕はなかったようだ。厳しい家計の財布は漱石が握っていた。

そしてこの時期、空いた部屋に学校の同僚を下宿させていた。一応家賃をもらっていたが酒代と食費がかかるから持ち出しになっていた。このような妻の生活費のやりくりの中で、掲句に登場した粟の飯句が作られた。下宿していた同僚は文句を言わなかったのであろうか。

ところで粟の飯はどんなであったであろう。粟の粒は米より小さく色は玄米の色。では香りと味の方はどうであったのか。粟飯を食べていた人は、ブログにパサパサ感の記憶を書いていた。

・行く年を隣の娘遂に嫁せず

（ゆくとしを　となりのむすめ　ついにかせず）

（制作年不明）明治43年刊の『新派俳家句集』近藤泥牛編

ユーモア溢れる俳句を漱石はよくも作るものである。句意は「隣家の娘はなかなか嫁に行けないでいた。街の噂として、いま見合いをしていて今度はうまくいくだろうと思われていたが、とうとう年を越してしまった」というもの。この句の娘とは「吾輩は猫である」に登場する近所の金満金田家の娘のことなのであろう。金がいくらあっても結婚話はうまく行かないこともあるという話だ。

しかし、掲句は別の解釈も可能である。隣家の親は娘の嫁入り道具を揃えるのに苦労しているのを漱石は知っていた。漱石は隣の娘が嫁げない理由を嫁入り道具に求めていた。その親は嫁入り道具を揃えきれていなかった。娘が婚家で苦労するのを和らげたいという思いがあり、親は少しでも娘の立場をよくしてやりたいと思っていたようだ。漱石は娘を持つ親は収入が高くないと先々苦労すると考え、いまからその準備をしておくべきだと考えた。つまり掲句は自戒の俳句なのだ。

漱石の家に生まれた子供は頭から4人続けて女であった。漱石は自分の家でも似たようなことが起こると考えると身が引き締まった。漱石は子供が女ばかりという結果を受けて、新聞社社員としてノルマとしての小説を執筆するということでなく、多額の印税が入るように売れる小説を次々に書く決意を固めた。新聞社との契約年俸の他に、本の印税で収入を増やす必要を感じた。このことが後世の漱石ファンを増やし、喜ばすことにつながった。

明治38年12月に四女が生まれたが、この後に加計正文宛の手紙（明治39年1月6日付）に、「君なんか金があるから羨ましい訳ですな。先達て赤ん坊が生まれました。僕はこれで四人の女子を有する栄を持つと云う騒ぎだが、片付ける時の始末を想像するとゾツとするですよ。」と書いていた。この加計正文氏は令和の時代に文科省絡みの「獣医学部設置」問題で話題になった加計孝太郎氏の先祖であった。加計家は広島県の加計町に広大な林地を所有する大金持ちの家であった。

・行年を家賃上げたり麹町

（ゆくとしを　やちんあげたり　こうじまち）

（明治29年12月）句稿21

この俳句を作ったのは、熊本で二番目の借家に住んでいたときである。この年の9月に転居していて熊本市合羽町237（現坪井2丁目）に住んでいた。漱石の給料は100円であることが家主に知られて、年末にかけて家賃を上げてきたのだ。漱石は大いに呆れて掲句を作り、「名月や13円の家に住む」という俳句も作った。

最初の家の家賃が8円であり、いくら広い家でも13円の家賃は漱石の家計には大きな負担になったのだろう。1年後にはこの市内の家を諦めて田舎の方、桑畑に囲まれた大江村の家に引っ越した。広くなった借家の家賃は7円50銭と大幅に安くなった。

ところで合羽町に住んでいたのに麹町が出てくるのはどうしてなのか。家主の年末の家賃の一方的な値上げに立腹していた漱石は違う住所で俳句を作ったことになる。その理由は合羽町の合羽は河童を連想するからである。漱石の住んだ時の合羽町には大きな洋館が建っていた。地元の人はこの西洋人の住む洋館のある町ということでこの町名になったことを承知していたが、気に入らないのだ。西洋人の風貌は河童に類似していたことを理解していたにもかかわらず、この町名が気にくわない。そこで漱石は合羽町を麹町に切り替えた。では麹町が採用された理由は何か。そのヒントは明治30年5月25日付けの句稿25にあった俳句、「漢方や柑子花さく門構」に示されていた。合羽町の医家の庭に柑子の木があったからなのだ。この樹木の花は白い花であり、クチナシの花に似ている綺麗な花である。漱石は柑子と同じ音で、思い出のある東京の麹町に切り替えた。麹の色は白であるのも良かった。

漱石はポルトガル人、バテレンの代名詞である河童に通じる名の付いた町名が嫌いであった。漱石にとっては彼らの後継者たる英米人が明治維新を計画し、日本の富を奪い、日本の社会を急激に西欧化させ始めたことを快く思っていなかった。その気持ちを掲句の中に込めたのであった。

この俳句に込められた真実は、漱石は「家賃の一方的な値上げに立腹していたこと」だけではなく、「明治政府の西欧化一辺倒の政策に反対していたことを明らかにしておきたかった」のである。つまり「日本国の政策、国づくりの大本に関係していたバテレン、河童野郎の街に住んでいることが癪であった」のだ。それで掲句では合羽町ではなく、麹町にした。そうなると掲句は、漱石の思想にも、感情にも関わる重要な俳句ということになる。

そんな漱石は熊本で一所懸命に英語を教えていることが虚しくなって来たのかもしれない。生徒たちは向上心に燃えて英語を熱心に学び、西欧の考えを理解しようとするのには応えたいとは思って熱く教えていた。しっくりこないのであった。

・行く春のはたごに画師の夫婦哉

（ゆくはるの　はたごにえしの　めおとかな）

（大正3年か4年）手帳

江戸時代、明治時代に夫婦揃って旅に出るのは珍しいことであった。特に気難しい絵描きが夫人を連れて旅に出る姿は目立ったであろう。

句意は「盛りを過ぎた春に、地方の温泉旅館に画師の夫婦が泊まっている」というもの。珍しい夫婦がいたものであるとして、記念の俳句を作った。

さて晩年の大正3年頃、原稿用紙から離れて絵描きのような生活をしていた漱石の場合はどうであったであろうか。漱石が夫婦二人して旅したのは結婚直後に九州にいた親類への挨拶を兼ねた新婚旅行と妻の里帰りに同行した東京・鎌倉の旅、それと掲句に描かれた旅だけであった。この他は職場の同僚または大学時代の親友との二人旅であった。それ以外は一人旅であった。

漱石夫婦は大正元年の8月中旬から下旬にかけて栃木県、群馬県、長野県の温泉のある保養地を夫婦で回った。漱石の健康を気遣う妻が同伴した旅であった。このとき漱石は画帳を抱えていたに違いない。

大正5年の年末に没した漱石は、その2年前の大正3年ごろには、体がだいぶ弱っていて、熱心に俳句を作るということはしなくなっていた。この状況の中で作られた掲句は漱石らしいユーモアや頓知を効かせた俳句ではなくなっている。この句は妻に対する感謝の気持ちを表わす俳句である。

逝く春や庵主の留守の懸瓢

（ゆくはるや　あんしゅのるすの　かけふくべ）

（明治41年）手帳

漱石の書斎には花瓶としての瓢花入が壁に掛けてある。これは瓢の首に紐をつけて壁掛け用にした懸瓢であると思われる。茶道では掛花入という言葉が使われている。洒落た一輪挿しというところだ。

漱石は外出する際には書斎の中を見渡してから部屋を出る習慣があったのか、この日は柱に掛けてあった瓢の花入に目が止まった。黒光りしている懸瓢は書斎の守り神のように感じたのだ。漱石は十分に暖かくなって来た春に出かけることが多くなって来た。そしてこの日の留守番を懸瓢に託した。この懸瓢には漱石の好きな花が生けてあった。桃の花か白モクレンであろう。

この句の面白さは、中国の掛け軸と文机があって懸瓢のある書斎は、芭蕉の庵のような雰囲気になっていた。この庵のような書斎から濃密な心理小説である「それから」が生まれたことを考えると、書斎を非日常の世界に改造しているという意識は重要なのであろう。

かつて漱石は「一東の韻に時雨るる愚庵かな」の句を明治30年に作っていた。この愚庵とは、山岡鉄舟に師事したことのある人で、漱石の尊敬する天田愚庵のことである。例の愚陀仏庵はこの人の名前から発想である。掲句にある庵主の住んでいる庵は芭蕉の庵ではなく、天田愚庵の庵なのであろう。漢文の香りのする庵であった。

行く春や壁にかたみの水彩画

（ゆくはるや　かべにかたみの　すいさいが）

（明治45年6月18日）松根東洋城宛の書簡

東洋城が漱石に制作を依頼した壁シリーズの「壁十句」として作られたものの一つ。漱石は句題が壁ということで面白がり、発送する前日に10句を一気に作っている。出来は悪いが急いで作ったのだから価値はある旨の文をつけている。

句意は「春も終わりになって、書斎の壁に飾っている水彩画は作者が死んでしまって今では形見になっている」というもの。記念にと送付されてきた水彩画であるが、これを壁に掛けているといつも作者のことが偲ばれるというのか、それとも壁に掛けている間に作者が死んでしまい、形見の作となってしまったというのか。多分後者だ。生前の子規が自慢げに枕元で描いた花の絵を送ってきていたのだ。寝床で腹ばいになって描いた花の水彩画が漱石の書斎の壁に掛けてある。

この句の面白さは、行く春の「行く」には「逝く」の語が背後にあって、その作者が死んだことの意味が生じ、「かたみ（形見）」につながる。大の親友であった子規は、漱石の心の中で生きているので、体の一部になっているの意味で「片身」の意味も掛けている気がする。

ちなみに子規は明治35年9月19日に逝去している。おおよそ10年が経過していた。

行く春や経納めにと厳島

（ゆくはるや　きょうおさめにと　いつくしま）

（大正3年）手帳

日中に時間に余裕ができて来た漱石は、たまに謡を唸ることにしたようだ。好きな平家物語に関係する曲だ。体の調子は少しいいので声が出るようになっていた。

句意は「明治29年の遅い春に、松山から熊本に転勤する際に、虚子と宮島に上陸したことを思い出した。あの島には平清盛が造営した厳島大明神海上社殿があるが、ここに清盛を筆頭に平家一門が勢ぞろいして、豪華に作った法華経30巻を納め、一門の現世と来世の隆盛を祈願したはずなのに、そうはうまく行かなかった」というもの。法華経30巻は平家一族のメンバーが一巻ずつを分担する形で筆写したもの。このことで各人が責任を持って平家のためには働くことを誓ったはずであった。

漱石がその厳島神社に詣でた時には、清盛同様に何かを祈ったはずだ。それを今思い出していた。そしてその後の自分を振り返った。

清盛は平家一門の隆盛を祈願したが、孫の代になると平家の権勢は衰え源氏の追討を受けた。平家当主であった清盛の孫の維盛は厳島で入水自殺を遂げた。歴史的には平家一門は朝廷文化に染まった武士団であった。武士の鍛錬を忘れたと言えそうだ。維盛については美貌の貴公子として、光源氏の再来と称された人らしい。

さて漱石はどうであったか。漱石は49歳で没したが、壮年の体で死ぬことは気にしていなかった。死に際して北斎のようにあと5年欲しいとは言わなかった。漱石は厳島での祈願後の人生を納得していたようだ。正岡子規の活動を目標に、文学分野で精力的に仕事をし、成果を上げたからだ。100年後に残る文学作品を書き上げたと自覚していた。いやそれらは200年後にも残るであろうと考える。

・行春や紅さめし衣の裏

（ゆくはるや　くれないさめし　きぬのうら）

（明治32年）手帳

衣替えの時期になって着物が衣紋掛けに掛けられて陰干しされている。紅色の裏地が衣紋掛けの上で広く見えている。仕立てた当初は色鮮やかな紅色であったが、今は褪めてしまっている。時の進行を感じる。しかし、それでも部屋は艶やかさで満たしている。

裏地の赤は少し色が褪めた方が落ち着いていいように思える、と漱石は言いたいようだ。味わい深い方がいいと。だがその一方では寂しく思っている。この退色は紅色の色素成分が紫外線に長時間さらされると分解されるからだ。色鮮やかな紅ほど分解されやすい。

珍しく漱石は女性の着物に着目している。新婚時代を経て今や中だるみの時期に差し掛かっていると感じている。かつてデュエットの歌謡曲で「3年目の浮気」という歌が1982年、83年（昭和57年、58年）に流行った。漱石夫婦も結婚してからはや3年が経過していた。漱石の妻に対する気持ちも冷めてきていることを掲句で表したのだ。このことを着物の色が褪めていることで表している。そこで夫婦の気持ちをつなぐのが子供なのである。この年の5月に流産を経て初めての子、長女の筆子が生まれた。ちょうど衣替えのころであった。危機の時でもあった。

だが夫婦の危機の原因は漱石の側にその多くがあった。このことについては漱石も何も具体的には書き残していない。そして妻の方もこれに呼応するかのように何も言わないし、はっきりとは書き残していない。漱石が死んだのちであっても。だがこの夫婦に証拠が明確に残されていなくても、また関係者間で消されていても、正式文書がなくても歴史は語られて行くように漱石の心と行動は明らかになる。

この句の面白さは、着物の裏地の「紅さめし」は漱石の妻に対する気持ちが冷めていることも表している。つまり「褪める」が「冷める」に掛けられているのだ。ここで考えるべきことは、この着物は鏡子のものか、漱石のものかということだ。漱石の晩年の部屋着の着物は結構派手であり、女物の長襦袢を愛用していたのは良く知られている。

・行春や瓊觴山を流れ出る

（ゆくはるや　けいしょうざんを　ながれでる）

（明治29年3月1日推定）三人句会

瓊觴山とはどんな山なのか。瓊觴には玉で作った杯の意味があるという。つまり瓊觴山とは綺麗な宝のごとき山ということだ。桃源郷のように架空の山なのであろう。ちなみに中国南部の海南島にある都市に瓊山市があるが、ここは景勝の地である。この地の特産物には椰子殻細工、珊瑚細工の品々があり、このことから海南島の山を瓊觴山と命名したとも考えられる。この山は、いわば山の竜宮城なのであろう。令和の時代の海南島は、有名な歓楽のリゾート地になっている。

そしてこの地の瓊山は漢代以来文化的に開けた土地となっていた。漱石が傾倒した蘇東坡や蘇軾もこの地に関係している。彼らを含む宋代の高官たちの流刑地にもなっていた。蘇東坡の建てた楼閣もあり、付近には史跡が多い。

ところで句意は「春が過ぎる時期に、名勝の瓊觴山に十分に溜まっていた春がキラキラと光りながら下界に流れ出て来た」というもの。この光景はまさに幻想的である。春の輝きが溢れるように流れ出るというのがこの句の魅力になっている。この句は漱石の狙い通りの神仙体の俳句になっている。

ちなみに瓊觴山を「けいしょうやま」と読ませる句本があるが、桃源郷のように漢文調に読むのが良いと考える。山の呼称にはルールはないが、中国の香りが漂う「けいしょうざん」が似合う。

● 行春や里へ去なする妻の駕籠

（ゆくはるや　さとへいなする　つまのかご）

（大正3年か4年）手帳

春は楽しいことばかりではない。現代のサラリーマン社会と同じで、明治時代の春は人の移動の季節で離縁された妻が実家に戻される季節でもあった。暖かくなった春の日に、離縁されて実家へ帰る妻が、嫁入りの時に荷物を運んだ大八車とともに故郷への道を通って行く。こんな一行に出会うのは辛いものだ。持参した花嫁道具はそのまま馬車に積み込まれている。里に返される原因の大部分は、嫁ぎ先に子が生まれないことにあった。その不妊の原因は子を孕む妻側にあるとされていたからだ。当時の家制度では後継の子を産むことが最も重要視されていた嫁の仕事であった。

漱石はこの光景を見て自分たち夫婦の過去を振り返った。自分たちにも危ないときがあったと回想したのだ。些細なことから夫婦の溝は大きくなるのだ。この句を作った大正3年は漱石の体調が悪化してきていることを自覚していたころだ。「妻の駕籠」の列を見て、今までの人生を振り返る気持ちが湧き上がったのだろう。

漱石の生きた明治・大正の頃は妻の立場が弱かった。昭和においても弟子の枕流の田舎では、後家という言葉には子供心にもトゲを含んだ非難めいたニュアンスがあることを知っていた。その言葉の対象者は幾分惨めさを味わっていたのだろう。そしてその惨めさに付け込む輩もいたのであろう。優しい言葉を投げかけて近づく男もいたに違いない。

そもそも「ゴケ」という音が問題であった。「こける」という言葉の関連を頭に描くからである。そして日陰に生育する苔のイメージも付いて回る。せめてコウケと発音すべきであった。現代のようにバツイチといえば笑いながら言えるのだが。

● 行春や書は道風の綾地切

（ゆくはるや　しょはとうふうの　あやじぎれ）

（大正3年）手帳

漱石は集めた日本の骨董品を書庫に収蔵していた。その中に綾地切と呼ばれた小野道風の筆になる書があった。それはところどころ破損していたが、その書から漱石には道風の筆のすごさが伝わっていた。

大正3年ごろの漱石は、体調のいい日と悪い日があったが、次第に体力がなくなっていくのを実感していた。翌年の大正4年にはこの作業は無理だろうと悟っていた。そんな中、かつて集めていた骨董品を取り出し、我が子のように慈しんで眺めていた日があった。そして道風の綾地切のように自分の小説も後世に残ることを確信していた。そしてこれまでに作り続けてきた俳句群も多分そうなるであろうと思っていたはずだ。

句意は「春の盛りが過ぎようとしている日に、書庫の骨董の整理を始めた。その中に道風の綾地切の古書もあった」というもの。漱石は道風の作品を手にとって眺めていた。いいものは古びないものだと眺めていた。この他に漱石が集めた書には中国の古い文字の拓本や良寛の書があった。

ちなみに「綾地切」とは平安時代に作られた書で、主として白居易の詩を薄茜色の着色絹地に草書体で書き写した書を部分切りしたもの。

この句の切なさは、「行春」に自分の命も短いことも重ねていることことである。この句の近くに「行春や僧都の書きし絵巻物」と「行く春や披露またる歌の選」「行く春や経納めにと厳島」などがある。

行く春や知らざるひまに頬の髭

(ゆくはるや　しらざるひまに　ほおのひげ)

(大正3年) 手帳

縁側であくびをしている漱石の姿が浮かび上がる。大きく開いた口に手を当てると、手のひらに髭のざらつきが感じられた。「おお、大分伸びてるわい」と呟いた。いつの間に伸びたのだ、と髭に語りかけた。

句意は「大分暖かくなって来た春の日、人に会うこともなく過ごしていたら、いつの間にか頬の髭が伸びていた」というもの。大正3年頃は体力が落ちて外出することが殆どなくなっていた。定期的に髭を剃る習慣もなくなっていたのだ。毎日縁側で絵を描いていた。そして気がつくと頬の髭はもっそりと伸びていた。あの立派な口髭は頬の髭によって圧迫されていたのかもしれない。

この句の面白さは、「知らざるひまに」にある。一般には「知らざる間に」または「知らぬ間に」を使うところであろうが、あえて「ひまに」を入れ込んでいることだ。つまり時間を持て余していた、暇な期間にといいたいのだ。「ひま」は時間のことではあるが、余った時間というニュアンスがある。毎日が日曜日ということだ。大正3年の9月ごろは4度目の胃潰瘍による痛みで病臥していた。絵を描くどころではなかった時期もあった。

漱石山房への人の訪問は途絶えて来ていたが、髭だけは遠慮なく来てくれていると嬉しそうに笑っていたように思える。

行春や僧都のかきし絵巻物

(ゆくはるや　そうずのかきし　えまきもの)

(大正3年) 手帳

漱石の亡くなる2年前、自分の命はそう長くはないとわかっていた。原稿の執筆は殆どせずに病気と向き合っていた。そのような生活の中で、暖かい春の日に書庫から骨董の絵巻物を取り出した。誰かが寄贈してくれたもので、有名な僧が書いたものであった。

この頃の漱石はほぼ毎日のように絵筆を持ってなにがしかの絵を描いていた。こんな時にはいいものを見ようという気になり、よくこの絵巻物を取り出した。

句意は「春も過ぎようとしている暖かい日に、久しぶりに骨董品を見ようと書庫に入った。このとき、ある僧都の描いた絵巻物が目に止まり、取り出して眺めていた」というもの。絵巻物の鑑賞には虫干しの意味もあったのだろう。僧都は僧の官職の一つで、僧正に次ぐ高い地位である。さて誰であろう。

日本四大絵巻物と呼ばれているものは、源氏物語絵巻、鳥獣戯画絵巻、信貴山縁起絵巻、そして伴大納言絵詞である。僧都が描いたものはこれらの中にはない。鳥獣戯画絵巻の作者は鳥羽僧正という説は今では訂正されているが、漱石が生きていた時代には鳥羽僧正の作ということになっていたので、僧都とは、鳥羽僧正のことであったのか。そうであれば、掲句において漱石が手にしていたものは鳥獣戯画ということになる。

漱石はいいものは大事にされ、後世に伝わることをこの時確信した。10年前に自分の書いてきた小説も１００年後の日本に残ることを弟子の一人に話したことを思い出した。しかし漱石の弟子、枕流は漱石の作は２００年後にも残ると確信している。

行春や候二十続きけり

(ゆくはるや　そうろうにじゅう　つづきけり)

(明治28年10月末) 句稿3

原句は「妹が文候二十続きけり」。句稿に書き込んだ原句について、漱石は「季ガナイ」と自ら添え書きして送っていた。漱石は季語がないことをそれほど気にしていなかった。子規から修正された句を送り返された漱石は、一般的な季語の「行春や」を上五に用いたことで後述するように子規の配慮に感謝した。

句意は「春が過ぎようとしている頃、丁寧な表現を心がけた手紙が届いた。この文面には候が二十も書かれていた」というもの。この句からはこの手紙は書きにくいものであり、書き手の堅苦しい気持ちが伝わって来る。

ところでこの「候が二十も続いた」手紙は誰からのものなのだろう。原句にあった「妹」は恋人を指す言葉でもある。つまりこの「妹」はかつて恋人であった大塚楠緒子を意味していると推察する。漱石との関係を清算して小屋保治と結婚した楠緒子から、松山にいる漱石に心情を告白する手紙を書いて来たのだ。親が決めた保治との結婚とはいえ、漱石を傷つけたと思っていた。

明治28年12月18日に子規に送付された句稿9に「親展の状燃え上がる火鉢かな」と「黙然と火鉢の灰をならしけり」が隣り合わせにして書かれている。掲句を作ってから2ヶ月が経過して漱石はこれらの俳句を作っていたことになる。掲句とこれら火鉢の句の間に書状が関係する俳句は出て来ていないことから、候が二十も続いた「ぎこちない文面」の手紙は火鉢で燃やされた手紙であると断定しても良い。これは漱石が重い内容の「親展の状」を処分できずに持ち続けていたことを示している。漱石は生涯一貫して自分宛に来た手紙は保管せずに燃やしていたことを考えると、この保管は異例のことであった。そして火鉢で燃やす処分法も異例のことと思われる。

もう一つの参考になる例がある。これも漱石が受け取った手紙の特異な保管例であった。漱石が熊本時代に親友の菅虎男の家で受け取っていた楠緒子からの手紙は、虎男の判断で保管され続けていた。虎男の家は漱石が熊本第五高等学校から帰宅する途上の道にあって漱石は容易に立ち寄ることができた。これらの漱石宛の手紙の包は虎男の実妹の大牟田の家に預けられていたが、昭和になってこの家が水害にあったことでこの実妹は泣く泣くこれらの手紙を処分したという。つまり熊本で受け取っていた楠緒子からの手紙だけは、漱石はすぐに処分することはしなかったのだ。

子規は原句の「妹が文」の語は楠緒子からの手紙だと容易に想像させると考えた。別の親友への手紙に原句をつけて手紙を出しそうな気がしたのかもしれない。子規は漱石に油断があると注意を与える意味で、「妹が文」を削除して「行春や」と入れ替えたと思われる。子規は保治と漱石の間にある楠緒子に関する機密保持の約束を知っていたと思われる。

・逝く春やそぞろに捨てし草の庵

（ゆくはるや　そぞろにすてし　くさのいお）

（明治41年4月26日）東洋城宛の葉書

「南風故國情（なんぷうここくのじょう）」と前置きがある。句意は「芭蕉は今まで住んでいた庵を捨てて旅に出たのだ。お前も芭蕉のようにそろそろスッキリさせたらどうだ」というもの。遅い恋愛に悩んでいる弟子に漱石の考えを掲句で伝えた。すでに南からのなま温かい風が吹き出している。恋愛の時期であった春の季節は過ぎて、南風が吹く夏が近づくと人は少し冷静になり、目が覚めるものだと言っている。そろそろ結論を出してもいい頃だと。あの大成した芭蕉でさえ住み慣れた深川の庵を友人に譲って、身一つで奥州への旅に出た故事を引いて、わかりやすく諭したのだろう。あの高齢の芭蕉でさえ死を覚悟して旅に出たのだと。東洋城に決断してくれと柔らかく迫っている。

ちなみに同じ葉書において、掲句の前に「春色到吾家」と前置きして、「おくれたる一本桜憐也」の句も置いていた。つまり掲句の前置き俳句を書いて、二段俳句戦法で東洋城にプレッシャーをかけている。

この句を書いて送った弟子、東洋城への葉書の最後に、「右御採用になりませんか」とからかうような言葉を書いた。漱石の考えをそろそろ受け入れてくれませんかということだ。さあ腰を上げて動き出してほしいと東洋城に伝えた。いつも私の句は良いとして、君の句誌に掲載してくれているように採用してくれとからかう。

彼へ出した直近の葉書では、恋愛に対する見方を強い言葉で示していたが、この句ではやさしく穏やかにだが、そろそろ行動せよと諭している。いまこそ住み慣れた庵を出るときだと。

・行く春や披露待たるゝ歌の選

（ゆくはるや　ひろうまたるる　うたのせん）

（大正3年）手帳

新年が明けた1月16日ごろには皇居で「歌会始」が行われる。例年皇居宮殿の「松の間」で行われ、応募者の歌の中から入選した10人の短歌と天皇陛下、皇后陛下や皇族方の詠まれた短歌が披露される。

大正3年の「歌会始」は、大正時代に入って初めてのものであった。大正元年の年の「歌会始」は先帝が逝去された関係でこの行事は行われなかった。そして前年の「歌会始」は明治天皇の喪中期間であり中止になっていた。新しい時代の最初のお題、勅題は「社頭杉」であった。この「社頭杉」は奈良の春日大社にある巨大杉である。天皇家の歴史と共に存在しているような杉である。この勅題は天皇家、日本の継続を意識したものである。

漱石は天皇陛下と皇后陛下の歌がどのようなものか、そしてどのような歌が一般応募歌から選ばれるのか、興味を持って待っていた。大正時代になって始めての「歌会始」であったから期待は大きかった。漱石は朝日新聞の文芸担当であったから、皇室担当の取材記者からの連絡を待っていた。それを得て記事を書かねばならない立場であった。

この時代にラジオはまだ出現していない。よって人々は新聞発表でのみ一般選考の歌を知ることができた。漱石の気持ちは高ぶっていた。

この「歌会始」にはかつて恋人であった佐々木信綱の門下の楠緒子も生前に応募していたことを漱石は思った。短歌を熱心に詠んでいた楠緒子のことを思い起こしていたに違いない。そして楠緒子は結婚後に漱石への思いを込めた短歌を歌誌に投稿していたことも思い出した。

• ゆく春や振分髪も肩過ぎぬ

（ゆくはるや　ふりわけがみも　かたすぎぬ）

（明治29年3月5日）句稿12

伊勢物語に「くらべ来し振分髪も肩過ぎぬ　君ならずして誰か上ぐべき」の歌があるという。歌の意味は、「あなたと長さを比べ合ってきた私の振り分け髪も、肩の位置で切る歳を過ぎて長くなって肩を過ぎてきた。少女を脱したのでこの髪を結い上げることになったが、あなたのために結い上げたい」というもの。女の方から男に思いを告白している歌になっている。

掲句はこの伊勢物語の歌の前半部から、髪を切るように歌を切り取って、俳句に作り直したものになっている。昔の子供の髪型は振分髪で、男も女も頭のてっぺんで左右に髪を分けてそのまま肩の線まで伸ばしていた。互いに男女を意識するようになる歳頃になると髪型は男女で異なるものにする慣習があった。

句意は「そろそろ娘時代も終わり、大人の仲間入りする時期になっている。振分髪は丸く結い上げるのに十分な長さになって肩下まで伸びている」というもの。伊勢物語の歌は女の立場でのものであるが、漱石の句は男の立場で目の前の娘の振分髪を観察している。若い男は子供時代と決別する際には髪を短くするが、女は振分髪をそのまま伸ばして行く。そして髷を結うことになる。

この俳句では、「ゆく春」を過ぎ去ろうとしている季節の春と過ぎ去ろうとしている青春時代の両方にかけている。そして少女の「振分」髪は、娘時代に相応しい長さにまで伸びていることを示している。そして結婚すると丸髷に形を変えるが、今はその準備に入っていることを掲句は示している。女性の髪型は、成長する女性の年齢とともに変化する。振分髪の「振分」は大人への入り口に差し掛かっていることを暗示している。つまり髪型の変更は少女時代との決別、振分けを意味する。

ところで漱石はどのような意図で掲句を作ったのか。同じ句稿の直後句は「御館のつらつら椿咲にけり」である。春は自然界でも人生においても活力が生まれる時期として春と行く春を歓迎している。漱石は一月後には松山から熊本に転居し、時を開けずして結婚式をあげることになっていた。まさに独身時代の春が過ぎ去ろうとしていた時期にあって、「ゆく春」を感じていた。

• 行春や未練を叩く二十棒

（ゆくはるや　みれんをたたく　にじゅうぼう）

（明治37年10月11日）野間真綱宛の絵葉書、俳体詩

漱石は約10年前の円覚寺における坐禅の光景を思い出している。結婚しようと思っていた楠緒子を保治に譲ってからは帝大の学生寮に戻らず、ふらふらと東北の松島に行ったりしていた。頭では楠緒子を忘れようとしたができずにいた。見かねた親友の菅虎雄が漱石を円覚寺に誘った。漱石は神経衰弱（鬱病）になっていた。

句意は「自分の青春とは離別する思いで参禅した。二十棒が肩を叩く衝撃は彼女への未練を叩き落とすものであった」というもの。行春は季語ではなく、

青春との決別を意味した。この参禅の時期は明治27年12月であり、「行春や」の春の時期ではなかった。自分の春の季節は過ぎつつあったということを表した。

適度な間隔で背中から禅僧が無言で「無心になれ」と肩を二十棒で打ち付けるのであるが、漱石はこれを「未練を叩き落としてくれる」ものとして受け入れていた。しかし、漱石は無心にはなっていなかった。

掲句の下に続く「青道心（あおどうしん）に冷えし田楽」は見習い僧のような漱石自身の食事のことを書いている。青道心とは「出家したばかりで仏道にうとい者」のことで、食事にありつけるのは最後になる。粥の他に珍しく田楽が提供されたので、冷えていたが美味かったと記録した。

ちなみに俳体詩（明治37年10月）の全体を記すと次のようになる。

行春や未練を叩く二十棒　青道心に冷えし田楽　此頃は京へ頼りの状もなく　兀々として愚なれとよ　僧堂と焼印のある下駄穿いて　門を出づれば桜かつ散る

・行春を琴掻き鳴らし掻き乱す

（ゆくはるを　ことかきならし　かきみだす）

（明治29年10月）句稿19

「恨恋」の前置きがある。この句稿には恋の句ばかり15句も書き並べていた。この年の5月に結婚式を挙げた漱石は、どのようなわけでこの恋シリーズの句作を始めたのか。よく考える必要がある。

句意は「春の盛りが過ぎるように恋人との関係が徐々に冷めてゆき、これを残念に思いながらも諦めきれない気持ちはエスカレートし、収まらない。この気持ちが収まるまで琴を鳴らしているが、心はさらに乱れてくる」というもの。この女性の思いは前書きに現れている。恋愛の熱が冷めてきた相手を恨んだりせずに、恋の宿命として恋自体を恨むのである。平安時代の宮廷の女性になって句を作っているようにみえる。

行く春を詠った句で、このように激しい句は珍しい。与謝野晶子の短歌に詠まれるような恋愛句である。この句の面白さは、恋の盛り上がりが静まることを季語の「行春」で表していることである。つまり「行春」の春は季節の春と恋愛の春をかけている。

もう一つの面白さは、動詞の対句にある。「掻き鳴らし」と「掻き乱す」の間で「掻き」の韻を踏んでいることだ。そして「掻き乱す」は琴の奏法と心の状態の両方にかかっている。恋愛は破綻して心が散り散りになっているが、俳句は落ち着いて巧妙であり、楽しげであるのが面白い。

さらなる面白さは、漱石の東京で経験した自身の三角関係の恋愛がまだ尾を引いていることを窺わせていることである。しかしその気持ちの整理は大分出来ていることを掲句の女性句として表したことで示している。恋の相手が悪いのではなく、相手の親が見合い結婚をさせた時代が悪かったと納得しようとした。

・行く春を沈香亭の牡丹かな

（ゆくはるを　じんこうていの　ぼたんかな）

（明治30年5月28日）句稿25

桜の季節が過ぎると、待ちかねたように種々の花々が一斉に咲き出す。しかしその春の盛りも過ぎようとしている。このさまは中国の唐代にあって、香り高い沈香木を香りづけに用いていた邸宅「沈香亭」を偲ばせる。漱石は玄宗皇帝と楊貴妃の生きた時代の華やかさを俳句で表そうとした。

句意は「沈香亭には文化の花が咲き、春の草花が咲き乱れていた。その邸宅の中で玄宗は牡丹の花のような楊貴妃を愛でていた」というもの。この故事を思い起こさせるほどに、この時期の漱石の周りには花々の香りが満ち、愛が満ちていると漱石は感じていた。漱石は牡丹が目の前で華麗に咲いているさまを鑑賞していた。牡丹に絡む玄宗皇帝と楊貴妃の故事が漢詩人である漱石の頭の中にあったことで、掲句が作られたと考える。

掲句が作られた漱石のウキウキ時期を考えると、明治30年4月に一人で春の久留米に旅に出かけた時期に重なる。ここで筑後川の土手を埋め尽くす菜の花を眺め、桜の公園に行き、緑の歴史的な山に登ったりした。漱石はこの時に久留米の旧家に嫁入りしていた菅虎雄の妹の家の離れに一晩泊めてもらっていたと思われる。ここで漱石は愛する楠緒子とひとときを過ごしたと思われる。

宮中にある東屋としての沈香亭は、菅虎雄の妹の嫁ぎ先である久留米市善導寺の一富家の離れ屋敷であった。この妹は熊本にいた兄の虎雄宅で漱石の住まいが決まるまで漱石と一緒に2ヶ月ほど生活して慣れ親しんでいた。

この漱石句の面白さは、行く春の名残として、身の回りで咲いている沈丁花と牡丹を句の中に入れるつもりだったとわかることだ。だが具体的な花の名前を二つ入れ込むのは野暮であるので、漱石は中国古典文学の知識の扉を開いて沈香亭を持ち出したと想像できることだ。

・行く春を剃り落したる眉青し

（ゆくはるを　そりおとしたる　まゆあおし）

（明治30年5月28日）句稿25

娘時代を過ぎて女房として御所に入った女性がまずやることは、眉の剃り落としであった。眉を剃った跡は青く残っている。剃り終えた顔に鏡に映して白粉を塗り、その眉のあったところの上の位置に墨で円形の丸眉を描く。この眉のことを殿上眉といい、眉を描くことを引き眉と称した。そしてこの作業全体を顔直しといった。庶民は眉を剃り落とすところまでを行い、宮中の女性たちはその剃った場所近くに新たに眉を作ることを行っていた。

漱石は江戸時代の武家の妻は歯を御歯黒にして眉は剃り落とす習俗があったことを思い起こしていたのか。明治時代になると公家の引き眉の習慣も廃れたので、身近に引き眉の女性はいなかったと思われる。雛人形の顔を見ていたのか。

ちなみに漱石の弟子の枕流は1990年前後の3年間をマレーシアで過ごしたが、現地の中国人女性たちは眉毛を抜き、刺青で綺麗なアーチ形に墨を入れていた。顔の眉が真っ黒にペイントされているように見え、少し奇異に思えてじっくり観察したのを覚えている。

この関連の情報として最近の中国メディアは、かつて中国人女性の眉毛を剃る習慣は唐の時代から流行していたこと、そしてこの習慣を遣唐使が日本国内に伝えたことを報じていた。この引き眉の習慣は日本に浸透して江戸時代まで存続していたと解説していた。

現代の日本と中国では円形の眉ではなく細長くカーブを描く眉を人工的に作る技術が普及しているようだ。この技術にはアートメイク法とタトゥー法がある。前者は専用の針を使って表の皮膚に色素を注入する施術のことで、タトゥーの場合は奥の真皮層まで色素を注入する施術。この違いによって、タトゥー法では一度施術すると色が半永久的に残り、アートメイクの場合は真皮層よりも浅い表皮層までの注入なので、時間の経過とともに色は少しずつ薄れてゆく。日本では薄毛の眉を補強するアートメイクが主流であり、マレーシアの中国人女性の間では眉毛を抜いて大胆に強く太く描く刺青法が用いられていると云うことになる。漱石の眉俳句のおかげで女性の眉造形法の情報を整理できた。

＊雑誌『ほとゝぎす』（明治32年3月）に掲載。

・行く春を鉄牛ひとり堅いぞや

（ゆくはるを　てつぎゅうひとり　かたいぞや）

（明治28年10月末）句稿3

明治28年の春が過ぎ、東京から松山に居を移してからかなりの時間が過ぎていた。漱石は時の経過を実感しつつ落ち着きを取り戻している。東京にいた時を思い起こすと、自分は情けないほどバタバタと落ち着きのない生活をしていたと感じたのだろう。そんな漱石はこの年の5月に次の漢詩を作っていた。読み下すと「心は鉄牛に似て鞭打つとも動かず　憂（うれい）は梅雨のごとく去りてまた来たる」というもの。

漱石の心は鉄のように固まっていて感度が鈍くなっていた。それが原因して憂える事柄が次々と身に降りかかってきた。鉄牛に似てガッチリと構えていることが善であるとして生きてきたが、周りはこの態度に困っていたのを知っていた。その上でなんとかしようとしたが「鉄牛の自分を鞭打つも動かず」の状態であったのだろう。自分を自虐的に「鉄牛」と見て、「堅いぞや」と呆れていたに違いない。

ところで鉄牛は東アジア圏の男性につけられる一般的な名前だという。中国「水許伝」の登場人物である李逵（りき）の別名としても有名なのだという。鉄牛は二挺の板斧（刃の長い、巨大なマサカリ）を振り回すのを得意とする暴れん坊の男。この鉄牛という渾名は色の黒さと怪力に由来している。そんな鉄牛を漱石は、小説「坊ちゃん」の無鉄砲な主人公の隠れたあだ名にしていたのかもしれない。

誰もが過去と決別しようとして身を固くして構えることがある。漱石はそんな自分と鉄牛を重ねて中七の「鉄牛ひとり」と自覚したのだ。そんな漱石を柔らかくしたのは、東京での妻となる鏡子との見合いであった。

この句には「句ニナルカ」の添え書きがあった。俳句に見えるかというのだから自信がないのだ。鉄牛は鉄の車を引いて春の野をゆく力こぶができている黒光りの大牛としている。想像力が半端ではない漱石は師匠の子規を引き摺り回す。

因みにこの「鉄牛」は、「吾輩は猫である」の11章に登場しているとある人が指摘していたので、第三書館の本でその部分を探した。すると文中で漱石の身代わりの「主人」が、「神経衰弱という病気が発明された」という認識を示しているのも面白いが、確かに「禅語に鉄牛面の鉄牛心、牛鉄面の牛鉄心」の文言を出していた。漱石はこの小説を書いたことで「鉄牛」から解放されたのかもしれない。(ちなみに漱石の病は実はうつ病であったという人が現れているが、現代においてこの病気の定義はないのである。発明されたということになる。)

「借りた金を返す事を考えないものは幸福であるごとく、死ぬ事を苦にせんものは幸福さ」と独仙君は超然として出世間的である。
「君のように云うとつまり図太いのが悟ったのだね」
「そうさ、禅語に鉄牛面の鉄牛心、牛鉄面の牛鉄心と云うのがある」
「そうして君はその標本と云う訳かね」
「そうでもない。しかし死ぬのを苦にするようになったのは神経衰弱という病気が発明されてから以後の事だよ」
「なるほど君などはどこから見ても神経衰弱以前の民だよ」

・逝く人に留まる人に来る雁

(ゆくひとに　とどまるひとに　きたるかり)

(明治43年10月12日) 日記

随筆「思い出す事など」の「二」

死んでゆく人、なんとかこの世に踏みとどまっている人、そして雁が北のシベリアから日本列島に渡るようにこの世に舞い戻れた人がいる。人生は流転であることを渡り鳥の雁が教えてくれている。臨死状態から命を拾った漱石は生き方を変えたようだ。

修善寺で危篤に陥った漱石は、死の危機を脱して療養し、体力をなんとか回復させた。担架で運ばれて東京に戻り、かかりつけの長与胃腸病院に再入院した。この時の顛末を書いた「思い出す事など」の文章には、かつて世話をしてくれた病院の院長が漱石の危篤中に死んでしまい、その患者であった漱石が生きていることに感慨を抱いたさまが書かれてあった。病室に様子を見に来た妻から院長の死をしばらく隠していたと聞かされて呆然となった。掲句の「逝く人」とは世話になった院長のことであった。「留まる人」とは漱石のこと。生きて欲しかった人が死んで、仮死状態になり死んでもいいと思った漱石が生き返ったことの意味を病室でぼんやりと考えていた。

この句の雁は「かり」と読むか「がん」と読むか。漱石が自身の胃潰瘍を胃癌と判断して公言していたから、ガンと読みたいところである。つまり、世話になった院長が先に癌で死んで、残った漱石も遅かれ早かれ死ぬことになることを意識していたことを句にして残したのだろう。誰しも死からは逃れられない。漱石の場合にはそれが癌で死が予定されているだけのことで、今は生きているだけのことだと。この達観があったからこそ、漱石は退院後創作に集中できた。

この句は、明治28年に松山から東京に帰る子規が漱石に渡した句、「行く我にとどまる汝に秋二つ」に構成が似ている。漱石のこの句における「行く」を「逝く」の語にして死ぬことの意味を出し、巡ってくる「秋二つ」を秋に飛ぶ「来る雁」にしている。やはり明治43年末に死線をさまよった後の入院生活では、東京に戻って苦しんだ後に早逝した子規のことも思い出していたのだろう。

それにしても漱石は子規からもらった句を良く記憶していたものだ。と同時に子規の句を掲句にアレンジする器用さと洒落心を持っていたことに驚かされる。遊び心は命の危機のおけるカンフル剤なのであろう。

ここでこの掲句にはもう一つのユーモアが組み込まれていると考える。「来る雁」の「カリ」には「借り」を作る意味を込めていた気がする。妻から胃腸病院の森成医師は東京にいる上司の院長の悪化する病状を気にしながら、修善寺に止まって漱石の治療にあたっていたことを知らされ、漱石は感激し感謝した。この指示を出した院長は自分のことより患者の漱石の治療を優先するように命令したという。後にこの作られた借りを少し返す意味でこの森成医師に特別な贈り物をしたことが記録されている。

漱石の日記にあったこの掲句には前書がついていた。「濡るる松の間に蕎麦（そば）を見付たる」である。背の低い蕎麦が松に木の間に守られているように生えていたのを見つけたのだ。院長の患者を守ろうとする強い意志をこの風景に感じたのだ。夜露は松の葉について蕎麦の葉にはついていなかったのかもしれない。

・ゆく水の朝な夕なに忙がしき

（ゆくみずの　あさなゆうなに　いそがしき）

（明治28年7月26日）斎藤阿具宛の書簡

「近頃女房が貰いたく相成り候、故田舎者を一匹生け捕る積もりに御座候。この度山口高校より招聘を受け候えども当地の人間に対し、左様の不親切はできにくく一先ず辞退。（後略）」と手紙に書いている。結婚の相手は長州の人だとうまく行きそうもないと言いたいようだ。肌に合わないということか。この手紙に書いた掲句の前置きとして「東京諸友によろしく願い上げ候」と書いている。

句意は「のんびり過ごすつもりで松山にきたが、時の流れは川の流れのように早い。朝夕いろんなことが起きる」というもの。田舎の松山に来たのは金を貯めて洋行の費用を作るつもりだったが、実際には給料は半月で尽きてしまう始末だと嘆いた。

この句は、鴨長明の方丈記にある書き出し文である「行く川のながれは絶えずして、しかも本の水にあらず。よどみに浮ぶうたかたは、かつ消えかつ結びて久しくとゞまることなし」を漱石流におかしくアレンジしたものになっている。

漱石はこのような句を作ることで楠緒子との失恋で落ち込んでいないことを親友に知らせている。川の流れのように絶えず動いて忙しくしていれば田舎でも過ごせると書いた。しかし、美人はいないとわかった松山で「田舎者を一匹生け捕る積もり」だと記しているのは、やけになっているのだと白状していることになる。いや東京の娘との縁談話が来ているのを照れて隠している。

・行けど萩行けど薄の原広し

（ゆけどはぎ　ゆけどすすきの　はらひろし）

（明治32年9月5日）句稿34

掲句には「阿蘇の山中にて道を失い終日あらぬ方にさまよう」という前置きが付いている。同僚の山川との漱石一行は阿蘇山の高原に踏み入った。朝方から急に寒くなり、阿蘇の中岳からは火山灰が吹き上がっている。行けど行けどどこに向かっているのかわからない。雨も降り出し、山を降りる帰り道がわからなくなって、日も暮れてパニック状態になった。火山灰に覆われた阿蘇の草千里はまことに広く厳しい。「行けど萩行けど薄ばかり」、「行けど草は灰色、死の世界」であった。

この句は「灰に濡れて立つや薄と萩の中」の句とセットになるものである。この句で漱石はススキや萩と同じように火山灰をかぶり、雨に濡れて身体は泥で固まったことがわかる。まさに「行けど泥と影法師」。精神的にも肉体的にもパニック状態に陥ったと見ることができる。鉱物質の雨水が体に付着して、衣服は重くなり、これを着ての歩行は疲労が蓄積する。足が進まなくなる。景色も単一のものになり道も標識もわからなくなる。喉の中にも肺の中にも灰は入り込んだ。

道に迷ったり、穴に落ちたり悪戦苦闘しながら、阿蘇の山を南に下って二人は這々の体で駅馬車の宿、立野にたどり着いた。

学校の同僚の山川が一高に転勤となり、長く交友した山川との送別旅行を漱石は企画した。掲句は阿蘇の戸下温泉と内牧温泉に泊まり、阿蘇の北側から阿蘇に入って火口原に遊ぼうという旅であった。掲句はその体験句である。漱石はこの貴重な旅での経験を句にして残し、そして7年後には小説「二百十日」を執筆した。

新婚の妻は帰ってきたドロドロに汚れた夫の姿を見て何と言ったであろう。漱石のひげは疲労と火山灰で垂れ下がって白く固まっていたであろう。まさに中国聖人の石像ようになっていた。

この句の面白さは、人に話しかける言葉のように「行けど、行けど」と繰返しの言葉が使われていることである。この言葉を使いたくなるほど苦しく辛い記憶が残っていた。そして「行けど萩」の最後の音は母音の「い」、「行けど薄」の最後の音も母音の「い」で歯を食い威張る音だ。そして最後の「原広し」でも母音の「い」の韻を踏んでいる。これによって俳句に吐息のリズムが生まれている。

この句は自然の脅威を語り、不安で困難な山歩きの報告であるが、楽しそうな放浪のトレッキング句にも見えるように企んだものだ。この句はまさに阿蘇の観光俳句として通用する。

・湯壷から首丈出せば野菊哉

（ゆつぼから　くびだけだせば　のぎくかな）

（大正元年8月）

「塩原にて、8月」と前置きがある。栃木県北部の塩原温泉に8月17日から1週間の避暑旅行に出かけた。宿で待ち合わせようという親友の中村是公に誘われた旅であった。漱石は西那須野駅で下車して軽便鉄道で関谷に行き、そこからは人力車で温泉地に入った。この人力車から見た渓流沿いの景色に満足して、「いい路なり蘇格土蘭を思い出す。松、山、谷、青藍の水」と日記に書いていた。

一人川沿いにある岩風呂に浸かって野菊を眺めながらの湯治（とうじ）は心身には良いものであったであろう。岩風呂の湯面から「首だけ出ている」さまは、周囲から見れば頭だけが見える格好である。風呂の輪郭に岩が並べられ、その隙間に花だけが首を出して見えている。川風の吹く露天の岩風呂に浸かって小説の新聞連載の疲れを癒した。

句意は「岩風呂の湯つぼから首を出していると周りの野菊も首だけを出してにこりとする」というもの。岩の上に見える漱石の顔と野菊の顔が相対している。野菊は風呂の近くにまで繁茂していた。

この句の面白さは、風呂に入っている漱石は岩の上に顔を出した野菊に覗き込まれている格好になっていることだ。川風が野菊を揺らすのを見て、漱石の顔は緩んだことであろう。

日記を見ると漱石は塩原温泉の温泉郷の一つである大網温泉の米屋に宿泊した。翌18日早朝から出かけた近くの宝の湯にはラジウム泉が湧き出ていた。治療のために筵の上で寝ている人たちが大勢いた。漱石は場所取りに苦労した。この湯は痔瘻と胃潰瘍に効くと思って出かけたようだ。

その日の昼からは別の塩の湯に出かけた。是公等が米屋に到着したので一緒に出かけた。谷川には混浴の湯壷が6個あった。掲句はこの湯壷での経験を描いていた。野菊だけでなく野猿も見たであろう。

ところで漱石は22歳まで塩原の姓であった。養父の姓を名乗っていた。この塩原の名をつけた温泉に入った時の気分はどうであったのか。親近感を感じたのであろうか。それとも幾分塩辛いものであったのか。

漱石の浸かった塩原温泉は明治から昭和の戦前まで箱根温泉や熱海温泉が文人や財界人の間で有名になるまでは、関東の保養地の代名詞であった。観光用の「とて馬車」が浴衣を着た温泉客を乗せて湯上りの熱い身体を冷やすべく古町の道を「とてとて」と歩いていた。漱石もこの馬車に乗ったことであろう。漱石はこの塩原温泉に何度か行っている。（この温泉は弟子の枕流が母とこの地の旅館で幼少期を過ごした思い出の深いところである。）

漱石はこの温泉旅行の後で知ったことであるが、特別な思いを抱いていた明治天皇はこの年の7月30日に崩御していた。漱石は自分の健康と同じように明治天皇の健康を気遣っていたので衝撃を受けた。この時漱石は自分の小説創作・評論人生も終わりに近づいていることを感じたのかもしれない。

• 湯豆腐に霰飛び込む床几哉

（ゆどうふに　あられとびこむ　しょうぎかな）

（明治32年ごろ）手帳

この光景は観梅の宴であろう。簡易の椅子を会場に持ち込んで並べ、みなで湯豆腐鍋をつつきながらの句会なのである。寒くても白梅はキリリとしていいものだ、などと言いながら湯豆腐を崩れないように注意深く皿に運んでいた。

句意は「床几に座って観梅の宴を始めたが、途中で湯気が立っていた湯豆腐鍋に霰が降りかかってきた」というもの。加熱されて柔らかくなっている豆腐に霰が降り注ぐとどうなるかを参加者は想像した。会場が急に騒々しくなって来た。白梅の林に白い豆腐鍋、そして白い氷の粒。その鍋から白い湯気が立ち上り、集まった人の息も白い。そこには白い世界が出現している。そこへ白い霰が降ってきた。落語のようなけったいな世界が展開している。

この句の面白さは、「床几哉」には「天は正気かな」の意が込められていることである。信じられないという気持ちが生じている。

この句会は漱石が熊本にいた時の句会である。熊本の男たちは焼酎のお湯割りで盛り上がっているが、下戸の漱石は湯豆腐だけに集中している。そこに霰が降り出した。だが白い豆腐に白い氷の粒が混じってもどうということはないと、喋っている。白い豆腐が霰の集中攻撃を受けても味は変わらないと分かっているからだ。だが漱石にとっての湯豆腐は大事なものなのだ。

漱石は湯豆腐が穴だらけになって「あられもない」姿になってしまったと言いたいようだ。湯豆腐は崩れてしまい、さいの目に切った細かい豆腐の意の「霰豆腐」になってしまったのを確認した。漱石はこの洒落を書きたくて掲句を作った気がする。

• 温泉の町や踊ると見えてさんざめく

（ゆのまちや　おどるとみえて　さんざめく）

（明治29年9月25日）句稿17

「二日市温泉」と前置きがある。千数百年の歴史と伝統を持つと言われる古い温泉町が二日市温泉。昔は武蔵温泉やいろんな名前で呼ばれていたが、戦後二日市温泉に統一された。このあたりは古くから宿場町でもあり、政治の町でもあった。この二日市温泉には大伴旅人、山上憶良らが大宰府から息抜きにやってきた。そして菅原道真も。明治になると漱石夫婦も新婚旅行で訪れた。

この句の意味は次のようになる。「旅行で太宰府に行ったら、近くの古い温泉町でちょうど盆踊りがあると聞いて妻と足を運んできたが、ちょっと違っていた。輪になって踊る盆踊りではなく神楽であったが結構賑やかであった」というもの。露店も出て賑やかであり、楽しめたようだ。

ところで「さんざめく」は、大勢が騒ぐ、ということである。街がにぎわっている様を意味する。俳句本によっては「ざんざめく」と書いてあるが、これはひどく大騒ぎするということで、伝統ある街の神楽には似つかわしくない表現になる。

農閑期に行われるこの山家岩戸神楽の歴史は古く、江戸時代の初期から始まっていたと言われる。この神楽は玉依姫、神功皇后、応神天応を祭神とする山家宝満宮の神楽である。万葉時代からの文化を残す地域では、この踊りは盆の時期の踊りで、盆踊りと称していたようだ。言葉使いに間違いはない。ちなみに筑紫野市には、通常の櫓を組んで太鼓を叩き、その下で踊る盆踊りは存在しない。市の観光案内では、この神楽踊りを盆踊りときちんと分類している。この辺りの認識のズレを用いて漱石は巧みに俳句に仕立てた。掲句の漱石句碑が二日市温泉街「御前湯」前にある。

ちなみに漱石の友人であった高濱虚子はのちの昭和30年（1955年）にこの地を訪れ、「更衣（ころもがえ）したる筑紫の旅の宿」の句を残した。

• 温泉の村に弘法様の花火かな

（ゆのむらに　こうぼうさまの　はなびかな）

（明治43年8月20日ごろ）手帳

漱石は医者の勧めもあって胃潰瘍の転地療養のため8月6日に修善寺温泉宿に入った。その後しばらくして軽い吐血があり、東京から妻やかかりつけ病院の医者が宿に駆けつけた。小康を得てのち掲句を作ったりしていたが、8月24日に至って寝床で大量の血を吐いた。そばで看病していた妻の着物が真っ赤に染まった。

掲句は大吐血前の気分が少し良くなって安心感が出ていた時期の俳句である。この時は布団の上で外の花火の音を楽しむ余裕が出ていた。宿の女将の話では弘法大師祭の花火だという。ここの温泉場は弘法大師が開いたと伝わっていた。

句意は「修善寺温泉の村では秋の収穫祭と弘法祭が重なって、村人は賑やかに空で割れる花火を楽しんでいる」というもの。漱石は自分もこの輪の中に居られてうれしいかぎりだと喜んでいる。子供も大人も「修禅寺」の境内や門前に並んだ夜店で食べ物を買ってうまそうに食べている姿を想像して微笑んでいたに違いない。

ちなみに8月24日に大吐血したいわゆる「修善寺の大患」の時の臨死体験の句は、掲句の前と後に置かれている。つまり、「別るゝや夢一筋の天の川」と「病んで夢む天の川より出水かな」の間に花火の掲句が挟まっている。この句の配置は、臨死事件を目立たせないための配慮と考えられる。

• 温泉の宿の二階抜けたる燕哉

（ゆのやどの　にかいぬけたる　つばめかな）

（明治28年）松山句会

松山の道後温泉の本館で温泉に浸かった後に、二階の大部屋で休んでいた時のことである。春になって部屋係が部屋の四面のうちの二面の窓を開け放っておいたら、勢いをつけて飛んで来たツバメは、この二階の部屋に突っ込んで来た。

句意は「道後温泉の本館の二階部屋で休んでいたら、春ツバメは高速で飛ぶ勢いそのままに、部屋を横切って二つの窓を飛び抜けて行った」というもの。元気一杯の春のツバメの素早い決断と滑らかな飛行を見て、漱石は春を感じ、同時に爽やかな気分になった。そろそろ日本の松山では田植えが始まる季節になっていることをツバメは察知して、はるばる海を越えてやって来たことを思った。いや過ごしやすくなった日本で越冬したツバメがいたのだ。

この句の面白さは、二階にある風通しの良い部屋の二つの窓をツバメが通り抜けたことを、「二階抜けたる」の語でスッキリと表していることである。またこの語によって漱石も湯上りの体を吹き抜ける風にさらしていることを想像できることである。
ところで漱石は明治28年4、5月ごろにこの温泉場の一階にある大浴場で気持ちよく泳ぎ出したところを学校の生徒に見られてしまったことがあった。掲句の大部屋での休息は、この後のことかもしれない。

＊子規の承露盤に収録、雑誌「太陽」（明治29年5月号）に掲載

• 温泉の山や蜜柑の山の南側

（ゆのやまや　みかんのやまの　みなみがわ）

（明治31年1月6日）句稿28

この句の情景が、小説「草枕」にも登場する。宿泊した熊本の小天温泉（おあま、熊本市の北西の玉名市にある。有明海が近い山あいの温泉）は「草枕」の舞台となり、那古井温泉として描かれている。漱石は熊本に来てから意識的に九州の各地を歩いている。

句意は「温泉地の宿から見える山の南側が見えている。そしてそこには蜜柑畠が広がっている」というもの。小天の川に裾野を囲まれた目の前の山では蜜柑が採れた。

明治30年の年末に学校の同僚とこの温泉に出かけて翌年始まで過ごした。この温泉地にある知人の別荘の部屋から雪の積もった山の景色が見えた。湯けむりの流れる灰色の空の下は雪で幾分明るくなっていて、その中に蜜柑の黄色が山肌をドット状に染め上げていた。

漱石は蜜柑風呂につかり、湯から出たあとは部屋で地元の蜜柑山で採れた蜜柑をかじったのであろうか。この小天村は隣の村とともに小粒蜜柑の産地として有名であった。お供えの餅には欠かせない蜜柑として用いられた。

旅を終えて家に帰ってしばらくすると前田家から蜜柑と茸が届けられた。漱石はお礼の葉書（1月18日付け）を出していた。ここには「見事なる蜜柑」と書き、嬉しかった気持ちを込めていた。

ちなみに漱石が蜜柑を堪能したこの温泉地の別荘は、地元の元代議士の前田案山子の持ち物であった。漱石はひょんなことからここを紹介してもらえた。漱石宅の目の前の畑の持ち主がこの案山子の親戚であった。

この句は温泉場に連泊して学校の休みを過ごす漱石のゆったりとした気分をよく表している。宿では食事に地元の蜜柑が必ず出たのであろう。漱石全集では掲句の近くに置かれた「旅にして申訳なく暮るゝ年」はこの時の句であろう。この「申訳ない気持ち」は句稿を送った子規に対してのものか、妻に対してのものか。たぶん病で外出できない子規に対するものなのだ。

• 湯槽から四方を見るや稲の花

（ゆぶねから　しほうをみるや　いねのはな）

（明治32年9月5日）句稿34

「内牧温泉」とある。熊本の阿蘇北側にある内牧温泉での句である。漱石は同僚の送別会のつもりで、阿蘇中岳を目指す山歩きの旅に出た。途中、明治期になって阿蘇の北側にある田んぼの中に温泉が湧いたことでできた内牧温泉に泊まった。その旅館は近隣の農家の人が湯に入りに来るのを賄う程度の規模であった。

入り口からすぐのところに湯槽がある。四角い風呂場には小さな四角の湯槽があり、囲炉裏部屋のようにこじんまりしている。咲いた稲の香りが人の出入りに伴って風呂の中にも流れてくる。温泉の香りと稲の香りが混じる。まさに極楽の香りになっている。そして地元の木材をふんだんに使った風呂場の茶色と収穫を待つ周囲の田の黄緑色とマッチして、桃源郷のようであった。桃の花はなくとも稲の花が溢れる山野は日本の桃源郷である。

農家人は黄色が増えて行く稲を確認していて、稲刈りの日までにここでゆっくりと農繁期の疲れをとるのだ。漱石は湯槽の中で四方に実った稲の波と満足げな人の顔を交互に眺めている。漱石はここで日本を感じたことだろう。

この句の面白さは、四角い木の湯槽と四角のガラスがはまった四角い窓、周囲の四角の田んぼとの形の類似性にある。田んぼの田の字も四角だ。皆四角ばっているが、漱石の頭は柔らかい。

明治32年8月29日から5日かけて、漱石は同僚の山川と阿蘇を旅した。その

時泊まったのが旧養神亭（今のホテル山王閣）で、漱石が泊まった部屋は移築復元され漱石記念館として公開されている。

・夢に入る恋も恨も昔にて

（ゆめにいる　こいもうらみも　むかしにて）

（明治37年11月頃）俳体詩「尼」3節

掲句は昔の青年時代の自分を回顧して、懐かしく夢のように思い出しているさまを描いている。恋をし、恨むに至った時期が懐かしく鮮明に蘇るのだ。最初の恋は相手の女性の突然の死で終わっていたので、恨みに思うことはなかった。掲句は2度目の恋のことになる。そのときの経過と結末をくっきりと思い出すことができるのだ。しかし、それは10年前のことであり、今では遠い昔のことになった。

掲句は「夫の位牌に古き雨漏る」の句に続いている。この部分は「夫のことを思い出すと懐かしさのあまり涙が溢れる」というもの。この部分は女の亡き夫に対する思いを描いている。「古き雨」は「降る雨」を掛けている。雨のように涙が溢れるのだ。これによって掲句は女の身になって作ったものに代わってしまっている。漱石はこの強引な捻じ曲げの遊びを行って、これができるほどに時間が経過していることを表した。

この俳体詩の制作は虚子と行っていた。この創作活動を行っていた時には、楠緒子はまだ病弱になっていたが生きていた。ちなみに漱石は、明治32年5月に妻が自殺未遂事件を起こしてからは楠緒子との関係を絶っていた。

漱石としては、楠緒子との交流再開のことを虚子に遠回しで伝えようとしたのかもしれない。漱石はかつて子規との手紙のやり取りで、楠緒子とのことを率直に文学的表現で子規に伝えていたことを思い出し、子規の仕事を後継した虚子に同じように伝えておこうとしたのかもしれない。心のうちを誰かに伝えたいと思うのは人情なのかもしれない。

・ゆゝしくも合羽に包むつぎ木かな

（ゆゆしくも　かっぱにつつむ　つぎきかな）

（明治31年10月16日）句稿31

菊の接木栽培が熊本でも流行っていた。漱石の同僚か近所の商店の人なのか、色々の菊の花を咲かせて漱石に自慢していた。掲句とセットで作られていた俳句に「菊作る奴がわざの接木かな」がある。菊は接ぎ木で簡単に品種改良ができることが知られている。この技を身につけると、自分好みの菊を作ることに嵌ってしまうのだ。

掲句に登場した人は、台木に継ぐ穂木を傷まないように、乾燥しないように合羽に包んでどこからか運んできた。この親友はあまりにも大事そうに穂木を扱っているので、漱石の目には「ゆゆしくも」と映った。ここでの「由々しい」の意味は、重大で甚だしいということだ。恐れ多いという意味も幾分込められている。「ちょっと大げさじゃないのかい」と言いたかったようだ。

この菊名人は、一本の菊の茎から枝分かれさせ、それぞれの枝に異なる種類の花を沢山咲かせる技に挑んでいたのだろう。当時も現代同様に菊の品評会があり、この大会で賞を取ろうとしていたのだろう。ちなみに2007年12月に古都・開封で開かれた「中国菊花展覧会」で、一つの菊の台木に、513品種、547輪の花を咲かせた大立菊が出品されたという。まさに大木のような風格があったことであろう。

この句の面白さは、当時の漱石の家の川向こうに、かつて漱石が住んだ合羽町があったことだ。もしかしたらこの菊名人は、その合羽町に住んでいたのかもしれない。漱石の洒落を感じる。

＊『ほとゝぎす』（明治32年4月）に掲載

・温泉をぬるみ出るに出られぬ寒さ哉

（ゆをぬるみ　でるにでられぬ　さむさかな）

（明治28年11月22日）句稿7

長屋の熊八が夜遅く銭湯に行った話のようだ。営業時間を過ぎていたが銭湯の親父に頼み込んでなんとか風呂に入れてもらえた。嬉しくなって風呂に飛び込んだが、湯の温度がいつもより低い。湯釜の火を落としていたからだ。熊八はこれでは湯冷めして風邪をひきそうだと、いつもより長く湯に浸かっていることにした。すでに湯釜の火は落ちていることを知らない熊八は、もう少しもう少しと思っていると、出るに出られなくなってしまった。

このトンマな話の主人公は漱石なのであった。愛媛の道後温泉で実際にあった失敗談で、これがこの話の落ち。そして湯釜の火が落ちていたというもう一つの落ちがあった落語の小話。

「温泉をぬるみ」の意は湯が温いのでとなり、理由を示す。このパターンの代表は「瀬を早み 岩にせかるる 滝川の われても末に 逢はむとぞ思ふ」(崇徳院)であり、この名歌は「川瀬の流れが速いので」の意味になる。漱石は「温泉をぬるみ」の上五の句で「瀬を早み」の句を連想させることを計画している。つまり銭湯の湯温は早瀬の水のように冷たいと連想させるものになっている。漱石は、「冷めた」湯に浸かりながら掲句のような面白い句を考えていたということになる。イライラせずに頭の中は「覚めて」いた。

この俳句の面白さは、「出るに出られぬ」という伊予の国での落語の笑い話が、伊予国に廟がある崇徳院の名歌のパロディになっていることだ。

・酔覚の水を呼びたる枕元

(よいざめの　みずをよびたる　まくらもと)

(明治41年5月1日)「ホトトギス」誌、「連句片々」

漱石と弟子の東洋城と共同で面白い短歌形式での連句制作に取り組んでいた。発想力と言葉遊び力が最大限発揮されるものである。

句意は「深酒して倒れるように寝てしまった男は、夜中に喉が乾いて目が覚めた。水を飲みたくなって、寝床で体を起こしながら、水を持ってきてくれと声をあげた」というもの。部屋には明かりがついていて、まだ起きている人がいるとわかっていたからだ。「酔い覚めの水は甘露の味」という言葉があるが、漱石はこれを俳句にしてみた。

東京帝大の教授内定を蹴って朝日新聞社の専属小説家になったのは、前年の明治40年。2年目になると気持ちに余裕が出てきて、酒の席に呼ばれた場合には出るように心がけるようになっていた。酒はからっきし弱い漱石であったが、大学教員であった頃と違って、宴席での付き合いの重要さがわかってきていた。そして飲む機会が増えると酒を受け付けない体質にも変化が現れてきていたのかもしれない。漱石は大酒が飲めるようになったと想定して句を作った。

東洋城が掲句の下に「夜出る蜘を斬って笑はん」の句をつけた。夜中に目覚めて見ると美味い冷や水の代わりに、大きな蜘蛛が出てきたとふざけた。「水を呼びたる」声が蜘蛛出現の呼び水になった。これに驚いた男は、枕元においていた刀でこの蜘蛛を二つに切って捨てた。この蜘蛛切りが深酒男の酔覚の水になった。この男は二日酔いになっていても、刀の腕は落ちていないと笑い出した。東洋城は四国の宇和島藩の殿様の末裔であったから、刀捌きの心得があったようだ。

・酔過ぎて新酒の色や虚子の顔

(よいすぎて　しんしゅのいろや　きょしのかお)

(明治39年1月・推定)

松山時代の句であれば、子規にすべて送っていたので制作年不明とはならないと思われる。つまりこの句の制作は二人の間で「吾輩は猫である」の企画と編集が進んでいた頃だ。雑誌「ホトトギス」に漱石の小説「「吾輩は猫である」を掲載したことで、売上減になっていた「ホトトギス」誌が盛り返したので、祝いの宴を開いたのであろう。

句意は「虚子は新酒の日本酒を飲み過ぎて顔の色が新酒の色になった。少し青白くなった」というもの。新酒は自然酒であれば若干黄色味がかることが多いが、中には青白く見える清酒もあるという。宴会の席にあった日本酒は後者の酒であった。虚子は飲みすぎると赤くなるタイプではなく、青白くなるタイプだったと見られる。

酒の飲めない漱石は飲み続ける虚子の顔色の変化を見ていた。虚子は漱石に小説執筆を持ちかけたことが成功したと喜んでいた。これは自分の手柄だと密かに自慢していた。漱石の指導を受けながら小説を書いていたがうまく行かなかったことは忘れていた。

漱石の書簡を調べたら、明治38年11月24日に唯一虚子宛に宴会の連絡をする旨の書簡を出していた。ここに「妻君がバカンボーを腹から出したら一大談話会を開いて諸賢御招待して遊ぶつもりに候」と書いた。アカンボーの四女(愛子)が誕生したのは12月14日であったから虚子が招待された宴会は、明治38年12月末か明治39年1月であった。虚子が飲みすぎたのは、この時の宴会であった。

• 宵の鹿夜明の鹿や夢短か

(よいのしか　よあけのしかや　ゆめみじか)

(明治40年4月) 手帳

夜が深くなって来た宵に山の鹿は京の山際の街中に出てくる。その「宵の鹿」は夜明けが近づくと姿を消すが、そのとき鹿は「夜明けの鹿」となっている。山に住む鹿は山の天辺の崖の上に立って月を見上げ、風を胸に受けてから崖を駆け下りる。鹿が行動できる夢の時間は短い。

漱石は東京朝日新聞社に社員として入ることを決め、新聞社と契約を交わした。そして社命を受けて大阪朝日新聞社に挨拶に行くことになった。その仕事を終えた漱石は、やや長い休暇をもらって京都の学友たちに会いに行った。そして東山に宿をとって春の京都を散策した。

宿に入った漱石に対して、この時期の鹿は下界の畑や旅館の庭に入り込んで荒らすので、夜になると旅館の周囲に松明を焚いて侵入させないようにしていると知らされた。すると漱石は夜になって落ち着かなくなった。

このことを解釈に加味すると、裏山から「宵の鹿」が駆け下りてきて、漱石の部屋の前庭に姿を現した。そして未明の頃になって「夜明けの鹿」となってまた山に帰って行った。この間の鹿を観察していたので漱石は余り眠れなかった、という解釈になる。

漱石は掲句のすぐ前に「暁に消ぬ可き月に鹿あはれ」の句を作っていた。鹿は姿を消す時が迫っていることを知っているはずで、そのことを考えている鹿はあわれだと思う。そして漱石は宿の窓から鹿の帰る山を見ていて、その時を待っている。

この句の面白さは、暗い部屋の中で鹿のことを考えながら、漱石自身のことに思いが及んで自分の残された人生も、夢の時間も多分短いはずだと感じていることだ。思う存分に新聞小説を書くつもりだ。

＊「鹿十五句」の前書きで『東京朝日新聞』(明治40年9月19日)の「朝日俳壇」に掲載

• 宵々の窓ほのあかし山焼く火

(よいよいの　まどほのあかし　やまやくひ)

(明治29年3月5日) 句稿13

(明治30年2月17日) 村上霽月宛の手紙

松山にいた明治29年の3月に、掲句の山焼きの句を作っていた。その句を1年後の明治30年2月に松山の句友に出した手紙に付けた。かつておもしろ俳句としての神仙体俳句作りで遊んだ霽月に見せる俳句としては、掲句はぴったりの俳句として、この古い俳句を持ちで手紙に書き添えた。松山での句会で発表した俳句だが、君は覚えているかと手紙に書いたつもりだった。

そして熊本でも松山と同じような山焼きが行なわれていることを知らせた。

句意は「毎晩夜遅くまで続いていた山焼きは、市内の家々の窓を仄かに赤く染めていた」というもの。遠くの赤い山の火が漱石の家の窓を赤く色付けていた。

この句の面白さは、「宵々の」の音によって、山焼きで街中が薄赤く染まり、お祭り気分にさせていることを想像させる効果があることだ。

山焼きは早春の行事として松山でも熊本でも行われていた。そこで漱石は掲句を再利用したのだ。これは漱石のユーモアなのだ。熊本での阿蘇の山焼きは山裾の草原に木が生えるのを防ぐ役目もあった。山裾を牧草地にとして維持するためである。

松山郊外の山焼きに比べて阿蘇の山焼きは、規模が数倍大きく、連日山の火は熊本市内を明るく照らしていた。このことにより漱石は掲句を自信を持って再登場させた気がする。

・容赦なく瓢を叩く糸瓜かな

（ようしゃなく　ふくべをたたく　へちまかな）

（明治32年10月17日）句稿35

「熊本高等学校秋季雑詠　撃剣会」の前置きがある。剣道大会ではない。実践的な撃剣での戦いである。まだ西南戦争の余韻が残っていた時代でのことだ。防具をつけずに竹刀や木刀で戦うもので、足技も出して良い。まさに勝つためには何をしてもいいという大会であった。

この句の前に「稲妻の目にも留まらぬ勝負かな」の句を作っていた。喉を突かれれば息が止まる可能性がある。負けた方はまさに稲妻に打たれたように床に崩れ堕ちたのであろう。

掲句は「糸瓜と瓢が対戦した試合では、糸瓜は容赦なく防具無しの瓢に打ち込んだ」というもの。遠慮していたらこっちが叩きのめされるからだ。手加減しない試合は戦場の戦いに似ていた。骨を砕かれることにもなるこの対戦では、相手を瓢だと思って、そして自分は人間ではない糸瓜だと思って立ち向かうのだ。瓢の頭蓋は砕かれて血を流すかも知れない。自分もそうなるかも知れない。だから恐怖を感じないように糸瓜として何も考えないで立ち向かう。

西欧から日本、アジアに押し寄せてくる植民地主義、謀略の波に立ち向かうには、気持ちで負けないようにするところから始めていた気がする。高校の教師たちは教育のやり方、精神の鍛錬を真剣に考えていた。中国の清国は西欧列強に富を持ち去られ、国土を蚕食されているのを日本人は知っていたからだ。

・幼帝の御運も今や冬の月

（ようていの　ごうんもいまや　ふゆのつき）

（明治28年12月4日）句稿8

不運の幼帝といえば、平家の没落とともに壇ノ浦の海に消えた安徳天皇ということになる。平家の血を引く8歳の安徳天皇は源義経が指揮する源氏の軍勢に押されて西国に貴族集団とともに落ち延びた。しかし、下関近くの壇ノ浦に追い詰められて、祖母（清盛の妻）に引き摺られるようにして3月の冷たい海に身を投げた。

掲句は好きな平家物語に題をとったものであるが、12月の葉を落とした木々の上で輝く侘しい月を眺めていると、自分の意思ではないにもかかわらず死ぬことになった幼い天皇のことが偲ばれたのだ。

安徳天皇にとって、何より不運だったのは父親の高倉上皇と清盛の想定外の早い死だった。「清盛死す」の報が関東に伝わると源氏の勢力は即、平氏打倒の好機到来と捉え、その動きを加速させた。木曽義仲の挙兵、源頼朝の伊豆における挙兵と続いた。そして、源義経・範頼の鎌倉軍が京へ攻め上った。平家は都から落ちて西の海へと逃げていった。軍は浮き足立つと脆くなり、あっという間に平家は滅亡した。

掲句は、「幼帝と平家の御運も今やこれまでと死ぬことを祖母に促され、幼帝はこれを認めて寒月を見上げた」というもの。冬の月の下にいる幼い天皇の顔は、冬の月のように青ざめていた。この句には「幼帝の御運も尽きた」の意も込められている。

・杳として桃花に入るや水の色

（ようとして　とうかにいるや　みずのいろ）

（明治37年4月21日）野間真綱宛の葉書

「御閑なときに御遊に御出可被成候（おいでなさるべくそろ）」という前置きがついている。伊予西条の学校で実用英語の先生を探していると漱石の教え子の野間に就職情報を知らせた。野間は卒業しても学生寮に居続け、半年間ぶらぶらしていた。師の漱石は気になっていた。

句意は「薄ぼんやりした季節に、桃の花の中に雨水が入り込んでいるようだが、それはよく分からない。見極めができない」というもの。周りの乏しい日光のせいなのか、桃の花びらが薄いピンクであり、加えて水溜まりも小さいせいなのか、「杳として」分からないと漱石は面白がっている。春のぼんやりした時期に、教え子の君までぼんやりしていてどうするのだ、とカツを入れている。

この句の面白さは、俳句に不似合いの擬態語の「杳」を使っているところだ。この漢字は、「木」と「日」の組合せ語であり、太陽を背景にした樹であるから眩しくて木がよく見えない様を的確に表せている。昔の人には洒落心があった。この語は暗くてよくわからない、またはぼんやりしてよくわからない時に使われる。掲句では後者の意味で使われている。

この面白さの他に「よう」と「とう」の類似音の響きが心地よいことが挙げられる。軽く「ウ」の韻を踏んでいるのだ。

春になると人は春の到来を喜んでばかりで、ぼんやりした季節の中で頭ではあまりものを考えることがなくなるようだ。春はそういう季節だと漱石は春をうまく表現している。「杳として」という言葉を上手く句に採用しているのは落語のセンスなのかも。弟子の枕流も先生に習って一句作ってみた。「杳として涙が入るや鼻の水」。こんな句しか出来ないとは本当に泣けてくる。

この掲句と似た趣の漱石句が同じ葉書に書いてあった。伊予国の思い出として「鳩鳴いて烟の如き春に入る」の句を作っていた。しかし葉書を出した時の住所は本郷の駒込であるから、野焼きの煙かと思える春霞ではなく庭先でのゴミ焼きの煙なのだ。烟は煙と意味が同じであるが、なんとなく焚き火の煙ぐらいの小さな煙だ。この烟が薄く立ち込めている庭で鳩が鳴く。ゴロゴロ、グルグルと低い声で鳴く。掲句と同様に春のぼんやりとした憂鬱な感じがうまく出ている。

・漸くに又起きあがる吹雪かな

（ようやくに　またおきあがる　ふぶきかな）

（明治32年1月）句稿32

掲句には「峠を下る時馬に蹴られて雪の中に倒れければ」の長い前置きが付いている。峠の山道で漱石は馬から降りて馬の後ろを歩いていた時に、馬に蹴られたのだ。この時雪にまみれたが大事なく起き上がれた。

宇佐神宮での初詣の帰りに中津の耶馬溪から日田に抜ける大石峠を越える際に、峠越えの手段として使われていた馬に乗った。だが下り坂が苦手な馬に配慮して馬を降りて馬子と一緒に石畳の細い街道を歩いていた時に、漱石を無視して馬が後ろ足で漱石を蹴る事故が起こった。漱石は雪の中に倒れこんだ。ここまでが前書きに書いてあることだ。1月5日のことである。この時の様は淡々とした「馬に蹴られ吹雪の中に倒れけり」の句に表されていた。

掲句の意味は、「馬に蹴られて深い雪の中にまた倒れ込んでしまった。なかなか起き上がれなかったが、なんとか吹雪の中で友人の手を借りて起き上がった」ということだ。

この句の面白さは、「又起きあがる」の又である。馬に蹴られる前に雪道を歩いていた時に雪に足を取られて転んでいたのだ。つまり蹴られての転倒は2度目か3度目の転倒なのだ。俗に言う、踏んだり蹴ったりであった。これでは本人はさぞや落胆したことだろう。これがあって「漸くに」の動きになってしまった。

ところで漱石が峠の下り坂で馬を降りた訳は、下り道の馬は滑りやすいので、下りて歩いてくれと馬子に言われたのだと推察する。人は雪の上で滑って転んでも大したことはないが、馬が転ぶと捻挫して使い物にならなくなると言われたのだろう。

・夜汽車より白きを梅と推しけり

（よぎしゃより　しろきをうめと　すいしけり）

（明治32年2月）句稿33

「梅花百五句」とある。夜汽車の窓から外の景色を眺めていると闇の中に白いゾーンが浮かんで見えている。何があるのか目をこらすと、どうも白梅の梅林が広く線路沿いに造られているように思われた。長く続く梅林の白い花が窓ガラスを仄白く染めていた。

「白き」は漱石の乗っていた蒸気機関車の吐く音に聞こえる。下五の「推しけり」のかすれる音は、突き進む夜汽車が夜を切り裂く音のように感じられる。掲句を声を出して読むと、これらによって口が大きく動いて俳句全体に音の連動が生まれ、全体が動的に聞こえる。まるで夜汽車のように。

この夜汽車が走ったエリアは有明海の熊本寄りの場所だ。漱石は職場の若い同僚と明治32年1月に小倉経由で宇佐神宮に詣でる汽車の旅をした。掲句は元旦のまだ暗いうちに汽車に乗り込んで移動している時のもので、この時の窓辺で見た景色なのだ。漱石は好きな白梅を闇の中に発見して喜んだに違いない。漱石はこの時の景色を目撃して初詣に出る気分を盛り上げていた。

漱石の妻は前年の明治31年5月に住まいの近くにある白川に入水して自殺を図った。運良くアユ漁をしていた漁師に助けられたが、それ以来夫婦関係が希薄になった。漱石の頭の中では悩む時間が重く感じられていた。この夜汽車で始まった初詣の旅を新たな夫婦関係の構築につなげようという思いがあったはずだ。闇に浮かんだ白い梅の影は漱石には吉祥に見えた。

・佳き竹に吾名を刻む日長かな

（よきたけに　わがなをきざむ　ひながかな）

（明治43年9月27日）日記

「秋の穏やかな日に、佳き竹材に吾名を刻むことにした」ということになる。胃潰瘍の回復過程にあって東京に戻れる日が近づいているので、待ち遠しいという気持ちが「日長かな」に表れている。ところで何故「佳き竹に吾名を刻む」のか。調べて見ると、どうも象牙の印章が一般化する前の時代には竹の根を用いて印章、ハンコを作っていたとわかった。漱石が修善寺で療養していた時代には、太い竹根を数センチの長さで切り取って、その節の断面に文字を彫って印章にしていた。昔から伊豆修善寺の竹林からは良質の印章用の竹根が取れた。竹の根の節部であれば細い繊維が密に詰まっていたと推察できる。

漱石が旅館の菊屋に長逗留していると聞いた地元の印章屋が、実印か蔵書印を作らないかと漱石に印章作りを持ちかけてきたのだ。掲句は「過ごしやすくなってきた秋に、印材に良質の竹根を見せられたので、自分の名を彫り上げてもらった」ということだ。節が接近している竹根は押印の際に滑り防止になる利点があるので、漱石は印章屋の売り込みを受けることにした。

漱石は小説家、コラムの執筆者として新聞社の社員に復帰する際に、3年前の契約に基づいて漱石の小説本を出版できたが、当時は本の裏表紙に著者印を押す決まりがあった。膨大な量の本にハンコを押す作業は大変なものであり、家族総出の作業になっていた。そこで押しやすい竹根印を作る気になったのだ。やる気がじわじわ湧いてきた。早く胃潰瘍を治して、作家活動を再開する気になったと思われる。判で押したような解釈になるが。

・よき敵ぞ梅の指物するは誰

（よきてきぞ　うめのさしもの　するはだれ）

（明治30年2月）句稿23

「敵としてあっぱれな働きをしている武将がいる。鎧の背に梅の紋を入れた旗指物を指しているあの者は誰ぞ」と話し言葉で俳句が作られている。戦場の陣地での会話である。

梅を武家の紋として採用したのは前田利家で、領地の加賀にある加賀梅林をイメージしたものであった。梅が好きな道真のことを思ってか、それとも多くの人に敬愛される菅原道真公を表す紋として「梅鉢」を使用する利点を熟知していてのことか。この「梅鉢」紋は、中央のおしべが太鼓をたたくときのバチに類似していると言われる。ちなみに道真公を祀った「太宰府天満宮」にも梅花紋があるが、道真公を祀った全国の神社はもちろんのこと、東京の湯島天神でもその梅の紋が使用されている。前田利家はこのことを知っていたのかもしれない。

漱石は、家紋に道真公関連の紋を採用した利家のアイデアを褒めている。優秀な武将は頭も切れると言いたいのだ。看板が立派であれば人はそれに見合った働きをするものだと知っていたからだ。そして利家はキリシタン大名でないことをこの和風の旗指物で示せると考えたのかもしれない。秀吉の治世でも家康の世でもキリスト教は禁止されたことを受けて、前田利家は生き延びる策をとったのだ。

漱石が前田利家に興味を持ったのは、明治29年9月に太宰府天満宮を参拝した折に、神官から前田家の家紋のことを知らされたからかもしれない。

・よき人のわざとがましや更衣

（よきひとの　わざとがましや　ころもがえ）

（明治30年5月28日）句稿25

句意は「初夏になるとどの家でも更衣えをしたであろうが、このよき人の更衣えは大げさなものになって、てんやわんやになっている」というもの。漱石先生は我が家で奮闘している妻の姿を見てニンマリしている。漱石の家は二人だけであるが、更衣えの時期になったと妻は大騒ぎして大変な様子であった。夏物の着物を出して、冬物は洗濯したり陰干しをしたりしてから来年のために収納しておく作業が重なるからである。6月に熊本に来た新妻の鏡子は新居で初めての更衣えを経験している最中であった。

この句の面白さは、観察している新米妻のことを「善き人」と表現していることだ。自分は手伝わなくて傍観しているだけであるので、妻を持ち上げている。しかし、目の前で展開している更衣えの作業は「わざとらしい、おおげさである」という意味の「わざとがまし」と「持ち下げている」ことである。上げておいて、すぐに落としている。

妻はため息をつきながら少々大げさに大変さを演出している。夫の漱石が手伝うと切り出すのを待っているかのようだ。しかし、漱石は手を出さない。観察俳句を作るだけだ。

・よく聞けば田螺鳴くなり鍋の中

（よくきけば　たにしなくなり　なべのなか）

（明治29年1月29日）句稿11

田螺は冬になると泥の中に潜って冬眠する。そして水が温んでくると這い出してきて餌を探して動き回る。この巻貝は長さが5センチ、直径が3センチ程度で、足を出して移動する。危険を察知すると蓋を閉じて閉じこもる。

枕流の田舎の栃木では田螺の殻を叩いて破り、取り出した中身だけを醤油で煮詰めてタンパク源として食べていた。イナゴを食べていた昭和30年代のことだ。

季語として「田螺鳴く」があるが、実際に鳴くことはない。そして、古くは田螺が変じて蛍になると信じられていたというが、そんな話は田舎では聞いたことがなかった。田螺は田螺のままであった。蛍になると聞いていたなら、誰も食べる気にならなかったはずだ。

句意は「水を張った鍋の中に田螺を入れて加熱し始めたら、鍋の中でなにやら音がする。耳をすまして聞くと、田螺が鳴いているようだ」というもの。湯が沸いて田螺が対流によって鍋の中で動き、硬い殻が鍋の金属面で擦れる音がしたのだ。

この句の面白さは、鍋の中で田螺の周りの水が熱くなってきている場面を思い浮かべ、田螺は悲鳴に似た音を発するだろうと人はこの句を解釈することだ。漱石は「田螺鳴く」の季語を用いて遊んでいただけなのだ。この楽しむ気分は「鳴くなり」と「鍋の中」の頭で「な」の韻を踏んでいることにも表れている。

掲句については、蕪村の句『よく聞ば　桶に音を鳴　田にし哉』との類似が指摘されている。似てはいるが漱石句の田螺は鍋の中で料理される寸前にあり、それを察知してか田螺が泣くように鳴く、と設定した漱石の方が面白い。先の金属面の擦れる音は鍋に共鳴して大きく聞こえる。

● 横顔の歌舞伎に似たる火鉢哉

（よこがおの　かぶきににたる　ひばちかな）

（明治32年12月11日）高浜虚子宛の書簡

この頃、漱石は謡の加賀賓生流の家に熱心に通っていた。句意は「稽古から戻ると復習のつもりで火鉢を前にして謡を唸っていた。すると火鉢の横顔が曲の主人公の歌舞伎役者の顔に見えて来た」というもの。自分も歌舞伎の舞台に立っているような気分になっていた。

仕事先の五高では赴任当時から教師の間で謡が流行っていて、最初は誘われて仕方なしに謡を始めたが、今では病みつきになっていた。これを高浜虚子に手紙で伝えた。また、漱石は高等学校では俳句の会を開いていることを東京に知らせていたが、その活動は低調だと知らせている。それで今は俳句よりも謡の方に時間を割いていると言いたかった。つまりは東京にいる虚子の指示で動くようにはならない、と言いたいのだろう。

漱石はこの手紙で九州の俳句界の状況を知らせていた。関西で子規系の俳句誌が出されて、東京から西へ広がりを見せていた。これから九州でも同じようなことができるかどうかの調査依頼が漱石に来ていたのだ。漱石は九州ではまだまだで、子規俳句を理解できていない状況だと報告した。九州の中心地であった熊本では、漱石が中心になって紫溟吟社という俳句結社が作られ、活発に活動していたが、控えめに報告していた。

ちなみにこの手紙に漱石は他に3句を書き記していた。「炭団いけて雪隠詰の工夫哉」「御家人の安火を抱くや後風土記」それに「追分で引き剥がれたる寒かな」である。九州俳句界の中心の一つである熊本では、漱石がまとめ役であったが、寒がりの自分は身体を温めるだけの毎日であると書いた。手紙文の中ではっきりと書きにくい部分をこれらの俳句で表した。

● 夜興引きや狸に似たる面構

（よこびきや　たぬきににたる　つらがまえ）

（明治32年1月・推定）手帳

夜興引とは「春の農作業に害をなす、猪や鹿などを捕らえるために夜、猟師が犬を連れて猟に出かけること」をいう。ここでは夜興引に出かける男、猟師を指す。明治から大正時代までは宮崎県や大分県では熊猟が行われていたという。漱石は明治32年1月4日頃にこの夜興引猟師と耶馬渓の山道で遭遇していた。「はたと逢ふ夜興引ならん岩の角」と「頭巾着たる猟師に逢ひぬ谷深み」という俳句で記録していた。この熊猟は高値で取引される民間薬の「熊の胆（い）」を取るためのものであった。

句意は「山の夜道で犬を連れた夜興引の猟師に出会ったが、彼らは狸に似た面構えをしていた」というもの。夜に紛れて歩くので顔を黒く塗って目立たないようにしていたのだろう。また防寒のために獣皮の頭巾を被っていたのだろう。

漱石は雪の降る夜の山道で夜興引き一行に出くわして、さぞ驚いたとわかる。人ではなく狸に見えたというのだから。

＊九州日日新聞（明治32年12月20日）に掲載（作者名：無名氏）

● 夜相撲やかんてらの灯をふきつける

（よずもうや　かんてらのひを　ふきつける）

（明治31年9月28日）句稿30

漱石は若い時に落語にのめり込んだが、相撲も好きであった。明治中期は相撲の最盛期で、第17代目横綱小錦、18代目の横綱大砲、大関は東に朝汐、西に鳳凰がいた。この後常陸山、梅ケ谷などの好力士が続いた。

この俳句が作られた当時はまだ両国に国技館が建設される前で、本所の回向院に青天井でムシロ張りの囲いを設けた掛小屋を作って、1月と5月に本場所相撲が行われていた。その頃の相撲は晴天10日間の興行で、雨が降ると中止になった。日中に雨が止むと「明日は相撲があるじゃぞオエ」と太鼓を叩いて東京中をふれ歩き、その次の日に場所がまた開いたという。天気が悪い時期に本場所が当たると場所が終わるまでに40日も50日もかかることもあったという。

夜中の三時に前相撲が始まるが、当時の相撲には仕切り時間の制限がなく、また途中で物言いがつくと勝負が決まるまでに一時間近くかかることもあったという。現在とちがって打出しの時間が一定しておらず、夜にかかって暗くなるとカンテラやロウソクをつけて相撲を続行した。相撲は夜から始まって夜まで続いたのだ。

さて掲句の意味であるが、掲句のカンテラは英語のキャンドルのことで燭台を指したといわれている。信号としても用いたカンテラは一方向に光が放出されるように作られていた。相撲の行われた境内ではこれをサーチライトのように用いていたのかもしれない。漱石は力士への光の放出、放射を「灯をふきつける」と表現した。

夜まで続いた相撲観戦は幻想的なものであったであろう。土俵の周りの離れたところにカンテラを設けて、夜になるとそのカンテラのオレンジ色の光が力士の肌に吹きつけられた。力こぶのある力士の身体は夜の光で怪しく輝いていたはずだ。この影絵のような相撲を見に人が集まった。この時期の相撲は漱石にとっても面白いものであったと思われる。掲句の相撲は昔を回顧したものか、または九州巡業の時のものであろう。

• 余所心三味聞きゐればそゞろ寒

（よそごころ　しゃみききゐれば　そぞろさむ）

（明治43年9月21日）日記

体の節々の痛みが今夜は幾分治ってきている。宿の外で鳴く虫の音が漱石の部屋にも届いていた。気持ちが穏やかになっているのがわかる。臨死体験後の全身の痛みは一ヶ月を経て徐々に癒えてきていた。

句意は「宿の泊まり客の爪弾く三味線の音が聞こえる。こっちは痛みに耐えているのにいい気なものだ。それにしても大分そぞろ寒い」というもの。

漱石は夜中に季節が進んで寒さが増してきたのを布団の中で感じている。虫が賑やかに大合奏しているのを部屋で聞いている。その中に三味線の真剣味のない音が入り込む。そゞろ寒は、三味線の音によって生じたようだ。

日記を見ると自分の名を記した際に漱石の漱の漢字を間違えて書いていた。単に筆が滑っただけなのだろうが、日記の最後に二通りのお経文をそれぞれ40文字超の長さで書いていた。気分を落ち着かせるためだったのか。

日記の書き初めは「昨夜始めて普通の人のごとく眠りたる感あり」であった。しかし、夜中に目覚めて見れば三味線の音なのであった。

• よその花よそに見なして雁のゆく

（よそのはな　よそにみなして　かりのゆく）

（制作年不明）自筆短冊

空を飛ぶ雁は今まで生活した場所を離れて故郷に帰るところである。雁の眼下には賑やかな街が見えている。綺麗な花咲く庭も見えている。帰る雁は目的地目指して飛ぶように本能が作られているが、やはり気になる余計なものが目に入ると、ぐらつくものらしい。

薄闇の中を飛ぶ雁を見上げている漱石は、下界の花を見たりしないで、一直線に飛んで行って欲しいと空の雁に願っている。

句意は「よその花はよその花と思って空飛ぶ雁は眼下の花には気を取られないで、しっかり飛んで行くものだ」というもの。飛ぶ雁に向かって、気を集中させないと故郷に戻れないかもしれないと諭す。他人の花、他人の女性は所詮他の人のものだから、手が出せないと考えて、諦めて生きて行くことだ、と戯れる。

そして、この短冊を離婚した女性、白蓮に惚れている東洋城に贈ったのだろう。短冊に書かれたこの俳句は可愛い弟子に対する人生訓でもあるようだ。

明治40年の8月頃には、東洋城に「朝貌や惚れた女も二三日」などの俳句を書いた葉書を出したりして説得に精を出していた。自分のように遠回りすることのないようにと願っていた。

• 酔て叩く門や師走の月の影

（よってたたく　もんやしわすの　つきのかげ）

（明治29年12月）句稿21

師走になると忘年会やなんやらで飲み会が増える。漱石は酒が出る会は極力避けていたようであるが、酒好きな男たちの予定表には飲み会がどんどん入ってくる。

この句を作った当時、漱石の家に高校の同僚の二人を下宿させていた。この下宿人の一人または二人が掲句の主人公である。下戸の漱石の家では酒がわずかしか出されないので、下宿人は漱石宅の外で遅くまで飲んで門限を過ぎてから帰って来た。漱石は門限時間が来たので玄関の門を閉めてしまっていた。月の出ている街中に酔っ払いの漱石宅の戸を叩く音が響いた。寒そうな男の長い影が玄関から道の上に伸びていた。漱石は仕方なしに戸を開けた。

漱石は当時、「名月や十三円の家に住む」と詠んだ「熊本市内合羽町」（現・熊本市坪井）の新築の借家に住んでいた。前の借家の光琳寺の家の家賃は8円であったから13円は家計に響いていた。この家は部屋数が結構あったため高校の同僚も押しかけて住み込んでいた。家賃はもらっていたが、酒と食事を出すため安い家賃では結局は持ち出しになっていた。同僚の長谷川貞一郎は5円、山川信次郎は7円という下宿料だったという。

● 四つ目垣茶室も見えて辛夷哉

（よつめがき　ちゃしつもみえて　こぶしかな）

（大正3年）手帳

品のいい庭が近所にあった。春の日を受けて散歩していたら、途中で足が止まった。品のいい人が住んでいるものだと思った。句意は「竹を格子状に組んだ目の粗い四つ目垣が目の前にある。その先には茶室が丸々見え、辛夷の花が満開である」というもの。庭の景色の下部が四つ目に切られて、味わい深く見えている。竹の結節点にある麻縄もアクセントになっている。直線的な四つ目垣の上に見えている辛夷の枝は、幹の先から放射状に伸びていて、直線と曲線の作る構図が面白く見えていた。

もしかしたら気に入って眺めていたこの庭は自宅の庭なのかもしれない。確か縁側から辛夷が見えたという俳句があったはずだ。ぐるっと近所を回って戻ってきたが、我が家の庭が最高にいいと改めて感じ入ったのかも。茶室は漱石宅の書斎なのだ。

この句の面白さは、言葉の洒落があることだ。「四つ目」は「なつめ」に通じ、この家は夏目の家だとのメッセージが出されている。そして「なつめ」は、抹茶を入れておく茶器の棗（なつめ）でもあり、言葉の洒落がある。

ちなみに「四つ目垣」は先を尖らせた丸太の杭を庭の端に適度に離して打ち込んで立て、この丸太に真竹を縦横に格子状に粗く縛り付けて組んだ竹垣である。

ちなみに掲句の後に控えているのは何と「祥瑞（しょんずい）を持てこさせ縁に辛夷哉」であった。

• 世に遠き心ひまある日永哉

（よにとおき　こころひまある　ひながかな）

（大正3年）手帳

句意は「世の中とは距離を置くようになってしまった。文壇、知人、弟子との付き合いも減って来ている。自分が病気をしているということが知れ渡っているからだ。その為にのんびりと春の日を楽しめている」というもの。今まで十分にやれなかった絵描きを毎日するようになった。おかげで絵の腕は上がって来たと喜んでいる。しかしその反面寂しい気持ちもあると吐露している。

病人の漱石は仕事をしなくなって暇になり、心が落ち着かなくなっている。このことを弟子たちは分かっているはずだと嘆いている。病人のことを思っているのであれば、漱石山房をたまには訪ねて来なさいと言いたいようだ。弟子たちは妻の顔色を気にしているのか。漱石の真意をうまく弟子たちに伝えることができないでいる。

この句の面白さは、「世に遠き心」と表しているが、死期が近づいていることを感じていることをこの言葉に込めていることだ。つまり遠と近の言葉遊びがあることが面白い。

ちなみに漱石は若い時に日永に類する永き日を用いた俳句を作っている。「永き日を巡礼渡る瀬田の橋」（明治29年）では、長くなった昼間に巡礼者の列をのんびりと眺めている様子を描いていた。

• 余念なくぶらさがるなり烏瓜

（よねんなく　ぶらさがるなり　からすうり）

（明治30年10月）句稿26

「余念なく」は、もっぱら一つのことばかりを考えているさまである。「余念」とは他の考えのことで、これがないから一つのことで頭がいっぱいの状態になっている。多分頭は硬くなっている。そんな殻の硬いカラスウリが漱石の目の前にぶら下がっている。

掲句の意味は「赤いカラスウリはひたすら日々ぶら下がることだけを考えて生きているようだ。秋になっても長い期間、腐りもせずに蔓にぶら下がっている」となる。

カラスウリは夏に白い花が咲かせると、翌朝にはしぼむ。そして秋になって緑の実を結ぶ。その実は腐ることもなく落ちることもなく厳冬期になると見事に真赤になって蔓にぶら下がり、風に揺れる。鳥はこの中身がスカスカの赤い実の揺れが気になって口ばしで突きに来る。突いた時に殻が破れ、中の種を咥えることになる。真っ赤であることと、風に揺れることはカラスウリの子孫繁栄の作戦なのであろう。この策略に満ちた赤い実は漢方薬になるという。

妻とのギクシャクした関係は時間が解決すると考えていたようだ。この年の7月以来実質妻とは別居していた。だが妻が熊本に戻ってくる10月末になれば夫婦関係は落ち着いたものになると考えていた。そして漱石自身は「余念なくぶらさがるなり」の方針で行くと決めた。つまり自分の生き方は変えないということである。いつまた妻との関係が悪化するかもしれないが、今まで通りで行くと決めた。

漱石はこの考え、生き方を確認するために掲句を作ったと見る。それを東京の親友、子規に句稿に載せたこの句で示した。子規よ、この方針で行くからな、もう決めたよ、と伝えた。

• 世の人に似ずあえかに見え給う

（よのひとに　にずあえかに　みえたもう）

（明治37年12月）小説「吾輩は猫である」

「富子嬢に捧ぐ」と前置きがある。登場人物の東風は「その中から五六十枚ほどの原稿紙の帳面を取り出して、主人の前に置く。主人はもっともらしい顔をして拝見と云って見ると第一頁に、」と来て、掲句が続く。「あえかに」は、美しく儚げ、ということだ。

句意は「迷亭さんの知り合いの富子嬢は、この世の女性には見えない、美しく儚げな人である」というもの。漱石は富子嬢をベタ誉めしている。この富子嬢は、漱石の恋人であった楠緒子のような気がする。

続いて小説の中では、（迷亭が）『「東風さん、この富子と云うのは本当に存在している婦人なのですか」と聞く。「へえ、この前迷亭先生とごいっしょに朗読会へ招待した婦人の一人です。ついこの御近所に住んでおります。実はただ今詩集を見せようと思ってちょっと寄って参りましたが、生憎（あいにく）先月から大磯へ避暑に行って留守でした」と真面目くさって述べる。』。

漱石は好き勝手に知り合いを小説に仮名で登場させているが、この世の女性には見えない美人として描かれているその人は、漱石の元恋人の大塚楠緒子である。確かに楠緒子は漱石の住まいの近くに家を持っていて、しかも大磯に別荘を有している。そして誰もが認める美人である。漱石はこっそり楠緒子に捧げる俳句を作って文中にはめ込んでいたことになる。そしてその句を日本全国に公表してしまった。楠緒子の目にも止まるようにして。

さてこの楠緒子宛の恋文のような小説を読んだ楠緒子は、どう思ったのであろうか。そして漱石の小説を全て読んでいたという大塚保治は自分の妻が褒められている小説を喜んだのであろうか。迷惑に思ったに違いない。

・世は秋となりしにやこの蓑と笠

（よはあきとなりしにや　このみのとかさ）

（明治28年11月3日）句稿4

石鎚山山系の麓にある子規の親戚の家に一泊していた漱石は、その翌朝、山腹にある有名な白猪の滝を見るために、道案内されながら雨降る細い林道を上がって行った。東京にいる子規は、漱石に松山を去る前にこの滝を見るように勧めていたからだ。漱石は山に入る朝、借りた蓑と笠で身を固めていた。雨脚が強くなっていたので、足元を心配した旧家の近藤家の人は漱石に蓑と笠を貸してくれた。傘を持っての山歩きはできまいとして。

この格好は江戸時代の芭蕉と同じであり、漱石は芭蕉に成り切って山中に入る気分であった。季節は晩秋であり、雨に濡れた体の保温にはこの出で立ちは役立つと近藤家の人は思ったに違いない。この配慮は漱石にはありがたいことだった。

「世は秋となりしにや」は「今は秋になっているのだな」の意味になり、漱石は冷たい雨を体に受けながら季節の変化を実感していた。そして、この大げさで重そうな蓑と笠を眺めて呟いた。

句意は「借り物の蓑と笠を身につけて濡れた山道を歩いたときには、今は秋になっているとしみじみ思った」というもの。

濡れた山中はかなり冷えていたからだ。分厚い蓑と大きめの番傘のような茅製の笠に感謝していた。掲句の「この蓑と笠」の部分は「かぶれば」の言葉がつくのだ。漱石は芭蕉が生きた江戸時代のような格好をして山に入ると、冷たい秋の季節の中にいる自分を感じたのだ。昔の人は季節に合わせた格好をしていたのがわかった。

・世はいづれ棕櫚の花さへ穂に出でつ

（よはいづれ　しゅろのはなさえ　ほにいでつ）

（明治30年5月28日）句稿25

世間の人は棕櫚の花を期待して見ている。いや恐怖心を持って見ている。あの高い棕櫚のてっぺんに花房は開き、大げさに垂れるのを知っているが、漱石はそれを実際に目にして、棕櫚の穂の巨大さに驚いている。ばさっと自重で花房の垂れ下がる様は驚異的である。

日本の南九州が原産の「和シュロ」は何十年もかけて5mを超えて10mへと伸びてゆく。一人前になった棕櫚には毎年巨大な花房が枝元に形成される。大砲の弾丸のような、孟宗竹の筍のような塊がむくむくの幹にくっついて形成され、人を驚かす。いつの間にか棕櫚は伸びているのに気づいて、よく折れないものだと感心させられる。もともと椰子の仲間であるから高く伸びるのは当たり前なのだが、その幹の毛深さにも驚かされる。

正岡子規は以前から巨大な棕櫚が穂から撒き散らす花粉の量に驚かされ、迷惑に思っていた。部屋の中にそれらが吹き込んでくるからだ。彼の弟子の虚子は花びらの量に驚き、そして嘆いていた。「棕櫚の花こぼれて掃くも五六日」と俳句を作り毎日の掃除が大変だと嘆いた。蕪村の句は「梢より放つ光やしゅろの花」と筍砲弾の輝きを賞賛していた。旅の途中で棕櫚の穂を見るだけであり、被害は全くないからで気楽なものであった。

ちなみに棕櫚の花房は目立つ大きさになって光り輝くと鳥どもの興味を引く。その花は大きく穂となって垂れ下がり、鳥が食べやすいように穂が開くと、鳥はこれに首をつっこむ。鳥どもはそのタネを消化できずにそこら中にタネの入ったフンを散らす。日本から始まった棕櫚のタネの旅は今では中華人民共和国湖北省からミャンマー北部まで達した。ヤシの実は東南アジアから旅して日本の海岸にたどり着いたが、棕櫚の種は逆の道をたどったのだ。

江戸時代末期にはなんと船に乗せられて日本から欧州にまでハイスピードで運ばれた。その運び人はフィリップ・フランツ・フォン・シーボルト。

• 世は貧し夕日破垣烏瓜

（よはまずし　ゆうひやれがき　からすうり）

（明治29年9月25日）句稿17

「世は貧し」と悲観的に寂しく感じるものは、1日が終わった時に眺める夕日、それに竹を組んだ垣根が破れている。そして家の壁や塀にかかっている放ったらかしの烏瓜であると漱石はいう。もしかしたらこれらが一体になっている場面なのかもしれない。つまり垣根が崩れているところに、烏瓜が繁茂している、そして夕日の色で染まっているさまが最も貧しく感じられるというのかもしれない。

漱石は、吉田兼好になりきっている。落日を綺麗だと見るのではなく、この後は暗い闇の世界が待っていると考える。明日、また日が登るのかと不安になるのだ。家、屋敷が崩れ落ちているさまが夕日で照らし出されている様は見るに耐えないというのだ。

令和の時代に入った日本は、1990年代からのデフレ経済が続き、世界では唯一の経済停滞大国になっている。職場や学校でのいじめ、経済格差と教育格差の拡大、忖度政治の蔓延と公務員の士気の低下、政治家の利益誘導・利権政治、コロナ・ワクチンによる薬害が顕著になった。そして国民の安全と国土の保全に対する不安が顕在化している。

漱石が生きた明治時代にも世の中に貧しさ・格差は存在し、国際情勢の厳しさは存在したが思考停止と意気地のなさはなかったような気がする。漱石がこの世に現れたなら、目をおおうであろう。

• 甦へる我は夜長に少しづつ

（よみがえる　われはよながに　すこしずつ）

（明治43年10月4日）日記

「残骸猶春を盛るに堪えたり」の前置き文は、「胃潰瘍による吐血と臨死体験によって体はガタガタになったが、その体は春に向かって持ちこたえている」というもの。漱石の意思には、このまま死んでもいいのかもしれないと思うところがあったが、体自体は生きようと動き出していた。魂は身体のこの動きを察してこれに応えようとするのだろう。身体の全体に張り巡らされた神経から活発に生きている最新情報が逐次脳に送られている。

句意は「周りが寝鎮まった夜長に、漱石の脳に届けられた信号によって自分の命が徐々に蘇っているのを自覚できている」というもの。動き出しているのを自覚できる喜びを感じているのだ。酸素を運ぶ血液が身体を巡るのが実感としてわかるのだろう。そして脳が反応して信号を体の各部の神経に返しているのもわかるのだろう。

漱石は子供の頃、夜中に背骨がズキズキと音を立てて伸びているのを自覚できたのと43歳の今が似ていると思った。

一旦は生きることを諦めた身体がこのように反応し出すと、意識の主体は嬉しいものであろう。生きる意欲が湧き起こっているさまを漱石は春と認識した。泉が湧きだす振動に似た鼓動が感じられたのであろう。川底の砂を持ち上げながら湧き上がる水の温もりが体の細部に届けられるのを自覚できたのであろう。

自らの体を残骸と認識していた事態が変わって、新たに生きる体に変わってきた事態を経験すると、人間はどのようになるのであろうか。容易に今までの生き方を変えようとするのであろう。

この句の面白さは、甦へる度合いを旧仮名遣いの「少しづつ」と表していることで、イメージとしても漱石の身体の変化はリアルに感じられる気がすることだ。

・嫁の傘傾く土手や春の風

（よめのかさ　かたむくどてや　はるのかぜ）

（大正４年・推定）手帳

嫁とは誰のことなのか。今まで漱石の句にあまり登場することがなかった妻の鏡子だろう。漱石は修善寺温泉で大吐血してから生活と仕事のやり方を変えたことで、妻にも目が行くようになった。生涯に漱石が作った妻、内君、嫁の俳句の総数は9句であるが、その大部分が結婚して間もない明治29年と30年に作っていた。妻の句をまた作り出したのは漱石の死期が近づいた大正４年である。漱石は大正5年12月に逝去するが、その前年の春に二人は京都にいた。漱石は京都の茶屋で胃潰瘍が悪化し、妻が東京から駆けつけた。この痛みが治まると春風が吹く鴨川のほとりを二人で歩くときがあったのだろう。漱石は生の終わりを迎える段階で、このような句を詠んだことで区切りをつけられた思いがしたのであろう。掲句は漱石夫婦の総決算の句の一つであると考える。

句意は「春の風が吹く川の土手に夫婦が座り、妻は傘を持ったまま夫の方に体を寄せ、頭を傾けている」というもの。土手下の川面には鴨が浮いて水とたわむれている。妻の鏡子は遠くを見ながら今まで共に歩んできた日々を眩しそうに思い起こしているのである。体力が衰えている漱石も同じ思いであった。

ここで少し脱線してみる。「嫁の傘」は「嫁との性交」を指している隠語だと見られる。映画「この世界の片隅に」の中で、祝言の晩の会話として、すずが「にいな（新しい）の（傘）1本持ってきました」と言う場面がある。男が「それをさしてもいいか？」と訊く。傘は女性の体を意味し、男性器も意味するのだ。傘は閉じることもでき、開くこともできるからだ。

では掲句の場合の「嫁の傘傾く」は、嫁の体が漱石の膝の上に乗ることを表しているとみる。これは中年夫婦の仲直りの儀式なのであろう。

傘が登場する漱石の俳句がもう一つある。「傘さして後向（うしろむき）なり杜若（かきつばた）」（明治30年5月）である。ここでの杜若の花は女性器のことを指していると思われる。

・嫁の里向ふに見えて春の川

（よめのさと　むこうにみえて　はるのかわ）

（大正5年春）手帳

さて漱石の嫁、鏡子の里とはどこだろうとネットで調べてみた。鏡子（本名はキヨ。この名は小説「坊ちゃん」にも婆やの名として登場する）の里は、東京の虎ノ門ということだ。明治10年（1877年）に、貴族院書記官長をつとめていた父が住んでいた虎ノ門の官舎で生まれた。たぶん皇居の外堀近くの虎ノ門ということであれば、見える「春の川」は神田川なのであろう。

ところで漱石はどこから神田川を見ていたのか。かつて漱石が住んだことのある千駄木なのか、それとも学生時代を過ごした本郷あたりからか。

漱石は神奈川の湯河原温泉を発って寄り道したのちに東京の早稲田に戻った。大正5年の2月下旬のことであった。この時以降、春の気分を東京でも味わおうと久しぶりに東京の街を歩いた。歩いた場所は住んだ記憶のある千駄木あたりの可能性が高い。千駄木の借家は漱石が出世作の「吾輩は猫である」を書いた場所であった。漱石にとって思い出の深い土地なのだ。

句意は「暖かくなって来たので東京の街を歩く気になった。見慣れた川向こうに鏡子の生まれた場所が見える」というもの。鏡子の実家であった家はすでになくなっていた。かなりの年数が経過していた。

これまで妻とはうまくいったりいかなかったりの繰り返しであり、葛藤の多い人生であったが、自分に死が迫って来たこの頃、漱石は妻に感謝する気持ちで一杯になっていた。太っ腹の妻でよかったと思っていた。この句を書いた手帳にある一つ前の句は「耳の穴掘ってもらひぬ春の川」であった。縁側で頭を預けた妻の太っ腹の感触は、柔らかく気持ちよかったのであろう。

夜や更ん庭燎に寒き古社

（よやふけん　にわびにさむき　ふるやしろ）

（明治28年11月22日）句稿7

庭燎は神楽のときに焚く篝火のこと。舞台に神を招くとともに、ここに集合する人たちのための照明の役目も果たす。

ここは松山城付近の古い社であろう。日本各地で11月下旬になると毎年神楽が催されるのだ。寒気にさらされている漱石の頬はピリピリしている。この寒さが日々増すと晦日になり、正月につながってゆくことを知らせる行事になっている。

句意は「冬の夜更けに篝火に誘われて古い社に来てみると、篝火があっても寒さで震えがくる」というもの。目の前の社は古びていることからよけいに寒く感じると漱石は笑う。

別の解釈は「冬の夜更けには目の前の古社も寒がっているので、その古社のために篝火が焚かれている」というもの。漱石は発想を変えて見ているのかもしれない。いや篝火が焚かれて光が揺れると、古社はよけい寒そうに見えてしまうと考えているのかも。

同じ句稿で「里神楽寒さにふるふ馬鹿の面」の次に並べてあるのが掲句である。この「里神楽」の俳句を作りながら滑稽な神楽舞を見ていると、時の経つのを忘れてしまいそうだが、夜が更けて寒さは増してくる。舞台の上では馬鹿の面をつけた役者が本当に震えているが、漱石はしっかり防寒服を着込んでいるので役者の震えぶりまで演技だと思っている。

古い社の中に造られた舞台を照らす篝火は庭の四方に立てられていて、庭全体を照らす庭燎として寒さまでゆらゆらと浮かび上がらせる。松山城の麓の薪能は松山の歴史まで浮かび上がらせている。

寄合や少し後れて梅の掾

（よりあいや　すこしおくれて　うめのえん）

（明治32年2月）句稿33

「梅花百五句」とある。町内の会合の場に遅れそうで、漱石は早足に大きな庭のある家に急いだ。少し遅れて庭に入っていった。ここは酒蔵も酢蔵もある大店で、母屋の長い縁側にはすでに数人が腰かけておしゃべりを始めていた。最後の漱石が到着すると、正式な話し合いがはじまった。この日のテーマは梅見の宴についてであったと思われる。

この句が書かれていた句稿の直前句に「裏門や酢蔵に近き梅赤し」の句があった。漱石はこの時、裏門から入ってその母屋の縁側に座ったのだろう。この店には表門近くには酒蔵があり、酒蔵の裏に酢蔵が併設され、その酢蔵は裏門に近いところにあった。そしてその裏門は開け放たれていて、そこから紅梅の梅林が覗けた。近所の人は裏門から気楽に観梅に出入りしていたのかもしれない。

縁側に座って庭に顔を向けると、梅の木が並んでいる。梅は少し咲き出していていい香りが風に運ばれてくる。遅れて申し訳なかったという重い気持ちは、梅の香りが徐々に消してくれた。

この句の面白さは、明治時代の楽しそうな、そして活発な「寄合」の様子が垣間見られることだ。庭の景色を見ながらの寄合は、落ち着いた議論になりそうだ。なごやかな雰囲気の中で皆が自由に発言している様が想像できる。興奮しそうになると、人は梅の花を見て気を鎮めるのだ。「寄合」という言葉は現在ではほとんど死語になっている。

四里あまり野分に吹かれ参りたり

（よりあまり　のわきにふかれ　まいりたり）

（明治28年11月3日）句稿4

松山市内から四国山地の麓に向かう旅に出た。来春には熊本第五高等学校に転勤することになっていた。帝大出の学友たちが動いて漱石の希望を実現させてくれた。転勤するまでの間に子規が勧めていた白猪の滝を見にゆくことにして早朝に家を出た。バスを使って四国山地の足元までたどり着いたが、ここから子規の親類の家までは徒歩だ。子規が手配してくれた旧家は山の麓にある。ここで一泊して山に入るのだ。

この句には「農婦が沢で里芋を洗う場面に出くわして、裾割れの野良着から露わになった太腿に驚かされた」という意の文が前置きとしてある。ひたすら歩くだけの単調な旅ではなかったとわかる。

句意は「一面田んぼの中のバス停から歩き出した。四国山地から吹き下ろす寒風に吹かれながら、山の麓を目指して４里余り歩き続けた」というもの。途中農家人の姿を観察しながら歩いていた。

野分とは通常は台風の意味で使われるが、漱石は山風として用いている。そうでないといくら体力に自信のある漱石でも一日中歩くことはできない。それにしても雨が降りそうな向かい風の中で、結構速いペースで歩いたことになる。ちなみに江戸時代の旅人の歩きは１日４里として旅程を計算していたという。

この句の鑑賞としては、「参りたり」がポイントになる。「参る」にはいくつかの意味があるが、単に一般的な行くという意味の謙譲語の他に、困難に根を上げる意味もある。この漱石句では単に歩き出したということの他に「風が強くて前に進むのが大変だった」という意味の味付けがなされている。

この句は表面的には平凡な印象を読み手に与えるが、ユニークな前置き文があることで、辛く大変な徒歩の旅にはなったが、良いこともあったとニンマリしている漱石の姿が見える。落語的な落ちのある俳句になっている。

・頼家の昔も嘸や栗の味

（よりいえの　むかしもさぞや　くりのあじ）

（明治43年９月28日）日記

伊豆修善寺の地には鎌倉幕府の関連の史跡が多い。頼家は鎌倉幕府第二代将軍の源頼家で、勢力を伸ばしてきた北条氏を除こうとして動いたが、逆にこの地「修禅寺」に幽閉され、暗殺された。漱石はこの頼家の末路を温泉宿で思い描いていたが、自分自身もすでに一ヶ月を超えて旅館の一室に籠っていたので、実質幽閉されているようなものだと笑っていた。

句意は「源頼家がここ修善寺の地に幽閉されていた鎌倉時代にも、地元民は秋になると栗をさぞや美味い美味いと食べていたのであろう。この地は昔から栗の美味い土地だったに違いない」というもの。もしかしたら頼家の牢にも、漱石の部屋に届けられた、あの蒸し栗が届けられていたのかもしれないと思った。想像するに漱石の部屋には、ペースト状の栗きんとんが届けられたに違いない。胃袋がまだ痛んでいたからである。

漱石は何気ない俳句にも面白みの味付けをしている。口偏の漢字を２つ入れ込んでいる。これで味の口と嘸の口で口が二つになり、栗の句に相応しくなったと喜んでいる。修善寺の栗は絶品だが自分の俳句もいい味がしていると満足顔なのだ。栗を口で味わっているが、俳句にして再度味わっている。

・寄りくるや豆腐の糟に奈良の鹿

（よりくるや　とうふのかすに　ならのしか）

（明治40年７月頃）手帳

漱石は明治40年夏には鎌倉の寺を歩いていた。大塚楠緒子がたまたま鎌倉に引っ越していた時期である。そして漱石は円覚寺付近で鹿の姿を見ていた。この時「かち渡る鹿や半ばに返り見る」「二三人砧も打ちぬ鹿の声」の句を作っていた。その時かつて奈良の公園で鹿と遊んだことを思い出した。

句意は「鹿のたむろする奈良公園の売店で豆腐のおからを焼いた「おから煎餅」を手にすると鹿がさっと寄って来た」というもの。漱石は鹿の早い行動に驚いたのだ。掲句によって明治時代の奈良の鹿は、おからを主に食べていたとわかった。

ところで奈良公園では今でも鹿せんべいを販売している。「奈良の鹿愛護会」によると、名物の鹿せんべいは米ぬかや雑穀でできているという。鹿せんべいの歴史は古く、江戸時代の初期には販売されていたという。

ちなみに掲句には季語らしいものはない。観光客も鹿も豆腐の糟も一年中公園にあったものだからだ。

・寄り添へば冷たき瀬戸の火鉢かな

（よりそえば　つめたきせとの　ひばちかな）

（明治32年）手帳

句意は「冬の夜に筆をとって手紙を書いていると手がかじかんでくる。火鉢を文机の方に引き寄せようと火鉢の胴に手をかけると、瀬戸焼の分厚い火鉢から強烈な冷たさが伝わってくる」というもの。

瀬戸の火鉢には木灰が口の近くまで詰められていて、熾(おこ)した炭の熱は火鉢には伝わらないようになっている。どんなに炭が赤々と燃えていても、火鉢は冷たいままなのだ。このことを漱石は一瞬忘れていた。また「寄り添う」という表現は、目の前にいる女性をイメージしての言葉である。接近して直に触れようとしたら、冷たくあしらわれしまったという状況だ。冷たくあしらわれたように思ったので、この語を上五に用いた。

掲句の内容は、ちょっとした失敗談であり、これを俳句にして子規に知らせていることになる。こんな子供じみた出来事を俳句にしたのは、別の意味があるからだ。つまり、家庭内不和の遠因を作っている漱石は妻の機嫌を取ろうとして妻を引き寄せたのだが、突き放されてしまったのだ。妻は相当に冷え切っていたのだ。この一大事を子規に暗に伝えたのだ。子規はそうか、そうかと納得したはずだ。火鉢が温まるにはかなり長い時間がかかると子規は考えた。

• 寄りそへばねむりておはす春の雨

（よりそえば　ねむりておわす　はるのあめ）

（明治39年元旦）絵葉書の替え

掲句は「吾輩は猫である」の連載中の正月に作った俳句であるという。漱石は出した絵葉書に猫二匹を描き、この句を添えていた。

ここにはのんびりした正月の縁側風景が描かれている。猫二匹は主人公の黒猫と漱石であるのがわかる。もしかしたら漱石の気分としては、儲けさせてくれた上に小説家デビューを果たさせてくれた功労者の猫に寄り添っていたのかもしれない。いや添い寝していたのかもしれない。漱石の家には冷たい雨の日でも暖かい空気が流れていた。

この句は「おはす」という言葉からすると京都の猫のような気もする。そうであればこの猫は、祇園の茶屋猫、女将なのであろう。かつて子規と京都に遊んだ時分を思い出していたのかもしれない。

この俳句は、漱石のことをよく知っている人には、笑いを取る落語俳句だとすぐにわかったはずである。もちろんこの俳句を理解できる人にしかこの絵葉書は出さなかったはずだ。

• 夜三更僧去つて梅の月夜かな

（よるさんこう　そうさってうめの　つきよかな）

（明治28年春）

三更は真夜中深夜のこと。俗にいう子(ね)の刻のころである。これには2時間の幅がある。句意は「早春の深夜まで僧と庭の月に照らされた梅を眺めていた。この高僧が去ると庭には人の気配が急になくなり空気は冴え渡った。庭には月と梅と漱石が残された」というもの。この僧は寒さが支配する庭で満月の下、白梅を眺めながら漱石と会話していた。漱石はこの時の印象を忘れないように、掲句を詠んだ。この高僧との会話の後の明治28年1月に子規庵での句会で披露した。

ところで禅の世界には「梅花枝上月三更」という言葉があるという。室町時代の禅僧によって作られた漢詩文の中の一節である。

この七言絶句の詩文の一節が僧の口から出たのだろう。「俗世の中で無為に日々を過ごしている我々を、月夜の梅の花が、真実の道へと目を覚まさせる」という意であるという。真夜中の自然の無情さを意味して、仏教的無常観が漂うという。漱石はこの言葉を基にして、梅の花が俗人に語りかけるのではなく、高僧が深夜まで丁寧に諭してくれたとして、俳句的に表したと思われる。

漱石は大塚楠緒子との熱烈な恋が破綻して混乱をきたし、明治27年12月23日から翌1月7日にかけて鎌倉の円覚寺で参禅した。円覚寺の塔頭の一つである帰源院において釈宗演のもとで参禅した際に、掲句にある月夜の庭でこの禅僧の話を聞いた。この話は漱石の身に染みたのだ。

この釈宗演は大正5年12月12日に行われた漱石の葬儀において、導師を務めた。この高僧は「文献院古道漱石居士」という漱石の戒名を青山斎場に響かせた。

＊新聞『日本』（明治28年3月5日）に掲載

• 夜といへる黒きものこそ命なれ

（よるといえる　くろきものこそ　いのちなれ）

（明治37年11月頃）俳体詩「尼」22節

漱石の俳句とは思えない迫力がある。これは明治43年の夏におきた大吐血の夜のことを前もって描いている気がする。漱石の意識、魂は暗黒の中に浮かんでいたのだろう。死んでいるのか未だ生きているのかよくわからない状態として。

句意は「自分だと思われる魂は夜のような黒いものの中に浮いている。それは死んでいると思われたが、生きているようだ」というもの。魂の存在は暗くて良く見えないのだ。つまり自分では認識できないのだ。東大名誉教授の矢作博士は、魂は電磁波として存在しているから、姿は捉えられないという。明治時代に生きた漱石は、このことを掲句で表しているように思われる。

漱石は明治43年8月に経験した臨死体験を文章では意図的にぼんやりオブラートで包んだようにしか表していないと思ったのは、具体的に表すことが困難だったからだとも言えそうだ。漱石は死の世界からこの世に舞い戻ってから、臨死の世界を思い返していたように描いているのは、これを予知していたからか。

掲句は「色を隔てて鈍き脈搏つ」と続いている。「色は感じられないが微かに響く心拍が感じられる」というもの。自分の体が発する拍動が魂を揺さぶっている。「魂よ、目を覚ませ」と揺り動かしている。現世からの強い働きかけが冥府からの引き込みよりも優勢になっていた。

• 世を忍ぶ男姿や花吹雪

（よをしのぶ　おとこすがたや　はなふぶき）

（明治37年6月）小松武治訳著の『沙翁物語集』の序

掲句は「小羊物語に題す」として十句作ったうちの一つ。この句はシェークスピアの恋愛喜劇「お気に召すまま」の内容を俳句で表現したもの。ハッピーエンドのこの劇のネット解説には「窮屈な宮廷生活とは対照的に、主人公が逃げ込む森の中での生活が自由で解放的なものとして描かれています。一目惚れや同性愛的な描写を織り交ぜながら、最終的に4組のカップルが誕生するこの物語の最大のテーマは「愛」。そして、不当に地位を奪った者が改心し、奪われた者は相手を許して和解する、大団円で終わります」とある。

公爵家の跡目争いに敗れた前公爵とその娘は森に逃れる。その娘は森の中では男として生きる。その娘を追って幼なじみの娘も森に入る。これは同性愛なのか。前公爵の男装の娘は、ある男の恋の告白の練習相手を務めるが、ここにも同性愛的なものがあるようだ。この娘を中心にして男女が複雑に関係する騒動になる。

句意は「森の中で男として生きることを選んだが、これは世を忍ぶ仮の姿。だがこの姿でいると舞台で花になったような気分になれる。春に花びらが上から降りかかるようで気持ちがいい」というもの。人に害を与えなければ偽装、なりすましも楽しいということか。もう一人の自分になれるからだ。

16世紀でも21世紀でも人の外見の性と心の性の問題は複雑で、周囲の人間関係も絡まってくる。シェークスピアはここに笑いを持ち込んで日常的なものに落とし込んで描いている。ちなみに江戸の俳句界で俳聖として活躍した松尾芭蕉は確実にバイセクシャルであった。だが江戸時代は男色、若衆が当たり前に街中に存在していた時代であり、特に芭蕉の生き方は目立たなかったに違いない。シェークスピアの「お気に召すまま」の物語を日本の江戸時代の物語にすることができそうだ。

世をすてゝ太古に似たり市の内

（よをすてて　たいこににたり　いちのうち）

（明治24年7月24日付け）子規宛の書簡

7月23日にこの手紙を書いてから5日後に恋心を抱いていた兄嫁の登世が亡くなった。登世は24歳でこの世を去った。初めてのつわりがひどくなって、寝込んでしまっていた。三男の兄に嫁いだ登世と同じ家の屋根の下に住んでいた漱石は、家に寄り付かない夫の代わりに登世の看病をしていて、登世の命が危ないことを知っていた。兄は再婚であったが、相手の登世は初婚。登世は学生であった漱石と同じ年であった。

句意は「この世に生きていることが虚しく感じられ、街の風景が太古の時代の何も無い殺風景なものに見えている」というもの。漱石の目には涙が溢れていて、街の景色がぼんやりと霞んで見えていた。いや街の光景が全く目に入らない状態になっていた。愛する人がこの世からいなくなるということを初めて経験した漱石はただ嘆いていた。天を仰いで虚ろな目で睨んでいた。

この句は学生時代の明治22年5月に俳句を作り始めてから、15作目のものであった。感情をぶつける大胆な俳句になっている。若さに溢れていた24歳の時に、上五に「世を捨てて」の句を置く漱石の嘆く心境は、想像に余りある。漱石のこころは世を去ろうとしている登世と重なっていて、大いなる悲しみに満ちていたと想像できる。

夜をもれと小萩のもとに埋めけり

（よをもれと　こはぎのもとに　うずめけり）

（明治30年9月4日）子規庵での句会稿

勤め先の高等学校の夏休み期間を利用して、漱石は結婚後初めて上京した。7月4日に熊本を発ち、9月7日に東京を離れた。この俳句は鎌倉で妻とは別になって過ごしていた頃の俳句である。漱石は流産して落胆していた妻のいる別荘ではなく街中の宿に一人でいたので、気ままに鎌倉の山中にある円覚寺の塔頭に出かけられた。かつて学生時代に悩みの中で座禅をした寺である。

ところで小萩は小さな萩、または萩の美称である。「小萩のもとに埋める」とは夜を土の中に隠すことなのか。圧殺することなのだろう。その萩が生えているのは宿の庭なのか、円覚寺の庭なのか。宿の庭である。

上五の「よをもる」とは「夜を喪（も）る」のことで、夜をなくすこと、葬り去ることなのだ。何故漱石は夜に敵意を持つのか。猛烈な残暑のせいか。空調設備のなかった時代に過ごしにくい夏を敵視したのだ。鎌倉にいたこの時期、猛烈な残暑が続いていた。9月に入っても夏がそのまま続いていた。当然鎌倉の夜は、夜風の吹かぬ凪の状態で寝苦しかったはずだ。

句意は「夜を始末せよ。蒸し暑い夜を宿の庭に咲く小萩の元に埋めてしまった」というもの。これで夜は涼しくなると念じた。この時期に漱石は「捨てもあへぬ団扇参れと残暑哉」と「鳴き立てゝつくつく法師死ぬ日ぞ」の句を作っていた。

この句の面白さは、夜まで続いている猛烈な残暑をなだめようと、また漱石自身の苛立つ心を鎮めようと努めていることだ。過激に夜を葬り去る手段を空想しながら、「小萩のもとに埋めけり」と涼やかな気分になるように言葉を選んで、穏やかな俳句に仕上げていることだ。

【ら行】

・来年の講義を一人苦しがり

（らいねんの　こうぎをひとり　くるしがり）

（明治37年7月）俳体詩「無題」

漱石は明治36年1月に英国から帰国し、4月には東京帝大の英文科講師になって教壇に立っていた。英国の下宿に篭って英文学を研究し、文学論をノートに書き込んで帰国したが、その成果を学生に手渡そうとした。しかし、学生たちは理解できないと言い、漱石の授業の評判は散々だった。

句意は「来年は少し講義の内容を変えるしかない。失業するわけにはいかないと一人苦しんでいる」というもの。学生たちは努力して勉強の質を高めるわけではなく、ただ苦情を言うだけだと思った。漱石はこれを「一人苦しがり」と表した。この俳体詩を書いているうちに、あるアイデアが浮かんだ。シェークスピアだと。

掲句は「パナマの帽を鳥渡（ちょっと）うらやむ」と続いている。漱石の書斎には、英国で買ったパナマ帽が置いてあった。苦い表情をした漱石はこのパナマ帽に声をかけた。「お前は気楽でいいな、見るからに陽気だ」と。漱石はこの帽子をかぶって外出する気にはならなかった。

朝顔や売れ残りたるホトトギス　　尻をからげて自転車に乗る
四方太は月給足らず夏に籠り　　新発明の蚊いぶしを焚く
来年の講義を一人苦しがり　　パナマの帽を鳥渡（ちょっと）うらやむ

・楽寝昼寝われは物草太郎なり

（らくねひるね　われはものぐさ　たろうなり）

（明治36年7月2日）菅虎雄宛の書簡

この句は帰国後に東大英文科の講師の辞令を受け、教師業を再開し始めてから3ヶ月後のぼやき句である。英文科の生徒達に授業内容を理解させることができず、無能の教師という心境になったという気分を句にしたものだという。

句意は「英語の授業はもうどうでも良い。好きな時に寝て昼寝もし放題の自分は、人呼んで物草太郎なり」というもの。のんびりと人の目を気にしないで堂々と寝転んで昼寝するのだと宣言している。

漱石は理解力の乏しい学生を前にして、英語講義のやる気が失せている自分を句に描いた。そして普通であれば物臭太郎と書き込む所であるが、間違っていそうだとわかっていたが、調べることは面倒なので物臭太郎を決め込んだということにした。これは漱石のユーモアなのだ。物草太郎と書いてしまえば、もうどうでもいいと言っているように見えるからだ。仕事をサボって土手の草原に寝転んでいるさまを描いているようにも見える。

もう一つのこの句の面白さは、楽寝と昼寝を組み合わせて楽寝昼寝を造語していることだ。気楽に昼寝することをうまく表している。さらに面白いのは「楽寝」というからには意識が覚醒していなければならず、これはいわゆる目覚めている「不貞寝」のことを指している造語なのだ。

自分の進むべき道は文学・小説の道と確定した後は、この句を作って親友の菅虎雄に自分の考えを知らせることにした。学生達と帝大側に授業のやり方の説明をして理解を得るということには、もう興味がないのだ。熊本第五高等学校から帝大に籍を移すことに尽力してくれた親友の菅虎雄であるが、彼に自分の考えを示して理解してもらおうとした。

この投げやりな態度や開き直りが良かったのかもしれない。翌明治37年の講義で自分の好きなシェークスピアを取り上げたら大人気を博し、教室は満員になった。講義録を出版したくらいだ。だがこのことは句にしていない。面白い句にはならないからだ。それにもう辞めることにしているからだ。この頃漱石は小説を書くことに熱中していた。

・落梅花水車の門を流れけり

（らくばいか　すいしゃのもんを　ながれけり）

（明治32年2月）句稿33

「梅花百五句」とある。岡の斜面にある梅林の花びらが沢に落ちて、花筏のようになって庭の堀に運ばれて来る。庭の中には筧が作られその先には水車がある。庭の茶席から回転しているその姿が梅の木の間に見えている。この流れに乗った小さな梅の枝先から落ちたばかりの梅の花びらが古びた水車を慰めるように水に浮いて通り過ぎるのだ。

ところでこの水車はどこにあるのか。この句が書かれていた句稿には「瑠璃色の空を控へて岡の梅」の句が掲句の近くにあった。つまり梅見の場所は漱石の住まいの近くにある熊本城から見える場所、城の西側近くにある岡の麓とわかる。この岡に広がる梅屋敷の庭に本格的な水車が作られていた。細川藩がかつて所有していた梅林なのであろう。熊本市西区の岡にあるこの梅林は、明治の世になってから熊本の有力者の持ち物になっていた。（現在は「谷尾崎梅林公園」になっている。ここでは毎年熊本梅まつりが開かれている。）

漱石の目の前にある池と堀には花びらが浮いている。そして花びらが水車に飲み込まれるさまが想像される。この句の面白さは、「落」の文字が梅花と水車にかかっていることだ。この「落」によって堀の先で水車の上から花びらの落ちるさまが自然に想像されることだ。

田んぼの畔に植えられていた梅の木から、花びらが散り、水路にはまって流れ出している。その先にあるのは水車。その古い水車を彩るように花びらが落ちる水に流れ込んでいる。

桜の花びらが落ちて流れるさまを花筏といって、人々は水面に浮かぶ花びらを楽しみ、桜の美しさを賞賛する。これに対して人々は梅の花びらが落ちて流れるさまについてはあまり言及しない。話題にしない。漱石はこれを寂しく思い、花水車としゃれているのだ。

漱石は、梅の花賞賛会の会長的存在なのだ。

● 裸体なる先生胡坐す水泳所

（らたいなる　せんせいこざす　すいえいしょ）

（明治30年4月18日）句稿24

日差しの強い夏空の下で、上半身裸になった先生は木陰であぐらをかいて熊本第五高等学校の生徒たちが水場で楽しく遊んでいるのを見ている。あたかも菩提樹の下で修行をしているブッダのようにじっと日陰に座している。漱石は、生徒指導の立場で学校の近くの江津湖の水泳場に来て、生徒たちの水遊びを見ている。本当は自分も褌一丁になって泳ぎたいところであるがそれができない。監視役であるからだ。泳ぎができて体力が充実していた漱石としてはもどかしい限りなのだ。

ところで漱石は、どんな格好でいたのか。「裸体なる」といえどもステテコは履いていた気がする。胴巻はどうであったか、興味は尽きない。

この俳句の前に置かれていた俳句は「顔黒く鉢巻赤し泳ぐ人」と「深うして渡れず余は泳がれず」である。後者の句は、しつこく泳ぎに誘う学生に軽く嘘を言ったものである。泳ぎができなくては水場の監視役はつとまらない。漱石は泳ぎが得意ではなかったという記述も見かけるが、これは後者の句から引き出したものであろう。下記の友人の文章からも普通に泳げたということだ。

友人の太田達人が書いた「予備門時代の漱石」には、「夏になると、夏目君は毎日のように早稲田からてくてく歩いて来て、私を誘い出した上、また二人で一緒にてくって、両国の水泳場まで通ったものでした。帰りにはまたわざわざ真砂町の下宿へ立ち寄って、さんざ話してから戻って行く。大学の水泳場はその頃初めて設けられたもので、（中略）夏目君はから初心者でした。ある時初めて遠流し（中略）両国橋の下から満潮（さしお）に乗って言問まで泳ぐことになりました。（中略）夏目君なぞは出場するにはしたが、途中でへばってしまいました。」とある。遠泳に出たのであるから漱石の泳ぎは大したものなのだ。

● 埒もなく禅師肥たり更衣

（らちもなく　ぜんじこえたり　ころもがえ）

（明治30年5月28日）句稿25

衣更えの季節になって薄着になってみると、体の線が浮かび上がって肥えていることが明らかになってしまう。明治時代の禅僧は更衣の時期になると太っていることがわかってしまうので、この時期の到来を忌み嫌う。本来禅僧であれば厳しい修行によって、太っていることなど考えられないのにと漱石は嘆いて見ている。かつての太ったコメディアンの花菱アチャコに言わせれば、「これは、めちゃくちゃでござりまする」というところである。

「埒もなく」は、とりとめもない、めちゃくちゃである、ということである。掲句の句意は「衣更えの季節になると、禅僧はとりとめもなく太ってくる」というもの。漱石に言わせれば、なぜ春になると禅僧たちは肥えだすのかと考えだすと、可笑しくなって笑ってしまう。答えは分かっている。薄着になると誤魔化しようがないからだ。

この状態と真逆であるのが、病床の子規である。衣更えの季節になるとますます痩せてくる。漱石は子規のことを夜中ずっと考えていた。そして作った句が「春雨の夜すがら物を思はする」であった。子規の方がよっぽど禅師らしい風貌をしていると思ったことだろう。

同じ句稿において掲句の次に置かれていたのは「よき人のわざとがましや更衣」の句であった。ここに描かれている「善き人」は妻。衣替えで奮闘している新米妻のことを「善き人」と表現している。この「善き人」を「埒もなく太った禅師」と見ているのかもしれない。

● 欄干に倚れば下から乙鳥哉

（らんかんに　よればしたから　つばめかな）

（大正3年）手帳

京都の木屋町の高瀬川を渡った時のことであろうか。漱石が川面を見るために橋の欄干側の端に寄ると、ちょうどその時ツバメが足元の脚桁から飛び出した。川面に鴨が遊んでいるのを見てのんびり時間をつぶそうと思ったのだが、ツバメが足元から飛び出したのだ。大きなヒゲをつけた男に巣を覗かれそうになったツバメは、驚くと同時に威嚇のために急発進して飛び出したのだ。本能的に巣への侵入者を脅かして追い払おうとしたのだろう。

漱石の行動は浮世絵に出てくる女性がするようなものである。ウキウキの気分で宿を出た分、祇園の茶屋に行くには時間が早すぎた。待ち合わせ時間より早く茶屋に着いてしまいそうであったので、時間つぶしをしていたと思われる。

この句の面白さは、この句はごく普通の句のように見えるが、漱石が京都に来た理由や祇園での出来事を知っていれば、この句の見え方が変わることである。

掲句は明治40年春に京都を逍遥したときのことを回顧した句であろう。よほど川風が気持ちよかったと見える。

● 乱菊の宿わびしくも小雨ふる

（らんぎくの　やどわびしくも　こさめふる）

（明治28年11月3日）句稿4

この句があった句稿4の冒頭には「明治28年11月2日河の内（松山市の南東方向に隣接した東温市の山あいの地）に至り近藤氏に宿す。翌三日雨を冒して白猪唐岬に瀑を観る。駄句数十。三日夜しるす」とある。この句は2日に子規の親類の旧家にたどり着いた時の句である。

菊の咲く広い庭を持つ旧家。山裾を切り開いた屋敷には細かな菊花が咲いている。その白や黄色の菊が庭の隙間を埋めるように広がっている。松山に住んでいた子規が子供の頃に遊びに行っていた親類のこの家には家を継ぐ跡取り息子がいない。このことは無造作に玄関近くまで広がる菊によって想像できた。老婆が昔のままに屋敷を守っているが、菊の手入れまで、庭の管理まで手が回らないのが見て取れた。

少し肌寒さを感じさせる秋の小雨が夕方から降り始めた。丸一日かけて松山市内からバスに乗って田んぼの中のバス停まで来て、そこからは細道を歩いてこの家にたどりついた。子規から漱石の訪問の連絡はしてあったため、玄関での出迎えは温かいものであった。だが壮年の男たちのいない家は何処となく侘しさが漂う。昔の屋敷を守るということは大変であるが、それだけが感じられるというのも侘しいものだ。肌寒さを感じさせる小雨がその思いを助長する。その一方でその侘しさを小雨が少しは洗い流してくれている気もする。

この句にある乱菊は本来花びらの長い品種の菊のことであるが、掲句の場合無造作に広がっている、乱れているように見えた小菊の群れを意味する。漱石に侘しさを強く感じさせている。菊の種類は白菊が主であろう。そして白は老婆の白髪を連想させる。加えて乱の漢字はその老婆の髪の乱れも想像させる効果がある。漱石は「小雨ふる」の「ふる」の使用も宿の屋敷に「古さ」の印象を持たせている気がする。漱石は面白がりの性格であるが、この俳句にそれが現れている。侘しさが漂う景色を楽しげに作っている。

乱菊や土塀の窓の古簾垂

（らんぎくや　どべいのまどの　ふるすだれ）

（明治39年11月）

漱石は深まった秋の風景を丹念に描きこんだ。句意は「近所を散歩していたら、背の低い古い土塀越しに民家が見え、木枠窓に古い簾が掛けたままになっているのが見えた。その窓下には乱菊が咲いていて、その長い花びらが互いに絡み合って雑然として見えていた」というもの。静かに住んでいるのはいいが、簾も菊も放置されているのは寂しいと感じている。

これほどに秋が深まっても、夏の日差し避けの簾が掛けたままであり、しかもその簾は相当に古そうに見えた。そして庭の菊の手入れもなされていないように見えた。住んでいる人がいないのかと気になってしかたないのだ。大きな屋敷であるが活気が感じられないを心配している。

このころの漱石は、「吾輩は猫である」の小説が大いに売れていて、世間からは大いなるやっかみを受けて少し気落ちしていた。今でいえばSNSで細かいことにまで非難が集中し、炎上している状態なのだ。世間との関わりを呪うような気分になっていた。人気者などなるものではないと思うまでになっていた。

こんな時に掲句にあるような打ち捨てられたような古い家を見てしまうと、やっかみでも非難でも周囲から届けられることがありがたく思えてくる。このような考えができるのは読者の中には支持してくれている人が大勢いるとわかっているからだ。漱石はこのような俳句を作って自分の気落ちを確認しているのであるから、英気が幾分戻ってきていると思われる。

ちなみにこの年の11月に書かれているのは掲句とその直後に置かれている句だけであった。その句は「冬籠り染井の墓地を控えけり」である。一番弟子の野上が引越したことを耳にして出した葉書につけた句であった。小説を書くには静かでいい場所を選んだと書いた。漱石の方の環境はうるさい限りだということを暗に伝えている。

乱山の尽きて原なり春の風

（らんざんの　つきてはらなり　はるのかぜ）

（明治29年3月5日）句稿12

高い山が連なる四国山地から松山に吹き出した風に少し暖かさが感じられるようになってきた。瀬戸内側に吹き降りてくる3月の風に変化が出てきた。石鎚山系の裾野を通過し、重信川の河原を越えてくる間に風は暖められ松山に到達する。漱石は松山で一冬を経験したことを感慨深く掲句で表した。

句意は「乱山の四国山地の山が尽きるあたりから急に平原になり、その先にある松山には山の風とは違う春風が吹いている」というもの。春の松山の市街地はその南側に位置する、冬には雪をかぶる四国山地の影響を受けているのだ。漱石は少し前の明治28年11月に四国山地の中にある白猪の滝を見に行っていた。松山からバスと徒歩で苧の家に宿泊し、翌朝から山に入り、雨に濡れながら山道を登り続けた経験があった。つまり平地と山中の違いを体験していた。そして四国山地を乱山と認識できるようになっていた。

この句の面白みは、四国山地が松山にせまっているさまを「乱山の尽きて」と漢詩的に表現していることだ。冬にはこの嵐の山から寒風が吹き降りることを想像させる効果がある。そして「尽きて」は「山が尽きる」ことと「冬風の体力が尽きる」ことの両方を表している。

もう一つの面白さは、「原なり春の風」として人は季節の変化を原に届く風の質の違いで感じることを示していることだ。花が咲き出したと目視による確認の前に、人はまずは肌で春風を感じるのだ。

蘭燈に詩をかく春の恨み哉

（らんとうに　しをかくはるの　うらみかな）

（明治29年3月5日）句稿12

蘭燈とは美しい床置きの行灯のことで洒落た装飾がなされている灯のこと。この俳句を作った時には、漱石はまだ松山にいた。翌月には熊本に転出することになっていた。松山の春を旅先で楽しもうとした。

句意は「春に旅に出て、泊まった旅館で夜に読書をしようとしたが、ランタンの周りの巻かれた紙に詩が書いてあり、部屋が暗めになっていて本が読みにくかった」というもの。この墨文字によって部屋の壁にしゃれた光の濃淡が生成される効果が生まれている。だがこれによってせっかくの部屋の明かりが少し暗くなってしまっていた。漱石は春の夜に読書を楽しもうとしたが、これでは本が読みにくいと残念がった。旅館側の配慮が仇になってしまっていた。

ちなみに旅館の主人は行灯の筒紙に孟浩然の「春暁」の詩を書いていたのだろう。「春眠暁を覚えず　処処啼鳥を聞く　夜来風雨の声　花落つること知る多少」と書いてサービス精神を発揮したと想像する。この詩ならば角形照明の4面に1行ずつ書き込みやすい。だがこのアイデアは漱石にとっては余計な配慮だということであった。

漱石は行灯の筒紙に悪戯書きをしようと思って部屋に入ったが、それができなくなった。漱石はこの宿の主人の行為に「春の恨み」を感じた。仕方なく漱石は手帳に掲句を書き込んだ。

● 蘭湯に浴すと書て詩人なり

（らんとうに　よくすとかいて　しじんなり）

（明治30年5月28日）句稿25

香り湯、ポプリ湯ならば分かるが、蘭湯は分からない。この句のヒントは掲句の直前に置かれたエロティックな句にあった。それは「傘さして後向なり杜若（かきつばた）」という句で、掲句はこの不思議な句に関係している可能性が高いと推理する。

とりあえず掲句を表面的に解釈すると「秘密の香りのする湯に入ると書くと、これだけで詩人になる」というものだ。

蘭湯とは中国伝来の香り湯のことで、中国で用いていた植物は「香水蘭」または「蘭草」と呼ばれるもの。日本で利用されてきた植物はフジバカマだという。この植物は生の葉っぱは無臭であるが、乾燥すると茎や葉っぱの成分が変化して桜の葉のような香りを放つという。現代でも、この香りはアロマテラピーなどに活かされているらしい。古代中国の端午の節句には、これ以外にも菖蒲が用いられていた。蘭湯が日本に伝わった室町時代には、入手しやすい菖蒲を用いて菖蒲湯とする習慣が普及したという。

もう一つ疑問が残っている。これが解決できないと掲句の解釈はできない。この湯に入りたいと書いた詩人は誰なのか。これについては大阪大学大学院の深澤一幸氏が書いた論文「清末詩人が『趙飛燕』を窺く（のぞく）」が参考になった。

清朝末期の明治10年に初代駐日公使何如璋の書記官として日本にやってきた詩人の黄遵憲は、日本での新鮮な見聞をもとに、多くの詩を作って2年後に出版した。掲句にある詩人とは黄遵憲のことであると分かった。

彼は唐代に書かれた「趙飛燕外伝」を下敷きにして、目を剥いた日本の準混浴の銭湯の光景を詩にまとめた。この「趙飛燕外伝」は、前漢の成帝が皇后の趙飛燕と彼女の妹の趙合徳を寵愛したエピソードをまとめたものである。この中の一コマとして、この皇帝は愛妾、趙合徳の入浴の場をのぞきたくなり、彼女の侍女に金貨を渡してこっそり忍び込んだというものがあった。蘭の香り漂う湯けむりにぼんやりかすむ若い女性が、後ろ向きで薄絹の下着を脱いでいる。この様を見られて成帝は喜んだ。

さて黄遵憲の日本観察詩は凡そ次のもの。前漢の時代には、金の威力で趙合徳の入浴を覗き見ることができたが、日本では真昼間に金を使わなくても銭湯で男が女の裸の姿を覗き見ることができる、とこの詩人は驚いて詩を書いた。覗き見するのに特別な金は不要なのだと知って驚いたのだ。

掲句の面白さは、この直前句として書かれた「傘さして後向なり杜若」の句にある「後向なり杜若」は成帝が見た「後ろ向きの女性」につながる。この後向きと背面は同義である。漱石はこの後向き・背面の女性にこだわっているのが見える。このこだわる理由を「傘さして後向なり杜若」の句に探した。

蘭の香や亜字欄渡る春の風

（らんのかや　あじらんわたる　はるのかぜ）

（大正3年）手帳

この句は夢の世界を旅している句なのであろう。句意は「亞の字形を複雑に組み合わせた亞字欄干のある中国風の橋を渡っている時、珍しい西域の蘭の香りが春風に乗って漂って来た」というもの。中華紋様でデザインされたフェンス状の欄干側に立っていると、一風変わった風が吹き抜けているように感じるのだ。蘭の香りとは、西域の香りである。

この句の面白さは、蘭の香の「蘭」と亜字欄の「欄」とで韻を踏んでいることだ。そして「蘭の香」の「蘭」は「動乱」の「乱」の意を含んでいることだ。つまり中国領の西域で乱が生じているので、急遽中原から鎮圧の部隊が派遣されることになったことを匂わせている。蘭の香りは乱の匂いなのだ。

漱石は唐の時代か宋の時代にタイムスリップしているようだ。大正3年の漱石は痔疾と胃潰瘍で大変な思いをしていた。この年の4月20日から8月31日にかけて小説「こゝろ」が新聞に連載され、ホッとした矢先、9月には4度目の胃潰瘍で一ヶ月間病臥してしまった。今度の病臥は4回目であり、このことを掲句の直前に置かれた句、「同じ橋三たび渡りぬ春の宵」に描いた。この句意は「春になって西域に通じる橋の袂にある柳は緑になっている。中原から西域に戦いに行く武将はこの橋を渡るのは今回で3度目だ」というもの。今までは戦いの度に生還してきたが、今度の3回目の西域への出征はどうなるのか、と不安がよぎったのだ。

大正3年になって胃潰瘍で長期に臥せっていた時に、漱石の脳裏にはそろそろ朝日新聞社を退社した方がいいのではないか、と思うようになった。連載小説を年に二本書くという契約を守れなくなっていることを気に病んでいた。明治43年に修善寺で大吐血してから今年の病臥は4回目で今度という今度はダメなのではないかと考えていた。今度の出征では負けそうだという予感がしたのだ。漱石もこの武将と同じ思いであった。

上記の2句を総合すると、亜字欄のある橋は西域と中国の境界にある中国風の橋で、この橋の上に来るとこれから遠征する西域の風が吹いているのが感じられるというのだ。このとき武将に緊張が走ったのだ。橋を渡ると異国の西域に踏み込むことになる。そこで漱石はこの国境にある橋の上に来て、立ち止まっていた。つまり掲句は境の中国橋を渡るときに魅惑的な蘭の香りが春風に乗って漂ってきたので、立ち止まっていたという意味になる。激しい乱の匂いがしたのだ。蘭の香りにつられてこの境の中国橋を渡ると新聞社をやめることになり、まだ書き足りないと思っている新聞小説を諦めなければならない。しかしまだ描きたいテーマの小説がある。手帳にはその構想が書いてあった。

蘭の香や聖教帖を習はんか

（らんのかや　せいきょうちょうを　ならわんか）

（明治29年9月25日）句稿17

句意は「気持ちを落ち着けたい時には、いい香りのする蘭の花を机のそばに置いて、王羲之の文字の教本を見ながら筆の練習をするのが良い」というもの。漱石は掲句のように自分に言い聞かせて筆を執り、背筋を伸ばした。漱石は掲句を作った明治29年6月に熊本の借家で身内だけの結婚式を挙げた。そして9月には新婚旅行を兼ねて北九州にいる妻の叔父に挨拶に行った。漱石は一連の行事を終えて一息つきたい気分になった。そこで少年時代に習った漢書の筆の教本を開き、王羲之に成り切って筆を執って文字を書き出した。これはいわゆる王羲之の臨書を始めたということだ。

ところで蘭は日本に自生している蘭科の花としては、シュンラン、カンランなどの種類がある。沢アララギ、藤袴も明治時代には蘭（あららぎと読む）と言われていた。漱石がこの句に表した蘭は、いとけなき藤袴であると考える。和歌の世界で蘭といえば藤袴であった。ちなみに南方の海外から来た胡蝶蘭等は洋蘭として区別された。

そして「聖教帖」は書聖と言われた王羲之が残した書の手本帳のこと。王羲之の筆になる石碑の拓本と王羲之の文字を模写して作り上げた仏典である聖教序の拓本をまとめた教本のこと。漱石にとって、蘭の花が近くになくても、王羲之の文字が載っている聖教帖からは蘭の香りが漂ってくる気がしたに違いない。

この句の面白さは、上五に「蘭の香や」とあるのは、書道界で手本とされるもう一つの臨書である「蘭亭序」の存在を匂わせていることだ。つまり漱石の書斎には、書の手本として「聖教帖」ともう一つの手本帳である「蘭亭序」があったことを暗示している。ともに古代中国で作られた教本であり、後者の手本は今では日本と中国で第一の手本になっているものだという。「蘭亭序」という名前からは優れた書の文字からは蘭の良い香りがして来そうだが、単にホテル名をつけた詩の序文の意味である。

もう一つのこの句の面白さは、漱石としては「聖教帖」の方を重要視していることを示し、「蘭亭序」を褒め称える書家たちに、「聖教帖を習うのが良い」と諭している様に作句していることだ。ちなみに「蘭亭序」は今の浙江省紹興市の田舎町にある蘭亭というホテルに王羲之が41人の詩人たちを誘って詩の大会を開き、この時作成された詩集草稿の序文一枚を王羲之が担当した書のこと。世の有名な書家は「蘭亭序」の方を王羲之の最高傑作と持ち上げるが、漱石は「蘭亭序」は大したことはない、「聖教帖」の方が優れていると思っていたようだ。下戸の漱石は王羲之が酒宴の場で作り上げた書は認めたくないのか。

（原句）　蘭の香や聖教帖を習ふべし

・蘭の香や門を出づれば日の御旗

（らんのかや　もんをいづれば　ひのみはた）

（明治28年9月23日）句稿1

東京にいた子規は、新聞社の一員になっていた関係で従軍記者として大陸に渡った。子規は帰国途上で吐血し、神戸の病院に入っていた。病をいやすために松山に帰った子規に漱石が声をかけて、二人は漱石の愚陀仏庵で共同生活を始めた。秋季皇霊祭と呼ばれた9月23日の祭日（秋の彼岸の中日）に子規は故郷の変化を知りたくて、漱石と一緒に松山散策に出かけた。漱石は慣れない教員生活が忙しく、街中をゆっくり歩くことができていなかったので渡りに船であった。作った俳句から松山城、常楽寺、千秋寺などをめぐったとわかる。散歩から帰ってしばらくすると、子規の叔母がおはぎを愚陀仏庵に届けてきた。

句意は「下宿していた上野家の離れの庭に蘭の花が咲いていた。この蘭の香りに送られるようにして門を出ると、秋の祭日であったので、上野家の門には日章旗が取り付けられていた」というもの。現代と違って街中の家々には日章旗がはためいたいた。

明治も28年にもなると古い城下町にも洋風の文物が入り込んでいた。菊の香が似合う松山の街並みにも蘭の香りが漂っていた。この蘭と日本的な彼岸の中日を示す日章旗と対立させているのがおもしろい。そして蘭の香りがする中、日章旗に見送られて街中に出かける二人はウキウキ気分であったことが、軽快で調子のいい掲句によってわかる。下駄のカラコロとなる音が聞こえそうだ。

ちなみに街中散歩の途上で作った俳句には、他に「秋の山南を向いて寺二つ」「見上ぐれば城屹として秋の空」「鶏頭の黄色は淋し常楽寺」「黄檗の僧今やなし千秋寺」「土佐で見ば猶近からん秋の山」があった。

・立秋の紺落ち付くや伊予絣

（りっしゅうの　こんおちつくや　いよがすり）

（明治43年9月15日）日記

同年8月に大喀血した修善寺温泉でしばらく旅館にとどまって体力の回復に努めていた時の句である。旅館の絣の寝間着ではなく、新たに仕立てられた伊予絣の浴衣を着て布団に寝ていた。

句意は「立秋になってしまった。松山の旧友から届けられた伊予絣の浴衣は紺色も落ち着き、体調も落ち着きを見せている」というもの。この絣の着物を着てトイレに立ったりしていた時に、しみじみ着ている浴衣を眺めたのだ。自分の着ている伊予絣の浴衣は、何回かの洗濯を経て肌に馴染んできた。そして同時に色も落ち着いてきたのだ。最初はきつかった藍染の紺色も落ち着いて穏やかになってきたと思った。この色の変化をみて、漱石はこの宿に長逗留していることもしみじみ思った。当初は命がどうなるのか心配したが、危機を乗り越えたことを確認でき、喜んでいた。

危篤になり、一命をとりとめたのが8月24日である。この日から、おおよそ

3週間が経っていた。この句にある立秋は旧暦の立秋ということになる。新暦の立秋は8月8日頃であった。8月12日に吐血したという電報で受けてかけつけた妻は、介護していた8月24日に喀血の血を浴びた。その時漱石の浴衣は真っ赤に染まった。その浴衣は新しいものに交換された。

8月12日のうちに松山時代の古い句友の霽月にも漱石吐血と知らされた。実業家の霽月の家業は絣の着物製造であり、霽月からすぐさま絣の浴衣数着が届けられたと思われる。漱石が掲句で「伊予絣」という言葉を用いたのは、霽月に対する感謝の表れなのだ。

それにしても、紺色の変化で時の経過を示し、体調の安定化を示す手法は粋なものである。

・吏と農と夜寒の汽車に語るらく

（りとのうと　よさむのきしゃに　かたるらく）

（明治30年10月）句稿26

熊本時代の「うそ寒み大めしを食ふ旅客あり」の俳句に続くもの。夜汽車の座席に漱石と農家人が向かい合って座っていた。官吏の一員の漱石が目の前で大飯を食っていた農家人を驚きの目でしばらく見ていた。その男が食べ終わるのを待って、漱石はこの男に語りかけた。

句意は「農家人と公務員が夜汽車の中で向かい合って長く喋っている」というもの。不思議な組み合わせを漱石は楽しんでいた。

漱石は高校の同僚教師と年末に行くことにしている小天温泉の評判や今年の麦や粟の収穫はどうなのか、などと話し込んだのだろう。それとも日本の将来のことなどを話したのか。小説「三四郎」の汽車の中の一場面が蘇る。夜汽車で移動する人であるから、大牟田か熊本市の地主であったのか。

漱石は7月8日に妻と上京し、実父の墓参りを済ませ、子規庵での句会も終えて9月10日に熊本に戻った。学校の仕事が待っていたので妻を実家に置いて早めに戻った。妻が熊本に戻ったのは10月末になってからであった。つまり掲句を作った10月初旬はまだ一人で生活していた時期である。しばらく妻と話をしていないこともあって、気楽にじっくり雑談をすることがなかったことの寂しさを夜汽車の中で紛らわしていたのだろう。まだしばらく独り住まいが続くのかと考えると暗澹となっていた。

＊新聞『日本』（明治30年10月30日）に掲載

・龍寒し絵筆抛つ古法眼

（りゅうさむし　えふでなげうつ　こほうげん）

（明治29年3月5日）句稿12

室町時代に御用絵師として活躍した狩野元信は当初法眼と称されたが、江戸時代に入ると古法眼と呼ばれるようになった。これは新たに法眼と呼ぶべき人が現れたからである。その新法眼は江戸時代に幕府お抱えになった狩野永徳である。ちなみに尊称の法眼は室町時代の仏教界から始まって絵画界にも用いられ、江戸時代には医師、連歌師にも授けられるようになった。

さて古法眼の元信は、宋・元・明画様式と大和絵の融合を図り、力強さと優雅さを併せ持つ独自の画風を確立した人である。この画風は狩野様式として狩野家代々の絵師に伝えられた。漱石は若い時からこの元信の作品に注目していた。外国の文化、美術を模倣するだけの明治時代の風潮を嫌う漱石の考えに合致していたからだ。

句意は「狩野元信は龍の絵を描いて欲しいと頼まれて描き上げたが、その龍は力強い龍になっていなかった。目が死んでいて寒がっている龍にしか見えなかった。この時、元信は力の衰えを悟り絵筆を折った」というもの。古法眼の号を授かっていた元信はこの絵を恥じて、これ以後は絵筆を持たなかったという。元信は絵の大家であるだけに絵の出来栄えの良し悪しはすぐにわかったのである。漱石はこの絵師の態度を好ましいと評した。

漱石は、明治28年の8月から10月まで松山で子規と寝食を共にして子規から俳句を学んでいた。その子規は体調が回復すると帰京した。それからの漱石は句作に気合が入っていないと感じていた。作った俳句のできが悪くなっていると判断していた。古法眼が感じた寂しさを漱石も味わっている気分なのだ。この時期漱石は「子規ロス症候群」に陥っていた。

掲句の一つ後に置かれている句は「つい立の龍蟠まる寒さかな」の句である。この句も古法眼の龍図は迫力を欠いていることを表している。この頃の漱石は自分の気合不足を強く感じていたことになる。

・両掛や関のこなたの苔清水

（りょうがけや　せきのこなたの　こけしみず）

（明治40年頃）手帳

清水はさらさらと流れる清い山際の水であり、苔清水は苔の間を清水が染みるようにゆっくり移動する細い流れである。漱石はこの「苔清水」の語によって苔が生じるくらいに長い時間が経過していることを表している。

句意は「旅人の振り分け荷物のように、ずっと逢えないでいる関のこなたの私は、関の反対側のあなたの君と別れ別れになっている」というもの。この状態が続いたままであったので、関に湧いている清水に苔が生えて来ている。

掲句は古今和歌集の「音羽山　音に聞きつつ　逢坂の関の　こなたに年を経るかな」から題を取っている。「音羽山の音のように噂で君のことを知るだけになってしまった。逢えないまま関のこちらの方は年をとるばかりである。君もそうであろうが」という意味になる。漱石が手帳にこの本歌取りの句を作ったのには訳があった。「苔清水天下の胸を冷やしけり」の句を同じ手帳に書き込んでいたからだ。つまり苔清水つながりの句を作ったのだ。

これらの句を作った苔清水のある場所は、鎌倉の荒れ寺であった。廃寺になってから長い年月が経過し、山裾の清水には苔が生えている由緒ある寺であったが、寺にはもうその面影はない。建物はそれほどまでに荒れて崩れていたが、清水は変わらずに流れていて、苔が生えていた。漱石はこの有様を見て、自分と楠緒子のことを重ねた。そこで古今和歌集の歌を思い起こしたのだ。漱石はこの荒れ寺で他に17句もの清水の俳句を集中して作っていた。ある種異常な精神状態にあったと思われる。そばには楠緒子が立っていたからだ。

ちなみに案内してくれた旧知の僧のいたこの寺は鎌倉の長谷にあった禅興寺であろう。この寺が荒れ寺であったのは、明治初年に廃寺になっていたからだ。この寺の一部は現在も明月院として残っている。この年の夏に漱石はこの長谷の地にあった親友の別荘を訪ねていた。この時期は楠緒子が鎌倉長谷の地に転居していた時期と重なる。

・両肩を襦袢につゝむ衾哉

（りょうかたを　じゅばんにつつむ　ふすまかな）

（明治28年11月22日）句稿7

この俳句は「すべりよさに頭出るなり紙衾」の次に作られた俳句である。つまり似たもの二つをまとめて解釈すれば理解しやすくなる。掲句の衾は紙衾のことである。まず「すべりよさに頭出るなり紙衾」の解釈文をまとめて転載する。これは布団の中にいる男女の布団俳句である。

紙衾は夜に使う掛け布団であり、明治の初期までの掛け布団は今の四角形と違う変形の厚手夜着であった。これは袖付きの大形の綿入れ着物というものである。表裏の布素材はシワ入れの和紙で、アンコには普通の白い綿ではない、柔らかく叩いた藁もしくは麻のクズを用いた。いわば紙衣をやや大形にして、安いアンコを入れた変形掛け布団である。掛け布団が現在の形になり始めるのは明治時代の後期からである。そして漱石の時代の敷き布団は四角い薄布団で、茣蓙か厚手布地であった。当時の寝布団はそれほど暖かくはない、極めて粗末なものであった。ちなみに松尾芭蕉が東北を旅したときには、上記の掛け布団としての紙衾を着物のように折りたたんで背負い、四角の敷き茣蓙は丸めて筒状にしたものを背中に背負った。

この紙布団は軽いことからどうしても滑りやすく夜中にずれる。すると夜中に足や腰が紙衾から出てしまう。漱石は寒い夜に紙衾を頭まで被って布団に入るのだが、夜中に寝返りしたりするとずれて頭や足が飛び出してしまう。

明治時代はどんな時でも寝る時の基本は、着物を脱いで毛布がわりに襦袢の上に、または素肌の上に被って寝た。そこで薄い紙製の掛け布団から裸の体が出てしまうと、寒さが体にしみることになる。

さて掲句は女性の寝姿についての句である。そして掲句の襦袢はそばで寝ている女性が着ていた襦袢である。女性は紙布団に入る時には襦袢を脱いでいた。

当時の着物下につける冬用の襦袢は現代における着物丈と同じ長さに作られる長襦袢ではなく、胸までの丈で作られていたはずだ。つまり当時の襦袢は高価な着物の袖と胸元の汚れ防止のためのものであった。漱石はこの短い襦袢を防寒のために胸元に掛けたのだ。バスタオルを掛けるように。

句意は「冬の夜のこと、寝ている女性の裸の両肩が紙布団から出ていても冷えないように短い襦袢で肩を包んだ」というもの。女性の肩と胸に襦袢を掛けたのだ。紙布団の中で女性の体が冷えないように気を使っている。漱石の優しい心遣いが見られる。

東京で病床にいる親友の子規は、この句を見せられてどう思ったのか。漱石は自分の両肩を襦袢で包んだようにも掲句の解釈は可能であるが、わざわざ俳句にするであろうか。ここに子規をからかう漱石のユーモアがある。

だが掲句の次に置かれていた句は「合の宿御白い臭き衾かな」である。白粉が登場する句である。

• 良寛に毬をつかせん日永かな

（りょうかんに　まりをつかせん　ひながかな）

（大正3年）手帳

ある春の日に、越後の山中にある良寛の五合庵を山下の農家の子達が訪ねてきて、一緒に遊ぼうと良寛を誘う。良寛が一人で住んでいる事を知っている子供達は、書を読んでばかりいる良寛に毬つきをしようと誘う。暖かくなったのだから良寛に外に出るように誘った。

句意は「春の日差しの中で、良寛の庵にやってきた子供達は毬つきで遊んでいたが、今度は良寛に毬をつかせようと誘った」というもの。鞠つきに飽きると次は良寛から面白い話を聞きたがったのだろう。その楽しそうな様を漱石が傍で見ているという構図である。

漱石は良寛の詩と書を敬愛していた。良寛を真似て漢詩を作り、書と俳画を描いた。漱石は良寛の書を手に入れると、子供のように喜んだことが知られている。漱石はその書を見て、良寛の人柄がわかったという。そして良寛の日常を想像していた。漱石は修善寺の大患を経験してからは、良寛のように生きようと決意したのかもしれない。

弟子の東洋城はエッセイの中でこの句を漱石らしい句として選んでいる。東洋城は「この句でも面白い妙な坊さんである良寛が、一生子供を相手に遊んで暮らしたという事に立ち至ってみていることが既に面白いが、春の日の永きにつけてもその坊さんに毬をつかせようと思いつくなどは奇想であり、また呑気なものである。（中略）今の俳句というもの、とかく難しい今日の世の中にこうした呑気な句ができるという事に先生の貴い余裕を思わせる」と書いた。東洋城は漱石が良寛に同化したいと願っていたと理解した。

漱石は良寛が残した辞世の歌「かたみとて 何か残さん 春の花 夏ほととぎす 秋はもみじば」を気に入っていた。良寛は自分の財産は周りの自然であり、自分はその財産をそっくり子供達に残してやると笑いながら自慢したという。山が荒れないように管理をしてきたことをこの文で伝えている。新潟の名主の長子は、子供の頃は薄ぼんやりの子供と見られていたが、33歳にして岡山の寺で大悟した人であった。

ところで江戸時代の毬は糸巻きボールだった。着物を解いて作った糸を丸めて芯にし、これに糸を縫い付けながら大きくしたもの。江戸時代中期になって棉の栽培の普及に伴い木綿糸が容易に手に入るようになると、農家の主婦が木綿の屑糸を使って子供の玩具として作り始めた。あまり弾まなかったと思われる。

＊「良寛に毬つかせん日永かな」としても流布している。

• 梁山泊毛脛の多き榾火哉

（りょうざんぱく　けずねのおおき　ほたびかな）

（明治28年12月18日）句稿9

枯れた榾木（ほだ）がメラメラと燃え上がる焚き火。この焚き火が登場する漱石俳句は、掲句の直前句の「榾の火や昨日碓氷を越え申した」と直後句の「裏表濡れた衣干す榾火哉」だけである。参考にこの直前句の解釈文の一部を転載する。

ら

漱石が恋した大塚楠緒子、漱石の学友の小屋保治、それに漱石の三人の関係は、明治26年8月に保治と楠緒子の見合いから新たな段階に入った。漱石としては楠緒子と漱石の恋愛関係に、親友の保治が楠緒子の見合い結婚の相手として割り込む形になった。楠緒子の親が帝大教授になることが約束されている保治との結婚を望んだことが決め手となって、漱石は楠緒子を諦めることになった。漱石の失恋である。

明治27年7月25日、漱石は、上野駅午前7時25分発の前橋行きの汽車で前橋に到着すると、ここから伊香保温泉へ向かった。夕方6時に伊香保の安宿に荷を解いた。この宿で前橋の実家に帰省していた保治に手紙を書いて、この宿に来るように連絡した。ここで何が話されたかは文書には全く残っていないが、三人の今後の付き合い方について話がなされたと見ている。（ここでの結論を楠緒子は後日保治から聞かされたと想像する。）」

梁山泊とはいうまでもなく『水許伝』に登場する沼沢地の名である。ここに108人の無頼漢が集まった。危なさと根性とやる気と知恵のある者たちが集まっていた。この梁山泊では昼夜榾火が燃えていたはずだ。

この梁山泊の語が漱石の脳裏に思い浮かんだことの意味するところは、自分たちが伊香保温泉の安宿に集まって申し合わせたことは、梁山泊に無頼漢たちが集まって何やら良からぬことを企むことに匹敵する、と考えたことだ。これは現代の日本版『水許伝』なのではないか気がついた。伊香保は日本における新たな梁山泊なのだと気がついた。漱石たち三人は世の中の常識では考えられない秘密の結社とも言えなくもないと漱石は思ったのかも。漱石が梁山泊という言葉を選んだからには、集まっていた者は二人ではなく、三人ということになるだろう。

「毛脛の多き」は危なさと根性とやる気と知恵のある者の象徴なのだ。楠緒子にも硬い毛脛が生えていたということだ。楠緒子は俗にいうか弱い知的な女ではなかったのだ。このことは彼女の生き方と小説群に現れている。

・梁上の君子と語る夜寒かな

（りょうじょうの　くんしとかたる　よさむかな）

（明治30年10月）句稿26

漱石の心細さがこの俳句に現れている。「梁上の君子」とは泥棒のことで、中国では泥棒は屋根の下の梁の上に隠れていると相場が決まっている。漱石は泥棒でもいいから寒い夜更けに出てくれれば歓迎するよ、と誘っている。そう言いたくなる位に夜中になると寂しい思いに囚われる。半分真剣に漱石は天井を眺めているのだ。日本でも鼠小僧は「梁上」に潜んでいたものだ。

このようにふざけながら、漱石は夜中眠るまでの暇な時間を潰していた。仲違いしたまま夫婦で7月4日に上京したが、漱石は学校の都合で9月10日に熊本に戻っていた。それからは一人で夜を過ごしていた。

この「梁上の君子」の話は『後漢書』に出て来る。陳寔（ちんしょく）という男の家に泥棒が入り込んで、泥棒が高い梁の上にいることを知った陳寔は、子どもや孫たちを呼んで、「悪人も生れつき悪人ではない。悪い習慣によってとうとう悪人になってしまったのだ。梁の上の君子がそれだ」と説いて聞かせた。それを聞いた盗賊は梁の上から降りて来て謝罪し、改心したという故事である。

小説「吾輩は猫である」の中に次の箇所があった。「梁上の君子などと云って泥棒さえ君子と云う世の中である。」漱石は「梁上の君子」という言葉が気に入っていたようだ。そしてこの小説の中で水島寒月（理学者で、苦沙弥先生の元教え子）として登場した寺田寅彦も漱石の「梁上の君子」好きを知っていたようで、寅彦自身が次の句を作っていた。「梁上の君子危し稲光」と。頭上の屋根に落ちた雷に驚いた泥棒が梁からドスンと落ちたら、まさに「危うし」である。寅彦は雷に驚き慌てて、梁の上を見上げたのだ。頭の上に落ちてきたら大変だとして。

・料理屋の塀から垂れて柳かな

（りょうりやの　へいからたれて　やなぎかな）

（大正4年春）手帳

川沿いに料亭が並ぶ街には粋な情緒があふれている。長い塀は焦がした黒か、または白木に柿渋を塗った薄茶色で統一されている。しかし夕闇が流れている時には単に墨の色にしか見えない。そのような塀に、街の歴史を感じさせる大木の柳の枝が敷地の内側からさらりと降りて風に揺れている。漱石が好んだ京都の木屋町あたりか。この辺りは漱石の思い出が濃厚なのだ。夜風に柳が揺れると、漱石のそばに立っている女の腰もよじれて揺れる。

この句については漱石全集の脚註では「手帳では抹消されているが採用」とある。漱石はあまり気に入ってはいなかったようだと考えがちであるが、初期の編集者に別の理由があったのかもしれない。妻の鏡子がこの句を見たら、いろいろ想像しそうで厄介だと思ったのかもしれない。それとも「塀から垂れて」の発音が「屁垂れて」を連想しがちということで、格式の高い料理屋の俳句としてはふさわしくないと削除したのかもしれない。だがこれは理由としては薄いと感じる。自選集ならば漱石のことであるから逆に積極的に採用したとも思う。やはり別の理由があったのだろう。

ちなみに弟子の枕流が想像するに、塀から垂れて見える柳は、塀の内側の居間から見た景色なのだ。つまり、客を通す部屋に漱石がいたのではないと分かってしまう句なのだ。

・緑竹の猗々たり霏々と雪が降る

(りょくちくの　いいたりひひと　ゆきがふる)

(明治28年11月13日) 句稿6

漢文調の掲句の解釈には、専門家の情報が必要になる。あるブログによると、掲句は中国最古の詩集である詩経に書かれている「瞻彼淇奥 緑竹猗猗」(彼の淇の奥を瞻(み)るに、緑竹猗猗たり) からの引用だという。

句意は「深い緑の竹林になんとまあ雪が絶え間なく降りかかっていることよ。涙が出るくらいに美しい」というもの。淇(き)は淇水という名の川のことで、「瞻る」は見上げるように見ること。「猗」は、もともとは「おお」とか「ああ」のような詠嘆の声。これを「猗猗」とすると、感銘するほどの美しい眺めになる、と辞書にあった。霏々は雨や雪が絶え間なく降る様を表す。もう勘弁してくれ、降参という感じであろうか。

漱石の好きな竹林の水墨画が思い浮かぶ静かな風景である。白い雪が竹の葉に積もることで、竹の緑色が引き立つ光景になっている。この竹は孟宗竹だが、これは中国原産のもので、これが日本にもたらされたことを漱石は喜んでいるように感じる。

ら

この句の面白さは、猗々と霏々の繰り返し語を用いていることでリズムが生まれ、雪が降り続く動画的な効果が生じる。それに猗々の語は日本的には「きき」とも発音され、嬉々につながることを漱石は面白がっている。

＊『海南新聞』（明治28年11月29日）／『新俳句』に掲載

● 累々と徳孤ならずの蜜柑哉

（るいるいと　とくこならずの　みかんかな）

（明治29年12月）句稿21

この句の徳孤を検索してみた。すると論語に「徳は孤ならず必ず隣有り」という言葉があり、「道義を貫く者は孤立しない、必ず仲間がいる」と書かれていた。掲句はこの論語の言葉をベースにしているとわかった。「累々と」は「積み重なっているさま。また、連なり続くさま」ということで、蜜柑の枝が折れんばかりに驚くほどに生っているさまなのだ。漱石は熊本の蜜柑畑を見て、そこに論語の「徳は孤ならず必ず隣有り」の世界を重ねていた。

句意は「日に輝く蜜柑は徳を持っているような存在で、互いに引き合って過密になるが、衝突し合わないで共存している」というもの。ちなみに華人にとっての蜜柑は、ゴールド、富の象徴になっている。そして同族主義経済のシンボルなのである。

この句の面白さは、論語の言葉を巧みに自分の生き方の指標にしていることだ。下五の蜜柑は金であり、金に不自由しない金之助であるのだ。つまり掲句は自戒の俳句、目標の俳句ということである。

一句後に置かれた句に「同化して黄色にならう蜜柑畠(ばた)」の句がある。漱石は自立、すなわち自己本位を重んじたが、それだけに逆に他者とのよい関係を熱望したようだ。徳を持って仲間を募ることを目指した。

漱石は後年、吐血して養生していた伊豆の地において裏山の蜜柑畑の下を歩きながら、29歳の時に作った掲句を思い起こしていたのであろう。自分には家族が増えて、弟子たちの数も多すぎるくらいに増えた。しかもその弟子一人一人は個性があって面白い存在になっている。

漱石の生き方を見ると、自分に集まった金と富は、木曜会に集う弟子たちや教え子の貧しい学生たちに分散させていた。自分は漱石であり、金之助にならないように意識的に生きた気がする。漱石は修善寺で自分には徳があったのか、今もあるのかと自問していたと思う。

ちなみに後日見つけた大岡信氏の著作の「拝啓　漱石先生」の中では、この句をおおよそ次のように高く評価していた。漱石は「徳ある者は決して孤立しない、必ず隣があると説く」の一文を転じて、どっさりと実ったみかんを讃えるのに用いた。蜜柑のふくよかさと「徳」との電光石火の結びつけ方に、えも言われぬ面白味、つまり俳諧がある。学が鼻につく一歩手前で、もののみごとに学を離れ、悠々と俳の世界に遊んでいるからである、と評価した。

＊新聞『日本』（明治30年3月7日）に掲載

● 留守居して目出度思ひ庫裏長閑

（るすいして　めでたきおもい　くりのどか）

（大正3年）手帳

この年8月で連載小説「こゝろ」の執筆が終わり、自分の遺書を書いた気がして気が抜けてしまっていた。心に空洞ができたような気分であった。家族が外出してしまうと、ぶり返した胃潰瘍で外出しない毎日になっている漱石は、気楽に日を過ごすしかなくなった。体力がなくなったこともあって、新聞社の方は契約に基づく年に2、3本の小説連載は要求しなくなっていた。

句意は「留守番役の自分は、広い家の中で一人であり長閑な気分に浸っている。文句を言う人も文句を言われる人もいない。なぜか笑い出しそうだ。やることのない自分は書庫の中に入り込んでいる」というもの。愛でたい珍しい気分を味わっている自分をおかしく感じている。

漱石は日常、世の中や文壇に、または家族に対して何かを思い、何かの指摘をして過ごしてきた。この習慣が体に染み込んでいるので、胃潰瘍にはいい生活の仕方ではなかった。今は心を平らかにして静養に努めるようにしなければならないとわかっている。しかし、いつの間にか書庫に入り込んで作業をしている自分を発見する。精神活動をやめることができない自分を笑ってしまうのだ。しかし、この時間は幸せを感じる時間でもあった。漱石にとって考えることが生きることであった。

・瑠璃色の空を控へて岡の梅

（るりいろの　そらをひかえて　おかのうめ）

（明治32年2月）句稿33

「梅花百五句」とある。夕刻に瑠璃鳥が飛んで、その色に染まったように空は紫がかった深い青色。この空のもとにこんもりとある暗い色の岡。この岡に梅のほのかな白色が広がっている。漱石は熊本市の海寄りの岡の自然豊かさを色の鮮やかで感じている。そして変化するその色を楽しんでいる。自然が豊かであれば色も鮮やかで繊細な表情を見せる。

この句での主役は岡の梅であり、そして梅林である。白梅の中に紅梅の混じったこの梅林を盛り立てるように瑠璃色の空があるという。この逆転の発想が面白い。漱石は空の青さよりも梅林の見事さに目を奪われている。細川藩はこの梅林を大事にしてきた。

空は大きくて丸く感じるが、目の前に広がる岡もなだらかで丸くなっていて、調和しているように感じる。そして快晴の空の色は梅の色を引き立てる配色になっていると見る。

ちなみにかつて漱石は熊本城の足元に立って西の有明海側の地域を眺めると、広大な岡には緑の森と畑が広がっていた。そこには低い山の金峰山、他がある。そしてその岡の東側の斜面の市街地寄りに梅林がある。江戸時代も明治時代も梅の季節にはこの広いエリア内に茶席が設けられた。漱石もこの野点の茶会に参加した。その梅林の一部は現在も梅林公園として残されている。

・烈士剣を磨して陽炎むらむらと立つ

（れっしけんを　ましてかげろう　むらむらとたつ）

（明治30年2月）句稿23

気性がはげしく、自分の信念をもって一途に行動する人を烈夫、烈士と呼ぶ。激烈な精神力がある人だ。そのような男は陽炎がむらむらと立つ春の日に、剣の切れ味を保つために剣を磨いている。日頃剣の道場に通って剣術を学んでいて、ことを成し遂げようとする気持ちがむらむらと立つのだ。

掲句は臥薪嘗胆と同義の日本語的な表現なのか。この俳句は誰のことを念頭に置いているのかわからない。敵討ちを考えている人たちのことを描いているのだろうか。赤穂浪士たちのことなのか。この俳句の直前に置かれていた漱石の俳句は、「大纛（たいとう）や霞の中を行く車」であった。何か関係があるのだろうか。大纛（たいとう）とは天子の車駕に立てる大旗のことで、天子の親征軍を意味する。つまり天皇の軍隊、日本の陸軍が堂々と霞のかかっている広い大陸を進軍中である、という意味であろう。

明治28年の3月に日本と清国との戦争が起こり、日本が勝利して日清講和条約が調印されたが、その4月には清国の謀によって独仏露三国干渉が起こり、日本は条約内容の変更を余儀なくされた。清国が賠償として領土を割譲するという内容は消えた。この後、日本軍は、欧米列強と足並みをそろえて密かに大陸への侵略を計画していた。このことをこの俳句で表した。大陸の霞の中で目を凝らすと天皇の軍旗が見えるのだとした。

陸軍には、「計略を図ったロシアめ、今に見ていろ」という仕返しの気風が満ちていたのだ。そして日本国内の庶民にもこのような感情が満ちていた。掲句は日本の世相を表していた。

・連翹に小雨来るや八っ時分

（れんぎょうに　こさめきたるや　やっじぶん）

（明治41年）手帳

漱石は春が近づいているある日、近所に散歩に出かけて黄色の連翹が咲いているのを見つけた。すると小雨が降り出した。時刻は昼の2時頃から4時頃で、暖かそうな花を冷やすように小雨が降りかかる。だが連翹に落ちている雨は花の色によって幾分暖かく感じられた。漱石は小雨を快く受け入れている。

連翹が咲きだす頃の春の雨は冷たくないと言われるのは、黄色の色のせいだと思った。早春に福寿草や蝋梅、水仙などの黄色い花を目にすると春の到来が近いと思ってしまう。連翹は中国では薬草として栽培されていて、それが日本にも伝えられた。この薬草の黄色は体を温める効果があるように思わせる色である。

この句の面白さは、降り出した雨は花の色によって幾分暖かく感じられたが、よく考えると「八っ時分」であったからだと話を落としていることだ。2時、3時頃は1日で最も気温が最も高くなっている時刻だと気がついた。

漱石は八っ時分と江戸っ子のように時刻を表しているが、八つ時のことである。まだ西洋時計の時刻表示は一般的ではなかった時期の句である。それと日本に平安時代に中国からもたらされた土着の花のように見える連翹には「八っ時分」と江戸時代に用いていた時刻の呼称が似合う。

漱石は小説家としての仕事も順調に推移し、春の雨を受け入れて春の花を愛でる余裕を手にしている。堅苦しい漢字の連翹の花言葉は、意外にも希望である。掲句はこの希望の気持ちを表すものと作った気がする。

ちなみに掲句の次に置かれている句は「花曇り尾上の鐘の響かな」であり、その次は「籠の鳥に餌をやる頃や水温む」。漱石は春の景色を堪能している。

・連翹の奥や碁を打つ石の音

（れんぎょうの　おくやごをうつ　いしのおと）

（大正3年）手帳

将棋は道端の桜の木の下か柳の木の影が似合うが、碁打ちにはレンギョウの花が似合うようだ。向かい合っての真剣勝負の緊張を黄色の花が和らげるのかもしれない。

句意は「レンギョウの花が見える家の中から碁を打つ石の音が聞こえてくる」というもの。春の明るい長閑さが時々発する碁打ちの音とともに漂ってくる。

もともとこのレンギョウの花は日本にも中国にも生えていたが、漢字から中国が原産の花と思い込みがちだ。しかしレンギョウではなく掲句のように連翹として表すと中国原産の花となって中国が発祥の碁に組み合わされると面白味が生じる。

ところでレンギョウは生薬の花木と言われている。日本でもレンギョウは生薬の植物として広まったようだ。この木の鮮やかな黄色は暗い世相も癒したに違いない。日清戦争、日露戦争、日韓併合、第一次世界大戦と続く激動の明治時代に苛立っていた世相を癒したと思える。掲句によって明治時代は大陸との関係であったと回想していたことを暗に表している。

この句には特に面白みはないが、レンギョウの強烈な黄色、碁石の白と黒の色彩の組み合わせによって、漱石は不安定・不安な世相を表現している。

・聯古りて山門閉ぢぬ芋の蔓

（れんふりて　さんもんとじぬ　いものつる）

（明治28年9月23日）句稿1

古代中国の香りがする俳句である。聯は聯合という言葉として日本でも使われている。対等合併という意味になる言葉だ。聯とは中国で広まった門飾りの板で、二句の文字列を書いた装飾板を門柱や門扉、壁に取り付けた。二句の文字列を分けて左右に取り付けるのが主流。日本の寺でもこの門飾りを採用していた。柱に直に文字を彫ることも行われ、黒地に金文字で大きく書かれていた。

中国での聯の種類は多様で、正月用なら春聯で、長寿祝賀用ならば寿聯で、各列の文字数を同じにし、内容もほぼ同じものにする。ちなみに故宮の聯は、「天辺晴雪天山出　不断風雪地極来」である。いわば対句の漢詩、中国における俳句みたいなものになろう。

句意は「寺の入り口にある聯が古びている荒れ寺の門は閉じたままになっている。その寺の門柱や扉に芋の蔓が絡みついている」というもの。この門柱や扉に蔓が絡みついたままになっているのを見ると、山門はこれからも閉じたままになっているのだろうとわかるのだ。

　漱石は廃仏毀釈の運動で寺がないがしろにされている松山市の状態を俳句で嘆き、笑い話のように句に描いている。山門を閉じて廃寺にしたのは、居なくなった住職であるが、外見的には芋の蔓なのだと表している。しかし実際に寺を閉じさせたのは、芋の蔓でもなく、明治政府なのだと漱石は暗に言っている。

• 郎去って柳空しく緑なり

（ろうさって　やなぎむなしく　みどりなり）

（明治32年ごろ）手帳

　掲句は杜牧（とぼく）の「江南春望」の歌に関係しているようだ。「千里鶯啼いて　緑紅に映ず　水村山郭　酒旗の風　南朝　四百八十寺　多少の楼台　煙雨の中」の意味を関西吟詩協会が次のように訳している。「江南地方には春が千里四方に満ちていて、いたる所で鶯が鳴き、緑の若葉は赤い花に映りあってまことに美しい。水辺の村にも山あいの村にも、酒屋の旗が春風にひらめいているのが見える。思えばあの南朝のころには仏教が盛んで、この地にも480もの寺院が建てられていたというが、今もなお多くの楼台がその名残（なごり）をとどめ、煙るような霧雨の中に聳（そび）え立っているのがあちらこちらに見える。」

　その楼台には美女たちがいて男たちの旅の疲れを癒してくれる。美人に酌をされて飲む酒は最高なのだ。杜牧は古都の風情を楽しんでいるのだ。杜牧は都を離れ江南の地で役人を十年ほど勤めた。この間に美しい自然や美しい街を詠み、酒と美女を歌って「風流公子」と呼ばれたという。この詩の第1句後半の「緑紅に映ず」の中に掲句にある柳の緑の文字がある。

　漱石は田舎の都市にやってきた杜牧に成り切って句を読んでみた。実際には睦み合う男女が別かれる話として掲句に描いた。

　句意は「若い男が美女と情を交わしたあと酒房（ホテル兼用）を出て行ってしまうと、店の前に揺れていた緑の柳は急に色を失ったようだ。残された女は一時の恋が終わった寂しさの中にいた」というもの。漱石が同じ時期に作っていた「郎を待つ待合茶屋の柳かな」の句を併せ読むと理解しやすい。この「柳」は待合茶屋の入り口に植えられていた会う場所の目印の木であり、愛人をも示している。

　ちなみにこの句が作られた頃の漱石の家庭は落ちつかない状態であった。妻の自殺未遂のあとであり、妻との関係はギクシャクしていた。このような時期に「江南春望」の歌を思い出したのは、かつての恋人、大塚楠緒子との継続していた関係が切れたことを表しているようだ。掲句でこの時期が来たことを手帳に記した。

　この句の面白さは、漱石が描く俗な世界を禅語の「柳緑花紅」に結びつけていることだ。この言葉は漱石の好きな中国の宋代の詩人蘇東坡が残した「柳は緑、花は紅、真面目（しんめんもく）」という言葉から生じたと言われている。草木は、天候や自らの置かれた環境に不満を抱くことなく、その場で精一杯生命を輝かせて、柳は緑色で花は紅色の世界を形作っていることになかなか気づかない。人は坐禅によってこれに気づくようになるという。

　人は他人と比較し、常識に縛られてそれぞれに色々なことについて悩み苦しみ、不安を抱き後悔を重ねて生きている。人は草木の「柳緑花紅」の世界から離れている。しかしこのことを理解し、その苦しみを背負って生きていけることは幸せであると禅の世界では諭す。

　漱石は家庭の悩みと自分の苦しみを仕方のないことと理解し、そのまま生きることを選択したと掲句で表しているように見える。

• 老僧が即非の額を仰ぎ見て

（ろうそうが　そくひのがくを　あおぎみて）

（明治37年9月29日）野間真綱宛の葉書

　弟子の野間に君の俳句は面白い、虚子も褒めていたと返事を書いて激励した。この手紙には掲句で始まる二つの短歌で構成する俳体詩が書かれていた。新しく始めた文芸であったが、さりげなく紹介されていた。

　ここにある掲句の意味は「老僧が寺の門にある即非の額を仰ぎ見ている」というもの。額の文字の意味を考えている場面である。この中の即非は中国明代の禅僧で、黄檗宗の三筆の一人。

　掲句は「餌を食う鹿の影の長さよ」の句に繋がっている。この部分は「与えられた餌をのんびりと食んでいる鹿がいて、その影は広い境内に長く伸びている」というもの。のどかな光景を詠っている。

この短歌の前には「秋風のしきりに吹くや古榎　御朱印つきの寺の境内」の歌が置かれている。晩秋になって秋風が強く古榎に吹き付けている。その古榎は昔の大名の御朱印を掲示している由緒ある古寺の境内に根を張っている」というもの。

これらを統合すると「老僧が寺の門にある即非の額を仰ぎ見ている寺は、大名の支援を受けた御朱印つきの古い寺であり、そこにある大木の古榎は少し冷たくなりだした秋風を受けている」というもの。この葉書を受け取った野間は、旧薩摩藩の江戸屋敷に住んでいた。この広大な屋敷は明治になって「麻布区の島津男爵邸」になっていた。

時代は江戸時代から明治時代に変わって、直接の対立はないものの漱石は江戸幕府を支える側の名主の家に生まれ、野間は倒幕側の薩摩の人間として生まれた。野間は帝大を卒業してからも学生時代に住み込んでいた島津男爵邸内の学生寮に居続けた。この野間は葉書に書いてあった俳体詩を読み解いたのか、4ヶ月後にはこの男爵邸を出た。

この俳体詩の裏の意味は、「君は今、旧薩摩藩の江戸藩邸内に寄宿して勉学しているが、そこは幕末には江戸で強盗や火つけやらの狼藉を働いた輩が逃げ込んだ屋敷だよ。その様を見ていた古榎は明治の風に吹かれて揺れている。江戸市民の冷たい批判の風に晒されている。その境内に住んで餌をもらっている鹿がいる」というもの。君はそういう屋敷に住んでいるのだということを漱石は言外に言っている。しかも野間は一年前に大学は卒業していたが、旧藩主の屋敷内でぶらぶらしていた。漱石はこの状態にいる野間を暗に叱っているのだ。

東京には、日本にはいろんな風が吹いているから、そこを出てよく学ぶようにと暗に言っている。漱石はただ弟子の絵を褒めるだけではない。

• 老僧に香一炷の日永哉

（ろうそうに　かおりいっしゅの　ひながかな）

（大正3年か）手帳

掲句はこの直前に置かれた「蘭の香や亜字欄渡る春の風」の句と対をなすもの。中国独特の朱色の橋を渡っている人がいる。その人は漱石なのだ。橋の上にまで春風に乗って蘭の香りが流れて来た。漱石はこの香りを嗅いで掲句を詠んだ。この寺の老僧は蘭の香りがする珍しい香木が好みらしい。墓参りの時に使う杉の葉を用いた安価な線香との香りとは異なる馥郁な香りが漂ってくる。

病身の漱石は体の痛みを和らげるために、古い寺の道をゆっくり歩いている。そして中国古典の世界で遊んでいる。この老僧は禅宗系の黄檗宗の僧侶のようだ。漱石俳句には黄檗宗の僧がよく登場した。

「香一炷」とは、香木を気の向くままに焚いている様であり、焼いている一つまみの香を表している。炷の訓読みは「とうしん・ともしび・やく・たく」で音読みのシュは香がはじける音になのか。香りが飛び出す音を表している気がする。

句意は「日が長くなってきた春の日に古寺の庭を歩いている。すると老僧がお堂で香を焚いている香りが流れて来た」というもの。寺で香を焚けるのは寺の主人としての老僧なのである。

この句の面白さは、お堂でお気に入りの香木を焚いている老僧は、寺の庭を気ままに散策している漱石と重なることである。

香木には白檀、沈香、伽羅の3種類の原料が取り扱われている。寺では輸入された高価な香木を加えて調合したお香を焚いていて、香りを楽しみつつ、行をしている姿は、漱石にとっては嬉しいものであると同時に幾分寂しいものであった。僧堂の中にいる寺の長老はこの世における最後の贅沢を楽しんでいるように感じられた。

• 老聃のうとき耳ほる火燵かな

（ろうたんの　うときみみほる　こたつかな）

（明治32年）手帳

老聃の聃は、耳が大きくて垂れているさまを指す言葉。そして老聃は老人を意味し、ときに有名な老子も指す。掲句は「自分の耳は老子の耳のように大きいが、高齢になって聞き取りにくくなってきた。そこでのんびりと炬燵に入って耳かきをしている」という意味になる。

この句の面白さは、漱石夫婦の間では会話が途絶えがちになっていたことの原因は、耳の穴が詰まっていたからだと漱石はふざけていることだ。漱石は妻の小言を聞きたくなかったのだ。明治30年4月に漱石は一人で久留米に一泊旅行に出かけていた。この旅行は大塚楠緒子に会うためだったと妻は疑っていた。それ以来、夫婦関係はギクシャクしていた。

中国では老人になると尊敬の対象になることがあり、漱石は早く年寄りになりたいとふざけるのだ。若いうちは若さがあっていいこともあるが、世事にかき回されて悩みごとが多くなる。そうであるなら耳が遠くなっても早く老境に入った方がいい、とうそぶく。

ちなみに漱石は大正5年に「耳の穴掘ってもらひぬ春の風」という俳句を作っている。この時の漱石は老人になったふりをして10歳若い妻に耳の掃除をしてもらっていた。この時の夫婦関係は明治29年6月時の新婚当初の状態に戻っていた。

大正5年の12月5日に漱石は逝去することになるが、大塚楠緒子は漱石の死の6年前の明治43年11月9日に亡くなっていた。漱石はこの間、自身の経験をベースに男女の宿命的な辛い三角関係の恋愛を小説の世界で追求し続けた。

・浪人の刀錆びたり時鳥

（ろうにんの　かたなさびたり　ほととぎす）

（明治30年4月18日）句稿24

「剣」を題にして5句作っているうちの一つ。浪人が出てくるので赤穂浪士に関するものとわかる。明治29年12月に「浪人の寒菊咲きぬ具足櫃」という句を作っていたからだ。具足櫃の次は錆びた刀なのである。1702年の冬は江戸吉良邸への浪士たちの討ち入りで江戸が揺れたが、その前年には赤穂藩主、浅野長矩の切腹事件が起きていた。

漱石にとっておよそ200年前のこの討ち入り事件は、とうの昔のことで彼らの刀は錆びているにもかかわらず、明治30年にもなってまだ賛美され続けていることへの虚しさを描いているように思われる。これら2句において義士ではなく浪人と表しているからだ。東京の三田にある泉岳寺の四十七士墓について、国の史跡呼称は「赤穂義士墓」になっているが、漱石はその考えは取らないのだ。泉岳寺では冬の討ち入りを記念する赤穂義士祭が毎年行われるが、漱石は先のように義士ではなくならず者の浪人たちという認識であり、参加しなかったのであろう。

漱石は浪士たちが裏門から屋敷に侵入したことが気に入らない。そして「火事だ！」と騒ぎたてて、討ち入りの騒動を周囲に気づかせないようにしたことも気にくわない。「吾輩は猫である」の文中で、隣の生徒たちが漱石の庭に飛び込んだ野球のボールを取りに垣根を越えて入ったことを快く思っていなかった。この騒ぎを知って生徒を連れ帰りに来た学校の教師は、許しを得た上で生徒たちを表門から入らせることを確約する。

この句で時鳥が下五に入っているが、この時鳥は季節の移り変わりを示す鳥であり、毎年良い声で鳴く鳥であるのに比べて、浪人たちの刀はますます錆びるばかりだという。いろんな情報が公開されて赤穂浪士の行動は褒められぬものになっている。赤穂の塩で刀は錆びてしまったということか。

ちなみに「吉良殿のうたれぬ江戸は雪の中」（明治29年）という関連句があるが、句意は「噂にはあったがとうとう吉良殿は打たれてしまった。その時江戸は雪が降っていた」というもの。幾分落胆の気持ちが込められている気がする。

・浪人の寒菊咲きぬ具足櫃

（ろうにんの　かんぎくさきぬ　ぐそくびつ）

（明治29年12月）句稿21

赤穂浪士47士の残したものに具足櫃があった。この身蓋式の具足櫃は事件の後に各浪士が討ち入りの際に身につけた鎧などがひとまず一式収められていた。その後この櫃の中から浪士が身につけた鎧は出され、戻ることはなかった。空の箱だけが虚しく残された。この箱はただの箱だとして。

主君の恨みを晴らした浪士達は、幕府からの沙汰を待つようにといくつかの大名屋敷に分散されて預けられた。そして各所で切腹となった。12月14日には泉岳寺で冬の討ち入りを記念する赤穂義士祭がいつのころからか行われている。漱石の生きていた時代にも義士たちを弔う儀式が行われていたと思われる。

この寺にある47士の大きな墓あたりには凍えるように菊が咲いていた、と漱石は設定した。そして討ち入り後、約200年が経過して、漱石の意識の中にも彼らの具足櫃が空しく残されていた。

この句を詠むひと月前に漱石は「初冬を刻むや烈士喜剣の碑」という薩摩藩士の死に関する俳句を詠んでいた。これは討ち入り直後に起きた関連自刃事件の俳句であった。したがって、漱石は討ち入り自体に関する俳句をその後に作っていると推察した。それが12月に作った肩すかし的な掲句であった。

1702年の冬には吉良邸への浪士たちの討ち入りで江戸が揺れ、その前年には赤穂藩主、浅野長矩の切腹事件が起きていた。この俳句に滲んでいる漱石の虚しさは、この吉良殺害事件、討ち入り事件が明治の29年にもなって賛美され続けていることへの虚しさとして描いてはいないだろうか。漱石にはもう少し分かるように描いてほしかった。もしかしたら掲句で「義士の」と言わずに「浪人の」としたところに漱石の考えが現れているのかもしれない。

● 楼門に上れば帽に春の風

（ろうもんに　あがればぼうに　はるのかぜ）

（大正3年）手帳

松山城に至る坂道を子規とともに登っている25歳時の自分を回顧している。漱石はこの頃二人はまだ帝大の学生であり、7月に京都を旅した後、8月に松山で合流して短い日々を過ごしていた。帽は帝大学生の角帽なのである。子規も漱石もこの帽子を被って松山城の大きな屋根を持つ楼門で春の風に吹かれていた。ここから白い城壁の松山城を見上げていた。子規は漱石を城の中へ案内し、道後温泉にも出かけたはずだ。

句意は「松山城の楼門に上ると、二人を激励するように学帽に春の風が吹き付けていた」というもの。城の上には青雲が浮かんでいるのを二人で見たことだろう。まさに昭和の大作家、司馬遼太郎の描いた歴史小説「坂の上の雲」（1968年から72年にかけて産経新聞に連載）のシーンが思い浮かぶ。二人は空を見上げながら城の坂道を登って行った。

漱石が同じ場所で詠んだ俳句として「見上ぐれば坂の上なる柳哉」（明治28年9月）がある。

ちなみに司馬のこの小説には漱石も登場している。この小説では明治政府の富国強兵策で押し進む日本が描かれているが、子規や漱石が活躍する文化強国ぶりも描かれている。

● 郎を待つ待合茶屋の柳かな

（ろうをまつ　まちあいぢゃやの　やなぎかな）

（明治32年1月頃）手帳

この句で柳は若い女であり、郎とは若い男ではある。待合茶屋は粋なシティホテルといったところ。柳の木を見ながら風通しのいい部屋で、もじもじして男を待っている若い女がいる。二人だけになれる部屋が用意されている店なのだ。

掲句の兄弟句が「郎去って柳空しく緑なり」である。この「郎去って句」の解釈文には掲句に関する詳しい情報をまとめて記載している。この「郎去り」の句は、若い女は誼を通わせる男をしばらく待ったが、運良く出会えて楽しい時間を過ごせたというもの。

時間が来たからと部屋を出て行ってしまった男のことを思い起こしながら女はまだ腰を上げない。男から別れ話が出たからだ。「妾と郎離別を語る柳哉」の句があった。窓の外には艶のいい柔らかい葉を風に身を任せている柳が見える。

漱石がこの句を作って楠緒子と会っていた頃は、漱石の家の中が殺伐としていた。漱石の行動によって妻の自殺未遂が起こって夫婦の信頼が崩れていた。漱石は楠緒子に事情を話し、二人は関係を断つことを提案したと思われる。楠緒子はこれを受け入れた。

留学が終了して帰国した漱石は、生活の場を熊本から東京に移したが、ある時近所の道で偶然に楠緒子の姿を見てしまった。この再会までの期間は確かに二人の関係は遮断されていたがこの再会によって、二人の関係は復活したのは言うまでもない。

ちなみに漱石はロンドンの下宿にいた時には、英文学を必死に学んでいた。楠緒子のことは頭から離れるように努めていた。極貧の留学生の生活を経験し、英国に来ていた日本人は漱石を売春窟に連れて行こうとしたが、失敗の連続だったらしい。そのようにして留学期間を終了して帰国すると、3、4年後に忘れていたはずの人と千駄木の路上で再会することになった。

・六波羅へ召れて寒き火桶哉

（ろくはらへ　めされてさむき　ひおけかな）

（明治29年12月）句稿21

掲句の火桶の話は平家物語に登場しないが、謡の演目の熊野が関係しているらしいとのヒントを謡会のネット情報から得て解釈を進めた。

京の東山にあった六波羅は平家の拠点で、平家の武士たちの館が三千を超えていたところ。清盛の時代を経て、その後は三男の宗盛が一族を率いていた。だが朝廷との対立が深まり、平家の勢いは陰りを見せていた。そのような時代、当主の宗盛に見初められた女性はかつての任地であった遠江国の池田宿にいた遊女、熊野であった。彼女は六波羅に召し上げられて宗盛の寵愛を受け、都に留め置かれた。しかし、彼女には病気の老母がいて、故郷に帰って母の面倒を見ようと思っていた。度々暇を乞うが帰郷の許しが出ない。

そのような中、余命僅かな母からの手紙をたずさえ、熊野のかつての侍女が館を訪ねて来た。熊野はその手紙を宗盛に見せるが、宗盛はなおも帰郷を許さず、そればかりか彼女を清水寺で催される花見の供に連れ出した。宗盛一行は花見の宴を始めるが、通り雨で花は散ってしまった。舞をやめた熊野はその場で母の面影をしのぶ歌を詠んだ。ここに至って宗盛は熊野の帰郷を許した。

句意は「田舎出の熊野は京の平家の館に招かれて豪奢な暮らしをしていたが、心は冷えていた。故郷に残していた病の母のことが心配で、部屋に火桶を入れても部屋は暖まらなかった」というもの。六波羅に召し出された熊野は、母を思って辛い気持ちで日々を送っていたため豪奢な生活をしていても冷たく感じていた。この時平家の権勢も落ちて来ていた。このことを漱石は「寒き火桶」で表した。掲句によって、人の心に寄り添うことができていない平家を表している。ここに平家の驕りが見て取れる。

火桶は木の丸太を抉った桶の表に漆を塗り、内側には金属板を張った木製の火鉢である。当時の花見は、暖かい火鉢を持参しての花見の宴であったかもしれない。現代のようにダウンジャケットに象徴される優れた防寒着はなかったからだ。しかし、桜が満開の花見の宴にいくら火鉢が置かれていても熊野の気持ちは冷えたままであった。

漱石は病身の母を見舞いたいという熊野の願いを聞き入れない平家の当主の姿に落胆したのであろう。このようなリーダーを担いだ平家は悲運であった。その後平家一門は、源氏の挑戦を受けてジリジリと後退してゆく。都落ちに至るのである。

この俳句のユニークなところは、「寒き火桶」である。対立する言葉が並んでいることだ。形だけの火桶では暖かくならないということを示している。見初められた熊野と平家の当主の宗盛との間に心が通わないと火桶があっても暖かくならないのだ。

ちなみに漱石が初めて謡をした演目は宗盛の登場する「熊野」であったという。便所でこの謡を呻っていたことが弟子たちに知られてしまい、漱石は「後架宗盛」とあだ名をつけられた。痔持ちの漱石は「温かき火桶」を便所に持参していたのだろう。

・驢に騎して客来る門の柳哉

（ろにきして　きゃくくるもんの　やなぎかな）

（大正3年）手帳

「驢に騎して」は「驢に乗って」と同じ意味になるが少し趣が異なる。前者には胸を張って威厳を持って騎乗している様が描かれている。そうであれば驢はロバではなく実際には馬なのだ。数多くの勲章を胸につけた人のまたがる馬は見劣りしてロバに見えてしまうと、軍馬にまたがっている人を皮肉っているのではないか。それとも馬上の人が太っていて下の馬が小さく見えてロバにしか見えなかったと表しているのかもしれない。どちらにしても騎乗している人をからかっているのは間違いない。

句意は「馬にまたがって胸を張ってわが家の門にやって来た人がいる。小さな家に来るのに馬に乗って来るとは驚きだ。門に植えられている柳も驚いて揺れていた」というもの。

さてこの訪問客は誰なのであろうか。当時陸軍の軍医総監になっていた作家の森鴎外である。官僚として出世に成功していた。当時の人気作家になっていた漱石に接触をして来ていた。しかし漱石の方では権威ぶって率直になれない人だとして敬遠した。日露戦争の時に陸軍で万を超える兵士を失った。鴎外は原因不明とする自分の姿勢を変えないまま、脚気病の対処をしなかった。これに対して海軍の方では、脚気の原因は不明であったが食事においてパン食を採用する対策をとり、脚気の発生を抑えることに成功した。皇室においても白米だけを主食とする食事を改めた。鴎外はこれらのことを知っても自説を曲げなかった。

鴎外は漱石とは俳句と小説の作家仲間であったが、二人は親しく交わることはなかった。鴎外は自分の墓に軍医総監の肩書きをつけずに「森林太郎」とのみ書くように指示したのには、掲句の存在が幾分かは影響している気がする。

・驢に乗るは東坡にやあらん雪の梅

（ろにのるは　とうはにやあらん　ゆきのうめ）

（明治32年2月）句稿33

「梅花百五句」とある。驢はロバ（驢馬）の別名で漢語である。またロバは「うさぎ馬」とも呼ばれる。たしかに言われてみればロバの耳の長いところはうさぎを想像させる。

雪が積もっている野原の道を驢に乗ってゆったりと進んでゆくのは、蘇東坡であろうか。まちがいなく蘇東坡だ。雪をかぶった梅を見ようと出て来たのだ。蘇東坡は梅好きな男として有名であったから、雪の中をロバに乗って進んで来て梅の詩を作ろうとしているのだ。漱石は掲句を創作したが、幾分呆れている。そう言う漱石も寒気の中に立って雪と梅の句を作っているから、似た者同士だと可笑しくなった。

この句の面白さは、蘇東坡が驢に乗り、雪が梅に載っているという構成にある。互いに乗っている図なのだ。そして踏破は長く歩くのが困難な道を歩き通すことであるが、東坡が雪道を踏破していると洒落ていることだ。

漱石は梅の句を百句作ろうと意気込んで臨んだが、中国の好きな詩人が何度も登場したことで結局百五句になってしまったようだ。到達困難な企てを成功させた。

・炉開きに道也の釜を贈りけり

（ろびらきに　どうやのかまを　おくりけり）

（明治28年12月18日）句稿9

漱石は松山の若者宿のお茶の先生に道也の釜を贈った。この民間の施設では地元の若い男女に茶道や生け花その他の社会人に必要な教養を教えていた。その道の師匠や達人を先生にして教えてもらっていた。独身の漱石は中学校教師であったが、この塾のメンバーに加えてもらっていた。ここで茶席の作法や茶道の歴史等を学んだ。漱石は松山を去るにあたって、思い出深いこの宿に記念の品を置いてもらうことにした。

句意は「漱石は若者宿のお茶の教室に通っていたが、その日は炉開きの日に当たっていた。漱石は今までのお礼を込めて師匠に道也の釜を贈った」というもの。漱石は翌年4月に松山を去って熊本に転勤することになっていた。

道也の釜とは、京釜の代表的な釜師の家である西村家の始祖の西村道也が製作した釜である。道也は織田信長の御用釜師として活躍し、天下一の称号を与えられた。漱石が茶道の師匠に贈った釜は、道也の子孫が作ったもの。作風は荒肌で変わった形のものが多いという。

ちなみに漱石は同宿で生花師範から生花を習っていた。「花を活けて京音の寡婦なまめかし」（明治29年3月、松山）の句が残っている。

炉開きや仏間に隣る四畳半

（ろびらきや　ぶつまにとなる　よじょうはん）
（明治28年12月18日）句稿9

この句は「炉開きに道也の釜を贈りけり」の句と対になっているもの。漱石は松山の若者宿に設けられていた茶室でお茶の師匠から茶道の手ほどきを受けていた。漱石は地元の俳句会の仲間の紹介で、地元の若者宿の一員に加えてもらっていた。この塾的な宿には地元の独身男女が通って成人としての教養や社会生活の基本を教えてもらっていた。茶道や生け花の教室もあった。男女が知り合う場にもなっていた。

炉開きは冬になって茶室の炉を使いはじめる際の儀式のことである。陰暦10月（新暦では11月）の朔日（第一日）または亥の日に、風炉（ふろ）（風が入るようにした大型の火鉢）を閉じて地炉（じろ）を開くことをいう。亥の日に炉開きを行う意味は、子沢山のイノシシにあやかって子孫繁栄と無病息災を祈るためである。茶室中央の小さな畳を外して畳の下にこしらえてあった地炉を表に見せ、5月～10月に使った簡易の風炉を閉じる。この地炉には灰が詰められていて、炭と釜が入る構造になっている。客の近くで茶を立てるので、釜の暖かさが客に伝わる。この若者宿の茶室は仏間の隣の四畳半の部屋である。

この炉開きは宗派によっても若干の違いはあるが、炉に熾した炭を入れ、鰹節や塩、米を炉にまき、柏手を打つ。そしてお神酒を頂くのが炉開きの流れである。またこの後に小豆やゴマの入った「亥の子餅」や、ぜんざい、お汁粉などを食する。

この句の面白さは、茶室から仏間が見えるということである。只でさえ緊張するお茶会であるのに、仏間が見えると余計に緊張すると漱石は笑う。姿勢を正して、四畳半の部屋に座っている漱石姿が見えるようだ。

炉塞いで山に入るべき日を思ふ

（ろふさいで　やまにいるべき　ひをおもう）
（明治32年）手帳

炭焼き人は年末に山で焼いた炭を馬で麓に降ろしてからは春まで家で過ごす日々が続いていた。この時期街中の富裕者たちの茶室では、炉塞ぎの行事が行われていた。これからは炭の需要は激減する。

漱石は炭焼きの男の立場で、句を詠んでいる。句意は「山を降りて数ヶ月経ったが、山が懐かしくなってきた。暖かくなったら頃合いを見て山に戻ろうとその日を思った」というもの。漱石は、有明海側の山中に住んで炭焼きをしている男の立場で句を詠んだ。

この男は単身生活者である。山を降りても家族がいないため落ち着かないのだ。炭窯のある山中に作った小屋が懐かしくなっている。街中に住むこの男の家では囲炉裏に火を入れて生活していたが、この家でもこの火を消して「炉塞ぎ」をするという。この男は茶室を持って抹茶を飲む生活をしていたわけではない。炭焼きの男は山の中での生活が性に合っていると思った。住めば都というが山の中での生活もいいものだと実感している。

この句の面白さは、家に帰っていた山の男は「炉塞いで」の語によって気分が塞ぎ込んでいると洒落ていることだ。囲炉裏の火を消すと気持ちの火も消えてしまうのだ。

掲句の直後句は「ごんと鳴る鐘をつきけり春の暮」である。街の中の寺からは夕刻6時を知らせる鐘の音が響いてきた。

炉塞いで窓に一鳥の影を印す

（ろふさいで　まどにいっちょうの　かげをいんす）
（大正3年）手帳

掲句の「炉塞ぎ」は通常茶室で行うものであり、畳を取り外して茶室の中央にこしらえていた地炉をやめて、畳を入れて元に戻すことである。初夏になったので漱石は書斎の火鉢の片付けをすることにした。

句意は「初夏になったので使っていた書斎の火鉢を片付けた。そのとき廊下の硝子戸に一羽の鳥の影が映った」というもの。部屋の模様替えに近いことをすると一瞬寂しさが漂うが、漱石はこの気持ちを「一鳥の影を見る」と表した。

この句の面白さは、今まで部屋を暖めた火鉢の片付けを、やや大げさに茶室の「炉塞ぎ」にしていることだ。それほどに漱石は寒がりだった。そして大正3年ごろになると、病で体力の低下している漱石としては大変な作業であったということだ。

漱石宅には茶室はなかった。したがって畳を上げてこしらえる地炉はなく、初夏の「炉塞ぎ」の作業はなかった。冬には木曜会の面々が漱石の書斎に集まった際には、備え付けの長火鉢の他に丸い火鉢が4個追加された。若い弟子たちも結構寒がりだったようだ。いや、餅を焼いて皆で食べたのかもしれない。

ちなみに掲句を作った大正3年の漱石は、胃潰瘍が悪化して茶会に招待されることもなかった。したがって、かつて経験した茶会をなつかしがっていたのかも知れない。

【わ行】

・若鮎の焦つてこそは上るらめ

（わかあゆの　あせつてこそは　のぼるらめ）

（明治30年4月18日）句稿24

3月、4月ごろ鮎は熊本市内の白川を上ってくる。生まれたての勢いの良い鮎は、まだ小鮎である。だが予想外に急流も駆け上がって行けるのは、焦って先を争っているからなのだ。これが実力以上の推進力を生むのだ。

何事も競争があることは良いのであり、身近にライバルがいると能力はどんどん伸びるのだ。若鮎が集まって激しい流れの川を上る姿には、清々しさを感じる。

これは漱石が熊本の第五高等学校の教師をしていて感じることなのだ。学友に負けまいとして、正規の英語の授業の前に行う早朝授業に学生たちは積極的に参加してくる。この姿勢を見ていると、教える方も刺激を受ける。東京の帝大での漱石と子規、それに米山の関係がそうであったと思い起こしているに違いない。

ちなみに熊本の第五高等学校の英語授業の教材は、東京の帝大のそれよりもレベルが高かったという。そしてボリュームでも優っていた。そんな教材を使う授業でも生徒たちは付いてきたという。そして生徒たちからの苦情は出なかったという。彼らはこの授業の話をのちのち清々しい思い出話としてするのだった。

・吾庵は氷柱も歳を迎へけり

（わがいおは　つららもとしを　むかえけり）

（明治29年1月28日）句稿10

掲句は東京にいる子規に対する、新年の挨拶句である。松山の愚陀仏庵に住んでから足掛け一年、自分は一歳年をとったことになる。この家に多くの俳人たちが集まってわいわい賑やかに議論して騒いだが、今は静かな新年を迎えていると、軒下の氷柱を見回しながら回想している。

句意は「愚陀仏庵の軒下の氷柱は日を追うごと太く長くなってきている。生きて成長しているようだ。この氷柱も自分の住む愚陀仏庵も年を越して、正月を迎えている」というもの。東京から逃げるようにして松山に来た時は、これからどうなるかと不安であったが、とりあえず年を越せた。これは子規のおかげだとお礼を述べている。そして、君の俳句仲間がいたおかげだと言いたかった。

瀬戸内地方は珍しく強烈な寒波の襲来を受けて、寒さで震え上がっていた。漱石の住む松山市内も雪が吹き荒れ、氷に閉ざされていた。漱石は年末の厳しい冬を振り返りつつ、訪れた新年を厳しい環境の中でも幾分余裕を持って迎えている。冷たい氷柱を受け入れてじっと見ている漱石の姿が見える。

漱石は温暖なはずの松山でこんな氷柱を描く俳句を作ることになるとはと驚いていた。この時期、吹雪いた翌朝は玄関の戸が凍り付いていたという句を作っていた。

・吾栽し竹に時雨を聴く夜哉

（わがうえし　たけにしぐれを　きくよかな）

（明治29年12月）句稿21

明治29年4月に熊本第五高等学校に赴任してから3番目に住んだ家は、9月に転居した熊本市内の合羽町の借家だった。ちなみに最初の家は帝国大学時代の学友であった菅虎男の家であった。彼は漱石が赴任した高等学校の教授になっていた。この家で新婚生活を始めるための新居を見つけるまで2ヶ月間、菅兄妹と同居した。見つけた借家は、熊本市下通町（光琳寺近く）の家で、漱石はこの家で中根キヨ（鏡子）との結婚式を挙げた。だがここを3ヶ月で出ることになった。

漱石は掲句に描いている合羽町の家を気に入って、庭に好きな竹を植えた。今度は長く住みそうな気がしたからだ。

句意は「好きな竹の根を庭に植えたが、3ヶ月経ってその竹はしっかり根付いた。その竹に夜中時雨がかかり、サラサラという音をたてている。この音を聞くのが楽しみになった」というもの。漱石は竹の水墨画を描くのが好きであったが、竹の葉に雨粒が当たる音を聞くのが楽しい という。この竹の音を聞くとよく眠れた。サラサラの音は睡眠剤の役目を果たしたのだ。

この句の面白さは、「吾栽し」と「植し」ではなく「栽し」としていることだ。根付くかどうか気にしながら毎日のように竹を観察していたとわかる。時雨が降り出す季節になって水遣りは不要になり、これで竹はもう大丈夫だと夜は安心して眠りについた。

漱石は、この時期は悩み事をかかえていた。阿蘇山の麓を歩いて寒風に吹かれたりした。「野を行けば寒がる吾を風が吹く」の句を作っていた。

● わが歌の胡弓にのらぬ朧かな

（わがうたの こきゅうにのらぬ おぼろかな）

（明治32年ごろ）手帳

春になって来たので、書斎の窓を開け放っておいた。そして漱石はときおり本を読む合間に謡の曲を唸ってみるが、この日は調子があまり良くなかった。近所の琴の師匠がたまに胡弓を演奏するが、この胡弓の音が部屋に入り込んできたからだ。

句意は「春になって過ごしやすくなってきたが、自分の謡の調子があまり良くない。どうも部屋に届く胡弓の間延びする音と相性が良くないようだ」というもの。このごろ第五高等学校の同僚の勧めで当時流行っていた謡の仲間に入ったが、凝り出してしまい、とうとう謡の師匠に家に来てもらって本格的に習うまでになっていた。かなり自信が出て来たが、うまくいかない時もある。そんな時は、部屋に届く胡弓の音が原因ということになった。

この句の面白さは、謡と胡弓の音色が合わないことを朧で表していることだ。そしてこの朧の語は、漱石の戸惑いの気持ちも表している。謡の伴奏を笛、小鼓・大鼓、太鼓の四種で行うことはあるが、胡弓の音は途切れることなくぼんやりと続く音であり、謡の強弱の発声とリズムに合わないのだ。このようなことを世の中一般の表現では「呼吸が合わない」ともいうが、漱石は「胡弓が合わない」と洒落ている気がする。胡弓を弾いている師匠の方は漱石の謡の声は気にならないらしい。やめる気配はない。

● 吾影の吹かれて長き枯野哉

（わがかげの ふかれてながき かれのかな）

（明治40年ごろ）手帳

自分の影が長くなる冬の枯野で、寒風に晒されながらも立ち尽くしている。漱石は新たな職場の新聞社に移って、一人枯野に立っている心境になっている。大学に残っていればいいのに、内定を受けた教授になっていればいいものを、という声が今も聞こえてくる。これらの周囲の声を押し切っての転職だった。漱石の周りではいろんな風が吹きまくっている。新聞小説家になっての最初の作は「虞美人草」であったが、この評価は分かれていた。

この状況に対して漱石はこの自分の決断がもたらした逆境を楽しんでいる節が感じられる。「我が影」が風に吹かれて揺れているのを観察している。

この俳句は、新たな分野の仕事で下を向いている漱石を描いているのではなく、これから歩く先を今まで通り力強く歩いて行くだけだと決意している句だ。決して侘しい孤独の風に晒されているわけではない。言文一致の文体を持って乗り込む開拓者の境地になっている。

大高本によると、この句が作られたのは新聞連載第一作「虞美人草」の連載終了後間もなくのことだという。同氏はいう。「風に吹かれる細長い影は、覚悟や孤独を感じさせる。（中略）この小説は、（中略）期待していたのとは異なった反響が寄せられるなど、彼にとっては悔いが残る、欠陥の多い失敗作となってしまった。（中略）この頃から、神経衰弱の症状は軽減し、代わってストレスからくる胃病に悩まされることにもなったのだった。（中略）もう失敗するわけにはいかない。だが、ここからが文豪漱石の真骨頂。翌年からは、日本の文学史上に残る名作を立て続けに発表することになるのだ。」

掲句のごく近くに置かれていた俳句には枯野の登場する句が目立つ。「むら鴉何に集る枯野かな」「川ありて遂に渡れぬ枯野かな」「法螺の音の何処より来たる枯野哉」と枯野の句を次々に打ち出して、枯野に立つ自分を強く意識している。ここにはストレスに打ちのめされている姿はない。

・若草や水の滴る蜆籠

（わかくさや　みずのしたたる　しじみかご）

（明治29年3月5日）句稿12

春になると枯野に草が芽吹き、タンポポが足早に咲き出す。川の水も緩くなって子供達は川に蜆採りにゆく。田舎の川には大きく育った蜆がごろごろいて、蜆を入れる竹製の蜆籠はすぐに一杯になる。岸辺で水に浸して置いた蜆籠を持ち上げて帰る子供達の顔は晴れやかだ。

こんな光景を漱石は松山で見たに違いない。現代のスーパーで売られている蜆は直径2㎝程度の小さめのものが殆どだが、昔の蜆は浅利の大きさがあり、大きく育った蜆が食卓に上った。川底の泥の中に、数㎜大の穴が空いていればそこに大きな蜆がいたものだ。

表面的な句意は「竹籠の中には、川で採ったばかりの蜆が入っていてその貝には水草が付着している。そしてその籠からは水が滴り落ちている」というもの。

ところでこの句にある「水の滴る」は何の水なのか。蜆から落ちる水なのか。それとも全く別の水か。ここで万葉の時代から若草は新妻の枕詞として用いられていたということを踏まえると（万葉集：2542）、新婚の妻は草薫る新妻ということになり、水との繋がりが見えてくる。ではここでの薫る草とは何の草か。（大澤水牛氏の歳時記にある「若草」の項が参考になった。）

ここまで考えると昔の大きめの蜆は何を意味するのか。現代では女性器のことを蛤に例えることがあるが、昔は蜆だったのかもしれない。漱石はこれを頭に置いて、二枚貝の蜆を俳句に詠み込んだのだ。つまり、この俳句は、子供たちの川遊びの光景を詠んだ写実句のように見せかけて、28歳であった漱石の独身最後の夜遊びを俳句にして書き残したものである。漱石はこの句を詠んだ次月の4月に熊本に赴任することになっていた。そして東京から新妻となる鏡子を待ち受けることになっていた。

明治28年辺りは江戸時代公認の夜這いの習慣がまだ残っていた時期だということを念頭において、掲句を解釈する必要がある。

つまり導かれる結論として、この若草の句は夜遊びの句であり、女性器のことを詠っていると考える。だが、このことは指摘されずに今も隠されている。

ほぼ同時期に作っていた漱石の松山時代の最後の俳句に、「ちとやすめ張子の虎も春の雨」等には漱石の夜遊びと遊び心が表現されている。漱石の頭は非常にユーモアに富んでいて柔らかいのである。

三者談

三者の考察はこの句に例外的に多くのページを割いている。若草でなくただの草で良い。若草にすると「季重なり」になる。また、草に対する可憐な情とか若々しい心持ちとかが十分に働き切ってしまう。流れている小川の土手には若草が萌えている。若草からは、これを踏む足を連想する。漱石が蜆籠を提げて川から岸に上がったばかりの光景を想像する。

・吾恋は闇夜に似たる月夜かな

（わがこいは　やみよににたる　つきよかな）

（明治24年7月24日）子規宛の書簡

この句は明治24年7月24日の前日の23日に作って翌日に投函した。至急に子規にこの句を届けようとした。句意は「進行中の我が恋は、夜空に出ていた憧れの月が雲に隠れてしまって薄暗い闇夜状態だ」というもの。まだ学生であった漱石の恋は展望が開けず、叶わぬままで悩みが深かった。あこがれの月が闇に隠れてしまっていたが、輝いていた月はまだ空にあることがわかっているだけに、諦めきれない。人妻であり、兄嫁であるが諦めきれないのだ。

22歳になってから夏目家の一員に戻っていた学生の漱石は、それ以来掲句を作るまでに既に2年が経過していた。明治21年9月に夏目家の兄三男が再婚して夏目家の家督を相続した。新妻の登世（とせ）がこの夏目家に入り、漱石と同じ屋根の下でともに生活していた。このときから登世がなくなる明治24年7月までの3年弱の期間、新婚の女性である兄嫁と同じ年齢の漱石が同じ家で生活することの困難さは容易に想像される。昔の家は木造であり、障子・ふすまの家であったからだ。

さかのぼる明治22年9月20日付の子規あての手紙に、漱石は漢詩を書いて兄嫁との同居生活の悩みを子規に打ち明けている。その長い詩の一部に「剣を抱いて竜鳴を聴き 書を読んで儒生を罵る如今空しく高逸夢に入るは美人の声」(同居している学生である自分は耳に入る悩ましい声を無視して哲学の書を読んでいるが無理だ。夢の中に美人の同じ声が入り込んでくる)と書いていた。そして1年後の明治23年の手紙には「只煩悩の焔熾(えんし:火がついて赤くなっている炭の炎)にして甘露の法雨(救いの雨)」と書いた文言もあった。(江藤淳氏が集めた資料から抜粋)ここには青年期特有のもがきが率直に語られているとみることができる。

漱石はこの兄嫁に恋していて、この美人と同居していたのだから、青年漱石の悩みは深かったであろうことがわかる。この悩みを相談された病身の子規の方が、深く悩んでしまったであろう。そのような中、子規に恋を告白する句をつくってから間もなくの明治24年7月28日にその兄嫁が出産の悪阻がもとで急死した。雲に隠れたりしていた月は完全に消えて夜空は真っ暗闇になった。

三者談

本格的に俳句を作り出した際に、ラヴの心をここで表そうとした。恋している心は月夜だが、月は明るくは映らないということだ。心のうちに煩悶を抱えていることになる。自分の恋を客観視している。泣き笑いの心境だ。

• 吾心点じ了りぬ正に秋

(わがこころ てんじおわりぬ まさにあき)

(大正5年11月15日) 富澤敬道宛の書簡

「徳山の故事を思ひ出して」の前置きがついている。漱石が没する1ヶ月前に禅僧の富澤氏から漱石に届いた。その手紙に、問いとして「瓢箪はどうしました」があった。その答えとして漱石は掲句と「瓢箪は鳴るか鳴らぬか秋の風」の2句を入れた手紙を書いた。

この手紙で、漱石は死が迫っていることを自覚し、辞世の句として上記の二句を送ったのだ。この手紙は富澤氏から送られて来た饅頭のお礼として書き出していた面白い手紙であった。その深刻な内容を漱石らしく饅頭のことから書き始めていた。

ところで前置きの「徳山の故事」とはなにか。この故事は碧厳録にあるもので、徳山という若い僧が茶菓子の点心を買おうとして店にゆくと、店の婆さん

に「どんな心に点じるのかな」と点心をもじってからかわれたというもの。これに引っ掛けて笑い話のように掲句を作ったのだ。

句意は「吾が心は火をつけて（点じて）燃やし続けて来たが、終わりがやって来た。今はまさに火が消えて冷えて来た秋の頃である」というもの。食べ物の点心を店の婆さんのように「心を点じる」と分解して俳句に組み入れた。饅頭を漱石の好きな落語の「まくら」のように用いて本題の点心につなげたことになる。

この句の面白さは、死の直前に書かれたものであるということだ。まだ十分に心には火が灯っているとわかる。そして体が冷えてくる様を感じ取っている。掲句は漱石の臨時体験を表した俳句と類似している。

我脊戸の蜜柑も今や神無月

（わがせどの　みかんもいまや　かんなづき）

（明治28年11月22日）句稿7

漱石の松山時代の借家の裏手には蜜柑が生っていた。この冬は瀬戸内にも寒波が襲来して雪が降ったりしていた。そんな厳しい気候の中でも、蜜柑の木は成長を見せていたことに安堵した。新暦での11月22日は旧暦の神無月の真ん中に当たり、昔は神無月の10月には皆で蜜柑を食べることになっていたと、昔の風習を懐かしく思い起こしていたのかもしれない。つまり昔は蜜柑の収穫時期は神無月と皆が覚えていた節がある。各地の神々が十月に出雲に集まるのは、各地の収穫の状態を報告するためと言われていた。

句意は「我が家の裏手に生っている蜜柑は、今ちょうどいい色になっている。今は収穫する十月であることよ」というもの。家主の蜜柑であるから勝手にもぎれないと思うのが普通だが「我脊戸の蜜柑」と言っているところを見ると、漱石は勝手に取って食べたのかもしれない。

この句の面白さは、蜜柑と神無月の間で「かん」の韻を踏んでいることだ。掲句は穏やかなスッキリした味に仕上がっている。

掲句は子規が秀句として選定していて、地元松山の『海南新聞』（明治28年12月21日）に掲載された。

若竹の夕に入て動きけり

（わかたけの　ゆうべにいりて　うごきけり）

（明治30年5月28日）句稿25

筍の意味とも取れる若竹の語を用いて、師匠の子規を煙に巻いている。漱石は「筍や思ひがけなき垣根より」の句を作って、思いがけなく漱石宅の庭に筍が出たと喜んで見せ、「若竹や名も知らぬ人の墓の傍」の句を作って、筍が出たけれども墓の傍だからなあと躊躇をしてみせる。筍を食べたのか食べなかったのか、はっきりさせていない。漱石は子規をイライラさせて喜んでいる。ここまでは筍を見つめて漱石が感嘆しているとわかる。

これらの句に続いているのが掲句である。「若竹の、動きけり」の意味を漱石が決意して引っこ抜いたということだと理解した。とうとう筍を掘り起こして食べたのだと考えた。だが食べたとは書いていない。まだ曖昧さは残っているようだ。

「夕に入て動きけり」の意味は、暗くなった夕方になって筍が動いた、ということであり引っこ抜いたことにはなっていない。「動く」は「高く伸びる」ことを意味するとも取れる。すると、夕方になると筍は素早く成長した、と感嘆したとも解釈できる。この「動く」という言葉も解釈が厄介である。

この句の面白さは、ここまで来てもまだ、漱石は筍を食べたのか食べなかったのか、はっきりさせていないことだ。子規は頭がふらふらになったことだろう。以上の3連句は落語の構成になっていて、非常に面白いとだけは断言できる。

弟子の枕流はここで推理する。漱石は若竹をこれまでに3度用いているのであるから、やはり筍を若竹煮か若竹焼きにして食べたのだと思う。

若竹や名も知らぬ人の墓の傍

（わかたけや　なもしらぬひとの　はかのそば）

（明治30年5月28日）句稿25

句意は「庭に歓迎すべき筍が出てきた。だが隣の名も知らない人の墓に植えられていた竹から伸びてきた筍だった」というもの。食べていいものか、という漱石のとまどいが見える。

掲句の前に「筍や思ひがけなき垣根より」の句を作って、思いがけなく隣から竹の根が伸びて漱石宅の庭に筍が出たと喜んでみせた。しかし、食べることはしなかったとみた。

この当時、漱石の家は漱石資料の中では合羽町の家と呼ばれていて、墓は隣接していなかった。熊本城と第五高等学校の間にあった最初の借家は光琳寺の家と呼ばれていて、ここには寺が隣にあった。ここには竹やぶがあり、墓があった。つまり掲句は前の家でのことを取り上げて句にした、創作句ということになる。

この句の面白さは、漱石はこの筍を食べたのか、食べなかったのかわからないことだ。

ところで掲句の墓は、寺の墓地にあるものではなく、田舎ではよく見る、屋敷内の墓なのだ。

・若党や一歩さがりて梅の花

（わかとうや　いっぽさがりて　うめのはな）

（明治29年3月5日）句稿12

漱石は松山の俳句仲間と公園か寺の梅を見に行ったのだろう。たくさんの花を咲かせている白梅の老木がねじれながら樹形を保っている。そして樹皮を剥げ落としながら地道に大木に育っているのを目の当たりに見て、若さが売りの俳句仲間たちは少し怯むような表情をした。梅の古木はオーラを出していたのであろう。気楽に白梅の俳句を作ろうとしたが、凛と咲く梅の花は手強かった。

若党とは若くて体力に自信のある男のことである。江戸時代であれば若侍というところだ。この男たちが一歩さがって梅の花と梅の木を観察している。何かを感じ取ろうとするかのように。力の有り余る若者でも、梅の古木の威厳に圧倒されている。無言の威圧を受けている。

漱石はまだ寒い時期に他の花に先駆けて咲く梅の花が好きであった。特に古代中国の詩人のイメージを持つ白梅が好きであった。

掲句の直前句は「山路来て梅にすくまる馬上かな」である。この句は馬上にいる芭蕉翁らしき人が胸を張って山道を進んでいると梅の枝が頭にひっかりそうに思えて、さっと頭を下げたと解釈される。だが、あの芭蕉翁でも目の前に出現している梅の古木の威厳に押されて頭を下げたとして、その馬上の芭蕉に敬意を払ったと、描いたのかもしれない。

・若菜摘む人とは如何に音をば泣く

（わかなつむ　ひととはいかに　ねをばなく）

（明治29年1月28日）句稿10

漱石は平安時代の古今集の世界に入り込んでいる。百人一首に登場する光孝天皇の歌である「君がため　春の野に出でて　若菜摘む　我が衣手に　雪は降りつ」を念頭に掲句を作って遊んでいる。

貴人の女性または男性の相手を指す「君」のために、雪が降り出した春の野に出て食用菜を摘む行為は、愛する人に新鮮な野の菜を献上する、届けるということであると説明されてきた。天皇のこの歌は男歌、女歌のどちらでも成り立つと考えるが、ある解説によると、天皇の皇子時代に若菜摘みをしたときに歌を詠んだことを思い出した歌なのだという。つまり現在の妃の他に心の思い人がいたことを示唆しているという。この歌は若菜を届けて相手の女性に健康になってほしいという健気な気持ちを伝えるものとされている。しかし、漱石はこの「若菜摘み」に別の意味を持たせている。そしてこの歌を女歌として解釈している。つまり、「君がため」の歌は「皇太子のために春の野で若菜を摘んでいると、雪が降り出した」というもの。

では掲句の句意は「天皇の歌にある若菜摘む人とはどんな人か。下を向いて声を上げて泣きながら摘んでいる人は誰なのか」というもの。広々とした野にかがんで菜を摘む姿勢は、下を向いて泣いている姿である。その人は遠くからは誰であるかわからない広い場所で嗚咽して泣いている。

「音をば泣く」は声を上げて泣くことであり、この菜を摘む場面は春の野ののどかなシーンではなく悲しいシーンなのだと漱石はいう。そして泣きながら摘んだ若菜を思い人に届け、自分の方を振り向いて欲しいという切ない気持ちを表す歌なのだと解した。雪が降りかかった若菜を届けた時には、若菜についていた雪は溶けて涙で濡れたように見えたことだろう。

光孝天皇は皇子だった時に女性からこの歌を添えて若菜を送られたことがあったようだ。このことを天皇になってから思い出していたのだろう。漱石の理解は、皇子だった時の光孝天皇は病弱であり、「君がため」の歌は、健康を願うこの女性によって作られたと考えた。

この句の面白さは、光孝天皇の「君がため」の歌が源氏物語の若菜の巻を意識したものであり、この巻の中で光源氏が40歳の祝いの席において幼女の玉鬘が源氏に若菜を差し出すくだりがあることだ。そしてこの時の光源氏は次の歌「小松原末のよはひに引かれてや野辺の若菜も年をつむべき」を詠んだ。この歌が光孝天皇の歌の下敷きになっていることだ。

光孝天皇は自分を光源氏になぞらえていた気がする。この光孝天皇は死してのち、「小松帝」とも呼ばれた。

ここで少し踏み込んでみる。漱石がなぜ突然光孝天皇の歌を持ち出したのかを考えてみる。この漱石は、子規に楠緒子のことを心の中から追い出し、鏡子と見合い結婚することを明治28年12月28日に決め、翌年1月3日に子規庵で漱石は子規に話した。掲句の作句はその直後だということがポイントになる。

つまり子規が楠緒子のこと、鏡子との見合いのことなど全て承知していた状況で、漱石が光孝天皇の歌を背景にした掲句を登場させたのは、漱石は若菜の代わりに、本心を吐露した親展の手紙をもらっていたことを子規に認識してもらいたいということなのだ。楠緒子は必死の思いで泣きながら漱石に手紙を書いてきたことを漱石は掲句で記録したのだ。そして子規に伝えた。

• 吾猫も虎にやならん秋の凬

（わがねこも　とらにやならん　あきのかぜ）

（制作年不明）画賛

秋の風が吹き出してきて、秋に死んだ名無しの黒猫のことが思い出された。漱石に死期が迫っていて、天空でその猫に久しぶりに会えそうだと思ったのかもしれない。

句意は「秋風の吹いているある日に猫の噂を耳にした。死んだ黒猫のお前は自信過剰に陥って天空のあの世で虎のようになっているらしいね」というもの。漱石はお前のおかげで小説家として良いスタートが切れたと、晩年になっても猫を思い出して感謝していた。

この句の面白さは、「虎にやならん」と猫声の「にゃ」を使っていることだ。そして、これによって、伝え聞いているという意味合いが生じる。そして軽い

疑問が隠されていて、そうなんだろうかという反語の意味も生まれる。この「にゃ」によって俳句に深みが出て、一人想像を楽しんでいる雰囲気が生まれている。そしてもう一つの面白さは、「にゃ」は猫の鳴き声に似ていることだ。風の音の中に「にゃーにゃー」という鳴き声が聞こえそうだ。

ところで漱石全集ではこの句は制作年は不明となっているが、推測では画賛を盛んに書いた大正4年か5年の句であると思われる。漱石は猫の絵の中に掲句の賛を書き入れた。

後日この賛が書かれた絵は、田村彩天の「夢殿」とわかった。この絵が漱石宅に持ち込まれたのだ。一枚の桐の葉のそばに「どら猫」が身を低くして正面を向いている絵である。広く空いている猫の上の余白に、掲句が書かれていた。この猫は縞模様の猫であるので虎に見えてしまう。そこで漱石はユーモアを込めて「これでは描いてくれた我が家の猫も虎に見えてしまうわい。秋風が吹き出して寒そうに背中を丸めていると飛びかかりそうに見える」と笑ったのだ。確かに猫の目は細く獰猛に見える。

• 吾輩は猫である名前はまだ無い

（わがはいは　ねこである　なまえはまだない）

（明治38年1月、未認定）小説「吾輩は猫である」

「自分が作家である」と誇りを持って宣言した時の記念の俳句なのであろう。この句では「吾輩は猫である」と強く書き出してはいるが、後半には気弱さが出て自信がなさそうである。文壇にまだデビューしていない漱石の躊躇いが感じられる。胸を張って自己紹介しようとしたが、すぐに落ち込んでしまっている。この変化がなんとも落語的であって面白い。ちなみにこの俳句は漱石全集には収録されていない。弟子の砂崎枕流が発見した句である。

世の批評家の一人は、蕪村が作品に狐をよく登場させたので、漱石は尊敬する蕪村に対抗して猫の小説を書いたのだという。別の人は英国まで行って漱石を研究した際に、英国の図書館の古い蔵書本に犬が人語を喋る面白い本があるのを見つけて、漱石は部屋にこもってこの本を読んでいたと推察した。つまり日本の喋る猫は英国で生まれたというのだ。そしてこれを知った弟子の枕流は、主役の「黒い猫」はロンドンの煙突からの煤煙で黒くなった猫であると考えた。

ついでに言えば、「吾輩は猫である」にインスパイアされて日本において喋る犬が登場したが、それは「ドン松五郎」なのであろう。故井上ひさし作の「ドン松五郎の生活」（1975年刊）となって漱石の「名なし猫」の後を継いだことはよく知られている。次いでに漫画の世界で喋り出した動物に「白い子猫」がいるが、大島弓子氏の漫画「綿の国星」に登場した（1978年から1987年）。そして1996年から喋りだしたのが文鳥で、今市子氏のエッセイ「文鳥様と私」に登場し、2023年3月の今も喋り続けている。次に喋るのは馬であろうか、それとも牛か。この傾向に反して人は次第に喋らなくなってきているのが気になる。

ところで俳誌の「ホトトギス」に掲載されて大人気を博した小説の「吾輩は猫である」というタイトルは、漱石が原稿を書き始めてもまだ決まっていなかったという。漱石は当初の「猫伝」のままにするか、変えるかを決めかねていた。そこで編集者の虚子が後者を推したことで、奇妙な小説と言われたヒット作のタイトルが決まった。

ちなみに俳誌を売るために虚子の依頼で「吾輩は猫である」が書かれ掲載されたが、猫が登場しない「ホトトギス」の続号は売れ行きが悪かった。そこで虚子はまた漱石に依頼した。これがまたヒットして漱石は「帝国文学」や「中央公論」などからも原稿依頼が殺到した。小説家漱石の誕生である。

• 若葉して縁切榎切られたる

（わかばして　えんきりえのき　きられたる）

（明治30年5月28日）句稿25

初夏になって若葉を茂らせるようになった榎だが、どういうわけか切られてしまった。その榎は、熊本市内の漱石の住む地域では縁切榎として有名な木であったにもかかわらず、葉の茂りが邪魔であるとして切られてしまった。この榎は悪縁を切る木として注目され、地域と深い縁があったはずなのに住人との縁が切られてしまった。ところで榎の花言葉は「共に生きる、共存共栄」であった。

榎は夏になると細かく枝分かれした枝に葉を茂らせ、大きな日陰を作ることからこの和製漢字が作られたという。枝ぶりは曲がりくねって面白く、幹は美しい。秋には球形の果実をつけ、熟すと橙褐色になって甘く、人も鳥も食べる。江戸時代には一里塚として植えられ、神社の御神木としても人気が高かった。そんな木であるのに切られてしまった。その榎は目立ちすぎたからか。それとも交通の障害になったからか。

この句の面白さの一つは「縁切榎切られ」内の掛言葉にある。縁と榎で「エ」の韻を踏み、それと「切」と「切られ」において「切」の漢字が重なっていることである。これによって俳句にいいリズムが生じている。また縁切と榎切れの発音が似ていて、この榎の木は切られる運命にあったと漱石は言いたいようで可笑しくなる。この俳句の中には落語が好きだった漱石がいる。この句を作った時の気持ちは漱石亭金之助だったに違いない。

● 若葉して籠り勝なる書斎かな

（わかばして　こもりがちなる　しょさいかな）

（明治32年）手帳

庭の木々に若葉が茂るようになってきた。緑の葉に庭が占領されている感じがしている。

句意は「季節は若葉の輝く初夏になって、勉学に励むにはいい季節になっているのに、書斎に籠りがちになっている」というもの。漱石は外出の機会が減っているのは、庭の若葉があまりに綺麗なせいなのだと戯れている。また半もしている木々の若葉によって書斎の中に押し込められている気がするとふざけている。

この句は、芭蕉の「若葉して御目の雫ぬぐはばや」の句を下敷きにしている。この芭蕉句は「みずみずしい若葉で唐招提寺の境内は覆われている。その外の若葉を見られないでいる鑑真上人の御目もとの雫、涙をぬぐってさしあげたい」という意味であろう。

ここで注意すべきは、掲句を送付用の句稿に書き入れていないことだ。漱石は同じ頃に使用していた手帳に「吾折々死なんと思ふ朧かな」「煩悩の朧に荷たる夜もありき」「春此頃化石せんとの願いあり」の句を書いていた。死の誘惑の手が伸びていた時期があったのだ。気晴らしに家の外に出ようにも、体が動かなかったのである。柔らかい若葉の魅力で書斎に閉じ籠められていたのではなかった。

明治30年3月末頃、妻に嘘をついて久留米で外泊したときに、楠緒子と会っていたのだろうと疑われたことで夫婦関係は崩れ、家の中は暗くなり、明治31年6月に妻は自殺未遂事件を起した。

掲句を作った明治32年の春頃には、妻がこの事件を起こしたことで、漱石と楠緒子の関係は切れていたが、妻はふさぎ込んだままであった。とても漱石は外出する気分にはなれなかったのである。

妻の自殺未遂が起きるまでは、漱石宅の近所に住む親友の菅虎雄の家を介して漱石と楠緒子の手紙のやり取りは続いていたが、その事件以降、漱石は強い意志をもって楠緒子に会うことも手紙のやり取りも取りやめていた。この時楠緒子からは恨みを籠めた手紙が漱石に来ていたと思われる。漱石は彼女の恨みが長く続かないことを願った。ほぼ同じ時期の俳句に「柳より恨みの長きものあらず」の句が作られていた。

● 若葉して手のひらほどの山の寺

（わかばして　てのひらほどの　やまのてら）

（明治30年5月28日）句稿25

「成道寺（じょうどうじ）」と前置きが付いている。山寺とくれば芭蕉の「閑さや岩にしみいる蝉の声」の句が作られた山寺、立石寺が思い浮かぶ。漱石は熊本の小さな成道寺を天下の立石寺に対抗させて俳句に登場させた。つまり芭蕉の句をからかっているのだ。

句意は「熊本の成道寺はひらひらと風に揺れている若紅葉に覆われているが、遠くから見ると手の平サイズの大きさでしかない」というもの。漱石は遠近の違いを用いて緑のモミジの寺をモミジの形をした手の平で隠す遊びを楽しんでいる。

別の解釈としては、手のひらは紅葉の形をしているので、この成道寺は目の前にあるモミジの若葉一枚を通して見ると、葉っぱ一枚に山寺全体が隠れてしまうくらいの大きさだ、とも描いている。

この句の面白さは、芭蕉の句の山寺と同じように成道寺に繁茂している樹木はモミジであり、モミジの若葉の形と類似している手の平で、いつの間にか目の前の寺を隠してしまっていることだ。もう一つの面白さは、芭蕉が訪れた山形の立石寺の境内は壮大なものだったが、同様に手の平で隠すことができるので同じくらいだと言いたいようだ。

ちなみに成道寺は熊本市西区にある臨済宗南禅寺派の寺で、今も紅葉の名所であるという。

三者談

大きな寺が若葉の中に隠れるように見えている。その見え方は「手の平」によって屋根の一部が見えている程度だ。「手のひらほど」は大きさではなく、ある距離を置いて山と寺を見ているのを表している。寺の大きさもよくわからないし、ぼんやりした句という印象だ。切字はないが、「若葉して」で結構切字は出来上がっている。

・若葉して半簾の雨に臥したる

（わかばして　はんれんのあめに　ふしたる）

（明治30年5月28日）句稿25

句意は「若葉の出る活力に満ちた季節になったが、簾を上まで巻き上げて若葉の全体を見ることはしないでいた。そうしている間に雨の季節になり、簾を下ろして悩みで伏せるようになってしまった」というもの。東京にいる親友の子規の病のことを気にしていたが、今度は自分も調子を落としている子規に伝えている。

掛け軸の文字に「夏月半簾風（かげつはんれんのかぜ）」があるという。夏の夜に吹いた一陣の風によって半分上げておいた簾が揺り動かされ、幾分上に持ち上がったタイミングで、隠れていた月が簾の下方に見えた、というもの。夏至の頃の満月は、夜空の比較的低いところを移動してゆくので、すだれの揺れによる持ち上がりの具合によっては、月が見えるようになるということか。

茶道の人は「夏月半簾風」を「簾により月は見え隠れするが、簾がある事によってかえって趣を増す。月は悟りを表し、簾は煩悩を表す。煩悩を受けとめながら、悟りの境地に近づきたい」とする言葉だという。そうなのであろう。

つまり漱石は悟りの境地には至っていない「半簾」状態で揺れていたが、季節が若葉の時期から雨の季節に移ると、簾を上に上げるどころではなくなった、ということのだ。雨が部屋に入り込むからである。よって漱石の煩悩の苦しみは徐々に深くなっていると、子規に伝えている。そして今や遂には立ち上がれなくなってしまった。

ちなみに句稿で掲句の一つ前に置かれている俳句は、「漢方や柑子花さく門構」である。この句の解釈を要約する。自分の調子が良くないので、街中を歩いているときに漢方医の家に視線が向いたのか。漱石はこの頃楠緒子のことで妻に疑われイライラしていた。妻に隠れて一泊旅行を強行したのが事態を悪化させた。この時は、まさに煩悩の中にいて雨の中の簾は大きく揺れていた。

・若葉して又新なる心かな

（わかばして　またあらたなる　こころかな）

（明治40年5月4日）松根東洋城宛の書簡

漱石全集にはこの書簡は収録されていないが、「切に自愛を祈る。切に自省を望む」と前置き的な文があって、この句が書かれていたという。

句意は「枯葉が散って若葉の季節になったのだから、君の方も心を新たにして問題に取り組んでほしい」というもの。大恋愛をし始めてから2年が経過しているので、この辺でけりをつけてはどうか、ということなのだろう。相手の両親が反対しているのであるから、この恋は成就しないと暗に言っている。

ちなみに漱石は掲句のあと関連のない3句を挟んで作ってから、どういうわけか松根東洋城の恋愛相手の柳原白蓮（ＮＨＫ連続テレビ小説「花子とアン」に登場した歌人のモデル）の蓮が入る俳句を手帳に14句も、連続で記入している。2句を除いてどこにも発表しない俳句として、5月に集中して作成し記入していた。漱石は弟子の東洋城のことが心配でならなかった。頭の中が蓮一色に染まってしまっていたことを示している。

漱石自身も学生時代に大塚楠緒子との恋愛があり、死ぬまで大塚楠緒子が漱石の頭を占めていた。書き続けた日記から、そうとわかる。楠緒子は結婚してからも和歌、小説界のマドンナ的な存在となっていた。まさに白蓮と同じ立ち位置にあった。白蓮は楠緒子と同様に知的で美貌の女性であった。

漱石・楠緒子の関係と似たような構図の東洋城と白蓮の恋愛問題が明治38年頃から起こって以来、漱石はどうアドバイスすべきか気に病んでいたことがわかる。漱石自身も未だ楠緒子との恋愛が尾を引いていたからだ。恋が始まった明治38年当時の東洋城は27歳で白蓮は20歳。

東洋城の義理の姪が、白蓮の直筆短歌の色紙を遺品として保管していた。「初夏や白百合の香に抱かれてぬるとおもひき若草の床」の歌は歌集『幻の華』（大正8年）に掲載された。他に「わが命惜まるるほどの幸を初めて知らむ相許すとき」も作っている。これらの歌は一途な恋の歌である。

この歌より先に東洋城は「黛を濃うせよ草は芳しき」を白蓮に贈っていた。句意は「眉が薄い女性は不幸だと思われるので、もっと濃くした方がいい。春になって君は香っている。顔を上げてくれ」というもの。他に「和歌の君に俳壇の臣や菊花節」「紫の源氏と寝たる布団かな」の恋の句を作っていた。

結局この恋は実らなかった。その後東洋城は、一生独身を貫いた。白蓮は15歳で結婚させられて子どもを生んでいた出戻りだったので、宇和島藩主の娘だった東洋城の母親は2人の結婚に反対した。2人は血の繋がっていない「いとこ」同士だった。

・わがやどの柿熟したり鳥来たり

（わがやどの　かきじゅくしたり　とりきたり）

（明治28年10月・推定）子規の選句集「承露盤」

漱石は愛した楠緒子が明治28年3月に親友の保治と結婚生活を始めた東京をすぐに離れた。松山尋常中学校での英語教師の職を得ていたので、結婚披露宴に参加すると4月には松山市内に転居していた。松山市内の上野氏別宅を借りて愚陀仏庵と名付けた。この家の庭に柿の木があった。

句意は「住まった家の前庭にある柿の木の柿が熟してきた。庭で鳥の声が賑やかになり、早速鳥が集まってきて柿をつつき出した」というもの。鳥たちが柿の熟したのを漱石に教えていた。漱石は松山に越してきて半年が経過したことを庭の柿で知った。そして庭の柿の木と鳥を眺める余裕を得たことを確認した。

この句の面白さは「鳥来たり」が「鳥取りたり」と勘違いしそうなことだ。もう一つの面白さは、「熟したり」と「鳥来たり」と「たり」の韻を踏んでいることだ。そしてこれらのことが同時的に起きていることを表している。この音のリズムによって鳥の嬉しそうな囀りが感じられる。

松山に来た時には漱石の沈鬱な気持ちはまだ残っていたが、今では柿の実のように柔らかくなっていた。子規は漱石がこの句を愚陀仏庵の句会で作ったのを見ていて、この句をメモ帳に書き取った。漱石に柿の木を眺める精神的な余裕ができたことを喜んだに違いない。

・『海南新聞』（明治28年10月11日）／雑誌『日本人』（明治29年10月20日）に掲載

・和歌山で敵に遭ひぬ年の暮

（わかやまで　かたきにあいぬ　としのくれ）

（明治37年10月ごろ）連句

漱石は高浜虚子、阪本四方太（ホトトギス選者）と吟歌仙を巻いていた。文芸で面白いことをやろうと漱石は連句に挑戦していた。7・7と5・7・5とに分けて交互に別人が詠んで行くもので、俳諧連歌というものであった。この連歌作りは英国から帰国した翌年のことである。帝大内や家庭内で起こる鬱々とした気分を転換しようとした。小説「猫伝」（後で改題されて「吾輩は猫である」になる）を書き始める1ヶ月前のことである。

この小説を導いたのは、掲句であった。この面白連歌の先には面白小説があった。

掲句は「道成寺」からの発想なのか。ここでの敵とは、清姫から逃れることしか考えていない男、安珍なのだ。句意は「清姫のもとに帰ってくると言っていた出て行った恋の相手、安珍は熊野から戻ってこない。安珍を追いかけた清姫は和歌山まで来た。そしてやっと道成寺で安珍に会えた。しかしその時、一目惚れされた男は清姫から逃げるだけの男になっていた」というもの。

掲句は、漱石と楠緒子の関係を暗示している。漱石は英国留学から戻って東京にいたが、同じ東京にいる楠緒子のことは意識から外していた。東京で顔を合わさなければよいと考え、気持ちは逃げていた。漱石自身を安珍の立場に重ねていた。だが2年後に路上で会うことになった。

ちなみに掲句に続く句は虚子の「助太刀に立つ魚屋五郎兵衛」である。虚子は帰国後の漱石と楠緒子のかつての密接な関係を知っていた。イライラを募らせていた漱石に、俳誌「ホトトギス」の売り上げ不振の責任を感じていた虚子は、小説執筆を持ちかけた。これは一石二鳥の発想だった。

・わかるゝや一鳥啼て雲に入る

（わかるるや　いっちょうないて　くもにいる）

（明治29年4月11日）図説漱石大観

松山の松風会会員の漢学者近藤我観に漱石が贈った句といわれているが、世話になった人たち全員に向けての俳句なのだと思われる。

次の赴任地の熊本を目指して松山を船で去る際に、見送りにきていた人に短冊が手渡された。近藤我観に書き送った別の句はもう一つあり、「永き日やあくびうつして分れ行く」であった。いずれも「漱石」ではなく「愚陀佛」の号が記してあった。愚陀佛として俳句を学び、「愚陀佛」庵で漱石俳句が生まれたという思いがあったからだ。

この日漱石は鬱金（うこん）（ほぼ金色に光る）木綿の袋に入れた大弓を自ら携えて、虚子と広島行きの船に乗り、三津の浜から出発した。横地校長、村上霽月、上野家（愚陀佛庵の家主）の孫娘らが見送った。

この句の面白さは、「鳥雲に入る」は渡り鳥が春になって北国へ帰ることで季語になっているが、漱石はあえて「鳥啼て雲に入る」として「啼て」を差し込んでいることだ。この「啼て」には「声を出して俳句を詠む」の意味も込めている。この俳句を渡してここを去るということになる、と心の中で言いながら皆と別れたのだ。

漱石は松山での滞在は一年という短い期間であったが、いろいろあって中身の濃い一年であったと声を上げて言いたかったのだ。まさに一鳥の鳴き声のように声を出して。

楠緒子のいる東京から離れたい一心で松山に急遽仕事を得たという気まずさが最後まで漱石にはあった。したがってここを発って東京からさらに遠い熊本にゆくことで気が軽くなるという思いがあったはずだ。これが「雲に入る」の表現を導いたと見る。

・別るゝや夢一筋の天の川

（わかるるや　ゆめひとすじの　あまのがわ）

（明治43年9月8日）日記

この句は修善寺大患の後、東京の胃腸病院に入院していた頃の療養日記に書かれていた。漱石は8月24日に臨死を体験したが、以前から死後の世界に興味があったことで、身体から抜け出た魂の挙動を科学者の目で観察した。魂が身体から浮き上がった時に、この世に舞い戻らなくてもよいと思ったが、息を吹き返すと喜びを感じるようになった。魂が身体に入り直すと、身体中の骨が猛烈に痛み出し、筆を取ることができなくなった。2週間ぶりに筆を執って書いたのが掲句であった。

漱石は仮死状態で死後の世界である「天の川」、つまり「三途の川」のほとりまで魂が近づいたのだろう。魂は夢の中でこの場所に近づいたが、これは幸か不幸かわからないという思いを持ったまま、この世に戻ることになった。これは憧れの世界との別れでもあった。

掲句を解釈するにあたっては、同じ頃に作っていた同種の句「天の川消ゆる

か夢の覚束な」での解釈文で補強することができそうだ。

掲句を普通に理解すると、「夢一筋」から「夢の場所に真っ直ぐ」というイメージが生まれる。星が大宇宙に散在している大きな天の川に対して、漱石の魂は光を放つ飛行物のようである。そして「別るる」の語からは、近づいた夢の天空に少し未練が残るというニュアンスがある。現世からの呼び戻しの動きがあって戻ることになったようだ。

漱石は床の上で目が覚めた。弟子の枕流の勝手な想像だが、鏡子が声を掛けながら漱石の身体を叩いていたこと、打ち続けるカンフル剤の刺激が天の川の方に去ろうとする魂を引き止め、引き戻したのだ。

ちなみに日本人は古くからの言い回しで、歩いて三途の川を渡るというが、海や大河の近くの大地に生まれた華人は船で渡ってあの世に行くのだ。マレーシアで華人の葬儀に参列したことがあったが、船らしく仕立てられたリアカーに棺を乗せて墓まで引いて行ったのだ。漱石は三途の川をどのようにして渡るのか、楽しみにしていたのかもしれない。この想いが「夢一筋」に込められている気がする。

そして漱石はこの微妙な旅である「魂の飛行」が失敗に終わったことと、遠くに天の川が細く見えている様を「一筋の天の川」と表したように思われる。

だが、漱石自身は「思い出す事など」の文章の中では、掲句について「なんという意味かその時も知らず、今でもわからないが、あるいは東洋城と別れる折の連想が夢のように頭の中に這回って、恍惚と出来上ったものではないかと思う」と述べている。これは読み手に掲句を勝手に解釈させないという意思があるように感じられる。漱石は意識のなかった30分の間（漱石は蘇生後、鏡子からこのことを知らされた。通常であれば、完全な死である）、好奇心を持って死後の世界を観察し、自分だけがわかるようにレトリックを駆使して俳句に記録しておいたとみる。

この「思い出す事など」の文章に見られる慎重な記述からは、明治という時代において心霊世界に対する社会一般の懐疑・無理解があり、また運悪くこの明治43年に登場した二人の女性超常能力者による千里眼事件が起き、物理学会を巻き込んで世間を騒がせていたことが影響しているとみることができる。

文壇の文豪が臨死体験を肯定することになる文章を仮に公表したならば、また物理学会を巻き込むことが予想された。漱石のこのオブラート表現作戦を受けて「別るるや」の意味を「東洋城と別れるとき」として受け入れることを期待したのだ。

ちなみにこの日の日記には他に二句も書かれていた。「秋の江に打ち込む杭の響かな」と「秋風や唐紅の咽喉佛」であった。そして書き添えていた呟きは「自然淘汰に逆う療治。小児の撫育より手がかかる。半白の人果たしてこの介護を受くる価値ありや」。この呟きからは、仮死から現世に戻らなくても良かったという気持ちにが感じられる。

三者談

東洋芸術の極致のような気がする。本当の解釈は困難だ。誰かと別れるという現実に即したものではない。修善寺での病中に沸いた感情を詠ったもので、漱石の体験がなければできない句だ。

• 吾妹子に揺り起されつ春の雨

（わぎもこに　ゆりおこされつ　はるのあめ）
（明治29年3月）句稿13
（明治30年2月17日）村上霽月宛の手紙

漱石の句友の霽月は突然に漱石から微妙な内容の俳句がついた手紙を受け取り驚いた。その俳句は、漱石の松山時代の思い出を元に作ったものであった。漱石が松山を発ってほぼ1年が経過していた。

その句意は「朝になって気持ちを寄せる人に揺り起こされた。春の雨の日に」というもの。霽月はこんな俳句で漱石の気持ちを告白されても戸惑うばかりである。吾妹子の語は、愛する女性にも男性にも使える便利な言葉であるから、霽月はさぞや驚いたことであろう。

掲句を解釈するに当たって、同じ句稿のどこかに参考になる俳句があるのではないかと探したところ、「花を活けて京音の寡婦なまめかし」の俳句を見つけた。この俳句で漱石は生け花の師匠である艶かしい女性と狭い部屋にいたことを東京の子規に伝えていた。

この女性とならば、掲句の雨の朝の揺り起こし事件が引き起こされても不自然ではないと考えた。生花を漱石の目の前で活けていた寡婦を描いた句の6句後に掲句がさりげなく置かれていた。

気に入った女性を意味する吾妹子に、春雨の朝に「そろそろ起きた方がいい」と肩を揺すられて漱石は目を覚ました。その日の朝は雨が降っていて外は暗かったから、漱石はまだ早いとつい油断したのだ。生け花の先生は漱石と若者宿で一晩一緒にいると、漱石にとってはこの生花の師匠は特別な関係の「吾妹子」に変化していたのだ。その「吾妹子師匠」に漱石は体を揺らされた。

若者宿の決まりでは、朝までに男は床から離れて帰宅することになっていた。つまり宿泊した若い男は若者宿の宿主に気づかれないように薄暗いうちに姿を消す決まりになっていたから、漱石は体を激しく揺らされて目を覚ますことになった。この時漱石はまだ夢の中にあった。いや掲句は夢の出来事なのかもしれない。

掲句に対して子規は「古い古い」という言葉の採用が古いのか、この事件が古いのか。漱石はわざと古めかしく描いて満足していたことに反発していた。「吾妹子」の採用は、平安時代の通い婚の雰囲気を醸すのが狙いであった。

• 吾妹子を客に口切る夕哉

（わぎもこを　きゃくにくちきる　ゆうべかな）
（明治28年12月18日）句稿9

妹子（もこ）は、広辞苑によれば「対手、聟と書いて、相手、なかま。むこ」とある。同じ意味の言葉に「我の妹子」があるが、これは男の匂いがする言葉である。これに対し、吾妹子は通常は女性に対する言葉であるから妻のことであろうとわかる。ただし、男が相手の場合にも用いる。末尾の子には特に意味はなく接尾語であり、本来吾妹子は男に対しても女にも用いることができた。ある説明によれば昔は兄弟と姉妹の結婚が当たり前であった時代があり、妻と妹を区別する必要がなかった時代の名残だという。

「客に口切る」は初冬の11月の炉開きにおいて、客の前で新茶壺の封を切ることを指す。「吾妹子を」の意味は、「吾妹子のように可愛がっている新茶壺を」ということになる。

句意は「夕方になって新茶を用いた茶会が開かれ、有名な新茶壺を吾妹子のように両手で抱えて亭主が茶室に現れた。その茶壺の口を切るさまからは、新茶壺に対する愛が感じられる」というもの。亭主のこの動作によって狭い茶室は柔らかい雰囲気に包まれた。その亭主が客人の前に持ってきた新茶壺は大事にしているものらしく、愛おしく抱きかかえて部屋に入ってきたのだ。漱石の目には、その茶壺の扱い方はあたかも愛おしい女性である吾妹子の扱い方と同じように見えた。

漱石には「口切り」の作法は女性の襟元を開ける動作に見えたということだ。そして亭主に抱えられて運ばれてきた茶壺は、厳重に封をしていたために蓋部が大きく膨らんでいて、女性の頭部のように見え、その下の壺本体は女性の胸部に思えたのだ。

・吾妹子を夢見る春の夜となりぬ

（わぎもこを　ゆめみるはるの　よとなりぬ）

（明治34年２月23日）高浜虚子宛の葉書

「もう英国も厭になり候」という呟き的な前置きがついている。虚子にあてた葉書に書き添えていた俳句の一つである。英国が嫌になったので、とうとう妻のお前が夢に出るようになったと理解しそうになる。ロンドンの冬は北海道よりも寒く、雪も結構降った。そのような天気でも時に暖かくなる日もあった。そんな日は春のように感じた。いや夢に妻が出てくると春のように感じられるということだ。

この句が作られたのは英国留学時代で、英国に来てから３ヶ月が経過していた。日本を明治33年９月に離れてからはや５ヶ月が経過していた。遠く離れた日本にいる妻に思いを馳せてこの句を詠んだことになる。掲句の前置きにある「もう英国も厭になり候」のつぶやき句には、ある事情が関係していた。漱石は寂しさから頻繁に妻に手紙を出していたが、返事は二通だけしかなかったのだ。これでは少なすぎるとして強烈なアピール句を作ることにした。それが掲句である。この句を虚子宛の葉書に書けば妻に確実に伝わるとわかっていたからだ。そして妻が夫に手紙を出さないので、漱石がいらいらして「もう英国も厭になり候」と鏡子は素直に理解するはずだと踏んだ。

漱石の面白いところは、この句を新婚生活の虚子宛に送っていることだ。鏡子に対してもっと漱石に手紙を出すように口添えを依頼しているとも思える。２月20日発信の妻宛の手紙に「お前が恋しい」と書いていながら、その３日後にこの句をつけた手紙を虚子宛に出したのだ。漱石の高等な２段戦法なのだ。しかし、効果はなかった。

ところで句中の吾妹子は、本当に鏡子を指しているのか不安になる。表立った交際をしないことを約束した楠緒子のことを思い出しているのではないか。掲句は異国にいて、楠緒子に恋い焦がれている思いが溢れている気がする。なぜなら妻に照れくさい愛の溢れた手紙を出してから３日後に虚子に似たような妻恋しという葉書を出すのは少し変だと感じるからだ。漱石独特の遊び心が頭をもたげて、虚子に出した葉書に掲句を付けて、「吾妹子」は楠緒子のことを書いているが、妻のことだと虚子に思わせて楽しんでいたとみる。

鏡子はこのことを察知して、掲句の「吾妹子」は楠緒子のことだと思っていたのだろう。だから妻は返事の手紙は出さなかった。無視した。

虚子は子規から漱石と楠緒子の関係を知らされていたから、漱石は虚子に対してこの戯れができた。

＊雑誌『ほとゝぎす』（明治34年４月）に掲載

・湧くからに流るゝからに春の水

（わくからに　ながるるからに　はるのみず）

（明治31年５月頃）句稿29

「水前寺」の前置きがある。水前寺は熊本の水前寺公園（正式には成趣園）のことで、広大な回遊庭園がある。阿蘇山からの伏流水が湧き上がっている池があることでも有名だ。その池は冬でも春の池のように温く、一定の水温を保っている。その湧き水は春になると雪解け水を得て、勢いを増す。

富士山の忍野において湧き上がる水の綺麗さとその勢いに人は感銘を受けるが、漱石は水前寺の池に湧き出し、流れ出る清水を見て感じるところがあったのだ。漱石の妻はヒステリーが激化し、漱石の気持ちは沈んでいた時であったからだ。妻が自殺未遂する1ヶ月前の頃である。

句意は『水前寺公園の春の湧き水は、勢いよく湧き出て、どんどん流れ出て行く」というもの。

掲句は対句の構成になっている。「湧くからに」と「流るゝからに」は、阿蘇山に降った雨や雪が湧水として地表に出て、池から押し出されるように川となって流れ出すさまをうまく表現している。口が細かく動く効果である。この二つの「からに」を音読すると、池の底からボコボコと湧き上がる水の動きが見えてくる不思議がある。また音としての「るる」は湧出したぬるい水の塊が、流れ始める様を表す擬態語としても機能している。

• 忘れしか知らぬ顔して畠打つ

（わすれしか　しらぬかおして　はたけうつ）

（明治29年10月）句稿19

恋シリーズの中で「絶恋　二句」の一つとして掲句が組み込まれている。（しかし掲句は明治29年4月に作られ、明治29年5月号の雑誌「日本人」に公表されていたので、句稿では再録になる。）4月の頃に熊本へ転居してからの句である。前置きに「絶恋」とあるので、恋が破れた後の二人を描いている。恋の相手の畠打つ男に女性が近づいていく場面なのだ。「畠打つ」は春の季語だが、畑は男の気持ちと同様に乾いている。このことを考慮すると掲句は恋の俳句としての再録が相応しいと思えた。

句意は「鍬を使って畑の土を起こしている男がいる。恋仲だった女が近づいてきているのが分かっていても、その男は素知らぬ顔で仕事を続けている」というもの。女の方が浮気をしたのかもしれない。いくら謝りに行っても会ってくれないので、畑まで押しかけて話を聞いてほしいと頼んでいる。実に切ない句になっている。

掲句は先の雑誌には漱石の「山吹の淋しくも家の一つかな」と「端然と恋をして居る雛かな」の句も掲載されている。つまり掲句は明治29年4月に作られ、その時点で雑誌の俳句欄で公表されていた。つまり熊本への転居直後に作られていた。この時には恋の歌として作っていたのではないと推察される。掲句の畑仕事の人とは顔見知りの間柄だったと思われるが、相手はその後知らん顔をしたので掲句を作って記録していた。

4月時点の俳句の句意は「相手の男には一度挨拶していたので自分の顔を知っているはずだが、次に顔を合わせた時に知らん顔をして畑仕事をしていた」というもの。この農夫は勤め先の高等学校の門の真ん前か近くにある畑で仕事中のときに漱石と顔を合わせたが、何故かその後は漱石を無視するのだ。挨拶を返してくれないのだ。男は素知らぬ顔をして畑仕事を続けている。こちらの挨拶が聞こえないはずはないと思ったが、相手は意地でも気づかない振りをしているのだ。こうなってはもはや絶望である。

この隣人は、知識人である学校の先生が嫌いなのか、それとも西郷隆盛軍の兵として政府軍と戦った人であって明治政府側の公務員である教員が嫌いなのか、どちらかであると漱石は判断した。

• 早稲晩稲花なら見せう萩紫苑

（わせおくて　はならみせそろ　はぎしおん）

（明治31年9月28日）句稿30

掲句の読みであるが、「見せう」の発音は「みせそろ」である。「みせそうろう」のことで、意味は「見せましょう」となる。漱石は妻が6月に入水自殺未遂が起きた白川から離れるために、7月には市街地から少し離れた緑の多い地域に転居していた。

句意は「家の周りには田んぼが広がっていて、早稲の田は収穫期を迎えて黄色になり、晩稲の田んぼは緑を残していた。とうに稲の花の季節は過ぎて黄色と黄緑の斑ら模様が展開していた。漱石は庭の垣根に萩紫苑が色鮮やかに咲いているのを見て、病み上がりの妻に見せようと思った」というもの。塞ぎ込んでいる妻に花を見せようと周りを見回して、秋の代表的な花の萩紫苑が咲いているのを見つけて妻に見せようとしたのだ。

句稿を見ると掲句の二句前に「寺借りて二十日になりぬ鶏頭花」の句があり、一つ後に「生垣の丈かり揃へ晴るゝ秋」の句があった。漱石は郊外の借家に引っ越していたが、妻の介護で庭の草花を見る余裕がなかった。

ちなみに萩の仲間は秋を代表する植物と言える。萩は「万葉集」に登場する回数が植物の中では最も多く、調べてみると141首、次いで梅の118首、松などが続く。萩は「赤紫のあざやかな色で上下に花弁をつけた目立つ造り」であることから、女性器を意味するとされて、古代から歌に多く詠まれてきた。つまり特別の花ということになる。そのなかでも萩紫苑はさらに特別の花なのである。漱石もそのように認識していたと思われる。

ついでながら萩の歌は「鹿」と「露」と組み合わせて詠まれることが多い。「鹿」と組み合わせる理由は、鹿にはツノがあり男性器をイメージさせるからである。奈良時代には「鹿は萩を妻とする」という奇抜な表現もあった。つまり萩紫苑は女性器なのだ。万葉の時代は、生活でも文芸でも現代よりも表現は大らかだったのかもしれない。

ちなみに芭蕉もこの古の歌人の例に漏れずに萩には興味を持っていた。「白露もこぼさぬ萩のうねりかな」（栞集）と「一家に遊女もねたり萩と月」（奥の細道）の句があり、後者の句の月には「突き」の意味も込められている気がする。この時期の漱石は、妻との夜の生活が遠のいていることを庭の花を見て思ったことだろう。

・綿子売りて一寸酔ふ程の酒得たり

（わたこうりて　ちょとようほどの　さけえたり）

（明治32年頃）

綿子は真綿シートを表裏に布をつけずにそのまま縫って作った防寒衣で、通常は袖なしの形状で用いる。着物の下に着るものであった。羽毛は使っていないが、ダウンジャケット的な下着で保温効果に優れたものであった。熊本で結婚生活を始めるに当って、東京で買って持ってきたものであったが、使わずにしまっておいたものなのだろう。

句意は「綿子を売って、僅かな酒代になる金を得た」というもの。庶民の慎ましやかな生活ぶりを描く俳句になっている。だが大事な防寒衣を売って、酒代にすることはまずいことであるはずが、これはどうしたことか。余程家計は厳しかったようだ。親への仕送り、今までの学費の返済、公務員としての軍事増強への支援金（天引き）、本代、赤字の下宿代で漱石家の財布は膨らんでいるときはなかった。

漱石は元々下戸であるから酒代にすることはないはずだ。下宿させている高校の同僚が酒飲みであるので、古着を売って酒代に当てたということであろう。この同僚から夕飯の時に酒をつけてくれと強く求められたのだろう。

この句の面白さは、同僚の求めに応じて家主として酒を出したが、これでは少ないと不平が出されたとわかることだ。「ちょっとだけしか酔えない」と言われたのだ。漱石はケチだと言われたと俳句で記録した。

＊九州日日新聞（明治32年12月20日）に掲載（作者名：無名氏）

・渡殿の白木めでたし秋の雨

（わたどのの　しらきめでたし　あきのあめ）

（明治39年10月24日）松根豊次郎宛の書簡

渡殿とは貴族や寺社の寝殿造の建屋の一部で、寝殿（本殿）とその両側にある対屋（たいのや：神殿の東、西、北に配置）をつなぐ屋根付きの渡廊下。この大きな屋敷はいくつかの建屋に分かれ、白木の板張りでできた渡殿で連結されていた。この渡殿の部分は屋根があっても雨風が吹き抜ける造りで、透渡殿（すきわたどの）とも呼ばれた。この渡殿に座る際には畳や茵・円座が臨時に置かれた。ちなみに本殿の柱等も白木造であった。

掲句の意味は「シンプルな作りの渡殿は白木の床板と屋根だけ造られていて、秋の雨が床板に降りかかると大変なことになる」というもの。中七の「白木めでたし」は、皮肉を込めた表現であり「どうしようもなくなる」という意味になる。「もう、めちゃくちゃですわ」という感じである。雨の日は人が渡るのも大変である。秋の雨が白木の床に横から降りかかると濡れて染みができる。

白木の床はこの染みができるのは宿命であるというのだ。

明治39年の1月に公開された漱石の人気作品の「吾輩は猫である」も同じことであった。この年末にかけて同業者や文学ファンからいろんなことを書いた手紙が送られてきた。これに対して漱石は、いい小説には妬みや非難の言葉もかけられるものよ、と受け流す。いいものはそれだけ反響が大きいということであるからだ、と悟っている。漱石の弟子、東洋城は漱石に対する非難や陰口の多さを心配して手紙を出して来た。漱石は「釣鐘のうなる許りに野分かな」の句を手紙に書いた。春分の日から210日目あたりになると野分が吹き出すのは毎年のことで当たり前である。気にするなと返事を出した。人気小説に対するやっかみはこれと似ていて、必ず訪れるものだと諭した。これに対して漱石は文学界が賑やかになればいいのだ、多少の非難や妬みは引き受けようという態度であった。漱石は質素な借家に住んでいたが、中身は寝殿造の御殿であった。

ちなみに当時の新聞を調べると、猫が喋る小説は数十作も作られたと朝日新聞に紹介されていた。

• 綿帽子面は成程白からず

（わたぼうし　つらはなるほど　しろからず）

（明治28年12月18日）句稿9

句意は「強風で花嫁の綿帽子が綿毛のように浮いて飛ばされそうになった。通りかかった漱石は、あっと思ってその花嫁を見たそのときに、隠されていた花嫁の白くない首のあたりをまじまじと見ることになった」というもの。この場面につながる関連俳句としてある「風吹くや下京辺のわたぼうし」と「清水や石段上る綿帽子」が掲句の近くにあった。

実際には花嫁の綿帽子が風で捲られて、綿帽子で隠されていた花嫁の顔の部分が露わになった。あわてて綿帽子を元に戻したが多くの観光客は花嫁の顔全体を日の下で見ることになった。漱石の見た花嫁の顔は想像したように「成程白からず」であった。花嫁の綿帽子によって顔のほとんどが隠れていて、今まで見えていた顔の部分には、白粉を塗って白くなっていた。当然隠されて見えない顔の部分は地肌のままであると想像していた。綿帽子が本当に捲られたことで、その見えていなかった部分は白くなかったと判明したという。

その後花嫁一行は何事もなかったように拝殿に向かって、長い階段を風に後押しされるようにしてふわりふわりと登っていった。　記録によると漱石が独身時代に京都を旅行したのは明治25年の7月のみであった。このときは正岡子規と一緒の旅であった。確かに漱石はこの時清水あたりを歩いていた。そして遊び場の茶屋にも行っていた。綿帽子の俳句は、この時の思い出を元に病弱になっていた子規をよろこばせるために一緒に旅した思い出を俳句にして送ったのだろう。

• 渡らんとして谷に橋なし閑古鳥

（わたらんとして　たににはしなし　かんこどり）

（明治30年5月28日）句稿25

閑古鳥は郭公鳥のことである。「鶯の谷渡り」という言葉が漱石の脳裏にあって、この鶯に郭公をぶつけた。鶯と郭公は似ているとされるが、郭公の方がかなり大きい。それにもかかわらず能楽の世界でも両者は混同されている。平地では閑古鳥の姿をあまり見かけないからこの混同が生まれる。その声を聞くことがあまりないから「郭公の谷渡り」という言葉も生まれていない。ちなみに「鶯の谷渡り」は谷渡りの時の鶯の鳴き声も意味する。

鶯は谷を渡って山から平地に降りて来て庭の梅の木などに留まって美声を聞かせてくれるが、郭公のカッコーという甲高い声は山奥に行かないと聞くことができない。それがためにたまにしか姿を見せない渡鳥と見られてしまい、閑古鳥という名前がつくことになる。

そこで漱石は考えた。夏鳥として日本に渡ってくるのに、なぜ山だけにいるのか。その答えがこの俳句にある。山から降りるための橋がないからだ。落語のような答えである。この鳥は慎重な鳥で、橋がないと山から飛んでこられないと漱石はいう。モズなどの他の鳥の巣に自分の卵を堂々と、そしてこっそりと忍ばせる大胆さがあるのにもかかわらずである。漱石は郭公を面白い鳥と捉えているのだ。

ている。他の俳人は、やっと山奥で、吊り橋のところで郭公の声を聞けたと感動の俳句を作っているが、漱石は郭公の臆病さを非難しているのだ。橋などなくても谷を渡ってこいという。

漱石はこの郭公を人間的な鳥と見ているため、郭公の句をひねった俳句にしている。他の俳人は、やっと山奥で、吊り橋のところで郭公の声を聞けたと感動の俳句を作っているが、漱石は郭公の臆病さを非難しているのだ。橋などなくても谷を渡ってこいという。

ところで閑古鳥の語が街中で使われる「閑古鳥が鳴く」という文言の殆どの場合、不景気の代名詞のように用いられる。これを不思議に思って調べると、郭公の鳴き声を寂しい声として聞いていた人が昔から結構いたのだ。裏寂しい声で鳴くとして、客が不入りで困っている事のたとえとして用いられた。遠くの山奥から聞こえるか細い声は、どんな声でも寂しそうに聞こえるものだ。

ちなみに掲句の直前に置かれていた句は、「鞭鳴す馬車の埃や麦の秋」で、春の埃の立ちやすい季節を描いていた。鳥の声のする阿蘇の山裾から駅馬車で熊本市内に移動していた時の句である。

侘住居作らぬ菊を憐めり

（わびずまい　つくらぬきくを　あわれめり）

（明治40年ごろ）手帳

この頃の漱石は東京の早稲田に住んでいた。いつものように借家住まいであった。秋になるとあちこちの庭で菊が咲き出す。漱石は白菊と黄菊が好きであった。熊本の借家に住んだ時には、持ち主が広い庭に植えた菊が玄関付近まで攻めて来ていた。しかし、東京の街中の借家では小さな庭しかなく、菊栽培は無理だと諦めていた。よその芝生は青く見えるというのが人の常である。

掲句の意味は「小さな借家に住んでいると菊は作れないと諦める。だが気を取り直して他家の庭の菊をしみじみ見て、これで十分だと思う」というもの。漱石は羨ましそうに余所の家の庭を覗き見していた。そして余所の菊で十分に楽しめるとニンマリするのだ。

ここでの「憐めり」は、同情の感情の可哀相ということではなく、古語としての「しみじみと眺める、愛でる」という意味である。だが漱石は、菊を作れない自分を少し哀れんでいると読めるように句作している。ここに漱石のユーモアを感じる。

漱石はこの頃、菊の俳句をいくつも作っていた。菊を栽培できないことから菊への思いが強くなっていたようだ。掲句の他に「花びらの狂ひや菊の旗日和」「白菊や書院へ通る腰のもの」「草庵の垣にひまある黄菊かな」「旗一竿菊のなかなる主人かな」がある。仕事も順調に進んでいて、秋晴れと菊を楽しむ気分になっていた。

ちなみに漱石は明治36年1月に帰国した後東京の鏡子の実家に仮住まいしていたが、明治36年3月に東京市本郷区千駄木57（現・文京区向丘）の借家に転居。そして明治39年12月に本郷区駒込西片町10ろノ七（現・文京区西片）に引っ越した。その後漱石は明治40年9月に牛込区早稲田南町7番地（漱石山房）へ転居し、ここで没した。掲句は本郷区千駄木に住んでいた時のものであろう。この家は通称「千駄木の家」といわれるが、漱石の前には森鷗外が住んでいた。当時も住宅が密集したエリアだったと思われる。

藁打てば藁に落ちくる椿哉

（わらうてば　わらにおちくる　つばきかな）

（大正3年）手帳

水をかけて湿らせておいた藁をひと握り分持って木鎚で打つ音が春を呼ぶ。繰り返す藁打ちの音の合間に槌の振動に調子を合わせるかのように、椿の花が脇に積み重ねておいた藁の上に落ちて、カサと音を立てる。藁の厚さを感じさせる音が微かに響いた。椿の花は肉厚で大きくて重い。盛りを過ぎた花は少しの振動でも落ちやすいのである。

この藁への水かけと藁打ちは通常、納屋の軒先き等の室外で行うが、漱石が見た早稲田の農家ではその庭先の作業場の近くに椿が何本か植えてあったのだろう。この場の環境がないと、この不思議な句は解釈できない。

弟子の枕流の田舎、栃木では、春先の藁打ち仕事は、子供と年寄りの仕事であった。枕流は近所の農家でこの作業をよく手伝ったものであった。この作業では打ちおろす丸い木鎚の下には角材をおいて、藁を挟み撃ちにするのだ。この藁打ちは剛直な藁の茎を莚に編みやすいように柔らかくする作業である。このとき「どん」という挟み撃ちの音がして相当な振動が地面に伝わっていた。

この振動は尻にも伝わっていた。

この句のユニークさは、積み上げた藁の上に、色あざやかな赤い花が落ちると藁の上に椿が咲いたように見えることだ。漱石は椿が好きであることから、落ちた花を優しく藁で受止める句にしているようにも感じられる。

そしてこの句のオチは、落ちてくる椿によっても藁は打たれるということだ。つまり藁は2度打たれるのだ。一つはきつくドンと、もう一つは優しくカサッと打たれる。

さて赤い花を受け止める藁は、木鎚による藁打ちを終えた藁なのか、それとも藁打ちを待つ藁なのかということが問題である。後者であろう。その理由は椿の根元で藁打ちはしないからだ。

・藁葺に移れば一夜秋の雨

（わらぶきに　うつればひとよ　あきのあめ）

（明治40年頃）手帳

漱石は明治39年12月に東京の本郷区駒込西片町（現・文京区西片）に転居し、翌40年9月に早稲田に移った。この句はこの西片に借家していたときのものと推定される。証拠写真は残っていないが新聞小説家になる前の家は藁葺きであった。ちなみに作家として有名になって家計が安定してからの家は、瓦屋根とスレート屋根であった。

雨に漏れた藁葺きの屋根の一部を萱で葺き替えたとき、その下で聞いた雨音についての句は、「ふき易へて萱に聴けり秋の雨」である。今までよりも雨の音は幾分大きくなっているように感じた。藁屋根よりも萱の屋根の方が、雨音は固く明瞭に感じたのだろう。そこで葺き替えていない藁屋根の下に移動して雨音を聞いてみた。その比較した結果がさらと掲句に記されていた。

掲句の意味は、「借家であったが雨漏りがしたので屋根の一部を葺き替えてもらった。藁葺から萱葺に替えた新しい屋根の下で聞いた秋の雨音は今まで聞いていた音より大きく聞こえた。そこでこれを確かめるべく、藁屋根の下の部屋に行って雨音を聞いてみた。この藁屋根の部屋にいると、今まで通りの音が して一晩中秋の雨音が耳に届いていた」というもの。耳に慣れた雨音が漱石には心地よかったのだ。

ちなみにこれらの屋根の俳句が作られた頃の漱石家の家計は火の車であり、借金が積み上がっていた。漱石が英国に留学したことで、英国においても日本においても借金していた。帰国直後に住んだ家を出て家賃の安いボロ家に住み替えたのだろう。

・藁葺をまづ時雨けり下根岸

（わらぶきを　まづしぐれけり　しもねぎし）

（明治29年12月）句稿21

漱石はこの時期に九州の山奥の五家荘に降る時雨を句に詠んでいた。「時雨るゝは平家につらし五家荘（ごかのしょう）」の句である。近畿を追われた平家の落ち武者が住んだ地区が熊本県八代市にある五家荘であった。時雨はこのような寂れた山奥から降り始めるのだろうと想像を楽しんだ。藁屋根の家は山沿いの集落に多く、時雨はこの標高の高い寒冷の地域から降り出すと漱石は考えていた。

すると親友の子規の住む東京の下根岸が気になり出した。藁屋根の古い民家の立ち並ぶ下町の景色を思い出した。今頃、子規庵のあたりも時雨れているのだろうと。

句意は「藁葺きの家がある辺りから時雨出す。そうであれば藁葺き家の古い街並みが残る東京の下根岸あたりも時雨れているのだろう」というもの。当時の子規庵は、藁葺き屋根の家であったのだろう。子規の住居として現在保存されている家は、改修された家である。

この句の面白さは、掲句の一つ前にある五家荘の句を見て、次に下根岸の句を見ると、子規は、下根岸は熊本の奥の五家荘だと言うのかと苦笑いしたと思われることだ。

漱石は時雨を擬人化して意思があるように設定して、面白がっている。時雨は気まぐれに降ると見ているからだ。

吾栽し竹に時雨を聴く夜哉

（われうえし　たけにしぐれを　きくよかな）

（明治29年12月）句稿21

漱石は熊本に移って二番目に借りた家の庭には好きな竹を植えていた。9月ごろに植えていたその竹は根付いて時雨が竹の葉に当たっている音が書斎にいる漱石の耳に届いた。漱石にはそう思えた。

植えたばかりの竹は密生状態ではないと思われるから、その竹の細く小さな葉っぱに雨が当たる音は、冬の夜中にガラス戸、または雨戸を閉めた家の中では聞こえにくいはずだ。漱石は植えたばかりの竹のことが気になって仕方ない。この思いは「吾植えし」ではなく「吾栽し」としていることに表れている。後者の語には成長を見守る意味を込められているからだ。そこでわずかに聞こえる雨音を竹の葉の発する音と思い込んでしまったようだ。

この句の句稿において3句前に置かれている句は「冬来たり袖手(しゅうしゅ)して書を傍観す」であった。本を読んでいても集中できないでいた。掲句はこの状態の理由を解説するような俳句になっている。聞こえない音も聞こえてしまう精神状態だったのかもしれない。

この時期の漱石家での出来事を調べると、意外なことがわかってきた。妻が漱石に突然不信感を込めた質問をぶつけていた。この年の12月になって鏡子は「文藝倶楽部 1月号」(12月の発行と思われる)の巻頭にあった楠緒子の短歌(短冊)を発見して、この歌はどうなのよ、と漱石に訊いてきた。漱石は平静を装って「お安くない歌だ。彼女は夫が欧州留学に出て一人でいると寂しいのだろう。――」などと解説した。この歌は漱石に対する切ない想いを伝えていると鏡子は理解したのだ。この歌は二つの解釈が可能なように作られていた。楠緒子は優れた歌の作り手であった。

吾老いぬとは申すまじ更衣

（われおいぬとは　もうすまじ　ころもがえ）

（明治29年7月8日）句稿15

漱石は29歳にして「老いぬ」などという言葉を用いて俳句を作っていたとは驚きである。しかし「吾老いぬとは申すまじ」とすぐに否定しているので安心できた。こんなつぶやきを更衣の語と組み合わせて用いるのは、不可解である。

不思議に思って調べると「更衣」には通常の冬物の着物を春物に取り替える(漱石の家では綿入れの袷を普通の袷に替えた)ということの他に、別の意味があった。明治の昔には、被り布団というものがなく昼間着ていた袷等の着物を裸の身体にかけて寝ていた。この寝方はいわば西欧式のシーツを被って寝る寝方に近い。普段は自分の着物を自分が被って寝るのだが、寝る際に文字通り隣り合う男女が衣を交換するやり方を指す場合があるという。この「更衣」は男女の情交、夫婦の交わりを意味するという。

ちなみに掲句が作られた時期は、漱石が熊本市の借家で結婚式を挙げた明治29年6月9日の1ヶ月後である。そうであれば、掲句は子規に向けた「のろけ句」に他ならないと思うのが自然である。

句意は「夜の夫婦生活でわしはもう老いてしまっているようだが、口にしないぞ」というもの。年齢29歳のスポーツ万能の漱石は体力に自信があったが、やはり限界というものがあったようだ。夫婦の交わりの後で、漱石は俳句の形を借りて無言で呟いていた

夫婦生活のこの種の激励句に小林一茶の有名な句がある。「やせ蛙負けるな一茶これにあり」である。表の意味は「強そうな蛙と戦っている痩せ蛙よ、応援するから負けないでくれ」というもの。だが裏の解釈は、「若い女房をもらった痩せた年老いた蛙よ、夜の生活で妻に負けるなよ」と自分を奮い立たせているのだ。

この蛙の句は一茶が江戸の生活をやめて信州に帰って初めて妻を迎えた時の句である。この蛙の句を作った時の一茶は54歳で、妻は30歳。新婚3年目であった。一茶は毎晩3交の状態であったと日記に綴っていた。日によっては4交、5交もあったという。江戸で力仕事をしていなかった一茶は体力に自信がなかったので、自分を激励していた。高齢の一茶には早く子を得たいという強い思いがあったからだ。農作業ができない夫に代わって、毎日野良に出ていた妻は、体力を消耗して早死にしてしまった。

漱石の妻も漱石より10歳も若く、一茶夫婦と似たような状況にあった。一茶は自分を蛙に見立てて激励していたが、漱石は自分にひたすら弱音を吐くなと

だけ言いつづけた。

・吾折々死なんと思ふ朧かな

（われおりおり　しなんとおもう　おぼろかな）

（明治32年頃）手帳

漱石と人妻となった楠緒子との関係が続いていることを確信した鏡子は、徐々に精神を病んで近くの大河に身を投げた。発作的に死のうと思って川に入り込んだ。鏡子は川に居合わせた鮎漁師に助けられて家に運び込まれた。明治31年の5月のことであった。漱石夫婦の関係は崩れかけていた。鏡子はその後も自殺を試みた。

句意は「自分も時々死んでしまいたいと思うようになった。夜の闇を睨んでいるとそんな思いが朧のように立ち上る」というもの。

漱石は川が近い今の住まいを替えるべく、すぐに遠くの場所で家探しを始めた。新居に移ると漱石は妻との接触を増やし、10月には妻はつわり状態になった。

漱石は年を越すと自分が鬱になりそうな気がして、多忙に過ごすように計画した。年初めに大分の宇佐神宮に職場の同僚と初詣に出かけ、その帰りは雪の耶馬渓を縦走して筑後川に到達すると船で川下りをして帰宅した。1週間の旅であった。またホトトギス誌に「英国の文人と新聞雑誌」他の原稿を投稿したりした。5月には初めての子が誕生した。6月には職場の英語科の主任にもなり、忙しくなった。明治32年の後半もいろんなことがあり多忙であった。

明治32年の手帳に書かれていた俳句に「郎を待つ待合茶屋の柳かな」と「妾と郎別離を語る柳哉」がある。漱石はいくら多忙に生活していても、漱石のいう煩悩が頭から離れることはなかったとわかる。漱石は夫婦関係を維持するには楠緒子との関係を絶つしかないと考えるに至った。この手帳には「煩悩の朧に似たる夜もありき」と「春此頃化石せんとの願あり」の句もあって、掲句を挟んで置かれていた。このような俳句の中で最も重く辛い俳句は、やはり掲句であろう。折々死の誘惑の手が伸びていたからだ。

・我死なば紙衣を誰に譲るべき

（われしなば　かみこをだれに　ゆずるべき）

（明治28年11月22日）句稿7

漱石は明治28年まで紙衣を愛用してきた。しかし来年には熊本での新しい生活が始まり、第五高等学校では教授として教壇に立つことになるから洋服での生活が多くなりそうだと予感する。すると外套も紙衣というわけにはいかなくなりそうだ。世の中は洋服が流行し始めているので、和装の紙衣は次第に肩身が狭くなってきている。

漱石は日本文化の一つの象徴として紙衣があると考えているようだ。松山まで持ってきた刀と槍はすでに売り払ってしまっている。だが紙衣は残そうと考えていたのだ。そして死んだ後は誰かにこれを受け取ってもらいたいと。さてその人は誰であるのか。俳句の仲間なのか。これから生まれてくる子供なのかと考えていた。

西欧化の動きが顕著な明治時代は明るいばかりの時代ではなく、結核が流行っていて若者も数多く死んでいった。親友の子規も血を吐いて静養中であった。日清戦争もあり、世相は殺伐としていた。そんな中、松山の俳句運動のリーダーであった子規の従弟、藤野古白（こはく）はこの年の4月にピストル自殺を遂げた。漱石も軽く吐血したことがあった。体力の維持に努めて回復したが、死の不安はつきまとっていた。

漱石が掲句を作ったのは、自分の蓄えてきた知識や考え方等を誰かに引き継いでもらいたいという思いが湧き上がったのだろう。そろそろ結婚して子供を作るかと考えたのだろう。独身生活を止めよう、東京の実家から送られてくる見合い話を真剣に考えてみようと思ったのだろう。漱石は12月に入ると東京で見合いをすることになった。

・吾に媚ぶる鶯の今日も高音かな

（われにこぶる　うぐいすのきょうも　たかねかな）

（明治41年）手帳

漱石山房の庭か、隣の庭に鶯がやってきて毎日鳴いている。鶯は初めのうちは春の季節の到来を喜んでただ低く鳴いているだけであったが、喉が慣れてきたようで上手く続けて鳴けるようになった。声も高く伸びやかになってきた。

鶯は縁側にいる漱石の姿を認めたためか、気を利かせて媚びるように鳴いていると感じた。この鶯は漱石に声を聞いて欲しくて懸命に声高く鳴いているにちがいないとふざける。

この年は朝日新聞社に就職して2年目に当たり、新聞小説も順調に執筆できていて、漱石自身の手で出版もできている。契約した給料の他に「吾輩は猫である」の印税も入って生活は安定してきた。年に2本の新たな連載小説の執筆も順調にできていた。鶯の声の変化を楽しむほどに精神的にも余裕が出てきた。掲句の直前句として「鶯の日毎巧みに日は延びぬ」の句を作っている。

ちなみに漱石はこの年の春に小説「文鳥」を書き上げ、6月に大阪朝日新聞に連載した。この鳥つながりで掲句が生まれたと推察する。この鶯の声を聞きながら「文鳥」の原稿を書いていたのかもしれない。

・我に許せ元旦なれば朝寝坊

（われにゆるせ　がんたんなれば　あさねぼう）

（明治32年1月1日）高浜虚子、河東碧梧桐宛の葉書

熊本で5番目に住んだ熊本市内坪井町の家で詠んだ句である。家の周りは緑が多いのんびりした環境で、その中にこの家はあった。明治31年の元日は高校の同僚と知人の別荘にいて、家を空けていた。したがってその翌年である明治32年の元日は、誰も訪ねてこないはずで、ゆっくり起きればいいと考えていた。

漱石の寝ている部屋に朝日が差し込んできた。だが妻には起きる気配はない。漱石は寝床で目を開けて妻が起きるのを辛抱強く待っていた。いつもは漱石が高校に勤めていたから、妻が起き出してから漱石が起きるパターンであった。

句意は「元日なのだから、妻には希望通り朝寝坊させようと思う。お天道様が我にそんな妻を許してやってほしいというのであるから」というもの。昨年の年末年始に漱石は職場の同僚と温泉地に出かけてしまって家を不在にしていたので、妻は今年の元日は誰も来ないと予想していたようで、妻は朝寝坊しようと決め込んでいた。

この句の面白さは、常々漱石は、朝寝坊の癖のある妻を叱っていたとわかることである。そして掲句でそんな妻の元日の朝寝坊を見逃すと言っておきながら、東京の虚子と碧梧桐に掲句を書いて送ってしまっていることだ。やはり漱石は心の奥では妻の元日の朝寝坊を許していなかったのだ。漱石はこの俳句を作らないと気が収まらなかったということだ。

ところで漱石の新年の賀状の挨拶語は重々しい「新歳の御慶目出度申納候」であった。漱石は妻の元日の実態をさらけ出す軽い句を賀状につけてバランスを取ったようだ。

ちなみに漱石が住んだ観光用の旧宅には「安々と海鼠の如き子を生めり」と「我に許せ元旦なれば朝寝坊」の二句の句碑があって、見学客を迎えている。妻はいつまでたっても朝寝坊の妻のままである。

後年の早稲田の漱石山房では、朝の10時になっても起きてこない妻の鏡子は弟子たちの顰蹙を買っていた。

・我一人松下に寝たる日永哉

（われひとり　しょうかにねたる　ひながかな）

（大正3年）手帳

この句は「我一人行く野の末や秋の空」の句と対になっていて、掲句はこの句の後続とみる。野の末まで歩いてきたら、少し休息を取りたくなった。ちょうど良い具合に日陰を作る松の大木があった。

句意は「野の果てに松の木があり、ここであれば春の日永のひと時のんびりできると考えた。誰もいない状況での一人寝でも、松の下であれば寂しいことはない」というもの。この句は辞世の句である。

半藤氏が、この句についても「底冷えする孤独感がにじみでている」と評したが、そんなことはないように思える。漱石は目を瞑って、過ごしてきた人生を顧みる。今までで孤独の時もあったが、自信を持って生きてきたという自負があるから孤独に押しつぶされることはなかった。そして人は死ぬ時は一人という定めを理解している。ここまでの間に多くの家族を養い、優秀な弟子たちを一人前に養成し、世の芸術を活発にし、自分も独自に小説や俳句・漢詩をたくさん作ってきたのだ。自分の人生は賑やかな人生であったと振り返っている。

・我一人行く野の末や秋の空

（われひとり　ゆくののすえや　あきのそら）

（大正3年）手帳

句意は「我一人が誰もいない野をとぼとぼと歩いて行く。先はよく見えないが大分遠くまで来た。ただ秋の空が広がっている」というもの。掲句は一つ前の句の「我一人松下に寝たる日永哉」と対になっている。

芭蕉のように死後に枯野を愛する友とうれしそうに駆け巡ったりするのを期待する句にはなっていない。漱石の体は弱っているが頭脳はしっかりしているので、まだ緑のある秋の野原を歩き続ける姿になっている。だが、野原の末にきているとするのだから、その先にある冬の枯野に至るのは時間の問題と感じているのかもしれない。

この句には孤独感はあまり出ていないと感じる。今まで生きてきたことに対する満足感に近いものが見える。そして今も歩き続けている。漱石は野の景色と空の色を眺めて、俳句でも作る気分なのかもしれない。掲句は多分に芭蕉の辞世句を念頭においた句にも見える。

ちなみに漱石に関する著作の多い半藤氏は掲句に対して「底冷えする孤独感がにじみでている」とコメントしているが、漱石は一度死んだ経験（臨死体験）があるので、あまり考え込まずに淡々と歩いているだけなのだろう。

・我も人も白きもの着る涼みかな

（われもひとも　しろきものきる　すずみかな）

（明治29年8月）句稿16

熊本での暑い夏に着る浴衣は、男であれば小倉の絣、白絣であろう。短い袖の単衣の木綿の着物を漱石は着ていたのであろう。この小倉絣は白地の部分の多い絣を用いた簡単な着物である。襟元を広く開けて風を入れるように着ていたのであろう。外出時は下には袴をはいたのであるが、その色は紺色であったであろう。

この句意は「自分も皆も暑い夏を過ごすために、白い単衣の着物を着て涼んでいる」というもの。休日の住宅地の光景なのであろう。そんな涼しそうな人の格好を見ることで自分も少しは涼しくなれるよう気がしたのだ。裏道に椅子を出して世間話をしたり、将棋をしたりしていたのであろう。

この句の面白さは、「しろきもの」は「白着物」と「白きもの」のふた通りの読み方ができることである。もしかしたら漱石の気分としては「白きもの」なのであろう。何かを身につける場合、とにかく白いものということなのだ。明治29年ごろの夏であれば白いシャツを着るハイカラな人もいたであろう。漱石は第五高等学校に出勤する時には、白いシャツを着て行ったに違いない。

・吾も亦衣更へて見ん帰花

（われもまた　ころもかえてみん　かえりばな）

（明治28年11月22日）句稿7

帰花が密かに咲いているのを見ている。寒くなって花の季節は終わったと思っていたが、また咲き出した花を見て漱石は驚いた。帰花は、初冬の小春日和の時にも咲いている桜、梅などの花を指す言葉である。戻り花よりも洒落ている。人にもこの帰花の語を用いるという。遊女、芸者などが引退した後、元の仕事に復帰した人に用いる。よって人にも「帰り咲く」という言葉も用いる。

句意は「私もまた、人を驚かす帰花のように衣を変えてみようか」というもの。季節外れに変身するのもいいかもと思い始めた。

この句の面白さは、「吾も亦」の語は、吾亦紅（ワレモコウ）という植物を意味し、ここから「帰り花」に繋がるようになっている。「吾も亦」の言葉は、自分もそうありたいという願望を表している。このワレモコウは茶色に近い玉状の花をつける。そんな花が自分も鮮やかに紅色に咲きたいと願うのだ。漱石の変身願望の思いと重なるところがある。松山に持ち込んだ惨めな暗い気持ちとは、そろそろ決別したいのだ。この辺で気分を変えたい、失恋の思いを持ち続けるのはやめようと思い始めた。

もう一つの面白さは、吾亦紅の花言葉は、「愛慕」「物思い」「移ろい行く日々」で、愛した楠緒子のことを忘れようとするが、スッキリしないさまをうまく表している。つまり掲句を作ってみたが、そのようにならないことを予想しているのだ。

この寒気の中で咲いているワレモコウ花を見た漱石は「自分も変身して新たな自分になるぞ、衣を更へてみよう」という気になり、来春から熊本で始まる新生活の準備をし始めた。

明治28年10月8日に友人の菊池謙二郎宛の手紙に、松山の女は合わないとして「矢張東京より貰う事に致候」と書いて結婚することを伝えた。そして、10月下旬にある人から堅苦しい親展の手紙を受け取ったことを子規に俳句で伝えた。その手紙は楠緒子からの手紙だったと思われるが、この手紙を見ても動揺することなく、12月には東京で見合いをすることにした。

● 我も笑へ笑へば耳に風吹きて

（われもわらえ　わらえばみみに　かぜふきて）

（明治37年11月頃）俳体詩「尼」17節

句意は「わしも笑ってしまおう。笑えば耳にいい風が吹いて頭の中を吹き抜ける。何でもいいから笑えば耳穴が開いて、悪い噂も気にならない」というもの。こんなことを口にしたのは、よほど気分が落ち込んでいたからだ。笑いが消えていた時があった。漱石の言うことは理屈に合っている。嘘笑いでもいいから笑えば、ストレスが解消し、楽になることは証明されている。

掲句は「何を嘲る春の山彦」に続いている。この後半の句は「春の山に入ると、山彦がいつも何か嘲っている」というもの。何かの音が谺しているという。東京帝大の中で漱石の悪い噂を流しているのものがいるのだ。学生たちが漱石の英語の授業のことで騒ぎ立てていた。漱石はこのことは承知している。だがこんなことは笑い飛ばしてしまおう、言わせておこうと決めたのだ。山の谺みたいなものだからだと。

この発想の転換によって「愚かければ独りすゞしくおはします」という俳句ができた。人をあざける愚かな人には、こちらも一段下がって愚かになって対応するということだと決めた。

● 我病めり山茶花活けよ枕元

（われやめり　さざんかいけよ　まくらもと）

（明治28年11月13日）句稿6

この歌の前に「杣人（そまびと）の石にやあらん我を笑う　否石ならば笑はじものを」の文が付いている。意味は「木こりは石ではないから、時にわしのことを嘲るのだ。いや、木こりが石ならば笑わないはずだ」のだからと笑っている。つまり山に行けば何かが谺している。これは木こりが人の噂をしているからなのだ、人は噂が大好きなのだ。世の中は噂の谺で満ちていると言っている。

元気印の漱石は松山で羽を伸ばして、独身最後の時を気ままに過ごしていた。しかし、油断したのか四国山地の山歩きの疲れが溜まって体力に自信のあった漱石も床に臥せった。とうとう病気になってしまった。この時、独り居だと病気になると寂しい気分になるものだとしみじみ感じた。

句意は「見合いの話が決まっていたから、もし新妻が枕元にいれば、病気からの回復を願って看病し、枕元には季節の山茶花でも活けてくれるに違いないと、熱にうなされながら考えた」ということなのだろう。

この句を東京の子規に送ったのであるから、一種の未来ののろけ俳句なのであろう。ということはこの俳句を作った時には、病気は回復過程にあったということになる。悪ガキの多い中学校で教えるのが嫌で仕方なかったので、これ幸いと長期病欠を企んだに違いない。

漱石は11月3日に雨を冒して林道を登って子規が勧めていた白猪唐岬の滝を観に行ったが、後に疲れが出て病気になった。同月13日付の子規宛の句稿6には掲句の他に「二十九年骨に徹する秋や此風」も書かれていた。同月22日付の句稿7でも病床の徒然に作った俳句を記載していた。病気は結構長引いたことになる。

その後の予定では12月25日には上京し、28日には中根鏡子と虎の門の貴族院書記官長官舎で見合いすることになっていた。掲句には陽気な病人が描かれている。

＊『海南新聞』（明治28年11月27日）に掲載

我を馬に乗せて悲しき枯野哉

（われをうまに　のせてかなしき　かれのかな）

（明治28年11月13日）句稿6

どこを馬で旅したのか、よくわからない。明治28年の漱石は嫌な東京を離れて松山に赴任し、ここにおおよそ7ヶ月間滞在した時点で、ここから移動することを考えていた。そのような慌ただしい年にこの地で馬に乗ったことがあったのか。ありそうもない。松山時代は激動の、そして不安の時期であり乗馬をする余裕はなかったはずである。

そうであればこの句は想像の句だということになる。パロディを効かせたものなのだろう。芭蕉が奥の細道を曽良と歩いた時に、芭蕉は岩だらけの那須野を越す時に現地の地主から馬を借りて乗り、緑のない台地を越えた。曽良は芭蕉を馬に乗せて側を歩いたのだ。漱石はこの場面を想像して、芭蕉に成り代わって乗馬しての山越え句を詠んだのだろう。

この那須野は殺生石で有名な土地であり、硫黄ガスが立ち込める不毛の台地。岩場をトボトボと進む時の感慨は悲しいものであったはずだ。芭蕉たちはまさに悲しい大地を横断した。

漱石が松山中学校で奮闘していた時の気持ちは、まさにこの時の芭蕉の気持ちに重なるものであったのだ。もともと来たくて松山に来たわけではなかったという事情もあって、荒んだ悲しき教員生活を俳句に詠んだのだろう。温暖で緑豊かな松山の地でも漱石にとっては枯野だった。この枯野の地を芭蕉のようにとぼとぼと馬に乗って歩いていた。

ところで掲句に「我を馬に」とあるのは、「馬ぼくぼくわれを絵にみる枯野哉」の句に描かれている芭蕉は、自主的に馬に乗ったが、漱石の場合はそうではなかったと言いたいようだ。つまりまさに悲しい受け身の行動だったと省みた。

我を呼ぶ死手の鳥の声涸れて

（われをよぶ　してのからすの　こえかれて）

（明治37年11月頃）俳体詩「尼」22節

修善寺の温泉宿で療養していた漱石は明治43年8月に大量の血液を吐いて、仮死状態に陥った。30分間脈は途絶えていた。医者たちの懸命のカンフル剤注射や食塩注射によって、奇跡的に息を吹き返した。漱石の枕元で妻が必死になって漱石を蘇生させようとする叫び声が効果をあげたのかもしれない。

句意は「漱石の名を呼び続けて死の世界に誘う烏らしきものの声は涸れて次第に消えていった」というもの。死手とは死後の世界、冥府の主である黒い存在である。漱石の魂を冥府へ引き込もうとしている。これに抗するように地上からも魂に声が届き、地上に引き戻そうと引っ張る。死ぬなと叫ぶ声が次第に大きくなってくる。

掲句は「怪しき星の冥府に尾を曳く」へと続く。「浮き上がって行った魂は、途中で動きを止め、とうとう反対の地上の方に動き出した。その結果怪しき星団の方にある冥府とは反対方向に速度を上げて動きだし、魂は星団の方向に光の尾を引くようであった」というもの。

掲句の前についている文言は「夜といへる黒きものこそ命なれ　色を隔てて鈍き脈搏つ」というもので、魂の正体を描写している。この部分は、身体から離れた魂を自覚している不思議な文である。自分の身体から離れた魂を自分が観察していたのだ。「夜のような黒いものとなって宙に浮いているものこそが、自分の魂、自分の命だ」という。色は無く、周りの黒い色として見えている。そしてゆっくりと脈を打っている、と観察していた。つまり「死んだ身体から離れているが、魂はまさに生きている存在なのだ」と述べている。

明治時代に生きた漱石は、自分の臨死体験を、そして魂の状態を言葉で表していた。オカルトの世界のことを思われないように配慮しながら、人目につきにくい俳体詩の中に隠すように描いていた。

ちなみに東京大学名誉教授の矢作直樹氏は、集中治療医学の権威であり、長年患者と向き合って死を見てきた人の説は、魂は波動であり、電磁波であると解説しているが、漱石の観察結果はこれと重なるところがある。

あとがき

●装丁について

漱石は、自作本の出版にあたっては当時の出版界にはないアイデアを盛り込んでいた。小説の執筆では内容において欧米のものに負けないものを作るように気合を込めていたが、本の外観・装丁においてもオリジナルなものを目指した。漱石の弟子の枕流はこの考えを踏襲して、漱石全俳句の「解釈辞典」をデザインするにあたっては、分厚い解釈本を読む際の「骨休め」になるように、俳句の内容に沿ったユーモアのある約１６０点のイラストを配置した。

これらのイラストは、著者が会社員時代に属した業界の専門誌に連続講座の記事を書いた際、これにイラストを添えてくれたＲＥＩＫＯ氏の作品である。これらのイラストは、本辞典のページを賑やかに、そして楽しく彩っている。その結果として画家でもあった漱石先生の俳句解釈本に相応しい仕上がりになった。

●漱石俳句の解釈における醍醐味

漱石が作成した生涯俳句を解釈する際には、関連資料を読み込み、常識・直感力・想像力を駆使して、解釈間違いを恐れずに積極的に取り組んだ。この解釈に当たっては、何事も素人ほど強いものはない、との信念で解釈が困難な暗号俳句に対しても突き進んだ。また、漱石は当時の社会環境、生活環境の中で何を考えていたかに想いを馳せ、俳句を作った時の漱石の気持ちを想像しながら解釈した。

このことによって著者は知的で楽しいで謎解きの興奮を味わうことができた。そして漱石先生の弟子を自認している枕流としては、この解釈作業によって漱石に半歩近づくことができたと考える。

●漱石の隠れた死因

ところで漱石は、正確には50歳直前でこの世を去ったが、死因は現代では重篤な病気ではないとされる胃潰瘍であった。胃癌ではなかった。過度の胃酸放出によって胃壁が崩れ、穴が空いて出血した。その胃潰瘍の直接的な原因は、家にこもっての執筆活動と継続する大塚楠緒子との恋愛による過度のストレスが長期間続いたこと、そして英国留学時代からの偏った洋式の食事（33歳から50歳近くまで毎日の三食において小麦・オートミール・ベーコン・乳製品・砂糖入り紅茶を中心にした食事）が関係していると栄養医学の素人の枕流は推察している。これらの食材の中でも小麦パンは、グルテン耐性の遺伝子を持たない8割近くの日本人には、一種の食物毒として作用することが明らかになっている。つまり漱石は不運にもこれらの影響が重なって数度にわたる胃からの出血が起こり、最終的には胃壁に大きな穴が開く事態になったと推察される。また長期にわたる砂糖、はちみつ等の甘味料を取りすぎる食生活は、糖尿病を併発させた。

さらには大塚楠緒子との恋愛が妻に知られた後でも継続させたことが、漱石の家庭生活をストレスフルなものにした。これが漱石の身体へのダメージを蓄積させた。

ちなみに小麦グルテンの影響については兵庫医科大学の研究レポートが参考になる。（ネット情報２０２３・7・31「グルテン不耐症の実態解明とメンタルヘルスに関する研究」）この概要欄には以下のように記述されている。

「グルテンとは、小麦などから生成されるタンパク質であり、うどんやパンなどの小麦加工品を作る上で重要な役割を果たしている。グルテン不耐症は、グルテンへの過剰な感受性を持ち、グルテンを摂取することで腹痛、下痢、頭痛、頭がぼんやりする、倦怠感、抑うつ、不安等の様々な身体症状や精神症状を引き起こす。グルテン不耐症の実態は不明な点が多く、診断基準も未だ確立されていない。症状や客観的なバイオマーカー等による総合的な診断が必要であるにもかかわらず、自覚症状のみに基づいて診断を行っているのが現状である。グルテン不耐症の病態機序も分かっていないが、免疫系の過剰活性化の関連が示唆されている。

我々は、２０１９年に日本初のグルテン専門外来を立ち上げ、グルテン不耐症に対する専門的な診療や研究を行ってきた。これまでに、グルテン不耐症患者では抗グリアジン抗体を有する割合が多いこと、身体症状だけではなくうつや不安等の精神症状を有する割合が高いことなどを明らかにしてきた。現在我々はグルテン不耐症患者を対象に、腸管粘膜、炎症などの観点から抗体やサイトカインなど様々なマーカーを用いて客観的評価を行っており、臨床的背景との関連を明らかにし、診断基準を確立させることを目標としている。さらに、グルテン不耐症患者に対するグルテンフリー食摂取での、身体・精神症状、血清学的マーカーの変化を調べ、治療有効性を明らかにする。」

スポーツマンであった漱石先生は英国に渡るまでは壮健であったのは間違いない。帰国してからみるみる体調を崩していったが、決定的に影響したのは、42歳の時の満韓視察旅行であった。添付の年譜には「明治42年8月28日　中村是公が単独で満州に出立（27日に漱石は胃カタルを発症し、医者は旅行を止める。延期）＊20日頃から激烈な痛み（日記）」「9月2日　中村是公（満鉄総裁）の招きを受け、大阪経由で満州に向けて出発。翌朝、大阪商船の鉄嶺丸に乗って旅立つ（満州朝鮮視察旅行）」と書いた。

満州において、でこぼこ道を馬車で長時間移動したこと、そして食べ慣れない食事が続いたことで、出発前にドクターストップをかけられた身体は悲鳴をあげていた。これが翌明治43年夏の「修善寺の大患」につながった。そしてここから体力が徐々に低下し始めて、死に至った。ではなぜ、漱石は満韓視察旅行を強行したのであろうか。その理由には二つあったと考えられる。

一つは明治25年4月5日に夏目家を分家して本籍を北海道に移籍し、北海道平民となったことである。これは予想される戦争の徴兵回避のためであり、これが人気作家になった後も心の傷になっていた。朝日新聞社の社員になった漱石が大陸に渡ることは、新聞への紀行文連載を意味する。これができれば、かつて子規が従軍記者として大陸に渡ったように、漱石も国家の非常事態において幾分かは国に貢献できると考えたのであろう。いわば満韓視察で徴兵回避という心の重荷を解消しようとしたのだろう。

もう一つは、帝大の大学院生の時に見合いしてから恋愛関係になっていた大塚楠緒子のことである。楠緒子は漱石の依頼で朝日新聞に小説を連載していたが、それが終了すると神奈川県湘南地方の大磯で療養生活に入った。楠緒子は肺を病んでいたのであった。楠緒子の死に至る病は悪化する一方であったことを知った漱石は、自分は万一大陸で体調を崩して死ぬことがあってもいい、と腹をくくっていたと思われる。

● 漱石の恋愛の軌跡

漱石の恋愛期間を三つに区分することができる。一つ目の波は、学生時代に楠緒子と知り合ってから、楠緒子が保治と結婚するまでの期間であった。二つ目の波は、楠緒子を保治に譲る形で失恋して意気消沈のまま松山で1年過ごした後に熊本市で結婚し、妻が二度の自殺未遂を起こすまでの期間。漱石はこの間、楠緒子を九州に呼んで密会していた。三つ目の波は、勉学に集中した英国留学を終えて帰国した後、東京の路上で偶然再会したことで恋愛が復活し、楠緒子が病死するまでの期間である。つまり中断が二度あった。

この三つ目の波が起こった経緯は、俳句に描かれていない。漱石と楠緒子とのことが俳句に描かれるのは明治40年になってからである。この波が生じる間の漱石の心の動きは、日記に書かれた英語詩で推察できる。

帰国した漱石は、東京で家族と生活を始めたが、留学する前に決めていた楠緒子との関係を断つという意志は、偶然再会したことによってぐらつき出した。

この漱石の心の乱れは、日記に密かに書かれていた。一方の楠緒子は夫と別居して、長く一人でいた。

帰国後の明治36年の11月27日から明治37年4月にかけて日記文に綴っていた英語詩を、漱石研究者の江藤淳氏が和訳していた。6編あったうちの4編までを訳していた。次の詩は最初の詩で古めかしい英語で書かれていた。

「彼らは言葉をかわし、
刃の刃先をあわせた。
刃はたがいに敵の血を深々と吸い込んだ。
これはすべて二人が激しく愛した女のためであった。
女は愛されていた。その返礼に女は男を二人とも殺したのであった。
殺害にあたって女は一滴たりとも自分の血を流さなかった。
しかし女の胎内で今やその血がうみはじめている。
女はそこに座っている、彼女を嘆かしめよ
女はそこで嘆いている、彼女を横たわらしめよ。」

江藤氏の判断と違って、詩の中の彼らとは保治と漱石であり、女は楠緒子であるとわかった。この時まで楠緒子との関係を断っていた漱石の気持ちが詩的に表現されていた。漱石の極めて複雑な心情が描かれていた。

6編目の詩を江藤氏は和訳していなかったので、弟子の枕流が訳してみた。

「あなたの世界は私の世界から遠く離れている
あなたの世界は霧とモヤに覆われている
その世界は私が目を見開いて見ても無駄なほどだ
あなたの住まいを一目見ようとしても無駄なことだ

モヤの中には花々が咲き、
たくさんの可愛いものがあるのかもしれないが
これらのことは夢の中のことではなく、
そこに入り込めると思った
だが私はここにいて、あなたの住むところにはいない
そして永遠に私は私であり続ける
よって永遠にあなたにはなれない」

漱石はこれら一連の詩を書いて、表面には出せない心の奥底に滞留していた楠緒子への思いを消滅させようとしたように見えた。しかし、漱石の心はそうはならなかった。漱石が担当していた朝日新聞の文芸欄に楠緒子の小説を載せたいと、新聞連載の企画を持ちかけて近づいた。そして漱石は楠緒子の小説作家としての技量をブラッシュアップさせ始めた。

●ライフワークの確立

漱石の後半の職業作家人生は、先の米山保三郎が推奨した文学道において、人間関係の究極のテーマの一つに取り組むことに費やされた。保三郎の期待通り、予言通りになるべく自分の肉体を痛めながら、家庭をある程度犠牲にして小説執筆に取り組んだ。

漱石と楠緒子の恋愛関係は、漱石と妻鏡子間の感情および、楠緒子と夫保治間の感情をもつれさせた。二つの家庭の夫婦関係が壊れて行く様相を呈しながら、漱石と楠緒子の恋愛関係は楠緒子が死亡するまで継続した。そのような中、漱石は自分の恋愛体験と継続する恋愛から生ずる悩みと苦しみをテーマに小説を書くことを決意した。100年後でも唯一残る作家になるべく新聞連載の形で小説を書き出した。

漱石は精神的肉体的苦痛を抱えながら執筆することになったが、漱石の意識の中では、楠緒子との恋愛を半ば意図的に継続させた面があったと言える。リアリティを持った小説を書き続けるためという意図があったと推察している。

この種の小説を執筆し続けるエネルギーは、漱石が友人に語っていたように、肉体の発する痛みから生まれていた。そして、その意思は明治43年に体験した自身の臨死と楠緒子の死亡を境にして鮮明になった。これらのことがあって、「坊ちゃん」や「吾輩は猫である」のユーモア小説の路線と決別し、重苦しい心理小説・三角関係の小説を書くことを決めたのだ。無論この執筆にあたっては関係者を直接登場させることはなかった。

妻の鏡子は漱石のこの行動に気づいて対抗するかのように振舞っていたと考える。自殺未遂を2度も起こしたことで、英国留学前に漱石に楠緒子との関係を切らせることに成功した。しかし帰国した漱石が楠緒子との恋愛を継続させていることがわかると、それに対する当てつけのように、鏡子は一時鎌倉の待合に出入りしていた。

このように漱石夫妻は大変な辛い思いをしたが、結果として漱石は日本文学史上、日本の財産とも言える作品群を後世に残すことになった。明治という時代は漱石にこのような行動を促す雰囲気のあった時代であったとも言える。

●漱石俳句の魅力の源泉

以上の事柄は時に漱石日記を参考にしながら、漱石全俳句の解釈過程で理解できたが、これとは別に漱石俳句の魅力と漱石の東洋と西洋の知識の深さと広さに感嘆することが多かった。

14歳から通った二松学舎（漢学塾）、成立学舎（英学塾）での英才教育、一高と帝大・大学院における高等教育、および英国に留学した際の猛烈な勉学によって持って生まれた才能を天才の域に高めることができた。特に世の批評家が失敗だったと云う英国留学の二年間での引きこもりのような生活の中で行った、独学による文学研究は、帰国後の小説執筆と俳句創作において実を結んだといえる。

令和5年10月16日付の産経新聞に東大名誉教授である平川祐弘氏の「日本に必要な海陸両性の文化人」と題したコラムが載った。「（前略）日本の大学は多種多様の海陸両性の英才才媛をもっと育てるがいい。一番高い木の根は一番深い。人文学の出来不出来は、研究者の教養基盤の深さに左右される。漱石のような両生類的人物を、東西の古典を教えることにより、大学は計画的に養成すべきではあるまいか。」と述べていた。

また、平川氏はカナダの大学に留学していた時にラジオの話者が東西の詩を紹介する中で漱石を登場させたので、「聞き惚れた」という。漢詩について語った後、英語文を朗読しはじめた。温泉場の「ナコイ」が出てきたことで漱石の小説「草枕」だとわかったという。このカナダ人は漱石のこの小説自体を詩と理解し、高く評価していたことになる。

また、漱石の身近にいた弟子の一人の東洋城は、漱石俳句の魅力を追悼の「文豪夏目漱石」（大正10年発行）の中で次のように指摘していた。

「初めから技巧には無頓着である。無造作に淡白に作っている。言いたいことだけを表している。磊落を通り越して呑気に、江戸っ子気質で作っている。これらのことができるのは頭がとにかく良いので、物事が透視できている」と書いていた。

弟子の枕流は漱石俳句の魅力は、目の前にある自然・風景、および心に浮かんだ事柄を、情熱的に、禅的に、かつ正義感溢れる心情で描き、笑えるように味付けしている、ことであると考える。

●生成AIにおける漱石の価値

米国で人間の脳の働き方を入れ込んだ生成AIの開発競争が盛んで、これをスマホで作動させられる時代になった。キャッチコピー、絵画、漫画、音楽の分野で生成AIを用いるのが当たり前になってきた。日本においても生成AIの開発と応用が進んでいる。芥川賞作家が受賞作の小説を書く際に生成AIの支援を受けていたことを公表して話題になった。

しかし、人知を超えてきた生成AIに、場所・状況等を設定して「漱石が作ったような俳句を作れ」と指示しても「一茶風の俳句はできますが、漱石風のものはできません。理由は漱石の巨大さにあります」と答えるに違いない。

●楠緒子の子供たち

明治43年11月13日の東京朝日新聞に「大塚楠緒子女史逝く」という記事が異例とも思われる長文で掲載された。漱石はこの記事を長与胃腸病院の病室で読んだ。大塚保治氏の夫人であり、女流作家としての経歴を紹介し、死因を解説していた。そして19日午後一時に雑司が谷の斎場で葬儀が行われることを知らせていた。

これに続く新聞記事には「▲女史の家庭　楠緒子の死亡時、本郷区西片町10番地の家には長女ゆきゑ（15　＊当時は数え年表記）二女あや子（13）四女すみ子（5歳）長男弘（2歳）がいた。（三女は死去）」とあった。この記事から彼らがいつ生まれたかを計算で導くことができる。この記事は、楠緒子の二女誕生に関する情報としては唯一のものであり、重要になっている。この記事は、死の直前まで朝日新聞に小説を連載していた人の死亡記事であり、この記事を書いた記者は取材を行って長文の記事を書いたと思われ、子供たちの年令は信頼できる。ちなみに朝日新聞には、後日葬儀の様子を報じる記事も掲載されたが、ここでも子供たちの同様の年令が記述されていた。

長女ゆきゑ（雪江）が生まれたのは明治29年で楠緒子が21歳の時で、この年の3月に保治は欧州に向けて出国した。二女あや子（綾子）が生まれたのは明治31年ということになるが、楠緒子側に次女の誕生の資料はない。この次女は楠緒子が23歳の時の子で、長女が生まれてから2年後のことであった。保治は欧州に転居して2年目であった。保治はこの間帰国していない。

保治が帰国したのは明治33年7月であったが、楠緒子は親元から出て近所の新居に引っ越して夫の帰国を待っていた。この時4歳の雪江と楠緒子だけが新居にいた。この後に生まれた三女きよ子（清子）は、明治36年に生まれたが、生まれた時から病弱で2、3ヶ月ほどの命であった。この子は大塚家の墓所でない青山墓地に埋葬された。

そして四女のすみ子（寿美子）は明治39年8月14日の生まれで、誕生の記録はあった。この時保治は日本にいたが、夫婦関係は冷えていて楠緒子はこの家を出ていた可能性がある。四女は大塚家に認知されたが夫の愛人の子である。保治に最後に生まれた長男の弘は、保治と愛人の間の子であり、楠緒子の死の一年前の明治42年6月に生まれたが、この年の楠緒子は大磯の旅館において結核の療養中であった。そして新聞連載原稿の執筆がやっと終了した時期でもあった。

楠緒子の葬儀の後に、大塚家の外にいた愛人は大塚家の四人の子供を引き取った。

この中で長男の弘は優秀で武蔵高校から選抜されて海外の大学に留学し、その後帝大の文学部哲学科に入学した。しかし革命運動に参加して留置されたりした。しかし、親の働きかけの効果であろうか復学でき、後にレーニンの幾つもの著書の翻訳出版をするまでになった。この時の著者名は本名の大塚弘ではなく、伊藤弘（育てた母の姓を用いたと思われる）であった。大塚の姓は使う気にならなかったようだ。

楠緒子の死後に大塚の本宅に入った保治は、漱石たちが再婚を勧めていたがしばらく独り身で生活していた。ほぼ十年後に共通の友人の芳賀矢一の媒酌で坂井タキと結婚し、一男三女が生まれた。

辞典の企画制作は初めてのことであり、校正を含む著者と編集者のやり取りは1年半に及んだ。予想以上に難産であった。編集部の和田保子さんには長期間にわたって適切に対応して頂いたことに感謝申し上げる。

●参考文献
主なものを列記する。

夏目漱石俳句集　「https://kyotososeki.seesaa.net/」
「漱石全集」第27巻（岩波書店）
宮崎　明　「漱石と立花銑三郎」（日本図書刊行会）
志村史夫　「漱石と寅彦」（牧野出版）
津田青楓　「漱石と十弟子」（朋文堂新社）
牧村健一郎　「旅する漱石先生」（小学館）
太田治子　「星はらはらと（二葉亭四迷の明治）」（中日新聞社）
関川夏央　「二葉亭四迷の明治四十一年」（文藝春秋）
石﨑等　「有る程の菊（夏目漱石と大塚楠緒子）」（未知谷）
水川隆夫　「漱石の京都」（平凡社）
出口保夫　「漱石と不愉快なロンドン」（柏書房）
福永勝也　「夏目漱石の「巴里・倫敦」考」（京都学園大学のレポート）
朝井まかて　「阿蘭陀西鶴」（講談社）
山崎光男　「胃弱・癇癪・夏目漱石（持病で読み解く文士の生涯）」（講談社）
石原千秋（責任編集）「夏目漱石『こころ』をどう読むか」（河出書房新社）
林原耕三　「漱石山房回顧・その他ー林原耕三随筆集」（桜楓社）
牧村健一郎　「漱石と鉄道」（朝日新聞出版）
半藤末利子　「漱石の長襦袢」（文藝春秋）
夏目鏡子　「漱石の思ひ出」（岩波書店）
吉川豊子　「佐佐木信綱宛大塚楠緒子書簡について」（日本近代文学館資料）

●著者略歴
・1949年に栃木県さくら市（旧、喜連川町）に生まれた。現在さいたま市に居住。東京教育大学（現、筑波大学）農学部を1972年に卒業。同年一部上場の製紙・ダンボール業のレンゴー株式会社に入社。文部省（当時）認定の技術士資格（物流包装分野）を取得。3年間マレーシア勤務。主に開発・研究、特許管理を担当。53歳で退社し、その後アサヒビール株式会社包装研究所に嘱託入社。54歳でパピプペ技術事務所を開設。
・俳句制作は、1991年6月（マレーシア転勤時）から始める。
・絵画制作は、2008年から独学で開始。2024年までに22回の絵画個展を開催。アクリル絵の具と段ボールと古布を組み合わせる作品を主に制作。
・70歳から学校環境アートプロデューサーとして埼玉県下で活動（夫婦ボランティアとして）＊4年の間に軽量額装したおよそ2600点の作品（画家仲間から無償提供された絵画、写真、書等の各種作品と自作品）を33校の中学校に掲示。

●著書
「そのまま使える包装設計図鑑」（発行　日報出版株式会社）
「増補版・そのまま使える包装設計図鑑」（発行　日報出版株式会社）

＊還暦の頃の著者（REIKO氏の作）

参考

某全国紙の埼玉版（２０２４年２月６日）に先の夫婦ボランティア活動が紹介された。「学校美術館」と題されたその記事は次のようなもの。

『学校美術館、または校内アートギャラリーと呼ぶ人もいる。昇降口、トイレ、廊下や階段の暗がりなどで、水彩画や油彩画、織物を貼った作品が生徒たちを迎えてくれる。学校によっては学校生活が困難になりつつある生徒がドアを叩く「さわやか相談室」の中にも心安らぐ絵を入れて欲しいという要望に応じて室内にも絵を飾る。

笹崎達夫（74）と妻春美（71）は２０２１年から埼玉県内や東京都内のアマチュア画家らに作品を無償提供してもらい、児童養護施設、小中学校等に寄贈・掲示する活動をしてきた。６年前からは「思春期の子どもたちにころ絵で安らぎを」と、活動を中学校に限定。この間、県内６市町33校に累計で２６００枚に上る。額装は段ボールや布を使った手作りで、廊下を走る生徒がぶつかっても安全だ。

最近87枚の絵が無償掲示された同県上尾市立瓦葺中学校では、「ふとしたところに絵があって面白い」「僕ちょっと好きな絵がある」「素材の使い方が参考になる」「学校が美術館みたいだ」と生徒たち。校長は「そこここで暖かく見守ってくれているよう」。この校長の話では、別の市でトイレットペーパーの盗難がぴたりと止んだ学校もあるという。

子供たちの心が安らぎ、学校が明るくなり、傷んだ壁が隠され、画家たちの丹精込めた作品が居場所を得るという「三方よし」だ。教科書の絵にはない、地域の大人たちの体温がここにある。』

解釈者：笹﨑枕流（本名：笹﨑達夫）

1949年、栃木県さくら市（旧、喜連川町）生まれ。東京教育大学を卒業。技術士。レンゴー株式会社とアサヒビール株式会社に勤務後、技術事務所を設立。

「漱石全俳句の解釈」辞典　2647句

2025年４月24日　初版第１刷発行

著　　者　笹 﨑 枕 流
発 行 者　中 田 典 昭
発 行 所　東京図書出版
発行発売　株式会社 リフレ出版
〒112-0001　東京都文京区白山 5-4-1-2F
電話 (03)6772-7906　FAX 0120-41-8080
印　　刷　株式会社 ブレイン

ISBN978-4-86641-706-6 C0095
Printed in Japan 2025